ro
ro
ro

rororo

Navid Kermani wurde 1967 in Siegen geboren. Er ist habilitierter Orientalist und lebt als Schriftsteller in Köln.

Mehr unter: www.navidkermani.de

»Ein Paukenschlag, der den Atem stocken lässt.«

(Regina Mönch, Frankfurter Allgemeine Zeitung)

»Ein fulminanter Riesentagebuchroman.«

(Martin Ebel, Frankfurter Rundschau)

»Der Roman ›Dein Name‹ von Navid Kermani ist ein hypnotischer Text, in dem die Themen und ihre Stimmen nur so durcheinander flirren, sich schneiden, verbinden – und sich wieder trennen.«

(Frank Keil, Die Welt)

»Ein Buch, das dem Rezensenten so ausdauernd und hartnäckig im Kopf herumgeht wie lange keines mehr.« *(Heinrich Wefing, Die Zeit)*

»Ein Hymnus an das Leben und ein Epitaph für das Verschwundene und die Toten … eine Lektüre, die für lange und weit über den Schluss hinaus eine erhebende und bewegende, eine so heitere wie kluge und beglückende Lebensbegleitung darstellt.«

(Roman Bucheli, Neue Zürcher Zeitung)

»Wie ein unbezwingbarer Monolith ragt das Buch aus der literarischen Ebene heraus.« *(Matthias Reichelt, Junge Welt)*

»Das verwandelt einen, während man liest, so wie das die ganz großen Romane immer tun. Wenn man Proust liest, wird man auch nicht nur literarisch beglückt, sondern in seiner ästhetischen Weltwahrnehmung verwandelt, und hier wird man, glaube ich, in seiner religiösen und moralischen Weltwahrnehmung verwandelt. Ich bin's jedenfalls geworden.« *(Andreas Isenschmid, Deutschlandradio Kultur)*

Navid Kermani

Dein Name

Roman

Rowohlt Taschenbuch Verlag

Der Autor dankt der Villa Massimo für das Jahresstipendium 2008,
dem Kulturwissenschaftlichen Kolleg Konstanz für ein Fellowship
im Sommer 2009 sowie der Stiftung Mercator für das Senior Fellowship
am Kulturwissenschaftlichen Institut Essen seit Oktober 2009.

Veröffentlicht im Rowohlt Taschenbuch Verlag,
Reinbek bei Hamburg, August 2015

Umschlaggestaltung any.way, Hamburg,
nach der Originalausgabe vom Carl Hanser Verlag,
Gestaltung Peter-Andreas Hassiepen
Satz Caslon 540 (InDesign) bei
Pinkuin Satz und Datentechnik, Berlin
Druck und Bindung CPI books GmbH, Leck, Germany
ISBN 978 3 499 26971 4

Navid Kermani
Dein Name

Es ist Donnerstag, der 8. Juni 2006, 11:23 Uhr auf dem Laptop, der einige Minuten vorgeht, also 11:17 Uhr ungefähr oder, da er den Satz noch schreibt, 11:18 Uhr. Ein Schreiner, der mit achtundsiebzig Jahren so alt ist wie der Vater von Navid Kermani, hat eine Schreibtischplatte angefertigt und war so freundlich, vom Baumarkt zwei Malerböcke mitzubringen, auf die sie vorhin die Platte legten. In einer guten halben Stunde wird Navid Kermani im Rundfunk eine Reihe besprechen, die nach dem Heiligen fragt, sechs Sendungen über Sex, Barmherzigkeit, Rausch, Musik, Macht und Sterben, sechsmal das Heilige als Tuwort. Wer es ausspricht, überführt sich der Lüge, sagte er der Redakteurin gestern am Telefon. Die Erklärungen, die er sich für Lesungen zurechtlegt, verleiten in der Wiederholung dazu, sie selbst zu glauben. Im Bad seines neuen Büros, das eine Wohnung werden könnte, läuft die Waschmaschine, die der Vater vorgestern repariert hat. Der Vater wird sich über die Nachricht freuen, daß die Waschmaschine nicht mehr leckt. Die Sonne scheint auf die frisch bepflanzten Blumentöpfe des Balkons, wiewohl Navid Kermani an den nackten Füßen noch friert. Der Schreibtischstuhl, den er als Student ohne Sitzbrett beim Trödelhändler gekauft, selbständig erneuert und seitdem als einziges Mobiliar in alle seine Arbeitszimmer getragen hat, ist noch stabil genug, die Balkontür offenzuhalten. Der Rücken, genau gesagt ein Nerv rechts neben dem Brustwirbel, erlegt ihm längst teure Gesundheitsmöbel auf. Später am Tag wird das Regal geliefert, dann bringt er seine Frau zum Arzt, die letzte Woche außerdem an der Achillessehne operiert worden ist, holt die Tochter von der Schule ab und geht, wenn noch Zeit ist, ins Museum, weil er für ein Benefizbuch über ein Gemälde nachdenken soll. Neben Funk und Fernsehen nimmt auch der Kollege teil, der ihn vorgestern abend im Büro besuchte, um den literarischen Salon zu besprechen, den sie in der kommenden Spielzeit moderieren. Die organisatorischen Fragen klärt Navid Kermani morgen nachmittag mit der schönen Direktrice, die ihn vor dem Eröffnungsspiel besucht. Wüßte er bereits, daß er einen Roman schreibt, würde er an dieser Stelle eine Affäre erfinden. Noch ist Gelegenheit: Nach Jahren wieder werden sie allein sein im neuen Büro, in dem auch eine Matratze liegt. 11:31 Uhr auf dem Laptop, also 11:25 Uhr ungefähr. Er schaut ein weiteres Mal nach, ob das Bad trocken geblieben ist. Es war dumm von ihm, vorhin die Waschmaschine angestellt zu haben, denn jetzt muß er sie beaufsichtigen. Da um fünf die Putzfrau zum ersten Mal kommt, braucht er das Geschirr nicht zu spülen. Er hat sie vorhin bereits einen Block entfernt an der Tür des Hauses getroffen, in dem die Familie lebt. Sie hatte jemanden vom Flughafen abgeholt, ihren Bruder?, ihren Freund?, und gefragt, ob sie den Koffer im Hof abstellen dürfe. Er riet ihnen, den Koffer in den Flur des Hinterhauses zu rollen, damit er nicht geklaut würde. Sie spricht Spanisch mit ihm, obwohl er es kaum noch beherrscht. Er ist jedesmal stolz, wenn sie sich trotzdem verständigen. Es tut gut, wieder zu schreiben, was auch immer, Hauptsache, die Zeit vertreiben, über die er nach jedem Buch erschrickt. Er könnte die Kartons ausräumen oder die unveröffentlichten Erinnerungen seines Großvaters lesen, die ihm in die Hände gerieten, als er die Regale in seiner Wohnung leerräumte; statt dessen wartet er darauf, bis er wieder einen ersten Satz geschrieben hat. Wohl hat er dem Kollegen viel zu früh gesagt, was er sich vorgenommen, doch sich die Geschwätzigkeit schon oft bewährt, sosehr er sich zunächst ärgerte. Indem er ein Buch ankündigt, gerät er in Zugzwang, tatsächlich zu beginnen. Jetzt muß er zum Rundfunk, um das Heilige zu besprechen, obwohl die Waschmaschine noch läuft. Er wird beten, daß sie nicht das Bad überschwemmt. Sobald er kann, fährt er fort, wahrscheinlich erst heute abend, nachdem er die Tochter vom Judo abgeholt und die Frau zum Therapeuten gefahren hat. Er wird die Tochter mit ins Büro nehmen, damit sie hier schläft und er schreibt, was auch immer, Hauptsache, die Zeit vertreiben.

Den Abend vor dem Eröffnungsspiel vertändelte er, indem er die Fernbedienung für den Fernseher einrichtete und vor Freude, daß es ihm gegen alle Erwartung gelang, nach Jahren wieder das Nachrichtenjournal im ersten Kanal und anschließend einen Komödianten anzuschauen, der allerdings einen noch schlechteren Tag hatte. Ohne den Fernseher leiser zu stellen, klappte er den Laptop wieder auf und klickte sich, als die Werbung eines elektronischen Antiquariats aufleuchtete, von Buch zu Buch zu den sämtlichen Werken, Briefen und Dokumenten Friedrich

Hölderlins, die er für 49,99 Euro zuzüglich Versandkosten bestellte, während er *FrAndrea33* im Chat idealere Orgasmen auf dem Perserteppich bereitete, als er es in Wirklichkeit je vermöchte. Der erste Kanal strahlte bereits die Spätnachrichten aus. Navid Kermani ist müde, weil er wie jede Nacht nicht einschlafen konnte und wie jeden Morgen die Tochter zur Schule bringen mußte. Das wichtigste, nein, das vorerst einzige: die Handlung des Gedächtnisses herauszufinden, das er verrichten will. Erst danach wird er sich mit dem nächsten Problem befassen, »schlafen, wenn man müde ist, essen, wenn man hungert«, wie der Meister Baso Matsu im achten Jahrhundert die Lehre des Zen-Buddhismus zusammenfaßte. Aus Gründen, die er zu benennen sucht, gefällt ihm der Anfang. Setzen Seelenreisen stets in metaphysischem Schmerz ein, wäre seine nur die gewöhnlichste Not, die Liebe am Boden, zugleich die Frau schwer erkrankt, so daß der Gedanke an Trennung nicht ausgesprochen werden darf, das gemeinsame Kind allein zu versorgen, fehlende Anerkennung, tiefgreifende Selbstzweifel, finanzielle Engpässe, Lohnarbeiten, die Tage von Terminen zerstückelt, die er nicht selber festlegt. 10:51 Uhr auf dem Laptop, also Viertel vor ungefähr. Weil er es gestern nicht mehr geschafft hat, muß er heute ins Museum, um sich für ein Gemälde zu entscheiden. Seine Augen brennen von der Müdigkeit oder vom Heuschnupfen, der ihn letztes Jahr zum ersten Mal plagte. Dieses Jahr mußte er nur zwei Tabletten nehmen, heute dann wahrscheinlich die dritte. Allerdings war er dieses Jahr auch noch nicht im Bergischen Land, wo er die umgebaute Scheune einer ehemaligen Weberei angemietet hat, unten Küche und Bad, darüber ein Dachboden vollständig aus Holz, schräge Wände, Ausblick auf Wiesen und Kühe. Heute wollte die Familie fahren, aber da die Frau mit ihrem Gips einen unabweisbaren Grund vorwies, verhindert zu sein, bleibt die Familie doch in Köln und schaut das Eröffnungsspiel mit Freunden auf der Terrasse. Er selbst wäre trotz des Heuschnupfens gefahren, um die Tochter zu belügen, daß sie wieder eine Familie sind. Letztes Jahr verschwanden die Pollen, die ihm zusetzen, Anfang oder Mitte Juni von einem auf den anderen Tag, auf den er dieses Jahr also nur warten müßte, um sich wieder aus der Stadt herauszutrauen. Er wollte nur fahren, gesteht er sich ein, damit die Frau wieder nein sagen mußte. Aufs Klo muß er noch, danach stöpselt er das Kabel in die Buchse und lädt ein weiteres Mal die E-Mails herunter. Im Radio läuft Beethoven, Klavierkonzert, das erste, zweite, dritte oder vierte. Normalerweise hört er keine Musik, wenn er schreibt. Diesmal stört es ihn nicht. Die Bücher sind schon eingeräumt, jetzt fehlen noch die Unterhosen.

Der Vater hat gestern auf dem Anrufbeantworter die Nachricht hinterlassen, daß die Tante krank sei. Indem Navid Kermani mit einem Satz, den er später ebenso streichen wird wie alle Namen außer von Toten und von Dichtern, indem er erklärt, wer diese Tante ist, wendet er sich an einen Leser. Noch einen Absatz zuvor dachte er daran sowenig wie in den Tagebüchern des Heranwachsenden, der sie in der Schublade einschloß. Allein das Bewußtsein, daß den Satz einmal ein anderer lesen wird, verändert ihn, deshalb der Impuls, die Tante mit Namen und wesentlichen Charakterzügen vorzustellen. Es ist kein Tagebuch. Ein Gedächtnis will dauern, auch wenn niemand daran teilhaben wird. Für wen auch immer will Navid Kermani festhalten, was auf Erden geschieht. Er meint nicht die Ereignisse des Tags, die bei einem Autor, der nichts mehr zu Papier bringt, aus einem neuen Regal oder einer Radiosendung bestehen mögen, auch nicht den Alltag eines Manns, dessen Frau ein Pflegefall und dessen Ehe ein Pflichtanteil geworden ist. Schon der Heranwachsende hatte kein Bedürfnis, in seinem Tagebuch Chronik zu führen, und als Vater vergißt er bei Ausflügen und Urlaubsfahrten notorisch die Kamera. Die Schmierzettel wirft er später fort, sie dienen nur dazu, die Handlung zu finden für das Gedächtnis, das er verrichten will. Aus Furcht, schon bald der Tante einen Namen geben zu müssen, zögert er den Anruf hinaus. Immerhin erwähnte der Vater, daß sie vormittags nicht erreichbar sei. Wenn sie selbst zum Arzt gehen kann, liegt sie jedenfalls nicht im Sterben. Andererseits muß es dringend sein, wenn sogar der Vater ihn bittet, in Teheran anzurufen. Die Eltern sind sonst unsentimental bis zur Erbarmungslosigkeit, wenn es ums Altern anderer Leute geht. Er kann die Frage nicht unterdrücken, wann er die Eltern bedenken wird und ob den Vater oder die Mutter zuerst. Die Tochter drängt am Telefon, er solle sie endlich abholen, um mit ihr ins Freibad zu gehen. Viertelstunde noch, sagt er. Zehn Minuten setzt sie durch. Er muß sich beeilen. Ich will den Roman nicht schreiben.

Aus der Stimme der Tante, sosehr sie sich um Zuversicht bemüht, hört er das Entsetzen heraus. Ihr Gesicht ist schief, sie kann nicht mehr richtig essen und sprechen. Die Ärzte vermuten, daß sie sich auf dem Rückflug nach Iran verkühlt habe. Sie selbst hat Angst, daß es ein Schlaganfall war. Am Montag, dem 12. Juni 2006, ist es 12:42 Uhr, als die Tante auflegt. István Eörsi wird das erste Kapitel heißen, über den er noch am ehesten etwas zu sagen hat, danach Claudia Fenner, Friedrich Niewöhner, Georg Elwert. Davor ist zu entscheiden, ob der Roman, den ich also schreibe, auch Djavad Ketabi bedenkt, und zweitens, über welches Gemälde der Romanschreiber nachdenkt, da Funk und Fernsehen ihren Beitrag längst geliefert haben, wie der Direktor nochmals mahnte, der ihn durchs Museum führte. Um 12:46 Uhr klingelt das Handy, auf dem Display der Name der Frau. Der Romanschreiber schiebt es auf und klemmt das Gerät zwischen Schulter und Wange. Sosehr sie sich angestrengt habe, alle Unbill zu ertragen, aber der blaue, klobige und bei der Hitze auch noch erbärmlich stinkende Stützstiefel, der gestern den Gips ersetzt hat, sei zuviel, heult die Frau um 10:51 Uhr zu laut, um die Tastatur hören zu können, auf der er um 10:52 Uhr dennoch zu tippen aufhört. Um 10:54 Uhr beendet er das Telefonat mit der Einladung, in sein Büro zu humpeln, damit er sie in den Arm nimmt, obwohl der Arbeitstag mit dem Schulschluß der Tochter um 12:40 Uhr schon wieder zu Ende sein wird, um vier die Eigentümerversammlung, danach holt er die Tochter vom Judo ab, um sie mit zum Rundfunk zu nehmen, wo er für eine vierminütige Meinung einen guten Tageslohn verdient zuzüglich sieben Prozent für die Pensionskasse. Einen anderen Verdienst hat er nicht, seit er seine Meinungen nicht mehr schriftlich zu begründen vermag. Selbst als die Frau auf der Intensivstation lag, ist er öfter auf den Flur gegangen, um für oder gegen etwas zu sein – für einen Tageslohn in vier Minuten zuzüglich sieben Prozent kriegt er sich immer in den Griff. Indem er sich von einem Satz zum darauffolgenden bewegt, Schritt für Schritt, wie der Arzt auf der Intensivstation sagte, hofft er als nächstes die Beschaffenheit des Romans herauszufinden, den ich schreibe. Es ist das erste Mal, daß er vor der ersten Seite anfängt und zugleich ausschließt, jemals zu einem Ende zu gelangen. Die Abfälle, die er womöglich zwischen den Kapiteln weiter anhäuft, würde er auf Lesungen damit erklären, daß durchs Leben auch keine Müllabfuhr fährt. Die Frau klingelt an der Tür. 12:56 Uhr. Baso Matsu hin oder her muß er spätestens morgen die Entscheidung treffen, ob der Roman, den ich schreibe, auch Djavad Ketabi bedenkt.

Vor dem Interview am gestrigen 12. Juni 2006 erfuhr Navid Kermani, daß György Ligeti tot ist, möge seine Seele froh sein. Wie vorgesehen gab er dem Moderator Auskunft, nicht einmal die Stimme zitterte, und schaute sich anschließend Italien gegen Ghana an, ordentliches Spiel, nur daß am Ende immer die Afrikaner verlieren. Vier Tage nur, schon hat der Roman, den ich schreibe, ein weiteres Kapitel, das fünfte oder sechste, je nachdem, ob er Djavad Ketabi bedenkt. Die Frequenz wäre nicht einmal im Alter normal. Vermutlich wird sich der Abstand zwischen zwei Kapiteln in den nächsten Jahren allmählich vergrößern, um gegen Ende, wenn noch wenige übrig sind, wieder abzunehmen. Vielleicht sterben die Menschen auch in Schüben. Keine zwanzig Minuten im Wartezimmer, muß der Romanschreiber um 10:38 Uhr schon wieder abbrechen, da die Frau aus dem Behandlungszimmer humpelt. Ist etwas schiefgelaufen? Bevor es morgen abkühlt, geht er heute nachmittag mit der Tochter noch einmal ins Freibad. Die Frau, die sich auf dem Weg zur Sportklinik noch bereit erklärte, sie zu begleiten, traut sich jetzt doch nicht. Wenn sie das Bein letzte Woche nicht einmal in die Badewanne tauchen durfte, könne sie nicht diese Woche schon im Chlorwasser schwimmen. Daß sie sich ungern mit Stützschuh und Bikini zeigt, hätte sie nicht hinzufügen müssen. Erst wenn die Tochter schläft, kann er heute ins Büro, das eine Wohnung zu werden scheint. Die Datei hat er *Totenbuch* genannt. Jaja, bin schon fertig. Wenigstens hat er Ursula getroffen.

Den Heuschnupfen erwähnte er bereits. Wenn es kein Tagebuch ist, muß er Wiederholungen vermeiden, wo sie nicht nötig sind. Er hat einen Leser, wen auch immer, den er im Auge behalten muß, obwohl er gleichzeitig leugnet, ihn zu sehen. Ist das nicht bei allen Romanen so, die er schrieb? Den Unterschied zu benennen, verschiebt er auf einen späteren Absatz, da er endlich mit der Handlung beginnen muß, möchte er den Leser je finden, dessen Existenz er abstreitet. Sehen Sie, um ohne Vorsatz die direkte Ansprache einzuführen, sehen Sie großgeschrieben, wie rasch er seine Vorsätze bricht? Er schreibt, daß er sich Ihnen zuliebe nicht mehr wiederholen darf und wiederholt sich … er zählt nach … nach sechs Sätzen erneut. Vor dem ersten Kapitel muß der Romanschreiber allerdings noch Ursula wiedersehen. Baso Matsu hin oder her, muß er außerdem die Entscheidung treffen, ob der Roman, den ich schreibe, auch Djavad Ketabi bedenkt. Nicht alle Toten finden Platz, denen der Romanschreiber im Leben begegnet ist – allein, nach welchem Kriterium wählt er sie aus? Genügt die lange Bekanntschaft? Dann würde Djavad Ketabi ein Kapitel sein. Die Bedeutung im Leben? Dann wüßte der Romanschreiber selbst nicht, was das Kapitel außer einer Begegnung vor dem Gästezimmer des elterlichen Hauses enthalten könnte. Nein, Bekanntschaft läßt sich als Kriterium nicht durchhalten, nicht einmal Verwandtschaft. Wieviel Grad, Meter, Liter, Gramm, Bytes oder Protonen muß jemand ihm bedeutet haben, damit der Romanschreiber »wohlverdient« nachruft, »verstorben«, »ruht« oder, wie im frühesten Christentum üblich, »schläft in Frieden«: *dormit in pace*? István Eörsi war ihm wichtig, schon bevor er ihn kennenlernte – aber würde der Roman, den ich schreibe, Eörsi bedenken, hätte der Romanschreiber nur Eörsis Bücher gelesen? Andererseits die Heroen seiner Bildung und Begeisterung, denen er nur in Büchern oder Museen, auf Schallplatten oder Leinwänden begegnet ist – käme ihnen ein Kapitel zu, wenn eines Morgens die Zeitung einen Nachruf brächte oder vorab schon die *mailing list* der Fangemeinde die Nachricht ihres Todes? Wie er es auch wendet, der Romanschreiber kann es nicht entscheiden. Er kann nicht entscheiden, nach welcher Einheit sich Bedeutung bemißt. Er kann lediglich feststellen, daß Djavad Ketabi ihm nicht nichts bedeutet und dessen Tod ihn nicht nicht unberührt gelassen hat. Genügt es, daß etwas nicht nichts war, so wie es von Gott genügt zu sagen, daß es keinen anderen Gott gibt? Ja, die Winterkataloge liegen bereits vor, erfährt der Romanschreiber, als er am 14. Juni 2006 um 10:19 Uhr das Reisebüro anruft. Damit diesen Herbst gar nicht erst diskutiert wird, wird er sich und der Tochter so früh wie möglich einen Skiurlaub ohne Reiserücktrittsversicherung buchen. Auf dem Weg zum Reisebüro kann er im Baumarkt das Verbindungsstück zwischen dem Gartenschlauch und dem Wasseranschluß in der Küche besorgen, das nicht mehr hält. Zwei Erledigungen sind mehr als genug, um einen Vorwand dafür zu haben, die Entscheidung ein weiteres Mal zu vertagen, ob der Roman, den ich schreibe, auch Djavad Ketabi mit einem Kapitel bedenkt. Schritt für Schritt, wie der Arzt auf der Intensivstation sagte.

Wenn er formulierte oder auch nur andeutete, was ihn am Donnerstag, dem 15. Juni 2006, um 16:32 Uhr mitteleuropäischer Sommerzeit und schon den ganzen Tag und den Traum davor quält, erhielte der Roman, den ich schreibe, eine andere Beschaffenheit, weil er ihn dann prinzipiell nicht veröffentlichen oder auch nur der Frau zu lesen geben könnte. Offenbar genügt es ihm nicht, sich Sie großgeschrieben als Geister vorzustellen oder seinetwegen als Nachfahre, Nachmieter oder Nachlaßverwalter. Daß die Literatur ihm erlaubte zu sagen, was er von sich nie sagen würde, gehörte zu seinen Privilegien. Im Roman jedoch, den ich schreibe, wählt er allenfalls aus, wovon er berichtet, und zwar nicht nur nach Kriterien der Literatur, sondern auch nach solchen, die mit der Literatur nichts zu tun haben und deshalb zu ignorieren wären. Vielleicht sollte er die Person wechseln.

Von Ursula muß gesagt werden, daß sie bestimmt nicht so ruhig war, wie es das Bild und damit die Nachwelt behauptet, als ihr der Engel in Köln ankündigte, bei ihrer Rückkehr gefoltert, geschändet und zum Schluß geschlachtet zu werden, sie und alle ihre Gefährtinnen, elftausend an der Zahl und allesamt Jungfrauen, so heißt es in der Überlieferung, aber es heißt schließlich auch »Krone des Martyriums empfangen«, wenn die Überlieferung Menschenschlachtung meint. Ohnehin läßt das Bild und damit die Nachwelt nichts von der Besessenheit erahnen, mit der Ursula allein aus der Bretagne zog, um ihren Vater vor dem Zorn des englischen Königs zu retten, erst zehn Freundinnen und dann elftausend Jungfrauen um sich scharte, sie zum Christentum bekehrte und im Kriegsdienst ausbildete, Goldlöckchen, Pausbäckchen, Stupsnäschen, ja, das hat sie auf dem Bild, dazu das notorische Schmollmündchen, aber nichts von der Glut, nichts von Gewalt, nichts von ihrem unfaßbaren, überirdischen oder, das trifft es genau: übersinnlichen *sex appeal*, deretwegen ihre Erscheinung, nein, nicht einmal das, deretwegen das bloße Hörensagen auf Könige, Königinnen und Königssöhne in ganz Europa, auf den Papst und viele Bischöfe sirenenhaft wirkte. Auf Königreiche verzichteten sie, auf Götzen oder Papsttum, nur um mit Ursula zu sein, ihrem Glauben zu folgen, ihrer Mission zu dienen, obwohl die schönsten, kühnsten, klügsten Jünglinge nicht einmal im Traum hoffen durften, sie je zu besitzen. Was das betrifft, war Ursula entschlossen wie in allem, und sie impfte jeder einzelnen ihrer elftausend Jungfrauen ein, daß sie sich niemals niemandem hingeben durften, keinem Mann, niemals, hört ihr?, niemals, so muß sie gesagt haben, in welcher Sprache auch immer, bretonisch oder germanisch, auf latein oder im Alt- beziehungsweise Mittelhochkölsch jener Jahre, niemals, dann sind wir ausgeliefert, verloren, verraten. Wie sie es untereinander hielten? Nun, »sie fuhren zusammen und trennten sich wieder«, heißt es in der Überlieferung, sie »bekriegten sich oder täuschten Flucht vor, übten sich in jeder Art von Spielen und ließen nichts weg, was ihnen einfiel, bald kehrten sie mittags, bald auch spätabends zurück« – kein Wunder, daß alle Männer wild waren auf sie, die sich ihnen zu Tausenden und Abertausenden entzogen (und nur die Religion bot damals einen Grund), kein Wunder auch, daß andere sie nicht leben ließen, keine einzige von ihnen. Ursula, Ursula – ob der Name damals schon so harmlos und hausbacken klang wie heute für uns oder jedenfalls mich, der als Abiturient eine Ursula sehr mochte, die Geige spielte? Ursula, Ursula – von ihr muß man sagen, daß sie sehenden Auges in die Katastrophe zog, sehenden Auges ihre Freundinnen mitnahm und dabei so überzeugte, daß die Freundinnen wohlgemerkt sehenden Auges mitkamen. Sie hat sie alle eingeweiht, elftausend junge Mädchen, alle wußten, was geschehen würde, und alle billigten es, vielleicht, daß der Tod für sie wie Sirenen war – und was wäre dann mit ihrem Leben, was für eines wäre ihr Leben gewesen? Ursula, Ursula – wesentlich ist die Frage, wie der Engel sich fühlte, als er die Prophezeiung überbrachte. Und in welcher Sprache er sprach. Wesentlich zu wissen wären die Worte, mit denen Ursula das bevorstehende Martyrium den Jungfrauen erklärte, ohne daß sie verzagten. Wesentlich sind auch die Hände, die Hände des Engels, die viel älter wirken als sein Gesicht, und die Hände Ursulas, die viel größer und kräftiger sind, als es dem übrigen Körper entspricht, ja, vor allem die Hände Ursulas, die nehmen mich gefangen. Sie sind nicht harmlos, das sieht man, diese Hände packen an, und sie wissen, wo und wie kräftig. Und ähnlich sind die Hände des Engels nicht ohne Gefühle noch ohne Geschichte. Es sind Hände, die vieles getan haben und in den seltensten Fällen gern. So muß man von dem Maler der Ursula-Legende annehmen, daß er mehr von Ursula wußte, als er auf seinem Bild verriet, mehr auch vom Wesen der Engel, die gefühllos hoffentlich nur tun. Vielleicht war es nicht die Schicklichkeit, die den Maler Ursula so malen ließ, wie man die Frömmigkeit der Frauen wohl zu malen pflegte, ihren Blick, der demütig zur Seite geht, ihre Stirn eines Säuglings, als verstünde der Maler Unberührtheit im Wortsinn. Vielleicht war es das Bewußtsein, daß weder die Schönheit Ursulas sich darstellen ließ noch ihre oder die Empfindungen des Engels, wenn er ihr die Zukunft eröffnet. Dann wären die Empfindungen eben deshalb erfragbar, weil die Gesichter uns (vielleicht wirkte das Bild in seiner Zeit anders), oder jedenfalls mir (bestimmt sehen meine Augen nicht genug), alle Empfindung verbergen. Von Ursula zeigt der Maler, was ihre Zeit, wir oder jedenfalls ich, für den Ursula eine Geigenspielerin ist mit fremden Regeln des Anstands und komischen Hosen, an ihr nie begreifen.

Kurz gesagt möchte der Mann, um Navid Kermani am Samstag, dem 17. Juni 2006, einmal so zu nennen, wenn ich nicht immer vom Romanschreiber sprechen will, kurz gesagt möchte der Mann um 22:08 Uhr, da er wegen des Ausscheidens Irans bei der Weltmeisterschaft ein paar Grade zusätzlich geknickt ist, mit seiner Ehe aufhören. Es ist nicht das erste Mal, daß er den Wunsch spürt; neu aber ist der Eindruck, es sei auch für die Tochter besser, wenn das Schweigen ihrer Eltern nie wieder mit dem Streit erklärt wird, den sie doch auch ab und zu mit dieser oder jenen Klassenkameradin habe, und daß sie dann doch auch besser ein, zwei Tage nicht mit der Klassenkameradin spiele. Was diese Mitteilung für den Roman bedeutet, den ich schreibe, ergibt sich aus dem vorletzten Absatz: Entweder streicht der Mann diesen Absatz, oder er trennt sich tatsächlich, oder die Frau darf den Roman nie lesen, den ich schreibe, jedenfalls nicht die nächsten Jahre (ach Gott, wie glücklich müßten sie miteinander werden, damit sie seinen jetzigen Zweifel aushält). Gleichwie, er muß endlich beginnen.

István Eörsi (16. Juni 1931 Budapest; 13. Oktober 2005 ebendort)

Auf István Eörsi bin ich durch sein Buch über Hiob und Heine gestoßen, früh in der Recherche über die metaphysische Revolte. Kurz überlegte ich, ob sein Buch meines überflüssig gemacht habe. Bis heute gehalten hat sich die Überraschung, daß jemand anders, ein unbekannter Ungar an abgelegenem Ort und in kuriosem rosa Einband, bereits aufgeschrieben hatte, was mir auf der Seele brannte. Die Fahnenhissung der persönlichen Not in überlieferten Texten, die zur Hermeneutik des Schriftstellers gehört, hat er weiter geführt als ich. Seine Beschreibung des todkranken Heine ist so furios, daß ich sie nur abkupfern konnte, sein Hiob ein Argument, daß Atheisten die besseren Theologen sind. Meine Frage zieht sich durch sein Buch, warum er sich überhaupt mit Gott beschäftigt: »Schreibe ich über Hiob, um zu erfahren, warum ich über ihn schreibe?«

In unserer Bekanntschaft, die von Anfang an alle Anlagen zu einer Freundschaft aufwies, ohne daß sich genügend Gelegenheiten ergeben sollten, sie zu schließen, machte sich mehr und mehr bemerkbar, daß wir das Feld der Gottverlassenheit aus verschiedenen Richtungen betreten hatten, er aus der Gottlosigkeit, die ihm nicht genügte, ich aus dem Glauben, der mir nicht gelang. Einmal angekommen, verstanden wir uns sofort. Viel Verkehr herrschte dort ohnehin nicht; allein der Umstand, auf jemanden zu stoßen, der sich ebenfalls in die Einöde verirrt hat, zu der Religion unter europäischen Literaten geworden ist, schweißt schon zusammen. Außerdem konnten wir vom ersten Tag an miteinander lachen, obwohl oder weil wir mit dem Symposion am Berliner Wissenschaftskolleg, zu dem ich ihn eingeladen hatte, sofort bei unserem Thema waren: dem Schrecken Gottes. Die vielen Schnäpse, die wir miteinander tranken, hielt ich im nachhinein immer für ungarisch, obwohl sie es nicht gewesen sein können. Ungarisch war vielleicht nur die Art, sie zu zelebrieren.

Wieviel uns andererseits trennte, behaupteten die Lebensläufe lange Zeit nur und sah ich ein, als wir in der Volksbühne Frank Castorfs Inszenierung von *Der Meister und Margarita* besuchten. Nichts von dem, was ich sah, hatte er gesehen, nichts von dem, was ich für verbindend hielt. Für ihn bestand die Inszenierung aus Klamauk, Schmutz und Geschrei. Mich hingegen durchfuhr der nackte Jesus in der Badewanne, der per Videoleinwand von der Hinterbühne übertragen wurde, wie eine Offenbarung: So, nur so könne man heute über das Heilige sprechen. Es war ebenjene todernste Lächerlichkeit, mit der allein von Wahrheit zu künden wäre, das Gegenteil von Blasphemie.

Wir weiteten die Kontroverse nicht aus. Er war entschieden in seiner Empörung. Ich leugnete nicht meinen Standpunkt, sah aber davon ab, ihn zu verfechten. Nicht nur aus Respekt begrenzte ich den Schaden so rasch, nicht nur aus Furcht vor einer Auseinandersetzung, die schlimmstenfalls den Keim eines Zerwürfnisses hinterlassen konnte, da es uns beiden ernst mit unseren Sichtweisen war. Noch während wir uns über die Aufführung stritten, machte ich eine merkwürdige Entdeckung: Ich verstand ihn. Ohne damals schon István Eörsis Biographie zu kennen, nicht viel mehr, als daß er 1931 als Jude in Europa geboren, 1956 als Ungar verhaftet worden war und was sonst noch auf dem Buchdeckel steht, spürte ich, daß die Aufführung einem Menschen mit seiner Widerstandsgeschichte klein vorkommen konnte, unwahrhaftig; ich spürte, daß er ihr womöglich zu Recht absprach, die Weltanschauung und das Weltdesaster erfaßt zu haben, die *Der Meister und Margerita* behandelt. Das änderte nichts an meinem eigenen Urteil oder nur soviel, daß ich bereit war, es zu relativieren. Der Abend wollte nicht die Zustände auf die Bühne bringen, die Bulgakow meinte und Eörsi kannte. Trotz Castorf und Ostberlin war es ein Abend, der aus dem Verlangen entstand, daß es andere als die gegenwärtigen Zustände geben könne. Es war ein Abend über den Glauben, der zum Wunsch geworden ist. Das war mein Zugang zu dem Feld, nicht Eörsis. Es hätte aufregend werden können für mich, vielleicht auch für ihn, wie es weitergegangen wäre mit unserer Begegnung nach der Erkenntnis, daß wir uns gleichzeitig nahe- und fernstanden.

Zwei-, dreimal trafen wir uns noch am Wissenschaftskolleg, wohin ich ihn zu allen Empfängen einlud, ohne daß sich Gelegenheit bot, unser eigenes Gespräch fortzuführen. Statt dessen unterhielten wir uns häufig über Politik, wie man es bei Geselligkeiten und auf Empfängen tut, wenn man weder über eigene Bedrängnisse noch über Belanglosigkeiten reden möchte. Zu Kontroversen kam es leider nicht mehr. Sein Urteile waren von einer Aufrichtigkeit und moralischen Schlüssigkeit, die trotz der Genauigkeit und Schärfe gelegentlich langweilig geworden wären, wenn er nicht immer wieder die Kritik an sich selbst, an früheren Positionen eingeworfen hätte, die die Möglichkeit signalisierte, auch die jetzigen Analysen zu revidieren. Er war jemand, der sich streng an seine Prinzipien hielt im Bewußtsein, daß sie sich als falsch erweisen konnten. In seinen Band über den *Rätselhaften Charme der Freiheit*, in den er mir die Widmung schrieb, daß auch das Neinsagen schön sein könne, läßt sich das stete Bemühen gut beobachten, Haltung zu bewahren, ohne die eigene Unsicherheit zu kaschieren. Seine Essays über den Aufstand in Ungarn, nach dessen Niederschlagung er noch Jahre im Gefängnis saß, sind geradezu klinisch gereinigt von Eitelkeit. In keinem einzigen fehlt das Geständnis, in jüngeren Jahren selbst Stalin angehimmelt zu haben. Aber auch sein Aufschrei nach Srebrenica erweist die Kurzsicht speziell deutscher Großdichter, deren Werk er in anderen Zusammenhängen dennoch preisen kann. Ungeachtet seiner jüdischen Herkunft war er leidenschaftlich in seiner Kritik an der israelischen Besatzung. So nahm er auch an dem Treffen der Dichter Adonis, Mahmud Darwisch und Abbas Beydoun teil, die unter anderem das arabische Verhältnis zu Erbe und Gegenwart der Juden im Nahen Osten diskutierten. Es war die beste, die wichtigste Debatte, die ich in den drei Berliner Jahren zustande gebracht habe.

Eörsis Zusage war wichtig, weil die beiden Ungarn am Kolleg, Péter Nádas und der damals frisch gekürte Nobelpreisträger Imre Kertész, nicht die fünfzig Meter vom Hauptgebäude in die Villa Jaffé zu laufen bereit waren. Nádas entschuldigte sich mit Arbeit, Kertész nicht einmal damit. Ohne Eörsi wären die europäische Literatur und die Schoa nicht anwesend gewesen in dem vielleicht vierzigköpfigen Kreis aus arabischen Intellektuellen, Fellows aus aller Welt und deutschen Journalisten, die in der Villa einer enteigneten jüdischen Familie im Grunewald über das Schreiben nach und mit der Vertreibung nachdachten. Das Gespräch hätte nicht stattfinden dürfen, so schien es mir, oder wäre mißlungen. Eörsis Bemerkungen und Fragen irritierten und bewegten insbesondere die arabischen Gäste so sehr, daß ich seine beiden Landsleute nicht mehr vermißte.

Das genügt. Ehrenrühriges, Geheimnisse, Mißbilligungen, auch wenn dergleichen vorläge, wird der Romanschreiber grundsätzlich vermeiden beziehungsweise auf die Schmierzettel beschränken, die zwischen den Kapiteln liegen. Wer tot ist, dem redet er nicht nach. Abgesehen davon, dürfen die Gedächtnisse nicht zu ausführlich geraten. Er würde sie nicht bewältigen und nach einer Zeit aufgeben. Bei manchen Menschen, die ihm dennoch etwas bedeuten, würde ihm gar nicht genügend einfallen. Engen Freunden oder Verwandten hingegen müßte er ein ganzes Buch widmen, wollte er sie im gleichen Maßstab bedenken. Er muß realistisch sein, kühl kalkulieren, wenn er überhaupt eine Chance haben möchte. Er muß für die Jahre vorsorgen, wenn er an die Notwendigkeit nicht mehr glaubt, jedes Menschen zu gedenken, der ihm auf Erden fehlt, und die Pflicht lästig zu werden beginnt; wenn die Toten stören, weil er mit einem Roman beschäftigt ist, wie er ihn früher schrieb, oder etwas anderem, das er für wichtiger hält. Die letzten Tage hat er häufig überlegt, ob alle Toten ungefähr den gleichen Platz erhalten oder ob er die Länge, je nach Grad, Meter, Liter, Gramm, Bytes oder Protonen, variieren soll. Wird es Ehrenplätze geben oder ausschließlich Reihengräber? Wenn einem Bekannten, sagen wir, zehntausend Anschläge zustünden – mit wieviel Anschlägen gedächte der Romanschreiber später der Mutter, dem Vater? Unterschiede würden den Eindruck erzeugen, daß Angemessenheit möglich sei. Geeigneter erscheinen formale Beschränkungen, Mindest- und Höchstzahl von Anschlägen, knappes ritualisiertes Gedenken, gleich wie groß die Trauer. Ihm gefallen die traditionellen Friedhöfe in Iran, die ohne Zier sind oder jedenfalls waren, graue Platten im Staubfeld, bevor 1980 die Fließbandproduktion der Märtyrer anlief, die mit Glaskasten belohnt werden, vergrößerte Paßphotos darin. Die traditionellen Friedhöfe gaukeln keine Individualität vor. 7102 Anschläge ist sein Gedächtnis lang. Auf neuntausend kann er noch gehen.

Eörsis letztes, posthum erschienenes Buch wird in Deutschland wieder keiner lesen. Es ist seine Art Autobiographie, und nimmt man ihre Dringlichkeit, müßte man so gut wie alles andere weglegen, was sonst in einer Saison auftritt. Wenigstens ist es bei Suhrkamp erschienen, nicht im rosa Umschlag, und wurde von einem der fünf überregionalen Feuilletons besprochen. Daß er an diesem Roman gearbeitet haben muß, als wir uns kennenlernten, rückt ihn noch einmal in ein anderes Licht. Die Lektüre bereitete Unbehagen bis hin zum Körperlichen, so ehrlich ist er darin, ohne Gnade für sich selbst. Die Ehrennadeln, die er sich auf Empfängen gefallen lassen mochte (Überlebender, Verfolgter, Genießer), entsorgt er als erstes. Indem er sich aus der Perspektive einer jungen Reporterin beschreibt, wird er zum alten Bock, eitel und eingebildet, lüstern und voller Selbstmitleid. Zurück bleibt keine Persönlichkeit, sondern ein Elend. Natürlich ist das nicht alles an ihm, selbst er hätte sich soviel Wohlwollen zugestanden. Allein, es ist nicht die Aufgabe der Literatur, alles zu schreiben. Die Aufgabe der Literatur ist das, was nicht sein soll. Eörsi hat es an seiner eigenen Person exerziert. Andere hätten Beschauliches zusammengetragen. Er hat sich ein Denkmal gesetzt, indem er es zerstörte.

Er wird nicht geahnt haben, vermute ich, daß er die Veröffentlichung nicht mehr selbst erleben würde. Er mußte davon ausgegangen sein, daß er auch weiterhin Empfänge besuchen würde, in Berlin wie in Budapest. Wer das Buch gelesen hat, hätte nicht mehr unverbindlich mit dem osteuropäischen Schriftsteller anstoßen können. Er hätte den Mensch vor sich gesehen, einen großen und gräßlichen, lustigen und lächerlichen, einen schonungslosen und schockierenden Menschen. Indem Literatur nur das Schwarze sieht, ermöglicht sie dem Leser, alle Farben zu sehen.

8935 Anschläge inklusive Leerzeichen. Von nun an kann er unter zehntausend bleiben. Das ist zu bewältigen. Verfaßte er von allen Menschen eine Biographie, die in seinem Leben sterben, wäre er nur noch mit dem Tod beschäftigt. Das kann nicht verlangt sein. Als nächstes bedenkt er Claudia Fenner. Photos muß er noch besorgen, weil die Illusion zum Roman gehört, den ich schreibe. Würde das Buch je gedruckt und gebunden, könnte zu Beginn jedes Kapitels ein ganzseitiges Photo stehen, am besten auf einer rechten Seite. Aber wohin damit jetzt? Hundert Kapitel, die ein erster Band mindestens enthalten müßte, um einen Verlauf anzuzeigen, dauern im Leben mindestens zehn oder fünfzehn Jahre. Soll er die Photos in einer Kiste lagern solange? Nein, er wird sie im Kopiergeschäft einscannen lassen. Digitalisiert würde er sich vor der Sammlung nicht mehr gruseln. Für das Photo von Claudia Fenner muß er sich etwas einfallen lassen. Georg Elwert hat ihm die Presseabteilung der Freien Universität Berlin bereits geschickt. Friedrich Niewöhner und István Eörsi sollten auf dem Weg sein, György Ligeti findet sich bestimmt im Internet. Ein Bild von Djavad Ketabi müßte er sich bei den Eltern in Siegen besorgen können, gegebenenfalls auch von der Tante. Ein Soziologe aus Frankfurt ist ihm noch eingefallen, der seines Wissens noch nicht tot ist, aber bald stirbt. Ja, er will so vieler gedenken wie möglich. Je knapper die Kapitel, desto mehr können es werden. Donnerstag, 22. Juni 2006, 12:28 PM. Von der Schule aus geht er mit der Tochter Bücher kaufen für den Urlaub, der damit beginnt, daß er die Frau zur Klinik der Heiligen Margarete fährt, die auf die Folter gespannt und auf grausame Art zuerst mit Ruten geschlagen, der dann mit eisernen Kämmen das Fleisch bis auf die Knochen abgerissen wurde, so daß das Blut von ihrem Leib wie aus einem klaren Quell floß. Ein anderes Mal zog man ihr vor allen Leuten die Kleider aus, versengte ihr den Leib mit brennenden Fackeln, anschließend fesselte man sie und warf sie in einen Behälter voll Wasser, damit ihr Schmerz durch diese entgegengesetzte Art der Folterung noch zunehme. »Bruder, hebe dein Schwert und schlage zu«, rief sie dem Henker zu, der ihr die Krone der Märtyrer aufs Haupt setzte.

Als sie starb, wußte ich von Claudia Fenner so gut wie nichts. Weniger traurig als perplex machte mich die Nachricht, weil unser Kennenlernen vor der Sommerpause eine Ankündigung war. Als nächstes erhielt ich jedoch die SMS ihrer Kollegin, die ich mitsamt Uhrzeit in der *Kurzmitteilung* nach-

Claudia Fenner
(18. September
1964; 10. Juli 2005
Köln)

schlagen kann. Nur die Namen muß ich austauschen: *Tut mir leid, es dir so zu sagen, kann jetzt aber nicht anders. Meine kollegin claudia fenner ist gestorben, die mit uns noch whisky trinken war. Einfach so. Ich weiß gar nichts mehr. Liebe grüße.* Als sie starb, hatte ich zwei Möglichkeiten außer fortzufahren, als wäre nichts gewesen (aber da war etwas gewesen). Ich konnte aufschreiben, was ich über Claudia Fenner erfahren würde, oder eine Tote erfinden, die auf gleiche Weise, in gleicher Entfernung gestorben ist. Ich entschied mich, nicht nach Claudia zu suchen. Ich fürchtete, auf etwas zu stoßen, was sie oder die Angehörigen nicht gern veröffentlicht gesehen hätten, wollte kein Eindringling sein in fremder Menschen Leben. Vor allem jedoch merkte ich, daß es mir um meine Empfindung oder Unempfindlichkeit ging, nicht um sie, die ich schließlich kaum kannte.

Heraus sprang Maike Anfang, die mit Claudia auf den ersten Seiten wenig und am Ende nicht mehr gemein hatte als das Alter und den Tod. Je mehr ich dann doch über Claudia erfuhr und je deutlicher ich erkannte, wie falsch ich mit meinen Mutmaßungen über sie lag, desto entschlossener skizzierte ich Maike als eine Person, die nicht dem Anfangsbild des Erzählers und damit der Erwartung des Lesers entsprach. Daß jene mir immer fremder, ja unwahrscheinlicher wurde, habe ich also für diese übernommen.

Sowenig mir ihre Frisur, ihre Haarfarbe, ihre Kleidung, ihr Körperbau und überhaupt ihre Erscheinung auf der Straße oder in der Kantine aufgefallen wären, so überdeutlich war ihre Präsenz auf der Bühne – nicht die schlechteste Erinnerung an eine Schauspielerin. Man schaute auf sie, nicht nur ich, nein, das läßt sich verallgemeinern, ich bin sicher: *Man* schaute auf sie, fast alle im Theater. Schon vor ihrem Tod hatte ich mich gefragt, woran das lag. Ihr Gesicht entsprach nicht den Hochglanzformaten, oder erschien mir, um ehrlicher zu sein, weder häßlich noch hübsch; zudem spielte sie auf der Bühne oft älter, steifer, als sie privat wirkte. Es war – abgesehen vom Handwerk, das sie beherrschte – etwas anderes, egal, was sie spielte: Sie war eine Frau mit Geheimnis. Egal, was sie spielte: Man dachte, das sei nicht alles. Und so war es ja auch.

Er hatte sich vorgenommen, das Gedächtnis nicht wieder zu unterbrechen. Fragen haben sich während der Handlung von selbst geklärt, Fragen neu gestellt, die er beantworten wollte, wenn das Kapitel zu Ende ist. Nun aber steckt er fest, da er mit dem herausrücken müßte, was er über die Tote weiß. In Claudia Fenners Fall hat er Intimitäten erfahren, nichts, was sie in Verruf brächte und schon gar nichts Verwerfliches, Beziehungen jedoch und Handlungen, von denen man nur seinen Freunden erzählt. Nichts davon kann er erwähnen, sofern der Roman gelesen werden soll, den ich schreibe. Zu allem Überfluß simst die Tochter am Mittwoch, dem 28. Juni 2006, um 12:09 Uhr, daß sie nach der Schule zu einer Freundin gehen möchte, und beschert ihm am letzten Tag vor dem Urlaub zwei, drei unverhoffte Stunden am Schreibtisch. Er verschafft sich ein paar Minuten Aufschub und geht auf eine Suppe zum blonden Syrer neben der Kneipe, den er allen sechs türkischen Restaurants der Gasse vorzieht. Die zwölf Bände Hölderlins werden nicht in den Koffer passen, hingegen die Erinnerungen des Großvaters sind … der Enkel mißt nach … nur 1,1 mal 20,8 Zentimeter groß.

Kennengelernt habe ich sie, als ich in der Ensembleversammlung zusammen mit einem anderen Regisseur kurz die Idee einer Sonntagsmesse vorstellte, einer Serie improvisierter Aufführungen an verschiedenen Orten der Stadt. Unsere Präsentation mußte schnell gehen, und die Versammlung wirkte so träge, daß wir kaum hofften, jemanden angestiftet zu haben. Aber als die Versammlung sich auflöste, trat Claudia sofort an uns heran, enthusiastisch. Ich war überrascht, daß überhaupt jemand sich interessierte – und daß Claudia diejenige war, Claudia Fenner, die zu den wenigen Mitgliedern des Ensembles gehörte, die ich anfangs siezte. Seriosität strahlte

Claudia aus, Professionalität, alte Schule, allerdings auch Biederkeit. Obwohl sie kaum älter war als ich, schlug ich sie einer anderen Generation zu. Es fällt mir schwer, diesen ersten Eindruck zu rekonstruieren. Schnell spürte ich etwas Unbändiges an ihr oder Sehnsucht, Bande zu lösen. Mir wurde auch klar, daß sie das Biedere, das ich der Person zugeschrieben, nur entlarven konnte, weil sie es durchschaute. Sie war nicht, wie sie schien, sondern ein bißchen verrückt, wie ich erfreut bemerkte. Genauer konnte ich es nicht benennen.

Wir haben uns ein-, zweimal mit den Schauspielern getroffen, die sich an der Sonntagsmesse beteiligen wollten, und uns zum Abschied in die Sommerferien in der Pizzeria verabredet, wo die Reihe beginnen sollte, gegenüber meiner Stammkneipe. Ich spann mir schon einige der Verrücktheiten aus, die ich mit ihr ausprobieren wollte, und war stolz auf ihre Begeisterung. Sie galt etwas im Ensemble und war zugleich hungrig danach, das Bewährte nicht gelten zu lassen, den immer gleichen Ablauf von Proben und die vertrauten Konventionen des Spiels zu durchbrechen. Daß der andere Regisseur und ich anders redeten, anders dachten, anderes vorhatten, war ihr ein Wert an sich. Sie freue sich darauf, freue sich riesig, sagte sie wörtlich, ohne daß sie genau erfahren mußte, worauf eigentlich. Ich lächelte ihr schüchtern zu, wenn ich ihr den Korb mit Ciabatta oder den Pfefferstreuer reichte, höflich und ein wenig verlegen, wie ich mit Schauspielern bin, die ich bewundere.

Im nachhinein halte ich es für möglich, daß sie ebenfalls verlegen war und meine Hochachtung als Distanz wahrnahm, schließlich hatte ich Bücher aufzuweisen, welche auch immer. Das gilt etwas bei Schauspielern, wie ich oft bemerkt habe. Im nachhinein halte ich es für möglich, daß sie neugierig auf mich war, also nicht nur auf die Messe, sondern auf mich, den sie an dem Abend mit der gleichen Aufmerksamkeit beobachtet haben könnte wie ich sie. Unterhalten haben wir uns erst, als nur noch vier übrigblieben in der Runde und wir die Straßenseite wechselten. Bevor sie ins Taxi stieg, stellte sich auch bei ihr das Gefühl ein, bilde ich mir ein, daß nur der Abend zu Ende ist, nicht die Begegnung.

Die Kurzmitteilung ihres Todes erreichte mich an der Listertalsperre. Aus dem Bergischen Land, wo ich einige Wochen des Sommers verbrachte, rief ich den Schauspieler an, der ihr meines Wissens im Ensemble am nächsten stand, ohne zu ahnen, wie nah. Natürlich bewegt es mich, daß sie zuletzt ein Buch von mir las, den *Schönen Neuen Orient* – und es ihr gefiel, so sagte sie ihrem Kollegen. Am Ende ist es auch Eitelkeit, die mich daran hindert, über die Kurzmitteilung hinwegzulesen, als wäre nichts geschehen.

Samstag, 8. Juli 2006, 12:32 Uhr, über ihm die Terrasse, vor ihm die Klippe, unter ihm der Golf von Rosas, auf seinem Schoß der Laptop. Im Ferienhaus eingetroffen, wo ihre Cousins und Cousinen bereits warteten, hat die Tochter zum Glück andere Prioritäten als den Vater, der bis gestern abend betäubt war vom Opiat, das er bei Rückenschmerz nimmt. Damit der Nerv rechts neben dem Brustwirbel ihn nicht wieder lahmlegt, erlaubt er sich, ein weiteres Mal zu schwimmen, bevor er sich noch bemüht, auch das zweite Kapitel auf die vorgesehene Länge zu bringen, obwohl ihm nach nur nach 7171 Anschlägen kaum mehr etwas einfällt, so wenig ist ihm auf Erden von Claudia Fenner geblieben.

Je mehr ich über Claudia erfuhr, desto unwirklicher wurde ihre Herkunft. Die Verhältnisse, aus denen sie stammte, waren so geordnet, wie sie mir ganz am Anfang erschienen waren, ich indes bald schon nicht mehr für möglich gehalten hätte. Claudia stammt aus einem Dorf in der Nähe von St. Moritz, die alteingesessene Familie allerdings nicht bäuerlich, sondern Ärzte, Richter, Architekten, wohlhabend, bürgerlich und geachtet. Claudia mit ihrem künstlerischen Beruf und dem unsteten Leben, dazu nach Westdeutschland verzogen, Claudia, die mir so frei und allein schien wie wenige, Claudia war – als geliebter Sonderling freilich – dennoch eingebunden in einen Zusammenhang, der nach der Schilderung ihres Kollegen den Eindruck erstaunlicher Intaktheit macht. Neulich traf ihr Kollege in Österreich jemanden, der nichts mit Theater zu tun hatte; aus einem Grund, an den ich mich nicht erinnere, fanden sie heraus, daß sie beide Claudia gekannt hatten, der andere sie allerdings aus ihrem Dorf bei St. Moritz. Er nannte sie die Fenner Claudia. Nachdem ich sie ganz am Anfang für kreuzbrav, beinah bieder gehalten hatte, gelingt es mir jetzt immer noch nicht, Claudia Fenner in einer Welt anzusiedeln, in der sie die Fenner Claudia hieß. Sie hat ihr Geheimnis.

Man will nicht, daß er so geht, mit gesenktem Kopf, ohne uns anzuschauen, wahrscheinlich mit Tränen nicht der Rührung, vielmehr der Scham und der Wut. Auf dem buchstäblich letzten Meter vor dem Gipfel ist der Held ausgerutscht, nein, peinlicher: ist er ausgeflippt und den Berg herabgestürzt, nein, schmählicher: hinabgekullert, auf dem Hosenboden hinabgerutscht. Niemand hätte für möglich gehalten, daß er es zum zweiten Mal nach oben schafft, wie in jeder Generation höchstens ein Spieler. Er war bespöttelt worden, abgeschrieben, in seinem Verein nicht mehr aufgestellt. Mit dem Viertelfinale gegen Brasilien hatte er sich vom Weltstar in eine mythologische Figur verwandelt. Unter den wenigen anderen Helden der modernen Sage, ob im Fußball oder im Boxsport, rührte Frankreichs Nummer zehn wegen ihrer Scheu und Intelligenz am tiefsten und rief schon rein technisch das größte Staunen hervor: ein Wunder, im egalitär-athletischen System von heute zu spielen wie Zehner seit vierzig Jahren nicht mehr. Außerdem, warum den Aspekt leugnen?, ist er Araber, Muslim, Einwanderersohn. Jeder andere, in der 116. Minute noch denkbare Ausgang hätte an seinem Triumph nichts geändert, schon gar nicht eine Niederlage im Elfmeterschießen, nicht einmal ein verschossener Elfer, der das Spiel entschieden hätte – der finale Fehlschuß hätte die Heldensaga nur tragisch aufgeladen. Es wäre wieder seine Weltmeisterschaft geworden. Und dann, ausgerechnet: ein Selbstmordattentat. Wütend und ungebärdet entsprach er genau dem Vorurteil, das er so lässig ausgedribbelt hatte. Auf die Mohammed-Karikaturen haben sie schließlich genauso humorlos reagiert. Daß die Italiener wie in ihren düstersten Jahren dumpf ihr Tor verriegelt hatten, war schon bei der Siegerehrung vergessen. Auf den Weißen, der ihn, Araber, Muslim, Einwanderersohn, vermutlich mit einer rassistischen Bemerkung provozierte, zeigt niemand. Der Verlierer nicht nur des Endspiels, sondern der Weltmeisterschaft ist Frankreichs Nummer zehn, die wie ein kleiner Junge um sich schlug, nur weil eines von den größeren Kindern die Zunge ausgestreckt hatte. Schon als die Kamera in der Spielunterbrechung sein Gesicht zeigte, noch bevor der Schiedsrichter und das Fernsehen etwas begriffen, war das Schlimmste zu befürchten, das ebenso Naheliegende wie Undenkbare: eine Tätlichkeit. Aber so gemein kann das Leben gar nicht sein, redete der Zuschauer sich ein, der selbst auf eine Vergangenheit als Nummer zehn von mehreren Jugendmannschaften eines Stadtteilvereins in Siegen zurückblickt, Siegen im Siegerland. Doch dann zeigte der Fernseher, wie der Kopf von Frankreichs Nummer zehn in die Brust des italienischen Verteidigers fährt. Logisch wäre gewesen, den Arm zu verwenden, die Faust, den Fuß, oder wenn schon den Kopf, dann für eine Nuß. Mit dem Kopf gegen eine Brust zu schlagen, ist schon dem Vorgang nach das Verhalten von jemand, der sich nicht ebenbürtig fühlt, im Wortsinn ein Akt blinder Gewalt. Teil des Dramas war, daß der Schiedsrichter den Amok des Helden erst viel später als die sagen wir einmal zwei Milliarden Zuschauer bemerkte. Hätte er tatsächlich weiterspielen lassen, wie er es ein, zwei atemraubende Minuten beabsichtigte – alle Welt spräche heute von Tatsachenentscheidung und schmunzelte über die Stirn Gottes. Dem Gesicht der Nummer zehn war die Erkenntnis, was passiert war und passieren würde, schon abzulesen, bevor die Bildregie den Kopfstoß in der Gnadenlosigkeit eines Orwellschen Überwachungsregimes ermittelt hatte. Allein wegen der letzten Minute seiner Laufbahn wird er fortan mit einem Mal durch die Welt außerhalb des Spielfeldes schreiten. Den zweiten von drei älteren Brüdern, dessen Fachgebiet die Innere Medizin ist, bekümmern die Kinder. Sie lieben die präsidiale Art, Fußball zu spielen, die Kunststücke, den scheuen und also menschlichen Blick, der Verletzbarkeit anzeigt, seinen Einsatz für Bedürftige. Im Ferienhaus riefen sie während des Spiels alle, auch die älteren Nichten, die sich nicht für Fußball interessieren, im Chor *Allez les Bleus!* und, weil die Franzosen weiße Trikots trugen, *Allez les Blancs!* Die Neffen standen noch beim Frühstück unter Schock, redeten wenig, starrten in die Luft. Auch der ältere Bruder, der am Montag, dem 10. Juli 2006, um 14:48 Uhr den Namen von Frankreichs Nummer zehn auf dem Laptop entdeckt, hat schlecht geschlafen. Nicht einmal der übliche Verweis tröstet, daß es doch nur ein Spiel und vor Gott gleichgültig sei, ob sich die Weißen freuen oder die Blauen. Vielleicht nicht für die Zuschauer, aber für die Nummer zehn ist der Vorfall schicksalhaft. Das Spiel entschieden hat der Kopfstoß ohnedies nicht; auch mit Platzverweis wäre die Entscheidung im Elfmeterschießen gefallen. Woran schreibst du? fragt der Ältere. Nur eine Notiz, druckst der Jüngere herum und läßt den Roman, den ich schreibe, eilig vom Bildschirm verschwinden.

Bevor er am 11. Juli 2006 fortfährt, will der Romanschreiber die Uhr auf dem Laptop stellen, die auf der sogenannten Taskleiste ganz rechts 10:37 anzeigt, drückt jedoch eine falsche Tastenkombination, so daß die Taskleiste sich verdreifacht. Er will den Fehler beheben und drückt nur weitere Tasten, die falsch sind, so daß die Leiste mitsamt Uhr verschwindet. Drückt er die gleichen Tasten noch mal, erscheint die Leiste wieder dreifach. So hat es keinen Zweck. Er kann sich nicht um die Taskleiste kümmern, während er den Roman tippt, den ich schreibe.

Um 11:26 Uhr ist der Romanschreiber fast schon eine Stunde damit beschäftigt, die Taskleiste auf das ursprüngliche Maß zu bringen, ein bißchen viel angesichts unserer Sterblichkeit. Er kann es nicht ausstehen, wenn Kleinigkeiten nicht gelingen wollen; dann entwickelt er einen Ehrgeiz, der ihnen völlig unangemessen ist. Aber er wird sich doch wohl noch beherrschen können! Womöglich hat Frankreichs Nummer zehn unbewußt einem Impuls nachgegeben, der auch István Eörsis letztes Buch ausgelöst hat: im Abgang das eigene Denkmal zerschlagen zu wollen, weil es zertrümmert eher der Wirklichkeit entspricht. Im Ergebnis vervollkommnet die Verwüstung beides, Denkmal und Wirklichkeit: Daß alle Reporter, Fußballexperten, Funktionäre und sagen wir knapp zwei Milliarden Zuschauer die gleiche Regung spürten, dieselbe Bestürzung erlebten, ist ein Trost, mit dem nicht zu rechnen war. Die Nachricht, daß Frankreichs Nummer zehn trotz des Feldverweises zum besten Spieler der Weltmeisterschaft gewählt wurde, riefen die Kinder wie eine päpstliche Verfügung von den Balkonen des Ferienhauses. Die Geschichte des Einwanderersohns geht weiter als erster Selbstmordattentäter, den der Westen als Märtyrer anerkennt. 11:37 auf der Uhr, die zu groß ist. Israel bombardiert Beirut. Die Tochter ist mit der Großfamilie zum Strand gefahren, so daß er in Frieden tippen könnte, wenn nur die Taskleiste ihn ließe. Er probiert neue Tastenkombinationen, Schaltflächen und Systemsteuerungen aus, probiert die bereits erprobten wieder und scheitert jedesmal aufs neue. Die Taskleiste bleibt verdreifacht. Er kann sie weiter vergrößern, er kann sie verschwinden lassen, aber sie auf das ursprüngliche Format zu bringen, eine Querspalte von vielleicht einem Zentimeter, gelingt ihm einfach nicht. Er will … und um 11:44 Uhr, ohne zu verstehen, wie und warum, ist die Taskleiste doch so schmal wie vorher. Einige der üblichen Symbole sind nicht mehr zu sehen, die Batterieanzeige, die Drahtlosnetzwerke, aber Hauptsache die Uhr, in welcher Größe auch immer. Der Romanschreiber denkt an den unaffektiertesten, gutmütigsten Vertreter der arabischen Literaturgeschichte von der Dschahiliyya bis heute, denkt an einen glänzenden Schädel und einen grauen Haarkranz über den Ohren, an eine große Nase und einen breiten Schnurrbart, denkt vor allem an ein Schmunzeln, einen immer interessierten Blick und den samtweichen Klang des libanesischen Französischen, der auch die Flieger für ihn einnehmen würden, die in dieser Minute – 10:52 Uhr der libanesischen wie israelischen Zeit – seine Stadt bombardieren. Die Augen des Dichters sind mindestens so melancholisch wie die von Frankreichs Nummer zehn, jedoch auf andere Art, offen, freundlich, selbst in politischen Debatten zugetan. Der Romanschreiber sollte ihm eine Mail schicken, so wie vorgestern der Schriftstellerin, der in Ankara der Prozeß gemacht wird. Eine Mail ist nicht viel, wenn ein Freund oder eine Kollegin in Bedrängnis ist, nichts als ein Geständnis der Hilflosigkeit (if there is anything I can do, write or organize, please please don't hesitate to ...) und doch das mindeste, ein Ritual so notwendig wie ein Gebet. Und häufig tut das bloße Zeichen der Sorge dem anderen doch wohl, wie er gelernt hat. Wahrscheinlich funktioniert in Beirut das Internet gar nicht. Nach dem Mittagessen wird er ausprobieren, ob man tatsächlich ein Photo in das Word-Dokument stellen kann. Die Bilder, die noch nicht eingescannt sind, wird er nachträglich in die Vitrinen stellen und ein Gedächtnis nie mehr unterbrechen.

Friedrich Niewöhner (7. September 1941 Schwelm; 1. November 2005 Wolfenbüttel)

Friedrich Niewöhner lernte ich im Streit kennen. Oh, er war böse auf mich. Ich war noch Student und zum ersten Mal von der *FAZ* auf Dienstreise geschickt worden, schickes Hotel am Kurfürstendamm, wo ich sonst in Berlin immer bei Freunden auf der Matratze übernachtete, und Taxiquittungen einzureichen befugt. An der Konferenz, über die ich berichten sollte, nahmen die bekanntesten muslimischen Intellektuellen teil, außerdem Größen der deutschen Islamwissenschaft, die mich beinah als ihresgleichen behandelten, so daß ich den Übermut in Maßkrügen schickerte.

Neben den unvermeidlichen Floskeln über Islam und Moderne bot die Konferenz eine Reihe von Momenten und Gedanken, die ich in meinem Artikel rühmend herausstellen konnte. Allein, da war dieser Professor der Philosophie, schon dem Habitus nach deutscher Ordinarius durch und durch, dessen Namen ich nicht kannte. Sein Vortrag war wie gemacht zum Abwatschen: Islam sechshundert Jahre später als Christentum und daher auf dem Stand des dreizehnten oder vierzehnten Jahrhunderts, müsse jetzt schleunigst durch Reformation und Aufklärung, um dann – ich überspitze – in ungefähr einem halben Jahrtausend so zivilisiert zu sein wie wir im Westen. Auch heute würde ich daran festhalten, daß Niewöhners Ausführungen problematisch waren, so zugegeben einseitig und verkürzt ich sie im Gedächtnis behielt. Ich war auch keineswegs der einzige, der den Kopf schüttelte. Aber bei den anderen blieb es eben beim Kopfschütteln. Ich dagegen hatte die *Frankfurter Allgemeine Zeitung* und nutzte die Gelegenheit, meinen lobenden Bericht mit einer Bosheit zu würzen. In betonter Lässigkeit, ja von oben herab kanzelte ich den deutschen Professor wie einen Schüler ab, der seine Hausaufgaben nicht gemacht hatte. Ich dachte nicht über mögliche Folgen nach, sondern hielt fest, was ich meinte gehört und herausgehört zu haben, allein aus fachlichen Gründen. Wer Niewöhner war, wen ich da verächtlich machte und was die Schelte an so prominentem Ort für sein Ansehen bedeutete, darüber machte ich mir keine Gedanken.

Offenbar traf es ihn sehr. Er beschwerte sich bei der Redaktion, für die er selbst regelmäßig schrieb, und verlangte von meinem Doktorvater, der ebenfalls auf dem Podium gesessen hatte, mich zur Ordnung zu rufen. Ein bißchen bang wurde mir, und ich war plötzlich nicht einmal mehr sicher, ob ich richtig lag. Daß ich mit dem Artikel jemanden verletzen konnte, hatte ich nicht in Erwägung gezogen. Nichts hatte ich in Erwägung gezogen, als einen flotten Artikel zu schreiben, der weitere Dienstfahrten rechtfertigte. Zum Glück machte weder die *FAZ* noch mein Doktorvater mir einen Vorwurf, und so fühlte ich mich durch Niewöhners Empörung schließlich eher bestätigt als gewarnt. Danach hörte ich nichts mehr von ihm, las nur stets seine gelegentlichen Rezensionen, ob mit einem Anflug von Flauheit, weiß ich nicht mehr, aber gewiß aufmerksam. Ein gutes Gefühl hätte ich nicht haben dürfen, denn Niewöhners Artikel zeugten von einer genauen Kenntnis auch der islamischen Literatur. Der Schock stand freilich noch aus.

Die erste Rezension meiner Dissertation, von *Gott ist schön*, stammte – von Friedrich Niewöhner. Und stand – in der *Frankfurter Allgemeinen*

Zeitung. Ich erschrak gewaltig, als ich die Seite öffnete, die fast nur aus der Rezension bestand. Als ich sie las, konnte ich meinen Augen kaum trauen: Niewöhner hatte *Gott ist schön* mehr als nur wohlwollend besprochen, ja, mit Staunen und Begeisterung. Noch immer gebe ich zuviel darauf, wie ich beurteilt werde; da läßt sich leicht ausrechnen, wie wichtig ich die erste und gleich so prominente Besprechung meines ersten richtigen Buchs nahm. Ich war perplex, erleichtert und dankbar. Ein solcher Großmut war nicht selbstverständlich und entsprach schon gar nicht meinem Bild des deutschen Ordinarius.

Ich kann mich noch an die Absicht erinnern, ihm einen kurzen Brief zu schreiben, aber nicht daran, es tatsächlich getan zu haben. Nein, er war es, bin ich mir jetzt fast sicher, der sich bei mir meldete, ein gutes Jahr nach der Rezension mit einem Brief. Als einzigen »Nachwuchswissenschaftler« unter Professoren, wie er etwas gönnerhaft betonte, lud er mich zu einem interdisziplinären Gespräch über die Hermeneutik religiöser Schriften nach Wolfenbüttel ein. Seltenes Glück, war das Symposion ein wirkliches Gespräch am großen Tisch mit Niewöhner als virtuosem Moderator, hier ermunternd, dort provozierend, oft mit überraschenden Kenntnissen, immer neugierig, und nebenan die Bibliothek Lessings. Das jüdisch-islamische Hermeneutik-Projekt am Wissenschaftskolleg nahm hier seinen Anfang, ebenso das Bewußtsein, wie nah sich die drei Religionen, die sich auf die Propheten Israels berufen, aus der Perspektive eines Sinologen, Indologen oder Buddhologen stehen, nämlich so nah wie verschiedene Kirchen innerhalb einer einzigen Glaubenstradition. Allein schon innerhalb des Buddhismus sind die Unterschiede weit größer. Noch im *Schrecken Gottes* sind die Impulse deutlich zu spüren, die ich an dem Wochenende bei Niewöhner empfing.

Niewöhner war einer der wenigen oder vielleicht sogar der einzige Gelehrte seiner Generation in Deutschland, der auf den Nahen Osten als einem gemeinsamen Raum verschiedener, ineinander verschränkter Traditionsstränge blickte, wie ich es im *Schrecken Gottes* neu einfordere. Anders als ich verfügte er allerdings zudem über die Kenntnisse des Hebräischen und der nichtislamischen Literaturen des Orients. Im Prinzip tat Niewöhner, was für die deutsch-jüdischen Orientalisten im Zuge der Wissenschaft des Judentums selbstverständlich gewesen war und ich mir für die heutige Islamwissenschaft, Judaistik, Wissenschaft des christlichen Orients und überhaupt für die Kulturwissenschaft wünschte: Er studierte die Kulturen des Orients in ihrem Zusammenhang und im Zusammenhang mit den Kulturen Europas.

Abends im Restaurant saß ich neben Niewöhner. Spätestens jetzt mußte ich ihn auf meinen Konferenzbericht ansprechen, den er mit der Rezension und der Einladung so souverän beantwortet hatte. Ja, er habe sich schon sehr geärgert, redete Niewöhner nicht herum, aber dann habe er eben mein Buch gelesen und Erkundigungen über mich eingeholt – ach, es wäre doch albern gewesen, auf dem alten Ärger zu beharren, das sei passiert und vorbei. Mehr sagte er nicht. Ich entschuldigte mich für den Tonfall meines Artikels, ohne zu heucheln, daß ich seinen Vortrag in Berlin im nachhinein positiver beurteilen würde. Er fragte auch nicht danach. Es war gut. Mochte ihn der Artikel noch immer wurmen (das merkte ich), er gab dem kein Gewicht und freute sich auf unsere Bekanntschaft. Mir selbst war es eine Lektion, wie scharf das geschriebene Wort wirkt und wie achtsam ich mit der Waffe umgehen muß, die es sein kann, weitaus achtsamer als auf der ersten Dienstreise meines Lebens.

Den Rest des Abends erzählte er mir von seiner Vergangenheit. Ich erfuhr, daß er vor der Revolution in Schiraz gelebt und noch viele Bilder vor Augen hatte, die ihn bewegten. Wenn ich mich nicht täusche, hatte er auch Geige oder Cello gespielt und war in Schiraz mit einem Orchester aufgetreten, oder er hatte den Auftritt eines Orchesters organisiert, ich weiß es nicht mehr; etwas war da, von dem er wehmütig, bezaubert und dabei selbstironisch sprach. Nach und nach verstand ich seinen Ohrring, den ich in Berlin noch nicht bemerkt hatte. Niewöhner mußte ein Freak gewesen sein, ein Hippie, Weltenbummler oder sonstwie außerhalb der Reihe getanzt haben. Er tat es noch immer, nur daß er seit Jahren in der Gestalt des Professors auftrat und die Grenzen, die er durcheinanderwirbelte, nun innerhalb der akademischen Disziplin lagen. Unter den Ordinarien mag der Ohrring ein Zeichen gewesen sein, daß er nicht ganz dazugehörte.

Wir blieben in Kontakt, auch wegen des jüdisch-islamischen Hermeneutik-Projekts. An meinem ersten eigenen Symposion am Wissenschaftskolleg, dessen offene Form ich aus Wolfenbüttel übernahm, beteiligte er sich so engagiert und hilfreich, als sei ich sein Schüler. Den *Schrecken Gottes* hätte er bestimmt rezensiert; kaum jemand in Deutschland hätte ihn fundierter beurteilen können. Vermutlich hat die *FAZ* das Buch gar nicht aus Bosheit ignoriert, wie ich aus Prinzip argwöhnte, sondern weil sie Niewöhner bereits das Buch geschickt hatte. Dann hat er es vielleicht noch gelesen.

Etwa ein Jahr nach seinem Tod war ich zu einem Vortrag über den *Schrekken Gottes* in Lessings Bibliothek eingeladen. Zu Beginn erinnerte ich an meine Bekanntschaft mit Friedrich Niewöhner und dessen Größe. Die Witwe saß im Publikum und schien sich zu freuen, daß ich ihrem Mann die Referenz erwies. Nach dem Vortrag sprang ein Mann auf und wandte sich einigermaßen erregt gegen meine Diskussion islamischer Motive in der *Göttlichen Komödie* und überhaupt gegen meine Darstellung des nahöstlichen Anteils an der Herausbildung Europas. Niewöhner hätte ihm gewiß widersprochen, und nicht nur aus fachlichen Gründen.

Im Ferienhaus der Eltern ist der Tod noch näher. Wie viele Sommer noch? fragt er sich oft, der Vater schon an die Achtzig. »Im Namen Gottes, des Erbarmers, des Barmherzigen«, widmet der Großvater seine Selberlebensbeschreibung einem Geistlichen namens Hossein Ali Rasched, der ihn vielleicht nie bemerkt habe und ihn gewiß nicht kenne. »Es sind nun vierzig Jahre, daß ich mich stets bemühe, seine wertvollen Reden zu hören, sei es in der Moschee oder vor dem Radio, und mein Leben täglich nach seinem Vorbild auszurichten.« Der Großvater starb ein Jahr nach der Islamischen Revolution, die sein Mißtrauen bereits bestätigte. Ohne sich verabschiedet zu haben, war die Mutter zum Flughafen gefahren, als der zwölfjährige Enkel von der Schule heimkehrte. Als er mit dem Vater und den Brüdern in Isfahan eintraf, war der vierzigtägige Ritus schon auf Betriebstemperatur gesunken. Von früh bis spät waren Leute im Haus der Großeltern, die der Enkel nie gesehen hatte, am Morgen kleine Grüppchen, ab dem Nachmittag immer vierzig, fünfzig Menschen gleichzeitig. Sie füllten den Salon, die ebenso große Eingangshalle, in der sich die Großfamilie sonst immer traf, und in Stoßzeiten die Terrasse, obwohl es noch kühl gewesen sein muß. Der Enkel kann sich an kaum mehr erinnern, als daß große Reisplatten durch die Halle getragen und immerfort Tee und Süßigkeiten verteilt wurden. Doch, er hat sich auch gefragt, woher die vielen Stühle kamen, fällt ihm am Freitag, dem 14. Juli 2006, um 10:23 Uhr auf der Terrasse des Ferienhauses wieder ein, von der aus er den Golf von Rosas überblickt. Die Großmutter, die Mutter und die Tanten hat er nicht vor Augen. Vielleicht hielten sie sich im Salon auf, den er so gut wie nie betrat, vielleicht in einem anderen Raum. Regelmäßig brachen Frauen in Tränen aus oder klingelten die Bedürftigen, um sich Essen abzuholen. Dem Enkel war der Betrieb unheimlich. Weder widmete den Kindern jemand Aufmerksamkeit wie sonst, noch durften sie im Haus und im Garten toben. Wahrscheinlich hatte es niemand verboten, es war einfach so, daß sie wie Erwachsene in der Halle sitzen mußten in der bangen Erwartung, daß gleich wieder jemand weint. Weil bald danach der Krieg ausbrach und der Enkel dreizehn Jahre lang nicht nach Isfahan zurückkehren sollte, wirkte das Unbehagen lange nach: Das letzte, was er für lange Zeit von Iran sah, waren die fremden Menschen, die statt der Großfamilie in der Eingangshalle saßen. Niemand erklärte ihm, was das hieß: dein Großvater ist tot. Mit einer Selbstverständlichkeit, die es nicht einmal mehr in Iran gibt und auch vor dreißig Jahren wahrscheinlich nur für Kinder geben konnte, war er das … nein, nicht das Oberhaupt, das hat einen falschen Zungenschlag … war er das Haupt der Familie. Schon seine Statur hatte nichts Herrisches, klein, dick und der beinah kahle Kopf mit dem weißen Stoppelbart noch runder als der Kopf von István Eörsi, ungelogen wie ein Fußball. Oberhaupt, das klingt nach Befehlshaber, nach einem General, nach Monarchie. Dem Großvater waren alle menschlichen Hierarchien suspekt, wenn nicht widerwärtig, da es über den Menschen nur Gott gab, den Barmherzigen und Erbarmer. Politisch war er deshalb notwendig Republikaner, bis zuletzt Anhänger des Premierministers Mohammad Mossadegh, der Anfang der fünfziger Jahre für die Freiheit gekämpft hatte. Niemals machte es der Großvater sich leicht, war in eigenen Angelegenheiten oft unschlüssig und wog lange ab, wenn andere ihn vor ihren Entscheidungen um Rat fragten. Zu den Kindern sprach er wie zu Erwachsenen, das beeindruckte den Enkel natürlich. Vor allem war der Großvater peinlich auf Korrektheit bedacht und darauf, Gerechtigkeit auch dort widerfahren zu lassen, wo es ihn selbst schmerzte. Wenn der Enkel sich jetzt fragt, woher er das alles weiß, da er den Großvater doch nur als Kind und das auch nur ab und zu im Sommer erlebte, nicht einmal jedes Jahr, kann er nur vermuten, daß sich das Bild aus eigenen Erinnerungen zusammensetzt, die er später deutete, und aus Beschreibungen anderer, die sich dazufügten. Aber soweit er die Selberlebensbeschreibung gelesen, die ersten dreißig Seiten und einzelne Absätze des Rests, findet der Enkel sein Bild des Großvaters auf unheimliche Weise bestätigt; sei es in den regelmäßig eingeflochtenen Koranversen und Lebenslehren, sei es im gravitätischen, ja stocksteifen Gestus, mit dem der Großvater erzählt, sei es in der Auswahl dessen, was dem Großvater wert schien, festgehalten zu werden. So schildert er, wie er als Student die »Trauer und Wut« seines Vaters hervorrief, als er nach langer Abwesenheit dessen Hand küssen wollte, wie es Anfang des zwanzigsten Jahrhunderts vollkommen üblich gewesen sein muß. – Kein Gott außer Gott, zürnte der Urgroßvater und verbat sich den Handkuß. Es paßt zum Großvater, daß er gerade diese Episode seiner Jugend hervorhebt. Bei allem Respekt, den die Enkel ihm entgegenbrachten, wäre es ihnen nie eingefallen, ihm die Hand zu küssen, obwohl die Geste in den siebziger Jahren noch keineswegs ungewöhnlich war. Der Großvater hätte sich mehr als nur geärgert, der Handkuß hätte ihn enttäuscht, er wäre vor allem von sich enttäuscht gewesen, die Gottesfurcht nicht seinen Kindern und Kindeskindern vermittelt zu haben, wie sein Vater sie ihm vermittelt hatte. Den Makel suchte er immer erst bei sich, bezeichnend deshalb der Koranvers, mit dem er die Selberlebensbeschreibung beschließt – denn natürlich beschließt er sie mit dem Koran, wie der Enkel sich beim Vorblättern versicherte: »O ihr, die ihr glaubt, bleibt fest in der Gerechtigkeit, so ihr Zeugnis ablegt zu Gott, und sei es auch wider euch selber oder eure Eltern und Verwandten, mag einer arm sein oder reich, denn Gott ist nahe beiden.« Genau das ist er, *Bâbâdjundjun*, wie ihn selbst die Erwachsenen anredeten, Papaseelchenseelchen mit dem doppelten Diminutiv, in dieser letzten Entscheidung – und er tat sich schwer mit Entscheidungen –, gerade Sure 4,135 an den Schluß zu setzen, seid gerecht, auch wenn es zu eurem eigenen Nachteil ist, selbst wenn es zum Nachteil eurer Eltern ist, eurer Verwandten, macht nie einen Unterschied zwischen reich und arm, überhaupt zwischen den Menschen – bemüht euch am meisten um Gerechtigkeit. So einer war für die Mitmenschen nicht nur angenehm, sondern auch ein Prinzipienreiter, den das Auge noch lange juckte, das er als Vater, insbesondere als Vater von drei vorlauten, kecken Mädchen, hin und wieder zudrücken mußte. Wenn die Enkel jemanden zum Tollen suchten, für Albernheiten – und andere Onkel oder Großtanten der Verwandtschaft standen meistens bereit –, mußten sie bei ihm gar nicht erst anklopfen. Undenkbar der Satz: Großvater, erzähl uns mal einen Witz! So war er nun einmal, nein, so wirkte der Großvater auf den Enkel aus Deutschland – was weiß der Enkel denn, wie der Großvater war, schon gar in jungen Jahren? –, und so verehrten sie ihn mitsamt seiner Humorlosigkeit, achteten seine Ansprüche, da er selbst sich an ihnen maß. Eben weil sich in jeder Zeile, die der Enkel im folgenden liest, der Großvater genau so zeigt, wie er ihn zu kennen meinte oder sich ausgemalt hatte, irritiert ihn die Widmung, zumal in ihrem beinah schwärmerischen Ton. Daß der Großvater selbst jemanden verehrte, damit hat der Enkel nicht gerechnet. Die Tochter simst um 14:13 Uhr vom Strand aus, daß der vereinbarte Ausflug klappt, die Kajaks bereitstehen und er sofort zum Strand herunterkommen soll, im Rucksack Äpfel und Wasser. Das erspart ihm Gott sei gepriesen den ursprünglich zugesagten Freizeitpark, der den Verlauf des Lebens auf ungefähr zweihundert Wasserrutschen simuliert.

Georg Elwert (1. Juni 1947 München; 31. März 2005 Berlin)

Der frühere Rektor des Berliner Wissenschaftskollegs erwähnte in einer Mail, daß der Ethnologe Georg Elwert, der hundert Meter Luftlinie vom Kolleg entfernt wohnte, wegen eines Tumors vermutlich nicht mehr lange zu leben habe. Ich nahm mir vor, Elwert zu mailen oder, besser noch, ihn zu besuchen, und tat es nicht. Mir fielen die Worte nicht ein, die ich hätte sagen können. Ich denke an Sie? Melden Sie sich, wenn ich was tun kann? Ich finde es ebenso scheiße, daß Sie sterben?

Wenn Hoffnung ist, kann man Wünsche äußern. Aber so, wie die Mail sich las, war die Angelegenheit entschieden. Über die Umstände der Krankheit fragte ich den früheren Rektor nicht aus, wenn wir zu Mittag aßen. Ich wußte nicht einmal, ob Elwert seine Mails noch las. Ich hätte ihn besuchen können, ja, mehrfach war ich im Kolleg, hundert Meter – aber sollte ich einfach so klingeln bei den Elwerts, hallihallo, wollt' mal sehen, wie's Ihrem

Mann so geht oder deinem Papa, in der Hand Blumen und oder mein aktuelles Buch mit Widmung? Ich wußte nicht einmal, ob Elwert noch zu Hause wohnte oder in der Klinik lag. Oder in der Hospiz oder schon tot war. Ich hätte anrufen können, das Sekretariat führte seine Nummer gewiß im Computer. Aber am Telefon hätte mir die Stimme versagt. Wie hätte ich mich vorgestellt? Entschuldigung, verzeihen Sie die Störung, mein Name, habe Herrn Elwert ein paarmal getroffen, rufe an ... weil ... ja ... Warum? hätten die Angehörigen gefragt. Ich fürchtete einen Kondolenzanruf vor der Zeit und noch mehr, mich nach seinem Befinden zu erkundigen, wenn er vielleicht schon gestorben war.

Selbstverständlich rechne ich mir das Schweigen, die Lähmung, wenn nicht gar die Trägheit als moralisches Versagen an, als Sünde. Weiß Gott war es nicht das erste Mal, daß ich sie beging. Meine Lehrer Abdoldjavad Falaturi und Annemarie Schimmel sind viele Wochen lang gestorben, ohne daß ich sie noch einmal besucht, ihnen wenigstens einen Gruß geschickt habe. Schon weil die Strafe nicht erst im Himmel erfolgt, sondern sich als Schuldgefühl ungewöhnlich hartnäckig hält, war ich mir sicher, sie nie wieder zu begehen, als mich bei der Zeitungslektüre der lang erwartete Nachruf auf Georg Elwert widerlegte.

Kennengelernt habe ich ihn auf einem stürmischen Podium am Samstag nach dem 11. September 2001 im Berliner Wissenschaftszentrum, bei der wir zwei uns die Argumente und Beobachtungen zuspielten, als seien wir eine Forschungsgemeinschaft und dazu noch alte Kumpane. Schon während dieser Veranstaltung, später durch seine Texte und in Gesprächen habe ich von Elwert viel über die Ökonomie der neuen Kriege gelernt, genauer: Ich habe analysiert gefunden, was ich vor Ort erlebt hatte. Ich hatte vorher Tadschikistan bereist, und so gut wie alle Erklärungen, die Elwert zu den fließenden Frontlinien und den Mechanismen der Kriegsführung gab, fügten sich in mein verwirrendes Bild. Umgekehrt schienen ihn meine Reportagen zu stimulieren und seine Theorien zu füttern. Er mochte offenbar die Ruhe, mit der ich beobachtete, gerade das Unscheinbare, dem ich Gewicht gab, er mochte auch das Kämpferische an mir, das ich selbst gar nicht sehe. Er sprach mit mir wie mit einem Verbündeten, der an einer anderen Front das Gleiche verteidigte, die Kompliziertheit, die Ambivalenzen und vor allem die Menschen, die zu Barbaren gestempelt werden, kollektiv zu Gotteskriegern. Wir beharrten auf Ursachen, die nachvollziehbar zu machen und zu ändern wären. Außerdem hatte er einen verschmitzten Blick auf die sich so hoch dünkende Welt des Kollegs, den ich mal augenzwinkernd, mal aufstöhnend zurückwarf.

Elwert war es ein Anliegen, daß ich mich am Kolleg mit meinen Themen und Projekten durchsetzte, und gab auch taktischen Rat, ohne zu fragen, was für ihn abfiel. Ja, da war einer, hundert Meter Luftlinie entfernt, der sich naiv begeistern konnte und andere ohne Rückfragen unterstützte, ein Gutmensch, wenn man so will, aber ebenso pragmatisch wie theoretisch versiert. So viel lieber sind mir die Gutmenschen, erst recht, wenn sie mit ihrem Gutsein nicht hausieren, als die Coolen, Bequemen, Ehrgeizigen, Weltabgewandten und schon gar die Zyniker. Die Einrichtung seines Reihenhauses mit den skandinavischen Möbeln und den gerahmten Postern wies auf die Generation hin, der er angehörte, die frühen Siebziger, die nicht mehr alles umstürzen, sondern es konkret verändern wollten. Ein-, zweimal besuchte ich ihn, um Bücher oder Aufsätze abzuholen, und jedesmal nahmen wir uns vor, einen Abend miteinander zu verbringen.

An einen der vielen Empfänge im Kolleg erinnere ich mich: Das Sofa, auf dem Elwert zusammen mit seiner Frau und wechselnden Bekannten saß, war wie die Bodenstation, auf der ich mich zwischen den Fachgesprächen ausruhen durfte. Zwischendurch ein bißchen albern zu sein oder zu lästern, das half. Als sich der Stehempfang allmählich auflöste, blieb ich auf Elwerts Sofa sitzen und war froh, nicht nebenan bei Hans Magnus Enzensberger gelandet zu sein, nicht weil ich etwas gegen Enzensberger gehabt hätte, sondern weil ich den Feierabend in meiner eigenen Verwandtschaft beging, so kam es mir vor, bei meinem älteren Vetter, der vielleicht nicht so berühmt und brillant wie Enzensberger war, aber dafür ohne allen Arg, mit Augen, die Anteil nahmen und nicht justierten.

Wenn ich das so schreibe, muß das wirken, als hätten wir uns gut gekannt. Das stimmt nicht. Häufig sind wir uns gar nicht begegnet, ein- oder zweimal bei ihm zu Hause, hier und dort auf Empfängen des Kollegs, dazu die eine oder andere Mail, die wir austauschten, zwei Podien nach dem 11. September. Aber ich habe ihm von vornherein vertraut. Das kann nicht nur mir so gegangen sein. Es lag in seinem Wesen, daß man ihm vertraute. Ich wette, seine Frau oder seine Studenten würden das bestätigen. Noch immer bleibe ich oft an seiner Mail-Adresse hängen, wenn ich das Adreßverzeichnis meines Computers durchsehe, an elwert@zedat.fu-berlin.de, und wenn ich am Kolleg bin, nehme ich mir jedesmal vor, ihn zu besuchen. Luftlinie sind es nur hundert Meter.

Schon Schluß? Das Vorhaben, die Toten ungeachtet seiner Beziehung zu ihnen ungefähr gleich zu behandeln – um die neuntausend Anschläge, die Beschränkung auf einzelne, eigene Erlebnisse, dieselbe Tonlage –, läßt sich nicht durchhalten. War es schon mühsam, genügend Momente von Claudia Fenner und Friedrich Niewöhner zusammenzutragen, ist das Gedächtnis für Georg Elwert unmöglich auf die vorgesehene Länge zu bringen und auch vom Gesagten her läppisch. Führe Navid Kermani fort, liefe das Kapitel auf eine Sammelrezension einiger ethnologischer Bücher und Aufsätze hinaus. Es ist schwierig, wenn er den Verstorbenen bei aller Sympathie kaum kannte. Er müßte dann auf sekundäres Material zurückgreifen, Bücher, Photos, Angaben von Angehörigen, oder sich beschränken. Ohnehin ist es beschämend, wie wenig ihm einfällt, bei Taglicht betrachtet nur Äußerliches, wie selten er hinsah. Nicht einmal die Physiognomie stünde ihm deutlich vor Augen, wenn er sich nicht die Photos besorgt hätte. Hinzu kommt, daß sich die Emotionen in der Wiederholung verbrauchen. Spätestens das Gedächtnis für Georg Elwert kippt in die Rührseligkeit; das Fazit kann nicht jedesmal sein, daß da noch so viel gewesen wäre. Andererseits sind hagiographische Sammlungen eben so, daß sie verklären und sich wiederholen. Gegen dieses Argument spricht wiederum, daß Navid Kermani alle Namen nennen möchte, die ihm auf Erden etwas bedeuteten, nicht nur die ihm fehlen. Insofern ist dies keine Chronik der Heiligen. Djavad Ketabi wird sich in die bisherige Reihe nicht logisch einfügen, und György Ligeti, den Navid Kermani eine Zeitlang sehr oft traf, aber meistens nur flüchtig, muß dem Roman, den ich schreibe, eine weitere Wendung geben. Wie mit Georg Elwert darf es nicht weitergehen, aber korrigieren, nachträglich verbessern darf er die Kapitel auch nicht, bildet sich Navid Kermani ein, und schon gar keinen Namen löschen, der poetologisch falsch oder richtig nun einmal bedacht wurde. Die älteren Nichten stören am Dienstag, dem 18. Juli 2006, um 18:54 Uhr mit ihrer Popmusik am Schwimmbad. Er hebt sich den Einspruch des Erwachsenen für den morgigen Tag auf und geht statt dessen zum Schwimmen hundert oder zweihundert Höhenmeter hinunter ans Meer. Die Frau ist weiter weg als bei der Heiligen Margarete. Vielleicht weil es für immer sein könnte, vermißt er sie: daß wir mit einemmal niemanden mehr haben, dessen Stimme wir am Ende des Tages noch hören, den wir anrufen könnten, auch wenn wir es aus Wut, Enttäuschung oder Desinteresse nicht tun.

Noch mehr als die Frau beschäftigt ihn die Leere, die sie hinterläßt. Das Handy trägt er selbst in Badehose mit sich herum, als erwarte er einen Anruf.

Der Korrespondent, der in Beirut mit fünfundzwanzig Interviews pro Tag eine noch höhere Schlagzahl erreicht, erwischte den Kollegen aus Köln, als dieser in Spanien am Grill stand. Die Bomben würden nach Konfession verteilt, am wenigsten auf die christlichen Viertel, mehr schon auf die Sunniten, am meisten auf die Schiiten, erklärte der Korrespondent, ohne daß die Lammkoteletts deswegen verbrannten. Wie lange noch? In einer Woche fliegt der Korrespondent zurück. Weil der Krieg dann zu Ende ist? Weil die Sender dann nicht mehr bestellen. Ob der unaffektiertste, gutmütigste Vertreter der arabischen Literaturgeschichte von der Dschahiliyya bis heute als Schiit in einem der Viertel wohnt, die jeden Tag bombardiert werden? Oder nur jeden zweiten, jeden vierten Tag oder nobel genug und deshalb gar nicht? Die Schriftstellerin, der in Ankara der Prozeß gemacht wird, hat geantwortet, daß sie sich vielleicht in Frankreich wiedersähen, auf jeden Fall in besseren Zeiten. Mehr als ihr Prozeß interessiert den Kollegen aus Köln, ob er sie auch in ein französisches Bett kriegte. An den Stränden fällt ihm angenehm auf, daß die jüngeren Frauen wieder vermehrt das Oberteil des Bikinis tragen. Unangenehm ist daran, daß die Barbusigen von Jahr zu Jahr älter werden. Andererseits trägt es dazu bei, sich mit der Selbstbefriedigung abzufinden, die der Roman ebenfalls ist, den ich schreibe. Mit 6099 Anschlägen ist er im Soll und hat außerdem E-Mails beantwortet. Das ist sein Tag gewesen, der 18. Juli 2006 nach Christi Geburt, wobei diese Zeitrechnung noch ungenauer ist als die Uhr auf dem Laptop.

Die Frau weckte den Mann am Donnerstag, dem 19. Juli 2006, um 8:15 Uhr mit der Kurzmitteilung auf, daß sie wieder telefonieren dürfe. Weil sie nicht abhob, simste er, daß bei ihnen alles in Ordnung sei, wie es ihr gehe und wann er sie anrufen könne. Um elf, antwortete sie. O. k., simst er, um elf würde er sich melden. Ob es ihr gutgehe, fragte er in einer weiteren Mitteilung nach, weil sie sich darüber nicht geäußert hatte, und ob sie im Festnetz erreichbar sei, weil der Anruf dann weniger kostet. Von der Kurzmitteilung, die zurückkam, las er nur die erste Zeile: »Nein. ich hab«. Sofort dachte er, das Nein beziehe sich auf ihren Zustand, nein, es gehe ihr nicht gut, und alle Sorgen traten in den Tag. Innerhalb einer Sekunde wog er die hundert Möglichkeiten ab, warum es ihr schlechtgehen konnte. Ist das schon Liebe, wenn der andere einen bekümmert wie sonst nur das eigene, gemeinsame Kind? Mit Liebe, wie er sich Liebe früher vorstellte, hat es wenig zu tun, ob auch die Freude im Bett gegen eine bloße Wohngemeinschaft spricht. Vor allem verschwindet nie die Sorge, nie das Gefühl, dazusein, immer da sein zu müssen für den anderen, auch wenn es Tage gab, wo er am liebsten gekündigt hätte, auf geregelte Weise, unter Einhaltung der Kündigungsfrist und möglichst mit Nachmieter, um ihre Verletzungen und damit seine Schuldgefühle so gering wie möglich zu halten. Das Nein bezog sich nicht auf ihren Zustand, stellt sich heraus, als er es endlich wagt, auf die zweite Zeile zu scrollen: Nein, sie habe keine Festnetznummer. Gott sei gepriesen. Es gehe ihr gut, fügte sie in der dritten Zeile hinzu. In zehn Minuten darf er sie anrufen. Allein schon aus therapeutischen Gründen wird der Mann sagen, daß er die Frau liebt und vermißt.

Djavad Ketabi (Februar 1922 Isfahan; 2. Mai 2005 Teheran)

Am Schluß schien Herr Ketabi seinen Geist stillgelegt zu haben. Ich kann natürlich nur vermuten, was in ihm vorging, aber am Schluß – oder, was ich davon noch gesehen habe, danach hat er noch anderthalb Jahre gelebt –, ganz am Schluß beschränkte sich seine Existenz, soweit ich es wahrnahm, aufs Essen, die Verdauung und das laut aufgedrehte Kinderprogramm des iranischen Staatsfernsehens. Seine Frau, meine Tante, verhielt sich zu ihm wie die Schwester zum Privatpatienten, bloß daß sie keinen Dienstschluß hatte, nur Ausgänge, Einkäufe, die Wassergymnastik im Pool des Apartmentblocks, an der sie regelmäßig teilnahm, ihren Damenzirkel, ihre Enkel sowie ihre Schwestern. Mehr und mehr schien es, als sei die Fürsorge Teil ihres neuen Lebens als Witwe, so wie Einkaufen ein Teil war und die Wassergymnastik. Um nicht falsch verstanden zu werden: Meine Tante betreute ihren Mann gewissenhaft, geduldig und mit Liebe. Erschreckend und zugleich beruhigend war indes die Routine, die ihre Zuwendung annahm. Er ruft Tee, dann bringe ich ihm Tee und halte ihm die Untertasse unter den Mund. Er will aufstehen, schon stehe ich am Sessel. Geklagt hat sie nie, sofern ich das melancholische Lächeln, das sie uns zuwarf, nicht als Klage nehme. Kamen die Kinder mit ihren Familien, die Enkel, die Schwägerinnen oder Verwandte wie ich zu Besuch, zog er sich um und setzte sich zu den Gästen, aber er sagte so gut wie nichts mehr, außer Forderungen wie »Bring Wasser, Kind!« oder »Ich möchte jetzt essen!«. Mich fragte er nach dem Befinden meiner Eltern oder Brüder, aber schon die Antwort schien ihn nicht mehr zu interessieren. Er war bereits fort. Womöglich war das, was wie Verblödung wirkte, nur die Konzentration auf das, was ihm bevorstand.

Als Kind mochte ich Herrn Ketabi gern, ohne auf ihn zu achten. Er hatte einen freundlichen Gleichmut, auf den die Kinder vertrauen konnten, und ließ sich gelegentlich herab, mit mir Backgammon zu spielen. »Mit was hat er eigentlich gehandelt?« fragte ich meinen Vater, da Herr Ketabi seine Tage schon in meiner Kindheit zu Hause verbrachte. »Mit seinem Gehirn«, antwortete mein Vater. Seine Geschäfte tätigte er am Telefon. »Junge, was sagst du? Sieben Kaschan? Wie groß, welches Jahr? Und die Knüpfung? Wieviel will er haben? So viel? Hundsvater, der. Na, kauf mal, kriegen die schon los, Junge«, und zwei Jahre später verkaufte er sie fürs Doppelte.

Einen Sommer verbrachten wir am Kaspischen Meer in der Villa seines Bruders, der noch mehr Geld besaß. So klein ich war, drei oder vier Jahre, den Photos nach keinesfalls älter, erinnere ich mich an viele Details, den Garten mit Palmen, den Duft der gebratenen Maiskolben, den breiten, dunklen Strand, den ich einmal allein entlangschlenderte, um bereits den Schock meines Lebens zu erleiden. Ich stieß auf eine Menschenmenge, die den Fischern dabei zuschaute, wie sie die Störe aufschlitzten und mit schwarzrotbeschmierten Händen den Kaviar aus den Bäuchen holten. Heulend rannte ich den weiten Weg zurück in die Villa, der in Wirklichkeit sehr kurz gewesen sein muß, übergab mich und war zwei oder drei Tage lang krank, wie mir meine Mutter später bestätigte. So verdanke ich Herrn Ketabi oder genau genommen seinem Bruder meine Fischphobie.

Als die Ketabis noch in dem alten Haus wohnten, träumte ich davon, vom ersten Stock in das Schwimmbecken zu springen. Die Höhe war nicht das Problem, ich sprang damals locker vom Zehner, aber der Abstand zum Becken. In dem Haus hatten sie eines dieser klassischen iranischen Herrenzimmer, die ich liebte. Sie sind mit nichts eingerichtet als mit einem oder mehreren Teppichen, die den gesamten Boden bedecken, sowie Kissen an den Wänden. In Herrn Ketabis Zimmer genügte ein einziger Teppich, fast eine Brücke, so klein war es, mehr eine Reminiszenz an die alten Zeiten, denn groß mußten die Wohnzimmer sein für die vielen und in meiner Zeit immer schon gemischten Besuche, die ihre Schuhe nicht mehr vor der Tür auszogen. Herr Ketabi hatte sich das Herrenzimmer, das man weiterhin nur auf Socken betreten durfte, wenigstens en miniature bewahrt, mochten auf dem Teppich gelegentlich auch Damen Platz nehmen.

Was ich mit Herrn Ketabi am meisten verbinde – und bestimmt nicht nur ich unter meinen Verwandten –, ist der süße Duft des Opiums. Später durfte ich auch mal an der Pfeife ziehen. Solange es irgendwie ging, bis zum zweiten oder dritten Herzinfarkt, rauchte Herr Ketabi Opium. Als die Kontrollen nach der Revolution strenger wurden, ließ er sich sogar ein Attest ausstellen, dank dem er die Droge legal erwarb. Seine Familie hatte alle möglichen Verbindungen. Sicher, im nachhinein weiß ich, daß sein freundlicher Gleichmut auch mit der Droge zu tun hatte. Soweit ich es selbst erfahren und an anderen beobachtet habe, entspricht ihre Wirkung keineswegs der Vorstellung schummriger Opiumhöhlen, in denen Süchtige halb übereinander, halb auf dem Boden vor sich hin dösen. Mich hat Opium aufs angenehmste geweckt, mein Bewußtsein auf extreme Weise sensibilisiert und mich den Mitmenschen geöffnet. Wie die Wirkung ist, wenn man regelmäßig raucht, weiß ich nicht. Herr Ketabi jedenfalls wirkte nie betäubt, eher wohlwollend und durchaus am Geschehen ringsum interessiert. Für seine Geschäfte setzte er die Pfeife nur kurz ab. Er trank auch gern, als ich später dabei war, am liebsten Whisky mit den Söhnen. Sein Schwiegersohn, der als Professor einer amerikanischen Universität ein iranisches Ministerium beriet, zauberte einmal eine gute Flasche *duty free* aus dem Handgepäck, da haben wir alle gestaunt. Der Staatssekretär hat mich abgeholt, lachte der Schwiegersohn, da nahm ich an, daß mich der Zoll schon nicht durchsuchen wird. Guter Junge, wird Herr Ketabi gedacht haben, nur daß du meine Tochter mit nach Amerika genommen hast.

Die Intelligenz seiner vier Kinder ist in unserer Verwandtschaft Legende. Seine jüngste Tochter, fünf Tage vor oder nach mir geboren (ich verwechsele das bis heute), stand mir als Kind in Iran am nächsten. Wann immer wir in Teheran waren, wollte ich deshalb bei den Ketabis wohnen. Ihr Mann hat genauso einen Arbeiterschnauzer wie früher ihre Brüder. Die beiden Söhne des vermögenden Händlers sind politisch aktiv gewesen, Trotzkisten, während der Revolution im Untergrund und nach der Revolution im Gefängnis. Den Jüngeren haben sie sechs Jahre eingesperrt, nicht die ganze Zeit in Teheran. Herr Ketabi und meine Tante sind durch das halbe Land gereist, um die wenigen Besuchszeiten auszuschöpfen. Alle Verbindungen reichten nicht aus.

Bis vor wenigen Jahren hörte er noch jeden Tag BBC und kommentierte den Reformprozeß in kurzen, informierten Einwürfen am Abendbrottisch. Die Erfolgsaussichten des damaligen Präsidenten beurteilte er skeptisch, obwohl er ihm überraschend gewogen war. Bei allem Pragmatismus hatte er für die regierenden Mullahs sonst nur Verachtung übrig. Dabei stammte er selbst aus wohlhabenden, jedoch ganz und gar traditionellen Verhältnissen, dem Basarmilieu, das durch Verschwägerung und den schiitischen Fünften, dem *choms*, eng mit der Geistlichkeit verbunden ist. Herr Ketabi kannte die Gebete alle und verrichtete sie täglich nach Vorschrift. Daß ihn das nicht vom Alkohol abhielt, wurde in jenen Kreisen offenbar kaum als Widerspruch empfunden.

Am spannendsten wurde es in den letzten Jahren für mich, wenn er aus seiner Jugend erzählte, von den Passionsspielen, den Prozessionen, dem *ruhouzi* (der iranischen Commedia dell'arte), den Ringern. Sein Vater war reich geworden, indem er die Altkleider der Amerikaner aufkaufte. Ich hätte den Mut haben sollen, Herrn Ketabi noch viel ausführlicher zu befragen, ich hätte ihn interviewen sollen zur religiösen Kultur von früher. Sein Gedächtnis war noch phänomenal, als nacheinander die anderen Funktionen ausfielen. Zudem freute er sich über meine Neugier, nur daß ihn das lange Reden bereits anstrengte, als ich auf die Fülle von Wissen und Erlebnissen aufmerksam wurde.

Meine Eltern hatten irgendwelche Geld- oder Geschäftsgeschichten mit ihm, wie mit so vielen, aber im Vergleich zu anderen Geschichten gingen sie noch glimpflich aus. Wenn meine Mutter mir Andeutungen machen wollte, wechselte ich konsequent das Thema. Das tue ich grundsätzlich, wenn meine Eltern mich in ihre Sicht eines Familienstreits einweihen wollen, lag in diesem Fall aber zusätzlich daran, daß ich Herrn Ketabi noch ein Gespräch schuldete, seit er und meine Tante uns in Siegen besucht hatten. Vielleicht spürte ich eine gewisse Anspannung unter den Älteren, genau kann ich mich nicht mehr entsinnen. Mit meinen dreizehn Jahren hatte ich andere Interessen als Verwandtenbesuch. Selbst wenn sie sich am Abend im Wohnzimmer geprügelt hätten – ich hätte am Frühstückstisch nichts bemerkt. Insofern folgere ich die Anspannung eher aus dem, was danach war, als daß ich sie tatsächlich wahrgenommen hätte. Gegen Ende ihres Besuchs winkte mich nämlich Herr Ketabi in die Tür des Gästezimmers und sagte, daß er gern mit mir reden würde, unter vier Augen. Wir sollten eine Gelegenheit finden, solange sie daseien.

Es war ihm ernst, und ich nahm es ernst. So hatte Herr Ketabi noch nie mit mir gesprochen. Ich nahm es auch als Zeichen, daß er mich nicht mehr für ein Kind hielt, und wollte seinem Eindruck auf jeden Fall entsprechen. Ich vermutete damals schon, daß es ihm darum ging, sich vor mir oder vielleicht vor allen meinen Brüdern zu rechtfertigen, falls meine Eltern etwas Negatives über ihn gesagt haben sollten. Erfahren habe ich es nie. Als ich meine Eltern nach Herrn Ketabi befragte, erwähnte nicht einmal meine Mutter einen Streit.

Djavad Ketabi ist besser gelungen als die drei Kapitel davor, weil mehr zu sagen war. Allein schon die lange Zeit zahlt sich aus, die der Romanschreiber jemanden kennt. Dafür hat er die Gelegenheit verpaßt, am letzten Tag etwas mit der Tochter zu unternehmen, das den beiden unvergeßlich bliebe. Zum Ausgleich durfte sie eine Dreiviertelstunde fernsehen, Tierpfleger im Zoo.

Auf der Fahrt zum Flughafen erinnert ihn die Kassette, die im Handschuhfach lag, daß auch Nikki Sudden im vergangenen Jahr starb. Es ist eine Radiosendung, die Navid Kermani Anfang der neunziger Jahre Woche für Woche mit den Fingern auf den Aufnahmetasten verfolgte. Die Kassette muß er im Auto der Mutter vergessen haben, das später zum Ferienauto wurde. Schon damals wußte er nicht, von wem die melancholische Coverversion von »Like a Rolling Stone« stammt, die er in seinem Erstauto hundertfach an den Anfang spulte. Danach piepsen eine halbe Sekunde lang die Nachrichten – zu spät auf *stop* oder zu früh auf *play* gedrückt, bevor Nikki Sudden »Captain Kennedy« covert und Navid Kermani ein Kriterium einfällt, das praktikabel sein könnte und überdies den Nachteil jener Idole berücksichtigt, Schauspieler, Sänger oder Instrumentalisten, deren Werk nicht eigentlich reproduzierbar ist: Er muß die Menschen selbst getroffen haben, die verstorben sind. Aber das ist Unsinn, geht ihm schon zu Beginn der zweiten Strophe auf, man trifft so viele Menschen. Vielleicht könnte er vorläufig den Begriff des Martyriums verwenden: Die Verstorbenen müssen für ihn Zeugnis abgelegt haben, und sei es nur für die Verteidigung im dritten Nebenverfahren, einem Verkehrsdelikt, einer Ordnungswidrigkeit oder ähnlichem. Also György Ligeti noch und Nikki Sudden.

Die Frau macht einen gefestigten Eindruck, als er sie in der Schlange vor dem Check-in anruft. Daß sie die Fassade neu errichtet, hält er am Freitag, dem 21. Juli 2006, um 11:18 Uhr für einen Fortschritt. Er soll den Kopf nicht hängen lassen, sagt sie; wenn sie rauskomme, werde vieles anders. Sie sagt auch, daß sie ihn liebt. Er vermutet therapeutische Gründe.

Daß er sich nachts mit Himmelswesen wie *FrAndrea33* herumtreibt, würde er auf dem Fragebogen der Heiligen Margarete, den er am Montag, dem 24. Juli 2006, um 11:34 Uhr in der Wohnung ausfüllt, unter Freizeitgestaltung vermerken, wenn er nicht ausschließlich »stimmt« oder »stimmt nicht« ankreuzen dürfte: Es stimmt nicht, daß er mindestens einmal die Woche eine kulturelle Veranstaltung besucht. Es stimmt nicht, daß er mindestens zweimal die Woche Sport treibt. Schon weil der Tod so weich zeichnet, daß die Erinnerung den Eindruck hervorruft, es gäbe nur Menschen, um die es schade ist, fügt er dem Roman, den ich schreibe, sein trübseliges Leben hinzu. Interessant würde es, wenn jemand stirbt, den der Romanschreiber nicht ausstehen kann, doch erfüllen die Kandidaten aus Politik und Wirtschaft nicht das Kriterium der Nähe und könnten sie, wäre zu befürchten, bei intimerer Kenntnis ihre Beweggründe plausibel machen oder sich gar als zuvorkommend erweisen. Aus seiner Umgebung fällt ihm niemand ein, der unsympathisch wäre, im besten Fall gleichgültig, so daß er nicht zählt. Selbst Kriegsgebiete, über die er berichtete, schienen von hilfsbereiten, friedliebenden Menschen bevölkert, obwohl es objektiv nicht stimmen kann. Soll er sich etwa in Gefängnissen umtun? Stirbt bald jemand, an den er keine gute Erinnerung hat, könnte er das Hagiographische noch rechtzeitig korrigieren und dem Unangenehmen, dem Ärgerlichen, dem Verletzenden wenigstens ein symbolisches Kapitel einräumen. Wenn zum Beispiel der Theaterleiter stirbt, der ihn wegen Aufmüpfigkeit aus der Regieklasse warf, der eine oder andere Lehrer des Gymnasiums, aus dem er verwiesen wurde, oder auch nur der liebenswerte Kollege, der in einer harmlosen Situation um so schmerzlicher enttäuschte, würde er – ach was!, wahrscheinlich würde der Roman, den ich schreibe, selbst dann in Formulierungen ausweichen, die den Zwist auf eine Ebene menschlicher Verständigungsprobleme heben und also in Luft auflösen. Der Romanschreiber könnte sich gegen die Aura des Todes wappnen, indem er bereits von den Lebenden alles Schlechte notiert, das ihm auffällt. Jetzt schon hat das Vorhaben eine Wirkung, die ihn ängstigt: Wo er hinsieht, künftige Kapitel. Er unterhält sich am Telefon mit einem Redakteur und überlegt, ob dieser im Roman, den ich schreibe, auch einen Namen erhalten wird. Zumal die Eltern beobachtete er mit anderen Augen, als er sie am Golf von Rosas besuchte. Er turtelt mit einer neuen Nachbarin und hofft, das Archiv zu erweitern. In welcher Stadt sie wohnt, fragt er *FrAndrea33* in der unwirklichen Aussicht, daß sich etwas Außergewöhnliches ereigne. Er kommt sich vor wie ein Geier, der nach Aas sucht, nein, schlimmer: nicht wie ein Geier, denn ein Geier hat keine Beziehung zum Lebewesen, von dessen Vernichtung er sich nährt, sondern wie ein Vampir, ein Zombie oder Sexualverbrecher, dessen Perversion die Beziehung voraussetzt, die er eingegangen zu sein glaubt. Sonderbar penetrant fragt der Bogen nach den finanziellen Verhältnissen der Ehe, ob es Mißverständnisse, Konflikte gab und so weiter. Nein, nein und nochmals nein. Der Romanschreiber fragt Menschen aus, weil er sie einmal bedenken könnte, und hat die Lesung in Frankfurt zugesagt, um den Soziologen zu besuchen, der unheilbar an Krebs erkrankt ist. Ich weise Sie darauf hin, daß alles, was Sie sagen, gegen Sie verwandt werden kann, hätte er bei der Begrüßung am liebsten erklärt, während die Tochter bei Bekannten wartete, ohne zu verstehen warum: Deine Lesung ist doch erst abends. Hätte er den Soziologen nicht besuchen sollen? Beim Abschied kündigte dessen Frau in einem Anflug von Beschwingtheit an, im Herbst, sofern es die Krankheit noch zuläßt, ins Rheinland zu reisen und gegebenenfalls sehr gern nach Köln. Weitere Punkte heimst die Ehe bei den Fragen zum Sexualleben ein, vorausgesetzt freilich, daß die Frau dieselben Kreuze macht, ansonsten würde es peinlich. Selbst wenn sie nicht mehr miteinander sprachen, sprachen die Körper, hätte es in einem Roman geheißen, wie er ihn früher schrieb.

Die winzige Digitalkamera, die er seit neuestem mit sich herumträgt, hat er auf dem Balkon des Soziologen allerdings nicht ausgepackt und wird er nie wieder mitnehmen, ob aus verbliebenem Respekt oder Mut, der noch fehlt. Man wird nur seinen Rücken sehen, sonst nur den Soziologen, es wird ein Dialog sein, der nicht ausgedacht sein kann, Sekunden der größtmöglichen Nähe und Mitmenschlichkeit, die nicht möglich waren ohne ehrliches Erbarmen, und zugleich aufgeschrieben wurden, aufgeschrieben werden sollten, verwendet ohne Skrupel. Und sein Beruf? Arbeitslos würde er eintragen, wenn es die Prognose nicht senkte. Romanschreiber macht sie nicht besser.

Im Internet, mit dem er in der Wohnung drahtlos verbunden ist, findet der Enkel keinen Eintrag, wer dieser Hossein Ali Rasched war, egal, wie er den Namen schreibt, nur Hinweise auf Hossein Ali Rashid, den »Gift-Ali« Saddam Husseins, dessen Hinrichtung gerade aufgeschoben worden ist, wie der Enkel bei der Gelegenheit erfährt. Der Enkel ruft seine Mutter an. Die Mutter ist einkaufen, aber auch der Vater kann ihm sagen, daß Hossein Ali Rasched ein aufgeklärter Geistlicher war, der unterm Schah im Radio predigte, ohne sich ihm anzubiedern. »Ich fühle mich diesem Hochwürdigen verpflichtet«, schreibt der Großvater, »und verstehe die Widmung dieses unbedeutenden Werkes als ein Mittel, meinen Glauben zu bekunden.« Vermutlich schickte er das Manuskript an Radio Teheran mit der Bitte, es an den verehrten Prediger weiterzuleiten, und Dank für die Bemühungen der Verantwortlichen. Wenn sie vom Einkaufen zurück ist, wird der Enkel die Mutter fragen, ob der Großvater eine Antwort erhielt. So Gott will denkt er daran, sich außerdem zu erkundigen, wann der Großvater die Selberlebensbeschreibung verfaßte. Gedruckt wurde sie nie, obwohl der Großvater eine Veröffentlichung im Sinn gehabt haben dürfte, sich jedenfalls als Zeitzeuge an eine allgemeine Leserschaft richtete, die an historischen Schilderungen interessiert war. Vor vielleicht sechs oder sieben Jahren schnappte der Enkel während einer Reise nach Iran zufällig auf, daß die jüngste Tante das Manuskript zum Abtippen brachte, und bat sie, auch ihm eine Kopie anfertigen zu lassen. Das Heft mit dem himmelblauen Umschlag nahm er mit nach Deutschland. Ein paarmal las er ein, zwei oder auch mal fünf Seiten, nur um es wieder zurück ins Regal zu stellen. Weder ist der Großvater ein mitreißender Erzähler gewesen, noch sind seine Erinnerungen, soweit der Enkel die Tanten und die Mutter darüber sprechen hörte, spektakulär. Der Großvater wird keine Geheimnisse verraten, keine alten Streitereien aufgewärmt, persönliche Krisen allenfalls angedeutet und im übrigen darauf geachtet haben, niemanden zu verletzen. Er wird nur das erwähnt haben, was ihm mitteilenswert erschien für jene »allgemeine Leserschaft«, an die er sich wandte. Bestimmt nahm er selbst die Selberlebensbeschreibung so ernst wie alles im Leben und enttäuschte es ihn, daß sie nie veröffentlicht wurde. Seit die Tante die fünf, sechs himmelblauen Hefte verteilte, hat der Enkel nie wieder jemanden davon sprechen hören. Die Mutter und Tanten werden sie gelesen haben, vielleicht noch der eine oder andere der Freunde und Weggefährten, der längst tot sein dürfte. Eine Generation weiter hat allenfalls der Cousin, der als einziger von fünfzehn Enkeln in Iran geblieben ist, einen Blick in das Heft geworfen. Fünf, sechs Regale höchstens, in denen die Selberlebensbeschreibung all die Jahre stand, fünf, sechs Flächen von 1,1 mal 20,8 Zentimetern, die staubfrei blieben, mehr nicht, mehr ist vom Leben seines Großvaters nicht geblieben. Es ist Montag, der 25. Juli 2006, 22:59 Uhr auf dem Telefon, 23:04 Uhr auf dem Handy, 23:01 Uhr auf dem Laptop, dessen Uhr am genauesten sein müßte, der Enkel im Wohnzimmer, die Frau in St. Margarete, die Tochter im Bett. Sosehr ihn der botmäßige Ton der Widmung irritierte, in einem der sechs Sätze erkannte der Enkel den Großvater doch wieder: »Soweit ich es beurteilen kann, hatte und hat er kein Ziel außer dem, die Menschen auf den Königsweg der wahren Menschlichkeit zu leiten.« In dem Vorbehalt, mit dem der Großvater den Satz anfängt, brachte er nicht Skepsis gegenüber Hossein Ali Rasched zum Ausdruck, sondern die Skepsis gegenüber der eigenen Urteilskraft, die Skepsis gegenüber allen Urteilen, insofern sie menschlich sind. Auf dem Schreibtisch liegt ein Photo in Schwarzweiß, auf dem die Großmutter zu sehen ist, das weiße Kopftuch mit den roten Blümchen so, wie sie es immer schon trug, nicht wie es die Islamische Republik später verordnete, sondern wie eine Pariserin, als die sie sich im Herzen fühlte (der Enkel ist sicher, daß Großvater ausführlich von der Reise nach Frankreich berichten wird). Den linken Arm über seine Schultern gelegt, ihn umarmend also, lacht sie so herzhaft in die Kamera, daß die obere Zahnreihe bis hinter die Schneidezähne zu sehen ist. Der Großvater hingegen lächelt, etwas scheu in seinem dicken Filzmantel, den er zu Hause stets über dem Pyjama trug, mit letzter, unaufgebbarer Skepsis, aber bejahend, was oder wem auch immer zustimmend, wahrscheinlich der Zärtlichkeit seiner Frau, zufrieden, wie er es selten war, lächelt er am Objektiv vorbei in den Himmel, ins Licht, wie an den Schatten zu erkennen.

Zum ersten Mal seit dem Studium, ach was, mehr oder weniger seit er nicht mehr allein wohnt, hat der Romanschreiber ein Klo geputzt. Er war in seinem Herzen nie Sozialist, insofern er sich bereits im ersten Semester mit einer Welt abfand, in der Menschen putzen und andere dafür zahlen. Ihm leuchtete es nicht ein, warum alle gleich seien oder sein sollten. Ohne eine Spur schlechten Gewissens, das in seinen ökologisch orientierten Kreisen verbreitet war, leistete er sich bereits als Student eine Putzfrau, zwar nicht in Deutschland, eine Frage immer schon des Geldes, nicht der Gesinnung, aber in Kairo, wo das Gewissen selbst gutmeinender Westler innerhalb einer Woche kolonial verwässert. Nicht nur sein Sozialismus, auch sein Bekenntnis zur Emanzipation hielte keiner Inquisition statt. Aber soviel Staub und Schmutz er gemeinhin erträgt, muß er nach der Ankunft im Bergischen Land dennoch das Bad und die Küche putzen, die Spinnenweben entfernen, die Brennessel im Eingang ausrupfen und die Reben vor den Fenstern abschneiden. Die Tochter fegt und wischt den Boden. Beiden wird der 25. Juli 2006 unvergeßlich sein. Morgen bringt er sie zu den Nichten nach Siegen, spielt in der Mannschaft des Bruders noch Fußball, ißt beim anderen Bruder, dessen Fachgebiet die Orthopädie ist, zu Abend und besucht die Eltern, bevor er ins Bergische Land zurückkehrt, wo er zum ersten Mal mehr als nur stundenweise allein sein wird, seit seine Frau zusammengebrochen ist und mit ihr die Welt seiner Erscheinungen. Zwei Tage müssen reichen, um der beiden Toten zu gedenken, die noch übrig sind. Obwohl der Beauftragte der Vereinten Nationen beim Anblick der Zerstörungen schockiert war, wie die Zeitung vermerkt, hat der Romanschreiber noch immer keine Mail an den Dichter in Beirut gesandt. Eine Philosophin in Berlin hat eine Erklärung verfaßt, deren Verbreitung er organisieren soll; sie stellt sich *New York Times* vor und Prominenz nicht unter Barenboim, Adonis und Edward Said, der doch mal auferstehen könnte: »We, the undersigned, regard the current violent polarisation between the so-called West and the Islamic world as a perversion of our respective traditions.« Wenigstens hat sich der Empfang im Bergischen Land seit dem letzten Aufenthalt soweit verbessert, daß er meistens telefonieren kann. Bevor er die Vereinten Nationen anruft, bezieht er allerdings die Betten.

György Sándor Ligeti
(28. Mai 1923
Dicsőszentmárton,
heute Târnăveni,
Siebenbürgen;
12. Juni 2006 Wien)

Die CD, die ich gerade höre, hat mir György Ligeti geschenkt. Sie hat so einen bombastischen Titel: »The Ligeti Project I«. Ich nehme an, daß es sich um den ersten Teil seiner gesammelten Werke handelt oder jedenfalls einer Werkschau. Ligeti war zufrieden mit der CD, vielleicht sogar mit dem Titel. Ich schließe nicht einmal aus, daß ihm das Monumentale daran behagte. Da ist jemand auf Mission mit seinem einsitzigen Raumschiff und entdeckt lauter Sterne, die das menschliche Universum verändern. Mir selbst kommt »The Ligeti Project« kurios vor, weil ich ihn im Wissenschaftskolleg als kleinen, lustigen Herrn mit weißen, etwas wilden Haaren erlebte, der über das übliche Maß hinaus liebenswert war und nur auf entschiedene Nachfrage über sich selbst sprach, noch dazu mit einem südosteuropäischen Singsang in der Stimme, durch den jeder Satzteil wehmütig ausklang, und wohlgemerkt ohne je seine Monumentalität anzudeuten, eher Anekdotisches von seinen Aufführungen und politischen Erfahrungen aus der Zeit des Kommunismus, den er keine zehn Jahre ertrug. Er hielt etwas auf sich und ließ in der zeitgenössischen Musik kaum jemanden oder keinen gelten als sich selbst, weswegen er lieber afrikanische Muster der Rhythmik erklärte, doch da ihm seine eigene Bedeutung selbstverständlich war, mußte er nicht mehr mit ihr hausieren gehen wie wir Sterblichen. Aus einem Extrem an Eitelkeit war er extrem uneitel. Seine Neugier war die eines Wissenden.

Ligeti interessierte sich für alles Erdenkliche, konnte sich freilich auch gleichgültig zeigen, wo jeder bei ihm Interesse vermutet hätte. Er suchte sich die Fellows aus, die ihm sympathisch oder anregend schienen, und fragte sie aus. Auf Rang und Namen gab er nichts. Die stillen, arbeitsamen Wissenschaftler achtete er, aber es hätte der Präsident der Vereinigten Staaten, Universitäten, Akademien oder Plattenkonzerne in die Kantine platzen können, und Ligeti hätte in seinem Wollpullover nicht einmal genickt. Am meisten fesselten ihn die deutschen Biologen, die über die Echolokation der Fledermäuse forschten; wie oft habe ich ihn noch mit staunenden Augen bei ihnen sitzen sehen, wenn ich die Kantine schon wieder verließ (und dabei war ich meist der letzte, der zu Tisch kam). Ihre Erkenntnisse und Beobachtungen zitierte er immer wieder und nahm sie sogar in sein Referat auf, das er, der nichts nebenher oder halbherzig erledigte, mitsamt Musikeinspielungen so gewissenhaft vorbereitet hatte wie kein anderer Fellow des Jahrgangs. Die Biologen, warmherzige, zugängliche Leute, die ihre Forschungsergebnisse ebenso verständlich wie eindrücklich referierten, adoptierten Ligeti auch in ihre Gruppe, kümmerten sich um ihn, wenn Arztbesuche anstanden, und sahen zu, daß er abends nicht ungewollt allein war. Aber auch mit uns Fellows vom Dritte-Welt-Tisch verstand er sich, vor allem mit dem mexikanischen Anthropologen, mit dem er oft spazierenging. Was haben Sie mir heute Wichtiges aus Lateinamerika zu berichten? hörte ich den Beginn oft noch mit.

Von mir wollte er alles über die Entwicklungen in Iran wissen, daneben manches über den Sufismus. Diskutiert haben wir außerdem über den Konflikt zwischen Israelis und Palästinensern, ohne daß mir seine Meinung im Ohr blieb. Das ist nicht nur meiner Vergeßlichkeit geschuldet: Ligeti hielt sich grundsätzlich mit Meinungen zurück, die nicht die Musik betrafen oder eines seiner anderen Fachgebiete. Einen meiner großen Abende in Berlin bescherte mir Ligeti, als er im Jahr nach seinem Fellowship zu Besuch in Berlin war und abends zu mir nach oben in die Küche der Villa Jaffé kam, wo eine Armenierin, die ich immer wieder für solche Anlässe engagierte, persisch gekocht hatte. Es war eine seltsame, wunderbare Runde, wie sie sich in Deutschland spontan vielleicht nur am Wissenschaftskolleg bilden kann. Mein Koranlehrer Nasr Hamid Abu Zaid war dabei, der Dichter Adonis, einer der Biologen, andere Fellows und zwei, drei meiner Berliner Freunde. Ich war zu sehr damit beschäftigt, ein guter Gastgeber zu sein, um mich heute an Einzelheiten der Diskussionen zu erinnern, aber die Atmosphäre voller Herzlichkeit ist mir im Gedächtnis geblieben und daß selbst die Ältesten sich spät verabschiedeten.

Ligeti auf Neil Young und mein eigenes Buch über Musik anzusprechen, traute ich mich nicht. Wenn ich mich nicht täusche, habe ich ihm nicht einmal von der Rezitation des Korans erzählt, obwohl es ihn interessieren mochte (sicher sein konnte man sich bei ihm nie). Ich traute mich nicht, ein Gebiet zu betreten, in dem er zu Hause war. Eher bemühte ich mich, so gut ich konnte seinen Wissensdurst zu stillen und die Gelegenheiten abzupassen, selbst einige Fragen zu stellen. Der Respekt vor diesem kleinen, weißen Mann war enorm. Selbst der indische Historiker, vor dessen Scharfsinn sich in unserem Jahrgang alle fürchteten, auf denen sein barmherziges Auge nicht ruhte, respektierte Ligeti. Gut, ein bißchen hat er über Ligeti gelacht, das haben wir alle, wenn Ligetis neunzehnjährige Freundinnen aus Asien zu Besuch waren (in Wirklichkeit war es immer die gleiche, mindestens Mitte Zwanzig und fürsorgliche Gefährtin seiner letzten Lebensjahre). Selbst wenn er über etwas schimpfte, die Borniertheit anderer, vorzugsweise deutscher Fellows und ärger noch: die Verbrechen, die mittelmäßige Interpreten an seinen Werken begingen, kicherten wir noch abends am Küchentisch der Inder. Nach einem Besuch in der Philharmonie stand der mexikanische Anthropologe neben Ligeti, als eine Gruppe deutscher Professoren sich willfährig dazugesellte (mit ihm brüstete sich jeder gern). Wie sie das Konzert fanden, fragte Ligeti sie. Hervorragend, großartig, sehr beeindruckend und so weiter, bis Ligeti ihnen das Wort abschnitt und mit einem Schießgewehr in der Stimme bemerkte, daß es die miserabelste Aufführung eines seiner Werke im letzten halben Jahrhundert gewesen sei, wie ein Tauber hätte hören können.

Ligeti konnte schroff sein. Bei besonders sensiblen, ja mitfühlenden Menschen habe ich oft bemerkt, daß sie ihr Mitgefühl schützen, indem sie es von Hinz und Kunz fernhalten. Sie stehen dann im Rufe der Arroganz und Unnahbarkeit. Bei Ligeti mochte etwas davon im Spiel sein, wie seine merkwürdig scheuen, furchtsamen Augen verrieten, die klein und meiner Erinnerung nach grün waren. Mehr noch war es jedoch Ehrlichkeit, die er sich leistete, die beherzte, notfalls unhöfliche Ehrlichkeit eines Kindes. Das Kindliche wäre überhaupt eine Spur, die zu seinem Geheimnis führen könnte. Das klingt verwunderlich angesichts der Komplexität seiner Kompositionen, die alles Gefühl unnachgiebig zugunsten der Konstruktion zurückzudrängen scheinen, alle Eingängigkeit zugunsten der Konsequenz. Gleichwohl glaube ich, daß die Durchdachtheit seiner Werke, die dem romantischen Begriff des Künstlers als Naturgenie und seiner Kunst als Ausdruck der Seele widersprach, in etwas Kindlichem gründete. Noch im Alltag war das Kind in Ligeti zu erleben, wenn er uns zum Beispiel erklärte, was er über die Echolokation der Fledermaus gelernt hatte. Einem Zeichen, einer Klangfolge oder einem tonalen Verhältnis blieb er fanatisch auf der Spur, vergaß alles und jeden um sich herum, bis er die Logik entdeckt hatte wie Kinder im Wald ihr Hexenhäuschen. Entdeckung, ja, das wäre auch ein Stichwort. Wenn er über seine Kompositionen sprach, klang es nicht, als habe er sie geschaffen; eher schien es, als habe er entdeckt, was schon vorhanden war und im Prinzip andere ebensogut hätten entdecken können. Daß in dem Häuschen gezaubert wurde, klang wie die natürlichste Sache der Welt, also mehr oder weniger wie die Schöpfung. Den lieben Gott stellt man sich auch als kleinen Mann mit weißen, etwas wilden Haaren vor.

Auf Goethe dürfen deutsche Literaten pfeifen, auf Schiller, Rilke, Celan und Thomas Mann, selbst bei Kleist und Kafka wird Achselzucken toleriert, nur Hölderlin findet niemand beschissen. Nein, der Leser, um Navid Kermani heute einmal so zu nennen, wenn ich nicht nur vom Enkel, Mann oder Romanschreiber sprechen will, der Leser findet Hölderlin nicht beschissen, das ist das falsche Wort, so spricht er nicht und denkt er nicht einmal. Ich möchte nur veranschaulichen, wie ungehörig sich die Respektlosigkeit gerade vor Hölderlin ausnimmt. Alle anderen darf man verulken oder verächtlich machen, bei allen gäbe es Gründe, die die Liebhaber nicht begreifen, die Buchhalter nicht vorsehen, die einen gleichwohl nicht diskreditieren, im Gegenteil womöglich sogar interessant erscheinen lassen. Er zieht Lessing durch den Kakao! schreiben sich Jungdichter seit jeher gern auf die Fahnen, Langweil mich bei Eichendorff! ist auch den Älteren nicht peinlich. Anders Hölderlin. Ausgerechnet dieser früh ausgeflippte Sonderling, den Goethe stets abwimmelte, ist der kanonische deutsche Dichter. Wie alle Literaten, die Hölderlin nicht ausstehen können, redet sich auch der Leser damit heraus, daß Hölderlin ihm fremd geblieben sei, er nicht soviel mit Hölderlin anfangen könne oder er es nicht so mit Hölderlin habe. Natürlich ist der *Hyperion* brillant, das bestreitet er sowenig, wie jemand von einem feinen Perserteppich behauptet, grob gewebt zu sein. Aber selbst der kostbarste Teppich kann so scheußliche Farben oder Muster haben, daß man mit keinem Himmelswesen darauf liegen wollte. Der Leser sieht, wieviel Philosophie und Gedankengeschichte der *Hyperion* bündelt, leugnet nicht den Wohlklang der Sprache, das Gefällige des Rhythmus, allein, es läßt ihn so kalt wie bei der ersten Lektüre vor zwanzig Jahren, wenn er nicht sogar kichern muß über die Anzahl der Erregungsbeschleuniger, die Hölderlin auf einer einzigen Seite unterbringt. Als ob Erregung bedeutet, über die Liebe zu philosophieren. Erregung ist Sex, ist Angst, ist Zweifel, Herzpochen, steifer Schwanz und feuchte Möse, Erregung ist, noch die Pißreste in ihrer Unterhose für Parfüm zu halten. Und von Liebe, verehrter Hölderlin, von Liebe sprich bitte erst, wenn deine Wallungen sich gelegt haben, wenn ihr euch gestritten und vor allem gelangweilt habt, wenn deine Liebe mit schiefem Mund neben dir schnarcht und ihre schlaffen Gesichtszüge die Erscheinung ihres Alterns vorwegnehmen, wenn ihr Schweiß dich nicht mehr erregt und der Geschmack des Urins, den du aus ihrer Möse geleckt hast, noch Stunden auf deiner Zunge liegt, dann erst, dann sprich über Liebe, Hölderlin – meint der Leser, der in seinen eigenen Romanen zwanghaft zu Peinlichkeiten und zur Fäkalsprache neigt, wo immer er über die Liebe schreibt. Einmal wenigstens spricht ihm Diotima aus dem Herzen, als Hyperion wieder eine halbe Seite buchstäblich ohne Punkt und Komma von dämmerndem Götterbilde, Idol meiner einsamen Träume, Hoffnung meines Herzens, Othem deiner Brust stammelt und sich gar, weil ihresgleichen geworden, in einem Ekstaseschrei zum Gott ausruft, der mit der Göttin spiele: »Aber etwas stiller mußt du mir werden, sagte sie.« Ja, ja, ja! Wer will schon einen Liebhaber hören, der im Bett nur himmlisch! göttlich! rufen würde, und wie eine Frau anmutig finden, die definitiv keinen Zungenkuß beherrscht. Blümchensex ist das, Bildungsonanie und Pennälerromantik, die Märchen aus Tausendundeiner Nacht im Vergleich so lebensnah wie Bergmans *Szenen einer Ehe*, die der Leser gleich Aufziehpuppen mit der Frau nachspielte, bevor der Roman einsetzt, den ich schreibe. Bestimmt verdankt sich sein Mißmut auch dem Eindruck, daß alle Szenen *seiner* Ehe ausgespielt sind, ohne daß der Film zu Ende geht. Den Schweiß *seiner* Frau roch er zum letzten Mal auf der Intensivstation, den Urin *ihrer* Möse in der Wäschetüte, die er aus dem Krankenhaus mitnahm. Ist Hyperions Schmerz von metaphysischer Dimension, hat der Leser nur die gewöhnlichste Not, die Liebe am Boden, zugleich die Frau schwer erkrankt, so daß der Gedanke an Trennung und so weiter. Und dann diese Lebensweisheiten, bei denen sich schon die Bundfalten seines ersten Philosophieprofessors vor Erregung wölbten: »Wer nur mit ganzer

Seele wirkt, irrt nie!«, aber selbst die Lehrveranstaltungen seit zwanzig Jahren an zwei Tagen abgewickelt und fünf Monate Semesterferien, um die Seele ganz auf Kreta baumeln zu lassen. Laß mich mit deinem Griechengedärm in Frieden, Hölderlin! schreit der Leser vielleicht auch deshalb so laut, weil er sich beobachtet wähnt, und feuert das Schnäppchen in die Ecke, Band fünf, um genau zu sein. Dabei hätte er nur aufmerksamer lesen müssen, um das Programm des Romans zu finden, den ich schreibe: »Wir bedauern die Todten, als fühlten sie den Tod, und die Todten haben doch Frieden. Aber das, das ist der Schmerz, dem keiner gleichkömmt, das ist unaufhörliches Gefühl der gänzlichen Zernichtung, wenn unser Leben seine Bedeutung verliert, wenn so das Herz sich sagt, du muß hinunter und nichts bleibt übrig von dir; keine Blume hast du gepflanzt, keine Hütte gebaut, nur daß du sagen könntest: ich lasse eine Spur zurük auf Erden. Ach! und die Seele kann immer so voll Sehnens seyn, bei dem, daß sie so muthlos ist!«

Warum Djavad Ketabi? fragt der Vater, den der Sohn beim Besuch in Siegen um ein Photo bat. – Ach, er schreibe nur ein paar Erinnerungen an die Verstorbenen auf. Zu seiner Verblüffung scheint der Vater das Vorhaben nicht für abwegig zu halten; ihm leuchtet nur nicht ein, warum die Toten den Sohn erst ab dem letzten Jahr interessieren. Übrigens sei 2005 auch Herr Madani verstorben, möge seine Seele froh sein. Der Sohn erschrickt, weil ihm zu Taghi Madani auf Anhieb nicht mehr einfällt als zu Djavad Ketabi. Zudem nahm er an, das Totenbuch mit György Ligeti fürs erste abzuschließen und bis zum nächsten Kapitel einen Roman wenigstens anzufangen, wie er ihn früher schrieb, sofern die Umstände es erlauben, die Liebe am Boden, zugleich die Frau und so weiter. Jetzt also noch Nikki Sudden, und dann Taghi Madani – es nimmt kein Ende, stöhnt er in Gedanken, kein Monat vergangen, schon hat der Roman, den ich schreibe, drei Kapitel mehr. Wie soll es erst im Alter werden, wenn die Gleichaltrigen einer nach dem anderen sterben, wie soll er noch zu etwas anderem kommen? Bereits jetzt spricht er mit keinem älteren Verwandten, Freund oder Bekannten, ohne sich zu fragen, wann er ihm »wohlverdient« nachruft, »verstorben«, »ruht« oder »schläft in Frieden«. Sollte er Sie kennen, Sie großgeschrieben, wird er beim nächsten Wiedersehen auch an Ihren Tod denken.

»Im Unterschied zu den Müttern unseres heutigen, goldenen Zeitalters hat meine Mutter ihre drei Töchter und drei Söhne noch alle mit der eigenen Milch genährt«, beginnt der Großvater seine Selberlebensbeschreibung, um erst einmal ein ausführliches Plädoyer für die Muttermilch zu halten, deren Vorzüge »die Gelehrten mit ihren wissenschaftlichen Instrumenten« schon noch herausfinden würden – nicht gerade ein mitreißender Einstieg für ein Buch, das eine allgemeine Leserschaft ansprechen sollte, bemerkenswert immerhin, daß der Großvater nicht nur biologische Gründe anführt, sondern auch die psychische Wirkung des Stillens hervorhebt sowie die regelmäßige körperliche Nähe von Säugling und Mutter, die es mit sich bringe. Am Freitag, dem 27. Juli 2006, wird kein anderer als Nikki Sudden um 22:41 Uhr auf dem Laptop und 22:33 Uhr auf dem Wecker von einem noch wilderen Tango abgelöst. Um auf den Moderator anzustoßen, dessen Sendungen er schon als Student mitschnitt, holt sich der Enkel ein weiteres Kölsch aus dem Kühlschrank im Erdgeschoß der Scheune und trinkt den zweiten Schluck auf den Anruf des Verlegers aus Zürich: Auf der Konferenz seien sich bis hin zur Sekretärin alle einig gewesen, im Frühjahrsprogramm alles auf den Roman zu setzen, den der Enkel als letztes schrieb. Gut, auf der *pole position* sind schon der vorletzte und vorvorletzte Titel angetreten, die trotzdem unter ferner liefen landeten. Jedesmal neu und so leicht euphorisch, überlegt der Romanschreiber dennoch, wem er als erstes den Roman vorlegen wird, den vor ein paar Absätzen allenfalls Nachfahren, Nachmieter oder Nachlaßverwalter lesen durften. Dem Verleger jedenfalls nicht! Indem er eine Veröffentlichung weiter auszuschließen behauptet, hofft der Romanschreiber die Schwäche zu beheben, die womöglich seiner Tätigkeit als Berichterstatter und gewiß seiner Eitelkeit geschuldet ist.

Ich kenne von Nikki Sudden keine Platte, kenne von seinem Leben nicht mehr als den Lebenslauf, der auf seiner Website steht, kenne nicht das Umfeld, in dem er Musik gemacht hat, kenne nicht seine Vorbilder (nur daß er ein Buch über Ron Wood schreiben wollte, las ich im Internet), nicht seine Fans und die Meinung der Kritiker. Nicht einmal einen Nachruf habe ich registriert. Gemeinsam mit schätzungsweise hundert weiteren Männern und einigen Frauen habe ich lediglich ein Konzert von Nikki Sudden im Kölner *Blue Shell* an der Luxemburger Straße besucht, das mich viel über den Rock 'n' Roll gelehrt hat und das Leben als Künstler. Es hat mich gelehrt, daß Mythen wahr sein können, aber nicht schön.

Bis zum Konzert kannte ich ein einziges Stück von Nikki Sudden: eine

Nikki Sudden (geboren als Adrian Nicholas Godfrey) (19. Juli 1956 London; 26. März 2006 New York City)

Coverversion von »Captain Kennedy« auf einem Sampler aus den achtziger Jahren, mit dem die damals bekanntesten Independent, Punkrock- und Grungebands Neil Young huldigten. Ich weiß nicht, wer außer Nick Cave und *Sonic Youth* noch alles vertreten war, da kaum eine der Versionen ans Original reichte. Im Ohr geblieben ist mir Nikki Sudden, dessen Tribut mir so gut gefiel, daß ich es auf einer Kassette aufnahm. Es war ein Mitschnitt der Sendung *Speak Easy* auf WDR 1, die ich als Zwanzigjähriger jeden Sonntagabend hörte; am Ende der Kassette waren noch ein paar Minuten frei geblieben, und die Entscheidung, welches Stück ich mit ins Auto nahm, fiel auf Nikki Suddens »Captain Kennedy«, das aus nichts besteht als dem Notwendigen: laut aufgedrehter Baß aus wenigen Griffen, ein Schlagzeug, das gleichsam ohne Schall nach vorne peitscht, und darüber der rotzige Gesang und die fanfarenartige E-Gitarre im Wechsel. Da die Qualität der Aufnahme ungleich besser und ihr Pegel höher eingestellt war als der Mitschnitt aus dem Radio, wirkten die Trommelwirbel, mit denen das Stück beginnt, und die Gitarre, die rasch einsetzt, jedesmal wie ein Weckruf.

Danach las ich den Namen erst wieder knapp zwanzig Jahre später auf einem Plakat in der Kneipe, in die ich gehe, wenn ich ausgehe. Ich konnte es kaum glauben: Nikki Sudden, den ich für eine Art Weltstar hielt, weil auf einem Album mit den bekanntesten Bands seiner Generation vertreten, Nikki Sudden, den ich kommerziell in einer Liga mit Nick Cave und *Sonic Youth* wähnte, spielt im kleinen *Blue Shell* an der Luxemburger Straße, und der

Veranstalter war der einzige Verein, dem ich angehöre. Er hat sich laut Satzung zu dem Zweck gegründet, den australischen Rockmusiker Roky Erickson nach Köln zu holen, der wegen Flugangst keine Konzerte in Europa gibt. Weil Roky Ericksons Manager nicht einmal mehr auf unsere Mails reagiert, organisieren wir solange andere Konzerte, zu denen wir immer schon gern gehen wollten. Da ich niemals an den Mitgliederversammlungen teilnehme, die wohlweislich nicht in der Kneipe stattfinden, schließlich will man sich besprechen, sondern nur die Veranstaltungen und die Weihnachtsfeier besuche, bin ich allerdings selten in die Planung involviert und wußte nichts von der Sensation, bis ich das Plakat sah. Ohne Frage wäre ich zu dem Konzert gegangen, auch wenn es jemand anders veranstaltet hätte, aber daß es die eigenen Freunde waren, die den dafür gehaltenen Superstar nach Köln geholt und für mich wieder lebendig gemacht hatten, erfüllte mich mit Stolz und steigerte die Erwartung.

Vor oder während des Konzerts erfuhr ich, daß Nikki Sudden gar nicht aus England oder Amerika angereist war, sondern aus Berlin mit einem Bulli. Die Gage war auch nicht eben fürstlich, sieben- oder achthundert Euro für sich und die dreiköpfige Band inklusive Fahrt, wenn ich mich richtig erinnere, dazu die Übernachtung mitsamt Freundinnen sowie kostenlos Bier und Spirituosen, die unseren Verein weit mehr Geld kosten sollten als die Gage. Dabei hatte wir in den Doppelzimmern und auf der Bühne jede Mengen Flaschen ausgelegt, damit die Musiker ihre Getränke nicht teuer an der Theke bestellten. Natürlich fanden sich die Musiker bald dennoch an der Theke ein, denn mit einem solchen Durst hatten selbst die Trinkfestesten nicht gerechnet. Die knapp tausendfünfhundert Euro, die Nikki Sudden und seine Band während ihres Besuchs versoffen, liefern unseren Weihnachtsfeiern bis heute Gesprächsstoff. Spätestens ab der Hälfte des Konzerts waren sie sturzbetrunken – und das Verrückte war: Sie spielten immer besser.

Nikki Sudden konnte sich nicht mehr gerade halten. Er torkelte über die kleine Bühne, trat aus Versehen ins Schlagzeug, warf die Gitarren in den Ständern um, wollte sich am Mikrophonständer festhalten, den er ein ums andere Mal verfehlte, stürzte mehrfach, sang ohne Mikrophon weiter oder auch nicht, spielte auf dem Rücken liegend Gitarre, daß es im Wortsinn krachte, hörte gar nicht mehr auf mit dem Song, wollte sich grinsend aufrichten, tat so, als sei er Jimmy Hendrix und alles eine Show, kam jedoch nicht oder nur mit Hilfe seines ebenfalls strauchelnden Bassisten wieder auf die Beine und schwankte gleich wieder so bedrohlich, daß er jeden Augenblick wieder hinzufallen drohte, obwohl er sich wirklich um Halt bemühte, denn das war keine Show, das war ein Konzert von Nikki Sudden und das nackte, orgiastische Vergnügen, ein Rausch, aus dem man nur mit einem Raubtier von Kater erwacht. Verständlich, daß man dafür mit dem Bulli und Freundinnen aus Berlin anreist, wobei sie die sieben- oder achthundert Euro Gage bereits auf den Autobahnraststätten verpraßt haben sollen, wie es auf unserer Weihnachtsfeier hieß.

Unmittelbar nach dem Konzert, das nach etlichen Zugaben gegen Mitternacht zu Ende ging, verblüfften mich Nikki Sudden und seine Band ein weiteres Mal: Sie wirkten geradezu nüchtern. Während mir vor Erregung noch der Kopf dröhnte, standen sie zusammen mit ihren Freundinnen an der Theke wie andere Leute, nur daß sie etwas lauter redeten, ihre Freundinnen ungleich jünger, hübscher als alle Frauen im Publikum waren und vor allem Nikki Sudden eben aussah wie ein echter Rock 'n' Roller, schwarzer Samtfrack, weißes Rüschenhemd, zerzauste Haare und Furchen im Gesicht so tief wie die von Billy Talbot, als ihm Paul und Linda McCartney im *Year of the Horse* einen Blumenstrauß überreichen. Ich bin der letzte, der den Alkohol verklärt, und war seit einer Nacht Anfang der neunziger Jahre im Kairiner Stadtteil Agouza, als ich am nächsten Morgen allein und vollgekotzt im Bett der Freundin erwachte, mit deren Freundin ich auf der Party herumgemacht hatte, nicht mehr besinnungslos betrunken gewesen und möchte es auch nie mehr sein. Neil Young, dem Nikki Sudden so grandios huldigte, ist nur eines von mehreren Beispielen dafür, daß sich Rock 'n' Roll auch mit Ehefrau zu Hause und *Evian* auf der Bühne vertragen kann. Jedoch zu Nikki Sudden gehörten die Drogen genauso dazu wie der Sex, der anschließend den Geschäftsreisenden in den umliegenden Zimmern des preiswerten Hotels den Schlaf geraubt haben soll. Um manche, die so gelebt haben und darüber gestorben sind, ranken sich Mythen. Nikki Sudden hingegen war in Berlin gestrandet und fuhr mit dem Bulli zu den Konzerten. Aber es war das gleiche Leben und der gleiche Tod: *Better to burn out than to fade away.*

Ich bin mir nicht klar, wie gezielt Nikki Sudden den Alkohol einsetzte. Daß er gleich nach dem Konzert bei Bewußtsein zu sein schien, spricht dafür, daß er sich für den Auftritt vorsätzlich in einen Rausch versetzte wie viele Mystiker, wenngleich mit rabiateren Mitteln. Dann hätte er bereits den Vorlauf auf den Autobahnraststätten eingeplant, um einen Grundgehalt an Alkohol im Blut zu konservieren, der ihn in die Lage versetzte, während des

Konzerts mit nur ein, zwei Wodkaflaschen jenen Zustand zu erreichen, in dem er sich in der Musik vergaß. Vielleicht war es so. Vielleicht hat Nikki Sudden auch einfach zuviel gesoffen.

Als die Eheleute sich am Sonntag, dem 30. Juli 2006, in der Eingangshalle des St. Margarete nach einem Monat wiedersahen, ließ die Frau den Mann ohne Begrüßung links liegen, worauf dieser sich bis zum Abschied um halb neun darauf beschränkte, der Frau ihre Tochter und der Tochter ein unterhaltsames Beiprogramm bis hin zum Freizeitpark mit Sommerrodelbahn zu bescheren. Keine vier Stunden später am Telefon, 18:38 Uhr auf dem Laptop, tut's der Frau wie gehabt leid und ist der Mann wie gehabt zu verletzt, um ihre Entschuldigung anzunehmen. Mach's gut. Du auch. Vielleicht sollte er, den die Ehe zum Experten macht, doch einen Artikel über den Krieg schreiben. Bis jetzt hat er sich bei der Zeitung mit einem Krankheitsfall in der Familie herausgeredet, aber in Wirklichkeit fiel ihm kein Argument ein, das nicht voraussehbar wäre. Anders als der Anruf der Frau, der ihn nicht davon abhält, vorsichtig zu tippen, wäre der Krieg ein Grund, den Roman zu unterbrechen, den ich schreibe, und nach langer Zeit wieder ein paar Zeilen zu veröffentlichen. Am wichtigsten aber ist, daß er am Sonntag, dem 30. Juli 2006, mit der Tochter, die um 18:43 Uhr ihrer Mutter gute Nacht wünscht, noch eine Pizza teilt, ihr anschließend in der Kneipe, in der gewöhnlich ein Trinkspruch Heimito von Doderers an der Tafel steht, ein paar Runden Flipper spendiert und im Kinderbett so lange vorliest, bis sie sich zum Einschlafen in seinen Arm kuschelt. Danach legt er sich mit Hölderlin ins Ehebett.

Im Radio verteidigt am Montag, dem 31. Juli 2006, ein deutscher Jude um 11:18 Uhr den Libanonkrieg so mäandernd, daß der deutsche Muslim, der als Kontrahent gebucht wurde, den Hörer zwischen Schädel und Schulter geklemmt hat und sachte vor sich hin tippt. Oh, jetzt muß er hinhören: Ich möchte dem Herrn Kollegen eine einfache Gegenfrage stellen, sagt der deutsche Jude und will wissen, was der deutsche Muslim täte, wenn er, also der deutsche Muslim, israelischer Ministerpräsident wäre … die Angreifer nur Opfer, die Angegriffenen nur Täter ergibt Gerechten oder sagen wir doch gleich Heiligen Krieg, und jetzt verulkt der deutsche Jude noch den jüdisch-muslimischen Aufruf, nein, den können Sie gar nicht unterschreiben, unterbricht der deutsche Muslim und legt sich, weil der deutsche Jude sich nicht unterbrechen läßt, die Worte zurecht, die er gleich entgegnen wird ... als ob der Aufruf bloßes Gutmeinen ausdrücke, ärgert sich der deutsche Muslim noch mehr und nimmt sich vor, von der notwendigen Selbstkritik zu sprechen, die dem Herrn Kollegen ... das Schlußwort bitte ... Er kann nicht reden, schon gar nicht im Streit, wenn sich bald seine Stimme überschlägt, schon gar nicht am Telefon, schon gar nicht im Radio, schon gar nicht live. Wie gern hätte er die Sendung unterbrochen und es dem deutschen Juden gesagt, der sich offenbar genauso fremd fühlte im Ring, sonst hätte er dem deutschen Muslim nicht so hilflose Fragen gestellt. Herr Kollege, hätte der deutsche Muslim gern gesagt, gern live in der Sendung gesagt, unser Beruf ist es, in Widersprüchen zu denken, Ambivalenzen zu beschreiben, auf Differenzierungen zu beharren, Unsicherheiten zuzugeben, Fragen aufzuwerfen, statt sie zu beantworten, und jetzt sollen wir ständig Position beziehen für oder gegen etwas in möglichst drastischen Worten, auch Skandale, Beleidigungen, unbewiesene Behauptungen werden gern genommen, sofern sie den Erwartungen des Publikums entsprechen, und je pauschaler das Urteil, desto häufiger die Einladungen. Überhaupt ist es Pornographie, wenn zwei Chinesen zur Belustigung der Weißen in den Ring steigen.

Als nächstes ist über die Urgroßmutter zu erfahren, daß sie, Analphabetin zwar, gleichwohl die letzten Suren des Korans und Ausschnitte der längeren Suren auswendig beherrschte. Sie unterwies ihre Kinder in den Pflichten, Lehren und Sitten des Islam und starb im Alter von achtzig Jahren, möge ihre Seele froh sein. Über den Urgroßvater steht mehr: durchlief die Theologischen Seminare, die im Isfahan des neunzehnten Jahrhunderts die einzige Möglichkeit der höheren Bildung boten, trug lebenslang Gewand und Turban eines Mullahs, kümmerte sich um seine beiden Schwestern, deren Männer verstorben waren. Finanziell waren die Urgroßtanten allerdings unabhängig, wie der Großvater hinzufügt, ohne den Grund zu erwähnen: daß der Ururgroßvater flußabwärts gewaltige Ländereien besaß, die sich nach seinem Tod auf seine Kinder verteilten. Was es an der Wende zum zwanzigsten Jahrhundert in Isfahan bedeutete, daß der Urgroßvater »aufgeklärt, religiös und überzeugt von den islamischen Prinzipien« war (*rouschanfekr, motodayyen wa mo'taqed be osul-e eslâmi*), illustriert der Großvater auf der zweiten Seite seiner Selberlebensbeschreibung: Trotz seines Ansehens als Großgrundbesitzer und Religionsgelehrter setzte der Urgroßvater sich schweren Angriffen aus, als er den Schwiegersohn seiner Schwester verteidigte, der zum

Glauben der Babis konvertiert war. »Ich kann mich sehr gut erinnern, wie meine Cousine barfuß und ohne Kopfbedeckung in unser Haus gelaufen kam, um sich zu verstecken. Alles Hab und Gut hatte sie bei den Theologiestudenten zurückgelassen, die nachts ihr Haus gestürmt hatten. Ein, zwei Tage später gingen wir zusammen mit meiner Tante und ein, zwei anderen Frauen zu dem Haus, wo sich eine Gruppe von Seminaristen auf der östlichen Veranda ausgebreitet hatte. In den Zimmern war von den Teppichen und Wertgegenständen nichts mehr übrig, ja selbst die Schlösser und Türbeschläge hatten die Seminaristen herausgeschlagen. Jahrelang hat mein Vater darum gekämpft, die gestohlenen Dinge zurückzuerhalten, und ich war selbst anwesend, als er sie schließlich den Nachkommen des ursprünglichen Besitzers überreichen konnte.« Daß der Großvater gleich auf der zweiten Seite seiner Selberlebensbeschreibung ausgerechnet diese Episode erzählt und an ähnliche Übergriffe von »unwissenden und einfältigen Muslimen bis in unsre Zeit« erinnert, ist bemerkenswert. Selbst für aufgeklärte Gläubige seiner Generation waren die Babis, aus denen der Bahaismus hervorging, eine irregeleitete Sekte, von den Kolonialmächten gesteuert. Anders als gegenüber Christen, Juden und Zoroastriern konnte der Großvater die Toleranz nicht direkt mit dem Koran begründen, der postislamische Religionen explizit ausschließt. In der Familie der Mutter hat es immer Bahais gegeben, einige leben bis heute in Isfahan. Sie kamen oft mit, wenn die Großfamilie nach Tschamtaghi fuhr, dem Landsitz des Großvaters, ohne daß über ihren Glauben gesprochen wurde oder nach der Revolution über die Hinrichtungen, die Verhaftungen, die täglichen Diskriminierungen. Nur der Enkel aus Deutschland sprach zwei-, dreimal ihre Situation an, wenngleich erst nach der Rückkehr dreizehn Jahren später, als ihm bewußt wurde, daß seiner Familie auch Bahais angehören. Das Thema war nicht tabu, man mochte es nur nicht. Sogar Freunden und Verwandten, die den Islam ablehnen, ist der Bahaismus suspekt. Natürlich lehnen sie ab, daß die Bahais verfolgt werden, doch tun sie es auf Nachfrage; es ist nichts, was sie von sich aus gegen die Islamische Republik vorbrächten, gegen die sonst jedes Argument recht ist. Und wenn es der Enkel aus Deutschland vorbringt, nicken die Freunde und Verwandten, um zwei, drei Sätze später zu erwähnen, daß die Bahais dem Schah nahegestanden und mit den Kolonialmächten kollaboriert hätten. Auf der Straße oder im Basar sind vermutlich noch ganz andere Vorurteile zu hören. Selbst sein Vater zuckte zusammen, als der Enkel eine Freundin, die Bahai ist, einmal zum Abendessen in einem persischen Restaurant mitnahm und ihren Glauben erwähnte. Als Anhänger des Premierministers Mohammad Mossadegh, der vom CIA gestürzt worden war, plagte den Vater in jungen Jahren das schlechte Gewissen, daß er für die staatliche Entwicklungsgesellschaft der Vereinigten Staaten arbeitete. Nach einem Streit mit dem Vorgesetzten, der Bahai war, kündigte er von einem auf den anderen Tag die gutbezahlte Stelle: Das ist seine Erinnerung an die Bahais, sooft man ihn fragt, sein Vorgesetzter bei der amerikanischen Entwicklungsgesellschaft, obwohl es nur ein einziger Bahai war. Der Freund, der ihm eine neue Stellung vermittelte, war Jude, wie der Vater hinzufügt, um nicht für intolerant gehalten zu werden. In Iran selbst hat die Verfolgung der Bahais zur Folge, daß man zumindest in den bürgerlichen Kreisen nicht mehr schlecht über sie redet und selbst der ranghöchste Großajatollah, der freilich in Opposition zum jetzigen Regime steht, in einer Fatwa ihren Schutz und ihre Gleichbehandlung verlangt hat. Als der Großvater seine Selberlebensbeschreibung verfaßte, galten die Bahais hingegen als bevorzugt und wurden sie mit dem damaligen Regime identifiziert. Kein Geistlicher stellte ihre Verketzerung in Frage, kein Intellektueller erwähnte die Pogrome, kein Historiker widerlegte die Verschwörungstheorien. Dennoch hob der Großvater hervor, und zwar gleich auf Seite zwei, daß sein Vater sie geschützt hatte. Es war ihm wichtig, was sein Vater siebzig Jahre zuvor getan. Und jetzt, wahrscheinlich weitere fünfunddreißig oder vierzig Jahre danach, ist es dem Enkel wichtig, was sein Großvater schrieb.

Der zwölfte Band, den der Leser nach der bereits kursorischen Lektüre des *Hyperion* überflog, um anders als vom Roman, den ich schreibe, schon einmal das Ende zu erfahren, deckt die achtunddreißig Jahre vor dem Tod ab, die Briefe und Gedichte aus dem Turm mitsamt aller Zeugenberichte und Dokumente. Endlich geht es auch um Sex: Hölderlin habe zuviel onaniert, klagt dessen erster Biograph Wilhelm Waiblinger und wünscht aus Mitleid den Tod, da hat Hölderlin noch dreizehn Jahre zu leben. Wessen Biographie sich so liest, muß allerdings etwas dafür getan haben: »eine brünstige volle Seele schwellt alles an«, »Hölderlin schüttelt mich«, »Er schließt meinen Busen ganz auf – ich fühle mich dießer großen trunkenen Seele verwandt – o Hölderlin – Wahnsinn ––––– / O Hölderlin – Himmel.« Hinter den Fenstern, die geschlossen sind, weil die Bauern Gülle auf den Feldern verteilen, fröstelt der Leser am Donnerstag, dem 3. August 2006, um 1:19 Uhr bei 18,7 Grad Celsius mit langer Hose und Strümpfen auf dem rückenfreundlichen Schreibtischstuhl, den er aus Köln mitgebracht hat. Hölderlins eigene Texte wirken wie fremdgeschrieben, ja wie von einer Maschine erstellt, die Kurzbriefe an die Mutter etwa: wenige Floskeln der Ehrerbietung in beliebigen Varianten. Aber kaum ist die Maschine auf Touren, nach drei, vier höchstgestochenen Anreden, stellt sie mit einem »Ich schließe den Brief schon wieder« oder »Ich muß schon wieder abbrechen« schon wieder den Betrieb ein: »Verehrungswürdigste Mutter! / Ich schreibe Ihnen dißmal einen Brief, so gut ich kann [ja, das sieht die Mutter doch, daß er ihr einen Brief schreibt, er schreibt ihr dauernd Briefe, und immer die gleichen]. Ihre Gesundheit soll mich immer sehr angelegentlich angehen [sehr angelegentlich angehen klingt wie eine Parodie auf die eigene Sprache]. Es soll mich immer freuen wenn sie gesund sind und bleiben [oft genug schreibt er's ihr]. Der Zusammenhang mit Ihnen wird mir immer theuer seyn [Zusammenhang mit Ihnen – in solchen Ausdrücken entblößt sich einer, gerade indem er die Form zu bewahren versucht]. Gönnen Sie mir auch in Zukunft Ihre Gunst und Güte [was die Mutter wohl gedacht hat, wenn sie die Briefe las – war sie genervt?, legte sie sie rasch weg?, weinte sie?, was tut eine Mutter, die von ihrem sechzigjährigen Sohn dauernd Briefe über den Zusammenhang mit Ihnen erhält?]. Ich breche schon wieder ab [er muß es auch sagen, daß er abbricht, wie ein Kleinkind, das im Selbstgespräch stets ankündigt, was es als nächstes tut]. Ich empfehle mich Ihrer fortdauernder Liebe / und nenne mich / Ihren / gehorsamsten Sohn / Hölderlin.« Weil ihn die Servilität ausgerechnet Hölderlins, der in der vorigen Lektüre noch in den Himmel stürmte, als eine Parabel ängstigt, schleicht sich der Leser um 2:58 Uhr lieber in den Hausflur seiner Vermieter, um noch einmal den Laptop an die Telefonbuchse anzuschließen. Die Schwester der Frau mailt, daß die Putzfrau schon wieder in der Wohnung war. Seit wer weiß wieviel Wochen kommt die Putzfrau jeden Mittwoch, obwohl Ferien sind und nur tageweise jemand zu Hause. Offenbar hat die Frau vor der Abreise vergessen, ihr Bescheid zu geben. Das ärgert ihn, so eindringlich er sich im dunklen Hausflur seiner Vermieter zuredet, daß die paar Euro keinen Gedanken wert sind, da immerhin Krieg herrscht und er ein Totenbuch schreibt, angesichts dessen … er sich dennoch über das Geld ärgert, das er für Fußböden ausgibt, die nicht gewischt zu werden brauchen, und Betten, die gemacht werden, ohne daß jemand darin gelegen. Daß er sich des Überflüssigen seines Ärgers vollständig bewußt ist, macht es noch schlimmer. »Kannst Du bitte Deine Schwester nach der Nummer der Putzfrau fragen?« mailt der Leser der Schwägerin um 3:09 Uhr zurück. Beim letzten oder einem der letzten Briefe steht statt des üblichen Punkts ein Komma hinter der Unterschrift, als würde noch etwas kommen.

Akbar Mohammadi (30. Juli 1972; 30. Juli 2006 Teheran)

Den Namen Akbar Mohammadi las ich erstmals in dem Bericht über seinen Tod. Den Abend über hatte ich im Bergischen Land Pierre Bertaux' Biographie von Hölderlin gelesen. Bevor ich mich ins Bett legte, ging ich noch ins Haupthaus, um meine Mails auf den Laptop zu laden. Die erste Nachricht, die ich öffnete, stammte von meiner Schwägerin und löste einen Wutanfall aus, obwohl es nur um die Putzfrau ging, der meine Frau nicht Bescheid gegeben hatte, daß wir verreist sind. Als ich mich endlich wieder beruhigte, las ich den Bericht, den mir ein Freund aus Teheran weitergeleitet hatte. An dem Schock, den er hervorrief, mag die Scham beteiligt gewesen sein, daß ich mich so maßlos über die paar Euro geärgert oder mein Ärger sich jedenfalls an ihnen entzündet hatte. Man findet jeden Tag solche Nachrichten aus Gefängnissen, doch diese fand mich nicht wie jeden Tag. Wie zur Buße begann ich, den »Bericht über die letzten Momente des würdigen Todes des Studentenführers Akbar Mohammadi, der einem unmenschlichen System zum Opfer gefallen ist« zu übersetzen. Per Mail bat ich die Autorin Mariam

Kaschani um Erlaubnis, die deutsche Fassung zu veröffentlichen, und um eine Kontonummer für das Honorar.

Die Leiche Akbar Mohammadis wurde im Dorf Tschangemian bei Amol begraben. Ringsum standen Sicherheitsbeamte. Die Eltern hatten keine Erlaubnis erhalten, an dem Begräbnis teilzunehmen. Aus der Türkei kommend, waren sie am Dienstag, dem 1. August, nachts um halb drei in Teheran gelandet. In der Nacht zuvor hatten sie noch im persischen Dienst eines Auslandssenders vom schlechten Zustand ihres Sohnes berichtet. Nun kehrten sie nach Iran zurück, damit sie an seiner Leiche weinten, obwohl der Sohn verboten hatte, daß man um ihn weint. Etwa zweihundert Menschen hatten sich im Terminal 1 des Flughafens Mehrabad in Teheran versammelt, um die trauernden Eltern zu trösten. Aber auch diesen Trost hat man den Eltern versagt. Als sie aus dem Flugzeug ausstiegen, wurden sie von Sicherheitsbeamten abgeführt. Einige Stunden später wurde bekannt, daß die Eltern »unter Bewachung« in ihre Heimatstadt Amol gebracht worden waren.

Manutschehr Mohammadi, der Bruder von Akbar, hat vom Gefängnis aus erklärt, daß ihm eine Ausgangsgenehmigung zugesagt worden sei, um dem Begräbnis seines Bruders beizuwohnen. Seine Stimme war der Schmerz selbst, als er von Akbar sprach. Zugleich freute er sich, daß ihm vergönnt war, am Grab seines Bruders niederzufallen.

Bevor Akbars Körper der Erde anvertraut wurde, kamen seine Mitgefangenen im Saal eins von Trakt 350 des Evin-Gefängnisses zusammen und verdichteten all ihre Wehklagen in einer Minute des Schweigens. Dann ergriff Doktor Nasser Zarafschan das Wort, der inhaftierte Rechtsanwalt, der die Angehörigen ermordeter Dissidenten vertreten hatte. »Aus welchem Grund wurde Akbar Mohammadi trotz seiner Herzkrankheit wieder in den allgemeinen Gefängnistrakt verlegt?« fragte er: »Wer hat diese Verlegung veranlaßt?« Die Gefängnisleitung habe den Tod bewußt herbeigeführt, fuhr Doktor Zarafschan fort, weil sie Akbar Mohammadi im Wissen um seinen lebensbedrohlichen Zustand zurück in Trakt 350 verlegt habe. Anschließend trug Chaled Hordani ein Gedicht vor, das er Akbar Mohammadi gewidmet hatte. Außerdem wurde ein Aufruf der politischen Gefangenen verlesen, bevor die Mithäftlinge von ihren Erinnerungen an Akbar berichteten, von seinen letzten Stunden, von dem Moment, als er in die Zelle zurückgebracht wurde, von dem Wärter, der ihn anschrie: »Selbst wenn du hier wie ein Hund krepierst, werden wir dir keine Beachtung schenken.«

Einer seiner Mitgefangenen hat die letzten Momente Akbar Mohammadis wie folgt geschildert: »Sein Brustkorb wurde heiß. ›Mein Herz tut mir weh‹, sagte er: ›Gebt mir etwas Kaltes, damit ich es aufs Herz lege.‹ Wir haben es ihm nicht gegeben. Das Eis hätte seinen Zustand nur verschlimmert. Statt dessen haben wir kalte Wasserflaschen geholt. Er legte sie unters Hemd, auf sein Herz. Nach ein paar Minuten war die Flasche nicht mehr kalt, so daß wir die zweite Flasche auf sein Herz legten. Wir haben seine Füße massiert. Zwanzig Minuten lang haben wir seinen linken Fuß massiert. Sein Fuß war steif wie ein Stück dürres Holz. Er bewegte sich nicht. Sein Körper war ausgetrocknet. Durch seine Lippen zogen sich tiefe Risse. Seine Sehkraft war fast erloschen. ›Lieber Akbar‹, sagten wir, ›laß endlich gut sein! Brich den Hungerstreik ab! Du bringst dich um.‹ ›Das Regime muß wissen, daß wir keine Hunde sind‹, antwortete er: ›Es soll wissen, daß wir Menschen sind, es soll endlich verstehen, daß wir eine Würde haben.‹ Er war wütend über die Verantwortlichen der Krankenstation, die nichts für ihn unternommen hatten. Von Minute zu Minute verschlimmerte sich sein Zustand. Ihm wurde schwarz vor Augen. Sein Atem ging schwer. Plötzlich fing er an, laut zu schreien. Alle Jungs kamen zu ihm. Sein Gesicht war bleich. Seine Muskeln waren steif geworden. Er keuchte. Wir brachten ihn nach oben. Auf dem Treppenabsatz legten wir die Trage ab. Er atmete zum letzten Mal. Dann stand sein Herz still. Wir schrien: ›Er ist von uns gegangen. Akbar ist von uns gegangen.‹

Zu fünft trugen wir die Bahre vom Treppenabsatz des Trakts 350 zum Krankenhaus. Wir waren außer Atem, als wir ihn auf dem Boden niederließen. Seine Augen standen offen. Er sah uns ruhig an. Wir wußten, daß er von uns gegangen war, aber seine Augen hatten uns noch eine Menge zu erzählen. Kurz darauf kam der Arzt. Wir sagten: ›Herr Doktor, Akbar ist von uns gegangen.‹ Der Arzt massierte sein Herz. Eine Krankenschwester trat hinzu und setzte ihm eine Sauerstoffmaske auf Nase und Mund. Dann wiesen sie uns alle aus dem Zimmer und verschlossen die Türen. Die Schichtleitung des Gefängnisses wurde gerufen. Vom Krankenhaus bis zur Zelle haben wir nur geweint: ›Er ist gegangen, Akbar ist gegangen, er hat uns verlassen. Wir fassen das nicht.‹«

Aber in dem kleinen Dorf durfte keiner diese Geschichte erzählen, keine durfte weinen. Zu trauern war eine »Straftat«. Niemand durfte dabeisein. Oder doch, ja, da waren viele, von allen Sorten: Soldaten, Polizisten, Geheimdienstler, Zivilpolizisten … Und Manutschehr, der Bruder, war immer noch nicht da. Man hat es ihm nicht erlaubt. Man sagt, Akbar Mohammadi ist auf Befehl der Gefängnisleitung von der Krankenstation in den Trakt 350 zurückverlegt worden, nach Absprache mit Staatsanwalt Mortazawi. Die Ausgangsgenehmigung für Manutschehr hätte von denselben Menschen unterschrieben werden müssen, die eine Trauerfeier zur »Straftat« erklärten.

Weil ich im Bergischen Land nur analog ins Internet komme und kaum mehr als Mails herunterladen kann, konnte ich Akbar Mohammadi noch immer nicht politisch zuordnen, als ich die Übersetzung an die Redaktion schickte. Nur weil ich wußte, wie er gestorben war, fühlte ich den Verlust. Zurück in Köln, erfuhr ich, daß Akbar 1999 bei den Studentenunruhen eher zufällig verhaftet worden war. Eigentlich fahndete der Geheimdienst nach seinem Bruder, der mit besonders radikalen Forderungen von sich reden gemacht hatte. Akbar sollte das Versteck verraten. Bekannt wurde er erst durch einen offenen Brief, in dem er auf annähernd fünfzig Seiten die Erlebnisse in der Haft und vor allem die Verhöre in kaum zu ertragenden Details schilderte, wie er verprügelt, wie in Handschellen an den Händen aufgehängt, wie mit Elektrokabeln auf die Fußsohlen geschlagen wurde. In einem Schnellverfahren und mit einem gerichtlich bestellten Anwalt, der sich als weiterer Ankläger entpuppte, wurde Akbar Mohammadi zum Tode verurteilt. Später »begnadigte« ihn der Revolutionsführer zu fünfzehn Jahren Haft.

Als sein Bruder einen Hafturlaub nutzte, um in die Vereinigten Staaten zu fliehen, und sich dort mit dem Sohn des Schahs zeigte, fragten wir uns, warum das Regime ihn hatte ausreisen lassen. Wir erinnerten uns an die aufsehenerregenden Interviews, die er während der Studentenunruhen gegeben hatte. Schon damals hielten ihn manche für einen Provokateur des Regimes. Akbar büßte die Flucht seines Bruders mit weiteren Schlägen, Peitschenhieben und vor allem mit wochenlangem Schlafentzug. Letzterer quälte ihn am meisten, wie Akbar in dem offenen Brief schrieb. Zeitweise habe er sich danach gesehnt, zu den Folterern gebracht zu werden, weil er unter den Schlägen regelmäßig das Bewußtsein verlor und danach für kurze Zeit liegengelassen wurde, bevor er wieder einen Wasser Eimer ins Gesicht gespritzt bekam.

Niemand verstand, warum der Bruder nach Iran zurückgekehrt ist, obwohl er sicher sein konnte, daß er verhaftet und diesmal noch schlimmer gefoltert werden würde. Ich bin mir jetzt sicher, daß er Akbar Mohammadi sehen wollte.

Am Montag, dem 7. August 2006, klappt er um 2:48 Uhr auf der Terrasse in Köln den Laptop auf, um etwas zu schreiben, was auch immer, Hauptsache, daß es schläfrig macht, weil sich im Bett die Zeit nicht vertreiben läßt, vom Tag zum Beispiel, oder nein, nicht schon wieder von einem

Sonntag zu Besuch in St. Margarete, vielleicht von der Katze der Schwägerin, die er zwei Tage lang hütet, oder besser von den Verhandlungen mit der Krankenkasse am Freitag über die Verlängerung der Therapie, von der Rechnung, vor Monaten nicht bezahlt, die am selben Tag als Gerichtsschreiben in den Briefkasten zurückkehrte, dem Streit mit der Tochter am Samstag, der Schwägerin mitsamt Katze im Wohnungsflur, die wegen ihres schreienden Schwagers peinlich berührt war, der Spätvorstellung, die den Samstag auch nicht retten konnte, und die Kneipe, die er auf dem Weg ins Büro ausließ, obwohl es die erste Gelegenheit gewesen wäre, mit jemandem zu reden, der noch nicht darüber aufgeklärt ist, daß seine Frau zusammengebrochen ist und mit ihr die Welt seiner Erscheinungen. Morgen, beziehungsweise heute, also Montag, bereitet er der Tochter einen schöneren Tag und bittet die Schwägerin um Nachsicht für den Ausbruch, den eine schnippische Antwort auf die Frage auslöste, wo der Stöpsel des Spülbeckens geblieben sei. Bestimmt überlegt die Schwägerin, ob sie sich einmischt. Es ist heikel, das wird sie ahnen, auch wenn sie keine Kinder hat; auf kaum etwas reagieren Väter oder Mütter empfindlicher, als wenn Außenstehende ihre Erziehung kritisieren. Zweifellos gibt es den Punkt, ab dem die Fürsorge für das Kind schwerer wiegt als etwaige verletzte Gefühle der Eltern, und je näher man ihnen steht, desto früher ist er erreicht. Aber dann ist er im Konkreten so schwer zu bestimmen, auch diese Grenze, wie alle, auf die es ankommt. Es ist im Kleinen die Frage nach dem Großen, dem richtigen Leben. Die Schwägerin wird schon spüren, wann sie eingreifen muß. Der Zeitung sagt er noch rasch für den Herbst einen Bericht aus Afghanistan zu, obwohl er doch nicht fort kann, bevor er sich wieder ins Bett legt und einzuschlafen versucht. Die Berichte sind die Armensteuer des Romanschreibers.

»Sehen Sie, mein Herr, wie unsere Lage ist?« fragte der junge Babi, der den Engländer Edward G. Browne nach *Tacht-e Fulâd* führte, dem eine Stunde Fußmarsch östlich der Stadt gelegenen »Thron aus Stahl«, auf dem auch Großvater in Frieden ruht. Auf dem Satellitenbild, das der Enkel drahtlos empfängt, weil er der Katze wegen zu Hause bleibt, ist der Friedhof leicht zu finden: Er liegt an der Straße zum Atomkraftwerk. »Wir sind gleich Tieren, die man jagt, wie Biester, die man erbeutet«, klagt der junge Babi. Die schlichten weißen Grabsteine waren damals wie heute ohne erkennbare Ordnung über das weite Feld verteilt, auf dem nichts wuchs. Mitten in der Ödnis blieb der Babi plötzlich stehen und sagte, daß hier die Märtyrer begraben seien. Keine Inschrift oder Tafel wies auf die vier oder höchstens acht Quadratmeter Geröll zwischen anderen Gräbern, unter dem Hadschi Mirza Hassan und Hadschi Mirza Hossein lagen. »Grabsteine würden die Muslime zertrümmern«, erklärte der Babi und betete. Sowohl Hadschi Mirza Hassan als auch Hadschi Mirza Hossein waren Seyyeds von Geburt, Nachfahren des Propheten, und Händler von Beruf, aber weder ihre Herkunft noch ihr hohes Ansehen im Basar hatte sie gerettet. Ein unbedeutender Mullah, der ihnen zehntausend Tuman schuldete, zeigte sie beim Freitagsprediger von Isfahan als Babis an, die nach dem islamischen Gesetz den Tod verdient hätten, da sie Mohammad nicht für den letzten Propheten hielten, sondern Mirza Ali Mohammad aus Schiraz, der sich der Bab nannte, »das Tor«. Abgesehen davon, seien Hadschi Mirza Hassan wie auch Hadschi Mirza Hossein sehr reich, fügte der Mullah hinzu; würden sie hingerichtet, fiele der Besitz den Muslimen zu. Der Freitagsprediger wandte sich an den Gouverneur von Isfahan, den ebenso despotischen wie korrupten Prinzen Zell-e Soltan, den die Aussicht verlockte, sich zu bereichern; jedoch fürchtete er die öffentliche Entrüstung über die Hinrichtung zweier Prophetennachfahren und angesehener Kaufleute. Er könne Hadschi Mirza und Hadschi Mirza Hossein, da sie kein Gesetz gebrochen hätten, nicht hinrichten lassen, beschied Zell-e Soltan dem Freitagsprediger; wenn allerdings der Freitagsprediger die Hinrichtung im Namen des heiligen islamischen Gesetzes anordne, würde sich der Staat selbstverständlich nicht einmischen. Der Freitagsprediger rief siebzehn andere Geistliche der Stadt zusammen, um sich zu beraten. Gemeinschaftlich unterschrieben sie die Todesurteile, damit keiner allein verantwortlich war. Da Hadschi Mirza Hassan und Hadschi Mirza Hossein sich weigerten, ihren Glauben zu widerrufen, schnitt man ihnen die Kehlen durch wie Tieren, die nach dem islamischen Gesetz geschlachtet werden. Danach band man Seile um ihre Fußgelenke und zog sie mit Pferden durch die Straßen und den Basar von Isfahan bis hinters Stadttor, wo sie an einer alten Lehmmauer abgelegt wurden. Die Lehmmauer wurde über ihnen zum Einsturz gebracht. Einige Nächte später gruben die Babis der Stadt, zu denen der Mann von Großvaters Tante gehörte, Mirza Hassan oder Hadschi Mirza Hossein heimlich aus, wuschen sie mit dem Wasser des Zayanderuds, des »Lebenspendenden

Flusses«, trugen die Leichen zum Friedhof und begruben sie, ohne einen Stein aufzustellen.

Jetzt ist auch noch die Katze wegen des Romans, den ich schreibe, vom Dach gestürzt. Während des letzten Absatzes ging er aus dem Zimmer, um in den Regalen, die im Flur stehen, nach Literatur über die Bahais zu suchen, und vergaß, die Tür hinter sich zu schließen. Die Katze schlich sich hinter seinem Rücken nach oben in die Küche, von wo sie auf die Terrasse entschwand. Ohne das Verschwinden der Katze zu registrieren, setzte er sich wieder an den Schreibtisch und schrieb den Absatz zu Ende. Als die Schwägerin die Tochter zurückbrachte, fragte sie nach ein paar Minuten, wo eigentlich die Katze sei. Wohl mußte er schlucken, als sie die Katze im Hof entdeckten, wo sie in ihrem eigenen Blut lag, wohl registriert er, wie tief der Tod ihrer Katze die Schwägerin erschüttert, stand neben ihr oder hielt sie fest, während ein weiterer Weinkrampf sie schüttelte, allein, er findet keine Öffnung, durch die er mit ihr fühlt. Am Ende ist es doch nur ein Tier, um das sie weint. Hingegen die Empfindung der Tochter, für die es auch ihre Katze war, das ersehnte Haustier, glaubt selbst er nachzuvollziehen. Sie nimmt das gleiche, aber ohne Filter wahr, in wiederkehrenden Minuten als das Absolute, das für uns kaum noch existiert: Die Katze ist tot. Eben lebte sie, jetzt nicht mehr. Wenn die Tochter wörtlich sagte, sie könne es nicht fassen, ist das keine Floskel. Es ist die gleiche Aussage wie von den Mitgefangenen Akbar Mohammadis und genauso gemeint. Während der Vater sie im Arm hielt, sagte die Tochter unter Tränen, daß der Tod und das Leben Zwillinge seien. Woher sie das habe, fragte er. Von ihr selbst, antwortete sie. Bald brachte er sie schon wieder zum Lächeln, was bei Akbar Mohammadis Mitgefangenen nicht möglich gewesen wäre.

Der Sonntag bei der Frau war zum ersten Mal wieder wie immer, wenn zwischen ihnen Frieden herrscht, äußerlich nicht innig, das waren sie selten, dafür vertraut, einander wohlgesinnt, rücksichtsvoll und einig über die meisten Angelegenheiten. Wenn es so ist, wundern sie sich jedesmal, daß es anders sein kann, und wissen zugleich, daß vermutlich schon nächsten Sonntag wieder der eine etwas sagt, tut, zeigt oder nicht sagt, tut oder zeigt, was der andere als Kriegserklärung mißdeutet. Er wünscht sich, jemand könne, ihr Therapeut, ein Geistlicher, ein Freund oder Bruder, ihm den Wert nennen, ab dem er sich zufriedengeben soll. Wieviel Wochen im Jahr müssen es sein, an denen Frieden herrscht? Fünfzig Prozent? Dann wäre 2006 theoretisch noch nicht verloren. Was wird er sich sonst vornehmen, bis wieder jemand stirbt? Die erste Zeit hielt er es für selbstverständlich, einen Roman zu schreiben, sobald alle Toten bedacht sind, endlich wieder einen richtigen Roman mit Handlung, Finale, Umschlag, wie er ihn früher schrieb. Schon weil er nicht zum Nachdenken kommt, geschweige denn zum Arbeiten, aus Verlegenheit oder um nicht nichts zu tun, wenn er auf den Schulschluß oder den Sonntagsbesuch wartet, führt er sein Totenbuch immer weiter, als bedeute es den eigenen Tod, wenn er aufhört. Taghi Madani schiebt er heraus, als wolle er plötzlich Zeit gewinnen. Mit Akbar Mohammadi hat er das Kriterium der persönlichen Begegnung aufgegeben; wenn sogar ein Zeitungsbericht reicht, könnte er jeden Tag jemanden ausfindig machen, der ihm auf Erden fehlt. Offenbar geht es nicht um die Toten, deren Gedächtnis vielleicht deshalb so dürftig wirkt, sondern wie sie in sein Leben eintreten. Daß es damit um alles geht, meint der Romanschreiber verstanden zu haben und rätselt doch, woraus *alles* besteht. Zum Beispiel hat er den Artikel zum Libanonkrieg in einer anderen Datei verfaßt, obwohl er genauso ein Zeugnis wäre wie die Begegnung mit Ursula. Er berichtet so kalt von seiner Ehe, daß er sich schämen würde, wenn jemand es läse, und schweigt sich doch über den Inhalt der Konflikte aus, vermeidet jedenfalls die Details, verweigert Angaben zu den Gründen und würde auch keine andere Frau anführen, wenn er an sie dächte, oder nur eine Frau, die erfunden wäre wie eine Direktrice zum Beispiel. Morgen wird er die restlichen Kartons ins Büro tragen, das vielleicht doch keine Wohnung wird. Es muß doch noch anderes geben als immer nur Hölderlin.

Am Mittwoch, dem 16. August 2006, sucht der Romanschreiber um 10:35 Uhr einen neuen Platz für den Bürocontainer, weil an der Wand, wo der Container bisher stand, weitere Regale angebracht werden sollen, um die Bücher unterzubringen, die im Keller lagen, seit er vor vielen, vielen Jahren mit der Frau zusammenzog, die er noch immer liebt. Mit Hilfe des Studenten, der ihm gelegentlich aushilft, hebt der Romanschreiber die Tischplatte hoch und ersetzt einen der beiden Malerböcke, die der Schreiner trotz seines Alters so freundlich vom Baumarkt mitbrachte, durch den Container. Da ein Container nicht die Höhe eines Malerbocks hat – wie viele Zentimeter der Unterschied beträgt, mögen Sie im Baumarkt überprüfen, ein gewöhnlicher Bürocontainer ohne Rollen neben einem Malerbock –, ist die Platte allerdings schief. Mit der Dünndruckausgabe von Jean Pauls Werken, die so viele Jahre schon im Karton gelegen hatte, daß der Romanschreiber überrascht war, sie zu besitzen, stellt er die Balance her und beeindruckt mit seinem genialen Einfall den Studenten, der mit Hilfe der Wasserwaage bestätigt, daß ein gewöhnlicher Bürocontainer zusammen mit dem ersten Band der Dünndruckausgabe von Jean Pauls Werken exakt die Höhe eines Malerbocks hat. Während der Student das Regal anbringt, holt der Romanschreiber die fünf anderen Bände von Jean Pauls Dünndruckausgabe aus dem Karton. Dabei sticht ihm ein Titel ins Auge, *Selberlebensbeschreibung*, so daß er unweigerlich darin zu blättern beginnt. Nicht noch ein Hölderlin, stöhnt der Romanschreiber und stellt Jean Paul ins Regal, das der Student inzwischen angebracht hat. In der Wirklichkeit könnte Jean Paul dort bleiben, bis der Romanschreiber aus dem Büro wieder auszieht. In dem Roman, den ich schreibe, ist Jean Paul damit aufgetreten und muß er noch eine Bedeutung erhalten. »Wenn schon das Interesse einer Untersuchung auf einem fortwechselnden Knötchen-Knüpfen und -Lösen beruht«, heißt es in den »Regeln und Winken für den Romanschreiber« der *Vorschule zur Ästhetik*, die der Romanschreiber besser gelesen hätte, bevor er den Roman begann, den ich schreibe, »so darf sich noch weniger im Roman irgendeine Gegenwart ohne Kerne und Knospen der Zukunft zeigen. Jede Entwicklung muß eine höhere Verwicklung sein. – Zum festern Schürzen des Knotens mögen so viele neue Personen und Maschinengötter, als wollen, herbeilaufen und Hand anlegen; aber die Auflösung kann nur alten einheimischen anvertraut werden.« – Ist dir das mit dem Buch nicht zu wakkelig? fragt der Student, der dem Romanschreiber gelegentlich aushilft.

Als Tante Lobat starb, hätten wir nicht vermutet, daß Herr Madani sie lang überlebt. Wozu auch? hätte ich mich fragen können. Alt, krank und abgemagert war er genug, um sich den Tod verdient zu haben, ein anderes, ärmeres Geschöpf als der rundliche Herr, an dessen Schulter sich die lachende Tante Lobat auf dem gerahmten Bild lehnt, das über ihrem Bett hing. Die letzten Jahre hatte ihn die Sorge um seine Frau, deren Hiobsqualen ich im *Schrecken Gottes* schildere, zugleich niedergedrückt und gestützt. Er mußte funktionieren, und er funktionierte, ächzend zwar mit der Zeit und auch mal leise stöhnend, aber er funktionierte. Zusammen mit den beiden Kindern und der Schwiegertochter sorgte er gewissenhaft für Tante Lobat, die im früheren Kinderzimmer lag. Den Boden hatte Herr Madani weiß kacheln,

Taghi Madani (1913 Isfahan; 22. März 2005 ebendort)

die Wände streichen lassen und das elektrisch verstellbare Krankenbett aus dem Fachhandel besorgt. Ein-, zweimal am Tag verließ er das Haus hinter der Schah-Moschee in der Altstadt von Isfahan, um Besorgungen zu machen oder Papierkram zu erledigen.

Gab es eine Geselligkeit, eine »Gästerei«, wie man das persische Wort *mehmuni* wörtlich übersetzen müßte, blieb manchmal eines der Kinder bei Tante Lobat, damit Herr Madani unter Leute kam. Dann zog er sich einen seiner alten braunen oder blauen Anzüge an, mit Weste, Rollkragenpulli oder noch weit ins Frühjahr hinein mit Strickjacke darunter, knöpfte sich das Hemd gegebenenfalls bis zum obersten Knopf zu und setzte sich mit Hilfe meines Cousins vorsichtig auf den Beifahrersitz. Ich sehe Herrn Madani, wie er den gesamten Abend schweigend in einem Sessel sitzt und das Treiben der Gäste beobachtet, stets ein gütiges Lächeln auf dem Gesicht: die Kinder, die nun alle Zweifel ausgeräumt haben, erwachsen geworden zu sein, und deren Kinder, die einmal ihre Eltern vorsichtig auf dem Beifahrersitz plazieren, um sie zu *mehmunis* mitzunehmen.

Als Tante Lobat zu Gott zurückkehren durfte, dem sie doch zu zürnen schien, konnten seine Kinder und die Schwiegertochter wieder ihren Alltag aufnehmen, der mühselig genug ist. Übrig blieb Herr Madani wie ein Vorarbeiter, der nach der Schließung im Werk vergessen worden war. Das Siechtum seiner Frau hatte seine letzten Jahre ausgefüllt. Nun war das weißgekachelte Kinderzimmer leer und Herr Madani viel zu schwach, um noch etwas Neues in sein Leben zu stellen. Rasch wurde er bettlägerig, so daß seine Kinder und die Schwiegertochter sich wieder abwechselten. Immerhin zog er nicht ins Kinderzimmer um, sondern blieb nebenan im Elternschlafzimmer, wo seine verstorbene Frau über dem Bett lachend an seiner Schulter lehnte. Auf dem gerahmten Bild sitzen sie auf einer Mauer, die Oberkörper lehnen aneinander, während die Beine in entgegengesetzte Richtungen weisen. Herr Madani lächelt etwas verlegen ob der Zärtlichkeit, die sie vor aller Welt zeigen, und ist zugleich zufrieden, sogar stolz. Alle in meiner Verwandtschaft wußten: ein glücklicheres, harmonischeres Ehepaar gibt es bei uns nicht. Nicht einmal die eigenen Kinder haben sie je streiten sehen. Ich kann mich nicht erinnern, bei welchem Besuch in Isfahan von dem Ehebett nur noch eine Hälfte übrig war, ob nach Tante Lobats Schlaganfall, nach ihrem Tod oder erst als im Elternschlafzimmer Platz benötigt wurde für die Besucher, für Stühle, Beistelltische und Teetassen.

Herr Madani gehörte zu den Menschen, denen man auf Anhieb ansieht, daß sie keiner Fliege etwas zuleide tun. Bevor mein Vater nach Deutschland flog, vertraute er ihm jedesmal alle Schlüssel, Gelder, Konten und vor allem die Spendengelder an, mit denen der *Kultur- und Hilfsverein Avicenna e. V.* den Bau eines Wohnheims und eine Berufsschule finanzierte. Formal besteht der Verein aus den Mitgliedern unserer Familie; ich selbst bin Vertreter des Vorstands für kulturelle Fragen, glaube ich. Praktisch betreibt ihn mein Vater allein, um die guten Taten zu vermehren, die nach der Rückkehr zu Gott mehr wiegen als das Bekenntnis. Daß kein Funktionär die Spenden in die eigenen oder die Taschen der Revolution steckte, ist allerdings einzig und allein Herrn Madani zu verdanken, der die Bauarbeiten und Überweisungen pedantisch überwachte. Auf den offiziellen Photos der Einweihungen ist er dennoch nicht zu sehen oder lediglich am Rande.

Nie habe ich von ihm ein lautes Wort gehört oder mir auch nur vorstellen können. Immer hielt er sich im Hintergrund, sah zu, daß es die Besucher der armen Tante Lobat gut hatten, und drückte ihnen bei heißem Wetter ein Glas frisch gepreßten Grapefruitsaft in die Hand. Anders als Herr Ketabi hatte er keine aufregenden Geschichten zu erzählen, anders als seine Frau war er ohnehin kein guter Geschichtenerzähler. Auch deshalb habe ich aus meiner Kindheit keine Erinnerung an ihn außer seinem freundlichen Blick. Er besaß keine Fertigkeiten und beherrschte keine Kunststücke, die ein Kind beeindrucken, hatte als Ingenieur keinen spannenden Beruf, imponierte nicht mit Schwimmbädern oder Sportwagen, spielte nicht Backgammon und unterhielt keine Gesellschaft. Nein, eine charismatische Persönlichkeit war er nicht, dafür grundanständig und mit einer so milden Ausstrahlung, daß man nicht anders konnte, als ihm zu vertrauen, ob es nun um Schlüssel, Geld oder um noch Wichtigeres ging. Als meine Frau und ich in Isfahan heirateten, ohne unseren Eltern Bescheid gegeben zu haben, war er unter den fünf notwendigen Trauzeugen der einzige Ältere, den wir am Vorabend zu fragen gewagt hatten, ob er uns zum Mullah begleite. Sosehr die spontane Trauung die Etikette verletzte, hörten wir von ihm nie ein Wort darüber. Meine Frau war aus seiner Sicht die richtige für mich – das galt. Und vielleicht liebte er später meine Tochter auch deshalb so sehr, weil er an der Ehe ihrer Eltern nicht unbeteiligt gewesen war. Drei-, dann vier- und schließlich fünfjährig machte sie brav alle Krankenbesuche mit, murrte nie, gab Herrn Madani einen Kuß auf beide Wangen und blieb an seinem Bett sitzen, seine Hand auf ihrem Arm.

Er hielt sich. Wir kamen noch einmal nach Isfahan, zweimal, dreimal – Herr Madani hielt sich am Leben fest, soviel mehr ihn das Jucken und Magenschmerzen mit jedem Jahr, bei jedem unserer Besuche plagten. Er schluckte seine Pillen genau nach dem Plan, den sein Hausarzt erstellt hatte, der Mann meiner Tante mütterlicherseits, und strich sich den Bauch mit Olivenöl ein. Sein Dilemma war, daß er leiden konnte, soviel er wollte – es ließ sich einfach nicht verdrängen, daß Tante Lobat noch viel mehr gelitten hatte. Nach ihrem Tod wirkte jedes gewöhnliche Sterben wie eine Dienstfahrt, nicht erfreulich, aber unumgänglich. Tante Lobat hatte das Mitleid aller überfordert, auch das von Herrn Madani selbst, der wimmerte, ohne sich zu beklagen.

Mehr und mehr reduzierte sich sein Bewußtsein auf seinen Körper. Wenn wir an seinem Bett saßen, sprach er ausschließlich von Schmerzen, Medikamenten, Arztbesuchen. Er wollte auch nichts anderes mehr hören, gerade noch, wie es den Eltern gehe, den Brüdern, dann erwartete er schon die Frage nach seinem Befinden. Ich glaube nicht, daß er früher viel an den eigenen Tod gedacht hatte, aber jetzt, da er sterben mußte, wollte er partout nicht. Er schien den Wert des Lebens, des Lebens als solchem, erkannt zu haben, schien das Leben als solches zu lieben, malte sich keine ordentliche Mahlzeit und keine Spaziergänge durchs alte Isfahan mehr aus, keine Feiern und Genesung, sondern strengte sich an, auf knapp zwei Quadratmetern beinah unbeweglich zu sein. Er lehnte sich auf gegen das Unvermeidliche, konzentrierte sich auf den Widerstand, den er dem Schicksal leistete, indem er noch ein Jahr überlebte und noch ein Jahr, bis er den Tod tatsächlich länger hinhielt, als wir es für möglich gehalten hätten. Seine Würde verlor er dabei nie. Stets höflich, im Rollkragenpulli oder sauberem, bis oben zugeknöpftem Hemd, unten die Pyjamahose, und einigermaßen rasiert, achtete er darauf, das *taarof*, das iranische Zeremonial der Höflichkeit, bei jedem Besucher wenigstens in Gesten einzuhalten, selbst bei meiner Tochter: angefangen von den Wangenküssen über die Fragen nach dem Befinden bis zum Tee, den seine Kinder oder die Schwiegertochter am Bett anbieten sollten.

Weil ich die letzten anderthalb Lebensjahre von Herrn Madani nicht nach Iran fahren konnte, erfuhr ich kaum etwas über den Verlauf seiner Krankheit. Ich hörte immer nur von meinen Eltern oder meinem Cousin, daß es Herrn Madani im Prinzip unverändert gehe, nur ein wenig schlechter. Später erzählte mir meine Cousine, daß sie kurz vorm Ende und also nach langer Qual einmal ins Zimmer trat und sofort über das verzückte Gesicht ihres Vaters staunte, ja, als sei er in Ekstase, so glücklich. Er sagte, daß er Gott im Traum gebeten habe, ihm ein kleines Stück seines Paradieses zu zeigen, da habe es Blumenblätter herabgeregnet, Blumenblätter auf sein Bett, und das Bett, das habe auf einer Wiese gestanden, einer grünen Wiese, und noch während er es erzählte, schien er in den Traum zurückgekehrt zu sein. – Siehst du die Blumen, Kind? fragte er seine Tochter, atmest du die Luft? Er hatte die fixe Idee, sterben zu wollen, wenn es nicht zu warm und nicht zu kalt war, im Frühjahr, darum bat er Gott beinah in jedem Gebet: Bitte laß mich so sterben, daß die Menschen nicht frieren oder schwitzen müssen, die mich zu Grabe tragen. Er hatte Fieber, bevor er starb, atmete schnell. Der letzte Moment, wie meine Cousine ihn mir schilderte: Er atmete tief durch. – Riechst du das, Kind? fragte er seine Tochter, die ihr Ohr an seinen Mund gelegt hatte, riechst du die Luft? Er starb drei Tage nach dem Frühlingsfest und wurde begraben bei herrlichstem Wetter, nicht zu warm, nicht zu kalt. Niemand fror, niemand schwitzte.

In der Nacht druckte der Romanschreiber zum ersten Mal sein Totenbuch aus, für das er längst einen anderen Namen mit sich trägt. Um Ihnen eine Steilvorlage zu geben, falls Ihnen der Roman mißfällt, den Sie lesen: Abgesehen von den Kapiteln selbst, die mal besser, mal schlechter gelungen und eben deshalb fragwürdig sind, daß sie die Toten literarischen Kriterien unterwerfen, ist der Romanschreiber soweit zufrieden. Allerdings begriff er nach einigen Seiten, daß er nicht zurückblicken darf, und warf die Blätter ins Altpapier. Er würde sonst aus der Erfahrung mehr lernen, als es im Leben gelingt, durchaus im kleinen: Wiederholungen vermeiden, das Gelungene ausbauen, Irrwege nicht fortsetzen. Statt dessen nagt weiter der Gedanke, wem er die Datei schicken könnte, um eine weitere Stimme einzuführen. Die Reaktion, wie immer sie ausfiele, wäre Teil des Romans, den ich schreibe: Was immer Sie sagen, kann gegen ihn verwendet werden. Der Romanschreiber stöpselt am Freitag, dem 11. August 2006, um 11:23 Uhr das Telefonkabel in den Laptop, hängt um 11:25 Uhr die Datei an die E-Mail und klickt im Namen Gottes um 11:27 Uhr auf die Taste zum Absenden. Oh, das dauert, o Erbarmer, o Barmherziger. Was denn jetzt? Nein, es geht gar nicht, teilt der Laptop um 11:32 Uhr mit. Wahrscheinlich wegen der Photos ist die Datei zu groß, um sie über die Analogleitung zu versenden. Der Verleger in Zürich, der gar nicht anders könnte, als an die Verwertung zu denken, wäre als Leser ohnehin ganz verkehrt. Gepriesen sei Gott, Herr der Weltwohner, König des Gerichtstags.

Damit er mit dem Roman fortfahren kann, den ich schreibe, ändert er für die anstehende Rede vor Schweizer Unternehmern den Titel, weil er die Rede vor deutschen Versicherern über Europa wiederholen wird, statt über »Wir und der Islam« zu sprechen, wie es die Schweizer Unternehmer vorsahen. Verträte er das Wir, wäre er kaum eingeladen worden, aber das bedeutet auch bei einem Monatsgehalt Honorar nicht, daß er den Islam gibt. Lieber begeistert er sich für Europa, als sich für den Terrorismus zu schämen, zumal als Wir der Chefredakteur besetzt ist, der in keinem Leitartikel den Islamfaschismus ausläßt. Auch von den Schweizer Unternehmern wird das Wir verlangen, den Anfängen zu wehren, und dabei jeden Blickkontakt mit dem Islam vermeiden, der erste Reihe Mitte in der Klemme sitzt. Wenn das Wir wieder alles gesagt haben wird, was doch wohl noch gesagt werden darf, werden die Unternehmer den Islam, der hoffentlich nicht wieder beleidigt ist, aufs Podium bitten, damit Wir und der Islam kritisch kopulieren. Beim Bankett werden diejenigen Unternehmer, die den Islam als Tischnachbarn gezogen haben (Aufpreis?), ihn für seine engagierte Rede loben, die zum Nachdenken anrege, und ihn trotz der Bedrohung, die sein Faschismus darstellt, freundlich nach seiner Heimat fragen und ob er zurückkehren wolle. Daß seine Heimat Siegen in Südwestfalen ist, wohin er bestimmt nicht zurückkehren will, wird der Islam wohlweislich verschweigen, weil er bei einem Monatsgehalt Honorar nicht gleichzeitig Wir sein kann. Zuvor werden die Unternehmer bereits halb überrascht, halb erleichtert registriert haben, daß der Islam Wein trinkt, also gar kein echter Islam ist, sondern gemäßigt, sonst würden sie sich nicht trauen, ihn so unbefangen zu befragen, schließlich muß man seit den Karikaturen zumal in der Schweiz vorsichtig sein, wo viel arabisches Geld liegt und das *islamic banking* blüht. Doch, doch, ich bin hundertprozentig, will der Islam schreien und zum Beweis seine Hose herunterlassen: Nicht nur die Minarette, wie das Wir warnte, nein, auch unsere Schwänze sind Raketen! Ist der Bann einmal gebrochen, wird sich eine Unternehmergattin mit Sicherheit erkundigen, ob seine Frau ein Kopftuch trägt. Ja! würde er dann am liebsten rufen, sogar Tschador, ebenso die siebenjährige Tochter, versteht sich, und saufen tue ich Ihren erlesenen Wein nur, weil ich *taqiya* übe. Meine Frau ist noch fanatischer, Sie glauben es nicht, aus Islamfaschismus ist sie sogar zur Säuferin geworden. Den Tischnachbarn wird er nicht erklären müssen, daß *taqiya* die religiöse Pflicht jedes Muslims bedeutet, sich vor Ungläubigen zu verstellen, da das Wir den Begriff in seinem Vortrag übersetzt und islamwissenschaftlich gedeutet haben wird. Was den Islam kühlen Kopf bewahren lassen wird, so daß er weiterhin höflich und vor allem so lobenswert engagiert Rede und Antwort steht, statt wegen der Frau zu heulen, ist nicht nur das Monatsgehalt Honorar. Als zusätzliches Opiat nimmt er stets das Andenken der Eltern und mehr noch des Großvaters, der ihm als Kind den Islam zum Vorbild gab, aber nie verwand, daß der Schwiegersohn die älteste Tochter nach Deutschland entführt hatte statt nach Paris. Gestern zeigte er der Tochter Photos ihrer Vorfahren, aufgenommen an der Wende zum zwanzigsten Jahrhundert. Alle trugen das knöchellange Gewand, in der Mitte immer einige mit Turbanen und langem Bart, Mullahs eben, Ajatollahs sogar: Da kommen wir her, sagte er. Dort sind die Anfänge, die das Wir gemeint haben muß. Abgesehen davon, gibt es noch einen anderen Grund, nach St. Moritz zu fahren. In der Nähe liegt das Grab von Claudia Fenner, an dem er noch nicht gebetet hat.

Bevor er die Tochter von der Schule abholt, wirft er den Roman, den ich schreibe, am Montag, dem 21. August 2006, um 12:40 Uhr in den Briefkasten. Morgen wird er auf dem Tisch des Bildhauers und dessen Frau in München liegen, der »Gnädigen Frau«, wie der Freund aus Köln sie auf persisch anredet, und sich noch mehr sorgen. Als sein Büro noch in der Wohnung war, wich der Freund manchmal nach München aus. Mit seiner schönen, knurrenden Stimme, die Vokale bayrisch verdunkelt und so langsam, daß es wie zelebriert wirkt, obwohl es nur sein normales Sprechtempo ist, las der Bildhauer abends die neuen Seiten eines Romans vor, wie der Freund ihn früher schrieb. Die Gnädige Frau war selbst dann fürs Lob zuständig, wenn keins zu vergeben war. Ihr Verlieben stellt der Freund sich immer als Schwarzweißfilm vor, der Satanskerl aus dem niederbayrischen Dorf, Wirtssohn oder Verwandtes, und die Münchner Kunststudentin, bildschön und aus besten orientalischen Verhältnissen, die sich auf einem Feld begegnen, am besten im Winter, wegen der Bildkontraste.

Die Freundin, die Bahai ist, drängt ihn, das Gebet zu verrichten. Soweit er es im Räderwerk der täglichen Abläufe merkt, das er der Tochter wegen am Laufen halten muß, ist die Lage prekär. Womöglich in zwei Wochen bereits geht, ißt, furzt, gähnt, klagt, motzt, schnarcht die Frau wieder in der Wohnung, und alles, was er voraussieht, sind verschiedene Varianten eines Desasters, für das es keinen Rückfall braucht. Für die Tochter ist schon das Bisherige zuviel, wie sich gestern abend erwies, als er ihr abends um zehn nicht erlaubte, bei der Frau anzurufen. Er unterstellte der Tochter, die Sehnsucht als Alibi einzusetzen, um nicht schlafen zu gehen. Ihr Wutanfall beweist, daß er sich nicht mehr im Griff hat. Er reagiert falsch, hat das Gespür verloren, um ihre Situation in den Sekundenbruchteilen, die manchmal nur Zeit sind, richtig zu einzuschätzen. Nie zankten sie, und jetzt zum dritten Mal in einer Woche. Das Fatale ist, daß es nicht mehr an der Frau liegt, wie er sich die ganze Zeit beruhigt hatte. Wenn er es nicht bereits war, ist er spätestens über den Sommer zu einem Fall geworden, an dem ihr Therapeut seine Freude hätte. Gleich, was sie sagt, hält er es für eine Lüge, im besten Fall für eine Absicht. Ausgerechnet jetzt, da der Therapeut ihre persönliche Situation für stabil hält und die Entlassung auch deshalb befürwortet, weil der Mann im Angehörigenseminar so fürsorglich auftrat, so verantwortlich, ausgerechnet jetzt zu gestehen, daß er, der Mann, nicht mehr will, nicht mehr kann, nicht mehr hofft und ihr nicht mehr glaubt, wäre für ihre Prognose verheerend. Seine Lügen holen ihn ein. Die Freundin, die Bahai ist, sagt auch, daß es helfe, im Gebet nach Hilfe zu rufen, da man sich so die eigene Bedürftigkeit eingestehe. Nichts anderes tue er doch Tag für Tag, dachte er bei sich selbst. Am Mittwoch, dem 23. August 2006, ist es bereits 12:18 Uhr, und in zweiundzwanzig Minuten ruft das Radio an, um ihn für einen guten

Tageslohn zum iranischen Atomkonflikt zu interviewen. Prostitution ist seriös dagegen. 12:22 Uhr: Er starrt auf die Uhr, als sei in nicht einmal einer halben Stunde das Leben vorbei, dabei sind es nur die vier Stunden, seine eigene Bedürftigkeit einzugestehen. »Ich hab solche sehnsucht nach dir«, simst die Frau um 12:23 Uhr. »Bald nehmen wir uns wieder in den arm«, antwortet er um 12:28 Uhr. Fünf Minuten hat ihn die Formulierung gekostet, fünf von siebzehn Minuten. 12:29 Uhr: »Und hoffentlich kann ich dich dann auch bald wieder spüren.« Selbst der Therapeut wunderte sich, daß sie es unabhängig voneinander ablehnten, für die sogenannte emotionale und die sogenannte sexuelle Beziehung ein gemeinsames Kreuz zu vergeben; vielleicht sieht er auch deshalb von der nochmaligen Verlängerung ab, die die Krankenkasse bereits bewilligt hat. 12:35 Uhr. Betrug wäre es, wenn der Mann gleich den Hörer abnähme. Es klingelt. Zuletzt betete er vor Jahren, als im Tadsch Mahal plötzlich Zehntausende Muslime an den Touristen vorbei in die Moschee strömten. Es klingelt immer noch. Er stieg über die Absperrung, zog die Sandalen aus und stellte sich in der letzten Reihe auf, die beim Zurückschauen schon nicht mehr die letzte war. Jetzt hört er jemanden vom Radio auf dem Anrufbeantworter. Jetzt blinkt die rote Leuchte des Anrufbeantworters. Der Eindruck dabei ist primär nicht, mit etwas Höherem verbunden zu sein. Der Eindruck primär ist, mit der Welt zu verbunden zu sein, horizontal. Jetzt klingelt das Handy. Der Eindruck ist, aus sich selbst getreten zu sein, nicht zu einem abstrakten Etwas, vielmehr zur materiellen Umgebung, dem Boden, der Luft und den Menschen ringsum. In acht Minuten muß er vor der Schule stehen und daher aufhören, die eigene Bedürftigkeit einzugestehen. Den Atomkonflikt hat er heute nicht gelöst.

Um entsprechend der Lehre von Basu Matsu dem zu folgen, was sich von selbst ergibt – zwar nicht zu »schlafen, wenn man müde ist, zu essen, wenn man hungert« –, für den Anfang immerhin zu schlafen, wenn ein Bett da ist, zu essen, was auf den Tisch kommt, hält sich der Leser nach dem Vorgriff auf *Hyperion* und einem Blick in den Turm an die vorgegebene Reihenfolge und beginnt also mit Band eins der sämtlichen Werke, Briefe und Dokumente Friedrich Hölderlins. Der Liebesbrief des Achtzehnjährigen an Louise Nast ernüchtert durch das Fehlen jeder Eigenart, wie selig er ist, daß sie geschrieben, wie sehnsüchtig, sie wiederzusehen, wie verzweifelt wegen ihrer Ferne: Bin ewig dein. Das ist nicht nur die Zeit. Kleist ist dieselbe Zeit, Heine keine dreißig Jahre später.

Ein Gedicht nimmt sich der Leser mehrfach vor, weil es ihm besonders mißfällt, und denkt, das kann nicht sein, das ist nun wirklich banal und nicht einmal für ein Frühwerk bemerkenswert, was ist denn dran an diesem Hölderlin?, da stellt er fest, daß es von Hölderlins Freund Neuffer stammt, den der Herausgeber nicht mag. Aber auch Hölderlins eigene Gedichte findet der Leser nur ideengeschichtlich bemerkenswert. Was ein Achtzehnjähriger dem Menschen zutraut, wie ein Achtzehnjähriger den Menschen nur acht Jahre nach Lessings Tod zu Gott erhebt, rührt immerhin durch das Wissen um Hölderlins reale Verfallsgeschichte: »O dich zu denken, die du aus Gottes Hand / Erhaben über tausend Geschöpfe giengst, / In deiner Klarheit, dich zu denken, / Wenn du dich zu Gott erhebst, o Seele! ... So singt ihn nach, ihr Menschengeschlechte! nach / Myriaden Seelen singet den Jubel nach – / Ich glaube meinem Gott, und schau in / Himmelsentzükungen meine Größe«. Erst jetzt fällt dem Leser auf, beziehungsweise stellt er in Rechnung, wie sonderbar sein Schnäppchen ist: Über Dutzende, nein Hunderte von Seiten besteht es aus nichts anderem als Namenlisten von Schulklassen, Prüfungsorten und -tagen nicht nur von Hölderlin allein, sondern von schwabenweit allen Kandidaten seines Jahrgangs und Examens (32 Studenten am ersten Prüfungstag in Stuttgardt, zehn am zweiten in Backnang, drei am dritten in Großbottwar und so weiter durch ganz Württemberg), Ausgaben- und Vermögensverzeichnisse (1. Hirschfänger mit silber beschlagen im Werte von 10. f, besaß Johann Christof Gock, 1. pr.: silberne Schu und Hosen Schnallen – 1. f., allein sein Inventarium auf sieben Seiten), Schulordnungen (I. Was sie fürnehmlich gegen Gott zu beachten haben), Hausordnungen, Wäschelisten, frühesten, bald widerrufenen Gedichten in verschiedenen Varianten, abgeschickten sowie weggeworfenen Briefen. 29 engbedruckte Seiten nehmen allein die Statuten des Theologischen Stifts ein, und da ist der Leser bereits im zweiten Band. So lebensnah wie ein Abfallkorb hat er sich Hölderlin nun auch wieder nicht vorgestellt. Und doch faszinieren mich sonderbar die Aufzählungen, Urkunden und Listen, weil sie mit wenigen Buchstaben ganze Existenzen anzeigen, Geburtsfreude und Trauer, Versagensängste und Zukunftspläne, weil die Buchstaben einmal so viel und zweihundert Jahre später nichts, absolut nichts mehr bedeuten, etwa die Liste der Schüler, die am 20. Oktober 1784 in der niederen Klosterschule Denkendorff in die Promotion eintraten. Sie sind nur noch Namen. Sie haben immer noch einen Namen.

»1. Frid. Henr: Wolfgang Moegling, natus Stuttgardiae d. 28. Aug. 1771. Patre quandam Secretario Consistorii. 2. Joann. Christian Benjamin Rümmelin, (antehac Hospes) natus Sielmingae, d. 19. May 1769. Patre Pastore. 3. Eberhard Frid. Schweickhard, natus Pfullingae d. 27. Sept. 1770. Padre quandom Physico. 4. August Frid. Klüpfel, n. Stuttgardiae d. 13. Dec. 1769. Padre Archigrammateo. 5. Christj. Guiliel. Fleischmann, n. Stuttgard. d. 3 Juny, a. 1770. Padre Consiliario Expeditionum. 6. Ludov. Frid. Stahlegger, n. Metterzimmerae, d. 12. Mart. a. 1770. Padre quandam Metterzimm Pastore. 7. Joann. Frid. Conr. Friz, n. Aichschiessae, d. 26. Nov. 1769. Padre Pastore. 8. …« Und so weiter. Der dreizehnte von neunundzwanzig Schülern, die am 20. Oktober 1784 in der niederen Klosterschule Denkendorff in die Promotion eintraten, trägt den Namen Johann Christian Friedrich Hölderlin, wurde geboren in Lauffen am 29. März 1770 als Sohn eines Klosterhofmeisters. Wie Gott es verbietet, Seinen Namen auszusprechen, müssen die Vergänglichen beim Namen gerufen werden, um ihre Vernichtung noch ein, zwei weitere Generationen hinauszuzögern – oder ewig, wenn der Zeuge Friedrich Hölderlin heißt. Vor acht Minuten hätte der Leser am Freitag, dem 25. August 2006, um 12:08 Uhr ab- und aufbrechen müssen, da zweihundert Kilometer entfernt in St. Margarete das Angehörigenseminar um 15 Uhr fortgesetzt wird. Mochte es anfangs als Aufschrei durchgehen, ist sein Jammern zur Routine geworden, als verlange es seine Poetik, alle zwei Absätze die gleiche Leier von der Liebe zu singen, die krank macht. Wie sie sich ineinander verfangen haben, wie Stricke reißen und andere festhalten, daß es weh tut an den Gelenken, bis sie vor Schmerz abstumpfen und keiner mehr ein Auge hat für die Schönheit dessen, der so nah ist wie die eigene Halsschlagader, böte anderen Romanschreibern Stoff. Ach was, auch jede andere Konstellation von Menschen wäre zu gebrauchen, sie muß nicht auf Intensivstationen führen; für den, der versteht, ist alles ein Zeichen, aber dann auch die Liste mit Käufern, Objekt, Erlös und der Differenz zum Schätzpreis, die auf die natürlich ebenfalls dokumentierte Urkunde über den Verkauf der in Lauffen 16 verzeichneten Grundstücke folgt, bei dem die Mutter die Schätzwerte um 183 f54 x übertroffen hat: »Jacob Stricker, Fischer, Acker Zellg Grosfelfd, 210. f [+ 47 f 30 x] / Hans Jerg Rembold, Acker Zellg Grosfeld, 36. f 30. x [– 21 x] / Ludwig Seybold, Acker Zellg, 51. f. 30. x [+ 4 f 45 x] / Heinrich Demler, Säger [andere Hälfte], 51 f. 30. x [+4 f 45 x] / Philipp Jacob, Schmid, Acker Zellg Seefeld, 66. f. 30. x / Herr Hofmeister, Lederer, Acker Zellg Seefeld, 129. f [+ 29. f] / Jacob Eckardt für Ernst Eckardt, Acker Zellg Seefeld, 209. f. [+60. f 45. x] / Hannß Jerg Remboldt, Zellg Steetsfeld, 61. f [+8. f].«

Der Freund hat versprochen, es niemandem zu sagen, also kann er es auch nicht im *Hauptwerk* sagen, wie er sein Totenbuch neuerdings nennt, das aus lauter Nebensachen besteht oder besser gesagt bestand, nein, besteht, denn der Freund kann das Wesentliche ja nicht schreiben, oder nur soviel kann er schreiben, daß eine Freundin, eine sehr gute, aber vorläufig anonyme Freundin an Krebs erkrankt ist und bald mit der Chemotherapie beginnt, die höchstmögliche Dosis. Der Freund kann nichts schreiben, nichts über die Umstände, nichts darüber, von wem und wie er es erfuhr, später sicher, aber nicht jetzt, er mußte es versprechen, aber kann auch über nichts anderes schreiben, außer daß er mit der Tante in Teheran telefonierte, die ins Glied zurückgetreten, das kann oder sollte er schreiben, da es die zweite Nachricht ist, die der 31. August 2006 gebracht hat.

Über das Buch, das heute in der Post lag, kann er ohne Bedenken schreiben: »SPERRFRIST unbedingt beachten: 1. SEPT. 2006«. Um 12:14, 12:16, 12:18, 12:27 Uhr auf dem Telefon, dem Wecker, dem Handy, dem Laptop schlägt er Seite 37 auf, die das Photo von der Bergung eines Ertrunkenen vor Fuerteventura zeigt: drei Männer seines Alters in Tauchanzügen, die einen dunklen, schmächtigen Körper mit Plastikhandschuhen auf ein Schlauchboot ziehen. Der Taucher links, ein Glatzkopf, zieht an einer kurzen Schnur, die um die Knie der Leiche geführt ist. Mit der anderen Hand, der linken, hat er den Hosenbund gepackt. Der Taucher in der Mitte, der die Lippen vor Anstrengung aufeinanderpreßt, scheint an der Unterhose zu ziehen. Der rechte Taucher hält mit beiden Händen den Arm der Leiche fest, der mit der Hand nach oben senkrecht in der Luft steht, als würde sie auf Gott zeigen. Der Ärmel des T-Shirts ist dicker als der eines Bodybuilders. Der Kopf, der in die Kamera schaut, spottet grobkörnig jeder Beschreibung: kreisrund, ob ohne oder mit kurzen Haaren, ist nicht zu erkennen, im Gesicht zwei weiße, riesige Kuhlen, in denen Augen sein müßten; die Nase ein Fleck, der Mund ein Strich. Man denkt, das Gesicht sei unscharf aufgenommen, aber der Rest des Bildes ist scharf. Das Photo auf der gegenüberliegenden Seite des Buches, dessen Sperrfrist heute abläuft, zeigt von einer anderen Leiche nur das Gesäß und den Rücken, eine enge Jeans, eine schwarze, vom Wasser glänzende Jacke aus Leder, die zusammen mit dem Hemd bis hoch an die

Schulter gerutscht ist. Der Kopf steckt im Wasser, eine Ferse lugt hervor. Im Gegensatz zum Gegenüber sieht der Körper kräftig aus, beinah vollschlank, aber wahrscheinlich ist auch er nur aufgedunsen. Drei Urlauber in Badehosen auf einem winzigen Schlauchboot mit Motor, das in voller Fahrt zu sein scheint, blicken aus vielleicht vier Meter ratlos auf die Leiche. »Begegnung auf den Kanarischen Inseln« steht unter dem Photo. Bestimmt gibt es auch eine andere Seite, wie immer, und wie immer hat die andere Seite ihre Gründe. Dickens muß so einen Impuls gehabt haben, als er die Fabriken besichtigte mit den Kindern darin – den natürlichen Impuls zu fordern, daß das aufhören muß, egal wie, egal, welche Gründe und Erklärungen die andere Seite vorbringt. Was denn die Lösung wäre, wurde Dickens und werden heute diejenigen gefragt, die über den Tod an Europas Grenzen berichten. Wer erst handelt, wenn er eine Antwort hat, wird nie eine finden. Die meisten Photos in dem Buch, das heute in der Post lag, sind ähnlich grauenvoll, die Kriegsschiffe zum Beispiel, weil man weiß, wen sie bekämpfen, die Leichen, die ans Ufer gespült wurden, und die freundlichen Gesichter von Flüchtlingen, neben deren Namen ein Kreuz steht. Er benötigt Hilfe, professionelle Hilfe, wenn sie wieder eine Familie werden sollen, am besten ein ganzes Hilfskomitee. Daß er es der Frau gestand, erwies sich als Erleichterung. Hinterher haben sie miteinander geschlafen, das erste Mal wieder. Alles, was ihn gequält hatte, schien für eine Stunde verflogen, auch ihr Aussehen wieder so sexy. Sie ist voller Aufbruch, gefährdet noch, aber voller Energie und guter Vorsätze. Jetzt wäre die Ehe möglich, die er sich ausmalte, das Alleinsein wie das Gemeinsame. Nur er ist aus dem Bild verschwunden. Er könnte sich ohrfeigen, kommt sich vor wie der Stürmer, der allein vor dem leeren Tor den Ball verfehlt, oder wie der Marathonläufer auf der Zielgeraden, der keine Kraft mehr hat zu laufen, wobei die Bilder falsch sind, denn was ihm die Kraft nimmt, ist die Angst, daß es nach dem Tor oder dem Ziel genauso weitergehen wird wie zuvor, immer weiter, bis der Roman zu Ende ist, den ich schreibe. Die Tränen schießen erst auf Seite 68 ins Auge, wenn nicht wegen der Freundin, die Krebs hat, oder der Frau, die er liebt. »Received: from GCC at Globe Wireless; Mon, 21 Jun 2004 06:53 UTC«, teilt ein Schiffskapitän mit, daß seine Matrosen »im ansonsten leeren, mit aufgeweichtem Brot etc. angefülltem Boot« einen Brief gefunden hätten, den er im Anhang mitsende. »Leider kann Ben nur die Sprache, aber nicht die Schrift. Ihr habt doch sicher jemanden, der das übersetzen kann, möglicherweise eine Segelanweisung.« Darunter ist der arabische Brief faksimiliert: »Lieber Gott, / wenn du meinst, daß die Fahrt gut ist, laß sie gut enden. Wenn du meinst, daß sie nicht gut ist, verhindere sie. / Im Namen Gottes, des Erbarmers, des Barmherzigen. Gott ist der alleinige Herrscher. Im Namen Gottes, des Erbarmers, des Barmherzigen. / Gott, laß diese Reise gut enden. Gott, wir flehen Dich an, laß uns auf dieser Reise keine Schwierigkeiten haben. / Gott ist gnädig und barmherzig und Herrscher über Himmel und Erde. Es gibt keinen Gott außer Gott. Führe uns den Pfad, den graden.«

Der Bildhauer in München legte letzte Woche auf, als er zu heulen anfing. Zuvor hatte er mit jeder Nachfrage auch den Rückruf verboten. Gleich nach der Begrüßung hatte er den Freund aus Köln gebeten, nicht nachzufragen, eine schlechte Nachricht, aber bitte frag nicht nach. Sie will nicht, daß jemand es erfährt. Warum hat der Bildhauer es dem Freund dennoch gesagt, also offenkundig das Verbot selbst mißachtet? Nicht reden, nur gesagt haben wollte er es ihm und nur ihm. Meinte er mit dem Verbot den Roman, den der Freund vier Absätze zuvor nach München geschickt hat, nur neun Tage seither vergangen, aber laut Prognose, die er sich im Internet und bei den Brüdern zusammenklaubte, die Mediziner sind, zu fünfzig oder siebzig Prozent ein ganzes Leben? Mehrfach sagte der Bildhauer, der den Roman, den ich schreibe, doch wohl nicht gelesen haben wird, daß er keine Hilfe haben möchte. Ich fliege nach München, sagte der Freund, ich bin da, wenn du abends aus der Klinik heimkehrst. Natürlich wäre es ein Problem mit der Tochter, wie sollte das gehen?, mitnehmen müßte er sie, die denken würde, daß die Welt nur noch aus Kranken besteht. Bitte, flehte der Freund den Bildhauer an, sag mir, wenn ich etwas tun kann, nimm Hilfe in Anspruch. Ob der Freund den Sohn des Bildhauers anrufen solle, den Musiker? Nein, erwiderte der Bildhauer, du darfst es doch nicht wissen. Kurz danach brach er ab, um nicht in die Muschel zu heulen. Wir haben mit dem Landeanflug auf Zürich begonnen. Bitte schalten Sie alle elektronischen Geräte aus.

An den grünen Hängen oberhalb des Dorfs gelegen, am Fuße einer steinernen Kirche, werden die Trauernden mit einer Aussicht belohnt wie von einer Postkarte. Innerhalb der Friedhofsmauer ist die Mitte zwischen Protz und Gleichgültigkeit, Pflege und Verfall, so exakt getroffen, daß sich die Vorbehalte gegen die westchristliche Verzierung des Todes relativieren: Vielleicht gäbe es doch vertretbare Alternativen zu den

Steinfeldern, auf denen die Menschen in Iran beigesetzt werden, vielleicht ist nicht alles Betrug oder jedenfalls unstatthaft, was mit dem Tod versöhnt. Mehrmals erwischte er sich selbst bei dem unsinnigen Gefühl, es tröstlich zu finden, daß Claudia Fenner an solchem Ort ruht, so friedlich. Zwei Stunden später vor seinem Auftritt antwortete die Reporterin eines Nachrichtenmagazins auf die Frage, welches Kriegsgebiet sie zuletzt besucht habe, daß sie derzeit nicht reise, weil sie ihre krebskranke Mutter pflege, eine wundervolle Dame. Dem Kollegen stand in der Kürze der Zeit, die auf der Hinterbühne bis zu seinem Auftritt blieb, kein Mittel zur Verfügung, der Reporterin klarzumachen, wie richtig er das Verhalten findet. Jeder weitere Hinweis hätte sich auf die prätentiöse Mitteilung reduziert, daß er gerade ein Buch über den Tod schreibe und sich daher auskenne. Ihre Ausstrahlung hatte sich verwandelt; sie lächelte, suchte den Kontakt der Augen und war beinah anhänglich, als fände sie den Kollegen nicht unerträglich, wie dieser angenommen hatte. Ihr Vortrag, mit größerem Applaus bedacht, predigte so penetrant dem guten Willen der Menschheit, daß der Kollege sich bei der Bürgerinitiative Frieden für alle wähnte. Es wird nicht nur an der kranken Mutter gelegen haben, daß die Reporterin verändert wirkte; der Kollege wird auch vorher nicht genau hingeschaut haben, bei den zwei, drei Diskussionsrunden, in denen sie sich getroffen hatten, in den zwei, drei Flughafenlounges. Zu wissen, daß nichts im Leben der Reporterin so wichtig ist wie die Nächste, die stirbt, korrigierte den Blick des Kollegen. Gelesen hat der Kollege noch nichts von der Reporterin, sosehr die Schweizer Unternehmer sie rühmten. Womöglich schreibt sie bessere Texte, wenn sie abweisender ist. Vor dem Festessen rief die Gnädige Frau an. Sie hatte dem Bildhauer erklärt, daß der Freund in Köln von ihrer Krankheit erfahren müsse, weil er sie doch liebe, *Navid marâ dust dâreh*, wie sie dem Bildhauer, der für sie Persisch gelernt hat, mit ihrem aserbaidschanischen Akzent gesagt haben wird. Hoffnung war überhaupt nicht herauszuhören. Der Bildhauer wird jetzt nicht zu Hause sein, dennoch … Das Fax meldet sich, nicht einmal der Anrufbeantworter. Also ein Brief, ein paar Worte nur, bevor der Freund die Tochter vom Judo abholt.

Die Bahais betrieben Inzest, behauptete man früher über sie, Inzest und Gruppensex, genau der gleiche Vorwurf, der in der Türkei den Alewiten gemacht wird, wie gerade überall zu lesen ist, weil sie gegen einen Fernsehkrimi protestieren, in dem ein alewitischer Vater seine

Tochter mißbraucht. Ist es nicht bezeichnend, fragt der Sohn die Eltern, daß die Schiiten im Iran den Bahais das gleiche unterstellen wie die Sunniten in der Türkei den Alewiten? Einmal die Woche trafen sich die angesehensten Bahais Isfahans bei Großvaters Cousin, der im Haus nebenan wohnte, und diskutierten über Religion, Philosophie und die Gesellschaft. Die Mutter und ihre Geschwister, die mit den Kindern des Cousins befreundet waren, setzten sich häufig dazu, ebenso andere Muslime der Verwandtschaft. Großvater murrte über die Ansichten und Meinungen, die er den Besuchern seines Cousins zuschrieb. Auch wenn es ihm nicht gefiel, daß seine eigenen Kinder an dem Zirkel teilnahmen, verbot er es ihnen nicht. Die Mutter meint noch gehört zu haben, daß die Bahais unreine Lebensmittel verzehrten. Sie weiß selbst nicht genau, was damit gemeint ist, ob Abfall, blutende oder verweste Tiere. Der Vater hebt hervor, daß die Bahais mit den Briten, später mit dem Schah im Bund gestanden hätten, und legt dem Sohn das Buch des Antiklerikers Ahmad Kasrawi nahe, der viele Beweise anführe. Daß die Bahais in der Familie der Mutter besonders ehrenwerte und gebildete Persönlichkeiten gewesen seien, fügt der Vater hinzu. Die größte Sünde für die Bahais sei es zu lügen, findet die Mutter für die Aufrichtigkeit eine theologische Erklärung, die dem Vater einleuchtet. Ebenso plausibel erscheint ihnen zunächst das Argument des Sohns, daß sich die Bahais wie jede Minderheit durch Charakterstärke, Geschlossenheit und Glaubwürdigkeit auszeichnen müßten, um dem Druck der Mehrheit standzuhalten: Bei den Armeniern sei es ähnlich. Nur leider nicht bei den Muslimen in Europa! spottet der Vater, um ein weiteres Mal auf den Einfluß zu verweisen, den die Bahais unterm Schah gehabt hätten, vor allem im Militär. Daß sie heute diskriminiert würden, sieht er ein, relativiert es aber zugleich damit, daß sie doch nur dann Schwierigkeiten hätten, wenn sie sich öffentlich zu ihrem Glauben bekennen. Der Sohn versäumt es, mit dem Argument zu kontern, daß die Lüge für die Bahais die größte Sünde sei. Ohnehin vertiefen sie das Thema nicht, weil der Sohn noch erfahren will, wann Großvater sein Leben aufschrieb. Dabei stellt sich heraus, daß Großvater gar nicht 1980 starb, sondern zwei, drei Jahre später. Die Trauerzeit, in die der Sohn geriet, galt Onkel Mahmud, Mahmud Schafizadeh, der hinterm Steuer eingeschlafen war. Großvater hat also den Tod seines jüngeren Sohns noch erlebt, natürlich, und jetzt kehren weitere Bilder zurück oder rücken in die richtige Reihenfolge. Mein letzter Eindruck: wie er sich in der Halle seines Hauses in die Hose macht und die Tante ihn im Schlafzimmer säubert, die Pyjamahose, die sie ihm auszieht, der Lappen, mit dem sie ihm die Scham und die Beine putzt – wieso schaute ich zu? –, sind die Tränen, sind die Heulkrämpfe, gegen die er sich nicht wehren konnte, der gar nicht großväterliche, sondern hilflose Blick, den er selbst einem Kind wie mir zuwarf. Die Szene fällt mir nicht erst jetzt wieder ein, natürlich nicht, aber jetzt geht mir auf, daß die Depression einen unmittelbaren Anlaß hatte, den Tod Onkel Mahmuds, der keine vierzig Tage zurücklag. Es war nicht der einzige Grund, wie die Mutter noch einmal erläutert, bis die Tränen in ihren eigenen Augen stehen. Die letzten Ländereien waren ihm genommen worden, Tschamtaghi, seit Generationen der Landsitz der Familie, besetzt und verwüstet. Ein kommunistischer Mullah, der später hingerichtet werden sollte, hatte die Bauern aufgewiegelt, die für den Großvater arbeiteten. Dabei hatte Großvater Papiere, nicht nur für den Boden, sondern für jeden einzelnen Bauern, wie die Mutter betont, Arbeitsverträge, Krankenversicherung, Steuererklärungen, da lief nichts heimlich oder illegal, aber erklär das ein Jahr nach der Revolution einem Richter oder der Polizei, wenn ein Mullah schreit, Tod den Grundbesitzern! und Lang lebe die Herrschaft des Volkes! Großvater war zu gebrechlich, und dann starb noch der einzige der beiden Söhne, der den Kampf hätte ausfechten können. Ihr älterer Bruder sei damals schon für nichts Praktisches zu gebrauchen gewesen, sagt die Mutter. Das körperliche Leiden setzte Großvater ebenfalls zu, vor allem die Blasenschwäche, die ihn regelmäßig vor allen Leuten demütigte. Und schließlich die Revolution – was ich gar nicht mehr wußte: Großvater unterstützte die Revolution so glühend, wie er sein konnte, und ließ sich von der Tante im Rollstuhl zu den Demonstrationen schieben. Dort mußte er wieder pinkeln, erinnert sich die Mutter. Die Tante rollte den Stuhl zum Straßenrand und zog dem Haupt der Familie die Hose herunter. Großvater war Nationalist, Republikaner, verehrte Doktor Mossadegh, für den er Anfang der fünfziger Jahre ins Parlament ziehen sollte, vertraute wie so viele andere den Versprechen und Erklärungen, die Ajatollah Chomeini vor der Revolution gab, und hoffte nach der Revolution auf den liberal-islamischen Premierminister Mehdi Bazargan, den er persönlich kannte. Als die Hinrichtungen begannen, verwandelte Großvater sich von einer auf die andere Woche zum erbitterten Gegner der Revolution, noch bevor Mehdi Bazargan aus Protest gegen die Besetzung der amerikanischen Botschaft zurücktrat. Wie üblich, wird Wut über sich selbst mitgeschwungen haben, Wut über den eigenen Irrtum. Auch der Bruder seines Schwiegersohns war hingerichtet worden, Mehdi Nurbachsch, vor der Revolution Polizeichef der Stadt Choramabad, obwohl sich die Beschuldigungen als Verleumdung erwiesen hatten. In der Nacht vor seiner Freilassung fuhren alle nach Teheran, auch meine Mutter, um Mehdi Nurbachsch aus dem Gefängnis abzuholen, und als sie morgens eintrafen, war er hingerichtet worden, weil der Gefängnischef die Begnadigung in der Jackentasche hatte verschwinden lassen, eine Privatfehde, wie sich herausstellte, der Gefängnischef wurde entlassen, Mehdi Nurbachsch im Radio zum Märtyrer erklärt und Großvater endgültig in Aufruhr versetzt. Schließlich kannte er die Mullahs, sagt die Mutter, kannte die Mullahs nur zu gut. Wenn die Rede auf den Revolutionsführer kam, zitierte Großvater oft den Vers des gepriesenen Saadi: »Erreichst du etwas durch Gewalt bei uns, bei Gott kannst und wirst du nichts erreichen. / Gewalttat übe nicht am Erdenvolk, daß seine Klagen nicht zum Himmel reichen!« Bestimmt war die Wut Großvaters auf die Mullahs deshalb so groß, weil er ihnen gegen besseres Wissen vertraut hatte. Die schlimmsten Schmähungen ließ er auf sie herabkommen, insbesondere auf Chomeini selbst, Flüche, Verdammungen, Schimpfwörter, daß die Familie sich sorgte, jemand könne ihn bei einem Revolutionsgericht denunzieren. Es geschah nicht. Großvater lebte noch zwei, drei Jahre und schrieb in dieser Zeit, vermutet die Mutter, sein Leben auf. Ja, antwortete die Mutter, er wollte die Selberlebensbeschreibung veröffentlichen, gab sie seinem gelehrtesten Freund zu lesen, der beschied, daß das Manuskript nur für die Familie lesenswert sei, nicht für das allgemeine Publikum, das Großvater also tatsächlich im Sinn gehabt hatte, das allgemeine Publikum, das sich für die iranische Zeitgeschichte interessiert. Das traf ihn sehr, bestätigt die Mutter. Sofort verwarf er alle Gedanken, das Manuskript einem Verlag vorzulegen, verfügte in seinem Testament jedoch, daß es abgetippt und an seine Kinder verteilt würde. Das dauerte, wenn der Sohn richtig rechnet, immerhin fünfzehn, sechzehn Jahre. Nicht einmal sie habe Großvaters Selberlebensbeschreibung vollständig gelesen, gesteht die Mutter.

Er hat Hoffnung, sagte der Bildhauer in München, begründete Hoffnung. Gestern abend rief er an, endlich, am ersten Abend, den er nicht am Bett der Gnädigen Frau wachte. Ob die Chemotherapie anschlägt, ließe sich erst nach dem vierten Zyklus sagen. Auch wenn der Abstand zwischen den Kapiteln größer ist als erwartet – einen scheint es immer zu geben, den Gott markiert hat wie der Bauer das Schaf. Bis es geschlachtet wird, vergeht freilich zuviel Zeit, als daß der Freund in Köln warten könnte, daher der Aufbruch, der in allen Seelenreisen dem selbstbezogenen Anfang folgt. Ruhe in Frieden ist schließlich nicht nur ein Wunsch fürs Jenseits, sondern auch die Hoffnung der Hinterbliebenen, bald wieder in Ruhe gelassen zu werden vom Tod, in geregelter, Jahr für Jahr nachlassender Trauer. Am grauenvollsten seien die Stunden gewesen, als die Gnädige Frau wach lag, aber mit fremdem Bewußtsein. Der Freund in Köln kennt das Rufen, das Schreien, die Panik nur zu genau, wenn Frage und Antwort nichts miteinander zu tun haben, obwohl die Sprache gleich ist. Wer behauptet, die Menschen und selbst die Lebenden würden einander nicht verstehen, hat niemals den Schock Waiblingers erlebt, vom Geliebten mit falschem Namen angesprochen zu werden: »Hölderlin lehnte seine rechte Hand auf einen an der Thüre stehenden Kasten, die linke ließ er in den Hosentaschen stecken, ein verschwitztes Hemd hieng ihm über den Leib und mit seinem geistvollen Auge sah er mich so mitleids- und jammerwürdig an, daß mir eiskalt durch Mark und Bein lief. Er redete mich nun Eure Königliche Majestät an ... Ich stand da, wie ein Gerichteter, die Zunge starrte, der Blick dunkelte, und mein Inneres durchzuckte ein furchtbares Gefühl.« Heute ist der letzte Sommertag, den der Freund in Köln noch vorschriftsgemäß genießen muß. Alle setzen auf deinen neuen Roman, rief der Verleger aus Zürich. Zehntausend werden sich gleich im ersten Schwung verkaufen, soll das heißen. Danach wird der Romanschreiber in die obligatorische Depression verfallen, weil Erfolg nicht alles ist. Sie, großgeschrieben, wissen es natürlich wieder besser. Wenn Sie das *Hauptwerk* vor sich haben, als Buch, als Ausdruck oder auch nur auf dem Bildschirm, wird der Roman, auf den der Verleger in Zürich setzt, längst erschienen und schon die erste Auflage bis auf die üblichen dreitausend für 1,95 Euro im modernen Antiquariat verramscht sein. Aber im Internet finden Sie den Titel bestimmt noch, schauen Sie einfach mal nach. Ach, richtig: Das Schwierigste am Roman, den ich schreibe, ist die Aussicht, daß er niemals endet. Die Erwägung, künstlich eine Zäsur zu setzen, nach hundert Toten oder einer geraden Anzahl von Jahren oder Seiten, ist bereits eine Niederlage. Erst jetzt merkt der Romanschreiber, wie wichtig es bei den Romanen war, wie er sie früher schrieb, daß sie einen Schluß hatten, wieviel Mut er aus ihrer Begrenztheit, ihrer Endlichkeit schöpfte.

Obwohl es in den vornehmeren Familien des neunzehnten Jahrhunderts kein Makel war, Opium zu rauchen, litt Urgroßvater an seiner Abhängigkeit und machte sich Vorwürfe. Seine Kinder warnte er immer wieder vor den Folgen und verbot ihnen, bei der Vorbereitung der Pfeife zu helfen oder auch nur den Schlauch anzufassen. Als Großvater zehn oder elf war, hielt er einmal eine Zigarette in der Hand. Später kann er nicht mehr sagen, wie sie zwischen seine Finger geraten war, irgendwer hatte ihm die Zigarette zugesteckt, oder vielleicht brannte auf dem Boden eine Kippe, die er aufnahm, ohne sich viel dabei zu denken. Er weiß noch, daß er im Hof seiner älteren Schwester stand, der Mutter des Ingenieurs und Doktors Rastegar. Die Rastegars, das war eine der Familien in der Verwandtschaft meiner Mutter. Wahrscheinlich habe ich sie deshalb nicht vor Augen, weil sie keine Kinder in meinem Alter hatten. In dem Augenblick, da er die Zigarette aus dem Mund führte, fiel sein Blick auf Urgroßvater, der ihn von der Veranda aus beobachtete. Sofort schmiß Großvater die Zigarette zu Boden und bedeckte sie mit seinem Schuh. Urgroßvater stieg die vier Treppen hinab in den Hof und rief zornig: »Was soll das? Wo hast du die her? Was fällt dir ein?« Und jetzt kommt's: Großvater antwortete nicht, er rannte einfach weg. Den Vater ohne Antwort stehenzulassen konnte einem iranischen Kind um die Jahrhundertwende nur im Affekt geschehen, nehme ich an; ich hätte es mir als Elfjähriger, obwohl ich unter den vier Brüdern seit jeher als der Aufsässige galt, gegenüber meinem iranischen Vater jedenfalls nie getraut, ich hätte den Vater trotzig angesehen oder zu Boden geschaut oder ein Widerwort gegeben, das hätte ich vielleicht getan, wenn ich all meinen Mut zusammengenommen hätte. Selbst das Widerwort zeigt noch Respekt an, *ehterâm*, wie auf persisch das Schlüsselwort für das Verhältnis zu den Älteren heißt. Ihn grußlos stehenzulassen muß auf Urgroßvater wie die Respektlosigkeit schlechthin gewirkt haben. Großvater erwähnt keine Strafe. Er ist sich nur sicher, absolut sicher, wie er bekräftigt, nie wieder im Leben eine Zigarette angerührt zu haben. So entschieden sei seine Ablehnung, daß andere sich über ihn lustig machten, und zwar nicht nur in seiner Jugend, wie er schreibt und ich weiß. Wenn auch liebevoll, verspotteten meine älteren Cousins durchaus Großvaters Marotten, seine

Tugendhaftigkeit, seinen Ernst, nicht in seiner Anwesenheit, natürlich nicht, dennoch wird er sich seinen Teil gedacht haben, und wenn er sie dennoch mahnte, das Gebet zu verrichten oder ihre wertvolle Zeit nicht mit Kartenspielen zu vergeuden, verdrehten die Enkel auch schon mal die Augen. Urgroßvater tat alles für die Erziehung und Bildung seiner Kinder, selbst wo es über seine Verhältnisse ging. Er liebte sie, er ließ es ihnen an nichts fehlen, und doch war er niemand, der Gefühle zeigte, zeigen wollte. An dieser Stelle erzählt Großvater die Episode, wie er Urgroßvater die Hand küssen wollte. Er war mit seinen Mitschülern aus einem Grund, an den er sich nicht mehr erinnert, mitten im Schuljahr zu einem Besuch in Isfahan eingetroffen. Urgroßvater war nicht nur böse wegen des Handkusses, sondern auch wegen des verpaßten Unterrichts in Teheran, und wollte nichts wissen von einem Grund, welchem auch immer, wollte Großvater die ersten Tage nicht einmal empfangen.

Die Gnädige Frau meldet sich in München selbst, nicht der Bildhauer, der Anrufbeantworter oder das Fax. Heute war sie zum ersten Mal eine Viertelstunde vor der Tür, Spätsommer, sie sind spazierengefahren durch die Stadt. Daß sie die Unruhe, die Schlaflosigkeit, die sie jetzt mit Medizin bekämpft, die Schwäche benennen kann, ist ein gewaltiger Fortschritt für die paar Tage. – Wie geht es deiner Frau? fragt sie als erstes. Wie verwandelt wirke sie auf ihn, antwortet der Freund aus Köln, ohne nachzudenken, als spräche er mit der Gnädigen Frau wie immer, nein, nicht *wie* verwandelt, sondern verwandelt. – Ich verstehe deine Frau so gut, seufzt die Gnädige Frau und fügt hinzu, daß sie sich selbst dabei beobachte, unerträglich zu sein für den Bildhauer. Vorhin habe sie ihn zur Schnecke gemacht, weil sie mit dem Friseur, den er ins Haus bestellt hatte, nicht zufrieden war. – Das ist die Krankheit, sagt die Gnädige Frau, das ist man nicht selbst. Später werde sie den Bildhauer um Verzeihung bitten, kündigt sie an und meint, wenn sie wieder gesund ist. Sie begreife nicht seine Geduld und Fürsorge, die jedes Maß übersteigen. Wie ein Pfleger sei er zu ihr, rund um die Uhr, als habe er nie etwas anderes gelernt. – Das ist Liebe, Gnädige Frau! sagt der Freund. – Sag doch nicht immer Gnädige Frau zu mir. – Wenn er krank wäre, würden Sie sich genauso um ihn kümmern, ist der Freund überzeugt. – Nach einer Woche würde mir eine Ausrede einfallen, kichert die Gnädige Frau.

Im Nachrichtenmagazin, das er sich vor dem Abflug in Stockholm besorgte, um nach der Landung in Hamburg eine Blattkritik aus außereuropäischer Perspektive vorzutragen, wie die Reporterin, deren Mutter im Sterben liegt, den Auftrag umriß, studiert der Orientalist am Donnerstag, dem 21. September 2006, um 10:48 Uhr die Titelgeschichte über die Sexualität in langjährigen Beziehungen und was realistisch zu erwarten sei. Loben wird er die Redaktion für den Hinweis auf die sogenannte Neue Monogamie, in der sich die Partner begrenzte Freiheiten lassen, kritisieren hingegen auftragsgemäß den Eurozentrismus: Gestern abend erst unterhielt er sich mit den Koreferenten der Konferenz, für die er nach Stockholm geflogen war, über die Erotik jenseits des Mittelmeeres. Der in Fachkreisen weltberühmte und vielfach dekorierte Sinologe hatte sich als kleiner rundlicher, weißbärtiger Schalk herausgestellt, der mit seiner schwarzen Jeans, dem schwarzen T-Shirt und der schwarzen Weste auch als Roadie einer Rockband durchginge. Der Indologe hingegen war ein vergeistigter, freundlicher und nicht besonders glücklich wirkender Feldforscher des östlichen oder westlichen Himalaja, der wegen der schlechtbezahlten Anstellung in Schweden fern von seiner Familie lebt. In der Tür zum Zimmer, in dem er chinesische Schundliteratur sammelt, schimpfte der Sinologe auf die Inder, die das Sexuelle auf Mechanik reduzierten, was der Indologe mit neuesten Untersuchungen, Lesefrüchten und Eindrücken von der Feldforschung zu widerlegen suchte. Feldforschung? wollte es der Orientalist genau wissen. Gerühmt wurden – selten genug in diesen Tagen – die Orientalen, deren Kopulation heute noch, so zitierte der Sinologe eine wissenschaftliche Statistik, durchschnittlich über vierzig Minuten dauere, während Europäer schon zwischen sieben und acht Minuten die Segel strichen, wenngleich der Orientalist unter den drei Experten rundherum bestritt, daß ein Orientale Fragen zu seiner Kopulation ehrlich beantworte. Vom Lehrer Mao Tse-Tungs, dessen Photo mit Widmung in einem der anderen Arbeitszimmer des ersten Stockwerks hing, hatte der Sinologe erfahren, was für ein Flegel der Große Führer war: erhob sich nicht einmal aus dem Bett, wenn sein eigener Lehrer das Zimmer betrat. – Und liegen Daten vor, wie der Große Führer *im* Bett war? An der gegenüberliegenden Wand hingen drei vergilbte Farbphotos einer jungen Frau mit dunklem Pferdeschwanz, die nackt Cello spielt. – Das ist meine Frau, rief der Sinologe vergnügt, der bemerkt hatte, daß der Blick des Orientalisten wieder zu den Photos glitt. Wenig später, neben der weißhaarigen Frau des Sinologen, die still am Eßtisch saß, dachte der Orientalist mit stillem Vergnügen an die drei

Farbphotos. Ihm hätten die Photos ebenfalls gefallen, sagte der Indologe, als sie spät am Abend das Haus verließen. Leider wird seine Frau ihn mit neuesten Untersuchungen, Lesefrüchten und Eindrücken von der Feldforschung widerlegen, wenn der Orientalist dafür plädiert, dem Rat der Wissenschaft zu folgen. Und die Redaktionskonferenz wird von der Neuen Monogamie auch nichts wissen wollen.

Der Bildhauer bat, nach München zu kommen. Mit langen Pausen zwischen den Sätzen, aber fester Stimme hinterließ er am Freitag, während der Freund mit Frau und Tochter in Köln, am See den Sommer verabschiedete, eine Nachricht auf dem Anrufbeantworter. Der Bildhauer hinterließ auch die Tage, an denen er den Freund gebrauchen kann. Hierin verstand ihn der Freund allerdings falsch, nahm an, am Mittwoch erwünscht zu sein, wenn die zweite Chemotherapie beginnt, und überlegte schon, wie er es organisiert, ob er von der Staatskonferenz direkt nach München fliegt oder erst am nächsten Morgen. Das Nachrichtenjournal des ersten Kanals, das ihn nach Berlin begleiten wird, bittet ihn, etwas mitzunehmen, was ihn gerade beschäftigt, seinen letzten Roman, ein neues Manuskript, die Ankündigung einer Lesung am gleichen Abend oder etwas Ähnliches. Er selbst hatte die Bedingung gestellt, nicht als Berufsbeter dargestellt zu werden. Was hätten Sie heute getan, wenn Sie nicht den Islam verträten? wird das Nachrichtenjournal des ersten Kanals also fragen, wenn es den Freund sagen wir zehn Millionen Deutschen als Muslim der Herzen präsentiert. Wenn er Mut hat, wird er sagen, daß er die Gnädige Frau besucht hätte, die Krebs hat, und sagen wir zehn Millionen Deutschen zu erklären versuchen, warum sie einzigartig ist. Als er den Bildhauer am Samstag vormittag erreichte, stellte sich heraus, daß sie während der Chemotherapie ohnehin keinen Besuch empfangen und er danach den Freund gebrauchen könne. Ohne Kalender rechneten sie aus, daß die Gnädige Frau voraussichtlich am kommenden Samstag oder Sonntag nach Hause zurückkehren wird. Der Freund wird den Zug nehmen, um nicht fest buchen zu müssen; wer weiß, ob sie nicht wieder so heftig auf die Chemotherapie reagiert. Überraschend ist nicht, daß er die Gnädige Frau besuchen soll. Überraschend ist, daß der Bildhauer um Hilfe gebeten hat, um Hilfe für sich selbst. Die Gnädige Frau wird ihm zugeredet haben, wie mit dem Freund in Köln vereinbart. Es ist Sonntag, der 1. Ramadan 1427. Er hatte sich den Wecker des Handys auf fünf Uhr gestellt, um vor dem Morgengrauen etwas zu essen, aber dann doch bis sieben geschlafen. Je nachdem, wie es um die Gnädige Frau steht, wird der Bildhauer etwas zum *Hauptwerk* sagen oder verbieten, daß ihre Namen je in dem Roman genannt werden, den ich schreibe. Alles, was er sagt, kann gegen den Freund verwendet werden, der noch nicht ahnt, daß er für die Veröffentlichung ohnehin alle Namen streichen wird außer von Toten und Dichtern.

Philip Roths *Jedermann* ist so reduziert auf das eine Thema des Sterbens, zielstrebig und in seinen Phasen vorhersehbar, daß ich lange Zeit danebenstand: Nein, es kriegt mich nicht. Ich weiß genau, wo es mich packen will, an der allgemeinsten aller Einsichten, aber es kriegt mich nicht, das ist zu deutlich, das weiß ich alles schon, das hat er alles bereits und komplexer erzählt. Ja, wir sterben alle, jedermann, aber das reicht nicht, das reicht nicht einmal für Roth, und das ganze Personal, das kennen wir doch, der vereinsamte geschiedene Mann, die Exfrau, die ihm zürnt, die junge Blöde, auf die er verfällt, die erwachsenen Kinder, die sich abwenden oder nicht, Lüsternheit und Selbstmitleid des Alten. »Das Alter ist kein Kampf; das Alter ist ein Massaker.« Ein solcher Satz, im Original bestimmt ebenso mit dem Semikolon dazwischen und dem zweifachen Anhub »das Alter ist …«, ohne unmittelbaren Anschluß an das Vorherige und als plötzlichen Wechsel von der Beobachtung in den Kommentar, dazu am Ende eines Absatzes plaziert, ein solcher Satz, den Roth sich aufgehoben hat, ist natürlich ein Hieb in die Kniekehlen, aber zugleich so kalkuliert versetzt, daß man im letzten Moment noch beiseite drehen kann. Dennoch wirkt der Schreck nach, und wenig später hat er mich doch gekriegt, mir eine bewegte Nacht und einen glücklich verdorbenen Tag beschert. Zugleich bleibt das Gefühl, daß etwas an dem Buch nicht stimmt. Der Tod ist erst dann bezeichnet, wenn es auch ein Leben gibt, indem er nicht vorkommt. Und deshalb, um Philip Roth bei aller Bewunderung für sein Werk und allem Respekt vor seinem Alter zu widersprechen, wird der Leser die Frage des Schwippschwagers bejahen, die ihn am 24. September 2006 um 19:43 Uhr per SMS erreicht hat. Normalerweise hätte er sich – einen Abend allein am Schreibtisch in Aussicht – entschuldigt, zumal er den Filmtips des Schwippschwagers mißtraut, aber jetzt fällt ihm ein, wie lang er nicht mehr im Kino war, nicht im Konzert, nicht einmal in der Kneipe. Wer immer mit dem Ende rechnet, hat plötzlich Zeit. »Wann denn?« simst er um 20:23 Uhr zurück.

Zweimal streckt die Lungenentzündung den Vater, der mein Urgroßvater wird, so nieder, daß kaum Hoffnung ist. Während der ersten Krankheit geht der Sohn, der mein Großvater wird, noch zur Schule, während der zweiten, 1931, ist er schon Leiter der Abteilung Korrespondenz und Übersetzung in der Nationalbank in Isfahan. Der Arzt ist bei beiden Krankheiten derselbe, Mirza Scheich Chan Hafez os-Sehhe, »Wächter der Gesundheit«, dessen Therapie darin besteht, dem Vater ein Tuch, das fortwährend mit kochendem Wasser benetzt wird, an die Seite zu binden. Eigens steht neben dem Bett ein Kohlenbecken, das Tag und Nacht glüht, darauf eine Schüssel. Während der ersten Lungenentzündung geschieht es, daß sich Hafez os-Sehhe mit einem verzweifelten Gesichtsausdruck vom Vater abwendet und das Haus verläßt, ohne sich zu verabschieden. Die Zurückgelassenen sind wie gelähmt, schweigen mehrere Minuten bestürzt, da stürmt der Sohn dem Arzt nach und verfolgt ihn durch mehrere Gassen. »Ich flehe Sie an, ich bettle um Ihre Gewogenheit und Ihre weitere Unterstützung, Hochwürden, bitte, sagen Sie, wie es steht, ein Wort nur, bitte helfen Sie uns.« »Von mir ist keine Hilfe mehr«, sagt Hafez os-Sehhe schließlich: »Wenn noch Hilfe ist, dann nur von Gott. Wenn du den Weg weißt, Junge, sprich an Seinem Palast vor. Wenn Er will, macht Er die Toten lebendig.« Es ist Winter, ein kalter Winter. Wie in Iran damals üblich, schläft die Familie unter den Decken, die rund um den Ofen in der Mitte des Zimmers ausgebreitet sind, am sogenannten *Korsi*, aber schlafen kann der Sohn nicht. Mitten in der Nacht steht er auf und tritt hinaus in den Hof, schreitet wie ein Irrgewordener barfuß auf den eiskalten Fliesen auf und ab, heult Rotz und Wasser, bis er schließlich erschöpft und halberfroren auf die Knie fällt. In einem Zustand, den er nach eigenen Worten nie wieder erleben sollte, »einem zustandslosen Zustand«, wie er ihn später wörtlich nennen wird, tritt er vor den göttlichen Palast und bittet, vom eigenen Leben zehn Jahre abzuziehen und sie dem Leben des Vaters anzuhängen. Erst die zärtliche Stimme der Mutter, die meine Urgroßmutter wird, bringt den Sohn zur Besinnung. In der Dunkelheit kniet sie sich neben ihn, nimmt ihn in den Arm und führt ihn zurück an den *Korsi*. Am nächsten Morgen kommt Hafez os-Sehhe wie jeden Tag zu Besuch, nur daß sich diesmal sein Gesicht aufhellt und er ein hoffnungsfrohes Murmeln ins Bulletin einflicht. Später wird der Sohn nicht verbergen, das Geständnis sogar als Pflicht bezeichnen, daß er die Genesung des Vaters zunächst keineswegs dem Gebet zuschreibt oder er den Zusammenhang jedenfalls stark bezweifelt. Erst im Laufe der Zeit und mit zunehmender Erfahrung, dank der Veränderungen auch des eigenen Geistes, wird er die Heilung mit Augen sehen, die das Wunder erkennen. Gott hat nicht wie ein Krämer gerechnet. 1931 starb Urgroßvater, deutlich mehr als zehn Jahre nach der ersten Lungenentzündung. Großvater wurde die Zeit nicht abgezogen, so sehr er sich das zum Ende hin wünschen sollte. Der Enkel war nicht mit dem Schwippschwager im Kino, sondern blieb im Büro, wo die Frau gegen 21 Uhr sämtliche Werke, Briefe und Dokumente Hölderlins von der Tischplatte des Schreiners wischte, dem Gott ein langes Leben schenken möge. Gesunde Kühe, gesunde Milch, quittierte der Enkel gegen 23 Uhr spitzbübisch die Bemerkung der Frau, daß der Sex zwischen ihnen zur Zeit besonders schön sei. – Wie bitte? fragte sie erschrocken nach, während er die gesammelten Werke von Hölderlin auflas. Wie in der Werbung, für ökologische Landwirtschaft oder ähnliches: Gesunde Umwelt ergibt gesunde Nahrung. Da schmunzelte auch die Frau. 120 Minuten, behauptet also der Enkel, der Orientale geblieben ist.

Nach der Beerdigung erzählte Großvater seinem Bruder von dem Geschäft, das er während der ersten Lungenentzündung Urgroßvaters Gott vorgeschlagen hatte. Sofort brach Großonkel Mohammad Ali in Tränen und Wehklagen aus: »Es ist meine Schuld«, rief er, »es ist meine Schuld! Diesmal wäre ich an der Reihe gewesen, an die göttliche Türschwelle zu treten, damit Vater länger lebt.« Vielleicht aus Angst, er könne sich etwas antun (Großvaters Selberlebensbeschreibung ist an dieser Stelle nicht ganz deutlich), verabreichte Hafez os-Sehhe Großonkel Mohammad Ali über Wochen oder Monate Valium und wagten es seine Freunde nicht, ihn auch nur eine halbe Stunde allein zu lassen. Großvater machte sich den Vorwurf, für die Depression seines Bruders verantwortlich zu sein, wie er sich oft für anderer Unglück verantwortlich fühlte – zu Unrecht, scheint mir hier: Schon als Urgroßvater im Sterben lag, kam Onkel Mohammad Ali nicht mit dem Leben zurecht. Die Angehörigen und einige Freunde Urgroßvaters saßen und standen betend im Zimmer, als er mit dem Chef der Gesundheitsbehörde von Isfahan das Zimmer betrat, Doktor Abdolali Mirza, wenn Großvater den Namen richtig behalten hat. Ausnahmsweise ist er sich nicht sicher. Wenn man stirbt, nicht erst im Grab, wird man in Richtung Mekka gebettet, erfahre ich nebenher. Sobald man es umstellt, ist es ein Totenbett. Als Doktor Mirza Urgroßvater untersuchte, brach Onkel Mohammad Ali in Tränen aus. – »Herr Doktor«, schluchzte er laut auf und faßte Doktor Mirza am Arm, »Herr Doktor, wir lieben diesen Vater sehr.« *Alâqeh dâschtan* ist das persische Verb, wörtlich »eine Verbindung haben«, das sich vom arabischen *'aliqa* ableitet, »aufgehängt sein, aneinanderhängen«, wie Glieder einer Kette, damit sie besser hält. Onkel Mohammad Ali sprach nicht von *dust dâschtan*, »lieben«; indes klingt »Verbindung haben« im Deutschen zu schwach, zu allgemein. Man ist mit allen möglichen Leuten verbunden. Großonkel Mohammad Ali meinte die geradezu physische Verbindung, die der Tod doch nicht einfach kappen dürfe. Urgroßvater, der das hörte, wurde unruhig. Mit einer Zunge, die die Konsonanten zu Brei rührte, und Augen, die sich in ihren Höhlen mitdrehten, gleichwohl entschieden in der Sache, hauchte er: »Schämst du dich nicht, Sohn? Wer ist dein Vater, daß du mit ihm verbunden bist? Seit wann leben Väter ewig, daß ausgerechnet dein Vater ewig leben sollte? Binde dich an den Gott deines Vaters.« »Ihr Zustand ist nicht so schlecht«, schaltete sich Doktor Mirza ein: »Fürchten Sie sich nicht, in ein paar Tagen gehen Sie schon wieder baden, und dann wird es Ihnen Schritt für Schritt bessergehen.« – »Ich fürchte mich nicht vor dem Tod«, deutete sich auf Urgroßvaters Gesicht ein Lächeln an. Dann zitierte er einen Lieblingssatz der Sufis: »Ich starb, als ich geboren wurde.« Urgroßvater blickte seine beiden Söhne an, Großvater und Mohammad Ali: »Vergeßt niemals Gott. Meidet das Böse. Erfüllt eure Pflichten gegenüber dem Schöpfer und den Geschöpfen. Ehrt eure Mutter. Hadert niemals mit euren Geschwistern wegen Geld oder anderen Gütern der Welt. Diese Welt hat keinen Wert.« Dann schwieg er lange Zeit, schaute in die Gesichter. In seiner letzten Kraftanstrengung murmelte er auf arabisch in erstaunlicher Verständlichkeit den Refrain aus Sure 55: »Was auf der Erd' ist, muß vergehn, / Und nur das Antlitz deines Herrn wird bestehn, / Das herrlich ist zu nennen, / Welche Gnad' eures Herrn wollt ihr verkennen.« Am selben Nachmittag starb Urgroßvater. »Er schloß seine Augen vor dieser Welt und trat in die Nachbarschaft der Barmherzigkeit des Wahrhaften ein«, wie es Großvater formuliert, ohne daß es auf persisch schwülstig klingt oder ungelenk wegen des doppelten Genitivs, den ich in der Übersetzung ausnahmsweise beibehalten habe. Das Verb ist *peywastan*, »sich vereinigen, sich anschließen«, und korrespondiert mit *alâqeh dâschtan*, wie mir gerade auffällt; es drückt das Vertrauen aus, aus der einen in die andere Verbundenheit überzugehen. Du bist nicht allein. Das ist im Kern, was ein religiöses Weltbild ausmacht: Niemals und nirgends bist du allein. Das ist nicht nur tröstlich, es kann auch beengend, ja beängstigend sein: Gott sieht dich. Aber Gott ist der Erbarmer, der Barmherzige. »Sprich: Ihr, meine Diener, die ihr euch übernahmt an euren Seelen, verzweifelt nicht an Gottes Gnade! Gott verzeiht die Sünden alle«, zitiert Großvater zum Schluß des Abschnitts Sure 39,52. Den Chef der Gesundheitsbehörde hätte Onkel Mohammad Ali nun wirklich nicht mehr hinzuziehen müssen. Eine so absurde Prognose hat der alte Mirza Scheich Chan Hafez os-Sehhe, der »Wächter der Gesundheit«, bestimmt nicht gegeben, wenn es nicht nur ein billiger Trost war.

Daß er sich an niemanden wendet, ohne die Aussicht auf eine Veröffentlichung schreibt, hat zur Folge, daß er sich mehr Gedanken als je über Sie, großgeschrieben, macht. Wie der Schauspieler erst beginnt, wenn einer, und sei es eingebildet, ihm zuschaut, existiert der Romanschreiber nur durch Sie. Indem er Sie ignoriert, sind Sie schon da. Wenn er Sie weit in die Zukunft rückt, versucht er, Sie wenigstens sich vom Leib zu halten. Wenn er Sie als einen bestimmten Menschen sich vorstellt, als den Bildhauer in München und die Gnädige Frau zum Beispiel, den Verleger, die Frau, die er liebt, oder den Kollegen, der ihn auf der ersten Seite besuchte, um den literarischen Salon zu besprechen, den sie diese Spielzeit moderieren, versucht der Romanschreiber, Sie zu überschauen. Aber Sie sind größer. Sie lesen den Roman, den ich schreibe, im Zug, vorm Einschlafen oder am Strand, während Ihre Kinder toben, finden seine Überlegungen anregend, langweilig oder bedauernswert, haben heute gern gelebt oder auch nicht, sind gut zu Ihren Nächsten gewesen oder hatten Streit, von dem Sie dem Romanschreiber gern erzählen würden, der Ihnen nach hundert Seiten schon etwas vertraut ist, von Ihrem Mann oder Ihrer Frau, Ihrem Freund oder Ihrer Freundin, was Ihnen durch den Kopf ging, als Sie das letzte Mal mit ihm oder ihr geschlafen oder heute gefrühstückt haben, würden dem Romanschreiber vielleicht von Ihren kranken, sterbenden oder toten Eltern erzählen, wann Sie das letzte Mal von ihnen im Arm gehalten wurden, ob Sie bereits die Eltern in den Armen hielten, möchten ihm erzählen, wovor Sie Angst haben, wonach Sie sich sehnen, möchten vielleicht Ihr eigenes Leben beschreiben, aber können es nicht, weil Sie für ihn dasein müssen, für den Sie in diesem Augenblick größer sind als alles auf Erden. Dabei möchte er mehr von Ihnen erfahren, soviel wie möglich. Er muß doch wissen, wer Sie sind, um Ihnen schreiben zu können.

Lustig an seinem Tag vor sagen wir zehn Millionen Deutschen war die Begegnung mit dem türkischen Islam, der dasselbe Flugzeug nahm. Weil der türkische Islam rauchen wollte, traten sie nach dem Einchecken noch einmal ins Freie. An der Schwingtür wiederholten sie die Szene von Arafat und dem ebenso kleinen und stämmigen israelischen Ministerpräsidenten, wie in Camp David gefilmt von hinten: du zuerst, nein du, auf keinen Fall, aber sicher, und so weiter, eine Minute lang. Schließlich gab der iranische dem energischen Unterarm des türkischen Islam nach, was ihm bei einem deutschen Unterarm nie unterlaufen wäre. Weil die Kamerafrau ihren Gang nochmals drehen wollte, mußten sie die Situation nachstellen, und diesmal wurde es erst richtig lustig, weil sie das Klischee orientalischer Höflichkeit mit Vergnügen bedienten und nebenbei die Kamerafrau so attraktiv war, daß sie zwischen den Takes das Klischee orientalischer Gockel zugaben. Die sagen wir zehn Millionen Deutschen sahen abends nur, wie der iranische dem türkischen Islam auf dem Flug nach Berlin die Tagesordnung der Staatskonferenz zeigt und sie anfangen zu kichern. Nicht hören konnten die Deutschen den Türkenwitz, den der iranische Isalm machte, während sie von hinten gefilmt wurden im vorgeblich ernsten Gespräch. Überhaupt mußte die beiden sichergehen, daß bei ihrer Darbietung niemals der Ton mitgeschnitten wurde, und fragten mehrfach nach. Im Bus vom Flugzeug zum Terminal gestanden sie sich ein, worüber sie vor sagen wir zehn Millionen Deutschen kein Wort verloren, nämlich insgeheim natürlich mächtig stolz zu sein, daß ausgerechnet sie zwei Lausbuben die Religion ihrer Eltern beim deutschen Staat vertreten. – Wenn mein Großvater mich sähe, entfuhr es dem iranischen Islam. – War dein Großvater sehr fromm? fragte der türkische Islam nach. – Er gab uns allen die Religion zum Vorbild, antwortete der iranische Islam. Der türkische Islam, der zwei Wochen auf Lesereise war, hievte zusätzlich zum Handgepäck mit Plastiktüte zwei schwere Billigkoffer auf den Gepäckwagen, auf dem bereits der Koffer und das Handgepäck des iranischen Islam lagen, Ausländer eben, Souvenirs, Decken, Muttis Essen zum Fastenbrechen, Thermoskannen, Grill, alles dabei, wenn zwei Muslime für einen Tag in die Hauptstadt fliegen, der ganze Fundus. Abgeholt zum Gipfel wurden sie vom Kommilitonen des iranischen Islam aus dem Orientalistikstudium, der als Mitarbeiter der christdemokratischen Partei die Konferenz mit ausgeheckt hat, nur kam der Kommilitone nicht mit dem anthrazitfarbenen Cabriolet vorgefahren, der seinem neuen Stand angemessen ist, sondern mit dem Kleinwagen seiner Freundin, ein blaues Modell aus den achtziger Jahren. So hievten also der türkische und der iranische Islam im Gerangel – nein, ich nehme schon, nein ich, auf keinen Fall, aber sicher, und so weiter – die drei Koffer und das Handgepäck mit Plastiktüte in den Kofferraum des Kleinwagens, banden die Heckklappe mit einer Schnur zu und fuhren mit dem christdemokratischen Kommilitonen der Kamerafrau davon, Deutschland und der Islam auf dem Weg zur Staatskonferenz, zum Davonlaufen allerdings auch die Stimmung in der Öffentlichkeit, »Warum kuschen wir vor dem Islam?«, zehn Zentimeter hoch die Schlagzeile in den Zeitungskästen, aber wenn ein Innenminister vor sagen wir zehn Millionen Deutschen verkündet, daß der Islam ein Teil Deutschlands ist, ein Teil Europas, ein Teil unserer Zukunft, diese Aussage, mit Wucht vorgetragen und ohne Einschränkung, können die zwei Muslime noch so viele *hate mails* für ihre fröhlichen Gesichter im Fernsehen empfangen, sie kippen sich dennoch am Nachmittag in der erstbesten Eckkneipe zufrieden ein paar Bier hinunter. So muß der iranische Islam denn auch abends im Nachrichtenjournal beschwingt gewirkt haben, wie er hört, und der Freundin, die Bahai ist, gefiel sein Anzug. Die Chemotherapie hat gestern oder heute begonnen, je nachdem, wie der Befund ausfiel. Der iranische Islam begann, von Beispielen zu sprechen, bei denen selbst fortgeschrittener Krebs besiegt worden sei. Ach, du weißt ja die Einzelheiten nicht, unterbrach ihn der Bildhauer.

Um kurz nach zehn benachrichtigte die Frau ihn, als er sich gerade eine Kinokarte gekauft hatte. Es sei nicht so schlimm, gefährlich oder wie immer sie es nannte, damit er nicht in Panik geriet. Ist gut, ist gut, wimmelte er sie ab und rief sofort die Mutter in Spanien an, die nach dreißig Minuten immer noch nicht mahnte, daß ein Auslandsgespräch mit dem Handy so teuer sei. Freitag oder Samstag schon mit Blaulicht abgeholt, diagnostizierten die Ärzte eine Blutung, die vermutlich eine sofortige Operation erzwinge. Festlegen wollten sie sich jedoch erst nach der Endoskopie, für die das Gerät fehlte, so daß der Vater in die Provinzstadt verlegt wurde. Nicht um Geld zu sparen flehte die Mutter das Personal an, ihn im Krankenwagen begleiten zu dürfen. Der Vater weinte, als die Tür sich schloß. Die Mutter fuhr im Taxi hinterher. Zwei Nächte verbrachte sie am Bett des Vaters, ohne den Söhnen Bescheid zu geben. – Du kannst dir nicht vorstellen, wie primitiv die Krankenhäuser hier sind. Zwanzig Patienten auf der Intensivstation, nur getrennt durch Paravents, Schreie, Wimmern, Ärzte mit sonoren Stimmen, Schwestern, die Pause machen, grelles Licht die ganze Nacht. Die Endoskopie ergab, daß der Vater nur ein Loch im Magen hatte, das zu schließen es keiner Operation bedurfte. Ein Loch? So hat es die Mutter auf spanisch verstanden. Aber was, wenn die Mutter dem Sohn etwas verschwieg, damit er sich nicht ins erstbeste Flugzeug setzt? Angerufen hat sie erst heute, als es dem Vater schon besserging. Der Flug hätte bestimmt eine Unsumme gekostet, verteidigte sie sich. 1:41 Uhr auf dem Handy am Tag der Deutschen Einheit.

11:41 Uhr. In der Nacht träumte der Bruder, daß der Vater sterbe. Die Nachricht, daß der Vater auf der Intensivstation liegt, erreichte ihn jedoch erst am Morgen. Der andere Bruder, über dessen Gelassenheit sich der Jüngste zunächst aufgeregt hatte, klang nach dem Telefonat mit einer Krankenschwester bedrückt, obwohl es dem Vater den Umständen entsprechend gutgehe, wie man wahrscheinlich auch auf spanisch sagt. Die Dame in der Notrufzentrale in Barcelona machte den Brüdern ebenfalls Mut. Bleibt der Vater im Krankenhaus, fliegt der Älteste, weil er Arzt ist und spanisch spricht. Wird der Vater entlassen, fliegt der Jüngste, der auf spanisch nur Pablo Neruda versteht, sofern die Ausgabe zweisprachig ist. Die Erkenntnis, daß die vier Brüder Gewehr bei Fuß stehen, ist tröstlicher, als es der Jüngste für möglich gehalten hätte. Sie haben die Verbindung, die *alâqeh*, hängen aneinander, damit die Kette hält. Das ist wichtiger als *dust dâschtan*, wie schon Großonkel Mohammad Ali wußte. Die Mutter hingegen hat am Telefon fast nur ein Thema: daß niemand zu kommen brauche. In der Warteschleife der Notrufzentrale hört der Jüngste »Viva España«. Er hat sich oft beklagt, daß er die meisten Rituale verlernt oder nie gelernt hat, die Halt geben, wenn nichts und niemand ihn hält, die Sprach- und Ratlosigkeit überbrücken. Während er »Viva España« hört, gesteht er sich ein, daß der Roman, den ich schreibe, nichts anderes soll. Der Romanschreiber hat jemanden, den er täglich anredet, mehr oder weniger zu festgelegten Zeiten, keinen Menschen mit eigenen Nöten und notwendig eingeschränkter Einfühlung, sondern jemanden, den er sich größer vorstellen kann. Normalerweise träte er mit dem Hörer am Ohr auf den Balkon und wieder ins Zimmer, ginge auf und ab, setzte sich und stünde wieder auf, solange die Notrufzentrale des Automobilclubs »Viva España« singt. Statt dessen kann er schreiben, was auch immer, Hauptsache, die Zeit vertreiben. Sollte die Stimme in der Notrufzentrale schlechte Neuigkeiten haben, wird es nichts nutzen.

Weit und breit die einzige Uhr ist die des Laptops. Die Notrufzentrale des Automobilclubs hat sich als eine der üblichen Telefonzentralen entpuppt, bei denen im Laufe von fünf Anrufen elf Stimmen nicht die benötigte Auskunft erteilen. Wenigstens versprach die zwölfte Stimme Besserung für heute und meinte damit nicht den Zustand des Vaters. Sie sei diese Woche täglich ab 15 Uhr auf der Arbeit, verriet sie dem Sohn, also in vierzig Minuten. Sobald das Flugzeug seine endgültige Parkposition erreicht hat, ruft er an und läßt sich durchstellen, den Namen hat er aufgeschrieben. Tage wie der gestrige, die er telefonierend zwischen Verwandten, Krankenhaus und Notrufzentrale verbringt, werden sich häufen. Wegen des Feiertags muß er selbst im Internet nach einem Flug und Mietauto suchen, das kann er sonst zur Not dem Reisebüro überlassen, das zwanzig, dreißig Euro Servicegebühr berechnet. Vor dem Abflug hat er noch Zeit, die Tochter zur Schule zu bringen. Der Flughafen liegt hundertfünfzig Kilometer entfernt, weil es von Köln aus viermal so teuer geworden wäre. Der Vater ist noch kein solcher Notfall, daß der Sohn nicht mehr rechnet. Den Navigator, der ihn zum Flughafen lotste, steckt er ein, um ihn später an die Scheibe des Mietwagens zu pressen, 96 Euro für drei Tage, Kilometer unbegrenzt, sechshundert Euro Selbstbeteiligung allerdings. Mit Navigator wären es dreißig Euro mehr gewesen. Daß er nicht daran gedacht hat, CDs mitzunehmen, ärgert den Sohn. Gut, ein zweites, drittes, viertes Klavierkonzert hat jedes Radio in Europa, hingegen auf die medizinische Versorgung in Spanien stellt er sich besser vorher ein. Zügig wird er das Handling übernehmen, wie die Fluggesellschaft es nennen würde, sich mit den Krankenschwestern auf spanisch zu verständigen versuchen, auf englisch mit den Ärzten, die nie dasein werden, und vom Handy aus mit der Notrufzentrale des Automobilclubs. Er wird den Kontakt zur Mutter, die einmal ausschlafen muß, wie zu den Brüdern halten. Den Abend wird er mit der Mutter ohne viele Worte verbringen, in seltener Zärtlichkeit. Sie wird gekocht haben für ihn. Das sind die Tage, die absehbar sind und ihn dennoch so unvorbereitet treffen, daß er vermutlich das Bewußtsein ausschalten würde, um weniger zu spüren und besser zu funktionieren, wenn er nicht den Roman schriebe, den jemand lesen wird. Wer immer Sie sind, ersparen Sie ihm wenigstens heute den Vorwurf, daß er Leben und Leid seiner Nächsten benutzt. Auch ohne den Roman, den ich schreibe, säße er jetzt an gleicher Stelle. Auch wenn er den Laptop zu Hause gelassen hätte, gehörte die Reise, und sei es als Lücke, zu seinem *Hauptwerk*. Die Frau auf dem Nebensitz, die so freundlich war, ihm ein Gummibärchen ihrer Tochter anzubieten, schaut immer wieder auf den Bildschirm, den er auf dem Tischchen so quergestellt hat, daß er sich beim Schreiben den Rücken verrenkt. – Das passiert automatisch, entschuldigt sie sich, da sie den letzten Satz gelesen hat. – Ich weiß, sagt der Sohn, ich bin Ihnen auch nicht böse. – Ich habe wirklich versucht, nicht hinzuschauen. – Nun treten Sie im Roman auf, den ich schreibe. – Sie schreiben einen Roman?

Ausgerechnet in Krankenhäusern, wo das Leben knapp wird, scheint die Uhr keine Bedeutung zu haben. Daß man permanent auf etwas wartet – den Arzt, die Bescheinigung, den Pfleger, der einen zur Untersuchung oder zum Baden abholt –, mag mit den komplizierten Abläufen zu tun haben, die mit öffentlichen Mitteln kaum zu organisieren wären, wenn das Personal nicht die freie Verfügbarkeit der Patienten und Angehörigen voraussetzte. Merkwürdig jedoch ist die Selbstverständlichkeit, mit der man die Verschwendung der eigenen Zeit akzeptiert, und zwar um so klagloser, je schlimmer die Krankheit, je spürbarer die Hinfälligkeit. Heute morgen warteten die Mutter und der Sohn Stunden auf die Ärztin, die die Entlassung unterschreiben sollte, die längst im Schwesternzimmer bereitlag. Ein-, zweimal fragte der Sohn nach, wo die Ärztin bliebe. Daß sie schon eintreffen werde, hätte er als Antwort in keinem Geschäft, in keiner Behörde und von keiner Telefonzentrale hingenommen. Heute morgen hätte er nicht fragen müssen, um sich mit der Antwort dennoch zufriedenzugeben. Er hätte die Zeit nutzen können, um die Eltern in ein Gespräch zu verwickeln, wie sie es selten haben, oder sie ausfragen können über ihre Jahre in Iran, über die er doch alles erfahren will, um das wenige zu behalten. Statt dessen redeten sie über Medikamente, Versicherungen, den Rücktransport mit dem Automobilclub, solange die Themen reichten. Ansonsten schaute er auf den Boden oder aus dem Fenster, ging auf den Gang und kehrte ins Zimmer zurück, ging auf einen Kaffee in die Cafeteria, blätterte im dritten Band der gesammelten Werke Hölderlins, ohne eine Stelle zu finden, die in diesen Absatz passen würde, hörte mit einem Ohr zu, was der Vater zum dritten oder vierten Mal über den Hergang der Krise sagte, bis er zur Erleichterung der Eltern, die sich für seine Langeweile schuldig fühlten, den Laptop aufklappte. Zeit, sagte die Mutter, Zeit sei das einzige, was sie im Überfluß hätten, und nahm den Vater mit auf den Flur, damit der Sohn seine Arbeit tue. Wer jung sei, für den sei jede Minute kostbar. Dem Sohn erscheint der Gedanke absurd, daß die Zeit um so nutzloser wird, je weniger von ihr bleibt. Gern hätte er die Mutter danach gefragt, doch nun ist sie mit dem Vater in der Cafeteria und gönnt sich den Kaffee und das Teilchen, zu dem er sie den ganzen Vormittag schon drängte. Wenn die Eltern ins Zimmer zurückkehren, wird der Sohn mit ihnen wieder über den Automobilclub sprechen. Die Bemühungen, als bald Vierzigjähriger mit den Eltern unter Erwachsenen zu reden, scheitern immer häufiger an dem Umstand, daß das Massaker offenbar damit beginnt, das Gesagte fortlaufend zu wiederholen. Wenn man selbst geworden ist wie sie, sind sie nicht mehr, was sie waren. Der Vater selbst bekennt, daß er nicht mehr so klar sehe wie früher. Er war immer derjenige, der Entscheidungen traf und gegen alle Widerstände durchsetzte, vor allem gegen den Willen der Mutter und häufig genug der Söhne, der früher Vorgesetzten und Kollegen, davor der Eltern und Schwiegereltern, Mittelstürmer eben mit dem angeborenen Zug zum Tor. Jetzt beteuert er vielfach, wie dankbar er dem Jüngsten sei, der ihm alle Entscheidungen abnehme, und merkt nicht einmal, wie oft er sich schon bedankt hat. Natürlich sind die Eltern nicht weniger klug als früher, lebensklüger allemal, allein, es fällt ihnen schwer, den Punkt hinter einen Gedanken zu setzen, besonders dem Vater. Der Sohn traut sich nicht zu sagen, daß er die Argumente gegen den Rücktransport mit dem Automobilclub schon dreimal gehört hat und statt dessen über etwas reden möchte, das für sie von größerer Bedeutung ist, mit Zeit oder ohne. Die Mutter ist anders. Im spanischen Zug fragt sie Mitreisende, ob sie Lust hätten auf ein Gespräch. Mit ihren Schwiegertöchtern kann sie sich stundenlang unterhalten. Mit den Söhnen gelingt es seltener, mit dem Jüngsten fast nur in Krisen, den Krisen des Vaters, den Krisen der Frau, den Krisen seiner Ehe, also relativ oft, wenn der Jüngste es recht bedenkt. Mit der Rückkehr des Vaters ins Ferienhaus ist das Handling beinah abgeschlossen. Sobald der Vater zehn Tage nicht geblutet hat, fliegt ihn der Automobilclub nach Deutschland, also voraussichtlich am Mittwoch. Die Mutter kann kaum glauben, daß auch ihr Ticket übernommen wird.

Unter den Büchern auf dem Schreibtisch befindet sich außerdem ein Polyglott-Reiseführer für Afghanistan von 1974, abgestempelt von der Bibliothek der Bundeswehrschule Bad Ems. Ein Jahr zuvor hatte Mohammad Daoud seinen Vetter und Schwager Zahir Shah abgesetzt und dem Volk größere Rechte versprochen. Heute wirkt schon die Verfassung von 1964 wie eine Utopie, die die Gewaltenteilung und das Wahlrecht der Frauen einführte. »Malerisch« nennt der Reiseführer die bunten Gewänder der Paschtu-Frauen; der theatralische Effekt würde durch reichen Silberschmuck noch erhöht. Die Tadschiken hingegen trügen in den Städten meist europäische Kleidung. Der Flug mit Lufthansa und weiter mit Iran Air nach Kabul kostete einschließlich der Übernachtung in Teheran 1270 DM in der Touristenklasse für eine Strecke; 1. Klasse 2035 DM, hin und zurück das Doppelte. Detailliert sind die Möglichkeiten und deren Dauer aufgeführt, mit dem Bus (ebenfalls über Teheran), der Bahn (über Bagdad oder Moskau), dem Auto (durch Jugoslawien) und dem Schiff (über Karatschi) nach Afghanistan zu reisen. Der Stadtplan des Polyglott dürfte noch die größte Ähnlichkeit mit der Gegenwart aufweisen, die Maiwand-Straße, die Ansari-Straße, die Sher-Shar-Mina. Ob der Kopf eines Buddhas aus Hadda, der im Reiseführer abgebildet ist, noch im Museum steht? Ob das Museum noch steht? Paghman, die 22 Kilometer entfernte Sommerfrische Kabuls, erinnert bestimmt nicht mehr »mit großzügigen Villen, Palästen und Gartenanlagen an einen europäischen Kurort«. Auch die Rettungsstation am nahe gelegenen Kharga-See, die zum Schutz der Schwimmer im Sommer 1974 ständig besetzt war, dürfte verlassen sein.

Dem Präsidenten, der ihm die Aufgabe gestellt hat zu erklären, was ihn mit Deutschland verbindet, antwortete der Sohn iranischer Einwanderer spontan, die Sprache natürlich, allein, welcher Dichter würde der Behauptung widersprechen, daß die Literatur seine Heimat sei. Aber was macht diese Literatur aus? Anders gefragt: Was ist deutsch an der deutschen Literatur? Der Sohn wird über den exemplarischen deutschen Schriftsteller sprechen, der für ihn nicht Goethe ist, nicht Schiller, nicht Thomas Mann oder Bertolt Brecht, sondern der Prager Jude Franz Kafka. Kafka? Der Sohn iranischer Einwanderer kann sich erinnern, was er dachte, als er das berühmte Verlobungsphoto mit Felice Bauer zum ersten Mal sah – seitlich neben der Sitzenden stehend, den Kopf leicht nach vorn gedreht, schaut Kafka mit einem vielleicht unsicheren, vielleicht spöttischen Lächeln auf einen Punkt etwas oberhalb der Linse des Photographen: Der sieht gar nicht deutsch aus, dachte der Sohn. Die dunkle Hautfarbe, die starken Augenbrauen über den schwarzen Augen, die kurzen schwarzen Haare, die so tief in die Stirn reichen, daß Schläfen nicht einmal in Ansätzen zu erkennen sind, die orientalischen Gesichtszüge – in Deutschland wäre es heute ungehörig zu sagen, aber als Jugendlicher war es sein unmittelbarer Eindruck: Der sieht nicht deutsch aus, nicht wie die Deutschen, die er aus der Schule, dem Fernsehen oder von der Nationalmannschaft kannte. Das Konto weist ein strukturelles Defizit auf, teilt der Bankberater soeben mit. Das heißt, selbst in den einkommensstärksten Monaten kommt es kaum über Null. Das Depot ist schon aufgebraucht, so daß der Bankberater einen weiteren Aktienfonds auflösen mußte. Je mehr der Sohn verdient, desto mehr gibt er aus, um noch zum Arbeiten zu kommen, der Student, die Kinderfrau, die Miete für ein Büro, damit es eine Wohnung sein könnte, und die Scheune im Bergischen Land. Wenn er das ganze Jahr zu Hause bliebe, das Telefon abschaltete, die Website löschte, die Mail-Adresse änderte, dem Studenten kündigte, der ihm gelegentlich aushilft, das Büro und das Bergische Land aufgäbe, würde er kaum weniger Geld verdienen und ein reicheres Leben haben als jetzt. Daß er weiter wie eine Maus im Rad rennt, könnte ein Lehrbeispiel sein, wie ökonomisch der Kapitalismus und psychologisch der Selbstbetrug funktionieren. Er führt sich die eigenen Werke vor Augen, die Bücher und die anderen bis hin zu den Reportagen, die Anerkennung bis hin zum Präsidenten, nichts ist ihm zu gering, um es in die Bilanz aufzunehmen, so daß mit Tricks und Schiebereien am Ende ein noch so geringes Plus bleibt, mit dem er das Defizit ausgleicht, das ihm der Bankberater vor Augen geführt hat. Eitelkeit ist nicht nur eine Schwäche. Sie macht auch stark. Wer den ganzen Tag mit Menschen zu tun hat, wird das vielleicht nicht verstehen. Der Sohn hingegen starrt, wenn er Glück hat, bis in die Nacht auf einen Bildschirm, der nichts gibt, nichts erwidert, nichts sagt als gelegentlich »Sie haben Post« und »Auf Wiedersehen«, und selbst dafür muß er auf dem Boden kriechen, um das Kabel einzustöpseln. Vor sich selbst zu prahlen, ist das Pfeifen im Wald. Jetzt ist es 16:25 Uhr am 10. Oktober 2006. Er kriecht ein letztes Mal auf dem Boden, »Sie haben Post« und »Auf Wiedersehen«, bevor er bei dem iranischen Händler gegenüber der Kneipe, der vor der Revolution Regisseur beim iranischen Staatsfernsehen war, Reis und Rosinen kauft, um rechtzeitig bei der Tochter zu sein, die bis fünf Klavier hat. Gewiß sei es peinlich, was er über sich preisgebe, schreibt Kafka, aber der Vorwurf möge nicht an ihn gerichtet werden, sondern an das Leben, das nun einmal peinlich sei. Aber das will der Präsident gar nicht wissen.

Der Bildhauer in München fuhr die Gnädige Frau gestern in die Klinik zurück, wo sie sonst nur während der Chemotherapie liegt. Gewiß gefährde ihr Zustand den Zeitplan, antwortete er; gewiß sei es für deren Erfolg besser, wenn der vorgesehene Abstand zwischen den Behandlungen nicht überschritten werde; gewiß sei die Marklosigkeit – Marklosigkeit? – nicht in solchem Ausmaß vorgesehen gewesen; gewiß habe sich die Prognose nicht vergünstigt. Wann immer der Freund aus Köln zuletzt mit der Gnädigen Frau sprach – nenn mich nicht immer Gnädige Frau –, hatte er den Eindruck, es sei ihr lieber, sie später zu besuchen, wenn sie sich etwas erholt habe, nicht in dieser Lage. Der Bildhauer dagegen ließ keinen Zweifel, daß er jetzt jemanden braucht, auch wenn er die Bitte nicht aussprach, im Gegenteil einwandte, dem Freund aber nichts kochen zu können. Der Freund kann frühestens Montag fahren, weil am Wochenende der Besuch bei seinem Koranlehrer aus Kairo ansteht, der im holländischen Exil lebt; die Frau bemerkte zu Recht, daß sie ihm nicht wieder absagen könnten, immerhin sei auch er krank gewesen, als sei das eine Auszeichnung. Erstmals hat der Freund überlegt, etwas zu streichen, den letzten Absatz. Die Möglichkeit billigte er sich nach einigem Abwägen zu, sofern er es vermerkt. Unzufriedenheit allein ist jedoch kein Grund. Gerade das Mißlungene darf er nicht verbergen, insofern es objektiv ist. Als Konsequenz seiner Unzufriedenheit mit dem letzten Absatz kritzelte er in Kafkas *Tagebücher*, die er auf der Rückfahrt von Paris las, was er sich für diesen Absatz vorgenommen hatte, einen Ablauf der Themen, Punkt für Punkt, wie auf einer Tagesordnung, die erst der Anruf aus München durchkreuzt hat, dann eine zweite Nachricht, die der Freund in Köln kaum auszusprechen wagt. Begonnen hätte er den Absatz, den er in Kafkas *Tagebüchern* entwarf, mit einer Bemerkung zu Sebastian Haffner, dessen *Deutsches Leben* er für den Vortrag beim Präsidenten gelesen hatte. Ich hatte das Photo des alten Haffners vor Augen, der abweisend, ja überheblich in die Linse schaut, die Brauen weit hoch, die Mundwinkel weit heruntergezogen. Um so mehr erstaunte es mich, einem Ich zu folgen, das nicht älter klang als ich selbst und genausowenig gelassen. Was Haffner über Frauen schreibt und über seine Verliebtheiten, hat exakt den Ton eines Mannes von fünfunddreißig, vierzig Jahren, der seine Erfahrungen gemacht, aber noch keine Schlüsse daraus zu ziehen vermocht hat. Ach, jetzt, wo er schon soweit ist, führt der Freund in Köln den Plan, den er sich für diesen Absatz gemacht, rasch aus, bevor er festhält, was ebenso bedeutend ist wie der Anruf aus München. Daß er im Büro übernachtet, hat er bereits angemeldet, und den Vortrag beim Präsidenten muß er ohnehin schreiben, das eine kann er mit dem anderen verbinden, wie alles andere auch, seit er *In Frieden* angefangen hat, wie er den Roman seit drei Absätzen nennt, den ich schreibe. Der Präsident mag noch so oft ein normales, ein gelassenes Verhältnis zu Deutschland fordern – Deutschlands Dichter zeichneten sich gerade durch ihr verkrampftes Verhältnis zu Deutschland aus. Sie sind große Deutsche, obwohl oder gerade weil sie mit Deutschland haderten. Anders gesagt: Stolz darf Deutschland auf jene sein, die nicht stolz waren auf Deutschland. »Der Sportclub-Nationalismus, das bombastische nationale Eigenlob im ›Meistersinger-Stil‹, das onanistische Getue um ›deutsches‹ Denken, ›deutsches‹ Fühlen, ›deutsche‹ Treue« sei ihm schon vor der Machtergreifung der Nazis »nur widerlich und abstoßend« gewesen, schreibt Haffner: »Ich hatte nichts davon aufzuopfern.« Gleichwohl habe er sich stets als »ziemlich guten Deutschen« gesehen – »und sei es nur in der Scham über die Ausartungen des deutschen Nationalismus«. Der Satz ist es wert, noch einmal paraphrasiert zu werden, weil er markiert, wie weit Patriotismus und Affirmation voneinander entfernt sein können: Just in seiner *Scham über Deutschland* sah Haffner sich als *guten* Deutschen. Als die Nationalsozialisten an die Macht kamen, blieb dem deutschen Patrioten Haffner keine Wahl – er mußte sich von Deutschland trennen. Der Nationalismus hatte *sein* Deutschland »zerstört und niedergetrampelt«, wie Haffner schrieb. Der Konflikt, vor dem er nach 1933 stand, sei nicht der gewesen, ob man sich von seinem Lande lösen müsse, um sich *als Individuum* die Treue zu halten. Der Konflikt habe viel weiter gereicht. Der Konflikt spielte sich ab »zwischen Nationalismus – und der *Treue zum eigenen Land*«. Und noch ein langes Zitat, das der Sohn iranischer Einwanderer dem Präsidenten unter die Nase reiben wird: »Ich ›liebe‹ Deutschland nicht, sowenig wie ich mich selbst ›liebe‹. Wenn ich ein Land liebe, ist es Frankreich [Eben! würden die Großeltern rufen], aber auch jedes andere Land könnte ich eher lieben als mein eigenes – auch ohne Nazis. Das eigene Land hat aber eine ganz andere, viel unersetzlichere Rolle als die des Geliebten; es ist – eben das eigene Land. Verliert man es, so verliert man fast auch die Befugnis, ein anderes Land zu lieben. Man verliert alle Voraussetzungen zu dem schönen Spiel nationaler Gastlichkeit – zum Austausch, Einander-einladen, Einanderverstehen-Lehren, Voreinander-Paradieren. Man wird – nun eben ein ›Sans-patrie‹, ein Mann ohne Schatten, ohne Hintergrund, bestenfalls ein irgendwo Geduldeter – oder, wenn man freiwillig oder unfreiwillig darauf verzichtet, der inneren Emigration die äußere hinzufügen, ein gänzlich Heimatloser, ein Verbannter im eigenen Land. Diese Operation, die innere Loslösung vom eigenen Land, freiwillig zu vollziehen, ist ein Akt von biblischer Radikalität: ›Wenn dich dein Auge ärgert – reiß es aus!‹« Es ist 4:10 Uhr geworden, bereits Samstag, der 14. Oktober 2006. In ein paar Stunden wollen sie nach Leiden fahren, wo sich sein Koranlehrer auf sie freut. Von dem Rest des geplanten Absatzes schafft er es nur noch, die Stichwörter abzuschreiben, die er sich in Kafkas *Tagebücher* notiert hat, bevor er endlich zu dem zweiten Grund gelangt, wegen dem er ohnehin nicht hätte schlafen können. Haffner hätte ihn auf die Islamische Revolution gebracht, von der aus der Sohn iranischer Einwanderer auf das Gespräch mit dem Außenminister kommen wollte: Wie mit einem Exilanten oder Emigranten hatte der Außenminister zu ihm gesprochen. Und tatsächlich war er gegenüber dem Vertreter des deutschen Staats nur noch Iraner, so besorgt und betroffen äußerte er sich über das Land, das offenbar sein eigenes ist. Als beim Mittagessen ein Diplomat bemerkte, daß der Gast zwar iranische Eltern habe, aber in Deutschland geboren sei, in Deutschland aufgewachsen und noch dazu deutscher Schriftsteller, entspann sich eine Diskussion ähnlich wie bei Kafkas Empfang im Meraner Sanatorium: »Nach den ersten Worten kam hervor, daß ich aus Prag bin; beide, der General (dem ich gegenübersaß) und der Oberst kannten Prag. Ein Tscheche? Nein. Erkläre nun diesen treuen deutschen militärischen Augen, was du eigentlich bist. Irgendwer sagt ›Deutschböhme‹, ein anderer ›Kleinseite‹. Dann legt sich das Ganze und man ißt weiter, aber der General mit seinem scharfen, im österreichischen Heer philologisch geschulten Ohr, ist nicht zufrieden, nach dem Essen fängt er wieder den Klang meines Deutsch zu bezweifeln an, vielleicht zweifelt übrigens mehr das Auge als das Ohr. Nun kann ich das mit dem Judentum zu erklären versuchen. Wissenschaftlich ist er zwar zufriedengestellt, aber menschlich nicht.« Kafka hatte, wovor der Präsident die Einwandererkinder bewahren möchte: eine ausgesprochen multiple Identität. Als Staatsbürger gehörte Kafka dem Habsburgerreich an, später der Tschechischen Republik. Für die Tschechen waren er und die gesamte deutschsprachige Minderheit in Prag einfach Deutsche. Unter den Prager Deutschen wiederum galt jemand wie Kafka vor allem als Jude. Nicht einmal Kafka selbst konnte klar sagen, zu welchem Kollektiv er gehörte. Den alltäglichen Umgang mit zwei Sprachen erwähnte er in einem Brief an Milena, die seine deutschen Briefe auf tschechisch zu beantworten pflegte: »Ich habe niemals unter deutschem Volk gelebt, Deutsch ist meine Muttersprache und deshalb mir natürlich, aber das tschechische ist mir viel herzlicher, deshalb zerreißt Ihr Brief manche Unsicherheiten.« Das wäre der Übergang gewesen zu der Unterhaltung mit der türkischen Schriftstellerin, der in Ankara der Prozeß gemacht wird. Von der Hoffnung, die sie nicht etwa auf das müde Europa, sondern auf den Umbruch in ihrer Heimat setzt, wäre er zu der Hoffnungslosigkeit des Journalisten gekommen, dessen abgeklärte Reportagen er schon als Vierzehnjähriger verschlang, den sarkastischen Scherzen über die Furcht des Westens vor einem Todkranken. Er hätte das Photo erwähnt, das er mit der winzigen Digitalkamera vom Journalisten gemacht hat, der bald achtzig werden müßte, beziehungsweise die Frage der Frau: Seit wann hast du eine Kamera bei dir? Den nächsten Punkt, den er in Kafkas *Tagebücher* notiert hat, kann er nicht entziffern, nur das Wort Internet. Aufgehört hätte er mit den Briefen an Milena, genau gesagt, was die Anmerkung 59 bewirkte. Zwar wußte er, was mit Milena war und wurde, doch jetzt war es anders, jetzt war es nicht mehr eine Information, jetzt hatten die beiden mich teilhaben lassen an ihrem Verhältnis, jetzt glühte ich von ihrer Herzenswärme, jetzt hatte ich von ihr etwas gelesen, ihre eigene Stimme. »Zwei Menschen heiraten einander, um zusammenzuleben«, schrieb sie etwa in einem Feuilleton: »Warum ist denn zu dem überwältigenden, außerordentlichen Geschenk dieser Möglichkeit noch Glück nötig? Warum können die Menschen sich nie und nimmer mit wahrhaftiger, unbeschönigter Größe zufriedengeben und wählen lieber die herausgeputzte Lüge? Warum versprechen sie einander etwas, dem sie selbst nicht, dem aber auch Welt, Natur, Himmel, Schicksal, Leben nicht genügen können, und das niemals und nirgends jemand zu erfüllen vermag? Warum stellen sie einem reellen, wirklichen, heiligen, irdischen Vertrag Anforderungen von so literarischer Phantastik wie Glück? Warum verlangen sie vom anderen mehr als sie selbst zu geben imstande sind, warum verlangen sie überhaupt etwas, angesichts eines so großen, so ernsten, so tiefen Geschehens, wie es ein gemeinsames Leben darstellt?« Es war, als ob ich nicht gewußt hatte, was in der Anmerkung 52 stand: »Milena = Milena Jesenká-Polak, Prager Schriftstellerin. Ihre Übersetzung von ›Der Heizer‹ ins Tschechische erschien im ›Kmen‹ (›Der Stamm‹). Sie starb 1944 im Konzentrationslager Ravensbrück.« Jetzt erst hatte Milena ihren vollständigen Namen. Auf die *Tagebücher* selbst einzugehen, vertagt der Sohn iranischer Einwanderer, weil es 5:03 Uhr geworden ist, er in ein paar Stunden nach Holland fährt und vom heutigen beziehungsweise gestrigen Tag eines noch festhalten muß: Die Frau ist schwanger. Das letzte Photo, das noch fehlte, hat er *In Frieden* eingefügt.

Großonkel Mohammad Ali hat sich in Teheran in einem Hotelzimmer aufgehängt, sagt die Mutter beim Kuchen in Siegen. Sie war sieben oder acht, schätzt sie. Es wird also etwa 1940 gewesen sein, knapp zehn Jahre nach Urgroßvaters Tod. Er galt als außergewöhnlich sensibel, liebte Poesie, schrieb selbst Erzählungen, war in Isfahan Leiter der Kulturbehörde – daher also der Kontakt zum Chef der Gesundheitsbehörde. Es hieß, die Ehe sei nicht glücklich, er liebe seine Frau nicht. Es war eine arrangierte Ehe, sagt die Mutter, der Sohn wisse schon. Genaues weiß sie nicht zu berichten, schließlich war sie noch ein Kind. Von Großonkel Mohammad Ali kommen die Eltern auf die legendäre Reise mit den Großeltern nach Frankreich zu sprechen. Neu ist für den Sohn, daß Großvater nichts sehen konnte, als die Familie in Paris einfuhr, zu siebt im Auto, wenn es Anfang oder Mitte der sechziger Jahre war; die Eltern, die Großeltern und die drei Brüder, im Kofferraum das Zelt, in dem auch der Jüngste noch geschlafen hat. Großvater schien erblindet zu sein. Der Vater brachte ihn in die Universitätsklinik, wo die Ärzte feststellten, daß er zuviel geguckt hatte. Zuviel geguckt! Gut, er hatte auch irgendeinen Star, grauen, grünen, der Jüngste müßte den dritten Bruder fragen, dessen Fachgebiet das Auge ist, jedenfalls diagnostizierten die Ärzte tatsächlich, bestätigt der Vater, eine Übermüdung des Sehnervs, die durch angestrengtes Sehen ausgelöst worden sei. Anders als die des Behördenchefs in Isfahan erscheint dem Jüngsten diese Diagnose nicht absurd. Könnte nicht das Stendhal-Syndrom vorgelegen haben, das schulmedizinisch belegt ist, wie beim Kuchen der andere Bruder bestätigt, körperlicher Funktionsausfall infolge kultureller Reizüberflutung? Großvater war fanatisch in seiner Neugier, stimmen die Eltern überein. Nur fürs Gebet, das er verrichtete, wann immer es Zeit war, unterbrach er sein Studium der französischen Verhältnisse, Menschen und Monumente. Mit Vorliebe betete er in Kirchen, was den Eltern mitunter so peinlich war wie manche ihrer Eigenarten dem Jüngsten, wenn er mit ihnen unterwegs ist. Einmal kam der Pfarrer und wunderte sich. Nach dem Gebet unterhielt sich Großvater mit ihm so lange, daß die Eltern ungeduldig wurden. Großmutter hatte schon mehrfach hupen lassen, da traten Großvater und der Pfarrer vor die Kirche und umarmten sich. Französisch hatte Großvater in Teheran in der Schule gelernt. Deutschland hingegen blieb ihm fremd, was an seinem Vorurteil, an Siegen, aber auch an den Umständen lag. Erst wurde seinem Bruder Hassan, den er zur Behandlung begleitete, ein Bein amputiert, dann landete die Familie eines Neffen oder einer Nichte in Deutschland, Bahais, die die Anfeindungen in Isfahan nicht länger ertrugen; bei der Ankunft hatte ihr sieben- oder achtjähriges Mädchen plötzlich Lähmungen. Im St.-Marien-Krankenhaus, in dem der Vater als Radiologe arbeitete, stellte sich heraus, daß es unheilbar an Krebs erkrankt war. Bis das Kind starb, blieb die Familie in Siegen, wo der Vater eine Wohnung besorgte. Das fiel alles in die Zeit, in der die Großeltern zu Besuch und zum ersten Mal in Europa waren; hinzu kam, daß sich Großmutter vom ersten Tag an unwohl fühlte. Sie klagte über das Wetter, über die Deutschen, über die Wohnung, über die schlechte Luft. Außerdem sei das Fleisch nicht *halâl*, nicht rituell rein. Daß der Vater es von den Türken kaufte, die in der Nähe des Stahlwerks eine Metzgerei betrieben, wollte sie nicht gelten lassen. Endlich reiste die Familie nach Frankreich, wo für Großmutter wahrscheinlich selbst der Rotwein *halâl* gewesen wäre. Am anderen Ufer des Rheins angekommen, sagte der Vater: Liebe Mutter, wir sind jetzt in Frankreich. Liebe Mutter, so sprach er Großmutter an, die sofort tief durchatmete und ohne jede Ironie, keine zehn Meter jenseits der Grenze laut aufseufzte: Ach, ist die Luft hier gut! Diese Geschichte kennt der Sohn bereits. Bei der Fortsetzung streiten sich die Eltern jedesmal, wer erzählen darf. Großvater unkte, daß Großmutter die Reiseleitung übernehmen möge, wo sie Frankreich doch so gut kenne. Dort den Mann, den solle sie fragen, wo es nach Paris gehe. Kein Problem, sagte Großmutter und stieg aus. – *Mossio, Mossio!* redete sie auf den Monsieur ein, die Betonung von *Móssio* auf der ersten Silbe: *Pâris kodjâst?* An dieser Stelle, da der Vater prustend das Französisch seiner Schwiegermutter nachahmt – Paris mit dem dunklen, in Isfahan noch dunklerem A, fast wie Poris, *kodjâst* bedeutet »wo ist« –, regt sich in der Mutter jedesmal der Instinkt, die Großmutter zu verteidigen: Immerhin habe der Mann den richtigen Weg gewiesen, sagt sie in das Gelächter am Tisch. Genau wie es bis heute die Mutter bei konsequent allen Ausflügen tut, zog Großmutter auf eigene Faust los, wenn die anderen nicht mithielten, also fast immer. Auf den Campingplätzen hatte sie die Angewohnheit, in ihrem bunten Tschador durch die Zeltreihen zu spazieren und auch gern einmal in die Zelte hineinzuschauen. – Wie bitte? fragt der Jüngste, Großmutter schaute in die Zelte hinein? – Ja, bestätigt die Mutter: Wenn Großmutter sich für etwas interessierte, schaute sie eben nach. Der Jüngste muß hinzufügen, daß die Frauen den Tschador früher nicht trugen wie heute. Es war ein buntes Tuch, das zwar vom Scheitel bis zu den Knöcheln reichte, aber Haare und Körper je nach Handgriff mal mehr, mal weniger symbolisch bedeckte. Kam ein attraktiver Mann des Weges, sank der Tschador der jungen wie junggebliebenen Frauen gern und betont absichtslos auf die Schultern. Großmutter sah also nicht wie eine Nonne aus, auch nicht wie ein Gespenst, wehend muß ihr Tschador eher wie eine Fahne gewirkt haben, ihr Leib ein schlanker Mast, so schnell wie sie zu marschieren pflegte. Eine Erscheinung wie ihre hatten die Camper bestimmt noch nicht gesehen. Einmal, als sie noch länger als üblich weggeblieben war, hatte sie bei der Rückkehr ein schweigendes Pärchen im Schlepptau, den Mann an der einen, die Frau an der anderen Hand. Sie hatte gehört, wie die beiden sich im Zelt anschrien, da war sie einfach hineingegangen, hatte den *Mossio, Mossio* ans Freie gezogen und ihn mitsamt Mâtmosell zum Zelt der Eltern geschleppt, damit Großvater mit seinem Französisch, das er doch so mustergültig beherrsche, ihren Streit schlichte. Das klingt wahrscheinlich übertrieben, aber wer Großmutter erlebt hat wie alle am Tisch außer den Urenkeln, kann sich die Situation genau vorstellen. Sie war eben sehr resolut, die Dame, die ihren Mann auf dem Photo umarmt, mit oder ohne Französisch. Das französische Pärchen war so verdutzt, erinnert sich die Mutter, daß es sich für den Moment tatsächlich nicht mehr stritt, allein, das genügte Großmutter nicht. – Sagen Sie ihnen, verlangte sie von Großvater, sie müssen sich auf der Stelle küssen. Und was taten die beiden Franzosen? Sie küßten sich!

Am Samstag, dem 14. Oktober 2006, ist es zu spät, den Koranlehrer in Leiden anzurufen. Gestern bereits hätte der Schüler ihn anrufen müssen, doch gestern trat er in einer Sendung über Totenköpfe auf, mit denen deutsche Soldaten in Afghanistan Fußball gespielt hatten, und raste aus dem Studio, um rechtzeitig den Zug nach München zu erreichen. Daß der Schüler unterwegs war, geht nicht einmal als Ausrede durch, wozu hat er ein Handy? Auf der Fahrt nach Holland hatte ihn die Nachricht erreicht, daß der Koranlehrer im Krankenhaus liegt. Als sie wegen eines Staus mit zwei Stunden Verspätung eintrafen, zermürbte die Einsicht, daß alles seine Richtigkeit hatte: Fortan wird irgendwer immer in einem Krankenhaus zu besuchen sein. Der Koranlehrer selbst bewahrte die Fassung wie der Verurteilte in der Strafkolonie. Er empfinde immer stärker, daß er aus dem Dorf stamme und dorthin gehöre, seinem oberägyptischen Dorf, das längst eine Kleinstadt geworden sei, so gesichtslos, lärmend und staubig wie alle Kleinstädte Ägyptens wahrscheinlich. Er begann, von den traumatischen Wochen zu erzählen, die er Anfang des Jahres in Quhafa verbrachte hatte. Es war das erste Mal seit der Flucht, daß er nach Ägypten zurückgekehrt war, und das erste Mal seit Jahrzehnten, daß er mehrere Wochen in seinem Dorf lebte. Eigentlich hatte er die Verwandten und Nachbarn nur kurz besuchen wollen, einen Tag nur, immerhin lief das Semester in Leiden, aber sein Bruder wurde krank. Als Ältester unter den Söhnen mußte er die Dinge in die Hand nehmen, mußte seinen Bruder nach Kairo verlegen lassen, wo der Lehrer Ärzte in besseren Kliniken kannte, mußte sich um die Verwandten kümmern, die Neffen und Nichten vor allem, die Besucher, mußte sich mit dem ägyptischen Gesundheitssystem herumschlagen, das ein Desaster ist, ein wirkliches Desaster, genau wie in Iran. Nach zwei, drei Wochen auf der Intensivstation – der Intensivstation einer ägyptischen Klinik, und schon die spanische ist für deutsche Versicherte ein Alptraum – wurde die Familie des Koranlehrers vor die Alternative gestellt, daß der Bruder entweder bald stirbt oder sich einer teuren Operation am offenen Herzen unterzieht, die ihn vermutlich auch nicht rettet. Die Familie entschied sich für den Ruin, der seinem Bruder das Leben nicht rettete. Nur Tage nach dem Begräbnis brach der jüngste Bruder zusammen und kam auf dieselbe Intensivstation, so daß der Koranlehrer dem Unterricht in Holland weitere Wochen fernblieb. Dieser Bruder, immerhin, überlebte. Der Schüler stellte sich vor, wie sich der Koranlehrer, der ihm viel kleiner als sonst, abgemagert und dennoch viel zu dick im Pyjama gegenübersaß, in einem Wohnzimmer auf dem ägyptischen Dorf mit den Geschwistern beriet, wie er mit den Neffen und Nichten sprach, hochstehende Ärzte in der Hauptstadt anrief, sich mit seinem Namen vorstellte in der Hoffnung, daß sie seine Bücher gelesen hatten, wie er in Ämtern und Krankenhausverwaltungen anstand, vor den Schreibtischen der hochstehenden Ärzte Platz nahm, am Bett seiner Brüder wachte, das Gewimmer und die Schreie der anderen Patienten, die Hektik des Personals bei Krisen, die stundenweise Ruhe bei Nacht, wenn einmal nichts zu hören ist als das Piepsen der Apparate. Der Schüler stellte sich den Koranlehrer vor, den er von einem ganz anderen Kampf kannte, einem öffentlichen, einem politisch-theologischen Kampf, der Lehrer, der weltberühmt wurde mit seinen kritischen Schriften und aus seinem Land vertrieben, der Schüler stellte sich ihn vor in einem jener Kämpfe, die Gott nicht nur für die Helden und Imame, sondern prinzipiell für alle Menschen vorgesehen hat, das unausweichliche und private, nicht nur im Westen intime Gefecht, das keine Schlagzeile würdigt, in dem kein Komitee unterstützt. Er sei krank vor Erschöpfung gewesen, als er aus Kairo zurückkehrte, und auf die eine oder andere Weise krank geblieben das ganze Jahr. Man will sich nicht so wiedersehen wie am Samstag, will keinen Lehrer antreffen, der es mit Fassung trägt, zermahlt zu werden; dabei zeugt die Vertrautheit, die selbstverständlich geworden ist, von der Freundschaft, die sie in Kairo nicht voraussehen konnten, einer Freundschaft mit den Zügen eines Verhältnisses von Vater und Sohn. »Ich komme soeben aus der Klinik, schlaflos, die Ungewißheit des Morgen«, faxt um 23:04 Uhr der Bildhauer in München, den der Freund aus Köln also noch anrufen kann: »Mein Dasein besteht nur noch aus Befunden. Ich sehe nur Zahlen – des Blutbildes – offenen Auges, das nichts sieht, nehme sie wahr, kann sie nicht lesen, kenne ihre Bedeutung im einzelnen und ihre Zusammenhänge nicht. Ich muß mich auf das verlassen, was ihre Augen mir sagen. Sie sind wie Poesie, sie sagen immer mehr, als sich aussprechen läßt. / Alles Erlebte stellt Bezüge her. Dem in der Erinnerung Wiedergefundenen traut man. Nicht trauen kann man dem hilflos banalen Gerede neugieriger Freunde. So werden Ratschläge – wie z. B. ›Du mußt kämpfen‹ – mehr als Schläge denn als guter Rat empfunden. Nachts, wenn ich über ihren Schlaf wache, zählt man nur das gleichmäßige Einatmen und Ausatmen. Genaugenommen geht es um die Umkehr zwischen Ein- und Ausatmen. Sie vollzieht sich in einem fast unmerklichen Zeitraum, nicht spektakulär, bedeutet aber Leben.« Jetzt verstehe ich, sagt der Freund um 23:15 Uhr am Telefon, warum wir im Persischen zur Lebensgefährtin *ham dam* sagen: »Mitatmende«. *Sarmaye-ye omr-e âdam yek nafas ast*, rezitiert der Bildhauer mit seinem komischen bayrischen Akzent ein Lieblingsgedicht der Gnädigen Frau, er erinnert sich nicht von wem, das Sie, großgeschrieben, mit Ihrem eigenen Akzent nachsprechen mögen, um den Einklang zu hören, den *nafs* und *nafas* im Persischen haben, »Seele« und »Atem«: *w-ân nafas az barâ-ye ham nafas ast / gar nafsi bâ nafsi ham nafas ast / ân yek nafas az barâ-ye yek omr bas ast.* »Des Menschen Vermögen liegt im Atem / Den er für eine andre Seele schöpft / Wenn atmet Seele mit Seele gleich / Leben schöpfen sie in einem Atem.« Der Bildhauer spricht um 23:21 Uhr den Roman an, den ich schreibe. Ob der Bildhauer sich bewußt sei, daß *In Frieden* weitergeschrieben wurde, daß auch jetzt geschrieben wird, jetzt: am 14. Oktober 2006 um 23:24 Uhr auf dem Telefon, wagt der Freund nicht zu fragen. Ihm sei jedesmal aufgefallen, erklärt er statt dessen, daß man in Krankenzimmern nicht richtig denken kann, jetzt gerade wieder in Leiden, vor zwei Wochen in Spanien und bevor der Roman einsetzt, den ich schreibe, in der Kölner Neurologie. Es ist darin sowenig Sauerstoff, daß man rasend schnell müde wird und gelähmt in seinen Gedanken. So sitzt man die Zeit ab, bei vollem Bewußtsein, daß sie so wertvoll wäre. Aber wertvoll ist auch das bloße Zusammensein, wie Ibn Hanbal erfuhr, der im Traum Gott gefragt hatte, ob man den Koran mit oder ohne Verstehen hören soll. Mit oder ohne Verstehen, antwortete ihm Gott. Morgen muß der Schüler seinen Koranlehrer erreichen, mit oder ohne Festnetz. Und der Reporterin muß er schreiben, deren Mutter gestorben ist, ebenfalls morgen und nicht nur eine Mail. Er saß mit geschlossenen Augen in der Maske, als er dem Gespräch zwischen dem Moderator und dem Redakteur entnahm, daß sie die Teilnahme an der Sendung über die Totenköpfe, mit denen deutsche Soldaten in Afghanistan Fußball gespielt, kurzfristig abgesagt hatte. Die Redaktion zeigte Verständnis.

Müde von der Landluft, schlafen die Frau und die Töchter hinter seinem Rücken, so daß er am Schreibtisch, der vor dem Fenster steht, vom älteren Herrn berichten kann, der vier Weiler entfernt die Städter fragte, wo die nächste Gaststätte oder Bushaltestelle zu finden sei. Nein, zuerst fragte der ältere Herr die Städter, ob sie Deutsch sprächen. Er hatte gerade nach vielen Jahren wieder den Bauer Jupp oder Karl-Heinz besucht. Nun stand er vor dessen Hof und hatte keine Ahnung, in welcher Richtung sein Zuhause liegt. Nochmals bei Jupp oder Karl-Heinz zu klingeln, um nach dem Weg zu fragen, war dem Herrn zu peinlich. Auf wie alt schätzen Sie mich? fragte er die Frau. Fünfundsechzig log sie höflich. Achtundziebzig! triumphierte der Herr, weiße Haare, wie mit dem Gartenzaun abgetrennter Seitenscheitel, viereckige Metallbrille, schneidende, geradezu militärische Diktion, die durch das rollende R und die dunklen Vokale des Dialekts zur Groteske geriet. Die Städter baten den Herrn, eine Viertelstunde, höchstens zwanzig Minuten, zu warten, damit sie das Auto holen. Auf dem Weg wunderte sich die Frau, daß sie den Herrn exakt auf achtundsiebzig geschätzt habe. Der Vater des Städters ist genauso alt und freut sich, wenn ihn junge Damen für jünger halten. Wieso hätten denn der Jupp oder der Karl-Heinz den Herrn nicht nach Hause fahren können? fragte die Frau. So ein Jupp oder Karl-Heinz sei in dieser Gegend niemand, der einen ungebetenen Gast weiter als bis zur Haustür begleitet, antwortete der Städter, der in der Gegend aufgewachsen ist, nur eine Autobahnraststätte entfernt. Nur die Frau ist schockiert, wenn ihnen auf der Dorfstraße, dem offenen Feld oder im Wald ein älterer Herr oder eine ältere Dame entgegenkommt, sie freundlich grüßen – um ohne Regung, ohne jede Erwiderung angestarrt zu werden. Das hätte mein Vater sein können, sagte der Städter zur Frau, der ganze Typus, die Höflichkeit, die energisch kaschierte Verwirrung, der Übermut, einfach immer weitergelaufen zu sein bis zu einem Jupp oder Karl-Heinz, der nun wirklich nicht auf ihn gewartet hat, dann sich konsterniert vor dessen Tür wiederzufinden, die jungen, bestimmt gutgelaunten Leute, die zufällig den Weg entlangschlendern, man selbst ist doch auch noch nicht im Grab. Das hätte mein Vater sein können. Der ältere Herr begeisterte sich am Navigator, der sie zurück zu ihrem Weiler lotste. Von den Iranern habe er jetzt ein positives Bild, sagt er, wirklich hilfsbereite, aufgeschlossene Leute, will er seiner Frau berichten, nicht so wie der Ajatollah, und dem Städter unbedingt Geld zustecken fürs Benzin. Der Städter kennt das aus dem Siegerland, das vielleicht mehr noch als von seiner Unzulänglichkeit, von Bergen, dichten Wäldern, unerfreulichem Klima und dem Eisenbergbau, vom eifrigen Christentum geprägt wird, Calvinisten, Pietisten, Freikirchen; die Leute dort sind nicht gewohnt, etwas geschenkt zu bekommen, es widerstrebt ihrem Gerechtigkeitsempfinden und dem Ethos, wonach jede Mark hart verdient sein will. Zwei Euro fürs Benzin seien doch wohl angemessen, meinte der Herr nach reiflicher Überlegung und gab sich nach einigen Verhandlungen zufrieden damit, dem Städter zwei Pfefferminzbonbons zu schenken, eins für jeden Liter. – Nie und nimmer waren das zwei Liter, wendet der Städter ein. – Dann ist das zweite für Ihre Frau. Als der Herr sich mit Mühe aus dem Auto gewunden hatte, schaute er noch einmal durch die Tür und lachte: Sie sind mir ein Lümmel! Und um noch ein weiteres Wort zu reden, fragte er gleich hinterher: Wissen Sie, was ein Lümmel ist? Sicher kennt der Städter, der nur eine Autobahnraststätte entfernt aufgewachsen ist, die positive Konnotation. – Ja, das sind Sie, ein echter Lümmel! In der offenen Garage des Neubaus stand ein Mercedes der E-Klasse. Der Vater fährt ebenfalls noch seinen Mercedes, bis nach Köln und zurück. Von den Söhnen läßt er sich nicht abhalten. Der Vater ist alt, achtundsiebzig, auch wenn ihn junge Damen aus Höflichkeit auf Mitte Sechzig schätzen. Vielleicht sollte der Verleger in Zürich doch den Roman lesen, den ich schreibe. Vielleicht ist es möglich, daß die Eltern nicht benannt werden, nicht in der ersten Folge, nicht unter den ersten hundert, fünfzig, zehn.

Erkundigen muß er sich heute, wie es dem Soziologen in Frankfurt geht – und dem Moderator im Rundfunk, der auf der Liste fehlt, obwohl der Moderator im Aufzug selbst mitteilte, an Krebs erkrankt zu sein und sich im Oktober einer Behandlung oder Operation zu unterziehen. Der Musiker in München meinte, daß viele Menschen peinlich berührt seien, denen er mitteilt, wie es um seine Mutter steht. Sie fühlten sich offenbar hilflos, wenn sie das Wort Krebs hören, obwohl sie weder Hilfe benötigten, noch jemand sie um Hilfe bitte. Einzelne riefen an oder schauten vorbei, und sei es nur, um zu annoncieren, daß sie da sind, auch für Praktisches, nicht durchweg die Freunde, von denen man es erwartet. Der Freund in Köln suchte nach dem richtigen Wort dafür, was erwartet werden darf. Trost ist es nicht, denn es gibt keinen Trost. Mitgefühl? Es ist Beistand, sagte der Musiker, ja, Beistand. Der Freund stimmte zu, daß Beistand das Erwartbare gut trifft. Man steht jemandem bei, das ist alles und nicht wenig. Ansonsten hat der Musiker von nervösem Lächeln bis zu widerwärtiger Schnoddrigkeit (»hoffentlich geht's schnell vorüber«)

das Spektrum der Reaktionen erlebt, die normal zu sein scheinen. Er kann nicht ständig lügen, wenn er nach seinem Befinden gefragt wird und was er gerade treibe, nahm den Freund, um nicht an seinem üblichen Tresen zu stehen, mit zur Vernissage einer Ausstellung von Allan Kaprow in München. Sie gingen hinein und wieder hinaus, das war alles und war alles zuviel. Wenn Eitelkeit sich wie bei der Vernissage einer Ausstellung von Allan Kaprow in München ballt, ist die Aussicht auf Vergänglichkeit doch ein Trost. Als der Museumsdirektor Kaprows Tod im Frühjahr erwähnte, hörte der Freund hinter sich einen jungen Mann im Vorübergehen sagen: Ach, der ist schon tot. In dem enttäuschten, beinah vorwurfsvollen Schulterzucken, das der Freund in seinem Rücken spürte, war zusammengefaßt, was es zu sagen geben wird über uns, mag unser Museumsdirektor noch so schwülstige Worte verlieren. Selbst Allan Kaprow, den mit dieser Ausstellung Zehntausende Besucher und viele Zeitungen würdigen, war den kältesten, plattesten Tod gestorben. Der junge Mann hinter ihm sah das ganz richtig. Sein »Ach, der ist schon tot« hatte die gleiche Gefühlslage, in der die Besucher der Vernissage »Guck mal, was die anhat« oder »Das Bild hängt ja schief« sagten, und darin seine Wahrheit, eine fürchterliche Wahrheit, wenn man es bedenkt, wenn der Freund die Gnädige Frau bedenkt, an deren Bett er den Rest des Abends verbrachte. Der Moderator, nach dessen Befinden er sich bei der Sekretärin erkundigt, während er in Mannheim auf den Anschlußzug wartet, möchte nicht angerufen oder besucht werden. Nicht einmal die Kollegen sollen ihn anrufen, er selbst würde sich melden. Die Sekretärin diktierte die Adresse. Der Studiogast entwirft ein paar Zeilen, die auf der Kommode im Flur oder dem Küchentisch liegen werden, wenn der Moderator aus dem Krankenhaus zurückkehrt, das Geständnis der Hilflosigkeit (if there is anything I can do, write or organize, please please don't hesitate to …) und doch das mindeste, ein Ritual so notwendig wie das Gebet, das der Studiogast ebenfalls sprechen wird. Wahrscheinlich hatte er den Moderator deshalb nicht aufgelistet, weil Prostatakrebs ihm nicht existentiell schien. Selbst der eigene Vater konnte erfolgreich behandelt werden. Das war es, genau, jetzt fällt es ihm ein, was er im Aufzug dachte, wie über einen Politiker in einer Affäre oder ein Trainer nach einer Niederlage: Prostata kriegt er in den Griff. Wie schade nur, daß der Moderator in Rente geht, wie der Freund im Aufzug außerdem erfuhr. Freilich hatte er überhaupt keine Ahnung, welche verschiedenen Formen, Stadien und Prognosen Prostatakrebs zukommt, ob von der Rente viel bleibt. Er dachte sich das nur wegen des Vaters, der seinen Prostatakrebs in den Griff gekriegt hatte. Die ersten Ergebnisse der Chemotherapie scheinen nicht schlecht zu sein, erfährt der Freund aus Köln, während er in Mannheim immer noch auf den Anschlußzug wartet. Ausgeschlossen ist damit in München die schlimmste der drei Möglichkeiten, die der Bildhauer ins Auge faßte wie den möglichen Ausgang einer Schlacht: Durchbruch, Stellungskrieg oder Kapitulation. Wie Menschen systematisch überfordert werden, meint der Freund aus Köln jetzt oft genug beobachtet zu haben, die Reaktion offenbar gesetzmäßig, auf Mechanik umzuschalten, reines Funktionieren. Sie reagieren nicht mehr immer richtig, halten gleichwohl durch und sind selbst erstaunt, daß die eigenen Kräfte nicht schwinden. Wärme zu produzieren, Gefühle, ist in die Mechanik eingebaut. Anders als der Bildhauer hatte der Freund in der Neurologie Nächte, in denen er sich ausruhen, wenn auch selten schlafen konnte, auch ging es nur eine Nacht um Leben und Tod, danach nur um die Existenz. Hoffnung hatte er zwischendurch wenig, mit seiner Frau je wieder gemeinsam zu atmen, das war nicht der Impuls. Der Impuls war, seinen Mann zu stehen, wenn ich das einmal so sagen darf, zu tun, was einem aufgetragen. Die Photos von früher, die auf dem Nachttisch des Bildhauers standen, zeigten eine Erscheinung wie von einem anderen Stern, so hübsch. Eine Betthälfte entfernt weinte die Gnädige Frau dreißig Jahre später wie immer um die Tageszeit, wenn sie irgendwelche Medikamente nimmt oder noch nicht genommen hat, das Kopftuch, das sie jetzt trägt, aus Seide, in herrlichen Farben und sorgfältig gebunden, auf ihr Aussehen weiterhin bedacht. Bald wurde es besser, in manchen zehn Minuten die Unterhaltung geradezu leicht. Früh wurde der Freund schläfrig vom eigenen Opiat, immer der gleiche Nerv rechts neben dem Brustwirbel. Der Bildhauer hatte gelacht, als der Freund sich gekrümmt wie ein alter Mann zum Krankenbesuch einfand. Von Bei*stand* konnte keine Rede sein: Den Nachmittag mit dem Bildhauer, als die Gnädige Frau schlief – nenn mich nicht immer Gnädige Frau –, verbrachte er liegend im Dämmerzustand. Der Nerv rechts neben dem Brustwirbel ist der Schalter einer privaten Zeitmaschine: So fühlt sich dein Körper in dreißig oder vierzig Jahren an, genau so. Alle eigenen Bewegungen verlangsamen sich, die Welt dreht sich zu schnell. Am 20. Oktober 2006 trifft um 17:33 Uhr der Anschlußzug in Mannheim ein. Bitte zurücktreten. Wie es dem Soziologen in Frankfurt geht, hat er immer noch nicht gefragt.

Die Gynäkologin meinte, daß Blutungen in fünfzig Prozent der Fälle nichts zu bedeuten hätten. Das heißt, in fünfzig Prozent bedeuten sie etwas. Die Angst beherrscht jeden auf seine Weise. Die Frau zerfließt, der Mann wird starr. Sie nimmt seine Kälte wahr. Er nimmt wahr, daß er wieder der Pfleger ist und sie die Patientin. Gestern abend ging er um halb elf schlafen, um nicht wach sein zu müssen. Heute morgen machte er der Tochter das Frühstück, plante mit ihr das Wochenende und verkroch sich ins Büro, das wieder eine Wohnung werden kann, bevor die Frau wach wurde. Gut, gut, er geht gleich zurück und bereitet ein kleines Mittagessen, tut freundlich und was noch alles erwartet werden darf. Ohne daß er etwas von der Blutung gesagt hatte, riet die Mutter zu einem Gelübde, einem *nazr*, wie es auf persisch heißt. Er solle Gott versprechen, das Ritualgebet zu verrichten, wenn das Kind im Bauch bleibt. Das ist ein schlechtes Geschäft für Gott, erwiderte der Sohn, der das Gebet bereits in der Neurologie eingesetzt hatte.

Dienstag hat er den Roman, den ich schreibe, mit 15 Briefmarken à 55 Cent in den Briefkasten geworfen. Spätestens Donnerstag oder sagen wir Freitag muß der Umschlag in Zürich eingetroffen sein. Und heute ist schon Dienstag!, Dienstag, der 24. Oktober 2006, 12:32 Uhr auf dem Funkwecker, 12:46 Uhr auf dem Laptop, 12:30 Uhr auf dem Telefon, 12:36 Uhr auf dem Handy und inzwischen 12:33 Uhr auf dem Funkwecker. Es war ein Fehler, wie es ein Fehler war, den Roman, den ich schreibe, dem Bildhauer in München zu schicken. Es war ein viel größerer Fehler, weil der Verleger in Zürich die Instanz ist, vor welcher der Romanschreiber seine Texte nicht verteidigen kann, beinah sein *Pir*, wie die Mystiker einen Lehrer nennen. Um so unruhiger ist er nun, obwohl der Verleger das Paket erst vor zwei, drei Tagen erhalten haben kann, wenn überhaupt, denn vielleicht ist der Verleger auf Reisen oder stapeln sich die Manuskripte anderer Autoren, die genauso entschieden von ihm verlangen, daß er sämtliche Termine absagt, die Tür seines Büros von innen verriegelt und das Telefon ausschaltet, um ihr Hauptwerk zu verschlingen. Gleich, was er sagen wird, ist der Roman, den ich schreibe, auf der Welt. Indem der Romanschreiber das Päckchen einem Verleger geschickt hat statt einem Freund, wendet er sich an einen Leser, den er nicht kennt, eine allgemeine Leserschaft, wie Großvater sie sich erhoffte.

Großvater ist im Jahr 1312 oder 1313 des islamischen Kalenders geboren, also zwischen 1894 und 1896 nach Christi. Daß er statt der iranischen Sommer-, die arabischen Mondjahre angibt, ist merkwürdig. Vielleicht war es in seiner Generation noch üblich – aber doch nicht mehr Anfang der achtziger Jahre des zwanzigsten Jahrhunderts. Vermutlich soll es ein Signal sein, welche Zeit für ihn gilt. Die Leser, auf die er hoffte, hätten jedenfalls zu einer Umrechnungstabelle greifen müssen, wie der Enkel in Deutschland. 1312 oder 1313 geboren, das bedeutet, daß Großvater nicht vierundneunzig geworden ist, wie die Mutter meinte, sondern höchstens neunzig. Mohammad Djafar Choí Tabnejad, sein Großvater mütterlicherseits, trug die Geburtstage der Kinder und Enkel in den Koran der Familie ein. Als Großvater sein Leben beschrieb, suchte er vergeblich nach diesem Koran. Es ist nur eine Spur, die einer sucht – vermutlich nur einer unter den vielen, die in Frage kämen –, damit ein anderer – und wieder nur einer unter vielen – der Spur des Spurensuchers nachgeht und so weiter, bis sie sich verliert, für niemanden von Bedeutung außer für die engsten Verwandten, wenn man vom historischen Interesse absieht, von dem Großvater fälschlich ausging: Sechs Generationen vor mir, an der Wende zum neunzehnten Jahrhundert, als Hölderlin sich in Frankfurt vor dem Fenster Suzettes versteckte oder bereits ein anderer war, trug ein junger Isfahani im Namen Gottes des Barmherzigen und Erbarmers den Geburtstag seines ersten Kindes in den Koran, der neu oder vererbt worden sein mochte. Der Koran ist verloren, damit dieser, alle nachfolgenden und womöglich früheren Namen. Großvater hat überall im Haus gesucht oder suchen lassen – Großmutter nahm das Anliegen nicht besonders ernst, nehme ich an, doch hatte er Töchter, die er bitten konnte –, hat herumtelefoniert und die Verwandten gefragt, die ihn besuchten, ob sie nicht diesen Koran gesehen haben. Welchen Koran? Da war doch dieser Koran, Urgroßvaters Koran. Ich weiß nicht, welchen Koran Sie meinen, Papa. Dieser Koran, Urgroßvaters Koran mit den Geburtseinträgen, bitte sieh zu Hause nach. »Es wurde nicht klar, wo er ist, in wessen Händen«, betrauert Großvater den Verlust zwischen den Zeilen. Irgendwo muß er sein, weil niemand einen Koran wegschmeißt. Irgendwer wird lesen, eines meiner Kinder oder Kindeskinder, daß es einen Koran gibt, in dem neun Generationen zuvor in Isfahan die Geburtstage eingetragen wurden. Es bedeutet nichts. Großvater konnte man noch zubilligen, daß er sein Alter erfahren wollte, aber schon für mich und wie erst für diejenigen, die sich auf meine Spuren begeben mögen, würden die Einträge nichts mehr sagen. Es wären nur noch Namen.

Die Gynäkologin hörte das Herz schlagen, die Größe genau so, wie es der Woche entspricht, alle weiteren Werte optimal. Kein Blut mehr. Nicht mehr fünfzig Prozent. Soweit waren wir lange nicht mehr, sagte die Gynäkologin und stellte einen Mutterpaß aus. Nach der Geburt der Großtante wurde Urgroßmutter mehrere Jahre nicht schwanger, so daß Urgroßvater sogar die Möglichkeit ins Spiel brachte, eine Zweitfrau zu nehmen. Großvater gebraucht das Wort »sogar«, *tâ ândjâ*, wörtlich »bis dahin«, bis dahin war es gekommen. Polygamie scheint in den Verhältnissen, in die er geboren wurde, nicht mehr üblich gewesen zu sein. Tatsächlich war Urgroßmutter entsetzt und suchte sogenannte Gebetsschreiber auf, *doá-newisân*, kommerzielle Heilsbringer, die damals noch betrügerischer gewesen sein müssen, noch rückständiger in ihren Vorstellungen und Praktiken, wie Großvater betont. Urgroßmutter befolgte alle möglichen Anweisungen für Gebete, Spenden sowie »seltsame Handlungen«, was immer ich mir darunter vorzustellen habe, und entdeckte einige Tage später an sich »zufällig«, wie Großvater betont, die Anzeichen einer Schwangerschaft. Wieder einige Tage später schnappte sie im Badehaus das Gerücht auf, daß eine andere Frau denselben Gebetsschreiber aufgesucht und ein Kind mit dem Aussehen einer Schildkröte zur Welt gebracht habe. In ihrer Ratlosigkeit und Verzweiflung wünschte sich Urgroßmutter – ein junges Mädchen Ende des neunzehnten Jahrhunderts in Iran, furchtsam und ahnungslos wie das Käthchen von Heilbronn stelle ich sie mir vor –, wünschte sich Urgroßmutter zunächst den Tod, bis sie in der darauffolgenden Nacht ihren Schwiegervater im Traum sah, meinen Ururgroßvater, dem flußabwärts die gewaltigen Ländereien gehörten. Er fragte sie, ob sie erfahren möchte, was sie im Bauch trage. Ja, sagte Urgroßmutter. Ururgroßvater zeigte ihr das Gesicht eines gesunden Babys. Großvater, der dieses Baby werden sollte, entschuldigt sich beinah für diese Anekdote. Er habe sie nur erzählt, »da sie das Verhältnis der Frauen jener Zeit zu ihren Männern und ihre Furcht vor der Kinderlosigkeit illustriert«. Die Frau hat berechnet, daß die Zeugung am Abend des 24. September 2006 geschah. Wann das war? Er sagt es Ihnen: »Der Enkel war nicht mit dem Schwippschwager im Kino, sondern blieb im Büro, wo die Frau gegen 21 Uhr sämtliche Werke, Briefe und Dokumente Hölderlins von der Tischplatte des Schreiners wischte, dem Gott ein langes Leben schenken möge. Gesunde Kühe, gesunde Milch, quittierte der Enkel gegen 23 Uhr spitzbübisch die Bemerkung der Frau, daß der Sex zwischen ihnen zur Zeit besonders schön sei.« Die Verlaufsgeschichte des Abends einmal in ihre Einzelteile zerlegt, ist Philip Roths Roman über den Tod, dem der Romanschreiber widersprechen zu müssen meinte, der Grund für das neue Leben. Sonst hätte der Romanschreiber dem Schwippschwager nicht zugesagt und auf dem Weg zum Kino nicht zufällig die Frau getroffen, die spazierenging, weil die Tochter angerufen hatte, daß sie über Nacht bei einer Freundin bleiben würde, hätte die Frau nicht mit ins Büro genommen, sie vor der Tischplatte nicht ausgezogen, später nicht Hölderlin aufgelesen.

Aus dem gleichen, rein historischen Zweck, aus dem er auf den Aberglauben seiner Mutter eingegangen sei, gebe Großvater einen kurzen Überblick über seine Schulzeit. Nur für die Kinder der vornehmen Familien war es in jener Zeit die Regel, lesen und schreiben zu lernen. Für alle übrigen gab es außer den Theologischen Seminaren, wo sie zum Mullah ausgebildet wurden, in ganz Isfahan nur drei oder vier öffentliche Schulen, die in so miserablem Zustand waren und mit so überkommenen Methoden arbeiteten, daß die Schüler den Unterricht verabscheuten. Die vornehmen Familien schickten ihre Kinder – auch die Mädchen – zu einem Geistlichen. Mullah Mirza Mohammad muß eine erstaunliche Person gewesen sein. Großvater erinnert sich an mehr Details seines *maktab*, seiner Koranschule, als ich von meinen Gymnasien in Siegen behalten habe. Ob auch meine Erinnerungen zurückkehren werden? Der Unterricht kostete monatlich ein bis zwei Rial, heute umgerechnet ein hundertstel Cent, damals jedoch nur für die Wohlhabenden zu bezahlen. Wer nur dem Mittelstand angehörte, zahlte zehn Schahi – die Währung kenne ich nicht mehr – plus Naturalien. Das Haus lag in einer Gasse des Viertels Mehrabad, das Anfang der achtziger Jahre des zwanzigsten Jahrhunderts, als Großvater die Selberlebensbeschreibung verfaßt haben muß, noch genauso aussah wie in seiner Schulzeit. Wenn Großvater von einem »recht großen« Haus spricht, dann muß es für unsere Verhältnisse riesig gewesen sein, das Grundstück mindestens achthundert Quadratmeter, das ein- oder zweistöckige Gebäude um einen grünen Innenhof mit Brunnen gebaut, zusätzlich vielleicht noch ein Garten wie in dem alten Haus der Großeltern, das ich selbst noch schemenhaft vor Augen habe. Auf die achthundert Quadratmeter komme ich, weil die kleinsten Altbauten, die wir uns angeschaut haben, als wir überlegten, ein Haus in Isfahan zu kaufen, vierhundert Quadratmeter Grundfläche hatten, und da waren die Grundstücke schon aufgeteilt. Nach Westen hin lag das Haus des Mullahs an einer Gasse, an den drei anderen Seiten war es umgeben von Gärten. Nördlich und südlich des Innenhofs standen Wohnhäuser mit jeweils drei Räumen. Das Klassenzimmer befand sich im nördlichen Gebäude, neben dem Wohnzimmer und dem Schlafzimmer seiner Frau und der Kinder. In alle drei Zimmer fiel das Sonnenlicht, so daß sie vornehmlich im Winter benutzt wurden. Von Frühjahr bis Herbst fand der Unterricht im Südhaus statt, wo die Zimmer keine Türen hatten, sondern Gitter aus getrocknetem Lehm, durch die Großvater auf die Blumen und Bäume hinausschaute. Stets zog eine Brise durch das Klassenzimmer. Der Mullah saß auf einer kleinen Matratze, die mit einem groben Baumwollstoff bezogen war, zu seinen Füßen ein Kelim, der die gesamte Estrade bedeckte. Unter dem Turban trug er eine kleine Mütze, die in Iran schon lange nicht mehr zu sehen ist, eine Mütze in der Form eines schmalen Topfs, wie Großvater schreibt, also einem Osmanenhut ähnlich, vermute ich, nur nicht in Rot, das hätte er erwähnt. Die Estrade, die ich mir nicht besonders hoch denke, zwanzig, dreißig Zentimeter vielleicht, hatte ein Geländer aus Kirschbaum – hat Großvater als Vierjähriger etwa auf die Holzart geachtet? – und an ihrem Ende einen Holzrahmen, auf den der Mullah die Kinder festband, die einen Fehler begangen hatten. Geschlagen wurde mit einem Riemen aus Kuhleder, einem *djol*, wie er damals genannt wurde. In der Mitte des Raums waren zwei zusammengenähte Lagen Stoff ausgebreitet, auf die sich die Kinder hockten, um ihre Lektion aufzusagen. Ansonsten saßen sie ringsum an den Wänden. Der Mullah hatte auch immer eine Rute in der Hand, die bei kleineren Fehlern der Kinder auf deren Handflächen schoß, statt auf die nackten Fußsohlen wie bei der Bastonade. Wenn ich es richtig verstehe, waren so die Zustände bei den besseren Lehrern, nicht in den drei, vier öffentlichen Schulen, vor denen es allen Kindern graute. Der Mullah hatte die Angewohnheit, den Schülern nicht nur das Lesen und Schreiben beizubringen, sondern ihnen auch täglich eine Stunde lang zu predigen, sie zu mahnen und lehrreiche Geschichten zu erzählen. Für einen Lehrer war das, soweit Großvater weiß, alles andere als üblich. Mehr noch: Meistens sprach der Mullah über die Freiheit, die politische Freiheit, wohlgemerkt, über Gleichheit und Brüderlichkeit, und das war in jenen Jahren – Jahre vor der Konstitutionellen Revolution von 1906 – nicht nur unüblich, sondern wirklich gefährlich, betont Großvater. Es waren die Jahre, in denen der despotische Gouverneur von Isfahan, Prinz Zell-e Soltan, nach der Krone in Teheran griff. Nur wenige Menschen trauten sich, über Politik zu sprechen, aber Mullah Mirza Mohammad, der die Kinder auf die Hände und Fußsohlen schlug, prangerte die Despotie in aller Offenheit an. Wenn ich es mir nicht einbilde, erwähnte die Mutter einmal, daß Großvater seine Kinder niemals geschlagen habe, kein einziges Mal, und das war in ihrer Zeit, nehme ich an, ebenfalls alles andere als üblich.

Im vierten Band angelangt, beginnt der Leser zu ahnen, warum im Roman, den ich schreibe, Hölderlin aufgetreten ist, damit die Anmaßung »reiner«, also die realen Erfahrungen ausstoßender und sich bislang jedenfalls zu einer falschen Religion aufschwingender Poesie. Die Formen der Gedichte, selbst einzelne Bilder, Symbole, sogar Worte sind den Meistern nachgeahmt, die Motive arm, Leib und Wirklichkeit fehlen, monoton die Anhäufung der Epitheta »himmlisch«, »göttlich«. Interessant wird der Begeisterungsfuror allerdings durch die Briefe, die im Schnäppchen unmittelbar vorangestellt sind oder folgen. So schreibt Hölderlin Ende August 1792 seine »Hymne an die Liebe«: »Froh der süßen Augenwaide / Wallen wir auf grüner Flur; / Unser Priestertum ist Freude, / Unser Tempel ist die Natur; – / Heute soll kein Auge trübe, / Sorge nicht hienieden sein! / Jedes Wesen soll der Liebe sein, / Frei und froh, wie wir, sich freun!« Solche Seligkeit mit Ausrufezeichen wäre nicht auszuhalten. Zur selben Zeit teilt Hölderlin jedoch seinem Freund Neuffer mit: »So siz ich zwischen meinen dunklen Wänden, und berechne, wie bettelarm ich bin an Herzensfreude, und bewundre meine Resignation.« Der Riesenraum zwischen dem Gedicht und dem gleichzeitigen Brief birgt viele Schwingungen, das Wesen einer Poesie, die persönliche Empfindungen in philosophischen Prinzipien denaturiert, ebenso wie die Generation, die den Schmerz wie eine Ausgehuniform trägt. Nebenbei bemerkt ist eine Formulierung wie »bewundre meine Resignation« sowieso bewunderungswürdig. Oft sind es gerade die Blätter, die der Herausgeber aus dem Abfallkorb holt, deretwegen ich manche Texte wieder und wieder lese, etwa die Überarbeitungen, insofern sie Überarbeitungen sind, also warum Hölderlin diese gegen jene Metapher ausgetauscht hat; oder die Nervosität, die ihn packt, weil er in einer Gedichtzeile eine falsche Reimzahl entdeckt (wenn Schiller das liest!), und nun will er den Verleger unbedingt noch erreichen, bevor das Gedicht erscheint, aber zu nervös darf er auch nicht wirken, das wirkte bei einem Nachwuchsdichter verbissen. In einem Brief des Vierundzwanzigjährigen an sein Idol ist alle Hoffnung einer und aller jungen Künstlerexistenzen gebündelt, die Servilität so elegant, daß es an Hochmut grenzt, der Hochmut dessen, der nicht sieht, wie hoch er sich geschwungen: »Würdigen Sie mich zuweilen eines aufmerksamen Bliks!« bittet er Schiller, und weiter, an der Grenze zum Witz: »Der gute Wille der Menschen ist doch nie ganz ohne Erfolg.« Dann erst, im darauffolgenden zehnten Absatz kommt Hölderlin zum eigentlichen Grund des Briefes. Die wunderbar ausgefeilte Formulierung läßt die Mühe verschwinden, die sie gekostet haben muß: »Ich nehme mir die Freiheit, ein Blatt beizulegen, dessen Unwerth in meinen Augen nicht so ser entschieden ist, daß ich es mir zur offenbaren Insolvenz anrechnen könnte, Sie damit zu belästigen, dessen Schätzung aber eben so wenig hinreicht, mich aus der etwas bangen Stimmung zu setzen, womit ich dieses niederschreibe.« Ach so, darum geht's, wird Schiller bei der Lektüre gedacht haben, der junge Mann möchte meine Meinung haben. Obwohl, daß dem Brief ein Blatt beiliegt, dürfte Schiller ja bemerkt haben, als er ihn aus dem Umschlag holte. Das allein ist es noch nicht. Erst im letzten Satz kommt Hölderlin zur Sache, deren Dringlichkeit ich so gut verstehe – Herr Schiller, drucken Sie gefälligst mein Gedicht, denn es ist großartig! Aber wie er es sagt, ist größer als das Gedicht selbst: »Sollten Sie das Blatt würdigen, in Ihrer Thalia zu erscheinen, so würde dieser Reliquie meiner Jugend mer Ehre widerfahren, als ich hoffte.«

Vom Selbstzweifel läßt sich in der Vergangenheit bequem reden. Glaubt man erst wieder an sich selbst, kann man alles beichten, ohne daß es kratzt, alle Ängste, allen Jammer, den Eindruck, schlimmer: die definite Einsicht, nichts wert zu sein. Kein Gesprächspartner, kein Leser ist überrascht, davon zu erfahren. Im Gegenteil: Selbst dem berühmtesten Dichter nähme man nicht ab, sich niemals in Frage gestellt zu haben. Der Zweifel wird erwartet. Überall liest man davon. Kein Roman, ohne daß der Autor im Interview eine schöpferische Krise gesteht, die er zu überwinden hatte; erhält der Autor einen Preis, wird aus der Krise ein Existenzkampf. Ein Kampf! Macht man sich klar, was ein Kampf bedeutet, den jemand allein vor einem Bildschirm ausficht, müßte jeder einsehen, daß sich nichts daran heroisch anfühlt, sondern dem Spiegelfechter einfach nur elend ist. Etwas anderes ist es, von Selbstzweifeln im Präsens zu sprechen, zuzugeben, daß einen in diesem Augenblick, da man einen Text schreibt oder ihn vorträgt, die Frage quält, ob er nicht unbedeutend, schlecht geschrieben und oberflächlich sei. Allenfalls Tagebüchern vertraut man seine Krise in der Gegenwart an, der eigenen Frau, seinem langjährigen Verleger, den engsten Freunden – nicht der Öffentlichkeit, nicht einmal Kollegen, denen es genauso gehen muß. Bei Lesungen kann man beobachten, wie kleinste Irritationen genügen, um selbst angesehene Autoren zu verunsichern. Der Romanschreiber kann sich dann nur retten, wenn es ihm gelingt, sich spontan für den Größten zu halten, den nicht mehr als ein paar Wissende verstehen. Überhaupt schreibt man schließlich nicht für die Herbstbeilage, sondern für die Ewigkeit. Kein Staatsmann wäre selbstbewußt genug, vor einem tuschelnden Publikum zuzugeben, daß er selbst auch nicht mehr überzeugt ist, ob seine Rede etwas taugt, geschweige denn seine Politik. Nun haben Autoren bei Lesungen Manuskripte, die bereits bewertet worden sind, verlegt, gelobt oder sei es schlecht rezensiert, immerhin von irgendwem gelesen. Aber an dem Roman, den ich schreibe, trägt der Romanschreiber schwer, je größer die Furcht wird, sein Hauptwerk könne gar nichts wiegen. Und es ist ihm schrecklich peinlich, was er schreibt, so peinlich, wie es die paar Geständnisse gar nicht vermuten lassen. Peinlich ist ihm die Nacktheit, gerade weil sie sowenig zum Vorschein bringt. Nichts wird weggeworfen, nichts überspielt, die erste Aufnahme genommen, eine *litterature veritée.* Am liebsten würde er auch die Tippfehler bewahren. Wenn ihm ein Abschnitt nicht gefällt, streicht er ihn nicht, sondern schreibt im nächsten Absatz, daß der vorige ihm nicht gefallen hat. Nichts geht verloren, alles ist wert, aufbewahrt zu werden, alles von gleichem Gewicht, das Heilige und die Waschmaschine. Seit er den Umschlag nach Zürich geschickt hat, kommt er sich wie ein Schauspieler vor, der allein auf die Bühne gesabbert, der sich ausgezogen und masturbiert, der von seinen banalsten Sehnsüchten oder unappetitlichsten Phantasien erzählt hat, und nach zwei Stunden merkt, daß er nur gesabbert oder sich ausgezogen und masturbiert, von seinen banalsten Sehnsüchten oder unappetitlichsten Phantasien erzählt hat, nichts weiter. Nicht einmal grausam ist seine Entblößung geworden, nicht einmal zum Ekel hat es gereicht. Hoffentlich sitzt im dunklen Parkett niemand mehr, dächte der Schauspieler vermutlich, hoffentlich sind längst alle gegangen. Und am allerpeinlichsten ist ihm, daß er einer Mail entgegenbibbert wie ein Jugendlicher der

Antwort des geliebten Mädchens; alle halbe Stunde geht er auf die Knie, beugt sich fast bis zum Boden und stöpselt den Laptop an die Telefonbuchse, um nachzuschauen, ob der Verleger aus Zürich endlich gemailt hat. Gäbe der Romanschreiber jemals ein Interview zu dem Roman, den ich schreibe, würde sich der Zweifel großartig machen. Bei Lesungen würde er genau diesen Absatz auswählen – seht her, so sehr habe ich mich gequält, aber nicht wahr?, es ist gut, oder?, es ist peinlich, ja, aber es ist gut, es ist gut, indem es peinlich ist. Dabei ist es einfach nur beschissen, und alle Mühe umsonst. Könnte es nicht gerade gut sein, fängt er schon wieder an, sich selbst Mut zu machen, könnte es nicht gerade gut werden, weil er sagt, daß es beschissen und alle Mühe umsonst sei? Nein, der neue Zaubertrick, den Zweifel zu vertreiben, indem er ihn ausspricht, funktioniert nicht. Der Zweifel ist immer noch da und behauptet, daß es nur eine Frage der Zeit sei, bis der Cursor des Laptops den Roman, den ich schreibe, in den Müllkorb zieht. Aber stopp, sagt der Romanschreiber dem Zweifel, da täuschst du dich. Was immer du auch vorbringst, die Toten müssen *In Frieden* ruhen.

Nun ist Hölderlin auch noch der Grund, daß der Leser in seinem ungefähr zwanzigsten Jahr in Köln zum ersten Mal an einem 11. November gegen 11:11 Uhr in der Altstadt unterwegs war. Er spazierte stadtauswärts am Rhein, als ihm einfiel, daß in der Packstation im Hauptbahnhof einer von über zehntausend Titeln liegt, die die *Internationale Hölderlin-Bibliographie* allein für den Zeitraum zwischen 1984 bis 1994 verzeichnet. Gerade wollte er die Treppen zum Dom hochgehen, da verleitete ihn die Neugier, einen Schritt in die Gassen zu tun. Sofort drückten ihn drei Fünfzigjährige die clownsrot bemalten Lippen auf die Wangen. Man muß sich das vor Augen halten, genau das: zweihundert Jahre nach *Hyperion* ist dessen Verfasser verantwortlich, daß sich ein trauriger Leser mit cooler Mütze (die Gattin eines Literaturkritikers, auf den alle viel geben, hatte sie nach der Lesung in Hamburg gelobt) durch schunkelnde Kölner, nein: durch grölende Touristen in Köln schlängelt. Das sind die Wirkungen, die keine Literaturgeschichte festhält. Sie sind unvorhersehbar und scheinen unendlich. Sie, genau sie wären eine Metapher für die Ewigkeit, die den Menschen im allgemeinen und Dichtern im besonderen zugänglich ist, oder sogar ihre Wirklichkeit. Zwei Briefe erhalten: Der eine war an die Reporterin gerichtet, deren Vater gestorben ist, und kam wegen unbekanntem Adressaten zurück. Sie wird doch wohl nicht wegen der

Blattkritik entlassen worden sein, durchfuhr es den Kollegen für einen Moment. Nein, das kann nicht sein, das ist selbst für den Roman zuviel, den ich schreibe, und die Reporterin nun wirklich nicht haftbar zu machen für den Eklat. Der andere Brief war vom Versandkaufhaus, das zwar nicht die Bezahlung des Camping-Kühlschranks, aber die Versandkosten anmahnte. Er erwähnt die Briefe, weil sie zuvor erwähnt worden waren oder nochmals erwähnt werden könnten. So setzt sich der Roman, den ich schreibe, ohne Unterlaß fort, nur weil zwischen den Kapiteln keine leere Seite sein darf: Weil das eine da war, folgt das andere hinterher. Mit der Schöpfung ist es vermutlich ähnlich; sie fing noch unverfänglicher an, und jetzt sind wir ein Brief, der wegen unbekanntem Adressaten zurückkommt, oder eine Mahnung vom Versandkaufhaus.

Der Schreiner, der mit achtundsiebzig Jahren so alt ist wie der Vater und der Herr, der sich im Bergischen Land verlief, teilte sein Alter schon bei der Lieferung der Schreibtischplatte mit, auf der sein Nachbar den Roman tippt, den ich schreibe; die Mitteilung scheint dem Schreiner auf dem Herzen zu liegen, genau wie dem Vater des Nachbarn und dem Herrn, der sich im Bergischen Land verlief. Alle drei sehen jünger aus, am jüngsten aber der Schreiner. Hätte der Nachbar daran gedacht, wie alt der Schreiner ist, er hätte ihn nicht angerufen, um die Küche des Büros so umzubauen, daß ein neuer Kühlschrank Platz findet. So ein schmaler Kühlschrank wie der, der seit dem Einzug defekt in der Küche steht, wird nicht mehr gebaut. Als sich herausstellte, daß der Hausmeister keinen finden würde, suchte der Nachbar über Monate einen Kühlschrank, der in eine Nische von etwa 49 Zentimeter Breite paßt (die Fußleiste nicht abgerechnet, die der Hausmeister abmontieren würde). Die schmalsten Geräte sind 50 Zentimeter breit. Der Nachbar forschte an allen denkbaren Stellen nach, in den einschlägigen Fachgeschäften sowieso, aber auch im Internet und bei Großhändlern. Ein Gerät gab es, das hatte eine Breite von 48,5 Zentimetern, doch bestellte er es nicht. Wer wäre für die Kosten aufgekommen, hätte es sich doch als zu breit entpuppt? Bestellt hat der Nachbar einen Camping-Kühlschrank beim Versandkaufhaus, ein viel zu niedriges Gerät, aber das war ihm ungefähr im September gleichgültig geworden. Beim Versandkaufhaus geriet er jedoch in einen telefonischen Bestelldienst von kafkaesker Verschlungenheit, so daß er den Auftrag nach mehreren Wochen wieder stornierte, womit der Prozeß freilich noch nicht beendet war. Niemand beim Versandkaufhaus wußte zu sagen, wie ein Gerät, das schon den Auslieferer erreicht hatte, wieder abbestellt werden kann. Ebensowenig konnte der Nachbar einen Kühlschrank umtauschen, den er nicht hatte. Der Auslieferer selbst nahm die Bestellung schon gar nicht zurück, weil unter der angegebenen Bestellnummer überhaupt keine Ware aufgeführt war. Schließlich kam der Nachbar darauf, den Fall auf sich beruhen lassen – und tatsächlich hat ihn das Versandkaufhaus lange nicht behelligt und gestern nur die Erstattung der Versandkosten verlangt. Ohnehin war es wie im Prozeß stets er gewesen, der Delinquent, der sich nach dem Stand des Verfahrens erkundigt hatte. Er sagte dem Vermieter, daß kein Weg daran vorbeiführen würde, die Küche müsse umgebaut werden, damit sie wieder über einen Kühlschrank verfügt: Ich kenne einen guten Schreiner. Als er anrief, teilte die Frau des Schreiners mit, daß ihr Mann im Krankenhaus liege. Der Nachbar möge sich nächste Woche nochmals melden. Ob der Schreiner denn so bald seine Arbeit aufnehmen könne, fragte der Nachbar. Ja, ja, wimmelte die Frau den Nachbarn ab, der sich Montag melden möge. Daß ein Achtundsiebzigjähriger, der gerade aus der Klinik entlassen worden ist, nicht in der Lage sein würde, auf die Schnelle eine Küche umzubauen, ahnte der Nachbar natürlich. Hatte der Schreiner nicht bereits von einem Krankenhausaufenthalt erzählt, als der Nachbar ihn wegen der Tischplatte aufsuchte? Ja, jetzt erinnerte er sich. Nicht mehr anzurufen wäre allerdings erst recht unhöflich gewesen. Da er nun vom Krankenhausaufenthalt des Schreiners erfahren hatte, mußte er sich wenigstens nach dem Befinden erkundigen, und die einzige oder einfachste Möglichkeit, das zu tun, bot die Frage, ob der Schreiner den Umbau der Küche übernehme. Außerdem dürfte der neuerliche Aufenthalt im Krankenhaus schon genug Aufträge gekostet haben, befürchtete der Nachbar, der den Schreiner nicht ebenfalls im Stich lassen wollte. Schreiner wie diesen wird es nicht mehr viele geben, seit Möbel billig geworden sind, so gute, gewissenhafte Handwerker mit einer Werkstatt wie in alten Filmen und freundlich von Herzen statt auf Weisung des Kundenmanagements. Der Nachbar ist sich nicht sicher, ob er das jetzt schon ausführen soll, jetzt, da der Schreiner zum Glück noch lebt. Die kurzen Eindrücke waren so stark, daß der Nachbar ein Gedächtnis bewahren möchte vom Schreiner, der den Tod bei aller Lebensbejahung mit achtundsiebzig Jahren und regelmäßigen Klinikaufenthalten selbst im Blick haben wird. Andererseits ist kaum anzunehmen, daß der Nachbar vom Tod des Schreiners erfahren würde. Er liest die lokale Zeitung nur sporadisch und niemals die Todesanzeigen. Er könnte von Zeit zu Zeit, sagen wir alle zwei, drei Jahre, anrufen wegen eines Regals, neuer Tischfüße oder eines Küchenumbaus, aber wann hat er schon einmal einen Auftrag für eine Maßanfertigung zu vergeben? Für die Küche zu Hause käme der Schreiner ohnehin nicht in Frage, nicht nur wegen seines Alters und der vielen Treppenstufen, sondern weil ein Schreiner zu viel kosten würde und sein Geschmack dem des Nachbarn vielleicht nicht entspräche. Es wäre auch zuviel. Alle zwei Jahre anzurufen in der Erwartung, daß einmal die Frau oder der Sohn des Schreiners den Tod vermelden, ist zuviel. Das ist kein Umgang mit dem Tod, ihn so zu antizipieren, und kein Bekümmern. Der Nachbar muß dem Zufall seinen Platz gewähren. Es gibt nun einmal Menschen, bei denen es schlechterdings keinen Unterschied macht, ob sie morgen oder in fünfzig Jahren sterben. Schon wenn er an seine ehemaligen Freundinnen denkt: von ihnen hatte er ungleich stärkere Eindrücke als vom Schreiner, aber daß er ihnen je wieder begegnen oder von ihrem Tod erfahren sollte, wäre in den meisten Fällen der reine, völlig unwahrscheinliche Zufall. Er wird bestimmt nicht einer hinterherlaufen, nur um sie auf seinen Friedhof zu zerren. Der Eingang ist offen, er hält auch Ausschau, eintreten müssen seine Trauerfälle freilich schon selbst. Vielleicht geht er so vor, daß er nur vom Rheinisch des Schreiners berichtet und die Beobachtung von vornherein ins Allgemeine überführt. Dann bleiben von den Eindrücken zwar nicht mehr viele übrig, befürchtet der Nachbar, aber es wird schon genügen. Bei genauerer Betrachtung ist das, was bleibt, immer weniger, als man meinte, und stärker, als man es für möglich hielt. Der Schreiner spricht nicht, er singt. Das ist natürlich keine Eigentümlichkeit von ihm, sondern bei ihnen in Köln und zumal im Viertel durchaus geläufig. Der Nachbar schreibt so nostalgisch *bei uns in Köln*, weil es tatsächlich die kölsche Sprachmelodie ist, die in ihm das unmittelbare Gefühl geographischer Verbundenheit auslöst, noch stärker inzwischen, als wenn er Isfahanis hört, die ebenso melodisch, aber mit ihren hochgezogenen Endsilben viel kecker klingen. Im Kölsch sind die Konsonanten so weich wie sonst nur im Französischen, ach was, weicher noch, weich wie an Sommerabenden die Butter, die morgens auf dem Küchentisch vergessen wurde. Lustig hört sich das an, leutselig, lebensfroh, gemütlich. Ja, das ist auch so ein Wort, das der Nachbar sich nur in Köln gefallen läßt, *jemüthlischkeit*, das h zwischen dem t und dem l als eigenen Konsonanten gesprochen. Immer wenn er ein solches Rheinisch höre, diesen Tonfall, der umarmt, wird ihm warm ums Herz. Der Wirt, der gern Trinksprüche von Heimito von Doderer an die Tafel schreibt, spricht auch so, überhaupt viele. Im Radio hörte der Nachbar gestern nach dem morgendlichen Klassikprogramm ein Gedenkstück zur vierten Wiederwahl von Konrad Adenauer, und da war es auch wieder im Zimmer. Das ist so schön, Adenauer zu hören, daß man ihm gleich die Hälfte verzeiht, selbst seine vierte Wiederwahl, die nun wirklich erschlichen war. Man sieht das alles gleich viel lockerer, wenn Adenauer es auf rheinisch erklärt. Man muß auch mal sehen, daß sonst womöglich Franz Josef Strauß Bundeskanzler wäre. Man kann überhaupt kein Schurke sein, wenn man beim Reden singt; ein Schurke, meinetwegen, aber kein Massenmörder, ein Blockwart vielleicht, aber keiner, der nicht auch mal ein Auge zudrückte. Weil bei soviel Heimeligkeit selbst Willy Millowitsch dem Roman widerspräche, den ich schreibe, fügt der Nachbar eilig hinzu, daß auch in Köln die Braunen herrschten; das war keine Fremdherrschaft, und im Rat sitzen sie noch heute. Aber er fragt sich, wie ein Kölscher Nazi sich überhaupt angehört hat. Nur mal angenommen, Adolf Hitler stammte aus Köln – der hätte nicht so reden können, wie er geredet hat, so abgehackt, daß die Konsonanten Funken schlagen. Und das hätte doch nach aller Linguistik auch seine Weltanschauung aufgeweicht, wenn er ein bißchen *jemüt-h-lischkeit* in der Stimme gehabt hätte und alle Zeit der Welt, um einen Satz zu beenden. Der Nachbar kann sich einen bayrischen Nazi vorstellen, einen preußischen Nazi, einen österreichischen Nazi, einen sächsischen Nazi – aber ein kölscher Nazi ist jedenfalls klanglich ein Widerspruch in sich selbst, ein idiomatischer Selbstverräter, so oft es ihn gab. Das ist jetzt Nostalgie pur, er weiß schon und verspricht, sich lokalpatriotische Äußerungen fortan zu verkneifen, damit er *In Frieden* nicht vollends in die *Jemüthlischkeit* abdriftet, zumal die Kölner Nazis besonders schlimm wüteten, wenn so ein Schrecken überhaupt Steigerungen zuläßt. Er kam nur darauf, weil er den Schreiner hörte und Konrad Adenauer und gestern außerdem einen Proleten, der über die halbe Gasse hinwegbrüllte beim Vorübergehen, aber eben auf rheinisch brüllte, so langsam und singend, wie nur Rheinländer brüllen können, und da mußte der Nachbar sich einfach freuen, wo er sich in München oder Berlin oder Leipzig erschrocken hätte, wenn jemand so herrisch auf der Straße brüllt. Und der Schreiner spricht ein besonders langsames, ein besonders weiches Rheinisch. Ich kann es nicht Kölsch nennen, genausowenig wie die Sprache Adenauers, weil sie im Gespräch mit Zugezogenen relativ wenige Dialektwendungen verwenden. Es ist die Melodie, die den Nachbarn so sehr verzückt, daß er noch zwei weitere Monate warten würde, wenn dafür die Aussicht bestünde, daß der Schreiner den Umbau übernimmt. Er übernimmt ihn nämlich erwartungsgemäß nicht, da ihm die Arbeit zu anstrengend wäre. Schließlich ist er bereits achtundsiebzig Jahre alt, wie er noch einmal in Erinnerung rief. Er empfahl ohnedies, die Küche zu lassen, wie sie ist, und den neuen Kühlschrank einfach auf die Küchenplatte zu stellen. In die Nische neben dem Herd kann der Nachbar dann Getränkekästen stellen oder Altpapier. Das sieht nicht elegant aus, ein Kühlschrank auf der Küchenablage und das auch noch genau vor dem kleinen Fenster, aber wenn der Schreiner es sagt. Dann macht der Nachbar es eben so. Dem Vermieter hat er schon geschrieben, wozu ihm der Schreiner rät und daß er es »wegen der optischen und funktionalen Einschränkung bei der Mietreduktion von zwanzig Euro je Monat« beläßt, wie er es im versuchten Juristenjargon formulierte. Es tat ihm nur leid, daß der Schreiner in seinem Alter noch umsonst gekommen war. Das heißt, es tat dem Nachbar gar nicht leid, er sagte das nur. Es tat ihm leid für den Schreiner, sagen wir so. Das müsse ihm nicht leid tun, beruhigte ihn der Schreiner in seiner ohnehin seelenruhigen Art; zu seinem Beruf, den er gern ausübe, gehöre die Beratung. Und mit seiner Empfehlung sei der Nachbar offenbar zufrieden – also habe sich der Besuch gelohnt. Nicht nur deswegen, war der Nachbar versucht zu sagen.

Weil der Flug nach Usbekistan wegen technischen Defekts ausfiel, berichtete ihm einer der iranischen Schöngeister, die sich im Viertel mit Hartz IV durchschlagen, daß er letztes Jahr niedergestochen worden sei, schräg vor ihrem Haus auf dem bepflanzten Mittelstreifen der Hauptstraße. Am schwersten zu fassen ist die Normalität von alldem: Auf geht's nach Kabul, murmelt der Nachbar, als er mit dem Photographen morgens um sieben in den Peugeot steigt, den er nach der Führung in die Kneipe noch vor der Haustür abgestellt hat, um morgens eine Viertelstunde länger zu schlafen. Von Kabul zu schweigen, haben sie nicht einmal eine Vorstellung, was sie am anderen Ende des Flughafens erwarten wird, nur daß die Flugzeuge dort grün sind. Die Soldaten fliegen so weit entfernt von den Touristen ab, daß sie auf der Autobahn eine andere Ausfahrt nehmen und der Wegbeschreibung folgen müssen, die ihnen gemailt worden ist. Der Navigator behauptet, daß sie durchs Niemandsland fahren, obwohl sie direkt auf den Tower zusteuern; vielleicht wähnt er sie schon in Afghanistan. Der Soldat an der Einfahrt winkt sie ohne Rückfrage durch, als der Berichterstatter Termez sagt wie einen Code, als wolle ein blinder Passagier bestimmt nicht nach Usbekistan. Sie parken den Wagen auf einem kleinen Parkplatz mit Blick aufs Rollfeld. Der junge deutsche Offizier tritt ihnen in Springerstiefeln entgegen, die seine schmächtige Gestalt noch unsportlicher erscheinen lassen, und hilft, das Gepäck in die Flughalle zu tragen, wo ihnen ein älterer Kollege in der Schlange vor dem Check-in zwei Plätze freigehalten hat. Dieser ist Pole und hat einen so komplizierten Namen, daß sie ihn mit dem Vornamen anreden sollen. Schnell bestätigt sich, daß die beiden Offiziere des Nordatlantikpakts für alles taugen, nur nicht für ein Feindbild. Der Deutsche mit der rechteckigen Studentenbrille scheint der Nachdenkliche zu sein, der Pole mit dem Schnurrbart der Gemütsmensch. Das einstöckige Gebäude der Flugbereitschaft entspricht der Erwartung soldatischer Schlichtheit, von draußen mehr Lagerhalle als Terminal und innen Neonlicht, Plastikschalensitze, PVC-Boden, hell wie ein Krankenhaus, wenngleich nicht so blank, bis auf den Photographen und den Berichterstatter alle in olivgrünen Tarnuniformen. Die Irritation, an ein anderes System gedockt worden zu sein, hält nicht mehr als neunzig Sekunden. Danach muß der Berichterstatter sich immer wieder bewußtmachen, außerhalb seiner gewohnten Wirklichkeit zu stehen. Es ist schließlich auch alles wie gewohnt, nur daß die Passagiere fast ausschließlich Männer sind und alle dieselbe Kleidung tragen. Da sich nur wenige Soldaten untereinander zu kennen scheinen, wirkt es nicht einmal wie eine Gruppenreise oder ein Betriebsausflug. Einer verabschiedet seine Freundin, ein anderer blättert in einer Autozeitschrift, der dritte liest Hermann Hesse. Der Berichterstatter selbst quält sich, deutsches Pflichtgefühl, weiter mit Hölderlin und hat sich vorgenommen, noch einmal die frühen Hymnen zu lesen, damit in Afghanistan wenigstens einer jubelt. Die Wochenzeitung, die am Rucksack des deutschen Presseoffiziers klemmt, ist auch nicht gerade ein Kampfblatt, im Feuilleton ein Interview mit einem Schauspieler, das dem Berichterstatter das Warten verkürzt. »Gibt es Glücksmomente auf der Bühne?« »Es gibt ganz selten die Momente, wo das Spiel von selbst geht, wo ›es‹ spielt. Da kann ich mich selbst genießen. Sich selbst genießen – das ist auch eine Form von Sich-selbst-Aufessen.«

»Warum ziehen Sie sich vom Theater zurück? Ist diese Zeit des Glücks vorbei?« »Ich bin nicht mehr so scharf aufs Spielen. Die gruppendynamischen Prozesse, die beim Spielen zwangsläufig entstehen, kommen mir immer alberner vor. Ich mag mich auch nicht mehr verstellen. Ich merke, es geht auf die Truhe zu. Damit ist man allein, da paßt keine Gruppendynamik.« »Auf die Truhe zu?« »Na, auf die Kiste … aufs Sterben.« Über den Schaltern, an denen junge Männer und Frauen in den gleichen Uniformen die Bordkarten ausgeben, stehen in elektronischer Schrift Zielort, Flugnummer und Abflugzeit. Der Soldat vor ihnen bittet um einen Fensterplatz. Die Kontrollen immerhin sind so gründlich, daß der Berichterstatter sich bis auf T-Shirt und Hose ausziehen muß und in der Sicherheitsschleuse dennoch ein Piepsen auslöst. Die Abflughalle selbst besteht aus einem turnhallengroßen, zum Glück beheizten Zelt, Bretterboden, Schalensitze, die eine Hälfte für Raucher, Kaffee und Bockwurst im Verkauf, Kaltgetränke aus dem Automaten, das Magazin der Bundeswehr wie eine Kundenzeitschrift auf den Tischen neben jeder Sitzreihe. In der Stimme des Befehlshabers, der neben den Wurstverkäufer tritt, um zu verkünden, daß die Maschine zunächst eine Stunde, dann zwei und dann, daß sie vierundzwanzig Stunden Verspätung hat, klingt das Militär leise, das Zwangslächeln kommerzieller Fluggesellschaften überhaupt nicht durch. Ansonsten ist es, als würde man nach Dublin fliegen oder eben nicht fliegen. Anders als beim Billigflieger käme hier niemand auf die Idee, sich über die Verschiebung des Fluges zu beschweren. Nicht einmal diese Aufregung bietet eine heutige Reise zur westlichen Front des Imperiums. »Here in this extraordinary piece of desert is where the fate of world security in the early 21st century is going to be decided«, sagte der britische Premierminister diese Woche beim Truppenbesuch. Leider könnte er recht behalten, befürchtet die Wochenzeitung, die sich der Berichterstatter vom Presseoffizier ausgeliehen hat. In Köln machten alle große Augen bei dem Wort Afghanistan, der Whiskyverkäufer, bei dem der Berichterstatter sich mit Gastgeschenken eindeckte, schließlich fliegt er in ein muslimisches Land, die Frau, die Eltern, die Tochter, die woher auch immer wußte, daß Krieg herrscht in Afghanistan. – Was mache ich denn nur, wenn ich erfahre, daß du gestorben bist? fragte sie, als hätte er die Antwort parat. Die Diskrepanz zwischen der Gewöhnlichkeit des Abreisens und der vorgestellten Dramatik am Ankunftsort – einem Kriegsschauplatz immerhin – fiel ihm wieder ein, als er auf dem Weg ins

Büro den dicken Schöngeist mit seiner Nickelbrille und den langen weißen Haaren traf. Zuerst hatte der Berichterstatter es eilig, weil es schon nach vier war und er Bericht erstatten wollte vom Vormittag, der Photograph spätestens um sieben aus der Stadt zurück und der Schöngeist von der Art, die sich beim Reden selbst genießt, aber dann kamen sie auf die Kaffeebar zu sprechen, die der Schöngeist an der Hauptstraße eröffnen wolle, weil er seit dem Überfall nichts mehr angefaßt habe. Was für ein Überfall? Der Berichterstatter kannte den Schöngeist, der multikulturelle Filmreihen und Ausstellungen organisiert, vor allem im Bürgerzentrum auf der anderen Straßenseite; einmal ließ der Berichterstatter sich sogar breitschlagen, die Ansprache auf einer Vernissage zu halten. Der Schöngeist möchte ihn immer für etwas einspannen, hier Frauenfilme, dort eine Exilzeitschrift. Er war am Pinkeln, betrunken, wie er zugab, als jemand von hinten auf ihn einstach. Wie bitte? Ja, er habe den Angreifer nicht einmal aus dem Augenwinkeln gesehen: Messerstiche, Sturz auf den Boden, weitere Messerstiche, Fußtritte, Hände vors Gesicht, nach unbekannt langer, vermutlicher kurzer Zeit war es vorüber. Der Angreifer verschwand, ohne daß der Schöngeist ihm nachsehen konnte. Überlebt habe er die acht Stiche nur wegen seines Fetts. Allmählich schüttle er sich aus seiner Depression. Man will ja nicht leben, wo so etwas möglich ist, sagte der Schöngeist, noch dazu in einer Fremde, obwohl er mindestens so lang im Viertel lebt wie der Nachbar. Seine Einsamkeit sei ihm aufgegangen, und dem Nachbar ging auf, daß der Schöngeist Gründe hatte zu verweilen und Respekt verdiente für die Frauenfilmreihen und Exilzeitschriften. Er gab ihm die Nummer seines ältesten Freundes, der eine Kaffeebar betreibt. Dem ältesten Freund hat er bereits angekündigt, daß ein iranischer Schöngeist sich bei ihm melden würde, um sich ein paar Tips zu holen. Jetzt ist es Freitag, der 24. November 2006. Bevor der türkische Supermarkt schließt, muß der Nachbar fürs Abendessen einkaufen. Die Tochter sagte heute morgen beim Küssen des Korans, daß immer etwas schieflaufe, wenn sie vor einer Reise vergessen, den Koran zu küssen. Das stimmt auch, kam allerdings nur einmal vor. Kurz nachdem der Soldat sie an der Ausfahrt des Militärflughafens mit ausgestreckten Fingern an der Stirn verabschiedet hatte, meinte der Photograph, daß trotz des Korans etwas schiefgelaufen sei. Nein, nein, widersprach der Berichterstatter, es sei nichts schiefgelaufen, jedenfalls nicht für die Tochter, die er gleich vor der Schule überraschen würde. »Leben«, lautet diese Woche der Trinkspruch der Kneipe: »es wird uns ein fremder Hut aufgesetzt auf einen Kopf, den wir gar nicht haben.«

Um 15:44 Uhr deutscher Zeit ist es draußen bereits lange dunkel. Sie müßten über Rußland sein, auf der Höhe der Türkei oder schon weiter. Das einzige, wodurch sich der Flug von Urlaub unterscheidet: daß der Kopilot die Fluggäste einmal als Kameraden angesprochen hat, kein Alkohol ausgeschenkt, nichts zollfrei verkauft wird. Zwischen den Stewardessen, die ebenfalls Militäruniformen tragen, und den Fluggästen ist das Verhältnis kollegial. Wie bei Urlaubsflügen müssen die Soldaten die Getränke bezahlen, kostenlos nur das Essen und ein Becher Orangensaft für jeden, Umgang und Ton bemerkenswert zivil, kein Vergleich zu anderen männlichen Ansammlungen, ob Kegelfahrten, ob Fußballvereine, nichts Derbes, nichts Lärmendes, nichts Zotiges, was nicht allein an der Prohibition liegen kann. Wenn der eine Uniformierte dem anderen Uniformierten im Weg steht, wird er als Kamerad angeredet und gebeten, zur Seite zu treten. Das Äußerste an lärmender Geselligkeit ist eine Skatrunde über den Gang hinweg. Einige schauen zu zweit eine DVD auf dem Laptop, der Kopfhörer geteilt. Wie es erleichtert, daß den Deutschen das Martialische so fremd geworden. Schon die Uniformen haben mehr von einer Verkleidung als von einem Wesenszug. Abenteuerlust ist sicher bei vielen im Spiel, Erfahrungshunger, auch Selbsterfahrung, wie bei der blonden, freundlichen, etwas unsicheren Soldatin aus Jena auf dem Nebensitz, deren geschlossene Augen der Berichterstatter nutzt, um mit dem Bericht fortzufahren, den ich erstatte. Der Hauptgrund, sich für den sechsmonatigen Einsatz zu melden, seien allerdings die Zulagen gewesen, erklärte sie vorm Einschlafen. Der Berichterstatter wunderte sich über den Betrag, der ihm lachhaft erschien, aber die Sitznachbarin argumentierte, daß sie kaum Ausgaben habe in Afghanistan, fürs Nachtleben sei Kunduz ja nicht gerade berühmt. »Wenn im Heldenbunde meiner Brüder / Deutsches Blut und deutsche Liebe glüht; / Dann o Himmelstochter! sing' ich wieder, / Singe sterbend dir das letzte Lied.« Aus den Gesprächen mit den Offizieren ist bereits jetzt herauszuhören, wie sich das eigene soldatische Verständnis von dem der Amerikaner unterscheidet, auch ziviles Selbstbewußtsein, womöglich aus der Furcht geboren, kämpfen zu müssen, und Zorn darüber, den Preis für eine Strategie zu bezahlen, die für ebenso aussichts- wie gedankenlos gehalten wird. Der Krieg gegen den Terror scheint an Bord nicht viele Anhänger zu haben.

Auf dem Papier lesen sich die Konzepte für den Wiederaufbau vernünftig. Zu suchen sind die Gründe, warum sie in der Praxis scheitern, aber nicht jetzt, da der Berichterstatter sich alle fünf Sekunden versichert, daß die ziemlich hübsche Sitznachbarin aus Jena nicht die Augen öffnet. Ein Buch lugt aus ihrer Sitztasche hervor, ein Lebensberater: *Die Bären-Strategie. In der Ruhe liegt die Kraft.*

4:46 Uhr usbekische Zeit, Sonntag, 26. November 2006, vier Stunden später als in Deutschland. Es sieht nicht viel anders aus als in der Halle, in der sie gestern morgen zum zweiten Mal eincheckten, nur ist das Neonlicht die ganze Nacht noch greller und haben die unverrückbaren Stuhlreihen, auf denen höchstens die Hälfte der Soldaten Platz findet, schmale blaue Kunststoffpolster. Es ist in der deutschen Armee 2006 nicht mehr so, daß man seinen Stuhl für Vorgesetzte räumen würde, deshalb blitzen auf dem hellen PVC-Boden auch viele Abzeichen. Die Langeweile, das Frieren, die steifen Knochen kennen keine Dienstgrade. Auch der Photograph und der Berichterstatter gehören bis auf weiteres zur Truppe. Seit zehn Stunden stecken sie in einer Wartehalle eines Flughafens fest, den seit Jahren niemand genutzt zu haben scheint, so leer ist es drinnen und auf dem Rollfeld genauso. Wegen schlechten Wetters konnte das Flugzeug gestern abend nicht in Termez landen. Nach einigen Warteschleifen hieß es, sie würden nach Urgensch ausweichen. Urgensch? hörte der Berichterstatter es in allen Sitzreihen murmeln. Der Photograph leierte aus dem Kopf die Stadtgeschichte herunter. Auf dem Feldzug gegen das alte Emirat Kiva, aus dem die Stadt hervorgegangen ist, sind die zaristischen Truppen etwa 1860 erfroren, verhungert, verlumpt, verendet, dreißigtausend Mann. Die zwischenzeitliche Ansage, nach Taschkent zu fliegen, löste Erleichterung aus, denn dort, wurde gemunkelt, fände man so spät, zahlreich und spontan noch Hotelzimmer. Am Ende landete die deutsche Armee doch in Urgensch und marschierte sie nach einstündiger Verhandlung mit dem usbekischen Bodenpersonal, das die deutsche Armee nicht aussteigen lassen wollte, bei minus zwölf Grad zur Wartehalle, in der es zehn Grad wärmer war. Das Zögern des Bodenpersonals ist verständlich, wie mittlerweile alles verständlich ist. Man muß sich vorstellen: Aus heiterem Himmel (gut, es war nachts und bewölkt) steht plötzlich ein deutsches Militärflugzeug mit zweihundertachtzig Soldaten auf dem Rollfeld, auf dem sonst nur wöchentlich ein, zwei usbekische Zivilmaschinen landen, wie ein Leutnant zwischenzeitlich herausgefunden hat. »Den Tag enstaltete scheusliche Gevögel. / Her aus den Wäldern sprang das Wild in nächtlicher Stunde, / Und erkieste sein Lager sich kek in der Mitte von Roma.« Bis man überhaupt einen Verantwortlichen aus dem Schlaf telefoniert hat, und dann soll man auch noch nachts im usbekischen Nirgendwo Unterkunft und Verpflegung herbeizaubern. Als die deutsche Armee die Wartehalle lang genug beatmet hatte, stieg das Thermometer, das ein Stabsfeldwebel mit sich führte, über null Grad. Später schaffte es der Ranghöchste unter den Fluggästen, ein Generalmajor mit dem Schädel eines Schwergewichtboxers, der stets ein joviales Lächeln im Gesicht führt, Tee und Wurstbrötchen zu besorgen. Jovial ist auch eins von den Wörtern, die man gern aufschreibt, weil der Gesichtsausdruck verschwindet. Die Nacht war lang genug, damit der deutsche Presseoffizier dem Berichterstatter die Dienstgrade beibringt. Wie sich die jungen Deutschen und ihre Vorgesetzten sitzend in Lufthansadecken mummeln oder auf dem PVC in Embryohaltung liegen, verlieren sie die letzten Züge von Kriegern. Auf dem Schlachtfeld möchte man von ihnen nicht gegen einen Trupp turnschuhbesohlter Taliban verteidigt werden, die schon eher der Vorstellung Hölderlins entsprechen, fürs Vaterland zu bluten des Herzens Blut. Das Militärische macht sich am angenehmen Stoizismus erkennbar und der Effizienz des wenigen, das zu organisieren ist, eigentlich nur die Aufteilung in Raucher- und Nichtraucherbereich. Zwei Hallen stünden ihnen zur Verfügung, lautete die Ansage, bevor die deutsche Armee das Flugzeug endlich verließ, eine oben, eine unten, die obere kleiner, die untere größer. Der Generalmajor wollte per Abstimmung ermitteln, ob die Raucher oder die Nichtraucher in der Mehrheit waren. Weil einige Soldaten schon standen, andere noch saßen, ließen sich ihre erhobenen Hände nicht zählen. Tja, wie machen wir das am besten? hörten sie aus dem Lautsprecher und nach fünf Sekunden den Vorschlag, daß alle Raucher die Signallampe über ihrem Sitz betätigen. Nach einem Riesendurcheinander, weil die Lampen nur über jedem zweiten oder dritten Sitz angebracht waren und ein Soldat genügte, damit die gesamte Bank fürs Rauchen stimmte, schaffte der Generalmajor die Demokratie zur allgemeinen Erleichterung wieder ab. Der Presseoffizier macht den Berichterstatter darauf aufmerksam, daß sie nicht einfach vom Flugzeug übers Rollfeld in die Wartehalle gegangen, sondern »verlegt« worden sind. Von hier bis nach Sibirien ist nichts, klärt der Photograph den glücklichen Soldaten auf, der seine Isomatte im Handgepäck bei sich trug, von hier bis nach Sibirien ist es flach wie auf einem leeren Tisch. Sie sprechen über die Kälte, die drinnen doch erträglich sei, wie beide finden. Im Vergleich zu der Nacht im Regen, die William Russel mit den britischen Soldaten auf der Krim verbrachte, ist es mehr als erträglich, stimmt der Berichterstatter zu, der sich über die eigene Reiselektüre ärgert. Sobald der Photograph Russels *Sieben Kriege* aus der Hand legt, tauscht der Berichterstatter die Bücher.

Nach der Morgendämmerung stellte sich heraus, daß draußen wirklich nichts ist bis nach Sibirien, ein paar usbekische Soldaten, die Startbahn, in der Ferne Bauten aus nacktem Beton mit glaslosen Fenstern, Rauhreif über der blassen Steppe, die ohne Linie in den wolkenlosen Himmel übergeht. In this ebenfalls extraordinary piece of desert wirkt alles wie hinter einer milchigen Scheibe, blaßgrau, blaßbraun, blaßblau. Als die deutsche Armee vorhin zum Frühstück verlegt wurde, erhaschte der Berichterstatter von der Eingangshalle einen Blick in Richtung der Stadt: eine leere sechsspurige Straße, eine Betonskulptur in der Mitte eines verlassenen Kreisverkehrs, in der Ferne einige Gebäude und sogar ein fahrendes Auto, ein unbenutzter Parkplatz. Einen Pauschalurlaub würde er dafür geben, ins Zentrum fahren zu dürfen, nur um recht zu behalten, daß dort das gleiche Nichts ist wie bis nach Sibirien. Das Frühstück bestand aus Reis und einer immerhin würzigen Soße mit Fleisch, das Mittagessen wird dasselbe sein und auch das Abendessen, es sei denn, der Generalmajor besorgt wieder Wurstbrötchen. Gekocht wird auf dem Rollfeld vor dem Flughafenrestaurant: Ältere Usbeken mit langen dunklen Mänteln und Fellmünzen rühren mit Schaufeln in einem Topf, wie der Berichterstatter ihn so groß nur von Asterix und den Galliern kannte. Junge Usbekinnen mit blauen Schürzen über den langen Röcken und Vorderzähnen aus Gold servieren in einem Salon, der holzgetäfelt mit dunkelrotem Teppichboden und ringsum verspiegelten Wänden auch als Swingerclub dienen könnte. Deutschland zieht also wieder in Kriege. Das Einsatzführungskommando in Leipzig hat als mögliche Abflugzeit soeben 16:30 Uhr bestimmt, damit die Piloten die gesetzlich vorgeschriebene Ruhephase einhalten. Der deutsche Presseoffizier, den sie inzwischen beim Vornamen nennen, weil der Nachname des Polen von Anfang an zu schwierig war, widerspricht nicht den pessimistischen Analysen, die in der Archivmappe des Berichterstatters liegen. Aber was ist jetzt die Alternative? fragt er nur. Die Batterie des Laptops auf 14 Prozent. Der

Photograph hat sich in Russels Bericht aus dem Krimkrieg festgelesen. »Du kömmst, o Schlacht! schon wogen die Jünglinge«, nimmt der Berichterstatter deshalb weiter mit Hölderlin vorlieb: »Hinab von ihren Hügeln, hinab ins Tal, / Wo keck herauf die Würger dringen, / Sicher der Kunst und des Arms, doch sichrer // Kömmt über sie die Seele der Jünglinge, / Denn die Gerechten schlagen, wie Zauberer, / Und ihre Vaterlandsgesänge / Lähmen die Knie der Ehrelosen.« In der Abflughalle von Urgensch sind am 26. November 2006 um 9:14 Uhr die Knie gelähmt vor Kälte, der Vaterlandsgesang ein Schnarchorchester. Wenn der Berichterstatter nur an seinen Koffer käme, könnte er im Nichtraucherbereich etwas anderes als Hymnen lesen, wenn er eine Steckdose fände, wenigstens die Finger in Bewegung halten.

Bevor er ins Kriegsgebiet flog, hat er den Brief an die Reporterin abgeschickt, deren Vater gestorben ist, mit dem ägyptischen Lehrer und dem Mann der Krebskranken telefoniert, bei dem Soziologen in Frankfurt es nicht wieder versucht, auch nicht beim Onkel in Isfahan. Der Bildhauer in München gab in kurz angebundener Verzweiflung die Leukozyten bekannt, die bei Null seien, bei Null!, was immer das bedeutet. Im Roman, den ich schreibe, scheint es von Siechen und Todkranken zu wimmeln, obwohl es nicht mehr sein dürften als in jedem anderen Leben. Mehr und mehr bedrückt den Romanschreiber, daß er auf das nächste Kapitel wartet, bang wartet, wie sonst?, jedoch wartet. So Gott will ist es keiner von der Liste, aber jemand anderen soll Gott bitte auch nicht wollen. Allgemein ist vom Tod gut reden, daß man ihn akzeptiere und so weiter; man will auch gar nicht dauernd leben und schon gar nicht ewig jung sein. In der Wochenzeitung des deutschen Presseoffiziers las er ein Interview mit einem Sänger, der sich nicht übers Altern grämt, ein selten schönes Interview übrigens, das hat den Romanschreiber überrascht, zumal er den Sänger nicht besonders mag, der damals den Irakkrieg und im Interview das Leben bejahte, obwohl es ihm selten gutgetan. Seit er darauf achtet, stößt der Romanschreiber aller Orten auf Prominente, die souverän mit dem Tod umgehen und seine Furcht kindisch aussehen lassen. Ja, allgemein nimmt auch er die zunehmende Erfahrung als Gewinn wahr. Nur konkret, wenn es heißt, dieser ist bald nicht mehr da oder jene, ist er erschrocken. Seine Aufgabe bringt es mit sich, nicht über den Tod, sondern immerfort über Tote nachzudenken, die bisherigen und die künftigen. Ja, er glaubt es, das Leben ist ein Fest, wie der Sänger im

Interview sagte, oder kann ein Fest sein, nur ist der Romanschreiber fürs Abräumen zuständig. Und mag ihn die Frage quälen, wen das nächste Kapitel bedenkt, ist er sich bewußt, daß, wenn überhaupt etwas, eben diese Frage für die minimale Spannung im Roman sorgt, den ich schreibe. Wenn niemand als nächstes stürbe, wäre das Buch zu Ende. In der Wochenzeitung stand auch, daß Schwangeren über fünfunddreißig generell empfohlen wird, das Fruchtwasser untersuchen zu lassen. In einem Prozent der Fälle tötet die Untersuchung den Fötus (oder nannte die Wochenzeitung das Wesen schon Kind?). Selbst bei vierzigjährigen Müttern beträgt das Risiko eines behinderten Kindes nur ein bis zwei Prozent, bei ihnen also weniger. Und was wäre, wenn ihr Kind sich als das eine von hundert herausstellen würde? In welchem Verhältnis von Behinderungsgrad und Schwangerschaftsdauer würden sie sich gegen das Leben entscheiden? Sie können die Antwort nicht vertagen, da sie das Risiko der Fruchtwasseruntersuchung nur dann eingehen würden, wenn die Frau die Schwangerschaft gegebenenfalls abbräche. Besser liest die Frau, die in der Ausdrucksweise der Gynäkologin jetzt schon Achterbahn fahre auf ihren Hormonen, diese Woche nicht die Zeitung, die die pränatale Diagnostik in einen Zusammenhang mit der Euthanasie bringt. Immerhin fällt das Wort Selektion. »Es gibt jetzt schon weniger behinderte Kinder«, sagt der Präsident der Deutschen Gesellschaft für Gynäkologie, »das ist ganz klar auch ein Ergebnis der pränatalen Diagnostik.« Natürlich ist die Frage, vor der die Eheleute stehen, eine Allerweltsfrage. Fast alle schwangeren Frauen ab fünfunddreißig Jahre in der westlichen Zivilisation und gegebenenfalls deren Männer dürften vor der gleichen Frage stehen. Die schwangeren Frauen außerhalb der westlichen Zivilisation und deren Männer hätten gern die gleichen Kopfschmerzen. Von ihnen selbst, ihrer Familie, vielleicht noch engen Freunden abgesehen, interessiert es niemanden, wie sie sich entscheiden, auch keinen der Kameraden, die sich links und rechts der Steckdose in Lufthansadecken mummeln oder auf dem PVC in Embryohaltung liegen.

Selbst ihn, den Sitzblockaden vor dem Verteidigungsministerium sozialisierten, erfaßt die Gruppendynamik, etwa in der Selbstverständlichkeit, einem Soldaten, der seine Zahnpasta im Zelt vergessen hat, im Sanitärcontainer auszuhelfen. Natürlich würde er, würde jeder jedem mit Zahnpasta aushelfen, allein, die allgemein empfundene Selbstverständlichkeit zu bitten, die Selbstverständlichkeit zu teilen, egal, ob es die

Zahnpasta oder eine Decke ist, ob er Soldat ist oder nicht, schwarze Haare hat oder nicht, lernte er zum letzten Mal im Fußballverein kennen und nicht wie hier im Bewußtsein, daß es um Leben und Tod gehen könnte. Hier ist die Kameradschaft nicht etwas, das hinzukommt; hier ist sie das, zu dem alles andere hinzukommt. »O nimmt mich, nimmt mich mit in die Reihen auf, / Damit ich einst nicht sterbe gemeinen Tods! / Umsonst zu sterben, lieb' ich nicht, doch /Lieb' ich, zu fallen am Opferhügel.« In dem Gefühl dazuzugehören entdeckt der Berichterstatter mehr als in den Waffen oder dem Kriegführen die Anziehung des Militärischen. Was sich auftut, wenn einer außerhalb der Gruppe steht oder gestellt wird, sieht er in der Kürze nicht. In der Kürze staunt er über die Höflichkeit der jungen Deutschen, die er in Deutschland nicht gewohnt ist. Im Zelt haben alle Kameraden Verständnis, daß der Berichterstatter auf dem Feldbett noch den Laptop aufgeklappt hat, einer hilft sogar mit seiner Taschenlampe aus. Der einzige Soldat, der einmal brüllte, war ein Kölner, der sich über die Mitteilung des Berichterstatters freute, daß ihr Fußballverein ein Zweitligaspiel gewonnen und der neue Trainer bereits die Kabinenansprache gehalten habe. Die beiden kamen in der sogenannten Bar des Luftgeschwaders Termez ins Gespräch, die zu betreten nach zwei Tagen unterwegs und zwei weiteren Stunden der Wartens in der Kälte aufs Gepäck mitsamt anderen Büchern mindestens so köstlich war wie die Wonne an des Orkus Thoren, obwohl die Bar nur aus einer großen, zeltartigen Turnhalle besteht, in der einige Girlanden hängen. Den Vormarsch des Imperiums hat der Berichterstatter sich anders vorgestellt: Während die Rekruten sich die lange Zeit zwischen den Diensten mit Tischfußballturnieren vertreiben, stehen die Offiziere an der Theke, als sei es in Usbekistan gemütlich. Da ihm auf der Ebene des Kumpelhaften nichts und des Männerbündnerischen nichts anderes als Fußball einfällt, ergeben sich längere Gespräche natürlicherweise nur mit denen, die sich Gedanken machen. Er kann nicht beurteilen, wie repräsentativ sie sind. Kameraden, ruft jemand, fertig zum Abflug. 0:00 Uhr. Wünschen wenigstens Sie dem Berichterstatter Geburtstag.

»Es ist noch immer ein Privileg, Afghanistan zu besuchen«, schrieb der Schriftsteller und Photograph Nicolas Bouvier, der 1953 mit seinem Fiat Topolino von der Schweiz aus über Kabul bis nach Bombay fuhr: »Bis vor nicht allzulanger Zeit war es eine Leistung. Da die britische Armee Indien nicht zuverlässig unter Kontrolle halten konnte, blockierte sie hermetisch die östlichen und südlichen Zugänge. Die Afghanen ihrerseits verpflichteten sich, keinen Europäer in ihr Gebiet einzulassen. Sie haben beinah Wort gehalten und sind sehr gut damit gefahren.« Kaum einem Dutzend westlicher Draufgänger sei es bis 1922 gelungen, Afghanistan zu besuchen, schreibt Bouvier. Die Gelehrten hätten weniger Glück gehabt. Mußte der Indologe Darmestetter sich damit begnügen, seine Informanten in pakistanischen Gefängnissen zu besuchen, weil er es nicht über den Chaiberpaß schaffte, wartete der Archäologe Aurel Stein zwanzig Jahre auf sein Visum und erhielt es gerade rechtzeitig, um in Kabul zu sterben. »Heute genügt ein bißchen Takt und Geduld, um sich das kostbare Visum zu verschaffen, doch wenn man nach Einbruch der Dunkelheit im Grenzort Laskur-Dong an der Straße Quetta–Kandahar eintrifft, ist niemand da, dem man es vorlegen könnte. Kein Zollbüro, kein Schlagbaum, keine wie immer geartete Kontrolle, nur das weiße Band der Piste zwischen den Lehmhäusern und das Land offen wie eine Mühle.« 6:47 Uhr usbekische Zeit, 3:00 Uhr auf dem Laptop, 27. November 2006. Der Flug nach Kabul ist wegen schlechter Sicht um zwei weitere Stunden verschoben. Als sein Reisegefährte im Ort den Zollbeamten sucht, schläft Bouvier, der sich an der Hand verletzt hat, im Auto ein. »Das Geräusch der Tür ließ mich jäh auffahren: Ein alter Mann hielt mir eine Laterne unter die Nase, während er auf persisch heftig auf mich einredete. Er trug einen weißen Turban, ein weißes Gewand, einen wohlgepflegten Bart und um den Hals eine Kette mit einem faustgroßen silbernen Siegel. Es dauerte einen Moment, bis ich begriff, daß dies der Zollbeamte war. Er hatte sich eigens herbemüht, um uns gute Fahrt zu wünschen und mir die Adresse eines Arztes in Kandahar zu geben. Seine Kleidung, sein ganzes Auftreten, die Liebenswürdigkeit, mit der er seine Amtspflichten ausübte, machten mir diesen alten Mann so sympathisch, daß ich ihn blödsinnigerweise – um ihn nicht in Ungelegenheit zu bringen – darauf aufmerksam machte, daß unser Visum seit sechs Wochen abgelaufen war. Er hatte es schon selbst bemerkt, ohne sich darüber sonderlich aufzuregen. In Asien hält man sich nicht so genau an den Stundenplan, und warum sollte man uns im August die Einreise verweigern, die man uns für den Juli gestattet hätte? In zwei Monaten verändert sich der Mensch so wenig.«

Der Berichterstatter, der Anfang des einundzwanzigsten Jahrhunderts in Kabul landet, trägt eine bleierne Schutzweste und einen Helm. In einem Konvoi aus gepanzerten Landrovern bringen ihn britische Soldaten in das Hauptquartier des Nordatlantikpakts, der den Wiederaufbau des Landes militärisch absichern sollen. Von der Stadt sieht er einen Schlitz, kleiner als die Fenster der Burkas, die in Kabul nur noch wenige Frauen tragen. Als ihn die Soldaten nach der Powerpointpräsentation zu einem Ausbildungszentrum der afghanischen Armee bringen, darf der Berichterstatter immerhin wie ein Wachmann aus der Dachluke schauen. »Alamo« heißt das Lager aus Containern, Fertighäusern, Zelten, in dem die amerikanischen Ausbilder leben. – Finden Sie es nicht schade, daß Sie überhaupt nichts von der Stadt sehen? fragt der Berichterstatter den freundlichen First Sergeant, der ihn herumführt. – Ach, das ist kein Problem, antwortet der First Sergeant: Wenn ich mal raus will, dann frage ich drei Kollegen, und wir fahren zum Hauptquartier oder nach Bagram zu unseren Jungs. Es müssen drei Kollegen sein, weil der Nordatlantikpakt grundsätzlich nur in Konvois aus mindestens zwei gepanzerten Wagen à zwei Soldaten durch die Stadt fahren darf. Manche Soldaten finden es selbst merkwürdig, daß man dem Volk, dem man doch helfen wolle, nur mit Schutzweste, Helm und geladenem Maschinengewehr begegne. Aber das sei nun einmal notwendig aus Gründen der Sicherheit. Natürlich versteht der Berichtersterstatter. Auch am 27. November 2006 hat sich wieder ein Selbstmordattentäter in die Luft gesprengt. Der Berichterstatter versteht auch die Desinfektionsmittel vor jeder Kantine, an jedem Waschbecken, in jeder Klozelle. Sie sind notwendig aus Gründen der Hygiene. Er versteht, daß die Kantinen grundsätzlich keine Nahrungsmittel aus Afghanistan verwenden und also buchstäblich jedes Reiskorn, jeder Tropfen Wasser eingeflogen wird. Das ist notwendig nicht aus Gründen der Sicherheit, wie er vermutet hat – sondern weil sonst die Preise auf den lokalen Märkten in die Höhe schießen würden, wie der Küchenchef des Schweizer Unternehmens erklärt, der beim Catering in Krisengebieten weltweit an der Spitze steht. Daß Afghanen niemals in Berührung mit den Nahrungsmitteln kommen und in der Küche also nur den Abwasch erledigen dürfen, während die Angestellten des Nordatlantikpakts – sogar das Wachpersonal, das die Soldaten beschützt! – meist aus Ländern wie Nepal oder Indien stammen, erfolgt wiederum nicht aus Gründen der Hygiene, sondern der Sicherheit. Natürlich würde er lieber Afghanen einstellen, sagt der Küchenchef. Die seien billiger und dabei wirklich sympathisch. Aber das dürfe er nun einmal nicht, das sei im Vertrag ausdrücklich untersagt, und das müsse man verstehen. – Ja, natürlich, sagt der Berichterstatter. Aber auch in diesem Gespräch wie in so vielen gelangt er rasch an den Punkt, an dem auch sein Gegenüber nicht mehr versteht. – Also, wenn ich manchmal über alles nachdenke, dann wundere ich mich schon, sagt der Küchenchef, als sich der Berichterstatter nach dem Abendessen zu ihm und seinen nepalesischen und indischen Angestellten setzt. – Worüber? – Über alles halt, wie das so läuft. Wir sind hier in Afghanistan, aber mit Afghanistan hat das nichts zu tun, das Obst aus Südamerika, das Schnitzel aus Deutschland, das Wasser vom Persischen Golf, die Köche aus Nepal. – Da haben Sie wohl recht. – Aber richtig verrückt wird es erst bei den Amerikanern in Bagram. – Wieso? – Die gehen so weit, die lassen Hummer aus Kuba einfliegen. Aus Kuba! Stellen Sie sich das mal vor. Dann zuckt der Küchenchef, der gern mehr Afghanen einstellen würde und an dem es nun wirklich nicht liegt, daß das Land nicht vorankommt, melancholisch die Schultern. Aber woran liegt es?

0:51 Uhr afghanische Zeit, eine halbe Stunde früher als in Usbekistan, der 28. November 2006. Weil die Soldaten nicht mehr als täglich ein Bier trinken dürfen, feierte der Berichterstatter spontan Geburtstag und spendierte mit Erlaubnis des Ranghöchsten unter den Gästen des Café Milano, das nicht gemütlicher als die Abflughalle in Urgensch ist, allen Anwesenden eine zweite Dose: *Winning hearts and minds* lautet schließlich der Schlachtruf, der jedes Powerpoint eröffnet. Der Photograph kann offenbar nicht schlafen, solange das einzige Licht im Raum brennt, eine Neonrohre, die noch die Pofalten ausleuchtet. Daß der Betonverhau, in dem selbst höherstehende Gäste untergebracht werden, in Europa nicht als Jugendherberge durchginge, soll vielleicht eine Demonstration sein. »Der Reisende von heute, der auf so viele andere folgt, möge sich also mit der gebührenden Bescheidenheit präsentieren und nicht meinen, daß er irgend jemanden in Erstaunen setzt«, schrieb schon Bouvier als Mahnung: »Dann werden ihn die Afghanen aufs beste empfangen. Im übrigen haben die meisten ihre Geschichte völlig vergessen.« Bevor er das Neonlicht ausschaltet, bedankt der Berichterstatter sich noch für die Kurzmitteilungen, die zu seinem Geburtstag eingegangen sind, und beantwortet die Fragen: »Bist du später noch in der Kneipe?« »Sonntag Stadion?«

Der Brigadegeneral und der Colonel haben eine imponierende Art: humorvoll, höflich, direkt, entwaffnend offen, entwaffnend in dem Sinne, daß sie einem die Argumente aus der Hand schlagen, indem sie sie bestätigen. Die afghanische Polizei, die von den Amerikanern und Deutschen ausgebildet wird? Wenig effektiv, schlecht geführt, korrupt, dazu eine Pyramide, die auf dem Kopf steht: mehr Offiziere als Wachleute. Die hohe Absprungquote? Kein Wunder, wenn ein Polizist, der von uns ausgebildet wurde, mehr verdient, wenn er anschließend für uns putzt. Die Warlords, die der afghanische Präsident als Sicherheitschefs in der Provinz einsetzt? Gangster. Die Korruption? Raten Sie mal, warum der Bruder des Präsidenten so reich ist. Die Amerikaner? Well, ihre Polizeiausbildung ist im Gegensatz zur deutschen wirklich gut. Die Deutschen, wissen Sie, und der Colonel fängt an zu kichern, wissen Sie, die Deutschen sind sehr sehr gründlich, und das ist auch gut, das respektiere er, aber man bilde in Afghanistan eben keine Kommissare für den mittleren Dienst in einer europäischen Provinzstadt aus. Die Polizeiausbildung der Amerikaner hingegen sei vielleicht ein bißchen oberflächlich, also versuche man jetzt einen Mittelweg zu gehen. Sehr schön, aber der Widerspruch zwischen dem Auftrag der Amerikaner und dem Auftrag des Nordatlantikpakts, zwischen dem Krieg gegen den Terror und dem Wiederaufbau? Hm, gute Frage. Der Süden? Was ist mit dem Süden, die Kämpfe, die vielen zivilen Opfer, viertausend Tote in diesem Jahr? Warum sind die Taliban nach fünf Jahren immer noch oder wieder so stark? Sicher gibt es Gründe dafür, sagt der Brigadegeneral, daß die Taliban im Süden Afghanistans eine breite Unterstützung zurückgewonnen hatten, als das Kommando von den Amerikanern an die NATO überging. Welche Gründe? Sehen Sie, als wir das Kommando übernahmen, waren wir von der Situation, die wir vorfanden, selbst überrascht. Die Amerikaner hatten ihre Stützpunkte, von denen aus sie Terroristen jagten. Wir wollten in die Fläche gehen, damit das Land sich entwickelt. Warum ist in den fünf Jahren zuvor kaum Entwicklungsarbeit geleistet worden? Die Mission der Amerikaner im Süden war eine andere, es ging nicht primär darum, das Land wiederaufzubauen, sondern den Feind zu bekämpfen. Als wir mit dem Aufbau beginnen wollten, merkten wir, daß es überhaupt keine Sicherheit gab. Wir wurden angegriffen, ohne darauf vorbereitet gewesen zu sein. Überall waren Feinde. Wir hatten Probleme, es gab viele zivile Opfer, zu viele zivile Opfer, unsere eigenen Verluste waren hoch. Das waren die Nachrichten vom Sommer, die Berichte von Gefechten, von Krieg, als man im Westen von der Irakisierung Afghanistans sprach. Aber: Wir haben die

Schlacht gewonnen. Die Taliban mußten sich zurückziehen. Seit Oktober ist die Zahl der Toten deutlich zurückgegangen. Es ist ruhiger. Wir versuchen die Hilfsorganisationen zu überzeugen, die Arbeit im Süden nun endlich aufzunehmen. Wir beginnen mit Zonen, in denen die Sicherheit gewährleistet ist, und weiten sie dann Schritt für Schritt aus. Der Nordatlantikpakt hat erkannt, daß er mehr tun muß für den Wiederaufbau. Wir müssen den Afghanen beweisen, daß es ihnen ohne die Taliban bessergeht. Das ist eine bessere Strategie als Krieg. Der Berichterstatter fragt, ob das Problem nicht in der Struktur des Wiederaufbaus liege: daß ein Großteil der Hilfsgelder die Afghanen nicht erreicht. Ja, sagt der Brigadegeneral. Und die Powerpointpräsentationen? Werbefernsehen, winkt der Colonel ab. Die vielen zivilen Opfer – laufen sie nicht dem Ziel zuwider, die Herzen und Köpfe der Afghanen zu gewinnen? Wir wissen, daß jeder getötete Zivilist uns hundert neue Feinde schafft, sagt der Brigadegeneral und fährt mit einem Anflug von Erregung fort: Wir machen Fehler. Wir wissen genau: Afghanistan ist militärisch nicht zu gewinnen. Wir brauchen nicht unbedingt mehr Ressourcen fürs Militär, aber für zivile Projekte. Für den Wiederaufbau ist Sicherheit die Voraussetzung. Die Frage ist berechtigt, warum in den Jahren, als wir im Süden noch keine gravierenden Sicherheitsprobleme hatten, sowenig in den Wiederaufbau investiert wurde. Wo wäre Afghanistan ohne den Krieg im Irak? Tja, seufzt diesmal der Colonel, was soll ich sagen, das ist eine eigene Diskussion, ob der Irakkrieg richtig war, aber für Afghanistan kann ich soviel sagen, daß wir natürlich weiter wären. Ich kann es nicht bemessen, aber wir wären weiter. Gleichwie, hier ist nicht der Irak – »this war is winneable«. Die größte Sorge, fährt der Brigadegeneral fort, die größte Sorge, die wir haben, ist, daß irgend etwas passiert, was die Aufmerksamkeit der internationalen Gemeinschaft auf sich zieht, und Afghanistan ein weiteres Mal vergessen wird. Das Gespräch dauert länger als geplant. Es war wirklich interessant, mit Ihnen zu sprechen. Vielleicht sehen wir uns zu einem Drink im Offiziersclub wieder.

Als der Berichterstatter in drei Sätzen den Roman skizziert, den ich schreibe, erwähnt der deutsche Presseoffizier, daß sein Schwiegervater vor vier Wochen gestorben sei, zehn Tage, nachdem er zum Schwiegervater geworden war. – Du hast letzten Monat geheiratet? Die Obduktion ergab nur die Natürlichkeit des Todes, nicht die Ursache. Die Flitterwochen waren natürlich beendet. Schau mal, das ist sie.

Am 29. November sähe er um 0:21 Uhr das Tagwerk durch, wenn der Photograph nicht die Mitteilungen aus dem Archiv wiederaufgenommen hätte, jetzt Vietnam, vorhin die Mongolei, auf die ihn die Verpflegung der Soldaten gebracht hat beziehungsweise die Frage, ob *No local food at any time* tatsächlich eine Vorschrift ist wie die Desinfizierung der Hände vor jeder Mahlzeit und nach jeder Patrouille, eine ausdrückliche, mit einem Paragraphen versehene, in Vorbereitungsseminaren eingebleute Vorschrift, als ob Afghanistan giftig sei, oder nur ein Spruch, den alle auf den Lippen führen, eine goldene Regel vietnamgestählter GIs, darin war sich der Berichterstatter nicht sicher, da er mittags *local food* bemerkt zu haben meinte, was der Photograph allerdings für abwegig hielt, so daß sie auf die, nein, nicht auf die Mongolei, so daß sie auf etwas kamen, das sie auf die Mongolei brachte, eine Landung zwischen der Kantine und der Mongolei, vergleichbar der Zwischenlandung in Urgensch, die allerdings zwei Tage dauerte und nicht nur zwei Sekunden. Während der Photograph im Geist die israelische Mauer entlangläuft, fragt sich der Berichterstatter, wo sie zwischen der Kantine und der Mongolei gewesen waren. – Etwas mit Ananas? fragt der Photograph zurück, den der Berichterstatter unterbrochen hat. – Ananas, ja, Ananas, aber was war mit der Ananas? – Du interessierst dich gar nicht für meine Geschichten, seufzt der Photograph, der gemerkt hat, daß der Berichterstatter tippt statt zuzuhören. – Ich höre dir sehr wohl zu, während ich tippe, entgegnet der Berichterstatter. – Tauche ich etwa in deiner Reportage auf? fragt der Photograph. – Höchstens auf den Waschzetteln, wie ich manchmal versehentlich an deinen Bildrändern. – Die will ich aber auch sehen, sagt der Photograph prompt, dessen Mitteilungen, die nicht aufhören, inzwischen bei *Sodom und Gomorrha* angelangt sind. Es ist nämlich nicht nur so, daß der Berichterstatter tippt, während der Photograph spricht. Der Photograph selbst liest Marcel Proust, während er spricht, und ist soeben auf einige Sätze gestoßen, die den angeblich schwulen deutschen Diplomaten charakterisieren würden, der im Zimmer nebenan übernachtet. Beide haben zu viele Eindrücke, um bei einem einzigen zu bleiben. – Ich werde dir in meinem Testament meine Festplatte vermachen, verspricht der Berichterstatter. – Das ist zu spät, murrt der Photograph, ich will vorher an den Speck. Die beiden sitzen sich in einem hellgekachelten Zimmer des Hauptquartiers der Internationalen Truppen in Afghanistan auf ihren unbezogenen Eisenbetten gegenüber und reden bei Flutlicht über

Proust und ob der deutsche Diplomat, der vorhin angeklopfte, wirklich scharf auf den Berichterstatter ist, wie der Photograph behauptet. – Mein Arbeitstag ist noch nicht zu Ende, beendet der Berichterstatter alle Spekulationen und fährt endlich mit dem Bericht fort, den ich erstatte: Er ist Gast des Nordatlantikpakts, der in Afghanistan das Kommando über die Internationalen Truppen stellt, derzeit 32 500 Soldaten. Aus ihrer Perspektive blickt er auf das Land. Das ist neu für den Berichterstatter, aber üblich geworden für den Journalismus, auch wenn es nicht üblich ist, das zu erwähnen. Afghanistan ist nicht der Irak. Er hätte mit einer zivilen Maschine einreisen und sich als Ausländer im größten Teil des Landes frei bewegen können. Die Sicherheitslage ist nicht so prekär, daß man als Zivilist eine Montur tragen müßte, die von außen wie der Anzug eines Astronauten anmutet und sich von innen so schwer anfühlt. Von Afghanen freundlich empfangen zu werden, dürfte noch immer (oder wieder) die Regel sein. Aber wer beobachten möchte, wie sich das Selbstverständnis des Imperiums seit dem Zusammenbruch der Sowjetunion verändert hat, sollte nicht nur von außen auf die gepanzerten Fahrzeuge blicken, mit denen der Westen durch immer mehr Länder fährt, um deren Ordnung zu bewahren oder wiederherzustellen. ISAF steht auf den Uniformen der Soldaten, *International Security Assistance Force*, darunter in arabischen Lettern der Schriftzug in der Landessprache Dari: *komak o hamkâri* – »Hilfe und Zusammenarbeit«. Wer mit dem Nordatlantikpakt in Afghanistan unterwegs ist, muß dessen Konzept nicht weniger kritisch sehen, die humanitäre Hilfe als Teil der militärischen Strategie zu behandeln, die darauf zielt, den Truppen ein sicheres Umfeld zu sichern und Informationen zu sammeln. Er kann der Inflation mißtrauen, die dem Begriff »humanitär« zuteil geworden ist (bis hin zu den »humanitären Bomben«, die ein NATO-Sprecher auf den Kosovo fallen sah). Aber auf der persönlichen Ebene entwickeln sich Verständnis und hier und dort sogar Bewunderung, wie es der Berichterstatter vor der Reise nicht für möglich gehalten hätte. Er hat nicht nur offizielle Gespräche und sogenannte *briefings*. Die meiste Zeit ist er bloßer Beobachter, in Militärflugzeugen, in Panzerwagen, in Kantinen und provisorischen Bars, auf den Straßenpatrouillen im Rücken der Soldaten, in Zelten und Wartehallen. Überhaupt das Warten: Mit dem Militär zu reisen, lehrt wahrscheinlich besser als jedes Meditationsseminar Geduld. Und nirgends lernt er die Soldaten besser kennen, als wenn er stunden- oder tagelang mit ihnen wartet. Es wird Soldaten geben, die dem Klischee des Rambos entsprechen, allein, der Berichterstatter trifft sie nicht an. Statt dessen trifft er junge deutsche Rekruten, die ihren persönlichen Auftrag, den Menschen in Afghanistan zu helfen, so klar, reflektiert und glaubwürdig formulierten, wie es keinem Werbefilm der Bundeswehr je gelänge. Er trifft keinen Offizier, dem er erklären müßte, daß man Herzen und Gemüter einer Bevölkerung nicht gewinnt, indem man Bomben über sie abwirft. Statt dessen hört er allerorten Kritik an den Amerikanern, die mit ihren Durchsuchungen, Bombardements und willkürlich scheinenden Verhaftungen das Ansehen und damit die Sicherheit der übrigen Soldaten gefährdeten. Dabei beteuern auch die Amerikaner in Gesprächen, daß sie doch nur helfen wollten. Als er das erste Mal nach Afghanistan geschickt worden sei, sagt der First Sergeant, der sich ehrlich zu freuen scheint, als er den Berichterstatter in der Kantine des Hauptquartiers wiedersieht, habe er gedacht, er komme für eine militärische Operation. Aber bald habe er gemerkt: Das Zivile sei viel wichtiger. Erfolg und Mißerfolg ihrer Mission würden sich im humanitären Bereich entscheiden. Das sei für ihn der Grund gewesen, weshalb er gern zum zweiten Mal in Afghanistan Dienst leiste: weil es ihn erfülle zu sehen, wie er konkret helfen könne. Es sei doch selbstverständlich, daß man als Mensch lieber helfe als kämpfe. Der First Sergeant hat nichts Martialisches an sich. Im hellen Gesicht, auf dem sich rote Äderchen abzeichnen, trägt er stets ein gutmütiges Lächeln unterhalb des blonden Schnurrbarts, und wenn er den Helm ablegt, zieht er einen Schlapphut auf. Mit Augen, die plötzlich aufleuchten, berichtete der First Sergeant von den afghanischen Dörfern, in denen seine Kompanie medizinische Hilfe geleistet habe, von den Gesprächen mit den Dorfältesten, von den Frauen und Kindern, die gelacht hätten. Er berichtet allerdings auch von dem Mullah, der einige Tage nach ihrem Besuch von den Taliban gehängt worden sei. Danach seien die Frauen in dem Dorf nicht mehr zu ihren Ärzten gekommen. Der Berichterstatter wendet ein, daß die Afghanen das amerikanische Auftreten offenbar immer negativer wahrnähmen, und fragt, ob er ihren Unmut nachvollziehen könne. – Ja, sagt der First Sergeant. Wenn wir mit unseren Autos unterwegs sind, müssen wir aus Sicherheitsgründen immer sehr schnell und rücksichtslos fahren. Ich würde mich als Afghane auch darüber ärgern. Der Berichterstatter sagt, daß er nicht das Verkehrsverhalten, sondern die vielen zivilen Opfer meine; ob ihm das als Soldat Gewissensbisse bereite. – Mein ultimativer Alptraum ist es, daß ein Kind mit einer Spielzeugpistole auf mich zielt. Ich glaube nicht, daß ich dann schießen würde. – Aber die Luftangriffe, setzt der Berichterstatter nach. Ein Dorf von oben zu bombardieren sei doch etwas völlig anderes, als vor jemandem zu stehen, der mit einer Waffe auf einen zielt. Mit 2095 Angriffen von Juni bis September 2006 hat die amerikanische Luftwaffe mehr Einsätze gehabt als jemals zuvor in Afghanistan. Zum Vergleich: Im Irak fanden im gleichen Zeitraum 88 Luftangriffe statt. – Glauben Sie mir, das ist jedesmal eine unendlich schwierige Entscheidung, einen Luftangriff anzuordnen, sagt der First Sergeant. – Und was geht Ihnen durch den Kopf, wenn sich die Entscheidung als falsch herausstellt? – Ich weiß auch nicht, wie man das rechtfertigen soll, antwortet der First Sergeant. Aber nach einer kurzen Zeit des Schweigens führt der First Sergeant auch die Luftangriffe wieder auf eine Situation der Selbstverteidigung zurück. Man sei eben angegriffen worden. – Als Soldat weiß ich, daß es Situationen geben kann, in denen meine Kompanie auch mich im Stich lassen könnte, wenn meine Rettung zu gefährlich wäre. Es gibt Situationen, in denen man einige Menschen opfern muß, um viele zu retten. Der Photograph ist über *Sodom und Gomorrha* eingeschlafen. Der Berichterstatter stellt den Wecker so, daß er jede Minute Schlaf ausschöpft. Nach der Gnädigen Frau, die sich über eine Kurzmitteilung aus Kabul vielleicht freuen würde, hat der Freund sich kein einziges Mal erkundigt. Der Moderator im Rundfunk, der Koranlehrer in Leiden, der Soziologe in Frankfurt, die Eltern, der Onkel?

Am dritten Tag verabschiedet sich der Berichterstatter per Handschlag von den beiden Presseoffizieren, die ihn bis zum Tor des Militärlagers begleitet haben. Sie machen sich Sorgen, weil sie für seine Sicherheit verantwortlich sind, und zugleich neugierig, was er nach der Rückkehr ins Raumschiff erzählen wird, das sie wie alle Angehörigen des Nordatlantikpakts nur im Militärkonvoi verlassen dürfen. Aus Angst, zuviel zu zahlen, entfernt der Berichterstatter sich hundert Meter, bevor er ein Taxi nimmt. Er will den Kopf frei kriegen von den persönlichen Geschichten der Soldaten. Er glaubt ihnen, daß sie es gut meinen. Aber er will verstehen, warum es nicht gut läuft. Der erste Eindruck ist von trostloser Normalität: Verkehrsstau, Trümmer, einfachste Betonverhaue statt Häuser, Armut. Keine Bäume, keine Cafés, kein Lachen. Die einzigen, die in Kabul verweilen, sind Krüppel und die offenbar unvermeidlichen Kinder, die sich Klebstoff vor die Nase halten. Aber auch viele Frauen sind auf den Straßen zu sehen, ohne Burkas, Schulkinder, Mädchen und Jungen. Doch, die Schulkinder, sie lachen. Man muß den Blick auf die Schulkinder heften, um in Kabul nicht depressiv zu werden. Wer hingegen in alten Reiseberichten gelesen hat, wie die Stadt vor fünfhundert, vor fünfzig und noch vor fünfundzwanzig Jahren aussah, wird seines Tages nicht mehr froh. Kabul war einmal ein Garten. Hier gediehen Trauben, Granatäpfel, Aprikosen, Äpfel, Quitten, Birnen, Pfirsiche, Pflaumen und Mandeln, wie Kaiser Babur 1501 in seinen Memoiren vermerkte. Die ganze Pracht Indiens, das er eroberte, wog die dreiunddreißig Sorten wilder Tulpen nicht auf, die in Kabul blühten. Nüsse gab es im Überfluß, und der Wein war berauschend. Noch Bouvier fand 1954 ein Kabul vor, das »dem von Babur gezeichneten Bild einer wunderbaren Stadt« nahekam. Und der Polyglott-Führer von 1974 versprach dem Reisenden »einzigartige Eindrücke, die kein anderes Land in dieser Vielfalt vermitteln kann«. Gut ausgebaute Straßen und ein dichtes Binnenflugnetz erleichterten das Reisen. Die neue Zeit dokumentierte sich in modernen Marmor- und Zementbauten sowie in Glasfassaden. Bedauerlich sei nur, klagt der Polyglott, daß Kabul ein Dorado für Drogensüchtige geworden sei, die dem Ansehen der Europäer erheblich geschadet hätten. Hippies stellen in Afghanistan heute kein Problem mehr dar. Im Gegenteil: Heute exportiert Afghanistan seine Probleme. Fünf Jahre nach dem Sturz der Taliban vermelden Fachleute der Vereinten Nationen, daß nie zuvor auch nur annähernd so viel Mohn angebaut worden sei wie unter den Augen des Nordatlantikpakts, 92 Prozent des Opiums auf der Welt. Das Wirtschaftswachstum, das Afghanistan aufweist, verdankt es nur zum kleineren Teil dem Wiederaufbau; zum größten Teil sind die neuen Villen, Bürogebäude und Einkaufszentren, die es in Kabul auch zu sehen gibt, aus Drogengeschäften finanziert. Und der Milizenführer, der in Afghanistan für die Drogenbekämpfung verantwortlich ist, gilt selbst als einer der größten Drogenbarone des Landes.

Der ausländische Berichterstatter begleitet eine einheimische Journalistin ins Parlament, die mit einem schiitischen Geistlichen aus der sogenannten »Reformfraktion« zum Interview verabredet ist. Der Geistliche verlangt Rechtsstaatlichkeit und den Schutz von Minderheiten. Die Verfassung müsse dafür nicht geändert, sondern nur angewandt werden. – In diesem Augenblick, da ich zu Ihnen spreche, sagt der Geistliche der Journalistin und blickt ihm betroffen in die Augen, werden achtzig Prozent aller Angelegenheiten in diesem Staat nach Maßgabe von Beziehungen, nicht von Gesetzen geregelt. Afghanistan sei ein islamischer Staat, aber die Theokratie in Iran nicht dessen Modell. Auf die Frage, ob das Parlament das afghanische Volk repräsentiere, antwortet der Geistliche, daß bei der Wahl zwar nicht alles korrekt gelaufen sei, das Ergebnis aber grundsätzlich dem Votum des Volkes entspreche. – Wir wehren uns gegen die pauschale Kritik am Parlament, wendet sich der Geistliche gegen die Vorwürfe der Taliban: Von der Zerstörung des Parlaments profitieren nur die Feinde Afghanistans, innerhalb und außerhalb des Landes. Was der Geistliche sagt, klingt vernünftig. Nur hat der Berichterstatter keinen Hinweis herausgehört, wo der Geistliche politisch steht, ob im nationalen oder religiösen Lager, ob in der Opposition oder die Regierung. Kein Wunder, sagt die Journalistin nach dem Interview, die Fraktionen verkündeten alle dasselbe. Alle seien jetzt für Reformen, die Technokraten, die die Regierung bilden, die »Demokraten«, als die sich die ehemaligen Kommunisten zusammenfinden, und die alten Islamisten, die sich als erste den Namen Reformer gesichert haben. Gestern habe sie einen Altkommunisten interviewt, dessen Aussagen identisch waren mit denen des Islamisten, absolut identisch – für Rechtsstaatlichkeit, gegen Korruption, für Demokratie, gegen Vetternwirtschaft. Aber mit dem Geistlichen würde der Altkommunist sich niemals zusammentun – nicht weil er andere Ansichten habe, sondern weil er einem anderen Lager angehöre. Inhalte interessierten niemanden. Der Berichterstatter fragt die Journalistin, ob die Schwierigkeiten im Parlament, die sie beobachte, nach beinah drei Jahrzehnten des Kriegs nicht natürlich seien. Immerhin gebe es jetzt ein Parlament, das Schwierigkeiten bereite. Die Journalistin gibt dem Berichterstatter prinzipiell recht, kommt aber auf wachsenden Einfluß der Islamisten zu sprechen und die Hilflosigkeit der nationalen Regierung gegenüber Provinzfürsten und westlichen Generälen. Außerdem stünden in jedem anderem Land Kriegsverbrecher vor Gericht. In Afghanistan aber säßen sie im Parlament und erwiderten auf Fragen nach den tausendfachen Morden, die ihnen zur Last gelegt werden, daß im Krieg niemand Süßigkeiten verteile. – Aber ist es nicht ein Fortschritt, wenn sie sich nun Demokratie wenigstens auf die Fahnen geschrieben haben? fragt der Berichterstatter nochmals. Das sage doch auch etwas über die Wirklichkeit Afghanistans aus, wenn alle plötzlich von Frieden und Menschenrechten sprechen, um Wahlen zu gewinnen. Vielleicht veränderten die Parolen langfristig auch die Politik. – Das mag sein, aber sehr langfristig, meint die Journalistin. – Gibt es eine Alternative? – Nein. Es gibt keine Wahl. Entweder diese korrupte Regierung überlebt dank der Unterstützung des Westens oder wir haben Taliban und Krieg.

Die ganze Zeit fragt der Berichterstatter sich, woran die abendlichen Versammlungsorte der westlichen Expedition ihn erinnern. Erst jetzt geht es ihm auf: Die Teehäuser der Türken im eigenen Viertel, die sich nach fünfzig Jahren immer noch im Außendienst wähnen, sehen ebenfalls wie Turnhallen aus, die Dekoration gerade genug, daß dem Vorhaben formal Genüge getan ist, sich zu vergnügen, in Kabul Girlanden und deutsche Bierwerbung, in Köln die Wasserpfeife im Schaufenster, die niemand raucht. Es ist nicht mehr das Lagerfeuer, sondern die Hütte, in der die ersten Siedler die Stunden zwischen Abendessen und Schlaf verbrachten. Man sitzt nicht mehr auf dem Boden, aber die Stühle, die um die billigen Tische stehen, sind beim Nordatlantikpakt in Kabul und den Türken in Köln stapelbar, um sie schnell wegzuräumen, will man verschwinden.

Warum Afghanistan nicht oder nur so quälend langsam vorankommt, zeigt sich anschaulich dort, wo es am schnellsten gehen müßte: auf der nagelneuen Autobahn von Sar-e Paul nach Schibergan im Norden des Landes. Im Wahlkampf hatte der Kandidat der internationalen Gemeinschaft der Bevölkerung der nördlichen Provinzen den Bau einer zehn Meter breiten Schnellstraße versprochen. Der amerikanische Botschafter, der den Kandidaten begleitete, sagte die Finanzierung der Autobahn für den Fall zu, daß die Afghanen den richtigen Präsidenten wählten. Der Kandidat gewann die Wahl, und die staatliche amerikanische Hilfsorganisation bewilligte fünfzehn Millionen Dollar für den Bau. Das Geld wurde an ein Büro der Vereinten Nationen überwiesen, die zur Beratung einen amerikanischen Konzern einschalteten. Der Auftrag selbst ging an eine türkische Firma, die wiederum eine afghanisch-amerikanische Firma als Subunternehmer engagierte. Jede dieser Firmen strich eine üppige Provision ein. Allein vier Millionen Dollar kostete die Unterkunft der ausländischen Angestellten und die Einfuhr der technischen Geräte. Für den Bau selbst blieb dann nicht mehr viel Geld übrig. Dabei fielen die Löhne für die afghanischen Bauarbeiter kaum ins Gewicht, bei neunzig Dollar monatlich für zehn reguläre Arbeitsstunden am Tag, siebenmal die Woche, ohne Urlaub oder Krankenversicherung. Als der Arbeiter Mohammad Nassim sich bei einem Unfall auf der Baustelle tödlich verletzte, blieb es seinen Kollegen überlassen, für die Familie, die ihren Versorger verloren hatte, etwas Geld und Nahrungsmittel zu sammeln. Aber das hätte in Afghanistan kaum jemanden erregt. Verblüfft waren die Afghanen, als sie die neue Autobahn erstmals befuhren. Bereits bei ihrer feierlichen Eröffnung hatte der Straßenbelag so viele Löcher und Risse, daß er mehr aus Schotter als aus Asphalt bestand. Überall sieht man Autos, die mit einer Reifenpanne oder einer zerbrochenen Windschutzscheibe den Verkehr blockieren. Weil aus Geldmangel zwei Meter eingespart werden mußten, fehlt der Autobahn der Standstreifen. Auch an Nothaltebuchten hat keiner der ausländischen Konstrukteure gedacht. Die vielen Fahrradfahrer, die vorher auf dem Seitenstreifen fuhren, müssen nun entweder zu Hause bleiben oder sich zwischen die Autos zwängen. Tröstlich ist für sie, daß die Autos auf der Autobahn kaum schneller fahren als auf der alten Staubpiste. Bei Beschwerden verweist die Provinzregierung die Verkehrsteilnehmer nach Washington. Sie selbst hatte keinerlei Mitsprache bei dem Bau und fühlt sich nicht verantwortlich für dessen Instandsetzung. Aber Achtung, es wird noch absurder: Einige Zeit nach der »Fertigstellung« gruben einige Anwohner einen Graben mitten durch die Straße. Rechtzeitig vor der Regenzeit versuchten sie so, einen Abflußkanal zu schaffen. Wegen Beschädigung öffentlichen Eigentums wurden sie verhaftet. Der Dorfälteste verteidigte die Festgenommenen. Die Dorfbewohner hätten sich über die neue Straße gefreut, sagt er, aber nicht darüber, daß ihre Häuser im Winter überflutet würden. Er verlangte den Bau eines Abflußrohrs. Die Baufirma verwies auf einen obskuren und kaum je angewendeten Paragraphen im afghanischen Verkehrsgesetz, wonach kein Gebäude näher als dreißig Meter an einer Autobahn stehen dürfe. Aber die Häuser waren doch vor der Straße schon da, wandten die Dörfler ein. Als sie merkten, daß Logik nicht hilft, gruben sie zwei Monate später einen neuen Graben mitten durch die Straße.

Als der Photograph bei der Fahrt rund um Bagram zum ersten Mal aussteigen darf, um in Anwesenheit von vier Presseoffizieren Photos von der Wüste zu machen, in der sich das Schicksal der Weltsicherheit im einundzwanzigsten Jahrhundert entscheiden wird, löst er eine Alarmsirene aus. Wie Gott aus dem Himmel weist eine Stimme den Fahrer an, den Motor auszuschalten, und wie ein Engel erscheint, steht urplötzlich ein Wachmann, der zwei Maschinengewehre trägt, vor dem Panzerwagen, als bestünde Fluchtgefahr. Er ist Bassist, teilt der Wachmann dem Berichterstatter freundlich mit, mehr Jazz als Klassik, und froh, daß nach der Rückkehr sein Musikstudium beginnt. Anders als die amerikanische Presseoffizierin hat er auch schon von Alexander dem Großen gehört. Daß der Eroberer sein Hauptquartier genau hier hatte, wo heute Bagram liegt, erstaunt ihn allerdings sehr: Alexander der Große war in Afghanistan? Ja, sagt der Photograph, schon Alexander war in Bagram und wurde vernichtend geschlagen, wie übrigens alle Eroberer nach ihm. – Keine Ahnung, bescheidet der Wachmann die Presseoffizierin, die wissen möchte, warum der Photograph die Alarmsirene ausgelöst hat, man dürfe sich doch wohl noch die Landschaft anschauen. Eine halbe Stunde später fährt ein weiterer Panzerwagen vor. Der schwarze Offizier, der aussteigt, führt einen halben Cookie mit sich, kein Maschinengewehr. Andere rauchten Zigaretten, er esse Cookies, erklärt er, als er den dritten Cookie zu knabbern beginnt. Nein, den Grund für den Alarm kenne er auch nicht, empfehle aber jedem, die Finger von Zigaretten zu lassen. Eine weitere Stunde später fährt ein dritter Panzerwagen vor. Die hochgewachsene Blonde, die aussteigt, trägt dunkle Sonnenbrille, Jeans, Turnschuhe, weißes, bis über den Brustansatz offenes Hemd, Lederjacke. Breitbeinig stellt sie sich wie vor unartigen Kindern auf, Hände in die Hüften. Der Ton schlägt um. – Welcher von denen ist der Kerl? schnauzt sie ihre Landsleute an. Wie Petzer in der Schule zeigen sie auf den Photographen, dem die Blonde dreißig Sekunden Zeit gewährt, den Film auszuhändigen. – Es ist der falsche Augenblick für eine Diskussion, murmelt der deutsche Presseoffizier in seiner Muttersprache. Bevor die Besucher die Rundfahrt fortsetzen dürfen, werden die Papiere überprüft und alle Namen und Daten notiert, auch die der vier Presseoffiziere und der sechs britischen Bewacher, die aus dem Hauptquartier mitgekommen sind nach Bagram, wo dreitausend amerikanische Soldaten, fünftausend Zivilisten und zweitausend afghanische Tagelöhner wie in einer Kleinstadt leben, die auch im Mittleren Westen der Vereinigten Staaten stehen könnte, aber genausogut auf dem Balkan, in Afrika oder im Irak: eine Shoppingmall mit allen Segnungen des amerikanischen Marktes, Post, Bank, Sportstudio, Friseure, Beauty und Spa Shop, Volkshochschulkurse, ein Fachgeschäft für Orientteppiche, die einschlägigen Hamburger-, Pizza- und Kaffeeketten, sogar Bushaltestellen, nur daß die Bewohner sich auf dem Bürgersteig militärisch grüßen. Lustig sieht das aus, wenn der Bürgersteig belebt ist, beinah wie im Zeichentrickfilm: Hand hoch runter hoch runter hoch. Noch seltsamer sind im Sportdreß die Jogger, die dennoch das Maschinengewehr auf dem Rücken tragen und den militärischen Gruß ebensowenig auslassen. Afghanistan wird im sogenannten »Yurta-Tent« aufgeführt, in dem zwei Kirgisinnen Souvenirs *made in China* verkaufen: »We give a percentage of our annual sales directly to foundations that inspire messages of hopes for our continued freedom.« – Für mich ist der Tag auch nicht zu gebrauchen, sagt der Berichterstatter auf der Rückfahrt. – Nicht einmal die Blonde? fragt der Photograph, dessen Tag beschlagnahmt worden ist. – Wäre nur die Entsprechung zum bärtigen Fundamentalisten mit Faust und Koran. Einfühlung bedeutet nicht Kritiklosigkeit, aber es bedeutet Verständnis, und in dem Moment, in dem man etwas zu verstehen beginnt, beginnt man die Gründe nachzuvollziehen für das, was man vielleicht immer noch falsch findet, und wenn man die Gründe nachvollziehen kann, ist man schon nicht mehr so sicher, ob man nicht genauso denken und handeln würde, wenn … und so weiter. Das ist notwendig, um zu berichten, ein mimetischer Vorgang. – Allenfalls erwähne ich den Hummer. – Auf dem Rückflug nehmen sie vielleicht die Gefangenen mit nach Kuba. – Das wäre wenigstens einmal effizient.

Der kleine Konvoi hält an der Paßbehörde von Kabul, weil der Photograph seinen Aufenthalt verlängern möchte. Vielleicht billigten die Presseoffiziere den Abstecher, um zu zeigen, daß der Nordatlantikpakt und die Afghanen völlig normal miteinander umgingen und es kein Problem sei, spontan die Paßbehörde aufzusuchen. Allein, nichts an dem Vorgang ist normal. Je zwei Presseoffiziere und zwei Soldaten steigen in ihren Astronautenanzügen aus der Kapsel, um den Photographen zu begleiten, der ebenfalls Helm und Schutzweste tragen muß. Sofort macht sich unter den Afghanen vor der Paßbehörde Unruhe breit. Nicht daß sie aggressiv wirken, im Gegenteil, eher scheinen sie sich zu fürchten, halten erkennbar Abstand und entfernen sich rasch von der Tür, auf die die Astronauten mit *salam*, *salam*-Rufen zusteuern, um sich nach dem richtigen Amtszimmer zu erkundigen. Es ist wirklich keine dankbare Aufgabe für eine schwer bewaffnete, mit Headset, Helm, Sonnenbrille und Schutzweste ausgestattete Gruppe junger Europäer in Kampfanzügen, auf Einheimische freundlich zu wirken. Die Soldaten bemühen sich redlich, das sieht der Berichterstatter aus dem Panzerwagen, aus dem er nicht aussteigen darf, lächeln angestrengt, werfen die Maschinengewehre demonstrativ hinter den Rücken, halten die Handflächen beschwichtigend nach unten, die Tollkühnen nehmen sogar *salam, salam* rufend ihren Helm ab. Und wirklich bildet sich ein kleiner Pulk von Afghanen, die herauszufinden versuchen, was die Astronauten wollen, die an eines nicht gedacht haben: an einen Übersetzer. Schließlich stand der Abstecher zur Paßbehörde nicht auf ihrem Tagesplan. Der Berichterstatter sieht, daß er gebraucht wird, und steigt aus, ohne den verbliebenen Presseoffizier um Erlaubnis zu fragen. Als er auf die Astronauten und die Afghanen zugeht, merkt er, daß er an eines nicht gedacht hat: an die Schutzweste und den Helm. So unangenehm ist es ihm, Kabuls Straßen, auf denen ihm tags zuvor nur Gastfreundschaft begegnete, plötzlich in militärischer Ausrüstung zu betreten, daß er sofort kehrtmacht und Schutzweste und Helm in den Panzerwagen reicht. Dann kommt er den übrigen Astronauten, die überaus dankbar sind, endlich zu Hilfe und erfährt, daß sie vor der falschen Behörde angehalten haben. *Chodâ hâfez*, rufen die Afghanen ihnen nach: Gott schütze Sie.

Am letzten Abend fährt der Berichterstatter zu einem Protokollanten des afghanischen Parlaments, der sein Geld mit einer Wäscherei im sowjetischen Viertel Kabuls verdient. Was von der Mittelschicht übrigblieb, lebt dort in Plattenbausiedlungen. Der Taxifahrer hat Mühe, die Adresse zu finden, weil es nirgends Beleuchtung gibt: keine Straßenlaternen, keine Reklameleuchten, nicht einmal in den Häusern brennt Licht, allenfalls hier und dort einzelne Lichter, die flackern, sonst nur die Autoscheinwerfer. Aber Autos fahren um die Zeit, neun Uhr abends, nur wenige – wohin auch, wenn es keinen Strom gibt und damit kein öffentliches Leben. Fünf Jahre nach dem Sturz der Taliban funktioniert in der Millionenstadt Kabul die Elektrizität noch immer nur drei bis vier Stunden täglich. Die Wasserversorgung ist erbärmlich, die Kanalisation eine Kloake. Immer wieder hat der Besucher von NATO-Offizieren gehört, daß Sieg und Niederlage ihrer Mission sich nicht auf dem Gefechtsfeld, sondern im humanitären Bereich entscheiden. Na dann, gute Nacht, denkt er, als er durch Kabuls menschenleere Straßen fährt, mitten durch teichgroße Pfützen, überholt von rasenden 4-Wheel-Drives mit westlichen Insassen, vorbei an riesigen, stockdusteren Zeltstädten, in denen Flüchtlinge im fünften Jahr campieren, vorbei an französischen Restaurants und nagelneuen Villen, in denen Ausländer und neureiche Afghanen Strom und Warmwasser aus privaten Versorgungsanlagen beziehen und per Satellitenstandleitung vierundzwanzig Stunden täglich mit der Welt verbunden sind. An sich wäre *nation-building* eine prima Idee. Praktisch heißt es, daß der Wiederaufbau die Wirtschaft der Geberländer stärkt. Die Vereinigten Staaten etwa vergeben Aufträge an amerikanische Großkonzerne, die sich nicht durch die günstigsten Angebote, sondern die besten Lobbyisten, engsten Kontakte und höchsten Wahlkampfspenden hervortun. Die Konzerne wiederum engagieren Subunternehmer, die ihrerseits Subsubunternehmer engagieren. Das meiste Geld bleibt schon einmal als Profit zwischen den Unternehmen hängen. Nachzuweisen haben die Auftragnehmer nicht den Fortschritt, sondern Photos vom Fortschritt, die Berichterstattern und Parlamentsausschüssen per Powerpoint vorgeführt werden können. Dabei sind die Defizite wohldokumentiert, nicht bloß in Berichten afghanischer und westlicher Nichtregierungsorganisationen. So hat der amerikanische Rechnungshof nachgewiesen, daß die eigene, nationale Hilfsorganisation Aufträge für Orte vergibt, die kein Mitarbeiter zuvor besucht hat, etwa für Straßen in isolierten Bergregionen, mitten durch Friedhöfe oder durch Schwemmebenen. Einige Vorhaben konnten auf Nachfrage nicht einmal auf Anhieb lokalisiert werden, und als die Plätze schließlich gefunden wurden, stellte sich heraus, daß es dort zu abgelegen oder zu gefährlich war, um lange zu bleiben. Der Rechnungshof hat außerdem bemängelt, daß einzelne Projekte wegen fehlender interner Kommunikation gleich zweimal vergeben und finanziert wurden. Aber selbst die Gelder, die Afghanistan schließlich erreichen, fließen größtenteils zurück in die Wirtschaft der Geberländer. Das Essen, das Management, die Konstrukteure, die Geräte, die Unterkünfte, Wachleute, sogar die Baumaterialien und oft die Arbeiter werden aus dem Ausland eingeflogen, genauso wie die meisten Nahrungsmittel und natürlich die Bequemlichkeiten wie Satellitenfernseher, Klimaanlage, Panzerwagen, Stromaggregat, die einem westlichen Ingenieur geboten werden müssen, damit er nach Afghanistan geht. Allein die Privatfirma, die mit der Ausbildung von Polizisten beauftragt ist, verfügt in Afghanistan über eine Flotte von dreihundert gepanzerten Land-Cruisern, jeder im Wert von hundertfünfzigtausend Dollar. Ein ausländischer Berater kostet durchschnittlich fünfhunderttausend Dollar – Hundertfünfzigtausend Dollar Gehalt, das übrige Geld für seine Sicherheit, die Lebenshaltungskosten und den Überschuß, den sein Unternehmen erwirtschaftet. Das importierte Wasser, das er trinkt, kostet mehr, als ein afghanischer Arzt verdient, im Schnitt drei Dollar täglich. *Nation-buildung* hat sich ähnlich wie der Wiederaufbau nach Naturkatastrophen zu einem regelrechten Industriezweig entwickelt, einer Goldgrube mit der entsprechenden Goldgräbermentalität: Geh ins Land, mach deinen Profit, steuerfrei, versteht sich, und tschüs. Das Ergebnis sind vielerorts Krankenhäuser, an denen vom ersten Tag an nur die Fassade heil ist, Schulen, die beim ersten Schnee einstürzen, Autobahnen, auf denen wenige Wochen nach ihrer feierlichen Eröffnung kein Asphalt mehr liegt, eine industrialisierte Landwirtschaft, in der sich viele Bauern nicht zurechtfinden und für die sie nicht ausgebildet wurden, so daß sie am Ende noch verzweifelter dastehen. Das Ergebnis sind mehr oder weniger erfolgreiche Einzelprojekte, neben Profitmachern auch viele Afghanen und Ausländer, die sich täglich bis zur physischen Erschöpfung um den Wiederaufbau bemühen, aber schwere Mängel in der allgemeinen Infrastruktur. Das Ergebnis ist, daß es unter den Taliban Strom gab und unter den Amerikanern nicht. Schließlich findet der Berichterstatter die richtige Hausnummer, klopft an die Fensterscheibe – und tatsächlich, der Protokollant des afghanischen Parlaments öffnet die Tür seiner Wäscherei, eine Petroleumlampe in der Hand: »Wie nach dumpfer Nacht im Purpurscheine / Der Pilote seinen Ozean, / Wie die Seeligen Elysens Haine / Staun' ich dich geliebtes Wunder! an.« Aus dem Nachbarladen holt der Protokollant Coca-Cola. Ein Tee wäre dem Berichterstatter lieber und viel billiger, aber ach ja, um einen Tee zu bereiten, braucht man Strom. – Wie machst du das mit der Wäsche bei drei Stunden Strom? fragt er den Protokollanten. – Na ja, der Laden ist den ganzen Tag geöffnet, sagt der Protokollant, aber ich muß mich beeilen, daß ich alles gewaschen bekomme in den drei Stunden. Manchmal nur fällt der Strom ganz aus, dann türmt sich die Wäsche. Der Berichterstatter fragt den Protokollanten nach seiner Arbeit im Parlament. Sie macht ihm Spaß. Politik hat er studiert, an der Universität Kabul, wo heute ebenfalls amerikanische Berater tätig sind. Das Studium war gut, sagt der Protokollant, sie hätten viel von den Beratern profitiert. – Und das Parlament? fragt der Berichterstatter: Wird dort ernsthaft debattiert, oder erweckt es nur den

Anschein von Demokratie? Der Protokollant denkt nach. Nein, sagt er dann, es werde schon ernsthaft debattiert, das sei nicht nur Show. Und es gebe neben den korrupten auch viele Abgeordnete, die es ehrlich meinten und sich für Afghanistan aufzehren. – Das heißt, du bist insgesamt schon glücklich, daß die Taliban weg sind. Der Protokollant schaut den Berichterstatter an und hält die flache Hand unter die Brust. Der Berichterstatter versteht nicht. – So lang war mein Bart, lacht der Protokollant, so lang – kannst du dir das vorstellen? Der Berichterstatter schaut in die Runde, wo inzwischen andere Verwandte des Protokollanten versammelt sind, der Bruder, der Cousin, zwei andere Neffen. Wie auf ein Zeichen halten sich alle die Hand unter die Brust und kichern mit dem Protokollanten. Gewiß hatte der Berichterstatter von den Bärten gehört, die unter den Taliban jeder Mann brustlang tragen mußte, aber wenn man in eine Runde freundlicher, glattrasierter Herren blickt, wird einem erst klar, was das bedeutet. Im Schimmerlicht der Petroleumlampe sehen sie mit ihren Schals, Mänteln und Mützen, die man im Kabuler Herbst auch zu Hause trägt, beinah aus eine wie eine Gruppe von Bergsteigern, die sich nach anstrengendem Aufstieg nachts in der Almhütte versammeln. Dann zählt der Protokollant die Strafen auf, die die Taliban verhängten: die Anzahl der Gefängnistage fürs Musikhören, die Anzahl der Peitschenhiebe für den fehlenden Bart, die Anzahl der Hinrichtungen wegen vorehelichem Geschlechtsverkehr. Später fragt der Berichterstatter den Protokollanten nach dem Loch im Schaufenster, das notdürftig mit Plastik überklebt ist. Vor ein paar Tagen ist jemand eingebrochen, sagt der Protokollant. Unter den Taliban konnte er nachts den Laden offenstehen lassen, da wäre nie etwas gestohlen worden. Jetzt gibt es nicht einmal jemanden, bei dem er eine Anzeige erstatten könnte. – Und die Polizei? Da fängt die Runde wieder an zu kichern.

Seit fünf Stunden wartet der Berichterstatter auf das Flugzeug. Vielleicht fliegt es um 12:30 Uhr ab, vielleicht später. Vielleicht heute, vielleicht morgen. »Man hat keine Eile, ein solches Land zu verlassen«, schrieb Nicolas Bouvier: Berechnete der Berichterstatter in Köln die Minute, die er später am Flughafen sein könnte, um den Flug gerade noch zu erreichen, vergeht mit dem Nordatlantikpakt die Zeit im Flug und steht sie gleichzeitig still. Unter normalen Umständen müßte der Berichterstatter die Reise verlängern. Aus dem Panzer hat er häufig genug geblickt; zu selten war der Blick auf den Panzer, deshalb der Entschluß des Photographen, in Kabul zu bleiben und über Peschawar auszureisen wie Afghanen. Die Umstände des Berichterstatters sind nicht normal, die Frau im vierten Monat. Doch, man hat Eile.

Seit dem Morgen sitzt er an dem kleinen, quadratischen Tisch, den der Befehlshaber des Luftgeschwaders Termez für Besprechungen in seinem Büro nutzt, und sieht die Aufzeichnungen der Reise durch, ergänzt hier und dort etwas anhand seiner Erinnerungen und der Archivmappe, nicht viel, weil er den Gestus nicht simulieren kann, nicht viel mehr als Politur. Vorhin hatte er den Eindruck, an diesem Ort, dem Luftgeschwader Termez unweit der afghanisch-usbekischen Grenze, in diesem schmucklosen Büro mit PVC-Boden, an diesem kleinen quadratischen Eisentisch mit furnierter Platte und aufgeklebter Inventarnummer verstanden zu haben, was er dem Präsidenten antworten müßte. Nicht, daß er sich auf der Reise Gedanken gemacht hätte, nicht, weil auf fünfhundert mal fünfhundert Metern alles deutsch ist, wirklich alles, das Essen, die Gegenstände, die Menschen, die Schriftzüge, die Verordnungen, die Sanitätswagen, die Zelte, der Kiosk, die Piktogramme, das Fernsehen, die Eckkneipe, das Bier, die Mülltonnen, sogar das Wetter, alles bis auf die Bäume und die Putzfrauen. Nein, gerade gab es eine Situation, in der ihm aufging, wie nah ihm Deutschland geworden ist mit seinen Mülltrennungsprinzipien selbst im afghanisch-usbekischen Grenzgebiet und den Pflichtsätzen über die Innere Führung, in der ihm aufging, daß er dem Deutschland gern angehört, dem Haffner die Treue hielt, indem er es verließ. Es ist kein Fleck auf der Landkarte. Es ist ein geistiges Gebilde mit spezifischen Zügen: »Humanität gehörte dazu, Offenheit nach allen Seiten, grüblerische Gründlichkeit des Denkens, ein Niezufriedensein mit der Welt und mit sich selbst, Mut, immer wieder zu versuchen und zu verwerfen, Selbstkritik, Wahrheitsliebe, Objektivität, Ungenügsamkeit, Unbedingtheit, Vielgestaltigkeit, eine gewisse Schwerfälligkeit, aber auch eine Lust zur freiesten Improvisation, Langsamkeit und Ernst, aber ebenso ein spielerischer Reichtum des Produzierens, der immer neue Formen aus sich herauswarf und als ungültige Versuche wieder zurückzog, Respekt für alles Eigenwillige und Eigenartige, Gutmütigkeit, Großzügigkeit, Sentimentalität, Musikalität, und vor allem eine große Freiheit: etwas Schweifendes und Unbegrenztes. Heimlich waren wir stolz darauf, daß unser Land, geistig, ein Land der unbegrenzten Möglichkeiten war.« Gewiß ist die Bundesrepublik nicht identisch mit dem Deutschland, das Haffner im Herzen trug. Schon gar nicht ist es die Bundeswehr. Aber es spricht für das Land, daß es sich in seiner kollektiven Erinnerung lieber mit dem Deutschland Haffners identifiziert als mit dem Deutschen Reich. Die iranische Armee hat kein Pflichtprogramm wie die Innere Führung, sondern Tod Amerika, Tod Israel, Tod den Heuchlern. Es spricht für die Bundeswehr, daß die Reise dem Presseoffizier die Sprache verschlagen hat. Ein Hoch auf die Soldaten, die vor einem Trupp turnschuhbesohlter Taliban Reißaus nähmen. Die schlachthungrigen Intellektuellen des Ersten Weltkriegs sind beinah vollständig vergessen, und wer von den großen Dichtern das Vaterland hochleben ließ, hat sich bereits in den zwanziger Jahren um so vehementer gegen die nationale Selbstüberhöhung ausgesprochen. Gottfried Benn oder Martin Heidegger mögen gelesen oder geliebt werden; aber mit Straßennamen oder Gedenkpreisen geehrt werden jene Deutschen, die sich dem Nationalismus widersetzten, wenn nicht zum Opfer fielen. Heute würde es niemand mehr öffentlich wagen, Sebastian Haffner die Flucht aus Deutschland vorzuwerfen, und befindet sich das Bundeskanzleramt in der Willy-Brandt-Allee 1. Hätte Haffner sich im Londoner Exil je träumen lassen, daß die Straße, in der Deutschland einmal regiert wird, nach einem deutschen Emigranten benannt ist? Der Befehlshaber des Luftgeschwaders Termez und der Berichterstatter aus Köln tippten gleichzeitig in ihre Computer. Ohne sich umzudrehen, fragte der Befehlshaber, wie man Expertise schreibt, mit ie oder mit i. – Mit i, antwortete der Berichterstatter, ohne aufzuschauen. Das war's, beide schrieben sie weiter. Ein hoher deutscher Offizier befragt ihn – als sei es das Natürlichste der Welt, schließlich ist dieser der Schriftsteller, der Berichterstatter der führenden Zeitung, der Profi –, befragt ihn, Sohn iranischer Einwanderer, zur deutschen Rechtschreibung. In der Gewöhnlichkeit dieser zwei Sekunden währenden Unterhaltung liegen die fünfzig Jahre, seit die Eltern in Deutschland eingewandert sind. Die Hymnen muß der Berichterstatter deswegen nicht lieben. Es ist 14:27 Uhr usbekische Zeit, der 2. Dezember 2006. In anderthalb Stunden soll er bereit stehen zum Einsteigen, genug Zeit, um den polnischen Presseoffizier wenigstens einmal im Tischfußball zu besiegen: Ab heute wird zurückgeschossen.

Die Aufnahmen von der Brust zeigen eine deutliche Veränderung. – Das ist gut, oder? fragt der Freund aus Köln bei der Zwischenlandung in Leipzig. – Das ist gut, antwortet der Bildhauer in München.

Daß in der ersten arbeitslosen Stunde, Sonntag vormittag während der Fahrt ins Bergische Land, der immer gleiche Nerv rechts neben dem Brustwirbel Alarm schlug, hatte die Frau vorausgesagt. Immer ist es so: Alles macht der Rücken mit, Schutzwesten, Feldbetten, Fußböden, Kälte, Wartesäle, Zugluft, kein Sport, aber wenn er endlich frei hat, legt er den Verkehr vor Freude lahm. An der nächsten Autobahnabfahrt kehrtgemacht, entließ das Opiat ihn zu Hause in den Schlaf. Der Fahrt nach Mainz, wo er dem Fernsehen am nächsten Montag wieder eine von den Meinungen verkaufte, die mehr einbringen als die vierseitige Reportage in der führenden Zeitung, hielt der Rücken wieder stand. Noch hätte der Handlungsreisende umkehren können, und alles wäre gewesen wie immer. So jedoch stürzte er auf offener Bühne so tief in die Verzweiflung, die sich in Afghanistan angestaut hatte, daß es sogar das Publikum bemerkt haben müßte. Nur sein Körper blieb auf der Bühne, nicht einmal sein Mundwerk gehorchte noch. Wie er zurück ins Hotel fand, kann er nur vage rekonstruieren. Als er am nächsten Morgen um sechs Uhr, weil er immer noch nicht einschlafen konnte, im Sportkanal die Wiederholung des Zweitligaspiels sah, wurde ihm von Gegentor zu Gegentor offenbarer, wie unhaltbar das Leben ist und damit seins. »I got to get away from this state of running around / Every body knows this is nowhere«, singt Neil Young im Mitschnitt des Konzerts mit *Crazy Horse* in Fillmore East von 1970, die erste Veröffentlichung aus seinem sagenumwobenen Archiv. Der Abend war ja nicht anders als sonst gewesen, die Schriftstellerkollegen freundlich, der Moderator albern, die Zuhörer geduldig, auch das Gespräch am Morgen danach im Verlag nichts, worüber er sich beklagen könnte, nichts außer der Welt. Als er mit drei Stunden Verspätung, mit der die Fluggesellschaft seine Eingewöhnung erleichterte, in Köln eintraf, spielte er mit der Tochter das Spiel, das er ihr, statt aus Afghanistan, wo es keine Spiele zu kaufen gibt, aus dem größten Fachgeschäft Zürichs mitgebracht hatte (es allein hat mehr Lichter als Kabul am Abend), ging joggen, aß mit der Familie zu Abend, beantwortete neben der Frau auf dem Sofa seine Mails, nahm sie in den Arm. Alles war in Ordnung, nichts war in Ordnung. Auf dem Umschlag sind neben Photos auch Kritiken des Konzerts abgedruckt. »Its considerable force, however, was dimmed the moment Neil Young picked up his electric guitar to join *Crazy Horse*, a hard rock-country quartet (two guitars, bass and drums). The rest of his tunes are not so interesting harmonically. The lyrics for instance sound uncomfortably like Bob Dylan's work.« Der Lokalkritiker, wie der Handlungsreisende selbst einer war, hätte sich auch nicht vorstellen können, ein Vierteljahrhundert später nochmals ans Licht gezerrt zu werden. Dabei wird es Neil Young gar nicht hämisch gemeint haben. Gegen »not so interesting harmonically« läßt sich *In Frieden* nicht viel einwenden. Am nächsten Morgen erschrak er über seine Rede vorm Präsidenten und deren augenzwinkender Pointe, so deutsch wie Kafka zu sein. Er wird die literargeschichtliche Ahnenhuberei bis auf Haffner eindampfen, mit dem keiner rechnet, und statt dessen die Situation am Besprechungstisch des Befehlshabers schildern, mehr ist es ist ja nicht. Zwei Zitate aus den Briefen an Milena rettet er aus der Rede in den Roman hinüber, den ich schreibe, das lustige jetzt, das traurige zum Schluß dieses Absatzes: »Manchmal verstehe ich nicht wie die Menschen den Begriff ›Lustigkeit‹ gefunden haben, wahrscheinlich hat man ihn als Gegensatz der Traurigkeit nur errechnet.« Der Handlungsreisende ist keineswegs sicher, daß es die Eindrücke aus Afghanistan sind, die ihn bedrücken. Er denkt jedenfalls nicht ständig daran. Vielleicht liefert Afghanistan nur die bestmögliche Entschuldigung, schlechtgelaunt zu sein. Als er heute abend eine halbe Stunde auf die Tochter warten mußte, trat er vor Ungeduld gegen den Laternenpfahl, so kurz hat seine Militarisierung angehalten. Mit der Tochter stritt er, weil sie unhöflich zu seinen Eltern war. Sie wollte Papa, sagte sie, nicht Opa und Oma. Als Vater kann er das nachvollziehen, aber nicht gutheißen. Die Eltern erschraken mehr als üblich über seine Erschöpfung und seine eigene Schroffheit. Als Sohn sieht er es so, daß sich sein Vertrauen manifestierte, indem er sich wenigstens bei ihnen nicht verstellt. Freitag muß er schon wieder fort, ein Freund feiert im Berlin seinen vierzigsten, am Samstag in Köln ein anderer seinen fünfzigsten Geburtstag. Er selbst möchte auch nicht, daß die Freunde sich erst zur Beerdigung versammeln. Montag muß er zurück nach Berlin, um muslimisch den Holocaust zu verurteilen. Wenn er oft genug Islamischer Faschismus sagt, wird das Honorar beim nächsten Mal verdoppelt, schließlich gibt es keine bessere Pille als den Antisemitismus der Muslime, um die deutsche Schuld zu sekretieren. Israel Nazimethoden vorzuwerfen wird nicht mehr gern verschrieben: zu viele Nebenwirkungen. Der Bericht für die Zeitung ist im Grunde auch ein Abführmittel. Danach geht sein Leben endlich weiter ohne Afghanistan, gleich wie das Leben weitergeht in Afghanistan. »Dir wird ängstlich beim Gedanken an den Tod? Ich habe nur entsetzliche Angst vor Schmerzen. Das ist ein schlechtes Zeichen. Den Tod wollen, die Schmerzen aber nicht, das ist ein schlechtes Zeichen. Sonst aber kann man den Tod wagen. Man ist eben als biblische Taube ausgeschickt worden, hat nichts Grünes gefunden und schlüpft nun wieder in die dunkle Arche.«

Rotgewandete Beamte mit imposanten Säbeln laufen aufgeregt durchs Viertel des Koranlehrers Mirza Mohammad, im Schlepptau Diener mit Wasserkanistern, Schrubbern und Besen. In vier Tagen, verkünden die Beamten den Anliegern, wird Seine Majestät Prinz Zell-e Soltan durch die Straßen ziehen, ja, durch ebendiese Gasse, in der Großvater sich täglich vor der Bastonade fürchtet. Ich habe Photos des Prinzen gesehen, ein feister Mann mit buschigem Schnurrbart und okzidentaler Phantasieuniform, auf dem Kopf ein Kosakenhut, mitleidlos der Blick. Die schönsten Wohnhäuser, Moscheen, Brücken und Paläste der Safawiden hat er geplündert und verwüstet, um mit dem Gold, dem Marmor und dem Alabaster, den Edelsteinen, Spiegeln, Möbeln, Leuchtern, Kunstwerken, Intarsien und natürlich den Teppichen Geld zu beschaffen für seine Armee. Sein Ziel war der Thron in Teheran, um den er sich betrogen wähnte. Als dessen ältester Sohn hielt er sich für den rechtmäßigen Erben Nasser od-Din Schahs, der 1896 von Mirza Reza Kermani ermordet wurde, meines Wissens kein Vorfahre von mir. Verwehrt blieb Zell-e Soltan die Krone, weil seine Mutter nur eine Konkubine war. Er bot dem Vater die Unsumme von einer Million Tuman, um dennoch Thronfolger zu werden – vergeblich. Der Ehrentitel, den Nasser od-Din Schah ihm verlieh, klang seither wie Hohn: »Schatten des Sultans«. Mit der Ära Zell-e Soltans, der zum Trost Isfahan regieren – und das hieß unter den Kadscharen: einsacken – durfte, begann unsere Stadt zu verfallen, hieß es stets in den Elegien der Alten, die ich nach der Stadtgeschichte befragte, des Onkels oder von Großvaters gelehrtestem Freund; unter Zell-e Soltan vertrockneten die Gärten, verhungerten die Armen, verarmten die Bürger und fürchteten sich am meisten die jungen Frauen. Dutzende soll er in seinen Palast verschleppt, mehrere hundert Kinder gezeugt haben. Wenn ihm ein Mädchen gefiel, stand dessen Zukunft fest. Die Großmutter oder Mutter meiner Großmutter, vielleicht war es auch deren Tante, soll ebenfalls an einer Straße gestanden haben, auf der Zell-e Soltan vorbeiritt, so daß sein Blut in meinen Adern fließen würde. Wie sich die Berichte anhören, gibt es in Isfahan allerdings kaum eine alteingesessene Familie, in die er sich nicht vergewaltigt hätte. Der Prinz will dem Sohn des verstorbenen Klerikers Hadsch Seyyed Djaafar Seyyedabadi einen Besuch abstatten, der im selben Viertel wohnt wie der Koranlehrer Mirza Mohammad. Zuvor müssen die Straßen gereinigt, die Häuserwände geputzt, die Straßenhändler vertrieben, die Bettler verhaftet und die Anwohner instruiert werden, wie freudig sie den Prinzen zu begrüßen hätten. So haben sämtliche Lehrer und Schüler am Straßenrand den Koran in die Höhe zu halten und Gebete zu rezitieren, wenn Zell-e Soltan an ihrem Seminar oder ihrer Schule vorbeireiten wird. Es ist Sommer, daher findet der Unterricht im Südhaus statt, und von seinem Platz auf der Estrade kann Mirza Mohammad auf die Gasse blicken. Einer der rotgewandeten Beamten steuert mit dem Säbel auf das Klassenzimmer zu. Noch bevor er den Innenhof betritt, schleudert ihm Mirza Mohammad seine Flüche entgegen. »Kerl, verschwinde von hier! Was ist jener denn schon, was ich nicht bin?« Großvater setzt die Sätze in Anführungszeichen, so daß ich sie ebenfalls als Zitat markiere, obwohl es kaum wörtlich sein wird. Am Ende des Abschnitts, den er also nach der Islamischen Revolution schrieb – ich glaube der Mutter inzwischen –, bedauert er, daß damals noch keine Tonbandgeräte existierten, um die Reden des Mullahs aufzuzeichnen. Gegen die königliche Familie wettert Mirza Mohammad ebenso wie gegen die Reichen in Isfahan und die herrschende Geistlichkeit, wahrscheinlich gegen Würdenträger wie den verstorbenen Hadsch Seyyed Djaafar Seyyedabadi, denen der Tyrann seine Referenz erweist. Siebzig Jahre später – wenn die Zahl stimmen würde, hätte Großvater sein Leben bereits Anfang der siebziger Jahre beschrieben, was nicht stimmen kann – wären die Reden »sicher wertvoll und lesenswert« gewesen, wie er auf seine steife Art formuliert. Selbst die Beamten scheinen mit dem störrischen Mullah Sympathie oder wenigstens Mitleid zu haben. Nachdem sie ihm zunächst befehlen, dann drohen, schließlich zu überreden versuchen – alles im Klassenzimmer Großvaters, der bestimmt nicht so ruhig wie sein Lehrer ist –, bitten sie ihn am Vorabend, wenigstens die Tür zu schließen, wenn Seine Majestät vorbeireitet.

Drei Sterne nach einem Podium bedeuten, daß der Handlungsreisende sich notfalls müde masturbiert, weil er weder im Zimmer auf und ab gehen noch sich in einen Sessel setzen oder baden kann, sondern gezwungen ist, vor dem Fernseher zu liegen. Die Aussicht auf den runden

Geburtstag, der im nächsten Jahr bevorsteht, ist am Wochenende nicht erfreulicher geworden, gerade weil es prächtige Feste an beeindruckenden Orten waren, das Essen ausgezeichnet, die Gäste interessant gemischt, kultiviert und fröhlich, Feste, die er nicht einholen wird, und doch so läppisch. Am Ende hängt Gelingen und Mißlingen davon ab, ob der Discjockey genug Gassenhauer auflegt. Wenn nicht, hört man's bald murren. Die Leute verziehen sich, war schön, ja, war schön, vielen Dank. Den Freunden ist es egal, die sind da, fragen nichts und erwarten noch weniger. Auf beiden Geburtstagen waren die engen Freunde die Stillsten. Für sie ist es eine Pflichtveranstaltung, kein Spaß. Die übrigen hingegen legen Maßstäbe an, so daß man einer unter vielen Jubilaren ist und nicht mehr der Einzigartige, für den man sich berechtigterweise für einen Tag fühlen möchte. Manchen Gästen war der Anlaß so gleichgültig wie den Bedienungen, für die Geburtstagsfeiern so alltäglich sind wie Beerdigungen für Totengräber. Wie ein durchgeknallter Weltgeist drückt der Handlungsreisende alle zwei bis zwanzig Sekunden auf einen Knopf, worauf wieder ein neues Reich aufsteigt. So peinlich es ihm war, den Tod selbst bei Geburtstagen zu riechen, saß er auf dem Vierzigsten neben einem Bühnenbildner, der nach Wochen aus der Krebsklinik entlassen worden war, und traf eine Schauspielerin, die kurz zuvor ihr erstes Kind im fünften Monat tot auf die Welt bringen mußte. Der Intendant, mit dem er sich auf den Fünfzigsten zum Gespräch verabredet, simste aus dem Zug nach Freiburg, wo sein Vater am Nachmittag einen Herzinfarkt erlitten hatte. Wie üblich vor einem Fernseher, kann sich der Handlungsreisende nicht zur Lektüre entschließen. Die Reportage aus einem irakischen Krankenhaus, die immer gleichen Gesichter von Überlebenden und solchen, deren Kinder, Gatten, Eltern nicht überlebt haben, mußte er wegdrücken, so abgestumpft er eigentlich ist. Die Nitsch-Ausstellung mit den üblichen Blutlachen für ein Kunstpublikum, die ihn sonst wahrscheinlich kaltgelassen hätte, erschien ihm danach kriminell in ihrer Obszönität. Verbieten, verbieten! würde er am liebsten aus dem Fenster schreien oder gleich eine Bombe in den Fernseher werfen, warum eigentlich kein Selbstmordattentat, dann ist er sich wenigstens los. Den Freund aus Haifa sah er auf der Holocaust-Konferenz zum ersten Mal seit dem Streit über den Libanonartikel wieder. Gerade weil sie sich versöhnen wollten, stellte sich heraus, daß sie sich nichts zu sagen hatten, was kein neues Widerwort beschworen hätte. Die zehn Minuten, die er mit der

Reporterin des Nachrichtenmagazins über deren sterbende Mutter sprach, binden enger als die unzähligen Stunden und Mails, die er mit dem Freund aus Haifa über Politik diskutierte. Dabei ist er überzeugt, daß er auch mit ihm eine solche Verbindung haben könnte; etwas zwischen ihnen war von vornherein größer als Judentum und Islam. Es ist nur noch nie jemand gestorben oder geboren oder hat sonst etwas getan, den Judentum und Islam miteinander geteilt hätten. Weil Masturbation nicht müde macht, nutzt er die Gelegenheit, drahtlos mit dem Internet verbunden zu sein, um mehr über Zell-e Soltan zu erfahren, der am nächsten Tag an Mullah Mirza Mohammads offener Tür vorbeiritt. Der Handlungsreisende findet nur einige Photos, die er schon kannte, ein Siebenzeiler in der englischsprachigen Wikipedia, darunter die Mitteilung, daß der Eintrag ein »Stummel« sei (*stub*) und er helfen könne, ihn zu erweitern. Im Unterschied zum Volksmund schreibt ihm der Stummel lediglich vierzehn Söhne und elf Töchter zu. Aus einem naturkundlichen Buch über die Tierwelt Irans, das drahtlos zu lesen ist, geht hervor, daß auch Zell-e Soltan eine Selberlebensbeschreibung verfaßte. »Sie gibt«, so bemerkt der Naturkundler, »den besten erzählerischen Überblick über den Zustand der natürlichen Umwelt und der Wildtiere in den vielen Provinzen, in denen er gejagt hat.« Die Berge im Westen Isfahans zum Beispiel waren damals noch nicht kahl, sondern voller Wälder, und die wilden Schafe, Steinböcke, Rebhühner, Schneerebhühner, Keiler und Bären dort so zahlreich, daß es langweilig wurde, auf sie zu schießen. Zell-e Soltan und die dreitausend Mann, die ihn begleiteten, konzentrierten sich daher auf die Löwen. Der Naturkundler zitiert, was Zell-e Soltan über den Fluß Qara Aratsch schrieb, den der Enkel auf dem Satellitenbild findet: »Hier gibt es mehr Tauben als Ameisen oder Heuschrecken, Millionen von ihnen, und wenn sie fliegen, sehen sie aus wie eine Wolke, die so groß ist, daß sie sogar die Sonne verdeckt.« So viel Taubenfleisch aßen seine Männer, daß ihnen schließlich schon der Geruch widerlich wurde. Die Beute eines einzigen Jagdausflugs auf die Halbinsel Mian Kaleh am Kaspischen Meer bestand unter anderem aus hundertfünfzig Hirschen, achtzehn Leoparden, fünfzehn Tigern, obwohl das dauernde Schießen alle Tiere in dem relativ kleinen Gebiet (sechzigtausend Hektar) aufgeschreckt hatte und der Prinz »Tausende und Abertausende Tiere davonrennen« sah. Ihm selbst gehörte eine Gebirgsgegend etwa achtzig Kilometer südlich von Isfahan, Qamischlu genannt, die ihm »mehr wert war als alles Geld«. Trotz der finanziellen Nöte, die seinen hohen Ausgaben fürs Militär geschuldet waren, weigerte sich Zell-e Soltan daher, die Jagdrechte von Qamischlu zu verleihen. Wenn der Enkel sich nicht täuscht, sind auf dem Satellitenbild des heutigen Städtchens sogar Autos zu erkennen. Ansonsten machen die Suchworte »Zelle« und »Soltan« mit einem Maher Soltan bekannt, der seine Zelle in Abu Ghreib nicht einmal für einen Hofgang verlassen durfte. »Ich wurde gefoltert und in einer kleinen Zelle eingesperrt, vier mal fünf Meter«, berichtet er: »Was glauben Sie, wie viele Menschen da reinpassen? Vier oder fünf vielleicht? Nein, wir waren dreißig Menschen in dieser Zelle, Tag und Nacht, sieben Jahre lang in dieser Zelle.« Sein Prozeß dauerte nur fünf Minuten. Der Richter gratulierte, daß er Maher Soltan nicht zum Tod verurteilt hatte. »Es gab unzählige Morde, Menschen aus der Schiitengemeinde verschwanden, schiitische Geistliche wurden getötet«, zitiert der Artikel die Generalsekretärin von *amnesty international*: »Von den frühen achtziger Jahren an verschwanden so wahnsinnig viele Menschen, und bis zum heutigen Tag weiß niemand, was mit ihnen geschehen ist.« Maher Soltan wünscht sich Gerechtigkeit, nicht Rache. Wenn er einen seiner Peiniger träfe, würde er ihn vor Gericht bringen wollen, nichts weiter. Seine Rache wäre, daß Recht gesprochen würde. »Ich habe zehn Jahre meines Lebens verloren. Ich wurde gefoltert, meine Brüder wurden gefoltert. Aber wir haben überlebt, wir haben überlebt, weil wir uns mit aller Kraft ans Leben geklammert haben.« Der Handlungsreisende hatte bei Abu Ghreib auch erst an die Amerikaner gedacht. Der Freund aus Haifa, der im selben Hotel untergebracht ist, entschuldigt sich am Dienstag, dem 19. Dezember 2006, um 3:33 Uhr oder 3:57 per Mail. Wofür? fragt der Handlungsreisende zurück. Im Kulturkanal spricht derweil ein nervenkranker Biologe, der mit dem Beruf aufgehört hat, als er sich während einer Vorlesung umdrehte und einen Studenten sah, der ihn imitierte. Mit der Präzision, die sein Beruf verlangt, seziert der Biologe seine Scham und Not. Im tiefsten Unglück ein Gefühl des Glücks zu haben sei möglich, sagt der Biologe allerdings auch. Abflug ist, der Handlungsreisende sieht sicherheitshalber noch einmal nach, um 8:20 Uhr. Neulich ist der Biologe in Berlin, wo der Handlungsreisende im Hotelbett liegt, eine Einkaufsstraße auf und ab gelaufen, ohne anhalten zu können, ein explosiver Gang, der schrecklich aussieht, weiß ein zwischengeschalteter Neurologe, ein Zittern der Füße. Schließlich ließ der Biologe sich mitten auf dem Bürgersteig fallen. »Daß unser Umgang ploetzlich so quietschte«, antwortet der Freund aus einem der Nebenzimmer. »Musste nicht sein und ist, glaube ich, auch wirklich meine Schuld gewesen. Muss dich wohl verwechselt haben. Aber das sind wirklich schlimme Zeiten und ich bin total pessimistisch. Wir werden das dort nicht mehr lange halten koennen. Zuviel schon kaputt. / Deine Kafkarede ist schoen und sie ist auch ruehrend (nicht wirklich das richtige Wort). Dieses nicht-ethnische Deutschsein ist schon eine Qual (in einem Vortrag ueber das Deutsche habe ich mal gehoert: manche sinds und manche koennens. Ich habe ja mein Deutsch erst mit 6 gelernt, bis dahin nur Yiddisch geredet. Am Ende dachte ich, die Auswanderung hierher kann das alles loesen. Auch falsch. Wenigstens muss ich nicht mehr der deutschen Kulturnation angehoeren.« Für Hölderlin, den der Handlungsreisende als nächstes Mittel probiert, um schläfrig zu werden, nimmt im fünften Band schon die freche Ansage an Schiller und Goethe ein, die ihn zur Bedächtigkeit aufriefen. Weichlinge nennt er sie. Souverän läßt Schiller das Wort in seinem Redigat stehen, das Hölderlin vollständig übernimmt.

Die Kolonne hält Einzug in die Gasse, vorneweg Soldaten zu Fuß mit Gewehren und Pickelhauben *made in Germany*, weil Zell-e Soltan Deutschland bewundert, dahinter die Reiter, selbst die Pferde beschmückt mit dem Rot Seiner Majestät, der noch nicht in die Gasse gebogen ist. Der Offizier, der als erster Mullah Mirza Mohammad an seinem Platz auf der Estrade entdeckt, in seinem Zimmer die Kinder, die er unterrichtet, schickt fassungslos einen Beamten, der Mirza Mohammad und seine Kinder schleunigst mit den Koranen auf die Gasse holen soll, bevor es zu spät ist, aber der Mullah läßt sich nicht dazu bewegen, den Unterricht zu unterbrechen. Der Beamte, der den Mullah schon kennt, tritt zurück auf die Straße und erstattet Bericht, daß der Mullah närrisch sei, wie jedermann im Viertel wisse, ja, im pathologischen Sinne verrückt. Er empfiehlt, einfach die Tür zu schließen und sich nicht weiter um den Bekloppten zu scheren. Viel Zeit bleibt nicht, und der Offizier hat keine Lust auf Scherereien. Deshalb versichert er sich, daß der Beamte die Haustür des Mullahs verschließt, und zieht weiter. Sofort schickt Mirza Mohammad einen der Jungen, um die Tür wieder zu öffnen. Als der Beamte sie wieder schließt, befiehlt der Mullah einem anderen Jungen, über den Hof zu gehen, um sie zu öffnen. Viermal geht die Tür auf und zu. Der Beamte, der doch so kurz vor dem Erscheinen des Prinzen auf tausend andere Dinge zu achten hat, die Höhe der Korane, den Gleichklang der Gebete, den Jubel der Anwohner, die Sauberkeit der Gasse, gerät in Panik und ruft laut, daß dieser Mullah verrückt sei, keine Sorge, bekümmert euch nicht, der ist nur ein Narr. So bleibt die Tür offen, als Zell-e Soltan in die Gasse einbiegt. In seiner Aufregung muß der Beamte selbst mindestens so närrisch gewirkt haben wie der Enkel vor einem fenstergroßen Flachbildschirm, auf den sie schauen durften, weil die Schwangerschaft als problematisch gilt – galt! Soviel war zu erkennen, dreidimensional die Finger, die Füße, die Beine, die Augenhöhle, zehn Zentimeter Mensch. Aus Angst, die Frau zum vierten Mal nach Hürth zur Ausschabung zu fahren, weil man dort sofort einen Termin erhält, hatte er sich bislang vor der Freude gedrückt. Von jetzt an bin ich auch schwanger, sagte er der Frau, die vor Glück weinte. Zell-e Soltan ritt an der offenen Tür vorbei, ohne den Mullah zu bemerken, der seelenruhig seine Schüler unterrichtete. Die Beamten und Offiziere, die es merkten, waren offenbar froh, daß ihnen die Aufregung erspart blieb, und ließen den Vorfall auf sich beruhen. Im Viertel bot der Widerstand Mirza Mohammads noch wochenlang Stoff für Gespräche. Die meisten hielten ihn nicht für ganz dicht, ein so großes wie unsinniges Wagnis eingegangen zu sein, erinnert sich Großvater. Ein Blick durch die offene Tür, und der Prinz hätte ohne mit der Wimper zu zucken alles Unheil der Welt auf den Mullah gebracht, hätte ihn auf die Straße zerren lassen, um ihm vor aller Nachbarn und Schülern ins Gesicht zu peitschen, und anschließend in den Kerker geworfen, ihm sieben Jahre seines Lebens geraubt.

Daß der Intendant mit seiner Stimme aus der Unterwelt sogleich anrief, begründete er ungefragt damit, daß der Romanschreiber solchen Anteil genommen habe. Ja, der Romanschreiber hat Kurzmitteilungen geschickt und Nachrichten auf der Mobilbox hinterlassen, zwei Kurzmitteilungen und eine Nachricht, um genau zu sein. Das versteht sich von selbst. Zugleich spürt er, daß der Roman, den ich schreibe, einen Anspruch an sein Leben stellt, da eines jeden Wege liegen offen vor dem Herrn. Nicht, daß er dem Anspruch genügte. So sehr er den Koranlehrer in Leiden verehrt, schrak die Aussicht, ihn zwischen den Jahren zu Besuch zu haben, hatte er doch bereits den Skiurlaub gebucht. Nur weil er sich schämte, sich ausgerechnet für den Koranlehrer eine Lüge auszudenken, sah der Romanschreiber ab, ihn wieder auszuladen. Gleich holt er ihn vom Bahnhof ab. Zuvor ruft er bei den Kranken an. Der Soziologe in Frankfurt ist nicht da, also hinterläßt der Orientalist aus Köln eine

Nachricht. Der Bildhauer in München führt im zweiten Satz das Wort *staging* in den Roman ein, den ich schreibe: Die Gnädige Frau erfährt am 2. Januar 2007, was die Chemotherapie bewirkt hat, welche weitere Behandlung die Ärzte vorschlagen und ob überhaupt. *Staging* scheint der Fachbegriff zu sein. Im Wörterbuch, in dem er während des Telefonats nachschlägt, findet der Freund aus Köln keine andere Übersetzung als »Inszenieren, Inszenierung, Bühne«. Als Verb ist die Bedeutung ähnlich: »inszenieren, aufführen, auf die Bühne bringen, veranstalten«. Ob Ärzte sich das Bekanntgeben der Diagnose als eine Aufführung vorstellen, mit der mehrere Monate harter Arbeit zu Ende gehen? Und wären sie der Regisseur und der kranke Körper das Ensemble, oder sind sie die Schauspieler und die Frau des Bildhauers das Stück? Wer wird entlassen, wenn die Inszenierung durchfällt? Vielleicht darf weitergeprobt werden. Eine weitere Chemotherapie macht die Gnädige Frau nicht mit, ist der Bildhauer überzeugt. Offenbar vom Ausdruck *staging* angeregt, das in seinem bayrischen Tonfall noch fremder klingt als ein Fremdwort, sagt er, daß wir das Leben nur geleast hätten. Alles, was wir hätten, gehöre nicht uns. Wir müßten es mit Zinsen zurückgeben. *Leasing* ist fast so falsch wie *staging*. Das Prinzip des Leasens ist doch, soweit der Freund weiß, daß man im Normalfall das geliehene Auto gegen ein Neues eintauscht, das ebenfalls geliehen ist: Es beruht darauf, daß die Miete steigt, aber das Einkommen auch, ansonsten kann man immer noch den Typ wechseln oder die Marke. Im Normalfall bleibt man Autofahrer und steigt nur in einen neuen, sogar wertvolleren Wagen. *To lease* heißt »pachten«, gibt das Wörterbuch recht. Mit dem Leben sei es anders, sagt der Freund. Das leiht man sich, und wenn die Frist vorbei ist, muß man außer den Zinsen noch das bißchen Glück, das man sich erworben, in monatlich steigenden Raten des Zerfalls abführen. Im Normalfall kann das nur ein Verlustgeschäft sein, bei dem man nicht einmal die Wahl hat, es einzugehen. Man wird in einen Vertrag hineingeboren, der gegen allen Anstand verstößt, Gott: ein Wucherer. Das Bild gefällt dem Bildhauer natürlich. Gut, sagt er, wir haben das Leben nicht geleast, sondern geliehen – zu Konditionen geliehen, die niederträchtig sind, fügt der Freund zur Sicherheit hinzu. Auch ohne den Roman, den ich schreibe, riefe er am Abend des 2. Januar 2007 in München an. Im Roman, den ich schreibe, ist jedoch schon lange niemand gestorben. Was der Romanschreiber erlebt, ist so relevant oder irrelevant wie auf der ersten Seite, allein ohne die Spannung, die der Tod noch in den abgeschmacktesten Fernsehfilmen erzeugt, wird *In Frieden* zum gewöhnlichen Tagebuch eines Lebens, das nun einmal das seine und nicht besonders ist, je länger niemand anders zu bedenken.

Seine Liebe ist neu entflammt, seine Familie wiedervereinigt, seine Frau nicht nur wundersam geheilt, sondern zum zweiten Mal schwanger, als der Leser zum *Hyperion* zurückkehrt. Das Beseelte, das er vorher kaum aushielt, dieser durchlaufend hohe Ton erscheint ihm jetzt wie ein Kode, eine Kunstsprache, dank der Hölderlin über die Psychologie hinausweist, die Goethe im *Werther* von der ähnlich stürmischen Liebe des Empfindsamen zur Anmutigen nur behauptet. Der Vorzug des *Hyperions*, Seelenregungen nicht als psychologisch zu behaupten, die theologisch und poetisch gewollt sind, ist schon auf der elementarsten Ebene zu beobachten: Hölderlin übertreibt so sehr mit seinen Heulkrämpfen, Seufzereskapaden und Fußfällen, daß man sich die beschriebenen Situationen nur einmal konkret vorstellen muß, um das Zeichenhafte zu erkennen, den Formalismus aller Gesten und Wörter; es muß nicht einmal der Verbalorgasmus sein, zu dem jedes Techtelmechtel gerät. Will Hölderlin wirklich glauben machen, daß Menschen – und zwar nicht nur die Verliebten – alle naslang in einen Taumel geraten, bei der Begrüßung heulen und bei jedem Wort voreinander niederfallen oder gleich die Besinnung verlieren? Das ist in der Überspanntheit so unrealistisch und zugleich wahr wie die elftausend Jungfrauen Ursulas. Nicht nur ein Leben – das Leben; nicht nur eine Liebe – die Liebe; nicht nur die Erde – auch das Überirdische, die Vereinigung nicht nur mit der Geliebten, sondern zugleich mit dem All: »Ich habe dir's schon einmal gesagt, ich brauche die Götter und die Menschen nicht mehr. Ich weiß, der Himmel ist ausgestorben, entvölkert, und die Erde, die einst überfloß von schönem menschlichem Leben, ist fast, wie ein Ameisenhaufe, geworden. Aber noch giebt es eine Stelle, wo der alte Himmel und die alte Erde mir lacht. Denn alle Götter des Himmels und alle göttlichen Menschen der Erde vergeß' ich in dir.« Am Freitag, dem 30. Dezember 2006, ist es im Bergischen Land 0:47 Uhr auf dem Wecker, der übrigens 22,1 Grad anzeigt, ohne den Leser zu überzeugen, wenigstens den zweiten Pullover auszuziehen. Im sonst schwarzen Fensterglas spiegeln sich sein Gesicht und die Schreibtischlampe, rechts von ihm auf dem Schlafsofa die Tochter, hinter ihm die Frau im Doppelbett, die sich in ebendieser Minute, 0:49 Uhr, aufrichtet. ... Er ist zu ihr gegangen, sie hat sich in seinen Arm verkrümelt (»Krümel« nennt die Tochter das Ungeborene, solange sie dessen Geschlecht nicht kennen) und ist mit einem Kuß in ihren Traum zurückgekehrt, in den sie den Leser mitgenommen haben mag. 1:04 Uhr. Keine andere Dichtung wäre ohne das Leben so viel weniger als diese, die gerade nicht Erlebtes zum Ausdruck bringen, sondern absolute, geradezu substanzlose Poesie sein will. Die Briefe Hyperions an Diotima erscheinen so geschraubt wie in der ersten Lektüre. Die Briefe von Suzette Gontard, die der Leser zwischen den Bruchstücken vorfindet, sind für sich keine Literatur. Aber die Behauptung der denkbar reinsten Liebe, unterbrochen von der Wut auf reale Verhältnisse, die sich von der beschämenden Heimlichkeit auch noch viel zu rasch in die niederschmetternde Unerfülltheit wandten, wird zur schwarzen Schau. »Alle 2 Monathe den bestimmten Donnerstag Abends 9 Uhr unter dem Fenster mit der allergrößten Vorsicht« solle Hölderlin erscheinen, bittet Suzette: »Ich würde dann sehen, daß du noch und gesund bist. Wie viel ist das schon für mein Herz!« Weil Briefe entdeckt werden können und daher nicht ratsam sind, späht sie in seinen Schriften »wie dir wohl zu Muthhe ist und dich gewiß darin erkennen«. Natürlich späht der Leser mit ihr. Hölderlin hat die Liebe ja geschmeckt, nicht als philosophische Idee, sondern während des Aufenthalts in Bad Driburg im Spätsommer 1796 doch wohl aufgesogen aus allen Körperöffnungen Suzettes tief, ihren Schweiß, als man sich noch nicht täglich duschte, ihre Lust, damals noch anrüchiger vermischt mit Urin, hat wie die vielen Gottsucher, die darüber närrisch wurden, als körperliche Erschütterung erfahren, daß es die Einswerdung gäbe – aber nur für ihn nicht gibt, nicht mehr, nie wieder: »Was ist's denn, daß der Mensch so viel will? Was soll denn die Unendlichkeit in seiner Brust? Unendlichkeit? wo ist sie denn? wer hat sie denn vernommen? Mehr will er, als er kann! das möchte wahr seyn! O, das hast du oft genug erfahren.« Das Verlangen verliert nichts von seiner poetischen Höhe und Vieldeutigkeit, wenn man seinen praktischen Boden kennt: einmal, nur einmal, von Suzette mehr zu empfangen als einen Zettel, den er alle zwei Monate aus dem Gras vor ihrem Fenster aufliest, sofern die Umstände günstig und niemand ihn beobachtet. Doch die Befriedung reduziert sich darauf, daß die vereinbarte Uhrzeit um zwei Stunden nach hinten verlegt wird, damit er in Homburg nicht schon vor dem Morgengrauen aufbrechen muß zu seinem Stelldichein in Frankfurt. Eine solche Erleichterung ist Hohn. »Besser ein Opfer der Liebe, als ohne sie noch leben«, redet sich Suzette stark, doch

Hölderlins Kräfte zur romantischen Überhöhung schwinden. Zuerst konzediert er noch: »Es ist wohl der Thränen wert, die wir seit Jahren geweint, daß wir die Freude nicht haben sollten, die wir uns geben können.« Später bricht es aus ihm heraus: »Aber es ist himmelschreiend, wenn wir denken müssen, daß wir beide mit unsern besten Kräften vielleicht vergehen müssen, weil wir uns fehlen.« Immer habe er die Memme gespielt, um sie zu schonen, schreibt Hölderlin an Suzette, hätten sie beide getan, als könnten sie sich ins Unvermeidliche schicken, habe sie heldenhaft geduldet, doch »dieser ewige Kampf und Widerspruch im Innern, der muß dich freilich langsam tödten, und wenn kein Gott ihn da besänftigen kann, so hab' ich keine Wahl, als zu verkümmern über dir und mir, oder nichts mehr zu achten als dich und einen Weg mit dir zu suchen, der den Kampf uns endet«. Den Gedanken an einen gemeinsamen Freitod behält Hölderlin freilich für sich – der Brief bricht inmitten des nächsten Satzes ab und wird nie abgesandt. Wie in aller mystischen Dichtung konvergieren Außen- und Innenwelt, Sein und Gegenüber, wird die Sehnsucht nach der Geliebten ununterscheidbar von der Sehnsucht nach dem Absoluten, ist Vereinigung sexuell und seelisch zugleich gemeint: »Ich sollte schweigen, sollte vergessen und schweigen. Aber die reizende Flamme versucht mich, bis ich mich ganz in sie stürze, und, wie die Fliege, vergehe.« Der Liebende gibt sich nicht jemandem hin, er gibt sich auf; nicht Aufopferung, denn sie impliziert, daß einem Gegenüber geopfert wird, vielmehr Auflösung im Gegenüber, damit Vernichtung, um geheilt zu werden: Stirb, bevor du stirbst, wie es der Prophet sagt, oder: »Wir trennen uns nur, um inniger einig zu seyn, götterfriedlich mit allem, mit uns. Wir sterben, um zu leben.« Wie in allen mystischen Traditionen liegt die angestrebte Versenkung jenseits der Sprache, ist die Einswerdung nicht denk-, sondern nur erlebbar: »Was ist die Weisheit eines Buchs gegen die Weisheit eines Engels?« Und in allen mystischen Traditionen wird mit ähnlichen Bildern der Zustand umschrieben, während dem der »Verlierende«, *fâqid*, wie die islamischen Mystiker den Erlebenden nannten, im Verlust des Eigenen zum »Findenden« wird, zum *wâdjid*: »Es giebt ein Vergessen alles Daseyns, wo uns ist, als hätten wir alles gefunden, eine Nacht unsrer Seele, wo kein Schimmer eines Sterns, wo nicht einmal ein faules Holz uns leuchtet.« Nicht Goethe mit seinem gelehrten Diwan oder Rückert mit seinen kunstfertigen Ghaselen, nein, Hölderlin, der sich für den Orient nicht sonderlich interessierte, ist der Sufi der deutschen Literatur, der Sonderling, der Närrische und Verlachte, bis hin zum Aufschrei, zum Verglühen, zur Auflösung. Die anderen schreiben über Mystik, er verkörpert sie: »Nimm mich, wie ich mich gebe, und denke, daß es besser ist zu sterben, weil man lebte, als zu leben, weil man nie gelebt! Neide die Leidensfreien nicht, die Gözen von Holz, denen nichts mangelt, weil ihre Seele so arm ist, die nichts fragen nach Reegen und Sonnenschein, weil sie nichts haben, was der Pflege bedürfte. Ja! ja! es ist recht sehr leicht, glüklich zu seyn mit seichtem Herzen und eingeschränktem Geiste. Gönnen kann man's euch; wer ereifert sich denn, daß die bretterne Scheibe nicht wehklagt, wenn der Pfeil sie trifft, und der Topf so dumpf klingt, wenn ihn einer an die Wand wirft?« Besser zu sterben, weil man lebte, als zu leben, weil man nie gelebt – das ist sufischer O-Ton, zehntes Jahrhundert, und klingt zweihundert Jahre nach Hölderlin zugleich wie eine Fanfare des Rock 'n' Roll: *It's better to burn out than to fade away*. Natürlich bezieht sich Hölderlin durchgehend auf das Christentum. Was dem Leser, weil er Orientalist ist, sufisch anmutet, aber in allen mystischen Traditionen Belege fände, entsteht dort, wo Hölderlin vom christlichen, also personal verstandenen Begriff des Heiligen fort- und zugleich zurückschreitet zu der Abstraktion des reinen Anderen, einem bloßen Pneuma, das nicht mehr und noch nicht Subjekt ist. Dadurch ist das eigentümlich Beherrschte der religiösen Erfahrung aufgehoben, auf die das Neue Testament durch die Ausrichtung auf ein reales Gegenüber zielt, und das Selbst entfesselt: »Eines zu sein mit Allem, das ist Leben der Gottheit, das ist der Himmel des Menschen. Eines zu sein mit Allem, was lebt, in seliger Selbstvergessenheit wiederzukehren ins All der Natur das ist der Gipfel der Gedanken und Freuden, das ist die heilige Bergeshöhe, der Ort der ewigen Ruhe, wo der Mittag seine Schwüle und der Donner seine Stimme verliert und das kochende Meer der Woge des Kornfelds gleicht. Eines zu sein mit Allem, was lebt!« Eines zu sein wenigstens mit der eigenen Frau wird der Leser wieder vermasseln, der morgen, nein, heute abend mit der Tochter in den Skiurlaub fliegt, obwohl sie schwanger auf ihren Hormonen Achterbahn fährt.

Staging bedeutet nicht allgemein »Diagnose«, sondern bezeichnet in der Onkologie die Feststellung, wie weit ein Tumor fortgeschritten ist, erklärt der ältere Bruder, bevor er das Hotelzimmer für eine Massage verließ. Der Urlauber sitzt auf dem gemeinsamen Bett und wartet auf die Neujahrsnachrichten des deutschen Fernsehens, das gestern die Hinrichtung Saddam Husseins zeigte. Anders als seine schiitischen Henker, deren Heilrufe auf den Propheten und dessen Familie dem Zuschauer vertraut waren, hat der Diktator Würde bewahrt, schämte sich der Urlauber zuzugeben. Weil die Tochter und die Nichte mitsahen, schaltete er für ein paar Sekunden auf einen Schweizer Kanal. Wie die letzten Atemzüge Saddam Husseins verpaßte der Urlauber später auch den Jahreswechsel. Weltweit haben Milliarden Menschen das neue Jahr begrüßt, meldet das deutsche Fernsehen soeben – nur nicht der Urlauber unter Milliarden, den der Vorwurf der Frau niedergeworfen hatte, in den Skiurlaub gefahren zu sein. Bis zum Tag vor der Abreise hatte sie ihn unter Verweis auf die Tochter, die sich so freuen würde, bedrängt zu reisen, indes heimlich erwartet, wie sich am Tag der Abreise herausstellte, daß er sie nicht ausgerechnet Silvester allein läßt. – Aber du wolltest doch zu deinen Eltern fahren? hatte er konsterniert gerufen und damit nur seine Ignoranz offenbart. Daß es soviel Unglück gibt auf der Welt, ist das eine, die Vergänglichkeit und daß die Gnädige Frau womöglich morgen beim *staging* durchfällt; doch wer ist anzuklagen für das enorme Vermögen des Menschen, selbst im Segen, den die Eheleute zur Zeit aller Verhältnismäßigkeit nach genießen oder genießen müßten nach dem geradezu wundersamen Ende eines schlimmen Jahres, wer ist anzuklagen für das Vermögen, selbst unter den objektiv glückhaftesten Umständen deprimiert zu sein? Das ist nicht Metaphysik, sondern die reine Idiotie, die so groß ist, daß sie schon wieder zur Metaphysik gereicht: Den Autopilot ins Mißgeschick scheint der Schöpfer serienmäßig eingebaut zu haben.

Der Tumor ist viel kleiner geworden. Vorher sah er aus wie Deutschland, jetzt – im Verhältnis – nur noch wie Nordrhein-Westfalen, erklärt die Gnädige Frau in München. Allerdings empfehlen die Ärzte zwei weitere Chemotherapien, eben weil die Behandlung offenbar wirkt. Der Tumor könne rasch wieder wachsen. Die Gnädige Frau sagt, daß sie sich zunächst geweigert habe, einen weiteren Zyklus auch nur zu erwägen; aber als sie gemerkt habe, wie schnell die Ärzte bereit sind, den Fall als erledigt zu betrachten, sei sie ins Grübeln gekommen, seltsam enttäuscht, daß niemand Widerstand leiste gegen ihren Tod. Der Bildhauer fragt nach der Fortsetzung des Romans, den ich schreibe, indem er sich erkundigt, an was der Freund in Köln zur Zeit arbeite. Der Freund windet sich mit dem Skiurlaub und der Reportage aus Afghanistan heraus. Wenn irgendwer, dann werden der Bildhauer und die Gnädige Frau urteilen, ob der Roman Verrat ist, den ich schreibe.

An der Stelle, auf die alles ankommt, sprengt Hölderlin allerdings die mystische, also auch die christlich-mystische Tradition, und nimmt zugleich unerwartet die Kreuzestheologie wieder auf. Hölderlin sprengt auch sein eigenes Vorhaben, sofern das frühere Fragment des *Hyperion* im vierten Band als ein Entwurf gelesen werden darf. Dort trällert noch die Sehnsucht ihr profilneurotisches Lied wie im *Werther* – wohin er blickt: sie!, was immer er sagt: sie!, was immer sie sagt: ja! Solche Liebesverhältnisse sind nicht mehr zu ertragen, seit sie psychologisch ausschraffiert werden: Aber den entscheidenden Schritt in das Unbekannte, den der Roman und mit ihm Friedrich Hölderlin als Dichter tut, geschieht zwischen dem ersten und zweiten Teil der letzten Fassung, also genau in den Monaten der entwürdigenden Zettelsucherei vor Suzettes Fenster im Sommer und Herbst 1798. Quälender als der Falter verbrennt die Kerze. Es ist nämlich gerade nicht Hyperion, sondern Diotima, die klagt: »Dein Mädchen ist verwelkt, seitdem du fort bist, ein Feuer in mir hat mählig mich verzehrt, und nur ein kleiner Rest ist übrig.« Während Hyperion sich als Schwärmer erweist, für den die Heftigkeit seiner Liebe etwas Entlastendes, Kathartisches hat, damit er sich um so selbstsüchtiger der Welt zuwendet, dem Kampf, dem Erfolg, dem Ruhm, ist es Diotima, die verändert zurückbleibt: das *baqhâ fi l-fanâ* erreicht, das allerdings tragisch gedeutete »Bleiben im Entwerden«, von dem die Sufis sprechen, beziehungsweise Heilignüchterne, wie Hölderlin selbst den Zustand nach der Ekstase nennt. »Dein Feuer lebt' in mir, dein Geist war in mich übergegangen.« Zu Recht mißtraut Diotima Hyperions Gründen, sie zu verlassen, sie durchschaut ihn: »Du wirst erobern, rief Diotima, und vergessen, wirst, wenn es hoch kommt, einen Freistaat dir erzwingen und dann sagen, wofür hab' ich gebaut? ach! es wird verzehrt seyn, all' das schöne Leben, das daselbst sich regen sollte, wird verbraucht seyn selbst in dir!« Hier erfindet Hölderlin das Motiv des Liebestods neu: Nicht Werther bringt sich um, sondern in der Logik des *Hyperion*-Romans wäre es das Lottchen, nicht Madschnun würde irre, sondern Leyla, nicht der Mensch, sondern Gott. Hölderlin verwende den uralten Topos der Gottesschau als Horror nicht für den Liebenden, sondern die Geliebte – wer sah, was ich sah, wird viel weinen und wenig lachen: »Glücklich sind alle, die dich nicht verstehen.« Die Gesuchte wird zur Suchenden, die

Erkannte zur Erkennenden, der Grund zu leiden zum Leiden selbst. Es ist die Geliebte, die als Liebende sagt: »Soll ich sagen, mich habe der Gram um dich getödtet? o nein! o nein! er war mir ja willkommen, dieser Gram, er gab dem Tode, den ich in mir trug, Gestalt und Anmuth.« Diotima geht weiter, als Liebe je ging: Sie will den Haß des Geliebten nicht nur wie die literarischen Vorläufer ertragen, ihn nicht nur als eine Form der Zuwendung bejubeln – sie ist bereit, selbst zu hassen, nur um eins zu sein mit ihm: »Ich glaube, wenn du mich hassen könntest, würd' ich auch da sogar dir nachempfinden, würde mir Mühe geben, dich zu hassen und so blieben unsre Seelen sich gleich und das ist kein eitelübertrieben Wort.« Für den Menschen, der sich aufplustert – der sanfte Jüngling, der zu ihren Füßen geweint, verwandelt in dieses »rächerische Wesen« –, opfert sich Gott am Kreuz. So überträgt Hölderlin seinen Gedanken des Liebestodes, den er Suzette nicht anvertraut, im Roman auf Diotima und eben nicht auf Hyperion: »Der Tag, nachdem sie dir zum letztenmal geschrieben, wurde sie ganz ruhig, sprach noch wenig Worte, sagte dann auch, daß sie lieber möcht' im Feuer von der Erde scheiden, als begraben seyn, und ihre Asche sollten wir in eine Urne sammeln, und in den Wald sie stellen, an den Ort, wo du, mein Theurer! ihr zuerst begegnet wärst. Bald darauf, da es anfieng, dunkel zu werden, sagte sie uns gute Nacht, als wenn sie schlafen möcht', und schlug die Arme um ihr schönes Haupt; bis gegen Morgen hörten wir sie athmen. Da es dann ganz stille wurde und ich nichts mehr hörte, ging ich hin zu ihr und lauschte. ... Doch immer besser ist ein schöner Tod, Hyperion! denn solch ein schläfrig Leben, wie das unsre nun ist.« Diotima ist nicht Suzette Gontard. Hyperion ist auch nicht mehr Hölderlin. Sie sind größer, wie Gott größer ist. Und zwischen die Korrespondenz intimsten Begehrens, die Tagebucheinträge mit Selbstmordgedanken, die Oden tiefster Verzweiflung und höchster Dramatik eingestreut die wenigen überlieferten Mitteilungen des Ehemanns an Bekannte, wonach es Suzette gutgehe, nichts Besonderes, alles prima; jaja, so eine kleine Erkältung, aber die ist überwunden. Mit den Dokumenten liefert das Schnäppchen die Banalität mit, die in alles Heilige geschrieben ist.

Kurz erwägt der Romanschreiber – nicht ernsthaft –, ob nicht das Ende eines Jahres sich als Zäsur eigne, das Ende eines Teils, den man korrigieren, eventuell bearbeiten (das Geschwätzige streichen, das der Verleger für den einzigen Makel hält) und abschließen, gar veröffentlichen könne:

In Frieden. Erste Folge oder *In Frieden. Das Jahr 2006.* Der Romanschreiber kopiert die letzten beiden Absätze in eine neue Datei, *Totenbuch2007.doc*, um sich nicht mit 17 000 Kilobyte und mehr herumzuschlagen, die den Laptop noch zum Absturz brächten, aber etwas sperrt sich gegen den äußerlich herbeigeführten Seitenwechsel, der durch das Öffnen eines neuen Dokuments entsteht, geschweige denn, daß er es beim zweiten Gedanken noch für möglich hält, den Roman abzuschließen, den ich schreibe. Er kann nicht fortfahren, bevor er nicht den Absatz zurück in die alte Datei kopiert. Mit 27 000, inzwischen 27 710 Kilobyte, läßt sie sich nicht mehr als Anhang verschicken. Nicht einmal die Rechtschreibprüfung funktioniert mehr, und den Text verarbeitet der Laptop so langsam, wie ein Zenmeister sein Essen verspeist, obwohl nicht einmal mehr das Synonymwörterbuch installiert ist. Wenn der Romanschreiber auf ein Photo scrollt, dauert es zwanzig Sekunden, bis es auf dem Bildschirm erscheint. Jedesmal ist er überrascht, schließlich das Gesicht zu sehen, von István Eörsi, von Claudia Fenner, von Nikki Sudden. Wenn er das Geschwätzige streicht, wird die Datei handhabbar, ohne daß er je eine neue beginnen müßte. Am Dienstag, dem 10. Januar 2007, fragt die Tochter um 13:19 Uhr, ob er sie nicht jetzt schon aus der Nachmittagsbetreuung abholen könne. Warum? Weil er sie so selten früher abholt und sie ihn so vermißt und ausnahmsweise und überhaupt. Es ist doch erst der zweite Schultag nach den Ferien. – Bitte, Papa. – Ist ja gut. Noch ein Telefonat, dann komme ich. – Ich warte im Hof. Er hat den Anruf schon zu lang hinausgezögert, schon fünf Tage seit dem letzten Versuch, als nur der Anrufbeantworter sich meldete. Es ist wie russisches Roulette, nur daß man allein spielt und auf einen anderen zielt. Die Frau des Soziologen kann um 13:27 Uhr nicht viel sagen, freut sich dennoch, sagt sie, über den Anruf wie schon über die Grüße, die er vor fünf Tagen auf dem Anrufbeantworter hinterließ. Sie würde sich auch freuen, wenn er sich am Wochenende nochmals meldet. Selbstverständlich melde er sich, versichert der Orientalist in Köln und fügt hinzu, daß er auch nach Frankfurt kommen könne, sofern es dem Soziologen recht sei. Im Augenblick lasse sein Zustand keinen Besuch zu, antwortet sie. Dann löst sich der Schuß: Ich glaube, es geht zu Ende mit ihm. Also wird der Zustand des Soziologen auch später keinen Besuch zulassen. Vielleicht, so weist sie sich selbst zurecht, vielleicht ist es nur ein Anfall, der vorübergeht. Ihre Stimme klingt fest, gefaßt, wie man so sagt. Das weist im Zusammenhang mit der Eile darauf hin, daß sie nur noch oder jedenfalls weitgehend und vordergründig am Funktionieren ist. Das kennt der Orientalist nun. Sie würde sich freuen, riesig freuen, am Wochenende mit ihm zu sprechen. Die Freude, die die Frau des Frankfurter Soziologen ihm bereitet, indem sie zweimal sagt, daß er ihr eine Freude bereiten würde, eine riesige Freude, schmeckt so ranzig wie alle Mitmenschlichkeit, die er im Roman zeigt, den ich schreibe.

Nicht einmal der Frau hat er vom Soziologen in Frankfurt erzählt, mit dem es zu Ende geht. Er holte die Tochter von der Schule ab, machte mit ihr Hausaufgaben, organisierte eine kleine Feier für seinen alten Philosophieprofessor, brachte die Tochter zum Judo und holte sie nicht wieder ab, weil er die Uhrzeiten verwechselte, versprach der Tochter, die im Dunkeln allein nach Hause fand, von wo sie im Büro anrief, zum Ausgleich einen Pfannkuchen, für den er eigens noch Eier und Mehl einkaufen ging, bereitete das Abendbrot zu, rief die Eltern an, machte die Wäsche, las der Tochter vor, tröstete die Frau, die keine Schmerzmittel nehmen darf, räumte die Küche auf, erledigte wie jeden Abend die Korrespondenz, die fast nur noch elektronisch und also im Akkord geschieht, dreißig Mails pro Stunde, das war's und wäre das gleiche gewesen, wenn es nicht mit dem Soziologen in Frankfurt zu Ende ginge. Nach dem Moderator erkundigte er sich. Das hätte er wahrscheinlich nicht getan, wenn ihn der Anruf in Frankfurt nicht aus der Ruhe gebracht hätte (also doch!). Die Sekretärin antwortete, daß der Moderator wohlauf sei und sich diese Woche mit ihr zu einem Kaffee treffen wolle. Die Mail an die Sekretärin, insgesamt sechs Sätze (Anreden und Grüße abgezogen), das ist alles, was die Nachricht, daß es mit dem Soziologen in Frankfurt zu Ende geht, am 10. Januar 2007 bewirkt hat.

Rechts unten ist Großvater, jetzt erst sieht er es, natürlich, die Ähnlichkeit insbesondere mit dem älteren Bruder. Der Enkel meinte, das Photo zeige die Familie des Vaters, der rechte der beiden Männer sei dessen Großvater, rechts unten der Junge dessen Vater. Der Irrtum, den seine Eltern aufdeckten, als sie vorhin das Abendessen brachten, war vermutlich entstanden, weil die beiden Männer und ebenso die beiden Jugendlichen neben ihnen das lange Gewand und den Turban der Mullahs tragen, die Männer außerdem den Bart. Mullahs auf Familienphotos schlägt er instinktiv der Familie des Vaters zu, die stadtbekannt für ihre Theologen ist. Der Urgroßvater brachte es zum *qâzi ol-qozât*, zum Obersten Rechtsgelehrten der Stadt. Aber früher trugen in Isfahan fast alle

Männer den Mantel und den Turban der heutigen Mullahs, fällt dem Enkel ein, jedenfalls alle, die die Schule besucht hatten, da es fast nur religiöse Schulen gab. Erst Reza Pahlewi, der Vater des letzten Schahs, hat den Klerus als Stand geschaffen, als er Ende der zwanziger Jahre ein Gesetz erließ, wonach sämtliche Männer in der Öffentlichkeit ausschließlich westliche Straßenanzüge zu tragen hatten – alle außer den Mullahs. Allein, wer war ein Mullah? Wer in der Moschee predigte oder an der Theologischen Hochschule lehrte, dem mochte die Antwort leichtfallen. Andere hingegen hatten zwar die theologische Ausbildung durchlaufen, übten jedoch einen bürgerlichen Beruf aus. Die Schrift legten sie dennoch aus. Wieder andere mochten nicht von einem auf den anderen Tag die Beine in lächerliche Röhren stecken, nur weil der Schah es befahl. Ein Onkel oder Großonkel des Vaters war nicht der einzige Iraner, der sich der Entscheidung verweigerte. Bis zu seinem Tod verließ er sein Haus nicht mehr, zehn, zwanzig Jahre lang. Weder wollte er Mullah sein noch sich dem Schah beugen. Nur von Gott ließe ich mir die Kleidung vorschreiben, pflegte er zu sagen, um darauf hinzuweisen, daß der Koran keine Kleidervorschriften enthält. Nicht daß der Onkel oder Großonkel des Vaters liberal gewesen sein dürfte: Anfang des zwanzigsten Jahrhunderts kämpften zwar viele Theologen für die Konstitutionelle Revolution, die 1906 eine demokratische Verfassung durchsetzte. Die gleichen Theologen, die in den Geschichtsbüchern dem progressiven Lager zugerechnet werden, vertraten theologisch häufig reaktionäre Ansichten. In der Familie des Vaters etwa, die antimonarchistisch eingestellt war, muß es einige Mullahs gegeben haben, die in Isfahan das Wort gegen die Bahais anführten. Der Onkel mütterlicherseits erzählte mir davon, als er mich in Isfahan zu den Gräbern und Moscheen unserer Vorfahren führte. Deshalb habe ich mich immer gefragt, ob auf dem Photo, das unsere Anfänge zeigt, genau jene Mullahs zu sehen sind, gegen die der Urgroßvater mütterlicherseits wetterte, dessen Gegner. Doch nun ist er es selbst, Mohammad Schafi Choyí, der sich den Handkuß verbat. Er hat einen langen schwarzen Bart, einen schwarzen Turban, einen schwarzen Mantel sowie ein Baby auf dem Schoß, dessen Kopf verwackelt ist, und lacht mit einer Zahnlücke im Mund, lacht herzhaft, nicht wie sonst die Iraner oder der Mann neben ihm, wahrscheinlich sein Bruder, die auf Photos immer den Würdenträger geben. Da die Menschen schneller alterten, schätze ich, daß er ungefähr so alt ist wie ich. Großvater sieht aus wie sechs oder sieben. Der Kleine neben ihm ist Großonkel Mohammad Ali, der als einziger verschüchtert auf den Boden schaut. Womöglich bilde ich mir den Ausdruck seines Gesichts nur ein, da ich seine Zukunft kenne. Alle drei Kinder, die in der ersten Reihe hocken, tragen zum langen Gewand eine runde Mütze, in der Form ähnlich wie die weißen Mützen der Mekkapilger, jedoch bestickt. Großvater blickt ernst wie ich auf dem Kindergartenphoto mit dem Freund, der bis heute der beste geblieben ist, von unten her mit leicht gesenktem Kopf, der gleiche skeptische Zug der Augenbrauen, verschränkt wie ich die Hände, hat allerdings im Unterschied zu mir den Mund geöffnet. Die Mutter hätte das Photo, das der älteste Freund auf eine Leinwand drucken ließ, am liebsten mitgenommen. Lange ging ihr Blick hin und her, von der Leinwand zum Sohn und umgekehrt. Und in der Hand hielt sie das Photos ihres Vaters, der so klein war wie ihr jüngster Enkel. Vielleicht wird es an einem der nächsten Tage mehr sein, was der Anruf bewirkt, vielleicht doch ein Besuch in Frankfurt, spätestens zum Begräbnis. Nein, von dem Begräbnis würde Navid Kermani erfahren, auch ohne gestern angerufen zu haben. Wie erwähnt, vermag er nicht mehr auseinanderzuhalten, für wen er etwas tut, wenn er zum Beispiel in Frankfurt anruft, ob für den Sterbenden oder das nächste Kapitel. Ein Anruf oder Besuch in Frankfurt gehörte selbst dann zum Roman, den ich schreibe, wenn Navid Kermani ihn nicht erwähnte. Selbst die Auslassung würde sich bemerkbar machen.

Gemeinsam mit der Tochter erzeugte er einen »Tränensee«, um es mit dem Herausgeber zu sagen, der den Ausdruck in der Einleitung zum sechsten Band schon wieder verwendet, einen realen … gut, keinen See, jedoch ein reales Tränenfleckchen auf dem Sofa ihres Wohnzimmers. Nur mit einem feuchten Tuch war der Salzrand zu entfernen, der sich auf dem Polster bildete, als der Vater die Tochter vorm Zubettgehen fragte, ob sie auch das Gesicht gewaschen habe. – Ja, Papa, machte sie sich über ihn lustig und verdrehte dabei die Augen, natürlich, Papa, dein Wort ist mir Befehl, Papa. Daraufhin zitierte der Vater, was sein Vater rufe, wann immer er ihn von einem Zimmer zum anderen Zimmer gehen sieht: Erkälte dich nicht! – Selbst in der Wohnung? fragte die Tochter. – Gerade in der Wohnung. – Auch im Sommer? – Es sei denn, ich trage eine Daunenjacke. – Selbst jetzt noch? – So oft wie früher. – Aber du bist doch schon alt. – Aber für Opa immer noch sein Kind. – Und bei deinen Brüdern auch? – So sind Väter. Wenn die Tochter einmal zu lachen begonnen hat wie ihr Ururgroßvater auf dem Photo, kann sie nicht mehr aufhören. Irgendein Mechanismus in ihrem Bauch oder im Kopf ist dann aus der Feder gesprungen. Wie sich ihr Lachen von selbst steigert, bis es den gesamten Körper schüttelt, schießen auch dem Vater die Tränen in die Augen – vor Rührung, aber nicht nur vor Rührung, auch vor Vergnügen, denn er hat den gleichen Humor und findet dieselben Banalitäten lustig. Und wenn die Tochter merkt, daß sie den Vater mit ihrem Lachen angesteckt hat, nimmt ihres erst richtig Fahrt auf. Sie schmissen die Pointen hin und her, bis er zu dem Obst gelangte, das zu essen seine Mutter ihn drei Sätze nach jeder Begrüßung, alle drei Minuten und selbstverständlich zum Abschied noch dreimal aufforderte. Von da an lachten sie ohne weitere Pointen. Hat es dieses Stadium erreicht, kann das Lachen Furcht und Schrecken austreiben wie nach Aristoteles die Tragödie. Drei Stunden zuvor sprach Navid Kermani zweimal mit der Schwiegermutter des Sterbenden in Frankfurt. Dessen Frau ruft vielleicht morgen zurück. Sie sei zwar da, könne allerdings nicht sprechen, bat die Schwiegermutter beim zweiten Anruf um Verständnis. Danach rief er die Nachbarn an, die ihn beim Sterbenden eingeführt hatten. Die Nachbarin sagte, daß der Sterbende nicht viel spricht. Seine Kinder seien angereist, um Abschied zu nehmen. Auch Navid Kermani spürte körperlich, genau gesagt unterhalb der Brust, den Impuls, den Sterbenden noch einmal sehen zu wollen, als gehe dieser auf eine weite Reise. Das sind so Metaphern, die einem durch den Kopf gehen, mehr nicht, so abgedroschen, daß man sie zum Glück nicht ausspricht. Jedes Trostwort läuft auf eine Floskel hinaus, waren die Nachbarin des Sterbenden und Navid Kermani sich einig. Schmerzen hat der Sterbende keine, sagte die Nachbarin, die jeden Tag mit dessen Frau telefoniert, obwohl sie im gleichen Haus wohnt. Wenn überhaupt, ist also Morphium ein Trost. – Das ist toll von dir, daß du dich so kümmerst, sagte die Nachbarin. Navid Kermani wandte nicht ein, daß zwei Anrufe doch kein Beistand seien. – Irgendwie ist in der Kürze eine Verbindung zwischen euch zustande gekommen, fuhr sie fort. – Das war die Situation, suchte er nach einer Erklärung. Er sei dem Sterbenden nicht auf einem Kongreß begegnet, sondern nachdem er von der Krankheit erfahren hatte, die nicht heilbar ist. Über die Schwangerschaft freute sich die Nachbarin lautstark. Er meint, der Frau gehe es besser als gestern abend, obwohl die Frau selbst kaum Fortschritte sieht: Wehen seien Wellness dagegen. Angefangen hat es am Dienstag und wurde trotz Arztbesuchen, Physiotherapie, Orthobionomie und Akupunktur kontinuierlich schlimmer. Weil sie schwanger ist, darf sie höchstens Kopfschmerztabletten nehmen. Gestern abend stand er kurz davor, sie in die Universitätsklinik zu fahren, aber der ältere Bruder riet, sie sollten versuchen, die Nacht zu überstehen. In der Klinik würden sie nachts nicht viel tun, wie sie doch bereits erfahren hätten. Heute morgen wachte der Mann dann von einem langgezogenen Schrei auf, wohlgemerkt einem Schrei, nicht nur ein Rufen oder lautes Stöhnen, ein Schrei wie im Theaterseminar, im Kreißsaal oder in der Selbsterfahrungsgruppe, nur länger. So einen Schrei kennen wir aus dem normalen Leben nicht. Er fand die Frau im Flur. Zwei Stunden später hatten sie endlich die Universitätsklinik erreicht, jede Stufe ihres Treppenhauses eine Kletterpartie. Als er ihr auf dem Damenklo den Urinbecher unters Gesäß hielt, dachte er daran, was er anfangs gegen Hölderlin vorgebracht hatte: Dann erst, dann sprich über Liebe. Wieder zwei Stunden später schlug der Arzt ihre Bedenken in den Wind und spritzte mit den Worten, daß es Grenzen des Ertragbaren gebe, eine lokale Betäubung. Jetzt, um 1:27 Uhr des nächsten Tags, Sonntag, der 15. Januar 2007, hat die Wirkung nachgelassen. Durch die offenen Türen hört er die Frau, die im Ehebett döst, in Intervallen von einer oder zwei Minuten stöhnen. Er kümmert sich seit Freitag wieder durchgehend, ohne schon auf den Autopiloten geschaltet zu haben, gleichwohl routiniert, Mitleid und Zuversicht als eine Infusion, die vierundzwanzig Stunden am Tag tröpfelt. Seit dem Besuch in der Universitätsklinik ist er tatsächlich ruhiger. Unmittelbar danach meinte er für einen Moment, schachmatt zu sein, aber vor Anspannung, die sich nach der Untersuchung löste, nicht vor Erschöpfung. Er hatte nicht erwartet, die Frau wieder mit nach Hause nehmen zu können. Noch vor der Sorge war es der Schock zu sehen, wie das nächste, das vertrauteste, das geliebteste Geschöpf leidet, also nicht nur traurig ist oder verzweifelt, sondern real leidet, physisch auf die schlimmste bis jetzt miterlebte Weise. Doch, im Krieg hat er Menschen in diesem Zustand gesehen. Selbst als Berichterstatter wünscht man sich das Leben dann ausgeschaltet. Zugleich dachte er in jeder Sekunde an das Leben, das in ihrem Bauch wächst. Sie macht sich Sorgen um das Ungeborene; er hingegen vermutet, daß es ihre Bettlägerigkeit ganz gut findet: endlich Ruhe im Karton. Ihr ist es auch peinlich, nicht allein vom Klo aufstehen zu können. – Ach, früh genug bist du an der Reihe, mir den Arsch abzuwischen, sagte er, da mußten sie beide lachen, was allerdings dem Nerv Anlaß bot, ein neues Trommelfeuer ins Gehirn schoß. Hauptsache, dem Kind geht es gut, hört er aus den Anrufen der Freunde und Verwandten heraus. 2:23 Uhr, er sitzt an dem Tisch, an dem er täglich schrieb, bevor er ein Büro nahm, das keine Wohnung mehr ist. Alles schläft, endlich die Frau, die Tochter, wahrscheinlich auch das Ungeborene. Ob der Sterbende schläft, ob dessen Frau? »Eil, o zaudernde Zeit, sie ans Ungereimte zu führen, / Anders belehrest du sie nie wie verständig sie sind«, beginnt Hölderlin das »Gebet für die Unheilbaren«, das zwischen den beiden Bänden des *Hyperions* entstand. Nein, weiter zitiert Navid Kermani das Gedicht nicht, das zu dunkel ist. Immer wieder fliegt er im Geist nach Frankfurt, durchs Fenster in das Haus am Zoologischen Garten, wo er ein und aus ging, als er nach dem Abitur beim Nachbarn des Sterbenden assistierte. Jetzt betritt er die Wohnung darüber. In das hellerleuchtete Eßzimmer, wo er mit dem Sterbenden und dessen Frau Tee trank, gelangt er noch, nicht weiter. Es ist leer. Er wartet. Schließlich traut er sich doch in den Wohnungsflur, wo ebenfalls Licht brennt. Die Türen sind entweder zu, oder es ist dunkel in den Zimmern. – Herr Professor, möchte er leise rufen, so leise, daß er den Sterbenden nicht aufweckt, falls er schläft, Herr Professor, ich bin da. Darf ich mich zu Ihnen setzen? Wir reden auch nicht über den Zustand der Demokratie, das europäische Projekt und die Zukunft der Universität. Wir hatten von vornherein wichtigere Themen. Ich kann so bald nicht schlafen. Und Sie, Frau Professor, was ist mit Ihnen? Sie sind ja noch da. Ja, natürlich hätte ich mir das denken können. Kann ich Ihnen einen Tee zubereiten? Nein, nein, ich finde mich schon zurecht.

Der Bildhauer in München meinte, daß der Freund in Köln das jetzt noch aufschreiben müsse, den Tag aufschreiben, jetzt, da sie miteinander gesprochen hätten, auch ihr Gespräch. Der Freund antwortete, daß er zu erschöpft sei. Morgen, morgen würde er das tun. Dabei machte er in der Ahnung, den Laptop zu benötigen, eigens den Schlenker zum Büro, als er am Abend mit der Tochter aus dem Krankenhaus der Augustinerinnen zurückkehrte. Doch dann hat er, seit die Tochter schläft, E-Mails gelesen, telefoniert, Schnipsel von Filmen und ein etwa dreizehnjähriges Mädchen gesehen, das entführt worden war, der Talkmaster schweißnaß um Einfühlsamkeit bemüht. Das ist dein Lebensbuch, meinte der Bildhauer in München. Ich weiß schon, antwortete der Freund. Morgen, morgen. Es muß jetzt nach Mitternacht sein, in dem Fall Donnerstag, der

18. Januar 2007. Er hatte sich vorgenommen, so früh wie möglich zu schlafen, die Nacht ohne die Frau zu nutzen, um sich auszuruhen für den Tag zwischen Klinik und Tochter. Es hatte zwei Minuten gedauert, bis dem Bildhauer die Knappheit seiner Antworten auffiel. Der Freund war nicht deprimiert gewesen, dafür gab es am Ausgang dieses Tages keinen Vorwand, nur sterbensmüde und erschrocken. Noch während er telefonierte, klappte er den Laptop auf. Die Frau ist heute morgen dreimal ohnmächtig geworden. 112, Martinshorn, Augustinerinnen. Wieder die Routine, andrer Leute Notfall zu sein. – Du kennst das ja, sagte der Freund, die Flure, die Schalensitze, das Neonlicht, der PVC, und der Bildhauer sagte ja, ich kenne das Warten auf Ärzte, das Warten, daß etwas passiert, und um sechs traut man sich, ein wenig energischer nachzufragen, da hört man, daß der Arzt schon um vier gegangen ist, obschon die Frau des Freundes am Ende doch noch untersucht wurde, weil die Oberschwester der Gynäkologie, wo die Frau liegt, Mitleid hatte auch mit ihm, der sie so flehend anschaute und nachbohrte bei den Kollegen von der Orthopädie, die allerdings den Nerv nicht befreien können wegen der Schwangerschaft, so daß die Schmerzen anhalten oder zwei, drei Stunden nachdem der Orthopäde sie allen Bedenken zum Trotz örtlich betäubt hat, zurückkehren. Wie dankbar der Freund war, in Deutschland zu leben, als die Sanitäter nicht länger als fünf Minuten nach dem Notruf in der Tür des Badezimmers standen, eine Minute später ein Arzt. Nein, nein, der Notfall funktioniert in Deutschland, versicherte er dem Bildhauer. Erst als sie nicht mehr akut war, wurde die Frau in die Warteschleife verlegt. Sie ist nicht mehr akut, das ist das wichtigste. Vom Sterbenden in Frankfurt hat er nichts gehört, wie auch? Er denkt immer, die nächste Nachricht wird die letzte sein, obwohl das keineswegs gesichert ist: Daß es jetzt zu Ende geht, bedeutet nicht, daß es schnell gehen muß mit diesem verfluchten Ende. Sein Brief muß dem Sterbenden, sofern der Sterbende Briefe noch zur Kenntnis nimmt, wie ein verfrühtes Kondolenzschreiben vorgekommen sein. Die Gnädige Frau in München hat ebenfalls Rückenschmerzen, an denen sie irre wird. Nicht Spritzen helfen, nicht Massagen, nicht Kortison. Morgen wird sie sich ein Mittel geben lassen, daß an eine Droge heranreicht oder eine Droge ist, das ist ihr inzwischen egal, lieber bewußtlos, als das zu erleben. – Morphium? – Ja, nein, in Form eines Pflasters, elegant genug, um sie nicht zu stigmatisieren, beruhigte der Musiker. – Stigmatisieren? Der Bildhauer hat heute die Fortsetzung des

Romans erhalten, den ich schreibe, und gleich angefangen zu lesen, erst chronologisch, dann kreuz und quer. Das waren die ersten zwei, drei Minuten ihres Gespräches, bis ihm auffiel, daß der Freund aus Köln nicht so erregt war wie er. Nach dem Austausch der Krankenberichte kamen sie wieder auf den Roman zu sprechen, den ich schreibe, nun in gedämpftem Ton. Wie soll er denn je aufhören? fragte der Bildhauer. – Er kann nicht aufhören, antwortete der Freund sich selbst. Der Bildhauer fing wieder mit Künstlernamen an, Pollock, die Bilder, die von Wand zu Wand gehen. Das wird jetzt auch zu den Bildern gehören, die an den Wänden des Freundes hängen: wie die Frau stehend in der Badewanne kreidebleich wurde, die Augen verdrehte und deshalb, Gott sei gepriesen, mit Ankündigung umkippte wie ein gefällter Baum. Hätte er sich nicht rasiert, dann hätte er sie nicht im Spiegel gesehen, dann hätte er sich nicht umgedreht, dann hätte er sie nicht aufgefangen, dann hätte sie sich den Schädel zertrümmern oder in der Wanne ertrinken können. Die Sanitäter lobten ihn, als sie das Kommando übernahmen, der Arzt fragte, ob er Mediziner sei. Im nassen Badezimmer lag die Frau trocken und weich auf Handtüchern, die Beine erhöht, zugedeckt mit ihrem Plumeau. Er kriegt Übung, die raschen, ruhigen Handgriffe, auch wie er mit der Frau spricht, mit den Schwiegereltern, seinen Brüdern, mit den Ärzten. Er konzentriert sich darauf, zunächst das Notwendige zu tun, behält die Tochter stets im Blick, ob sie stabil ist, informiert später ohne Aufregung die Angehörigen, erledigt zu gegebener Zeit das Organisatorische, das Absagen einer Lesung in Marburg, des Massagetermins der Frau, eines Interviews im Radio, und beobachtet sich dabei selbst wie von oben. Zwischendurch Schübe des Pathos. Irgendwann wird einer von uns auf Handtüchern im Badezimmer liegen, der Notarzt wird klingeln und am Ende sein mit seinem Latein. Liebe ist das, nicht der ganze Schnickschnack, der in den Phantasien und Wutanfällen der Frau herumschwirrt, nicht einmal Sex: daß man da ist. Dann erst, dann sprich über Liebe, Hölderlin, wenn Liebe eine Lebensversicherung ist, mehr nicht, das ein und alles.

– Geht es Ihnen gut? fragt die männliche Stimme. – Nein, ich hatte zwei Herzinfarkte, sagt die weibliche Stimme ohne Umschweife. Indem er auf der Fahrt von den Augustinerinnen zur Schule, wo er um vier die Tochter abholt, nach langem wieder U-Bahn fährt, hört er, wie sich hinter ihm zwei ehemalige Kollegen eines Konzerns treffen, der seine Vertretung in Köln geschlossen hat. Die weibliche Stimme ging mit nach

Frankfurt, wohnte aber weiter in Köln, der Familie wegen. – Ja, das tägliche Pendeln war anstrengend, bestätigt sie, dann die beiden Infarkte. Seitdem fährt sie nicht mehr nach Frankfurt. Zufällig wollen beide an derselben Haltestelle aussteigen. Der Mitfahrer hört noch, daß die männliche Stimme, die im Konzern offenkundig höhergestellt war (vielleicht Sachbearbeiter und die weibliche Stimme Sekretärin, oder Abteilungsleiter und die weibliche Stimme Sachbearbeiterin, sicherlich beide Stimmen in der Firma längst vergessen), daß der ehemalige Sachbearbeiter oder Abteilungsleiter die ehemalige Sekretärin oder Sachbearbeiterin fragt, wie lange er wohl schon aus der Firma geschieden sei und sie sich also nicht gesehen hätten, sie solle einmal schätzen. – Vierzehn Jahre, sagt die männliche Stimme, weil die weibliche Stimme keine Antwort gibt, vierzehn Jahre. Das muß lange vor der Schließung der Kölner Vertretung gewesen sein. Der Mitfahrer dreht sich zur Tür der Straßenbahn um und ist überrascht, einen eleganten Mann in schwarzem Sakko und offenem weißem Hemd zu sehen, wie es Fernsehphilosophen tragen, Stoppelbart und extravaganter Hut. Die Frau ist stämmig, rosa Winterjacke, die kurzen blonden Haare mit braunen Strähnchen durchsetzt, wie im deutschen Fernsehen das einfache Volk. Wie es ihm denn gehe, fragt sie den ehemaligen Kollegen. Er wohne jetzt in einem Altersheim. So alt sieht er gar nicht aus, frühpensioniert vermutlich. Es sei oft langweilig, richtig öde, nichts mehr zu tun, was wichtig wäre. Das Leben sei vorbei, sagt er, ohne daß es weinerlich klingt, eher nüchtern. Er meint wohl, daß Leute wie der Mitfahrer mittendrin sind, die selbst in der U-Bahn auf dem Laptop tippen müssen.

In der Wohnung ist das Klo übergelaufen. – Ihre Rohre sind ja so was von marode, schüttelt der Installateur den Kopf und sieht keinen anderen Ausweg, als die Wände und Kacheln im Bad aufzubrechen – als habe der Romanschreiber, Vater, Mann, Handlungsreisende, Freund und Navid Kermani nicht bereits genügend Baustellen. Daß er den Betrieb aufrechterhalten kann, verdankt er der Mutter, die im Haushalt das Kommando übernommen hat. Sie macht die Wäsche, macht den Haushalt, macht die Betten, macht das Essen, sie putzt sogar den Kot auf, der nicht aus dem Klo zieht. Wenn das Liebe ist, liebt ihn niemand wie sie.

Auf den Rückruf nicht mehr hoffend, den die Schwiegermutter angekündigt hatte, liest Navid Kermani den Namen des Sterbenden am Morgen des 18. Januar 2007 in einem Artikel über deutsche Großintellektuelle, die nicht mehr über den Irakkrieg reden wollen. »Ich behaupte aber, daß absolut jeder weiß, ob er nun für oder gegen den Krieg ist, daß Saddam all diese Waffen besitzt«, wird ein lebensfroher Sänger zitiert, der die Kriegsgegner 2003 als »Nationalpazifisten« verspottete, die »Frieden irgendwie geiler als Krieg finden«. Ein brillanter Schriftsteller redet sich damit heraus, daß die Planung für die Nachkriegszeit »unter aller Sau« gewesen sei. Der Artikel fährt fort: »Daß die Schwächen der Nachkriegsplanung bereits vor dem Feldzug bekannt waren, daß gerade die hochfahrende Ignoranz der Falken gegenüber einer in Kriegen verrohten, durch das Embargo ausgelaugten irakischen Gesellschaft von vielen Kriegsgegnern als unkalkulierbares Risiko angeführt wurde, mag der Schriftsteller nicht kommentieren: ›Sie stoßen hier auf eine Wand!‹ Dann beendete er das Gespräch.« Das Vergnügen, die Idiotie anderer ausgebreitet zu sehen, die allerdings mehr ist als Idiotie, nämlich: Mitschuld, die niedere Empfindung, recht behalten zu haben, verfliegt von der einen auf die andere Zeile, als Navid Kermani auf den Namen des Sterbenden in Frankfurt stößt, der ebenfalls als Kriegstreiber zitiert wird: »Nicht die Passagiere des ›europäischen Traumschiffs‹ oder die zahnlose UN könnten das Fundament für eine globale Gesellschaft schaffen, sondern allein die ›ordnende Gewalt‹ des Hegemons Amerika.« Alle Versuche der Deutschen, die amerikanische Regierung zu schwächen, seien »Sünde«, der Irakkrieg »eine Art notwendige Wiedergutmachung für die narzißtische Kränkung einer Supermacht, die sich – auch im Interesse der Welt – kein Anzeichen von Schwäche erlauben konnte«. Von Sünde sprach der Sterbende, den die Zeitung wahrscheinlich vergebens versucht hat zu erreichen, solch anmaßende Kategorien also auch von ihm, der in den Gesprächen immer besonderen Wert darauf legte, den Realismus seiner Argumente aufzuzeigen. Die Logik seines Kriegsaufrufs ist metaphysisch aufgeladen, der Ton klerikal. Mit der gleichen Logik und Emphase verteidigen Terroristen den 11. September als Wiedergutmachung für den Kolonialismus, die Ausbeutung der Dritten Welt, die amerikanische Nahostpolitik oder Srebrenica. Das Racheprinzip zu durchbrechen ist nicht nur human, sondern realpolitisch geboten, will man die Eskalation verhindern, die allen schadet. »Amerika übt Vergeltung für die ungeheure kollektive Verletzung, die ihm am 11. September 2001 widerfahren ist. Solange sie ungesühnt ist, verwischt sich die Unterscheidung zwischen Gut und Böse«, schrieb hingegen 2003 der Sterbende in Frankfurt. 2007 wird er das anders sehen.

Vielleicht nicht der Zeitung, aber Navid Kermani gestünde der Sterbende zu, daß seine Argumente mißverständlich, vielleicht sogar falsch waren, nicht sofort vielleicht, dazu ist der Sterbende zu bedächtig, vielmehr im Laufe des Gespräches, das sie nicht mehr miteinander führen werden. Allein, darum geht es noch nicht. Es geht um Navid Kermani selbst. Zu leugnen, daß Gut und Böse sich überlagern können, ist die Voraussetzung für das Böse. Wäre er 2003 auf den Artikel gestoßen, hätte er den Sterbenden in Frankfurt einem gegnerischen, ja feindlichen Lager zugeordnet. Umgekehrt hätte es genauso sein können. Sie hätten sich kaum kennengelernt, wenn das Wort Feind in ihrer Reichweite gelegen hätte, und ihre Freundschaft nie entdeckt. Um 10:05 Uhr wird Navid Kermani wegen einer – wirklich wahr, Sie, großgeschrieben, können es später beim Deutschen Wetterdienst nachprüfen – wegen einer Unwetterwarnung aufgefordert, die Tochter um elf Uhr aus der Schule abzuholen. Darum ist es gefährlich, in der politischen Debatte Kategorien anzuwenden, wie er sie dem Sterbenden in Frankfurt noch immer vorwerfen würde. Feindesliebe bedeutet schließlich nicht, einen oder gar den eigenen Mörder zu lieben, sondern selbst im Mörder den Menschen zu sehen. Die Liebe hebt die Gegnerschaft nicht auf, sie will es nur nicht zur Feindschaft kommen lassen. Nicht immer kann das gelingen – wo Frieden herrscht, muß es gelingen. Der Installateur, der um 10:18 Uhr anruft, will sich – alles immer noch wahr – erst bei der Gewerkschaft kundig machen, ob er versichert wäre, falls er auf dem Weg weggeweht würde. Das ist die Klimakatastrophe, von der sogar die Zeitungskästen sprechen, vierundzwanzig Jahre nachdem Navid Kermani sie als Mitglied der Bürgerinitiative Umweltschutz Siegerland prophezeite. Noch ist es ruhig. Um zwölf kommt der Installateur in die Wohnung, falls der Wind ihn nicht wegweht. 10:30 Uhr. Draußen ist es immer noch ruhig. Vielleicht ist es doch nicht wahr.

Wahrscheinlich war ich der einzige unter den Trauergästen, der ihn nie anders gesehen hatte als mit Glatze und nur einem Bein. Auf der Suche nach Photos im Internet verblüfften mich die blonden, vor Jahren sogar langen Haare, die jugendliche Frisur. Auf einem Bild sieht er so sportlich und verwegen wie ein amerikanischer Filmschauspieler aus, der auch den Tarzan geben könnte. Als er gestorben war, las ich alle verfügbaren Nachrufe und dachte: Sie meinen einen anderen Menschen. Karl Otto Hondrich, wie ich ihn kannte, ist ein anderer Mensch. Ich habe länger darüber nachgedacht,

Karl Otto Hondrich (1. September 1937 Andernach am Rhein; 16. Januar 2007 Frankfurt am Main)

mit Blick auf andere Folgerungen schon vor seinem Tod, und glaube jetzt, daß dem Impuls, ihn auf den Photos und in den Nachrufen nicht wiederzuerkennen, der ein Impuls ist (ihn nicht wiedererkennen zu wollen, zu ahnen oder zu behaupten, daß da noch ein anderer Mensch war, der sich zum Schluß, also auch mir, geöffnet hat), ich glaube jetzt, daß diesem Impuls der Grund für meine Zuneigung zugrunde liegt. Ich glaube außerdem, daß er etwa Wahres anzeigt, so falsch er ist. Denn was mir an Hondrich am stärksten auffiel und imponierte, war der Wille fortzufahren, soweit es eben ging und mit klarem Blick auf den baldigen Tod. So genau er wußte, daß er es nicht aufnehmen konnte mit seiner Krankheit, so entschlossen war er, nicht vorzeitig aufzugeben. Weder erlaubte er sich Selbstmitleid, noch bot er anderen eine Gelegenheit, ihn zu bemitleiden. Wie zum Beweis seines eigenen Realismus lebte Hondrich auch nach dem Schicksalsschlag mit dem Bewußtsein, daß Schicksalsschläge eben zum Leben gehören. Hondrich weigerte sich, ein anderer Mensch zu sein, nur weil er starb.

Nun muß ich hinzufügen, daß diese Gedanken bloße Spekulationen sind oder sogar Einbildungen. Wir haben nie darüber gesprochen. Wir haben überhaupt nur zweimal miteinander gesprochen, insgesamt vielleicht anderthalb Stunden, und davon redeten wir die meiste Zeit über die Gesellschaft, den wissenschaftlichen Betrieb, unsere Bücher und Beziehungen. Das Merkwürdige an meiner Zuneigung ist gerade, daß sie in keinem Verhältnis zu meiner Kenntnis steht. Auf ihn aufmerksam wurde ich, als der

Regisseur, bei dem ich während des Studiums als Assistent und Dramaturg gearbeitet hatte, am Telefon erwähnte, daß Hondrich ein Artikel von mir in der *Neuen Zürcher Zeitung* gefallen habe. Den Namen kannte ich, auch Frankfurt und Soziologie assoziierte ich, doch hätte ich keinen Buchtitel oder Artikel anführen, ihn keiner wissenschaftlichen Richtung, politischen Tendenz, nicht einmal einer Generation zuschlagen können. Karl Otto klang alt und schon deshalb würdig des Respekts, zumal in Verbindung mit der langen Bibliographie, die ich ihm pauschal zuschrieb. Ich erfuhr, daß Hondrich mit seiner Frau im selben Haus wie der Regisseur wohnte und Krebs in einem Stadium hatte, in dem Heilung ausgeschlossen schien.

Der Artikel, den Hondrich gelobt hatte, stellt am Beispiel literarischer Seelenreisen durch den Kosmos dar, wie die orientalische und europäische Kultur ineinander verschränkt sind. Normalerweise hätte ich mich – aus Schüchternheit, nicht aus Geiz – damit begnügt, meinen Dank und meinen Gruß ausrichten zu lassen, doch wegen der Krankheit fragte ich den Regisseur, ob Hondrich sich über das Buch freuen würde, auf dem der Artikel beruhte. – Ja, antwortete der Regisseur, und so schickte ich Hondrich den *Schrecken Gottes* mit einer Widmung. Kurze Zeit später sollte ich aus *Du sollst* im Frankfurter Literaturhaus lesen und fragte den Regisseur, ob Hondrich sich auch freuen würden, wenn ich ihn kurz besuchte. Der Regisseur erkundigte sich und antwortete dann: Ja, Karl Otto Hondrich würde mich gern kennenlernen.

Am Nachmittag vor der Lesung trank ich Tee mit ihm. Mit uns saßen seine Frau und der Regisseur am langen Eßtisch. Ich hatte mir Hondrich älter vorgestellt und war auch überrascht, daß er eine so junge und anziehende Frau hatte. Die Wohnung war in der Kargheit des heutigen Bildungsbürgertums eingerichtet, mit wenigen teuren Möbeln, Holzdielen und Wänden mit moderner Kunst statt mit Büchern, soweit ich sah. Sie roch nicht nach Vergangenheit, nach langem gemeinsamen Leben; hier hatten zwei noch etwas vor. Wir gingen einige Themen durch, die *Frankfurter Allgemeine Zeitung*, für die ich geschrieben hatte und er murrend weiter schrieb, den Islam, die nervtötende Prosa heutiger Geisteswissenschaft, die Gründe für meine Entscheidung gegen die akademische Laufbahn, die er verstand, aber nicht guthieß, schließlich Liebe und moderne Beziehungen. Wir trafen uns im Pragmatismus, mit dem wir die Institution der Ehe und überhaupt das Zusammenleben von Mann und Frau einschätzten. Mir gefiel die Neugier Hondrichs und seine Vorsicht mit Meinungen. Eher tauschten wir Eindrücke und Vermutungen aus als Kenntnisse und Urteile. Gegen Ende – mit dem Regisseur hatte ich ausgemacht, nicht lange zu bleiben – fragte ich ihn nach seiner Krankheit. Mir war klar, daß ich danach fragen mußte, weil uns klar war, daß wir ohne die Krankheit nicht zusammen Tee getrunken hätten.

Hondrich gab eine knappe, präzise Darstellung. Die Hoffnung beschränkte sich darauf, noch nicht jetzt zu sterben. Wir sprachen über die Schmerzen, über Medikamente, die bevorstehende nächste Chemotherapie. Es war exakt der gleiche Ton, die gleiche Art, Dinge zu beurteilen, sie also nicht zu beurteilen, sondern eher die Beobachtungen und Erfahrungen, Aussichten und Vermutungen zusammenzustellen. Die Nüchternheit, die seiner Weltbetrachtung zugrunde lag und sich mir später in den meisten Texten bestätigte, schien er streng beibehalten zu wollen, wenn er sich selbst zum Gegenstand nahm. Es war keine distanzierte, gefühllose Nüchternheit. Eher wirkte die Weigerung, sich Illusionen zu machen, wie eine Voraussetzung, die Dinge überhaupt erst lieben und erfahren zu können. Was die Krankheit betraf, so war alle Verzweiflung in der Weigerung zusammengefaßt, die Verzweiflung auch nur anzudeuten. Ich glaube, das exakt war die Stelle, an der wir uns tiefer berührten, als es gewöhnlich zwischen einem älteren und jüngeren Kollegen geschieht, die sich seit einer halben Stunde kennen: Ich nahm das Selbstverständliche der Verzweiflung wahr, ohne daß er sie erwähnte, und er nahm wahr, daß ich die Verzweiflung wahrnahm, ohne daß ich es erwähnte. Ein Einverständnis war darin über die Welt. Es war ein Einverständnis, daß sie Spaß macht und groß ist, aber wir am Ende alle zermahlt werden und er gerade an der Reihe ist. Wie könnte ich ihn trösten? Was sollte er ein Aufheben darum machen? Gehen Sie ruhig, ich komme nach.

Bei meinem zweiten Besuch im Sommer 2006, als ich an der Universität, seiner Universität, einen Vortrag hielt, berichtete ich ihm von meiner Überraschung, daß ein Soziologe in seinen Büchern so persönlich sein konnte wie er. Ich meinte seinen Essay über die *Liebe in den Zeiten der Weltgesellschaft*, den er mir im Februar mitgegeben hatte, ein abweisend ernst wirkendes grünes Bändchen in der edition suhrkamp. In der Widmung war er noch ganz der seriöse deutsche Gelehrte, der in den respektvollen Dialog mit einem Muslim und Orientalisten tritt: »Für Navid Kermani mit Dank + Wünschen für weitere Verknüpfungen der großen Religionen.« Aber das Büchlein selbst hat einen ganz anderen Ton. Er erzählt von seinen eigenen

Beziehungen, seinen Irrtümern, seiner Scheidung. – Von solcher Soziologie würde ich gern mehr lesen, sagte ich. Hondrich schmunzelte.

Abgesehen von den Fallbeispielen aus seinem eigenen Alltag, seinen Ehen, verblüffte mich, bis zu welchem Grad er sich als ein persönliches Gegenüber mit dem Autor deckte: die gleiche Art des Abwägens, des genauen Sprechens, des Sowohl-als-Auch, die gleiche Einsicht, daß das Notwendige nicht richtig sein muß. Die früher übliche Trennung der Ehe als Institution vom Motiv der romantischen Liebe ist klüger und lebensnäher, als es uns heute scheint – nur leben wir eben heute und können die Trennung nicht wiederherstellen. Noch in seinen Thesen las ich das Fragezeichen heraus. »Dem Illusionismus der großen Einseitigkeiten« wollte er entkommen, und dann der Satz, der das Paradox seiner emphatischen und also niemals zynischen Skepsis zusammenfaßt: »Nicht Verheißungen, sondern Ernüchterungen produziere die Soziologie.« Allerdings ist das noch nicht der Schluß. Die Nüchternheit, die er einfordert, ist selbst das nächste Problem. Man kann nicht nur mit Fragezeichen leben. Deshalb geht die Geschichte immer weiter: »Ich erinnere mich an einen Spaziergang im winterlichen Kottenforst, bei dem ich meiner ersten Frau, vor der Ehe, die Ehe schmackhaft zu machen versuchte, indem ich für radikale Nüchternheit von Anfang an plädierte, um uns vor späteren Enttäuschungen zu schützen. Von der Enttäuschung durch dieses Gespräch hat sich unsere Ehe womöglich nie erholt.« *The same things that make you live will kill you* auf die Soziologie übertragen, das ist Hondrich.

Infam erschien mir der Nachruf in der *Frankfurter Allgemeinen Zeitung*, die Hondrich als Reaktionär vereinnahmte. Allein schon, daß er in Paradoxien dachte, erhob ihn über die Kulturkämpfer, die sich auf ihn beriefen. Er war viel zu vorsichtig, neugierig und unvoreingenommen, viel zu offen dafür, Meinungen zu ändern, um sie als Parolen zu rufen. Ich habe inzwischen die Aufsätze gelesen, die ihm den Ruf eines Konservativen einbrachten, der die Glaubenssätze der Linken und Multikulturalisten zu widerlegen suchte. Ich bin keineswegs mit allem einverstanden, am wenigstens mit seinen Thesen zum Irakkrieg. Ich verkenne nicht seinen Spaß an der Provokation. Aber Hondrich war zu klug, zu skrupulös und moralisch zu integer, um selbst so fremdenfeindlich zu sein, wie er es den Menschen als natürlichen Instinkt attestierte und durchaus zubilligte. Er glaubte nicht an die Friedfertigkeit der Kulturen; Gewalt einzukalkulieren machte ihn jedoch nicht zu deren Befürworter. Ich begreife, warum Konservative sich immer öfter auf ihn beriefen, und bestreite, daß er selbst einer war. Er traute nur dem Fortschritt nicht. Die Vergangenheit hielt er deshalb nicht für besser.

Wie gern hätte ich mit ihm auch über das diskutiert, was ich anders sehe. Doch als ich Hondrich zum zweiten Mal besuchte, ahnte ich noch immer nichts von dem Ruf, den er in den Feuilletons hatte. Über die *Liebe in den Zeiten der Weltgesellschaft* waren wir uns einig. Die dortigen Beobachtungen und Erfahrungen, an die wir im Gespräch anknüpften, trafen bei mir im Sommer 2006 einen Nerv. So erzählte ich freimütiger, als es unserer Bekanntschaft entsprochen hätte, von meinen eigenen Ernüchterungen in der Liebe und warum ich dennoch an der Ehe festhielt. Sein Plädoyer gegen die Selbstverständlichkeit, mit der Eheleute heute auseinandergehen, schien mich zu bestätigen. Hondrich wandte sich gegen den Mythos der einvernehmlichen Trennung, bei der Kinder angeblich weniger Verletzungen davontrügen als durch den Streit der Zusammenlebenden. Damit widersprach er dem Dogma, mit dem mir in den letzten Jahren viele Bekannte in den Ohren lagen: daß es für die Kinder prinzipiell besser sei, sich scheiden zu lassen, als immerfort zu streiten. Hondrich hatte etwas gegen das Prinzipielle – was ich rundherum sympathisch fand. Sein Hinweis auf pragmatische Lösungen, auf die vielen möglichen »Vorsichts- und Reparaturmaßnahmen« gegen die Überforderung, die aus der Übertragung der romantischen in die familiäre Liebe beinah notwendig erwachse, sprach mir aus dem Herzen: »Lange Zeit habe ich das Getrenntleben in zwei Häusern nur als ein Scheitern meiner Ehe angesehen«, schrieb er in *Liebe in den Zeiten der Weltgesellschaft*: »Aber es war auch der Versuch, Scheitern zu begrenzen, ja ihm zuvorzukommen.« Und weiter: »Nicht das Vergehen der romantischen Liebe macht dem Paar den Garaus, sondern nur das Festhalten an der Erwartung, daß sie nie vergehe.«

Ich zitiere all das aus seinem Buch, weil ich so lange Zeit nach unserem zweiten und letzten Gespräch seine Sätze nicht mehr wiedergeben kann. Indes gab es bei ihm, das deutete ich bereits an, kaum einen Unterschied zwischen dem geschriebenen und dem gesprochenen Wort. Was er sagte, war oft bis in die Formulierungen wie aus einem Buch, und was er schrieb, hatte die Schnörkellosigkeit dessen, der ein Gegenüber anspricht. Auch an den sechs Reden, die auf der Trauerfeier gehalten wurden, fiel mir auf, wie sehr sie sich gegenseitig bestätigten. Jedenfalls im Vergleich zu anderen Menschen gab Hondrich das Bild einer weitgehend in sich ruhenden, geschlossenen Persönlichkeit ohne krasse innere Widersprüche ab. Von

Nüchternheit, Gelassenheit, Langsamkeit, Genauigkeit, Bedächtigkeit, Gewissenhaftigkeit sprachen alle, die ihn charakterisierten. Ein Redner schilderte darüber hinaus den Womanizer, der sich auf den Photos von früher andeutet. Alle anderen Charakterisierungen fügten sich in das Bild, das auch ich von ihm gewonnen hatte.

Und doch behaupte ich, noch jemand anders getroffen zu haben. So auffallend Hondrich darum bemüht war, sich vom Tod zu keinem anderen Menschen machen zu lassen – er wußte um die Vergeblichkeit. Illusionslos auch gegenüber sich selbst, wußte er, dessen bin ich mir sicher und das meine ich wahrgenommen zu haben, daß das Bild, das er von sich zeigte, nicht alles war, nicht das ganze Bild. Er war identisch mit sich auch im Bewußtsein, daß niemand identisch ist mit sich, und nüchtern genug, um vorauszusehen, daß die Nüchternheit nicht aufrechtzuerhalten sein würde. Am Ende wimmerst du. Aller Realismus hilft nicht, die Realität zu ertragen. Aber wenn das so ist, wenn das ohnehin so ist und bei jedem, muß man nicht auf den Marktplatz mit seiner Furcht. Wenigstens nach außen Würde zu bewahren ist der letzte Widerstand gegen einen übermächtigen Gegner: fortzufahren, bis es nicht mehr geht – und dann, so lautlos es einem vergönnt sein mag, zu verschwinden. Mit letzter Kraft stellte Hondrich noch das Buch fertig, das drei Monate nach seinem Tod erschien, und gab auf, ohne zu klagen, ohne zu trösten, weitgehend stumm, mit letzten Anweisungen für die eigene Trauerfeier, die nicht pompös, aber auch nicht gewollt bescheiden ausfallen sollte, schließlich hätte die Askese nicht ihn, sondern die Gäste betroffen. Als Leichenschmaus wählte er Suppe, genau richtig nach einem Begräbnis im Winter. Tatsächlich war es eisig, der kälteste Tag in einem bis dahin allzu milden Januar, als wir Karl Otto Hondrich das letzte Geleit gaben.

Weil es ohnehin niemandem aufgefallen wäre, wollte er ohne Abschied verschwinden, nur hing sein Mantel nicht mehr an der Garderobe, sondern war vom Gastgeber in die erste Etage getragen worden, wo sich die Mäntel auf dem Ehebett türmten. Als der Gast die Wendeltreppe wieder hinabstieg, stand auf der untersten Stufe eine Bekannte, die beim besten Willen nicht unhöflich genug sein konnte, nicht zu fragen, wie es gehe. Ganz gut, stammelte der Gast wie einer, der auf frischer Tat ertappt worden ist, und schielte sprungbereit zur Wohnungstür. Den nächsten Fragen hielt er stand, bis die Bekannte nach seiner Frau fragte und der

Gast antworten mußte, daß die Frau bei den Augustinerinnen liege, was die Bekannte bereits wußte, aber wenn sie es bereits wußte, wieso fragte sie danach, und wenn sie danach fragte, wieso nicht im ersten Satz, wieso fragte die Bekannte zunächst ausführlich, wie es dem Gast gehe, bevor sie nach der Frau fragte? Sie mußte doch wissen, wie es dem Gast geht, wenn sie wußte, daß die Frau bei den Augustinerinnen liegt und warum. – Und wie ist sie drauf? fragte die Bekannte, als wollte sie wirklich etwas über die Schreie erfahren, die nur dann zu einem Wimmern abflauen, solange die Frau Infusionen erhält, ihr schlechtes Gewissen, die Grenze des Ertragbaren und die Angst vor der Narkose, aus der das Ungeborene nicht erwachen könnte. – Montag wird sie operiert, meldete der Gast nur die Hauptnachricht, die die Bekannte bereits kannte. Ja, wenn sie es weiß, wieso fragt sie mich dann, sagte er sich wieder selbst, oder weshalb fragt sie mich erst jetzt? Damit seinen Lippen nicht auch noch der Name Karl Otto Hondrichs entwich, lächelte er mit gepreßten Lippen, senkte dann den Kopf, drückte den Mantel an die Brust und marschierte ohne Abschied oder weitere Blicke aus der Wohnung.

Der Bildhauer rief aus München an, als der Freund mit der Tochter im Kölner Stadion saß. Normalerweise hebt der Freund kurz vor Anpfiff nicht mehr ab, schon weil bei dem Lärm ohnehin nichts zu verstehen ist, doch sah er den Namen des Bildhauers auf dem Display und fürchtete, daß etwas geschehen sei. Er wolle unbedingt mit ihm sprechen, rief der Bildhauer erregt, ausführlich sprechen wegen des Romans, den ich schreibe, es sei ihm Ernst, aber das ginge so und jetzt nicht. Ungefähr das verstand der Freund, nicht mehr, nichts genauer. Der Bildhauer brüllte, daß er sich am Abend melden würde.

In der Drehtür der Augustinerinnen stieß der Mann auf eine Lehrerin der Tochter. Sie fragte, weshalb er hineinginge, er fragte, weshalb sie herauskomme. Innerhalb von Sekunden rührten sie, die sich vorher nur auf dem Schulhof begrüßt hatten, an das Existentielle beider. Alles Gute wünschte sie der Frau, er der Lehrerin bei der Schmerztherapie, der sie sich seit einer mißlungenen Operation an der Wirbelsäule unterzieht, damit sie wieder unterrichten kann. – Früher klangen diese Selbstvernichtungsphantasien immer pubertär, deutete er die Worte der Lehrerin, man wäre besser nicht geboren und so weiter. Aber wer physisch leidet, auf schreckliche Weise, wenn der Schmerz Realität ist, die sich vor alle Relativierungen stellt, wessen Körper nicht nur zu modern beginnt, allmählich verfällt, sondern bei vollem Bewußtsein zerberstet, dem wird der Wunsch konkret, nicht geboren worden zu sein. Alles andere, fügte der Mann schon auf dem Fahrrad in Gedanken hinzu, ist Philosophie, nicht Offenbarung. Hiob brüllt nicht aus Weltschmerz.

An der Sprechtrainerin, die nicht sehr erfreut wäre, ihren Namen zu lesen, aber Namen fallen im Roman, den ich schreibe, ohnehin nicht außer von Toten und von Künstlern, um nicht mehr nur die Dichter auszunehmen, an der Sprechtrainerin oder gar nicht speziell an ihr, sondern an Frauen ihres Alters, die es zu einer eigenen Existenz, vielleicht dem einen oder anderen Kind gebracht haben und nun merken, hoppla, da ist ja noch eine Strecke, bis Männer desselben Alters in ihnen nicht mehr das wilde, wilde Mädchen ersehnen, das sie nie waren, aber werden könnten, nicht für ein Leben, nicht um die so mühsam errichtete Existenz zu gefährden, das geliebte Kind zu verletzen, aber doch für einen Abend, ein paar Abendessen, die ins Frivole kippen, die eine und dann vielleicht noch ein paar, freilich nicht zu viele weitere Nächte – an Frauen wie der Sprechtrainerin erregen ihn gerade jene Spuren, die das Leben bereits hinterlassen hat, und nicht etwa die Makellosigkeit, obschon sie schrumpelig nun auch nicht sein sollen, gut gebaut und gerade soviel Falten, daß es Spuren sind, nicht Schluchten. *Die Sprechtrainerin* wäre als Titel verkaufsträchtiger für einen Roman als *In Frieden*, der damit beginnen würde, daß er sich im Laufe der ersten Übungsstunde immer plastischer vorstellte, wie sie aussähe, spräche, blickte, sich bewegte, wenn sie das seriöse Kostüm gegen Jeans und Pullover tauschte und von der überaus freundlichen, durchaus sympathischen, nur eben durch und durch professionellen, standardisierten Haltung abließe: aufrechter Körper, bewußte Wahrnehmung und Regulierung seiner Spannungsverhältnisse, kombinierte Zwerchfell-Rippen-Atmung, geweitete Resonanzräume, Mitteilungswille, Gerichtetheit des Sprechens, aktive Bewegung von Lippe, Zunge und Unterkiefer, ohne auszusehen wie ein dressierter Affe, wie er hinzufügte, um ihr ein Lächeln abzuringen. Er stellte sich ihr Kichern, ihre Unsicherheit und ihre schlechte Laune zwischen zwei Gedanken an die Gnädige Frau oder die Ungeborene vor, während er redete und redete, gleichgültig worüber, weil es der Sprechtrainerin nur um die Mitteilung ging als solches, endlich endlich einmal nicht den Inhalt. Ein-, zweimal brachte er sie zum unverstellten Lachen, nicht nur zum Lächeln, und merkte, hoppla, daß sie mehr als die kombinierte Zwerchfell-Rippen-Atmung miteinander verbinden könnte. Es sind nicht nur die Falten, die ihn verführen. Es ist die Differenz von Augen, die immer noch jung sind, und Linien, die gar nicht ins Gesicht passen wollen. Es ist, als stehe das Alter an der Tür, um die Frau mitzunehmen, aber sie hat sich noch gar nicht umgezogen. Hier genau entsteht die Idee: Ein paar Minuten hast du noch, die du in Jeans und Pullover zum Beispiel mit mir verbringen könntest, eigentlich auch mit jedem oder sagen wir fast jedem anderem, Hauptsache, er bringt dich zum Lachen. Nicht daß draußen der Tod wartet, keine Sorge, da ist schon auch noch Genuß. Aber das hier, diese Minuten, wenn du jede Fußleiste deines Zimmers wertschätzt und also freien Herzens noch einmal vor die Tür gehen könntest, die sind etwas Besonderes. Schöner wird dein Zimmer niemals mehr sein. Hier genau ist die Stelle: wo du glücklich sein kannst im Bewußtsein des Sterbens. Er sollte die Sprechtrainerin, wenn er ihren Namen schon nicht nennt, vielleicht zusätzlich in eine Ärztin oder eine Finanzberaterin verwandeln, damit die Spuren noch unscheinbarer sind als die Falten um ihre Augen. Genausogut könnte er behaupten, daß es die Sprechtrainerin nicht gibt, die ihm der Rundfunk auferlegt hat, bevor er die Reihe übers Heilige moderiert, und erklären, warum er sie erfunden hat.

Das Wort »Vorwurf«, gegen das sich der Freund in Köln wehrte, nahm der Bildhauer aus München zurück. Als der Bildhauer auflegte, weil die Gnädige Frau ihn wieder ans Bett rief, begriff der Freund den Vorwurf. Der Freund macht sich den Vorwurf selbst, so entschieden er daran festhielt, nicht unrecht gehandelt zu haben. Der Vorwurf, den der Bildhauer zurücknahm, betrifft nicht – oder nicht direkt – den Roman, den ich schreibe, wie der Freund befürchtet hatte. Vielleicht war dem Bildhauer der Roman auch egal geworden oder wollte er seinen Ärger noch nicht daran festmachen. Der Vorwurf, den der Bildhauer zurücknahm, bestand darin, daß der Freund im Stadion gesessen hatte. Der Vorwurf war, daß dessen Leben weiterging. Er sagte nicht, aber meinte: Hier ist es Ernst, und du gehst zum Fußball. Du tust so, als sei es dir Ernst, und gehst zum Fußball. Daß der Vorwurf verunglückt war, hätte der Bildhauer erkannt, ohne daß der Freund es ihm hätte unter die Nase reiben müssen. Vielleicht meinte der Bildhauer doch den Roman, den ich schreibe, und wußte derart aufgelöst nur nicht, was genau ihn daran verletzte. Der Freund fragte nicht nach, sondern verteidigte sich damit, daß er schon wegen der Tochter nicht aufhören könne mit Hausaufgaben, Abendbrot, der Lesung morgen in Bremen, die einen Wochenlohn plus sieben Prozent Mehrwertsteuer einbringe, und eben auch nicht mit Fußball am Wochenende. Er wolle nichts vergleichen, aber habe ebenfalls seine Nöte, das könne der Bildhauer ihm glauben. Der Freund erklärte nicht, daß er auch ohne die Tochter ins Stadion gegangen wäre. Er erwähnte nicht das Interview für eine Literaturzeitschrift, das er nicht für Geld, sondern aus Eitelkeit gab, erwähnte nicht den Anruf beim Internetprovider wegen eines Fehlers der Software, bei der Krankenkasse wegen des Antrags auf eine Haushaltshilfe und bei der Schwester der Frau wegen der nochmaligen Versicherung, kein Schurke zu sein, trotzdem er über Silvester in den Skiurlaub gefahren war. Schon gar nicht erwähnte er die Gedanken über das Verdrängen, das ihm angeblich nicht mehr gelingt. Nein, er verteidigte sich ausschließlich mit der Tochter und erzwang so die sofortige Kapitulation mitsamt Reparationszahlungen in Form eines Geständnisses. – Ich bin am Ende, weinte der Bildhauer in München. Die Rückenschmerzen der Gnädigen Frau lassen nicht nach. Den ganzen Tag und fünf-, sechsmal während jeder Nacht springt er auf, um etwas für sie zu holen. Zu allem anderen kommt so die Übermüdung hinzu. Die Ärzte, die er um Hilfe ruft, zucken mit ihren verfluchten Schultern. In der Klinik ist gerade kein Bett frei. Später am Abend erfuhr der Freund vom Musiker einige Einzelheiten des Alltags in München, auch über die vollständige, anhaltende und wechselseitige Überforderung zweier Menschen, die stark sind, sich lieben und nun einfach nicht mehr können. Nur: Was heißt das schon, nicht mehr zu können? Als ob sie die Wahl hätten, nicht zu können. Normalerweise setzt man sich in den Zug und fährt hin, wenn ein Freund um Hilfe ruft, egal, ob man gemeint ist – und er war gemeint, eindeutig, auch wenn der Bildhauer ihm gegenüber niemals das Wort Hilfe in den Mund nähme, so eingestanden verzweifelt, fertig mit den Nerven, bar jeder Lebensweisheit er sich zeigte. Allein, die Frau des Freundes wird gerade operiert, in dieser Minute, am Montag, dem 22. Januar 2007, um 10:29 Uhr, Karl Otto Hondrich in Frankfurt morgen beerdigt. Du mußt auf deiner Baustelle bleiben, betonte der Bildhauer in München, dem es peinlich war, sich nicht von selbst nach der Frau in Köln erkundigt zu haben, in deren Krankenzimmer es ohne Bett so leer ist.

Der Gastgeber in Bremen war Zeuge, wie der großgewachsene Herausgeber Hölderlins und ein kleingewachsener Stuttgarter Buchhändler in der Gaststätte eines kleinen norddeutschen Bahnhofs auf den Tisch stiegen und lauthals griechische und lateinische Sentenzen deklamierten. Als Zungenreden beschrieb es der Gastgeber. Die Hemden hatten sie sich vom Leib gerissen, erst der kleine Buchhändler, dann der große Herausgeber. Der arme Wirt! entfährt es dem Handlungsreisenden, der den Gastgeber fragt, ob er einen Kontakt zu dem Herausgeber beschaffen könne, eine Postadresse oder Telefonnummer. Er weiß jetzt, wo er hinfahren möchte, wenn seine Baustellen geschlossen sind.

Um die Tochter beginnt er sich ebenfalls wieder zu sorgen. Schon wieder, noch immer ist die Frau ein Pflegefall. Aus schlechtem Gewissen und Erschöpfung erlaubt sie der Älteren alles, greift nicht ein, spielt im Bett mit ihr Monopoly, obwohl gleich die Klavierlehrerin klingelt und die Tochter noch nicht angezogen ist, dann taucht auch noch sein Vater auf, bis es wirklich spät wird, Schluß jetzt, zieh dich sofort an, befiehlt die Frau im Bett, diese Runde noch, erwidert die Ältere, okay, diese eine Runde noch, knickt die Frau ein, und danach: jetzt ziehst du dich sofort an, ich habe keine Lust auf Klavier, beeil dich, schrei mich nicht so an, red nicht so mit mir, ich hasse die Klavierlehrerin, entschuldige dich bei Opa, es klingelt, die Klavierlehrerin steht an der Tür, die Ältere erst halb angezogen, der Vater beleidigt abgezogen, die Frau keine zwanzig Stunden, nachdem sie wieder zu Hause ist, am Rande des Nervenzusammenbruchs, und es sind noch viereinhalb Monate bis zum 17. Juni 2007, in denen sie das Bett möglichst nicht verlassen soll. Und er, was macht er, während Frau und Tochter sich anbrüllen, der Vater verärgert verschwindet und die Klavierlehrerin klingelt? Liefert im Arbeitszimmer wieder eine Meinung ab, um den Betrieb am Laufen zu halten, seid doch mal ruhig!, ansonsten Organisieren, Haushalt, Kochen, Hausaufgaben, dazu noch das zweite Kinderzimmer einrichten und das Bad renovieren, das muß natürlich auch jetzt geschehen, ist klar, damit einem der Kot nicht bis zum Knie reicht, das Hochbett im anderen Kinderzimmer, damit das Klavier hineinpaßt, das im künftigen zweiten Kinderzimmer steht, die Haushaltshilfe, die natürlich Iranerin sein soll, damit sie im Idealfall später aufs Baby aufpaßt – aber von welchem Geld, sollte die Krankenkasse die Haushaltshilfe nicht zahlen?, und die Schwägerinnen denken, er würde nur knausern, wenn er mitteilt, daß er nächstes Jahr auf den Skiurlaub verzichtet, der ihn fünfzehn Meinungen kostet, fünfzehnmal so tun, als sei er interessiert. Hoffentlich stirbt jetzt nicht noch jemand. Alles andere schreibt sich oder schreibt sich nicht, aber wenn jemand seine

Seele aushaucht, gilt die Regel, daß alles stehen- und liegengelassen wird für ihn. Sex ist auch verboten, wegen der Operation noch Monate nach der Geburt, und es war natürlich ein ganz großer Fehler, ein wirklich dikkes Ei, das er sich geleistet hat, daß er am Abend ihrer Entlassung von den Augustinerinnen – und sie war schon niedergeschlagen genug – von den natürlichen Trieben der Menschen sprach, nicht nur der Männer, und daß es nichts zu tun habe mit ihr, überhaupt sei sie wunderschön mit ihrem Kugelbauch, das stimmt auch, heute morgen hat er sie im Bad lange betrachtet, frisch rasiert wegen der Operation, wunderschön, daß er beim Schreiben schon wieder Erektion bekommt, aber es ginge nun einmal nicht, das sei ihnen verschlossen im konkreten physischen Sinne. – Dann hol dir halt fünfmal täglich einen runter, unterbrach sie ihn schnippisch, soviel Mitgefühl darf ich wohl erwarten. Die Waschmaschine im Büro, das niemals eine Wohnung zu werden scheint, piept am Samstag, dem 27. Januar 2007, um 13:31 Uhr. Er muß die Wäsche aufhängen, im türkischen Supermarkt unten rasch einkaufen und nach Hause. Um 14 Uhr erwartet er eine Iranerin, die sich als Haushaltshilfe bewirbt.

Weitere Chemotherapien sind nicht mehr nötig. Ihre Stimme hörte er im Hintergrund Grüße bestellen, *Salâm beresun*, wörtlich: »Überbringe Frieden«. Sie ist also wieder zu Hause. Ob er kommen soll, fragte der Freund aus Köln noch rasch, als ob er kommen könnte. Im Augenblick nicht, antwortete der Bildhauer in München. Der Freund fragte nicht, warum die Ärzte erst jetzt die Ursache für die Rückenschmerzen erkannt haben. Das muß man doch erkennen können, sagt er sich am Sonntag, dem 28. Januar 2007, um 23:11 Uhr, Rheuma muß man doch auf den ersten Blick von Metastasen unterscheiden können. Bei der Ungeborenen erkennen sie auf dem Bildschirm einmal wöchentlich soviel. Im Zweifel soll er den Notarzt rufen, besser zu oft, sagte die Gynäkologin, als das eine Mal zu spät. Seelenruhig schläft die Ungeborene unter der Bauchdecke, reckt sich auch schon manchmal, bewegt die Arme und Beine, die sie inzwischen hat, und ahnt nicht, welche Sorgen sich die Eltern machen, welche Sorgen sie sich machen wird, was überhaupt Sorgen sind. »Jetzt schreibe ich Ihnen, nicht mehr Ihrem Mann. Ich weiß nicht, wo Sie sind, was Sie durchleiden, ob die Konturen eines Alltags erkennbar sind, aber wenn ich etwas tun kann für Sie, und sei es nur, die Verzweiflung zu teilen, geben Sie mir ein Zeichen, ich setze mich in den Zug, oder Sie kommen nach Köln, was Sie ohnehin vorhatten.« Setz mich in den Zug ist natürlich gut. Und wenn die Witwe von Karl Otto Hondrich ihn tatsächlich um Beistand bäte? Sie wird es nicht tun, richtig – aber wenn? Wird er um Verständnis bitten? Weshalb bietet er ihr dann an, sie zu besuchen, die Verzweiflung zu teilen, was für ein Hohn, als ob ihre Verzweiflung teilbar wäre, als ob er mit zweimal einer Stunde Zugfahrt, zweimal fünfzehn Minuten S-Bahn und Teetrinken von vielleicht ein, höchstens zwei Stunden auch nur den Zipfel ihrer Verzweiflung in der Hand hielte.

Der Cousin aus New York, der die Eltern in Siegen besucht, projiziert schwarzweiße Familienphotos an die Wand, die er auf seinen Reisen nach Iran gesammelt hat. Die ersten Tränen fließen beim Bild eines schlanken, attraktiven Mannes mit Halbglatze, etwa fünfunddreißig, vierzig Jahre alt, der bei der Arbeit als Tierarzt so viel Menschennot sah, daß er zurückkehrte an die Universität, um sich in Humanmedizin einzuschreiben. Den Vater, der nach dem Abitur zunächst Lehrer oder Ingenieur werden wollte, bewegte er zu einer anderen Entscheidung: Werde, was auf Erden am meisten hilft – werde Arzt. Kurze Zeit später, der Vater hatte sein Medizinstudium schon begonnen, starb der Mann mit Halbglatze bei einem Autounfall, weshalb der Sohn aus Köln seinen Namen nie gehört hat. Dafür hat er jetzt verstanden, warum nicht nur der Vater, sondern auch die Brüder, Onkel, Cousins und Schwägerinnen von Beruf Arzt sind. Grob geschätzt zehn Prozent der Menschen auf den Photos leben noch. Dem Sohn geht auf, daß man sich bei den damaligen Familientreffen genau die gleichen Geschichten erzählt haben wird, nur von anderen Gestorbenen. Weißt du noch, der? Im besten Fall fällt der Nachsatz günstig aus: Weißt du noch, was der mir geraten, wie der immer geholfen, welche Geschichten der erzählt, wie lieb der zu uns Kindern war? Mehr Ehrgeiz, als einige Jahre oder sogar Jahrzehnte die Frage weißt du noch der? hervorzurufen, während die Kinder lärmen, wäre verfehlt. Eines ihrer Kinder, die murren, als sie sich zum Gruppenphoto aufstellen müssen, wird die Bilder betrachten, die am Sonntag, dem 4. Februar 2007, in Siegen aufgenommen werden, und fragen, weißt du noch der? Nein, keine Ahnung. Nie den Namen gehört. Aber guck mal, wie komisch der guckt. Es ist ja auch komisch, wenn auf einem der schwarzweißen Gruppenphotos die Männer zu Hemd, Krawatte und Sakko Pyjamahosen tragen. Das war früher in Iran so, daß der Gastgeber männlichen Gästen feierlich Pyjamahosen aushändigte, damit sie es sich auf dem Teppich im Herrenzimmer bequem machten. Dann rief einer, daß im Innenhof die Kamera aufgestellt ist, jetzt beeilt euch doch endlich, kommt, macht schon, und Großmutter rief, daß das Essen kalt wird, ach kommen Sie, Großmutter, das geht ganz schnell, und dann haben die Männer überlegt, ob sie für das Photo die Hosen wechseln sollten, aber nein, das Essen wird kalt, Großmutter hat schon dreimal gerufen, also kommt, Jungs, zieht das Sakko drüber, und dann ist gut. Und so saßen, standen und lagen sie in drei, vier Reihen hintereinander, die Frauen im Kostüm und damals alle ohne Kopftuch, die Kinder ungeduldig, die Männer mit Pyjamahosen unter dem Sakko, Vater ein Teenager, der sich rastlos wahrscheinlich am meisten langweilte, oder auf einem anderen Photo als zweijähriger Knirps, der scheu zwischen zwei Erwachsenenbeinen hervorlugt. Dann die vielen Photos mit Fahrrad, alle aus der gleichen Zeit, frühe vierziger Jahre, schätzt der Sohn, aber auf dem Fahrrad des Vaters durfte niemand anders fahren, wie der Vater gestand. In den Fünfzigern die Photos mit Auto, aber auf dem Kotflügel des Vaters durfte jede Frau Platz nehmen, wie die Mutter sich noch immer ärgerte. Der Schwippschwager will nicht aufs Bild, weil darauf später nur noch Leichen zu sehen seien, wie er sagt. Die Mutter ruft, daß das Essen kalt wird. Der Sohn findet die Vorstellung des Schwippschwagers gar nicht beängstigend und die Endlichkeit einen Trost. Was übrigbleibt sind nicht die Qualen, sondern die Pyjamahosen, das erste Auto, die Frau auf dem Kotflügel, die Tränen von einem der Kinder oder Kindeskinder, weil man ihm etwas Haltbares mitgab, einen Rat, eine Geschichte oder ein Fahrrad. Vielleicht sollte der Sohn, statt sich mit der Direktrice zu verabreden oder Hölderlins Herausgeber zu besuchen, mit Großvaters Selberlebensbeschreibung fortfahren, sobald die Baustellen schließen, wenn schon die Mutter nicht über die zwanzigste Seite hinauskam. In jedem Fall sollte es ihm gelingen, sich über das Ultraschallbild zu freuen. Er darf das. Die Ungeborene ist so groß wie seine Hand, wenn er die Millimeterangaben richtig behalten hat. Sie soll erfahren, nein: du sollst erfahren, wer Großvater war, so daß die Vergänglichkeit ein paar Jahre oder sogar Jahrzehnte länger tröstet.

Er kann nicht nicht an München denken. Bei jedem Satz, den er schreiben möchte, denkt er, daß der Satz von der Gnädigen Frau berichten müßte, von kurzen und etwas längeren Telefonaten. Doch dann will der Freund aus Köln tatsächlich einen Satz anfangen, und es gelingt ihm nicht einmal das erste Wort. Was gäbe es auch zu sagen? Wenn die Ärzte die Schmerzen nicht in den Griff kriegen, wie es in dem Jargon heißt, den der Freund längst übernommen hat, ist die Marter bald von biblischem Furor. Wobei das auch dummes Zeug ist: die Intensität des Leidens im Verhältnis zu der Anzahl von Tagen, dem Bewußtseinsgrad, der enttäuschten Hoffnung und anderen Faktoren zu setzen. Jetzt in dieser Minute, am Montag, dem 5. Februar 2007, um 22:17 Uhr oder 22:24 Uhr oder 22:41 Uhr, da die Gnädige Frau ihre erste Nacht in der neuen Klinik im besten Falle schlafend oder dämmernd verbringt, prallt alles ab wie die Reden der Freunde an Hiob. Und dann ist da noch etwas anderes, was den Freund in Köln dazu brachte, am einen Tag von der Sprechtrainerin, am anderen von Familienphotos zu berichten. Er hoffte, er könnte es heute abend fassen, aber es gelingt ihm nicht. So früh es auch ist, so müde er bereits. Würde ist eines der Wörter, die ihm die ganze Zeit durch den Kopf schwirren, die Würde der Gnädigen Frau, doch ist ihm nicht klar, wie genau er sie verletzt. Er konzentriert sich darauf, nichts zu tun, was durch den Roman angestiftet sein könnte, den ich schreibe, und tut es vielleicht gerade dadurch. Er nimmt sich vor, nicht von der Gnädigen Frau zu berichten, und schreibt, daß er sich vornimmt, nicht von der Gnädigen Frau zu berichten. Um überhaupt etwas zu tun, nimmt er sich vor, Mails zu beantworten, und kann nicht *Totenbuch2007.doc* wegklicken, wie die neue Datei heißt, weil die alte den Laptop jedesmal zum Absturz brachte, wenn er sie öffnete. Es ist, als seien die Augen eine Kamera, die sich nicht abschalten läßt, so wie auf Flughäfen oder in Banken. Selbst wenn die Bilder niemand anders sehen wird – allein daß er sie aufnimmt, verändert seinen Blick. Alles geht weiter, wie es anders nicht sein kann, aber entwürdigt; die Termine, Podien, Pflichten des Haushalts, des Mannes und Vaters. Nein, nicht die Dinge, er selbst entwürdigt sich, der die Augen schließen kann, aber nicht vor den Bildern im Kopf, die die Kamera aus München übermittelt.

In siebenundzwanzig Minuten wird er in München aus der Schnellbahn steigen und den Musiker auf dem Marienplatz treffen, von wo sie mit dem Taxi zur Palliativstation fahren. Als er mit dem Musiker telefonierte, tat der Freund aus Köln so, als wüßte er, was eine Palliativstation ist. Den sprechenden Namen des Krankenhauses kommentierte er genausowenig. Alles wird selbstverständlich, obwohl der Freund nichts versteht. In der digitalen Enzyklopädie seines Laptops ist »palliativ« nicht erklärt. Immerhin taucht das Wort in anderen Einträgen auf, unter »Chirurgie«, unter »Krebserkrankungen«, »Neuralgie«, »Operation«,

»Radiologie«, »Strahlentherapie«. In der Chirurgie widmet sich ein eigener Untereintrag der »palliativen Chirurgie«: »Häufig werden Operationen durchgeführt, um eine Krankheit zu lindern, wenn eine Heilung unwahrscheinlich ist. Dies trifft vor allem für die Behandlung von Krebs zu. Beschwerden können auf folgende Weise chirurgisch gemildert werden: teilweise Entfernung der bösartigen Wucherung, die Körperorgane beeinträchtigt und Schmerzen oder Funktionsstörungen hervorruft, Durchtrennung von Nervenbahnen, auf die der Tumor drückt, sowie Beseitigung von Hautgeschwüren und nachfolgende Hauttransplantation. In einigen Fällen lassen sich, besonders mit Hilfe spezieller Elektrotherapie, großflächige Geschwüre entfernen und die geschädigte Oberfläche mit an anderer Stelle entnommenen körpereigenen Hautsegmenten bedecken.« Palliatrie muß also die Abteilung der Medizin sein, die sich den hoffnungslosen Fällen widmet, die Vorstufe zu Hospiz oder Sterbekammer. Die Gnädige Frau will dort nicht bleiben, sagte der Bildhauer, unter keinen Umständen. Sie ist nur dort, um neu eingestellt zu werden. Der Bildhauer wunderte sich selbst über das Technische des Begriffs. Was genau da eingestellt wird, Hebel oder Knöpfe? Ihre Medikamente oder Pflaster, nimmt der Freund an, dessen Schnellbahn in die Haltestelle Donnersbergerbrücke einfährt. Wenigstens die Schmerzen müssen die doch in den Griff kriegen, flehte er den Bildhauer an. Bis vor einigen Minuten kriegte der Freund seine Gedanken in den Griff. Gestern abend übte er für die ersten Lesungen aus einem Roman, wie er ihn früher schrieb, und packte den Koffer für die dreitägige Reise, von München aus heute noch weiter nach Berlin, morgen Hamburg. An was man alles denken, wie genau man die eigene Hygiene, Kleidung, Lektüre planen muß, gerade um den kleinen Koffer nehmen zu können, der handhabbarer ist. Um Mitternacht ging er ins Büro, nur um die Mütze zu holen, mit der er einen so guten Eindruck macht, und blieb auf dem Weg in der Kneipe hängen. Taubheit ist vielleicht der Begriff, der seinen Zustand bezeichnete, bevor er den Laptop aufklappte. Er war nicht gut- oder schlechtgelaunt, sondern einfach taub, taub nicht im Sinne von gehör-, sondern gefühllos. Er dachte nicht daran, was ihn auf der Palliativstation erwartet, sondern scherzte noch am Morgen mit der Tochter auf dem Schulweg, schaute bei der Bank vorbei, wo der Automat ihm Geld verweigerte, las zum Kaffee die Zeitung, nur ein bißchen schneller, weil sie ihn doch nicht interessierte. Er ärgerte sich darüber, daß der Roman, den er zuletzt schrieb, nicht für den Saisonpreis nominiert ist, wie er der Zeitung entnahm, und noch mehr darüber, daß er sich ärgerte. In München gelandet, checkte er sich bereits für den Weiterflug nach Berlin ein. Für die Fahrt mit der Schnellbahn plante er, zur Besinnung aus dem Fenster zu schauen, und wurde statt dessen so panisch, daß er den Laptop aufklappte, auf dem es am Mittwoch, dem 7. Februar 2007, 12:33 Uhr geworden ist. Weil er sich schämt, auf Lesereise zu gehen, wird er in München niemandem sagen, daß er um 17:15 Uhr nicht nach Köln zurückfliegt. Lange könnte er ohnehin nicht bei der Gnädigen Frau bleiben, allenfalls eine Stunde, sagte der Musiker. Der Bildhauer wird auch nicht viel Zeit haben und noch weniger zu sagen. Hauptbahnhof. 12:37 Uhr und noch zwei Stationen. Stachus. Nur noch eine Station.

Den Betrag, ab dem er nervös wurde, kann der Handlungsreisende beziffern: 10,43 Euro. Gestern nacht versuchte er nochmals vergeblich, Geld abzuheben. Im Hotel hieß es, daß man im Zug seit neuestem nur noch bar oder mit Euroscheckkarte zahlen könne. Für die Fahrt zum Bahnhof bestellte er, um Kleingeld zu sparen, ausdrücklich ein Taxi, das Kreditkarten als Zahlungsmittel akzeptiert, statt die U-Bahn zu nehmen, und bat den Fahrer, zunächst eine Filiale seiner Bank zu suchen. Der Bankangestellte erreichte in Köln niemanden, der sich zuständig erklärte, das Konto freizugeben. Er würde sich auch über seine Bank ärgern, entschuldigte er sich und riet zu einer Beschwerde. Seit einer Woche oder zehn Tagen kann der Handlungsreisende kein Geld abheben. Bis vorgestern nahm er an, es liege an der Karte seiner Frau, und vertraute bei der Abreise darauf, daß sie das Problem schon regeln würde, Zeit zu telefonieren habe sie im Bett schließlich genug. An dem Kontostand könne es nicht liegen, versicherte der Student, in dessen Händen der Handlungsreisende seine Finanzen gelegt hat. Während der Bankangestellte weiterhin versuchte, in Köln jemanden zu erreichen, flüsterte er an der Sprechmuschel vorbei, daß der Handlungsreisende mit zwei Monatslöhnen im Saldo stehe, über keinen Dispokredit verfüge und vermutlich deshalb kein Geld mehr abheben könne. Der Handlungsreisende durfte nicht länger darauf warten, daß jemand in Köln den Hörer abnimmt, weil er mit dem Zug nach Hamburg auch den Wochenlohn für die Lesung plus sieben Prozent Mehrwertsteuer verpaßt hätte. Auf der Fahrt zum Bahnhof schimpfte er am Telefon erst mit dem Studenten, dann mit der Frau, die ihn, so sah er es, in die Lage gebracht hatte, gleich ohne Ticket oder Zahlungsmittel in einen Zug zu steigen und mit einem Trinkgeld eine Nacht in Hamburg zu überbrücken. Im Zug würde er sich schon herausreden, hoffte er, die Strafe fürs Schwarzfahren sich notfalls rückerstatten lassen, und in Hamburg alles mit der Kreditkarte bezahlen. Aber dann die Weiterfahrt nach Köln? Zweimal hintereinander würde er nicht ahnungslos tun können. Ach richtig, er konnte das Ticket nach Köln am Bahnhof kaufen, wo die Deutsche Bahn, so ließ er sich von der Bahnauskunft unterdessen versichern, Kreditkarten als Zahlungsmittel weiterhin akzeptiert. Die Schwierigkeiten beschränkten sich also darauf, das richtige Taxi zu bestellen, auf Zeitung, Brötchen und Kaffee zu verzichten und morgen früh genug am Bahnhof zu sein. Im Sprint erreichte der Handlungsreisende den Zug nach Hamburg und ließ sich von der Vermittlung für 1,81 Euro mit seiner Bank in Köln verbinden, wo der Kunde nach mehreren Warteschleifen als viertes endlich seinen Berater in der Leitung hatte. Zu welcher Erregung der Handlungsreisende fähig ist wegen eines bißchen Gelds. Ein knapper Hinweis eines Automaten, »Transaktion derzeit nicht möglich«, schon bricht das System zusammen, auf dessen Grundlage er sich durch den Tag bewegt. Der Kopf der Gnädigen Frau – nicht nur ihr Gesicht, sondern auch die ungewohnt kurzen, schneeweiß gewordenen Haare, das dezente Make-up und die Ohrringe, auf die sie immer noch Wert legt – läuft weiter wie das Bild einer Überwachungskamera nebenher, aber seit gestern als Standbild. Er liest aus einem Roman, wie er ihn früher schrieb, bedankt sich bei den Hörern, schreibt Widmungen, lächelt, macht Scherze, ist vielleicht etwas stiller als sonst, was seiner Ausstrahlung gut bekommt, und blickt gelegentlich, mehr unbeabsichtigt, zu dem Bildschirm hoch, der nur den Kopf der Gnädigen Frau zeigt. Er wird mit ihrem Kopf anfangen, nimmt er sich vor, mit ihrem schönen Kopf, dem die kurzen weißen Haare stehen, ohne daß jemand es zugeben würde. Neu war auch, den Bildhauer nicht nur schluchzen zu hören, sondern beim Abschied weinen zu sehen, wenngleich nur für Sekunden, weil er den Freund aus Köln sofort aus dem Auto scheuchte. Der Musiker versucht es mit Klarheit und Disziplin, was genausowenig gelingt. Die Palliativstation erkennt man daran, daß die Böden mit warmem Parkett ausgelegt und die Betten ebenfalls aus Holz sind, gleichwohl sie über alle Funktionen eines Krankenbetts verfügen. Der Bildhauer beruhigte die Gnädige Frau, daß man solche Betten, die ein kleines Vermögen kosten, ausleihen könne. Die Kosten würden von der Krankenkasse erstattet. Daß er seit Monaten nichts verdient, deutete sich in weiteren Bemerkungen an. Als sie einmal zu fünft im Zimmer saßen, auch die Tochter, die Sängerin ist, fragte die Gnädige Frau in die Stille, was das wichtigste im Leben sei. Der Freund traute sich nicht auszusprechen, was ihm auf der Zunge lag: Dies hier, genau dies, was hier ist, ist das wichtigste im Leben. Gesagt hat er in einem späteren Zusammenhang, daß die Gemeinschaft nicht selbstverständlich sei, die sich rund um das Bett jeden Tag bilde. Immerhin drei Menschen haben mit dem Leben ausgesetzt, um einen vierten zum Ausgang zu begleiten. Das Leben des Freundes hingegen läuft weiter wie die Aufnahme der Überwachungskamera und gerade nicht als Standbild, immer das neue jeden Tag gleiche. Auf dem zweiten von vielen Bildschirmen, die es in den Leitstellen immer gibt, sieht der Freund sich selbst, wie er von Bank zu Bank, von Lesung zu Lesung, von Köln nach München nach Berlin nach Hamburg nach Köln rennt, seine Tage voll mit Reden, reden mit Journalisten, die sich für Romane begeistern, wie er sie früher schrieb, reden über Projekte, die ihn einmal begeisterten, reden zu einem Publikum, das er zu begeistern hofft, reden mit Gastgebern, für deren Begeisterung er sich bedankt. Zweimal in drei Tagen beging er den Fehler zu gestehen, wohin sein Blick ständig abschweift. Zum Teufel mit eurem Trost.

Daß sie die Lippen fest aufeinanderzupressen scheint, wirkt ein bißchen verbissen, als wolle sie allen mitteilen, die sie in ihrer Unter- oder Oberwelt photographieren meinen zu müssen, daß sie schlafe. Auch die Lider sehen aus wie zusammengekniffen. Auf dem anderen Bild scheint der Mund offen, das linke obere Lid gesenkt, als sei ihr Zustand tatsächlich der unseres Schlafs. Immerfort fragt er sich: Wo ist sie, in welchem Oben oder Unten? Welcher Art sind ihre Empfindungen, was ist ihr Zustand, was ihr Bewußtsein? Das rechte Auge ist durch ihre Hand verdeckt – *djunam!*, meine Seele, wie er hoffentlich erst um den 14. Juni herum in seiner Muttersprache sagen wird. Es wird eine halbe Einbildung sein, wenn er die typische Mund- und Kinnpartie seiner Familie väterlicherseits zu erkennen meint, deren immer gleiche Wiederkehr auf den Photos verblüfften, die der Cousin aus New York an die Wand projizierte. Das ist sie, ja, dort: oberhalb des Kinns die Kuhle. Sogar Haare scheint die Ungeborene bereits zu haben, dunkle Haare. 23 Zentimeter, 367 Gramm. So groß schon, so schwer! Der Laptop, auf dem der Vater tippt, ist 29 Zentimeter breit, wie er ausmißt, um beim nächsten Ultraschall einen Maßstab zu haben.

Mullah Mirza Mohammad hatte die Koranschule von seinem Vater Mullah Ali Asghar übernommen, der immer noch im Haus lebte. Wenn er nicht über den Stock gebeugt im Garten auf- und abschlurfte, trug der greise Mullah in seinem Zimmer auf der anderen Seite des Hofes Gebete oder den Koran vor. Zusammen mit dem Gezwitscher der Vögel und dem Plätschern des Wassers im Hof bildete der Singsang die Melodie, die Großvater aus seiner ersten Schulzeit noch im Ohr hat, als er sein eigenes Leben beschreibt. Manchmal blökte ein Esel in der Gasse oder pries ein fahrender Händler seine Waren an. Die Frau von Mullah Mirza Mohammad wird gelegentlich etwas gerufen oder sich mit jemandem unterhalten haben, der an der Haustür geklopft hatte, eine Nachbarin, die auf einen Schwatz hereinschaute, oder der Handwerkerjunge, der die geflickten Schuhe oder *Nun-e sangak* vorbeibrachte, das Fladenbrot aus dem Kieselsteinofen, das nur frisch gebacken schmeckt, dann allerdings sensationell (die Gerüche seiner Kindheit erwähnt Großvater nicht). Nein, die Haustür stand meist offen, lese ich einige Zeilen später, so offen wie für Prinz Zell-e Soltan. Also werden die Besucher sich durch Rufen bemerkbar gemacht und damit den Unterricht zuverlässig gestört haben. Aber wenn nichts zu hören war, kein Rufen, kein Schwatz, kein Esel, dann spielten immer noch das Wasser, die Vögel und der greise Mullah ihre Weise, in die gelegentlich eine Biene oder eine Fliege einfiel. Über Mullah Ali Asghars Angewohnheiten machten die Frechen und Vorlauten unter den Kindern – Großvater verschweigt, ob er selbst zu den Frechen und Vorlauten gehörte – sich gern lustig. Zum Beispiel hatte der greise Mullah eine penible Art, sich nach dem Gang aufs Klo, auf dem man sich in Iran mit Wasser zu säubern pflegt, abzutrocknen. Weil Tücher von Menschenhand berührt, daher rituell unrein sein könnten, klemmte er sein Gewand unter die Achseln, bückte sich nach vorne und streckte sein nacktes Gesäß zur Sonne, die im Leben das reinste ist, bis sich der letzte Tropfen in Luft aufgelöst hatte. So kurios sah das aus, daß die Kinder unter dem Vorwand, selbst ein Bedürfnis zu haben, der Reihe nach das Klassenzimmer verließen, wann immer der greise Mullah im Toilettenhäuschen verschwand. Dann verschanzten sie sich hinter einem Lehmgitter und warteten auf das Schauspiel der rituell überkorrekten Trocknung. Weil das ebenso plötzliche wie kollektive Bedürfnis Mullah Mirza Mohammad bald mißtrauisch machte, erlaubte er nicht mehr als einem oder höchstens zwei Kindern gleichzeitig aufs Klo zu gehen. Also beeilten sich die frechen und vorlauten Kinder, zu denen Großvater gehörte oder nicht, ihr großes oder kleines Geschäft als erstes anzumelden, sobald der greise Mullah zum Toilettenhäuschen schlurfte. Das war's, das ist das Kapitel über »Die Neugierde der frechen und vorlauten Kinder auf das Privatleben des greisen Mullahs Ali«. Die Stimme des Bildhauers in München hat am Valentinstag 2007, um 12:01 Uhr oder 12:08 Uhr, etwas Resonanz. Der Zustand der Gnädigen Frau hat sich ungefähr auf dem Niveau stabilisiert, auf dem der Freund aus Köln sie sah. Ihre Schwester ist zur allgemeinen Erleichterung aus Iran eingetroffen. Einige Regelmäßigkeiten haben sich eingestellt, die dem Bildhauer helfen. Etwa hat er nun die Vormittage, um Besorgungen zu machen. Nachts schläft er, darüber wird nicht mehr diskutiert, im Zimmer der Gnädigen Frau, die in der Palliativstation geblieben ist. Der Freund aus Köln, der die Abläufe im Detail nicht kennt, konstruiert den Alltag in München aus einzelnen Hinweisen. Die Gnädige Frau selbst bemerkt im Scherz, daß ihr Leben ja nicht morgen vorbei sei und meint damit wohl, daß die Angehörigen durchaus die Zeitung lesen, einkaufen oder ins Kino gehen dürfen. Mit dem Argument bedrängte sie den Musiker, fürs erste keine weiteren Konzerte abzusagen. Am Telefon gelingt ihr, nachdem sie den Hörer vorübergehend dem Bildhauer reichen mußte, im zweiten Anlauf ein weiterer Scherz, wenngleich mit so schwacher Stimme, daß der Freund die Pointe erst im nachhinein versteht. Da gebe es vor der Klinik ein Rondell, sagt sie, in das sie den Bildhauer täglich Zeitungen holen schicke, das habe sie aus Versehen tagelang Bordell genannt, bitte geh zum Bordell, habe sie dem Bildhauer gesagt, ich möchte eine Zeitung. Den Arzt habe sie gefragt, ob der Tumor auch auf dem Kehlkopf oder den Stimmbändern liege, daß die Stimme so leise geworden sei. Nein, nein, das sei kein Tumor, habe der Arzt sie beruhigt, das sei nur die Schwäche. Na dann ist ja gut, habe sie gedacht, wenn's weiter nichts ist. Als erstes Organ fielen die Stimmbänder aus. Wann wohl die Scherze? fragt sich der Freund um 12:14 Uhr oder 12:21 Uhr. So artig er noch siebzig, achtzig Jahre später über den einzigen Streich seiner Schulzeit schrieb, wird Großvater schon nicht federführend beteiligt gewesen sein, nehme ich an. Ob die anderen Kinder ihn dafür neckten? Bestimmt neckte ihn sein Mitschüler Alichan, von dem Großvater in »der anderen lustigen Begebenheit« seiner Schulzeit erzählt. Alichan war der jüngste Sohn eines vornehmen Offiziers, ein widerspenstiger, arroganter Kerl, der schnell grob wurde und selbst den Lehrer, Mullah Mirza Mohammed, verhöhnte. Nur mit Hilfe von drei Mitschülern gelang es dem Mullah, den Jungen an die Bastonade zu binden. Später wurde Alichan ans Teheraner Internat geschickt, aber ein guter Schüler wurde aus ihm sowenig wie aus Großvater ein beschwingter Erzähler. Außer den Gebeten und der Rezitation des Korans stammen nicht einmal die Geräusche seiner Kindheit von ihm. Der Enkel hat sie hinzugefügt, damit wenigstens sie eine Melodie ergeben, wenn schon nichts von den Gerüchen zu erfahren ist, den Farben, den Ängsten und Spielen.

»Ich wundere mich, daß niemand bemerkt, wie zwischendurch meine Blicke abgleiten und ich mich beim Moderator entschuldigen muß, die Frage nicht richtig verstanden zu haben. Jedenfalls hat mir das noch niemand gesagt, und Sie, Sie erahnen das schon wegen eines Berichts, den Sie über den Abend gelesen haben. Warum ich überhaupt noch auftrete? Es ist viel banaler, als Sie vermuten: Wir haben ein finanziell schwieriges Jahr hinter uns, weil meine Frau wegen einer Krankheit die meiste Zeit ausgefallen ist und auch jetzt wieder für Monate im Bett bleiben muß (aber wie gesagt, aus erfreulichem Grund diesmal), ich deswegen vieles absagen mußte und oft erst, wenn überhaupt, abends um neun anfing zu schreiben und morgens um sieben schon wieder raus wegen der Tochter. Allein von Schreiben kann ich die Familie nicht ernähren. Also gebe ich gegen erstaunlich viel Geld wahlweise den Intellektuellen, Orientalisten, Iraner, bei sehr guter Bezahlung auch den Muslim und gerade wieder den Schriftsteller, der seinen neuesten Roman präsentiert, das ist es, mehr nicht. Ich gebe darauf acht, niemals zu lügen, und hüte mich davor, alles zu sagen. Manchmal begegne ich einem Menschen wie Ihnen, dann hat es viel mehr als die Bezahlung gelohnt. / Ja, es wäre wichtig, mit Ihnen länger zu reden als auf einer Hinterbühne vor dem Auftritt. Bis Juni komme ich aus Köln kaum weg, nur zu den Lesungen, und dann bin ich abends noch oder früh am nächsten Morgen schon wieder auf dem Heimweg. Sie leben in Berlin, oder? Im März bin ich dort, das wäre eine Gelegenheit, ich könnte mittags anreisen. Ansonsten sind Sie herzlich und jederzeit eingeladen, mich in Köln zu besuchen. / Daß der Tod Menschen zusammenbringt, ist vielleicht das, was im Islam die Sakina genannt wird oder im Judentum die Schechina, die göttliche Ruhe, die sich insbesondere auf Sterbende herabsenkt. Vielleicht ist sie nichts anderes als die Freundschaft, die unter den Anwesenden gestiftet wird.«

Das Kapitel über die Grundschule, an die er von der Koranschule wechselte, beginnt der Großvater damit, Klasse für Klasse sämtliche Fächer und Unterrichtszeiten aufzulisten. Von den meisten Lehrern ist auch zu erfahren, wie ihre Väter hießen, welches Fach sie an welchen Tagen unterrichteten und ähnliches mehr. Außerdem erklärt Großvater die genaue Lage der Schule mitsamt den früheren und heutigen Straßennamen und zählt die fünf Mitschüler auf, die »Gott sei gepriesen noch das Geschenk des Lebens genießen«. Auch von der Eslamiye-Schule, die Großvater als nächstes besuchte, hat er vor allem die Namen von Lehrern und Absolventen behalten, bei deren Auflistung er sich immerhin auf die beschränkt, die es im Leben besonders weit brachten. Kein Wunder, daß sein gelehrtester Freund urteilte, die Selberlebensbeschreibung, die Großvater als bald Neunzigjähriger noch so beseelt verfaßte, sei nicht von allgemeinem Interesse: »1. Der verstorbene Mirza Mohammad Taghi Adib Tusi (Rektor) / 2. Der verstorbene Mirza Abdola'emmeh, genannt Sadr ol-Afazel (Korektor) / 3. Der verstorbene Scheich Mohammad Hossein Fazel Tuni (Arabisch) / 4. Der verstorbene Mirza Mohammad Schafi, Sohn des verstorbenen Hadsch Mirza Yahya (Persisch und Schrift) / 5. Der verstorbene Mirza Mohammad Hossein, Sohn des verstorbenen Hadsch Mirza Yahya (Persisch) / 6. Der verstorbene Abdolhossein Chan Zanyani (Englisch) / 7. Der verstorbene Massih Chân Molabbas Balbas Nezam-e Waqt (Militärisches Training, Schwert und Gewehr). / 8. Der verstorbene …« und so weiter, alle tot, alle nur noch Namen, die der Enkel abschreibt, um ihre Vernichtung, wenn schon nicht ewig, wenigstens ein, zwei weitere Generationen hinauszuzögern. »Ach! und die Seele kann immer so voll Sehnens seyn, bei dem, daß sie so muthlos ist!« Einige Zeit bevor Großvater sein Leben beschrieb, besuchte er den Vortrag seines ehemaligen Mitschülers Mohammad Fateh in der Französisch-Iranischen Gesellschaft in Teheran, der die Anerkennung aller anwesenden Professoren und Persönlichkeiten gefunden habe. Da Großvater sich außer an Doktor Esmail Arzam nicht an die Namen der Anwesenden erinnert, muß er darauf verzichten, sie ebenfalls aufzuführen.

Aus dem Verlag hört er, daß der Verleger vom Tod seiner Mutter mehr mitgenommen sei als erwartet (von wem erwartet?). Aus Siegen hörte er gestern, daß der Vater nicht wieder Krebs hat, nachdem letzte Woche auf seiner Haut ein Fleck entdeckt worden war, der die Ärzte beunruhigte. Um den Sohn nicht zu beunruhigen, hatten die Eltern nichts erwähnt.

Im Kino hörte er am Abend in einem deutschen Film die Tombak, die persische Trommel, und las im Abspann den Namen des Musikers aus München. Jetzt hört er im Büro persische Chansons aus den fünfziger und sechziger Jahren des vergangenen Jahrhunderts, die die Frau des Cousins in Isfahan aufgenommen hat. Dessen Vater ist auch schon lange krank. Seit Wochen nimmt sich der Neffe in Köln vor, bei dem Onkel anzurufen, und versäumt es. Am Sonntag, dem 18. Februar 2007, würde er zum Hörer greifen, wenn es in Isfahan nicht bereits 4:58 Uhr wäre. Deshalb wollte er unbedingt in den Osterferien nach Iran, auch deshalb: um noch einmal die Alten zu sehen, vor allem die drei verbliebenen Schwestern des Vaters und den Bruder der Mutter, alle um die Achtzig. Der andere oder derselbe Grund war die Tochter, die allmählich die Verbindung verliert. Im Frühling vor drei Jahren reiste die Familie das letzte Mal nach Iran, als die Frau sich auf dem Campus einer Teheraner Universität von ihm trennte. Von weitem müssen sie auf der Parkbank wie zwei Verliebte ausgesehen haben. Im Frühling vor zwei Jahren hatte er sie krank zurückgewonnen und hielt durch, bis im Frühling vor einem Jahr mit der Frau auch die Welt seiner Erscheinungen zusammenbrach. Längst könnte er die Einzelheiten der Krise bis hin zum medizinischen Bulletin schildern, da die Diskretion, die er sich zu Beginn auferlegte, inzwischen wie ein Vorsatz wirkt, der einer früheren Existenz angehört, nur sind damit auch deren Bulletins unwichtig geworden. Es war ein Alter, in dem die Tochter einfach hätte in Iran bleiben können, so leicht fiel ihr die Eingewöhnung, so freundlich waren zu ihr die Kinder. Mit acht, neun Jahren wird es komplizierter, wie seine eigene Erinnerung sagt. Mit acht, neun Jahren demolierte er vor Wut einmal mit einem Stock, einem Billardschläger, eine Tür im Haus seiner Tante. Heute bestrafte er die Tochter wie schon lange nicht mehr, vielleicht wie noch nie. Sie war gestern mit ihrem Cousin ungezogen zur Frau, die im Bett liegt, und störte sie ständig. Nachdem die beiden ihre Spielsachen bereits in allen anderen Zimmern verteilt hatten, kamen sie noch auf die Idee, in der Abstellkammer Büro zu spielen. Im Ergebnis lag der Schlüssel in der Kammer und war die Tür zugefallen, die keine Klinke hat. Als heute vormittag der Schlüsseldienst anrückte, stellte sich heraus, daß mit dem Schlüssel auch das Handy, das der Vater seit dem Vortag allerorten gesucht, in der versperrten Abstellkammer lag. Dabei war das Vergehen, wegen dem die Tochter am Wochenende nicht zu den Großeltern fahren darf, harmlos gegen die Zerstörung einer Zimmertür bei Verwandten, die keine Strafe nach sich zog, an die der Vater sich erinnern könnte. Die Tochter wird sich erinnern, daß sie dem Kommilitonen des Vaters aus dem Orientalistikstudium, der aus Berlin zu Besuch ist, ihr Los als Häftling in Guantanámo klagte. Beinah hätte der Vater die beiden zum Karnevalszug begleitet, obwohl der in Guantanámo nicht zum Freizeitprogramm gehört, doch mußte er für die Frau kochen, die zur Zeit soviel ißt wie Rocky vor dem letzten Kampf. Den Film, hochgelobt, sah er vorgestern in der Spätvorstellung. Hätte Sylvester Stallone sich zu einem tragischen Ende durchgerungen – kurz vor dem Sieg trifft ihn der Gegner unglücklich, Rocky endet wie The Greatest of all Time, nur anders natürlich, also nicht motorisch eingeschränkt, anders, damit es keine Kopie wird –, wäre die Enttäuschung aufgewogen gewesen. Er hat angefangen, sich wieder für Filme zu interessieren, wenn schon die sexuellen Bedürfnisse unbefriedigt bleiben. Auch nach Konzerten in der Philharmonie erkundigte er sich. Morgen könnte er als Kompensation für die Strafe, die zu hart ausgefallen ist, die Tochter mit ins Museum nehmen, wo Paul Klee gezeigt wird. O Papa! wird sie rufen und es ihm schon damit gelohnt haben.

Ebenfalls entfallen ist Großvater, warum er von der Eslamiye-Schule zur Aliye-Schule wechselte. Dazwischen fällt die Konstitutionelle Revolution, die dem Land die erste demokratische Verfassung des Nahen Ostens bescherte und Isfahan die Befreiung von Prinz Zell-e Soltan. Großvater, der aus der Grundschule noch die Väter seiner Lehrer aufzulisten vermag, entsinnt sich lediglich, daß die Stadt ihm an einem Sommerabend wie verzaubert erschien. Es war hell wie am Tag, heller als je gesehen; in allen Häusern und Karawansereien, auf allen Plätzen, im gesamten, über zwölf Kilometer langen, überdachten Basar brannten die Ölleuchten, die Petroleumlampen, die Kerzen und die ersten elektronischen Straßenlaternen, unter denen die Isfahanis feierten, Männer und Frauen. Vor der Sadr-Moschee verteilten Seminaristen Süßigkeiten an die Passanten, und im Basar hatte jede Gilde ein Fest organisiert, die Gilde der Goldschmiede, die Gilde der Kupferschmiede, die Gilde der Emailleure, um nur die zu nennen, die Großvater selbst erwähnt. Es muß der Abend des 9. August 1906 gewesen sein, der Tag, an dem Mozaffar od-Din Schah in die Gründung eines Parlaments einwilligte. Politisch wurde die Konstitutionelle Bewegung schon bald nach ihrem Triumph von Briten und Russen bedrängt und Mitte der zwanziger Jahre vom Kosakenführer Reza Pahlewi endgültig besiegt, der sich zum Schah ausrief; gesellschaftlich läutete sie in Isfahan dennoch ein neues Zeitalter ein. Ein Hauptanliegen der Konstitutionellen Bewegung war es, der Geistlichkeit das Wissensmonopol zu entreißen und Kindern aus allen gesellschaftlichen Schichten eine zeitgemäße, weltliche Bildung zu verschaffen. Die Kadscharen hatten die Etablierung eines modernen Schulsystems nicht nur vernachlässigt, sondern weltliche Schulgründungen unter Nasser od-Din Schah sogar zeitweise unter Strafe gestellt, um sich der Unterstützung reaktionärer Theologen zu versichern – dasselbe Kalkül, aus dem sie immer wieder Progrome gegen Babis, Bahais und vereinzelt auch gegen Juden erlaubten, am häufigsten Zell-e Soltan in Isfahan, das bereits im neunzehnten Jahrhundert als besonders religiös und konservativ galt. Die führenden Konstitutionalisten, unter denen sich Mullahs, Intellektuelle, aber auch viele Babis, Bahais und Angehörige anderer Minderheiten befanden, hoben stets hervor, daß sich die Volksherrschaft in Iran dauerhaft nur etablieren würde, wenn das Volk nicht länger unmündig gehalten werde. In Isfahan galten weniger die Missionarsschulen im christlichen Vorort Djolfa als Modell, wie Großvater vermerkt, als vielmehr die Schule im jüdischen Viertel Djubareh, also im Zentrum der Altstadt, die auch Kinder aus armen Familien sowie Mädchen aufnahm. Die Finanzierung der Djubareh-Schule war ebenso simpel wie gerecht: Jedesmal, wenn eine jüdische Familie Fleisch aß, führte sie einen Viertel Abbasi an die Schule ab, für eine Mahlzeit mit Geflügel hundert Dinar. Gegen den Protest der reaktionären Geistlichkeit um Agha Nadjafi eröffneten infolge der Konstitutionellen Revolution zahlreiche weltliche Schulen in Isfahan, darunter die ersten für muslimische Mädchen. Berühmt wurde die Isfahaner Waisenschule, weil sie noch Jahrzehnte später als eine der besten der Stadt galt. Die gleichen Intellektuellen, die die Waisenschule eingerichtet hatten, gründeten auch die Aliye-Schule, die Kindern aus armen Familien Stipendien gewährte. Sechs Lehrer nennt Großvater, den verstorbenen Mohaseb od-Douleh (Direktor und Lehrer für Geometrie und Algebra), den verstorbenen Agha Sayyed Mohammad Ali, genannt Moín ol-Eslam (Korektor), den verstorbenen Scheich Mirza Hassan Dawarpanah, bekannt als Kadi Asgar (Arabisch), den verstorbenen Mirza Fazlollahchan (Mathematik), den verstorbenen Barun Zohrab Armani (Englisch) und den verstorbenen Saíd Efendi (Französisch). Großvater betont, daß es nicht alle waren. Auf die Namen der Väter verzichtet der Enkel am

Karnevalsdienstag. Zwar interessiert es ihn nach wie vor, daß Hannß Jerg Remboldt von der Mutter Hölderlins Zellg Steetsfeld für 61. f erwarb, 8. f teurer als der Schätzwert, aber aus dem Fenster hört er die Trommeln von der Nubbelverbrennung. Auf dem Nippeser Veedelszug, den er nicht beschreiben darf, weil er versprochen hat, nicht mehr in Lokalpatriotismus zu schwelgen, beobachtete er nachmittags, wie seine Tochter dem kleinen türkischen Mädchen, das mit kürzeren Händen neben ihr stand, immer wieder etwas von ihrer Kamelle in die Stofftüte warf. Er sah genau, wie die Tochter jedesmal kurz zuckte und sich dann überwand, es doch abzugeben, und zwar nicht nur die Minitüten Gummibärchen oder die Lakritze, die sie ohnehin nicht mag. Um 23:23 Uhr oder 23:47 schließt er eine Wette mit sich selbst ab: Wenn die Tochter später einmal gefragt wird, was uns auf Erden aufgetragen ist, wird sie spontan antworten, daß man Gutes tun solle seinen Mitmenschen. Es ist wichtiger, ein guter Mensch zu sein als ein guter Muslim, lehrte Großvater das seinen Kindern, lehrten seine Kinder das ihren Kindern, lehrt der Enkel es seiner Tochter mit einem Prophetenwort, dessen Überlieferungskette zweifelhaft ist.

Seinem Instinkt als Berichterstatter folgend, pirschte er sich an den Häuserwänden entlang wie unter Kanoneneinschlägen die dreihundert Meter vom Büro zum mittelalterlichen Stadttor – und da geschah es, ein paar Minuten später, etwa um halb eins in der Nacht zum Aschermittwoch 2007 nach Christi Geburt in Colonia Claudia Ara Agrippinensium: Der Romanschreiber schunkelte mit. Was soll das auch? Wer von arabischen Marktplätzen schwärmt, hat nichts gegen die Trommler und Pfeifer im Viertel einzuwenden, die alles andere als virtuos, dennoch in der letzten Karnevalsstunde des Jahres genauso stimmungsvoll anarchisch musizieren wie auf dem Djemaa el Fna. Kollektive außerhalb des Fußballplatzes, ob beim Nordatlantikpakt oder im Karneval, ist der Romanschreiber nicht gewohnt, ob er auch den Reiz und sogar die Notwendigkeit von Gruppengefühlen anerkennt. Selbst in der Kneipe gehört er nicht dazu, sondern ist als Kauz gelitten, schnellsprechend, höflich und kann gut schreiben, das in etwa werden die häufigsten Attribute sein, die man mit dem Romanschreiber verbindet, schweigsam vielleicht auch. Mag Heimito von Doderer. Wenn jemand wie er ins Schunkeln gerät, hält er das für bemerkenswert, nicht für die Mitschunkelnden, die ihn gar nicht bemerken – bemerken würden sie ihn, wenn er starr bliebe bei melancholischstem *Kölle Alaaf*, oder nein, nicht einmal dann.

Zwei Generationen vor mir war eine Reise von Isfahan nach Teheran nichts Gewöhnliches, der Zustand der Wege miserabel, die Gefahr von Wegelagerern groß, an Hilfe im Notfall nicht einmal zu denken. Das brandneue Verkehrsmittel, über das alle Menschen staunten, war ein Vierspanner, dessen Pferde alle vierzig oder fünfzig Kilometer ausgetauscht wurden, wie Großvater in seinen Erinnerungen schrieb, die leider niemals gedruckt worden sind. Auch nachts fuhr die Kutsche nach Möglichkeit durch. So Gott wollte, erreichte man auf diese Weise Teheran nach vier Tagen und Nächten. Heute sind es mit dem Auto vier oder fünf Stunden, wobei wir die Strecke immer fliegen. Großvater erschien es, wie er schreibt, nicht abwegig hinzuzufügen, daß die Kutsche kein Dach hatte. Die Reisenden mußten also die heiße, grelle Sonne des Sommers und die Kälte und den Regen der anderen Jahreszeiten ertragen, im Winter nicht selten den Schnee. Schwierig war es auch mit dem Schlaf: wegen des Geschaukels gelang er meist nur für Minuten oder halbe Stunden. Mehr Zeit verbrachten die Reisenden vor Müdigkeit oder Schmerz, vor Hitze oder Kälte in einer Art Dämmerzustand, der Gespräche und Gedanken ausschloß. Schlimmeres passierte in der Regel nicht, als daß ein Hut aus der Kutsche fiel oder ein Umhang auf den Boden. Nur wenn der Kutscher einschlief, drohte Verhängnis. Dann konnten die Pferde vom Weg abkommen, die Kutsche sich überschlagen, ein Reisender auf den anderen fallen und obendrauf das schwere Gefährt. Viele Male hat Großvater einen solchen Unfall selbst erlebt, und der Leser könne sich, wie er schreibt, ausmalen, wie unbehaglich die Reisenden sich in der Wildnis fühlten, in der Steppe, in der Wüste oder auf dem Bergrücken. Die Fahrt kostete pro Person einen Rial, außerdem fünf Schahi Trinkgeld für den Pferdetreiber in jeder Karawanserei, in der die Pferde ausgetauscht wurden, und ein oder zwei Toman für den Postbeamten, der die Kutsche in Empfang nahm. Was die Beträge bedeuten? Großvater beschrieb siebzig Jahre später die Szene seiner ersten Abreise aus Isfahan, die damals für die Verwandtschaft hochdramatisch gewesen sei, einen heutigen Leser jedoch eher zum Lachen bringe – »sie sind nur noch Namen«, heißt es in seinen Erinnerungen, die leider niemals gedruckt worden sind. Die Tanten, Cousins, Cousinen und anderen Verwandten, die in der Eingangshalle standen, um den Jungen zu verabschieden und ihm Gebete mitzugeben, von ihnen allen sind nur die Namen übrig. Da er sie nicht aufgeschrieben hat, sind sie weitere dreißig Jahre später nicht einmal mehr Namen. Dreimal wurde die Sure Ya-Sin rezitiert, mehrfach der Koran in die Höhe gehalten und Großvater angeschubst, drunter herzugehen. Die Verwandtschaft begleitete ihn bis zum Sadeghiha-Basar, wo die Kutsche abfuhr, ein Pulk von fünfzig, sechzig Menschen. Wo geht's hin? wunderten sich die Nachbarn, Passanten und Händler. Der Junge fährt nach Teheran! rief einer aus dem Pulk zurück: Er wird die Schule besuchen, die Schule der Franken! Franken, *farangihâ*, nennen die Iraner bis heute die Menschen aus dem Westen. Von hinten hob ihn jemand auf die Kutsche. Rasch verstaute der Junge das Gepäck und suchte sich einen Platz. Da saß er nun, es sollte noch dauern, bis die Kutsche abfuhr, um ihn herum alle Verwandten in Tränen, so schien es ihm, am lautesten die Schluchzer der Mutter. »Und was soll ich es Ihnen verbergen?« schreibt Großvater in seinen Erinnerungen, die leider nie gedruckt worden sind. »Obwohl es mein eigener Wunsch war, nach Teheran zu reisen, konnte ich mich nicht mehr beherrschen. Ich heulte wie ein kleines Kind.«

Auf dem Platz neben dem Führer, der als Logenplatz gilt – Großvater benutzt das französische Wort, heute würde es Business Class heißen – sitzt zufällig ein Engländer, Mister Allanson, wenn ich den Namen richtig zurück ins Englische transkribiere (in der persischen Schrift muß man sich die Vokale hinzudenken), Lehrer an der Bischofsschule im Stadtteil Jolfa, wo heute meine Tante lebt; die Wohnung der Eltern liegt nicht weit entfernt, es ist wegen der Christen, die noch geblieben sind, eines der beliebtesten Wohnviertel Isfahans. Als Mister Allanson den Jungen weinen sieht, holt er ihn zu sich nach vorn, legt den Arm um seine Schultern und beginnt ihn zu trösten und abzulenken. Schau her, hast du je so kräftige Pferde gesehen? Und guck mal die Uniform. Das Persisch kommt dem Jungen so komisch, so gestelzt vor, daß er unter anderen Umständen darüber gelacht, in der Gruppe den Fremden vielleicht sogar ausgelacht hätte. Jetzt spürt er dankbar den Arm, der seine Schultern mehr brüderlich denn wie ein Vater umfaßt, ja wie ein großer Bruder, obwohl Mister Allanson viel älter ist, ein richtiger Herr. Längst ist die Kutsche abgefahren, sie haben die Stadt hinter sich gelassen, die Äcker und Plantagen, fahren auf der Schotterpiste durch die Wüste, da spricht er dem Jungen weiter Mut zu. Mach dir keine Sorgen, sagt er, als erstes werden wir so Gott will Kaschan erreichen, wo wir uns im Paradies-Garten ausruhen werden, der noch herrlicher ist als der Park der Vierzig Säulen in Isfahan, du wirst sehen; anschließend Ghom, wo du so Gott will an Fatimas Grab beten wirst für Vater und Mutter, und dann werden wir so Gott will bald schon in Teheran eintreffen, Teheran wird dir gefallen. So Gott will. *Enschâ'al-lâh*, wie der Lehrer an der Bischofsschule mit seinem britischen Akzent gesagt haben wird. Nicht daß Mister Allanson den Jungen oder dessen Eltern oder einen seiner Verwandten oder Lehrer vorher gekannt hätte; aus reiner Freundlichkeit hat er sich seiner angenommen, wird der Junge siebzig, achtzig Jahre später hervorheben, aus Menschenliebe. Obwohl Großvater politisch immer Nationalist war, glühender Anhänger Doktor Mossadeghs, der den Briten den Kampf ansagte, indem er die *Anglo-Persian Oil Company* verstaatlichte, und noch als Greis gegen den Schah vor allem deshalb demonstrierte, damit die Vorherrschaft Amerikas ein Ende fand, ist mir als Kind schon aufgefallen, mit welcher Verehrung er vom Westen sprach, speziell von Europa, am emphatischsten natürlich von Frankreich, der Kulturnation, die, anders als die Briten, Amerikaner und Russen, Iran in Frieden gelassen hatte (wobei er wie selbstverständlich unterschied zwischen den Staaten und den Menschen). Auch am Respekt für die armenische Kirche in Jolfa und die ausländischen Priester, Nonnen, Missionare, die Krankenhäuser und Schulen errichteten, wurde in seinem Haus nie gerüttelt. Es war etwas Kosmopolitisches an ihm, das Bewußtsein, um es simpler auszudrücken, daß es überall solche und solche gibt. Wenn wir etwas von diesem Bewußtsein haben, wenn ich es habe, dann nicht oder nicht nur, weil wir um die Welt gereist oder von Kant und Kapital aufgeklärt worden sind. Es hat auch andere, ferne Ursprünge, eine lange Geschichte, die ich gerade lese. Es verdankt sich meinem Großvater, der mit der Kutsche von Isfahan nach Teheran fuhr, verdankt sich meinem Urgroßvater, diesem Menschen auf dem Photo, das ich mit ins Büro genommen, wo es neben dem Schreibtisch hängt, dem Mann in der Mitte mit Turban und Zahnlücke im lachenden Gesicht, der den Jungen zum Lernen an die Amerikanische Schule schickte, obwohl ihm beim Abschied genauso zum Weinen war wie allen anderen – und bei ihm kam die Frage hinzu, ob er für seinen Sohn die richtige Entscheidung getroffen hatte –, verdankt sich Mister Allanson, dessen Freundlichkeit den Jungen lebenslang davor bewahrte, in einem Menschen den Feind zu sehen, nur weil dessen Staat sich feindlich verhält. Als ich im Staatstheater Darmstadt saß, erste Reihe Mitte, und der Präsident bekanntgab, daß ich in die Deutsche Akademie für Sprache und Dichtung aufgenommen worden sei, durchlief mich in all der Banalität der Umstände, hinter mir ein mißgünstiger Kollege, links neben mir die Gattin eines Politikers, die mich nach meinem Beruf fragte, vor mir drei Photographen und einer buchstäblich auf meinem Schoß, um den berühmten Schriftsteller rechts neben mir besser ins Bild zu bekommen, durchlief mich doch ein Schauer der Rührung und des Stolzes. Mir war, als würde nicht ich ausgezeichnet, nicht ich aufgenommen, sondern meine Vorfahren, ihr Wissensdurst, ihre Sehnsucht nach der Welt, ihr Mut, sie zu entdecken, ihr Ehrgeiz ebenso wie ihre Tugendhaftigkeit und meinetwegen Großvaters Ernst und seine Humorlosigkeit, die sie von Generation zu Generation weitergaben, damit am Ende einer ihrer Söhne in die Akademie der Franken aufgenommen wird. Jetzt sehe ich Großvater, wie er weinend auf der Kutsche sitzt, die gleich nach Teheran abfährt, und denke, dort zum Beispiel, auch dort und damals hat unsere Reise begonnen. Der Junge wischt sich die Tränen aus dem Gesicht und findet allmählich zurück zu der Zuversicht, mit welcher er gestern nachmittag seine Tasche packte. Nun will er auch etwas von seinen Fähigkeiten zeigen, er ist doch keine Heulsuse, will wenigstens zwei, drei Sätze auf englisch sagen, nur haben sich die Vokabeln verflüchtigt, die ihm Herr Armani in der Aliye-Schule so mühsam eingetrichtert. Mister Allanson lacht nicht, er lächelt. Soviel bringt der Junge schließlich doch auf englisch zustande, daß er nach Teheran reise, um auf die Amerikanische Schule zu gehen. Ach, da muß ich auch hin, ruft Mister Allanson. Doktor Jordan hat ihn eingeladen, der Direktor der Amerikanischen Schule. Ich werde dich dort vorstellen, es wird dir gefallen. So Gott will. *Enschâ'allâh.* Daß Mister Allanson zum Persischen zurückgekehrt ist, löst dem Jungen endgültig die Zunge. »Ich werde nie vergessen, wie wir in der ersten Nacht, weil die Straße so unsicher war, in Nezamabad blieben, schreibt Großvater in seinen Erinnerungen, die leider niemals gedruckt worden sind. Die Karawanserei, in der eigentlich nur die Pferde ausgewechselt werden sollten, war halb verfallen. Wir suchten uns eine Ecke auf dem Dach des Gebäudeflügels, der noch stand, und breiteten nebeneinander unsere Decken aus. Solange ich wach war, hat dieser ehrenwerte Franke mit dem komischen persischen Akzent mir die Sorgen vertrieben, hat spannende Geschichten erzählt und ebenso spannend von Teheran berichtet, von der Schule, von England, von den Franken, bis ich Gott sei gepriesen endlich einschlief.«

Gegen Abend des vierten Tages erreicht die Kutsche die Lalehzarstrasse in Teheran und hält vor dem Postamt am Kanonenhaus-Platz, dem damaligen Herz der Stadt, heute wahrscheinlich eine unfarbige Kreuzung wie viele. Die Reisenden entladen ihr Gepäck und verabschieden sich voneinander. Mister Allanson versichert sich noch, daß der Junge eine Unterkunft hat. Ja, sagt der Junge, die Adresse hat mir mein Vater aufgeschrieben. Er wartet, bis Mister Allanson in der Menge verschwindet, ruft einen Träger und holt aus seiner Umhängetasche den Brief, auf dem die Adresse steht. Es ist ein Empfehlungsschreiben seines bisherigen Schuldirektors Mohaseb od-Douleh an dessen Freund Mirza Abdolwahhab Chan Djawaheri. Obwohl er sie schon auswendig kennt, studiert der Junge von neuem die Adresse, als ihm plötzlich der Brief entrissen wird. Der Junge blickt auf und sieht einen feisten Mann vor sich stehen, blaue Uniform, blitzende Manschetten, Pickelhaube und gewaltiger Schnurrbart wie Zell-e Soltan leibhaftig, der abwechselnd ihn und den Brief drohend mustert. Der Brief hat keine Briefmarke, beschuldigt der Mann ihn: Das ist eine Ordnungswidrigkeit! Ohne einen Einwand zu wagen oder darauf hinzuweisen, daß er den Brief schließlich selbst aus Isfahan mitgebracht hat, zahlt der Junge die verlangte Strafe. Dann macht er sich zusammen mit dem Träger auf den Weg zu Herrn Djawaheri. Die Sonne ist längst untergegangen, als sie vor dem Haus stehen: es ist das Ladenlokal des Herrn Djawaheri, ein Süßwarengeschäft, die Fensterläden zugeklappt, die Tür verschlossen. In der Dunkelheit fragt der Junge sich durch, bis er einen anderen Träger findet, der weiß, wo Herr Djawaheri wohnt, nämlich vor dem Ghazwin-Tor, am anderen Ende der Stadt. Zum Glück hat sein Vater ihm genügend Geld mitgegeben. Beinah besinnungslos vor Aufregung, Angst und Erschöpfung, es ist schon Nacht, klopft der Junge schließlich an der Tür. Herr Djawaheri, der selbst aus Isfahan stammt, muß den Brief nicht erst lesen, um einen Jungen aus der Heimat bei sich aufzunehmen, noch dazu einen Schüler seines alten Freundes Mohaseb od-Douleh. Er gibt Anweisung, das Gepäck zu entladen, und läßt kein Widerwort gelten, als er dem Träger den Lohn auszahlt. Frau Djawaheri, die sich einen Tschador übers Nachthemd geworfen hat, führt den Gast ins Wohnzimmer. Kaum daß er auf dem Teppich sitzt – mitten im Gespräch –, schläft der Junge ein. Als die Djawaheris ihn wecken, wartet schon das Abendessen des nächsten Tages auf ihn. Wer ihn zu Bett gebracht, ihm die Kleidung ausgezogen, weiß der Junge nicht, aber er hat es gerade so bequem, daß er die Augen noch einmal schließt, kurz nur, und sofort wieder einschläft.

Andere heulen ihrem oder ihrer Nächsten den Hemdsärmel naß, reagieren sich beim Squash ab, meditieren, beten oder besprechen sich mit einem Therapeuten. Das wertet er nicht ab, mag der Satz auch so geklungen haben. Nein, nein, er weiß nur am Montag, dem 26. Februar 2007, um 11:08 Uhr nicht auf die Schnelle, wie er es respektvoller ausdrücken soll. Er möchte nichts dagegen einwenden, nur: Er, er kann das nicht. Er kann nicht einmal mit der eigenen Frau ernsthaft reden oder nur selten. Er sitzt auf einem Stuhl und weiß nicht mehr weiter, ob mit ihr oder ohne sie. Sie bemüht sich, das sieht und wertschätzt er, sie nimmt Anteil, das tut sie, und etwas tut es in ihm. Aber helfen? Wenn überhaupt, hilft Schlafen, nur wieviel kann er schlafen? In Ausnahmefällen, nach einer anstrengenden Woche, zehn Stunden, vielleicht sogar elf, bei Gefahr von Alpträumen wie in der Nacht zum Samstag, obwohl der Traum nichts mit der Nachricht zu tun hatte, deretwegen er seiner Nächsten den Hemdsärmel naß heulen, sich beim Squash abreagieren, meditieren, beten oder sich mit einem Therapeuten besprechen sollte: Der Musiker erfährt morgen in München, ob er Krebs hat. Ja, er selbst, der Musiker, Sohn der Gnädigen Frau, die stirbt. Die Wahrscheinlichkeit ist hoch. Schlecht geht es ihm schon länger, was die Ärzte psychologisch erklärt hatten, mit der Mutter, die stirbt, und einer zerbrochenen Liebe. Die Aussicht hatte auch etwas Erleichterndes, wunderte sich der Musiker selbst: wenigstens eine physische Erklärung. Seiner Familie verheimlicht er sie seit vier Wochen, verbrachte die Vormittage in Arztpraxen oder Kliniken und gab nachmittags in der Palliativstation vor, geprobt zu haben. Die Gnädige Frau wünscht sich so sehr, daß er weiter Musik macht, auch jetzt, also tat er, als sei er ein guter Sohn. Sie darf nicht wissen, wie gut der Sohn wirklich ist. Vor der Operation hat er sie ausnahmsweise morgens besucht und ist direkt weiter in die Onkologie gefahren. Das Wort Chemotherapie würde sie für den kurzen Rest ihres Lebens noch in die Hölle stoßen. Er sei auf Tournee, wird er ihr deshalb sagen, wenn es soweit kommt. Den Bildhauer und die Sängerin muß er einweihen, daran führt kein Weg vorbei, das sagte er gestern selbst, eine Chemotherapie wäre nicht zu verbergen. Erst einmal Gewißheit nach den falschen Diagnosen über lange Zeit, der Angriff auf den Körper schleichend, wie der Musiker am Telefon verriet, die Arztbesuche, bei denen er wörtlich mit dem Ausdruck vertröstet wurde: sensibler Künstler, bis ihn ein Onkologe vor zwei, drei Wochen mit der Beruhigung schockierte, daß er nicht gleich sterben werde. Der Bildhauer und die Sängerin werden zusammenbrechen, schlimmer: dürfen es nicht. Alle müssen sich weiter um die Gnädige Frau kümmern, der es am Freitag wieder schlechterging und gestern wieder ein bißchen besser, nachdem die Dosis, die sie vor den Angstzuständen bewahrt, zu Lasten der Wachheit eingestellt wurde. Wahrscheinlich kehrt sie zurück in der Palliativstation, sobald die sie aufnimmt. Eine Pflegerin hat die Familie nicht aufgetrieben, sechs-, siebentausend Euro im Monat würde sie kosten, wenn sie legal arbeitete. Eine Illegale, die geeignet ist, muß man erst einmal finden. Ein Mann kommt für die Gnädige Frau sowieso nicht in Frage, die der Stamm ist, an den die Familie gebunden, jeder einzelne in eine andere Richtung, damit sie nicht zu Boden sinken. Der Freund aus Köln konnte am Wochenende nicht mit dem Roman fortfahren, den ich schreibe. Gestern hätte er den halben Tag und den Abend Zeit gehabt, und besorgte lediglich die Korrespondenz. Freitag abend hinterließ er in Bielefeld einen sympathischen Eindruck. Zurück zu Hause fand er die allererste Mail vor, die ihm die Tochter geschrieben hat. Den Account hatte er ihr eingerichtet, bevor er die Wohnung verließ. »Hallo / Papa, / dir habe ich noch keine E-Mail geschikt. Ich freue mich schon sehr auf morgen. Dann tschüs.« Es ist auch Großes geschehen an diesem Wochenende: die erste von hoffentlich Hunderten, Tausenden Mails der Tochter an ihren Vater. Nur wenn er nichts tat, packte ihn die Hilflosigkeit am Kragen. »Vielen Dank für Deine Nachricht«, mailte er zurück. »Damit hast Du mir vor dem Einschlafen eine große Freude bereitet. Bin gespannt, ob es Dir morgen überhaupt gefällt. Kann ja sein, daß Du Dich nur langweilst. Aber Hauptsache, wir sind zusammen. Das ist das Wichtigste. / Bin gegen halb sechs zurück. / Dein Papa.« Samstag fuhr er für eine Radiosendung vier Stunden mit dem Zug und wieder zurück, um rechtzeitig in der Philharmonie zu sein. »Ich habe mich auch über deine nachicht gefreut danke«, las er bei der Ankunft. »Beschtimt macht es mir in der Villamoni spaß. Hofentlich macht es dir auch spaß. Bis halb 6«. Es war der gleiche Tag, an dem er sich ausmalte, wie der Bildhauer und die Sängerin in München auf die Beruhigung reagieren, daß ihr Sohn und Bruder nicht gleich sterben werde. Mit Hölderlin hörte er auf, weil die Frau sich zu ihm setzte. Es hilft, wenn einer neben einem sitzt. Er könnte nicht benennen wie, und es ist auch nicht spektakulär, aber es hilft. Er legte sein Ohr an ihren Bauch. Sie streichelte ihm den Kopf. Er redete zu der Ungeborenen, auf persisch wie mit der Tochter. Zur Frau sagte er, daß der Kopf mit den kurzen weißen Haaren und dem unsagbar traurigen Blick ihm weiterhin wie ein Gesicht erscheine, aus dem er bald erwachen werde wie aus den Alpträumen. Er könne sich nicht nicht vorstellen, daß die Gnädige Frau wieder mit ihren halblangen schwarzen Haaren am Ende des Eßtisches in München sitzt und ihn milde anlächelt. Da hat man so viel Zeit für den Gedanken, daß sie stirbt, und gewöhnt sich keinen Grad, Meter, Liter, Gramm, Byte oder Protonen. Für den Mann und die Kinder der Gnädigen Frau ist es anders. Ihr Leben wird nicht mehr das alte sein, auf keinen Fall das Leben des Bildhauers, der Verlust real, jeden Tag sichtbar, für den Bildhauer jede Nacht. Was Trauer ist, braucht in ihrem Fall keine Erklärung, es ist so konkret wie ein Mensch oder ein Stuhl oder ein Baum, der vor einem steht, nicht bloßes Gefühl. Für die Freunde hingegen – nun, der Freund aus Köln wird nicht mehr an dem Eßtisch in München sitzen, nicht mehr so häufig oder jedenfalls ohne die Gnädige Frau. Wie oft war das? Zuletzt zwei-, dreimal im Jahr vielleicht, nicht öfter. In Köln hat sie ihn gegen alle Ankündigungen ohnehin nie besucht. Dafür besuchte sie mit dem Bildhauer alle Veranstaltungen des Freundes in München. Bleibt der Bildhauer dort wohnen, wird er nach einer langen oder kurzen Pause weiterhin die Veranstaltungen des Freundes besuchen. Er wird in der ersten Reihe sitzen und den Freund anschließend beim Essen dafür schelten, wieder viel zu schnell gesprochen zu haben, absolut unverständlich. Die Sängerin wird widersprechen. Die Gnädige Frau würde begütigen. Es wäre eine Lüge zu behaupten, daß ihr Tod erkennbar größere Auswirkungen haben wird auf den Freund. Es wird ihm nichts weggenommen. Es wird ihm nur nichts Neues mehr gegeben. Sie hört einfach auf. Jetzt hat er am Montag, dem 26. Februar 2007, doch mehr als nur Mails schreiben können, sogar mehr als an helleren Tagen, 10 642 Zeichen inklusive Leerzeichen. Es ist 15:04 Uhr oder 15:11 Uhr oder 15:29 Uhr. Er spreche es nur aus: Jetzt befragt, würde er seinen Zustand nicht als depressiv wie gestern abend oder noch heute morgen bezeichnen. Den Rest des Tages kommt er durch. »Weil ich zerstörbarer bin, als mancher andre«, schrieb Hölderlin 1798 im Brief an Neuffer, »so muß ich um so mehr den Dingen, die auf mich zerstörend wirken, einen Vorteil abzugewinnen suchen, ich muß sie nicht an sich, ich muß sie nur insofern nehmen, als sie meinem wahrsten Leben dienlich sind. Ich muß sie wo ich sie finde, schon zum voraus als unentbehrlichen Stoff nehmen, ohne den mein Innigstes sich niemals völlig darstellen wird. Ich muß sie in mich aufnehmen, um sie gelegentlich (als Künstler, wenn ich einmal Künstler seyn will und seyn soll) als Schatten zu meinem Lichte aufzustellen, um sie als untergeordnete Töne wiederzugeben, unter denen der Ton der Seele meiner Seele um so lebendiger hervorspringt.« Was zerstört oder auch nur ablenkt sind keine untergeordneten Töne, sondern der eigentliche, unentbehrliche Stoff, weil das Reine – und hier bin ich zurück bei Hölderlin – »sich nur darstellen [kann] im Unreinen … Und so will ich mir immer sagen, wenn mir Gemeines in der Welt aufstößt: Du brauchst es ja so nothwendig, wie der Töpfer den Leimen, und darum nehm es immer auf und stoß es nicht von dir und scheue nicht dran. Das wäre das Resultat.« Eine letzte Mail muß er beantworten, dann geht er joggen oder liest Hölderlin oder probt die Lesung oder tut sonst etwas von dem, was er tut, um etwas getan zu haben. »Ich weiß schon, es war ein bißchen lang, aber ich fand es wirklich sehr schön, mit Dir in die Philharmonie gegangen zu sein. Und Du warst auch ganz lieb und tapfer. Beim nächsten Mal wird es Dir schon weniger lang vorkommen. Je öfter man geht, desto mehr gewöhnt man sich daran, und desto schöner wird es. Vor allem Beethoven rockt doch fast so wie Neil Young, oder nicht? Und zu Neil Young nehme ich Dich auch mit, wenn er endlich wieder nach Deutschland kommt. / Bis gleich, Dein Papa«.

Am Dienstag, dem 27. Februar 2007, ungefähr 14 Uhr die Bestätigung: Krebs. Das Wort hört sich gleich schlimm an, sagte der Musiker in München, bevor er es aussprach. Womöglich darf der Freund in Köln daraus schließen, daß es doch nicht so schlimm ist, wie das Wort sich anhört. Der ältere Bruder, den er fragte, wie schlimm der Krebs des Musikers sei, erklärte, daß es die chronische Variante gebe, die sich lang hinziehe, ewig. Und dann gebe es die gefährliche Variante. Der Freund schließt daraus, daß die chronische Variante, die sich lang hinzieht, ewig, nicht die gefährliche ist. Ein Bekannter ist Spezialist, den Kontakt kann der Ältere vermitteln. – Um wen geht es? Der Bruder nennt den Namen. – Ist das nicht der Musiker? Ja, und seine Mutter liege im Sterben. Die Stimme des Musikers klang heller als je in den letzten Tagen. Diese Helligkeit kennt der Freund. Er müsse jetzt handeln, sagte der Musiker, alles mögliche organisieren und absagen, andere Ärzte konsultieren, zwei, drei Freunden Bescheid geben, die auf seine Nachricht warten, sich überlegen, wie er morgen den Bildhauer unterrichtet, mit welchen Worten, in welcher Situation, an welchem Ort, zu welcher Uhrzeit. Der Sängerin wird er vorerst nichts verraten, das hat er schon entschieden. Ein Schritt nach dem anderen.

Der Enkel weiß nicht, ob Herr Djawaheri Süßwaren verkaufte. Großvater schreibt lediglich, daß er, in Teheran eingetroffen, nachts vor dem verschlossenen Ladenlokal stand. Ich stelle mir vor, was für ein Laden es war. Die berühmten Isfahaner Süßwaren verkauften sich vermutlich schon vor hundert Jahren gut in Teheran. Als Isfahani könnte Herr Djawaheri ebenso mit Teppichen gehandelt haben oder mit Obst; die Honigmelonen aus Isfahan sind noch immer Legende. Daß er aus Isfahan stammt, habe ich mir allerdings ebenfalls ausgedacht. Großvater erklärt mit keinem Wort, wer Herr Djawaheri ist und woher sein alter Direktor Mohaseb od-Douleh ihn kennt. Um eine Geschichte zu werden, muß ein Mensch mehr sein als ein Name, das Geschäft der Rhapsoden eben, das niemals schließt. In meinem Laden sind es nur Details, die ich ergänze. Daß der Engländer Mister Allanson heißt und den Arm um Großvater gelegt hat, steht ebenso in der Selberlebensbeschreibung wie die Stationen der Reise, Kaschan, Ghom, »und dann werden wir so Gott will bald schon in Teheran eintreffen«. Hinzugefügt habe ich den Paradies-Garten und das Grab der Fatima, denn bestimmt haben sich die Reisenden in Kaschan ausgeruht und in Ghom gebetet. Der Enkel erfindet nichts als die Wahrheit.

Gestern abend erreichte der Freund in Köln nur den Anrufbeantworter des Musikers in München. Auf dem Handy probiert es der Freund besser nicht. Den Bildhauer anzurufen, ohne zu wissen, ob er es schon erfahren hat, scheidet ebenfalls aus. Was macht ein Freund an einem solchen Tag? Hätte er einen regulären Beruf, stellte sich die Frage nicht. Bei dem Musiker ist weiterhin besetzt. Ja, bestimmt hat er den Hörer neben das Telefon gelegt, kein gutes Zeichen. »Bitte melde dich, sobald es dir möglich ist und du gelegenheit findest«, simst der Freund am Mittwoch, dem 28. Februar 2007, um 11:11 Uhr: »Bin besorgt. Qorbanat«. *Qorbanat* heißt »dein Opfer«. Wenigstens im Persischen, wo Verehrung nicht verdächtig, Ergebung kein Skandal und Hochachtung kein Scherz ist, kann man Mitteilungen noch so unterzeichnen wie Hölderlin seine Briefe, »Ich bin mit der wahrsten Hochachtung Ihr ergebenster Verehrer«. Das gehört zu den Vorteilen einer zweiten Sprache: Was hier fehlt, nimmt man sich dort und umgekehrt. Nicht zu übertreffen ist außerdem der Klang persischer Kosewörter wie *djunam*, *djudjeh*, *djudju*, *djuneh*, *djun-e delam* und so weiter, das dj so weich wie eine Umarmung, das u wie zum Kuß. Oder das *azizam* wie ein Tanz, je nach Betonung kokett oder wie Tango, obwohl es nur meine Liebe bedeutet. Er muß überhaupt nicht nachdenken, für welche Sprache er … Der Musiker ruft an. Schon am Wochenende, womöglich am Freitag, beginnt die Chemotherapie. Das ist keine Sache, an der man sterben muß, beeilt der Musiker sich hinzuzufügen: Wenn man früh genug etwas tut, kriegt man es in den Griff. Da ist es wieder: *in den Griff kriegen.* Nur die Prozentangaben fehlen noch. Das ist allerdings ebensowenig eine Sache, die man wegbekommt, fährt der Musiker fort. Das bleibt jetzt, auch nach der Chemotherapie. Er wird damit leben. Der Freund schließt daraus, daß es sich um die chronische Variante des Krebses handelt, die bessere. Er hat keine Ahnung, daß es den Krebs des Musikers in Dutzenden Varianten gibt und die Aufteilung in gut und schlecht nur ein Internetspiel ist, um Ahnungslose einmal anders zu vertrösten als mit der üblichen Unverschämtheit: Ich kenne jemanden, bei dem … ich kenne jemanden, der … Der Musiker spricht stets von der *Sache*, nicht von Krebs, von *Man muß jetzt Gas geben*, nicht von Chemotherapie, von *Schritt für Schritt*, nicht von Angst. Dem Bildhauer will er es nun doch verbergen, dem eigenen Vater. Auch die Hausärztin habe dazu geraten. Der sei am Ende, habe sie gesagt. Die Gnädige Frau ist zurück auf der Palliativstation. Es geht ihr schlechter, noch schlechter. Jetzt ist auch noch das Atmen zum Problem geworden. Aus vier Menschen besteht die Familie in München, die der Freund aus Köln so liebgewonnen hat wie seine eigene, jeden für sich. Er kann den Gedanken immer nur bis zur Hälfte denken: Wenn nun Gott verhüte zwei von ihnen aufhörten zu atmen, die Hälfte oder drei Viertel, denn der Bildhauer würde es womöglich nicht lang überleben, der Freund kann das nicht einschätzen, dann ist die Familie … Der Freund sagt dem Musiker, daß er nach München käme, am Freitag morgen, nach der Lesung in Mannheim, nicht erst Mittwoch, wenn er in München liest. Jemand müsse dasein, wenn der Musiker von der Chemotherapie in das Krankenzimmer zurückgerollt werde. Der Musiker will das nicht. Der Freund fragt, wie es möglich sei, die Sache vor dem Bildhauer zu verheimlichen? Eine Glatze will der Musiker sich heute schneiden lassen, weil die Haare bereits ausfallen, so tun, als seien Glatzen Mode geworden. Er ist nicht mehr klar wie gestern, äußerlich gefaßt, aber nicht mehr so, daß man die Furcht überhört, die er abwehrt. Er habe es sich genau überlegt: Die Nerven seiner Schwester schon zu schwach, das Herz seines

Vaters zu labil, und eine Hilfe könne ihm keiner von beiden sein. Über seine Mutter brauchten sie gar nicht zu reden. Vielleicht beginne die Chemotherapie doch erst nächste Woche, dann hätten sie noch ein wenig mehr Zeit zum Überlegen gewonnen. Schritt für Schritt. Mit den Haaren, einverstanden, wolle er warten, bis er wisse, wann er Gas gibt. Freitag morgen von Mannheim nach München weiterzufahren wäre dem Freund ohne weiteres möglich, weil die Tochter den Besuch bei den Großeltern nachholt. Allerdings steht der Frau Montag ein kleiner Eingriff bevor, irgend etwas mit Kortison, nichts Schweres wohl, aber so, daß er in Köln sein sollte. Freitag München, Sonntag zurück, das ginge; Montag der Eingriff, Dienstag Basel, Mittwoch früh nach Berlin und mittags wieder nach München zur Lesung. »In der Regel ist der Zug die bessere Option als zu fliegen, weil ich die Fahrt zum Arbeiten oder Lesen nutzen kann«, heißt es in einem Roman, wie er ihn früher schrieb. Wenn der Romanschreiber jetzt daraus liest, tappt er auf jeder Seite in eine Grube. »Ich dachte, wenn die Möglichkeit eins zu hundert sei, daß ich gebraucht würde, müsse ich jetzt fahren.« Immer wird gefragt, was an Romanen autobiographisch sei, aber verdammt, wenn's gut ist, erkennt man sich eben wieder, so wie sich jeder Leser darin finden könnte, jeder Leser woanders. »Schlimmstenfalls kehre ich nach zwei Tagen zurück, fünfhundert Euro, im Zug könnte ich lesen.« Immer am Puls der Zeit, druckt die Lokalzeitung ausgerechnet heute ein fröhliches Photo von ihm ab. »Schauspieler-Tod als Buchvorlage« heißt die Überschrift des kleinen Artikels, der zufällig unter Folge drei der Serie »Wir sind Klasse« plaziert ist, »Der Chor der kleinen Kölschen«. Eines der beiden Zitate ist besonders verwerflich: »Deshalb bin ich auch nicht zur Beerdigung gegangen, das wäre nämlich in erster Linie aus beruflichen Gründen gewesen.« Das war's für heute. Mehr geht nicht, nicht einmal Hölderlin. Statt von der Begegnung mit dem Obdachlosen zu berichten, ißt er mit der Tochter zu Mittag und nimmt sie anschließend zu Paul Klee ins Museum, das hilft ihm, und nichts hilft der Tochter dagegen. Wenn er fährt, wird er sie einige Tage nicht sehen. Sie hat der Gnädigen Frau ein Bild mit Aquarellfarben gemalt, etwas Kubistisches in hellen Farben. Sie würde verstehen, warum er nicht in Köln ist. Sie würde ihn auch nach München begleiten, wenn die Gnädige Frau sich darüber freuen würde. Dafür würde sie den Besuch bei den Großeltern noch einmal verschieben. Das wird sich ergeben. Erst einmal muß sich herausstellen, wo der Platz ihres Vaters ist und wer solange ihre Mutter versorgt, die noch fast vier Monate im Bett liegen muß. Schritt für Schritt. Die Gnädige Frau ist auf der Palliativstation, der Musiker nicht mehr klar wie gestern, der Bildhauer am Ende und die Sängerin mit verquollenen Augen. Das ist die Familie in München, mit der er verbunden ist, *alâqeh* wie Glieder einer Kette.

Aus genanntem Grund wirkte er auch in Mannheim souveräner als bei anderen Romanen, wie er sie früher schrieb, und so heiter, daß es Bekannten auffiel. Mit der Moderatorin, die er selbst vorgeschlagen hatte, konnte er sich nicht einigen, worüber sie reden. Erst auf dem Podium merkte sie, daß er nicht nachgab. Als sie nicht mehr wußte, was sie weiter fragen könne, blickte sie ihn ratlos an und sagte nach mindestens einer halben Minute der Stille: Ich glaube, Sie müssen jetzt was lesen. Die dreißig Sekunden waren kostbar, dieses Nichtweiterwissen, wie er gegen Ende der Lesung auch formulierte. Manchmal mißlinge ein Gespräch, gerade unter Menschen, die sich viel sagen möchten. Im Ergebnis schweige man sich eben an. Auch Mißverständnisse könnten interessant sein, für ihn auf dem Podium bereichernder als die Behauptung, sich zu verstehen. Die Moderatorin schrieb später von einem »wilden, schönen Abend: Ich muss sagen, mir gefällt es, wenn die Sache einmal anders läuft – gelangweilt hat sich jedenfalls keiner!« Nein, er hat sich am Abend des 1. März 2007 in Mannheim nicht gelangweilt, als der Bildhauer in München nicht ahnte, daß sein Sohn ebenfalls an Krebs erkrankt ist. In der Nacht legte ihn der Rücken wieder lahm, der immer gleiche Nerv rechts neben dem Brustwirbel, nur daß das Opiat nicht mehr wirkt und er zum dritten Mal im noch jungen Jahr selbst den Notfall in der Universitätsklinik gab. Als er aus dem Rausch erwachte, sah er im Frühstücksfernsehen einen Bremer, der unschuldig in Guantánamo Bay einsaß, weil die deutschen Behörden seine Rückkehr hintertrieben. Der Musiker hat keine Angst, nur immer mehr Schmerzen, sagt er und ist zugleich froh, daß es endlich »abgeht«. Allerdings weiß er keinen Rat, wie er es dem Vater verbergen könnte, falls die Ärzte sich für die »harte Nummer« entscheiden, die ihn ans Bett fessele. Die Sängerin hat es mit heftigen Rükkenschmerzen ebenfalls niedergeworfen, so daß der Musiker die Lücke im Tagesplan kompensieren müßte. Weil es ihm beim besten Willen nicht gelingt, wirft ihm der Bildhauer mangelnden Einsatz vor, beklagt der Musiker. Der Bildhauer fragt, wo in München die Lesung stattfinden wird. Ob er etwa kommen wolle, fragt der Freund erschrocken zurück.

Zum Glück spricht er so schnell, daß der Bildhauer die Rückfrage nicht versteht. Anderen gegenüber hat der Freund aufgehört zu erwähnen, daß jemand stirbt. Die Lüge ist ehrlicher. Der Eingriff ist ohne Komplikationen verlaufen, sagt die Augustinerin am Montag, dem 5. März 2007, um 11.48 Uhr. Gott sei gepriesen.

Der Verleger fragte ihn nach der Lesung in Basel, ob er sich Sterbenden gegenüber anders verhalte. Wahrscheinlich schon, antwortete der Romanschreiber, wenngleich nicht so unmittelbar, daß er es bezeichnen könne. Der heilige Vorsatz: nichts tun nur wegen des Romans, den ich schreibe. Allerdings ist er darin wie jemand, der sich vornimmt, nicht an Schafe zu denken oder ans Meer. Seit er sich an das Selbstverständliche hält, stellt er fest, daß es nicht selbstverständlich zu sein scheint. Die Angehörigen wirken so überrascht und dankbar, wenn man nur mal ihre Nummer wählt, schon Karl Otto Hondrichs Witwe. Größer, nein: sagen wir realer ist sein Mitgefühl doch gar nicht. So banal es klingt und so oft es bereits angeklungen sein mag, ist es eine der wenigen wirklichen Einsichten, die er *In Frieden* gewonnen hat: Sterben stinkt. Die Gesunden scheinen Abstand zu halten. Vielleicht sind die Sterbenden und ihre Angehörigen eher froh, wandte der Verleger ein, daß nicht zu oft jemand vor ihrer Tür steht: Etwas strahlst du aus, daß sie dich gern einlassen. Ihm selbst kommt es manchmal vor, wenngleich er es dem Verleger nicht sagte, daß der Roman, den ich schreibe, nicht sein Leben behandle, sondern zu seinem Leben geworden sei. Donnerstag besucht ihn die Reporterin, deren Mutter gestorben ist, übernachtet sogar im Gästezimmer, obwohl sie bislang nicht mehr als zwanzig Minuten auf einer Hinterbühne geredet haben. Am Telefon sagt er der Frau, daß er sie am Hals und auf den Mund küßt. Er sagt, ich ziehe deinen Pyjama aus und streichele deine Brüste, deine Beine, die Innenseiten der Schenkel, deinen Bauch, ich streife dir das Höschen ab und verlauf mich in deinem Wäldchen, schlendre deine Lippen entlang und necke deinen Kitzler, wegen dem allein sich Persisch zu sprechen lohnt: *djudjulu* mit dem weichen /dj/ wie im englischen *jolly*, dem kecken Vokal und dem übermütigen Ausklang. Später kündigt er an, der Ungeborenen Frieden zu wünschen, sobald sich die Bauchdecke bewegt, *salâm-o-aleyk*. Die Frau spottet, daß er mit seinem Rücken als Erziehungskraft kaum mehr zu gebrauchen sei. Ob sie nicht doch in eine Wohnung mit Aufzug oder im Erdgeschoß umziehen müßten, fügt sie ernster hinzu. Keine Sorge, erwidert er, obwohl er sich kaum aus dem Hotelbett erheben kann, dieses und noch drei, vier, fünf weitere Babys trage ich dir noch täglich fünfmal die Treppen hoch, so viele du willst.

Es ist mühsam, wenn ein Teil Deutschlands, der am Konferenztisch gegenübersitzt, vor Erregung spuckt, jedesmal wenn der Islam vom Grundgesetz spricht, es ist mühsam, nicht einfach aufzustehen und den Raum zu verlassen. Ein einziges Mal konnte er sich am 7. März 2007 in Berlin nicht beherrschen: Da wies er den durchweg unbeherrschten Freistaat Bayern darauf hin, daß dieser nicht demonstrativ zur Decke starren müsse, während sein Gegenüber redet, die Aversion sei allen Anwesenden hinreichend deutlich geworden und eine Nackenstarre daher unnötig zu riskieren. Daß die Justiz vernehmbar kicherte, versöhnte den Islam ein wenig, den keine vier Stunden später der Musiker in München mit einem Mundschutz und einem rollenden Infusionsgestell bereits auf dem Flur der Onkologie erwartete. Vor dem Krankenzimmer, das der Freund aus Köln nicht betreten durfte, war der Spender für Desinfektionsmittel angebracht, den er vom Krieg gegen den Terror kennt, der gleiche Hersteller sogar. Mit dem größtmöglichen Abstand setzten sie sich in den leeren Wartebereich. Als der Freund das Schlachtfeld übersah, billigte er auch innerlich, daß der Musiker sich in geheimer Mission durchschlug. In der Annahme, an diesem Tag sonst überhaupt keine Nahrung mehr zu ergattern, der Abflug morgens in Basel zu früh fürs Frühstück, kaufte der Freund, bevor er die Onkologie verließ, einen Schokoriegel im Automaten und war dennoch über die Nudeln erleichtert, die der Bildhauer kochte. Die Sängerin lag mit Rückenschmerzen in dem Zimmer, in dem der Freund oft übernachtet hatte. Sie sah, er muß das denken dürfen, sexy aus, sexy wie alle schönen Frauen, mit denen er lachen kann. Gegen eins fiel ihm auf dem Bett seines Hotelzimmers auf, daß sowohl das Gespräch mit dem Bildhauer als auch das Gespräch mit dem Musiker um den Begriff der Hingabe gekreist war, der nichts anderes bedeutet als der arabische Begriff Islam und soviel mehr, als der Freistaat Bayern je versteht. Dabei ist es kein schwieriger Begriff, auf Anhieb begreifbar (im Wortsinn: mit Händen erfaßbar, auch riechbar, hörbar, schmeckbar) für jedes religiöse Gemüt, der Kern von Religiosität im allgemeinen. Ergebung ist darin mitgesagt, genauso Gehorsam, Freiheit ist darin mitgesagt, ebenso wie Unterwerfung, zu schlafen, wenn man müde ist, und zu essen, wenn man hungert. »Vorwärts aber und rückwärts wollen wir / Nicht sehn. Uns wiegen lassen, wie / Auf schwankem Kahne der See.« Freiwillig erfolgt die

Unterwerfung in den Willen einer Allmacht, die so unbestimmt bleiben *muß* wie das Nichts und wirklich das Nichts sein könnte oder einfach alles, das All. Es ist die Freiheit, sich keiner irdischen Instanz zu unterwerfen, und das Bewußtsein, Teil zu sein oder sein zu können eines Plans, der gut sein soll, auch wenn er nicht immer gut erscheint. Dem Bildhauer, der ihn mit dem Auto morgens am Hotel abholte, drückte der Freund einen Pappbecher Cappuccino in die Hand. Unterwegs zur Palliativstation rief die Gnädige Frau an: Wo bleibst du denn? Die Freisprechanlage übertrug ihre Stimme, die panisch klang, wie an gewöhnlichen Tagen erst um halb zwölf, was an der Einstellung liegt. – Hast du gefrühstückt? Ja, habe ich, beantwortete der Bildhauer ihre Frage, wahrscheinlich zum ersten Mal seit langem wahrheitsgetreu: Navid hat Cappuccino im Becher gekauft, den trinke ich gerade. Bis halb zwölf hielt sich die Gnädige Frau, bevor sie jemand anders wurde. Als der Freund auf die Toilette mußte, sah er auf dem Flur die Tür zu einem Stück Rasen offen. Er trat nach draußen und schrie laut auf. Es war niemand in der Nähe, wie er sich sofort versicherte. Zurück bei der Gnädigen Frau, bedeutete der Bildhauer dem Freund bereits, die Mitfahrgelegenheit in die Stadt zu nutzen, welche ihm die Sängerin bot. Er ließ sich an einer Schnellbahnstation absetzen, als müsse er zum Flughafen, wartete, bis das Auto der Sängerin um die Ecke verschwand, und nahm ein Taxi zur Onkologie. Auf dem Weg rief der Freund seinen Vater in Isfahan an und erfuhr, daß sich der Zustand des Onkels verschlechtert hat. Danach rief er endlich bei dessen Sohn an und stand zehn Minuten in der Eingangshalle des Krankenhauses. Aus dem Aufzug getreten, ließ ihn die Nachricht kalt, daß der Chef das Feuilleton über Guantánamo Bay in der vorliegenden Fassung nicht abdruckt: Die Zeitung könne nicht im Ernst den Rücktritt des deutschen Außenministers verlangen, erläuterte der Redakteur die Entscheidung. In der Onkologie traf der Freund rechtzeitig zum Beginn der Chemotherapie ein, die zu seiner Verblüffung nichts anderes ist als eine Infusion, nur daß die Onkologin dicke gelbe Plastikhandschuhe trug. Er hatte sich Apparate vorgestellt, so etwas wie die Strafkolonie. Auf dem Weg zum Flughafen versuchte ihn der Feuilletonchef die gesamte Strecke vom Stadtrand bis zum Check-in-Automaten zu überreden, den Aufmacher zu retten, indem er wenigstens einige Formulierungen abschwäche, die Argumentation selbst leuchte ihm ja ein. In Köln besuchte er am Abend mit der Klinik am Ring das dritte Krankenhaus des Tages, wo der älteste Bruder, der sich auf der Rutschbahn des Hallenbads die Sehne des Bizeps abgerissen hatte, gerade aus der Narkose erwacht war. Die Frage, was er allein im Hallenbad auf der Kinderrutsche zu suchen hatte, trug dem Ältesten den Spott der drei jüngeren Brüder ein. Während der Jüngste im Biomarkt, der sich im Erdgeschoß der Klinik am Ring befindet, Strauchtomaten zu 4,99 Euro das Kilo abwog, beschrieb er der Reporterin den Fußweg vom Bahnhof zur Wohnung: ob am Hinterausgang links oder rechts an den Parkplätzen entlang, an der Eisenbahnunterführung links oder rechts in die Geschäftsstraße, am Stadttor links oder rechts in die Gasse. Am nächsten Tag hatte er den Alptraum, daß die Tochter, die auf dem Spielplatz im Mediapark hinter einer Böschung verschwand, nie mehr lebendig in sein Blickfeld zurückkehrte: Dann würde dieser Augenblick, in dem er die Tochter noch nicht vermißt, zum kostbarsten seines Lebens werden, der Blick auf ein Klettergerüst, die Frühlingsluft, die Stimmen der Kinder. Auf dem Nachhauseweg traf er die Islamkritikerin, deren Widerwort er sich in Berlin erspart hatte, indem er die Konferenz vorzeitig verließ, um das Flugzeug nach München zu erreichen. Vielleicht weil er mit Fahrrad und Tochter ihrem Bild des islamischen Mannes nun glaubhafter widersprach als auf der Konferenz, war sie überaus freundlich. Wir arbeiten in Berlin zusammen, sagte sie der Tochter. Abends hörte er in der Philharmonie Schubert, der ihm in Perioden so etwas wie Erlösung brachte, nicht nur Vergessen. Erst als die Direktrice über die Tränen erschrak, die auf seine Hose tropften, merkte er, daß er um die Gnädige Frau und den Musiker weinte. Am Sonntag, dem 11. März 2007, war er ab elf Uhr im Fernsehen wieder so entspannt wie in Mannheim und hatte nachmittags Besuch, obwohl er die Frau gebeten hatte, eine Ausrede zu erfinden, niemals sei es leichter gewesen als in ihrem Zustand. Bis zur Fernsehsendung stehe ich noch durch, hatte er die Frau gewarnt, aber kein Wort weiter, das klappt einfach nicht. Es klappte. Als der Besuch fort war, begleitete ihn die Tochter auf dem Fahrrad beim Joggen. Er kochte, sah ein Fußballspiel im Fernsehen, räumte die Wohnung auf, telefonierte mit der Gnädigen Frau und deren Familie, seiner Mutter in Isfahan, die wegen ihres Bruders weinte, mit der Familie des Onkels, der es ablehnt, sich an das Dialysegerät anschließen zu lassen, das ihn vor dem Tod retten würde. Damit zu leben sei kein Leben mehr, sagte der Onkel selbst, als seine Frau ihm den Hörer ans Bett brachte. Inzwischen ist es 2:33 Uhr am Montag, dem

12. März 2007. Offenbar kann er wieder *In Frieden* schreiben, was auch immer, Hauptsache, die Zeit vertreiben, bis er endlich schlafen kann. Um mit dem Träumen schon mal anzufangen, malt er sich aus, daß infolge der Debatte um die deutsche Verstrickung in Guantánamo, die sein Feuilleton ausgelöst hätte, der Außenminister tatsächlich zurückgetreten wäre, was natürlich vollständig unrealistisch ist, einmal nur als pubertäres Gedankenspiel: Die Gnädige Frau und der Musiker hätten Politik, in gewisser Weise, immerhin ist es ein Außenminister, Weltpolitik gemacht, insofern ihr Freund vergangene Woche seinen Schmerz oder seine Unfähigkeit, mit dem Roman fortzufahren, den ich schreibe, mit einem Brandartikel abreagierte. Vielleicht würde das sogar der Außenminister verstehen, der selbst Menschen haben wird, um die er auf Erden bangt.

Die Frage, ob sich die Eheleute im Zuge der Badrenovierung einen Trockner anschaffen, hat die Frau zum Grundsatzstreit auserkoren: Es muß nicht immer nur nach deiner Nase gehen. Bitte. Aber wohin damit? Und die Klimakatastrophe. Für ihn sahen schon die Armaturen, die der Installateur ihm in den Sanitärgeschäften zeigte, alle gleich aus, manche schlank, manche klobig, aber alle aus Metall, und die Waschbecken sind weiß. Noch drei Anrufe, dann geht er einen Trockner kaufen, zum Teufel mit dem Klima. Das Gespräch mit dem Musiker in München dauert nicht einmal zwei Minuten, so schnell sind sie durch mit dem, was gesagt werden kann. Dessen *hastim* ist das Ultimum der Klage, die sich ein Iraner als Antwort auf die Frage erlaubt, wie es geht: »Wir sind«. Die Stimme des Onkels klingt etwas kräftiger, als der Neffe erwartet hat, gleichwohl niedergeschlagen: *hamineh ke hast*, »es ist, wie es ist«, Niere weg, Magen im Eimer, Wirbelsäule kaputt, Herz im Arsch, aber nicht depressiv wie beim letzten Anruf, sofern solche Unterscheidungen während eines Telefonats von zwei, drei Minuten überhaupt zu treffen sind. Nächstes Jahr sei es zu spät, bittet der Onkel, sie sollten früher nach Isfahan kommen, er wolle doch mit der Tochter wieder reiten gehen. Nächstes Jahr sei er vermutlich schon tot. Die Gnädige Frau, die wieder Wasser in der Lunge hat und deshalb kaum reden, nur mit Mühe atmen kann bis zur nächsten Punktierung, die Gnädige Frau will dem Freund aus Köln dennoch die Freude machen: Als du da warst, habe ich den Tod beinah vergessen, stöhnt sie. Nur am Schluß sei dieser Angstzustand zurückgekehrt, *hâlate asabâniyat*, Zustand auch der Wut und Aggression, der es ihrem Mann noch schwerer mache. Sie schämt sich dafür. Er muß bald wieder nach

München, bald wieder mit ihr vergessen. Der Musiker bittet ihn per Kurzmitteilung, nicht mehr zu fragen, wie es geht. Ab dem nächsten Anruf wird der Freund ihm zur Begrüßung nur sagen, daß er seine Stimme hören wollte. Jetzt geht er einen Trockner kaufen. Einig ist er mit der Frau, daß die Ungeborene den Namen der Gnädigen Frau tragen soll.

»Die weiseste Person, die ich je getroffen habe, war meine Gefährtin im Krankenhaus«, sagt Neil Young im Bordmagazin. »Ich erholte mich von den Komplikationen nach einer Operation, in der mir ein Aneurysma aus dem Gehirn entfernt worden war. Sie war ungefähr fünfundachtzig Jahre alt und vielleicht fünf Fuß groß. Eine alte schwarze Dame aus South Carolina. Da war eine junge Krankenschwester, die hatte nicht wirklich ein Gefühl für das, was sie tat, und so sagte die alte Dame ihr, was sie brauchte, ohne es zu sagen. Sie sprach niemals herablassend zu ihr, gab nur Beispiele. Ich fühlte, daß diese alte Dame tiefreligiös sein mußte, aber es war nichts Strenges an ihr, nichts Verbissenes. Eines Morgens wachte ich auf, es war so Viertel vor sechs, und schaute aus dem Fenster. Auf der Brücke draußen vor dem Zimmer lag Nebel, und ich sagte: ›Gut, das ist nun wirklich wunderschön.‹ Und sie sagte: ›Ja, das ist es.‹ Sie blickte zu mir herüber mit diesem fünfundachtzigjährigen Gesicht, das keine Linie aufwies, keine Anstrengung, nichts, und sagte: ›Der Herr nimmt dich also nicht. Du bist noch nicht an der Reihe.‹« Dann geht es weiter mit Sätzen über Mut, über Liebe, über Sex, jeder so weise, wie Neil Young es der Dame zuspricht, jeder wert, zitiert zu werden, über das Boxen und das Glück, das Denken zu vergessen und sich im Tun aufzulösen. »Als ich sechs war, wußte ich wirklich nicht, was Gott war. Aber ich wußte, was die Sonntagsschule war. Ich las viel über Gott, aber es langweilte mich. Ich konnte es nicht erwarten, daß die Sonntagsschule zu Ende war. Gott war nebensächlich bei alldem. Aber als die Zeit verging, wurde ich immer wütender, bis hin zu dem Punkt, an dem ich Religion nicht mehr ausstehen konnte. Haß ist ein starkes Wort. Aber ich wurde einfach wütender und wütender … bis ich schließlich nicht mehr wütend war. Ich schloß Frieden, weil ich dachte: Das ist nicht fruchtbar für mich. Ich lehnte das alles ab und fand Frieden im Heidentum. Jesus ging nicht in die Kirche. Ich ging zurück vor Jesus. Zurück zum Wald, zu den Kornfeldern, zum Fluß, zum Ozean. Ich gehe, wo der Wind ist. Das ist meine Kirche.« Und so etwas im Bordmagazin, mein Mekka ist eine Rose, mein Gebetstuch eine Quelle, die Steppe mein Gebetsteppich, zwischen Vielfliegerprogramm und Flyrobic. »Sein Dach / Sind Wetterwolken und der Boden ist / Sein Lager«, heißt es im *Tod des Empedokles*, den ich zu lesen angefangen habe. »Winde krausen ihm das Haar / Und Reegen träuft mit seinen Thränen ihm / Von Angesicht, und seine Kleider troknet / An heißem Mittag ihm die Sonne wieder, / Wenn er im schattenlosen Sande geht. / Gewohnte Pfade sucht er nicht.«

Wartet man lang genug auf einen genügend begehrten Körper, so daß das längst ausgesprochene, erwiderte, aber nicht erfüllte Begehren im Laufe der Jahre in Bereiche tiefster Vertrautheit, der Freundschaft und Kameradschaft gesackt ist, dann löst, so erfuhr er, ein bloßes Berühren der Körperseiten auf einer Bank und das Streichen der Fingerkuppen über ihren Handrücken ein Gefühl wie von Feuer aus, das unerwartet in die Brust lodert und noch viele Jahre, vielleicht ein Leben lang brennen wird, bei großer oder kleiner oder mal großer, mal kleiner Flamme. Im weiteren Verlauf hört er, daß auch sie ihn geliebt hat vor egal wieviel Jahren und wahrscheinlich immer noch. »Wenn ich manchmal Gitarre spiele«, sagte Neil Young dem Bordmagazin, das der Liebhaber aus dem Flugzeug mitgenommen hat, »erreiche ich einen Punkt, an dem es sehr kalt wird in mir, richtig eisig. Es ist sehr erfrischend. Jeder Atemzug fühlt sich an, als seiest du am Nordpol. Dein Kopf beginnt zu frieren. Beim Einatmen kriegst du so unglaublich viel mehr Luft, als du es je für möglich gehalten hättest. Das beginnt, in dich einzuströmen. Es hat etwas Magisches. Manchmal, wenn es geschieht, fragst du dich, ob du wieder okay sein wirst.« Sie hat ihn zurückgewiesen. Die Direktrice gestand ein, es zu bereuen. – Wieso hast du nicht gesehen, daß ich dich liebte? Ich habe es allen gesagt. – Nur mir nicht, gibt der Liebhaber zur Antwort. Mich hast du zurückgewiesen. Ja, weil … ich weiß. Zu melden hat er am 22. März 2007 um 3:13 Uhr morgens in einem Hotel in Wien, wo er vorgestern abend zu seinem Verdruß, der den ganzen folgenden Tag anhielt, trotz des Trainings nicht gut oder noch schlechter als sonst las, zu melden hat er außerdem, daß ihn gestern abend, bevor er von der Sprengkraft einer Berührung zweier Körperseiten sowie einer Fingerkuppe auf seinem Handrücken erfuhr, das Angebot eines respektablen, mit seiner Arbeit und seinen Interessen ideal korrespondierenden Brotberufs erreichte. Er sagte nicht sofort ab, sondern überlegte, was der Sinn des Angebots sein könne gerade jetzt, denn einen Sinn muß es aus seiner Sicht haben, weil alles einen Sinn hat oder nichts. Zu melden hat er noch eine zweite Verzückung, die ihm zuteil wurde, als er sich vor der Lesung beim Joggen im Wienerwald verlief. Der Körper, der nicht müde werden wollte, das Bewußtsein im Endorphinrausch, trabte er auf weichem, wie gefedertem Boden zwischen den schwarzgrauen, ab der doppelten Körperlänge rotglimmenden Stämmen der Nadelbäume, hinter sich ein stiller See und der Sonnenuntergang, zu denen er sich immer wieder im Laufen umdrehte: »Gut, das ist nun wirklich wunderschön«, wie Neil Young nach der Entfernung seines Aneurysmas beim Blick aus dem Krankenzimmer sagte. Beide Zustände, deren Wendung ins Ekstatische nicht länger als ein, zwei Minuten währte, sind genau das, worüber der Handlungsreisende sprach, bevor er fahrig wurde aus Erschöpfung von dem dreistündigen Lauf am Nachmittag und der Angst, ohne Handy im Wienerwald den Rückweg zum geliehenen Auto nicht rechtzeitig zur Lesung zu finden: im Diesseits aus dem Diesseits herauszutreten. Klugerweise erwähnte er die je spezifischen Lehren und Praktiken, die es bedürfe, um ebenjene Form- und Sprachlosigkeit zu erreichen. Der Theaterregisseur, der moderierte, hatte ständig von »Gott« gesprochen, von »göttlich«. Sie brauchen die Namen nicht, sagte der Handlungsreisende den Wienern: Denken Sie daran, wie manchmal eine Musik oder ein begehrter Körper Sie entrückt, wie sich das anfühlt. Denken Sie daran, wie Sie sich in einzelnen Momenten vergessen und gerade dadurch bei sich sind, dieser Eindruck von Erfüllung im Sinne von übervoll mit etwas, das in Sie hineinströmt. Es muß nicht in der Philharmonie sein oder beim Orgasmus. Das Streichen der Fingerkuppe über einen Handrücken kann genügen. Es strömt nicht in Sie ein, es strömt aus Ihnen heraus. Diese Entäußerung meinen die Mystiker, für die Gott keine Person ist, sondern alles, was ist, und göttlich ein Zustand, der ihnen anders als uns nicht nur für Momente zuteil wird, ein Zustand der Gegenwärtigkeit, nicht des Vergessens, ein Zustand der Erde, nicht des Himmels oder vielleicht eines Himmels auf Erden. Um sich wieder einzufangen, demonstrierte er den Wienern anschließend, daß er in seinen Romanen zwanghaft zu Peinlichkeiten und zur Fäkalsprache neigt, wo immer er über die Liebe schreibt, und vermeldet er zum Schluß seiner Nachrichten die bange Erwartung beim Durchblättern der Literaturbeilagen, die ihm zuwider ist, diese offenbar unausrottbare Eitelkeit, wichtig zu nehmen, was andere über einen schreiben. Bevor seine Fingerkuppe über ihren Handrücken strich, meinte die Direktrice, daß sie in der betonten Bescheidenheit iranischer

Männer – sie kennt zwei – einen übermächtigen Narzißmus spüre. Sie meinte das wohlwollend, genießt sie doch die Galanterie der beiden iranischen Männer, zu denen sie ihn also zählt. Was die Literaturbeilagen betrifft, kommt zu der Eitelkeit noch etwas anderes, keineswegs Rühmlicheres, hinzu, die Verletzbarkeit, die von der Preisgabe herrührt, sowie die Existenzangst, sich keine Skiurlaube leisten zu können von dem, was ihm am wichtigsten ist (und ausgerechnet heute winken ihm Business Class und Vorzimmer). Aber nichts mehr davon, es entwürdigt zu sehr. Er entschuldigt sich mit der Erschöpfung nach dem Irrlauf, die heute noch anhält. Nicht entschuldigt ist er für den Anruf bei dem Bildhauer in München, dem er gedanken- oder hilflos ein gesegnetes Nouruzfest wünschte, *eyde schomâ mobârak*. Nein, das Fest ist nicht gesegnet, hörte er als Antwort. Die Gnädige Frau ist jetzt nachts fast immer wach, ohne bei Besinnung zu sein. Dem Musiker wünschte er zum Glück kein frohes Fest, als er auf dessen Anrufbeantworter sprach.

Weil der Handlungsreisende noch im Stehen mit der vierundachtzigjährigen Übersetzerin ins Gespräch fand, plazierte ihn der Verleger neben sie und damit auf dessen eigenen Platz am Ende der Tafel in Auerbachs Keller, zu der gestern der Verlag seine Autoren und Freunde einlud. Einige Sekunden fühlte er sich wie ein Jäger, der ein Tier ins Visier nimmt, und hätte sich dafür beinah mit einem Platz am anderen Ende der Tafel bestraft, wo einige Freunde des Verlags so penetrant fröhlich taten, als spielten sie die Szene aus dem *Faust* nach. Allein, er ist doch ebenso ein Drogist, der nicht genügend Medikamente hat für alle, die sterben, und glüht für jeden, dem er sein Gedächtnis schenken kann, ein Diener, ein Liebender. Daß die Übersetzerin zu den Menschen gehört, die sein Leben bevölkern, hoffte und fürchtete er nach drei Minuten. Zeuge ihrer Begegnung mit dem Verleger gewesen zu sein wiegt die messetypische Häufung von Begegnungen auf, denen es an jedweder Notwendigkeit gebricht. Ein nicht nur akustisch überdrehter Gott … Mephisto, 11:32 Uhr, Freitag, 23. März 2007, Leipzig, vorm Hotelfenster schallisoliert die Autobahn: Der Bildhauer ruft aus München an, um mitzuteilen, daß die Metastasen das Gehirn erreicht haben. Gestern bereits teilte der Musiker mit, daß man eine Gehirntomographie oder dergleichen vornehme, um zu klären, warum das Bewußtsein der Gnädigen Frau getrübt, ob die Trübung endgültig ist. Es ist schrecklich, sagt der Bildhauer, ich will dir das alles gar nicht erzählen. Ich rufe dich später wieder an. Der Handlungsreisende fragt sich, wie er den zweiten Tag auf der Messe übersteht. Draußen liegt Schnee, der wird ihn kühlen. Schon gestern ist er entlang der Autobahn spaziert, als er zwischen zwei Terminen nicht wußte wohin.

9:29 Uhr oder 9:48 Uhr am 24. März 2007, soeben Jena Paradies passiert, Ankunft in München laut Fahrplan 12:39 Uhr, bislang keine Verspätung. Die Klassenkameradin aus Siegen, die er zum ersten Mal seit dem Abitur sah, nahm ihn wie ein Findelkind von der Messe mit zu sich nach Hause. Sie war eindeutig die Hübscheste im gesamten Gymnasium, hübsch im Sinne allgemeinüblicher Kriterien, ihr Haar zu allem Unglück auch noch gülden. Jetzt ist sie kein hübsches Mädchen mehr (und sehr froh darüber, glaubt er), sondern eine schöne Frau mit dunkelbraun gefärbten Haaren, die sich einen neuen Namen gegeben hat und erfolgreich ist mit dem, was ihr gefällt. In ihrer Küche tranken sie schwarzen Tee mit Zimt und waren innerhalb von Minuten vertrauter als je in ihrer ersten Lebenshälfte. Was ist mit ihm geschehen? Beinah täglich hat er auf der Handlungsreise Begegnungen, die sanft, aber anhaltend erschüttern. Wie sagt man? Ein offenes Scheunentor? Vor Müdigkeit fällt ihm die Redewendung nicht ein. Sein Inneres ist offen wie ein Scheunentor – sagt man das so? Ist auch egal. Freundschaft ist, sich beim Sterben zuzusehen, meinte die Klassenkameradin oder etwas Ähnliches. Unsicher ist er wegen des ersten Satzteiles. Vielleicht sprach sie von Leben, nicht von Freundschaft. Leben ist … oder: In letzter Zeit komme es ihr vor, als würde sie allen, sogar in der Stadt, auf dem Spielplatz… *beim Sterben zusehen*, lautete jedenfalls die zweite Satzhälfte. Das genau, das genau ist seine Beschäftigung geworden: beim Sterben zusehen, noch den Gesündesten, den Jüngsten. Später einmal, in Jahren, wirst du etwas lesen von mir, sagte oder dachte der Handlungsreisende, er weiß es nicht mehr, dann wirst du genau an diese Minute denken, in der wir nebeneinander auf dem Sofa deiner Küche saßen und Tee tranken mit Zimt. Du wirst denken, daß der Klassenkamerad aus Siegen die Freundschaft, das Leben oder die damalige Zeit genauso wahrnahm, ihr euch also deshalb an jenem Nachmittag nach zwanzig Jahren so überraschend wie beim Pfingstwunder verstandet. Im Taxi, das ihn zur Lesung brachte, lag sein Kopf mit geschlossenen Augen auf ihrem Schoß, als der Bildhauer wieder anrief. Die Gnädige Frau ist gerade zum ersten Mal seit Tagen wieder bei Bewußtsein, erklärte er mit gedämpfter, dringlicher Stimme, weil er auf der Palliativstation war. Sie will dich sprechen. Sie ist wach geworden und hat als erstes gesagt, daß sie dich sprechen will. Warte, ich gebe sie dir. – Navid, rief die Gnädige Frau wie mit letzten Kräften, nein, nicht wie – rief die Gnädige Frau mit letzten Kräften. Naviiiid mit der persischen Betonung der letzten Silbe, nur länger. Naviiiid, es geht zu Ende. Den Satz sagte sie auf deutsch, von da an wechselte sie zwischen den Sprachen. Sie sagte, daß sie ihren Schwestern einen Brief geschrieben habe wegen des Grundstücks. Es wird seinen Töchtern gehören. Das war es, was sie ihm sagen wollte. Er hat keine Ahnung, welches Grundstück sie meint. Chânum, rief er auf persisch, ich komme, Chânum, ich küsse Ihre Hand, Chânum, ich bin schon auf dem Weg, morgen bin ich bei Ihnen. Noch im Taxi rief er den Verleger an, um für morgen alle Termine abzusagen. Und die Lesung gleich? fragte der Verleger, der den Roman kennt, den ich schreibe. – Bin auf dem Weg dorthin. 10:10 Uhr oder 10:29 Uhr. Um die Zeit bis München zu vertreiben, kehrt er zu Auerbachs Keller zurück, wo der Verleger und die Übersetzerin rechts und links von ihm saßen. Könnte er schon im Hier und Jetzt bezeugen, was er von ihr sah – vielleicht müßte er sie mit keinem Kapitel mehr bedenken. Ein nicht nur akustisch überdrehter Mephisto-Clown verwandelte Deutschlands Dichtertempel endgültig zum Themenpark. Als die Übersetzerin zum ersten Mal von der Notwendigkeit sprach, Dostojewski vollständig neu zu übersetzen, war der Verleger Ende Zwanzig. Sie wird Anfang Vierzig gewesen sein. Wie sie wohl ausgesehen haben mag? Ob er sich in sie verliebt hat? Oder sie sich in ihn? Der Verleger war immer schon leicht entflammbar, damals noch Lektor in Frankfurt, wo der legendäre Chef große Stücke auf ihn hielt, wie die Übersetzerin berichtete. Wir schaffen das, wird der Verleger gerufen haben, als er noch keiner war, wir schaffen das. Sie haben es geschafft, sie haben den gesamten Dostojewski neu übersetzt, im eigenen Verlag, mit Schreibmaschine und der inzwischen auch schon greisen Sekretärin, die nach der Fertigstellung des letzten Bandes wegen Gicht gekündigt hat, eine Katastrophe für die Übersetzerin. Sie haben es geschafft, den ganzen Dostojewski, sie haben zusammen triumphiert. Und nun saßen sie sich fast vierzig Jahre nach ihrer ersten Begegnung und vier Stunden nach der Verleihung der wichtigsten und höchstdotierten Auszeichnung für Übersetzer im deutschen Sprachraum gegenüber in Auerbachs Keller mit dem Romanschreiber in ihrer Mitte, der noch nicht auf der Welt gewesen, als sie sich die Neuübersetzung des gesamten Dostojewskis erträumt, und schienen sich gar nicht im Klaren darüber zu sein, was die Vollendung für die Literatur und für ihr eigenes Leben bedeutet, oder sprachen jedenfalls nicht darüber, taten ganz normal. Der Clown, der Mephisto sein sollte, hatte endlich das Mikrophon abgestellt. – Ihr habt es geschafft, rief der Romanschreiber und schaute abwechselnd nach links und rechts, Sie haben es geschafft, du hast es geschafft. Die Übersetzerin und der Verleger schauten sich an und lächelten für einen Augenblick wie zwei Verliebte, die sie bestimmt einmal gewesen sind. Danach taten sie für den Rest des Abends wieder, als sei nichts geschehen. Nächster Halt Nürnberg, wo der Romanschreiber trotz der Verspätung noch Anschluß hätte.

Der Zug passiert im Schrittempo eine Baustelle zwischen Nürnberg und Würzburg. 22:14 Uhr auf dem Laptop, also früher. Jetzt steht der Zug wieder, den er notfalls auch anschieben würde, um nach Hause zu kommen. Zwanzig, dreißig Seiten des neuen Ransmayr gelesen, die ihn enttäuschten, gegessen im Zugrestaurant, das biologisch angebaute Hauptgericht, nicht der übliche Salat mit Hähnchenbrust, welches Dressing?, Essig und Öl, getrunken zuviel. Das Abteil ist so leer, daß sein Oberkörper zur Seite kippt, wo keine Klassenkameradin aus Siegen sitzt.

Ordnung braucht er, erst einmal Ordnung. Am besten, er fängt hinten an, also von jetzt. 1) Der Leiter der Findungskommission sagte soeben in dem Gespräch, um das er bat, bevor sich der Nominierte entscheidet, daß man einen solchen Dickkopf ohnehin nicht überreden könne. 2) Die Aufnahme des Konzerts von 1971 in der Massey Hall ist so sensationell wie die erste Veröffentlichung aus dem Archiv Neil Youngs, das Konzert mit *Crazy Horse* im Fillmore East aus demselben Jahr. Diesmal singt und spielt er solo, die ganzen dutzendfach aufgenommenen, tausendfach gehörten Lieder, »Heart of Gold, »Old Man« und dergleichen, die sich, o Wunder, wie neu anhören, ganz anders, so kunstvoll und wie gehaucht, so zart wie gestern komponiert und noch nie gespielt – als habe Neil Young sich selber gecovert. Ein Wunder ist es nicht, denn tatsächlich hatte Neil Young die meisten Stücke damals gerade komponiert, alles in wenigen Monaten, wie im Rausch muß das gewesen sein, so viele, daß er sich manche Stücke für Platten aufhob, die erst viele Jahre später erschienen. Es ist komisch, fünfundzwanzig Jahre später die Evergreens zu hören wie sie vor der Veröffentlichung klangen und sich vorzustellen, daß niemand im Saal sie zuvor gehört haben konnte, vielleicht nicht einmal die Roadies, die ihn bis heute auf Tourneen begleiten. »Spiel die alten Sachen«, wird mancher Idiot gedacht oder sogar gerufen haben, der mit den alten Sachen heute

»Heart of Gold«, »Old Man« und dergleichen meint. In jedem Akkord, jeder Silbe der Aufnahme hört man – heute – die Zeit. Die stille Intensität und fragende Gewißheit, die sich vermittelt, gelang ihm erst wieder, als er vor zwei, drei Jahren solo mit *Greendale* auf Tour war. Da kannte auch keiner die Titel, und mancher Idiot in Berlin – in Frankfurt nicht, glaube ich, ein Hoch auf die Frankfurter –, mancher Idiot rief »Spiel die alten Sachen«. Die akustischen Konzerte in den fünfunddreißig Jahren dazwischen plärren im Vergleich vor Aufregung, wurden sentimental oder hatten etwas ganz anderes, eine wütende Kraft. Auf der *Freedom*-Tournee gab er ein Rockkonzert auf der akustischen Gitarre. Eins gewesen, eins geworden war er am Anfang und am Ende. Drei Begebenheiten, die ablenken: 2a) Er singe heute abend hauptsächlich neue Lieder, sagt er einmal zum Publikum; er habe in letzter Zeit so viel Neues komponiert, daß er nicht anders könne, als es ständig zu singen, sonst vergesse er es wieder. 2b) Vor einem anderen Stück erwähnt er Johnny Cash, der ihn vor kurzem eingeladen habe. Eigens für dessen Show habe er das nächste Lied geschrieben. Aber dann habe Johnny Cash ihm abgesagt. Nun sei er wieder eingeladen, für den 14. oder 24. dieses Monats, »february, I think«. Aber das Lied, das er gleich singe, werde er nicht bei Johnny Cash singen. Es sei zu alt, schon ein paar Wochen. 2c) Auf der Plastikfolie, die ich schon weggeschmissen hatte, klebt ein Satz von Neil Young über David Briggs, seinen ewigen Producer, der vor ein paar Jahren dennoch starb: »This is the album that should have come out between *After the Gold Rush* and *Harvest.* David Briggs, my producer, was adamant that this should be the record, but I was very excited about the takes we got on *Harvest* and wanted *Harvest* out. David disagreed. As I listen to this today, I can see why. Love you, David.« Ich höre sie seit dem Vormittag schon, mit Unterbrechungen bis jetzt, 15:52 Uhr auf dem Handy, 16:10 Uhr auf dem Computer und wegen der Sommerzeit noch 14:45 Uhr auf dem Telefon am 26. März 2007. 2d) Ach, noch eine, die vierte Anekdote erzählt er in Liebe zum Großvater, der so gern Anekdoten mochte, bevor der Enkel zu Punkt drei übergeht. Er ist froh über jeden Aufschub, nicht wegen Punkt drei, sondern wegen der Punkte sechs und sieben oder fünf und sechs oder sieben und acht, je nachdem, wieviel Punkte es werden. Vielleicht gelingt es ihm, sie auf den nächsten Absatz zu verschieben, nein, bestimmt gelingt es, so sehr er bereits getrödelt hat. In anderthalb Stunden klingelt die Putzfrau, schaut er zu Hause nach dem Rechten, packt er den kleinen Koffer, geht er zum Bahnhof, fährt er zu einer Lesung, davor drei Telefonate und mindestens die fünf Mails beantworten, die er wider besseres Wissen für wichtig hält. Selbst Punkt drei verschiebt sich auf morgen. Also 2d) Als er vor ein paar Minuten überlegte, was noch mal Punkt drei war, rief eine Dame von der Europäischen Union in Brüssel an und fragte in Englisch mit niederländischem oder flämischem Akzent nach seiner Faxnummer, seiner Adresse, seiner Berufsbezeichnung und seiner korrekten Anrede. – He is a member of the Deutsche Islam-Konferenz, isn't he? – Yes, he is, gab er freundlich Auskunft, korrigierte zwei Irrtümer in der Kurzbiographie und hätte auch versichert, the member of the Deutsche Islam-Konferenz zu grüßen, wenn sie sie sich in ihrem flämischen oder niederländischen Englisch nicht schon wieder verabschiedet hätte: That was very kind of you. Thank you very much. – You're welcome. Good bye. – Good bye. Das war noch nicht die Anekdote, sondern nur der Grund, warum sie ihm einfiel. Also 2d) Vor Jahren organisierte ein Freund aus der Kneipe eine große Feier zum 50. Geburtstag Neil Youngs. Von einem Bekannten, der bei der Plattenfirma arbeitete, hatte der Freund eine Faxnummer. Er wollte Neil Young das Programm schikken. Er dachte, daß Neil Young sich vielleicht freut, aber bestimmt nicht ärgert. Es waren gute Leute dabei, nicht nur die üblichen, viele junge, aufregende Bands, und der Zettel sah hübsch aus, das Theater damals die Avantgarde Berlins. Über Tage versuchte es die Praktikantin, aber kein Fax meldete sich. Schließlich probierte es der Freund selbst, gedankenversunken zwischen dieser und jener Erledigung. Es klackerte in der Leitung, und plötzlich war etwas zu hören, allerdings nicht das Piepsen der Faxmaschine, sondern eine bekannt klingende Stimme: Hello. – Äh, who ist there? fragte der Freund. – Neil Young, sagte die Stimme. Der Freund war so entgeistert, daß ihm nichts anderes einfiel als zu fragen: Can you switch on the fax machine? – Sure. – Thank you. – You're welcome. – Good bye. – Good bye. Wenn Sie, verehrte Dame von der Europäischen Union, den Roman, den ich schreibe, einmal in flämischer oder niederländischer Übersetzung lesen, denken Sie daran: Das ist nichts gegen das, was einem Freund des Romanschreibers geschah. Sie, verehrte Dame, hatten den Anruf schon längst vergessen. Der Freund hingegen ärgert und freut sich darüber noch heute, wenn er nicht gestorben ist. Jetzt klingelt schon wieder das Telefon, Münchner Nummer … Dramaturgisch würde das Telefonat an den Anfang gehören, als Punkt 1), nur ist Punkt

1) schon lange vorbei. Da er das Telefonat auch nicht einschieben kann, berichtet er davon am Schluß, als Punkt 0). Er darf sich jetzt nicht aus der Ordnung bringen lassen, sonst schafft er es nicht bis Punkt 6) oder 7) oder 8).

3) Er hat erfahren, wie György Ligeti starb: Als sie in den ersten Stock gekommen seien, berichtete einer der Biologen auf der Trauerfeier, habe György Ligeti still im Bett gelegen, ein eindrucksvoller Kopf, eingebettet in Weiß, mit vom Leid gezeichneten Gesichtszügen und einem tiefen, scheinbar regungslosen Blick. Er habe sie aus dunklen Augen angeschaut, ohne die geringste Gemütsregung erkennen zu lassen, stumm, wächsern, so beschrieb es der Biologe auf der Trauerfeier. Auf der Decke hätten zwei Hände krampfartig verkrümmt gelegen, wie nicht mehr zu ihm gehörend. Nach einem kurzen Blick habe György Ligeti die Augen geschlossen und sie stumm gewähren lassen. Da hätten sie (noch andere Biologen?) gesessen und ihr Diskussionsspektakel aufgeführt, als ob sie nichts erschüttern könne, nur um ihre eigene Betroffenheit zu überspielen, schämte sich der Biologe. Sie hätten nicht mehr *mit* Ligeti geredet, sondern gemeint, *für* ihn zu reden, bis György Ligetis Frau (oder Freundin?) den Eindruck gehabt habe, es sei nun zuviel für ihn, und sie sich verstört in die Küche verzogen hätten. Der Biologe wird den stummen Blick aus zwei großen, offenen Augen bei ihrem Abschied nie vergessen. Das sei nicht mehr György Ligeti gewesen, berichtete er auf der Trauerfeier, sondern einer, der mit György Ligeti abgeschlossen hatte. Ob Ligetis Frau oder Freundin die junge Asiatin ist, die ab und zu im Wissenschaftskolleg neben ihm saß? Der Biologe sprach in höchsten Tönen von »dieser großen, unbedingten Liebe der letzten Wiener Jahre«. 4) In der Post lag gestern außerdem ein Brief von Karl Otto Hondrichs Witwe: »Wir bedanken uns für die große Anteilnahme und Unterstützung, Briefe, Blumen und Kränze sowie die vielen Beweise persönlicher Verbundenheit.« Daneben handschriftlich: »Es war so unerwartet wie berührend, daß Sie in Karl Ottos letztem Jahr an seinem Leben/Sterben Teil hatten, und ich danke Ihnen, daß Sie für uns da waren.« Ob sie der Anteilnahme des Orientalisten aus Köln auch Glauben schenkte, wenn sie von dem Roman wüßte, den ich schreibe? Er würde ihr gern sagen, daß er es noch nie so ehrlich meinte, aber um ein Ehrenwort zu geben, müßte sie zuerst an ihm zweifeln. Ob er sich selbst Glauben schenkt? 5) Auf dem großen Flachbildschirm konnte man alles erkennen, dreidimensional und

farbig das ganze Gesicht des Mädchens von tausendnochwas Länge oder hundert oder zehn, das ihre Geburt wahrscheinlich bereits überleben würde. Noch zwei Monate, dann würde man nicht mehr von einem Risikokind sprechen (die Gynäkologin gebrauchte ein anderes Wort, das dem Vater nicht mehr einfällt). Das half, das half wirklich, der erste Eindruck, der sich gegen München behauptete. 6) Vorgestern, Sonntag, ab dem Nachmittag der Nerv rechts neben dem Brustwirbel, den er diesmal mit der üblichen Dosis besänftigen konnte. – Ich hab's geahnt, sagte die Frau, als sie das Opiat in seiner Hand sah. 7) Der Sonntag vormittag mit der Tochter verschaffte ihm anders als sonst kaum Erleichterung. Sie waren im Museum, wo sein Text über die heilige Ursula schon nicht mehr zu hören ist. Auf dem Rückweg zeigte er der Tochter Ursulas Kirche. Die Goldene Kammer war geschlossen, obwohl sie dem Aushang zufolge geöffnet sein sollte. Sie vermuteten, daß der Wärter die Zeitumstellung vergessen hatte. 8) Nach Köln zurückgekehrt, blieb er in der Nacht zum Sonntag lange stumm. Später entzündete sich an den letzten Worten der Gnädigen Frau ein Streit: *Besch begu âghel bescheh.* Sag ihr, daß sie vernünftig werden soll. *Agar âghel schewad, mâdarham mischeh.* Wenn sie vernünftig wird, wird sie auch Mutter werden. Natürlich hat sie recht, beharrte er, ohne noch Mitgefühl übrig zu haben, vielleicht nicht in den Worten (daß sie überhaupt noch Worte gefunden hatte), aber in dem, was sie meinte. 9) Die Fahrt von München nach Köln erwähnte er bereits. Ankunft war schließlich gegen halb zwei. Die Punkte 10), 11) und 0) verschiebt er einen weiteren Tag.

10) Der Musiker in München sah wie ein Gespenst aus. Wie sehen Gespenster aus? Man sieht ihnen an, daß sie nicht von dieser Welt sind, vermutet der Freund aus Köln, daß sie in der Wirklichkeit stehen, gehen, reden oder was immer tun, aber ihr nicht angehören. Außerdem haben sie kein Fleisch. Der Freund kann sich keine dicken Gespenster vorstellen; also schon Dicke, die Gespenster sind, doch müssen sie dann abgemagert sein. Was sich über den Backen oder dem Bauch kräuselt, ist die alte, nun überflüssig gewordene Haut. Tiefe Augenhöhlen, große Pupillen, ätherische Erscheinung, so stellt er sich Gespenster vor, Kleidung, die zu groß geworden. Der Musiker war ohnedies schon so dürr. Jetzt hat er die Statur eines frühchristlichen Asketen, dazu die schwarze Kleidung, die nicht mehr modisch, sondern plötzlich morbide wirkt, der schwarze Hut, den er nicht absetzte, als sie sich an seinem Wohnzim-

mertisch in größtmöglicher Entfernung gegenübersetzten. So sieht kein Asket aus. So sieht ein Gespenst aus. Man tut normal und ist wenigstens ehrlich genug auszusprechen, daß nichts normal ist. Einem Veranstalter, der den Musiker auf Tournee schicken wollte und die Absage nicht verstand (»Flieg eben im Herbst oder meinetwegen im nächsten Jahr, wir geben dir eine Carte blanche«), hatte der Musiker gesagt: Du, ich bin in einen anderen Raum katapultiert worden. Ich habe nichts mehr zu tun mit dem, was war. Vielleicht kehre ich wieder, vielleicht nicht. Im Augenblick bin ich anderswo. Mehr als von weitem zu winken kann er nicht für ihn tun, befürchtet der Freund. An der Tür hing ein Bildnis der Gnädigen Frau aus friedlicher Zeit. Wie schön sie war, wie verführerisch die gewaltigen Augen, wie glücklich sie auch wirkte. Das Bild möchte er von ihr behalten. 11) Daß der Tod so häßlich macht, ja häßlich. Daß sich ihre Aggressionen verflüchtigt haben, macht sie noch verlorener. Im Gesicht ist sie in den zwei Wochen ein weiteres Leben gealtert. Der Plastiksack mit dem Urin, der am Bett herunterhing, der schiefe Mund beim Schlafen. Später erwachte sie und blieb mit Unterbrechungen, in denen sie dämmerte, wach bis kurz vor seinem Abschied. Der Tod ist ein Monster, das ist er, ein Raubtier. Du siehst die Klauen in ihrem Gesicht, die Stücke rohen Fleisches, in die sich seine Zähne beißen. Sie ist das Reh, genau so kam es ihm vor, das Reh, das gerissen worden, kurz bevor es stirbt. Sie ist immer noch wunderschön. Sie schaut dich an mit den gleichen gewaltigen Augen. Ihr Körper besteht nur noch aus Fetzen, hier ein Bein, dort die Eingeweide, überall Blut und andere Flüssigkeit, Schaum vor den Zähnen. Nur die Augen schauen dich an, verängstigt, aber ruhig. Woher immer sie die Kraft nahm, sie hat noch einen Brief geschrieben, den ihm die Sängerin übergab, eine ganze Seite in persischer Schrift, die selbst für ihn leserlich ist. Als die Krankenschwester sie am Nachmittag in einen Stuhl gesetzt und in den Aufenthaltsraum gefahren hatte, hielt er ihr das Handy ans Ohr, damit sie den Dank seiner Frau hörte. Als sei sie wiederauferstanden, gelangen der Sterbenden drei, vier fortlaufende Minuten klarer Rede, wie am Vortag, als der Bildhauer das Handy ans Ohr gehalten hatte. Und *Chânum* solle die Frau sie nicht mehr nennen, sondern sie mit dem Vornamen anreden. Navid Kermani begriff, daß die Bedrängnis in ihrer Stimme nicht, wie er am Vortag angenommen, von der Angst herrührte, sondern allein von der Anstrengung, allenfalls noch von der Sorge, nicht die Punkte zu bewältigen, die sie sich noch vorgenommen hatte, Punkte 1) bis 14c) zum Beispiel. Auch diesmal blieb sie klar, bis sie alles gesagt hatte, was sie seiner Frau sagen wollte, und sank erst wieder in ihre Trübnis, als der Freund das Handy vom Ohr nahm. Die Frau hingegen war kaum zu verstehen, so weinte sie. Iranische Freunde kamen zu Besuch, anschließend freundliche Nachbarn. Passen Sie auf sich auf, sagte die Sterbende ihrem Nachbarn zum Abschied. Passen Sie von da oben auf uns auf, erwiderte ihr Nachbar. Als die Sängerin sich später über einige der Besucher beschwerte, stammelte Navid Kermani: Darauf sei man als Besucher nicht vorbereitet gewesen, auch ihm habe das niemand beigebracht, man habe überhaupt keinen Anhalt, wie man sich zu verhalten haben. Wir würden nichts darüber lernen, wie abscheulich es sei zu sterben, wie unvorstellbar skandalös, im Wortsinn himmelschreiend. Kennten wir doch: Tod gehört zum Leben, tausendmal reflektiert, kapiert, akzeptiert, jeder von uns tritt einmal ab, was man so sage und denke. Aber anwesend zu sein, wenn jemand Geliebtes stirbt – das müsse zu den wenigen Erfahrungen gehören, die das Leben in ein Davor und ein Danach aufteilen. Die Hiobsqual seiner Tante Lobat Madani hat sich ebenfalls eingebrannt, aber als er sie zum letzten Mal besuchte, war sie noch nicht am Sterben, genausowenig wie sich beim vorigen Besuch in den Augen der Sterbenden bereits der Ausgang spiegelte. Das war anders. Nun werden die Tage gezählt. Eine Passage, die aus der Endlichkeit hinausweist, war in seinem bisherigen Leben nur die Geburt der Tochter. Als er aufbrach, schlief die Sterbende längst. Sie röchelte. Die eine Mundhälfte war wieder nach unten gerutscht. Leise näherte er sich dem Bett, um ihr die Hände zu küssen. Noch bevor er sie berührte, schlug sie die Augen auf. *Naviiid, dâri miri* – Naviiiid, gehst du jetzt? – Ja. Ich fahre jetzt. Ich fahre zu Frau und Kind, schaue, ob alles in Ordnung ist, dann komme ich wieder. – Sag ihr, daß sie vernünftig werden soll. Wenn sie vernünftig wird, wird sie auch Mutter werden. *Besch begu âghel bescheh. Agar âghel schewad, mâdarham mischeh.* – In Ordnung. Ich sage es ihr. Sie ist jetzt vernünftig geworden und eine Mutter auch. Das ist noch nicht der Abschied für immer. Wir wissen nicht, wann es zu Ende ist. Ich komme bald wieder. – Wenn ich noch bin, hauchte sie. Ihm fiel nichts Besseres ein, als sie wie ein Mullah zu belehren: Das liegt nicht in unserer Hand. Besser hätte er sie wie ein Dichter beschworen, daß wir ewig seien. o) Es ist heute etwas passiert, sagte die Sterbende, während er am Montag, dem 26. März 2007, den vorletzten Absatz schrieb: Ich kann es dir selbst sagen.

Ich habe Frieden gefunden (*solh peydâ kardam*). Ich weiß, daß ich jetzt an einen Ort gehe, den ich nicht kenne. Die ganze Zeit habe ich gekämpft. Ich habe zwar so getan, als hätte ich mich mit dem Tod abgefunden, aber das stimmte überhaupt nicht. Ich habe nur angegeben (*poz dâdam*). Aber jetzt habe ich Frieden (*solh dâram*). Jetzt habe ich es akzeptiert (*qabul kardam*). Ich bin eins geworden. (Womit? Nicht nur mit sich, sie ist gläubig. Mit dem Tod wohl, oder? Dem Geschick? Mit Gott und also allem, dem All? Mit sich und also Gott? Sie sagte nur: Ich bin eins geworden [*yeki schodam*].) Navid, das ist so gut. Ich bin so glücklich. – Ich auch, sagte Navid Kermani. Nach der Ungeborenen erkundigte sie sich noch, dann war ihre Kraft für heute verbraucht. Die dreidimensionalen Farbphotos vom Ultraschall sind unterwegs nach München. Der Name, ihr Name, steht darunter in Computerschrift. Der Bildhauer wird entscheiden, ob er das Bildnis der Sterbenden zeigt.

»Ich wuerde es«, rät der Freund aus Haifa, »auf jeden Fall probieren (und das sage ich jetzt im luftleeren Raum ohne zu wissen, mit wem du da arbeiten musst, wieviel Autonomie du haben wirst etc.). Aber es ist kein schlechter Laden und wenn das Geld gut ist, dann auf keinen Fall nein sagen. Hinschmeissen kannst du immer noch nach einem Jahr oder so. Auf jeden Fall willst du dir nicht vorwerfen wollen ›ich haette, koennte etc.‹. Oder? Was spricht dagegen?«

Weil die Batterie des Laptops offenbar defekt ist, schreibt er mit einem Billigkuli auf einem Kundenbefragungsformular der Lufthansa, das die Stewardeß verteilt hat. Morgen im Bergischen Land, wenn er sich entschieden haben wird, ob er die nächsten Jahre mit oder ohne Vorzimmer verbringt, trägt er die Notiz in der Datei nach, wie er es immer tut, wenn er sozusagen nur einen Bleistiftstummel hat. Mehr oder weniger deutlich raten alle, die Stelle anzunehmen. Der Verleger betont, an ihn zu glauben, und bedauert im nächsten Satz, daß auch der letzte Roman sich aus Gründen, die er für unerklärlich hält, nicht durchzusetzen scheint. Keine einzige Beilage hat ihn rezensiert. Nicht einmal die Taschenbuchrechte will jemand haben. In keiner Großbuchhandlung liegt der »Spitzentitel« aus. Der Romanschreiber muß den Tisch hochklappen, der Anflug auf München hat begonnen. Er hat sich schon entschieden. Ein Beruf paßt nicht in den Roman, den ich schreibe.

Jetzt warten alle nur noch. Jeder der schweren Atemzüge könnte der letzte sein oder den letzten ankündigen. Man mag kaum aus dem Zimmer gehen. Sie selbst ist ruhig, manchmal mit Anflügen von Erfüllung, weil sie den Wert erkennt von allem, was Gott ihr geschenkt, manchmal verzweifelt wie ein Kind, das schlafen gehen muß, wenn es gerade am schönsten. Dann heult sie, wie kein Erwachsener sich trauen würde zu heulen. Es geht dir ins Mark, vormittags dem Bildhauer, nachmittags dem Musiker, abends der Sängerin, nachts dem Bildhauer, wenn sie nicht zu dritt ums Bett sitzen. Die Blutwerte des Musikers sind noch schlechter als die der Sterbenden, ein Wunder an Willenskraft, daß er sich überhaupt auf den Beinen hält. Vorgestern ist er von der neunstündigen Chemotherapie direkt zur Palliativstation gefahren. Die meiste Zeit dösten Mutter und Sohn, da blickte der Freund von dem einen zum anderen Gesicht und zurück. Im Flur zog der Musiker den Hut und zeigte die nackten Stellen zwischen den Haaren. Die Andeutungen, seinen Vater oder seine Schwester vielleicht doch einzuweihen, weil es ohnehin nicht mehr lange zu verheimlichen sei, wies er schroff zurück. Erst wenn die Augenbrauen ausfallen und niemals, solange seine Mutter lebt. Das Gute: Die Sterbende kämpft nicht mehr. Das Schlechte: Sie hat den Kampf verloren. Das Raubtier hat von ihr gelassen. Es hat sich satt gegessen. Die Würde scheint ihm nicht geschmeckt zu haben. Die Würde hat es wieder ausgespuckt. Es kann auch anders, wie der Freund von seiner Tante Lobat Madani weiß. Manchen Menschen nimmt er auch den Rest dessen, was sie zuvor als Menschen kennzeichnete. Daß an seinen Geschöpfen etwas unantastbar sei, muß Gott überlesen haben, obwohl es in Seiner eigenen Verfassung steht. Um so dankbarer müssen die Angehörigen und Freunde für die vergangene Woche sein, seit die Sterbende endlich richtig »eingestellt« ist. Manchmal sagte sie, daß sie glücklich sei, zutiefst glücklich, und manchmal stimmte es. Manchmal weinte sie dabei. Mit dem Musiker hat das Tier erst begonnen. Es hat sich in sein Fleisch gekrallt. Das sind so Vorstellungen, über die man bei Woody Allen lacht, der Sensenmann, Vater Tod, der Todesengel Azra'il, Vampire. Der Freund begreift jetzt, warum die Menschen sich den Tod so konkret vorstellen wie eine Person, die den Raum betritt. Genauso konkret kam es ihm vor – als ob jemand im Raum gestanden hätte, hinter ihrem Bett, um sie auf den Flur zu schieben und von dort nicht ins Aufenthaltszimmer. Die vierte und letzte Postkarte mit dem Photo eines Passagierflugzeugs, die er sich beim Einstieg aus der Ablage an der Flugzeugtür nahm, ist vollgekritzelt. Hoffentlich kann er die Schrift morgen überhaupt entziffern. Daß er die Sterbende zum letzten Mal sah, hält er für gewiß. Und Gott weiß es besser.

Sie ist ins Koma gefallen. Manchmal öffnet sie für einen Blick die Lider, ohne jemanden zu erkennen (soweit sich das erkennen läßt). Solange man es schon erwartet hat, trifft es einen doch unerwartet – Navid Kermani inmitten von Debatten mit der Frau, wann sie welches Küchengerät aus dem Bergischen Land, dem Büro und der Wohnung wohin bringen und anschließen lassen. Zu Hause herrscht der Handwerker in weißer Latzhose zwischen Bad und Kinderzimmer, damit auch über den Flur, der mit Zeitungen ausgelegt ist; der Kontoauszug schreckt auf, weil vor sämtlichen Zahlen ein Minus zu stehen scheint; mit dem Studenten haben sie überprüft, welche regelmäßigen Ausgaben zu streichen wären, das Bergische Land ja, Klavierunterricht nein, Büro nein, Gewerkschaft ja. Solche Dinge. Ein paar hundert Euro können sie monatlich einsparen, haben schließlich nicht zuwenig Geld, sondern geben zuviel aus. Der alte Streit um den Trockner, den er immer noch nicht gekauft hat. Wie zur Rechtfertigung für seine Entscheidung, vorgeblich frei zu bleiben, druckte er den Roman aus, den ich schreibe, und schickte die zweihundert neuen Seiten an den Verleger. Der Brandartikel über die deutsche Verwicklung in den Krieg gegen den Terror, den eine andere Zeitung gestern druckte, hatte soviel Wirkung wie ein Steinwurf auf einen Panzer, was den Machtverhältnissen nicht nur in Kabul entspricht. »Im theater sind alle begeistert«, simste wenigstens die Direktrice. »Wovon? Meinem photo rechts unten?« »Nein. Von deiner bescheidenheit.« Der Kühler ist wieder leck, weshalb sie nicht ins Bergische Land fahren konnten. Das war der dreizehnte Tag nach Nouruz, bevor der Bildhauer aus München auf den Anrufbeantworter der Wohnung sprach, während der Freund in Köln vom Büro aus mit der Frau telefonierte. Der Freund konnte die Stimme von der anderen Leitung aus hören. – Vorher hatte ich das Gefühl, noch etwas tun zu können, sprach der Bildhauer auf den Anrufbeantworter. Ich konnte ihr ein Glas Wasser bringen. Jetzt kann ich nichts mehr tun. Der Freund wünschte an der anderen Leitung, er könne dem Bildhauer ein Glas Wasser bringen. Mit der Tochter muß er noch wie jedes Jahr am 13. das *Sabzi* in den Rhein werfen, den Teller mit Kresse, den alle iranischen Familien zum Neujahr säen. Das ist das vierte Mal, daß ich Sie abschleppe, knurrte der Mann vom Abschleppdienst heute morgen und zählte die Pannen auf. Er übertrieb. Sie hatten sich erst zum dritten Mal getroffen, einmal schleppte ein Kollege ab. Solange die Versicherung nicht knurrt, soll es beiden egal sein. Bitte nicht jetzt auch noch ein neues Auto suchen müssen, es dürfte ja nicht irgendeins sein, sondern mindestens so schön wie der große Peugeot, dazu schadstoffarm, zuverlässig und ein Schnäppchen. Zeit wäre es, schlafen zu gehen, 1:15 Uhr oder 0:51 Uhr inzwischen, der 3. April 2007. In fünf Stunden muß er wach und dazu rasiert sein, da er im Frühstücksfernsehen wieder eine Meinung haben muß, zu was auch immer. »Wie sehen die Menschen das? Sind sie wirklich so aufgebracht?« lautet die erste der Fragen, die ihm die Redakteurin diktiert hat. Er jedenfalls ist es. Den Laptop hatte er bereits zugeklappt, als ihm einfiel, wie tief die Sterbende schläft. Die Tochter wünscht ihr beim Gebet seit einigen Tagen nur noch einen schönen Tod.

Er soll das Gebet am Grab sprechen. Die Sterbende habe es sich gewünscht, als sie noch sprach, teilt der Bildhauer in München mit. Navid Kermani hat keine Ahnung, was man am Grab betet, welche Rituale zu vollziehen sind, damit das Begräbnis *schar'i* wird, religiös rechtmäßig. Er weiß nicht einmal, ob sich die schiitische Zeremonie von der sunnitischen unterscheidet. Niemanden erreicht er, der sich auskennt. Auch die Eltern konnten keine genaue Auskunft geben; am Telefon hörte er, wie die Mutter den Angaben des Vaters, der den Hörer abgenommen hatte, laut widersprach. Das vollständige Ritual scheint zu aufwendig, als daß er es auf die Schnelle lernen könnte (und von wem?). Offen blieb, ob es nicht reicht, wenn der Leichnam Richtung Mekka liegt und am Grab der Koran zu hören ist. Die *Fâtiha* und das *Qolhuwallâh* hat er für die Sterbende gebetet, als er sich von ihr verabschiedete. Einige weitere Suren könnte er für die Beerdigung noch auswendig lernen, das *do'â-ye mayyet* hingegen, das Totengebet, sei sehr lang, sagte der Vater. Wenn Navid Kermani es sich schnell besorgt, kann er es üben. Aber er kann nicht den Mullah spielen. Er beherrscht die Gesten nicht, den Tonfall, die Abläufe, die Bewegungen, die Haltung – all das, was Tradition ausmacht. Wenn es keine islamischen Geistlichen gäbe in München, wäre es etwas anderes, dann zählte vor Gott das Bemühen, sind sich alle Rechtsschulen einig. Aber nur weil man die Mullahs nicht mag, kann man deren Wissen nicht einfach ignorieren, denkt Navid Kermani und kann gleichwohl den Wunsch der Sterbenden nicht ignorieren. Er hofft lediglich – das ist das wichtigste, wichtiger, als daß die Zeremonie gekonnt aussieht und seine Rezitation gut klingt – er hofft, daß es ihm gelingt, die Rechtmäßigkeit herzustellen. Nicht nur er, auch die Frau und der Vater hängen am Telefon und fragen jeden, der es wissen könnte, nach dem Wortlaut des Totengebets. Im Internet wird Navid Kermani nicht fündig. In zwei Stunden bricht er zu einer Lesung auf, danach ist schon Ostern und er mit dem Auto der Mutter im Bergischen Land. Der Peugeot ist auch tot: Zylinderkopfschaden. Er muß das Gebet und den Ablauf heute noch besorgen, damit er das rechtlich Notwendige im Zug auswendig lernen kann. Die Frau kann ihn im Bergischen Land abfragen. Am 10. April treffen die Schwestern der Sterbenden ein, also ist die Beerdigung frühestens am 11. Heute ist der 5. Wenn es ein einziges Gebet ist und er es heute noch besorgt, kann er es schaffen, gleich, wie lang es ist. Er hätte etwas zu tun. Die Worte, die er lernen würde, wären die richtigen, in Jahrhunderten erprobt, rechtlich gesichert. Er könnte noch rasch beim türkischen Imam von Ehrenfeld vorbeiradeln, der wieder großen Ärger hat, weil in der Moscheebuchhandlung ein Buch gefunden wurde, das die Prügelstrafe befürwortet. Immerhin, der Oberbürgermeister steht weiter zum Neubau der Moschee, sagt die Frau, die den Imam soeben erreicht hat. Der Imam habe versprochen, das Gebet zu faxen. Ein Geschenk muß Navid Kermani außerdem noch besorgen, weil er nach der Lesung auf einem Geburtstag eingeladen ist. Vorher ruft er den Imam selbst an, um sicherzugehen, daß das Fax rechtzeitig eintrifft. Der Imam bietet an, das Totengebet mit dem Freund zu üben, wegen des Prophetengeburtstages sei er über Ostern in der Moschee, die noch eine Fabrikhalle ist. Der Imam ist sehr ernsthaft, sehr freundlich, wundert sich nur wenig und stimmt zu, daß die Rechtmäßigkeit unbedingt herzustellen sei. Es ist nicht zuviel verlangt, in Köln einen Ort zu haben, an den Muslime sich wenden, wenn ein Angehöriger stirbt, wo sie erhobenen Hauptes beten können. Auf den Buchhändler wird der Imam künftig achten und das Fax so Gott will leserlich sein. Eine Kopie wäre bei all den Punkten und Strichen des arabischen Alphabets sicherer zu entziffern, doch ist es zu spät geworden, um nach Ehrenfeld zu radeln. Es ist 14:37 Uhr auf dem Telefon, auf dem die Uhr genauer ist als auf dem Handy, dem Laptop und dem Wecker, wie Navid Kermani inzwischen herausgefunden hat. Um 16:55 Uhr geht sein Flug – ach, verdammt, er fliegt ja und nimmt gar nicht den Zug. Wann lernt er also das Gebet auswendig, das so Gott will leserlich sein wird? Nicht weit von der Moschee, vor dem Haus des älteren Bruders, steht das Auto der Mutter, mit dem er zum Flughafen fahren könnte. Packen muß er noch, nicht unbedingt sich rasieren. Das Geschenk besorgt er im Terminal. Er bittet die Frau, dem Imam auszurichten, daß er sich das Gebet selbst in Ehrenfeld abhole. Er sei schon unterwegs.

Nasrin Azarba (20. April 1937 Täbris; 5. April 2007 München)

Beinahe mag ich es nicht aussprechen, schon gar nicht damit anfangen: Das erste, was ich an Nasrin bewunderte, war ihre Kochkunst. Noch Student, hatte der Verlag C. H. Beck mich nach München eingeladen, um ein erstes Buchprojekt zu besprechen. Das Abendessen im Haus des Verlegers hatte Nasrin zubereitet, ein *Schirin Polo*. Die Übersetzung »Süßer Reis« läßt die Raffinesse nicht erahnen: Der Nuancenreichtum der persischen Saiteninstrumente, das Paradiesische eines kostbaren Teppichs, alle Verästelungen eines iranischen Gartens und die Durchdachtheit der traditionellen Architektur manifestierte sich in diesem Berg aus Reis, Mandeln, Pistazien, Berberitzen, getrockneten Beeren, Safran und wahrscheinlich einem Dutzend anderer Zutaten, den uns Nasrin auf einer riesigen runden Platte auftrug. Mit den vielleicht zehn, fünfzehn Reisgerichten, die zum iranischen Standard gehören, hatte diese Komposition nichts zu tun. Sie verhielt sich zu ihnen wie das Einzelstück eines Großmeisters zur Massenware. Nasrins Küche war das, was Iran sein könnte, die Seligsprechung des Details.

Der Widerstand, gerade mit der Erinnerung an den Süßen Reis zu beginnen, obwohl sie die früheste ist, hat verschiedene Gründe. Zunächst entspricht sie zu genau dem hergebrachten Bild einer iranischen Frau. Auch wirkt sie banal: Was gilt schon das Kochen im Vergleich zu anderen Tugenden, Vorzügen und Künsten, die Nasrin doch ebenfalls aufwies, zu Güte, Anmut oder Intellekt? Außerdem hat sie gar nicht oft gekocht. Wenn nicht gerade Besuch erwartet wurde – ich wurde schon bald nicht mehr zum Besuch gezählt –, überließ sie ihrem Mann die Küche. Ihre Kunst war zu aufwendig für den Alltag. Ihre Kunst war von einer anderen Zeit. »In jeder Himmelskugel sehe ich eine Pupille / Und in jeder Pupille einen Himmel / O du Ahnungsloser, siehst du in Einem Vieles / Seh ich in Allem das Eine.«

Wenn ich mir nun Rechenschaft ablege, war diese andere, wohl auch imaginierte Zeit – im Sinne einer früheren Epoche, eines tieferen Geistes, anders ausgeprägter sensorischer Schwingungen und eines metaphysischen Weltplans, der die eigene Existenz in ein kulturelles und moralisches Kontinuum legt – war diese andere *Zeitrechnung* ein wesentlicher Grund, weshalb es so viele Künstler und Intellektuelle, die in Deutschland Rang und Namen haben, in ihr Haus zog, auf den Platz links von Nasrin, die das Tischende einnahm, gegenüber von ihrem Mann, der in der Lage ist, innerhalb von Minuten köstliche Gerichte aus wenigen, ausgewählten Zutaten zuzubereiten. Natürlich wäre ich gern öfter von Nasrin bekocht worden, aber noch mehr schätzte ich das Privileg, von ihr nicht den Berühmtheiten zugeschlagen zu werden. Selbst ihre Empörung hatte die Erlesenheit eines Brokats: So wählte sie aus dem absurden Alltag der Islamischen Republik stets die lustigsten Witze und beklemmendsten Geschichten aus und polierte sie so sorgfältig, daß ich mich vor Lachen unterm Eßtisch krümmte oder vor Wut die Faust ballte, mit der ich den nächsten Artikel schrieb. Die Literaturgeschichte des achtzehnten und neunzehnten Jahrhunderts kennt solche Damen, die nicht selbst Literatur verfaßt, aber mit ihrem Urteil, ihren lebensklugen Ratschlägen und ihrer Begeisterung an ihr mitgewirkt haben. Etwas von dieser Aura hatte Nasrin, als ich sie kennenlernte. Es gab eine, nein, bestimmt viele Nasrins davor und eine Nasrin danach.

Die Nasrin davor war nach den Erzählungen ihres Mannes und dem Zeugnis ihrer Photos eine Frau von mythischer Schönheit; riesige mandelförmige Augen, die sanften Rundungen ihrer Wangenknochen, ein sinnlicher Mund. Helle Haut und schwarze Haare, dunkelbraune Iris. Aus vornehmer aserbaidschanischer Familie und traditionell erzogen, studierte sie Ende der sechziger Jahre an der Kunstakademie in München. Ausgerechnet bei einem bayrischen Klosterschüler von damals wohl schon stämmiger Gestalt und tiefer Stimme stieß sie auf den Verehrer, der sie so poetisch wie Madschnun umwarb. Nie wagte er es, sie zu berühren, bis sie sich nachts im Winter vor ihrem Wohnheim lange gegenüberstanden. Es fing zu schneien an, große Flocken, die den Bürgersteig in Sekunden weiß bedeckten. Verzaubert schauten sich die beiden um. Als sich ihre Blicke wieder trafen, setzte sich eine Flocke auf Nasrins Wimper. Lief bereits eine Träne ihre Wange herab, oder war nur das Kristall geschmolzen? Wie Leyla weinte sie nach dem Kuß, daß er alles zerstört habe.

Der Weg, auf dem er bis ans Ende der Welt ihr zu folgen bereit war, um das *Anfängliche* des Zaubers zu beweisen – und er bewies es! –, trug auch Nasrin weit jenseits eines Lebens, das man im aserbaidschanischen Teil Irans für ein vornehmes Mädchen vorgesehen hatte. Nach den Andeutungen ihres Mannes und dem Zeugnis weiterer Photos stellten sie an der Wende zu den siebziger Jahren alles oder vieles von dem an, was junge ungestüme Leute in Westeuropa damals anstellten. Die kuriosen Blümchenhemden und die wallenden Hosen im Indienlook dürften das Harmloseste gewesen sein. Später lebten sie in Istanbul, dann in Teheran, wo Nasrin das Keramikmuseum *Âbgineh* begründete. Ich stelle mir vor, wie sie, eine noch junge, elegante Frau von Welt, die mit der Volksdichtung ebenso vertraut war wie mit der modernen Kunst, durch das Land fuhr, um den Museumsbestand zu vervollständigen, wie sie souverän mit Dorfältesten und Stammesfürsten verhandelte, mit Galeristen aus New York und Kritikern aus London. Das *Âbgineh* ist noch heute das einzige Museum in Teheran, dessen Ausstellungssäle, Schaukästen, Lichtinstallationen und Beschriftungen dem Standard einer westeuropäischen Hauptstadt entsprechen. Vor dem plündernden Mob, den die Anarchie 1979 auf die Straße brachte, bewahrte sie es, indem sie geistesgegenwärtig alle Schilder des Altbaus austauschte und Luftballons sowie Papierschlangen anbringen ließ: In einem Kindergarten ist nicht viel zu holen, dachten die Plünderer, die nicht aus der Gegend waren, und zogen weiter.

Mit der Revolution von 1979 kehrte die Familie nach München zurück. Über die fast zwanzig Jahre, die vergingen, bis sie mir zu Ehren den *Shirin Polo* auftrug, weiß ich wenig. Sie scheinen recht unvorbereitet aus einer Existenz herausgerissen worden zu sein, die materiell und ideell beneidenswert anmutet. Schneller als ihr Mann faßte Nasrin neuen Mut. Anders als er, der als Künstler nicht freiwillig aufhören kann, kehrte sie allerdings nicht ins Berufsleben zurück. Wenn sie in irgendeiner Weise dem Bild ihrer Tradition entsprach, dann keineswegs als Köchin, da in traditionellen Küchen stets Bedienstete standen für die aufwendigen, Stunden und Tage benötigenden Zubereitungen, sondern als Mutter. Noch gesund, rief sie mehrmals täglich die Tochter an, um sicherzugehen, daß ihr nichts fehle. Noch von der Palliativstation mahnte sie ihren vierzigjährigen Sohn, sich warm genug anzuziehen. Wenn sie erfahren oder auch nur geahnt hätte, wie es wirklich um ihn steht, wäre sie ungeachtet ihrer Krankheit schon vor Kummer gestorben.

Die ersten, denen ich mein Totenbuch schickte, schon nach achtzig, neunzig Seiten, waren Nasrin und ihr Mann. Ich weiß, daß er es ihr wie andere Manuskripte von mir wieder am Tisch vorlas, die Vokale bayrisch verdunkelt und so langsam, daß es wie zelebriert wirkte, obwohl es nur sein normales Sprechtempo war. Ich weiß auch, was sie davon hielten. Eine Woche, höchstens zehn Tage später erfuhr Nasrin von dem Tumor. Nicht weiß ich, ahne allenfalls, was der Zusammenhang, der sich aus der zeitlichen Abfolge zufällig oder notwendig ergibt, für ihren Mann, für ihre Kinder, für mich selbst bedeutet, bedeuten wird. Nie mehr habe ich sie nach meinem Totenbuch zu fragen gewagt. Nie mehr sprach sie davon, die sich bewußt gewesen sein wird, bald selbst bedacht zu werden.

Sie wollte leben. Nicht daß der Tod an sich das Schreckensvolle gewesen wäre – dazu hatte sie einen zu spirituellen Bezug zum Sein, der in der persischen Kultur gründete –, allein, sie war noch nicht soweit. Die Karriere der Tochter stand erst am Anfang, der Sohn lebte als freischaffender Künstler. Und was erst sollte aus ihrem Mann werden? Ihre Existenzen waren doch ineinander verwoben, wie ich es von keinem anderen Liebespaar sagen könnte. Nasrin hatte noch nicht zu Ende gelebt.

Die Chemotherapien ertrug sie – Einbrüche eingeschlossen, Bewußtseinstrübungen, Wehklagen, Tiraden, die anfängliche Scham, keine Haare mehr zu haben und auch im Gesicht, am Körper unverkennbar alt und gebrechlich geworden zu sein –, aber seelisch beinah zugrunde gerichtet hätte sie das Wechselbad, dem sie danach ausgesetzt war. In den ersten Untersuchungsergebnissen und Röntgenbilder schienen alle Gebete erhört worden zu sein. Die Ärzte empfahlen weitere Behandlungen, doch schien der Tumor so weit zurückgedrängt worden zu sein, daß noch mit vielen Abenden an ihrem Tisch zu rechnen war. Welche Pläne man plötzlich hat! Einige Tage später waren alle Pläne durchkreuzt. Erst setzten Rückenschmerzen ein, die kein Arzt betäuben, geschweige denn behandeln konnte. Dann die Diagnose: die Knochen voller Metastasen, keine Aussicht auf Rettung.

Einmal fragte sie in ihrem Zimmer auf der Palliativstation, was das wichtigste im Leben sei. Ihr Mann war anwesend, ihr Sohn, ihre Tochter, ich. Stille war eingekehrt, als Nasrin ihre Frage stellte, eine erschöpfte, zerschlagene Stille. Ich weiß nicht mehr, wer eine Antwort versuchte. Ich weiß nur, was ich dachte: Das, was Sie jetzt haben, Nasrin Chânum, ist das wichtigste im Leben, diese Gemeinschaft von Menschen, die Sie gestiftet, dieser Mann, diese Kinder, die seit vielen Monaten ihren Alltag aufgegeben haben, die für Sie da sind, so wie Sie für sie dasein würden und da waren – weil ihr euch liebt, weil ihr in der Pflicht füreinander steht. Mit solchem Beistand zu sterben ist die einzige Gnade vor dem Tod, die kein Mensch grundlos empfängt.

Etwa zehn Tage, bevor sie starb, trat die Wendung ein, durch die Versöhnung zwar nicht hergestellt, aber denen, die sie begleiteten, auf lange Sicht überhaupt ermöglicht werden könnte. Sie selbst hatte sich versöhnt mit dem Tod. Sie hatte Frieden gefunden, wie sie sagte. Der Schmerz, den sie empfand, galt nicht mehr dem, was noch hätte sein können, sondern allem, was war. Es war ein Schmerz, der das Glück in sich trug, ein Schmerz, in dem sich Wehmut und Dankbarkeit nicht mehr voneinander unterschieden.

Der Sohn, der als letzter bei ihr sein sollte, teilte soviel mit, daß sie in vollständiger Ruhe starb. Sie habe ein *âh* ausgeschüttet, einen langen Seufzer, der ihm den Übergang angekündigt habe. Ihm sei klar gewesen, daß er sie nicht festhalten, nicht einmal an der Hand halten durfte. Der Seufzer habe gleichzeitig etwas Klagendes und etwas unsagbar Befreites gehabt, eine Qualität absoluter, auf Erden unerhörter Loslösung. Er habe Bände gesprochen, der Seufzer, und sei zugleich die Aufforderung, nein Anweisung, gewesen, im Atem miteinander zu sprechen, ihr *âh* zu befragen, ihrem *âh* eine Bestimmung zu geben. Während er ihre Gegenwart in wortloser Rede und Antwort teilte, habe sich ihre Mikromimik vollständig entspannt, die unzähligen Muskelchen, die dem menschlichen Gesicht einen Ausdruck verleihen. So umfassend habe sie losgelassen, daß ihr Gesicht jünger und jünger geworden sei oder eigentlich zeitlos. So weit sei die Verwandlung gegangen, daß er sie in ihren letzten Atemzügen kaum noch erkannt habe. Für die Unendlichkeit, die ihr am Ende zuteil wurde, brauchen andere Sucher Jahre oder Jahrzehnte. Noch einmal setzte der Sohn den bestimmten

Artikel. Für vier, fünf Sekunden hatte er den Eindruck, daß Nasrin durch die oft beschriebene Enge mußte. Der nächste Seufzer folgte in einer anderen Welt.

Unsere zweite Tochter soll ebenfalls den Namen Nasrin tragen: Rose. Ihr und der Älteren hat Nasrin ein Grundstück am See von Rezaye in Aserbaidschan vererbt. Daß es ihr noch gelang, den einseitigen Brief mit eigener Hand, in klarer Schrift zu schreiben, erschien allen nur als Wunder erklärlich. Meiner Frau, deren Bindung an Iran sich zu meiner Enttäuschung in den letzten Jahren gelöst hat (war es doch zugleich eine Loslösung von mir), gab sie den Auftrag, zu dem Grundstück zu reisen, die Kinder im See zu baden und herauszufinden, wie der Ort früher hieß und weshalb. Mich hat sie dafür vorgesehen, bei der Beerdigung das Gebet zu sagen. So trägt Nasrin Chânum über den Tod hinaus zum Erhalt unserer Ehe bei, um die sie sich sorgte – hatte ich mir doch für den Fall unserer Versöhnung vorgenommen, das islamische Gebet zu verrichten, und hat meine Frau einen neuen Grund, nach Iran zu reisen.

In Hamm, wo ein Zugteil mit dem anderen verbunden wird, tragen die Menschen T-Shirts auf dem Bahngleis, so daß auch ihm bald warm werden müßte. Eine pünktliche Ankunft vorausgesetzt, ißt der Handlungsreisende am Donnerstag, dem 12. April 2007, gegen halb neun mit der Findungskommission in Berlin zu Abend, um die Details des Brotberufs zu besprechen, den er am Münchner Flughafen im Marschschritt zwischen Sicherheitsschleuse und Boarding doch noch ergriffen hat. Anderthalb Stunden zuvor hatte er Nasrin Azarba zum letzten Mal gesehen. »In meinem Leben habe ich ja nur zu oft erfahren, daß Pläne und Wünsche, mochten sie auch mit meiner Natur zusammenstimmen, weit über die Wirklichkeit hinausgriffen und dann von den Umständen erdrükt wurden, die das Schiksaal dem Lebensweg vorausbestimmt hatte«, schreibt Hölderlin am 23. Juni 1801. »Ich will meine Lage verändern und bin entschlossen, das Leben eines privatisirenden Schriftstellers, das ich führe, nicht länger fortzusezen.« Eingestanden hatte sich der Handlungsreisende längst, daß ihn das letzte Jahr, die Engpässe und Unwägbarkeiten, die sich plötzlich auftaten, empfänglicher gemacht haben für eine Festanstellung – »weichgekocht« nannte er es zwischen Sicherheitsschleuse und Boarding. In jedes Mikrophon sprechen zu müssen, das ihm vor die Nase gehalten wird, ist nicht die Berufung, die er meinte, als er allen Berufen entsagte. Heute zum Beispiel rief ein Nachrichtenmagazin an, um den Handlungsreisenden zum Verband der Exmuslime zu befragen, dessen Gründung in Deutschland das Tagesthema ist. Was er dachte, sagte der Handlungsreisende natürlich nicht, sondern redete sich damit heraus, gleich zum Bahnhof gehen zu müssen. Überhaupt Meinungen – mit Meinungen ließe sich leicht überleben im Westen, er müßte nur immer neue Meinungen ausstoßen, besser noch eine Meinungsmaschine anschaffen mit mehreren Mitarbeitern, die am laufenden Band Meinungen von ihm produziert zu sämtlichen Themen zwischen Holocaust, Heterosex und dem Heiligem oder, was das Heilige betrifft, sich am besten in zwei Muslime aufteilen, einen echt, einen ex, dann müßte er nicht über eine Festanstellung nachdenken, dann könnte er bei jedem Anruf auf einen Knopf drücken und schon spuckte die Maschine die gewünschte Meinung für oder gegen Holocaust, Heterosex und das Heilige aus, aber er will das nicht, er will keine Meinungen mehr, wenn überhaupt einen Brotberuf, will er Bericht erstatten, Beschreibungen statt Thesen, Fragen statt Expertisen, Widersprüche statt Urteile, doch Berichte will keiner haben und erst recht nicht bezahlen, allein schon die Spesen, was sagen Sie? viertausend Euro?, dafür haben wir unsere Korrespondenten (aber die schreiben elf Artikel im Monat aus sieben Ländern und werden eingespart einer nach dem anderen), wenn Sie hingegen eine Meinung haben, die nehmen wir gern, zum Monotheismus, zur Neuen Monogamie oder heute zu den Exmuslimen, sagen Sie schon, was denken Sie darüber, es dauert nicht lang, und wir zahlen sehr gut. Relativ schnell gelang es ihm, das Nachrichtenmagazin abzuschütteln. Nein, über die Gefährdungslage der Exmuslime könne er nichts sagen, sein Gebiet sei der deutsche Roman – aber Sie haben doch Islam studiert! – und als Orientalist Texte des siebten bis zwölften Jahrhunderts; ein Altgermanist sei schließlich auch nicht per se geeignet, sich kompetent zum Rechtsradikalismus zu äußern. Zum Schluß lobte das Nachrichtenmagazin sein akzentfreies Deutsch, da war der Handlungsreisende endgültig bedient. Bin hier geboren, knurrte er. Ach so, stammelte das Nachrichtenmagazin. Kommt vor, kläffte der Handlungsreisende. Stimmt, entschuldigte sich das Nachrichtenmagazin. Himmel hilf, klagte der Handlungsreisende, aber das Nachrichtenmagazin hatte schon aufgelegt. Um 0:41 Uhr wird er mit dem Nachtzug weiter zur Beerdigung fahren, Ankunft so Gott will in München um 9:01 Uhr. Die Ansage, daß man in der ersten Klasse am Platz bedient werde, scheint nicht an ihn gerichtet gewesen zu sein. Auf dem Tisch liegen drei Bände Hölderlin, als wolle er sie alle bis München lesen, im Rollkoffer außerdem Band neun für die Rückfahrt nach Köln, aber erst einmal geht er in den Speisewagen und holt sich einen Kuchen oder ein Sandwich, damit er sich in Berlin nicht aufs Essen stürzen muß. »Es hat es mancher, der wohl stärker war, als ich, versucht, ein großer Geschäfftsmann oder Gelehrter im Amt, und dabei Dichter zu seyn«, erklärte Hölderlin seiner Mutter noch im Januar 1799 kategorisch. »Aber immer hat er am Ende eines dem andern aufgeopfert und das war in keinem Fall gut, er mochte das Amt um seiner Kunst willen, oder seine Kunst um seines Amts willen vernachlässigen.« Ein Jahr später hätte er eine Anstellung wie in Berlin auch angenommen. Der Leser hat für den Sinneswandel nur einen Nachmittag gebraucht. Wie die Nöte des Alltags Stück für Stück, Absage um Absage in den Vordergrund von ausgerechnet Hölderlins Leben rücken, der sich radikaler als alle Zeitgenossen der Dichtung verschrieben und den Dichter zum Propheten erhoben hat, ergreift mehr als alle Bildungsromane bis mindestens Mörike. Am 16. November 1799 gesteht er der Schwester, »daß es mich oft inkommodirt, nicht mehr der reiche Mann in Frankfurt zu seyn, um meinen Neffen zuweilen eine kleine Freude machen zu können«. Zu der Zeit muß er zum Bedauern des Herausgebers, dem dadurch bedeutende Schriftstücke verlorengingen, aus Papiermangel für Briefe schon häufig die Rückseiten von Manuskriptblättern verwenden, die er nicht vollendete. Mit dem Angebot, weniger: der Inaussichtstellung, bei einem kaum bekannten, wenn nicht obskuren Kleinverlag eine Zeitschrift herauszugeben, sofern er ausreichend Prominenz zur Mitarbeit bewegt, flackert die Möglichkeit eines Brotberufs auf, der wenigstens nicht ganz ohne Beziehung wäre zur Berufung als Dichter. Briefe werden geschrieben und wieder verworfen und wieder geschrieben, im persönlichsten Ton, aber schon vor copy and paste mit wiederkehrenden Versatzstücken, an den, an den, an den auch, nein, an den zu schreiben ist aussichtslos, oder vielleicht doch?, versuchen kann man es, ein Versuch schadet nicht (Schiller hat schon halb zugesagt, behauptet er gegenüber dem Kleinverleger), nur um die Abfuhr Schillers in noch drastischeren Worten zu empfangen als befürchtet und den höflichen Schlußsatz auch noch fälschlich als Wohlmeinen und ehrliches Interesse zu deuten. In der Hoffnung, daß Schiller ihn dennoch zu sich rufen könne, schiebt Hölderlin nach einem neuerlichen Schreiben die

Abreise aus Homburg, wo er keine Beschäftigung und kein Geld mehr hat, monatelang hinaus. Aber Schiller antwortet nicht, auch nicht zwei Jahre später auf den letzten, schon flehentlichen Brief, Schiller antwortet nie mehr. Nun, mit Schiller war nicht zu rechnen. Aber nicht einmal der jüngere Schelling, der Hölderlin nun wirklich viel zu verdanken hat, erklärt sich zur Mitarbeit bereit. Den gequälten Ton der Absage des Saturierten an den erfolglosen Gefährten von einst kennt der Leser nur zu gut, als Unterzeichner und Empfänger. Man ist ja verpflichtet, man mag diesen armen, talentierten, etwas anstrengenden Menschen auch, der den Absprung ins wirkliche Leben verpaßt hat, man würde ihm auch etwas Geld zustecken, wenn es sich ohne Peinlichkeit bewerkstelligen ließe, und wäre auch sonst für manche Gefälligkeit bereit, sofern der Aufwand gering bleibt – aber seine eigenen, wertvollen Texte will man nun nicht in so ein publizistisches Loch stecken. Man hat auch so viel zu tun, will sich endlich einmal konzentrieren auf das eigene, große Werk, von den alltäglichen Problemen zu schweigen. »Ich bin jetzt eben in einer Lage u. Stimmung, die mir wenig zu schreiben erlaubt, was Deinen Brief auch nur inetwas vergelten könnte.« Später, bestimmt, das hoffe er sehr, werde sich seine Lage schon ändern (nicht daran denken, was einer wie Hölderlin später einmal sein wird, gewiß nicht Herausgeber einer bedeutenden Literaturzeitschrift). »Ich umarme dich. Dein treuer Freund Schelling.« Wie sehr spricht Hölderlins Desillusionierung von 1799 zum Leser, der 2007 freilich nicht um die physische Existenz fürchtet, um Nahrungsmittel, Kleidung, Brennholz, sondern lediglich um seine Bequemlichkeit, nicht um das Papier, das Hölderlin sich nicht mehr leisten konnte, sondern weil er nicht mehr den Ansprüchen seines sozialen Standes genügt. Von den viertausend verkauften Exemplaren des letzten Romans läßt sich der Klavierunterricht der Tochter jedenfalls nicht bezahlen, geschweige denn 150 Quadratmeter Altbau plus Büro in bevorzugter Lage Kölns. Das ist auch ein O-Ton, aber des Lesers 2007: »Nicht nur Männer, deren Verehrer mehr als Freund ich mich nennen konnte, auch Freunde, Theure! auch solche, die nicht ohne wahrhaften Undank mir eine Theilnahme versagen konnten – ließen mich bis jetzt – ohne Antwort, und ich lebe nun volle 8 Wochen in diesem Harren und Hoffen, wovon gewissermaßen meine Existenz abhängt. Schämen sich denn die Menschen meiner so ganz?« Jetzt nicht mehr weiter, nicht mehr den *Allgemeinen Grund* zum Empedokles, sitzt der Leser, der seine »frugale Lebensart« zu ändern gedenkt, doch bereits in der S-Bahn nach Charlottenburg und schauen ihn die Mitreisenden schon komisch an, wie er närrisch auf seinem Laptop tippt. Wenn er jetzt noch den vierten Band Hölderlin aus dem Rollkoffer hervorholte, um das nächste Zitat abzuschreiben, das ihm durch den Kopf schwirrt, fangen sie an zu kichern. Ohnedies reicht die Zeit nicht, in vier, fünf Stationen erwartet ihn der Leiter der Findungskommission am Gleis. Vielleicht kann der Leser in der Nacht fortfahren, wenn er ohnehin nicht schlafen kann, oder nach der Beerdigung auf der Fahrt nach Köln.

Ob es eine Zeitung zum Kaufen gebe, fragt er am Freitag, dem 13. April 2007, den Schaffner, der die Nacht mit der Ruhe von hunderttausend Kilometern gegen halb sieben beendet. Wo denken Sie hin? entgegnet der Schaffner und holt eine Klarsichtverpackung hervor: Wenn so das Frühstück aussieht. Auf die Schweinsleberwurst, die ihm die Deutsche Bahn auf die eingeschweißte Brötchenhälfte schmieren will, verzichtet der Vorbeter lieber, zumal er sich bereits rituell gereinigt hat, um sich Schuhe und Socken nicht auf der Friedhofstoilette auszuziehen. Ohne die kultischen Vorschriften im Detail zu kennen – so viel weiß er, daß die Scharia vor dem Totengebet nicht den Verzehr von Schweinefleisch nahelegt.

Als er ans offene Grab trat, schlotterten ihm die Knie wie noch bei keinem Auftritt. Das Zittern verging rasch. Die Worte beruhigten ihn und ebenso die Gesten. Schon das Wort *Allâh*, mit dem das Gebet anfängt, breitete sich wie eine Wärmepackung im Körper aus. Das verdoppelte, durch die Heranführung der Zunge an den oberen Gaumen emphatische /l/ des bestimmenden Artikels *al* verdunkelt auch das ewige /âh/ und versetzt den Schädel ähnlich in Schwingung wie das indische *Om*. Anders als beim *Om* entlädt sich die demütige Anspannung allerdings in dem herausposaunten *akbar* mit seinen beiden hellen kurzen /a/, die offenen Hände dabei erhoben neben den Ohren, als ob man das Echo des eigenen Rufes einfangen müßte, eines Rufes über die Erde: Größeres gibt es als uns. Das *takbîr*, also das zweifache *Allâhu akbar* strukturiert das Totengebet, bei dem man sich anders als im täglichen Ritus nicht zwischendurch niederwirft. Weshalb eigentlich nicht? fragt sich der Freund aus Köln und vermutet neben pragmatischen Gründen, daß es mit der Situation des Todes zusammenhängt. Vielleicht zwinge oder erlaube sie, mit Gott von gleich zu gleich zu sprechen, obwohl Gott natürlich niemals gleich ist. Im Leben braucht es etwas anderes, etwas Größeres als Maßstab, damit die Menschen gleich sind. Dem ersten *takbîr* folgt das Glaubensbekenntnis mit der Formel *Lâ ilâha ilallâh*, deren mantrische Qualität (der Eignung zum *dhikr* oder *zekr*, wie es die Sufis nennen) sich jedem sofort erschließen sollte, der es einmal in annähernd richtiger Aussprache aufsagt, mit den emphatischen und den doppelten Konsonanten, der Rhythmisierung durch die hellen kurzen und dunklen langen /a/: ilal – loaaaaah, die / l / in der Mitte tief in den Hals. Der Mystiker Halladsch führte sein Leben lang immer nur das helle *Lâ ilâha* auf den Lippen, die Verneinung, *Lâ ilâha, lâ ilâha, lâ ilâha*, tagein, tagaus »Es gibt keinen Gott!« auf dem Basar, in den Gassen und in der Moschee »Es gibt keinen Gott!«, beim Aufwachen und Einschlafen, zum Gebet und als Predigt das helle »Es gibt keinen Gott!«. Erst als Halladsch zur Hinrichtung geführt wurde, gelangte er zur anderen Hälfte: *ilallâh*, brüllte er in die Menge mit dem emphatischen /l/ vor dem Ausklang und schwingendem Schädel – »außer Gott!«. Es ist der Musiker, der seine Krankheit auf dem Friedhof nicht mehr verbergen mußte, der Musiker, der seiner Mutter in den Worten seines Vaters, der ihm zürnt und ihn bewundert, einen unfaßbaren Liebesdienst geleistet hat, es ist der starke schmale Musiker, der bestreitet, ein Opfer gebracht zu haben, als ihm der Freund berichtet, was das Gebet mit ihm tat, das er für Nasrin Azarba sprach. Er habe nur ein wenig Menschlichkeit ausgegeben, beharrt der Musiker wörtlich, *kami ensâniyat be chardj dâdam*. Ohne dem Satz nachzugehen, denkt der Freund wieder, daß der Inhalt schön ist und doch das geringste. Es ist der Klang, es sind die Gesten, die einen entrücken und zugleich stärken, am meisten das *Allâhu akbar*, für das er schon beim Üben im Nachtzug jedesmal die Daumen an die Ohren führen wollte, aber auch der Vokativ *Allâhumâ*, »O Gott«, oder der Singsang der Segenssprüche für Mohammad und seine Nachfahren, für Abraham und seine Nachfahren. Es ist übrigens die gleiche Formel, die er an Neujahr im Fernsehen gehört, *Allâhumâ salli 'alâ … wa-'alâ âl-e …*, das /s/ wieder emphatisch, so daß sich das nachfolgende /a/ ebenso verdunkelt wie das übernächste. Der Segen steht nach dem dritten *takbîr*, davor das Glaubensbekenntnis, die *Schahâda*, die er schiitisch erweiterte, sowie die erste Sure des Korans, die *Fâtiha*: Im Namen Gottes, des Erbarmers, des Barmherzigen / Gepriesen sei Gott, Herr der Weltenwohner / Der Erbarmer, der Barmherzige / König des Gerichtstags / Dir dienen wir, dich rufen wir um Hilf' an / Führ' uns den Pfad, den graden / Den Pfad derer du gnadest, nicht derer gezürnt wird noch der Irrgehenden«. Nach dem vierten *takbir* folgt das eigentliche Totengebet, das der Vorbeter, die Trauernden oder die Toten sich unter vielen möglichen Texten (daher die Verwirrung bei der Suche) selbst auswählen dürfen. Es wird von allen gemeinsam gesprochen, mit ausgebreiteten Armen und nach oben geöffneten Händen, erst für alle, »für die Toten und die Lebenden, für die Kleinen und die Großen, für die Männer und die Frauen, für die Anwesenden und die Abwesenden«, dann für den Gestorbenen oder die Gestorbene selbst, der oder die zum Beispiel lebendig gemacht werden möge im Islam, also der Hingabe an Gott, dem oder der Gott sich erbarmen möge im Glauben. Nach dem fünften *takbir* das stille Gebet: jeder Trauernde für sich, jeder in seiner Sprache, mit seinen Worten, seinen Wünschen, wieder in aufrechter Haltung mit ausgebreiteten Armen und nach oben geöffneten Händen. Und zum Schluß der Gruß, anders als im Ritualgebet nur zur einen Schulter hin: Friede sei mit euch und die Barmherzigkeit Gottes, danach kein Händeschütteln, was ebenfalls mit der Situation am Grab zusammenhängen wird.

Drei Tage nach dem Begräbnis und drei Monate zu früh stellen die Gynäkologen im Perinatalzentrum um 20:15 Uhr fest, daß sich die Werte der Ungeborenen verschlechtert haben. Welche Werte? Irgendwelche Werte halt, er begreift es nicht, Entzündungswerte, Blutwerte, Säurewerte, was weiß er denn. Sie haben sich verschlechtert, diese Scheißwerte. Um 20:24 Uhr beschließen die Gynäkologen, nicht länger darauf zu hoffen, daß sich durch die Wehen, die sie durch Medikamente hervorrufen, der Gebärmuttermund öffnet. Nachdem die Eltern zwei Tage und anderthalb Nächte beschäftigungslos gewartet haben, fängt um sie herum plötzlich alles im Perinatalzentrum an zu rasen. Die professionelle Hektik der Ärzte, der Schwestern und der Hebamme, die in den Operationsbereich laufen, wo sie sich scheinbar auf Knopfdruck in grüne Männchen mit Mundschutz und weißer Haube verwandeln, schon im Weitergehen die desinfizierten Hände reiben, wirkt auf den Ahnungslosen bestürzend, der seine Frau an der Hand hält, während er neben ihrer Liege herrennt. Am meisten Sorgen macht ihm, daß die Ultraschallbilder auf eine Wachstumshemmung hindeuten. Davon war nie die Rede gewesen! würde er die Gynäkologen am liebsten anbrüllen. Überhaupt so Sätze, die in den zwei Tagen und anderthalb Nächten durch den

Raum, die Flure und Telefonate schwirrten, ganz anders gemeint, nicht immer sie gemeint und doch von ihnen im schlechtmöglichsten Sinne verstanden: Die Natur sorgt selbst vor – wenn die Natur ein Kind für zu schwach hält, stößt sie es eben ab – das Wohl der Frau geht immer vor – im Rahmen des medizinisch Vertretbaren – das Menschenmachbare. Er merkt, daß die guten Argumente der Gynäkologen nicht ausreichen, um sich so sehr zu beruhigen, wie die Frau es benötigt, die unter einem grünen Tuch hervorlugt. Um 20:43 Uhr beschließt er, auf sein eigenes Fachwissen zurückzugreifen und darauf zu vertrauen, was größer ist. Hinter dem ebenfalls grünen Vorhang, der über ihrer Brust hochgezogen ist, damit sie die Operation nicht sieht, flüstert er der Frau ein Geburtsgebet ins Ohr, das er ohne islamrechtliche Absicherung in Ableitung des Totengebetes spontan zusammenstellt, mehr ein Mantra als Worte, die er durchdenkt. Die Eltern sind miteinander verbunden, nein, in diesem Fall gilt es: wie zusammengeschweißt, fester als durch jeden Sex, der schon sehr gut lötet. Nach einigen Minuten, in denen er zugleich ruhiger und erregter wird – das klingt paradox, aber so ist's, wie ein Zug kommt es ihm vor oder ein Flugzeug oder meinetwegen ein Gepard, der in höchster Geschwindigkeit am geschmeidigsten läuft, ja, genau so, erwähnte ich nicht bereits, daß Erkenntnis eine paradoxale Struktur hat, oder kommt das noch in dem Roman, den ich schreibe? –, nach einigen Minuten, in denen der Mann das Bogenschützenmaß an Spannung austariert wie nie zuvor, hört er – erst den Arzt rufen: Wir ham's – dann ein spindeldürres Schreien, mehr ein Hüsterchen, das den Raum lauter als Pauken und Trompeten erfüllt – dann mehrere Glückwünsche – dann eine Krankenschwester die Uhrzeit rufend. Gott sei am 17. April 2007 um 21:27 Uhr gepriesen.

Im dritten Versuch, sie zuzustellen, weil nie jemand zu Hause war, erhält er einen Blumenstrauß aus München, daran geheftet eine Karte: »Von Nasrin für Nasrin«.

Der Körper der Frühgeborenen ist halb so lang wie der Unterarm der Krankenschwester, auf dem der Vater sie empfängt, ihr Kopf kleiner als die Fläche seiner Hand. Wieviel Uhr ist es? fragt er die Schwester, als sie ihm die Frühgeborene wieder abnimmt: Man verliert hier jedes Gefühl für Zeit. – Das höre ich oft, sagt die Schwester, die die Frühgeborene zurück in den Inkubator legt. »Es war eine Einzigperle von Minute, etwas, das nie da war, nie wiederkam; eine ganze sehnsüchtige Vergangenheit und Zukunft-Traum war in einem Augenblicke eingepreßt«, beschreibt Jean Paul seinen ersten, den schönsten Kuß als Erlösung von der Zeit. Der Vater strich den Satz beim Durchblättern der *Selberlebensbeschreibung* an, als er die Tischplatte des alten Schreiners, dem Gott ein langes Leben schenken möge, auf den ersten Band der Dünndruckausgabe gelegt hatte, ohne sich weiter Gedanken zu machen, ohne den Satz zu vergessen, mehr wie eine Tonfolge sich einprägt, bis am 17. April 2007 jemand den Satz erklärt. Die Frühgeborene erklärt ihn, als der Vater sie küßt: »und im Finstern hinter den geschloßnen Augen entfaltete sich das Feuerwerk des Lebens für *einen* Augenblick und war dahin«.

Als eine Sonderausschüttung Glückshormone beschreibt er es auf dem Nachhauseweg einem Regisseur, mit dem er vom Fahrrad aus telefoniert. Alle Schauspieler gratulieren durch die Leitung so laut, daß der Vater die meisten Stimmen identifizieren kann. Am Samstag haben sie Premiere. Auch euch viel Erfolg.

An einem weiteren Tage, dessen Maß tausend Jahre sind, deren die ihr zählt, geht dem Vater auf, warum es eine Sonderausschüttung ist. Die Geburt selbst ist im Leben nun einmal vorgesehen. Soviel Glück hält es standardmäßig bereit, wenngleich manchen, vielen Menschen nicht einmal der Standard zuteil wird. Im Perinatalzentrum, das für den Ahnungslosen wie das Schöpfungslabor eines Science-fictions aussieht, ist keines der Babys eine Selbstverständlichkeit. Manche wiegen fünfhundert, sechshundert Gramm, sogar dreihundert Gramm haben die Ärzte einmal durchgebracht, drei Tafeln Schokolade leicht. Die Lokalpresse berichtete. Hier in Augen zu sehen, die sich öffnen, ist absolut kein Standard, sondern erscheint, muß wie ein Wunder erscheinen. Man sieht, ohne es begreifen noch erklären zu können. Aber es ist da, es atmet, das ist das wichtigste, es atmet in tiefen Zügen in seinem gläsernen Kasten, einer Nachbildung von Schneewittchens Sarg in Zwergengröße. Der Vater macht den Oberkörper frei und zieht den blauen Kittel verkehrt herum wieder an, also mit der offenen Rückseite nach vorn. Er legt sich in den Camping-Liegestuhl, den die Krankenschwester in der einzigen Ecke ausgeklappt hat, die nicht vollgestellt ist mit Apparaten. Dann legt die Schwester dem Vater die Frühgeborene mitsamt der Schläuche und Kabel auf die nackte Brust und deckt sie zu. »Känguruhen« nennt man den Vorgang im Jargon des Perinatalzentrums, wie der Vater aus der Kneipe bereits wußte, und die zwei Kumpel, die es selbst erlebt hatten, sprachen davon seliger als über den schönsten Rausch, die wildeste Nacht, den höchsten Sieg der Thekenmannschaft. Die münzgroße Wange der Frühgeborenen schmiegt sich an seine Haut, die fingerkuppenlangen Hände greifen in seine Brusthaare. Die Technik ringsherum läßt die Fragilität des Körpers grell hervortreten. Noch ihr Wohlfühlen und ihre dunklen Träume zeichnet der Monitor im Maße von hundertstel Sekunden auf. Als er neben der Sterbenden saß, achtete er genauso konzentriert auf ihren Atem. Die Sterbende schlief genauso fest und hatte ebenfalls Schläuche in der Nase. Auf dem Flur unterhielt er sich nachmittags mit einem Gynäkologen über Gerechtigkeit. Sie stießen auf den Begriff, als er in einem weiteren pathetischen Moment das Begräbnis am Freitag erwähnte. Die Gerechtigkeit Gottes könne unmöglich so gemeint sein, daß die Schöpfung im ganzen gut sei und das Leiden einen positiven Sinn habe. Diese Erwartung sei bestenfalls naiv. Im Grundsatz der göttlichen Gerechtigkeit drücke sich der Glaube aus, daß alles Leiden aufgewogen werden würde – und sei es in einem anderen als dem eigenen Leben, in einer anderen als dieser Welt. Wenn man alles Leid zusammennehme, müsse es in irgendeinem, auch nur entfernt angemessenen Verhältnis stehen zu den Freuden, die die Schöpfung ebenfalls bereitet hatte. Zwar sei es offenkundig unhaltbar anzunehmen, daß in jedem einzelnen Leben dieses Verhältnis gegeben sei. Aber in allen Leben zusammen, sozusagen aus Sicht des Schöpfers, auf die Ewigkeit hin gerechnet müsse das Leiden in einem Verhältnis stehen zum Glück. Das müsse nicht sein, aber er müsse es glauben, um leben zu können. Daran mußte er am Abend des 17. April 2007 gegen Viertel vor neun glauben können, um ungerechtfertigt zu vertrauen. Etwas müsse doch am Leben sein, daß wir uns über die Geburt freuen und über den Tod grämen. Sonst könne man auf dem Absatz kehrtmachen. Die Frühgeborene tut das nicht, ihr Herz schlägt, 123mal in der Minute, 145mal, 168mal, es schlägt. Der Gynäkologe brachte den Gedanken der Inkarnation ins Spiel. Er ermögliche es, die Ungerechtigkeit nicht eines Lebens, aber innerhalb des Kreislaufes zu erklären, an dem alles Leben teilhat. Ebenso könnte man das Jenseits anführen für ein Prinzip der Entsprechung, manches andere auch. Nichts davon ist sichtbar. Gesehen hat der Vater: Jemand stirbt, jemand wird geboren. Auf beiden Stationen hat man die freundlichsten Krankenschwestern und sensibelsten Ärzte, die man sich wünschen kann, auf der Palliativstation wie im Perinatalzentrum. Auf beiden Stationen geht die Uhr anders, flüstert man eher, als daß man spricht, wird die nackte Funktionalität der Schläuche, Apparate, Monitore, Möbelstücke mehr schlecht als recht bedeckt durch das Dekor, dort das Holz, die Blumenkübel und die warmen Farben der Wände, hier die Teddybären, die auf den Steppdecken abgedruckt sind, die Herzform des Pflasters, mit dem die Magensonde auf der Wange der Frühgeborenen befestigt ist, die lustigen Aufkleber auf den Glassärgen. Beide Stationen haben ihre eigenen Riten, Ausdrücke, Tabuwörter, die man blitzschnell verinnerlicht. Im Perinatalzentrum ist »känguruhen« das Lieblingswort, »Brutkasten« dagegen verpönt. Beide Stationen weisen in eine andere Welt, sind U-Boote in die Metaphysik. Recht bedacht, ist der Mutterleib gar nicht so verschieden von den biblischen und koranischen Paradiesbeschreibungen, der Garten voller Teiche, die köstlichsten Trauben, die keine Armlänge von den Glücklichen entfernt von den Bäumen herabhängen, überhaupt Nahrung in Hülle und Fülle, körperliche Wonnen, Geborgenheit, wohlige Wärme. Geht es der Mutter schlecht, wird ihr Bauch allerdings zur Feuergrube, Hunger, Enge, Angst, Atemnot und Hitze. Den Widerschein der Hölle meinte der Vater im Gesicht jener zu sehen, die siechen, ohne sterben zu dürfen. Den Besatzungen beider U-Boote wird, wenn sie ans Deck treten, Mitgefühl zuteil selbst oder gerade von Unbekannten, ja, von Passanten. Für ein paar Tage scheint die Besatzung zu leuchten. Es ist das gleiche Licht. Was es zum Vorschein bringt, ist nicht dasselbe. Es ist das Gegensätzlichste. Aber es ist der gleiche Mensch: Von Nasrin für Nasrin.

Mehr noch als gewöhnliche Babys haben Frühgeborene etwas Greisenhaftes. In den letzten Wochen einer regulären Schwangerschaft nehme ein Kind wenig an Länge, aber viel an Gewicht zu, erklärt es die Krankenschwester. Daß den Frühgeborenen aller Speck fehlt, macht ihre Gesichtszüge so fein, ihre Hände und Beine so schmal. Die Haut, so weich sie ist, runzelt sich an vielen Stellen. Außerdem die wenigen Haare, die fehlenden Augenbrauen und Wimpern, statt dessen Augensäcke. Die Augen, die sich mit größter Mühe öffnen, wie Müdigkeit derjenigen, die ewig schon leben. Dann schauen, ohne Gefühle zu verraten. Nur schauen: *In Frieden*, wie der Roman heißen soll, den ich schreibe. »Wenn aber die Himmlischen haben / Gebaut, still ist es / Auf Erden, und wohlgestalt stehn / Die betroffenen Berge. Gezeichnet / Sind ihre Stirnen. Denn es traf / Sie, da den Donnerer hielt / Unzärtlich die gerade Tochter / Des Gottes bebender Strahl / Und wohl duftet gelöscht Von oben der

Aufruhr. Wo inne stehet, beruhiget, da / Und dort, das Feuer. / Denn Freude schüttet / Der Donnerer aus und hätte fast / Des Himmels vergessen / Damals im Zorne, hätt' ihn nicht / Das Waise gewarnet. / Jetzt aber blüht es / An armen Ort ... / Und wunderbar groß will / Es stehen. / Gebirg hänget See, / Warme Tiefe es kühlen aber die Lüfte / Inseln und Halbinseln, / Grotten zu beten.« – Was sieht sie? fragt der Vater die Krankenschwester, nachdem sie beide lange in die Augen der Frühgeborenen geblickt haben. Er vermutet, daß die Schwester Umrisse sagen wird, Konturen, Licht, Schatten, etwas in der Art. So hatte er es mal gelesen oder vom Augenarzt gehört, so liegt es für die Menschen nahe. Die Krankenschwester überrascht den Vater mit einer Antwort, die viel näher liegt: Keine Ahnung.

Obwohl er an jeder Silbe, jedem langen Atemzug, jedem Seufzer, ach, wie schön das für sie sei, die Verzweiflung hört, die am anderen Ende der Leitung tobt, vermag der Freund aus Köln nicht das Juchzen in der Stimme zu unterdrücken. Er versucht es damit, den Bildhauer auf die Seite zu ziehen, die von einem auf den anderen Tag von der Trauer abgeschnitten wurde, berichtet anschaulich, wie die Frühgeborene aussieht, wie sie es sich in den Armen oder unterm Kinn bequem macht, daß sie bereits an der Brust trinkt und einen zufriedenen Eindruck macht, wenn sie satt ist, aber dann ruft der Freund, du mußt kommen, du mußt sie sehen, du mußt sie *jetzt* sehen, das ist der Blick in eine Welt, die uns sonst verborgen bleibt, ruft beinah: ein Blick dorthin, wo Nasrin zurückgekehrt sein könnte (die Frage wäre: mit welcher Art des Bewußtseins?, im Paradies wäre sie erst, wenn sie es erkennt), und der Bildhauer, der schon ach murmelt, ach ja, als ob er tatsächlich erwöge, nach Köln zu fliegen, erinnert sich, daß er seinen Sohn nicht allein lassen kann, der in der Onkologie liegt.

Man kann schon schreiben, wenn man glücklich ist. Aber man muß es nicht. Also kann man es auch nicht. Es ist ja nicht irgendeine Hochstimmung, kein Glück wie verliebt sein oder Gesundheit oder Sonnenschein und Meer. Die Geburt des eigenen Kindes ist das Glück schlechthin, dem Leben genügt und gleichzeitig einen Streich gespielt zu haben. Es ist das einzige Werk, das gegen die Kunst besteht, das einzige, das ebenfalls bleibt, nein, prinzipiell länger, sich immer weiter fortsetzt, bis zum Ende der Menschheit, was keine Kunst schafft. Jeder Mensch kann ein erster Mensch sein. Unter den Büchern schaffen das nur die Offenbarungen.

Das Publikum räusperte sich vernehmlich, als er sich zum Vergleich der Kinder mit Romanen verstieg, aber Ruth Schweikert, die ihren fünften Sohn, der drei Monate alt ist und im Vergleich zur Frühgeborenen bereits aussieht wie ein Hüne (die Frühgeborene ist etwa so klein und schmal wie sein Bein), Ruth Schweikert ist dem Kollegen sofort beigesprungen. Sie würde für ein Buch auch über Leichen gehen, gut, nicht über Leichen, natürlich nicht, aber wenn's drauf ankäme über den eigenen Mann. Die Skrupellosigkeit müsse man haben (und mit dem Mann hat sie fünf Kinder), das eigene Leben, die eigenen Beziehungen zu verwerten, wo es der Literatur dient (niemals umgekehrt wie in den Skandalbüchern, waren sie sich einig). Natürlich kaschiert man es in den Texten (oft liege darin ein Mehrwert). Natürlich versichert man der eigenen Frau, dem eigenen Mann, daß er oder sie das wichtigste im Leben sei, bemühe sich auch regelmäßig, es im Alltag zu beweisen, ein nobles Abendessen, die sexuellen Stimulierungen, für ein Wochenende mit dem Billigflieger nach Lissabon ... es ist nicht die Zeit. Ein Manager oder Politiker hat wahrscheinlich noch viel weniger Zeit als sie. Es ist die Perspektive. Kunst ist immer, muß immer die Mitte des Lebens sein. Und plötzlich schlüpft ein Kind aus dem Bauch der Frau, die sich ohnehin nicht genügend wahrgenommen fühlt – und ist vom ersten Tag dort, wo sie nie sein wird. Viel fehlt nicht, dann würde er noch bereuen, ausgerechnet am Abend, bevor die Fruchtblase geplatzt ist, den Kompromiß zwischen äußeren Notwendigkeiten und innerer Bestimmung verworfen zu haben, den er mit der Stelle in Berlin eingegangen wäre. Seit dem 17. April 2007 wäre er für Kompromisse noch empfänglicher als Hölderlin. »Ich gestehe dir, daß ich nach und nach finde, wie es jetzt fast unmöglich ist, blos von der Schriftstellerei zu leben«, schreibt dieser am 4. Dezember 1799 an Neuffer und überlegt, ob er »über kurz oder lang Vikar [also doch ein kirchlicher Beruf, der Wunsch der Mutter], Hofmeister [was er im Überschwang aufgegeben hatte] oder Hausinformator werden will [was immerhin verheißungsvoll klingt]«. Letzteres, was immer es ist, scheint ihm das beste, gerade weil es die Anstellung mit dem geringsten Ansehen ist: »darum wählte ich gern einen Posten, der keinen großen Aufwand von Kräften, und nicht viel Zeit erforderte«. Für ein paar Jahre müsse man es unterlassen, ernsthaft schreiben zu wollen, allenfalls daß man sich der Ungeheuerlichkeit selbst zuwende, ein Kind auf die Welt gesetzt zu haben. Einige Bücher würden nicht geschrieben oder sich mindestens verschieben. Im besten

Fall entstünden andere. In Ruth Schweikerts Romanen wimmelt es von Kindern. Später verschwinden sie wieder, nur in den ersten Jahren kann man ein Kind sowenig ignorieren wie im Salon den Kinderwagen, den Ruth Schweikert mit auf die Bühne genommen hatte. Es ist da. Es sind nicht nur Bücher da. Das Praktische wäre zu bewältigen, wenn man etwas Dringliches zu sagen hätte, so wie Ruth Schweikert den Salon bewältigte, indem sie den Sohn, der ausgerechnet während der Lesung zu plärren begann, kurz entschlossen an die Brust legte, um fortzufahren. Notfalls schreibt man, wenn andere schlafen, und was nicht geschrieben werden kann, muß nicht geschrieben werden. Wie die Ärzte, Schwestern und Apparate die Frühgeborene versorgen, wie die Krankenkasse, die Diakonie und deren beiden polnischen Haushaltshilfen, die sich abwechseln, die Familie unterstützen, erfüllt ihn wieder mit der Dankbarkeit, in einem Sozialstaat zu leben. Das Problem ist nicht die Vereinbarkeit, die in Westeuropa so weit gediehen ist, daß eine Künstlerin ihr Kind auf der Bühne stillt, wie es sich vor ein paar Jahren allenfalls die Gastarbeiterfrauen verschämt auf Parkbänken erlaubten. Das Problem ist, daß etwas vereinbart werden muß. Die Behauptung ist so geläufig wie falsch, daß über das Glück nur in der Vergangenheit zu sprechen sei. Für die Verzückung mag das gelten. Das Glück ist bodenständiger, nicht so exzentrisch. Es ist nicht unverwüstlich, aber wenn es einmal da ist, läßt es nicht gleich sich wieder von schlechten Launen, Streit und Strafzettel vertreiben. Der Kollege kann sagen: Jetzt bin ich glücklich, mit der Frau, den Kindern, den Eltern, der Familie, den Freunden, wovon, mit wem, wo und wie er lebt, egal, was sonst in der Welt ist. Jetzt bin ich glücklich. Daß ich es morgen oder nächsten Monat oder spätestens im nächsten Jahr nicht mehr sein werde, macht den Zustand noch erfüllter. Nein, das Bewußtsein verhindert nicht das Glück. Den Trockner und die neue Waschmaschine, die morgen geliefert werden sollen, hält es locker aus wie überhaupt die Baustelle, die sie pünktlich zur Geburt in ihre Wohnung verpflanzt haben, Vormittage in Sanitärgeschäften, ungelogen drei Kollisionen mit dem Fahrrad in fünf Tagen, alle auf dem Weg vom oder zum Perinatalzentrum (nicht nur das Paradies, sondern auch der Straßenverkehr bedarf des Bewußtseins), Schlachten mit der Software, Debatten nachts um halb drei mit der vierundzwanzigstündigen Hotline des Internetproviders zu zwölf Cent die Minute oder daß er an einem einzigen Vormittag mit dem Fahrrad zweimal zur Kraftfahrzeug-Zulassungsbehörde fahren mußte, die an genau diesem hochsommerlichen Montag nach Poll gezogen war. Am Wochenende war es ihm in etwa sieben Stunden nicht gelungen, den Kraftfahrzeugbrief zu finden, den er gebraucht hätte, um den Peugeot für einen Tageslohn an den libanesischen Autoexporteur zu verkaufen, der ihn am Freitag um Viertel nach sechs aus dem Schlaf geklingelt, weshalb der Kollege den Peugeot zuerst mit eidesstattlicher Versicherung, den Fahrzeugbrief verloren zu haben, persönlich stillegen mußte, wie er Montag früh in Erfahrung brachte, während die Ältere frühstückte. Die Ältere an der Schule abgesetzt, radelte er weiter zur ehemaligen Zulassungsbehörde an der Inneren Kanalstraße, um sich über die Beamtin zu ärgern, die am Telefon nichts von dem Umzug gesagt, und weiter über den Äußeren Kanal hinaus nach Poll, wo eine andere Beamtin ihm zwischen Umzugskartons erklärte, daß sie natürlich auch die Nummernschilder benötige (dafür war sie wirklich freundlich, da er ihr kurz zuvor, als sie noch nichts voneinander wußten, auf dem Flur galant die Tür aufgehalten, und verhandelte über die benötigten Unterlagen für den Export des Peugeots nach Schwarzafrika sogar selbst mit dem libanesischen Autoexporteur, der auf dem Handy zugeschaltet war), alles kein Problem, alles mit dem Glück vereinbar, zu Hause das naßgeschwitzte T-Shirt gewechselt, Nummernschild abmontiert, ein zweites Mal nach Poll geradelt, Hauptsache, die Frühgeborene gesund, und sogar Sport getrieben inmitten der Hektik, laut Routenplaner eine Fahrradtour von 33,6 Kilometer durchs sonnige Köln. So gehen die Tage vorbei – schon der 26. April heute, 12:58 Uhr auf dem Telefon –, an denen er froh ist, nichts schreiben zu können, weil er nichts anderes schreiben würde als diesen Unfug, der vielleicht gar nichts anderes ist als jenes Licht, das einzufangen er sich von Anfang an erhofft. Jetzt muß er schon wieder los, nach einem neuen Auto schauen, nach neuen Joggingschuhen und nach der Frühgeborenen, die keine Schläuche mehr im Gesicht hat.

Einmal, als seine Mutter in tiefer Verzweiflung klagte, habe der Musiker ihr gesagt, fast befohlen, den anderen Mut zu machen, ihre Angst zu nehmen. Sie, habe er gesagt (und auch sich gemeint, der die Enge selbst schon erlebt), nur sie in der Todesnähe dürfe, sei verpflichtet, es zu tun: zum Leben anzustiften. – Ist es ein Kriegsgebiet? fragt der Freund aus Köln. – Nein, eher eine Passage, antwortet der Musiker aus eigener Anschauung. Das letzte, was man spüre, sei die Überraschung, daß es weitergeht.

Unendlichkeit bedeutet zum Beispiel zum Krankenhaus zu radeln, von der Polizei angehalten zu werden, weil Sie am Streifenwagen vorbei, der in der ersten Reihe stand, bei Rot über die Ampel gefahren sind, von der Polizistin ohne Strafzettel und mit einem »Herzlichen Glückwunsch« verabschiedet zu werden, weil Sie in glaubhafter Weltfremdheit stammeln, auf dem Weg zur frühgeborenen Tochter zu sein, oder nein, dieser Teil ist nicht unendlich, sondern lediglich eine von vielen ähnlichen Anekdoten dieser Tage, die allenfalls in ihrer Frequenz soziologisch, psychologisch und theologisch zu untersuchen wären (auf Geburten scheinen die Deutschen gefühlvoller als auf Todesfälle zu reagieren), Unendlichkeit bedeutet, zu einem Menschen zu radeln, von dem Sie nichts wissen, aber vermutlich mehr wissen werden und auf jeden Fall mehr wissen wollen werden als von jedem anderen Menschen, der Ihnen je begegnet ist oder begegnen wird, Ihre übrigen Kinder einmal ausgenommen. Der Vater hält die Frühgeborene im Arm, die so gut wie nichts wiegt; er schaut beim Träumen zu, falls es träumen ist, und kann nicht verhindern, die Möglichkeiten zu ermessen, wie ihre Begegnung verlaufen wird. Welche Dramen sie vor sich haben, welche Momente des Stolzes, der Bitterkeit, der Wut, Angst, Sorge und Begeisterung. »Beachte nun folgendes«, lehrte der Philosoph Empedokles, der eine Lichtfigur auch für die islamischen Mystiker war: »Kein sterbliches Ding hat einen Anfang, und es findet auch kein Ende in Tod und Vernichtung; was einzig existiert, ist die Vermischung und das Trennen des Vermischten. Aber die Sterblichen nennen diese Prozesse Anfänge.« Der Vater trägt den Menschen im Arm, der die meisten, die stärksten Erinnerungen an ihn haben wird, die Frau und die Ältere einmal ausgenommen. Er wickelt sie, so wie sie vielleicht ihn säubern wird, wenn er wie Großvater, sein gewaltiger Großvater, nicht einmal das Wasserlassen mehr beherrscht. Vielleicht wird sie zu einem Menschen, für den er sich schämt oder der sich für ihn schämt, den er verwünscht oder der ihn verwünscht. Gott verhüte, wird sie womöglich nicht um ihn, sondern wird er um sie trauern. Es ist unmöglich, die Möglichkeiten zu begrenzen. Was er an ihrem Charakter auszumachen meint, dürften bloße Einbildungen sein oder ist jedenfalls ungleich weniger als bei Ruth Schweikerts dreimonatigem Sohn. In nur drei Monaten ist sie, nein, nicht eine andere, ist sie jemand. Jetzt ist sie ein Reinentsprungenes, das schreit, wenn es Hunger hat, und zufrieden aussieht, wenn es satt ist. Jetzt ist sie minus zwei Monate alt: ein Rätsel.

Sie kann alles werden, wirklich alles, unendlich viel mehr als jeder andere Mensch für ihn, die Ältere nicht ausgenommen, die schon etwas ist. Die Verhältnisse, in die sie geboren wurde, sorgen höchstens für Wahrscheinlichkeiten. Sie beide, Vater und Tochter, haben eine Geschichte vor sich, genau gesagt, sie vier, nein, genau gesagt die gesamte Familie einschließlich der Eltern, der Brüder, ihrer Frauen und Kinder, deren Frauen, Männer und Kinder. Sie sind eine Geschichte – aber deine Geschichte, meine Seele, kenne ich nicht. Wer wirst du sein, wenn du die Gedanken liest, die dem Vater am 26. April 2007 um 23:21 Uhr oder 23:27 Uhr oder 23:41 Uhr durch den Kopf gingen? Ruth Schweikerts Buch handelt davon, *Ohio*: wie sich mit jedem Menschen, den wir treffen oder auch nur erwähnen, eine Unendlichkeit auftut. Sie schieben den Einkaufswagen durch den Supermarkt, und jeder Mensch, den Sie ansehen, birgt alles mögliche. Und die Protagonisten seiner Möglichkeiten verbergen neue Möglichkeiten, so wie jeder einzelne Kreis, den ein Stein auf dem Wasser hervorruft, wächst und wächst, bis er sich auflöst oder versinkt. Würden auch andere Steine ins Wasser geworfen, könnten Sie sehen, wie sich die Kreise treffen, sich gegenseitig abstoßen, sich vermengen, sich auflösen oder versinken. Das Muster, das sie ergeben, ist die Menschheit, in der alles mit allem verbunden ist. Wären Sie im Himmel, Sie ganz groß, könnten Sie sehen, ob es eine Ordnung hat. Du kannst die Unendlichkeit nicht darstellen, sagte Ruth Schweikert auf die Frage, warum ihre Bücher so kurz sind. Dir gelingt, erahnbar zu machen, daß nichts ein Ende hat, rühmte der Kollege sie. Ja, das ist es. Literatur ist die Frage, ob unsere Kreise eine Ordnung bilden, die Frühgeborene der Beweis. Genug räsoniert. Die Welt zu umarmen, weil Sie sich vorkommen, als seien Sie gerade auf ihr gelandet, mag als Narrenstück auf der Bühne amüsant sein oder in einer Verkehrskontrolle bares Geld wert. Für die allgemeine Leserschaft, die der Roman, den ich schreibe, anspricht oder nicht, sollte der Kollege nicht wie besoffen klingen oder eben wie frisch gebacken, wie Kinder, wir.

Welche Wesenheit hat sie? fragt er sich im Perinatalzentrum beständig. Sie ist nicht nur klein, ein Baby. Sie ist, bevor sie ein Baby wird. Der Frieden, den die Ältere unmittelbar nach ihrer Geburt ausstrahlte, als der Vater sie durch den Kreißsaal wogte, den alle oder viele Kinder ausstrahlen werden, die unter normalen Umständen zur Welt kommen, das Erfüllte, Weise, geradezu Altkluge bewahrt sich bei der Frühgeborenen. Da ist nichts, was auf einen Kampf hindeutete, kein Unwohlsein, keine

Furcht, kein Zwist, schon gar nicht der Terror der Koliken, unter denen die Ältere bald nach ihrer Geburt litt, allenfalls im Schlaf ein Zucken, das auf einen Traum schließen läßt. Ihr Schreien, selten genug, klingt eher wie eine Benachrichtigung. Sie schaut den Vater an, als ob sie ihn prüfen würde, prüfen und durchschauen. Alle Kulturen kennen Engel. Sie sind jene Wesen, die das Jenseits verlassen, ohne die Erinnerung zu verlieren, und sich im Diesseits bewegen, ohne ihm anzugehören. Engel verkörpern die Möglichkeit eines Dazwischen. Sie sind im Himmel und auf Erden, sind vor der Geburt und nach dem Tod. Die Sterbende war zum Engel geworden. Die Frühgeborene ist es noch. Beide schenkten dem Vater die Ahnung jener vorzeitlichen Harmonie, über die Hölderlin im *Grund zum Empedokles* schreibt. Es geht dort um die Dialektik von »aorgischer«, also unendlicher, schöpferischer, unbewußter Natur, und »organischer«, also organisierter, geschaffener, bewußter Kultur, die im Menschen zur Vollendung gelangen könnte. Dort, wo sie ins Organische, Künstliche umschlägt, also im Menschen, dort habe die Natur ihre »Blüthe«. Umgekehrt hat der Mensch, der sich noch im Einklang mit der Natur befindet, das Gefühl der Vollendung. »Aber dieses Leben ist nur im Gefühle und nicht für die Erkenntniß vorhanden. Soll es erkennbar seyn, so muß es dadurch sich darstellen, daß es im Übermaaße der Innigkeit, wo sich die Entgegengesetzten verwechseln, sich trennt, daß das organische das sich zu sehr der Natur überließ und sein Wesen und Bewußtsein vergaß, in das Extrem der Selbstthätigkeit und Kunst, u. Reflexion, die Natur hingegen wenigstens in ihren Wirkungen auf den reflectirenden Menschen in das Extrem des aorgischen des Unbegreiflichen, des Unfühlbaren, des Unbegrenzten übergeht, bis durch den Fortgang der entgegengesetzten Wechselwirkungen die beiden ursprünglich einigen sich wie anfangs begegnen.« Bei dem Professor, der Hölderlin rezitierte, war das Philosophie, und zwar, weil der Professor die Dialektik in der Hegelschen Fassung lehrte, die komplizierteste. Jetzt erscheint es dem Vater wie das grundsätzliche Prinzip des Werdens, als ob Hölderlin oder Hegel oder vor ihnen die Mystiker nur genau hingeschaut hätten: nicht auf *das* Leben, sondern auf *ein* Leben. Dabei hatten sie nicht die Einblicke, die heutzutage die U-Boote ermöglichen. Von der Natur wäre die Frühgeborene abgestoßen worden. Es ist die Technik, das Künstlichste überhaupt, dank dessen die Eltern an jenem »Gefühl der Vollendung« teilhaben. Schon bald wird die Natur »in das Extrem des aorgischen des Unbegreiflichen, des Unfühlbaren, des Unbegrenzten« umschlagen. Die Außenwelt wird – vielleicht auch bei ihr dramatisch mit der Dreimonatskolik, die Babys die Erkenntnis einbleut, daß sie das Paradies verlassen haben, ihnen die Erinnerung raubt oder, schlimmer noch, die Geborgenheit zu einer bloßen Erinnerung gerinnen läßt – die Außenwelt wird als Schmerz, Bedrohung, Rätsel auf die Frühgeborene einwirken und ihr damit allmählich als etwas Äußeres bewußt werden. Sie selbst hingegen, die Frühgeborene, wird mit zunehmendem Alter ins andere Extrem übergehen, »in das Extrem der Selbstthätigkeit und Kunst, u. Reflexion«. Ob »durch den Fortgang der entgegengesetzten Wechselwirkungen die beiden ursprünglich einigen sich« am Ende in Nasrin Azarba wieder verbunden haben, wie der Frieden nahelegt, den sie kurz vor ihrem Tod zu finden schien? Ob, wie es das Wort von der *Schechina* oder *Sakinah* will, der göttlichen Ruhe oder dem himmlischen Frieden, ob ihre letzten Minuten und Tage tatsächlich das seltsam besänftigende Gefühl verbreiteten, wie es wird oder werden könnte, so wie die Frühgeborene spüren läßt, wie es war oder gewesen sein könnte? »Diß Gefühl gehört vielleicht zum höchsten, was der Mensch erfahren kann, denn die jezige Harmonie mahnt ihn an das vormalige umgekehrte reine Verhältniß, und fühlt sich die Natur zweifach, u. die Verbindung ist unendlicher.«

Daß man es niemand sagen solle, nur den Weisen, wie Goethe das Gedicht beginnt, in welchem er ebendieses Geheimnis ausspricht, findet der Vater vollends bestätigt, seit die Frühgeborene kein Fall mehr für die Intensivmedizin ist. Im Mehrinkubatorenzimmer gehören die Eltern seit gestern selbst zur Menge, die gleich verhöhnet, so infantil und ohne Punkt quatschen die übrigen Eltern auf ihr Wunderwerk der Schöpfung ein. Reden wir auch so? fragte die Frau, als er vorhin an den Inkubator trat, um sie abzulösen. – Ich befürchte schon, nickte er und entdeckte einen weiteren Vorteil der Zweisprachigkeit: Wenigstens versteht keiner ihr herzallerliebst, weil es *djunam, djudjeh, djudju, djuneh* oder *djun-e delam* heißt. Verzückung wirkt auf Außenstehende prinzipiell neurotisch, wie selbst die Heiligen erfahren mußten, aus heiligem Schoße glücklich geboren, drum ist ein Jauchzen ihr Wort. Nein! Soviel dummes Zeug wie jener Mutter am Inkubator neben dem Fenster fällt ihnen objektiv nicht ein, jedenfalls nicht in der Quantität, das ließe sich auch messen, allein schon die Stunden, wenn der iranische Vater neben dem Inkubator seiner Frühgeborenen still auf dem Laptop tippt oder Hölderlin liest. Aus dem

Bauch einer solchen Übermutter zu schlüpfen setzt das Herzallerliebste hingegen schon vor der Ablauf der neun Monate dem *nefas* aus, dem Zwist, der Sünde, dem Frevel. Sie ist immer da, immer wenn der iranische Vater das Mehrinkubatorenzimmer betritt und wenn er es wieder verläßt, morgens, nachmittags, abends redet sie auf das Kind ein wie eine Rentnerin auf ihren Schoßhund, ihr Frühchen als bester Freund. Auf die Fragen, die an einem anderen der Inkubatoren gestellt wird, weiß sie schneller eine Antwort als jede Krankenschwester, hört also jederzeit mit und findet es schon deshalb ärgerlich, daß das iranische Elternpaar keinerlei Bemühen zeigt, sich sprachlich ins Narrenensemble zu integrieren. Und dann tippt der iranische Vater auch noch die ganze Zeit in seinen Computer oder liest Bücher, als ob das hier ein Studierzimmer sei. Ihren eigenen Mann, schon von seiner Statur her unterlegen, toleriert sie als Versorger und Fragensteller. Gibt er mit seiner Unwissenheit häufig genug Anlaß zu reden, darf er unter strenger Aufsicht dem Baby die Flasche geben. Aber wehe, er läßt sich eine ungeschickte Bewegung zuschulden kommen oder drückt auf dem Monitor den falschen Knopf, wie es ihm aus Nervosität alle naslang unterläuft. Dann verwandelt sich die Stimme, die herzallerliebst leiert, in ein rostiges Messer, das zusticht, bis der Mann wieder pariert. Daß die Übermutter sich über die Undankbarkeit beklagen wird, wenn später einmal das Kind nicht pariert, ist nicht nur eine Möglichkeit, die vor ihnen liegt, sondern psychologisch eine Gewißheit. Unmöglich hingegen ist es, bei diesem Geschwätz länger Ontologie zu studieren. »Weil er des Unterschied zu sehr vergaß / Im übergroßen Glück, und sich allein / Nur fühlte; so erging es ihm, er ist / Mit grenzenloser Öde nun gestraft.«

Seit etwa anderthalb Stunden steht der Zug auf dem Bahnhof von Limburg, obwohl nirgends Limburg ist, links die Schallschutzwand, rechts die Autobahn, vor ihm Personen, die auf dem Gleis spazieren oder sich umbringen wollen. Umbringen? Person auf dem Gleis, hat noch kein Schaffner gesagt, solang sich der Handlungsreisende erinnert, immer nur Personen, obwohl Selbstmörder in der Regel doch Einzelgänger sind, und was sonst hat man nach 22 Uhr zwischen Limburg und Montabaur zu tun, als sich umzubringen. Nach Basel schafft er es heute nicht mehr, dabei hatte er sich so sehr auf die fünf Sterne gefreut, die ihm der Verleger verschafft hat, ein Zimmer, in dem er auf und ab gehen kann und schwimmen vor dem Frühstück. Mittags liest er auf der Messe, das Mittagessen bereits wieder im Zug, um die Ältere nicht länger als nötig allein zu lassen. Daß er Geld verdienen muß, versteht sie und ist lieb zu den Großeltern. Mit dem Schwimmbad hätte er den Rücken für morgen besänftigt. Der Nerv rechts neben dem Brustwirbel wartet nur auf die Gelegenheit, den Verkehr lahmzulegen, und jetzt knurrt auch noch der Nacken bei jeder Umdrehung bedrohlich wie ein deutscher Schäferhund. Es läuft auf das Bahnhofshotel von Limburg oder Montabaur hinaus, die klassische Koje, um mit Migräne aufzuwachen. An Mitreisende hat niemand gedacht, als die Flatrate fürs Handy eingeführt wurde. Jetzt, da der Zug steht, kommen nicht einmal Funklöcher zu Hilfe. Wenn er es wenigstens bis Mannheim schaffte, wo zwar nicht Diotima, aber eine Domina wohnt, die er von Angesicht kennen möchte. Getränke sind frei, aber keine alkoholischen, wiederholt das Ärgernis rechts hinter ihm die Durchsage des Schaffners, die auch schon eine Wiederholung war, nur daß das Ärgernis sein Mundwerk an einen Konzertverstärker angeschlossen zu haben scheint. Daß das gemein sei, brüllt das Ärgernis noch hinterher, weil es der die das Angerufene bestimmt wissen wollte. Richtig gemein fand es der Handlungsreisende, als das Ärgernis sich im vorletzten oder vorvorletzten Telefonat an dem Wort *warming-up* festbiß, das /a/ von *warming* hell gesprochen wie in »Armut« oder »Adalbert«, das p wie ein b – *wahming abb.* Es ging um einen Abend zur Vorbereitung des Urlaubs auf Mallorca, den das Ärgernis mit dem oder der Angerufenen plante. An dem Abend würden sie sich aufwärmen für Mallorca, saufen also und also muß es *der* Angerufene gewesen sein oder *das.* Immerhin als Nachricht unter all den Informationen, vor denen der Handlungsreisende die Ohren nicht verschließen kann, geht durch, daß ein französischer Energiekonzern seinen größten Konkurrenten kaufen und dafür ENBW oder so ähnlich abstoßen möchte, den baden-württembergischen Versorger. Baden-Württemberg assoziiert der Handlungsreisende nicht, weil ENBW ihm etwas sagt, sondern wegen des Dialekts, den das Ärgernis zu allem Überfluß spricht: »Des ischt für uns ka Problem.« Das Ärgernis meint: abgestoßen zu werden von dem französischen Energiekonzern ischt ka Problem. Sie hätten so viele Anlagen und lukrative Verträge, daß sie gut wieder auf eigenen Beinen stehen könnten: »Des ischt für uns äscht ka Problem.« Das Ärgernis wiederholt den Satz, daß des äscht ka Problem für sie sei, so oft wie das Wort *wahming abb*, also sechs- bis siebenmal. Ja, aber für mich, riefe der Handlungsreisende, für mich ischt des äscht a

Problem, sofern er Hoffnung hätte, sich Gehör zu verschaffen. So laut, wie das Ärgernis spricht, könnte der Handlungsreisende nicht mal schreien. Andere Mitreisende fangen im Großraumabteil an, Zimmer zu reservieren, fragt sich nur, ob in Montabaur oder in Limburg? Vielleicht reicht es für den Handlungsreisenden heute nacht nicht mal zum Bahnhofshotel, wenn jetzt schon alle Zimmer vergeben sind, und muß er sich bis morgen an der Beinfreiheit freuen, die ihm die erste Klasse beschert. Das Ärgernis kichert seinem »Liebling« gerade zu (also doch *die* Angerufene oder sind die Baden-Württemberger wirklich so selbstverständlich schwul, wie ihr Muslimtest behauptet?), was Schönes zu träumen: »Träum von mir.« Das werde ich auch tun, befürchtet der Handlungsreisende, nein, nicht was Schönes träumen, sondern vom Ärgernis. Jetzt wagt er es, das Ärgernis einmal zu betrachten, obwohl sein Nacken dabei fast so laut knirscht wie das Ärgernis redet: jünger als erwartet, blonde Locken, grau durchsetzt, weißes kurzärmliges Hemd, obwohl es keineswegs warm ist, also schweißanfällig noch dazu, die Krawatte wahrscheinlich in einem der beiden silbernen Koffer. Elektroingenieur, tippt der Handlungsreisende, Elektroingenieur bei ENBW, wenn er die Konsonanten richtig identifiziert hat, das E könnte auch Ö sein und das B ein P. Der Schaffner kündigt an, daß der Zug in Kürze wieder anfährt (hat die Person auf dem Gleis nun überlebt oder nicht?), so daß der Handlungsreisende vor der Entscheidung steht, ob er morgen früh schwimmt oder bei der Domina übernachtet, die er befragte, wie Herrschaft und Knechtschaft sich physisch anfühlen, was den Gesichtern abzulesen sei und was den Empfindungen dabei. Vor Jahren hat er einmal, ein einziges Mal, einen sadomasochistischen Stammtisch besucht – so wie es bei einem einzigen Tag Tantraseminar blieb, Gruppen sind eben nur in der Theorie erotisch, in der Praxis bilden die Dicken und Schwaben stets die Mehrheit, »Isch hab ka Problem damit« – und fragte er seither lieber im Chat, wie erlösend es sein könnte, seinen Willen aufzugeben, eine Domina, ja, aber nicht seine, obwohl er und bislang nur ihr auf Anhieb gehorchen würde. Er bot es ihr an, als sie schon per Mail korrespondierten, doch schien ihr sein Interesse wohl zu literarisch, womit sie recht behielt, wie mit allem anderen. Heute wird er bestimmt nicht alle Lust des Himmels in den Tränen suchen, die ich weine vor dir, selbst wenn er in Mannheim aussteigen sollte, weil er morgen für gutes Geld liest und keinen Hexenschuß riskieren darf. Desch wed wieda goyl, ruft das Ärgernis ausgerechnet jetzt, als hätte es seine Gedanken gelesen. Bitte, lieber Gott, fleht der Handlungsreisende, ich will nicht wissen, was goyl wird, bitte, verschon mich, laß deinen Blitz hinabfahren in alle Netze. Ob Hölderlin auch so gesprochen hat, so schwäbisch? Suzette erwähnt es in einem der Briefe, meint der Handlungsreisende sich zu erinnern. Ischt des gödlisch, wird Hölderlin also im Kornfeld gestöhnt haben. Wie verlockend erschien zwischen Schallschutzwand und Autobahn nahe Limburg plötzlich die »Leblosigkeit«, die Hölderlin nicht nur zugab, vielmehr wollte und reflektierte: »Je unendlicher, je unaussprechlicher, je näher dem *nefas* die Innigkeit«, stellt er im *Allgemeinen Grund* zum Empedokles klar, »um so weniger kann das Bild die Empfindung unmittelbar aussprechen, es muß sie so wohl der Form als auch dem Stoffe verläugnen, der Stoff muß ein kühneres fremderes Gleichniß und Beispiel von ihr seyn, die Form muß mehr dem Karakter der Entgegensetzung und Trennung tragen.« Aber muß es denn wirklich immer »eine andere Welt, fremde Begebenheiten, fremde Karaktere« sein, kann der *nefas*, wenn Hölderlin schon keine Landsleute mit stadionlauten Telefonaten traktierten, nicht mal aus Bauchweh oder Zahnschmerzen bestehen, eine Blasenentzündung, das wäre doch auch mal spannend, anstatt Pausanias nach »Italias Gebirg« zu verabschieden, wo »das Römerland, das Thatenreiche, winkt«. Und dann diese Oden, zweite Pythische Ode, »Demselben Hiero. Zu Wagen«, achte pythische Ode, »Dem Aristomenes, Aegineten, Ringer«, zehnte pythische Ode, »Hippokles, dem Thessalier. Dem Doppelrenner«, und so weiter bis zur zwölften, um noch vierzehn olympische Hymnen anzuhängen, die wenigstens keinen Wagen oder Doppelrennern gewidmet sind, wo der Handlungsreisende nur an BMW denken kann, seit der türkische Automechaniker ihn überzeugte, daß »in Deutschland du mußt deutsche Auto fahren«, BMW gebraucht günstiger als Mercedes, alle anderen zu klein, um mit Sonnenbrille und dröhnender Rockmusik den linken Ellbogen ins offene Fenster zu legen, den rechten Arm auf der Lehne des Beifahrersitzes auszustrecken. Wie ein Trinker, der sich vormacht, aufhören zu können, sobald es zuviel wird, redete er sich ein, nur so lange am Platz zu bleiben, wie es den einen oder anderen interessieren könnte, wenigstens die Freunde, später die Kinder oder einen einzigen Enkel, wenn schon nicht die allgemeine Leserschaft, die Großvater ebenso verfehlte. Als der Romanschreiber zum Jahreswechsel meinte, daß der Roman, den ich schreibe, noch das letzte Stück Spannung verloren hat, nahm seine Geschichte unverhofft Fahrt auf. Tod und Geburt verfangen immer, in den abgeschmacktesten Historien. Aber wenn er jetzt fortfährt, da beides abgehandelt, ist er allein. Er sollte den Absatz umgehend löschen. Sie würden davon nicht erfahren. Er würde weiter so tun, als habe er aufgehört. Der Schaffner begrüßt alle Fahrgäste, die am Frankfurter Flughafen zugestiegen sind.

Die Session mit einem Handschuhfetischisten bestand nur darin, daß der Fetischist vor ihr kniete und sie sich unterhielten, ganz normal unterhielten, wie man sich eben unterhält, wenn man Zeit miteinander verbringt, ohne sich vorher gekannt zu haben, in einem Café oder im Zug oder in der Pause, nur daß der Fetischist vor ihr kniete und sie beständig, gleichsam unbeabsichtigt, die Hände mit den ellenbogenlangen Nappaleder-Handschuhen bewegte. Der Fetischist war nackt, beantwortet die Domina seine Frage in Mannheim, natürlich, und hatte die gesamte Stunde über eine Mordserektion. Zwischendurch erlaubte sie ihm, also dem Fetischisten, ihr die Handschuhe abzustreifen, denn auf dem Photo im Internet hatte sie glanzrote Latexstulpen getragen. Doch nicht diese holte sie aus der Kommode hervor, indes der Fetischist den Atem anhielt, sondern Spitzenfingerlinge in Weiß. Das war's, eine weitere Berührung fand nicht statt. Erst zum Abschluß der Session strich sie ihm mit der samtweichen Spitze über die Wange. Da kam der Fetischist. Es war wunderschön, seufzt die Domina, wunderschön für sie, die auch eine Gestalt der Diotima ist.

Anders als die Mutter behauptet, muß Großvater seine Erinnerung vor der Revolution aufgeschrieben oder zumindest begonnen haben. Er erwähnt nämlich, daß die Amerikanische Schule »gegenüber dem ehemaligen Kosakenhaus lag, in dem heute das Kriegsministerium untergebracht ist«. Kriegsministerium hätte man nach 1979 nicht mehr geschrieben, glaube ich, da auch Iran seine Kriege seither Verteidigung nennt. Im Park neben der Schule lagen außerdem die Mädchenschule, eine Grundschule, das Wohnheim und das Theologische Seminar der Protestanten, ein Wohnheim für die älteren und ein Wohnheim für die jüngeren Schüler sowie zwei Wohnhäuser, das eine vom Direktor Doktor Jordan, das andere von einem Mister, dessen Namen ich anhand der persischen Buchstaben nicht entziffern kann, Shouleer, Shulayr oder so ähnlich. Ich kann auch nicht erkennen, in welche Klasse Großvater eingeschult wurde, da das Wort unleserlich ist. Wer immer das Manuskript abgeschrieben hat, er oder sie muß sich an dieser Stelle vertippt haben, da die Buchstabenfolge f-h-m keine Zahl ergibt. Wahrscheinlich ist n-h-m gemeint, dann hätte Großvater die neunte Klasse besucht: *nohom*. Jedenfalls wurden ihm ein Bett und eine Kommode im Wohnheim für die Älteren zugeteilt. Selbstverständlich listet er seine Zimmernachbarn auf: die drei Söhne des verstorbenen Hossein Ali Chan Saradj ol-Malak, Abdolhossein, Fazlollah und Schokrollah, die ebenfalls verstorben sind; Mostafa Fateh, der zweite Sohn des verstorbenen Hadsch Fateh ol-Molk; Herr Nurichan, der Sohn des verstorbenen Hadsch Mohammad Baqerchan der Sohn des verstorbenen … nur wollte ich die Namen ja nicht mehr alle anführen. Den Vornamen Nurichans scheint Großvater tatsächlich vergessen zu haben, sonst würde er nicht fehlen. Die Schlafzimmer lagen um einen Saal herum, in dem die Schüler die Mahlzeiten einnahmen, die Hausaufgaben erledigten und ihre freie Zeit verbrachten. Viel Freizeit war es nicht. Auf den Unterricht folgte ein dreistündiges Silentium für die Hausaufgaben und zum Üben. Verstanden die Schüler etwas nicht, durften sie zum Pult von Mister Burt gehen, dem Leiter des Wohnheims, und ihn flüsternd fragen. Wenn das Silentium beendet war, holte einer seine Laute hervor, der andere sang, man unterhielt sich oder spielte am Tisch ein Spiel – und eine halbe Stunde später wurde schon zum Abendessen gerufen. Wieder wurde es still, Mister Burt trug ein Gebet vor, zu dem die Schüler ehrfürchtig den Kopf zu senken hatten. Nach dem Abendessen, bei dem ebensowenig geredet werden durfte wie zu den anderen Mahlzeiten – nur gelegentliches Tuscheln tolerierte Mister Burt –, hoben die Geräusche für kurze Zeit wieder an und verebbten noch schneller als am Nachmittag. Die Nachtruhe begann früh. Großvater lag auf seinem Bett, es war viel zu früh, um schon schlafen zu können, doch wagte er es nicht, Abdolhossein oder Fazlollah anzusprechen, die links und rechts von ihm lagen. Nur die Pumpenlichter oder Lichtpumpen (*tscherâghhâ-ye tolombeh*, keine Ahnung, was das ist), die den Gemeinschaftssaal auch nachts beleuchteten, waren zu hören. Aber wie klangen sie? Und was dachte Großvater, wenn er wach lag, was fühlte er?

Zersprengt, darin sind sie jetzt Geschwister, dachte der Freund aus Köln, als er im Korridor der Universitätsklinik eine ältere Dame dezent trauern hörte, beinah wie Königskinder, die sich nur noch finden müßten. So fest sie sich mit dem Geliebtesten verbunden wähnten, ist einfach eine Hälfte von ihnen abgerissen und mitgenommen worden. Jetzt ist es da offen, voller Blut und Sehnen, und man sieht die Gedärme, selbst die Seele liegt frei aus. Sie gehen durch ihre Tage, verständig genug, morgens aufzustehen, aufs Klo und duschen, Frühstück und so weiter, selbst das Jammern, sie merken es selbst, bringt nichts ein, im Gegenteil: kostet nur die Geduld der Mitmenschen – aber sie sind nur die Hälfte. Der Freund fragt sich, wie das beim Bildhauer in München noch zuwachsen soll, mit zweiundsiebzig und dieser Liebe wie im Märchen.

Martin Mosebach glaubt an den Roman, sein jüngerer Kollege nicht. Martin Mosebach liebt an Doderer das Ganze, der jüngere Kollege das einzelne. An den Romanen, den wirklichen Romanen, die seit Proust geschrieben werden, interessieren mich die Details, diese Beschreibung, jener Mensch, diese Begegnung, jenes Drama. Groß finde ich selten das Große, auch nicht bei Mosebach, der seinerseits überraschte, indem er die kürzeren Texte Doderers als Fingerübungen abtat. Es mögen Fingerübungen sein, ja; für mich sind sie, was heute Gültigkeit beansprucht. Deshalb gefallen mir unter den Gedichten Hölderlins oft die Entwürfe, die aus wenigen Wörtern bestehen, auf die ganze Seite verteilt, mir gefallen die Lücken. Natürlich entstehen die Lücken erst durch die Wörter, die sie begrenzen. Mir gefällt es, wie der Herausgeber das Werk Hölderlins in seinem Fragmentarischen, Verstreuten erschließt, mir gefallen die immer neuen Anläufe. Es sind keine Verbesserungen. In seinen sich widersprechenden Varianten ist es der Originaltext. Als Ubayy ibn Kaab in der Moschee zwei Muslime traf, die den Koran jeweils verschieden rezitierten, brachte er beide zum Propheten. Der Prophet erklärte beide Fassungen für rechtens und ebenso die Fassung Ubayys. Ubayy geriet in Angst, weil er um seine Reputation als Koranrezitator fürchtete. Der Prophet aber erklärte, daß Gabriel ihm ursprünglich den Befehl Gottes überbracht habe, den Koran nur auf eine Weise zu rezitieren: Der Prophet fragte, ob es dem Erzengel nicht möglich sei, bei Gott um eine Erleichterung zu suchen. Als der Erzengel wieder zum Propheten kam, überbrachte er den Befehl, den Koran auf zwei Weisen vorzutragen. Wieder entschuldigte sich der Prophet, wies auf die Schwierigkeiten hin und bat den Erzengel, bei Gott um eine Erleichterung nachzusuchen. Dieser Vorgang wiederholte sich, als der Erzengel zum dritten und vierten Male zum Propheten kam; auch die Beschränkung auf drei oder vier Weisen der Rezitation hielt der Prophet für nicht praktikabel. Schließlich kehrte der Erzengel zurück und sagte: »Gott hat dir befohlen, den Koran auf sieben Weisen zu rezitieren [sieben als Unendlichkeitsziffer, ist sich die islamische Tradition einig]. Auf welche Weise sie auch lesen, sie gehen recht dabei.« Auch der Koran ist voller Ellipsen, Wiederholungen, ohne Stringenz, ein wildes Durcheinander, weshalb ihn Joyce so bewunderte. Mir gefällt es, wie Heimito von Doderer tausend Seiten schreibt, um dennoch ganze Existenzen in einem einzigen Absatz abzuhandeln, in einundzwanzig Zeilen etwa Lebenslauf und Charakter der Sekretärin Emma Drobil auf Seite achtundzwanzig der *Dämonen.* Mir gefällt auch die Stelle gegen Ende, die Mosebach im Salon vortrug, der Brand in Frau Mayrinkers Küche. Für ihn ist das Großartige der Zusammenhang, in dem diese Episode mit dem Brand des Wiener Justizpalastes steht, wie das Kleine ins Große greift und umgekehrt. Für mich ist es vor allem ein Brand in Frau Mayrinkers Küche. Mir wäre es genauso recht, wenn die rötliche Verfärbung des Himmels, die sie beim Herausgehen bemerkt, im Roman weiter keine Rolle spielte. Für Mosebach ist genau das der Clou, weshalb er unter allen möglichen und publikumstauglicheren Stellen gerade diese ausgewählt hatte. Gleichwohl trafen wir uns an einem Punkt. Die Frau Mayrinker, von der Doderer so eindrücklich erzählt, daß sie uns wie eine Vertraute erscheint, taucht weder auf den vorangegangenen tausendzweihundertfünfzig Seiten auf noch auf den restlichen hundert. Sie ist kompositorisch ein Unding, wie so vieles in den *Dämonen.* Bei Martin Mosebach hat der sprachliche Gestus genau wie bei Doderer etwas von einem Zitat – niemand spricht mehr so, höchstens die Altmodischen –, nimmt er gerade diejenigen Wendungen willentlich auf, die der Duden als veraltet brandmarkt, und gerät zugleich die Form immer wieder völlig aus der Fassung. Figuren wie das Ehepaar Kn. in der *Langen Nacht* werden kurz vor Ende der Geschichte eingeführt, ausführlich beschrieben, nur um urplötzlich wieder abzutreten und bis zum Ende des Buches nicht mehr in Erscheinung zu treten. Und dann die Konstruktion seiner Romane, im *Beben* etwa das Erscheinen der Frankfurter Geliebten ausgerechnet am Hof des indischen Dorfkönigs – der dem Helden selbstverständlich die Geliebte buchstäblich vor den Augen wegschnappt, nur um sie wieder an den zufällig ebenfalls durch Indien tourenden Kunstguru zu verlieren, mit dem die Frankfurterin eigentlich verbandelt ist: das ist so durchsichtig, daß man begreift, wie gleichgültig Martin Mosebach die Konstruktion ist, die er scheinbar bedient, die immer gleichen Konstellationen, ein ähnlicher Plot, die merkwürdigen Fügungen, dieselbe ironische Tonlage. *It's all one song*, rief Neil Young, als sich bei einem Konzert jemand lauthals beschwerte, daß alles gleich klinge. Den Unterschied macht nicht die Geschichte, die beliebig, ja austauschbar anmutet, sondern der Mut, sich in eine einzelne Situation, eine abseitige Episode von vielleicht zehn, vielleicht fünf, vielleicht zwei Minuten Realzeit hineinzustürzen wie in einen reißenden Fluß, sich darin zehn, fünfzehn, dreißig Seiten treiben zu lassen, ohne einen Gedanken zu verschwenden ans Ufer, an das, was draußen in der Handlung passiert. Mosebachs Romane wirken auf mich an diesen Stellen wie Improvisationen des Jazz oder mit *Crazy Horse*, die sich häufig aus den banaleren Stücken entwickeln, um die Komposition in den besten Momenten hinter sich zu lassen, ja sie für den Augenblick vollständig zu vergessen. Am weitesten treibt er diese wahrhaft mystische Hingabe an das Objekt des Erzählten im *Beben*, das in Frankfurt einsetzt wie ein typischer Mosebach-Roman, um sich im zweiten Teil in eine literarische Meditation, eine einzige große Situationsbeschreibung zu verwandeln, die schon in ihrer Proportion nach in keinem Verhältnis steht zu dem viel kürzeren ersten Teil und dem winzigen Schlußteil. Auf diesen gut zweihundert Seiten, in denen so gut wie nichts und in wenige Szenen gepreßt alles passiert, bricht Mosebach nicht bloß die Form des Romans auf, er bringt sie zum Bersten. Spannung, Realzeit, dramatische Entwicklung im konventionellen Sinne spielen darin keine Rolle mehr. Im *Beben* geben Sie preis, behauptete der jüngere Kollege, daß Ihr Glauben an den Roman so verwegen, so anmaßend, so absurd und sogar lächerlich ist wie der Glauben des Don Quijote, ein Ritter zu sein. Weil der berühmte Schriftsteller nickte, wagte der jüngere Kollege fortzufahren: Aber genau durch das Scheitern – das ist der Clou – wird Don Quijote zum Ritter, werden die Windmühlen zu Riesen, gelingt Ihnen der Roman.

Wie es begann, kann der Mann diesmal bis auf die Minute datieren. Während der Tee zog, erinnerte ihn die Frau am Telefon an den Termin mit dem Bankberater, der nichts Geringeres als die langfristige Sicherung ihrer Existenz versprochen hatte. In der Stunde, die ihm blieb, wollte er noch die Verbindung Mosebachs zu Don Quijote ausführen, der nicht allein für den Ursprung modernen Erzählens steht, sondern zugleich noch die Züge des Epos und der Märchensammlung trägt, um zum Schluß des vorigen Absatzes auf die Form des Romans zurückzukommen, die Mosebach preisgibt, indem er ihr treu bleibt, doch brach der Bogen ab, den er sich so schön ausgedacht hatte, als er mit der einen Hand Platz schaffen wollte für das Tablett, das er in der anderen Hand trug, weil es ihm wie einem Mosebachschen oder Cervanteschen oder auch Dodererschen Trottel mitsamt der vollen Teekanne und der Zuckerdose zu Boden fiel. Den Großteil der verbliebenen Stunde war er damit beschäftigt, abwechselnd auf dem Boden herumzukriechen, sich über den Schreibtisch zu beugen oder am Regal zu hocken, um den Zucker, der sich mit dem Tee vermischt hatte und sich deshalb nicht saugen ließ, zu beseitigen und hektisch den kostbaren Isfahani zu reinigen, den Seidenteppich wohlgemerkt, aber anschließend sich selbst auch. Wer nur sein schwitzendes Gesicht gesehen, seine Seins- und Selbstverwünschungen gehört hätte, würde einen Existenzkampf vermuten, aber die große, dichte Staubwolke am Horizont wird ja auch nur für Don Quijote »von einem großmächtigen Heere« aufgewirbelt, »aus den verschiedensten unzählbaren Völkern zusammengesetzt«, wohingegen es für den Leser eine Schafherde bleibt, gegen die der komische Ritter zu Felde zieht. So waren auch die Teeflecken nur subjektiv das Dunkel unserer Existenz. Die Mieter von der anderen Seite des Innenhofs, die amüsiert beobachtet haben mögen, wie ihr Nachbar außer Rand und Band geriet, sind freilich daran zu erinnern, daß Cervantes' Roman zugleich ein Gefühl des Bedauerns erzeugt, in einer Welt zu leben, in der Schafe nur Schafe, Ritter nur Witzfiguren sind und also auch Teeflecken nur Teeflecken. Als er nach der fieberhaften Reinigung des Schreibtisches mitsamt aller Unterlagen, des orthopädischen Bürostuhls mit dem Stoffbezug, des Fußbodens aus Sisal, des Seidenteppichs aus Isfahan sowie der eigenen Kleidung mit feuchtem Hemd zehn Minuten lang im Wind stand, weil die Frau nicht wie verabredet zur Straßenecke kam, spürte er das vertraute Ziehen im ohnehin aufgebrachten Nerv rechts neben dem Brustwirbel, das die Rückenschmerzen ankündigte und damit die Rauschmittel für den restlichen Tag, gestern außerdem Spritzen in St. Vinzenz. Der Hinweis der Frau, daß es doch nur drei Minuten seien, trug nicht zu seiner Beruhigung bei, weil die Armbanduhr, die sie ihm hinhielt, nun einmal neun Minuten Verspätung anzeigte. – Ist ja gut, ist ja gut, reg dich doch nicht über die paar Minuten auf. – Ich rege mich nicht auf. – Natürlich regst du dich auf. – Wenn du behauptest, es waren keine zehn Minuten, anstatt einfach Entschuldigung zu sagen oder wenigstens nichts zu sagen, rege ich mich eben auf. – Nur wegen drei … und so weiter, bis der Mann ungelogen fünfmal darauf beharrt hatte, daß es zehn Minuten gewesen seien, obwohl es genau gesagt neun waren, doch das ist eine andere literarische Tradition.

Die Beobachtungen im Perinatalzentrum trösten über die Debatten unter Intellektuellen hinweg, von denen auch die Reporterin gerade wieder so deprimiert sei, daß sie nur noch flüstern möchte. Alles auf der Station ist dort so ausgerichtet, daß auch die Väter Zeit mit dem Baby verbringen, es *känguruhen*, wickeln und versorgen. Es wird nicht eigens verlangt oder formuliert, sondern ist schon vor der Geburt vorgesehen, wenn die Väter kaum ernsthaft gefragt werden, ob sie dabeisein wollen, weil es sich von selbst versteht, und dann vom ersten Tag an, wenn im Elterngespräch über die anstehenden Wochen selbstverständlich davon ausgegangen wird, daß Väter und Mütter sich am Inkubator abwechseln. Wer am tradierten Rollenverständnis festhielte, wäre bei den Frühgeborenen ein Sonderfall. Obwohl die Hälfte der Familien, die sie täglich treffen, nicht aus Deutschland stammt, fügen sich ausnahmslos alle Väter in ein Vaterbild, das auch den deutschen Großvätern vollkommen fremd gewesen wäre. Es ist offensichtlich, daß die türkischen, albanischen oder arabischen Väter die Nähe zu ihren Kindern genießen. Inbrünstig känguruhen, wickeln, streicheln und liebkosen sie, als sei es das Gewöhnlichste der Welt, mag die Gattin ein Tuch über dem Kopf tragen oder nicht. Der iranische Vater bewundert die Kraft dieser Gesellschaft, die Neuankömmlinge in ihrem Sinne verändert, indem sie sich von ihrer besten Seite zeigt. Es dürfte auch keinen Ort geben in Deutschland, an dem Menschen so konsequent gleich behandelt werden wie auf einer Intensivstation, zumal wenn keiner der Patienten mehr als zwei Kilo wiegt. Daß viele Krankenschwestern und manche Ärzte ebenfalls fremder Herkunft sind und deshalb die Unterweisungen in der Säuglingspflege auch auf türkisch oder persisch erfolgen, verstärkt noch den Eindruck des Egalitären. Der iranische Vater glaubt wirklich, daß sich die türkischen, albanischen oder arabischen Eltern nach den Wochen im Perinatalzentrum auf neue Art zugehörig fühlen zu Deutschland. An sich glaubt er an den Fortschritt sowenig wie Martin Mosebach, aber im einzelnen dann doch. Ein Podium, auf dem nur geflüstert werden dürfte, wäre auch schon mal was.

In den Briefen an die Mutter geht es bald nur noch ums Geld, floskelhaft bis hin zum Hohn das Kondolenzschreiben an die Schwester, deren Mann gestorben ist: »Kann ich dir etwas seyn, so brauchst du es nur zu sagen«, beteuert Hölderlin, um im nächsten Satz seine Geschäfte zu erwähnen, »die gerade jetzt etwas dringender sind« – als ob es noch Geschäfte für ihn gäbe. Trost soll ausgerechnet »die Gesellschaft und Unterstützung unserer guten Mutter« sein, dieser Pfennigfuchserin, die sich in keinem einzigen Brief zufrieden über ihre Kinder äußert und über Hölderlins Dichtung schon gar nicht. Suzette schreibt, wann welches Zeichen welche Bedeutung haben würde. Die weiße Fahne zum Beispiel würde heißen: Verschwinde sofort, es ist gefährlich. Überhaupt in der Nähe ihres Hauses stehenzubleiben, sei nicht ratsam. Aus dem Fenster kann sie die Briefe nicht mehr werfen. Sie versteckt sie, und Hölderlin soll sie an der vereinbarten Stelle wohl im Vorübergehen auflesen (auflesen ist mal ein passendes Wort). »Wäre es aber möglich gewesen, ich hätte seither sicher alle Wochen wenigstens einmal geschrieben«, versichert er im September 1800 der Schwester, die nicht so dumm sein kann, dem Schein bürgerlichen Lebens und Anstands zu glauben, den seine Briefe noch immer herzustellen versuchen, und da ist er bereits mit gestrecktem Bein überm Abgrund, Brust raus, Bauch rein, wie auf dem Paradeplatz. Nicht mehr nur öd, kaum erträglich ist die Beseeltheit, die er in die Gedichte legt. »Denn voll göttlichen Sinns ist alles Leben geworden, / Und vollendend, wie sonst, erscheinst du wieder den Kindern / Überall, o Natur! und, wie vom Quellengebirg, rinnt / Seegen von da und dort in die keimende Seele dem Volke.« O Freuden Athens, o Thaten in Sparta, köstlich ist die Frühlingszeit im Griechenlande. Nur ein Gedicht danach, noch im selben September 1800 mit dem Entwurf der »Elegie«, hebt Hölderlins Poesie plötzlich ins zwanzigste Jahrhundert ab: »Tage kommen und gehen, ein Jahr verdränget das andere, / Wechselnd und streitend; so tost furchtbar vorüber die Zeit / Über sterblichem Haupt, doch nicht vor seeligen Augen, / Und den Liebenden ist anderes Leben gewährt«, und kehrt Hölderlin zugleich ins siebte persische Jahrhundert nach der Hidschra zurück: »Ach! wo bist du, Liebende, nun? Sie haben mein Auge / Mir genommen, mein Herz hab' ich verloren mit ihr. / Darum irr' ich umher, und wohl, wie die Schatten, so mußt ich / Leben und sinnlos dünkt lange das Übrige mir. / Danken möchte' ich, aber wofür? verzehret das Lezte / Selbst die / Erinnerung nicht? nimmt von der Lippe nicht / Bessere Rede mir der Schmerz, und lähmet ein Fluch nicht / Mir die Sehnen und wirft, wo ich beginne, mich weg?« Mag der Rausch des Lesers, der wegen seines vielfach schon beklagten Rückenleidens auf Opiate angewiesen ist, nicht nur lyrische Gründe haben, glaube ich für mich sagen zu können, daß mir die deutsche Sprache nirgends so schön, so beseelt erschien wie in der Elegie, die einen Entwurf später »Menons Klage um Diotima« heißt, weil es das Wort eines Hinterbliebenen ist, die Vergegenwärtigung einer Dahingeschiedenen, das Bewahren eines notwendig Flüchtigen. Das ach! klingt hier zum ersten und vielleicht einzigen Mal in der deutschen Sprache wie das *ay!* bei den spanischen Dichtern oder das *ey!* von Hafis und Rumi: »So zerrann mein Leben, ach! so ists anders geworden, / Seit o Lieb, wir einst giengen am ruhigen Strom.« Längst ist die Wirkung des Rauschmittels vergangen, da lese ich ein ums andere Mal laut das Gedicht in seinen sehr unterschiedlichen Varianten, das mit ruhig berückendem Rhythmus, fremder, traurigster Melodie einen ganz anderen, nicht mehr den hohen Hölderlinschen Ton hat, der mich enervierte, so unmittelbar, so direkt, als säße jemand vor mir und sänge leise, was ihn bedrängt, was er fürchtet, wo er beharrt, hat endlich genug von Thaten in Sparta, will nicht mehr nach Athen wandern, spricht es aus in den einfachsten Worten, die ihm jedoch, weil er ein Dichter ist, für immer ein Dichter, zum rätselhaften, verzaubernden Gesang geraten, der viel mehr ausdrückt als diese oder jene, seine oder meine Sehnsucht, nämlich alle Sehnsucht des Menschen mit der Schwerkraft von Sachzwängen, Vernunfterwägungen, Mutlosigkeit, aber Augen in Richtung des Himmels, den er ein paar Tage lang in Suzette Gontard fand, die Länge eines Fingers, einer Zunge, seines Geschlechts tief, um genau zu sein, als sie »fühlten den eigenen Gott / … Ganz in Frieden mit uns kindlich und freudig allein«. Der letzte Brief von ihr oder an sie war vom Mai, glaube ich, Mai 1800. Im September müßte er längst fortgelaufen oder vertrieben worden sein, je nachdem, wie er es an einem Tag gerade empfindet. Er ist es schon. Hat sich in Kindersprache verabschiedet von seiner Liebe, mit versteckten Zettelchen und husch husch husch ich steh im Gebüsch wo ist sie denn wieso sieht sie mich nicht? Wo ist er überhaupt? Noch in Stuttgart? Bei wem? »Daß ich fühllos size den Tag und stumm, wie die Kinder, / Nur vom Auge mir kalt öfters die Träne noch schleicht« – das ist Friedrich Hölderlin Ende September 1800, nicht der Dichter, der nichts vom Leben wissen wollte in seiner Dichtung. Ab Oktober entstehen Elegien in je mehreren Varianten, acht Stück schließlich in der Stuttgarter Reinfassung vom 11. Dezember 1800, sechs in der Reinschrift, die 21 Jahre später Prinzessin Auguste erstellt, die ihm wie andere Frauen halb anbetend, halb mitleidig zugetan ist. Der

Schlußsatz des »Blinden Sängers«, das zunächst »Täglich Gebet« hieß, bleibt in allen Fassungen gleich: »O nimmt, daß ichs ertrage mir das / Leben, das göttliche, mir von Herzen.«

52 Zentimeter groß und 4180 Gramm schwer kam Hanna-Zoe gestern um 17:44 Uhr zur Welt. Der Nachbar findet die Nachricht auf dem Handy vor, das er in der Mittagspause von dem Iraner gegenüber auslieh, bevor er beim blonden Syrer Suppe aß. Der Iraner gegenüber handelt mit Handys, der Iraner nebenan, der vor der Revolution Regisseur beim Staatsfernsehen war, mit Tee, Reis, Nüssen, Süßigkeiten, Marmelade, Sirup, Gewürzen, getrockneten Limonen und dergleichen Waren aus der Heimat, die er seit bald dreißig Jahren nicht mehr gesehen. Der türkische Supermarkt im Erdgeschoß des Büros, das keine Wohnung wurde, verkauft Lebensmittel zu unschlagbaren Preisen, für die allerdings die Nachbarn mit dem Lärm des Kundenparkplatzes zahlen (am lautesten ist freilich der deutsche Hausmeister, wenn er sich mehrmals täglich über die Falschparker aufregt). Wenn der Nachbar die Ältere von der Schule abholt, gehen sie meistens zu einem der Türken, die mehr als nur einen Mittagstisch, Suppe und Pide anbieten; ißt er allein, bevorzugt er den blonden Syrer, der ihn außer mit Suppen auch mit Respekt versorgt. *Maschâ'allah*, er schreibt Bücher!, »was Gott alles will«, und schon sind die drei Euro fünfzig für Linsensuppe und Ayran bezahlt, ohne daß der Nachbar eingreifen konnte. Seit er von den Büchern erfahren hat, begrüßt er den Nachbar auch abends mit Handschlag, wenn der gar nichts essen möchte, sondern in die Kneipe rechts neben dem Imbiß, die der Syrer während der Fußballübertragung mit Pide beliefert. Linker Hand liegt der deutsch-türkische Kiosk, der montags die Lokalzeitung für den Nachbar bereithält und täglich die überregionale für den Fall, daß ein Schuft sie wieder aus dem Hauseingang geklaut. Es schließen sich an: der türkische Friseursalon, weitere Kioske, türkische Hochzeitsmoden, türkische Schmuckgeschäfte, deutscher Herrenfriseur und deutsches Modelleisenbahngeschäft, eine türkische Bedarfs- und eine türkische Edelmetzgerei, asiatische Einrichtungsgegenstände, türkischer Gemüsehändler und was noch alles dazu führt, daß nach einem Bericht der Lokalzeitung nirgends in Köln so oft gefilmt wird wie in ihrer Gasse, und was den Nachbarn wiederum regelmäßig nach Ossendorf zum Abschleppdienst führt, wenn die Filmteams über Nacht Halteverbotsschilder aufgestellt haben. Recht betrachtet, ist die Gasse bis hin zum Carrera-

Bart des Antiquitätenhändlers genau so, wie er sie in einem Kinderbuch beschrieb, nur daß Frau Özturk anders heißt und von einer Istanbuler Konditoreikette vertrieben wurde. Auch hat der Nachbar noch nie jemanden im Laden des Geigenbauers tanzen sehen. Dafür bieten alle vier Teehäuser Kölsch und türkisches Bier, so daß man auch den Seniorchef der Pizzeria mit Arak vor dem Brettspiel sieht, und hat die Gasse ein paar ziemlich coole Läden, die der Nachbar im Kinderbuch nicht erwähnt, weil sie für Kinder nicht so interessant sind, genau gesagt ein Café mit ebenfalls sehr guten Suppen und zwei Boutiquen mit selbstentworfener Mode, die nach Berlin-Friedrichshain aussieht, scheußlich eigentlich, aber eben auch sehr cool, sie vor der Haustür zu haben, zumal die Besitzerinnen alles andere als scheußlich sind. Den genauen Charakter seiner Gasse und inwiefern es sich darin wie im Orient anfühlt, kann er nur so erklären: Wenn er einmal etwas braucht, zum Beispiel am Samstag vormittag jemanden, der die Satellitenanlage repariert, weil er Samstag nachmittag zwanzig iranische Freunde erwartet, um auf der Terrasse das Spiel gegen Mexiko zu sehen (wenn es nicht gegen Mexiko wäre, könnte er eine der iranischen Kneipen am Zülpicher Platz aufsuchen, die sich wie alle iranischen Kneipen Kölns für die Kundschaft mexikanisch tarnen und damit für ein Spiel gegen Mexiko ausscheiden), dann geht der Nachbar die Gasse auf und ab und fragt in einem Laden, egal welchem, er fragt: Sag mal, kennst du jemanden, der uns schnell die Satellitenanlage repariert, heute nachmittag das Spiel Iran gegen Mexiko, du weißt schon. In dringenden Fällen wie Fußball nimmt er die Ältere mit, weil die Türken, Araber, Iraner und der deutsche Ko-Kioskbetreiber noch eine Spur bemühter sind, wenn ihnen ein Kind freundlich guten Tag wünscht. Im ersten Laden, sagen wir dem bulgarischen Paketshop, heißt es: Satellit?, heute?, isse nicht möglich, heute Samstag, musse du Montag komme. Dann sagt der Nachbar fünf Sekunden nichts, hält einfach mal die Klappe und das Schweigen aus. Die Ältere schaut derweil traurig zu Boden, was man ihr nicht sagen muß, weil die Aussicht, Iran gegen Mexiko zu verpassen, sie wirklich betrübt. – Wart mal, ich ruf Freund an, sagt der Paketannehmer spätestens in der sechsten Sekunde. Der Freund ist aber nicht da. – Ich ruf andre Freund an. Der kennt sich aber nur mit Telefonanlagen aus. Für Telefonanlagen kann der Nachbar auch zum Iraner gegenüber gehen. – Gleich kommt Freund, den kann ich fragen, will ihnen der Paketannehmer nicht die Hoffnung rauben. Der Nachbar hinterläßt eine Handynummer und geht mit der Älteren über die Straße zum Iraner gegenüber, bei dem sich der Vorgang auf persisch wiederholt, allerdings in vierfacher Länge, weil die Höflichkeitsfloskeln dazukommen (dafür fällt das Schweigen weg), danach in den Kiosk und noch in drei, vier andere Läden zwischen der Kneipe und dem Ausgang der Gasse zum Bahnhof. Um ein Uhr ist die Satellitenanlage repariert. Einer von den Freunden ist schließlich aufgetaucht oder herbeigerufen worden oder kennt wieder einen anderen Freund, der zufällig heute im türkischen Supermarkt einkaufen wollte, oder einer der Händler schickt seinen Sohn, der übers Wochenende die Familie besucht – er studiert Elektrotechnik in Darmstadt –, oder der Händler selbst kommt nach Ladenschluß schnell vorbei, um sicherzugehen, daß die Ältere das Spiel auf keinen Fall verpaßt und der Nachbar die Gäste nicht wieder ausladen muß, zumal das Pide schon bestellt, das Kölsch schon geliefert worden ist. Im besagten Fall war es der Iraner von gegenüber, der keinen seiner Freunde erreicht und deshalb selbst vorbeigeschaut hat, weil er sich als Mobilfunkhändler auch mit Satelliten auskennt, der gleiche Iraner, der heute das Handy repariert, das dem Nachbar gestern beim Spülen ins Wasser fiel. Was haben Männer auch in der Küche zu suchen? machte der Iraner von gegenüber sich lustig: Der entschwundene Mahdi habe wörtlich gesagt, daß Männer nicht spülen sollen, nachzulesen bei Kufi, fünftes Buch, vierter Band, die genaue Seitenzahl trage er nach, was ihm nicht gelingen wird, weil Kufi bereits hundert Jahre tot war, als der Mahdi Mama sagte. Wie gern wüßte der Nachbar, wie es Hanna-Zoe geht. Er selbst hat nach der Geburt der Töchter noch vor den Rundmails an das komplette Adreßverzeichnis jedesmal zwanzig oder dreißig solcher Geburtsanzeigen gesimst. Die Nachricht von Hanna-Zoes Geburt ist vom 1. November 2005, 12:14 Uhr, die Absenderin eine Tanja, die zusammen mit Lars-Uwe unterzeichnet hat, ihrem Mann oder Freund, dem Vater jedenfalls. Aus dem Ordner mit den versandten Mitteilungen, der zwei Einträge enthält, läßt sich ersehen, daß das Handy einer Sabine gehörte. 0049 162 3 933 169 gratuliert Sabine zum neuen Auto und heißt ihn oder sie »willkommen im micra-club!:-) allzeit gute fahrt!«. Im Postskript kündigt sie für den 17. Juni ihre Hochzeit an, »einladung folgt!«. Aus der zweiten gesendeten Nachricht, die Sabine zu löschen vergaß, Empfänger »mama + papa«, geht hervor, daß ihr Leben sich einschneidend verändert hat: »Buddi, goodbye basel. Trete letzte heimfahrt an. Das kapitel ist abgeschlossen, montag beginnt ein neues. Gruß s.« Geburt, Hochzeit, Umzug nach Deutschland, neuer Lebensabschnitt, alles in drei Kurzmitteilungen – soviel Dramen pro Anschlag gelingen nicht einmal den Büchern auf den Tischen, auf die es die Romane des Nachbarn nie schaffen. Wüßte er, wer Hanna-Zoe ist, würden sich die grob geschätzt hundertfünfzig Buchstaben in eine Geschichte verwandeln, die ihn nicht nur berührt, sondern beinhaltet. Es muß gar nicht das Baby sein. Eine Nachricht von Sabine, Tanja oder Lars-Uwe würde schon genügen, und er träte in eines der Leben, die sich ihm unbeabsichtigt 150 Buchstaben weit öffnen. Er stößt auf den Gedanken, wie blitzartig sich eine in deine Mitteilung verwandeln kann, da ihn gestern die Mail eines Tierarztes erreichte, der die Lesung in Basel besucht hatte. Die Lesung war so grauenhaft, wie Lesungen in Messehallen nur sein können, in denen die Leute kommen, gehen, quatschen, lachen, während gleichzeitig vom Romanschreiber erwartet wird, sich in Gestalt des Romans zu entblößen, den er doch in völliger Einsamkeit schrieb, grauenhaft, ohne zum Desaster auszuarten, weil der Romanschreiber nur geringfügig mehr als hundertfünfzig Buchstaben las und es beim Reden inzwischen versteht, sich herauszuhalten. Der Tierarzt hatte noch nie etwas von ihm gelesen, nicht einmal den Namen je gehört, hatte nur die zweizeilige Inhaltsangabe im Programm der Basler Buchmesse interessant genug gefunden, um bei dem Auftritt mitten im Publikum zu sitzen, nicht am Rand oder stehend wie die Passanten, die nur schnuppern wollen, um bei dem ersten unverstandenen Satz weiterzuschlendern, als die Moderatorin die Widmung ansprach und der Romanschreiber erklärte, in welchem Verhältnis er zu Claudia Fenner gestanden und wie ihn ihr Tod berührt habe (und wie nicht). Der Tierarzt aus Basel war Claudia Fenners Klassenkamerad aus Samedan und sprach den Romanschreiber nach dem Signieren an. Sie setzten sich, nicht lange, denn der Romanschreiber mußte noch zum Verleger, zum Radiointerview, sein Honorar abholen und dann rasch in den Zug nach Köln, aber lange genug, um die Erschütterung wahrzunehmen, die sie teilten. Der Romanschreiber kann sich kaum mehr erinnern, wie der Tierarzt aussah, so schnell ging alles vorüber. Als ihr Klassenkamerad hatte er das Alter von Claudia Fenner, Anfang Vierzig, dunkelblonde oder braune Haare, unscheinbare Kleidung, ernsthaft, sehr freundlich, ein Suchender, kein Vielredner, das war klar, oder vielleicht hatte es ihm wie dem Nachbarn nur die Sprache verschlagen. »Ich muss Ihnen diese Zeilen schreiben, die

Situation in der ich mich damals explosionsartig befand, nachdem ich verstand, dass die SMS in Ihrem Roman zum Tode von Claudia Fenner geschrieben wurde, hat mich nachhaltig bewegt. Im Moment war ich sprachlos, tief ergriffen, dem Alltag entrückt, da auch ich haderte, damals, als ich von Claudias Tod erfuhr, ich nicht wusste ob ich ihre Mutter anrufen soll oder nicht, habe mich dann mit Bekannten welche Claudia ebenfalls kannten über ihren Tod unterhalten, um mich zu orientieren, was alles nichts brachte, da auch sie überfordert waren, wie ich. Und nun schreibt ein mir bis dahin unbekannter Schriftsteller genau dies nieder, fantastisch, Sie können sich kaum vorstellen was dies in mir auslöste. Diese Situation ist kein Zufall, nein, sie bedeutet mehr, dringt tief in mein Empfinden ein. Wenn es Spiritualität gibt, dann habe ich sie in diesem Moment erlebt.« Der Tierarzt schreibt dann über seine Leseeindrücke, bietet an, den Kontakt zur Mutter herzustellen, die noch immer in dem Haus wohne, in dem Claudia Fenner aufgewachsen sei, und schließt mit folgendem Absatz: »Ich hätte noch vieles zu sagen, zu fragen, und ich würde es sehr schön finden wenn wir uns irgendwann einmal darüber unterhalten könnten, bei einem Kaffee oder einem Glas Wein. Wenn Sie ebenso empfinden lassen Sie es mich wissen, sollten Sie wieder einmal in Basel sein, möchte ich Sie auf jeden Fall gerne und aufrichtig bei mir einladen.« Ja, er empfindet ebenso, vielleicht aus Professionalität nicht so intensiv wie Sie, aber er weiß, was Sie meinen. Die Romane Ihrer Landsmännin Ruth Schweikert handeln davon, wie uns manchmal das Glück zuteil wird, ein kurzes Stück der Fäden zu sehen, mit denen alles mit allem verbunden ist. Ohne den Glauben an diese Fäden, das sagte in anderen Worten Martin Mosebach, als der Romanschreiber ihn fragte, ob das Schreiben eines Romans eine religiöse Haltung zur Welt voraussetze (der Romanschreiber meinte nicht den Glauben an eine bestimmte Religion, sondern die Behauptung einer Ordnung oder Verbundenheit der Ereignisse und Menschen), nein, ohne den Glauben an eine irgendwie geartete Ordnung der Welt sei erzählende Literatur nicht möglich, antwortete Martin Mosebach, wenigstens nicht seine Literatur und gewiß nicht die ihres Idols Heimito von Doderer. Vielleicht kann man so weit gehen, daß die Behauptung einer Struktur in der Wirklichkeit – in Form der Literatur, der Kunst, genauso wie in religiösen Vergegenwärtigungsritualen – ebendiese Strukturiertheit erst schafft, so wie das Verhältnis zwischen dem Tierarzt aus Basel und dem Romanschreiber aus Köln erst dadurch geschaffen worden ist, daß letzterer nach Claudia Fenners Tod nicht fortgefahren ist mit dem Leben, wie andere notgedrungen fortfahren. Er liest die Nachrichten, die Sabine auf dem Handy hinterließ, das er sich für einen Tag vom Iraner gegenüber ausgeliehen hat, der für fünfunddreißig Euro das Handy repariert, das gestern ins Spülbecken fiel, obwohl Männer, wie sie beide lachen, natürlich niemals spülen sollen, man sehe ja, was dabei herauskommt. Ja, man sieht etwa die Nachricht von Hanna-Zoe, die am 30. Oktober 2005 zur Welt kam, oder daß Sabine von ihrem damaligen Verlobten Adrian »Käfer« genannt wurde oder wird, »Käfer« oder auch »Käferle« oder »Käfermädchen«: »Käferle! Dein welzi hat dich hat ganz arg lieb! Hoffe du schaffst alles. Knuddel dich!« Vielleicht haben Sabine und Adrian inzwischen ein eigenes Kind. Vielleicht ist ihre Ehe gescheitert. Und was ist mit Sabine und Lars-Uwe, ist ihre Ehe glücklich? Vielleicht wird der Nachbar davon erfahren, wenn jemand in Jahren die Flaschenpost findet, die er ins Wasser wirft, indem er entgegen seiner Poetik ihre Namen nennt. Er wird Ausschau halten, sollte er je aus dem Roman lesen, den ich schreibe, Ausschau nach Käfer, Welzi, Lars-Uwe, Claudia und vor allem der kleinen Hanna-Zoe, die eine erwachsene Frau geworden sein wird. Er würde ihnen so gern Bedeutung geben, weil damit sein Tag welche hätte, der 30. Mai 2007.

An Großvaters Unterricht nahm auch ein Erwachsener teil, Abolqasem Bachtiar, der eine Gruppe von Kindern aus vornehmen Familien der Bachtiari-Nomaden begleitete. Er war ein freundlicher, etwas naiver Hüne, dreißig, fünfunddreißig Jahre alt, glatzköpfig, hochgewachsen, voll Eifer und Wissensdrang. So lange setzte er Doktor Jordan zu, bis der ihm halb achselzuckend, halb gerührt erlaubte, sich in Großvaters Klasse zu setzen. Das Schulgeld übernahm sein Stamm. Das miserable Gedächtnis wog Herr Bachtiar mit Fleiß aus, so daß er im Unterricht halbwegs mithielt – und das, obwohl er kaum die Unterrichtssprache verstand. Nur im Fach Englisch wurde er eine Klasse nach der anderen zurückversetzt und brachte selbst unter den Anfängern nichts zustande. Er konnte sich einfach keine Vokabeln merken. Der Lehrer mußte ihn nur nach einer Übersetzung fragen, da fingen die Mitschüler schon zu lachen an. Regelmäßig machten sie sich lustig über Herrn Bachtiar. Während des Silentiums zum Beispiel warfen oder steckten sie ihm Briefe zu, in denen es »Glatzkopf, was hast du in der Schule verloren?« hieß oder: »Zieh besser dein Schwert, wenn du mit der Vokabel kämpfst.« Die erste Zeit ignorierte Herr Bachtiar die Sticheleien, aber als er sah, daß sie kein Ende nahmen, bat er Mister Burt, nachmittags schlafen zu dürfen und statt dessen nachts zu lernen. Wenn Großvater wach lag, sah er durch die offene Tür Herrn Bachtiar im Aufenthaltsraum sitzen. Dann schämte er sich für die Streiche seiner Mitschüler, an denen er sich zwar selten beteiligte, über die er sich dennoch amüsierte. In der … Von wo ruft die noch mal an? überlegt der Enkel am Montag, dem 4. Juni 2007, um 11:18 Uhr, während die Anruferin über die Bedeutung des Kulturaustausches räsoniert, so daß er auf die Einladung zu einer Podiumsdiskussion tippt, Staatsminister?, Staatsminister? – da liegt doch seine Bewerbung für Rom, an deren Erfolg er so wenig geglaubt hat, daß ich sie lieber nicht erwähnte, um keine weitere Blamage in den Roman zu schreiben, immerhin nett, daß sie einen persönlich über die Absage unterrichten. Er hat sich so fromm in seinen Mißerfolg gefügt, daß er über mehrere, nein, über bestimmt dreißig Sekunden hinweg annimmt, zum Trost angerufen worden zu sein. Die Dame zögert die Nachricht allerdings auch wirklich hinaus, so lang und gut gelaunt, daß es ihm schließlich dämmert. Als er auflegt, fügt sich der Enkel so fromm in ihre Mahnung zu feiern, daß er einen Freudensprung macht wie nach dem höchsten Sieg mit der Thekenmannschaft. Er hat nicht verzagt, nur sich darauf eingerichtet, noch viele Jahre zu schuften ohne Auflagen oder Preise, von denen er leben könnte. Das heißt nichts, sagte er sich immer wieder, weder der Erfolg hat etwas zu sagen noch daß er ausbleibt. Im Alltag nur ist es mit dem Mißerfolg mühsamer. Die Familie muß versorgt werden, und das Ich, das man als Romanschreiber melkt, braucht ebenfalls Nahrung. Er hatte ebenso »gefunden, daß es mir nicht möglich ist, bei ganz unabhängiger Beschäfftigung eine ganz unabhängige Existenz zu gewinnen«, wie Hölderlin im letzten Brief an Schiller bemerkt, und die Abhängigkeit dennoch im buchstäblich letzten Moment von sich gewiesen, ohne sagen zu können, ob er sich damit selbst treu blieb oder nur die Rolle in einer Schulaufführung spielt, die zum Beispiel *Dichtermuth* heißen könnte. Und kurz darauf ist er auf einen Schlag alle Sorgen bis Ende nächsten Jahres los, eine Ewigkeit für ihn, noch dazu die Ewigkeit in Rom. Der Enkel war nicht ohne Furcht. Ohne es recht zu bemerken, würde er sich vom Talent, als das er immer noch gilt, in eine gescheiterte Existenz verwandelt haben, die um Aufträge nachsucht. Im Theater lud ihn auch niemand zu einer zweiten Inszenierung ein, obwohl er dem Intendanten sogar anbot, auf Kostüme und Bühnenbild zu verzichten. Um die Selbstentwürdigung zu kaschieren, faselte er etwas von nacktem Schauspiel. Um 11:37 Uhr scheint sich der Bildhauer in München ehrlich zu freuen, der bei der Gelegenheit ankündigt, für ein paar Tage zu verreisen. Er halte es nicht mehr aus zu hören, daß er sich nun einmal abfinden muß. Wahrscheinlich weil er selbst zu den stillen, unauffälligen Schülern gehörte, dazu von kleiner und schmächtiger Statur, sind die einzigen drei Klassenkameraden, auf die Großvater eingeht, nicht die eigenen Freunde, sondern die exzentrischen Typen, die es in jeder Klasse gibt. Da ist Alichan in der Koranschule, den Mullah Mirza Mohammad nur mit Hilfe von drei Schülern auf die Bastonade binden konnte, und Mohammadchan in der Eslamiye-Schule, der für seine Aufmüpfigkeit mit Stockschlägen bestraft wurde oder vor der Tür zum Klassenzimmer die Schuhe seiner Kameraden putzen mußte. Manchmal wurde Mohammadchan in die Mitte des Schulhofes gestellt, und alle Kinder der Schule mußten rufen: »Schäm dich, fauler Mohammadchan, / Bessre dich, fauler Mohammadchan!« Herr Bachtiar war das Gegenteil von Alichan und Mohammadchan, beflissen und gutmütig, und wurde genauso verspottet, ja, auch von Großvater. Um so mehr freut er sich, daß Herr Bachtiar nicht nur das Abitur schaffte, sondern trotz seiner Schwäche in Englisch in den Vereinigten Staaten Medizin studierte. Er heiratete eine Amerikanerin, kehrte mit ihr nach Iran zurück und arbeitete als Arzt bis ins hohe Alter im Süden, wo die Bachtiars leben. Der Stamm hatte das Schulgeld also gut angelegt. Er muß ein aufregendes Leben geführt haben, vermutet Großvater und bedauert, daß Herr Bachtiar nicht selbst seine Erinnerungen aufgezeichnet zu haben scheint. Sowenig er eigentlich über ihn wisse, so habe er ihn doch erwähnen wollen, um die Seele dieses ehrenwerten und lieben Menschen zu erfreuen und die Leserschaft zum Staunen zu bringen, was ein Mensch allein durch Willensstärke, Fleiß und Leidenschaft zu erreichen vermag. Als ob er sein Glück beichten müßte, ruft der Enkel endlich wieder beim Musiker in München an, der sich gerade den meiststinkenden französischen Weichkäse gekauft hat, um nach Wochen etwas anderes als Metall zu schmecken. Da sei noch etwas gewesen, sagt der Musiker, ganz am Schluß, daß er noch nicht erwähnt habe und nur wenigen sagen könne, vielleicht nur dem Freund aus Köln, und spricht um 12:19 Uhr über die letzten zwanzig Minuten von Nasrin Azarba auf Erden. Der Freund wird es bezeugen.

Nach der Koranmeditation auf dem Kirchentag wird der Freund in Köln die Vertreterin der Evangelischen Kirche Deutschlands mit ins Büro nehmen, um für das Kreuz des Bildhauers aus München zu werben, das einen halben Meter hoch auf der Schreibtischplatte des Schreiners steht, dem Gott ein langes Leben schenken möge. Prinzipiell ist der Freund Kreuzen gegenüber negativ eingestellt, das sagte er dem Bildhauer auch, als er ihn vor dem Kirchentag darum bat, das Modell zu schikken. Nicht daß der Freund die Menschen, die zum Kreuz beten, weniger respektiert als andere betende Menschen. Es ist kein Vorwurf. Es ist eine Absage. Gerade weil er ernst nimmt, was es darstellt, lehnt er das Kreuz rundherum ab. Nebenbei findet er die Hypostasierung des Schmerzes barbarisch, körperfeindlich, ein Undank gegenüber der Schöpfung, über die wir uns freuen, die wir genießen sollen, auf daß wir den Schöpfer erkennen, wie Großvater den Enkeln predigte, wenn er von der Terrasse in Tschamtaghi auf den Zayanderud herabschaute, den Lebenspendenden Fluß. Der Freund kann im Herzen verstehen, warum Judentum und Islam die Kreuzigung ablehnen. Sie tun es ja höflich, viel zu höflich, wie ihm manchmal scheint, wenn er Christen die Trinität erklären hört und die Wiederauferstehung und daß Jesus für unsere Sünden gestorben sei. Der Koran sagt, daß ein anderer gekreuzigt worden sei. Jesus sei entkommen. Für sich formuliert der Freund die Ablehnung der Kreuzestheologie drastischer: Gotteslästerung und Idolatrie. Die Ältere in der Kirche zu wissen, wo sie als Grundschülerin gelegentlich die Fürbitte liest, weil sie so schön lesen kann und so eitel ist, auf jeder Bühne stehen zu wollen, selbst wenn sie dafür eine Stunde früher aufstehen muß, die Ältere unterm Kreuz zu wissen ist unangenehm. Natürlich sagt er nichts, schließlich ist man liberal. Eingegriffen hat er nur, als den Kindern Hostien gereicht wurden, gleich welchen Glaubens. Da wünschte er sich, die Kirche sei weniger liberal. Wenn solche Vorgänge für ihn nur Kindereien wären, hätte sie sich auch bekreuzigen können. Für ihn aber ist das Kreuz ein Symbol, das er theologisch nicht akzeptieren kann, akzeptieren für sich, meint er, für die Erziehung seiner Kinder. Andere mögen glauben, was immer sie wollen; er weiß es ja nicht besser. Er jedoch, wenn er in der Kirche betet, was er tut, gibt acht, niemals zum Kreuz hin zu beten. Und nun steht eines seit Tagen auf meiner Schreibtischplatte, rechts neben dem Computer, und ist so berückend, so voller Segen, daß ich es am liebsten selbst ankaufen und für immer behalten würde, koste es, was es wolle. Erstmals denke ich: Ich – nicht nur: man –, ich könnte an ein Kreuz glauben. Es steht nicht für einen Menschen, es ist nur noch Prinzip. Gewöhnlich schlagen Bildhauer etwas weg, nehme ich an, so daß Späne entstehen oder Splitter. Oder sie fügen, um Formen zu schaffen, etwas hinzu, Ton zum Beispiel. Bei dem Kreuz und allen letzten Skulpturen des Bildhauers ist nichts hinzugefügt oder weggenommen worden. Die gesamte Form entsteht aus der Bewegung, in die das Material versetzt worden ist. Zuerst schneidet der Bildhauer das Material in hauchdünne Scheiben, durch die er eine Achse zieht, und zwar außerhalb der Mitte. Dann dreht er die Scheiben, allerdings nicht gleichförmig, sondern in Form einer Doppelhelix, eine Scheibe links, eine rechts, eine Scheibe links, eine rechts und immer so weiter. Gemäß der orientalischen Muqarnas-Form, die auch dem Bau von Kuppeln zugrunde liegt, mutiert die Kante durch die Öffnung von innen allmählich zur Rundung. Nichts wird hinzugefügt, nichts wird genommen. Es gibt keinen Abfall. Das ist nicht nur ein orientalischer, es ist auch ein fernöstlicher Gedanke: Sein japanischer Lehrer hat den Bildhauer vor Jahrzehnten gelehrt, wie sich ein Gegenstand allein durch Nutzung beziehungsweise Freisetzung seiner eigenen Energie vervielfacht. Das klingt esoterisch, wie das bronzene Kreuz gar nicht wirkt. Das Wort Energie hätte ich damit nie assoziiert. Doch spüre ich seit Tagen, wie es erst den Tisch, dann den Raum verwandelt. Es hat an jeder Stelle exakt soviel Fläche wie an jeder anderen, zwei ineinandergelegte Quader, der eine senkrecht, der andere waagerecht, die sich zu Kurven aufschwingen. Plötzlich leuchtet das Kreuz ein. Umgekehrt gibt sich in der Muqarnas-Form des Bildhauers, die kein Abbild mehr ist, vielmehr eine Idee wie die frühchristlichen Kreuze, das Christentum hin zum Einen Gott. In seinem strengen Monotheismus ist es christlich und zugleich vorchristlich, in seiner Ästhetik so orientalisch wie die Bibel und zugleich von heute, Donnerstag, dem 7. Juni 2007. Der Freund in Köln muß die lange Hose anziehen, sich aufs Fahrrad setzen. In einer guten halben Stunde beginnt seine Koranmeditation auf dem Kirchentag. So Gott will wird der Freund die Evangelische Kirche Deutschlands von dem Kreuz überzeugen. An prominentem Ort soll es, muß es fünfzehn, zwanzig Meter hoch in den Himmel ragen, damit es auf die Menschen strahlt, gleich welchen Glaubens. Zur Arbeit zurückzufinden, scheint die einzige Möglichkeit für den Bildhauer zu sein, fortfahren zu können. Der Musiker geht nicht mehr ans Telefon.

Jeden Morgen versammelten sich die Schüler im sogenannten *Big Room.* Der Name der Aula steht im Manuskript handgeschrieben auf englisch. Ob es wirklich Großvaters Handschrift ist? Doktor Jordan trat auf die Bühne und las mit getragener Stimme eine Stelle aus der Bibel vor, zu der die Schüler andächtig den Kopf zu senken hatten. Dann forderte Doktor Jordan sie auf, sich zu erheben. »Joyful, Joyful, We Adore Thee«, »Thine is the glory« oder »Jesus, I my Cross have taken« hießen die Lieder, deren Titel Großvater siebzig Jahre später beinah fehlerlos transkribiert. Doktor Jordan dirigierte mit Verve, seine Frau spielte vorzüglich Klavier. Abgesehen vom Gottesdienst vor Unterrichtsbeginn herrschte vollkommene religiöse Freiheit, hebt Großvater hervor, obwohl es der erklärte Zweck der Schule gewesen sei, die Ungläubigen zu missionieren. Die Geistlichen waren zu allen Kinder gut, gleich welchen Glaubens. Dringend in Erfahrung bringen müßte ich, ob die Islamische Revolution sich schon anbahnte, sie gerade gesiegt oder sich bereits in Terror verwandelt hatte, als Großvater sein Leben beschrieb. Es ist ein Unterschied, ob er 1975 oder 1981 an die Toleranz der amerikanischen Pastoren in Teheran erinnerte. 1981 wäre es Widerstand gewesen zu betonen, daß besonders die Bahai-Kinder von der religiösen Freiheit profitierten – und das, obwohl sie den Missionsauftrag wörtlicher nahmen als die Schulleitung selbst. Einige unter den Bahais erklärten freiheraus, daß es ihnen wichtiger war, ihre Mitschüler zu bekehren, als dem Unterricht zu folgen. Zwangsläufig ergaben sich in den freien Stunden hitzige Debatten im Aufenthaltsraum. Für Großvater und wahrscheinlich für alle oder die meisten muslimischen Schüler war es neu, ihren Glauben verteidigen und damit erklären zu müssen. Die Christen hatten den Religionsunterricht und ihre Lehrer, die Bahais waren als Angehörige einer neuen, häufig verfolgten Religion dogmatisch gut geschult, die Muslime hingegen mußten sich erst einmal daran gewöhnen, daß ihre Überzeugungen in Frage gestellt wurden. Auf den interreligiösen Dialog, an dem außerdem noch christlich-orthodoxe und jüdische Schüler teilnahmen, hatte Mullah Mirza Mohammad Großvater bestimmt nicht vorbereitet. Genau hier, vielleicht erwähnte ich es bereits, in diesen Jahren, an Orten wie der Amerikanischen Schule in Teheran, bricht sich in Iran die Moderne Bahn, später als im kolonisierten Indien oder den Ländern des Osmanischen Reichs. Im kadscharischen neunzehnten Jahrhundert liegen die wesentlichen Ursachen, daß das iranische Reich, das noch unter den Safawiden, also bis ins achtzehnte Jahrhundert, als politische Großmacht galt und sich einer regen Naturwissenschaft, einer phantastischen Architektur oder einer kühnen Philosophie rühmte, nicht nur den Anschluß an die Entwicklung in Europa verlor, sondern politisch und technologisch längst auch von den Türken und Indern überholt worden ist, den Rivalen der Safawiden im Westen und Osten. Die Zentralregierung der Kadscharen war schwach, der Handel und damit der Austausch mit der Welt im Vergleich zu früheren Jahrhunderten sogar rückläufig, die Reformen im Schul- und Finanzwesen, der Verwaltung und der Armee bestenfalls halbherzig. In den Fachbüchern, die ich mir aus der Wohnung mit ins Büro genommen habe, liest sich das so: »Ökonomische und soziale Veränderungen und Beeinträchtigungen, zum Teil verursacht durch die wachsende politische, ökonomische und kulturelle Macht westlicher Nationen, speziell Rußlands und Großbritanniens, trafen auf keine auch nur annähernd adäquate Regierungspolitik und führten zum Anwachsen von Feindseligkeit gegenüber der Regierung und den Ausländern, die die Regierung mehr und mehr beeinflußten und kontrollierten« (Nikki Keddie, *Qajar Iran and The Rise of Reza Khan, 1796–1925*). Aber die westliche Moderne begegnete den Menschen nicht nur arrogant und gewalttätig, sie raubte nicht nur ihr Öl und bestimmte ihre Führer. Sie stand auch für eine Offenheit, die für die Menschen ungewohnt war, ohne deswegen zwingend ihren Werten und Überzeugungen zu widersprechen. Mehr noch: So fest Doktor Jordan im christlichen Glauben stand, hielt er sich zugleich für einen wahren Muslim. Er meinte es wohl im wörtlichen Sinne, nimmt Großvater an, im Sinne Goethes also, denkt der Enkel, daß wir alle im Islam leben und sterben, wenn Islam Gott ergeben heißt. Deshalb las Doktor Jordan nicht nur täglich aus Bibel vor, sondern zitierte ebenso den Koran und die Klassiker der persischen Dichtung, in beinahe jeder Abiturrede etwa die Mahnung Rumis: »Wenn jemand von einem anderen Gutes sagt, so wendet sich dieses Gute wieder zu ihm. Er ist gleich einem, der um sein Haus Blumen und duftende Kräuter sät. Jedesmal wenn er hinausblickt, sieht er duftende Blumen und Duftkräuter und ist immer im Paradies. Wenn er die Gewohnheit hat, Gutes von anderen Menschen zu sagen, sprechen auch sie Gutes von ihm. Nun, da du Tag und Nacht Blumen und einen Blütengarten und die Wiesen von Eram sehen kannst – warum gehst du inmitten von Schlangen umher? Liebe jeden Menschen, auf daß du immer unter Blumen und in einem

Garten weilest. Wenn du jedermanns Feind bist, dann erscheint das Bild deines Feindes so vor dir, als gingst du Tag und Nacht inmitten von Dornen und Schlangen umher. Aus diesem Grund lieben die Heiligen alle Menschen und denken gut von allen.« Mit dem Respekt vor Andersgläubigen, dem Ideal der Bildung, dem Ruf nach Freiheit war Großvater bereits bei seinem Vater in Berührung gekommen, der sich mit den Babis solidarisierte, obwohl er deren Glauben ablehnte, bei Mullah Mirza Mohammad, der auf den Despoten Zell-e Soltan schimpfte, obwohl die Tür offen war, und bei den Intellektuellen, die mit der Gründung der Aliye-Schule die Säkularisierung des Wissens in Isfahan vorantrieben. An der Amerikanischen Schule schien vieles verwirklicht zu sein, wonach sein Vater und die Aufgeklärten unter seinen Lehrern strebten. Die Moderne brachte auch Doktor Jordan ins Land und seine klavierspielende Frau. Sie traten nicht als Kolonialherren auf und buchstabierten ihre Mission nicht als Auftrag zur Bekehrung. Wichtiger war es ihnen, ihre Schüler zum selbständigen Denken, zur Wahrhaftigkeit und zur Mildtätigkeit anzuleiten.

Die Lebensdokumente, die der Herausgeber zwischen die Dichtungen Hölderlins gestreut hat, entlarven gründlich das Bild des sanftmütigen, asexuellen, nur dem Geistigen zugewandten Sensibelchens. Hölderlin scheint, wenn schon kein Lebemann, ein wirklicher Beau gewesen zu sein, hochgewachsen und muskulös, der die Frauen nicht nur mit schönen Versen ins Kornfeld gelockt haben dürfte und sie nicht nur wegen seiner poetischen Bestimmung sitzenließ. Noch im Stift löst er die Verlobung mit Louise Nast unter dem fadenscheinigen Vorwand, zuerst einen Stand erlangen zu wollen, der einer so wunderbaren Dame angemessen sei, aber sie möge sich um Gottes willen keinesfalls gebunden fühlen, mit der Karriere könne es ja auch schiefgehen: »Lebe wohl, teures einziggeliebtes Mädchen.« Wenig später brüstet Hölderlin sich vor Freunden, gegenüber der sechzehnjährigen Elise Lebret »seelenvergnügt« den Kaltblütigen gespielt zu haben, um ihr Herz zu entflammen. Zwar geht die Taktik auf, doch die neuerlichen »Gedanken an dauernde Bindung« hindern ihn nicht daran, kurz darauf von einer anderen »holden Gestalt« zu schwärmen, die nicht einmal der Herausgeber identifizieren kann. Leider ist sie ihm nicht bestimmt, klagt Hölderlin, »aber ists nicht thörigt und undankbar, ewige Freude zu wollen, wenn man glücklich genug war, sich ein wenig freuen zu dürfen«. Während Neuffer Hölderlin bereits schreibt, daß dessen Tanzpartnerin Lotte Stäudlin »sich mannigmal bei mir nach Dir erkundigt«, schreibt Hölderlin an Neuffer noch von seiner Bekanntschaft mit Elise Lebret, von der sich wieder zu trennen ihm später zu mühselig ist, so daß er es von der Mutter ausrichten läßt: »sagen Sie, was Sie vielleicht schon gesagt haben, ich sei verreist, und schreibe nicht«. Und dann ist da bekanntlich noch – alles in den wenigen Jahren vor Suzette Gontard – Wilhelmine Knirps in Waltershausen, die ein uneheliches Kind zur Welt bringt, nachdem Hölderlin Waltershausen »auf die ruhigste delikateste Weise verlassen hat«, wie seine Gönnerin Charlotte von Kalb verständnisvoll erwähnt. Nein, Hyperion mag in seiner Erregung immerzu Himmlisch! und Göttlich! stammeln, Hölderlin hingegen scheint sehr genau gewußt zu haben, daß Erregung Sex ist, Angst, Zweifel, Herzpochen, steifer Schwanz und feuchte Möse. Wo Hyperion ewige Freude will, war Hölderlin glücklich, sich auch ein wenig freuen zu dürfen.

Zu den Besonderheiten der Amerikanischen Schule gehörten Debattierclubs, in denen die Schüler von der neunten Klasse aufwärts zweimal die Woche über Bücher und politische Grundsatzfragen wie »Stift oder Schwert – was hat der Menschheit mehr gedient?« oder »Die Möglichkeit des weltweiten Friedens« debattierten. Wie im britischen Club ging es dort zu: In geheimer Wahl ermittelten die Schüler den Vorsitzenden, dessen Stellvertreter und den Protokollanten. In der Funktion des »Kritikers« nahm außerdem ein Lehrer teil, der die Diskussionsbeiträge einer inhaltlichen wie rhetorischen Analyse unterzog, auf Schwächen hinwies und Stärken hervorhob. Hatten sich die Schüler auf ein Thema geeinigt, wählte der Vorsitzende zwei Kameraden aus, die in der darauffolgenden Woche konträre Positionen vertraten. Manchmal bestimmte der Vorsitzende die Anwälte auch ad hoc, so daß sie ihr Plädoyer ohne Vorbereitung halten mußten – auf englisch!, wie Großvater nach einem Gedankenstrich stöhnt. Ohne daß er es eigens erwähnt, scheint klar, daß er zu den stillen, zurückhaltenden Schülern gehörte, die besonders häufig spontan vortragen mußten. Sein Entsetzen läßt sich ausmalen. Selbst ein deutscher Neuntkläßler von heute täte sich schwer, vor Oberstufenschülern eine englische Rede über Krieg und Frieden in der Welt zu improvisieren, und Großvater war gerade erst in Teheran eingetroffen und wird es schon mühsam genug gefunden haben, dem Unterricht in der fremden Sprache zu folgen. Noch sein vorletzter Englischlehrer,

Herr Zanyani an der Eslamiye-Schule in Isfahan, hatte den Unterricht aufs Vokabellernen beschränkt, weil er keinen englischen Satz zustande brachte, und auch der Unterricht an der Aliye-Schule war kein Intensivkurs gewesen, wie sich auf der Reise mit Mister Allanson nach Teheran erwies. An solchen Stellen könnte ein Roman einsetzen, der vielleicht gelesen würde: Der vorsitzende Schüler ruft den Kameraden aus Isfahan auf, das Plädoyer für oder gegen den Pazifismus zu halten. Der Junge bringt vor Aufregung kein Wort über die Lippen. Im Roman, den ich schreibe, lasse ich die Gelegenheit genauso verstreichen wie Großvater in seiner Selberlebensbeschreibung. In seiner ewigen Jeans, für die er eigentlich zu alt ist, und der schwarzen Lederjacke, die zu seinen grauen Haaren und dem Seitenscheitel ebensowenig passen, läuft der Hausmeister über den Hof, zufrieden mit dem riesigen Schild in Blau und Rot, das der türkische Supermarkt angebracht hat: »Parken nur für Kunden. Höchstdauer 30 Minuten. Fremdparker werden abgeschleppt.« Wie lang der Hausmeister dafür gestritten haben mag? Das hat ihn schon gefreut, merkt der Enkel, der von oben alles sieht, den Hof mit den Parkplätzen und dem Baum in der Mitte, links die Balkone, gegenüber die fensterlose Häuserwand mit dem neuen Schild, rechts die mannshohe Mauer, hinter denen Gärten zu liegen scheinen. Jetzt muß der Hausmeister nur noch die Uhr im Blick haben, einen Zettel und das Telefon, dann werden sich seine täglichen Wutattacken um mindestens die Hälfte reduzieren. Die Kunden lassen ihren Wagen hinterm türkischen Supermarkt stehen, um ihre übrigen Besorgungen zu machen, es ist ja in derselben Gasse, ich bin gleich wieder da, und dann dauert es mindestens zwei Stunden. Das ist es, was den Hausmeister aufregt, diese Ausflüchte, ich war doch nur einkaufen, was ihn täglich zweimal auf die Palme bringt und künftig seltener wegen des neuen Schildes. Dafür werden die Kunden Randale machen, wenn sie die Knöllchen vorfinden oder sie ihr Auto gar in Ossendorf abholen müssen.

»Ich habe mich sehr über deine e-mail gefreut«, mailt die Ältere. »Ich fahre von freitag abend bis Sonntag zu Oma und Opa.Danke für den kilometerzelher.In Rom will ich nicht nur wenn ich heimweh habe 2 kugeln bekommen!« Den Kilometerzähler kaufte der Vater ihr am Nachmittag für die beiden Klavierstücke, die sie gelernt hat, eigentlich schon fürs vorletzte, aber die Ältere sah ein, daß ein Kilometerzähler fürs Fahrrad recht teuer und also zwei Klavierstücke wert sei. So schenkte sie dem

Vater eine Etüde. Beschwingt war sie auch deshalb, weil er den Anfang einer neuen Geschichte erfunden hatte, den sie so komisch fand, daß sie ihn unter penibler Aufzählung aller Pointen beim Abendessen nacherzählte. Er bemüht sich, besonders liebevoll zu sein, liest nicht nur aus Büchern vor, sondern erfindet ein neues oder geht, statt vor dem Abendessen zu joggen, einen Kilometerzähler kaufen. Umgekehrt gibt sich die Ältere Mühe, sich mit dem abzufinden, was unabänderlich erscheint, und das Positive zu sehen, sofern der Vater das Negative zugibt. »Bist du von allen seiten glücklich das wir für 11 Monate nach Rom Ziehen?« schrieb sie am Abend, nachdem ihre größte Sorge vom Aquariumshändler ausgeräumt worden war: »Ich weiß nicht ob ich Glücklich sein soll oder nicht.Von einer Seite ist es gut von der anderen ist es schlecht.Aber das wichtigste ist das wir alle zu samen sind.« Dafür hat der Vater nun die Sorge, zwei Schildkröten mitsamt Aquarium nach Rom zu transportieren. So groß ist der BMW nun auch wieder nicht, den er im Kiosk neben dem Büro gekauft hat (»Ich kenn Freund«), daß zusätzlich zum Gepäck eines Jahres Platz wäre für das Haifischbecken, das ihnen der Aquariumshändler aufgeschwatzt hat. Dein Papa, beruhigte der Aquariumshändler sie, muß nur alle zwei Stunden anhalten, um das Wasser zu wechseln, dann ist die Fahrt überhaupt kein Problem für deine Schildkröten. Schneller als Goethe bin ich allemal, versuchte der Vater bei der Vorstellung zu nicken, alle zwei Stunden eine Autobahnraststätte anzufahren, um auf der Herrentoilette ein Haifischbecken auszuschütten und wieder aufzufüllen.

Anders als von den Lehrern, die Großvater bisher unterrichteten, selbst den aufgeklärtesten, wurden die Kinder in der Amerikanischen Schule nie geschlagen. Nur ein einziges Mal verhängte ein Lehrer die Prügelstrafe, und zwar nach einer Beleidigung Jesu Christi, die Großvater noch siebzig Jahre später für so ungeheuerlich hält, daß er, geschweige den Frevel zu zitieren, nicht einmal die äußeren Umstände schildern möchte. Lieber würdigt er Doktor Jordan, »obwohl meine Fähigkeiten zu gering und sein Rang zu hoch ist, als daß ich mir anmaßen könnte, ihn für die Nachwelt zu charakterisieren«. So schreibt er, Großvater, in diesem Stil, und das ist nur zum Teil dem Blumigen des persischen Ausdrucks und dem Kodex iranischer Bescheidenheit geschuldet. Ein Abend mit älteren iranischen Männern, und man erfährt, wie es unter strikter Beachtung des Kodex mühelos gelingen kann, in langen Monologen ausschließlich die eigenen Erfolge und Auszeichnungen anzuführen. Auf den bisherigen achtundzwanzig kleingedruckten Din-A4-Seiten erwähnt Großvater keine Zeugnisnote, kein Lob eines Lehrers, keine frühe Heldentat, und es würde mich nicht überraschen, wenn er aus seinem restlichen Leben ebensowenig Gründe anführt, stolz zu sein. Womöglich ist es eben die fehlende Hybris, die ihn vom Künstler unterscheidet und seiner Selberlebensbeschreibung zur Literatur fehlt. Dabei hat er doch Bemerkenswertes geleistet, gehörte zu den ersten Isfahanis, die eine ausländische Schule in Teheran besuchten, wurde später stellvertretender Filialleiter der Nationalbank in Isfahan. Das ist keine Traumkarriere, aber auch kein gewöhnlicher Lebenslauf, denn wie viele moderne Banken mit ihren blitzblanken Schaltern und Sekretärinnen im knielangen Rock, den mechanischen Kassen und Tresorräumen, festen Arbeitszeiten und Betriebsausflügen wird es damals schon gegeben haben? Nicht mehr als vier oder fünf im gesamten Land, vermute ich. Großvater repräsentierte in Isfahan die neue Zeit. Und wieviel Mut es forderte, als Dreizehn- oder Vierzehnjähriger allein nach Teheran zu reisen, freiwillig, unter den damaligen Verhältnissen, doch Großvater schildert nur die Angst. Nicht nur erklärt er sich für unbedeutender als Doktor Jordan; er fühlt sich sogar zu unbedeutend, Doktor Jordan angemessen zu würdigen. »Andererseits ist es unmöglich, die Verhältnisse an der Amerikanischen Schule in Teheran zu schildern, ohne den reinen Namen dieses großen Mannes hervorzuheben, auf seine Eigenschaften einzugehen und Gottes Barmherzigkeit für ihn zu erbeten.« Großvater schrieb auch ein Totenbuch, anders als meins, nicht weniger buchhälterisch. Abgesehen von Werken sind wir die Menschen, denen wir begegnen, also unsere Gegenüber, Aufrührer wie Alichan und Sonderlinge wie Herr Bachtiar. Das Leben ist nicht so gut, daß es uns nur an Samariter vermittelt. Und doch – wahrscheinlich geht es den meisten so, mir auf allen Reisen – und doch zeigt es sich mit Blick auf die Menschen, die wir sind, freundlicher, je länger wir blicken. »Dem Egoismus, dem Despotismus, der Menschenfeindschaft bin ich feind, sonst werden mir die Menschen immer lieber, weil ich immer mehr im Kleinen und im Großen ihrer Thätigkeit und ihrer Karaktere gleichen Urkarakter, gleiches Schicksaal sehe«, schrieb Hölderlin auf den Tag genau vor 198 Jahren. Die Lehrer der Amerikanischen Schule führe ich nicht mehr namentlich auf, mögen ihre Seelen dennoch froh sein.

Die sexuelle Abstinenz, die die Frau erwartet (nicht einmal legt sie Hand an), verleitet unterm bewährten Decknamen *Bellarmin* zu einer *orientalinbi* als Protagonistin seines Kopfpornos, die ihm eine Serie von Bildern anvertraut ihres Gesichts, ihrer kugelrunden Brüste und der Schamlippen, die mit zwei metallenen Kügelchen verziert sind. Auf zwei Bildern schiebt sie eine Möhre, auf einem anderen Bild ihre Finger in die Scheide. Auf einem weiteren Bild ist im Spiegel die Digitalkamera zu sehen, mit der sie sich aufgenommen hat. Was unter anderen Umständen oder für andere Menschen erregend sein könnte, beschämt in der Nacht zum Dienstag, dem 19. Juni 2007, schon unterm Aspekt der Zeitverschwendung. Um erregend zu sein, bedürfte es eines freien Willens, und sei es die Freiheit, den Willen aufzugeben. Er jedoch ist so fixiert auf die Entladung und fremdbestimmt von Testosteron, daß alles dabei ist außer Spaß und Leichtigkeit wie sogar bei Hölderlin. Manchmal muß ich laut lachen, etwa wenn in den herzzerreißenden »Klagen« des Liebenden hinter dem Namen Stella in Klammern stets Fanny steht, wie die Angebetete in der ersten Fassung noch hieß: »Siehe (Fannys) Stellas Tränen / Sehet diese (Fanny) Stella haßt ihr / Stella! (Fanny!) vergiß mich / Stella! (Fanny!) ach!« Mit dem zweiten, durchgestrichenen Namen ist die Anbetung gleich viel näher am Leben, denn wer hat nicht schon einmal seine Liebeserklärung recycelt? »Also ich mags gerne hart«, gesteht um 3:23 Uhr in einem anderen Fenster *AnjaHighHeels*: »wenn du mal lust hast;o)« Während er sich ein weiteres Mal vornimmt, nun endgültig sich auszuloggen, schlägt er *orientalinbi* bereits die nächste Schweinerei vor. Was er als Abiturient über die Zwangssteuerung durch das männliche Geschlecht in den Feminismusbüchern las, die die Freundin ihm zum Lesen auftrug, bestätigt sich ihm zwanzig Jahre später. Schäbig nutzt er sein Talent aus, sich in der Diktion an jede beliebige Person zu pirschen. Immer noch besser, so bringt er zu seiner Verteidigung vor, seinen Geifer virtuell zu hinterlassen als auf wirklicher Haut. Keine Anmache ließ er sich zuschulden kommen, seit die Frau ihn zur Enthaltsamkeit verpflichtet hat, die Begegnungen, die ihn berührten, lustvoll ohne Sex, sogar ohne sexuelles Verlangen im engeren Sinne, ging Situationen eher aus dem Weg, in denen sein Geschlecht das Ruder übernehmen konnte, und nutzte die überschüssige Einfühlung zum Beispiel diese Woche zu einer Petition für oder gegen. In dem Lob für seinen Mut, sich den Mullahs entgegenzustemmen, das ihn selbst aus der islamfeindlichen

Presse erreicht, schwingt das Schulterklopfen mit, daß gerade jemand wie er, ein gläubiger Muslim!, wie es dann immer heißt, sich vorbildlich im Sinne der westlichen Aufklärung verhält. Dabei ist nichts daran mutig, das zu sagen, was alle von einem hören wollen, und hätte ihn die voraussehbare Belobigung fast von dem abgehalten, was seine Moral gebietet. Mutig ist *orientalinbi*, die gerade wer weiß wo ihrer Einfühlung freien Lauf läßt. Als Glaubensschwester würde sie jedenfalls nicht an seiner Aufgeklärtheit zweifeln. »Daß der Mensch in der Welt eine moralisch höhere Geltenheit hat, ist durch Behauptungen der Moralität anerkennbar und aus vielem sichtbar«, notierte Hölderlin im Turm. *Bellarmin* entdeckt den Satz soeben am Ende dieser Datei. Er schrieb ihn für einen der vorigen Absätze ab, ohne ihn tatsächlich gebraucht zu haben, vergaß ihn dann hinter ein paar Leerzeilen und fügt ihn einfach mal hier ein, da im Roman, den ich schreibe, nichts weggeworfen wird. *Bellarmin* merkt am eigenen Körper, was es bedeutet, sexuell frustriert zu sein wie anderswo, in Arabien zum Beispiel, ganze Generationen junger Männer, denen im Alltag ungleich mehr und billigere Erregungen begegnen als früheren Generationen, aber selten Erfüllung. Für ihn geht das Zölibat vorüber. Sobald die Gynäkologin Entwarnung gibt, treibt er wieder die wildesten Sachen, kichert mit der Frau auch gern vorm Computer oder inszenieren sie sich in den unwahrscheinlichsten Rollen. Mit allen Entfesselungen, Entzauberungen, Amoralitäten ist die sexuelle Revolution noch immer ein Fortschritt gegenüber dem Zwang, den Heucheleien und mindestens ebenso kriminellen Verlotterungen der Moral von Gesellschaften, in denen noch Zucht und Ordnung herrscht. Ah, hier paßt der Satz Hölderlins aus dem Turm vielleicht oder wird es bestritten, daß der Mensch in der Welt eine moralisch höhere Geltenheit hat. *Bellarmin* merkt, welche Art von Ehrlichkeit *In Frieden* erwartet wird. Mit fremden Gleichnissen darf er sich nicht herausreden, Reflexionen sind nicht gefragt. Er muß nach außen kehren, was er mit sich herumträgt, nicht nur den Rucksack mit den Büchern, sondern ebenso den Müll in den Hosentaschen. Er muß nicht konsequent alles auf den Tisch legen, nur soviel, daß er sieht, woraus sein Müll besteht und sich den Rest denken kann, also auch die Flecken in der Unterhose. Dem Richter muß er es nicht zeigen, der es ohnehin weiß. Es geht darum, daß er vor sich selbst ausbreitet, was seine Stunde ist, und sich schämt oder freut, jenes die Hölle, dieses das Paradies, der Vorgeschmack, den sie auf Erden haben. Ob wir am Jüngsten Tag tatsächlich Sein Antlitz sehen werden? Auf der anderen Seite des Tisches muß niemand sitzen, stehen, thronen. Wir werden unser Leben darauf ausbreiten und damit das Urteil gesprochen haben. Vielleicht dient der Roman, den ich schreibe, dazu, sich noch zeitig zu läutern.

Sooft sich der Enkel übers Internet beschwert, bereitete es ihm gerade, als er das Kabel einstöpselte, um seine Mails zu lesen, wieder eine Entdeckung wie manche Reise nicht: Er hat Doktor Jordan gefunden. Es ist nur einer von wer weiß wie vielen Einträgen auf *Wikipedia*, wie banal!, und wühlt mich doch in eben seiner Banalität auf: Doktor Jordan ist ein Eintrag, noch ein Eintrag neben diesem. »Doktor Samuel Martin Jordan (1871–1952) war ein presbyterianischer Missioniar in Persien (Iran). Nach Abschlüssen am Lafayette College und dem Theologischen Seminar in Princeton zog er 1898 nach Iran.« Er war also etwa fünfunddreißig Jahre alt, voller Tatendrang und Aufbruch, als Großvater sein Schüler wurde. Ohne nachzudenken, hatte ich ihn mir als älteren, gebückten Herrn vorgestellt. Statt dessen finde ich Doktor Jordan als einen »hochgewachsenen, athletischen Mann mit funkelnden Augen, einem engelgleichen Gesicht und einem schmalen, komischen Bart« beschrieben. Die einstige Grundschule, die 1873 von einer Gruppe amerikanischer Missionare gegründet worden war, baute er auf zwölf Jahrgänge aus und ließ sie 1932 offiziell von der State University of New York kooptieren. 1940 erhielt er die erste »Wissenschaftliche Medaille« Irans. Gut, er war nicht über fünfzig Jahre lang Direktor, wie Großvater schreibt, sondern vierundvierzig. Was heißt das schon, ein Eintrag in *Wikipedia*, vierhundertachtzig Links der Suchmaschine? Es ist wie die Entdeckung eines Sterns oder eine Wiederauferstehung: Schau, unter Millionen, vielleicht Milliarden Namen ist einer wieder Mensch geworden, wenngleich nur für die vier oder fünf Nachfahren, die Großvaters Selberlebensbeschreibung gelesen haben. Durch einen Lexikoneintrag allein wäre Doktor Jordan nicht wiederauferstanden, nicht einmal durch eine Straße. Ich habe mich immer schon gefragt, warum der Boulevard, der sich durch den Norden Teherans zieht, diesen merkwürdigen Namen trägt. Er ist noch heute die Ausgehmeile der Hauptstadt mit vielen Boutiquen, mit Cafés, Fastfood und besseren Restaurants. Im Sommer staut sich dort noch um zwei Uhr morgens der Verkehr, wie selbst *Wikipedia* beobachtet hat. Auch viele ausländische Botschaften liegen am *Bolwâr-e Djordan*, und ein ganzer

Stadtbezirk ist nach ihm benannt. Ich nahm an, daß damit der Staat gemeint sei, bis mir einfiel, daß Jordanien auf persisch *Ordun* heißt. Wieso also *Djordan*-Boulevard? Die Idee, daß *Djordan* ein englischer Name sein könnte, kam mir nie, da ich die persischen Buchstaben instinktiv mit der Betonung auf der zweiten Silbe und noch dazu mit hellem a las, also Djor-dán statt Djór-den. Hatte es mit dem Jordan zu tun? Eine mythische Bedeutung? Hatte ich im Koran wieder etwas überlesen? Nicht daß ich mir viele Gedanken gemacht hätte, aber man stößt, wenn man auf Teherans Stadtautobahnen fährt, so oft auf Abzweigungen und Kreuze, die zum *Bolwâr-e Djordan* führen, daß sich die Frage immer wieder einmal stellt. Jetzt erfahre ich, daß die Straße nach Doktor Samuel Martin Jordan benannt ist, dem Rektor meines Großvaters. Die wenigsten Teheraner wissen das, vermute ich. Auch für sie ist *Djordan* nur ein merkwürdiger Name für einen Boulevard. Nach der Revolution wurde er in Afrika-Straße umbenannt, aber nicht einmal die Ausfahrtsschilder der Stadtautobahn halten sich daran. Gebildete Iraner dürften Doktor Jordan kennen, »Vater der modernen Bildung« heißt es auf *Wikipedia*, nicht so die heutigen Staatsvertreter und ausländischen Diplomaten, deren Kolonnen jeden Tag über die zweitwichtigste Straße Teherans preschen: Ihnen dürfte kaum bewußt sein, daß die Straße den Namen eines Amerikaners trägt, noch dazu eines christlichen Missionars. Dabei ist der Name gut gewählt: ein Amerikaner, der sich als Iraner fühlte, wie er seinen Schülern oft sagte; der das Land mehr liebte als alle Iraner, wie einer seiner Schüler schrieb; der mit Sicherheit mehr Gutes für das Land getan hat als alle Staatsvertreter zusammen, die in ihren Limousinen heute über den Jordan-Boulevard preschen.

Erst war der Staatsbeamte zu Besuch, der sich die Islamkonferenz ausgeheckt hat. Wenn man sich in wirklich allem, in der Analyse der Versäumnisse, dem Stirnrunzeln über die Äußerungen der Verbandsvertreter und der Einsicht in die Notwendigkeit der Geduld, blind mit dem Herrn versteht, der für den deutschen Staat die Eingemeindung des Islam betreut, kann es so schlecht nicht laufen, dachte der Muslim. In einem pathetischen Moment gegen Ende des Gespräches im coolen Café mit den biologisch angebauten Suppen, neben dem türkischen Restaurant mit den Plastiktischdecken und gegenüber von den Modelleisenbahnen, sagte der Muslim dem Staatsbeamten und dessen Mitarbeiter, der älter ist als sie beide und bestimmt schon einige Minister erlebt hat, er sagte, in vierzig, fünfzig Jahren wird man in den Chroniken lesen können: 2006 hat das begonnen, daß die Muslime in Deutschland heimisch wurden und als heimisch galten, mit einer Initiative des damaligen Innenministers, ausgerechnet eines Christdemokraten, und Sie sind dabei, und wir alle zusammen, die besonnenen Kräfte in diesem Land, wir kriegen das hin. Die Zeitungskästen mögen wüten, sie mögen den Mob herbeischreiben, aber in unserer Hand liegen die Dinge. Spätestens wenn einer der Chefredakteure, Talkmaster oder Verleger Gülinaz oder Mehmet heißt, werden die Zeitungskästen sich ein anderes Beispiel suchen für die Abschaffung Deutschlands, die sie seit hundert Jahren befürchten (still waren sie nur in den zwölf Jahren, als Deutschland sich tatsächlich abgeschafft hat). Abends besuchte er dann für die Zeitung die groß angekündigte Bürgeranhörung zum Moscheebau in Ehrenfeld. Zu Hause befürchteten alle das Schlimmste, vor allem nach der Eskalation, die die Lokalzeitung mit ihren Berichten und Interviews ausgelöst hatte. Aber dann hatten die Haßprediger keine Chance. Vier, fünf von ihnen wurden des Saals verwiesen, die anderen von den achthundert Bürgern in der rappelvollen Schulaula übertönt. Sicher wurden Bedenken geäußert, auch Ablehnung, aber es waren größtenteils ganz konkrete Einwände, artikuliert ohne jeden Schaum. Die Verkehrsführung, die vielen Ein-Euro-Shops auf der Ehrenfelder Einkaufsstraße, die Lärmbelästigung, die viel zu knappen Informationen des Bauträgers, die Höhe des Minaretts, nicht das Minarett an sich. Als der Architekt, der für seine Kirchenbauten berühmt ist, den wirklich beeindruckenden und keineswegs, wie zu lesen war, osmanisierenden Entwurf der Moschee auf die Leinwand projizierte, haben die Menschen in der Aula gejubelt – Deutsche. Das muß man sich vorstellen. Die Angehörigen der Mehrheitsgesellschaft nehmen den Symbolbau einer neuen Minderheit nicht nur hin, nein, sie sagen: Ja, so eine Moschee, also wenn sie so herrlich aussieht – die wollen wir haben. Applaus. Die Leute müssen doch irgendwo beten. Applaus. Wir können doch nicht sagen, daß die sich integrieren sollen und gleichzeitig verlangen, daß sie mit ihrem Glauben in den Fabrikhallen bleiben. Applaus. Wir sind Ehrenfeld. Jubel. Es gibt in Köln eine breite weltoffene Mitte, die ins Gutmenschentum übergeht, auch und gerade unter Leuten, die ihre Hosen ausschließlich mit Bundfalten tragen. Es ist dem Berichterstatter schon oft aufgefallen und wunderbar, unter solchen Menschen zu leben, Gutmenschen seinetwegen, aber tausendmal angenehmer als die konvertierten Kulturkämpfer von ehemals links, die nicht mehr darüber reden möchten, gestern den Irakkrieg unterstützt zu haben, und dafür heute im Namen der westlichen Freiheit O-Töne wie von Rechtsradikalen auf die Titelseiten spucken. Dann sind ihm Menschen tausendmal lieber, die immer Verständnis haben, auch dort, wo es gar nicht angebracht wäre, wo man meinen könnte, daß es auch mal reicht. Natürlich hat die Dame recht, die sich darüber beschwerte, daß diese Türken, die ihretwegen eine Moschee haben sollen, ständig in der zweiten Reihe parken. Die Jungs in den schwarzen BMWs regen den Berichterstatter auch auf. Penner ruft er dann hinterher, Asi oder, wenn sie ihm auf dem Fahrrad wieder die Vorfahrt genommen haben, Scheißtürke. Das ist noch halbwegs lustig, aber den afghanischen Jungen, der in der Schule die Ältere verprügelte und gegen den die Lehrerinnen und Betreuerinnen keine Chance haben, weil er es von zu Hause offenbar nicht kennt, Frauen zu respektieren, den fand der Berichterstatter überhaupt nicht lustig. Natürlich ist das ein Problem. Allein, wieso erwartet irgendwer, daß ein Anteil von dreißig Prozent Einwanderern aus größtenteils unterentwickelten, ländlichen Gebieten keine Probleme verursacht für die alteingesessenen siebzig Prozent? Gewiß verursachen Einwanderer Probleme. Aber genau so, wie es auf der Bürgeranhörung geschah, ist über diese Probleme zu reden. Das war, der Berichterstatter konnte es selbst nicht glauben, Demokratie in Reinkultur. Jeder, der nicht pöbelt, darf seine Meinung äußern, ihm wird geantwortet, und wenn es sich bis weit nach Mitternacht hinzieht. Wir haben Zeit, sagt der Versammlungsleiter. Es geht der Reihe nach und streng nach Vorschrift. Sie wollen eine Moschee bauen? Haben Sie denn genug Parkplätze? Der Berichterstatter hatte einen Freund aus Teheran mitgenommen, einen Schriftsteller, der zu Besuch in Köln ist. Bauklötze staunte der Besuch. Was für eine Toleranz, murmelte er immer wieder, was für ein entwikkeltes Land. Der Berichterstatter sah, wie die jungen Türken, die ihre Beiträge in besserem Deutsch vortrugen als die Randalierer, strahlten, wie sie stolz waren, wie sie dachten: Hier gehören wir hin, auch die, die nach schwarzen BMWs aussahen (der des Berichterstatters ist blau und ein Kombi, um das zu betonen). Eine Frau im Kopftuch, orientalisch die Gesichtszüge, rheinisch ihr Tonfall, wünschte sich begeistert, daß Köln seinen Weltruf als Zentrum der Lesben und Schwulen bewahre (unterm Weltruf macht's in Köln keiner), aber sich zusätzlich auch als Zentrum der religiösen Vielfalt etabliere. Bei der Aussicht schnalzt man doch mit der Zunge: Zentrum der sexuellen und religiösen Vielfalt. Das wäre, nein, das ist sie schon, die Kölner Botschaft. Möge sie gehört werden, sehr gern in der Welt und zumal in der Heimat des iranischen Schriftstellers, aber mindestens in den Redaktionen und Staatskanzleien der Republik.

Bevor der Enkel mit Großvater fortfährt, dessen Wirklichkeit für ihn schon dadurch relevant wird, nicht seine eigene zu sein, muß er den Hausmeister rehabilitieren, der sich zwar ab und zu aufregt, ja, aber nicht mehrmals täglich. Ärgerlich findet der Enkel eher die Unzuverlässigkeit, die Großvater einem Deutschen gar nicht zugetraut hätte. Trotz dutzendfacher Nachfrage dauerte es zehn Monate, bis der Hausmeister endlich den Schlüssel zum Hof aushändigte, wo die Müllcontainer und Fahrräder stehen, und hätte sich der Enkel auf den Hausmeister verlassen, besäße er immer noch keinen neuen Kühlschrank. Als jemand, der das Land von außen wie von innen betrachtete, kannte Doktor Jordan die Iraner bestens und regte sich am meisten über die Leichtigkeit auf, mit der sie lügen. Ich hatte immer angenommen, daß der Hang zur Verstellung eine Folge der Revolution sei, die die meisten Menschen zu einem Doppelleben zwingt. Jetzt lese ich, daß Doktor Jordan die Lügerei vor hundert Jahren bereits beklagte. »Im Reden ist es das höchste, im Handeln das niedrigste Volk«, pflegte er zu seufzen. Bei ihm klang das nie apodiktisch oder herablassend, eher hadernd. Von klein auf lernten die Iraner, daß der Lügner der Feind Gottes sei, und müßten dennoch an der Haustür den Vater verleugnen, der keine Lust auf Besuch hat. Als Zwecklüge täten sie es dann ab. Doktor Jordan ließ keine Ausflüchte gelten. Die Schuld dafür, daß die Iraner so bedenkenlos die Unwahrheit sagten, gab er ausgerechnet Großvaters Lieblingsdichter, dem gepriesenen Saadi. Einmal führte Doktor Jordan den Schülern in seinem komischen Persisch, mit weit ausholenden, theatralischen Gesten einen Dialog vor, den er im Jenseits mit dem Dichter führen werde. Verehrter Scheich, würde Doktor Jordan sagen, Sie haben die Iraner zu einem Volk der Lügner gemacht. – Ich? würde Saadi erwidern: Das habe ich nie getan! – Aber ja! würde Doktor Jordan rufen: Und zwar mit Ihrem berühmten Vers, in dem Sie sagen, daß eine nützliche Lüge einer Wahrheit vorzuziehen sei, die Unfrieden stiftet. – Lieber Herr Doktor, da haben Sie wohl recht, ich entschuldige mich. Die Schüler verteidigten ihren

Dichter und trugen die Geschichte, aus welcher der Vers stammt, ein ums andere Mal vor, um zu zeigen, daß Saadi keinen Freibrief zu lügen ausstellt. Doktor Jordan zitierte andere Verse, die seine Behauptung zu bestätigen schienen, worauf die Schüler neue Argumente suchten, um ihren Lehrer zu widerlegen. Genau das wollte Doktor Jordan erreichen. Er zwang die Schüler zum Nachdenken und wollte, daß sie freiheraus redeten. Er wollte sogar, daß sie ihm widersprächen, und lachte mit, wenn sie ihn karikierten. Natürlich waren es harmlose Späße – aber es waren Späße, die sie mit ihm treiben durften, einem Lehrer, einem Erwachsenen, einer Autorität. Auf einem Ausflug fragte ein Junge namens Soleyman, ein Jude übrigens und besonders begabter Schüler, ob der Stock, auf den sich der Herr Doktor beim Gehen stützte, nur der Optik diene oder eine praktische Funktion habe. Der Stock ist für mich so wichtig wie zwei Füße, antwortete Doktor Jordan. Soleyman, der die Antwort wohl erwartet hatte, rief triumphierend: Dann sind Sie also ein Vierbeiner, Herr Doktor! Es war nicht nur Wissen, das Doktor Jordan vermittelte. Es war, um es mit einem Wort zu sagen, die Aufklärung. Noch zwei weitere Seiten lang fährt Großvater mit Anekdoten seines Teheraner Schulrektors fort, die heute harmlos anmuten mögen oder sogar trivial, einem iranischen Jungen Anfang des zwanzigsten Jahrhunderts, der aus Isfahan gekommen war, jedoch ungeheuerlich erschienen. Seite für Seite sehe ich ein wenig deutlicher, warum Großvater so war, wie er war, und damit auch manchen Grund dafür, wie ich bin. Unsere Geschichten beginnen vor unserer Geburt und enden nicht mit unserem Tod. Wüßten wir sie alle zu erzählen, wäre es die Ewigkeit. Als wolle er die Toleranz des Hausmeisters vorführen, hat sich der dicke Fleischverkäufer aus dem türkischen Supermarkt mit einem Becher Ayran in der Hand, der ihm zu Kopf gestiegen sein muß, unter den Balkon des Enkels gestellt, um zu singen. Der Fleischverkäufer singt nicht nur für sich, er singt richtig laut, mit tiefer Stimme ein trauriges türkisches Lied, das in der Abenddämmerung des 25. Juni 2007 zwischen den Bäumen aufsteigt, vom Grundrauschen der Stadt untermalt, die größer erscheint als an gewöhnlichen Tagen. Nur im Roman, den ich schreibe, ist der Hausmeister so gemein, die Polizei zu rufen, wenn jemand länger als eine halbe Stunde im Hof parkt.

Der Musiker in München sagt nichts mehr. Weniger als zwei Minuten sprachen sie miteinander. Wahrscheinlich ist er nur deshalb ans Telefon gegangen, damit der Freund aus Köln keine weitere Nachricht hinterläßt. Immerhin teilte der Musiker mit, daß er ab Donnerstag mit Stammzellen behandelt wird. Der Freund fragte nicht nach, weil der Musiker ohnehin nicht geantwortet hätte. Auch die digitale Enzyklopädie teilt nichts über den Ablauf mit. Im Internet dauert es bei 44000 K/Byte zehn Minuten, bis er endlich eine Definition liest: »Bei der Knochenmark- und Stammzelltransplantation werden Zellen übertragen, aus denen lebenslang alle Zellen des Blutes entstehen können.« Er entdeckt eine weitere Parallelgesellschaft, mit eigenen Internetplattformen, Chats, Links, frohen Freundschaften, einem sozialen Gebilde, Hierarchien, Kodewörtern und Verhaltensnormen, »Wir wünschen dir alle viel Glück«, »Wir sind bei dir«, »Ich bin verloren«, mit Vermessungstechnikern und Musiklehrerinnen, die zu Experten und Ratgebern wurden, eine Welt, die die eigene wird auf Zuruf eines Arztes. Aber was heißt es konkret?, wie genau werden solche Zellen übertragen?, was hat der Musiker erlebt?, der Freund muß es doch wissen. »Ich bekam die Hochdosis«, antwortet eine Frau auf *jesusundkrebs.de*: »Dafür mußte ich isoliert werden. Das heißt, man darf nicht aus dem Zimmer heraus; extra Klimaanlage; extra gefiltertes Wasser im Bad; jeder Arzt, Schwester, Besucher mußte Mundschutz tragen und sich die Hände desinfizieren. Wir lagen zu zweit in dem Zimmer. Auch beim Essen mußte man aufpassen. Ich bekam ein spezielles Iso-Essen. Keimfrei. Man versucht halt, so gut es geht, alles keimfrei zu halten, aber das geht natürlich nicht 100%ig. / Die Hochdosis dauerte 5 Tage. Das heißt 5 Tage Infusionen, Tabletten. Ich bekam u. a. Cortison und schwemmte total auf. Jeden Morgen wurde ich ausgemessen. Da kann die Schwester feststellen, wieviel Wasser ich habe. Dann bekam ich Infusionen, die das Wasser wieder ausschwemmten. Eine Tortur. Die Leukozyten, weiße Blutkörperchen, gingen auf 100 runter. Normal sind so zwischen 4000 bis 9000. Mein Immunsystem war sozusagen nicht mehr vorhanden. Die Übelkeit war fast unerträglich und ich konnte die Zeit teilweise nur noch sitzend im Bett mit einem Stuhl vor dem Bett, auf den ich meine Füße stellte, verbringen. Ich konnte nicht mehr viel machen, nicht lesen oder fernsehen, das war alles sehr anstrengend. Aber ich hatte mir, bevor ich ins Krankenhaus ging, mehrere Predigten (siehe unter Links) heruntergeladen und auf CD gebrannt. Diese Predigten hörte ich mir mit meinem CD-Player an. Das war sehr gut und beruhigend. Und ich fasste auch wieder neuen Mut. / Da ich schon viele

Anfragen von Menschen bekam, die auch vor solch einer Stammzellentransplantation stehen, könnt Ihr mich gerne auch anschreiben, wenn Ihr Fragen habt. Ich werde sie sehr gerne beantworten. / Nach der Hochdosis, genau einen Tag später, bekam ich die Stammzellen zurück. Das ist ein spannender Moment. Erst hatte ich furchtbare Angst davor. Ich weiß auch nicht, warum. Aber es ist völlig schmerzlos. Es kratzte nur etwas im Hals, so daß ich husten mußte. Die ganze Kompanie war anwesend, Oberarzt, Stationsarzt, Oberärztin der Transplantationsmedizin, Schwestern und Lernschwestern. Aber ansonsten war es total unspektakulär. / 9 Tage später stiegen die Leukos wieder auf 500, dann 1500 und mehr. Mir ging es ganz gut. Ich hatte keinen Infekt bekommen und konnte auch schon wieder einigermaßen essen. Ich wurde nach insgesamt 3 Wochen Aufenthalt entlassen.« Der Freund kümmert sich nicht, nicht um den Musiker, nicht um den Bildhauer. Daß die Frühgeborene Koliken hat, beschäftigt ihn mehr. Karl Otto Hondrichs Witwe erreicht er wieder nicht. So viele sind es gar nicht, gibt dafür der berühmte Schriftsteller am Telefon zu bedenken, die das eigene Werk wirklich kennen. Er bilde sich nicht ein, daß die Mehrheit der Jury auch nur ein einziges Buch von ihm gelesen habe. Das meine er auch gar nicht. Er meine, daß er jetzt, da er sich Gedanken machen mußte über einen Laudator, bemerkt habe, wie wenige überhaupt in Frage kommen, die nicht nur das eine oder andere Buch kennen, sondern sein Werk verfolgt haben. Der Erfolg scheint nichts an dem Eindruck zu ändern, ins Leere zu schreiben, für niemanden, sondern hilft allenfalls, das Selbstgespräch besser zu ertragen. Die Rezensenten vergießen nur noch Hohn und Spott, »abgeschmackt«, heißt es oder »höchst lächerlich«, »Nonsens mit Prätension gepaart«; »für den seltenen Sterblichen, der die neun Gedichte von Hölderlin zu verstehen sich rühmen kann, sollte ein stattlicher Preis ausgesetzt werden, und wir würden selbst den Verfasser nicht von der Mitbewerbung ausschließen«. Schiller und Goethe rezitieren seine Sophokles-Übersetzung als ein Witzblatt, wie Heinrich Voß sich zu berichten beeilt, »Du hättest Schiller sehen sollen, wie er lachte«. Anhand der vollständigen Dokumentation, die der Herausgeber zusammengestellt hat, zu verfolgen, wie Hölderlins Dichtung fliegt und er selbst stürzt, um die zweite Lebenshälfte in der Umnachtung des Tübinger Turms zu verbringen, die gleichwohl noch einige der hellsichtigsten Verse deutscher Sprache hervorbringt, ist schauderhaft. Selbst der Mutter, die ihm und allen gegenüber bislang immer so steif war, explodieren in den Briefen die Gefühle. Geld will sie ihm ungefragt schicken, der sonst jeder Groschen zuviel war. Dennoch hat sie in den verbliebenen vierzig Jahren ihren Sohn nicht ein einziges Mal besucht, obwohl es von Nürtingen nicht mehr als 28 Kilometer sind, ihm in den zehn Jahren bis 1812 nur einziges Mal geschrieben: »Vielleicht habe ich Dir ohne mein Wissen und Willen Veranlassung gegeben, daß Du empfindlich gegen mich bist.« Das haben Sie wohl, Gnädigste. Bei Sinclair ist es ähnlich. Erst reibt er sich auf für den Freund, holt ihn zu sich, übernimmt alle Ausgaben, zahlt ihm monatlich sogar Geld aus, ein Gehalt für nichts, und dann, einen Eintrag später, fordert er die Mutter auf, Hölderlin wegschaffen zu lassen. Es gebe da kompetente Anstalten (wo sie dem Patienten die Seele zertrümmern, wie es Hölderlin geschah), wird er sich beruhigt haben, wie man sich eben beruhigt, wenn es einen richtig tangieren könnte. In der gleichen Zeit oder unmittelbar davor entstanden die Verse oder arbeitete Hölderlin an ihnen, die über allem stehen, die Elegien und späten Hymnen. Das ist ganz offenkundig. In den abgeschlossenen Editionen und nicht nur als Bruchstücke gelesen, werden sie etwas heller, gerade so viel, daß man sicher ist, sie begreifen zu wollen. Zugleich ist das Bruchstückhafte und immer wieder neu Variierte ihnen wesentlich und kein Hinweis auf die beginnende Verwirrung. Nichts läßt sich mehr fixieren, nichts festlegen. Jede Strophe, die steht, löst sich bei der nächsten Lektüre wieder auf, für Hölderlin wie für den Leser, der über den immer neuen Varianten einzelner Zeilen gänzlich durcheinandergerät. Der nach vorne stürmende, dahinrauschende Rhythmus bricht in den Elegien und späten Hymnen ab, die Melodie hält ein, die Sinnzusammenhänge bis in die Grammatik so ineinander verschlungen, auch rhythmisch so unregelmäßig, so pochend und atmend und eilend und anhaltend, daß man jeden einzelnen Satzteil mit der Pinzette rauszupfen müßte und immer noch nicht den Eindruck hätte, dem eigentlichen Geheimnis auf die Spur gekommen zu sein. Vielleicht übersah Hölderlin selbst nicht mehr, was er notierte, nicht weil sein Geist schon beschränkt gewesen wäre, sondern aufgrund der Beschränktheit des Geistes als solcher. Er weiß genau, daß es etwas bedeutet, deshalb setzt er immer wieder neu an, ohne je an ein Ende, an einen letztgültigen Text zu gelangen. Er ist wie jemand, der eine Sprache spricht, die er selbst nicht versteht. »Ein Zeichen sind wir, deutungslos, / Schmerzlos sind wir und haben fast. / Die Sprache in der Fremde verloren.« Der Musiker in München sagt, daß die Anrufer – nein, nicht du, doch der Freund aus Köln meint die Botschaft zu verstehen – eher Kraft kosteten, bei aller Wertschätzung. Schon den Krankenbericht zu wiederholen strenge ihn an, weil er sich jedesmal neu erklären müsse oder, so komme es ihm jedesmal vor, rechtfertigen. Andere Leute wiederum seien offenbar so höflich, daß sie in der Not nicht stören wollten. Die ausbleibenden Nachrichten von sehr nahen Freunden fühlten sich an wie ein Schubsen und Sprechen: Na geh doch. Und die kleinsten Zeichen, wenn auch noch so still, wie eine Einladung zum Bleiben.

Der Vater findet sich tapfer damit ab, keine Krankheit zu haben, die heilen könnte, sondern ein Herz, das nie mehr schlagen wird, wie es soll, die eine Herzkammer zu groß oder die andere zu klein, was weiß denn der Sohn, der als einziger nicht Medizin studierte. Kanäle werden blokkiert, die Leitungen des Schrittmachers spielen eine Rolle, eine neuerliche Operation sei riskant, bei einem Jüngeren könnte man es probieren – aber in dem Alter? Der Vater selbst sieht ein, daß er schon achtzig ist und die Ärzte sich solche Fragen stellen, die auch er selbst stellte, als er noch praktizierte: Lohnt sich das noch? Gott habe ihm ein so erfülltes Leben geschenkt, wie könne er sich jetzt beklagen? Immerhin sind die Werte der Prostata in Ordnung. Zuerst hieß es, die Prostata sei zu groß geworden, die gleiche Prostata, die schon einmal Krebs beschert hatte. Als er von der Prostata erfuhr, wo er doch wegen seines Herzens im St. Marien liegt, sei er schon angeschlagen gewesen, sagt der Vater. Als ob eine Krankheit nicht reiche, habe er gedacht, als ob der Tod diesmal besonders gründlich vorgehen wolle. Als die Krankenschwester Entwarnung gab, bat er darum, sie vor Freude umarmen zu dürfen, der achtzigjährige, strenggläubige Vater. Na, ich habe ihr nur einen Kuß auf den Kopf gegeben, auf die Haare, spielt er selbst es herunter. Weil die Mutter mit den Brüdern zur *reunion* nach Amerika geflogen ist, fährt der Sohn jeden zweiten Tag nach Siegen den Vater besuchen, der alles strikt ablehnt, was den Eindruck erweckt, man würde sich um ihn kümmern. Ich bin doch keine achtzig, scheint er wieder zu denken, wenn der Sohn ihn bedrängt, nach der Entlassung aus St. Marien nach Köln zu kommen, solange er in Siegen allein wäre. Die Haut sieht an manchen Stellen wie zerknülltes Papier aus. Die Medikamente entziehen Wasser, erklärt er dem Sohn. Die Frau meinte, daß doch nichts akut sei an den Befunden des Vaters. Nein, nein, erwiderte der Sohn, es ist nicht akut. Es ist nur, daß das Herz nie mehr schlagen wird, wie es soll. Für einen Achtzigjährigen ist das alles andere als eine Sensation, weiß der Vater nur zu gut, dem Gott ein so erfülltes Leben geschenkt. Auf der Rückfahrt von Siegen buchte der Sohn für morgen früh um sechs – also Abflug in fünfundzwanzig Stunden – einen Flug nach Athen, weil es seit Tagen regnet, die Ältere den Urlaub nach allen neuerlichen Aufregungen verdient, wenn die Familie schon nicht zur *reunion* nach Amerika fliegen kann, und der Vater sich überreden ließ, für eine Woche bei der Schwiegertochter zu wohnen, die sonst allein sei mit der Frühgeborenen. Er ist achtzig und seit der letzten Diagnose ganz zart geworden.

Auf der Fähre fällt ihm eine Episode mit dem Vater ein, der Sohn ungefähr so alt wie die Ältere heute. Auf der Rückfahrt von Frankfurt, von wo die Mutter irgendwohin geflogen war, nach Iran wahrscheinlich, ein Todesfall, fragte der Vater ihn, ob er hungrig sei. Schon ein bißchen, ja, stammelte der Sohn, der annahm, daß der Vater selbst Hunger habe und deshalb frage. Sie haben nie auf Raststätten gegessen, so häufig sie nach Spanien fuhren, höchstens gefrühstückt wegen des Koffeins, da die Thermoskannen mit Tee gefüllt waren. Sie hatten immer alles dabei, in Kühltaschen und Plastiktüten, so daß Raststätten für den Sohn beinah zum Sehnsuchtsort wurden. Nur von der Autobahn, den Tankstellen oder vom Teppich aus, den die Eltern auf dem Gras neben den Parkplätzen ausbreiteten, hatte er die Raststätten zu sehen bekommen. Außerdem waren sie doch schon bald in Siegen, an Gießen schon vorbei. Die Strekke kannte er beinah auswendig, weil die Eltern regelmäßig Besucher zum Flughafen brachten oder vom Flughafen abholten. Niemals hatten sie an einer der beiden Raststätten angehalten, auch nicht an den Tankstellen, denn auf der Autobahn ist das Benzin teurer. Und plötzlich bog der Vater kurz vor Siegen ab zur Raststätte, Katzenfurt heißt sie, glaubt der Sohn, der mit seiner älteren Tochter nach Griechenland geflogen ist, Katzenfurt oder so ähnlich, wie in einem Kinderbuch, oder vielleicht ist Katzenfurt oder so ähnlich die Raststätte in entgegengesetzter Fahrtrichtung gewesen, es gab Katzenfurt und Wetterau, glaubt der Sohn, oder Katzenfurt und Dollenberg, und er weiß noch genau, daß sie im Abstand von einigen Kilometern liegen, was ungewöhnlich ist für Autobahnraststätten, denn normalerweise liegen sich Raststätten in Deutschland gegenüber und heißen dann Sauerland Ost und Sauerland West oder so ähnlich. Der hat aber einen Mordshunger, dachte der Sohn, als der Vater vor der Raststätte Katzenfurt parkte. An der Selbstbedienungstheke bestellte der Sohn sich eine Currywurst, und der Vater – bestellte sich nichts. Er hatte überhaupt keinen Hunger, der Vater. Am liebsten hätte der Sohn die Currywurst wieder abbestellt. Zugleich nahm er die Geste des Vaters dankbar wahr. Sie setzten sich an einen der festgeschraubten Tische, wo der Sohn verschämt, aber doch auch glücklich die Currywurst aß, während sie sich unterhielten, worüber auch immer. Heute erscheint dem Sohn die Geste aus einem anderen Grund noch bemerkenswert. Eine Currywurst besteht aus Schweinefleisch. Damals hatte er keine Ahnung oder machte sich jedenfalls keine Gedanken darüber. Die Kinder durften immer Currywurst essen. Manchmal holten die Eltern vom Türkengrill zwischen Siegen und Freudenberg viermal Currywurst spezial, extra scharf, viermal mit Fritten, wenn Freunde da waren entsprechend mehr. Der Sohn registrierte, daß die Eltern nie mitaßen, ihm war schon damals bewußt, daß die Mutter niemals Schweinefleisch einkaufte, daß es Schweinefleisch einfach nicht gab oder niemandem schmeckte. Vielleicht war die Currywurst vom Türkengrill aus Rindswurst, das kann schon sein (andererseits war der Laden immer voller Deutscher, für die Würste doch aus Schwein sind), aber die Söhne durften auch in gewöhnlichen Imbißbuden Currywurst essen, die nicht so spezial waren, so extragroß und extrascharf, unterwegs, zum Beispiel, wo weit und breit kein Türke grillte. Auch für Besuche bei Freunden wurden keine Eßvorschriften erteilt. Der Sohn ist im nachhinein sicher, daß der Vater sich Gedanken darüber machte, während sie sich auf der Raststätte Katzenfurt oder Wetterau an der A 45 zwischen Gießen und Siegen gegenübersaßen und worüber auch immer unterhielten, daß der Vater sich Gedanken darüber machte, ob es richtig sei, daß die Söhne immer dieses Schweinefleisch essen, ob er nicht mal etwas sagen solle – und der Vater sprach oft mit den Söhnen über Gott, bemühte sich, sie im Geist des Islam zu erziehen. Nicht einmal mit einem Stirnrunzeln deutete der Vater etwaige Gedanken an, nicht in Katzenfurt, nicht später. Auch daraus besteht die Geste, die der Sohn nachzuahmen versucht.

Der Urlaub mit der Älteren entpuppt sich als Übergangszeremonie. Sie feiern, was war (daß alles so gutgegangen ist, letztlich!), und schwören sich für das ein, was sie auseinanderführen wird. Sie ist erst acht, aber im letzten Jahr mehr als nur ein Jahr gewachsen, wirkt auch auf die Lehrer und Verwandten verständiger, selbstbewußter, abgeklärter, kommt nach den Ferien ins vierte Schuljahr und also nächstes Jahr schon aufs Gymnasium. Die Pubertät wird mit allen existentiellen Sorgen einsetzen, die er wieder für übertrieben halten wird, was den Sorgen eine weitere hinzufügt, weil Papa auch nicht mehr das ist, was er damals in Griechenland noch war. Auf dem Weg ins Dorf malten sie sich den Vater zum Ladenhüter geworden aus – Kommst du mit schwimmen? wird er fragen, Eis essen, radfahren, egal? Hab gerade was Wichtiges zu tun –, das fanden sie urkomisch. Neil Young werde ich immer hören, sagte sie – und Shakira. Wer zum Teufel ist Shakira? fragte er und klärte sie darüber auf, daß Shakira ein arabischer Name sei und »Die Dankbare« bedeute. Wer weiß, ob zum letzten Mal, war die Ältere von seinem Fachwissen beeindruckt.

Der Urlauber hatte lange nicht das Gefühl, die Ehe schenke ihm etwas. In den letzten Jahren raubte sie seine Gedanken, seine Kraft, seine Fürsorge, seine Empfindsamkeit, seine Konzentration, Zeit zum Lesen und Schreiben. Jetzt erlebt er noch zweitausend Kilometer entfernt auf der Insel, wieviel die Frau ihm gibt, wie sie ihn beschützt und achtet, ihn umsorgt. Nicht nur wegen der Älteren drängte sie ihn, den regnerischen sechzehn Grad für eine Woche zu entfliehen. Sie gönnte es ihm. Wie oft er nachfragte – meinst du wirklich? –, wie viele Kurzmitteilungen er von der Insel noch schickt – das Ticket habe ich extra umbuchbar gekauft –, wie sehr er am Telefon betont, daß es auf zwei oder drei Tage weniger nicht ankäme – eine Affenhitze hier –, genießt er es zu spüren, daß sie ihm Gutes tun will. Dabei hat sie nicht nur die Frühgeborene zu versorgen, die noch keine Regelmäßigkeiten findet und keine Erlösung vom Bauchweh, sondern obendrein den Vater, seinen Vater, den sie mit Aufgaben im Haus beschäftigt, damit es nicht den Eindruck erweckt, man würde sich um ihn kümmern, mit dem Brandmelder, den Kindersicherungen und sogar mit dem abscheulichen Treppenschoner, den der Vater wegen der Rutschgefahr seit Jahren anmahnt, fuhr mit dem Vater und der Frühgeborenen zum Baumarkt, nahm sich Zeit für seine Erinnerungen. Und wie sehr freut sich der Urlauber darauf, zurück in Köln den nackten Körper neben, unter, auf und in sich zu finden, der keine drei Monate nach der Geburt die heilige Ursula an *sex appeal* übertrifft, ja eine Bombe, schlicht eine Bombe, die die Zeitlosigkeit zwischen zwei

Gedanken sprengt und damit zuverlässiger von sich erlöst als jedes Selberleben.

Am Sonntag, dem 8. Juli 2007, sind um 23:44 Uhr in Athen, obwohl das Hotel unweit der Akropolis liegt, nur gelegentliche Motorräder zu hören, selten mal ein Hupen. Am letzten Abend ihrer Reise befragte ihn die Ältere, die auf der anderen Hälfte des Doppelbetts schläft, zum ersten Mal seit den Sonntagen in St. Margarete über die Krankheit der Frau. Was ihnen seitdem zuteil wurde, hat Gott aus seiner Wundertüte gezogen. »Habt, o Gütige, Dank für den und alle die Andern, / Die mein Leben, mein Gut unter den Sterblichen sind. / Aber die Nacht kommt! laß uns eilen, zu feiern das Herbstfest / Heut noch! voll ist das Herz, aber das Leben ist kurz, / Und was uns der himmlische Tag zu sagen geboten, / Das zu nennen, mein Schmidt! reichen wir beide nicht aus.« Hölderlin schreibt diese Verse nicht irgendwann. Er schreibt sie im Sommer 1801, zwischen dem 3. und 6. August, ein Jahr nach dem letzten Blickwechsel mit Suzette, ein Jahr vor der Nachricht ihres Todes. Ja, die Ärzte seien prima gewesen, sagte der Vater, aber die Disziplin und Willensstärke deiner Mutter sensationell. Der Vater hat sich mit den Füßen auf dem Eisengeländer auf den schmalen Balkon gesetzt, damit die Stadt nicht so leise ist, die ihn wie keine andere Stadt bisher an Teheran erinnert, ein wohlhabenderes und freies, aber genauso häßliches Teheran, die gleichen immer gleichen Straßen, in denen nur die vielen Bäume trösten, die gleichen fünf, sechsstöckigen Büro- und Apartmenthäuser aus graubraunem Beton, als ob die gesamte Stadt im selben Jahrzehnt nach einem einzigen Plan erbaut sei. Mehr Balkone hat Athen, da die Luft erträglicher ist und die Teheraner Frauen auf ihren Balkonen Kopftücher tragen müßten. Der Taxifahrer, der sie für 5,20 Euro vom Hafen zum dreißig Minuten entfernten Hotel brachte (auch die Preise wie in Teheran), bekreuzigte sich an jeder Kirche. Wie er im dichten Verkehr Gas gab und gleichzeitig den Stadtplan studierte, der auf dem Lenkrad ausgebreitet, war die rechte Hand dennoch frei, um alle paar Minuten Jesus Christus zu gedenken. Aufblicken mußte er dafür nicht, als Taxifahrer kennt er schließlich die Kirchen, die Hotels hingegen nicht. Genau das sind die Insignien der Frömmigkeit, die der Urlauber aus dem Orient gewohnt ist – aus Teheran immer weniger, wo der Muezzin nur noch das Programm des Staatsfernsehens unterbricht – und als Anders- oder Ungläubiger zu verstehen, zu bejahen meint, die Sakralisierung des Raums und der Zeit. Der Fahrer sprach kein Wort Englisch, fand sich nicht zurecht auf der Straßenkarte mit lateinischen Buchstaben – er mußte seine eigene ausfalten, einen Quadratmeter groß, alles überm Lenkrad während der Fahrt mit Kreuzen – und bedankte sich enthusiastisch für das Trinkgeld. Die Kirchen hätten ihn nicht davon abgehalten, den Urlauber übers Ohr zu hauen, wenn es seine Art gewesen wäre, aber wenigstens gemahnt, es besser zu lassen.

Ihre Explosionen sehen manchmal nur so aus, daß sie spät am Abend, als die Kinder endlich schlafen, auf den Gartenstühlen plaudern und er sie unvermittelt bittet, den Rock und das Höschen auszuziehen. Nein, die Beine solle sie breit machen, das T-Shirt sei kurz genug. Sehr genau schaut er im Fackellicht zu, als sei jede einzelne Bewegung ihrer Handgelenke und Gesichtsmuskeln, jeder Laut, jede Veränderung ihrer Körperhaltung von Bedeutung. Ab und zu schlägt sie die Augen auf und wirft ihm aus ihrer Verzückung einen Blick zurück. Sie bleibt sitzen nach dem Höhepunkt wie im Bleiben nach dem Entwerden. Ein verschmitztes Lächeln beider, und der Einfachheit halber zieht sie Rock und Höschen nicht wieder an. So plaudern sie weiter, etwas vergnügter, in dieser ersten Sommernacht des Jahres, in der sie mit kurzer oder keiner Hose im Garten sitzen können.

Der Gärtner hat die Gärtnerei von seinem Vater übernommen. Viel Arbeit und nicht so viel … der Gärtner reibt die Kuppen von Daumen und Zeigefinger aneinander. Nichtsdestotrotz wolle er mit niemandem tauschen, so ein schöner Beruf, immer an der frischen Luft, und von Jahr zu Jahr sehe man, wie die eigenen Blumen oder vielleicht nicht die Blumen, aber jedenfalls die Bäume wachsen, beinah wie er als Vater seine Söhne groß werden sieht. Nein, auf keinen Fall solle er tauschen, wünscht auch der Städter, in dessen Phantasie die baumhohen Brennesselsträucher vor der Küche sich in einen Park verwandeln, mit Schwänen auf einem Teich oder besser noch, um den Nerv rechts neben dem Brustwirbel ruhig zu halten, mit Schwänen auf einem Badesee. Sie stehen in der Sonne des Bergischen Lands, beide am Sonntagmorgen in schwarzer Jeans, schwarzem T-Shirt und gemäß der durchschnittlichen Lebenserwartung ihres Jahrgangs, Erdteils und Geschlechts an der Hälfte ihres Lebens, über die Hölderlin das eine Gedicht schrieb, das der Städter bereits auswendig beherrscht: »Mit gelben Birnen hänget / Und voll mit wilden Rosen / Das Land in den See, / Ihr holden

Schwäne, / Und trunken von Küssen / Tunkt ihr das Haupt / Ins heilig-nüchterne Wasser«. Obwohl von ihrem Leben höchstens die Hälfte übrig, diskutieren der Gärtner und der Städter seit fünfundzwanzig Minuten, ob die Steinplatten sieben Reihen à zehn Zentimeter mehr oder weniger auf den Rasen reichen sollen. Die Entscheidung haben sie schon das letzte Mal vertagt. Ob alle Kunden so anstrengend seien? Ach was, versichert der Gärtner, die vom Dorf seien auch nicht einfacher. Warum auch immer, kommen sie auf einen Bankräuber zu sprechen, der die britische Polizei jahrelang zum Narren hielt. Der Gärtner berichtet, daß letzte Woche in dem Dorf eingebrochen worden sei, in dem er Haus und Gärtnerei habe. Und ich habe, nimmt der Kunde den Faden auf, letzte Woche mein Viertel vergeblich nach meinem Peugeot abgesucht; eine Dreiviertelstunde bin ich durch die Straßen gelaufen, bis mir einfiel, daß er abgeschleppt worden sein könnte. Sie sprechen über die Sekunden oder Minuten, die es dauert, bis wir realisieren, daß direkt vor unserem Auge etwas fehlt. Bevor er sich endgültig aus der Gärtnerei zurückzog, baute der Senior seinem Sohn die große Blumenhalle zwischen Haus und Gärtnerei, den ganzen Herbst über jeden Feierabend. Heiligabend danach, weiße Weihnacht, die Frau und die Kinder schliefen bereits in ihren neuen Betten, hörte der Gärtner einen dumpfen Krach. Glas klingt anders, dachte er beruhigt und legte sich zur Frau ins Bett. Am nächsten Morgen trat er auf die Dorfstraße. Etwas irritierte den Gärtner, ohne daß er es zu fassen vermochte. Es dauerte Minuten, bis er bemerkte, daß die Blumenhalle fehlte. Sie war unter dem Schnee eingebrochen, ohne Klirren. Der Gärtner sagt, daß er vor der nichtvorhandenen Blumenhalle auf die Knie gefallen sei und geheult habe, ungelogen geheult. Als sei es ein Trost – es ist das Gegenteil –, rezitiert der Kunde auch die zweite Strophe. Wie dieser nach vorne stürmende, dahinrauschende Gang in den späten Gedichten abbricht (was man bei Hölderlin so spät nennt), wie er einhält, wie nur noch die Zehenspitzen den Boden berühren, als sei jedes Wort eines zuviel, nur so, als würde man markieren, was eigentlich gesagt werden müßte, aber nicht mehr zu sagen ist, ist dem Städter beinah zum Gebet geworden. »Überhaupt wandelt das Wortlose in einem guten Gedicht umher wie in Homers Schlachten die nur von wenigen gesehenen Götter«, sagt es Klopstock besonders schön, in der »Hälfte des Lebens« etwa die unnatürliche, den Sprechfluß störende Häufung starker Betonungen dadurch, daß einzelne Wörter isoliert, aus dem Satz gleichsam herausgehoben werden. Ist das von Ihnen? fragt der Gärtner, der am ersten Weihnachtstag vor der verschwundenen Blumenhalle knieend heulte. Nein, zweihundert Jahre alt, sagt der Städter, der sich immer noch nicht entscheiden kann, ob mit oder ohne sieben zusätzliche Reihen.

Auf der Fahrt zum iranischen Konsulat in Frankfurt erzählte die Mutter von ihrer Kindheit, von Großvater und Urgroßvater, von der Selberlebensbeschreibung ihrer Tante oder Großtante Bibi Khanum, die sie gerade liest, alles interessant, genau die Geschichten, von denen der Sohn nie satt wird. Dennoch kann er sich an kaum eine erinnern, so sehr setzte ihm der Gehirnbohrer der Migräne zu, der wie ein BMW klang, nur ohne Auspuff, ein Horror jede Beschleunigung und die vielen Steigungen auf der A3. Die Kilometeranzeige auf dem Navigator bewegte sich in Zeitlupe, bewegte sich genaugenommen gar nicht, so wollte der Sohn jedesmal schon meinen, bevor es doch ein Kilometer weniger war bis zum Bestimmungsort, wie der Navigator selbst das iranische Konsulat in Frankfurt metaphysisch auflädt. Als ihm auch noch schwindelig wurde, bog der Sohn auf einen Parkplatz ein. Wie er die Verhandlungen im Konsulat bestehen sollte, um die Pässe zu erneuern, Kennkarten zu beantragen und die Frühgeborene zu registrieren, wie die Wut beherrschen, die ihn sicher überkommen würde, erschien ihm rätselhafter als sagen wir das weibliche Wesen. Die Mutter empfahl mit der üblichen Übertreibung – bei deinem Vater sind die Schmerzen jedesmal wie weggeblasen – eine Kopfmassage. Aus Erschöpfung willigte der Sohn ein, der ihren Empfehlungen sonst prinzipiell nicht folgt, setzte sich auf eine Parkbank und ließ sich von hinten den Schädel und den Nacken vielleicht fünfzehn Minuten lang bei geschlossenen Augen kräftig kneten. Die Lkw-Fahrer schmunzelten über das seltsame Bild, Mutter und Sohn, die sich zärtlich zugetan sind, obschon die Berührung so zärtlich nicht war. Sag, wenn es zu fest ist, sagte die Mutter. Anschließend zog der Sohn sich ins Auto zurück, um bei weniger Lärm als auf der Parkbank die Augen noch ein paar Minuten geschlossen zu halten. Tatsächlich schlief er ein, für drei, vier Minuten nur, wie die Mutter anschließend berichtete. Als sie wieder auf die Autobahn einscherten, gab der Sohn zu, daß die Migräne, nun ja, nicht wie weggeblasen sei, aber das Dröhnen tatsächlich nachzulassen scheine, und das machte den Sohn viel glücklicher, als wenn er ohne Schmerzen losgefahren wäre, die simple

Logik der Relation, wie zwischen dem 3. und 6. August 1801. Das Konsulat macht einen ganz anderen Eindruck als früher, ein modernes, beinah avantgardistisches Gebäude mit einer schrägen Längswand aus Glas, Nummern, die man für jeden Schalter zieht, damit es nicht mehr zum Gedränge kommt, überhaupt einer effizienten Organisation, die bis hin zum Briefmarkenautomaten, Paßbildautomaten, Kaffeeautomaten, Kopierautomaten und dem kostenlosen Wasserspender die weiterhin sehr bürokratische Prozedur – es sind nun einmal Vorschriften – so angenehm wie möglich zu gestalten versucht. Vermutlich während des kurzen Teheraner Frühlings hat sich ein Minister in Teheran, ein Botschafter in Berlin oder ein Konsul in Frankfurt Gedanken über die Landsleute gemacht, die in der Welt verstreut sind. Und die Landsleute haben sich mit ihren Diplomaten abgefunden, die sich nun wenigstens bemühen. Für die Deutschen gäben sie ein seltsames Bild von einem Volk ab, hinter den verglasten Schaltern die bärtigen Beamten der Islamischen Republik mit den islamischen Stehkragen und den zweireihigen Anzügen in Grün oder Anthrazit, und in der großen Wartehalle die Männer, die im Exil alle wie Dichter aussehen, die schönen Frauen der zweiten Generation und ihre selbstbewußten Mütter, die für eine ordinäre Paßverlängerung die notariell beglaubigte Unterschrift ihres Ehemanns vorweisen müssen. Früher erlebten Mutter wie Sohn immer wieder Tumulte, weil Diplomaten und Landsleute aus ihrer gegenseitigen Verachtung keinen Hehl machten, Beschimpfungen, Beleidigungen, zur Hölle sollt ihr fahren. Auch heute reiste er mit der Sorge an, nach einem erfolglosen, deprimierenden Tag im Konsulat fürs erste einen Schlußstrich zu ziehen unter das Land, zu dem er unter den Intellektuellen, schönen Frauen und selbstbewußten Müttern sofort wieder gehörte. Es ist ganz simpel: Ohne neue Pässe werden sie nicht mehr einreisen können, und die Prozedur wirkt so kompliziert, die Liste der notwendigen Dokumente und Kopien so verwirrend und widersprüchlich, daß es ausgeschlossen scheint, sie bis zum Schalterschluß um halb eins zu bewältigen. Die Paßerneuerung begleitet sie nun schon seit Monaten. Ganze Nachmittage haben der Sohn, die Frau und der Schwiegervater damit verbracht, die Formulare auszufüllen, die Anweisungen zu entschlüsseln, die sie von der Website des Konsulats heruntergeladen hatten, die notwendige Anzahl der Paßbilder zu besorgen – auch die Ältere jetzt mit Kopftuch, was den Sohn allein schon erzürnt – plus der Reserve aller Dokumente für den Fall, daß etwas fehlt, bis auch noch früher als vorgesehen eine Geburt hinzukam, für die wieder ganz andere Formulare auszufüllen und völlig neue Dokumente zu besorgen waren, und als sie den Stapel dann schließlich zur Post brachten, kehrte der Umschlag nach ein paar Wochen mit dem Bescheid zurück, daß ein Elternteil für die Anmeldung eines Kindes persönlich im Konsulat vorsprechen müsse. So zog der Sohn also mit der Mutter, die ebenfalls einen neuen Paß beantragen mußte, die Wartemarken für drei verschiedene Schalter – und wehe, eine ihrer Nummern erscheint auf der elektrischen Anzeige, während sie an einem anderen Schalter vorsprechen. Dann heißt es bitte eine neue Nummer ziehen, schließlich geht es der Reihe nach und streng nach Vorschrift.

Halb eins schon vorüber, das Konsulat offiziell bereits geschlossen, als der Sohn erfährt, daß die Geburtsurkunde international sein müsse. Er will schon resignieren, abschließen fürs erste mit Iran, wo es im Augenblick sowieso zu gefährlich sei für ihn, und die Frau teilt nicht seine Gefühle, was er verstehen kann und dennoch ständig zum Dissens führt, aber jetzt will er ihr recht geben, daß alles Sehnen keinen Zweck habe, und bleibt dennoch im Konsulat, um wenigstens die neuen Pässe und die Kennkarte zu beantragen, es wenigstens zu versuchen. Und es klappt!, fügt sich wie von geheimer Hand, erst an diesem, dann an jenem Schalter, während die Mutter den Platz in der Reihe ganz rechts freihält. Natürlich fehlen immer noch alle möglichen Kopien, Überweisungsaufträge, sind die Formulare unvollständig ausgefüllt, aber die Diplomaten wollen selbst keinen Ärger, sind froh, im Ausland zu leben, wo ihre Kinder ordentliche Schulen besuchen, die Gesundheitsversorgung, all die Vorzüge des Westens, sie wollen niemanden mehr belästigen, sofern sie selbst in Ruhe gelassen werden, helfen ihren Landsleuten durch die Prozedur, kopieren, was noch fehlt, murren ein bißchen, duzen selbst ältere Damen siebenundzwanzig Jahre nach der Revolution unverdrossen revolutionär, behandeln selbst Vierzigjährige wie ein kleines Kind – du gehst jetzt mit diesen Umschlägen zum Automaten und klebst Briefmarken im Wert von jeweils 3,90 Euro darauf, das Paßbild muß ohne Brille sein, deshalb machst du dort hinten neue, brauchst dich gleich nicht wieder hinten anzustellen, füll die Formulare eben so weit aus, wie du kannst, um den Rest kümmere ich mich schon, dann laß uns für dein Mädchen auch gleich einen Paß beantragen, hast du die EC-Karte dabei?, mit der kannst du die Gebühren bezahlen, was für ein hübsches Töchterchen du hast, Gott schütze sie –, und um Viertel vor vier hat der Sohn tatsächlich die neuen Pässe und die Kennkarte beantragt, fehlt nur noch die internationale Geburtsurkunde, die vorzulegen ein Elternteil nochmals persönlich im Konsulat vorsprechen muß. Selbst die Mutter hat unter Einsatz ihrer ärgsten Übertreibungen triumphiert: Sechzig Jahre hätten sie dem Land gedient, ihr Mann alle Studentenwohnheime Isfahans gestiftet, ihre drei älteren Söhne Chefärzte und nach Iran eingeladen, nähmen sich dafür unbezahlten Urlaub, dieser neben ihr der Jüngste weltberühmt und Mitglied der Deutschen Akademie, sein Buch über den Koran vom Revolutionsführer persönlich gewürdigt und sie selbst eine einfache iranische Mutter, die noch einmal ihren kranken Bruder sehen möchte, und das sei doch wohl eine Unverschämtheit, junger Mann, daß sie für einen neuen Paß die Einwilligung ihres Mitatmenden benötige, ihr Mitatmender liege im Krankenhaus, und was glaube der junge Mann denn, wer sie sei, sei sie denn ein Mensch oder ein Wurm, ja sagen Sie's schon, drang die Mutter ein ums andere Mal in den Diplomaten hinter der Glasscheibe ein, sagen Sie, halten Sie mich für einen Wurm? Am Ende gab sich der Diplomat – gegen alle Gesetze, wie er betonte – mit der Unterschrift des Sohnes zufrieden. Wahrscheinlich wollte er, schließlich war es bereits halb vier und das Konsulat offiziell seit drei Stunden geschlossen, einfach irgendeinen männlichen Schnörkel auf dem Formular, die Unterschrift des Hausmeisters hätte es ebenso getan.

Mit dem Cousin der Mutter, der in Rüdesheim lebt, gehen sie noch am Bahnhof Tschelo Kabab essen. Er gehört zum Bahai-Zweig der Familie, als Kinder haben die beiden jeden Tag miteinander gespielt, sich gestritten, vertragen, und wie sie sich die alten Streiche erzählen, werden sie die Kinder von früher. Angestiftet vom Sohn, spricht die Mutter die Vorurteile an, die Muslime gegen Bahais hegen, sag mal, man sagte doch, daß die Bahais ...? – Hast du jemals einen Bahai ...? erwidert der Cousin trocken. Ein Leben lang war der Cousin aus Rüdesheim nur eine Stimme wie so viele, die gelegentlich anrief, um die Eltern zu sprechen. Guten Tag, ich rufe aus Rüdesheim an, sagte die Stimme, ein kurzes Wiegehtswiestehts, dann sagte der Sohn bereits bitte beehren Sie den Hörer weiter mit Ihrer Anwesenheit, wie selbst ein Kind wörtlich einem Anrufer sagt, der in der Leitung bleiben soll. Gott schütze dich, Gott schütze Sie auch. Jetzt ist der Cousin aus Rüdesheim um die Siebzig und beeindruckt den

Sohn als milder, schmaler, stets etwas selbstironischer Herr mit Lesebrille und dem Kinnbart der iranischen Intellektuellen. Bitte beehren Sie mich wieder mit Ihrer Anwesenheit.

In München, wo der Bildhauer das Wohnzimmer in ein Atelier verwandelt hat, fällt dem Freund aus Köln der ungeheure Reichtum auf, der sich nicht mit dem Angebot der Handelsketten begnügt und wie in allen Epochen des Überflusses gerade zu einer Verfeinerung des Geschmacks führt, nicht zum Konsum des Immergleichen und der Geilheit des Geizes, wie sie in der Kölner Innenstadt ins Auge springen. In dem Angebot der Boutiquen, die sich für jede noch so ausgefallene kulinarische oder alkoholische, modische oder dekorative Spezialität finden, drückt sich eine Lebenskunst aus, gegen die gerade der Freund nichts sagen dürfte, feiert sie doch das Detail, den Genuß, die Wertarbeit. Dennoch fühlt er sich nicht frei in einer Stadt, in der alle Fußgänger freizuhaben scheinen. Statistisch liegt seine Lebenserwartung bei fünf Jahren, informierte der Musiker, der sich Unterhemden wünschte, doppelt gerippt, ärmellos, aus dem Fachgeschäft und *small*, obwohl der Musiker beinah 1,90 Meter groß ist. Nach langer Zeit kann der Freund etwas tun für ihn, gestern die Unterhemden wegen der unaufhörlichen Schweißausbrüche, die zum Krankheitsbild gehören, heute nachmittag eine Wassermelone, biologisch. Vielleicht war das auch nur wieder Höflichkeit, den Freund mit kleinen Aufträgen zu versorgen. Du würdest ihn auf der Straße nicht erkennen, wenn er dir zufällig entgegenkäme, sagte der Freund später der Frau am Telefon. Als der Bildhauer in Japan lebte, lud ihn die Hausherrin ein einziges Mal zu einer Teezeremonie ein. Wenn sie lächelte, hielt sie sich stets eine Hand vor den Mund. Ein einziges Mal mußte sie lächeln, während beide Hände etwas trugen, die Teekanne und die Teetasse vielleicht, so daß der Bildhauer in ihren Mund blickte. Ihre Zähne waren pechschwarz. Der Musiker hat hinter das ornamental wirkende, aber streng geometrische Gitterwerk im Grabstein, den der Bildhauer vermutlich schon vor beziehungsweise für Nasrin Azarbas Tod entwarf, Weihrauch und selbstbrennende Kohle gestellt. Ist die Kohle angezündet, dringen Dampf und Geruch des Weihrauchs durch das Gitter, ziehen über das Blumenfeld auf dem Grab zu den Besuchern, steigen in den Himmel. Nasrin hat den Duft geliebt, sagte der Bildhauer, der an alles, aber nicht an den Weihrauch im Grabstein gedacht hatte.

Als der Schaffner Köln bereits angesagt hat, bleibt es hinterm Fenster merkwürdig lange dunkel. Er fährt so oft abends in den Hauptbahnhof ein, daß er sich daran gewöhnt hat, von den Lichtern der Stadt auf die bevorstehende Ankunft aufmerksam gemacht zu werden, nicht erst von der Ansage. Kurz erwägt er die Möglichkeit, eingeschlafen und am Bahnhof vorbeigefahren zu sein. Endlich leuchtet Köln doch auf, erst Kalk, dann die weite Landschaft der Rangiergleise, Bahnhof Deutz und die klinkerrote Messe, gegenüber Deutschlands größte Eventhalle, mit der Köln sich brüstet wie andere Städte mit ihrer Kultur, auf dem schrägen Dach der Henkel zum Wegwerfen und angeschlossen das vollbesetzte Parkhaus. Während er auf das neue Hochhaus am rechtsrheinischen Ufer zufährt, das nach dem Veto immerhin der Vereinten Nationen zehn oder zwanzig Stockwerke kleiner ausfallen mußte, damit es sich nicht mit dem Dom mißt, fragt er sich, welcher Superstar wohl gerade singt, so spät und mitten im Sommer, daß das Parkhaus besetzt ist. Der Rhein ist voller Schiffe, an denen ringsum bunte Lichterketten hängen. Die Schiffe fahren nicht, sie ankern quer über den Fluß verteilt, bestimmt fünfzehn oder zwanzig Passagierschiffe, auf deren Decks sich die Menschen drängen, als würde Köln evakuiert. Allerdings stehen auch auf der Hohenzollernbrücke, über die der Zug in den Bahnhof einfährt, und linksrheinisch vorm Museum die Menschen dicht an dicht, ohne verschreckt zu wirken. Es sieht nicht nur aus, sondern fühlt sich hinterm Zugfenster als Kribbeln körperlich an, als erwarte die Menschheit einen Kometen oder sonst etwas Außernatürliches am Himmel, einen Messias vielleicht sogar, warum nicht?, der zu einer bestimmten Uhrzeit nirgends anders als in Köln eintreffen werde, und nur ihn, den Handlungsreisenden, weil er für eine Diskussionssendung in München war, nur ihn hat die Ankündigung, die sehr kurzfristig gewesen sein muß, nicht erreicht. Kaum aus dem Zug gestiegen, hört er zwei Böller explodieren, verfrüht offenbar, und sieht im Spiegel der gläsernen Gleishalle bunte Lichter regnen. Soviel er von der Liebe zu Feuerwerken aus der Kindheit gerettet, enttäuscht ihn die Erklärung, ist doch selbst das schönste Feuerwerk kein Sternschnuppenregen und schon gar kein Messias, der von Köln auszieht, um das Privatfernsehen abzuschaffen und alle Edelboutiquen, Feinkostläden und Gourmetrestaurants gleich mit. Der Handlungsreisende geht nach Hause, vorbei an den Nutten und ihren noch älteren Kunden, vorbei an Matrosen aller Meere, die mit Kölschflaschen in den Ladeneingängen hocken, vorbei an dem verblüffend pittoresken, nun leeren Platz rings um das Stadttor mit seinen Restaurants, dem türkischen Buch- und dem russischen Teehändler, vorbei am Café an der Ecke zur Hauptstraße, wo zwei der Viertelverrückten mit sogenannten Normalen noch an einem Tisch draußen sitzen, müde vom Tag und den Tagen, stolz, sich nicht über die Rezension zu ärgern, auf die er im Zug stieß. Zu Hause steht die Frau auf der Terrasse und starrt in den Himmel. Sofort ergreift ihn die alte kindliche Erregung. Er eilt zur Abstellkammer, um die Leiter zu holen, und steigt, ohne die schlafenden Kinder geküßt zu haben wie sonst, mit der Frau aufs Dach. Und tatsächlich erwartet sie – so wie vorhin die himmlische Erscheinung erwartet wurde – das herrlichste Feuerwerk, das mit Silvesterböllern nichts zu tun hat, mächtige weiße, blaue und rote, funkelnde und schweifende, streng geordnete und chaotische Lichtformationen, die weit höher anfangen als der Dom und die wohlbekannte Silhouette der Stadt verzaubern, wie er es nur für die Wirklichkeit von Kindern für möglich gehalten hätte, an Silvester oder Weihnachen oder wenn der Neuschnee in der Rush-hour alle Autos zum Schleichen zwingt. So ist es denn auch die Frau, die bemerkt, daß die Ältere im Pyjama auf der Terrasse steht. Er erlaubt ihr, aufs Dach zu steigen, obwohl es von drei Seiten fünf Altbaugeschosse in die Tiefe geht. Die Ältere flitzt die Leiter hoch in seine Arme. Lange geht das Feuerwerk, viel länger als an Silvester. Bei jedem neuen Höhepunkt zischen die Ältere und der Vater Luft durch die Zähne oder deuten sie begeistert die bunten beweglichen Bilder im Himmel. Sie hält seine Hand fest, er die Frau im Arm. In der Wiege schläft die Frühgeborene, wie sie sich in den Pausen zwischen zwei Feuerwerksfolgen versichern. Eine Trauerweide, hilft die Frau der Älteren aus, die nach dem Baum suchte, an den sie die herabfallenden Lichter erinnern.

Nach dem Frühstück fing der Sohn an, das Ritualgebet zu erlernen, die *salât* oder persisch das *namâz*. Die wesentlichen Texte und Abläufe sind ihm bekannt, hinter oder neben anderen hat er schon häufig gebetet. Aber allein zu beten, so daß man die Texte und Abläufe ohne nachzudenken selbst abspulen muß, ist anders. Man kommt schnell durcheinander. Er ist daher, als er einsah, beten zu müssen, weil er weder schreiben noch lesen konnte, zu den Vermietern der Scheune gegangen, um aus dem Internet eine Gebetsanleitung auf den Laptop zu laden. Man wird selbst mit der Analogleitung rasch fündig, tippt »Islamisches Gebet« in die Suchmaschine und kann schon den ersten Link gebrauchen. Da er den Laptop schlecht mit ans Waschbecken nehmen konnte, notierte er sich die neun Abschnitte der rituellen Waschung, des *wozuh*, am Rande des Feuilletons, das er unter der Ablage aus einer Kiste mit Altpapier nahm. Claus Peymann inszeniert Peter Handkes *Spuren der Verirrten* am Berliner Ensemble, was man auch nicht gesehen haben muß. Die Waschung hatte er schon oft vollzogen, mußte nur die Reihenfolge der Körperteile sich merken, was keine Viertelstunde dauerte. Anschließend breitete er die gelbe Vliesdecke, auf der die Frau morgens Gymnastik treibt, neben dem Schreibtisch aus, richtete den Bildschirm so ein, daß er die Gebetsanleitung aus einem Meter Entfernung lesen konnte, stellte sich in Richtung Mekka auf das sozusagen goldene Vlies und betete. Dem Sohn, der immer wieder neben sich auf den Laptop blickte, sich auch mal verhaspelte und deshalb ein Gebet neu aufsagen oder die Verbeugung wiederholen mußte, gelang es nur sehr eingeschränkt, »seine Verbindung zur Außenwelt« abzubrechen und »sich nun in Gedanken vor Allah (t)« zu befinden, wie es die Gebetsanleitung aus dem Internet verlangt. Im Sinne der Rechtsschulen war sein Gebet sicher nicht gültig, obwohl auch sie, andererseits, die gute Absicht honorieren und sein Bemühen daher kaum tadeln würden. Ihm half es am Morgen, er will nicht sagen: es befriedete, aber, nein, abgelenkt kann er es auch nicht nennen, das wäre zu schwach, ihm hat das Gebet ermöglicht, diesen Absatz zu beginnen, statt weiter die Scheune wie ein Tier im Käfig auf und ab zu gehen. Ihm gefielen die Worte, ihr Klang, die Melodie der Reime genauso wie die Bedeutung, ihm gefielen die Bewegungen. Es könnte eine Befreiung sein, sich am Tag einige Mal zu verbeugen, sich niederzuwerfen auf die Stirn – und dann wieder aufrecht zu stehen. Ob es Gott gibt, steht auf einem anderen Blatt. Nicht um Ihn ist es den Religionen zu tun, von dem sie ohnehin nur Namen aussprechen, vielmehr um die Menschen, deren Handlungen mit oder ohne Gott genauso gut oder schlecht, richtig oder falsch, sinnvoll oder unnütz sind – sofern es ohne Gott gut oder schlecht gibt, richtig oder falsch, sinnvoll oder unnütz. Mit oder ohne Gott fing er heute morgen mit dem Gebet an, aber für den Vater, der keinen der vier Söhne je mit der Religion bedrängte. Es war die einzige Möglichkeit, bei ihm zu sein, so empfand es der Sohn, der gestern nachmittag mit der Frühgeborenen vor dem Bauch nichtsahnend aus dem Haus gegangen war, um zu spazieren, als der Vater am Telefon mitteilte, daß seine Herzklappe ersetzt werden müsse, obwohl sein Blut nicht gerinnt, sonst läge die Lebenserwartung bei höchstens einem Jahr, wahrscheinlicher einem halben, gleich morgen also, da jeder Tag zählt, also heute, also jetzt, noch Donnerstag, 19. Juli 2007, 11:28 Uhr, jetzt gerade liegt der Vater auf der gebogenen Streckbank aufgespannt wie auf einem großen Ball, rasiert von Hals bis Fuß, mit aufgeschnittenem Brustkorb, umringt von Ärzten, Schwestern, Apparaten, und Gott entscheidet sich, wenn es Ihn gibt, ob Er den Vater wieder zum Leben erweckt. Dem Sohn wird schlecht bei dem Gedanken, daß die Entscheidung gegen den Vater ausfallen könnte. Auch das Gebet hilft jetzt nicht mehr, schon ist die Wirkung verpufft. Kurz nach acht sollte die Operation beginnen, zweieinhalb Stunden sollte sie dauern, die Ärzte könnten also längst fertig sein, sie könnten sagen, puh, das scheint gutgegangen zu sein, oder das Gegenteil. Sie haben auch gesagt, daß es länger dauern könnte, je nachdem, was sie vorfinden und was mit dieser Blutgerinnung ist. Sie haben die besten, modernsten Apparate und eine neue Methode, der Chef selbst operiert, für sie ist es Routine, wie der Sohn sich immer wieder zuredet, sie machen das jeden Tag und unter widrigeren Umständen als bei dem Vater, nach Unfällen etwa, wenn die Patienten mit dem Hubschrauber eingeflogen werden und die Voruntersuchungen wegfallen. Nur diese Blutgerinnung. Der Vater hat so oft Glück gehabt, wirkliche Wunder erlebt (der Sohn wird es bedenken, aber so Gott will nicht bald), hat schon dreimal Aufschub erhalten vom Tod, vor zehn Jahren die erste Herzoperation, und ging auch im Leben aus so vielen Dramen heil hervor, der Heimatverlust nach dem Sturz Mossadeghs und der Beginn in Deutschland mit Frau und drei Söhnen auf achtzehn Quadratmetern, Autounfall, Konkurs, Schulden, und jedesmal die Rettung, das war die Furcht, sein bisheriges Glück, und daß der Sohn nicht die Ungerechtigkeit beklagen dürfte, wenn der Vater nach achtzig prallen Jahren ohne Siechtum stürbe, nein, darüber darf man sich nicht beschweren, und dennoch – einer geht noch, sagte der Sohn zur Frau, einer geht noch, während er gestern nachmittag zum Herzzentrum raste, um den Vater noch einmal zu sehen – jetzt schreibt er selbst schon: noch einmal, als sei's das letzte Mal gewesen –, um den Vater also zu sehen und der Mutter beizustehen, die immer alles wegwischt – ach, deinem Vater geht's prima, stellt sich nur ein bißchen an, der Arzt sagt, er habe den Körper eines Sechzigjährigen. Jetzt trifft sie die Möglichkeit, daß es heute nicht mehr weitergeht, nie mehr mit dem Vater, um so wehrloser. Das Herzzentrum wird gleich nach der Operation den Sohn anrufen, der gerade im Zimmer war, als die Krankenschwester die Nummer eines Angehörigen auf dem Laufzettel notieren wollte. Gegen 14 Uhr, sagte sie, könne er mit dem Anruf rechnen, natürlich auch etwas früher oder viel später, das sei unmöglich zu prognostizieren, sie rufen an, versprochen, ein Arzt ruft an, sobald er den Operationssaal verläßt. Erst im nachhinein merkte der Sohn, daß er die Zeitrechnung nicht versteht, wieso 14 Uhr, wenn die Operation kurz nacht acht beginnen und zweieinhalb Stunden dauern sollte? Die Tanten meldeten sich gestern abend noch alle aus Iran und Amerika, der Sohn hat keine Ahnung, wie sie die Nummer und überhaupt die Nachricht so schnell erreicht hat, blitzartig ging es um die Welt, was auch etwas Schönes ist, zu wissen, daß so viele Menschen an den Vater denken – jetzt. Um 11:57 Uhr klingelt das Handy … aber es ist nur ein Festival, das ihn zur Lesung einlädt. Schon an der Vorwahl bemerkte er, daß es nicht das Herzzentrum sein konnte, aber innerhalb der Sekunde oder der zwei Sekunden, die es dauert, bis der Anrufer sich vorstellt, spielt man dennoch alle Möglichkeiten durch, eine Rufumleitung vielleicht oder der Vater mit dem Hubschrauber in eine andere Spezialklinik verlegt? So schwer es fiel, ist der Sohn halbwegs höflich geblieben. Im Herzzentrum vermieden sie gestern abend alle Andeutungen, daß sie sich zum letzten Mal gesehen haben könnten, vermieden es so auffällig, daß dennoch alle sahen, daß auch die anderen an die Möglichkeit dachten. Der Vater schien zum Abschied bereit, ob er auch das Wort vermied, pries in allmählich ansteckender Heiterkeit Gott und seine Familie für alles, was sie ihm geschenkt, und fragte die Söhne, mit welchem Recht er mehr verlangen könne. Um halb neun schickte die Krankenschwester die Angehörigen aus dem Zimmer, weil sie die letzten Vorkehrungen treffen mußte, rasiert war der Vater schon, also auch am Körper, vor dem Nachtgebet, das er im Laufzettel eintragen ließ, stand noch der Einlauf aus, nach dem Gebet die Schlaftabletten, um zehn vor sieben würden sie ihn morgen früh abholen, also heute. Es ist 12:06 Uhr: Fährt der Sohn noch hinunter ins Dorf, um Brot, Obst und einen Liter Milch zu kaufen? Alles andere hat er, um sich bis Samstag zu versorgen. Oder wartet er, bis er angerufen wird? Je nachdem, braucht er ohnehin kein Brot. Der Raum, in dem er sitzt, die Landschaft mit Kühen, auf die er blickt, fühlen sich an, als könne er sie jederzeit ausknipsen. Es ist der gleiche Platz, der gleiche Blick, der gestern um die Zeit noch wirklich war. Davon soll der Roman, den ich schreibe, ja erzählen wie alle Romantik: wie die Wirklichkeit einfach ausgeknipst werden kann und man dadurch erst ihre Helligkeit begreift. In der japanischen Ästhetik von früher, in der es ebenfalls um Relationen gehe, vertrüge sich das strahlende Weiß der Zähne nicht mit der Dunkelheit der Mundhöhle und nähme es dem Gesicht von seinem hellgepuderten Schein. Der Sohn will nicht aus dem Herzzentrum angerufen werden, wenn er gerade in der Bäckerei oder im Supermarkt steht. Andererseits kann er nicht einfach warten, also nichts tun außer sitzen oder auf und ab gehen. Am ehesten würde noch eine gewöhnliche Arbeit unter Menschen ablenken, länger als das Gebet. Am schnellsten ging die Zeit vorüber, die er für diesen Absatz brauchte, jetzt schon 12:12 Uhr. Freilich verbraucht sich das Schreiben ebenfalls, wie er gerade feststellt, weil der Absatz länger nicht geht. Wenn er bereits vom Vater schriebe, käme es ihm vor, als rechnete er mit dessen Tod. Vielleicht fährt er doch Brot kaufen.

Beinah pünktlich um 14:30 Uhr der Anruf: Der Vater verliert Blut. Wenn sein Herz nicht aufhört zu bluten, muß der Brustkorb ein zweites Mal aufgeschnitten werden. Oder was heißt aufgeschnitten: aufgebrochen werden, aufgesägt doch wohl. Auf der Autobahn ruft die Redakteurin eines multikulturellen Senders an, die bereits am Vormittag alle Vorurteile des Sohnes gegen Negerradios bestätigte. Er bekräftigt, daß er wie alles andere auch das morgige Interview absagen müsse, da sein Vater am Herzen operiert worden sei, es Komplikationen gebe und er gerade zur Klinik führe, es sei ernst. Das tue ihr leid, aber das Interview … – Entschuldigung, es ist ernst, ich kann kein Interview geben! Sie verstehe seine Situation, aber er müsse auch sie verstehen, die Sendung … Da schneidet er ihr das Wort erneut ab, allerdings mit einem Hinweis, den er noch innerhalb des Satzes bereut: Entschuldigung, mein Vater liegt im Sterben. Er hat es ausgesprochen. Er hat ausgesprochen und nicht nur gedacht, daß der Vater sterben könnte, schlimmer: sterben wird, und das nur, um ein Telefongespräch zu beenden, er hat es ausgesprochen, die Ankündigung sitzt im Auto nun neben ihm und fährt mit zum Herzzentrum. Der Nachsatz, mit dem der Sohn ohne Verabschiedung auflegt, ist in Ordnung: Hiermit beende ich das Gespräch, nur daß er sich weniger gegen die Redakteurin richtet als gegen ihn selbst, der ein solcher Tor war, überhaupt ans Telefon zu gehen – eine Berliner Nummer auf dem Display konnte mit dem Vater nichts zu tun haben – und dann auch noch zu allem Überfluß das Wort sterben freizugeben, nicht daß er mit den Brüdern und der Frau heute nicht über die Möglichkeit des Todes sprechen würde, aber so, gegenüber dieser unmöglichen Person, ist es eine Entweihung. Im nächsten Telefonat bei Tempo 200 im auch nicht mehr jugendlichen BMW erklärt ihm der ältere Bruder, der bereits im Herzzentrum eingetroffen ist, wie es steht: Wenn die Blutung nicht in den nächsten ein, zwei Stunden aufhöre, müßten die Kardiologen in der nicht einmal großen Hoffnung, eine blutende Wunde vorzufinden, den Brustkorb ein zweites Mal öffnen. Sollte sich die Blutung, was wahrscheinlicher sei, als »diffus« erweisen, könnten sie nichts anderes tun, als den Brustkorb auszutamponieren. Die Gefahr dabei sei, daß ... und so weiter, es sind vier, fünf, sechs mögliche Komplikationen, die der Ältere aufzählt. Als der Jüngere einen Parkplatz sucht, liest er die Mutter auf, die die Straße vor dem Herzzentrum auf und ab geht. Das Auf-und-ab-Gehen werden sie an diesem Tag noch häufig praktizieren, in Choreographien zu zweit oder zu dritt, erst auf größerem, den Abend über auf kleinem Raum. Sie treffen den Älteren in der Eingangshalle und klingeln an der Intensivstation. Sie warten. Die Nachrichten, die der Kardiologe dem Älteren überbringt, sind nicht schlecht, wie der Jüngere aus dem Fachgespräch heraushört. Die Blutung hat nachgelassen, minimal zwar, unverständliche Zahlenreihen, gute Zahlen, böse Zahlen, x wäre ein Durchbruch, y ist zuwenig, doch will man die Entwicklung zunächst ein, zwei weitere Stunden beobachten, bevor man den Brustkorb des Vaters tatsächlich ein zweites Mal aufbricht. Ein, zwei Stunden später hat sich die Zahlenreihe ein weiteres minimales Stück Richtung x bewegt, weshalb man die Operation weiter hinauszögert. Selbst der Ältere kann nun nicht mehr anders, als nach dem Stöckchen Optimismus zu schnappen, das ihnen aus der elektrischen Schwingtür der Intensivstation gereicht wird. Die Brüder beschließen, daß der Jüngere mit der Mutter in den Kurort geht, um die Utensilien für die Nacht zu besorgen. Anschließend würde er die Bewachung der Schwingtür übernehmen, damit der Ältere etwas ißt. Als die Mutter es schon aufgegeben hat, entdeckt der Jüngere einen Supermarkt, der um halb acht noch Zahnbürste, T-Shirt, Schokoriegel und dergleichen verkauft. Niemand hat Hunger, aber es kann eine lange Nacht werden, erklärt er der Mutter, nichts wüßten sie über den Morgen, man müsse sich vorbereiten und mit den Kräften haushalten.

Man kann mit der Mutter nicht essen gehen, man landet zwingend im falschen Restaurant, sie erwischt automatisch das falsche Essen, und zu teuer ist ohnehin alles, was nicht *All-you-can-eat* ist, so daß der Jüngere sich freut, in der leergefegten Fußgängerzone des Kurortes einen asiatischen Imbiß zu entdecken, bei dem die Mutter sich wenigstens nicht über den Preis ärgert. Natürlich ärgert er sich darüber, daß sie das billigste Essen aussucht, 4,90 Euro. Er bestellt für die Mutter dennoch knuspriges Hühnchen mit pikanter Soße für 5,50 Euro, weil er sicher ist, daß es ihr besser schmeckt als süß-sauer. Ungeachtet ihres Einspruchs, nicht durstig zu sein, nimmt er außerdem ein Mineralwasser aus dem Kühlschrank vor der Verkaufstheke. Nein, nicht das Wasser, gibt sie ihren Widerstand auf, wenn schon, bring mir eine Fanta. Gerade als der Chinese ihnen das Essen an den Stehtisch bringt – der Jüngere ist seiner Empfehlung gefolgt, Rindfleisch Sezuan für 6,50 Euro, dazu das Pils aus dem Taunus, weil er grundsätzlich Produkte aus der Region bevorzugt –, ruft der Ältere endlich zurück, den der Jüngere vorhin nicht erreicht hat: Die Brust des Vaters muß geöffnet werden. Was gerade noch fehlte: Die beiden Operationsräume sind besetzt. – Wie, die sind besetzt? Ja, die sind besetzt, ganz einfach, mehr als zwei Operationsräume hat nicht einmal das Herzzentrum. Die Öffnung der Brust verschiebt sich also weiter, aber nicht mehr wegen x. Notfalls operieren sie auf der Intensivstation, das wäre ungünstig. Wo seid ihr? fragt der Ältere, der vor der elektronischen Schwingtür nichts mehr tun kann. Die Mutter, die zusah, wie der Jüngere telefonierte und auf persisch immer wieder schrie was ist denn?, was ist denn?, bringt den Teller sofort zur Theke, um sich das Essen einpacken zu lassen, auch die Fanta, die allerdings schon offen ist. Das Wort Pfand hört der Jüngere, während er die Gabel in das Rindfleisch hämmert. Eine Warmhaltebox aus Aluminium und einen Plastikbecher mit Fanta in der Hand, verläßt die Mutter den asiatischen Imbiß. In dieser Minute kann er sie auch nicht mehr trösten oder halten oder umarmen. Hätte sie nicht das Theater mit dem Essen gemacht, wäre er kaum auf dem Hocker sitzen geblieben. So entlädt sich seine Wut auf dem Rindfleisch Sezuan, damit zugleich auf der Mutter. Er klammert sich an die Absicht, wenigstens das Fleisch zu essen, und schluckt die Stücke ohne zu kauen. Appetit hat er nicht, doch genausowenig sperrt sich sein Magen. Er könnte auch zwei Teller essen, drei, es ist völlig egal. Nur den Reis läßt er zu dreiviertel stehen, weil er nicht hineinstechen kann wie ins Fleisch. Der

Chinese, der das Wort Klinik aufgeschnappt hat, nimmt an – bezeichnend für ihren Zustand seit gestern –, daß die Mutter die Patientin sei und sie die Parkinson-Klinik meinten. Nein, Herzzentrum und mein Vater, klärt der Jüngere ihn auf, Operation. Noch beim Rausgehen lächelt der Chinese ihm aufmunternd zu, daß die Klinik die besten Ärzte und Apparate habe, wirklich keine Sorge: eine säh guude Kaggenhaus. Später kehrt der Jüngere mit dem Internisten zurück in den Imbiß und empfiehlt Rindfleisch Sezuan. Die Mutter sucht derweil in der Fußgängerzone ein Klo, um vermutlich im Kurpark fündig zu werden in ihrer Verwirrung. Sein Essen muß der Internist unterbrechen, weil den Jüngeren ein Heulkrampf schüttelt. Kurz darauf wiederholt sich die Szene in umgekehrter Stellung: Der Jüngere hält den Älteren im Arm, der heult. Gott sei gepriesen schweigt der Chinese. Bis das Herzzentrum um halb zehn schließt, nutzen Mutter und Söhne den Vorplatz, um ihre Choreographie beim letzten Tageslicht einzustudieren. Die Pförtnerin erklärt, durch welche Tür sie nachts das Herzzentrum verlassen können, und gibt ihnen kostenlos zwei Flaschen Mineralwasser mit nach oben. Die Mutter bittet die Pförtnerin, für den Vater zu beten, da stammelt die Pförtnerin, die offenbar vollständig areligiös ist, daß sie positive Energien beisteuern würde. Das ist doch Scheiße mit euren Energien, denkt der Jüngere, während er zum Aufzug voranschreitet, dann laßt es doch gleich, wenn ihr nicht an Gebete glaubt. Die folgenden zwei Stunden sind nicht sehr verschieden von Folter, von der sie sich mit keinem Geständnis erlösen können, eine Enttäuschung jedes Öffnen der elektronischen Schwingtür, deren Tonfolge sich in ihr Gehirn einbrennt, eine Fehlanzeige jeder Gang über den Flur oder die Schritte im Treppenhaus, ein Schlag ins Wasser jedes Geräusch des Aufzugs. Eine Ärztin, die Feierabend hat, erklärt, die Operation habe um Viertel vor acht begonnen, eine Krankenschwester der benachbarten Station ist hundertprozentig sicher, daß der Vater erst gegen neun an ihr vorbei in den Operationssaal gerollt wurde. Beide sind sie von Kopf bis Fuß blau bekleidet, Hose, Hemd und Mütze wenn auch verwaschen fast im Yves-Klein-Ton und schon deshalb wie vom andern Stern. Die Mutter jammert vor sich hin oder murmelt, wie gut es sei, daß die Söhne bei ihr sind, allein wäre sie längst durchgedreht. Dabei gehen die Söhne auch nur den fensterlosen Raum zwischen dem Aufzug und der elektronischen Schwingtür auf und ab, in der Ecke die Tür zum Treppenhaus, wenn sie nicht zwischendurch in einer der vier orangen

Plastikschalen sitzen, die auf eine metallene Stange geschraubt sind. Es fehlt nicht viel, und der Jüngere würde sein Ohr auf den Linoleumboden legen, um irgendeinen Hinweis auf den Zustand des Vaters zu erlauschen, wie ein Indianer die feindlichen Reiter. Sie sprechen nicht darüber, aber was sie alle beunruhigt, auch die Verwandten am Telefon, so meint der Jüngere zu merken, sind die bösen Vorahnungen. Niemand ruft: Ich glaube daran, ich habe so ein Gefühl. In seinem Kopf fügen sich die Dinge zusammen, die dem Zeitpunkt einen Sinn verleihen würden. Klar ist, daß niemand lamentieren dürfte, nichts an dem Vorgang wirbelt Weltanschauungen durcheinander, nichts daran ist außergewöhnlich. Auch daß es der Familie so gut ging zuletzt, spricht dafür, daß sich der Boden wieder auftut. Er sagt sich: In Ordnung, es gibt sie, was wir jetzt brauchen, ist ein Wunder. Um 23:15 Uhr öffnet sich die Schwingtür für einen Blaugewandeten, der die Angehörigen anschaut, statt eilig zum Aufzug zu schreiten. Schon am Gesichtsausdruck erkennt der Jüngere, daß der Vater jedenfalls nicht tot ist. Es ist viel mehr als nur überleben: Die Kardiologen haben auf Anhieb eine Wunde gefunden, aus der das Blut nur so spritzte. Nun scheint die Blutung gestillt. Der Brustkorb bleibt bis zum Morgen offen für den Fall, daß das Herz erneut zu bluten beginnt. Alle Werte sind stabil. Der Jüngere ist es, der Laie, der fragt, ob sie den Vater sehen dürften. Der Blaugewandete zögert zunächst, blickt die Angehörigen prüfend an und schaut ungewöhnlich lang auf den Boden, bevor er schließlich ja sagt, er würde die Söhne rufen lassen, sobald der Vater fertig angeschlossen sei, die Mutter warte besser draußen. Angeschlossen, sagt er, angeschlossen, als sei der Vater selbst schon ein Apparat. Der hinten zu verschließende Kittel, die Desinfektion, der gedämpfte Ton, die Zimmer ohne Tür mit je zwei Patienten, Bildschirmen und zweitausend blinkenden Lichtern, das kennt der Jüngere alles. So ist er auch nicht schockiert, als er vor dem Bett des Vaters steht, zumal dessen Körper von einer Wärmedecke bedeckt ist ähnlich einer Alufolie. Natürlich, die Schläuche und Kanülen, überall, auch im offengehaltenen Mund, aber er wirkt friedlich, der Vater, er schläft, wirkt kräftiger sogar, größer, als ihn der Jüngere in Erinnerung hat. Vielleicht hat es mit dem Wasser zu tun, das im Körper des Vaters mal mehr, mal weniger wird. Der Jüngere betet, betet eben so laut, daß der Vater ihn hören könnte, spricht zu ihm, etwa, daß der Vater noch die herausgerissene Gardinenstange neu anbringen und die Frühgeborene aufwachsen sehen müsse. Er hat den Eindruck, in Zonen, die er nicht kennt, vom Vater wahrgenommen zu werden. Beim Herausgehen erklärt er dem Älteren, daß es heißt, der himmlische Frieden senke sich herab, wo immer Gottes Wort rezitiert wird. Im Hotelzimmer, das sie weit nach Mitternacht noch finden, weist der Ältere den Jüngeren darauf hin, daß der Kreislauf, der kaum meßbar gewesen, im Laufe ihres Besuchs sprunghaft angestiegen sei, sogar auf zu hohe Werte, um sich schließlich fast auf dem Idealwert einzupendeln. Während ich Gottes Wort rezitierte? Ja. Der Jüngste will es als Laie nicht überbewerten, aber es wird schon etwas mit dem zu tun haben, was die Pförtnerin mit Energien meinte. Stört dich die Leselampe? fragt er den Älteren und fängt an zu schreiben, daß beinah pünktlich um 14:30 Uhr der Anruf erfolgte: Der Vater verliert Blut. Der Absatz verläuft ohne weitere Komplikationen, also Anrufen aus dem Herzzentrum. Der Ältere schreckt einmal heftig aus dem Schlaf und liegt ab fünf Uhr wach. Woran schreibst du? fragt er. Nur eine weitere Notiz, druckst der Jüngere herum und läßt den Roman, den ich schreibe, eilig vom Bildschirm verschwinden.

Am Morgen danach sprachen sie länger mit dem Chef des Herzzentrums, der die Grenzen der Medizin zu kennen und deshalb ein um so besserer Mediziner zu sein scheint. Keine Frage, der Tod ist übermächtig, aber was wir tun können, tun wir und wird von Jahr zu Jahr mehr, sagte sein melancholischer Blick. Ausdrücklich sagte er: Diese zweite Klappe operiert niemand gern, zumal nicht bei dem Alter Ihres Vaters und dessen Leberinsuffizienz, das ist nicht schön, das Problem der Blutung tritt beinah planmäßig auf, doch gab es praktisch keine Wahl, ein Wunder, daß Ihr Vater mit der Herzklappe so lang überlebt hat, völlig zerfleddert, wieder Zahlen, Zentimetergrößen, höchstens ein paar Monate wäre das noch gegangen, und jetzt scheint das Blut gestillt zu sein, das ist das Wesentliche, nein, ich glaube nicht, daß etwas zurückgeblieben ist, nein, nein, auch nicht im Gehirn, hoffen wir, aber müssen ihn erst einmal langsam in den Wachzustand überführen, nichts überstürzen, heute oder morgen, ganz behutsam, wenn er dann bei Bewußtsein ist, sehen wir weiter. Sicher kann es auch danach Komplikationen geben, aber dann haben wir auch unsere Möglichkeiten. Persönlich führte der Chef des Herzzentrums sie nochmals zum Vater, der mit weitgeöffnetem Mund und darin drei Schläuchen ruhig und regelmäßig atmete, die Gesichtszüge unendlich entspannt, auf dem Leib die silberne Decke, die schwankt und glitzert wie sonniges Meer. Minuten betrachteten sie den Vater, nur der Chef des Herzzentrums und der ältere Bruder flüsterten sich hier und dort etwas zu. Dieser Frieden ist zugleich so wunderschön, dachte der Jüngere, und so grauenvoll: Mein Vater ist jetzt auch ein Engel. »Denn weil die Seligsten nicht fühlen von selbst, / Muß wohl, wenn solches zu sagen / Erlaubt ist, in der Götter Namen / Teilnehmend fühlen ein andrer.« Sie, wenn es Sie im Roman, den ich schreibe, je großgeschrieben gibt, Sie haben den Vorteil, daß Sie einfach umblättern oder Gott verhüte daran, daß mit dem nächsten Absatz ein neues Kapitel beginnt, in zwei, drei Zeilen womöglich – daß Sie bereits erkennen können, was bestimmt ist. Der Sohn hingegen weiß nichts. Gestern war er am Ende, heute lebt der Vater doch weiter. Und morgen? Schon die Tatsache, daß gestern gestern war, erscheint ihm absurd. Seit dem vorigen Absatz ist viel mehr Zeit vergangen, ein Monat oder ein Jahr, ein Leben oder keins. Die Raststätte an der A 45 kurz vor Siegen heißt Katzenfurt. Auf einer der nächsten Rückfahrten ißt er dort eine Currywurst, falls sie dreißig Jahre später noch auf der Speisekarte steht.

Der Cousin der Mutter, der in Rüdesheim lebt, hat die Memoiren seines Onkels Enayatollah Sohrab nach Köln geschickt, also nicht wie vereinbart an die Mutter. Ich möchte nicht, daß sein Vater davon erfährt, verriet er der Frau am Telefon. Der Vater wiederum, den der Cousin in Rüdesheim fürchtet, meidet oder nicht bekümmern will, äußerte erst letzte Woche den Verdacht, der Sohn würde gerade ein Buch über die Bahais schreiben. Seinen Vorbehalt begründete der Vater damit, daß der Sohn nach der Veröffentlichung endgültig nicht mehr nach Iran reisen könne. Der Cousin hat ein wenig Propagandamaterial beigelegt, wie die Frau es am Telefon nannte. Das überrascht den Sohn nicht. Alle Bahais, die er kennt, sind freundliche, aufgeschlossene Leute, die einen so einleuchtenden Glauben haben, daß sie ihn als Broschüre stets mit sich führen. Auch nach Lesungen passiert es ihm öfter, daß ein älterer Herr auf ihn zutritt, ihm wärmstens zu seinen Erfolgen gratuliert, auf die alle Iraner in Deutschland stolz seien, und anschließend nach seiner Meinung zu den Bahais fragt. Wenn der Sohn dann zugibt, keine rechte Meinung zu haben, liegt die Broschüre schon in seiner Hand. Für weitere Informationen wird er nach seiner Adresse gefragt und ungefragt versorgt. In Köln hat er mittlerweile ein halbes Regalfach nur mit Büchern und Heften über den Bahaismus. Mehr als einen Blick hat er in keines geworfen. Die Bahais, die ihn nach den Lesungen ansprechen, haben vermutlich gar nicht vor, ihn zu bekehren. Es wirkt eher, als wollten sie sich vor einem Muslim erklären, den sie für überraschend aufgeklärt halten – was immer über sie gesagt werde, sei in Wirklichkeit ganz anders. Da er kaum wisse, was über die Bahais gesagt wird, könne er auch nicht falschliegen, verteidigt sich der Sohn manchmal. Das wenige, das er in den Broschüren aufschnappte, Zitat Bahaóllah: »Die Erde ist nur ein Land, und alle Menschen sind seine Bürger«, klingt so vernünftig wie eine Rede zur europäischen Einigung. Schön, wenn man Weltfrieden, Toleranz und Menschenrechte für richtig hält, aber das hilft ihm jetzt auch nicht weiter. Die Selberlebensbeschreibung von Enayatollah Sohrab wird er sich dennoch genauer ansehen, sobald er zurück in Köln ist; für den Fall, daß die Frau ins Bergische Land kommt, weil der Sohn näher am Herzzentrum oder im schlimmsten Fall in der Nähe von Siegen, wenn ... schreib weiter, schreib einfach weiter, es ging doch ganz gut: für den Fall habe ich sie gebeten, den Umschlag mitzubringen, den der Cousin aus Rüdesheim geschickt hat, wenngleich nicht die Broschüren. Natürlich interessiert mich vor allem, ob Enayatollah Sohrab seinen Bruder erwähnt, der mein Urgroßvater sein müßte. Enayatollah Sohrab ist der Vater von Hedayatollah und Großvater des Cousins in Rüsselsheim, wenn ich die Verhältnisse mit ihren verwirrenden Namen richtig übersehe. Hedayatollah Sohrab wiederum war Großvaters bester Freund auf der Amerikanischen Schule in Teheran, geht aus dessen Selberlebensbeschreibung hervor.

Die nächsten beiden, sogar ziemlich langen Kapitel handeln wieder nur von den Bahais: »Religionsfreiheit und die Aktivitäten der Bahai-Studenten« und »Warum ich kein Bahai geworden bin«. Daß Großvater so oft die Bahais erwähnt, überrascht mich deshalb, weil sie in unserer Familie nie erwähnt wurden. Für den allgemeinen Leser mit Interesse an der Geschichte Irans, an den er dachte, ist das insofern interessant, als die Geschichtsbücher selten auf die breite Wirkung dieser neuen Religion auf die europäisch orientierten Eliten Irans eingehen. Der Respekt, mit dem Großvater über die Bahais schreibt – vor jedem ihrer Namen steht *Âghâ*, »Herr« –, kontrastiert seltsam mit der schroffen Ablehnung ihrer Lehre. Er selbst fand das wahrscheinlich gar nicht seltsam. Er konnte einen anderen Glauben schroff ablehnen und dessen Anhängern dennoch zugetan sein. Genaugenommen wäre das Toleranz, nicht die Gleichgültigkeit unserer Tage. Für einen Muslim, der an Mohammad als das Siegel der Propheten glaubt, ist es nichts Besonderes, das Christentum oder das Judentum gelten zu lassen, da er sie als Vorgängerreligionen in die eigene Offenbarungsgeschichte einreihen kann, ebenso den Zoroastrismus. Ein neuer Prophet hingegen muß aus dieser Sicht ein falscher Prophet sein, da er sonst den Islam widerlegte. Eine theologische Anerkennung ist daher strenggenommen unmöglich. Großvater, der seit seiner Jugend »mit dieser Gruppe« in ständigen Kontakt stand und viele ihrer Wortführer persönlich kannte, hat »nicht den geringsten Zweifel daran, daß ihre Lehre keinerlei Verbindung zu den wahren Religionen Gottes und ihre Gründer keinerlei Ähnlichkeit mit irgendeinem von Gottes Gesandten aufweisen«. Seine Cousins, die Bahais waren, nennt er im nächsten Satz dennoch *aziz*, »lieb«, nur daß sie und er schon länger das Gespräch über religiösen Themen vermieden, da es zu nichts führe als beidseitigem Ärger. Er schildert, wie er sich dennoch vor einigen Jahren bei einem der üblichen Donnerstagabende, an denen sich vierzig, fünfzig Verwandte und Bekannte in einem Wohnzimmer trafen, in einen Disput mit Hedayatollah Sohrab verwickeln ließ, den Vater des Cousins in Rüdesheim, den wir als Brigadegeneral Sohrab kannten, wenn ich mich nicht vertue, Chef der Isfahaner Wehrdienstbehörde (*nezâm wazife-ye Esfahân* müßte Wehrdienstbehörde sein). Er könne doch Englisch, rief der immer gutgelaunte Hedayat Großvater zu, der steif wie immer auf einem Stuhl an der gegenüberliegenden Querwand saß, da werde er wissen, daß auf jedem Medikament ein Verfallsdatum steht: »Wie kommt es, daß ihr dann an einer Religion festhaltet, deren Haltbarkeit längst abgelaufen ist? Seht ihr denn nicht, welche moralische Verkommenheit die muslimischen Gesellschaften erfaßt hat? Und ist diese offenkundige Realität nicht Beweis genug, daß es sinnlos ist, die islamische Lehre zu befolgen?« Mit mühsam unterdrückter Wut brachte Großvater seine Argumente vor, die ich nicht aufzählen will. Wichtiger ist mir, was er als Oberhaupt der Familie danach schreibt: Wenn er etwas für wahr oder falsch erkläre, sei das kein Grund für einen anderen, ihm einfach zu glauben. Er rate, mehr noch: er hinterlasse es seinen Kindern und Enkeln ebenso wie den jüngeren unter seinen Lesern als sein Vermächtnis, die metaphysischen Angelegenheiten nicht für nachrangig zu halten und sich nicht damit zu begnügen, was sie hier und dort, von ihren Eltern, Verwandten oder Lehrern darüber hörten. Jeder Mensch sei ausersehen, die unterschiedlichen religiösen Lehren selbständig zu erforschen. Die Traditionen und Sitten könne man von Älteren übernehmen, aber die Grundprinzipien einer Religion müsse jeder Mensch sich selbst erschließen, und zwar mit den Mitteln seiner eigenen Vernunft. Er empfehle, sich geeignete Lehrer zu suchen, möglichst viele Bücher zu lesen und vor allem nachzudenken, jede Unsicherheit, jede Frage, jeden möglichen Widerspruch zu erwägen, um schließlich zu einem eigenen Urteil zu gelangen. Wahrheit könne niemals nachgeahmt, sie müsse selbständig erkannt werden, beschwört Großvater seine allgemeine Leserschaft, und erinnert sie an den Ausspruch des Imam Ali: »Der Gelehrteste ist der, dessen Gewißheit sich durch Zweifel vermehrt.« Katzenfurt heißt die Raststätte in Richtung Gießen. Kommt man von Frankfurt und Bad Nauheim, heißt die Autobahnraststätte kurz vor Siegen Dollenberg.

Der 22. Juli 2007 beendet die Friedensverhandlungen zwischen Gott und den Blaugewandeten morgens kurz vor sechs mit der Nachricht, daß der Vater wieder blutet, es mit der Atmung nicht klappt, die Herz-Lungen-Maschine wieder eingeschaltet werden mußte, das Röntgenbild Anzeichen einer Lungenentzündung aufweist und … das Schlimmste sind die Blutungen. Die Kardiologen wollen noch ein, zwei Stunden abwarten und dann, so der Blutverlust nicht wider Erwarten nachläßt, erneut den Brustkorb aufsägen, eine ähnliche Situation wie am Mittwoch, nur daß die Komplikationen nach der dritten Operation am offenen Herzen wahrscheinlicher, auch schwerwiegender sein würden und die Hoffnung geringer, eine Wunde vorzufinden statt diffuses Blut. Hinzu kommen die zusätzlichen Tage, die der Vater durchgehend in Narkose sein würde, noch mindestens bis Donnerstag, Freitag, die Gefahr der Lungenentzündung, die durch den fortdauernden Einsatz der Herz-Lungen-Maschine noch stiege. Selbst wenn die Operation gelänge, was unwahrscheinlich genug ist, wäre die Wahrscheinlichkeit hoch, daß die Wunde sich entzünden und eitern würde, so daß den Vater über Monate schlimme Schmerzen in der Brust plagen würden und er sich so gut wie nicht bewegen dürfte. Alle drei Tage würden bei lokaler Narkose die Binden ausgetauscht, die den Eiter aufsaugen. Der jüngere Bruder ist nicht sicher, wie es dann mit dem Lebenswillen des Vaters aussähe, den die Enkel nur noch den »Stürmer« nennen, um sich Mut zu machen (von irgendwem haben sie das Wort aufgeschnappt und fanden es treffend). Der Ältere bezweifelt, ob der Lebenswille, so stark auch immer, dann noch ausreichen würde bei einem Achtzigjährigen, dem man über Monate am Herzen rumfuchtelt, unter chronischen Qualen und ebensolcher Todesangst, bei völliger Regungslosigkeit und vollem Bewußtsein. Würde der Vater sie nicht fragen, warum sie ihn nicht haben sterben lassen? Darüber ließe sich wahrscheinlich lange philosophieren, theologisieren und psychologisieren, nur müssen die Brüder es im gegebenen Fall wohl innerhalb von Minuten entscheiden. Wenn irgend nur möglich, erklärt der Ältere, den der Jüngere diesmal in Siegen abholt, um gemeinsam zum Herzzentrum zu rasen, vor dem die Mutter wieder auf und ab geht, wenn irgend nur möglich, bleibt die Brust zu. Das »Niemand operiert so etwas gern« des Chefarztes klingt dem Jüngeren noch im Ohr, und das bezog sich auf den ersten Eingriff. Ein, zwei Stunden nach ihrer Ankunft im Herzzentrum die erste Neuigkeit: keine Veränderung, was nahe an der schlimmstmöglichen Veränderung liegt, allerdings ist der Oberarzt gerade mit einem anderen Herzen beschäftigt und soll das Herz des Vaters nicht mit dem Assistenten vorliebnehmen. In höchstens einer Stunde ist der Oberarzt soweit. Eine Stunde ist vergangen, behauptet die Uhr, als in der ungewöhnlich belebten Fußgängerzone des Kurorts das Handy des Älteren klingelt und dessen Blick aufs Display dem Jüngeren verrät, daß es die Intensivstation ist. Ungleich schneller als sein Navigator berechnet der Jüngere die wahrscheinlichste Route. Fest steht erstens: Eine Intensivstation ruft nur in Fällen an, die selbst für die dortigen Verhältnisse dringend sind. Fest steht zweitens, daß der Vater operiert wird. Und schließlich steht fest, daß die Operation unmöglich schon zu Ende sein kann, erfolgreich zu Ende. Ein paar Minuten bevor sein Handy klingelte, hatte der Ältere gestanden, daß seine Hoffnung nur noch darin gründe, keine Hoffnung mehr zu haben, schließlich seien bisher alle Hoffnungen enttäuscht worden und könne das der Hoffnungslosigkeit doch genauso widerfahren. Kurz darauf klingelt sein Handy und ist der Jüngere auf der Überholspur in Richtung seines eigenen Bestimmungsorts. Erregt zeigt der Ältere mit dem Daumen nach unten. Der Jüngere denkt im ersten Augenblick, der Vater sei tot, dann hört er das Wort »deutlich« und nimmt an, daß der Vater wenigstens noch leben müsse, sonst wäre doch nichts deutlich, man sagt doch nicht »deutlich« tot, sondern einfach, es tut uns leid, niemandem tut es »deutlich leid«, also vermutet der Jüngere, daß die Blutwerte sich deutlich verschlechtert haben und der Vater sofort operiert werden mußte, Oberarzt hin oder her, dann eben vom Assistenten, bis der Ältere bemerkt, wie der Jüngere den Daumen deutet, wohl deuten muß, ich meine, Daumen runter ist doch nun einmal negativ, das kann man nicht mehr deuten oder zurechtbiegen, das ist negativ, wenn nicht der Tod, dann die Aussichtslosigkeit, da reißt der Ältere den Daumen nach oben, ruft an der Sprechmuschel vorbei, daß es eine gute Nachricht sei, eine GUTE Nachricht, und der Jüngere begreift im weiteren Verlauf des Telefonats, daß die Blutung »deutlich« nachgelassen habe (das meinte der Internist mit dem Daumen nach unten) und der Vater nun Aussicht habe, eine realistische Chance, doch nicht operiert zu werden, man warte vorerst ab. Als sie gegen Abend auf die Autobahn einscheren, mahnt der Ältere scherzhaft, der Jüngere solle das Mißverständnis mit dem Daumen bloß nicht in einer Geschichte verwenden. Der Roman, den ich schreibe, ist keine Geschichte.

Im Hintergrund läuft laut die Tour de France, die der Zimmernachbar des Vaters eingeschaltet hat, als er kurz wach war. Man kann nicht anders, als zu registrieren, was zur selben Zeit in den Pyrenäen geschieht, ein Däne in Führung, allerdings unter Dopingverdacht, der Deutsche hat keine Chance mehr, fünf spanische Bergspezialisten in der Ausreißergruppe, das grüne Trikot des Punktsiegers. Ein ehemaliger Profi erläutert als Mitmoderator einfühlsam, wie sich die Fahrer fühlen, wenn der Puls über eine so lange Strecke »im Anschlag« ist und »die Reaktionszeit« daher nachläßt, etwa wenn ein Zuschauer plötzlich auf der Strecke steht. Das ist schon interessant, daran hat der Sohn nie gedacht: die Bilder von Stürzen, wenn man am Fernseher meint, daß der Fahrer leicht hätte ausweichen können, wieso er denn direkt in den Zuschauer fährt, der mit einem Photoapparat oder einer Wasserflasche in der Hand nur einen Schritt über die Abgrenzung getreten ist – das liegt an der Reaktionszeit, die Reaktionszeit ist gegen Ende der Etappe und zumal in der Bergen nicht mehr normal. Obwohl der Sohn seit Jahren kein Radrennen mehr gesehen hat, steht ihm das Bild des Radfahrers vor Augen, der bergauf in einen Zuschauer fährt. Wenn der Puls über eine so lange Strecke im Anschlag sei, sei eben nichts mehr normal, wiederholt der Experte, sagt dreimal in vier Sätzen normal oder nicht normal. Mit welchem Argument könnte der Sohn die Krankenschwester oder den Zimmernachbarn bitten, den Fernseher leiser zu stellen, wie ihnen die anderen, möglichen Ebenen der Wahrnehmung begreiflich machen, auf denen der Vater die Übertragung der Tour de France und zumal die Werbeunterbrechungen genauso registriert wie nach der ersten Operation den Koran. Wer aus der Spitzengruppe zurückfällt, nur ein wenig zurückfällt, hat in der Regel keine Chance mehr, dann spielt die Psychologie nicht mit, der Wille, dann wird er durch das Hauptfeld nach hinten gereicht. Der Sohn beobachtet durchgehend den Schlauch, der aus dem Bett zu einem Apparat führt, der links mit blauer, rechts mit roter Flüssigkeit gefüllt ist: Das Herz des Vaters blutet nicht mehr. Angegeben sind Servicenummer für Asien/Ozeanien, Afrika, Amerika und Europa. Ob er einmal anrufen soll? Europa hat eine Nummer mit 0033; das ist Holland, glaubt der Sohn, Holland oder vielleicht Belgien? Was auch immer, die werden sich schon verständigen können, wenn etwas mit dem Apparat ist.

Auf der Rückfahrt schiebt der Sohn persische Chansons aus den Fünfzigern plus minus einem Jahrzehnt ins Autoradio. Die Lieder meiner Jugend, wundert sich die Mutter auf der Rückbank, wo hast du die her? Die Populärmusik jener Zeit kann der Sohn beinah wahllos hören. Zwar handeln die Texte ebenfalls von Herz und Schmerz, aber das Fortdauern der persischen Mystik verwandelt selbst die schnödeste Schnulze in ein fiebriges Gottverlangen, zumal die Harmonien – anders als die strenge Kunstmusik sind diese Lieder zum Mitsingen melodisch – noch nicht die der amerikanischen Filmindustrie sind oder gar des späteren Pop. Schon wegen ihrer Ungewohntheit, ihrer Herkunft aus fremd gewordener Zeit ist das Schöne daran noch schön, hätte es sich doch durch die bloße Wiederholung verbraucht. Damals in Iran, als diese Lieder Gassenhauer waren, hätte der Sohn vermutlich Elvis Presley gehört, um sich zu unterscheiden. Erst von heute aus fällt mir ihre Originalität als Klangbild einer eigenständigen iranischen Moderne auf, fällt auf, wie anders sie klingen als westliche Populärmusik der fünfziger Jahre, anders als die deutsche sowieso, aber auch nicht französisch, amerikanisch oder arabisch, zugleich anders als die alte iranische Volksmusik. Die Lieder sind städtisch, bürgerlich, oft lasziv, sehr melancholisch, selbst die Freude traurig, werden von Geigen untermalt, die den westlichen Orchesterklang orientalisch verzerren – das sind wohl die berühmten Zwischentöne –, auch Pauken, Bläser hingegen selten und mehr als Kuriosum, elektrische Gitarren durchaus, von den traditionellen persischen Instrumenten am ehesten noch das Santur, das Entsprechende zum deutschen Hackbrett, große oder kleine Ensembles, bei denen die Männer bestimmt nicht wie heute die iranischen Musiker in der Kölner Philharmonie affige Folkloreverschnitte trugen, sondern Frack und Fliege, und die Sängerinnen hatten lange Kleider an und müssen hinreißend ausgesehen haben, selbst wenn sie in Wirklichkeit kugelrund waren und ein Meter fünfundvierzig. Obzwar die Musiker auf den Konzerten aussehen wie Portiers im ägyptischen Fünf-Sterne Ressort, bin ich nicht grundsätzlich gegen die neue iranische Musik, die wegen des Unterhaltungsverbots die klassischen Formen wiederbelebt hat. Iran dürfte heute über mehr Meister auch des alten Sinns verfügen als vor der Revolution und viele junge Talente, die auf den alten Wegen schreiten, um sie sinnvoller zu verändern als nur durch schriftliche Partituren westlichen Stils oder den Einsatz von Beats. Wozu es noch viele Jahre braucht, bevor es in ganz anderer Weise wiederkehren kann, ist die originäre iranische Populärmusik, in der es anzüglich oder romantisch zuging, die zum Tanzen war oder zum Weinen. Die Angehörigen reden nicht, als sie an Dollenberg vorbeifahren, schon die ganze Strecke nicht, die Anfangsbesetzung mit der Mutter und zwei Söhnen kann immerhin zum ersten Mal Musik hören, seit der Vater operiert worden ist, vielleicht auch nur persische Chansons der Fünfziger plus minus einem Jahrzehnt. Von außen betrachtet, ist die Situation weiterhin fragil, aber wie Leute, die beinah verdorrt wären, haben sie jeden Tropfen Erleichterung aufgeschlürft, den der Tag im Herzzentrum ihnen reichte. Als der ältere Bruder vorhin ans Bett trat, erklärte er wie bei einer Lagebesprechung die Zahlenreihen im Patientenbuch, das auf einem Brett am Bettgeländer klemmte, die Kurven und Diagramme auf den Bildschirmen, die Funktionen der verschiedenen Schläuche, so daß der Jüngere selbst schon seine Schlüsse zog und auf offene Flanken hinweisen konnte in dem Krieg, der der eigene wurde auf Zuruf eines Arztes.

In der Schule zirkulierte ein Schreiben aus Amerika, in dem der Sohn des Religionsstifters Bahaóllah, Abbas Abdolbaha, den baldigen Weltfrieden prognostizierte. Wolf und Schaf würden aus einer Quelle trinken und alle Menschen eine gemeinsame Sprache sprechen, Esperanto, das die Bahais im Aufenthaltsraum vor den Schlafzimmern mit großem Eifer lernten. Großvater bedauert es, den Brief nicht aufbewahrt zu haben, den er für ein historisches Dokument hält; Ketzergeschichte, würden die Mullahs sagen. Die Bahais unter den Verwandten und Bekannten, die er nach dem Brief Abdolbahas fragte, antworteten, daß ihre Väter den Brief der Gemeinde übergeben hätten und er dort unter Verschluß liege. Großvater regt sich darüber ein wenig auf, vielleicht auch, weil er selbst zum Schluß Zeugnis ablegen wollte: Wieso enthalte man die Zeugnisse des eigenen Lebens und der eigenen Gemeinschaft seinen Kindern vor und verhindere ihre Veröffentlichung? Wenn Hedayatollah seine religiösen Führer aufsuchte – zwei der Zentren wurden von Amerikanerinnen geleitet, Frau Doktor Ludy und Frau Doktor Clark, wenn ich die Namen richtig rücktranskribiere –, überredete er oft Großvater und einen weiteren Cousin aus Isfahan, ihn zu begleiten. Der andere Cousin erwies sich nicht als besonders anfällig für die neue Lehre. Zwar nahm er an den Versammlungen der Bahais teil, aber wenn es Zeit wurde, ging er in den Waschraum, um sich rituell zu reinigen, und stellte sich anschließend in eine Ecke des Gemeindesaals, um sein muslimisches Gebet zu verrichten. Großvater hingegen stand nicht so fest im eigenen Glauben. Er verschweigt nicht, daß besonders einer der Prediger ihn beeindruckte, ein alter Mann namens Mirza Naím, der oft vor Ergriffenheit weinte. Großvater nennt ihn noch immer *scharif*, »edel«, und *bozorg*, »groß«. Mirza Naím schien nichts anderes zu tun, als sich von morgens bis abends um die Seelen seiner Besucher zu sorgen und die alsbaldige Versöhnung der Menschheit anzukündigen. Der Ausbruch des Ersten Weltkriegs setzte seiner Vision ein jähes Ende. Auch manche Bahais aus der Amerikanischen Schule wandten sich danach von ihrer Religion ab. Ob Großvaters Kinder ohne den Ersten Weltkrieg als Bahais geboren worden wären? Dann würde ich dem Ersten Weltkrieg meine Existenz verdanken, denn die Tochter eines Apostaten hätte mein Vater bestimmt nicht geheiratet. Daran hat keine der kriegführenden Parteien gedacht. Dienstag, der 24. Juli 2007, 11:55 Uhr. Zur Zeit probieren die Kardiologen, die Herz-Lungen-Maschine herunterzufahren; sofern Herz und Lunge ihren Dienst auch ohne Maschine verrichten, erwecken die Kardiologen den Vater, so daß er morgen ansprechbar wäre, wenn der Jüngste wieder an Katzenfurt vorbeigefahren ist, aber das ist wieder nur eine Hoffnung. Der Enkel ist heute nicht zum Vater gefahren, weil schon die drei Brüder das Herzzentrum besuchen, also auch der jener auf Krücken, der in Amerika selbst beinah gestorben oder amputiert worden wäre, davon müßte der Jüngste noch berichten, und es von den vier Söhnen am schwersten hat, weil er zu Hause bleiben muß und nicht einmal auf und ab gehen kann beim Warten. Die Familie hält, die Mutter, die vier Söhne; ab und zu hört der Jüngste dunkel die schweren Ketten, die nie in Gefahr sind zu reißen. Die Familie ist das wichtigste, sagte er auch der Frau, durch nichts zu ersetzen, das einzige, worauf man sich verlassen könne außer vielleicht noch auf die zwei, drei besten Freundschaften; alles andere, was uns der Individualismus als Fortschritt verkaufe, all die Lebensgemeinschaften und sogenannten Netzwerke, das Wort verrate sich selbst, seien dünne Schnüre gegen die Familienbande, die Klumpen gemeinsamen Blutes, so reaktionär denkt er daher, wie der späte Karl Otto Hondrich oder der jetzige Papst, und weiß, daß es stimmt, würde jedenfalls nicht aufs Gegenteil vertrauen und will sich die Familie nie mehr von den Priestern des Individualismus verketzern lassen wie vor Jahren, als die Therapie damit endete, daß die Frau aus der Wohnung zog. Die Eltern zum Beispiel wären früher das Paradebeispiel einer Ehe gewesen, von der Außenstehende meinen könnten, daß sie nur durch die Tradition und die Kinder zusammengehalten wird, eigentlich nur durchs Dogma, daß man sich nun einmal nicht trennt. Aber hätten die Eltern aufgehört, miteinander zu atmen, wären sie beide längst tot oder vereinsamt und funktionierte auch der Verbund der vier Söhne nicht, die dann Scheidungskinder wären, was im Individualismus offenbar niemals ein Hinderungsgrund sein darf, weil Kinder nicht das eigene Individuum sind und die größte unter allen Sünden das Opfer. Es hängt nicht an der Nationalität, wie er an den beiden Deutschen unter seinen Schwägerinnen feststellt, eher an der Selbstverständlichkeit, die sie der Familie zuschreiben, auch ihr Verhältnis zu den eigenen Eltern. Die Mutter meinte etwas, das ganz falsch, aber auch ganz richtig war: Eure Gebete, sie meinte die vier Söhne, eure Gebete wird Gott hören, weil ihr hier aufgewachsen seid und eure Herzen rein sind, nicht so wie unsere Herzen, sie meinte die iranischen Iraner – ob ihrer Generation oder generell, das hörte der Jüngste nicht heraus. Es ist natürlich falsch, weil die Herzen der Söhne oder mindestens des Jüngsten, das er besser beurteilen kann als der Chefarzt die Herzen seiner Patienten, also mindestens das Herz des Jüngsten nicht rein ist; aber recht hat die Mutter darin, daß die Söhne nicht die Intrigen, den Egoismus und die Heuchelei kennengelernt haben, die das Leben in Iran bei aller Herzlichkeit mit sich bringt, bei aller Verbundenheit innerhalb der Großfamilie, der Höflichkeit, die sie an Iran schätzen. Sie sind in Deutschland geschützter aufgewachsen, sie alle. Zugleich fehlt ihnen glücklicherweise das Mißtrauen gegenüber den Älteren und der Familie, wie es in Deutschland bis in ihre Generation hinein noch geläufig ist. Für die Söhne, ebenso wie für ihre Frauen, auch die deutschen, sind die Eltern das eigentlich Beständige im Leben, mehr noch als die Partner, mit denen sie sich überwerfen, mehr als die eigenen Kinder, die einem später zürnen könnten, deren Zukunft man nicht kennt. Die Eltern sind immer da, wohin wir sie auch rufen, sie würden sich ins Auto, in den Zug, ins Flugzeug setzen, wann wir sie auch brauchen, sie würden uns versorgen und uns vielleicht zürnen, aber niemals so lange, was immer wir ihnen getan. Es sind Urängste, die der Verlust der Eltern wachruft, die Ängste des Babys, das nach der Mutter schreit, ohne gehört zu werden.

Zurück aus den Reiterferien, erfährt es die ältere Tochter. Der Vater spricht mit ihr von der Fußgängerzone aus, als die Hoffnung im Herzzentrum gerade wieder schwindet, da hat sie die ganze Zeit schon geheult, und ihm fällt kein rechter Trost ein, außer daß sie seine Stimme hört, die sie tatsächlich etwas beruhigt. Er rät ihr, sich abzulenken, etwa die Kräuter anzulegen, die sie vor den Reiterferien im Gartencenter gekauft haben, oder mit den Kindern aus dem Weiler zu spielen, so wie er sich mit dem Leben seines Großvaters beschäftigte, dessen Beschreibung nur Müll ist, befürchte ich, nicht einmal für Großvaters Freunde und Kinder von Belang und schon gar nicht dreißig Jahre später auf einem anderen Kontinent, in anderer Sprache. Es ist nur Müll. Sosehr der Enkel sich anstrengt, sie in etwas Lesenswertes zu verwandeln, ist Großvaters Selberlebensbeschreibung für kein allgemeines Publikum zu gebrauchen. Wegwerfen kann er sie auch nicht, denn das ist ja schon der Papierkorb hier.

Ich habe Mister Allanson gesehen, den Engländer, der Großvater zu sich auf den Platz neben den Kutscher holte. In der Selberlebensbeschreibung Enayatollah Sohrabs ist ein Photo mit allen Lehrern und Schülern der Bischofsschule Isfahan abgedruckt, die er besuchte, bevor er auf die Amerikanische Schule in Teheran wechselte. In der Mitte sitzt ein Greis, in sich zusammengesunken, schwarzes Gewand und Zylinder, der weiße Bart bis auf die Brust: Bischof Stewart, der Gründer der Schule. Wer der Mann neben ihm ist, der den Bischof schon im Sitzen einen Kopf überragt, geht aus der Bildzeile ebenfalls hervor: Mister Allanson. Ich schätze ihn auf dreißig, fünfunddreißig Jahre. Er trägt eine große, rundliche Metallbrille, einen hellen Anzug und um den weißen Stehkragen eine Fliege oder einen Schlips. Auf der Kopie ist es nicht genau zu erkennen. Die schwarzen Haare sind nach hinten gekämmt und die Enden des Schnurrbarts in die Höhe gezwirbelt. Obwohl ich ihn mir irgendwie verwegen vorgestellt hatte, als einen Abenteurer in abgetragenem Khaki, mutet sein Anblick wie ein Wiedersehen an. Ich bilde mir ein, die Gütigkeit zu erkennen, die Großvater ihm zuschreibt. Den Blick zwar auf die Kamera gerichtet, sitzt Mister Allanson als einziger auf dem Photo etwas seitlich, zu Bischof Stewart gewandt, dessen Hand er hält. Auch den Kopf hat er leicht zum Bischof gebeugt, als ob er auf einen Wunsch oder eine Unmutsäußerung lauscht, wie um zu demonstrieren, daß er da ist, in jeder Sekunde bereit zu helfen. In der Haltung von Mister Allanson drückt sich fürsorglicher Respekt vor dem alten, zerbrechlichen Herrn aus, dem er bis nach Isfahan gefolgt ist, dessen Geschäfte er wahrscheinlich längst übernommen hat. Die anderen Lehrer scheinen Iraner zu sein, der eine im westlichen Straßenanzug, die anderen beiden im langen Gewand, auf dem Kopf ein Turban oder ein Hut ohne Krempe. Mag auf der Kopie nicht einmal ein Schlips von einer Krawatte, ein Turban von einem Hut zu unterscheiden sein, so weist doch allein seine Körperhaltung im Bunde mit meiner Einbildung den Mann mit dem Schnurrbart rechts neben dem Greis als einen Menschen aus, der sich kümmert, wenn er einen fremden Jungen weinen sieht. Nicht nur weil er auf den ersten Blick der einzige Ausländer zu sein scheint (den Greis hielte man ohne die Bildunterschrift für einen Orientalen), sticht Mister Allanson ins Auge. Man kennt solche Klassen- und Schulphotographien des späten neunzehnten, frühen zwanzigsten Jahrhunderts, auf ihnen gleichen sich die Völker, vorne knien die Kleinsten, auf Stühlen sitzen die Lehrer mit dem Rektor in der Mitte, dahinter stehen die älteren Schüler, die letzte Reihe auf Stühlen oder einem Podest, man kennt sie aus vielen Ländern, die Gesichtszüge, Hautfarben, Anzüge, Gewänder, Kopfbedeckungen und Uniformen sind verschieden, hingegen die ernsten Blicke und Habtachtstellungen sich gleichen, auch der Lehrer und Schüler der Bischofsschule in Isfahan-Jolfa, Jahrgang etwa 1902. Aber daß jemand seine Hand auf die Hand seines Nachbarn legt, sah ich auf einem solchen Photo noch nie. Bestimmt wäre es mir auch am Mittwoch, dem 25. Juli 2007, entgangen, hätte mich der Name Mister Allanson nicht aufmerksam gemacht. Dann hätte ich übers Photo hinweggesehen wie über andere Klassen- und Schulphotographien des späten neunzehnten, frühen zwanzigsten Jahrhunderts, vorne knien die Kleinsten, in der Mitte die Lehrer auf Stühlen, dahinter stehen die älteren Schüler. Ein Mensch auf einem Bild, Bischofsschule in Isfahan-Jolfa, Jahrgang etwa 1902, hat jetzt eine Geschichte für mich.

Der Vater war wach. Das jedoch war schon beinah alles, was von dem Mann übriggeblieben war, von dem sich die Angehörigen letzte Woche verabschiedet hatten, als die Krankenschwester sie aus dem Zimmer schickte, um die letzten Vorkehrungen zu treffen, der Einlauf, dann die Beruhigungs- oder Schlaftabletten. Am Freitag, dem 27. Juli 2007, erreicht den Sohn um 11:22 Uhr die Kurzmitteilung, daß ein Bekannter, der im Roman, den ich schreibe, indirekt bereits auftauchte, als er kurzfristig die Reporterin des Nachrichtenmagazins in der Sendung über die Totenköpfe ersetzte, mit denen deutsche Soldaten in Afghanistan Fußball gespielt hatten, wahrscheinlich in Afghanistan entführt worden ist. Wenn die Nachricht stimmt, werden der Verlag des Entführten und das Auswärtige Amt alles tun, was man tun kann. Eine öffentliche Solidarisierung dürfte nicht in seinem Sinne sein, wäre auch lachhaft: Wir appellieren an die Taliban. Während die Frau herauszufinden versucht, ob die Nachricht stimmt, fährt der Sohn einstweilen fort, vom Anblick zu berichten, der so entsetzlich war, daß er den optimistischen Tagesbefund der Kardiologen ad absurdum zu führen scheint, den der Sohn wie ein Mantra aufsagt: Der Vater ist bei vollem Bewußtsein, hat offenbar keine Lähmungen, die Lungenentzündung scheint rückläufig, mit neuen Blutungen ist nicht zu rechnen. Sein Körper vermag soviel wie der Körper der Frühgeborenen am ersten Tag: mit Mühe und Sauerstoffzufuhr atmen, die Arme ein wenig, die Finger deutlich bewegen, die Augen öffnen und schließen. Die Apparate sind noch zahlreicher als im Perinatalzentrum, ebenso die Schläuche. Dafür liegt der Vater in keinem Kasten aus Plexiglas, sondern nicht weniger geheimnisvoll unter einer silbernen Decke. Anders als die Frühgeborene kann er zumindest andeuten, in welche Richtung er die Stellung verändert haben will. Er kann nicken oder den Kopf schütteln, wenn die Söhne ihn fragen. Was ihn von der Frühgeborenen unterscheidet, neben welcher der Jüngste am Morgen länger als an anderen Tagen liegenblieb, ist das Bewußtsein und das Leiden. Ich hätte fast geschrieben: das Bewußtsein und *damit* das Leiden, aber das stimmt nicht, die Frühgeborene hätte auch mit Bewußtsein nicht gelitten, nicht das geringste Anzeichen gab es dafür, außer wenn sie Hunger hatte, im Schlaf aufschreckte oder die Krankenschwester sie bei der Blutnahme in den Zeh stach. Ansonsten ruhte sie, so schien es dem Jüngsten, in vollständigem Frieden. Der Vater ist am anderen Ende der Schöpfung, in seinen Augen metaphysisches Entsetzen. Das ist nicht das übliche Unwohlsein nach einer Narkose. In den drei Stunden, die der Jüngste gestern auf der Intensivstation verbrachte, erwachte der neue Zimmernachbar des Vaters ebenfalls aus der Narkose, ein noch älterer Herr, ebenfalls am offenen Herzen operiert, dessen Blut die Schwester ebenfalls aus dem Schlauch wrang. So jemandem gelingt schon nach ein oder zwei Stunden ein Lächeln, eine geflüsterte Begrüßung, so seltsam oder unwohl er sich fühlt. Der Vater, der vor den Söhnen bis zum letzten Abend vor der Operation Stärke und Gottvertrauen demonstriert hatte, nickte ihnen beim Hereinkommen und bei der Verabschiedung nicht einmal zu, obwohl die Muskeln es erlaubt hätten und sein Geist sie erkannte. Der einzige, nach dem er fragte, war der ältere Bruder, der ihm schon einmal das Leben gerettet hatte – genau gesagt röchelte der Vater etwas Unverständliches, das im Tonfall eine Frage sein mochte, und nickte beim Älteren, als der Jüngere alle möglichen Namen durchging. Nicht einmal die Nachricht, daß der Jüngere betet, schien ihn zu freuen oder auch nur zu interessieren. Wenn die Frühgeborene aus dem Paradies kam, ist der Vater aus einer Hölle zurückgekehrt, einer Hölle nicht nur für seinen armen Körper, sondern ebenso in Zonen, die der Jüngere nicht kennt. Wie die Frühgeborene am Tag nach ihrer Geburt oder Nasrin Azarba kurz vor dem Tod ist seine Existenz reduziert auf das nackte Leben, die existentiellen Körperfunktionen, die Luft, die in den Körper gelangt und wieder verströmt, die Blutbahnen, der Herzschlag, der Puls, der Wimpernschlag. Alles andere läuft ohne eigene Steuerung, automatisch, die Nahrung, die ihm durch die Magensonde eingeführt wird, die Ausscheidungen, die Flüssigkeit, die ihn wahrscheinlich ebenfalls durch einen der Schläuche erreicht, obwohl er andererseits quälenden Durst hat und einen staubtrockenen Rachen, wie er durch Nicken bestätigte. Wie die Frühgeborene im Perinatalzentrum benötigt er im Herzzentrum noch mechanische Unterstützung für die Atmung. Bitte einatmen, wollte der Jüngere jedesmal rufen, bitte ausatmen, als sei jede Atemwende ein Zugeständnis. Regelmäßig sprühte er dem Vater einen weißen Dampf in den Mund, um den Gaumen zu benetzen. Nur zur Anwendung in Intensivstationen, stand auf der Dose. Vom Supermarkt waren die Papiertaschentücher, die der Jüngere dem Vater regelmäßig in den Mund stopfte, um den braunfarbigen Eiter aufzuwischen, den der Vater nicht auszuspucken vermochte. Allein, die Blaugewandeten waren zufrieden, das war das Merkwürdige. Sie blickten auf die ein Meter siebzig Elend und meinten, daß es ganz gut aussehe, jetzt nur bitte keine weiteren Komplikationen, dann werde er schon wieder auf die Beine kommen. Auch die Krankenschwester zeigte, anders als am Sonntag, als sogar die Intensivmediziner den Ausnahmezustand erklärten, keine Anzeichen von Beunruhigung. Der Jüngere spürte nach einer Viertelstunde dennoch, wie sein Kreislauf in den Keller sank, so daß er umgefallen wäre, wenn die Krankenschwester ihm nicht geistesgegenwärtig einen Stuhl an die Kniekehlen gerückt und ihn mit beiden Händen auf die Sitzbank gedrückt hätte. Immer das gleiche mit den Männern, lachte sie ihn beinah aus und reichte einen Becher Wasser. Der Ältere meinte auf der A 45, daß die Intensivmediziner nur den jetzigen Zustand beurteilten, die Werte, den Verlauf, das Alter, und es dafür tatsächlich ganz gut aussehen möge nach den beiden Operationen und der dritten, zu der es Gott sei gepriesen nicht mehr kam, genaugenommen nur aus Zufall, weil der Oberarzt gerade mit einem anderen Herzen beschäftigt war, den Blutungen, der Lungenentzündung, den sechs Tagen durchgehender Narkose. Als Intensivmediziner hätten sie nicht im Blick und schon gar nicht auf den Bildschirmen oder Diagrammen, was ihr Vater vor einer Woche noch war, also die Relationen. Als der Jüngere abends im Bergischen Land eintraf, war er so erschöpft, daß er nur mit Mühe die Füße anheben konnte beim Gehen. Er schlief ein, um nach zwölf Stunden nur mit Mühe aufzustehen. Der Vater wird zurückkehren, sagt der Befund. Auch mit der Atmung klappt es heute etwas besser, freut sich der Ältere, der wie jeden Morgen mit dem diensthabenden Kardiologen gesprochen hat. Wenn alles gutgeht, wird der Vater in einigen Tagen, spätestens einer Woche aus der Intensivstation entlassen. Der Jüngere strengt sich an, es zu glauben. Gibt es etwas Neues über den Entführten? Es sterben ja dauernd Menschen oder sind in Gefahr, die man mag, man muß nur die Zeitung aufschlagen. Würden sie einen alle bekümmern, hätte man jeden Tag mit dem Tod zu tun. Oft ist zunächst unklar, ob dieser oder jener so nah war, daß man Zeugnis ablegen kann. Manchmal ist man selbst überrascht über seine Gefühle oder daß sie ausbleiben. Im Unterschied zu allen anderen Hinterbliebenen, bei denen sich die Trauer einstellt oder nicht, muß der Jüngste sich jedesmal entscheiden. Er muß entscheiden, ob dieser oder jener einen Namen erhält, so womöglich im nächstes Kapitel der Entführte. *In Frieden* hat er sich eine professionelle Abgebrühtheit angeeignet, wie er sie ähnlich von seinen Reisen kennt, die kühle Beurteilung der eigenen Zuständigkeit, in deren Konsequenz er alles ignoriert, was nicht auf seinem Friedhof ruhen wird. Zum Beispiel brachte sich am Tag, an dem die Frühgeborene zur Welt kam, in Wien eine Dramaturgin um, die ihn ein paarmal zu Veranstaltungen eingeladen hatte. So sympathisch sie ihm war, so gut es dramaturgisch gepaßt hätte, ausgerechnet an diesem Tag dem Leben das nächste Kapitel hinzuzufügen, entschied er sich dagegen, sie auch nur zu erwähnen. Einen Tod nur im Vorübergehen zu vermerken, ist *In Frieden* nicht der Ort, und um ihrer zu gedenken, hätte er von den Nachrufen abschreiben müssen, die in den Feuilletons standen. Der Entführte stand näher und wäre einer von den Grenzfällen. Ohnehin ist er nicht entführt worden, wie die Frau um 15:03 Uhr glücklich ruft. Der Entführte sei ein Däne. Auf einen Schlag verwandelt sich der Vorfall in eine von vielen Agenturmeldungen eines Tages, die keine Zehntelsekunde aufhalten. Daß man seinen Nächsten lieben soll, bedeutet schließlich, daß alle Übrigen einen nicht zu bekümmern brauchen, und wäre ohne die listige Erläuterung »wie dich selbst« ein Allgemeinplatz. Wen sonst soll man lieben als die Nächsten, die ein sehr überschaubarer Kreis sind. Der alte Herr, der neben dem Vater aus der Narkose erwachte, war keine zwei Meter entfernt schon nicht mehr nah genug. Noch im Zimmer registrierte der Sohn die Grenze seiner Besorgnis, die genau zwischen den beiden Betten entlanglief. Was jenseits der Grenze geschah, betraf ihn sowenig wie die Entführung eines Dänen in Afghanistan durch die Taliban, an die man ohnehin nicht appellieren kann.

Neben dem Vater liegt schon der dritte Patient, der aus der Narkose erwachte, ohne sonderlich schockiert zu wirken. Nur den Vater hat die Nacht verwandelt, ja, umnachtet, wie Mystiker in der Gottesschau zu Narren werden, nur daß er wohl nicht an der Liebe irre wurde, sondern am Schrecken: »Und vieles / Wie auf den Schultern eine / Last von Scheitern ist / Zu behalten. / Aber bös sind / Die Pfade, Nemlich unrecht«, heißt es in »Mnemosyne«, deutsch »Die Erinnerung«, das zu den letzten Gedichten gehört, von dem Hölderlin eine Reinschrift anfertigte, bevor ihn die Mutter nach Tübingen verfrachten ließ. Ständig redet der Sohn von Engeln, es mag ja nerven, die für ihn keine Wesen mit Flügeln sind, nichts Außerirdisches, vielmehr Menschen im Übergang. Aber nicht nur das: Er glaubt auch an Gespenster, sieht schon das zweite in nicht einmal einem Vierteljahr, Wesen aus demselben Transitbereich wie die Frühgeborene und Nasrin Azarba, jedoch mit anderen Beobachtungen. Er konnte dem Vater einige Löffel Joghurt in den Mund führen, die erste Nahrung seit der Neugeburt, die nicht in den Magen gepumpt wurde. Trotz seiner gestischen Beteuerungen, daß es ihm nicht gutgehe, freuen sich die Angehörigen über den Fortschritt und versuchen, den Vater ein ums andere Mal zu beruhigen, daß es schon werde. Erst als er mit ihm allein ist, der ältere Bruder und die Mutter auf eine Zigarette, begreift der Jüngere, daß der Vater einer anderen Wirklichkeit angehört als der Tour de France, die wenigstens lautlos im Fernseher läuft. *Mâschin* ist das erste Wort, das der Jüngere nach langem Raten richtig tippt, auf deutsch: Auto. Zunächst denkt der Jüngere, daß der Vater die Apparate meint, die *Maschinen*, an die er angeschlossen ist, und weist mit dem Finger der Reihe nach auf die Geräte rings um das Bett, nicht daß einer der Schläuche den Vater quält oder eine der Anzeigen ihn beunruhigt, der schließlich selbst Mediziner ist. Aus weiteren Lauten, mehr gegrunzt als artikuliert, setzt sich allmählich eine Bedeutung zusammen, die der Vater durch Kopfnicken bestätigt, erleichtert, daß endlich einer versteht: Der Jüngere solle das Auto holen und ihn nach Hause fahren. Den neuen BMW? fragt der Jüngere. Der Vater nickt. Der neue BMW fährt sehr gut, fährt der Jüngere fort, dabei waren Sie so skeptisch. Nie hat der Jüngere ein Auto gekauft, das den Vater auf Anhieb überzeugt hätte, nie dessen Empfehlungen beherzigt, die zweifellos vernünftig waren und gutgemeint sowieso, respektloser noch: Den Wagen, mit dem der Vater ihn vor zwanzig Jahren über die Verschrottung des legendären Mirafiori hinwegtrösten wollte, ein Toyota mit zweijähriger Garantie des befreundeten Gebrauchtwagenhändlers, nahm der Jüngere nicht mal geschenkt. Er denkt, er könne den Vater mit diesen Alltäglichkeiten etwas aufmuntern, eine Art Alltäglichkeit erzeugen, und spricht über die letztlich günstigen Reparaturen, etwa tausenddreihundert Euro inklusive neuer Reifen, Ölwechsel, Desinfektion der Klimaanlage und anderer Inspektionen, so daß er zusammen mit dem Kaufpreis von zweitausendachthundert Euro für kaum mehr als viertausend einen BMW im besten Zustand erworben habe, nach zwanzig Jahren das deutsche Fabrikat, zu dem der Vater immer schon geraten, die hundertsiebzigtausend Kilometer für einen BMW so gut wie nichts, bis er merkt, daß der Vater wirklich meint, der Jüngere solle sofort das Auto holen, den neuen BMW, und ihn nach Siegen fahren, an der Raststätte Dollenberg vorbei. Als die Mutter und der Ältere an seinen Krücken auf die Intensivstation zurückkehren, hat der Vater noch lange nicht die Absicht aufgegeben, auf der Stelle nach Hause zu fahren, im Gegenteil, jetzt wird das Vorhaben erst recht zur fixen Idee. Er macht sogar Anstalten aufzustehen, wird wütend, als die Söhne auf ihn einreden, und greift nach den Schläuchen, um sie aus Hals und Nase zu ziehen, was die Söhne gerade noch verhindern, indem sie seine Hände aufs Bett drücken, der Ältere an Krükken die rechte, der Jüngere die linke Hand. Allmählich formen sich die Laute zu einem verständlichen Satz: *Michâm beram chuneh*, »Ich will nach Hause«, den der Vater dann, als der Satz einmal gelungen ist, mehrfach wiederholt wie ein kleines Kind, das nicht im Kindergarten bleiben möchte. Als die Söhne ihn partout davon abbringen wollen aufzustehen und seinen Oberkörper so behutsam wie nur eben möglich aufs Bett drücken, schreit er mit Kräften, die sie für unmöglich gehalten hätten, schreit einmal, zweimal so laut, daß auch der Kardiologe ins Zimmer gestürmt kommt: »Ich will nach Hause.« Der Vater bringt auch die Anwesenden durcheinander, verwechselt die Krankenschwester mit der Mutter, beschimpft sie wahrscheinlich auf persisch und belegt sie mit Flüchen, die zum Glück unverständlich bleiben. Als die Kräfte schwinden, wandern nur noch die Augen unendlich traurig zwischen den Söhnen und der Krankenschwester umher, die er weiter für seine Frau hält, ob nicht doch jemand ihn nach Hause bringen könne. »Denn besser ists zu schlafen in der Hölle, denn / Nichtstaugend Krankseyn«, heißt es auf den allerletzten Seiten des elften und vorletzten Bandes, damit in den allerletzten Notizen Hölderlins vor der Irrenanstalt und dann der zweiten Lebenshälfte im Turm, von welcher der zwölfte Band Zeugnis ablegt. Die Notizen sind eine skizzenhafte Übersetzung einiger kurzer Stellen aus der Sophokleischen Tragödie *Ajax*, die sich auf den Wahnsinn des Helden beziehen, kein besonders anziehender Held übrigens, der kräftigste, aber nicht der hellste. Hell wird sein Verstand bei Hölderlin erst, als Ajax ihn verliert. Vier Zeilen später: »Ausduldender Vater! wie erwartet / Zu erfahren von dem Kinde / Dich unerträglich ein Schade.«

Übergangssyndrom, murmelt der Kardiologe, eine zeitweise Desorientiertheit, nicht ungewöhnlich in diesem Alter nach so langer Narkose. Die Aufregung stimuliere den Körper, Beruhigungsmittel hätten den gegenteiligen Effekt und seien daher nicht angeraten. Soll er sich nur die Schläuche aus dem Hals und der Nase reißen, antwortet der Kardiologe auf die bange Frage, was geschehe, wenn niemand da ist, um die Hände des Vaters festzuhalten und die Brust aufs Bett zu drücken; es wäre nicht lebensbedrohlich, nur schmerzhaft. Ich geh das Auto holen, lügt der Ältere, dem es an seinen Krücken nicht gelingt, das Zimmer unerkannt zu verlassen. Ohne Verabschiedung schleicht sich später der Jüngere aus dem Zimmer und sucht die Mutter, die in der Eingangshalle des Herzzentrums auch deshalb heult, weil sie als einzige beschimpft und sogar verwechselt worden ist.

Enayatollah Sohrab muß der Onkel des Cousins in Rüdesheim sein, nicht sein Vater, wie ich dachte. Da der Enkel seine Mutter zur Zeit unmöglich nach den genauen Familienverhältnissen befragen kann, versucht er selbst, sie zu entflechten: Enayatollahs Mutter müßte jene Tante sein, die mit einem Bahai verheiratet war und nach dem Sturm der Theologiestudenten auf ihr Haus mit den Kindern barfuß zu Urgroßvater flüchtete. Enayatollah berichtet von einem Mob, der 1903 ihr Haus über Tage mit Steinen bewarf, nicht jedoch von einer Plünderung. Daß Urgroßvater ihnen beigestanden hätte, erwähnt er nicht. Ich bin mir nicht sicher, ob er und Großvater den gleichen Sommer meinen, in dem Dutzende von Bahais in Isfahan ermordet wurden. Um sich der Gunst von Agha Nadjafi und anderen reaktionären Theologen zu versichern, gab Zell-e Soltan die Bahais in mehr als nur einem Sommer zur Jagd frei. Anders als Großvaters Selberlebensbeschreibung haben Enayatollah Sohrabs Erinnerungen einen klaren Fokus, den der Titel bereits anzeigt: »Wie ich Bahai wurde«. Fast ausschließlich geht es um die damals schon prekäre Situation der Bahais, die politischen Hintergründe der Verfolgungen und den persönlichen Glaubensweg des Verfassers. Aus seiner Zeit an der Amerikanischen Schule führt Enayatollah lediglich – und über Dutzende von Seiten – die theologischen Debatten an, die er mit Lehrern und Schülern führte, außerdem die Worte der Bahai-Prediger, unter anderem von Mirza Naím. Seinen Alltag und die Mitmenschen beschreibt Enayatollah nur, sofern sie für das Thema seines Buchs von Belang sind. Seine Mutter, da sie nicht konvertierte, wird nur am Rande erwähnt und von Doktor Jordan nur das zitiert, was dieser in einer Diskussion mit einem Bahai sagte. Enayatollah Sohrab schreibt auch ein ganz anderes Persisch als Großvater, mit noch mehr arabischen Wendungen und Zitaten aus dem Koran, der den Bahais als frühere Offenbarung heilig ist, mit Inbrunst und ohne Selbstzweifel. Namen nennt er selten, spricht von Cousins oder deren Vätern, führt nicht sämtliche Lehrer und Mitschüler auf und ob sie verstorben sind. Trotz des beseelten Tons eines Erweckungsbuchs, der das Gemüt von Hadernden überkonfessionell strapaziert, vermittelt sich die Faszination, die die neue Religion auf viele, vor allem die gebildeten Muslime ausübte. Auf der einen Seite sahen sie ihre eigene Religion mit einer fortschrittsfeindlichen Geistlichkeit, unmoralisch scheinenden Praktiken wie der Zeitehe, grausamen Strafen wie der Steinigung, abstoßenden Riten wie den blutigen Bußprozessionen und Intoleranz gegenüber Andersgläubigen, auf der anderen Seite die *farangihâ*, »die Franken«, die elektrisches Licht, Krankenhäuser und Eisenbahnen ins Land brachten, all die spektakulären Errungenschaften der neuen Zeit. Die Überlegenheit der westlichen Zivilisation erlebten die Jugendlichen jeden Tag in den Schulen, sie spürten sie auf ihrer Haut, wie Großvater und sein Cousin Enayatollah Sohrab übereinstimmend berichten: hier die engen, düsteren, oft schmutzigen Koranschulen, in denen die Schüler auf stures Auswendiglernen getrimmt wurden und Erziehung im wesentlichen darin bestand, sie bei Fehlern auf die Bastonade zu spannen, dort die hellen Klassenräume in modernen Gebäuden, mit Tischen, Stühlen und Lehrbüchern in verständlicher Sprache, nicht auf arabisch oder im literarischen Persisch. Die Schüler lernten Fremdsprachen, Geographie, Biologie, überhaupt die weltlichen Wissenschaften, und wurden nicht wegen jeder Kleinigkeit verprügelt, im Gegenteil: Die Lehrer diktierten nicht nur, sie sprachen mit den Schülern; sie erteilten nicht nur Vorschriften, sie hörten ihnen auch zu. Großvaters *maktab* war eine Ausnahme; der erstaunliche Mullah Mirza Mohammad wollte den Kindern mehr als nur die Pflichten des Gläubigen und Untertanen beibringen, er wollte die Grundlagen legen, damit sie sich später zu aufgeklärten, republikanisch gesinnten Bürgern heranbilden. Die verhaßte Bastonade stand gleichwohl auch in seinem Zimmer und wurde selbstverständlich benutzt. Es gab in Isfahan die ersten weltlich ausgerichteten Schulen wie die Eslamiye oder die Aliye, die Großvater nach dem *maktab* besuchte, oft gegründet von einheimischen Intellektuellen, die sich mit der Misere ihres Landes nicht abfanden. Aber auch ihr Modell waren die westlichen Schulen, deren Niveau sie noch viele Jahre nicht erreichen sollten. Das Modell war der Westen, der zugleich für die Ausbeutung des Landes stand und der verrotteten Monarchie der Kadscharen künstlich das Leben verlängerte. Briten, Russen und Belgier unternahmen alles, um die Konstitutionelle Revolution zu torpedieren, mit der sich die Iraner elf Jahre vor den Deutschen und siebzig Jahre vor den Portugiesen eine demokratische Verfassung, Gewaltenteilung und das allgemeine Wahlrecht erkämpften. Nicht zuletzt wegen der Heuchelei des Westens, Freiheit, Gleichheit, Brüderlichkeit für sich zu beanspruchen und bei anderen zu hintertreiben, den doppelten Standards, wie man heute sagen würde, stieß der Glaube, den die Missionare verkündeten, auf wenig Widerhall. Junge Leute wie Großvater oder die Brüder Sohrab wollten modern sein, nicht westlich. Daß modern und westlich das gleiche sei, mochten sie nicht akzeptieren. Das Christentum der protestantischen Missionare – das mit der orthodoxen Glaubenspraxis der einheimischen Christen wenig verband – blieb in den Augen der meisten Iraner etwas Fremdes, das die vertrauten Riten und Lehren rundherum verwarf und politisch zudem mit den Kolonialmächten in Verbindung stand. Die Bahais hingegen schienen einen originär iranischen Weg der religiösen Aufklärung und wissenschaftlichen Vernunft gefunden zu haben, der an den Koran anknüpfte, den Propheten Mohammad anerkannte, die Imame respektierte und dennoch in jene Zivilisiertheit führte, die die Franken verkörperten. Aus dem Glauben an die Einheit von Gott, der Religionen und der Menschheit leitete der Bahaismus einen universalen Humanismus ab, der den Weltfrieden predigte, die Gleichberechtigung der Geschlechter vertrat, in der Erziehung die Prügelstrafe ablehnte und sich gegen Armut, jedweden Rassismus und völkischen Überlegenheitsdünkel wandte. Die Forderungen nach einem Weltparlament, einer Weltregierung, einer internationalen Justiz und einer gemeinsamen Weltsprache müssen vielen gutwilligen Iranern eingeleuchtet haben, denen der Westen ebenso anziehend wie ausbeuterisch erschien. In den Büchern und Broschüren, die der Cousin aus Rüdesheim beigelegt hat, klingt vieles für mich banal, im Ton vernunftbetonter Spiritualität und apodiktischer Gewißheit vielleicht am ehesten mit den Schriften Rudolf Steiners vergleichbar, aber Anfang des zwanzigsten Jahrhunderts war die Welt noch weit entfernt von einem Völkerbund, einem Internationalen Strafgerichtshof und der Internationalen Erklärung der Menschenrechte; die Kolonien hatten sich noch nicht befreit, viele Länder verstiegen sich zu einem aggressiven Nationalismus. Damals muß der gewaltlose Universalismus Bahaóllahs und Abdulbahas ebenso revolutionär wie überzeugend gewirkt haben. Hinzu kommt, daß nicht alle Missionsschulen über einen Direktor wie Doktor Jordan verfügten, dem es wichtiger war, die Kinder zu guten Menschen zu erziehen als zu guten Christen. Die meisten und zumal die britischen Einrichtungen, so auch die Bischofsschule in Isfahan, an der Mister Allanson unterrichtete, interpretierten den Missionsauftrag sehr viel konkreter und übten psychischen Druck auf die Kinder aus, sich zum Christentum zu bekehren, wie Enayotallah Sohrab in Übereinstimmung mit den Geschichtsbüchern berichtet, die die Frau mir ins Bergische Land gebracht hat, weil es näher am Herzzentrum liegt. Die Muslime schien das nicht sonderlich zu stören. Erst als das Gerücht aufkam, die Bahais versuchten ihre muslimischen Kameraden zu missionieren, wurde die Bischofsschule auf Druck der muslimischen Eltern und der Geistlichkeit für einige Zeit geschlossen. – Aber die Christen reden doch schon die ganze Zeit schlecht über den Islam und versuchen, die Schüler für ihre Religion zu gewinnen, wunderte sich Enayotallah Sohrab und fragte seinen Vater: Warum hat das niemanden gestört? – Weil die Christen ohnehin keinen Erfolg haben, antwortete sein Vater. Anders als später von den Lehrern der Amerikanischen Schule hat Enayatollah Sohrab von den protestantischen Missionaren in Isfahan nicht viel Gutes zu berichten, die für die Einheimischen nur Verachtung übrig gehabt hätten. Als er einmal die Kirche betrat, in der die Engländer selbst beteten, wurde er beschimpft und sofort wieder vor die Tür gesetzt. Selbst den iranischen Christen war der Zutritt zur britischen Kirche verboten, den Armeniern genauso wie den Konvertiten. Das Christentum, so kam es Enayatollah Sohrab vor, unterteilte seine Gläubigen nach Rassen. Und Mister Allanson? Ja, Mister Allanson war anders. Enayatollah Sohrab beschreibt ihn als freundlichen, etwas naiven jungen Pastoren, der zwar ebenfalls für seinen Glauben warb, jedoch ohne Hinterhalt. Mehr noch: Freimütig weihte er die Schüler in die Methoden ein, mit der die Missionare sich mit einem Land vertraut machten, die Taktiken, die sie erlernten, um das Vertrauen der Bevölkerung zu gewinnen, die Listen, die ihnen erlaubt waren. Da er sie bei Großvater nicht angewendet hat, bekümmern sie mich nicht. Das Wort »Übergangssyndrom«, das in den Telefonaten ständig fällt, muß ein Fachbegriff aus der Angelologie sein. Die Brüder bestätigen, daß es vorübergeht. Der Jüngere hat keinen Grund, ihnen nicht zu glauben. Er muß sich über den Fortschritt freuen. Selbst keine Änderung sei ein Fortschritt, sagte der Ältere, weil es bedeute, daß keine Komplikationen aufgetreten sind und die Wunden im Brustkorb verheilen.

»Aus kindischen Gründen, die zu erwähnen sich verbietet, habe ich zusammen mit einigen Kameraden die höhere Amerikanische Schule verlassen und mich am Kolleg für Politische Studien eingeschrieben, das dem Außenministerium angegliedert war.« Das ist Großvater, der über sich selbst schreibt: kindische Gründe, die zu erwähnen sich verbietet. Im Persischen steht knapper *gheyr-e ghâbel-e zekr*, nicht aussprechbar, wörtlich: »nicht erwähnbar«, wenn es das Wort gäbe. Ich wußte wohl, daß Großvater keine außerordentliche Karriere gemacht hatte. Er war auch nicht erfolglos. Wie er selbst sein Leben aufblättert, verlief es ziemlich durchschnittlich für einen Sohn aus den großbürgerlichen Verhältnissen Isfahans. Ich kann mir vorstellen, wie Großvaters gelehrtester Freund die Stirn runzelte, als er über den Aufzeichnungen saß. Den üblichen literarischen Kriterien zufolge wäre Großvaters Leben – jedenfalls bisher – »nicht erwähnbar«. Dabei wäre so vieles erwähnenswert gewesen. Die politischen Umstände während und nach der Konstitutionellen Revolution hätten auch eine allgemeine Leserschaft interessiert, die Demonstrationen, Schlägereien und Schüsse rund um das Gelände der Amerikanischen Schule, die unweit des Kanonenhausplatzes lag, und wenn schon nicht Zeitgeschichte: wie Großvater einen einzigen Tag erlebte, nicht nur sein Stundenplan, vielmehr Ängste, Enttäuschungen, Streit, Heimweh, das erste Begehren. Ein Schriftsteller hätte aus den Jahren, die auf die Schulzeit folgten, vielleicht einen iranischen Fabian geschaffen, die Geschichte eines Moralisten, der sich von Beschäftigung zu Beschäftigung durchs dekadente Hauptstadtleben hangelt, ohne an ihm teilzuhaben. Großvater jedoch war kein Schriftsteller und als junger Mann vermutlich an keinen Abenteuern, Affären, politischen Betätigungen oder rauschenden Festen beteiligt. Dennoch hätte er wenigstens von Teheran berichten können, der Stadt selbst, die sich bei seiner Ankunft Anfang des zwanzigsten Jahrhunderts als unüberschaubar gewordene Lehmziegelsiedlung darstellte, mit unzähligen unbefestigten Gassen, durch die kein

Fahrzeug paßte außer Karre, Maultier und Kamel, wie aus den frühesten Werken der modernen persischen Literatur zu erfahren ist. Mit keinem Wort erwähnt Großvater die Marmorgebäude, die rund um den Kanonenhausplatz erbaut wurden, die gepflasterten Boulevards und ersten Automobile, die Theaterspektakel, Cafés und Nachtclubs, die Sänger, die überall in der Stadt das Martyrium Hosseins herzergreifend beklagten, die Stegreifkomödianten, die sich alle denkbaren sexuellen Anzüglichkeiten und politischen Provokationen erlaubten, die Nachfahren schwarzer Sklaven, die jeden Donnerstagabend auf dem Marktplatz tanzten, oder den berühmten Luti Gholam Hossein, dessen Tricks und Prahlereien man sich im ganzen Land erzählte. Lutis, das waren Vagabunden, die sich in den Basaren als Geschichtenerzähler, Magier, Gelegenheitsarbeiter und Bürgerwehr durchschlugen. Die persische Literatur hat ihnen viele Geschichten und Romane gewidmet, Großvater nicht. Er schaffte es an die Amerikanische Schule, blieb jedoch ohne den Abschluß, der ihm wahrscheinlich eine rasante Karriere beschert hätte, ein Studium, das Stipendium für Europa, eine herausgehobene Stellung im Staat oder eine Professur. Er bestand die schwierige Aufnahmeprüfung am Kolleg für Politische Studien und nahm sich mit zwei Kommilitonen, die ebenfalls aus Isfahan stammten, eine Wohnung (ich nenne nur noch ungefähr jeden zwanzigsten Namen, den Großvater anführt). Sie leisteten sich einen alten Mann als Koch, der früher einmal in vornehmen Küchen gestanden hatte und nun in der Mittagspause zu Hause mit dem Essen auf sie wartete. Es war ein bequemes Studentenleben, dessen Gleichmaß selten gestört wurde. Lange währte es nicht. Der Grund, die Ausbildung zum zweiten Mal abzubrechen, klingt nicht viel plausibler als beim ersten Mal: Großvater war auf dem Weg ins Kolleg, als er einen Bekannten traf, der aufgeregt berichtete, daß die Hauptstadt angegriffen werde und die Spitzen des Staates nach Isfahan flöhen. Auch sie sollten Teheran sofort verlassen. Ohne noch einmal in seine Wohnung zu gehen, ohne Gepäck, folgte Großvater dem Bekannten zum Kanonenhausplatz, wo sie die nächste Kutsche nach Isfahan nahmen. Großvater erwähnt nicht, welche Truppen angeblich Teheran angreifen wollten, wie er überhaupt alle politischen Dramen übergeht, die sich während seiner Jugend ereigneten, die Konstitutionelle Revolution von 1906, der anschließende Kampf um die Verfassung und 1908 der Ausbruch des Bürgerkriegs, in dessen Folge die Spanische Grippe nach unterschiedlichen Angaben elf bis fünfundzwanzig Prozent der iranischen Bevölkerung dahinraffte – elf bis fünfundzwanzig Prozent! Nicht einmal die Epidemie erwähnt Großvater, obwohl elf bis fünfundzwanzig Prozent Tote unter allen Iranern sein Leben doch tangiert haben müssen, erwähnt nicht einmal Jahreszahlen. Daher kann ich auch hier nur vermuten, vor welchen Truppen er nach Isfahan floh, zumal sich die Nachricht als Ente entpuppte, wie Großvater nachträgt: 1911 besetzten russische und britische Truppen die Städte im Norden und Süden Irans. 1915 drangen die Osmanen in den Westen Irans ein und lieferten deutsche Agenten Waffen an aufständische Nomaden im Süden. Die Russen führten ihre Soldaten bis dreißig Kilometer an Teheran heran, ohne auf Widerstand zu stoßen. Geschwächt, wie der iranische Staat war, hatte er kaum etwas entgegenzusetzen. Die Hungersnot der Jahre 1918 und 1919 dezimierte die Bevölkerung im iranischen Norden um ein weiteres Viertel. 1920 erklärten sich die nördlichen Provinzen Aserbaidschan und Gilan für autonom. Stammesführer kontrollierten weite Teile Kurdistans, Balutschistans und der arabischsprachigen Gebiete im Süden. Aus Furcht, die Kommunisten könnten die Macht übernehmen, hatte der Schah seine Kronjuwelen schon eingepackt, um sich gegebenenfalls nach Isfahan abzusetzen. Bestimmt erwartete Großvaters gelehrtester Freund eine Erklärung, wann die Episode spielt und wer diese Angreifer waren, damit das Buch mehr als nur »von familiärem Interesse« sei. Auch mein Leben ist sowenig ein besonderes wie Großvaters. Hier und dort trete ich in der Öffentlichkeit auf oder treffe bedeutende Persönlichkeiten. Das nehme ich ernst oder nicht, allein, ich bin nicht so vermessen zu glauben, daß es über den Tag hinaus Bedeutung haben könnte. Gerade weil es nicht »erwähnbar« ist, schreibe ich es auf: ein Aufstand. Gerade weil Großvaters Aufzeichnungen niemanden interessiert haben, interessieren sie mich. Er betont zwar, daß in jenen Tagen viele Schüler Teheran verließen, manche sogar zu Fuß. Urgroßvater beeindruckte das nicht. Wie schon bei der ersten Rückkehr schalt er Großvater dafür, den Unterricht zu versäumen. Seine Worte, in scharfem Ton vorgetragen, schmerzten noch sechzig Jahre später: »Bist du denn ein Soldat, daß du Angst vor den Angreifern hast? Wer immer diese Angreifer sind und was immer sie wollen, was haben sie denn mit euch Schülern zu schaffen?« Es war das Ende von Großvaters Studium. Wie Fabian war er, ohne eine Karriere vorzuweisen, in seine Provinzstadt zurückgekehrt, wohnte wieder bei seinen Eltern, lungerte tagsüber in den Straßen herum, wußte nichts anzufangen mit seinen Talenten. Noch mit achtzig Jahren mache er sich deswegen Vorwürfe, schreibt er, und gebe seinem Vater recht: Warum habe ich so schnell aufgegeben? Zwar kehrte er nach schlechtgelaunten, sinnlosen Wochen nach Teheran zurück, aber nicht ans Kolleg für Politische Studien. Aus Bockigkeit gegenüber dem Vater, aus Faulheit, aus Lebenslust? Großvater schreibt, daß er sich eine Arbeit suchen wollte.

Als er am Nachmittag durch die Innenstadt läuft, um der Älteren ein Handy zu kaufen, entdeckt der Vater im Schaufenster eines Möbelgeschäftes Designer-Tischbeine, die um siebzig Prozent reduziert sind. Da sich der Kinderwagen zum Transport andient, kauft er die Tischbeine, die anzuschrauben nach Aussage des Verkäufers kinderleicht ist, so daß der Vater diesmal nicht den Studenten rufen wird. Auf dem Rückweg zündet die Ältere in St. Gereon Kerzen für seinen Vater an, den »Stürmer«, für den Musiker in München und damit die Welt sich endlich einmal bessert. Danach haben beide Lust, die Moschee im eigenen Viertel zu suchen. Kafka umriß die Illusion am 5. Oktober 1911 in anfänglicher Verzückung, als er von einem Abend der »jüdischen Gesellschaft« im Café Savoy zurückgekehrt war: »Bei manchen Liedern, der Ansprache ›jüdische Kinderlach‹, manchem Anblick dieser Frau, die auf dem Podium, weil sie Jüdin ist, uns Zuhörer, weil wir Juden sind, an sich zieht, ohne Verlangen und Neugier nach Christen, ging mir ein Zittern über die Wangen.« Es ist nicht einmal eine Fabrikhalle, wie sich herausstellt, mehr eine Doppelgarage hinter einer Turnhalle. Davor stehen einige Plastikstühle und viel Gerümpel, für das sich allenfalls noch der Sperrmüll interessieren könnte, zerfetzte Tische, ein alter Drucker, Autoreifen, eingerollter grüner Filzboden. Ein weißhaariger, bärtiger Türke in bunter Strickjacke und weiter Bundfaltenhose, der einige Brocken Deutsch beherrscht, begrüßt sie mit der Herzlichkeit des Dörflers. Genau Sie sind ein Feindbild, geht dem Vater durch den Kopf, der unangepaßte, ungebildete, streng religiöse und erzkonservative Gastarbeiter aus Anatolien. Zum Glück können Sie auch nach dreißig Jahren kaum Deutsch und verstehen wenigstens nicht, was über Sie geredet wird. Der Vater fragt nach einer Koranschule für deutschsprachige Kinder. Der Türke kann nicht einmal mit einer Koranschule auf türkisch dienen, bringt sie aber unter Lobpreisungen der Töchter – Was Gott alles will! – hinter das Gebäude zum Imam, der trotz des Sommers eine buntgestrickte Baumwollmütze trägt, der graue Bart kurzgeschnitten, Hemd und Krawatte unter der Anzugweste. Die abgetragene Kleidung macht seine Würde noch trauriger, als es seine tiefliegenden Augen schon sind. Ob türkisch oder deutsch, das sei nicht so wichtig, meint der Imam in erstaunlichem Deutsch, aber Freude mache eine Koranschule doch erst, wenn sie mehrere Kinder hätte – ob die Ältere nicht noch Freunde oder Freundinnen habe? Gern würde er sie dann unterrichten, ob deutsch oder türkisch, in jeder Sprache, die Gott gefällt. Nein, er selbst habe keine anderen Schüler, ach was, nicht einmal zum Freitagsgebet fülle sich der Schuppen. Die Muslime hätten das Interesse an ihrer Religion verloren. Vergeblich versucht der Imam, den Moscheevorstand zu erreichen, und schreibt dem Vater die Telefonnummer auf einen Zettel. Vielleicht könne der Moscheevorstand etwas organisieren. Er selbst sei immer da und stünde gern zur Verfügung. Nur allein, das mache keinem Kind Freude. Das Wort Freude scheint dem Imam lieb zu sein, so lang verweilen seine Zähne jedesmal auf dem F. Kinder brauchten Fffffreunde, um Fffffreude zu habe, worauf die Ältere nickt. Als sie gehen, merkt sie durchaus an, daß es doch eine etwas schmuddelige Moschee gewesen sei, mit netten Leuten zwar, aber ohne Kinder, auf türkisch und nicht gerade gepflegt. Sie meint es weniger abschätzig als verwundert, allenfalls mit leiser Enttäuschung. Die Verstörung, ausgerechnet diesen fremden Leuten, diesen schäbigen Orten anzugehören, hat der Vater schon öfter an ihr bemerkt. Die haben St. Gereon und wir den Schuppen hinter einer Turnhalle. Daß sein Bezug zur Tradition künstlich war, nachträglich konstruiert, übersah Kafka im Unterschied zu heutigen Kulturalisten nicht. In den wirklichen Jeschiwes, den Talmudschulen, herrschte ein unerträglicher Gestank, weil »die Studenten, die keine eigentlichen Betten hatten, wo sie gerade zuletzt saßen, ohne sich auszuziehn, in ihren verschwitzten Kleidern zum Schlaf niederlegten«, notierte er drei Monate später merklich befremdet. Er bildete sich nicht ein, zu den Juden zu gehören, in einem jüdischen Land zu Hause sein zu können, und begeisterte sich anders als seine Freunde nie für den Zionismus: »Was habe ich mit den Juden gemeinsam?« fragte er sich selbst: »Ich habe kaum etwas mit mir gemeinsam und sollte mich ganz still, zufrieden damit, daß ich atmen kann, in einen Winkel stellen.« Als die Feindseligkeit immer bedrohlicher wurde – Mitte November 1920: »Den ganzen Nachmittag bin ich jetzt auf den Gassen und bade im Judenhaß« –, fragte er sich nur: »Ist es nicht das Selbstverständliche, daß man dort weggeht, wo man so gehaßt wird (Zionismus oder Volksgefühl ist dafür gar nicht nötig)? Das Heldentum, das darin besteht doch zu bleiben, ist jenes der Schaben, die auch nicht aus dem Badezimmer auszurotten sind.« Kafkas Verhältnis zum Judentum war nicht naiv. Aber anders als zu den Nationalstaaten, die in Frage gekommen wären, wurde es immerhin ein Verhältnis. Was ihn etwa mit Deutschland verband, faßt der berühmte Tagebucheintrag des 2. August 1914 zusammen: »Deutschland hat Rußland den Krieg erklärt. Nachmittag Schwimmschule.« Vier Tage später widmet Kafka dem politischen Geschehen noch einmal einen kleinen Eintrag, als er einen patriotischen Umzug deutschsprachiger Prager erwähnt: »Ich stehe dabei mit meinem bösen Blick.« Und danach: nichts. Die politischen Entwicklungen in Deutschland interessieren Kafka nicht weiter, der sich mit anderen gesellschaftlichen Vorgängen und Ländern durchaus beschäftigt. Jedenfalls erwähnt er Deutschland fast nicht, weder in seinen Briefen noch in seinen Tagebüchern, nicht vor, nicht während, nicht nach dem Ersten Weltkrieg. Selbst als Kafka im September 1923 nach Berlin zog, blieb er ein Fremder, lebte in der abgeschiedenen Welt von Stieglitz fern des gesellschaftlichen und politischen Geschehens. »Du mußt auch bedenken«, schrieb er an Max Brod, »daß ich hier halb ländlich lebe, weder unter dem grausamen, noch aber unter dem pädagogischen Druck des eigentlichen Berlin.« In Deutschland angekommen, setzt er sein »Prager Leben« fort. Mit Dora Diamant studierte er Hebräisch, phantasierte über Palästina-Pläne, unterwarf sich – mehr versuchsweise – dem jüdischen Gesetz und war eher in jüdischen Lehrhäusern als in Theatern oder Opernhäusern anzutreffen, schon weil er sich die Eintrittskarten für Theater und Kino kaum leisten konnte. Er lebte in Deutschland, ohne in Deutschland zu leben. Er lebte in einer Parallelgesellschaft. Die wenigen Fahrten nach Berlin-Mitte erschienen Kafka wie ein persönliches »Golgatha«, nicht weil er Berlin verachtete, sondern weil es ihn nicht betraf. Und doch betitelte Milena Jesenská ihren Nachruf wie selbstverständlich und richtigerweise: »Dr. Franz Kafka, ein deutscher Schriftsteller«. Die Motive und Erzählstrategien aus der jüdischen Tradition, die zu ermitteln heutige Interpreten so erpicht sind, sind für Kafkas Werk nicht annähernd so wichtig wie seine erklärten Vorläufer in der deutschen Literatur. Das Judentum steht nicht am Anfang von Kafkas schriftstellerischer Biographie, sondern tritt als eine Motivwelt, die er sich in erwachsenem Alter aneignet und bewußt verwendet, später hinzu. Kafkas geistige Heimat ist die deutsche Literatur. Wenn er Goethe, Kleist oder Stifter erwähnt, dann nicht nur kenntnisreich, sondern mit einem Enthusiasmus, wie er in Kafkas Werk selten offenbar wird. Wenn er im *Tagebuch* oder den *Octavheften* über einzelne Wendungen und Problemfälle der deutschen Sprache nachdenkt, dann mit einer Präzision, von der heutige Sprachwächter nur lernen können. Die Moschee, die sie in Ehrenfeld bauen, werde bestimmt richtig schön, sagt die Ältere. Und erst meine Tischplatte, fügt der Vater hinzu.

Je länger sein Vater im Übergang bleibt, desto mehr wachsen die Zweifel, ob er sich dort nicht doch einrichten wird. Hölderlin vor Augen, der die Realitäten, Personen und Zeiten durcheinanderbrachte, sieht der Sohn ihn schon in dem Siegener Haus wie jenen im Turm, den letzten echten Mann der Großfamilie, wie die Schwägerin ihn anerkennend nannte, deren Fachgebiet die Psychologie ist. Obwohl sie die Regenerierung der wesentlichen Körperfunktionen behindern, erhält der Vater längst starke Beruhigungsmittel, damit er sich nicht mehr ständig alle Schläuche und Kabel aus dem Körper reißt. Selbst die Brüder sind nervös geworden und wie erst die Mutter, die der Vater wütend anblickt oder stammelnd tadelt, wann immer sie ans Bett tritt. Gestern nacht ging der Sohn dann auch noch zu den Vermietern der Scheune im Bergischen Land, um einmal im Internet das Kodewort einzugeben, mit dem die Kardiologen und Brüder ihn beruhigten, und fand unter »Übergangssyndrom« lediglich 25 Einträge, von denen keiner auf den Vater paßte. So einschlägig, wie alle behaupten, scheint das Syndrom gar nicht zu sein. Die Mutter bat brieflich irgendwen in Homburg, vielleicht den Sattlermeister oder den Hofweißbindermeister, ihren armen Friedrich nach Tübingen zu verbringen. Warum hat sie ihn nicht selbst abgeholt, warum hat sie nicht seine Schwester Rike oder seinen Bruder Karl gebeten? Warum hat sie ihn überhaupt in Tübingen wegsperren lassen, statt ihn bei sich aufzunehmen? Obwohl Nürtingen auf dem Weg lag, hat die Kutsche dort nicht einmal gehalten. »Da sich Hölderlin bei der Aufnahme in einem lebhaften Erregungszustand befand, so ist es höchst wahrscheinlich, daß man ihm auch die ›Autenriethsche Maske‹ angelegt hat«, heißt es in der Expertise des Psychiaters Doktor Lange. »Es war dies eine Maske, die der Leiter der Klinik, Autenrieth, gegen das Schreien erfunden hatte. Sie bestand aus Schuhsohlenleder und umfaßte unten mit einer Art von Boden das Kinn; dem Munde gegenüber befand sich auf der inneren Seite ein weich ausgepolsteter Wulst von feinem Leder. Je eine Öffnung war für Nase und beide Augen bestimmt. Mit zwei Riemen, die über und unter den Ohren von vorn nach hinten liefen, wurde die Maske am Hinterkopf befestigt, während ein dritter breiter Riemen, der durch lederne Bügel an den Seiten der Maske gehalten wurde, unter den Boden der Mundhöhle quer faßte und oben auf dem Scheitel zusammengeschnallt wurde. Dadurch war das zu weite Öffnen des Mundes verhindert; die Lippen drückte der Lederwulst von vorn gegeneinander. Damit der Kranke die Maske nicht mit den Händen herunterreißen konnte, wurden diese auf dem Rücken zusammengebunden.« Der zwölfte und letzte Band der Leseausgabe beginnt mit den Rezeptbüchern der Authenriethschen Klinik. In einer Notiz Hölderlins heißt es: »Ich verstand die Stille des Aethers / Der Menschen Worte verstand ich nie.«

Als er das Kreuz, den Computer, den Wein und Hölderlin auf dem Boden ablegt, um allein die Tischplatte des alten Schreiners hochzuheben, holt er sich, nein, keinen Hexenschuß, sondern kommt auf dem Bürocontainer der erste Band von Jean Pauls Dünndruckausgabe zum Vorschein, der die Höhendifferenz zum Malertischbock ausglich. Wie zur Buße für die unwürdige Behandlung eines berühmten Dichters, der das Gewicht zwar nicht der ganzen, aber doch seiner Welt in Gestalt des Computers, der gerade gelesenen Bücher und bei einer Gelegenheit seiner Frau trug wie die ärmsten Engel den Thron Gottes, zugleich aus Vernunftgründen der Art, daß man Jean Paul doch kennen müsse, fängt der Leser diesmal auf Seite eins an, während die Tischplatte des Schreiners, dem Gott ein langes Leben schenken möge, noch auf dem Teppich liegt, und wird nach einigen Seiten so süchtig, daß er drei Jahre später die Frankfurter Poetikvorlesung über Jean Paul halten wird. Daß das Anschrauben der Tischbeine, zumal der Verkäufer es mit der Perfidie Gottes als kinderleicht annoncierte, dem Leser zwischenzeitlich den Verstand raubt, versteht sich in dem Roman, den ich schreibe, von selbst. Die Welt, in die er eintritt, ist so groß wie die Welt außerhalb des Büros, das immer noch eine Wohnung werden kann. Wo ich in anderen Romanen auf eine Leinwand starre, die meinen Blick beengt, stehe ich bei Jean Paul auf einer weiten Ebene, auf der ringsum alles mögliche verstreut liegt, das Höchste und das Niederste, Philosophie und Neunmalkluges, Poetik und Alltagsbeobachtungen, ohne daß die Seiten einer inneren Notwendigkeit zu folgen scheinen, die begreifbarer wäre als die Logik eines jeden Lebens selbst. Die Gesetzmäßigkeiten, Notwendigkeiten und Korrespondenzen, die sich dann doch entschlüsseln, sind so tröstend, wenngleich unzuverlässig wie in dem Bild, das ein religiöser Mensch von der Welt hat. Jean Pauls Romane bersten aus einem Übermaß an Einfällen und Vorfällen, ein Strang legt sich in den anderen, die Verwicklungen jagen sich gegenseitig. Selbst dem *Kindler*, in den ich beim Lesen immer wieder schaue, merkt man die Mühe an, die Übersicht zu behalten. Zugleich verstärken die Schneisen, die die Zusammenfassung in das Handlungsgestrüpp schlägt, den Verdacht, daß Jean Paul gerade der Ehrgeiz getrieben haben könnte, Übersicht unmöglich zu machen. Jean Paul selbst bestätigt mal mehr, mal weniger deutlich, daß er loswird, was er ohnehin loswerden werden wollte, aufgreift, was immer ihm gerade vor die Augen tritt, unabhängig von literarischer Form, Thema, Gattung, Höhe. Die herrlich frivolen Extrablätter über die Notwendigkeit des Ehebruchs oder von Kirchenlogen, in denen man während des Gottesdienstes nicht nur »schlafen, pissen, essen«, sondern sich auch mit seinen Freundinnen vergnügen kann, stünden als satirische Zeitstücke für sich genauso brillant da und brauchen die Geschichte sowenig wie die Geschichte sie – aber als ob bei einem Menschen alles zusammenpassen würde und seine Wege immer wohin führten. Er habe heute vorgehabt, beginnt Jean Paul in der *Unsichtbaren Loge* den sogenannten achtunddreißigsten oder Neujahr-Sektor, also das achtunddreißigste Kapitel, das er an Neujahr schreibt oder vorgibt, an Neujahr zu schreiben, er habe heute vorgehabt, einen Spaß zu machen und seine Biographie einen gedruckten Neujahrswunsch an den Leser zu nennen und statt der üblichen Neujahrswünsche scherzhafte Neujahrsflüche zu tun und dergleichen mehr. Aber der Romanschreiber, der sich Jean Paul nennt, hat an diesem Neujahrstag zu schlechte Laune, um sich einen Spaß zu machen: »Ich kann nicht und werd' es überhaupt bald nicht gar nicht mehr können. Welches plumpe ausgebrannte Herz müssen *die* Menschen haben, welche im Angesichte des ersten Tages, der sie unter 364 andre gebückte, ernste, klagende und zerrinnende hineinführet, die tobende schreiende Freude der Tiere dem weichen stillen und ans Weinen grenzenden Vergnügen des Menschen vorzuziehen imstande sind!« Die Geschichte scheint nur ein Rahmen zu sein, wie Gott die Woche, den Monat und das Jahr dem Menschen zum Rahmen gibt, damit sie ihrem Leben eine notdürftige Ordnung geben, ein Rahmen, in den Jean Paul stellt, was er gerade zu sagen hat, einschließlich des Eingeständnisses, daß die Geschichte nicht mehr ist als der Rahmen, in den er stellt, was er, Jean Paul persönlich, der eins zu sein vorgibt mit dem Romanschreiber, gerade zu sagen hat.

Raul Hilberg (2. Juni 1926 Wien;
4. August 2007, Williston, Vermont)

Als Raul Hilberg nach dem Weltkrieg anfing, die Vernichtung der europäischen Juden zu erforschen, hätte er sich nicht vorgestellt, sechzig Jahre später in Berlin als Ehrengast vor sechshundert Menschen, viel Prominenz und internationaler Presse eine Holocaust-Konferenz zu eröffnen. Wer kann sich als Zwanzigjähriger überhaupt vorstellen, wo er als Achtzigjähriger steht? Hilbergs Verblüffung war konkreter: Unmittelbar nach dem Krieg habe sich niemand für den Holocaust interessiert, sagte er, schon gar nicht die Juden. Als junger Mann habe er gedacht, ganz allein gewesen zu sein. Später stellte sich heraus, daß in Paris und London noch zwei Forscher begonnen hatten, nach Dokumenten zu suchen. Es war eine mühsame Recherche. Nicht nur waren viele Unterlagen verschwunden oder vernichtet, sie waren auch »heikel«. Bei dem Adjektiv zog Hilberg die Mundwinkel, die ohnehin herabhingen, bis beinah zum Kinn nach unten. Die Hände blieben in den Hosentaschen, weil sich angesichts des Forschungsgegenstands jeder persönliche Triumph verbot. Verachtung, Zorn, Empörung, Sarkasmus faßte Hilberg 2006 auf der Berliner Antisemitismus-Konferenz in dem einen Wort zusammen: »heikel«.

Als er 1948 anfing, fühlte er sich schon nach den ersten Recherchen erschlagen, nicht so sehr von der schieren Menge oder Grausamkeit der Dokumente, denn damit war zu rechnen gewesen bei einem Vernichtungsunternehmen solchen Ausmaßes, vielmehr von der Unübersichtlichkeit. Das Problem war – wieder fielen 2006 in Berlin die Mundwinkel nach unten, als beschwerte Hilberg sich über die mangelhafte Systematik der Nationalsozialisten –, daß für die Judenfrage keine eigene Behörde existierte. Alle deutschen Behörden waren involviert gewesen, vom Außenministerium bis zur Post, von der Reichsbahn bis zum Reichsforstamt; selbst die Archive der städtischen Leihanstalten hatte Hilberg durchforsten müssen, weil sie die Menge an Wertgegenständen dokumentierten, die aus dem Besitz von Juden »angekauft« worden waren. Das städtische Gartenamt von Lemberg lieferte laut einem Vermerk Pflanzen zur Tarnung eines Zwangsarbeitslagers. Die Allianz-Versicherung versicherte laut einer Akte die Zwangsarbeitslager in den Bezirken Lublin und Galizien. Im Bezirk Bialtystock holte sich die Wehrmacht die Erlaubnis für Flieger abgeschossener deutscher Jagdflugzeuge ein, in einem Wald Jagd auf Juden zu machen, damit sie, also die Flieger, ihr seelisches Gleichgewicht wiedererlangten. Judenfragen wurden meist routinemäßig neben anderen Angelegenheiten behandelt und fanden sich entsprechend verstreut in allen Arten von Beständen. Aktenordner, auf denen nur »Juden« stand, fand Hilberg selten vor.

»Viele Jahre vergingen in dieser Einsamkeit, aber dann wurde daraus ein weltweites Anliegen.« Vor jedem Atemzug senkte sich die Melodie seiner Stimme tief, als sänge er ein trauriges Lied. Für jede einzelne Silbe ließ er sich Zeit und legte zudem lange, beinah dramatisch wirkende Pausen zwischen den Sätzen ein, oft zwischen den Satzteilen, ließ dabei keine Sekunde das Publikum aus den Augen, der Blick wanderte nach links und rechts, weil auf dem Pult ohnehin kein Manuskript lag. Dennoch sprach er druckreif, mit leichtem amerikanischem Akzent und wenigen Fehlern, etwa »entschlossen« anstelle von »beschlossen«, »Der Führer hat entschlossen«. Ein bißchen kurios sah er ja aus mit der übergroßen, viereckigen Brille, der Körper schon beim Gang zum Pult leicht zur Seite geneigt, das unübersehbare Hörgerät schräg nach oben, als wollte er signalisieren: Nein, nein, meine Damen und Herren, ich bin zwar alt, schon an die Achtzig, aber glauben Sie bloß nicht, ich bekomme nicht mehr alles mit. *Verbotene Erinnerung* heißt sein Buch im Untertitel. Das stimmt nicht mehr, sagte Hilberg. Das habe 1961 gestimmt, als Columbia und Princeton eine Veröffentlichung ablehnten. Selbst Yad Vashem lehnte ab, weil sie in Jerusalem meinten, alles besser zu wissen. Hilberg fand weder in Europa noch in den Vereinigten Staaten einen Verlag, nur solche, die für die Veröffentlichung Geld nahmen. Erst mit dem Eichmann-Prozeß begann man, sich für den Holocaust zu interessieren, 1978 dann endgültig in den Staaten, ab 1985 in Deutschland. 2006 in Berlin war Hilberg der Ehrengast.

Am Abend zuvor, als wir gemeinsam ins Restaurant, und am Morgen, als wir zur Konferenz fuhren, hatte er nicht einmal die Begrüßung erwidert. Auch seinen Vortrag begann er ohne Anrede. Nach dem Vortrag wußte ich, daß es Wichtigeres gab. Um zu verstehen, was getan worden ist, mußte er sich in die versetzen, die es taten, etwa: Die Juden in den Ghettos konnte man doch nicht einfach sich selbst überlassen. »Etwas muß doch geschehen.« Hilberg ahmte im Präsens nach, wie die Nazis die realen Konsequenzen ihrer anfangs noch fixen Idee hin- und herwogen, die Juden zu beseitigen, schließlich gab es kein Modell, kein Vorläuferunternehmen; wie sie überlegten, was Beseitigung denn im Konkreten heißt, etwa die Erwägung, die Juden nach Madagaskar zu verfrachten. Er würde die gesamte Marine mobilisieren, nur um die Juden loszuwerden, sagte Hitler laut Protokoll, aber dann würden die Briten die deutsche Flotte torpedieren. Hilberg sprach bis in den mutmaßlichen Tonfall jemanden nach, der Hitler nachsprach: »Er dächte jetzt über manches anders, nicht freundlicher.« Im Osten diskutierten die Offiziere untereinander, wie der Befehl zu verstehen sei, die Juden zu vernichten. »Wir sollen die Juden *töten*?« fragte einer, dessen Namen ich mir leider nicht notiert habe, obwohl ich bereits wußte, daß der Vortrag mir unvergeßlich bleiben würde, bleiben müßte, und ihn deshalb auf der Rückseite meines eigenen Manuskripts mitschrieb. »Selbstverständlich«, antwortete Reinhard Heydrich, Chef des Reichssicherheitshauptamts.

»Selbstverständlich« gehörte ohnehin zu den häufigsten Wörtern und wurde wie ein Kode eingesetzt, wann immer ausdrückliche Begründungen erläßlich schienen. »Selbstverständlich« müßten deutsche Soldaten gegenüber jüdischen Zwangsarbeitern unbarmherzig sein, heißt es in der Anweisung eines Oberstleutnants. Hilberg zählte 2006 in Berlin die wichtigsten Dokumente auf, die den Holocaust belegen, Funksprüche etwa und Gesprächsprotokolle. Als er sie in der Einsamkeit gelesen habe, sei ihm erst nach und nach aufgegangen, warum der Holocaust niemals offiziell begründet, erklärt, angeordnet worden war. Der Holocaust brauchte keine

Begründung. Einmal begonnen, verstand er sich, mußte er sich von selbst verstehen, weil sonst jemand gefragt hätte. »Auch die Judenweiber?« fragte ein Offizier im Osten. »Keine Restfamilien«, meinte sein Kollege, ohne eine ausdrückliche Anweisung vorliegen zu haben. Hilberg wunderte sich zu Beginn seiner Nachforschung selbst, warum die Deutschen nicht einfach alle Juden, die sie antrafen, erschossen. »Das geht nicht«, sagte er 2006 in Berlin und senkte die Stimme tief, danach Pause. Das geht in Rußland, Pause, nicht im zivilisierten Europa, Pause, nicht in aller Öffentlichkeit. Das Problem, fuhr Hilberg fort, sei auch die »Berührung« gewesen, wie es in den Gesprächsprotokollen genannt würde. Daher erfolgten die meisten Erschießungen durch Kollaborateure. Hilberg zitierte einen Weichensteller, der vierzig Waggons im Bahnhof oder im Lager einfahren sieht, zitierte die Schreie, die der Weichensteller bezeugt, und legte zwischen jedem eine Pause ein, zitierte die Befehle, die der Weichensteller bezeugt, und legte zwischen jedem eine Pause ein, erwähnte die Schüsse, die der Weichensteller bezeugt, und legte eine Pause ein. »Und dann nichts mehr«, zitierte Hilberg den Weichensteller und legte eine Pause ein. »Das war schon merkwürdig«, endet das Zeugnis des Weichenstellers, aus dem Hilberg zitierte, »die Stille.«

Nicht nur Triumph, auch die Scham stiftet zur Identifikation an, wie von den Deutschen zu lernen ist. Als ich nach Hilbergs Eröffnungsrede auf dem Podium der Antisemitismus-Konferenz saß, hatte ich plötzlich den Eindruck, nicht bloß mich selbst zu vertreten. Beim Frühstück hatte ich noch einem Freund aus Haifa widersprochen, der von sich sagte, im Ausland stets als Vertreter seines Landes zu sprechen und Israel nur unter Landsleuten zu kritisieren. Auf dem Podium schlug mir einige Stunden später die Bereitschaft des Saals entgegen, mich zu adoptieren, wenn ich mich nur gegen dieses barbarische Iran ausspräche. Ich zuckte kurz, zweifelte aber nicht, dennoch abspringen zu müssen. Das iranische Staatsfernsehen hatte sich akkreditiert; ich sah das bärtige Filmteam von der Bühne aus und kalkulierte ein, mir für die nächsten Jahre den Weg nach Isfahan zu versperren. Es blieb mir keine Wahl, es wäre mir auch ohne Raul Hilberg keine Wahl geblieben, aber vielleicht hätte ich länger gezögert. Wenn Iran das ist, was es ist, muß man sich abwenden, um treu zu bleiben, die Logik Haffners. Wenn der iranische Präsident den Holocaust leugnet, muß man dem Staat ins Gesicht spucken, den er repräsentiert.

Als eine junge Frau aus dem Publikum fragte, ob Teheran 06 nicht Berlin 38 sei, begann allerdings auch ich, Pausen einzulegen wie Hilberg. Punkt für

Punkt führte ich die Unterschiede aus. In den Pausen zwischen den Satzteilen warf die junge Frau, die immer noch stand, mir zornig vor, *appeasement* zu betreiben. Heute werde Berlin 38 zur Vorbereitung eines Kriegs mißbraucht, der moralisch, völkerrechtlich und strategisch falsch sei, schloß ich erregt und erntete Applaus ebenso wie höhnische Zurufe. Es mag die Logik Haffners sein, aber nicht der gleiche Fall. Hilberg als Ehrengast war längst ins Hotel zurückgekehrt. Gern hätte ich erfahren, was er zu Teheran 06 sagte, aber er hat mich ja nicht einmal begrüßt. Er hatte recht, daß es Wichtigeres gab.

Als der ältere Bruder heute vormittag mit der Krankenschwester stritt – er wollte verhindern, daß der Vater wieder »abgeschossen« wird, wie die Blaugewandeten die Ruhigstellung nennen –, fiel dem Jüngeren auf, daß sie die ganze Zeit von »Durchgangssyndrom« sprachen, nicht von »Übergangssyndrom«, wie er es sich der Engel wegen die ganze Zeit eingebildet hatte. Zurück in Köln, lieferte die Suchmaschine 19 660 Ergebnisse, darunter einen eigenen Beitrag auf *Wikipedia*: »Der Begriff Durchgangssyndrom bezeichnet in der Humanmedizin eine zeitlich begrenzte und zugleich reversible organische Psychose. Es wird auch synonym der Begriff des organischen Psychosyndroms, der Funktionspsychose oder in der Chirurgie des postoperativen Verwirrtheitszustandes benutzt. Eine Störung des Bewußtseins tritt hierbei nicht auf. Die entsprechenden Symptome bilden sich innerhalb von Stunden oder Tagen zurück (daher Durchgangssyndrom genannt). Das Durchgangssyndrom ist bei älteren Menschen deutlich häufiger zu beobachten.« Der Vater wird kein Gespenst bleiben, jetzt will es der Sohn endlich glauben.

Großvater fragte den Chefredakteur der Zeitung *Raad* nach einer Anstellung. Ohne von seinem Blatt aufzusehen, murmelte der Chefredakteur, der nur ein paar Jahre älter war und das Gewand eines Geistlichen trug: Wenn du einen brauchbaren Artikel aus der *Times* oder dem *Observer* findest, kannst du ihn ja mal übersetzen, mein Junge. Noch am selben Tag kaufte Großvater einen Stoß englischer Zeitungen und machte sich an die Arbeit. Wenige Tage später klopfte er wieder an der Redaktion, zehn, zwanzig Seiten mit Übersetzungen in der Hand. – Leg das Zeug dort in die Ecke, mein Junge, murmelte der Chefredakteur. Aus der Fachliteratur erfuhr ich, daß *Raad* (»Donner«) die ebenso prominente wie umstrittene Zeitung des jungen Intellektuellen Seyyed Zia

Tabatatabaí war, der später beim Sturz des Kadscharenkönigs die Fäden zog, Premierminister wurde, sich mit dem Kosakenführer und späteren Schah Reza Pahlewi überwarf und ins Exil flüchtete. Im Unterschied zu den anderen Teheraner Zeitungen, die während des Ersten Weltkriegs mit Deutschland sympathisierten, weil Deutschland gegen die beiden Kolonialmächte England und Rußland kämpfte, war *Raad* für seine probritische Position bekannt. Manche meinten gar, daß die meisten Artikel, die *Raad* veröffentlichte, direkt von der britischen Botschaft geliefert würden. Großvater erklärt nicht, warum er unter allen Zeitungen Teherans ausgerechnet bei dieser anklopfte, schildert nicht das Treiben in der Redaktion, geht mit keinem Wort auf die politische Situation in Iran während des Ersten Weltkriegs ein, die dramatisch gewesen sein muß, nennt nicht einmal den Namen Seyyed Zias, der ihn »mein Junge« nannte, sondern erwähnt nur, daß er jeden Morgen herrgottsfrüh vor der Druckerei wartete, um die Zeitung zu kaufen und sie auf dem Bürgersteig hektisch durchzublättern. Als er Wochen später seinen ersten Artikel entdeckte – was heißt Artikel?, Seyyed Zia hatte einen umfänglichen Essay von Bertrand Arthur William Russell über den Pazifismus auf eine Meldung von fünf Zeilen gekürzt, um einen freien Platz am unteren Rand einer Spalte irgendwo im Innenteil zu füllen –, freute sich Großvater, als habe er soeben sein erstes Buch veröffentlicht. Noch am selben Tag nahm er sich den nächsten Stoß englischer Zeitungen vor. Bis zum Ende seiner Teheraner Zeit belieferte er Seyyed Zia mit seinen Übersetzungen, obwohl das Honorar von zehn Dinar pro Abdruck den Ausdruck Brotberuf allzu wörtlich nahm – ein Tschelo-Kabab kostete zwei Rial, also zweihundert Dinar. Geld verdiente Großvater zunächst, indem er an der französischen St.-Louis-Schule Arabisch und Englisch unterrichtete. Anschließend arbeitete er als Übersetzer an der britischen Botschaft – bis ihn sein Vorgesetzter beten sah. – Ich dachte, Sie sind Bahai, zog der britische Diplomat Großvater beiseite. – Nein, ich bin Muslim, antwortete Großvater. – Aber Ihre Freunde sind doch Bahais. – Ja, aber ich nicht. – Jetzt kommen Sie schon, vor mir brauchen Sie sich nicht zu verstellen. Der Diplomat verwendete das arabische Wort *taqiya*, das im schiitischen (und nur im schiitischen) Recht die Erlaubnis anzeigt, in Zeiten der Verfolgung den eigenen Glauben zu verleugnen, wenn sonst der Tod droht (und nur der Tod). Heute ist in Europa oft zu lesen, die Muslime würden *taqiya* üben, wenn sie sich etwa zur Verfassung bekennen. Auch ich werde öfter darauf angesprochen, ob ich mit meinem Bekenntnis zur Aufklärung, zur Gleichberechtigung oder was immer ich gerade bekunde, nicht *taqiya* üben würde, was genau betrachtet schon dumm ist, da ich kaum eine wahre Antwort gäbe, wenn der Verdacht stimmte. Dagegen den Bahais ist die Wahrheit selbst unter Lebensgefahr aufgetragen, wie sogar die Eltern wußten, die sonst fast nichts über Bahais wissen, aber offenbar nicht der britische Diplomat.: Ich muß Sie darauf hinweisen, daß wir die Stelle nur an einen Bahai vergeben, sprach er Großvater wegen arglistiger Täuschung die Kündigung aus.

Madjid Kawussifar (1979; 2. August 2007 Teheran)

Von Madjid Kawussifar wird berichtet, daß er zusammen mit seinem Neffen Hossein den Richter Hassan Moghadass erschossen haben soll, der zahllose Oppositionelle verurteilt hatte. Auf einem Motorrad warteten sie vor dem Irschad-Gericht in der Ahmad-Qasir-Straße, der Bukarest-Straße des alten Teheran. Einer der beiden jungen Männer feuerte zwei Kugeln auf den Kopf des Richters, von denen die erste tödlich gewesen sein soll, heißt es in der Meldung der BBC vom 2. August 2005 unter Berufung auf den Polizeichef von Teheran. Woher der Polizeichef wußte, welche die erste der beiden Kugeln war? Er irrte sich doch sogar in der Anzahl der Täter. In der Meldung der BBC war nur von einem Täter die Rede, der zugleich Schütze und Fahrer gewesen sein soll. Auf den Tag genau zwei Jahre nach dem Anschlag wurden am Tatort Madjid und Hossein Kawussifar öffentlich hingerichtet.

Hossein ist nur ein paar Jahre jünger als sein Onkel gewesen. Auf den Bildern und Videos von der Hinrichtung, die im Internet verstreut sind – nur ein Blogger namens Spartakus und die Internet-Zeitung *Rooz* scheinen sich für die beiden weiter interessiert zu haben –, ist Hossein Kawussifar seltener zu sehen. Indem er seine Gefühle beherrscht, bewahrt er die Würde, die einer nur irgend bewahren kann, der zum Galgen geführt wird. Madjid Kawussifar hat mehr getan, Wundersames. Madjids Bilder haben sich mir auf den ersten Blick eingebrannt, genau gesagt das Bild, das ich auf der Ladentheke unseres iranischen Händlers auf der Titelseite der Londoner Exilzeitung *Keyhan* entdeckte, das ist mir so viel näher gegangen als die Bekannten, die man so trifft, oder die großen Künstler, die so sterben, wie drei Tage zuvor George Tabori oder letzte Woche Ingmar Bergman, daß ich ihn aufnehmen mußte in mein Totenbuch, obwohl ich ihn gar nicht kenne und im Internet fast nichts über ihn herausgefunden habe. »Die Gleichgültigkeit und das Grinsen der Angeklagten bis zum Augenblick der Exekution machten den Richter wütend«, heißt es in der Bildzeile der Exilzeitung.

Nur Madjid hat gegrinst, während Hossein eingeschüchtert wirkte, verloren, und es war auch kein Grinsen, keine Gleichgültigkeit; es war ein Lachen, ein richtiges Lachen, auf diesem wie auf den anderen Bildern, manchmal ein zärtliches Lächeln wie auf dem Weg durch eine Menge von vermummten Polizisten zum Galgen, manchmal ein fröhliches Hallo wie in der Szene, als er mit den hinten gefesselten Armen winkt, also die Hände zur Seite führt und zu einem oben offenen Dreieck öffnet. Erst später las ich, daß es sich um einen Gruß handelte und wem er galt, einem Freund oder Verwandten, der im Publikum stand.

Das Publikum: zwei-, dreihundert vielleicht. Aus einem Fenster schauen zwei im weißen Kittel herunter, Ärzte wohl. Ein paar lächeln, die meisten gaffen nur, so auch die Polizisten, die die Stätte absperren. Niemand schreitet ein, niemand empört sich. Die Mutter soll geschrien haben: »Gott, gib mir meinen Sohn zurück«, die Mutter von Madjid oder von Hossein. Sogar Kinder sind im Publikum, ein Mädchen jedenfalls, keine fünf Jahre alt. Welche Barbarei, denke ich, nicht nur die Hinrichtung als solche, die ganze Situation, eine moderne Großstadt, eine breite Straße, Asphalt und Bäume, Hochhäuser, zwei Lastwagen mit Hebearm wie bei der Feuerwehr, allein der Haken fast so groß wie ein Kopf, daran ein blauer Strick geknotet, Plastik, wie in der Nahaufnahme zu erkennen ist, aus dem Baumarkt, die Heerschar iranischer Photographen, die so weltlich-westlich aussehen wie Photographen vor dem Bundeskanzleramt, Baseballkappen, modische Kinnbärte, genauso im Publikum, was für ein barbarisches Land. Vor der Hinrichtung wird der Koran vorgetragen, mit Verstärker, vielleicht auch nur von Kassette, schön die Rezitation eigentlich, iranischer Stil, elegisch, zum Kotzen. Als der Barhocker unter Madjids Füßen weggestoßen wird, sind *Allaho akbar*-Rufe zu hören, wenigstens nicht viele.

Gewiß, die meisten Zuschauer werden Madjid und Hossein Kawussifar für gewöhnliche Mörder gehalten haben. Der wütende Richter zählte vor der Hinrichtung die Morde, Entführungen, Einbrüche und Banküberfälle auf, die ihnen zur Last gelegt wurden. Die Internet-Zeitung *Rooz* zählte später die absurden Widersprüche auf, in die sich die iranische Justiz in dem Bemühen verwickelte, eine Konspiration des amerikanischen Geheimdienstes zu behaupten und die beiden gleichwohl als gewöhnliche Kriminelle abzutun. Aber selbst wenn, selbst wenn Madjid Kawussifar und sein Neffe Hossein nichts anderes gewesen sein sollten als Verbrecher – wo anders als in einer Barbarei hängt man Menschen am hellichten Tag mitten in der Stadt an einem Kranwagen auf, mit der Geschäftigkeit einer Straßeneinweihung oder einer Feuerwehrübung? Wir glaubten, wenigstens diese Auswüchse seien beendet, wir glaubten, die Islamische Republik würde sich ab jetzt wenigstens genieren, sagen wir seit den Intellektuellenmorden von 1998, als es darüber zum Aufstand kam im ganzen Land. Die öffentlichen Hinrichtungen hat der jetzige Staatspräsident wieder eingeführt, ebenso wie die Steinigungen, die Verhaftung von Intellektuellen und kritischen Geistlichen. Auf der Suche nach Bildern Madjids stieß ich auf einen Film über die Hinrichtung eines sechzehnjährigen Mädchens, das wegen Unzucht verurteilt worden war. Die Dokumentation war abgeschmackt, soweit ich es nach den ersten zehn Minuten beurteilen konnte, mit nachgestellten Szenen und allen Klischees und Betroffenheiten, die man von einem deutschen Fernsehteam nur erwartet, aber der Fall selbst ist so unfaßbar entsetzlich, daß man dankbar ist für jeden, der auf ihn aufmerksam gemacht hat.

Aber Madjid Kawussifar – wie hat er es nur geschafft, den Henkern, den Barbaren sein Lachen ins Gesicht zu spucken? Nein, ich kann nicht beschwören, daß er ein Held war. Ich betone: Ich weiß so gut wie nichts über ihn. Vielleicht hat er den Richter umgebracht, weil er im Westen einen plausiblen Grund haben wollte, Asyl zu beantragen. Ich kann es mir allerdings nach allem, was ich dann doch über seine Geschichte erfuhr, nicht vorstellen. Und was immer sein Motiv war – spätestens unterm Galgen wurde er zum Helden, nach dem in Teheran einmal Straßen benannt werden wie nach den Geschwistern Scholl in Deutschland oder Filme gedreht wie gerade jetzt in Berlin über Graf Stauffenberg mit Tom Cruise. »Ich bereue nichts«, beteuerte er, da ihm ein dicker Bärtiger und ein vermummter Polizist (»Police« stand in lateinischen Lettern auf dem schwarzen Overall) den Strick um den Hals legten: »Ich würde diesen Richter noch einmal umbringen.«

Das klingt nach einer Passion und ist es auch. Madjid Kawussifar hat sich mit seinem letzten Gang in die Reihe der Märtyrer gestellt, die sich durch die schiitisch-iranische Geschichte zieht. Der Kult um die Helden, die den Kampf gegen eine Übermacht wagen, den sie sicher verlieren, hat in Iran so tiefe Wurzeln, daß er die Religion nicht mehr braucht. Offenbar ist die Freiheit ein ebensolches Gut, für das Menschen über sich hinauswachsen wie für ihren Glauben. Offenbar ist die Freiheit auch ein Glaube, der sich in seiner Größe und Majestät entfalten kann, wo der Mensch sich am erbärmlichsten fühlen müßte, nicht nur von den Gegnern überwältigt, sondern verraten von denen, auf die er vertraute. Zur Geschichte Madjids gehört, daß er eigentlich schon in Sicherheit gewesen war. Nach dem Anschlag hatte er sich nach Dubai durchgeschlagen und bei der amerikanischen Botschaft Zuflucht gesucht. Die Amerikaner haben ihn den Behörden der Vereinigten Arabischen Emirate überstellt, oder genau gesagt haben die Amerikaner den Hinweis gegeben, damit er vor der Botschaft verhaftet und nach Iran ausgeliefert werden konnte. Die Botschafterin, die Madjid Kawussifar zuvor persönlich empfangen haben soll, heißt Michele J. Sison, um ihren Namen schon einmal festgehalten zu haben. Möge Gott auch sie mit Alpträumen strafen. Möge Madjid Kawussifar ihr, uns, allen im Gedächtnis bleiben.

Er sagt sich immer und sagt der Älteren, die ihn zum zweiten Mal begleitete, daß es dem Vater doch wirklich bessergehe als beim letzten Besuch; heute konnten sie ihn bereits für kurze Zeit in einen Stuhl setzen, auch wachsen in seinem Bewußtsein die Schnittmengen mit der Gegenwart der Angehörigen, soweit sie es seinen mimischen Antworten und den wenigen Sätzen entnehmen, die sie verstehen. Die Bilder, von denen der Sohn nachts aufschreckt und die tagsüber nicht verschwinden, sind die einer weiterhin bohrend kläglichen Person unter einer Sauerstoffmaske, mit Oberschenkeln so dünn wie die hungernder Kinder in Afrika und einer Art Saugglocke überm Geschlecht. »So einer ist ein wüst gewordenes Land, das in ursprünglicher üppiger Fruchtbarkeit die Wirkungen des Sonnenlichts zu sehr verstärket, und darum dürre wird«, schreibt Hölderlin Ende 1803 in den *Anmerkungen zur Antigonä*. Klar ist allerdings auch, daß seine Gedichte, um ihn zu finden, all die Jahre sein Fühlen und Verzweifeln verneinen mußten, daß auch er sterben mußte, bevor er starb, klar sind die Gründe für die unverschämte Lebenshälfte nach dem Aufprall, Beine, Arme, Rücken noch immer gestreckt wie zum Stechschritt, aber, weil gebrochen, in tausend krummen Winkeln, verwinkelt dero unterthänigster Scardanelli oder Buarotti, der jedermann mit »Euer Majestät«, »Euer Heiligkeit«, »gnädigster Herr Pater«, »gnädigster Herr Baron« anredet, wenn nicht gar als »Mylord des Nachbars Pudel«. Ich werde nicht der erste sein, dem es auffällt, aber die groteske Gespreiztheit im Turm scheint mir, wenn ich durch die Zeugnisse seines Lebens gehe, offenkundig in den Briefen vorgeprägt zu sein, die er der Mutter schickt oder der Schwester. Von Jahr zu Jahr eklatanter ist in ihnen das Aufrechterhalten dessen, was für Form gehalten wird, während er gleichzeitig zusieht und am Leibe spürt, wie sich seine Existenz in Luft auflöst, nein, in die Luft gesprengt wird ausgerechnet von jenem Irdischen, auf das er so wenig gab, die gleiche, wenngleich noch nicht vollends absurd gewordene Unterwürfigkeit der Worte, die allem reellen Verhalten widerspricht und von den Realien nicht aufgeklärt werden kann, vielleicht von den Religionen: »Als Mose nun zu seiner Frist kam«, heißt es in Sure 7,143, »Und mit ihm redete sein Herr, / Sprach er: mein Herr, laß mich Dich sehen und schauen. / Er sprach: Du siehest nimmer Mich; / Doch schau zum Berg hin! Steht er fest an seinem Ort, / Alsdann sollst du Mich sehen. Als nun / Sich zeigete sein Herr dem Berge, / Macht' Er ihn trümmern, und zu Boden / Stürzte Mose getroffen wie vom Blitze.« Der Sohn zog das Nachthemd rasch nach unten, als er eintrat, damit der Älteren wenigstens dieses Bild ihres Großvaters erspart bliebe; aus der Perspektive der Enkel auch dieser ein Oberhaupt der Sippe, geht dem Sohn auf, dem ins Gehirn gebrannt ist, wie sein eigener Großvater sich auf dem Stuhl in die Hose macht und die Tante ihm Pyjamahose und Unterhose auszieht, um ihn zu waschen. Sein Großvater hat nicht geklagt, er hat nur geweint, so wie dem Sohn jetzt noch die Tränen in die Augen steigen, in dieser Minute, Montag, 13. August 2007, 2:49 Uhr, da er sich in seinem Büro erinnert. Vermutlich sind es zugleich die Tränen, die er sich im St. Marien verdrückte. Vor einem Monat war der Elende noch der Vater, den der Sohn ein Leben lang kannte. Der Sohn war noch nie zärtlich zum Vater. Der Vater war zärtlich, als der Sohn krank lag oder zum Höhepunkt des pubertären Konflikts einen Nervenzusammenbruch erlitt. Immer hat der Vater den Sohn in den Arm genommen, nicht der Sohn den Vater. Der Vater hat den Sohn getröstet, nicht der Sohn den Vater. Der Vater hat dem Sohn die Arme und Füße massiert, nicht der Sohn dem Vater. Der Vater hat den Sohn gemahnt, Obst zu essen, Medizin zu studieren wie die Brüder, sich wärmer anzuziehen, um sich nicht zu erkälten, zuverlässige Autos zu kaufen statt alte Limousinen, einen geregelten Beruf zu ergreifen. Der Vater hat für den Sohn gebetet, nicht der Sohn für den Vater. Letzte Woche hätte sich der Sohn nicht vorstellen können, daß der Chef des Herzzentrums den Vater, und sei es im Hubschrauber, nach Siegen zurückschicken würde, also wird auch nächste Woche, darauf rechnet der Sohn, etwas eintreten, was ihm heute ausgeschlossen scheint, etwa daß er mehr als einen halben Satz versteht oder der Vater selbst seine Scham bedeckt. Wie glücklich war der Sohn, er sagt es sich immer wieder, bereits einzelne Reflexe zu registrieren: Als die Schwester das Bett machte, deutete er mit den Händen an, neben sich das Laken von der Matratze abzuziehen, einer jungen Frau also zu helfen, der alte Charmeur. Der Vater breitete die Hände zum Preis Gottes aus, als der Sohn ihm berichtete, daß die Frühgeborene bereits vier Kilogramm wiege. Als der Vater ihn aufforderte, nachzuschauen, ob das Portemonnaie noch im Koffer liegt, befürchtete der Sohn schon eine neue Manie – im Herzzentrum hatte der Vater ständig nach allem möglichen gefragt –, so daß er, der Sohn, Erklärungen dafür vortrug, warum das Portemonnaie natürlich nicht im Koffer liegen konnte. Viel später bat der Vater den Sohn, der Älteren in seinem Namen zehn Euro zuzustecken. Daß das Geschenk für die Ältere der Grund gewesen war, warum er das Portemonnaie haben wollte, begriff der Sohn gar nicht; erst die Ältere entdeckte es ihm auf der Autobahn. Als sie am Freitag und gestern wieder am Krankenbett stand, trat das erste Mal seit der Operation etwas wie Freude in die Augen des Vaters, neben der Überraschung. Genau deshalb hatte der Sohn sie mitgenommen, nicht wegen ihr, die zu überfordern er einkalkuliert, sondern wegen des Vaters. In einem der Romane, wie er sie früher schrieb, sagt ein Sohn, daß sein Kind geboren werden soll, damit sein Vater es und es seinen Vater noch sieht. Daß darin eine Anmaßung liegt, gestand sich der Sohn seitdem oft ein. Aber wie er jetzt Zeuge der Liebe wurde, die unverstellter und offensiver ist oder sein kann, wenn sie durch eine Generation getrennt wird, wenn die Reibungen der Erziehung und der Ablösung, des Alltags und der Krisen fehlen, sagte er sich doch: Ja, vielleicht ist mit der Ewigkeit nichts anderes gemeint, nichts Metaphysisches, vielmehr das Irdische als solches, das Blut, wie es weiterfließt, das Herz, das in einer anderen Brust schlägt. Zugleich wurde selbst der Älteren die Vergänglichkeit so konkret faßbar wie ein Stück Brot: Das wird aus uns, sagte sie auf der A 4, mehr zu sich selbst als zu den Eltern. Sie wird für die Eltern beten, sie streicheln, ihnen Mut zusprechen. Ihre Kinder werden beten, streicheln, Mut zusprechen. Das Kreuz des Bildhauers, das den Sohn weiterhin ratlos macht, weil er ihm glauben muß, steht wieder schräg hinterm Computer, dazwischen die Weinflasche. Die evangelische Kirche wollte es nicht haben, keine einzige Kirche in Deutschland. Die Nachbarn im Haus gegenüber wird es irritieren, wenn er sich mittags, vor und nach dem Sonnenuntergang, manchmal auch frühmorgens und nachts nach vorn beugt und niederwirft, hockt und wieder aufsteht, nicht vor, nicht zum, aber doch neben dem Kreuz. Die gesamte Querwand seines Büros ist aus Glas, man sieht ihn gut und hört bei offenem Fenster seine Musik, das Klassikforum und das Studentenradio.

3:35 Uhr auf dem Laptop, Donnerstag, 23. August 2007, vier Sterne. Wenn der Film vom Vater einmal im Dunkeln angelaufen ist, kann er nicht mehr einschlafen, idiotisch, daß er es mit dem Kosmetiktuch in der Hand überhaupt versucht, statt sofort den Laptop aufzuklappen oder Jean Paul. Da ja doch kaum jemand die Mühe auf sich nimmt, das abgelegene Buch eines ohnehin abgelegten Klassikers sich vorzunehmen, schreibt der Leser zur Anschauung der konsequenten Selbstreferentialität und vielleicht um sich Mut zu machen einmal die zwei Absätze vor dem vierunddreißigsten Sektor vollständig ab, der Ottomars postmortale Rede ankündigt: »›Und hier‹ – sagen Romanen-Manufakturisten – ›erfolgte ein Auftritt, den der Leser sich denken, ich aber nicht beschreiben kann.‹ Das kommt mir viel zu dumm vor. Ich kann es auch nicht beschreiben, beschreib' es aber doch. Haben denn solche Autoren so wenig Rechtschaffenheit, daß sie bei einer Szene, nach der die Leser schon im voraus geblättert haben, z. B. bei einem Todesfall, auf den alle, Eltern und Kinder, lauern wie auf einen Lehnfall oder Hängtag, vom Sessel aufspringen und sagen: das macht selber? Es ist so, als wenn die Schikanedrische Truppe vor den verzerrendsten Auftritten des Lears an die Theater-Küste ginge und das Publikum ersuchte, es möchte sich Lears Gesicht nur denken, sie ihres Orts könnte es unmöglich nachmachen. – Wahrhaftig was der Leser denken kann, das kann ja der Autor – beim vollen Puls aller seiner Kräfte – sich noch leichter denken und es mithin schildern; auch wird des Lesers Phantasie, in deren Speichen einmal die vorhergehenden Auftritte eingegriffen und die sie in Bewegung gesetzt, leicht in die stärkste durch jede Beschreibung des letzten Auftritts hineinzureißen sein – außer durch die jämmerliche nicht, daß er nicht zu beschreiben sei. / Von mir hingegen sei man versichert, ich mache mich an alles. Ich redete es daher schon auf der Ostermesse mit meinem Verleger ab, er sollte sich um einige Pfund Gedankenstriche, um ein Pfund Frage- und Ausrufungszeichen mehr umtun, damit die heftigsten Szenen zu setzen wären, weil ich dabei um meinen apoplektischen Kopf mich so viel wie nichts bekümmern würde.« Auf der Bühne beginnt man nicht als Mensch, sondern wird es. Als Regisseur beharrte der Leser stets auf dem Bilderverbot, das im Theater das Verbot des Scheins ist. Niemals sollten die Schauspieler so tun, als seien sie mit der Rolle identisch, deshalb der Konjunktiv wie in Hagiographien oder die Verfremdung wie vor dem epischen Theater bereits jahrhundertelang im Passionsspiel, in denen die Darsteller selbst dann ein Textblatt in der Hand hielten, wenn sie den Text auswendig beherrschten; die Schauspieler sollten sich beobachten, Fehler kommentieren, nicht kaschieren, und stets mitspielen, wieviel Aufführungen vorangegangen waren, ob durch die offenen Fenster, vor denen die Bühne stand, Tageslicht in den Raum dringt, selbst das Wetter. Es gab keinen Grund, Freunde oder die eigenen Eltern, Kritiker oder Intendanten anderer Theater nicht zu begrüßen. Zur Sprache gebracht oder nicht, wirkte es sich aus, wenn eine Schauspielerin ihre Tage hatte oder ein Zuschauer aus einem Meter Entfernung einen Schauspieler anglotzte, der so deutlich eine Vergewaltigung anzeigte, daß andere Zuschauer einschreiten wollten, obwohl sie genau sahen, daß nichts an der Szene echt war. Deshalb dürfen die Rezitatoren des Korans niemals versuchen, einen Vortrag zu wiederholen, so herrlich eine Improvisation gelingt. Das ist ein ausdrückliches Verbot, festgehalten in den tausend Jahre alten Regeln des *tadjwîd*, der Kunst des Koranvortrags. Daß eine Schauspielerin bei der Premiere schrie: Ich spiel das auch nicht gern, und in den Zuschauerraum flüchtete, ist nicht wiederholbar. Die Schauspielerin selbst wußte, daß sie es nicht wiederholen dürfte, jedenfalls nicht dies, so ergreifend gerade diese Szene. Erst in der Wiederholung wäre es zum Theater geworden. So war es ein Wunder, wie man vielleicht das koranische Wunder verstehen muß, den *i'djâz*, die Lehre von der Unnachahmlichkeit, Unübertrefflichkeit und damit auch Unübersetzbarkeit des Korans: daß es vergänglich ist. »Unfähigmachen« heißt *i'djâz* wörtlich, von *'adjz*, »Unvermögen, Unfähigkeit«. Vielleicht meint das den übermächtigen, von allen Anwesenden geteilten Eindruck, daß in einem Moment auf einmal alles ist, das einzig Mögliche. Von selbst erübrigt sich augenblicklich jeder Gedanke, ob man es anders hätte formulieren, rezitieren, spielen, komponieren, malen, schreiben können. Auf andere Weise ginge es im Theater darum, die Wahrheit dort zu suchen, wo sie durch die Künstlichkeit bestritten wird, im konkreten Fall darzustellen, daß man darstellt, aber nicht wie Brecht als Teil der Inszenierung, so daß man einen Schauspieler sieht, der einen Schauspieler spielt, der eine Rolle spielt, sondern in der Ehrlichkeit und Lüge, mit der Schauspieler zum Applaus auftreten, wenn sie sich selbst darstellen. Ja, beim Applaus fand der Leser, was er meinte, und mehr noch in den Proben, in den ersten Proben vor allem, wenn die Textblätter noch umherfliegen oder in den Händen gehalten werden oder ein Schauspieler, der etwas falsch gemacht zu haben glaubt, aus der Rolle steigt, sich kommentiert oder den Regisseur fragt und zurückkehrt in den Text. Genau gesagt konnte der Schauspieler nicht aussteigen, weil er nicht in der Rolle war. Das wäre die Aufgabe, im Theater wie im Roman, den ich schreibe: was in der Probe, auf dem Zettel notwendig flüchtig ist, zu konservieren, freilich als Flüchtiges. Der entscheidende Vorgang ist nicht gewesen, daß die Schauspielerin schrie, sie spiele die Rolle auch nicht gern. Entscheidend war, daß sie zurück auf die Bühne kletterte, um weiterzuspielen. Jean Pauls Romane sind der permanente Verfremdungseffekt. Wie im epischen Theater, gleichwohl ohne Didaktik, kommentiert der Romanschreiber das eigene Romanschreiben und stellt es somit in seiner Romanhaftigkeit heraus. Fortlaufend weist Jean Paul auf besonders schwierige Passagen hin, die er dann innerhalb der Handlung um einen Tag verschiebt, um als Romanschreiber selbst ausgeruhter zu sein, rechtfertigt sich für seine Exkurse, redet seine Figuren an, entschuldigt sich bei den Rezensenten für Stellen, die ihm mißraten seien, lobt sich für ausgefallene Metaphern, erklärt, was in Romanen jetzt gewöhnlich geschehen würde und warum er abweicht, oder annonciert das Stadium, in dem sich die Handlung befindet. Er bietet anderen Romanschreibern seine Charaktere sogar zum Verkauf an. Kürzestkapitel erklärt er mit Schreibblockaden wegen physischer Unpäßlichkeit: »Erst jetzt ists toll: die Krankheit hat mir zugleich die juristische und die biographische Feder aus der Hand gezogen, und ich kann trotz aller Ostermessen und Fatalien in nichts eintunken«, und wie er sie zu überwinden versucht: »Indessen will ich, solang' ich noch nicht eingesargt bin, dem Publikum alle Sonntage *schreiben* und es etwa zu zwei oder drei Zeilen *treiben*«, ist dabei Jean Paul genug, um sich über die Holprigkeiten aufzuregen, die ihm unterlaufen: »Auch der Stil wird jämmerlich; hier wollen sich die Verba reimen …« Den Anweisungen eines Inspizienten gleich, die ins Parkett übertragen werden, stehen vor den Einschüben nicht nur Titel, sondern wird auch deren Ende durchgerufen: »Extrazeilen … Ende der Extrazeilen«. »Das Wort über die Puppen … Ende des Worts über die Puppen«. Indem seine Bücher ständig mitbedenken, wie sie hergestellt sind, deren Kunstcharakter vorführen, negieren sie diesen: der Roman als Mimesis der Wirklichkeit. Nicht nur literarisiert Jean Paul seine Notizen in ihrer Disparität gerade so weit, daß sie sich formal zu einer Handlung fügen; er macht sich selbst zur Figur innerhalb dieser Handlung, namentlich als Jean Paul, mal in der ersten, mal in der dritten Person. In der *Unsichtbaren Loge* etwa ist der Romanschreiber, der sich Jean Paul nennt, der Lehrer des Helden. »Man muß nicht denken, daß ich Informator geworden, um Lebensbeschreiber zu werden, d. h. um pfiffigerweise in meinen Gustav alles hineinzuerziehen, was ich aus ihm wieder ins Buch herauszuschreiben trachtete; denn ich brauchte es erstlich ja nur wie ein Romanen-Manufakturist mir bloß zu ersinnen und andern vorzulügen; aber zweitens wurde damals an eine Lebensbeschreibung gar nicht gedacht.« Die Ebenen einmal auseinandergelegt: Jean Paul *erfindet* die Begründung, daß er alles erfinden könnte, weil es ein Roman ist, aber nicht erfinden muß, weil er es selbst erlebt hat, ohne damals schon an einen Roman zu denken. Das sind noch einmal ein paar Winkel der literarischen Postmoderne mehr als in jedem Roman von heute: »Bei meiner Seele! so etwas sollte man drucken lassen‹«, ruft einmal jemand in der *Unsichtbaren Loge*, der Rittmeister des heranwachsenden Gustav. »Und wahrhaftig, hier lässet man es ja drucken«, fügt der Romanschreiber hinzu, den Jean Paul Jean Paul nennt. Wie jenes zeitgenössische Theater, das seinen Kunstcharakter durch Realelemente zerstören und eben dadurch retten will, tariert auch die avancierte Literatur von heute notwendig die Grenzen zwischen Roman und Wirklichkeit stets aufs neue aus, ohne sich mit der sogenannten Realität gleichzustellen, etwa in John Coetzees Romanen, in denen der Protagonist ein berühmter Schriftsteller mit den Initialen J. C. ist oder gleich als John Coetzee auftritt. Ein Selbstporträt? In der *Unsichtbaren Loge* verneint das Jean Paul, der in seinen Romanen ebenfalls als Jean Paul auftritt, und könnte gerade damit die Unwahrheit gesagt haben: »Im Grunde ist freilich kein Wort wahr, aber da andre Autoren ihre Romane gern für Lebensbeschreibungen ausgeben: so wird es mir verstattet sein, zuweilen meiner Lebensbeschreibung den Schein eines Romans zu geben.« Für das Theater des zwanzigsten Jahrhunderts gab es kein größeres Verhängnis als Brecht: Hätte er die Verfremdung, die das Natürlichste, ja die Voraussetzung für jede Form des Schauspiels ist, nicht ideologisch in Beschlag genommen und ästhetisch zu einem Kalauer verkommen lassen, hätte das Illusionstheater nicht überlebt. Dann wären auch die Romane andere, wie der Leser sie früher schrieb.

Gegen Ende ihres Besuches, sie haben den Abschied angekündigt, verblüfft der Vater mit dem Wunsch aufzustehen. Aufstehen, Sie? Das Gehen wiederzuerlernen sei merkwürdig. Er wisse, daß es möglich sei, aber nicht mehr, wie es funktioniere. Die Physiotherapeutin dränge und spreche Mut zu, den Beinen zu vertrauen. Zuerst sei es ein absurder Gedanke, daß die Beine den Körper tragen und sogar der Fortbewegung dienen könnten. Der Vater vergleicht sich mit jemandem, der das Fahrradfahren verlernt hat. Als er sich aufrichtet, will der Sohn ihm helfen, doch der Vater erklärt, daß er von selbst stehen müsse, das gehöre dazu und habe die Physiotherapeutin angeordnet. Der Sohn möge nur in der Nähe bleiben. Sorgsam wie ein Skispringer, bevor er sich abstößt, stellt der Vater die Füße auf den Boden und die Hände neben sich aufs Bett. Konzentration, ein kurzes Gebet mit geschlossenen Augen, Absprung – und dann fliegt der Vater tatsächlich, unfaßbar für den Sohn. Und fliegt und fliegt. Schiebt den Rollstuhl vor sich her und fliegt, fliegt zur Tür, tritt auf den Flur und fliegt, fliegt fast bis zum Ende des Korridors. Ein Weltrekord im Skiflug kann nicht aufregender sein und auf keinen Fall länger. Eine Woche liegt der letzte Besuch zurück, so lang wie nie, seit dem Vater das Herz geöffnet wurde. Am Sonntag zuvor war das Gehen noch eine Möglichkeit, die man theoretisch erwog – es hieß, der Vater müsse demnächst damit anfangen. Dem Sohn, der kein Mediziner ist, erschien die Vorstellung wieder einmal absurd, so schwach wie der Vater letzten Sonntag noch war. Und eine Woche später folgt er ihm durch die sechste Etage ebenjenes Krankenhauses, in dem vor vierzig Jahren der Vater ein Arzt war und der Sohn ein Neugeborenes. Beide verbindet mit St. Marien eine Geschichte wie wahrscheinlich niemand anders unter allen Ärzten und Pflegern, Nonnen und Patienten. Gewissermaßen sind sie die Dienstältesten hier. Wenn der Sohn nach dem Kindergarten den Vater besuchte, schenkten ihm die Nonnen alle Puddingbecher, die vom Mittagessen übriggeblieben waren. Der Vater schimpfte dann immer ein bißchen, die Nonnen sollten dem Jungen nicht so viel Süßes geben, das sei nicht gesund, da war der Sohn schon mit zwei Kinderarmen voll Pudding durch den Flur von St. Marien davongerannt, in dem sie mit achtzig und mit vierzig Jahren noch einmal aufgebrochen sind, aber in umgekehrter Reihenfolge. Pudding, so haben die Söhne ihre Eltern genannt, wirklich wahr, in den Telefonen des Jüngsten ist ihre Nummer noch heute unter P gespeichert. Erst jetzt, wirklich wahr, geht dem Jüngsten auf, warum.

Die nächste Anstellung führte Großvater zum bemerkenswerten Agha Seyyed Abolhassan Tabnejad, Sohn eines berühmten Ajatollahs und selbst ein religiöser Führer von höchster Gelehrsamkeit und Tugend, wie Großvater gehört hatte, so daß er begeistert zusagte, als ein Freund anbot, ihn beim Seyyed einzuführen, der einen Assistenten suchte. Großvater stellte sich ein prächtiges Haus in einem vornehmen Stadtteil vor, in dem der Seyyed wohnte, Diener, Studenten, Anhänger, Bittsteller. Wie überrascht war er, als er die Wohnung betrat. Am östlichen Rand Teherans gelegen, einem Arbeiterviertel, bestand sie aus einem stickigen, fensterlosen Zimmer in der Ecke eines heruntergekommenen Wohnhauses. Und nicht nur das: Agha Seyyed Abolhassan Tabnejad selbst machte nicht eben einen ehrwürdigen Eindruck. Ohne Turban, nur eine kleine weiße Mütze auf dem Kopf, die Augen von einer Sonnenbrille verdeckt, lag er halb auf dem Teppich, halb auf dem Kissen und rauchte Opium. Auf dem Boden standen Schnapsflaschen herum, leere, angebrochene, volle. Für Großvater brach eine Welt zusammen, wie er schreibt. Agha Seyyed Abolhassan Tabnejad, das war eine religiöse Autorität, ein Gelehrter, ein Seelsorger, wie ihn Großvaters Bahai-Freunde hatten – ein Opiumraucher, ein Alkoholiker. Immerhin waren die Wände bis an die Decke vollgestellt mit Büchern und schien er alle Verse des gepriesenen Rumis auswendig zu beherrschen, rezitierte gleich am ersten Abend den

Vierzeiler, den auch Nasrin Azarba liebte: »In jeder Himmelskugel sehe ich eine Pupille / Und in jeder Pupille einen Himmel / O du Ahnungsloser, siehst du in Einem Vieles / Seh ich in Allem das Eine.« Obwohl Großvater ihm nie zuvor begegnet war, schien der Seyyed ihn zu kennen. Er reichte Großvater einen Briefumschlag und fragte, ob er die Schrift schon einmal gesehen habe. – Es ist die Schrift meines Vaters, antwortete Großvater und wollte den Umschlag öffnen. – Nicht doch, sagte der Seyyed und nahm den Umschlag wieder an sich. – Ich schätze deinen Vater sehr, fuhr der Seyyed fort, als erkläre er damit sein seltsames Verhalten. Von der Hoffnung auf einen islamischen Weisen enttäuscht, nutzte Großvater die erste Gelegenheit, sich zu verabschieden. Seinen Vater fragte er im nächsten Brief, warum Agha Seyyed Abolhassan Tabnejad ihm den Umschlag erst gezeigt und dann wieder abgenommen haben könnte. Urgroßvater riet, den Besuch unbedingt zu wiederholen und sich dabei nicht mehr von Äußerlichkeiten irritieren zu lassen. »Bisweilen sind wir sichtbar, bisweilen verborgen«, zitierte auch Urgroßvater den gepriesenen Rumi: »Bisweilen Muslime, Christen oder Juden; / Wir durchlaufen viele Formen, bis unser Herz / Zufluchtsstätte für alle wird«. Der Seyyed habe seine Existenz der Liebe geweiht und das Gesetz längst hinter sich gelassen. In das Zimmer am Stadtrand habe er sich zurückgezogen, weil er sich von allem Weltlichen losgesagt, auch von der Familie, der Moschee und dem Theologischen Seminar, dessen Leitung er sonst übernommen hätte. In Kairo habe der Seyyed studiert, in Beirut, in Damaskus und Nadschaf. Jetzt schon sei sein theologischer Rang höher als der seines Vaters. Das Verbot, den Umschlag zu öffnen, deutete Urgroßvater als erste Lektion für den künftigen Assistenten: Es war zwar meine Schrift gewesen, aber nicht dein Name.

Die ersten paar Bands waren na ja, deutscher Indierock, recht klug, ganz nett, aber eben nichts, was ich verpaßt hätte in den zwei bis zwanzig Jahren, seit ich nur noch Konzerte in der Philharmonie oder von älteren Herren besuche, die für immer jung sind. Ein Problem dieser Bands sind eindeutig die Bassistinnen, deren Spiel nicht mit ihrer Schönheit mithält. Ich gebe zu, eine junge Frau am Baß hat eine unglaubliche Ausstrahlung, nur durch das Instrument, die fetten Saiten, in die ihre Fingerchen greifen, die Blicke, die sie auf sich zieht, die Verweigerung aller sexuellen Konnotationen und zweideutigen Bewegungen, die für eine Rocksängerin normal wären. Es ist die Situation auf der Bühne, das Männliche des

Ortes und der Rituale. Die gleiche Frau wenig später im Publikum des nächsten Konzerts fällt nicht besonders auf. Ich kann also den Trend zu hübschen Bassistinnen verstehen. Auch meinen Blick halten sie ein, zwei Stücke lang gefangen, und wenn ich »gefangen« schreibe, meine ich damit, daß ich den Mechanismus durchschaue, ohne mich ihm entziehen zu können. Dann jedoch befreiten sich jedesmal meine Sinne und stellten ernüchtert fest: Jedenfalls die zwei oder drei Bassistinnen, die ich auf dem Festival erlebte, waren einfach nicht gut oder nur gut und keinesfalls sensationell, wie sie hätten sein müssen, damit es eventuell hätte anfangen können zu rocken. Wenn der Baß nicht hämmert, wenn er den Beat nicht vorgibt, sondern ihn gerade eben hält, bleiben die anderen Instrumente stecken, mögen sie technisch noch so versiert gespielt werden. Ein Baß muß anführen, und zwar so, daß niemand es bemerkt. Bei einem klassischen Konzert ist es als Laie schwerer, die Qualität einzuschätzen; man hat ein Gefühl, wenn das Orchester in dem Sinne über sich hinauswächst, daß sich tatsächlich etwas Transzendentes, etwas von einer anderen als der alltäglichen, gewohnten Welt und Erfahrung auf das Publikum überträgt, man kann den Klang unterscheiden, hier und dort das Können der Solisten würdigen oder Fehler ausmachen; aber die Gründe dafür zu benennen, warum dieses Konzert brillant, jenes ein Reinfall ist, dafür braucht es so gut eine Ausbildung, eine Erfahrung, ein Wissen wie für die Musik selbst. Bei einem Rockkonzert ist es simpel: Es geht ab oder nicht. Der Klang ist mächtig oder nur laut. Es ist da oder nicht. Ist man ein Star und spielt vor den eigenen Fans, steuert das Publikum so viel Einbildung und Erinnerung bei, daß sich die Wirkung beinah von selbst einstellen kann, durch ein Placebo des eigentlichen Elixiers. Vor dem neutralem Publikum eines Festivals in kleinen Clubs, wo also keine Dynamik der Selbstanfeuerung entsteht, ist es anders, da bezeugt sich die Qualität eines Konzerts geradezu objektiv im eigenen Körper, den es Wummwumm durchfährt oder nicht, und in den Körpern der Umstehenden, die im Wortsinn verzückt sind, also ohne eigenes Zutun zucken, da entsteht, wenn es Wumm macht, auch unter sechzig Zuhörern das Gemeinschaftsgefühl einer Masse, des Einsseins mit dem Raum, ein orgiastisches Ereignis, so real wie Bauchweh oder ein Hexenschuß. Natürlich sind es die elementarsten Saiten des Gemüts, die ein gutes Rockkonzert in Schwingung versetzt, nichts Filigranes, nichts Vergeistigtes, Wumm eben, Wumm Wuuuumm, Beat und Sound, man sieht es schon an den spastischen Bewegungen und verzerrten Gesichter aller Beteiligten, der Musiker wie der Zuhörer, die an epileptische Anfälle nicht nur erinnern, sondern aus den gleichen Regionen des Unbewußten herrühren. Das ist nicht nur nicht schön, das ist das Gegenteil davon, aber deshalb im Glücksfall kathartisch. Ein anderes Problem sind die Sänger, von denen keiner etwas Bemerkenswertes hatte, eine Stimme wie jedermann, und darin liegt ein Mißverständnis. Als Rocksänger muß man nicht singen können, aber man muß es verdammt originell nicht können, gerade weil die Struktur der Musik so läppisch, der Klang so roh ist, da gehört auch eine Persönlichkeit dazu, eine Biographie, ein Leben, mehr noch, da ist anders als bei den Instrumentalisten, bei denen doch, und selbst in den Maßen von *Crazy Horse*, Erlerntes hinzukommt, das Handwerk, anders auch als im Jazz, wo der Sänger seine Stimme ausbildet, anders als im Pop, wo es nur hübsch zugeht, da ist bei Rocksängern außer dem Zufall der Natur fast nur das Leben, das zu hören ist. Und schließlich sind die Stükke nicht eigenwillig, folgen sie dem gleichen Schema aus Lied, Refrain, Lied, Refrain, Impro, Lied, Refrain, Lied, Refrain, Impro, Rückkopplung, Schluß. Man nimmt es bei den Älteren in Kauf, weil sie immer schon so gespielt haben und durch die Wiederholung gewinnen, aber bei Fünfundzwanzigjährigen, die 2007 so anfangen, ödet es nach dem zweiten Stück an, zumal wenn sie deutsch singen. Der einundzwanzigjährige Sohn meiner Cousine aus Baltimore und ich waren dennoch froh, das Festival besucht zu haben, nicht nur um musikalisch auf dem laufenden zu bleiben, sondern weil mir die Orte gefielen und dem Sohn meiner Cousine sowieso, alte Bürogebäude, unrenoviert, oder Gewölbe unter der Eisenbahnbrücke, weil die Leute nett waren, soviel jünger als ich, und die Frauen hübsch, vor allem die Bassistinnen. Nein, das fanden wir alles sehr in Ordnung – bis zum letzten Konzert, das mit Verspätung und längerer Tonprobe ohne alle Umstände begann, mit einem bloßen »Okay, dann fangen wir jetzt an«. Sicher wird es die Mischung aus Elektronik und Rockmusik auch anderswo geben, ich kenne mich da nicht aus oder höre es im Studentenradio nur nebenbei, insofern kann ich über die Originalität nicht viel sagen, auch wenn die Songstrukturen in jedem Fall offener waren als in der Rockmusik, wie ich sie kannte, nicht mehr Lied/Refrain, auch nicht aneinandergereihte Improvisationen, sondern Achterbahnen mit vielen Loopings und eingebauten Strecken für den freien Fall. Die Band heißt *Urlaub in Polen*, und viel seltsamer als ihr Name ist der Umstand, daß sie nur aus zwei Mitgliedern besteht, einem exzellenten Schlagzeuger und einem Sänger mit Intellektuellenbrille, der zugleich Gitarrist ist, Keyboards spielt und mit den Füßen ein paar weitere Regler bedient, denn wenn man sie hört, meint man, vor einem ganzen Rockorchester zu stehen, einer Mischung aus Punk und *Pink Floyd*, so gewaltig und zugleich in sich differenziert ist der Sound. Es quietscht, es knarrt, es röhrt, es hämmert, es ist wirklich Garage mit allen Rückkopplungen, die hineingehören, und ebenso wuchtigen wie präzisen, ebenso rasanten wie variantenreichen Drums, und dabei hast du elektronische Baßläufe und Klangwolken und akustische Einsprengsel, die nicht die selten einsetzbare Singularität von Hammond-Orgeln haben, aber endlich einmal auch nicht klingen wie weiland Rick Wakeman, sondern manchmal wie *Kraftwerk*, manchmal wie Stockhausen. Ich stand da mit dem Sohn meiner Cousine aus Baltimore, genau gesagt wippte ich vor und zurück, und dachte dankbar, daß Rockmusik im Jahr 2007 genauso klingen könnte, so alt und heutig, so bekannt und nie gehört. Das Problem des Gesangs, das sich stellt, wenn man keinen Sänger wie Jim Morrison hat, also fast immer, haben *Urlaub in Polen* so gelöst, daß die Stimme meistens elektronisch verzerrt ist oder in dem Klanggewitter beinah untergeht. Die Texte haben auch nichts Gefühlsduseliges wie in der Neoromantik, die derzeit unter jungen Leuten en vogue zu sein scheint, sondern scheinen mehr zum Dada zu tendieren. Ohnehin sind es bloße Fetzen, die zu verstehen sind. Das Ganze ist ja so laut, daß man sich wundert, überhaupt noch etwas zu hören, ich meine Nuancen, nicht nur Krach. Es stellt sich dann ein anderes Hören ein, jenseits otologisch verzeichneter Schallgrenzen, es klingt von innen wie von außen; man hat dieses physische Vibrieren, das Dröhnen im gesamten Körper, und zugleich gewöhnt man sich daran, so daß man in diesem Stahlbad (den Ausdruck erlaube ich mir einfach mal, er trifft es) eben doch die einzelnen Instrumente und Töne unterscheidet, auch wenn man sich selbst fragt, wie das möglich sein soll, da ist doch nur Lärm. Dem Sohn meiner Cousine aus Baltimore ging es ebenso wie mir, wir traten auf die Straße, liefen die paar Meter zu meiner Kneipe, tranken noch ein paar Kölsch, hörten alten Rock oder Blues, gegen den die fünf Bands, die wir zuerst gehört hatten, eben wirkliche Waisenknaben waren, Schülerbands, gingen schlafen und hatten die ganze Zeit diesen Klang von *Urlaub in Polen* im Ohr, noch beim Träumen, noch beim Aufwachen, noch auf der Fahrt nach Siegen, Wumm, Wuuuumm.

Zwanzig Jahre ist er nicht mehr durch die Straße gegangen, um zur Bushaltestelle, zur Schule oder zur Oberstadt zu gelangen, nur spaziert nach dem Mittagessen, wenn er bei den Eltern zu Besuch war. Jetzt geht er mehrfach die Woche durch die Straße, um zum St. Marien zu gelangen, das am Fuße des Bergs liegt, in der Eile und mit den flüchtigen Blicken derer, die ein Ziel haben. Nach zwanzig Jahren ist es, als gehöre er wieder hierhin, schon mustern ihn die neuen Nachbarn. Die früheren Nachbarn, die in den Bungalows auf dem letzten, ansteigenden Stück der Straße wohnten, waren alle ungefähren Alters wie die Eltern, in der Lebensmitte, als sie Anfang der siebziger Jahre in damals privilegierter Lage bauten, Pensionäre oder kurz vor der Pension, als der Nachbarsjunge Siegen verließ. Sie sind bestimmt nicht umgezogen, sind also tot, wo in ihren offenen Garagen heute Kombis und Kinderfahrräder parken. Die nette Tochter des Rechtsanwalts fährt noch immer einen VW Bulli, aber inzwischen das neueste Modell mit Aufklebern von griechischen Fähren statt *Wir sind die Leute, vor denen uns unsere Eltern immer gewarnt haben.* Im Zeitlupentempo müht sich der Ingenieur mit dem starken Siegerländer Akzent die Straße hoch, das R wie die Amerikaner. Vor Jahren hatte er einen Schlaganfall, aber jetzt geht es besser, auch das Reden. Jetzt klingen alle Konsonanten wie sein R. Es ist schön, daß er den Nachbarsjungen noch mit Vornamen anspricht, ihn überhaupt noch kennt. – Ich darf dich doch duzen? Unbedingt! Die Nachbarn von gegenüber schenkten ihm die zweite Schultüte, die auf dem Einschulungsphoto etwas peinlich wurde, weil sie ihn von den neuen Klassenkameraden unterschied. – Ach, schon lange, beantwortet die Mutter seine bange Frage, wußtest du das nicht? Auf Wahlplakaten, die überall in der Stadt hängen, sieht er den Studenten, der ihn zu den Grünen, Friedensdemonstrationen und Blockaden mitnahm. Er sieht immer noch wie ein Student aus, obschon im vierzigsten Semester, dieselben langen braunen Haare, den Vollbart und das freundliche, etwas unsichere Lächeln, mit Sicherheit auch den leicht zu karikierenden, dem Nachbarsjungen sehr sympathischen Hang zur Weltverbesserung in kleinen Schritten. Ungewohnt ist nur das Sakko, das nicht genügt, um die Mutter zu überzeugen, ihm ihre Stimme zu geben. So sieht doch kein Oberbürgermeister aus, sagt sie und fängt an, die Bundeskanzlerin zu loben, die einen Mann nach dem anderen aus dem Weg räume, wovon die Mutter allein unter fünf Männern gelegentlich auch geträumt haben wird. – Aber damals fanden Sie den Studenten sehr nett, wendet der Nachbarsjunge ein. Was aus den Kindern ihrer Straße geworden sein mag? Der eine spielte gut Fußball, die andere hatte einen schrecklichen Vater, der dritte ist sein bester Freund und genauso selten in Siegen, das lebenslang immun macht gegen jedwede Nostalgie. Auch die Stadt sieht er zum ersten Mal nach zwanzig Jahren, wenn die Frau den Vater besucht und er sich solange die Zeit mit der Frühgeborenen vertreibt, die nicht ins St. Marien darf. Die Oberstadt ist nicht einmal so häßlich, wie der Nachbarsjunge es als Ausweis seiner Weltläufigkeit auf Lesungen gern verkündet, bei Sonne und Wochenmarkt aus manchen Blickwinkeln beinah pittoresk. Als er in die Fußgängerzone einläuft, spricht ihn vor einem Wahlkampfzelt der Kandidat der Christdemokraten an, etwa derselbe Jahrgang, vor zwanzig Jahren also womöglich dieselben Cafés, gemeinsame Bekannte. – Bin nur zu Besuch hier, wehrt der Nachbarsjunge die Broschüren ab. – Irgendwie habe ich mir gedacht, daß Sie nicht aus Siegen stammen, sagt der Christdemokrat, was der Nachbarsjunge nichts als Beleidigung auffaßt. Später überlegt er, was genau an seiner Erscheinung fremd geworden ist, kaum die schwarzen Haare des Gastarbeiters, welche die Stahlwerke bereits Anfang der sechziger Jahre dem Stadtbild hinzufügten, eher das unrasierte Gesicht, die schwarze Militärjacke über dem T-Shirt, die ein Siegener für großstädtisch halten könnte, die löchrige Jeans, die Frühgeborene vor der Brust, die Ältere an der Hand und alles mit undurchsichtiger Brille, obwohl Siegen selbst bei Sonne nicht strahlt. Ich bin doch von hier, möchte er dem Christdemokraten noch zurufen, aber wählen werde ich den Mitbewerber mit den langen Haaren, obwohl der so ein komisches Sakko trägt. An diesem mausgrauen Ort auf ein paar hilflosen Hügeln, zu dem er sich nie zurückgesehnt hat, reichen seine Wurzeln am tiefsten, gesteht er sich ein, nicht in Isfahan, nicht in Köln, sondern Sturheit und Schweigsamkeit, Pietismus und Provinz, ringsum zugegeben schöne Wälder, allerdings auch die meisten Regenstunden Deutschlands und wahrscheinlich deshalb der unfaßbar unfreundliche Stoizismus, den man heute, da sich alle Städte angleichen und auch Siegen aus immer mehr Jungen, Freundlichen und Zugezogenen besteht, nicht mehr so häufig antrifft, aber immer noch häufig genug: Als er vor dem St. Marien rückwärts in die Parklücke einfahren will, steht hinter seinem BMW mit ortsfremdem Kennzeichen ein Taxi, dessen Fahrer offenbar das Blinken zu spät bemerkt hat. Gestisch gibt der Nachbarsjunge zu verstehen, daß er einparken möchte. Da der

Taxifahrer nicht zu verstehen scheint und jedenfalls seinen Wagen nicht zurücksetzt, steigt der Junge aus und zeigt auf die Parklücke. Weil der Taxifahrer noch immer nicht reagiert, geht der Junge zum Taxis, klopft an die Scheibe und ruft laut: Ich möchte gern einparken! In aller Ruhe kurbelt der Taxifahrer die Scheibe herunter, beugt sich aus dem offenen Fenster heraus und sagt, ohne den geringsten Ausdruck im Gesicht, der in Siegen der häufigste Gesichtsausdruck ist: Das sehe ich.

Der Romanschreiber bittet den Studenten, den vorletzten Absatz des Romans, den ich schreibe, ohne weiteren Kommentar auf die Website zu stellen. Er ist gespannt, ob jemand seine Flaschenpost findet und vielleicht sogar zu den beiden Bandmitgliedern weiterträgt, die sich doch freuen müßten. Das Stück über Madjid Kawussifar, das zuvor auf der Website stand, hatte nämlich jemand entdeckt und an eine Zeitung weitergeleitet, die es veröffentlichen wollte. Auch wenn der Romanschreiber die Anfrage ablehnte, freute er sich, daß seine Wehklage nicht ganz ohne Echo verhallt ist. Weil es »der poetischen Schönheitslinie ein Linienblatt« unterläge, wie es in den *Flegeljahren* heißt, scheut er davor zurück, Geld mit dem Roman zu verdienen, den ich schreibe: »Durch den jüdischen Tempel durfte man nach Lightfoot nicht gehen, um bloß nach einem anderen Orte zu gelangen; so ist ein bloßer Durchgang durch den Musentempel verboten. Man darf nicht den Parnaß passieren, um in ein fettes Tal zu laufen.«

Am Montag, dem 11. September 2007, liest der Romanschreiber auf dem Flug zu einer Podiumsdiskussion, daß die Polizei mit Verweis auf die islamistische Bedrohung die Befugnis erhalten habe, über das Internet auf private Computer zuzugreifen, damit den Kernbezirk heutiger Privatheit zu durchspähen, in dem alle Datenströme zusammenlaufen, die Bankabrechnungen und Kreditkartennummern, sexuellen Vorlieben und Perversionen, Freizeitinteressen, Familienverhältnisse, Geschäftskorrespondenzen, Freundschaften, Liebschaften, Verrat. Jede Art von Text schränkt die Wirklichkeit ein, um sie zu konzentrieren, Reportagen, Essays, Erzählungen bis hin zur Novelle, davon leben Gedichte. Aber im Roman, mag er noch so ausgefeilt sein, wird die Einschränkung zur Lüge, indem er die Totalität will, die Gottes ist. Neunzig Jahre ununterbrochenen Schreibens genügten nicht annähernd, um ein neunzigjähriges Leben zu beschreiben, weil jede Sekunde davon und erst recht die Träume einen Roman enthalten. In diesem Sinne versteht der Romanschreiber

Sure 18, Vers 109: »Wäre das Meer Tinte für die Worte meines Herrn, eher ginge das Meer aus als die Worte meines Herrn, und nähmen wir noch ein zweites Meer zu Hilfe.« Natürlich ist es eine Utopie, in einem einzigen Text alles zu schreiben – er wäre unlesbar. Es geht darum, eine Form zu finden, die die Lebensfülle zwar nicht birgt, das wäre unmöglich, aber den Text zum Unendlichen hin öffnet. Längst ist die Hauptmaterie des Romans, den ich schreibe, nur mehr »das Vehikel und das Pillensilber und der Katheder, um darin alles andere zu reden«, wie Jean Paul in einem Brief zugab, und würde der Romanschreiber fortfahren, wenn überhaupt niemand mehr stürbe. Was als der denkbar intentionalste Text begann, hat sich zum reinen Selbstzweck gewandelt. Legt der Romanschreiber die durchschnittliche Lebenserwartung seines Jahrgangs, Erdteils und Geschlechts zugrunde, läuft allein schon die Länge des Romans, den ich schreibe – Stand heute: 732 Seiten oder 2 353 428 Anschläge einschließlich Leerzeichen, also rund hundertfünfzigtausend jeden Monat, knapp vierzigtausend jede Woche, gut fünftausend jeden Tag – auf seine schiere Unlesbarkeit hinaus, jedenfalls auf die Unmöglichkeit, ihn zu veröffentlichen. Da niemand neben ihm sitzt, nur die Stewardeß mit ihrem Container heranrollt, breitet der Romanschreiber auf dem Gangplatz die Arme rasch aus, um sich vorzustellen, was das heißt: ein Roman so dick und vielbändig, daß niemand auf die Idee kommt, ihn lesen zu wollen. Dann hätte sich auch das Problem erledigt, wie er es der Frau sagt und künftig auf Handlungsreisen zu gehen wagt. Wie ein Online-Durchsuchter wäre der Romanschreiber bis zur Unkenntlichkeit entlarvt. »Was liest ein Fahnder, der eine Online-Untersuchung vornimmt?« fragt die Zeitung: »Er blättert im Existenzbuch des PC-Inhabers, verglichen mit dem sich ein Roman wie der *Ulysses* von James Joyce wie eine leichte Novelle ausnimmt. Ein solches Konvolut von Textsorten, Bildern, fremden und eigenen Verlautbarungen hat noch kein avantgardistischer Roman riskiert.« Die Stewardeß blickt ebenfalls irritiert.

Nicht etwa der ältere Buder, dessen Fachgebiet die Orthopädie ist, sondern der Vater überredet den Jüngeren, das Bein röntgen zu lassen, mit dem er auch eine Woche nach dem Aus im Fußballturnier nicht auftreten kann. Als der Jüngere hinterm Rollstuhl in die Notaufnahme St. Mariens humpelt, schauen alle starr auf den Vater, so erschreckend offenbar ist der Anblick noch für Außenstehende, an den sich die Angehörigen gewöhnt haben: Was hat er? – Ich bin der Patient, löst der Jüngere ein befreites Lachen aus. Nachdem sie die Röntgenbilder betrachtet hat, händigt die Ärztin ihm die Krücken wie eine Tapferkeitsmedaille aus. Welches Fett? fragt er den Pfleger, der die Thrombosespritze ins Fett stechen soll. – Sie haben ja Humor, grunzt der Pfleger und kneift beherzt in den Speckgürtel, als wolle er zeigen, daß auch die Siegener lustig sein können. Wollen mir mal sehen, sagt sich der Jüngere und fragt, ob der Pfleger den kenne: Was ist schlimmer als Verlieren? Siegen! ruft die Ärztin aus dem Nebenzimmer.

Den Absatz über *Urlaub in Polen* scheint kaum jemand bemerkt zu haben. Es gab auch nicht viel mehr Zugriffe auf die Website als üblich. Ein User mailte lediglich, daß der Mensch ein zweites Gehör habe, das sogenannte Sacculus. Das Sacculus sei ein zweites Gehörorgan am Labyrinth oder Innenohr, also jenem »Teil des Schläfenknochens, in dem die Organe für das Gehör und den Gleichgewichtssinn liegen«. Im Alltag würden wir das Sacculus allerdings nicht bemerken. Weil es nur extrem hohen Lärm registriere, sei es weitgehend verkümmert. Vielleicht ist es auch verkümmert und registriert deshalb nur hohen Lärm. Der Romanschreiber kann der Mail nicht entnehmen, wie herum es der User meint. Etwa ab 95 Dezibel würden wir zusätzlich mit dem Sacculum hören. Das Dröhnen von innen, das der Romanschreiber bezeuge, sei ein objektiv feststellbares und anatomisch erklärbares Phänomen. Manche Formen der Musik und insgesamt natürlich die Rockmusik seien dafür gemacht, laut gespielt und gehört zu werden: *Made loud to be played loud*, wie es im Vorspann von *Year of the Horse* heißt. Verleitet durch das Interesse einer zugegeben noch sehr kleinen, aber allgemeinen Leserschaft, wird der Romanschreiber den Absatz über *Urlaub in Polen* der Zeitung anbieten, die es vielleicht in der Wochenendbeilage oder auf der Jugendseite abdrucken könnte. *Copy & paste* wäre als Brotberuf ehrlicher, als mit Meinungen zu handeln, bequemer, als Arabisch und Englisch zu unterrichten, und besser bezahlt als die Übersetzungen für den »Donner«, die Großvater weiterhin für zehn Dinar pro Artikel anfertigte. Urgroßvaters Brief stiftete ihn an, ein zweites Mal den Agha Seyyed Abolhassan Tabnejad zu besuchen, für den zu arbeiten bestimmt kein Brotberuf sein würde. »Ich fragte, und er gab mir ausreichende Antworten.« Welche Fragen Großvater wohl stellte? Sein älterer Cousin Enayatollah Sohrab hätte das Gespräch in einem langen Kapitel nacherzählt. Großvater schreibt nur, daß die Antworten ausreichten. Im Unterschied zu anderen

Süchtigen, die Großvater kannte, lud der Seyyed niemanden ein, mit ihm zu rauchen oder zu trinken. Er hielt auch niemanden ab. Wer wollte, nahm sich die Pfeife oder einen Schnaps; wer nicht, ließ es. Sein Geld verdiente der Seyyed als Richter. Der Justizminister Nasr od-Douleh, der in meinen Büchern nicht erwähnt wird, kannte ihn gut, und obwohl der Seyyed so schäbig wohnte, hatte er jeden Abend Besuch von Mitgliedern der Aristokratie, die ihn verehrten. Jedesmal hofften sie, etwas für den Seyyed tun zu dürfen, eine Gefälligkeit, eine Erledigung auf dem Amt, eine Besorgung aus dem Ausland. Allein, der Seyyed brauchte nichts. Sie rauchten, sie tranken, und sie redeten über die Wege zu Gott, das heißt, meistens redete der Seyyed oder schwiegen alle. Ich glaube nicht, daß Großvater mittrank oder mitrauchte; er hätte es als Sünde erwähnt. So vergingen die Monate, weitgehend beschäftigungslos bis auf die Abende beim Seyyed. Einen Koch konnte Großvater sich nicht mehr leisten, nur selten ein Tschelo-Kabab. Nach ein paar Monaten stellte der Seyyed endlich die Frage, ob Großvater für ihn arbeiten wolle. Er sei zum Gerichtspräsidenten von Saweh ernannt worden und benötige einen Assistenten. Ohne nach der genauen Tätigkeit, dem Gehalt oder der Dauer des Aufenthalts zu fragen, sagte Großvater zu. Mit der Kutsche fuhren sie nach Saweh, wo sie einige Zimmer bezogen, die im Gerichtsgebäude für sie hergerichtet worden waren. Vom ersten Tag an plazierte der Seyyed Großvater bei den Verhandlungen neben sich und sprach mit ihm wie mit einem Kollegen. Es waren Monate voller Erlebnisse, von denen Großvater kein einziges schildert, die Tage im Gerichtssaal oder hinter Akten, die Abende mit dem Seyyed und den Honoratioren, die auch in der Provinz an seinen Lippen hingen. Unter allen Episoden aus Saweh, die zu lesen doch interessant gewesen wäre, geht Großvater einzig auf die Mißgunst eines älteren Kollegen ein, Scheich Mohammad Soundso aus Ghom. Wie zur Rache erinnert sich Großvater nur an den halben Namen des Widersachers, der ihm den Platz neben dem Richter neidete und damit die Tage in Saweh vergällte. Eines Tages erreichte Großvater ein Anruf aus Teheran, was als solches schon ein Ereignis war: Mohammad, komm ins Postamt, schnell, du hast einen Anruf, beeil dich! Ein Klassenkamerad von der Amerikanischen Schule benachrichtigte ihn, daß der britische General Sykes, der in meinen Büchern erwähnt wird, in Teheran residiere, um für ein ausgezeichnetes Gehalt Iraner mit Englischkenntnissen für seine »South Persian Rifles« anzuwerben. Die

»South Persian Rifles« waren eine Truppe von fünf- oder zehntausend iranischen Soldaten, die von britischen Offizieren geführt und vom britischen Staat finanziert wurden, damit sie die Interessen der Briten im Süden Irans schützten, insbesondere ihr Monopol aufs Erdöl. Vergeblich versuchte der Seyyed, Großvater zum Bleiben zu überreden, und war um so bitterer beim Abschied. Großvater stellte sich ein zweites Mal in der britischen Botschaft vor und erhielt diesmal eine Anstellung als Leutnant der »South Persian Rifles«. Mit einer schmucken Uniform ausgestattet, wurde er nach Kerman verlegt. In Isfahan, wo die Mannschaft Rast machte, empfing ihn Urgroßvater ein drittes Mal mit zornigem Blick. Großvater hatte selbst das Gefühl, daß es unpatriotisch sein könnte, der britischen Armee zu dienen – aber die gute Bezahlung und die elegante Kleidung. Großvater legte sie ab und blieb bei den Eltern. Über das Jahr, das er in Isfahan verbrachte, schreibt er lediglich, daß er an der armenischen Schule in Djolfa unterrichtete. Dann setzte er sich wieder in die Kutsche, um sein Glück noch einmal in der Hauptstadt zu versuchen. Als erstes wollte er Agha Seyyed Abolhassan Tabnejad besuchen, der aus Saweh zurückgekehrt sein mußte.

Weil ab der zweiten Lebenshälfte offenbar nicht einmal mehr Siegen vor Nostalgie schützt, fahren die Brüder in die Kneipe hinterm Bahnhof, die der Jüngste zum Schluß bevorzugte, das Publikum grün-alternativ, Studenten vor allem, immer wieder Referendare, die er aus dem Unterricht, oder Musiker, die er durch seine Berichte für die Lokalzeitung kannte, Entfernung von zu Hause: zwanzig, fünfundzwanzig Minuten, als er noch keinen Führerschein besaß, auf dem Rückweg oft Pommes frites aus dem Schnellrestaurant, gegen dessen Eröffnung er mitdemonstriert hatte. Heute würde er den Weg nicht mehr allein finden. Seit er dort sein letztes Bier trank, wurde im schmalen Siegtal die vierspurige Hochstraße zu Ende gebaut, gegen die Siegens grün-alternative Szene ebenso vergeblich kämpfte wie gegen dass Schnellrestaurant, weil sie kaum größer war als das Publikum der Kneipe. Schon die Anfahrt nach Siegen ist neu. Bogen sie früher am Kreuz Olpe-Süd auf die A 45 und nahmen die Ausfahrt vor der Autobahnbrücke, die beim Bau die zweithöchste oder zweitlängste Europas gewesen sein soll, wie sich Siegen bis heute rühmt, bleiben sie jetzt auf der verlängerten A 4, die bei Olpe-Süd menschenleer wird, da sie mit den Landschaften den einzigen Grund zerstört, weswegen ein Mensch das Siegerland besuchen könnte. Dörfer, die er nur als Gegner seiner Fußballmannschaft je betrat, Krombach, Kreuztal und Buschhütten, dürfen sich jetzt einer eigenen Autobahnabfahrt rühmen, Autohof, Drive-Ins und Erotik-Megastore bereits als nächste Stufe der Zivilisation in Planung. Auf der Höhe der Schieferdächer gleitet man mit hundertzwanzig in die Unterstadt, wo man sich wie in Los Angeles, oder nein, nicht wie in Los Angeles vorkommt, denn in Los Angeles stehen Häuser, also Häuser, die man sieht, weil sie höher als die Straßen sind. Hingegen auf den Autobahnen durch Siegen sieht man wegen der Schallschutzmauern nicht einmal die Dächer, nur auf den Hügeln die Wälder. Dafür wäre man jetzt mit hundertzwanzig auch wieder aus Siegen heraus, ohne einen Siegener gesehen zu haben. Um so überraschender ist, was sich unter der Autobahn getan hat. Auf dem Weg zum Bahnhof fahren sie durch eine Straße mit lauter Cafés, auf der die jungen Leute flanieren, eine regelrechte Vergnügungsmeile, Cineplex und Cappuccino. Die Shopping-Mall soll nach Auskunft der notorisch übertreibenden Mutter größer als in Barcelona sein, und die Lokalzeitung, die im St. Marien ausliegt, berichtet von der Eröffnung des Stadttheaters, bei der die Schauspieler leider nicht immer verständlich sprachen, wie die Rezensentin, die auch die Photos gemacht hat, auf zwei von sechs Absätzen beklagt. Die Inszenierung selbst sei eine gelungene Mischung aus konventionellem und modernem Theater. Durch mehrere Tunnel hindurch und über haushohe Autobahnkreuze hinweg, die sie auf und ab aus Siegen hinaus- und wieder hineinfahren, erreichen die Brüder nach zwanzig, fünfundzwanzig Minuten die Straße hinterm Bahnhof, wo weit und breit keine Kneipe mehr steht. Es stehen überhaupt keine Häuser mehr, nur die Betonpfeiler der Autobahn und ihrer Auffahrten. Was früher eine Gasse war, geht nach einigen Metern in eine dunkle, asphaltierte Fläche über, Parkplätze vielleicht, wenngleich keine Autos zu sehen sind. Die gleiten mit hundertzwanzig über ihre Köpfe. Der Jüngste hat mit allem gerechnet, mit einer Ruine, mit neuen Besitzern, mit Autohof, Drive-Ins und Erotik-Megastore, nur nicht damit: mit nichts. Nostalgie hin oder her, so brachial möchte man seine Vergangenheit nicht abgeschlossen sehen. Arme Kneipe, beginnt er sie jetzt doch zu verklären, du warst nichts Besonderes, hattest kein Geheimnis, wolltest ein bißchen Großstadt in der Kleinstadt sein. Jetzt will die Kleinstadt selbst Großstadt sein und hat keinen Platz mehr für dich. Nicht gedacht soll deiner werden. Die Brüder fahren weiter in die Kneipe hinter der

Stahlverarbeitung, wo er anfangs hinging, früher nur ein Katzensprung entfernt, zu Fuß zehn Minuten. Jetzt liegt die Verkehrsgerechtigkeit dazwischen. Sogar der ältere Bruder verliert die Orientierung, der ein Siegener geblieben ist.

Mit Dreizehn begann der Jüngere, den Schülern aus der Oberstufe, zu denen er sich in den Schulpausen stellte, auch in die Kneipe hinter der Stahlverarbeitung zu folgen. Die Eltern merkten nicht, daß er abends aus dem Haus schlich, bis die Mutter eines Mittags heulend vom Elternsprechtag zurückkehrte: Der Lehrer sagt, daß du jeden Abend in so einem Lokal rumhängst, einem ganz verdorbenen Ort, wo die Leute Haschisch rauchen und die Füße auf den Tisch legen. An die Füße und den Haschisch erinnert sich der Jüngste genau, weil die Mutter nicht über dieses Bild hinwegkam: haschischrauchend die Füße auf dem Tisch, und mit auf dem Sofa ihr vierzehnjähriger Sohn. Dem Vater erzählte sie nichts davon, weil sie dem Jüngsten noch ein letztes Mal vertrauen wollte, der sich mehr über die Böswilligkeit der älteren Mitschüler ärgerte, die ihn verpfiffen hatten, als sich über die Tränen der Mutter zu grämen. Heute gesteht er zu, daß die Mitschüler Gründe hatten, über einen Vierzehnjährigen zu sprechen, der seine Abende in der Kneipe verbrachte, und eine Mutter, zumal eine muslimische Mutter, Gründe für ihre Tränen. Mit fünfzehn lernte er eine Krankenschwester kennen, die abends ihr Abitur nachholte und ihn *Like a Hurricane* nachts so gründlich durcheinanderwirbelte, daß er nicht nur musikalisch auf die Spur geriet, die für ihn richtig ist. Als er Sonntag mittags das Haus verließ, in dem sie mit Freunden wild wie Woodstock lebte – und das in Siegen! –, versuchte er dem Grimm zu trotzen, mit dem ihr Vater auf dem Bürgersteig lauerte. Der Jüngste sah allerdings auch wüst aus, die Frisur nach dem Modell Jimmy Hendrix, dazu das Alter, nicht wie fünfzehn, aber trotz Flaumbart bei Tageslicht alles andere als volljährig. Sollte sich seine eigene Tochter mit neunzehn in so einen verlotterten Jüngling verlieben, würde er kaum leutseliger reagieren. Es waren die eindeutig beglückendsten, aufregendsten und stolzesten Tage seiner Jugend, entsprechend das Elend, als der Geliebten seine Unbedarftheit aufging, zumal er auch noch an Pfeifferischem Drüsenfieber erkrankte, ein Abschiedsgeschenk, wie sie Jahre später bestätigte, weil nur durch Küssen übertragbar. Die Krankenschwester war eine Sensation, die Schönste hinter der Stahlverarbeitung, wie er bereits Monate vor dem ersten Kuß geschwärmt hatte, der längste und leidenschaftlichste bis heute, der auch Malaria, Typhus und Windpocken gelohnt hätte. Am liebsten tastete er mit der Zunge die schmale Zahnlücke ab, mit der sie kokettierte, und würde auf der Stelle alles liegen- und stehenlassen, um mit der gewonnenen Erfahrung noch einmal *Like a Hurricane* durch ihre Zahnlücke zu schlüpfen. Ihr Abschiedsbrief, den er auswendig lernte, muß im Karton über der Bürotür liegen, Vorwürfe, die er nicht begriff, weil an seiner übergroßen Liebe doch kein Zweifel bestehen konnte. Auch die Tagebücher besitzt er noch, aber nostalgisch ist er schon genug. Vielleicht nur wegen ihr, wegen ein paar Tagen nie wieder eingeholter Seligkeit ist die Kneipe hinter der Stahlverarbeitung bis heute der einzige Anfang in Siegen, dem ein Zauber innewohnte, wo die Langhaarigen auf den antiquierten Sofas lagen und die Beine auf dem Tisch Haschisch rauchten zu psychedelischer Musik. Als der ältere Bruder endlich in die Straße einbiegt, in der die Stahlverarbeitung lag, strömt eine Ramadangesellschaft auf den Bürgersteig, bärtige Männer in Anzügen und ein Pulk von Frauen mit langen Mänteln und eng anliegenden, um den Hals statt um das Kinn gebundenen Kopftüchern, die es unter den Gastarbeitern früher genausowenig gab wie unter den Autobahnen Cineplex und Cappuccino. Der Jüngere fürchtet schon, die Kneipe selbst sei jetzt eine Moschee, und hält das Nichts hinterm Bahnhof plötzlich für die sanftere Art, die Vergangenheit zu tilgen, als sich der Pulk endlich auflöst und der Ältere vor den hellen Nachkriegsbau mit dem einstöckigen Anbau fährt, in dem immer noch eine Kneipe gleichen Namens geöffnet zu haben scheint. Vor dem Eingang ringen zwei ältere Männer miteinander, offenbar betrunken und mehr aus Spaß. Der Jüngste zögert eine Sekunde, tatsächlich auszusteigen, fürchtet in Erinnerung an die einst selbsterbeuteten Mercedes-Sterne auch für die nagelneue Limousine des Älteren. Die Leuchtreklame wirkt neu, der Name in dem alten Schriftzug aus Fraktur, darunter jetzt »Musik-Kneipe«, was sich früher von selbst verstand. Was aus den Inhabern geworden sein mag, zwei kleingewachsenen griechischen Zwillingen mit hüftlangen schwarzen Locken und Zappa-Bart? Sie wohnten mit der winzigen Mutter, die ab und zu aus der Küche heraustrat, wenn sie einen Teller des damals noch exotischen Gyros mit Pommes frites und Krautsalat brachte, im Stockwerk über der Kneipe, schon weil kein Nachbar den Lärm toleriert hätte. Mindestens einer der beiden Zwillinge wachte immer hinter der quadratischen Theke, ohne daß der Jüngste je hätte sagen können, welcher von beiden es war. Etwas Unnahbares strahlten sie aus. Vielleicht konnten sie einfach nur nicht gut genug Deutsch. Ins Gespräch kamen die Gäste nur mit den jungen Frauen, meistens blond, die an den Tischen bedienten. Packen wir's, murmelt der Jüngste so laut, daß der Ältere es hört, packen wir auch diese Wurzel, um sie auszureißen.

Es gibt Science-fiction, in der alles beim alten ist, der Ort mitsamt Inventar, die Tätigkeiten und Verhältnisse, die Geräusche und Gerüche, nur sind alle Menschen von der einen auf die andere Szene dreißig, vierzig Jahre gealtert, Regieeinfall oder Neutronenbombe. Hinter der Theke wacht der Grieche oder sein Zwillingsbruder mit silbernen Locken, die bis an die Hüfte reichen, und gleichfarbig gebliebenen Zappabart. An den vier Theken der quadratischen Bar, die mitten im Eingangsraum steht, lehnen die Gäste genauso dichtgedrängt wie früher, aber sind nicht mehr Anfang Zwanzig, vielmehr in Rente demnächst. Die Musik ist exakt die alte, laut und psychedelisch. Auch die Sofas im großen und der Billardtisch im kleinen Nebenraum stehen noch an ihrem Platz, ebenso die blonde Bedienung, die als einzige jung geblieben ist. Über einige Sekunden hinweg meint der jüngere Bruder zu träumen. Dann setzt er sich mit dem Älteren an einen der vier Tresen und blickt links, rechts und gegenüber in Spiegelbilder, die sich nicht zum Vorteil verändert haben. Sechzigjährige mit Halbglatze und Bierbauch werden nicht flotter durch den Ohrring, den sie sich bewahrt. Hinzu kommt die Schnurbartfrequenz in Städten wie Siegen, die dem irakischen Kabinett unter Saddam Hussein entspricht, um wenn schon aus Siegen auch den zweiten Kalauer mitzunehmen. Bärte hingegen, inzwischen gleichermaßen verbreitet hinter und in der Stahlverarbeitung wie im irakischen Kabinett nach seiner amerikanischen Befreiung, signalisieren Gemütlichkeit, zumal wenn der Bierbauch, der obligatorisch geworden zu sein scheint, den Umfang eines Fasses erreicht. Nein, die Kneipe ist alles, aber nicht mehr wild, sonst hätte sie auch kaum drei Golfkriege überstanden. Aber allein durch den bloßen Bestand, ihre Unverwüstlichkeit, ist jene Aura entstanden, die der Jüngste sich mit Fünfzehn wahrscheinlich nur wegen der Krankenschwester einbildete. Lebte er in Siegen, wäre es wieder seine Theke. Selbst der Ältere, der noch nie gern in Kneipen verkehrte, wird fortan hinter die Moschee fahren, wenn er mal raus will in Siegen. Bei näherer Betrachtung entdecken sie, daß die beiden Griechen nicht untätig geblieben sind. Die Boxen klingen phantastisch, die Sofas sind neu bezogen, auch der Holzboden scheint abgeschliffen und poliert worden zu sein. Die Nebenräume sind nicht mehr so schummrig, daß man sich für Gesetzeswidrigkeiten in die Ecke verkriechen könnte. Sämtliche Renovierungen haben den erkennbaren Zweck, das Bestehende zu perfektionieren, nicht es zu verändern. Man kann sich jetzt Brillant in den Ohrringen leisten, und die Weste ist nicht mehr vom Vater, sondern aus Leder. Das ist die eigentlich überraschende Erkenntnis: daß man sich neu erfinden kann, gerade indem man jeder Veränderung widersteht. Neu ist ausschließlich die Welt draußen. Hinter der Stahlverarbeitung, die zur Moschee wurde, bildet sich die Zeit nur in den Spiegeln ab, in welche die Gäste an den Tresen links, rechts und gegenüber blicken. Wenn alles gut ist, tritt die Mutter nicht mehr mit dem Gyros aus der Küche, das heute an jeder Ecke angeboten wird, sondern sitzt über der Kneipe vorm Fernseher. An den Lärm hat sie sich längst gewöhnt.

Als der junge Isfahani nach Teheran zurückkehrt, ist Agha Seyyed Abolhassan Tabnejad tot. Gleich am ersten Tag will er ihn besuchen, da erfährt er es von der Vermieterin, die darüber so heftig weint, daß er genausowenig an sich halten kann. Was soll er jetzt anfangen in der großen Stadt? Und wo? Der befreundete Photograph, der ihn bei dem Seyyed einführte, bricht ebenfalls in Tränen aus, kaum daß der junge Isfahani mit blutunterlaufenen Augen das Photogeschäft in der Lalehzar-Straße betritt, Teherans erste Adresse unweit des Kanonhaus-Platzes und genau gegenüber vom Grandhotel. Es dauert, bis die beiden sich beruhigen, es dauert mehrere Kunden lang, die den Laden aus Respekt vor den Trauernden wieder verlassen, um ihr Porträt am nächsten Tag abzuholen oder in Auftrag zu geben. – Lungenentzündung, stammelt der Photograph endlich, der Seyyed ist an Lungenentzündung erkrankt, nach Teheran gebracht worden und ein paar Tage später verstorben. Nachdem der Photograph alles getan hatte, was in seinen Kräften stand, alle Medikamente besorgt, alle Anweisungen des Arztes befolgt, fragte er, ob der Seyyed noch einen Wunsch habe. – Könntest du nur, murmelte der Seyyed halb im Delirium und lächelte, könntest du nur dieses Zimmer voll Watte stopfen und mich darauf legen, ach, das wär schön. Der Photograph stürzte zum Basar, kaufte eine Pferdeladung voll Watte und bettete den Seyyed wie ein Küken darauf. Wie in Verzückung stöhnte der Seyyed auf und murmelte einen Vierzeiler des gesegneten Rumis: »Mein Rock und Turban und mein Kopf: Für etwas weniger / Als ein Dirham wurden sie geschätzt; / Du wirst meinen Namen nicht vernehmen in der Welt, / Ich bin Niemand, Niemand, Niemand!« Ob er einen weiteren Wunsch habe, fragte der Photograph, ob er nicht jemanden sehen wolle? Wer immer es sei, wo immer er lebe, der Photograph bringe ihn ans Bett. Natürlich dachte er an die Familie des Seyyed, an den Vater vor allem, den ebenfalls berühmten Ajatollah. Er kenne ein paar Leute, flüsterte der Seyyed, aber mit keinem von ihnen habe er noch etwas zu tun. Alles, was ihn noch mit der Erde verbinde, seien die Bücher in den Regalen ringsum. Der Photograph solle sie Menschen schenken, die sie zu lesen verstünden. Dann bat der Seyyed um einen zweiten, den letzten Gefallen: Ich möchte, daß du nach meinem Tod nach Arak fährst. Als ich dort Gerichtspräsident war, habe ich eine abgelegene Hütte zum Studium und zum Gottgedenken gemietet. Vor der Hütte lag ein Garten voller Blumen. Die Blumen blühten zu der Zeit. Ich habe sie so geliebt, die Rosen, Lilien, Narzissen, so viele Stunden habe ich mit ihnen verbracht, so viel Freude haben sie mir bereitet. Ich saß in dem Garten, ich rauchte mein Opium, ich freute mich an den Blumen, die mir unter allen Zeichen Gottes die wundervollsten waren. Ja, diese Blumen waren mein Gebetsstein, meine Kaaba, waren Gott selbst. Wie ich mich in ihren Anblick versenkte, versank ich in Seiner Schönheit. Ich wurde leer, ich vergaß mich völlig, ja, ich wurde selbst zur Blume, war eins mit allem, was lebt. Die Blumen lehrten mich zu begreifen, was der gesegnete Halladsch meinte, als er sagte: Ich bin Gott, was der gesegnete Bayezid meinte, als er sagte: Preis sei mir. Und doch haben mich die Blumen zu etwas Bösem verleitet, eben weil ich sie so sehr liebte. Mein Wohnhaus befand sich neben dem Stall des Vermieters. Als ich einmal nach Hause kam, war der Esel des Vermieters dabei, meine Blumen aufzufressen. Ich wollte ihn schon mit meinem Gehstock schlagen, als ich einsah, daß den Esel keine Schuld traf. Andererseits war ich so zornig. Und dann habe ich statt dessen dem Eselknecht ein, zwei Hiebe auf den Rücken verpaßt. Die ganze Zeit habe ich vor Augen, wie sich dieser arme Eselknecht vor mir krümmt, wie ich ihm weh tue. Das quält mich, das quält mich sehr. Bitte, fahr sofort nach Arak, wenn ich gestorben bin, erkundige dich, wo ich gewohnt habe, und finde diesen Eselknecht. Und gleich, was es kostet, mach ihn glücklich, egal wie, mach ihn bitte glücklich. Dann zitierte Agha Seyyed Abolhassan Tabnejad zum letzten Mal seinen gesegneten Rumi: »Die Lehre und der Weg unseres Propheten ist die Liebe, / Uns gebar die Liebe, und sie ist unsre Mutter; / Diese Mutter verbirgt sich in uns, / Sie versteckt sich vor dem, was wir wurden.« »Eine große Persönlichkeit war der Seyyed«, fährt Großvater fort, »Gottessucher und Literat im höchsten Sinne, ein Mensch mit allen Vorzügen und nur einer Schwäche, seiner Abhängigkeit von Rauschmitteln, mit denen er sich jedoch nur selbst Schaden zufügte. Die anderen mahnte er stets, nicht dem gleichen Laster zu verfallen. Sein Verstand und sein Gedächtnis waren außergewöhnlich, im Schreiben hatte er einen ganz eigenwilligen, feinen Stil. Wenn man eine Frage hatte, gab er immer ausreichend Antwort, und wenn er die Antwort nicht kannte, dann gestand er es ein oder schwieg. Seine Barmherzigkeit allen Geschöpfen gegenüber kannte keine Grenze, seine Freigebigkeit war Legende. Wenn ihn jemand vergebens um etwas bat, dann wußten alle, daß er es nicht besaß, da er es sonst mit Freuden verschenkt hätte. Möge seine Seele froh sein und Gott über seinen einzigen Fehler hinwegsehen. Denn Gott ist der Barmherzige, der Erbarmer.« Wieder folgen Monate der Langeweile, des Umherirrens, der vergeblichen Suche nach Arbeit, in denen der junge Isfahani sich oft darüber ärgert, die Amerikanische Schule vorzeitig verlassen zu haben. Sein Vater hat einige Bekannte in Teheran, die in den Ministerien hohe Posten einnehmen oder von denen er gehört hat, daß sie hohe Posten einnehmen, oder die jemanden kennen, der einen hohen Posten einnimmt. Eine noch so niedrige Beschäftigung für den jungen Isfahani hat keiner von ihnen. Erschöpft und verzweifelt vom wieder einmal nutzlosen Klinkenputzen kehrt er zurück in sein ungeheiztes Zimmer, bereitet sich etwas zu essen und legt sich mit der Zeitung unter die Bettdecke. In einer Anzeige sucht die Zollbehörde nach neuen Mitarbeitern. 1919 ist das, an einem äußerst kalten Nachmittag im Januar. Zum ersten Mal seit vielen Seiten nennt Großvater das Jahr.

Schwerer als der Beinbruch wiegt die Krise, die er selbst diagnostiziert, als er zum ersten Mal einen Urologen aufsucht: Hälfte des Lebens. Er hat seit einiger Zeit eine Blasenschwäche, nicht dramatisch, aber doch so, daß er zum Beispiel bei Lesungen stets darauf achtet, kurz vor Beginn noch die kleine Notdurft zu verrichten wie andre ihr Gottstehmirbei. Beim Wort Mittelstrahlurin, mit dem die Arzthelferin ihn nach der Entrichtung der Praxisgebühr ins Kämmerchen schickt, fragt er sicherheitshalber nach. Ja, er hat richtig verstanden, nicht der Anfang, nicht das Ende, sondern die Mitte der Pisse, wo er auch im Leben angekommen ist.

Auf einem Bein balancierend hält er den Becher, den er aus der Durchreiche neben dem Klo entnommen und mit seinem Namen versehen hat, griffbereit für den Mittelstrahl neben das Geschlecht, das, Blasenschwäche hin oder her, auf Befehl schon mal gar nichts ausstrahlt. Dafür drückt plötzlich der Darm. O Gott, erschrickt er, wenn ich jetzt scheiße, und nachher greift der Urologe mir in den Arsch. Er hat ja keine Ahnung, was Urologen mit den Männern anstellen, aber die schlimmsten Befürchtungen. Draußen wartet schon der nächste Patient darauf, den Mittelstrahlurin in die Durchreiche zu stellen, während der Blasenschwache alles daransetzt, sich aus dem richtigen Loch zu entleeren. Endlich tröpfelt es vorne, es tröpfelt, und dann strahlt es und der Becher schiebt sich paßgenau zwischen zwei Urinstößen vor das Geschlecht. Ach! heiße zitternde Wonne durchläuft sein Wesen und Taumel und Toben ist so sehr in allen Sinnen, daß er das Gleichgewicht verliert, als er den Becher rechtzeitig vor dem Endstrahl wieder vom Geschlecht fortreißen will. Ohne an das Aus im Fußballturnier zu denken, stützt er sich auf das gebrochene Bein, jault vor Schmerz auf und stößt mit der Schulter gegen den Papierhandtuchhalter, indes der Becher das Kämmerchen endbestrahlt. Vergeblich greift er in die Durchreiche, um sich festzuhalten, hüpft noch mehrfach auf dem gesunden Bein, ohne die Balance wiederzugewinnen, und stürzt schließlich getroffen wie vom Blitze zu Boden, wo er Gott sei gepriesen nicht das Haupt, sondern nur die Hand ins heilignüchterne Wasser tunkt. »Weh mir, wo nehm ich, wenn / Es Winter ist, die Blumen, und wo / Den Sonnenschein, / Und Schatten der Erde? / Die Mauern stehn / Sprachlos und kalt, im Winde / Klirren die Fahnen.« Das ist *mid-life-crisis* oder Halbzeitjammer, nicht Sinnfragen, nicht Schwäne, sondern die ganz konkrete Not, in einem öffentlichen Klo zu kriechen, an dessen Tür bereits geklopft wird, und mit Papierhandtüchern den Urin aufzuwischen. Und da habe ich noch gar nicht die Frage aufgeworfen, welchen Mittelstrahl er in die Durchreiche stellen wird. Als er in uralter Verwirrung aus dem Kämmerchen humpelt, sucht ihn bereits die Arzthelferin: Ich dachte schon, Sie seien nach Hause gegangen, schüttelt sie den Kopf wie über einen zerstreuten Greis, der sich in der Praxis verlaufen hat, nimmt die Krücken an sich und stützt ihn unterm Arm, um ihn zum Arztzimmer zu führen. Bin ich nicht zu jung für eine Altersschwäche? fragt er den Urologen. Gute Besserung, wünscht der Urologe zum Abschied und meint das Bein.

Heute lernte ich an Großvater eine neue Seite kennen: seine Cleverness. Vierzigtausend Tuman Gehalt bietet die Zollbehörde dem jungen Isfahani, Arbeitsplatz Buschher am Persischen Golf, wo neunzig Jahre später das Atomkraftwerk gebaut wird, das den nächsten Krieg auslösen könnte. Er steht auf, um das Büro zu verlassen. – Jetzt bleiben Sie doch erst einmal sitzen, junger Mann. Die beiden Beamten werfen sich einen Blick zu und nicken: Fünfzigtausend Tuman. – Nein. Sie stecken die Köpfe zusammen und flüstern. Der junge Isfahani weiß genau, daß die Behörde Mitarbeiter wie ihn am Persischen Golf benötigt, die Englisch, Französisch und Arabisch beherrschen. Unter allen Freunden hat er als einziger den Eignungstest bestanden und tut deshalb ganz gelassen, als die Beamten ihn bitten, einen Augenblick zu warten, sie müßten etwas besprechen. Als sie zehn Minuten später ins Büro zurückkehren, erhöhen sie das Angebot auf sechzigtausend Tuman plus einen Aufschlag von 25 Prozent für Kost und Logis, plus Reisegeld bar auf die Hand. – Ein solches Gehalt hat hier noch kein Berufsanfänger erhalten, murren sie. So unglücklich sich der junge Isfahani in Teheran gefühlt hat – um so schwerer fällt ihm plötzlich der Abschied, denkt er doch an die Verse des gepriesenen Saadi: »Entweder kehrt mit vollen Säcken der Kaufmann in das Heimatland: / Wenn nicht, so treiben seinen Leichnam die Meereswellen an den Strand.« Wieder fließen gemeinschaftlich die Tränen, beim Abschied von Mirza Mohammad, den alle den Schirazi nennen, von Ahmad Qasemi und von Ezzatollah Chan Alaí. »Sind solche Gefühlsausbrüche heute noch üblich?« wird er sechzig Jahre später fragen und sich selbst die Antwort geben: »Mit Sicherheit nicht.«

– I prefer to sit at the gangway, mochte ein erstaunlich unfreundlicher Inder den Gangplatz nicht freigeben. – Me too, beharrte der Berichterstatter gut deutsch auf seinem Recht, that's why I have reserved it. Auf dem Mittelplatz mit zwei belegten Armlehnen, so daß er die Ellbogen anwinkeln müßte, könnte er am Mittwoch, dem 10. Oktober 2007, um 7:26 AM auf dem indischen Handy unmöglich die Stichwörter notieren, die er in den fünfzig Minuten, die von der Flugzeit verbleiben, überhaupt vom gestrigen Tag zu bewahren vermag, bevor ihn heute andere Eindrükke überfordern. Gestern kurz nach dem Einschlafen aufgestanden, um im Schwimmbad die Wirbel zurechtzurücken, Obst zum Frühstück wegen der Abwehrkräfte, ab neun Uhr rasch und routiniert wie ein Bergsteiger die letzten Handgriffe an der Ausrüstung, das Personal als Kolonialvolk zuvorkommend und geschmeidig, wie es Iranern nie gelingt: Handy besorgt, Flüge gebucht, Interviews vereinbart, Genehmigungen beantragt, anschließend die üblichen Besuche eines ersten Vormittags, die sich von zu Hause arrangieren lassen. Der Vertreter einer deutschen Stiftung bestreitet nicht, daß das Elend weiterhin jeder Beschreibung spottet, doch sickere der wachsende Reichtum nach unten durch, so daß langfristig auch die Ärmsten vom Boom profitieren würden, höhere Steuereinnahmen, Ausbau der Infrastruktur und Millionen neuer Arbeitsplätze in den Städten, schlecht bezahlt, zugegeben, aber doch besser, als auf dem Land zu hungern. Der Korrespondent einer Schweizer Zeitung weist beim anschließenden Mittagessen auf die Selbstmordrate der Bauern hin, die in denjenigen Bundesstaaten am höchsten sei, die das höchste Wachstum feiern, insgesamt zwölftausend Selbstmorde von Bauern jedes Jahr, nicht berücksichtigt die Dunkelziffer. Sein feines indisches Gewand, das er in dem französischen Restaurant als einziger Gast trägt, sieht merkwürdigerweise nicht merkwürdig aus, Althippie vielleicht, der sich Indien über Jahrzehnte so sehr anverwandelt hat, daß er gern kontinental ißt, seine Artikel stets trocken, dabei über die wichtigen Themen statt nur über den Boom wie seit 9/11 üblich, hat ein bestürzendes Buch geschrieben, ist besorgt, daß der Besucher zu negativ berichten könnte, liebt nun einmal das Land, weshalb sein Buch so bestürzte. Der junge Journalist, dessen labyrinthischen Namen sich der Berichterstatter bereits merken kann, sucht die Geschichten in den Lücken, die die Zeitungen hinterlassen, derselbe Mechanismus in Kaschmir wie im amerikanischen Krieg gegen den Terror, Aushebelung des Rechts, rechtsfreie Zonen, Sondervollmachten, Töten auf Verdacht, *outsourcen* der Folter, vor allem: Beschwörung von Gefahr und Werten wie seit fünftausend Jahren in allen Kriegen gegen die Barbaren, die immer noch keinen plausiblen Grund haben, uns zu hassen. Jetzt fordert der Sitznachbar den Berichterstatter auf, die Positionen ihrer Ellbogen zu tauschen, die sich die Lehne teilen. – Is there any reason, why should I do that? Die Chefredakteurin mit dem muslimischen Namen forderte ihn beim zweiten Whisky auf, sich im Club umzuschauen oder herumzufragen, kein einziges Mitglied aus einer niederen oder auch nur mittleren Kaste, obwohl sich hier die Linken treffen, soviel zur Gerechtigkeit sechzig Jahre nach der Befreiung. Nicht mehr als sechs Sessel um einen Tisch, mahnte die Hausordnung, die in der Speisekarte lag, keine Mobiltelefone, Laptops unerwünscht, bitte sprechen Sie leise. Ihre Schwester trifft ein, die sich in die Islamdebatte festgebissen hat, selbst natürlich vollständig säkular, aber der wachsende Druck, wie auf der ganzen Welt der Identitätsritt vor allem in den Mittelschichten, Abwehr und Ausdruck der Globalisierung. In ihrem winzigen Suzuki Tata, aber mit Fahrer, nimmt ihn die Chefredakteurin zur Residenz des britischen Botschafters mit, der seit dem Irakkrieg jedes Jahr ein Ramadanfest gibt, die Amerikaner sogar zwei, Hauptthema der Atomvertrag mit den Vereinigten Staaten, mögliche Neuwahlen, die jungen britischen Diplomaten, vor allem Diplomatinnen, jünger als der Berichterstatter, von begeisterter Höflichkeit, er will nach Kaschmir reisen, Kaschmir?, wer von euch, fragt die Chefredakteurin in die Runde, wer interessiert sich noch für Kaschmir?, Sie sehen, niemand redet hier mehr über Kaschmir. Wenn es kein Thema ist, haben Sie vielleicht das falsche Thema, wagt der britische Botschafter anzudeuten. Eben weil es kein Thema ist, ist es mein Thema, erwidert der Berichterstatter. Später am Abend die Antwort der Anwältin, die über die Verhältnisse auf dem Land sprach, daß sie zum Gewehr greifen würde, wenn sie auf dem Land lebte, und ich bin meiner ganzen Sozialisation nach keine Revolutionärin, aber wenn du seit Generationen dein Stückchen Boden an einem Fluß bewirtschaftest, und dann kauft ein Konzern den Fluß von hier nach da, Männer in Anzügen schlagen an die Tür, halten Dokumente in die Höhe, ihre *security* marschiert auf, weil du deine Hütte nicht freiwillig verlassen hast, sie setzt dich ohne Geld in einer fremden Stadt aus, wo du nicht einmal die Sprache verstehst, du schlägst dich nach Hause durch, aber das Land ist bereits abgeriegelt, wieder *security*, und niemand, an den du dich wenden kannst, kein Gericht, keine Behörde, keine Polizei – was tust du da? Wehrst du dich, bricht dir die *security* die Knochen, und zwar jeden Tag in Indien, ganze Berge werden verkauft, Wälder, dazu eine systematische Politik, die Landwirtschaft unrentabel zu machen für einzelne Bauern, so daß Agrarkonzerne den Boden billig übernehmen können, wo nicht Industrieanlagen gebaut oder Bodenschätze abgebaut werden. Soviel zum Wachstum. – I think in your job one has to be more smooth, belehrt ihn der Sitznachbar, der nach dem Beruf gefragt hat. Welche Fälle betreuen Sie? fragt der Berichterstatter die Anwältin. In Hashempur, südlich von Delhi, erschießt ein privates Sicherheitsunternehmen im Jahr 1987 neunzehn Bauern. Nach zwanzig Jahren haben die Angehörigen es geschafft, die Morde vor den Obersten Gerichtshof zu bringen. Vertrauen Sie den Richtern? Die Anwältin lacht: Nein. Wir hatten einen guten Richter, der abgesetzt wurde, jetzt ist es mehr eine Kampagne als ein Verfahren, und siehe da: Plötzlich ist der Konzern nervös. Was allein dafür spricht, daß der Berichterstatter etwas von Indien begreifen wird, ist der Umstand, daß er sich die Reportage vor allen anderen Reisen genausowenig zutraute. Was dagegen sprach, waren die verdammten Krücken, die er deshalb am Connaught Place einem anderen Krüppel schenkte. Dessen Lachen lohnte allein den Beinbruch. Der Berichterstatter hat mit dem Landeanflug auf Ahmadabad begonnen.

Spricht so ein Extremist? Der dicke Mann mit kurzgeschnittenem Bart, randloser Designer-Brille, das traditionelle Gewand nach neuer Mode kurzärmelig wie ein Businesshemd, redet nur von Technologie und Wirtschaft, glänzend die Daten, die er präsentiert: das höchste Wirtschaftswachstum Indiens, die größten Sonderwirtschaftszonen, die rasanteste Industrialisierung, die meisten Investoren, die niedrigsten Steuern, die höchsten Forschungsausgaben, die liberalsten Wirtschaftsgesetze. Jede neue Zahl bekräftigt der Chief Minister, wie ein Ministerpräsident in Indien heißt, indem er die kräftigen Hände abwechselnd nach vorne wirft wie ein Dirigent seinen Stock mit dem letzten Takt. Zwischen den Sätzen legt er lange Pausen ein, als wolle er außer seiner tiefen, krächzenden Stimme auch die Argumente nachklingen lassen. Keine starken Emotionen, nicht einmal etwas Werbendes im Tonfall. Der Chief Minister tritt als die personifizierte Rationalität auf. Nach einer halben Stunde achtet der Berichterstatter nicht mehr auf den Übersetzer, sondern nur noch auf die englischen Wörter, die in jedem Satz vorkommen: *development*, *capacity*, *management*, *computer*, *technology*, *software*, *screening*, *ingeneering*, *industry*, *advanced*, *laser printer* und sogar *metro*. Was, die wollen eine Metro bauen? schreckt der Berichterstatter auf. Nein, nein, klärt der Übersetzer auf: »Metro« heißt auf gujarati »Freunde«. Für die meisten der zehntausend Studenten, die sich auf dem Campus des Technischen Kollegs von Ahmadabad versammelt haben, ist der Chief Minister ein Idol, effizient, arbeitswütig, vor allem: nicht korrupt. Wird er Anfang Dezember wiedergewählt, so sagten in Delhi alle Gesprächspartner voraus, greift er nach dem Vorsitz der hindu-nationalistischen Partei – mit dem Ziel, Indiens künftiger Regierungschef zu werden. Gujarat, so haben seine Anhänger immer wieder verkündet, ist das »Laboratorium« einer radikal neuen Politik. Für die vielen Verlierer von Gujarats entfesselter Marktwirtschaft, vor allem aber für säkulare Inder und Indiens 130 Millionen Muslime ist der Bundesstaat eher eine Hexenkammer. Für sie »vibriert« Gujarat nicht, wie es der Slogan der Hindu-Partei verkündet, sondern stinkt zum Himmel.

Nein, an den Gestank haben sich die Vertriebenen nicht gewöhnt, an den kann man sich nicht gewöhnen. Strom haben sie, Gott sei Dank, zwei winzige Räume, in denen sie zu fünft wohnen, sogar einen Ventilator. Fünf Nägel, an denen die Kleider hängen, zwei Energiesparbirnen, zwei Liegen als Mobiliar, ein Tisch, zwei Plastikstühle, Blechtöpfe auf dem nackten Betonboden. Sicher ist es eng, aber die Nachbarn sind zu acht. Das Problem ist das Wasser. Zwar gibt es Brunnen im Flüchtlingscamp, aber weil nebenan die Müllkippe den Boden verseucht, wird ständig jemand krank, vor allem die Kinder, fünf Kilometer bis zum nächsten Arzt, und wo eine Schule wäre, das weiß hier niemand. Auf dem Tisch türmen sich Bluejeans, auf die sie weiße Ornamente nähen, zwei Rupien pro Hose für den Discolook, umgerechnet vier Cent. Zu dritt schaffen sie am Tag vierzig Muster. Ein Kind tritt in das Zimmer. Es ist nicht älter als fünf. Zum Glück, denkt der Berichterstatter. Vor fünfeinhalb Jahren, am 28. Februar 2002, brachen in Gujarat Ausschreitungen gegen Muslime aus. Einen Tag zuvor waren siebenundfünfzig hinduistische Pilger bei einem Zugbrand umgekommen. Obwohl eine staatliche Kommission festgestellt hat, daß der Brand wahrscheinlich innerhalb des Zuges ausbrach, bezeichnen Hindu-Nationalisten das Unglück weiterhin als einen Terroranschlag, der zu einem spontanen Ausbruch der Emotionen geführt habe. An der Spontaneität bestehen allerdings Zweifel. Nach Angaben von Menschenrechtsorganisationen waren die Angreifer gut organisiert, die auf Lastwagen morgens in der Landeshauptstadt Ahmadabad eintrafen. Außer Messern und den traditionellen Dreizacken des Gottes Vishnu, Gasbehältern und Sprengkörpern führten sie auch Listen mit den Adressen muslimischer Häuser und Geschäfte bei sich. Parlamentsabgeordnete der Hindupartei, sogar Kabinettsmitglieder gaben per Handy Anweisungen, welches muslimische Viertel als nächstes überfallen werden sollte. Etwa zweitausendfünfhundert Muslime starben. Hunderttausende wurden aus ihren Häusern vertrieben. Einige Monate später kämpfte der Chief Minister um seine Wiederwahl. In seinen Reden beschränkte er sich nicht auf Technologie und Wirtschaft, sondern stachelte offen zum

Haß gegen Muslime an und rechtfertigte indirekt immer wieder die Gewalttaten, deren Ausmaß er zugleich konsequent leugnete. Wenn er vor Publikum trat, überschlug sich seine Stimme. Damals sprach er wie ein Fundamentalist. Für die Vertriebenen ist er es geblieben. Der Berichterstatter fragt, ob am 28. Februars 2002 alle Mitglieder der Familie zu Hause waren. – Die Regierung hatte doch eine Ausgangssperre verhängt, erinnern sie. Gegen halb elf der Lärm, deshalb sahen sie aus dem Fenster, schon stürmten die Angreifer in die Gasse, alle dieselbe Kleidung: braune Shorts, orange Stirnbänder, riefen die Bewohner nach draußen, wo die Benzinkanister bereitstanden, dann so schnell Feuer, daß die Mutigsten und die Ängstlichsten verbrannten. Wie durch ein Wunder haben die Vertriebenen niemanden verloren. Ihrer Nachbarin Koussar Banu, die im neunten Monat schwanger war, schnitten die Angreifer den Fötus aus dem Bauch. Ja, die Vertriebenen haben es selbst gesehen. Eine Schwägerin nickt, die andere holt ein Photo hervor. Die Angreifer haben es getan, damit es alle sehen. Sie allein haben fünfundzwanzig abgeschnittene Körperteile gezählt. Umgerechnet hundert Euro Entschädigung gäbe es für eine Verletzung, dreihundert für ein verlorenes Bein, aber der Staat zahlt nicht, obwohl viele Organisationen auf ihrer Seite sind, auch Anwälte, gute Anwälte, die sie kostenlos vertreten. Hier die Papiere, schauen Sie, sogar aus Delhi haben wir einen positiven Bescheid erhalten, schauen Sie, hier in der Zeitung, selbst in der Zeitung steht's. Ja, sie hatten Zeit, die abgeschnittenen Glieder zu zählen, die Polizei versperrte den Ausgang zur Hauptstraße. Die Angreifer hatten auch Zeit, vergewaltigten eine Frau nach der anderen. Sie auch? wagt der Berichterstatter nicht zu fragen. Immer wieder schaut jemand vorbei und stellt die gleichen Fragen, ohne daß sich etwas ändert. Ich kann nichts ändern, gibt der Berichterstatter zu, ich kann nur dazu beitragen, daß Sie nicht vergessen werden. Nach mir kommt jemand, der an den 28. Februar 2002 erinnert, und wieder jemand und wieder, und einmal wird sich so Gott will etwas ändern, da sind sie dennoch dankbar für seinen Besuch, die Frauen alles andere als verschüchtert, kein Kopftuch, anmutige Gesichtszüge und schlanke Körper, viel Haut und noch mehr Selbstbewußtsein, obwohl das meiste von dem bißchen Unterstützung von islamischen Organisationen kam, Islamisten, wie der Übersetzer später bestätigt. Wie auf der ganzen Welt hatten die Vertriebenen nie Probleme mit den Nachbarn. Wie auf der ganzen Welt waren es nicht die Nachbarn. Wie auf der ganzen Welt haben die Nachbarn auf die Häuser gezeigt, die in Brand gesetzt werden konnten.

Der Berichterstatter könnte in Gujarat immer noch Haßprediger treffen, die Muslimen das Stimmrecht entziehen und sie zwangsweise sterilisieren lassen wollen, die für das Verbot religiös gemischter Heiraten eintreten oder Gefängnisstrafen für abtrünnige Hindus fordern. Er könnte Videos kaufen, auf denen Radikale sich mit der Anzahl der Musliminnen brüsten, die sie vergewaltigt haben. Er könnte es bequem so konstruieren, als würde Gujarat von hinduistischen Taliban beherrscht, ein Bundesstaat mit immerhin sechzig Millionen Einwohnern. Aber das träfe nicht den Kern. Das Ressentiment gegen Muslime hat sich 2002 in einer spezifischen Lage explosionsartig entladen, nach einer Serie von islamistischen Anschlägen in Indien, Gefechten mit pakistanischen Freischärlern und dem 11. September 2001, den die Hindu-Nationalisten weidlich ausschlachteten. Das Entsetzen, das sich nach den Massakern in ganz Indien einstellte, führte in Gujarat zu einem kollektiven Trotzgefühl, das der Chief Minister für sich ausnutzte. Die Kritik an den Massakern deutete er um in eine Verleumdung der friedliebenden Gujaratis: »Ihr sollt also die Vergewaltiger sein, von denen ganz Indien spricht«, redete er auf Wahlkampfveranstaltungen sein Publikum an und schmunzelte. Auf Dauer ist der giftspritzende Extremismus nicht mehrheitsfähig, nicht in Indien und heute nicht einmal mehr in Gujarat. Den meisten Gujaratis, wenn sie die Massaker von 2002 schon nicht verurteilen, ist die Erinnerung eher peinlich. Entsprechend vermeidet auch der Chief Minister jede Anspielung. Statt von der Gefahr des Islam spricht er lieber von Technologie und Wirtschaft. Das bringt ihm Kritik ein von Extremisten. Aber es könnte in die Mitte der indischen Gesellschaft führen. Die vier freundlichen Studenten, die der Berichterstatter am Tag nach der Rede des Chief Ministers in der Mensa des Technischen Kollegs anspricht, müssen lange überlegen, was 2002 geschah. Der Berichterstatter hilft mit dem Wort *disturbances* nach, da denken sie zunächst an das Erdbeben vor sechs Jahren. Ach so, die Ausschreitungen gegen Muslime. Natürlich sind sie dagegen, überhaupt gegen Gewalt. – Aber es war eine Reaktion, das muß man auch sehen. Der Besucher weist auf den Bericht zur Ursache des Unglücks hin, von dem die Studenten noch nicht gehört haben. – Die Muslime, fährt einer fort, haben so viele andere Attentate begangen. – Nicht alle Muslime sind Terroristen, wirft ein anderer ein, aber alle Terroristen … Nochmals, sie seien gegen Gewalt, beteuern sie, und hätten nichts gegen den Islam. Überhaupt diskutierten sie praktisch nie über Politik. Der Chief Minister fördere die Universitäten, das sei ihnen wichtig. Nein, sie selbst kennen keine Muslime. Auch nicht aus dem Kolleg? Doch, doch, es gebe ein oder zwei Studenten, aber die würden sie nicht kennen. Nur ein oder zwei Studenten am ganzen Kolleg? Ja. Und aus der Schule? Da war auch kein Muslim in der Klasse. Es ist auffällig, daß vor allem neuere Viertel von den Unruhen betroffen waren, die sich aus ehemaligen Slums zu kleinbürgerlichen Wohngegenden entwickelt haben. Dort lebten Muslime und Hindus schon zuvor nach Straßenzügen getrennt. In der Altstadt von Ahmadabad hingegen, wo Hindus und Muslime ärmer sind und seit jeher Tür an Tür wohnen, gab es nur vereinzelte Übergriffe. Wie in so vielen, insbesondere den islamischen Ländern, besinnen sich auch in Indien paradoxerweise vor allem die Mittelschichten auf ihre eigene Kultur, also jene Menschen, deren Leben am stärksten in die Globalisierung einbezogen ist. Plötzlich achten Fernsehsender auf die religiöse Unbedenklichkeit ihrer Programme, und abgeschlossene Wohnsiedlungen werben damit, daß in ihnen »das harmonische Leben, wie es vorgeschrieben ist in den Veden und Vedantas« wiederbelebt werde. Das Lebensgefühl, das sich in solchen Anzeigen ausdrückt, ist nicht durch Haß bestimmt, der sich auch kaum mit den Wunschbildern vertrüge, die die moderne Werbeindustrie produziert, sondern eher durch Selbstvergewisserung, Wertverbundenheit und Frömmigkeit. Gegen die emphatische Säkularität der indischen Staatsgründer und die urwüchsige Multikulturalität des Subkontinents, von der Europa auch heute noch lernen könnte, sehnen sich immer mehr Inder nach einer hinduistische Leitkultur, innerhalb derer Muslime und Christen durchaus Filmstars werden können, Wirtschaftsführer oder sogar Spitzenpolitiker. Aber ihren Glauben sollten die Filmstars und Spitzenpolitiker nun nicht gerade öffentlich praktizieren, wogegen die hinduistische Prominenz auf jeden Pilgerzug springt, der gerade von einer Fernsehkamera gefilmt wird. Es ist diese viel weniger auffällige Entwicklung, für die Gujarat ein Laboratorium geworden ist, nicht der dumpfe religiöse Haß. Nirgendwo anders überträgt sich die Entdeckung und Konstruktion dessen, was als das Eigene gilt, so deutlich auf die soziale Praxis. Allein an einem langen Eßtisch sitzt ein älterer Herr, der durch seine Mütze und den Kinnbart als Muslim zu erkennen ist. Als der Berichterstatter sich zu ihm setzen möchte, steht der Herr auf, um das Tablett zurückzubringen. Gut, sein Teller ist leer, er wollte vielleicht wirklich gehen, dennoch irritiert die Eile. Der Berichterstatter beschließt, seinen Teller nicht aufzuessen, um dem Herrn zu folgen. Er ist ein Professor, stellt sich auf dem Hof heraus, einer der wenigen Muslime, die noch am Kolleg lehren, aber jetzt müsse er wirklich weg, nein, nein, alles sei gut, er habe lediglich noch einen dringenden Termin, nein, es sei alles gut, Gott sei gepriesen. Die Angst in seinen Augen ruft Erinnerungen an Iran wach, Begegnungen mit Menschen, die sich ducken. Friede sei mit Ihnen, verabschiedet der Berichterstatter ihn mit dem islamischen Gruß. Und mit Ihnen Frieden, gibt der Professor zurück. Noch in der Bewegung, mit der er sich abwendet, murmelt er dem Berichterstatter zu, daß die Muslime in Gujarat keine Zukunft hätten. Der da, und er blickt hinüber zur Bühne, wo gestern der Chief Minister über *development* und *capacity* sprach, der da sei sehr geschickt.

Am Rande der Ausfallstraße bleibt das Auto plötzlich stehen. – Dort stand der berühmte Schrein von Wali Gujarati, sagen die Begleiter und zeigen zur Straßenmitte. – Wo? – Dort. – Aber da ist nichts. – Eben. Der Berichterstatter geht mit auf den breiten Mittelstreifen. In der Dunkelheit erkennt er die Umrisse des Teers, der später als die übrige Straßendecke gegossen wurde. Wali Gujarati war der erste Dichter Gujarats, der seine Verse nicht auf persisch, sondern im einheimischen Urdu verfaßte. Sein Grab war ein Wallfahrtsort für Literaten und Mystiker, Muslime und Hindus. Innerhalb eines Abends wurde es in Schutt und Asche gelegt. Keine Woche, da waren die Trümmer geräumt und die Stelle geteert, als sollte jede Erinnerung an die gemeinsame, größtenteils friedliche Geschichte von Hindus und Muslimen auf dem indischen Subkontinent ausgelöscht werden. Die Geschichte, wie sie von Fundamentalisten weltweit gelehrt wird, kennt die Eigenen nur als Opfer, die anderen ausschließlich als Gewalttäter, die Websites mit den täglichen Aggressionen der jeweils anderen stets nach dem gleichen Muster und mit den gleichen Sprüchen, keine Toleranz den Intoleranten, weil sich weltweit alle für tolerant halten. Wie in Europa die jüdisch-muslimischen Wurzeln der Aufklärung oder im Vorderen Orient das jüdische und christliche Erbe des Orients, wird in Indien die Verschränkung der religiösen Traditionen geleugnet, die in der Mystik bis zur Ununterscheidbarkeit verschmelzen. Noch im Zensus von 1911 bezeichneten sich zweihunderttausend Inder als Hindu-Mohammedaner. Und selbst heute sind für viele die Trennungslinien zwischen den Religionen weit durchlässiger, als es sich religiöse Führer in Kairo oder Rom je werden ausmalen können.

In der Moschee des Chisti, die ein Stück weiter in Richtung der Stadtgrenze noch in alter Schönheit steht, beten Hindus und Muslime weiter gemeinsam, vor den Grabsteinen Männer neben Frauen, Kinder neben Greisen versunken. – Bei uns beten selbst die Atheisten, lacht der Baba, der Nachfahre des Heiligen und Älteste der Familie, ein großgewachsener Herr mit weißem Kinnbart, Haaren und Gewand, der mit Freunden und Verwandten im Garten des Schreins sitzt. Die Gesellschaft ist gebildet, wohlhabend und, wie einer der Herren betont, antifundamentalistisch. Mit den Nachbarn, obwohl die meisten hier die Hindu-Partei wählen, hatten sie noch nie Probleme – wie auch, wenn die Nachbarn zum Beten kommen? Der Mob – ach, ein Mob sei mit Geld und Alkohol überall leicht zu beschaffen, beinah wöchentlich komme es irgendwo in Indien zu einem Ausbruch der Gewalt, lesen Sie doch nur die Zeitungen. In Gujarat werde der Mob allerdings vom Staat organisiert, das sei der Unterschied, nicht die Nachbarn. Sie selbst hatten Glück, nebenan die Polizeiwache habe den Schrein beschützt, sprechen in perfektem Englisch über die bevorstehenden Wahlen und die Strategie der Kongreß-Partei, die sich um die Muslime kaum bemüht und statt dessen ihrerseits religiöse Töne anschlägt. Die Muslime, so das Kalkül, würden ohnehin für den Kongreß stimmen. Der Baba ist pragmatisch: In Gujarat müsse der Kongreß eben mit den gemäßigten Fundamentalisten paktieren, um den Sieg der Hindu-Partei zu verhindern. Andere Herren widersprechen heftig. Für sie gibt es keine gemäßigten Fundamentalisten. Einig ist sich die Gesellschaft, daß eine Wiederwahl des Chief Ministers selbst ihren Orden in Bedrängnis brächte, der doch schon immer hier war, seit der Gründung der Stadt vor fünfhundert Jahren. Als der Baba zum Abschied mit vors Tor tritt, nimmt er beiläufig die Handküsse der Gläubigen entgegen. Viel Glück für die nächsten fünfhundert Jahre, wünscht ihm der Berichterstatter.

Auf dem Laptop 6:35 Uhr deutscher Zeit, Samstag, der 12. Oktober 2007, sitzt auf zwei Plätzen ein gewichtiger Inder, dessen fünf Koffer so im Abteil verteilt sind, daß beide Ellbogen des Berichterstatters eine Lehne haben und die Füße eine Stütze. So hat dieser bequem genug und bis Agra Zeit, den gestrigen Tag an sich vorüberziehen zu lassen, ein Limit allein die Batterie, die er vor lauter Routine aufzuladen vergaß. Der Übersetzer stellt dem Berichterstatter einer Nachwuchsaktivistin voll Energie und gutem Willen vor. Sie sei die Zukunft Indiens, verabschiedet der Übersetzer sie ins Taxi, wo der Berichterstatter feststellt, daß die Zukunft Indiens kein Englisch spricht. So freundlich, wie er die Aktivistin anlächelt, fühlte sie sich zu einer Auskunft verpflichtet und zählt daher die *injured people, killed people, displaced people, affected people* und alle anderen Opfer auf, die sie über Seiten handschriftlich in ihr Schulheft eingetragen hat. Die Aktivistin führt ihn auf eine Wiese, auf der Kühe zwischen Abfällen grasen, ein Betonkreis, eine Art Brunnen, wie sich herausstellt, zweieinhalb Meter im Durchmesser vielleicht, sechs, sieben Meter tief, der gleiche Gestank wie auf der Müllkippe, neben der die Vertriebenen heute wohnen, die Innenwände schwarz vom Ruß, eine alte Schultasche auf dem Boden. Hier seien die Toten hineingeworfen worden, sagt die Aktivistin, 117 Leichen. – Wie bitte? – 117 death here. – Hier drin? – Yes. – Muslime werden doch begraben? – Here 117 death people, fire. – Feuer? – Yes, fire, here, 117 death people. Der Berichterstatter weiß nicht genau, was »angezündet« auf englisch heißt, switched on?, versuchte er es, 117 people switched on here? Das Englisch der Aktivistin reicht ohnehin nicht aus: My people fire. Wie gut versteht der Berichterstatter die Scham der Nachwuchsaktivistin, die die Zukunft Indiens sein möge. Keine Hektik, mit 42 Prozent, die auf der Batterie verblieben sind, kommt er durch den Tag. Nein, sie wollten nie mehr neben Hindus wohnen, sagten die Vertriebenen. Auch wenn sie gewiß nicht alle Nachbarn und schon gar nicht alle Hindus beschuldigte, löse der bloße Gedanke Panik aus, nachts immer noch Alpträume. Andere Familien sind ins Viertel zurückgekehrt. Viel besser sehen die Häuser auch nicht aus als im Camp, denkt der Berichterstatter zunächst. Dann begreift er, daß es die Baracken der islamischen Wohlfahrt sind, auf dem Grundstück der Vertriebenen nur Schutt. Hundert Meter weiter liegen die Häuser der Hindus, zweigeschossig, mit Veranda und Bäumchen, alles andere als prunkvoll, aber doch so, daß an manchen Mauern ein Moped lehnt, auf den Dächern Satellitenschüsseln. Am Ausgang zur Straße, den damals die Polizei versperrte, steht seit kurzem wieder eine Moschee, nicht besonders hübsch, nicht besonders groß. Die alte Moschee war am 28. Februar 2002 dem Erdboden gleichgemacht worden. Für den Neubau haben auch Hindus Geld gesammelt. Mit 22 Prozent noch rasch der Abgeordnete, kaum älter als der Berichterstatter, im Regal der Kanon des globalen Bildungsbürgers von Pamuk bis *No logo!*, an den Wänden Poster, Fahne und Zeitungsausschnitte des FC Liverpool, auf dem Kopf dennoch ein Turban, denn er ist jetzt ein Hindu-Führer, natürlich im Westen studiert, Middle East Studies, den Koran lobt er als bemerkenswertes Buch, mit Blick auf die Zeit *truly humanistic*, und die Muslime sind, wie der Berichterstatter, wo kommt der Name noch mal her?, vielleicht weiß, nicht mit dem Schwert nach Indien gekommen, sondern als Händler und Sufis. Die Schulbücher? Wurden bereits unterm Kongreß ausgetauscht, erinnert der Abgeordnete, I have seen the camps, I know it's horrific, gibt er ohne Umschweife zu, seine Partei habe 2002 vollständig versagt, aber auch gelernt, selbst Gujarats Chief Minister habe gelernt, der dennoch ein Mann der Vergangenheit sei. – Wir sind die Zukunft, weshalb sich niemand vor der Zukunft fürchten müsse, genau der Typ Politiker, auf den eine – für welches der Attribute wird sich der Berichterstatter entscheiden? – nationalistische, religiöse, fundamentalistische, extremistische, radikale, rechtspopulistische Partei angewiesen ist, um Zukunft zu haben, persönlich glaubwürdig oder nicht, was weiß man denn nach einer Stunde?, hatte in seinem Wahlkreis die meisten Stimmen der Muslime in der gesamten Provinz und erinnert sich an das legendäre Match des FC Liverpool gegen den FC Cologne. Das mit der zweiten Liga tue ihm leid. Zwölf Prozent sind nicht mehr genug, um vom Aschram Gandhis zu berichten, der die Landlosen zu Bauern machen wollte, wie es auf einer Schrifttafel hieß. »I am mostly busy making sandals these days«, schrieb Gandhi einem Freund, während er auf allen Titelseiten der Welt war: »I have made already 15 pairs. When you need new ones now, please send me the measurements. And when you do so, mark the places, where the strap is to be fixed – that is on the outer side of the big toe and the little one.«

Seit einer knappen Stunde steht das Flugzeug, das ihn einen Tag früher als vorgesehen nach Srinagar bringen soll, weil er auf dem Fußmarsch nicht einmal mit den Lahmen mithalten konnte, *boarding completed* auf der Parkposition, die vordere Tür offen. Ansagen gab es nur auf hindi, dafür Bonbons mit Kaffeegeschmack. Ein Offizier schaut sich im Flugzeug um, als suche er unter den Passagieren den Feind, und telefoniert zwischendurch mit ernster Miene. Ein anderer, sein Vorgesetzter?, um die Sechzig, große Hornbrille mit Halsband, Polo-T-Shirt, schleicht herum – aber es ist ein Passagier, wie sich soeben herausstellt, weil er sich zu seiner zwei- oder dreijährigen Tochter setzt. Auch der Offizier setzt sich, eine der Stewardessen, die im Staatsdienst deutlich älter sind als bei den neuen, privaten Fluggesellschaften, verschließt die Tür. Wahrscheinlich war nur die Startbahn belegt. Und der Berichterstatter dachte, es sei schon der Krieg. Bis er den Laptop ausschalten muß, will er noch das Bild wie von Brecht einfangen, Lumpenproletariat formiert und wehrt sich: Fünfundzwanzigtausend Menschen, die in drei Reihen marschieren, die meisten in Gummisandalen, viele barfuß, in der Mitte die Frauen in bunten Saris, außen die Männer in cremefarbenen Hemden und ebensolchen Dotis, den um die Beine geschlungenen Tüchern. Die Männer tragen ihr Bündel aus Plastikfolie auf der Schulter, die Frauen balancieren es auf dem Kopf. Jeder einzelne hält einen langen Stock mit der grün-weißen Fahne der indischen Landrechtsbewegung in der Hand. Zwischen den Reihen Platz für die Ordner, Musiker und Sänger, nötigenfalls Jeeps oder andere Fahrzeuge. Vor jeder Tausendschaft ein Traktor, der einen Wassertank zieht, dahinter eine Fahrradrikscha mit zwei großen Lautsprechern aus Blech, einer nach vorne, einer nach hinten gerichtet. Es ist so laut wie fast immer in Indien. Die Gesichtszüge und -farben sind in jeder Tausendschaft anders, auch die Muster der Saris, der Schmuck, die Zurückhaltung oder Selbstsicherheit der Frauen, die Sprache, weil die Marschierenden aus ganz Indien stammen. Viele Landlose sind schon alt, Greise unter ihnen, damit in ihren Dörfern die Jüngeren weiter arbeiten können, obschon der Berichterstatter später feststellen wird, daß die Kastenlosen, Angehörigen der niederen Kasten und Stammesmitglieder schon mit Fünfzig aussehen wie Europäer mit Achtzig. Seit zwölf Tagen marschieren sie, hundertfünfzig Kilometer bereits, zweihundert Kilometer stehen noch bevor, bis sie das nationale Parlament erreichen, sofern die Behörden weiterhin den Weg freimachen, der nicht idyllisch ist, sondern Autobahn, der Highway von Bombay nach Delhi. Hinter der Leitplanke staut sich der Verkehr. Nicht alle Autofahrer wirken begeistert. Indien boomt: In der Abflughalle vier drahtlose Netzwerke, der Cappuccino teurer als in Köln. Über neun Prozent Wirtschaftswachstum jährlich, jubelt die Mappe, die das Archiv mitgegeben hat, weltweit konkurrenzfähig die Informationstechnologie, Pharmazie, Biotechnologie, Raumfahrttechnik, Nuklearindustrie und natürlich der Dienstleistungssektor, der inzwischen nicht mehr nur Aufträge aus dem Westen abzieht, sondern auch Mitarbeiter: die Löhne zwar nicht höher, aber das Leben viel billiger, erklärt ein deutsches Wirtschaftsmagazin und verweist auf »den sensationellen Freizeitwert«, Himalaja statt Allgäu, Goa statt Costa Brava. Gemessen am Bruttoinlandsprodukt investiert der indische Staat mehr Geld in Forschung und Entwicklung als Deutschland. In den Städten sind die Zeichen wachsenden Wohlstands unübersehbar, an dem vielleicht zweihundert, vielleicht zweihundertfünfzig Millionen Menschen wenigstens indirekt teilhaben, die Mobiltelefone und Laptops, Hochhäuser und Shopping-Malls. Die neuen, privaten Fluglinien bieten einen besseren Service und modernere Maschinen an als die meisten Anbieter in Europa. Natürlich bucht man im Internet und fliegt nur noch per E-Ticket. Wer früher der unteren Mittelklasse angehörte, fährt heute ein kleines Auto und schickt seine Kinder in die Privatschule. Wer mehr verdient, zieht sich in eine der *gated communities* zurück, die allerorten entstehen. Und für den Reichtum kennt Indien keine Grenzen. Das Land ist nicht länger Bittsteller, sondern künftige Weltmacht, wie es die Archivmappe rauf- und runterdekliniert. Der Berichterstatter steigt über die Leitplanke und schlängelt sich durch die Autos. Dienstleistungen sind so billig – das Wirtschaftsmagazin vergißt es zu erwähnen –, daß auch Kleinwagen ihren Chauffeur haben. Wahrscheinlich würde der Verkehr trotz der gesperrten Fahrbahn fließen, wenn die Fahrer nicht zwischen den zwei verbliebenen Spuren auch noch überholen wollten, und zwar prinzipiell gleichzeitig in beide Richtungen. So sind die Wagen alle hundert Meter ineinander verkeilt wie zwei Rugbymannschaften beim Anpfiff. Einige Fahrer sind ausgestiegen und schauen ungläubig zur anderen Fahrbahn. Aus Busfenstern knipsen Japaner. Daß Sozialhilfeempfänger und Obdachlose die Autobahn von Frankfurt nach Köln auch nur einen Tag blockieren dürften, wäre undenkbar. Hier legt es keine Regierung auf eine Konfrontation an, weder in den Provinzen noch im Bund, weil Indien dann doch eine Demokratie ist und die Landlosen die Untersten der Gesellschaft repräsentieren, damit die Mehrheit der Wähler. Für gestern hatte sich der Agrarminister angekündigt. Später entschuldigte er sich mit einer Kabinettssitzung, die sich in die Länge gezogen habe, und versprach, den Besuch bald nachzuholen. Enttäuschung mischte sich in die Erschöpfung der Landlosen, dazu die Kälte bei Nacht, die sie auf dem Asphalt oder dem Feld verbringen. Wohlhabende Inder haben Decken gespendet, das Stück für ein oder zwei Euro, aber es sind viel zu wenige, fünftausend bisher nur. Entlang der gesamten Strecke verteilen Hausfrauen Gebäck, singen Schulkinder Ständchen und sprechen Lokalpolitiker Grußworte. Aus Delhi oder Bombay fährt gelegentlich ein Intellektueller oder Schauspieler vor, der einen Nachmittag lang mitmarschiert. Ein dauerlächelnder, weißgewandeter Heiliger mit langem schwarzem Bart hat bereits viertausend Schuhe gesammelt. Er selbst läuft barfuß. Im Bordmagazin des Flugzeugs, das nach zwei Stunden endlich auf die Startbahn rollt – die nichtbegründete Verzögerung vielleicht doch wegen des Kriegs? –, das Interview einer Schauspielerin, die ihren Urlaub mit Freunden verbracht hat. Wie in der Werbung stellt der Berichterstatter sich das vor, junge, attraktive Leute unter Palmen, nur nicht weiß, sondern braun, hellbraun wie fast alle Inder, die sich die Malediven leisten können. Sie hatten einen Bungalow zum Meer hin, links und rechts und vorne Meer, auch der Pool mit Meerblick nach mindestens drei Seiten, etwas erhöht, um besser sehen zu können, Pool-Bar natürlich, so schön ist das, ausschlafen zu können, keine Termine, Drinks, und das Beste: keine Autos. »Stuff in my shopping bag: Nothing! I took a holiday not only from work but shopping as well. But yes, I couldn't resist buying a pair of bikini, a pair of sunglasses, a sarong, a photo-frame and a bright pink trolley bag.« Es gibt eine teurere Kategorie für Politiker und Prominente, zu denen sie offenbar nicht gehört, etwa neunhundert Dollar die Nacht. »But why complain when I had a jacuzzi in my bathroom.« Gewöhnlich sieht man die spindeldürren Unterschenkel der Männer nur vereinzelt oder aus dem Fenster, wenn man mit dem Zug aus der Stadt fährt, entlang der Gleise oder dann auf den Feldern mit Strohballen auf dem Rücken oder Reisig, die zerfurchten, auf den wenigen faltenlosen Flächen wie gegerbten Gesichter, wirklich stumpf wie abgenutztes Leder, tiefdunkel, hervorstechende Zähne, keine Zähne, verfaulte Zähne, Zahnlücken, außerdem der elegante Gang selbst der ältesten Frauen, zumal im Vergleich mit den zweihundert Unterstützern aus dem Westen, die jeder für ein paar Tage mitmarschieren. Offenbar Überbleibsel der ehemaligen Staatswirtschaft, scheinen die Stewardessen nicht nur älter und angenehm unfreundlich, sondern auch nachlässiger zu sein als bei den neuen, privaten Fluggesellschaften, so daß sie sich nicht am Betrieb des Laptops stören, obwohl das Flugzeug endlich abhebt. Der Berichterstatter hat umgebucht, weil er seinen Gastgebern zu viele Umstände bereitete, so peinlich, sich zwischen all den Bauern, den Frauen mit Kindern sowie Alten im Jeep fahren zu lassen. Außerdem gefiel ihm die Aussicht auf einen absichtslosen Tag in Srinagar. Um über einen Ort zu schreiben, muß man sich an ihm gelangweilt oder nicht gelangweilt, dann ausgeschlafen haben, keine Termine, Drinks. »My travel funda: Be street-smart, so that nobody takes you for a ride. Always keep a couple of days extra so that you don't have to rush back. When you have a few more days in hand, extend your holiday if you so wish.« Fünfundzwanzigtausend Menschen unter der Sonne sind eine schier endlose Prozession, erst recht, wenn man sie zwischen zweien der drei Reihen humpelnd überholt. Einmal, fast schon vorne angekommen, kann der Berichterstatter keinen Schritt mehr weiter und macht Rast an einer Tankstelle. Bis der Jeep eintrifft, der ihn wieder nach vorne bringt, schaut er mit dem Tankwart, der ihm Wasser und einen Stuhl anbietet, dem Menschenstrom zu. – Arme Leute, sagt der Tankwart, dessen Eltern noch auf dem Feld gearbeitet haben. Er selbst hat Automechanik gelernt und freut sich, daß der Verkehr von Jahr zu Jahr dichter wird. Leider nur werden die Autos immer komplizierter gebaut, mit immer mehr Elektronik, die nur die Vertragswerkstätten beherrschen. Wenn seine jüngste Tochter weiter so fleißig ist, darf sie auf die englischsprachige Senior Secondary School. Dann wird sie eines Tages vielleicht auch bei ihrem Vater tanken. – Sehr arme Leute, bestätigt der Berichterstatter. – Was wollen sie? fragt der Tankwart. – Sie wollen Land, antwortet der Berichterstatter: Sie wollen Land, um leben zu können. 250 Millionen Menschen sind ein bedeutender Markt für *global player*, für Indien allerdings nur ein Viertel der Bevölkerung. Die anderen 750 Millionen haben wenig oder gar nichts vom Wirtschaftswachstum. In der Archivmappe ist auch zu lesen, daß achtzig Prozent der Inder unter der offiziellen Armutsgrenze leben. Ein Großteil der ländlichen Bevölkerung hat nach wie vor keinen Zugang zu Bildungseinrichtungen oder zur Gesundheitsversorgung, oft nicht einmal Strom oder fließendes Wasser. Die Hälfte der Kinder ist unterernährt, zwei Drittel unter fünf Jahren sterben an Lungenentzündung und Diarrhö, jedes vierte geht nicht zur Schule. Die indische Landwirtschaft, die zwei Drittel der arbeitenden Bevölkerung beschäftigt, wächst seit Jahren nur minimal. Auch die Nahrungsmittelproduktion stagniert, so daß der durchschnittliche Kalorienverbrauch nach staatlichen Statistiken sogar abnimmt. Wenn ihn die Stewardeß, der Offizier oder der Geheimdienst aufgefordert hätten, den Laptop für den Start auszuschalten, dürfte er ihn jetzt wieder einschalten: das Anschnallzeichen erloschen. Macht aus Landlosen Bauern, forderte Gandhi bei der Unabhängigkeit. Fast alle, die der Berichterstatter befragt, waren Bauern, bevor sie ihr Land verloren. Viele wurden durch den Verfall der Preise, den Abbau von Subventionen für Saatgut, Düngemittel und Pestizide sowie die Senkung der Zölle für Einfuhren aus China, Pakistan und den Vereinigten Staaten in den Ruin getrieben. Andere kamen mit der Industrialisierung der Landwirtschaft, wie sie von Agrarkonzernen propagiert und durch den Preisdruck zusätzlich forciert wird, nicht zurecht. Weil sie die Kredite, die sie für neue Geräte oder teures, genverändertes Saatgut aufgenommen hatten, nicht mehr zurückzahlen konnten, mußten sie ihr Land verkaufen. Manche der Landlosen hat der Staat enteignet, als auf ihrem Land Bodenschätze entdeckt, Fabriken gebaut, multinationale Konzerne angesiedelt oder eine der vielen steuerfreien Sonderwirtschaftszonen eingerichtet wurden. Ein vierzigjähriger, dürrer Mann mit beinah weißen Haaren bewirtschaftete seinen Boden in der vierten, fünften Generation, ohne durch Papiere als Eigentümer ausgewiesen zu sein: Als Angehöriger eines sogenannten »primitiven Stammes« ist er in den Wäldern aufwachsen, lebte wie seine Vorfahren von allem, was unter und an den Bäumen gedieh, Früchten, Nüssen, Linsen. Ein Großgrundbesitzer aus der Gegend kaufte den Wald – indem der Großgrundbesitzer die Beamten bestach, ist der Landlose sicher. Forstwächter standen mit Waffen vor seiner Hütte, auch die Polizei. Wie alle anderen Bauern der Gegend wurde er mitsamt seiner Familie auf die Ladefläche eines Lastwagens gepfercht und hinter den Bergen abgesetzt. Wenn ihr zurückkehrt, töten sie euch, gaben ihnen die Forstwächter mit auf den Weg. – Wann geschah die Vertreibung? fragt der Berichterstatter. – 1983. – 1983? Aber da waren Sie doch erst sechzehn Jahre alt. – Ich lebte damals schon mit meiner Frau. Die Kinder kamen später. – Und die Frau? – Ist gestorben. Der Landlose, der Tagelöhner wurde, gab die Hoffnung nicht auf, seinen Boden zurückzugewinnen. Die Fußsohlen vollständig auf dem Boden, sitzt er in der Hocke und holt aus seinem Styroporbeutel die Briefe hervor, die er und seine Nachbarn seither verschickten. Auf manchen Briefen ist eine handschriftliche Notiz eines Beamten, einmal sogar des Forstministers auf englisch zu erkennen. »Forward for immediate action«, heißt es dort, oder einfach nur »approved«. Aber nichts geschah, meint der Landlose bitter, einfach nichts, obwohl er doch nur sein Recht verlange. Einmal hat er dem Großgrundbesitzer aufgelauert, ihn angegriffen, mit bloßen Händen, wie er betont. Zweiundzwanzig Tage saß der Landlose dafür im Gefängnis. Vor einigen Jahren schloß er sich der Landrechtsbewegung an, um nicht nach dem Gewehr der Maoisten zu greifen. Unfaßbar sind Organisation und Disziplin. Der Jeep, der sich den Weg bahnt, um den Berichterstatter wieder an die Spitze des Marsches zu bringen, gleitet wie durch Wasser, so geschmeidig öffnen sich die Reihen und schließen sich hinter dem Auspuff wieder. Pro Tausendschaft fährt ein Lastwagen mit den Lebensmitteln zu den Lagerplätzen voraus. Das Wasser füllen sie kostenlos an Tankstellen auf. Eine warme Mahlzeit täglich kennen die wenigsten von zu Hause. Nach dem Essen breitet sich entspannte Geschwätzigkeit aus. In Grüppchen sitzen die Menschen auf der Straße wie bei einem Happening. Dann wie auf ein Signal wieder Geschäftigkeit, da sich vor Einbruch der Dunkelheit noch alle gründlich reinigen, die Frauen vor den Wasserwagen, die Männer meistens vor Schläuchen, mit denen sie sich gegenseitig abspritzen, stets mit Seife, die zugleich als Shampoo dient und den Frauen als Waschmittel für ihre Saris. Verblüffend ihre Geschicklichkeit, die Scham zu bewahren, hingegen die Westler in ihren staubigen kurzen Hosen und den verschwitzten T-Shirts ziemlich verschlissen aussehen. Neben der Straße sind Gräben ausgehoben, quer darüber Holzbretter. Stöcke ragen aus der Erde, um die eine blau-weiße Plastikplane so herumgeführt worden ist, daß die fünfhundert Klos Kabinen haben. In den Heimatdörfern steht ein Faß, das die Nachbarn nach und nach mit Korn für die Familie derer gefüllt haben, die auf den Marsch geschickt worden sind. Ist das schon der Himalaja, die Gipfel höher, als das Flugzeug fliegt, und so nah, daß man zum free gliding springen könnte oder was immer das Wirtschaftsmagazin an Extremsport empfiehlt? Am merkwürdigsten ist die Forderung der Demonstranten: Keine Umverteilung, keine Enteignungen, nicht einmal neue Gesetze, kein Umsturz, wie es in Delhi die Anwältin verständlich fände, die ihrer ganzen Sozialisation nach keine Revolutionärin sei – die Regierung soll lediglich eine Behörde einsetzen, an die sich jeder Inder wenden kann, der illegal von seinem Boden vertrieben wurde. – Wir setzen auf den Dialog mit den Politikern, nicht auf Konfrontation, betont der Führer der Bewegung, ein sanfter Mann von beinah sechzig mit schwarzem Schnurbart und jungenhafter Frisur. Natürlich geht es um mehr als um eine neue Behörde. Es geht um Aufmerksamkeit:

Die indische Mittelklasse sei es, die die Landrechtsbewegung aufrütteln wolle. Sie müsse erkennen, daß die Armut, die sich ausbreite, ihren eigenen Wohlstand, ihre eigene Sicherheit bedrohe. Die Bauern, die ihre Lebensgrundlagen verloren hätten, landeten zwangsläufig in den Slums der Großstädte. – Niemand mag Slums vor der Haustür haben, sagt der Anführer beim kargen Abendessen in einer Grundschule, in deren Hof er mit den anderen Städtern sein Nachtlager hat, Professoren, Journalisten, Studenten, während die Bauern auf dem Feld neben der Autobahn oder dem Teer schlafen: Slums gelten den Bürgern als schmutzig, als Quell von Krankheit, Gewalt und Kriminalität. Also sagen wir: Hört endlich auf, ständig neue Slums zu produzieren. Wenn die Armut immer größer und der Reichtum durch Fernsehen und Kino immer sichtbarer werde, fährt der Anführer fort, komme es zwangsläufig zu Konflikten, wenn nicht zu einer sozialen Explosion. Doch die indische Mittelklasse schaue wie gebannt in den Himmel der Globalisierung, verblendet durch den eigenen ökonomischen Aufstieg und die Segnungen des Konsums: Es wird Zeit brauchen, bis die Bürger merken, daß unter ihnen der Boden wegbricht. Eine Landlose will dem Berichterstatter die Füße küssen, weil er Berichterstatter ist. Sie ist Witwe, fünfzig und schneeweiße Haare, von ihrem Hektar Land vertrieben, als die Haare noch schwarz waren, auch sie verprügelt, darf nicht einmal in die Nähe ihres Bodens kommen, die vier Kinder in die Stadt geflohen. An guten Tagen erwischt sie einen Job, auf dem Feld oder irgendeine Handarbeit, fünfzig Rupien für sie weiß nicht wie viele Stunden, ein Euro umgerechnet, lebt in einer Hütte aus Stroh. Warum sie hier ist? – Wir sind bereit zu sterben, um unser Land wiederzubekommen. Was macht sie, wenn sie zurückkehrt? – Weiterarbeiten. Und was, wenn sie alt ist, gebrechlich? – Arbeiten, solange ich Beine und Hände habe. Aber wenn sie nicht mehr arbeiten kann? Sie ist doch ganz allein. Die Landlose versteht nicht.

Der *Paris Photo Service*, der auch Kodakfilme verkauft, rudert vorüber. Die Berge, obwohl es sonnig ist, sehen aus, als habe Gott sie in Milch getaucht und zum Trocknen aufgehängt. Als nächstes bringt eine Schikara, wie die Gondeln in Kaschmir heißen, die genauso aussehen wie in Venedig, Lebensmittel ans Hausboot, das einheimische Freunde empfohlen haben. Es ist tatsächlich sauber und komfortabel, im britischkolonialen Stil wie alle achthundert schwimmenden Pensionen Srinagars, schwere, dunkle Möbel, Orientteppiche, breite Sessel, allerdings auf indische Touristen ausgerichtet, nicht auf westliche, weil nahe an der Stadt, wo der Dal-See nicht breiter als ein Fluß ist. Das versprochene Erleben von Stille, Weite und den schneebedeckten Bergen, die sich im Wasser spiegeln, fällt daher weniger majestätisch aus. Der Berichterstatter blickt auf Autos und Rikschas, mehrgeschossige Bürogebäude aus unverputztem Beton sowie einen Hügel mit einer Fernsehantenne darauf. Für Inder scheinen die fünfzig oder hundert Meter Abstand, die sie vom Straßenlärm haben, mehr als genug zu sein. Er hingegen war gegen alle Vorsätze leicht enttäuscht, zumal die Abende auf der Bootsveranda so kalt sind, daß er sich zum Schreiben ins Zimmer unter die Bettdecke verkriecht. Mehr und mehr entdeckt er jedoch die Vorteile der Situation, in die er geraten ist. Das Boot gehört einer alteingesessenen Familie, von deren zweiunddreißig Mitgliedern immer einer genau das besorgen kann, was er gerade braucht, das ganze Spektrum an Meinungen, Forderungen und Wünschen, das Srinagar bietet, ebenso einen Fahrer, Umbuchungen oder eine SIM-Karte fürs Mobiltelefon. Die indische Karte funktioniert aus Sicherheitsgründen nicht. Um eine neue Prepaidkarte zu kaufen, braucht man einen festen Wohnsitz und die Bewilligung der Armee. Nun muß die Nichte des Bootsherrn ein paar Tage auf ihr Handy verzichten. Viel scheint sie nicht zu telefonieren, wenigstens sind außer den mitgelieferten Servicenummern mit Kurzwahl keine Kontakte gespeichert, *Astro Tel*, *Dial A Cab*, *Dua* (Gebet), *Flori Tel*, *Food Tel*, *Hello Tune*, *Horoscope*, *Info Tel*, *Movie Tel*, *Mukh Vak* (?), *Music Online*, *News*, *Odd Jobs*, *Ringtones*, *Shop OnLine*, *Travel Tel*, *Weather*. Für eine Stadt im Krieg, in der abends kaum eine Straßenlaterne brennt, sind das erstaunliche Möglichkeiten. Nach beinahe zwanzig Jahren hat sich Kaschmir längst eingerichtet im Ausnahmezustand. Die Teilung des indischen Subkontinents hat viele Wunden gerissen, eine Millionen Menschen, die starben, sieben Millionen, die ihre Heimat aufgeben mußten. Kaschmir ist die eine Wunde, die sich nie zu schließen scheint, ausgerechnet Kaschmir, das Himmlische, dessen Gletscher, Seen und Wiesen leider nicht nur die Dichter und Reisenden verzückten. Seit dem vierzehnten Jahrhundert hatte das Tal fremde Herrscher, die es eroberten, ausbeuteten und es gern auch verschacherten. Nach dem Rückzug der Briten 1947 fiel der größere Teil der Provinz trotz seiner überwiegend muslimischen Bevölkerung an Indien, der Westen an Pakistan, ein Streifen im Nordosten später an China. Vor den Vereinten

Nationen verpflichtete Indien sich auf ein Plebiszit, in dem die Kaschmiris selbst über ihr Schicksal entscheiden sollten. Dazu ist es jedoch nie gekommen, statt dessen zu drei Kriegen mit Pakistan. Immerhin gewährte Delhi der Provinz weitgehende Autonomie, doch nach einer Serie offenkundiger Fälschungen bei den Regionalwahlen brach 1989 ein bewaffneter Aufstand aus, der mittlerweile hunderttausend Menschen das Leben gekostet hat – bei einer Einwohnerzahl von fünf Millionen. Etwa sechshunderttausend Soldaten soll die indische Armee in der Provinz stationiert haben, die meisten im Kaschmir-Tal, das gerade einmal doppelt so groß ist wie das Saarland. Es gibt auf der ganzen Welt keine auch nur annähernd vergleichbare Präsenz von Streitkräften. Soldaten stehen überall, in allen Städten, in allen Dörfern, auf den Überlandstraßen genauso wie auf den Nebenstraßen, den Hauptstraßen, den Gassen und sogar den Feldwegen, noch auf den Feldern selbst und natürlich auf der gegenüberliegenden Uferpromenade, alle fünfzig Meter einer. Für die Inder ist es ein Krieg gegen den Terror. Für die Bevölkerung ist es Besatzung.

Funklöcher unterbrechen jedes Telefonat in der Nähe einer militärischen Einrichtung, also auf einer Autofahrt alle drei Minuten. Ansonsten würde man, wenn nicht überall Soldaten stünden, tagsüber nicht merken, daß Srinagar sich im Krieg befindet. Ist das überhaupt noch Krieg? Die Armee selbst, die nicht dazu neigt, die Gefahr zu untertreiben, gibt die Zahl der Aufständischen, die noch verblieben sind, mit etwa tausend an. Die Journalisten in Srinagar, die der Berichterstatter trifft, auch die indischen, gehen eher von einigen Dutzend Kämpfern aus, allenfalls zwei-, dreihundert, dazu eine unbestimmte Anzahl von Männern, die tagsüber ihrer Arbeit nachgehen und abends der Sabotage. Im Durchschnitt wohl einmal die Woche vermelden die Zeitungen ein Scharmützel oder einen Anschlag, häufig im letzten Augenblick vereitelt. Etwa ab acht Toten schicken die Nachrichtenagenturen eine Meldung in die Welt. Darin ist von getöteten Extremisten die Rede, immer nur Extremisten, ob bei *Reuter*, *AP* oder *CNN*. Liest man die einheimische Presse, fällt auf, wie viele Extremisten Adreßbücher bei sich tragen, in denen die Namen der Komplizen und Hintermänner fein säuberlich aufgelistet sind. Einige Tage später berichten dieselben Zeitungen von einer Verhaftungswelle und daß den Sicherheitskräften ein bedeutender Schlag gegen den Terrorismus gelungen sei. Die Menschen selbst, durchgängig alle Menschen, mit denen der Berichterstatter spricht, haben die Nase voll vom Krieg. *Fed up* ist der Ausdruck, den er mit Abstand am häufigsten hört. Gut, *Salamualeykum* hört er noch öfter, oder *Aleykum salam*, immer wenn er die Menschen mit dem islamischen Gruß überrascht hat. »Friede sei mit Ihnen«, das hat in Kaschmir einen ganz eigenen Klang. Mit der Zeit wirkt es auf ihn wie ein Flehen, was mehr ist als nur eine Einbildung, nämlich die Ahnung, daß auch dieser Gesprächspartner gleich versichern wird, nun wirklich genug zu haben vom Krieg, *fed up*, von den nächtlichen Durchsuchungen, den Ausweiskontrollen, den Straßensperren, vor allem der Willkür dieser fremden Soldaten, die fremd auch aussehen, dunklere Haut, fremde Sprache, fremde Religion, fremdes Essen, fremde Sitten, und mit ihren geladenen Maschinengewehren noch die Hühnerställe zu bewachen scheinen. Selbst an der Universität, vor einigen Jahren das Herz der Unabhängigkeitsbewegung, trifft der Berichterstatter niemanden, der noch bereit wäre zu kämpfen. Alle unterstützen die Forderung nach Selbstbestimmung, bekräftigt eine Anglistikprofessorin, die lieber über Byron sprechen würde – aber was ist am Tag danach? fragt sie ihre Studenten. Man müsse das vorher wissen: Niemand von euch hat mir darüber etwas gesagt. Werden andere Mächte intervenieren, die Nachbarn, China, die Vereinigten Staaten? Wird es ein Afghanistan werden? Was ist mit den Andersgläubigen, was mit den Frauen? Ein säkulares Kaschmir sieht sie nicht. Ein Blick auf die möglichen Führer des freien Kaschmir genügt ihr: Islamisten. Die Studenten schweigen. Einige haben eine Zeitschrift gegründet, die sich weitgehend auf die Probleme am Campus beschränkt. Darauf sei der ganze Widerstand geschrumpft, sagt einer der Redakteure, auf diese paar zusammengehefteten Seiten aus dem Kopierer. Das Examen ist wichtiger. Seht bloß zu, daß ihr euch nicht in die Politik einmischt, warnen die Eltern, von denen viele selbst noch gekämpft haben für *Azadi*, wie das Zauberwort 1989 auch in Kaschmir hieß: für die Freiheit. Immerhin fanden 2002 regionale Wahlen statt, die einigermaßen sauber gewesen sein sollen. Die Koalition in Srinagar bemüht sich, die Menschenrechtsverletzungen der indischen Armee einzudämmen, und verlangt deren Rückkehr in die Kasernen. Aus der Altstadt mit ihren engen Gassen hat sich die Armee bereits zurückgezogen. So überrascht ist der Berichterstatter, dort keine Uniformen anzutreffen, daß er Ausschau hält. Einzelne Soldaten entdeckt er. Das Maschinengewehr auf dem Rükken, gehen sie scheinbar sorglos umher, kaufen auch ein, verhandeln die

Preise. Hingegen scheinen sich die indischen Touristen noch nicht in die Altstadt zu trauen, die mit ihren Häusern aus Stein und Holz so pittoresk ist, daß man jeden Augenblick eine Herde Japaner, eine Deutsche im Sari oder einen Amerikaner in Shorts erwartet. Teehäuser, Plätze, an denen man absichtslos verweilt, gehören seit dem Krieg allerdings nicht mehr zur kaschmirischen Kultur, dafür Moscheen, wie sie der Berichterstatter so gut frequentiert nur in Kriegen antrifft.

Ja, die Inder sind zurückgekehrt, zu erkennen an der Kleidung, an den Photoapparaten, am südlichen Aussehen. Auch auf dem Hausboot des Berichterstatters hat eine indische Familie eingecheckt, ein Ingenieur aus Kalkutta mit Frau, Schwägerin und zwei Kindern. Der Ingenieur und der Berichterstatter stellen fest, daß sie fast auf den Tag gleich alt sind. Hey, darauf müßten wir glatt anstoßen, findet der Ingenieur und bedauert, daß die Hausboote *because of the islamic movement* keinen Alkohol mehr ausschenken: *I respect that.* Seine Ansichten sind genauso moderat wie die des Bootsherrn, also unvereinbar. Kaschmir ist für den Ingenieur aus Kalkutta Bestandteil von Indien, *an integral part,* wie er betont, *of course.* Nein, in den Schulbüchern stehe nichts von dem Versprechen der indischen Staatsgründer, ein Plebiszit abzuhalten. Also wissen die Soldaten nichts davon? Nein, die nicht, man müsse studieren oder sich aus anderen Gründen mit der Geschichte beschäftigen, um das Anliegen der Kaschmiris nicht für absurd zu halten. Indien stecke Unsummen in Kaschmir. Tomaten kosteten in Kalkutta doppelt soviel wie in Srinagar. Kaschmiris wollten Frieden, jedes Volk wolle Frieden – aber der Terrorismus … wenn der Terrorismus nicht wäre. Den heutigen Tag verbringt die indische Familie in Gulmarg, einem Ausflugsziel auf dreitausend Metern. *See you this evening.* Der Bootsherr, ein gebildeter, selbst abends frisch rasierter Mann von vielleicht fünfzig Jahren in englisch anmutender Bundfaltenhose, weist mit einem Nicken auf ein weißes Gebäude am Ufer, ein ehemaliges Hotel, das die indische Armee als Kaserne beschlagnahmt hat. Vor ein paar Tagen sind dort zwei junge Leute erschossen worden, offiziell zwei Selbstmordattentäter, die eindringen wollten. Der Bootsherr sagt, daß die jungen Leute von der Armee nach Srinagar gebracht und hingerichtet worden seien. Keiner der Bootsführer und örtlichen Polizisten habe etwas von einem angeblichen Überfall mitbekommen. Auf den Photos in den Zeitungen, die der Bootsherr dem Berichterstatter zeigt, sind die Gesichter entstellt, so daß man nicht erkennt, ob es Einheimische sind oder tatsächlich Ausländer, wie die Armee behauptet. Selbstmordattentäter seien es jedenfalls nicht, sondern Gefangene, ist der Bootsherr überzeugt. Die Regierung des Bundesstaates übe Druck auf die Armee aus, die Hotels freizugeben und die Präsenz in der Stadt zu reduzieren. Die Armee lege ihre Art von Beweis vor, daß der Terrorismus den Staat weiter bedrohe. Zwischen den Gästen und den Gastgebern ist der Berichterstatter beinah so etwas wie eine Schaltstelle, versucht mal für den einen, mal für den anderen Standpunkt Verständnis zu wecken. Sie selbst haben sich, obgleich der Berichterstatter keine unfreundlichen Töne hört, kaum mehr als die Essenszeiten zu sagen und die Frage, wo die Fernbedienung des Fernsehers liegt: Herren die einen, nicht als Inder über Muslime, sondern als Kunden über Angestellte, vorurteilsfrei genug, die Ferien bei den Aufständischen zu verbringen; Diener die anderen, die sich darüber freuen, daß überhaupt wieder jemand auf ihren Hausbooten schläft.

Kaschmirische Politiker, die nicht in die Illegalität abgetaucht sind, leben in einem eigenen Viertel, durch Straßensperren getrennt von der Bevölkerung. Will man die Villen besuchen, in denen der indische Staat sie unterbringt, muß man mehrere Kontrollen passieren. Zumindest den bekannteren Politikern scheint jeweils eine ganze Hundertschaft Soldaten zugeordnet zu sein, die sich auf den parkähnlichen Grundstücken eingerichtet haben, das Gartenhäuschen als Kaserne, die Besenkammer als Dienstküche, die Pförtnerwohnung für den Offizier. So stilvoll die Villen von außen wirken, haben sie im Innern den Charme möbliert vermieteter Apartments. Gewiß, für die gewöhnlichen Menschen gehören Politiker einer eigenen Kaste an, deren Loyalität der indische Staat reich entlohnt. In den Villen selbst ist der Eindruck ein anderer. Da wirken die Politiker eher verloren inmitten des Mobiliars, das ihnen nicht gehört, vor den Fenstern Soldaten, die eigene Stadt ein Gebiet, das sie kaum je betreten, meist nur in der schwerbewaffneten Wagenkolonne durchfahren können. Besonders einem Politiker, dem Vorsitzenden der Kommunistischen Partei, nimmt der Berichterstatter das Unwohlsein ab, sitzt auf dem Sofa wie sein eigener Gast, ein melancholischer Mann in den Fünfzigern, der mit dem Seitenscheitel und den etwas zu langen, schwarzen Haaren auch als Kriminalkommissar in einem italienischen Spielfilm durchginge. Ich habe keine Wahl, sagt er. Vor zwei Jahren ist er einem Anschlag knapp entkommen, nicht dem ersten. Über den Staat, der ihr Leben beschützt, haben die Politiker nicht viel Gutes zu erzählen. In den Villen hört der Berichterstatter die gleichen Klagen über willkürliche Festnahmen, die dauernden Demütigungen, die Entfremdung von Indien. Die Gewalt sei rückläufig, meint der Kommunist, aber nicht etwa, weil die Kaschmiris sich mit der Besatzung abgefunden hätten, sondern aus schierer Erschöpfung. Er selbst habe den bewaffneten Widerstand von vornherein für falsch gehalten und sich entschieden, den Kampf innerhalb der Institutionen zu führen. Daß er in dieser Villa lebe, ja, eingesperrt, das sei eben die Konsequenz dafür, im System geblieben zu sein. Auch er fordert Selbstbestimmung, weist aber darauf hin, daß der Bundesstaat nicht nur aus dem Kaschmir-Tal mit seiner weitgehend muslimischen Bevölkerung besteht, sondern auch aus Jammu, wo die Mehrheit hinduistisch ist, und Ladakh mit seinen vielen Buddhisten. Was ist mit ihnen, würde Kaschmir an Pakistan fallen? fragt der Kommunist den Berichterstatter wie die Anglistin ihre Studenten. Unabhängigkeit klinge gut, ein säkularer, multikultureller Staat, sei aber leider irreal angesichts dreier Riesen, die Kaschmir besetzt hielten, Indien, Pakistan, China, von denen keiner auf seinen Anteil verzichten würde. Es gibt keine perfekte Lösung, seufzt der Kommunist, um den Plan eines weitgehend autonomen Kaschmirs zu skizzieren, das nicht formell unabhängig ist, mit offenen Grenzen zum pakistanischen Teil und regionaler Selbstverwaltung in den drei Provinzen Jammu, Kaschmir und Ladakh. Nichts anderes haben vor drei Jahren der indische und der pakistanische Regierungschef vorgeschlagen: Die Grenzen sollten nicht aufgehoben, aber bedeutungslos werden. Alles was wir tun können, ist, Druck auszuüben, mit friedlichen Mitteln, damit Indien und Pakistan endlich tun, worüber sie sich im Kern längst einig sind, erklärt der Kommunist und blickt dabei so traurig, daß der Berichterstatter ihm Mut zurufen möchte, an seine eigenen Worte zu glauben: Wir müssen die öffentliche Meinung in Indien und Pakistan auf unsere Seite ziehen. Wir müssen zeigen: Frieden ist möglich!

Zu den Paradoxien Srinagars gehört, daß es leichter ist, die Führer des Widerstands zu treffen als Politiker in Amt und Würden oder gar Vertreter des Militärs. Man klingelt einfach, und manchmal ist es der Führer selbst, der die Tür zu seinem Haus öffnet, das, bescheidener zwar, dafür ihm selbst gehört. Noch verwirrender aber ist, daß die Widerständler im Prinzip genau das gleiche verlangen wie die Regierungspolitiker: Autonomie, offene Grenzen, Rückzug der Armee – nichts anderes beschreibt der Führer der schiitischen Minderheit als Lösung, den die Anglistin und der Kommunist als Islamisten fürchten. Der schiitische Führer selbst versichert, die Theokratie abzulehnen. Die Fersen im Schneidersitz bis an die Beckenknochen hochgezogen, verschmitztes Lachen unterm weißen Turban, bewegt er ohne Unterlaß die Hände, als beginne gleich etwas Spannendes, ein Spiel oder eine Partie, ein Coup oder eine Revolution. Vielleicht weil das Gespräch auf persisch stattfindet, schildert er in erstaunlicher Offenheit die Streitigkeiten innerhalb des Widerstands. Alle wüßten, daß der bewaffnete Kampf vorbei sei. Man müsse verhandeln, um vielleicht nicht bei den nächsten, dann bei den übernächsten Wahlen anzutreten. Die Extremisten seien gar nicht so extrem, sondern nur beleidigt, daß niemand sie an den Tisch gebeten habe. Mach sie zum Minister, und du hast sie auf deiner Seite. – Die Menschen sagen, daß sie von ihren Führern verkauft worden sind, bemerkt der Berichterstatter und betont: von allen Führern. – Die Menschen haben recht, erwidert der schiitische Führer. – Das bedeutet, daß sie auch von Ihnen verkauft worden sind. – Ja. – Es heißt, daß die Führer des Widerstands das Geld von beiden Seiten empfangen haben. – Stimmt. Wir Führer Kaschmirs haben alle miteinander versagt. – Sie auch? – Gott wird mich strafen. Wenn in Palästina und Israel eine knappe Mehrheit weiß, worauf der Frieden hinausläuft, wissen es in diesem Konflikt alle Beteiligten, die Bevölkerung, die Regierenden, die Soldaten, der Widerstand, das Ausland – aber geschehen ist seit Jahren nichts, keine Gespräche, keine Friedenskonferenzen, seit der neuen indisch-amerikanischen Allianz auch kein internationaler Druck mehr auf Delhi und Islamabad. Das war in den neunziger Jahren anders, als das Weiße Haus Kaschmir wegen der indischen und pakistanischen Atombomben den gefährlichsten Konflikt der Welt nannte. Heute ist Indien zu stark, um Kompromisse eingehen zu müssen, und die pakistanische Regierung zu schwach, um welche eingehen zu können. So reduziert sich der Frieden bisher auf einen Bus, der einmal in der Woche zwischen dem indischen und dem pakistanischen Teil Kaschmirs verkehrt.

Weil das Leben tagsüber so normal wirkt, dauert es ein paar Tage, bis der Berichterstatter begreift, warum niemand sich am Abend verabreden möchte. Wenn man ein Auto besitzt, kann man noch durch die leeren, unbeleuchteten Straßen fahren, zu einem Bekannten oder einem der vornehmeren Restaurants, die bis neun oder allenfalls halb zehn geöffnet sind. Wahrscheinlich würde man danach eine Bar noch finden, wenn man den Aufpreis zahlt, den die *islamic movements* auf die Drinks schlagen: *I respect that.* Aber ein Taxi ist ab acht Uhr nicht mehr aufzutreiben, ab neun keine Rikscha. Selbst der Fahrer, der den Berichterstatter wie seinen persönlichen Staatsgast umhegt, läßt sich nicht überreden, nicht einmal für den doppelten Fahrpreis. Wenn schon, müßte der Berichterstatter es als Gefallen formulieren, aber dann nähme der Fahrer überhaupt kein Geld. Heute abend ließ der Berichterstatter sich zum Essen in der Stadt absetzen. Die Gastgeber bringen mich schon zurück zum Hausboot, beruhigte er den Fahrer. Die Gastgeberin war eine Deutsche in einem Sari, die von den letzten drei Jahren anderthalb in Kaschmir verbracht hatte, anfangs Indienbegeisterung, naiv, wie sie selbst sagte, ohne Vorwissen mit den Hindus auf die Pilgerfahrt in den Himalaja, wo sie dem Sufismus begegnete, jetzt sei ihr Standpunkt ganz klar für Kaschmir. Ihre Vorbehalte gegen den Berichterstatter: Ich meine, wie will man in fünf Tagen ... Wenn man erlebt, was ich ... Um die Tapferkeit und das Leid der Kaschmiris darzulegen, erzählte die Deutsche lang und breit vom Freund, der gefoltert wurde, um sie anzuschwärzen. Von seiner Verhaftung erfuhr sie erst, als er wieder frei und sie zurück in Deutschland war; der Freund hatte sie nicht beschämen und keinen Skandal daraus machen wollen. Auf den Gedanken, daß er ohne ihren klaren Standpunkt nicht gefoltert worden wäre, kam sie nicht. – Wer bringt dich eigentlich nach Hause? Weil sie ihn schon für ahnungslos genug hielt, log er, daß draußen sein Fahrer warte. Irgendeine Rikscha findet man immer, sagte er sich. Als er die nächsten zwei Stunden durch die stockdustere Stadt lief, war ihm dann doch so unheimlich wie auf einem Minenfeld, nicht einmal die Soldaten noch zu sehen, die Checkpoints wie verlassen. An der verlassenen Uferpromenade rief Gott sei gepriesen die Frau auf dem Handy an. Ein weiteres Mal lachten die Eheleute über ihren Urlaubszwist und den Navigator, der sie an allen Flughafenschildern, die nur von Touristen beachtet werden, auf die Landstraße, weil der Navigator die Abkürzungen kennt, Nebenstraße, wo wir schon einmal so weit gefahren sind, Schotterpiste, auf der Papa seine Technikgläubigkeit zugab, Feldweg, wie kommen wir hier heraus?, fünfzehn Meter an die Startbahn des Flughafens führte, von ihrem »Bestimmungsort« getrennt nur durch einen Zaun. Während das Flugzeug ohne die Familie abhob, wartete der Fährmann nervös am Steg, um den Berichterstatter zum Hausboot überzusetzen, der sich am Donnerstag, dem 18. Oktober 2007, um 0:45 Uhr auf dem Deck außer mit Jacken und Pullover mit dem süßen Jasmintee wärmt, den ihm der Bootsherr wie jeden Abend vor dem Schlafengehen in einer Thermoskanne gebracht.

Schließlich trifft der Berichterstatter doch noch einen Führer, der am bewaffneten Kampf und dem Ziel eines islamischen Staates festhält. Zufall oder nicht – der Extremist ist mit Abstand der charismatischste Politiker, den Kaschmir zu bieten hat, ein alter, eleganter Mann mit weißem Bart, die Wangen und, bis auf einen dünnen Streifen, die Oberlippe rasiert. Zumal mit der viereckigen Stoffmütze erscheint das Gesicht noch schmaler. Müde Augen, leise, klar artikulierte Stimme, gutes Englisch. Zwei Tage zuvor wurde er mit Gewalt daran gehindert, das Freitagsgebet zu leiten – nicht etwa von der Armee, sondern von Kaschmiris, genau gesagt von den Anhängern einer rivalisierenden Widerstandsgruppe, die von der Forderung nach einem Plebiszit abgerückt ist. Vielleicht weil ihm die Demütigung noch in den Knochen steckt, umarmt er ein paar Sekunden länger als üblich und still den Berichterstatter, der noch etwas von ihm will. Als der Extremist meint, den Berichterstatter frieren zu sehen, bringt er ihm aus dem Nebenraum eine Decke, obwohl er einen Diener rufen könnte, sich selbst ebenfalls. So sitzen sie sich eingemummelt gegenüber. Der Berichterstatter versteht den Standpunkt des Extremisten völlig, den Wunsch nach Selbstbestimmung, den dieser gut begründet, mit gleichbleibender Ruhe und Bestimmtheit. Ausführlich schildert der Extremist die Greueltaten der indischen Armee, insbesondere die Vergewaltigungen, die Zwölfjährige vor der Mutter, danach die Mutter vor der Zwölfjährigen und so weiter. Das Problem ist, daß er leider nicht übertreibt, allenfalls ignoriert, daß die Übergriffe rückläufig sind. Die Berichte, wonach die Aufständischen ebenfalls morden und mißhandeln, verwirft er als indische Propaganda. Daß er für den Anschluß Kaschmirs an Pakistan eintritt, hält der Berichterstatter auf der Grundlage seiner eigenen Kenntnis Pakistans, mit Verlaub, für keine so gute Idee, ohne es direkt zu formulieren. Der Extremist strahlt eine solche Würde aus, daß man als Jüngerer nicht gern offen widerspricht. Die Pakistanis selbst sind doch von der Forderung nach einem Plebiszit abgerückt, wendet der Berichterstatter schließlich ein. Als ob die Pakistanis in Pakistan etwas zu sagen hätten, wehrt der Extremist den Einwand ab. Nicht die Pakistanis seien vom Plebiszit abgerückt, sondern der pakistanische Präsident: Wieder einmal ist Kaschmir verraten worden.

Verräterin? Auf die Frage, ob sie sich als Inderin bezeichnet, antwortet die Vorsitzende der Koalitionspartei ohne zu zögern: Ja, natürlich bin ich Inderin. Ich bin Kaschmiri und Inderin. Wenn in den vergangenen Jahren überhaupt einmal ein westliches Fernsehteam den Weg nach Kaschmir fand, porträtierte es die Koalitionspartnerin gern als Hoffnungsgestalt: eine Frau in mittleren Jahren, geschieden, die ihre Landsleute beschwört, von den Waffen zu lassen, und zugleich ihre Stimme gegen die Verbrechen der indischen Armee erhebt, eine muslimische Jeanne d'Arc der Diplomatie, koranfest und feministisch. Als der Berichterstatter sie in ihrer Villa aufsucht, ist sie viel mehr Politikerin, als die Archivmappe vermuten ließ, wie vorformuliert die Antworten, nicht weil sie unglaubwürdig wirken, sondern weil ihm keine Fragen gelingen, die sie nicht vielfach schon beantwortet hat. Daß sie überlegt, die Koalition zu verlassen, weil der Chief Minister nicht genügend Druck auf die Armee und die Zentralregierung in Delhi ausübe, hat immerhin den Wert einer Lokalmeldung, wie der Berichterstatter später erfährt. Es sei doch auffällig, spielt auch die Koalitionspartnerin auf die *faked encounters* an, daß sich immer dann ein terroristischer Anschlag ereigne, wenn der Ruf nach dem Rückzug der Soldaten lauter werde. In ihrem Ambassador – der indischen Limousine, die man aus Agatha-Christie-Filmen kennt – und mit vierzehn Militärfahrzeugen Begleitung nimmt sie den Berichterstatter auf eine Tour durch die Dörfer ihres Wahlbezirks mit. Meinte sie in der Villa, daß die kaschmirischen Polizisten weit genug seien, selbst für die öffentliche Sicherheit zu sorgen, gesteht sie auf der Fahrt ein, nicht auf die indischen Soldaten verzichten zu können, die sie bewachen. Die Reiseroute, vor allem die spontanen Abzweigungen und Pausen, die sie anordnet, sind ein Alptraum für ihre Bodyguards, denen der Frust und die Anspannung ins Gesicht geschrieben stehen. Ob es eine Show ist für den Berichterstatter? Wahlen gewinnt sie, indem sie hier einen Brunnen, dort einen Friedhofszaun finanziert, sich die Klagen über den verhafteten Sohn, den mißhandelten Vater anhört, Namen aufschreibt, sich zu kümmern verspricht. Die Menschen entlang der Straßen und Feldwege reagieren freundlich auf die Staatskarosse. Wenn alle Vertreter des Establishments Wahlkampf auf Feldwegen betrieben, hätte das Land ein paar Brunnen mehr und ein paar Folterer weniger, denkt der Berichterstatter. Was hat denn der Aufstand gebracht? fragt ihn die Koalitionspartnerin und zeigt Anzeichen von Erregung: daß wir heute über die Autonomie glücklich wären, die wir vor dem Aufstand hatten. Kaschmir lehrt nicht nur, wie weit Demokratien gehen können. Erschreckender ist vielleicht noch, wie weit sie kommen, wenn sie der Armee nur ausreichend Ressourcen und Vollmachten erteilen. Ein Soldat auf zehn Einwohner und äußerste Härte – das reicht, um noch das widerspenstigste Volk in die Knie zu zwingen. Als der Berichterstatter auf halber Wegstrecke aussteigt, um nach Srinagar zurückzukehren, weist ihn die Koalitionspartnerin auf einen nahe gelegenen Schrein hin, das Grab eines Mystikers. – Soll ich dort für Sie beten? fragt der Berichterstatter. – Nein, beten Sie für Kaschmir.

Am 18. August 1990 übernachtete Jawed Ahmad Ahangir, Schüler der zehnten Klasse, bei seinem Cousin in der Stadt, mit dem er für das Examen lernte. Gegen drei schlugen Soldaten an die Tür und riefen: Jawed, ist hier ein Jawed? Der Onkel öffnete das Fenster, auch Jawed Ahmad Ahangir schaute heraus: Ich bin Jawed. Soldaten zerrten ihn aus dem Fenster und schlugen auf ihn ein. Umsonst die Schwüre der Mutter, daß der Junge nichts mit dem militanten Widerstand zu tun habe, ohnehin viel zu jung sei und vor dem Examen stünde. Später stellte sich heraus, daß im Nachbarhaus ein Militanter wohnte, der den gleichen Vornamen trug. Jaweds Mutter hat ihren Sohn nie wiedergesehen. Mit ihrem Mann, einem einfachen Bauern, zog sie von Kaserne zu Wache, von Wache zu Behörde, von Behörde zu Ministerium. Einmal hieß es tatsächlich, Jawed Ahmad Ahangir sei festgenommen worden und liege derzeit in einem Militärkrankenhaus. Erfolglos fragte sich seine Mutter von Krankenhaus zu Krankenhaus durch. 1994 gründete sie mit anderen Angehörigen vermißter Söhne eine Selbsthilfegruppe, der heute sechshundert Familien angehören. Das ist keine *fancy* NGO mit Computern und jungen, englischsprachigen Aktivisten, die wissen, wie man Öffentlichkeit und Gelder – manchmal nur Gelder – akquiriert. An den Ausläufern Srinagars, schon beinah am Flughafen, ein zwölf Quadratmeter großes Zimmer eines heruntergekommenen Hinterhauses, die Wände vor einer Ewigkeit giftgrün lackiert, bis auf einen Schreibtisch aus Metall und ein paar Stühle keine Möbel – dort sitzt Jaweds Mutter, von dort arbeitet sie, wie sie sagt, vierundzwanzig Stunden am Tag daran, ihren und die anderen Söhne zu finden, die der Krieg geraubt, eine so traurige wie entschlossene Frau, die unterm gelben Kopftuch älter aussieht als ihre fünfundvierzig Jahre. Mal wurde ihnen eine Millionen Rupien angeboten, falls sie ihre Kampagne aufgäben, mal sechshunderttausend plus eine Anstellung, mal vom Militär, mal vom Bundesstaat. Manche Familien sind darauf eingegangen. Der Berichterstatter möchte wissen, ob Jaweds Mutter einen Unterschied zwischen dieser und den vorherigen Regierungen in Srinagar sieht. – Nein. Oder doch: Die neue Koalition hat beschlossen, einen DNA-Test vorzunehmen, wenn Leichenteile gefunden werden. Manche Tote konnten dadurch identifiziert werden. Sie vertraue auf Gott, daß ihr Sohn nicht als Kadaver wiederkehrt. Die Behauptung des Chief Ministers, wonach dieses Jahr zum ersten Mal seit Ausbruch des Aufstands keine Vermißten mehr gemeldet worden sind, könne schon stimmen. Die Armee wolle solche Fälle nicht mehr. Sie sei dazu übergangen, die Leichen auf einem Feld oder entlang einer Straße abzulegen, mit einem Maschinengewehr in der Hand. – Es gibt also keine Vermißten mehr, sondern nur noch Tote? fragt der Berichterstatter nach. – Ja, derzeit haben wir keine neuen Mitglieder, bestätigt die Mutter. Was ist ihre Hoffnung für Kaschmir? – Die Armee soll sich zurückziehen! antwortet sie: Ich bin keine politische Aktivistin. Ich kämpfe nicht für die Unabhängigkeit Kaschmirs. Wenn mein Sohn nach Hause kommt, das ist meine Freiheit.

Eine weitere indische Familie ist gestern abend eingetroffen, ihrem Lärm nach, der den Berichterstatter lange nicht schlafen ließ, etwa in der gleichen Zusammensetzung wie die Familie des Ingenieurs aus Kalkutta, ein Mann, Frauen, weinende, übermüdete Kinder, vielleicht auch nur ein Kind. Der Mann, der gerade aufs Deck getreten ist, sprach den Berichterstatter vorhin auf hindi an und war konsterniert, daß dieser nicht zum Personal gehörte. Der Berichterstatter weiß nicht, ob der neue Gast kein Englisch spricht oder mit ihm nicht sprechen möchte. Dafür grüßt ihn gerade die Frau des Ingenieurs. Ansonsten scheinen indische Frauen der Mittelklasse nicht die Angewohnheit haben, vom ersten Tag an auf den Gruß eines männlichen Zimmernachbarn einzugehen. Vielleicht aus Mitleid haben sie dem Berichterstatter gestern erstmals zugenickt, als er zum Abendessen wieder allein vor dem Chicken Curry saß – Alleinsein scheint wie in Iran nur den Heiligen zumutbar –, haben gelächelt sogar, heute morgen auch die große Tochter, die einen Kopf größer ist als der Berichterstatter, pummelig und aussieht wie siebzehn, keine Umstände, die es einer Dreizehnjährigen leicht machen. Wenn sie aufs Boot zurückkehrt, schaltet sie im Salon den Fernseher an, noch bevor sie aufs Zimmer geht, meistens Quizsendungen. Gestern abend verfolgte der Berichterstatter in seiner Idylle auf dem Dal-Kanal frierend und mit einem Auge die Fernsehserie um einen Jüngling, der sich bislang vergeblich um die Schöne bemüht, aber heute kommt die Fortsetzung. Die auch für östliche Verhältnisse umwerfende Herzlichkeit aller Kaschmiris, mit denen er näher zu tun hat, wird von den abweisenden oder jedenfalls skeptischen Blicken kontrastiert, die ihm auf der Straße begegnen. Ob man ihn für einen Inder hält? In den Moscheen werden die Blicke nicht einladender, vielleicht weil am meisten die Überläufer gefürchtet werden. Kaschmiris, sagte der Bootsherr, als er heute morgen den Jasmintee brachte, Kaschmiris erkennen sich, wo immer sie sich begegnen, ob Hindus oder Muslime, und wenn es in der Ferne passiert, dann weinen sie, während sie sich umarmen. Im Laufe der neunziger Jahre haben fast alle Pandits, wie sich die kaschmirischen Hindus nennen, das Tal verlassen, etwa sechshunderttausend Menschen. Der Ingenieur aus Kalkutta meint, daß die Pandits nicht von einzelnen, fanatischen Gruppen in die Flucht geschlagen worden seien, sondern von den Massen. Der Bootsherr hingegen beteuert, daß die indische Armee einigen Terroristen bewußt freien Lauf gelassen habe, die Pandits in Angst und Schrecken zu versetzen, damit die Muslime als Barbaren dastanden. Was der Bootsherr dann sagt, würde der Ingenieur nicht bestreiten: Wir haben in den achtzehn Jahren nicht nur hunderttausend Menschenleben verloren, nicht nur unsere Wirtschaft ruiniert und eine Generation herangezogen, die nichts anderes als Krieg kennt. Wir haben unser Ansehen verloren, unsere Würde. Die Welt hält uns für Taliban. – Nein, möchte der Berichterstatter trösten, so ist es nun auch wieder nicht. Er verschweigt den Grund: daß die Welt sich überhaupt nicht um Kaschmir kümmert, allenfalls dunkel noch die Enthauptung eines westlichen Touristen erinnert. – Dann rangieren wir eben knapp hinter den Taliban, klagt der Bootsherr. Als es zu den Übergriffen kam, habe er oft bei seinen hinduistischen Freunden übernachtet, um sie zu schützen, nicht nur er. Jetzt würde er sie am Telefon zur Rückkehr drängen. Die Pandits hätten in der Regel die bessere Ausbildung, meint er, sie würden gebraucht, vor allem in den Schulen, wo jetzt die Lehrer fehlten. Der Ingenieur findet, daß sich das Drängen der Kaschmiris in Grenzen hält, und verweist darauf, daß sich noch kein muslimischer Führer öffentlich für die Vertreibung entschuldigt habe. Das stimmt, antwortet der Bootsherr auf den Einwand, den sich der Berichterstatter zu eigen gemacht hat, aber bei sechshunderttausend indischen Soldaten, die uns alle Knochen gebrochen haben, ist es vielleicht zuviel verlangt, daß wir öffentlich Abbitte leisten und Demonstrationen abhalten für die Rückkehr unserer Hindus. Während der Berichterstatter der Quizsendung zuhörte, las er die Reisechronik eines Engländers aus dem neunzehnten Jahrhundert, der die Ausbeutung der Muslime durch die Pandits schildert und an die britische Kolonialverwaltung appelliert, endlich einzugreifen: »Everywhere the people are in the most abject condition.« Es werden nicht nur ein paar militante Gruppen gewesen sein, die das asienübliche Wir-sind-alle-Brüder mehr im Sinne Kains auslegten. Auf die Brutalität der Armee angesprochen, die er nicht rundherum bestreitet, verweist der Ingenieur aus Kalkutta jedesmal auf die Vertreibung der Pandits. Gleichzeitig beteuert er, daß es eigentlich keinen Haß zwischen Hindus und Muslimen, Indern und Kaschmiris gebe, und fragt, wie es im Nahen Osten sei. Der Berichterstatter sagt, daß ein Israeli nicht ohne weiteres allein durch Hebron oder ein Palästinenser durch eine israelische Siedlung spazieren könne. Und in Deutschland? Der Ingenieur kennt natürlich die Berichte von verprügelten Ausländern, Indern darunter. Auch in Deutschland gebe es Orte, antwortet der Berichterstatter, die jemand mit dunkler Hautfarbe besser meide. Das sei in Kaschmir unvorstellbar, wundert sich der Ingenieur. In Kaschmir könne jeder Inder hingehen, wohin er will, ohne die geringsten Schwierigkeiten zu haben oder sich um seine Sicherheit zu sorgen. Er selbst sei nirgends freundlicher aufgenommen worden. Der erste Händler des Tages, der am Hausboot nicht nur vorbeigefahren, sondern es gleich geentert hat, läßt den Berichterstatter links liegen und preist den Indern die Qualität seiner Lederjacken an, vergeblich, obwohl die Jacken *doublelined* sind, wie der Händler mehrmals erwähnt. Auch er scheint den Berichterstatter mit seinem Laptop dem Hausboot zuzuschlagen, versucht es nicht einmal mit seinen doppelt genähten Jacken, sondern bedankt sich nur, als jener ihm mit seinen Beinen den Rückweg auf die Gondel frei macht. Jetzt zieht wieder der *Paris Photo Service* vorüber, dann sicher bald auch der Supermarkt und die Gondolieri, die fragen, ob der Berichterstatter seine versprochene Bootsfahrt denn heute anzutreten gedenke.

In der Luft des Mattin-Suriyat-Tempels liegt Frieden, wirklicher Frieden: Sikhs, die an der Tempelwand Kricket spielen, muslimische Männer, die sich auf der Wiese fläzen, ein paar ältere Pandits, die dem Berichterstatter einen Stuhl anbieten. Weder die indische Regierung noch die Koalition in Srinagar tue etwas, um die Vertriebenen zurückzuholen oder sie wenigstens zu entschädigen, beklagen sie und lassen asienüblich nichts auf ihre Nachbarn kommen. Von den zwei Ermordeten des Dorfes sei einer der muslimische Wächter des Tempels gewesen, den die auswärtigen Kämpfer für einen Hindu gehalten hätten. Zwei Frauen sieht der Berichterstatter, die mit den Händen im großen Wasserbecken spielen, die Jüngere von himmlischer Schönheit, wie man sie in Märchen geschildert bekommt, Sekundenverliebtheit, sie oder tot, fragt die beiden, ob sie hier wohnten – ja – und wie das Leben jetzt für sie sei – gut. Es klingt ehrlich, und so freut er sich, daß auch jüngere Pandits noch in Kaschmir anzutreffen, bis sich herausstellt, daß die Frauen Musliminnen sind. Für das Foto zieht die Himmlische leider das Tuch über den Kopf, als ob sie sich in dem Becken mit allen Märchenwassern gewaschen hätte. Von fünfhundert Hindu-Familien, die einst hier lebten, sind dreizehn geblieben und fast nur die Alten von ihnen. Rings um den Tempel abgebrannte Häuser, leerstehende Häuser, an einem Fluß Verkaufsstände für Ausflügler. Die Farben der Süßspeisen, die Farben der herbstlichen Wälder, die Farben der Felder und Wiesen, die Farben der Saris – man muß nicht überlegen, welche Farbtöne man sieht. Man muß lange hinschauen, bis man herausfindet, welchen Ton die Frauen meiden, nämlich nur grau, ansonsten sämtliche Grund- und Mischfarben in allen erdenklichen Kombinationen, gelegentlich schwarz oder weiß, und bei aller Vielfalt harmonisch wie durch einen Automatismus. Der Berichterstatter fährt weiter nach Osten, durch Dörfer mit engen Gassen und Steinhäusern, die mehr nach Schweiz als nach Südasien aussehen. Die extreme Armut, sonst in Indien allgegenwärtig, scheint es in Kaschmir nicht zu geben. Die Familien besitzen Grund. Aufgrund seiner Autonomie ist Kaschmir der einzige Bundesstaat, der nach der Unabhängigkeit die Bodenreform durchsetzen konnte. Hinzu kommt das Geld, das Indien und Pakistan während des Krieges nach Kaschmir pumpten, um die Führer des Widerstands entweder zu stärken oder zu kaufen. In den neuen Villen sitzen die alten Warlords. In dem Wahlbezirk, durch den er tags zuvor in der Staatskarosse fuhr, trifft der Berichterstatter diejenigen Menschen, die niemals winken würden: Gespräch mit dem Filialleiter einer Bank, der auf die Inder schimpft, die seine Bank bewachen, und sich das islamische Reich herbeiwünscht, neben ihm seine unverschleierte Angestellte, die die Augen verdreht. Der Kampf sei noch lange nicht zu Ende, nur unbewaffnet jetzt eben, aber keinesfalls an Wahlurnen zu gewinnen, die die Inder bereitstellen. Am Ende wäre der Filialleiter aber mit dem gleichen zufrieden wie die Anglistin, der Kommunist, der schiitische Führer, die Koalitionspartnerin und seine Angestellte: Autonomie und offene Grenzen. Das ist dem Berichterstatter schon auf vielen Reisen aufgefallen: Die Konflikte, die so hoffnungslos verfahren wirken wie zwischen Israel und Palästina oder in Afghanistan, sind die Ausnahme. Die meisten Kriege, etwa in Aceh, in Tschetschenien oder eben auch in Kaschmir, wären lösbar, die Bereitschaft zum Kompromiß hat sich längst eingestellt – es müßte sich nur jemand interessieren, Druck ausüben auf die Akteure, wie es nach dem Tsunami tatsächlich in Aceh geschah, als innerhalb von Monaten Friedensverhandlungen nicht nur begonnen, sondern zum Abschluß geführt wurden. Die hochgewachsenen, sportlichen Männer, beide Mitte Dreißig und Familienväter, Informatiker der eine, Versicherungsberater der andere, führen ihn durch ihre Kleinstadt, in der keine Häuserwand steht ohne Einschläge von Geschoßgarben. In der Gegend hier lag das Zentrum des Aufstands. Am Rande eines Fußballplatzes setzen sie sich auf die Wiese. Der Informatiker hat früher in der U19 von Kaschmir gespielt. Was die Armee alles verbrochen hat, Durchsuchungen, Erschießungen, Vergewaltigungen – die immer gleichen Berichte, jeder hat hier eine Schwester, einen Vater, einen Sohn, den es traf. Der Versicherungsberater zieht seinen Pullover hoch, um die Narben zu zeigen. Aber es stimme, jetzt bemühten sich die Inder, Vertrauen zurückzugewinnen, auch die Armee selbst. Die Regierung habe ein paar Entwicklungsprogramme aufgelegt, soziale Einrichtungen eröffnet, ein wenig Geld in die Schulen investiert. – Aber wenn jemand drei Söhne durch Armeekugeln verloren hat, wird er den Indern nicht mehr vertrauen, meint der Versicherungsberater. Er habe die Hoffnung auf Freiheit nicht aufgegeben, doch müsse man schließlich auch leben, die Kinder ernähren. Hätten sich Anfang der neunziger Jahre alle jungen Leute der Stadt für den Widerstand engagiert, seien es heute nur noch fünf Prozent. Der Informatiker hält selbst diese Zahl für übertrieben: Hier wollen hundert Prozent der Leute nur noch Frieden. – Vielleicht wird es der nächsten Generation gelingen, die Freiheit zu erlangen, hofft der Versicherungsberater, aber der Informatiker fragt: Willst du etwa deinen Sohn kämpfen sehen? In der Abenddämmerung nimmt der Versicherungsberater den Berichterstatter in sein Dorf mit, einst eine Festung der Islamisten. Besuch beim Ältesten, einem Greis mit Stoffmütze und weißem Rauschebart, Wangen und Oberlippe rasiert wie ein ostfriesischer Fischer, der so liebenswürdig ist wie der Weihnachtsmann und als einziger an diesem langen Tag dem bewaffneten Widerstand noch das Wort redet. Kalifat und Demokratie wünscht er sich, so ähnlich wie in Saudi-Arabien. – Aber in Saudi-Arabien gibt es doch kein Kalifat und schon gar keine Demokratie, bemerkt der Berichterstatter. – Ja, also nicht ganz wie in Saudi-Arabien, so ähnlich. Sein Islambild sieht für die Frauen die Burka vor, die in seinem Dorf keine einzige Frau trägt, nicht einmal ein Kopftuch, nicht einmal die Frauen in seinem eigenen Haus, die den Berichterstatter anders als dessen indischen Zimmernachbarinnen auf dem Hausboot mit einem freundlichen Lächeln begrüßen. Nebenan quatschen die Frauen und quatschen. Den Übergang zum Luftholen stellt sich der Berichterstatter bei ihnen wie beim Staffellauf vor, so, daß immer jemand redet. Zwischen den Sätzen haben sie jedenfalls keine Zeit zu atmen. Laut sind sie nicht, aber eben auch nicht so melodiös wie ein Wasserfall. Worüber reden sie nur? schimpft der Berichterstatter in Gedanken: Was haben sie denn heute schon erlebt, Ausflug mit Kindern und einem wortkargen Mann zu einem der Mogulgärten, Fahrt mit der Gondel. Viel würde er geben für eine fünfminütige Simultanübersetzung. Am Freitag, dem 19. Oktober 2007, ist es 7:31 Uhr auf seinem indischen Handy mit der kaschmirischen SIM-Karte, dessen Uhr ziemlich genau sein müßte. Wie schön, daß ihm der Bootsherr gerade eine Kanne mit süßem Jasmintee zubereitet.

Fahrt nach Sokkur im Westen Kaschmirs, von wo Ahad Baba gerade nach Srinagar abgereist ist. Er hatte so eine Eingebung, wird dem Berichterstatter achselzuckend erklärt, als könne der Heilige morgen auf die Idee kommen, nach New York zu fliegen. Der Fahrer schlägt dem Berichterstatter vor, ihn zum Schrein des mittelalterlichen Mystikers Baba Schukur-e Din zu bringen, damit sie nicht umsonst zwei Stunden nach Westen gefahren sind. Daß die Islamisten sich in Kaschmir nicht durchgesetzt haben, liegt nicht nur an der Übermacht und Brutalität der indischen Armee. Es liegt auch daran, daß der Sufismus, den Großvater für die gottgemäße wie menschenfreundliche Ausprägung des Islam hielt, den Glauben der meisten Kaschmiris bis heute prägt. Der Schrein liegt auf einem Berg, der als Vorsprung des Himalaja in den Wularsee ragt, den höchstgelegenen See Südasiens. Auf dem Gipfel kommt alles zusammen, was Kaschmirs Kultur und Anziehung ausmacht, ein gewaltiges Erleben der Natur und der Religion, unterhalb des Schreins die riesige Wasserfläche wie ein grünblaues Ölgemälde, im Tal die prallen Wiesen und Wälder, ringsum die Gletscher, aus dem Schrein der Gesang eines berückend traurigen Chors. Wie andere auch tritt der Berichterstatter zunächst in eine kleine Moschee etwas abseits des eigentlichen Heiligtums. Als er nach dem Gebet herauskommt, singt der Chor nicht mehr. Er geht in den Schrein und ist verblüfft, keine Gruppe vorzufinden, die vorhin noch gesungen haben könnte. Nur ein junger Mann trägt im leisen Singsang etwas aus einem Diwan oder einem Gebetsbuch vor. In der schmucklosen Halle befinden sich vor allem junge Leute; die Jungen mit modischen Frisuren, die Mädchen in ihren bunten Saris, das Halstuch über den Kopf gelegt, jeder und jede für sich im Gebet, auch Kinder, einige greise Männer und Frauen, unterschiedliche Positionen, manche stehend, manche sitzend, manche hockend, zwei beim Ritualgebet. Andere Stimmen erheben sich, mischen sich in den Singsang, überall im Raum. Und plötzlich ist der Chor wieder da.

Am Abend bittet die Familie des Ingenieurs aus Kalkutta zum Essen an den Tisch, während der Jüngling sich im Salon immer noch um die Schöne bemüht, aber morgen ist der Berichterstatter schon fort. Zum Jasmintee auf der Veranda ruft er den Musiker in München an. *Djâ-ye to châliye*, wie man auf persisch sagt: Dein Platz ist leer. – Zum ersten Mal seit einer Ewigkeit ist mein Platz tatsächlich leer, meint der Musiker, der die Frage, wie es geht, mit dem üblichen *hastim* abtut: Wir sind. Sonst vermeidet der Berichterstatter die Frage, doch fällt ihm in der vier Stunden früheren Stille, die ihn nach der Begrüßung kalt erwischt, nichts anderes zu sagen ein. Bevor er sich deprimiert ins Bett legt, erreicht ihn drahtlos noch der zeitverschobene Auftrag, den Herausgeber der sämtlichen Werke, Briefe und Dokumente Hölderlins zu porträtieren, die er für 49,99 Euro zuzüglich Versandkosten bestellt hatte, während er *FrAndrea33* idealere Orgasmen auf dem Perserteppich bereitete, als er es in Wirklichkeit je vermöchte. Der Redakteur ahnt nicht, daß das Schnäppchen dem Roman so viel bedeutet, den ich schreibe; da die aufgeschlagene Zeitung mit dem Absatz über *Urlaub in Polen* neben einer Verlagsankündigung lag, kam ihm nur die Idee, daß »jemand wie Sie, mit Ihrem Hintergrund, sich auch für diesen Himmelsstürmer interessieren müßte«, wie er den Herausgeber nannte. Weil die Abfolge von Wäschelisten und verworfenen Gedichten,

Ausgabeverzeichnissen und Briefen, Namenlisten und philosophischen Gedanken der Unordnung seiner Tage entspricht, beginnt der Romanschreiber erst auf Seite 833 der Urschrift vorm Zubettgehen in Srinagar zu begreifen, was es mit dem Schnäppchen auf sich hat. Sie hingegen, die es nicht gibt (meint er in der Urschrift), falls es Sie gibt (hofft er während der Arbeit an einer lesbaren Fassung), die es geben wird (weiß er, als er die Veröffentlichung vorbereitet), die Leser und Leserinnen des Romans, den ich schreibe, dürften längst ahnen, haben es vielleicht in einer Rezension gelesen oder zuvor in der Frankfurter Poetikvorlesung des Sommersemesters 2010 gehört, daß es sich bei dem Schnäppchen um die Leseausgabe des eigentlichen, des legendären Frankfurter Hölderlin handelt, der mit einem der größten Coups der deutschen Nachkriegsliteratur begann. Vor Freude über den Auftrag, der buchstäblich aus den Wolken auf das Hausboot herabkommt, lädt der Romanschreiber den Himmelsstürmer von Redakteur, der den Absatz über *Urlaub in Polen* am Donnerstag, dem 18. Oktober 2007, nicht etwa auf der Jugendseite oder in der Wochenendbeilage, sondern als Aufmacher im Feuilleton brachte, »obwohl niemand in der Redaktion je von dieser Band mit dem komischen Namen gehört hat«, spontan zum Geburtstag ein und wird nun zum ersten Mal seit seiner Jugend eine Party geben, wie er per Rundmail allen übrigen Freunden und Verwandten mit lieben Grüßen aus Srinagar schon mal ankündigt, um keinen Rückzieher mehr machen zu können. »Ich selbst werde in den nächsten Wochen viel auf Reisen sein, so daß ich mich wohl frühestens Ende Oktober, Anfang November wieder melde, dann hoffentlich mit einer ordentlichen Einladung auf Papier mit Babyphoto und lustigen Sprüchen, damit mir ein Schmuckbrief nicht erst zur Beerdigung gelingt.« Schon als Fünfzehnjähriger merkte er, daß Feste niemals halten, was er sich von ihnen verspricht. Lädt ihn jemand ein, überlegt er als erstes, ob er realistisch absagen könnte. Zumal auf Partys steht er immer herum wie ein Kellner, der sich im Dienstplan vertan, und die Musik ist gewöhnlich so was von scheiße. Wenn die Freunde in Köln wären, würde er nichts sagen, aber die meisten müssen anreisen, der ganze Aufwand nur für ihn. Das hätte wahrscheinlich den Ausschlag gegeben, den vierzigsten wie alle anderen Geburtstage in der Kneipe zu begehen, ohne jemandem etwas zu sagen, am Schreibtisch, in einem etwas besseren Restaurant mit der Frau oder wie letztes Jahr im Café Milano, das nicht gemütlicher ist als die Abflughalle in Urgensch. Jedoch am 18. Oktober

2007 auf dem Hausboot in Kaschmir will er für das letzte Lebensjahr danken und mit Nasrin Azarba und Karl Otto Hondrich nicht nur der Hälfte des Lebens. Die Musik wenigstens wird nicht scheiße sein.

Weil schon der verstorbene Baba Schukur-e Din ihn entrückte, fährt der Berichterstatter vor dem Morgengrauen wieder die zwei Stunden nach Sokkur, um vor dem Abflug noch einen lebenden Heiligen zu sehen, der diesmal auf dem Rasen sitzt, ein auffallend heller Greis mit langen Haaren und einem Bäuchchen, nackt wie immer, splitterfasernackt, hinter ihm ein Sofasessel so blau wie aus Schweden. Ein Helfer nimmt die Mitbringsel der Pilger an, die sich zu Hunderten am Gartenzaun drängen, Briefe, Kleidungsstücke, Photos, und reibt sie am Oberschenkel Ahad Babas, der den Kopf bewegt, im Abstand von vielleicht zehn Sekunden spuckt und längst jenseits der Sprache ist. Von hinten tippt jemand an die Schulter des Berichterstatters, führt ihn an das kniehohe Holztor, das in einem deutschen Schrebergarten stehen könnte, und schließt es hinter ihm wieder zu. Der Berichterstatter hat keine Ahnung, ob er sich Ahad Baba nähern darf, nähern soll und mit welchen Gesten, Worten, Blicken, weiß nur Hunderte, gar tausend Augen auf sich gerichtet. Als er bereits auf Ahad Baba zugeht, fällt ihm ein, daß er den heiligen Rasen mit Schuhen betritt, genau gesagt fällt es ihm nicht ein, sondern weist ihn das Grummeln der Menge auf den Fauxpas hin. Geht er zurück, um die Schuhe auszuziehen, erregt er noch mehr Aufmerksamkeit, sie mitten im Heiligtum liegenzulassen kommt ebenfalls nicht in Frage, also hofft er auf seinen Bonus als Fremder. Erst verbeugt er sich stehend, dann kniet er sich einen Schritt entfernt von Ahad Baba hin, der weiter spuckt, dann verbeugt er sich, und weil immer noch nichts geschieht, wartet er auf Knien einfach ab, ohne eine Aura, einen Segen oder auch nur den vielzitierten Frieden zu spüren, im Gegenteil: Von einer gläubigen Menge beobachtet, die einmal bereits gegrummelt hat, und einem splitterfasernackten Heiligen gegenüber, der ihn vollständig ignoriert, möchte er sich lieber in Luft auflösen. Aber nicht einmal dieses Wunder geschieht. Plötzlich blickt ihn Ahad Baba mit undurchdringlichen Augen an. Was passiert jetzt? fragt sich der Berichterstatter noch, als er schon die Spucke auf der Nase spürt. Zu seiner eigenen Überraschung ist der Berichterstatter alles andere als gekränkt, nimmt vielmehr die Spucke, die ihm über die Lippe fließt, wie gottgegeben hin und fühlt sich sogar ein wenig geehrt, überhaupt wahrgenommen zu werden, ungefähr so wie

Madschnun mehr als alle Wörter das Wort nein liebt, weil es das einzige ist, mit dem Leyla ihn je bedacht. »Soll ich sagen, mich habe der Gram um dich getödtet? o nein! o nein! er war mir ja willkommen, dieser Gram, er gab dem Tode, den ich in mir trug, Gestalt und Anmuth.« Wie auf Knopfdruck hat sich die Anspannung gelöst, der Berichterstatter hört auch kein Grummeln mehr im Rücken, so daß er einige Minuten mit der Spucke im Gesicht verweilt, die auf sein Hemd fließt, und wartet, was als nächstes geschieht, bis Ahad Baba genauso plötzlich, wie er die Nase bespuckt hat, ihn anlächelt. Der Berichterstatter verbeugt sich zweimal zum Abschied, einmal im Knien, einmal im Stehen, und geht auf seinen Schuhen rückwärts aus dem Gartentor. »Man genießet die Natur nie ganz«, wird der Berichterstatter ein Jahr später in Jean Pauls *Konjektural-Biographie* lesen, »wenn man irgendwo – und wär's zum nächsten Pfahl – hinwill, oder auf irgendeine Sache – und wär's eine Geliebte – ausläuft: sondern man lasse sich wie ein schlafender Schwan dahingegeben von ihren Wogen drehen und führen.« Auf dem Weg zurück setzt ihn der Fahrer mit einem erleichterten Seufzer, endlich eine touristische Attraktion zeigen zu dürfen, an einem der Mogulgärten ab, der den Berichterstatter wohl auch deshalb überwältigt – mehr überwältigt als sogar der Heilige, zu dem er so erwartungsfroh hinfuhr –, weil er sich vom Standardprogramm der indischen Touristen nicht viel versprach, und dann ist es doch ebenjenes Paradies auf Erden, das kein Bericht über den Krieg unerwähnt läßt, die riesigen, nein, riesenhaften grün-roten Bäume, die himmlische Ordnung der Brunnen und Bäche, Blumenbeete und Wasserfälle, davor der schillernde Dal-See mit den glänzendschwarzen Giebeldächern und Kuppeln Srinagars im Hintergrund, im Rücken die braunen Berge, die Farben des Herbstes, die nicht minder leuchten als die Farben der Saris. So begeistert ist er, daß er sich trotz der Warnung des Fahrers, das Flugzeug zu verpassen, zum See zurückbringen läßt, um mit der Fahrt auf der Gondel noch Standardpunkt zwei zu absolvieren. Hier müßte man auf Erden wohnen, sieht er ein, als er an den Hausbooten am anderen Ufer vorbeigleitet: in Kaschmir, weit weg von Kaschmir.

Drei Stunden später, es ist 17:54 Uhr am Freitag, dem 19. Oktober 2007, sitzt er auf dem Boden der winzigen Abflughalle von Srinagar, wo alle Taschen, Körper, Pässe fünfmal kontrolliert werden und alle fünf täglichen Flüge nach Delhi in derselben Stunde starten, so daß rings um ihn der Ausnahmezustand herrscht, Sicherheitsbeamte, die mit Koffern herumlaufen, die nochmals geöffnet werden müssen, Passagiere, die nach ihrem Gepäck fahnden, Stewardessen, die zum Einsteigen drängeln, Soldaten mit Maschinengewehr, die sich den Schweiß von der Stirn reiben, Piloten, die sich erkundigen, wo ihre Passagiere bleiben. Sollte er wiederkehren – und er hat es dem Fahrer versprochen, der lebenslang das Papiertaschentuch aufbewahren wird, mit dem der Berichterstatter sich im Auto die Spucke abwischte, hat ihm versprochen, das nächste Mal mit Frau und Kindern zu kommen, so viele Standards noch zu absolvieren –, sollte der Berichterstatter als Urlauber wiederkehren, würde es ihm trotz der Stille am anderen Ufer des Dal-Sees schwerfallen, nicht wieder auf dem Hausboot in der Nähe der Straße zu übernachten, mit dem *Paris Photo Service*, der jeden Morgen vorbeirudert, dem schwimmenden Supermarkt und einem Bootsherrn, der mit dem süßen Jasmintee auch alle Neuigkeiten liefert. Schön wäre es, dann auch den Ingenieur wiederzutreffen mit seiner Familie.

Die Ostküste des Kaspischen Meeres scheint nicht so fruchtbar zu sein wie der Norden Irans, wo er als Kind oft die Ferien verbrachte, der Geruch der gerösteten Maiskolben noch in der Nase, die Großfamilie am, nein, im Wasser, vier Generationen zusammen, ein Heidenspaß und deshalb von der Islamischen Republik verboten, der Strand heillos verdreckt, weil getrennt nach Geschlechtern ohnehin niemand mehr sonnenbaden möchte und lieber nach Dubai, in die Türkei oder nach Zypern fliegt, wer sich früher eine Villa im Norden leisten konnte. Gerade fliegt er über die Linie, an der die Wolken beginnen, davor das Meer, so daß es aus dem Fenster wie eine Küste aussieht, ein Erdteil aus Dampf. Der Berichterstatter macht eines der komischen Urlauberphotos aus dem Flugzeugfenster. Schon liegt das Land hinter ihm, ist es aus dem Blickfeld verschwunden, ist es nicht mehr da. Time to Destination: 4:16. Wieder dachte er während der Reise, selbst in Kaschmir, daß Teheran der Ort sei, an dem er die nächsten Jahre leben wollte, ausgerechnet Teheran, diese Schutthalde, durch die sich Blechschneisen ziehen, ausgerechnet Iran, dieser Staat, der Gott zu seinem Folterknecht gemacht. Anders als früher wäre er bereit stillzuhalten, keine Berichte nach Deutschland zu schicken, auch nicht mitzumischen, wo sich etwas Aufständisches tut. Er müßte gar nicht viele Kontakte haben, würde vom Norden der Stadt aus, wo es sich bequem leben und die Luft sich halbwegs atmen läßt, seine Bögen ziehen, Chronik für keine Leser führen über Verlust und

Aufbruch. Es wäre keine Rückkehr, er wollte nicht zurück nach Isfahan, auch kein denkmalgeschütztes Haus mit Innenhof, Wasserbecken und Granatapfelbaum kaufen. In Isfahan liegen die Erinnerungen und Verbindungen; Teheran wäre neu und ist Zukunft. Sein Jahr in Arkadien tauschte er sofort dafür ein. Immerhin beginnt er zu ahnen, gegen welche Behauptungen des Künstlertums, von Geschmack und Italien er sich in der Deutschen Akademie wappnen wird müssen; schon die Photos im Internet von Empfängen, Partys und Lesungen, der Bundespräsident lacht in der Runde der Stipendiaten, die sich wie Chorknaben aufgestellt haben, dazu die Klagen der richtigen und das Schwärmen der falschen Stipendiaten. Alles spricht gegen Teheran, zuerst die Frau, deren Abwendung von ihm sich auch als Abkehr von Iran ausdrückt, dann die Ältere, die bald schon unters Kopftuch gezwungen würde, Baku, Eriwan auf dem Monitor, dorthin sollte er reisen, sollte nur noch Berichterstatter sein, spätestens wenn er aus Rom zurück ist oder mit Großvater zu Ende. Almaty jetzt, ein größerer Maßstab, Kabul, wo er seinen ersten Bericht fortsetzen müßte, weil sich der Nordatlantikpakt ein Jahr später nicht einmal mehr mit Schutzweste aus dem Panzerwagen traut, Tel Aviv, wo selbst die eigenen Freunde nicht mehr wissen wollen, was siebzig Kilometer östlich hinter der Mauer geschieht, Bagdad, das schon zu Sciencefiction geworden ist, Expedition auf dem feindlichen Planeten, Aschghabad, die »Stadt der Liebe«, Teheran. Auch in Indien hat die Zeit nicht gereicht, mindestens die Lager der vertriebenen Pandits hätte er besser noch besucht. Nun ist es eben so, daß auch dieser Bericht unvollständig sein wird. Kümmerte ihn der Einwand, daß darin Muslime nur Opfer sind, unterwürfe er sich der Logik, die ihn zum Muslim macht. Weshalb er sich ihr verweigern muß, lehrt auch heute kein Land besser als Indien.

Das Problem des Reisens in jenen Jahren bestand nicht nur darin, daß es kein anderes Fortbewegungsmittel als die Pferdekutsche gab. Es gab auch keine Rasthäuser oder Gasthöfe. Die Reisenden mußten in den Ställen übernachten, wo die Pferde ausgetauscht wurden, oder auf dem Fußboden dreckiger Teehäuser. Um so dankbarer war Großvater, ein Empfehlungsschreiben seines Freundes Ezzatollah Chan Alaí für die örtliche Bahai-Gemeinde mit sich zu führen, als er wegen starken Schneefalls in Hamedan festsaß. »Obwohl sie wußten, daß der ungeladene Gast kein Bahai war und sich der Aufenthalt wegen des Wetters hinzog, ließen sie es an Gastfreundschaft und Herzlichkeit nicht fehlen.« Tage und

Nächte diskutierten sie über Religion, die Bahais beseelt von ihrer neuen Wahrheit, Großvater inzwischen durch viele Glaubensdispute geschult, seine Wahrheit zu verteidigen, obwohl ringsum die Wirklichkeit nicht viele Argumente bot. So klagten die Gastgeber über die Benachteiligungen, unter denen Bahais in einer kleinen Stadt wie Hamedan ungleich stärker als in Teheran litten, und schämte sich Großvater wieder einmal dafür, was im Namen seiner Religion geschah. In jedem Fall waren es auch Tage und Nächte wie diejenigen bei Schneefall in Hamedan, die ihn davor schützten, Andersgläubige für schlechtere Menschen zu halten. Im Gegenteil irritierte und quälte es ihn noch als Greis, berichtete mir der ältere Bruder, der selbst noch von Großvater in den Glauben eingeführt worden ist, daß sich in seinem Leben die Christen oder Bahais oft als die Anständigeren erwiesen hatten. Endlich hieß es, man könne es über den Paß von Asadabad wagen. Als Großvater die Kutsche bestieg, traute er seinen Augen nicht: In Decke, Mantel, Schal und Wollmütze eingemummelt, saß auf der Rückbank Saíd Efendi, sein alter Französischlehrer aus der Alawiye-Schule in Isfahan. Eine solche Begegnung in der Fremde bedeutete vor neunzig Jahren etwas ganz anderes als heute, da man sich am Strand oder in der Abflughalle trifft, nämlich eine Schicksalsgemeinschaft. Es dämmerte bereits, als sie sich dem Paß von Asadabad näherten. Die vier Pferde waren so erschöpft, daß sie die Steigung nicht mehr schafften, noch dazu war die Kutsche in einen Schneesturm geraten. Wie wild schlug der Kutscher mit seiner Peitsche auf die Pferde, nicht um sie zu quälen, sondern weil er genau wußte, daß sie den Paß vor Einbruch der Nacht nehmen mußten. Bergab würde es in der Dunkelheit schon gehen, die Postkutschenstation lag gleich hinterm Paß. Der Rückweg hingegen war zu weit, und eine Nacht in dieser Kälte würden weder Menschen noch Pferde überleben. Auch die Reisenden stiegen jetzt aus, um die Kutsche anzuschieben. Den Pferden quoll Schaum aus den geschlossenen Mündern, und bei jedem Peitschenhieb zuckten sie so heftig, daß Schnee und Eis stoben. Sie wollten ja durchaus selbst nach oben, sie kämpften, aber bei jedem zweiten Schritt, den sie nach vorn taten, knickten ihre blutenden Knie um oder versanken die Beine im Tiefschnee, der sich rot färbte. Einige der Reisenden stampften nach vorn, um am Geschirr, am Hals, an der Mähne zu ziehen oder den Pferden auf die Beine zu helfen, wenn sie wieder eingeknickt oder in den Schnee gesunken waren. Nur Großvater ließ plötzlich seine Arme fallen und heulte wie ein kleines Kind, das zu seiner Mama will. Da schrie ihm sein alter Französischlehrer Saíd Efendi, ein Christ übrigens, durch den Sturm die Verse des gepriesenen Saadi zu: »Vergessen hat Gott dich damals nicht, als du ein Tröpflein warst, verhüllt und klein. / Das Leben haucht' er, Gefühl, Verstand, Gedanke, Schönheit, Redekraft dir ein. / Zehn Finger reiht' er in deinen Händen an, zwei Arme knüpft' er an das Schulterbein. / Und nun, kleingläubige Seele, denkst du wohl, könntest je von ihm vergessen sein.« Als sie schließlich in der Dunkelheit die Umrisse des Stalls entdeckten, jubelten die Reisenden wie die Entdecker Amerikas. Glückwünsche wurden ausgetauscht, Gebete gesprochen, Gelöbnisse abgelegt. Schneebedeckt und steif vor Kälte trat Großvater ein. Im fahlen Licht einer einzelnen Petrollampe, *tscheragh-muschi* genannt, »Mäuselämpchen«, war eine kleine Estrade zu erkennen, auf der ein schmutziger Korsi stand, einer dieser persischen Öfen, um den herum Decken ausliegen, unter die man schlüpft. Als Großvater genauer hinsah, erkannte er die Wollmütze von Saíd Efendi. Sein alter Französischlehrer lag flach ausgestreckt am Korsi, die Decke bis übers Gesicht gezogen. Großvater hob die Decke an, um zu fragen, ob alles in Ordnung sei. – Was wartest du noch? fragte Saíd Efendi zurück, der sich die Glückwünsche, Gebete und Gelöbnisse im Freien erspart hatte: Schlüpf unter die Decke. Du kannst darauf wetten, daß der Kutscher und der Pferdeknecht uns vom Korsi verscheuchen werden, sobald sie die Pferde versorgt haben. Dann werden wir uns einen Platz in der Kälte suchen müssen. Großvater kroch zu seinem alten Französischlehrer, dessen Prophezeiung sich alsbald bewahrheitete. An Schlaf war jetzt nicht mehr zu denken. Zusammen mit den anderen Reisenden verbrachten sie den Rest der Nacht stehend zwischen den acht Pferden, deren Körperwärme sie am Leben hielt. Bei Sonnenaufbruch wurde die Reise mit den frischen Pferden fortgesetzt. Um die Tiere für den harten Tag zu schonen, mußten die Reisenden wie am vorigen Tag die Kutsche anschieben, gleich ob sie Loge oder Holzklasse gebucht. Am Wegesrand stand ein Esel, wohl zurückgelassen von einer anderen Reisegesellschaft. Umringt von einigen Vögeln und wilden Tieren, die damit beschäftigt waren, ihn aufzufressen, obwohl er noch lebte, blickte der Esel die Reisenden an, ein Bild, das Großvater … – Wenigstens du warst Zeuge, sagt der Musiker, der am Dienstag, dem 6. November 2007, um 11:48 Uhr aus München anruft, um sich zu entschuldigen, daß er nicht zum Geburtstag nach Köln kommen kann. – Wer hat schon erlebt, was du erlebst? entschuldigt der Freund die Bekannten, die bedauern, daß der Musiker so sonderbar geworden sei. Zwischen den Chemotherapien macht er Musik, sonst nichts, allerdings nur mit dem Zeigefinger am Cursor seines Laptops, da die Feinmotorik gestört ist, trifft keine Menschen, ruft niemanden an, nennt Bekanntschaften »Schlangengift«, *zahr-e mâr*, und meint den Begriff medizinisch. – Du warst Zeuge, sagt der Musiker, zwei, drei Zeugen habe ich zum Glück. – Ich habe Notizen gemacht, verrät der Freund. Wenn Sie, Sie großgeschrieben!, diesen Absatz einmal lesen sollten, dies hier, den Roman, den ich schreibe, vergessen Sie bitte nicht: Alles, was Sie und auch der Freund selbst über die Liebe hinaus für wichtig erachten, Erfolge und Niederlagen auf Erden, die sich darauf reduzieren lassen, was andere über einen denken und äußern, Ihr Chef über Sie, Kollegen, Bekannte, wenn Sie Romanschreiber sind wie er: Rezensenten oder Juroren, es kann mit einem Wimpernschlag gleichgültig werden und ist es also schon jetzt, weswegen es alles andere als romantisch erscheint, jemanden nichtsahnend aus dem Haus gehen zu lassen, vielmehr gemeiner Realismus, wie ein einziger Anruf dem Freund wieder ins Bewußtsein rückt. Der Musiker, über den die Zeitung diese Woche einen ganzseitigem Artikel mit nachdenklichem Photo an Bahngleisen oder dergleichen abdruckte, Kritikerliebling, Frauenschwarm, voller Achtung die Kollegen und noch dazu ein Glückspilz, weil ein Modekonzern seine letzte Platte, hat der Freund es bereits erwähnt?, ein Modekonzern seine letzte Platte kurz nach dem Tod seiner Mutter für alle Modenschauen gekauft hat, die große Präsentation in Tokio und Paris und wo sonst noch alles, der Musiker zeigte ihm die DVD, spindeldürre Gestalten wie aus einem Gespensterfilm, die zu seiner Musik über den Laufsteg stapfen, und ältere Damen, die neidisch auf die Models starren, weil die noch begehrt werden, aber die werden gar nicht begehrt, was will man denn da begehren?, wo nur Haut und Knochen sind und die wenigen Herren entlang des Laufstegs schwul vermutlich, um die uniforme Körperlosigkeit der Models zu ertragen, und als Musik, das muß man sich vorstellen, die Platte des Musikers, die ein Scout mit Ohren für Gespenstermusik im Internet aufgestöbert hatte, das muß man sich vorstellen, japanische Models, viele japanische ältere Damen, wenige japanische schwule Herren, und der japanischen Ausgabe der weltweit führenden Modezeitschrift lag die CD des Musikers aus München als Werbung eines Modekonzerns bei, er zeigte sie dem Freund aus Köln, der Gespensterfilm mit japanischen Untertiteln, nein, auch japanischen Gespenstergesichtern, und mit einemmal, kurz nach dem Tod seiner Mutter, als der Musiker zwischen der zweiten und dritten oder dritten und vierten Chemotherapie stand oder genau gesagt eben nicht mehr stand, sondern sich auf dem Sofa krümmte, liegt da so ein Brief oder was weiß denn der Freund eines Modekonzerns aus Paris oder der weltweit führenden Modezeitschrift aus Tokio oder irgendeinem Agenten oder seiner Plattenfirma oder, nein das war es: eine Mail von einem dieser Scouts liegt im elektronischen Postfach, die nichts anderes tun, als alle Tage und Nächte nach Klängen zu suchen, die genügend mysteriös sind, so wild und fremd wie die Platte des Musikers, auf die der Scout im Internet stieß, so daß er sich zur Website des Musikers durchklickte, nach einer Kontaktadresse suchte und eine fünfzeilige Mail auf englisch tippte, die den Musiker auf Jahre von finanziellen Sorgen zu befreien verspricht, drückt auf Absender, wie man eine Bombe ferngesteuert zündet, eine Bombe in dem Zimmer, in dem der Musiker zum Glück nicht mehr wohnt, dieses Krebszimmer mit den immer zugezogenen Vorhängen oder heruntergelassenen Jalousien, zündet die Bombe in Gestalt einer Mail wahrscheinlich oder eines Briefes, sie explodiert, sprengt die bisherigen Verhältnisse aufs glücklichste – aber nichts passiert, überhaupt nichts, die Bombe geht hoch, aber der Musiker merkt es nicht einmal, den bereits anderes Feuer verbrannt. Gott schütze dich. Gott schütze dich auch. In Kermanschah mußte Großvater eine Woche warten, bis eine Kutsche nach Bagdad fuhr, wo er sich von seinem alten Französischlehrer Saíd Efendi verabschiedete, um sich in den Heiligtümern des nahe gelegenen Kazemeyn dem Füßeküssen der Imame Musa al-Kazim und Mohammad al-Djawwad zu widmen, wie man den Pilgerbesuch auf persisch nennt. Von dort pilgerte er weiter nach Kerbela, *be Kerbalâ moscharraf schodam*, wie man den Besuch der heiligen Stätte ebenfalls nennt, Großvater beehrte nicht Kerbela, sondern beehrte sich selbst durch den Besuch. Im Schrein des Imam Hossein begegnete er seinem Schulkameraden Mirza Abdolhossein von der Eslamiye-Schule in Isfahan, Sohn eines berühmten schiitischen Trauersängers und Nachfahre des Propheten, dessen Ärmel er bis Samara nicht mehr losließ, wie Großvater es nennt. Das mit dem Ärmel stelle ich mir einigermaßen wörtlich vor, denn unter den anderen iranischen Pilgern im Irak war die Freundschaft der beiden jungen Isfahanis bald Gegenstand halb gerührter, halb amüsierter Essens- und Teegespräche. Ewig würde sie halten, war Großvater sicher, um beinahe sechzig Jahre später zu schreiben: »Seitdem habe ich ihn nie mehr gesehen, und ich habe nicht die geringste Ahnung, was aus ihm wurde. Wenn er noch in den Fesseln der irdischen Existenz steckt, möge Gott ihm seine Gesundheit bewahren und seine Erfolge vermehren. Wenn er über mich Unrühmlichen den Sieg davongetragen hat und durch das Tor der Ewigkeit vorgeprescht ist, dann tröstet mich immerhin die Gewißheit, daß seine Wohltaten ihn schützen und seine Dienste für seine Auferstehung sorgen.«

Die Reportage über Kaschmir hat er vorerst beiseite gelegt, weil er nicht vorankam und sonst mit dem Vortrag über Integration in Verzug geraten würde, den er, besäße er die Nerven, in achtzig Städten gutbezahlt halten könnte, so versessen sind die Deutschen auf ihre Wilden. Er wird sich wahrscheinlich für die abgeklärte, freundliche Lesart der hiesigen Verhältnisse entscheiden, weil sie ihm in Indien nicht eben wichtiger geworden sind. Was soll er andere aufregen, wenn er selbst sich nicht aufregt, und mit welchem Recht sich über Europa beschweren, wenn er gerade aus Gujarat zurückgekehrt ist? Mehr ärgert ihn, daß er seine Eindrücke aus Kaschmir nicht zu fassen kriegt, die wichtig sind, egal ob sich jemand dafür interessiert. Er hat sich in alle Länder verliebt, über die er berichtete, aber mit Kaschmir ist es anders, mit Kaschmir ist es, als habe er an einem Geheimnis teil; wahrscheinlich fällt es ihm deswegen schwer, die Reportage zu schreiben, die nicht aufgeregt klingen darf, um aufzuregen, verflucht sich und seine Tage wie üblich, wenn er vor dem Computer wie vor einer Wand sitzt, an der jeder Satz abprallt. Die zwei Seiten, für die er drei Tage benötigte, bestehen nicht gegen die Notizen, die er auf der Veranda des Hausboots nachts oder frühmorgens unter der Bettdecke, auf dem Rücksitz einer Staatskarosse oder in der Abflughalle fiebrig getippt. Schon die beiden Artikel über Gujarat und die Bewegung der Landlosen sind beinah vollständig als *copy & paste* entstanden, genau wie letztes Jahr das Afghanistanstück und fast alles, was er noch veröffentlicht, seit er den Roman begann, den ich schreibe. Ebensowenig wie die Reportage will ihm die ordentliche Einladung auf Papier mit Babyphoto und lustigen Sprüchen gelingen, so daß er jedem Freund, Verwandten oder Lehrer nun eine persönliche Mail, den Älteren einen kurzen Brief schrieb, ohne daß es ihm lang wurde, sich der Reihe nach den Menschen zu widmen, die sein Leben sind. Ob er die surreale Maschinerie einer

Festvorbereitung auch ohne den Roman in Gang gesetzt hätte, den ich schreibe? Ich meine damit nicht, daß er ein Fest inszeniert, um darüber zu berichten. Um gar nicht erst in Versuchung zu geraten, hat er sich die Verwertung von vornherein verboten. Es geht eher um die Achtsamkeit und Geduld, die ihm *In Frieden* aufgetragen ist, die Wertschätzung oder, wiederhol er's doch: Dankbarkeit, weil er sonst auch schon so fromm geworden ist. Er trat vors Haus, um die Briefe in den Briefkasten zu werfen, der sonntags ohnehin nicht geleert wird, und schaute in der Kneipe vorbei, die nüchtern nicht auszuhalten war, die Theke besetzt, die Griffe der Besoffenen an seinem Oberarm, die die Laufrichtung wechselten, das Zuprosten älterer Frauen mit gläsernen Augen, auf das er mit einem Lächeln reagierte, das ausreichend gequält wirken sollte, um nur ja keinen Anknüpfungspunkt zu bieten, die Musik so laut aufgedreht, daß alle brüllten. »Ich halte jeden Menschen für voll berechtigt«, stand als Trinkspruch an der Tafel, »auf die – von den Ingenieursgesichtern und Betriebswissenschaftlern herbeigeführte – derzeitige Beschaffenheit unserer Welt mit schwerstem Alkoholismus zu reagieren.« Die Direktrice, die er fragte, wo sie stecke, simste zurück, daß sie ins Kino wolle, ohne zurückzufragen, ob er mitkommt. Um einen anderen Grund zu haben, die Kneipe zu verlassen, ohne an den Schreibtisch zurückzukehren, fuhr er einen der Betrunkenen nach Hause, der sonst zu Fuß nach Sülz aufgebrochen wäre, aber wo steht eigentlich mein Auto? Als sie es eine halbe Stunde später ausgerechnet vor einem Brauhaus fanden, wollte der Betrunkene sich noch mit einem Kölsch für die Heimfahrt bedanken. Das verbietet mein Glaube, schob ihn der einzig Nüchterne im Viertel auf den Beifahrersitz. Auf dem Hinweg die jungen Menschen und schwarzen Sportwagen, die Samstag nacht auf dem Ring von Jahr zu Jahr zahlreicher werden, ein Stau wie zur Stoßzeit, was auch das Anliegen der Fahrer bezeichnet, auf dem Rückweg die Landlosen, die in den Mülleimern wühlten. Einer, der sich etwas zum Essen gefischt hatte, schmiß es nach dem ersten Biß angeekelt gegen den BMW, obwohl der blau ist und ein Kombi. Um 1:48 Uhr hat der Romanschreiber am Sonntag, dem 11. November 2007, den Sensorenblocker geschluckt, die ihn gegen die Kopfschmerzen eines samstäglichen Kneipenbesuchs wappnen sollen.

Am Donnerstag, dem 15. November 2007, sitzt er um 22:36 Uhr mit vier anderen Männern im Gepäckwagen des Nachtzugs nach Hamburg-Altona, weil die einzige Abendverbindung von Basel nach Köln, die der

Notfahrplan im Internet anzeigte, kurzfristig ebenfalls ausfiel. Die deutschen Lokführer streiken, mit Unterbrechungen seit dem Sommer schon das andere große Thema in Deutschland, und das mit Abstand beste daran ist, daß der pfeifenrauchende Gewerkschaftschef inmitten der Aufregung, der Bahnchef tobte, der Verkehrsminister warnte, die Bundeskanzlerin appellierte, die Opposition schimpfte, die Arbeitgeber klagten, die Europäische Kommission mahnte, die Reisenden steckten fest, die Zeitungskästen explodierten, die Ruhe besaß, mit seiner Frau in Kur zu fahren – ohne Handy. Der Handlungsreisende las steuerfrei in einem Dorf bei Basel, erste Reihe Mitte ein Mann, der durchschlief, dafür zwei Reihen dahinter eine Weißhaarige, deren wacher Blick Halt bot, und die anderen zwölf Zuhörer in dem Hobbykeller mit Theke, den die Gemeinde für kleinere Veranstaltungen nutzt, waren ebenfalls in Ordnung, obschon nicht zum Lachen aufgelegt, wie der Handlungsreisende bei der dritten Pointe einsah. Nein, es waren zweiundzwanzig Zuhörer einschließlich der Veranstalter. Er weiß die Zahl so genau, weil der Moderator abstimmen ließ, aus welchem der Romane gelesen werden solle, wie der Handlungsreisende sie früher schrieb. Schon die Anreise war erfreulich, weil er endlich zu begreifen glaubte, warum die »Rede des toten Christus vom Weltgebäude herab, daß kein Gott sei« beinah unverbunden ist mit dem Roman, dem sie angehört. Man muß jenes gesagt haben, um dieses sagen zu können. Allein, warum jenes so lang? Eine so unerhört fade Handlung – was heißt Handlung?, Siebenkäs und seine Lenette führen über Hunderte Seiten die denkbar kläglichste Ehe – hat selten einer gewagt. Der Handlungsreisende hielt sich an die Digressionen, die wieder so zahlreich sind, daß sie allein jeden Anflug von Spannung vertrieben hätten, den es ohnehin nicht gab. Einmal beendet Jean Paul eine Abschweifung mit einer Abschweifung, ein andermal schimpft er, daß nichts einer Geschichte mehr schade als die Geschichte, da man sich dadurch den Platz für die Abschweifungen raube, und laut auflachen mußte ich im Großraumabteil, als Jean Paul während einer Abschweifung jammert, daß es ihm an Mut fehle, gelegentlich abzuschweifen, der Leser wolle schließlich eine Handlung oder wie immer Jean Paul es nannte, der Handlungsreisende holt doch jetzt nicht das Buch aus dem Trolley, um wie für eine Seminararbeit daraus abzuschreiben, im Großraumabteil, meinetwegen, in der S-Bahn hatten wir auch schon, aber nicht abends um elf auf dem Boden eines Gepäckwagens. Immer wieder staunte ich über die Brillanz seines Satzbaus, die Unermeßlichkeit seines Ausdrucksvermögens, über die in der deutschen Sprache kein anderer Prosaautor verfügt (und genau zur selben Zeit brachte die deutsche Dichtung Hölderlin hervor), den nie versiegenden Vorrat an Gleichnissen. Niemals sagt Jean Paul: eine Winterlandschaft, es müssen, Gott, jetzt holt der Handlungsreisende tatsächlich die Dünndruckausgabe aus dem Trolley und klemmt die markierte Seite aufgeschlagen unter den Laptop, der dadurch beim Tippen wackelt wie die Tischplatte des Schreiners, dem Gott ein langes Leben schenken möge, als die Frau sämtliche Werke, Briefe und Dokumente Hölderlins auf den Boden gewischt, es müssen etwa im *Siebenkäs*, da Firmian bei einem Spaziergang an einem Kinderbegräbnis vorbeikommt, zum Leichenbegängnis passend »die ausgekleideten Gefilde« sein, »über welche noch die Wiegendecke des Schnees und der Milchflor des Reifs geworfen werden mußte«, und »die Dezembersonne, die am Mittag so tief hereinhängt als die Juniussonne abends, breitet, wie angezündeter Spiritus, einen gelben Totenschein über die welken, bleichen Auen aus, und überall schlafen und ziehen, wie an einem Abende der Natur und des Jahrs, lange riesenhafte Schatten, gleichsam als nachgebliebene Trümmer und Aschenhaufen der ebenso langen Nächte. Hingegen der leuchtende Schnee überzieht nur, wie ein um einige Schuh hoher weißer Nebel, den blühenden Boden unter uns, der blaue Vorgrund des Frühlings, der reine dunkle Himmel, liegt über uns weit hinein, und die weiße Erde scheint uns ein weißer Mond zu sein, dessen blanke Eisfelder, sobald wir näher antreten, in dunkle wallende Blumenfelder zerfließen. Weh wurde dem traurigen Firmian auf der gelben Brandstätte der Natur ums Herz. Die täglich wiederkommende Stockung seines Herz- und Pulsschlages schien ihm jenes Stillestehen und Verstummen des Gewitterstürmers in der Brust zu sein, das ein nahes Ausdonnern und Zerrinnen der Gewitterwolke des Lebens ansagt.« Allein mit diesem Spaziergang, auf diesen paar Zeilen, in denen Firmian erst den Sarg eines Kindes, dann eine Landschaft erblickt, die beide, das Kind und die Landschaft, »aus dem Fötusschlummer in den Todesschlaf« übergehen, hat Jean Paul tiefer in die Schöpfung geblickt als alle Naturlyriker seiner Zeit, geht er zum Prediger zurück, nimmt er Beckett voraus, trifft er sich mit Hölderlin und ist vor allem ein Mystiker, der wie alle Mystiker in der Natur die eigene Seele erkennt, man denke nur … warum nicht auch an Agha Seyyed Abolhassan Tabnejad, die Pupille in der Himmelskugel und die Himmelskugel in der Pupille. Dabei muß ich gar nicht nach den markierten Stellen schauen, die zugleich so hell und dunkel wie Offenbarungen leuchten, es reicht, blind eine Seite aufzuschlagen, um wieder und wieder die Kunst Jean Pauls zu bewundern, die ihn dann doch über den Seyyed erhebt, der sich mit gewöhnlichen Blumen zufriedengab: »hinter den krystallenen Gebirgen loderte Morgenrot, von perlenden Regenbogen umhangen – auf den glimmernden Waldungen lagen statt der Tautropfen niedergefallene Sonnen, und um die Blumen hingen, wie fliegender Sommer, Nebelsterne«, und das ist nun, wie gesagt, eine ganz zufällige Stelle, krystallene Gebirge, perlende Regenbogen, glimmernde Waldungen, niedergefallene Sonnen, fliegender Sommer, alles in einem Satz, dazu Wörter wie lodern, Morgenrot, Tautropfen, Blumen, die Welt in ihrem Zeichencharakter wie im Alten Testament oder im Koran. Wenn ich weiterblättere, finde ich viel mehr Zeilen unterstrichen, als der Handlungsreisende in Erin… um 23:08 Uhr blicken die Mitreisenden zu ihm, der wieder das aufgeschlagene Buch unter den Laptop klemmt, als sei er der Streber aus ihrer früheren Schulklasse dreißig Jahre später, über ihm das Fahrrad fällt auch gleich auf seinen Kopf … anrühren wie der Kuß der Neuvermählten, im Laufe dessen Siebenkäs und Lenette in dem Miniaturmaß, das Jean Paul anstrebt, denn doch zu dramatischen Helden anwachsen, zu großen Liebenden, deren späteres Unglück um so tragischer erscheint, obwohl es aus nichts als der Sprach- und Körperlosigkeit besteht, wie die Ehe des Handlungsreisenden manchmal auch. Erst drückt Siebenkäs schüchtern Lenettes Hand, drückt sie fester, wendet dann kühn sein Gesicht ihr zu, »zumal da er nichts sehen konnte«. So steht er da, verdattert, beschämt über seine eigene Unsicherheit, bis auf einmal »ein gleitender bebender Kuß über seinen Mund« hüpft, und »nun schlugen alle Flammen einer Liebe aus der weggewehten Asche auf«. Wie groß ist die Überraschung, die Überraschung auch des Lesers, daß nicht Siebenkäs, sondern Lenette den ersten Kuß gibt, da sie »so unschuldig wie ein Kind glaubte, es sei die Pflicht der Braut«. Was folgt, ist einer der längsten und am längsten beschriebenen Küsse der deutschen Literaturgeschichte und doch nur ein Detail, wie es im *Siebenkäs* zu Dutzenden, zu Hunderten aufblitzt, weshalb ich mir nicht recht erklären oder es nur den Umständen zuschreiben kann, warum der Handlungsreisende auf der Hinfahrt häufiger als sonst bei Jean Paul ermüdete, querlas, sich erneut festlas, den Roman weglegte, neu ansetzte. So ruckelte er sich durch die Dünndruckausgabe wie ein Nahverkehrszug durch eine zu weite Ebene, hatte sich längst an die Betulichkeit und ironische Tonlage gewöhnt, nur damit ihn um so unvermittelter und damit härter als bei der ersten Lektüre die Rede des toten Christus traf, die Jean Paul nicht nur zum »Blumenstück« deklariert, als sei es ein Stück Dekor, sondern mehrfach als Läuterung rechtfertigt und verharmlost: »Lasset uns sogar die dunklen peinlichen Träume als hebende Halbschatten der Wirklichkeit.« Und doch ist der Zweifel ausgesprochen, unverstellt, ein Zweifel, wie er nur den Gläubigen quälen kann, der einen Heiland erwarte: erst wenn dieser seine Verlassenheit bekannte, wäre keine Hoffnung mehr, könnte es keine Hoffnung mehr geben, nur »starres, stummes Nichts! Kalte, ewige Notwendigkeit! Wahnsinniger Zufall!« Zollbeamte sind im Abteil, haben sich den Orientalen, also nicht den Handlungsreisenden, sondern einen Araber oder Türken im karierten Anzug, mit langem beigefarbenen Mantel und Seitenscheitel herausgepickt, der sich als einziger der fünf Reisenden zu vornehm ist, auf dem Boden zu sitzen, durchsuchen sein Gepäck, befragen ihn, wo er war, ob er Bekannte in Deutschland, in der Schweiz hat, jetzt die sogenannte Leibesvisitation, genau vor dem Handlungsreisenden, während ein anderer Beamter mit dem Paß in der Hand Namen und Daten abgleicht. »Ist das neben mir noch ein Mensch? Du Armer! Euer kleines Leben ist der Seufzer der Natur oder nur sein Echo – ein Hohlspiegel wirft seine Strahlen in die Staubwolken aus Totenasche auf euere Erde hinab, und dann entsteht ihr bewölkten, wankenden Bilder. – Schaue hinunter in den Abgrund, über welchen Aschenwolken ziehen – Nebel voll Welten steigen aus dem Totenmeer, die Zukunft ist ein steigender Nebel, und die Gegenwart ist der fallende. – Erkennst du deine Erde?« Dabei sagt Jean Paul selbst – ich wette, er hat sich nicht daran gehalten, niemand tut es außer den Heiligen –, daß Besseres uns übrigbleibt als unnütze Seufzer auszustoßen, nämlich »eine wärmere, treuere, schönere Liebe gegen jede Seele, die wir noch nicht verloren haben«. Komisch, daß die Zöllner den Handlungsreisenden, der genauso orientalisch aussieht, noch nicht nach dem Paß gefragt haben. Vielleicht ist es der Laptop, vielleicht die coole Mütze, die der Moderator bei Basel ebenfalls lobte, vielleicht Jean Paul, der ihn als legal ausweist – dabei liest kaum ein Einheimischer mehr Jean Paul, er taucht, ich habe es nachgeprüft, in keinem Lehrplan und keinem einzigen der deutschen Mindestkanons auf. Ist das nicht eher ein Verdachtsmoment, liebe Zöllner? Sie müssen den Handlungsreisenden untersuchen, der auf dem Boden eines Gepäckwagenabteils Jean Paul unter den Laptop geklemmt hat, und bei der Gelegenheit bitte seine Festplatte durchleuchten, damit der Roman, den ich schreibe, doch noch einen Leser findet.

– Entweder bringen sie mich um oder ich sie! Mirza Abdolhossein achtet nicht mehr auf das Mittagessen, das vor ihm auf dem Tisch steht. – Was ist los? fragt sein Freund aus Isfahan. Der Kopf Mirza Abdolhosseins ist feuerrot, seine Hände zittern: Entweder bringen sie mich um oder ich sie! Der Freund aus Isfahan geht um den Tisch und setzt sich zu seinem Freund. – Laß mich, will der ihn abwimmeln: Heute werden entweder diese Kerle sterben oder ich. – Welche Kerle? – Die da drüben! Der Freund schaut über den Platz zum Schrein des Imam Askari, wo die Pilger ein und aus gehen. Fliegende Händler bieten ihre Waren an, Bettler stehen vorm Eingang, im Teehaus neben der Moschee spielen die Männer Backgammon. Es sieht aus wie immer. – Welche Kerle? fragt der Freund nochmals. – Die da! schreit Mirza Abdolhossein, als stünden dort die Mörder Imam Askaris persönlich. Endlich begreift der Freund, wen Mirza Abdolhossein meint: die Männer, die neben der Moschee, dem Schrein des Imams Askari, Backgammon spielen – was für ein Sakrileg! Der junge Mirza Abdolhossein, Sohn des berühmten Trauersängers, Nachfahre des Propheten, kann es nicht fassen. Vergebens beschwört der Freund ihn, sich zu beruhigen, sie seien fremd in dem Land, sie könnten keinen Ärger gebrauchen, was wolle er denn allein gegen die Überzahl der Frevler ausrichten, die noch dazu älter und kräftiger seien. – Entweder bringen sie mich um oder ich sie! Als Mirza Abdolhossein aufspringt und einen Stuhl in die Höhe stemmt, um wie Hossein in Kerbela die Überzahl der Frevler anzugreifen, die neben dem Schrein des Imam Askari Backgammon spielen, ruft der Freund seine iranischen Landsleute an den Nachbartischen zu Hilfe. Gemeinsam zerren sie Mirza Abdolhossein, der sich heftig wehrt, aus dem Restaurant, um ihn in Sicherheit zu bringen, fort vom gegenüberliegenden Teehaus. Wenn die Männer bemerken, daß sie mit den persischen Schimpftiraden gemeint sind, könnte es für alle Iraner brenzlig werden. – Diese Haut, dieses Fleisch und diese Knochen, schreit Mirza Abdolhossein immer weiter, sind Haut, Fleisch und Knochen jenes Gemarterten! Ich werde nicht tatenlos zusehen, daß man sich an seinem Grab, am hellichten Tag, in aller Öffentlichkeit dem Glücksspiel hingibt. Entweder bringen sie mich um oder ich sie! So wild schlägt er um sich, daß die Iraner zu viert Mühe haben, Mirza Abdolhossein fortzuschaffen. – Entweder bringen sie mich um oder ich sie! Schon haben sich einige Einheimische um sie versammelt und erkundigen sich, was los sei. – Nichts, nichts, ruft ihnen der Freund auf arabisch zu, und versucht, einigermaßen entspannt zu wirken. Es kann nicht lange dauern, bis auch die Männer im Teehaus auf den Rasenden aufmerksam werden. Was kann der Freund tun? – Abdolhossein, Abdolhossein, wir gehen zur Polizei! kreischt er plötzlich: Wir müssen den Frevel melden. Beeil dich, wir müssen sofort zur Polizei! Der Freund ist selbst von seinem Einfall überrascht und noch mehr, daß er funktioniert: Mirza Abdolhossein beruhigt sich, die Landsleute aus dem Restaurant können ihn loslassen, das Grüppchen der Einheimischen löst sich auf. Nur muß der Freund jetzt den vollen Mittagsteller stehenlassen, Mirza Abdolhossein zur Wache begleiten und Anzeige erstatten wegen – ja wegen was eigentlich?

Eine Polizeiwache im eigentlichen Sinne existiert in Samarra nicht, erfahren die beiden jungen Isfahanis, sie sollen zur Kolonialverwaltung gehen, die sich als heruntergekommenes Lehmgebäude am Rande der Stadt herausstellt. Ein Polizist, der vor dem Eingang Wache hält, schickt sie ohne weitere Umstände in den ersten Stock, wo sie niemanden antreffen. Sie steigen eine weitere Treppe hinauf und klopfen wieder an alle Türen, bis im fünften und letzten Zimmer endlich jemand herein! ruft. Es ist ein älterer, glattrasierter Brite im Tropenanzug, der die beiden jungen Isfahanis freundlich begrüßt und sich nach ihrem Anliegen erkundigt. Die dichten, schneeweißen Haare sehen lustig aus zu dem rötlichen Gesicht, denkt der eine der beiden Isfahanis, der die Klage des anderen ins Englische übersetzt. Der Gouverneur hört genau zu, stellt auch einige Fragen und tritt dann auf den Balkon. – Ruf den Mufti, befiehlt er dem Polizisten, der unten Wache hält, er soll sofort herkommen. Zurück im Zimmer, fragt er die beiden jungen Isfahanis, ob sie einen Tee möchten. Ja, antworten sie, um nicht unhöflich zu sein, und werfen sich ratlose Blicke zu, als sie statt des Tees heiße, bräunliche Milch mit einem undefinierbaren Geschmack trinken, die der Gouverneur hinter seinem Schreibtisch aus einem dampfenden Messingpott eingegossen hat. Der Mufti, der sich keine Viertelstunde später in die zweite Etage der Kolonialverwaltung quält, trägt einen Fez, einen langen, weißen Bart und hat merkwürdigerweise ein ebenso rotes Gesicht wie der Gouverneur, so daß die beiden jungen Isfahanis beinah lachen müssen über die farbliche Einheit von Staat und Kirche in Samarra. – Ist das Glücksspiel im Islam erlaubt oder verboten? fragt der Gouverneur den Mufti auf arabisch. – Es ist verboten. – Und was ist Ihre Aufgabe als Mufti? – Auf die Einhaltung der religiösen Gebote zu achten. – Und wieso ist es dann üblich, daß in den Teehäusern der Stadt Backgammon gespielt wird, sogar im Teehaus neben dem Schrein des Imam Askari? – Das ist mir nicht bekannt. – Und wieso ist es Ihnen nicht bekannt, wenn es nicht nur die ganze Stadt weiß, sondern sogar diese beiden jungen Männer aus dem fernen Isfahan? Da der Mufti mürrisch schweigt, tritt der Gouverneur wieder auf den Balkon: Kraft meines Amtes, ruft er nach unten, befehle ich hiermit der Polizei, sämtliche Glücksspieler in der Stadt festzunehmen, insbesondere die Glückspieler am Schrein des Imam Askari! Welche Polizei? fragen sich die beiden jungen Isfahanis und staunen um so mehr, als eine halbe Stunde später die ersten Backgammon-Spieler zum Gouverneur gebracht werden, der sie nach fünfminütiger Verhandlung zu Peitschenhieben verurteilt, Einspruch ausgeschlossen, das Urteil augenblicklich auf dem Platz vor der Kolonialverwaltung zu vollstrecken. Nicht nur die beiden jungen Isfahanis schauen betreten zu Boden, auch der Mufti. – Kommen Sie bitte mit auf den Balkon, fordert der Gouverneur sie auf.

Bald herrschte Aufruhr in Samarra. Gegen Abend trat der Gouverneur nochmals auf den Balkon und erklärte der Menge, die sich aus Protest oder zum Teil vielleicht doch aus Zustimmung versammelt hatte, daß die Behörden fortan mit aller Entschiedenheit gegen das schändliche und unislamische Laster des Glücksspiels vorgehen würden. Den Mufti, der nach wie vor neben dem Gouverneur stand und offenbar niemals mehr aufzuschauen gedachte, forderte er auf, ein entsprechendes Gutachten zu erstellen, eine Fatwa. Die Bewohner und Pilger der Stadt bat er, mit den Behörden zusammenzuarbeiten und schändliches, unislamisches Verhalten umgehend zu melden – so wie es zwei junge Männer aus Isfahan heute mittag allen Gläubigen zum Vorbild gegeben hätten. Noch in der Nacht wurde das Kommuniqué mit der Anordnung des Gouverneurs in der ganzen Stadt plakatiert. Auch ohne die Erklärung, die Großvaters gelehrtester Freund sich an dieser Stelle gewiß gewünscht hat, kann man sich denken, was der Gouverneur bezweckte und welche Vergleiche mit den heutigen Besatzern des Irak zu ziehen wären. Erreicht hat der Guoverneur, daß Großvater und Mirza Abdolhossein am nächsten

Morgen aus Samarra fliehen mußten. Damals gab es keine Brücke über den Euphrat, und wer die Stadt verlassen wollte, mußte sich in einem der Bötchen, die an einem Seil gespannt waren, ans andere Ufer ziehen lassen. Die Fährmänner weigerten sich, die beiden jungen Isfahanis überzusetzen. Auf Großvater deutend, sagte der eine auf arabisch: Der da ist der Anführer. – Dieser Pimpf da? fragte sein Kollege. – Ja, er ist es, der den Gouverneur aufgehetzt hat. Den darauffolgenden Fluch gibt Großvater genausowenig wieder wie die Flüche Mirza Abdolhosseins im Teehaus und alle anderen Flüche, die ihm jemals zu Ohren gekommen. Aus Sorge, in Samarra zu enden wie Imam Askari, boten die beiden jungen Isfahanis den Fährmännern so unverschämt viel Geld für die Überfahrt, daß sie sich vor dem Mob doch noch retten konnten, von dem Großvater im Rückblick nicht mehr sicher ist, ob es ihn wirklich gab oder er ihn sich in seiner Panik nur einbildete. Weiter zogen die beiden nach Kufa, wo Imam Ali ermordet, und Nadschaf, wo er begraben wurde. Zurück in Bagdad, trennte sich Großvater von Mirza Abdolhossein, den er nie wiedersehen sollte, und fuhr mit der Fähre nach Basra. In Chorramschahr, das damals Mohammereh hieß, betrat er wieder iranischen Boden. Vielleicht als Strafe für den Glaubenseifer, mit dem er die Bevölkerung Samarras gegen sich aufgebracht, steckte Großvater über eine Woche lang in der Wohngemeinschaft eines Isfahaner Bekannten fest, in der jede Nacht gezecht, gespielt und manchmal gehurt wurde. Endlich fand er ein Schiff nach Buschher.

Als er den Einladungsbrief in die Jacke stecken wollte, um zum Bahnhof zu gehen, las der Handlungsreisende, daß er heute abend nicht für Integration, sondern für Aufklärung gebucht sei. Da die Druckerpatrone im Büro leer war, mußte er samt Gepäck in die Wohnung zurückkehren, um einen anderen Vortrag auszudrucken, der mit ein paar Retuschen im Zug und improvisierten Exkursen als originelle Variation des Themas durchgehen könnte. Aufklärung hat er nicht im Angebot, das ist ein Mißverständnis, das er der Veranstalterin am Telefon noch einmal auszureden versuchte, während er das Büro verließ, nur um mit dem Zufallen der Tür zu bemerken, daß Schlüssel, Portemonnaie und Fahrkarte auf dem Schreibtisch lagen. – Hallo, sind Sie noch da? fragte die Veranstalterin am Telefon. Auf dem Weg zur Wohnung rief der Redakteur an, der das Benefizbuch mitsamt der heiligen Ursula in der Hand hielt und nun eine Serie von Bildbetrachtungen in Rom in Auftrag geben wollte, paßt es gerade?, und der Idiot von Handlungsreisendem antwortete auch noch mit Ja, obwohl es noch drei Monate sind bis Rom. Zu Hause konnte der Idiot die Dateien erst nicht laden, dann nicht drucken, dann doch drukken, aber einige Seiten des Altpapiers lagen falsch herum im Drucker, so daß er Seite vierzehn, achtzehn, zwölf oder keine Ahnung welche Seite neu ausdrucken mußte, indes er befürchtete, den nächsten, ohnehin zu späten und endgültig letzten Zug ebenfalls zu verpassen. Das »keine Ahnung welche Seite« ist nicht nur als Seufzer gemeint, sondern kostete ihn Minuten, da der Ausdruck nicht paginiert war. Gütig, wie sie ist, bot die Frau an, Schlüssel, Portemonnaie und Fahrkarte aus dem Büro zu holen. Der Vortrag paßt überhaupt nicht, stöhnte er zunächst, um dann, als die Frau schon zur Tür heraus war, zu rufen, daß er nicht mehr wolle. – Ist was? fragte aus dem Treppenhaus die Frau, die die Tür noch einmal geöffnet hatte. – Nein, nein, alles in Ordnung. Beeil dich bitte. Der Vormittag war auch schon so dahingeflossen wie verschüttete Milch auf dem kostbaren Teppich, mit Mails und der Korrektur eines Interviews zu keine Ahnung mehr was, hat wirklich keine Ahnung, gut, wenn er nachdächte, wüßte er's wieder, aber am Dienstag, dem 20. November 2007, strengt er sich um 15:28 Uhr auf dem Handy an, weder an das Interview, nicht an Integration, sondern nur an die fast vier Stunden zu denken, die er im leeren Abteil vor sich hat, die Schuhe ausgezogen und die Füße auf die gegenüberliegende Sitzbank gelegt, vier Stunden ohne Ablenkungen, aus denen das Leben besteht, das er nicht wollte, nicht will und nicht wollen wird. Genauer gesagt sind es nur drei Stunden, weil er mindestens eine benötigt, um den Vortrag über die Mystik an die gebuchte Aufklärung anzupassen. Dabei fand er die Tage bis gestern, als die Ältere einen fröhlichen Geburtstag feierte, noch mehr als erträglich, schilderte dem Musiker in München den Ablauf, der sich jeden Herbst gleicht, nur manchmal mit literarischer Ware, die weniger einbringt, dafür weniger Nerven kostet, und erwähnte den Vortrag über Integration, den er, so kommt es ihm vor, bereits in achtzig Städten gehalten hat, obwohl es bislang nicht einmal acht waren (aber es werden noch achtzig). – Das ist super, sagte der Musiker, daß du dich so um das friedliche Zusammenleben bemühst. – Ja, das finden meine Gastgeber auch, antwortete der Freund aus Köln, ich werde oft dafür gelobt, daß ich bei meinen Vorträgen so engagiert wirke. In Wirklichkeit ist es mein Gelddverdienst. Das Motiv, den Betrieb am Laufen zu halten, zu dem seine Familie geworden, gefiel dem

Musiker noch besser. – Die denken alle, dir geht es um die Verständigung, dabei geht es dir darum, daß dein Kind etwas Ordentliches zum Anziehen hat. – Ja, auch den Klavierunterricht. Gewiß steht der Handlungsreisende zu dem, was er feilbietet. Von der Qualität seiner Staubsauger ist er überzeugt. Nur könnten es genauso hochwertige Autos sein, Käse oder Polstermöbel, heute Hamburg, morgen Potsdam, übermorgen weiß nicht wo. Die freundliche Lesart der hiesigen Verhältnisse, für die er sich entschieden hat, macht es ihm leichter, die Zuhörer sind nach seinen Präsentationen beschwingt, niemand beschimpft ihn, niemand hält den Koran in die Höhe, um mit schriller Stimme zu zitieren. Er selbst fühlt sich halb erleichtert, halb bestätigt, so vielen gutwilligen Deutschen zu begegnen. Manchmal ist das Affirmative kritisch, in der allgemeinen Hysterie Gelassenheit subversiver: dem Gegenüber zu sagen, daß er tolerant ist, damit er es je nach dem bleibt oder wird. Und es stimmt ja auch, es stimmt zumal nach Reisen, daß er keinen Grund hat, über Europa zu jammern, jedenfalls ganz andere Gründe als die Integration. Der Eindruck, engagiert zu sein, rührt vor allem daher, daß er zu schnell redet und mehr gestikuliert als die meisten Nordeuropäer. Erst gestern war er auf dem Geburtstag der Älteren wieder von der Selbstverständlichkeit begeistert, mit der die neun Kinder aus fünf Ländern miteinander umgingen – zu seiner Schulzeit wurden die Dunklen noch in Ausländerklassen versammelt, damit sie sich nicht mit den Deutschen mischten –, ebenso von den Möglichkeiten, die Städte wie Köln heutzutage Familien bieten, ohne daß es protzig wird oder elitär, diese Kletterhalle mit den begeisternden Trainern, in der gegen sieben das Frisieren für Afrika begann, sechs Friseure, die den Kletterern die Haare schnitten, um Geld für eine Schule in Mosambik zu sammeln, grün-alternatives Milieu zwanzig Jahre später, von den Kletterinnen geschätzt die Hälfte lesbisch. Der ganze Nachmittag hatte einen Ton unaufdringlicher, nicht mehr politisch auftretender, aber noch nicht gar zu kommoder Mitmenschlichkeit. Mit der Frühgeborenen, der Schwägerin, die wie jedes Jahr beim Geburtstag mithalf, und drei Jungen fuhr er nach Hause, wo zwei Väter bereits auf dem Bürgersteig warteten, deutscher Beamter und türkischer Arbeiter, der an der Wohnungstür fragte, ob er die Schuhe ausziehen solle – ob man die Schuhe hier auszieht. Wie er mit ihnen am Küchentisch auf die fünf Mädchen wartete, dachte der Handlungsreisende an die junge Soziologin, mit der er lieber auf einer Matratze getratscht hätte, als in Mannheim oder war es in Mainz? zu debattieren, ob die Gesellschaft immer weniger Orte biete, an denen sich Arme und Reiche treffen. Sie hatte es natürlich komplizierter gesagt. Von Segregation hatte sie gesprochen, was soziale Trennung heißt, wie der Handlungsreisende in der digitalen Enzyklopädie nachschlägt, und damit die Lage der Einwanderer noch in der zweiten, dritten Generation gemeint. Auf der Matratze hätte er sie dann irgendwann gefragt, wie sie es mit der Vereinigung hielte. Es stimmt schon, den türkischen Arbeiter, der sich die Schuhe also nicht auszog und zugleich gewiß registrierte, daß der Gastgeber es tat, diesen also doch als Orientalen einstufte, einen besonders höflichen oder verweltlichten Orientalen, der Gästen erlaubt, die Teppiche mit Schuhen zu betreten, das lief alles mit Sicherheit in den paar Sekunden durch den Kopf des Arbeiters, in denen er durch den Flur mit den hohen Bücherregalen schritt, ihn hätte der Handlungsreisende sonst nur mit blauem Kittel in der Autowerkstatt oder durch die Fensterscheibe des Teehauses gesehen, wo die Männer selten die Jacken ausziehen, als sei es in Deutschland selbst in geschlossenen Räumen zu kalt, und nun saß er, der türkische Arbeiter, am Küchentisch, ein gestandener Kerl, jetzt verschüchtert, und nickte, als der Handlungsreisende mit dem deutschen Beamten, der nichts von den höllisch lauten Freizeithallen hielt, in denen Geburtstage oft stattfinden, die Vorzüge der Kletterhalle besprach. – Können Sie sich das vorstellen, fragte der Handlungsreisende den Arbeiter, bestimmt dreißig Meter hoch ist Ihr Mädchen geklettert, das konnte der Arbeiter kaum glauben, dreißig Meter? meine Mädchen?, aber natürlich abgesichert, mit Seilen, beruhigte der Handlungsreisende ihn, und der Beamte versicherte, daß nichts hätte passieren können, weil in Deutschland alles nach Vorschrift. Später ist die Familie mit der türkischen Freundin der Älteren und den Großeltern in der Gasse Pizza essen gegangen, vier Sprachen in ein und derselben Minute an ein und demselben Tisch wie in Isfahan oder New York. Statt der Wirtin steht jetzt meist die Schwiegertochter in der Küche, während der Sohn bedient und der Wirt die Abende beim Kartenspielen im Teehaus nebenan verbringt, wo vielleicht auch der Arbeiter gestern noch aufschlug. Fortan werden sich der Handlungsreisende und der Arbeiter ebenfalls begrüßen, wenn sie sich in der Gasse begegnen. Noch drei Stunden, von denen jener eine benötigt, um die Mystik an die Aufklärung anzupassen.

Auf dem Schreibtisch liegt eine Wahlkampfbroschüre, die ich im

Wohnzimmerschrank der Eltern in Siegen gefunden habe, »Lernt den Schafizadeh kennen«, zehn Seiten Autobiographie ohne fett- und rotgedruckte Slogans, ohne Kapitel, Zwischentitel, Thesen, Forderungen, auf dem Umschlag Großvater mit heruntergezogenen Mundwinkeln, der Stoppelbart, wie er ihn also schon Anfang der fünfziger Jahre trug, breite Krawatte und Nadelstreifenanzug, der kugelrunde Kopf mit der voluminösen Nase, wie er ihn noch Generationen weitervererben wird, die Glatze, die er also in der Ära Doktor Mossadeghs schon hatte. Man wird neidisch auf die Zeiten, als Wahlkämpfer noch mit Nebensätzen sprachen. Zwei Seiten nimmt allein die Erklärung ein, warum er sich eigentlich nicht zur Wahl stellen wollte. Nun, mit achtundfünfzig Jahren und nach anstrengendem Berufsleben Pensionär, hege er keinen anderen Wunsch mehr, als sich aus der Gesellschaft zurückziehen und seine Unabhängigkeit zu genießen. Er wolle sich dem Studium widmen und um seine Ländereien kümmern, die er vernachlässigt habe. Allein, die Umstände, das Vaterland, die neuerrungene Unabhängigkeit, die es zu verteidigen gelte: »Ich fragte mich selbst, wenn nicht einige Studenten und Schüler voller Leidenschaft und Gefühle sowie einige andere, selbstlose Bürger in der stickigen, schaftrunkenen Atmosphäre Isfahans den Ruf nach der Nationalisierung des Erdöls erhoben hätten – wann und wie wäre es möglich gewesen, daß auch unsere Stadt an diesem Ruhm teilhat? Kann man denn vergessen, daß die Mehrheit unserer Intellektuellen zuviel Angst hatte, um ein Telegramm zu unterschreiben?« Ich weiß nicht, welches Telegramm Großvater hier meint, vermutlich eine Solidaritätserklärung an den Premierminister. Ein Bündnis aus säkularen und religiösen Gruppierungen, die trotz ihrer Differenzen Mossadegh im Kampf gegen den Schah und die Briten unterstützten, hatte sich auf Großvater als gemeinsamen Kandidaten für den Wahlkreis Isfahan geeinigt, erläuterte die Mutter, als sie die Broschüre auf dem Wohnzimmertisch sah; seiner Herkunft, seinem ganzen Habitus und Denken nach gehörte er dem islamischen Lager an, wurde aber auch von den Säkularen akzeptiert. »Kann man denn heute, da nach beinah einem halben Jahrhundert, in dem die Freiheit erdrosselt worden ist, ein nationaler und ein religiöser Führer zu allgemeinen Wahlen aufgerufen haben, still sitzen bleiben und das Feld Gaunern sowie Agenten des Auslands überlassen?« Mit den Führern meint Großvater Doktor Mossadegh und Ajatollah Kaschani, der später für den CIA den Putsch einfädeln sollte. Daß der religiöse Führer die Nation verriet, wie es sich für Großvater nach 1979 wiederholte, muß für einen Frommen wie ihn eine größere Enttäuschung gewesen sein als für die Intellektuellen, die die Religion ohnehin aus der Politik heraushalten wollten. »Nein, das kann man nicht. Deshalb stelle ich mich heute den lieben Mitbewohnern meiner Stadt Isfahan vor und erkläre, daß ich gegen meine eigenen Herzenswünsche, trotz meiner unpassenden persönlichen Situation, meinen vernachlässigten Ländereien und ohne den geringsten persönlichen Ehrgeiz, weder aus dem Wunsch, Karriere zu machen, noch aus Eitelkeit oder um zu prahlen, allein aus Opferbereitschaft und dem Wunsch, meinem Land zu dienen, den ich in mir auf stärkste Weise empfinde, und um mein Gewissen zu beruhigen, und ohne daß ich irgendwen von meinen Mitbewohnern persönlich bitten oder auffordern würde, bereit bin, diesen Dienst an der Nation zu leisten, auf daß sie, die lieben Mitbewohner meiner Stadt Isfahan, mir im Falle, daß sie es für richtig befinden und diesen Sklaven für geeignet halten, diese ehrenvolle Aufgabe zu erfüllen, ihre Stimme geben können.« Großvater trat zur Wahl, um die er mit zehnzeiligen Sätzen kämpfte, nicht an. Weil er sich mit jemandem zerstritt oder die Parteien, die ihn nominiert hatten, sich untereinander zerstritten, zog er die Kandidatur zurück, zutiefst getroffen, wie es seine Art war. Das war mein Großvater: sein bedeutendstes Amt stellvertretender Filialleiter einer Bank, seine bedeutendste öffentliche Rolle eine vorzeitig zurückgezogene Kandidatur für den Wahlkreis Isfahan bei den iranischen Parlamentswahlen Anfang der fünfziger Jahre. Das ist nicht wenig, in seiner Zeit und seiner Stadt gehörte er, wenn auch zum vielleicht größeren Teil wegen seines Vaters, zu den geachteten Persönlichkeiten. Vor der Geschichte ist es beim besten Willen nichts, nicht einmal für die iranische Geschichte, nicht einmal für die Geschichte Isfahans. Allenfalls könnte ihn eine Stadtchronik des zwanzigsten Jahrhunderts in einer Fußnote oder Namenliste anführen, wenngleich nicht einmal das wahrscheinlich erscheint, schließlich war er kein Kandidat, schließlich war er kein Direktor, schließlich war er nur Sohn. Wieso ich mich mit ihm beschäftige, muß ich einmal gewußt haben. Weiter: Die Zeit am Persischen Golf, die nicht lang gewesen sein kann, schildert Großvater auf vierunddreißig Seiten. Keiner Station seines Lebens räumt er mehr Platz ein. Wer sich für die belgisch-iranischen Beziehungen im zwanzigsten Jahrhundert oder noch präziser für die kaum je untersuchte Arbeit der belgischen

Zöllner am Persischen Golf gegen Ende der Kadscharen-Dynastie interessiert, stieße auf eine überraschend ergiebige Quelle. Ich lese bereits im zweiten Absatz, daß Großvater sich wieder mit jemanden überwirft, nein, selbstverständlich jemand mit ihm.

Der Mutter, die bis vor ein, zwei Jahren mehr Ausdauer hatte und noch immer größeren Bewegungsdrang spürt als die vier Söhne zusammen, wurde heute schwere Arthrose diagnostiziert. Morgen sagt ihr der ältere Bruder, dessen Fachgebiet die Orthopädie war, was er tun kann, wahrscheinlich nichts. Seit Wochen kann sie das Knie nicht heben, den Jüngsten deshalb auch nicht besuchen, der in der vierten Etage wohnt, Altbau. Bis dahin ist sie noch wegen jeder Tüte Altpapier, die sie unbemerkt füllte, ein zweites und drittes Mal die Treppen gestiegen, gegen seinen Protest, versteht sich, Streit im Treppenhaus, Mama, wehe, Sie kommen noch einmal nach oben, das geht dich nichts an, geben Sie mir die Tüte, sag mir nicht, was ich zu tun und zu lassen habe, jetzt geben Sie schon her!, das darf doch wohl nicht wahr sein!, ich lasse es nicht zu, daß Sie meinen Müll tragen!, so sprichst du nicht mit mir!, hin und her in voller Lautstärke, ob ein Sohn so mit seiner Mutter sprechen darf oder verhindern muß, daß sie den Müll trägt. »Gestern fiel mir ein, daß ich die Mutter nur deshalb nicht immer so geliebt habe, wie sie es verdiente und wie ich es könnte, weil mich die deutsche Sprache daran gehindert hat«, bedauerte Franz Kafka am 24. Oktober 1911 im Tagebuch: »Die jüdische Mutter ist keine ›Mutter‹, die Mutterbezeichnung macht sie ein wenig komisch (nicht sich selbst, weil wir in Deutschland sind), wir geben einer jüdischen Frau den Namen deutsche Mutter, vergessen aber den Widerspruch, der desto schwerer sich ins Gefühl einsenkt. ›Mutter‹ ist für den Juden besonders deutsch, es enthält unbewußt neben dem christlichen Glanz auch christliche Kälte, die mit Mutter benannte jüdische Frau wird daher nicht nur komisch, sondern fremd. Mama wäre ein besserer Name, wenn man nur hinter ihm nicht ›Mutter‹ sich vorstellte. Ich glaube, daß nur noch Erinnerungen an das Getto die jüdische Familie erhalten, denn auch das Wort Vater meint bei weitem den jüdischen Vater nicht.« Auf einen Meniskusschaden, der sich operativ vielleicht beheben ließe, hatte der Ältere beinah gehofft, Hauptsache, es würde nicht so bleiben, nicht diese Schmerzen. Das wird die erste Feier sein, auf der sie nicht tanzt, dabei hatte der Jüngste eigens für sie persischen Pop auf den Laptop geladen. Den Vater werden sie ebenfalls das Stadttor hochtragen müssen, das er angemietet hat, damit sich die weiten Anreisen lohnen. Der Jüngste wird zwei, drei seiner Freunde bitten müssen, die Brüder haben's alle am Rücken, allerdings sind die Kumpel vom Tresen auch nicht mehr taufrisch. Der Schwiegervater, der sich von der Mutter so gern zum Tanzen auffordern läßt, bleibt nach zwei Operationen an der Prostata nun doch übers Wochenende im Krankenhaus. Den glücklichen Abschluß eines Lebensabschnittes zu feiern, bedarf es mehr Verdrängung, als der Jüngste aufbringt. Er ist zu spät geboren, um mit vierzig Jahren ein beschauliches Jahrzehnt zu erwarten. Die Tanten, die Onkel, sie stehen jetzt alle der Reihe nach vor der Sieche, die einem den Tod schmackhaft machen soll, demnächst dann die Lehrer und älteren unter den Freunden. Die Deutschlehrerin meinte gestern mürrisch, daß sie sein Fest, sosehr sie sich über die Einladung freue, grauenvoll finde: Wenn er vierzig werde – wie alt und immer noch nicht tot sei denn dann sie? – Nein, es geht mir beschissen, hatte sie mit der Schroffheit der Siegenerin dem Schüler geantwortet, der sie nach zwanzig Jahren zum ersten Mal anrief. Weil er sich vor Rückenschmerzen nicht einmal mehr die Socken allein ausziehen konnte, Durchfall hat und sich überhaupt elend fühlt, ohne eigentliche Erkältungssymptome aufzuweisen – ist nichts, sagte der ältere Bruder –, hat er den Islam abgesagt, den er heute fünf Zugstunden entfernt integrieren sollte. Das Honorar, das ihm verlorengeht, schenkt er sich zum Geburtstag. Die Direktrice beruhigte er, daß es keine Einlage mit Publikumsbeteiligung geben wird, es könne allerdings laut werden. Er täte zum letzten Mal so, als sei er jung.

Das Gehalt, das ein Berufsanfänger aus Teheran Anfang der zwanziger Jahre des letzten Jahrhunderts als Zöllner am Persischen Golf bezog, betrug höchstens fünfundzwanzig- bis dreißigtausend Tuman. Nur die Teppichgutachter, die eine Spezialausbildung absolviert hatten, brachten es auf vierzigtausend. Der Abteilungsleiter Herr Hayy, ein Jude aus Isfahan, der seit Jahrzehnten im Dienst war, wollte es nicht wahrhaben, daß das Bürschchen, das er in die Arbeit der Behörde einzuweisen hatte, mit sechzigtausend Tuman genausoviel verdiente wie er selbst. Merkwürdig ist nicht, daß ihre Zusammenarbeit nicht funktionierte. Merkwürdig ist, daß Großvater sich noch fünfzig, sechzig Jahre später darüber wundert. Seine Arbeit bestand im wesentlichen darin, Briefe zu verfassen und Dokumente zu übersetzen. Da er die Tage in der Amtsstube verbrachte, war er nicht von den regelmäßigen Auseinandersetzungen und sogar Rangeleien zwischen den Reisenden und den Zöllnern betroffen. Nur einmal wurde er hineingezogen, als er einen Ajatollah, der von Mekka zurück nach Isfahan reiste, mitsamt der Familie bei sich beherbergte. Die Makler, die den Reisenden bei den offenbar sehr komplizierten Formalitäten halfen, zettelten einen Aufstand an, der sich zum Generalstreik ausweitete. Nicht einmal Großvater erinnert sich, worum es im einzelnen ging, nur daß sie die blutenden Nasen und blauen Augen der Zöllner in der Amtsstube versorgten. Was dann passiert sein soll, verstehe ich nicht genau, klingt aber ebensowenig geschichtsträchtig. Großvater brachte wohl Augenzeugen zum Ajatollah, der daraufhin die Zöllner von jeglicher Schuld freisprach, die Proteste verurteilte und namentlich die Makler kritisierte. Herrn Hayy mißfiel das eigenmächtige Eingreifen, aber weil sich die Lage nach dem Schiedsspruch beruhigte, wurde Großvater am Ende vom belgischen Direktor vor der versammelten Belegschaft gelobt. Die Aufrührer schickten dem Ajatollah noch Emissäre nach, um ihn umzustimmen, worauf Großvater sofort einen Brief nach Isfahan schrieb, damit Urgroßvater seinerseits auf den Ajatollah einwirke, doch erledigte sich die Angelegenheit von selbst, weil der Ajatollah auf dem Weg verstarb. Die Belgier, die bei der Zollbehörde arbeiteten, scheinen nicht durchweg die Leuchten des Abendlands gewesen zu sein. Einer zum Beispiel, ein Monsieur – welche Vokale setze ich zwischen die Konsonanten K-L-T? – ein Monsieur Colette oder so ähnlich, ein grobschlächtiger, dabei meistens gutgelaunter und insgesamt gutmütig wirkender Hüne mit Kaiser-Wilhelm-Bart, konnte gerade mal lesen und sprach mehr schlecht als recht Französisch. Rechnungen mit mehr als einstelligen Zahlen notierte er auf einem Blatt, wobei er auf flämisch laut zu sich selbst redete. Anschließend zeigte er das Blatt mit verdecktem Ergebnis einem iranischen Beamten. Kam der Beamte auf die gleiche Summe – was selten geschah –, nahm Monsieur K-L-T seine riesige Hand weg und rief voller Stolz *voilà*. Wich die Summe ab, ließ sich Monsieur K-L-T die Rechnung erklären und tauschte die Zahl auf seinem Blatt aus, ohne verlegen zu werden oder sich zu schämen.

Natürlich war die Voraussetzung, auch die Direktrice anzusprechen, daß er zuvor gesagt hatte, niemals so glücklich mit der eigenen Frau zu sein wie jetzt. Darauf wies auch die Schwiegermutter hin, die die Frau tröstete, die nach dem Stillen nicht mehr zurück zur Feier wollte – es bleibt, daß dieser Idiot von Romanschreiber die Wirkung nicht vorausgesehen, überhaupt nicht daran gedacht hat, die eigene Frau verletzen zu können, sonst hätte er wenigstens eine andere, weniger authentische Formulierung für die Festrede gewählt, die er sich am Nachmittag ausgedacht hatte. Ähnlich dem Roman, den ich schreibe, jedoch stichpunktartig und als Vorabdruck, erzählte die Festrede die Biographie des Romanschreibers als Folge der Begegnungen mit seinen Gästen, mit den Eltern, denen er auf den Tag vor vierzig Jahren begegnete, den drei Brüdern einen Tag später, weil sie es nach der Geburt vorzogen, *Bonanza* zu Ende zu sehen, statt den Vater ins St. Marien zu begleiten; keine drei Jahre später schon der beste Freund, dem er Gummibärchen anbot, als dessen Eltern Umzugskartons in das Nachbarhaus trugen, das Mädchen, in das er sich auf der Klassenfahrt verliebte, der Rektor, der ihn als einziger in Siegen aufnahm, als er vom Gymnasium flog, der Kommilitone aus dem Orientalistikstudium und ihr legendärer Heiligabend im Kairiner Puff, die Kollegen, der Redakteur und der Verleger sowie alle weiteren Weggefährten bis hin zur Reporterin, deren Mutter gestorben ist, ihre Berührung auf der Hinterbühne, die Witwe von Karl Otto Hondrich und damit Hondrich selbst, zu dem eine Freundschaft entstanden wäre, der Bildhauer und damit Nasrin Azarba selbst. – Sie ist unter uns! half der Bildhauer von hinten aus, als dem Jubilar die Stimme versagte. Die Philosophin, welche ihm die jüdisch-muslimische Erklärung zum Libanonkrieg aufgesetzt hatte, meinte beim Frühstück, daß es wie seine eigene Grabrede gewesen sei, genau gesagt die Rede des Begrabenen über die Hinterbliebenen, und sie solches Pathos bei jedem anderen Menschen unerträglich gefunden hätte. Wie verzaubert schien ihm bei seinen Besorgungen das eigene Viertel, weil hinter jeder Ecke jemand entgegenkam, den er ein, zehn oder zwanzig Jahre nicht gesehen hatte. Nach Möglichkeit wird er keine Wegmarken mehr verpassen wie früher, der Lobpreis zur Geburt, das Begehen der Feste, das letzte Geleit. Für den Roman brauchbar, den ich schreibe, ist der Laptop, den ihm die Brüder geschenkt haben, mit 23,5 mal 17,5 mal 1,8 Zentimetern eigens ein besonders kleines und leichtes Gerät, das in jede Tasche paßt, um die Allmacht stets mit sich zu tragen, die der Romanschreiber der *Unsichtbaren Loge* verkündet, als der Held zum ersten Mal im Roman auftritt, den Jean Paul schreibt: »Sei gegrüßet, kleiner Schöner, auf dem Schauplatz dieses Lumpenpapiers und Lumpenlebens! Ich weiß dein ganzes Leben voraus, darum beweget mich die klagende Stimme deiner ersten

Minuten so sehr; ich sehe an so manchen Jahren deines Lebens Tränentropfen stehen, darum erbarmt mich dein Auge so sehr, das noch trokken ist, weil dich bloß dein Körper schmerzet – ohne Lächeln kommt der Mensch, ohne Lächeln geht er, drei fliegende Minuten lang war er froh.«

Weil die anderen gar nicht erst zu seinen Vorträgen kommen, trifft er jeden Abend in einer anderen Stadt auf friedfertige, angenehme, tolerante Menschen, die mit ihm und untereinander diskutieren wollen, über seinen Vortrag, anschließend beim Abendessen und manchmal ein Journalist oder jemand mit einem Projekt beim Frühstück, immer nur diskutieren, sag mir deine Meinung, ich gebe dir meine dafür wie die ersten Siedler ihre Lebensmittel. Er hat nichts dagegen, sich einen Abend über dieses oder jenes Problem auszutauschen, nur tauscht er sich gar nicht aus, sondern gibt nur noch Antworten, zu denen er von Abend zu Abend mehr Fragen hätte. Im Hotelzimmer angekommen, schaut er zu allem Überfluß nach, was diese oder jene Lokalzeitung über seine Auftritte geschrieben oder der Student an Nachrichten weitergeleitet hat, fast alles erfreulich, so daß es ihn kaltläßt, bis ihn eine einzige kurze Mail um den Schlaf bringt, die ihn beschimpft, seine Religion beleidigt oder hämisch einen Fehler nachweist. Er bemüht sich doch wirklich, bleibt stets höflich, argumentiert, weckt Verständnis nach allen Seiten, und am Ende des Tages stellt sich ein Unbekannter vor ihm auf und wirft ihn nieder mit einem Wort, so wehrlos ist der Handlungsreisende, der die Nacht, welche Nacht eigentlich und wo?, unter drei Sternen deshalb bei seinem Großvater verbringen wird. Aus welchem Grund auch immer – weil er ihn loswerden wollte?, weil für die Aufgabe Durchsetzungsvermögen statt Mathematik benötigt wurde? – ernannte der Zolldirektor Monsieur K-L-T zum Inspekteur für den Persischen Golf und schickte ihn auf See. Die iranischen Beamten durften auslosen, wer ihn als Übersetzer begleitete. Großvater, der Monsieur K-L-T noch nicht näher kannte, freute sich, als das Los auf ihn fiel. Warum seine Kollegen sich erleichtert zukicherten, ging ihm erst auf hoher See auf. Vielleicht hatten sie auch geschummelt. Damals unterstand die gesamte iranische Kriegsflotte der Zollbehörde und damit belgischem Befehl: zwei größere Schiffe, die *Persepolis* und *Mozaffar* hießen, und einige Boote mit Namen wie *Aserbaidschan* und *Mazanderan.* Monsieur K-L-T und Großvater bezogen je eine Kajüte der *Persepolis.* Zu den Mahlzeiten trafen sie sich mit dem Kapitän, einem kleinen, sechzig- oder siebzigjährigen Iraner mit weißem Bart, den alle Abdolrahman nannten. Daß Großvater und Kapitän Abdolrahman keinen Alkohol tranken, wollte Monsieur K-L-T schon persönlich nehmen, deshalb erläuterten die beiden ihre Glaubensgründe anhand von Koranzitaten. – *Dieu me damne*, seufzte Monsieur K-L-T, ich dachte, ich hätte zwei Freunde als Reisegefährten, und jetzt stellt sich heraus, daß ich mit zwei Priestern unterwegs bin. Daß er sich selbst nicht als Heiligen sah, machte er bereits in Deylam deutlich, wo die *Persepolis* zum ersten Mal ankerte. Was für ein hübscher Teppich!, rief Monsieur K-L-T im Büro des Zollvorstehers aus. Großvater wußte nicht recht, ob er die Bemerkung für den Zollvorsteher übersetzen sollte. Als Monsieur K-L-T merkte, daß der Zollvorsteher nicht auf die Würdigung des Teppichs reagierte, drückte er sich deutlicher aus: Sag ihm, er soll mich bitten, den Teppich mitzunehmen. Immerhin bedankte sich Monsieur K-L-T beim Abschied herzlich und lobte die Großzügigkeit der Bevölkerung von Deylam. Auch in anderen Häfen schlug Monsieur K-L-T die Geschenke nicht ab, die er seinen Gastgebern mit Hilfe Großvaters nahelegte. Einmal steckte ein Stammesführer Großvater kein Geschenk, sondern einen Umschlag mit Bargeld zu. Großvater wollte das Geld schon zurückgeben, aber Monsieur K-L-T beruhigte ihn: Das Geld wird uns bei der Arbeit nicht behindern. Auf dieser Grundlage verstand sich Monsieur K-L-T bestens mit den Einheimischen und insbesondere den Stammesführern, die in prächtigen Gewändern, mit Gewehren, Schwertern und Gefolge angeritten kamen, zumal sie sich bei den abendlichen Gelagen in der Wüste nicht als Priester entpuppten. Auf der *Persepolis* fuhr er die Küste entlang, kontrollierte die Zollbücher, trieb bei den Händlern und Stämmen die ausstehenden Zölle ein und lobte die Großzügigkeit der Bevölkerung. Manchmal verhängte er auch Strafen. In den meisten Häfen verlief die Arbeit ohne Komplikationen; allenfalls wurde einmal um den Betrag gefeilscht, dann war Monsieur K-L-T niemand, der sich taub stellte, wenn das Argument in Form eines weiteren Teppichs oder eines Umschlags mit Bargeld vorgebracht wurde. Nur einmal, in einer Hafenstadt, deren Namen ich weder auf dem Satellitenbild noch im Weltverzeichnis aller Hafenkodes ermitteln kann (Bandar Asaliyyeh, Osolyeh oder so ähnlich), stießen sie auf Widerstand. Monsieur K-L-T ordnete an, die Stadt zu bombardieren. Als der Enkel am Freitag, dem 7. Dezember 2007, um 3:49 Uhr mit halbzugefallenen

Lidern schon die Nachttischlampe ausschalten will, fällt ihm ein, was er gestern abend noch unbedingt festhalten wollte: Aus dem Munde eines anderen hat er Großvater gehört. Nach dem Vortrag und manchen Zuhörern, die noch etwas von ihm wollten, sprach ihn als letzter ein alter Herr an – er hatte die anderen wohl abgewartet – und erzählte von seiner Pilgerreise mit dem Fahrrad nach Jerusalem, weiter nach Ägypten und über den Maghreb und Spanien zurück nach Deutschland. – Wie ist es zu erklären, fragte er, daß ich mich nirgends sicherer und geborgener gefühlt habe als unter Muslimen? Der Enkel wußte genau, wovon der christliche Pilger sprach, die selbstverständliche Freundschaft gegenüber Gästen und Achtung Andersgläubiger, so sie denn gläubig sind, über die der Enkel in Europa nicht zu sprechen wagt, weil es unweigerlich apologetisch wirkte oder ihm jemand anhand von Fallbeispielen – was ist mit den Schwulen?, was mit den Frauen?, was mit den Bahais? – seinen Irrtum nachwiese. Nie habe er sich Sorgen gemacht, beteuerte der christliche Pilger, Gott habe ihn geleitet, ihn mit Unterkunft, Speise und jeden Tag mit der Güte neuer Menschen versorgt, mit Garantie die Gütigsten, wann immer es brenzlig wurde, etwa nachts oder einmal im Sandsturm. – Das waren Sie selbst, sagte der Enkel, ohne sich die Antwort zurechtgelegt zu haben, das war Ihre eigene Güte, die sich spiegelte, und zitierte die Mahnung Rumis, die Doktor Jordan in beinah jeder Abiturrede zitierte, wenn jemand von einem anderen Gutes sagt, so wendet sich dieses Gute wieder zu ihm. Er hatte wirklich ein Nikolauslächeln, der christliche Pilger, etwas ganz Seliges, als habe er gefunden, wofür er so weit Fahrrad gefahren, wirkte dabei vollkommen unintellektuell, jemand, der sein Leben lang geschuftet haben muß, weshalb er den Weg nach Jerusalem und über Kairo zurück nicht als Plackerei begriff. In Syrien nahm der christliche Pilger einen Muslim, der ihn beherbergt hatte, mit in die Kirche am Ort, erklärte ihm die Rituale, bat ihn zu warten, damit der Pilger betete zu seinem Gott. Nach dem Gebet meinte der Muslim, daß er dem Gast nun aber unbedingt auch die Moschee zeigen müsse. Der Imam empfing den christlichen Pilger freundlich, erklärte die Rituale und führte ihn herum. Am Ende sagte der Imam, daß er dem Gast aber auch ein Gebet mit auf den Weg geben müsse. – Stand ich nun unter dem Schutz seines oder dem Schutz meines Gottes? fragte der christliche Pilger schelmisch. – Ich würde sagen, daß es der Schutz unseres gemeinsamen Gottes war, antwortete der Enkel. – Das will ich wohl meinen, verbreiterte der christliche Pilger sein Lächeln zu einem glucksenden Lachen: Zu Gott kommt man auf vielen Wegen. Genau so, wörtlich, hatte der Enkel es von seiner Mutter gehört, die es von ihrem Vater, der es von Agha Seyyed Abolhassan Tabnejad, der es von den islamischen Mystikern, die es von den christlichen Asketen gehört hatten, die im siebten, achten Jahrhundert nach Jerusalem pilgerten.

Diesmal könnte es gelingen. Hinter manchen Schaufenstern der Gasse hält sich kein Geschäft, keine Kneipe, kein Imbiß länger als ein Jahr. Andere Betriebe, direkt danebengelegen, gab es schon immer und haben Aussicht, für immer standzuhalten, Ewigkeit aufs Erwerbsleben gerechnet oder sogar über die zweite Generation hinaus wie die Pizzeria oder gegenüber die Eisenwaren, die seit 1937 nicht mit der Zeit gegangen sind. Als er vor bald zwei Jahren das Büro bezog, damit es gegebenenfalls zur Wohnung würde, war das Ladenlokal neben dem türkischen Supermarkt einer der zwanzig, dreißig Import-Exporte im Viertel mit dem repräsentativen Querschnitt türkisch-asiatischer Waren, elektronisches Spielzeug, Fußmatten, Porzellan, Radiorekorder, die Fülle in den Regalen diametral zur Frequenz der Kunden. Da unbegreiflich ist, wie die Inhaber, die ausgesprochen geheimnisvolle Menschen sind – in den meisten Import-Exporten rotiert die Besetzung hinter der Ladentheke fortlaufend, und der Inhaber kann jemand ganz anders sein, ein Cousin, der in Detmold eine Sanitärkette betreibt, oder ein Bekannter in Antalya –, wie sie mit ihren Geschäften Geld verdienen, nimmt der Nachbar an, daß die Inhaber andere Geschäfte laufen haben. Das Ladenlokal neben seiner Haustür ist mit 220 Quadratmetern zu groß für Türkei und Asien, die Lage nicht billig und der Vermieter als Jurist niemand, der Nachlaß gewähren würde, nachdem ein Vertrag einmal geschlossen worden ist. Mehrere Wochen lang versuchten die beiden Bulgaren, die der Nachbar als Inhaber vermutete, wie in Stummfilmen ein Dicker und ein Schmächtiger, den übrigen Mietern die Waschmaschine aufzuschwatzen, die sie in den Hauseingang gestellt hatten (Lieferung inklusive). Als nächstes deckten sie die Schaufenster mit Packpapier zu, um wenig später mit rotweißen Luftballons die Eröffnung eines Mobiltelefongeschäfts zu feiern, in dem zugleich Pakete angenommen wurden. Der Schmächtige mit dem Schnurrbart, der stets grimmig guckt, kaufte und verkaufte linker Hand die Telefone, sein dicker, immer gutgelaunter Kompagnon, der so nett war, sich während der Fußballweltmeisterschaft um einen Fernsehtechniker zu bemühen, nahm rechter Hand die Pakete an. Oft war nur einer von beiden im Laden, und wenn es gerade der Falsche war, versicherte er, daß der Richtige in spätestens fünf Minuten zurück sei, also im Laufe des Tages. Sechs Monate nach der Eröffnung deckten der Dicke und der Schmächtige ihre Schaufenster wieder mit Packpapier zu. Unterdessen bat der Vermieter schriftlich um Verständnis, das Ladenlokal notfalls einem Wettbüro zu überlassen, falls er keinen anderen Mieter finde. Monate später gingen wieder Handwerker ein und aus, dann Putzfrauen, aber als das Packpapier abgehängt wurde, kam nicht das befürchtete Wettbüro zum Vorschein, sondern ein *Teppich-Paradis*, Paradies ohne e, in dem seit dem ersten Tag ausnahmslos alle Teppiche »topreduziert« sind, ein ganzes Geschäft aus maschinengewebter Billigware in himmelschreienden Farben als immerwährende Sonderangebote, wie ja auch im Krieg gegen den Terror der Ausnahmezustand permanent wird: »Hammer Optik! Hammer Preise!« Zwei Euro kostet der günstigste Lappen, keine zweihundert die teuerste Brücke. Zur Eröffnung fehlten die Luftballons genausowenig wie die großen Blumensträuße des Supermarkts und anderer Nachbargeschäfte mit dem rot-weißen Gedenkband wie an deutschen Trauerkränzen, der schwarze Schriftzug mit dem Glückwunsch freilich auf türkisch, obwohl das *Teppich-Paradis* von niemand anderen als den beiden Bulgaren betrieben wird. Na gut, nach so vielen Jahren in Köln werden sie schon die Sprache gelernt haben. Als der Nachbar vor zwanzig Jahren ins Viertel zog, waren die Gemüsegeschäfte, Restaurants und Imbisse auf deutsche Kundschaft ausgerichtet und entsprachen deshalb der Vorstellung, die sich Kriminalserien von Türken machen, der kleine nette Familienbetrieb, die Kinder helfen aus, im Sommer vier Wochen geschlossen für den Heimaturlaub. Mehr und mehr sehen die Restaurants und Geschäfte aus wie in der Türkei. Der Supermarkt hat bis auf den Edelmetzger, in dem weiterhin Fernsehprominenz einläuft, alle Familienbetriebe in den Ruin getrieben, dabei einige der früheren Besitzer oder Mitarbeiter als Angestellte übernommen. Die meisten Restaurants haben Plastikfolien auf den Tischen statt der handgestickten Decken, in Plastik eingeschweißte Speisekarten statt täglich wechselnder Aushänge und Alpenpanoramen an den Wänden statt der Poster des türkischen Fremdenverkehrsamts. Statt der anatolischen Laute im Hintergrund läuft im Vordergrund türkisches Popfernsehen. Alkohol wird nicht mehr ausgeschenkt, dafür sind die Speisen würziger, das Angebot reicher, die Zutaten frischer, so daß die Deutschen, Iraner und anderen Fremden die Restaurants genauso wie den Supermarkt oder den Friseursalon häufiger besuchen als früher die Familienbetriebe. Vor allem aber kommen jetzt die Türken, die außer in den Teestuben früher nur Personal war: an den Wochenenden die frisch verbürgerlichten Vorstädter, mittags hingegen die Arbeiter neben den Krawattenträgern aus den Versicherungen, abends dann und bis zum frühen Morgen vor allem junge Leute in unglaublichsten Konstellationen, die schwarzen BMWs mit ihren blonden Eroberungen neben Studenten der zweiten Generation, am Nachbartisch der schwarzen Nutten die hochgestylten jungen Mädchen mit und ohne Kopftuch, aber niemals ohne *sex appeal*, in verblüffend ähnlicher, schwarzer Uniformität Kreativwirtschaft und Sicherheitspersonal, die Viertel-, Halb- und manchmal der eine Vollverrückte des Viertels, das Publikum der anliegenden Szenekneipen vor Joghurtbechern, weil es Kölsch nur nebenan gibt. Erst jetzt, da die türkische Gasse kein Bühnenbild mehr ist, überschneiden sich die Laufwege wirklich, nicht nur der Bildungsbürger mit den Gemüsehändlern. Allein das *Teppich-Paradis* und allenfalls die Brautmode verweigern sich der Integration der Deutschen, Iraner und anderer Fremder, insofern sie keine Übergänge zulassen, denn wer interessiert sich schon für die maschinengewebten Scheußlichkeiten außer den Türken selbst, ganz bestimmten Türken, nicht die Studenten der zweiten Generation, nicht die schwarzen BMWs, wenn schon deren Eltern. Der Nachbar findet das in Ordnung. Auch die Römer hatten ihre Bäder in Köln, die Briten in Indien Clubs, die Amerikaner in Teheran Kirchen, in denen sie lange nach dem Ende ihrer Herrschaft unter sich blieben. Beinah alle Frauen, die im *Paradis* verkehren, sind älter und tragen Kopftuch wie Mantel so unförmig wie in türkischen Vorstädten üblich, wo sie die traditionelle Farben- und Schnittvielfalt der Dörfer, aus denen ihre Eltern stammen, gegen den modernen Einheitssack eingetauscht haben. An ihrer uniformen Kleidung sind Landflüchtige seit Beginn der Industrialisierung zu erkennen, schon im London von Charles Dickens oder New York von Henry James. Der Nachbar hat eine beigeschwarzmelierte Fußmatte gekauft, auf der nun seine Schuhe stehen, zum Hammer Preis, versteht sich, in Hammer Optik.

Ich sollte an dieser Stelle etwas über Großvaters Physiognomie schreiben. Auf der Wahlkampfbroschüre ungefähr aus dem Jahr 1950 sieht er bereits aus wie in meiner Erinnerung, die Glatze, die sich abzeichnet, mit den damals erst grauen kurzgeschorenen Haaren an den Schläfen, die helle Gesichtsfarbe, die abstehenden Ohren, dann dieser angestrengte Ernst: die heruntergezogenen Mundwinkel und die senkrechten Falten zwischen den kräftigen Augenbrauen, der innerhalb des bürgerliches Milieus ungewöhnliche Stoppelbart, der die religiöse Gesinnung anzeigte und heute von den Funktionären der Islamischen Republik getragen wird, vor allem aber dieser wirklich kugelrunde Kopf, der den ernsten Gesichtsausdruck konterkariert. Vielleicht blickt er eben wegen des Bewußtseins, niemals ganz dem Bild zu entsprechen, das er von sich gibt, etwas verloren in den Horizont. Er war auch für iranische Verhältnisse sehr klein, höchstens 1,65 Meter, schätze ich, wahrscheinlich noch kleiner, und schon ungefähr 1950 recht beleibt, ohne daß er im eigentlichen Sinne dick wirkte oder gar verfettet, eher so, als wäre sein Bauch genauso rund wie der Kopf, nur größer. Im Wohnzimmerschrank der Eltern in Siegen fand ich auch ein Photo, das höchstens zwanzig Jahre früher aufgenommen worden sein kann, aber einen anderen Menschen zeigt. Es ist ein Belegschaftsphoto der Nationalbank in Isfahan, die man sich nicht wie eine Stadtteilfiliale der Sparkasse vorstellen darf, sondern mit fünf, sechs Reihen von je zehn, zwölf Mitarbeitern, europäisch gekleidet, die Frauen natürlich ohne Kopftuch, auf einem Stuhl der ersten Reihe neben dem älteren Bankdirektor Großvater als sein Stellvertreter: ein schmales, irgendwie verhuschtes junges Männchen mit schwarzen Haaren, der auch ein Laufbursche sein könnte, wenn er nicht gerade in der Mitte säße und den schicken Anzug trüge. Sein Hitlerbart war Anfang der dreißiger Jahre bei den Intellektuellen in Mode, auch Sadeq Hedayat trug ihn, der bedeutendste iranische Schriftsteller des zwanzigsten Jahrhunderts, und drückte keine Sympathie für den Nationalsozialismus aus, den damals nur wenige kannten. Wenn überhaupt – dies nur eine Vermutung – war das Bärtchen, weil von den Deutschen übernommen, die als Gegner der Briten galten, ein Zeichen antikolonialer Gesinnung. Großvater sah damit ohnehin nicht wie Adolf Hitler aus, sondern mehr wie Charlie Chaplin. Nochmals zehn oder fünfzehn Jahre zurück, um 1919, fährt dieser schmächtige, kleine Isfahani mit den damals sicher noch viel bänglicheren Augen auf der *Persepolis*, der größten Fregatte der zugegeben sehr kleinen iranischen Kriegsflotte, verfolgt mit dem vierschrötigen Inspekteur aus Belgien die Schmuggelbanden im Persischen Golf und treibt bei den Stämmen entlang der Küste den Zoll ein. Seit einem Monat unterwegs, der für den jungen Zollbeamten aus Isfahan aufregend genug war, legen sie vor Bandar Osolyeh oder so ähnlich an, um dem Stammesführer Scheich Mohammad Chalfan einen Mahnbescheid über sechzigtausend Tuman zu überreichen, angefertigt vom jungen Zollbeamten und unterschrieben vom Generalinspekteur der Zollbehörde und speziellen Gesandten des Königreichs Iran, Monsieur K-L-T. Zwei Tage vergehen, ohne daß eine Antwort eintrifft. Als Monsieur K-L-T sich am dritten Tag vom Frühstückstisch erhebt, drückt er dem jungen Zollbeamten wortlos den französischen Entwurf eines Briefs in die Hand und geht aus der Tür. Der junge Zollbeamte kann nicht glauben, was er liest: »Von seiten des Generalinspekteurs der Zollbehörde und speziellen Gesandten des Königreichs Iran wird Herrn Scheich Mohammad Chalfan mitgeteilt, daß, sofern dieser nicht binnen vierundzwanzig Stunden nach Erhalt dieser Mahnung die Zollgebühren von sechzigtausend Tuman an die Kasse des Kriegsschiffs Persepolis übergibt, die Stadt Bandar Osolyeh [oder so ähnlich] bombardiert wird, wobei die Verantwortung für die Zerstörung und die entstehenden Schäden der Herr Scheich zu tragen hat.« Dem jungen Zollbeamten zittern die Lippen, Schweiß steht auf seiner Stirn: Gott möge mir beistehen, sagt er zu Kapitän Abdolrahman, mit was für einem Irren bin ich hier zusammengeraten!

Am darauffolgenden Tag beobachten sie durch ihre Fernrohre, wie die erste Kugel in ein Wohnhaus einschlägt, Kapitän Abdolrahman und der junge Zollbeamte aus Isfahan beklommen auf dem Deck, Monsieur K-L-T frohgemut und selbstsicher von der Steuerempore aus. Aus der Staubkugel, die in die Luft steigt, rennen Menschen nach draußen. Auch aus den Nachbarhäusern bringen sie sich panisch in Rettung, Männer und Frauen, alt und jung. Der Anblick drückt dem jungen Zollbeamten das Herz ab. Monsieur K-L-T läßt noch zwei weitere Kugeln abfeuern, bis endlich Stille einkehrt. In Bandar Osolyeh oder so ähnlich ist niemand zu sehen. Nach einigen Minuten steigt Monsieur K-L-T aufs Deck herab und befiehlt dem jungen Zollbeamten, in Begleitung von Kapitän Abdolrahman ins Dorf überzusetzen und den Scheich zu fragen, ob er das Geld endlich zahlt. Der junge Zollbeamte läßt Monsieur K-L-T ohne Antwort stehen. »Ich will nicht verschweigen«, wird er fünfzig oder sechzig Jahre später betonen, keineswegs antikolonialen Widerstand geleistet zu haben, »daß ich schreckliche Angst hatte, an Land zu gehen, da ich überzeugt war, daß sich das gesamte Dorf, Männer und Frauen, groß und klein, auf mich stürzen und mich aus berechtigter Wut augenblicklich totschlagen würde.« Als Kapitän Abdolrahman in die Kajüte tritt, kündigt der junge Zollbeamte an, auf der Stelle den Dienst zu quittieren und nach Isfahan zurückzukehren. – Jetzt beruhig dich erst einmal, redet Kapitän Abdolrahman auf den jungen Zollbeamten ein, und faß keine voreiligen Entschlüsse. Wieder klopft es: Monsieur K-L-T steht vor der Tür des junge Zollbeamten. – Was seid ihr noch hier? fragt er bleich im sonst so roten Gesicht: Macht euch endlich auf den Weg. – Ich bin nur als Ihr Übersetzer auf diesem Schiff, kreischt der junge Zollbeamte auf: Gehen Sie nur selbst voran, Monsieur, dann folge ich Ihnen! Kapitän Abdolrahman, der spürt, wie bedrohlich die Auseinandersetzung werden könnte, zieht den jungen Zollbeamten am Inspektor vorbei aus der Kajüte. – Überlaß den Irren sich selbst und hör mir zu: Etwas ist geschehen, was nicht geschehen durfte. Jetzt müssen wir zusehen, daß wir die Lage entschärfen. Egal, wo er ist, wir werden den Scheich finden, und egal, was es kostet, wir werden uns gütlich mit ihm einigen. Keine Sorge, ich verspreche dir: Dir wird nichts geschehen. Ich kenne die Menschen hier im Süden.

Spandau passiert, und die Mutter mit drei lebensfrohen Kindern um die Fünf, alle mehr oder weniger gleichaltrig, vielleicht Bruder, Schwester, Freundin, hat sich die Sitze am Nebentisch bis Bonn gesichert. Bereits gestern sehnte er sich ganztägig nach den vier Stunden und vierzehn Minuten Fahrt zurück nach Köln, während der er lesen könnte oder festhalten, daß Kapitän Abdolrahman und Großvater in den Hafen von Bandar Osulyeh oder so ähnlich übersetzten, um sich mit dem Stammesführer zu einigen. Bedeutender für sein Leben, weil er jeden Tag mehrfach daran vorbeigeht, ist allerdings die Renovierung des Teehauses gegenüber der Kneipe, als Symbol bedeutender sogar als alle Islamkonferenzen für die Zukunft Deutschlands: Fußboden aus Laminat, Tischdecken aus braunem Stoff und Stühle mit roten Sitzpolstern. Wer es sich so gemütlich macht, will also bleiben. Beinah sieht es wie ein Café von Deutschen aus oder sagen wir von Einheimischen. Geblieben sind die grellen Neonröhren an der Decke und die Wasserpfeifen im Schaufenster, die in allen Teehäusern des Viertels leider nur Dekoration sind. Rauchen kann man die Wasserpfeifen nur in den beiden arabischen Cafés, von denen sich das eine an die kleine Hörerschaft des multikulturellen Radiosenders richtet, die sich ihrer Toleranz versichert, indem sie das Radebrechen der Moderatoren erträgt; hingegen im anderen, größeren Wasserpfeifencafé ahmen die Kinder und Kindeskinder der Einwanderer im schummrigen Licht einer Opiumhöhle auf orientalischen Sitzkissen die Kultur ihrer Väter nach, die nebenan im Teehaus in Neonlicht auf harten Stühlen Zigaretten rauchen. Nette Kinder, die sich zu beschäftigen wissen, aber leider auch den Mitreisenden. Spätestens in einer Stunde werden sie sich zum ersten Mal streiten, weil der eine das will, was der andere gerade hat, oder zwei den Dritten ausschließen. Wie exakt Kinder sich gleichen, also auch die eigenen Töchter anderen, ist keine erhebende Erkenntnis, zumal man auch als Erwachsener Standard nur bleibt. Freitag nachmittag, kein einzelner Sitz frei, an einen anderen Tischplatz mit Steckdose gar nicht zu denken. Allenfalls könnte der Handlungsreisende sich zu jemandem setzen, der dann auf den Bildschirm lugen würde, der Speisewagen abgeschafft, weil jede Verkürzung der Fahrtzeit Milliarden kostet, ohne daß die Reisenden auch nur eine Minute gewinnen, da sie die Verspätung inzwischen fahrplanmäßig einkalkulieren. Und das im Land der Maschinen! würde Großvater sich wundern, der noch mit der Kutsche nach Teheran reiste und am Paß von Asadabad fast erfror, aber das Wirkungsprinzip kannte: je aufwendiger und mächtiger ein System, desto weitreichender bis hin zur Islamischen Revolution die Folgen eines einzelnen Störfalls, wie es in der Logik der schiitischen Geistlichkeit die Hinwendung Ajatollah Chomeinis zur Politik war. Der Junge ißt das Brot mit seinem … au ja, das ist sein Lieblingsschinken!, wie alle Welt erfahren soll. Die beiden Mädchen stehen auf den Stühlen, schalten die Leselampe ein und aus und ziehen das Rollo rauf und runter. Die Mutter liest aus der Zeitung vor, daß in zehn Jahren eine Bärenhungersnot in Kanada droht. Der Junge läßt den 4-Wheel-Drive mit Aufziehmechanik in straßenüblichem Lärm durch den Waggon sausen. Er soll achtgeben, niemandem ans Bein zu fahren, mahnt die Mutter. Einen vielleicht, aber drei Fünfjährige zusammen kann man nicht zur Ruhe zwingen, also versucht sie es gar nicht erst. Der Handlungsreisende wäre als Aufsichtsperson genauso langmütig. Eine Stunde schon unterwegs, 15:52 Uhr auf dem Handy am Freitag, dem 14. Dezember 2007, dazwischen liegen Schlafbemühungen, ein Cappuccino und die Suche nach einem anderen Platz … die in diesem Augenblick doch noch Erfolg hat, ein Einzelplatz am Abteilende, den er übersehen hatte, die Batterie bei 99 Prozent. Ich habe selbst Kinder, bestätigte er der Mutter, die kein schlechtes Gewissen vorgab, ihn vertrieben zu haben. Vormittags ist es im Teehaus gegenüber der Kneipe am buntesten, wenn die türkischen Rentner ihr Leben und am Nebentisch die schwarzen Nutten ihre Nacht bereden, dann auch noch die Müllmänner aller Länder zur Frühstückspause einkehren, Völkerverständigung in Orange wie auf dem Kirchentag. 66 Prozent, keine zwanzig Minuten später, auch die neue Batterie entlädt sich, als habe sie einen Platten, 63 Prozent. Der Nachbar hat das Teehaus noch nie betreten, sieht immer nur beim Vorbeigehen hinein. Jemand wie er mit kleiner Brille wäre dort viel fremder als die schwarzen Nutten oder deutschen Müllmänner. Dabei wartet er nur, daß sich das Teehaus eine seriöse Espressomaschine anschafft, wenn er schon keine Wasserpfeife rauchen kann, damit er sich nicht nur aus Neugier hineinsetzt. 23 Prozent. Das ist keine Batterie; das ist ein Massaker. – Ich habe dir nichts getan! kreischt eines der Mädchen durch den Waggon. – Seid ihr wohl ruhig! brüllt die Mutter noch lauter. Und wenn ihre Kinder den Zug gleich zum Entgleisen brächten, will der Handlungsreisende jetzt noch die Anekdote seines Großvaters zuende bringen, der mit schlotternden Knien den Boden von Bandar Osulyeh oder so ähnlich betritt – nichts geschieht, niemand stürzt sich auf ihn, um ihn zu ermorden, niemand ist überhaupt zu sehen. Bange Stunden später, als die Bewohner in ihre Häuser zurückkehren, erfahren Kapitän Abdolrahman und der junge Zollbeamte aus Isfahan, daß der Stammesführer das Dorf vor Tagen verlassen hat. Mit einem höflichen Schreiben, das alle denkbaren Garantien enthält, bitten sie darum, ihn besuchen zu dürfen. Als der Stammesführer sie abends empfängt, entschuldigen sich Kapitän Abdolrahman und der junge Zollbeamte vielmals für die Bombardierung, beteuern ihre Unschuld und flehen ihn an, das ausstehende Geld zu zahlen, da auf ihrem Kriegsschiff ein Irrer aus Belgien den Befehl führe, der keine Skrupel habe, Bandar Osulyeh oder so ähnlich in Schutt und Asche zu legen, als erstes jedoch sie, den Kapitän und den Zollbeamten, auspeitschen werde, sollten sie mit leeren Händen auf das Schiff zurückkehren. Der Stammesführer staucht die beiden wie Schulbuben zusammen, daß sie sich für Barbaren verdingten, bevor er zu ihrer Überraschung einwilligt. – Sagte ich nicht, daß ich die Menschen im Süden kenne? fragt Kapitän Abdolrahman, als sie nachts zurück nach Bandar Osulyeh oder so ähnlich reiten. – *Voilà*, schnalzt Monsieur K-L-T mit der Zunge, als der junge Zollbeamte am frühen Morgen sechzigtausend Tuman überreicht.

Die Freundin, die Bahai ist, führte gestern ein Interview für einen

Fernsehbeitrag über Gewalt in türkischen Familien, vor allem über Gewalt gegen Kinder. Jetzt laß uns nicht auch noch mit dem Thema anfangen, hatte sie der Chefredakteurin zunächst gesagt, siehst du nicht die Agenda, die dahintersteht? Eben weil ich sie sehe, will ich, daß jemand wie du den Bericht drehst, überzeugte die Chefredakteurin die Freundin, die als Bahai mit allen Minderheiten fühlt. Was sie herausfand, hatte sie nicht erwartet. – Navid, das ist erschütternd, sagte sie dem Nachbarn, die Zahlen ebenso wie die Schicksale, wo sie nur antippt. Für ihren Beitrag muß sie nicht in den Frauenhäusern oder bei der Caritas suchen, um Frauen zu finden, die von ihrem Vater verprügelt oder zur Heirat gezwungen wurden. Es reicht, sich umzuhören, um die vierzig Prozent bestätigt zu finden, die die Statistik aufweist, wenn der Nachbar die Zahl richtig behalten hat. Prügel ist die Regel, wie vor hundert Jahren in Isfahan, und insbesondere die Tochter vielen Vätern ein Eigentum. In einer Klasse in der Vorstadt, wo er nie hinkommt – nicht einmal den Namen des Stadtteils hatte er je gehört –, meldeten sich auf die Frage der Freundin, wer zu Hause regelmäßig geschlagen werde, fast alle Kinder von Muslimen, also auch die Libanesen und Kurden, fast die ganze Klasse. – Wir müssen unserer eigenen Anschauung mißtrauen, sagte der Nachbar, den Erfahrungen in den bürgerlichen Familien, der eigenen Nachbarschaft, den Schulen unserer Kinder, die nun einmal nicht der Kriegsschauplatz sind, von dem die Zeitungen immer schreiben. Die Freundin meinte, daß sie auch hinterm Bahnhof fündig geworden sei, da drüben das Teehaus: Siehst du den links in der schwarzen Jacke? Sie schaut genau hin und er nicht. In Indien zerrt er seinen Übersetzer auf die Müllkippe, aber in Köln kannte er nicht einmal den Namen des Vororts, in dem die Freundin dreht. Er könnte sich im Jugendzentrum umsehen, in dem eine abendfüllende Dokumentation über Haß und Perspektivlosigkeit gedreht wurde, nur einen Straßenblock entfernt, oder die närrische Alte in Knallgelb ansprechen, die jede Nacht im Imbiß mit den jungen Arabern zu flirten versucht (auch dem Nachbarn hat sie schon verführerische Blicke zugeworfen), er könnte den Transsexuellen auf einen Kaffee einladen, der oder die immer traurig guckt in seinem Minirock, aber auch wirklich zu dick ist, er könnte sich zu der Kleinwüchsigen setzen, die vormittags vor der Eisdiele ihr Kölsch trinkt – Man gönnt sich ja sonst nix, ruft sie ihm fröhlich zu, wenn sie seinen Blick auffängt –, oder den afghanischen Intellektuellen nach seiner Geschichte fragen, der täglich um Punkt elf in die Kneipe einläuft, er könnte, nein, müßte endlich einmal wie alle anderen in der Gasse mit der Nutte ins Gespräch kommen, die schon vor zwanzig Jahren mit ihrer Erfahrung warb. Er macht die Erfahrung nicht, sondern grüßt nur jeden im Viertel, mit dem sich der Gruß über die Jahre ergab, hält Ohren und Augen auf, um Hinweise nicht zu verpassen, erkundigt sich zwei Sätze mehr, als nötig wären, nach dem Befinden oder bleibt fünf Minuten länger, als er es sich in seiner üblichen Eile erlauben würde, in den Zelten der Chinesen, Inder, Iraner oder Kölner stehen, um ein Schwätzchen zu halten, wobei er streng die Neugier des Reisenden abwehrt. Wenigstens zu Hause will er fremd bleiben, ob er auch längst zur Gasse gehört wie die Modelleisenbahnen, der Fischhändler oder die zwei Mariastatuen über den Eingängen anatolischer Restaurants. Wahrscheinlich fragen sich der oder die Transsexuelle, die närrische Alte in Knallgelb und der afghanische Intellektuelle umgekehrt auch, was wohl seine Geschichte ist. Nach dem Namen sollte der Nachbar den blonden Syrer dennoch einmal fragen.

Gleichsam mit der Beendigung der monumentalen Stuttgarter Ausgabe, die als eine der herausragenden Leistungen der deutschen Philologie gilt, tritt der fünfunddreißigjährige Werbeleiter eines Volkswagen-Großhändlers bei Kassel am 6. August 1975 um 11 Uhr im Hotel Frankfurter Hof vor die versammelte Kulturpresse Deutschlands und verspricht eine neue Hölderlin-Edition in zwanzig Bänden nach revolutionären Prinzipien der Textkritik: durchgehende Faksimilierung sämtlicher Handschriften und ihre exakte Transkription, Absage an die Hierarchisierung verschiedener Textvarianten, konsequente Überprüfbarkeit aller editorischen Entscheidungen. Neben dem Werbeleiter sitzt, ebenso jung und langhaarig, ein Kleinverleger, der aus seinem Vornamen ebenfalls zwei Großbuchstaben gemacht hat und die Deutsche Kommunistische Partei von links attackiert. Ihre Pressekonferenz löst in Deutschland einen regelrechten Kulturkampf aus wegen – man mag es sich 2007 kaum noch vorstellen – nur wegen einer Edition. Um die Aufregung zu begreifen, muß man zum Nationalsozialismus zurückgehen, der um Hölderlin einen vaterländischen Kult betrieb, aber zugleich die institutionellen Grundlagen für die Hölderlin-Forschung in der Bundesrepublik Deutschland legte: die Hölderlin-Gesellschaft mitsamt ihres Jahrbuchs, das Hölderlin-Archiv und vor allem die Stuttgarter Ausgabe, in deren Bestreben, aus dem Knäuel der Lesarten die eine, abgeschlossene Fassung zu präparieren, man die Sehnsucht der Nazis nach nationaler Repräsentanz herausspüren mochte. Überhaupt waren Hölderlin-Tagungen eine der letzten Bastionen der Bildungsbeschaulichkeit in aufrührerischen Zeiten. Die Frankfurter Ausgabe, die auf fünf Jahre angelegt war, sollte den Dichter vom nationalmythologischen Mief seiner Rezeption befreien, abseits der Universität und ohne öffentliche Förderung. Sechs Jahre später, als das Projekt vor dem Abbruch stand, gerade vier von zwanzig Bänden waren erschienen, schrieb der Herausgeber in einem »brief an die rezensenten«, nichts weniger als Deutschlands Schicksal entscheide sich am Umgang mit Hölderlin: »denken sie darüber, wie sie wollen.« Zwar ist der Verlag zwischenzeitlich in den Konkurs gegangen, mußten die verachteten Institutionen als Geldgeber doch noch einspringen und hat der Herausgeber sich mit dem Verleger so sehr zerstritten, daß sie nicht einmal mehr miteinander reden, aber in ihrer Vollständigkeit, Akribie, Authentizität, Nachprüfbarkeit und auch Schönheit hat seine Ausgabe Maßstäbe gesetzt, die seither an die Editionen von Kafka, Kleist oder Keller gelegt wurden: Der Frankfurter Hölderlin sei das bleibende Verdienst von Achtundsechzig, sagte es Jürgen Habermas. Der Herausgeber, mit höchsten Preisen ausgezeichnet und von der Universität Hamburg zum Ehrendoktor ernannt, ist noch immer nicht unumstritten, das wird ein solcher Himmelsstürmer nie sein – aber er ist jetzt wer, selbst in der Fachwelt, auf die er so wenig gab. Kein Forscher käme noch ohne seinen Hölderlin aus, der über alle Krisen und Zerwürfnisse hinweg wuchs – und die Hälfte zweier Leben nach der legendären Pressekonferenz im Frankfurter Hof abgeschlossen sein wird. Es steht nicht schlecht um Deutschland.

Zum ersten Mal hat er einige Absätze aus dem Roman vorgetragen, den ich schreibe: ein Reinfall vom Anfang, als der Romanschreiber die Bühne betrat, bis zum Ende, als er die Diskussion mit den Zuhörern abwürgte, die nach den Romanen fragten, die er früher schrieb. Die Migräne meinte er mit Sensorenblockern in den Griff bekommen zu haben, aber als er zu lesen anfing, schoß der Puls in die Höhe, klopfte es wieder von innen gegen die Schädelwand und wurde ihm schwindelig, so daß er nicht mehr die Mahnung der Sprechtrainerin zu befolgen vermochte, die Sätze im Ausatmen zu beginnen, obwohl er es sich nach jedem Punkt von neuem vornahm, und da waren es noch mindestens vierzig Minuten inklusive Fragen, bevor er vom Tisch aufstehen durfte. Was tue ich hier?

entfuhr es ihm laut genug, um in der ersten Reihe gehört zu werden, als er das Stück über Madjid Kawussifar las, entweihe ein Gedächtnis und verderbe fünfundzwanzig Literaturinteressierten den Abend mit der Beschreibung einer Hinrichtung, als sollten sie sich empören. Hätte er sich Gedanken gemacht, hätte er ohnehin einen vertrauten Ort gewählt, um zum ersten Mal aus dem Roman zu lesen, den ich schreibe, nicht das neutrale Publikum eines Festivals in kleinen Sälen, wo keine Dynamik der Selbstanfeuerung entsteht und sich der Mißerfolg der Lesung als permanentes Stühlerücken, Husten und Tuscheln im eigenen Ohr bezeugt. – Wie soll der Roman denn heißen, fragte eine Dame, ohne daß er ihr das Wort erteilt hätte. – *In Frieden*, antwortete er dennoch. – Wie in Frieden?, murrte sie, in Frieden, *Ruhe in Frieden* oder was? – Einfach nur *In Frieden*. Nein, nicht *Der Frieden*, nicht *Über den Frieden* und auch nicht *Krieg und Frieden* – *In Frieden* soll der Roman heißen, den ich schreibe, *In Frieden* wie auf dem Friedhof oder als Huldigung an die Spelunke, an die Kant dachte – zufällig dachte, wie er selbst betonte –, als er sein Traktat schrieb. Der Romanschreiber hielt sich noch, hielt stand, die ganze schlaflose Nacht unter drei Sternen. Allmählich ließ auch die Migräne von ihm ab. Die Mail, die ihn vor dem Frühstück in die Schwermut stürzte, stammte wieder von einer Fremden, einer der fünfundzwanzig Literaturinteressierten, die nichts mit dem Roman anfangen konnte, den ich schreibe, aber es nicht böse meinte, nicht einmal das, nur enttäuscht war, weil sie sich den Romanschreiber anders vorgestellt, klüger, tiefer, beeindrukkender, wollte vielleicht nur die Bestätigung, ihn in einem ungünstigen Moment angetroffen zu haben. »Vielleicht empfinden Sie es als unverschämt aufdringlich, wenn ich Ihnen dies schreibe, aber ich hatte gestern abend den Eindruck, Sie seien genervt oder unglücklich«, begann die Literaturinteressierte die Nachricht noch freundlich. Was folgte, wäre nicht nötig gewesen, um sich begreiflich zu machen. Im Hof steigt am Montag, dem 17. Dezember 2007, um 12:18 Uhr der schmächtige Bulgare mit dem Schnurrbart aus seinem Kombi, dem die Hälfte des *Paradis* gehört. Zum ersten Mal hat er eine Begleitung dabei, eine langhaarige, attraktive Südländerin von vielleicht Anfang Vierzig, die der Nachbar ihm nicht zugetraut hätte. Der Schmächtige selbst wirkt aus der Ferne entspannter als früher vor seinen Mobiltelefonen, trägt statt des dunklen Anzugs eine helle Freizeithose und braune Jacke. Nein, es scheint ihm besserzugehen, seit die Geschäfte laufen. Und die Geschäfte des Nachbarn? Schreibt tagein, tagaus, anderthalb Jahre schon, in der Urschrift inzwischen 885 Seiten, die wer weiß wieviele Druckseiten ergäben, und fragt sich schon gar nicht mehr, wer sich für seinen Import-Export interessieren könnte. Er weiß ja längst selbst, daß er bankrott ist, und hat leider keine anderen Geschäfte am Laufen. Für seine Hybris, sich gegen den Tod aufzulehnen, bestraft ihn Gott durch die Aussichtslosigkeit, je zu einem Ende zu gelangen oder nur zu einem Vorsprung, von dem aus er zurückblicken könnte. In der Dunkelheit, die auch ein Frieden ist, schreitet er, ohne Hoffnung, jemals anzukommen, ohne jede Orientierung. Aber aufzugeben erscheint wie vor dem Paß von Asadabad unmöglich. Bergab würde es in der Dunkelheit schon gehen, die Postkutschenstation lag gleich hinterm Paß. Der Rückweg hingegen war zu weit, und eine Nacht in dieser Kälte würden weder Menschen noch Pferde überleben.

»Vor anderthalb Jahren stieß ich auf eine ermäßigte Ausgabe von Hölderlins sämtlichen Werken, die Sie herausgegeben haben. Als Jüngerer hatte ich nichts von der Diskussion um Ihre Arbeit gehört, kannte Hölderlin auch nur aus zwei Bänden, die ich mir als Student in der damaligen DDR billig besorgt hatte. Ihre Ausgabe hat mich das Lesen neu gelehrt, nicht nur das Lesen Hölderlins. / Inzwischen habe ich mich natürlich erkundigt und einiges gelesen, was zu Ihnen und manchmal gegen Sie in der Presse erschienen ist. Mit dem Abstand, den ich qua Geburtsjahr und literarischer Prägung habe, soll ich einen Artikel über Ihre Edition und Sie schreiben. Dafür würde ich Sie gern im Laufe des Januar besuchen – falls Sie einverstanden sind. / Da ich im Februar für ein knappes Jahr nach Rom ziehe, wäre ein späterer Besuch erst im Jahr 2009 möglich.« Auf dem Schreibtisch liegen ausgeschüttet die Zettel, Prospekte, Einladungen und Mitteilungen, die sich in der Ablage angesammelt hatten, ein Fragebogen der Deutschen Rentenanstalt, Protokolle von Konferenzen, der Ablauf von Festivals, Anfahrtsskizzen, Briefe wie der einer Gymnasiastin aus Lübeck. »Verzeihen Sie«, schreibt er ihr *copy & paste* zurück, was angefangen mit Gott alle Romanschreiber ihren Leser antworten, wenn ihnen nichts Besseres einfällt, »daß ich erst jetzt auf Ihren Brief vom 10. Mai reagiere. / Ich kann gut verstehen, daß Sie all diese Fragen haben, die jede für sich berechtigt sind, indes vermag ich sie nicht zu beantworten. Ich schreibe gerade deswegen Bücher, damit sie Fragen aufwerfen, auf die sich die Antworten je nach Leser oder Leserin unterscheiden. Jedes Buch, das etwas taugt, ist erst in der Lektüre zu Ende geschrieben. Um so mehr freue ich mich, daß mein Buch Ihnen offenbar etwas gesagt hat. Sie ahnen nicht, wie wichtig es ist, das gelegentlich zu erfahren, wenn man tagein, tagaus allein vor dem Computer sitzt. / Beantworten kann ich nur die biographische Frage: Ja, das Thema hat mich natürlich schon vor dem Roman beschäftigt, aber je älter ich werde, desto gegenwärtiger wird der Tod. Das liegt wahrscheinlich weniger an meiner eigenen Sterblichkeit; so alt bin ich als gerade Vierzigjähriger nun auch nicht. Es ist mit meinem Alter nur so, daß die Freunde und Verwandten zu sterben beginnen. So absurd es für Sie klingen muß, glaube ich, daß man das nicht hinnehmen sollte.« Zwischen den Erledigungen freute er sich daran, daß alles Angenehme außer dem Meer so nah ist, ein Schwimmbecken, in dem er allein seine Bahnen zieht, im selben Gebäude ein frisch und schnell zubereitetes Gemüsecurry für 4,50 Euro, überhaupt die Welt, die sich im Viertel auf achthundert mal fünfhundert Meter drängt, die Kinos, der Rhein, jede Kneipe eine Botschaft bei den Vereinten Nationen und von der Kunstschule bis zum Jazzhaus die einmaligen Möglichkeiten für die Kinder, fünf Fahrradminuten entfernt der Dom, die Philharmonie, Theater, Museen und Buchhändler nicht nur der Türke neben dem Stadttor, Zeit also, den Schreibtisch aufzuräumen, die Bücher ins Regal zu stellen, die restlichen Briefe zu beantworten, die aufbewahrten Aufsätze und Artikel in ein anderes Fach zu legen, wo er sie wieder nicht lesen wird, die Rechnungen zu bezahlen, die Quittungen zu ordnen, den Fragebogen der Deutschen Rentenanstalt auszufüllen, *Totenbuch2007–2.doc* an den Verleger zu mailen und fortzugehen.

Der nigerianische Wirt, der dreihundert Meter entfernt ins Viertel jenseits der Hauptstraße gezogen ist, begrüßt den früheren Nachbarn mit Handschlag. Das alte Lokal war eine Eckkneipe, *Vater Rhein*, die der Wirt mitsamt des Mobiliars, des Dekors, der Gläser übernommen hatte, neu allein die Musik, die geheimnisvollen Speisen, vor allem gekochtes Fleisch in dunkler Soße mit Reis und gebratenen Bananen, unter dem Teller eine Plastikschüssel mit Seife und Handtuch zum Händewaschen, das Guinness in Flaschen, das in Zentralafrika offenbar vom Kolonialismus übriggeblieben ist, der Fernseher lautlos mit Sport- oder amerikanischem Nachrichtenkanal, neu die Hautfarbe der Gäste, die Verkehrssprachen Englisch und Französisch. Auf den Nachbar wirkte es wie nach einem Zauberspruch oder der *Grünen Wolke*, die er dank der Älteren nochmals lesen darf: Simsalabim, die Weißen sind weg, dabei war der

Nachbar für die Schwarzen genauso bleich wie die Freier, deren Arme zwei oder oft auch vier Schultern umfaßten. Die Gäste scheinen jenseits der Hauptstraße dieselben zu sein; auch einen Freier mit notorisch ausgebreiteten Armen sieht der ehemalige Nachbar, außerdem zwei typische Russen auf dem Sofa in der Ecke, die sich beim Bezahlen als Deutsche herausstellen. Er hört es, weil er auf dem einzigen Hocker sitzt, der an dem kurzen Stück Tresen Platz findet. Die Einrichtung hat der Wirt wieder original übernommen, diesmal allerdings nicht deutsche Eckkneipe, sondern ehemalige Eisdiele, so daß seine Kneipe nicht mehr nach dem Rhein, sondern nach Venedig benannt ist. Auf den Tisch kommt weiterhin, was in Zentralafrika als gutbürgerlich gelten dürfte, mitsamt den Plastikschüsseln unter den Tellern, Seife und Handtuch. Wenigstens sollte der Wirt die Glasvitrine entsorgen, in der Bierflaschen anstelle der Speiseeiskübel stehen, entsorgen oder meinetwegen umstellen und statt dessen den Tresen verlängern. Allein und damit wie ausgestellt fühlt sich der ehemalige Nachbar nicht mehr wohl am Tresen, obwohl alle Zentralafrikaner, die zum Bezahlen an die Kasse treten, ihn anlächeln oder fragen *how do you do*. Auch die stämmige Bedienung gibt durch Blicke zu verstehen, daß sie nichts gegen Fremde hat. Traurig darüber, daß Simsalabim nicht mehr oder jedenfalls dieses Mal nicht gelingt, überquert der ehemalige Nachbar die Hauptstraße und läuft nach manchen Umwegen, auf denen sich leider nichts in den Weg stellt, in die eigene Kneipe ein, wo er sich mit dem afghanischen Intellektuellen über Pakistan nach der Ermordung Benazir Bhuttos unterhält. – Was redet ihr schon wieder für ein Zeug in eurer Sprache? will der Wirt wissen, obwohl er einen Trinkspruch von Heimito von Doderer an die Tafel geschrieben hat: »Skurrilität ist ein immer noch kontrollierbarer Kompromiß zwischen der Narrenzelle und einer apperceptiv-offenen Form der Existenz.« Und ob Sie's glauben oder nicht (es gibt Zeugen!), steigen der Nachbar, der sonst nicht viel sagt, und der afghanische Intellektuelle am 31. Dezember 2007 gegen drei Uhr auf ihre Barhocker und deklamieren abwechselnd persische und deutsche Sentenzen. Was sie deklamieren? Auf persisch muß es Hafis sein, weil der Name des Dichters am Ende des Gedichts vorkommt, so ein Vers wie »Ihr werdet's nicht erleben, daß Hafis nüchtern wird, / Weil Trunkenheit seit ewig sein Acker ist und Pflug«. Auf deutsch geht Hafis' wahrer Bruder im Geiste ab wie *Urlaub in Polen*: »Ist nicht heilig mein Herz, schöneren Lebens voll, / Seit ich liebe? warum achtet ihr mich mehr, / Da ich stolzer und wilder, / Wortreicher und leerer war?« Der Herausgeber wäre gerührt oder erbost gewesen, so viele Männer und wenige Frauen zu Hölderlin johlen zu hören wie auf einem Rockkonzert.

Wegen zwei Bemerkungen lag die Mutter bis zum Morgen wach, nachdem die Kinder und Enkel Weihnachten 2007 zu Besuch waren. – Das ist das Gläschen, das ich Ihnen ins St. Marien mitbrachte, hatte der Jüngste, der die Frühgeborene mit Brei aus dem Gläschen fütterte, bei Kaffee und Kuchen dem Vater gesagt, der neben ihm saß, Williamsbirne, Ihre erste Mahlzeit, die Sie dann doch nicht gegessen haben. Merkwürdigerweise hatten alle die Bemerkung gehört, obwohl es bei Kaffee und Kuchen so laut wie immer zugegangen war, wenn die Großfamilie um den konferenzgroßen Eßtisch in Siegen sitzt. – Erinnern Sie sich, Papa? hatte der Jüngste gefragt, ohne bereits die Stille registriert zu haben. Als dem Vater der Übergang zu Kartoffelpüree gelang, hatte er dem Jüngsten das Gläschen wieder mitgegeben, damit die Frühgeborene später daraus äße. Die Eltern mit ihrer Sparsamkeit, hatte der Jüngste geächzt, jedoch nicht widersprochen. Da seien alle Bilder zurückgekehrt, sagt die Mutter, als der Jüngste an Neujahr 2008 in ihrem Wohnzimmer sitzt, wie im Film auch die Krankheit seiner Frau, dann die bangen Monate der Schwangerschaft, die Frühgeborene in dem Glaskasten, der Unfall des älteren Bruders während der *reunion*, der Vater im Herzzentrum. Der erinnert sie an die Wendung zum Glück, die das Jahr nahm. Der zweite Grund, nicht schlafen zu können, war die Mitteilung des Jüngsten, Großvaters Selberlebensbeschreibung zu lesen. Der Jüngste hatte es mehrmals angedeutet, ohne jedoch nach Details zu fragen wie an Weihnachten 2007. Im Haus der Großeltern in Isfahan, ja, nach der Revolution, als die Straßen noch nach Königen benannt waren, ganz bestimmt, habe sie oft gesehen, wie Großvater schrieb, an dem kleinen Schreibtisch in seinem Zimmer oder aufgerichtet im Bett. Niemand habe seiner Arbeit Bedeutung beigemessen, Großmutter sich sogar mokiert, wie es ihre Art war. Sentiment hatte sie nur für Menschen übrig, nicht für Werke. Großvater selbst schrieb mit großem Eifer, weshalb es ihn später auch so sehr enttäuschte, daß sein gelehrtester Freund davon abriet, das Manuskript einem Verlag vorzulegen. Nur vier Exemplare ließ die Tante anfertigen, für sich selbst, ihre Geschwister und eins für die Töchter des verstorbenen Onkels Mahmud in Kanada; also haben außer dem gelehrtesten nicht einmal Großvaters Freunde das Manuskript gelesen, hat niemand die Zeit wertgeschätzt, weder des Lebens noch seiner Beschreibung. Und fünfundzwanzig, sechsundzwanzig Jahre später liest ihr eigener Sohn, der inzwischen Schriftsteller geworden ist – und niemand ist stolzer auf seinen Erfolg und skrupelloser darin, ihn zu übertreiben –, Schriftsteller geworden in einem anderen Land, in einer anderen Sprache, ist Mitglied dieser Akademie, was praktisch dem Nobelpreis entspricht, ist im Fernsehen und groß mit Photo in den Zeitungen, liest die Selberlebensbeschreibung auf persisch, kann sie auf persisch lesen, was sie ihm anfangs nicht einmal abnahm, wie der Jüngste Weihnachten 2007 merkte, und sie denkt, das sagt sie an Neujahr 2008 wörtlich, sie denkt genau das, was der Sohn ebenfalls denkt, sie denkt, daß es vielleicht doch von Bedeutung war, woran ihr Vater tagein, tagaus arbeitete, kurz bevor er starb. Vor ein paar Jahren interessierte sich eine Journalistin für ihre Biographie, die daraus ein Buch machen wollte, Geschichte einer muslimischen Einwanderin. Nach einigen Interviews ließ die Journalistin wahrscheinlich auch deshalb von ihrem Vorhaben ab, weil die Söhne mißmutig auf die Kapitel reagierten, die sie zur Probe vorgelegt hatte. Keiner wollte seine Biographie für das Islamregal der Buchhandlungen verwendet sehen. – Ich hätte doch Pseudonyme verwenden können, sagt die Mutter vorwurfsvoll, niemand hätte euch erkannt. Der Jüngere erklärt, daß die Journalistin ein Rührstück aus ihrem Leben gemacht hätte, um es zu verkaufen, das Drama einer Muslimin *against all odds*, wobei der Vater und die Söhne für den Part der Widerstände zuständig gewesen wären. Ach was, widerspricht die Mutter, die sei so nett gewesen, aber der Jüngste merkt, daß sie seinen Einwand nicht vollständig verwirft. Niemals im Leben habe sie jemand zu etwas ermutigt, am wenigsten ihr Mann, und sie begann, die ewigen Beispiele aufzuzählen, vom Studium der Literatur, von dem er sie abhielt, weil er nach Deutschland ziehen wollte, bis zu den Übersetzungen aus den Büchern des Jüngsten, die zu veröffentlichen der Jüngste selbst hintertrieb – niemand habe sie ermutigt außer ihr Vater. Als junges Mädchen führte sie Tagebuch. Bevor sie auswanderten, bat sie ihren Onkel oder Cousin, die Hefte aufzubewahren. Später wollte sie sie zurückhaben, da hatte er sie verbrannt. Er habe die Tagebücher gelesen, teilte der Onkel oder Cousin mit, und es für besser gehalten, wenn sie nicht mehr existierten. – Wie weise! wirft der Vater mit seiner kratzigen Stimme ein, die sich wohl nie mehr vom Beatmungsgerät erholt. Jetzt sei ihr der Gedanke gekommen, daß sie einfach schreiben solle, ihr eigenes Leben aufschreiben, egal für wen, nicht für eine Deutsche oder ein Buch, sondern auf persisch, nur für sich und wen auch immer. Nachdem ihr Bruder gestorben war, Onkel Mahmud, sei sie völlig hilflos gewesen, allein zu Hause häufig in regelrechter Panik, sprang aus dem Fenster zum Garten, lief in den Wald, kehrte nicht zurück bis abends spät. In der Zeit habe sie angefangen, Gedichte zu schreiben, und das sei das einzige gewesen, was sie allmählich beruhigte. Fast zwei Jahre habe sie Schwarz getragen, bis der Arzt und Geistliche der Familie in Siegen, Sohn eines berühmten Ajatollahs aus Aserbaidschan, sie eines Tages auf der Straße angehalten und aufgefordert, nein, ihr befohlen habe, das Schwarz endlich abzulegen, das Leben gehe weiter. Zur Sicherheit habe der Arzt und Geistliche noch am gleichen Abend bei ihnen zu Hause geklingelt und sich alle schwarzen Kleidungsstücke aushändigen lassen. Großmutter sei stolz auf sie gewesen und habe die Gedichte für die übrigen Verwandten vervielfältigt, alle hätten das Talent der Mutter gerühmt. In jedem Brief habe Großmutter um neue Gedichte gebeten. Jetzt nannte eine Nichte die Mutter in einem Brief »Dichterin« – Oma, die Dichterin, oder so ähnlich. Auf die Anrede muß die Nichte von den Tanten gebracht worden sein, ihren Großtanten, die sie im Sommer auf der *reunion* in Amerika getroffen hatte, denn die Mutter selbst sprach nie davon. Sie habe sich so sehr gefreut, sagt die Mutter am Wohnzimmertisch, eine Dichterin genannt zu werden. Sie fragt nicht, ob der Jüngste etwas vorhabe mit Großvaters Selberlebensbeschreibung, so nah die Frage liegt. Eine Antwort wüßte er nicht, beziehungsweise lautete die Antwort im Augenblick nein. Er hat noch nichts vor, er macht sich nur Notizen. Zwar hält er es für möglich, daß daraus einmal ein eigenes Buch entsteht, endlich wieder ein richtiges Buch mit Umschlag und allem, aber noch hat er keine Ahnung, wie, wann und ob die Notizen, die er sich bei der Lektüre macht, überhaupt eine andere Gestalt haben könnte als die Gestalt einzelner Blätter innerhalb eines ungestalten Romans, der die allgemeine Leserschaft ebensowenig interessiert. Er merkt nur, daß ihn die Selberlebensbeschreibung, die auch er anfangs geringschätzte, seit Wochen mehr beschäftigt als alles, was um ihn herum passiert und er sonst derzeit tut, die Vorträge, Auftragsmanuskripte, der bevorstehende Salon mit Arnold Stadler, die Vorbereitungen für Italien, die Bücher, die er mitnimmt, weil er nicht das ganze Jahr Jean Paul lesen möchte, eine Liste mit Erledigungen, Pässe, Handy, Krankenversicherung, die Schule der Älteren in Rom und jetzt schon das Gymnasium in Köln, auf das sie nach dem Jahr wechselt. Außerdem, und das ist sehr schön, haben die Gespräche mit den Eltern, auch mit dem Vater, einen neuen Ton, seit der Sohn so dezidiert fragt. Normalerweise sind um sie herum viele Leute oder läßt sich der Jüngste abgespannt und weit weg mit den Gedanken für eine halbe, dreiviertel Stunde zwischen Schreibtisch und Abendessen blicken, wenn die Eltern für ein paar Tage in Köln sind. Selbst im Urlaub, wenn Zeit wäre, geht es selten darüber hinaus. Seit sie kostbar geworden sind, nimmt man sich vor, die Begegnungen mit ihnen auszuschöpfen, aber dann ist es doch wie immer. Speziell die Mutter hat ihm seine Schweigsamkeit oft vorgehalten. Gegenüber den Schwiegertöchtern und Enkeln hat der Jüngste sie immer verteidigt, aber ehrlich gesagt hat sie neben allen anderen Marotten tatsächlich eine komische Art des Erzählens, exaltiert, mit vielen Übertreibungen und selten so, daß sie auf den Punkt kommt, regelrecht nervtötend, wenn sie deutsch sprechen muß, weil nicht mehr alle Familienmitglieder Persisch verstehen. Es gab Ausnahmen, wenn sie allein waren, vor allem in Krisen, ihren Krisen, seinen Krisen, da waren Mutter und Sohn sich Stützen und ihre Gespräche ein Austausch, allerdings selten im letzten Jahr, das sie heillos überforderte, nein, das war nicht mehr von gleich zu gleich außer vielleicht auf der Fahrt zum Konsulat in Frankfurt. Selbst ihre Stimme ist jetzt anders, fällt dem Jüngsten auf, nicht mehr so hoch, und ihre Beschreibungen sind konzis wie selten. Natürlich ist auch seine Aufmerksamkeit eine andere, haben seine Fragen mehr als nur den Grund, ein Gespräch zu führen, kommentiert er ihre Antworten und äußert seine Ansichten. Über Zuneigung, Dankbarkeit, Vertrauen hinaus mißt er ihrem Leben nicht nur für sich Bedeutung bei, sondern an sich.

Da er, zum wievielten Mal in wie vielen Monaten?, den Flughafen Frankfurt passiert hat, müßte er bald in Mannheim sein, dann Stuttgart, in Ulm und Lindau umsteigen, Ankunft am Sonntag, dem 6. Januar 2008, um 15:43 Uhr, wo er um 17 Uhr die Rede zum Neujahrsempfang halten soll. Der rührige Bürgermeister wollte die gesamte Veranstaltung mit der Big Band der Musikschule und weiteren Rednern – dreieinhalb Stunden Programm – schon um eine Woche verschieben, weil der Festredner mit Magen-Darm-Grippe siechte, alle Plakate überkleben, Durchsagen im Lokalradio, da mußte der Festredner auf die Beine kommen, so schwankend auch immer. Die Frühgeborene und die Frau hat es ebenfalls erwischt, die Frühgeborene sogar für eine Nacht in der Klinik, sind Gott sei gepriesen bereits wieder obenauf. Ihn strecken die Infektionen seit einigen Jahren gleich für Tage, manchmal Wochen nieder, wofür die Ärzte, die ihn untersuchen, keine Erklärung finden. Im letzten Jahr blieb er verschont, eine Krankheit wäre gar nicht möglich gewesen, fällt ihm ein, und auch diesmal scheint es glimpflich zu verlaufen, nur den ersten Tag im Dauerdunst, am zweiten schon ein paar Löffel Hühnersuppe gegessen, in den Zeitungen geblättert, den Sportteil gelesen, abends wegen der Kopfschmerzen eine Runde um den Block gewagt, beim Zubinden der Schuhe den Rücken verhoben, das Geräusch laut wie ein Ast, der bricht, dann gestern am dritten Tag war schon nicht mehr die Schwäche das Hauptproblem, sondern der Rücken und mehr noch der Kopf, auf den permanent ein Balken zu prallen schien, also diesmal von außen, was auch eine Abwechslung ist, bis er nachmittags nicht mehr eins und eins zusammenzählen konnte; passabel hingegen der heutige vierte Tag, der Bestie von Schädel genügten bis jetzt drei Sensorenblocker als Jungfrauen, und die Furien von Schuhen hätte er sich am Morgen schon wieder selbst zubinden können, wenn er nicht ohnehin die Slipper angezogen hätte, um die Beine im Zug hochlegen zu können, wann immer sich die Gelegenheit ergeben würde. Vor ein paar Stunden sah es noch anders aus. Um Viertel nach zwei lag er wach, sah schon die schlaflose Nacht und damit die Übermüdung voraus, die er als Festredner überhaupt nicht gebrauchen konnte, doch war er diesmal klug genug, es nicht mit der Brechstange zu versuchen, die er zwischen den Beinen trägt, sondern den Kopf anzuwerfen, der gnadenweise nicht mehr weh tat. Daß bei Jean Paul zwei gegensätzliche Stilebenen ständig zueinander in Beziehung gesetzt werden, das Erhabene, Idealisierende und Verschrobene einerseits, das Niedrige, Nüchterne, Bodenständige andererseits, hat Jean Paul selbst, aber auch viele Germanisten dazu gebracht, Romane wie die *Flegeljahre* in die Tradition des *Don Quijote* und des humoristischen Romans zu stellen. Gestern nacht meinte ich noch eine andere Linie entdeckt zu haben, die von Jean Paul zu Cervantes führt (und damit andersrum zu Doderer und Mosebach, wie ich es wegen des verschütteten Tees nicht ausgeführt habe). *Don Quijote* steht ja nicht nur für den Ursprung des modernen Romans, sondern trägt zugleich die Züge älterer Erzählformen, des Epos und der Märchensammlung mit ihrer Rahmenhandlung. Der Anspruch an den Romanschreiber, daß jeder Abschnitt, jeder Gedanke an den davorliegenden anknüpfe, ist genausowenig zwingend wie die Erwartung an den Leser, daß er gleichzeitig nur *eine* Geschichte verfolge, *eine* Handlung, die Entwicklung *einer* Idee – oder auch nur am Anfang anfange. Die Wirklichkeit ist anders. In der Wirklichkeit fängt nichts an der richtigen Stelle an und bricht alles ohne Ende ab. Am wenigsten aber fügt sich der Tod ein, weder in das Leben noch in den Roman, den ich schreibe; er passiert prinzipiell zum falschen Zeitpunkt, und dann bricht erst einmal alles zusammen. Jeder müßte das selbst erlebt haben, der einmal um einen Liebsten trauerte, was der Romanschreiber erlebt, daß die Mitmenschen irgendwann, sagen wir im zweiten, dritten Monat zu verstehen geben, es müsse doch auch mal gut sein, und nach spätestens einem Jahr: Jetzt reiß dich zusammen, das Leben gehe weiter, der Tod gehöre zum Leben und so weiter, die ätzenden Argumente alle, mit denen Menschen seit jeher ihre Mitmenschen zusätzlich quälen, deren Leben nicht weitergeht, obwohl sie sich ja bemühen, kein Aufheben zu machen, das Zimmer des Liebsten aufräumen, seine Habseligkeiten ordnen und entsorgen, was unmöglich aufzubewahren ist, das Leben nicht weitergeht, nicht weitergeht, nicht weitergeht oder jedenfalls nie mehr, wie es sollte. Weit eher als ein konventioneller Roman von heute entspricht dem die Struktur des vormodernen Epos als einer Sammlung aus tausend Einzelgeschichten, die enden, während eine andere beginnt, und sich mehr, oft weniger geschmeidig in den Plot einfügen. Man merkt es daran, daß man als Leser beinah überall einsteigen kann, sofern man die Handlung in Grundzügen erfährt, wie man ja auch im Leben die Menschen nicht von ihrer Geburt an kennt, außer wie Gott die eigenen Geschöpfe. Dieses Erzählprinzip ist älter als der *Don Quijote*; es manifestiert sich im *Dekameron*, in der *Göttlichen Komödie* und natürlich in der literarischen Tradition des Orients und des Andalus, die Cervantes ebenso explizit aufgreift wie vor ihm Dante oder Boccaccio – und nach ihm Jean Paul: »Diesen romantischen Polyklets-Kanon und Dekalogus, dieses herrliche Linienblatt haben die meisten Deutschen entzweigerissen, und sogar in den Märchen von 1001 Nacht find' ich die Allmacht des Zufalls schöner mit moralischen Mitteltinten verschmolzen als in unsern besten Romanen, und es ist ein großes Wunder, aber auch eine ebenso große Ehre, daß meine Biographien hierin ganz anders aussehen, nämlich viel besser.« Nicht zufällig nennt Jean Paul seine Romane gern Biographien, weil in Biographien nichts vorherzusehen ist. In einem Roman ist es unwahrscheinlich, daß sich auf Seite

200 etwas Gravierendes ereignet, was weder vorher noch nachher irgendeine Bedeutung hat. Im Leben geschieht es andauernd. Romane beruhen auf Wahrscheinlichkeiten, damit auf einer Ordnung. Die Wirklichkeit hingegen scheint voller Zufälle. Jean Pauls Romane behaupten, daß die Zufälle, die für den Romanschreiber und die anderen Figuren keine Struktur ergeben, sich für den Leser zu einer Ordnung fügen. Darin sind sie ein religiöses Unterfangen. Der Roman, den ich schreibe, behauptet, daß die Zufälle, die für den Romanschreiber und die anderen Figuren keine Struktur ergeben, sich für den Leser zu einer Ordnung fügen. Darin ist er ein religiöses Unterfangen. In wenigen Minuten erreichen wir Ulm Hauptbahnhof.

Heute, nein, inzwischen gestern, am 10. Januar 2008, rief der Herausgeber an, als der Leser aus dem Fitneßstudio trat, wo er sich zur Probe wöchentlich zweimal mit Hanteln, auf dem Laufband und unter Geräten gegen den Verfall stemmt. Die Stimme klang völlig normal und deshalb völlig überraschend, etwas unsicher wie die des Lesers. Dessen Vorschlag, ihn am 1. Februar auf dem Dorf zu besuchen, nahm der Herausgeber an, ohne im Kalender nachzusehen. Er sei ja jeden Tag da. Außer der Telefonnummer des Herausgebers, die er für sich behalten möge, erfuhr der Leser am 10. Januar 2007, daß Monsieur K-L-T doch noch Ärger bekam, als die *Persepolis* in den Hafen von Buschher zurückkehrte, hatte sich doch seine Begeisterung für die iranische Gastfreundschaft in der Zwischenzeit bis zum belgischen Zolldirektor herumgesprochen, einen Mann von großer Gewissenhaftigkeit. Überhaut war Monsieur K-L-T die Ausnahme und die Mehrheit der belgischen Zöllner überaus korrekt, betont Großvater. Für die Belgier sprach außerdem, daß sie die Briten nicht leiden konnten, die am Persischen Golf nach Öl bohrten und in Buschher durch einen arroganten Konsul vertreten wurden. Die zwei Anekdoten, die von der belgisch-britischen Rivalität erzählen, muß ich überspringen, da die Seite bei der Abschrift offenbar vergessen und handschriftlich nachgetragen wurde, somit schwer zu entziffern ist für jemanden, der in Europa aufwuchs. Soweit ich erkenne, entgeht der neueren iranischen Geschichtsschreibung nicht viel, wenn der Enkel also statt dessen den zweiten Anruf erwähnt, der ihn heute erreichte, kaum hatte der Herausgeber aufgelegt: Der Redakteur, der auf den hinteren Seiten des Feuilletons oder in der Wochenendbeilage gelegentlich Absätze aus dem Roman veröffentlicht, den ich schreibe, fragte, ob er die

Begegnung der Heraustretenden mit den Wartenden, die in der Urschrift bereits stattfand, »Vor dem Kino« nennen dürfe, obwohl ein Text von Robert Walser so heißt. Das wäre ein Kompliment, antwortete der Romanschreiber und erkundigte sich, wo der Text zu finden sei, worauf der Redakteur sich die Mühe machte, die Seiten zu kopieren und als PDF-Datei zu mailen. Anders als der Romanschreiber wartete Walser nicht auf den Einlaß, sondern auf »mein Töchterchen, oder wer sie sein mochte«, die in der Vorstellung saß: einige Menschen, die am Ich-Erzähler vorbeigehen, aufgenommen wie von der Kamera, die Andy Warhol an eine Straße in Manhattan stellte. Der Roman, den ich schreibe, hält zwar ebenfalls Alltäglichkeiten fest, doch offensichtlich unaufgebbar im Bemühen, eine Bedeutung, etwas Zeichenhaftes zu erkennen. Walser protokolliert; protokolliert durchaus erstaunliche Situationen, Dramen zwischen zwei Geliebten, einen Lahmen auf den Knien, ein Mädchen mit herabhängenden Locken und einem unbeschreiblich hübschen Röckchen, eine Frau zwischen zwei Geliebten, aber tut es absichtslos oder im Gestus des Absichtslosen, so daß zwei ältere Damen nur nach Freuden auszugehen scheinen, mehr nicht, oder ein Kind herantritt, das »noch nicht wusste, was Menschen im Leben am eifrigsten suchen«. Er sieht einen Menschen und denkt sich einen Satz. Schickte heute jemand etwas so Nebensächliches an eine Zeitung – nicht einmal der Redakteur, der sogar Abfälle veröffentlicht, würde reagieren, vermutlich nicht einmal der Abfallerzeuger selbst, wäre er Redakteur und hätte die üblichen Erwartungen im Nacken. Da ist nichts: »Die, der ich abwartete, kam nun heraus, damit war mein Dienst erledigt.« Dienst: hinschauen, wo immer man hingestellt wird, von dann bis wann. Robert Walser hat den Text am 27. September 1925 im *Berliner Börsen-Courier* veröffentlicht. Obwohl er seine Zeitungsbeiträge sorgfältig sammelte, wußte man lange nicht, daß er neben dem *Berliner Tageblatt* auch dessen Konkurrenzblatt beliefert hatte. So blieb viele Jahre unentdeckt, was ihm vor einem Kino in die Augen gesprungen war oder er sich ausgedacht hatte, was jemandem vor die Augen springen könnte. Die Absätze aus dem Roman, den ich schreibe, scheinen auf den hinteren Seiten des Feuilletons oder in der Wochenendbeilage genauso unbemerkt zu verschwinden; keine Leserpost, nicht der geringste Ausschlag in der Besucherstatistik der Website, keine Anfragen von Freunden, Kollegen oder aus dem Verlag, was das denn für sonderbare Themen seien, ob er an etwas Größerem arbeite.

Dem Redakteur mailt er, daß er die Überschrift »Vor einem Filmkunsttheater« bevorzugt, obwohl es so einfallslos ist im Vergleich mit Jean Pauls Zwischentiteln; »Inkrustierte Kletten«, heißen die Kapitel in den *Flegeljahren*, »Seehase«, »Pillenstein«, »Marmor mit mäusefahlen Adern«, »Projekt der Äthermühle«, »Congeries von mäusefahlen Katzenschwänzen«, »Spätdrüse vom Schneeberg«, »Ausgestopfter Fliegenschnäpper« oder »Modell eines Hebammenstuhls«.

Nein, Großvater hat sie nie geschlagen, der Sohn weiß gar nicht mehr, was die Mutter auf das Thema brachte, niemals, unvorstellbar wäre das gewesen. Verprügelt wurde sie nur von ihrem ältesten Bruder, aber wehe, wenn Großvater es erfuhr. Kinder zu schlagen scheint allerdings im Iran der dreißiger, vierziger Jahre weniger üblich gewesen zu sein, als der Sohn annahm. Auch der Vater ist niemals geschlagen worden. Der Großvater väterlicherseits hat es nur einmal versucht, berechtigterweise, wie der Vater einräumt, der die Gespräche im Siegener Wohnzimmer inzwischen ernst nimmt. Ein herrenloser Hund, mit dem er sich angefreundet hatte, fiel beim Gassigehen ein Mädchen der Nachbarschaft an. Als der Großvater väterlicherseits davon erfuhr, holte er zu einer Ohrfeige aus, aber der Vater rannte einfach weg. Zurück im Haus, kam er mit einer anderen Strafe davon. Es gab schon Eltern, die ihre Kinder schlugen, aber in den bürgerlichen Familien war es nicht mehr die Regel. In Iran trat der dramatische Schub der Modernisierung genau in der Zeit zwischen der Kindheit der Großeltern und Eltern ein. Im Vergleich damit vollzogen sich alle Entwicklungen davor und danach wie in Zeitlupe, ausgenommen die Beschleunigung in den ersten Jahren nach der Islamischen Revolution. Als Großvater das Alphabet lernte, gab es außer den Koranklassen lediglich zwei oder drei Grundschulen, die aus einem einzigen Zimmer bestanden und nur von Jungen besucht wurden, aber bereits zu Großvaters eigener Generation gehört die Tante des Vaters, die als erste Frau in Isfahan ein Gymnasium leitete, Chânum-e Mudir, wie wir sie bis zu ihrem Tod vor einigen Jahren nannten, »Frau Direktor«. Auch das Kopftuchverbot von 1936 fiel in die Mitte ihres Lebens, war ein weiterer Unterbruch in ein Davor und Danach. Moderne bedeutete für die Generation der Großeltern: daß Soldaten auf der Straße die Mutter, Tante, Großmutter, Schwester auf der Straße anhielten, »Schleier runter!« brüllten, die Mutter, Tante, Großmutter, Schwester verängstigt zu Boden schaute, die Soldaten ihr den Schleier vom Kopf rissen. Moderne bedeutete, daß die Männer 1926 von einem auf den anderen Tag nicht mehr in ihrer traditionellen Kleidung auf die Straße gehen durften, sondern westliche Anzüge tragen – und das hieß für viele: sich über Nacht besorgen mußten, wenn sie am Morgen außer Haus zu tun hatten. Wie lächerlich man aussah in diesen unförmigen Beinröhren, murrten vor allem die Älteren, wie unbequem die steifen Jacken, wie unpraktisch diese Anzüge der Franken speziell im Sommer! Wofür Europa dreihundert Jahre brauchte, eine Entwicklung, die sich so langsam durch die gesamte Gesellschaft zog, daß man die Veränderung meist nur im Rückblick wahrnahm, wurde in Iran von oben verordnet und mit Polizeigewalt durchgesetzt. Ja, die Moderne war vor allem anderen, vor aller Faszination, aller Befreiung, allem Aufbruch, denen Großvater in seiner Selberlebensbeschreibung breiten Raum gibt, zunächst eine Gewalterfahrung. Die Moderne war eine Monstrosität, ein Ungeheuer, das nett tat und böse zuschlug. Verwunderlich ist nicht ihr Scheitern. Verwunderlich ist, daß sie ihr Scheitern bis 1978 so gut überspielen konnte, daß nicht nur die Geheimdienste der Vereinigten Staaten, sondern auch viele Iraner von der Islamischen Revolution überrascht wurden. Als das Tragen des Kopftuchs 1980 per Gesetz angeordnet und mit Polizeigewalt durchgesetzt wurde, war Großvater noch wütender als vierundvierzig Jahre zuvor beim Kopftuchverbot. Er spürte die Spannung ja in sich selbst. So republikanisch seine Ansichten, so weltlich seine Bildung, so groß seine Bewunderung für die Franken, war es für ihn immer selbstverständlich, daß eine Muslimin das Haar bedeckt. Seine drei Töchter mußten das Kopftuch jedenfalls tragen, wenn sie aus dem Haus gingen, auch nach 1936, sobald die Polizei nicht mehr eingriff. Hinter der ersten Straßenecke nahmen die Töchter es ab. Ein Kopftuch zu tragen war in den vierziger, fünfziger Jahren für ein bürgerliches Mädchen einfach unmöglich, sagt die Mutter, nicht bloß, daß es verboten war, zumal in der Schule, auch die Freundinnen hätten sie verspottet. Neben der Frömmigkeit war es sicher auch der Widerwille gegen den Schah, weswegen Großvater das Gebot hochhielt. Jedoch geschah es öfter, daß er auf der Straße einer der Töchter über den Weg lief, ihre Haare offen. Dann wandte er jedesmal den Blick ab oder wechselte die Straßenseite, als habe er nichts gesehen. Auch zu Hause ging er nie auf den Vorfall ein, bestand nur weiter darauf, daß die Töchter das Haar bedeckten, wenn sie das Haus verließen. Die Mutter und ihren beiden jüngeren Schwestern waren keine, die sich gängeln ließen. Sie hatten ihre

Meinung. – Vater, was ist denn das für eine Religion, fragte die Mutter als junges Mädchen, daß sie Steinigungen vorsieht? Dann wurde Großvater zornig, nicht über seine Tochter, sondern über die Mullahs, die die Steinigungen rechtfertigten. Diese drakonischen Strafen seien dafür da, jede einzelne von ihnen, niemals vollzogen zu werden, sagte er erregt, und ging für jede einzelne die Bedingungen durch, für das Abhacken der Hand, das Schlagen der Ehefrau und die Steinigung bei Ehebruch: Dieben die Hand zu amputieren diente unter den gesetzlosen Umständen der Frühzeit allein zur Abschreckung, mit dem Schlagen der Ehefrau ist nur ein symbolischer Schlag mit einem Zahnstocher auf den Handrükken gemeint, wie es der Prophet vorführte, und beim Ehebruch müssen vier Zeugen nicht nur anwesend sein – und zwar beim Vollzug –, sondern sie müssen eine Schnur zwischen den beiden Verdächtigen ziehen, von ihren Füßen bis zu ihren Köpfen. Was soll das wohl bedeuten, na? Ist das realistisch? Kann man sich eine Situation vorstellen, in der vier männliche Zeugen einen Mann und eine Frau beim Liebesakt erwischen und die beiden seelenruhig aufeinander liegenbleiben, damit zwischen ihnen eine Schnur hochgezogen werden kann, die sich dann verheddert? Verstehst du denn nicht, daß der Sinn einer solchen Bedingung darin liegt, daß sie sich niemals erfüllt? Hast du dich jemals erkundigt, wie die Araber vor dem Islam den Ehebruch bestraften? So argumentierte er, der in seiner Wahlkampfbroschüre an erster Stelle forderte, alle Gesetze zu annullieren, die nicht mit der Scharia vereinbar seien, ich habe es von den Eltern und anderen Verwandten in ähnlichen Worten oft gehört, als ich so alt war wie damals die Mutter. Berücksichtige den Kontext, begreife die überzeitliche Bedeutung, denk immer daran, daß der Koran uns zu guten Taten anleiten will, zu Taten der Barmherzigkeit und Mildtätigkeit, die guten Taten zählen mehr als alle Gebete. Abgesehen davon stand die Steinigung ohnehin nicht im Koran, wie Großvater betonte, aber die Mullahs wollten es nicht begreifen, wollten nicht wahrhaben, was in ihren eigenen Büchern stand, für sie war Gott nicht zuallererst der Erbarmer, der Barmherzige, sondern ein Scharfrichter und sie die Henker. Das brachte ihn zur Weißglut, wie ich selbst vor Augen habe. Und jetzt, fügt die Mutter an, nein, so kam sie überhaupt darauf, und jetzt stand in der Zeitung oder sagten sie im Fernsehen, daß in Iran die Steinigung wieder eingeführt worden sei. Das ist doch unfaßbar, murmelt sie, da bleibt doch nichts übrig von der Ehre des Islam.

Was setzt er sich auch gegen die Vernichtung zur Wehr, wenn ihn schon ein Windhauch umzuwerfen vermag: Während er gestern mittag im Viertel unterwegs war für Besorgungen und die erste Einbildung von Frühling atmete, entschied er, den Nachmittag durch die Stadt zu schlendern, durch dieses oder jenes Museum zu streifen, vielleicht daß er auf eine wie Ursula träfe, diese oder jene Buchhandlung zu besuchen, auf einen wie Hölderlin. Abends hatten sie einen Babysitter und Karten für Schostakowitsch, so daß er den 12. Januar 2008 hätte vorüberziehen lassen, ohne an den Schreibtisch zurückzukehren, nicht weil der Stapel Unerledigtes sich als Einbildung erwiesen hätte, vielmehr der Himmel so blau war, die Brise mild und der letzte Müßiggang zu lange her. Just in dem Augenblick, als er in den Dom eintreten wollte, wie er beim Vorübergehen immer in den Dom tritt, wenn Zeit ist, in früheren Jahren oft mehrmals die Woche, meinte der Nerv rechts neben dem Brustwirbel, nun auch die Luft genießen zu müssen. Der Versuch, ihn mit einer Massage abzuspeisen, erwies sich als immerhin günstiger Flop, weil die Thailänder eine zweite Filiale eröffnet haben, in der sie die Stunde zum Sonderpreis von 25 Euro anbieten. Ins Geschäft kamen der Muskel und der Berichterstatter mit mehreren Dosen Opiat, die ihn bis weit in den Abend hinein schlafen ließen, so daß er am 13. Januar morgens um 5:04 Uhr wach liegt. Weil er es mit der Brechstange gar nicht erst zu versuchen braucht und für Jean Paul noch zu betäubt ist, hat er seine Allmacht mitsamt dem Leben seines Großvaters ins Bett geholt. Über das Drama des 21. Februar 1921, als Seyyed Zia Tabatabaí, der Großvaters Übersetzungen veröffentlicht hatte oder nicht, mit Hilfe der Kosaken Reza Chans die Regierung stürzte, wäre viel zu erzählen gewesen, auch aus Buschher, wo Großvater in die Amtsstube zurückgekehrt war. Wie reagierten die Menschen in der Provinz und Großvaters Kollegen auf den Putsch, wie die Briten, die die Kosaken in Ghazwin trainiert hatten, wie die belgischen Zöllner, die sich nach dem Triumph der Rivalen das Ende ihrer Mission ausrechnen konnten? Wie und wann hat sich die Nachricht überhaupt herumgesprochen? Stand es in der Zeitung? Gab es Zeitungen in Buschher? Und selbst wenn in den Teehäusern Gleichmut herrschte, was ich mir nicht vorstellen kann – auch der Gleichmut wäre erwähnenswert gewesen. In den Büchern liest man nur über jene, die Geschichte gemacht haben, nichts über die, mit denen sie geschieht, nur über die Schauplätze, nichts über die Kulissen. Bis auf Nikki R. Keddies

Qajar Iran and The Rise of Reza Khan, das ich bestellt habe, ist es eine ganz zufällige Auswahl, die ich im Regal vorfand, die Titel zur iranischen Geschichte des zwanzigsten Jahrhunderts bis zur Islamischen Revolution, die noch aus dem Studium stammen, keine schlechten Bücher, zwei davon wirkliche Standards, aber doch mehr für den Überblick. Nur hier und dort gehen sie so sehr ins Detail, daß sie Großvaters kleine Welt erfassen. Da sie sich nun einmal als meine Begleiter herausgestellt haben wie Hölderlin, kurze Zeit Kafka und jetzt Jean Paul, möchte ich sie dennoch einmal aufzählen, zumal ich in meiner Taubheit das Abtippen gerade noch bewältige: außer Keddie noch George Lenczowski (Ed.), *Iran under the Pahlawis*, Hossein Amirsadeghi (Ed.), *Twentieth Century Iran*, Negin Nabawi, *Intellectuals and the State in Iran*, Mangol Bayat, *Mysticism and Dissent. Socioreligious Thought in Qajar Iran*, Roy Mottahedeh, *Der Mantel des Propheten* und Erwand Abrahamian, *Iran between two Revolutions.* Ich lese, daß Seyyed Zia Tabatabaí erst Mitte Zwanzig war, also nur fünf, sechs Jahre älter als Großvater, als er mit seiner Zeitung *Raad* die probritische Kampagne anführte. Zum Premierminister putschte er sich als Dreiunddreißigjähriger, verzichtete auf den angebotenen Adelstitel, floh nach wenigen Monaten ins palästinensische Exil, kehrte zwanzig Jahre später auf britisches Betreiben in die iranische Politik zurück und wurde verhaftet. Nach seiner Freilassung gab er sich religiös, ließ sich als Nachfahre des Propheten anreden und zeigte sich in der Öffentlichkeit gern im traditionellen Gewand, was im Zuge der Modernisierung, die er vorangetrieben hatte, offiziell seit zwanzig Jahren verboten war, konkurrierte mit dem Nationalisten Mossadegh, den er für einen Kommunisten hielt, um das Amt des Premierministers und sympathisierte ungeachtet seiner islamischen Erweckung unbeirrbar mit den Briten. Großvater, der eine der schillerndsten Persönlichkeiten der neueren iranischen Geschichte persönlich kennengelernt hatte, schreibt lediglich, daß er vom Schreibtisch seiner Wohnung im ersten Geschoß aufs Meer blickte, als sein Kollege Schibani von der Promenade hochrief, daß in Teheran geputscht worden sei.

Es war abends, schreibt Großvater, wahrscheinlich der Abend des 22. Februar 1921, denn Telegramme und Telefone wird es längst gegeben haben, Radio eher nicht. Ich war vor ein paar Jahren in Buschher, wo sich neben einer verwinkelten Altstadt aus Lehm hier und dort der Charme früher europäischer Präsenz erhalten hat, helle Villen im Kolonialstil, das alte Kasino, in dem seit achtundzwanzig Jahren nur noch Malzbier ausgeschenkt wird, der kleine Hafen, der vergebens darauf wartet, vom Tourismus wachgeküßt zu werden. Es ist noch heute verschlafen, obwohl am Stadtrand ein Atomkraftwerk gebaut wird und die Bevölkerung fünf- oder achtmal so groß sein dürfte, ein Nest am südlichen Rand des Persischen Reichs, in dem die Geschäfte bei Einbruch der Dunkelheit schließen und das Meeresrauschen dann nur noch von den Mopeds unterbrochen wird, auf denen sich die Jugendlichen einbilden, den Sunset Boulevard auf und ab zu fahren, nur daß am Straßenrand die Mädchen fehlen und ebenso die Cafés, vor denen sie sitzen könnten. 1921 war man wirklich weit weg, ich schätze zwanzig strapaziöse Tagesreisen von dem auch nicht gerade weltstädtischen Teheran, und von der Stille kann man sich heute, da man als Europäer oder im Nahen Osten autofrei höchstens auf der Urlaubsinsel wohnt, keinen Begriff mehr machen. Schafizadeh, Schafizadeh, in Teheran ist geputscht worden – Schibanis Ruf von der Promenade hinauf durchs offene Fenster, hinter dem Großvater ein Buch las (welches?), muß durchdringender gewesen sein als heute jede Sirene. Großvater erwähnt, daß er die Nachricht nicht glauben konnte und deshalb einen Herrn Yamin ol-Mamalek aufsuchte, der nicht in seinem Büro in der Handelsbehörde zu finden war, sondern zu Hause auf dem Sofa lag. – Friede sei mit Ihnen, rief Großvater, ohne daß Yamin ol-Mamalek reagierte, obschon seine Augen offenstanden und ihre Religion gebot, sogar das Gebet abzubrechen, um einen Gruß zu erwidern. Als Großvater näher trat, wies Yamin ol-Mamalek nur mit der Hand zum Eßtisch, auf dem einige Blätter lagen, ein mehrseitiges Telegramm, wie sich herausstellte, unterzeichnet von Seyyed Zia Tabatabaí. Großvater zitiert nur einen Satz, der allein ihn in Furcht und Schrecken versetzte: »Nicht einmal mit meinem eigenen Vater werde ich Mitleid haben.« Weder in meinen Büchern noch im Internet finde ich etwas zu einem derartigen Telegramm, das Seyyed Zia doch wohl nicht nur nach Buschher sandte, sondern an Behörden oder hohe Beamte im ganzen Land. Auf die Schnelle überhaupt nicht zu ermitteln ist ein Yamin ol-Mamalek; vielleicht meint Großvater einen Yamin ol-Molk, der unter den zweihundert Verhafteten auftaucht. Zum Glück beziehungsweise wegen des Unglücks seines Rückenleidens verbringt der Enkel den 13. Januar 2008 in der Wohnung, wo ich dem Prophetenwort, das Wissen zu suchen, und sei es in China, per Standleitung genüge. Wiewohl der drahtlose Empfang ausgefallen ist – was heißt ausgefallen?, ich schaltete vor ein paar Tagen das Gerät aus, um nicht pausenlos bis nach China verbunden zu sein, bedachte jedoch nicht, daß ich beim Einschalten das Paßwort benötige –, wiewohl ich also für jede Recherche unter den Schreibtisch der Frau kriechen muß, um meine Allmacht um Allwissenheit zu erweitern, treibe ich dennoch Magie im Vergleich zu früher, als ich in Bibliotheken stöberte, in denen Bücher nach Namen, Ländern, Epochen, Sprachen und Gebieten geordnet, das Gefundene also in einem wie immer gearteten Zusammenhang mit dem Gesuchten steht. Jetzt erfahre ich bei der Suche nach Seyyed Zia Tabatabaís Telegramm, daß die Schauspielerin gleichen Namens die Villa des ehemaligen DDR-Ministerpräsidenten Otto Grotewohl in Berlin-Pankow gekauft hat, oder blättere in Iran-Dossiers des CIA, darunter *top secret* die Transkription eines 1986 abgehörten Gespräches zwischen einem hochrangigen amerikanischen Militär und Gesandten Teherans in Mainz, die den Iran-Contra-Deal einfädelten. Es böte Material für ein Theaterstück: »If it ever became known we have done this, we would be finished in terms of credibility as long as president Reagan is president«, sagt der amerikanische Militär auf Seite 143 und achtzehn Seiten später: »I'll tell you what bothers me. The German security service is all over here.« Na gut, die Deutschen halten still, das muß er doch wissen. Daß der CIA dem Weißen Haus für den Fall eines amerikanischen Einmarsches im Irak ein fundamentalistisches schiitisches Regime mit engen Verbindungen zu Teheran ankündigte, ist mir genauso neu wie im Wortlaut das Entsetzen der libanesischen Hisbollah von 1997 über die Wahl eines Reformers zum iranischen Präsidenten, dem sie offiziell gratulierte. Die Intrigen und Lagerbildungen der vierziger Jahre waren noch verworrener: »The Shah has taken a stand in favor of Mossadeq and at left since 17 September has refused to listen to British entreaties to rally opposition in favor of Seyed Zia Tabatabaí«, funkte der CIA ans Weiße Haus, um wenig später den Schah, der von Premierminister Mossadegh ins Exil getrieben worden war, zurück an die Macht zu putschen. Was aus Seyyed Zia wurde, hat der Enkel so schnell nicht ermitteln können. Das Problem ist auch, daß ihm die Frau grollt, weil er heute morgen schon ein paarmal ohne Vorankündigung unter ihren Schreibtisch gekrochen ist, um das Internetkabel aus ihrem Computer zu ziehen, das sie für ihre Arbeit ebenfalls braucht. – Ich denke, du hast Rückenschmerzen, schimpft sie. Mit dem letzten Link, den er noch anklicken konnte, schnappte er auf, daß Seyyed Zias Haus nach seinem Tod Ende der sechziger Jahre zum Gefängnis umgebaut worden ist, in dem das Kaiserreich und bis heute die Islamische Republik die Opposition einkerkert. Der Enkel hat das Evin-Gefängnis im ersten Jahr der Revolution selbst mit dem Vater besichtigt, als man dort noch die Grausamkeit des Schah-Regimes ausstellte. Daß dort einst Seyyed Zia wohnte, dürfte noch weniger Teheranern bekannt sein als der Amerikaner, nach dem die Jordan-Straße benannt ist. Großvater berichtet immerhin, daß ein gescheiterter amerikanischer Präsidentschaftskandidat namens Gouverneur Osberg nach einem Vortrag im *Big Room* der Amerikanischen Schule den kaum zwanzigjährigen Seyyed Zia Tabatabaí kennengelernt habe. Anschließend habe Gouverneur Osberg zu Doktor Jordan gesagt: »Diesen Mann erwartet eine glänzende Zukunft.« Genau gesagt, berichtet Großvater, daß er am Abend nach dem Putsch Yamin ol-Mamolek beziehungsweise -Molk von seiner ersten Begegnung mit Seyyed Zia in der Amerikanischen Schule berichtete. In den fast zwei Stunden, die er bei ihm blieb, lag der Leiter der Handelsbehörde mit offenen Augen auf dem Sofa und schwieg. Kurz darauf wurde Yamin ol-Mamolek beziehungsweise -Molk nach Teheran gerufen und auf persönlichen Befehl Seyyed Zias verhaftet. Dessen Leben wäre allemal wert, beschrieben zu werden. Bestimmt hat es schon jemand erforscht, ein deutscher, britischer oder amerikanischer Iranist in einem Aufsatz oder gar einer Biographie. Ich müßte also nicht bei Null anfangen. … Auf persisch gibt es zwei neue Biographien, stellt der Enkel fest, indem ich der Frau, deren Groll nun bis mindestens morgen nachmittag dauern wird, ein weiteres Mal das Kabel entziehe. Da keine Zeit ist, die Titel abzuschreiben, kopiere ich sie aus dem zentralen Bibliotheksverzeichnis der Universität Karlsruhe ins Totenbuch2008–1.doc, das ich mit dem Jahreswechsel geöffnet habe: زندگی سیاسی سید ضیاء الدین طباطبائی /, Zindagi□-i siya□si□-i Sayyid Z□iya□□ al-Di□n Ṭaba□ṭaba□□i□von نیامهدی، جعفر. Ja□far Mahdi□□Niya□ Sprache: Persisch Typp: Buch, Verleger: انتشارات پانوس، Tihra□n: Intisha□ra□t-i Pa□nu□s, 1369 [1990], und / زندگانی سیاسی، اجتماعی سید ضیاء الدین طباطبایی و کودتای سوم اسفند ۱۲۹۹ شمسی Zindiga□ni□-i siya□si□, ijtima□□i□-i Sayyid Z□iya□□ al-Di□n Ṭaba□ṭaba□□i□ va ku□dita□-yi sivvum-i Iisfand-i 1299 shamsi□von تبریزی شیرازی، محمد رضا., Muḥammad Riz□a□ Tabri□zi□ Shi□ra□zi□Verleger: مؤسسه مطالعات تاریخ معاصر ایران،

Tihra□n: Mu□assasah-□i Mut□a□la□a□t-i Ta□ri□kh-i Mu□a□s□ir-i I□ra□n, 1379 [2000 or 2001]. Auch über Yamin ol-Mamolek beziehungsweise -Molk schreibt Großvater so, als würden ihn seine Leser kennen; es wird sich wohl tatsächlich um Yamin ol-Molk handeln, über den ich allerdings auch nichts weiter herausgefunden hat. Der Enkel müßte eine Bibliothek mit gut funktionierender Fernleihe aufsuchen. Einen Gouverneur Osberg oder so ähnlich führt die Liste aller amerikanischer Präsidenten und Präsidentschaftskandidaten nicht auf, die in der Online-Ausgabe der *Encyclopedia Britannica* einzusehen ist. Wahrscheinlich ist er nicht ganz so bedeutend, wie Doktor Jordan seinen Schülern sagte, nur Kandidat einer Splitterpartei oder Kandidat für eine Regionalwahl. 10:56 Uhr. – Ja, ja, ich gehe ja schon ins Büro. Nein, nein, ich will dort keine Standleitung und schon gar nicht drahtlosen Empfang.

»Ich war als Schüler als Strom-, Gas- und Wasserableser in Kassel unterwegs. Da kommt man manchmal auf einen Dachboden, wo jemand vor seiner Kerze sitzt, ein bißchen verrückt, und was schreibt, und man fragt, was das sei. Er sagt dann: ›Da wird man noch von hören.‹ Natürlich denkt man, o armer Irrer, da wird man nie was von sehen und hören. So muß man die völlig aussichtslose Position auch dieses Dichters sehen, der etwas hinterläßt, und das bleibt tatsächlich erhalten und wird Anfang des letzten Jahrhunderts zum Gegenstand der Wissenschaft.« Seine Gedichte hat Hölderlin geschrieben wie ein Schachspieler, der gleichzeitig an verschiedenen Brettern spielt, erklärt der Herausgeber der Zeitung. So wachsen verschiedene Gedichte gleichzeitig über viele Blätter allmählich an, so daß erst am Ende der Ausgabe die Zusammenhänge überschaubar werden. Abgeschlossen scheinen die Texte nicht einmal dort, wo Hölderlin selbst Reinschriften anfertigte. »Hat Hölderlin nicht dennoch ganze Gedichte schreiben wollen, auch der späte Hölderlin?« fragt die Zeitung. »Die sogenannten abgeschlossenen Gedichte sind immer auch ein Scheingebilde. Sie vermitteln den Eindruck der Legitimierung einer Welt voller Zerrissenheit und Widersprüche, einer Welt, in der das Wir auch immer eine Lüge ist – als wäre etwas heil, wo nichts heil ist. Es war Hölderlins Art, vollendete Gedichte fragmentarisch zu schreiben, das heißt, sie vollendet zu denken, aber fragmentiert zu notieren, das ist der große Unterschied. So hat dieser Dichter in einer Zeit, die seine Sachen nur mit Häme bedachte, eine Form gewählt, die das Gedicht in der Verborgenheit in eine andere Zeit hinübertrug, ohne daß es zum

Bildungsgut werden konnte. Dieser Gedanke, dieser kühne Gedanke, daß etwas verstreut notiert wird, enthält ja ein Hoffnungspotential der Sammlung oder der Heilung.« Wie Bilder wirkten die Handschriften, als habe Hölderlin die Möglichkeit ihrer Reproduktion vorausgesehen, »als hätte er gewußt, daß diese Handschriften erhalten bleiben, was ja für sich ein Wunder ist.« Gut, sie waren erhalten, aber sie lagerten in der Stuttgarter Landesbibliothek. Beim Versuch, die Urschrift in einen Text zu übertragen, einen Text, den man durchlesen kann, läßt selbst die Stuttgarter Ausgabe, die zu jedem Gedicht die Lesarten liefert, dreißig bis vierzig Prozent der Notizen aus. Wahrscheinlich wäre das nie jemandem aufgefallen, wenn der spätere Herausgeber, der damals eine Ausbildung machte (die er vorzeitig abbrechen sollte wie zuvor bereits die Schule), nicht über eine einzige Stelle gestolpert wäre, ein einzelnes Satzzeichen, nämlich den Punkt nach »sehen lassen / und das Eingeweid' der Erde«. Er sagte seinem Ausbilder, daß hier ein Vers offenkundig unvollständig sei. Der Ausbilder, der ein kunstverständiger Mensch war, tadelte den Lehrling dafür, über Dinge zu spekulieren, die er womöglich nachprüfen könne, und fragte, ob die Handschriften existieren. Der Lehrling, gerade zwanzig Jahre alt, vermute ich, höchstens Mitte Zwanzig, nahm sich Urlaub, um zur Landesbibliothek zu fahren. Als er die Manuskripte vor sich hatte, stellte er fest, daß er Hölderlins Schrift nicht lesen konnte. Also bestellte er einige Manuskripte als Kopie, die er Wort für Wort mit der gedruckten Ausgabe verglich, um Hölderlins Handschrift lesen zu lernen. Über die Jahre ging ihm auf, wieviel Text auch die Stuttgarter Ausgabe ausgelassen hatte, die doch wegen ihrer Vollständigkeit gerühmt worden war. Als Dilettant, der gewesen zu sein er gegenüber der Zeitung »ganz offen« gesteht, entwarf er seine eigene Ausgabe. Hätte ihn damals der Strom-, Gas- oder Wasserableser gefragt, was er da tue, wahrscheinlich hätte der spätere Herausgeber ihm geantwortet, daß man davon noch hören werde. Nach fast zweihundert Jahren erleuchtete Hölderlins Kerze einen weiteren Dachboden.

Erstaunlich bleibt die immense, nur mit dem Erfolg des *Werthers* vergleichbare Popularität, die Jean Pauls frühen Romanen und speziell dem *Hesperus* sofort nach Erscheinen zuteil wurde. Das bedeutet, daß die Erwartungshaltung des breiten Publikums noch nicht auf Identifikation und Spannung ausgerichtet war, wie wir es seit langem voraussetzen. Sosehr die Buchhandelsketten und jene Literaturkritik, die ihnen zuarbeitet, das Erzählen nach dem Illusionsmodell amerikanischer Filme protegieren, wie amerikanische Filme oft gar nicht mehr sind, ist doch die gegenläufige Bewegung unübersehbar. Das natürliche Medium, die Welt in der Unordnung abzubilden, wie sie in unsere Wahrnehmung tritt, scheint das Internet zu sein, das Schreiben in Echtzeit ermöglicht. Wie fragwürdig die Behauptung ist, ich zu sagen, die im Netz so leicht fällt, zeigt sich spätestens, wenn der Blog gedruckt wird, gar mit der verkaufsfördernden Gattungsbezeichnung Roman. Ohne Form ist es Geplapper, Unmittelbarkeit die schwierigste Kunst. Unmittelbar ist die Lüge. Die Zeit, gegen die sich der Blog behaupten will, vernichtet ihn spätestens als Buch. Ich glaube, irgendwo hier liegt der Impuls Elfriede Jelineks, ihren letzten, in vielerlei Hinsicht vielleicht sogar bedeutendsten Roman, der fortlaufend im Internet erschienen ist, nicht zu drucken, und der Grund, warum umgekehrt andere Autoren nichts mehr zu sagen haben, seit sie mit dem Blog ein zu simples Format fanden. Die Literatur kennt keine Abfälle. Jedenfalls lehren das Alte Testament und der Koran, daß alles auf Erden ein Zeichen Gottes sei. Als frommer Mensch mag man das leicht glauben. Aber wenn der Mensch sich einmal vor Augen hielte, was es bedeutet, daß alles, wirklich alles auf Erden ein Zeichen Gottes sei, geriete seine Frömmigkeit schnell ins Wanken. Weder im Alten Testament noch im Koran gibt es einen Gedanken, der ketzerischer wäre als dieser, daß es auf Erden keinen Abfall gibt. Auch die Literatur sieht in allem ein Zeichen. Als begeisterter Leser mag man das leicht glauben. Aber wenn man sich einmal den Roman vor Augen hält, der alles, wirklich alles auf Erden erzählte, würde man nach einigen Seiten zuklappen oder sich vorher bereits den Rücken verheben.

Seine erste Zeitung, die Seyyed Zia Tabatabaí mit sechzehn Jahren gründete, wurde verboten, weil dem Gesetz nach ein Herausgeber mindestens dreißig Jahre alt sein mußte. Seyyed Zia wartete nicht vierzehn Jahre, bis er die nächste, übernächste und vierte Zeitung herausgab, die sich wegen ihrer Angriffe gegen diesen oder jenen Politiker oder Prinzen ebenfalls nicht lange hielt. In den Wirren nach der Revolution war er achtzehnjährig in mindestens einen Terroranschlag der Konstitutionalisten verwickelt, versteckte sich in der belgischen oder österreichischen Botschaft und fand später Zuflucht in Frankreich. Als er zurückkehrte, war der Erste Weltkrieg ausgebrochen und Iran trotz seiner Neutralität von britischen, russischen und osmanischen Truppen besetzt. Seyyed Zia gründete die Zeitung *Raad* und entpuppte sich zur Überraschung seiner eigenen Freunde und Mitstreiter, die gegen die Kolonialmächte kämpften, als Anhänger des britischen Imperiums. Aus Furcht vor den anrükkenden Osmanen wieder aus Iran geflohen (und Großvater gleichzeitig nach Isfahan?), hielt er sich in St. Petersburg auf, als Lenin am 3. April 1917 eintraf, und hörte tags darauf mit eigenen Ohren die berühmte Rede über die Machtergreifung des Proletariats. Bevor Reza Chan mit seinen Kosakenreitern Teheran besetzte, legte Seyyed Zia den Turban ab, der ihn als Absolventen einer Theologischen Hochschule auswies, weil nach traditioneller Auffassung Geistliche keiner weltlichen Regierung angehören sollten. Er, der eine Zeitung nach der anderen gegründet hatte, verhängte als Premierminister umgehend das Kriegsrecht, verbot alle Versammlungen und schloß alle Zeitungen, um den Aufschrei der iranische Aristokratie und der Großgrundbesitzer zu ersticken. Obwohl die Staatskasse leer sei, gebe es genug Geld im Land, erklärte er dem britischen Botschafter – er wisse, bei wem man es finde. Unter den vierhundert Notabeln, die Seyyed Zia so »mitleidlos«, wie er es angekündigt hatte, verhaften ließ, war auch ein Yamin ol-Molk, den Großvater mit Yamin ol-Mamalek gemeint haben dürfte. Ich glaube nicht, daß Seyyed Zia nur ein Handlanger der Briten war, wie der Vater meint, den ich letzten Sonntag befragte; auf seine Weise scheint er ein Patriot gewesen zu sein, der das Land in die Moderne führen wollte. Für einen schwachen Staat wie Iran sah er keine Alternative, als sich einer Großmacht unterzuordnen, beziehungsweise als einzige Alternative den Kommunismus. »Ja, ich war ein Freund der Briten«, erklärte Seyyed Zia in einem Interview kurz vor seinem Tod, »denn für ihre Freundschaft muß man nur einen Preis bezahlen. Aber für ihre Feindschaft bezahlt man mit seiner Vernichtung.« Er organisierte den Putsch von 1921 in enger Abstimmung mit der britischen Botschaft und berief britische Berater in die Schlüsselpositionen seiner Regierung und des Militärs, doch sprach er auch als einer der ersten Politiker von einer umfassenden Landreform, ordnete weitreichende Maßnahmen zur Bekämpfung der Korruption und der Armut an, reformierte die Justiz, arbeitete ein gerechteres Steuerwesen aus, plante den Bau von Straßen und Eisenbahnen und forderte, daß jeder Iraner und jede Iranerin kostenlos Zugang zu moderner Bildung haben müsse. In der Kürze seine Amtszeit führte er neue Hygienevorschriften in Lebensmittelläden ein und ließ in den Straßen elektrische Laternen aufstellen. Keineswegs erst in den vierziger Jahren religiös erweckt, wie ich annahm, ließ er zugleich alle Cafés und Theater Teherans schließen. Er, der von den iranischen Linken für seine Anglophilie verdammt und von den Monarchisten für seinen Antikommunismus geschätzt wurde, knüpfte auch den ersten Vertrag mit der Sowjetunion. Unter den drei Staatsbeamten, die sich weigerten, ihn als Premierminister anzuerkennen, war einer Großvaters späteres Idol Mohammad Mossadegh, damals Gouverneur der Provinz Pars, danach monatelang Flüchtling unter Nomadenstämmen und für den Rest des Lebens Seyyed Zias Antipode. So vehement sie sich bekämpften, waren sie sich doch in vielem verwandt. Beide begannen in der Konstitutionellen Bewegung und hatten eine ähnliche Vorstellung von Fortschritt; beide verachteten die Aristokratie und demonstrierten immer wieder bürgerliches Selbstbewußtsein. Als Ahmad Schah vor einer Audienz alle Stühle außer dem Thron hatte entfernen lassen, damit der neue Premierminister vor ihm stehen mußte, machte Seyyed Zia es sich auf der Fensterbank bequem. Als bei der nächsten Audienz Stühle vorhanden waren, lief er jedoch bis zum Ende rauchend im Saal auf und ab. Das war eindrucksvoll, aber es war nicht klug. Der Schah tobte so sehr, daß er sich noch am selben Tag mit Reza Chan verbündete, um den Premierminister loszuwerden. Vier Monate nach seiner Ernennung mußte Seyyed Zia zum zweiten Mal aus dem Land fliehen. Vier Jahre später stürzte Reza Chan den Kadscharenkaiser und erklärte sich selbst zum Schah Reza Pahlewi. Seyyed Zia, der Iran von der Despotie befreien wollte, hatte nur einer anderen Dynastie den Weg geebnet. In Berlin schlug er sich als Teppichhändler durch und stellte sich »selbst im Winter unter die kalte Dusche, wo ich meine Wut herausschrie«. Siebzehn Jahre blieb er in Europa, zog quecksilbrig von Stadt zu Stadt, bis er die Fremde nicht mehr aushielt und wenigstens in der Nähe der Heimat sein wollte. Sechs Jahre lebte Seyyed Zia als Bauer und Kräutersammler in Palästina. Er entwickelte ein besonderes Faible für die Luzerne, verfaßte ein beachtliches Luzerne-Kochbuch und war noch im Alter für seine Überzeugung berüchtigt, mit der Luzerne ein Heilmittel gegen alle Beschwerden gefunden zu haben. Auch hierin nicht unähnlich Doktor Mossadegh, scheint Seyyed Zia überhaupt ein wenig exzentrisch gewesen zu sein, von den komischen russischen Fellmützen, die er stets trug, über die Kräuterteemischungen, auf die er schwur, bis zu den Kochrezepten, die er jedem aufschwatze, der zu Hause einen Herd hatte. Zu seinen bleibenden Verdiensten gehört die Einführung der Erdbeere in Iran. Er war ein großer Redner, aber wenn er zornig wurde, und das geschah oft, begann Seyyed Zia fürchterlich zu stottern. Nach zweiundzwanzig Jahren im Exil holte ihn die britische Regierung 1943 zurück nach Teheran, um ihn neben, unter oder über dem neuen Schah Mohammad Reza Pahlewi als Premierminister zu installieren. Zwar scheiterte der Plan, doch wurde Seyyed Zia ein einflußreicher Parlamentarier, der die Pahlewis beschuldigte, die Verfassung gebrochen und sich am Staatseigentum bereichert zu haben. Daß der Schah einen Minister wie selbstverständlich in die britische Botschaft schickte, um sich über die Kritik eines iranischen Abgeordneten zu beschweren, deutet an, warum der Ruf nach Selbstbestimmung immer dringlicher wurde. Um sich von den Briten zu emanzipieren, ließ die Regierung Seyyed Zia 1945 verhaften. In den drei Monaten, die er im Gefängnis verbrachte, verfaßte er dreißig neue Suppenrezepte und einen Korankommentar. Als der Schah sich aus Furcht vor den Kommunisten wieder an die Briten lehnte, wurde aus dem politischen Häftling über Nacht ein kaiserlicher Berater. Und so war es niemand anders als Großvaters erster Arbeitgeber, der den Schah 1953 überzeugte, in den Putsch gegen Premierminister Mossadegh einzuwilligen. Gern hätte ich gewußt, wie Seyyed Zia aussieht, aber ein Photo finde ich in der Bibliothek der Kölner Orientalistik nicht, wo ich den 18. Januar 2008 wie in Studentenzeiten verbringe. Ich müßte im Internet suchen, doch habe ich keinen Zugang zum Netzwerk der Universität. Er war ein Revolutionär und Terrorist, ein Putschist und Diktator, ein Teppichhändler, Bauer, Kochbuchautor und Korankommentator, zweimal politischer Häftling, zweimal Exilant und in seinen letzten zwei Jahrzehnten die graue Eminenz hinter dem Schah – ein Privatmann war Seyyed Zia nicht. Die längste Zeit lebte er mit einer Frau, mit der ihn nichts verband. Seine zweite Frau starb bei einer Fehlgeburt. Mit siebzig Jahren heiratete er eine Dienerin auf seinem Bauernhof und wurde zum ersten Mal Vater. Zwei weitere Kinder folgten. »Ich war immer so sehr mit mir selbst beschäftigt«, sagte er in einem Interview kurz vor seinem Tod, »war immer so selbstsüchtig, daß ich mich niemals für andere Menschen interessierte. Liebe habe ich nie erfahren.« Er starb am 29. August 1969. Die Witwe erbte alles Geld, heiratete kurz darauf seinen Fahrer und vernichtete zum späteren Entsetzen der Historiker die Dokumente und Aufzeichnungen, die sich im Haus stapelten, um Platz zu schaffen für neue Möbel. Auch in Großvaters Erinnerungen blieb nichts von Seyyed Zia Tabatabaí, der seine Übersetzungen abdruckte oder nicht. Bitte kommen Sie zu einem Ende, ruft die studentische Hilfskraft um 17:04 Uhr. Bin schon fertig für heute, antwortet der Enkel, der nur noch festhalten will, daß Mohammad Mossadegh, für dessen Nationale Front Großvater viele Jahre später in Isfahan kandidieren sollte, 1920 auf der Rückreise von Marseille ein paar Tage in Buschher verbrachte. So groß war Buschher nicht, zumal nicht der Hafen: Sie müßten sich also begegnet sein. In seiner Selberlebensbeschreibung, die in Iran erst nach der Revolution gedruckt werden durfte, schreibt Mossadegh, daß es zu seinen Schlüsselerlebnissen gehörte, in einen iranischen Hafen einzufahren, den die britische Besatzung des Schiffs wie selbstverständlich für britisch hielt. Außerdem erwähnt er einen Yamin ol-Mamalok, der ihn und seine beiden Kinder in Buschher beherbergt habe. Yamin ol-Molk muß also doch ein anderer gewesen sein. Großvater hat den Namen richtig geschrieben.

Nach einem Bettgespräch darüber, ob und wie man sich gegen die Erschlaffung impfen sollte, die nach vielen Ehejahren wohl unvermeidlich sich in Glieder und Gedanken ausbreitet (schon vergessen, wie froh er vor zwei Jahren gewesen wäre, erschlaffen zu dürfen), führte er ein grotesk gelehrtes Thekengespräch über die Archivmappe, die er mit sich trug, und zog weiter ins Büro, um die ausgefallene Begattung mit der Onanie zu kompensieren, die er am Computer betreibt. Der Hölderlin-Film von Harald Bergmann, den das Archiv der Mappe beilegte, leidet unter Harald Bergmann, der etwas auf der Spur ist, das er voreilig ausspricht, auf dem Weg gleichwohl Hinweise verstreut. Überhaupt einmal zu sehen, was für eine Gestalt der Herausgeber ist, wie er aussieht, wo er wohnt. Wie vermutet, liegt der Irrsinn unter der Oberfläche, nur für Momente aufblitzend, überraschend hingegen der Gehirnforscher aus den Feuilletons und Bestsellerlisten, den ich mir immer schnieke vorgestellt, und dann hat er einen buschigen Kinnbart, fettige Haare und eine zu große rechteckige Brille, Klischee Kassenbrille, fragend im Tonfall, angenehm. Dieser stets lächelnde Schweizer Musiker oder Komponist, selbst wenn ihm gar nicht danach war, machte auf eine Verbindung zwischen Hölderlin und Jean Paul aufmerksam, nämlich einen seinerzeit berühmten Geiger, bei dem Hölderlin Unterricht nahm, nein: der Hölderlin nach der ersten Stunde fortschickte, weil der schon alles konnte. Nach dem Namen muß ich noch mal schauen, den Namen des Geigers, meine ich, denn der Musiker hatte einen Namen, den man nicht vergißt, und ist wahrscheinlich wieder ein Weltberühmter. Was die Verbindung zu Jean Paul war, habe ich ebenso vergessen. Der richtige Instinkt leitete Harald Bergmann auch zu dem Eremiten Walter, der wie ein Malang aussieht, ein närrischer Sufi, oder ein Sadhu aus Indien, die zotteligen grauen Haare, der zahnlose Mund, die gegerbte Haut, selbst die Körperhaltung, die Knie angezogen bis unters Kinn, der Rücken gebogen (aber laß dich von unseren gebogenen Rücken nicht täuschen, wie schon Hafis warnte, der Bogen könnte in dein Auge zielen), nur scheint Walters Höhle in den Alpen oder im deutschen Mittelgebirge zu liegen. Wo Harald Bergmann den hergeholt hat? Wie gesagt, alles die richtigen Fährten, nur fährt Bergmann die Musik hoch, gerade wo Walter den Rahmen sprengt, indem er berichtet, wie er 45 im Führerbunker ein Paket vorbeibrachte. Es ist Blindheit, Unachtsamkeit, dem Vorrang des Prinzips vor dem Gegenstand geschuldet. Mit dem Herausgeber sitzt Bergmann im Auto, auf der Rückbank eines Vans oder wie immer die siebensitzigen Fahrzeuge zwischen Limousine und Bulli heißen, Bergmann – Harald Bergmann!, nicht Ingmar, lassen Sie sich von seinem Namen nicht täuschen –, Harald Bergmann scheint gar nicht zuzuhören, jaja, Absicht, ich weiß, Kunst, Harald Bergmann schaut in die andere Richtung, da würde ich schon gar nicht reden, aber der Herausgeber achtet zum Glück nicht auf Bergmann, der neben ihm in die falsche Richtung schaut, sondern denkt an den Film, der nicht nur dem Regisseur gehört, ein Film über Hölderlin! mit den richtigen Fragen, und spricht über Prophetie, über Jesaia, Jeremia und Hölderlins Hybris, ihnen nachzufolgen, was – und hier der tollkühne Nebensatz – ihm auch schon so ergangen sei, nein, nicht ergangen, es war ein aktives Verb, zu dem ich am 20. Januar 2009 um ungefähr 0:19 Uhr nicht mehr zurückfinde, da ich mit Single Malt und Wilden Pferden in den Himmel trabe. Bergmann schaut kurz hinüber: – Wie, Prophet, Sie auch, was meinen Sie damit? – Na ja, als Jüngling, spricht der Herausgeber zu sich selbst und wartet vergeblich auf die Nachfrage des anderen. Nicht einmal der Verleger reagiert auf den Roman, den ich schreibe, sooft der Romanschreiber in Zürich angerufen hat, wohin er morgen für eine Fernsehaufzeichnung fliegt. Der Verleger sei in einer Besprechung und rufe zurück. Der Verleger sei in Berlin und rufe zurück. Der Verleger sei auf dem Weg in den Verlag und rufe zurück. Gut, dann ruft der Roman, den ich schreibe, also niemanden mehr an.

Weil die Frau seinen Personalausweis aus dem Portemonnaie genommen hatte, um den iranischen Paß für die Frühgeborene zu beantragen, verweigerte ihm die Fluggesellschaft die Bordkarte, so daß er am 21. Januar 2008 um 12:04 Uhr im ICE nach Basel sitzt, während in Zürich eine Mannschaft aus Redakteuren, Produzenten, Praktikanten, Kameraleuten und Technikern Däumchen dreht. Wie gern übersähe er, ob Schicksal aus den Verspätungen erwächst, mit denen die Redakteure, Produzenten, Praktikanten, Kameraleute und Techniker heute abend heimkehren, Kinder, die auf ihre Mama warten, Großmütter, die einspringen müssen und deshalb den Arzttermin verpassen, Verabredungen, die platzen – ich kann deine Entschuldigungen nicht mehr hören! –, die ausgefallene Stunde im Fitneßstudio, die am Wochenende einen Hexenschuß verursacht, übersähe es wie Gott. Er selbst hätte es nicht besser treffen können, um sich auf Arnold Stadler vorzubereiten oder mit Großvater fortzufahren, der nach einem Jahr in Buschher an Malaria erkrankte. Der Vertrauensarzt der Zollbehörde war ein Engländer, dessen Namen Großvater mit den persischen Buchstaben P-Y-R und P-U-N-I-T wiedergibt (das Londoner Telefonbuch, das ich im Hotspot der Deutschen Bundesbahn für 2,24 Euro Verbindungsgebühr die Minute einsehe, führt keinen Kunden auf, der auch nur ungefähr so heißt), Leiter der Quarantäne im britischen Krankenhaus, doch vertrauten die Beamten eher dem iranischen Doktor Seyyed Saleh, der womöglich keine rechte Ausbildung hatte und mit Sicherheit keinen Doktortitel trug, aber Tag und Nacht bereitstand, sich um alle Kranke wie um Verwandte kümmerte, lange an ihrem Bett saß, ihnen behutsam die Wäsche wechselte, wenn sie vom Fieber verschwitzt waren, achtgab, daß sie nicht im Zug lagen, ihnen die Hand hielt, sie tröstete und, wenn niemand es tat, auch mal ihr Zimmer aufräumte oder fegte. Den iranischen Zöllnern, die ohne Familie in Buschher lebten, war die Fürsorge Doktor Salehs wichtiger als die Fachkenntnis des Engländers, und Großvater meint, daß die Pflege und der seelische Beistand durchaus zur Heilung beigetragen haben mochten, weil Knochen, Venen und Bakterien am Menschen doch nicht alles seien. Er selbst war jedenfalls ein treuer Patient, betete bis ans Lebensende für Doktor Saleh und pries dessen Heilkunst. »Es besteht Hoffnung, daß er, inzwischen mehr als hundertjährig, sich der Gunst Gottes des Erhabenen noch immer in dieser Welt erfreut.« Mit dem neuen Roman von Stadler erfüllt sich die Sehnsucht, die die erste Lektüre weckte.

Alle Kollegen sind sich einig, daß es unter den besonderen klimatischen Verhältnissen des Persischen Golfs medizinisch geboten sei, Alkohol zu trinken. Auch in Basra und Chorramschahr hat der Zollbeamte aus Isfahan diese Ansicht oft gehört. Wie er nun immer schwächer wird und Doktor Saleh schließlich Malaria diagnostiziert, wachsen die Zweifel, ob die Kollegen vielleicht recht haben; als Medizin wäre es islamrechtlich zulässig oder sogar geboten, Alkohol zu trinken. Der Zollbeamte aus Isfahan fragt Doktor Saleh. – Wenn Sie glauben, daß der Alkohol sich medizinisch positiv auswirkt, ist nichts dagegen einzuwenden, ihn im Maße eines Medikaments zu sich zu nehmen, weicht Doktor Saleh der Frage aus. – Das weiß ich auch, beharrt der Zollbeamte: Meine Frage lautet, *ob* der Alkohol sich medizinisch positiv auswirkt. Da Doktor Saleh die Antwort schuldig bleibt, geht der Zollbeamte zum englischen Arzt mit den großen Urkunden im Wartezimmer, den die Kollegen sonst nur konsultieren, wenn sie ein Attest benötigen. – Ich traue mich nicht, Ihnen eine Antwort zu geben, will sich Doktor P-Y-R P-U-N-I-T ebenfalls herauswinden. – Vor wem fürchten Sie sich? fragt der Zollbeamte. – Vor Ihnen. – Warum denn ausgerechnet vor mir? – Ich fürchte mich davor, daß Sie meine richtige Antwort mißbrauchen, und eine falsche Antwort darf ich Ihnen nicht geben. Der Zollbeamte aus Isfahan drängelt so lange, bis der englische Arzt ein leeres Glas auf den Tisch stellt und den Zeigefinger daneben hält: Sehen Sie meinen Finger? Schütten Sie jeden Abend so viel Whisky in ein Glas, wie der Finger breit ist. Breit, nicht lang! Danach füllen Sie das Glas mit Wasser auf. Trinken Sie das halbe Glas vor und die andere Hälfte während des Essens. Und jetzt sage ich Ihnen, was mein Problem ist: Mein Problem ist, daß diese winzige Menge in Ihnen ein gutes Gefühl erzeugen wird, fast einen kleinen Rausch. Es kann sein, daß sich das gute Gefühl auch an den nächsten Abenden einstellt, aber nach und nach werden Sie sich an den Alkohol gewöhnt haben, und Sie müssen, um dieses gute Gefühl zu erzeugen, mehr Whisky ins Glas schütten, immer mehr Whisky und immer weniger Wasser, bis Sie am Ende so viel Whisky im Glas haben, wie mein Finger lang ist, und gar kein Wasser mehr. Und nach ein paar weiteren Abenden wird auch diese Menge nicht mehr ausreichen, um Ihnen das gute Gefühl zu geben, und weil der Whisky teuer ist, werden Sie einheimischen Schnaps kaufen, Sie werden sich betrinken, und dann sind Sie ein Alkoholiker. Und wer wird schuld sein? Ich, der ich den Verzehr von Alkohol unter den besonderen klimatischen Umständen des Golfs für nützlich, sogar für erforderlich gehalten habe.

Arnold Stadlers Ausstrahlung ist die eines extrem unsicheren Menschen, der sich überraschend gefangen hat. Dafür ist er dankbar. Vielleicht deshalb las Stadler ausgerechnet das letzte Kapitel seines neuen Romans, die Bejahung, mit welcher er die Elegie abschließt. Es eignet sich nicht besonders gut für Lesungen, ist weder ausgesprochen lustig noch charakteristisch, und ohne die vorherigen 390 Seiten Schmerz sieht das »Ja« verloren aus, mit dem die restlichen sechs Seiten überschrieben sind, unwahr. Er habe das letzte Kapitel noch nie vorgetragen, sagte er wie zur Entschuldigung. Vielleicht war es auch ein stiller Vorwurf gegen den Kollegen, der so jung noch schon so negativ übers Leben redet und auch Bücher geschrieben hat, in denen Gott angeklagt wird. In einem Interview, das ich zur Vorbereitung las, nennt Stadler Weihnachten sein Fest, die Inkarnation – nicht Ostern, nicht das Kreuz. Genausowenig wie Martin Mosebach schreibt er religiöse Romane, aber sie wären anders geschrieben, wenn er nicht religiös in einer religionslosen Gesellschaft wäre, fromm und ungläubig. Die *Sehnsucht*, wie alle seine Bücher heißen könnten, ist nicht innerweltlich, gleichwohl der Erscheinungsort des Göttlichen nur die Welt sein kann, das Heilige als Tuwort, wie es das Konzept für die Sendereihe trivialisiert. Mit der Frage, ob er deshalb Christ sei, brachte ihn der jüngere Kollege für einige Sekunden aus der Fassung. Ja, hob Stadler an, bog aber in die Kritik der katholischen Amtskirche ab, um auf Luther zu kommen und dem eigentlichen Verbrecher Calvin. Als Kind wollte er der *Gesellschaft zur Rettung Schiffbrüchiger* beitreten, sagt er in seiner Büchner-Rede, »vielleicht aus zwei Gründen: weil ich so weit weg vom Meer lebte, das ich nie gesehen hatte, und weil ich die Welt retten, nein: ich wollte, daß alle Menschen genug zu essen hätten und später einmal in den Himmel kämen«. Zuvor hatte er gesagt, daß … ach, beim Nachschlagen merke ich, daß ich mir den Satz falsch gemerkt habe: Nicht *das* Heilige ist für jene da, die etwas verloren haben, sondern *der* Heilige, genau gesagt der heilige Antonius, von dem die Katholiken wüßten, »daß dieser Heilige für jene da ist, die etwas verloren haben«. Aber »ein neues Sion leuchtet«, das steht auch irgendwo, und sein Lieblingsgedicht ist Goethes »An den Mond«, das zum Ende hin ebenfalls zur Hymne gerät: »Selig wer sich vor der Welt / Ohne Haß verschließt / Einen Mann am Busen hält / Und mit dem genießt.« Für solche

Seligkeit nicht zu gewinnen, fragte der jüngere Kollege warum Stadler bei seinen Übertragungen der Psalmen die zornigen, anklagenden Gebete bewußt vermieden habe. Man würde meinen, daß ein heutiger Schriftsteller sich den Psalmen gerade wegen ihrer dunklen Stellen zuwendet. Ich kann mich nicht mehr an den Wortlaut seiner Antwort erinnern, es ging in die Richtung, daß er Verfluchungen des Schöpfers nicht für statthaft hält, Klagen ja, aber nicht Anklagen, nicht einmal in der Bibel und schon gar – das sprach er nicht aus – von einem Jüngeren wie dem Kollegen. »Alle unsere Tage gehen vor dir dahin. / Unsere Zeit hauchen wir aus wie ein Aufstöhnen, / das ist alles. / Unser Leben dauert vielleicht siebzig / Jahre, wenn es hochkommt, sind es achtzig. / Noch das schönste daran ist / nichts als Schmerz. / Das Leben ist kurz und schmerzlich. / Einmal das Dorf hinauf und hinunter: / so sind wir unterwegs.« Klingt wie Stadler, bemerkte der jüngere Kollege, nachdem er die Verse aus dem neunzigsten Psalm vorgelesen hatte. Sie sollten klingen wie ich, antwortete Stadler sinngemäß, er habe sie nicht übersetzt, sondern sich anverwandelt. Von Dörfern ist im Hebräischen nicht die Rede, auch in keiner anderen Übersetzung stehen sie. – Das sind Ihre Dörfer, die Sie in die Bibel gebaut haben, die wirklichen und die erfundenen, Rast, Meßkirch, Fleckviehgau, Schwackenreute, Sauldorf. Stadler spielte noch das Lied vor, das er sich für sein Begräbnis wünscht, einen italienischen Schlager aus den Sechzigern oder Siebzigern. Seine Liebe zu alten südländischen Schnulzen ist ganz ernst und entspricht dem Sehnsuchtsmotiv seiner Bücher, Herzschmerz, der sich selbst durchschaut, ohne deswegen aus der Welt zu sein. Für den Fall, daß es sonst niemand weiß, notierte sich der jüngere Kollege den Titel des Schlagers. Nicht vorgelesen hat er, wie der neunzigste Psalm fortfährt: »Lehre uns unsere Tage zählen, / daraus werden wir gescheit – / und unser Herz wird weise.«

Erst fangen einige Leute – er kennt sie, ohne an der Jagd selbst beteiligt zu sein – einen Hund ein, der eingeschläfert werden muß. Der Hund läuft auf ein Feld, an Strommasten vorbei, ohne Chance. Die Leute fürchten keine Sekunde, daß ihnen der Hund entwischen könnte. Daß sie ihn einschläfern müssen, tut ihnen leid. Daß sie die Frühgeborene einschläfern müssen, bringt die Eltern buchstäblich um den Verstand. Sie halten sie im Arm, und einer der beiden, wer?, sticht die Spritze ins Bekken, warum ins Becken?, und drückt ab. Es gibt keine Wahl, sie müssen es tun. Erst ist der Vater noch ruhig, steht unter Schock oder versucht sich vielleicht nur zu beherrschen, denn er ist es, jetzt sehe ich es, er ist es, der das Gift in das Becken der Frühgeborenen spritzt, warum ins Becken?, denn danach nimmt er sie der Frau aus dem Arm und schreit, schreit so laut, wie er nur kann, so laut, daß er sich nach dem Erwachen noch hört, hat die Frühgeborene auf dem Arm, ihren Kopf auf seiner Schulter, am Hinterkopf seine rechte Hand und schreit, schreit, bis er endlich merkt, daß er noch geschlafen hat, und sich immer noch hört. Mit Abraham war es nicht anders, wenn man Gott als Schicksal nimmt. Auch er wachte auf. Ich glaube nicht, daß er deswegen versöhnt war, wohl aber fürchtete er Gott. Im zweiten Traum erlitt er einen Herzinfarkt oder ähnliches. Es verläuft glimpflich, wird frühzeitig erkannt, glaube ich, die Ärzte wirken gelöst. Natürlich macht sich die Familie Sorgen, freut sich zugleich, daß alles noch gutging. Es kann kein wirklicher Infarkt sein, eher ein Schwächeanfall und der Befund, daß etwas mit seinem Herzen nicht stimmt. Wie er das Schreien noch im Ohr hat, wirkt auch die Unsicherheit nach, sich nicht mehr auf die selbstverständlichste Funktion seines Körpers, den Pulsschlag, verlassen zu können.

Obwohl er ausreichend Whisky getrunken haben dürfte, starb Monsieur Carlier, der dem Zollamt von Bandar Lengeh vorstand. Um sie zu bestatten, wurde die Leiche nach Buschher gebracht, wo die belgischen und iranischen Kollegen sowie sämtliche Amts- und Würdenträger der Region das letzte Geleit gaben. Die Eskorte des britischen Konsuls – dreißig indische Soldaten mit strengem Blick – schoß Salut. In jener Zeit konnte von einer iranischen Armee nicht ernsthaft die Rede sein. Was als Kaiserliche Armee firmierte, waren einige Wachleute in Uniform, und es wurde nicht klar, wer ihnen den Befehl erteilt hatte, ebenfalls einen Salut zu versuchen, der Gouverneur oder der Bürgermeister. Das Ergebnis sah kümmerlich aus und hörte sich noch erbärmlicher an. Erst schoß der eine und merkte, daß er zu früh war, dann der andere, der sich wunderte, daß der erste schon geschossen hatte, und wieder der nächste, der vollends verwirrt war, bis der vierte verstand, daß er nun wohl auch schießen müsse, und so ging es weiter, fünfzehn Soldaten lang, denen es nicht gelingen wollte, gleichzeitig zu schießen, obwohl ihr Kommandant wild mit den Armen herumfuchtelte und buchstäblich bis zur Besinnungslosigkeit brüllte. Weil die Wachleute, die Großvater gar nicht Soldaten nennen will, alle unterschiedliche Gewehre hatten, klang zu allem Überfluß jeder Schuß auch noch verschieden. Manche der ausländischen Trauergäste fingen an zu lachen, während sich die Gefühlvollen unter den Iranern, zu denen Großvater mit Sicherheit zählte, für ihre sogenannte Kaiserliche Armee in Grund und Boden schämten, deren Kommandant von Doktor P-Y-R P-U-N-I-T versorgt werden mußte. Monsieur Carlier wurde dennoch begraben und ein Nachfolger nach Bandar Lengeh geschickt, diesmal ein Brite, der nach kurzer Zeit ebenfalls starb, ohne daß die Kaiserliche Armee Irans zu schießen gelernt hatte. Vielleicht auch aus Sorge, einen weiteren Europäer ins Grab zu bringen, wählte der Direktor dieses Mal einen Iraner aus, die Zollbehörde im klimatisch besonders strapaziösen Bandar Lengeh zu vertreten: meinen Großvater. In einer streichholzschachtelgroßen Kiste erwartete ihn dort die Erweckung.

Die Website, auf die gleich der erste Eintrag der Suchmaschine leitet, scheint alles zu dokumentieren, was jemals öffentlich über den Herausgeber gesagt oder geschrieben worden ist, unzählige PDF-Dateien mit Besprechungen, Radiointerviews und Briefen aus vier Jahrzehnten, allein der Lebenslauf, den ich in eine Worddatei kopiere, um ihn gleich unterm Bett oder morgen im Flugzeug zu lesen, einundzwanzig engbedruckte Seiten lang. Auf die Schnelle sehe ich, daß er der versammelten Kulturpresse Deutschlands nicht einmal einen Schulabschluß vorweisen konnte, später hölderniske Absage an alle Brotberufe, um sich ganz und gar Hölderlin zu verschreiben, will in den siebziger Jahren von Geheimdiensten beschattet worden sein. »Wenn er seine etlichen guten Entdekkungen und Argumente wenigstens halbwegs kommunikabel und ruhig herausbrächte«, stöhnt ein Rezensent der 143 Briefe, die der Herausgeber als einen Verzweiflungsschrei veröffentlicht, »Höhlensystem von vielfach unlesbaren Fußnoten, sich stellenweise steigernd bis zu dem absoluten Irrsinn von Anmerkungen zu Anmerkungen.« An anderer Stelle heißt es noch höhnischer, der Herausgeber mache noch eine Anmerkung, wenn er einfach Gute Nacht sage oder sich zum Niesen anschicke. Daß die Korrespondenz, die der Herausgeber bis einschließlich 2002 auf seiner Website vollständig dokumentiert (und seither? bin ich sofort besorgt), kein günstiges Licht auf ihn wirft, nimmt er hin, da seine Eitelkeit zwar immens, seine Gewissenhaftigkeit aber noch größer zu sein scheint. »dieser brief wird im internet veröffentlicht, das gleiche würde für Deine antwort gelten«, teilt er einem früheren Assistenten am Ende einer seitenlangen Tirade mit und bemüht zur Rechtfertigung diesmal nicht Adorno, den er bereits ausführlich zitiert hat: »edition ist öffentliche sache, demgemäß gilt für mich Kants am schluß des entwurfs ›Zum ewigen Frieden‹ stehende formel des öffentlichen rechts: ›Alle auf das Recht anderer Menschen bezogenen Handlungen, deren Maxime sich nicht mit Publizität verträgt, sind unrecht.‹« Der Assistent, inzwischen Professor in Basel geworden, fertigt den Herausgeber mit einer kurzen Antwort ab, die absolut souverän ist: »Am Freitag erhielt ich Deinen langen Brief, der schon vorher als ein offner auf Deiner Hölderlin-Website zu lesen war. / Die Unterstellungen, mit denen Du mich konfrontierst, sind absurd: Es kann keine Rede davon sein, dass ich in irgend einer Weise eine andere Hölderlin-Ausgabe in Deinem Verlag oder sonstwo zwischenhandle, ich pflege keine Lizentiaten ›vorzuschicken‹ und ich treffe mich auch nicht zu ›verheimlichten Projekten‹ in Italien. Mach Dich doch nicht lächerlich. / Ferner habe ich kein Bedürfnis danach, in Form eines offenen Briefwechsels nach Deinen Diskursvorgaben über die Hölderlinedition zu debattieren. / Im übrigen herzlich wie immer«. Überwirft sich mit allen, die ihn je unterstützten, bis zu dem Punkt, daß ehemalige Mitarbeiter sogar öffentlich Tribunal halten (auch der eben noch so souveräne Assistent so gehässig, daß man schon deshalb Partei für den Herausgeber ergreift), Abgesänge ehemals wohlmeinender Rezensenten, deren plötzliche Pfeile er ausnahmslos retournieren muß, online natürlich bis einschließlich 2002 (und seither, verdammt?), zugleich Ehemann seit über vierzig Jahren, der grundsätzlich nicht ohne Frau reist, wie er am Telefon sagt, als der Leser anruft, um den Herausgeber nach Rom einzuladen, aber eigentlich um noch einmal die Stimme zu hören, die auf der Website seit 2002 verstummt ist, ob sie gesund klingt, unverzagt, frisch. Ja, das tut sie.

Beinah im Dunkeln, wie Jugendliche zum Ausziehen, dreht die Direktrice sich um, er sieht die Umrisse des Körpers, der sich schmaler anfühlt, als er meinte, sagt, sie sei so betrunken, nichts tun, was sie morgen bereut, du bist ja noch angezogen, sagt sie, aber auch nicht so betrunken, denkt er, wie sie angeblich ist. Kein Sex, hat sie gesagt, nein, kein Sex, war er für die Nacht erleichtert, dafür sind die Umrisse zu kostbar, kein Sex, wenn sie sich mit Trunkenheit herausreden können, nichts tun, was sie morgen bereuen, Zärtlichkeiten wie lang mit der eigenen Frau nicht mehr?, die Zehen, die Füße, die Waden, die Innenseite der Oberschenkel, der Rükken, der Hals, wie lang?, wenn überhaupt Hardcore, um noch Nerven zu kitzeln, aber nicht einmal mehr Hardcore, stillende Mütter, natürlich versteht er, die Hormone, jetzt im Zug, welcher Tag?, 14:16 Uhr auf dem Handy, 14:13 Uhr auf seiner Allmacht, die genauer sein dürfte, schon wieder Flugzeug verpaßt, Hexenschuß vorgetäuscht, kurieren Sie sich erst einmal aus, nein, nein, bis zur Lesung bin ich rechtzeitig da, Pflichtgefühl wie ein Deutscher, muß nur zum Orthopäden, spritzen lassen, die mitfühlenden Nachfragen zwangen ihn zu einer ganzen Geschichte, ja, das habe ich öfter, ja, mit Spritzen kriege ich es gewöhnlich in den Griff, was überhaupt nicht stimmt, weil er den Nerv rechts neben dem Brustwirbel gewöhnlich mit Opiaten betäubt, aber jetzt hatte er schon den Orthopäden erwähnt, mußte sich daher spritzen lassen und zugleich erklären, warum er dennoch zur Lesung kommen, nur später eintreffen würde, dabei hatte er ganz einfach am Körper der Direktrice verschlafen und dröhnt ihm in Wirklichkeit nur der Kopf, also doch betrunken gewesen, also doch nichts bereut, sie auch nicht? Das war schön mit dir, simst er um 14:01 Uhr, worauf er bis 14:22 Uhr noch keine Antwort erhält, dafür laut Fahrplan um 14:20 Uhr Ankunft in Hagen, wo die Regionalbahn nach Gießen über Lüdenscheid und Siegen trotz Verspätung noch erreicht wird. Solang er am Persischen Golf lebte, die restlichen vier Jahre, trank auch Großvater jeden Abend Whisky, wenngleich nur in der Breite seines Zeigefingers und mit viel Wasser vermischt. Die eine Hälfte trank er vor, die andere während des Essens. Warum eigentlich ist der Enkel den Weg von zu Hause ins Büro in entgegengesetzter Richtung gelaufen? Obwohl es sich gleichkommt, geht er doch gewöhnlich im Uhrzeigersinn um den Block, der mit der Pracht der Gründerjahre und den wahllos dazwischengestellten Zweckbauten der Nachkriegszeit auf fünf Hektar die Stadt architektonisch zusammenfaßt, mit den Verkehrsadern, die trotz der neugepflanzten Bäume nichts mehr von Alleen, und den Seitenstraßen, die ein Gesicht nur in den Karnevalsliedern, den Werken Kölner Schriftsteller und den Kneipengesprächen ihrer Bewohner haben. Der ihm mit einer Einkaufstüte entgegenkam, sagte, daß seine Mutter Krebs habe, überall Metastasen und Hoffnung nur wenig. Jeden Tag nach der Arbeit fährt er hundert Kilometer in einen Kurort, mit dem man nichts zu tun hat als den Tod, die Autobahn voller Firmenwagen, Sakkos am Rückfenster aufgehängt wie an einem Galgen, die gleichen prinzipiell unpassenden Anrufe auf dem Handy. Hundert Meter weiter – ist etwas mit seiner Ausstrahlung? – trifft der Nachbar einen anderen Einkäufer mit Tüte, dessen Vater, 82, mit schwerer Lungenentzündung im St. Vinzenz liegt, das man trotz des Namens und der Nähe vermeiden sollte, wie der Nachbar schon herausgefunden hatte, und der kennt nur die orthopädische Ambulanz. Dreiundzwanzig Stunden am Tag verbringt der Vater des zweiten Einkäufers ohne Zuwendung des Personals mit zwei Todgeweihten im Zimmer. Links der röchelt, rechts der hat den ersetzt, der schon gestorben ist. Niemand meint es böse, die Arbeit ist zuviel, das Geld zu knapp, man muß das verstehen. Aber auch in diesem Gespräch, wie in so vielen im Krieg, gelangt der Nachbar rasch an den Punkt, an dem auch sein Gegenüber nicht mehr versteht. Der Unterarm war blau angelaufen, sie krempelten den Ärmel hoch, da stellte sich heraus, daß die Schwester nach der letzten Spritze die Schnur vergessen hatte, mit der die Arterie abgebunden war. Der junge Arzt, seit vierundzwanzig Stunden im Dienst und selbst mit den Nerven am Ende, entschuldigte sich in aller Form. Was wünscht man zum Abschied? Mit »Kraft« versucht es der Nachbar, anschließend mit der Frage, ob es falsch sei, Besserung zu wünschen. Genau dies ist die eigentliche, die allgemeine Erfahrung von Transzendenz, nicht Verzückung religiöser, ästhetischer oder sexueller Art, sondern auf der Autobahn zu fahren, einkaufen zu gehen und nicht zu den anderen Handlungsreisenden und Wochenendeinkäufern zu gehören, weil die eigenen, täglichen Wege an einem Bett vorbeiführen, an dem man nicht mehr versteht. Man ist noch auf Erden und zugleich herauskatapultiert, das Natürlichste auf der Welt: Jeder hat seine Tüte mit Todesfällen zu tragen. Jeder wird selber in der Tüte landen und erwartet, daß ein anderer sie trägt. Freitag abend gingen die Eltern des Nachbarn nach Jahren oder Jahrzehnten zusammen ins Kino. Danach wollten sie zum Abendessen erstmals wieder die Treppen zu seiner Wohnung steigen. Seit die Elektronik runderneuert wurde, funktioniert die Klingel nicht, so daß der Sohn am Hoftor Wache schob. Nach einer halben Stunde lösten erst die Ältere, dann die Frau ihn ab. Nach einer Stunde kehrte die Frau niedergeschlagen zurück nach oben. Die Eltern hatten im Parkhaus des Kinos nicht mehr zu ihrem Wagen gefunden. Außerdem hatte der Film den Vater überfordert, ein Melodram aus Hollywood über den afghanischen Krieg. Er verträgt keine Melodramen mehr, weder auf der Leinwand noch im Parkhaus. Die Vorstellung, wie seine Eltern sich Freitag abends im Parkhaus eines Multiplex-Kinos verlaufen, die jungen, fröhlichen Leute in ihren Autos frisch aus der Waschstraße, die den Kopf schütteln über die verwirrten Alten, schnürte dem Sohn das Herz zu. Der Vater hatte nicht geweint, als er gemeinsam mit der Mutter vor dem Hoftor stand, sie waren nur beide aufgelöst gewesen und wollten, mußten nach Hause, berichtete die Frau. Daß der Sohn ihnen nachfuhr, hat sie nach der ebenso deutlichen wie deprimierenden Erkenntnis, die der Abend den Eltern brachte, ein wenig getröstet, wie sie noch heute morgen mehrfach versicherten. Die Frage, die über den Roman hinausgeht, den ich schreibe: ob der Absatz einen Zusammenhang ergibt, also die Nacht neben der Direktrice mit Hölderlin 1797, den Eltern im Parkhaus oder dem unbekannten Herrn, der dreiundzwanzig Stunden am Tag ohne Zuwendung des Personals mit zwei Todgeweihten im Zimmer liegt, links der röchelt, rechts der hat den ersetzt, der schon gestorben ist – einen Zusammenhang selbst mit diesen. Die Voraussetzung, um eine Antwort zu erhalten: daß er keinen herstellt. Er fuhr weiter zu einem vierzigstem Geburtstag, auf dem er sich die meiste Zeit mit einem Schulfreund unterhielt, dessen Mutter vor zwei, drei Jahren in Siegen gestorben war. Ja, der Romanschreiber hatte eine Absicht, die er allerdings sofort aufgab, als er sie bemerkte. So erfuhr er nicht, wann genau die Mutter gestorben war, und erhielt der Roman, den ich schreibe, kein neues Kapitel. Der Schulfreund erwähnte nur, daß die Beerdigung, zu der er wegen eines Unfalls auf der Autobahn verspätet eintraf, an einem Apriltag stattfand, aber nicht das Jahr, erwähnte nur Hamburg, wo ihn die Nachricht erreichte, als er nach einer Besprechung oder einem Seminar den Anrufbeantworter abhörte. Die Mitarbeiterin, die zuerst nicht verstand, warum man wegen des Tods seiner Mutter so heult, organisierte die Rückreise. Der Romanschreiber schämte sich zu fragen, um den April welchen Jahres es sich handelte. Selbst in seinem Alter sollte man nicht am nächsten Morgen zwei Einkäufer auf hundert Metern treffen, deren Eltern sterben. Vielleicht lud er deshalb die Direktrice ins Büro ein, stellt der Nachbar einen Zusammenhang her, der weder erlaubt ist noch ihn entschuldigt.

Großvater freute sich über die Berufung und fürchtete sich noch mehr. Er war jung und anders als seine Vorgänger kein Europäer. Einen Heimvorteil hatte er wiederum auch nicht, denn Bandar Lengeh muß für ihn damals exotischer gewesen sein als sagen wir Paris, die Bevölkerung arabisch, sunnitisch und selbst für einen Isfahani extrem konservativ: Noch heute ist Bandar Lengeh eine der wenigen iranischen Städte, in denen Burkas zu sehen sind. Bis Anfang des zwanzigsten Jahrhunderts hatte der weltumspannende Perlenhandel dort eines seiner Zentren, und noch zu

Großvaters Zeit segelten mächtige Boote bis nach Indien, Jemen, Somalia und Kenia, um Sandelholz und andere Güter aufzuladen. Allerdings trat Großvater sein Amt an, als die Stadt schon vom Niedergang erfaßt worden war. Japanische Zuchtperlen hatten den Weltmarkt überschwemmt, und durch den aufkommenden Ölboom und den Ausbau anderer iranischer Hafenstädte nahm die Bedeutung von Bandar Lengeh weiter ab. Als Reza Schah den Fernhandel durch hohe Handelszölle einschränkte, verloren die meisten Seeleute ihre Arbeit. Wahrscheinlich muß ich nicht mehr eigens hervorheben, daß Großvater nichts davon erwähnt und also mit keinem Wort auf den Umbruch eingeht, den er als Leiter des Zollamts doch aus nächster Nähe verfolgt haben muß, den Exodus der Händler, die Wut der stolzen Kapitäne, die Not der Bevölkerung, im Hafen die modernden Boote mit Masten so hoch wie sonst nirgends im Persischen Golf, das Siechtum jahrhundertealter Zünfte des Handels, des Schiffbaus, des Güterverkehrs. So ambivalent der Einzug der Moderne in Ländern wie Iran war – Bandar Lengeh hatte ausschließlich Verluste. Muß die Stadt mit ihrer internationalen Bevölkerung und der bizarren Architektur aus Hunderten, Tausenden Türmen, die den heißen Wind durch ein abkühlendes Rohrsystem in die Wohnräume leiten, auf Großvater geradezu mondän und futuristisch gewirkt haben, macht sie heute einen um so trostloseren Eindruck. Im Zentrum sind viele Lehmbauten eingestürzt oder durch billigen Beton ersetzt worden, so daß die natürliche Klimaanlage nicht mehr funktioniert. Temperaturen von 45 Grad bis weit in den November, eine Luftfeuchtigkeit von hundert Prozent, ständiger Wassermangel und fehlende Infrastruktur sorgen dafür, daß Bandar Lengeh eine der wenigen iranischen Städte ist, deren Bevölkerung sich im Laufe des zwanzigsten Jahrhunderts nicht vervielfachte. Ich nehme das jedenfalls an, denn heute hat Bandar Lengeh ganze zwanzigtausend Bewohner, und weniger können es in den zwanziger Jahren nach allem, was ich gelesen habe, nicht gewesen sein.

Anstelle eines Beitrags zur Stadtgeschichte, den sein gelehrtester Freund erwartet und zugegeben auch ich interessanter gefunden hätte, schildert Großvater seine Furcht, dem Amt nicht gewachsen zu sein. Zum Glück traf er auf herzliche Mitarbeiter, die meisten Araber, die sich um ihren Chef wie um einen jungen Cousin kümmerten, Herrn Mirza Aziz zum Beispiel, der Lagerverwalter, Herrn Mirza Abdolmadjid Namazi, Taxator, oder Herrn Heydar Gorgin, dessen Funktion Großvater nicht nennt. Noch viele Jahre nach seiner Rückkehr stand er in Verbindung mit ihnen, doch nicht lange genug, wie er beklagt, um zu wissen, was aus ihnen wurde. Vom Bürgermeister, vom Freitagsprediger und von den anderen Honoratioren Bandar Lengehs hat er nicht einmal die Namen behalten. Bloß ihre Gesichter stünden ihm vor Augen, bedauert Großvater, ohne auszuführen, wie die Gesichter aussahen. Wie distanziert das Verhältnis der Bevölkerung zum Zentralstaat war, den er vertrat, läßt sich an dem Hinweis ablesen, daß der Freitagsprediger es trotz wiederholter Einladungen immer wieder hinausschob, Großvaters Besuch zu erwidern. Erst nannte der Freitagsprediger Termingründe, dann Unwohlsein, schließlich unerwartete Gäste, bevor er wieder mit Terminen anfing. Großvater ließ nicht locker und drängte darauf, zumindest den Grund für die Zurückhaltung zu erfahren. Schließlich gab der Freitagsprediger unter blumenreichen Entschuldigungen und Höflichkeitsbekundungen zu verstehen, daß er bei aller Sympathie für den jungen Leiter des Zollamts grundsätzlich nicht mit den Angestellten eines Staates privat verkehre, der schiitisch sei und daher unislamisch, Großvater möge das bitte nicht persönlich nehmen. Großvater beschwor den Freitagsprediger, sich mit eigenen Augen davon zu überzeugen, daß nichts in der Zollbehörde gegen das islamische Recht verstoße. Das glaube er gern, antwortete der Freitagsprediger, doch könne er schon beim Besuch der Behörde, selbst wenn dieser ausschließlich der rechtlichen Überprüfung diene, in Situationen geraten, die im Sinne ebenjenes Rechts bedenklich seien. Großvater hakte nicht mehr nach und besuchte weiterhin den Freitagsprediger, der Schiiten Tee anbot, es jedoch ablehnte, einen Tee zu trinken, der von Schiiten zubereitet. Man muß sich den damaligen Graben zwischen den beiden Konfessionen fast so groß vorstellen, wie er für alle überraschend heute im Irak wieder geworden ist: Man bekriegte sich zwar nicht, aber Freundschaft zu schließen verbot sich für viele Gläubige oder erschien jedenfalls delikater, als mit Christen oder Juden zu verkehren, die zwar keine Muslime waren, aber deswegen keine Feinde. Aus Sicht der Schiiten haben die Kalifen mit den Imamen die Kinder und Kindeskinder des Propheten ermordet und die egalitäre Botschaft des Islam verraten; umgekehrt halten strenge Sunniten die Schia für eine ketzerische Sekte mit abstrusen Riten und abergläubischen Vorstellungen, die sich aus der großen Gemeinschaft des Islam ausgeschlossen hat. Einmal fragte Großvater den Freitagsprediger von Bandar Lengeh, warum der zweite Kalif Fatima beleidigt habe, die Tochter des Propheten und Gattin Imam Alis. Verflucht sei jeder, der jener Heiligen, Friede sei mit ihr, den geringsten Schaden zugefügt oder ein schlechtes Wort über sie gesagt hat! geriet der Freitagsprediger, ein sonst seelenruhiger älterer Herr mit freundlichen, warmen Augen, regelrecht in Zorn: Verflucht sei er und der Verdammung Gottes ausgesetzt! Niemals hat der zweite Kalif so etwas getan: Von Ihnen, mein Herr, der Sie doch studiert haben, hätte ich eine solche Frage nicht erwartet. Gott sei gepriesen, daß Sie noch jung sind und sich so Gott will eingehender mit der Geschichte des Islam beschäftigen werden. Großvater schreibt, daß er sich in seiner Verwirrung nicht nachzufragen getraut habe. Ungeachtet ihrer Ablehnung der Schia beeindruckte ihn die Frömmigkeit und Mitmenschlichkeit des Freitagspredigers wie überhaupt der Sunniten von Bandar Lengeh und war er für den Rest seines Lebens unsicher, wie in so vielem, ob die Geschichte des Islam vielleicht ganz anders verlaufen war, als er es gelernt, und die Vorwürfe gegen die Sunniten nur auf Vorurteilen beruhten. Als Großvater längst stellvertretender Direktor der Nationalbank in Isfahan war und zwei angesehene Geistliche ihn zum Mittagessen besuchten, die verstorbenen Ajatollahs Hesam ol-Waézin und Hadsch Agha Mohammad Nuri, trug er ihnen deshalb die Antwort des Freitagspredigers von Bandar Lengeh vor. – Und was hast du erwidert? fragte Ajatollah Nuri. – Nichts, gestand Großvater. – Warum das denn nicht? – Mir ist nichts eingefallen. – Du hättest fragen sollen, warum die Leiche jener gerechten, unschuldigen und einzigartigen Frau, Friede sei mit ihr, in der Heimlichkeit der Nacht verscharrt wurde. Du hättest fragen sollen, warum der zweite Kalif verfügt hat, daß an ihrem Grab nicht gebetet werden durfte. Warum darf ihre Grabstätte bis heute nicht bekannt sein? Haben denn nicht alle Zeitgenossen aus dem Munde des Propheten wieder und wieder gehört, daß Fatima ein Stück seines eigenen Leibs sei? Fatima zu beleidigen bedeutet, den Propheten zu beleidigen. Wenn der Kalif und seine Leute sie nicht geschmäht hätten – warum haben sie dann nicht an ihrer Beerdigung teilgenommen, warum haben sie das Gebet an ihrem Grab verboten? Auch diese Antwort verschlug Großvater die Sprache. »Einmal mehr und mehr als je zuvor bedauerte ich meine Unkenntnis, mein Unbildung, mein mangelndes Urteilsvermögen, und ich machte mir Vorwürfe, daß ich so wenig weiß.«

Der berühmte Schriftsteller rät, einfach aufzuhören, willkürlich, oder wenigstens für ein Jahr den Roman zu unterbrechen, den ich schreibe, die Gelegenheit nutzen, die der Umzug nach Rom böte. Wie oft habe ich es versucht, klagt der jüngere Kollege. Jetzt, da es ausbleibt, merkt er wieder, wie verloren er ohne das Signal ist, das ihm alle paar Monate aus Zürich geblinkt wurde. Nie wieder wird er mehr im Verlag nachfragen, schwört er sich, nachdem der Verleger sich nun sogar von Tür zu Tür verleugnen ließ, erst sagte die Sekretärin, er sei da, Augenblick, dann, daß der Verleger im Gespräch sei, aber spätestens in einer halben Stunde zur Verfügung stehe, ob der Romanschreiber solange spazierengehen möchte, sie würde ihn auf dem Handy anrufen. – Ja, demütigte der jüngere Kollege sich, ich gehe solange um den Block. Sich vom Verleger zu trennen, wie der berühmte Kollege ins Spiel bringt, von diesem Verleger zu trennen, hat für den Romanschreiber ohne Übertreibung die praktischen und emotionalen Dimensionen einer Scheidung. Was der eine zu verdanken hat, ist der andere schuldig geblieben. Und wer wollte ihn schon haben mit seinen dreitausend verkauften Exemplaren pro Roman und Stand heute, Samstag, der 26. Januar 2008, 1034 DIN-A4-Seiten Ausschuß, ohne daß ein Ende absehbar ist? Ein Buch besteht aus nichtgestrichenen Sätzen, mahnt der berühmte Schriftsteller. Im Roman, den ich schreibe, ist es umgekehrt. Während einer halben oder vollen Minute, es kommt die Situation, könnte der jüngere Kollege den berühmten Schriftsteller bitten zu lesen, was jeder andere durchgestrichen hätte. Statt dessen erklärt er, daß er den Roman, den ich schreibe, niemandem mehr zu lesen gibt, weil jeder Leser zugleich Protagonist wäre. Der berühmte Schriftsteller versteht nicht, aber das ist auch egal, weil die Situation schon vorbei ist.

– Guckst du gleich noch Fußball? fragte die Frau, als die Kinder eingeschlafen waren. – Ja. – Dann schlaf gut. – Du auch. Weil er gestern das Angebot zur Schlichtung ausgeschlagen hat, beschränken sich ihre Dialoge auch heute auf Kurzmitteilungen. Ein zweites Angebot kann sie nicht unterbreiten, ohne das Gesicht zu verlieren. Danach hat der Mann es mit Jean Paul versucht, den er liest und liest, das weiß nicht wievielte Buch, ohne die Spur wiederzufinden, dann onaniert auf der Couch, ohne müde zu werden, deshalb zurück zu Jean Paul, bei dem er genau wie mit der Frau den Eindruck hat, daß es nur an ihm selbst liegt, daß er nur auf den Knopf drücken müßte, um das Ausmaß seiner Ignoranz zu übersehen, aber wo?, die Seitenränder voll mit Assoziationen, Gedanken wie Mücken, die stechen. Bevor es zum Streit kam, haben wir nicht viel mehr miteinander gesprochen, legt er es sich zurecht. Während er durch die Blicke kommuniziert, die er nicht zuwirft, spricht sie wie Lenette durch die Geräusche, die anstelle der Worte den Raum füllen: »Eine Frau vermags im ersten Zwiste noch nicht, sondern erst im 4ten, 10ten, 10 000ten ist sie imstande, zugleich mit der Zunge zu verstummen und mit dem Torso zu lärmen und jeden Sessel, den sie wegschiebt, jeden Querl, den sie hinstreckt, zu ihrer Sprachmaschine und Sprachwelle zu verbrauchen und desto mehr Instrumentalmusik zu machen, je länger ihre Vokalmusik pausiert.« Ansonsten sind die Eheleute zivilisiert, kein Streit vor den Kindern, nicht einmal, wenn sie schlafen. Sie hat das Bett, er nur Jean Paul, weil im Büro die Heizung ausgefallen ist, Fußball im Fernsehen und den Laptop, auf dem es am Sonntag, dem 27. Januar 2008, 4:18 Uhr ist. Die Zweifel weiten sich längst auf die bisherigen Bücher und Jahre aus. Ein paar Stücke hält er sich zugute, die Berichte eher als die Romane, wie er sie früher schrieb, aber glauben Sie nicht, daß er Ihre Anwesenheit noch großschreibt. Er reiht diese Absätze aneinander, weil sie ihm zum Ritual geworden sind wie das Gebet, der Nachwelt zum Nutzen und Nachricht aus vielen alten Schriften zusammengetragen. Obwohl er allein ist, geniert er sich für die Banalität, die dabei herauskommt, wenn er ehrlich zu sein versucht. Bitte sehen Sie die Peinlichkeit des Romans, den ich schreibe, im Verhältnis zu seiner Scham; für jemanden, der sich nicht um die Meinung anderer schert, wäre die Entblößung lächerlich, die paar Geständnisse, das bißchen Onanie und immer dieser Alltag, aber den Romanschreiber quält gerade die Nichtigkeit, mit der er vorstellig wird. »Im 12ten Jahrhundert zeigte man noch den nachgelassenen Misthaufen, worauf Hiob geduldet hatte«, sagt der Armenadvokat Firmian Stanislaus Siebenkäs über seine kümmerliche Ehe mit Lenette. »Unsere zwei Sessel sind die Misthaufen und sind annoch zu sehen.« Es gehört zum Eigentümlichen Jean Pauls, daß er Hiob in die kleinbürgerliche Wohnstube verlegt, das Leiden der Menschheit nicht im Krieg, im Hunger oder inmitten der Naturgewalten zeigt, sondern im denkbar ruhigsten Alltag zweier eigentlich sympathischer Eheleute, die von außen betrachtet so gut und schlecht zueinander passen wie andere Eheleute auch. Wenn Firmians und Lenettes Sessel der nachgelassene Misthaufen sind, worauf Hiob geduldet, sind es alle Klappstühle der Welt, das gewöhnlichste Leid als Anlaß menschlicher Selbstbehauptung, nicht der

Demut, wie es die Theologen lehren, der ekelhaften Tränen, sondern des stolzen Zornes, der sich allerdings gerade noch rechtzeitig mildern solle, bevor du dich aufrichtetest »aus deinem Staub gegen ihn und sagen: ›Allmächtiger, ändere dich!‹« Selbst der Streit besteht eigentlich nicht aus Worten. Ein paar Sätze hier, ein paar Sätze dort, schon denken sich beide die Eskalation, ohne sie vollziehen zu müssen. Wenigstens die Onanie bei Schlaflosigkeit sollte der Mann sich abgewöhnen, es bringt ohnehin nichts, nur daß er vor dem Frühgebet noch duschen muß, das er heute pünktlich verrichten kann. Besser verbringt er den Rest der Nacht mit Jean Paul, in dessen Sätzen sowenig Gleichmaß existiert wie in seinen Romangefügen, nicht in der Tonstärke, nicht in der Satzlänge, nicht im Umfang der Wortgruppen, nicht im Tempo, nicht im Stil, nicht im Verhältnis der Satzteile oder Sätze zueinander. Weiter als es dem menschlichen Körper entspräche, liegen die Tongipfel auseinander, so daß der Atem in dem reichgegliederten Satzbau unnatürlich weite Wege gehen muß und dadurch die dazwischenliegenden Nebensätze zusammendrängt, zu einem Trommelfeuer beschleunigt, in dem alles gleichzeitig gesagt zu werden scheint. Max Kommerell machte gar Betonungen verschiedenen Rangs ausfindig, wobei die stärkeren, die schwächeren Betonungen herabsetzend, Nebenliegendes überragend, einander zurufen würden. Man spricht heute so schnell vom Sound, wenn Prosa ein bißchen Rhythmus hat – Jean Paul ist ein Konzert, in dem die Hauptsätze das Orchester, die Nebensätze das Solo sind. Durch einen einzigen Satzteil, um blind eine Seite aufzuschlagen, steht dem Leser eine ganze Generation in geradezu unangenehmer Plastizität vor Augen: »alte, in den Schminksalpeter eingepökelte Damen-Gesichter, denen aus dem Schiffsbruch ihres Lebens nichts geblieben war als ein hartes Brett, auf dem sie noch sitzen und herumfahren, nämlich der Spieltisch«. Mit Jean Paul folge ich einem Schriftsteller, dem es gelang, als erstem vielleicht, der Simultanität des Erlebens, die nur in ekstatischen Momenten sich auflöst, bis in die Sprachmelodie eine literarische Entsprechung zu geben, die das Gegenteil von Hölderlins Prosa ist. Wenn diese auch sprachlich etwas Schwebendes, Gleitendes, Gleichmäßiges hat, überträgt Jean Paul – hier durchaus analog zum Hölderlin der Elegien und späten Hymnen – das Ungleichmäßige, Unüberschaubare der Wirklichkeit nicht nur als Handlungsgestrüpp, sondern bis in die Syntax, in die Stilbrüche und die genau kalkulierten Verletzungen der Grammatik dort, wo die deutsche Sprache nicht genügt. Bei dem Wort Traum etwa kommt er mit dem Simplex nicht aus, da wird auch vorgeträumt, nachgeträumt, erträumt und ausgeträumt. So weit treibt Jean Paul die Träume, daß in den *Flegeljahren* Walt zu träumen hofft, er sei der Traum der Geliebten – wie schön ist diese Vorstellung: zu träumen, daß ich ihr Traum bin. Aber die Sentimentalität, die hier so zart geschildert wird, voller Sympathie, kann einige Seiten später schon verulkt werden wie in der Phantasie, daß Wina eine Katholikin sei oder eine Polin oder Britin oder Pariserin und so weiter bis Evas jüngster Tochter oder dem guten armen Mädchen, »das am letzten auf der Erde lebt gleich vor dem Jüngsten Tage«, achtzehn Einbildungen lang, bis die Frau völlig beliebig wird.

Den weitaus größeren Teil seiner Freizeit in Bandar Lengeh verbrachte Großvater freilich nicht mit theologischen Erkundungen, sondern mit seinen Kollegen Mirza Aziz und Mirza Abdolmadjid Namazi sowie zwei Indern, Herrn Moulawi und einem anderen, dessen Namen Großvater vergessen hat. Jener leitete die Vertretung des englischen Konsulats, dieser die örtliche Schule. An den meisten Abenden und allen freien Tagen trafen sich die fünf Freunde, schreibt Großvater und rühmt das Wissen und die Umgangsformen der beiden Inder. Einer von ihnen, Herr Moulawi, beherrschte die Kunst des Handlesens, die zu ihrer liebsten Beschäftigung wurde. Insbesondere das Studium von Mirza Abdolmadjid Namazis Hand füllte viele Stunden. – Namazis Hand ist ein Buch, das keine letzte Seite hat, sagte Herr Moulawi dann oft. In Großvaters Hand hingegen stand kaum etwas, und das kränkte ihn ein bißchen. – Keine Neuigkeiten, beschied Herr Moulawi knapp, wenn Großvater ihn überredet hatte, sich die Hand noch einmal anzuschauen. Einmal immerhin gelang Herrn Moulawi die Prophezeiung, daß viel Geld durch Großvaters Hände gehen werde, aber ihm wenig davon bleibe: Mit der einen Hand nimmst du, mit der anderen gibst du. Was auf Altruismus hinzuweisen schien, bestätigte sich später jeden Abend, wenn Großvater seine Handfläche betrachtete: schmutzig von den Münzen und Geldscheinen, die er den Tag über in der Nationalbank angenommen und ausgegeben, gezählt und sortiert, schmutzig von Nickel, Messing und Kupfer, Tinte, Staub und Fett. Nichts hat das Geld hinterlassen als Dreck, sagte er sich dann immer und dachte an Herrn Moulawi aus Indien.

Wenn Hoffnung auf Schlaf wäre, würde der Mann sich am Freitag, dem 1. Februar 2008, um 22:09 Uhr ins Bett seines Büros legen, der Form halber noch etwas lesen, wenn schon nicht Jean Paul, dann Rolf Dieter Brinkmanns *Rom, Blicke*, und spätestens gegen elf Uhr das Licht ausschalten. Abgesehen von den Zugfahrten, Flügen und Hotelzimmern ist er bis Dienstag durchgehend auf Sendung, also auch tagsüber für sich unerreichbar. Das Problem ist, daß er über nichts hinweg ist, die Frau das Erlittene nicht losläßt. Er weiß, wie er sich verhalten müßte, ohne daß es ihm auch nur in Halbsätzen, Blicken oder gestischen Andeutungen gelingt. Die Bitterkeit, der Zorn, die Enttäuschung, die sie beherrschen, stehen in keinem Verhältnis zum Vorfall, den sie, obschon gravierend, allemal für verzeihlich hält. Umgekehrt hindern seine Wunden ihn daran, auch nur mimisch oder im Tonfall zu signalisieren, es tue ihm leid. Sie schirmt sich ab, weil sie nicht reden kann, weil alles, was sie derzeit sagen könnte, erst recht zum Eklat führen würde. Seit es passiert ist, warten sie darauf, daß sich die Gewöhnung einstellt, die Abstumpfung, all die plausiblen Gründe, warum sie fortfahren sollten mit den Einbildungen, die sich nach einer Weile wieder wie Überzeugungen anfühlen. Nichts wird weniger, im Gegenteil – erst abgelagert, dann aufgewühlt, werden die Vorwürfe erst recht zum Dämon. Normalerweise wäre keine Eile; er würde die Ellen ein paar weitere Tage vors Gesicht halten, bis sie ihm wieder freundlich Schlaf gut und Guten Morgen zu wünschen vermag, nun jedoch zieht er nächste Woche nach Rom, Montag sagen vielleicht die Australier zu, die sich für ihre Wohnung interessieren, ihnen müßten sie gegebenenfalls absagen, elf Monatsmieten ja oder nein, gut, die Nebenkosten muß man rausrechnen, dann entspräche die Einnahme immer noch fünfzehn Lesungen oder fünf Vorträgen, fünfzehn- oder fünfmal Enthusiasmus, fünfzehn- oder fünfmal drei oder vier oder auch mal fünf Sterne, unter denen die Fernbedienung quält, ohne daß Selberlebensbeschreibung oder Selbstbefriedigung in den Schlaf helfen. Und was ist mit der Älteren?, geht sie in Rom oder in Köln zur Schule?, die Frühgeborene sähe er jedes zweite Wochenende, das Kistenpacken würden sie sich sparen, so daß er einen weiteren Tag mit Hölderlin in der Kölner Germanistik verbringen könnte. Die Umstände zwingen zu einer Entscheidung, ja oder nein, die sich mit etwas Geduld von selbst ergäbe. »Wenn ich vol Liebe meine Arme um die geliebte Gestalt herumlege«, wußte es Jean Paul, »ist denn da zwischen diesem Zeichen und der bezeichneten Sache die mindeste Aehnlichkeit, da oft der Grol eben so gut umfasset, um zu erwürgen?«

Die Revolution besteht nicht aus den Taten, für die der Herausgeber und sein Verleger 1968 demonstrierten, und nicht einmal aus Wörtern, sondern aus Schrifttypen: *leichte Grotesk* für frühere Textschichten eines Manuskripts, *mittlere Grotesk* für mittlere Schichten, *schwere Grotesk* für spätere Schichten, dazu *schmale Grotesk mittel* für weitere Texte der früheren Schichten und *schmale Grotesk schwer* für weitere Texte der späteren Schichten. Durch Striche, drei Formen der Klammer, Unterstreichungen, Unterpunktungen, Balken, Schrägstriche, Fragezeichen, Leerstellen und Zahlen sind außerdem unterschieden: gestrichener, überlagerter, eingeklammerter, nicht entzifferter, unsicher entzifferter, verlorener und nicht sicher als Streichung erkennbarer Text, Ergänzungen innerhalb eines Wortes und Ergänzungen innerhalb einer Linie, Einfügungs- und Trennlinien sowie Zeilenzählungen. Die jeweiligen Textphasen (lateinische Zahlen) sind in der typographischen Umschrift noch einmal aufgeteilt in Phasensegmente (lateinische Großbuchstaben). Die Einträge fremder Hände auf den Manuskriptblättern werden durch verschiedene Typen der *Antiqua* kenntlich gemacht. Neben dem Faksimile und der Transkription steht als Vorstufe zum sogenannten »emendierten Text« noch die Aufstellung der möglichen Lesarten. Mit Hilfe weiterer Schrifttypen und -größen, Zahlen, Pfeile, Klammern und Striche bietet die Aufstellung immerhin noch etwa zwanzig zusätzliche Möglichkeiten an, die Varianten, Zeilenumbrüche und Verszählungen desselben Textes sowie die editorischen Bemerkungen und Eingriffe darzustellen und damit die Emendation überprüfbar zu machen, was im dringlichen Duktus des Herausgebers immer ein bißchen wie Emanation klingt, dem Ausfluß aller Dinge aus dem göttlichen Einen. Den Nachdichtungen ist zusätzlich das griechische oder lateinische Original sowie eine Interlinearversion beigegeben, deren Grundsätze im fünfzehnten Band gesondert formuliert sind. Fürs erste wollen nur die neun Varianten des Schriftsatzes gelernt sein, die der Herausgeber einführt, um Hölderlins Nachdichtungen von den originären Texten zu unterscheiden. Was die editorischen Abkürzungen anbelangt, kommt er anfangs mit vierzehn aus, weniger als in der gewöhnlichen Edition einer arabischen Handschrift. Zur Differenzierung von *ss* und *ß* muß man im siebzehnten, zur Zeichenerklärung der Strophendiagramme im vierten Band nachschlagen. Gewidmet ist die Ausgabe, zu naheliegend, um es vermutet zu haben, »Dem Andenken Adornos«, in der Einleitung der Satz aus der *Negativen Dialektik*, daß

Wahrheit nicht plausibel sei. »Zu widerstehen ist der fast universalen Nötigung, die Kommunikation des Erkannten mit diesem zu verwechseln und womöglich höher zu stellen, während gegenwärtig jeder Schritt zur Kommunikation hin die Wahrheit ausverkauft und verfälscht.« Die Faksimiles enthalten, weil von den Manuskripten auch diejenigen Rückseiten abgebildet sind, die Hölderlin nicht beschrieb, manchmal nur ein paar Tintenflecken – oder nichts. Andere sehen wie abstrakte Gemälde aus. Daß Hölderlins Schrift für keinen Laien zu entziffern ist – gut. Aber auch die Transkription, die auf der jeweils gegenüberliegenden Seite steht, läßt sich nicht im herkömmlichen Sinne lesen, ahmt sie doch sämtliche Korrekturen, Ergänzungen, Streichungen nach, die Hölderlin an seinen Texten vornahm. Auf den ersten Blick könnte man die linearen Textdarstellungen für Computerlinguistik halten. Manche Blätter hat Hölderlin umgedreht, um in die Lücken ein zweites, drittes Gedicht hineinzuschreiben, oder er hat freie Stellen an den Rändern genutzt, weil das Papier knapp war, so daß auch ich für die Lektüre der Transkription das schwere und wie zur Drohung giftgrüne Buch umdrehen muß. Über den Zeilen »Ach! schlummert' ich am murmelnden Moosquell noch / Ach träumt ich noch von Stellas Umarmungen« steht kopfüber: »Lebt wol, lebt wol ihr Spielgenoßen, / Weint um den Jüngling er ist verachtet!« Das führt ganz woandershin, als wenn man einfach weiterlesen würde: »Doch nein! bei Mana (m)nein auch Streben / der Schwächeren / Ziert, auch vergebener Schweis ist edel.« Unten beziehungsweise oben sind noch Zeilen aus einem dritten Gedicht zu lesen, über die Seite verteilt außerdem die Überarbeitungen und Korrekturen in jeweils unterschiedlichem Schrifttypus, die Hölderlin zu verschiedenen Zeiten vorgenommen. Bot das Schnäppchen immerhin noch einen fortlaufenden Text, verlaufen die Buchstabenreihen in der Frankfurter buchstäblich kreuz und quer. Ich lese nicht mehr Gedichte beziehungsweise Werke, sondern Bilder aus Schriftzeichen, Wortfolgen, die sich zunächst gar nicht, allmählich ganz anders eingraben als zuvor in ihrer intendierten oder konstruierten Entschlüsselung. Die Unmöglichkeit des Durchlesens ist dabei schon ganz praktisch die, daß es Monate dauern würde, um auch nur den ersten der neunzehn vorliegenden Bände gründlich zu studieren, und die eigentlich interessanten, späten Werke, wenn man von Werken sprechen darf, habe ich noch gar nicht aufgeschlagen, seit der Leser am heutigen Karnevalsdienstag, da es in der Gasse nicht auszuhalten war, frühmorgens ins Germanistische Seminar radelte, das gegen alles Brauchtum der Stadt geöffnet ist. Es ist das Prinzip des Korans, den durchzulesen ebenfalls unmöglich ist: Auf sieben Weisen wurde er herabgesandt, sieben als Unendlichkeitszahl, für jeden Vers sechzigtausend Erklärungen, 240 999 Wissenschaften nur in der *Fatiha*. Ist man anders als ein Philologe nicht darauf aus, einen ursprünglichen Sinn zu ermitteln, wird das Lesen zum mystischen Vorgang, wie ihn Ibn Arabi beschreibt: Jeder findet in den Zeichen, was sie gerade ihm und gerade jetzt bedeuten, und »Gott kennt alle diese Bedeutungen, und es gibt keine, die nicht der Ausdruck dessen wäre, was er dieser besonderen Person sagen wollte«. Für heute muß der Leser abbrechen, um rechtzeitig zum Veedelszug die Ältere abzuholen. »Auch Streben / der Schwächeren / Ziert, auch vergebener Schweis ist edel«.

Er tut immer so, als lasse ihn der Karneval kalt. In Wahrheit mag er ihn. Die allgemeine Besoffenheit ist ekelhaft, die Musik nicht auszuhalten, die aus den Kneipen schallt, die Sitzungen, die er aus dem Fernsehen erinnert, ein unwirtlicher Planet. Er mag es, den Karneval von außen zu betrachten, mürrisch, unverkleidet, kopfschüttelnd. Er mag es, ein Paket bei der Post vorbeizubringen und sämtliche Beamte hinter den Schaltern in detailversessener Verkleidung anzutreffen, jeder in einem anderen Kostüm. Wenn eine kastanienbraun angemalte Dicke im buntverzierten Wildlederkleid, das einmal gepaßt haben wird, mit pechschwarzer Perücke, gehäkeltem Stirnband und einer Feder, die senkrecht am Hinterkopf steht, den Nachsendeauftrag bearbeitet, löst sich die Empörung über die dreißig Euro, die der schnöde Dienst neuerdings kostet, in Luft auf wie der Rauch ihrer Friedenspfeife. Die Bäckerfrau, die schon dem Erstsemester ihre Croissants verkaufte, sieht als Müllfrau einfach weniger verhärmt aus. Selbst das weitgehend türkische Personal des deutschen Supermarkts hat sich kölsch assimiliert etwas einfallen lassen, Seeräuber-Jenny, King-Kong, Onkel Doktor, alle sind sie da. Die Kebab-Restaurants und Dönerbuden haben als solidarischen Gruß Girlanden aufgehängt, zwei Teehäuser schenken auf der Gasse für einen Euro die Stange Kölsch vom Faß aus, die Export-Importe machen mit Trillerpfeifen und Clownsmasken ihr Geschäft des Jahres, was zugegeben nicht viel heißt, und vor den asiatischen Lebensmitteln steht ein chinesisches Ehepaar und klatscht in die Hände. Aus der Ferne ist der unwirtliche Planet ein leuchtender Stern. Und dann versetzt ihm regelmäßig der Karnevalsdienstag den finalen Schlag Lokalpatriotismus, an dem er unter dem Vorwand, die Ältere zum Veedelszug zu begleiten, auf Tuchfühlung geht, ohne Kostüm, versteht sich, schließlich ist er nur Aufsichtsperson und Kamellentütenträger, die schwarze Mütze bis über die Augenbrauen gezogen, dauerlächelnd angesichts der völlig durchgeknallten Bürger seiner Stadt, denen es mordsmäßiges Vergnügen bereitet, als Kannibalen, in Uniformen aus dem Dreißigjährigen Krieg oder mit Paul und Trompeten bei Regen durch ihr Viertel zu ziehen, von der diesjährigen Nubbelverbrennung gar nicht zu reden. Vielleicht hat es mit dem Rummel ringsum zu tun, daß die Ältere die Entscheidung der Eltern im Rahmen des Möglichen gefaßt aufgenommen hat. Die Frau hingegen scheint ihre Vorwürfe schon zu bereuen. Natürlich sagt sie es nicht. Das genau ist Teil ihres Dramas: daß keiner klein beigeben will, zwei Kontrahenten in einem Film, der längst keinen mehr interessiert, wie er an den Reaktionen der Verwandten und Freunde merkt, weil sich die Handlung seit langem im Kreis dreht. Das nächste Kapitel von Großvaters Leben liest sich überraschend anschaulich und auch wirklich sehr schön, wenn er endlich die Erweckung beschreibt, die wenigstens familiär Legende ist. In Köln gelingt es dem Enkel nicht mehr, aber sofort nach der Ankunft in Rom wird der Roman, den ich schreibe, eine Erweckung erhalten, ob sie auch neunzig Jahre her ist. In Köln gelingt ihm nichts mehr außer dem Mechanischen, der vierzehnten Verwertung seines Integrationsvortrags, dem vierhundertsten Mal Emphase, mit dem er aus diesem oder jenem Roman liest, den ein anderer geschrieben zu haben scheint, dazu die Korrespondenz und die Besorgungen, die nun allerdings weniger geworden sind, da die Frau und die Frühgeborene in Köln bleiben werden. Die Bemerkungen zum Karneval hat er nur deshalb nachgereicht – Aschermittwoch war gestern –, um den Absatz überhaupt mit etwas anzufangen. Er saß am Schreibtisch, der Tag war vorübergegangen, ohne schon zu Ende zu sein, etwa zehn Uhr, und er außerstande, noch etwas zu erledigen, zu lesen oder die Zeit mit dem Roman zu vertreiben, den ich schreibe, bis ihm nach einer halben oder dreiviertel Stunde der Karneval einfiel, die Postbeamten und der Veedelszug mit der Älteren, die vor der Abreise nach Rom noch erwähnt werden könnten. Jetzt ist es halb zwölf und Zeit, den Tag, den Absatz und bis auf weiteres Köln guten Gewissens zu beenden. Rings um den Schreibtisch Kartons, da der Romanschreiber das Büro für die Polin leerräumen muß, die das Jahr über darin wohnt, also eigentlich nur die Regale, was das gleiche ist. Den Tag verbrachte er mit Entscheidungen, welche Bücher mit nach Rom und welche in den Keller kommen. Was ihn am meisten deprimiert, ist die Aussicht, das Jahr in Rom ohne die Frühgeborene zu verbringen. Wenn die Frau diesen Satz läse, würde sie erst recht in Köln bleiben.

Die Entscheidung, die er in der buchstäblich letzten Minute noch traf, verspricht schwer zu wiegen auf seiner Reise. Beim Herausgehen fiel der Blick auf den Karton mit den alten Briefen, den Briefen auch aller Geliebten, den er auf der Ablage über der Tür vergessen hatte. Nicht nur das: Der Karton erinnerte ihn an die Tagebücher des Heranwachsenden, die auf dem obersten Regalboden verstaubten. Er nahm die Leiter aus dem Bad, klappte sie vor der Tür auf, holte den Karton herunter und setzte ihn genau in der Mitte des leergeräumten Büros ab, trug die Leiter zum Regal und holte die Tagebücher herunter, legte sie auf den Karton mit den Briefen und war plötzlich vor die Hinterlassenschaft seiner eigenen Biographie gestellt. Er überlegte, ob er die Briefe und Tagebücher etwa mit nach Rom und damit zwangsläufig in den Roman aufnehmen sollte, den ich schreibe, daß sie ihm als allerletztes vor die Augen traten, da der Keller längst abgeschlossen war und im BMW Kombi gerade noch ein Eckchen Platz neben dem Enkel, Mann, Vater, Berichterstatter, Orientalisten, Kollegen, Nachbarn, Navid Kermani, Romanschreiber und so weiter. Die Schlüssel noch in der Hand, die Leiter schon zurückgestellt ins Bad, überlegte er drei, vier Minuten, bevor er die Tagebücher in den Karton steckte und den Karton leichten Herzens in den Keller trug, ins Büro zurückkehrte, die Schlüssel auf die Schreibtischplatte des Schreiners legte, dem Gott ein langes Leben schenken möge, und das Büro verließ. Weil die Kinder bereits schliefen und die Frau nichts von ihm wissen wollte, wechselte er die Straßenseite zu seinem ebenso persönlichen wie ewigen Frieden, um den letzten Abend in Köln ohnehin standesgemäßer bei einer Niederlage seines zweitklassig gewordenen Fußballvereins zu verbringen. Obwohl er nach neunzig Minuten restlos bedient war, richteten die Sensorenblocker, die er am nächsten Morgen gegen die Kopfschmerzen nahm, soviel aus wie die Abwehr seines Vereins gegen die Stürmer der gegnerischen Mannschaft. Er schmiegte sich eine halbe Stunde an die Frühgeborene, die noch schlief, und fuhr die Ältere zur Schule, die das letzte leere Eckchen mit ihren Rollschuhen gefüllt hatte. Auf dem Weg nach Rom nahm er noch von seinen Eltern in Siegen Abschied, ohne über die Tüte mit Essen zu stöhnen, die die Mutter ihm weinend in die Hand drückte. Morgens um fünf war sie aufgestanden, um mit dem Hackfleisch, das sie noch in der Kühltruhe hatte, persische Frikadellen zuzubereiten. Außerdem befanden sich in der Tüte Obst, Joghurt, Schokoriegel, Karamelbonbons, Besteck, Brot, Tomaten, Gurken und Käse. Was ihn am meisten deprimiert: daß sich etwas, was man sein halbes Leben lang aufgebaut, wofür man gekämpft, womit man geatmet und Leben geschöpft hat, mit einem Fingerschnipsen in nichts auflöst. An der Frau schockiert ihn die Leichtigkeit, mit der sie es seiner Ansicht nach annimmt. Sagt schon wieder freundlich Guten Morgen und Schlaf gut. Selbst wenn, argumentiert er im Selbstgespräch, selbst wenn hinter der Fassade etwas wäre – allein, daß sie die Fassade aufrechterhalten kann. Auf der Autobahn halbstündlich helle Aufregung über den türkischen Ministerpräsidenten, der seine Landsleute vor Assimilation warnt, als sei das in Deutschland je möglich gewesen, der Besuch seines israelischen Amtskollegen in Berlin, der keine und damit auch nicht die Option ausschließt, den Atommeiler bei Isfahan zu bombardieren, Tarifkonflikt im öffentlichen Dienst, als Hörbuch Thomas Mann im Original, der Herrgott noch mal so betulich liest wie der Autofahrer die Joseph-Tetralogie im Verdacht hatte. Auf der zweiten CD folgte ein Ausschnitt aus dem *Erwählten*, den Erika zu Hause in Santa Monica mit dem damals gerade erfundenen Tonbandgerät mitschnitt. Der Vater nahm die Aufnahme nicht ernst, wie Erika sich in einer Vorbemerkung erinnert, ließ sie nur so eben geschehen, enthielt sich des Kommentars und fragte nie wieder nach, Thomas Mann am Küchentisch, so stelle ich es mir vor, mit Frau und Tochter, die Tochter hat sich für viel Geld so einen merkwürdigen, neumodischen Apparat besorgt, die reine Geldverschwendung, aber so ist die Erika, so war sie immer, kann keine Mode auslassen, und sechzig Jahre später hört ein deutscher Stipendiat auf dem Weg in die Deutsche Akademie Thomas Mann am Küchentisch lesen. In Oberpfaffenhofen, das der Stipendiat gegen 14 Uhr passierte, übernahm an diesem Tag das Raumfahrtzentrum die Kontrolle über eine Fähre, die durch das All gleitet. Der Musiker, bei dem er den zweiten Halt einlegte, hat in München eine neue, großzügige Wohnung bezogen, die nach Anfang riecht, egal, was der Musiker noch sagt, ein Anfang, natürlich, weil Rückkehr niemals mehr möglich. Nachts fuhr er weiter Richtung Starnberger See, an dessen Südufer der Bildhauer zur Rehabilitation liegt, fand am Nordufer spätnachts ein Hotel mit Whirlpool im Bad, nur hatten leider die Kopfschmerzen schon aufgehört, so daß sich der Aufpreis nicht lohnte. Der Freund aus Köln hatte den Eindruck, er würde dem Musiker zur Last fallen, wenn er wie geplant nachts bei ihm übernachtete. Dessen Zustand schwankt heftig, manchmal schläft er gar nicht, an anderen Tagen sechzehn Stunden. Wäre der Freund über Nacht geblieben, hätte der Musiker sich den Wecker gestellt. Der Bildhauer ist vorgestern operiert worden, ein neuer Schock, denn aus dem Routineeingriff wurde eine dreistündige Herzoperation, ohne die er bald an einem Herzinfarkt gestorben wäre. Insofern war es Glück. Wieder Intensivstation, klagte der Musiker, ich kann das nicht mehr, beschwerte sich, so klang es, obwohl der Musiker es bestreiten würde: Habt ihr da oben eine Schraube locker? Gestern nachmittag ist der Bildhauer zurück in die Rehabilitation gebracht worden, wohin der Freund jetzt, am Mittwoch, dem 13. Februar 2008, um 10:43 Uhr von seinem Hotel am Starnberger See aufbrechen wird, um das Kreuz zurückzubringen, das die Evangelische Kirche Deutschlands offenbar nicht will, bevor er Rom als Bestimmungsort tippt, Largo di Villa Massimo 1.

Veronika Bayer (4. Juni 1940 Stuttgart; 31. Januar 2008 Bochum)

Von Veronikas Tod erfuhr ich bei meiner Ankunft in Rom. Frühmorgens war ich in den Dolomiten noch auf den Berg, um Ski zu fahren, um halb drei ins Auto, viel Verkehr und ich in Eile, um den Hausmeister nicht aus dem

Schlaf reißen zu müssen. Zehn Uhr war vorüber, als sich das große Eisentor öffnete und ich wie ein Lord oder Fußballstar in den filmreifen Park der Villa Massimo einfuhr, amüsiert über meinen verdreckten, bis unters Dach vollbeladenen alten Kombi, der aus dem Film eine Komödie machte. Der Hausmeister führte mich durch das Atelier, in dem ich den Rest des Jahres wohnen würde, und war so freundlich, auch schon meinen Laptop ins Netzwerk einzuloggen. Nachdem ich das Auto leergeräumt hatte, schon auf zwei Uhr ging es zu, schaute ich rasch nach den Mails und fand die Nachricht ihres Freundes vor. In der Annahme, daß ich längst von ihrem Tod erfahren hätte – so wie zuvor bereits von ihrer Krankheit –, lud er mich für den darauffolgenden Sonntag zur Gedenkfeier im Schauspielhaus Bochum ein. Nein, ich wußte weder von ihrem Tod noch von ihrer Krankheit. Wenn ich mich nicht täusche, bin ich Veronika zuletzt Anfang oder Mitte der neunziger Jahre begegnet, als sie noch am Mülheimer *Theater an der Ruhr* spielte.

Nach dem Abitur hospitierte ich in Mülheim. Auf der Bühne hatte ich Veronika bereits gesehen, im *Neuen Prozeß*, im *Sommernachtstraum*, in *Gott* und überhaupt allen Stücken, mit denen das *Theater an der Ruhr* mir bei seinem jährlichen Gastspiel in Siegen die Sehnsucht nach dem Theater eingeimpfte, die Sehnsucht überhaupt nach etwas, das für mich Bedeutung hätte in der Welt, die Sehnsucht nach Welt. Ja, das waren die Schauspieler und Schauspielerinnen, die ich noch in den anschließenden Diskussionen mit dem häufig erzürnten Publikum erlebte – *das* Theater und *die* Welt, Antibürger ihrem ganzen Habitus, ihrem Reden, ihrer Beseeltheit nach, hingegen wir langhaarig in der Evangelischen Studentengemeinde saßen, wo sich die Bürgerinitiative Umweltschutz wöchentlich versammelte, und in Raserei gerieten bei der Kunde, daß hinterm Bahnhof, wo die neue Autobahn entlangführen sollte, ein Haus besetzt worden sei. Im Theater gibt es keine freien Tage, im Theater gibt es nur Waschtage, so in der Art waren die Sätze, die ich in Mülheim zu glauben lernte. Denn frei sind wir nur im Theater.

Äußerlich war 1988 das Meisterjahr für das *Theater an der Ruhr*, die Kritiker verzückt, aus aller Welt Einladungen, das Fernsehen zu Gast mit Teams, deren Techniker so etwas Bizarres wie feste Arbeitszeiten kannten, und die jungen Leute, die vorsprachen, raunten mir ehrfürchtig zu, weil ich Programmhefte verkaufte. Mülheim war nicht mehr nur Avantgarde, sondern hochamtlich Theater des Jahres. Doch in den Provinzstädten, in denen das *Theater an der Ruhr* nach wie vor die meisten Gastspiele hatte, in Herne, Solingen oder eben Siegen, hatten die wenigsten Zuschauer von dem Erfolg in den Feuilletons und auf den Festivals gehört. Selten füllten sich die Mehrzweckhallen und Schulaulen, verlief eine Aufführung ohne knallende Türen. »Unverschämtheit« war noch das Harmloseste, was die Herner, Solinger oder Siegener auf die Bühne brüllten. Dafür klatschten die Verbliebenen um so dankbarer, so wenige es am Ende oft waren, manchmal nur zwei, drei Dutzend, die sich in den Stuhlreihen wie Hausbesetzer verteilten.

Veronika Bayer spielte die Hauptrollen. Innerhalb des Ensembles schien sie die Position der wilden, fremden Gordana Kosanovic eingenommen zu haben, die zwei Jahre zuvor gestorben war, nur 33 Jahre alt. Veronika war ganz anders, deutsch natürlich, fünfzehn Jahre älter, viel mehr Schauspielerin im herkömmlichen Sinne, beherrschte das Handwerk in Perfektion, das in Mülheim häufig verfemt wurde (als ich im Internet nach ihrem Namen suchte, fand ich eine Rezension der *Zeit* aus den sechziger Jahren, die sie als »vollgültigen Schiller-Spieler« aus dem ansonsten mittelmäßigen Ensemble herausnahm). Ob ihre Prägung tatsächlich so bürgerlich war, wie ich es mir einbildete, weiß ich nicht, denn ich kenne von ihrer Vergangenheit nur die Stationen – als Neunzehnjährige die Heldin in deutschen Heimatfilmen, *Melodie und Rhythmus*, *Wenn die Heide blüht*, später die großen Bühnen, Freie Volksbühne, Burgtheater, Köln, als die Bühne dort noch groß war, schließlich Düsseldorf, während Roberto Ciulli das *Theater an der Ruhr* gründete.

Womöglich brauchte sie zwei, drei Jahre Anlauf, da der Sprung aus dem Staatstheater für sie am größten war. Gewiß ist jedoch, daß sie den Erwartungen der Bildungsbürger leicht hätte entsprechen können – wenn nur ein Mitglied des Ensembles, dann sie, ihre Sprechtechnik, die tiefe Stimme, die dramatischen Gesten, ihr schmerzhaft wirkendes Lächeln, auch ihr ätherisches Gesicht wie aus einem Gründgens-Film. Das machte ihre Verwegenheit, ihre Neugier, die Bereitschaft zum Schmutz und zur Mißgestalt noch größer. Andere hatten sich zum *Theater an der Ruhr* gerettet, sie konnten, so schien es mir, nur dort spielen. Hingegen Veronika war die Opernsängerin in der Punkband. Sie konnte auch anders. Im Umkehrschluß war Veronika sich genauer als alle anderen bewußt, warum sie ebendiesem Theater angehörte. Unter Freaks war sie die Fremde.

Dabei täusche ich mich. Es ist nur mein damaliger Eindruck, der Eindruck des Hospitanten, der stolz auf jeden freundlichen Blick war, den er von der großen Schauspielerin auffing, und trotz ihrer Zugewandtheit kaum ein Wort hervorbrachte, wenn er ihr in einer Theaterkantine gegenübersaß. Allein schon, daß sie unverheiratet mit einem Mann lebte, der wohl zwanzig Jahre jünger als sie war, hätte mir ein Hinweis sein können, daß ich mir ihre Bürgerlichkeit nur einbildete. Sie war gar nicht alt, würde ich heute sagen, ein paar Jahre älter als ich jetzt, dabei anziehend, doch für einen gerade Zwanzigjährigen alles andere als eine junge Frau. Daß sie manchen Rollen nicht mehr entsprach, versteckte sie nicht, sondern stellte sie dar. Sie steigerte sich in ein Alter, das sie eben erst begonnen hatte.

In *Dantons Tod*, das ich vielleicht fünfzehn-, achtzehnmal sah, in Herne, Solingen oder eben Siegen, spielte sie die Nutte Marion als eine, die auf die mißlichste und ehrlichste Weise abgeschlossen hat. Ich höre noch das Knarren und Knarzen in ihrer Stimme, aus der sie ein Reibeisen gemacht hatte, sehe die heruntergezogenen Mundwinkel, den Grimm. Einmal habe sie weinen müssen, nur einmal als junges Mädchen, als sich der Mann ersäufte, der ihr die Liebe aufgetan: »Das war der einzige Bruch in meinem Wesen.« Sie saß erhöht, reglos, ein oder zwei Brüste entblößt, ein weißes Kleid und war nicht Marion, war Veronika, die den Bürgern die Verachtung entgegenschleuderte, nein, die Gleichgültigkeit, so schien es mir. Zum Fürchten war es, weil sie recht hatte. »Die anderen Leute haben Sonn- und Werktage, sie arbeiten 6 Tage und beten am 7.ten, sie sind jedes Jahr auf ihrem Geburtstag einmal gerührt und denken jedes Jahr einmal nach. Ich begreife nichts davon. Ich kenne keinen Absatz, keine Veränderung. Ich bin immer nur eins.« So sprechen Heilige, Gesetzlose, Verbrecher, Erleuchtete – Menschen, die der Welt abhanden gekommen sind, wie es in dem Lied so anders klingt, Schauspieler 1988 am *Theater an der Ruhr*. Bei Veronika klang es bitter, daß es mich noch heute schaudert. »Meine Mutter ist vor Gram gestorben, die Leute weisen mit Fingern auf mich. Das ist dumm. Es läuft auf eins hinaus, an was man seine Freude hat, an Leibern, Christusbildern, Blumen oder Kinderspielsachen, es ist das nämliche Gefühl, wer am meisten genießt, betet am meisten.«

Sie hatte Mut und Professionalität, was für Schauspieler das gleiche sein muß. Ich kann mich an ihre Brüste erinnern, die vom Parkett aus älter wirkten, als ihre Gestalt mich annehmen ließ, herabhingen, wie es eine Frau nicht gern zeigt, erinnere den Unterschied von Wahrheit und Schönheit. Veronika wollte wahr sein. Es gelang ihr nicht in allen Rollen, auch sie hatte ihre Routine, mit ihrem Handwerk noch mehr Routine als andere, dazu ein Gesicht, das viel zu anmutig, zu eben war, um häßlich sein zu können, aber wenn es ihr gelang – später als Hexe in *Macbeth*, eine ihrer letzten Rollen in Mülheim –, dann überwältigte sie einen, wie Offenbarungen einen überwältigen.

Das *Theater an der Ruhr* verließ sie im Streit. Die Umstände durchschaue ich nicht. Roberto Ciulli bestrafte Abtrünnige fast so hart wie das islamische Recht – wenn schon nicht durch Tötung, dann durch Totschweigen. Und Veronika bin ich seitdem nicht mehr begegnet. Der Zeitpunkt, an dem sie mit dem *Theater an der Ruhr* brach oder das *Theater an der Ruhr* mit ihr, spricht allerdings für sich. Bald nach dem Erfolgsjahr beschloß Ciulli, neu anzufangen, die Arbeitsweisen zu ändern, eine andere, eingeschworene Gruppe zu gründen, die in ihrer Zusammenstellung noch weniger einem herkömmlichen Ensemble entsprach, das Regie- und Bildertheater aufzugeben, mit dem er berühmt geworden war, sich auf die Schauspieler zu konzentrieren, auf die Menschen, überhaupt ein neues Theater zu erfinden, wieder einmal. Deshalb interessierten ihn auch die konventionellen Darsteller, die es am *Theater an der Ruhr* immer gab, noch weniger als früher. Er wollte Schauspieler um sich haben, deren Künstlertum in ihrem Menschsein lag, in gewisser Weise eben Freaks. Der Schauspieler Fritz Schediwy, der Freak mit der höchsten Theatralität in Deutschland, trat ins Direktorium ein. Der Erfolg hatte Ciulli mißtrauisch gemacht. Die Idee entstand, mit dem Theater auf Reisen zu gehen, nicht für einzelne Gastspiele, nicht für eine Tournee, sondern dauerhaft und bis nach China, das Nomadische als eine Form des Lebens und Arbeitens. Sterbt, bevor ihr sterbt.

Ein Großteil der Schauspieler verließ das Ensemble oder mußte es verlassen. Veronika blieb, obwohl sie doch mehr als jeder andere am Theater Schauspielerin im Sinne des bürgerlichen Theaters war. Sie begeisterte sich für den Aufbruch und zeigte sich entschlossen, an ihm teilzunehmen, ihn zu unterstützen. Ihre Mittel wurden geringgeschätzt und doch dringend gebraucht, um die bescheidene Theatralität auszugleichen, die manche der neuen Schauspieler mitbrachten. Die Aufführungen mißglückten oder gelangen, aber sie waren immer groß, auch im Scheitern. Ein letztes Mal war das *Theater an der Ruhr* seiner Zeit voraus. *Teatro Comico* stammt aus diesen Zwischenjahren, meine Lieblingsaufführung bis heute, das federleichte Modell eines Theaters, wie ich es mir wünsche, *Macbeth*, auch Fritz Schediwys Inszenierung von *Hamlets* drittem Akt, in der Roberto Ciulli mitspielte und die er verachtete. Die Kritik reagierte mit Häme, die Zuschauerzahlen brachen ein, die Einladungen zu Gastspielen blieben aus, durch die das Theater sich finanzierte, die Konflikte innerhalb des Ensembles eskalierten. Es gab Gründe, nach Schediwys *Hamlet* die Reißleine zu ziehen und auf die alten Bahnen zurückzukehren. Nur schienen sie Veronika, ausgerechnet Veronika, nicht zu überzeugen. Auch mich hat der *Hamlet* mitsamt der Verachtung, die Ciulli mitspielte, mitsamt des Abgestoßenseins, das ich selbst empfand, mehr gepackt als alles, was ich seither in Mülheim sah.

Ab und zu entdeckte ich ihren Namen in Kritiken von Aufführungen in Bochum, wo sie sich ein paar Jahre später dem Ensemble anschloß, oder in Filmrezensionen. Es las sich, als hätte sie weiterhin Erfolg. Ein Freund, der das *Theater an der Ruhr* ebenfalls verlassen hatte, fragte sie einmal, ob sie zufrieden sei. Ja, sagte Veronika so, daß die Sehnsucht nicht zu überhören war.

In einer leeren, tageslichthellen Halle mit kaltem Steinfußboden und strahlend weißgetünchten Wänden, die sich als Arbeitsraum eher für Hochseilartisten oder Monumentbauer eignet als für einen, der nur Worte aneinanderreiht, setzt Navid Kermani am Sonntag, dem 17. Februar 2008, um 12:55 Uhr den Punkt unter das vorige Kapitel und wechselt den Schrifttyp, während am Schauspielhaus Bochum die Gedenkfeier für Veronika Bayer stattfindet. Zwar ist die sechs Meter hohe Frontwand fast vollständig verglast, doch sind die Scheiben bis zur oberen Türkante milchig, damit niemand hineinsehen kann. Leider kann er umgekehrt nicht in den Park hinaussehen, der bezaubernd sein muß, viel zu kalt, die dreiflügelige Tür zu öffnen. So friert er wie in einer Leichenhalle, auf dem leeren, überdimensionierten Schreibtisch aufgebahrt seine Allmacht mit 23,5 Zentimetern so zierlich wie ein Totgeborenes. Er muß die Herausforderung annehmen, darf sich nicht verkriechen, was dich nicht umbringt, macht dich … und hat daher den Schreibtisch exakt in die Mitte des Raums gerückt, der auch ein Hangar für kleinere Flugzeuge sein könnte. Als Klang und Luft physisch ist die Erwartung zu spüren, daß an diesem Ort nur Großes entstehen dürfe. Die Architektur richtet sich an einen Typus des Künstlers als Schöpfergott, der für den Roman, den ich schreibe, nur noch grotesk erscheint, wie Hohn: der weitausholende Schwung des Pinsels, der Hammers sprengt den Stein, die Schreibfeder, die übers Papier rast, dämonische Schreie, Heureka! und Musenküsse, daß es nur so schmatzt. 13:24 Uhr, die Gedenkfeier müßte bald zu Ende sein, Navid Kermani sich beeilen, damit er wenigstens im

Gebet teilnimmt, wo bestimmt niemand betet und allenfalls von Engeln gesprochen wird; Engel sind noch in Ordnung für eine agnostische Gemeinde von Künstlern und Kunstinteressierten im heutigen Westeuropa, Gott hingegen noch nicht ausreichend zur Märchenfigur herabgesunken. Dabei meint Navid Kermani es mit Engeln ganz ernst. Nach dem Gebet hängt er die Wäsche auf, die er aus Köln schmutzig mitgebracht hat, um weniger Zeit in der Wohnung verbringen zu müssen. Auf Anhieb begreift er, weshalb 1973 im Atelier Nummer zehn Rolf Dieter Brinkmann der Koller überfiel. Alles an der Akademie – ihre Großzügigkeit –, an der Stadt – ihre Pracht –, an diesem Stipendium – die Erwählung – legt so penetrant nahe, dankbar und fröhlich zu sein, daß die Nummer zehn des Jahrgangs 08 schon aus angeborenem Trotz mit Trübsinn reagieren würde, hätte er nicht andere Gründe genug. Zum Glück hat er den Seidenteppich aus Isfahan mitgebracht, der den riesigen weißen Wänden und dem Steinboden ein paar vertraute Farben entgegensetzt. Ohne Absicht warf er ihn genau so, daß er Richtung Mekka liegt.

Ausgerechnet den Karton mit Jean Paul muß er aus Versehen in den Keller getragen haben. Mit dem restlichen Handapparat ist auch Rolf Dieter Brinkmann dort gelandet, was der Nummer zehn die Auseinandersetzung mit dem berühmten Vormieter aus Köln erspart. Dafür ist er in Arkadien vierundzwanzig Stunden täglich bis nach China verbunden. Er sitzt, geht, kniet, steht, liegt, geht, sitzt, liegt, kniet, steht, geht, sitzt in dieser weiten, hohen, kahlen, leeren, kalten, taghellen Halle, ringsum ein Park, in dem alle deutsch sind wie auf dem Set eines Fernsehfilms, den das Drehbuch, eine Laune des Redakteurs oder die europäische Filmförderung in den Süden verschlagen hat; tagsüber sieht er wenigstens noch in die Baumkronen und den Himmel, nachts nichts von der Welt. Jeder Buchstabe, den er tippt, hallt so laut nach, daß sich in anderen Mietshäusern die Nachbarn beschweren würden. Er jedoch macht soviel Lärm, wie er will, nein, wie er überhaupt kann, dreht die Anlage bis zum Dröhnen auf und wird von niemandem gehört, wie die Nummer neun heute morgen bestätigte. Und dann bemerkt er gerade hilflos, wie aus der Standleitung Gift in den schalldichten Raum strömt, etwa jeder Furz einer blonden Impertinenz, einer Sängerin, Schauspielerin, oder hat sie, er schaut nach, ja, sie hat etwas mit einer Hotelkette zu tun. Daß jede eingehende Mail ohne Verzögerung auf dem Bildschirm erscheint, gut, das gilt heute als normal. Daß er während des Schreibens jedes Wort, jeden Namen, jeden Ort, jede Frage, jede Unsicherheit augenblicklich nachschlagen kann, auch das muß er in den Griff bekommen. Zu chatten unterläßt er besser, wer weiß, ob die Anstaltsleitung nicht die Internetprotokolle der Stipendiaten überprüft wie in anderen Anstalten die Herzfrequenz, den Puls oder die Gehirnströme von Patienten. Dann jedoch trinkt er ein Glas Wein bei Nummer eins, um überhaupt mit jemandem in Italien mehr als Begrüßungsworte zu wechseln, und erfährt, wie einfach es ist, im Internet Radio zu hören. Zurück am Schreibtisch, schließt er seine Allmacht an die Stereoanlage an, und nach zwei, drei Tastenschlägen ist er in bester Tonqualität und voller Lautstärke mit dem *Rockabilly Radio* in Detroit verbunden, das alles außer Standards spielt. Der Hall läßt noch das Menü der Kölner Mensa monumental klingen, das im Studentenradio durchgegeben wird. Zwischen acht Sendern ausschließlich mit klassischer persischer Musik kann er wählen, die iranischen Popvarianten schon nicht mehr zu zählen, arabischer Techno, das *African Internet Radio*, indonesischer Gaytalk, chinesisches was weiß er denn was. Allein *Itunes* bietet 102 verschiedene Hip-Hop-Sender aus allen Kontinenten, und dann gibt es noch *Surfmusik*, *Internetradio*, *Liveradio*, *Phonostar*, *XM*, um nur die ersten Funde der Suchmaschine zu nennen, jeder mit Hunderten, Tausenden Sendern in allen Genres. Klassisch reicht *Itunes*, um bei der erstbesten Auswahl zu bleiben, von *ASCAP Concerts*, der Radiostation der *American Society of Composers* über das *Solo Piano Radio* (»Piano Music to Quit your World« braucht er in seiner Großgummigruft gerade nicht) bis zu *Conoisseur Classics*, das damit wirbt, werbefrei zu sein. Ob György Ligeti das Stück, das am Montag, dem 18. Februar 2008, um 23:43 Uhr im *sfSoundRadio* läuft, wirklich »MoltoSostenuteECalmo« genannt hat, wie unter dem sogenannten Livestream steht, kann die Nummer zehn auf der Stelle überprüfen … Nein, es müßte das »Molto Sostenuto« aus den *Métamorphoses Nocturnes* sein. Im Online-Shop kann er fünf verschiedene Aufnahmen vergleichen. So groß ist die Auswahl, daß er natürlich nichts hört, sondern sich nur von Station zu Station klickt, allein bei *Itunes* vierundvierzigmal christlicher Rock wie aus Siegen, das sich ohne jede Ironie rühmt, sogar – Nummer zehn prüft es gerade nach –, sogar auf dem Internetportal der Stadtverwaltung rühmt, Europas Hauptstadt der christlichen Rockmusik zu sein, was natürlich schon eindrucksvoller ist, als vor vierzig Jahren die zweitgrößte Autobahnbrücke Europas gehabt zu haben. Die Nummer acht installierte ihm ein Programm, mit dem Nummer zehn kostenlos telefonieren kann, aber reiß dich davon erst wieder los. Über die Suchfunktion läßt sich herausfinden, mit welchen Verwandten in Iran und den Vereinigten Staaten er verbunden ist, auch mit dem Studienfreund in Kairo und dem Ingenieur in Kalkutta; selbst der Protokollant des afghanischen Parlaments, der keinen Strom hatte, um Tee zuzubereiten, und deshalb eine Coca-Cola holte, selbst der Protokollant kehrt als Eintrag im gemeinsamen Telefonbuch wieder. Hat die Nummer zehn schon etwas erlebt? Heute die erste Dienstagsbegleitung, deren Hauptzweck darin besteht, die Stipendiaten an den Touristentrossen vorbeizuschleusen, so daß im Laufe des Jahres zuverlässig noch die schmalsten Gassen und abseitigsten Kirchen von einem Troß deutscher Künstler überrannt werden. Erlebt? Als er Samstag den ersten Versuch unternahm, die Welt außerhalb der Akademie zu erkunden, kehrte er nach einer halben Stunde zurück, weil er nicht warm genug angezogen war. Zumal die Sonne schien, hatte er angenommen, er sei in Italien. Um dem Tag wenigstens eine Unternehmung zurechnen zu können, beschloß er, wie alle anderen Nummern den Großeinkauf der Grundnahrungsmittel zu absolvieren. Die Adresse der deutschen Billigwaren ist in dem Vademekum aufgelistet, das beim Einzug als einziges Schriftstück außer den Jahrbüchern auslag. Nicht vermerkt das Vademekum, daß man eine Dreiviertelstunde unterwegs ist. Eine Dreiviertelstunde Fahrt nur für einen Besuch bei *Lidl*! Obwohl die Nummer zehn routinemäßig aufs Klo gegangen war, erniedrigte ihn die Blase schon während der Fahrt vor jeder roten Ampel. Abgesehen davon, daß es ihn jedesmal an seinen Großvater erinnert, zugleich an eine genetische Kondition seiner Zukunft, ist das Fatale an seiner jungen Altersschwäche ihre Unkalkulierbarkeit. Manchmal muß er für Stunden kein Wasser lassen, manchmal alle zwanzig Minuten und dann immer sofort. In irrsinnigem Optimismus kehrte er nicht um, sondern hoffte auf ein Kundenklo. Die Nummer zehn war in seinem Leben vielleicht dreimal bei *Lidl*, aber daß die Firma nur an ihr großes, nicht an die kleinen Geschäfte ihrer Kunden denkt, hätte ihm klar sein müssen. So peste er also am ersten Tag nach seiner italienischen Neugeburt durch den Laden, wo die Zitronen blühn, im dunklen Regal die Gold-Orangen glühn, schmiß in den Einkaufswagen, was auf die Schnelle zu greifen war, Waschmittel, Basmatireis, Nutella, Spülmittel, Teelichter, Zahnbürsten, Seifen, Säfte, und konzentrierte sich in der Schlange vor der Kasse mit geschlossenen Augen auf den Schließmuskel um den Beckenbodenteil der

Harnröhre, den zu beherrschen auch im Orgasmustraining geübt wird, wie er soeben erfährt, da er sich online mit der männlichen Anatomie vertraut gemacht hat, um in diesem Satz keine falschen Begriffe zu verwenden. Schließlich ist die Nummer zehn nicht allein. Am Dienstag, dem 19. Februar 2008, sind um 2:09 Uhr 13775773 Menschen online, die er alle kostenlos anrufen kann. Ich vermisse Jean Paul.

Etwa einen Monat nach seiner Ankunft in Bandar Lengeh erhält der neue Leiter des Zollamts ein Telegramm, das er bis zu seinem Tod aufbewahren wird: »Mdme Carlier sagt, Edelsteinkiste, die englischer Konsul Ihnen übergab, nicht in Buschher eingetroffen. Fragt nach Grund.« Jetzt ist es passiert, denkt er sofort, genau das, was er von Anfang an befürchtet: Ich habe versagt. Nicht nur hat er keinen Schimmer, wo die Kiste stecken könnte, er kann sich nicht einmal an die Kiste erinnern – ausgerechnet die Schmuckkiste von Frau Carlier, der Witwe seines Vorgängers. Was tun? Der neue Amtsleiter fleht den Lagerverwalter Mirza Aziz an, alle Fächer leerzuräumen, nicht nur in, sondern notfalls unter, über und hinter den Regalen, Schränken, Tischen und Schubladen nachzusehen. Er sei sicher, raubt ihm Mirza Aziz die Hoffnung, absolut sicher, daß ihm keine solche Kiste übergeben worden sei. Wie bewußtlos sackt der Amtsleiter auf einen Stuhl. Als er die Augen öffnet, bittet ihn Mirza Aziz, das Telegramm zu übersetzen. Bei der neuerlichen Lektüre fällt der Blick des Amtsleiters auf den Halbsatz, wonach der englische Konsul ihm die Kiste überreicht habe. Vielleicht hat er sie mir gar nicht überreicht, überlegt der Amtsleiter, vielleicht hatte er es nur beabsichtigt, und etwas oder jemand brachte ihn davon ab. Er rennt zum einzigen Telefon des Zollamts in einer Kabine der Eingangshalle, wo die eigenen Beamten und durchreisenden Nomaden sich über seine Hektik wundern, und läßt sich mit dem britischen Konsulat verbinden. Der Konsul spannt den Amtsleiter zunächst mit Höflichkeitsfloskeln auf die Folter. Die Kiste? fragt er schließlich: Welche Kiste? Ach, diese Kiste, ja, die habe ich Ihnen übergeben. Schlimmer: Dem Konsul liegt die Unterschrift des neuen Amtsleiters vor, die den Empfang bestätigt. Der Amtsleiter läßt den Hörer fallen, unfähig zu weiteren Floskeln, und tritt aus der Kabine. Heiß und kalt ist ihm, da er sich die Schande ausmalt, die der verlorene Schmuck von Madame Carlier ihm bringen, die Schande, die er den Vorgesetzten und Eltern machen wird, seinem Vater vor allem, so speiübel vor Angst, Scham und Verzweiflung, daß er aus der Eingangshalle rennt, um sich nicht vor den eigenen Beamten und den durchreisenden Nomaden zu übergeben, sondern in der Nebengasse. Das kann nicht sein, versucht er zurück in seinem Büro einen klaren Gedanken zu fassen, er hat den Empfang nicht bestätigt, niemals hat er den Empfang bestätigt, das kann einfach nicht sein – der Konsul kann sich vertan haben, vielleicht stammt die Unterschrift von dem Briten, der Monsieur Carlier als erstes nachfolgte, oder jemand hat die Unterschrift des neuen Amtsleiters gefälscht. Noch einmal regt sich Hoffnung und will der Amtsleiter zum britischen Konsulat stürmen, um die Empfangsbestätigung zu überprüfen, da klopft ein Bote des Konsuls an, der sie ihm überreicht. Der Amtsleiter reißt den Umschlag auf: kein Zweifel, es ist seine eigene Unterschrift, mit Stempel und Datum. Er stellt sich die Zelle vor, in die man ihn stecken wird, seine elende Zukunft als verurteilter Dieb, wo er zwei Stunden zuvor noch eine steile Karriere vor Augen hatte, Mitte Zwanzig, schätze ich, und schon Zollamtsleiter eines bedeutenden Hafens, dazu als Iraner, als erster Iraner, wo die leitenden Beamten der Behörde sonst alle Franken sind. Wen könnte er von seiner Unschuld überzeugen, wenn nicht einmal Mirza Aziz noch einen Grund finden wird, ihm zu glauben? Wenn nicht einmal der Amtsleiter selbst sich glauben kann? Ein ums andere Mal murmelt er Sure 22,67: »Wer sonst erhört das Gebet des Bedrängten und nimmt hinfort das Übel?« Das hilft ein wenig, er beruhigt sich soweit, daß er Gott selbst ansprechen kann: »Gott, allmächtiger Gott, vielleicht werde ich zu Recht beschuldigt, aber Du allein weißt, daß ich kein Dieb bin und mir nichts absichtlich habe zuschulden kommen lassen – steh mir bei, wenn es Dich gibt, und ich weiß und glaube daran, daß es Dich gibt. Bitte laß mich nicht allein.« Er blickt mit dem Gesicht nicht zum Himmel, hält den Oberkörper nicht aufrecht, hat die Arme nicht mit den Handflächen nach oben ausgebreitet, wie es Muslime sonst zum Beten tun. Die Stirn liegt auf dem Schreibtisch, aus den geschlossenen Augen fließen Tränen, leblos hängen die Hände herab. Das erste Mal, als sein Vater zu sterben schien, fühlte der Amtsleiter sich ähnlich erloschen, damals auf dem kalten Boden ihres Hofes, wie ein Toter, so sieht er aus, soeben gestorben, so sieht ihn Mirza Aziz, der das Büro betritt, nachdem er mehrfach vergeblich geklopft hat. Der Amtsleiter bemerkt ihn noch immer nicht. – Herr Schafizadeh, berührt Mirza Aziz ihn an der Schulter, wie es einst die Mutter tat, Herr Schafizadeh, lieber Herr Schafizadeh, wachen Sie auf und schauen Sie noch mal in den Schubladen nach. Ohne das Kopf zu heben, stöhnt der neue Amtsleiter, daß er bereits alles durchwühlt habe: Es ist vorbei. – Was ist vorbei? will Mirza Aziz wissen. – Alles, antwortet der Amtsleiter, meine Zukunft, mein Leben, alles ist vorbei, und murmelt wieder Sure 22,67: »Wer sonst erhört das Gebet des Bedrängten und nimmt hinfort das Übel?« Mirza Aziz schüttet die Schubladen auf dem Schreibtisch aus und wühlt in den Unterlagen, während er gleichzeitig mit dem Amtsleiter schimpft, daß Gott allein darüber entscheide, wann etwas im Leben vorbei ist, gar etwas Göttliches wie das Leben selbst, und der Mensch sich, solange er nicht von dieser in die andere Welt abberufen wird, die heilige Pflicht habe, nicht aufzugeben, sondern sich mit Kraft, Verstand und Gebeten zu bemühen, verteilt den Inhalt der Schränke auf dem Boden, der aussieht wie nach einem Raubüberfall, rückt den Schreibtisch zur Seite, den Schrank von der Wand, blättert kniend in den Papieren, den Ordnern, reißt Briefe und Umschläge auf – und findet! In einem Briefumschlag des Konsuls, darin eingewickelt in Tüchern eine Schatulle aus Holz, streichholzschachtelgroß, mit drei Edelsteinen: der Schmuck von Madame Carlier. Der Amtsleiter, der sich unter *boîte* eine richtige, schwere Kiste vorgestellt hatte, die nicht zu übersehen gewesen wäre, wird von einem solchen Weinkrampf gepackt, daß Mirza Aziz seinen jungen Chef fest in den Arm nimmt und lange drückt. Immer noch schluchzend und gleichzeitig lachend dankt der neue Amtsleiter Gott und dem Lagerverwalter. Bis zu dieser Stunde hielt er das Ritualgebet und die anderen Gebote nur unregelmäßig ein, lustlos dazu. Jetzt will er das Versäumte nachholen, soweit er es kann, und seine Pflichten gegenüber dem Schöpfer und seinen Geschöpfen nie mehr vernachlässigen, soweit er es kann. »Es tut mir leid«, wird er mehr als fünfzig Jahre später notieren, »daß es mir mit all dem, was ich geschrieben habe« – und sein Bericht ist wesentlich ausführlicher als meine Nacherzählung –, »nicht gelungen ist zu veranschaulichen, was in mir vorging, welche Panik mich ergriffen hatte und wie glücklich ich jetzt war.« Mir wurde es anschaulich, Großvater. Unsicher, ob er sich verständlich gemacht hat, nimmt er einen neuen Anlauf, um die Bedeutung, die der Tag für sein Leben hatte, noch anders zu erklären: Selbst mehr als fünfzig Jahre später überwältigten ihn die Gefühle, wenn er jemanden davon erzähle, und manchmal müsse er weinen, mehr als fünfzig Jahre später wegen einer Kiste, streichholzschachtelgroß, auch jetzt, da er dies aufschreibe. Zum Schluß will er noch eine Frage stellen, keine Reflexion, keine halbe Seite, nur eine

Frage: »Was machen Menschen in so einer Situation, die nicht an etwas Höheres glauben? Zu wem nehmen sie Zuflucht?«

Auf die vierundzwanzigstündige Liveaufnahme eines Aquariums im Zoo von San Jose, Kalifornien, hat die Nummer zehn genausowenig gewartet wie auf die sechs Programme des iranischen Staatsfernsehens. Albanisch kann er auch nicht. Neil Young, der vor lauter Enthusiasmus auf *YouTube* mit den Händen fuchtelt, den Oberkörper über den Tisch gebeugt, stutzt sein Genie auf den Begriff der Offenheit zusammen, Offenheit für das, was entsteht. Das Deutsche Sportfernsehen ist – illegal? – in Schweden und Bahrein verfügbar, jedoch nicht in Italien. Die holländische Firma schickt ihm eine Mail, sobald sie den Service ausgeweitet hat. Sie arbeitet hart daran, das Programm in immer mehr Ländern anzubieten, wie es in der Entschuldigung heißt, die als Pop-up auf dem Bildschirm erscheint. Er schließt daraus, daß die Website erkennt, von welchem Land aus er sie anklickt. Ach, stimmt, er ist gläsern. Was wohl die Anstaltsleitung sagen wird, wenn sie sein Internetprotokoll studiert? Soviel Zeit der Enkel wieder vertan hat, so zügig will er die allzu vielen Seiten besorgen, die Großvater seiner restlichen Zeit in Bandar Lengeh widmet. Wieder überwarf er sich mit jemandem, diesmal mit dem Stellvertreter oder Nachfolger (*djâneschin* kann beides bedeuten) des verstorbenen Monsieur Carlier, einem gewissen F-R-U. Ob es ein persischer Name ist oder die Transkribierung eines belgischen, wird mir nicht klar; auch hatte ich gedacht, Großvater sei der Nachfolger von Monsieur Carlier, und wenn Agha oder Monsieur F-R-U der Stellvertreter ist, müßte Großvater dessen Vorgesetzter sein, was zu der Geschichte nicht recht paßt. Wie auch immer, so drastisch wie über Agha oder Monsieur F-R-U hat Großvater sich noch über keinen anderen Menschen geäußert, nennt ihn ein Scheusal, beschreibt ihn als skrupellos, wirft ihm vor, ungeniert Bestechungsgelder verlangt zu haben, um den Vorwurf in der Selberlebensbeschreibung stehenden Fußes wieder gegen sich selbst zu wenden: »Wenn du in deinem Bruder eine Schwäche siehst«, zitiert Großvater den gepriesenen Rumi, »dann ist es deine eigene Schwäche, die du in ihm siehst. Die Welt ist ein Spiegel, in dem du dein eigenes Bild siehst. Überwinde jene Schwäche, denn wie sehr du ihr auch zürnst, du zürnst dir selbst.« Großvater selbst war nicht der einzige, der sich in Berichten an die Zentrale in Buschher über den korrupten Kollegen beklagte, doch muß er es besonders oft oder vehement getan haben, denn als Agha oder

Monsieur F-R-U nach kurzer Suspendierung nach Bandar Lengeh zurückkehrte, brachte er Großvaters Versetzungsbescheid mit: Ich hoffe, Sie vertragen die Hitze von Bandar Abbas, sagte er spöttisch. – Ich bin stolz auf das Wasser und die Luft von jedem Ort, den Gott für mich vorgesehen hat, ballte Großvater die Faust. Sollte sein Verein im Sommer aufsteigen, laufen die Spiele endlich wieder im ersten Kanal, der auf mehreren chinesischen Websites zu sehen ist. In fünfzig, ach was, in fünf oder spätestens zehn Jahren ist alles normal, worüber der Enkel sich so wundert. Man wird lächeln oder den Kopf schütteln, wie heute über Menschen, die sich vor den ersten Autos fürchteten, dem elektrischen Licht. Zwei Generationen vor mir war eine Reise von Isfahan nach Teheran nichts Gewöhnliches, der Zustand der Wege miserabel, die Gefahr von Wegelagerern groß, an Hilfe im Notfall nicht einmal zu denken. Das brandneue Verkehrsmittel, über das alle Menschen staunten, war ein Vierspänner, dessen Pferde alle vierzig oder fünfzig Kilometer ausgetauscht wurden. Im bizarren Gegensatz zur Grandezza der Anlage und der teuren Ausstattung noch der Praktikantinnenbüros sind ausgerechnet die Stühle der Insassen, damit das einzig wichtige Arbeitsmöbel speziell für die Nummer zehn, unter ergonomischen Gesichtspunkten ein Fall für den Bundesrechnungshof, schließlich ist es die Allgemeinheit, die für Notfalldienste, Orthopäden, Krankengymnasten und Medikamente zahlt. Der junge Mann, der 1999 zur Ikone der iranischen Studentenbewegung wurde, als er mit dem Stirnband über den langen Haaren und dem Bart eines Che Guevara das blutgetränkte Hemd eines Kommilitonen in die Höhe hielt, berichtet mit ruhiger Stimme von Folter, von Scheinhinrichtungen, von der Erniedrigung der Eltern und wie er vom Tod seines Kommilitonen Akbar Mohammadi erfuhr. 1999 geriet er beinah ungewollt in den Protestzug, die Polizei schoß auf die Demonstranten, neben ihm wurde jemand getroffen, dem er das T-Shirt auszog, um die Blutung zu stoppen. Nachdem er den Verwundeten in eine Klinik gebracht hatte, hielt er das blutige Hemd hoch, um die Kommilitonen davor zu warnen, zur Demonstration zu gehen. Daß er zur Ikone geworden war, erfuhr er Wochen später im Gefängnis. Der Richter reichte ihm das Titelblatt des englischen Nachrichtenmagazins mit dem Hinweis, daß es sein Todesurteil sei. Als der junge Mann unter den Schlägen »Gott, Gott!« schrie, verlangte der Folterer, er solle seinen Namen rufen, Mahmud, Mahmud!, um auch diesen vor seiner Zeit zu nennen: Ich bin dein Gott, sagte Mahmud.

Die Arbeit als Inspekteur in Bandar Abbas verlangte vor allem anfangs viel Mühe und Geduld, weil Großvater Ordnung in das Chaos seines Vorgängers Asem od-Douleh bringen mußte, der seinen Ehrgeiz darauf verwandt hatte, schnell wieder nach Teheran berufen zu werden. Dafür verstand Großvater sich gut mit seinem Vorgesetzten, einem ebenso umgänglichen wie faulen Belgier namens Gerau oder so ähnlich (im persischen Schriftbild die Konsonanten G und R sowie am Ende U, O oder Ou), der den gesamten Sommer mit Frau und zwei Kindern in einer Hütte in den Bergen verbrachte. Jeden Nachmittag sandte Großvater einen Boten, der Bericht erstattete und Anordnungen entgegennahm. Auch in Bandar Abbas legte sich Großvater mit jemandem an, und zwar dem britischen Konsul, der nicht einsah, warum ausländische Matrosen plötzlich Zoll für ihre persönlichen Einkäufe zahlen sollten. Diesmal hatte Großvater jedoch die Unterstützung seines Vorgesetzten und durfte das Schiff den Hafen erst verlassen, als die Gebühren ordnungsgemäß entrichtet waren. Ich beklage mich nicht mehr, daß ich über die Verhältnisse in Bandar Abbas, das schon damals der größte Umschlagplatz des Persischen Golfs oder des gesamten Indischen Ozeans gewesen sein dürfte, nichts weiter erfahre, nichts über die Auswirkungen des Putsches von Seyyed Zia Tabatabaí und dem Griff Reza Chans nach der Krone in Teheran, das Mit- und Gegeneinander der verschiedenen Bevölkerungsgruppen, Nationalitäten und Diplomaten, den Rausch des schwarzen Goldes. Aufschlußreich für den quasikolonialen Status des Landes ist immerhin der Hinweis, daß der britische Konsul deshalb von der Konfiszierung des Handelsschiffs erfuhr, weil er wie selbstverständlich eine Durchschrift aller iranischen Zolldokumente erhielt. Großvater beschränkt sich streng auf seine eigene Welt oder sogar Amtsstube, und wenn der Leser daraus etwas über die Verhältnisse lernt, dann eher beiläufig wie in der Geschichte über den englischen Hundebesitzer: Täglich nach der Arbeit spazierte Großvater mit seinen Freunden zu einem Strand außerhalb der Stadt, wo eine Brise etwas Abkühlung verschaffte in der Glutofenhitze des Golfsommers. Einmal gerieten sie auf dem Rückweg in einen Sandsturm, den Großvater beinah so dramatisch beschreibt wie den Schneesturm vor dem Paß von Asadabad. Die Freunde hielten sich an den Händen, um sich nicht in den wandernden Dünen zu verlieren, die sie zu begraben drohten, als plötzlich ein gewaltiger Hund über sie herfiel. Mit den Armen und mit Fußtritten versuchten sie, den Hund abzuschütteln, da tauchte ein weiteres Wesen aus dem Nichts auf, dieser Engländer, und streckte einen von Großvaters Freunden mit einem Faustschlag nieder. Abgesehen vom Sandsturm kann das natürlich auch in Berlin geschehen oder ist es dem Enkel so ähnlich sogar geschehen – zwar wurde er nicht verprügelt, doch konnte er die Ältere, die damals drei Jahre alt war, nur retten, indem er sie über seinen Kopf hielt, während der Hund an ihm hochsprang, um sie zu beißen oder mit ihr zu spielen, was wußte er denn, die Ältere kreischte, weinte und winselte vor Angst, er schrie das Herrchen an, den Köter zurückzupfeifen, der freilich nur mit den Schultern zuckte, daß dieses Stück des Waldes amtlich als Hundefreilaufzone ausgeschrieben, das Kind also nicht sein Problem sei. Und doch haben nicht der Imperialismus, sondern eben solche Episoden, von denen so oder vergleichbar jeder ältere Iraner zu erzählen weiß, jenen Unmut erzeugt, der zum Aufstand gegen den Westen führte (beziehungsweise zu den Vorbehalten des Enkels gegen Berlin). Großvater erwähnt oft, wie nett dieser oder jene Belgier oder Amerikaner gewesen sei, wie korrekt oder freundlich von Herzen. Für die Leser, die er im Sinne hat, bedarf es kurz nach der Islamischen Revolution offenbar der Betonung.

Der Bevollmächtigte der iranischen Krone in Bandar Abbas, der die Interessen der Nation und ihrer Bürger insbesondere gegenüber den britischen Mandatsträgern und Firmen vertreten sollte – wie ein Botschafter im Ausland, so klingt das –, war ein winziger Greis, Sadid os-Saltaneh, schwer alkoholkrank, daher mit starkem Tremor, kurzatmig und sofort bereit, alles zu unterschreiben, was ihm von wem auch immer angetragen wurde, sofern man ihn dafür in Ruhe ließ und er sich keinen Ärger einhandelte. Das eigentliche Interesse von Sadid os-Saltaneh waren Antiquitäten. Sein Haus glich einem Museum oder besser einem Museumslager, so vollgestopft war es mit Münzen, Teppichen, Bildern, Vasen, Leuchtern und anderen alten Gegenständen. Den Empfangssaal teilte die Gräte eines riesigen Fisches in zwei Hälften. Der Bevollmächtigte der iranischen Krone bekundete Großvater und seinen Freunden, die sich über den englischen Hundebesitzer beschwerten, sein Bedauern, wies jedoch erschrocken ihr Anliegen zurück, beim britischen Konsul Protest einzulegen. Die heftigen Vorwürfe, die ihm Großvaters Freunde deswegen machten, nahm er schweigend hin.

Die junge, dicke Wirtin, Köchin und Kellnerin in einer Person, weist einen Tisch in der Ecke des Hinterzimmers zu, die Plastikdecken, die wie hinterm Kölner Bahnhof Vertrauen erwecken, Mickeymäuse an der Wand, Papierblumen in der Vase. Nachdem er die Pasta bestellt hat, die das Vademekum als typisch römisch anführt, schaltet die Wirtin den Fernseher an, damit er nicht allein ist. Auf die Frage nach dem Sender zuckt er mit den Schultern. Sie sucht eine Talkshow aus und dreht den Ton ab, da er doch kein Italienisch könne. Um sich noch besser zu unterhalten, bestellt er ein Glas Wein, worüber die Wirtin eine Karaffe auf den Tisch knallt als Signal, daß auch beim Essen gekleckert werden darf. Als sie das nächste Mal ins Hinterzimmer tritt, bringt sie Bruschette mit, die er nicht bestellt hat. Na gut, denkt er, wenn er schon dafür zahlt, und ist bereits nach der Vorspeise satt, außerdem ein bißchen beschickert von all der Unterhaltung, die Karaffe fast leergetrunken mit so einer Frechen, die alle fünf Minuten einen neuen, zwingend männlichen Gast auf dem rosa Sofa begrüßt, ein Potpourri der Höhepunkte offenbar, voller Einsatz, die Moderatorin setzt sich aufs Knie des Schönlings, läßt sich am Hals küssen, krabbelt an einer Hundeleine über den Boden, und alle kichern sich schlapp, die Moderatorin, die männlichen Talkgäste, die Zuschauer im Fernsehstudio, ein Kameramann, der eingeblendet wird, und ebenso die Nummer zehn der Deutschen Akademie Rom, der allerdings das Lachen vergeht, als die Wirtin die Pasta neben seine Allmacht stellt. So etwas hat er noch nie gesehen, der Teller so groß wie eine Familienpizza, die Nudeln ein alpiner Bergrücken, dazu eine neue Karaffe. Die Wirtin sagt etwas mit *tutto*. An dem mahnenden Tonfall erkennt er, daß er aber auch ja aufessen solle. Er zuckt wieder hilflos mit den Schultern, die häufigste Geste, seit er neugeboren in Italien ist, worauf sie ihm lachend bedeutet, die Allmacht zuzuklappen. Später beugt sie sich ins Hinterzimmer, um sicherzugehen, daß es schmeckt. *Sì*, nickt er eifrig. Als sie schon aus der Tür verschwunden ist, ruft er ihr *molto* nach, um vorsorglich für Verständnis zu bitten, daß er den Teller unmöglich aufessen könne. Die Wirtin tritt wieder hervor, strahlend diesmal, da *molto* in diesem Zusammenhang nicht »viel«, sondern »sehr« bedeutet, wie ihm einfällt. Wenn es »sehr!« gut schmeckt, kann die Wirtin beruhigt sein, daß er den Teller aufessen wird. Mit Mühe schafft er wenigstens die Hälfte. Er beugt sich in die Küche, um beschämt nach der Rechnung zu rufen. Zehn Euro steht auf dem Zettel, den die Wirtin ihn an den Tisch bringt. Sie streicht die zehn durch, schreibt sieben darunter, und füllt das Wasserglas randvoll mit Grappa: *tutto*! Wir sehen uns wieder, lallt er auf persisch, dann kann ich auch *molto* von *molto* unterscheiden und sagen, welchen Sender ich gern sehe. Wer weiß, vielleicht empfängt der Satellit das Deutsche Sportfernsehen, dann wird er noch Stammgast in ihrem Hinterzimmer.

Monsieur Gerau oder so ähnlich erteilte Großvater den Auftrag, dem Stammesführer Mir Barekat Chan in Bandar Djask die Zollbescheide und Mahnungen zu übergeben, die sich in der Zollbehörde von Bandar Abbas angesammelt hatten. Wie in den anderen kleinen Häfen am Persischen Golf beschränkte sich die Präsenz des iranischen Staates in Bandar Djask, das Großvater auf einem Kriegsschiff erreichte, auf das Zollbüro. Ansonsten lebten außer den Einheimischen nur drei Inder in dem Dorf, die für die Briten das Telegraphenamt verwalteten. Großvater war überrascht, an diesem abgelegenen Hafen eine so großzügige, saubere Villa mitsamt einem Park anzutreffen, der neben Gemüsebeeten und Obstbäumen auch über einen Tennisplatz verfügte. Hingegen das Zollbüro bestand aus einem Zimmer, hergerichtet in der Ruine einer Karawanserei. Großvater erfuhr, daß Mir Barekat Chan gar nicht in Bandar Djask, sondern vierzig Farsach entfernt in einem Dorf namens Kuschk lebte. Vierzig Farsach, das waren zweihundertfünfzig Kilometer, und Kamele das einzige Transportmittel. Sein Eifer war groß, wie Monsieur F-R-U in Bandar Lengeh und der britische Konsul in Bandar Abbas gemerkt hatten, aber nicht so groß, daß er die Strapazen und Gefahren eines zweiwöchigen Kamelritts durch die Wüste auf sich nehmen wollte, bloß um Mahnungen und Strafbescheide auszutragen. Selbst wenn er Kuschk erreichen würde – wer sagte ihm denn, daß Mir Barekat ihn nicht mit einer Kugel aus seinem Gewehr oder dem Dolchhieb eines Wachmanns begrüßte? Wer käme, vierzig Farsach vom nächsten Dorf entfernt, wo sich die Staatsgewalt auch nur auf ein einziges Zimmer in der Ruine einer Karawanserei beschränkte, wer käme Großvater zu Hilfe? Die indischen Telegraphisten, denen Großvater beim Fünfuhrtee kleinlaut den Mißerfolg seiner Mission gestand, boten an, ihn mit dem besten Dromedar auszustatten, einem schnellfüßigen *Djamâzeh*, dazu einem besonders bequemen Sattelgerüst und drei bewaffneten Belutschen als Begleitung. Als Großvater sich immer noch nicht traute, auf einem Kamel vierzig Farsach durch die Wüste zu reiten, befahlen die Inder einem Bediensteten, nicht etwa die Belutschen, sondern das Reittier mitsamt Sattel herbeizuholen. Tatsächlich, der Sattel sah aus wie ein Sessel. Das Dromedar legte sich nieder. – Setzen Sie sich ruhig, sagten die Inder, Sie werden sehen, das ist bequemer als mit der Eisenbahn. Großvater hatte noch nie in einer Eisenbahn gesessen, nicht einmal eine Eisenbahn mit eigenen Augen gesehen, aber als ihn das Dromedar in die Höhe beförderte, glaubte er es sofort. Wie in heutigen Flugzeugen war der Sattel sogar mit einen Anschnallgurt ausgestattet, bemerkt Großvater und beeilt sich zu gestehen, daß er sehr wohl noch Angst hatte und nur deshalb das Angebot annahm, weil die Scham überwog, vor den so wohlmeinenden Indern, die sich am Persischen Golf noch viel fremder fühlen mußten, als Feigling dazustehen.

Als sie gegen Abend des ersten Tages von weitem einige Basthütten sahen, aus denen die Nomaden flohen, fingen die drei Belutschen an zu lachen. – Warum lacht ihr? fragte Großvater. – Weil die Nomaden uns für Männer von Mir Barekat Chan halten, erklärten die Belutschen in ihrem gebrochenen Persisch und hielten ein weißes Tuch in die Höhe. Vor den Hütten erwartete sie der Älteste mit einer Fackel in der Hand, ein großgewachsener, gutaussehender Mann mit langem weißem Bart, das Kinn nach paschtunischer Art rasiert, wie es Großvater zuvor noch nie gesehen hatte (nicht, daß ich wüßte oder bis nach China herausgefunden hätte, wie Paschtunen sich vor neunzig Jahren rasierten). Als Gastgeschenk überreichte Großvater dem Ältesten einige Schachteln Streichhölzer, die wie ein kostbarer Schatz von Hand zu Hand gereicht wurden. Vor Ehrfurcht auf die Knie sanken die Nomaden aber, als die Belutschen, um sich einen Spaß zu machen, Großvater als Gesandten des Schahs vorstellten, der Mir Barekat Chan zur Rechenschaft ziehen werde. Wie Großvater sich aus ihren Fragen zusammenreimte, glaubten die Nomaden, daß er in Teheran täglich mit dem Schah verkehre; sie erkundigten sich nach dessen Charakter und wollten alles mögliche über den Alltag im Palast erfahren, obwohl Großvater immer wieder beteuerte, niemals einen Palast betreten zu haben. Die Schilderung des Putsches schienen die Belutschen als den Bericht eines Augenzeugen auszugeben, der bei den dramatischen Vorgängen nicht nur anwesend, sondern federführend beteiligt war. Wie froh waren die Nomaden, daß die neue Regierung Großvater geschickt hatte, um Recht und Gesetz durchzusetzen. Wenn Mir Barekat Chan mit seinen Gefolgsleuten an ihren Hütten vorbeireite, nehme er sich mindestens eine Ziege, ein paar Hühner mit oder tausche sein lahmes Vieh gegen ihr junges Kamel ein. Und das nur, wenn er gute Laune mitbringe. Wenn Mir Barekat Chan schlechtgelaunt sei …

Als der Inspekteur des Zollamts von Bandar Abbas am sechsten Tag in völliger Erschöpfung und noch größerer Sorge Kuschk erreicht, ist Gott steh mir bei Mir Barekat Chan gerade verreist. Morgen oder vielleicht übermorgen kehre er bestimmt zurück, versichern die Angehörigen, die dem Inspekteur eine Hütte anbieten. Am übernächsten Tag schreckt ihn ein großes Getöse auf. In der Annahme, daß es sich um den Überfall handele, den er seit seiner Ankunft minütlich erwartet, tritt der Inspekteur in Todesangst nach draußen: und tatsächlich, es ist Mir Barekat Chan, es muß Mir Barekat Chan sein, der auf die Hüte zuschreitet; wie ein safawidischer Sultan in einem langen, faltenreichen Gewand aus grüner Seide gekleidet, darauf ein blinkendes Kettengeflecht genäht, breiter Gürtel und vielfarbig schillernder Turban. Allein, um ihn herum scharen sich nicht waffenstarrende Gefolgsleute, sondern mindestens fünfzig geifernde Frauen, die ihn zu schlagen und zu beschimpfen scheinen. Ganz sicher ist der Inspekteur nicht, denn Mir Barekat Chan wehrt sich überhaupt nicht, im Gegenteil, läßt sich die Schläge gefallen und quittiert die Schmähungen mit sanftem Lächeln. Nach dem länglichen Begrüßungsdialog, den Fragen nach dem Befinden noch der entfernten Verwandten, Stammesmitglieder, Kollegen und Vorgesetzten im Zollamt, die sämtlich den Lobpreis Gottes nach sich ziehen, erkundigt sich der Inspekteur als erstes nach dem seltsamen Schauspiel der Frauen. Zunächst weicht Mir Barekat Chan aus, daß die Wüstenmenschen und insbesondere die Wüstenfrauen eben seltsame Wesen seien, bevor er doch den wahren Grund nennt: Nach zwei Jahren ohne Regen glaubten die Frauen, daß Gott das Dorf für die Sünden und Verbrechen Mir Barekat Chans bestrafe. – Und wissen Sie was, junger Herr? fragt der Stammesführer mit beseeltem Gesicht: Die Frauen haben recht. Gott hat mir im Traum eine Eingebung geschenkt. Seien Sie vor Gott und dem Dorf mein Zeuge, junger Herr, daß ich auf den geraden Pfad zurückkehren will, o Gott, den Pfad derer du gnadest, nicht derer gezürnt wird noch der Irrgehenden. Dann bricht der berüchtigte Stammesführer in Tränen aus. Der Inspekteur holt die Zollbescheide und Mahnungen aus der Hütte und genießt mit seinen drei Belutschen noch zwei Tage die unvergleichliche Gastfreundschaft von Wüstenbewohnern. Als er mit dem ordnungsgemäß entrichteten Zoll nach Bandar Abbas zurückkehrt, ist Monsieur Gerau oder so ähnlich derart beeindruckt vom Erfolg der Mission, daß er den Inspekteur kurz darauf zum nächsten Zollsünder entsendet: Leider hat Sardar Din Mohammad Chan in Tschah Bahar jedoch keine Eingebung gehabt und tragen seine Wachleute riesige Gewehre sowie Patronengurte um den Bauch. Jahre später erfährt der Inspekteur von seinem Cousin, dem General Hedayatollah Sohrab, daß Reza Schah alle Stammesführer am Persischen Golf, die in ihrem Gebiet keine Staatsgewalt gefürchtet hatten, verhaften und nach Schiraz bringen ließ, wo sie öffentlich hingerichtet wurden, Mir Barekat Chan aus Kuschk, Sardar Din Mohammad Chan aus Tschah Bahar und vier andere, deren Namen und Herkunft ebenfalls in Großvaters Selberlebensbeschreibung zu finden sind.

Beim Dinner der Schweizer Akademie erklärte die deutsche Nummer zehn einer Stipendiatin der Rumänischen Akademie, die das Los gezogen hatte (wörtlich!, so mache man das in der Schweiz), neben ihm zu sitzen, daß seiner Beziehung die Luft ausgegangen sei, genau so nannte er es, ob idiomatisch korrekt oder nicht, *our love ran out of air.* Ihr mußte er nicht viel erklären, ein paar Sätze genügten für die Geschichte, warum er allein mit seiner älteren Tochter in Rom lebt. Der Freund der rumänischen Stipendiatin war ein paar Stunden zuvor aus Bukarest eingetroffen, und sie verbrachte gleich den ersten Abend ohne ihn. Er will sich erst einmal ausschlafen. Kein Streit, nicht mal das, die Anrufe übers Internet, kostenlos jetzt, die Frau unerträglich in ihrer Korrektheit, schimpft er nach jedem Gespräch, ihrer ungerührten Freundlichkeit. Vielleicht glaube sie, das Zerwürfnis kitten zu können, indem sie es ignoriert, vielleicht sei das ihr Plan. Klar wünsche sie sich, vermutet er, daß alles beim alten bliebe, es wäre das einfachste, und sie ergänzen sich gut, rein praktisch gesehen. Er merkt, wie sich sein Groll nur steigert, während er ihre Motive zu ergründen versucht, der alte, glimmende Groll, immer noch, nur jetzt entfacht. Beim Dinner der Schweizer Akademie merkte er zum ersten Mal, wie ihm leicht wurde, als er von Trennung sprach. Nein, nein, nichts ist endgültig, schob er rasch nach. Stelle sich die Leidenschaft wieder ein, *the passion*, um so besser, zumal für die Kinder, *you know.* Unterm Headset faßt er sich kurz, telefonierte dafür Stunden mit dem Kundenservice des Navigators, dem nach dem Herunterladen einer teuer erworbenen, aktuellen Italienkarte ebenfalls die Luft ausging. So hat er einen weiteren Tag mit Dingen verschleudert, die das Leben leichter machen. Gerade hatte er begonnen, mit der Standleitung bis nach China umgehen zu lernen, indem er, Heureka!, einfach das Kabel aus der Allmacht zog. Wie könne es passieren, fragte er die rumänische Stipendiatin, daß der Mensch, der einem über so viele Jahre am nächsten stand, von einem auf den anderen Monat so fremd geworden sei? Was sage das aus über die Nähe, die sie sich eingebildet hätten? Nicht einmal vermuten kann die Nummer zehn, wo die eigene Frau steht, wie sie über ihn denkt, was sie überhaupt will, ob es ihr gutgeht, schlechtgeht, so lala geht dabei. Vielleicht leidet sie ja schrecklich, hofft er, verzehrt sich vor Verlangen, dann kann sie es phantastisch verbergen, oder ist er taub, stumm und blind. Wahrscheinlich so lala, erklärte er der rumänischen Stipendiatin, deren Freund sich ausschlief.

Von Großvaters Aufenthalt im Süden fehlt nur das letzte Kapitel, das ein Dankwort ist, zweieinhalb der DIN A4 großen, engbeschriebenen Seiten lang, auf denen er alle Menschen auflistet, die am Persischen Golf freundlich zu ihm waren. Rasch möchte ich die Jahre erreichen, in denen Großvater eine Familie gründet, weil Privates, Empfundenes dann selbst in seiner Selberlebensbeschreibung bezeichnet werden müssen und ich außerdem hoffe, mehr über die Verwandten zu erfahren, die ich selbst kenne, vor allem meine Mutter. Aus Neugier habe ich ein paar Seiten weiter vorn gespitzt, wie er Großmutter kennenlernt, und war erstmals erschüttert, negativ erschüttert, meine ich, richtig erschrocken. Aber der Reihe nach, um nichts außer acht gelassen zu haben, nichts von dem, was Großvater für beachtenswert hielt, der den gepriesenen Saadi zitierte: »Nichts ist dies alles, denn es geht vorüber: der Thron, das Glück, die Macht und die Herrlichkeit. / Den guten Ruf der Fortgegangenen ehre, so bleibt dein guter Ruf in Ewigkeit.« Die Gerechtigkeit verlange es von ihm, schreibt er, nach den kritischen Bemerkungen über Monsieur K-L-T, den er auf der *Persepolis* begleitete, und Monsieur F-R-U, der ihm das Leben in Bandar Lengeh schwermachte, die hervorragenden charakterlichen Eigenschaften, den aufgeklärten Geist und die fachliche Kompetenz aller übrigen Belgier hervorzuheben, mit denen zusammenzuarbeiten er insgesamt elf Jahre lang die Ehre und das Vergnügen hatte. Ich habe weder in der Bibliothek der römischen Orientalistik noch bis nach China viel Literatur über die Belgier gefunden, die auf der Grundlage eines Vertrags von 1898 mit dem Kadscharen Mozaffar Schah die iranische Zollbehörde aufbauten. Was ich fand, liest sich nicht wie ein Ruhmesblatt der belgischen Geschichte, sondern deutet auf eines der üblichen semikolonialen Unternehmen hin, die das Gastland ein wenig entwickeln, den Gästen jedoch vor allem Einfluß und Profit einbringen sollten. So berichtet der amerikanische Diplomat Morgan W. Schuster, der als Kämmerer für die iranische Regierung arbeitete, in seinen Erinnerungen (*The Strangling of Persia: Story of the European Diplomacy and Oriental Intrigue that Resulted in the Denationalization of Twelve Million Mohammedians*, New York 1912) von Streiks iranischer Händler, von der Forderung der Konstitutionalisten, den Vertrag mit Belgien zu kündigen, von belgischen Gesandten, die sich, in die Heimat zurückgekehrt, Schlösser leisten konnten, und von Zollabkommen mit Rußland und anderen Staaten, die den iranischen Haushalt auf Jahre schwer belasteten. Großvater hingegen beschreibt den gewissenhaften Monsieur D-K-R-K-R, der Schuhe mit weichen, ganz leisen Sohlen trug. Oft trat er von hinten an den Schreibtisch, um unbemerkt die Arbeit zu überprüfen. Nach einer Zeit legte er die Hand auf die Schulter des Beamten, der natürlich erschrak, und lobte ihn oder korrigierte die Berechnung. Monsieur D-K-R-K-R wirkte beschäftigt, wann immer man ihn sah, und erwiderte manchmal nicht einmal den Gruß, weshalb ihn manche Kollegen für sehr streng und auch arrogant hielten, allein, das war er nicht, betont Großvater, das war Monsieur D-K-R-K-R schon gar nicht außerhalb des Zollamts. Er war nur sehr fleißig und kümmerte sich um alle Angelegenheiten mit großem Ernst. Wenn Großvater ihn auf der Straße oder abends vor dem französischen Café traf, erlebte er Monsieur D-K-R-K-R als sanftmütigen, zugewandten Menschen, der sich für Land und Leute aufrichtig interessierte. Nicht minder ausführlich bedankt sich Großvater bei dem warmherzigen Monsieur D-L-K-R-D. Es folgen die edlen Messieurs Gerau oder so ähnlich (sein Chef in Bandar Abbas, der den Sommer in den Bergen verbrachte), PA-KEH, M-L-R-SCH-OU-FEH und schließlich L-M-R-N-Y. Wenn Großvater je etwas über das Verwaltungswesen gelernt habe, dann von diesen vornehmen Herren. Von den Belgiern geht Großvater zu seinen iranischen Arbeitskollegen über, die ihn so freundschaftlich aufgenommen hätten, in Buschher genauso wie in Bandar Lengeh und Bandar Abbas. Er zählt sie alle auf, jeden mit Namen und mindestens ein, zwei löblichen Eigenschaften. Einer von ihnen, der verstorbene Abdolrahman Gelehdari, der zweite Sohn des verstorbenen Ebrahim Gelehdari, den man offenbar kennen muß, nahm ihn einmal abends, als sie zu Gast bei Freunden waren, zur Seite, griff nach seiner Hand, steckte einen Ring um seinen Finger und sprach die Verse des gepriesenen Saadi: »Was nützt's, des Freundes Angesicht zu küssen, / wenn wir im Augenblick uns trennen müssen? / Des Freundesabschied ist dem Apfel gleich, / die eine Seite rot, die andre bleich.« Obwohl Abdolrahman Gelehdari noch jünger war und nicht viel Geld besaß, wagte Großvater nicht, das Geschenk abzulehnen, seien doch die Gelehdaris bis heute für ihr ausgeprägtes Ehrgefühl berühmt. Er revanchierte sich am nächsten Tag mit sechs Ballen handbestickter Vorhänge, die er aus Isfahan mitgebracht hatte (den ganzen weiten Weg über den Irak und die Schreine der Imame?). Großvater erwähnt auch, was aus seinen Freunden und Kollegen geworden ist, soweit er es weiß; der eine wurde Landwirt, der andere Geschäftsmann, der dritte zog nach England, der vierte arbeitete früher für den iranischen Ölkonzern, der fünfte ist heute Rentner in Teheran und so weiter. Von den Herren Djawad Sadr, Abdolmohammad Namazi und Yussof Sedeghiani hat Großvater schon lange nichts mehr gehört. Karim Parisch, wenn ich den Nachnamen korrekt vokalisiere, ist wie so viele andere schon lange verstorben, möge seine Seele froh sein. Und dann sind da noch die mehr als nur gastfreundlichen, sondern ebenfalls edlen und warmherzigen Menschen des Persischen Golfs, die er nicht mehr namentlich anführen könne. »Für diejenigen, die die Augen geschlossen und in die Welt hinter unserer Welt eingetreten sind, bitte ich Gott, sich ihrer zu erbarmen, und denjenigen, die wie dieser Sklave noch in dieser Welt ausharren, wünsche ich Gesundheit und Erfolg.«

»Bitte melde Dich endlich«, bittet er gegen alle Vorsätze den Verleger ein weiteres Mal um einen noch so lapidaren Wink, schildert seine Ratlosigkeit, räumt ein, daß die Selberlebensbeschreibung des Großvaters weniger hergibt als erhofft, rechtfertigt sich, daß etwas ihn abhalte, »den Irrweg zu beenden, weniger ein literarischer als ein moralischer Impuls«, was allein schon eine Bankrotterklärung wäre, läßt sich am Ende sogar dazu hinreißen, den Verleger daran zu erinnern, stimmt es überhaupt?, daß er es war, der Verleger, der an ihn geglaubt hat. Ein verlassener Liebhaber könnte nicht weinerlicher klagen. Den Bericht aus dem nächsten Kriegsgebiet, für den er den Heimatbesuch der Älteren während der Osterferien nutzen wollte, sagt er der Zeitung ab, obwohl er einen Ausweg böte aus dem Roman, den ich schreibe. Bevor er wieder aufbricht, muß der Romanschreiber ein Verhältnis zu dem Ort haben, der nun einmal als Schauplatz eingeführt ist, und probiert es deshalb mit il Signor Reiner Winkler und *al villaggio turistico.* Der literarische Irrsinn solcher Sprachkurse mit CD zum Selberlernen, von der ersten Lektion an eine reale Sprechsituation zu behaupten, mit verteilten Rollen, Meeresrauschen im Hintergrund, Autohupen und landestypischen Scherzen, ist bewundernswert, ein Kunstwerk für sich angesichts eines Wortschatzes von achtzehn Vokabeln, wenngleich der Dialog ab der siebten, achten Wiederholung das Gehirn zersetzt. Guten Tag, guten Tag, wie geht es?, danke, gut, ich bin Rainer Winkler, ich bin Frau Lolli, ich bin Deutscher, ich bin Italienerin, sehr erfreut, sehr erfreut, und dann erst der Besuch bei einer italienischen Familie in der zweiten Lektion: Kommen Sie herein, guten Tag, guten Tag, wie geht es?, danke, gut, haben Sie Durst?, nein, ich habe keinen Durst, ich hingegen nehme einen Grappa, und schon wird in der akustischen Kulisse das Glas eingeschenkt, als sei es ein Eimer Wasser. In einem Interview über das »Paradies«, wie er die Deutsche Akademie in der Titelzeile nennt, reicht Ingo Schulze, der im vorigen Jahrgang die Nummer zehn war, den Rat einer Freundin weiter, sich in Rom zu langweilen. Der Direktor hat das Interview in der Freitagsbesprechung verteilt, um die Stipendiaten ob ihrer Berufung auch diese Woche Dankbarkeit und Demut zu lehren. In der dritten Lektion zum Selberlernen angekommen, wird Zehnnullacht Vollzug melden können, wenn er Zehnnullsieben morgen sehr erfreut in Köln begrüßt: wie geht es?, danke, gut, haben Sie Durst? »Das Ideal wäre, in Echtzeit zu schreiben, also über den Augenblick, den ich gerade erlebe«, sagt Ingo Schulze im zugleich falschesten und wichtigsten Satz seiner Poetikvorlesung. Ja, es ist ein Ideal, und es hat den Romanschreiber offenbar geblendet, dem die Selbstzweifel wieder dramatisch zusetzen, sofern man von einem Drama sprechen darf, wenn es objektiv niemanden in der Welt sonst interessiert, nein, niemand interessieren würde, denn die Einsamkeit allein höbe das dramatische Moment nicht auf, sondern das Fehlen jedweder Bedeutung für irgendeinen Zweiten. Auch deshalb hielt er sich an seinem Großvater fest, statt auf Rom zu blicken: Er traute seiner Wahrnehmung nicht mehr, so verunsichert war oder ist er noch, und fährt daher mechanisch mit dem fort, bei dem er gerade war und das sich wenigstens soweit bewährt hat, daß es ihn halbwegs durch die Tage bringt, genau gesagt die Schulstunden der Älteren und manche Nächte. Ab und zu beschwichtigt ein Kompliment, das anders als der halbe kritische Satz vor einem Monat, die mißratene Lesung im Sommer oder die Zurückweisung vor einem Jahr, fast so schnell aus dem Bewußtsein verschwindet wie es im elektronischen Postfach aufleuchtet. »Sie ahnen gar nicht, wie sehr ich mich über Ihre Nachricht gefreut habe«, schrieb der Romanschreiber einem vierundachtzigjährigen Pfarrer zurück: »Man arbeitet immer so einsam vor sich hin – in Ihrer Berufung als Pfarrer wird das anders gewesen sein – und ist permanent der Frage ausgesetzt, ob man überhaupt einen Adressaten hat. Natürlich, es gibt Rezensenten, und wenn sie mich loben, freue ich mich auch, aber das ist doch in der Regel etwas innerhalb des Kulturbetriebs, dem ich virtuell angehöre, es ist nicht aus dem Leben selbst oder selten.« Solche Korrespondenzen sind morgen schon vergessen, hingegen die Wünsche, er solle doch zu den Mullahs zurück, oder das Klopapier mit Versen aus dem Koran, das er vor zwei Wochen in einem Briefumschlag ohne Absender in seinem Postfach an der Deutschen Akademie vorfand, hinterlassen einen Schleim, der sich sogar in die Träume ausbreitet. Einen Schlag mit dem kleinen Finger und der Wirkung einer Schleuder versetzte ausgerechnet der berühmte Schriftsteller, als er von dem letzten der Romane lange schwärmte, wie der Romanschreiber sie früher schrieb, und zum Schluß, praktisch schon in der Verabschiedung nach den Reaktionen fragte. Na ja, murmelte der Romanschreiber verlegen, die Rezensionen seien schon gut gewesen, beinah alle sogar, er könne sich nicht beklagen, auch wenn er bei der Kritikerprominenz oder den Literatursendungen des Fernsehens keine Chance habe. Der Verkauf? Ach, winkte der Romanschreiber ab, dreitausend, doch wie gesagt, was solle er sich beklagen, es liege nun schon so weit zurück, und er sei längst an etwas anderem, von dem aus das Vorherige wie eine bloße Übung aussehe, und immerhin habe ihm das Buch, letztlich, Rom eingebracht und sei er in die Akademie für Sprache und Dichtung gewählt worden. – Na, mit der Berufung in die Akademie hatte der Roman nicht viel zu tun, entfuhr es dem berühmten Schriftsteller. Schon klar, beeilte sich der Romanschreiber zu versichern, schon allein zeitlich klar, daß er nicht wegen des letzten Romans aufgenommen worden sei, doch gehöre der nun einmal zu dem Werk, das die Akademie mit der Wahl ausgezeichnet habe, und da sagte der berühmte Schriftsteller, die Bemerkung entwischte ihm, daß die Romane durchaus in Frage gestellt worden seien, aber sich die Meinung durchgesetzt habe, daß allein schon das wissenschaftliche Werk eine Aufnahme zweifellos rechtfertige. Mehr war es nicht, davor so viel, so langes Lob des Bewunderten, die Infragestellung eines anonymen Jurors, der genausogut ein Idiot sein kann, und doch spürt der jüngere Kollege den Schlag noch Wochen nach dem Telefonat in den Fingern, wenn er tippt. Kurz darauf erfuhr er, daß er wieder nicht den Preis für Negerliteratur gewonnen hat, den sie ihm doch wenigstens verleihen könnten, viel Geld ist es ja auch, fünfzehn- oder fünfmal drei oder vier oder auch mal fünf Sterne, unter denen die Fernbedienung quält, meint er sich zu erinnern, und die Konkurrenz nach Rassen gesiebt. Über Wochen hatte er sich gezwungen, keine Gedanken zu verschwenden, auf keinen Fall bis nach China zu suchen, was ihm auch gelang, hatte sich tatsächlich nicht damit beschäftigt, aber nachdem er vom Verleger keine Antwort erhalten und der berühmte Schriftsteller ihn aus Versehen kurz und klein geprügelt hatte, waren Selbstsuggestion und Widerstandskraft aufgebraucht. Er schaute auf der Website nach den Juroren, nur um sich zu ärgern, daß er es so spät tat, weil er sich bei den Namen schon vorher die Hoffnung hätte sparen können. Jetzt sitzt er in der Abflughalle des Flughafen Fiumiccino, den er ohne Navigator gefunden hat. Wegen des Defekts kommuniziert er weiterhin regelmäßig mit dem Kundenservice, der überraschend nicht im Indischen Ozean, sondern nahe Köln angesiedelt ist, wie ihm eine besonders bemühte Kundenbetreuerin entgegen der Dienstvorschrift verriet. Sie hatte dafür gesorgt, daß das Gerät nach nur einer Woche wieder in Rom war, doch hatten die Techniker in der Eile vergessen, die Speicherkarte einzulegen. Jetzt scheinen sie sich in Köln um so mehr Zeit zu lassen mit dem Speicher. Die Verspätung, die ihm erlaubt hat zu schreiben, ist in ein paar Minuten aufgebraucht. Er will gar nicht zurück. Ihm ist das Jahr jetzt schon zu kurz, das er fort ist. Wenn er es schafft, fährt er zum Kundendienst raus, um sich den Navigator abzuholen.

Da die Ältere auf dem Fensterplatz schläft, fährt er fort. Es ist keinesfalls so, daß ihm Rom nicht gefiele oder er sich unwohl fühlte in der Deutschen Akademie. Eher ist es zu angenehm zum Schreiben, das lichtdurchflutete Atelier mit dem Park hinter der dreiflügeligen Tür, die inzwischen meist offensteht, ebenso die Stadt, durch die man stundenlang flanieren kann, ohne auf eine häßliche Stelle zu stoßen, der Verfall wie von Meisterhand gezeichnet, jeder Straßenzug eine Leinwand, zu der Kunstfertigkeit und Zufall, Zivilisation und Klima ihr Bestes beigetragen haben. Um auch dieses Thema der Jahrbücher abzuhaken, die zu studieren der Direktor in der letzten Freitagsbesprechung empfahl, haben die Italiener des weiteren das Leben auf so kluge Weise eingerichtet, allein schon das Angebot, die Preise, das notwendig charismatische Personal und die konstante Fußläufigkeit einer typischen Bar, jeden

Morgen auf dem Rückweg von der Schule Cappuccino, Cornetto und frisch gepreßten Orangensaft für insgesamt 3,90 Euro, die Möglichkeiten, je nach Bedürfnis schnell oder reichlich, preiswert oder raffiniert Mittag zu essen oder sich im Supermarkt oder besser noch in der Markthalle ein paar Zutaten für ein ebenso erlesenes wie leicht zuzubereitendes Abendessen zu besorgen, das die Geschmacksnerven täglich verfeinert. Und jetzt noch der kritische Einschlag, den ein Stipendiat der Deutschen Akademie nicht versäumen darf, sonst gilt er als Schwärmer: Die plaudernde Masse von Urlaubern, die sich über, unter, neben, vor und hinter alle Monumente ergießt, verhindert es, die Erhabenheit früherer Reisender auch nur zu imitieren, die den Weg nach Rom nicht mit dem Billigflieger in zwei Stunden, sondern zu Fuß, in der Postkutsche oder meinetwegen noch in der Dampflok auf sich nahmen. Die eigentliche Explosion ereignete sich erst vor einigen Jahren, höchstens einem Jahrzehnt, seit Flugreisen nichts mehr kosten und Touristen nicht mehr nur weiß oder japanisch, sondern auch russisch, chinesisch, indisch, arabisch oder südamerikanisch sind. Wie ein Übermaß an Kommunikation dazu führt, nichts mehr zu verstehen, konvergiert die Verfügbarkeit der Welt zu ihrer Unerreichbarkeit. Früher war es mühselig, das Kolosseum zu besichtigen, heute ist es unmöglich, der Tod des Reisens durch seine Demokratisierung, gegen die am schlechtesten etwas einzuwenden ist. Schließlich das Insiderwissen, das den Stipendiaten vom Touristen unterscheidet: Wird man von einem Kind begleitet, das man mit der eigenen, sei es fingierten Begeisterung ansteckt, kehrt etwas von jenem Staunen zurück in die Sinne, jenem Sprachlosmachen, wie es das Wunder vom Koran behauptet und sogar Goethes Beschreibungskunst in Rom zur Kaskade kümmerlicher Attribute wie »unbeschreiblich«, »unfaßbar« verdünnt. Das Kind ist blind für die Umstände, es sieht nicht die Touristen ringsum mit ihren Plastikflaschen, Rucksäcken, Photoapparaten, Reiseführern und kurzen Hosen zu jeder Zeit an jedem Ort in vierundsiebzig Sprachen, es sieht nur das Wesentliche, das Glimmen von Ewigkeit, und ein bißchen vom Glanz, der sich in seinen Augen spiegelt, springt zurück auf die eigenen. Ende des Jahresberichts. Da er es gerade zum ersten Mal verlassen hat, eine Dreiviertelstunde nach Abflug unter ihm die Alpen, will er anfangen mit Rom.

Der vielleicht nur blinde Kollege heuchelte keine Bewunderung, da sie im wesentlichen über den einen Punkt sprachen, der ihn interessierte, die Identität zwischen Autor und Ich-Erzähler, die Ingo Schulze so nahelegt, daß man sie ihm erst recht nicht abnimmt. Darin wäre auch er Vorbild, kam dem Kollegen in den Sinn: Wo andere die Linien zum eigenen Leben verwischen, folgt Ingo Schulze wohl unbewußt Jean Paul, der kaum etwas preisgibt, so detailliert er über sich schreibt. Man müsse immer erfinden, sagte Ingo Schulze, sonst habe man die Stimmigkeit im Kopf, nicht auf dem Papier, abgesehen von moralischen Implikationen. Mag sein, mag prinzipiell stimmen, allein die Menschen dürfen im Roman, den ich schreibe, keinen falschen Namen haben, keinen Namen, das geht, aber keinen falschen. Wer einen falschen Namen hat, kann nicht *In Frieden* sterben. Vom Salon abgesehen, war das Wochenende in Köln ohne Aber ein Fiasko, wie sich der Kollege auf dem Rückflug eingesteht, Montag, den 10. März, 11:20 Uhr, um, wenn schon, auch die Uhrzeit festgehalten zu haben. Im Viertel kam er sich vor wie ein Besucher, der zu früh auf einer Party klingelt, was machst du denn schon hier?, fehl am Platz auch zu Hause, die Frau so freundlich wie eine entfernte Bekannte, in der Kneipe kein Spruch, zu allem Überfluß auch noch eine Podiumsdiskussion, gaffende Meute und im Käfig die Affen, die sich mit Bananen bewerfen, wobei seine Abscheu vielleicht nur daher rührt, daß ihm keine so guten Treffer gelingen; Glück allein die Frühgeborene, wie bei Sterbenden wurde jede gemeinsame Minute wichtig, jede Zärtlichkeit, jeder Augenblick, in dem die Frühgeborene lachte, ausnahmslos alles andere mißglückt, die simpelsten Erledigungen. In Rom vergessen hatte er alle Schlüssel, nicht nur die zur Wohnung, sondern auch fürs Fahrrad, das er mit nach Rom nehmen wollte, und zum Keller, wo Jean Paul und Rolf Dieter Brinkmann liegen, vergessen außerdem die Goldkrone, die er sich wieder einsetzen lassen wollte. Daß er beim Einwohnermeldeamt vorbeigehen wollte, um seinen neuen deutschen Paß abzuholen, ist ihm erst eingefallen, als er schon in der S-Bahn zum Flughafen saß, ebenso das Mittel gegen Blasenschwäche, das die Schwägerin empfohlen hatte, deren Fachgebiet die Psychologie ist, der Termin beim Hautarzt, der Tee, alles vergessen und versäumt, so gedankenlos taperte er durch Köln. Jetzt hat er statt des Fahrrads den Bürostuhl mitgenommen, damit er in Rom kein zweites Mal zum schwedischen Kaufhaus fahren muß, wo er beim ersten Einkauf mehrere Runden drehte, um zuerst das Klo, anschließend den Einkaufswagen zu suchen, den er stehengelassen hatte, um durch die Kundenmassen zu schlüpfen wie durch die Touristen im Kolosseum, immer wieder an der akustischen Morgenfrische beim Sanitär vorbei, dem Easy Jazz im Wohnzimmerbereich und den Elektrobeats in der Büroabteilung, kein Loop länger als dreißig, vierzig Sekunden und in der Wiederholung ärger als Señor Winkler und Frau Lolli. Den zweiten Stuhl braucht er in Rom, damit die Frau einen hätte. Bitte schalten Sie jetzt alle elektronischen Geräte aus.

Am 12. März 2008 zurück aus der Stadt, hat der Enkel um 15:06 Uhr noch eine halbe Stunde, bis er die Ältere von der Schule abholen muß, und damit genug für Umzug und Heirat, ja Heirat, so kurz handelt Großvater die Liebe ab. Im Frühjahr 1924 – endlich eine Jahreszahl – geht es ihm miserabel, der fünfte Sommer am Persischen Golf steht bevor – ich dachte, der elfte –, den überlebe ich nicht, denkt er und hat wirklich und wieder einmal Todesangst – einen leichten Hang zur Panik muß man ihm wohl attestieren –, sucht deshalb Monsieur Gerau oder so ähnlich in den Bergen bei Bandar Abbas auf, der allem Flehen zum Trotz nicht gewillt ist, der Versetzung nach Teheran zuzustimmen. Am Ende macht Großvater seine Drohung wahr, ohne Erlaubnis abzureisen. In Buschher muß er sich, weil er seine Dienststelle im Streit und damit ohne das ausstehende Gehalt verließ, Geld leihen, nein, sich Geld von einem Freund in Kerman schicken lassen, der Schulden bei ihm hat. Die Schilderung der Geldbeschaffung aus Kerman zieht sich über zwei der engbedruckten Seiten, die herauszubringen wirklich keinem Verleger der Welt abzuverlangen war. Unterbrochen von einem Aufenthalt in Isfahan, wo Urgroßvater nicht mehr die Kraft hatte, ihn für die vorzeitige Heimkehr ein viertes Mal zu schelten, fährt Großvater weiter nach Teheran. In der Zollbehörde trifft er zum Glück seinen früheren Chef aus Buschher an, Monsieur D-L-K-R-D, den er bereits im Dankwort ausführlich bedacht hat. Dank dessen Hilfe und eines Attests, das die Fortsetzung des Aufenthalts am Persischen Golf für lebensbedrohlich erklärt, wird Großvater wieder in den Dienst aufgenommen, bekommt das Restgehalt ausgezahlt und erhält eine Stelle in der Zentralverwaltung. Mit Triumphgefühlen und gefüllter Börse kehrt er noch einmal nach Isfahan zurück, um zu verkünden, daß er heiraten möchte. Die älteste Tochter des Hadsch Mirza Alichan Nurbachsch wird ihm vermittelt, die gleichzeitig seine Großcousine ist, und die Trauung vollzogen. Das war's, zwei Zeilen für die Eheschließung, anderthalb, um genau zu sein. Nicht einmal Großmutters Namen erwähnt Großvater, wo er sonst jeden Pförtner namentlich anführt, nicht einmal erwähnt er, ob sie ihn begleitete, als er sich kurz darauf wieder in die Kutsche nach Teheran setzte, um die neue Stelle anzutreten. Seinen kleinen Bruder hatte Großvater dabei, »den lieben Hassan«, der in Teheran die Schule besuchen sollte, das erwähnt er, den Namen der Gasse, in der er wohnte oder sie wohnten, erwähnt er, selbst die Adresse der Zollbehörde am Anfang der Lalehzar-Straße, unweit des Kanonenhausplatzes, an dem Großvater einst aus der Kutsche gestiegen war, selbst sie erwähnt er, aber nicht seine eigene Frau. Die ganze Zeit war mir Großvater so nahe, ich sah ihn genau vor mir, dieser sehr kleine, sehr korrekte und etwas panische junge Mann mit auffällig rundem Gesicht und Charlie-Chaplin-Schnurrbart, der dann doch die großen Reisen unternimmt, nachts im Schneesturm über den Paß und durch die Wüste auf Kamelen mit bewaffneten Belutschen, und plötzlich, nur wegen diesen anderthalb Zeilen, auf denen er Großmutter abhandelt, merke ich, wie fern er mir ist, obwohl uns nur eine Generation trennt, wie weit unsere eigene Reise war. Ich wußte schon, daß sie eine »traditionelle Ehe« geführt hatten, wie es selbst der Cousin in Isfahan mit abwertendem Zungenschlag sagte, der unter allen Enkeln die Tradition am höchsten hält, nicht nur, weil er als einziger in Iran geblieben. Bis zum Schluß haben sie sich gesiezt und mit »Mein Herr« und »Gnädige Frau« angeredet, die Lebensbereiche, Beschäftigungen und Interessen weitgehend getrennt, auch der Freundeskreis, der sich zu einem großen Teil mit der jeweiligen Verwandtschaft deckte. Aber nun dies, ein Satz, der wie ein Autokauf klingt – ach was, beim Auto nennt man noch die Marke –, hätte ich nicht für möglich gehalten. Obwohl, die Marke wird ja erwähnt, nämlich ihr Vater. Ich selbst beobachtete als Kind und erhielt es von Mutter bestätigt, daß sie vollkommen unterschiedlich, ja gegensätzlich waren, sie die großgewachsene, schmale, auffallend schöne Frau mit hellen Augen und beinah blonden Haaren, eine selbstbewußte und lebensfrohe Praktikerin, die sich für alle aufopferte, auch mal ein Auge zudrückte, für alle Nöte und Versäumnisse Verständnis aufbrachte, weshalb sich die Kinder und Enkel in Bedrängnissen jedweder Art zuallererst an sie wandten, er der würdevolle, wenngleich so kleingewachsene und schon ohne Übergewicht rundliche Stammvater, der uns ein Vorbild an Gerechtigkeit, Moral und Gottesfurcht sein wollte und war. Und doch wirkten sie so harmonisch, daß niemand überrascht war, als Großmutter nach Großvaters Tod nicht mehr recht leben wollte und es auch nur ein paar Monate lang tat. Es ist ein anderes Modell, nicht bloß als »arrangierte«, sondern als »Zwangsehe« bezeichnen es die Europäer, die es nur wenige Jahrzehnte früher verworfen haben (siehe das bürgerliche Trauerspiel bis *Maria Magdalena*, 1843, oder noch zu *Fräulein Julie*, 1889, also bis fast in Großvaters Gegenwart hinein, bei Lorca noch weiter). Angesichts des Zustands seiner eigenen und vieler anderer Ehen in seinem Umkreis, die den Erwartungen nicht standhalten, wagt der Enkel derzeit kein Urteil. Bei der Gelegenheit betet er für die Seele von Karl Otto Hondrich, der die Liebesehe für eine Erfindung hielt, und nimmt sich vor, dessen Witwe zu schreiben.

Von den fünf Jahren, die Großvater in Teheran verbrachte, habe er ein einziges Ereignis mitzuteilen, das nicht einmal dienstlichen, vielmehr rein privaten Charakter habe. Fünf Jahre, das heißt von 1924 bis 1929, das heißt das Ende der hundertneunundzwanzigjährigen Kadscharen-Dynastie, das heißt die Inthronisierung Reza Pahlewis, das heißt die Hoffnung auf Fortschritt, die der neue Schah weckt, und die Enttäuschung, als er die Freiheit Jahr für Jahr weiter beschränkt, bis er von Atatürk nur noch das tyrannische Abziehbild ist, fünf Jahre, das heißt Redeschlachten im Parlament, in dem Abgeordnete wie der junge Doktor Mossadegh die Konstitutionelle Revolution von 1906 zu retten versuchen, die Straßenproteste von 1926 und 1927, Generalstreik in fast allen iranischen Städten, 1927 die Arretierung des Theologen und demokratischen Vorkämpfers Hassan Modarres, den Großvater doch verehrt haben muß, ein Jahr später Tod des großen kommunistischen Dichters Farroch in einem Gefängnishospital, öffentliche Hinrichtungen, in fünf Jahren vier Premierminister mit vier neuen Kabinetten, radikale Verwestlichung, die zwischen 1924 bis 1929 konkret zum Beispiel bedeutet, daß sich alle Iraner einen Nachnamen zulegen müssen oder die Männer wie gesagt nicht mehr das traditionelle lange Gewand tragen dürfen, per Gesetz wird es ihnen 1928 verboten, so wie acht Jahre später den Frauen das Kopftuch, aber nicht nur westliche Straßenanzüge werden zur Pflicht, auch die sogenannte »Pahlewi-Kappe«, mit der Reza Schah die Mullahs vor den Kopf stößt, da es zu den Gebetsregeln gehört, mehrfach mit der Stirn den Boden zu berühren, was mit der Kappe nicht möglich ist, weil sie nach vorn fällt beim Verbeugen, allein, abziehen darf man die Kappe auch nicht, nicht in der Öffentlichkeit jedenfalls, beim Freitagsgebet die Männer, die bei jeder Verbeugung mit einer Hand die Kappe auf dem Kopf festhalten, auch Großvater beim Freitagsgebet, auf der Straße, in der Behörde mit

Kappe und ein Schah, der allen gezeigt hat, was er von Tradition, was er vom Islam hält, marschiert 1928 mit Reitstiefeln durch die Feyziye von Ghom, in der Fatima begraben liegt, die Schwester Imam Rezas, schlägt einem Geistlichen, der darauf hinweist, daß man einen Gebetsraum nicht mit Schuhen betrete, mit der Peitsche ins Gesicht und treibt den Frevel sieben Jahre später noch weiter, als er seine Truppen auf den Schrein des Imam Reza in Maschhad schießen läßt, des größten Heiligtum Irans, wo die Gläubigen der Predigt eines aufrührerischen Geistlichen zuhören, hundert Menschen sterben. Aber das war wie gesagt schon Mitte der Dreißiger. Zurück zu den Jahren 1924 bis 1929 und damit zum Bau von Straßen und der gewaltigen transiranischen Eisenbahn mit Hilfe deutscher Ingenieure, niemand mehr muß sich tage- und nächtelang auf der Kutsche durchschütteln lassen, um Teheran, Isfahan oder eine der anderen großen Städte zu erreichen, ein ganz neues Gefühl auch: selbst abgelegene Pisten ohne Angst vor Wegelagerern zu befahren, die so dringliche, so überfällige Industrialisierung mit aller Macht betrieben, die moderne persische Literatur entsteht, die Arbeiter- und Frauenbewegung, die Faszination des Kommunismus und das Erwachen nationalen Bewußtseins, Kampf für die Unabhängigkeit, Vertreibung aller fremden Truppen, der russischen genauso wie der britischen, der Türken auch?, nein, die Türken müssen Iran schon vor 1924 verlassen haben, Französisch zu sprechen gehört unter Gebildeten bald zum guten Ton, aus Europa allerdings auch der Zustrom rassischer Theorien, Araber und Juden sind plötzlich Semiten, was doch wohl noch gesagt werden darf, in den Cafés debattieren die Intellektuellen über Anarchie und Faschismus, Teheran entwickelt sich zu einer wirklichen Großstadt, Vervierfachung der Einwohnerzahl innerhalb von zwei Jahrzehnten auf siebenhunderttausend, die iranische Populärmusik mit ihrer Verbindung traditioneller Instrumente und westlichem Streichorchester bildet sich heraus, wie sie in ihren wesentlichen Elementen bis heute gespielt wird, indes seit der Islamischen Revolution nur noch im Exil, die Strophik, die Melodik und das Tremolo des iranischen Kunstgesangs so kühn wie selbstverständlich vermischt mit Chanson und Jazz, zwischen 1924 und 1929 vielleicht schon die ersten iranischen Filme, jedenfalls Kino, nehme ich an, Charlie Chaplin, Wochenschauen, was sieht man bloß Ende der zwanziger Jahre in Teheran?, eine Flut neuer Zeitungen, die Bildungsreformen, zu denen später das Verbot beziehungsweise die Verstaatlichung der ausländischen

Schulen gehört, neue Lehreinrichtungen im ganzen Land, der Kampf gegen die Koranschule und jedenfalls auf dem Papier die Einführung der Schulpflicht, die Umbenennung vieler Städte und Provinzen, Arabistan zu Chuzestan, Enzeli zu Pahlewi, Loristan zu Kermanschah, Kurdistan zu West-Aserbaidschan, Urumiyeh zu Rezayeh, Mohammereh zu Chorramschahr und 1934 Persien zu Iran, die Entstehung einer modernen Verwaltung, eines Staatsapparats, der bis in die Dörfer vordringt, einer Armee, die Salut schießen kann, eines weltlichen Justizwesens und damit verbunden die Abschaffung der Scharia, die bereits 1907 vom gerade konstituierten Parlament beschlossene, erst 1928 durchgesetzte Gründung der Iranischen Nationalbank, auf die das britische Monopol übergeht, Geld zu drucken, entsprechend die Nationalisierung der indo-europäischen Telegraphiegesellschaft – alles das und noch viel mehr heißt es, zwischen 1924 und 1929 in Teheran zu leben, und nichts davon steht in Großvaters Selberlebensbeschreibung. Nicht einmal die Entlassung aller belgischen Berater in seiner eigenen Zollbehörde und die Benennung iranischer Direktoren hält er für erwähnenswert, die am vehementesten von seinem späteren Idol Doktor Mossadegh gefordert worden war. Ist Großvater seinem alten Direktor Doktor Jordan begegnet, der Reza Schah später in einem Brief anflehte, die Amerikanische Schule von der Nationalisierung auszunehmen, nach zweiundvierzig Jahren Dienst für Iran keiner Antwort gewürdigt wurde und verbittert nach Amerika zurückkehrte, um kurz darauf zu sterben? Großvater dürfte als Patriot die Nationalisierung der Bildungseinrichtungen befürwortet und sie als Schüler Doktor Jordans zugleich abgelehnt haben. Weder diesen noch irgendeinen anderen Konflikt, in den die Moderne ihn ganz persönlich brachte, spricht er an, nicht die neue Kleiderordnung, nicht die Emanzipation der Frauen und nicht die Revolution des Rechts, die er als frommer Muslim gefürchtet und als fortschrittsgläubiger Iraner zugleich ersehnt haben muß. Obwohl er täglich Einblick gehabt haben dürfte in das Neue der Zeit, als Beamter selbst jener Mittelschicht angehörte, die in Iran erst jetzt, mit großer Verspätung entstand, um sich in den dreißiger und vierziger Jahren gegen den Monarchen zu wenden, hat er aus den fünf Jahren in Teheran eine einzige Begebenheit zu erzählen, noch dazu rein privaten Charakters, aber von Großmutter handelt sie auch nicht: Ungefähr seit 1926 sandte der iranische Staat, genau gesagt das Kriegsministerium, junge Männer zum Studium nach Europa. Zu einer der ersten Gruppen gehörte auch Reza Rastegar, Großvaters junger Cousin. Eine Reise ins Land der Franken war damals für Iraner etwas Unerhörtes …

Weiterhin markiert ein neuer Absatz keinen Wechsel des Gedankens oder des Motivs, sondern mal mehr, mal weniger konsequent einen Zeitsprung, bedingt meist durch den Stundenplan einer vierten Schulklasse in Rom, den Ankunfts- und Abflugszeiten einer Billiggesellschaft oder den Aktivitäten der eigenen Anstalt, die zunehmend lästig werden, abgesehen von der Dienstagsbegleitung die Freitagsbesprechung zur Ausflugs- und Empfangsplanung, dazu die Einübung in italienischer Lebensart, wie man sie sich in einer deutschen Künstlerkolonie vorstellt, Einkaufs- und Restaurantempfehlungen, der saftigste Schinken Roms, das beste Olivenöl Latiums, der ursprünglichste …. überhaupt die eigene Stadt zu verlassen, und dann nicht einmal nach Teheran, nach Indien oder zu den Pilgerstädten im Irak oder nach Mekka zu reisen, wohin wenigstens die Wege bekannt sind, sondern noch weiter fort ins »Land der Franken«, *farangestan*, wie die Iraner Europa bis heute nennen, das hat außer Nasser od-din Schah, einigen Intellektuellen und Abenteurern, Oppositionellen auf der Flucht oder Angehörigen der religiösen Minderheiten seit Jahrhunderten kaum jemand gewagt; schon gar nicht waren Jugendliche darunter. Lediglich Fath Ali Schah schickte 1811 zwei Studenten nach England, damit sie, wie er vor ihrer feierlichen Abreise verkündete, »etwas lernen, was für mich, für sie selbst und für ihr Land von Nutzen ist«. Einer der beiden Studenten starb an Tuberkulose, so daß der zweite keine Nachahmer fand. Reza Rastegar also, der jüngere Cousin des Zollbeamten in Teheran, gehört zur ersten Gruppe von Studenten, die der iranische Staat mehr als hundert Jahre nach der ersten Expedition wieder nach Europa schicken will. Nicht nur die Eltern, überhaupt alle Verwandten und Freunde in Isfahan sind in heller Aufregung. Als das Mitglied der Familie, das bislang am weitesten gereist ist, kommt es Rezas Teheraner Cousin zu, eigens nach Isfahan zu reisen, um die zahlreichen Bedenken aus dem Weg zu räumen. So spricht sich etwa Rezas eigener Großvater strikt gegen die Reise aus und wirft dem Teheraner Cousin vor, die Gefahren herunterzuspielen: Schließlich ist 1811 einer von zweien an Tuberkulose verstorben! Schließlich setzt sich Reza mit dem Beistand seines Teheraner Cousins durch und darf mit ins Land der Franken. Um die Angehörigen zu beruhigen, verpflichtet der Stipendienvertrag die Studenten, wöchentlich Postkarten und Briefe nach Hause zu schicken. Zusätzlich sendet der Leiter der Delegation regelmäßig Berichte ans Kriegsministerium. Dementsprechend gespannt warten alle Angehörigen auf die erste Nachricht. Und was geschieht? Reza Rastegar meldet sich nicht, kein Brief, keine Postkarte, kein Telegramm, nichts. Jeden Tag schaut der Teheraner Cousin im Kriegsministerium vorbei, ob dort vielleicht ein Schreiben eingetroffen ist, doch nicht einmal der Delegationsleiter erwähnt in seinen Berichten Reza. Der Teheraner Cousin fragt sich nacheinander zu den Eltern der anderen Studenten durch, vielleicht daß einer ihrer Söhne in einem Brief etwas über Reza Rastegar mitgeteilt habe, nur um ein ums andere Mal enttäuscht zu werden. Jeden Abend rufen Rezas Eltern aus Isfahan an, die sich längst das Schlimmste ausmalen, und jeden Abend muß der ältere Cousin in Teheran gestehen, noch immer nichts von ihrem Sohn gehört zu haben. Bei manchen Anrufen hört er im Hintergrund Rezas Großvater schimpfen, daß er es doch von Anfang an gesagt habe. Sosehr quälen ihn die Angst um seinen jungen Cousin, die Scham vor dessen Eltern und am schlimmsten die Selbstvorwürfe, daß er sich kaum noch auf die Arbeit in der Zollbehörde konzentrieren kann und zu Hause von nichts anderem mehr redet. Endlich trifft der Brief eines anderen Stipendiaten ein, eines Mohammad Riahi, den der Teheraner Cousin angeschrieben hatte, um endlich etwas über Reza Rastegar zu erfahren, ob dieser gesund sei, noch lebe, warum er sich nicht melde. Der Teheraner Cousin reißt den Umschlag auf, fängt an zu lesen und kommt nicht über die ersten Worte hinaus: »Mit dem Ausdruck größten Bedauerns …« Mit einem Schrei des Entsetzens sackt er zusammen und bleibt mit dem Gesicht auf dem Boden liegen. Die Frau des Teheraner Cousins fängt ebenfalls zu weinen an, genauso einige andere, die zufällig im Zimmer stehen. Man hebt ihn hoch, umarmt ihn, bekundet sein Beileid, das Gejammer dringt nach draußen, die Nachbarn erkundigen sich, treten in die kleine Wohnung, die nun voller mitfühlender Menschen ist. Alle bemühen sie sich, den Teheraner Cousin zu trösten, doch der kauert auf einem Stuhl, den man herangeschoben hat, und kennt kein Halten. Vor Schmerz und weil er sich selbst verflucht und nicht weiß, wie er es seiner Tante beibringen soll, schlägt er sich ein ums andere Mal mit der Hand gegen die Brust, rauft sich die Haare, reißt sich das Hemd auf, verflucht sich vor Gott und der Tante, neben ihm seine Frau, die nach der Bangnis der letzten Wochen so aufgelöst ist, als sei ihr eigenes Kind gestorben, kurz: »eine Szene«, so wird es der Teheraner Cousin fünfzig

Jahre später formulieren, »von der ein Muslim nichts sehen und ein Ungläubiger nichts hören sollte«. Inzwischen sind auch die ersten Verwandten eingetroffen, darunter Hossein Sohrab, der muslimische Bruder von Hedayatollah und Enayatollah. Hossein hebt den Brief vom Boden auf und liest, ohne daß ihn jemand beachtet. – Schafizadeh, Schafizadeh, ruft er plötzlich aufgeregt und hält dem Teheraner Cousin von Reza Rastegar den Brief hin, lies doch mal zu Ende, du Knallkopf! Mit dem Ausdruck größten Bedauerns entschuldigt sich Mohammad Riahi lediglich dafür, erst jetzt auf den Brief des Teheraner Cousins geantwortet zu haben. Reza Rastegar sei bei bester Gesundheit. »Hossein Sohrabs Ruf, daß ich ein Knallkopf (*ahmagh*) sei«, wird der Teheraner Cousin fünfzig Jahre später in einem Anflug von Poesie fortfahren, »war wie eine große Welle Wasser, die das Feuer, das durch meine Eile und Aufregung entfacht worden war, von einer auf die andere Sekunde löschte.«

Seinen lieben Lesern habe Großvater die Anekdote nicht nur erzählt, um sie auch einmal zu erheitern; er habe auf zwei Schwächen hinweisen wollen, eine kleine Schwäche des verstorbenen Doktor Riahi und eine große Schwäche seiner selbst. Bei aller guten Absicht, Zuneigung und immerwährender Güte habe Doktor Riahi, dem doch bewußt gewesen sein müsse, mit welcher Furcht sein Adressat auf Nachricht wartete, einen solchen Brief niemals mit dem Ausdruck großen Bedauerns beginnen dürfen. Doktor Riahi habe dies später selbst eingeräumt, wann immer jemand die Anekdote aufs neue erzählte. Die zweite, größere Schwäche müsse Großvater jedoch sich selbst zuschreiben: »Mit dem Ausdruck größten Bedauerns gestehe ich, daß trotz aller Erfahrungen, die ich im Leben gemacht habe, und so sehr ich mich darum bemühte und mich immer noch bemühe, es mir bis zum heutigen Tag nicht gelungen ist, meine Gefühle zu beherrschen und mich vom Verstand leiten zu lassen. Immer wieder und bis zum heutigen Tag haben mich meine Ungeduld und meine grundlose Aufregung an den Abgrund der völligen Vernichtung geführt. Ich suche Zuflucht an der göttlichen Türschwelle und flehe um Beistand, damit ich wenigstens die paar Morgengrauen, die zu erblicken mir noch vergönnt sein wird, von den Unglücken meiner seelischen Affekte verschont bleibe, so Gott der Erhabene will.« Da er den verstorbenen Doktor Hossein Sohrab nun einmal erwähnt habe, erscheine es ihm notwendig, an der göttlichen Türschwelle (ich meine, wenn er schon mal dort ist) auch für diesen um Vergebung zu bitten und ihn kurz vorzustellen. Unter den Beispielen der Herzenswärme und Mildtätigkeit seines Cousins führt Großvater den kranken arabischen Kameltreiber an, der im Winter bei eisiger Kälte an Großvaters Haustür in Isfahan klopfte. Großvater brachte den Kameltreiber zu Doktor Hossein Sohrab, der ihn nicht nur sofort behandelte und mit Medikamenten versorgte; nein, Doktor Hossein Sohrab fing einen ernsthaften Streit mit seiner Frau an, einer Französin namens Renée, da sie die Beeren gegessen hatte, die er der Vitamine wegen dem Kameltreiber vorsetzen wollte. – Hättest du dir besser die Syphilis geholt, statt die Beeren zu essen, warf er ihr an den Kopf, was nicht eben milde klingt, aber es rutschte ihm so heraus und steht wirklich wörtlich so in Großvaters Selberlebensbeschreibung (*kâsch kuft chordi*). Obwohl Doktor Hossein Sohrab sich sofort entschuldigte wie Großvater bei seinen Lesern, blieb Renée beleidigt. Schließlich hatte sie nicht ahnen können, daß ein kranker arabischer Kameltreiber in der Tür stehen würde, der für seine Genesung ausgerechnet auf Beeren angewiesen war. Auch wenn der Kameltreiber schon mit dem Persischen Probleme hatte, soviel verstand er doch von dem französisch geführten Streit, daß es um ihn ging, um seine Ernährung, um seine Genesung. Vor Rührung fing er an zu weinen. – Ich habe immer nur mit Leuten zu tun, die mir etwas aus der Tasche ziehen, die mir die Kette klauen oder das Messer oder die fünf Rial, die ich mir aufgespart habe, erklärte er seine Tränen und schlichtete zugleich den Streit der Eheleute: Und jetzt finde ich heraus, daß es auf der Erde auch Menschen wie Sie gibt. Doktor Hossein Sohrab gab dem Kameltreiber noch fünfzig Toman mit auf den Weg, heute ein paar Cents, vor siebzig Jahren ein Vermögen. Als die Großeltern 1963 die Eltern in Siegen besuchten, fuhren sie den weiten Weg nach Toulouse im Süden Frankreichs, wo Hossein Sohrab begraben war. Dort eingetroffen, fragte sich Großvater von Friedhof zu Friedhof durch, bis in einem der Totenbücher unter dem Buchstaben S endlich der Name Sohrab auftauchte, Hossein Sohrab. Der Friedhofsbeamte und der einarmige Wärter führten ihn zum Grab. Von den Gefühlen, die Großvater vor den beiden Franzosen überwältigten, sollte ein Muslim nichts sehen und ein Ungläubiger nichts hören.

Unter dem Vorwand, sich auf Rom einzulassen, verdarb sich die Nummer zehn die Stimmung aufs beste im Freilichtkino, das die Nummer zwei auf der Promenade vor den Ateliers eingerichtet hatte. Es kommt immer schlimmer als befürchtet. Insofern sind die *Fahrrad-*

diebe eine fröhliche Absage an jedwede Form des Skeptizismus, weil der Film von Anfang an schon so abgrundtief traurig ist, daß man es für ausgeschlossen hält, er könne ohne jeden Hoffnungsschimmer enden, und am Ende ist der Vater, der auf der Suche nach dem gestohlenen, überlebenswichtigen Fahrrad Rom abgrast, auch noch ein überführter Fahrraddieb, der nur aus Mitleid mit dem Sohn laufengelassen wird. Wie reich Europa innerhalb weniger Jahrzehnte geworden ist, wie satt selbst jene Schicht aus den Trabantenstädten, in deren Alltag vor fünfzig Jahren der Neorealismus blickt. Die Armenviertel, in denen De Sicas Film spielt, sind heute gewöhnliche Wohnviertel des unteren Mittelstands, nicht reich, nicht arm, die aussehen, wie Rom überall aussieht, wo es nicht Rom ist, kilometerlang die gleiche Architektur, ganze Straßenzüge zur selben Zeit und im selben Ton neu gestrichen, mit je einer Bar dazwischen die übliche Abfolge aus Tabaccheria, Gelateria, Trattoria, Pizzeria und der Birreria. Das Italien des Neorealismus ist von der Innenstadt in die Nähe des Autobahnrings gerückt, die Protagonisten heute Roma, Albaner, Marokkaner, Nigerianer, Südasiaten. Selbst in einem besseren Viertel wie dem der Deutschen Akademie lungerten vor dreißig Jahren noch die Katzen herum, wie von Rolf Dieter Brinkmann zu erfahren, dessen *Rom, Blicke* sich die Nummer zehn zum zweiten Mal besorgt hat, »eine wilder als die andere, eine graue mit nur einem Auge, eine andere mit tiefer Wunde am Hals, rötlich-braunen Fell, sie liegen träge in der Sonne oder unter den abgestellten Wagen«, und kratzten sich die Italiener ständig am Sack, wie es ein paar hundert Kilometer südlich die Araber noch immer tun: »Sie verschieben ihre Schwengel ungeniert an jeder Stelle und jedem Ort zu jeder Zeit in den engen Hosen, und zwar auf eine klotzige Art, etwa so wie jemand klotzig in der Nase popelt, egal wo. Das zu sehen, zufällig, hat mich gelegentlich zum Kotzen gebracht. Die Häßlichkeit einer derartigen, bereits längst unbewußt und aller Scham entbehrend gewordenen Handlung ist kaum zu überbieten.« Man spricht von den Golfemiraten oder Fernost, aber Aufstieg bedeutet, daß man sich nicht mehr am Sack kratzt, genau dies, weil es in den Freizeit- und Anzughosen nicht zwickt oder sich im Schamgefühl die Bürgerlichkeit ausdrückt, die Menschen keineswegs besser macht, am größten stets die Abscheu vor denen, die sind, was man früher selbst war. Wie die Nummer zehn nach dem Film nach Hause schlenderte, saß vor der Nummer neun ein Gast aus der Holländischen

Akademie an der Promenade, der von einem alten Haus in den Bergen berichtete, ökologisch saniert, Blick bis aufs Meer bei klarem Wetter, also fast immer, ringsum phantastisches Essen, phantastische Lebensmittel, phantastische Landschaft, daß die Nummer zehn schon fragen wollte, ob das Haus zu mieten sei. Nach einer Woche schmiß die durchgeknallte Nachbarin ihr Neugeborenes aus dem Fenster. Wirklich wahr, was immer Wahrheit in Wirklichkeit ist: eine dorfbekannte Psychotikerin, aus der Stadt ins Feriendomizil gezogen. Mit hundertzwanzig auf der Schotterpiste raste der niederländische Stipendiat zum nächstgelegenen Krankenhaus, auf dem Rücksitz eine Nachbarin mit dem Baby im Arm. Polizei, Festnahme, die drei schreienden Geschwister des Babys, die erst einmal zu beruhigen, dann zu versorgen waren. Abends hat der niederländische Stipendiat den Kindern Pfannkuchen gebacken, weil der Kühlschrank nichts anderes hergab. Eine Woche später wollten sie wieder niederländische Pfannkuchen haben. Das Baby hatte die Hüfte gebrochen und wurde nach zwei Wochen aus der Klinik entlassen. Es ist verrückt, aber es waren auch schöne Ferien, sagte der niederländische Stipendiat, besonders die Pfannkuchen.

Am 18. März 2009 zurück von der Dienstagsbegleitung, bleibt um 14:17 Uhr nicht mehr viel Zeit, vom Bahnhofsviertel zu berichten, das schlechtsitzende Hosen, schwarze Lederjacken und Goldzähne wie in einer echten Großstadt aufweist, dazu alle Düfte der Welt, die nur in Lifestyle-Magazinen wie Parfüm riechen. Hinterm Bahnhof riecht sie auch in Rom nach Schweiß und Safran, nach enthäuteten Tieren auf Metzgerhaken und Rosenwasser, Urin und Zedern, Motoröl und Curry. Guten Tee hat die Nummer zehn gefunden, den die bestsortierten Supermärkte in Italien nur in Beuteln verkaufen, als handele es sich um Mäusegift, Gewürze, die er wahrscheinlich das ganze Jahr nicht benutzen wird. Es ist gut, sie zu haben, allein schon wegen der Farben, des Geruchs in der Küche und falls die Mutter zu Besuch kommt. Zum Ende seiner Zeit in Teheran verbrachte Großvater mit einigen anderen Isfahanis (und ihren Frauen?) einen Sommer, wie er (und Großmutter?) ihn so froh und unbeschwert nie je erlebt hatte, noch je wieder erleben würde. Zu erfahren ist freilich nur von einem Ausflug nach Schemiran, heute ein Stadtteil im Norden Teherans, nicht einmal sehr weit im Norden, damals jedoch zwei Tage mit dem Esel entfernt. Unterwegs campierten die Isfahanis in einem Garten, dessen Trauben so hoch hingen, daß Großvater als der Leichteste von allen sich auf die Schultern eines anderen setzte, genau gesagt »auf die gesegneten Schultern des Herrn Foad Rouhani«, wie er es keineswegs ironisch formuliert, obwohl er hintenüberstürzte, als Foad Rouhani Großvaters Oberschenkel losließ, um eine Traube zu kosten. Einen Monat verbrachte Großvater in dem Garten, wo ihm die Dorfleute ein Krankenlager unter Sternen einrichteten, wie er es sich bezaubernder nicht hätte wünschen können, bis die Brüche so weit ausgeheilt waren, daß er mit der Kutsche nach Teheran zurückgebracht werden konnte. – Den Schaden, den Sie Ihren Knochen zugefügt haben, werden Sie ein Leben lang spüren, so lang es auch werden mag, prophezeite der Arzt und behielt recht. Das war Großvaters letzter Sommer in Teheran, in dem die Schultern des Herrn Foad Rouhani nun wirklich keinen Segen brachten.

Ich nahm immer an, Großvater habe die Besitztümer, die er von seinem reichen Vater erbte, im Laufe seines Lebens aufgebraucht, oder sie seien im Zuge der Bodenreformen des Schahs und der Islamischen Revolution von 1979 beschlagnahmt, wenn nicht geraubt worden. Ich nahm immer an, daß dieser Verlust des väterlichen Erbes es gewesen sei, der ihn zum Lebensende besonders quälte. Nun erfahre ich, daß er im Alter von fünfunddreißig Jahren deshalb nach Isfahan zurückkehrte, um seinen Vater zu versorgen, der nicht nur gebrechlich geworden war, fast bewegungsunfähig, sondern sich obendrein verschuldet hatte. In dem Chaos, das die berühmten Aufrührer Reza Chordani und Dschaafar Gholi stifteten, über die ich in keinem meiner Bücher auch nur eine Fußnote finde, hatte Urgroßvater alle Güter verloren, die er auf seinen Ländereien rundum das Dorf Kartschegan besaß, die Felder verbrannt, die Wälder gerodet, die Geräte zerstört, die Brunnen vergiftet, das Haus verwüstet, in dem er die meiste Zeit des Jahres verbrachte, Schmuck und Bargeld gestohlen. In dieser Situation sei es seine Pflicht als ältester Sohn gewesen, Urgroßvater beizustehen. Die Gründung der Iranischen Nationalbank am 19. August 1928 bot Großvater die Gelegenheit, nach elf Jahren seinen Dienst bei der Zollbehörde zu quittieren. Als die Bank 1929 ihre Isfahaner Repräsentanz in einem alten Wohnpalast eröffnete, der ursprünglich der verstorbenen Effat od-Douleh gehörte, wer immer das nun wieder sein mag, gehörte Großvater zur ersten Belegschaft. Das Gebäude stand dort, wo sich heute die Kreuzung vor dem Rathaus befindet, also nahe dem Schah-Platz und in Fußnähe zum Haus, in dem

Großvater und Großmutter vermutlich bei den Urgroßeltern lebten. Er selbst erwähnt solche Details ja selten, schon gar nicht die Söhne, die ihm Großmutter inzwischen geboren hatte, oder 1933 die erste von drei Töchtern, die meine Mutter wurde. Statt dessen faßt er einen Bericht der Lokalzeitung zur Eröffnung der Bank zusammen, der einige satirische Bemerkungen über die vormaligen iranischen Geldscheine und Münzen enthielt. Um die Aufmerksamkeit des Direktors zu erheischen, eines Deutschen mit dem ungefähren Namen Steyr oder Stier ('-sch-t-y-r), übersetzte Großvater den Artikel unaufgefordert ins Französische. Als Lohn für seine Beflissenheit hoffte er, im Rechnungswesen arbeiten zu dürfen, statt wieder nur Papiere zu übersetzen und Briefe aufzusetzen wie bei der Zollbehörde in Teheran. Doch Herr Stier – ich nenne ihn mal so, dann habe ich gleich eine Vorstellung – fand den Artikel so komisch, daß er Großvater sogleich die Leitung der Abteilung Korrespondenz und Übersetzung anvertraute.

Da keiner der dreißig Angestellten je in einer Bank gearbeitet hatte, mußten sie alle neben der regulären Arbeit eine Schulung durchlaufen, die Herr Stier für sie organisierte, mit Stundenplan, Aufgabenheften und Prüfungen. Oft blieben sie bis nachts in ihren Büros, um frühmorgens wieder anzufangen. Es war wie eine gemeinsame Mission, schreibt Großvater, die die Angestellten der Nationalbank in Isfahan vom Dienstboten bis zum Direktor zu einer Gemeinschaft geschweißt hatte, ein Aufbruch in ihrem eigenen Leben, für die Bürger ihrer Stadt, für das Land, in dem endlich der Fortschritt Einzug zu halten schien. Nur einem der Kollegen, Herrn Seyyed Sadegh Schahab os-Sadat, wurde es einmal zuviel. Er nahm Großvater mit zu Herrn Stier, um die Dienstzeiten anzusprechen, die eigentlich keine waren, weil sie so gut wie immer Dienst hatten. Als sie das Büro des Direktors betraten, betonte Großvater in seiner Beflissenheit, die ihm fünfzig Jahre später selbst albern anmute, daß er ausschließlich als Übersetzer mitgekommen sei und keinerlei Verantwortung für den Inhalt der Übersetzungen übernehme werde. Seyyed Sadegh Schahab os-Sadat hatte nichts Rebellisches an sich, sondern war ein sanfter, gutmütiger Mensch, der lieber einen Scherz machte, als sich mit jemandem anzulegen. – Lieber und sehr verehrter Herr Direktor Stier, begann er mit einem verbindlichen Lächeln, heute morgen ist mein Sohn wach geworden, bevor ich das Haus verließ. Und wissen Sie was, lieber und sehr verehrter Herr Direktor Stier? Als mein Sohn die Augen öffnete, vergrub er sich erschrocken in den Armen meiner Frau und fragte, wer dieser Mann sei, der neben ihr liegt. Herr Stier verstand nicht, was die absurde Frage eines Kindes mit ihm zu tun hatte, dem Direktor der Iranischen Nationalbank in Isfahan. – Ist dieser Mann verrückt? fragte er Großvater: Was will er mir damit sagen? Wie soll es möglich sein, daß ein Kind seinen Vater nicht erkennt? – Ein Vater, erklärte Seyyed Sadegh Schahab os-Sadat dem lieben und sehr verehrten Herrn Direktor Stier, ein Vater, der das Haus verläßt, wenn das Kind noch schläft, und nach Hause zurückkehrt, wenn nicht nur das Kind längst wieder im Bett ist, sondern die gesamte Familie, braucht sich nicht zu wundern, wenn ihn nicht einmal seine Frau erkennt, geschweige denn sein Sohn. Endlich sah Herr Stier, worauf Seyyed Sadegh Schahab os-Sadat hinauswollte, und fing an zu lachen. Herr Stier klopfte seinem Angestellten auch bedauernd auf die Schulter und nahm es ihm keineswegs übel, sein Büro betreten zu haben, im Gegenteil lobte er Seyyed Sadegh Schahab os-Sadats Humor und Schlagfertigkeit. An den Dienstzeiten änderte er nichts. Was Großmutter wohl vom neuen Beruf ihres Mannes hielt, den ganzen Tag allein mit den beiden kleinen Söhnen im Haus ihrer Schwiegereltern, ob meine Onkel ihren Vater wohl ebenfalls nicht erkannten?

Über das iranische Bankwesen forschend, erfahre ich in der Bibliothek der römischen Orientalistik nicht nur, daß die Nationalbank nach ihrer Gründung innerhalb von drei Jahren die Hälfte allen iranischen Geldes verwaltete und so gut wie alle großen Bau- und Entwicklungsprojekte Reza Schahs finanzierte. In einer Fußnote lese ich außerdem, daß mit Sadegh Hedayat der bedeutendste Vertreter der modernen persischen Literatur in den dreißiger Jahren ebenfalls bei der Nationalbank angestellt und sogar für den gleichen Bereich zuständig war wie Großvater, Übersetzung und Korrespondenz, wenngleich in der Zentrale. Von dem Enthusiasmus, den Großvater aus den Gründerjahren bezeugt, findet sich in den Briefen Hedayats, soweit ich sie in der römischen Orientalistik einsehen kann, allerdings keine Spur. Ein »Pissoir« nennt er die Nationalbank: »Jeden Tag, das ganze Jahr lang, pressen sie einem an diesem gottverlassenen Ort den Saft aus dem Körper. Es ist ein mechanisches, schmutziges Leben.« Daß sie sich begegnet sind, halte ich für unwahrscheinlich, dafür scheinen die Wege in den dreißiger Jahren noch zu weit gewesen zu sein. Sehr wohl könnten sie jedoch miteinander korrespondiert haben, im Auftrag Sadegh Hedayat, im Auftrag mein Großvater.

Womöglich haben sie sich mal gefragt, was für ein Mensch sich hinter dem jeweils anderen Namen verbirgt.

Herr Stier war das größte Genie, das Großvater je auf dem Gebiet des Bankwesens erleben sollte. Mit Vollmachten ausgestattet, wie sie in späteren Zeiten undenkbar gewesen wären, bestimmte er die Planung, die Werbung, die Kontrolle, den Geldverkehr, die Zusammensetzung des Personals und das Gehalt eines jeden einzelnen Angestellten. Wenn die Angestellten spätabends über einer Rechnung brüteten, die beim besten Willen nicht aufging, warf er einen kurzen Blick über ihre Schulter und hatte den Fehler schon gefunden. Er beherrschte Mathematik und die Feinheiten der Buchhaltung, betreute die Kunden ebenso versiert wie er die Mitarbeiter kundig führte, kannte die Geheimnisse guten Managements und ordinärer Hausverwaltung, war einfach unschlagbar in allem, worin sich ein deutscher Bankdirektor Anfang der dreißiger Jahre in einer iranischen Provinzstadt noch alles beweisen mußte: kein Papier, das am falschen Ort aufbewahrt, keine Überweisung, die falsch adressiert, kein Gehalt, das verspätet angewiesen, kein Angestellter, der übervorteilt worden wäre. In seinem Reich herrschten Pünktlichkeit, Disziplin, Ordnung und Gerechtigkeit. Großvater schreibt es nicht, aber so muß er gedacht haben: Unter Herrn Stier war einfach alles unerhört deutsch. Und wie gut deshalb! Jahre später, als er längst pensioniert war, zahlte Großvater einmal Geld auf seinem Konto ein und wartete über Wochen vergeblich darauf, daß die Summe in den Kontoauszügen auftauchte. So ging er mit der Durchschrift der Quittung in seine alte Bank zurück, um die Überweisung zu reklamieren. Erst wurde er von Büro zu Büro geschickt, dann hob ein Angestellter einen Postsack voller Papiere auf den Tisch und ließ Großvater mit dem Hinweis stehen, daß er den Sack ausschütten und den Originalbeleg finden müsse, damit die Überweisung überprüft werden könne, die Quittung allein genüge nicht. Großvater ging mit dem Sack unter den Arm aus dem Zimmer, sprach auf dem Korridor ein Gebet für den verstorbenen Herrn Stier und klopfte bei Herrn Yawari an, dem damaligen Direktor der Nationalbank in Isfahan, um ihn auf die neuen Zustände aufmerksam zu machen und an die alten zu erinnern. – Ach je, seufzte Herr Yawari, jene Schüssel ist zerbrochen und das Wasser verschüttet. Weder gibt es heute noch Bankkaufleute wie früher, noch besitze ich als Bankdirektor das Geschick und die Weitsichtigkeit eines Herrn Stier. *What went wrong?* hätte Großvater anhand eines Mikrokosmos der Moderne, wie es die Filiale der Iranischen Nationalbank in Isfahan gewesen sein muß, präziser beantworten können, als es dem Enkel je mit geopolitischen, religiösen oder kulturalistischen Theorien gelänge. Das genau war es wahrscheinlich, was Großvaters gelehrtester Freund von der Selberlebensbeschreibung erwartet hätte: Verallgemeinerbares. Als Herr Stier Isfahan nach einigen Jahren verließ, leitete ein anderer Deutscher die Filiale, ein Herr Greuer oder so ähnlich (g-r-â-y-r), unter dem die Bank ihre Effizienz und Ordnung weitgehend bewahrte. Mit der Ernennung iranischer Direktoren begann der Niedergang, erst Herr Abdolbaghi Mirza Schoaí, aus dem später ein ganz hohes Tier in Teheran wurde, anschließend Herr Nabawi, unter dem die Bank ihr heutiges Gebäude erwarb, Herr Chosroupur, unter dem sie es bezog, und so viele andere, daß nicht einmal mehr Großvater die Namen aufzuzählen vermag – und es sei auch nicht so wichtig, fügt er hinzu (wenn er das schon sagt). Zu Herrn Chosroupur fällt ihm noch ein, daß dieser ihn vor der feierlichen Eröffnung des neuen Bankhauses verstohlen bat, den Stoppelbart zu rasieren, den Großvater also inzwischen trug; er wisse schon, die Exzellenzen, mehr müsse er wohl nicht sagen. Noch mehr als heute signalisierten Stoppeln, die mindestens drei Tage nicht rasiert wurden, wie es die Tradition empfiehlt, in den dreißiger, vierziger Jahren eine religiöse Gesinnung, die nicht zum Eifer paßte, mit dem Reza Schah dem Land die Vergangenheit abstreifte. Auf den Schwarzweißphotos in den Alben meiner Verwandten trägt überhaupt niemand einen Bart außer Geistlichen, Bauern und Großvater. – Ich bleibe dann lieber der Feier fern, erwiderte Großvater. Das wiederum wollte Herr Chosroupur auch nicht, dem die Bitte selbst nicht behagte, und so wird in einigen iranischen Familienalben ein Photo von der Einweihung des neuen Gebäudes der Iranischen Nationalbank in Isfahan kleben, auf dem einer der Herren einen Bart trägt. Das ist mein Großvater.

Im Flugzeug der staatlichen Gesellschaft könnte man meinen, Iran sei ein halbwegs normales Land. Die Passagiere könnten auch Italiener sein, und selbst die Zeitschrift, die ausliegt, tut so, als unterliege sie keiner Ideologie. »Wie verbringen Sie Nouruz?« lautet die Überschrift eines Interviews mit dem Oberbefehlshaber der iranischen Armee. Bis vor ein paar Jahren sprachen Befehlshaber der Islamischen Republik öffentlich nur über den Kampf gegen die Weltarroganz, jetzt berichten sie von ihrer Mountainbiketour. Die staatliche Fluggesellschaft hat sich damit abgefunden, Fremde zu befördern. Bis vor ein paar Jahren setzten die Frauen ihr Kopftuch bereits in der Wartehalle auf, heute tragen bis zur Landung nur die Stewardessen ihr Haar bedeckt. Das Gebet vor der Sicherheitsdurchsage läuft auf dem Monitor mit kosmischen Bildern wie aus der Wissenschaftsshow, damit sich die Stewardeß nicht mit dem Arabisch mühen muß, später ein Spielfilm, in dem Frauen, die Italienerinnen sein könnten, sich mit Kopftuch und Mantel zum Schlafen ins Bett legen. Time to Destination: 1:16. Dem Vater ist klar, daß die Verbindung abbrechen wird, die *alâqeh*, nur soll nicht gerade seine Generation unter so vielen das letzte Glied sein. Selbst seine Frau, die den neuen Bürostuhl bezogen hat, wurde kurz vor Abflug von Sehnsucht ergriffen, vergebens der Versuch, die Frühgeborene in der iranischen Botschaft in Rom, die keinen Frühling erlebt und entsprechend keine Wasserspender angeschafft hat, in seinen Paß eintragen zu lassen. Die Frau sagte, es sei auch Sehnsucht nach ihm.

Die beiden Cousins klettern an der Mauer hoch, um zu photographieren. Jemand schießt aus dem Nichts hervor und schreit, sie sollen verschwinden. Nun, da sie wissen, daß es ihn gibt, schlagen die Cousins erst recht gegen das eiserne Tor und bitten den Hausmeister, er solle es öffnen, nur kurz, die Angelegenheit sei dringend. Als sich das Tor einen Spalt öffnet und ein Kopf mit weißen, strubbeligen Haaren und buschigem Schnurrbart zum Vorschein kommt, tragen die Cousins ihr Anliegen vor, die Schule zu besichtigen. Nein, sagt der Hausmeister nur, sie sollten nach dem Dreizehnten zurückkehren, jetzt sei Nouruz, und er brauche schließlich auch seine Ferien. Die beiden Cousins sitzen bereits im Auto, als sich das Tor ein zweites Mal öffnet: Na, dann schauen Sie sich um – welcher Jahrgang? Abitur 1351, als die ehemalige Amerikanische Schule noch das beste Gymnasium des Landes war. In den siebziger Jahren nahm auch der Hausmeister seinen Dienst auf. Zu den Pantoffeln trägt er eine neue oder selten getragene mintfarbene Anzughose mit der dazugehörigen Weste, vielleicht das Geschenk der Schulleitung zu Neujahr oder zum Dienstjubiläum. Nach ein paar Minuten lacht er mit dem Cousin aus Teheran schon Tränen, als sie zweistimmig davon erzählen, wie die Schüler ins benachbarte Mädchengymnasium ausbüxsten, der Cousin stets vorneweg, der Hausmeister meistens zu spät. Manches Ohr habe ich dennoch zu fassen gekriegt, prustet er hervor und nimmt sich das Ohr des ehemaligen Schülers, eines bald sechzigjährigen sportlichen

Herrn aus dem wohlhabenden Norden Teherans, um dessen Cousin aus Deutschland zu demonstrieren, wie es auf dem Hof zuging. Es ist immer noch eine Schule wie aus dem Bilderbuch, ein nunmehr hundertzwanzigjähriger Bau aus hellbraunem Ziegel mit Kuppeln, Iwanen, Säulen, himmelblauen Holzfenstern und bemalten Kacheln an den Außenwänden in einem Garten mit Ententeich und riesigen Pappeln entlang der Fußwege, Parkbänke, Blumenbeete, ringsum Sportplätze und die alte Turnhalle – daß es in Teheran so ein Gelände überhaupt noch gibt, mitten im alten Zentrum, das heute im verschmutzten, lauten, übervölkerten Süden der Stadt liegt, das Vogelgezwitscher, die Weite und das Grün, das Alter der Steine, die Würde der Mauern, die Eleganz und Versonnenheit. Der Hausmeister führt die Cousins in einen Raum, in dem die Jahrgangsbücher aufbewahrt sind, Photos der Direktoren, Urkunden und Pokale. Der Cousin aus Teheran findet seinen Namen mit dem Datum des Abiturs, auch den seines Bruders sowie zwei weiterer Cousins. Einer von ihnen empfing seine Urkunde als Jahrgangsbester vom Schah persönlich, wie sich auch der Hausmeister erinnert (nicht an jeden einzelnen Schüler, aber an den Besuch des Schahs). An einer Wand hängt ein großes Photo des Kollegiums aus den siebziger Jahren, auf dem der Cousin aus Teheran seine Lehrer wiedererkennt. Sie tragen breite Krawatten, Schlaghosen und Koteletten, die Lehrerinnen grelle Kleider, die nur bis zum Knie reichen, und hochgesteckte Haare wie ein paar Jahre vorher Brigitte Bardot und Claudia Cardinale. Im Hof auf der Rückseite des Gebäudes ist die Linie zu sehen, an der sich die Schüler zum Appell aufstellen. Für jede Klasse ist der Standplatz markiert, 5b, 8a, 9c und so weiter. Es ist sicher nicht mehr die gleiche Linie, aber der gleiche Platz, an dem sich Großvater morgens zum christlichen Gebet einreihte. Der *Big Room* ist heute nach dem Märtyrer Ali Radschaí benannt, dem wahrscheinlich fanatischsten Politiker der Islamischen Revolution, legendär sein Auftritt als iranischer Präsident vor den Vereinten Nationen: unrasiert, der Stehkragen schmutzig, die Schuhe mit heruntergetretener Ferse, als seien sie Pantoffel (man demonstrierte damit, wie häufig man sie zum Gebet auszog), so erzählte man es sich peinlich berührt in der Familie der beiden Cousins wie in allen bürgerlichen Familien. Bis vor einigen Jahren, berichtet der Hausmeister, konnte die Schule ihren Standard einigermaßen halten. Dann wurde ein Direktor berufen, der seinen Ehrgeiz darauf verwendet, die Quoten zu erfüllen, die für die Freiwilligenmilizen und Märtyrerfamilien vorgesehen sind. Wer kann, schickt seine Kinder seither auf eine Privatschule. Von Doktor Jordan hängt kein Bild an der Wand, wenngleich der Hausmeister viel von ihm gehört hat. Gott sieht die guten Taten, sagt er: Es ist egal, ob die Mullahs sie sehen.

Der Kanonenhausplatz, um den herum Ministerien, Botschaften, Kaufhäuser und die neuen Verwaltungsgebäude lagen, der Kanonenhausplatz, auf den prächtige Boulevards zuliefen, darunter nordöstlich die berüchtigte Lalehzarstraße mit ihren Nachtclubs, Theatern, Bordellen und Cafés, der Kanonenhausplatz, den auch die moderne persische Literatur so oft beschrieb, ist nur noch ein Knoten von sechs achtspurigen Straßen und so unansehlich, wie es nur Teheran gelingt, mit einer riesigen, freien Betonfläche, ohne Übertreibung mehrere Fußballplätze groß, früher wohl ein Parkplatz, heute ein überdimensionierter Vorplatz der Metrostation, und einem nicht bloß grauen, sondern tatsächlich farblosen oder wohl abgasfarbenen Zementklotz in zwanzig Stockwerken, der aussieht, als würde darin täglich Kafkas Prozeß geführt. Ein einziger Altbau ist erhalten, die ehemalige Nationalbank, die Straße ein paar Meter hinab außerdem das imposante Außenministerium und die immer noch beeindruckende Post, an der Großvater zum ersten Mal Anfang des zwanzigsten Jahrhunderts aus der Kutsche stieg. Die Architektur mit ihrem originären, fast bauhausartigen Stil, den die Rundungen orientalisch verfremden, muß auf ihn so kolossal und futuristisch gewirkt haben wie hundert Jahre später Dubai oder Schanghai. Der Cousin aus Teheran wundert sich, daß ihn der Cousin aus Deutschland in Gegenden lotst, durch die er selbst zum letzten Mal vor zwanzig Jahren fuhr. Nur wegen der Ferien ist es möglich. An normalen Tagen brauchten sie wegen des Verkehrs für jeden Block eine Viertelstunde.

Der Mentor, dessen religiös-philosophische Zeitschrift der Nukleus der Reformbewegung war, hat sich ins Druckgeschäft zurückgezogen, um über Büros, Geld, Mitarbeiter und vor allem Papier zu verfügen, wenn man in Teheran wieder laut seufzen darf. Sie gehen die Theologen, Journalisten, Professoren und Politiker durch, mit denen er den Berichterstatter bekannt gemacht hat. Einer nach dem anderen sind sie im Gefängnis, im Exil oder dürfen sie nicht mehr lehren, wurden ihre Zeitungen geschlossen, ihre Bücher zensiert, haben sie ein Berufs- oder ein Turbanverbot, leben sie vom Ersparten, von Gelegenheitsjobs oder bei Verwandten in der Provinz. In Schiraz wurden wieder Bahais hingerichtet, im ganzen Land Derwischklöster gestürmt, den Pirs auf der Straße die langen Haare geschoren. Dem Parlament liegt ein Gesetz vor, das die Apostasie zum Straftatbestand erklärt, der mit dem Tod zu ahnden ist, zwingend mit dem Tod. Nicht einmal Ajatollah Chomeini hat so etwas in Erwägung gezogen. Zwischendurch hebt der Mentor den Hörer ab. – Dreißig Tonnen Gelasi? Preis? Als ob ich nicht wüßte, was auf dem Weltmarkt los ist. Auf dem Taschenrechner überprüft er die genannten Zahlen. Empfang Bandar Abbas geht in Ordnung. Kartoniert, Heftumschläge, Rollen, anderthalb Zentimeter wären gut, siebzig Tonnen ideal, bei fünfunddreißig nehmen wir alles. Andere Anrufer bringen die neuesten Nachrichten. – Was macht Ghom? In Ordnung, ich hör mich im Basar um. Der Mentor entschuldigt sich, so oft das Gespräch zu unterbrechen. – So erfahre ich viel mehr, sagt der Berichterstatter, als schon der nächste Anruf kommt. – Der? Ach, der ist auch verhaftet worden? Bis hinab zu den Gouverneuren, Bürgermeistern, Dezernatsleitern wird Iran von ehemaligen Geheimdienstlern und Revolutionswächtern regiert. Selbst die Reformer haben den Glauben an die Reformierbarkeit verloren. Die Gespräche in der Familie und unter Freunden, die vor ein paar Jahren erhitzt um Politik und Religion, neue Literatur oder die Frauenbewegung kreisten, plätschern heute mit Anekdoten und Wie geht's dem? und Was macht der? dahin. Über welche Bücher sollte man auch diskutieren, wenn keine mehr erscheinen? Trostlos die Situation an den Universitäten, wo jedes Wort zuviel das Examen gefährdet, dafür der Drogenkonsum so gewöhnlich geworden ist, daß man auf dem Campus schon fragen muß, wer ohne Betäubung auskommt. So war es tatsächlich nur ein Lüftchen? fragt der Berichterstatter. Der Sturm kommt noch, antwortet der Mentor. Jetzt ist es Montag, der 24. März 2008, 0:48 Uhr. Der Ort ist Teheran.

Die Geschichte der Bahais führt Urgroßvater als *chedmatgozâr* auf, wörtlich: »der einen Dienst geleistet hat«. – Welche Geschichte? frage ich, kann man sie nachlesen? – Die Geschichte der Bahais eben, antwortet der Onkel mütterlicherseits, dort ist dein Urgroßvater aufgeführt, obwohl er Muslim war. Als der Mob das Haus seines Schwagers plünderte, dem Vater von Enayatollah Sohrab und Großvater des Cousins aus Rüdesheim, hat Urgroßvater bei Zell-e Soltan persönlich interveniert. Daß der Neffe aus Deutschland ihn nach den Vorvätern frage, belebt den Onkel, dem es wie Jean Pauls Bäumen geht, die lange vor dem Umsägen eingekerbt werden, damit ihnen der Lebenssaft entfließe. Ab ihrem neunten Jahrzehnt scheinen Menschen so schnell zu vergreisen, wie sie als Kleinkinder wachsen. Vielleicht liegt es auch an der Einsamkeit, wie sie im Iran keine Generation vor ihnen kannte, ihre Kinder nicht nur in einem anderen Viertel, in einer anderen Stadt, sondern zwei Kontinente entfernt. War er bei Bewußtsein, hat sie sehr gelitten? »Nicht wie Tante Lobat« ist das Kodewort, das die Klage verbietet.

Nach zehn Minuten fragt Großvaters gelehrtester Freund, wie es dem Agha Navid geht. – Eure Exzellenz, ich bin es doch selbst, Navid. – Nein, wirklich? Sie sind so klein geworden. Großvaters gelehrtester Freund sagt »klein«, *kutschik*, so wie alte Leute klein werden, hingegen Kinder, die man länger nicht gesehen hat, sonst immer größer geworden sind. Schnell wird dem Enkel aus Deutschland klar, daß er zu spät kommt, um viel in Erfahrung zu bringen, Großvaters gelehrtester Freund an die hundert Jahre schon alt, da er als Geschichtslehrer bereits den Onkel unterrichtete, der auch schon vierundachtzig ist. Jetzt zu Nouruz sind seine Kinder aus Amerika angereist; ansonsten ist er mit zwei Pflegerinnen allein, die ihn abwechselnd versorgen. Auf seinem Sessel ist eine Wickeldecke für unterwegs ausgebreitet, wie sie der Enkel auch für die Frühgeborene kauft. Über dem Pyjama trägt er eine Anzugweste, soviel Form muß sein, und die Bücher an allen vier Wänden des Salons haben Signaturen wie in einer öffentlichen Bibliothek. Oh, jetzt merkt der Enkel, wie Großvaters gelehrtester Freund sich freut, ihn zu sehen. Es ist, als sei er aus einem Dämmerzustand erwacht. Erst lächelt er den Enkel an, dann rühmt er ihn mit seiner Stimme hell und kratzig wie ein Kobold im Zeichentrickfilm: Der kleine Herr, den die Anwesenden hier sähen, habe Bücher verfaßt, weithin gerühmte Bücher, unter anderem über den Koran. Leider könne er sie nicht lesen, weil sie auf deutsch geschrieben seien. Der Enkel wird auf seinem Stuhl noch etwas kleiner. Wie üblich, redet die Runde erst über Politik. Großvaters gelehrtester Freund hat Angst, daß die Staatsführung einen Krieg nicht nur in Kauf nimmt, sondern mutwillig herbeiführt, und fragt den Enkel nach der Meinung des Auslands. – Der Präsident negiert den Holocaust, droht mit der Vernichtung Israels und strebt nach der Atomwaffe, antwortet der Enkel: Was meinen Eure Exzellenz, wie das im Ausland ankommt? Daß er Großvaters gelehrtesten Freund mit *djenâb âli* anredet, Eure Exzellenz, hört sich nur in der Übersetzung gestelzt an. Im Persischen gehören solche

Ausdrücke noch zur Alltagssprache, gebräuchlich selbst für Kunden im Supermarkt oder beim Bäcker. Sie reden über den amerikanischen Präsidenten und die Evangelikalen, die mit den eigenen Fundamentalisten Pingpong spielen würden, wie Großvaters gelehrtester Freund immer noch gut informiert krächzt, über den Präsidentschaftskandidaten – schau her, ein Schwarzer! –, auf den alle Anwesenden hoffen, damit der Krieg ausbleibt. – In Amerika können Wahlen einen Unterschied machen, verkündet der Enkel, und alle nicken außer Großvaters gelehrtestem Freund, der nicht mehr gut hört. Aber er ist jetzt da, Großvaters gelehrtester Freund, ist bis auf das halbtaube Ohr, die fiepsige Stimme und den geschrumpften, gebeugten, geschrumpelten Körper doch wieder der alte, neugierig, scharf im Urteil, immer mit dem englischen Fachbegriff oder dem arabischen Koranvers zur Hand. Als der Enkel, der seinen Stuhl an den Sessel von Großvaters gelehrtestem Freund geschoben hat, nach der Selberlebensbeschreibung fragt, führt Großvaters gelehrtester Freund nicht das Wort von dem »eher familiären Interesse« an, das sich der Mutter einprägte. Vielleicht ist es nie gefallen, legte Großvater es in seiner Enttäuschung dem gelehrtesten Freund nur in den Mund. Dieser krächzt – und betont, dem Großvater seinerzeit nichts anderes gesagt zu haben –, daß die Selberlebensbeschreibung viele Begebenheiten von geschichtlicher Bedeutung behandele, er jedoch die *contextualization* vermisse, wie er es auf englisch ausdrückt, *the commentaries and explanations*. Als Beispiel nennt er, ohne sich lang besinnen zu müssen, den Beschuß eines iranischen Hafens, den Großvater ohne jede Erläuterung schildere. Dabei sei es doch wichtig, die Episode historisch einzuordnen: Daß Ausländer Kanonen auf einen iranischen Hafen abfeuerten, um den Zoll einzutreiben, den angeblich iranischen Zoll, darin drücke sich im Konkreten aus, was die große Geschichte sei. – Wie sehen Sie das, Agha Navid? fragt Großvaters gelehrtester Freund. Der Enkel gibt brüllend zu erwägen, daß ein Buch durch Auslassungen literarisch gerade gewinnen könne. In einem politischen Manifest oder einem wissenschaftlichen Werk liefere der Autor das Urteil mit. Literatur hingegen ließe Platz, damit der Leser sein eigenes Urteil bildet. Während Großvaters gelehrtester Freund noch über die Triftigkeit dieses Einwandes nachdenkt, gesteht der Enkel schon ein, sich ebenfalls Hinweise auf die Zeit sowie Beschreibungen der politischen und gesellschaftlichen Verhältnisse gewünscht zu haben. Manchmal komme es ihm vor, als habe Großvater das

Talent gehabt, von bedeutenden Ereignissen oder historischen Umbrüchen punktgenau das Uninteressanteste oder Gewöhnlichste zu erzählen, nette Anekdoten, wie man sie sich im Familienkreis eben erzähle, und vor allem viele, viele Namen, mit denen kein Leser dreißig, achtzig oder gar hundert Jahre später etwas anfangen könne. – Aber Ihr Großvater war ein großartiger, ein moralisch ganz besonders hochstehender Mensch, verteidigt ihn sein gelehrtester Freund. – Das weiß ich, Eure Exzellenz, beeilt sich der Enkel zu rufen. Dann spricht der gelehrteste Freund über die zwei Ereignisse, die Großvater gegen Ende seines Lebens das Genick gebrochen hätten: der Tod seines zweiten Sohns und die Besetzung Tschamtaghis, des einzigen, allerdings paradiesischen Stückchen Lands, das die Bodenreform des Schahs vom Erbe übriggelassen hatte. Als die Bauern Großvater nach der Islamischen Revolution mit Gewehren aus Tschamtaghi vertrieben, bat er um eine Audienz beim Ajatollah Chademi, dem seinerzeit ranghöchsten Theologen Isfahans. Damals hoffte er noch auf die Geistlichkeit, mit der seine Familie in so enger Verbindung gestanden hatte, hoffte auf Ajatollah Chademi persönlich. Die Freunde brachten Großvater zur Audienz, ein Kommandounternehmen wegen seines Harndrangs, seines Rollstuhls und des zweiten Stockwerks, in dem Ajatollah Chademi Besucher empfing. – Sie werden sehen, sagte Großvater seinem gelehrtesten Freund, der Agha wird es richten, ein Wort von ihm genügt. Der Agha ließ sich jedoch Zeit, zunächst mit den anderen Besuchern zu sprechen, die ringsum auf dem Rand des großen Teppichs saßen. Als Großvater sein Anliegen endlich vorgetragen hatte, nahm Ajatollah Chademi kommentarlos den nächsten Besucher an die Reihe. Großvater brach in Tränen aus, sank vom Rollstuhl auf die Knie, krabbelte quer über den Teppich zum Geistlichen und küßte ihm die Hand: Alles haben sie mir genommen, Kartschegun, Berendschegan, alles Land, das meine Väter einst fruchtbar gemacht haben, und jetzt rauben sie noch das letzte Stück Garten. – Glaubst du, Großvater hat wirklich die Hand des Ajatollahs geküßt, oder war das nur so eine Redensart? fragt der Enkel flüsternd seinen Cousin, als wieder Tee gereicht wird, und verweist auf die Stelle der Selberlebensbeschreibung, wo Urgroßvater sich über Großvaters Handkuß empört. Der Cousin glaubt, daß Großvater in seiner Verzweiflung wirklich die Hand des Ajatollahs küßte. In seiner Anwaltskanzlei hat er sämtliche Unterlagen des Streits aufbewahrt, auch die Protokolle des Gerichtsverfahrens, das Großvater nach dem erfolglosen

Besuch bei Ajatollah Chademi anstrengte. Wieder begleitete ihn sein gelehrtester Freund, als der Richter, ein Geistlicher im mittleren Rang eines Hodschatoleslam, Großvater versicherte, natürlich im Recht zu sein, er solle sich keine Sorgen machen, die Fakten seien eindeutig. Wenige Tage später urteilte das Gericht zugunsten der angeklagten Bauern. Wie sich herausstellte, ja, wie sie ihm sogar hämisch ausrichten ließen, hatten sie den Hodschatoleslam einfach bestochen: Egal, wieviel Großvater dem nächsten Richter zahle, er könne sicher sein, daß sie mehr böten. – Die Flüche, die Ihr Großvater in seinen letzten Jahren ausstieß, richteten sich nicht nur gegen Herrn Chomeini und die Geistlichkeit, erinnert sich sein gelehrtester Freund: Die Flüche überschritten eindeutig die Grenzen zur Ketzerei (*kofr*). Weil die Mutter diesen Aspekt von Großvaters Depression unterschlug, blickt der Enkel zu seinem Cousin, der die Gotteslästerungen durch sein Nicken bestätigt. Allerdings habe Großvater jedesmal ein *astaghferollâh* hinzugefügt, fährt der gelehrteste Freund fort, die Bitte um Vergebung der Sünden und den Beistand Gottes, und selbstverständlich sein Gebet streng eingehalten. Im übrigen kenne der Enkel doch sicher die Geschichte aus dem *Masnawi* oder habe sie vielleicht sogar von Großvater selbst gehört. – Welche Geschichte? fragt der Enkel. – Die vom Gläubigen, der viele Nächte lang Gott anruft. – Und dann? – Eines Nachts verspottet ihn der Satan: Immerfort seufzt du »O Gott! O Gott!« Wo bleibt denn das »Hier bin ich!« von Gott? Der Gläubige gibt betrübt das Gebet auf, bis ihm der Prophet Chidr im Traum erscheint und fragt, warum der Gläubige seine Seufzer nicht mehr zu Gott schickt. Weil nie Antwort kam, erklärt der Gläubige. Da spricht Gott: »Dein Ruf ›O Gott!‹ ist Mein Ruf ›Ich bin hier!‹ / Dein Schmerz und Flehn ist Botschaft doch von Mir, / Und all dein Streben, um Mich zu erreichen: / Daß ich zu Mir dich ziehe, ist's ein Zeichen. / Dein Liebesschmerz ist Meine Huld für dich / Im Ruf ›O Gott!‹ sind hundert ›Hier bin ich!‹« Dem gelehrtesten Freund fällt noch eine dritte Begebenheit ein, die Großvater im Alter zusetzte: Seine Rente fiel äußerst gering aus, vielleicht weil er, vermutet der gelehrteste Freund, sich mit jemandem in der Nationalbank überworfen hatte und nicht regulär aus dem Dienst geschieden war. Als er seine Ländereien verlor, hatte er manchmal nicht einmal Geld für die Armen, die an sein Tor klopften, so daß er seine Töchter oder seine Frau bitten mußte, ihm mit ein paar Münzen auszuhelfen. In den letzten Jahren war der gelehrteste Freund der einzige, der ihn regelmäßig besuchte, fast jeden

Nachmittag. Der gelehrteste Freund fragt den Enkel nach dessen eigenen Erinnerungen. Der Enkel weist auf Jahr und Ort seiner Geburt hin, um zu erklären, warum seine Erinnerungen nicht weit zurückreichen. Am deutlichsten und schmerzhaftesten habe er vor Augen, wie sehr Großvater sich wegen seiner Blasenschwäche schämte. Das ist klar: Auch wenn Großvater äußerlich nicht dem herkömmlichen Bild des Patriarchen entsprach und als religiöser Mensch bestimmt einsah, daß sein Körper nicht anders als andere Körper verfiel – sich in die Hose zu machen ist das Sinnbild schlechthin des Unmännlichen, das ein Mann nicht erträgt, schon gar nicht im Orient, schon gar nicht Großvater, der sich auf allen Photos bis auf dem einen mit der lachenden Großmutter so sehr um Ernsthaftigkeit bemühte (und selbst auf diesem Photo läßt er sich nur zu einem Schmunzeln hinreißen). – Jetzt ist meine Kleidung schon wieder dreckig, beschwerte er sich einmal bei seinem gelehrtesten Freund. – Ja, glauben Sie etwa, nur Ihre Kleidung ist unrein? spielte sein gelehrtester Freund auf den Anfang von Sure 96 an, wonach Gott den Menschen aus einer klebrigen Flüssigkeit (*alaq*) erschaffen hat, einem Klumpen Blut, wie es meistens übersetzt wird, tatsächlich aber und konkreter eine Ausscheidung: Jede Pore Ihrer Existenz ist von Samen und Blut, von Kot und Urin durchdrungen. Auch Sie sind nur ein Mensch! Großvater war in seinen letzten Lebensjahren schwermütig, zornig auf sich und schnell auf die anderen, nicht leicht auszuhalten, wenn man ihn täglich sah (und sein Anblick war für uns Feriengäste aus Deutschland schon bestürzend genug). – Zahra Chanum! schrie er nach Großmutter, die er sein ganzes Leben lang nur gesiezt hatte, Zahra, jetzt komm endlich her! Sosehr sich Großmutter dann beeilte, kam sie oft dennoch zu spät, mußte ihn waschen und ihm eine neue Hose und Unterhose anziehen. Lächeln gesehen hat sein gelehrtester Freund Großvater auch dann nicht mehr, wenn jemand einen Scherz versuchte. Einer der Verwandten, ein bekannter Spaßvogel, tat einmal so, als tränke er versehentlich aus der Flasche, in die Großvater Wasser gelassen hatte. Nur Großvater dachte, es sei ernst.

In einem weiteren Punkt korrigiert der Enkel in Isfahan die Erinnerung des Enkels aus Deutschland, als er ihn in seine Kanzlei mitnimmt. In früheren Jahren hat Großvater durchaus gelacht und Anteil genommen an Späßen. Anfangs zwar widerwillig, erlaubte er, daß die Enkel in seiner Anwesenheit Karten spielten, und obgleich er zu Beginn jeder Partie erklärte, in seinem Leben keine Spielkarten auch nur berührt zu haben, ließ er es nach der Partie nicht an der freundlich spottenden Bemerkung über den Verlierer fehlen. Als die Schulen wegen der Revolution geschlossen waren, übernahm er den Unterricht für die fünf Enkel, die in Isfahan geblieben waren. Erst lasen sie gemeinsam den Koran, dann den *Rosengarten* von Saadi, vier Monate lang, jeden Morgen von halb acht bis mittags ausschließlich Religion und Dichtung. Vieles andere sei wichtig zu lernen, aber für das Leben nichts so wichtig wie Religion und Dichtung, pflegte Großvater zu sagen. Auf einen späteren Unterrichtsbeginn ließ er sich zum Leidwesen der Enkel nicht ein, weil sein Tag mit dem Morgengebet schon vor Sonnenaufgang begann und er den Unterricht rechtzeitig zum Mittagsgebet beendet haben wollte. Für die Auslegung des Korans orientierte er sich am zweiunddreißigbändigen Kommentar des Fachr od-Din Razi aus dem zwölften Jahrhundert, hielt sich also weder an die traditionalistische Schule noch an eine moderne Auslegung, sondern griff zu einem Klassiker des islamischen Rationalismus. Im *Rosengarten* gibt es einen Halbvers, der die mystische Spontanliebe mittels Alliteration auf ihren handfesten Kern reduziert: *mehrasch bedjombid wa mohrasch bardâsht*: Als ihre Liebe bebte, fiel ihr Siegel herab. – Jetzt erklär das einmal, sagt der Cousin, fünf Mädchen und Jungen zwischen elf und vierzehn im Iran der späten siebziger Jahre, als die Jugendlichen sich noch nicht per Chat über Verhütungstechniken und sexuelle Praktiken austauschten. Großvater habe am lautesten gekichert.

Warum erleichtert es mich zu erfahren, daß der Urgroßvater väterlicherseits, Ajatollah Hossein Kermani, wahrscheinlich doch nicht zu den Theologen gehörte, die zur Gewalt gegen die Bahais anstifteten, wie wir wegen seines Amtes als *qazi ol-qozat* vermuteten, als Oberster Richter von Isfahan? Als Konstitutionalist war Ajatollah Hossein Kermani in Isfahan der wichtigste Gegenspieler jenes Agha Nadschafi, der den Pogrom von 1903 initiierte, heißt es in einem Buch über Zell-e Soltan, das ich in der Stadt gekauft habe. Während Agha Nadschafi im Palast ein und aus ging, soll Ajatollah Kermani in seiner dreißigjährigen Amtszeit keine einzige Einladung des Prinzen angenommen, noch ihn je empfangen haben. Was hat es sechzig Jahre später mit mir zu tun, daß Großvater um Rat gefragt wurde, als seine Nichte sich in einen Bahai verliebte? Nach allem, was ich über den Koran und das islamische Recht gelernt habe, war eine solche Verbindung für einen Strenggläubigen ausgeschlossen. Daß eine Muslimin einen Christen, Juden, Zoroastrier, selbst einen Hindu heiratete, das alles mochte angehen, nur nicht einen Bahai, einen Apostaten. Großvater, dessen Glaube so streng war, daß er sein ganzes Leben keine Spielkarte auch nur angefaßt hat, gab seinen Segen. – Und was ist mit den Kindern? wurde er gefragt. – Wenn die Kinder groß sind, werden sie sich selbst für eine Religion entscheiden.

Am letzten Abend in Teheran lachen drei Generationen Tränen, als die Familie die persisch synchronisierte DVD mit Oliver Hardy und Stan Laurel anschaut, die die Ältere am Flughafen Isfahan für umgerechnet einen Euro gekauft hat, die Szene aus dem *County Hospital*, in der Laurels Hilfe am Krankenbett dazu führt, daß Hardy mit Gipsbein kopfüber an die Decke und der Arzt aus dem Fenster schleudert. Ein Endspiel: Die anwesenden Kinder werden – sämtlich – im Ausland studieren, wenn sie nicht schon – die Jungen – mit fünfzehn nach Dubai, Deutschland oder in die Vereinigten Staaten geschickt werden, um sie der Wehrpflicht zu entziehen. Nicht zu fassen: Ausnahmslos alle Verwandten und Bekannten in Teheran, deren Kinder älter als elf oder zwölf Jahre sind, haben bereits konkrete Pläne, sie aus dem Land zu schaffen. Das heißt, die Ältere, der er mit so viel Mühe die Verbindung mit Iran bewahrt, wird später niemanden mehr haben, den sie in Iran besuchen könnte. Es ist ja nicht nur, daß die bürgerlichen Familien sich auflösen, die Familie der Mutter bereits in seiner eigenen Generation. Mit ihnen verschwindet der Teil der iranischen Kultur und Lebensart, der dem Enkel vertraut ist, auch die ebenso mystische wie aufgeklärte, ebenso traditionelle wie durchlässige Religiosität Großvaters, die eben doch eine Erscheinung des Mittelstands blieb. Vielleicht ist der Islam nun einmal nichts anderes als seine Karikatur und alle Mystik, Philosophie und Aufklärung seit jeher nur der unsinnige Versuch, an dem Bild, nein, an der Einbildung festzuhalten, mit der man aufgewachsen ist, damit Apologie des eigenen Soseins.

Vor Erleichterung weint die Mutter, als der Sohn sie aus der Abflughalle anruft. Weil er unhöflich zu ihr war, hat er ein schlechtes Gewissen, wie immer, wenn er mehr als zwei Tage bei den Eltern verbringt. Jeden Morgen preßte sie Orangensaft, und weil die Ältere das Fruchtfleisch nicht mag und die Mutter nichts wegwirft, schüttete sie es jeden Morgen in sein Glas. Am vierten Morgen bat er sie, ihm wenigstens nur seinen Anteil des Fruchtfleisches zu geben, nicht auch noch den Anteil der Älteren. Als sie ihm am fünften Morgen erneut ein Glas gematschte Orangen auf den Frühstückstisch stellte, ließ er eine Bemerkung fallen, die er schon vergessen hat, nichts wirklich Schlimmes, glaubt er, mehr so ein Murmeln des Sinnes, ihm morgen bitte keinen Orangensaft mehr zu pressen. Abgesehen von allem anderen war es auch deshalb idiotisch, weil es ohnehin der letzte Tag in Isfahan war, wie ihm danach einfiel. Zu allem Überfluß gab ihm der Vater recht. Sie, die sich jeden Morgen die Mühe gemacht hatte, dem Sohn und der Enkelin einen Orangensaft zu pressen, stand als die Blamierte da. Zwar weigerte der Sohn sich, wegen einer solchen Nichtigkeit in einen Streit gezogen zu werden, doch spürte er, wie die Mutter getroffen war, wie man es an den eigenen Handknöcheln spürt, wenn man jemandem einen Knochen zertrümmert hat. Auch deshalb weint die Mutter, nicht nur, weil der Sohn die Paßkontrolle passiert hat, auch wegen des Orangensaftes.

Gezwungenermaßen fliege er schon mal Business Class, da für den Rückflug so kurzfristig nichts anderes frei war, da schüttelt ihn gegen alle Regeln, daß Mann und Frau sich nicht unverheiratet berühren dürfen, eine Furie von Stewardeß an der Schulter, um ihn fürs Frühstück zu wekken. Business Class bedeutet, den Kaffee anzubieten, wenn er wach wird, nicht wann es ihr paßt. Das kapieren sie nicht, nicht in hundert Jahren, mögen sie noch so stolz sein auf ihr Porzellangeschirr und den Kulturbeutel aus echtem Leder, den sie Geschäftsreisenden schenken, bleiben als Plebejer unfähig zu jeder Art von Luxus und professionellem Service. Einen neuen Flughafen haben sie gebaut, todschick, nur daß die Plumpsklos so verdreckt sind wie auf den Bauernhöfen und Vorstädten, aus denen die Staatsführer stammen. Essenszeit! Hinsetzen gefälligst, Hände auf den Tisch, Kinn auf die Brust und fertig zum Gebet! Herrgott, um 7:45 Uhr war Abflug, das heißt, die Stewardeß kann sich ausrechnen, daß man seit drei Uhr wach ist, der neue Flughafen näher an Ghom als am Norden Teherans, damit die Mullahs es nicht so weit haben, kann sich denken, wie spät man am letzten Abend in einer iranischen Familie ins Bett kam, wenn man überhaupt schlief. Dieser Staat denkt nur an die eigenen Leute, an die zweitausendfünfhundert Jahre lang kein Staat gedacht. Bevor der Präsident Isfahan besuchte, forderte das Fernsehen alle Einwohner auf, ihr Anliegen an die eingeblendete Adresse zu schicken. Der Putzmann der Tante schrieb, daß er für seine Familie eine Wohnung benötige. Innerhalb von vier Wochen hat ihm das Präsidialamt eine Wohnung vermittelt und dazu einen zinslosen Kredit, mit dem er sie kaufen kann. Natürlich jubelte der Putzmann auf der Straße, als der Präsident

Isfahan besuchte. Die Tante schimpfte mit ihm und verstand ihn. Isfahan war wegen Nouruz so voll mit Touristen wie das österliche Rom: Frauen in Tschador, Männer mit Bärten, selbst die vierjährigen Mädchen mit Kopftuch. Sie haben plötzlich Geld, das Geld aus den Öleinnahmen, die sich im Pingpong des Irakkriegs vervierfacht haben. Der Präsident verpraßt es unter seinen Wählern, die sich mit einem Vorzugskredit einen koreanischen Kleinstwagen leisten können, die sich jetzt Ferien leisten können, viele zum ersten Mal, einen Fernseher, DVD-Rekorder, einen Hamburger im grellen Restaurant, wo alle Angestellten die gleichen T-Shirts und Baseballkappen tragen, oder eine Tiefkühlpizza à la Siciliana. Auch ihre Kinder werden in der Welt, die sie in den Computer stecken, in den Rekorder schieben oder aus dem Satellit empfangen, auf andere Gedanken stoßen, wie vor ihnen alle anderen Kinder der Revolution, und wenn die Welt für sie nur aus Ferien in Isfahan besteht. Auch sie werden verstehen, daß man den Glauben eines anderen ablehnen, aber den Andersgläubigen nicht zum Freiwild erklären kann. Sie werden so modern werden, wie Großvater es schon war oder Fachr od-Din Razi im Mittelalter. Bis dahin werden noch viele Stoßgebete ausgesprochen an den iranischen Grenzen. Samstag, 29. März 2008. Es ist 6:44 Uhr auf der Allmacht, die die Zeit in Rom angibt.

Der Sohn hat nie verstanden, es sich mit islamischen Leitbildern – suche das Wissen, und sei es in China – nur ungenügend erklären können, warum die Eltern und älteren Verwandten immer Schulen bauen wollten, Schulen und allenfalls noch die Heime für Waisen, deren Schutz der Koran ebenfalls anmahnt. Ihm widerstrebt es, den iranischen Staat, der Geld genug hat, darin zu unterstützen, daß er seiner Pflicht nachkommt, zumal die Schulen, die die Eltern und Verwandten finanzierten, außer Mathematik und Persisch auch die rechte Gesinnung bis hin zu Führerkult und Militarismus, Geschichtsklitterung und Zwangsgebet einbleuen. Die Eltern wollen von solchen Einwänden nicht hören. Jungen Menschen Bildung zuteil werden zu lassen, ist für sie eine der vordringlichsten Taten, die Gott den Bemittelten aufträgt. Nun erfahre ich, daß Großvater ebenfalls eine Schule errichten wollte. Am 9. Februar 1935 las er in einer Teheraner Zeitung, daß das Kulturministerium unter bestimmten Bedingungen bereit sei, privaten Stiftern beim Bau von Dorfschulen zu helfen. Noch am selben Tag erklärt er dem Kulturministerium schriftlich seine Bereitschaft, Geld für die Errichtung einer Schule im Dorf Kartschegan nahe Isfahan zur Verfügung zu stellen. Am 21. April 1935 bedankte sich das Kulturministerium und legte die Skizze Nummer sechzehn für eine Standardschule bei. Großvater setzte einen weiteren Brief ans Ministerium auf, dessen Durchschrift kein Datum trägt, wie er bedauernd vorausschickt. Auch wenn mir die Übersetzung der Behördensprache nicht leichtfällt, möchte ich in dem abwegigen Gefühl, seinem Ansinnen damit eine späte Ehre zu erweisen, den Brief einmal vollständig zitieren: »Bezugnehmend auf Ihr Schreiben mit dem Aktenzeichen 1628/92 vom 1. Ordibehescht diesen Jahres wird Eurer Exzellenz respektvoll zur Kenntnis gebracht, daß der Bau eines Schulgebäudes nach der Skizze Nummer sechzehn die Möglichkeiten dieses Sklaven übersteigt. Sofern die Finanzierung einer Dorfschule durch einen privaten Stifter gebunden ist an den Bau eines Gebäudes auf der Grundlage von Skizze Nummer sechzehn, fällt es mir schwer vorzustellen, daß sich das Vorhaben im Bezirk Isfahan realisieren läßt. Wie dem sehr verehrten Herrn Leiter des Isfahaner Kulturamts bereits mündlich vorgetragen wurde, war die Ansicht dieses Sklaven die, das eigene Wohnhaus, also sozusagen den Gutsherrensitz im Dorf zu nutzen, der über eine Reihe von geeigneten Räumen verfügt und mit verhältnismäßig geringfügigen Veränderungen als dörfliche Grundschule dienen könnte. Sollten Eure Exzellenz geruhen, dieser Ansicht zuzustimmen, bitte ich Sie, die entsprechenden Anweisungen zu erteilen. Ich erlaube mir untertänig hinzufügen, daß in einer Situation, da in Isfahan selbst bedauerlicherweise keine der städtischen und nationalen Grundschulen über ein angemessenes Gebäude verfügt und diese daher zur Miete in bescheidenen Privathäusern untergebracht sind, kaum die Erwartung eines solch großen Gebäudes besteht, dessen Bau mindestens fünfzigtausend Tuman kosten würde, und das auch noch zwölf Farsach entfernt von Isfahan in einem kleinen Dorf und von einer Einzelperson finanziert, die sich im Rahmen ihrer begrenzten Möglichkeiten bemüht, dem ruhmreichen Ministerium bei der Durchführung seines löblichen Vorhabens zu dienen. / Die Durchschrift dieser Mitteilung wird zur Kenntnis und als Antwort auf das Schreiben mit dem Aktenzeichen 3888 vom 13. Ordibehescht an das Isfahaner Kulturamt gesandt. Dieser Sklave hofft, daß entsprechend der mündlichen Zusage seitens der sehr verehrten Leitung jenes Amts der vorgetragene Vorschlag günstig aufgenommen wird, so daß infolge Ihrer gesegneten Anweisung in einem Bezirk mit dreißigtausend Seelen die erste Bildungseinrichtung zum bleibenden

Gedenken des sehr verehrten Ministeriums errichtet wird.« Noch einige Briefe wurden geschrieben, von Großvater, nicht vom Ministerium, bis er einsah, daß die Ankündigung, private Stifter zu unterstützen, nichts als Propaganda war, wie ihm einflußreiche Freunde längst bedeutet hatten. Großvater hat keine Schule gebaut. Das Geld übergab er einem oppositionellen Abgeordneten, der die Spende für ein Standesamt in einem Dorf namens Mourekan und einige sanitäre Einrichtungen in Lendschan verwendete. Das war keine Schule, Großvater muß es gar nicht aussprechen, und ebensowenig ein Waisenheim. Der gleiche, Furcht und Schrekken einflößende Raum, der kahl, groß und hoch, hell und doch wie fensterlos die Einbildungskraft beweihräucherte, daß es dem Enkel schon am ersten Tag den Atem nahm, hat sich in ein Spiel- und Wohnzimmer verwandelt, in dem jede Ecke ausgefüllt ist mit Alltag, der sich wichtig nimmt, aber zu Recht. Ein Baby reicht aus, und das Monument steht nur noch auf dem Grundriß.

An einem anderen Tag eines nicht genannten Jahres benachrichtigt ein Herrn Chosroupur, Inhaber einer Fabrik in Schahreza, die Nationalbank in Isfahan, daß ein Scheck auf den Betrag von vierzehntausend Tuman, dessen Nummer Herr Chosroupur anführt, vom Tisch des Geschäftsführers gestohlen worden sei und die Auszahlung daher verweigert werden möge. Der stellvertretende Bankdirektor informiert umgehend die Schalterangestellten. Zwei Tage später, die Bank ist bereits seit einer Stunde geschlossen, der stellvertretende Bankdirektor hat gerade sein Mittagessen nachgeholt und sich zu einem Nickerchen in sein Büro zurückgezogen, trifft ein weiteres Eilschreiben aus Schahreza ein, in dem Herr Chosroupur heftig dagegen protestiert, daß der gestohlene Scheck entgegen seiner ausdrücklichen Anweisung ausbezahlt und vom Konto der Fabrik abgebucht worden sei. An Schlaf ist nicht mehr zu denken. Der stellvertretende Bankdirektor eilt aus seinem Büro, um in dem Fach nachzusehen, in dem die ausgezahlten Schecks aufbewahrt werden – und tatsächlich, dort liegt der Scheck mit der richtigen Nummer und dem Betrag von vierzehntausend Tuman, ausbezahlt von Herrn Moumeni, der noch hinterm Schalter sitzt. Immerhin erinnert sich Herr Moumeni sofort, wer den Scheck mit diesem hohen Betrag eingereicht hat. Kreidebleich bittet er den stellvertretenden Bankdirektor, ihm einen der Wachleute zur Verfügung zu stellen, verläßt die Bank und kehrt keine halbe Stunde später mit einem jungen Juden zurück, dem er den

Scheck ausbezahlt haben will. Der Junge weist indes die Anschuldigung mit so glaubhafter Empörung zurück, daß der stellvertretende Bankdirektor unsicher wird. Während Herr Moumeni sich alle Mühe gibt, anhand der Nummern der Banknoten, der exakten Uhrzeit der Auszahlung und anderer Details nachzuweisen, daß er die Auszahlung genau vor Augen hat, weint der Junge, schwört bei Gott, den Propheten und seinen Eltern, unschuldig zu sein, und sieht sich nur immer tiefer in seiner Ehre verletzt. Schließlich bittet der stellvertretende Bankdirektor Herrn Moumeni, ihn aus dem Zimmer zu begleiten. Wenn er den geringsten Zweifel habe, so fordert er ihn vor der Tür eindringlich auf, möge er es im Vertrauen sagen. Vielleicht liege tatsächlich eine Verwechslung vor, diese jungen Männer sähen sich oft ähnlich, und so genau schaue man doch nicht jedem Kunden ins Gesicht. Der stellvertretende Bankdirektor wolle dafür sorgen, daß Herr Moumeni für seine Unachtsamkeit nicht belangt werde, für den Schaden stehe die Bank schon ein. Nun ist es an Herrn Moumeni zu weinen. Nein, bestimmt, der Junge war's, schwört er bei Gott, den Propheten, den Imamen und seinen Kindern. Der stellvertretende Bankdirektor kehrt zurück ins Zimmer – und was tut er? Er, der niemals seine Kinder schlägt, dessen Vater bereits die Prügelstrafe ablehnte, er kehrt bei klarem Bewußtsein ins Zimmer zurück, holt aus und verpaßt dem Jungen mit voller Absicht eine Ohrfeige, eine heftige Ohrfeige, wie er selbst zugeben wird. Und anschließend kündigt er mit fester Stimme an, den Jungen im Keller festbinden und so lange mit einem glühenden Eisen brennen zu lassen, bis dieser den Diebstahl gestehe. Das ist, ich muß das festhalten, nichts Geringeres als die Androhung schwerer Folter, für die jemand in einem zivilisierten Land verurteilt werden könnte. Und geschlagen hat er den Jungen bereits, der nun in irrer Angst abwechselnd schreit und winselt. Der stellvertretende Bankdirektor befiehlt den Wachleuten, den Jungen im Keller festzubinden und die Eisenstangen zum Glühen zu bringen. Nicht, daß er daran denkt, den Jungen tatsächlich zu foltern; es sei unnötig, das zu erwähnen, wird der stellvertretende Bankdirektor schreiben, um es zur Sicherheit doch erwähnt zu haben. Es gibt überhaupt keine Eisenstangen in der Bank und zu der Jahreszeit schon gar keinen Ofen, in welchem sie zum Glühen gebracht werden könnte – Worauf wartet ihr noch? brüllt er die Wachleute an: Ich will die Eisenstangen leuchten sehen! Von Panik ergriffen schreit der Junge, der hinter der versperrten Tür die Anweisung des stellvertretenden Bankdirektors hört, daß er die vierzehntausend Tuman zu Hause versteckt habe. Als die Tür geöffnet wird, stürzt er sich auf den Boden und fleht mit den Händen um die Knöchel des stellvertretenden Bankdirektors um Gnade. Wenig später trifft sein Vater ein, ein alter Herr mit langem weißem Bart, der vor Scham und Zorn zittert. Er habe, beschimpft er den Jungen, das Haus Israel angezündet und die Familienehre so sehr beschmutzt, daß für Generationen nichts davon übrigbleibe: Ich danke Gott für den Tag, an dem Er dich zu sich ruft. Der stellvertretende Bankdirektor hält es für die wirksamere Strafe, den Jungen statt der Polizei dem Vater zu übergeben.

Man kann ihm den guten Willen bestimmt nicht absprechen, und doch gelingt es dem Leser nicht, wenigstens das System vollständig zu durchschauen, mit dem man, ich will gar nicht sagen: lesen, mit dem man die Frankfurter Ausgabe benutzen kann, die die Zeitung nach Rom geschickt hat. Beispiel das Gedicht »Patmos«: Sechs Einträge schlägt der Leser nach, und dann fehlen noch zwölf Stellen, die man im chronologischen Register aufstöbern muß, wo sie natürlich nicht nacheinander stehen. Reinschriften, sofern Hölderlin sie angefertigt hat, unterschlägt der Herausgeber nicht, doch hebt er sie auch nicht hervor. Ein Halbsatz hat den gleichen Rang wie die 226 Verse des »Patmos« in der Abschrift Sinclairs. Man kann überall aufschlagen, weil es nirgends endet. Darin, daß die Sätze, manchmal die Wörter zersprungen sind, wirklich so, wie Glas zerspringt, ist ihre Heiligkeit bewahrt, die uns niemals als Ganzes, Authentisches, nur in Splittern und ungefähren Überlieferungen zugänglich ist, wie schließlich auch Hagiographien seit jeher im Konjunktiv erzählt werden. Die Beschäftigung, wenn sie nicht Studium ist, springt ins andere Extrem, in die Versenkung: hier ein Vers, dort eine Silbe, zwischendurch ein ganzes Gedicht, das auf der nächsten Seite schon wieder aufgehoben wird. Es könnte kein anderer Text sein, der so gebrochen ist, denn es sind die Einzelteile, nicht ihre Ordnung, die ihn ausmachen, nur ist ihnen eigen, daß sie niemals heil werden können, es nie waren, wie die Faksimiles belegen. Die Transkription der Handschriften macht den Leser zum Editor, der sich ständig zwischen Lesarten entscheiden und Zusammenhänge herstellen muß, die sich zum Zufall hin öffnen. Natürlich besteht bei der Salbung, die der Herausgeber noch den Hölderlinschen Fettflecken zukommen läßt, die Gefahr, daß Zeichen zu Ikonen werden, die nicht mehr benutzt, sondern angestarrt, wenn nicht angehimmelt werden.

Der Herausgeber scheint die Gefahr selbst gesehen zu haben, der schon deshalb nicht so weltfremd sein kann, wie die Archivmappe Glauben machen will, weil er die Frankfurter Ausgabe weltfremd nie vollendet hätte. Gegen den Widerstand seines Verlegers brachte er deshalb auch das Schnäppchen heraus, auf das der Leser am 8. Juni 2006 stieß, während er *FrAndrea33* im Chat idealere Orgasmen auf dem Perserteppich bereitete, als er es in Wirklichkeit je vermöchte. Unter Verzicht auf Faksimiles und Transkriptionen besteht es ausschließlich aus dem edierten Text sowie sämtlichen verfügbaren biographischen Dokumenten, und zwar in strenger Chronologie. In den Feuilletons fand die Leseausgabe wenig Beachtung, dabei verweist sie in dem Roman, den ich schreibe, als gewiß nur ungenügendes, durch die Eile und das Zerwürfnis mit dem Verleger vielleicht auch fehlerhaftes Modell auf das eigentliche Ziel der fünfunddreißigjährigen Arbeit. So betrachtet, wäre die große Frankfurter Ausgabe nur ein Weg. Nicht der Herausgeber, sondern seine lobenden oder hämischen Kritiker tun so, als seien die verwirrenden Schrifttypen und Siglen Selbstzweck. Der Herausgeber selbst zerlegt die Manuskripte nicht deswegen in ihre Einzelteile, damit sie unlesbar werden. Sie sollen sich für den Leser angemessener, wahrer in ihrer Brüchigkeit zusammenfügen. Mit den Waschzetteln, Namenlisten, Gesprächsnotizen, Urkunden und Beobachtungen der Freunde, den Entwürfen, Bruchstükken, Fragmenten, einzelnen Sätzen und immer neuen Varianten, die der Herausgeber in die Dichtungen einwebt, statt sie wie in der großen, der Frankfurter Ausgabe gesondert beizugeben, wird nicht Hölderlins *Leben*, wie es Biographien gern hätten, sondern wird sein *Werk* als Roman lesbar, obschon alles andere als einem traditionellen. Die Geduld, die einem *Ulysses* abverlangt, ist schon nach den ersten Seiten aufgebraucht, wenn jedermann beim Namen gerufen wird. Um so bitterer muß es für den Herausgeber sein, daß er – »unter den Konditionen des Anfangs«, wie er zugibt – 1975 den Fehler beging, sich der »verkommene[n] editorische[n] Sortierung nach Textarten« zu unterwerfen. Was mir das Schnäppchen so kostbar machte, ist in der Frankfurter Ausgabe gar nicht zu finden, nämlich die konsequente Chronologie, damit die fortlaufende Zeit. Erst mit dem achtzehnten Band, leider so spät, hebt der Herausgeber die willkürliche, weil menschliche Sortierung nach Gattungen auf und setzt er die Ordnung der Zeit wenigstens partiell ins Recht. Im neunzehnten Band kündigt er für den zwanzigsten und letzten Band an, die bereits editierten Werke nachträglich mit der Korrespondenz chronologisch zusammenzuführen, so daß sein Begriff des Historisch-Kritischen wenigstens formal bestimmt und im Ansatz vor Augen geführt wird. Eigentlich müßte er ganz neu anfangen. Niemand anders wird es je tun.

Da er die »drolligen Anekdoten« möge, erzählt Großvater auf den nächsten zwei Seiten von dem Angestellten, der regelmäßig sein Geld verpraßte, worauf Großvater auf Bitten der Ehefrau die Hälfte des Gehalts einbehielt, um damit Miete, Strom und andere offene Rechnungen der Familie zu bezahlen. Vielversprechender ist das übernächste Kapitel mit der Pilgerfahrt nach Mekka. Der Enkel ist in die Wäschekammer umgezogen, so klein, dunkel und klamm wie eine Katakombe, und wieder ins Atelier zurückgekehrt, weil die Waschmaschine noch lauter ist als Kinder und Telefone, und zum zweiten Mal in die Wäschekammer gezogen mit dem Plan, die Waschmaschine nachts vor dem Schlafengehen anzustellen und die Wäsche morgens aufzuhängen, bevor er seine Allmacht aufklappt. Er schiebt es schon ein paar Tage vor sich her, mit der Selberlebensbeschreibung des Großvaters fortzufahren. Es ist nicht so, daß ihm die Lektüre ganz leicht fiele; speziell im nächsten Kapitel, das über drei, wie gesagt kleingedruckte DIN-A4-Seiten die finanziellen Tricks und Betrügereien von Herrn Montazemis Nachfolger Herrn Mansuri schildert, müßte der Enkel viele Vokabeln nachschlagen, allein, er fragt sich, wozu das alles, wozu liest er das?, ein nie veröffentlichtes Manuskript, das schon die allernächsten Adressaten nicht interessierte, wobei es mit der Lektüre ja nicht getan ist, wozu all diese Seiten, nicht zwei oder drei, sondern 3108682 Millionen Zeichen seines eigenen Manuskripts (inklusive Leerzeichen, wie die Textverarbeitung beschwichtigt). Nicht einmal die eigene Frau, die ständig fragt, woran er in der Wäschekammer arbeitet, sollte den Roman lesen, den ich schreibe. Vielleicht würde Ruth Schweikert argumentieren, daß man für ein Buch bereit sein muß, seine Ehe zu ruinieren, allein – welches Buch? Der Verleger war dieser Tage sogar in Rom, wie der Enkel einem Veranstaltungshinweis entnahm, und hat sich dennoch nicht gemeldet. An einer Stelle wird der Korruptionsfall doch recht interessant, sehe ich gerade: Da seine schriftlichen Beschwerden nicht beantwortet werden, nimmt der stellvertretende Filialleiter der Nationalbank in Isfahan Urlaub und reist nach Teheran. In seinem eigenen Interesse habe man die Briefe nicht bearbeitet und die Angelegenheit auf sich beruhen lassen, erklärt ihm dort der Generaldirektor und bietet an, den stellvertretenden Filialleiter in eine andere Stadt zu versetzen. Ansonsten müsse er sich mit den Zuständen eben abfinden. Der stellvertretende Filialleiter erwidert, daß er weder Isfahan verlassen noch sich mit den Zuständen abfinden, sondern beim Präsidenten der Nationalbank persönlich vorsprechen werde. Die Angelegenheit sei heiß, warnt ihn der Generaldirektor, der stellvertretende Filialleiter werde sich die Finger verbrennen. Als der stellvertretende Filialleiter tags darauf das Vorzimmer des Präsidenten betritt, rät der Sekretär, sich erst einmal den Bart zu rasieren, Exzellenz hätten ein hitziges Gemüt und gerieten sehr leicht in Wut. Der stellvertretende Filialleiter, der schon aufgeregt genug ist, ruft mit zitternder Stimme, daß er nicht nach Teheran gekommen sei, um sich zu rasieren. Im Eifer ruft er noch alles mögliche andere, das ziemlich heldenhaft klingt, aber auf den Beinen halten kann er sich nur, wie er vierzig Jahre später anmerken wird, weil er in den Pausen zwischen zwei Invektiven wie in der Wiederholungsschleife *astaghferollâh* aufsagt, die Bitte um Vergebung der Sünden und den Beistand Gottes. Endlich öffnet der stellvertretende Filialleiter im Namen Gottes des Erbarmers, der Barmherzigen die Tür zum Präsidentenbüro: Den Kopf nach hinten über die Stuhllehne gelehnt, den Mund weit geöffnet, scheint der Präsident der Iranischen Nationalbank zu schlafen. Der stellvertretende Filialleiter traut sich nicht, ins Büro zu treten, flüstert nur Friede sei mit Ihnen und wartet in der offenen Tür. Und? Weiter? Nichts weiter. Der Rest der Episode ist so spannend beschrieben wie ein Kontoauszug: Noch am selben Tag wurde Großvaters Bericht schriftlich aufgenommen, eine Kommission eingesetzt, ein Ermittler nach Isfahan geschickt und schließlich Herr Mansuri beurlaubt. In Großvaters Jahren als stellvertretender Direktor der Iranischen Nationalbank in Isfahan hat es keinen bedeutenderen, aufregenderen Vorfall gegeben als die Aufdeckung dieses Skandals. Selbst die Lokalzeitungen berichteten. Über Wochen, über Monate muß das Drama auch zu Hause für hitzige Diskussionen gesorgt haben, von denen die Kinder nichts mitbekommen sollten, schlaflose Nächte, Existenzangst. Soviel Mühe er sich gab, die Untersuchungen im Detail zu schildern und alle relevanten Dokumente auszubreiten – es ist vorbei, niemand wird es ihm danken, niemand die Affäre für bemerkenswert halten, wenn sogar ich über sie hinweglese und hiermit Großvaters Berufsleben für immer und ewig abschließe. Nur eines noch, bevor ich ihm noch auf die Pilgerfahrt folge, aber vielleicht nicht mehr weiter, nämlich die »bittere und peinliche Wahrheit«, mit welcher er selbst sein Berufsleben resümiert: In den dreißig Jahren seines Dienstes bei iranischen Institutionen – erst bei der Zollbehörde, dann bei der Nationalbank – hätten die deutschen und belgischen Vorgesetzten ihre Arbeit ausnahmslos gewissenhafter, professioneller und effizienter ausgeführt als ihre iranischen Nachfolger. Er wolle damit Gott verhüte nicht seine lieben Mitbürger beleidigen, sondern nur der nächsten Generation den Wert einer guten Ausbildung, unbedingter Ehrlichkeit und nicht nachlassenden Fleißes verdeutlichen, damit das Land nicht auf ausländische Vorgesetzte angewiesen sei. Sowenig wie die allernächsten Adressaten hörte ihn das Land: Nach Angaben des Internationalen Währungsfonds hat Iran seit Jahren den höchsten *brain drain* der Welt, verliert also jährlich die meisten Akademiker, im Jahr hundertfünfzigtausend Menschen mit Universitätsabschluß. Die Situation an den Schulen und Universitäten ist ein Desaster, eine Säuberungswelle folgt der nächsten. Zehntausende, Hunderttausende gutqualifizierte Lehrer und Professoren hat der Staat wegen ideologischer Unzuverlässigkeit entlassen. Oft reicht es, rasiert am Arbeitsplatz zu erscheinen.

Das Mekka-Kapitel, immerhin sechs Seiten lang, ist ebenfalls zum Vergessen, am brauchbarsten noch der Hinweis, daß die Pilgergruppe, der Großvater sich angeschlossen hatte, nachts ihr Hotel in Beirut verließ, weil es von Juden betrieben wurde. Weil ich mir das nicht recht erklären kann und dort außerdem keine Waschmaschine läuft, verbringe ich einen weiteren Tag in der Bibliothek der römischen Orientalistik. Bei allen Vorurteilen und Diskriminierungen waren Juden doch in allen Berufen, Ständen und sozialen Klassen der iranischen Gesellschaft präsent, zumal in Isfahan, wo heute noch siebzehn Synagogen stehen, wenn ich die Zahl richtig behalten habe. Daß auch einer der Direktoren der Nationalbank in Isfahan ein Jude war und viele der Kollegen, die Großvater nach alter Gewohnheit auflistet, armenische, also christliche Namen tragen, erschien mir deshalb nicht erwähnenswert. Es kann also Großvater oder überhaupt einen Iraner aus bürgerlichen Kreisen nicht schockiert haben, Juden zu treffen oder in einem Hotel zu wohnen, das Juden gehörte – so hätte ich wenigstens gedacht. Daß die Pilgergruppe es dennoch auf sich nahm, ohne Bleibe nachts mit Gepäck durchs fremde Beirut zu irren, wo sie ein paar Stunden zuvor gelandet waren, hängt wahrscheinlich mit der schiitischen Vorstellung zusammen, die sich im siebzehnten Jahrhundert herausbildete, daß Ungläubige unrein seien. In einem Reisebericht aus dem neunzehnten Jahrhundert, den ich in der Bibliothek gefunden habe (J.J. Benjamin, II, *Eight Years in Asia and Africa*), lese ich, daß Juden in vielen muslimischen Geschäften oder auf dem Basar die Ware nicht berühren, sondern nur mit dem Finger auf sie zeigen durften. Der Verkäufer hat dann die Äpfel oder Birnen eingepackt und den Juden beziehungsweise Christen oder Zoroastrier die Tüte hingestellt, damit sie sie nehmen konnten. Nach der Islamischen Revolution wurden nichtmuslimische Ladenbesitzer verpflichtet, einen Hinweis an ihr Lebensmittelgeschäft oder Restaurant zu kleben, daß es Angehörigen einer religiösen Minderheit gehört. Ich habe mich früher über die Aufkleber gewundert und sie allen Ernstes sogar für Werbung gehalten, weil besonders die Armenier als zuverlässig und aufrichtig gelten. Jetzt erfahre ich, daß der Hinweis dem rechtgläubigen Schiit dazu dient, nicht fälschlich Lebensmittel einzukaufen, die von einem Ungläubigen berührt wurden. Ich erfahre außerdem von einem jüdischen Kind, daß noch in den vierziger Jahren des vergangenen Jahrhunderts die Schule nicht besuchen durfte, wenn es regnete, weil die muslimischen Eltern fürchteten, der Regen würde den Schmutz von ihm abwaschen und dabei die Füße ihrer Kinder besudeln. Einmal regnete es sieben Tage lang, da nahm seine Mutter den Jungen an der Hand, stürmte in die Klasse und schrie, daß auch ihr Kind etwas lernen wolle, es müsse jetzt mal gut sein mit dem Aberglauben. Der Direktor, der gerufen wurde, gab der Mutter recht und ihrem Kind Wasser zu trinken. – Seht her! rief er und trank aus demselben Glas. Seither durfte der Junge auch bei Regen die Schule besuchen. Zwar sind die Konditoreien der Armenier im Stadtteil Dscholfa die beliebtesten von ganz Isfahan und stets gut besucht, allein, die Aufkleber kleben noch immer an den Türen und werden von den iranischen Juden, Zoroastriern und Christen verständlicherweise als Herabsetzung empfunden, um von den Bahais nicht zu sprechen, die vor ihrem Glauben nicht einmal warnen dürfen. Ich war mir sicher, daß Großvater eine solche Engstirnigkeit abgelehnt hätte und solche Sitten überhaupt in seinen, unseren Kreisen undenkbar gewesen wären. Ich selbst habe es nie bei einem Verwandten oder Bekannten erlebt, daß man einem Andersgläubigen den Handschlag verweigert hätte, und über die Jahre nicht mehr als zwei, drei despektierliche Äußerungen über Juden gehört, über Christen und Zoroastrier nie, über Bahais öfter; auch entpuppte sich bei jeder größeren Geselligkeit oder Hochzeit diese oder jene Familie als christlich oder jüdisch. Ich war es, der in Deutschland Aufgewachsene, dem dreizehnjährig überhaupt auffiel, daß auf dem Geburtstag meiner Cousine nicht alle Kinder muslimisch waren. Die Cousine, die ich ansprach, schien darüber nie nachgedacht zu haben. Um so mehr irritiert es mich, daß der Führer der Pilgergruppe in Beirut die Anweisung gab, sofort die Zimmer zu räumen, obwohl es nachts war und kein anderes Hotel in Aussicht. Offenbar hat niemand gegen diese Entscheidung protestiert, niemand gesagt, es müsse jetzt mal gut sein mit dem Aberglauben. Ob auch in Großvaters Klasse manche Kinder bei Regen zu Hause blieben? Charakteristisch für die Religiosität von Schiiten, so oder so ähnlich hundertfach erlebt, ist allerdings, daß der Führer sich bei dem Pilger, der ihn auf die jüdischen Betreiber des Hotels aufmerksam gemacht hatte, nicht etwa bedankte, sondern sich über ihn aufregte: Es hätte doch gereicht, morgen früh bekanntzugeben, daß das Hotel jüdisch ist, oder besser noch am Ende des Aufenthalts, dann hätten sie sich nicht solche Umstände machen müssen. Und sonst? Und sonst ging es bei dem Enkel noch nie so deutsch zu wie in Rom, ja, wie Deutschland mit gutem Wetter ist die Deutsche Akademie und mit Lebenskunst für Fortgeschrittene. Wehe, er parkt auf einem der extrabreiten Felder, die mit *Staff* markiert sind, dann klopft eine halbe Stunde später der Hausmeister gleichzeitig an alle drei Flügel der Tür. Der Enkel hat sich schon vor seiner Ankunft vorgenommen, möglichst wenig zu lästern, weil es so billig und, einmal gesetzt, zu so vielen Gesprächen korrumpiert, wie Rolf Dieter Brinkmann bereits 1973 beklagte. So muß sich Zehnnullacht nicht mehr zum »lose[n] gruppenhaften Zusammenleben« äußern, den Begegnungen vor den Ateliers, »wenn die Leute reden um zu reden«, den Freitagsbesprechungen, bei denen »jeder ja zu jeder Einzelheit frech was sagen und die Sache versumpfen« darf, oder der »Reduzierung des Bewußtseins auf diesen Gast-Zustand, der allseits dankbar hingenommen wird«. Außerdem sind die übrigen Parkplätze breit genug.

Und sonst berichtet Großvater von seiner Pilgerfahrt nicht viel mehr als die merkwürdigen Routen jener Zeit, hin mit dem Flugzeug nach Beirut, von dort mit dem Flugzeug nach Dschiddah (den Platz besorgte ihm ein Bekannter, der Rest der Gruppe fuhr mit dem Schiff) und weiter nach Mekka, zurück über Damaskus, Bagdad, mit dem Zug über Basra und weiter auf der gerade erbauten Strecke über Ahwaz nach Teheran, von dort mit dem Bus zurück nach Isfahan; welche Schwierigkeiten es an den zahlreichen Etappen bei der Ticketbeschaffung gab, wo er übernachtet, wen er für ein paar Tage besucht und welche Isfahanis er in Mekka getroffen hat, als wolle er die Richtigkeit der berühmten Verse Rumis demonstrieren, die Rückert so schön übersetzt hat: »Die hin zur Kaaba pilgern, wenn nun an ihrem Ziel sie stehn, / In einem Tal ohne Saat ein altes Haus von Stein sie sehn. / Sie gingen hin, um Gott zu schaun, und nun ums Haus im Kreis sich drehn. / Wenn sie solange sich gedreht, so hören sie die Stimme wehn: / Was, Toren, ruft ihr an den Stein? Wer wird vom Steine Brot erflehn? / Wenn ihr den Tempel Gottes sucht, in Eurem Herzen tragt ihr den. / Wohl dem, der bei sich selbst kehrt ein, statt pilgernd durch Wüsten durchzugehn.« Nichts von den heiligen Stätten, nichts vom religiösen Erleben, nichts von Erleuchtung – aber auch nichts vom Stadtbild Mekkas im Jahr 1949, von dem heute nur noch ein Themenpark übrig ist, nichts vom Grab Fatimas, das der zweite Kalif Umar verhindert hat oder nicht, überhaupt nichts vom Islam, nichts von der Brüderlichkeit, von der andere Pilger so anschaulich erzählen, statt dessen Fahrpläne, die Qualität der Hotelbetten, ruhestörender Lärm in der Nacht, die Schwierigkeiten beim Umtausch von Zugtickets und Zeile um Zeile die Namen von Mitreisenden, denen Großvater entweder ein langes Leben oder die ewige Seligkeit wünscht. Das also ist Großvaters legendäre Reise nach Mekka, auf welcher der Enkel endgültig einsieht, sich verirrt zu haben: Die Notate, die der Enkel von der Selberlebensbeschreibung anfertigt, fügen sich nicht zu etwas Mitteilenswertem, wie er gegen alle Vernunft hoffte, das er ähnlich wie die Absätze, die in der Zeitung erscheinen, herauskopieren und mit wenigen Eingriffen als eigenständiges Buch veröffentlichen könnte, mit Umschlag und allem. Und selbst wenn es größerer Umarbeitungen und Ergänzungen bedurft hätte, die Grundstruktur, so malte er sich aus, könne er bewahren, also das Erzählen als fortlaufende Hermeneutik in Echtzeit und eigener Sache, und wenn nicht die Grundstruktur, dann wenigstens an der Grundlage festhalten, dem Leben seines Großvaters. Spätestens mit dem Mekka-Kapitel ist eine weitere Hoffnung erloschen, daß das, was ihn Tag für Tag beschäftigt, wenigstens mittelbar, wenigstens in größeren Ausschnitten als die Absätze hier und dort, einen Gebrauchswert haben könnte. Großvater weist zum Schluß noch darauf hin, daß die Hadsch unter allen religiösen Pflichten am aufwendigsten sei und ihre Erfüllung vielleicht deshalb das höchste Ansehen genieße. Das gelte selbst heute, da man den Weg nicht mehr zu Fuß oder auf Kamelen zurücklege, sondern im

Flugzeug. Selbst heute sei noch etwas von den Strapazen zu spüren, die die Pilgerfahrt zu seiner Zeit mit sich brachte, ist Großvater überzeugt, und auch die Kosten seien nicht unerheblich. Gut, mancher habe Geld im Überfluß – dennoch sei es nicht statthaft, die Hadsch wie einen Kurztrip anzugehen, gar wie eine Urlaubsreise. Auf dem Weg zum Haus Gottes dürfe der Fromme keinen Gedanken an Bequemlichkeit übrig haben. Wer die Pilgerfahrt nicht reinen, gottesfürchtigen Herzens antritt, dem bringe sie ohnehin keinen Lohn ein. So sei es auch abwegig, daß jemand, der nicht einmal das viel leichter einzuhaltende Ritualgebet konsequent verrichtet, nun plötzlich nach Mekka pilgert, weil die Reise heutzutage leicht zu bewerkstelligen ist. Die Hadsch setze die Bereitschaft des Pilgers voraus, sein Leben zu ändern. Wer als derselbe Mensch zurückkehrt, sei nicht wirklich in Mekka gewesen, nicht mit dem Herzen. »Selbstverständlich sind das nur meine persönlichen Ansichten, und ich bin weit davon entfernt, sie für jemand anders als bindend zu erachten.«

Ausgerechnet in Rom sieht er zum ersten Mal seit annähernd dreißig Jahren regelmäßig fern, weil er alle Sendungen auf die Allmacht laden kann, die im deutschen Fernsehen laufen, auch die morgens um acht oder auf Kanälen, von denen er nie zuvor gehört, 4,90 Euro im Monat bei einem Einjahresvertrag, den er sofort verlängern würde, wenn sie in Köln so große Wände hätten wie in der Deutschen Akademie und eine so hohe Decke, auf der ein Projektor, den er sich ebenfalls zulegen würde, die Illusion erzeugt, in einem Kino zu sitzen. Der berühmte Schriftsteller hat sich in seiner Scheune auch ein Kino eingerichtet, wo er die Windräder vergißt, die ihn derart zur Weißglut treiben, daß er eine Bürgerinitiative gegründet hat, wie der jüngere Kollege erstaunt erfuhr, der ihn dort einmal besuchte, weil er, also nicht der jüngere Kollege, sondern der berühmte Schriftsteller eigens aufs Land gezogen ist, um in die Weite zu blicken, und jetzt versperren Windmasten alle Blicke. Die Windräder sollen auch ein Geräusch machen, ein Rauschen, aber dafür kann er sich eine Scheune leisten, die er zum Kino hergerichtet. Der jüngere Kollege lebt in Rom auch wie auf dem Land, der Park, den er gar nicht verlassen möchte, die Tage nach Stundenplan in der Wäschekammer, Ausflüge fast nur in die Bibliothek der römischen Orientalistik oder mit der Familie, dienstags die Begleitung, freitags die Besprechung, bei Sonnenuntergang eine Wasserpfeife auf der Promenade vor dem Atelier, die Abende vor dem Computer und heute ein Western in der Glotze, die so groß ist wie bei dem berühmten Schriftsteller. Der jüngere Kollege mag Western, seit sie im Fernsehen die einzigen Spielfilme waren, in denen der Held stirbt. Am Donnerstag, dem 17. April 2008, sitzt er um 2:02 Uhr ausnahmsweise im Hangar, neben ihm ausgeschüttet wie zu jeder Tag- und Nachtzeit der Korb mit dem Holzspielzeug. Obwohl er morgen so früh aufstehen muß wie immer, tritt er nach draußen, alles still, kein Licht leuchtet, nur das seines eigenen Schreibtischs und der Lampen im Park. Heute wird die Frühgeborene ein Jahr alt. Sie ist ein Engel geblieben. Vor Freude trug der Vater nach dem Western das Babyphon zur Nummer neun und fuhr mit der Frau und dem *Rockabilly Radio* bestimmt eine Stunde mit offenem Fenster wie die Türken in Köln durch die Gassen von Rom, ohne auf eine Parklücke zu stoßen; Touristen, die im Regen gedankenverloren Platz machten, Italiener mit Stadtplan in der Hand, eine Vespa-Fahrerin, die ausgerechnet ihn nach dem Weg fragte und seine Musik lobte. Als sie schon aufgeben wollten – war doch eine schöne Stadtrundfahrt, meinte die Frau ehrlich –, tat sich doch eine Lücke für den BMW auf, der seine erste römische Beule nicht versteckt, und liefen sie durch die gleichen Gassen, durch sie kurz zuvor gefahren waren, nur daß sie kein Dach mehr hatten und keinen *Rockabilly*. Er gewöhnt sich wahrscheinlich nur deshalb nicht an den Gedanken, wieder eine glückliche Ehe zu führen, um die Überraschung auszukosten. Daß die Eheleute kein Lokal entdeckten, in das sie einkehren wollten, erklärten sie sich mit der Schönheit Roms, gegen die keine Theke besteht. Wer will schon in eine Bar, wenn er auf die Piazza Navona blicken darf, wo sie sich so stürmisch umarmten wie Gary Cooper und Grace Kelly in *High Noon*. *Kufr* bedeutet im Arabischen wörtlich nicht Unglauben oder Ketzerei, sondern Undankbarkeit. Das ist es, präzise. Im Gebet ist der Lobpreis Gottes das erste und häufigste Motiv. Erst die Dankbarkeit, damit die Anerkennung, daß Gott die Welt tatsächlich so gut eingerichtet hat, wie Er behauptet, erlaubt die Klage und in letzter Konsequenz Anklage wie bei einem gebrochenen Vertrag, die nicht Undankbarkeit und damit Unglauben ist, vielmehr ein Appell. Nur die Gerechtigkeit kann man einklagen, an die man glaubt. Nein, das ist nicht nur das Alter, widersprach er, das Leben hat uns ordentlich auf den Kopf gehauen, damit wir zu Verstand kommen, wie die Gnädige Frau es wollte, möge ihre Seele froh sein, Verstand, *aql*, nicht im Sinne der Ratio, sondern wie im Koran einschließlich der sinnlichen Wahrnehmung, wir hören, sehen, riechen, tasten Gott, und zwar genau dort, wo es zu laut ist, zu hell, zu heiß, zu kalt oder es stinkt, wo es unsere Kräfte übersteigt. Nur in Märchen ist die Erkenntnis so schön wie eine Fee, nur Esoterikern geschieht sie auf Wolken. Sie ist ein Schlag gegen den Kopf, ach was, ein dauerndes Schlagen, permanenter Schmerz, genauso haben es die Bücher beschrieben, man muß nur die Berichte von den Offenbarungen lesen, der Engel würgt die Propheten, die vor Angst und Schmerz sabbern, am ganze Körper zittern, denen Schaum vor den Mund tritt, ekelhaft, bestimmt haben sie sich auch vollgepißt vor Schrecken, wie nackte Babys geschrien, und das wurde hinterher nur zensiert, weil man sich etwas Erhabenes unter einer Offenbarung vorstellen wollte, nicht konsequente Demütigung, Fertigmachen, Heulen und Zähneklappern; aber liest man zwischen den Zeilen, findet man das Ausradierte noch, Erkenntnis radikal und damit radikaler Schmerz, Wurzelbehandlung. Mehr als eine Ahnung davon bietet jedes Leben, ist doch das Übermenschliche nur die Verlängerung des Menschlichen und künden die Religionen also nicht vom Himmel, sondern vom Irdischen in seinem Extrem. So war es bei den Eltern und deren Eltern und deren Eltern, und so werden auch die Kinder und deren Kinder und deren Kinder nicht begreifen, warum sich die einen zum Dank fünfmal am Tag niederwerfen, die anderen einen Tag der Woche Gott zu ehren ruhen oder der Taxifahrer in Athen sich an jeder Kirche bekreuzigt, bevor sie es nicht selbst hören, sehen, riechen, tasten.

Rom, Blicke zu Ende gelesen, da ich nach dem Streit, der bis auf weiteres anzuhalten verspricht, früh schlafen ging und heute entsprechend wach wurde. Kotzbrocken. Statt zu gratulieren beschimpft er einen Helmut Pieper per Postkarte zur Geburt des Sohnes, nur weil der ihm zuvor keine Andeutung gemacht hat: »Schämst Du Dich vor der Vermehrung? Vor Deinen Gedanken? – Du führst doch 1 richtiges Familienleben – & wie ist Dir, vor Deinen Gedanken & Äußerungen, die ich oft hörte, möglich diese gräßliche Schizophrenie zu ertragen. Du mußt ja halb verrückt sein, so Dich zu äußern & so Dich zu verhalten. Ja, vielleicht ist der Kopf eben Schrott (was ich nicht denke!)« Am selben Tag zählt er Maleen in einer Postkarte wie ein Beamter der Reihe nach auf, was er dem jungen Vater unter die Nase gerieben hat, verschärfend am Ende: »Sagte ihm, daß der Kopf ganz schön verrottet sein müsse & Schrott.« Das schreibt der, der in Rom den Oberdeutschen gibt, »Träume von Grünkohl, Pinkelwurst, Schweinerippchen und Salzkartoffeln, vorher eine Sternchennudelsuppe, nachher ein Steinhäger«, penetrante Klagen über verschmutzte Bürgersteige, unpünktliche Post, Unordnung, Negermusik, die häufigen Streiks, und sowieso schmeckt das Essen besser in heimischer Wirtsstube. Brinkmann selbst sah ein, daß die Blätter sich nicht wie erhofft zum Roman fügten, und brach deshalb ab, obwohl sie Blitze enthalten, so unerwartet, Donner und Blitze, die Beobachtung auf dem Straßenstrich vor allem oder Silvester in Olevano. Dazwischen, manchmal über Dutzende von Seiten, Gartengeflüster und Romräsonieren zäher als unsere Freitagsbesprechung, Alltagsbeobachtungen, bei denen weder der Alltag noch die Beobachtung bemerkenswert sind, Gemeinheiten, mitunter wirklich reaktionäre Behauptungen, früher in Deutschland und die deutschen Wälder, Hitler war schließlich ein Österreicher, Amerika verdirbt die Welt; von Informationswert nur für nachfolgende Stipendiaten die Schilderung der Ateliers, des Parks, der Umgebung und des Lebens mit den anderen Künstlern, einen Hausdiener hatte die Villa, dafür flekkige Wände, Namensschmierereien, das Atelier »groß und leer, nichts für mich zum Arbeiten«, eine Unmenge Ignoranz, die als Dekonstruktion des deutschen Italienbildes anfangs sympathisch und auf Dauer nicht lesenswerter ist als die Delirien der Altvorderen; was er Goethe vorwirft, »jeden kleinen Katzschiß bewundert der und bringt sich damit ins Gerede«, ahmt er negativ nach, »so viel überflüssige Gedanken und Auseinandersetzungen mit diesem Land«, die Sprache oft hölzern (bei Goethe ja ebenfalls ungewohnte Unbeholfenheiten), die Photos austauschbar, quälte mich durch oder las quer, Peinliches, das er niemals so weit treibt wie Hilbig, Privates ungeordnet, das man auch geordnet nicht erfahren möchte, die Geldangaben so häufig wie im Roman, den ich schreibe, die Uhrzeit, Schreiben in Echtzeit, kennen wir, hat er in seinem Filmbuch selbst *image-track* genannt, glaube ich, mir allzu vertraut. Und doch legte ich für Brinkmann den zeitkritischen Roman weg, von dem dieses Frühjahr alle zu Recht schwärmen, und heftete mich an *Rom, Blicke* wie gerade die Frühgeborene an Goethe, dessen *Italienische Reise* sie auf dem Steinboden des gigantomanischen Kinderzimmers um genau 18:34 Uhr in den Mund nimmt, um 18:35 immer noch ablutscht, um 18:36 zu zerfleddern beginnt, der erste Tag mit italienischem Wetter heute, Sonntag, 20. April 2008, mit den Kindern zu Hause geblieben, Fußball gespielt heute morgen, unmöglich, schlechtgelaunt zu sein mit dem Blick durch die drei offenen Flügel auf den Park und der Frühgeborenen fröhlich wie alle Tage, nicht bei dieser ersten Sommerluft des Jahres, mag Brinkmann auf Villa und Kinder schimpfen, wie er will, hatte selbst Eheprobleme, *Rom, Blicke* auch als Liebeserklärung zu lesen, die enttäuscht wird, wie man zwischen den Zeilen erfährt, die Zärtlichkeit, das Werben wegen der Galle, die er sonst permanent ausspuckt, um so bewegender, manchmal eine einzige Zeile, nur ein Gruß, den er ausdehnt, bis er paßt: »Machs gut«, ist noch einfallslos, »Bleib gesund«, fügt er hinzu, ohne zufrieden zu werden, »Bleib eine Frau«, schon besser, »Bleib Maleen«, das ist es. Hätte es nur »Bleib Maleen« geheißen, von Anfang an, ich hätte darüber hinweggelesen, ein schönes Wort, doch Brinkmann nicht der erste, der es seiner Liebsten sagt. Es wird erst zu seinem Wort mitsamt den vorherigen Versuchen. Auch Brinkmann schätzt die Übermüdung als Rauschmittel, beschleunigt das Schreiben, um die Kontrolle zu verlieren, bevorzugt in Zügen, häuft den Blätterberg aus Überlegungen, Beobachtungen, Lektüren, Photographien, Postkarten beidseitig, Straßennamen, Zeitungsausschnitten und Tagesabläufen an, um ihn endlich nicht mehr übersehen zu können. »Liebe Maleen, auch Du mußt die vielen Tipp- und Gedankenfehler entschuldigen und mehr den Sinn sehen als die Formulierung, denn mir bleibt keine Zeit mehr, den ganzen Brief zu korrigieren.« Die Versessenheit in Details – daß unter allen Nachkriegsautoren er Jean Paul rühmt, versteht sich – geht an den besten Stellen über alle Bedeutungen hinaus, sonst Menüabfolgen bei Einladungen, »Vorspeise Spinat, mit Quark vermischt, in einen dünnen Nudelteigüberzug gebracht, warm, kleine runde Scheibchen – dazu Weißwein – anschließend Fleisch: 3 Sorten, ein Fleischklößchen mit Pilze-Topf, schmurgelnde braune Sahnesoße, auf einem kleinen Feuerchen – eine kalte Fleischplatte (Zunge, krustig, kalt, in kleinen Scheiben), dann wieder warmes Bratenfleisch, in dünnen Scheibchen – dazu Salat, Tomaten, grüne Bohnen, weichgekocht, kalt, eine italienische Frucht und Weißbrot«, kein Wunder, daß Maleen genervt ist, und plötzlich »Dann ging es los« startet er durch, alles in der gleichen Wertigkeit, zu einer ebenso furiosen wie plausiblen Beschimpfung der Abendgesellschaft, zu der »ein Professor« stößt, »Habermas, und doziert abstrakt – da werden Kinderspielplätze als Probleme vorgestellt – es ist zum Davonlaufen«, damals schon war Italien verrottet, »auch kulturell, keine neue lebendige Tendenz, ein sterbender Kopf. – Der Stil des Salons und des Abendessens, der Kaffee-Stunde, der Herren-Anzüge.« Dreimal hintereinander, in einer Notiz und zwei Postkarten, erfahre ich, daß ein Kellner beim Spaghettibestellen blöde guckte, »Spaghetti ist für ihn eine Vorspeise, für mich nicht« (Notiz), »weil das 1 Vorspeise ist, für mich eine Hauptspeise« (an Maleen), »weil ich nach Spaghetti nichts mehr bestellte, ist für sie ein Vorgericht, mir reichts als Hauptgericht« (an Henning), ist ja gut, Brinkmann!, ich habe es kapiert, Spaghetti eine Vorspeise, der Kellner hat geglotzt, unzähliger solcher Wiederholungen, die, genau die es sind, auf die ich dann doch achte, wie ich auf einmal Spaghetti als Vorspeise nicht geachtet hätte, nicht weil es gelungen wäre – denn Gelingen setzt eine Absicht voraus, Kalkül, wo Poetisches hier aus Zufällen entsteht –, sondern das Buch sich dem Leben angleicht, Schreiben Leben wird, kein sonderlich interessantes, immer noch nicht, ungefähr so ereignisarm wie meins, Ruinen besichtigen, fürs Abendessen einkaufen, mal ein Highlight, für Zehndreiundsiebzig immerhin der Straßenstrich, für Zehnnullacht nur eine Messe, mal Eheprobleme, mal schlechte Tage, die Einladungen und Empfänge identisch, Zehndreiundsiebzigs letzter, als sei es Zehnnullachts erster Satz, »erst dann kann man weiterkommen, wenn dieser Zwang zur sofortigen Verwertung fort ist«.

Der Zug fuhr einen Damm hoch, obwohl nirgends das Meer zu sehen war, nur flaches Land, eine Kleinstadt aus roten Ziegeln, sogar die Bürgersteige rot, Schrebergärten, Fahrradfahrer, ein silberner Mercedes-Benz Kombi, der von der Haupt- in eine Nebenstraße einbog, die Unterschiede von Ein- oder Mehrfamilienhäusern im Rahmen der Sozialdemokratie, ein kleines Einkaufszentrum mit Bäcker, Supermarkt, Schuster und Apotheke ebenfalls rot, keine Altstadt, selbst die Kirche nur im Menschenalter, die Erde auf den Freiflächen und Baugründstücken so grün wie zeitversetzt der Rasen im Stadion von Barcelona, der am 25. April 2008 um 0:29 Uhr im Zimmer 623 eines Hamburger Hotels aufleuchtet, während der Leser mit ausgestreckten Beinen bis nach China erfährt, daß Hodentumor »jede – gutartige oder bösartige – Vergrößerung des Hodens« bezeichne und im Vergleich zu anderen Krebserkrankungen »eher selten« auftrete. Das deutlichste Anzeichen für Hodenkrebs sei »die schmerzlose Größenzunahme des Hodens mit einer tastbaren Knotenbildung innerhalb des Hodens«, die größte Gefahr »der Hodenhochstand (Maldescensus testis)«, bei dem der Hoden aus dem Hodensack in die Leistengegend wandere. »Jede Vergrößerung des Hodens ist tumorverdächtig und muss vom Arzt untersucht werden.« Plötzlich schwebte der Zug durch die Luft, wirklich wie Fliegen, zumal die üblichen Gleisgeräusche aufgehört hatten, je nach Blickwinkel unsichtbar das Eisengestell unter uns, fast fünfzig Meter hoch an der höchsten Stelle, über vier Kilometer lang die Schwebebahn, wie ich später erfuhr, plus zweimal vier Kilometer Anlauf und Abstieg auf Erddämmen. Normalerweise fährt man an Städten vorbei, meinetwegen durch Städte hindurch. Wir jedoch glitten in dreißig, vierzig, schließlich fünfzig Meter Höhe über die Kleinstadt aus rotem Ziegel hinweg, und das Merkwürdige an dieser Perspektive ist zum einen, daß man Zeit hat, sich in eine Situation zu vertiefen, jemand, der Rasen mäht, ein streitendes Ehepaar, das Blickfeld wie aus dem Himmel und doch so nahe am Boden, daß man beim Fußballspiel von Jugendmannschaften auf dem Rasenplatz ganze Spielzüge mitverfolgt, der gestikulierende Trainer; das Merkwürdige ist zum anderen, daß die Menschen und die Häuser und die Fußballplätze sich gar nicht beobachtet wähnen. Ein Zug, der vorbeifährt, ist laut, nah und sichtbar, ein Daheimgebliebener würde davor nicht nackt sein wollen oder sich streiten. Ein Zug jedoch, der auf fünfzig Meter Höhe hinweggleitet, scheint nicht zu existieren. Ein Flugzeug im Tiefflug würde Aufmerksamkeit erzeugen, aber niemand blickt mehr zum Eisengerüst hoch. Ja, das ist es, es steht immer schon da. Die Reisenden sehen alles, aus einiger Höhe zwar, und niemand sieht sie: wie Engel. Es war eine Kleinstadt im Frieden, wie wir aus der Höhe sahen, so lange schon im Frieden oder genau gesagt immer, weil es keines der Häuser vor den Kriegen gab. Vor den Kriegen stand nur die Brücke, 1910 eingeweiht, wie ich später erfuhr, wenn man die Brücke so nennen will, denn er denkt bei Brücken an Berge, die verbunden, Flüsse oder Meeresengen, die überwunden werden, wo hier im flachen Land weit entfernt zwei Dammhälften ansteigen, die ein vier Kilometer langes Eisenkonstrukt auseinanderzuhalten scheint wie Vorwürfe ein streitendes Paar, und darüber gleiten hin und her ihre Kinder, eine wahnsinnige Anstrengung von Tausenden, auf dem flachen Land der Eisenbahn nutzlos eine riesige Brücke zu bauen, und zwar nicht Anfang der Siebziger wie die seinerzeit zweitgrößte Autobahnbrücke Europas über Siegen, sondern 1910, als Großvater gerade von Doktor Jordan beigebracht wurde, nachzudenken, freiheraus zu reden und sogar einem Direktor zu widersprechen. Das stimmt nicht, daß die Brücke keinen Nutzen hat, klärte die Frau des Herausgebers den Leser später auf. Es gibt einen Kanal, den die Eisenbahn überqueren muß, nicht breit, das stimmt, aber früher fuhren die Segelboote hindurch mit ihren gewaltigen Masten, heute die Öltanker aus oder nach Rußland, weshalb die Konstruktion so hoch sein muß, und so lang, weil eine Eisenbahn keine große Steigung nehmen kann. Auf der Rückfahrt sah ich dann tatsächlich drei Frachter hintereinander, nicht so hoch wie früher die Segelschiffe, aber groß genug, damit sich die Fahrradfahrer am Ufer in Spielmännchen verwandelten, die von selbst und noch dazu in gegensätzliche Richtungen vorrücken, als ob sie verrückt spielten, und das rückte den silbernen Mercedes-Benz Kombi, der schon wieder in die Nebenstraße einbog, ein weiteres Stück aus seiner Wirklichkeit, eine Kleinstadt in Frieden, durch die wie auf einer schmalen Straße Ozeandampfer fahren, darüber eine Eisenbahn, die fliegt. Um 1:03 Uhr ist es endgültig zu spät, um noch einen der Brüder anzurufen. Nach Rom fliegt er um elf. Während zeitversetzt Manchester United einen Elfmeter vergibt, sucht der Leser bis nach China die Adresse eines Urologen in der Nähe des Hotels heraus, bei dem er um halb acht vorsprechen wird.

Seit er das Flugzeug betrat, spürt er es, nicht als Schmerz, nur als Eindruck, daß etwas da ist, spürt es, weil er im rechten Hodensack nichts spürt. Ist der Hoden schon in die Leistengegend gewandert? Nein, nein, der rechte Hoden ist eindeutig noch im richtigen Sack, versichert er sich mit der Allmacht überm Schoß und einem Handgriff an die Jeans, nur aprikosengroß und nicht mehr zu spüren, jedenfalls bildet er sich ein, daß der linke Hoden sich anders anfühlt. Dem Urologen tat es wie einem Fernsehdoktor leid, keinen anderen als den erwarteten Befund geben zu können, nachdem die Krankheit bereits im vorigen Absatz in den Roman eingeführt worden war, den ich schreibe. Dramaturgisch ist es angesichts der zwanghaften Libidinosität, auf die wiederholt hingewiesen wurde, einfach stimmig, daß der Romanschreiber nach der Blasenschwäche nun auch noch thanatologisch mit Hodenkrebs experimentiert. So behielt er die Fassung, die wir den Kindern voraushaben, der bunte Strauß von Allgemeinplätzen, den Erwachsene sofort hervorzaubern, lebensphilosophisch: kein Grund zur Klage, religiös: hab Vertrauen, medizinisch: es steht noch nicht endgültig fest, statistisch: und wenn es sich bestätigt, woran er nicht zweifelt, liegen seine Chancen immer noch bei neun zu eins. Neun zu eins! Wann hat man solche Aussichten schon im Leben? – Ich will es mal so sagen, sagte der Urologe es so, daß Drehbuchautoren davon lernen könnten: Wenn ich mir einen Krebs aussuchen dürfte, nähme ich Hoden. Wenn der Romanschreiber die Hinweise des Urologen richtig behalten hat und die Webseiten zuverlässig sind, die er während der Champions League in ein Word-Dokument kopierte (*Hoden.doc*), stellt sich die nächste Zeit folgendermaßen dar: möglichst schnell die Operation, um eine Diagnose stellen zu können, stationär, danach Samenspende und eine zweite Operation, um den Hoden zu entfernen, Strahlen- oder Chemotherapie, im Falle des letzteren – an dieser Stelle setzt die Spannung ein, die vielleicht schon die Fassung sprengen wird – zwei bis vier Zyklen, wobei zwischen zwei Zyklen eine Pause von zwei Wochen liegt. Ein Zyklus besteht aus einem fünfzehntägigen Intervall, stationär in den ersten sechs bis acht Tagen, über den Tag verteilt eine Infusion von 6,5 Litern, zentral der Wirkstoff Cisplatin, Vor- und Nachspülung mit Ringer- und Kochsalzlösung, außerdem Infusion von Valium und einem extrem starken Mittel gegen Übelkeit. Der metallartige Geschmack im Mund, von dem der Musiker in München berichtete, entsteht am ersten, siebten und fünfzehnten Tag durch eine Injektion von Bleomycin. Ansonsten sind die Nebenwirkungen vergleichsweise zivil, der Haarausfall erfolgt kurz nach Ende des ersten Zyklus, bei Orientalen in der Regel etwas später, wie der Urologe schmunzelnd bestätigte, als habe der Romanschreiber die Frage lustig gemeint. Übelkeit ist natürlich eine Begleiterscheinung, führt jedoch relativ selten zu Erbrechen, die Nahrungsaufnahme meist unproblematisch, mit bestimmten Aversionen, die sich nicht voraussehen lassen. Ohnehin schläft man die meiste Zeit, wegen des Valiums selten weniger als fünfzehn Stunden pro Tag. Auch mit nur einem Hoden bleibt die Potenz erhalten, in der Regel auch die Fertilität, die Samenspende nur zur Sicherheit. Der ältere Bruder, der Mediziner genug ist, um sich über die Nachricht nicht aufzuregen, besorgt in Köln einen Operationstermin. Der Frau hat der Romanschreiber noch nichts gesagt, da er sie am Telefon nicht gut beruhigen könnte. Er wußte immer, daß er an die Reihe käme, nicht weil der Roman, den ich schreibe, kein anderes Ende haben kann, an die Reihe kommt schließlich jeder, sondern vorher schon, die Furcht, der Schmerz, die Hinfälligkeit. Obwohl Krankheit das denkbar Allgemeinste ist, macht schon eine Quote von eins zu neun das eigene Leben interessanter und exkulpiert sie den Bericht, den ich erstatte. Als habe sie mitgelesen, ruft die Stewardeß durch, daß sie jetzt mit dem Landeanflug begännen.

Am Sonntag, dem 27. April 2008, muß er um 23:03 Uhr in Rom noch die restlichen Nachrichten beantworten und wenigstens Stichpunkte vom

Besuch beim Herausgeber festhalten, damit der Leser sie später für die Zeitung rekonstruieren kann, das ganze Wochenende keine Zeit, heute Fußball gespielt und Eis gegessen mit den Kindern, gestern am und kurz im Meer, was auch eine Möglichkeit ist, den Samen zu gefrieren, hielten auf der Rückfahrt an einem Ausverkauf, als ob man am vorletzten Tag nichts Besseres zu tun hätte als Kleider zu kaufen, aber der Leser merkt schon, daß es zu seiner Methode gehört, nicht selbst zum Mediziner zu werden, sondern fortzufahren, soweit es geht, sich zu erkundigen, mit einem Facharzt und den Brüdern zu telefonieren, aber dann ist es auch gut, nicht mehr alle Eventualitäten ermitteln, Ruhe bewahren, fröhlich sein, ohne die Krankheit zu ignorieren, an die er durchaus ständig denkt, und wenn sie schon einmal an einer dieser Sensationen vorbeifahren, über die freitags öfter gesprochen wird als über die Sehenswürdigkeiten Roms, kann man auch mal anhalten, die Ältere braucht einen Badeanzug, er eine Jeans. Was er für einen Fabrikverkauf gehalten hatte, stellte sich als Spielzeugstadt heraus, die Fassaden als Attrappen römischer Häuser und Paläste, Tausende, Zehntausende Menschen in einer Via del Condotti aus Pappmaché, vor *Dolce & Gabana* die längste Schlange, die auf Einlaß wartete, bei *Calvin Klein* hätte man schneller zuschnappen können. Die Amerikaner gehen am Campo di Fiori einkaufen und die Einheimischen weit außerhalb der Stadt in einer Filmkulisse. »Fahre morgen vom Flughafen direkt in die Klinik, Dienstag hoffentlich CT, sonst später, Mittwoch OP, danach weiß man schon mehr, sonst nach der Gewebeuntersuchung. Melde mich spätestens Montag abend, aber vielleicht telefonieren wir ja vorher noch.« Der Leser hätte nicht Harald Bergmanns Film gesehen haben müssen, um den Herausgeber auf dem Bahngleis zu erkennen, brauner Hut mit breiter Krempe, volle graue Koteletten, etwas hervorstehende Zähne, in die Ferne schweifender Blick. Noch auf dem Parkplatz beginnt er mit dem Leser zu diskutieren und schnallt sich im Auto natürlich nicht an, das zum Glück wenig PS hat, Revoluzzer, der keinen Gedanken an den Verkehr verschwendet, weil die großen Aufgaben drängen, das Herz immer noch links, ereifert sich bereits an der Ortsausfahrt über zweihundert Jahre alte Verse, die ein anderer zwischen die Zeilen oder auf der Rückseite eines benutzten Blattes kritzelte, am Rande oder seitenverkehrt oder ohne Tinte. »Gern erstellte ich ein Konzept, allerdings kann es sein, daß es etwas dauert, vielleicht auch bis zum Sommer, da ich mich kurzfristig einer medizinischen Behandlung unterziehen muß.« Einunddreißig Jahre! sagt der Leser, doch der Herausgeber korrigiert, daß es genaugenommen fünfzig Jahre in Anspruch genommen hat, alle Fettflecken zu konservieren, denn einunddreißig dauerte nur die Edition, der so viele Ideen, Pläne, Skizzen vorausgingen. Sie haben gedient, sagt der Leser, als sie von der Landstraße auf den Feldweg abbiegen, und der Herausgeber versteht sofort, ohne daß das Wort Opfer fällt, seufzt vielmehr, endlich frei zu sein, und beginnt von den übrigen Pflichten zu sprechen. Der Bauernhof im Zehn-Seelen-Weiler von ihm selbst restauriert, Handwerker ist er außerdem, redet und redet, flicht Hölderlin-Formulierungen ein wie Großvater den Koran, im Stehen, im Sitzen, manchmal springt er vor Elan mitten im Satz auf, dabei niemals uninteressant, nicht einmal eitel, ich weiß schon, gesteht er mehrfach, ich weiß, ich rede zuviel, was der Leser nicht findet, findet nur bald seine Kapazität begrenzt. – Was ich tue, lacht der Herausgeber, übersteigt das Fassungsvermögen jedes normalen Menschen, sprudelt auch mit anderen Begeisterungen und Fachgebieten, Bach- und Bibelausgaben zum Beispiel, jede ihre zwanzig Bände dick, alte Sprachen, war als junger Mann so erregt von der Tatsache zu leben, daß er alles mitnehmen wollte, Literatur, Kunst, Musik und auch die Liebe: Gab es mehr? Jedenfalls gab es keine Zeit, die Schule zu besuchen. Man muß immer die Überforderung anpeilen, empfiehlt er dem Leser, sonst bleibt man im Bekannten stecken, damals gegen die Germanistik, die auch eine Einheitspartei sei, hält Prophetie in Hölderlins Fall für mehr als eine Metapher, schließlich wüßten wir nicht, was in Jesus oder Mohammad vorgegangen sei. Eingerahmt an der Wand das lachende Gesicht einer hübschen Blonden im Süden, neunzehnjährig, schätzt der Leser, die Frau des Herausgebers auf Hochzeits- oder Verlobungsreise: Und auch die Liebe. Die Mutter des auch schon Siebenundsechzigjähren, die sehr froh ist, beim Sohn und der sehr lieben Schwiegertochter zu wohnen, wo ihr das Mittagessen heute wieder gut schmeckt, überhaupt die Treue, die das Haus atmet, dessen Erwerb selbstredend ein ebensolches Wunder war wie alle anderen, an leicht erhöhter Stelle, so daß man trotz des notwendig flachen Landes den Fernblick genießt. Treja, wie das Dorf heißt, klingt keineswegs zufällig nach Troja, versichert der Herausgeber ungefragt und gibt einen kurzen Abriß seiner Recherche in Archiven und Grabungen, Historiker ja außerdem. Er habe sich mit keinem Menschen überworfen. In jedem einzelnen Fall – er geht jeden der Namen durch und schildert im Detail die Streitverläufe – hätten sich die anderen mit ihm überworfen. Ob der zwanzigste Band bereits erschienen ist, kann er nicht sagen, da er mit dem Verlag nicht mehr kommuniziert, gibt dem Leser den unlektorierten, bestimmt kostbaren Werkstattdruck mit. »Mein Hoden ist mittlerweile so groß wie ein Pfirsich und hätte in der Leistengegend gar keinen Platz mehr, also alles im grünen Bereich. Wenn er weiterwächst, können wir Fußball spielen damit. Und nein, ich weiß wirklich nicht, wann er zu wachsen begonnen hat, weil ich anders als du nicht ungeniert an jedem Ort meinen Schwengel verschiebe, um es mit einem bedeutenden Kölner zu sagen, der vor mir in Rom war.« Im Arbeitszimmer das Fossil eines Drachenkopfs, das der Herausgeber im Garten ausgegraben hat. Obwohl er erklärt, was an dem Steinblock Augen, Nase, Mund sind, erkennt der Leser keine einzige der Konturen. Der Herausgeber selbst ist überzeugt wie von allem, hat dem Senckenberg-Museum besonders schlechte Photos geschickt, damit es dem Fund keine Bedeutung beimißt. Seit Ablauf der dreimonatigen Vorbehaltsfrist gehöre der Drachen ihm, dessen Wert ein Zoologe aus Dortmund bestätigt habe, beim Wort Drachen ein Zitat, das der Leser sich diesmal zu merken vornimmt. »Denn wenn / Ein Streit ist über Menschen am Himmel und gewaltig / Die Monde gehen, so redet / Das Meer auch, und der Drach vergleicht / Der Natur Gang und Geist und Gestalt. Zweifellos / Ist aber Einer. Der // Kann täglich es ändern.« Pläne? Jetzt müßte sofort die Arbeit an der nächsten Edition beginnen, die seine verbessert. Jetzt müßte sich jemand anders finden (opfern), wenn schon Revolution, dann permanent. Er selbst wird bloß noch darum kämpfen, daß die Handschriften mit herkömmlicher Technik photographiert werden und nicht digital, zeigt unter der Lupe die Konturen, die die Pixel nicht erfassen, etwa die Punkte, die Hölderlin mit tintenloser Feder ins Blatt gedrückt hat, Hinweiszeichen, ist der Herausgeber überzeugt wie von allem, Markierungen für spätere Leser. Hölderlin habe gewußt, daß jemand die Manuskripte aus dem Meerboden der Vergessenheit heraufholen würde – wie der Herausgeber den Drachen, denkt der Leser, der auf dem Blatt die zwei farblosen, länglichen Einkerbungen erkennt. Der Herausgeber vermutet, daß sie ein Hinweis seien, die Worte »ab und auf« in eine eigene Zeile zu bringen. Beinah habe er die Einkerbungen zu spät entdeckt, aber zum Glück noch einmal alle Blätter überprüfen können, weitere Konturen gefunden, Regelmäßigkeiten. Es gehe um Manuskripte, die noch immer Überraschungen bereithielten. In der digitalen Aufnahme sei der Hinweis ein für allemal verloren. Hat lange Briefe geschrieben an die Stuttgarter Landesbibliothek, der die analoge Erfassung zu teuer ist, hält die ausgeliehenen Blätter zurück, damit Stuttgart keine Tatsachen schaffen kann, bis er die Finanzierung auftut, hofft auf den Verkauf des Fossils. Unternimmt den Versuch, mit dem Leser gemeinsam die Frankfurter Ausgabe zu lesen, sucht erst einen, dann zur Probe mehrere Verse in ihren verschiedenen Varianten und Kontexten, verfängt sich in den Siglen, lacht, daß das Register eigentlich ein eigenes Register brauche. Wie die Anmerkungen sie schon haben, denkt der Leser. Ebenfalls ein Wahlspruch: Es geht nicht um schnellstmögliche Erfassung, sondern um Qualität. Die dann verbreitet werden soll, gibt der Herausgeber dem Leser recht, der nach dem Schnäppchen fragt. Im »Persönlichen Bericht«, der dem zwanzigsten Band vorangestellt ist, kritisiert er selbst, daß sein Editionsmodell zum Dogma geworden sei. Er hingegen, denkt sich der Leser hinzu, glaubt an Hölderlin, weil dieser und damit dieser gebraucht werde, darin selbst ein Prophet. »Erzähl deinen Kindern lieber nichts, falls nicht bereits geschehen, da ich mir noch unschlüssig bin, was genau ich sage und wann. Ich habe nicht vor, ein Geheimnis daraus zu machen, sondern möchte nur am Anfang behutsam sein, vor allem auch Pudding gegenüber. Sie sollen erst einmal den Rückflug überstehen, der anstrengend genug ist.« Später spricht der Herausgeber von »Ihrer Leseausgabe«, als habe er sie eigens für den Leser erstellt. Es wirkt nicht herablassend. Sowenig wie um Tempo geht es um Quantität, fünfzig Jahre kein Wert an sich. Wie in seiner Ausgabe verirrt er sich auf dem Rückweg zum Bahnhof, verfährt sich vor lauter Reden mehrfach, so gut er Kleinstadt und Ausgabe kennt. Was alles erledigt werden will, wenn man unversehens für Wochen oder Monate nicht zu erreichen sein wird, die allernötigsten Besorgungen, rasch noch zwei Texte abliefern, drängende Briefe kurz beantworten und sonst nur Absagen, Entschuldigungen, Benachrichtigungen. Wundersam schnell kristallisiert sich heraus, auf wen Verlaß ist, und wie wichtig, daß man sich verlassen kann. Daß der Musiker in München, abgesehen von allem anderen, dem Sterben seiner Mutter, der unmittelbaren Lebensgefahr und dem viel schlechteren Zustand, buchstäblich mutterseelenallein war, kommt dem Freund am Montag, dem 28. April 2008, um 1:54 Uhr in Rom noch schauderhafter vor. Die Hilflosigkeit der Mitmenschen, von denen der Musiker gesprochen hatte, erkennt der Freund sofort wieder. Plötzlich ist er es, der auf der anderen Seite steht, in der Akademie alle anderen Nummern bis hin zum Direktor so unsicher wie die Nummer zehn sonst auch jedesmal war. Die Nummer sechs fragte nach der Koinzidenz zwischen der Erkrankung des Hodens und der Beschäftigung mit Hölderlin. Die Nummer zehn wies darauf hin, daß Hölderlin oft masturbiert habe, insofern gestehe selbst die Germanistik einen Zusammenhang zwischen Hoden und Hölderlin zu, der im Jahrgang 2008 der Deutschen Akademie Rom nur noch Hodenlin heißen wird, solche Witze halt, wie sie auch im Hodenkrebs-Chat üblich sind, in dem sich die Frau umgetan hat, wie schön, daß sie sich sorgt. Unter den verschiedenen Typen des Hodenkrebskranken, die sie bis nach China aufgelistet findet, schlägt er sich den Optimisten zu und mag es zugleich nicht, wenn andere ihn mit ihrem Optimismus beruhigen wollen, versteht den Impuls, aber kann ihn nicht gebrauchen. Besser kommt er zurecht, wenn er der Beruhigende ist. Das Mitgefühl nimmt er befriedigt wahr und registriert, wer von der Krankheit erfahren hat, ohne Genesung zu wünschen (nur sein Verleger), während Telefonate eher stören, so daß er selten abhebt und bei den Rückrufen säumt, in denen er doch nur die immer gleiche Diagnose, Prognose und Gefühlslage zu verkünden hätte.

Doktor Jordan hat seine Schule *American College of Tehran* genannt, damit das Akronym *ACT* lautet, lese ich in einem Aufsatz des Presbyterianerforschers Michael Zirinsky, den der Enkel in der Bibliothek der Kölner Orientalistik aufgestöbert hat. Noch in solchen Nuancen wollte der Direktor seine Schüler dazu erziehen, »modern zu sein«, und meinte damit: ihr Leben nach rationalen Gesichtspunkten zu gestalten, statt es sich von Traditionen und Autoritäten diktieren zu lassen, eigenständig nachzudenken, stets das eigene Gewissen zu prüfen, in Freiheit und Verantwortung vor Gott zu stehen, nicht nur die Mildtätigkeit, die der Islam auch kenne, sondern die Arbeit selbst als Gottesdienst zu achten. Was Großvater als Jugendlicher vom Frühgottesdienst über den Debattierclub und den Sportunterricht bis hin zu den Armenspeisungen und Kleidersammlungen eingeschärft bekam, das waren nichts anderes als Subjektivismus und Autonomie, mithin die Prinzipien des Protestantismus, die Doktor Jordan für vereinbar mit dem Islam und der iranischen Kultur hielt. Zirinsky führt in seiner Bibliographie sogar einen eigenen Aufsatz zu Doktor Jordans protestantischer Ethik auf (Yahya Armania, »Sam Jordan and the Evangelical Ethic in Iran«, in: Robert J. Miller [ed.], *Religious Ferment in Asia*, Lawrence, KS, 1974), den der Enkel vielleicht bei den Theologen im Hauptgebäude der Universität fände, aber hinüberzugehen, fehlt am Dienstag, dem 29. April 2008, um 13:13 Uhr die Zeit, ebenso für Gespräche, obwohl er zwei der drei Orientalisten, die mit ihm in der Bibliothek sitzen, noch aus der Studienzeit kennt. – Geht's gut? – Danke, ganz gut, hat sich der Enkel sofort wieder in den Jahrgang 1935 der Zeitschrift *The Muslim World* vertieft, der einen Beitrag aus Doktor Jordans eigener Feder enthält (»Constructive Revolutions in Iran«): »Nimm das Beste, was das Land hat, mach es besser, als es war, und dann füge das Beste hinzu, was wir zu geben haben.« In der Uroonkologie bereits gegen Mittag chefvisitiert, rektaluntersucht, blutabgenommen und komplikationslos in den Becher uriniert, der Termin in der Radiologie erst um 16 Uhr, Frau und Kinder in Rom, die Brüder auf der Arbeit, die Eltern in Isfahan, ist der Enkel in die Orientalistik ausgebüxt, die auf dem Universitätsgelände gleich nebenan liegt. Kurz vor dem Ersten Weltkrieg kaufte Dr. Jordan eine Mauleselladung Schaufeln und wies die Internatsschüler an, sie hinter die Villen der Minister zu tragen, wo die Amerikanische Schule ein Stück freies Land erworben hatte. Die verblüfften Eltern ließ er wissen, daß die ersten Spatenstiche auf dem neuen Campus nicht von Bauern ausgeführt werden sollten, die zwanzig Cent am Tag verdienten, sondern von den Schülern selbst, »von Jungen, die mit Worten und Taten zeigen wollen, daß eine neue Ära in Iran begonnen hat, in der jede Art von Arbeit, jede Art von Dienst für die Gemeinschaft und die Menschheit im ganzen ehrenwert ist«. Den Fußballplatz, den der Enkel und dessen Cousin väterlicherseits noch vorfanden, bauten die Schüler selbst zu Ende. »Euch muß ich nicht erklären, warum ihr das tun solltet«, sagte Dr. Jordan den Schülern, bevor der Ball zum ersten Mal rollte. An einen neuen Lehrer, der aus Amerika anreiste, telegraphierte er: »Transport ab Grenze geregelt. Bring 3 Dutzend Fußbälle mit.« Am Bau des Fußballplatzes muß Großvater doch teilgenommen haben, der kurz vor dem Ersten Weltkrieg die Amerikanische Schule besuchte. Zurück bei Zirinsky, stoße ich auf eine weitere Begebenheit aus der Zeit des Ersten Weltkriegs, die Großvater entweder selbst erlebt oder von der er zumindest erfahren haben muß: Ein Schüler namens Soltan Mahmud Chan berichtete 1918 in der Zeitung *Raad*, die Großvater im Anschluß an seine Schulzeit jeden Morgen nach seiner Übersetzung durchsuchte, von der jährlichen Hilfsaktion: »In dem ersten Haus, das wir besuchten – wenn das Wort ›Haus‹ überhaupt dafür benutzt werden kann, denn es wirkte eher wie die Feuerstelle eines Hammams als wie ein Haus –, wohnten drei Familien. In der einen Ecke lag ein Mann von vielleicht fünfundzwanzig Jahren so gut wie nackt und vollkommen hilflos im Typhusfieber. In einer anderen Ecke, auf die die Sonne fiel, krochen mehrere Kinder auf dem Boden und bettelten ihre Mutter um Brot an. Die Mutter saß weinend neben ihrem kranken Sohn, weil sie keine Medizin und nicht einmal Essen für ihn hatte. Eine andere Mutter, die vor fünf Tagen ihr viertes Kind geboren hatte, sagte uns, daß sie die Milch abpumpt, da sie als Nahrung für alle Kinder reichen muß.‹« Einem britischen Report zufolge (J.M. Balfour, *Recent Happenings in Persia*, Edinburgh & London 1922) starben allein in der Hungersnot jenes Jahres rund eine Millionen der elf Millionen Iraner. Einige Tausend hätten dank der Amerikanischen Schule überlebt, ist Zirinsky überzeugt. »Ich wollte die Iraner immer von Amerikas lauteren und uneigennützigen Absichten überzeugen, dem Wohlergehen Irans zu nützen und eine Nation von herzlicher Gutwilligkeit zu schaffen«, schrieb Doktor Jordan in seinem Beitrag für die *Muslim World* (die Übersetzung von »create a nation of hearty goodwill« ist etwas unbeholfen, aber mir fällt auf die Schnelle nichts Besseres ein). Was 2008 wie neokonservative Propaganda klingt, scheint bis in die vierziger Jahre tatsächlich der amerikanischen Strategie entsprochen zu haben, Iran zu einem Musterbeispiel für Demokratie, Menschenrechte, Pressefreiheit und die Befreiung vom Kolonialismus zu entwickeln, wie Präsident Roosevelt es 1943 bei seiner Abreise von der Teheran-Konferenz jedenfalls so überzeugend erklärte, daß ihm die meisten Iraner glaubten. Daß Doktor Jordan 1952 und damit vor dem Putsch der CIA starb, hält Zirinsky, der sich sonst aller Bewertungen enthält, für einen »glücklichen Umstand«. Die Rede vor weit über tausend Trauernden in Teheran hielt mit Allahyar Saleh ein führendes Mitglied der Nationalen Front und Mossadeghs Botschafter in Washington, der wie viele andere Unabhängigkeitskämpfer, Reformer und Revolutionäre des modernen Iran den Unterricht von Doktor Jordan besucht hatte. Daß Iran sich in den vierziger Jahren, als es sich von den Briten und Russen befreien wollte, den Vereinigten Staaten zuwandte und nicht zuletzt Premierminister Mossadegh seine Hoffnungen buchstäblich bis zum Abend des Putsches, als er den amerikanischen Botschafter traf, auf die Moralität Washingtons setzte, hatte einen unmittelbaren Grund in der Erfahrung, die viele iranische Führungspersönlichkeiten an der Amerikanische Schule gemacht hatten. »Arguably the most influential American in the history of US relations with Iran«, nennt der Aufsatz Doktor Jordan und führt die Berühmtheiten auf, die die Amerikanische Schule besuchten, darunter die Sozialaktivistin Sattareh Farman Farmaian, deren Selberlebensbeschreibung der Enkel in der Bibliothek der Kölner Orientalistik ebenfalls gefunden hat (*Daughter of Persia: A Woman's Journey from Her Father's Harem through the Islamic Revolution*, New York 1992). Darin betont sie, daß Doktor Jordan »auf unser Land wie auf sein eigenes blickte und so ehrgeizig wie alle Iraner war, daß es stark und unabhängig würde. Vor allem anderen verlangte er von uns, daß wir gegen die ausländische Einmischung kämpfen.« In seinem Unterricht, schreibt Sattareh Farman Farmaian weiter, habe Doktor Jordan keineswegs gelehrt, die andere Wange hinzuhalten. »›Schaut einem Problem stets direkt in die Augen‹, pflegte er zu sagen, ›und haltet nicht nach einem Größeren wie mir Ausschau, der euch schützen könnte. Das vermittelt eurem Widersacher nur den Eindruck, daß er mit euch anstellen kann, was er will. Erst wenn ihr allen zeigt, daß ihr auf euch selbst aufpassen könnt, werden die Feiglinge und Tyrannen von euch ablassen.‹« Um 14:55 Uhr sollte der Enkel allmählich die Bücher ins Regal stellen, um rechtzeitig in der Radiologie zu sein. Mrs. Jordan, von der Großvater nur berichtet, daß sie vorzüglich Klavier spielte, habe äußerlich dem Bild der traditionellen viktorianischen Gattin entsprochen, zurückhaltend und gottesfürchtig. Ihr Wesen jedoch nennt Zirinsky »revolutionär«. Als Mitglied des Kollegiums sorgte sie dafür, daß alle Schüler, also auch Großvater, mindestens einen Aufsatz über die Gleichberechtigung anfertigten und im Chor den folgenden Satz aufzusagen wußten: »Kein Land wächst höher als seine Frauen.« Mit den iranischen Frauenrechtlerinnen der zwanziger und dreißiger Jahre stand Mrs. Jordan in engem Austausch und wandte sich zugleich öffentlich gegen die Ankündigung Reza Schahs, den Tschador zu verbieten. In einem kurzen Text, der 1935 ebenfalls in *The Muslim World* erschien (Mary Park Jordan, »Persian Women Move Forward), zitiert sie eine der Frauenrechtlerinnen, mit denen sie befreundet war: »Wir kämpfen für das Aufheben des Schleiers der Ignoranz und des Aberglaubens, nicht für das Verbot eines Kleidungsstücks.« Doktor Jordan selbst schreibt in seinem Aufsatz: »Indem Mrs. Jordan und andere Gattinnen der Kollegiumsmitglieder an der Schule lehrten, überzeugten wir die Söhne des Adels und der Eliten, daß auch Mädchen unterrichtet werden können. Indem in unserem Kollegium die Ehepaare zusammenarbeiteten, überzeugten wir unsere Schüler, daß sie später auf gut ausgebildeten Ehefrauen bestünden, die ihnen echte Gefährtinnen, Freundinnen und Vertraute sein würden.« Na, Großvater scheint noch nicht ganz so emanzipatorisch gedacht zu haben, als er Urgroßvater bat, ihm eine Braut vorzustellen. Sattareh Farman Farmaian erwähnt – muß ich das jetzt auch noch erwähnen? –, daß sie jedesmal erstaunt gewesen sei zu beobachten – genau diese Details sind doch wichtig –, wie die amerikanischen Lehrer ihren Kindern die Jacken anzogen oder ihnen das Butterbrot in den Ranzen steckten. »Voll Neid versuchte ich mir vorzustellen, wie diese hellhaarigen, blauäugigen Väter am Abend nach Hause kamen, um mit ihren Frauen – oder besser gesagt, ihrer Frau – und den Kindern zu Abend zu essen.« 15:22 Uhr schon, der Enkel muß wirklich los, will rasch nur einen Blick in das letzte Buch aus der Bibliographie Zirinskys werfen, das zum Bestand der Kölner Orientalistik gehört, Laleh & Rose Bakhtiar, *Helen of Tus: Her Odyssey from Idaho to Iran* (Chicago 2002). Nein, das kann nicht wahr sein, das nimmt ihm keiner ab: Laleh Bakhtiar ist keine andere als die Tochter jenes Abolqasem Bachtiar vom Stamm der Bachtiaren-Nomaden, dem Großvater einen ganzen Abschnitt widmet, dieser freundliche, etwas naive Hüne, dreißig, fünfunddreißig Jahre alt, glatzköpfig, der eine Gruppe von Kindern aus vornehmen Familien seines Stamms begleitete und Doktor Jordan so lange zusetzte, bis der ihm halb achselzuckend, halb gerührt erlaubte, sich in Großvaters Klasse zu setzen, wo er sich keine einzige Vokabel merkte. Bei seiner Tochter Laleh, die wiederum das Leben ihrer amerikanischen Mutter Rose erzählt, lese ich nun, daß er damals schon vierzig Jahre alt war und erst dem Alkohol und dem Opium abschwören mußte, bevor ihn Doktor Jordan schließlich zum Unterricht zuließ. Ja, wie Großvater richtig vermutete, hat Herr Bachtiar ein aufregendes Leben geführt, das 1971 in Teheran neunundneunzigjährig endete. Die Tochter hat ihm, sehe ich gerade in der Bibliographie, auch ein eigenes Buch gewidmet, eine ganze Biographie, *Abolqasem of Tus*, das womöglich ebenfalls zum Bestand der Kölner Orientalistik gehört. Großvater bedauerte, daß Herr Bachtiar seine Erinnerungen nicht aufgezeichnet zu haben schien, da er eigentlich sowenig über ihn wußte und ihn nur erwähnen wollte, »um die Seele dieses ehrenwerten und lieben Menschen zu erfreuen und die Leserschaft zum

Staunen zu bringen, was ein Mensch allein durch Willensstärke, Fleiß und Leidenschaft zu erreichen vermag«. Großvaters Seele wird es erfreuen, daß jemand anders Herr Bachtiars Leben beschrieb. 15:43 Uhr. Der Enkel wird rennen müssen, um noch pünktlich in der Radiologie zu sein, und schwitzend dort ankommen, aber so Gott will nicht aus Angst.

Zum Bundesbruder ist dem Patienten in Zimmer Nummer 8581 sein Bankberater geworden, den er im Wartezimmer der Radiologie mit kurzer Hose und einer monströsen blauen Halterung ums rechte Bein antraf, Kreuzbandriß, Fußball gespielt in der Halle, obwohl Sie zu alt sind dafür, packt Sie irgendwann doch der Ehrgeiz, entschuldigte sich der Bankberater, ohne Fremdeinwirken in der Drehung, sechs Wochen auf die Operation gewartet, wieder sechs Wochen auf die Computertomographie, ist auch dicker geworden, kein Wunder, müßte mit Physiotherapie anfangen, die Freundin in einer anderen Stadt, zum Glück kann ihn der Vater versorgen, der in der Nähe lebt, Zwei-Klassen-Medizin, die Nummer 8581 hat Gott sei gepriesen drei Mediziner als Brüder und die private Zusatzversicherung. »Bitte einatmen!« brüllte ihm eine weibliche Stimme in der Stahlröhre bei permanentem Maschinengeräusch dreißig Minuten lang ins Ohr, dreißig Minuten »Bitte einatmen!«, »Bitte nicht mehr atmen!«, »Bitte weiteratmen!«, das Gesichtsfeld aus beigefarbenem Kunststoff und winzigen Löchern am linken und rechten Rand für die Lautsprecher. Da die Aufforderung »Bitte einatmen!« ohne jede Ankündigung erfolgte und der Abstand zwischen »Bitte nicht mehr atmen!« und »Bitte weiteratmen!« ständig variierte, so daß die Luft manchmal nur wenige Sekunden, manchmal aber so lange angehalten werden sollte, wie Ältere oder Kränkere es nicht geschafft hätten, manchmal in kurzen Intervallen, manchmal mit Pausen, damit der Puls sich wieder beruhigte, konzentrierte die Nummer 8581 sich darauf, tief in den Bauch und langsam auszuatmen, um für das Luftanhalten gewappnet zu sein, und geriet gleich einem Meditierenden in leichte Trance, so daß er im nachhinein nicht zu sagen vermag, wann, bei welchen Gedanken und ob überhaupt bei Gedanken sein Mund sich beim Atmen zu einem bestimmten Seufzer formte. Über die Aktienkurse, die weltweit eingebrochen sind, sprach er nicht mehr, als er wieder neben dem Bankberater saß. Die Krankenschwester kürzte um neun Uhr die Zeit ab, die er sich für Gebete und fromme Gedanken aufgespart hatte, indem sie ihn mit der Frage überraschte, ob er sich bereits rasiert habe. Rasiert? Sie könne auch dem Nachtpfleger

Bescheid geben, fügte sie hinzu, als die Antwort ausblieb. Nein, nein, ist schon gut, verstand die Nummer 8581 endlich. Für jemanden, der es noch nie getan hat, nimmt es mindestens eine Stunde in Anspruch, sich unter der Dusche, die in der Universitätsklinik selbst auf der Privatstation die Größe eines Schlafwagenbads hat, rundherum verkratztes Plastik, die Schamhaare und ein ganzes Stück von den Oberschenkeln zu rasieren, boxershortslang, wie die Schwester es ausdrücklich verlangt hatte. Zu allem Überfluß hatte die Nummer 8581 das Rasiergel zu Hause vergessen und auch keine Schere dabei. Er mußte aufmerksam sein wie bei einer Operation, an den empfindlichen Stellen jedes Haar einzeln besiegen, alle zwei Minuten sich und die Klinge säubern, das Schlafwagenbad, das bis hinters Klo unter Wasser stand, am Ende von den Haaren befreien und notdürftig mit den Papierhandtüchern wischen, und die ganze Zeit mußte er an die Attentäter denken, die sich am Abend des 10. September 2001 ebenfalls rasiert hatten. So lächerlich die Rasur aussieht, weil Bauch, Po und Beine behaart blieben und er nur ein Fenster freigelegt hat, aus dem sich eine runzlige, lebensmüde Gestalt zu beugen scheint, ahnt die Nummer 8581 am Abend des 29. April 2007 die Kraft des Häutungs- und Reinlichkeitsrituals, das sich die Attentäter aus abgelegenen Texten zusammenstellten.

Die Mutter hat nun auch ihre Erinnerungen aufgeschrieben. Als sie am Donnerstag, dem 1. Mai 2008, das Zimmer Nummer 8581 betrat, sagte sie es keine zwei Minuten nach der Begrüßung. Eine junge Frau aus einem Copyshop in Isfahan, der vor der Schließung stand, hat die Selberlebensbeschreibung abgetippt, die bereits bis zum Gymnasium und damit zur gescheiterten Kandidatur Großvaters für das iranische Parlament reicht. Der Besitzer des Copyshops wolle nach Kanada auswandern wie so viele, klagte die junge Frau unter Tränen, sie selbst sei Waise und ohne Geschwister, habe sich mit den hunderttausend Tuman Gehalt und ein, zwei weiteren Jobs gerade eben durchgebracht. Die Mutter besuchte die Waise in dem heruntergekommenen Mietshaus, in dem sie sich ein kleines Zimmer so gemütlich hergerichtet hat, wie es ihre Armut erlaubt, und kaufte ihr für zweihundertfünfzigtausend Tuman einen der gebrauchten Computer, die der Copyshop zum Verkauf bot, damit sie auf eigene Rechnung arbeiten kann. Zur Bedingung stellte die Mutter, daß die Waise nicht für die Aussteuer spart, sondern zuerst eine eigene Existenz aufbaut, um niemals von einem Mann abhängig zu sein. Das war eine gute Tat, sagte die

Mutter unter Tränen, einfach eine spontane gute Tat ohne Hintergedanken, und meinte, nicht wie sonst als regelmäßige Abgabe, Bitt- oder Dankgebet. So knickrig sie im Alltag ist, so großzügig spendet sie den Bedürftigen, aber doch anders, planmäßiger, durchdachter, für größere Projekte, Spende islamisch verstanden im Sinne einer Steuer, die es bestmöglich zu verwalten gilt, nicht als Huld. Die zweihunderttausend Tuman sind im Vergleich ein geringer Betrag, etwa zweihundert Euro, jedoch religiös von anderer Währung. Der ältere Bruder, der die Eltern am Flughafen abholte, behauptete, daß der Jüngste wegen einer Zyste operiert worden sei; die Eltern sahen so erschöpft aus, in Teheran erst nach Mitternacht schlafen gegangen wegen des Abschieds von den Verwandten, aufgestanden um halb zwei und zum Flughafen vor Ghom mit den üblichen fünfundneunzig Kilo Gepäck, weil die Mutter iranische Zutaten niemals teuer in Exilläden kaufen würde und schon gar nichts Verderbliches im Kühlschrank zurückläßt, nicht in Siegen, nicht in Spanien und deshalb auch nicht in Isfahan, egal, wie mühsam die Reise, die aufreibende Brutaldiplomatie am Check-in bis zum Totalen Sieg, Abflug eigentlich um sechs, doch drei Stunden im Flugzeug gewartet in zunehmend stickiger Luft, ein technischer Defekt bei der ohnehin absturzanfälligen Airline der Islamischen Republik, und im dritten Anlauf hebt die Maschine dann doch unter Gebeten ab, die diesmal sicher nicht nur vom Band kamen. Als sie nach dem Mittagsschlaf erfuhr, woran der Jüngste wirklich erkrankt, aber daß die Operation gut verlaufen war, habe sie sofort gedacht, daß Gott sie belohne, sagte sie im ersten Redestrom, um egal wie die Fassung zurückzugewinnen, denn der ältere Bruder hatte sie beschworen, am Krankenbett nicht in Tränen und Wehklagen auszubrechen.

Zwar sind die Schmerzen dank der Medikamente erträglich, doch sorgte die Narkose noch am Freitag durchgängig für Übelkeit und oftmaliges Erbrechen. Am Montag endlich fähig, einen Gedanken zu fassen, hatte er schlimmen Durchfall, so daß sich an seiner Mattheit nichts änderte. Hinzu kommt, daß er aufgrund des überreizten Magens die Schmerzmittel nicht mehr so stark dosieren kann. Schließlich klang der Durchfall ab, doch nun nahmen ihn Kopfschmerzen in die Mangel wie auf der Autobahn nach Frankfurt, diesmal leer das Versprechen der Mutter, die ihm den Schädel durchknetete. Ohne die aktualisierte Statistik, wonach die Heilung zu neunundneunzig Prozent feststeht, wäre die Nummer 8581 womöglich bereits an seine erste Grenze gestoßen, so schnell. Obwohl, er hat bereits eine Grenze überschritten, bloß wie in der schauspielerischen oder rituellen Ekstase, weil er physisch spürt, sieht und schlimmer noch: riecht, wie es ist zu vermodern – keine bloße Krankheit, sondern Verkümmern –, nicht mehr über den eigenen Körper zu verfügen, speziell die Männlichkeit zu verlieren, und zugleich zu neunundneunzig Prozent weiß, daß der Zustand vorübergehen wird. Es ist nicht existentiell, es fühlt sich nur so an. Unter allen, die ihn in der Uroonkologie besuchen, versteht ihn die Schwägerin am besten, deren Fachgebie die Psychologie ist. Ihr gestand er, wie ekelhaft es sich unter der Pyjamahose nicht nur anfühlt, sondern auch ausschaut, halbkastriert – so wird es in der Uroonkologie wirklich genannt, als ob es Eunuchen nicht nur bei Sindbad dem Seefahrer gäbe –, mit zwei ungleich geschrumpelten Hodensäcken, die rasierte Stelle wie ein offenes Fenster, aus dem sich ein verkümmerter Opi beugt, warum auch immer der rechte Oberschenkel während der Narkose zusätzlich bis zum Knie von Haaren befreit, ob von einem Pfleger oder einer Krankenschwester wird allein vom Dienstplan bestimmt worden sein, gerupft, so kommt es ihm vor, nicht rasiert, gerupft wie ein Huhn neben dem Suppentopf, boxershortslang mit orangefarbenem Jod bepinselt, die Naht an der Leiste mit den Fäden, die noch heraushängen, die lange Wunde, aus welcher der Chef der Uroonkologie den Hoden heraufgeholt hat, der blutdurchtränkte Verband, den gewechselt zu bekommen selbst von den anmutigsten Frauenhänden ekelhaft ist, und alle zwei Stunden reißt jemand ohne anzuklopfen die Tür auf, um mit einem Bein noch im Flur zu rufen, dann wollen wir mal sehen, die Krankenschwester, der Stationsarzt, die eigenen Brüder, die Visite mitsamt Studenten und Studentinnen, die Nummer 8581 liegt da mit heruntergelassener Hose, alle beugen sich vor, und der Chef der Uroonkologie klärt auf, daß der Anblick optimal ist – ein Witz: optimal! –, und dann hat der Chef der Uroonkologie noch gar nicht davon gesprochen, daß die Nummer 8581 sich einhodig nicht waschen darf, ohnehin zu klapprig ist zum Duschen, den Eindruck hat, bis auf den Stationsflur zu stinken, den Schweiß ja auch mit eigenen Augen sieht, der zwischen Oberschenkeln und Hodensack trieft, besonders am rechten größeren Sack, in dem noch ein Hoden liegt. Der eigene ein Fremdkörper, am abstoßendsten, was einmal Scham war. Der Student im Praktischen Jahr, der erst mit der Hand, dann mit einer Art Polizeistock im Gesäß der Nummer 8581 herumfuchtelte, vergaß nicht den Pflichtsatz aller Urologen, daß das für einen Mann nicht angenehm sei. Woher willst du das denn wissen, fragte sich die Nummer 8581, wie alt bist du denn überhaupt, Bürschchen, daß du mich zu trösten versuchst? Wie zur Strafe diagnostizierte der Student im Praktischen Jahr nebenbei Hämorrhoiden. Gut, nehmen wir die auch noch mit, knurrte die Nummer 8581. Gar nicht so sehr an ihn gerichtet, bemerkte die Schwägerin, daß Männer nicht daran gewöhnt seien, die eigenen Geschlechtsorgane auch als Bereich des Schmerzes und der Verunreinigung zu erleben, nicht nur der Lust. Und es stimmt: Bei einem Mann kann schon mal ein Ball oder ein Tritt den Schambereich treffen, gleichwohl sind es doch Ausnahmesituationen, die selten länger als ein paar Minuten anhalten, der Schmerz auch der Verblüffung geschuldet. Für Frauen ist es die Regel. Eine Naherfahrung nicht des Todes, aber des Alters: das Geschlecht nicht nur nutzlos, nicht Quell des Genusses und, ja, Fachgebiet hin oder her, des Stolzes und der Herrschaft, sondern ein häßlicher, quälender, unkontrollierbarer Wicht, der in all seiner Absurdität und Albernheit in der Lage ist, einem Mann das letzte Stück Würde zu rauben, das die anderen Gebrechen übriggelassen haben. Bei den Frauen muß das Altern anders verlaufen, die Nummer 8581 will nicht sagen: weniger schockierend, anders, weil das Geschlecht für sie von der ersten Menstruation an auch das Gegenteil des Angenehmen sein kann, schmerzend, blutend, unrein, wie sie es empfinden beziehungsweise seit jeher empfinden sollen. Daß viele Frauen sich während der Regel oder nach einer Geburt gleichsam asexuell vorkommen, das versteht er nun. Er hat vorher schon gelesen und es liegt schließlich auch nahe, daß die Halbkastration einen Eingriff in den berüchtigten Hormonhaushalt darstellt, einen erheblichen Eingriff, *wie* es so heißt. Aber *was* das heißt, auch das versteht er erst jetzt, da die Studentinnen täglich einmal durch sein offenes Fenster starren, als mache es gleich Pieppiep. Abgesehen davon, daß er erstmals seit der Jugend über Tage hinweg nicht einmal die Andeutung eines sexuellen Gedankens hat, wäre eine Erektion, so meint er gelesen zu haben, auch physisch unmöglich, bis der erhaltene Hoden die Funktion des amputierten übernimmt. Hormone hatten bislang nur Frauen. Seit auch noch der Durchfall hinzukommt, alle paar Minuten aufs Klo für einen Tropfen Kot, und die Nummer 8581 darf sich immer noch nicht richtig waschen, kann es auch nicht, weil viel zu schwach geworden, vorne besudelt, hinten besudelt, Magenschmerzen, Leistenschmerzen, Hodenschmerzen, Schwanzversagen – nein, natürlich ist es eine Grenzerfahrung. Außer an die alten Männer von Philip Roth denkt er an den Bestseller einer hübschen Fernsehmoderatorin, die übrigens auch aus Köln kommt, sogar im gleichen Viertel wohnt und die Ausscheidungen, Flüssigkeiten und Gerüche ihrer Genitalien feiert, die Unreinheit, den Schweiß. Gegen den Reinlichkeits- und Idealmaßkult des Fernsehens unterschriebe er gewiß jede Petition, zumal wenn sie von einer Frau vorgelegt würde, die dem Betrieb selbst angehört. Aber ist nicht die Werbung, wenn er darüber nachdenkt, mit ihrer Stilisierung zu Gespenstern und den Japanerinnern, die auf häßlich, asexuell oder gar asozial getrimmt sind, ihren Bildern von Armut, Elend und Arbeit, längst nicht viel weiter mit ihren Gegenentwürfen und Tabubrüchen? Was weiß er denn, er kennt das Buch gar nicht, wiewohl er die Moderatorin gern kennenlernen würde, die er manchmal auf der Straße sieht, und hat weder die Möglichkeit noch den Wunsch, gleich der deutschen Literaturkritik, die diese Saison kein Werk ausführlicher bespricht, ein Urteil zu fällen, allein, wie er in seinen eigenen Ausscheidungen, Flüssigkeiten und Gerüchen liegt, kommt es ihm nachgerade sündhaft vor, Unreinheit und Gestank auch noch bewußt herbeizuführen. Ja, sündhaft. Mehr als nur Hormonhaushalt: er versteht auch, hört, sieht, riecht, tastet und bejaht emphatisch das Drängen der Religionen und am meisten vielleicht des Islam auf Reinheit nicht nur im übertragenen, sondern im konkretesten Sinne als Gebot der Sauberkeit, des ebenso regelmäßigen wie gründlichen Waschens, als Lob des Wassers und der Seife, das wohl nur eine Wüstenreligion so entschieden vorbringen konnte. Auch der Prophet muß gestunken haben und wollte es nicht. Alle möglichen Einschränkungen, Ausnahmen, Sondersituationen, Nöte, Kriege und so weiter einmal unberücksichtigt: Man kann nicht beten, wenn man schmutzig ist. Jede Pore Ihrer Existenz ist von Kot und Urin durchdrungen, sagte zu Großvater sein gelehrtester Freund.

Am Mittwoch, dem 7. Mai 2008, kann er bitte danke in Rom weiteratmen, sofern er sich nicht falsch bewegt, zu lange steht oder sitzt. Zwar geht er noch ungelenk und sehr langsam, ist die Wunde längst nicht vernarbt, eine Erektion weit und breit nicht in Sicht, doch genießt er um 17:34 Uhr erstmals wieder Ort und Zeit und ist dankbar nicht nur aufgrund der Statistik. Auf einem Liegestuhl im Park der Deutschen Akademie liest er unter einem Baum die Selberlebensbeschreibung der Mutter, die verblüffend gut ist, auch gut geschrieben, der Himmel strahlend blau, ohne daß es zu heiß wäre, die Frühgeborene robbt durch das Gras, und wenn die Ältere gleich ihre Klavierstunde beendet hat, eröffnet die Nummer zehn die deutsche Grillsaison in Rom. Anders als Großvater erklärt die Mutter nicht, sondern erzählt, noch dazu mit einem Gespür für Situationen, Empfindungen und Details; das Gegenteil von Namenlisten. Ihre Sprache ist angenehm zu lesen, so flüssig und leicht, daß man nicht glauben würde, sie schriebe mit inzwischen fünfundsiebzig Jahren ihr erstes Buch. Natürlich fehlt vieles, ist es vor allem zu süßlich, da sie ihre Kindheit als Tochter eines Großgrundbesitzers im Isfahan der dreißiger Jahre als ein Paradies schildert und der Hölle, die selbst die glücklichste Kindheit beschert, einen einzigen Absatz widmet (wie zur Bestätigung des Romans, den ich schreibe, behandelt sie darin die erste Menstruation), aber es könnte tatsächlich ein Buch werden, ein Buch bei einem Verlag mit Umschlag und allem, wie Großvater es sich für seine Selberlebensbeschreibung erhoffte. Jedenfalls würde der Sohn es nicht mehr ausschließen wie vor der Lektüre. Die Mutter ist beglückt, daß er sich so schnell ihrer Sache gewidmet hat, was er nie nie nie täte, wie sie am Telefon wiederholt, und fragt ihn mit ihren dreiunddreißig Seiten als nächstes nach dem besten Übersetzer für persische Literatur und dem deutschen Verlag, der ihr Weltruhm beschert. Mit dem persischen Buchmarkt gibt sie sich gar nicht erst ab. Der Sohn übertreibt, zugegeben, allerdings bei weitem nicht so sehr, wie sie es immer immer immer tut.

»Im Namen Gottes, des Barmherzigen, des Erbarmers. In der Hoffnung, daß meine Enkel eines Tages die süße persische Sprache lesen und ihre iranische Identität kennenlernen. / Siegen, der 7. Januar 2008 / Mein lieber Navid, am gestrigen Sonntag habt Ihr uns alle zusammen besucht. Vielleicht könnt Ihr nicht ermessen, welches Glück uns diese Tage bescheren, an denen Ihr alle beisammen seid, und wieviel Licht und Leben es unserem zerschlissenen Dasein schenkt, in jedes einzelne Eurer Gesichter zu blicken. So Gott will werdet Ihr den Geschmack dieses Entzükkens selbst kosten. In dem Alter, das wir erreicht haben (Dein Vater schon achtzig und ich fünfundsiebzig), bestehen die Tage sonst nur noch aus Essen und Trinken, Schlafen und den Versuchen, die Langeweile unseres Lebens zu durchbrechen, Ablenkung zu finden von den körperlichen Gebrechen und der Aussicht, daß wir die früheren körperlichen und seelischen Freuden nie wieder erleben werden, die Vergnügungen, Begeisterungen und Lüste. Übriggeblieben ist ein Berg aus guten und schlechten, frohen und schmerzlichen Erinnerungen, aus denen sich manchmal die Bilder wie zu einem Film zusammenfügen, den man von weitem sieht. Eine andere Beschäftigung existiert nicht. Wie auch immer – als wir zum Kuchenessen am Tisch saßen, hast Du zwei Dinge gesagt, die ich zunächst wie so viele andere Dinge, die man den Tag über hört, nicht weiter beachtete. Aber nachts, als ich wach lag, kehrten Deine Worte zurück und ließen mich nicht mehr los. Deine liebe Tochter war in Deinem Arm, und in Deiner Hand hattest Du eines dieser Gläschen mit Babynahrung. Wie du ihr zu essen gabst, erhobst Du plötzlich den Kopf, hieltst Deinem Vater das Gläschen mit Babynahrung hin und fragtest: ›Papa, kennen Sie dieses Gläschen noch?‹ Wir schauten Dich alle an und verstanden nicht, was Du meintest. ›Das ist eines der Gläschen, die ich Ihnen ins Krankenhaus gebracht habe, wissen Sie noch? Es ist übergeblieben.‹ Dieser eine Satz von Dir rief in der Nacht tausend und abertausend süße und bittere Erinnerungen wach, die gar nicht alt und doch schon wie begraben waren. Nun zogen die Bilder eines nach dem anderen an mir vorüber, die bedrohlichen Krankheiten Deines Vaters bis hin zur letzten Herzoperation, die dramatischen Situationen, die Tage, Stunden und Minuten der Krise, die Schreckensmomente, die jeder einzelne von uns durchlitt, und Wochen und Monate voller Anspannung, Streß und Sorge um ihn, die nicht enden wollten … das langsame Verlöschen und Aufflackern und Verlöschen und Aufflackern der Flamme, die ein Leben lang nicht nur unser Haus, nicht nur unsere Familie wärmte und erleuchtete, nicht nur meine Kinder, nicht nur mich mit Liebe und Geborgenheit versorgte, sondern so vielen anderen Familien ein Licht war, denen er half, die Familien der Kriegsversehrten, die Familien der Erdbebenopfer, die Familien der Kinder, denen er eine Schule baute. Ja, besonders in der einen Nacht, in der es den Ärzten nicht gelang, die Blutung in seinem Brustkorb zu stillen, er kalt dalag und seine letzten Züge zu atmen schien, sah ich und spürte in jeder Pore meines Körpers die Wirklichkeit jenes schönen Gedichtes: ›Das Leben ein Licht, das verglüht / Wir fürchten zu zwinkern in Erwartung der Brise.‹« Bis auf das Gedicht hat der Sohn alles wörtlich übersetzt und nur die Namen vermieden. Das Ergebnis der Gewebeuntersuchung, das bereits für gestern angekündigt war, liegt am Freitag, dem 9. Mai 2008, um 14:46 Uhr noch immer nicht vor. Den Rückruf des Uroonkologen in Geduld zu erwarten ist mühsam genug, aber dann schreckt ihn alle zwanzig Minuten das Klingeln des Telefons auf, weil jemand erfahren möchte, die

Eltern, die Brüder, die Schwägerin, der Schwiegervater, der älteste Freund, ob er schon etwas wisse. Immerhin hat der Sohn ermittelt, daß der Befund gestern in der Pathologie vorlag und nur den Uroonkologen nicht erreichte, der allein berechtigt ist, Auskunft zu erteilen; immerhin hat der Sohn schon erwirkt, daß der Befund aus der Pathologie gefaxt wurde für den Fall, daß die Hauspost der Kölner Universitätskliniken noch länger braucht; immerhin hat die Uroonkologie den Eingang am Vormittag bestätigt – nur was in dem Befund steht, das erfährt der Sohn vielleicht jetzt, wenn er den Uroonkologen ein weiteres Mal zu erreichen versucht. »Und jetzt sah ich jene Hoffnung, die zerrann, jenes Licht, das verglühte, am Tisch sitzen und mit Appetit essen, sah, wie er seine Kinder und Enkel betrachtete. Und ich sah, wie schnell alles aus meinem Bewußtsein verschwindet, aus Eurem Bewußtsein, aus dem Bewußtsein von uns Menschen. Wie undankbar wir sind für Gottes unendliche Güte, wie fahrlässig wir mit den Gnaden umgehen, die uns zuteil werden, und wie wenig wir sie …« Hier überspringt der Sohn zwei, drei Sätze, die des Geläuterten zuviel sind, und ruft statt dessen noch einmal in der Uroonkologie an. … Wieder nichts. Der Uroonkologe, der längst angerufen haben wollte, rufe zurück. »Dies war das eine Wort von Dir. Das andere Wort, das mich in Gedanken stürzte, war Deine Frage nach etwas, was Du in den Erinnerungen meines Vaters gelesen hattest. Allein, daß Du diesem Manuskript überhaupt Beachtung geschenkt hattest, versetzte mich in großes Staunen. Ins Staunen darüber, wie Du, der immer so viel zu tun hat und den so viele Dinge gleichzeitig beschäftigen, die Zeit fandest, die Geduld aufbrachtest und auch die Fertigkeit an den Tag legtest, die Aufzeichnungen Deines Großvaters nicht nur aufzustöbern, sondern sie mit solcher Genauigkeit und Sensibilität zu lesen. Das war eine frohe Nachricht, die ich nie für möglich gehalten hätte, und ein Geschenk des Himmels. Wann immer ich Deine Bücher und Deine Artikel las oder Dich im Fernsehen über den Islam sprechen hörte, dachte ich, wie schade es ist, wie herzzerreißend schade, daß mein Vater nicht mehr lebt, so daß er Zeuge Deiner kulturellen und wissenschaftlichen Arbeit wäre, Deine Bücher studierte und sich in seiner Seele freute, auch wenn ich sicher bin, daß seine Seele lebt und sich freut und in ihren Gebeten Dir und Deinen Brüdern immerfort das Beste wünscht. Und ich bin mir auch sicher, daß das, womit jeder Deiner Brüder auf seine Weise den Menschen dient, seine und die Seele aller Eurer Großeltern erfreut. Aber Dein Interesse für die Erinnerungen Deines Großvaters hatte für mich noch eine weitere, hoffnungsfrohe Botschaft. Endlich fand ich den Antrieb, meine eigenen Erinnerungen aufzuschreiben und damit die vielen Stunden ohne Beschäftigung mit etwas zu füllen, daß meine Seele vielleicht ruhig stimmen wird. Davor hatte ich mehrmals angefangen und es rasch wieder aufgegeben. Ich war bereits zu dem Schluß gekommen, daß das Schicksal mein Leben einfach nicht zu Papier gebracht sehen will. Und vor allem dachte ich: Selbst wenn es zu Papier gebracht würde – welcher Mensch würde es überhaupt lesen wollen? Meine Kinder? Meine Enkel? Die Familie? Nein, niemand. Weder beherrschen sie Persisch noch haben meine Erinnerungen den geringsten Wert für einen anderen als mich selbst. Hin und wieder, meistens zur Unzeit, meldete sich die Sehnsucht zurück, mein Leben doch noch aufzuschreiben, aber dann fiel mir im nächsten Augenblick schon wieder ein, wie unsinnig und nutzlos dieses Begehren ist, und so erlosch allmählich die Hoffnung, und die Sehnsucht gab sich nicht mehr zu erkennen – bis zu der gestrigen Nacht, da ich wieder darüber nachdachte. Plötzlich fragte ich mich, woher ich denn wisse, daß der allmächtige Gott mir nicht die Fähigkeit geschenkt hat, diese Erinnerungen aufzuschreiben? Mir fiel ein, was Du mir gesagt hattest: Und wenn ich das Buch ausschließlich für mich selbst schriebe – woher wisse ich denn, wer sein Leser werden könnte. Vielleicht wird eines Tages auch einer meiner Enkel Persisch lernen und dem Leben seiner Großmutter Beachtung schenken, so wie Du Persisch gelernt hast und dem Leben Deines Großvaters Beachtung schenkst.« Er solle doch bitte noch einmal nachfragen, bittet die Frau und verweist auf das Wochenende, das auch in der Uroonkologie der Kölner Universitätsklinik ansteht. So ungeduldig er am Anfang des Ansatzes war, scheint sein Gemütszustand gerade zurück in die Ergebenheit zu pendeln, die zu mehr als neunundneunzig Prozent gerechtfertigt ist.

Name? Nureddine Ehmê. Papiere? Nein. Alter? Achtundzwanzig. Geburtsort? Hasaka. Nationalität? Syrisch. Ethnie? Kurdisch. Verhaftet? Ja. Wann? 2003 bis 2005. Gefoltert? Ja. Sichtbare Spuren? Ja. Nureddine Ehmê zieht das rechte Hosenbein hoch und hält dem Beamten den Unterschenkel hin. Michael aus dem Kongo wird als nächstes vernommen, danach Aischa aus Palästina, Hussein aus dem Irak, Nirmaleh aus Sri Lanka. Am Ende verliest der Beamte der Reihe nach alle Namen mit Datum und Ort der Geburt sowie dem Bescheid: Antrag abgelehnt nach Paragraph x,

Ausreise bis spätestens nach Paragraph y, Gewahrsam nach Paragraph z. Die meisten stammten aus dem Nahen Osten, das fiel dem Berichterstatter auch auf, Muslime, und die wollen ausgerechnet nach Italien, wo man sie nun wirklich verachtet, nicht nur auf den Titelblättern, sondern auch in den Regierungsparteien, stets mit der Unschuldsfrage, warum sie uns hassen, aber wenn sie sie so hassen würden, warum suchen sie dann Zuflucht bei ihnen? Entweder ist die Verachtung nicht so gravierend, wie es dem Berichterstatter vorkommt, oder die Verzweiflung so groß. Der Haß, den er auf Reisen tatsächlich angetroffen hat, ist der Haß der Knechte auf ihren Herrn, so wie umgekehrt die Verachtung die ist des Herrn für seine Knechte. Merkwürdig, daß sich die realen Machtverhältnisse der Welt ausgerechnet in Italien so sichtbar in individuellen Affekten widerspiegeln. Niemand hat die Herr-Knecht-Struktur menschlicher Verhältnisse radikaler aufzulösen versucht als Jesus Christus, nicht Moses, nicht Mohammad und schon gar nicht Marx. Zugleich tritt Religion nirgends in der Welt als eine so geballte, überwältigende Demonstration der Macht auf, irdischer Macht auch in ihren gewöhnlichsten Winkelzügen, wie der Katholizismus in Rom. Alle Schauspieler sind weißgekleidet, zwanzig, fünfundzwanzig, sitzen auf dem Boden vor dem italienischen Parlament, bis auf den einen, der vernommen wird, und einen zweiten, der den Zollbeamten spielt. Eine einzige Fernsehkamera ist da, eindeutig zuwenig, und die Reporterin, die gleich ihren Kommentar sprechen wird, arbeitet bestimmt nicht für einen bedeutenden Sender: der Blazer an den Ärmelkrempen abgewetzt, das wird im Fernsehen niemand erkennen, und unten, wo sie nicht im Bild sein wird, trägt sie Jeans und weiße Gesundheitssandalen mit knallbunten Zeichnungen darauf. Das Publikum besteht aus vielleicht fünfzig Menschen, Angestellte in ihrer Mittagspause, nimmt der Berichterstatter an, die meisten aber Sympathisanten und Helfer. Bis auf einige Alte, die sich auf ihren Stadtplan gesetzt haben, Pilger?, bleiben die Touristen nur kurz stehen. Jeder Gaukler mit Sammelbüchse bietet mehr Attraktion als dieses Dokudrama. Um ein paar Touristen mehr oder weniger geht es auch nicht. Hier geht es darum, Nachrichten zu produzieren, die hinter die Türen dringen, vor denen eben jetzt ein Wachwechsel stattfindet, Soldaten im Stechschritt zu lautstarken Befehlen, darüber große Fahnen Italiens und der Europäischen Union. Weil er sich Notizen macht, wird der Berichterstatter viermal hoffnungsfroh gefragt, für wen er berichtet. Von den Abgeordneten, die telefonierend aus dem Parlament treten, schauen nur wenige über den Platz zu der Aufführung, obwohl bestimmt alle Fraktionen informiert wurden, so professionell, wie die Aktivisten seit Wochen für ihre Aktion werben. Deshalb machen die kleine Menge und die einzige Fernsehkamera so traurig: Es ist ja kein amateurhaftes Happening, das sich einige Enthusiasten ausgedacht haben, sondern eine lange und gut vorbereitete Aktion, die es in die Hauptsendezeit schaffen wollte. Vielleicht schauen die Abgeordneten, die das Parlament zum Mittagstisch verlassen, eben deshalb nicht herüber, weil sie wissen, welches Stück gespielt wird. Ihr Präsident beschimpfte gerade in diesen Tagen die Roma als eine »Gemeinschaft, die sich nicht in unsere Gesellschaft integrieren läßt«, Personen, die »Diebstahl für beinahe erlaubt und nicht verwerflich halten, die das Arbeiten ihren Frauen überlassen, Prostitution wahrscheinlich, und die keine Skrupel haben, Kinder zu vergewaltigen oder Kinder nur zu zeugen, um sie zum Betteln zu schicken«. Die bisherigen Beschlüsse der neuen Regierung hält der Parlamentspräsident für zu schwach und meint, daß für den Anfang zweihundertfünfzigtausend Menschen sofort aus Italien ausgewiesen werden müßten. In Neapel hat ein Mob eine Roma-Siedlung abgefackelt, die italienischen Zeitungen klatschen auch noch. Der Ministerpräsident, der selbst am wenigsten auf Legalität gibt, geht endlich gegen Illegale vor, lautet der Tenor selbst in der europäischen Presse. Das Leben geht immer weiter; wenn er's nicht aus der Zeitung wüßte, hätte der Berichterstatter nicht gemerkt, daß die Regierung gewechselt hat. Rom begeistert ihn wie jedesmal, wenn er zwischen den Monumenten umherstreift. Zu spät gekommen bei der ersten Aufführung, vertreibt er sich die Zeit bis zur Wiederholung, um auch den Anfang zu sehen. Daß die Stadt neuerdings einen Bürgermeister hat, den seine Anhänger mit dem ausgestreckten rechten Arm und »Duce, Duce«-Rufen feiern – wie hätten sie es denn in ihrer Akademie merken sollen? Aber auch die Römer, selbst die meisten Oppositionellen, scheinen es mit einer Resignation hinzunehmen, die dem Gleichmut nahekommt. Das ist keine Revolution, die alles auf den Kopf stellt, sie hat nichts Totalitäres. Sie gibt nur einigen freie Hand; um sich zu bereichern oder sich vor der Justiz zu schützen, Herrschaft auszuüben oder Ressentiments nachzugeben, von denen weder die Einheimischen betroffen sind noch die Touristen, gleich wo sie herkommen, ob aus Saudi-Arabien oder den Vereinigten Staaten. Das ist nicht wie Judenhaß, nicht mal im eigentlichen Sinne

Rassismus. Von dieser Verachtung ist man qua Stellung befreit oder kann sich mit Geld freikaufen. Jeder in der Regierung wird ausländische Freunde haben, schon der Geschäfte wegen Araber und sogar Neger. Die Bediensteten merken es, die in den Bürgerwohnungen als Kindermädchen arbeiten, die Straßenverkäufer, die Küchenhilfen in den Restaurants und natürlich die Flüchtlinge, die per Gesetz zu Kriminellen erklärt werden sollen. Daß es wirklich Einheimische träfe, wie manche träumen, die Schwulen etwa, die der Bürgermeister des norditalienischen Treviso »ethnisch säubern« will, die Juden und für jene Faschisten, die sich noch nicht neoliberal gewendet haben, auch die Amerikaner – davor ist Europa. Realistischer ist der zweite Vorschlag aus Treviso, nämlich Bootsflüchtlinge abzuschießen. Auf offener See schaut nicht mal eine einzige Fernsehkamera hin. Als der Berichterstatter vors Parlament zurückkehrt, stehen im Publikum vier Herren, die Politiker sein könnten, Abgeordnete der linken Opposition, nimmt er an. Einer ist im Dienstwagen vorgefahren, einer blauen Limousine von Alfa-Romeo mit abnehmbarem Blaulicht. Der Fahrer im Nadelstreifen schaut der Aufführung ebenfalls zu. Ein Schüler aus Halabdscha war zwölf, als sein Cousin ihm sagte, daß sie bombardiert würden. Das verstand der Schüler nicht, Halabdscha war strategisch keine bedeutende Stadt. Sie versteckten sich im Haus, der Vater hatte Nahrungsmittel besorgt, viele Tomaten. Dann kann der Berichterstatter nicht mehr folgen, weil sein Italienisch noch nicht ausreicht, erst wieder hier: Als sie schon auf der Flucht waren, hörte der Schüler, daß Halabdscha eine Schaltstelle der Peschmerga sei. Zum ersten Mal hörte er das. Das Ensemble stellt die Flucht über die Berge nach. Die Alten und Lahmen werden huckepack getragen, viele humpeln. Der Berichterstatter versteht noch Kermanschah, Iran, ospedale, ein, zwei Monate, Inghilterra. In einer der nächsten Szenen treten zwei aus der Gruppe hervor, um die Fluchthelfer zu spielen. Ihr müßt Sprachen lernen, rufen sie, Englisch, Italienisch oder Deutsch, wenigstens ein paar Brocken. Wasser heißt *water.* Alle rufen im Chor *water.* Hilfe heißt *help.* Alle rufen im Chor *help.* Aus drei Zauberwörtern ergibt sich ein Gesang, der richtig komisch ist: *Asilo politico, dollar, no passaporto.* Die Flucht verläuft über Wasser, wie die nächste Szene zeigt; auch der Sprung vom Boot will pantomimisch gelernt sein, genauso das Schwimmen. Später verwandeln sich die Fluchthelfer in Grenzbeamte, Schreie, Befehle, die Halstücher werden zu Augenbinden, hinsetzen, wird's bald, die Beamten helfen nach. Die Verhöre beginnen, bis wieder Nureddine Ehmê an der Reihe ist, keine Papiere, Alter Achtundzwanzig, Geburtsort Hasaka, syrisch die Nationalität, kurdisch die Ethnie, von 2003 bis 2005 verhaftet, sichtbare Spuren der Folter, nach ihm Aischa aus Palästina, Bahar aus dem Irak, Nirmaleh aus Sri Lanka. Nach dem Schlußapplaus holt das Ensemble die vier Politiker nach vorn. Ob sie etwas ins Mikrophon sagen möchten? Nein, winken die Politiker ab, und ziehen es vor, die Aufführung abseits der Mikrophone zu rühmen. Als sie sich schon verabschieden wollen, bittet die Spielleiterin sie um einen Gefallen: Ob sie zusammen mit dem Ensemble ins Parlament gehen könnten, symbolisch nur, also bis zum Eingang, um die Petition zu überreichen, auf die sie mit der Aktion hinweisen wollten? Die Politiker sind etwas verwirrt, besprechen sich kurz und willigen dann ein. So marschieren vier Herren in feinen Anzügen zusammen mit zwanzig, fünfundzwanzig weißgekleideten Schauspielern, einer Fernsehkamera und mehreren Photographen über den Platz zum Parlament, in dessen Eingang sie den Aufruf deklamieren, Flüchtlinge nicht wie Verbrecher zu behandeln. Die Abgeordneten, die vom Mittagessen zurückkehren, müssen eine Minute stehenbleiben und notgedrungen zuhören, um nicht ins Bild zu kommen.

Nach der Rückkehr aus Mekka war Großvater Tage damit beschäftigt, die Besucher zu empfangen, die ihm zum Abschluß der Pilgerfahrt gratulierten, neben Freunden, Verwandten und Kollegen die Basarhändler und Angehörigen der verschiedenen Stände und aller sozialen Klassen. Allerdings fügt er sogleich hinzu, daß den meisten Ehrbekundungen und Gratulationen keine religiösen Motive zugrunde lagen und sie schon gar nicht ihm als Menschen galten, vielmehr einzig das Wohlwollen des stellvertretenden Direktors der Nationalbank in Isfahan sichern sollten. Wohlgemerkt, nur zur Mahnung und Belehrung seiner lieben Mitbürger von Isfahan spreche er diese bittere Erfahrung an, die sich in seinem Leben oft wiederholt habe. In seinem hohen Alter, an der Schwelle zum Entwerden, habe er sich über nichts zu beschweren, wünsche von niemandem eine Entschuldigung und erwarte erst recht keine Wiedergutmachung von irgendwem auf Erden. Als Beispiel für den Opportunismus führt er die Fabrikanten an, die ihm während seiner Amtszeit den Dünger und die Geräte, die er für seine Ländereien benötigte, stets überpünktlich, in bester Qualität und am liebsten kostenlos lieferten. Nachdem Großvater pensioniert worden war, behandelten ihn dieselben Fabrikanten hingegen abschätzig, verwiesen ihn an die üblichen Verkaufsstellen und ließen sich am Telefon verleugnen. Der Leser könne jetzt meinen, befürchtet Großvater sogleich, daß er umgekehrt auch manche Gefälligkeit erwiesen habe, wenn ein Kunde ihm persönlich nützlich sein konnte, aber in dieser Hinsicht habe er sich, Gott sei gepriesen, nichts vorzuwerfen, ungeachtet es für ihn, da sein Licht verlösche und sein ganzes Denken und Streben auf die Gnade Gottes gerichtet sei, wahrlich keinen Grund mehr gebe, seine Handlungen zu beschönigen oder auch nur einen seiner zahlreichen Fehler und Schwächen zu leugnen, die seine Tugenden bei weitem überwögen: »Nicht ein einziges Blatt Papier, das der Nationalbank, damit dem Staat und letztlich allen Bürgern Irans gehörte, habe ich je für eine private Mitteilung benutzt.« Es mag biedersinnig klingen, wie er seine Unbestechlichkeit betont, und ist doch typisch für Großvater, wie er auch mir vor Augen steht, etwas penetrant in seiner Korrektheit und trotz der kleinen, rundlichen Statur und all den Gebrechen, die ihn erniedrigten, von ausnehmender Dignität. Die strenge Ausübung der religiösen Pflichten, die ihn seit der Erweckung durch eine streichholzschachtelgroße Kiste kennzeichnete, also schon in relativ jungen Jahren, war in seiner gesellschaftlichen Schicht alles andere als üblich, wie etwa die Schwierigkeiten zeigen, die ihm der Bart bescherte. Im Basar, bei den Vertretern der verschiedenen Stände mochte ihm die Gottesfurcht Sympathien einbringen, wie Großvater im Zusammenhang mit dem Kauf einiger Grundstücke am Rande des Basars andeutet, auf denen die Nationalbank ihren Neubau errichten wollte: Dort war er es, der die Verhandlungen mit den Händlern und Handwerkern führte, weil er seinem ganzen Habitus nach weniger fremd erschien – allein schon, daß er sie zur Mittagszeit in die Moschee begleitete, um zu beten. In Großvaters eigenen Kreisen dagegen werden manche Herren die Rituale der Pilgerfahrt, des Fastens oder des Gebets und überhaupt den Aberglauben belächelt haben, den der Islam für sie darstellte. Man muß nur die Schriften der größten iranischen Intellektuellen und Schriftsteller aus den dreißiger, vierziger Jahren lesen, um zu sehen, welche Verachtung ein Großteil des Bürgertums der eigenen Religion entgegenbrachte, wie fern sie damit aber auch den Vorstellungen, Wünschen und Gedanken des sogenannten einfachen Volks standen. »Die ganze Philosophie des Islam ist auf Unrat gegründet«, schrieb 1948, also genau in jener Zeit von Großvaters Pilgerreise, dessen ehemaliger Arbeitskollege Sadegh Hedayat: »Er ist ein Übelkeit verursachendes Gemisch aus unverdauten, sich widersprechenden Meinungen und Überzeugungen, die aus anderen Konfessionen, Religionen und dem alten Aberglauben in panischer Eile stibitzt und zusammengekittet worden sind.« Überhaupt gehe die Entstehung des Islam auf eine »Verschwörung« zurück, welche jüdische Agenten »angezettelt haben, um das persische und byzantinische Imperium zu Fall zu bringen«; die Araber, »diese heuschreckenfressenden, aus dem Mund stinkenden Bettelkönige«, seien für eine solche Untat viel zu unbedeutend. »Aber wie der Stock Mose, der sich in einen Drachen verwandelte, so daß Moses sich selbst vor ihm fürchtete, ist auch dieser siebzigköpfige Drachen des Islam dabei, die Welt zu verschlingen.« Als Großvater selbst jemanden so sprechen hörte – einen der angesehensten Männer Isfahans, dessen Namen er nicht nennt, er sei ohnehin längst der göttlichen Barmherzigkeit anvertraut –, habe er ihn mit scharfen Worten zurechtgewiesen, so daß zumindest an jenem Abend niemand mehr »unpassendes und nicht zu akzeptierendes Gerede« von sich gegeben habe. Selbst seine fünf Kinder oder mindestens die drei ungeduldigen, vorlauten Töchter machten sich über ihn lustig, wie am Telefon die Älteste beichtet, die meine Mutter ist. Großvater wollte immer, daß sie mit ihm beteten, aber wenn sie dann hinter ihm standen, zogen sie oft Grimassen oder verulkten ihn auf andere Weise. Sosehr er sich darauf zu konzentrieren versuchte, Gottes eigene Rede nachzusprechen, sie in sich aufzunehmen und anzuverwandeln wie der Prophet während der Offenbarung (das genau bedeutet das rituelle Aufsagen des Korans, das als die eigentlich sakramentliche Handlung des Islam die Entsprechung zur Eucharistie ist), kann Großvater nicht bei allen Gebeten entgangen sein, was sich hinter seinem Rükken abspielte, zumal die drei Mädchen – wie junge Mädchen eben sind, verteidigt sich die Mutter – auch mal tuschelten und nicht jedes Kichern zu unterdrücken vermochten. Wo er es vermochte, ignorierte Großvater das ungebührliche Benehmen in seiner Umgebung; wenn jedoch jemand in seiner Anwesenheit über die Religion spottete, bei einer Geselligkeit in der Familie oder unter Bekannten, nein, dann mußte er einschreiten und notfalls schlechte Laune verbreiten. Vielleicht mieden ihn nach seiner Pensionierung auch deshalb manche seiner Bekannten und wurde er nicht mehr so oft eingeladen, wie er es als stellvertretender Direktor der Nationalbank in Isfahan gewohnt war. Vielleicht war es nicht nur Opportunismus, vielleicht hatten manche einfach keine Lust auf ihn oder zogen es vor, über ihn zu spotten. Ich glaube nicht, daß die Witze bösartig waren, die über ihn gemacht wurden, dazu lud seine Rechtschaffenheit nicht ein, selbst wo sie in den Biedersinn umschlug, dazu war die Achtung zu groß, die sich im konservativen Isfahan nicht zuletzt durch die Herkunft, den gesellschaftlichen Rang und das Alter ergab. Die Mutter läßt die Familie des Vaters heute noch spüren, daß sie aus besseren Kreisen stammt, und in der jüngeren Generation hat das Klassenbewußtsein nur geringfügig nachgelassen. Erwähnt ein Sohn oder eine Tochter zu Hause, daß er sich verliebt habe, womöglich bereits an Heirat denke, wird er oder sie weiterhin zuerst nach den potentiellen Schwiegereltern befragt. Noch beim Jüngsten war das so. Weil die Eltern die Familie der Frau für ehrenwert hielten, einzig und allein deshalb blieb das Donnerwetter aus, als er sie eines Mittags aus Iran anrief, um mitzuteilen, daß er am Morgen geheiratet hatte. Wer sind die Eltern? schrie die Mutter und beruhigte sich sofort, als der Jüngste den Namen und Doktortitel nannte. Und dennoch: daß an Großvaters Beerdigung weit über tausend Isfahanis teilnahmen, läßt sich nicht nur mit seiner Herkunft aus einer Großgrundbesitzerfamilie und seiner Position als stellvertretender Direktor der Nationalbank in Isfahan erklären. Der Jüngste ist überzeugt, daß es noch andere Gründe gab, persönliche, und würde ihm darin sogar zu widersprechen wagen.

Wenn er einen Augenblick hätte, würde er sich der Krankheit stellen, wie einer der Ratschläge lautet, die ihm täglich im halben Dutzend erteilt werden. Auch jetzt muß er packen und zum fünfundzwanzigsten Mal nach dem Arztbericht fragen, ist seit Tagen nur mit einem sogenannten Headset zu sehen, weil das Telefonieren übers Internet nichts kostet, sitzt angestrengt am überdimensionierten Schreibtisch wie ein Fluglotse nur noch mit Headset, während die Frühgeborene fröhlich durch den Tower krabbelt, hallo, hören Sie mich?, ruft er ins Mikrophon, wenn er nicht gerade in einer Klinik vorspricht, um die Behandlung in Rom fortzusetzen, statt die nächsten Wochen ohne Familie in Deutschland zu verbringen, oder ist es möglich, daß die Ältere solange in Köln auf die Schule geht, aber nein, das ist Unsinn, sie in Rom aus der Schule zu nehmen, wo sie sich gerade eingewöhnt hat, der Hodenkrebs zu einer reinen Organisationsfrage geworden, läßt er sich in Rom behandeln und wenn ja, in welcher Klinik?, läßt er sich in Deutschland behandeln und wenn ja, ambulant oder stationär?, rein schulmedizinisch und/oder Naturheilkunde?, in Köln oder in der Fachklinik, wie es die Brüder empfehlen?, aber er kann

Krankenhäuser doch nicht ausstehen, und was ist mit dem Samen, konservieren ja oder nein?, welche Blutuntersuchung braucht es dafür?, HIV, Hepatitis B und C, aber auch A, nein, A wird nicht benötigt, ja, A wird doch benötigt, wollen wir übrigens noch ein Kind?, fragt er die Frau, die einen Kaffee bringt, Spermatogramm in der Uniklinik oder in einer Praxis? Was ist überhaupt ein Spermatogramm? fragt er den älteren Bruder, der ihm einen Termin in der Reproduktionsmedizin besorgt. – Hallo, hallo, hallo! ruft eine Frau in den Kopfhörer, ich kann Sie nicht hören. – Hallo, hallo, hallo? fragt er ins Mikrophon, ich versuche es noch mal über eine andere Verbindung. – Fuck fuck fuck, schleudert er das Headset zu Boden und schimpft über seine Pfennigfuchserei, die ausgerechnet jetzt durchschlägt, da es existentiell wird mit der gesetzlichen Krankenkasse, privaten Zusatzversicherung und Reisekrankenversicherung, die zahlt, was die private Zusatzversicherung nicht zahlt, die wiederum zahlt, wenn die gesetzliche Krankenkasse auch zahlt, die wiederum erst entscheidet, ob sie zahlt, wenn der Kostenvoranschlag vorliegt, für den der Patient den Arztbericht benötigt, schon wieder Sie?, ja, bitte faxen Sie endlich den Arztbericht, welchen Arztbericht?, verdammt noch mal, den Arztbericht!, ach so, den Arztbericht, jaja, die italienische Bürokratie, lassen Sie sich auf keinen Fall in Rom behandeln, ich habe sehr gute Erfahrungen in Rom gemacht, Übersetzung, wir brauchen eine Übersetzung, ich habe mir Ihre Nummer falsch aufgeschrieben, Verzeihung, welchen Arzt empfehlen Sie?, Sie müssen bei der Zentrale anrufen, Sie müssen in der Poliklinik anrufen, Sie müssen direkt mit dem Professor sprechen, Durchwahl, ja, ich spreche Deutsch, nein, ich spreche kein Englisch, aber der Arztbericht liegt noch gar nicht vor und der Chef der Kölner Uroonkologie soeben für eine Woche verreist. Solange er sich ihr anvertrauten konnte, kam er mit seiner Krankheit aus, ja, hatten sie ein geradezu freundschaftliches Verhältnis. Nun ist es umgekehrt, nun ist er zu ihrem Verwalter geworden und hängt von Sekretärinnen, Sachbearbeitern und Ärzten ab, kennt die Melodien von sechs verschiedenen Warteschleifen, drücken Sie bitte die Taste drei, richtet sich nach Mittagspausen der gesetzlichen, der privaten Zusatz- und der Reisekrankenversicherung, Schichtwechseln von Krankenschwestern, Operationsdienstplänen von Ärzten sowie dem Feierabend, der ihnen allen gegönnt sei. Wenn er im Callcenter endlich die richtige Tastenkombination herausgefunden hat, rast er in die Stadt, als müsse er Rom sehen und sterben, gleich nach der Porta Pia jedesmal Berninis heilige Theresia in Santa Maria della Vittoria, weil er zu große Ehrfurcht hat, um vorbeizuradeln, ohne vor dem Orgasmus in die Knie gegangen zu sein, den Gott ihr bereitet, zweihundert Meter weiter in den kaum besuchten Palazzo Barberini, wo auf zwanzig Metern Raffaels *La Fornarina* und Caravaggios *Judith und Holofernes* gehängt sind, um die Ecke Borrominis winziger Kreuzgang in San Carlo alle Quattro Fontane, solche Wunder, daß er sie schon zu dosieren beginnt, seit er beim Anblick der *Pietà* an den Musiker in München dachte, der seine Mutter so hielt, in den Vatikanischen Museen daher für den Anfang nur schnurstracks zu Leonardos *Heiligem Hieronymus* oder in einer Seitenstraße der Via del Corso zufällig, weil er einer japanischen Reisegruppe folgte, der Moses von Michelangelo in San Pietro in Vincoli, der selbst Freud beinah bekehrt hätte, wirkliche Wunder wie der Koran, wenn man einmal davorsteht und nicht bloß eine Postkarte in der Hand hält. Die Unfähigkeit, Gleiches hervorzubringen, darf man keiner Gegenwart vorwerfen. Das genau war die Herausforderung, so simpel, so mächtig: »Bringet doch zehn Suren, solche, / Gedichtete, und ruft dazu an / Wen ihr nur könnet, außer Gott, / Wenn ihr die Wahrheit redet.« Und später erleichtert Gott den Ungläubigen – um sie zu verhöhnen, wie die traditionelle Deutung es will – sogar die Aufgabe: »Bringet doch eine Sure, ihm gleiche, / und ruft dazu an, / wen ihr nur könnet, außer Gott, / wenn ihr die Wahrheit redet.« Hätte Großvater ihn begleitet, absolut sicher hätte er Gott wirken sehen. Er hätte gar nicht gewußt, wo ihm der Kopf steht vor so prächtigen Kirchen, auch stillen Kirchen, niemand mehr neben dir und du plötzlich vor Moses. Erst jetzt, da der Enkel übers Internet mit Versicherungen, Krankenhausverwaltungen und Ärzten in Dauerverbindung steht, begreift er, welcher Weltraum sich ihm auftut, und gibt also auch er den deutschen Dichter in Rom. Bald 13 Uhr am Donnerstag, dem 15. Mai 2008, um auf die Uhrzeit zurückzukommen. In einer Stunde muß er im Zug sitzen, der zum Flughafen fährt. Zwei Pyjamas, Jogginghose, Bücher, zwei Selberlebensbeschreibungen, Pantoffel, genügend Unterhosen, Socken, T-Shirts und so weiter. Rasiergel diesmal nicht vergessen, oder fallen auch die Schamhaare aus?

»Wenn ich mir vorstelle, daß ich nur noch kurze Zeit zum Leben habe, dann erschrecke ich«, sagt in der Zeitung vom 15. Mai 2008 ein Philosoph, der mit achtzig Jahren so alt ist wie der Vater, der Schreiner und der Herr, der sich im Bergischen Land verlief: »Nicht weil ich unbedingt weiterleben will, sondern weil ich finde, dass ich mich verzettelt habe und eigentlich ganz anders leben müßte.« »Und wie?«, fragt die Zeitung. »Das weiß ich nicht. Ich habe nur diese Sorge, daß ich die Hauptsache verpaßt haben könnte. Allerdings ist dieses Gefühl inzwischen durch die Mystik an den Rand gedrängt worden.« »Aber wie kann Mystik helfen?« »Sie hilft erkennen, daß man sowieso nicht so relevant ist.« »Wenn man selbst nicht wichtig ist – woher stammt dann die Motivation, zu leben? Ist es nicht lähmend, zu glauben, alles sei wichtig, nur man selbst nicht?« »Nein, ich bin genauso wichtig – aber eben nur genauso. Im übrigen habe ich durchaus philosophische Ambitionen und freue mich, wenn ich Erfolg habe mit meinen Sachen, aber das verachte ich eigentlich. Ich versuche, mich weniger wichtig zu nehmen, aber faktisch erlebe ich, wie wichtig ich mich nehme.« Die nagende Unsicherheit tröstet über die *happy old men* hinweg, die in den Magazinen gewöhnlich über den Tod Auskunft geben, als seien sie Werbeträger einer Lebensversicherung.

Seltsam genug, als Mann allein in einer gynäkologischen Praxis vorzusprechen, die Arzthelferinnen zuvorkommend und auch der Reproduktionsmediziner nett, gespenstisch die Normalität aller Gesten, Blicke und Hinweise, hier ist der Becher, dort ist das Zimmer, bitte stellen Sie den Becher anschließend in die Durchreiche, gespenstisch deshalb, weil der Samenspender der einzige zu sein schien, der nichts an der Situation normal fand. Wie Hölderlin im Turm hatte er den Eindruck, daß alle anderen verrückt seien und nur er in der Wirklichkeit lebe. So bewußt er sich der Routine war, mit der ihn die Arzthelferin einwies, hätte er ihr gern gestanden, daß es für ihn alles anders als Routine ist, auf Einweisung zu ejakulieren. Offenbar finden andere Männer es keineswegs peinlich, man kann sogar Geld damit verdienen, hat der Samenspender recherchiert, zweihundert Euro für jeden Samenerguß, drei-, viermal im Monat wäre es ein prima Nebenverdienst, fünfmal die Woche ein Beruf, er hingegen, er hat definitiv ein Problem, merkt er am Freitag, dem 16. Mai 2008, um 10:23 Uhr, da er mit heruntergelassener Hose seinen Opi aufzurichten versucht. Für ihn lästert es Gott, das Geschlecht so ausschließlich funktional zu handhaben wie in der katholischen Morallehre oder so kalt wie in den Romanen, wie er sie früher schrieb. Vielleicht spielt die Herkunft doch eine Rolle, daß ihm der Stolz so oft im Weg steht, vielleicht seine Religiosität: Größer könnte die Diskrepanz zwischen der Bedeutung des Akts – Schöpfung immerhin, nichts weniger – und des tatsächlichen Vorgangs nicht sein. Die Zelle ist fensterlos, jedoch mit ungefähr zwei mal drei Metern größer als die Besenkammer des Urologen, wo er zuvor einen weiteren Becher mit Urin füllte, zusätzlich eine eigene Toilette mit Stoffhandtüchern, alles eine Spur aparter als selbst in modernen Großstadtpraxen üblich, die verchromten Fußleisten, der bläuliche Teppichboden (ohne Flecken!), der Kleiderständer nicht aus dem Katalog für Praxiseinrichtungen. Das Ambiente, so hilflos es ist, scheint medizinisch geboten, an den Wänden erotische Kunstphotographie, weibliche Brüste in Orange, weiblicher Rücken in Rot, männliche Hand vor der weiblichen Scham, weiblicher Mund in Ekstase (und was, wenn er schwul wäre?). Offenbar auf den Zentimeter genau in der Mitte der Schöpfungszelle steht ein Bauhaussessel, der beim Betreten die Assoziation eines elektrischen Stuhls hervorrief, davor ein kleiner Tisch mit seiner Allmacht und die Ausgaben April und Mai 2008 eines Männermagazins drauf. Das Abonnement läßt sich mit Sicherheit von der Steuer absetzen; selbst das Finanzamt wird einsehen, daß man zur Schöpfung ein Mindestmaß an Ambiente benötigt, mindestens Pornographie und verchromte Fußleisten. Ein Zettel, der auf den Magazinen liegt, erklärt in Plastik eingeschweißt, was der Samenspender zu tun hat: Hände und Glied mit der Desinfektionsseife waschen, den Becher, weil er steril ist, möglichst nicht von innen berühren. Braucht er für die Ejakulation länger als fünfundvierzig Minuten, muß er an der Rezeption Bescheid geben, da andere Samenspender warten. Vielleicht hemmt ihn die Hose, die sich über den Knöcheln staut, hofft er, hemmen ihn Socken und Hemd, und zieht sich seufzend aus, stopft die Socken in die Schuhe, legt die Unterhose auf dem Rucksack ab, hängt die übrigen Kleidungsstücke an den schmucken Ständer, der sich ebenfalls zur Hinrichtung eignete, falls es auf dem Stuhl nicht gelingt. Anschließend setzt er sich wie Gott ihn erschuf auf die Sesselkante und klappt das Pin-up-Girl des vorigen Monats auf, das so steril ist wie der Samenspendebecher von innen. Du mußt verschwinden, sagt er sich, mußt alles vergessen, stell dir vor, du seiest weit weg. Also lehnt er sich zurück und schließt die Augen. Die zärtlichen Phantasien, mit denen er die etwaige Zeugung später noch am ehesten verbinden möchte, bestehen nicht gegen das Leder, das vor ihm bereits Hunderte anderer Männer am Rücken, am Gesäß und unter den Oberschenkeln gefühlt haben. Und dann der Becher: Wie steht er als Schöpfer da mit seinem Geschlecht in der rechten und einem Plastikbecher in der linken Hand, als seien es Wischmop und Eimer? Erst als er sich Bilder von Zwangssituationen vorstellt, die seiner Lage entsprechen, scheint sich in der rechten Hand etwas zu tun. Er öffnet die Augen, um sich zu vergewissern, ob sein Opi wirklich steht, blickt in die fensterlose Zelle mit der erotischen Kunst an den Wänden und den Ausgaben April und Mai 2008 des Männermagazins auf dem Tisch, blickt zwischen linker und rechter Hand hin und her, schon neigt sich sein Opi vornüber, als wolle er in den Eimer erbrechen. Bereits beim Urologen brauchte der Samenspender trotz seiner Blasenschwäche, die einmal im Leben hätte nützlich sein können, so lange, daß ihn alle anstarrten, als er die Besenkammer endlich verließ. Mental ist er stabil, nimmt es sportlich, dabeisein ist alles, dabeisein, durchhalten und möglichst unter fünfundvierzig Minuten bleiben, sonst muß er sich erst wieder anziehen, um bei der Rezeption um Verlängerung zu bitten und stillschweigend um Verständnis. Am besten, er klappt jetzt mal die Allmacht zu.

Da er nicht wieder den Fehler begehen wollte, die Augen zu öffnen, als sich in der Rechten endlich etwas regte, vergaß er die linke Hand und hätte beinah den Becher zu spät ans Geschlecht geführt. In der Hast bedachte der Samenspender das physikalische Dilemma nicht: Die klebrige Flüssigkeit spritzt nach oben, die Schwerkraft zieht nach unten – in welchem Winkel hält er nun Becher und Geschlecht? Die paar Tropfen genügen, vertraute er auf den medizinischen Fortschritt und säuberte den Teppichboden, dessen Blau nicht so zweckdienlich ist, daß es steuerlich auch noch begünstigt werden sollte. Nachdem er zu Hause geduscht hatte, wie es das islamische Recht verlangt, fuhr er mit der U-Bahn zum Steuerberater – wenn er schon mal in Köln ist. Beim Umsteigen traf er eine Bekannte, die mit ihm den Anschluß verpaßte, da er einen Anruf erhielt, der ihn erstarren ließ, und sie so höflich war, nicht ohne Abschied in die Bahn zu steigen: Die Arzthelferin teilte mit, daß die Samenmenge nicht ausreiche, um sie für die Reproduktion zu verwerten, und er eine weitere Spende abgeben müsse. Als er aufgelegt hatte, konnte er der Bekannten nicht erklären, was ihn schockierte, nicht einmal eine Ausflucht fiel ihm ein. Hatte er nackt in der Schöpfungszelle noch seinen Gleichmut bewahrt, merkte er jetzt, wie er schwankte. Er schwankte zum Steuerberater und von dort zu einem Vortrag vor Unternehmenserben, der viel zu gut bezahlt war, um aus diesem oder jenem Schamgefühl abzusagen, die Fragen im Rahmen des Grundgesetzes mit Tendenz zum Deutschnationalen, zugleich merkt man ihnen die internationalen Schulen an, die Geschäfts- und exotischen Urlaubsreisen, viele der Firmen leben vom Export, auf Einwanderung können wir nicht verzichten, und alle nickten, wenn in meinem Betrieb noch jemand hart arbeitet, sind es die Türken, sagte ein anderer, als spräche er über die Vorteile der Sklavenhaltung. Fürs Bankett ließ sich der Samenspender entschuldigen, kaufte auf dem Nachhauseweg Abendbrot ein und rang weiter um Fassung, todmüde, daß er um sieben hätte schlafen gehen können und es um zehn ohne Abendbrot tat. Er hat keine Ahnung, wer Sie sind, Sie großgeschrieben, ob Sie ihn persönlich kennen und vielleicht deshalb den Roman bis hierhin gelesen haben, den ich schreibe. Sollte es sich um keine Datei mehr handeln, die Sie auf einem Computer öffnen, oder einen Ausdruck auf losen Blättern, sondern um ein Buch, ein richtiges Buch bei einem Verlag mit Umschlag und allem, sollte der Roman, den ich schreibe, also bereits angenommen, lektoriert, bearbeitet, korrigiert, gesetzt, gedruckt und von Menschen, die etwas von Literatur verstehen, für lesenswert befunden worden sein, werden Sie die Angst nicht nachvollziehen können, die den Romanschreiber in jedem Absatz beherrscht, die Angst, ein Versager wie in der Schöpfungszelle zu sein, sich in Raserei gequält, aber den Becher falsch gehalten zu haben, so daß seine klebrige Flüssigkeit nur den Teppichboden verschmutzt. »Nichts tut weher, als einen mäßigen vernünftigen Menschen, ders sogar in Leidenschaften blieb, im poetischen Unsinn des Fiebers toben zu sehen«, spottet Jean Paul, den der Romanschreiber am Vorabend aus dem Keller heraufgeholt. Daß der Verleger ihn aufgegeben hat, war ein Knüppelschlag, als er es endlich kapierte, nicht in die Knie, nicht in den Magen oder in die damals noch zwei vorhandenen Hoden, sondern mit voller Wucht auf den Schädel. Weil er nicht anders kann, rubbelt er weiter, als sei nichts gewesen, um Sie nicht länger mit seinen Zweifeln zu belästigen, die er oft genug erwähnte. Wenigstens hat er jetzt gelernt, denkt er am Samstag, dem 17. Mai 2008, um 14:34 Uhr, da er den gestrigen Schock, wie man literartherapeutisch so sagt, zu verarbeiten versucht, wenigstens hat er gelernt, in welchem Winkel er den Eimer zum Wischmop halten muß.

Ohne Großmutter zu fragen, hat Großvater meine Mutter nach seiner Tante benannt. Zwischen den Eheleuten muß es darüber zum Streit gekommen sein. Abgesehen davon, daß Großmutter die Eigenmächtigkeit ihres Mannes erboste, fand sie den Namen scheußlich. Sie wollte ihrer Tochter einen modernen und also persischen Namen geben, keinen arabischen und also islamischen wie im Mittelalter üblich. Sie einigten sich darauf, daß die Mutter einen persischen Rufnamen erhielt, den Großmutter aussuchte. Obwohl von ihren Eltern so jung verheiratet, scheint sich Großmutters Selbstbewußtsein nicht erst in Frankreich bis in verschlossene Zelte Bahn gebrochen zu haben. Photos bezeugen, wie hübsch sie war, helles, sehr schmales Gesicht mit einer feinen Nase, grüne Augen, hellbraune lange Haare – gerade in Isfahan, wo die Frauen dunkler und stämmiger sind als anderswo im Iran, fiel ihre Erscheinung auf, erst recht neben ihrem deutlich kleineren und älteren Mann mit dem kugelrunden Kopf. Die früheste Erinnerung der Mutter: Die Großeltern amüsieren sich über ihr quietschendes Lachen. So süß wie sie aussah, etwas pummelig, rotwangig und mit einem wilden Lockenkopf, mußte Großvater allerdings fast ebenso oft lachen, wenn die Mutter vor Empörung schrie – klar, daß sie dann erst recht tobte. Um so schneller brachte er sie wieder zum Quietschen, kitzelte sie, stemmte sie in die Höhe, tollte mit ihr auf den Teppichen herum, die noch nicht mit Möbeln vollgestellt waren, oder spielte im Hof Fangen. Das Haus, das Großvater geerbt hatte, stand im sogenannten Neuen Viertel, wo viele Notabeln Isfahans wohnten, denen die Gassen der Altstadt zu eng geworden waren. Die Neubauten der dreißiger, vierziger Jahre des vergangenen Jahrhunderts, jeder ein kleiner Palast, obschon in der Ausstattung sachlicher als unter den Kadscharen, hatten noch den traditionellen Grundriß, ein bis zwei Stockwerke rings um einen schattigen Innenhof mit Obstbäumen und Blumen, dessen Mitte unbedingt ein großes Wasserbecken einnahm, damit sich darin der Himmel spiegelte. Vor dem Haus floß ein Bach entlang, an dem auch die halbe Verwandtschaft wohnte. Lebensmittelladen, Metzger, Bäcker, Gemüsehändler, Badehaus und dem gerade erbauten, staatlichen Krankenhaus hatten sie es nicht weit – wie auch? Noch kaum jemand und schon gar keine Hausfrau fuhr in den dreißiger Jahren ein Auto. Soweit die Mutter ihre damaligen Nachbarn noch kennt oder von ihnen gehört hat, ist keine einzige Familie in Iran geblieben. Auch deren Kinder und Enkel sind in die Vereinigten Staaten, nach Frankreich, Deutschland oder England ausgewandert, und von den Häusern des Viertels, obwohl es doch »neu« war, ist nichts erhalten geblieben bis auf die Klinik, einige Lehmmauern und hier und da Wände ohne das dazugehörige Haus. Der Stadt, die zweitausendfünfhundert Jahre alt sein soll, 2539, um genau zu sein, und gegründet von Juden, die nach der Befreiung aus babylonischer Gefangenschaft an ebendieser Krümmung auf den Lebenspendenden Fluß stießen, dieser ewigen Stadt gelten siebzig Jahre bereits als antik. Wer nicht das Land verließ, wohnt heute in Apartments mit Parkettboden, Wohnküche, Aufzug, Garage und Klimaanlage, die Hochhäuser häufig auf den geerbten Grundstücken errichtet. In Iran hat nicht der Krieg die Städte von Grund auf verwandelt, sondern der Fortschritt, den Doktor Jordan und Großvater, Seyyed Zia Tabatabaí und Mohammad Mossadegh ersehnten. Lange Zeit so langsam wie eine Droschke mit lahmendem Klepper, zog er in den vierziger, fünfziger, sechziger Jahren mit der Durchschlagskraft vieler Bomberstaffeln in Isfahan ein, mit Teer und mit Schulen, mit Beton und mit Krankenhäusern, mit Eisen und Frauenwahlrecht, mit Stahl und mit Liebesheirat. Als Großvater mit meiner Mutter auf dem Teppich herumtollte (schrieb er nicht, er habe für die Kinder keine Zeit gehabt?), war Isfahan noch der Garten mit den herrlichen Palästen, Lehmbauten und blauen Moscheekuppeln, der so viele Reisende des achtzehnten und neunzehnten Jahrhunderts verzauberte. Sie alle hatten einen tage-, oft wochen- oder monatelangen Marsch durch eine menschen- und tierfressende Ödnis hinter sich, die aus der Luft wie ein einziger trüber, zukkender und schwer atmender Organismus mit beweglichen schwarzen Flecken und Linien anmutet, ja, wie ein Meerungeheuer mit Mündern und Augen, das die ganze Zeit in seinen eigenen Stürmen brütet oder Lavaströme ausspeit, bemerkte der Amerikaner Robert Payne, dessen fabelhaften Reisebericht ich im Bücherregal der Wohnung in Köln entdeckt habe. Die Angst vor der Wüste beherrscht seit jeher die persische Dichtung, das Volkslied, die Märchen, sie hat in jeder Generation viele Iraner zum Wahnsinn getrieben, denn die Wüste ist überall, im Süden, im Osten und in der Mitte Irans, sie dringt in die Siedlungen ein, sie kriecht unter den Türrahmen hindurch, reißt Mauern mit sich, begräbt Wege und fegt mehrfach im Jahr über die Städte hinweg. Deshalb erfüllte der Traum von Gärten zu allen Zeiten die Phantasien und Sehnsüchte der Iraner, sind ihre Mosaike, Teppiche und Wohnhäuser Gärten nachgebildet und damit dem Paradies. Man muß sich den Kontrast von Trockenheit und Blüte, sengender Hitze und wohltuender Kühle, quälendem Durst und kühlem Wasser, vor allem aber den Kontrast der Farben vor Augen führen, von der beinah farblosen Einöde zu dem tiefen Grün der Bäume, den bunten Flicken der Äcker und dem strahlenden Blau der Moscheekuppeln, die wie eine Himmelserscheinung am Horizont auftauchten, um die Verzükkung mitzufühlen, mit der Reisende bis ins zwanzigste Jahrhundert von Isfahan berichteten. »Wenn man die Stadt betritt, erweckt sie völlig den Eindruck eines riesigen Dorfes in Südfrankreich; die Liebenden wandeln im Schatten der Bäume«, schrieb Payne, der Isfahan in den vierziger Jahren des vergangenen Jahrhunderts bereiste und also von Monument zu Monument pilgerte, während hinter einer Lehmmauer noch Großvater mit Mutter Fangen gespielt haben könnte, oder wenn nicht mehr Fangen, dann ein anderes Spiel: »Man geht an den schimmernden Silbertoren einer Moschee vorbei, und der Schatten senkt sich wieder herab. Es ist keine große Stadt – nur eine Moschee, sagt man sich: Und dann kommt man zu einem großen, offenen gelben Platz, und diesen Platz umgeben die vollkommensten, die unglaublichsten Kleinodien der Baukunst, die man je sah. Der Platz heißt *Meydan-e Schah*, der Paradeplatz des Schahs, doch es gibt kaum genügend Worte, seine erlesene Schönheit zu beschreiben, die Kunst in der Anordnung von Palästen und Moscheen und Basaren ringsherum, das Entzücken, das einen überkommt, wenn man ihn zum ersten Mal erblickt. Die ungeheure Moschee am anderen Ende des Platzes leuchtet wie blaue Diamanten, eine zweite, dunklere Moschee von sanfterem Blau beruhigt dann die geblendeten Augen, und schließlich bleibt der Blick an dem anmutigen Palast gegenüber hängen, einem Palast, der sich in Galerien auftürmt und von den großen Türmen von Babylon abzustammen scheint.«

Die Reinschrift der Waisen, die nicht vorzeitig heiraten soll, endet mit Großvaters gescheiterter Kandidatur fürs Parlament, von der ich gestern abend in seiner eigenen Selberlebensbeschreibung las. Daß seine Schilderung allzu umständlich ausfällt, hatte ich nicht anders erwartet. Um so mehr überraschte mich der Paukenschlag, mit dem er den politischen Abschnitt seines Lebens beendet: die Audienz bei Premierminister Mossadegh, den der CIA kurze Zeit später aus dem Amt putschte. Auch literarisch, ich glaubte es kaum, ist die Begegnung ein Höhepunkt wie bisher nur seine erste Fahrt nach Teheran in der Kutsche mit Mister Allanson. Bevor ich dahin gelange, wo die Selberlebensbeschreibung vielleicht wirklich einmal ergiebig ist, ergiebig für eine allgemeine Leserschaft oder zumindest für mich, kann ich dank der Mutter einige der Lücken füllen, die Großvater hinterließ. Sie erinnert auch an das, was ein Leben mehr als alles andere ausmacht: der Alltag, die gewohnten Gänge, Sorgen und Freuden, die jedem anderen als einem selbst geringfügig und doch sechzig oder hundert Jahre später nicht nur am Verständlichsten, vielmehr das Bedeutendste sind, weil von keiner Zeitung, keinem Historiker festgehalten, Familie und Nachbarschaft, Freundschaft und Streit, Ängste und Begehren, wie sie die Nachmittage und die Jahreszeiten verbrachte oder etwa die zauberhaften Winterabende unterm Korsi, dem traditionellen iranischen Ofen: Er stand in der Mitte eines Raumes und hatte ein langes, senkrechtes Rohr, das den Rauch durch die Decke blies. Auf dem Korsi lagen ringsum Decken aus, unter die alle Mitglieder der Großfamilie krochen, alt und jung mitsamt den Bediensteten, nur die Köpfe guckten heraus, und dann – das ist wohl legendär in allen iranischen Familien – und dann begann einer, ein Märchen zu erzählen, der zweite rezitierte Gedichte, der dritte sang ein Lied, bis die Kinder den ersten überredeten hatten, mit der Geschichte fortzufahren, die natürlich niemals ein Ende hatte. Unbemerkt wurde es Nacht, einer nach dem anderen schliefen die Greise ein, früher oder später die Kinder und bestimmt als letztes meine Mutter, dieses etwas pummelige Mädchen mit den roten Backen und wilden Locken, das am lautesten lachte und noch lauter schimpfte. Manchmal wachte sie auf, während die Erwachsenen sich noch immer Märchen, Gedichte, Lieder vortrugen, und mußte nur abwarten, um sogar einen der anzüglichen Witze zu hören oder die Fortsetzung der Geschichte zu erfahren, über die sie eingeschlafen war. Wie prahlte sie dann am Morgen vor ihren beiden älteren Brüdern! Die Mutter trägt außerdem nach, daß die Bediensteten, die bis in die Generation der Großeltern in allen wohlhabenden Familien lebten, nicht nur mit unter den Korsi krochen, sondern auch im Familiengrab bestattet wurden. Wann immer Großvater mit seinen Kindern die Gräber seiner Verwandten besuchte, sagte er die Fatiha auch für das verstorbene Personal auf, selbst für die häßliche Zaghol, die bereits uralt war, als die Mutter zur Welt kam, und für den Haushalt schon lange nicht mehr zu gebrauchen. Sie hatte weder Haare noch Zähne mehr und war wohl, glaubt die Mutter im nachhinein, im Kopf nicht ganz hell. So alt sie gewesen sein mochte – nachgerade verwunschen schien die Greisin dadurch, daß in ihrem fensterlosen Zimmer in der Ecke des Innenhofes außerdem ihre Mutter lebte, bettlägerig und daher für die Kinder niemals zu sehen. War meine Mutter allein, machte sie lieber einen Bogen um das Eckzimmer, wohingegen sie im Bund mit ihren Geschwistern Zaghol oft auslachte und ihr Streiche spielte – doch wehe, wenn Großvater davon Wind bekam. Obwohl in den dreißiger Jahren die bürgerlichen Ehepaare mitsamt Kindern und Bediensteten bereits in einem eigenen Haus wohnten, spielte sich das Leben immer noch in der Großfamilie ab. So schliefen die Mutter und ihre Geschwister an den meisten Abenden nebenan bei ihren Cousins und Cousinen, den Kindern von Onkel Mohammad Ali, der ständig auf Reisen war. Großvater sah das gern, weil er glaubte, daß sich seine Schwägerin dann weniger allein fühlte. Die Mutter fügt hier einige Pünktchen an. Ich weiß nicht, ob sie damit den Selbstmord ihres Onkels andeutet, den Großvater nicht einmal mit Pünktchen bedenkt, oder die Stelle später noch ergänzen will. Noch mehr Zeit als mit den Kindern von Onkel Mohammad Ali verbrachten die Mutter und ihre Geschwister mit den Kindern der Sohrabs, also auch mit dem Cousin, der heute in Rüdesheim lebt. So unvereinbar ihr Glauben war, hatten sich die Großeltern und die Sohrabs besonders gern und verbrachten sie viele Tage und Abende gemeinsam. Die Sohrabs gehörten auch zu den Sommern in Tschamtaghi, von denen ich bei der Mutter endlich lese. Es ist der einzige Ort, an dem ich das Iran ihrer Kindheit selbst noch erlebte. Die gegenüberliegenden Dörfer gehörten den Söhnen von Großvaters Onkel Hedayatollah Sohrab, wenn ich die Namen nicht wieder durcheinanderbringe.

Die hundertdreißigtausend, die in Birma, und die vierzigtausend, die dieser Tage in China gestorben sind, waren bisher eine Zahl, die er in der Zeitung las. Als lebende Bilder sind sie: na was?, ein Mädchen, das der chinesische Ministerpräsident nicht beruhigen kann, weil es seine Eltern verlor, sind, na was?, Amateuraufnahmen vom Beben, Menschen auf die Straße geflüchtet, in weißem Staub, kreischend, na was?, eine Frau hockt auf dem Bambusgerüst ihres einstigen Hauses, unter ihr ringsum Wasser, na was wohl auch nur ergreifend wie amerikanische Filme, dann geht das Licht an, man tritt nach draußen, in die erleuchtete Eingangshalle oder direkt auf die Straße mit dem kühlenden Wind, nur das Mädchen beruhigt sich nicht, der chinesische Ministerpräsident ist längst in Peking, und die Frau bleibt auf dem Bambusgerüst hocken. Wieviel Urin man täglich hinterläßt, hätte die Nummer 312 nie für möglich gehalten – er muß vierundzwanzig Stunden jeden Tropfen sammeln und ist nach vierzehn Stunden und zweiundzwanzig Minuten bei knapp vier Litern. Der Eimer, der im Bad stinkt, ist auch nichts anderes, sogar eine ehrlichere Form jener Selbstbesinnung, zu der ihm vielfach geraten wurde. »Verschon uns, Gott, mit Strafen / und laß uns ruhig schlafen / und unsern kranken Nachbarn auch«, zitiert im Anschluß an das Nachrichtenjournal des ersten Kanals ein früherer Bundeskanzler die letzte Strophe seines Lieblingslieds von Matthias Claudius. Die hilflose Moderatorin will sich am Dienstag, dem 20. Mai 2008, um 23:22 Uhr ob live oder zeitversetzt einreden, daß es im Leben auf und ab gehe, auch im Leben des bald Neunzigjährigen, doch der ehemalige Bundeskanzler beharrt darauf, daß es seit langem nur bergab gehe. – Aber Sie haben sich doch von Ihrer Krankheit erholt, setzt sie nach, es geht Ihnen wieder gut. – Gut schon lange nicht mehr, fertigt der ehemalige Bundeskanzler sie ab; die Talfahrt führe ihn hin und wieder auf einen Vorsprung, danach um so steiler nach unten. Statt beim Thema zu bleiben oder aus Respekt für zwei Sekunden den Mund zu halten, damit so schwere Worte nachklingen, liest die Moderatorin hastig die nächste Frage ab: Was halten Sie vom Boykott der Olympischen Spiele in Peking? Daß das Carboplatin, das tatsächlich aus Platin besteht, wie die Nummer 312 auf Nachfrage erfuhr, als habe es der Name nicht schon gesagt, in Höchstdosis verabreicht werden soll, wollte sich der behandelnde Onkologe vom Chef der Kölner Uroonkologie persönlich bestätigen lassen. Das fachkundige Telefonat hätte die Nummer 312 lieber nicht mitgehört. Bei manchen ist die Wirkung gar nicht so schlimm, beruhigte ihn der behandelnde Onkologe, als er aufgelegt hatte. An die Parlamentsdebatten mit dem Oppositionsführer, welche die Senderegie um 23:33 Uhr ins Gespräch schneidet, kann sich der ehemalige Bundeskanzler nicht mehr erinnern. – Wissen *Sie* etwa noch, was Sie vor vierzig Jahren getan haben? fragt er zurück. – Damals war ich gerade geboren, stottert die Moderatorin. – Machen Sie sich nicht jünger, als Sie sind, kanzelt der ehemalige Bundeskanzler sie ab. Donnerwetter, hat der Schneid. Weil seine Antworten so knapp sind, gehen der Moderatorin um 23:36 Uhr die Fragen aus, die sie sich auf mehreren großen Blättern notiert hat, da fängt sie wieder mit dem Olympiaboykott an. Es läuft einiges schief, das Urin hätte heute schon analysiert werden können, wenn der Pfleger gestern an die Niere gedacht hätte, und im Wasserbett, in dem die Nummer 312 mit Strom auf das Carboplatin vorbereitet werden sollte, erfuhr er nach einer Stunde, daß der Pfleger vergessen hatte, auf den Startknopf zu drücken, ein Araber, was sonst, Friede sei mit Ihnen, den er seitdem in der Gerätekammer zum Ritualgebet trifft. Wahrscheinlich befürchten die anderen Nummern bereits einen Anschlag, den die beiden aushecken, oder malen sich irgendwelche Schweinereien aus. Konnte man nicht auch lesen, daß Muslime beim Orgasmus Gott anrufen? Andererseits müßte der Verfassungsschutz bestätigen können, daß *Allâh* beim Orgasmus anders klingt als beim Mittagsgebet, das /l/ besonders emphatisch. Was schiefläuft, sind Kleinigkeiten, denn im großen herrscht tiefe Dankbarkeit. Das möchte die Nummer 312 vorsorglich erwähnen, bevor der behandelnde Onkologe morgen mit Plastikhandschuhen an die Tür klopft, weil er nicht voraussieht, was die Infusion mit ihm anstellt, welcher Probe sie ihn aussetzt und wann er mit dem Roman fortfahren kann, den ich schreibe. Froh ist er, vorher schon ein bißchen fromm gewesen zu sein, da er es aus Widerspruchsgeist gerade jetzt nicht geworden wäre, fromm allerdings in einem anderen Sinne, als er es sich früher vorstellte, Gott spielt dabei keine Rolle oder im abstraktesten Sinne als Name dessen, was wurde und ist, fromm als Bejahung, siehe, es ist gut, es ist beschissen, aber es ist gut, ich bin krank, aber es ist gut, ich habe Angst vor morgen, aber bin in allmächtigen Händen. Beim Frühstück hatte eine Frau in seinem Alter noch Haare, beim Mittagessen verbarg sie den Schädel unter einem Kopftuch. Er soll sich die Haare selbst rasieren, wenn er merkt, daß sie ausfallen, hat die Stationspsychologin auch ihm empfohlen. Zum Glück hat er diesmal ans Rasiergel gedacht. Ein Mann trägt immer eine Schirmmütze, zwei andere zeigen ihre Krebsglatzen offen, die man daran erkennt, daß die Haut weiß ist wie Milch. Er beobachtet die anderen Nummern, wie jeder jeden beobachtet. Ein Wort wechselte er nur mit der Nummer 308, die im Warteraum vor dem Ultraschall freiheraus fragte, ob die Nummer 312 ebenfalls unter Erektionsstörungen leide. Die Nummer 308 ist trotz der Begleiterscheinungen fest entschlossen, sich Testosteron spritzen zu lassen. Es herrscht nicht die Stimmung eines Sanatoriums wie auf dem Zauberberg, obwohl sie genauso abgeschieden leben, oder der Klinik am Starnberger See, wo er den Bildhauer auf dem Weg nach Rom besuchte. Dort ist man, um zu gesunden, der Übergang nach der Krankheit, der die Lebenslust kitzelt, Heiterkeit hervorruft, Geselligkeit. Hier ist man, um Schwermetall in die Blutbahnen laufen zu lassen, mit jedem Zyklus mehrere Liter, die erst auf lange Sicht heilen, manche auch nicht. Diese Klinik verläßt niemand in besserem Zustand, als er sie betreten. Wenn der behandelnde Onkologe auf dem Flur die dicken Plastikhandschuhe trägt, signalgelb, ellenlang wie für die Reinigung öffentlicher Toiletten und säureresistent, schauen ihm alle Nummern hinterher, in welchem Zimmer er verschwindet. Was die 312 an Gesprächen aufschnappt, das meiste an den Nebentischen im Speisesaal, handelt sämtlich von der Krankheit und klingt beinah so fachkundig wie das Telefonat der Onkologen über seine Dosis. Je ausgeprägter die Fitneß bei Behandlungsbeginn, desto geringer die Nebenwirkungen, lautete ein weiterer Ratschlag, aber als er heute morgen joggen ging, haben alle geglotzt. Sie hatten gedacht, die Nummer 312 sei einer der ihren, aber wird es morgen erst sein. Noch fühlt er sich in der Krebsklinik wie ein Besucher, wieder die Situation wie nach der Diagnose, daß er objektiv krank ist und das Gegenteil fühlt. Zum Mittagessen zog er die Trainingshose an, um nicht mehr aufzufallen. In manche Zimmer werden die Mahlzeiten gebracht, bei denen denkt man sich seinen Teil. Äußerlich hat er sich die anderen Nummern elender ausgemalt, keine Blicke oder Gesten, in denen Klage mitschwingt oder Verzweiflung, schließlich ist hier jeder gleich, wenn überhaupt Müdigkeit, Schwäche, Fragilität. Manche sind im Gesicht gezeichnet, fast alle bewegen sich nur langsam, die Glatzen stechen natürlich hervor. Ansonsten weist nur die Bekleidung sie als krank aus und der gedämpfte Ton aller Unterhaltungen wie auf einer Beerdigung. Es ist ein großes altes Gebäude, einst Kurhaus für Bergarbeiter, an einem Hang mitten im Wald; nur weit entfernt im Tal sieht man gelegentlich ein Auto vorüberfahren. Mindestens so gut wie Mistel, Zink, Ozon, Mineralien, Wärme und elektrische Schwingungen bereitet die Einsamkeit auf das Carboplatin vor. Besser als die Ratschläge ist die Konspiration. Mittwoch, 21. Mai 2008, 0:48 Uhr, um noch einmal die Zeit festgehalten zu haben, bevor die Nummer 312 die Allmacht zuklappt.

»Die besondere Form der Erschöpfung bei Krebspatienten hat den Namen *Fatigue* (ausgesprochen: Fatieg) erhalten, was im Französischen ›Ermüdung, Mattigkeit‹ bedeutet. Anders als normale Müdigkeit, etwa am Abend oder nach körperlichen Anstrengungen, kann *Fatigue* nicht durch ausreichenden Schlaf überwunden werden. Ausgelöst wird der Zustand teilweise durch die Erkrankung selbst. Häufig tritt die Erschöpfung aber auch bei und durch die Chemotherapie auf und dauert noch Wochen bis Monate über den Behandlungszeitraum hinaus an, was die Lebensqualität Betroffener erheblich beeinträchtigt. In der medizinischen Definition bezeichnet *Fatigue* ein Gefühl von körperlicher und geistiger Müdigkeit, die mit reduzierten Energiereserven und verringerter Muskelkraft einhergeht. / Von Gesunden wird Erschöpfung nach extremer körperlicher oder geistiger Anstrengung eher als normal oder sogar angenehm empfunden. Als Krankheitssymptom tritt sie dagegen ohne eine entsprechende vorherige Anstrengung auf und verschwindet auch nach einer angemessenen Erholungszeit nicht. Anzeichen für ein körperliches oder physisches Müdigkeitsempfinden sind reduzierte körperliche Leistungsfähigkeit, unübliches, vermehrtes Schlafbedürfnis, wobei der Schlaf häufig nicht zu einer ausreichenden Erholung führt und unübliches, vermehrtes Müdigkeitsgefühl auch tagsüber vorherrscht. Weiter beschreiben Betroffene oft ein Gefühl der Schwere. Anzeichen für ein affektives/emotionales Müdigkeitsempfinden oder veränderte Stimmung ähneln oft denen einer Depression. Dazu gehören Motivations- und Antriebsmangel oder -verlust. Dies geht einher mit einem nachlassenden Interesse an vielen Dingen und dem Wunsch, sich zurückzuziehen. Betroffene fühlen sich traurig, grübeln über Ängste nach und sehen ihre Situation eher hoffnungslos, auch wenn dies rein von den Fakten her nicht gerechtfertigt ist. Zu den Anzeichen für ein kognitives Müdigkeitsempfinden gehören dagegen Konzentrationsstörungen, Ablenkbarkeit und Gedächtnisstörungen. Bei Betroffenen ist die Aufmerksamkeit eingeschränkt, sie haben vielleicht sogar Mühe, Worte zu finden. Bislang ist die Entstehung der ganz besonderen Erschöpfung bei Krebs auch von Fachleuten nicht vollständig verstanden.«

Als er sich vornahm, während der Infusion zu protokollieren, wie sich das Carboplatin im Körper ausbreitet, bedachte er nicht die Schwierigkeit, mit nur einer Hand zu tippen. Einige Stunden später wäre er auch mit drei Händen nicht in der Lage gewesen, einen Gedanken zu fassen, und schaute sich das Finale der Champions League an, bei dem Manchester United erneut einen Elfmeter verschoß.

Wiewohl er wieder halbwegs gerade läuft, ihn vor allem der Stuhlgang Gott sei gepriesen nicht mehr vor Schmerz den Schweiß ins Gesicht treibt, auch die Übelkeit abklingt, scheint in den Gehirnwindungen noch Mörtel verstreut zu liegen.

Weil der Onkologe empfahl, die Signale des Körpers zu mißachten, trägt die Nummer zehn in wachen halben Stunden die Frühgeborene wie Marschgepäck auf dem Rücken zur Eisdiele, fährt mit dem Fahrrad Schlangen durch den Park der Deutschen Akademie und spielt sogar schon wieder Fußball, wenngleich nur mit halbgeschlossenen Lidern im Tor und immer in der Verlierermannschaft. Tag für Tag versucht er, seine Grenze zu erweitern, und dazu gehört seit vorgestern auch das Schreiben, Gehirntraining nannte es der Onkologe heute morgen am

Telefon und erklärte implizit den Roman, den ich schreibe, für therapeutisch geraten, damit sich die Zellen regenerieren. Man muß immer die Überforderung anpeilen, hatte schon der Herausgeber Hölderlins empfohlen. Deshalb kämpfte sich die Nummer zehn bereits durch Bücher, als er noch die Nummer 312 war, und empfiehlt anderen Krebskranken an dieser Stelle Jean Paul, um die Nebenwirkungen der Chemotherapie zu bekämpfen. Ein härteres Training als den *Titan* wird man in der onkologischen Literatur nicht finden.

»Daß ein solches Zeichen, als Lebenszeichen aufgefaßt, als erinnerndes, alle inneren Kräfte konzentriert, so daß die Genesung einer Neugeburt gleicht, die nicht nur Ihnen und Ihrer Familie, sondern den auseinander triftenden geistigen Welten – zwischen denen Sie stehen – verjüngend zugute kommt«, wie der Herausgeber heute faxte, kann der Berichterstatter leider noch nicht bestätigen. Wenn ihn die Müdigkeit packt, braucht er innerhalb von sechzig Sekunden ein Bett und nähme notfalls den Bürgersteig. Immerhin, der Herausgeber traut ihm etwas zu, das sagt sein Brief deutlich und ist allein schon eine Verpflichtung, mit dem Gehirntraining fortzufahren.

Obwohl es kaum je vorauszusagen ist und er sich so oft bereits getäuscht hat, wagt der Mann die Voraussage, daß die Unterredung, die er vielleicht gar nicht einmal zufällig nach dem neuerlichen Sieg Italiens über Frankreich im letzten Vorrundenspiel der Gruppe C bei der Fußballeuropameisterschaft mit der Frau geführt hat, eben in ihrer Mattheit als die Situation in Erinnerung bleiben wird, in deren Verlauf jeder Ehepartner für sich und sie damit in gewisser Weise erstmals gemeinsam die Trennung beschlossen oder begannen, sich zu trennen, nicht bloß zu hadern, nicht bloß die Möglichkeit der Trennung ins Spiel zu bringen, denn das tun sie schon so lange, nicht bloß Schlußausvorbei zu rufen, um damit, und sei es unbewußt, das Gegenteil bewirken zu wollen, sondern sich innerlich – und eben im Gleichklang, das ist tröstlich daran und neu – im Gleichklang damit abzufinden, daß sie einfach nicht mehr die beiden Hälften sind, wenn sie es je waren, die sich mit welchen Kanten, Brüchen, Spalten auch immer ineinanderfügen. Die Frau nimmt ihr Buch und liest seitdem drei Meter von ihm entfernt mit Kopfhörern auf der Matratze, auf welcher der Mann gewöhnlich schläft, sofern die Eheleute keinen Besuch haben, aber sie haben in Rom fast immer Besuch, der in der Wäschekammer schläft, so daß der Mann sein Gehirn im Atelier zu reanimieren versucht, jedoch nicht auf der Matratze schlafen kann, weil der Besuch durchs Atelier gehen muß, wenn er zum Bad will, und außerdem nicht merken soll, daß die Eheleute nicht mehr das Bett teilen, auch deshalb stockt das Gehirn, nicht nur wegen des Carboplatins, sondern weil der Mann außerdem alle paar Minuten von jemandem unterbrochen oder nur durch gestört wird, daß jemand lautlos durch den Raum geht, es reicht ja, wenn jemand im gleichen Zimmer atmet, damit der Gedanke entwischt, den er eben noch hatte, wie er auch beim Fußball immer eine volle Sekunde zu spät reagiert, fast ohne Unterbrechung Besucher, die ihre Flüge, um billig zu reisen, seit langem gebucht hatten, und er der letzte, der jemanden auslädt, mag die Frau noch so viele, noch so gutgemeinte Vernunftgründe anführen, deren Abwendung von ihm sich auch als ihre Abkehr von iranischen Gründen ausdrückt. Er blieb ein paar Minuten regungslos an seinem Schreibtisch sitzen, bis er vor nunmehr achtzehn Minuten seine Allmacht aufklappte, den Kopfhörer aufsetzte und diesen Absatz begann, der jetzt schon länger ist als alles, was er seit dem 21. Mai 2008 schrieb, weshalb der Onkologe wahrscheinlich auch die Ehekrise für therapeutisch geraten erklären würde. Beschwerlicher als die Müdigkeit, das Blei in den Fingern und auf den Lidern, ist der Geschmack nach stinkendem, faulendem Fisch, der bis gestern immer wieder die Kehle heraufquoll, nur ganz kurz, drei, vier Sekunden jedesmal, dann war es schon wieder eine Erinnerung, gerade lang genug, um sich mehr als nur vorzustellen, um von Grauen gepackt zu werden bei dem Gedanken, diesen Geschmack über Minuten, Stunden, Tage im Mund zu haben, wie es der Musiker in München berichtet, wobei der Freund in Rom annimmt, daß es nur in seinem Fall Fischgeschmack ist, der auf Fisch allergisch reagiert, er annimmt, daß es rein psychisch ist, sein spezifischer Ekel. Das Metall, das der Musiker schmeckte, scheint typischer zu sein und entspricht ja auch dem Heilmittel, das in die Blutbahnen gepumpt wird. Es ging gar nicht um die Beziehung als solche, es gab nicht einmal Streit. Das Ehepaar überlegte lediglich, wie und wo es den Sommer verbringen würde. So gut ein Familienurlaub täte – wenn sie nun einmal keine Familie sind, ist es auch müßig, jedesmal von neuem zu tun als ob. Gegen die Indolenz ist er seit Hölderlin und Hodenkrebs so allergisch geworden, wie er es seit der Kindheit gegen Fisch ist. Ihn stört nicht der äußere Schein, der entschuldbar ist angesichts der ständigen Besucher, vielleicht sogar notwendig, jedenfalls harmlos gegen das, was sie sich gegenseitig vorspielen. Und das geht schon so lange, wie er plötzlich merkt, da Neil Young in den Kopfhörern »Pardon My Heart« singt: »It's a sad communication / With little reason to believe / When one isn't giving / And one pretends to receive.« Dazu gehört allerdings der Refrain, denn mit all der Bitternis und dem Verkümmern ist die Liebe gewachsen, wenn man es Liebe nennen mag, die Verbundenheit, ja, das Verbundensein durchs gemeinsame Verkümmern, *alâqeh dâschtan* wie Glieder einer Kette, es sind nicht nur die Kinder, weshalb die Eheleute zusammengeblieben sind, die drei Meter voneinander entfernt sitzen, nicht nur die vielen positiven Seiten, wie man so sagt, die aufregend guten oder beruhigend unaufgeregten Tage, all das Selbstverständliche, das sich vor Augen zu führen er ebenfalls müde geworden ist, die eigentlich ja fehlenden oder auf die Summe der Jahre bezogen marginalen Vorwürfe, so daß das Betriebsergebnis, wären sie eine Firma, passabel ausfiele – da ist auch das Gemeinsame dessen, was sie durchgestanden und sich an Vernachlässigung angetan haben: »Pardon my heart / If I showed that I cared / But I love you more than moments / We have or have not shared.« Er will, spürt er gerade, keinesfalls Neil Young verpassen, der Gott sei gepriesen wieder auf Tournee geht, und nicht mit einer Frau leben, die andere als pragmatische Gründe, mit ihm zu leben, nicht vorbringt, das alte Lied, aber er dachte nicht an große Entschlüsse, hörte nur hin, wie es jetzt klang, und bemerkte, während er sich heute nachmittag mit der Frühgeborenen auf dem Rücken strammen Schrittes die Müdigkeit Meter für Meter aus den Knochen lief, daß er in seiner Situation erst wieder festen Boden unter den Füße haben muß, Klarheit finden, um zu sehen, Stille, um zu lauschen, Reglosigkeit, um zu fühlen, und sich einen Sommer, der in pragmatischer Verstellung verrinnt, aus den denkbar pragmatischsten Gründen nicht leisten kann. Vom Walken mit der Frühgeborenen zurückgekehrt, schlug er der Frau vor, den Sommer getrennt zu verbringen. – Dann ist es eben so, reagierte sie wie üblich, worauf er sie wie üblich stehenließ und diesmal mit dem Fahrrad davonfuhr, um den Abgang zu beschleunigen, stadtauswärts die Nomentana und dann so viele Kurven, daß er endlich die Orientierung verlor, auf Stadtautobahnen landete, Tai Chi in einem Park passierte, wie es jede echte Großstadt außerhalb Japans aufweisen muß, zwischendurch immer wieder Orte wie die Pferderanch für die Ältere oder eine Wellblechsiedlung von Flüchtlingen, deren Adresse er im Handy speicherte. Endlich sah er ein, daß es ihn zu weit weg getrieben hatte, dann fing es auch noch an zu regnen, wo seine weißen Blutkörperchen im Keller sind, wie der Onkologe warnte, kein Verlaß also aufs Immunsystem und der Mann voller Vertrauen, daß es gutgehen würde heute, weil der Tag schon beschissen genug gewesen sei und auch Gott mal ein Einsehen haben müsse. Die Frau wünscht so frostig sie es nur vermag, gute Nacht, seine Erwiderung weder länger noch gefühlvoller, wie von einem beleidigten Kind bis in die Betonung genau so, wie er die zwei Worte empfing und ohne aufhören zu tippen. Wenigstens hat er einmal einen Absatz zu Ende gebracht.

Das Rom von Josef Winkler, der heute als Büchnerpreisträger ausgerufen wurde, ist ja eine bloße Einbildung, das hat er aus Schwarzweißfilmen von Fellini und Pasolini, die er mit Schwarzen und Arabern koloriert hat, die Granatäpfel, die auf dem Asphalt auseinanderspringen, drogensüchtige Tierverkäufer, Rosenverkäufer trotz »weit über dreißig Grad Celsius« im Wintermantel, weil der Westen so kalt ist, Straßenmusikanten aus keiner anderen Hafenstadt als Neapel, bärtige Gesichter krebsrot, der Metzger mit der Golduhr und zwei breiten Goldringen, der auf dem Markt einen Schafsschädel aufhackt, das Gehirn hervorholt und die zwei Hälften auf rosarotes Fettpapier mit Wasserzeichen ausbreitet, sein sowieso tumber Lehrling, der Herz, Lunge, Milz und Nieren wahllos in den ausgeweideten Hasen stopft, um ihn zurück in die selbstverständlich mit Blutstropfen bespritzte Verkaufsvitrine zu stopfen, läuft da was im Schlachthof?, bestimmt läuft da was im Schlachthof zwischen Schweinen, und die Metzgersfrau hat es schon beim vorletzten Lehrling kapiert, diese Schau monströser Fremder, an der sich nördliche Kleinbürger aufgeilen, Zigeunerkinder mit Bierflasche zwischen den Lippen, Zigeunermütter, die mit der einen Hand rosa Büstenhalter verkaufen, mit der anderen Hand ihrem Kind die Zitze in den Mund stecken (Zitze!), Zigeunereltern, die ihre Töchter verkaufen, und immer wieder blutet alles, aber klar doch, das Blut muß nur so spritzen, dann ist es katholisch, Tintenfischgedärm auf Nonnenkleidern, die Schwarzen, die er, klar doch, wir sind nicht verklemmt, Neger nennt, Neger beziehungsweise Mulatten, die Zigeuner, die noch animalischer sind, die kleinen Handwerker, die erschrockenen Mütter, die düsteren Priester, überhaupt ganz Rom, wo es am römischsten ist, wie der Klappentext verspricht, dabei spielt das Buch nur an der Piazza Vittorio Emmanuelle, nette Wohngegend, Immobilienpreise gestiegen, relativ wenig Touristen noch, die den Straßenblock von Maria im Schnee hinab schlendern, dazu die Einwanderer aus dem angrenzenden Bahnhofsviertel, das ein netter Vorort ist gegen die Bahnhofsviertel anderer, auch italienischer Städte, von Genua, zum Beispiel, oder Neapel. Um das Urwüchsige zu finden, das der Klappentext verspricht, hätte Josef Winkler anderswo suchen müssen, aber dort ist Rom nicht am römischsten, sondern so häßlich und einförmig wie Köln-Chorweiler oder der Süden Beiruts. »Selbstverständlich sind das nur meine persönlichen Ansichten, und ich bin weit davon entfernt, sie für jemand anders als bindend zu erachten.«

Die Begleitmusiker gehören zur Familie oder sind noch älter als er, seine ältesten Freunde und einer nach dem anderen auf seine Ranch gezogen, so habe ich gelesen, und der Chefrowdy seit vierzig Jahren klimperte zwischendurch auch auf dem Klavier oder zupfte das Banjo. Ich kann mir das schon vorstellen, er hatte diese Krankheit gehabt, Gehirnaneurysma, und seitdem ist er fest entschlossen, nur noch zu tun, was er will, was er immer schon getan hat, aber jetzt eben so konsequent, daß selbst wir etwas enttäuscht sein könnten, wären wir nicht so froh, ihn überhaupt noch einmal zu hören. Erst hat er mit den Freunden von einst an keinem anderen Ort als Nashville ein Country-Album eingespielt, das ich mir nicht einmal gekauft habe, ging auf eine Tournee, die mindestens zwanzigtausend Feuerzeuge verbraucht haben muß, dann juckte in den Fingern endlich wieder Rock 'n' Roll, allein, er hatte keine Lust auf neue Begleiter und diesmal nicht auf die Rabauken von *Crazy Horse*, die immer den Refrain vergessen, dann hat er eben die Tour fortgesetzt mit den gleichen Freunden von einst plus den Verwandten und Rowdys, die schon dabei waren, so schön, alle beisammen zu haben, besser als Urlaub, die Konzerte alle kurzfristig angesetzt, kleine Hallen und Amphitheater, noch jetzt ergeben sich immer neue Termine für den Sommer, so daß wir uns ebenso kurzfristig ins Auto setzten, obwohl es eine Direktverbindung nach Lyon gab. Zum Haus Gottes darf der Pilger keinen Gedanken an Bequemlichkeit übrig haben, wie schon Großvater mahnte, und nach Woodstock hat schließlich auch niemand den Billigflieger genommen. Jetzt ruft die Mutter zum Essen, die Kinder haben Hunger, danach drei Stunden Mittagsschlaf, Lesen, Meer, Abendessen und bald schon wieder Schlafen, so vergehen die Tage, wie der Sohn sie so bequem und eintönig selten hatte.

Auf den ersten Konzerten hatte erst Neil Youngs eigene Frau mit seinen ältesten Freunden Country gespielt, anschließend er solo akustisch, bevor seine Frau und die ältesten Freunde auf die Bühne zurückkehrten und der Chefrowdy seit vierzig Jahren die E-Gitarren anreichte, doch in Lyon waren sie längst soweit, von vornherein wummwumm auf den Putz zu hauen, das heißt, Neil Young haute auf den Putz, ließ die Gitarren jaulen, hämmerte auf die Saiten, freute sich an den Rückkopplungen, während die übrigen Musiker, also die ältesten Freunde, Verwandten und der Chefrowdy seit vierzig Jahren, so taten, als spielten sie immer noch Country-Balladen. Seine Frau ist mit Sicherheit ein wunderbarer Mensch, hat diese Schule für Behinderte aufgebaut und keineswegs eine schlechte Stimme; als Backgroundsängerin weiß sie allerdings nicht, wohin mit den Händen, und walkt auf der Stelle wie auf einem Laufband. Ben Keith, der immer wieder gezwungen wurde, von seiner Steel Guitar aufzustehen, um die Rhythmusgitarre zu nehmen, ist aus fünfzig Meter Entfernung ein Amerikaner von der herzlichsten Art, aber bei so einem Tempo und überhaupt diesem Lärm hätte er sich schon vor vierzig Jahren wohl lieber ein Bier gezischt. Der Bassist Rick Rosas stand nicht nur zwei Stunden lang steif wie ein Grabwächter auf der Bühne, sondern spielte auch mit dem Elan einer Friedhofskapelle. Im Hintergrund malte jemand grelle Gemälde auf eine Leinwand, halb Volkshochschule, halb Hilflosigkeit, die in großen Lettern den jeweils nächsten Titel ankündigten, ab und zu den falschen, dann fing Neil Young zu diskutieren an. Vermutlich wohnt der Maler ebenfalls auf der Ranch oder in der Nachbarschaft, ist er der Hausmeister und zu nett, um auf der großen Reise fehlen zu dürfen, obwohl es für einen Hausmeister keinen Bedarf auf einem Rockkonzert gibt. Dann mußte der Bedarf eben geschaffen werden. So lang die Tour noch gehen mag, wird der Hausmeister niemals die Titelfolge beherrschen, da Neil Young jeden Abend andere Titel spielt.

In Lyon kramte er Stücke aus dem Repertoire, deren Text er vom Blatt ablesen mußte, »Oh, Lonesome Me«, zum Beispiel, das ein Kritiker als den Beginn seiner künstlerischen Pervertierung bezeichnet hatte, und das war vor fünfunddreißig Jahren gewesen. – »This is what you get, if you get me«, zuckte er mit den Schultern, als die ersten Zuhörer nach den Evergreens riefen. Auch seine Frau setzte sich mal ans Klavier, als sie sich müde gewalkt, ebenso Anthony Crawford, von dem der Freund aus der Kneipe zwischen zwei Stücken fälschlich behauptete, daß er der Sohn von Neil Young sei, ein schmächtiger Junge mit Hut, der zunächst mit der Mutter im Hintergrund sang und später an die Gitarre durfte, wenn Ben

Keith an der Steel Guitar klebenblieb, und als dann noch der Chefrowdy seit vierzig Jahren die Pumporgel zum Kirchenklang brachte, sahen sie endgültig wie die Großfamilie aus, in der Vati wieder rockt, alles zutiefst sympathisch, wie der Freund aus der Kneipe ebenfalls sagte, ein wenig wie die Kelly Family, wie es zu meiner Schande mir entfuhr, bevor ich umgehend dem Freund recht gab, der hinzufügte, daß Neil Young auf die bewunderungswürdigste Weise alt werde, oder genau gesagt für immer jung bleibe, indem er aus vollen Zügen altere, »all my changes were there«, wie es in »Helpless« heißt, nur braucht es für die Messe nicht nur den Priester und gehört zum Rocken mehr als einer dazu.

Neil Young wußte gar nicht, wen er anspielen sollte, Ben Keith und Rock Rosas klammerten sich an ihren Instrumenten fest, als würden sie sonst weggeweht, tanzte in Ausfallschritten vor dem Schlagzeuger, der sich ebensowenig dazu hinreißen ließ, die Noten zu suchen, von denen er weiß, daß es sie nicht gibt, wie Neil Young sein Zusammenspiel mit *Crazy Horse* einmal beschrieben hatte, und verkroch sich dann regelmäßig in die Ecke der Bühne, manchmal außerhalb der Scheinwerfer schon beinah im Gang zwischen Gerätecontainern, wo er den Karren allein zum Fliegen zu bringen versuchte. Es gelang nicht, wie jeder im Saal merkte, es war wild, es war laut, aber mein Gott, sie sind auch nicht mehr dreißig. Manchmal war es auch nur gemütlich. Die lange Anreise bereut haben wir dennoch keine Sekunde, auch die Ältere nicht, die ihn hört, seit sie ein paar Tage alt ist, die ihn keineswegs zu lieben aufgehört hat – immer die Diskussionen im Auto, wenn der Rest der Familie mitfährt, Neil, ruft sie von der Rückbank, wenn Musik, dann Neil. Wenn alle paar Jahre der Lieblingsonkel aus Amerika zu Besuch ist, freut man sich eben, egal ob er sich bei den verschenkten Hemden in der Größe vertan hat oder es diesmal beim *small talk* bleibt, legten wir uns bereits die Freude zurecht, als Neil Young im Verlaufe der Improvisation auf »No Hidden Path«, das mir auf *Chrome Dreams 2* nicht weiter aufgefallen war, plötzlich so außer sich geriet, daß er weder zur Melodie noch zum Mikrophon zurückfand, sich auf der Bühne verlief, zwischen den Boxen umherirrte, hinter einem Kasten verschwand, einem Verstärkerkasten wohl, mit geschlossenen Augen wiederauftauchte, über ein Kabel stolperte und mitsamt der Gitarre wie vom Blitz getroffen stürzte, als hätte sich sein Herr dem Berge gezeigt.

»Wenn ich manchmal Gitarre spiele«, sagte Neil Young dem Bordmagazin, »erreiche ich einen Punkt, an dem es sehr kalt wird in mir, richtig eisig. Es ist sehr erfrischend. Jeder Atemzug fühlt sich an, als seiest du am Nordpol. Dein Kopf beginnt zu frieren. Beim Einatmen kriegst du so unglaublich viel mehr Luft, als du es je für möglich gehalten hättest. Das beginnt, in dich einzuströmen. Es hat etwas Magisches. Manchmal, wenn es geschieht, fragst du dich, ob du wieder okay sein wirst.«

Im Saal hielten alle vor Sorge den Atem an, schließlich ist der Mann keine dreißig mehr, er jedoch, er spielte einfach im Liegen weiter, die Saiten zerrissen, und brachte minutenlang immer neue, nie gehörte Töne aus der Gitarre hervor, indem er sie in der Luft schleuderte oder auf den Boden haute, da war plötzlich alles da, der Rock 'n' Roll und ebenso der Sound, nicht der mächtige, tiefe Sound von *Crazy Horse*, mehr die Jenseitsklänge von *Dead Man*, wuuuumm, immer noch ein Solo, leider, aber was für eins. Merkwürdig, wie ein ganzer Saal das Ereignis geschlossen wahrnimmt, plötzlich jubelten, schrien und raunten sich alle zu, jeder einzelne dankbar, die Gegenwart teilen zu dürfen. Obwohl der Maler ein Bild mit dem nächsten Titel angefertigt hatte, war danach Schluß und applaudierte die Band Neil Young, wie ich es zum ersten Mal bei einem Rockkonzert erlebte, denn normalerweise belobigt der Star seine Begleiter. Jetzt klatschten die ältesten Freunde, die Verwandten und der Chefrowdy seit vierzig wie das Symphonieorchester dem Starsolisten zu: Was Vati immer noch draufhat! In der Zugabe überraschte er uns alle mit seiner metallenen Version von »A Day in the Life«, das früher in den Umbaupausen vom Band lief. Ich bin mir ziemlich sicher, daß er es zuvor noch nie gespielt, zuviel Ehrfurcht hatte vor dem *Sgt. Peppers Lonely Heart Club*, das am Anfang seines eigenen und so vieler Wege in der Rockmusik stand. Wer als derselbe Mensch zurückkehrt, ist nicht wirklich in Mekka gewesen, nicht mit dem Herzen. Die Ältere, der ich ein sündhaft teures Fan-T-Shirt gekauft, schlief inzwischen in meinem Arm, so lang war die Fahrt gewesen. Vorher hatte sie sich an mich geschmiegt gesagt, daß sie glücklich sei, und darum ging es ja, deshalb war auch dieser Abend mit Neil Young groß, der gesamte Abend einschließlich »Oh, Lonesome Me«, das nun wirklich nicht zu den Sternstunden der Rockgeschichte gehört, wegen der Familie sozusagen, seiner und meiner. In siebzig Jahren wird sie sagen können, daß sie noch Neil Young live gehört hat, sagte der Freund, der genauso durchgeknallt wie wir eigens aus Deutschland angereist war. Nachts schauten wir uns im Sportkanal noch die Wiederholung des Halbfinalspiels zwischen Deutschland und der Türkei an, die wir jauchzend im Hinterzimmer einer Spelunke entdeckten, stöhnten im Chor bei den Werbepausen auf, die alle zehn Minuten das Spiel unterbrachen, hatten die Handys ausgeschaltet, damit keine Kurzmitteilung das Ergebnis verriet, und wären fast einer hübschen Französin an die Gurgel gesprungen, die in der fünfzigsten Minute ein Gespräch mit der Bemerkung einzufädeln versuchte, daß Deutschland 3:2 gewonnen hat. Der behandelnde Onkologe hatte schon recht, daß die Wirkung bei manchen gar nicht so schlimm sei.

Heute bereits am Morgen zu müde, schaut er sich auf dem Liegestuhl unter der Terrasse, wo er vor zwei Jahren Frankreichs Nummer zehn nachweinte, einen Film über Rolf Dieter Brinkmann an, den er in Rom auf seine Allmacht lud und noch nicht angesehen hat, weil der Regisseur der gleiche Harald Bergmann ist, der schon den Film über Hölderlin verspielte. Während die Super-8-Kamera auf das stumme Gesicht gerichtet ist, behauptet Brinkmann aus dem Off, sich seit 1969 nicht mehr mit Literatur zu beschäftigen, und schildert seinen Umzug in eine Mühle ohne elektrisches Licht, wo er nachmittags vor seinem kleinen Sohn heulend in der Küche gesessen habe. Vollkommen runter und fertig sei er gewesen, übernervös, übererhitzt, wie er es außerdem nannte, ohne Geld. Die Frau war abgerückt, so nennt er das: abgerückt wie von einem Kriminellen oder jemandem mit Ansteckungsgefahr. Weshalb hat sie dann den Sohn bei ihm gelassen? Brinkmann sieht nicht nur anders aus, als er schreibt, die weichen, etwas aufgeschwemmten Gesichtszüge, er hat außerdem eine viel mildere Stimme, und sein gesprochenes Deutsch ist sehr schön, schmucklos bis zum Schülerhaften, nicht kölsch, natürlich nicht, da Brinkmann genausowenig Kölner ist wie ich, mit gedankenlosen Superlativen wie absolut, total, vollkommen sowie über und über, die er sich nicht einmal in *Rom, Blicke* in der Häufung erlaubt, alles Gesagte so unmittelbar, als spräche ein Mensch nachts zu seinem ältesten Freund. Das will ich auch, geht dem Romanschreiber durch den Kopf. Die Möwen, das Meeresrauschen, das Jauchzen der Kinder, die mit ihrer Großmutter auf der Terrasse Schabernack treiben. Mit den eigenen Kindern etwas anderes als Rommé zu spielen, hatte die Mutter keine Geduld, als ihr Leben noch unendlich schien. Immer hat sie geschummelt, das war ihre Art, und seine war, im Stehen zu drohen, nie mehr mit ihr zu spielen. Daß der ganze Spaß doch im Schummeln liege, fand der Jüngste keineswegs komisch. Unter den Fehlern, die er *In Frieden* begeht (der Titel, in den er sich verliebt hat, ist selbst schon ein Fehler, da niemand eine Spelunke assoziieren wird), beschäftigt ihn am meisten der, daß er unter Umständen nichts mehr hat, um es ins Gedächtnis zu rufen, wenn alles schon aufgeschrieben ist. Raul Hilberg etwa bewegte ihn so, daß er seinen Eindruck sofort aufzeichnete. Als Hilberg starb, hatte er nichts hinzuzufügen. Das bedeutet, daß man, utopisch gesprochen, keine Geschichte mehr brauchte, wäre bereits die Gegenwart erzählt. Das bedeutet, daß die Übersetzerin Dostojewskis nicht im Roman sterben wird, den ich schreibe. Vielleicht auch aus dieser Sorge – wann wäre überhaupt Gelegenheit gewesen? – trägt er ein Gespräch mit seiner Cousine in Isfahan nicht nach, in dem sie das Sterben ihres Vaters Taghi Madani schilderte, obwohl der Romanschreiber es sich die ganze Zeit vornimmt. Das genau ist der Fehler, über den er am häufigsten nachdenkt: die Frage, etwas festzuhalten oder nicht festzuhalten. Danach ist die Antwort in jedem Fall ein Fehler. Sollte er den Roman, den ich schreibe, doch jemals bearbeiten – nur wozu, wenn mit dem Verleger der einzige, der an ihn glaubte, so deutlich sein Desinteresse bekundet? –, könnte der Romanschreiber den Absatz über Raul Hilberg nach hinten rücken und zu einem Gedächtnis umschreiben, falls mit einem zusätzlichen Kapitel etwas gewonnen wäre. In der Sekundärliteratur leuchtet mir ein Hinweis auf Gustav Mahlers Erste Symphonie ein, der erklärt, warum der *Titan* nicht mehr im kleinbürgerlichen Milieu Jean Pauls, der Groschengalerie des Welttheaters, spielt, sondern fast ausschließlich in der Aristokratie. Auch Mahler verwendet Motive, Themen, Muster aus der Trivialkunst, also eigentlich verbrauchtes Material, weil ihn gerade die Verbrauchtheit interessiert. Unter diesem Gesichtspunkt sind *Siebenkäs* und *Flegeljahre* vielleicht gerade nicht der Höhepunkt in Jean Pauls Werk, sondern in ihrer Ereignisfülle der Übergang von seinen ersten Büchern zum Operettenhaften des *Titan*, in dem das Klackern der Handlung zum Hammerschlag wird.

»Man schreibt sich kaum noch Briefe, ich selbst nur noch an einen einzigen Kollegen, und nicht wie dieser per Hand. Ansonsten denkt man sich, denke ich mir, daß es doch keinen Unterschied mache, nur weniger Umstände bereite und schneller sei, eine Mail zu schicken, die meinetwegen länger als gewöhnlich ausfällt. Natürlich ist es ein Unterschied, wie ich bereits im ersten Satz gemerkt habe, ein Unterschied im Schreiben ebenso im Lesen. Beim Schreiben setzt man vom ersten Satz eine bestimmte Strecke voraus, hat also den Atem, und sei es unterbewußt bedenkt man beim Lesen, daß Briefe, wirkliche Briefe, aus Papier sind, also von materieller Gestalt, die vielleicht ignoriert werden kann, aber nicht leichten Herzens. Sie lassen sich nicht mit einem Tastenklick löschen, verschwinden nicht wie gelesene Mails nach einer Weile von selbst, und etwas sperrt sich in uns dagegen, sie wegzuwerfen, selbst wenn wir voraussehen, daß wir sie nie wieder hervorholen. Es ist wie mit den Gardinen im Keller Deiner gestorbenen Eltern, die Ihr tagsüber in den Müllcontainer geworfen habt, um beim Sichten der unzähligen Dias abends zu entdecken, daß sie in der ersten Dachwohnung Deiner Eltern vor dem Fenster hingen. Die Situation berührte mich nicht nur, weil ich mir den Umgang Deiner Mutter mit dem Materiellen gut vorstellen kann, die Unfähigkeit, etwas wegzuschmeißen, die genau betrachtet eine zivilisatorische Errungenschaft ist (Tiere und moderne Menschen bewahren nichts Unnützes auf); meine eigene Mutter ist ihr nicht nur darin ähnlich. Es war sicher nutzlos und vielleicht dennoch gut, dachte ich beim Lesen, daß Deine Mutter die Gardinen aufbewahrt hat, denn nur deshalb habt Ihr sie beachtet, als Ihr die Dias durchklicktet.«

»Ja, ich bin genauso in die Idee vernarrt wie Du, etwas zu hinterlassen, muß ich gestehen, schon als Romanschreiber und Vater anfälliger für die Hybris als jemand im Theater, schaffe ich doch etwas, das mich physisch überdauert. Natürlich bleibt nichts davon – nichts davon auf Erden, wie die Religion hinzufügen würde. Wie lange hat ein Name Bedeutung? Eine Generation gewiß, zwei sind normal, aber bereits mit der dritten nach mir beginnt es, unwahrscheinlich zu werden, daß jemand meiner gedenkt, und bald schon abwegig und schließlich unmöglich.« Wenn der Enkel die Selberlebensbeschreibung in etwas Lesenswertes verwandelt, springen für Großvater zwei weitere Generationen heraus, vier dann, mindestens, den Urgroßvater hinzugerechnet sogar fünf; wenn der Enkel ein allgemeines Publikum erreicht, sogar mehr (Péter Esterházy hat in *Hamornia Caelestis* auch nur elf Generationen geborgen). »Das Meer bleibt, auf das ich gerade von meinem Platz unterhalb der Terrasse blicke, und nicht einmal es ewig. / Und doch sind da die Gardinen, oder sagen wir: ich stelle mir vor, daß da die Gardinen im Keller und auf den Dias Deiner Eltern sind, denn bestimmt hast Du die Situation anders erlebt. Selbst dann sind da die Gardinen, sind sie es in meiner Vorstellung geworden, ein Stück Stoff, wahrscheinlich nicht sehr teuer, den eine junge Frau vor fünfzig oder mehr Jahren nach dem Geschmack ihrer Zeit ausgewählt, wahrscheinlich selbst genäht und mit Hilfe ihres Mannes in der ersten gemeinsamen Wohnung aufgehängt hat. Mit dem ersten Umzug verschwanden die Gardinen, erst im Schrank, in der nächsten Wohnung im Abstellraum, bis sie schließlich im Keller ihres Eigenheims landeten. So stelle ich es mir vor und will vielleicht nicht wissen, wie es wirklich war, erzähle Dir davon oder jemand anderem, der Deine Mutter gar nicht kennt und dennoch etwas mit ihren Gardinen verbinden wird. Und so weiter. Obwohl sie sich wahrscheinlich nie recht klar war wozu, hatte es eine Bedeutung, daß Deine Mutter die Gardinen aufbewahrt hat. Es ist nur ein Bild, sicher, doch utopisch ein Sinnbild aller Werke. Glaubt man daran, daß auf der Welt alles mit allem verbunden ist, kann jede unserer Bewegungen an anderem Ort eine Erschütterung auslösen – selten dort, wo wir es erwarten. Deshalb fahre ich fort, glaube ich, in vollem Bewußtsein, daß ich nichts bin und dennoch jede Sekunde etwas über meine Zeit hinaus bedeute, oder wie unsere Religionen lehren: für alle Zeit. Sinn hat das Leben, indem die Menschen tun, als habe es welchen. / Nun ja, das kommt dabei heraus, wenn Du mich vor ein Meer setzt mit der Frage, ob ich den Eindruck hätte, etwas zu hinterlassen, und ob das einen beruhigen könne. Was weiß ich denn. Vor drei Tagen erst hatte ich Lebensphilosoph Streit mit meiner eigenen Mutter – soviel zu meiner Weisheit. Der Streit wird vorüberziehen, natürlich, er ist fast schon vorübergezogen. Und doch ist es von Mal zu Mal schmerzhafter, sich in alten Fäden zu verfangen, sich einzugestehen, daß sie sich noch immer um einen spinnen. Der Unterschied zu früher besteht lediglich daran, daß ich mich währenddessen beobachte, mir zurufe, es nicht dazu kommen zu lassen, die Reue voraussehe, ferner in der Fähigkeit, die Eskalation abzuwenden, schon bald danach mit dem Alltag fortzufahren, das gemeinsame Essen, gewöhnlich wirkende Gespräche, die Distanz so, daß sie der übrigen Familie nur bei genauerem Hinsehen auffiele. Der Unterschied besteht darin, daß ich nicht sofort abgereist bin.«

Der Anlaß des Streits war so banal wie immer, eine der üblichen Indiskretionen der Mutter, über die der Sohn hätte hinwegsehen können; er schimpfte auch nicht, sondern forderte sie – allerdings in seiner üblichen Barschheit, wie ihm der ältere Bruder hinterher vorwarf – lediglich auf, das Thema zu wechseln. Die pathetische Wehklage der Mutter, daß ihr über den Mund gefahren werde, sobald sie ihn öffne – dabei redet sie die ganze Zeit –, und ihr Leben überhaupt vertan sei, weil ihr Mann und die Söhne ihre Entfaltung verhindert hätten, die Männer alle miteinander außer ihrem armen Vater, ignorierte der Jüngste noch. Später am Abend hörte er, wie die Mutter sich im Flur lauthals darüber beschwerte, im Haus nur die »Bedienstete« zu sein, *kolfat*, wie sie auf persisch sagte, das ist noch verächtlicher gemeint, darin drückt sich der ganze Klassendünkel der iranischen Großbürgerin aus. Sie sprach so laut, daß die ältere Tochter des Sohns aufwachte, sprach im Zorn, gewiß, und sie übertreibt schon maßlos, wenn sie nur vom Einkauf berichtet, ihre Drastik war der Jüngste also gewohnt, dennoch will man als Sohn nicht, daß die eigene Mutter so über einen denkt, will als Vater nicht, daß die eigene Tochter so etwas über einen hört, wobei der Jüngste nicht allein gemeint war, sondern sie alle, ihr Mann, alle vier Söhne, die Schwiegertöchter, die Enkel, für alle sei sie nur die *kolfat*. Der Jüngste ging immer noch nicht auf ihren Vorwurf ein, bat sie nur wieder und wieder zu barsch, leiser zu reden oder nicht gerade vor der Tür des Kinderzimmers. Als er sie am nächsten Nachmittag sah, sprach er sie an. Nicht anders als in dieser Minute, 10.57 Uhr am Montag, dem 21. Juli 2008, saß die Mutter allein auf der Terrasse und beugte sich über ihre Erinnerungen, die vielleicht sogar für ein Publikum in Deutschland anregend sind. Den Hang zum Pathos, in dem ihre Neigung zur Übertreibung mitschwingt, könnte ein Lektor leicht beheben. In letzter Zeit, sagte sie, flechte sie immer öfter ein, was ihr gerade durch den Kopf geht, Erlebtes oder Gedachtes der Gegenwart, und so habe sie auch über den Streit geschrieben, der sie in der Nacht nicht habe schlafen lassen. Der Jüngste hatte sich fest vorgenommen, den Streit nicht fortzusetzen, ihn am besten mit einer Umarmung aus der Welt zu schaffen, selbst wenn sich nichts geklärt, er einmal nicht recht behalten hätte. Aber da sie nun damit angefangen hatte, und in so ruhigem Ton, fragte er sie dennoch nach ihrer Bemerkung, sie sei nur die *kolfat* der Familie, er wolle nur wissen, wie sie es gemeint habe, und wenn sie es so gemeint habe, wie sie es gesagt, sei es ja auch gut, er würde nicht widersprechen oder mit ihr diskutieren wollen, sondern nur die Konsequenzen ziehen, falls es ihr Eindruck sei, damit sie nicht mehr denke, sie würde im Haus nur bedienen, damit sie es nie mehr von ihm denke und vor allem die Ältere nie wieder höre, daß sie so über ihn spricht. Daß ebendiese Konsequenzen für eine Mutter wie seine oder auch die seines Freundes, die die Gardinen aufbewahrte, das Schlimmste wären, ignorierte der Jüngste. Er wußte es, aber er dachte in dem Augenblick nicht darüber nach. Die Mutter geriet beinah in Panik, so daß der Jüngste das Gespräch am liebsten gleich beendet hätte, sich auch darum bemühte, aber da war die Armada ihrer Abwehrargumente bereits unterwegs mit all den Kanonenbooten der Verallgemeinerung, der Drastik, der Tragik, und so ließ er sie nach ein paar Minuten allein auf der Terrasse sitzen, jetzt selbst zornig, wie er es am Abend zuvor nicht gewesen.

»Nur zwischen Befund und Operation hätte ich bisher die Zeit und wichtiger noch die Konzentration gehabt, über Deine andere Frage nachzudenken, aber das waren nur ein paar Tage, von Freitag früh bis Dienstag abend; Mittwoch morgen um halb acht lag ich hellwach im Vorraum des Operationssaals, weil die Schwester mir die Schlaftabletten zu spät gegeben hatte, bis der Anästhesist mich von der einen auf die andere Sekunde betäubte, absolut übergangslos, so stellte es sich mir dar, und mit Ansage: Achtung, jetzt geht's los, wie er wörtlich sagte, als schubse er mich eine Rutsche hinab. Natürlich hast du recht, die Krankheit lehrt einen vieles, allerdings in ganz anderen Fächern, als ich angenommen hatte: Die Liege ist aus Metall und wird unter einem nicht eben sanft weggezogen, so daß man mit einem Ruck auf eine darunterliegende Platte fällt, die dann über den nebenstehenden Tisch geschoben wird. Die Geschäftigkeit des beginnenden Arbeitstages – Guten Morgen, Heiner; eine Barbara hat gestern abend noch Squash gespielt – hatte etwas Beruhigendes: ich bin nur eine Nummer an einem langen Arbeitstag. / Sosehr Dankbarkeit und Erleichterung überwiegen, setzt mir die Behandlung mehr zu, als ich mir und anderen zugeben möchte, vor allem dort, wo ich die Veränderung in meinem Körper nicht zu fassen kriege, in den Muskeln, die schneller erschöpft sind, als man es von sich kennt, in den Augen, die mehrmals am Tag müde werden, obwohl ich nachts schlafe wie ein Kind, in der Beruhigung, sich eben noch nicht so viel zumuten zu können. Als stünde jemand mit Uhr und Kalender neben mir, der mir die Ausfallzeiten vorrechnet, zwinge ich mich zum Sport, lese Romane und habe auch schon wieder zu schreiben begonnen, so mühsam es allerdings ist. Seit zwei Tagen versuche ich es mit einem Brief, als dessen Adressat Du herhalten mußt. Ein Brief, so spekulierte ich, seit Deiner in Rom eintraf, böte vielleicht eine Möglichkeit, ungenierter zu räsonieren, als es der Roman erlaubt, den ich schreibe. / Manchmal stoße ich in der Zeitung auf die Rezension eines Briefwechsels zwischen berühmten Dichtern und befürchte, daß in zehn, zwanzig Jahren eine ganze Gattung der Literatur verschwunden sein könnte. Womöglich ist Peter Handke der letzte, dessen Briefe ediert werden. Gut, ich lese solche Briefwechsel fast nie, sie haben schon in der Aufmachung oft etwas Sakrales, so als sei jeder Furz, den Peter Handke läßt, bemerkenswert, nur weil er nach Peter Handke stinkt. Da schwingt ja gerade jene Ikonisierung mit, die auch dem idealistisch aufgeblasenen Selbstbewußtsein eines westlichen Wohlstandsbürgers ein für allemal lachhaft, wenn nicht suspekt sein sollte, wenn unter seinem Rücken die Liege aus Metall weggezogen wird, so daß er auf eine Platte fällt, die Heiner und Barbara über den nebenstehenden Tisch schieben, während sie sich über die gestrige Squashpartie unterhalten. Und doch ist die Vorstellung entsetzlich, daß Briefe keine verbreitete Form der Mitteilung mehr sein könnten – oder Walter Benjamin auf der Flucht aus Deutschland E-Mails geschrieben hätte. Andererseits hätte es ihm vielleicht das Leben gerettet.«

»Du schreibst, ich würde alles mit mir selbst ausmachen. Stimmt schon, aber gerade in der Akademie, wo ich kein eigenes Büro habe, setzt mir das Fehlen von Einsamkeit zu. Ich mache es mit mir allein aus, ohne allein zu sein, was in der Ehe neue Probleme aufwirft, die ich wiederum mit mir allein ausmache, ohne allein zu sein, was in der Ehe … Und dann stimmt es auch wieder nicht, was Du schreibst, nicht nur, weil eben diese oft unglückliche Ehe das Aufrichtigste, bei aller Sprachlosigkeit bis weit in die seelischen und sensuellen Zwischenräume hinein Vertrauteste ist – mir Anvertraute. Allein, daß die Frau existiert, zu wissen, daß sie existierst, gibt Kraft – weil neben den vielen verborgenen, gemutmaßten Linien selbst die unglückliche Liebe eine der wenigen sichtbaren Verbindungen zur Welt außerhalb von uns darstellt. Das heißt, sie gehört nicht mehr der Wirklichkeit des Glaubens an, die notwendig die Wirklichkeit des Zweifelns ist. / Bevor ich wieder zu räsonieren beginne, höre ich besser auf meine Mutter, die gerade ruft, ich soll Melone essen kommen. Ich muß nur zusehen, wie ich Dir diesen Brief übermittle. Ich habe keinen Drucker hier, und ins Internet komme ich auch nicht, außer in Internetcafés, aber wo finde ich im spanischen Ferienort einen USB-Stick, um die Datei zu übertragen? Vielleicht finde ich auf dem Campingplatz einen Hotspot, an dem ich die Datei vom Laptop aus versenden kann (aber Du sollst sie ausdrucken und nicht nur an Deinem Computer lesen). Ansonsten wirst Du meine Nachricht erst erhalten, wenn ich zurück in Rom bin. Das ist das Gute geworden an Briefen, wie Du mir einen geschrieben: Selbst wenn sie noch wie früher tun, als hätten sie Eile – eigentlich haben sie es nicht, denn sie bleiben für immer. / Komm mich wieder besuchen – das hat Eile.«

»Ein 500 kg Rumpf ist vorhin knapp an meinem linken Ohr vorbei aus 2 Meter Höhe ins Wasser gerauscht«, mailt der ältere Bruder aus dem Segelurlaub: »Um ein Haar hätte mir das Teil den Schädel gespalten. Ohne Vorankündigung, einfach so und Tschüs!« Vier Tastenklicke danach wird der Urlauber in Spanien ein Jahr zurückgespult, als sei der Hotspot zugleich eine Zeitmaschine: »Just received this message, probably so late because I live in Ramallah. All the more I congratulate you and your wife.« Mit der verspäteten Nachricht ist die Freudenbotschaft gemeint, die der Urlauber im vergangenen Jahr von Köln aus in alle Welt posaunte: »Dear relatives, friends, and colleagues, on April, 17th, 9:27 pm our second daughter was born«, und am Samstag, dem 26. Juli 2008, um 17:34 Uhr am Golf von Rosas alle Ängste und Glücksmomente wachruft: »Thanks God. Thanks to the excellent doctors and nurses at Cologne's university hospital.« Mit dem Headset, um Mobilfunkgebühren zu sparen, telefoniert der Urlauber mit dem Schwiegervater des älteren Bruders, der übermorgen am offenen Herzen operiert wird. Obwohl beide nicht wissen, was sie sagen sollen, scheinen sie am Ende froh, miteinander gesprochen zu haben. Als der Urlauber die Aktivitäten seines Fußballvereins auf dem Transfermarkt studiert, erreicht ihn auf dem Handy die Nachricht, daß die Freundin der Nummer sechs wahrscheinlich an Leukämie erkrankt ist, einer Variante, die bis nach China als unheilbar gilt. Immerhin läßt die Statistik die Freundin der Nummer sechs noch ein paar Jahre leben, es können sogar zehn werden oder mehr. Als schieße Gott, dem er vor vier Sätzen gedankt hat, mit einer Schrotflinte in die Menge, so aus Spaß, weil Er nicht jedesmal abwarten mag, bis die Frist verstreicht, und jedesmal jaulen ein paar auf, die nicht damit rechnen konnten, ohne Vorankündigung, einfach so und tschüs!, während bei anderen ein 500-kg-Rumpf knapp am linken Ohr vorbei aus zwei Meter Höhe ins Wasser rauscht. Der Urlauber kennt den Klang der Garben inzwischen so gut, die Mechanismen, mit denen sich die Getroffenen zu behaupten versuchen, die eigentlich Zuckungen sind, ihr Widerstand und auch Ernst, der das Lachen gar nicht ausschließt, die Loyalität der Nächsten, das Spektrum der Reaktionen in der Umgebung, es wiederholt sich alles, ein Stichwort reicht, und er kennt schon den Verlauf und die Worte, mit denen sich Protagonisten und Zuschauer knapp verständigen. Die Freundin der Nummer sechs hat zwei Töchter, die noch nichts wissen, und von denen die eine, die in Rom zu Besuch war, im letzten Jahr bereits ihren Vater verlor. Das ist keine Schrotflinte, das ist das Fleischermesser.

Selbst die Männer, die am hartgesottensten sind, abgewetzte Jeans, schwarze Flieger- oder braune Lederjacke, Turnschuhe oder trotz der weiten Reise Espandrillos, Gastarbeiter oder Fernfahrer, obwohl die wahrscheinlich in ihren Lastwagen übernachtet haben, auf jeden Fall Männer, die sich keine Kabine leisten und die sogenannten Schlafsessel im Schiffsinneren verpönen, sondern die Nacht auf einer der Liegen rund um den Pool verbracht haben, der gerade mit Wasser gefüllt wird – was wird sich die Ältere freuen, wenn sie wach wird, ein Schwimmbad auf hoher See, unvergeßlich! –, selbst die Hartgesottensten kehren im Schlaf in die seitliche Säuglingsstellung zurück, angezogene Knie, die Hände zwischen den Oberschenkeln vergraben. Daß längst die Sonne auf sie scheint, stört sie nicht. Die übrigen Plätze am Pool haben die Weltläufigen unter den Urlaubern vor dem Frühstück mit Handtüchern belegt. Gestern abend feierten sie zu Hunderten bei Karaoke, die der Alleinunterhalter entnervt einschaltete, als ihm alle den Rücken zuwandten. Sein Berufsethos oder sein Arbeitsvertrag verlangte, hinter den Keyboards sitzen zu bleiben, um die Schlager zu untermalen, die er aus dem Computer einspielte, sein Stolz den verächtlichen Blick. Herren, die übermorgen wieder in Büros sitzen dürften, kreischten wie Groupies zu den ersten Stimmübungen ihre Töchter. Die Motorradfahrer, die von den *Harley Davidson Days Barcelona 2008* zurückkehren, zogen standesgemäß den Whisky an der Poolbar vor. Auf Deck imitieren sie das Bild des gutmütigen, gleichwohl besser nicht zu provozierenden Riesen, welches das satte, tiefe Knurren ihrer Harley-Davidson untermalt. Die Gelassenheit, mit der sie sich auf den Liegestühlen fläzen, oder der Tonfall, in dem sie sich an der Poolbar zwischen den beiden angebotenen Whiskys für das herb klingende Label entscheiden, ist uniform wie die Ledermontur. Manchen ist anzumerken, daß sie die Uniform nie ablegen, andere stellt der Urlauber sich übermorgen in einem Büro neben den kreischenden Vätern vor, doch alle greifen mit derselben Pranke nach dem Whisky, ob sie nun großgewachsen sind oder klein, breit oder schmal, vierzig oder fünfundsechzig – in eine Pranke verwandelt die Harley-Davidson eine jede Hand. Als die Motorräder in den Schiffsbauch fuhren, fragte der Urlauber sich, was Erwachsene dazu bewegt, ihre Ferien mit anderen Erwachsenen zu verbringen, nur weil sie dasselbe Motorrad besitzen. Am Pool hingegen leuchtet es ihm genauso ein, wie ihm beim Nordatlantikpakt eingeleuchtet hatte, worin die Anziehungskraft einer Armee liegt, nicht nur in den Waffen, nicht nur im Männlichkeitsgehabe, vielmehr im Anschein, nicht allein auf der Welt zu sein. Wenn schon Gemeinschaft, würde er allerdings die Musik der Harley-Davidson dem Krach von Maschinengewehren vorziehen, denkt der Urlauber, der seine eigenen Autos nicht zuletzt nach dem Motorengeräusch auswählt.

Auf der Promenade vor den Ateliers schauen sich Sonntag abend alle außer Nummer sechs Harald Bergmanns Film über Rolf Dieter Brinkmann an, um den die Nummer zehn vor Monaten seine Allmacht erweiterte. Natürlich seufzen alle laut auf, als die Akademie mitsamt der Promenade erscheint, nur leider so kurz. Vermutlich fehlte Bergmann das Geld, die frisch renovierten Ateliers und den herrlichen Park wieder in den heruntergekommenen Zustand von 1973 zu bringen. Im Film sitzt der Schauspieler, der Brinkmann darstellt, zwar an einem alten Holztisch und vor einer Schreibmaschine, jedoch auf einem der unmöglichen Designerstühle, über die Brinkmann selbst sich sein ganzes Buch lang aufgeregt hätte. Dafür zeigt der Film um so mehr von Köln, wo man kein Geld ausgeben muß, damit es so heruntergekommen aussieht wie 1973, und Brinkmann mit dem Fahrrad durch die Gasse, in der Ed. Balke jr. damals bereits seit knapp vierzig Jahre sein Eisenwarengeschäft betrieb. Dessen Tochter, die heute an der gleichen mechanischen Registrierkasse in wahrscheinlich demselben blauen Kittel steht, ist ungefähr in dem Alter, fünf, sechs Jahre älter vielleicht, in dem Brinkmann heute wäre, fällt mir ein und leiste Harald Bergmann Abbitte nicht nur, weil ich so stolz auf mein heruntergekommenes Köln bin; schon der Vorspann, in dem der Darsteller Brinkmanns mit Brinkmanns Originalstimme den Himmel beschimpft, ohne einen Grund anzugeben, einfach so, als ob es einen anderen Himmel geben könnte, erinnert an den heiligen Lochman Sarrachsi, der auf dem Steckenpferd auszog, um gegen Gott zu kämpfen. Auf alten Super-8-Aufnahmen ist Brinkmann selbst zu sehen, wie er am Schreibtisch ins Mikrophon spricht, ein paar Blätter liegen als Gedankenstützen herum, es hat Anfang und Ende, aber die besten Szenen sind eindeutig jene, in denen nur der Ton original ist. Brinkmann hatte sich ein kleines

Tonband gekauft, das er um die Schulter hängte, wenn er seine Wohnung verließ, und ohne jedes weitere Zutun, ohne Inszenierung, ohne Anweisungen oder auch nur Erklärungen anschaltete, im Park vor Hunden oder auf einer Party, die allein durch ihre Konservierung fünfunddreißig Jahre später zu einem Kunstwerk wird, allein durch die Zeit, die selbst Brinkmanns Notdurft zur Dauer verhilft: »Hier ist die Maastrichter Straße. Jetzt pinkele ich an der Maastrichter Straße. Es ist kalt heute abend. Jetzt knöpfe ich den Hosenschlitz auf, ein Taxi fährt an, Schwanz raus, jetzt schiffe ich.« Das Geräusch einer Flüssigkeit ist zu hören, die gegen eine Wand spritzt. »Eine alte Bruchbude, vor der ich stehe. Ein Mufftyp schlufft vorbei.« Das Hupen eines Autos ist zu hören. »Ein blödsinniges Auto hupt. Abschütteln, Schwanz reinstecken«, das Startgeräusch eines Motors ist zu hören, »weitergehen«, ein Auto ist zu hören, das anfährt. Zwei Jahre später vor dem Flug nach London: »Dränge danach, jeden Gedanken, jede Erfahrung, jeden körperlichen Zustand in den vergangenen drei Jahren aufzuschreiben. Das nenne ich meinen Roman. Ich muß unbedingt aus meinen Erfahrungen ein Gesetz herausfinden.« Aus England schreibt er glückliche Postkarten (hat er das Gesetz gefunden?) und läuft vor ein Auto, fünfunddreißig Jahre alt, weil er nicht an den Linksverkehr denkt. Ihn hat Gott sauber getroffen.

Als die Mutter das vorlaute, etwas pummelige Mädchen mit dem wilden Lockenkopf war, gab es in Isfahan immer noch kein anderes Fahrzeug als die zweispännige Kutsche, um längere Strecken zurückzulegen. Eine Weltreise könnte heute kaum aufregender sein als damals die fünfunddreißig Kilometer nach Tschamtaghi. Auf dem Weg übernachtete die Großfamilie bei Gutsherren, mit denen Großvater befreundet war, im Winter weniger, jeden Sommer mindestens siebzig, achtzig Menschen, alle Tanten, Onkel, Cousins und Cousinen, selbst die in Teheran wohnten, außerdem das Dienstpersonal. Wenn es regnete, war die ungepflasterte Straße oft kaum zu befahren, dann mußten alle absteigen und sogar das Gepäck abladen, um die Kutsche anzuschieben, die etwa im Schlamm feststeckte. Zwei, bei widrigen Bedingungen drei Tage fuhr der Treck auf unbefestigten Straßen, zunächst entlang des Flusses, der sich »gleich einer silberner Schnur durch die Wiesen und Felder schlängelt«, wie Sadegh Hedayat schrieb, der in den dreißiger Jahren denselben Weg zu Fuß ging: »Diese Felder sind wie ein Stoff aus vierzig Flicken, die alle ein anderes Grün haben.« Sieht man von der Autobahn ab, die man stadtauswärts von manchen Flußbiegungen aus sieht und überall hört, hat sich am Ufer des Zayanderud seither noch am wenigsten verändert. »Ich stellte mir vor, wenn man mich hier zurückließe, könnte ich mit ebendiesen Leuten ein neues und einfaches Leben führen; ich könnte schwitzen und die Erde pflügen; die Erde, von der geerntet worden ist, mit ihrem angenehmen Duft. Tage, Monate, Jahre, niemals würde ich müde. Im Frühherbst flögen die Raben im Himmel, im Winter spönnen die Frauen Wolle, erzählten Märchen und sprächen über die Preise für Weizen, Gerste, Wasser, Boden.« Auch mir kam am Zayanderud das Gefühl für Raum und Zeit so sehr abhanden, daß ich das letzte Mal dort mit kurzer Hose joggte. Die vier jungen Männer des Sittenkomitees trauten ihren Augen nicht, als ich ihnen auf dem Weg entgegenlief, auf dem vor siebzig Jahren Sadegh Hedayat und meine Mutter unterwegs waren. – Der Herr glaubt, er sei in Europa, war noch das Höflichste, was sie mir an den Kopf warfen. Nur knapp entging ich meiner Verhaftung als Sittenstrolch, indem ich die Verrohung meiner europäischen Sozialisation zuschrieb, für die sie das Schicksal zur Rechenschaft ziehen müßten. Auf dem Berg mit der Ruine des zoroastrischen Feuertempels, den Hedayat nach zwei, drei Stunden erreichte (heute haben ihn die Ausläufer der Stadt längst eingeholt), zündete er ein Stück Zeitungspapier an und gedachte wie heute so viele Iraner »der glorreichen Tage, als die Magier in ihren langen, weißen Gewändern und mit funkelnden Augen vor dem Feuer summten, ihre jungen Gehilfen Hymnen sangen und die Weinbecher von Hand zu Hand gereicht wurden. In jenen Tagen waren Körper und Seele der Menschen frei und voller Kraft, da sie sich noch nicht in Richtung einer Handvoll arabischen Staubs zum Gebet verneigten.« Der Berg, so erfuhr Hedayat von einem Bauer, soll vor Urzeiten aus dem Wasser herausgeragt haben, als Isfahan noch ein Meer gewesen sei. Ob das Lockenköpfchen die Ruine beachtete? Der Treck ließ den Feuertempel rechter Hand hinter sich, passierte die letzten Äcker und durchquerte Wälder, in denen noch Raubkatzen für Herzklopfen sorgten, überwand Berge und quälte sich durch glutheiße Steppenlandschaften, in denen nicht einmal im Frühjahr ein Grashalm wuchs, alles auf diesen fünfunddreißig Kilometern angeblich. Auf dem Satellitenbild gut zu erkennen ist die Zersiedelung. Innerhalb einer einzigen Generation sind die zwanzig Seelen-Weiler zu lärmenden Kleinstädten angewachsen, ununterscheidbar in ihrer Gesichtslosigkeit aus Staub und Beton. Schon wir, die wir mit dem Auto kaum mehr als eine

Stunde nach Tschamtaghi brauchten, die letzten Male, obwohl die Ausfallstraßen längst achtspurig sind, wegen Stau zwei, drei Stunden länger, können uns kaum mehr vorstellen, welche Freude jedesmal die gesamte Familie durchfuhr, welcher Jubel auf den Kutschen ausbrach, wenn von einer Anhöhe endlich die Wiesen und Felder, Gärten und Wälder von Kartschegan und Berendschegan im Tal des Zayanderuds auftauchten, des »Lebenspendenden Flusses«. Weil es den Ärzten nicht gelingt, eine Diagnose zu stellen, ist die Freundin von Nummer sechs jetzt ein Fall für die Forschung. Die Nummer sechs wird vorschlagen müssen, welche Entscheidungen jetzt zu treffen sind und welche noch Zeit haben. Jetzt: müssen es die Kinder erfahren. Vorher: sich mit einem Kinderpsychologen austauschen, rät die Nummer zehn am Telefon, ein, zwei Stunden, das reiche oft schon, um etwas Sicherheit zu gewinnen. Wichtig: der professionelle Blick der Nächsten auf das, was ihnen selbst buchstäblich die Kehle zuschnürt, Klarheit, wo sie nicht mehr klar sein kann, kühles Abwägen und sich auf keinen Fall, jedenfalls nicht in ihrer Gegenwart von der Panik anstecken lassen. Immer: Liebe, unbedingte Liebe, da sein. Das ist am Wichtigsten, für dich selbst hast du später noch Zeit. Jetzt muß die Nummer sechs überlegen, ob es schon Zeit ist, die Verfügung für die Kinder anzusprechen. Der Dorfvorsteher Afrasib erwartete den Treck mit seiner Frau Reyhaneh und den Kindern Manutschehr, Akbar, Manidjeh und Iran am Eingang zum Dorf, zu seinen Füßen ein Kohlebecken, aus dem Weihrauch aufstieg. Nachdem er dem Gutsherrn die Hand geküßt hatte (von den Bediensteten ließ Großvater sich den Handkuß also gefallen), legte Großmutter ein wertvolles Geschenk neben das Kohlebecken. Zum Abschluß der Begrüßung mußten sich alle Neuankömmlinge die Asche des Weihrauchs ins Gesicht schmieren, um vor dem bösen Blick geschützt zu sein. Ich kann mir nicht vorstellen, daß Großvater sich ebenfalls Asche ins Gesicht schmierte, und finde es schon erstaunlich genug, daß er es dem Rest der Familie erlaubte. Erstaunlich ist es auch, daß die Mutter sich nach siebzig Jahren noch an die Namen der vier Kinder erinnert, die so iranisch und also weltlich, nationalistisch und modern waren, als hätte Großmutter sie ausgesucht. Leben sie vielleicht noch? Dann dürfte der Roman, den ich schreibe, ihre Namen nicht nennen. Andererseits würde ich nie davon erfahren, oder selbst wenn: würde ihr Tod mir nichts bedeuten. Wenn wir den Hof des Verwalters betraten, scheuchten wir die Hühner auf, streichelten die Schafe, nahmen die Lämmchen in den Arm, borgten uns den Esel aus und überboten uns in Schätzungen, wieviel von uns er gleichzeitig tragen könne. Was haben wir geflucht, weil der Esel ausgerechnet hinter dem entferntesten Berg beschloß, keinen Schritt mehr zu gehen. Mit den Kindern des Verwalters hingegen, obwohl sie in unserem Alter waren, haben wir nie gespielt, so daß wir ihre Namen kaum erfahren, geschweige denn behalten haben. In unserer Zeit hatte Großvater längst schon die Ländereien und Dörfer rund um Tschamtaghi verloren. Sein Besitz erstreckte sich auf das eingemauerte Rechteck zwischen dem neuerrichteten Gutshaus auf dem Hügel, dem Hof des Verwalters, der noch aus Lehm war, und dem Zayanderud, auf fünfzehn Hektar vielleicht. So hatten wir auch fast nie etwas mit den Bewohnern der umliegenden Dörfer zu tun, da sie nicht mehr für Großvater arbeiteten. Als die Mutter noch das Lockenköpfchen war, kamen die Frauen von Berendschegan und Kartschegan in ihren bunten Trachten ans Haus und legten große Schüsseln mit Weizen, Hanf, Walnüssen, geräucherten oder gebrannten Mandeln auf die Veranda, außerdem gekochte Eier, die sie hübsch bemalt hatten, Joghurt, Käse, Milch sowie getrocknetes und frisches Obst. Großvater steckte ihnen etwas Geld zu, nicht den Kaufpreis, denn der Boden gehörte ja ihm, mehr ein Trinkgeld, das die Familien zusätzlich zum Lohn fest einplanten. Anschließend stellten sich die Frauen wieder in die Reihe, bis Großvater den Empfang beendete. So waren die Verhältnisse, ob gut oder schlecht einschließlich Handkuß, und ich kann schon verstehen, daß meine Mutter ihren Hochmut bewahrte und sich zugleich die Gewohnheiten einer Trümmerfrau zulegte, als sie sich nur zehn, fünfzehn Jahre später im neunten Stock einer Hochhaussiedlung in der fränkischen Kleinstadt Erlangen wiederfand, in der Börse ein paar Mark Haushaltsgeld für Lebensmittel, mit denen sich nichts Persisches kochen ließ, ohne die Sprache zu verstehen auf achtzehn Quadratmetern mit drei kleinen Söhnen, die mindestens so ungestüm waren wie das Lokkenköpfchen, einem Mann, der bis zur Schließzeit in der Universitätsbibliothek lernte, und unbändigem Heimweh. Wenn die Nummer sechs andeutet, ihn brauchen zu können, muß die Nummer zehn nach Berlin fliegen, nicht als Freund, der er nicht ist, wie beide sich am Telefon wundern, eher wie ein Notarzt oder Seelsorger, der tut, was er kann. Offenbar trifft er unter allen Nummern den Ton, den man beim Sterben noch am ehesten erträgt. Stopp, ruft, brüllte er beinah in den Hörer, als die Nummer sechs das Wort »Sterben« ausspricht: An dem Punkt seid ihr noch nicht, die Diagnose ist offen, der Schmerz muß nicht in Relation zur Schwere und dem Stadium der Krankheit stehen (wie fachkundig er schon redet). Schritt für Schritt, rät auch die Nummer zehn nur, was man so rät. Manchmal denkt er, er habe den bösen Blick, und möchte sich die Asche selbst in die Augen streuen.

Der Versuch, Zehndreiundsiebzig auch den Aufenthalt auf dem Landsitz der Deutschen Akademie in Olevano nachzuahmen, scheiterte an den Kindern deutscher Urlaubskünstler, die die Terrasse besetzt hielten. Eine Stunde nachdem Zehnnullacht sein Gepäck mitsamt dem Bürostuhl ins Gebäude getragen hatte, in dem Brinkmann Silvester ohne Geld einsam und frierend von Maleen tagträumte – »Mit Dir ficken, meinen Schwanz, Penis, steif, zwischen Deinen Schamlippen, in der Fotze auf und ab bewegen« und als anständiger deutscher Stipendiat nach dem Koitus »ermattet, sehr angenehm träge und zugleich hellwach und aufmerksam Musik hören, 16. Jahrhundert, 17. Jahrhundert« –, entschied sich Zehnnullacht, keine Tobsucht darzustellen, sondern das Gepäck mitsamt dem Bürostuhl klaglos zurück ins Auto zu tragen, den Kindern anders als Zehndreiundsiebzig ein guter Freund. Auf der Rückfahrt spürte Zehnnullacht in den rundum bemalten Gewölben des Klosters San Beneddeto, das sich an eine Felswand klammert, die enorme Kraft jener Frömmigkeit, die noch einfältig war im Vergleich zu anderen Kulturen des zwölften, dreizehnten Jahrhunderts und zur ästhetischen und politischen Macht, zu der sich der Katholizismus in den Jahrhunderten danach aufschwang, Konzentration, Rückzug, Besinnung wie vor einer Explosion. Wie anders Jesus gesehen wurde, wie sehr man sich zurückhielt, sein körperliches Leid, seine Schwäche, Armut und Erniedrigung auch noch zu feiern, als die Kirche noch nicht Macht und Weltlichkeit darstellte.

Auf www.mahmouddarwish.com sind zwanzig seiner Gedichte zu hören. Seine Artikulation ist so ausdifferenziert wie die eines Koranrezitators, alte arabische Dichterschule, doch hält er sich im Melodischen zurück und erlaubt sich Pathos nur im Beiseitesprechen. Eine schöne und sehnsüchtige Stimme, die auf der Website vor allem Liebesgedichte vorträgt, wenngleich keine überschäumenden. Manchmal merkte ich erst spät, daß sein Gedicht von Liebe handelt, manchmal meinte ich es wahrscheinlich nur oder merkte umgekehrt nicht, daß er die Liebe meint. Soweit vorhanden, nahm ich die Übersetzung von Stefan Weidner zur Hand, der als einziger in Deutschland

Mahmud Darwisch (13. März 1941 Barwa bei Akko; 9. August 2008 Houston)

einen würdigen Nachruf plaziert hat, wo Darwischs Tod nicht nur in allen arabischen Medien *breaking news* ist. Auch in Frankreich, England und den Vereinigten Staaten, ich bin mir sicher, wird mehr als nur eine Zeitung den Verlust übersehen. Mit ihm geht die arabische Moderne, dieses vielverheißende, aufregende und eben doch scheiternde Projekt einer originären Teilhabe an der heutigen Weltkultur, zu Ende. Was bleiben wird, sind Dubai und Gaza. Einen wie ihn, der mit avancierter Lyrik Stadien füllte, werden die Verhältnisse nicht mehr hervorbringen. Die ganzen letzten Jahre hatte mich am Nobelpreis nur interessiert, ob Mahmud Darwisch ihn endlich erhält, und jeden Herbst fürchtete ich, daß die Wahl auf Adonis fällt, den zweiten König der arabischen Gegenwartsdichtung, nicht weil ich Adonis den Preis nicht gönnte, sondern weil nicht mehr rechtzeitig ein weiterer Araber ausgezeichnet würde.

Während ich mich vor- und rückwärts von Gedicht zu Gedicht durchklickte, bemerkte ich, daß es der Mitschnitt einer Lesung war, die ich im Frühjahr 2005 in der großen Mehrzweckhalle von Ramallah besucht hatte, draußen mehrere Videoleinwände für das Volk sowie Ordner und Absperrungen wie bei einem Popkonzert. Ich bemerkte es daran, daß Mahmud Darwisch vor dem zweiten Gedicht den palästinensischen Präsidenten begrüßte, der damals verspätet war und nun dreitägige Staatstrauer ausgerufen hat. Wie kein anderer Dichter der Welt und mehr als jeder Präsident hat Darwisch einer ganzen Nation eine Stimme verliehen, mehr noch: die Nation in der

Dichtung neu erschaffen, als sie von der Landkarte verschwunden war. Dabei krakeelte die Stimme keine Mitsingreime oder vaterländische Lieder, sondern sang Verse, die so reich an Nuancen, Rätseln, Anspielungen sind, so viele Barrieren vor die Ergriffenheit und die Einfühlung setzen und sich gerade in den letzten Jahren dem politischen Zugriff immer entschiedener entzogen, daß man dem Volk nur applaudieren möchte, das solche Lyrik hört.

Es gab 2005 nicht mehr viel, wozu man den Palästinensern sonst applaudieren konnte. Die palästinensische Gesellschaft zerfalle, sagte mir Darwisch, und ihr Staub würde gerade von den Islamisten aufgekehrt. Zu der äußeren Besatzung komme immer stärkerer Druck von innen, Zensur, Verbote, Angriffe. Als junger Mann habe er die Welt retten wollen. Dann habe er sich damit begnügt, Palästina zu befreien. Schließlich habe er sich mit der Westbank zufriedengegeben. Heute sei er schon froh, halbwegs unbehelligt in Ramallah wohnen zu können. Und dann lächelte er mit dem gleichen spöttischen und zugleich schüchternen Lächeln wie auf dem Photo.

Niemals habe ich ein Land so bedrückt verlassen wie Palästina vor drei Jahren. Durch die westlichen Medien ging gerade einer der regelmäßigen Hoffnungsschübe, Israelis und Palästinenser könnten wieder Verhandlungen aufnehmen. Vor Ort stellte ich rasch fest, daß die Nachrichten vom wieder einmal möglichen Frieden nichts weiter waren als die Propaganda des Krieges, der Zeit gewinnen wollte. Über die Erlebnisse und Beobachtungen, die mich entsetzten, schrieb ich in meinem Bericht. Nur angedeutet habe ich darin, daß es das Gespräch mit Mahmud Darwisch war, das meinen Pessimismus besiegelte.

Als Reisender bin ich sonst sehr langsam mit Schlüssen. »Reise in die Verwirrung« hatte die *Süddeutsche Zeitung* die Serie von Texten genannt, die ich nach meiner ersten Israelreise schrieb. Das war im Jahr 2000 und würde für die meisten meiner Reportagen passen. 2005 wäre ich vielleicht genauso verwirrt zurückgekehrt. Ich hätte meinen Bericht verfaßt und erst nachträglich bemerkt, was davon das Statement für ein Radiointerview wäre. In meinen Reportagen selbst hoffte ich stets, die Offenheit des Auges zu bewahren, das anders als der Verstand keine Mühe hat, vieles gleichzeitig und Widersprüchliches nebeneinander zu sehen. Den Strich durch die Rechnung machte mir Mahmud Darwisch, dessen Analyse evident war, dessen Schwermut meinen Beobachtungen entsprach und dessen Prognose meine Befürchtungen übertraf. Im Gespräch mit ihm gab ich noch nicht jeden Einspruch auf, doch in den Tagen danach, als ich weiter durch Palästina reiste, wurde ich von ebenjener Eindeutigkeit erschlagen, vor der ich stets auf der Hut gewesen war: hier Opfer, dort Täter. »Vielleicht ist das auch eine Beobachtung«, reflektiere ich es in meiner Reportage selbst: »daß mir das Verständnis ausgegangen ist. Für mich als Autor ist es eine Kapitulation.«

Erstmals las ich Darwisch, als ich in Kairo studierte, und zwar die berühmten, frühen Gedichte, die bei der neuerlichen Lektüre wie Agitprop klingen. Wie den meisten ist mir vor allem »Identity Card« im Ohr, wie sich *bitâqat huwiyya* im Englischen treffender übersetzen läßt. »Trag's ein! / Ich bin Araber« beginnt das Gedicht wie ein Faustschlag, wobei sich in der Übersetzung die Wucht der drei Wörter verliert, die dem Arabischen genügen, vor allem des ersten mit seinen kurzen Vokalen und dem doppelten Konsonanten dazwischen: »Sidjdjil! / Anâ 'arabî!«.

Trag's ein!
Ich bin Araber
50 000 lautet die Nummer meines Ausweises.
Kinder habe ich acht
Und das Neunte kommt nach dem Sommer.
Macht dich das wütend?
Trag's ein!
Ich bin Araber
Schufte mit anderen im Steinbruch
Kinder habe ich acht
Denen ich Brot schlage
Kleidung und Schulhefte
Aus den Felsen
Ich bettle nicht vor deiner Haustür
Ich werfe mich nicht zu Boden
Im Hof vor deiner Kammer.
Macht dich das wütend?

Und so weiter, fünf Strophen. 1964 hat Darwisch sie geschrieben, im Alter von dreiundzwanzig Jahren, und den Ausschlag dieser kurzen, rotzigen Verse, die die arabische Literatur durchfuhren wie die Rockmusik die weiße Jugendkultur, der Raï die arabischen Vorstädte, der Rap die amerikanischen

Ghettos, den Ausschlag spürten noch wir Arabisch-Studenten Anfang der neunziger Jahre in Kairo, als Darwisch selbst sich schon lange der Rolle entzog, für ein Volk zu sprechen statt nur für sich selbst. Seine Themen wurden von Gedichtband zu Gedichtband intimer und damit zugleich allgemeingültiger: Liebe und Eros, Einsamkeit und Tod. Als Palästinenser habe er keine Chance, ins Private zu fliehen, sagte Darwisch, doch sehe er seine politische Aufgabe heute darin, das zu bewahren, was die Besatzung am meisten gefährde: die Humanität. »Wir sind Menschen«, sagte Darwisch, »Menschen, die lieben, die sich streiten, die zärtlich sind und egoistisch, großmütig, tapfer und ängstlich.« Widerstand gegen die Besatzung, fuhr er fort, bestehe darin, Menschen zu bleiben, nicht zu werden, wozu die Besatzung einen macht. »Es sind Menschen«, dachte ich, wann immer ich in den nächsten Tagen an einem Checkpoint stand, ein Maschinengewehr auf einen Palästinenser gerichtet sah, einen Soldaten hörte, der vom Arabischen nur den Imperativ gelernt.

Auch wir lieben das Leben, wo wir nur können,
Wir tanzen zwischen zwei Märtyrern, stellen zwischen den Märtyrern
ein Minarett auf für die Veilchen oder eine Palme.
Wir lieben das Leben, wo wir nur können,
Und stehlen dem Seidenwurm einen Faden, einen Himmel zu errichten
und den Aufbruch zu umzäunen.
Wir öffnen das Gartentor, damit der Jasmin als schöner Tag auf die
Straßen hinausgeht.
Wir lieben das Leben, wo wir nur können.
Wo immer wir uns niederlassen, säen wir schnellwüchsige Pflanzen, wo
wir uns niederlassen, ernten wir einen Toten.
Wir blasen auf der Flöte die Farbe der fernen Ferne, malen auf den
Staub des Weges ein Wiehern
Und schreiben unseren Namen Stein für Stein – o Blitz, erhelle die
Nacht für uns, erhell sie ein wenig.
Wir lieben das Leben, wo wir nur können.

Als ich nun im Internet die Lesung hörte und Stefan Weidners Übersetzung las, schien mir die Größe von Darwischs später Poesie paradoxerweise darin zu bestehen, daß sie bei allen persönlichen Reflexionen, Bezügen zur Weltliteratur und mystischen Anflügen eben doch politisch bleibt, also nicht nur das palästinensische Schicksal mit allen Schicksalen verknüpft, sondern die arabische mit allen Literaturen und das Himmlische mit der Erde. Hingegen am schwächsten fand ich das einzige Gedicht, das eindeutig die Liebe meint, »Lektion in Kamasutra«, fast durchsichtig die Metaphern und der Effekt, auf den es mit dem Refrain zwischen jeder Zeile zielt – und den es bei der Lesung erzielte: Die Aufnahme dokumentiert die Seufzer aus dem Publikum und den stürmischen Applaus. Zum Schluß, den man im Internet nicht hören kann, weil der Link sich nicht öffnet, trug er in Ramallah die beiden dezidiert politischen Gedichte vor, die er in den letzten Jahren dann doch geschrieben hatte, auch jenes vom »Belagerungszustand«, als die israelischen Panzer vor sein Fenster zurückgekehrt.

> Hier, bei den Säulen aus Rauch, an der Treppe zum Haus
> Hat die Zeit keine Zeit,
> Und wir tun, was die tun, die zu Gott aufsteigen,
> Wir vergessen den Schmerz.

»Aber diese Belagerung wird dauern, bis wir die Feinde unsere älteste Dichtung gelehrt haben«, heißt es vorher in dem Gedicht. Das war kein Dialogangebot, sondern die Kampfansage an jene, die vom Arabischen nur den Imperativ kannten: *Sidjdjil!* Meinen Einwurf, das Gespräch mit den Friedenswilligen auf der anderen Seite nicht aufzugeben (und an unseren Projekten teilzunehmen), verwarf er. Er hatte allen Respekt für die israelischen Aktivisten, mit einigen war er befreundet, unter seinen wenigen Vorbildern zählte er stets zwei hebräische Dichter auf, und doch lehnte er unter den gegebenen Umständen den Dialog ab – nicht weil er am guten Willen der Freunde zweifelte, sondern am politischen Sinn. An die genaue Begründung kann ich mich nicht mehr erinnern, ich weiß nur noch, daß mir keine Erwiderung einfiel, ehrlich gesagt bis heute nicht, selbst wenn ich *this Jewish-Muslim thing* weiter betreibe.

Drei Jahre zuvor hätte Darwisch noch an einem arabisch-jüdischen Dichtertreffen am Wissenschaftskolleg teilgenommen, aber keine der jüdischen Fellows wollte mit Arabern sprechen. So wurde es vor allem ein innerarabisches Gespräch – aber was für eins! Zum ersten Mal nach mindestens zwei Jahrzehnten traf Darwisch öffentlich auf seinen Königskollegen Adonis. Es war schon meine Endzeit am Berliner Wissenschaftskolleg, in der die neue Leitung hintertrieb, was ich unter dem vorigen Rektor angefangen hatte, sogar dieses Treffen, das ihr eine ganze Mappe der ersehnten Artikel in den Feuilletons einbringen sollte. Ich hatte kein Geld zur Verfügung, nicht einmal für Kaffee und Plätzchen, also mußte ich die Berliner Festspiele bitten, die Rechnung der armenischen Köchin zu übernehmen, die in der Teeküche (ins Restaurant durfte ich mit meinen Arabern nicht) drei iranische Gänge hervorzauberte. In der Teeküche war es so eng, improvisiert und herzlich wie auf einer nachmittäglichen Studentenfete. Den Triumph auch in eigenster Sache hatten Darwisch und Adonis mir beschert, die mich nach der Absage der jüdischen Fellows nicht im Regen stehenlassen wollten. Und so folgten mir diese großen, höchste Verehrung gewohnten und auch eitlen Dichterkönige bereitwillig ins Souterrain hinab und blieben bis zum Schluß in der Teeküche sitzen, obwohl ich mir nicht einmal sicher bin, ob ihnen das iranische Essen geschmeckt hat.

Stefan Weidner schreibt in seinem Nachruf, daß er Darwisch einmal am Wissenschaftskolleg – also wahrscheinlich doch bei ebenjenem Treffen – auf der Toilette begegnete, wo Majestät sich wie ein Schuljunge heimlich eine Zigarette angesteckt hatte. Darwisch hielt sich nicht an das Verbot, das die Ärzte nach zwei schweren Herzoperationen ausgesprochen hatte, aber wollte nicht, daß seine Kollegen sich deswegen um ihn sorgten.

Ich möchte mehr Leben, damit wir uns treffen, möcht' länger in der Fremde sein.
Und hätt' ich ein leichtes Herz, auf jede Biene ließ ich's los.

Ich möcht' ein größeres Herz, damit ich die Palme hochklettern kann.
Und wär' mein Leben bei mir, würd' ich dich hinterm Fenster des Fernseins erwarten.

Ich möchte mehr Lieder, um tausend Türen zu tragen und eine,
Und sie im windigen Land als Zelt aufschlagen, dessen Sätze zu bewohnen.

Ich möchte mehr Frauen, um den letzten Kuß zu erkennen
Und den ersten schönen Tod durch den Dolch aus dem Wein der Wolken.

Ich möchte mehr Leben, damit das Herz seine Verwandten kennenlernt
Und ich zurückkehren kann ... zur Stunde aus Staub.

In einem der englischsprachigen Nachrufe las ich, daß Darwisch vor kurzem in Haifa auftrat, wo er aufgewachsen ist, seine ersten Bücher publizierte, im Gefängnis saß, unter Hausarrest stand, eine Rückkehr nach Jahrzehnten, die er nicht für möglich gehalten hätte. Wenigstens einmal täuschte er sich in seinem Pessimismus, wie er es sich immer gewünscht hatte. Mit zweitausend Zuhörern war auch in Haifa die Mehrzweckhalle überfüllt, stehende Ovationen, viele Tränen. »Ich hatte nicht erwartet, daß ich mich so stark und glücklich fühlen würde«, wird Darwisch selbst zitiert: »Als ich das Publikum sah, das mir so offen entgegenkam, fühlte ich mich wieder zu Hause. Vor allem die jungen Menschen zeigen mir, daß es eine Zukunft für mich gibt.« Die dritte Operation hat er nicht mehr überlebt. In den Tagen zuvor soll er sehr ruhig gewesen, las ich weiter, geradezu heiter. Wenn schon sterben, soll er gesagt haben, dann »in einem Schwups«. Nun habe ich seine Stimme zum letzten Mal an in der Mehrzweckhalle von Ramallah gehört, in der sich dicht drängte, was vom palästinensischen Bürgertum übriggeblieben war, und draußen das Volk, das ein Stadion gefüllt hätte. Nun werde ich seine Stimme immer hören, seine warme und sehnsüchtige Stimme.

Das ist ja ein Totenhaus, sagte der Agent am Telefon, der ihn bedrängt hatte zu sagen, woran er gerade arbeitet. Ja, ein Totenhaus, was sonst, dessen Wärter nun einmal lebt. Wie oft wird er tatsächlich auf www.mahmouddarwisch.com gehen, um Mahmud Darwischs Stimme zu hören? Einmal, wenn es sich ergibt; zweimal, wenn es hochkommt; dreimal wäre schon nicht mehr normal. Normal ist nicht einmal, daß ihn die Toten überhaupt aufhalten, die zwei, drei Tage mehr, die er für die Gedenktafel braucht. Werde seine Stimme immer hören, werde seine Stimme immer hören, werde seine – das hätte ein Grabredner nicht abgedroschener sagen können. Normal wäre, zwei, höchstens drei Tage bedrückt zu sein, ein allgemeines Gefühl, das wie Filmmusik die Beschäftigungen untermalt, die nicht unterbrochen werden. Nun bleibt in Rom eben jemand stehen, weil in Houston jemand eine Herzoperation nicht überlebt hat, mehr ist es nicht, er geht schon weiter, die Bedrückung hat nur um ein Weniges länger angehalten und wahrscheinlich auch um seiner selbst willen, weil Navid Kermani sich die Szenen so gut vorstellen konnte, als wirke er selbst mit, die Operation, die eigentlich gut verlaufen zu sein schien, der erste Besuch der Nächststehenden auf der Intensivstation, noch besorgt, aber hoffnungsfroh, plötzlich die ersten Komplikationen, anfangs noch unscheinbar. Er kann sich so gut vorstellen, wie Mahmud Darwisch unter einer Aluminiumdecke lag, die Schläuche, Kabel, Sonden, Pflaster, Armaturen, Bildschirme, wie er in Frieden atmete, die Augen geschlossen. Vielleicht erscheint ihm das Kapitel, das sein Tagwerk bis heute unterbrochen hat, genau gesagt bis gestern, denn jetzt ist es bereits 2:39 Uhr am Mittwoch, dem 13. August 2008, vielleicht erscheint ihm das Kapitel nur wegen des letzten Satzes so lau. Hätte er ihn nicht zitiert, könnte er ihn leicht korrigieren; am Gedächtnis, damit es bleibt, sind alle Änderungen erlaubt. Ach was, genauso gut könnte er sich über Sätze mokieren, die er nachträglich ... Der Redakteur fragt in einer Mail, die um 2:44 Uhr eintrifft – noch einer so spät am Schreibtisch –, nach dem Wohlbefinden des Romanschreibers und dem vereinbarten Artikel über den Herausgeber der Frankfurter Ausgabe. »Bin wieder zu allen Schandtaten bereit«, beruhigt der Romanschreiber sogleich, der gerade erst wieder mit Jean Paul angefangen hat: »Und doch, wenn nur die kühle Verwesung das heiße Gehirn besänftigt und wenn, während der Qualm und Schwaden eines aufbrausenden Nervengeistes und während die zischenden Wasserhosen der Adern die erstickte Seele umfassen und verfinstern, wenn ein höherer Finger in die Nebel dringt und den armen betäubten Geist plötzlich aus dem Brodem auf eine neue Sonne hebt: wollen wir denn lieber klagen als bedenken, daß das Schicksal dem Augen-Wundarzte gleicht, der gerade in der Minute, eh' er dem einen blinden Auge die Lichtwelt aufschließet, auch das andere sehende zubindet und verdunkelt?« Normal gewesen wäre es an einem Tag, dessen Pensum frühzeitig erfüllt war, erleichtert zu sein. Nichts davon: Obwohl der Romanschreiber immer noch fünf Kilo mehr wiegt als ohne Carboplatin, konnte er sich nicht zum Joggen aufraffen, spielte sterbenslangweiliges Boule mit, weil die Familie in Köln ist und ihm allein in Rom nichts Besseres einfiel, fand bis nach China ein paar weitere Nachrufe auf Mahmoud Darwisch, es war immer noch zu früh zum Schlafen, legte sich zum ersten Mal vor den neuen Fernseher, ohne daß Fußball lief, ging spazieren in der Nachbarschaft, die komplett verreist zu sein scheint. Er achtete auf die Uhr: Bis zu sechs Minuten sah er weder einen Menschen noch ein Auto, nicht an Kreuzungen, nicht auf der achtspurigen Nomentana. Die Straßen sind dennoch beleuchtet, die Müllabfuhr fährt für wen auch immer lärmend ihre Runde. Gestern suchte er vergeblich einen Schuster, Brot fand er erst in der dritten Bäkkerei, selbst die Eisdiele geschlossen. Die Freundin von Nummer sechs ist zur Notaufnahme gefahren worden, das Morphium auf die höchstmögliche Dosis verdreifacht. Beim Schwiegervater des älteren Bruders traten Blutungen auf, die nach ein paar Stunden eine zweite Operation erzwangen. Bereits am Abend durfte er ins Glied zurücktreten. Der Romanschreiber weiß nicht, wann das eigentlich frömmste Anliegen sich in eine solche Perversion verwandelt hat, daß er die Toten geradezu erwartet und in seinem Haus unter betriebswirtschaftlichen Gesichtspunkten, die *In Frieden* poetologische sind, eher zu wenig gestorben wird. Vermutlich ist das Anliegen selbst von Anfang an pervers gewesen. Wie die Müllabfuhr tut er seinen Dienst, auch wenn niemand stirbt, läuft auf den Fluren, sieht im Park nach den Gräbern, schmückt das eine oder andere etwas heraus und kümmert sich in der übrigen Zeit um seine eigenen Dinge, da er sich schließlich nicht in Luft auflösen kann. Die Mülltonnen scheinen noch lauter zu scheppern, wenn so wenig drin ist. Der Agent wird ihn bestimmt nicht wieder bedrängen.

»Als ich größer wurde, bestieg ich mit meinen Schwestern und Cousinen die umliegenden Berge. In der ganzen Gegend gingen nacheinander die weißen, roten und rosaroten Blüten der Mandel-, Pistazien-, Pfirsich-, Aprikosen-, Quitten- und Kirschbäume auf. Die federleichte Brise, die vom schneebedeckten Zaghros-Gebirge wehte, erweckte jede Seele zu neuem Leben, ob jung oder alt. Der breite Fluß strömte so schnell durchs Tal, daß weiße Kronen auf dem Wasser tanzten. Von den kahlen Kuppeln blickten wir auf die Obstplantagen, die sattgrünen Felder und die Kühe, die entfernt im Gras weideten. Zauberhafter als dieser Blick von oben waren nur noch die Vollmondnächte.« Obschon ich ihn nicht so besingen könnte, habe ich den Frühlingsanfang in Tschamtaghi noch genauso erlebt und als Jugendlicher dort die gleichen Ausflüge unternommen. »In jeder Jahreszeit hatten die Freuden genauso wie die Beschwernisse ihren eigenen Geschmack. Im Sommer, wenn wir länger in Tschamtaghi blieben, war es oft unerträglich heiß, aber um so erfrischender, in den Fluß zu tauchen, der das eiskalte Schmelzwasser trug. Noch lustiger war es, jemand anders in den Fluß zu schmeißen, mit vereinten Kinderkräften einen der Erwachsenen! Alle Tage spielten wir oder stellten Streiche an, selbst die Flucht vor den Mücken geriet zum wilden Spaß und wie erst die Stunden zu zehnt oder zu zwanzig, wieder groß und klein, in dem Mückenzelt, das über die gesamte Terrasse gespannt war. Nie wieder hat Obst süßer und saftiger geschmeckt als jenes, das wir Kinder in Tschamtaghi um die Wette pflückten. Abends hockten wir uns auf die riesigen Tücher, die auf der Veranda ausgebreitet waren, und aßen, was auf den Feldern angebaut wurde. Heute noch habe ich das Aroma mancher Speisen auf der Zunge und wie es sich vom Aroma der gleichen Speisen in Isfahan unterschied.« Die Diagnose liegt um 11:49 Uhr endlich vor, die Prognose noch nicht. Die Nummer zehn hinterläßt eine Nachricht auf dem Anrufbeantworter der Nummer sechs, immer noch Mittwoch, der 13. August 2008. »Doch wie gesagt hatten die Wochen in Tschamtaghi neben den Freuden und Genüssen ihre Beschwernisse und sogar Qualen, besonders im Sommer. Es gab keine Möglichkeit, das Wasser zu reinigen und vor allem kein richtiges Abwassersystem. Manchen Sommer herrschte Dürre oder fielen gewaltige Schwärme von Heuschrecken über die Felder her und machten den Ertrag eines ganzen Jahres zunichte. Immer wieder wurde jemand so krank, daß wir um sein Leben fürchteten, ob nun an Fieber, an Malaria oder an chronischem Durchfall, bei denen der Kranke am Ende nur noch Blut ausschied, ob an Trachom«, einer damals verbreiteten Augenkrankheit, »an Entzündungen, Schwellungen oder Magenkrämpfen, die einen vor Schmerz zu zerreißen schienen. Auch ich mußte meinen Anteil an diesen Krankheiten tragen, und wären nicht die Pflege meiner Mutter, die Tröstungen meines Vaters und die Behandlung unseres Hausarztes Doktor Aziz Mirza Ahmad Chan Mohyi gewesen, ich hätte bestimmt nicht überlebt. Mehr als einmal brachte mein Vater mich in aller Eile zurück nach Isfahan. Im Arztzimmer schlug ich so wild um mich, daß er mich nur mit Hilfe der Schwestern fest genug packen konnte, damit Doktor Mohyi zur Behandlung des Trachoms meine Augenlider verbrannte. Meine Tränen und Hilfeschreie zündeten das Herz meines Vaters mit an. Es gab keine andere Methode, um zu verhindern, daß ich blind wurde. Auch wenn wir Bauchkrämpfe hatten oder einen der chronischen Durchfälle mit Blut, mußte mein Vater uns an Händen und Füßen festhalten. Meine Mutter öffnete mit den Fingern der einen Hand unseren Mund und schüttete uns mit der anderen Hand Löffel um Löffel Rizinusöl in den Rachen. Wenn sie damit fertig war, ließ mein Vater uns immer noch nicht los, denn wir mußten noch das Abführmittel schlucken. Danach kam das nächste Kind an die Reihe, das sich vor Angst in die hinterste Ecke des Zimmers geflüchtet hatte. Wenn wir uns kurze Zeit später übergaben, hielt mein Vater uns wieder fest, aber diesmal ganz zärtlich. Wenn ich mich dann umdrehte, sah ich, daß seine Augen voller Tränen waren, und ich kroch in die Arme meines Vaters, der erschöpft zu Boden sank. Stunden dauerte es, bis alle Kinder die Behandlung hinter sich hatten, und in dieser Zeit war das Haus erfüllt mit dem Lärm unserer Schreie, Wehklagen und vergeblichen Proteste. Endlich, wenn die Bauchschmerzen und mit ihnen der Schrecken nachließen, kehrte Stille ein. Von da an war es eher eine Angelegenheit von Minuten als von Stunden, bis wieder das erste Kichern zu hören war, und schon bald fingen wir wieder an zu spielen.«

Auf den Einwand des Sohns, daß nicht einmal die glücklichste Kindheit nur aus Freuden bestünde, verweist die Mutter auf die Schilderung der Krankheiten und qualvollen Behandlungen, auf Trachom und Rizinusöl. Ihre Aufzeichnungen haben noch eine zweite beklemmende Stelle, wo sie den Horror ihrer ersten Monatsregel beschreibt. Insgesamt freilich, so beharrt der Sohn unterm Headset, sei die Darstellung ihrer Kindheit und Jugend, wenn sie schon nach seiner Meinung frage, bei aller zugegebenen Farbigkeit zu süßlich ausgefallen. Iran sei doch in den dreißiger Jahren kein Märchenland gewesen, in dem wunderbare Eltern die liebreizenden Kinder mit köstlichen Aprikosen versorgten, und auch Isfahan nicht aus Tausendundeiner Nacht. Ob denn nur Sadegh Hedayat die Kinder der Armen in den Nutzwasserkanälen entlang der Straßen planschen gesehen habe, die ihren Eltern zugleich als Waschtröge, Toiletten und Trinkwasserbrunnen dienten, nur Sadegh Hedayat sich die Nase zuhalten mußte, weil die Luft nach Kot und Urin roch, nur Sadegh Hedayats Augen vom Rauch der Dungfeuer brannten, mit denen die Armen heizten und kochten? Daß sie als Sechsjährige nicht über die gesellschaftlichen Zustände nachdachte – geschenkt. Dennoch könne sie im Rückblick durchaus das Elend bedenken, das um sie herum geherrscht haben muß, und auf die krassen sozialen Unterschiede eingehen, die immer wieder zu Unruhen führten und schließlich zur Revolution von 1979, in deren Verlauf so gut wie alle Mitglieder des Bürgertums und der Aristokratie aus den Führungsetagen der Ämter, Ministerien, Botschaften und Staatskonzerne durch Angehörige der untersten Schichten ersetzt wurden. – Sehen Sie denn nicht, fragt der Sohn, den Zusammenhang zwischen den paradiesischen Verhältnissen Ihrer eigenen Kindheit und der späteren Deklassierung und Vertreibung Ihres Standes, Mama? Großvater selbst muß über die himmelschreiende Armut gesprochen haben, war er als Parteigänger des linksliberalen Doktor Mossadegh doch kein typischer Vertreter der Grundbesitzerklasse und wurde die Isfahaner Lokalpolitik einen Großteil der vierziger Jahre von der kommunistischen Tudeh-Partei beherrscht. Allein schon, daß die Familie bis in die achtziger Jahre Bedienstete hatte – *noukar* ist noch einmal niedriger als *kolfat* und könnte man in manchen Kontexten auch mit Sklave übersetzen –, müsse man keineswegs für so natürlich halten, wie es sich in ihren Aufzeichnungen lese. Die Mutter findet die Gleichsetzung von *noukar* mit Sklaven haarsträubend – *bandeh* seien Sklaven, nicht *noukar* – und bringt vor, wie gut ihre Eltern das Personal behandelt hätten, wie großzügig sie gegenüber den Armen gewesen seien. Daran zweifelt der Sohn nicht und kann es selbst noch bezeugen. Ständig klingelten abgerissene Gestalten an der Tür, die Großmutter offenbar regelmäßig versorgte, und der einzigen Dienerin, die nach der Revolution noch bei ihr wohnte, vermachte sie ein Haus und eine so großzügige Pension, daß sich trotz ihres Buckels und ihrer Kleinwüchsigkeit noch ein Gatte für sie fand, über den sich alle den Mund zerrissen. Dennoch erführe die Leserschaft, die sie über ihre Enkel hinaus erreichen möchte, gern mehr über das Personal, als daß die eine glatzköpfig und die andere bucklig war, von den Kindern des Dorfvorstehers mehr als ihren Namen. Durften sie auch den ganzen Tag spielen oder mußten sie auf den Feldern oder in den Knüpfereien schuften, die Sadegh Hedayat in seinem Bericht über Isfahan beschreibt: »Schickt man sie wie gewöhnlich mit fünf Jahren zum Teppichknüpfen, ist mit zwölf ist nichts mehr von ihnen übrig und sind sie bereit für jegliche Art von Unglück. Wieviel Zeit und Präzisionsarbeit waren notwendig für jeden dieser Teppiche, die wir sehen, wieviel Absichten, die unterdrückt wurden, Augen, die erblindeten, und Lungen, die reif waren für die Schwindsucht!« Und wenn Dürre herrschte – litten die Bauern Hunger? Küßten sie Großvater dann immer noch die Hand? Wurden ihre Krankheiten ebenfalls von einem Arzt behandelt? Einmal in Fahrt gekommen, schlägt der Sohn der Mutter auch vor, etwas über die Geschlechterverhältnisse zu schreiben. Seit er denken kann, schimpft sie über den Machismo der iranischen Männer und die Benachteiligung der Frauen, die welthistorisch in ihrer eigenen Unterdrückung durch den Gatten und die vier Söhne kulminiert, aber in ihren Erinnerungen sind alle Männer plötzlich Gentlemen. Die Mutter verteidigt sich damit, daß sie keinen Sozialroman schreibe und ihre Kindheit nun einmal rundum glücklich gewesen sei, das könne der Sohn ihr nicht zum Vorwurf machen. Das sei kein Vorwurf, betont der Sohn, er glaube nur nicht daran. Offenbar bringt die Frage nach den Frauen die Mutter doch ins Grübeln. Vor einem der Bediensteten, dem Koch Mohammad Hassan, einem jungen ungehobelten Mann, der zuviel Schnaps trank, habe sie besonders große Angst gehabt: Einmal drängte er sie in ein Zimmer, um sie zu begrapschen. Zum Glück konnte sie sich früh genug aus seiner Umarmung winden und aus der Tür rennen. So wie die Verhältnisse waren, von denen der Sohn gern mehr läse, traute sie sich freilich nicht, den Vorfall jemals zur Sprache zu bringen, nicht einmal vor Großmutter. Erst Jahre später wurde ihr klar, daß sie womöglich einer Vergewaltigung entkommen war, und erfuhr sie, daß Mohammad Hassan auch versucht hatte, ihre Schwester zu mißbrauchen. – So etwas müssen Sie sich zu erzählen trauen, sagt der Sohn der Mutter, wenn Ihr Buch Leser finden soll.

Der berühmte Schriftsteller hat sich, obwohl sein Rücken noch mehr schmerzt als der Rücken des Kollegen, der zwanzig Jahre weniger geschrieben hat, der berühmte Schriftsteller hat sich heute zum ersten Mal seit Monaten wieder an die Schreibmaschine gesetzt, teilt er am 20. August 2008 bei seinem Besuch mit. Die Mühsal, über die er stöhnt, kennt der jüngere Kollege nur zu gut, jeder Satz ein Ringkampf. In der Hauptsache geht es darum, überhaupt etwas zu schreiben, was auch immer, sich nicht mit der Apathie abzufinden in der Hoffnung, sie ließe sich durch Beharrlichkeit beeindrucken oder verziehe sich aus Langeweile. Ob er diese Postkarten kenne, die von Menschen ohne Arme und Beine gemalt seien, fragt der berühmte Schriftsteller. Richtig, die mit dem Mund gemalt würden. Der Verlag, der sie vertreibe, heiße *Dennoch Verlag*. Dort könnten wir unsere Bücher auch demnächst veröffentlichen, im *Dennoch Verlag*. – Ja, sagt der jüngere Kollege, und wenn sie mich nicht einmal dort haben wollen, gründe ich den *Egal Verlag*. Daß ihm keineswegs zum Scherzen zumute ist, ihn wieder Neid und wenn schon nicht Existenzangst quälen, dann die Aussicht, spätestens nach Rom einen Brotberuf ergreifen zu müssen, da heute die fünfzehn, zwanzig oder wie in der Bundesliga wahrscheinlich achtzehn Bücher bekanntgegeben worden sind, die die bekanntesten Kritiker aus allen deutschsprachigen Neuveröffentlichungen ausgewählt haben, um daraus die sechs besten und schließlich den besten Roman des Jahres zu wählen, bringt der jüngere Kollege nicht zur Sprache. Wenn sich schon die Romane, die er früher schrieb, nicht für die erste Liga qualifizieren, wie dann ein Papierkorb ohne Handlung, Thema, Erzählstrategie und am schlimmsten: ohne Ende. Vor ihm hat bereits sein Verleger begriffen, daß der jüngere Kollege bei aller Liebe, trotz Werbung und *Poleposition* ihm nicht mal als Negerliteratur reüssieren wird. Es ist nicht einmal gesagt, daß dem Verleger der Roman mißfällt, den ich schreibe. Er hat nur die Fortsetzung, die er letztes Jahr erhielt, so lang ist das schon her, gar nicht mehr gelesen, es lohnt einfach nicht, sich damit zu beschäftigen. – Würden Sie mal lesen? fragt der jüngere Kollege rasch den berühmten Schriftsteller, der aufgestanden ist, um durch den Park der Deutschen Akademie zur Wohnung des Ehrengastes zu gehen, und druckt so viele Seiten der Urschrift aus, wie Papier im Drucker liegt.

Um Jean Paul zu Füßen zu liegen, muß man ihn eine Weile verlassen haben, am besten aus Unmut oder Langeweile wie eine Frau. Man muß Romane gelesen haben, Romane, wie sie heute geschrieben werden, am besten als Juror nacheinander eine ganze Reihe, wie mancher nacheinander mit einer anderen schläft, einen arabischen Roman über Auswanderer in die Vereinigten Staaten, politisch bedeutsam, stimmen die Rezensenten überein, einen spanischen voller literaturgeschichtlicher Querverweise, der Gefühlshaushalt einer Wiener Großdichterin oder amerikanische Avantgarde, manches enttäuschend, vieles erträglich, Entdeckungen darunter wie der junge Ungar, der die Mitjuroren ebenfalls begeisterte, es geht also gar nicht um die Qualität im einzelnen, meine bisherigen Bücher, ob gut oder schlecht, gebe ich sofort dabei, sondern den heutigen Roman als solchen, man muß hinhören, was innerhalb der heutigen Themen, Motive und Stile überhaupt sagbar ist, um wieder den Reichtum seiner Literatur zu achten, der nicht nur sprachlich mehr Möglichkeiten zur Verfügung stehen, Wirklichkeit zu erfassen, das Ungeordnete unserer Eindrücke, das Zufällige ihrer Verknüpfung, das Illusionäre, das jedem Satz anhängt, der ein Ich hat, die Lüge, zu der jeder Satz wird, der das Ich verleugnet. Vom *Titan*, den ich schließlich entnervt beiseite legte, ohne die Unstimmigkeit allein meinem Zustand zuzuschreiben, vielmehr dem Kostümhaften des Sujets und dem Konzepthaften der Handlung, ging ich über zum vierten Band der Dünndruckausgabe, in dem ich auf das *Leben des Quintus Fixlein aus fünfzehn Zettelkästen nebst einem Mußteil und einigen Jus de tablette* stieß, und verlief mich schon vor dem ersten Zettelkasten, wie die Kapitel heißen, aufs neue in seinen Einfällen, Vorrede nach Vorrede und diesmal zusätzlich noch die Geschichte der Vorrede, für die Disposition weitere Gleichnisse, die obligatorischen Appendixe und am Ende des Bandes mit kleineren erzählenden Schriften noch ein Buch, das nur aus einem Appendix besteht sowie dem Appendix jenes Appendix. Hier wird selbst dann eine Vorrede geschrieben, nur um eine Vorrede geschrieben zu haben, im Sinne des Zen-Meisters Baso Matsu könnte man sagen: eine Vorrede, die eine Vorrede ist: »Ich schreibe sie bloß, damit man nicht das erste Kapitel für eine nimmt und nicht dieses überhüpft, sondern diese Vorrede«. Figuren treten als Ich-Erzähler auf, die Jean Paul zitieren, der sie überträfe, und Leser führen Klage gegen einen gleichnamigen Erzähler, weil der zu oft abschweife. Sie wollen Literatur, er das Leben, in dem es nun einmal nicht zugeht wie in einem Roman. Jean Paul führt die Romanmanufakturisten, uns alle, nicht nur vor, indem er über sie spottet, sondern indem er das gewöhnliche Sagen in das jeweilige Extrem treibt, Verdichtung und Ausdehnung, wie es die Traktate an mystischen Zuständen erklären. So ausufernd Jean Paul an der einen Stelle über einen einzigen Anblick meditieren kann und damit die Handlung verlangsamt, beschleunigt er anderswo eine ganze Liebesgeschichte zu einem einzigen Satz, von der Befangenheit des Anfangs über den ersten Kuß bis zur Ekstase, in die der Kuß ausartet, und das alles auch noch mit Witz: »Vor einer solchen magischen Gestalt, vor einer solchen verklärten Liebe zerschmolz ihr mitleidender Freund zwischen den Flammen der Freuden und Schmerzen und versank, mit erstickten Lauten und von Liebe und Wonne niedergezogen, auf das gute blasse und himmlische Angesicht, dessen Lippen er blöde drückte, ohne sie zu küssen, bis die allmächtige Liebe alle ihre Gürtel um sie wand und beide enger und enger zusammenzog, und bis die zwei Seelen, in vier Arme verstrickt, wie Tränen ineinanderrannen.« Und während man noch verzückt ist von dem so unbeholfenen Ausbruch glühender Empfindungen, frohlockt Fixlein selbst bereits zu Beginn des nächsten Kapitels nur mehr wie ein Prüfling, »daß er nun das Antrittsprogramm der Liebeserklärung gleich hinter sich hatte«. Nicht nur in ihrer Unordnung, der Atemlosigkeit und Überforderung, die seine verschachtelten, dem natürlichen Sprechfluß widerstrebenden Sätze hervorrufen, der Gleichzeitigkeit und Gleichgültigkeit der Wahrnehmung, nehmen Jean Pauls Romane die Struktur unserer Wirklichkeit auf und übertreffen eben in ihrem Kunstcharakter jeden Realismus – auch in der Entschlossenheit zum Alltäglichen, die der Anmaßung geschuldet ist, vom Vergänglichen nicht nur zu sprechen, sondern die Vergänglichkeit selbst nachzubilden. Nichts wird der Phantasie überlassen, nicht nur jeder Name genannt wie im Frankfurter Hölderlin oder in Großvaters Selberlebensbeschreibung, sondern bei Jean Paul zusätzlich jeder Nebenaspekt noch in seinen Nebenaspekten aufs genaueste geschildert, in den *Flegeljahren* noch die dritte und vierte Tischrede vollständig zitiert, so daß sie genau jene Langeweile erzeugen, jenes Weghören, Abschweifen der Gedanken, die sich bei Tischreden nun eben einstellen. Jemand findet einen Brief. Gut, denke ich, laß sehen, was darin steht, aber bis man es erfährt, wird erst einmal der Umschlag über anderthalb Seiten betrachtet. Ein anderes Beispiel ist die sechste Klausel des Testaments, das Stimmen des Klaviers: Unmöglich daß Jean Paul sich ab dem zweiten oder dritten Klavier, das der Held stimmt, mit Andeutungen begnügt. Noch beim fünften, sechsten, siebten Klavier muß der Vorgang in all seinen musikalischen Tönen und Mißtönen beschrieben und juristisch bis hin zur Frage erörtert werden, wieviel Wert dem Zeugnis eines Juristen im Vergleich zum Zeugnis eines Laien zukommt. Von raffinierten Übergängen kann dabei noch weniger als in Großvaters Selberlebensbeschreibung die Rede sein, eher geht es um Vollständigkeit: hier passiert dies, währenddessen passiert das, und das dritte danach. Das Abseitige ermüdet, die Fußnoten, Zitate, Zwischengespräche, nebst dem Erhabenen das Banalste, Seitenhiebe, Schoten, dann eingestreut ganz ernste Sätze wie die über das Kind, das keinen Tod begreift, »jede Minute seines spielenden Daseins stellt sich mit ihrem Flimmern vor sein kleines Grab«, und die Erwachsenen, die nicht weiter denken, »es ist unbegreiflich, mit welcher Kälte tausend Menschen sagen können: das Leben ist zu kurz«, Gedanken zur Zeit, Spezialinteressen, literarische Einschätzungen – aber das ist in der Wirklichkeit so und wäre anders im Roman Lüge. Eben in dem Sinne, daß das Leben mitunter langweilt, langweilt Jean Paul, daß die Tage mal erfüllter, mal weniger erfüllt vergehen, vergehen die Kapitel bei Jean Paul, daß die eigenen Gedanken abschweifen und sich wieder konzentrieren, schweift Jean Paul ab und konzentriert sich meistens wieder. Bei ihm haben Satiren auf dieses oder jenes Geschehnis des Tages ebenso ihren Platz wie Sätze, neben die ich mir drei Kreuze mache, um sie mein restliches Leben nicht zu verlieren: »Aber wir sind voll himmlischer Träume, die uns tränken – und wenn dann die

Wonne oder die Erwartung der träumerischen Labung zu groß, dann werden wir etwas Besseres als satt – wach.« Wie ein Reisender, der durch ein wundersames Land fährt, in das sonst kaum ein Tourist gelangt, jede Straßenkreuzung photographiert, würde ich zumal aus den kleineren Romanen, die nicht einmal dem *Kindler* einen Eintrag wert sind, am liebsten ganze Seiten zitieren. Diesen noch: »Nein, zwischen zwei Seelen, die sich einander die Arme öffnen, liegt gar zu viel, so viele Jahre, so viele Menschen, zuweilen ein Sarg und allezeit zwei Körper. Hinter Nebeln erscheinen wir einander – rufen einander beim Namen – und eh' wir uns finden, sind wir begraben. Und wenn man sich findet, ist's denn der Mühe, des Namens der Liebe wert, die paar glühenden Worte, unsre kurzen Umarmungen?« 1794 ist das geschrieben, nicht 1974, im selben Jahrzehnt, in derselben Sprache, in derselben Generation, in denen noch Hyperions reine Liebe zu Diotima besungen wird. Zugegeben schlägt Jean Pauls Freiheit, *alles sagen zu können,* häufig in *alles sagen* um, ins andere Extrem von Hölderlins Dringlichkeit. Wie immer bei Jean Paul lese ich regelmäßig über Seiten hinweg, um einen einzelnen Absatz wieder und wieder zu beginnen. Aber auch Gott reiht keine Schicksalstage aneinander. »Uns alle zieht eine Garnitur von faden flachen Tagen wie von Glasperlen ins Grab, die nur zuweilen eine orientalische wie ein Knoten abteilt.«

Wie viele andere Notabeln kauften auch die Großeltern Ende der dreißiger Jahre einen der Gärten am Teheraner Tor, um darauf ein Haus nach ihrem eigenen Geschmack zu errichten. »Es ist, als ob sich Stilgefühl und Ästhetik aus der heutigen Architektur, trotz aller Mittel, über die sie verfügt, vollständig verabschiedet hätten«, spottete Sadegh Hedayat bei seinem Isfahanbesuch über die Neubauten jener Zeit. »Die Häuser, die man jetzt baut, sind weder iranisch noch europäisch. Jedes Gebäudeteil verkündet etwas anderes: Die Säulen, zum Beispiel, sind nach griechischer Manier, die Gewölbe herkömmlich iranisch und die Fenster eine Imitation des englischen Stils, so daß der Eindruck entsteht, die einzelnen Bestandteile wollten sich alle verselbständigen und man müsse das Gebäude fest umarmen, damit es nicht auseinanderfliegt.« Wenn ich die sehr detaillierte, allerdings hier und dort etwas unübersichtliche Darstellung der Mutter richtig verstehe, betrat man das Haus durch ein Tor, das sich nach neuester Technik mechanisch öffnete, und stand zunächst in einem überdachten Hof. Auf der rechten Seite führte eine Tür zu einer kleinen Terrasse, links lagen zwei Zimmer, um die Bauern zu empfangen und unterzubringen, die mit allen erdenklichen Nöten bei Großvater vorsprachen, Dürre, Geldmangel, Streitereien oder Familienfehden. Wenn sie die weite Reise schon auf sich nahmen, brachten sie meist ein, zwei Kranke mit, die sie zur Behandlung zurückließen, da es auf den Dörfern keine Ärzte gab. Auf der gegenüberliegenden Seite des Hofes stand ein Stall, in dem außer Hühnern zwei, drei Kühe oder Schafe untergebracht waren. Überquerte man den überdachten Teil des Hofes, erreichte man einen breiten Durchgang, an dessen rechter Wand sich Jasminsträucher hochzogen. »Ihr Duft«, schreibt die Mutter, »erfüllte vom Frühjahr bis in den späten Sommer das gesamte Grundstück wie ein starkes Parfüm.« Auf der anderen Seite des Wegs lag ein großer Garten: »Im Sommer lasen wir unsere Bücher immer unter den Bäumen und bereiteten uns dort auf die Prüfungen vor. In den Pausen gingen wir umher und pflückten das leckere Obst. Am liebsten hatte ich die zukkersüßen Aprikosen, die Kirschen und die Beeren.« Am Ende des Gartens lagen zwei Blumenbeete, in denen Großmutter unter anderem die berühmten Rosen von Isfahan züchtete, und in der Mitte ein großes Wasserbecken, das die Erwachsenen für die rituelle Reinigung vor dem Gebet und die Kinder zum Schwimmen nutzten oder um sich gegenseitig naß zu spritzen. Vom Hof aus stieg man zwei, drei Treppenstufen zu einer überdachten Veranda, auf der die Bediensteten im Sommer zu den Mahlzeiten die großen Teppiche ausrollten, zum Schlafen die Matratzen ausbreiteten und das Mückennetz spannten. Von der Veranda aus betrat man eine Halle etwa so groß, wenngleich nicht so hoch wie die Ateliers der Deutschen Akademie, wo die Familie sich in den kälteren Monaten aufhielt, aber auch Obst geschält, Gemüse geschnitten, Reis geputzt, Kräuter getrocknet oder etwa genäht wurde. Linker Hand lagen die Kinderzimmer, rechter Hand die Küche und damit Mohammad Hassans Reich. Ein schmaler Flur, an dem sich links die Türen zu Großmutters Zimmer und dem Aufbewahrungsraum öffneten, rechts zu Großvaters Zimmer und der Proviantkammer, lief auf ein Atrium zu, das man durchqueren mußte, um den prächtigen Salon mit Sesseln und Sofas sowie den Speisesaal zu erreichen, in dem *up to date* ein Eßtisch stand. Das heißt, der Wohn- und der Gästebereich waren vollständig voneinander getrennt, wobei die Verwandten und engen Freunde, die den größten Teil der Besucher ausmachten, im Wohnbereich blieben. Nur wenn die Großeltern gleichzeitig Besuch hatten, setzte sich Großmutter mit ihren Gästen auf die Veranda oder in die Eingangshalle, wo die Familie im Winter auch aß, während Großvater seine Freunde mit in den Salon nahm. Vom Atrium aus führte ein weiterer Gang zum Trakt der Bediensteten, also von Mah Soltan und ihrer neuen Gehilfin Djahan, die nicht viel älter war als meine Mutter, sowie von Mohammad Hassan und seiner Schwester Habibeh Soltan, die im Haus von Großvaters Eltern aufgewachsen waren. Im Sommer spritzten Mah Soltan und Habibeh Soltan jeden Nachmittag, während die Großeltern schliefen, Wasser auf die Veranda, damit die Luft und der Boden abkühlten. Anschließend breiteten sie die Teppiche aus und holten das Kohlebecken, den Samowar, die Gläser und den Kandis, die sie in einer ganz bestimmten Ordnung auf den Boden stellten. Den Tee mußte unbedingt Großmutter selbst zubereiten, wenn sie von ihrem zwei-, bis dreistündigen Mittagsschlaf erwacht war. Während der Tee noch zog, weckte sie Großvater mit der gleichen gellenden Stimme auf, mit der die Mutter uns in Siegen ebenfalls zu früh zum Essen rief: »Herr, der Tee ist fertig!« Ich mochte das Haus, egal, was Sadegh Hedayat zu schimpfen hat. An die Säulen, Gewölbe und Fenster kann ich mich nicht erinnern, da die Großeltern in einen modernen Bungalow zogen, als ich vier oder fünf Jahre alt war, dafür an die Eingangshalle, in der wir zu zwanzig oder dreißig auf dem Teppich saßen, die Küche, die mir genauso groß vorkam, die Veranda, auf der wir im Sommer unter einem einzigen Mückennetz alle nebeneinander schliefen, und den Innenhof mit dem Wasserbecken wie ein Freibad, in das die Cousinen mit Kleidung hineinsprangen oder wohl eher geschmissen wurden. Obwohl das Durchschnittsalter unserer Generation inzwischen bei fünfzig liegt, halten wir beinah zwanghaft an dem Ritual fest, die Cousinen in voller Montur in den Pool oder das Meer zu werfen, wenn wir uns alle drei Jahre zur *reunion* treffen, wie die Familientreffen heißen, weil die meisten Enkel Großvaters in Amerika leben und nicht alle Urenkel mehr Persisch verstehen. Aber das Kreischen der Cousinen hört sich noch genauso an.

»Meinen Eltern war die Mittagsruhe deshalb so heilig, weil sie wegen der Besuche und Geselligkeiten, die sich beinah jeden Abend ergaben, erst spät zu Bett gingen und bereits vor Sonnenaufgang wieder wach wurden, um das Frühgebet zu verrichten. Insbesondere im Sommer verlegten die Menschen einen Großteil ihrer Beschäftigungen in den Abend oder sogar in die Nacht. Das Abendessen, zum Beispiel, fand selten vor elf Uhr statt. Wir Kinder hingegen waren mittags nie müde, da wir nicht so früh aufstehen mußten. Einige Male wollte uns Papa im Morgengrauen wach rütteln, damit wir mit ihm beteten, da hörte ich jedesmal im Halbschlaf Mamas Stimme: ›Laß doch die Kinder in Frieden, Herr!‹ Zu den anderen Tageszeiten beharrte er jedoch darauf, daß wir uns zum Gebet hinter ihm aufstellten. Dann schnitten wir hinter seinem Rücken Grimassen, flüsterten uns Albernheiten zu oder spielten Stille Post. Obwohl Papa unser Gekicher nicht überhören konnte, ließ er sich nie etwas anmerken und fuhr mit lauter Stimme fort, die arabischen Verse zu rezitieren.« Ohne benennen zu können, was es mit ihm tut, fühlt sich der Enkel ebenfalls unwohl, wenn er der Pflicht nicht rechtzeitig nachkommt. Nach dem Turnier der Akademien zum Beispiel ging er nicht mehr mit in die Pizzeria, weil er sonst das Nachmittagsgebet verpaßt hätte und auch nicht rasch neben dem Fußballplatz beten wollte, wo es zur Demonstration geraten wäre, und manches Morgengebet holt er im Zug oder im Flugzeug nach, nur die Worte, die Bewegungen des Oberkörpers und der Hände angedeutet wie die Eltern früher auf den Flügen nach oder von Iran, weil er beim Stellen des Weckers nicht daran gedacht hatte, die zehn Minuten für Gott zu berücksichtigen. Das Morgengebet betet er ohnehin erst nach Sonnenaufgang, also verspätet, das hat er schon mit sich ausgehandelt, aber dann muß es auch sein, nach dem Aufstehen, nicht erst am Vormittag, wenn er fast schon das Mittagsgebet sprechen könnte, das die Schiiten mit dem Nachmittagsgebet zusammenlegen dürfen. Gewiß fiele das Stichwort Meditation, sollte er einem Außenstehenden erklären, warum er betet, doch vermittelt es eine falsche Vorstellung. So blöd es klingt, merkt er, daß sich während des Gebets auffällig oft – und zwar nur im Stehen – die Luft im Hintern staut. Er ist nicht sicher, hält es auch für unwahrscheinlich, aber ganz ausschließen kann er nicht, daß ein Furz die rituelle Reinheit aufheben und damit das Gebet ungültig machen würde. Jedenfalls ist der Enkel die meiste Zeit weit von allem entfernt, was im Esoterikseminar Basisstufe I als Versenkung durchgehen könnte. Gleichwohl betet er gern, das merkt er, aber nicht weil es guttut, beziehungsweise tut das Gebet gerade dadurch gut, daß es nicht dafür da ist gutzutun. Es ist Pflicht, endlich einmal nicht Wellness. Was der Betende erlebt, ist nebensächlich, seine Angelegenheit. An der Klagemauer telefonieren die orthodoxen Juden mit dem Handy, während sie die Thora aufsagen. Hinter der Absperrung schwatzen die Muslime, während der

Koran zum Vortrag gebracht wird. Es gibt weitere Gründe, weswegen der Enkel das Beharren Großvaters achtet, seine Töchter in die Religion einzuweisen, der klare Monotheismus wie im Judentum, der eine personale, strenggenommen sogar jedwede Gottesvorstellung ausschließt, so daß ein Muslim oder jedenfalls ein muslimischer Mystiker auf das Wort Gott beinah verzichten könnte, das ein Name für alles ist und damit für nichts; die simple, unmittelbar zugängliche Grundstruktur des Glaubens: Gott, Mensch und Mitmensch, die keiner Gnadenakte, keines Katechismus und keiner Erleuchtung bedarf, um zu begreifen; der Vorrang der Werke vor dem Bekenntnis; der Vorrang der Barmherzigkeit vor der Nächstenliebe, die dem Enkel eine Überforderung zu sein scheint; der Vorrang der Gerechtigkeit vor der Gnade; die Welt als eine Ansprache Gottes an den Menschen, damit als ein System von Zeichen, die zu verstehen ein gemütlicher Spaziergang ebenso ermöglicht wie guter Sex. Aber der wichtigste Grund ist das Gebet selbst geworden. Der Enkel meinte es zu verrichten, weil er glaubt; jetzt merkt er, daß er glaubt, weil er es verrichtet. Es tut wohl, sich vor etwas Höherem niederzuwerfen, das kein Mensch und nicht einmal eine Vorstellung ist, anzuerkennen, daß es etwas Größeres gibt als einen selbst, als die Menschen alle, aber dafür muß man stehen, und nach der Unterwerfung muß man sich rasch wieder aufrichten, die prinzipielle Gebetshaltung nicht gebeugt, mit gefalteten Händen, sondern aufrecht, die Arme ausgebreitet, die Handflächen nach oben. Speziell am schiitischen Islam flößen Achtung ihm die Imame ein, die sich opferten und nicht andere aufopferten, ihre herzergreifenden Geschichten, die einfach auch phantastische Literatur sind, die Trauergesänge und Passionsspiele, die Großvater allerdings ablehnte; dem Enkel leuchtet noch mehr das Vernunftprinzip ein, das Großvater hochhielt und sich in einigen Kreisen der Theologie bis heute rein erhalten hat, also nicht neu entdeckt werden muß, und der Mystik nicht entgegensteht. Ihm imponieren die Kuhlen, in die der Vorbeter hinabsteigen muß, damit er sich nichts einbildet. Das hat ihm als Kind schon eingeleuchtet, wenn sie in Isfahan waren: daß der Vorbeter tiefer stehe als die, die hinter ihm beten.

»Gleich wie empört wir darauf verwiesen, ausgeschlafen zu sein, bestand Papa außerdem darauf, daß mindestens die kleineren Kinder die Mittagsruhe einhielten. Damit meine Mutter ihre Ruhe hatte, nahm er meine jüngere Schwester und mich mit in sein Zimmer, wo wir uns neben ihn legen mußten. Wir jedoch warteten nur, bis das erste Schnarchen zu hören war, um aus seinem Bett zu hüpfen. Wir zwei Teufel! Papa schlief so fest, daß wir ihm kichernd an den Augenlidern zupften oder um die Wette einen, zwei oder sogar drei Finger in seinen weitgeöffneten Mund steckten. Wenn uns bald langweilig wurde, weil er ohnehin nicht reagierte, schoben wir einen Stuhl ans Fenster – und nichts wie weg. Die Tage waren viel zu kurz, um sie mit Schlaf zu verplempern.« Ich täte der Mutter keinen Dienst, würde ich wörtlich übersetzen. Bei der Beschreibung des Hauses stützte ich mich auf meine eigene, vage Erinnerung und ansonsten auf die Phantasie, wo ich Angaben der Mutter zur Zimmeraufteilung nicht mehr durchschaute, und den Übergriff des Kochs habe ich unterm Headset wahrscheinlich auch nicht korrekt mitgeschrieben. Mama (*Mâmân*) und Papa (*Bâbâ*) nennt die Mutter fünfundsiebzigjährig ihre Eltern aber wirklich. »Damals war der Ramadan noch ein Festmonat. Wenn wir vor dem Morgengrauen geweckt wurden, sprangen wir Kinder voller Tatendrang aus dem Schlaf und freuten uns auf das gemeinsame Frühstück, das einem Mittagessen glich. Wie immer aßen wir es rund um die Tücher, die auf dem Teppich ausgebreitet wurden, je nach Jahreszeit auf der Veranda oder in der Halle. Mohammad Hassan, der die Speisen nachts zubereitete, um tagsüber zu schlafen, war der einzige im Haus, der nicht fastete. Mama hatte die Angewohnheit, als letzte zu essen. Erst servierte sie Papa, dann den anderen Verwandten und uns Kindern, schließlich den Bediensteten, die im gleichen Raum, aber auf einem eigenen Tuch aßen und immer die größten Portionen erhielten, schließlich arbeiteten sie auch. Erst wenn sie sah, daß alle zufrieden kauten und gerade niemand einen Nachschlag haben wollte, tat sie sich selbst etwas auf den Teller. Häufig waren die ersten schon satt, da hatte Mama noch nicht angefangen zu essen – eine Gewohnheit, die ich wie die meisten anderen Gewohnheiten, die guten wie die schlechten, von ihr übernommen habe. Auch mich schimpfen dann alle, warum ich nicht endlich esse, ich würde ihnen den Appetit verderben. Damals verstand ich meine Mutter nicht und ärgerte mich ebenfalls oder machte mich lustig, aber seit ich selbst Kinder habe, weiß ich, warum sie nicht mit uns mitaß. Sie wollte, daß niemand übervorteilt würde, und die guten und nicht so guten Stücke des Fleisches gleichmäßig verteilen. Wenn sie sicher sein konnte, daß alle satt wurden und es allen schmeckte, aß sie mit um so größeren Appetit.«

So glücklich, wie sie ist, daß der Sohn ihre Aufzeichnungen überhaupt ernst nimmt, kann er auch Kritik üben. Nicht erst die Übersetzung, schon der persische Text bedürfte einer entschiedenen Bearbeitung. Der Sohn vermittelte ihr einen iranischen Literaten, der sich in Heidelberg mit Gelegenheitsjobs durchschlägt. Die Mutter telefonierte zweimal mit dem Literaten, der in dem Manuskript Potential sah, bevor sie am Freitag, dem 22. August 2008, einen Rückzieher macht. Sie scheut die Investition in ein Projekt, dessen Ausgang ihr mehr als unsicher erscheint, und denkt an die junge Waise in Isfahan, die ihre Notizen so preiswert abtippt, daß es nicht so sehr ins Gewicht falle, sollte alles umsonst gewesen sein. Bevor sie dem Literaten absagt, fragt sie den Sohn, ob er ihr deswegen böse sei. – Wieso sollte ich? fragt der Sohn zurück, der unterm Headset zurückgerufen hat. Angeblich will er Telefongebühren sparen; tatsächlich hat er rasch den Absatz auf den Stand der Dinge gebracht und für den Rest die Hände frei. – Dann ist es ja gut, sagt die Mutter, ich hatte mich nur vor deiner Reaktion gefürchtet. Wieder staunt der Sohn, der seine Grobheit selten bemerkt, über das Bild, das sie von ihm hat. Obwohl er den Ausgang weniger skeptisch beurteilt, unternimmt er keinen Versuch, sie von der Zusammenarbeit mit dem Literaten zu überzeugen. Stillschweigend gibt er ihr recht: Erst muß sie schreiben, was und wie sie selbst will. Ob es einen Gebrauchswert hat, wie er es mit Blick auf den Roman nennt, den ich schreibe, wird sich später erweisen. Das Risiko, daß alles umsonst ist, sei das mindeste, das sie und jeder Autor in Kauf nehmen müsse, fügt er noch hinzu. Ohnehin nimmt er an, daß es auf ihn fallen wird, ihre Selberlebensbeschreibung einer Verwertung zuzuführen oder eben nicht. Wenn die Mutter zum Arzt muß, geht sie schließlich auch zu einem seiner Brüder. Zwar nimmt sich der Sohn vorerst nur, was das Leben seines Großvaters ergänzt. Aber wo er einmal dabei ist, poliert er ihren Text bereits. So viel Arbeit, wie er gegenüber der Mutter behauptet, ist es gar nicht.

»Während des Ramadans ging Mama mit Mah Soltan, Djahan und uns Mädchen jeden Abend aus. Den Tschador übergezogen, besuchten wir die religiösen Gesänge und Gemeinschaftsgebete, die in vielen Häusern der Stadt stattfanden. Wenn wir eintraten, wurden wir sofort zu der Hälfte des Salons geführt, in der die Frauen auf dem Boden saßen, und man brachte uns Tee und Mama eine Wasserpfeife. Die Männer saßen in ihrer Hälfte meistens auf Stühlen. Die Kanzel stand gewöhnlich in der Mitte des Salons, manchmal auch mitten zwischen den Frauen. Der Prediger rezitierte als erstes aus dem arabischen Koran und interpretierte dann die Verse auf persisch. Nach einer kurzen Predigt begann er von den Märtyrern zu singen, besonders von Imam Hossein. Seine Aufgabe bestand eindeutig darin, seine Zuhörer zum Weinen zu bringen, da das Leiden der Gläubigen Gott ehre. Erst wenn der ganze Saal heulte und wehklagte, sich die Haare raufte und rhythmisch auf die Brust schlug, konnte der Prediger den Auftritt als Erfolg verbuchen. Er mußte die Gefühlswallungen auch wieder abebben lassen, um nach einem Gemeinschaftsgebet von der Kanzel herabsteigen zu können. Nach ihm kam ein weiterer Prediger an die Reihe, und es ging wieder von vorn los. Wenn die Gläubigen merkten, daß jemand nicht besonders gut predigte, sein Gesang weniger ergriff und sie nicht so heftig weinten, standen sie einer nach dem anderen auf, um den nächsten Salon, die nächste Trauerfeier zu besuchen. Vor allem die Frauen waren rasch verschwunden, wenn der Prediger keine schöne Stimme besaß, und noch schneller, wenn er nicht gut aussah. Dem Prediger war es natürlich höchst unangenehm, wenn die ersten Gläubigen den Salon verließen, so daß er noch mehr Verzweiflung in seinen Gesang legte, damit die Trauergemeinde endlich zu weinen begann. Man wußte dann nicht recht, ob seine Verzweiflung, die sich zu panischem Entsetzen steigern konnte, den besungenen Martyrien galt oder seiner Erfolglosigkeit. Es kam vor, daß sich ein Salon innerhalb von Minuten leerte, bis nur noch der niedergebeugte Prediger mit seinen Gastgebern zurückblieb, die peinlich berührt waren und womöglich das Honorar neu verhandeln wollten. Die Prediger zogen übrigens ebenfalls von Versammlung zu Versammlung, so daß man ihnen am selben Abend oft mehrmals zuhörte. Beim zweiten oder dritten Mal ahnte man bereits, bei welchen Versen sie die Stimme anhoben oder senkten, vor welchen Schilderungen sie eine Pause einlegten, als ob es ihre Kräfte überstiege fortzufahren, welche Endreime sie mit Tremolo sangen und wo sich das Tremolo – spätestens beim Tod Hosseins – in Heulkrämpfen auflöste. Der Wirkung tat das keinen Abbruch, im Gegenteil. Je besser wir einen Gesang kannten, desto schneller reagierten wir auf seine Signale. Oft war Imam Hossein noch gar nicht tot, da schrien wir uns schon die Seele aus dem Leib vor Trauer. / Einen Prediger gab es, ich weiß nicht mehr, wie er hieß, den die Frauen besonders liebten. Er war jung, er war hübsch, und eine gute Stimme hatte er obendrein. Ganze Abende folgten wir schnellen Schrittes seinem Pferd, auf dem er von Auftritt zu Auftritt ritt, und drängten uns in die erste Reihe, wir Mädchen immer vorneweg. –

Die Gebetsversammlungen waren auch Kontaktbörsen, und die Heiratsmakler folgten uns oft von Gebetsversammlung zu Gebetsversammlung, obwohl wir erst zehn, zwölf Jahre alt waren und Mama sie fortscheuchte. Vor Kichern konnten wir uns dann nicht mehr einkriegen. Wenn wir schließlich spät in der Nacht nach Hause kamen, schimpfte mein armer Papa mit uns, der die Ramadanabende im stillen Gebet oder mit der Lektüre des Korans verbrachte. Für ihn waren solche Rituale, bei denen es nur darum zu gehen schien, wer am lautesten kreischt, nichts als Aberglauben und Volksverdummung. Kleinlaut schlichen wir in unsere Zimmer, Mama in die eine, wir Mädchen in die andere Richtung, Mah Soltan und Djahan durch das Atrium zum Trakt der Bediensteten. Am nächsten Abend zogen wir aufs neue los.« In der Abscheu, die die traditionellen – Großvater hätte gesagt: kadscharischen, also neumodischen, Riten – bei ihm hervorriefen, war er sich einig mit dem Atheisten Sadegh Hedayat, der in seinem Reisebericht aus dem Isfahan jener dreißiger Jahre eine Trauerprozession giftig kommentiert. Großmutter könnte mitmarschiert sein, eine schlanke, hochgewachsene Gestalt unterm Tschador.

»Am herrlichsten war die Zeremonie in den Opfernächten, also am 19. 21. und 23. Tag des Ramadans, die mit dem Martyrium Imam Alis zusammenfallen. Dann fand in den meisten Moscheen ein *ehyâ* statt, ein Gemeinschaftsgebet, das etwa um Mitternacht begann und bis zum Morgen dauerte. Nach der Rezitation, Übersetzung und Deutung des Korans sowie der Predigt brachte der Geistliche die Gemeinde zunächst mit dem Trauergesang in die entsprechende Stimmung. Wenn das Weinen, Wehklagen und Brustschlagen schon seinen Höhepunkt erreicht zu haben schien, erloschen plötzlich die Lichter. Der Geistliche nahm seinen Turban ab und hielt den Koran über seinen Kopf. Alle Männer und Frauen erhoben sich und breiteten die Arme mit den Handflächen nach oben aus. Dann fingen sie erst richtig an zu heulen. Jeder und jede versank ins lautstarke Zwiegespräch mit Gott, brachte alle seine Bitten und Klagen vor, bereute seine Sünden, gelobte Besserung, erflehte die himmlische Gnade und rief jeden der zwölf Imame einzeln an, Fürsprache einzulegen. Der Lärm war unbeschreiblich. Heute würde ich sagen, daß wir in einen kollektiven Rausch gerieten, in Raserei. Die Tränen flossen, die Arme kreisten, die Knie zitterten, Hände und Körper stießen im Dunkeln aneinander, ohne daß man noch mitbekam, wem sie gehörten, der Geruch des Schweißes, der einem buchstäblich den Atem nahm – bis wie auf ein Kommando die Stimmen abebbten, die Gläubigen sich beruhigten, hier und dort in der Moschee wieder die wunderschönen, die herzzerreißenden Trauergesänge einsetzten, durchsetzt nur noch von leisem Wimmern. Das waren die ergreifendsten Minuten. Die Lichter wurden wieder angezündet, auch die Singenden und Wimmernden wurden still, der Geistliche und mit ihm die Gläubigen wandten sich in Richtung Mekka und riefen laut ›Frieden sei mit dir, o Gesandter Gottes‹. Anschließend wandten sie sich nach rechts und riefen ›Friede sei mit dir, o Imam der Zeit‹. Damit war die Versammlung beendet. Ich liebte das Gemeinschaftsgebet, ich genoß die Gefühlsausbrüche, ich war verrückt nach den Gesängen. Von allen Sorgen und Kümmernissen befreit, selig gingen, nein, schwebten wir gleichsam nach Hause, wo wir Papa oft noch über den Koran gebeugt antrafen. Selbst in den Opfernächten, wenn ganz Isfahan auf den Beinen war, hielt er sein Zwiegespräch mit Gott allein auf seinem Teppich. An Gemeinschaftsgebeten nahm er nur freitags teil, und dann auch nur, um die philosophischen und spirituellen Erörterungen des Ajatollah Hadsch Agha Rahim Arbab zu hören, des berühmtesten und verehrtesten Mystikers der Stadt, und Seite an Seite mit den anderen Sufis zu beten.«

Auf die Frage, warum er sich weigere, die Meisterwerke Raffaels und der Antike auch nur zu studieren, soll Caravaggio in eine Menschenmenge gedeutet haben: Dort habe ich Vielfalt genug. Unter seinen Gemälden in Rom ragen für mich die Kreuzigungen, Verbrennungen, Ermordungen und Martyrien hervor, am höchsten die Grablegung Christi, Judith und Holofernes sowie die Kreuzigung Petri, die mich vielleicht deshalb noch ein wenig mehr schockiert, weil sie mir nicht in einem Bildband oder einem Museum begegnete, sondern in einer Kirche, wo sie in genau der Nische hängt, für die Caravaggio das Gemälde im Jahr 1600 schuf, ein paar Meter entfernt vom Campo di Fiori, auf dem Anfang desselben Jahres Giordano Bruno verbrannt wurde, und man »ohne Vorankündigung« auf sie stoßen kann, um an die Mail des Bruders aus dem Segelurlaub anzuknüpfen, vor dem Gottesdienst oder nach dem Shopping in der Fußgängerzone, zwischen Meßdienern, die schwatzend etwas von hier nach dort tragen, und Ausländern in kurzen Hosen, die beim Vorübergehen einen Blick in die Nische werfen, in der Petrus »einfach so und tschüs« gekreuzigt wird. Wie plastisch das Gemälde ist, wie geradezu aggressiv es ins Auge springt, läßt kein Bildband erahnen. Als Abbild ist es flach, in der Cerasi-Kapelle in Santa Maria del Popolo, verstärkt wohl auch dadurch, daß man es nur aus unterem, seitlichem Winkel, also eingeschränkter Perspektive betrachten kann, hingegen lebendiger als das Leben selbst oder sagen wir *YouTube*. Öffentliche Hinrichtungen von Lutheranern, Juden, Intellektuellen und anderen Häretikern waren unter Papst Clemens VII. ein beinah wöchentliches Spektakel in Rom. Wie oft wird Caravaggio in der Menge gestanden haben? Im Internet kann sich heutzutage jeder ein Bild machen, welche Gesichter Menschen machen, wenn sie hingerichtet werden. Welche Vielfalt. Die Muskelfasern, die Falten, die die Kleidung der vier Personen und rechts unten das bläuliche Tuch wirft, die Barthaare, Brustwarzen und Bauchritzen Petri, seine dreckigen Fingernägel und die beinah schwarze Fußsohle, die der untere Scherge links unten dem Betrachter genau auf Kopfhöhe hinhält, der ausgeleuchtete Hintern des Schergen, der dadurch nicht schöner wird, die Maserung des Holzes, der Glanz auf dem Nagel und der Schaufel, die physische Anstrengung, die eine Kreuzigung bedeutet, der Brotberuf, der sie nun einmal auch war – alle Welt rühmt heute Caravaggios derben Realismus, an genau dem sich die Kritiker früher stießen: Er wolle nur beweisen, schimpfte Jacob Burckhardt, »daß es bei all den heiligen Ereignissen der Urzeit eigentlich ganz ordinär zugegangen sei«. Das stimmt natürlich, denn es geht außerhalb von Heilsgeschichten und Romanzen immer ordinär zu, und zwar gerade, wo entsteht, was heilig sein wird oder Liebe. Bei der Kreuzigung Christi hat es schließlich auch keine Filmmusik gegeben. Der Vorwurf verkehrt sich in sein Gegenteil, indem er bezeichnet, wieviel mehr Caravaggio vom Heiligen begriffen hat als Jacob Burckhardt. Aber was das Bild ausmacht, ist mehr als seine ergreifende Natürlichkeit, und damit meine ich nicht einmal die Symbolik, etwa die Anordnung der vier Personen zu einem Kreuz, ihre Verschlungenheit wie zu einem einzigen Körper, die Plazierung von Rot, Grün, Blau und Gelb an je einem Ende der Balken, oder die Komposition aus Licht und Schatten, ist mehr als seine ästhetische und religionshistorische Finesse, die man vierhundert Jahre später nachlesen kann. Ich meine den Blick Petri, zu dem man zweitausend Jahre später nichts nachlesen muß. Er stirbt wie ein Mensch: ratlos, einsam, überrascht. »Der Fels« heißt Petrus übersetzt, er wurde gerettet, als er Jesus übers Wasser folgen wollte, und schaute bei dessen Verklärung zu. Ihm die Füße zu waschen, fühlte er sich nicht würdig, und schlug dem Hohepriester das Ohr ab, als Jesus verhaftet wurde. Im Hof des Kajaphas-Palastes verleugnete er Jesus dreimal, wird von den Evangelien auch sonst als durchaus wankelmütig beschrieben, von Paulus als Heuchler kritisiert und von Jesus selbst sogar als »Satan« beschimpft, »denn du meinst nicht, was göttlich, sondern was menschlich ist« (Markus 8,33), schämte sich seiner Schwächen, seiner Furchtsamkeit, seiner Zweifel so oft wie kein anderer Apostel und war dennoch der Fels, auf dem Jesus seine Gemeinde bauen wollte, »und die Pforten der Hölle sollen sie nicht überwältigen« (Matthäus 16,18). Er war der erste, der Christus auferstehen sah, und hielt die Predigt am ersten Pfingsttag, bekehrte mit dem Hauptmann Cornelius den ersten Nichtjuden, wurde in den Kerker geworfen und wieder freigelassen. Er heilte vor der Tempelpforte einen Lahmen und in Lod einen Gichtbrüchigen. Andere Kranke genasen allein durch seinen Schatten. In Jaffa erweckte er Tabitha vom Tod. Nach der Enthauptung Jacobus' des Älteren wurde er erneut in den Kerker geworfen, ein Engel erschien, die Ketten fielen, Petrus schritt ungehindert von Wächtern ins Freie und mußte am Haus der Maria, der Mutter des Johannes Markus, zweimal klopfen, weil die Magd zwar seine Stimme erkannte, aber ihren Ohren nicht traute. Er führte die Gemeinden in Jerusalem und begründete die Mission. Er soll, hier hört die Bibel auf und beginnt die Legende, bei Maria Himmelfahrt anwesend gewesen sein und mit Paulus ihre Bahre getragen haben. Er soll, wieder seine Wunderkräfte, die Hände des Hohepriester geheilt haben, die gelähmt an der Bahre hingen, weil er versucht hatte, das Begräbnis zu verhindern. Nach katholischer Lehre reiste er später nach Rom und bekehrte die Menschen vom persischen Kult zur Anrufung Christi. Das war kein gewöhnlicher Mann, der unter Nero zum dritten und letzten Mal in den Kerker kam, das war selbst in den Relationen der Apostelkataloge, die ihn sämtlich an erster Stelle aufführen, ein Mensch, wie er übermenschlicher nur ein Messias sein kann, seine Beharrlichkeit trotz der Schwäche, sein Glaube trotz der Furchtsamkeit, seine Überzeugungskraft trotz der Zweifel. Die junge Gemeinde mahnte er, die Verfolgungen freudig zu ertragen, da das Leiden der Gläubigen Gott ehre, woran Großmutter ebenfalls glaubte, hingegen Großvater nicht. Noch in der letzten Entscheidung bewies er unerhörte Demut, indem er aus Ehrfurcht bat, nicht wie Jesus gekreuzigt zu werden, sondern mit dem Kopf nach unten. Und doch starb er, selbst er, einen gemeinen Tod. »Es gibt eine wichtige, ungeheure Weltgeschichte, die der Sterbenden«, sagt Jean

Paul, »aber auf der Erde werden uns ihre Blätter nicht aufgeschlagen.« Bei Caravaggio weint Petrus nicht, er klagt nicht oder winselt gar um Gnade, aber auch auf *YouTube* wahren Menschen Haltung, die unterm Galgen oder vor Gewehrläufen stehen. Selbst Saddam Hussein hat Haltung bewahrt, wie niemand es ihm zugetraut hätte, und Madjid Kawussifar, von dem ich noch immer nicht weiß, ob er ein Märtyrer war oder nicht doch ein gewöhnlicher Mörder, lachte wie befreit, als der vermummte Polizist ihm die Schlinge um den Hals legte. Man kann auch kein Anzeichen erkennen, daß Petrus an Gottes Barmherzigkeit zweifeln würde. Was geschieht, muß geschehen, daran scheint er nicht zu rütteln, zumal er sein Ende lange vorher bereits kannte, sogar »mit welchem Tode er Gott preisen würde«, gegürtet nämlich und mit ausgestreckten Händen (Johannes 21,19). Und doch hat Petrus Angst. Das zeigt er nicht den Schergen, aber in seinem Gesicht zeichnet sich das Entsetzen ab, der offene Mund. Er bereut bestimmt nicht, Gott mehr gehorcht zu haben als den Menschen, aber vielleicht bereut er ein wenig seinen Mut, sich mit dem Kopf nach unten kreuzigen zu lassen, die Schmerzen müssen ihn jetzt schon zerreißen, ihm schwindelt, wie an den Augen zu erkennen ist, und gleich schießt ihm auch noch alles Blut in den Kopf. Wahrscheinlich wird er sich übergeben müssen, Herr Burckhardt. Er ist überrascht, das ist vielleicht der stärkste Eindruck, trotz aller Einsicht, allem Wissen und einem Glauben, der buchstäblich Berge versetzt, kann nicht einmal er es fassen, jetzt sterben zu müssen, so sterben zu müssen, deshalb wohl hebt er noch den Kopf, um sich zu versichern, daß es tatsächlich ein Nagel ist, der seine Hand durchbohrt. Es ist zugleich ein letztes, instinktives und sinnloses Zucken, um der Schwerkraft zu entgehen. Petrus, der Fels, ist ein Mensch. Diese Wahrheit offenbar werden zu lassen, die jeder weiß und nirgends steht, genügt kein Naturalismus, keine Photographie und nicht einmal das bloße Auge. Du kannst sie nur erleben.

Die Gründe für die Absicht des Romanschreibers, von allen Menschen Zeugnis abzulegen, die ihm auf Erden fehlen, sind in dem Roman, den ich schreibe, vielfältig, wenngleich nicht spektakulär, eine Häufung von Trauerfällen in seiner Umgebung, Schuldgefühle gegenüber Verstorbenen, ein mißlungener Versuch, den spezifischen Schock des Todes in einer konventionellen literarischen Form zu erfassen, gewiß auch der Eindruck, daß sein eigenes Leben aus den Fugen geraten ist, die Liebe am

Boden, zugleich die Frau und so weiter. So existentiell die Gründe dem Romanschreiber erscheinen, sind sie für die Poetik des Romans, den ich schreibe, nicht der Rede wert, gibt es doch, wie Jean Paul sagt, »keine fragende Brust in dieser runden Wüste, zu welcher nicht irgend einmal der Tod träte und antwortete«. Bemerkenswert ist allenfalls, weil es auf eine psychologische und literaturgeschichtliche Konstante hindeutet, daß sich die Frage nach dem Tod auch dem Romanschreiber so grundlegend stellt, als er gemäß der durchschnittlichen Lebenserwartung seines Jahrgangs, Erdteils und Geschlechts jene »Hälfte des Lebens« erreicht, über die Hölderlin sein berühmtestes Gedicht verfaßte. Im *Hyperion* heißt es: »O ihr Armen, die ihr das fühlt, die ihr auch nicht sprechen mögt von menschlicher Bestimmung, die ihr auch so durch und durch ergriffen seid vom Nichts, das über uns waltet, so gründlich einseht, daß wir geboren werden für Nichts, daß wir lieben ein Nichts, glauben ans Nichts, uns abarbeiten für Nichts, um mählich überzugehen ins Nichts – was kann ich dafür, daß euch die Knie brechen, wenn ihrs ernstlich bedenkt? Bin ich doch auch schon manchmal hingesunken in diesen Gedanken, und habe gerufen, was legst du die Axt mir an die Wurzel, grausamer Geist? und bin noch da.« Nun hat nicht Hölderlin, der ein ganzes Drama über den Tod schrieb, sondern Jean Paul, den man eher für seine Idyllen, seine kauzigen Helden und seinen putzigen Humor kennt, deutlicher als jeder andere deutsche Schriftsteller das Wissen um die eigene Endlichkeit, die Qual des Sterbens und die Unmöglichkeit, über den Tod hinauszusehen, als Ursache für das Bedürfnis des Menschen empfunden, etwas Unendliches, Ewiges, Göttliches zu postulieren. Daß die Totenglocke klingelt, wenn einer von uns gemacht wird, wie es im *Siebenkäs* heißt, ist ein oder sogar *das* eine Motiv, das sich durch sein gesamtes Werk zieht, am prominentesten im *Siebenkäs* selbst mit der ungeheuerlichen Rede des toten Christus, der Gott anruft, den es nicht gibt: »Schaue hinunter in den Abgrund, über welchen Aschenwolken ziehen – Nebel voll Welten steigen aus dem Totenmeer, die Zukunft ist ein steigender Nebel, und die Gegenwart ist der fallende. – Erkennst du deine Erde?« Es müsse ein Stück von der andern Welt in diese mit hereingemalt werden, damit sie ganz und gerundet werde, sagt Leibgeber bereits im zweiten Kapitel, ich muß die Stelle im Gepäckwagen des *CityNightLiners* nach Hamburg-Altona übersehen haben, und so geht mir erst im Blick vom *Leben des Quintus Fixlein* zurück auf die bisherigen Bände der Dünndruckausgabe auf, wie genau und verwinkelt sich in der Einsamkeit Christi die Einsamkeit aller Menschen reflektiert, etwa die Einsamkeit Firmian Siebenkäs' nach einem Abschied, den Jean Paul mit allen Farben eines Liebestods schildert: »Nein, nein, ich hab' es schon gewohnt, daß in der schwarzen Magie unsers Lebens an der Stelle der Freunde plötzlich Gerippe aufspringen – daß einer davon sterben muß, wenn sich zwei umarmen, daß ein unbekannter Hauch das dünne Glas, das wir eine Menschenbrust nennen, bläset, und daß ein unbekannter *Schrei* das Glas wieder zertreibt.« Noch konzentrierter auf das Thema des Todes, genauer gesagt: die Angst vorm Sterben, ist der *Quintus Fixlein*, den Jean Paul unmittelbar vor der Arbeit am *Siebenkäs* beendete. An Pessimismus übersteigt insbesondere die Erzählung vom »Tod eines Engels«, die dem Roman als Prolog vorangestellt ist, sogar die Rede des toten Christus, insofern sie die Verlorenheit des Menschen in keinen metaphysischen Zusammenhang rückt. Nachdem sich sein Wunsch erfüllt, einmal zu sterben wie ein Mensch, ruft der Engel: »O ihr gedrückten Menschen, wie überlebt ihr Müden es, o wie könnt ihr denn alt werden, wenn der Kreis der Jugendgestalten zerbricht und endlich ganz umliegt, wenn die Gräber eurer Freunde wie Stufen zu euerem eignen hinuntergehen, und wenn das Alter die stumme leere Abendstunde eines erkalteten Schlachtfeldes ist, o ihr armen Menschen, wie kann es euer Herz ertragen?« Die Gräber unsrer Freunde wie Stufen zu unserem eigenen hinuntergehen – das ist mehr als Becketts biblische Einsicht, daß Leben nur Sterben ist, das ist viel kleinmütiger und daher wahrhaftiger aus der Sicht des Menschen gesprochen. Nicht *das* Leben ist Sterben, sondern *meins*. In keiner anderen Vision der deutschen Literatur ist der Tod so erbärmlich auf den individuellen, weder religiös noch gesellschaftlich oder philosophisch verallgemeinerten, konkret körperlichen, unmittelbaren, nackten und damit urmenschlichen oder vielmehr tierischen Schrecken reduziert, vernichtet zu werden. Eine Idylle ist *Quintus Fixlein* nur, damit sie zerspringt. Im Unterschied zu den längeren Werken hat der Roman nur einen Pfad, auf den Jean Paul von seinen Abschweifungen zurückkehrt, das nicht eben aufregende Leben eines Lehrers, der es dank glücklicher Umstände in einer Kleinstadt namens Flachsenfingen zum Pfarrer bringt. Das heißt, aufregend ist es schon, allerdings nicht, weil viel passiert, sondern weil es Egidius Zebedaus Fixlein (mit einem Allerweltsnamen wie Meister oder Moor speist Jean Paul keinen Helden ab), weil es Quintus Fixlein vor dem Tod graut, der bisher alle männlichen Mitglieder der Familie mit zweiunddreißig Jahren ereilte. Das Leben ist aufregend nur für ihn, und genau hierin liegt seine Wahrheit. Durch die denkbar einfachste, weder ausgeführte noch begründete Behauptung, daß der Held, an dem gerade nichts bemerkenswert scheint, zur Hälfte der durchschnittlichen Lebenserwartung seines Jahrgangs, Erdteils und Geschlechts sterben wird, erzeugt Jean Paul jene Spannung, die der langweiligste Trott noch für den hat, der ihn auf Erden geht. Normalerweise will ein Roman, daß man mit dem Helden bangt und leidet. Im *Quintus Fixlein* bangt und leidet jemand, aber man ist davon so betroffen, wie wenn man von der Unterhaltung am Nebentisch eines Restaurants zufällig einen Schicksalsschlag aufschnappt. Es hat nichts mit mir zu tun, es ist nur mein Nachbar; sobald ich die Rechnung bezahlt habe, gehe ich nach Hause und werde dem Getroffenen nie wiederbegegnen. Nirgends habe ich das Mißverhältnis besser ausgedrückt gefunden von dem, was dem einen das Existentiellste, den übrigen hingegen notwendig gleichgültig ist. In einer Rundmail scheinbar an alle Adressen seines elektronischen Verzeichnisses, die mich am Sonntag, dem 7. September 2008, um 20:35 Uhr erreicht hat, verabschiedet sich jemand, dessen Name ich nicht einzuordnen weiß, mit dem ich vermutlich nur ein einziges Mal korrespondierte, ohne mich an den Anlaß zu erinnern, vorsorglich von allen Freunden und Bekannten, da er vor einer Behandlung stehe, die er womöglich nicht überlebe. Es geht mich nicht mehr an als am 28. April desselben Jahres die Nummer neun meine Mitteilung, an Krebs erkrankt zu sein, nur daß die Nummer neun spontan o Gott ausrief, sie müsse auch mal wieder zur Vorsorge. So unangenehm der Nummer neun selbst die Reaktion war, so emsig sie sie durch Nachfragen relativierte, ich nahm ihr den Affekt nicht übel, im Gegenteil, geradezu dankbar war ich, etwas Ehrliches aufblitzen zu sehen, die unverstellte Ansicht, wie wenig das eigene Schicksal schon für den Nachbarn zählt. Wäre ich nicht zufällig ich, hätte die Mitteilung, an Krebs erkrankt zu sein, für mich genauso wenig gezählt. In den *Biographischen Belustigungen*, die im selben Jahr wie der *Quintus Fixlein* entstanden und zunächst ganz und gar unlustig »das Bild eines kränklichen fieberhaften Herzens« weitermalen, ohne sich um eine Historie zu scheren, bemerkt Jean Paul, daß der Mensch keine Vernunft annehme: einen einzelnen Friedhof zu sehen gehe ihm ans Herz, wo er doch wisse, daß die ganze Erdkugel gleichsam mit Begrabenen überbaut sei »und es einen Jammer gebe, den unser Mitleiden nicht umreichen kann, eine unabsehliche wimmernde Wüste, vor der das zergangne Herz zerrinnt und erstarrt, weil es nicht mehr *Gequälte*, sondern nur eine weite namenlose *Qual* erblickt«. Mitleiden setzt voraus, vor dem meisten, nein, an so gut wie allem Leid unbeteiligt vorüberzugehen – daß prinzipiell vorübergegangen wird.

Soweit sie getippt sind, könnte der Sohn die gesamten Aufzeichnungen der Mutter verwenden. Indem sie ihre Kindheit beschreibt, beschreibt sie zugleich das Leben seines Großvaters, etwa das dreizehntägige Neujahrsfest zu Beginn des Frühlings, *Nouruz*, dessen Heiterkeit den Ausgleich zu den kathartischen Trauerritualen bot. An den Tagen zuvor wurde das Haus gründlich gereinigt, Großmutter nähte bis in die Nacht an ihrer sensationellen *Singer*, und der Duft der Plätzchen und Süßspeisen versetzte die Kinder, wie alle Kinder, in einen Taumel der Vorfreude und Erwartung. Am Neujahrstag schmückte Großmutter das Haus mit Blumen, verteilte die Körbe mit Obst sowie die Silberschalen mit Süßspeisen auf den Tischen und kleidete meine Mutter und ihre Geschwister von Kopf bis Fuß neu ein. Das *haft sin*, also das Tischchen mit sieben (*haft*) Speisen und Gegenständen, die mit dem Buchstaben *sin* beginnen, bestand damals wie heute aus *sabzeh* (ein Teller mit aufgegangenen Linsensprossen), *samanu* (eine braune Paste aus Weizen), *sir* (Knoblauch), *serkeh* (Essig), *somagh* (ein braunes Gewürz, das dem holzigen Aroma des Grillfleisches eine säuerliche Nuance verleiht) und *sib* (Apfel). Außerdem gehörten auf den Tisch, den die kostbarste Decke des Hauses schmückte: eine Hyazinthe, die Fruchtbarkeit symbolisiert, einige Goldmünzen (Wohlstand), ein Spiegel (Reinheit), eine Kerze (Feuer), ein bemaltes Ei (Fruchtbarkeit), ein Goldfisch im Glas (Glück) und ein Buch, in dem sich die höchste Weisheit manifestiert (in religiösen Familien der Koran, in den eher weltlich ausgerichteten Familien der *Diwan* von Hafis, bei den Armeniern die Bibel und so weiter). Eine Schale mit den traditionellen Isfahaner Süßigkeiten, eine weitere Schale mit Pistazien, Nüssen und getrockneten Früchten sowie eine Karaffe mit Rosenwasser vervollständigten das *haft sin*. Zum Jahreswechsel, auf welche Stunde des Tages oder der Nacht er auch fiel, versammelte sich die Familie im Salon, den die Kinder sonst nie betraten, und hörte im Radio, wie erst die Minuten, dann die Sekunden abgezählt wurden. Mit dem Gongschlag von Radio Teheran erhob Großvater seine vertraute Gebetsstimme, worauf Großmutter und die Kinder in die arabische Rezitation einfielen. Alle umarmten sich und küßten sich gegenseitig (auch die Großeltern?), bevor die Mutter und ihre Geschwister die Geschenke entgegennahmen, meistens Silber- und Goldmünzen, für die sie sich bei den Großeltern mit einem Handkuß bedankten (also doch). Anschließend besuchte die Familie Hadschiyeh Esmat, Großvaters Mutter, um ihre Hände zu küssen (alle) und die Geschenke zu erhalten (die Kinder), zog weiter zu Großmutters Eltern (dasselbe Ritual) und danach zu allen anderen Verwandten (ab hier keine Handküsse, nur Geschenke), erst die älteren Verwandten, dann die jüngeren, erst die nahen, dann die fernen. Die gesamten dreizehn Tage bestanden aus Besuchen und Besuchern, aus reichlich Essen, literweise Tee, köstlichen Süßigkeiten und für die Kinder aus Spielgruppen in immer neuen Konstellationen. Am dreizehnten Tag stand wie heute noch in allen iranischen Familien das obligatorische Picknick im Grünen an, bei dem man das *sabzeh* in den Fluß wirft. Die Mutter erwähnt Großvater im Zusammenhang mit Nouruz nur das eine Mal, wo sie notiert, daß er zum Jahreswechsel Gebete sprach (mit Sicherheit lag auf dem *haft sin* der Koran); mir jedoch ist wichtig zu notieren, daß sein Leben nicht nur aus dem Beruf und bedeutenden Aktivitäten wie der Pilgerreise oder der Kandidatur fürs Parlament bestand, sondern auch aus dem Selbstverständlichen wie *Nouruz*, das heute in Iran genauso gefeiert wird wie in den dreißiger Jahren des vergangenen Jahrhunderts, sieht man von den Handküssen ab, mit denen zwar nicht mehr den Eltern, aber den Großeltern Respekt erwiesen wurde, von den Großfamilien, die für immer neue Spielgruppen sorgten, und den Innenhöfen, in denen die Kinder Fangen spielten. Heute wohnt man als Kleinfamilie in Apartments und sind auf den Straßen zu viele Autos, um die Kinder vor die Tür zu lassen, und wenn nicht zu viele Autos, dann zu viele Kriminelle, Drogensüchtige und Sittenwächter; heute schauen sich die Kinder meistens Videos an, amerikanische Comics oder Actionfilme, und zwar so laut, daß die Erwachsenen brüllen müssen, um sich gegenseitig zu verstehen – nein, nicht ganz so schlimm oder nicht immer, dennoch vermag ich mir beim besten Willen nicht vorzustellen, welchen Zauber die Menschen in fünfzig, sechzig Jahren beschwören, wenn sie sich an ihre Kindheit in Iran zu Beginn des einundzwanzigsten Jahrhunderts und speziell die Neujahrsfeste erinnern. Sie werden schon fündig werden, wie die Menschen immer fündig wurden, um die Vergangenheit zu preisen.

Auch die Freitage im Park von Onkel Oberstleutnant, wie alle ihn nannten (*ammu sarhang*), dem Mann von Großmutters Schwester Badri, der seine Soldaten mit dem Jeep schickte, um Großmutter und die Kinder abzuholen, gehören zu Großvaters Leben, obwohl er fast nie daran teilnahm. Onkel Oberstleutnant war ein Mensch, der zu singen verstand, zu feiern und bestimmt auch zu trinken; er spielte wunderbar Laute, riß zotige Witze, war immer der erste auf der Tanzfläche und protzte ein bißchen mit den Jeeps, über die er verfügte. Indessen mochte er mit seinen Talenten, Späßen und Mitteln die Frauen und Kinder der Familie noch so sehr für sich einnehmen, Großvater beeindruckte er damit nicht, der in seiner Ernsthaftigkeit und wohl auch Steifheit das Gegenteil von Onkel Oberstleutnant war. Ob Großvater sich freute, seine Ruhe zu haben, oder es ihn insgeheim doch kränkte, daß seine lebenslustige, hübsche, zehn oder fünfzehn Jahre jüngere Frau es freitags vorzog, bei einem Bahai zu feiern, obendrein Offizier des Schahs? Oft beschwerte er sich, daß die Schwägerin sich wegen Onkel Oberstleutnant ebenfalls dem Bahaismus zugewandt habe, und forderte Großmutter auf, in ihre Schwester zu dringen, damit sie auf den geraden Pfad zurückkehre. Das gehört doch zum Leben Großvaters, selbst wenn ihn die Mutter in dem Abschnitt gar nicht erwähnt oder nur seine Mahnungen. Selbst seine Abwesenheit gehört dazu. Ebenso könnte ich ihre Schulzeit seinem Leben zusprechen oder vorher noch die Tage im Badehaus, auch wenn die Mutter sie natürlich mit Großmutter und den Tanten verbrachte, aber es war das gleiche Badehaus, das frühmorgens und abends für die Männer geöffnet war und wahrscheinlich eine ähnliche Waschprozedur, wenn Großvater mit meinen Onkeln badete. Ja, wenigstens von den Badetagen sollte ich berichten, die besonders gewesen sein müssen auch in Großvaters Leben, wenngleich nicht mehr am Donnerstag, dem 11. September 2008, um 0:45 Uhr, wiewohl ich mir wieder angewöhnt habe, nachts zu arbeiten wie der ältere Herr Bachtiar im Internat der Amerikanischen Schule, weil auch in unserem Aufenthaltsraum tagsüber zuviel los ist mit der Frau Gott sei gepriesen zurück in Rom und beiden Kindern, dazu die dreiflügelige Tür stets offen. In vierzehn Stunden fliegt der Enkel nach Köln, um zu erfahren, ob das Carboplatin gewirkt hat. – Wieso ob? fragte der Enkel am Telefon entsetzt: Sie sagten doch, die Dosis wirkt zu hundert Prozent. – Ist nicht schlimm, wenn nicht, antwortete der Uroonkologe, dann bekommen Sie eine andere Chemotherapie. Erst seit er so beruhigt wurde, ist der Enkel unruhig: Er muß doch nicht gleich sterben, um etwas

»schlimm« zu finden. 1:02 Uhr jetzt. Die Beschreibung des Badetags zieht sich über zwei der dreiunddreißig Seiten hin, die die Mutter den Jahren bis zum Sturz des Premierministers Mossadegh widmet, immerhin den ersten zwanzig Jahren ihres Lebens – angemessener als Großvaters Gewichtungen ist das auch nicht –, läßt sich allerdings gut raffen und hilft vielleicht, den Gedanken an neuerlichen Fischgeschmack, Krämpfe beim Stuhlgang und Niederlagen im Fußball zu vertreiben: »Bereits am Tag zuvor widmete sich Mama der Reinigung der Waschschüsseln, die sie zusammen mit einem runden Messingtablett und ein wenig Proviant zum Badehaus vorausschickte. Wir gingen immer morgens baden, also Mama, meine kleine Schwester, eine Dienerin und ich. Zunächst betraten wir einen großen überdachten Innenhof, von dem aus wir einige Treppen hinabstiegen. Unten liefen wir durch einen kurzen Gang und wieder eine Treppe hinauf zum Empfang, wo uns der Chefbademeister vor der Umkleide begrüßte. Die Umkleide hatte in der Mitte ein Becken und an allen vier Wänden eine breite Balustrade aus Marmor, auf denen bereits unsere Schüsseln und die Badetücher lagen. Nachdem wir uns ausgezogen hatten, gingen wir an Mamas Hand ins Bad, wo mir jedesmal unheimlich war, bis sich meine Augen nach einigen Minuten an den Dampf und das trübe Licht gewöhnten. Abgesehen von den Bademeisterinnen, die einen kleinen Umhang trugen, waren alle Frauen nackt. Während wir uns mit Eimern gegenseitig das warme Wasser über Kopf und Leib schütteten, wechselte Mama mit ihrer privaten Bademeisterin die Begrüßungsfloskeln und üblichen Fragen nach dem Befinden aus. Gewöhnlich hatten Mamas Freundinnen ebenfalls ihre Töchter dabei, mit denen wir in einem fort quasselten und uns gegenseitig bespritzten. Wenn unsere Haut durch das warme Wasser und den Dampf weich genug geworden war, begann Mamas Bademeisterin, uns nacheinander zu waschen. Sie schrubbte uns am ganzen Körper mit den groben Schwämmen und den Bleiweiß ab, das wir mitgebracht hatten. Wie Mama zu sagen pflegte, schrubbte sie uns eine ganze Lage überflüssiger Haut ab. Danach seifte die Bademeisterin uns von Kopf bis Fuß ein, und die Schrubberei begann von vorn, um auch die zweite Lage zu entfernen. Zum Schluß wusch sie uns warm ab und massierte uns noch. Wenn alle fertig waren, gingen wir in einen anderen Saal mit einem tiefen Becken, in das Mama sich hineinstellte. Die Bademeisterin reichte ihr meine Schwester und mich, damit sie uns mit der Basmallah auf den Lippen, »Im Namen Gottes, des Erbarmers, des Barmherzigen«, für das *ghosl* ins Wasser tauchte, die rituelle Waschung des ganzen Körpers. Danach durften wir nichts mehr berühren. Auf Zehenspitzen gingen wir zur Ankleide weiter, wo wir in dem Becken noch einmal unsere Füße abwuschen. Dieses Programm dauerte einige Stunden. Obwohl wir schon im Bad von den Knabbereien in der Proviantasche gegessen hatten, waren wir jedesmal sehr hungrig, wenn wir uns angezogen hatten. Schließlich war es schon spät, und die Bademeisterinnen aßen mit Appetit ihr Mittagessen. So ärmlich es anmutete, ein paar Salatblätter, Essig, einige Brocken Brot, lief uns das Wasser im Mund zusammen. Die Bademeisterinnen, die bemerkten, wie wir Kinder auf ihr Essen starrten, fragten Mama um Erlaubnis, uns einige Bissen zu reichen. Dieses bißchen Salat mit Essig und Brot war mir in dem Augenblick die liebste, die leckerste Speise der Welt.« Die Mutter beschreibt im folgenden ausführlich die Armut jener Tage, was ich bei der ersten Lektüre nicht richtig wahrgenommen habe. Um 2:23 Uhr sollte ich die Passage noch aufnehmen, wenigstens eine Zusammenfassung, um der Mutter Gerechtigkeit widerfahren zu lassen: »Wenn ich heute an jene Tage denke, dann führe ich mir das Leben der Menschen vor Augen, ihre vergilbten, sonnengegerbten Gesichter, die Müdigkeit in ihren Augen, die schmächtigen, schlechtgenährten Leiber, ihren kargen Lohn, obwohl sie bis zur Erschöpfung schufteten, zum Beispiel diese Bademeisterin, die unsere Körper stundenlang schrubbte, einseifte, abwusch, massierte, die uns unter größter körperlicher Anstrengung vom Staub und Schmutz des Alltags befreite, so daß wir fröhlich, ja wie neugeboren in unsere feudalen Häuser zurückkehrten, wo uns ein leckeres, reichhaltiges Mittagessen erwartete, ja, ebendiese Bademeisterinnen, die auf dem Boden hinter der Empfangstheke ihr Tuch ausgebreitet hatten, um sich mit einem Brocken Brot und ein paar Salatblättern in Essig für die zweite Hälfte ihres Arbeitstages zu stärken. Ich denke an die schwarzgesichtigen Lorenfrauen, die mit ihren Kindern an der Hand und dem Baby auf dem Arm an unsere Haustür klopften und sich vor Freude kaum beruhigten, wenn sie im Hof das trockene Laub aufsammeln durften und mit dem Lohn ihre Kinder für einen Tag satt bekamen, ich denke daran, wie sich die Lorin und bis auf das Baby alle ihre Kinder in den abgerissenen Kleidern voll Eifer an die Arbeit machten, während wir unter den Bäumen ein Buch lasen oder für die Prüfung lernten, und dann hob die Lorin den gewaltigen Sack auf den Rücken, um das Laub fortzuschaffen, und ich wunderte mich jedesmal, wie sie das nur schaffte, woher sie die Kraft nahm, wohingegen sie meiner Mama nicht oft genug, nicht laut genug danken konnte. Ich denke an Papas Bauern, die ihre Kranken auf einem Esel in die Stadt brachten, im Sommer wie im Winter bei uns Zuflucht nahmen in der Hoffnung, ihre Angehörigen würden geheilt, und froh waren und Dankgebete aussprachen für jede Aufmerksamkeit, jede Tablette, jeden Rest unserer Mahlzeit, den die Dienerinnen in die beiden Zimmer am Eingang trugen. Ich erinnere mich an die Waisenkinder, viele von ihnen behindert, die Mama aus den Dörfern mitbrachte, um sie im Badehaus mit ihren eigenen Händen zu waschen, ich sehe, wie sie nackt vor uns standen und von Kopf bis Fuß mit DDT eingesprüht wurden, um die Läuse abzutöten, und ihre Lumpen faßten selbst die Bademeisterinnen nur mit ausgestreckten Fingern an, um sie wegzuschmeißen, und wenn Mama die Mädchen neu eingekleidet hatte, durften sie uns nach Hause begleiten und konnten es kaum fassen, daß sie an der Tafel des Gutsbesitzers essen und mit seinen Kindern spielen durften, und nach fünf Minuten kehrten sie zu Mama zurück, um zu fragen, wie sie helfen, welche Arbeit sie verrichten könnten. Dann denke ich an einen meiner Bekannten, der im Leben alles erreicht hat, was man sich gewöhnlich wünscht, Wohlstand, eine gesunde Familie, Anerkennung, aber mir von seiner Traurigkeit, seiner Verzweiflung und Bitternis erzählte, daß sich alles doch nicht gelohnt habe, er stecke in einem dunklen Loch, aus dem er sich nicht befreien könne, und ich zweifele dann an Gottes Tun und begreife Seine Weisheit nicht mehr.«

In der leeren Wohnung eingetroffen, findet er um 19:08 Uhr desselben Tages eine Mail aus Srinagar vor: »Hallo / This is the real situation on the ground«, meldet sich der Bootsherr: »I hope you are fine and doing well. I am writing this email just to bother you about the prevailing circumstances of Kashmir.« Ein paar Orte hat der Berichterstatter gefunden, die allen Lobeshymnen, Besuchermassen und Postkarten, ihrer eigenen Ikonolatrie standhielten. Die unzähligen Beschreibungen und Bilder vor Augen, hatte er sich bereits die Gründe zurechtgelegt, um die zwangsläufige Enttäuschung abzumildern, und dann war er vom ersten Anblick an doch so verzaubert, als habe niemand vor ihm das Wunder gesehen, ja, als sei er der Entdecker, und mochten ringsum noch so viele Touristen in kurzen Hosen schnattern, noch so viele Gruppen sich zum Photo aufstellen oder Diktatorenposter auf die unfreundliche Gegenwart verweisen. In Venedig ging es ihm so, am Tadsch Mahal, vor den Skulpturen Berninis in der Galeria Borghese oder jedesmal, wenn er den Schah-Platz in Isfahan betrat – und in Kaschmir. Dutzend-, vielleicht hundertfach hatte er aufgeschnappt, daß das Tal ein Paradies auf Erden sei, schon in der klassischen persischen Poesie, in alten Reiseberichten, allen Reiseführern und in beinah jedem dritten Artikel, der in seiner Archivmappe lag. Und dann war es tatsächlich das Paradies mit tiefgrünen Wiesen, riesigen Laubbäumen, vielfarbigen Seen, märchenhaften Gärten, den weißen Gletschern ringsum, der Anmut seiner Menschen und Schönheit der buntgekleideten Frauen, ja, das Paradies, wie man es aus den Offenbarungen kennt, als habe Gott den Gerechten nicht etwas Himmlisches verheißen, sondern ein Tal auf anderthalbtausend Meter Höhe, nördlich von Indien, östlich von Persien, westlich von China, südlich von Rußland, um möglichst viele Weltreiche zu inspirieren. Nicht bedacht (im besten Fall) hat Gott, daß Inspirationen in der Weltpolitik meistens Kriege zur Folge haben.« Since yesterday 17 people have been gunned down by Indian Security forces in Kashmir valley 5 yesterday and 12 today. They were not terrorists but unarmed civilians and 150 people have been injured. Military has been firing upon people in SMHS hospital where injured were being taken for cure. Hospitals are unable to cope with the pressure of injured patients. Indian military forces are molesting women after entering homes they are beating women, all this is happening in the largest democracy of the world. While the funeral processions were being carried out more Kashmiris unarmed and civilians were gunned down. Their funeral processions will be carried out tomorrow. Kashmir is a symbol of domestic crisis of Indian state where military is used not for external defense but for repression of civilian masses whom India perceive not as its fellow citizens but as the ›other‹. As a Kashmiri I just feel it my duty to inform you about the kind of normalcy that is prevailing here. Jammuites have done the blockade of Kashmiri valley for last 42 days and believe me there is nothing available in the valley. We are drinking Kahva tea without milk. The way circumstances are I feel compelled to call for peace in the world. I have never felt so depressed in last 20 years as I am feeling these days just because of the prevailing circumstances. I am also quite sure of the fact that one day Indian state will be ashamed of its atrocities committed to innocent Kashmiri masses. People living abroad try to associate the spiritual image of Indian State. They all must come to Kashmir.

Just soldiers patrolling on every street. Out of 14, 10 districts of J & K are under curfew. There is a chilling silence in the air and even non-living things of this valley are sad.«

Die Cousine in Isfahan fragt nach dem Buch, in dem der Cousin aus Deutschland über ihre verstorbene Mutter geschrieben hat, die Frau von Taghi Madani, den das neunte Kapitel des Romans bedenkt, den ich schreibe. Die Cousine habe einiges gehört und sich jedes Kommentars enthalten. Erst wolle sie es von ihm wissen. Vielleicht um Zeit zu gewinnen für die Ordnung seiner Gedanken, setzt der Cousin mit einer allgemeinen Bemerkung über die Schwierigkeit des Autors an, auf eigene Erfahrungen zurückgreifen zu müssen, die zugleich die Erfahrungen anderer seien und ihm deshalb nicht gehörten. Er sei ein Verräter, selbst wenn und gerade wenn er es verberge. Wer hingegen die Menschen beim Namen nenne, stelle sich dem Gericht auf Erden. Sie könne kein Deutsch, dennoch möge sie ihm glauben, daß alles, was er über Tante Lobat schrieb, das Gegenteil des Ehrenrührigen sei, das vollständige Gegenteil. Tante Lobat sei ihre Mutter, ja, aber ihr Sterben existentiell auch für sein Leben gewesen. Er spricht von der Verzweiflung ausgerechnet der Gerechtesten in der sufischen Literatur und geht auf Hiob ein, dessen Erfahrung nichts Fernes sei, vielmehr bezeugt von jedem, der Tante Lobat am Schluß sah. Hier hebt der Onkel mütterlicherseits, der mit der wesentlich jüngeren Cousine väterlicherseits verheiratet ist, zu einem Referat über das Hiobsmotiv bei Saadi und Hafis an. Gegen alle Gewohnheit sagt die Cousine ihrem Mann, nein, befiehlt sie ihm, den Neffen und Cousin ausreden zu lassen. Dem Neffen und Cousin tut es leid, weil der Onkel bereits am Abend zuvor bei einer der üblichen Geselligkeiten nicht ausreden durfte, an denen er stumm, manchmal wie abwesend teilnimmt (manchmal nickt er auch ein), es sei denn, er kommt mit einem der Verwandten ins Zwiegespräch (der Neffe bietet sich jedesmal an) oder hält einen seiner Monologe, die sich fast immer auf ein Buch beziehen, das er gerade oder vor ein paar Jahren gelesen hat (der Neffe soll es sich für seine Arbeit unbedingt besorgen). Deshalb fühlte der Neffe mit, als gleich am nächsten Morgen erneut jemand dem Onkel ins Wort fiel, aber ändern konnte er es auch nicht, nicht einmal der Form nach widersprechen, da die Cousine recht hatte und es jetzt wichtiger war zu hören, was er zu sagen hatte, der Cousin und Neffe, als über das Hiobsmotiv in der persischen Literatur unterrichtet zu werden. Der

Cousin und Neffe sagte also, daß Tante Lobat ihm wie Hiob vorgekommen sei, eine Gerechte, deren Leid zu übermächtig geworden, um es weiter mit Geduld zu tragen, in ihren Blicken jene zornige Klage, die Gott denen zubilligt, nur denen, die Ihm am nächsten stehen. Später saßen sie zu einem frischen Sauerkirschsaft noch immer um den Sofatisch in der Diele, die auch heute in den meisten iranischen Häusern das eigentliche Wohnzimmer ist, hingegen das Wohnzimmer den größeren Geselligkeiten und vornehmeren Gästen vorbehalten; später hörte der Onkel immer noch zu, ohne einen Kommentar zu wagen oder weil das Gespräch ihn wirklich interessierte; später fing die Cousine zu erzählen an: Im Verlaufe von sechs Jahren war Tante Lobat zum Geist geworden. Eine nach der anderen setzten die Funktionen ihres Körpers aus, bis außer dem Gehirn nur noch die Nerven übrigblieben, der Verstand und die Empfindungen. Ihre Nahrung bestand täglich aus einem halben Teelöffel Nichts. Oft verweigerte sie den Teelöffel, sie wollte sterben. Drei großflächige Wunden hatte sie am Körper, deren Eiterung sich nicht verhindern ließ. Die Cousine konnte die Knochen sehen, die entzündeten Knochen, so tief waren die Wunden. Nachts klingelte sie den Hausarzt aus dem Schlaf. Er könne wieder Antibiotikum verschreiben, sagte der Hausarzt, als er sich kurz darauf die Knochen ansah, aber dieser Körper wolle nicht mehr, dieser Körper sei am Ende. In dieser Nacht entschied die Cousine, daß sie für Tante Lobat nichts tun könne, als sie sterben zu lassen. Den Tod herbeizuführen schied für die Cousine aus, obwohl sie über die Möglichkeit mehr als einmal nachdachte, nein, fast jede Sekunde nachdachte, wie sie sich berichtigte. Das durfte sie nicht, sosehr ihre sprachlose Mutter darum zu bitten schien, diese letzte Entscheidung war Gott vorbehalten … Jetzt, da der Cousin diese Sätze aus den Stichwörtern in seinem Notizbuch rekonstruiert, ein halbes Jahr später in einem Hotel in Verona, wo er um 17 Uhr den Vortrag über Kafka wiederholen soll, den er in Deutschland dem Präsidenten vortrug, 14:32 Uhr am 14. September 2008, schießen ihm die Tränen in die Augen, so daß er unterbrechen muß oder von etwas anderem schreiben: Nicht Maria, die in den Himmel gefahren ist, interessiert Tizian, vielmehr das je individuelle Staunen der Menschen, die das leere Grab finden. Diese fünf oder sechs Gesichter bieten von leicht- bis ungläubig alle Reaktionen, die das Wunder bis heute hervorruft. Vorm Dom hingen große Plakate der Regierungspartei, die Indianer zeigten. Sie haben Einwanderung zugelassen, stand darauf: Nun leben sie in Reservaten. So freundlich dem Cousin die Menschen begegnen, nimmt er Italien die dreiste Demagogie persönlich übel, aber noch mehr Europa das Schweigen angesichts der Monopolisierung der Macht und der Informationen zu den durchschaubarsten und abstoßendsten Zwecken. Wären nicht die Kunstwerke, ließen ihn sogar die italienischen Städte kalt, jedenfalls im wohlhabenden Norden, die alles erfüllen, was sich siebzig Jahre zuvor Sadegh Hedayat für Isfahan wünschte, die Sehenswürdigkeiten sorgsam restauriert, konserviert und mehrsprachig beschriftet wie auf Postkarten, die Straßen blitzblank, die Gassen autofrei, die Delikatessen dynamisch, die Restaurants rauchfrei, auf den Plätzen malerische Cafés. Ihren Zauber büßten sie ein, indem sie alles richtig machten, was immer noch besser ist, als alles falsch zu machen, wie über Jahrzehnte Isfahan mit seinen achtspurigen Schneisen durch die Altstadt. Während des Gesprächs mit der Cousine in Isfahan hatte er sich keine Notizen gemacht, natürlich nicht, erst zwei Stunden später ungewohnt auf Papier, als er vor einem der neuen Cafés auf der Balustrade rund um den Hauptplatz des christlichen Stadtteils Djolfa zu persischsprachigem Alternative Rock einen Cappuccino trank. Den Platz hat die Isfahaner Stadtverwaltung zu seiner Verblüffung geschmackvoll renoviert, mit bescheidenen und vielleicht deshalb geeigneten Mitteln. Die Holzdecken der Balustrade haben zum Glück immer noch breite Risse, und der Backstein der Säulen harmoniert wie eh mit dem Lehmbraun der Kirchenkuppeln und dem abgeblätterten Blau des armenischen Supermarkts, der Wurst und Wein verkauft, an wen der Inhaber will und nur an wen er will, ob Christ, ob Jud', ob Muselman. Kaum mehr hat die Stadtverwaltung getan, als in der Mitte einen schlichten Brunnen zu bauen, zwei Bäume und einige Blumen zu pflanzen, gerade soviel, daß die Aufmerksamkeit zu erkennen ist, die dem Platz und mit ihm Djolfa endlich zuteil wird. So entspannt könnte Iran sein, dachte der Cousin, Lehmbauten und Alternative Rock, auf den Parkbänken alte Armenier unter Schirmmützen, einige kecke Touristinnen aus Teheran, denen der Cappuccino zu teuer war, in den Cafés einige junge Isfahanis, die das bedauerten, während der Cousin die Stichwörter eintrug, die er deshalb heute abtippt und vervollständigt, statt sich weiter in Verona umzusehen, weil er das Notizbuch im Flugzeug nach Köln liegenließ und heilfroh war, es vor dem Abflug im Fundbüro abholen zu können. Bevor ihm das noch einmal passiert, will er wenigstens das Gespräch mit der

Cousine gesichert haben. Tante Lobat fiel in eine Art Traumzustand, kein Koma, betont die Cousine, denn aus der Ferne registrierte sie, was um sie geschah, wer ins Zimmer trat und vor allem, wer es verließ, als wäre es zum letzten Mal. Der Cousin habe recht, ihre Mutter, ihre sanfte, immer gottesfürchtige Mutter mit der übermenschlich wirkenden Geduld schien wütend geworden zu sein, schien nicht zu begreifen – wie auch? –, warum Gott ihr das antat. Aber nicht mehr gesehen habe der Cousin, weil er schon nach Deutschland geflogen war, daß Tante Lobats Blicke, die jeden Besucher bis ins Mark erschütterten, ganz am Schluß, in der Entrückung, von einem auf den anderen Tag friedlich wurden. – War sie schon zum Engel geworden? fragt der Cousin und denkt an Nasrin Azarba. – Lobat, wo bist du?, fragte die jüngere Tante, die aus Teheran angereist war, um beim Sterben nicht zu fehlen, Lobat, wo bist du, was ist mit dir? Da breitete Tante Lobat, die sich eigentlich nicht mehr bewegen konnte, die Arme zum Dank mit den Handflächen nach oben aus. – Navid, spricht die Cousine den Cousin mit Namen an, Navid, man erfährt Geheimnisse, wenn man jemanden sterben sieht: Das kannst du nirgends studieren, das kannst du nur erleben. Der Onkel bleibt stumm, obwohl das Schweigen ihm die Gelegenheit böte anzumerken, was bei Saadi und Hafis steht. So fährt die Cousine nach einem Schluck Sauerkirschsaft fort, von ihrem Vater Taghi Madani zu erzählen, der kurz nach Tante Lobats Beerdigung bettlägerig wurde, von dem Traum, in dem ihr Vater Gott bat, ihm ein kleines Stück seines Paradieses zu zeigen, und von den Blumenblättern, die auf sein Bett herabregneten, von der Frühlingsluft bei seinem Tod. – Sechs Jahre meines Lebens war ich beinah ausschließlich damit beschäftigt, meine Eltern zu pflegen, sagt die Cousine, und der Onkel hört immer noch zu: Ich litt mit ihnen, ich verzweifelte über ihre Schmerzen und meine Hilflosigkeit. Mein eigenes Leben hat ausgesetzt in dieser Zeit. Jetzt denke ich, daß genau die sechs Jahre mein eigenes Leben waren, die schönste, die reichste Zeit. Sie sei nie besonders religiös gewesen, sagt sie, religiös erst in den sechs Jahren geworden, halte ihr Gebet ein, rezitiere den Koran. Das steht nirgends geschrieben, das kannst du nur erleben, Navid.

Um die Zeit zu vertreiben, die den sicheren Tod zu bringen scheint – als ob die Zeit je etwas anderes brächte als den Tod –, legt Fixlein sich ins Bett und schließt die Augen, »aber die Phantasie blies jetzt im Dunkel den Staub der Toten auf und trieb ihn zu aufgerichteten Riesen zusammen und jagte die hohlen aufgerissenen Larven wechselnd in Blitze und Schatten hinein. – Dann wurden endlich farbige Träume aus den durchsichtigen Gedanken, und es träumte ihn: er sehe aus seinem Fenster in den Gottesacker, und der Tod krieche klein wie ein Skorpion darauf herum und suche sich seine Glieder. Darauf fand der Tod Armröhren und Schienbeine auf den Gräbern und sagte: ›Es sind meine Gebeine‹, und er nahm ein Rückgrat und die Knochen und stand damit, und die zwei Armröhren und griff damit, und fand am Grab des Vaters von Fixlein einen Totenschädel und setzte ihn auf – Alsdann hob er eine Grassichel neben dem Blumengärtchen auf und rief: ›Fixlein, wo bist du? Mein Finger ist ein Eiszapfen und kein Finger, und ich will damit an dein Herz tippen.‹ Jetzt suchte das zusammengestoppelte Gerippe den, der am Fenster stand und nicht weg konnte, und trug statt der Sanduhr die ewig ausschlagende Turmuhr in der anderen Hand und hielt den Finger aus Eis weit in der Luft wie einen Dolch.« Anfang 1795 blies Jean Paul mit dem *Quintus Fixlein* den Staub der Toten auf, gut vier Jahre nach dem 15. November 1790: »Wichtigster Abend meines Lebens; denn ich empfand den Gedanken des Todes; daß es schlechterdings kein Unterschied ist, ob ich morgen oder in 50 Jahren sterbe.« Gemäß der durchschnittlichen Lebenserwartung seines Jahrgangs, Erdteils und Geschlechts sah sich Jean Paul zur Hälfte seines Lebens als einen Sterbenden, der kein Ich mehr ist, nur noch ein toter Körper, kein Subjekt mehr, nur noch Objekt: »Ich vergesse des 15. November nie. Ich empfand, daß es einen Tod gebe. An einem Abend ging ich vor mein künftiges Sterbebett durch 30 Jahre hindurch, sah mich mit der hängenden Totenhand, mit dem eingestürzten Krankengesicht, mit dem Marmorauge – ich hörte meine kämpfenden Phantasien in der letzten Nacht – du kommst ja, du letzte Traumnacht, und da das so gewiß ist, und da ein verflossener Tag und 30 verflossene Jahre eins sind, so nehme ich jetzt von der Erde Abschied.« Auf andere Weise, im Wortsinn prosaischer, hat auch der Leser den »Gedanken des Todes« empfunden, bevor der Roman einsetzt, den ich schreibe, als ihn am Ufer des Biggesees im Sauerland eine Kurzmitteilung erreichte, die ihn über den Tod von Claudia Fenner informierte. Das Handtuch um die Hüfte gebunden, zog der Leser sich noch die Badehose an, setzte sich dann auf die Wiese und ging doch schwimmen wie geplant, weil ihm keine Reaktion einfiel, die der Situation angemessen gewesen wäre. Ihm fiel nicht einmal ein, bei wem er sich nach den Umständen des Todes erkundigen oder wem er sein Beileid aussprechen konnte. Wieso stirbt jemand einfach so? fragte er sich. Wenn ihr Tod ohne Grund war, mußte es auch sein Leben sein. Als er eine halbe Stunde später wieder aus dem Biggesee stieg, wußte er, daß er zwar wieder die Hosen unterm Handtuch wechseln und ins Auto steigen würde, aber spätestens am Schreibtisch nur zwei Möglichkeiten hatte außer fortzufahren, als wäre nichts gewesen, aber da war etwas gewesen. Er konnte über die Verstorbene schreiben, wodurch ihr Leben auch für ihn Bedeutung gewänne – aber was?, er kannte sie kaum –, oder eine Frau erfinden, die auf gleiche Weise, in gleicher Entfernung stirbt. Heraus kam der erwähnte Versuch, den spezifischen Schock des Todes in einer konventionellen literarischen Form zu erfassen. Der Roman, den ich schreibe, setzt ein, als er nur mehr festhalten will, wer in seinem Leben stirbt. Das Programm seines Totenbuchs hätte er schon nach den ersten Seiten bei Hölderlin finden können, wenn er den *Hyperion* nicht, vielleicht erinnern Sie sich, zunächst in die Ecke gefeuert hätte, Band fünf der Leseausgabe, um genau zu bleiben: »Wir bedauern die Todten, als fühlten sie den Tod, und die Todten haben doch Frieden. Aber das, das ist der Schmerz, dem keiner gleichkömmt, das ist unaufhörliches Gefühl der gänzlichen Zernichtung, wenn unser Leben seine Bedeutung verliert, wenn so das Herz sich sagt, du mußt hinunter und nichts bleibt übrig von dir; keine Blume hast du gepflanzt, keine Hütte gebaut, nur daß du sagen könntest: ich lasse eine Spur zurük auf Erden. Ach! und die Seele kann immer so voll Sehnens seyn, bei dem, daß sie so muthlos ist!« Jean Paul erörtert die Todesangst nicht abstrakt – *Wir* bedauern *die* Todten –, sondern verfolgt in der Alltäglichkeit, was Sterben mit einem einzelnen Menschen anrichtet: Wenn *mein* Leben seine Bedeutung verliert. Dafür aber, und das macht sein Totenbuch so echt, muß er vom Leben des Quintus Fixlein erzählen, gerade insofern es gewöhnlich ist wie das Leben fast jedes Menschen für alle außer für Quintus Fixlein selbst, von Sommerlauben und dem ersten Kuß, von Hochzeit, Beruf und Taufe der Kinder, von Einkünften, Steuern bis auf den Heller und dem Austausch des Knopfs am Hukelumer Turm, dem Jean Paul trotz der verhältnismäßigen Kürze des Romans ein langes Kapitel widmet. Wenn der Mensch nur darauf besteht, gewinnt eben auch der Austausch des Knopfs am Hukelumer Turm eine Bedeutung. Schon bevor er Jean Paul fand, merkte auch der Leser, daß er für ein Totenbuch vom Leben erzählen muß, gerade insofern es gewöhnlich ist wie das Leben fast jedes Menschen für alle außer ihn selbst, von der Liebe eines Mannes, der Dankbarkeit eines Vaters, dem Schmerz eines Sohnes, der Treue eines Freundes, dem Respekt eines Enkels, dem Wissen eines Orientalisten, der Begeisterung eines Lesers, der Blindheit eines Nachbarn, der Aufregung eines Liebhabers, dem Mitgefühl eines Berichterstatters, der Erschöpfung eines Handlungsreisenden, dem Wohlgefallen als Nummer zehn und immer wieder der Arbeit eines Romanschreibers, kurz gesagt: von einem Menschen, der an einigen Stellen Navid Kermani genannt wird. Deshalb ist an dem Ungenügen, das er an Hölderlin spürt, wenn er ihn nach dem Tod befragt – dieser Eindruck, Hölderlin würde ja nur philosophieren, die Vernichtung mystisch verklären –, etwas Objektives, glaubt der Leser, nur daß Hölderlin selbst es schon bezeichnet: »Man kann auch in die Höhe fallen.« Über den Tod an sich mag man rätselhaft dichten oder Gott darin suchen wie die Mystiker, aber am einzelnen Sterben prallt alle Fügung ab, alle Kunstfertigkeit und alle Vision. Deshalb findet der Leser seinen eigenen Versuch mißlungen, eine Tote zu erfinden. *Ich* finde meinen vorherigen Roman keineswegs mißlungen, um das zu betonen, und erst recht fielen mir aus der Weltliteratur großartige Todesfälle ein, die offenkundig fiktiv sind. Ich finde auch keineswegs, daß Hölderlin in diesem Absatz Gerechtigkeit widerfährt, man denke nur an das Ende des *Hyperions* und dessen Nachvollzug in seinem wie im Leben Suzette Gontards: »Am Tage, da die schöne Welt für uns begann, begann für uns die Dürftigkeit des Lebens.« Der Roman selbst, den ich schreibe, widerspricht seiner anfänglichen Poetologie, indem sich darin ein Roman im Roman entwickelt, der trotz gleichbleibender Thematik keineswegs im Hier und Jetzt spielt. Und doch erscheint nicht nur dem Leser, sondern auch mir Jean Pauls Hinwendung zum Tod nicht zufällig in jenen Romanen am wahrhaftigsten, deren Schauplätze und Personen am gewöhnlichsten, seiner Zeit und Umgebung am nächsten sind – in denen die Schauplätze und Personen nicht Allegorien sind wie im *Titan*, sondern für nichts stehen als sich selbst. »Der Mensch interessiert sich bloß für *Nachbarschaft* und *Gegenwart*; der wichtigste Vorfall, der in Zeit und Raum sich von ihm entfernt, ist ihm gleichgültiger als der kleinste neben ihm.« Wo andere Romanschreiber Geschichten erzählen, erzählt Jean Paul von der Zeit, und zwar nicht einer angenommenen oder erfundenen Zeit, der Zeit eines Egidius Zebedäus Fixlein, sondern zugleich von der Behauptung, ob konstruiert oder nicht, seiner eigenen realen Zeit, der Zeit eines Jean Paul Friedrich Richters, etwa der 20. April 1794 um 23 Uhr am Anfang des 13. Zettelkastens und noch genauer in den *Biographischen Belustigungen*, die bis hin zum »Gehirnbohrer der Migräne«, der das Schreiben erschwert, beständig die Gegenwart des Romanschreibers ins Spiel bringen, so wie es in dem Roman, den ich schreibe, am 15. September 2008 2:48 Uhr ist, als der Leser den Namen des Kranken, der sich in einer Rundmail scheinbar an alle Adressen seines elektronischen Verzeichnisses vorsorglich von allen Freunden und Bekannten verabschiedet hat, bis nach China sucht. Selbst die Zeit wird erfaßt, die während des Schreibens voranrückt, um 2:49 Uhr wegen des Allerweltsnamens zu viele Treffer in der Suchmaschine oder am 1. Mai 1795 um vier Uhr abends »der beklommne Herzschlag, den mir die Ruinen meines Weges gaben«, und genau anderthalb Stunden oder eine Seite später hört der Romanschreiber, der an einigen Stellen Jean Paul genannt wird, draußen eine Singstimme und das sogenannte Zügenglöckchen, das die Mönche eines nahe gelegenen Klosters ziehen, wenn ein Mensch im Sterben liegt, damit die Mitmenschen für ihn beten, wie einmal auch das Martinshorn nicht nur eine Funktion für den Straßenverkehr gehabt haben mag. Jean Paul unterbricht den Roman, den er schreibt, um innerhalb des Romans, den er schreibt, des scheidenden Unbekannten zu gedenken, wie der Leser am 15. September 2008 den Roman, den ich schreibe, um 2:57 Uhr unterbricht, um den Absender der Rundmail, dessen Namen er noch immer nicht einordnen kann, auf freilich ganzen drei Zeilen einer E-Mail alles Gute für die Behandlung zu wünschen. »Wenns auf mich ankäme, scheidender Unbekannter, ich würde die Totenglocke halten und sprachlos machen, damit jetzt in deinen verfinsterten Totenkampfplatz kein Nachhall der entfallnen Erde hineintöte, der dir (weil das Ohr alle Sinne überlebt) so grausam die Minute ansagt, wo du für uns verloren bist, wie sich aufsteigende Luftschiffer durch einen Kanonenschuß den Augenblick melden lassen, wo sie vor den Zuschauern verschwinden.«

Dieser Blick ist unverschämt. Erst einmal hält sich Caravaggio an die Behauptung, daß Holofernes schon schläft, als Judith allein mit ihm zurückbleibt. Auf welches Drama er dadurch verzichtet, hat Hebbel später ausgeführt. Caravaggio, der für den Realismus sonst keine Derbheit scheut, verstärkt sogar das Puritanische des biblischen Buches, indem er Judith herausputzt wie zum Sonntagsspaziergang, die Zöpfchen tadellos, strahlend das weiße Hemdchen, gesunde Gesichtsfarbe, keine Spur von

Müdigkeit, Anstrengung, Angst. Seit Tagen ist sie im Camp des Diktators, und bei dem Fest, das er ihr zu Ehren gab, muß sie so ausgelassen mitgefeiert haben, daß niemand ihr mißtraute und der Hofstaat sie ohne Sorgen allein bei dem Schlafenden zurückließ. Es ist schon Morgen. Selbst wenn sie den Wein nicht angerührt hätte, könnte sie unmöglich so frisch aussehen. Schon den ganzen Abend wird Holofernes sie begrapscht haben, wahrscheinlich mit ihr getanzt, ihr Hemd mit seinem Wein und seinem Schweiß und seinen Fettfingern beschmiert. Sie hat auch nichts von der Fanatikerin, als die sie die Bibel rühmt, die eher stirbt, als in größter Not das Korn, den Wein und das Öl anzurühren, das dem Herrn geweiht. Die Ältesten des eigenen Volks hat sie, eine junge Witwe, beschimpft, weil sie sich am vierunddreißigsten Tag der Belagerung – die Vorräte gingen aus, kein Wasser gab es mehr, der Tod aller Bewohner zeichnete sich ab, ringsum hundertachtzigtausend Soldaten –, weil sie sich dafür aussprachen, die Festung zu übergeben. Judiths Plan, allein ins Lager der Feinde zu gehen, um den gewaltigen Holofernes zu töten, ist so tollkühn, daß er praktisch bedeutet, sich selbst zu opfern, ohne Chance, den Feind zu treffen – nicht einmal ein Selbstmordattentat. Judith ist keine Realistin. Ihre Überzeugung, das eigene Volk retten zu können, verdankt sich nicht Berechnungen, sondern Gebeten. Holofernes ihren Körper anzubieten, um in seine Nähe zu kommen, und nach der Tat, so sie denn gelänge, von seinen Wärtern umgebracht zu werden oder schlimmeres, nimmt sie wie selbstverständlich in Kauf – besser, als das Korn, den Wein und das Öl anzurühren, das dem Herrn geweiht. Nichts von ihrer Beseeltheit, ihrer physischen Verfassung, ihrer Aufregung läßt ihr Caravaggio, nicht einmal Gebete, wie es die Bibel will, legt er auf ihre Lippen, als sie Holofernes enthauptet. Nicht einmal Kraft kostet es sie. Bei ihm ist Judith so ungerührt, als stünde sie in der Küche. Das Blut spritzt in Fontänen, das Fleisch quillt hervor, Holofernes' Kopf, schon zur Hälfte durchtrennt, gibt nach, ein Gurgeln, ein Stöhnen aus seinem offenen Mund, die Augen werfen ihren letzten Blick, man mag als Museumsbesucher überhaupt nicht hinsehen, so naturalistisch ist der Horror gemalt – aber Judith runzelt nur leicht die Stirn, zieht die Lippen zur Andeutung eines Schmollmündchens gerade so weit nach vorn, daß unklar bleibt, ob das bißchen Erschrecken auf ihrem Gesicht eine ehrliche Regung ist oder nur eine letzte, große Verspottung: ach je, du Armer. Diese Judith opfert sich nicht, sie führt aus. Wo die Judith der Bibel Holofernes »zweimal mit all ihrer Kraft in den Nacken« schlägt, also von hinten und außer sich angreift, packt sie ihn bei Caravaggio in aller Ruhe am Zopf, zieht seinen Kopf nach hinten und durchtrennt seinen Hals, als sei er ein Stück vom Kuchen. Holofernes' Gesicht hingegen – gut, das Sterben zeichnet wahrscheinlich noch die brutalsten Züge weich, aber man schaue auf sein Gesicht, drehe meinetwegen den Bildband um neunzig Grad, wenn man nicht vor dem Gemälde im Palazzo Barberini steht, und decke alles andere ab, achte nur auf sein Gesicht: Es ist nicht eben anziehend, das nicht, doch ist ihm auch nicht die Bestialität eines Befehlshabers anzusehen, der bis auf eine einzige Festung, die noch belagert wird, alle Länder des Westens unterjocht hat. Wüßte man nicht, daß es Holofernes ist, könnte man ihn auch für einen Märtyrer halten, so menschlich wie Caravaggio die Martyrien malt, oder an die Bemerkung denken, die im *Siebenkäs* unmittelbar vor der Rede vom Weltgebäude herab fällt, daß mancher Unterdrücker in Wahrheit ein Messias sei, nehme er doch die Sünden der Menschen auf sich oder füge er ihnen deshalb Schmerz zu, damit sie erlöst werden können. Das Unerhörte geschieht: Holofernes wird zum Opfer, damit Judith zur Täterin. Du blöde Kuh! denke ich, wie Caravaggio in schlechten Momenten bestimmt über Fillide Melandroni dachte, die stadtbekannte Kurtisane, die für Judith Modell stand, du dumme Pute, du schneidest einem Mann den Hals ab und verziehst nicht einmal das Gesicht. Hat er nicht auch Ähnlichkeit mit Caravaggio selbst? Doch, doch, legt man das berühmte Selbstporträt daneben, das früher auf den Hunderttausend-Lire-Scheinen abgebildet war, könnten Augen, Mund und Nase fast dieselben sein, außerdem die Haare. Daß Caravaggio sich nur dort an den Text hält, wo es ihm paßt, beweist er mit der Magd, die in der Bibel vor dem Zelt wartet, hier jedoch, weil Judith alles berechnet hat, neben dem Bett die Schürze bereithält, um den Kopf aufzufangen. Judith ist hübsch, eine Judith kann man nicht anders als hübsch malen, brutal, sadistisch, aber hübsch – dafür malt Caravaggio die Magd um so abstoßender. Man achte wieder nur auf das Gesicht, verdecke das übrige Bild mit Zetteln: die übergroßen Ohren, die mit Sicherheit schon hinter vielen Türen gelauscht haben, die klobige Nase, die ein Leben lang in allem steckte, was sie nichts anging, die Mundwinkel heruntergezogen aus jahrzehntelanger Mißgunst, die Augäpfel, die vor Erregung hervortreten – nein, ein Engel, sogar ein Racheengel hat andere Begleiterinnen als diese geifernde Greisin, die schon das Leben zur Hölle zu machen vermag. Unverschämter indes ist Judith selbst, ist ihr Blick, dieser spöttische, minimal angeekelte, wie zum Hohn mitleidige Blick mit dem gekräuselten Oberlippchen so arglistig, wie es die Liebenden der persischen Literatur von ihren Geliebten sagen und die Sufis von Gott: »Er quält sie mit der Vernichtung, nachdem Er sie zuvor erschaffen hat.« Auch Jean Paul führt die Nichtswerdung als Grund menschlicher Selbstbehauptung an, nicht der Demut, wie es die Theologen lehren, der ekelhaften Tränen, sondern des stolzen Zornes: »Allmächtiger, ändere dich!« Kein Wunder, wenn die Frommen sich über Caravaggios Heiligen aufregten – bei den Gesichtern, die sie machen, Petrus' gar nicht verklärter Todesausdruck, Abraham, der beinah ärgerlich wirkt, als der Engel ihm die Ermordung des Sohns erläßt, das Christuskind als verzogener Lausbub, der nichts als eine Schlange zertritt, und eben Judith, die eine Retterin ist, die keinem Volk gut ansteht, am wenigsten dem göttlichen.

Als Großvater sich wie jeden Morgen verabschiedete, um meine Mutter zur Schule zu bringen, stand Großmutter mit Mohammad Hassan, Habibeh Soltan und Mah Soltan schon lange in der Küche, um das *Scholleh zard* zuzubereiten, eine äußerst aufwendige isfahanische Spezialität bis heute, mit der sie die Geburt jedes ihrer Kinder feierte. Feiern ist wahrscheinlich der falsche Ausdruck. Großmutter legte vor allen schwierigen Situationen und in allen Krisen vor Gott ein Gelübde ab, ein *nazr*, dieses oder jenes zu tun, zum Beispiel für die Armen ein Lamm oder einen Hammel zu schlachten, wenn ein Kranker wieder gesund, eine Kutsche ihr Ziel oder ein Kind seine Prüfung bestehen würde. Bevor Großvater nach Teheran fuhr, um die Betrügereien seines Vorgesetzten zu melden, legte sie bestimmt auch ein solches *nazr* ab, und als er in den Zug einstieg, streute sie ihm wie allen Reisenden, also auch uns, die wir nach Deutschland zurückkehrten, Mehl und Wasser hinterher, die einer der Bediensteten in Schüsseln zum nagelneuen Isfahaner Bahnhof mitgebracht hatte. Mit dem Mehl und dem Wasser, das in den Schüsseln übrigblieb, kochte sie dann ein *Âsch reschteh*, einen Nudeleintopf, den alle Verwandten zum Wohle der Abgereisten verspeisten. Gerade weil sie genausowenig wie meine Mutter zu Reglementierungen und Regelmäßigkeiten neigte, das Leben nahm, wie es kam, immer neugierig, immer für eine Abwechslung bereit, hielt sie um so eiserner an einzelnen Ordnungsprinzipien fest wie dem *nazr*, dem *Âsch reschteh*, der Anordnung des Teegeschirrs oder fünfmal täglich mit ausgestreckten Beinen gegen die

Querwand der Veranda gelehnt eine Zigarette zu rauchen. Und vor der Geburt eines jeden ihrer Kinder bestand das Gelübde eben darin, *Scholleh zard* zuzubereiten, das in etwa die Farbe und Konsistenz eines gelben Wackelpuddings hat, freilich raffiniert nach Pistazien, Safran und Rosenwasser schmeckt. Großvater warf zum Abschied noch einen Blick in die Küche, wo Großmutter zu vertieft in die Arbeit war, um ihn zu beachten. Dafür nahm er Djahan das Baby ab, um es ein paar Minuten im Arm zu wiegen, während meine Mutter noch einmal in ihr Zimmer rannte, da sie wie jeden Morgen etwas vergessen hatte. Der Name des Neugeborenen war so modern, wie Großmutter es sich wünschte, beziehungsweise neumodisch, wie Großvater es mißbilligte, persisch und zweisilbig mit dem J am Anfang wie in *jardin* oder *jolie* im geliebten Französisch ebenfalls leicht auszusprechen. Daß Großvater auf dem Standesamt auch diesmal einen arabischen, damit islamischen Namen eingetragen hatte, ahnte Großmutter noch nicht. Den unvermeidlichen Streit zögerte er hinaus, solange es ging.

Damals heiratete man nicht aus Liebe – wie auch, wenn sich die vorehelichen Kontakte, soweit sie regulär blieben, auf Blicke im Rahmen einer großen Geselligkeit oder der offiziellen Brautwerbung beschränkten –, und doch verdiente das, was Großvater nach fünfzehn Jahren und fünf Geburten für seine Frau empfand, kein anderes Wort. Ob er das Gefühl selbst so nannte – *eschgh*? Ich glaube schon, denn die Liebe selbst war keine Mode und Großvater in all seiner Steifheit und Frömmigkeit der Macht von Gefühlen wehrloser ausgesetzt als die meisten Zeitgeister um ihm herum. Er war ein Mann, der öffentlich weinen mußte, wenn ihn eine Rede ergriff, und mit einem Tadel einer Gesellschaft für den Rest des Abends die Stimmung verderben konnte, wenn eine Bemerkung ihn moralisch empörte. Nun war ausgerechnet ihm diese sinnenfrohe Frau zuteil geworden, die mit Anfang Dreißig bezaubernd aussah, schlank und einen Kopf größer als er, die langen, glatten Haare dunkelblond, im hellen Gesicht die markanten Wangenknochen wie von Botticelli, blitzendgrüne Augen, nein, eigentlich noch viel schöner als bei ihrer Hochzeit, denn damals war sie für ihn noch unbestimmt oder sagen wir schwer zu durchdringen wie auf einem fünfhundertjährigen Gemälde. Jetzt hatte sie einen eigenen Kopf, der selten so war, wie Großvater ihn sich wünschte. Noch seltener fand er einen Grund, mit ihr zu streiten. Alles, was einer Ehefrau jener Zeit und sozialen Verhältnisse aufgetragen war, erfüllte sie gleichsam mit links, die Erziehung der Kinder, die Verwaltung des großen Hauses mitsamt dem Garten, der Umgang mit dem Dienstpersonal, die Betreuung der auswärtigen Verwandten und ebenso der Bauern, die zu Besuch waren, die Organisation der vielen Geselligkeiten und der Sommer in Tschamtaghi. »Sent: 20-Sept-2008 12:16:58 lieber freund – wie es dir wohl geht?eure treuen gedanken helfen mir, –aus ihnen wächst das vertrauen, das mir nun den halt gibt, weiter zu wachsen,so lange ich es,hier zu sein darf.am montag soll vielleicht die chemo beginnen –da ich sehr dünn und schwach,auch zu tel zu müde,ist es nicht sicher.meine familie ist um mich u die kinder –ich denke so gerne an dich –denke ich hätte damals in meinem alexandra bleiben sollen. die sehnsucht sind die zinnen des orients.sein lachen u weinen und seine stimmen u dürfte ...die augen vor allem ...grüße u umarme deine kinder, grüße von herzen deine frau u.sei aus tiefer verbundenheit.gegrüßt.« Obzwar er durchaus Stiche der Eifersucht verspürte, des Neids, der Unsicherheit, konnte er ihr nicht böse sein, daß sie laut zu lachen verstand, die Ramadannächte zum Ausgehen nutzte und die Freitage lieber mit ihren Schwestern bei Onkel Oberstleutnant verbrachte, wo Musik gespielt wurde und getanzt und seinetwegen auch getrunken, sie selbst trank ja nicht mit und ließ es, das war ihm wichtig, an Frömmigkeit nicht fehlen. Nein, ihre Lebenslust konnte er einer jungen Frau wirklich nicht zum Vorwurf machen, im Gegenteil: Froh konnte er sein, daß sie klaglos den Trübsinn ertrug, den er aus ihrer Sicht verbreiten mußte (doch damals in Teheran, bevor er sich die Beine brach, schien alles leicht). Zwar ging aus seiner Sicht manches an ihrem Glauben in den Aberglauben über wie ihre ständigen Gelübde und verschlief sie manches Frühgebet, was er durchaus tadelte, doch übertraf sie ihn im Eifer, mit dem sie das wichtigste Gebot einhielt, den Dienst am Nächsten. Ebendieses *Scholleh zard*, mit dem Gott eigentlich nicht zu bezirzen war, führte ihm ihre beinah schon komische Wohltätigkeit vor Augen, die Gott dann doch gefallen mußte. Wenn sie es nur für die Verwandten und die Armen der Nachbarschaft zubereitet hätte, wären es schon mehr Töpfe gewesen, als sie besaß; aber Großmutter mußte unbedingt die halbe Stadt versorgen, mindestens alle Bedürftigen. So hatte sie es sich in den Kopf gesetzt, und bei der fünften Geburt sparte Großvater sich die Einwände längst. Allein an Reis mußten acht, neun Säcke herbeigeschafft werden, dazu kiloweise Zucker, Mandelsplitter, Safran und viele Liter kostbaren Rosenwassers, das aus welchem Grund auch immer – wieder dieser Aberglaube – an Aschura und nur an Aschura aufgekocht worden sein mußte, dem Todestag des Imam Hossein. Bis zum Mittag köchelte das *Scholleh zard* unter bedächtigem Umrühren, das Großmutter keinem der Bediensteten zutraute, bis es exakt! die richtige Konsistenz hatte, noch weich genug, um darin mit leichter Hand den Löffel zu bewegen, aber auch nicht wäßrig wie Suppe. Danach ließ sie sich von Mohammad Hassan helfen, das *Scholleh zard* zum Abkühlen auf Hunderte kleiner und großer Schüsseln zu verteilen, die Mah Soltan und Habibeh Soltan auf dem Boden der Eingangshalle aufgereiht hatten. Wenn es exakt! die richtige Temperatur hatte, ein wenig mehr als Zimmertemperatur, strich Großmutter auf jede Schüssel etwas heißes Öl und streute sorgfältig die Gewürze, Zimt vor allem. Zum Abschluß kreierte sie mit Pistazienstreuseln hübsche Muster auf jeder Schüssel. Auf die größten Schüssel schrieb sie den Namen des Kindes, den modernen Namen wohlgemerkt; den standesamtlichen kannte sie wie gesagt noch nicht und sollte sie lebenslang ignorieren. Danach trugen die Bediensteten die Schalen ins Kühlzimmer, damit das *Scholleh zard* auf exakt! die Temperatur und Konsistenz abkühlte, mit der es gegessen werden mußte, kälter als kühles Wasser im Sommer, aber auch nicht wie Eis, wobei der Transport einzukalkulieren war, also beinah wie Eis. Und endlich, es war schon später Nachmittag, wurden die Bediensteten mit großen Tabletts ausgeschickt, um die Nachbarschaft zu versorgen, auch die Geschäfte, Schulen und Moscheen, und kurz darauf fuhren die Händler in ihren Kutschen und die Soldaten von Onkel Oberstleutnant in ihren Jeeps vor, um das *Scholleh zard* auf die Moscheen der ärmeren Viertel zu verteilen. Nein, Großvater liebte sie, liebte ihre Tatkraft, ihre Beherztheit, ihren Eigensinn, ihr logistische Meisterschaft, das *Scholleh zard* in exakt! der richtigen Temperatur auf ganz Isfahan zu verteilen; ich bin mir sicher, daß er selbst das Wort verwandte, wenn nicht ihr gegenüber, dann zu sich selbst: *eschgh*! Daß sie seine Interessen nicht teilte, gut, das sah er ein und erwartete es auch gar nicht, denn es wäre zwischen Eheleuten nicht normal gewesen. Und doch registrierte er, daß sie die Ausnahmen in ihrer Verwandtschaft registrierte, ihre Schwester Badri mit ihrem Oberstleutnant zum Beispiel, die immer so glücklich taten. Ach, wenn er ihr doch nur hätte sagen oder wenigstens zeigen, andeuten können, wie sehr er sie begehrte und daß es ihm eigentlich das Herz zerriß zu sehen, daß sie die Freitage und Ramadanabende lieber mit anderen verbrachte als mit ihm. Dies oder etwas anderes ging ihm durch den Kopf, als er mit meiner Mutter an der Hand das Haus verließ, ich stell's mir so vor und werde die Mutter fragen, ob ich ganz falsch liege, obwohl sie es auch nicht wissen kann, schließlich war sie erst sechs oder sieben. Sicher könnte ich viel mehr über Großvater erfahren, als in ihren Selberlebensbeschreibungen steht, setzte ich mich mit einem Aufnahmegerät neben die Mutter und die anderen Verwandten, die sich noch erinnern. Vielleicht möchte ich das gar nicht. Vielleicht wäre er gar nicht mehr sein Großvater. Wie sehr erschrak dieser, als er abends nach Hause kam und meine Mutter, dieses zugegeben vorlaute und verwöhnte Mädchen, still in der Abstellkammer eingesperrt fand. Die Kinder hatten sich wegen des *Scholleh zard* gestritten, meine Mutter war wie immer die Lauteteste gewesen, die nicht genug bekommen konnte, da hatte Großmutter sie kurzerhand mitsamt der größten Schüssel in die Abstellkammer eingesperrt und sie von draußen aufgefordert, *Scholleh zard* zu essen, soviel sie wolle, es sei genug da. Als Großvater meine Mutter endlich befreite, hatte sie die Schüssel kaum angerührt. *Scholleh zard* ißt sie bis heute nicht mehr.

»Sent: 22-Sept-2008 11:32–48 Morgen beginnt die chemo zwischen 10–11 –dauert 2,3stunden ~infusion.lieber Navid,da beginnt es,sich auf den Weg zu begeben ...einzulasse,auf eine nicht mehr einzuschätzend e strecke ...tief wünsche ich mir,mich in das vertrauen des Höheren zu übergeben – Begleitung u Schutz von dort zu erfahren.u lernen das Gebet wie die Demut.es ist gut,das Du in deiner Familie und Kultur –dies zu teilen, Deine Wurzeln nicht verlassen hast.In meinem mir unbekannten leiblichen Vater,sehe ich immer den Mann, der diese Wurzeln hält,na der moschee –und in meiner seele,ist es seine Landschaft,die mir hilft.meine fünf schwestern,sie u ihr papa versuchen,um mich das Beste.da ist viel frieden u wir lachen auch ...wenn alles gut anschlägt,dann rufe ich dich in ca 10tagen mal an ...bis dahin – liebevolle grüße aus berlin«

Im dicken Kunstreiseführer stehen ganze elf Zeilen zur Dreifaltigkeitskirche oberhalb der Spanischen Treppe, Santissima Trinità dei Monti, von denen sechs die Fassade, die Treppe und das Gebäude daneben behandeln. Eine beschwingte Nonne, himmelblaue Tracht mit dunkelblauem Kopftuch, orthopädischen Sandalen und roten Wangen, Französin, keine Dreißig, zeigte den Stipendiaten die anamorphotischen Fresken und die Sonnenuhr an der runden Decke eines Flures, die nach römischer, byzantinischer und arabischer Rechnung die Zeit nicht nur in

Rom anzeigt, sondern auch in Island, Paris, Konstantinopel, Alexandria, Babylon und am äußersten Rand Sepahan, dem alten Isfahan. Da komme ich her! war die Nummer zehn versucht zu rufen. Es war kein Stoß Heimatliebe, der mich durchfuhr, eher das selbstverständlich irrige Gefühl, der Kirche und speziell der Seele ihrer Astronomen, die sich so viel Mühe gegeben hatten, mit der Mitteilung eine Freude zu machen. Womöglich war ich der erste Isfahani, der unterm Deckenbild der damals bekannten Welt stand, schließlich ist der Flur gewöhnlichen Reisenden verschlossen und wird die Trinità dei Monti ohnehin nicht für besonders sehenswürdig gehalten, wenn sogar der dicke Kunstreiseführer nur elf Zeilen für sie übrig hat, davon sechs für die Fassade, die Treppe und das Gebäude daneben. Ich hätte zum Ausdruck gebracht oder bringen wollen, daß nach so langer Zeit, schätzungsweise fünfhundert Jahren, jemand durch den hinteren oder oberen, jedenfalls abgelegenen Flügel des Konvents von Trinità dei Monti geht, den es interessiert, wieviel Uhr es in Isfahan ist. Das wäre zwar ein bißchen geflunkert gewesen, denn ich bin schon nicht mehr selbst in Isfahan geboren, aber meine Eltern sind es, und um anderen eine Freude zu machen, ist Flunkern nicht nur erlaubt, sondern geboten. Von den Bildern gefiel mir ein Detail aus dem turnhallengroßen Speisesaal der Mönche am besten, dessen Wände und Decke vollständig bemalt sind, ziemlich gräßlich bemalt, wenn ich ehrlich bin, spätes Barock oder frühes Rokoko, was weiß ich denn, wenn im Kunstreiseführer nichts steht und ich dem Vortrag der beschwingten Nonne immer weniger folgen konnte, weil ich Kopfschmerzen von der Grippe hatte, die aus Köln mitgereist war, die Nebenhöhlen zu, in den Manteltaschen die vollgerotzten Taschentücher, vom langen Stehen auch Probleme mit den Kreislauf, die sich mit Dauergähnen ankündigten, und so dauergähnend und weitere Taschentücher vollrotzend, im Kopf das Pulsieren gegen die Schädeldecke, das ich von der Migräne kenne, blieb ich immun gegen ihr Entzücken an den Sommeridyllen, fetten Engeln und heiteren Gelagen. Nur ein Detail fesselte mich, in der Mitte der Querwand, also wo der Blick hinfällt: der Mundschenk vor dem Tisch, an dem Jesus Christus mit Maria speist. Der Rumpf des Mundschenks steht in Richtung Jesu, aber mit dem Kopf und der Karaffe wendet er sich zum Saal, wo die Mönche aßen – als würde er ihnen vom gleichen Wein ausschenken wie der Heiligen Familie, ja, als seien der Mönche viertausend. Die Illusion wird durch den linken Fuß des Mundschenks verstärkt, der aus dem Bild zu treten scheint. Früher führte eine kleine Treppe hoch zum Bild, schnappte ich von der schwärmenden Nonne noch auf, und es sah aus, als hätte der Mundschenk schon seinen Fuß auf die oberste Stufe gesetzt, um zu den Mönchen herabzusteigen. Und sie aßen alle und wurden satt. Vielleicht ist es das Kind in mir oder meine Liebe zum Theater, warum mir so kleine Tricks am besten gefallen. Die Anamorphosen sind spektakulärer, doch der Mundschenk, der aus der Wand tritt, scheint als einziger eine Funktion zu haben, eine Botschaft auszudrücken, eine sehr katholische: Brüder, laßt es euch schmecken! Es ist Fleisch von Seinem Fleische, und zwar nicht sakral aufgeladen wie in der Messe, nicht als Sakrament, Realpräsenz, Gott-Essen, vielmehr handfest und augenzwinkernd. In einer anderen Kirche, zu der uns die Dienstagsbegleitung führte – ich glaube, es war Sant'Ignazio, aber im Kunstreiseführer finde ich aufs Wesentliche wieder keinen Hinweis –, blickt man vom Eingang aus in das Schiff und meint, über dem Altar eine gewaltige Kuppel zu sehen. Wie zufällig ist auch ein Modell der Kirche ausgestellt, das ahnen läßt, wie mächtig die Kuppel von außen wirkt. Dann geht man langsam nach vorn, schaut sich hier und dort noch um, bis man im Querhaus steht, einige Meter vom Altar entfernt. Man blickt hoch: Die Decke ist praktisch flach, nur minimal nach oben gewölbt, die Farbe grauschwarz. Es gibt die Kuppel gar nicht. Es gab ihr Modell, man hatte auch vorgehabt, sie zu bauen, aber dann stellte jemand fest, daß sie höher geworden wäre als der Petersdom. Außerdem wurde das Geld knapp. Dann hat man eben nur so getan, als habe die Kirche eine Kuppel. Schöner hätte sie nicht werden können.

Die Dreifaltigkeitskirche selbst, räumte die beschwingte Nonne ein, weise keine architektonischen Eigenheiten auf. Der Teppich ging bei aller Besonderheit nicht als Kleinod durch, maschinengewebt, wie es ihn so oder so ähnlich im *Teppich-Paradis* zu kaufen gibt, und schon ziemlich fleckig. Ich hätte dennoch gern gefragt, warum er vorm Altar ausgebreitet war, doch wartete die beschwingte Nonne bereits mit weiteren Illusionen auf. In einem Seitenaltar ist das lichtumstrahlte Jesuskind so an die hintere Wand gemalt, daß es während der Messe vom Kopf des Priesters verdeckt wird und man den Eindruck haben könnte, sein, also des Priesters Kopf würde strahlen vom göttlichen Glanze. Ein einfacher, deshalb kein schlechter Trick, den zu erläutern man allerdings nicht fünfzehn Minuten gebraucht hätte. Jetzt wird sie wirklich ein bißchen pedantisch, murmelte sogar die Dienstagsbegleitung. Ich hingegen schaute schon gar nicht mehr zum Jesuskind hin. In durchaus langen Abständen traten nacheinander Männer und Frauen in knöchellangen, weißen Gewändern aus einem Zimmer an der hinteren rechten Ecke des Querhauses hervor, die Frauen mit weißen Kopftüchern, und knieten sich auf den Teppichboden mit dem Rücken zu uns, links die Männer, rechts die Frauen. Sie schienen etwas zu murmeln, und manchmal beugte einer oder eine von ihnen den Kopf bis fast zum Boden. Andere wiegten den Oberkörper im Rhythmus der Worte, die sie rezitierten. Plötzlich war die Kirche eine Moschee, ich konnte es kaum fassen. Natürlich waren es keine Muslime – Sufis haben oft solche Gewänder, weiß bis über den Knöchel, die Frauen ein Kopftuch, die Geschlechter Seite an Seite, wenngleich getrennt, links die Männer, rechts die Frauen –, es sah nur so aus. Es waren die Brüder und Schwestern der beschwingten Nonne, die sich alsbald von uns verabschiedete und schnellen Schrittes verschwand. Kurz darauf trat sie aus dem Zimmer an der hinteren rechten Ecke des Querhauses hervor, weißes Gewand und Kopftuch jetzt, konzentriertes, entrücktes Gesicht, und kniete sich zum Gebet auf den Teppich, das Gesicht zum Altar. Sie war die letzte. Die vier Brüder und sieben Schwestern erhoben sich, die beiden Älteren mit einem Ächzen, das auch bei Freitagsgebeten zu vernehmen ist, und fingen an, im Chor zu singen, italienische, französische und lateinische Gesänge, wenn ich mich nicht täuschte, der Hall verwischte die Konsonanten, aus alter Zeit, das war klar, traurig und demütig im Tonfall, nicht so sehr anders als die sephardischen Lieder, die wir als Studenten in Kairo hörten, nur eben im Chor, Herzweh des Mittelmeeres. Niemand stand am Altar, alle beteten in gleicher Richtung. Während die anderen schon längst die nächste oder übernächste Kirche besichtigten, wich meine Erregung über die Illusion, Muslime beten zu sehen, der Dankbarkeit, daß mich die katholischen Schwestern und Brüder an ihrem Gottesdienst teilhaben ließen. Die Kopfschmerzen waren, nun, nicht verflogen, das wäre geflunkert, aber immerhin rückläufig, und ich mußte auch nicht mehr die Nase putzen. Das ist kein Wunder, das behaupte ich nicht, trotzdem war ich glücklich, ich war in diesem Augenblick glücklich zu sein, wo ich war, zu hören, was ich hörte, zu sehen, was ich sah. »Schafft euch Speise, die nicht vergänglich ist, sondern die bleibt zum ewigen Leben« (Johannes 6,27). Wenn die Mystiker stets beteuern, die Sprachen, Bräuche und Religionen, Gott zu preisen, seien so unendlich wie Er selbst – genau das war es, dieser Eindruck, daß die Wege in der Vielfalt zu dem Einen führen. Großvater hätte sich sofort eine Ecke gesucht und seinen eigenen Gebetsteppich ausgebreitet. Später hätte er beschwingt mit der französischen Nonne geschwatzt. Die sieben Schwestern und vier Brüder versammeln sich jeden Tag dreimal für insgesamt drei oder mehr Stunden, sonntags noch länger, nehmen sich auch vorher schon Zeit, um sich auf den beigefarbenen Teppichboden zu knien, bevor sie gemeinsam singen; mittags sitzen manchmal einige Besucher hinter ihnen auf den Bänken, die mit ihnen beten oder nur zuschauen, unter der Woche morgens und abends fast nie; die Stunden vor dem Altar sind der Rhythmus, in dem sie ihr Tagwerk wiegen – das bedeutet es in concreto, kann es bedeuten, sein Leben geweiht zu haben. Einerseits verstand ich bei dem Anblick, links die Männer, rechts die Frauen, daß es das Zölibat gibt, in Klöstern, meine ich, denn sonst würden die Geschlechterbeziehungen jede Ordnung, und mag sie noch so heilig sein, zuverlässig sprengen; andererseits würde mich die Verpflichtung zur Enthaltsamkeit abhalten vom Kloster und überhaupt davon, mein Leben auf diese stille, genügsame und fleißige Art zu verbringen, so konsequent wie sie, wenngleich in einer anderen Sprache, mit einem anderen Brauch, in einer anderen Religion. Ich bin also nicht in Versuchung geraten, mein Leben Gott zu widmen wie die sieben Schwestern und die vier Brüder, und doch war ich neidisch auf sie, die jeden Tag dreimal Lieder singen, die selbst einen Ungläubigen wie mich berücken. Dabei nehme ich gar nicht an, daß sie mich als ungläubig betrachten würden. An bestimmten Stellen des Gesangs – eine Regel fiel mir nicht auf – verbeugten sie sich alle, manchmal nur leicht, andere jedoch tief, die Hände aufs Knie gestützt. Die Illusion war perfekt. Es war keine Illusion. Es sind Schwestern und Brüder.

An einem anderen Abend empfing Großmutter Großvater mit der Nachricht, daß die Lehrerin meine Mutter geschlagen habe. Er selbst hatte in der Koranschule den Schmerz und noch mehr die Demütigung erfahren, verprügelt zu werden. Wie leicht es sich die Lehrer damit machten! schimpfte er noch im Alter. Die Erziehung einem Stück Holz zu überlassen war für ihn Ausdruck und Symbol der Rückständigkeit, die sein Land und seine Religion endlich überwinden sollten. Sein eigener Vater hatte sich darüber schon empört, und nun streckte ihm seine Tochter wie zum Gebet die Innenflächen ihrer Hände hin, auf denen sich die Striemen abbildeten. – Warum hat sie dich geschlagen? fragte Großvater und bereute es sogleich, als erstes keine andere Frage gestellt zu haben, wie es meiner Mutter gehe, ob es noch weh tue, ob sie sehr geweint habe. Als ob es einen Grund geben konnte, sie zu schlagen. – Weil ich ein paarmal zu spät gekommen bin, antwortete sie. Großvater drückte sie fest an sich. Vielleicht war er auch deshalb so bestürzt, weil er sich wie so oft die Verantwortung selbst zuschrieb. Er war es, der meine Mutter zur Schule brachte. Er war es, der nicht genügend zur Eile gedrängt hatte, als meine Mutter wieder etwas Dringendes vergessen zu haben meinte. Er als Erwachsener war verantwortlich, wenn sie auf dem Weg zu lang gebummelt hatten. Es war seine Schuld, daß sie zu spät gekommen und also geschlagen worden war. Als die Lehrerin meine Mutter am nächsten Morgen mit einem Geschenk erwartete, einer Schachtel Buntstifte, und vor der Klasse versprach, nie wieder ein Kind zu züchtigen, hielt meine Mutter die Wandlung für ein Wunder.

Als Großmutter ein Kind war, existierten in Isfahan nicht einmal für die Mädchen aus vornehmeren Kreisen weiterführende Schulen. Die klassische Poesie lernten sie nicht im Klassenzimmer, sondern von Privatlehrern oder bei den Geselligkeiten der Erwachsenen. Als meine Mutter die Grundschule abgeschlossen hatte, entschied Großvater deshalb allein, sie auf das Christliche Mädchengymnasium zu schicken, das von den Engländerinnen Mrs. Isaak und Mrs. Eden geleitet wurde, dieselbe Schule übrigens, die die spätere Kaiserin Soraya besuchte. Obwohl ein Jahrgang höher, saß Soraya in der Persischklasse meiner Mutter, da sie als Tochter einer Deutschen nicht flüssig Persisch sprach. Der Rolls-Royce, in dem ein Fahrer im schwarzen Anzug sie jeden Morgen vorfuhr, beeindruckte Großvater überhaupt nicht, wie er auffällig oft zu verstehen gab. Er brachte meine Mutter weiterhin zu Fuß zur Schule, ein Fußmarsch von fast einer Dreiviertelstunde, um weiter zur Nationalbank zu gehen. Mit Mrs. Isaak und Mrs. Eden mußte er sich nie streiten. Den Missionsbegriff legten sie so weit aus, daß Großvater sich keine Sorgen machte, und die Prügelstrafe war an ihrer Schule erklärtermaßen verpönt. Ähnlich wie sein eigener Direktor Doktor Jordan empfanden sie eine tiefe, angesichts des Elends, der Diktatur und der kolonialen Ausbeutung schmerzliche Zuneigung zum Land, dessen Entwicklung sie ihr Leben geweiht hatten. Großvater packte der Zorn, als man Mrs. Isaak und Mrs. Eden, die längst im Ruhestand waren, nach der Islamischen Revolution Spionage und Konspiration vorwarf. »Die Welle des Fremdenfeindlichkeit«, wie die Mutter in ihrer Selberlebensbeschreibung das wütende Ressentiment gegen den Westen nennt, nahm er als weiteren Beleg für den Irrweg, den die Revolution genommen hatte. Zum Glück setzten sich zahlreiche Isfahani, die selbst oder deren Töchter das Christliche Gymnasium besucht hatten, für Mrs. Isaak und Mrs. Eden ein und wurden die Anschuldigungen rasch fallengelassen. Sie blieben bis zu ihrem Tod in Isfahan und ruhen heute auf dem armenischen Friedhof. Mögen ihre Seelen froh sein.

Sowenig die Großeltern sexuell aufgeklärt worden waren, so wenig brachten sie es über sich, ihre Kinder aufzuklären. Großvater wird als Mann nicht geahnt haben, welche Ängste vor allem seine Töchter deswegen ausstehen mußten. Bei ihrer ersten Monatsblutung geriet meine Mutter in solche Panik, daß sie sich heulend und zitternd einsperrte. Ohne zu wissen, was Jungfräulichkeit genau bedeutete, war sie überzeugt, sie verloren und damit Schande über sich und die Familie gebracht zu haben. Zwei Tage lang trat sie nur morgens, wenn sie zur Schule ging, und abends zum Essen vor die Tür ihres Zimmers, schwieg auf alle Fragen, wurde immer wieder für Minuten von Schüttelfrost gepackt und überlegte allen Ernstes, wie sie sich am leichtesten umbringen könnte. Schließlich verwickelte meine Großtante sie doch in ein Gespräch, Großmutters Schwester, die nur ein paar Jahre älter als meine Mutter ist und als letzte ihrer Generation noch täglich ihre Wasserpfeife raucht. Soviel Überwindung es sie auch kostete, erzählte meine Mutter ihr schließlich von dem Blut und ihrer Befürchtung. Die Großtante benötigte nicht viele Worte, um sie zu beruhigen. Was Jungfräulichkeit beziehungsweise deren Verlust ungefähr bedeutet – genau kannte die Großtante sich auch nicht aus –, erfuhr meine Mutter bei der Gelegenheit ebenfalls und setzte sich danach auf die Lauer, um zu beobachten, wie Großmutter an manchen Abenden in Großvaters Zimmer oder im Sommer in seinem Mückenzelt verschwand. Nicht einmal ihren Schwestern traute sie sich zu berichten, was sie gesehen und schon gar nicht, was sie gehört hatte! Als sie selbst Mutter wurde, wollte sie es besser machen und überredete meinen Vater, sich gemeinsam einen der Aufklärungsfilme anzuschauen, die Ende der sechziger, Anfang der siebziger Jahre in Deutschland gezeigt wurden. Den Eltern stockte der Atem, sie rieben sich die Augen, wurden rot vor Scham, verließen mit gesenkten Köpfen das Kino, damit niemand sie erkannte, und rangen sich nach einigen Tagen dennoch zu dem Entschluß durch, der nach ihren Maßstäben revolutionär war, meine beiden älteren Brüder, die vierzehn, fünfzehn Jahre alt waren, den Film zu zeigen. Es schien dies zwar eine radikale, aber wissenschaftlich abgesicherte und vor allem rasch zu treffende Maßnahme, sich der Bürde der Aufklärung zu entledigen, die sie aufgrund ihrer eigenen Erziehung so schwer empfanden. Als die Eltern wieder mit hochrotem Kopf und betretenem Schweigen vor dem Kino standen, entdeckten die Brüder den Aushang. – Was, diesen Kinderkram sollen wir sehen? brummten sie enttäuscht: Das haben wir in der Schule doch schon längst durchgenommen.

Gab es noch Ehrenmorde? fragt der Sohn unterm Headset die Mutter. – Wahrscheinlich auf den Dörfern, antwortet sie, aber nicht in unserer Bekanntschaft, nicht in der Stadt. – Haben Sie davon gehört? – Nein, nie. – Und Selbstmorde? – Die gab es natürlich schon, aber niemand sprach über die Gründe. – Und wie hätte Großvater reagiert, wenn er Sie mit einem Jungen erwischt hätte? Die Mutter muß überlegen. Wie real die Frage war, bezeugen die gar nicht wenigen Frauen der weiteren Verwandtschaft, die in ihrer Jugend einen Skandal verursachten. Die Übergriffe Mohammad Hassans hat die Mutter zwar doch nicht in die Selberlebensbeschreibung aufgenommen, aber sie hat dem Sohn davon erzählt, und die entfernten Tanten wurden keineswegs freiwillig oder zur Freude ihrer Eltern die Frau eines Nachbarjungen, eines Dienstboten oder die Zweitfrau eines deutlich älteren Herrn. – Mein Vater hätte mich nicht verstoßen, ist die Mutter überzeugt, die an *Die Marquise von O …* denken muß, was für sich schon etwas über ihren, nach den Maßstäben des Sohns unglaublichen Bildungsroman aussagt, doch die Empörung, die Scham und der Gewissenskonflikt Großvaters wären ähnlich gewesen wie die des Grafen F., und zweifellos hätte er im Falle ihrer Schwangerschaft auf der schnellen, heimlichen Trauung bestanden, ganz gleich, wer der Betreffende gewesen wäre und was sie an Einwänden vorgebracht hätte. Sosehr der Sohn die Mutter drängt, auch solche Geschichten aus der Verwandtschaft aufzuzeichnen, die manchmal brutal sind wie ein mexikanischer Thriller, manchmal ergreifend wie Leila und Madschnun, weigert sie sich mit dem Argument, nur von ihrem eigenen Leben zu berichten. Obwohl sie sich immer eine Tochter wünschte, ist sie im nachhinein froh, im Land der Franken kein Mädchen herangezogen zu haben und so nicht dem Konflikt ausgesetzt gewesen zu sein zwischen der Tradition, die ihr nun einmal in Fleisch und Blut übergegangen ist, und den

Sitten, die ein Mädchen ringsum erlebt und für natürlich gehalten hätte, zwischen ihrer Erziehung und ihrer Vernunft. Wenn sie vom Flur aus die Freiheit in einem der Kinderzimmer hörte, konnte sie sich noch auf die Lippen beißen, um nicht vor Empörung aufzuschreien, da sie wußte, daß die Söhne nun einmal keine Kinder mehr waren und nach den Maßstäben der Franken nichts Verbotenes taten, aber sie hätte es wahrscheinlich gegen alle Vernunft nicht ertragen, ihre Tochter unverheiratet mit einem Freund zu sehen oder gar vom Flur aus zu hören. Nein, sie lehnt auch nach über fünfzig Jahren die sexuelle Revolution ab und würde dem Sohn breit und ausführlich erklären, welchen Schaden Anstand und Seelen der Franken durch die allgemeine Enthemmung nehmen, wenn das Auslandsgespräch nicht schon teuer genug geworden wäre. – Es ist billiger als ein Ortsgespräch, antwortet der Sohn unterm Headset. Gleichwohl sehnt sie sich keineswegs zurück, wie sie betont: Als zerstörerischer noch für Anstand und Seelen sieht sie die weitreichenden Tabus, rigiden Verbote und nicht faßbaren, um so unheimlicheren Drohungen, mit denen die Lust in ihrer Jugend belegt war. Schon zu ihrer Schulzeit stellten die Jungen den Mädchen so penetrant nach, daß sie sich manchmal kaum auf die Straße traute, heißt es in ihrer Selberlebensbeschreibung, und am Telefon ergänzt sie, daß der Sohn doch nur das Ausmaß und die völlige Normalität der Prostitution in Teheran bedenken müsse, wo wildfremde Autofahrer die Fensterscheiben herunterkurbelten und sogar sie als alte Frau fragten, wieviel sie denn nehme. – Das haben wir nun von einer Islamischen Republik, sagt die Mutter. Das Argument, daß die Begierde um so mehr wächst, je strenger man deren Erfüllung verbietet, hätte vielleicht sogar Großvater eingeleuchtet. Harmlos war sie allerdings auch selbst nicht, wie sie in der Selberlebensbeschreibung zugibt. Zusammen mit ihren Klassenkameradinnen hätte sie fast die Existenz des Hausmeisters zerstört, der sie beim Äpfelklauen erwischte. Dreist beschuldigten sie ihn, sie begrapscht zu haben, und amüsierten sich köstlich darüber, wie dieser gestandene Mann plötzlich um Gnade winselte vor den reichen Gören. – Weshalb fragst du eigentlich? möchte die Mutter noch wissen.

Die Tür am Eisengitter, das die Mole absperren soll, ist nur angelehnt. Der Zöllner, der ihn fortschicken will, weil er keine Genehmigung hat, begnügt sich nach einem kurzen Wortwechsel damit, daß der Berichterstatter zwei, drei Meter zurückgeht. Heute haben sie offiziellen Besuch, erklärt der Zöllner beinah entschuldigend und nickt in Richtung der beiden Herren in dunklen Anzügen. Die jungen Araber, die auf dem Boden hocken, sind die ersten Bootsflüchtlinge nach Tagen, in denen die See stürmisch war, wahrscheinlich die Vorhut, weil schneller als die anderen. Haben ein Fischerboot geklaut, sagen sie, und sind gestern losgefahren, neun Freunde, alle um die zwanzig, modische Frisuren, die knöchellangen Jeans, wie sie Hip-Hopper tragen, ein Nachdenklicher mit Brille, ein Schönling mit langen Haaren, ein Wortführer betont gelassen. Sonntagsausflügler nennen sie hier die Flüchtlinge, die es auf eigene Faust versuchen, oft spontan, und gegen alle Erwartung auch noch zügig durchkommen, weder abgetrieben noch abgefangen werden, fahren in Tunesien los und betreten keine vierundzwanzig Stunden später das Land der Franken. Die Erleichterung ist ihren Gesichtern abzulesen. Nicht einmal besonders erschöpft wirken sie, wirklich wie Sonntagsausflügler, denkt der Berichterstatter jetzt auch. Die meisten anderen Flüchtlinge sind Tage unterwegs, weil sie große Bögen fahren, um den Patrouillen der FRONTEX-Agentur zu entweichen (Agentur redet Europa sich schön, was tatsächlich eine Armada ist), dreißig, vierzig Menschen auf einem Schlauchboot, die für den Platz an der sengenden Sonne buchstäblich ihr letztes Hemd gegeben haben. Die Ärzte ohne Grenzen, die am Hafen warten, erleben oft den reinen Horror, wenn die Boote eintreffen, Flüchtlinge halb oder ganz tot vor Durst und Erschöpfung, fast alle dehydriert, viele traumatisiert, als Normalfall Verbrennungen, Auszehrung, schwere Übelkeit, Hunger, oft auch Knochenbrüche, und sie, die neun Freunde, sie fahren ohne lang nachzudenken los wie auf eine Spritztour, kein Unwetter, keine Krankheiten, kein Motorschaden, nicht einmal eng haben sie es, nicht einmal Sonne, weil sie alle unters Dach des Kutters passen, und schlüpfen ungläubig durch die Maschen des Paradieses, wie sie Schengen in Afrika nennen. Die Ärzte ohne Grenzen kommen nicht zum Einsatz. Die Zöllner bringen die jungen Männer ins Aufnahmelager, von dort werden sie in ein, zwei Wochen in ein weiteres Lager auf dem Festland überführt. Mit Tunesien existiert noch kein Rückführungsabkommen, deshalb haben sie gute Chancen, nach drei, vier oder seien es acht weiteren Monaten Trostlosigkeit mit einem Ausweisungsbescheid auf die Straße geschickt zu werden, den sie in den Papierkorb werfen werden. Alle wissen das, die neun tunesischen Freunde, die Zöllner, die beiden Herren in dunklen Anzügen, der Berichterstatter. Die meisten

Flüchtlinge ziehen ohnehin weiter nach Norden, bekümmern den Staat also nicht, und wer bleibt, wird gebraucht: Ohne die Illegalen, die in Italien zwei, drei Euro die Stunde verdienen, gäbe es in Deutschland keine Pfirsiche für zwei, drei Euro das Kilo. Die Unaufgeregtheit, mit der die neun tunesischen Freunde befragt und nach nicht einmal zwanzig Minuten abgeführt werden, läßt vergessen, daß ihre Situation gleichwohl existentiell ist, der Bruch mit allem, was ihr bisheriges Leben ausmachte, der Beginn eines Lebens, dessen Konturen sie nicht einmal ahnen, in Europa zwar, ja, im Gelobten Land, aber ohne Rechte, ohne Krankenversicherung, ohne soziale Absicherung, fern der Familie, immer in Angst vor der Polizei. Inmitten der Dramen, die sich sonst auf dem Mittelmeer und noch auf der eigentlich abgesperrten Mole im Hafen von Lampedusa abspielen, mutet ihre Schicksalswende wie ein Normalfall an, den es fast nicht mehr gibt.

Auf Lampedusa herrscht der Ausnahmezustand. Der Berichterstatter parkt seinen Roller am Kirchplatz, um ins Internetcafé zu gehen, und als er zehn Minuten später ins Hotel fahren will, ist er eingeschlossen von einer Marienprozession, für die alle fünftausend Bewohner der Insel ihre Festtagskleidung angezogen zu haben scheinen. Es ist Feiertag, herausgeputzt hat sich der Ort. Daß er auf den ersten Blick keine andere Geschichte bietet, ist die Geschichte. 19820 Menschen haben die Zöllner und mit ihnen die Ärzte ohne Grenzen auf Lampedusa in Empfang genommen, bereits 19820 Menschen allein in diesem Jahr plus den neun Tunesiern von heute, aber im Dorf sieht man von ihnen nichts. Ihr Lager, ein, zwei Kilometer außerhalb hinter einem Hügel, ist auf keiner Karte verzeichnet, durch kein Schild ausgewiesen und nur mit Sondergenehmigung zu betreten, die zu erlangen man sämtliche Fragen eine Woche im voraus schriftlich einreichen muß. Nur am Hafen könnte man einen Blick auf die Flüchtlinge werfen, in der kurzen Spanne zwischen Landung und Abtransport, doch nur vom Hügel aus, der sich über dem Ort erhebt, da vor der Mole selbst Betonklötze die Sicht versperren. Wie gesagt, das Tor ist offen, jeder könnte zur Anlegestelle schlendern, doch das unternimmt nur ein Berichterstatter, der sich Lampedusa als wer weiß welches Inferno vorgestellt hatte. Wie die Ärzte ohne Grenzen erzählen, war es früher möglich, aus dem Lager herauszuspazieren, der Stacheldraht hatte einige Löcher, aber was sollten die Flüchtlinge schon ohne Geld auf einer Insel unternehmen, auf der sie nicht einmal untertauchen können? Einmal hatten sich drei, vier Schwarze im Dorf umgesehen und sogar ein Bier bestellt, ohne es bezahlen zu können, da setzte der Bürgermeister die Meldung in die Welt, die Flüchtlinge lungerten in den Bars herum, würden sich kostenlos betrinken und die Touristen anpöbeln. Glaubt man ihm, geht die Insel gerade unter. Tatsächlich, so erzählen fast alle Menschen, mit denen der Berichterstatter ins Gespräch kommt, bemerken sie kaum etwas von den Flüchtlingen. Wer seinen Urlaub in Lampedusa verbringt, interessiert sich nicht für Sehenswürdigkeiten, eine schmucke Altstadt oder schöne Landschaften, die es ohnedies nicht gibt. Er kommt wegen des Meeres. Er will sonnenbaden, schwimmen oder tauchen, zumal wenn es anderswo in Italien zu kalt geworden ist dafür. Keine Realität hindert ihn daran. Für den Berichterstatter ist es anders. Wird er normalerweise von Eindrücken erschlagen, wartet er hier wie ein Angler auf das Eintreffen von Flüchtlingen, um in der kurzen Zeit bis zu ihrem Abtransport überhaupt einen anderen Eindruck zu haben als den eines Urlaubsortes. Auf der ganzen Welt haben die Reichen ihre Methoden verfeinert, mit denen sie die Wirklichkeit aussperren, haben Zäune gebaut, Mauern, Feindbilder, um das Elend nur ja nicht zu sehen, aber daß es ihnen sogar auf Lampedusa gelingt, bei 19820 Flüchtlingen allein in diesem Jahr und einer Bevölkerung von fünftausend, stellt jede *gated community* in den Schatten. Nicht daß sie kein Thema wären. O ja, mit ihnen als Thema, fast nur mit ihnen, hat der Bürgermeister die letzte Wahl gewonnen. Das Krankenhaus ist vorher schon nicht gebaut worden, aber jetzt wird es nicht gebaut, weil die medizinische Versorgung den Flüchtlingen vorbehalten ist. So wie die Regierung in Rom die Armee in die Städte geschickt hat, die zu den sichersten der Welt gehören. So wie sie den Notstand ausgerufen hat nicht bloß auf Lampedusa, ach was, nicht bloß im Süden, sondern wenn schon im ganzen Land. Wohlgemerkt: Nicht die Flüchtlinge sind in Not, sondern das Land. Es ist ein freundlicher Menschenschlag hier, ihre Gelassenheit spürt man sofort, wenn man aus der Hauptstadt eintrifft. Bestimmt hat niemand etwas gegen die Afrikaner, Araber und Asiaten, nicht einmal der Bürgermeister, der die Gründe ihrer Flucht zu verstehen behauptet. Man will sie nur nicht bei sich haben, nicht so viele jedenfalls, daß sie nicht mehr als Gäste durchgehen, nicht vor der eigenen Haustür wie anderswo das Atomkraftwerk. Daß man sie gar nicht sieht, reicht nicht. Unsichtbar werden sie erst recht zu Geistern.

Dienstag, 23. September 2008, 0:04 Uhr. Aus dem Fenster blickt der Berichterstatter in den wankenden Himmel, in den neue Sternbilder zerplatzender Raketen aufziehen. Aufgrund welcher Halleffekte auch immer sind die Böller so laut, daß die Scheiben zittern. Wer schlief, ist seit Mitternacht wach. Im Lager wird man nur den Himmel glühen sehen und blitzen. Man wird nur die Explosionen hören. Wer vor dem Krieg floh, wird meinen, zurückgekehrt zu sein. Auf dem Meer wird das Feuerwerk zu Ehren der Heiligen Jungfrau den Weg leuchten. Wäre es nicht ein Freudenfest wert, daß sie die Reise überlebt haben? 0:12 Uhr: Es ist vorbei, die Bewohner jubeln. Sobald die fünftausend Motorroller sich verstreut haben, könnte der Berichterstatter es mit Schlaf versuchen. Für den Fall, daß in der Nacht Flüchtlinge eintreffen, liegt das Handy neben dem Bett. Um 0:15 Uhr fällt ihm ein, daß er noch immer nicht weiß, ob der Absender der Rundmail an alle Adressen seines elektronischen Verzeichnisses die Behandlung überlebt hat oder nicht. Warum, frage ich mich, hat der Berichterstatter nicht nachgefragt? Gewiß fürchtete er, daß seine Mail nicht mehr zustellbar wäre. Aber vielleicht fürchtete er noch mehr, später einen weiteren Menschen in den Roman aufnehmen zu müssen, den ich schreibe, falls eine Antwort einträfe und sich aus der Nachfrage eine Bekanntschaft entwickelte. Auch der Romanschreiber, der Jean Paul heißt, räumt ein, daß er die Glocke um seiner selbst willen halten und sprachlos machen will, weil er sich die Szene vorstellt, als wirke er selbst mit. »Das Schicksal zieht unser dünnes Gewebe als einen einzigen Faden in seines und kettet unsre kleinen Herzen und unsere nassen Augen als bloße Farbenpunkte in die großen Figuren des Vorhangs, der nicht vor uns herniederhängt, sondern der aus uns gemacht ist.« Worin Jean Paul dem Berichterstatter ein Vorbild ist, von dem er nichts ahnte, als er den Roman begann, den ich schreibe: ihm wird die erzählte Zeit tatsächlich zur Mimesis der realen. In Romanen weiß der Romanschreiber immer mehr als der Leser. Er kennt das Ende schon, wenigstens prinzipiell. Vielleicht hat er sich noch kein Ende überlegt, aber er allein übersieht die Möglichkeiten, die eine nächste Seite bietet. Anders als im Leben sind sie nicht unendlich. Jean Paul gelingt es, den Vorteil auszugleichen, den die Wirklichkeit immer vor dem Roman haben wird, und die Unendlichkeit nachzuahmen, weil in seinen Büchern alles möglich ist, er aber keine der künftigen Möglichkeiten voraussagen kann, darin auch er ein Berichterstatter nur. Er selbst freut sich in der *Unsichtbaren Loge*, »daß ich jetzt niemals mehr weiß, als ich eben berichte: anstatt daß ich bisher immer mehr wußte und mir den biographischen Genuß der freudigsten Szenen durch die Kenntnis der traurigen Zukunft versalzt. So aber könnt' in der nächsten Viertelstunde uns alle das Weltmeer ersäufen: in der jetzigen lächelten wir in dasselbe hinein.« Im *Hesperus* bekommt der Romanschreiber, den Jean Paul wieder Jean Paul nennt, die einzelnen Kapitel in regelmäßigen Abständen durch einen Hund geliefert: Er kann nur vermuten, was die nächste Post bringt, und gibt zum Ende mancher Kapitel selbst Tips ab, wie der Roman weitergeht, den er schreibt. Nicht weil er mehr, sondern weil er genausowenig weiß wie der Leser, ist ausgerechnet Jean Paul, der Leben auf Alltag reduziert, was andere Dichter seiner und späterer Epochen nur behaupten: ein Gott. »Ob es gleich schon eilf Uhr nachts ist: so muß ich dem Leser doch etwas Melancholisch-Schönes melden, das eben vorüberzog«, heißt es einmal in der *Unsichtbaren Loge*, und dann folgt ein Einschub, der mit dem Buch einmal mehr nichts zu tun hat, aber dann doch, weil den Romanschreiber plötzlich eine so traurige Anwandlung überkommt, daß er für sich und die Leser nichts Nötigeres sieht, »als jetzt einen neuen Freuden-Sektor anzuheben, damit wir unser altes Leben fortsetzen«. Was dann tatsächlich folgt, ist ein abruptes Ende, dem das *Leben des vergnügten Schulmeisterlein Maria Wutz in Auenthal* nachgestellt ist, dramaturgisch gerechtfertigt nur durch die fadenscheinige Behauptung, gerade jetzt dringend den Vater einer Nebenfigur vorstellen zu müssen. So willkürlich ist nur der Schöpfer, dem sich das Sein verdankt. Hölderlin starrt in den Himmel. Um auf die Erde zu blicken, muß man im Himmel sein. »In dieser Minute aber kommen mir die Menschen wie die Krebse vor, die die Pfaffen sonst mit Windlichtern besetzet auf den Kirchhöfen kriechen ließen und sie für verstorbne Seelen ausgaben; so kriechen wir mit unsern Windlichtern von Seelen mit den Larven Unsterblicher über die Gräber hinüber. – Sie löschen vielleicht einmal aus.« 1:46 Uhr: Wie aus dem Nichts setzen Sturm und starker Regen ein. Sind auch diese Nacht Flüchtlinge auf dem Meer, dürft' es sie in der nächsten Viertelstunde alle ersäufen, nur daß sie gewiß nicht in dasselbe hineinlächeln. Der Berichterstatter kann nicht mehr schlafen, er würde hier auch niemals Urlaub machen wollen, merkt er, könnte nicht einmal das herrliche Meer genießen, er merkt, daß er dem Meer böse ist, regelrecht böse, diesem herrlich aussehenden und heimtückischen, diesem verlockenden und mörderischen Weltmeer, das sich auch morgen wieder spöttisch, minimal angeekelt, wie zum Hohn mitleidig kräuselt. Der Bürgermeister hat recht, die Insel ist geschlagen mit den Flüchtlingen. Die Bewohner können nichts dafür, es ist nur die Lage, durch die unmenschlich wird, was auf dem Festland nicht menschlicher ist: die Augen zu schließen. Die Archivmappe schätzt, daß auf drei Flüchtlinge, die Europas Küsten erreichen, ein Ertrunkener kommt. Selbst der Außenminister, der nicht darin den Notstand sieht, geht von mehreren Tausenden Opfern pro Jahr aus. Vielleicht nicht die Urlauber, die am Strand die Sonne blendet, aber wer hier wohnt, der Berichterstatter ist sicher, denkt bei jedem Unwetter an sie. Sollen doch die Kirchen sie aufnehmen, schimpft der Bürgermeister, wenn ihr Schicksal dem Vatikan so sehr am Herzen liegt, die Kirchen und Klöster im ganzen Land. Man soll weit vor der Küste schwimmende Auffanglager einrichten, fordert seine Stellvertreterin. Man soll sie abknallen, rät deren Parteivorsitzender in Rom, hat es wörtlich gesagt: »Nach der zweiten oder dritten Warnung – bum. Dann schießt die Kanone, ohne noch viel zu reden. Die Kanone tötet. Sonst kommen wir nie zu einem Ende.« Dem sind die freudigsten Szenen durch die Kenntnis der traurigen Gegenwart versalzen.

– Nein, da täuschen Sie sich, die Flüchtlinge sind für die Menschen hier kein großes Thema, sagt der ehemalige Bürgermeister, kein Gesprächsstoff in den Familien, den Bars und Restaurants. Sie sind ja praktisch unsichtbar. – Sind sie denn keine Belastung? – Ja, am Anfang schon, 1993, als die ersten kamen. Damals gab es noch kein Lager, kein Geld, um sie zu betreuen, keine Kleidung, keine Nahrungsvorräte. Damals mußten wir die Flüchtlinge noch selbst versorgen, es ging nicht anders, und wir haben es getan. Gewiß haben manche gemurrt, und die Sicherheit war wirklich ein Problem, die Flüchtlinge lungerten ja den ganzen Tag herum, manche schliefen am Strand. Aber jetzt? – Ich könnte mir vorstellen, daß ihre Schicksale irgendwie auf den Seelen lasten. – Ach was, die Flüchtlinge schaffen Arbeitsplätze, allein im Aufnahmelager sechzig für die Einheimischen, dazu die Investitionen, die vermehrten Flugverbindungen, die Wohnungen für die Mitarbeiter der auswärtigen Organisationen. – Allerdings sind die Meldungen nicht gerade eine Werbung für die Insel. – Ja, unser Image hat gelitten, räumte der ehemalige Bürgermeister ein, es kommen weniger Touristen – aber wer verkündet denn in ganz Italien, daß Lampedusa kurz vor dem Untergang steht? Mein Nachfolger! Dabei geht es ihm gar nicht um die Flüchtlinge. Ihm geht es um den Ausnahmezustand, aus dem er Profit schlagen kann. – Wie in Rom, meinen Sie? – Ja, wie der Cavaliere, nur im Dorfformat: Mein Nachfolger will Aufträge haben, mit denen er seine Freunde versorgt, Zuschüsse, mit denen er seine Wähler gewinnt. Er behauptet, daß die Carabinieri überfordert seien, und verlangt demonstrativ Stacheldraht um das Aufnahmelager. Als nächstes fordert er den Aufbau einer privaten Polizei, weil sonst die Sicherheit nicht wiederherzustellen sei, die Sicherheit auf Lampedusa, das müssen Sie sich vorstellen, wo niemand nachts seine Haustür abzuschließen braucht. Das einzige Verbrechen, das Flüchtlinge in all den Jahren begangen haben, sind drei Bier gewesen, die sie nicht bezahlen konnten. Warum verlangt mein Nachfolger also eine Privatpolizei? Damit er neue Aufträge vergeben kann. Gerade hat er die Zustände im Aufnahmelager beklagt, daß es uns das Herz brach. Es sei zu eng, es würde stinken, überhaupt sei es unmenschlich, wie die Flüchtlinge behandelt würden. Und wie kann man ihre Lage verbessern? Indem die Kommune das Lager übernimmt – wieder neue Posten! Wo es ihm nützt, sind die Flüchtlinge arme Kreaturen, und am nächsten Tag sagte er, daß Neger stinken, egal, wie oft sie sich waschen. – Ist es Rassismus? – Nein, die üblichen Vorurteile, mehr nicht. Solche Leute sind nicht wie früher die Faschisten. Solche Leute profitieren von jeder Flüchtlingsbarke, die in Lampedusa landet. Zwölftausend Euro würde es kosten, die Barke als Sondermüll zu entsorgen, der Motor, die Batterie, das Metall, das kann man nicht einfach im Meer versenken. Zwölftausend Euro kassieren sie und bezahlen jemandem zweitausend Euro, der die Einzelteile in den Hausmüll wirft oder die Barke gleich im Meer versenkt. – Hat der jetzige Bürgermeister denn die Wahl nicht mit den Parolen gegen die Flüchtlinge gewonnen? – Die Wahl hat er gewonnen, weil er sich mit den Carabinieri anlegte. Die seien zu streng, behauptete er, die würden die Menschen hier schikanieren, genauso wie die Bauaufsicht und überhaupt der ganze Staat, der solle die Menschen endlich in Ruhe lassen, die Menschen würden ihre Angelegenheiten schon selbst organisieren. Die Menschen – daß ich nicht lache! Mit den Menschen meinen sie sich selbst. Alles soll privatisiert werden. Nur das, was kein Geld bringt, möge der Staat bitte schön weiterhin leisten, die Flüge nach Lampedusa zum Beispiel, die soll er gefälligst subventionieren. Der Staat ist für sie ein Geschäftsbereich, schimpft der ehemalige Bürgermeister und rührt im vierten Espresso. Er selbst sei ein Linker alter italienischer Schule, mit

Dreizehn bereits Generalsekretär der Kommunistischen Partei auf Lampedusa, weil er sicher lesen und schreiben konnte, als sich das in Süditalien noch nicht von selbst verstand. Er sei immer ein Aufrührer gewesen, noch als Jugendlicher sein erster politischer Sieg: die Einrichtung eines Schildkrötenreservats im Osten der Insel. Die Photos hängen an den Wänden. Lampedusa sei eigentlich christdemokratisch, sagt er, sein eigener Wahlsieg eine Ausnahme gewesen. Aber die Christdemokraten waren wenigstens noch Gegner. O wie sehr er diese neuen Typen verachtet, ihre Ignoranz, ihre Gesinnungslosigkeit, ihren Opportunismus. Sie kennen nichts von der Geschichte Lampedusas, sagt er, über die er gerade ein Buch schreibt, ob sich in Deutschland ein Verlag fände, um es zu übersetzen? – Wir sind doch selbst ein Volk von Migranten, von Bootsflüchtlingen, wenn Sie so wollen, sind nach Tunesien ausgefahren, weil es Arbeit damals in Afrika gab. Viele von uns haben Araberinnen geheiratet, andere sind dort geboren und später mit den Eltern nach Lampedusa gezogen. Viele von uns sind Araber, auch wenn sie das nicht gern hören. Es ist morgens um halb zehn, der ehemalige Bürgermeister sitzt in einem seiner beiden Hotels, er trägt T-Shirt und Bermuda-Shorts, die mittellangen Haare zurückgekämmt, breites Gesicht und ebensolches Lächeln, die Stimme tief von der Zigarre, die er wahrscheinlich nur zum Schlafengehen ausdrückt, ißt zu gern oder bewegt sich zuwenig, man sieht es, aber im Herzen ist der Eifer noch da, mit dem er einst für die Schildkröten kämpfte.

Betonplatten zwischen zweistöckigen Containerreihen, die Zimmer mit sechs doppelstöckigen Betten so voll, daß kaum Platz zum Stehen ist, überhaupt die Enge im Männerbereich, obwohl es auf dem Meer seit Tagen stürmt und daher nicht einmal alle Liegen belegt sind. Das ganze Lager für offiziell siebenhundert Flüchtlinge ist keine sechzig Meter breit, keine zweihundert Meter lang, schätzt der Berichterstatter, eine Bevölkerungsdichte wie in keinem japanischen Hochhaus. Auf jedem Quadratmeter manifestiert sich das Bemühen der Behörden, die Linie zu halten, auf der man ihnen weder vorwerfen kann, die Flüchtlinge unmenschlich zu behandeln noch sie zu verwöhnen. Als Matratzen dienen grobgeschnittene Schaumstoffbahnen, wie man sie auf dem Bau als Isoliermaterial verwendet, das Bettzeug aus Papier, alles Geschirr Einweg aus Plastik. Im Männerbereich steht ein stummer Pulk vor dem Tor, ohne daß jemand dem Berichterstatter erklären kann, worauf die Männer warten. Stumm sind sie überhaupt alle, die Langeweile mit Händen zu greifen, dazu die Spannungen untereinander unvermeidlich. Die Frauen haben allerdings auch viel mehr Platz und sogar ein paar Bäume, die Schatten spenden, haben Stühle und drei Spielgeräte aus buntem Plastik für Kinder. Die Männer hingegen, hier die Zentralafrikaner, dort die Araber, in der Ecke die Ostafrikaner, hier und dort ein paar Tamilen, Nepalesen und Ostasiaten, sitzen auf dem Boden oder liegen auf den Schaumstoffrechtecken, die sie sich aus den Zimmern geholt haben. Hinter dem Container des Sanitätsdienstes sind weitere Matratzen übereinandergeworfen, ein ganzer Berg aus dem fleckigen, dunkelgelben Schaumstoff, falls sich das Meer wieder beruhigt. Auf dreißig Quadratmetern haben sich acht naßgeschwitzte Fußballer ein Spielfeld erobert, vier Plastikflaschen die Tore. Das Spiel trägt zur Gelöstheit der Stimmung bei, sagt der junge Direktor, der sich ständig die langen Haare von der großen Sonnenbrille streicht, das Hemd vier Knöpfe offen, Jeans mit breitem Designergürtel, spitze Lederschuhe. Seine Firma hat die Ausschreibung gewonnen, nachdem das alte Lager geschlossen werden mußte. Ein als Flüchtling getarnter Reporter war eine Woche ausgehungert und mißhandelt worden, sein Bericht zum Europäischen Parlament durchgedrungen. Daß jemand geschlagen wird, kommt nicht mehr vor, bestätigt auch die Frau vom Flüchtlingswerk der Vereinten Nationen, die seitdem im Lager arbeiten darf. Sosehr der Direktor bemüht ist, mit seiner Begeisterung anzustecken, denkt der Berichterstatter bei jedem Programmpunkt: O Gott, was für ein Elend. Sie stehen in der Kantine, die mit vier Tischreihen viel zu klein ist, als daß hier jemand sitzen könnte, also werden die Tische nur zur Essensausgabe benutzt und die Speisen statt dessen draußen auf den Betonplatten gegessen, alles sauber, der Menüplan ausgewogen, selbst an die Vitamine gedacht, Primi, Secondi, Dolce, jubelt der Direktor und läßt wie ein Zirkuszauberer das Fließband zwischen den Tischreihen starten, mit dem die Plastikfolie auf die Teller geschweißt wird: Möchten Sie probieren? – Lieber nicht, stammelt der Berichterstatter und denkt zugleich, daß die wenigsten Flüchtlinge drei Mahlzeiten am Tag hatten, bevor sie übers Meer gezogen sind. Im Vergleich zu den libyschen Lagern ist das hier ein Urlaubsresort, wie die Zentralafrikaner zu berichten wissen, auch im Vergleich zu den Camps der Illegalen und Roma an der Peripherie Roms, die der Berichterstatter mit dem Fahrrad erkundete. Die sind Dritte Welt, Slums mit allem, was dazugehört, Sperrholzwände und Wellblechdächer, kein Wasser, keine Kanalisation, Morast, sobald es regnet. Lampedusa dagegen ist eindeutig EU-Verordnung. Eine armseligere Erfüllung kann sich nicht einmal Gott ausdenken. Ein, zwei Tage schlafen sie nur, sagt die Frau vom Flüchtlingswerk der Vereinten Nationen. Wo sie sich eigentlich befinden, registrieren sie erst danach. Selbst nach zwei Wochen überwiegt bëi fast allen die Erleichterung. Nur ein Araber beschwert sich, daß es immer nur Pasta gibt, jeden Tag Pasta, er kann es nicht mehr sehen.

Nein, Lampedusa bietet keine Skandale mehr. Eher ist es ein Schaufenster geworden, in dem Europa Berichterstattern und Parlamentskommissionen seine Menschlichkeit demonstriert. Ja, wenn man Menschlichkeit nicht nach den Mindeststandards eines europäischen Gefängnisses definiert, sondern als Sattwerden, Schlafstatt, Kleidung, keine Schläge, keine groben Worte, für den Notfall einen Arzt und sogar eine Psychologin, dann ist das Lager menschlich. Ein Skandal ist, was jenseits des Schaufensters geschieht, also bevor ein Flüchtling Lampedusa überhaupt erreicht. Skandalös scheinen die Lager im Landesinnern zu sein, aber die dürfen nicht einmal die Ärzte ohne Grenzen betreten, erst recht kein Berichterstatter. Unmenschlich würde jeder Westeuropäer ein Leben in der Illegalität finden, das sich an den Lageraufenthalt meist anschließt, wenn die Behörden kein Asyl bewilligen. Ein Skandal könnten auch die Einsätze der FRONTEX-Agentur sein, die Europa gegründet hat, um die Flüchtlingsboote weit vor dem eigenen Hoheitsgewässer abzufangen. Ohne zu prüfen, ob sich an Deck Menschen befinden, die ein Anrecht auf Asyl haben, zwingt die Agentur die Boote zur Rückkehr in die afrikanischen Herkunftshäfen. Einem deutschen Fernsehjournalisten sprach der italienische Einsatzleiter ins Mikrophon, daß er angewiesen sei, an Bord zu gehen und Lebensmittel und Treibstoff zu beschlagnahmen, um die Flüchtlinge an der Weiterfahrt zu hindern. Anderen Aussagen zufolge sollen Soldaten der Agentur Schlauchboote auf offener See zerstört haben, um sie an der Weiterfahrt zu hindern. Genaueres weiß man allerdings nicht, da die Agentur keiner Regierung zur Rechenschaft verpflichtet ist. Selbst dem Europäischen Parlament gegenüber verweigert sie Informationen unter Verweis auf den geheimdienstlichen Charakter ihrer Arbeit. »Um die illegale Einwanderung zu bekämpfen, darf man nicht wie Gutmenschen auftreten, sondern muß böse sein«, sagt es hinreichend offen der Innenminister des Landes, in dem der Humanismus geboren wurde.

Abends wieder Marienprozession, diesmal aus dem Dorf heraus auf einen Hügel. Mitten im Gottesdienst wenden sich die Gläubigen plötzlich neunzig Grad nach links und sprechen Maria an, erst im Chor, dann jeder für sich, zwei, drei Minuten mit solcher Inbrunst, als stehe dort nicht ein Bild, sondern die Jungfrau selbst. Weil der Bürgermeister die Gemeinde um einen Kopf überragt, sieht der Berichterstatter ihn während der Messe ständig in den Kinnbart gähnen. Nach zwei Stunden steifem Gang und einer Messe, die sich so lang hinzieht, daß die Hälfte der Gläubigen den Rückweg vor der Kommunion antritt, ist er müde, das kann man verstehen, und jetzt wird der Arme auch noch dem tausendsten Journalisten erklären müssen, daß er nichts gegen Ausländer hat. Dabei hat selbst sein linker Vorgänger eingeräumt, daß der rechte Bürgermeister sich mit dem dunkelhäutigen Pfarrer prächtig versteht, den der Bischof wegen Priestermangels nach Lampedusa entsandt hat. – Selbstverständlich, erklärt der Bürgermeister auf einem Klappstuhl, während neben ihm der Altar abgebaut wird, selbstverständlich muß den Flüchtlingen geholfen werden, deren Not er ausführlich schildert. Leider haben die Regierungen in Rom versagt, ob rechts, ob links. Die Forderung der Linken, die Lager zu öffnen, treibt die Elenden nur in die Kriminalität, die Prostitution, die Drogensucht. Der Beschluß der Rechten, die Elenden als Kriminelle zu behandeln, ist unrealistisch. So viele Lager könnten gar nicht gebaut werden, um alle zu internieren. – Und Ihre Lösung? Auf diese Frage hat der Bürgermeister gewartet. Die ganze Zeit schon drückt er auf die beiden oberen Ecken des Notizbuchs, damit der Berichterstatter besser schreiben kann. Wenn der Berichterstatter eine Frage stellt, weist der Bürgermeister mit dem Zeigefinger jedesmal auf die leere Stelle, auf der seine Antwort notiert werden soll, und dann dreht er manchmal den Kopf zum Kopf des Berichterstatters herüber, als wolle er auf dem Blatt überprüfen, ob dieser richtig protokolliert habe. – Wir als eine Kommunalverwaltung haben lange nachgedacht und viele Erfahrungen gesammelt, hebt der Bürgermeister an: Die Lösung ist, daß den armen Menschen in ihren Heimatländern geholfen werden muß! Der Berichterstatter merkt, daß der Bürgermeister auf Anerkennung oder wenigstens eine Nachfrage wartet, aber ihm fällt spontan nichts ein. – Wahrscheinlich gibt es keinen Politiker in Europa, der Ihnen widerspräche, versucht der Berichterstatter seinen Einwand höflich zu formulieren. – Aber ich meine es ernst! ruft der Bürgermeister erregt: Wir müssen Schulen bauen, wir müssen Demokratie schaffen, wir müssen in ganz großem Stil einsteigen. Dann erklärte er seinen Masterplan, der zugegeben sehr viel Geld koste. Bei jedem einzelnen Punkt zeigte er mit dem Finger wieder auf die Stelle, wo der Vorschlag notiert werden soll. Die Frage, ob sich der Bürgermeister selbst nicht am besten eignete, den Masterplan für Afrika umzusetzen, verkneift sich der Berichterstatter. Statt dessen erwähnt der Bürgermeister so beiläufig als gehöre es zu seinem Masterplan, daß Italien die Flüchtlinge brauche, um die Drecksarbeit zu verrichten, für die sich die Italiener zu schade seien. – Ist das nicht ein Widerspruch? schreckt der Berichterstatter ihn auf. – Wenn Italien Arbeitskräfte braucht, erregt sich der Bürgermeister wieder, soll die Regierung eben Visa erteilen! Wir sind fünftausend Menschen. Wir können nicht Europas Probleme lösen. Wir sind Christen. Wir haben die Flüchtlinge aufgenommen und werden sie weiter aufnehmen. Aber wir sind es leid, daß ständig schlecht über uns geschrieben wird. Die Journalisten tun so, als kollabiere die Insel, dabei ist es wunderbar hier, ein phantastisches Urlaubsziel. – Sicher, bestätigt der Berichterstatter und fragt, ob der Bürgermeister mit seinen Interviews nicht selbst zur Hysterie beigetragen habe. – Das war ein bösartiger Angriff der linken Zeitungen gegen mich, weiß der Bürgermeister sofort, worauf der Berichterstatter anspielt: Als das Lager im Sommer mit zweitausend Flüchtlingen überfüllt war, habe ich gesagt, daß die Menschen dort wie Tiere leben. Ich habe nicht gesagt, daß es Tiere sind, verstehen Sie? Und als wir die Probleme mit der Wasserversorgung hatten, habe ich gesagt, daß die armen Schwarzen nicht sauber werden, wenn sie sich waschen – weil sie kein Wasser haben, verstehen Sie? Ich war es doch, der den Vatikan attackiert hat, damit er die armen Leute aufnimmt. Ich habe nichts gegen Afrikaner. Ich habe nichts gegen Araber. Ich habe nichts gegen Asiaten. Ich habe nur etwas gegen Gesetzlosigkeit. Eine Demokratie muß in der Lage sein, Ordnung zu schaffen und das Gesetz durchzusetzen. – Eine Blockade? – Ja, nennen Sie es Blockade. Wenn die Regierung wollte, könnte sie den Seeweg morgen versperren. Der Bürgermeister sieht, wie der Berichterstatter den Satz notiert, ohne eine weitere Frage zu stellen. Deshalb zeigt er mit dem Finger wieder aufs Papier: Das sage ich auch im Interesse dieser Elenden, auf die in Europa nur Kriminalität, Prostitution und Drogen warten. Wir dürfen ihre Hoffnungen nicht enttäuschen.

Vom Wetterleuchten wacht der Berichterstatter auf. Vom Fenster aus sieht er die Küstenwache aus dem Hafen fahren und benachrichtigt die

Ärzte ohne Grenzen, die zurücksimsen, daß außerdem ein französisches Schiff siebzig Meilen vor der Küste Flüchtlinge an Bord genommen habe. Gegen Morgen müsse es eintreffen. »Will you let me know when they arrive whenever it is? Another big ship is coming.« »Of course. Ciao.« In dem Augenblick, in dem er auf die Terrasse tritt, stürzen Eisklumpen vom Himmel, wie er es noch nie gesehen, nicht einmal für möglich gehalten hat. Erst begreift er es nicht, springt nur unters Dach, um nicht erschlagen zu werden, dann sieht er ein, daß es Hagel sein muß und keine Apokalypse, tischtennisballgroß. Nach einigen Minuten bricht das Gewitter aus. Das Wasser überflutet so schnell die Terrasse, daß es im Zimmer steht, obwohl der Berichterstatter Handtücher vor die Türritzen wirft. Selbst Jean Paul und die Allmacht werden naß, die Digitalkamera, das Handy, weil der Sturm die Tropfen durch das Fenster, das er nicht rechtzeitig schloß, bis auf den Schreibtisch sprengte. Als das Gewitter etwas nachläßt, hält er vom Fenster auf der einen, der Terrassentür auf der anderen Seite des Zimmers Ausschau nach den Schiffen. Endlich erspäht er die Küstenwache, die ohne Flüchtlinge an Deck in den Hafen einzufahren scheint. Allerdings verliert er sie überraschend aus dem Blick, als er zum Fenster hinübergeht. Auch von der Terrassentür aus ist sie nicht mehr zu sehen. Am Donnerstag, dem 25. September 2008, bleibt ihm um 1:04 Uhr nichts anderes übrig, als auf den Anruf der Ärzte ohne Grenzen zu warten, die mit der Küstenwache in Verbindung stehen. Was an John Bergers neuestem Buch *Hier, wo wir uns begegnen* zuerst erstaunt, um nicht immer nur Jean Paul zu lesen, jede Nacht Jean Paul, ist der Ton, alles andere als abgeklärt, ja unsicher, hell und hellwach, neugierig, manchmal ungelenk, Sätze, die nichts aussagen als ihren Inhalt, und dann wieder Poesie, die keine Strophen braucht, Versenkung, Schreiben bei Stromausfall mit Bleistiftstummel als Geisterbeschwörung, und zwar wörtlich, Horchen und Nachsprechen zur Erweckung der Toten, die wirklich aus einem Aufzug treten, 1951 gestorben, setzen sich in eine Hotellobby, bestellen einen Kaffee, 1944 zum letzten Mal umarmt. Hieß sie nicht Audrey? Ton, nicht Stil, weil ich beim Lesen seine Stimme zu hören meinte, John Bergers junge Stimme, die einen durch John Bergers langes Leben führt, 1926 geboren, älter als mein Vater, der Schreiner und der Herr, der sich im Bergischen Land verlief, berichtet vom Krieg, wirklichem Krieg, Luftangriffen, Mundraub, vom Geschmack eines Stücks Obst, dem Geruch von Haaren, die ohne Seife gewaschen worden sind.

Die Wehrmacht macht bei Krakau zweihundertfünfzigtausend Gefangene. Die Geduld könnte es sein, die ihn verjüngt, ja Geduld, weil noch Zeit ist, wo Zeit nicht mehr zählt. Um sich der Menschen zu erinnern, verweilt er *Hier, wo wir uns begegnen*, nicht dort, nicht Perfekt. Erfundenes nur im Sinne des Träumens: Möglichkeiten. Auch ihm gelingt ein Totenbuch, sofern Gelingen ein Ausdruck wäre, ihm gelingt, was Literatur aufgetragen ist: Auferstehung. Und doch zahlt er einen Preis, den ich, so befürchte, ahne ich, nicht zahlen könnte, nicht zahlen darf. Er zahlt mit seiner Kunst. Seine Begegnungen sind genauer, geheimnisvoller beschrieben, als es dem Berichterstatter je gelänge. Sein Buch hat eine Melodie, einen Bogen, Anfang und Ende. Als der Roman begann, den ich schreibe, war an Melodie nicht zu denken, Suche nach einem Ort, an dem der Berichterstatter atmen könnte, Kunst? ein Diktiergerät für Stumme, das er mit sich trug, nur noch 23,5 mal 17,5 mal 1,8 Zentimeter ist seine Kunst groß. Eindringlicher als John Bergers Begegnungen wirkt auf mich am Wegrand Liegendes, eine Melone zum Beispiel, eine Zwetschge, ein verschrumpelter Pfirsich, Renekloden, Kirschen oder die zwanzigtausendjährigen Höhlenzeichnungen von Cro-Magnon. Keinem der Menschen, von denen er erzählt, trauere ich nach. Es gab sie nicht einmal, sie sind Träume. Der Berichterstatter wollte Gott ihre Existenz beweisen. Das Handy hat keinen Empfang, merkt er um 3:05 Uhr, auch nicht auf der Terrasse, wahrscheinlich wegen des Gewitters. Die Ärzte ohne Grenzen können ihn gar nicht erreichen.

Um 3:13 Uhr fährt der Berichterstatter mit dem Motorroller durch teichgroße Pfützen die menschenleere, gleichwohl hellerleuchtete Uferpromenade auf und ab, bis er am äußersten Ende des alten Hafens Menschen vor einem französischen Kriegsschiff entdeckt. Wahrscheinlich ist es zu groß für die Mole, die für die Flüchtlinge vorgesehen ist. Fünfundsechzig Somalier sind im Sturm gerettet worden, schnappt er auf, darunter dreizehn Frauen, achtzig Seemeilen vor der libyschen Küste gerettet, eine Schwangere, fünfter Monat, ein Verletzter. Daß es ein Schiff von FRONTEX ist, welches die Flüchtlinge aufgenommen hat, und so nah an der libyschen Küste, wundert die Ärzte ohne Grenzen. Genaues weiß niemand, aber alle meinen, auch die Frau vom Flüchtlingswerk der Vereinten Nationen, daß FRONTEX dafür da sei, die Flüchtlinge von Europa abzuhalten. Wer für den italienischen Staat arbeitet, außer den Zöllnern und Carabinieri auch die Mitarbeiter des Aufnahmelagers, gibt sich durch Latexhandschuhe zu erkennen wie der Westen in Afghanistan. Aus einem Kleinlaster wird ein Kanister mit Desinfektionsmitteln entladen. – Und die Flüchtlinge, fragt der Berichterstatter, wo sind sie? Da der Bus noch nicht eingetroffen ist, sitzen sie im Schiffsinnern, wo sie es wärmer haben. Die Chiffre Somalier kennt der Berichterstatter bereits: Wahrscheinlich gehören sie einer einzigen Familie oder einem einzigen Clan an, ihre Flucht hat vor Monaten begonnen, zu Hause hatten sie Krieg, kann sein, daß sie vertrieben worden sind, bestimmt gab es Tote. Das Gegenteil von Sonntagsausflüglern. Soldaten reichen vom Deck große rote Plastiktüten, die beinah leer sind, für jeden Flüchtling eine, nimmt der Berichterstatter an, deren Habseligkeiten. Alle auf der Mole sprechen mit gedämpfter Stimme, ob mit oder ohne Latexhandschuhe, flüstern beinah und reden überhaupt nur sehr wenig, stehen nur da und starren aufs erleuchtete Schiff mit den fünfundsechzig Geretteten im Bauch, als warteten sie aufs Christkind. Wenn sich jetzt alle an den Händen faßten, mit und ohne Latexhandschuhe, um ein Weihnachtslied zu singen – der Berichterstatter wäre nicht einmal überrascht, so dankbar ist er für den Segen, den Rettung doch bedeutet. Dann fällt ihm ein, daß er der einzige ist, der eine solche Landung zum ersten Mal erlebt, aber ein tunesischer Übersetzer wird ebenfalls pathetisch, als der Berichterstatter ihn anspricht, und seine Augen glänzen. Wenn der Begriff des Märtyrers heute eine Bedeutung habe, sagt der Übersetzer, der Zeugenschaft, wie es das arabische Wort *schahâda* ebenfalls bezeichnet, dann für sie, die im Schiffsbauch warten, um ans Licht zu treten, und alle anderen Flüchtlinge dieser Nacht, die es nicht mehr erblicken. Sie seien die Zeugen unserer Zeit. Alltagssprachlich trifft es Martyrium allerdings auch, meint der Berichterstatter. Und dann sprechen sie über Jonas und die Flüchtlinge in den heiligen Büchern, über Maria, Josef und das Jesuskind, und der Berichterstatter sagt, daß diese Geschichten nicht einer fernen Vergangenheit angehörten, sondern hier stattfänden, dreihundert Meter vom Strand, wo die Urlauber morgen wieder baden, und dahinten sind die Hafenrestaurants, in denen sie zu Mittag essen, wenn das französische Kriegsschiff längst wieder vor Libyen kreuzt, um andere Flüchtlinge aufzuhalten. Noch bevor der Bus eintrifft, spürt er die Unruhe, die alle erfaßt, eine stille Aufregung, obwohl sich nur drei Soldaten auf dem Deck in Bewegung gesetzt zu haben scheinen. Durch eine Luke treten sie ins Schiffsinnere und kurze Zeit später mit den ersten Flüchtlingen wieder hervor, die sie am Arm stützen, einem älteren Mann zuerst, der offenbar am Bein verletzt ist, dann die Schwangere, wirklich wie Josef und Maria, zwei unglaublich Fremde, nicht nur wegen ihrer dunklen Haut und dem weiten, exotischen Gewand der Frau mit dem roten Kopftuch, das nach somalischer Art bis über den Bauch reicht, viel fremder ihre Blicke, verstört, scheu, ängstlich und doch dankbar dem Leben, daß sie es behalten haben. Hinter Maria die Prozession der übrigen Flüchtlinge, erst die Frauen, junge Mädchen die meisten, zierlicher als Kunstturnerinnen oder nachmittags die Zentralafrikanerinnen im Lager, dann die Männer, ebenfalls schmächtig, die ihre ersten Schritte so behutsam auf die Erde setzen, als sei es das erste Mal. Und wirklich ist es ja wie eine Neugeburt für sie. Der Berichterstatter will sie begrüßen, auf arabisch *Friede sei mit euch* rufen oder ihnen wenigstens zulächeln, aber weil niemand es tut, traut er sich nicht, und so wanken sie ohne jeden Kommentar der Umstehenden, ohne Begrüßung oder Bekundungen der Freude einer nach der anderen aus dem Schiffsbauch hervor, wanken an der Hand der französischen Soldaten die paar Meter übers Deck und werden von italienischen Soldaten, die an der Mole warten, über die Brücke ans Land geleitet und in den Bus gesetzt, um auf den Matratzen aus Isoliermaterial und dem Bettzeug aus Papier gründlich auszuschlafen. Der Berichterstatter zittert, so ergriffen ist er, das Leben zu sehen, das nackte Leben, wie auf der Palliativstation, im Perinatalzentrum oder bei meiner Lobat, die die Arme mit den Handflächen nach oben ausbreitete, das Leben als was es ist: ein Geschenk.

Als die Flüchtlinge schon abgefahren sind, unterhält er sich mit dem Kapitän, der eigens für ihn von Bord kommt. – Gratulation, ist das erste, was der Berichterstatter sagt, ich gratuliere Ihnen herzlich! – Warum? lächelt der Kapitän, ein großgewachsener, sportlicher Mann von vielleicht vierzig Jahren mit Bürstenhaarschnitt bei beginnender Glatze, und weiß doch sofort, was der Berichterstatter meint. Ihm wenigstens, dem Kapitän, ist die Freude anzumerken. Der Berichterstatter erfährt, wie die Flüchtlinge entdeckt wurden, dichtgedrängt auf einem kleinen Holzboot, nein, nicht im Sturm, da wäre es zu spät gewesen, sondern kurz davor, als der Himmel noch Sterne hatte. – Wie haben die Flüchtlinge reagiert, als sie Ihr Schiff gesehen haben? – Sie haben diskutiert, als wir sie anleuchteten, einige freuten sich und winkten, andere hatten Angst und schienen für Flucht zu plädieren. Mit unseren Beibooten versperrten wir ihnen den Weg. Als wir ihnen sagten, daß wir sie nicht nach Libyen zurückbringen würden, ja, ab da haben sich alle gefreut, da brach Jubel aus. Kurz danach zogen sich die Wolken zusammen, da wurden sie plötzlich ganz still, und als das Gewitter ausbrach, wurde ihnen klar, wie knapp sie dem Tod entronnen waren. – Wie ist es mit anderen Flüchtlingen, die heute nacht auf Booten unterwegs waren? fragt der Berichterstatter: Gibt es eine Chance, daß jemand überlebt hat? Der Kapitän denkt nach und sagt dann: Null Prozent. Als der Berichterstatter nach der Agentur fragt, bricht es beinah aus dem Kapitän heraus: Wenn ich ein Holzboot mit fünfundsechzig Menschen auf dem offenen Meer sehe, dann ist mir FRONTEX scheißegal, dann denke ich nicht an Immigration, an Papiere, an Zollbehörden. Dann rette ich sie, verdammt noch mal. Für ihn als Kapitän, fährt er fort, um seinem kleinen Ausbruch eine Erklärung beizugeben, stünde das Seerecht über etwaigen Verordnungen der Europäischen Union, er dürfte also gar nicht anders handeln. – Sieht das jeder Kapitän so? Dem Kapitän ist sofort bewußt, auf welche Aussagen der Berichterstatter anspielt. – Ich bin mir sicher, sagt der Kapitän, daß jedenfalls alle französischen Kapitäne genauso gehandelt hätten, außerdem hatte ich die Zustimmung meiner Einsatzleitung. Der Berichterstatter ist sicher, daß der Kapitän genauso gehandelt hätte auch ohne die Zustimmung seiner Einsatzleitung.

Der Abschnitt ihrer Selberlebensbeschreibung, den die Mutter Großvater widmet, enthält nicht viel Neues. Immerhin faßt sie noch einmal zusammen, wie die Familiengeschichte in Isfahan begann: Den Urgroßvater meines Großvaters, Hadsch Mollah Schafi Choí (nach meinem Dafürhalten ist es sein Großvater), verschlug es aus seiner Heimatstadt Choí in Aserbaidschan – ein Türke also – nach Isfahan, wo er beinah alle Ländereien flußaufwärts von Isfahan aufkaufte, Brachland damals. Er hatte sieben Söhne und zwei Töchter. Von seinem ältesten Sohn, auf den der größte Erbteil entfiel, Mohammad Schafi Choí, stammen die heutigen Schafizadehs ab (der Name bedeutet nichts anderes als »Nachfahren des Schafi«). Damals heirateten viele Kinder innerhalb der Verwandtschaft, so daß der Mullah aus Aserbaidschan auch ein Vorfahre Großmutters ist. Sie war sechzehn, als sie verheiratet wurde, Großvater schon fünfunddreißig, behauptet die Mutter. Großvaters eigener Erinnerung nach heiratete er 1924, da wäre er etwa dreißig gewesen. Manchmal erwähnt die Mutter Kleinigkeiten, die Großvater wahrscheinlich bewußt übergeht. So verschweigt er vermutlich aus Respekt vor Urgroßvater, daß er jedesmal, wenn er Isfahan verließ, um nach Teheran zur Amerikanischen Schule zu fahren, das traditionelle Gewand des Seminaristen trug, nur um es auf dem ersten Rastplatz gegen seine Schuluniform zu tauschen oder andere westliche Kleidung. Er traute sich mithin bis zum Ende seiner Schulzeit nicht zu gestehen, daß er die Gewänder, die ihm Urgroßvater in Isfahan anfertigen ließ, in Teheran nicht gebrauchen konnte. Allerdings ist es auch gut möglich, daß die Mutter nur die Geschichte des ersten Kleidertauschs aufbauscht, den Herr Djawaheri veranlaßte, bevor er Großvater zur Einschulung brachte. Ihre Fassung ist auch sonst – wie nenne ich es, ohne respektlos zu sein? – etwas zugespitzt. Bei ihr quittierte Großvater den Dienst bei der Zollbehörde am Persischen Golf, weil er nicht länger die Ausbeutung und Drangsalierung der Bevölkerung durch die belgischen Kolonialisten mit anzusehen vermochte. Das ist natürlich, ohne Respekt gesprochen, eine glatte Lüge. In seiner gesamten Dienstzeit erlebte Großvater lediglich zwei Belgier, die sich bereicherten, Monsieur K-L-T und Monsieur F-R-U, und den Persischen Golf verließ er nicht etwa aus patriotischen Gefühlen, sondern weil ihm das Klima nicht bekam. Auch die Geschichte mit dem Bart, den er abrasieren sollte, liest sich bei der Mutter ungleich dramatischer. Ihr zufolge war nicht die Einweihung eines neuen Gebäudes der Anlaß, sondern der Besuch von Reza Schah persönlich, und Großvater sei damals Bankdirektor gewesen, nicht bloß Stellvertreter. Entsprechend bat ihn auch nicht sein gutmütiger Vorgesetzter in Isfahan, sich zu rasieren, vielmehr befahl es der skrupellose Präsident der Iranischen Nationalbank persönlich; und entsprechend entschuldigte sich Großvater nicht bloß für die Einweihungszeremonie, i wo: er kündigte auf der Stelle. Drei Tage nach der Abreise des Schahs sei er unter vielen Entschuldigungen und größten Respektbekundungen wieder in die Bank gerufen worden, mit Bart und Beförderung auf welche Position auch immer, da er Direktor doch vorher schon gewesen sein soll.

Wie früher üblich waren die Großeltern finanziell voneinander unabhängig. Großmutter erhielt Großvaters Gehalt und finanzierte davon den Haushalt, während er von den Einnahmen seiner Ländereien lebte. Neben den »Tausenden Familien«, für deren Wohl er verantwortlich war (ein paar hundert Bauern werden es gewesen sein, die ihren kargen Lohn nicht fürs Faulenzen erhielten), versorgte er die Familie seines verstorbenen Bruders Mohammad Ali (den Selbstmord übergeht die Mutter ebenfalls) und kümmerte er sich um seine taubstumme Schwester Monireh, die zwei Kinder hatte und einen Nichtsnutz als Mann, der das Geld, das er nicht besaß, für Schnaps und Opium ausgab. Herr Mussawi war kein schlechter Mensch, beliebt sogar, vor allem bei den Frauen. Er sah gut aus, er hatte Charme, er konnte mitreißend erzählen – alles Eigenschaften, die Tante Monireh, die von den Erzählungen ihres Mannes nichts verstand, mit Mißtrauen erfüllten. Wann immer Herr Mussawi bei einer Geselligkeit eine Frau ansprach, witterte sie eine Unanständigkeit. So groß war ihre Eifersucht, daß Herr Mussawi sich daraus einen Spaß machte. Immer wieder zog er ein Photo aus der Geldbörse und tat so, als würde er es heimlich betrachten. Manchmal seufzte er dabei laut auf und schloß vor Sehnsucht die Augen. Alle tuschelten schon, und Tante Monireh wurde schier verrückt. – Jetzt ist es geschehen, dachte sie, jetzt hat er sich in eine dieser Nutten verliebt, ist Himmel hilf so in sie verschossen, daß er ihr Photo sogar in meiner Anwesenheit betrachten muß. Alle Versuche mißlangen, an die Geldbörse zu gelangen und festzustellen, mit wem er sie betrog, bis Herr Mussawi eines Abends am Korsi mit dem Photo in der Hand einschlief. Alle starrten auf Tante Monireh, die ohne weiteres Bedenken zu ihrem Mann robbte, um das Photo zu nehmen, das auf der Decke lag. Als sie in einer Lautstärke, die niemand für möglich gehalten hätte, vor Entsetzen aufstöhnte, brach Herr Mussawi in lautes Gelächter aus: Es war ein Paßbild der greisen, zahnlosen Hausangestellten Hadschi Chatun. Unter den häßlichsten Kehllauten, rasend, warf Tante Monireh sich auf ihren Mann und schlug ihn mit ihrem Pantoffel, dem Kerzenständer und was sie sonst noch zu fassen kriegte. Mit den Beulen, die er davontrug, gab er bei den Abendgesellschaften noch lange an.

Großvater war lange Zeit vor meiner Geburt, also in recht jungen Jahren, als es in der Familie mit Sicherheit noch ältere gab, bereits das Oberhaupt, um ihn jetzt doch einmal so zu nennen, all dieser Menschen, der Nachfahren des Schafi und also eines wirklichen Bienenschwarms, wie sich noch bei jeder *reunion* erweist, wenn seine ausgewanderten Enkel ein Hotel oder eine Ferienanlage der Franken in den Ausnahmezustand versetzen. Die Mutter schreibt, daß die Gespräche verebbt seien, wenn er das Zimmer betrat, und alle sich erhoben hätten. Die Brüche, die es im Verhältnis zu ihrem Vater doch auch gegeben haben muß, spricht sie nicht an. Statt dessen hebt sie hervor, wie er es in all seiner Strenge klaglos hinnahm, daß niemand in der Familie oder im Haus so sittenfest war, wie er es sich erhoffte, nicht seine Frau, nicht seine fünf Kinder, nicht das Dienstpersonal. Nicht einmal den ständig betrunkenen Koch Mohammad Hassan warf er aus dem Haus. Die Mutter rühmt Großvaters Kenntnis der arabischen, englischen und französischen Literatur sowie der islamischen Philosophie, besonders ihrer mystischen Schulen, und berichtet, daß er in seine Reden oft Verse und Geschichten aus dem Koran und der Poesie einflocht, vor allem von Saadi. Oft erzählte er von seinen Erlebnissen am Persischen Golf oder dem Unterricht bei Doktor Jordan, dem Direktor der Amerikanischen Schule, der sich in der persischen Literatur besser auskannte als die Iraner selbst, wie Großvater dann jedesmal seufzte. Alle brachte er zum Lachen, wenn er den englischen Akzent nachahmte, mit dem Doktor Jordan Saadis Vers zitierte, wonach eine nützliche Lüge einer Wahrheit vorzuziehen sei, die Unfrieden stiftet. Noch sechzig Jahre später widersprach er der Ansicht seines Schuldirektors, daß der Vers einen Freibrief zur Lüge ausstelle. Ein freundliches Herz hatte Großvater, schreibt die Mutter, eine barmherzige Seele, eine grenzenlose Liebe zu seinen Mitmenschen, kümmerte sich um die Nöte seiner Bauern mit der gleichen Hingabe wie um jedes Wehwehchen seiner Töchter, die Bedürfnisse seiner greisen Mutter oder den Kummer seiner taubstummen Schwester Monireh. Wenn sich die Großeltern einmal stritten, schreibt die Mutter, dann mit Sicherheit deshalb, weil Großmutter sich wieder über die leeren Hosentaschen ihres Mannes aufregte, der noch keinen Rial seiner Schulden bezahlt und dennoch alles Geld für seine Dörfer und Bauern ausgegeben hatte, statt endlich das Haus zu renovieren, sich einen neuen Anzug zu kaufen oder ihr das elektrische Bügeleisen. Wenn er von den schrecklichen Krämpfen erfuhr, unter denen meine Mutter und meine Tanten während den Monatsblutungen litten, oder überhaupt von einer Krankheit oder den Qualen eines Familienmitglieds, fühlte er so stark mit, als habe er selbst den Schmerz empfunden, schreibt die Mutter, und er nahm meine Mutter in den Arm, wenn sie ihre Regel hatte, streichelte sie, massierte vorsichtig den Bauch und schaute so gequält, daß sie manchmal meinte, ihn trösten zu müssen. Bei der Mutter ist es nicht anders, wenn wir krank sind, dann sage ich von vornherein immer, daß ich praktisch schon gesund sei und sie sich keine Sorgen machen solle, weil ich nicht mit ansehen mag, wie sie mitleidet. Während Großvater behauptet, daß er bis in die Abendstunden arbeitete, behauptet die Mutter, daß er gegen drei oder vier Uhr nach Hause zurückkehrte, zu Mittag aß und sich eine Stunde hinlegte. Danach habe er die Kinder zu sich gerufen, damit sie auf seinem Rücken wie auf einer Brücke gingen oder Pferdereiten spielten. Für ihn sei es eine Massage gewesen, für die Kinder ein Heidenspaß. Nach dem Tee habe er ausnahmslos jeden Tag seine Mutter und meist noch seine taubstumme Schwester Monireh besucht, die seinen Berichten von den Ereignissen des Tages und der Welt dankbar gelauscht habe. Außer für die ehemalige Freundin von Nummer sechs, den Frieden, die Armen, die Eltern und die Schwiegereltern, betet die Familie des Enkels weiterhin für den Musiker in München.

Vereist waren die Kanäle, die in Isfahan nicht nur der Bewässerung dienten, sondern mit den Wiesen und Bäumen entlang ihrer Ufer auch den Kindern zum Spielen, den Verlobten zum Kennenlernen, den Alten zum Schlendern (und den Armen als Waschtröge, Toiletten und Trinkwasserbrunnen, Mutter!). Durchzogen sie früher die gesamte Stadt, die freilich viel kleiner war, sind die meisten längst zugebaut worden, aber wo das Wasser noch fließt, sieht Isfahan heute noch wie der Garten aus, den die Reisenden bis in die vierziger, fünfziger Jahre des letzten Jahrhunderts besangen, mit grünen Ufern und eigensinnigen Bäumen, zwischen denen sich ab und zu ein Auto durchzuschlängeln versucht. Seine Schwester Monireh war nicht im Haus, als Großvater wie jeden Nachmittag mit seinen beiden Töchtern zu Besuch kam. Er entdeckte sie am Kanal, wo sie ein Loch im Eis aufgebrochen hatte und die Windeln ihres Babys wusch (also doch, Mutter!). Die Mutter erklärt nicht, was genau Großvater beim Anblick seiner Schwester am vereisten Kanal erschütterte, neben ihr ein Haufen vollgeschissener Windeln. Sein Großvater, mein Ururgroßvater, gehörte zu den reichsten Großgrundbesitzern der Stadt, und noch sein Vater war ein wohlhabender Mann. Großvater als dessen ältester Sohn und Haupterbe hatte das Vermögen der Familie nicht bewahren können, die Einnahmen aus den Ländereien waren nach Stammesrevolten, Landbesetzungen und Bauernaufständen eingebrochen, vielleicht wirtschaftete er auch schlecht. Verarmt war er deswegen noch lange nicht, verfügte vielmehr über ein solides Gehalt als stellvertretender Direktor der Nationalbank in Isfahan und genoß – mehr noch wegen seiner Herkunft als wegen seines bürgerlichen Berufs, dazu wegen seiner Frömmigkeit bei den einen und seiner republikanischen Ansichten bei den anderen – in der Stadt hohes Ansehen, wie mir ältere, fremde Menschen in Isfahan bis heute versichern, denen ich im Basar oder bei Einladungen den Familiennamen der Mutter nenne. Natürlich lebten in seinem Haus Bedienstete, wie in fast allen großbürgerlichen Familien bis zur Revolution. In solchen Kreisen wuschen die Damen nicht die Wäsche, schon gar keine Windeln, schon gar nicht am Kanal, wo die Nachbarn sie hätten sehen können, schon gar nicht, wenn es so kalt war, daß sie das Eis aufbrechen mußten. Er selbst hatte sie zu den Kindern überredet. Sie hatte keine gewollt, sie hatte sich scheiden lassen von dem nichtsnutzigen Herrn Mussawi, der alles Geld, das Geld, das sie in die Ehe eingebracht, und die Scheine, die Großvater ihr zusteckte, für seine Sucht und seine Vergnügungen ausgab. Der untergeordnete Posten in der Nationalbank, den Großvater ihm beschafft hatte, obwohl das gar nicht der Korrektheit entspricht, die er in seiner Selberlebensbeschreibung für sich in Anspruch nimmt, verhalf Herrn Mussawi nicht zu einem geregelten Leben. Im Gegenteil: Mit seinen kontinuierlichen Übertretungen – nichts Gravierendes, hier nahm er sich ein paar Rial aus der Teekasse, dort ohne Erlaubnis ein paar Stunden frei –, war er schon bald nicht mehr zu halten. Alle merkten, daß der attraktive Herr Mussawi, der aus kleinbürgerlichen Verhältnissen stammte, die taubstumme Tante Monireh nur geheiratet hatte, um an ihr Geld und auf ihre soziale Stufe zu gelangen, alle ahnten, daß er sie mit anderen Frauen betrog, aber damals, so fährt die Mutter in ihrer Selberlebensbeschreibung geradezu emanzipatorisch fort, damals wahrte man zwanghaft den Schein harmonischer Familienverhältnisse, selbst wenn das Unglück nicht zu übersehen war, fast immer das Unglück der Frauen. Eine Frau, so die allgemeine Meinung, war vor allem anderen eine Gattin und Mutter. Alleinstehend zu bleiben galt als ihr schlimmstmögliches Schicksal, vor dem die Familie sie unbedingt bewahren mußte. Selbst Großvater bedrängte seine Schwester jedesmal, sich wieder zu vertragen, wenn sie sich mit Herrn Mussawi gestritten oder er sie schlecht behandelt (betrogen, geschlagen?) hatte. Als taubstumme Geschiedene hätte sie so leicht keinen anderen Gatten gefunden. Deshalb hatte Großvater ihr auch zugesprochen, endlich schwanger zu werden. Wenn erst einmal Kinder da wären, so hatte er angenommen, würde Herr Mussawi schon endlich Verantwortung zeigen, oder wenigstens hätte Tante Monireh eine Abwechslung zu ihrer tristen Ehe. Inzwischen hatte sie bereits ihr zweites Kind geboren, aber erträglicher, wie Großvater es ihr versprochen, war ihr Leben dadurch nicht geworden. Ich muß all das hinzufügen, um den Schock zu erklären, der Großvater durchfuhr, als er seine Schwester am zugefrorenen Kanal entdeckte, den Rücken ihm zugewandt, neben ihr die Windeln zum Waschen. Natürlich fühlte er sich schuldig. Er fühlte sich immer schuldig, aber diesmal wahrscheinlich zu Recht. Als ob er nicht gewußt hätte, daß sie taub war, rief er von hinten: Schwester, was tust du da? Du erkältest dich. Er ließ meine Mutter und meine Tante am Wegrand stehen, lief ans Ufer und berührte Tante Monireh an der Schulter, damit sie ihn wahrnahm. Sie erschrak sich zu Tode, so schien es meiner Mutter, die nicht älter als sieben, acht Jahre alt gewesen sein dürfte, erstes oder zweites Schuljahr, blickte dann eine Weile überrascht und verwirrt, bevor sich wie in Zeitlupe Entsetzen und Scham in ihrem Gesicht abzeichneten. Die nassen Windeln ließ Tante Monireh fallen und stöhnte ihre Stummellaute: eh eh eh. Was wollte sie ihm sagen? Großvater knetete ihre nassen, eiskalten Hände und schaute sie kaum weniger bestürzt an als sie ihn. Plötzlich fing er an zu weinen, fing so heftig an zu weinen, daß Tante Monireh ihn wie einen kleinen Jungen in den Arm nahm und es meiner Mutter, die ein paar Meter entfernt am Wegrand stand, noch heute, siebzig Jahre später, in der Seele weh tut. Während er Tante Monireh ins Haus führte, steckte er ihr wieder Geld in die Manteltasche und mahnte sie mit Gebärden, es diesmal in acht zu nehmen, damit Herr Mussawi es nicht wieder klaut. Soll der berühmte Schriftsteller doch wenigstens aussprechen, daß die siebenundachtzig Seiten zu nichts nutze sind, die ihm der jüngere Kollege ausgedruckt hat.

Wie jeden Tag ging Großvater mit seinen beiden Töchtern an der Hand von Tante Monirehs Haus weiter zu seiner Mutter, der Hadschiyeh Esmat, die an fortgeschrittenem Diabetes mellitus litt und fast immer im Bett lag. Urgroßmutter war dick, hatte eine sehr helle Haut, blaue Augen und immer ein Paket Gaz unter ihrem Bett versteckt, Isfahans weiße Süßigkeit aus Zucker, Eiweiß, Manna, Pistazien und Rosenwasser, von ähnlicher Konsistenz wie türkischer Honig, dabei sehr aromatisch und weniger süß. Sobald Großvater aus dem Schlafzimmer ging oder mit etwas anderem beschäftigt war, kramte sie die Schachtel hervor und hielt sie den Kindern hin. Weil Gaz in Mehl eingelegt wird, um weich zu bleiben, half es ihr nichts, daß die Kinder die Stückchen blitzschnell in den Mund steckten. An ihren Fingern, die sie sich ableckten, und den weißen Schnurrbärten – meine Tante, vier oder fünf Jahre alt, hatte vielleicht auch eine weiße Stupsnase wie ich früher oft – verrieten sie sich und damit Urgroßmutter. Großvater geriet dann jedesmal in Zorn, wenn er wieder ins Zimmer trat, und schalt sie in einer Schneidigkeit, die sonst nie von ihm zu hören war, daß die vielen Süßigkeiten nicht gut seien für die Kinder, denen er schon auf dem Weg ein Eis spendiert habe; wenn überhaupt solle sie ihnen Obst anbieten, aber nicht schon wieder von ihrem Gaz. Gewiß schimpfte Großvater nicht so sehr wegen der Kinder; er ärgerte sich, weil Urgroßmutter trotz ihrer Zuckerkrankheit weiterhin eine Schachtel Gaz unter dem Bett versteckte. Wie gut kenne ich die Argumente, wie gut den Ton, der einem Sohn, der sonst für höflich gehalten wird, nur gegenüber den eigenen Eltern unterläuft, gegenüber seiner Mutter, die ihre Enkel natürlich ebenso augenzwinkernd mit Süßigkeiten versorgt, gegenüber seinem Vater, der auch mit einundachtzig Jahren und nach zwei Operationen am offenen Herzen meint, mit dem Auto zwischen Siegen und Köln oder mit Übergepäck um die halbe Welt reisen zu müssen. Großvater wechselte Urgroßmutter den Verband um die wunden Beine. Dann rief er Zaghol, Urgroßmutters Dienerin – die häßliche Zaghol, die bereits uralt war, als sie noch im früheren Haus der Großeltern lebte, und Zaghols Mutter also tot –, gab ihr das Haushaltsgeld und besprach, welches Essen sie Urgroßmutter kochen, wann sie welche Medikamente reichen sollte. Es war schon fast Abend, wenn Großvater mit meiner Mutter an der einen und meiner Tante an der anderen Hand nach Hause zurückkehrte.

Die Mutter weist außer auf die zuckerkranke Urgroßmutter, die taubstumme, unglücklich verheiratete Großtante und den minderjährigen Großonkel auf weitere Sorgen hin, die außerhalb der Bank auf Großvater lasteten: Mein älterer Onkel lernte nicht, hörte nicht, erklärte sich nicht einmal, vergeudete alle Tage mit Freunden in der Stadt, schien nichts von der Welt erfahren zu wollen und keinen Ehrgeiz zu haben, sondern zog den damals schon wuchtigen Schädel ein und verließ wortlos das Haus, sobald Großvater ihn wieder einmal ermahnte. Er war ein großer Junge, mehr als den üblichen Kopf größer als Großvater, kräftig und sehr widerborstig. Mehr als einmal trieb seine Sturheit seinen sonst so bedächtigen Vater zur Weißglut. Als Großvater sich nicht mehr zu helfen wußte, schickte er heimlich die Unterlagen und Zeugnisse meines älteren Onkels an Reza Rastegar, der nach dem Studium in den Vereinigten Staaten geblieben war und als Arzt arbeitete. Was die Mutter gar nicht weiß, wenn sie Großvaters Selberlebensbeschreibung nicht durchgelesen hat, schuldete sein jüngerer, als Stipendiat im Land der Franken so schreibfauler Cousin ihm noch einen Gefallen. Großvater bat Doktor Rastegar, meinem älteren Onkel, der nichts mit sich anzufangen wußte, ein Visum und einen Studienplatz zu besorgen. Er meinte es ernst: Um den Aufenthalt zu finanzieren, verkaufte Großvater ein Grundstück in Hosseinabad; den Scheck, den ihm der Verkauf einbrachte, trug er stets bei sich. Als Doktor Rastegar das nächste Mal seine Schwiegermutter in Isfahan besuchte, die Schwester von Sarem od-Douleh, Gouverneur von Isfahan unter den Kadscharen und Finanzminister unter Reza Schah, präsentierte er Großvater stolz die Zulassung der amerikanischen Universität mitsamt der Aufenthaltsbewilligung. Großvater rief eilig meinen älteren Onkel herbei und wies in der Erwartung, gleich umarmt zu werden, auf die Zulassung, die Aufenthaltsbewilligung und den Scheck, die auf dem Tisch lagen. Es dauerte keine zehn Sekunden, da waren die Schreie meines älteren Onkels im ganzen Haus zu hören: Niemals werde er nach Amerika gehen, er lasse sich nicht abschieben, das Geld solle Großvater sich … und was fällt Ihnen überhaupt ein, Papa, meine Zeugnisse zu stehlen? Nicht nur Großvater hörte die Tirade, die kein Ende nahm, auch sein junger Cousin Doktor Rastegar hörte sie und der Rest der Familie mitsamt der Bediensteten, der sich unterdessen in der Tür versammelt hatte. Großvater begriff nicht, warum sein Sohn so anders sein konnte als er selbst, warum er anders mit ihm sprach als Großvater mit seinem Vater, begriff seine Respektlosigkeit nicht, seinen Trotz und am wenigsten, warum er keinen Fleiß und keine Neugierde an den Tag legte wie Großvater selbst als junger Mann. Großvater begriff die Jugend nicht. Ob er in seiner Ratlosigkeit daran dachte, daß er selbst das Kolleg der Amerikanischen Schule abgebrochen hatte und danach in Isfahan herumgelungert war, wo Urgroßvater sich dieselben Sorgen gemacht? Eher wird er wie die meisten Menschen vergessen haben, wie wenig geradlinig auch das eigene Leben verlief, um in der Rückschau einen Weg erkennen zu können. Er wird sich vor Doktor Rastegar geschämt haben, dessen Bemühungen für die Katz waren, vor der gesamten Familie und dem Personal, daß er von seinem eigenen Sohn angeschrien wurde. Als mein älterer Onkel aus dem Haus stürmte, ohne sich zu verabschieden, konnte Großvater nicht mehr an sich halten. Ohne weitere Worte, ohne sich von Doktor Rastegar zu verabschieden, damit gegen alle Konvention, schob er sich durch den Pulk in der Tür und verließ ebenfalls den Raum. Durchs offene Fenster sah meine Mutter, wie er den Hof auf und ab schritt, dabei fortwährend den Kopf schüttelte und ein ums andere Mal *Astaghfirollâh* rief, *Astaghfirollâh*: »Gott steh mir bei und vergib mir meine Sünden«. Großmutter pendelte zwischen Wohnzimmer und Hof, um abwechselnd Großvater zu besänftigen und sich bei Doktor Rastegar zu entschuldigen. Nie mehr erwähnte Großvater gegenüber meinem älteren Onkel den Studienplatz in Amerika oder sprach auch nur die Ausbildung an, und doch löste sich wenigstens dieser Konflikt in Wohlgefallen auf: Einige Zeit später präsentierte mein älterer Onkel nicht nur die Einschreibung an der Universität Teheran im Fach Medizin, sondern noch dazu ein Stipendium von monatlich sechzigtausend Tuman. Wann, mit welchen Empfehlungen er es sich besorgt hatte – niemals verlor mein älterer Onkel ein Wort darüber. So spät er mit dem Studium begann, so lang brauchte er, um es zu beenden. Nicht erpicht darauf, Karriere im Ausland zu machen wie seine jungen Schwager, die ihr Medizinstudium schon lange abgeschlossen hatten, kehrte er nach Isfahan zurück und eröffnete als Hausarzt eine kleine Praxis. Das Schild, das bis heute neben seiner Tür hängt, weist ihn auch als diplomierten Psychologen aus – die Therapiesitzungen stellten wir uns immer wie ein Palaver im Teehaus vor, Wasserpfeife und Backgammon nicht ausgeschlossen. Die Mutter schreibt zu Recht, daß er mit über achtzig Jahren der gleiche gutherzige, etwas grobschlächtige Sturkopf sei, der auf niemanden höre. Daß sie und ihre Schwestern nicht auf ihn hören, wenn er bei Geselligkeiten etwas sagen möchte, erwähnt sie nicht.

Überhaupt nahmen Großvaters Bürden in jener Zeit, ich muß in der Selberlebensbeschreibung der Mutter die Mitte der vierziger Jahre erreicht haben, allmählich ab. Mein jüngerer Onkel war ohnehin das Gegenteil eines Sorgenkinds, höflich, immer elegant gekleidet, der Liebling aller Verwandten und vor allem mit dem gleichen Eifer ausgestattet, der Großvater einst nach Teheran und weiter an den Persischen Golf gebracht. Er überraschte seinen Vater mit der Zulassung einer Universität in Deutschland und überredete später mit dem Maschinenargument – unhöflich, trocken und humorlos seien die Deutschen zwar, dafür zuverlässig, diszipliniert und gerecht – seinen Schwager, der mein Vater werden sollte, ihm zu folgen, statt in Frankreich, England oder den Vereinigten Staaten zu studieren, wie es üblicher gewesen wäre. Meine beiden Onkel standen also allmählich auf eigenen Füßen, meine Mutter und meine Tante hatten als junge Mädchen andere Interessen, als Großvater bei seinen täglichen Verwandtenbesuchen zu begleiten; dann starb Urgroßmutter, dann Tante Monireh, Onkel Mohammad Ali war schon lange tot, sein jüngster Bruder verdiente sein erstes eigenes Einkommen und gründete eine eigene Familie. Großvater verbrachte nun die meisten Feierabende mit Büchern. Manchmal traf er sich mit Freunden, um über Politik zu diskutieren, und weiterhin besuchte er die Vorträge und Gebete seines geistlichen Führers Ajatollah Hadsch Agha Rahim Arbab, der dem bedeutendsten Derwischkloster der Stadt vorstand. Endlich hatte er Zeit, sich um die Dörfer zu kümmern, so daß Jahr für Jahr die Einnahmen stiegen. Seine Pilgerfahrt nach Mekka fällt ebenfalls in diese Zeit. Meine Onkel waren schon volljährig, als Großmutter noch ein fünftes Kind zur Welt brachte, meine jüngste Tante. Großvater war immer schon zärtlich gewesen zu seinen Kindern, speziell den Töchtern, aber mit dem neuen, späten Baby war es noch etwas anderes, wie meine Mutter schreibt, da war eine Begeisterung, Vater zu sein, eine Spielfreude und Muße, die den Rest der Familie wunder nahm. »Sent: 16-Oct-2008 17:28:00 Linked: 1 / 2 Lieber freud, – alles,alles was zuvor schwer ist nun leicht ~alles das so einfach und leicht,sehr schwer …dürfte ich das,was ich nun erfahre, erkenne empfinde, weiß und lebe,lerne – in eine weitere strecke zeit hier zu sein,mit mir nehmen,wäre ich voller glück u freude.körperlich ist es sehr sehr schlimm u unfaßbar hart – ich bin traurig wenn ich gehen müssen sollte …eines würde ich gerne noch für mich selbst tun,dafür ich zeit brauche …und meine kinder,die kinder …das größte weh meiner seele. ich möchte dich auch wieder sehen –wenn die chemo um …sprechen von mit dir navid.ich hatte mich sehr verloren in den letzten drei jahren. sehr entfernt –jetzt bin ich bei mir.um mich ist kraft und liebe und fröhlichkeit –die zwischen mir u anderen ungehindert, austausch ist unfreude.das so ernstlich und bewußt einen weg machen der vielleicht abschied heißt – kann hell u schön sein.ich lerne« »Sent: 16-Oct-2008 17:28:44 Linked: 2 / 2 viel u möchte wachsen --wo ich weine,ist es die wunden schließen.navid,ich bin dir dankbar das du mich nicht vergißt.grüße deine familie.« Ich kann mir das so gut vorstellen: Muß die Fünfzig bereits überschritten und eine Etappe erreicht haben, in der die Tage in ruhigeren Bahnen verliefen, freilich das Ausscheiden aus dem Beruf und damit die letzte Wegstrecke in Sichtweite rückte. Wie andere auch in diesem Alter wird er sich gefragt haben, ob es das also gewesen war: das Leben. Nein, noch nicht. »Was die Atmosphäre in unserem Haus schlagartig veränderte, war der Ruf Mossadeghs«, schreibt die Mutter. Endlich bin ich dort angelangt, wo sich die beiden Selberlebensbeschreibungen kreuzen. »Sent: 16-Oct-2008 17:50:53 Lieber Navid,-hier geben ich dir einmal ganz ins vertrauen, – diese telefonnummer,die bitte sonst niemand haben soll,meiner älteren schwester –die sehr bei mir ist ...für den fall,das ich einmal nicht in der zeit antworte.diese nummer nur bitte gut schützen ja«

Obwohl mit einem Glückwunsch eingeleitet, hat den jüngeren Kollegen eine Kritik selten so getroffen: Alles gut, alles möglich, ich beglückwünsche Sie, allein, die Sprache stimmt nicht. Der berühmte Schriftsteller gebraucht am 17. Oktober 2008 um 20:38 Uhr ein härteres Wort, das der Romanschreiber sofort vergessen will, und bietet am Gartentisch der Deutschen Akademie sogar an, zwanzig, dreißig Seiten umzuschreiben, um das Potential des Romans aufzuzeigen, den ich schreibe. Nein, das möchte ich nicht, erklärt der jüngere Kollege tapfer, der schon vor ein paar hundert Seiten betonte, daß die Unmittelbarkeit notwendig eine Behauptung und damit als solche erkennbar sein muß. – Soll es etwa Kunst werden? fragt er statt dessen bockig. – Es muß, sagt der berühmte Schriftsteller. Er hat weitere, durchaus grundsätzliche Einwände, der jüngere Kollege weiß gar nicht, warum er sie so gelassen hinnimmt, Schockstarre wahrscheinlich, die Photos zum Beispiel müßten unbedingt gelöscht werden, und der berühmte Schriftsteller rät dringend, den Physiognomien der Verstorbenen Beachtung zu schenken, dieser Kernaufgabe eines Schriftstellers könne sich der jüngere Kollege nicht im Ernst durch Abbildungen entziehen. Selbst bei Sebald seien die Photos trotz ihrer Unschärfe letztlich illustrativ, aber *In Frieden* völlig unmöglich (wenigstens der Titel gefällt ihm). Und dann sei der jüngere Kollege zu freundlich zu den Verstorbenen, die Gedenkstücke läsen sich wie Nachrufe, die auch in einem Feuilleton stehen könnten; was habe er mit seiner Genauigkeit und damit Gemeinheit angestellt, den Grundvoraussetzungen jedweder künstlerischen Menschenbetrachtung, wie vielleicht an keinem anderen Ort besser zu studieren als in Rom? Der Tod zeichne weich, rechtfertigt sich der jüngere Kollege und besteht auf der Verklärung, weil sie ein objektives Moment sei. Allerdings könnte er das Gedenken an anderer Stelle oder bereits im nächsten Absatz, wenn er den Schrifttyp gewechselt hat, kommentieren und um die Beobachtungen, Mäkeleien, Schuldzuweisungen und Aversionen ergänzen, die der berühmte Schriftsteller zu Recht einfordert. – Gut, sagt der berühmte Schriftsteller, das leuchtet mir ein, und führt die Idee im Selbstgespräch weiter, während der jüngere Kollege sie stillschweigend bereits wieder verwirft: Es ist keine Kunst, sondern bleibt im Kern Ehrung der Toten, die er nicht relativieren darf, indem er wie auf einer Theaterbühne beiseitespricht. Zu den Märtyrern war nicht einmal Caravaggio gemein. – Aber Ihre Toten sind doch keine Märtyrer, schüttelt der berühmte Schriftsteller den Kopf. – Er quält sie mit der Vernichtung, nachdem Er sie zuvor erschaffen hat, wiederholt der jüngere Kollege, um auf das allgemeine Moment des Martyriums hinzuweisen, das dem Spezifischen und Außergewöhnlichen der Heiligen nichts nimmt. Aber wo ist es hin, das Spezifische und Außergewöhnliche der Menschen, von denen er Zeugnis ablegt? fragt nicht etwa der berühmte Schriftsteller, der vielleicht das Entsetzen im Gesicht des jüngeren Kollegen bemerkt hat, sondern fragt sich im stillen der jüngere Kollege selbst: Alles andere, das Alltägliche, die Reisen, die Lektüren und Betrachtungen mögen vor einem sehr barmherzigen Gericht vielleicht noch bestehen, aber wieso sind gerade die eigentlichen Kapitel seines Totenbuchs, sind ausgerechnet die Gedächtnisse so fad geraten, das Gedächtnis für Mahmud Darwisch oder für Veronika Bayer, um vom armen Georg Elwert gar nicht mehr zu sprechen, auch und gerade das Gedächtnis für Nasrin Azarba: Wieviel mehr, wieviel Bedeutenderes, Tieferes wäre zu sagen gewesen. Kann sich der jüngere Kollege wirklich damit herausreden, daß das Ungenügen, das Stammelnde, die Unfähigkeit, etwas auf den Punkt zu bringen, ein »objektives Moment« der Trauer sei, wie er sich vor ein paar Minuten verteidigte? Mag sein, daß sich die Bilder und konkreten Emotionen unmittelbar nach dem Tod, in den ersten Tagen verflüchtigen und man gar nicht mehr genau weiß oder jedenfalls auf die Schnelle, in der Benommenheit nicht zu sagen weiß, was einem auf Erden jetzt fehlt – aber seine Aufgabe und Rechtfertigung wäre es doch, Widerstand zu leisten gegen die Verflüchtigung, von Mahmud Darwisch, Veronika Bayer oder Georg Elwert, auch und gerade von Nasrin Azarba mehr zu sagen, als daß der eine ein guter Dichter, die andere eine gute Schauspielerin war, der eine ein guter Mensch, die andere eine gute Köchin. Bei allen Vorbehalten scheint der berühmte Schriftsteller dem Roman durchaus Wert zuzubilligen, den ich schreibe, oder wie anders ist es zu erklären, daß er dem jüngeren Kollegen fortwährend gratuliert, alles gut, alles möglich, und in seiner Erregung die denkbar größten Namen einwirft, jedesmal wenn oder sogar während er den jüngeren Kollegen zusammenstaucht, daß der schon Sternchen zu sehen meint, weil die Schockstarre jetzt nachläßt, oder sind die großen Namen nur dem Wein geschuldet, der Freundschaft, dem Dank für die gelungene Laudatio, die der jüngere Kollege ein Jahr zuvor gehalten? – Sie haben nicht recht, sagte sich der Romanschreiber ein ums andere Mal, während er mit offenem Mund zuhörte, Sie haben nicht recht, Sie haben nicht recht – Sie haben nur in einem einzigen Punkt recht, aber der reicht, um mein Hauptwerk in den Müll zu werfen: Die Sprache stimmt nicht. Es gibt nichts Abfälligeres über einen Text zu sagen, der Literatur sein müßte. Noch während der berühmte Schriftsteller durch den Park zur Wohnung des Ehrengastes hinüber geht, nimmt der jüngere Kollege wieder in der Wäschekammer Platz, um den ersten der bislang 789 Absätze in die dritte Person zu setzen. Er möchte einmal ausprobieren, was schon durch diese banalste Verfremdung in Gang gesetzt wird. Von einer auf die andere Lektüre ist er gezwungen, Satz für Satz zu korrigieren, zu streichen, einzufügen und abzukürzen oder auf Grammatik, Rhythmus, Verständlichkeit und Rechtschreibung zu achten, um die Regeln, wenn schon, bewußt zu mißachten. Von einer auf die andere Lektüre hat er die falsche Frage: Ist es gut? Von einer auf die andere Lektüre könnte es auch die Frau lesen, die Nachbarin, alle Nummern von eins bis neun. Von einer auf die andere Lektüre stören die Namen. Allein, wenn er nicht mehr ich ist, sind auch die Toten andere. Die Urschrift, das weiß er jetzt, will er dennoch nie veröffentlichen, und sollte er sterben, bevor er an den Anfang zurückkehrt, wünscht sich der jüngere Kollege am 17. Oktober 2008 um 23:57 Uhr von dem berühmten Schriftsteller, den die Bitte auf welchen Wegen auch immer erreichen würde, nicht nur einige Absätze, sondern alle Seiten nach seinem Gutdünken umzuschreiben, zu kürzen und zu ergänzen. Er soll mit der Sprache tun, was immer er für richtig hält, nur die Photos belassen oder allenfalls gegen bessere austauschen und auf jede Artistik verzichten. Das Dahinsagen muß bewahrt, lediglich zum Gestus werden. Sie haben selbst erklärt, es sei kostbar, erinnert der jüngere Kollege den berühmten Schriftsteller, also kann es das nicht nur für mich sein. Und bedenken Sie, daß Ihnen das Buch nur gelingen kann, wenn es zu Ihrem eigenen wird. Das bedeutet, daß Sie zu einem Autor werden, der auf dem Umschlag genannt wird. Wenn der jüngere Kollege je an den Anfang zurückkehrt, wird er von der dritten zurück in die erste Person wechseln. Es gibt keinen Grund anzunehmen, daß die Alchimie im ersten Versuch gelingt. Geduld, weil noch Zeit ist, sobald Zeit nicht mehr zählt. – Zweieinhalb Jahre, stöhnte er. – Was ist das schon? wies der berühmte Schriftsteller ihn zurecht. Den Satz, den der jüngere Kollege am 18. Oktober 2008 um 0:22 Uhr in der Wäschekammer des Ateliers Nummer zehn schreibt, die Frau hinter der Tür ebenfalls noch am Schreibtisch, ohne zu übersehen, was ihn seit zweieinhalb Jahren beschäftigt, die für ein Buch nichts, aber für eine Ehe durchaus etwas sind, die Töchter schlafen, vielleicht die letzten Tage des Jahres vor weitgeöffneten Fenstern, so daß er auf die Bäume blickt, die Rolf Dieter Brinkmann gezeichnet hat, 0:26 Uhr derweil, genau diesen Satz wird er später in die dritte Person setzen, um ihn zu formen, und falls nötig zurück in die erste Person setzen, um ihn nochmals zu formen, und nochmals und nochmals setzen, um ihn zu formen, bis die Sprache ihm so fremd wird, daß sie sich in seine verwandelt. Er kann ja gar nicht aufhören, fällt ihm ein, weil immer jemand stirbt und etwas nicht zu nichts werden darf. Allenfalls kann er abbrechen, jederzeit könnte er unterbrechen, um an den Anfang zu gehen, wenn es ohnehin kein oder nur ein Ende geben kann, nur wird er um so rücksichtsloser sein, je länger er mit der Rückkehr wartet. 0:31 Uhr, sofern die Uhr stimmen würde. Die ehemalige Freundin von Nummer sechs wird dann tot sein, aber der jüngere Kollege längst im Brotberuf oder ein alter Mann?, die Frühgeborene auf der Schule?, die Ältere erwachsen? Und die Frau hinter der Tür? 0:57 Uhr. 0:58 Uhr. 0:59 Uhr. Für Gott sind die Höhlenzeichnungen nicht einmal von gestern. Ja, sie hieß Audrey.

In den Büchern, die ich mir besorgt habe, um mehr über die Zeit von Großvaters Kandidatur für das Parlament zu erfahren, bin ich auf Doktor Rastegar gestoßen, dessen Auslandsstudium Großvater so viele Nerven kostete. Für mich war er nur einer der vielen Namen, die bei dieser oder jenen Geselligkeit in Isfahan fielen oder vielleicht einmal am Telefon, wenn ich in Siegen abhob. Jetzt sehe ich ihn zusammen mit seinem jüngeren Bruder Morteza in Abbas Milanis zweibändigem Standardwerk *Eminent Persians* aufgeführt, das die Biographien der hundertfünfzig bedeutendsten Männer und Frauen zwischen 1941 und 1979 erzählt: *The Men and Women Who Made Modern Iran.* Reza Rastegar studierte nicht in den

Vereinigten Staaten, wie die Mutter schreibt, sondern in Europa, wie Großvater sich richtig erinnert, und zwar nicht Medizin, wie die Mutter schreibt, sondern Mikrobiologie in Toulouse: »In 1926 he was sent to France on a scholarship from the military school as a cadet of the cavalry. At five in the morning of the day he and his peers were heading for Europe, Reza Shah appeared where the students had congregated, riding a horse. He had charisma, and left an indelible mark on the impressionable mind of the young man from Isfahan.« Die Schwiegermutter von Doktor Rastegar war die Schwester von Sarem od-Douleh, in dessen Haus in Isfahan sich Reza Schah mit Frau und zwei Töchtern nach seiner Absetzung durch die Briten und Russen versteckt hielt. Nach seiner Rückkehr gründete er ein Institut nach dem Vorbild von Louis Pasteur und stellte die ersten iranischen Impfstoffe her. Später erschloß er für den Staat den Eisenabbau und schuf mit seinem Bruder eines der größten Industriekonglomerate des Nahen Ostens, das praktisch ein Monopol auf den iranischen Bergbau hatte. Anders als sein Bruder, der es als Stratege und Abenteurer nie lang am Schreibtisch aushielt und noch seltener in Bilanzbücher blickte, widmete Reza Rastegar – ganz der Mikrobiologie – sich mit Hingabe allen Details, Zahlen und Bilanzen, las sorgfältig jede Seite jedes Unternehmensberichts, studierte die Vor- und Nachteile noch so geringfügig scheinender Investitionen und stellte seinen Mitarbeitern, von den Geschäftsführern bis zu den Sekretärinnen, die kniffligsten Fragen, um zu prüfen, ob sie eine Angelegenheit wirklich durchschauten. Er war ein Organisationsgenie und Workaholic, der nichts auf Luxus gab und sich von den Parties und Empfängen der oberen Zehntausend fernhielt. Da er nicht mit dem Hof in Beziehung gestanden hatte, gehörte er zu den wenigen Großindustriellen, die nach der Revolution von 1979 in Iran blieben. Er wollte für sein Land arbeiten und in seinem Land sterben. Als die Radikalen die Oberhand gewannen, wurde er dennoch verhaftet, ohne auch nur die Anklage zu erfahren. Zwar wurde Reza Rastegar nach einem Monat wieder auf freien Fuß gesetzt, doch saß der Schock so tief, wehrlos der Willkür dieser unrasierten, ungepflegten, ungebildeten Fanatiker ausgesetzt zu sein, daß er bereits am Tag nach seiner Freilassung eine Schlepperbande engagierte, die ihn auf abenteuerliche Weise nach Europa brachte. Im Januar 2000 starb er in London, wie ich in *Eminent Persians* erfahre. Schickte ich Abbas Milani eine Mail nach Stanford, würde die nächste Auflage womöglich in einer Fußnote vermerken, wem Reza Rastegar die Erlaubnis der Familie verdankte, als einer der ersten Iraner in Frankreich zu studieren. Daß der Großindustrielle, der für sein organisatorisches Genie und seine Detailversessenheit bekannt war, durch seine Unzuverlässigkeit einmal meinen Großvater ganz schön in die Bredouille brachte, wird ein Standardwerk aber sicher nicht erwähnen. Schließlich erwähnt Großvater umgekehrt auch nicht, daß Doktor Ragestar zu den hundertfünfzig Männern und Frauen gehörte *Who Made Modern Iran.*

Von einem auf den anderen Monat, Anfang der fünfziger Jahre muß es gewesen sein, hatte Großvater keine Zeit mehr für Bücher, für seine jüngste Tochter (die älteste, meine Mutter, siebzehnjährig, hatte schon lange keine Zeit mehr für ihn), für seine Dörfer, nicht einmal für seinen Pir, den Ajatollah Hadsch Agha Rahim Arbab. Das Haus füllte sich mit Fremden, nicht drei oder vier Arbeitskollegen, nein, Trauben von sechzig, siebzig, manchmal hundert Menschen, die auf der Veranda die Schuhe auszogen wie vor einer Moschee, um durch die Eingangshalle, den Korridor und das Atrium zum Salon für die vornehmen Gäste zu gehen, wo sich manche von ihnen auf den Boden hockten, weil es im ganzen Haus nicht genügend Stühle gab. Damals waren es in Isfahan auch die Angehörigen der oberen Stände noch gewohnt, auf Teppichen zu sitzen, ohne Schuhe, versteht sich, zum Essen innerhalb der Familie, auf der Veranda, beim Picknick oder bei kleineren Geselligkeiten. In den Salons jedoch standen eng die Sessel, Sofas und Couchtische, die noch nicht das Rokoko beziehungsweise die orientalische Vorstellung des Louis XV imitierten wie nach der antiwestlichen Revolution, als die Iraner paranoid wurden in der Verwestlichung ihrer Privatsphäre, sondern schlichtere Möbel aus den Manufakturen oder ersten Fabriken Isfahans, Metallgestelle mit einfarbigen Stoffpolstern. Weil sich der Besuch in den Salons der vornehmeren Häuser nicht mehr auf Teppiche setzte, trat er neuerdings wie die Europäer mit Schuhen ein. Um so merkwürdiger fand es meine Mutter, daß die Gäste zwar wie einfache Leute ihre Schuhe auszogen, aber dennoch im Salon saßen. Oft zankte sie mit ihren Geschwistern um den besten Platz an der angelehnten Tür. – Aus dem Weg! verscheuchte Großmutter, die das Personal dirigierte, die Kinder regelmäßig. Nicht nur das Haus, die ganze Stadt hatte sich in einen Debattierclub verwandelt mit Pro- und Contra-Anwälten selbst auf Bürgersteigen, den Parteiführern, Intellektuellen, Geistlichen und Notabeln als vorsitzenden Kameraden und den Lokalzeitungen als Protokollanten, als hätten alle Isfahanis im Unterricht von Doktor Jordan gesessen. Wo immer meine Mutter hinhörte, noch in der Küche, wo Mohammad Hassan ohne Murren Sonderschichten schob, in den beiden Zimmern am Eingang des Grundstücks, in denen die Bauern übernachteten, in der Schlange vor der Bäckerei oder beim Schuster und erst recht winters am Korsi diskutierten die Menschen über die Kühnheit des neuen, dabei schon siebzigjährigen Premierministers Doktor Mossadegh und die Manöver des Schahs, über Volksherrschaft und die Drohungen Großbritanniens, über den dritten Weg zwischen Kommunismus und Kapitalismus, über die Gefahr durch Stalin, die Hoffnung auf Truman und die Niedertracht von Churchill. Auch auf dem Schulhof unterhielten sich die Gymnasiastinnen über nichts anderes – doch, über eins: daß Soraya Esfandiari, die frühere Mitschülerin mit dem deutschen Akzent, den Schah geheiratet hatte. Die Enteignung der Anglo-Persian Oil Company, die heute British Petroleum heißt, war die Hauptforderung Mossadeghs und seiner Anhänger, aber mit Unabhängigkeit meinten sie noch mehr: echte Demokratie, damit eine konstitutionelle Monarchie wie in der Verfassung von 1907 vorgesehen, Meinungsfreiheit, die soeben von den Vereinten Nationen verabschiedeten Menschenrechte und nicht zuletzt die lange schon anstehende Bodenreform, die Großvater als Großgrundbesitzer eigentlich fürchten mußte. Als Mossadegh sofort nach seiner Ernennung zum Premierminister und noch vor seiner Vereidigung den Schah am 1. Mai 1951 dazu brachte, das Gesetz zu unterzeichnen, mit dem der iranische Staat die Konzession an die Anglo-Persian Oil Company revidierte und eine nationale Ölgesellschaft gründete, schmückte der Gemüsehändler seinen Laden wie zu Nouruz, blinkten im Frisiersalon bunte Glühbirnen, strahlte der Basar in Festtagsbeleuchtung, stand auf unzähligen Häuserwänden die Parole *Tod oder Mossadegh* und hing im Schaufenster des Installateurs eingerahmt die Titelseite der Zeitung mit der historischen Schlagzeile. »Alles Elend in Iran, die Gesetzlosigkeit und Korruption der letzten fünfzig Jahre geht auf das Öl und die erpresserische Ölgesellschaft zurück«, verkündete Radio Teheran, als die Familie mitsamt der Bediensteten und der zufällig anwesenden Verwandten sich wie jeden Abend vor dem Transistor versammelte.

Es muß 1952 gewesen sein, im Oktober, als Großvater mit so verzweifeltem Blick aus der Bank zurückkehrte, daß alle Mitglieder des Hauses bestürzt zu ihm rannten, seine Frau, die Kinder, alle Bediensteten und die zufällig anwesenden Verwandten. In jenen Tagen konnte Verzweiflung nur eine Hiobsnachricht aus Teheran bedeuten. Der Staat ist bankrott, teilte Großvater beinah tonlos mit, und schon fingen die ersten an zu heulen. Bankrott – selbst meine jüngste Tante, fünf oder sechs Jahre alt, malte sich aus, was das bedeutete. Die Seeblockade vor Abadan, mit der die britische Armee die Ausfuhr des iranischen Öls verhinderte, schien die Nationale Front in die Knie zu zwingen. Der Staat konnte seinen Angestellten kein Gehalt mehr auszahlen, Zehntausende Ölarbeiter in den Raffinerien am Persischen Golf wurden entlassen. Keine Bank der Welt gewährte dem aufmüpfigen Land Kredit. Mit den Amerikanern, die unter Truman noch schwankten, ob sie die britische oder die iranische Position unterstützen sollten, verhandelte der Premierminister vergeblich. Sich den Russen in die Arme zu werfen widerstrebte ihm, der dem Kommunismus genauso mißtraute wie religiösen Heilslehren. Mohammad Mossadegh, der sein Land vor dem Sicherheitsrat der Vereinten Nation und dem Internationalen Gerichtshof in Den Haag glänzend vertreten und sogar in der öffentlichen Meinung Amerikas über die Briten triumphiert hatte, mußte einsehen, daß es etwas anderes war, recht zu haben, als es gegen eine Weltmacht durchzusetzen. Nun stand zu befürchten, daß die reaktionären Kräfte Überhand gewönnen. Als sei der Kollaps der Staatsfinanzen nicht beunruhigend genug, war der Premierminister auch noch bei einem Treffen mit dem Schah ohnmächtig zusammengebrochen. Die Gewerkschaften drohten mit Streik, der Basar bangte um seine Existenz, aus der Provinz wurden die ersten Brotunruhen gemeldet, die mächtige Tudeh-Partei wütete bei jede Andeutung eines Kompromisses, der Schah warf der Regierung vor, mit ihrer Halsstarrigkeit das Land in den Ruin getrieben zu haben. Die vielen Gegner des Premierministers in Iran, der alles, aber kein Diplomat war, scharrten bereits mit den Füßen, die konservativen Geistlichen, die Großgrundbesitzer, die Monarchisten, Kommunisten, Islamisten und Parteigänger der britischen Botschaft. Um zu überleben, gibt die Regierung Schuldscheine aus, erklärte Großvater seiner Frau, den Kindern, allen Bediensteten und den zufällig anwesenden Verwandten: Wenn das Volk dem Staat kein Geld leiht, ist es aus. Er hatte noch nicht zu Ende gesprochen, da krempelte der kahle Mohammad Hassan seine Hosentaschen nach außen und hielt die paar zerknitterten Scheine in die Höhe, die er bei sich trug: Tod oder Mossadegh! Wie auf ein Zeichen schwärmten alle Anwesenden in ihre Zimmer aus, um Bargeld, Sparbücher und Goldmünzen zu holen, selbst meine jüngste Tante, die ihre Spielsachen zusammenklaubte. Als Großmutter auch noch seufzend ihre große Schmuckschatulle in die Halle trug, saß Großvater bereits am Eßtisch im Salon und listete säuberlich auf, was er von jedem einzelnen erhalten hatte, um es auf Heller und Pfennig zurückzuzahlen, sobald die Briten die Seeblockade aufheben und die Welt das Recht Irans anerkennen würde, über seine Bodenschätze zu verfügen. Anschließend eilte er zur Bank und kehrte mit den Schuldscheinen zurück, die er selbst ausgefüllt und unterschrieben hatte.

Glücklicher hat meine Mutter Großvater nie wieder gesehen. Er blieb zu Hause, der erste Abend ohne Besucher seit Monaten, der erste Abend, an dem er mit seiner Familie aß statt mit Gästen, in der Stadt oder stehend in der Küche. Großmutter genoß es. Sie war nicht weniger aufgeregt als Großvater über die Entwicklung, auch nicht weniger bei der Sache, und doch stöhnte sie gelegentlich darüber, daß ihr Haus sich in ein Teehaus verwandelt habe. Für sie reduzierte sich der Freiheitskampf der iranischen Nation darauf, den Besuchern, die Großvater unangemeldet mitbrachte, ein Essen vorzusetzen, und beinah jeden Abend eine unüberschaubare Menschenmenge mit Tee, Süßigkeiten, Obst und Nüssen zu versorgen. Die Plackerei störte sie nicht, auch nicht, daß keine Zeit mehr für Geselligkeiten und die Freitage im Garten des Onkel Oberstleutnants blieb, der ohnehin eine ganz anderer Meinung hatte über diesen Doktor Mossadegh, der die Monarchie abschaffen wolle. Sie störte, daß Großvater sie wie eine Bedienstete behandelte, wie eine *kolfat.* In politischen Debatten mitzuwirken war Anfang der fünfziger Jahre für eine Frau noch so gut wie ausgeschlossen, jedenfalls außerhalb Teherans – sie hatten nicht einmal Wahlrecht –, doch wenigstens wollte sie einbezogen werden, wollte von Großvater mehr hören als nur Bulletins über die mutmaßliche Besucherzahl. So sah sie es. Ohne daß sie darüber sprachen, spürte Großvater die Unzufriedenheit seiner Frau: Jetzt, da es um die Befreiung der Nation ging, kam sie mit ihren verletzten Gefühlen. So sah er es. Die Spannung entlud sich, als Großvater den Besuch von Mozaffar Baghaí und Khalil Maleki ankündigte, den beiden Führern der »Werktätigen« (*Zahmatkeschân*), der wichtigsten Partei innerhalb Mossadeghs Nationaler Front. Im beschaulichen Isfahan war das praktisch ein Staatsbesuch, ein Ereignis für die gesamte Stadt, und nirgends anders sollten die berühmten Männer zu Abend essen als bei ihnen, den Schafizadehs am Teheraner Tor. Dann ließ Großvater die zweite, die größere Bombe platzen: Nicht Großmutter sollte sich um die Bewirtung kümmern, sondern Personal der Nationalbank. Großvater entband auch Mohammad Hassan von seiner Aufgabe und brachte am Tag vor dem großen Ereignis einen fremden Koch mit nach Hause, der sich in der Küche umsah und Anweisungen gab, was noch zu besorgen und was wegzuräumen sei. Mochte Großmutter schimpfen, wie sie wollte, Großvater ließ sich nicht beirren, er hatte genug von den gekränkten Gefühlen seiner Frau und wollte mehr noch ausschließen, sich zu blamieren, wollte keine Gastgeberin, die laut seufzte, während sie die Verteilung des Tees dirigierte, keine Kinder, die durch die Tür lugten, keine Bediensteten, die trödelten, und erst recht keinen volltrunkenen Koch. Als Mozaffar Baghaí und Khalil Maleki spät am Abend eintrafen, wies Großvater das Personal der Nationalbank an, die Tür des Salons geschlossen zu halten.

Als meine Mutter am nächsten Morgen aufstand, verabschiedeten sich Baghaí und Maleki gerade in der Eingangshalle. Beide waren jünger als Großvater, der ihr einen erschöpften Blick zuwarf, viel jünger, als sie sich Politiker vorgestellt hatte, Baghaí Anfang Vierzig und Maleki Anfang Fünfzig, wie ich heute nachrechnen kann, beide mit neumodischen Aktenkoffern, in eleganten Anzügen und mit schmaleren Krawatten, als Großvater sie trug, Wortführer erkennbar der jüngere Baghaí, der meine Mutter nicht beachtete, kurzgeschnittenes, krauses Haar, große Hornbrille, untersetzt, helles Gesicht mit Doppelkinn, voluminöse Stimme, modischer Anzug, in der Hand ein cremefarbener Hut, während Maleki eher schüchtern oder unsicher wirkte, links und rechts ein paar schwarze Haare auf dem sonst kahlen Schädel, traurige Augen, dunkler Hut, den er hinter dem Rücken hielt. Meiner Mutter war er sofort der Sympathischere, zumal er ihr zunickte, als sie in die Küche ging, wo sie an diesem Morgen im Stehen frühstückte. Zurück von der Schule, hörte sie mit einiger Empörung, daß Großvater Isfahan verlassen hatte, ohne sie am Morgen in den Arm genommen, ohne ihr etwas von einer Reise gesagt zu haben. Bei Großmutter hingegen überwog der Stolz, daß ihr Mann die beiden Führer der »Werktätigen« begleitete, die von den heutigen Geschichtsbüchern als die brillantesten Strategen hinter dem betagten Premierminister beschrieben werden. Baghaí, der aus Kerman stammte, wo sein Vater an der Spitze der Konstitutionellen Bewegung gestanden hatte, war ein politisches Urtier: Strippenzieher, mitreißender Redner, begnadeter Organisator, ein Charmeur, wenn es half, ein Ekel, wenn es sein mußte, unverheiratet und ohne Privatleben, befreundet mit dem illusionslosen Sadegh Hedayat, Alkoholiker, angeblich in zwei politische Morde verwickelt und nur auf die Verwirklichung seiner Ziele ausgerichtet, die durchaus nicht selbstsüchtig gewesen sein müssen, wie ihm später vorgeworfen wurde, allerdings auch überheblich, eitel und der festen Überzeugung, daß der Zweck die Mittel heilige. Er selbst charakterisierte sich einmal im Parlament als einen Hund, der ohne Ansehen Freund und Feind zerfleischt. Als Doktor Mosaddegh noch die Opposition im Parlament anführte, trug Baghaí die Kampagne für freie Wahlen auf die Straße, rief zu Demonstrationen auf, gründete Zeitungen, koordinierte die Gruppen, Stände und Parteien, die in den Ruf nach der Nationalisierung des Erdöls einstimmten. Zum Held wurde er, als Schlägertrupps, die von der Polizei geschickt worden waren, die Redaktion des Parteiorgans angriffen. Baghaí kapitulierte nicht, sondern verbarrikadierte sich in dem Gebäude, benachrichtigte die Öffentlichkeit und leitete den Gegenangriff, als sich draußen genügend Unterstützer eingefunden hatten. Khalil Maleki war von ganz anderem Zuschnitt, ein *public intellectual*, wie es sie zu Zeiten Sartres gab, Verfasser bedeutender Bücher und einiger Parteiprogramme, allerdings als Redner keiner wie Baghaí, der eine Versammlung zum Kochen bringen konnte, und erst recht kein Taktiker, persönlicher Ehrgeiz schien ihm fremd, schielte nicht nach Ämtern, Theoretiker der Unabhängigkeitsbewegung mit untrüglichem, stets empathischem Blick auf die Praxis. So zweifelhaft heute der Ruf des trickreichen Mozaffar Baghaí, so sehr rühmen die Geschichtsbücher bis hin zu den *Eminent Persians* die Geradlinigkeit, die Opferbereitschaft und Integrität Khalil Malekis. Ein Muster für sein politisches Leben ist die Rolle, die er bei einem Streik im Deutschen Technischen Kolleg in Teheran spielte: Die Schüler forderten die Entlassung eines Lehrers, der einen Schüler geschlagen hatte. Als einziger stimmte Maleki gegen den Unterrichtsboykott, da er die Forderung für unrealistisch hielt. Gleichwohl beugte er sich dem Votum der Mehrheit und schloß sich dem Protest an. Als die Mitschüler bei der ersten Drohung der Schulleitung wieder in die Klassen zurückkehrten, blieb Maleki allein auf dem Schulhof zurück und wurde vom Kolleg verwiesen. Er wanderte nach Berlin aus, wo er an der Universität Chemie und ansonsten den Kommunismus studierte, kehrte nach Iran zurück und verliebte sich in eine selbstbewußte Biologin. Sie wurde seine Frau und echte Partnerin, finanzierte durch ihre Arbeit den Haushalt, wann immer Maleki aufgrund seiner politischen Aktivitäten keine Zeit oder keine Möglichkeit hatte, als Chemielehrer Geld zu verdienen. 1937 kam er während ihrer Schwangerschaft zusammen mit zweiundfünfzig weiteren Intellektuellen, die den Nukleus der kommunistischen Bewegung Irans bilden sollten, für mehrere Jahre ins Gefängnis. Als das Baby, das er nie anders als durch Eisengitter gesehen hatte, nach einem Jahr starb, dachte er, daß auf Erden ihm nichts Schmerzlicheres widerfahren könne. Danach widerfuhr ihm noch der Tod seiner Frau.

Maleki gehört zu wenigen, durchweg tragischen politischen Figuren der modernen iranischen Geschichte, die sich für die Kunst des Kompromisses, des Dialogs, der kleinen Schritte stark machten. Weil er ihren Dogmatismus und ihre Moskauhörigkeit nicht mehr ertrug, trat er kurz vor seinem Besuch bei Großvater aus der kommunistischen Tudeh-Partei aus, deren Organe deshalb eine Schmutzkampagne gegen ihn führten. Obwohl er Mossadegh oft und auch öffentlich kritisierte, blieb Maleki ihm über den Putsch hinaus treu, während Baghaí sich bereits vor dem Putsch auf die Seite des Schahs schlug. Der Dissens der beiden Parteiführer spitzte sich am 9. Oktober 1952 dramatisch zu, also genau zu der Zeit, als Großvater der Familie, den Bediensteten und den zufällig anwesenden Verwandten bekanntgab, daß der Staat bankrott sei. Da Maleki und die Mehrheit der »Werktätigen« sich weigerten, mit dem Premierminister zu brechen, rief Baghaí seine Anhänger zusammen, um die Parteizentrale zu erobern. Um Gewalt zu vermeiden, zog Maleki sich trotz Überzahl zurück und gründete eine neue Partei, »Die dritte Kraft«. Besonders ein Satz von ihm steht in allen Büchern zur iranischen Geschichte des zwanzigsten Jahrhunderts: Gegen den Widerstand seiner jüngeren Gefährten wollte Mossadegh im Juni 1953 ein nationales Referendum abhalten, um das Parlament aufzulösen, wo er seiner Mehrheit nicht mehr sicher war. Die Entscheidung sollte sich als ein weiterer, wenn nicht sein größter taktischer Fehler erweisen. Zwar entschied er das Referendum erwartungsgemäß für sich, aber weil es nicht in der Verfassung vorgesehen war und aufgrund der Eile zudem unter fragwürdigen Umständen abgehalten wurde – in den ländlichen Gebieten gar nicht, in den Städten mit unterschiedlichen Wahlurnen für Ja und für Nein –, bot es den Monarchisten den willkommenen Vorwand, den Putsch einzufädeln und Mossadegh wegen Hochverrats anzuklagen. »Herr Premierminister«, sagte Khalil Maleki, als er einsah, daß der alte Herr nicht davon abzubringen war, das Volk über die Auflösung des Parlaments entscheiden zu lassen, »der Weg, den Sie eingeschlagen haben, wird direkt in die Hölle führen, aber ich werde Sie dennoch begleiten.« Nach dem Putsch wurde Maleki verhaftet und im Gefängnis außer von den Staatsschützern auch von seinen kommunistischen Mithäftlingen gefoltert, die sich für seinen Austritt aus der Tudeh-Partei rächten. Nach zwei Jahren wieder in Freiheit, engagierte er sich erneut im Widerstand, ohne deshalb den Dialog zu verweigern, als die Kennedy-Administration Anfang der sechziger Jahre den Schah zu politischen Reformen drängte. Daß Maleki sich auf ein Vier-Augen-Gespräch mit dem Monarchen einließ, brachte in der Sache nichts, ihm jedoch von anderen Oppositionellen prompt den Vorwurf ein, mit dem Regime zu kollabieren. In Anspielung auf eine Sendereihe von Radio Teheran über »Erfolgreiche Männer« empfahl er sich damals selbst als Eröffnungsgast einer Reihe über »Erfolglose Männer«. Als der Schah die Zügel wieder anziehen durfte, wurde Maleki nach einem Treffen mit einem Abgeordneten der britischen Labour Party ein weiteres Mal festgenommen und zu einer dreijährigen Haftstrafe verurteilt. Er verbüßte sie in der gleichen Anstalt, in der er bereits dreißig Jahre zuvor eingesessen hatte, diesmal allerdings unter dem Kuratel des kaiserlichen Geheimdienstes SAVAK, dessen Methoden auf dem neuesten Stand der amerikanischen Technik waren, wie Maleki in seiner Zelle sarkastisch notierte. In der überaus umfangreichen iranischen Gefängnisliteratur des zwanzigsten Jahrhunderts nimmt seine Mitschrift aus der Isolationshaft einen besonderen Rang ein. Alle anderen zweiundfünfzig Intellektuellen, die über dreißig Jahre zuvor mit ihm einsaßen, alle radikaler als er, hätten einen Platz am Rande der politischen Umbrüche gefunden, wundert er sich zu Beginn der Aufzeichnungen, hätten sich mit dem Schah arrangiert, ihren Widerstand gemäßigt oder sich ins Privatleben zurückgezogen, arbeiteten im staatlichen Kulturbetrieb, seien im Exil oder zu Renegaten geworden. Nur er, der für seinen Pragmatismus stets kritisiert worden war, nur Khalil Maleki war nach über dreißig Jahren in dieses Gebäude zurückgekehrt und teilte die Kost und Kleidung mit einer neuen, jungen Generation politischer Häftlinge, die von ihm ferngehalten wurden und vielleicht gar nichts von ihm wußten. Nach seiner Freilassung erhielt er eine Anstellung beim Zentrum für Sozialforschung, die er auf persönliche Anweisung des Schahs wieder verlor, weil er einen amerikanischen Menschenrechtler nicht fortschickte, der um ein Gespräch gebeten hatte. Die Behörden strichen sogar die Pensionsansprüche aus Malekis früheren Jahren als Chemielehrer. Khalil Maleki verarmte, mußte den größten Teil seines Hauses vermieten, geriet in völlige Isolation, wurde depressiv und verfiel dem Alkohol. Mehrfach fanden Passanten, Mieter oder Nachbarn ihn im Vollrausch auf der Straße. Obgleich zwanzig Jahre jünger, starb er 1969 und damit zwei Jahre später als Doktor Mossadegh, dem er schon auf Erden in die Hölle gefolgt war und jetzt, ich bin mir sicher, jetzt ins Paradies. Die Behörden verwehrten ihm den letzten Wunsch, dann auch wenigstens in Ahmadabad zur letzten Ruhe getragen zu werden, wo sich das Grab des Premierministers befand. Keine hundert Menschen nahmen auf einem Teheraner Friedhof an dem Begräbnis des Mannes teil, der einer der berühmtesten und meistgeachteten Politiker Irans war, als er Großvater besuchte.

Einige Tage nach dem Besuch von Baghaí und Maleki – Großvater war noch immer mit ihnen auf Reisen – sah meine Mutter auf dem Schulweg an vielen Hauswänden Plakate mit seinem vertrauten, kugelrunden Gesicht, die Glatze und der grau gewordene Stoppelbart, den kein anderes Mitglied seiner Gesellschaftsschicht trug, die voluminöse Nase, die Mundwinkel vor Ernst weit heruntergezogen, die breite Krawatte und der gute Nadelstreifenanzug. »Wählt den Schafizadeh!« stand auf den Plakaten. Von Großvater selbst erfahre ich kaum mehr als die Gründe, warum es der größte Fehler seines Lebens war, für das Parlament in Teheran zu kandidieren. Die Versammlungen in seinem Haus, die hohen Besucher, wie er Kandidat wurde – kein Wort. Den Streit mit seiner Frau, weil er die Bediensteten der Nationalbank ins Haus holte, die Kinder in der angelehnten Tür des Salons, die hundert oder zweihundert Schuhe auf der Veranda – erst recht nichts. »Im Jahr … habe ich bei den Wahlen zur … Wahlperiode des nationalen Parlaments als Folge einerseits der Ermunterungen und der Wünsche von Freunden, die es gut mit diesem Sklaven meinten, und andererseits der unwahren, ja betrügerischen Beteuerungen eines Großteils der angesehenen und einflußreichen Personen unserer schönen Stadt einen Fehler begangen, den ich um so mehr bereue und wegen dem ich mich um so mehr tadele und mir um so mehr Vorwürfe mache, je mehr von meinem Leben vergangen ist.« Großvater hat den Platz für die Jahreszahl und die Nummer der Wahlperiode freigelassen, ohne die Angaben wie an anderen Stellen handschriftlich nachzutragen. So häufig wechselten in den Vierzigern und Anfang der fünfziger Jahre die Regierungen, daß dreißig Jahre später selbst er nicht mehr genau weiß, um welche Wahl es sich handelte. Weil er kaum Hinweise zu den politischen Vorgängen in Teheran, den Debatten des Wahlkampfs oder seinen Konkurrenten gibt, fällt es mir ebenfalls schwer, mich auf das Jahr und die Wahlperiode festzulegen. Es könnten sowohl die Wahlen von 1949 gewesen sein, als Mohammad Mossadegh noch Oppositionsführer war, wie auch die Wahlen von 1951, als er bereits die Regierung führte und das Öl verstaatlicht hatte. Die Gruppen, die Großvater nominierten, bildeten bei beiden Wahlen ein Bündnis: neben der linksgerichteten Partei der »Werktätigen« die bürgerlich-liberale »Iran-Partei« sowie die Gefolgsleute des Ajatollah Seyyed Abolghasem Kaschani. Wahrscheinlich war es die Wahl von 1951, denn erst mit der Verstaatlichung des Öls, die Mossadegh gegen alle Widerstände und allen Realismus durchfocht, geriet die Nation in den Taumel, der Großvaters Kandidatur vorausgegangen zu sein scheint, wenn ich der Selberlebensbeschreibung der Mutter zumindest bis hierhin folge. Wie immer zögerte er lange vor der Entscheidung. – Wenn sich nicht Leute wie Sie zur Wahl stellen, werden andere, weniger geeignete Personen nach vorne drängen, die wir notgedrungen unterstützen werden, beschwor ihn der alte Sarem od-Douleh, Gouverneur von Isfahan unter den Kadscharen, Finanzminister unter Reza Schah und Onkel von Reza Rastegars Gattin, die Kandidatur anzunehmen: Leute wie Sie haben keinen Mumm in den Knochen. Sie erwarten, daß man ihnen die Mitgliedschaft fürs Parlament in einen Umschlag steckt und an ihre Adresse schickt, doch das ist unmöglich. Sie müssen kämpfen, Schafizadeh! Später erfuhr Großvater, daß Sarem od-Douleh mit denselben Worten einen anderen Bewerber aufgefordert hatte, für den gleichen Parlamentssitz zu kandidieren. Der frühere Gouverneur und Finanzminister führte nicht etwa einen politischen Plot im Schilde. Es war viel banaler und damit noch erniedrigender: Wie die meisten Isfahanis verteilte Sarem od-Douleh einfach wahllos Komplimente, ohne sich etwas dabei zu denken, aus Höflichkeit, aus Bequemlichkeit oder um sich gutzustellen mit dem jeweiligen Gegenüber. Bis zu seinem Tod ärgerte sich Großvater darüber, Sarem od-Douleh und den anderen Honoratioren geglaubt zu haben, den Basarhändlern, Geistlichen, Intellektuellen, Regierungsbeamten und politischen Führern. Weitere Namen nennt er nicht, sondern erklärt in einem Satz, der in dem himmelblauen Heft durchgestrichen, aber gerade noch zu entziffern ist, daß die freiheitlichen Kräfte seit der Konstitutionellen Revolution genug Zeit und Energie darauf verwendet hätten, schlecht über andere Mitglieder ihrer Bewegung zu reden. Nicht durchgestrichen ist der Vers des gepriesenen Saadi: »Wer wohlgefällig andrer Fehler vor dir aufgezählt, / sei sicher, daß er deine Fehler andern gern erzählt!«

Politisch stand Großvater der Iran-Partei am nächsten, zumal deren Vorsitzender Ahmad Zirakzadeh aus Isfahan stammte und sie sich seit vielen Jahren kannten. Obwohl er nichts vom Sozialismus hielt und allen Grund hatte, sich vor der Bodenreform zu fürchten, bewunderte er auch die jungen Baghaí und Maleki von den »Werktätigen« und verkehrte mit ihren Parteimitgliedern in Isfahan. Wenige Verbindungen hatte er zu den religiösen Gruppierungen, die einen politischen Islam vertraten, aber da seine Frömmigkeit stadtbekannt war (der Bart!), akzeptierten sie ihn als Kompromißkandidat. Großvater beschreibt, wie er sich in Begleitung des Predigers Hadsch Scheich Abbasali Eslami, von dem er seit Jahren nichts gehört habe und dessen Gesundheit er sich vom Allmächtigen erhoffe, bei Ajatollah Kaschani in Teheran vorstellte. Dessen Stern war 1943 aufgegangen, als die Briten ihn wegen seiner Beziehung zu deutschen Agenten verhaften ließen. Zwei Jahre später hatte er das Gefängnis als Held verlassen. Wenngleich als Gelehrter nicht besonders angesehen, verfolgten die Großajatollahs in Ghom, die sich traditionell aus der Politik heraushielten, Kaschanis Aktivismus mit Wohlwollen, bot er doch den gottlosen Kommunisten Paroli und versprach, dem Islam wieder Geltung zu verschaffen in Iran. Kaschani führte die religiösen Gruppen in die Nationale Front, obwohl er sich mit Mossadegh nur in der Forderung nach Verstaatlichung des Erdöls einig war. Daß der Ajatollah auch die Restauration des Rechts, das Verbot der Koedukation oder die Bildung einer islamischen Internationalen verfolgte, mußte über kurz oder lang zum Zerwürfnis führen. Hinzu kamen seine Beziehungen zu den ersten islamischen Terroristen, den »Kämpfern des Islam«, die den antiklerikalen Ahmad Kasrawi und den Premierminister Abdolhossein Hajir ermordet hatten. Kaschani konnte jovial sein, witzig, aber auch barsch bis zur Unhöflichkeit. Er war ehrgeizig, machthungrig, kannte genausowenig wie Mozaffar Baghaí Skrupel, notfalls über Leichen zu gehen, wenn es für die Verwirklichung seiner Ziele notwendig schien, und schloß blitzschnell neue Allianzen – mit und gegen den Schah, mit und gegen Mossadegh, mit und gegen die Tudeh-Partei, mit und gegen die »Kämpfer des Islam«, mit und gegen Deutschland, Rußland, Amerika. Vielleicht weil er es in der klerikalen Hierarchie nicht sehr weit nach oben geschafft hatte, legte er um so mehr Wert darauf, von Politikern, den Vertretern des Palasts und ausländischen Gesandten mit Ehrfurcht behandelt zu werden. Für seine Beteiligung an der Nationalen Front hatte er sich das Amt des Parlamentspräsidenten ausbedungen, hielt es jedoch unter seiner Würde, an Debatten teilzunehmen, so daß er sich im Plenum von zwei Gefolgsleuten vertreten ließ und die Sitzungen des Präsidiums in sein Haus verlegte. Als Großvater ihn besuchte, war Ajatollah Kaschani bereits ein Greis, glatzköpfig unterm schwarzen Turban, hageres, grimmiges Gesicht mit langem weißem Bart auf den Photos. Der Prediger Hadsch Scheich Abbasali Eslami stellte Großvater als Kandidaten des Wahlkreises Isfahan vor und bat um das Einverständnis Seiner Eminenz. – Ich werde ihn etwas fragen, grummelte Kaschani: Wenn seine Antwort mich zufriedenstellt, werde ich mein Einverständnis erteilen. Großvater rutschte das Herz in die Hose. Was würde der Ajatollah ihn fragen? – Sag mal, du Analphabet, wandte sich Kaschani an Großvater selbst, wirst du unseren Gegnern die Eier schleifen? Beinah hätte Großvaters Anspannung sich in lautem Gelächter entladen. Daß Kaschani ihn für ungebildet hielt, erklärte Großvater sich damals mit dem Bart, den außer den Mullahs gewöhnlich nur Dörfler und Angehörige der unteren Schichten trugen, während Politiker glattrasiert waren und durch ihre unbequeme Haltung auffielen, wenn sie auf einem Teppich hockten. Später erfuhr er, daß der Ajatollah die meisten Besucher, selbst Professoren, Ärzte und Abgeordnete, als Analphabeten anredete. Wahrscheinlich war es eine Methode, sie zu demütigen und ihnen von vornherein klarzumachen, wer das Sagen hatte, vermutet Großvater. Auf die Frage selbst mußte er gar nicht antworten, da ihm der Prediger sogleich mit einer Eloge beisprang. – Schon gut, schnitt Kaschani dem Prediger das Wort ab und knurrte die nächste Besuchergruppe an, die bereits auf der entgegengesetzten Seite des Teppichs hockte. Die Kandidatur war bewilligt, ohne daß Großvater mehr gesagt hätte als guten Tag und auf Wiedersehen. Der Besuch bei Ajatollah Kaschani war also der Grund, nehme ich an, warum er mit Mozaffar Baghaí und Khalil Maleki die Stadt verließ, denn kurz darauf wurden die Plakate mit seinem Photo gedruckt, die meine Mutter auf dem Schulweg entdeckt haben will. Tatsächlich sind die Poster nie geklebt, die Broschüren nie verteilt worden, schreibt Großvater. Seine politische Laufbahn dauerte nur ein paar Wochen.

Weil es angesichts der Größe des Landes und den ungenügenden Verbindungswegen nicht anders zu organisieren war, wurde damals zunächst nur in der Hauptstadt gewählt. Wenn das dortige Ergebnis bereits feststand und die Vorentscheidung bereits gefallen war, stimmte nach und nach das restliche Land ab. Die Abstimmung in Teheran gewann Ahmad Zirakzadeh, der nach dem Triumph in seine Heimatstadt Isfahan fuhr, um sich auf einer Kundgebung der Iran-Partei feiern zu lassen. Als örtlicher Kandidat der Nationalen Front lud Großvater ihn für den Abend zu einem festlichen Essen ein. Ich weiß nicht, ob er wieder den fremden Koch und das Personal der Nationalbank ins Haus holte, aber wenn er es tat, dürfte Großmutter ihm mit ihrem Gezeter bereits vor dem Eintreffen der Gäste die Stimmung verdorben haben. Sie wird die Türen geknallt und mit der jüngsten Tochter an der Hand zu ihrer Schwester marschiert sein, vielleicht drohte sie gar mit Scheidung. Sie war kein junges Mädchen mehr, das sich eine Demütigung zweimal gefallen ließ. Die Verhältnisse hatten sich geändert. In Teheran machten Frauen als Dichterinnen, Sängerinnen oder Schauspielerinnen von sich reden, auch auf den Parteiversammlungen mischten sie mit, wie die Zeitungen berichteten, und innerhalb der Nationalen Front bildeten sich feministische Gruppen wie die »Organisation der fortschrittlichen Frauen«. Und dann die Photos in den Zeitschriften! Elegante Damen in knielangen Röcken, die bei öffentlichen Anlässen gemeinsam mit ihrem Gatten auftraten, einem Minister, einem Staatsbeamten, einem Professor, oder sogar selbst schon Professorinnen waren. Isfahan mochte konservativ sein im Vergleich zu Teheran, Mittelalter im Vergleich zu Paris, aber das bedeutete nicht, daß sich Isfahanerinnen alles gefallen ließen, schon gar nicht Großmutter, die wenige Jahre später in Frankreich streitende Liebespaare aus den Zelten zerren sollte. Auch wenn sie keine höhere Schule besucht hatte, die es in ihrer Kindheit für Mädchen noch nicht gab, las sie doch viel, die Zeitungen, die Großvater mit ins Haus brachte, klassische Poesie, von Victor Hugo bis Tolstoi die Weltliteratur, und war nie um eine Meinung verlegen. Was der aufgeklärte Doktor Mossadegh, der im schweizerischen Neuchâtel und damit sozusagen in Paris studiert hatte, gleich nach der Verstaatlichung des Erdöls gefälligst anpacken sollte, war nicht etwa die

Restaurierung der Scharia, wie es in Großvaters Wahlkampfbroschüre an erster Stelle stand, sondern die Reform des Wahlrechts, wie es Khalil Maleki häufig forderte, ja, ebendieser Maleki mit den traurigen Augen, für den sie nicht kochen durfte, guter Mann, höflich, so bescheiden, und seine Frau arbeitete als Biologin. Großvater widersprach nicht prinzipiell, bezweifelte allerdings die Dringlichkeit. Auch er war der Ansicht, daß ein modernes Land nicht auf Dauer die Hälfte der Bevölkerung von den Wahlen ausschließen konnte – nicht einmal, so fügte er manchmal in Gedanken hinzu, wenn die andere Hälfte aus Frauen bestand. Aber da Iran noch weit davon entfernt war, modern zu sein, sollte man erst einmal abwarten, ob es mit den Analphabeten klappte, die zum ersten Mal ihre Stimme abgeben durften, also auch der ständig betrunkene Mohammad Hassan und die Bauern in Kartschegan, Berendschegan und Tschamtaghi, der Ali Agha, der Mohammadchan und sogar der greise Esmail. Gut, immerhin sie wußten, was sie zu wählen hätten, Großvater hatte es ihnen eingeschärft, schon bevor er selbst Kandidat wurde: nämlich die Demokratie. Nicht zuletzt deshalb hatte ihn die Nationale Front nominiert, deutet er selbst an, weil er als Großgrundbesitzer mit Verbindungen zum Basar und der Verankerung im religiösen Milieu die einfachen Leute zu mobilisieren versprach, die Bauern, die Dienstboten, die Handwerker. An seinem Einsatz sollte es keinesfalls mangeln. Noch am Abend, sobald die übrigen Honoratioren das Haus verlassen haben würden, wollte er den Vorsitzenden Zirakzadeh vor die große Karte führen, auf der die Stadtteile Isfahans und die umliegenden Dörfer eingezeichnet waren, um die Kampagne zu besprechen. Die Karte hing seit einigen Tagen in einem der beiden Gästezimmer am Tor, das Großvater zur Wahlkampfzentrale hergerichtet hatte. Großvater war stolz auf die Kandidatur, auch wenn er in der Selberlebensbeschreibung nur von Pflichterfüllung spricht. Natürlich war er stolz, es kann gar nicht anders sein, stolz und auch wieder ehrgeizig, er wollte ja etwas beitragen auf Erden, seit er Isfahan als Zwölfjähriger zum ersten Mal verließ. Bei aller Begeisterung für die Befreiung der Nation freute Großvater sich, daß Gott ihm mit dem Amt des Abgeordneten in Teheran doch noch einen weiteren Aufbruch zu bescheren schien. Und es schmeichelte seiner Eitelkeit – ungewöhnlich oder gar verwerflich kann ich das nicht finden –, daß der glänzende Wahlsieger von Teheran den einzigen Abend in Isfahan bei den Schafizadehs am Teheraner Tor verbringen würde. So stelle ich es mir vor und habe mir den

Streit mit Großmutter dazugedacht, weil er sich zu der Schmach fügen würde, die der Abend Großvater bescherte.

Es könnte jeder sein, jeder der vier Männer, die um den kleinen Tisch sitzen, auch der Junge. Es könnte jetzt sein, wie Caravaggio lehrt, indem er wie im heutigen Regietheater das biblische Personal in Kleidung seiner eigenen, Caravaggios, Gegenwart hüllt, der Apostel in Rüschen. Levi, wie Matthäus vor seiner Berufung heißt, hat noch gar nicht gemerkt, daß der Unbekannte auf ihn zeigt, so vertieft ist er darin, die Steuern zu zählen, die er heute eingenommen hat, oder hat es gemerkt und schaut nur deshalb nicht auf, weil er es nicht wahrhaben will. Der ältere Begleiter des Unbekannten, Petrus, scheint Levis Freunden oder Kollegen zu bestätigen, daß sie nicht gemeint sind. Sie können weiter Steuern eintreiben, Tag für Tag, ihre Familie ernähren, in dem sie andere Familien ausplündern, ein übliches Menschenleben führen. Nur zu Levi sagt Jesus: »Folge mir!« (Matthäus 9,9). Kein Wort mehr steht in der Bibel über die Berufung des Matthäus, wie Jesus ihn nennen wird, keine Begründung, keine Erklärung, vor allem kein Werben wie bei einer Mission, nur: »Folge mir!« Und Matthäus stand auf und folgte ihm: »So mußt es geschehen«, faßt Hölderlin das nicht hinterfragbare Moment der Berufung, »So will es der Geist / Und die reifende Zeit, / Denn einmal bedurften / Wir Blinden des Wunders.« Der Bruch mit allem, was Levis Leben bis zu dieser Sekunde ausmachte, ist in der Bibel so abrupt und umfassend, daß er, wenn nicht als Hypnose trivialisiert oder mit dem Begriff der Aura vernebelt, nur als ein Wunder zu verstehen ist. Allein, Caravaggio interessiert nicht das Wunder selbst, weil es nicht darstellbar ist oder wenn es dargestellt wird, schnell komisch wirkt oder jedenfalls unnatürlich, wie er selbst es ein einziges Mal, auf dem Bild vom ungläubigen Thomas, gemalt hat, der seinen Finger in Jesu Bauch steckt, als sei darin Luft. Caravaggio interessiert allein der Mensch. Unter allen Malern hat er den schärfsten Blick dafür, was die Erscheinung des Himmlischen für die Irdischen bedeutet: Es zersprengt sie. Setzt man sich seinen Bildern aus, die nicht die Offenbarung zeigen, sondern vielfach die Qual derer variieren, denen offenbart wurde, mag man von »froher Botschaft« nicht mehr sprechen. »Wenn ihr wüßtet, was ich weiß, ihr würdet wenig lachen und viel weinen«, sagt es der islamische Prophet, dem bei der Erscheinung des Engels der Schaum vor dem Mund trat und der vor Schmerz wild um sich schlug, so daß ihn viele für besessen hielten, für einen Epileptiker oder für geisteskrank. »In der Berufung des heiligen Matthäus« fängt Caravaggio ein einziges Mal den Moment unmittelbar vor der Berufung ein, nicht das Berufensein selbst. Daß die Situation nicht ahnen läßt, was gleich geschieht, ist ihr eigen. Wüßte man es nicht, könnte man sich unter allen fünf Menschen, die um den Tisch sitzen oder stehen, am wenigsten Levi vorstellen als den, der gleich mit glasigen Augen und weitgeöffnetem Mund, wie ein Mondsüchtiger dem Fremden folgt. Oder vielleicht nicht einmal das: Vielleicht ist es genauer zu sagen, daß man es sich bei keinem von ihnen vorstellen kann. Das würde bedeuten, daß jeder Mensch erwählt werden könnte. Wirklich der? fragt der Bärtige, derweil sein Nebenmann die Münzen interessanter findet. Der Mann im Vordergrund mit Feder am Hut scheint gar nichts zu kapieren. Zu Jesus blickt er, weil der Junge ihn unterm Tisch gegen das Schienbein tritt: Ja und? Betrachtet man nur die vier Männer und den Jungen, würde man alles vermuten, was ihre Aufmerksamkeit beansprucht, Randale am Nebentisch, einen strengen Gastwirt oder einen Steuereintreiber, wie sie selbst welche sind, aber nicht, daß ihnen gerade der Messias erscheint. Genau das macht schließlich das Wunder aus: nicht, daß man etwas für unmöglich gehalten, vielmehr, daß man die Möglichkeit nicht einmal gedacht hatte; nicht Antwort, sondern neue Frage. Sowenig wie die zeitgenössische Kleidung ist es Zufall, daß *Die Berufung des heiligen Matthäus* nicht als Einzelbild konzipiert ist, sondern als Teil eines Zyklus, der in einem Seitenaltar der Kirche San Luigi dei Francesi in Rom hängt. Wie zur Warnung zeigt das Martyrium auf der gegenüberliegenden Seitenwand, worauf die Berufung hinausläuft. Ursprünglich bestand der Zyklus nur aus den beiden Gemälden, die von der Figur des Heiligen bereits das Wesentliche aussagen: Wahllosigkeit und Opfer. »Wie in Rom, im wirklichen Rom, ein Mensch nur genießen und vor dem Feuer der Kunst weich zerschmelzen könne, anstatt sich schamrot aufzumachen und nach Kräften und Taten zu ringen, das begreif' ich nicht«, heißt es im *Titan.* »Im gemalten, gedichteten Rom, darin mag die Muße schwelgen; aber im wahren, wo dich die Obelisken, das Coliseo, das Kapitolium, die Triumphbogen unaufhörlich ansehen und tadeln, wo die Geschichte der alten Taten den ganzen Tag wie ein unsichtbarer Sturmwind durch die Stadt fortrauschet und dich drängt und hebt, o wer kann sich unwürdig und zusehend hinlegen vor die herrliche Bewegung der Welt? – Die Geister der Heiligen, der Helden, der Künstler gehen dem lebendigen Menschen nach und fragen zornig: was bist du?« Der Finger könnte auf jeden zeigen, immer. Die Tür hinter mir könnte aufgehen und der in der Tür steht, mein Leben zersprengen, das Sehnsuchtsmotiv der deutschen Romantik: nichtsahnend ging ich aus dem Haus, als plötzlich … nur daß meine Aufgabe darin besteht zu beschreiben, daß nichts plötzlich passiert, nichts die Realität mehr erweitert außer in Büchern, auf Bildern.

Die Gäste trafen ein, der Gouverneur, der Bürgermeister, die Lokalgrößen der verbündeten Parteien, auch Sarem od-Douleh und sogar Onkel Oberstleutnant, der sich gerade in einen Republikaner verwandelte, die Freunde, die Verwandten – nur der Parteivorsitzende Ahmad Zirakzadeh nicht. Großvater wartete so lange mit dem Essen, bis die ersten Gäste schon Anstalten machten zu gehen. Er schickte Mohammad Hassan oder, falls der doch in der Küche stand, jemand anders, um herauszufinden, wo der Vorsitzende der Iran-Partei blieb. Als Mohammad Hassan oder jemand anders zurückkehrte, saßen nur noch einige Freunde Großvaters im Salon. Zirakzadeh hatte den Abend auf einer Versammlung der Iran-Partei verbracht, wo er den Mitgliedern einen anderen Kandidaten für den Wahlkreis Isfahan vorstellte. Schon aus Selbstachtung gab Großvater sich nicht sofort geschlagen, immerhin hatten ihn auch die »Werktätigen« und die Gefolgsleute Ajatollah Kaschanis nominiert. Dann mußten eben die Plakate noch einmal ohne das Emblem der Iran-Partei gedruckt werden. Wie sich am nächsten Tag herausstellte, war das Dreierbündnis ohnehin geplatzt. Um ihrem Vorsitzenden den ersten Platz zu sichern, hatte Zirakzadeh seine Anhänger in Teheran nicht wie verabredet dazu aufgerufen, auch die Kandidaten der verbündeten Parteien zu wählen. Und in Isfahan hatte er sich für einen eigenen Kandidaten entschieden, weil Großvater von Baghaí vorgeschlagen worden war. Das war alles, so simpel; einen anderen, einen politischen Grund hat Großvater nie erfahren. Das kleinkarierte Muster prägte den Freiheitskampf der iranischen Nation in den fünfzig Jahren zuvor und in den fünfzig Jahren danach mehr als alle Intrigen des Westens. Nur weil sich die Stimmen der Reformanhänger auf sechs verschiedene Kandidaten verteilten, konnte der jetzige Präsident am 17. Juni 2005 mit seinen nicht einmal gemogelt mehr als sechs Millionen Stimmen die Stichwahl erreichen. Um Prinzipien sei es nie gegangen, sagte der schahtreue Scheich Fazlollah Nuri seelenruhig über die republikanischen Ajatollahs, als er nach der Konstitutionellen Revolution am 31. Juli 1908 unterm Galgen stand. »Es war einfach so: Sie wollten mich ausstechen und ich sie.« Kaschani scherte aus der Nationalen Front, weil Mossadegh sich als Premierminister weigerte, vier der fünf Söhne des Ajatollahs mit einem Parlamentsmandat zu versorgen. Als Mozaffar Baghaí sich gegen den Premierminister stellte, hielt er es für ausgemacht, sein Nachfolger zu werden. Je mehr ich über die Hintergründe und Details des Putsches von 1953 erfahre, die Abendgelage der Verschwörer bei Opium und Whisky, die Besprechung des Schahs mit dem amerikanischen Agenten in einem parkenden Auto, damit kein Palastdiener sie belauschte, die Lügen, die über die Regierung verbreitet und die Bestechungsgelder, die verteilt wurden, desto dreister, zynischer, um nicht zu sagen: verkommen, verkommen im moralischen Sinne, erscheint mir die amerikanische, vor allem aber die britische Regierung, die den Plan überhaupt ausgeheckt hatte, erscheint mir Winston Churchill persönlich; infam auch, wie die Presse der selbsternannten freien Welt die Forderung eines Volkes, an seinem Ölreichtum zu partizipieren, in eine Reihe mit Hitlers Nationalsozialismus stellte und den Militärputsch gegen eine demokratisch gewählte Regierung feierte, die den Lebensläufen ihrer Mitglieder – fast alle Minister hatten im Westen studiert – und den republikanischen Idealen der europäischen Aufklärung verpflichtet war und bis zur Verblendung, bis buchstäblich zum letzten Abend, als der amerikanische Botschafter den Premierminister durch Tricks und falsche Zusagen in Sicherheit wog, auf den Beistand der Vereinigten Staaten hoffte: »Nach dem Sieg gegen Hitler hat Churchill dem großen britischen Empire einen weiteren Sieg beschert«, titelte die Londoner *Times*. »Wenn die Liebe zum eigenen Land unerwünscht ist, warum streben dann die Großmächte nach dem Besten für ihre Länder«, spießte Doktor Mossadegh bereits 1944 in einer Rede die doppelten Standards auf, die noch heute im Rest der Welt beklagt werden: »Wenn Demokratie nicht wünschenswert ist, warum sind sie dann selbst demokratisch? Wenn Pressefreiheit ihrer Meinung nach schadet, warum ist die Presse dann im Westen frei?« Die Bücher von Kinzer, Arjomand, Mottahedeh, Milani, Abrahamian, Nabavi, Behnoud, Katouzian, Keddie sowie die Selberlebensbeschreibungen von Maleki, Baghaí und Mossadegh vor mir ausgebreitet in der römischen Orientalistik, zu der ich meine Wäschekammer an der Deutschen Akademie hergerichtet habe, begreife ich jetzt und teile ich über fünfzig Jahre später Großvaters Zorn. Die Linie von 1953, als die erste genuine Demokratie des Nahen Ostens abgeschafft wurde, führt direkt zu Ajatollah Chomeini, der antiwestlichen Revolution von 1979 und, so ließe sich mit Stephen Kinzer argumentieren, weiter zum 11. September 2001, dem globalen Dschihad. Und doch erscheint mir der Anteil der Amerikaner und Briten am Scheitern der Nationalen Front geringer, als wir es zu Hause immer hörten. Gewiß, Churchill überredete mit Hilfe der Dulles-Brüder den neugewählten Eisenhower zu der Aktion, die der CIA schließlich organisierte, Abgeordnete wurden gekauft, damit sie im Parlament gegen die Regierung stimmten, und der Mob bezahlt, der für den Schah auf die Straße ging, aber gelingen konnte der Putsch nur, weil die Nationale Front sich zuvor bereits in ihre Bestandteile aufgelöst hatte. Die Islamisten revoltierten, weil der Premierminister auf dem säkularen Charakter des Staates beharrte, und mit Großajatollah Borudscherdi war der ranghöchste Theologe der Schiiten aufgebracht: In einer vertraulichen Botschaft hatte Borudscherdi die Entlassung von Bahais aus dem Staatsapparat verlangt. »Auch die Bahais sind Bürger Irans«, schrieb Mossadegh schnippisch zurück. Die demokratischen Kräfte stöhnten, weil der Premierminister mehr durch Dekrete als auf der Grundlage von Parlamentsbeschlüssen regierte, öfter auf Kundgebungen als zu den Abgeordneten sprach und mit dem Referendum eindeutig die Verfassung brach. Die Kommunisten und manche seiner eigener Minister drängten den Premierminister, die Monarchie ganz aufzulösen, und trieben den Schah dadurch erst recht in die Arme der Briten und Amerikaner. Mit Ajatollah Kaschani und Mozaffar Baghaí waren die beiden wichtigsten Verbündeten Mossadeghs, die zudem die beiden gegensätzlichen Lager seiner Bewegung vertraten, aus jeweils unterschiedlichen Gründen zu seinen Todfeinden geworden, und wenn ich schreibe Todfeinde, dann meine ich das wörtlich: Bereits am 28. Februar 1953 schlossen sie sich den Soldaten und Schlägertrupps an, denen Doktor Mossadegh zweimal hintereinander in buchstäblich letzter Minute entkam. Kurze Zeit später war Baghaí direkt an dem zunächst gescheiterten Plan des CIA beteiligt, auf einen Schlag die wichtigsten Führer der Nationalen Front mitsamt des regierungstreuen Polizeichefs zu entführen oder zu ermorden. Als der Putsch schließlich am 19. August 1953 doch noch gelang, war es kein anderer als Ajatollah Kaschani, der am lautesten Mossadeghs Hinrichtung verlangte. Die Kommunisten torpedierten seine Politik ohnehin, wo sie nur konnten, und der Schah, der anfangs willens schien, sich mit der Nationalen Front zu arrangieren, sah sich zu Recht oder zu Unrecht vor die Alternative gestellt, entweder ausgeschaltet zu werden oder den Premierminister auszuschalten. Erst diese Gemengelage, die Zwiste, widerstreitenden Interessen, persönlichen Eitelkeiten, Ungeschicklichkeiten, Rivalitäten, Sturheiten sowie linken, nationalistischen und islamischen Maximalforderungen schufen in Iran eine Situation, in der Großbritannien und die Vereinigten Staaten überhaupt erst daran denken konnten, sich den Zugriff aufs Öl auf so simple Weise zu erhalten.

Trotz der Blamage, die sich in der Stadt rasch herumsprach, sicherten alle Bekannten, die Großvater in den nächsten Tagen ansprach oder persönlich aufsuchte, ihm weiter ihre Unterstützung zu. Nur ein einziger war ehrlich genug, Großvater die Augen zu öffnen. – Daß Sie für das Amt des Abgeordneten besser geeignet sind als die anderen Kandidaten, ist offensichtlich, ergriff Hadsch Mehdichan Schirani bei einer der Versammlungen, die jeden Abend in einem anderen Haus stattfanden, das Wort: Aber genauso offensichtlich ist es, daß Sie keine Chance haben, die Wahl in Isfahan zu gewinnen. Daher werde ich Sie, sosehr ich Sie persönlich schätze, weder öffentlich unterstützen noch wählen. Und glauben Sie mir, von den anderen Anwesenden wird Ihnen auch niemand seine Stimme geben – wozu auch? Eine Stimme für Sie wäre eine verlorene Stimme, Herr Schafizadeh! Als Herr Schirani zu Ende gesprochen hatte, schwieg die Versammlung. Alle spürten, daß niemand anders als Großvater selbst nun etwas sagen müsse. Er stand auf, ohne bereits zu wissen, was noch zu sagen wäre. Erst räusperte er sich, dann holte er tief Luft, danach schloß er zu einem Sekundengebet die Augen, und schließlich bedankte er sich im Namen Gottes des Erbarmers des Barmherzigen bei Herrn Schirani für die offenen Worte, die er leider von keinem anderen der ehrenwerten Bürger Isfahans vernommen habe. Bevor er sich wieder und endgültig setzte, zitierte Großvater drei Verse seines gepriesenen Scheichs Saadi: »Zuwider ist mir ganz der Freunde Umgang, die mir mein Schlechtes stets als Gutes zeigen, / Im Fehler nur Verdienst und Vorzug sehen, den Dorn als Jasmin und Rose zeigen. / Weit lieber unverschämte freche Feinde, die mir ganz offen meine Fehler zeigen!«

Großvater reiste nach Kerman, achthundert Kilometer auf Schotterpisten, um sich mit Mozaffar Baghaí zu besprechen, den Vorsitzenden der »Werktätigen«, der aus Wut über die Iran-Partei die Hauptstadt verlassen hatte. Über den Inhalt der Gespräche, die sich über Tage hinzogen, will Großvater nichts verraten, da sie vertraulich gewesen seien und es damit dreißig Jahre später für ihn noch sind. Statt dessen preist er ausführlich die Gastfreundschaft eines Herrn Ardjomand, bei dem Baghaí seine Gäste unterzubringen pflegte. Wie in einem Hotel habe er in Kerman gewohnt, nur kostenlos, bei bestem Essen und zuvorkommender Bedienung, die Möbel nagelneu, die Matratze vorzüglich und die Pantoffel original aus Isfahan. Das Trinkgeld, das er am Abend vor seiner Rückkehr verteilen wollte, lehnten die Diener mit solcher Empörung ab, als hätte er ihnen Gift angeboten, wundert sich Großvater noch dreißig Jahre später. Da er noch vor dem Morgengebet abreiste, stand das Personal eigens für ihn auf, um ein Frühstück zu bereiten, und der Fahrer, den er gegen Mittag bat, ein Teehaus anzusteuern, um etwas zu essen, holte einen großen Korb übervoll mit Leckereien hervor. Über Mozaffar Baghaí, eine der Schlüsselgestalten der neueren iranischen Geschichte, mit dem er mehrere Tage verbrachte, erfährt man – ach, ich müßte es gar nicht mehr aussprechen: erfährt man nichts. Warum, Großvater? Wie wollten Sie denn die allgemeine Leserschaft erreichen, wenn Sie genau das ausblenden, was die Allgemeinheit interessieren könnte. Bis zu seinem Tod im Jahr 1987 hat Mozaffar Baghaí, soweit ich es übersehe, keine plausible Erklärung abgegeben, warum er sich von Doktor Mossadegh abgewandt und was genau er zunächst mit dem gescheiterten, dann mit dem erfolgreichen Putsch zu tun hatte. Er stritt nur allgemein ab, in Mord- und Entführungspläne eingeweiht gewesen zu sein. Was war das für ein Mensch? Ist es wirklich nur mit persönlichem Ehrgeiz oder Bestechlichkeit zu erklären, daß sich einer der fähigsten, einflußreichsten und populärsten Politiker seiner Zeit im Alter von nur einundvierzig Jahren von seinen Freunden, Partnern und Lehrern lossagte und freiwillig eine der zwielichtigsten Rollen annahm, die die iranischen Geschichtsbücher ausweisen? Zum Premierminister, wie er es wohl erhoffte, hat er es nach dem Sturz Mossadeghs nicht gebracht, im Gegenteil: Nicht lange nach der Rückkehr des Schahs wurde Baghaí wieder zum Oppositionellen, den der SAVAK beschattete und seine ehemaligen Gefährten der Nationalen Front so argwöhnisch beäugten, daß er sich notgedrungen darauf beschränkte, hier und dort kritische Artikel in Umlauf zu bringen. Das Amt des Premierministers, für das er sich prädestiniert hielt, bot ihm der Schah erst im Dezember 1978 an. »Ich akzeptiere es, wenn er meine Bedingungen akzeptiert«, ließ Baghaí den Schah wissen. »Wie hoch sind denn die Chancen auf Erfolg, falls Seine Majestät die Bedingungen akzeptiert?«, wollte der Emissär wissen. »Zehn Prozent, daß Seine Majestät bleibt. Zwanzig Prozent, daß die Monarchie bleibt. Siebzig Prozent, daß Chomeini siegt.« Der Emissär überbrachte die Antwort dem Schah, der mit den Bedingungen einverstanden, mit der Prognose jedoch unzufrieden war. Ob man nichts tun könne, damit die Zahlen günstiger ausfielen, fragte der Emissär, als er zu Baghaí zurückkehrte. »Inzwischen liegen die Chancen Seiner Majestät bei null Prozent«, antwortete Baghaí. Nach der Revolution glaubte er zum letzten Mal, Premierminister werden zu können, und richtete Ajatollah Chomeini aus, das Amt anzunehmen, falls dieser die Revolutionskomitees und die Revolutionsgarden auflöse. Natürlich dachte Chomeini nicht im Traum daran, eine solche Forderung zu erfüllen, und sah Baghaí sich bald schon gezwungen, in die Vereinigten Staaten auszuwandern, wo er nach vierzig höchst turbulenten Jahren in der Politik einen geruhsamen, materiell gutausgestatteten Lebensabend im Kreis seiner Großfamilie hätte verbringen können. Statt dessen kehrte er gegen alle Empfehlungen, Warnungen und unheilvolle Zeichen im Oktober 1986 nach Iran zurück und wurde bei der Ankunft in seiner Heimatstadt Kerman verhaftet. Baghaí kannte die Gefängnisse des Schahs, in denen gefoltert und hingerichtet wurde, von innen. Die Islamische Republik wollte mehr: Bis heute will sie ihre Gegner nicht einfach ausschalten, sondern ihnen die Würde nehmen, ihre Persönlichkeit zerstören und ihr Ansehen ruinieren. So gaben die Behörden bekannt, meldete der staatliche Rundfunk und schrieben alle Zeitungen, daß große Mengen »anstößige Dinge und Materialien« bei dem Vierundsiebzigjährigen gefunden worden seien. »Anstößige Dinge und Materialien« ist bis heute die gängige Umschreibung der Staatspropaganda für pornographische, speziell homoerotische oder pädophile Zeitschriften, Videos und dergleichen. Weil der Verhaftete alt und krank sei, werde man jedoch Gnade vor Recht ergehen lassen. Einen Monat später starb der Führer der »Werktätigen« gramgebeugt in Kerman. Obwohl Großvater ihn noch mehr geschmäht haben muß als Ajatollah Kaschani, dem er von der ersten Begegnung an nicht traute, erwähnt er mit keinem Wort, daß Baghaí bald nach dem Besuch in Kerman Doktor Mossadegh verriet. Großvater schreibt nur, daß Unterkunft und Verpflegung erstklassig gewesen seien und man dem Fahrer einen Picknickkorb mitgegeben habe. Er hat Seyyed Zia Tabatabaí getroffen, Ajatollah Kaschani, Khalil Maleki, Ahmad

Zirakzadeh und mit Sicherheit den ersten Premierminister nach der Revolution, Mehdi Bazargan, der in unserer Familie verkehrte; er war Reza Rastegars Cousin, Sadegh Hedayats Arbeitskollege und kannte bestimmt noch eine Reihe anderer historischer Persönlichkeiten, doch erzählt er kaum mehr, als daß Ajatollah Kaschani ihn als Analphabeten angeredet und Mozaffar Baghaí ihn gut bewirtet habe. Großvater, ich gebe mir doch alle Mühe, für Ihre Selberlebensbeschreibung eine Leserschaft zu gewinnen, breiter, als Sie sie sich je erhofft haben, eine Leserschaft in einer anderen Sprache, auf einem anderen Kontinent, in einer anderen Zeit, schlachte heimlich das Manuskript Ihrer Tochter aus, der Ältesten, der Kecken, die ihre eigene Selberlebensbeschreibung veröffentlichen möchte, suche mir aus der Fachliteratur, die ich eigens nach Rom mitgenommen, in der römischen Orientalistik kopiert oder für einiges Geld bestellt habe, die Informationen zusammen, die Sie auslassen, und füge soviel aus meiner eigenen Phantasie hinzu, wie Sie es gerade noch ertrügen – aber einfach machen Sie es mir nicht. Bei allem Respekt habe ich sogar den Eindruck, daß Ihr Stil von Seite zu Seite trockener wird, Ihre Beschreibung umständlicher, Ihre Beobachtung dürftiger. Vielleicht schwand Ihre Kraft, vielleicht Ihre Geduld, vielleicht glaubten Sie, es eilig zu haben, vielleicht hatten Sie darin recht. Um so ehrlich zu sein, wie Sie es von Ihren Kindern und Enkeln genauso wie von Ihren Freunden verlangten, bereue ich es manchmal, Ihnen gefolgt zu sein, es geht nun schon so lange, mein ganzes Jahr in Rom. Dann stoße ich auf Ihren Besuch bei Doktor Mossadegh und bin sofort wieder froh. Es ist nicht viel, was Sie schreiben, leider nicht, nicht einmal eine Seite. Aber niemand hätte sie so schreiben können wie mein Großvater.

Die Dienstagsbegleitung führte in eine antike Familiengruft drei Meter unter der Erde, die wie eine Küche aussah, doch stellten sich die Herdplatten als Urnendeckel heraus. Die Familie hatte es sich hübsch eingerichtet, die Wand- und Deckenmalereien so farbenfroh wie Tapeten aus dem Wirtschaftswunder, Ornament und Blümchen knallbunt auf weiß, richtig heimelig in dieser Enge eines kleinfamiliären Wohnzimmers, fehlte nur noch der Nierentisch mit dem Transistorradio. Die Ältere faszinierte mehr als alles andere der Oberschenkelknochen, der in einem offenen Grab lag. Ja, der ist auch original, versicherte die Dienstagsbegleitung. Und der Staub in den Urnen? Schwer zu sagen, das vermischt sich ja mit allem möglichen, aber im Prinzip ebenfalls original, der

Originalstaub einer römischen Familie, die vor zweitausend Jahren wer weiß wer war. Soviel Mühe sie auf ihre Ewigkeit verwandten, am Ende stehen fünfzehn Deutsche in der Gruft und fragt ein Kind die Fremdenführerin, ob der Staub original sei.

Meine Mutter kürzt das Drama der Kandidatur ab, das Großvater so umständlich schildert: Zwei Tage nachdem sie seine Wahlplakate an den Häuserwänden entdeckt haben will, ruft Großmutter die Kinder nach der Schule tonlos vor Schrecken zusammen. Papa sei von der Reise zurückgekehrt, liege in seinem Zimmer, es gehe ihm nicht gut, er habe schlimme Kopfschmerzen, die Kinder mögen bitte keinen Lärm machen und auch nicht rennen. Meine Mutter und ihre Geschwister wissen noch nicht, daß die Großeltern mittags auf Radio Teheran hörten, wie der Sprecher zunächst immer langsamer wurde, die Vokale immer weiter dehnte, als müsse sein kurzes Manuskript noch für die nächsten Stunden reichen, Pause um Pause einlegte, bis er schließlich ganz verstummte. Danach hörte Großvater einige Minuten lang nichts, dann einen Streit. »Es ist egal, wer es liest, Hauptsache, es wird gelesen«, schrie schließlich eine Stimme, die daraufhin selbst aufgeregt ins Mikrophon rief: »Die Regierung von Mossadegh ist besiegt!« Wenige Sekunden später – »Seine Majestät ist auf dem Weg nach Hause!« jubelte die Stimme gerade – fiel Großvater in Ohnmacht. Heute weiß man, daß am Morgen des 19. August 1953 Ajatollah Kaschani, Ajatollah Behbahani und andere Verbindungsleute der Briten mit dem Geld, das der CIA zur Verfügung gestellt hatte, einen gewaltigen Mob aus Südteheran in Gang setzten, darunter viele Gefängnisinsassen, Prostituierte und ganze Mannschaften von Ringkämpfern und Athleten, die randalierend durch die Straßen zogen, »Tod Mossadegh« skandierten und den nationalen Radiosender besetzten. Kurz darauf übernahm die Armee das Programm, um zu verkünden, daß das Volk die Regierung gestürzt und der Schah General Zahedi zum Premierminister ernannt habe. Tatsächlich stürzte die Regierung erst am Abend, als die Armee nach mehrstündiger Belagerung Mossadeghs Haus in der Kach-Straße stürmte. Der Premierminister und einige andere Führer der Nationalen Front entkamen zunächst über die Gartenmauer, verbrachten die Nacht in einem Keller und ergaben sich am nächsten Tag. Wie gesagt, meine Mutter und ihre Geschwister hatten am Nachmittag noch keine Ahnung, als sie von der Schule heimkehrten und Großmutter ihnen sagte, sie sollten in ihre Zimmer gehen und leise sein, Papa sei krank. Erst als meine Mutter und meine Tante am nächsten Morgen zur Schule gingen, sahen sie Großvaters abgerissene Wahlplakate, die es in Wirklichkeit, aber was ist fünfzig Jahre später schon Wirklichkeit?, nicht gegeben haben kann. Sie sahen Großvaters kugelrundes Gesicht mit dem Stoppelbart, der voluminösen Nase, dem kahlen Schädel und den vor Würde weit heruntergezogenen Mundwinkeln auf dem Bürgersteig, die ungewohnte Krawatte und den guten Nadelstreifenanzug zerknüllt, zerfetzt, mit Schuhabdrücken darauf. An den Wänden sahen sie überall den gleichen Spruch: »Tod Mossadegh! Lang lebe Zahedi«. Sie sahen die Pflastersteine herumliegen, die aus den Straßen herausgerissen waren. Heulend und schreiend rannten sie zurück nach Hause, wo Großvater noch drei Tage und Nächte auf seinem Zimmer blieb. Nur Großmutter durfte gelegentlich anklopfen, um etwas Essen zu bringen, von dem er so gut wie nichts anrührte. Man kann dem Westen vorwerfen, in Iran einen Putsch organisiert zu haben. Man kann aber auch fragen, warum ein paar hunderttausend Dollar und ein paar Agenten genügten, einen Mann zu stürzen, für den die Mehrheit der Nation angeblich bereit war zu sterben. Für Großvater blieb es lebenslang die dringlichere, weil religiöse Frage. Für ihn hatten die Iraner am 19. August 1953 Doktor Mossadegh im Stich gelassen wie die Muslime den Imam Hossein am 3. Oktober 680 bei Kerbela. »Von jenem Tag an«, also noch über dreißig Jahre, wenn die Mutter nicht wie immer übertreiben würde, »bestand sein Leben aus kaum mehr als aus Beschimpfungen, Verfluchungen und Verdammungen des Schahs und dessen Bande, aus Schweigen und aus der Einsamkeit seines Zimmer, wo er für sich tagelang den Koran, Saadis Rosengarten und das Masnawi von Rumi rezitierte, wie wir vom Flur aus hörten. Er war ein alter Mann geworden, ausgelöscht, sterbensmüde, von der Arbeit und allen anderen Dingen des Lebens gelangweilt, in bitterer Zurückgezogenheit. Weder ging er aus noch besuchte ihn jemand außer den zwei, drei Freunden, die seine Sprache sprachen und seinen Schmerz teilten.« Das ist der letzte Satz, den die arbeitslos gewordene Waise abtippte, die nicht zu früh heiraten soll. Die Eltern sind aus Spanien zurückgekehrt, wo die Mutter jeden Tag viele Stunden geschrieben hat, wie sie dem Sohn am Telefon verriet. Sobald sie einen Reisenden findet, der die Blätter mit nach Isfahan nimmt, hat die Waise wieder Arbeit, reichlich Arbeit, fügte die Mutter halb stolz, halb verschämt hinzu. Würde sie einen Blick in die Selberlebensbeschreibung ihres Vaters werfen, könnte sie manches verwerten.

Im Telegraphenamt von Isfahan drängen sich am Morgen des 23. August 1952 die Menschen, um dem Premierminister ihre Solidarität zu bekunden, nachdem die britische Regierung am Vortag einen umfassenden Wirtschaftsboykott Irans beschlossen hat. Der stellvertretende Direktor der Nationalbank steht in der Schlange vor Schalter sieben, als sich am Eingang eine zittrige und dennoch laute Stimme erhebt. Seinen seltsam glitzernden Wanderstock zur Decke gestreckt, ruft ein lumpiger Derwisch, daß man auch seinen Namen unter ein Telegramm setzen möge, er zahle mit seinem gesamten Besitz: zwei Tuman. Bravo, rufen die Leute, hört diesen edlen Derwisch, und hier können Sie unterschreiben. Großvater hat nie erfahren, woran der Derwisch ihn erkannte – die Plakate waren schließlich nie geklebt worden –, wie er seine Adresse ermittelte und woher er überhaupt wußte, daß er, Großvater, gerade beabsichtigte, nach Teheran zu reisen, aber am nächsten Abend stand der langhaarige Derwisch in seinem Gewand aus hundert Flicken vor dem Haus am Teheraner Tor. Großvater öffnete selbst die Tür. Der Derwisch hielt ihm seinen Wanderstock aus Ebenholz entgegen, schwarz und mit feinsten Kuppen versehen, die in vollendeter Kunstfertigkeit mit hauchdünnen, geschwungenen Nägeln aus Gold befestigt waren. – Geben Sie diesen Stock bitte Doktor Mossadegh, sagte, nein, ordnete der Derwisch an, richten Sie ihm meine Grüße aus und wünschen Sie ihm in meinem Namen Erfolg: Ich werde für ihn beten. Großvater mußte nach Teheran fahren, um einen Freund zu besuchen oder wegen Geschäften, vielleicht wollte er auch nur für ein paar Tage dem geheuchelten Mitleid entfliehen, das ihm seit seinem Rückzug von der Kandidatur entgegenschlug – auf der Straße, in der Bank und den abendlichen Versammlungen, die er, seltener zwar, weiterhin besuchte. Seine Begeisterung für Mossadeghs Kampf war ungebrochen. Selbst wenn er noch Kandidat gewesen wäre, Kandidat für einen Wahlkreis in der Provinz, hätte er nicht mir nichts, dir nichts den Premierminister besuchen können. Als Privatmann sei es ausgeschlossen, wollte Großvater sagen, allein, der Derwisch hatte ihm bereits den Rücken gekehrt. Der Stock, schwarz mit den feinen Kuppen und Nägeln aus Gold, lehnte am Türrahmen. So kam es also zu der Begegnung Großvaters mit Doktor Mossadegh, eine der großen Sagen in unserer Familiengeschichte. Wenn ich die Mutter oder ihre Geschwister früher hörte, klang es beinah, als habe Großvater dem Premierminister einen Termin gewährt. Er fuhr nach Teheran, um Mossadegh seine Unterstützung zu erklären, hieß es immer und schrieb ich sogar selbst in einem meiner Bücher; ich stellte mir das so vor, wie ein Staatschef zu einem anderen Staatschef reist, in meiner kindlichen Phantasie mit Begleitdelegation und dem Händedruck im Blitzlichtgewitter. Tatsächlich fuhr Großvater nach Teheran, um einen Freund zu besuchen, wegen Geschäften oder nur für etwas Abwechslung, und hatte er keine Ahnung, wie er zum Büro des Premierministers vordringen könne, um – Großvater selbst wird sich angesichts des Vorhabens die Hand an die Stirn geschlagen haben –, um einen Stock zu überreichen, den Wanderstock eines lumpigen Derwischs. Das ist kein geschichtliches Ereignis, wie es sich bei uns zu Hause immer anhörte. Das ist nicht einmal eine Fußnote der *Eminent Persians.*

Seine Allmacht auf den Oberschenkeln wie vor ihm so viele andere deutsche Dichter in Rom ihr Notizheft, sitzt die Nummer zehn vor der Tribüne, über die er seit seinem zweiten Dauerlauf in Rom – beim ersten verirrte er sich in Einkaufsstraßen – berichten möchte. Sie steht im Park der Villa Torlonia, in der früher Mussolini wohnte, achtzig Meter lang, schätzt er, also die Nummer zehn, nicht Mussolini, der ja schon tot ist und in seinem Park nichts mehr zu melden hat, vier Reihen, wie man es manchmal in der Tagesschau bei Militärparaden sieht, jedoch nicht monumental wie in der Sowjetunion, nicht für Julius Cäsar, eher wie in einer Bananenrepublik, da von Moos und kleinen Blümchen bewachsen. Die Nummer zehn mußte als erstes an den Kölner Rosenmontagszug denken, weil die Tribünen in der Altstadt ungefähr dieselbe Höhe haben, wenn freilich das Maskenspiel nicht aus Stein und Ziegeln ist wie im Park der Villa Torlonia. Er glaubt nicht, daß Mussolini hier Paraden abnahm oder seine Leibwache sich davor aufstellte, denn die Tribüne steht mitten auf der Wiese unter Bäumen, und nur ein schmaler Kieselsteinweg führt in Schlangenlinien vorbei, da müßte die Truppe schon ordentlich einen getrunken haben. Eher hat er, also Mussolini, sich hier mit vierhundert Ergebenen zum Photo aufgestellt. Allerdings befindet sich in der Mitte, wo eigentlich Mussolinis Platz gewesen wäre, eine Wand mit Säulen, Giebeln, Stuck und Iwanen, die um einen Brunnen herumgebaut wurden, der nicht mehr fließt. Dahinter ist eine Art Rahmen in die Mauer gemeißelt, ein leerer Rahmen für eine Inschrift oder ein Bild. Das Beste aber und der Grund, weshalb die Nummer zehn im Dauerlauf immer an der Tribüne entlangläuft, obwohl rechts herum die Kurve größer wäre, so daß er den Park nur drei- statt viermal umrunden müßte, um auf eine halbe Stunde zu kommen, das Beste sind die großen Kübel aus Terrakotta, in denen sich die Blumensträucher so geordnet ungleichmäßig wie Generäle bei einer Militärparade auf der Tribüne blähen, auf den Zentimeter genau im gleichen Abstand und eine Reihe versetzt hinter der anderen. Typischerweise kennt er nicht die Bezeichnung der Pflanzen, einen halben Meter hoch im Durchmesser, kleine Blüten, die im Herbst vergilben. Als habe eine Fee den Hofstaat verwandelt, stehen sie alle da, aber als Blumen, immer noch in Reih und Glied, Mussolini und seine Ergebenen, ringsum kein asphaltierter Paradeplatz mehr und kein Kasernenhof, sondern ein Garten, in dem Menschen spazieren, Frisbee spielen oder joggen wie er, also die Nummer zehn, nicht Mussolini, der bestimmt nicht joggte, weil er dann noch lächerlicher ausgesehen hätte als aufgebläht auf der Tribüne, stehen sie da als Blumen, ohne daß jemand sie noch beachtet, jeder etwas anders, der eine eingeschrumpelt und gekrümmt, bestimmt schon älter, sein Nachbar hochdekoriert und fett geworden, dahinter ein junger Strammer, der seine Frau und zwei Kinder mitgebracht hat, ein besonders schmales und zwei junge Gewächse. Links und rechts neben dem Brunnen stehen zwei Büsten, die eine mit Bart, die andere ohne. Ob sie dem alten Staat vorstanden oder zwei, drei, zehn Staaten davor? Einen Nutzen ziehen sie aus ihrer Sonderstellung auf Säulen nicht, da nichts in den Marmor eingraviert ist, und was nützt einem zweitausend oder sechzig Jahre später die Büste, wenn niemand mehr den Namen und kein einziges Datum kennt. Der Name ist das mindeste, die Voraussetzung, überhaupt erinnert werden zu können. Besser nur der Name als die schönste Büste, sonst kann man gleich zur Blume werden.

So ungewöhnlich und wunderschön ist der Wanderstock, daß er durch die Sitzreihen des Busses gereicht wird, der für die längst asphaltierte Strecke von Isfahan nach Teheran nur noch zehn Stunden braucht. Dafür ruhen sich die Reisenden nicht mehr im Paradies-Garten von Kaschan aus, der wirklich herrlicher und viel größer ist als der Park der Vierzig Säulen in Isfahan, wie Mr. Allanson versprach, und haben sie in Ghom keine Zeit, um an Fatimas Grab zu beten. Was für ein erstaunlicher, was für ein kostbarer Stock!, hört der stellvertretende Filialleiter der Nationalbank in Isfahan die Mitreisenden in den anderen Sitzreihen rufen, während er auf die gleiche graue Geröllwüste blickt wie bei seinem ersten Aufbruch vor fast einem halben Jahrhundert. Wo Mister Allanson jetzt sein mag? fragt er sich, ob Mister Allanson noch lebt? Zusammen mit der Universität ist die Amerikanische Schule, die neuerdings Elbrus-Kolleg heißt, das Zentrum der nationalen Erhebung, berichten die Zeitungen. Die Schüler entwerfen die Flugblätter, die in ganz Teheran ausliegen, organisieren die Kundgebungen oder menschlichen Schutzschilde, wenn der Premierminister sie ruft, debattieren bis in die Nacht auf dem Schulhof, wo sie zum Schlafen Zelte aufgestellt haben. Nur zum Unterricht gehen sie in diesen Tagen nicht. Doktor Jordan würde die Anarchie nicht gutheißen und doch mit Wohlwollen registrieren, daß die Schüler ihr Schicksal in die Hand nehmen, ist der stellvertretende Filialleiter überzeugt, der nicht ahnt, weil er sich nie erkundigt hat, daß der Pastor schon vor Jahren traurig in seine Heimat zurückgekehrt ist. Selbst zu denken, eigenständig zu handeln, nicht in Abhängigkeit zu leben, war das wichtigste, was er sie gelehrt, auch wenn es sich nun als Unabhängigkeit vom Westen erweist, aus dem der Pastor selbst stammt. Für wen der Stock ist, verrät der stellvertretende Filialleiter den Mitreisenden nicht. In den letzten Wochen ist er oft genug belächelt worden, dann dachte er jedesmal an die Verse des gepriesenen Saadis: »Hat einen bei der Hand das Glück ergriffen, die Hand legt jeder auf die Brust zum Gruß. / Doch hat ihn Gottes Allmacht stürzen lassen, gleich setzt ihm jeder auf den Kopf den Fuß!« Vor fünfundvierzig Jahren hat seine Reise begonnen. Jetzt ist er sechzig und froh, bald pensioniert zu werden, »weil ihn so tödlich jene narkotische Wüste des vornehmen Lebens anekelt, durch dessen Lilienopium der Lust man schläfrig und betrunken wankt, bis man an doppelseitigen Lähmungen umfällt«, um es einmal wenigstens mit dem gepriesenen Jean Paul zu sagen. Er hat genug von den ehrenwerten Bürgern seiner Heimatstadt, will die Tage mit dem Koran und dem Masnawi in seinem Haus am Teheraner Tor verbringen oder besser noch auf der Terrasse in Tschamtaghi, wo er den Fluß übersieht, den Lebenspendenden Fluß, und die Ländereien seines Vaters, die er bewahren konnte und die er verlor. Nun hat ihm dieser Derwisch also eine letzte Aufgabe beschert, die er erfüllen wird, so gut es gelingt, ohne bereits zu wissen, wie es gelingen könnte. Aber wie der gepriesene Saadi auch sagt: »Du brauchst zwei Morgen nur recht deinen Dienst verrichten, / Am dritten wird der Schah den Huldblick auf dich richten. / Nicht hoffnungslos geht der von Gottes Schwelle weg, der eifrig sich bemüht in Seines Dienstes Pflichten.« Der stellvertretende Filialleiter könnte bei

Mozaffar Baghaí vorbeischauen, dem Vorsitzenden der »Werktätigen«, falls sich die Adresse nicht geändert hat. Baghaí war freundlich zu ihm, er wird sich schon nicht an der Tür verleugnen lassen – aber wie soll der stellvertretende Filialleiter der Nationalbank in Isfahan ihm erklären, daß er eine Audienz beim Premierminister benötigt? Soll der stellvertretende Filialleiter erklären, daß er dem Premierminister einen Stock zu überreichen hat? Ja genau, das wird er sagen, und daß es ein gesegneter Stock ist, der Stock eines Heiligen. Der stellvertretende Filialleiter aus Isfahan vermutet, daß Mossadegh kaum mehr Sinn für die Glaubensvorstellungen des einfachen Volks hat als die meisten anderen Führer der Nationalen Front, weder für die Trauergesänge noch die Rituale der Sufis. Als der stellvertretende Filialleiter bei einer Versammlung einmal – noch vor seiner eigenen Kandidatur – einen Politiker für seine Gottesfürchtigkeit lobte, bemerkte Ahmad Zirakzadeh spitz, daß ebendies, seine Gottesfürchtigkeit, der einzige Nachteil des Betreffenden sei. Und als Muzaffar Baghaí und Khalil Maleki ihn besuchten, entging dem stellvertretenden Filialleiter keineswegs die Irritation in den Augen, die nach Wodka oder Schnaps Ausschau hielten. Obschon er nichts dergleichen andeutet, liegt es nahe, daß der eine oder andere Parteiführer ihn auch deshalb sofort nach Drucklegung der Wahlkampfbroschüre fallenließ, weil der stellvertretende Filialleiter dort an oberster Stelle verlangte, die heiligen Werte des Islam zu schützen und alle Gesetze zu annullieren, die nicht im Einklang mit der Scharia stehen. Mögen sie in Teheran über das Heilige denken, wie sie wollen, ich werde mein Bestes versuchen, sagt sich der stellvertretende Filialleiter, damit Doktor Mossadegh der Segen zuteil wird. Baghaí begrüßt ihn überraschend herzlich, bittet ihn herein und erkundigt sich ohne Eile nach dem Befinden. Der stellvertretende Filialleiter erklärt sein Anliegen und zeigt den Stock. Der Vorsitzende der »Werktätigen«, der seinen Verrat bereits vorbereiten oder wenigstens erwägen muß, ist gerührt. Ohne weitere Nachfrage greift er zum Telefon und besorgt die Audienz beim Premierminister – und zwar für sofort. Fast scheint es dem stellvertretenden Filialleiter, als zöge der Derwisch weiter die Fäden. Ein wirklich sehr schöner Stock, murmelt Baghaí, während er die Adresse aufschreibt.

Wer erinnert sich noch an Yamin ol-Mamalek? Großvater tat es, und ich dachte, er habe nicht einmal den Namen richtig behalten und einen Yamin ol-Molk gemeint, den Seyyed Zia ol-Tabatabaí nach dem Putsch von 1921 verhaften ließ. In seiner Selberlebensbeschreibung erwähnt Mohammad Mossadegh, daß er sich 1921 auf der Rückreise aus der Schweiz, wo er als Anwalt gearbeitet hatte, mit seinen zwei älteren Kindern einige Tage in Buschher aufhielt – bei einem Yamin ol-Mamalek. Mossadegh schreibt nicht viel über den Aufenthalt, kaum mehr, als daß sich der Kanonenhausplatz in einem erbärmlichen Zustand befunden und jemand eine Uhr zusammen mit je einer Schale Datteln und Eiern für ihn abgegeben habe. »Die Uhr ist seit einiger Zeit kaputt«, habe es im Begleitbrief geheißen: »Da ihre Kinder im Ausland studieren, bitte ich darum, die Uhr zu reparieren, und wünsche einen guten Appetit beim Verzehr meines unwürdigen Geschenks.« Noch vierzehn Jahre nach der Konstitutionellen Revolution, fügt Mossadegh zur Erklärung hinzu, hätten die Menschen außerhalb der Hauptstadt geglaubt, daß jemand, der im Ausland studierte, allwissend sei, alles beherrsche und selbstverständlich auch Uhren repariere. Ich will nicht sagen, daß ich das uninteressant finde, aber durchgekämmt habe ich die Selberlebensbeschreibung des Premierministers, die kein Schnäppchen ist, da in Iran verboten und nur eine ältere Ausgabe bei einem iranischen Versandbuchhändler in Kalifornien erhältlich, um vielleicht einen Hinweis auf Großvater oder einen ungenannten Besucher aus Isfahan oder auch nur einen bestimmten Stock zu finden. Dafür weiß ich jetzt, daß Großvater den Namen richtig geschrieben hat.

Draußen ist es so kalt wie im Januar 1919, als auf der Suche nach Arbeit die Klinken von Urgroßvaters Bekannten und den Bekannten der Bekannten putzte, bis er eines Morgens bei der Zeitungslektüre im Bett seiner ungeheizten Wohnung die Anzeige der Zollbehörde entdeckte, zu kalt, um zu laufen, zu weit, um schnell da zu sein. Gegen die angeborenen Widerstände des Isfahanis, unnötig Geld auszugeben, leistet sich der stellvertretende Filialleiter der Nationalbank in Isfahan ein Taxi und fährt in die Kach-Straße zum Privathaus des Premierministers. Ein Diener führt ihn durch den Hof ins Schlafzimmer, wo Mossadegh aufrecht im Bett über Papieren sitzt, bekleidet mit Hemd und Pyjamahose aus grobem iranischem Material, wie es die einfachen Leute tragen. Die Welt kennt dieses Bild: der renitente Führer eines Entwicklungslandes, das geltende Verträge mit einer Weltmacht bricht, in Hemd und Pyjamahose aus billigem iranischem Material. Das Bett war sein bevorzugter Arbeitsplatz. Auch Besucher, darunter viele ausländische Journalisten, Botschafter und den Sondergesandten der britischen Regierung hat er an diesem Bett empfangen, und das war nicht nur ein Signal, nie mehr vor den Franken strammzustehen, wie es in Iran verstanden wurde, oder die Unverschämtheit eines Irrsinnigen, der Weltpolitik zu spielen versucht, wie es die westliche Presse darstellte, selbst linksgerichtete Magazine wie der *Spiegel* übrigens, auf dem Titel Mossadeghs Kopf von unten photographiert mit verzerrtem Mund und durch die Perspektive mit riesiger Hakennase wie in der Ikonographie des Nationalsozialismus. Mossadegh war krank; er litt an einer seltsamen, nie aufgeklärten Nervenkrankheit, hatte oft Fieber und konnte stundenlang über seine Magengeschwüre sprechen, die kein Arzt richtig diagnostiziert habe. Britische Agenten hielten ihn für einen Epileptiker, andere Geheimdienste schrieben ihm eine manische Depression zu, und als er 1940 ins Exil geschickt wurde, soll er versucht haben, sich umzubringen. Er selbst meint in seiner Selberlebensbeschreibung, daß er noch aus einem anderen Grund als seiner angeschlagenen Gesundheit oft im Bett gearbeitet habe; an seinem Amtssitz hätten zu viele Leute mit verdächtigen Interessen auf ihn eingeredet. Von so ausgesuchter Höflichkeit er war, wie alle Zeitzeugen berichten, so sehr widerstrebte ihm das Gehabe auf Empfängen und Bällen. Er verachtete die Gespreiztheit der Aristokratie, wie nur ein Aristokrat sie verachten kann, trug während seiner gesamten Amtszeit als Premierminister einen einzigen Anzug, der ihn sechshundert Tuman gekostet hatte, und lehnte es ab, sich in die Staatslimousine zu setzen, weil sie ihm zu protzig erschien. Als Sprößling der Kadscharen kämpfte er während der Konstitutionellen Revolution gegen seine eigene gesellschaftliche Klasse, ja, seine eigene Familie. Vor großen Kundgebungen, die er immer wieder einberief, um sich öffentlich zu erklären, wenn seine Gegner intrigierten, fürchtete er sich eigentlich – und das, obwohl er ein so mitreißender Redner war, daß er Hunderttausende zum Weinen bringen konnte. Vor Ergriffenheit brach er dann oft selbst in Tränen aus oder sank hinterm Pult ohnmächtig zu Boden. Bei einer Parlamentsdebatte geriet er einmal in solche Wut, daß er aus dem Ehrenstuhl des Regierungschefs die hölzerne Armlehne herausbrach und wild damit herumfuchtelte. »Der Löwe« nennen ihn die Iraner bis heute wegen seiner Kraft, seinem Mut und seiner Entschlossenheit. Dabei klagte er ständig über seine Gebrechen, sein Alter, seine Schwäche, las auf internationalen Konferenzen seine medizinischen Bulletins vor und drohte immerzu, die Last, die sein

Amt bedeute, sofort und für immer abzuschütteln – falls man nicht auf der Stelle seine Forderung erfülle. Tatsächlich hat Mohammad Mossadegh in seiner langen politischen Laufbahn, die vierzehnjährig begann, als ihn der Kadscharenkönig zum Schatzmeister der riesigen Provinz Chorasan ernannte und ihn mehrfach ins Gefängnis, ins Exil, aber genausooft in Ministerämter und auf Gouverneursposten führte, tatsächlich hat er mehr als einmal kurz entschlossen und auf offener Bühne seinen Rücktritt erklärt, weil ihm etwas nicht paßte, hat sich in seinen türkisfarbenen Pontiac gesetzt und von seinem Fahrer bei Vollgeschwindigkeit zu seinem Landsitz in Ahmadabad bringen lassen, wo er für Wochen nicht einmal ans Telefon ging. In einer Gesellschaft, die wie keine andere das Martyrium verehrt und man gewöhnliche Briefe mit der Floskel »Dein Opfer« unterzeichnet, verstand er es meisterhaft, seine Erschöpfung, seine Krankheiten, seine physische Schutzlosigkeit politisch einzusetzen. Einmal beendete er eine Parlamentsdebatte, die für seine Fraktion aus dem Ruder zu laufen drohte, indem er auf das Zeichen eines Mitstreiters hin das Bewußtsein verlor. Und vor dem Sicherheitsrat der Vereinten Nationen in New York bat er 1951 um Nachsicht, daß er zu schwach sei, um seine Rede vorzutragen, und trug dann doch die ersten Seiten selbst vor, bevor er das Manuskript seinem Botschafter Allahyar Saleh reichte (jener Saleh, der als Vertreter der Regierung Mossadegh auf der Trauerfeier für Doktor Jordan sprach). Was wie eine spontane, für seine Physis übergroße Anstrengung aussah, die sich nur aus der Dringlichkeit des Anliegens erklärte, war bis hin zu dem Satz genau geplant, bei dem er nicht mehr fortzufahren vermochte. So geriet sein Auftritt in New York nicht allein wegen der peniblen Beweisführung des Juristen, nicht allein wegen der Eloquenz und dem sehr eigenen Klang seines Französisch zum Triumph. Es war die gesamte Inszenierung als ein gebrechlicher, aber unbeugsamer und sehr alter Führer einer schwachen, aber unbeugsamen und sehr alten Nation, welcher die britischen Redner nur Arroganz und Vertragsparagraphen entgegenzusetzen hatten. Die Strategie, wenn es nicht nur Intuition war, bewährte sich so gut, daß Mossadegh bei seinem Auftritt vor dem Internationalen Gerichtshof in Den Haag das Manuskript an einer zuvor vereinbarten Stelle wieder an Saleh übergab, um den eigenen Worten scheinbar völlig entkräftet zuzuhören – und die alerten Diplomaten des britischen Imperiums ein zweites Mal wie Drachen eines vergangenen Zeitalters aussahen, die der alte Mann mit einem Florettstich ins Auge erledigte. Eben weil er auf dem internationalen Parkett nicht zu stellen war und sich nach seinen Auslandsreisen ein Meinungsumschwung in der Weltöffentlichkeit anbahnte, sann die britische Regierung darauf, den Premierminister auf andere Weise loszuwerden. Dabei profitierte sie davon, daß Mossadegh nicht nur Sympathien zu gewinnen verstand, sondern es mindestens so gut beherrschte, sich Feinde zu machen, profitierte sie von seiner Unfähigkeit oder Unwilligkeit zu Kompromissen, taktischen Zugeständnissen und verschleiernden Formulierungen, zu der Manieriertheit, den Schmeicheleien und den Lügen, die die persischen Rituale der Gesprächsführung noch mehr als die Gepflogenheiten der Diplomatie verlangen. Mossadegh war ein Held, wie es in der Politik eines Landes nur alle fünfzig oder hundert Jahre einen geben kann, aber ein Politiker war er nicht. Wäre er nur ein wenig anpassungsfähiger gewesen, hätte er im Laufe von siebzig Verhandlungsstunden mit der Truman-Administration in Washington, die ihm wohlgesinnt war, wahrscheinlich eine halbwegs passable Lösung in der Ölfrage erzielen können. »Jetzt schicken Sie mich nach Hause, nicht?« fragte Mossadegh den amerikanischen Unterhändler, der ihn während des sechswöchigen Aufenthalts fast täglich besucht hatte. »Ja«, antwortete der Unterhändler: »Ich muß Ihnen leider mitteilen, daß wir den Graben zwischen Ihnen und den Briten nicht überbrükken können. Wir sind darüber genauso enttäuscht wie Sie.« Das war nicht nur so dahergesagt, sondern drückte offenbar auch das Empfinden von Harry Truman aus, der Mossadegh von der ersten Begegnung an mochte, seinen Charme, seine manchmal albernen oder sagen wir kindlichen Witze, seine aristokratische Erscheinung und die extreme Bescheidenheit in persönlichen Dingen, auch Mossadeghs leicht exzentrischen, aber doch liebenswerten Gewohnheiten wie die ansteckenden Lachanfälle oder die Art, wie er sich scheinbar ermattet auf seinen Stock stützte, um sich wie auf Knopfdruck wieder aufzurichten und beim Reden mit seinen langen Armen in der Luft zu wirbeln wie mit Fahnen. Vor allem aber überraschte Mossadegh den Präsidenten, die Administration und bei seinen diversen Auftritten an Universitäten oder im Fernsehen als ein orientalischer Führer, der keine geschichtliche Leistung mehr bewunderte als den amerikanischen Unabhängigkeitskampf. Auf der Fahrt nach Washington legte er einen genial geplanten Zwischenstopp in Philadelphia ein, um vor der Independence Hall und den Kameras der Weltpresse zu verkünden, daß sie die Hoffnungen symbolisiere, die Amerikaner und Iraner eint. Hunderte Schaulustige jubelten, als er sich vor der Liberty Bell photographieren ließ. Das *Time*-Magazin wählte ihn danach zum Mann des Jahres 1952, nannte ihn den »iranischen George Washington« und »den berühmtesten Mann, den seine alte Rasse seit Jahrhunderten hervorgebracht hat und in mancherlei Hinsicht die bemerkenswerteste Figur der heutigen Weltpolitik«. Und doch wurden ihm ausgerechnet die Vereinigten Staaten zum Verhängnis, die der Premierminister mehr als jedes andere Land achtete und wo er anders als in Europa zunächst geachtet wurde. »Ich weiß, warum Sie kommen, und die Antwort ist immer noch nein«, sagte er, schon mit gepackten Koffern, als ihn ein amerikanischer Diplomat aufsuchte, der Persisch sprach, um ihn in letzter Minute doch noch zum Einlenken zu bewegen. »Doktor Mossadegh«, erwiderte der Diplomat, »Sie waren lange Zeit hier. Ihr Besuch hat viele Hoffnungen geweckt, daß er Früchte trägt, und jetzt kehren Sie mit leeren Händen zurück.« Doktor Mossadegh sah den Diplomaten direkt an und fragte: »Begreifen Sie nicht, daß ich in Iran mit leeren Händen eine viel stärkere Position habe, als wenn ich meinen Fanatikern einen Vertrag verkaufen müßte?« Bei jedem einzelnen seiner Zerwürfnisse – mit den Amerikanern, mit Ajatollah Kaschani, mit Mozaffar Baghaí, mit dem Schah und manchen anderen Verbündeten in Iran, die ich gar nicht erwähnt habe – könnte man sagen, daß Mohammad Mossadegh nur seinen Idealen treu geblieben sei. Man könnte aber auch beklagen, daß seine Unfähigkeit oder sein Unwille, den Ehrgeiz und die Eitelkeit, die Interessen und Zwänge seiner Partner, Gegner und der ausländischen Staaten auch nur ins Kalkül ziehen, das Land um die größte Chance auf Freiheit brachte, die es jemals hatte und seither haben sollte. Ich begreife gut, warum Großvater außer den Propheten und Imamen niemanden verehrt hat wie ihn, verehrt mit und auch wegen seiner unübersehbaren, nicht zuletzt körperlichen Schwächen, verehrt eben in seiner Menschlichkeit. Als jemand, der sich seiner eigenen Mängel quälend bewußt war und allzu schnell resignierte, mußte er den alten Herrn bewundern, der noch in Pyjamahose wie ein Löwe kämpfte, noch im Untergang ein Fels blieb.

Der stellvertretende Filialleiter der Nationalbank in Isfahan hält den Premierminister nicht damit auf, sich vorzustellen, erwähnt deshalb nicht, daß er einmal Kandidat der Nationalen Front fürs Parlament werden sollte, sagt außer der Begrüßung und den rituellen Fragen und Antworten rund ums Befinden nur, daß sein Name Schafizadeh sei, er aus Isfahan komme und einen Stock mitgebracht habe, den ein wandernder Derwisch dem Herrn Premierminister schenken möchte. Der stellvertretende Filialleiter steht vor dem Bett und hält Mossadegh mit ausgestreckten Händen den Stock hin, zwei alte Männer, beide fast kahl auf den Häuptern, an den Seiten die wenigen, kurzgeschnittenen Haare grau, der stellvertretende Filialleiter mit seinen sechzig Jahren, die sich seit neuestem wie neunzig anfühlen und dem bäuerlich anmutenden Stoppelbart, Mossadegh bereits über siebzigjährig, im Gegensatz zum stellvertretenden Filialleiter hochgewachsen, hager und selbst im Pyjama distinguiert, das Gesicht nicht rund wie ein Fußball, sondern langgezogen mit Wangenknochen gleich Steilwänden, die Nase nicht knollig, sondern wie ein Segel gebogen, den Kopf wie immer gerade so weit nach vorne gebeugt, daß man nicht weiß, ob es Demut ist oder er einfach nur schlecht hört. Nein, jetzt beugt er den Kopf, um den Stock zu betrachten, sprachlos. Nach einiger Zeit blickt er zum stellvertretenden Filialleiter hoch und will etwas sagen, überlegt, und läßt es dann doch. Wieder vergeht Zeit, in der Mossadegh abwechselnd den Stock und den stellvertretenden Filialleiter anschaut. Als der stellvertretende Filialleiter die Tränen in den Augen des Premierministers sieht, kann er ... »Und was soll ich es Ihnen verbergen?«, schreibt Großvater in seinen Erinnerungen, die leider nie gedruckt worden sind. Obwohl es mein eigener Wunsch gewesen war, nach Teheran zu reisen, und ich Zeit genug hatte, mich auf die Begegnung vorzubereiten, konnte ich nicht mehr an mich halten. Ich heulte vor dem Bett Doktor Mossadeghs wie ein kleiner Junge.« Schließlich weist Mossadegh mit der Handfläche auf das Bett und bittet den stellvertretenden Filialleiter stumm, sich neben ihn zu setzen. Er wisse nicht, wie er die Freundlichkeit dieses Derwischs vergelten könne, sagt der Premierminister, nur das wisse er, daß er ihm auch etwas schenken möchte. Was der stellvertretende Filialleiter glaube, worüber der Derwisch sich freuen würde? Der stellvertretende Filialleiter erklärt, daß ein Mann wie der Derwisch keine materiellen Bedürfnisse habe. Auch sei er nicht an Gesprächen interessiert oder an einem Buch. Er, der stellvertretende Filialleiter, würde daher meinen, daß der Derwisch überhaupt nichts vom Herrn Premierminister erwarte, nur glücklich sein werde über die Nachricht, daß das Geschenk seinen Empfänger erreicht habe.

Wenn überhaupt, könne der Herr Premierminister vielleicht ein Photo von sich signieren, ja, damit würde er dem Derwisch eine Freude bereiten, und der Herr Premierminister könne lebenslanger Gebete gewiß sein. Ein Photo, das sei doch nichts, erwidert Mossadegh, das signiere er sofort. Er möchte ihm noch etwas anderes schicken, etwas, womit der Derwisch nicht rechnet, vielleicht etwas Praktisches für dessen Wanderungen. Der stellvertretende Filialleiter, der steif wie der Stock auf der Bettkante des Premierministers sitzt, denkt nach. Einen Mantel, sagt der stellvertretende Filialleiter schließlich, ja einen Wintermantel, den könne der Derwisch wahrscheinlich gebrauchen. Der Winter sei wieder einmal mörderisch und der Flickenrock des Derwischs voller Löcher. – Ein wunderbarer Vorschlag! lobt Mossadegh und ruft seinen Diener ins Zimmer: Dieser möge sofort auf den Basar gehen und den weichsten und wärmsten Mantel kaufen, so einen beinah knöchellangen, braunen Wintermantel, wie er, Mossadegh, ihn selbst trage – nur in besserer Qualität. Den Mantel schicke der Diener diesem ehrenwerten Herrn aus Isfahan, dessen Adresse er sich bitte notiere. Noch am selben Tag erhält der stellvertretende Filialleiter das Geschenk für den Derwisch, einen wahrhaft königlichen Mantel aus Schurwolle und Kaschmir, den er sich selbst nie leisten würde, dazu ein gerahmtes Photo des Herrn Premierministers mit persönlicher Widmung. Daß er gar nicht weiß, wo er den Derwisch in Isfahan treffen könnte, um das Geschenk zu überreichen, hat er sich während der Audienz nicht zu sagen getraut. Er wird ihn noch am Tag seiner Ankunft zufällig auf der Straße treffen.

Wenig später belagerte die Armee das Haus des Premierministers in der Kach-Straße. Der Radiosender war besetzt, in den Straßen standen Panzer, dennoch hätte Mossadegh Wege finden können, das Volk zu rufen. Wie so oft, wären Zehntausende, Hunderttausende auf die Straßen geströmt und hätten die zusammengewürfelte Menge aus dem Süden Teherans davongejagt, die nicht ihre eigene Sache vertrat. Er tat es nicht, er hatte sich ergeben. Manche der Bücher auf meinem Schreibtisch in der Wäschekammer meinen, Mossadegh hätte ein Blutvergießen vermeiden wollen. Großvater hingegen stellte ihn in die Tradition der schiitischen Märtyrer, die den Untergang als ihr Schicksal annehmen. »So schlecht ist alles gelaufen, so schlecht!« seufzte einer der Minister, als sich das Kabinett im Keller eines Nachbarhauses versteckt hielt. »Und doch ist es so gut – wirklich gut«, erwiderte Mohammad Mossadegh. »So sollte also

Empedokles ein Opfer seiner Zeit werden«, um es einmal auch mit dem gepriesenen Hölderlin zu sagen, »die Probleme des Schiksaals in dem er erwuchs, sollten in ihm sich scheinbar lösen, und die Lösung sollte sich als eine scheinbare temporäre zeigen, wie mehr oder weniger bei allen tragischen Personen, die alle in ihren Karakteren und Äußerungen mehr oder weniger Versuche sind, die Probleme des Schiksaals zu lösen, und alle sich insofern u. in dem Grade aufheben, in welchem sie nicht allgemein gültig sind, wenn nicht anders ihre Rolle, ihr Karakter und seine Äußerungen sich von selbst als etwas vorübergehendes und augenblickliches darstellen, so daß also derjenige, der scheinbar das Schicksaal am vollständigsten löst, auch sich am meisten in seiner Vergänglichkeit und im Fort-schritte seiner Versuche am auffallendsten als Opfer darstellt.« Doktor Mossadegh wurde vor Gericht gestellt, wo er sich und die Demokratie mit der Genauigkeit eines Juristen und der Redegewalt eines erfahrenen Parlamentariers verteidigte. Wenn er saß: alt und über die Balustrade seines Angeklagtenplatzes gebeugt. Wenn er seine Stimme erhob: immer noch ein fauchender, mit dem Zeigefinger und bestechenden Argumenten um sich schlagender Löwe. Er weigerte sich, den Schah um Begnadigung zu bitten, wie es ihm mehrfach nahegelegt wurde, und ebenso, sich wenigstens zur Ruhe zu setzen für den Fall eines Freispruchs. Er bestand darauf, recht zu haben, auch wenn er nicht recht bekam, und wurde zu drei Jahren Gefängnis verurteilt mit anschließendem Arrest auf seinem Landsitz Ahmadabad, etwa hundert Kilometer nordöstlich von Teheran. Von Zeit zu Zeit sahen die Iraner Photos von dem Mann, der einmal ihr Führer gewesen war, wie er immer schwächer, aber ungebrochen auf seinem Bett saß oder mühevoll, auf einen Stock (!) gestützt durch den Hof seines Landguts ging. 1967 starb er an genau der Krankheit, einem Magengeschwür, die er seit seiner Schweizer Studienzeit regelmäßig in der Öffentlichkeit selbst diagnostiziert hatte. Der Schah verbot ein öffentliches Begräbnis, obwohl selbst sein eigener Premierminister darum bat, wenigstens eine bescheidene Trauerfeier zu erlauben. »Er sagt, daß er in seinem Land jede Spur von Mossadegh tilgen will«, meldete die amerikanische Botschaft nach Washington, wie aus Archiven des State Departement hervorgeht, die bis nach China verstreut sind. »Tyrann, der sich vom Blut der Untertanen nährt«, zitiert Großvater in seiner Selberlebensbeschreibung wieder den gepriesenen Saadi: »Wie lange glaubst du denn, daß dieses Treiben währt? / Was hilft es dir, daß du die ganze Welt erwirbst? / Statt Menschen zu quälen, ist es besser, daß du stirbst.« Keinen Monat nach dem Sturz des Schahs, am 5. März 1979, reisten den *Eminent Persians* zufolge etwa zwei Millionen Menschen in Bussen, Autos, Lastern und viele zu Fuß nach Ahmadabad, um zum ersten Mal den Todestag Mossadeghs zu begehen. Großvater wird auf den Photos nachgeschaut haben, auf welchen Stock sich Doktor Mossadegh stützte. Den versprochenen Segen hat das Geschenk des Derwischs nicht gebracht.

Hölderlin sucht mit seiner Dichtung immer das Allgemeine in Situationen, Vorgängen und Empfindungen, die Menschen zu jeder Zeit, an jedem Ort zuteil werden könnten. Er will nicht Erlebtes beschreiben, nicht Stimmungen mitteilen – Ideen sollen Hölderlins Dichtungen ausdrücken. Konkrete Schilderungen des Sterbens sucht man deshalb bei Hölderlin vergeblich, die Furcht vor dem Tod wird niemals psychologisch ausschraffiert. Das Drama, in dem er sich explizit mit dem Sterben auseinandersetzt, *Der Tod des Empedokles*, besteht ja zu einem noch größeren Teil als der *Hyperion* aus erkenntnistheoretischen Gedanken, metaphysischen Analogien und dialektischen Prinzipien. Von Fassung zu Fassung hat Hölderlin die Aspekte getilgt, die dramatische Bewegung erzeugen können, gesellschaftlicher Konflikt, persönliche Leidenschaft, Streit zwischen Protagonisten, Entwicklung der Charaktere. Immer weiter hat er die »Verläugnung des Accidentellen« getrieben, die er sich vornahm. So ist auch das Thema des *Empedokles* zwar der Tod, aber nicht als Ende, sondern als Auflösung begriffen, als Einswerden, nachdem die ursprüngliche Identität mit der Natur zerbrach, die Hölderlin wie vor ihm den Mystikern eine Chiffre für Gott ist. »Sterben? nur ins Dunkel ists / Ein Schritt, und sehen möchtst du doch, mein Auge! / Du hast mir ausgedient, dienstfertiges! / Es muß die Nacht itzt eine Weile mir / Das Haupt umschatten. Aber freudig quillt / Aus mutger Brust die Flamme. Schauderndes / Verlangen! Was? am Tod entzündet mir / Das Leben sich zuletzt? und reichest du / Den Schreckensbecher, mir, den gärenden, / Natur! damit dein Sänger noch aus ihm / Die letzte der Begeisterungen trinke! / Zufrieden bin ichs, suche nun nichts mehr / Denn meine Opferstätte. Wohl ist mir. / O Iris Bogen über stürzenden / Gewässern, wenn die Wog in Silberwolken / Auffliegt, wie du bist, so ist meine Freude.« Ich hingegen habe den Eindruck, daß man, um das Beben zu spüren, das der Tod in den Lebenden auslöst, konkret werden muß bis hin zum Namen und allen Daten, um eine Wendung Ingeborg Bachmanns aus der ersten Frankfurter Poetikvorlesung zu übernehmen, bis hin zu den unscheinbarsten Beobachtungen und in der Physiognomie bis hin zum Photographischen. Als Idee birgt der Tod des Empedokles tiefere Einsicht in die Natur des Lebens und Vergehens. Doch wirklich mit der Diagnose konfrontiert, an Krebs erkrankt zu sein, rief ich eher mit der Priesterin Panthea: »So kann sein Untergang der meinige / Nicht sein.« Ernst Tugendhat, dessen Bücher ich mir zum Dank dafür besorgte, daß er mir am 15. Mai diesen Jahres den Flug nach Köln verkürzte, weist darauf hin, daß der Tod als allgemeine Einsicht allen Schrecken verliert. Als schrecklich erleben wir nicht das Wissen, *irgendwann* in nichts überzugehen, sondern die Mitteilung des Arztes, daß der Tod und die damit einhergehenden Qualen *kurz bevorstehen*. Daß *alle* Menschen sterben, geht mich nichts an. Daß auch meine Nächsten und ich *irgendwann* sterben werden, damit kann ich leben. Zum Skandal wird der Tod, der eigene und der unsrer Nächsten, nur im Präsens. Gegen Ende des *Siebenkäs* steht ein Monolog Leibgebers am Bett des scheintoten Firmian Siebenkäs, in dem Jean Paul alle Ironie fahrenläßt und alle Sprachgewalt aufbietet, um unnachahmlich ins Stottern zu geraten im Zustand des Schocks: Wieso stirbt jemand einfach so? Wenn der Tod ohne Grund ist, muß es auch das Leben sein: »Du armer Firmian, war denn deine Lebens-Partie à la guerre der Lichter und der Mühe wert? Zwar wir sind nicht die Spieler, sondern die Spielsachen, und unsern Kopf und unser Herz stößet der alte Tod als einen Ball über die grünende Billardtafel in den Leichensack hinunter, und es klingelt mit der Totenglocke, wenn einer von uns gemacht wird. Du lebst zwar in einem gewissen Sinne noch fort – wenn anders das Freskogemälde aus Ideen ohne Schaden von dem zerfallenden Körper-Gemäuer abzunehmen ist –, o es möge dir da in deinem Postskript-Leben besser ergehen – Was ists aber? Es wird auch aus jedes Leben, auf jeder Weltkugel, brennet einmal aus – die Planeten alle haben nur Kruggerechtigkeit und können niemand beherbergen, sondern schenken uns einmal ein, Quittenwein Johannisbeersaft – gebrannte Wasser – meistens aber Gurgelwasser von Labewein, das man nicht hinunterbringt, Schlaftränke und Beizen – dann ziehet man weiter, von einer Planeten-Schenke in die andere, und reiset so aus einem Jahrtausend ins andere – o du guter Gott, wohin denn, wohin, wohin? – Inzwischen war doch die Erde der elendeste Krug, wo meistens Bettelgesindel, Spitzbuben und Deserteure einkehren, und wo man die besten Freuden nur fünf Schritte davon, entweder im Gedächtnis oder in der Phantasie genießen kann, und wo man, wenn man diese Rosen wie andere anbeißet, statt anzuriechen und statt des Dufts das Blättermus verschluckt, wo man nichts davon hat als sedes … O es gehe dir, du Ruhiger, in andern Tavernen besser, als es dir gegangen ist, und irgendein Restaurateur des Lebens mache dir ein Weinhaus auf statt des vorigen Weinessighauses!« In der Urschrift des Romans, den ich schreibe, fügte ich an dieser Stelle hinzu, daß sich der Romanschreiber nur dort den Pragmatismus erlaube zu sagen: Ich, wo es auf das Ich nicht mehr oder noch nicht wieder ankomme. Wenn jemand stirbt, sage er Ich. Und wenn er liest oder allgemeiner formuliert: sich in einem ästhetischen oder religiösen Erleben verliert, also auch in einem Konzert oder vor einem Gemälde, in einer Kirche oder im stillen Gebet, sage er ebenfalls Ich. Das war nicht ganz richtig, merke ich, da der Romanschreiber eine lesbare Fassung erstellt, genau gesagt ist nur der zweite Satz richtig. Im ästhetischen oder religiösen Erleben mag der Romanschreiber den Eindruck haben, daß alles zurücktritt, was sein irdisches Leben ausmacht, Liebe, Dankbarkeit, Schmerz, Treue, Respekt, Wissen, Begeisterung, Blindheit, Aufregung, Mitgefühl, Erschöpfung, Wohlgefallen, Arbeit. Anders ist es, wenn jemand stirbt. Um eines Toten zu gedenken, ist er auf sich selbst zurückgeworfen mit allem, was sein irdisches Leben ausmacht. Aus Sicht Gottes ist der Tod das Allgemeinste: Alle sterben. Aus Sicht des Menschen sind wir nirgends so sehr Individuum wie im Augenblick des Todes: Ein Ich stirbt. Ein Du stirbt. Der Roman, den ich schreibe, beharrt auf der Sicht des Menschen. Wo der Romanschreiber nicht nur über den Tod, sondern über die Toten spricht, deren unabsehbare Abfolge eine Selberlebensbeschreibung ergibt, kann er deshalb immer nur über *einen* Toten sprechen, mit Namen und allen seinen Daten, und nur in erster Person. »Wie einfältig ists auf der einen Seite, alle die nennen zu wollen, vor denen mein zugeknöpftes Geschirre kann vorbeigegangen sein, da ich ja die Namen des ganzen Adreßkalenders und alle Kirchenbücher hersetzen könnte – und wie schwer auf der andern, gerade wenn 1000 Millionen Menschen sich vor der Feder hinauf- und hinuntenstellen, auf einige das Schnupftuch zu werfen.«

Um sich den Tod begreiflich zu machen, in die letzte Stunde des Einsamen hineinzusehen, schildert Jean Paul den Vorgang des Sterbens häufiger und realistischer als je ein deutscher Dichter, von Amandus qualvollem über Wuzens leichtem bis Schoppes trostlosem Sterben wohl Dutzende Sterbeszenen allein in den sechs Bänden meiner Dünndruckausgabe, wieviel mehr in der schrankfüllenden Gesamtausgabe, die – nicht einmal sie – dennoch nicht vollständig ist, und dem Nachlaß, der gedruckt weitere vierzigtausend Seiten ergäbe. Und immer die Frage: »Wie kann der Mensch um das innerste Wesen des Todes wissen?« Wie der *embedded journalist* einer unterlegenen Armee kriecht Jean Paul sogar in den Sterbenden hinein, um die Vernichtung als Erlebender zu beschreiben, so auf dem Krankenbett des Dichters im *Komet*, so beim Scheintod Siebenkäsens und seinem lebendigen Begräbnis, so in der Rede des toten Christus und dem Erschrecken des Engels, der die Gestalt eines Menschen annimmt, um den Augenblick des Todes kennenzulernen, so in den gleich zwei lebendigen Begräbnissen der *Unsichtbaren Loge*, vergleichbar im Blick Viktors im *Hesperus* auf seine eigene wächserne Porträtbüste, mit dem er sein eigenes Nichtsein zu erfassen sucht. So psychologisch genau, so grauenvoll und individuell wie heutzutage in *YouTube* Jean Paul die Ausdrücke des Sterbens geraten, für die es eine Entsprechung in der Kunst vielleicht nur in den Sterbensgesichtern von Caravaggio gibt, scheint Jean Paul eben hierin am ehesten noch Trost zu finden, die Vergegenwärtigung des Todes als Behauptung des Ichs. »Auch aus dem erhabensten Nichts wird Nichts geboren«, weiß Hölderlin ebenfalls. Wer aber den Tod erlebt, kann nicht nichts sein, und wer über den Tod hinausschaut, hat in die Unendlichkeit gesehen. »Rund um uns her ist doch nichts so lebendig als unser Ich. Und dieses Lebendige sollte dem Unlebendigen gleich werden? Das Bewußtsein ist eigentlich das höchste Leben.«

»Sent: 2-Nov-2008 06:30:19 Linked: 1/2 / Du lieber freund – Navid –, alle zeichen sie heben mein schweres netz u helfen es tragen dort wo ich vor allem körperlich manchmal strecken erlebe, die es wahnsinnig schwer machen, das licht zu halten. mir begegnet sehr viel liebe und wanderschaften, zugewandtheit, fürsorge. um die ich so erstaunt u glücklich mich eine zufriedene frau nennnn sollte … den kindern baue ich eine tragfläche. das sie begleitung schutz und hilfe auf ihrem möglichen weg, der ohne mich sein kann – erleben, das mamas sinne u hände mit ihnen ist! beide töchter beginnen neben angst u schwere etwas anzunehmen das von große ist. mich vertrauen lässt. u doch sind die immer meine kinder u kinder jetzt u ich stark für sie –am freitag darf ich nach 3monaten, die ich 7 tag mal draußen war, vielleicht die klinik verlassen. ohne befund u zwischenergebnis. das steht dann, wie das was noch folgen kann noch aus. mein linkes auges erblindet, ich k« »Sent: 2-Nov-2008 06:31:02 Linked: 2/2 / ann kaum laufen nichts tragen u anderes. ich bin so dunkel wie ein kleiner moor mit ganz viel sommersprosse n lache das ich aussehe wie als kind. in paris lesen sie mir eine messe … alle gebete meiner freunde zeugen von dem glauben an gemeinsame kraft. die ich von herzen mit allem teile u für die ich jede minute da bin – auch wenn ich manchmal nicht gleich mich melde … sehen u sprechen dich bald einmal ist ein wunsch ohne eile, weil es den rechten ruhigen augenblick gibt. und ich lieber dann zu hause wäre. immer möchte ich auch wissen wie es dir und der familie geht den kindern u deiner frau, die ich nur zu kurz u gern gesehen. umarme euch alle« »Sent: 3-Nov-2008 06:34:54 / Wissen was dein thema deine philosophie deine sicht u motivation, für dich bedeutet, dort wo sie in die arbeit drängt … über solches auch hören wenn wir uns sehen, davon erfahren u lernen – das würde eine tiefe Navid« Nie wollte er etwas aus dem Roman löschen, den ich schreibe, so schlecht geschrieben oder peinlich es bei der Lektüre auf ihn wirken würde, nie den Verdacht aufkommen lassen jenes Gelingens, das dem berühmten Schriftsteller vorschwebt. Das Schlechtgeschriebene, das Peinliche, das Weinerliche ist sein Hauptwerk. Jetzt überlegt der Romanschreiber doch, zumindest die Wochen nach der Chemotherapie zu raffen, in denen er wieder zu beginnen versuchte, die vielen Briefe, Krankenberichte und persönlichen Belange. Im nachhinein fürchtet er, daß die Behauptung, das Gehirn auf Trab bringen zu müssen, der Lage entsprach; noch größer ist indes die Furcht, nicht mehr weiterschreiben zu können, wenn er mit der Arbeit an einer lesbaren Fassung einmal beginnt, weil das Mißlingen dann offensichtlich würde, deshalb weiter, immer weiter, erst recht, da er die alte Schlagzahl wieder erreicht hat, ob gut oder schlecht. Von der Sprachlosigkeit seiner Ehe, die wieder in eine Körperlosigkeit und Blicklosigkeit und Aussichtslosigkeit umgeschlagen ist, schreibt er nicht einmal mehr, sondern ist froh, die Ältere zur Schule bringen zu müssen. Der Arzt raubte dem Musiker in München die Hoffnung, die er merkwürdigerweise noch hatte. – Wußtest du, wieviel Musik darin liegt, wenn man sein Instrument nicht mehr anfassen kann? mailt er dem Freund in Rom um 7:24 Uhr, als habe er sich mit der ehemaligen Freundin von Nummer sechs abgesprochen, heute morgen einmal zwei Stöcke in die Speichen des Romanschreibers zu halten. – Beeil dich, ruft die Ältere.

Es ist gewiß übertrieben, daß Großvater die verbliebenen dreißig Jahre nach dem Putsch mit Rumi, dem Koran und Depressionen in seinem Zimmer verbrachte. Dennoch erzählt er nur noch eine letzte Episode aus der Zeit Mossadeghs, dann nichts mehr bis zur Reise von 1963 zu den Franken, die in unserer Familiengeschichte ebenfalls Legende wurde, wenngleich als komische Erzählung. Allein schon die Ereignisse, die ich auf Anhieb rekonstruiere, dürften viele seiner Tage mit Spannung, nicht selten mit Glück erfüllt haben. Mindestens so aufreibend wie die Affäre um den käuflichen Bankdirektor Herrn Mansuri, die Großvater über mehr als drei Seiten ausbreitet, muß etwa die Auswahl der Bräutigame für drei kapriziöse Töchter gewesen sein. Wie meine Mutter nicht ohne Prahlerei vermerkt, jagten ihn die Interessenten mit ihren Anrufen, Nachstellungen und offiziellen Gesprächsgesuchen regelmäßig die Wand hoch. Richtig, die Familie ist so gut wie nie Gegenstand seiner Selberlebensbeschreibung, wie könnten es dann Aufregungen jener Art sein, die ich für zwingend halte: Blicke, die seine Töchter auf der Straße jungen Männern zuwerfen, Briefe, die er in ihren Schubladen findet, nächtliches Geflüster am Hauseingang. Er konnte seinen Töchtern nicht mehr vorschreiben, wen sie zu heiraten hatten, wie es eine Generation zuvor noch üblich gewesen war. Genausowenig konnte er die Entscheidung bereits ihnen überlassen. Die Schwierigkeit bestand darin, die romantischen Ansprüche an den künftigen Gatten, die die jungen Mädchen neuerdings stellten, mit den rationalen Bedingungen der Eltern in Einklang zu bringen: anständige Familie, Universitätsabschluß oder zumindest die Aussicht darauf, wenn möglich mit Doktortitel, am liebsten in Medizin, vorzugsweise im Ausland, ausreichendes, langfristig gesichertes Einkommen, charakterliche Zuverlässigkeit, gute Manieren, Respekt gegenüber Älteren. In Großvaters Idealfall würde der Bräutigam außerdem das Ritualgebet verrichten, was allerdings unter den jungen Leuten der besseren Familien selten geworden war, an den freitäglichen Moscheegang gar nicht zu denken. Natürlich redete auch Großmutter entschieden mit hinein, die auf die Frömmigkeit des Bräutigams weniger Wert legte, dafür den Kriterien der äußerlichen Attraktivität, des Charmes oder des Alters beinah soviel Bedeutung beimaß wie die Töchter. Bildeten Mutter und

Tochter eine Allianz oder legte auch nur eine von ihnen ihr Veto ein, hätte ein Machtwort Großvaters nichts ausgerichtet; dann bedurfte es der Diplomatie und der Bereitschaft zum Kompromiß, um sich auf einen Bewerber zu einigen. Nicht enden wollende Reihe der Vorstellungsgespräche: Die beiden jungen Leute sitzen verschüchtert an den gegenüberliegenden Seiten des Salons, während die beiden Elternpaare sich um eine Unterhaltung bemühen, die bei allen Höflichkeitsfloskeln, Wetterprognosen und Versicherungen der gegenseitigen Wertschätzung den einzigen Zweck hat, den jeweils anderen auf den Zahn zu fühlen. Sobald die Besucher aus dem Haus sind, soll die Tochter ihre Meinung zu dem potentiellen Gatten äußern, obwohl der kaum ein Wort herausgebracht hat. Der Enkel begreift nicht, daß seine Mutter, die diesen Horror selbst erlebt hatte, ernsthaft glaubte, sie könne die Ehe ihrer Söhne ebenfalls arrangieren. Noch unbegreiflicher ist freilich, daß es ihr tatsächlich einmal gelang. Und ausgerechnet er war es, der jüngste und schroffste Sohn, der den älteren Bruder überredete, den Skiurlaub um einen Tag zu verschieben, um sich die Kandidatin anzuschauen, da jemand Vertrauenswürdiges, will sagen: jemand aus ihrer Generation, jemand, der Rockmusik hörte, sie als das Gegenteil eines iranischen Mäuschens beschrieben hatte. Das war die künftige Schwägerin denn auch, das Gegenteil: Aus Unwilligkeit setzte sie sich ungeschminkt, kratzbürstig und im verwaschenen Jogginganzug ins Wohnzimmer und sagte bis zum Ende des Besuchs kein Wort außer guten Tag und auf Wiedersehen. Dem Älteren gefiel sie dennoch oder deshalb so gut, daß er sie vom Skiurlaub aus anrief. Die Eltern mußten zwar einen gemeinsamen Urlaub hinnehmen, bevor sich das Paar zur Hochzeit entschloß, was die traditionellen Moralargumente ad absurdum führte, aber an dem Triumph, daß sich die traditionelle Methode bewährt hatte, änderte das ausgedehnte Kennenlernen nichts. Noch heute weist die Mutter regelmäßig auf die gute Erfahrung hin, die der Ältere mit der elterlichen Eheanbahnung gemacht habe, wenn die Zukunft der Enkelinnen im Gespräch ist. Was die Moral betrifft, war sie ohnehin realistisch genug, um sich ins Unvermeidliche zu fügen. Manchmal konnte selbst der Jüngste nicht überhören, der noch den Kindergarten oder die Grundschule besuchte, daß seine Brüder in den Nachbarzimmern die sexuelle Revolution ausriefen. Die Libertinage, die sich in Europa im Laufe von zwei Jahrhunderten herausbildete, mußten sich die Eltern innerhalb einiger Jahre selbst einbleuen. Sie seien sehr wohl schockiert gewesen, wenn ihre Söhne ungeniert Freundinnen mit nach Hause brachten, bekräftigt die Mutter am Telefon, aber es sei nun einmal ihre Entscheidung gewesen, die Kinder im Land der Franken großzuziehen. Mit dem Vater sei sie übereingekommen, daß sie deshalb selbst die Konsequenz zu tragen hätten und nicht ihre Kinder dem Konflikt zwischen ihrem westlichen Lebensumfeld und den strengen iranischen Moralvorstellungen aussetzen dürften. – Hätte sich Ihre Vernunft auch dann gegen Ihre Erziehung behauptet, wenn Sie statt der Söhne Töchter im Land der Franken großgezogen hätten? fragt der Sohn, der sich am Montag, dem 3. November 2008, wieder das Headset aufgesetzt hat. – Das habe ich dir doch alles schon gesagt, antwortet die Mutter in Siegen. Daß Großvater das gewichtige Kapitel der elterlichen Eheanbahnungen überschlägt, überrascht nicht mehr; aber selbst nach den Maßstäben seiner eigenen Selberlebensbeschreibung dürfte in den Jahren zwischen 1953 und 1963 genug Bedeutsames geschehen sein. So verließen nicht nur meine Mutter und mein jüngerer Onkel, sondern auch viele andere Verwandte das Land, in dem sich Resignation breitmachte. Großvaters Pensionierung müßte ebenfalls in dieses Jahrzehnt fallen und somit der Beginn eines neuen Lebensabschnitts, in dem er sich vor allem um seine Dörfer und Ländereien kümmerte; auf deren Ertrag war er angewiesen, da seine Pension aus Gründen, die Großvater auch in der Selberlebensbeschreibung nicht nennt, ungewöhnlich gering ausfiel. Depressionen hätte er sich also gar nicht leisten können. Und selbst das Private: wenn ich das Alter meiner Cousins und Cousinen richtig veranschlage, kamen zwischen 1953 und 1963 die ersten acht seiner fünfzehn Enkelkinder zur Welt. Wer eine Selberlebensbeschreibung damit beginnt, ausführlich das Sterben seines Vaters zu schildern, dürfte die Geburt seiner Enkel nicht für unbedeutend gehalten haben. Daß Großvater das Jahrzehnt vollständig ausblendet, das auf den Sturz Mohammad Mossadeghs folgte, führe ich daher durchaus auf den Gemütszustand zurück, den meine Mutter ihm zuschreibt, mag sie auch das apathische Moment überzeichnen. Auch die letzte Anekdote, die er aus der Zeit Mossadegh erzählt, deutet auf seinen Grimm hin, der sich nicht einfach gegen den Schah oder die Briten und Amerikaner richtete, sondern gegen das eigene Land, die eigenen Mitmenschen und wahrscheinlich wie immer gegen sich selbst. Nach einer leidenschaftlichen und überzeugenden Rede des damaligen Bürgermeisters, eines Herrn Mostofi, der den mangelnden Gemeinsinn in Isfahan anprangerte und die Bürger aufforderte, Vorschläge für die Reform der Verwaltung einzureichen, beriet Großvater mit einigen Freunden, wie sie selbst zum Fortschritt ihrer Stadt beitragen könnten. Wie alt er sich bereits fühlte, ersehe ich daraus, daß er den Bürgermeister einen weißhaarigen Greis nennt, obschon dieser mit seinen sechzig Jahren nur so alt wie Großvater war.

Daß ein Bürgermeister die Bürger zur Mitarbeit, mehr noch: zum Mitdenken aufforderte, bewegte vor allem Großvater als ältesten unter den Freunden, dem noch vor Augen stand, wie sich die Isfahanis vor Zell-e Soltan geduckt hatten. Er bot an, in seiner Freizeit die Finanzen der Stadt zu kontrollieren und Vorschläge zur besseren Buchführung zu unterbreiten. Die Freunde applaudierten und ebenso der Bürgermeister, der Großvater zu seinem persönlichen Beauftragten ernannte. Den Kämmerer wies er an, Großvater Zugang zu sämtlichen Büros, Archiven und Kellern der Stadtverwaltung zu verschaffen. Nicht ein einziges Rechnungsbuch schlug Großvater auf, das korrekt geführt gewesen wäre: unvollständig, gar nicht oder von oben bis unten verkehrt ausgefüllte Seiten, die Summen über den Daumen gepeilt, falsch oder oft auch gar nicht berechnet. Im besten Fall hatte jeder Beamte sein eigenes System der Buchführung, in den meisten Fällen nicht einmal das. Ziffern waren durchgestrichen oder geschwärzt worden, die Aktenzeichen vollkommen beliebig, viele Daten widersprüchlich. Weil alles überall vermerkt sein konnte, erwies sich jede Suche als Glücksspiel. Großvater bat den Kämmerer, den aktuellen Kassenstand zu nennen. Das könne er nicht, wich der Kämmerer aus, das Geld sei gerade zur Bank gebracht worden. Und wieviel Geld war gestern in der Kasse? Die Abrechnung sei noch bei der Bank, antwortete der Kämmerer verlegen. Und vorgestern? Der Kassenstand würde gerade berechnet. Und letzte Woche? Die Berechnung müsse noch geprüft werden. Und letztes Jahr? Das könne er so aus dem Stegreif nicht sagen. Der Kämmerer müsse doch den Saldo des letzten Jahres beziffern können, rang Großvater um Fassung. Weder gab es einen Haushalt noch eine Bilanz, weder von diesem noch vom letzten oder den vorangegangenen Jahren, oder wenn es sie gab, wie der Kämmerer behauptete, konnte er sie in dem Chaos seiner Behörde nicht besorgen. Der gesamte Etat Isfahans, der drittgrößten Stadt des Landes, wurde wie eine Hosentasche verwaltet. Mitsamt einigen Haushaltsbüchern, die er zur Ansicht beilegte, übergab Großvater seinen Bericht dem Bürgermeister, der sich höflich bedankte und nie wieder meldete. Die Freunde fragten im Rathaus nach, welche Konsequenzen aus dem Bericht gezogen worden seien, erhielten aber keine Auskunft; sie baten um ein Gespräch mit dem Bürgermeister und erhielten keinen Termin. Zunächst nahm Großvater es noch mit stiller Wut hin, daß sich die Aufforderung zum bürgerlichen Engagement als Farce herausgestellt und er sich die Arbeit umsonst gemacht hatte. Einige Zeit später jedoch platzte ihm der Kragen, als der Gouverneur in einer Rede das Defizit im Haushalt der Stadt beklagte, das ihn dazu zwinge, entweder die Steuern zu erhöhen oder die Ausgaben der Verwaltung zu kürzen. – Herr Gouverneur! stand Großvater mitten während der Rede auf, Herr Gouverneur, bitte erlauben Sie! Das kugelrunde Gesicht des kleinen glatzköpfigen Herrn mit dem Stoppelbart wird rot gewesen sein vor Aufregung, ein Greis seinen eigenen Maßstäben nach. Öffentlich, das hatte er sich fest vorgenommen, öffentlich wollte er seine Stimme nie wieder erheben. Im stillen würde er sich bemühen, durchaus, hatte dem Premierminister einen Stock nach Teheran gebracht und viele Stunden in den Kellern und Archiven des Rathauses die Zahlenreihen geprüft, aber nie mehr würde er auf eine Bühne treten, von der man ihn herunterpfeifen könnte. Nun war es zu spät, er war schon aufgestanden, alle blickten zu ihm, manche Fremde, einige Freunde und noch mehr, die sich Freunde nannten und die er einmal Freunde genannt: Herr Gouverneur, bitte erlauben Sie – welcher Haushalt? Unsere Stadt hat keinen Haushalt! – Wie bitte? fragte der Gouverneur. Großvater schilderte erregt, aber offenbar sehr anschaulich seine Erfahrung als freiwilliger Rechnungsprüfer und wie die Verwaltung auf seinen Bericht reagiert habe, nämlich gar nicht. Soweit er es beurteilen könne, kenne die Stadt Isfahan weder ihre Einnahmen noch ihre Ausgaben, schloß Großvater: Auf welcher Grundlage könne der Gouverneur dann die Behauptung aufstellen, der Haushalt weise ein Defizit auf? Der Gouverneur sagte zu, die Vorwürfe zu prüfen. Weil sie leicht zu belegen waren, setzte er kurz darauf eine kleine Kommission ein, in die er Großvater berief. Briefe wurden verfaßt, die Großvater abdruckt, ein zehnseitiges Untersuchungsergebnis, aus dem er zitiert. Ob seine Vorschläge diesmal beachtet worden sind, verschweigt er. Es hätte ohnedies nicht viel gebracht. Wenig später wurde die Regierung Mossadegh gestürzt und mit ihr alle Hoffnung auf den Fortschritt der Vernunft und die Unabhängigkeit der Heimat begraben, die Großvater von seinem Vater geerbt, von seinem Koranlehrer gepredigt und von Doktor Jordan vermittelt bekommen hatte. Die Jahre begannen, in denen er sich laut meiner Mutter in sein Zimmer zurückzog und wohl in Gedanken versank, für die der gepriesene Jean Paul Worte fand: »Warum legt sich noch im Alter, wo der Mensch schon so gebückt und müde ist, noch auf den untersten Stufen der Gruft das Gespenst des Kummers so schwer auf ihn und drückt das Haupt, in welchem schon alle Jahre ihre Dornen gelassen haben, mit einem neuen Schauder hinunter?« Was immer Großvater dennoch getan hat, seine Selberlebensbeschreibung setzt erst zehn Jahre später mit der Reise zu den Franken wieder ein.

Auf der Internetseite, auf der sie registriert ist, habe die Gruppe der deutschen Schüler und Schülerinnen, die für den weißen Kandidaten schwärmen, 266 Mitglieder, erschrak die Ältere ihn am Vorabend der amerikanischen Präsidentschaftswahlen. So viele? Wie eine Zauberkünstlerin kostete sie seine Reaktion ein paar Sekunden aus, bevor sie hinzufügte, daß sich auch die Schüler zusammengeschlossen hätten, die für den dunkelhäutigen Kandidaten eintreten. Und wieviel Mitglieder haben die? wollte der Vater wissen. 7668! Heute wird nicht nur im großen Geschichte gemacht: Das erste politische Ereignis, das die Ältere und viele, wenn nicht die meisten Kinder ihres Alters bewußt erleben, an dem sie Anteil nehmen, ist die mögliche Wahl eines dunkelhäutigen Einwanderersohns zum Präsidenten der Vereinigten Staaten von Amerika. Selbst auf dem Schulhof und am Telefon diskutierten die Zehnjährigen über Politik, das heißt, sie diskutierten nicht, sie waren sich einig, die Euphorie in der Familie vergleichbar nur für Frankreichs Nummer zehn, glasige Blicke der Kinder auf den Bildschirm, jetzt sei doch mal ruhig, Papa, doch während der Weltmeisterschaft nicht über Wochen und Monate. Kurz nach Mitternacht tritt die Ältere mit halbgeschlossenen Augen in die Wäschekammer und fragt, ob schon Hochrechnungen vorlägen. Im Fernsehen, wo man sich heute mit den unangenehmsten Menschen einig ist, sagten sie eben, daß nur sechs Prozent der Deutschen für den weißen Kandidaten stimmen würden, achtzig Prozent für den dunkelhäutigen. In Iran, auf der ganzen Welt wären die Zahlen ähnlich. Auch Großvaters gelehrtester Freund und seine Verwandten, die nickten, als der Enkel sagte, daß in Amerika Wahlen einen Unterschied machen können, haben heute die gleiche Hoffnung. Mossadegh, Vietnam, Allende oder Guantánamo sind Chiffren der Enttäuschung geworden, die den Glauben voraussetzt. Amerika wird seine Bewunderer auch morgen wieder enttäuschen. Aber heute nacht wird es sich die Bewunderung wieder verdienen, die die Enttäuschung erst möglich macht. Die Einmütigkeit sollte skeptisch machen, geschenkt, genauso wie all die kritischen Analysen der Reden, Berater und Programme des dunkelhäutigen Kandidaten ernstgenommen werden wollen, die bis nach China die Jubelberichte unterlaufen – ab morgen. Heute nacht kann Amerika wieder das Sehnsuchtsland werden wie für Mohammad Mossadegh, der auch ohne Kameras einen Halt in Philadelphia eingelegt hätte. Relativierung oder Kritik sei von ihm nicht zu erwarten, antwortete der Enkel dem Redakteur, aber wenn die Zeitung gegebenenfalls einen Jubelschrei abdrucken wolle – gern. Jubelschreien Sie, teilte der Redakteur die Hoffnung von Großvaters gelehrtestem Freund, aber mindestens hundert Zeilen à dreißig Anschläge lang bitte. Nicht nur darum geht es, daß der dunkelhäutige Kandidat in mehr als einer Hinsicht einer Minderheit angehört. Es geht um das Pathos, mit dem er für sein Land einsteht und es eben in seinem Anderssein zugleich verkörpert. Die Europäer mit ihrem Wahn, sich alles angleichen zu müssen, von dem sie sich auch sechzig Jahre nach ihren großen Kollektivierungskriegen nur mühsam befreien, werden noch weitere sechzig Jahre benötigen, um solche Lebensläufe hervorzubringen. Vielleicht auch nicht, vielleicht lernen sie ab heute etwas schneller, daß Identifizierung dort gelingt, wo sie nicht auf Identität hinausläuft. Das wäre ein guter Schlußsatz für den Artikel. 0:49 Uhr. In elf Minuten werden die ersten *exit polls* bekanntgegeben.

»Im Frühjahr 1963 bin ich gemeinsam mit meiner treuen Gattin auf Einladung meines lieben Schwiegersohns ins Land der Franken gereist, um mich einer genauen Untersuchung, eines Check-ups, wie man heute sagt, meiner körperlichen Zustände zu unterziehen, die durch eine zunehmende Mattheit und Gebrechlichkeit gekennzeichnet waren. Gemeinsam mit meiner treuen Gattin und von meinem lieben Schwiegersohn fürsorglich begleitet, flogen wir am Flughafen Mehrabad ab und landeten in Frankfurt. Dort erwartete uns meine geliebte Tochter mit den drei Enkeln, für die Gott gepriesen sei. Sie waren mit dem Auto gekommen. Nachdem wir uns stürmisch umarmt und geküßt hatten, brachen wir in Richtung ihres Wohnorts auf, einer kleinen Stadt namens Siegen (*z-y-g-n*).« Erstens: Es ist das erste Mal, daß er Großmutter mit einem Attribut bedenkt. Zweitens: Es ist das erste Mal, daß er eines seiner Kinder erwähnt. Drittens: Er scheint sich gar nicht zu wundern, daß meine Mutter Auto fahren konnte. »Meine Augenlichter hatten in jener Zeit, da sie noch in der Ausbildung standen, ihr Heim in einigen Zimmern eines mehrgeschossigen Hauses, gelegen in einem der vornehmeren Viertel der Stadt.« Viertens: Seine Augenlichter standen 1963 keineswegs mehr in der Ausbildung. Meine Mutter hatte ihr Studium der Literatur in Iran abgebrochen, und mein Vater arbeitete als Assistenzarzt im St. Marien, in das er vergangenes Jahr im Hubschrauber zurückkehrte. Die Wohnung lag auch keineswegs in einem wohlhabenden Viertel Siegens, sondern am Hang gegenüber des St. Marien, wo heute noch die Mietshäuser aus den fünfziger und sechziger Jahren stehen, keine arme Gegend, aber weit unter dem Standard, in dem Großvater seine Tochter großgezogen hatte. Ich glaube, Großvater schummelt hier hemmungslos, um sich die beengten Verhältnisse, die ihn schockiert haben müssen, schönzureden oder sie vor seinen Lesern zu rechtfertigen. Immerhin war mein Vater, soweit ich weiß, der Bräutigam seiner Wahl, nachdem meine Mutter sich in einen Hallodri verliebt hatte, den Großvater nicht einmal in Erwägung zu ziehen bereit war. Ich kenne die Geschichte nicht genau, meine Mutter hat sie uns nie erzählt, nur meinen Nichten. Ich weiß nicht viel mehr, als daß es ein wirkliches Drama gewesen sein muß, in der sicher überzeichneten Version für die Enkelinnen so leidenschaftlich und beinah so verhängnisvoll wie Romeo und Julia. »Sent: 5-Nov-2008 23:30:29 handy wird mal ein paar tag schlafen u wenn ich ich's schaff geh ich an festnetz nummer folgt u –sonst band kuß« Als der Sohn die Mutter in Spanien fragte, ob sie in der Selberlebensbeschreibung von ihrer ersten Liebe erzählen würde, war sie noch unsicher wegen der möglichen Reaktion des Vaters. Sie trauere dem Mann nicht nach, versicherte sie, schon weil der sich bald als Alkoholiker entpuppte und es in seinem Leben, das sie offenbar durchaus verfolgt, zu nichts brachte; dessen ungeachtet sei das Thema heikel geblieben und die Empfindlichkeit des Vaters groß. Etwaige Reaktionen dürften sie nicht abhalten, redete der Sohn auf sie ein, sonst brauchte sie gar nicht erst anfangen. Abgesehen davon, wird es der Vater fünfundfünfzig Jahre später schon verkraften.

Sicher war Großmutter nicht nur über die Wohnung enttäuscht. Sie hatte sich unter dem Land der Franken etwas Prächtigeres vorgestellt als eine dauerverregnete Kleinstadt im Mittelgebirge, die wegen ihrer Metallindustrie im Krieg weitgehend zerstört und eilig wiederaufgebaut worden war. »Sent: 7-Nov-2008 16:42:24 Heute äße ich gerne ein pesisches gericht –den reis der unten mit kartoffeln ist u rosinen hat –u da ich einen liebe, leider nicht mehr richtigen schwager hier kenn –will ich seine schwestern bitten so was für mich bald zu kochen –dann preise ich u rufe dich an ~~drücke deine familie …herzlichst ~« Großvater dagegen ließ sich leichter beeindrucken: Alle Straßen asphaltiert, viele Gebäude aus Beton, die Kanalisation unterirdisch, fließend warmes Wasser, das Bad gekachelt, Telefon und Zentralheizung eine Selbstverständlichkeit. Am besten freilich gefiel ihm als ehemaligem stellvertretendem Bankdirektor, der an den iranischen Zuständen verzweifelt war, na was wohl?, die deutsche Ordnung. Selbst die Häuserhöhen schienen einheitlich zu sein, schreibt er, und an den Kreuzungen, man stelle sich das vor, hielten die Autos an, wenn die Ampel auf Rot schaltete. Nur daß vor allen Fenstern Gardinen hingen, irritierte ihn. Es ging ihm nicht darum, in die Wohnungen hineinschauen zu können. Er litt darunter, daß er nicht hinausschauen konnte. In Iran entzog man sich zu Hause zwar ebenfalls den Blicken der Straße, aber das lag an den Mauern rings um das Grundstück. Die Sicht aus den Fenstern war frei, draußen ein Garten und selten eine Tür geschlossen. Großmutter fand sich mit der versperrten Sicht nicht ab, wie sie und nach ihr meine Mutter überhaupt selten eine Widrigkeit hinnahmen. Mein Vater holte noch die Koffer aus dem Auto, da riß Großmutter bereits alle Fenster und Türen auf, selbst die Wohnungstür. »Ich ersticke!« rief sie immerfort mit ihrer schrillen Stimme, »ich ersticke!«, und: »Wie kann jemand nur in einem solchen Gefängnis leben?« Meine Mutter war entsetzt. »Bitte, liebe Mutter, reden Sie leise, die Nachbarn könnten uns hören, und schließen Sie die Tür sofort wieder zu und, bitte, starren Sie vor allem nicht so aus dem Fenster. Was werden denn die Nachbarn über uns denken? Die rufen noch die Polizei!« »Die haben ja wohl einen Sprung in der Schüssel, diese Nachbarn!« schrie Großmutter so laut, daß man es gegenüber im St. Marien noch gehört haben muß: »Darf man denn hier nicht einmal in seinem eigenen Haus tun und lassen, was man will? Was hat es denn mit dieser großartigen Freiheit im Land der Franken auf sich, von der wir so viel gehört haben? Nicht einmal einen Tag könnte ich an einem solchen Ort überleben, nicht eine einzige Stunde. Ach, wenn ich sterben könnte für meine arme Tochter, die in dieses elende Gefängnis gesteckt worden ist.« Wer Großmutter nie kennengelernt hat, der wird die Formulierungen, die Großvater ausnahmsweise in wörtlicher Rede zitiert, vielleicht für übertrieben halten, irgendwie unecht; tatsächlich entsprechen sie exakt ihrem Duktus, in dem eine Unpäßlichkeit zur antiken Tragödie geraten konnte. Meine Mutter redet, wenn sie erregt ist, noch als Fünfundsiebzigjährige genauso. Und wie gut kann ich mir deren Scham als Tochter vorstellen, kenne ich die Scham doch von mir selbst, wenn meine Mutter wieder etwas Peinliches tut, etwa im Restaurant kein Essen bestellen möchte, weil doch immer etwas übrigbleibe, und sich die Reste später auch noch sämtlich einpacken läßt. Gewiß spielte Standesdünkel in Großmutters Klage hinein, sah sie sich doch in ihrer Skepsis bestätigt, daß mein Vater strebsam und höflich sein mochte, wie er wollte, aber ein Sohn kleiner Leute blieb. Außerdem war sie von vornherein gegen die Auswanderung gewesen. Hätte der Schwiegersohn die Tochter wenigstens nach Frankreich gebracht, ach, nach Paris, in die Zivilisation jedenfalls und nicht in ein Industriegebiet, für das sie Deutschland bis an ihr Lebensende halten sollte. Dabei war es ein gemeinsamer Entschluß, wie meine Mutter stets betont, ohne je den Hinweis zu vergessen, daß den Ausschlag die Kinder gegeben hätten. Der stillschweigende Vorwurf Großmutters, daß mein Vater ihr die Tochter geraubt hätte, brachte sie schon 1963 auf die Palme. Meine Eltern müssen nur an unsere Geburtsjahre denken, um sicherzugehen, daß sie das Richtige getan haben: Bei vier Söhnen aus bürgerlichem Haus, die alle auf ihre Weise die Welt verbessern wollen, wäre es schon statistisch unwahrscheinlich gewesen, daß nicht wenigstens einer in der Revolution oder im achtjährigen Krieg verwundet, wenn nicht getötet worden wäre, wie zwei meiner Cousins im Gefängnis gelandet, womöglich gefoltert, hingerichtet oder gezwungen gewesen, unter den gefährlichsten Umständen aus dem Land zu fliehen, zu Fuß durchs wilde Kurdistan, in einem Lastwagencontainer nach Armenien oder durch die Wüste nach Pakistan. In jedem Fall hätten Revolution und Krieg uns wie die meisten bürgerlichen Familien auseinandergerissen. Die Entscheidung meiner Eltern hat uns vor dem bewahrt, was das Leben beinah aller Iraner unserer Generation bestimmte: vor der Geschichte. »Sent: 8-Nov-2008 00:20:33 Da nehmen wir safran und werfen linsen in den topf u sagen:» es sind die wohlen,die einfachen ding – die duften u strahlen von farben.Die hanz zufrieden machen.Auch die gedanken reinigen …u still ist einen wimpernschlag freude …überall. So grüße ich dich u deine Familie lieber freud –gute nacht*«

Der Tochter stehen die Tränen in den Augen: vor Wut, weil sie mit der Heirat dem Wunsch der Eltern gefolgt ist; vor Enttäuschung, weil ihre Mutter sich so unvorstellbar borniert aufführt, auch aus Solidarität mit ihrem Mann, der sich abgerackert hat, damit sie diese bescheidene, doch saubere und für deutsche Verhältnisse keineswegs ärmliche Wohnung beziehen konnten, wie gesagt aus Scham und wahrscheinlich sogar realer Angst, wegen Ruhestörung angezeigt zu werden. Allein schon der bunte Tschador, den die Mutter partout nicht ablegen will, obwohl sie in Isfahan nicht einmal ein Kopftuch mehr trägt, wird am Hang gegenüber vom St. Marien genug böse Blicke auf sich ziehen. Der alte Herr hingegen, der das Temperament der Gnädigen Frau gewohnt ist, glaubt im Ernst, ihr den Begriff der Freiheit erklären zu können, der niemals absolut gesetzt werden dürfe, sondern notwendig dort seine Grenzen habe, wo die Freiheit der Mitmenschen eingeschränkt sei – »aber als ob sie auf mich gehört hätte«, wird er noch dreißig Jahre später in den Erinnerungen seufzen, die leider nie gedruckt wurden. »Herr, ich brauche keinen philosophischen Vortrag«, wischt die Gnädige Frau seine Argumente beiseite, »mir ist selbst klar, was Freiheit bedeutet, ich weiß es besser als Ihr alle zusammen. Aber jetzt erklären Sie mir einmal, Herr, was der Unterschied zwischen dieser Wohnung, in die man unsere arme Tochter gesperrt hat, und einem Gefängnis ist? Nicht eine Stunde in Isfahan würde ich gegen tausend Jahre in Eurem erbärmlichen Deutschland tauschen. Hier können Maschinen wohnen, aber keine Menschen!« In diesem Augenblick tritt der Schwiegersohn lächelnd durch die immer noch offene Wohnungstür, in jeder Hand einen Koffer und Schweiß auf der Stirn. »Mir ist bewußt, daß das, was wir unseren lieben Eltern zu erklären haben, sie schmerzen wird«, schaltet er sich in die Diskussion ein, obwohl er allenfalls den letzten Satz der Gnädigen Frau gehört haben kann, »deshalb muß ich mich gleich zu Anfang entschuldigen. Das Leben in diesen Breiten weist eine Reihe von Unterschieden zu unserem Leben in Iran auf, die jeder, der hier neu eintrifft, kennen und ...« – der Schwiegersohn kommt nicht dazu auszureden. Eine Zornesfalte auf der Stirn, fährt die Gnädige Frau Schwiegermutter ihn an: »Im Namen Gottes des Erbarmers des Barmherzigen, erst weist mich meine Tochter zurecht, als sei ich ein unartiges Kind, dann liegt mir mein Gatte wie üblich mit seinen philosophischen Mahnungen im Ohr, und jetzt meint auch noch unser herzallerliebster Herr Doktor Schwiegersohn, mich belehren zu müssen. Herr Doktor, weder möchte ich auch nur eine Stunde so wohnen müssen, wie Sie mit meiner bedauernswerten Tochter und meinen noch erbarmungswürdigeren Enkeln wohnen, noch habe ich Zeit, mir Ihre Lebensweisheiten anzuhören. Tun Sie Gott einen Gefallen und bringen Sie uns heute noch, jawohl, Sie brauchen gar nicht so zu gucken, Herr Doktor, bringen Sie mich auf der Stelle zurück zu dem Wasser und der Erde, die unsere Heimat sind.« Genau wie später die Tochter, die dann auch kein Zurück mehr kennen wird, steigert sich die Gnädige Frau erst recht heillos in ihren Zorn hinein, da jemand gewagt hat, sie beruhigen zu wollen. Der alte Herr wird sie in seiner Selberlebensbeschreibung weiterhin in direkter Rede zitieren und gut daran tun: »Genießen Sie doch selbst die großartigen Unterschiede, die das Leben in diesen Breiten aufweist, wenn Sie so genau darüber Bescheid wissen, aber lassen Sie die Leute in Frieden, die einem Stück iranischen Fladenbrot den Vorzug vor dieser ganzen Bärtchenschwenkerei namens Europa geben. Was ist denn dieses prächtige Europa anderes als Reden Sie leise, Gehen Sie langsam, Schließen Sie die Tür hinter sich, Ziehen Sie die Gardinen zu, Setzen Sie sich hin, Stehen Sie auf, Verhalten Sie sich unauffällig, Stellen Sie sich tot. Herrschaftswillen! Was soll das denn heißen, die Nachbarn könnten sich gestört fühlen? Ja und, dann sollen sie sich eben gestört fühlen! Haben wir selbst denn keine Gefühle? Oder sind wir Apparate, die man abschalten kann, wenn sie stören? Was ist denn das hier? Muß ich mir …« Auch wenn er das Zitat an dieser Stelle abbricht, wird der alte Herr Wert darauf legen, daß die Gnädige Frau noch keineswegs zu Ende ist mit ihrer Analyse europäischen Lebens, die sie keine drei Stunden nach ihrer Landung auf dem Frankfurter Flughafen mit dem Gestus äußerster Gewißheit vorträgt. Er kennt ihre Ausbrüche und lächelt längst wieder in sich hinein, während die Tochter vor Entsetzen ein ums andere Mal die Hände auf den Kopf schlägt. »Liebe Mutter«, nimmt der Schwiegersohn einen neuen Anlauf, die Gnädige Frau zu beschwichtigen, »liebe, verehrte Mutter, jetzt warten Sie doch erst einmal ein, zwei Tage ab, und wenn Sie dann immer noch meinen, daß wir bei den Franken ein Maschinenleben führen, dann nehmen wir uns alle an den Händen, kehren gemeinsam in unser schönes Isfahan zurück und essen wieder Fladenbrot, das verspreche ich Ihnen.« »Mein armer Schwiegersohn«, wird Großvater sich ungewohnt vergnügt an seinen ersten Tag in Siegen erinnern, »merkte selbst, daß dies eine ungünstige Abmachung war und biß sich auf die Zunge. Auf die Erklärung des Unterschieds zwischen dem Land der

Franken und Iran, die er angekündigt hatte, verzichtete er lieber ganz. Er möge nicht verzweifeln, flüsterte ich ihm ins Ohr, man müsse sanft vorgehen, Geduld haben und vor allem einen kühlen Kopf bewahren, dann würden sich die Dinge schon regeln.«

Zu den Jahren zwischen der Auswanderung der Eltern und dem Besuch der Großeltern, fällt der Mutter am Telefon sofort ein, gehört der Unfall in Österreich, als der Vater auf der ersten Fahrt zurück nach Isfahan eine Wimper ins Auge geriet, so daß sein Auto gegen einen Baum fuhr, und ein paar Tage später schlägt er die Augen im Krankenhaus auf, und zwei der Brüder sind auf der Intensivstation, und die Mutter hätte genauso gut tot sein können. Das ganze Zimmer war voller Blumen, die Lokalzeitung berichtete, der Bürgermeister rief zu Spenden auf, der Pfarrer ließ die Gemeinde für sie beten, kein Tag ohne Besuch mitfühlender Österreicher, die heute zu dreißig Prozent *Dahoam statt Islam* wählen. – Haben Sie die Zeitung noch? fragt der Sohn. – Ach was, antwortet die Mutter, die doch sonst auch nichts wegzuschmeißen vermag. Das Krankenhaus verzichtete auf eine Rechnung, das Ticket für den Rückflug schickte der bereits reich gewordene Doktor Rastegar, die Kleider sammelte die Kirchengemeinde, den Papierkram regelte der Bürgermeister. Mit nichts als ihrem Leben, ihren kleinen Kindern und einem Koffer, den die örtlichen Lederwaren gespendet hatten, kehrten die Eltern heim, und drei, vier Jahre später hatten sie in Deutschland schon ein festes Gehalt, drei Zimmer, Küche, Bad, einen Mercedes-Benz 200, für den sogar die Mutter einen Führerschein besaß, sie als Frau, aber Großmutter war enttäuscht, wie ärmlich alles war, eng wie in einem Gefängnis. »Sent: 11-Nov-2008 16:44:46 Navid –mich interessiert AVID ZEHNA. fürst der ärzte u philoph –was könntest du mir über u von ihm empfehlen ich möchte etwas von seinen kunden lernen –kennst du ihn ~für mich natürlich alles neu …drum frag ich so etwas naiv-kann ich dich später oder morgen abend anrufen wenn meine kraft sein ist?« In Erlangen wäre der älteste Bruder fast ertrunken, während die Mutter in einem Park Deutsch lernte. Die Deutschen standen um das Becken, in dem er reglos auf dem Wasser lag, den Kopf nach unten, als sie endlich von ihrem Buch hochsah. Niemand half. Nachdem sie den Ältesten aus dem Becken getragen hatte, murrten die Deutschen darüber, daß sie sich auszog, um das Kind mit ihrem Kleid zu trocknen. Schamlosigkeit, rief einer, und ein anderer zischelte etwas von Ausländern. Die beiden Wörter mußte sie nach diesem Tag nie mehr im

Lexikon nachschlagen. Nur mit Unterrock und Büstenhalter bekleidet, der zweite Bruder zu Tode erschrocken an ihrem Knie, trug sie den Ältesten in ihre Kleidung eingewickelt zu dem Hochhaus zurück, in dem sie zu fünft achtzehn Quadratmeter bewohnten. All das lag hinter der Mutter, als die Großeltern in Frankfurt landeten, aber Großmutter war enttäuscht, wie ärmlich alles war, eng wie in einem Gefängnis. Weshalb fragst du eigentlich?

In den darauffolgenden Tagen wurde der Gleichmut, den Großvater sich im Laufe des vorangegangenen Jahrzehnts endlich angeeignet hatte, allerdings erheblich strapaziert. Mir selbst ist es nie aufgefallen oder ich kenne es nur von den *reunions*, bei denen wir zuverlässig und beinah rund um die Uhr jedes ortsübliche Lärmlimit brechen, aber es scheint so gewesen zu sein, daß man in Iran lauter sprach, bevor die Kleinfamilie zur Regel wurde, vielleicht weil die Zimmer größer waren oder Fenster und Türen offenstanden. Hinzu kam, daß es die Großeltern aus Isfahan unter allen möglichen Städten des Westens ausgerechnet nach Siegen verschlagen hatte, wo die Menschen so redselig sind wie in einem Taubstummenheim, so temperamentvoll wie auf einem Staatsbegräbnis und dem Fremden gegenüber so aufgeschlossen wie eine Betonwand, um es einmal so überspitzt zu sagen wie Großmutter 1963. »Wenn meine Frau oder ich sprachen, überstiegen unsere Stimmen aus Gewohnheit regelmäßig die zulässige Lautstärke, und dann hielt augenblicklich eines der Kinder oder meine lieber Tochter den Zeigefinger an die Lippen und bedeutete uns, leise zu sein. Viele Male geschah es, daß mein sieben- oder achtjähriger Enkel mir das Wort abschnitt, um mich im Tonfall des Tadels darauf hinzuweisen, daß sie doch nicht taub seien. Und wirklich schämten wir uns dann und versprachen, ab sofort leiser zu sprechen. Auch war es verboten, die Lautstärke des Fernsehers über einen bestimmten Pegel zu stellen, der an dem Regler mit Bleistift markiert war. Ich halte es für ausgeschlossen, daß irgendeiner der Nachbarn, über oder unter uns, nebenan oder gegenüber, je den leisesten Ton vernahm, dennoch lebte meine Tochter in ständiger Sorge vor Anzeigen wegen Ruhestörung und sogar vor der Polizei.« Mit der Zeit lernten die Großeltern allerdings die Vorteile jenes streng geregelten Siegener Lebens zu schätzen, das sie für das europäische hielten, und dachten beschämt und erschrocken an die Nächte in Isfahan zurück, in denen Hochzeitskolonnen von durchschnittlich fünfzig überfüllten Autos, viele Pick-ups darunter, trommelnd singend dauerhupend durch die Stadt kreisten und alle anderen Bewohner um den Schlaf brachten. Das geschah nicht hin und wieder, sondern jedes Wochenende mehrmals die Nacht. Die Großeltern dachten auch an die verzerrten Geräusche aus den Lautsprechern, die bei jeder Hochzeit, jeder Trauerfeier und jedem Märtyrergedenken bis zum Anschlag aufgedreht sein mußten, als stellte man seine Freude, seinen Kummer oder seine Frömmigkeit dadurch unter Beweis, möglichst heftig an den Nerven seiner unbeteiligten Mitmenschen zu zerren. Deren Ruhe zu stören galt in Iran als normal und sogar geboten, wenn man selbst nur traurig, glücklich oder gottesfürchtig genug war, so schien es Großvater aus der Entfernung. Er wies Großmutter auch darauf hin, daß er erst kürzlich zweimal nachts bei der Polizei angerufen hatte, um sich über den Lärm zu beschweren, den die Nachbarn machten. Und was hatte der diensthabende Polizist geantwortet: Aber Herr Schafizadeh, es ist doch ein Fest! Und richtig, bei den Hochzeiten ihrer eigenen Kinder war es keineswegs zivilisierter zugegangen. Wie sie allein in der stillen Wohnung saßen, mein Vater auf der Arbeit gegenüber im St. Marien, meine Mutter einkaufen, meine Brüder in der Schule oder im Kindergarten, schämten sie sich dann, auch Großmutter, daß das, was sie für normal gehalten, ja liebgewonnen hatten, in Wirklichkeit nicht anders als selbstsüchtig, rücksichtslos, ja barbarisch genannt werden konnte. »Ich sagte meiner Frau, daß wir gut daran täten, einmal darüber nachzudenken, ob diese vernünftig begrenzte Freiheit, die wir bei den Franken antreffen, nicht besser sei als die selbstsüchtige Anarchie, die wir aus Iran kennen. Es sind nämlich genau das Chaos, der Egoismus und die Menschenschinderei, die uns in den Abgrund getrieben haben. Wenn man es recht besieht, denkt bei uns jeder nur an sich selbst, an seinen eigenen, kleinen Vorteil statt an das Wohl seiner Mitmenschen. Dabei sind wir Muslime doch alle mit dem göttlichen Wort aufgewachsen, daß jener ein Muslim sei, von dessen Hand und dessen Wort niemandem ein Schaden erwächst. Jetzt lassen Sie uns doch einmal überlegen, Gnädige Frau, ob nach dieser Definition wir die Muslime sind oder die Menschen hier, die wir als Ungläubige bezeichnen und von denen wir behaupten, daß sie die Hölle verdient hätten.«

»Merkwürdig, wohin mich das mächtige Gewicht meiner eigensinnigen Feder gezogen hat, ohne daß ich es bemerkt hätte!« fährt Großvater fort: »Darf man denn solche großen Themen in seine eigenen kleinen Erinnerungen einflechten?« Ja, möchte ich ihm zurufen, witziger und anschaulicher als den Wutanfall Großmutters und das Gespräch mit ihr haben Sie selten etwas erzählt. Ja, beantwortet er die Frage selbst, man dürfe, und führt dafür einen Gewährsmann an, einen bedeutenden Gelehrten, dessen Namen ich noch nie gehört habe. Die unglücklichen Umstände der Reise übergeht Großvater, erwähnt weder seinen Bruder Hassan, dem im St. Marien das Bein amputiert wurde, noch die Familie seines Neffen oder seiner Nichte: Wegen der Anfeindungen gegen die Bahais nach Deutschland ausgewandert, diagnostizierten die Kollegen meines Vaters der sieben- oder achtjährigen Tochter Krebs im Endstadium. Bis mein Vater ihnen eine Wohnung besorgte, in der sie die Zeit bis zum Tod ihres Kindes überbrückten, mußten auch die Bahais in der kleinen Wohnung am Hang gegenüber vom St. Marien untergebracht werden. Ein einziges Symptom der Anspannung führt Großvater an, das jeden Tag neue Spannungen erzeugt haben dürfte: daß Großmutter so gut wie nichts aß, obwohl meine arme Mutter sich mit dem Kochen alle Mühe gab. Jeden Tag bereitete sie ein *polo choresch* oder ein *abguscht* zu, schließlich galt es, sich vor ihren Eltern zu beweisen, aber Großmutter rührte nur mit dem Besteck im Reis. Wenn die Blicke meiner Mutter allzu dringlich wurden, führte sie den Löffel auch einmal an den Mund, als sähe niemand, daß sie die Lippen geschlossen hielt. Wie zum Hohn murmelte sie noch, daß ihr das Essen wirklich hervorragend schmekke. Großvater bemühte sich, die Stimmung aufzuhellen: »Also aß dieser Sklave jeden Tag, als müßte er ihre Appetitlosigkeit wettmachen.« Ausführlicher schildert er die Untersuchungen, denen er sich im erstklassig ausgestatteten, sauberen und neungeschossigen St. Marien unterzog, und führt im Detail die Verordnungen der ausgezeichneten Ärzte auf, an die er sich gewissenhaft hielt. Über Siegen selbst, obwohl er mit Großmutter, meiner Mutter und meinen Brüdern jeden Nachmittag ausgiebige Spaziergänge unternommen und alle Sehenswürdigkeiten besichtigt haben will (welche Sehenswürdigkeiten?), teilt Großvater nur mit, daß die Wälder ringsum sehr schön seien. Mehr als Siegen beeindruckte ihn die Vorbereitung auf den Urlaub, genauer gesagt, der Kauf einer vollständigen Camping-Ausstattung.

Zu den Jahren zwischen der Auswanderung der Eltern nach Deutschland und dem Besuch der Großeltern, fügt die Mutter ungefragt hinzu, als der Sohn sie wieder anruft, gehört die Reise selbst, also ihre Reise, meint sie, obwohl die des Vaters im Bus über Teheran, Istanbul nach München und weiter im Zug über Nürnberg nach Erlangen, das erst einmal auf der Landkarte gefunden werden wollte, nicht weniger abenteuerlich war. Vor Einsamkeit schickte er ihr jeden Tag einen Brief nach Isfahan, bis die Mutter endlich Sehnsucht genug hatte, ihm zu folgen, ungeachtet im Land der Franken nichts erreicht war, kein Abschluß, keine Arbeit, keine Wohnung, war noch nie im Leben allein gereist und niemals weiter als bis nach Teheran, hatte noch nie im Leben ein Flugzeug gesehen und bestieg schwindlig vor Aufregung die Gangway mit dem ältesten Bruder an der Hand und dem zweiten im Arm, die von den Wehklagen und Seufzern des Abschieds in Panik versetzt worden waren, flog mit KLM über Mailand nach München, wo sie sich nach der Landung vergeblich nach dem Vater umsah, weil über dem Land der Franken ein Schneesturm getobt hatte und das Flugzeug nach Istanbul umgekehrt war. Zwei Stunden dauerte es, bis die Mutter verstand, daß die deutschen oder italienischen Durchsagen und Anzeigen weder deutsch noch italienisch waren, sondern türkisch, da hatte sie schon das Gepäck vom Rollband genommen und den Zoll hinter sich gebracht, staunend über den Halbmond auf der deutschen oder italienischen Fahne. Irgendwie machte sie auf sich und die Kinder aufmerksam, irgendwer brachte sie in einem Hotelzimmer unter, irgendwann wurden sie aus dem Hotelzimmer abgeholt und in ein Flugzeug gesetzt, das aber nach Amsterdam flog, wo sie wieder vergeblich nach dem Vater Ausschau hielt, der schwindlig vor Aufregung immer noch am Flughafen München wartete, die zweite Nacht schon und das gesamte Geld für Telefonate nach Isfahan ausgegeben, wo den Großeltern erst recht schwindlig geworden war. Bei manchen Anrufen schimpfte Großvater, daß er es doch von Anfang an gesagt habe, wie es vierzig Jahre zuvor der Großvater von Reza Rastegars ins Telefon geschrien hatte. Endlich ermittelte die Vertretung der KLM am Flughafen München, daß die Mutter mit den älteren Brüdern in Amsterdam gelandet war. Sie kann nur raten, wie oft ihr Name ausgerufen wurde, bis sie trotz des holländischen Tonfalls endlich verstand, daß sie gemeint war. Sie solle sich nicht vom Fleck rühren, rief der Vater ins Telefon der KLM am Flughafen München und fuhr mit dem Auto, das ihm ein iranischer Bekannter in der Zwischenzeit besorgt hatte, im Schneesturm nach Amsterdam, obwohl er zwei Nächte lang nur auf Wartestühlen geschlafen hatte. All das lag hinter den Eltern, als die Großeltern in

Frankfurt landeten, aber Großmutter war enttäuscht, wie ärmlich alles war, eng wie in einem Gefängnis. Weshalb fragst du eigentlich?

»Sent: 17-Nov-2008 17:37:46 wenn gegen 21 – Kinder im bett u du schon müd auch u ich wider nicht u die lage hier gut DANN WILL ICH DICH SO GERNE SPRECHEN« »Sent: 17-Nov-2008 17:45:13 Lieber navid,-nu hast du die sms die für meine freundin war erhalten ****mal sehen ob ich euch beide schaffe jedenfalls winke ich dir auch schnell zu u schick die kinder bitte nicht zu früh in s bett...herzlich« »Sent: 17-Nov-2008 17:54:24 *~genau u ihr beide liegt auch bei herzen meinem ganz nah ~*

Im Land der Franken, hebt Großvater zu einem weiteren soziokulturellen Exkurs an, sei es offenbar üblich, daß die Familien in den Ferien verreisen. Dafür verfügten sie über Zelte, aufblasbare Matratzen, Gaskocher, Kühltaschen, schlauchförmige Decken zum Ausrollen und alles nur erdenkliche Plastikgeschirr, so daß sie nicht mehr auf Hotels angewiesen seien. Beinah alle Städte im Land der Franken hätten Plätze ausgewiesen, die man »Camping« nenne (*k-m-p-i-n-g*), wo die Franken gegen eine geringe Gebühr ihr Zelt aufschlagen dürften, aber auch Zugang hätten zu fließend kaltem und warmem Wasser sowie zu sanitären Einrichtungen bis hin zu Duschen und Becken zum Wäschewaschen. Nach den Eindrücken Großvaters ist das europäische System des Campings jedem Hotelaufenthalt vorzuziehen, da es maximale Mobilität mit größter Bequemlichkeit verbinde. Auf dem Camping könne man zugleich die Natur erleben, das Essen selbst zubereiten, die eigenen Gewohnheiten beibehalten, und dies alles zu einem ausgesprochen günstigen Preis, wie Großvater als Isfahani nicht zu erwähnen versäumt. Nicht versäumt er als frommer Mensch, die Hilfsbereitschaft der Camper zu preisen. Immer wieder seien sie Campern, mit denen sie ins Gespräch kamen, auf anderen Campings wiederbegegnet. Selbst wenn sie auf dem ersten Camping vielleicht nur ein paar Worte miteinander gewechselt hätten, hätten sie sich beim Wiedersehen dann jedesmal wie alte Bekannte begrüßt und sich zum Kuchen oder zum Abendessen verabredet. Besonders die iranischen Reisgerichte Großmutters seien von den fränkischen Campern vielfach gepriesen worden. Wie ich Großmutter kannte, wird sie sich gefreut haben, ein paar Bäuche mehr satt zu machen, bevor sie selbst aß. Außerdem wird sie in der gewohnten Entschlossenheit die Gelegenheit genutzt haben, ihr nicht vorhandenes Französisch anzuwenden.

Überhaupt hatte Großvater den Eindruck, daß ein wesentlicher Reiz des Campings für die Franken, die zumeist in Kleinfamilien lebten und in einen streng geregelten Tagesablauf eingebunden seien, in der ungezwungenen Geselligkeit liege. Hinzu komme das Wohnen im Freien, zumal die meisten Franken in beengten Wohnungen ohne Garten oder Innenhof lebten und die Städte von Beton, Asphalt und Zement bedeckt seien. Es sei daher verständlich, daß die Franken auf den Campings regelrecht aufblühten, zumal die Kinder. Gleichwohl habe er auf der gesamten Reise keinen einzigen Fall von Ruhestörung erlebt, da alle Camper aufeinander Rücksicht nähmen. Die Campings zu finden sei überhaupt kein Problem: An der Zufahrt zu jeder Stadt und auch in den Städten selbst wiesen Hinweisschilder mit dem Symbol eines Zeltes den Weg, so daß die Camper nicht einmal die Landessprache beherrschen müßten. Besonders angetan haben es Großvater die Luftmatratzen, die man mit einer Pumpe rasch aufblasen und nach Gebrauch so klein zusammenfalten könne, daß sie im Auto kaum Platz wegnähmen: wie gemacht für die Wochenenden und Sommer in Tschamtaghi, wenn die Betten wieder nicht ausreichten oder alle auf der Terrasse oder dem Dach übernachteten. Außerdem gefiel Großvater die Systematik, mit der alle Familienväter die Einrichtung ihres Zeltplatzes organisierten. Jeder Familienangehörige bis hin zum Kleinsten, der etwa das Plastikbesteck ordne, habe seine fest umrissene Aufgabe, die er gewissenhaft und ohne weitere Diskussion erfülle, vom Kofferauspacken über das Ausbreiten des Teppichs bis hin zum Einpflocken der Stangen und dem Aufbau des Zeltes. Nur er selbst, dieser Sklave, sei keiner Aufgabe gewachsen gewesen, als sich auszuruhen und zu schlafen. Doch, mit dem Aufblasen der erstaunlichen Matratzen habe ihn meine Mutter beauftragt, als er es oft genug angeboten hätte, aber nur, wie Großvater im nachhinein ahnt, um ihn vom Eindruck zu erlösen, er sei zu nichts nutze. Sosehr er sich anstrengt, auf der Landkarte die Stationen ihrer Reise zu rekonstruieren, gelingt es ihm nicht, die Städte und Landschaften auseinanderzuhalten, die ihm am meisten imponierten. Hier aßen sie ausgezeichnet zu Mittag, dort stand eine berückend schöne Kirche, anderswo stammten alle Häuser aus der Zeit, in der in Isfahan noch die Safawiden herrschten, oder ragten die Häuser zehn-, zwanzigstöckig in den Himmel – aber wo? War es *H-â-y-d-l-b-r-g*, war es *E-sch-t-r-â-s-b-r-g*, war es *M-l-h-s-n*? Es sind nur noch Namen, nicht einmal zwanzig Jahre später sind es nur noch Namen. Großvater liebte es, an den Weinbergen entlangzufahren, den endlosen Weinbergen, deren Ordnung ihn als Landwirt, der er schließlich auch war, so sehr begeisterte, daß er in seinem Alter noch am liebsten bei einem Winzer zur Lehre gegangen wäre, nur der Trauben wegen, versteht sich. Überhaupt erschien ihm Ordnung das eigentliche Erfolgsgeheimnis Europas zu sein, Ordnung, Gemeinsinn und Gesetzestreue: Einmal, als sie an einem Weinberg zur Mittagsrast ihren Teppich ausbreiteten, brach Großmutter von einer Rebe einen Stengel ab. Sofort wies mein sonst so höflicher Vater sie erschrocken zurecht, daß das verboten sei, sie müßten den Stengel sofort dem Eigentümer zurückgeben. Weil der nun allerdings nicht aufzutreiben war, verteilte Großmutter die Trauben dennoch an die Enkel. Auch Großvater bekam drei, vier zugesteckt, die selbst nach den Maßstäben Tschamtaghis hervorragend schmeckten.

Um die Familie zum See zu führen, den er von der Landstraße aus entdeckt hat, biegt der Schwiegersohn in einen schmalen, ungepflasterten Weg ein. Es ist bereits nach eins: für die Herrschaften längst Zeit, an einer ruhigen Stelle anzuhalten, den Teppich auszubreiten, zu beten, zu essen und ein Stündchen zu schlafen. Wie jeden Tag hat der Schwiegersohn den Ehrgeiz, sie nicht nur an einen ruhigen, sondern unvergleichlich schönen Rastplatz zu führen. Nicht nötig, knurrt die Gnädige Frau wie jeden Tag von der Rückbank, auf die sie sich mit der Tochter und den drei Enkeln quetscht. Sie sind schon vier, fünf Tage unterwegs, ohne daß sie an Deutschland etwas Sehenswertes findet, und wenn der Schwiegersohn ihnen eine Landschaft, eine Stadt oder eine Kirche zeigt, die beim schlechtesten Willen nicht häßlich genannt werden kann, stimmt sie zwar willfährig zu, nur um später wie beiläufig zu bemerken, daß es ja gar nichts gewesen sei gegen die Landschaften, Städte und Kirchen Frankreichs. Die Tochter hat auf der Rückbank von Tag zu Tag mehr Mühe, nicht vor Wut zu platzen. Der alte Herr hingegen lebt lang genug an der Seite der Gnädigen Frau, um es mit Mahnungen oder gutem Zureden gar nicht erst zu versuchen. Da sie sich nun einmal in den Kopf gesetzt hat, dieses Deutschland rundherum abzulehnen, in dem der Schwiegersohn die Tochter wie in einem Gefängnis festhält, bedürfte es schon einer Engelszunge, mit der Gott ihn nicht gesegnet hat, um sie versöhnlicher oder wenigstens diplomatischer zu stimmen. Also zeigt sich der alte Herr auf dem Beifahrersitz um so aufgeschlossener für die Sehenswürdigkeiten, die ihnen der Schwiegersohn präsentiert. Der nimmt die anerkennenden Bemerkungen des alten Herrn stets dankbar auf, bleibt gutgelaunt, höflich und voller Enthusiasmus – nur jetzt kann der Schwiegersohn seinen Ärger und die Anspannung nicht mehr überspielen: Der Mercedes-Benz 200, den er vom ersten Gehalt gebraucht gekauft hat, steckt in einer wassergefüllten Mulde des Feldweges fest und gibt keinen Laut mehr von sich. »Im Namen Gottes des Erbarmers und Barmherzigen!« meldet sich die Gnädige Frau von der Rückbank so, daß ein Fluch nicht blasphemischer klingen könnte. Kläglich bittet der Schwiegersohn die Familie auszusteigen. »Herr Doktor, können Sie mir erklären, wie wir aussteigen sollen, ohne naß zu werden wie ein Christenkind bei der Taufe?« fragt die Gnädige Frau den Schwiegersohn, dem der Schweiß ohnehin schon auf der Stirn steht: »Aber Sie, Herr Doktor, mußten uns ja unbedingt zu einem See führen, als ob wir aus Iran nur Wüste kennten.« Noch bevor der alte Herr die Zwangslage in mildere Worte kleiden kann, öffnet sie bereits die Tür, zieht sich Schuhe und Strümpfe aus, klemmt den Tschador unter die Achsel und tapert, ohne sich am Arm des herbeigeeilten Schwiegersohns festzuhalten, durchs knietiefe Wasser ins Trockene. Der Schwiegersohn reicht dem alten Herrn die Hand und trägt anschließend die Enkel aus dem Auto. Die Tochter, die noch unschlüssig ist, ob sie wieder ihrer Mutter oder diesmal ihrem Mann zürnen soll, folgt mit versteinertem Gesicht. Da stehen sie nun, vor der wassergefüllten Senke eines Feldwegs, darin der Mercedes-Benz, der nicht mehr anspringt, ringsum nur Wiesen und Äcker, weit und breit niemand, der helfen könnte, nichts zu hören als Vogelgezwitscher. »Ich gehe dann mal einen Abschleppdienst holen«, kündigt der Schwiegersohn an. »Einen was?« »Einen Abschleppdienst.« »Einen Abschleppdienst?« Ja, in Deutschland könne man eine Nummer anrufen, wenn das Auto liegenbleibt, erklärt der Schwiegersohn der Gnädigen Frau, dann komme kurz darauf ein Lastwagen, der das Auto mit einem Kran auf seine Ladefläche hebe und zu einer Werkstatt abschleppe. »Na, dann sind wir mal gespannt auf Ihren Abschleppdienst, Herr Doktor«, höhnt die Gnädige Frau und bittet den Schwiegersohn, den Teppich und das Essen aus dem Kofferraum zu bringen, bevor er einen Lastwagen mit Kran herbeizaubern gehe. Die Tochter flucht, die Enkel nörgeln, selbst der alte Herr seufzt vernehmlich, nur sie wirkt plötzlich so entspannt, ja, trotz des unaufgebbaren Sarkasmus beinah fröhlich, als habe ein Engel zu ihr gesprochen. Der alte Herr kennt das schon, wie ich es von meiner Mutter kenne: Sie brauchte nur die Bestätigung, recht zu haben – in diesem Fall mit ihrem Urteil über Deutschland, die angeblichen Sehenswürdigkeiten und den Feldweg, der nie und nimmer zum See führt –, schon löst sich alle Rechthaberei in Luft auf. Außerdem tut ihr der Schwiegersohn leid, den sie eigentlich schon gern hat, sonst würde sie ihm kaum so gepfeffert die Meinung sagen.

Die Familie ist noch am Essen, als ein fremdes Auto heranfährt, aus dem drei Deutsche und der Schwiegersohn steigen. »Sag ihnen, sie sollen erst einmal ihren Hunger stillen«, weist die Gnädige Frau die Tochter an, als zwei der Deutschen sich Schuhe und Strümpfe ausziehen und ihre Hosenbeine hochkrempeln. So gestenreich der Schwiegersohn sie davon abzuhalten versucht, marschieren sie ins Wasser, um das Abschleppseil an den Mercedes-Benz zu binden. Die Landessprache geht dem Schwiegersohn noch keineswegs leicht über die Lippen. Er lebt zwar schon ein paar Jahre in Deutschland, fünf, um genau zu sein, aber wenn er nicht gerade für die Prüfungen büffelte, für die er vor allem Lateinkenntnisse benötigte, saß er in der Vorlesung oder im Labor, wo kaum Gelegenheit war, über den Fachjargon hinaus bereits die Alltagssprache zu üben. An Sprachkurse denkt 1963 noch niemand. Deutsch lernte der Schwiegersohn anfangs, indem er nachts das Wörterbuch auf Seite eins aufschlug und sich die Vokabeln eintrichterte, weshalb seine ersten Wörter »Aa« und »Aa machen« waren. Weil er die beiden Deutschen nicht davon abbringen kann, das Seil selbst anzubinden, stehen sie schließlich alle zusammen knietief im Wasser. Die Gnädige Frau drückt dem dritten Deutschen derweil Pistazien in beide Hände und ruft immerfort *»Âghâ, merci, âghâ merci«*. Meine Familie muß einen merkwürdigen Anblick abgegeben für drei Deutsche 1963 auf dem Land: ein junges Ehepaar aus dem märchenhaften Land von Kaiserin Soraya, das leidlich Deutsch spricht, ein alter, glatzköpfiger und sehr kleiner rundlicher Herr mit Stoppelbart auf einem großen, farbenfrohen Teppich voller Speisen, drei Jungen, die zu ordentlich angezogen sind für ein Picknick, eine ältere Frau mit einem bunten Bettuch über dem Kopf, die *merci, merci* ruft, und ein Mercedes-Benz in der wassergefüllten Mulde eines Feldwegs, der weiß Gott wohin führt. Was hat die Perser an diese Entlegenheit verschlagen, werden sich die drei jungen Deutschen fragen. Ob sie noch leben? frage ich mich. Wenn sie 1963 jung waren, sind sie 2008 höchstens siebzig. Bestimmt erinnern sie sich noch daran, wie sie das Auto dieser sonderbaren Perser mit dem Abschleppseil aus der Mulde zogen. Sie mögen sich ebenfalls melden, sollte einen von ihnen auf welchen Wegen immer diese Flaschenpost erreichen. Meine Eltern sind noch am Leben und würden sich ebenfalls freuen.

Was an dem Auto kaputt war, weiß Großvater nicht mehr, jedenfalls machte sich einer der Deutschen auf den Weg, um das Ersatzteil zu besorgen. Die anderen beiden nahmen Großmutters Einladung an, auf dem Teppich das Mittagessen zu teilen, das für sie wie Frikadellen aussah, nur länglich und mit Kartoffeln zubereitet, wie meine Mutter sie aufklärte, dazu eingelegtes Gemüse, Brot, Käse, Tomaten, Gurken, Salatblätter und zum Nachtisch Gaz, Isfahans weiße Süßigkeit, die mit nichts zu vergleichen war, was sie bislang gegessen hatten. Da sie kein Französisch sprachen, konnte Großvater sie nur dankbar anlächeln. Großmutter sprach zwar kein Deutsch, redete aber dennoch auf sie ein, noch mehr zu essen, sonst sei sie beleidigt. Eine Stunde verging, so laut und lustig wie heute in multikulturellen Komödien, bis der dritte Deutsche mit dem Ersatzteil zurückkehrte. Sofort machten sich die jungen Männer an die Reparatur. »Meine Frau und ich, die wir mit dem Charakter, den Gewohnheiten und den Erwartungen der Deutschen nicht vertraut waren, legten den Maßstab unserer eigenen Gedanken und Erfahrungen an und schätzten so, daß sie als Lohn für ihre großartige Arbeit mindestens zwei- oder dreihundert Tuman berechnen würden, aber mein lieber Schwiegersohn und meine Tochter lachten uns nur aus und meinten, daß die Deutschen keinen Rial mehr annehmen würden als den Preis, den das Ersatzteil gekostet hatte. So sicher war mein lieber Schwiegersohn, daß er mir zum Spaß eine Wette vorschlug, die allerdings nicht zustande kam, weil ich grundsätzlich nicht wette. »Sent: 22-Nov-2008 17:59:42 Dann will ich lieber freud mal sehen wis mir die nächsten stunden geht – grad sehr müd und denken nacher o die tag da klingel ich druch, liebe grüße bis dahin in gedanken verbunden« Als der Wagen repariert war und der Motor wieder lief, legte mein Schwiegersohn das Geld für das Ersatzteil mitsamt des Betrags, der ihm als Lohn angemessen schien, auf einen Teller, den er mit einigen Bissen Gaz und einer Handvoll Pistazien auffüllte. Dann schickte er einen seiner Söhne zu den drei Deutschen, um den Teller unauffällig zu übergeben. Eine Minute später kehrte mein guter Enkel zurück. Auf dem Teller fehlten die Pistazien, das Gaz und exakt der Betrag, den das Ersatzteil gekostet hatte. Daraufhin ging mein lieber Schwiegersohn selbst zu den Deutschen und beschwor sie gestenreich, das restliche Geld anzunehmen, aber so viel Mühe er sich auch gab, sie nahmen nicht einen Rial für ihre Arbeit an. Mein lieber Schwiegersohn gewann also die Wette, die wir Gott sei gepriesen nicht geschlossen hatten.«

Bevor die Frau mit der Frühgeborenen nach Köln fliegt, absolvierte die Familie der Nummer zehn den Ausflug nach Pompeji – es ist viel Unheil in der Welt geschehen, aber wenig, das den Nachkommen so viel Freude gemacht hätte, schrieb Goethe während der italienischen Reise einmal pointiert – und langte am Vesuv leider außerhalb der Öffnungszeiten, doch gerade rechtzeitig für den Sonnenuntergang an, staunte übers Herculaneum, wo vor zweitausend Jahren eine Neutronenbombe eingeschlagen zu sein scheint, die nur das Lebendige vernichtet, hielt im Nationalmuseum nicht mehr bis zu den Etruskern durch, wurde von der besten Pizza ihres Lebens belohnt und die Nummer zehn am letzten Tag von Caravaggios *Martyrium der heiligen Ursula*, dessen Restaurierung ihn an die Notwendigkeit erinnerte, den Roman zu überarbeiten, den ich schreibe, obwohl Überarbeitung das genaue Gegenteil ist. Endgültig im Capodimonti hat selbst die Ältere eine Ahnung bekommen, warum ihr Vater, der früher mehr von Fußball und Rockmusik schwärmte, nunmehr wie ein Somnambuler in Kirchen und Museen voranläuft, El Greco, Raffael, Botticelli und wieder und wieder der späte Tizian, wegen dem die Familie beinah den Zug nach Rom verpaßt hätte. Die Kennermiene hast du schon, spottete die Frau, als er im strömenden Regen meinte, die Familie an der Bushaltestelle in die Malerei der Renaissance einführen zu müssen. Fehlt nur noch die Kenntnis, gab die Nummer zehn zu, die sich trotz Goethe an Goethes Italien entzückt, inklusive Audio-Guide, Jacob Burckhardt im Rucksack, der längst rehabilitiert ist, und bildungsbürgerlicher Pädagogik im Regen. »Ganz anders gehst du aus dem Vatikan des Raffaels und über das Kapitolium herunter, als du aus irgendeiner deutschen Bildergalerie und einem Antikenkabinett heraustrittst«, bezeichnet Jean Paul einen Initiationsritus der deutschen Literatur, ohne daß er selbst seinen Fuß in den Vatikan oder ins Kapitol setzen mußte. Es ist ja nicht nur, daß die Nummer zehn als Deutscher in Rom ist, als solcher bezahlt und aufs Podest gehoben, nicht nur, daß er in der Akademie in einem Umfeld wohnt, das deutscher ist, als er je einen Ort und zumal Köln erlebt hat; sein ganzer Blick auf Italien ist deutsch bis hin zum Dünkel, mit dem er auf die Gegenwart blickt, die dauernden Streiks, die klandestinen Regierungsformen und den libidinösen Ministerpräsidenten, dessen kriminelle Machenschaften nur deshalb nicht mehr die Gerichte beschäftigen, weil es ihm mit den dreistesten Amnestiegesetzen der neueren europäischen Geschichte gelungen ist, sich der Strafverfolgung zu entziehen. Nirgends in Italien ist das Olivenöl hochwertiger als in den zehn Ateliers der Deutschen Akademie, direkt vom Bauern biodynamisch, der Käse nirgends aromatischer, der Schinken nirgends zarter, der Trüffel nirgends echter. Und erst der Park!, die verwitterten Statuen mit und ohne Kopf, die notwendig eigensinnigen Katzen zwischen Tonvasen und Tonkugeln, die Pinien, Zypressen und Zedern, ein Beet mit selbstangebautem Gemüse und eines für die Kräuter, der Lorbeerduft entlang der Promenade. »Wenn ich da, von Blüten übergossen, / Still und trunken ihren Othem trank« klingt wie in der Freitagsbesprechung der frühe Hölderlin, dessen *Schönste Gedichte* sich die Nummer zehn besorgt hat, um sie einmal nacheinander, in seinetwegen redaktionell konstruierten, von den Eingriffen der Zeit schändlich bereinigten und schnöde als Werk zu rezipierenden Fassungen zu lesen: »O Natur! an deiner Schönheit Lichte / Ohne Müh und Zwang entfalteten / Sich der Liebe königliche Früchte, / Wie die Ernten in Arkadien.« Die Gastgeberinnen in Neapel, die die Nummer zehn zur Korruption befragte, wollten von ihm aufgeschrieben haben, wie er in Rom zum Deutschen wurde; er winkte ab, weil er ins Italienbuch der deutschen Literatur nicht mit einer Drolligkeit eingehen und schon gar nicht bei der Abschlußpräsentation mit seiner Deutschwerdung gefallen möchte. Eigentlich wollten sich die Stipendiaten gegen das sündhaft teure Spektakel zu Wehr setzen, das sie dem Berliner Hofstaat als Narren vorführen wird, doch implodierte die Revolte, als der Direktor das Wort »Bundeseinkäufe« in die Freitagsrunde warf.

Jede Stadt, jedes Dorf und jeder Platz, wo sie auf der Fahrt nach Frankreich hielten, auch jedes Gasthaus und jedes Camping habe mein Vater zum Anlaß genommen, die Sauberkeit Deutschlands, die Größe seiner Zivilisation und die Vornehmheit seiner Bewohner zu rühmen. So penetrant habe er Deutschland gelobt und dabei so offenkundig übertrieben, wie es wahrscheinlich nicht einmal den patriotischsten Deutschen eingefallen wäre. Wenn Großvater die Verbundenheit den zwanzig Jahren zuschreibt, die mein Vater bereits in Deutschland verlebt habe, bringt er allerdings gehörig die Zeiten durcheinander: Ein paar Seiten vorher, als die Wohnung zu klein war, hatte mein Vater gerade mit dem Studium begonnen, jetzt lebt er schon seit zwanzig Jahren in Deutschland. Großvater gesteht ihm zu, daß die deutschen Städte, weil sie nach dem Krieg größtenteils neu geplant und wiederaufgebaut worden seien, tatsächlich sehr sauber, modern und hübsch aussähen, aber in Frankreich angekommen und erst recht, als sie das magisch anmutende, einzigartige Schloß von Versailles besichtigten, hätten sich die Hymnen meines Vaters sehr zügig relativiert. Großvater gehe bei weitem nicht so weit wie Großmutter und behaupte, daß Deutschland gar nichts sei gegen Frankreich. Solche apodiktischen Urteile stünden ihm fern. Gleichwohl hebt er mit merklicher Genugtuung hervor, daß mein Vater am Ende der Reise selbst eingesehen, ja, mit eigenen Worten zum Ausdruck gebracht habe, daß Frankreich hinsichtlich seiner historischen Bedeutung, der Pracht seiner Städte und der betörenden Harmonie seiner Landschaften sogar sein geliebtes Deutschland übertreffe. Leider deutet Großvater den Grenzübertritt nur vornehm an, der über unsere Familie hinaus in Isfahan legendär ist: Nach Überquerung der Rheinbrücke sofort davon in Kenntnis gesetzt, sich nun auf französischem Boden zu befinden, schloß Großmutter die Augen, atmete tief durch und seufzte dann ohne jede Ironie laut auf: Ach, was ist das nur für eine herrliche Luft hier! Nach der Paßkontrolle übernahm sie die Reiseleitung, indem sie aus dem Auto stürmte und den erstbesten Franzosen wild gestikulierend *Mossio, Mossio, Pâris kodjâst?* fragte, was »Monsieur, Monsieur, wo ist Paris?« bedeutet, nur leider auf persisch. Großvater schreibt lediglich: »Als wir über die Grenze fuhren, entschuldigten wir uns bei meinem lieben Schwiegersohn und den guten Enkeln dafür, daß wir in Deutschland etwas zurückhaltend gewesen waren, und erklärten unsere Schweigsamkeit mit der Unkenntnis der deutschen Sprache.« Da Großmutter auch von der französischen Sprache nicht viel mehr kannte als *Mossio* und *merci* und mein Vater am Ende ihrer wild gestikulierten Wegbeschreibung hilflos wie Maria Kleophas bei der Grablegung in den Himmel blickte, fiel die Reiseleitung auf Großvater. Anfangs habe er sich mit dem Französischen, weil er es so viele Jahre nicht geübt, etwas schwer getan, aber es nach ein paar Tagen wieder fließend und mit großem Vergnügen gesprochen – mit so viel Vergnügen, erfuhr ich vom Vater, daß die Familie oft auf Großvater warten mußte, wenn er wieder einen Pfarrer oder eine junge Marktfrau in ein Gespräch verwickelt hatte. Seine vorübergehende Blindheit, von der mein Vater sprach, erwähnt Großvater ebenfalls. Bei der Ankunft in Paris sah er plötzlich nicht einmal mehr die eigenen Hände. Erst meinte er, in einen Sandsturm geraten zu sein, so daß er sich mit dem Taschentuch die Brille putzte und die Augen rieb. Als das nicht half, geriet er in Panik und schrie meinen Vater an, er solle sofort anhalten, nein, umdrehen und ihn sofort zum Flughafen bringen, er müsse so schnell wie möglich nach Teheran. Vorsichtig wandte mein Vater ein, daß Kranke aus aller Welt ins Land der Franken kämen, um sich behandeln zu lassen, und es daher, mit Verlaub, ungewöhnlich sei, wegen einer Erkrankung nach Iran zu fliegen. Das Argument leuchtete Großvater ein. So fuhr mein Vater wieder los, um sich zum nächsten Krankenhaus durchzufragen – aber wie, wenn niemand im Auto Französisch sprach außer Großvater selbst, der also übersetzen mußte, ohne etwas zu sehen. Die Wüste seines Gesichts muß so elend ausgesehen haben, daß sich gleich der erste junge Mann, den er durchs heruntergekurbelte Fenster blind nach dem Weg fragte, auf die Rückbank zwängte, um Großvater zu einem Arzt zu bringen, der Gott sei gepriesen das Sehvermögen nach kurzer Behandlung wiederherstellte. Auch die Diagnose, wie Großvater sie zitiert, deutet auf das Stendhal-Syndrom hin: »Überanstrengung des Auges durch ausdauerndes, intensives Schauen.« Für die Visite nahm der Arzt genausowenig Geld an wie der junge Mann dafür, daß er sich auf die Rückbank gezwängt hatte: »Sie sind Gäste, und unsere Pflicht als Gastgeber ist es, Sie gebührend zu empfangen.« Von der Klinik aus fuhren sie zum Camping und schlugen ihr Zelt auf, um sich die Wunder von Paris anzuschauen. Ich kann mir nicht vorstellen, daß Großvater sie weniger ausdauernd und intensiv betrachtete.

Zu den Jahren zwischen der Auswanderung der Eltern und dem Besuch der Großeltern, fällt dem ältesten Bruder sofort ein, gehört auch die tyrannische Vermieterin, die unangemeldet und ohne zu klingeln ins Zimmer platzte, wann immer es ihr gefiel, und bei jedem Spielzeug, das auf dem Boden lag, jedem Spültuch, das nicht ordentlich genug am Haken hing, bei jedem Geräusch, das auf den Flur drang, mit Kündigung drohte. Ihr verdankt er sein frühkindliches Trauma, das in der psychologischen Analyse regelmäßig wiederkehrt, ist der Älteste überzeugt: Nur einmal die Woche durften sie das Bad betreten, das in der Wohnung der Vermieterin lag. In den Analysen sieht er, wie er glücklich in der Badewanne planschte, wahrscheinlich zusammen mit dem anderen Bruder. Die Mutter saß neben ihnen auf dem Boden, mit ihrem Deutschkurs an die Wand gelehnt, so klein war das Bad. Plötzlich stand die Vermieterin in der Tür und fuhr die älteren Brüder an, die sinnlos das Wasser verschwenden würden. Er sieht, wie die Mutter an die Wand gelehnt weinte, ohne einen Mucks zu sagen. Der Älteste sieht die Vermieterin, die gar nicht aufhörte zu brüllen und mit den Händen fuchtelte, er sieht sich und den anderen Bruder vor ihr nackt in der Badewanne. In der Wohnung am Hang gegenüber vom St. Marien hatten sie ein eigenes Bad, keine Tyrannin mehr als Vermieterin, die der Mutter plötzlich befahl, ab jetzt zweimal die Woche das Treppenhaus von oben bis unten zu putzen, im Hochhaus, und zwar gründlich, obwohl nichts davon im Mietvertrag stand, sonst hole ich die Polizei, aber Großmutter war enttäuscht, wie ärmlich alles war, eng wie in einem Gefängnis. An die Autopanne kann sich der Älteste nicht mehr erinnern, ebensowenig an etwaige Besichtigungen in Siegen und Großvaters vorübergehende Erblindung, nur an die Campingplätze. Ja, die Luftmatratzen – stimmt, die hatten es Großvater angetan. Auch ohne Analyse sieht der Älteste Großvater, der auf dem Beifahrersitz saß, für alle Eindrücke dankbar, genügsam und immer freundlich, nicht unähnlich dem Vater. Ich weise den Älteste auf den Jähzorn hin, den der Vater erst ablegte, nachdem er das erste Mal am offenen Herzen operiert worden war. Großvater hatte auch vieles abgelegt.

Der alte Herr wird schreiben, daß das Gespräch auf dem Teppich, den der Schwiegersohn am Ufer des Genfer Sees ausgerollt hatte, bevor er mit dem ältesten der drei Enkel schwimmen ging, von jener tiefen Heiterkeit gewesen sei, die einem nur fern der Heimat zuteil werde, frei von den Sorgen, Plänen und Wünschen des Alltags. Nicht nur die Schönheiten der Landschaft betören ihn, auch die Menschen, die lautlos wie die Segelboote an ihnen vorübergleiten, obwohl sie sich doch unterhalten, so rücksichtsvoll sind sie – überhaupt die Ordnung und Harmonie, die sich in der Natur genauso wie in der Zivilisation ausdrückt. Schon wieder sagt er sich, wieviel verträglicher die klar umrissene Selbstbestimmung der Franken doch sei, die es jedem Menschen erlaube, die Landschaft zu genießen, ohne seine Mitmenschen zu stören oder auch nur ein Stück Papier auf den gepflegten Wiesen zu hinterlassen, den See zu verunreinigen, an dem sich eine ganze Stadt erfreut. »Ist hier nicht der Ort«, seufzt der alte Herr gerade so leise, daß er das Gespräch auf dem Teppich nicht unterbricht, »den der gepriesene Scheich Saadi beschrieb: ›Das Paradies ist dort, wo kein Mensch fügt dem andern

zu Pein / Jeder Mensch blüht und den andren in Frieden lasset sein.‹«
Warum, fragt der alte Herr sich wieder im stillen, haben diese Franken, obwohl sie ungläubig sind, eine Gesellschaft hervorgebracht, die Gott gemäßer ist als das vorgebliche Gebiet des Friedens: so vernünftig organisiert, daß sie jedermann ein Leben in Anstand und Würde ermöglicht, die Freiheiten zwar begrenzt, doch dafür gerechter verteilt, statt wenigen Menschen alles mögliche zu bieten und allen anderen die Knute. Als sei sie von einer Brise vertrieben, ist die Heiterkeit verflogen und legt sich das Gespenst des Kummers wieder auf ihn. Er hört nicht mehr auf das Gespräch, das ringsum auf dem Teppich weiterplätschert, sieht nicht mehr den See mit den anmutigen Segelbooten darauf, achtet nicht mehr auf den Schwiegersohn und den ältesten der drei Enkel, die längst zurückgekehrt sein müßten, sondern versinkt wohl in Gedanken, für die der gepriesene Hölderlin Worte fand: »Darum irr ich umher, und wohl, wie die Schatten, so muß ich / Leben und sinnlos dünkt lange das Übrige mir. / Danken möcht ich, aber wofür? verzehret das Letzte / Selbst die Erinnerung nicht? nimmt von der Lippe denn nicht / Bessere Rede mir der Schmerz, und lähmet ein Fluch nicht / Mir die Sehnen und wirft, wo ich beginne, mich weg?« So viele Jahre verwirrt es ihn nun schon, daß der richtige Glaube nicht zum richtigen Leben führt, und erschüttert dieses Rätsel seine grundlegenden Überzeugungen. An alle Menschen seiner Umgebung hat er sich gewandt, denen er eine Erklärung zutraute, und jedesmal festgestellt, daß ihn keine der Rechtfertigungen und Schuldzuweisungen überzeugten, mit denen die Weltläufigen und Frommen, Gebildeten und Weisen die Rückständigkeit ihres Landes und ihrer Religion erklärten. Dann senkte er, noch bevor sie zu Ende gesprochen hatten, jedesmal den Kopf und wurde so auffällig still, daß sie ihn fragten, woran er noch zweifle. Die Antwort hat Großvater den Weltläufigen und Frommen, Gebildeten und Weisen, die jetzt vor seinem inneren Auge vorüberziehen, niemals gegeben. »Papa, hallo, wo sind Sie?« schüttelt die Tochter den alten Herrn an der Schulter und wirkt beinah ärgerlich: »Hängen Sie schon wieder Ihren Gedanken nach? Seien Sie doch nicht immer so schwermütig! Hier ist kein Ort, Trübsal zu blasen, Papa, hier ruht man sich aus, genießt die Natur, vergnügt sich mit seinen Nächsten und freut sich am Leben.« Der alte Herr findet so leicht nicht in die Gegenwart zurück: »Ich fragte mich gerade, was der Grund dafür ist, daß jene Gesellschaften, deren religiöse und moralische Lehren wir doch für

viel unbedeutender halten müssen als unsere eigenen, uns in allen Belangen überlegen sind, nicht nur ökonomisch und wissenschaftlich, selbst geistig und moralisch? Warum sind wir so zurückgeblieben? Wir hatten Größen wie Scheich Saadi, die das Paradies als den Ort der Mitmenschlichkeit bezeichneten. Wir haben einen Propheten, Gott segne ihn und schenke ihm Heil, der vor vierzehn Jahrhunderten, als noch niemand das Wort Humanismus kannte, denjenigen als Muslim definierte, von dessen Hand und dessen Zunge anderen Menschen kein Schaden erwächst. Was ist geschehen, daß wir, die unmittelbaren Hörer dieser Botschaften, bis heute unaufhörlich über die Bosheiten und die Unterstellungen unserer Mitmenschen klagen, aber umgekehrt sofort bereit sind, andere ungefragt und ungeprüft aller möglichen Dinge zu beschuldigen und schlecht über sie zu reden?« Wieder lacht die Tochter, lacht ihn aus, so empfindet er es: »Papa, lieber Papa, ist es nicht schade, die Zeit an einem solchen Ort, bei einer so herrlichen Aussicht und köstlichen Luft mit so traurigen Worten und bekümmerten Gedanken zu verschwenden?« In diesem Augenblick fällt der Blick der Tochter auf ihren Mann und den ältesten Sohn, die sich offenkundig in großer Aufregung von weitem nähern. »Was ist passiert?« kreischt sie und rennt auf die beiden zu. Der alte Herr läuft ihr nach, so schnell er kann. Der Unterschied, mit Kindern zu leben, liegt nicht einmal zwingend in der Anzahl der Romane, die man nicht schreibt, vielmehr in der Zielstrebigkeit, die ein zugleich minutiös geregelter und äußerst störungsanfälliger Tagesablauf erzwingt. Obwohl die Familie in Köln ist und er drei ungeregelte, ungestörte Wochen verbringt, ringt der Enkel sich zu Kirchgängen und Museumsbesuchen wie zu einem Laster durch, da er sich nun einmal das Leben seines Großvaters vorgenommen hat.

Die Frauen denken nur an Sex, ist die Nummer zehn überzeugt, so gebannt starren sie auf den unbeschnittenen Schwengel, der allerdings durch das Podest auch so zentral im Blickfeld liegt, genau über den Augen, daß selbst die homoerotisch bislang kaum auffällig gewordene Nummer zehn sich bereit erklären würde, die Vorhaut zu streicheln und die tennisballgroßen Hoden zu packen, mit deren Konsistenz er sich seit diesem Jahr besser auskennt als jede Frau, die gewaltigen Schenkel zu umfassen, den prächtigen Hintern zu wiegen, über die glänzende Brust zu streichen, die entzückenden Wärzchen zu küssen. Solcher Pracht des Menschen, nein, des Mannes küßt im Delirium sogar er die Füße. In

Wirklichkeit zwang ihn mit dem Nerv rechts neben dem Brustwirbel jemand noch Kleineres als David in die Knie vor Michelangelo, so daß sein Rausch Ratiopharm statt Raffael geschuldet war. Am nächsten Vormittag schleppte er sich durch die fünfundvierzig Säle der Uffizien wie Christus auf dem Kreuzweg. Botticellis *Frühling* führte ihm nur seinen eigenen Winter vor Augen, und die Venus hat der Maler aus keinem anderen Grund geschaffen, als ihn zu verhöhnen, der gekrümmt davorstand. Vor der *Opferung Isaaks*, über die zu berichten er nach Florenz gereist, war er wegen der Schmerzen und der Medikamente genausowenig bei der Sache wie das Schaf rechts auf dem Bild, das gleich geschlachtet wird. Die Nummer zehn hat es nur zwei von zwanzig ungeregelten Tagen gekostet. Von der Migräne ist nur das Pochen gegen die innere Schädelwand geblieben, die Lider bis auf einen Schlitz geschlossen, alle Außengeräusche dumpf, das Rauschen und Rattern des Schnellzugs. Als werde er für seine Bequemlichkeit bestraft, verschränken sich auf dem Klapptisch des Schnellzugs nach Rom die Buchstabenreihen der *Schönsten Gedichte* ineinander und laufen auseinander wie auf den Blättern, die in der Frankfurter Ausgabe faksimiliert sind. »Und in der Schönheit weitem Lustgefilde / Verhöhnt das Leben knechtische Begier.«

Auf den ältesten Enkel, der auf den Genfer See hinausgeschwommen war, fuhr ein Motorboot zu. In höchster Not kraulte der Schwiegersohn in die Fahrbahn des Boots und brachte es winkend vom Kurs ab. Aus einem Grund, der dem alten Herrn nicht recht klar wird, lieferte sich der Schwiegersohn anschließend ein Wortgefecht mit dem Bootsführer und kam es am Ufer gar zu einer Handgreiflichkeit. Er müsse sofort zu einem Gericht, ruft der Schwiegersohn erregt, und diesen Bootsführer verklagen, von dem er erniedrigt und beleidigt worden sei wie noch nie von einem Menschen. Der alte Herr möchte ihn bitte als Übersetzer begleiten. Gemeinsam fragen sie sich zur Küstenwache durch, die nun kein Gericht ist, aber immerhin einen jungen, freundlichen Beamten aufweist, der in seiner kleinen Hütte aus Holz bereitwillig zuhört, wie der alte Herr die Klage seines Schwiegersohns übersetzt. Offenbar ist der Beamte zu höflich, um den alten Herrn zu unterbrechen, denn es stellt sich heraus, daß er auch Deutsch versteht. Leider könne er jedoch nichts tun, wendet er sich direkt an den Schwiegersohn, da ihm keinerlei Belege oder Beweise vorlägen. Der fassungslose Schwiegersohn erzählt daraufhin den gesamten Vorfall noch einmal auf deutsch. Wieder hört der Beamte geduldig zu, unterbricht nicht, macht sich Notizen und gibt am Ende die gleiche Antwort: Ohne Indizien seien ihm die Hände gebunden. Aber er sei doch geschlagen worden, empört sich der Schwiegersohn so laut, daß der alte Herr ihn am Unterarm berührt. Dann brauche er wenigstens das Attest eines Arztes, bleibt der Beamte seelenruhig. Dann möge der Beamte ihn sofort zu einem staatlich anerkannten Arzt schicken, erwidert der Schwiegersohn, der in der Hektik die europäischen mit den iranischen Verhältnisse verwechselt. – Bei uns gibt es nur staatlich anerkannte Ärzte, mein Herr, klärt der Beamte ihn auf. Während der alte Herr auf persisch darauf drängt, die Geduld dieses jungen Beamten, der sich doch sehr verständig äußere, nicht weiter zu strapazieren, insistiert der Schwiegersohn auf deutsch, den Bootsführer vorzuladen, der vielleicht alles gestehe. – Sehr verehrter Herr, wendet sich der Beamte jetzt wieder auf französisch an den alten Herrn, der Wort für Wort ins Persische übersetzt wie vierzig Jahre zuvor am Persischen Golf: Bitte erklären Sie Ihrem Sohn, daß die Schweiz ein Rechtsstaat ist und wir als seine Repräsentanten nicht einfach jemanden vorladen, geschweige denn ihn verdächtigen dürfen, ohne daß uns irgendwelche Hinweise für seine Schuld vorliegen. Wenn wir das täten, hätte der Betroffene das Recht, den Staat zu verklagen und Entschädigung dafür zu fordern, daß wir ihm seine Zeit gestohlen und ungerechtfertigt beschuldigt haben. Ja, er könnte uns seinerseits wegen Verleumdung anklagen. Ich brauche also zumindest Indizien, die Ihre Anschuldigung untermauern, bevor ich etwas unternehmen kann. »Lieber Leser«, wird der alte Herr zwanzig Jahre später fragen, »sehen Sie, auf welchem Stand das Justizwesen anderer Länder ist? Sehen Sie, wie korrekt, freundlich und vollkommen rational sich dieser junge Beamte verhält? Und dann schauen Sie sich unsere eigenen Richter an, die die Menschen ohne irgendwelche Beweise, nur auf Zuruf oder weil ihnen Geld zugesteckt worden ist, auf die Anklagebank zerren lassen. Schauen Sie, wie bei uns die Unschuldigen Qualen, Beschimpfungen, Gefängnis, Folter und Ehrverletzungen erdulden müssen. Wohin sonst soll das führen als zum Aufstand, zur Revolution, zum Pessimismus, zur Mißgunst oder allenfalls dazu, sich resigniert den metaphysischen Dingen zuzuwenden und die Welt zu fliehen? Ist jemand, der solche oder noch schlimmere Ungerechtigkeiten erfährt, der in eine Falle geraten ist, die ihm das eigene Land, der eigene Staat, die eigenen Mitmenschen gestellt haben, ist so jemand dafür zu rügen, daß er die Hoffnung verliert, allen

Autoritäten mißtraut und sich von seiner Heimat abwendet? Nein, das ist er nicht, das kann man niemandem zum Vorwurf machen. Wie hat der gepriesene Scheich Saadi gesagt: ›O Saadi, stolz aufs Vaterland zu sein, ist ein herrlich Wort / Nicht mal sterben aber wollt ich an so jammervoll Ort.‹« Spätestens jetzt wäre es wichtig zu wissen, wann Großvater die Selberlebensbeschreibung verfaßte und ob er sich also vor oder nach der Islamischen Revolution an den jungen Beamten der Genfer Küstenwache erinnerte, der allen iranischen Richtern überlegen war. Die politische Situation deprimierte ihn schon seit dem Putsch von 1953, wie die Mutter etwas zu nachdrücklich festhielt, dennoch glaube ich, daß er noch etwas anderes als die allgemeinen Zustände vor Augen hatte, etwas, das ihn direkt und aktuell betraf: eben das Unrecht, das ihm nach Aussage seines gelehrtesten Freundes das Genick gebrochen hatte. Er muß oder könnte den Bericht über die Reise zu den Franken nach der Besetzung Tschamtaghis erstattet haben, nach der Audienz beim Ajatollah Chademi, dem er gegen alle Vorsätze die Hand geküßt, und dem Urteil, daß der bestechliche Hodschatoleslam Mirza gefällt hatte. Vielleicht meint Großvater auch die eigene Flucht in die Metaphysik, die Flüche auf den weltlichen und den überweltlichen Herrscher, die man ihm nicht zum Vorwurf machen möge.

Die Nummer zehn dachte, daß zwischen eins und neun plus Begleitung und Partnern wenigstens einer sei, der vor dem Grab des Apostels innehält, wenn schon niemand mehr in Anbetung auf die Knie sinkt wie er, der nach dem Gebet so tat, als habe er sich die Schnürsenkel gebunden. Wir standen schalldicht abgeschlossen von den übrigen Besuchern des Petersdoms in einem unterirdischen Gang, fast einer Gasse, einer Totengasse aus Ziegelwänden wie von Häusern und Türen zu den Familiengrüften mit Sarkophagen und Urnenfächern, auf denen die heidnischen Inschriften durch ihre strenge Ordnung zu erkennen sind, während die christlichen Inschriften wie *bene merenti,* »wohlverdient«, *deposito,* »verstorben«, oder *dormit in pace,* »in Frieden schläft«, statt des später üblichen *requiescat in pace,* »er ruht in Frieden«, eher nachlässig wirken. Ein Witwer erinnert an die Schönheit und Unschuld einer Aemilia Gorgonia, die im Alter von achtundzwanzig Jahren, zwei Monaten und achtundzwanzig Tagen viel zu früh starb; ein Flavius Istatilius Olympus war »ein guter Mensch, zu allen freundlich, auf seinen Lippen stets einen Scherz«, an den Wänden rot und azurblau griechische, römische und ägyptische

Malereien, weil die römische Gesellschaft multikulturell gewesen sei, wie mehrfach der Priester betonte, der uns kompetent führte, bärtige Satyrn jagen ebenso vollbusige wie leichtbekleidete Mänaden, der bocksbeinige Pan bläst die Flöte, in anderen Grüften Menschen und Hunde pharaonisch plattgedrückt und vor uns die Wand, hinter der Petrus begraben worden sein soll, in einer Nische ein kleiner Glasbehälter mit Knochenteilen, für deren Authentizität zwar kein Beweis, indes eine Reihe von archäologischen Indizien vorlägen, die auch dem jungen Beamten der Genfer Küstenwache zumindest als Anfangsverdacht genügt hätten: erstens an einer Mauer aus dem dritten Jahrhundert Anrufungen Christi, Mariens und des heiligen Petrus; zweitens hinter der Mauer ein Fach mit Gebeinen aus dem ersten Jahrhundert, die zum Skelett eines einzigen Mannes gehören; drittens das berechnete Alter des Verstorbenen von sechzig bis siebzig Jahren, die robuste Statur und die leicht überdurchschnittliche Größe von 1,66 Meter; viertens die fehlenden Füße, die bei der Herunterbringung vom Kreuz von den römischen Soldaten einfach abgeschlagen worden sein könnten; fünftens die mutmaßliche Verehrung des Korpus, da in golddurchwirktes Purpurtuch gehüllt; sechstens die Inschrift *Petros Eni*, »hier ruht Petrus«, siebtens, achtens, neuntens schrieb ich nicht mehr mit – und nicht einmal der Priester unterbrach für einen Moment die Besichtigung, um ein Gebet zu sprechen oder sich zu bekreuzigen, was ich ihm nun nicht abnehmen konnte. Er sprach von Indizien, wo die Schiiten ohne zu fackeln einen Glitzerpalast bauen würden mit silbernem Gitter um den Sarkophag, auf dem ein grüner Seidenvorhang alle Zweifel bedeckte; schon wirkte allein das Betreten Wunder, die Großvater allerdings nicht meinte. Ohne daß der Zusammenhang zum Rest des Reiseberichts recht klar wird – vermutlich zwanzig Jahre später noch berückt von der Schönheit des Genfer Sees –, bittet Großvater um die Erlaubnis wessen auch immer, auf einer Seite darüber zu reflektieren, daß die Wunder, mit denen Gott seine Propheten versah, keines wissenschaftlichen Beweises bedürften. Es genüge, so will ich die Abschweifung einmal zusammenfassen, es genüge doch, die Schöpfung zu betrachten, die Einzigartigkeit eines jeden Menschen und Tieres, einer jeden Pflanze, um Wunder genug zu entdecken, die Wunder der Zivilisation, der Sinne, des Genusses, die Wunder der Liebe: »Wie kann die Wissenschaft erklären, daß nicht einmal die Handflächen zweier Menschen sich je gleichen? Wie kann sie erklären, was ein einzelner Mensch zu erschaffen und welche überwältigenden Gefühle er für einen zweiten Menschen zu hegen vermag? Weil mir die Kompetenz fehlt, das Thema zu vertiefen, kehre ich zur Beschreibung meines Lebens zurück.« Im Vatikan wird Gottes Spur petrographisch analysiert, forensisch vermessen und die Wahrscheinlichkeit von wissenschaftlichen Experten bis auf die Prozentzahl beziffert. Wie kein anderer religiöser Ort der Welt, den ich je besuchte, strahlen noch seine Hinterhöfe Seriosität aus, die Bibliotheken, Archive und das Mosaiklabor mit Büros, in denen die Menschen weiße Kittel über ihren Anzügen trugen, die schwarzgewandeten, meist gescheitelten Priester auf den Straßen und in den Gängen wie Ameisen. Der absurdeste Glauben wurde zum gewissenhaftesten. – Unwiderlegliche Beweise, daß Petrus hier ruht, gab es nicht, gibt es nicht und wird es niemals geben, sagte der Priester in aller Deutlichkeit: Auch wenn vieles dafür spräche, fehle doch der Eintrag im Einwohnermeldeamt. Dann lachte er, als hätte er den Stipendiaten einen Kinderglauben genommen. Allein schon die Tafel am Eingang des Petersdoms, die seit Petrus alle 266 Pontifikate ohne Unterbrechung bis heute auflistet, ist religionsgeschichtlich einzigartig, nehme ich an. Solche Dauer, nicht imaginäre, behauptete oder rekonstruierte, sondern wirkliche, in Namen und Jahreszahlen, womöglich sogar Tagen dokumentierte Kontinuität, spräche allein schon für die katholische Kirche, da sie menschliche Maßstäbe übersteigt. Den stärksten Eindruck des Tages hatte ich freilich wie in den anderen Gebäuden im Vorübergehen. Wir fuhren im Aufzug aus der vatikanischen Werkstatt hinab und kamen durch einen fensterlosen, betonierten Gang zu einer breiten Holztür, die uns nicht nur unverhofft im Petersdom, sondern genau unter Berninis Tugendallegorien Caritas und Iustitia ausspuckte, die man sonst nur seitlich aus zehn, zwanzig Meter Entfernung sieht. Sie sind viel größer, als ich von weitem angenommen hatte, und doch bis in ihre Psychologie genauso individualisiert wie Berninis Skulpturen in der Villa Borghese. Ich hatte nur ein paar Sekunden, weil die Dienstagsbegleitung schon zur Nekropole weiterlief und ich in dem Auflauf hinter der Absperrung die Gruppe zu verlieren drohte, auch dies eine Entscheidung, die Wand zu sehen, hinter der Petrus begraben sein könnte, statt den Anblick direkt unter einem der gewaltigsten Kunstwerke Roms auszunutzen. Es gibt Bedeutenderes, wurde mir bewußt, Bedeutenderes sogar als Bernini, ohne daß es petrographisch analysiert, forensisch vermessen und die Wahrscheinlichkeit von wissenschaftlichen

Experten bis auf die Prozentzahl beziffert worden sein muß. Aber hätte die Sorgfalt, mit welcher der Priester – ein Priester! – das Für und Wider abwog, ob hinter den Steinen wirklich Petri Grab liegt, nicht dennoch Großvaters entschiedenen Zuspruch, ja seine Bewunderung gefunden, die sofort in die Scham über die eigene Leichtgläubigkeit übergegangen wäre? Weil mir die Kompetenz fehlt, das Thema zu vertiefen, kehre ich zur Beschreibung seines Lebens zurück.

Daß Großvater auf der Frankreichreise am liebsten in Kirchen gebetet habe, wie die Eltern oft erzählten und ich es auch deshalb hoffnungsfroh erwartete, weil es dem Jahr in Rom und den Besuchen bei den französischen Brüdern und Schwestern so gut entspräche, von denen ich nichts weiter schrieb, um abzuwarten, was Großvater schreiben würde, steht in seiner Selberlebensbeschreibung nirgends. Natürlich könnte ich mir ausdenken, was ihm durch den Kopf ging, wenn er in den Kirchen verschwand, was er erlebte, welchen Priestern, Nonnen und gewöhnlichen Gläubigen er begegnete; niemand hinderte mich daran, nicht einmal der Mutter fiele es auf. Allein, es steht mir nicht zu. Nur in Romanmanufakturen fügt sich alles zusammen. In der Wirklichkeit erschienen ihm 1963 die Gebete unter Christen, die ich 2008 für das Bemerkenswerteste seiner Reise hielt, vielleicht banal oder selbstverständlich oder haben ihn jedenfalls mehr als Kirchen die Gerichte beeindruckt. Die Gerichte? Ja, die Gerichte: »In jeder Stadt, die wir anfuhren, um dort einige Stunden oder ein, zwei Tage zu verbringen, begab die Gnädige Frau sich, sobald wir aus dem Auto stiegen, auf die Suche nach Kaufhäusern und ich mich auf die Suche nach dem örtlichen Gericht. In Siegen, wo wir uns unter allen Städten am längsten aufhielten und es am wenigsten zu sehen gab, verging kaum ein Tag, ohne daß ich im Gericht vorbeigeschaut hätte. Wer das Land der Franken noch nicht kennt, aber auch, wer es bereits kennt, dem muß diese Angewohnheit seltsam vorkommen. Er wird mir auch kaum glauben, daß ich in den meisten Städten Deutschlands, Frankreichs und der Schweiz die Gerichte so leer vorfand, daß ich anfangs meinte, sie hätten geschlossen. Einmal zum Beispiel fuhr ich wegen einer Angelegenheit mit dem Zug von Siegen nach Frankfurt und fragte mich in einer Mußestunde zum Gericht durch. Ich ging durch die leeren Korridore, klopfte an den Türen und öffnete sie vorsichtig, ohne ein Geschöpf anzutreffen. Auch im Treppenhaus, auf den Toiletten und in der großen Eingangshalle – weder Mensch noch Maus. Um so mehr erschrak ich, als endlich eine Stimme auf mein Klopfen reagierte. Was sie sagte, verstand ich nicht, doch weil sie nicht aggressiv klang, nahm ich an, daß ich eintreten durfte. Das Zimmer stellte sich als ein kleiner Verhandlungssaal heraus, in dem drei Männer saßen. Auf englisch begrüßte ich sie und stellte mich als iranischen Touristen vor, der sich für das deutsche Justizwesen interessiere. Sie hießen mich willkommen und deuteten auf einen leeren Stuhl. Gern nahm ich das Angebot an, mich ein wenig auszuruhen. Ihr Englisch war sehr holprig, aber ohnehin sprach niemand mehr ein Wort, weder sie noch ich. Ich sah auch keine Papiere auf ihren Tischen, keine Dokumente, keine Akten. Sie saßen einfach nur stumm da, weder freundlich noch unfreundlich, weder gelangweilt noch interessiert. Was tun sie hier bloß? fragte ich mich: Und wie lange schon? Ich sollte es nicht herausfinden. Nach einer Weile entschuldigte ich mich für die Störung und verabschiedete mich.« Ich frage mich, welche Angelegenheit Großvater gehabt haben könnte, daß er in seinem Alter, etwa siebzigjährig, allein mit dem Zug nach Frankfurt fuhr. Vielleicht hing es mit der Familie seines Neffen oder seiner Nichte zusammen, die wegen der Anfeindungen gegen die Bahais nach Deutschland ausgewandert waren. Vielleicht hatten sie sich in Frankfurt angesiedelt, nachdem ihr Kind gestorben war. Könnte der Neffe nicht der Cousin meiner Mutter aus Rüdesheim gewesen sein, mit dem wir in Frankfurt Tschelo Kabab aßen? Oder verwechselt Großvater die Städte und waren die drei Personen im Gerichtssaal, die so mysteriös schwiegen, nicht gewöhnliche Siegener? Womöglich deutete ich zuviel in seine gewollt oder ungewollt komischen Ausführungen zum deutschen Justizwesen, wenn ich es mit dem Urteil in Verbindung bringe, das gegen ihn erkauft wurde. Auch unabhängig von seinem persönlichen Fall ist für einen Schiiten, der sich am rationalistischen Korankommentar des Fachr od-Din Razi orientiert, die Gerechtigkeit Gottes und damit der Welt der Pfeiler, an dem zu rütteln das gesamte Glaubensgebäude ins Wanken bringt. Die Gerechtigkeit gehört anders als bei den Sunniten zu den fünf Grundprinzipien der schiitischen Dogmatik, die den Gläubigen vom Ungläubigen unterscheiden. Jede Ungerechtigkeit ruft damit sofort und unausweichlich die Frage der Theodizee hervor. Oder wie der gepriesene Saadi sagt: »Jedes Urteil muß gerecht sein, das der Herr dem Sklaven spricht; / Nichts weiter kann der Sklave fordern, denn dem Herrn ist das Gericht!« Und ausgerechnet die Gerichte waren und sind in Iran exemplarisch die Schauplätze, an denen das Recht des Stärkeren nackt gilt, immer laut, immer dreckig, alles Mobiliar heruntergekommen, die Wände beschmiert, in allen Korridoren ein Gedränge von Menschen, die nicht wissen, wann ihr Fall verhandelt wird, den Richter abpassen wollen, die Justizbeamten bedrängen, sich mit ihrem Anwalt laut besprechen oder Wortgefechte mit ihren Gegner liefern und stets ihre Verwandtschaft mitgebracht haben wie eine Anhängerschaft im Stadion. Womöglich deutete ich zuviel in seine europäischen Gerichtsbesuche, wenn ich glaube, daß der Zustand der iranischen Justiz für Großvater auch über Gott richtete.

Einige Sekunden genieße ich die Illusion, der alte Herr habe die meterhohen elektrischen Kerzen eingeschaltet, damit ich besser sehe. Dann bemerke ich die drei Gläubigen, die auf den Kirchbänken jenseits des Mittelgangs zum Gottesdienst versammelt sind. Nach den Gebetsbüchern bemessen, die der junge Priester auslegt, sind nicht viel mehr Besucher zu erwarten. Zum Scherz schlägt er dem alten Herrn, dessen Anzug zu groß und dessen Kragen zu weit geworden ist, mit einem eingerollten Karton auf den Kopf. Natürlich schauen sie zu mir, der seinen Laptop aus dem Rucksack geholt hat. Eigentlich wollte ich zur Kirche Sant'Agostino, um die heilige Ursula mit der Madonna der Pilger zu vergleichen, aber dann stieg ich genau vor San Lorenzo in Lucina aus dem Bus, der mir zum ersten Mal in Rom nicht vor der Nase abgefahren war, so glücklich hatte der Tag bereits begonnen. Als ich mich auf der Karte orientierte, empfahl mir der Kunstreiseführer einen Blick auf die *Kreuzigung* von Guido Reni, die eines seiner Meisterwerke sei. Ich konnte mich an kein anderes Meisterwerk Renis erinnern, assoziierte nur Andacht, Amen, Antipode Caravaggios, aber dankbarer bin ich dem Kunstreiseführer selten gewesen. Auf dem Photo im Kunstreiseführer hat das Gemälde etwas von den frommen Karten, die die Zigeuner vor den Kirchen für fünfzig Cent verkaufen; als gewaltige Leinwand auf dem Hochaltar der Barockkirche, wo schwarz-goldene Säulen, ein roter Theatervorhang, mollige Engel, ein Blumengebinde aus Plastik und die meterhohen elektrischen Kerzen den Kitsch so sehr steigern, daß dessen Wahrheitsmoment unschön wie in allen Räuschen kenntlich wird, ist Renis *Kreuzigung* ein Aufruhr, gerade indem es der abgeschmackten Verklärung des Schmerzes widerspricht. Gewiß stößt mir die Lust, die katholische Darstellungen seit der Renaissance an Jesu Leiden haben, auch deshalb so auf, weil ich sie von der Schia kenne und nicht kenne. Ich kenne sie, weil das Martyrium dort genauso exzessiv bis hin zum Pornographischen zelebriert wird, und ich kenne sie nicht, weil genau dieser Aspekt der Schia in Großvaters Glauben, der mehr als jeder andere Bezugspunkt meine eigene religiöse Erziehung bestimmt hat, wie ich bei der Lektüre seiner Selberlebensbeschreibung erkenne, keine Rolle spielte, ja als Volks- und Aberglauben abgelehnt wurde, der die Menschen davon abbringe, die Welt zu verbessern, statt nur ihren Zustand zu beklagen. Reni verklärt nicht den Schmerz, den er nicht zeigt. Ihm gelingt, was andere Kreuzigungsbilder behaupten: Er überführt das Leiden aus dem Körperlichen ins Metaphysische. Sein Jesus hat keine Wunden, keine Abzeichen der Striemen und Hiebe, ist schlank, aber nicht abgemagert. Selbst wo seine Hände und Füße ans Kreuz genagelt sind, fließt kein Blut. Wären die Nägel nicht, es sähe aus, als breitete er die Hände zum Gebet aus. Er blickt in den Himmel, die Iris aus dem Weiß der Pupille beinah verschwunden: Schau her, scheint er zu rufen. Nicht nur: Schau auf mich, sondern: Schau auf die Erde, schau auf uns. Jesus leidet nicht, um Gott zu entlasten, worauf es in der Sonntagspredigt hinausläuft, Jesus klagt an: Nicht, warum hast du *mich*, nein, warum hast du *uns* verlassen? »Doch furchtbar ist, wie da und dort / Unendlich hin zerstreut das Lebende Gott.« Die Landschaft ist christianisiert, so daß nicht die Menschen geschieden sind in Tätervolk und Opfervolk wie im Neuen Testament, sondern Himmel und Erde, Gott und die Menschen. Der Totenkopf am Kreuz deutet darauf hin, daß hier schon andere gestorben sind; die zeitgenössisch gekleideten Spaziergänger in verdüsterter italienischer Landschaft geben zu verstehen, daß auch jetzt gestorben wird; die Häuser im Hintergrund mit der Kuppel, die der Petersdom sein könnte, weisen auf die Stadt, aus welcher der Gekreuzigte zu stammen scheint. Dieser Jesus ist nicht mehr Sohn Gottes und kein Halbgott wie für Hölderlin. Gerade weil sein Schmerz kein körperlicher ist, nicht Folge denkbar schlimmster, also ungewöhnlicher, unmenschlicher Folterungen, stirbt dieser Jesus stellvertretend für die Menschen, für alle Menschen, ist er jeder Tote, jederzeit, an jedem Ort. Sein Blick ist der letzte vor der Wiederauferstehung, auf die er nicht zu hoffen scheint. »Wenn aber stirbt alsdenn, / An dem am meisten / Die Schönheit hing«, heißt es bei Hölderlin, dessen *Schönste Gedichte* ich ebenfalls aus dem Rucksack hole, weil ich vom »Patmos« nicht mehr als die zitierten Zeilen über den furchtbaren Gott auswendig beherrsche, »daß an der Gestalt / Ein Wunder war und die Himmlischen gedeutet / Auf ihn, und wenn, ein Rätsel ewig füreinander, / Sie sich nicht fassen können / Einander, die zusammenlebten / Im Gedächtnis, und nicht den Sand nur oder / Die Weiden es hinwegnimmt und die Tempel / Ergreift, wenn die Ehre / Des Halbgotts und der Seinen / Verweht und selber sein Angesicht / Der Höchste wendet / Darob, daß nirgend ein / Unsterbliches mehr am Himmel zu sehn ist oder / Auf grüner Erde, was ist dies?« Es ist dies eine Rede an den toten Christus zum Kreuz hinauf, daß kein Gott sei, und das Motiv, in dem sich die Antipoden kurz begegnen, Reni und Caravaggio, die an Gott der Mensch interessiert, und Hölderlin und Jean Paul, die den Menschen von Gott verlassen sehen. Allerdings stöhnt Hölderlin bereits mit der nächsten Strophe bejahend auf, wie ja auch Jean Paul die Vision des leeren Himmels sogleich als Alptraum entschuldigt und als Blumenstück verniedlicht, aber das Merkwürdige ist, daß man dem untergehenden Hölderlin die Theodizee abnimmt – »Und nicht ein Übel ists, wenn einiges / Verloren gehet und der Rede / Verhallet der lebendige Laut« –, während in Jean Pauls besten Jahren die Anklage das Idyllische enttarnt. Die Messe beginnt gleich, nein, jetzt, am Montag, dem 8. Dezember 2008, um 17:03 Uhr, klappe ich meine Allmacht besser zu und packe sie mitsamt des Kunstreiseführers sowie Hölderlins *Schönsten Gedichten* in den Rucksack. Die drei Gläubigen jenseits des Mittelgangs halten mich schon für bekloppt genug oder für einen besonders fleißigen Seminaristen, der sich um seine Mindestqualifikation bemüht.

Die Wolken sind noch immer in den Baumwipfeln verhakt, so daß ich gar nicht in den Himmel schauen könnte wie Renis Figuren. In Matthäus 26,28 fordert Jesus die Jünger auf, das Brot zu essen, denn es ist sein Leib, und den Wein zu trinken, denn es ist das Blut des Bundes, »welches vergossen wird für viele zur Vergebung der Sünden«. Christi Tod entsühnt eine Welt, auf der Gottes Zorn liegt. Auch Hölderlin erwähnt den Zorn, wenn er vom Abendmahl spricht, doch ist es bei ihm die Welt selbst, die zürnt, und Christus erlöst nicht, sondern »erheitert«, besänftigt die Welt und macht sie fröhlich: »Denn alles ist gut. Drauf starb er. Vieles wäre / Zu sagen davon. Und es sahn ihn, wie er siegend blickte / Den Freudigsten die Freunde noch zuletzt.« Wenn ich Jesus in Rom mit Hölderlin in Beziehung setzen wollte, der den Messias in die Reihe der griechischen Göttersöhne Herakles und Dionysos stellt, hätte ich nicht Renis Kreuzigung zurechtbiegen dürfen, die für eine literarische oder religiöse Offenbarung ohnehin nicht taugt. Ebensowenig nützte es, Caravaggios *Geißelung* oder *Grablegung* zu betrachten, obwohl sie auch bei

Tageslicht noch ergreifen: Selbst beim Himmelsgang konzentriert Caravaggio sich rein irdisch auf das, was Menschen sich antun. Gott als Täter oder Opfer ist bei ihm aus dem Spiel oder wie bei den Mystikern in allen Dingen. Um in Rom den Halbgott zu finden, den Hölderlin gemeint haben könnte, hätte ich mich mit dem Laptop vor Michelangelos Statue in Santa Maria sopra Minerva setzen müssen, die so frech ist, daß die Nachwelt das Geschlecht des Messias mit einem güldenen Lappen bedeckte: Jesus muskelbepackt wie ein antiker Heroe, in den Händen ein Pfahl, dessen Querbalken zu kurz ist, um daran mit ausgebreiteten Armen zu krepieren, aber lang und mächtig genug, um Mauern und Tore zu zertrümmern, Jesus als Sieger über den Tod und das Kreuz als seine Waffe: »Wenn nämlich höher gehet himmlischer / Triumphgang, wird genennet, der Sonne gleich / Von Starken der frohlockende Sohn des Höchsten. // Ein Losungszeichen, und hier ist der Stab / Des Gesangs, niederwinkend, / Denn nichts ist gemein. Die Toten wecket / Er auf.« Leider lernte ich Michelangelos *Auferstandenen Christus mit dem Kreuz* schon viel früher im Jahr kennen, als ich mich noch nicht mit Hölderlins *Schönsten Gedichten* begnügte und überhaupt ganz anderer Stimmung war, mit Jean Paul und jedesmal mit Familie oder Gästen, da der Kunstreiseführer Santa Maria sopra Minerva mit Sternchen versehen hat und sie praktischerweise gleich neben dem Pantheon liegt, so daß ich sie in jede Besichtigungstour mit Besuchern einbaue, zumal der Obelisk auf Berninis Elefanten auch bei Kindern reüssiert. »Denn noch lebt Christus«, hat Hölderlin mir daher an unpassender Stelle erklärt. Gewiß hätte ich alle Freiheit eines Romanschreibers, nachträglich den Anschein einer Notwendigkeit zu wecken, indem ich die Lektüre des »Patmos« in Santa Maria sopra Minerva verlege, die allerdings wegen des Sternchens, des Obelisken auf Berninis Elefanten und der Nähe zum Pantheon immer so voll von Touristen ist, daß der Absatz dann aus anderen Gründen nicht stimmte. Es stimmt nie oder im besten Fall bei Hölderlin, daß alles ineinander greift, wie er Heiligabend 1798 an Sinclair schrieb: »Resultat des Subjectiven und Objectiven, des Einzelnen und Ganzen, ist jedes Zeugniß und Product, und eben weil im Product der Antheil, den das Einzelne am Producte hat, niemals völlig unterschieden werden kann vom Antheil, den das Ganze daran hat, so ist daraus klar, wie innig jedes Einzelne mit dem Ganzen zusammenhängt und wie sie beede nur Ein lebendiges Ganze ausmachen.« Könnte ein Ort überhaupt passend sein zu hören, zu sehen oder zu lesen, daß Christus noch lebt? Die Satzteile sind im »Patmos« bis hin zur Grammatik so ineinander verschlungen, auch rhythmisch so unregelmäßig, so pochend und atmend und eilend und anhaltend, daß man jeden einzelnen mit der Pinzette rauszupfen müßte und immer noch nicht den Eindruck hätte, dem eigentlichen Geheimnis auf die Spur gekommen zu sein. In der zitierten Strophe etwa – »Wenn aber stirbt alsdenn« – wird die Bedeutung schon der Syntax nach bis in die nächste Strophe hingehalten; der dreifache Konditionalsatz, der jeweils mit »wenn« einsetzt, wird am Ende nicht fortgesetzt, sondern in seiner Dringlichkeit mit der Frage, was dies sei, nur weiter überhöht. Was Adorno als parataktisch bezeichnet, die aneinandergereihten, nicht synthetisch verbunden Bilder, die »in einer eingewurzelten Verhaltensweise seines Geistes« ihre Bedingung haben, führt Bertaux auch auf Hölderlins Beschäftigung mit einer semitischen Sprache wie dem Hebräischen zurück, ohne den Gedanken weiter auszuführen. Tatsächlich ist das gleiche Prinzip der unverknüpften Bilder und in diesem Fall, noch konkreter, der wiederholten, variierten Frage, die ihre Wirkung durch das Mysteriöse erzielt, und der mehrfach hinausgezögerten Antwort eines der mächtigsten Stilprinzipien des Korans, etwa zu Beginn von Sure 101, wenn das im Arabischen lexikalisch schwer zu bestimmende, tief in der Kehle gesprochene Wort *qâri*^{c}*a* mit dem dunklen, gutturalen *q* und dem aus dem Schlund gepreßten, stimmhaften Reibelaut ^{c}*eyn* zunächst völlig beziehungslos im Raum steht: »Die Pochende! / Was, die Pochende? / Woher weißt du, was ist die Pochende? / Wann Menschen werden sein wie flatternde Motten, / Und Berge wie gekrempelte Wollenflocken.« Bei Hölderlin ist die Antwort gleichermaßen Trost und Vernichtung, in einem ähnlich konkreten, unheimlichen Bild wie in Sure 101: »Es ist der Wurf des Sämanns, wenn er faßt / Mit der Schaufel den Weizen, / und wirft, dem Klaren zu, ihn schwingend über die Tenne.«

In San Lorenzo in Lucina blieb ich, nachdem ich am Montag, dem 8. Dezember 2008, um 17:03 Uhr Allmacht, Kunstreiseführer und Hölderlin im Rucksack verstaut hatte, gemeinsam mit den drei Gläubigen jenseits des Mittelgangs stumm und erwartungsvoll sitzen wie Großvater im kleinen Frankfurter Gerichtssaal, der in Siegen gewesen sein muß. Nichts geschah, auch das Altarbild interessierte mich nicht weiter. Im Laufe der nächsten halben Stunde setzten sich fünf weitere Gläubige auf die Bänke, auf denen auch der alte Herr und der junge Priester

Platz nahmen. Von Zeit zu Zeit standen die beiden auf, verschwanden in der Seitenbühne und kehrten wieder, ohne eine Andeutung zu machen, was sie besorgt hatten. Ich sah nur, daß der junge Priester weiter flüsternd Scherze mit dem alten Herrn trieb, der darüber nicht lachte, aber es sich doch gern gefallen zu lassen schien. Weil wir nicht in Siegen waren, schwatzten schließlich auch die anderen Gläubigen, als träfen sie sich jeden Tag. Ich ging nach draußen, um mich zu erkundigen, wann die Messe endlich beginnt. Um 19 Uhr erst, las ich auf einer Tafel, in anderthalb Stunden erst. Ich verstehe das Dilemma und hülfe gern mit meiner Anwesenheit: So unerhört viele Kirchen stehen in Rom, jede ein eigener Charakter, die Königin, die Diva, das Mäuschen, die Neureiche, die Protzige, das Mannequin, die Ätherische, die Schwindsüchtige, die schlichte und die barocke Schönheit, daß sich die Gläubigen werktags verteilen müssen, damit alle zu ihrem Recht kommen. Die Nationalkirchen haben es einfacher, weil sie zugleich Gemeinderaum der Deutschen, Franzosen, Amerikaner, Koreaner oder Äthiopier sind und Fernreisen für den Besucher, der mitten in der Altstadt in eine fremde Sprache, zwischen fremde Menschen tritt. Für die Römer bleiben mehr als genug. Als Rom zwanzigmal so klein war und genauso viele Kirchen hatte, müssen sich alle Bänke noch gefüllt haben, an jeder Ecke des Zentrums fast eine Tausendschaft, die sonntags Gott gedachte. Mit Mühe zwar, scheint es im Europa des Jahres 2008 noch immer möglich, alle Messen zu lesen. Selbst Schüler, die in der Stadt bummeln, helfen aus, schnatternde Mädchen, Schönlinge in der Ausbildung, Geschäftsleute zwischen zwei Meetings und Bettler, die ihnen folgen, um sich nach dem Gottesdienst am Ausgang zu postieren. Ich habe mich in Kirchen immer wohl gefühlt, selbst mit Laptop: Niemals waren Blicke skeptisch, obwohl ich mich nicht bekreuzige, nicht die Knie beuge oder zum Abendmahl vor den Priester trete; auch der Auftrag zur Mission, an dem ich mich außerhalb der Kirche reibe, scheint in der Kirche nicht mehr mich zu meinen. In Moscheen wird der Andersgläubige bestenfalls in Ruhe gelassen, in Synagogen ihm ungefragt guter Wille attestiert. Ich habe keine Ahnung, was es ist, daß selbst die Deutschen den Fremden freundlich betrachten, sobald sie in der Messe sitzen. Großvater wird das gleiche gespürt haben, sonst hätte er den Gebetsteppich 1963 nicht am liebsten in Kirchen ausgebreitet, wie mein Vater mir am Telefon noch einmal versicherte. Vor fünfundvierzig Jahren wurde auch in französischen, schweizerischen und deutschen Städten vermutlich noch in allen Gotteshäusern morgens, mittags und abends ein Gottesdienst gefeiert, an dem mindestens drei, vier Gläubige teilnahmen, als würde eine unsichtbare Betriebsleitung ihre Verteilung organisieren. Großvater kann Europa nicht als gottlos wahrgenommen haben, im Gegenteil: Verspottet wurde er 1963 in Iran, weil er täglich in die Moschee ging. Da meine Blase zu sehr drückte, um bis zur Messe durchzuhalten, kaufte ich mir für fünfzig Cent eine Postkarte, nein, genau gesagt kaufte ich mir zwei Postkarten, eine vom gesamten Altar, eine nur von Renis *Kreuzigung*, doch um den Altar betrog mich der Automat, was nicht mich, sondern den Zigeuner an der Tür fünfzig Cent kostete, die ich nicht in den Kaffeebecher warf, und ging selbst einen Cappuccino trinken, um nicht neben die Kirchenwand zu pinkeln. Da sich in San Lorenzo nun genügend Gläubige in Christi Namen versammelt hatten, kehrte ich nicht zurück, sondern stieg lieber die Spanische Treppe zur Santissima Trinità dei Monti hoch, wo die Abendmesse eine Stunde früher beginnt und dafür eine Stunde länger dauert. Wie sich bei den Schiiten jeder Gläubige selbständig den Schriftgelehrten auswählen muß, dessen Auslegung der Quellen er befolgt, so habe ich mich in Rom für die Santissima Trinità dei Monti entschieden, um, wenn nicht ihre Deutung, wenigstens ihre Riten nachzuahmen. Die französischen Brüder und Schwestern mögen Neuerer sein, wie ein katholischer Freund bemängelte, indem sie auf dem Boden knien, lange meditieren, noch länger als in der Kirche üblich singen und im Gebet wie Muslime abwechselnd sich demütig niederwerfen, entschlossen aufstehen, Zuflucht suchend zum Himmel schauen und selbstbewußt die Arme ausbreiten, aber den Geist, den man dem frühen Christentum als einer Bewegung egalitärer, gewaltfreier Asketen zuschreibt, einer verfolgten Minderheit, habe ich nirgends in Rom, nein, in keinem anderen Gottesdienst, den ich je besuchte, stärker gespürt, real gespürt als eine Luft, die sich auf mich, auf alle acht Menschen legte, die hinter den Brüdern und Schwestern versammelt waren. Allerdings nicht mehr: keine Erleuchtung, keine Bekehrung, nicht einmal Läuterung, nur Frieden, der nach den zwei Stunden noch ein wenig anhielt. »Wie da die Leugner fasseten / In ihre Herzen trotzigen Stolz, / Den trotzigen Stolz der Unwissenheit; / Gott aber sandte seinen Frieden / Auf seine Abgesandten und die Gläubigen, / Und ließ sie halten fest das Wort der Gottesfurcht« (Sure 48,26). Was hier als Frieden übersetzt wird, ist im Arabischen das Wort *Sakina* und der arabische Name, den Großvater gegen

Großmutters Willen meiner Mutter in die Geburtsurkunde schrieben ließ. Wo im Christentum Er mitten unter denen ist, die sich in Seinem Namen versammeln, senkt sich im Islam die *Sakina* herab, wann immer der Koran rezitiert wird, und es gesellen sich dazu die Engel. »Alles was wir körperlich oder äußerlich vor dem Unendlichen thun, kurz was nicht *Gedanke* ist, also alles *laute* Beten, Knien, Händefalten, ist Zeremonie, nicht Tugend (obwol Aeusserung der Tugend) und alles das könnte eben so gut im Gegentheil bestehen: es wäre eben so from, wenn ich beim Beten *aufstände* als *niederfiele*, den Kopf *bedekte* (wie die Römer) als entblöste«, bemerkt Jean Paul in einem Brief vom 23. April 1795 an einen jüdischen Freund und fährt fort: »Also folgt daraus gegen alle Zeremonien – nicht das Geringste.«

Bei den Brüdern und Schwestern der Gemeinschaft von Jerusalem, wie sie sich nennen, ist die Hierarchie, die mich am Katholizismus beinah am meisten stört, auf das pragmatischste zurückgeführt; nur für die Eucharistie tritt der Priester hinter den Altar, hernach er sich vor seinen Brüdern und Schwester verbeugt, auf die sich alle anderen Aufgaben verteilen, jeder nach seinen Fähigkeiten, wer die ersten Stimmen singt, wer aus dem Buch rezitiert, wer die Predigt hält, wer die Kerzen anzündet, wer das Brot und den Wein verteilt, den Leib und das Blut Christi. Das Prinzip schiitischer Moscheen, in welchen für den Vorbeter im Boden eine Vertiefung eingelassen ist, oft symbolisch, manchmal so tief, daß der Ärmste mit einer kleiner Leiter hinabsteigen muß wie in sein eigenes Grab, hätte ich den Brüdern und Schwestern nicht zu erklären gebraucht. Kein Mensch über uns, nur Gott. Auch sitzen in den traditionellen schiitischen Moscheen Männer und Frauen ebenfalls in getrennten Bereichen, doch nebeneinander im selben Raum. In der Trinità dei Monti werden überdies die Gläubigen einbezogen, die acht, die wir waren, gleichwohl ich keiner bin. Während der Priester sich die violette Stola überzog, eilte eine Schwester zu den Kirchenbänken und bat zwei von uns, das Brot und den Wein nach vorn zu tragen und diesem zu überreichen. Erhört wurde mein Stoßgebet, daß sie nicht mich bittet. Unbußfertig genossen, gleichsam wie ein Meineid, gibt das Abendmahl »statt des Himmels eine Hölle«, mahnt Jean Paul und hält sich »die schreckliche, bloß dieser Religionshandlung eigentümliche Bedingung glühend vor die Seele«. Daß der Erlöser, der in einen unreinen Sünder einzieht, »die seligmachende Kraft seiner persönlichen Gegenwart in eine vergiftende verwandeln müsse«, war ich für den Augenblick bereit zu glauben. Die lateinische Messe, zu der mich der katholische Freund führte, hat mich als semiotisches Ereignis von äußerster Komplexität beeindruckt, aber blieb doch ein Konzept, das nach der mehr als vierzigjährigen Unterbrechung noch nicht wieder in die Motorik eingegangen ist, nicht einmal in die der Priester selbst. Ein junger Theologe mußte ihnen gleich einem Impresario sagen, welche Geste, welcher Gang und welches Wort an der Reihe waren, wann sie zu sitzen, wann sie zu stehen, wann sie sich vor dem Altar und wann sie sich voreinander verbeugen mußten. An dem Gelingen änderten die Anweisungen nichts, da es um den Dienst an Gott geht, nicht um unsere Gefühle, um die Handlung, nicht um Psychologie. Deshalb können sich die Gläubigen und selbst die Priester während der Messe unterhalten, photographieren, deshalb braucht der Impresario nichts zu verbergen. Den Impresario oder mindestens einen Inspizienten müßte es in der lateinischen Messe auch dann geben, wenn die Gänge und Worte schon wieder in die Motorik der Priester eingegangen wären, da vom Heiligen nur im Konjunktiv zu sprechen ist wie in Hagiographien und es nur verfremdet gezeigt werden darf wie vor dem epischen Theater bereits jahrhundertelang im Passionsspiel, bei dem die Darsteller selbst dann ein Textblatt in der Hand trugen, wenn sie den Text auswendig beherrschten. Was nicht geschehen darf, ist eine falsche Geste, ein falscher Gang, ein falsches Wort. Entsprechend ist auch die Hierarchie zwar streng funktionalisiert und durch Blicke abgemildert, doch bis in solche Nuancen durchgehalten, daß es manchmal schon komisch wirkt, etwa wenn der Rang des zweiten und dritten Priesters daran zu erkennen ist, mit welchem Blick sie die Stola des ersten tragen, mit leichtem Widerwillen oder großer Beflissenheit. Noch die Umarmung zum Schluß ist ein Zeichen, ein sehr schönes wohlgemerkt, sehr vornehm, und getrennt nach Sphären: Die Würdenträger deuten an, sich zu umarmen, in dem sie die Köpfe nebeneinander führen; die Gläubigen tun es ihnen nach. Sosehr es auch mich erhob, den katholischen Freund rechts und die fremde Dame links von mir sorgsam wie ein Statist auf der Bühne zu umarmen, müssen meine Augen dennoch anders geleuchtet haben, als die Bruder und Schwestern ins Schiff der Santissima Trinità dei Monti ausschwärmten, an die Kirchenbänke traten, den sieben Gläubigen und mir beide Hände fest drückten, jedem von uns liebevoll anlächelten und uns lang in die Augen schauten. Jeder in der Kirche hatte gesehen, daß ich nicht zum Altar getreten war, weil mir *nur* Brot und Wein gereicht worden wäre. »Der Erde Frucht« nennt Hölderlin, den ich zum Ende des Tages, der an der Bushaltestelle bereits so glücklich begonnen hatte, noch an passender Stelle las, während ein Bruder und eine Schwester den Altar abräumten und anschließend drei weiße Leinendekken darüber ausbreiteten – nein, ich sei ein Gast und möge sitzen bleiben, solange ich wolle –, »Der Erde Frucht« nennt Hölderlin das Brot, das die anderen gegessen hatten, »doch ists vom Lichte gesegnet, / Und vom donnernden Gott kommt die Freude des Weins«. Die beiden Gaben hat der himmlische Chor den Menschen »zum Zeichen« zurückgelassen, seit die Götter weit weg, nur »über dem Haupt droben in anderer Welt« leben und der Himmel sich verdunkelt hat: »Endlos wirken sie da und scheinens wenig zu achten, / Ob wir leben«. Die Brüder und Schwestern lassen dennoch keine Kniebeuge aus.

Man muß sich Großvater, nehme ich an, mit Hut vorstellen, wie er ihn auf einigen Straßenphotos trägt, ein kleiner, dicklicher Mann mit auffallend rundlichem Gesicht, dem obligatorischen Stoppelbart und altmodischem Hut, ein grauer Anzug mit bunter Krawatte und zu der Jahreszeit wahrscheinlich ein Mantel darüber, ein Mantel oder Regencape, den Großmutter ihm bei *C&A* gekauft haben wird, wenn es *C&A* damals bereits in Siegen gab. Soweit ich mich erinnere, liebten alle Iraner *C&A*, die Buchstaben mitsamt des »und« deutsch gesprochen mit persischem Akzent. Selbst in Iran war ständig von den Besuchen bei *Sehondah* die Rede, wenn es um Deutschland ging. Mehr als alles andere, Aufklärung, Technik und Kolonialismus, war das Land der Franken ein Bekleidungsgeschäft. Ja, Großvater trug bestimmt einen Mantel von *Sehondah*, der seiner kleinen runden Gestalt etwas Eleganz verlieh, und kaufte für fünfunddreißig Mark einen Schirm dazu, der eingeklappt und teleskopiert in jede Tasche paßte, einen Knirps, nehme ich an. Zurück am Hang gegenüber vom St. Marien, wollte er Großmutter diese praktische Erfindung vorführen, doch riß er den Griff und das Gelenk zu heftig auseinander, statt auf den Knopf zu drücken, so daß die Stangen zerbrachen. Großvater ärgerte sich über die fünfunddreißig Mark, seine Ungeschicklichkeit und am meisten über Großmutters Vorwurf, sinnlos Geld ausgegeben zu haben, der zu allem Überfluß diesen triumphierenden Unterton hatte, der alle ihre Vorwürfe kennzeichnete, wenn deren Berechtigung petrographisch dargestellt, forensisch erwiesen und zu hundert Prozent anerkannt war, bevor ein Schuldeingeständnis ihr Mitleid wecken konnte. Meine Mutter, die in der Küche hörte, wie sich die Großeltern stritten, trat ins Wohnzimmer. – Den Schirm kann man doch umtauschen, lachte sie. Der Schirm ist kaputt, klärte Großvater sie auf. Erneut lachte meine Mutter, wie sie immer lachte, wenn ihre Eltern sich als hinterwäldlerisch erwiesen: Bei den Franken könne man seine Einkäufe selbstverständlich und ohne Komplikationen umtauschen, selbst wenn sie nicht funktionierten, ja gerade, wenn sie nicht funktionierten. Großvater möge sich nicht sorgen und Großmutter bitte nicht mit ihm schimpfen. Am nächsten Morgen begleitete sie Großvater zu dem Geschäft, in dem sich die Verkäuferin ohne Zögern, ohne den Schirm auch nur anzusehen, bereit erklärte, ihn zu ersetzen. Der Apostel Thomas schaute Christus nicht ungläubiger an als Großvater die Verkäuferin. Um das Wunder empirisch zu verifizieren, fragte er meine Mutter, was die Verkäuferin sagen würde, wenn er vom Kauf zurücktreten wolle. Da gluckste meine Mutter erneut vor Vergnügen und versicherte, daß die Verkäuferin den Betrag dann selbstverständlich erstatte. Sie, die Mutter, würde es allerdings nicht empfehlen, da Großvater den Schirm in Iran gut gebrauchen könne. Auch damit behielt sie recht: Als er zwanzig Jahre später seine Selberlebensbeschreibung verfaßte, schützte sich Großvater noch immer mit dem Siegener Knirps vor dem Regen in Isfahan.

Mögen alle, ich betone: soweit ich es übersehe oder mich erinnere, ausnahmslos alle anderen Iraner in Deutschland die allgemeine Schroffheit des Umgangs beklagen, führt Großvater als weiteres Beispiel für die ausnehmenden Sitten der Franken die Friseursalons an, in denen er sich den Bart auf die Mindestlänge stutzen ließ, die der Prophet empfohlen: Schon beim Warten die Höflichkeit, Ruhe und Geduld zu beobachten, mit der die Friseure und ihre Kunden sich unterhielten, sei »wahrhaft ein Genuß« gewesen. Auch er selbst wurde jedesmal mit höchstem Respekt, streng der Reihe nach bedient und hegte beim Bezahlen nicht ein einziges Mal den Verdacht, übervorteilt zu werden. Besonders beeindruckte ihn ein Friseur in Paris, der sich feierlich vor ihm aufstellte, beide Arme an die Brust legte, *a votre service* sagte und sich verbeugte, als sei der Kunde – man stelle sich das vor – ein König. Die lateinischen Buchstaben hat Großvater handschriftlich ins Manuskript eingefügt, so bemerkenswert schien ihm die Floskel. Wie ein Staatsgast sei er im Land der Franken von den Friseuren behandelt worden, schwärmt er und betont noch einmal: von einfachen Friseuren! Dagegen das Marktgeschrei in iranischen Friseursalons, Hassan setz dich hin, Hossein hat sich vorgedrängelt ... Großvater schreibt, daß er gar nicht erst anfangen möchte, über den Ton zu klagen, der in iranischen Behörden, Geschäften und Werkstätten herrsche, da die Grobschlächtigkeit jedem Iraner, der die Angelegenheiten des täglichen Bedarfs nicht vollständig durch das eigene Personal erledigen ließe, allzu vertraut sei, und beklagt dann doch über ungelogen drei Seiten die Verrohung seiner Landsleute, die die edlen Idealen von *liberté, egalité, fraternité* als Freibrief zum Ringkampf mißverstanden hätten. Um ehrlich zu bleiben, sind seine weiteren Ausführungen nicht besonders originell, mögen sie auch das übliche Bild zirzensischer Höflichkeitsrituale auf den Kopf stellen, wie ich es selbst hier und dort von Iran gezeichnet, die Partitur der Höflichkeitsgesten, die in Iran bei jeder Taxifahrt zur Aufführung kommt. Die einzelnen Beispiele, die Großvater für das Gegenteil anführt, bleiben in den Bahnen, in denen Menschen selbst in goldenen Zeiten über den Verfall klagen, man lese nur die Briefe von Goethe und Schiller. Ohne eine Jahreszahl oder politische Ereignisse zu nennen, liefert Großvater immerhin ein weiteres Indiz dafür, wann er die Selberlebensbeschreibung verfaßte. Daß man in Geschäften, Behörden oder Werkstätten geduzt wird, wie er schimpft, hat sich nämlich meines Wissens erst nach der Revolution eingebürgert. Auch reden iranische Kinder ihre Eltern erst in der Generation nach mir mit Du an, jedenfalls in Isfahan. Wenn europäische Kinder ihre Eltern duzen, klinge es anders als im Persischen nicht respektlos, da sich die Anrede über viele Jahrzehnte entwickelt habe und mit einem grundlegenden Wandel der Gesellschaft einhergehe. Die Iraner hingegen würden von Europa nur die äußerlichen Merkmale nachäffen und dabei wie alle Konvertiten meinen, katholischer sein zu müssen als der Papst, wie die Franken zu sagen pflegten. Großvaters Eindrücke können nicht repräsentativ sein, nicht einmal für die frühen sechziger Jahre, als die Deutschen vor den Haustüren der Ausländer noch mit Arbeitsverträgen winkten: Als ein älterer, sicherlich extrem höflicher orientalischer Herr mit Mantel und Hut, der Französisch mit dem gleichen Akzent sprach, mit dem Mohammad Mossadegh schon vor den Vereinten Nationen entzückt hatte, wird er in der Regel zuvorkommend behandelt worden sein. Wie ich gerade feststelle, Sonntag, der 14. Dezember 2008, 21:58 Uhr, wäre der Buchbinder, der das hellblaue Heft hergestellt hat, ein weiteres Beispiel für die Schlamperei und

Unzuverlässigkeit, die Großvater peinigte. Die Reihenfolge der folgenden Seiten ist so chaotisch, daß er offenbar selbst die Übersicht verloren hat, sofern die handschriftlichen Zusätze von ihm stammen. Ich merke es daran, daß er die Seitenzahlen mehrfach durchgestrichen und ersetzt hat. Der Exkurs über die Wunder, mit denen Gott seine Propheten versah, steht gar nicht im Zusammenhang mit der Schönheit des Genfer Sees, sondern ist als Einzelblatt aus der Zeit am Persischen Golf nach hinten gerutscht. Bis Seite 145 blicke ich noch durch, aber wie es weitergeht, bleibt ein Rätsel. Die Seiten 139 und 140, die nicht nur zu weit hinten, sondern auch falsch herum eingeordnet sind, habe ich übersehen, bemerke ich gerade. Soweit ich nach der ersten kursorischen Lektüre erkenne, verlängern sie nur Großvaters Loblieb auf die Deutschen. Er schreibt, daß er speziell in den ersten Wochen seines Aufenthaltes häufig größere Scheine in kleinere Scheine und Münzen umtauschen mußte. Wie er es aus Iran gewohnt war, zählte er dann jedesmal das Wechselgeld, wofür sich meine Mutter oder meine Brüder geradezu ostentativ schämten. Wenn sie ihn nicht tadelten, wandten sie sich von Großvater ab und entfernten sich, als hätten sie nichts mit ihm zu tun, so daß er sich vorkam, als habe er etwas Unanständiges oder gar Verbotenes getan. Dabei vergewisserte er sich doch nur, ob der Betrag korrekt war. Daß meine Eltern nie das Wechselgeld überprüften, wie Großvater schreibt, kann nicht stimmen. Speziell die Mutter achtet penibel darauf, nicht betrogen zu werden. Großvater möchte den »lieben Lesern« nicht verbergen, daß er trotz der bösen Blicke seiner Tochter und Enkel viele Wochen benötigte, bis er sich durchrang, das Wechselgeld ungezählt ins Portemonnaie zu stecken. Er kannte es nun einmal nicht anders, nicht aus seiner eigenen Zeit als stellvertretender Bankdirektor, nicht aus seiner Kindheit und Jugend. Wie der Geldwechsler seines Vaters zu sagen pflegte, wenn er Geld auszahlte: »Erweisen Sie mir eine Gnade und prüfen Sie, ob der Betrag stimmt.« (Auf persisch reimt sich der Satz, doch sind die einzigen Reimwörter, die mir um 0:54 Uhr zum Thema einfallen, da mich die vertauschten Seiten heute schon genug Nerven gekostet haben, Geld und Welt.) »Lieber Leser, sehen Sie an diesem kleinen Beispiel, wie groß der Unterschied zwischen dem Land der Franken und unserem islamischen Land ist? Selbst die Ignorantesten unter uns kennen den Satz, daß ein Muslim einem anderen Muslim vertrauen muß, sofern kein Beweis vorliegt, daß sein Gegenüber lügt. Ließe sich ein vollkommeneres und klügeres Prinzip finden, um das Grundvertrauen zwischen den Menschen aufrechtzuerhalten, das für das Funktionieren einer Gesellschaft unabdingbar ist? Findet man ein solches Prinzip irgendwo anders? Soweit es dieser ungebildete Sklave weiß, ist es den Franken nicht nur unbekannt, nein, ich habe mit meinen eigenen Ohren gehört und in ihren Schriften gelesen, daß der Mensch allen Erscheinungen, auch den Handlungen und Aussagen seiner Mitmenschen Skepsis entgegenbringen soll, bis deren Richtigkeit erwiesen ist. Wo wir das Vertrauen zum Grundprinzip menschlichen Zusammenlebens erklären, lautet ihr Schlüsselwort Skepsis. Aber wie ist die Realität? Das exakte Gegenteil! In Iran beschwor der greise Geldwechsler meines Vaters seine Kunden, den erhaltenen Betrag zu überprüfen, damit er nicht des Betrugs verdächtigt werden konnte, und in Deutschland hielt es mein acht- oder neunjähriger Enkel nachgerade für unanständig, wenn ich mein Wechselgeld zählte. Sehen Sie, liebe Leser, den himmelschreienden Unterschied? Und damit bin ich wieder bei dem Problem, das mich schon so lange bedrängt. Wenn Ihrer hochgeschätzten Aufmerksamkeit eine Erklärung zuteil wird, solange ich noch in den Fesseln der irdischen Existenz stecke, bitte ich Sie, mir die Ehre einer Belehrung zu erweisen.«

Noch auf der gleichen Seite 139 berichtet Großvater von seinem dritten Enkelsohn, dem heutigen Augenarzt, der noch keine zehn Jahre alt gewesen sei. Lieber Großvater, der heutige Augenarzt wurde 1963 drei Jahre alt; ich nehme an, daß Sie den späteren Orthopäden meinen. Nichts für ungut, meine Eltern verwechseln uns ebenfalls andauernd. Der heutige Augenarzt beziehungsweise Orthopäde habe die Großeltern oft in die Stadt begleitet und sich dabei als Übersetzer und Führer nützlich gemacht. Erstaunlicherweise habe er nie ein Auge auf die vielen Waren geworfen, die in den Schaufenstern und Läden auslagen, die Spielzeuge, Bälle und Süßwaren. Selbst wenn Großvater ihm ein Geschenk kaufen wollte, habe der heutige Augenarzt beziehungsweise Orthopäde nur mit den schmalen Schultern gezuckt und nein geantwortet, er brauche nichts. Das sei nicht seiner Höflichkeit geschuldet, schreibt Großvater und meint damit also doch das persische Pingpong, denn um höflich zu sein, habe das Persisch des späteren Augenarzt beziehungsweise Orthopäden gar nicht genügt. Vielmehr habe sich darin eine Bescheidenheit und Bedürfnislosigkeit ausgedrückt, die Großvater von iranischen Kindern nicht kannte und als eine Höflichkeit des Herzens preist. Ihnen selbst, gesteht Großvater, also ihm und der Gnädigen Frau, gelänge es ja kaum, an einem hübschen Geschäft vorüberzugehen, ohne sich den Besitz dieses oder jenes Gegenstands auszumalen, und genauso erzögen die iranischen Eltern ihre Kinder: als sei es normal, sich immer mehr zu wünschen. Man müsse sich nur einmal in einem gewöhnlichen iranischen Kinderzimmer umschauen, um in den Ecken, Schränken und Regalen auf Unmengen von Spielzeugen zu stoßen, die nicht länger als ein paar Wochen benutzt worden sind. Die Franken hingegen lehrten ihre Kinder, den Wert aller Dinge zu achten. Lieber, guter Großvater: Ich möchte Ihnen nicht zu nahetreten, aber auch hier übersehen Sie meines Erachtens einen wichtigen Aspekt. Die iranischen Kinderzimmer, die Sie als gewöhnlich bezeichnen, gehören zu Häusern der Ober- oder der oberen Mittelschicht. Indes hatten meine Eltern und Brüder 1963 Jahre regelrechter Armut hinter sich, zu fünft auf achtzehn Quadratmetern in einem Hochhaus in Erlangen. Ihr halbwegs bürgerliches Leben in Siegen hatte gerade erst begonnen und war noch immer bescheiden. Bei aller Bewunderung für Ihren vorurteilsfreien Blick auf eine fremde Kultur, wie er unter Iranern selten genug ist – zu behaupten, daß die westlichen Kinder genügsam, die iranischen Kinder verwöhnt seien, der Westen insgesamt spirituell, der Orient materialistisch, erscheint mir so dick aufgetragen, wie Sie es an den Lobgesängen Ihres Schwiegersohns auf Deutschland belächeln. »Ich werde nie vergessen, wie die Gnädige Frau und ich mit unserem kleinen Übersetzer an eine Kreuzung gelangten, an der die Fußgängerampel auf Rot schaltete«, wundert sich Großvater auf Seite 140, daß die Franken Verbote grundsätzlich beachten. »Als die Gnädige Frau die Straße überqueren wollte, weil weit und breit kein Auto zu sehen war, hielt sie unser kleiner Übersetzer mit solcher Verzweiflung auf, als würde sie sonst jeden Augenblick überfahren oder verhaftet. Er riß sie am Arm zurück auf den Bürgersteig und rief in seinem gebrochenen Persisch mit dem deutschen Akzent, weil ihm keine angemessenere Formulierung einfiel: ›Verrückte Oma, verrückte Oma!‹« An jenem Tag ignorierte Großvater das Schulterzucken des heutigen Augenarzt beziehungsweise Orthopäden und kaufte ihm ein Geschenk.

Bevor er die Friseure preist, auf die ich irrtümlich vorgegriffen habe, bringt Großvater noch seine Bewunderung für die Verkehrsbetriebe Westfalen-Süd zum Ausdruck. Selbstredend begeisterten ihn die Fahrpläne mit minutengenauen Ankunfts- und -abfahrtszeiten, die sauberen, überdachten Sitzbänke an den Bushaltestellen, die manchmal mit Pflanzenkübeln geschmückt waren, sowie die modernen, gepflegten Busse, die keinen eigenen Fahrscheinverkäufer benötigten, weil die Fahrgäste, die kein Monatsticket besaßen, den Fahrschein direkt beim Fahrer kauften. Die übrigen Fahrgäste stiegen hinten ein, ohne daß jemand ihre Monatstickets kontrolliert hätte. Das heißt, das gesamte öffentliche Verkehrswesen der Franken beruhte auf dem Vertrauen, daß sich die Menschen entgegenbrachten. Wenn ihr eigenes Gewissen Kontrolle genug war – wofür braucht es dann noch eine Religion, die die Gläubigen gerade nicht dazu bringt, sich für ihr Handeln zu rechtfertigen, wenn niemand hinsieht? Wozu braucht es Gott, wenn Er nicht hinsieht? Und überhaupt eine so einfache und doch geniale Einrichtung wie Monatstickets! Sie gefielen Großvater mindestens so gut wie die Knirpse. Am meisten schätzte Großvater freilich wieder die Höflichkeit und den Respekt vor den Älteren, die in den Bussen üblich waren, egal ob man sich kannte oder nicht. Ihm selbst reichte immer wieder ein Franke beim Einstieg die Hand oder überließ ihm seinen Sitz. Nun hätten seine gebeugte Gestalt und der weiße Bart wahrscheinlich die hartherzigsten Menschen erweicht, dennoch möchte er allen Bewohnern der deutschen Stadt Siegen und besonders den Busreisenden der Verkehrsbetriebe Westfalen-Süd, die ihm während seines Aufenthaltes eine Freundlichkeit erwiesen haben, an dieser Stelle seinen ausdrücklichen Dank aussprechen, auch wenn keinen von ihnen je diese Flaschenpost erreichen wird. Vielleicht doch: Wenn Ihrer hochgeschätzten Aufmerksamkeit eine Erinnerung an einen älteren, kleinen und sehr rundlichen Orientalen mit Hut, Bart und Mantel zuteil wird, der 1963 täglich mit dem Bus durch Siegen fuhr, bitte ich Sie, mir die Ehre einer Belehrung zu erweisen, solange ich noch in den Fesseln der irdischen Existenz stecke. »Was soll ich tun?« fragt Großvater. Der Leser werde ihn für hoffnungslos *gharbzadeh* halten, »vom Westen befallen« oder »vom Westen infiziert«, wie der berühmte persische Ausdruck für die blinde Anbetung des Westens lautet, das zum Fanal für die autochthone Revolution von 1979 wurde. Aber blind wäre er, wenn er die Unterschiede verkannte, die er zwischen dem Leben in Iran und dem Leben der Franken vorgefunden habe. Der Leser möge nur in einen beliebigen Lokalbus steigen oder, wenn er für öffentliche Verkehrsmittel in Iran nicht robust genug sei, eine einzige seiner kostbaren Stunden dafür aufbringen, offenen Auges den Chaharbagh entlangzulaufen, den Einkaufsboulevard von Isfahan: plattgetretene Grünflächen, zerstörte Parkbänke, Abfälle auf den Bürgersteigen, taktlose Zurufe insbesondere gegenüber Frauen, Grobheiten zwischen den Passanten, Schimpfwörter, die über die Straße geschrien würden, gerade in diesen Zeiten. »Wer ist dafür verantwortlich, wenn nicht Sie und ich?« fragt Großvater und zitiert diesmal den gepriesenen Rumi: »Man erzählt, daß ein Elefant zu einem Brunnen geführt wurde, um daraus zu trinken. Als er sich im Wasser sah, scheute er. Er nahm an, daß er von einem anderen Elefanten scheute, und wußte nicht, daß er selbst es war, vor dem er weglief.«

Großvaters Hymne auf die Franken setzt sich mit dem Besuch eines christlichen Behindertenheims in Nuren Bergeh fort, wie er Nürnberg seinem Ohr nach buchstabiert. Fereschteh war gelähmt, seit Herr Ingenieur Kermani sie als kleines Kind im Spiel so hoch in die Luft geworfen hatte, daß ihr Schädel an die Zimmerdecke prallte. Um sie besser betreuen zu lassen als bis heute in Iran möglich, hatten meine Tante und Herr Ingenieur Kermani sie mit der Unterstützung meiner Eltern nach Deutschland gebracht. Aus unserem Familienalbum kannte ich nur zwei, drei Photos von ihr als fröhlichem Kind mit Locken. Großvater bestätigt, daß ihre Augen, Ohren und Gliedmaßen keinerlei Mißbildung aufwiesen. Jedoch vermochte sie keines ihrer Körperteile zu steuern, weder zu stehen noch selbständig zu sitzen und daher die elementarsten Bedürfnisse nur mit fremder Hilfe befriedigen. Großvater vermag sich die Anstrengungen kaum auszumalen, sie nach Deutschland befördert zu haben, allein schon der Transport im gecharterten Krankenwagen zum Flughafen Teheran, auf einer eigenen Sitzreihe im Linienflugzeug nach Frankfurt und weiter mit dem Krankenwagen nach Nuren Bergeh. Es war gut, daß sie es geschafft hatten, obwohl die Kosten des Transfers und der Unterbringung Herrn Ingenieur Kermani ruinierten. Einen Ort, an dem sie besser aufgehoben gewesen wäre als unter diesen barmherzigen Christen, hätte Fereschteh nicht finden können, ist Großvater überzeugt, umgeben von einer stillen Hügellandschaft und mit einem eigenen Park, in dem die Nonnen sie in einem Spezialstuhl täglich spazierenfuhren, dazu gutes, gesundes Essen, saubere, helle Räume und die modernsten Apparaturen und Hilfsmittel. Alles in dem Heim war mit Bedacht eingerichtet worden, alle Abläufe folgten einer Philosophie. Etwa arbeiteten viele der Behinderten regulär mit, so daß sie sich nützlich fühlten und nicht krank. Das Essen auf Fereschtehs Station brachte ein Stotterer, am

Empfang saß ein Lahmer, und in der Küche halfen welche mit, deren Kopf anders tickte. Es muß ein großes Heim gewesen sein, denn Großvater schätzt allein die Anzahl der Bettlägerigen auf etwa dreihundert, die jeder ein Fall für sich waren, der eine mit Riesenkopf, der andere ohne Beine, dem dritten legten sich die Gesichtsmuskeln quer. Obwohl es von der Kirche finanziert und von einem jungen Priester geleitet wurde, manifestierte sich der christliche Charakter außerhalb der Gottesdienste nur in der Einstellung, mit welcher der Priester, die Nonnen sowie die Pfleger und Pflegerinnen ihrer Arbeit nachgingen: Es war nicht wichtig, welchen Glauben ein Heimbewohner hatte. Wichtig war es, ihm zu helfen. Oder in den Worten des gepriesenen Saadis, den Großvater hier wieder anführt: »Du kannst die Gunst des Herrn nicht erlangen, / suchst du dir nicht die Diener zu verbinden. / Willst Du, daß deiner sich der Herr erbarme, / laß bei dir die Geschöpfe Mitleid finden!« Wie exemplarisch wurde in dem Heim der Grundsatz verwirklicht, den Großvater für genuin islamisch hielt, doch in Iran so oft verletzt sah, am schändlichsten von Geistlichen selbst: Es ist wichtiger, ein guter Mensch zu sein als ein guter Muslim. Das ist keine Floskel für den interreligiösen Dialog, das haben wir über viele Generationen gehört wie Christen das Gebot der Nächstenliebe, ich selbst als Kind vielfach, daß das Bekenntnis wichtig, entscheidend jedoch die guten Taten seien, und hielt den Umkehrschluß für genauso richtig, den Christen als Anmaßung empfinden mögen: Jeder gute Mensch ist ein guter Muslim. In Nuren Bergeh lernte Großvater, daß gut zu sein vor allem eins ist: harte Arbeit. Gleich bei ihrem ersten Besuch kotzte Fereschteh das Essen aus, das ihr die Nonne in den Mund geschoben hatte, beschmutzte sich, das Bett, den Boden, das blütenweiße Kleid der Nonne. Mit solchem Mitleid, solcher Duldsamkeit und Anteilnahme machte die Nonne sich daran, Fereschteh zu reinigen, ihr neue Kleidung anzuziehen, die Bettwäsche zu wechseln und den Boden zu wischen, daß Großmutter auf persisch die Bemerkung entfuhr, eine Mutter könne zu ihrem Kind nicht liebevoller sein. Meine Mutter übersetzte der Nonne, was Großmutter gesagt hatte. Sie tue nichts anderes, als ihre Pflicht vor dem Herrn zu erfüllen, antwortete die Nonne, und habe weder Lob noch Anerkennung verdient. Gepriesen sei Gott, schreibt Großvater, daß Er solche Dienerinnen hat.

Sosehr die Tage in Nuren Bergeh ihn bewegt hätten, so wenig könne er sich zwanzig Jahre später an Einzelheiten erinnern. Deshalb habe er seine Tochter brieflich gebeten, ihm etwas über das Heim zu schreiben. Bei allen Ungenauigkeiten im Detail erscheint mir ihre Antwort, die Großvater in Auszügen zitiert, typisch für die erste Generation der muslimischen Einwanderer im Land der Franken zu sein. Nicht der Staat, die Gewerkschaften oder die Parteien waren es, die sich nach und nach mit Sprachkursen, mit Nachhilfe für ihre Kinder, bei Behördengängen oder der Wohnungssuche ihrer annahmen. Wo immer sie Unterstützung brauchten, kamen die Gastarbeiter und ihre Familien in Berührung mit der Kirche: in Krankenhäusern, Pflegeheimen, Kindergärten, Grundschulen, auch in der Seelsorge häufiger, als man glauben würde, und sei es nur am Telefon. Selbst wenn sie bei der Stadtverwaltung die Genehmigung beantragten, einen Gebetsraum einzurichten oder eine leerstehende Lagerhalle zu einer Moschee umzubauen, war es in der Regel die örtliche Kirchengemeinde, die Fürsprache einlegte. Wie Großvater und meine Eltern bewunderten viele Muslime in Westeuropa, daß eine religiöse Institution sich so umfassend und systematisch der Wohlfahrt verschrieben hatte und dabei nicht zwischen den eigenen Gläubigen und den Angehörigen anderer Religionen unterschied. »Die gemeinnützige Anstalt, die wir zusammen besucht haben, ist im Besitz der Kirche«, erklärte meine Mutter in ihrem Brief an Großvater das deutsche Kirchenwesen nicht ganz mit der Präzision unseres Führers am Petrusgrab: »Die deutschen Christen sind verpflichtet, zusätzlich zu den verschiedenen Steuern vierzehn Prozent ihres Einkommens der Kirche für gemeinnützige Zwecke zu überweisen. Auch andere rechtschaffene Menschen, die nicht der Kirche angehören, spenden der Kirche Geld, damit sie den Armen und Bedürftigen hilft. Die Kirche, lieber Papa, müssen Sie sich wie ein Ministerium mit vielen Abteilungen vorstellen, das die Gelder verwaltet und unzählige karitative Vereine und Institutionen unterhält, darunter Krankenhäuser, Pflegeheime und Kindergärten. Die Kirche sorgt auch für die Versorgung der Armen, die Betreuung der Alten und Behinderten, die Erziehung der Waisenkinder, die Rehabilitation von Verletzten sowie die Behandlung von psychisch Kranken. Wer genesen ist, für den bemüht sich die Kirche um einen Arbeitsplatz. So gehören die meisten Geschäfte in dem Stadtviertel, das wir besuchten, Menschen, die zuvor selbst in dem Pflegeheim waren und genesen sind. / Lieber Papa, vielleicht würde es die Memoiren bereichern, die Sie gerade schreiben, wenn Sie die Geschichte von Fereschtehs Tod aufnähmen, auch wenn Sie uns zu der Zeit nicht mehr mit Ihrer Anwesenheit im Land der Franken beehrten. Nachdem uns der Priester angerufen hatte, baten wir Herrn Ingenieur Kermani in einem Telegramm um die Erlaubnis, Fereschteh auf dem Friedhof in der Nähe des Heims zu bestatten, und fuhren am Tag der Trauerfeier nach Nürnberg. Als wir die Kirche betraten, war bereits das gesamte Personal des Heims versammelt, der Priester, die Nonnen, die Pfleger und Pflegerinnen sowie viele Behinderte, um für Fereschteh zu beten und ihr das letzte Geleit zu geben. Wir wurden gefragt, ob wir die Verstorbene sehen möchten. Da wir nickten, führten uns die Nonnen in ein Zimmer und öffneten den Sarg. Wie eine Braut lag Fereschteh da, wie eine Braut, die zum Altar geführt wird, blütenweiß ihr Kleid, blütenweiß die Blumen, die in ihr Haar geflochten und im Sarg ausgestreut waren. Ich fragte die Nonnen, warum sie Fereschteh so geschmückt hätten. Sie sagten, weil sie ein Mädchen war und noch nicht vermählt. Nach dem Gottesdienst trugen sechs junge Männer in feinen Anzügen den Sarg aus der Kirche zum nahe gelegenen Friedhof. Der Respekt, der sich in ihren Bewegungen, ihren Blicken und ihrer Erscheinung ausdrückte, wäre einer Königin würdig gewesen. Als der Sarg in die Erde gelassen wurde, war ich die einzige, die ihre Gefühle nicht beherrschen konnte. Eine der Nonnen führte mich vom Grab und von der Trauergemeinde fort. ›Warum weinst du?‹ fragte sie mich: ›Warum hast du deine Geduld und deinen Langmut verloren, wo es doch Gottes Wille ist?‹ Ich werde nie vergessen, wie sie sagte, daß es ein Ausdruck der Unzufriedenheit und des Protestes gegen Gottes Ratschluß sei, beim Tod eines Menschen zu weinen: ›War es denn unser Wille, auf die Welt zu kommen, daß es in unserem Willen stünde, wann wir sie wieder verlassen? Wir müssen uns in den Willen Gottes ergeben.‹« »Meine liebe Tochter denkt mit großer Wahrscheinlichkeit«, fährt Großvater in seinen Erinnerungen, die leider nie gedruckt wurden, fort, »daß für ihre Landsleute die Worte der Nonne einen Neuigkeitswert hätten. Sie hat allen Grund, so zu denken. Es ist zwanzig Jahre her, daß sie unser Land verließ, und religiöse Lehren gehören bestimmt nicht zu den Dingen, die sie zuvor im Elternhaus gelernt und denen sie Beachtung geschenkt hatte. Meine liebe Tochter weiß nicht oder übersieht wahrscheinlich nur, daß die Nonne im letzten Satz gleichsam eine Definition des Wortes ›Islam‹ gegeben hat, das im Arabischen nichts anderes als ›Ergebung in Gottes Wille‹ bedeutet. Sie hat den Ausspruch oft gehört, der an jedem Totenbett, zu jeder Totenfeier und an jedem Grab gesagt wird, ›Wir sind Gottes, und zu Ihm kehren wir zurück‹, aber wahrscheinlich niemals seine Bedeutung bedacht. Von ihrem muslimischen Vater, ihrer muslimischen Mutter, ihren muslimischen Lehrern und den anderen Muslimen hat sie nichts anderes gesehen, als daß sie weinten, wehklagten, schrien, sich auf den Kopf und gegen die Brust schlugen, wenn ein Angehöriger starb. Hier erfüllt es mich ein weiteres Mal mit Scham, daß andere Menschen den Geist und die Seele unserer eigenen Religion verkörpern, den Geist und des Seele des erhabenen Korans, während wir, die wir uns den Anschein geben, Muslime zu sein, uns nur mit der Hülle begnügen, mit den Regeln, Strafen und wörtlichen Bedeutungen. Was hinter den Regeln, Strafen und Worten steht, worauf sie hinauswollen, das ignorieren wir oder haben wir erst gar nicht verstanden.« Immerhin habe eine Gruppe gottesfürchtiger Menschen vor kurzem das erste Pflegeheim Isfahans gegründet, fügt Großvater noch an und hofft, daß die Behinderten dort mit der gleichen Sorgfalt und Liebe versorgt würden wie Fereschteh in Nuren Bergeh, mehr noch: Das Heim möge zum Modell für ähnliche karitative Einrichtungen im ganzen Land, ja, in der gesamten islamischen Welt werden. Leider kenne der Islam keine Institution wie die Kirche, die die Wohlfahrt organisiere. Großvater hat meinem Vater um eine Beschreibung des Heims in Nuren Bergeh mitsamt einer Darstellung seiner Philosophie gebeten, um sie den Initiatoren des Isfahaner Projekts als Anregung und Zeichen seiner Unterstützung zu übermitteln. Mein Vater hat auch schon geantwortet. Da seine eigenen Kenntnisse nicht ausreichten, hat er beim Direktor des Heims in Nuren Bergeh eine detaillierte Dokumentation angefordert, die allerdings auf deutsch verfaßt ist. Sobald die Übersetzung vorliegt, wird Großvater sie der Gruppe gottesfürchtiger Isfahanis schicken.

Der katholische Freund schließt nicht aus, daß der Evangelist Lukas persönlich das Bild gemalt habe, ein Augenzeuge also. Er hat Artikel darüber geschrieben, wie er es aufstöberte, von denen ich erst einen gelesen habe. Im Labor ist das Holz noch nicht untersucht worden. Die Nonnen hätten Sorge, weil es bereits so morsch sei. Kunsthistoriker hätten das Bild allerdings für eindeutig spätantik befunden, erstes Jahrhundert sei wahrscheinlich. Die Jungfrau hat auch mich angeschaut, ohne Alter. Der katholische Freund führte mich zu dem Kloster, das in einer gewöhnlichen Wohnstraße auf dem Monte Mario liegt, am anderen Ufer des Tibers neben dem Hilton, und ließ sich durch eine Sprechklappe den Schlüssel aushändigen, während ich im Auto wartete. Bevor er mich in die Kapelle führte, wo die Nonnen das Bild für uns bereits umgedreht hatten, pinkelte er noch ins Gebüsch neben dem Eisentor in der bröckligen Seitenmauer. Gewöhnlich schaut die Jungfrau in den Gebetsraum der Nonnen, die sich lebenslang eingesperrt haben, weder Besucher empfangen noch auf Reisen gehen oder auch nur spazieren oder einkaufen. Gott genügt. Durch das vergitterte Fenster, in dem das Bild hängt, sahen wir einige von ihnen und hörten alle in fahlem Licht beten, bis übers Kinn verschleiert, weißes, gestärktes Gewand, schwarze Hauben. Fünf der dreizehn Schwestern sind über achtzig. Die in dem Ausschnitt der Gebetsbank saßen, den ich durch das Fenster erblickte, waren nicht jünger. Auf den kahlen Wänden ihrer Barockkirche bilden sich Wasserflecken ab. Der katholische Freund sagt, daß die Leitungen verrotten, die Telefone nicht funktionieren und an Reparatur nicht zu denken ist, bevor das Kloster seine Schulden begleicht. Die Bitte um Spenden ist der Teil ihres Gebets, dessen Erfüllung noch aussteht. Nach einigen Minuten löschten sie das Licht, so daß wir nur noch ihre Stimmen hörten, ein Vers tief, ein Vers hoch, Singsang mit Pausen, ohne daß ich ein Wort verstand. Seinem Buch, dessen Klappentext urkomisch wird, wenn ihn der Autor nach dem Geständnis, ihn selbst verfaßt zu haben, – ich doch auch! – prustend vorträgt, seinem Buch hat der katholische Freund ein Zitat des Papstes vorangestellt, das nichts Neues sagt, doch immer wieder neu zu sagen ist: »Große Worte werden durch die Wiederholung nicht langweilig. Nur das Belanglose braucht die Abwechslung und muß schnell durch anderes ersetzt werden. Das Große wird größer, indem wir es wiederholen, und wir selbst werden reicher dabei und werden still und werden frei.« In Rom wurde ich ohnehin neidisch auf das Christentum, neidisch selbst auf einen Papst, der auch solche Sätze sagt, und wenn ich den Gedanken der Inkarnation nur in einem Menschen nicht für grundverkehrt hielte und speziell die katholische Vorstellungswelt mir nicht so heidnisch vorkäme, mich die Ordnung nicht abstieße, die alle und eben auch die menschlichen Verhältnisse hierarchisiert, die Demonstration von Macht in jeder Kirche, dazu die bis in den Blutrausch reichende Leidensvergötterung, ähnlich dem Schiitischen Islam, womöglich hätte ich mich den katholischen Praktiken nach und nach angeschlossen, hätte die lateinische Messe besucht und wäre mit Pausen in den Singsang eingefallen, wenngleich anfangs mehr aus ästhetischen Gründen, vielleicht auch aus Faszination für die beispiellose Kontinuität einer Institution, die aus Gottes Angehörigen eine Gemeinschaft bildet. Wer weiß, vielleicht wäre auch mir eines Tages das Wunder erschienen, das dieses prächtigste aller Himmelsgebäude hervorgebracht hat. So halte ich die Möglichkeit zwar weiterhin für falsch – aber erkenne, warum eine Möglichkeit ist, was Hölderlin im Fragment »An die Madonna« sagt: »Denn weil du gabst / Den Sterblichen / Versuchend Göttergestalt.« Als sei die Dunkelheit nicht Klausur genug, klappten unsichtbare Hände von innen die Fensterläden zu, so daß wir nur noch die Ikone sahen, nicht mehr in den Raum dahinter. Erhalten geblieben ist nur das Gesicht in den erstaunlichsten Farben, der Ansatz ihres Schleiers, zwei vergoldete Hände, die zu einem Weg weisen, aber auch Abwehr signalisieren könnten, sowie das Kreuz in der Höhe ihres Herzens, ansonsten nichts als ihr Umriß. Weil sich der katholische Freund zu einem Rosenkranz zurückzog, hatte ich Zeit mit der Jungfrau. Wieso nenne ich sie überhaupt Jungfrau, wenn ich nicht daran glaube? Ein Wort: Getroffensein. Gott hat sie getroffen. Das ist Gnade und Qual, das verleiht Flügel und schmettert nieder, das streichelt und ist ein Hammerschlag. Macht alles verlieren und Gott genügen. Die großen braunen Augen schauten mich an, als hätte der viel kleinere Mund anfangs noch wie Halladsch gerufen, rettet mich, Leute, rettet mich vor Ihm. Das hat sie auch, Hilfe gerufen, anfangs, als sie es erfuhr, ich bin mir sicher. Frohe Botschaft! röhrten die Könige und brachten Geschenke, aber ich bin mir sicher, daß sie alles war, nur nicht froh. Sie trug es, ertrug es, wie die Heiligen es tragen, das macht sie schließlich dazu, nicht die Auszeichnung, sondern sie aushalten zu können. Zur Staatsfeindin geworden über Nacht, floh sie, übernachtete in Scheunen, in Kellern und zur Not in der Wildnis, die vor zweitausend Jahren noch eine war, immer das Kind bei sich, immer die Sorge, die nicht dadurch größer oder kleiner wurde, ob sie im Arm einen oder den Sohn Gottes hielt. Die Sorge war es jeder Mutter. Später stand sie daneben, als man den Sohn ins Gesicht schlug, mit der Peitsche durch die spuckende Menge trieb, sah ihn das Kreuz tragen, auf das man ihn mit Nägeln befestigte, sah es mit ihm aufgerichtet werden und die Leute johlen. Vielleicht blickte der Sohn nicht nur in den Himmel und fragte, warum Gott ihn verlassen habe. Bestimmt blickte er aus der Höhe, in der ihn die Menschen ausstellten, auch nach unten zu seiner Mutter. Zeigt das Bild sie davor oder danach? Bestimmt gibt es in der Ikonenmalerei ein Gesetz, das meine Frage beantwortet. Der katholische Freund schreibt, als sei es selbstverständlich, daß dieser Blick gesehen hatte, wie der Sohn, ihr Sohn, in Armeslänge vor ihr zu Tode gemartert wurde. Andererseits scheint die Jungfrau nicht in dem Alter, in dem sie bereits um ihr ausgewachsenes Kind trauern könnte. Mit dem dünnen, wie durchgedrückten Nasenbein und den großen, beinah runden Wangen ist sie übrigens sehr schön, nicht eine römische Hure wie bei Caravaggio oder eine französische Gräfin wie bei Raffael, sondern eindeutig orientalisch. Nein, sie ist noch jung und hat doch schon erfahren, was es bedeutet, von Gott aus- und heimgesucht worden zu sein, glaubt zumindest, es erfahren zu haben, kennt schon den Schmerz und ahnt, mehr noch: weiß, daß der Schmerz sich ins Unermeßliche noch steigert. Nur das Unermeßliche selbst hat nicht einmal diese Jungfrau gesehen. Würde man es zeigen, wäre es keine Ikone mehr. Die Leute würden weglaufen vor Angst. Wenn es eins ist, wäre das Wunder der katholischen Kirche, daß sie es nicht tun, daß sie nicht wegrennen. Aus mir unerklärlichen Gründen zelebrieren sie gerade das Abstoßendste, das zugegeben das Wahrhaftigste sein mag, aus Sadismus, wenn man es böse deutete, oder Wirklichkeitssinn, was es hoffentlich ist. Nur Maria halten sich die Katholiken rein, und das begreife ich so gut. Sie malen sich schöne Madonnen, um sich zu trösten, weil es ohne Trost nicht geht, kaufen für fünfzig Cent Bilder eines makellosen Gesichts. Jungfräulichkeit bedeutet für mich nichts anderes: rein – und damit immanent gesprochen: gereinigt – von der Erfahrung.

Großajatollah Seyyed Mohammad Hadi Milani war der höchste religiöse Führer, der Mohammad Mossadegh weiterhin unterstützte, als der umtriebige Ajatollah Kaschani sich auf die Seite des Schahs schlug und die anderen Großajatollahs dazu wohlwollend schwiegen. Nach dem Putsch schützte sein theologischer Rang Milani vor der Verhaftung, doch wurden seine Besucher kontrolliert und seine Anhänger immer wieder verfolgt. Großonkel Hassan weigerte sich daher, Großvater zum Großajatollah zu fahren. Der Großonkel hatte Angst, daß der SAVAK das Nummernschild notieren würde, und setzte seinen älteren Bruder eine Straßenecke entfernt ab. Abbringen ließ Großvater sich nicht, so eindringlich ihn Großonkel Hassan davor warnte, wenn nicht an Ort und Stelle, dann spätestens in der Nacht verhaftet zu werden. Zwei Tage zuvor gelandet, hatte er sich in den Kopf gesetzt, seine Frage nicht mehr dieser oder jener, sondern noch vor der Heimkehr nach Isfahan der höchsten theologischen Autorität vorzulegen. Milani war der Geistliche, dem Großvater »nachahmte«, wie es auf arabisch und persisch heißt. Bei den Schiiten sucht sich jeder Gläubige den Schriftgelehrten aus, dem er folgt und dem er seinen *choms* anvertraut, den Fünften, den Schiiten zusätzlich zur Armensteuer *zakât* zahlen. Je mehr »Nachahmer« ein Geistlicher hat, desto höher ist sein Rang und desto voller seine Kasse: vom einfachen Modschtahed über den Hodschatoleslam, den Ajatollah zum Großajatollah bis hin zum Mardscha-e taqlid, der »Quelle der Nachahmung«, von der es in den meisten Zeiten nur einen gibt, oft auch keinen. Die Hierarchie entsteht also basisdemokratisch und ohne jeden institutionellen Rahmen, ohne ein schriftlich festgelegtes Verfahren, ohne formale Abstimmungen, ohne Statuten und ohne bis in die Einzelheiten erklärbar zu sein. Einzelne Anhänger, Schüler und Kollegen beginnen, einen allseits anerkannten, hochbetagten Gelehrten Großajatollah zu nennen. Setzt sich die Anrede durch, ist er es. Eine Ernennung findet nicht statt, und der Versuch des Staates, den Aufstieg eines mißliebigen Gelehrten zum Beispiel dadurch zu verhindern, daß die offiziellen Medien den neuen Titel ignorieren oder sogar einen niedrigen Rang behaupten, hat fast immer den gegenteiligen Effekt. So stieg auch Milani erst zum Großajatollah auf, als der Staat ihn nach dem Sturz Mossadeghs zu drangsalieren begann. Infolge der Revolution von 1979 versuchte der Staat, der nun als Theokratie auftrat, die Geistlichkeit zu verkirchlichen, wie Großvater es sich ja eigentlich gewünscht hatte, also klar umrissene Hierarchien, Berufungen, Kontrollen, Sanktionen, Lehrpläne, Etats, Gehälter, Budgets und Organisationsformen zu etablieren, damit sie politisch zugleich herrschen konnte und beherrschbar wurde. Beispielsweise war es der Staat, der den jetzigen Revolutionsführer nach dem Tod Ajatollah Chomeinis über Nacht zum Ajatollah erklärte, obwohl er nicht einmal die übliche Lehrschrift vorwies, die als Mindestqualifikation gilt. Eine solche Berufung von oben widersprach den Gepflogenheiten und stieß innerhalb des Klerus auf Unmut, der bis heute anhält. Als der Revolutionsführer 1994 auch noch den Rang des Großajatollahs überspringen und gleich zum Mardscha-e taqlid ausgerufen werden wollte, scheiterte er am Widerstand Ghoms. So nimmt der politisch herrschende Rechtsgelehrte der Islamischen Republik innerhalb der theologischen Hierarchie nur einen mittleren Rang ein und muß er Allianzen mit Kräften außerhalb der Geistlichkeit bilden, vor allem mit den Revolutionsgarden und dem Geheimdienst – das wiederum führt zu einer schleichenden Entmachtung des Klerus, die in dem System der klerikalen Herrschaft selbst angelegt ist. Diese und viele andere Paradoxien der Islamischen Republik erklären sich dadurch, daß eine Institution, deren ganze Gestalt, Finanzierung und Ausrichtung sich in der Unabhängigkeit vom weltlichen Staat herausgebildet hat, selbst zum Staat wurde, auf den sie seine Strukturen übertrug. Die zahlreichen Machtzentren, die Schattenwirtschaften, Parallelregierungen, informellen Entscheidungsfindungen und heftigen Konflikte innerhalb des Staatsapparats verwirren nicht nur auswärtige Beobachter, sondern auch die meisten Iraner. So wie heute, war auch 1963 das höchste theologische Amt der schiitischen Welt verwaist. Großajatollah Milani galt zusammen mit zwei weiteren Gelehrten als Anwärter auf die *Mardschaíyat* und somit als Primus inter pares. Sein Haus war nicht zu verfehlen, da sich die Schlange der Besucher aus der Gasse hinaus bis auf die Hauptstraße zog. Viele wollten nur gemeinsam mit ihm beten; die anderen wurden zur General- oder zur Privataudienz vorgelassen, sofern seine Schüler die Angelegenheit als dringlich genug einstuften. Einer dieser Schüler war dreiundzwanzigjährig der heutige Revolutionsführer, der sich durchaus im Haus aufgehalten haben könnte, als Großvater an der Schlange vorbei zum Tor ging und den Namen eines Bekannten aus Isfahan nannte.

Als der Bekannte am Tor erscheint, läßt er den Gläubigen, der aus dem Land der Franken zurückgekehrt ist, sofort in den Hof treten. Durch das Haus, in dem die Bittsteller und Ratsuchenden Schulter an Schulter auf den Teppichen sitzen, wird der Gläubige in die erste Etage geführt, wo ihn Großajatollah Seyyed Mohammad Hadi Milani in einem kleinen Zimmer mit kahlen Wänden empfängt. Der Gläubige küßt dem Großajatollah die Hand und setzt sich neben ihn auf den Teppich. Als das Begrüßungsritual beendet, die wechselseitigen Erkundigungen nach dem Befinden eingeholt und die Grüße von allen möglichen Leuten überbracht sind, erklärt sich Großajatollah Milani bereit, das Anliegen des Gläubigen zu hören. Der Gläubige bittet um die Erlaubnis, frei reden und alles aussprechen zu dürfen, was auf seinem Herzen lastet, selbst wenn es respektlos oder gar ketzerisch klingt. Großajatollah Milani fordert ihn auf, keinerlei Rücksicht zu nehmen und etwaige Kritik nicht aus Furcht zu mildern. »Bevor ich das Land der Franken bereiste, Euer Ehrwürden, stand es für mich außer Zweifel, den religiösen Führern zu folgen«, hebt der Gläubige an: »Ich tat es mit Inbrunst und Überzeugung, und ich bemühte mich, wenigstens einmal täglich zu einem Gemeinschaftsgebet in einer Moschee zu gehen, auch in der Fremde. Aber nach dieser Reise spüre ich den Wunsch nicht mehr. Soweit ich es gesehen habe, liegt ein wesentlicher Grund für die Rückständigkeit der muslimischen Gesellschaften im Versagen und in der Kurzsichtigkeit der religiösen Führer. Die religiösen Führer …« Großajatollah Milani schneidet dem Gläubigen das Wort ab und verlangt die Gründe zu erfahren, die zu dieser schwerwiegenden Anschuldigung führen, denn bestimmt habe der Gläubige Gründe. »Selbstverständlich habe ich Gründe«, versichert der Gläubige, der wie so oft schon im Leben von einer Ohnmacht in die andere fällt: »Soweit es dieser Sklave mit seiner eingeschränkten Wahrnehmung und seinem ungenügenden Verstand erkennt, haben die christlichen Gesellschaften den Geist und die Seele der heiligen islamischen Lehren und Gesetze verwirklicht, während sich die Muslime aufgrund ihres eigenen Versagens und der Unzulänglichkeit ihrer Führer mit den äußeren Buchstaben begnügen, deren Bedeutungen sie nicht einmal verstanden haben. Die Grundsätze der Religion mißachten sie und halten sich statt dessen an der Hülle fest, den Regeln, Strafen und Sitten. Zerstrittenheit und Fanatismus sind die Folge. Wenn Sie von ein, zwei Eigenheiten der Franken absehen, von ihrem seltsamen Umgang mit Hunden zum Beispiel oder den Übertreibungen im Verhältnis von Mann und Frau, die aus Sicht des Islam nicht zu akzeptieren sind, finden Sie in den christlichen Gesellschaften die Lehren, Ideale und überhaupt den Geist des Islam. In den muslimischen Gesellschaften finden Sie vom Islam hingegen leider nur die Buchstaben und Gesetze. Und die religiösen Führer …« Wieder unterbricht Großajatollah Milani den Gläubigen und fordert ihn auf, konkrete Beobachtungen zu nennen, die sein Urteil belegen. Der Gläubige zählt alles auf, der Reihe nach, ohne ein weiteres Mal unterbrochen zu werden: das Wechselgeld und die Aufrichtigkeit der Franken, die Campingplätze und ihre Rücksichtnahme, die Krankenhäuser und der Stand ihrer Wissenschaft, die Busse und ihr Respekt gegenüber den Alten, die Bürgersteige und ihr Gemeinsinn, die Ampeln und ihre Gesetzestreue, die Gerichte und ihre Unbestechlichkeit, der Genfer See und ihre Reinlichkeit, die Küstenwache und ihre Rechtsstaatlichkeit, die Friseure und ihre Höflichkeit, die späteren Orthopäden und ihre Genügsamkeit, die Autopanne und ihre Hilfsbereitschaft, der

Knirps und ihre Korrektheit, das Behindertenheim in Nuren Bergeh und ihre Barmherzigkeit, die Kirchen und ihre Toleranz. Und als Großajatollah Milani ihn nach zehn, fünfzehn Minuten noch immer aufmerksam anblickt, fügt der Gläubige die Meinungsfreiheit hinzu, die im Land der Franken herrsche, die Demokratie und die Würde des Menschen, jedes Menschen, gleich ob Mann oder Frau, alt oder jung, behindert oder unversehrt, gleich welcher Hautfarbe und Religion – sei es denn dem Propheten und den Imamen, Gott segne sie und schenke ihnen Heil, je um etwas anderes zu tun gewesen?

Als der Gläubige, der aus dem Land der Franken zurückgekehrt ist, alles ausgesprochen hat, was auf seinem Herzen lastet, starrt er auf den Teppich und hört lange Zeit nur das Gemurmel aus dem Erdgeschoß und seinen eigenen, schweren Atem. »Verehrter Herr«, löst Großajatollah Milani endlich das Schweigen auf, »sosehr ich es bedauere, scheinen mir Ihre Argumente sehr einleuchtend zu sein und muß ich Ihnen wohl recht geben. Ich habe solche und ähnliche Schilderungen schon von vielen Freunden gehört, die bestätigen, was Sie berichten, und auch das bestätigen, was Sie sich vielleicht doch nicht zu berichten getraut haben. Nun würde mich interessieren, was wir Ihrer Ansicht nach tun könnten, um unsere Lage zu verbessern? Nein, nicht, was *wir* tun können – mich würde interessieren, was *ich* persönlich tun kann.« Der Großajatollah, ein Greis mit schwarzem Turban und würdevollem weißen Bart, blickt dem Gläubigen ratsuchend in die Augen. »Dieser Sklave ist zu unwürdig und zu ungebildet, um in der Anwesenheit eines solch hochstehenden Gelehrten eine Meinung zu äußern«, senkt der Gläubige wieder den Kopf: »Ich bedauere bereits, Euer Ehrwürden mit meinem albernen Reisebericht nicht nur die Zeit gestohlen, sondern Sie auch noch betrübt zu haben.« Großajatollah Milani läßt nicht locker und zitiert auf arabisch Sure 13,11: »Gott ändert an einem Volke nichts, ehe sie nicht ändern, was an ihnen ist.«. Der Gläubige bekräftigt noch zwei-, dreimal, ein Sklave, ein Wurm, ein Niemand zu sein, bevor er tief Luft holt und einen Vorschlag unterbreitet: »Euer Ehrwürden könnten Stipendien vergeben, damit Ihre Schüler und andere muslimische Gelehrte das Land der Franken bereisen, wo sie Bedeutsameres lernten als in den islamischen Ländern.« Daran habe er auch schon gedacht, überrascht Großajatollah Milani den Gläubigen: Um seinen Seminaristen und ebenso höherrangigen Geistlichen einen Aufenthalt im Land der Franken zu ermöglichen, habe er ein

Stipendienprogramm entworfen, dessen Finanzierung allerdings noch ungeklärt sei. »Ich habe noch einen weitergehenden Vorschlag«, nimmt der Gläubige all seinen Mut zusammen, »doch fürchte ich, ihn zu unterbreiten, da Euer Ehrwürden nicht erfreut sein werden und Sie sich Gott verhüte sogar ärgern könnten.« Großajatollah Milani lächelt den Gläubigen nachsichtig an, der fast genauso alt ist, aber aufgeregt wie ein Seminarist in der Prüfung: »Reden Sie nicht herum und sagen Sie endlich, was Sie zu sagen haben. Ich scheine ja sehr gebrechlich auf Sie zu wirken, dennoch darf ich Ihnen versichern, verehrter Herr, daß mich Ihr Vorschlag schon nicht umbringen wird.« »Euer Ehrwürden, ich flehe Sie an, bitte erklären Sie es für alle Muslime, die vierzig Jahre oder älter sind, zur religiösen Pflicht, ins Land der Franken zu reisen.« »Sie meinen, so wie die Pilgerfahrt?« »Ja, so wichtig es für Muslime immer war und sein wird, nach Mekka zu pilgern, so wichtig ist es heute für sie, von den Franken zu lernen.« »Mein lieber Herr, Sie können doch nicht allen Ernstes von mir verlangen, eine solche Neuerung im islamischen Recht einzuführen.« »Ich bitte Euer Ehrwürden vielmals um Verzeihung, aber bedenken Sie, daß diese Regelung nur für Muslime über vierzig Jahre gälte. Und natürlich …« – da beendet der Ruf des Muezzins die Audienz. Der Gläubige, der aus dem Land der Franken zurückgekehrt ist, küßt die Hand Großajatollah Milanis, erhebt sich ächzend und verläßt das kleine Zimmer, um sich nach der rituellen Reinigung unter die Gläubigen im Erdgeschoß zum Gebet einzureihen.

Seit *Das Martyrium der heiligen Ursula* restauriert wurde, sind die Gesichter gut zu erkennen und ist vor Ursulas Bauch eine Hand aufgetaucht, die das Unglück vergeblich abzuwehren versucht, die rechte Hand eines Soldaten, der seit der Restaurierung außerdem einen rötlichen Hut und in der linken Hand eine Lanze hält, so daß er überhaupt als Soldat, als doch wohl feindlicher heidnischer Soldat zu identifizieren ist, der den Mord dennoch zu verhindern versucht. Seit es restauriert wurde, ist das Martyrium wieder ein Unglück für alle Beteiligten mit Ausnahme vielleicht für Ursula selbst, die sich den Pfeil wie ein Amulett anschaut oder wie einen Gast. Sie ist das genaue Gegenteil des Kölner Goldlöckchens, Pausbäckchens, Stupsnäschens und Schmollmündchens, eine ganz weltliche Erscheinung, die die Frage nicht der Einbildung überläßt, warum Könige, Königinnen und Königssöhne in ganz Europa, der Papst und viele Bischöfe ihr erlagen und sich elftausend Jungfrauen ihr anschlossen, die zusammenfuhren und sich wieder trennten, um noch einmal den sprechenden Wortlaut der Überlieferung anzuführen, sich in wohlgemerkt jeder Art von Spielen übten und nichts, aber auch gar nichts wegließen, was ihnen einfiel, bald mittags, bald auch so spät abends zurückkehrten, daß die Männerwelt heute noch ausrasten würde: »Solche Herrlichkeit zernichtet uns Arme«, hat Hölderlin dies nicht nur als Mystiker erfahren. Die Jungfräulichkeit interessiert Caravaggio nicht, nicht die der elftausend, die nur Einbildung sind, wie mich zwei Leser aufklärten, als der Absatz über das Kölner Bild erschien, und nicht die Jungfräulichkeit Ursulas. Zugegeben, eingestanden, vorausgeschickt, daß es nur meine Einbildung ist, um keinen weiteren Leserbrief zu riskieren, die Einbildung des Vaters, der seine Kinder drei Wochen nicht sieht – aber könnte Ursula mit dem gewölbten roten Umgang über dem Bauch nicht schwanger sein? Dann würde sie mit ihren fleischigen Händen, die kontrapunktisch den *sex appeal* noch steigern, nicht an die Wunde greifen, was sie bei genauerem Hinsehen gar nicht tut, sondern nach dem Kind tasten, ob es noch lebt. Und der Soldat hielte seine Hand nicht zu tief, um den Pfeil abzuwehren, sondern instinktiv vor ihren Bauch. Seit *Das Martyrium der heiligen Ursula* restauriert wurde, steht sein Mund offen und blickt er nicht mehr resigniert, weltlicher oder überweltlicher Herrschaft ergeben, sondern ist genau in dem Moment dargestellt, der Blutstrahl erst wenige Zentimeter lang und also erst Zehntelsekunden unterwegs, bevor er resignieren könnte oder wahrscheinlicher zusammenbricht, womöglich dem Herrscher an die Kehle springt, dem weltlichen oder dem überweltlichen. Der Bärtige hinter Ursula sieht Caravaggio nun noch ähnlicher, wenngleich ohne die kaum vernarbten Wunden, die sein Gesicht entstellten, seit ihn die maltesischen Verfolger am 24. Oktober 1609 in Neapel überfallen hatten. Er als einziger erfaßt bereits, als habe er es vorausgesehen, was Ursula widerfährt, Orsola, Orsola, wie es im damaligen Italienischen vielleicht fremd und geheimnisvoll klang und jedenfalls nicht so hausbacken wie heute im Deutschen, mehr noch: er stöhnt auf, der Bärtige ohne Narben, als sei er getroffen, nicht Orsola, oder als sei der Pfeil durch Orsola und das dann wahrscheinlich doch gemeinsame Kind auch in sein Herz gedrungen. Wünschte Caravaggio sich mit ungefähr vierzig Jahren etwa keine Kinder? Ich mit ungefähr vierzig Jahren kann mir das in Rom nicht vorstellen, nicht am 14. Dezember 2008, da die Frühgeborene gestern in Köln ihre ersten zwei Schritte allein lief, und heute morgen waren es bereits drei. Caravaggios Martyrium – zugegeben, eingestanden, vorausgeschickt: ein Martyrium nur in seiner eigenen und der Einbildung seiner Nachwelt – vollendete sich wenige Wochen, höchstens, drei, vier Monate später am 18. Juli 1610. Daß er sich wirklich heimgesucht sah, gibt selbst die Kunstgeschichte zu. Seit es restauriert wurde, zeigt sich auf dem *Martyrium der heiligen Ursula* schon farblich kein Verlöschen mehr, keine Ergebung, kein Abschied, vielmehr Aufschrei und Wut, nicht des Unrettbaren, noch nicht, vielmehr des Flüchtlings, des darbenden, angefochtenen, tausendfach geärgerten, aber noch schnell schlagenden Herzens. Die Szene ist jetzt wie von einer Laterne fahl erleucht und nicht mehr wie in einem Studio an einzelnen Spots, und das Poröse, das beinah Skizzenhafte tritt so deutlich wie auf den anderen Bildern zutage, die er während seiner vierjährigen Irrfahrt durch halb Italien bis nach Malta und zurück nach Neapel hinterließ. Die Farben sind so wenige, als habe er nur eine winzige oder unvollständige Palette mitgeführt, und statt monochrom wie Seide sind die Flächen grob wie die Erde, auf der Caravaggio oft schlief. Das Flüchtige der Linien und Grundierungen, das seinem eigenen Status entsprach, erzeugt jene Wirkung, die *YouTube* manchmal im Gemüt hinterläßt, wenn jemand bei einem großen Unglück, einem Mord oder einer Hinrichtung Aufnahmen mit seinem Handy gemacht hat, oft, aber nicht notwendig heimlich. Notwendig ist das Flüchtige, ohne das Heiliges noch nie darstellbar war, obschon Caravaggios früherer Realismus den Gegenbeweis liefert. Kurz nach dem *Martyrium der heiligen Ursula* brach er erneut auf, wurde erneut verhaftet, verlor sein Gepäck mitsamt jener Gemälde, die er deshalb nicht hinterließ, und der Palette, wanderte närrisch geworden am Strand oder, wie die Kunstgeschichte enttäuscht: ritt bequem auf der Via Aurelia Richtung Rom in der Hoffnung, daß der Papst persönlich ihn begnadige, erkrankte und starb einen gewöhnlichen Tod, was auch für Kunstgeschichtler elendig ist. Als wir in Neapel eintrafen, ahnten wir nicht, daß wir das *Martyrium der heiligen Ursula* sehen könnten, daß mich schon aus Lokalpatriotismus so sehr interessierte. In den Büchern stand nur etwas von Privatsammlung, der Kunstführer enthielt keinen Hinweis, auch unsere Gastgeberinnen wußten nichts. Nur weil wir trotz des strömenden Regens die Bushaltestelle suchten, statt für ein paar Euro ein Taxi den Berg hinauf zum *Capodimonte* zu nehmen, entdeckten wir im Schaufenster einer Bank den Hinweis, daß hier nach vielen Jahren erstmals wieder das letzte Bild Caravaggios der Öffentlichkeit zugänglich gemacht werde, wie der Geschäftsbereich Kunstförderung protzig verkündete, obwohl der Kunstgeschichte zufolge noch zwei Werke folgten. Seit *Das Martyrium der heiligen Ursula* restauriert wurde, übertrifft Ursula an Schönheit sogar die *Madonna der Pilger*, der sie nicht mehr nur wegen ihrer fleischigen Hände gleicht. Vielleicht malte Caravaggio aus der Erinnerung und dem Schmerz das frühere Modell noch einmal, wegen dem er sich 1605 mit einem Notar auf der Piazza Navona geprügelt hatte, ein Traum von einer Frau, mit der vielleicht nicht der Papst, aber Könige, Königssöhne und auch Caravaggio gern ein Kind gezeugt hätten. Selbst der Soldat neben ihr ist nicht mehr nur Rüstung, seit *Das Martyrium der heiligen Ursula* restauriert wurde. Er scheint nicht zu begreifen, daß sie in ihrem Eigensinn tatsächlich bis zum Äußersten gegangen ist, statt sich wie jeder vernünftige Mensch dem weltlichen Herrscher zu fügen, schon gar wenn sie im Bauch ein Kind getragen hätte. Schimpft der Soldat mit ihr, wie ich mit der Frau immer schimpfte, bevor sie zusammenbrach und mit ihr die Welt meiner Erscheinungen, hat er ihr eine Frage gestellt? Wenn sie gleich zu Boden stürzt, wird er sie auffangen. Seit *Das Martyrium der heiligen Ursula* restauriert wurde, ist schließlich der Mörder als Liebender erkennbar, in Raserei versetzt, da die Geliebte ihn abwies. Ist Ursula Sinnbild des Göttlichen, zerstört er es, weil er zu sehr begehrt. Zugleich wird seine Hand von Gott geführt, der ihm eine Ursula zugeführt hat, Orsola, schöner als eine Madonna, mit der sogar ein anderer, der überweltliche Herrscher ein Kind zeugte, wenn das nun keine Einbildung ist. Es soll nicht sein! ruft das Bild, eine solche zu töten, es soll nicht sein, was sich nicht mehr verhindern läßt.

Wahrscheinlich war es gut, daß Großvater unterbrochen wurde, sonst hätte er in seiner Erregung womöglich weitere Neuerungen des islamischen Rechts vorgeschlagen. Es erscheint mir bemerkenswert genug und für das allgemeine Publikum, das Großvater im Auge hatte, absolut von Interesse: Noch in den sechziger Jahren des zwanzigsten Jahrhunderts hielt einer der führenden, wenn nicht der führende Geistliche Irans die Verhältnisse in Europa für so vorbildlich, daß er plante, ein Stipendienprogramm für Seminaristen und Prediger aufzulegen. So weit ging nicht der Schah, sondern sein theologisch ranghöchste Gegner, Lehrer vieler Ajatollahs, die später die Islamische Revolution anführten, und auch des jetzigen Revolutionsführers, der 1963 neben Großvater gebetet haben könnte und bis heute die Romane von Albert Camus wohlwollend erwähnt. »Die Weite des Denkens, die Offenheit für das Fremde und die Milde jenes höchststehenden Gelehrten, der Kritik nicht nur erlaubte, sondern einforderte, beschämten mich zutiefst. Ich bitte die Seele des Verstorbenen, die voll göttlicher Gnade ist, um Verzeihung für meinen Übermut und bete an der göttlichen Türschwelle, daß dieser Quelle der Nachahmung die ehrwürdigsten Ränge und die größtmögliche Annäherung an beide Erkenntniszustände zuteil werden mögen.«

Auch nach seiner Rückkehr aus dem Land der Franken ging Großvater nach Möglichkeit täglich, aber mindestens freitags zum Gemeinschaftsgebet in die Moschee, mochten seine weltläufigen Standesgenossen die Nase rümpfen, wie sie wollten. Das war keine Flucht in die Tradition, keine Absage an den Fortschritt, für den er das Land der Franken pries, keine Jubelfrömmigkeit. Für seinen eigenen Pir, den Ajatollah Hadsch Agha Rahim Arbab, führte allein schon der Umtausch des Knirpses die moralische Überlegenheit der christlichen Welt vor Augen: »Meine Freunde«, sagte der Pir beklommen in die Runde der Derwische, als Großvater von seine Reise berichtet hatte, »jetzt gehen Sie morgen einmal in den Basar der Muslime und kaufen Sie Ihrer Frau Gemahlin ein Stück ungeschnittenen Stoff, egal von welchem dieser Herren Hadschi Agha Geschäftsinhaber, ob sein Bart dem des Propheten gleich mit Henna gefärbt oder in der Würde des Alters weiß geworden ist. Und dann kehren Sie am nächsten Tag, weil die Farbe Ihrer Frau Gemahlin nicht zusagte, mit dem Stoff, den Sie nicht einmal aufgerollt haben, zu dem gleichen Herrn Hadschi Agha Geschäftsinhaber zurück: Er wird Gott den Gerechten als Zeugen anrufen, um bei dem Leben seiner vier Kinder und fünfzehn Enkel zu beschwören, daß Sie den Stoff bei jemand anders gekauft haben.« Das war keine Wiedergeburt, das war mehr Beistand, daß Großvater nach Möglichkeit täglich, aber mindestens freitags zum Gemeinschaftsgebet in die Moschee ging, solidarisch im Augenblick eines Sturzes.

»Zerbrecht alle Kameras!« ruft jemand. Er sagt nicht, zerstört oder beschlagnahmt sie. Er sagt: Zerbrecht sie, so wie Ajatollah Chomeini einst befahl: Zerbrecht sie – die Federn. Die Federn der iranischen Dichter, meinte er. Vielleicht sind diesmal aber auch die Kameras des Geheimdienstes gemeint. Am Mittwoch, dem 17. Dezember 2006, kann die Nummer zehn um 3:56 Uhr immer noch nicht schlafen, weil sie sich wieder in *YouTube* verfing. Eine dreispurige Einbahnstraße in Teheran, nachts, dichter Verkehr. Dazwischen Männer, die eilig die Bürgersteige wechseln. Die Autos kommen nur im Schrittempo voran. Das Blaulicht einer weißgrünen Polizeilimousine, die in entgegengesetzter Fahrtrichtung parkt, deutsches Fabrikat. Männer auf dem Moped halten an. Das müssen die berüchtigten zivilen Milizen sein, bei denen der Schlagstock besonders locker sitzt. Tatsächlich rennt ein Bärtiger mit Schlagstock durchs Bild. Schreie, Rufe, nicht zu verstehen. Ganze Menschenpulks werden abgedrängt, von Zivilisten, den Mopedfahrern vielleicht. »Ruft die Jungs an, sie sollen schnell kommen«, brüllt jemand. Ältere Frauen im traditionellen weißen Tschador strömen auf die Straße, die Hände ausgebreitet, außerdem immer mehr junge Männer, mit Bart und ohne, manche von ihnen mit Schlagstöcken, andere mit Baseballkappen. Die Milizen sind von den Demonstranten kaum zu unterscheiden. Rufe: »Der Herr hat gesagt, wir sollen uns am Ende der Gasse versammeln.« Das Video zeigt einen der Versuche, den Herrn festzunehmen, der für die Islamische Republik zu traditionalistisch ist. Am 3. Oktober 2005 stemmten sich seine Anhänger mitsamt den Nachbarn im armen Teheraner Süden schließlich erfolgreich gegen die Milizen. Fünf Tage später setzte sich der Staatsanwalt durch. Bis nach China ist von Panzerwagen zu lesen, die eingesetzt worden seien, Hubschraubern, Tränengas, scharfer Munition. Fünf Menschen seien gestorben, vor Aufregung die greise Mutter. Von den fünfhundert Menschen, die verhaftet worden seien, sollen hundertzwanzig noch im Gefängnis sitzen. Inzwischen habe der Staatsanwalt im »Sondergericht für die Geistlichkeit« die Todesstrafe für den Traditionalisten und siebzehn seiner Anhänger beantragt. Einige der Vorwürfe: Gefährdung der Sicherheit des Landes, Unruhestiftung, Infragestellung der »Islamischen Ordnung«, die Behauptung, in Iran herrsche eine »Diktatur des Klerus«. Das Verfahren ist geheim. Die Anwälte haben keinen Kontakt zu den Mandanten. Den Zeitungen, die in Iran erscheinen, ist nicht einmal erlaubt, den Traditionalisten beim Namen zu nennen. »Ein unzufriedener Geistlicher«, heißt es in den wenigen Meldungen. Der Grund ist offensichtlich: Ajatollahs wie dieser füllen mit ihrer Anhängerschaft auf Zuruf ganze Fußballstadien. Der Traditionalist, der einer der angesehensten Gelehrtenfamilien der Landes angehört, ist radikaler Säkularist, aber nicht, weil er einem aufgeklärten, mit westlichen Denkschulen korrespondierenden Reformislam anhängt, von dem kurz vor seinem Tod noch Richard Rorty so hoffnungsfroh berichtete. Im Gegenteil: Er ist ein Geistlicher uralten Schlages. Er steht für die gerade in der einfachen Bevölkerung immer noch verbreitete Haltung der schiitischen Orthodoxie, die sich seit jeher für die Trennung von Staat und Religion ausgesprochen hat. Vergleichbar jenen ultraorthodoxen Juden, die den Staat Israel ablehnen, wesentlich zahlreicher indes verwerfen sie alle menschlichen Versuche, die göttlich-gerechte Ordnung auf Erden zu errichten. Statt dessen warten sie auf das Eintreffen des schiitischen Messias, des Mahdi, dem allein es zukomme, Gottes Reich auf Erden herbeizuführen. Bis dahin hängen sie einem strikten Quietismus an; da in Abwesenheit des Mahdi jegliche politische Herrschaft illegitim sei, sollten die Schriftgelehrten sie den Laien überlassen, um sich nicht zu beschmutzen. Eine von Menschen geschaffene »Islamische« Republik ist für diese Traditionalisten Ketzerei. Weil sie sich für die Ablehnung des gegenwärtigen iranischen Staatsmodells auf die schiitische Lehre berufen, sind sie besonders gefährlich – und werden seit Beginn der Islamischen Republik konsequent verfolgt, sobald sie ihr zurückgezogenes, vor allem rituellen und ethischen Fragen gewidmetes Gelehrtenleben aufgeben, um gegen die Staatstheologen aufzubegehren. Später ist auf dem Video zu sehen, wie der Traditionalist vor die unüberschaubare Menge tritt, die sich inzwischen vor seinem Haus gebildet hat, vor Alte, Junge, Männer und Frauen. Er trägt nur ein weißes Gewand, nicht den schwarzen Turban, der ihn als Nachfahren des Propheten ausweist. Für einige Sekunden könnte man meinen, er sei eben erst aus dem Schlaf erwacht, die Haare ungekämmt, der lange, schwarzgraue Bart zottelig. Dann wird klar, daß der Traditionalist das Totenhemd übergezogen hat, mit dem Muslime begraben werden, ein schlichtes Baumwolltuch ohne Naht. Seht her, soll es bedeuten: Ich habe keine Furcht. Bereits in den neunziger Jahren ist er mehrfach verhaftet worden. Sein Vater, ebenfalls Ajatollah, starb 2002 unter mysteriösen Umständen. Die Nur-Moschee, in der schon sein Großvater dem Gebet vorstand, wurde enteignet, das Grab seines Vaters entweiht. Der Traditionalist wirft den Staatstheologen nicht nur die Verhaftung und Folterung zahlreicher Anhänger vor. Weibliche Familienangehörige seien im Gefängnis vergewaltigt und in entwürdigenden Situationen gefilmt worden. Wieder später hält der Traditionalist ein Mikrophon in der Hand. »Im Namen Gottes, des Erbarmers, des Barmherzigen«, wendet er sich an seine Nachbarn, bei denen er sich für die Ruhestörung entschuldigt: »Sie sollen wissen, daß Mitarbeiter des Geheimdienstes vor einer Stunde unser Haus gestürmt haben. Sie sollen wissen, daß die Sicherheitskräfte alle Zufahrten gesperrt und sich formiert haben, um uns anzugreifen und mich zu töten. Sie sollen wissen, daß wir gegen die Vermischung von Politik und Religion sind. Wir wollen nicht Menschen Unrecht zufügen im Namen Gottes. Wir wollen nicht die iranische Nation zerstören im Namen Gottes.« Jeden Tag würden zwanzig, dreißig seiner Anhänger verhaftet und in den Trakt 209 des Evin-Gefängnisses gebracht, den Trakt mit den Folterern. Versuche der Staatstheologen, ihn mit Lockungen zum Einlenken zu bewegen, seien sinnlos: »Schon meine Väter vertrugen sich mit keinem Staat.« Mit seinem Bart, der tief ins Gesicht reicht, sieht der Traditionalist aus, wie sich der Westen Haßprediger oder Terroristenführer vorstellt, auch im Tonfall, der Wut. Er ist kein eloquenter Intellektueller, kein wohlgekleideter Moderater. Das menschliche Antlitz des Islam, das er verkörpert, ist kein bißchen adretter als das seiner Gegner, die ihn umbringen wollen. Man vergißt heute oft, daß Chomeini vor der Revolution als radikaler Erneuerer, als »Befreiungstheologe«, wahrgenommen wurde, weil er die messianische Verheißung bereits in der realen Geschichte verwirklichen wollte. Er selbst sagte vor seinem Tod, daß sein eigentlicher Kampf nicht dem Schah oder Amerika gegolten habe, vielmehr dem schiitischen Klerus. Der Traditionalist steht für den Islam von nebenan, den Chomeini bekämpfte und Großvater verachtete, in gesellschaftlichen Fragen reaktionär, patriarchalisch und dem Fortschritt feind, aber eben auch antipolitisch und dezidiert gewaltfrei. Es gibt ihn noch immer, nach inzwischen beinah dreißig Jahren politischer Umerziehung in den Theologischen Hochschulen des Landes. Wenn sogar diese, ihrer ganzen Geisteshaltung, Erziehung und theologischen Tradition nach unpolitischen Ajatollahs sich regen, wenn sie aufbegehren, wenn sie verkünden, die rote Linie sei endgültig überschritten – wie weit muß die Islamische Republik gegangen sein? Am Ende des Videos spricht der Traditionalist die Vertreter der Staatsgewalt direkt an: »Seid ihr hier, um der Nation zu dienen oder um die Kinder der Nation zu töten? Seid ihr hier, um Armut und Drogensucht zu bekämpfen oder um die Nachfahren des Propheten zu vernichten?« Immer schriller wird die Stimme. Abwechselnd streckt er beim Reden die linke und rechte Hand in die Höhe. »Der Islam verübt kein Unrecht. Der Prophet ist kein Unterdrücker. Gott stiehlt den Menschen nicht das Brot.« Die Sicherheitskräfte, die in diesem Augenblick ihr Gewehr auf ihn und seine Anhänger richteten, sollten wissen, daß er sowenig wie seine Väter bereit sei, den Islam zu verkaufen. »O Leute der Nachbarschaft, ihr sollt bezeugen, daß ich wie meine Väter bereit bin zu sterben, damit der wirkliche Islam bleibt. Sind wir denn Terroristen?«

Nicht nur ich habe mir die Frage gestellt, warum Großvater Großajatollah Milani die Hand küßte, wo doch nicht nur er selbst, sondern schon sein Vater sich die Geste verbeten hatte. »Meine dritte und jüngste Tochter, die diesem Sklaven die Freude bereitet, abends nach den Zetteln zu fragen, auf die er tagsüber seine Müßigkeiten kritzelt, meinte nach der Lektüre des letzten Abschnitts, daß Sie, verehrte Leser, die Handküsse, die Teilnahme am Gemeinschaftsgebet und ähnliches für Gleisnerei halten würden. Sei es nicht besser, so fragte sie mich, von der Erwähnung solcher Verhaltensweisen abzusehen, die heute nicht mehr üblich seien und auf eine rückständige Gesinnung deuteten. Freiheraus schlug sie vor, die betreffenden Sätze ersatzlos zu streichen. Ich war sehr glücklich über die Kritik, darin sich ihre Aufmerksamkeit bewies, und bat sie, mir künftig jeden Abend ihre Meinung zu meinen Notizen zu sagen. ›Du mußt wissen‹, fuhr ich fort, ›daß die Verabscheuung der Gleisnerei der Schutz vor den Gleisnern ist. Da du erkannt hast, daß dein Vater sich gleisnerisch verhalten hat, wirst du es ihm Gott sei gepriesen nie nachtun.‹ Da sie mich kenne, würde sie niemals so etwas über mich denken, widersprach sie mir, aber was sei mit den anderen Lesern, wenn die Memoiren erst einmal in den Buchhandlungen auslägen? ›Licht meiner Augen‹, antwortete ich, ›die Werke sind niemals unabhängig von den Absichten zu betrachten, mit denen sie verrichtet werden. Wenn jemand etwas mit guter Absicht tut und nichts anderes möchte, als seinen Nächsten zu dienen und Gott zu erfreuen, können die anderen Menschen denken, was sie wollen, es wird das Wesen seiner Tat nicht verändern. Umgekehrt nützt alles Lob der Menschen nicht, wenn die Absicht unlauter ist. Es ist nicht wichtig, was sie sehen, sondern was Gott sieht. Abgesehen davon, meine geliebte Tochter, was könnte eine so häßliche Sünde wie die Gleisnerei anderes zur Folge haben als einem gebrechlichen Greis, der die letzten Worte an seinem eigenen Grab spricht, die schwere Bürde seiner Frevel noch zu vermehren, mit denen er vors Gericht treten wird.‹«

Als der Romanschreiber anfing, hatte er keine Absicht, als der Toten zu gedenken. Aber wie? Weil er nichts weiterwußte, fing er mit dem

Nächstliegenden an: der Verabredung in einer halben Stunde, überhaupt die Zeit, immer die Gegenwart, wenn es um die Tod gehen sollte, das klingelnde Telefon, was gerade im Radio lief, seine Erektion und die lecke Waschmaschine, mehr als nur Streit in der Ehe und die leeren Regale im neuen Büro, das eine Wohnung werden konnte, die Schreibtischplatte mit Jean Paul als Stütze und als letzten Satz oft, daß er aufhören müsse, um die Tochter von der Schule abzuholen, die Frau in der Klinik zu besuchen oder eine Meinung abzugeben. Weil er nicht mehr suchte, keine Form zu erfüllen suchte wie in den Romanen, wie er sie früher schrieb, oder wie jeder Zeitungsartikel ein Formular ausfüllt, stellte sich eine Sprache ein, die sich in ihrer Gewöhnlichkeit an die Welt rings um sein Ich zu schmiegen schien (inzwischen relativiert er das). Selbst die Berichte für die Zeitung schrieb er so und redigierte hinterher wenig. Andere erschienen als Feuilletons. So dankbar er für das Geld ist, das die Schnipsel so leicht, so unerwartet einbringen, redet er sich nicht die Enttäuschung darüber aus, daß sie keine Reaktionen hervorrufen. Jede Meinung, die er abgibt, löst mehr aus, selbst die undurchdachte, dabei denkbar banale Bemerkung, die er im Radio – oder war es im Anschluß an einen Vortrag? – fallen ließ, Hauptsache, zum Thema, was immer das Thema ist, während es zwei Seiten über Hölderlin oder eine Reportage über Flüchtlinge auf Lampedusa, die auf Anweisung der italienischen Regierung nicht einmal mehr von den Ärzten ohne Grenzen betreut werden dürfen, auf zusammen eine Lesermeinung bringen von insgesamt vier Zeilen, kein Brief, nicht einmal ein Ausschlag in der Statistik seiner Website, im besten Fall zwei Kurzmitteilungen von Freunden. Von den Alltagsbeobachtungen und Bildbetrachtungen zu schweigen: Die einzige Reaktion, die auf seine Flaschenpost erfolgte, war die Aufklärung darüber, daß die heilige Ursula unmöglich elftausend Freundinnen gehabt haben könnte. Weil der Romanschreiber statistisch nachweisbar niemanden oder praktisch niemanden interessiert und nicht einmal mehr sein eigener Verleger sich noch meldet, hängt er vom Wohlwollen eines Redakteurs ab, der an seinem Ausschuß einen Narren gefressen hat. Fürchtete er sich nicht zu sehr vor der neuerlichen Blamage, legte er die Dateien dem Agenten vor, der den Roman, den ich schreibe, nur auf seinen Gebrauchswert hin überprüfen würde. Bei inzwischen 904 Absätzen müssen doch ein paar dabeisein, die sich in ein Buch kopieren lassen, ein richtiges Buch mit Umschlag und allem, ein

Reportageband etwa, eine Geschichte Irans im zwanzigsten Jahrhundert als erzählendes Sachbuch oder, verkäuflicher noch, eine westöstliche Familiengeschichte, das Leben seines Großvaters genannt, warum nicht auch der dreihundertste Stipendiatenbericht aus der Deutschen Akademie? Träte er als Muslim auf, der durchs katholische Rom streift, wie der berühmte Schriftsteller ihm allen Ernstes vorschlug, wäre der Jahresbericht der Nummer zehn originell genug für sagen wir zehntausend Euro Vorschuß. Ja, das wird der Romanschreiber tun, jetzt sofort, wird seine Allmacht in den Hangar tragen und bis nach China verbinden, die Dateien dem Agenten schicken, der die Spreu vom Weizen trennen wird, vielleicht daß man sich der verbleibenden Ernte doppelt erfreue wie an der Blütenlese, mit der Stefan George Anfang des zwanzigsten Jahrhunderts Jean Paul der Vergessenheit entriß. Der Agent »braucht ja nur das Ganze in seine gesonderten Eidyllen zu zerlegen, um dann jedes Einzelne rein zu genießen«, wie seinerzeit die Germanistik jubelte: Durfte sich doch auch Stefan George »sagen, daß das, was er aufgibt, ein in bezug auf Jean Paul im Grunde Unwesentliches sei«. Poetologisch hat der Romanschreiber den Tod überschätzt: Es starben zu wenige, um seine Selberlebensbeschreibung zu ergeben. Poetologisch interessiert es ihn deshalb nicht mehr, daß die Familie nach Rom zurückgekehrt und die Frau am Samstag, dem 20. Dezember 2008, um 1:03 Uhr noch wach ist, was sie eben fragte, als er die Wäschekammer verließ, um die Dateien zu verschicken, mit welchem Ausdruck sie ihn anblickte. Großvater hingegen hat gegen Ende der Selberlebensbeschreibung Anwandlungen, plötzlich auf Vorgänge seiner Gegenwart einzugehen, auf seine Tochter, die seine Zettel abtippt, oder auf einen Geburtstag, wegen dem er nicht fortfahren könne. – Arbeitest du noch lange? fragt die Frau, die zur Wäschekammer hereinschaut. – Nein, ich gehe auch schlafen.

Was lehrte eigentlich Pir Arbab? In der Selberlebensbeschreibung Großvaters findet sich ein einziger Hinweis. Als Scheich Abu Saíd, einer der berühmtesten Sufis des elften Jahrhunderts, einmal nach Tus kam, strömten in Erwartung seiner Predigt so viele Gläubige in die Moschee, daß kein Platz mehr blieb. »Gott möge mir vergeben«, rief der Platzanweiser: »Jeder soll von da, wo er ist, einen Schritt näher kommen.« Da beendete der Scheich die Versammlung, bevor sie begonnen hatte. »Alles, was ich sagen wollte und sämtliche Propheten gesagt haben, hat der Platzanweiser bereits gesagt«, gab er zur Erklärung, bevor er sich umwandte und die Stadt verließ: »Jeder soll von da, wo er ist, einen Schritt näher kommen.«

Großvater hält die Einladungskarte zum Geburtstag seines lieben Enkels in der Hand, unterschrieben von seiner lieben Schwiegertochter und seinem lieben Sohn. Da ist sie schon wieder: die Zeit, der Großvater nicht mehr angehört. Einen Abschnitt zuvor hat er den Fortschritt der Franken noch bewundert, und jetzt weigert er sich, im Fortschritt einen Fortschritt zu sehen. Eine *bed'at* nennt er das Feiern von Geburtstagen; das ist der Begriff, der in der islamischen Theologie eine ketzerische Neuerung bezeichnet. *Bed'at* ist jener Fortschritt, der abzulehnen ist. Für viele Theologen sind die Demokratie oder das Recht auf Apostasie eine *bed'at*, für Gläubige wie ihn waren es die Herrschaft des Rechtsgelehrten und Kindergeburtstage. Zu seiner Zeit üblich waren die *aghigheh* und außerdem das Geburtsfest, bei dem jeder Gast die Haare des Neugeborenen mit Gold oder Silber aufwog, um nicht etwa die Eltern oder ihr Neugeborenes zu beschenken, sondern die Bedürftigen. Obwohl also weder Gastgeber noch Gäste etwas erhielten und jeder nur gab, sind alle doch trunken vom Glück, vom Lachen, von der Freude gewesen, schreibt Großvater. Heute wissen nicht einmal seine eigenen Kinder von den alten Festen, kennen wahrscheinlich nicht einmal mehr das Wort *aghigheh*, das noch ein, zwei Generationen zuvor so verzückte wie Heiligabend die Franken. Heute muß er erklären, was die *aghigheh* war, nämlich das Pendant zum Geburtsfest, bei dem diesmal die Eltern das Fleisch eines Hammels oder eines Kamels an ihre Verwandten, Freunde sowie an die Bedürftigen verteilten. Nur sie selbst durften nicht von der Speise kosten, so wollte es die Tradition, die niemand mehr wertschätzt. In ihrer *gharbzadegi*, ihrer blinden Anbetung des Westens, importieren die Muslime mit dem Geburtstag lieber ein fremdes Fest, bei dem das Geschöpf sich selbst feiert statt den Schöpfer und zu allem Überfluß auch noch beschenkt wird, statt seine Mitmenschen zu beschenken, wissen sie nicht, was *aghigeh* bedeutet, aber haben wie Papageien *happy birthday* aufzusagen gelernt. Und was für Geschenke, was für überflüssige, teure und alberne Geschenke, die niemand braucht, je überflüssiger, teurer und alberner, um so größer die Freude des Kindes, ein, zwei Tage damit zu spielen, bevor es sie in die Ecke wirft. Die einzigen, die etwas von den Geschenken haben, sind die Besitzer der Fabriken, die sie herstellen, und der Geschäfte, die es zu keinem anderen Zweck jetzt überall in Isfahan gibt, als ebenso überflüssige wie heillos überteuerte Albernheiten zu verkaufen, an die Gott trotz Seiner Allwissenheit bestimmt nicht gedacht hat, als Er die Welt schuf. Ja, Großvater schimpft, schimpft wieder einmal auf sein Land und die *gharbzadegi*, auf ketzerische Neuerungen und nutzloses Spielzeug – wie so oft und doch anders: nicht mehr zornig klingt er, auch nicht verzweifelt, obwohl er allen Berichten zufolge verzweifelt doch war. Von einem auf den anderen Absatz, da er unversehens seine Gegenwart auf die Zettel kritzelt, wird der Ton gelassen, bei aller Resignation sogar heiter und der Satzbau geschmeidig, als erzähle Großvater in geselliger Runde: »Ich persönlich halte überhaupt nichts von solchen *bed'ats* und würde alles dafür geben, ihnen fernzubleiben – aber als ob man etwas sagen oder gar Widerstand leisten dürfte gegen das, was als normal und geläufig gilt, als ob die, wie es heutzutage heißt, ›aktuelle Mode‹ barmherzig genug wäre zu erlauben, sich ihr zu entziehen? Um Gottes willen, nein. Man muß hin, natürlich muß man hin, und natürlich darf man nicht mit leeren Händen hingehen. Alle treffen ein, die eingeladen sind, niemand darf fehlen, darauf wird genau geachtet, denn wie ungehörig wäre es, wenn jemand fehlte, und bringen ihre Geschenke mit, die exakt nach dem biblischen Grundsatz Auge um Auge, Zahn um Zahn bemessen sind. Keinen Rial weniger darf es mehr oder weniger kosten als das Geschenk, welches das eigene Kind von den Gastgebern erhielt. Und wenn es doch einen Rial mehr oder weniger kostet, was es natürlich tut, weil man schlecht das gleiche schenken kann, hat man das böse Gerede, mit dem man sich die Geselligkeiten bis zum nächsten Geburtstag vertreibt. Wie könnten da die Großeltern abseits stehen bei dieser mathematisch kalkulierten Großzügigkeit? Wie könnten sie es wagen, nicht hinzugehen oder doch hinzugehen, aber ohne Geschenk? Was würden die Gastgeber sagen – und wenn nicht sie, dann die anderen Gäste? Und gesetzt den Fall, ich als Großvater würde verkünden, daß ich es ehrlich gesagt ablehne, Geburtstage zu feiern, und es auch absurd finde, das Kind selbst zu beschenken, wo es doch guter Brauch ist oder jedenfalls im Islam war, daß seine Eltern die Bedürftigen beschenken, gesetzt den Fall, ich würde diese große Ungehörigkeit tatsächlich wagen – oh, wie würde mir die Gnädige Frau zusetzen, wie würde sie schimpfen, daß sie nicht bereit sei, sich einer solchen Schmach zu unterziehen, um ihre eigene Ausdrucksweise zu verwenden, ist sie doch jemand, die ohne Umschweife erklärt, daß ich wohl übergeschnappt sei, nicht zum Geburtstag gehen zu wollen, jawohl: übergeschnappt sagt sie, natürlich müsse ich hingehen und ein Geschenk mitbringen größer und kostbarer als alle anderen Geschenke, da ich schließlich der Älteste der Familie sei, und zwar nicht nur einmal im Jahr, nein, nein, dreizehn-, vierzehnmal im Jahr bei jedem einzelnen Enkel steht sie neben mir und ruft steh auf, zieh dich an, wir müssen gehen, Kindergeburtstag, hast du das Geschenk?, wieviel hat es gekostet?« Jedesmal beschämt mich die Ältere, wenn sie von der Schule heimgekehrt sich wundert, daß wir ihr nichts vom Opferfest oder dem Ende des Ramadans gesagt haben, die türkischen Kinder hätten alle frei oder die Eltern Süßigkeiten in die Schule gebracht. Nur sie, die in der Schule den Vortrag zum Islam hielt, verbindet nichts mit den Festen, die Großvater noch heilig waren. Sie kennt nur noch die Lehre, aber nicht mehr die Form. Jetzt erfahre ich, daß bereits meine Eltern verlernt haben, ihr Jahr nach dem Kalender Gottes auszurichten. Der Bruch ist nicht in Deutschland und nicht zwischen ihrer und unsrer, sondern bereits in Isfahan, zwischen ihrer und der Generation Großvaters eingetreten, der ihn nicht einmal in der eigenen Familie zu verhindern wußte. Dennoch ist er frohgemut heute (wie gern wüßte ich, welcher Tag heute war, hätte er doch nur einmal das Datum notiert), und fährt daher fort, eine weitere seiner drolligen Anekdoten zu erzählen, diesmal vom letzten Geburtstagsbesuch. Gleichfalls frohgemut, da ich mich mit der Flucht ins Gästeapartment, in dem die Schwiegereltern untergebracht sind, rechtzeitig der Abschiedsfeier in Studio eins, zwei oder drei entziehen konnte, gebe ich sie zur Abwechslung einfach mal wieder: »Als die Gnädige Frau und ich eintrafen, umringten unsere Augenlichter uns und plazierten uns jeweils an einem Ende der Tafel. Obwohl solche Feste eigentlich den Kindern gelten, sind es doch vor allem Erwachsene, die sich versammeln, und das Geburtstagskind muß die meiste Zeit brav auf seinem Stuhl sitzen, statt draußen mit seinen Kameraden toben zu dürfen, wo es viel mehr Freude hätte. Aber gut, die Stimmung war fröhlich, das Fest in vollem Gange, als zwei junge Damen den Raum betraten, die ich beide nicht kannte. Wie überrascht war ich, als die Größere der beiden, die mich um zwei Köpfe überragte, sich ausgerechnet neben mich setzte! Wie es die Form verlangt, rief ich laut *yâ Allâh*, wie es einem Mann meiner Generation aufgetragen ist, der ein fremdes Haus betritt, damit sich die Frauen bedecken können, und erhob ich mich, um sie zu begrüßen. Den Blick hielt ich natürlich gesenkt. Dann setzte ich mich rasch wieder und traute mich auch fortan nicht, die junge Dame anzusehen, obwohl ich die ganze Zeit überlegte, wer sie war und warum sie den Stuhl neben mir gewählt hatte, ausgerechnet neben mir. Ich hätte sie wirklich gern kennengelernt, aber schämte mich, sie um ihren Namen zu bitten oder mich selbst vorzustellen. In meinem Alter schlug mir noch einmal das Herz wegen einer Frau! Endlich trat eines unserer Augenlichter mit dem Tablett in der Hand an meinen Stuhl und bot mir Tee an. Wie es die Höflichkeit gebietet, forderte ich sie auf, den Tee erst der verehrten Dame neben mir zu reichen. Da brach mein Augenlicht in solches Gelächter aus, daß beinah die Tassen vom Tablett gefallen wären. Nach und nach schloß sich die gesamte Versammlung ihrem Lachen an – nur ich selbst, ich verstand überhaupt nichts. Warum lachten sie bloß? So verwirrt war ich, daß ich bereits annahm, sie würden mich auslachen, die gesamte Versammlung würde mich auslachen. ›Was habe ich nur getan?‹ fragte ich bestürzt, ›warum lacht ihr denn so?‹ Es stellte sich heraus, daß die junge Dame neben mir ein junger Mann war, der sich nach der ›aktuellen Mode‹ die Haare hatte lang wachsen lassen wie eine Frau. Es versteht sich, daß ich höchst beschämt aufstand, um mich in aller Form bei ihm zu entschuldigen.«

Abgesehen von dem einen Abend, an dem er im Gästeapartment Asyl fand, versanden die letzten Tage wie diejenigen Pompejis mit Einkaufen und Gelagen, der Großfamilie, die am Küchentisch sitzen bleibt und zugleich die Wäschekammer belegt, der Serie der Abschiedsfeiern von vier bis neun plus der Weihnachtsfeier des Direktors, enervierenden Freitagsbesprechungen, damit die Narren bei ihrem Auftritt vorm Hofe auch ja amüsieren, nachmittags Fußball. Das stimmt nicht: Seit dem 22. Dezember 2008 geht die Frühgeborene allein durch die Welt. Sie faßte es selbst nicht, klatschte vor Stolz in die Hände und schaute sich um, stehend!, damit die Großfamilie gratulierte. Dann nahm sie einen neuen Anlauf, immer neue Anläufe, durch die Küche, durch den Flur ins Schlafzimmer und zurück, jedesmal den Radius erweiternd. Sie mochte gar nicht mehr aufhören mit der Welt. Es stimmt nicht, daß die Tage nicht zählen. Nach dem Essen hockte die Nummer zehn eine halbe oder ganze Stunde mit der Frühgeborenen auf der zweistufigen Treppe zum Kinderzimmer, während die anderen in der Küche sitzen blieben. Sie selbst hatte auf den Platz neben ihr gewiesen. Gestern war die Treppe, die die Nummer zehn nie beachtet hatte, bereits ihre gemeinsame Stelle, ein Ort, den er aufsuchen wird, sollte er nach zehn, zwanzig oder dreißig Jahren als Urlauber, Ehrengast oder zur Ehemaligenfeier in die Deutsche Akademie zurückkehren, womöglich mit den erwachsenen Kindern, die Stelle, wo Zehnnullacht und die Frühgeborene sich unterhielten, sie gegen die Wand gelehnt, die ausgestreckten Füße auf der ersten Stufe, die Zehnnullacht gegen die Holzverkleidung des Gitters gelehnt, die Knie angewinkelt, damit seine Füße auch ja auf der gleichen Stufe stehen. Inzwischen zeigt sie in die Richtung, und er weiß schon, daß sie die Treppe meint. Wenn seine Knie nicht den richtigen Winkel haben, klopft sie auf die erste Stufe und sagt da, da! Als Spielzeug verwenden sie die Taschenlampe, die zufällig neben dem Telefon lag, seine Pantoffeln, ihre beider Hände, Füße, Münder, Augen, Nasen.

»Sent: 23-Dec-2008 08:39:10 Lieber freund,-wie geht es DIR u gibt es eine kleine weihnacht an der ihr gern teil habt.wie macht ihr das mit den kindern?ich sende liebste gedanken.«

Mit seinem Schwiegervater liest der Enkel das nächste, ungewöhnlich lange und wegen der vielen landwirtschaftlichen Begriffe schwierige Kapitel, in dem sich vieles entscheidet, da Großvater endlich auf Tschamtaghi zu sprechen kommt. Schon die vielen Korrekturen und Ergänzungen, die Großvater an den Rand geschrieben hat, signalisieren die Dringlichkeit. Selbst der Schwiegervater, der von Beruf Übersetzer ist, hat Mühe, die Zusätze zu entziffern, zumal die Reihenfolge der Seiten oft nicht stimmt oder zwischendurch ganze Seiten per Hand geschrieben wurden. Der Enkel erklärt dem Schwiegervater, daß die losen Blätter durcheinandergeraten und danach falsch zusammengeheftet worden sein könnten. Vielleicht ist der Stapel der Tante aus der Hand gefallen, nachdem sie das getippte Manuskript vom Schreibbüro abgeholt hatte, und beim Einsammeln ging ein Blatt verloren, so daß Großvater es ihr noch einmal diktierte, ob nun geduldig oder ungehalten, seufzend oder stöhnend. Zur Tapsigkeit der Tante würde es jedenfalls passen. Nicht erklären kann der Enkel dem Schwiegervater den Eintrag von fremder Feder, der Großvaters Selberlebensbeschreibung vorangestellt ist: »So wie es zu sehen ist, hat die Niederschrift und die Widmung dieser Memoiren vor dem bedauernswerten Ableben dieses großen, unvergleichlichen Mannes stattgefunden. Nun also, mit großem Bedauern über diesen Verlust und Verwunderung über die Gründe, die zum Verlöschen dieses Lichtes der Rechtleitung geführt haben, erkläre ich von meiner Seite aus, aber auch im Auftrag Tausender Menschen, die ihn für unschuldig halten und darin mit mir einer Meinung sind, vor dem einzig wahren und ewigen Zufluchtsort: *O Gott, wahrlich, wir wissen über ihn nichts als Gutes, aber Du weißt es besser. O Gott, wenn es ein guter Mensch war, vermehre ihm das Gute, und wenn es ein schlechter Mensch war, sehe von seiner Schlechtigkeit ab und erbarme Dich seiner.*« Die Sätze, die ich kursiv gesetzt habe, sind arabisch und lassen eine religiöse Bildung erkennen, über die zum Beispiel Großvaters gelehrtester Freund verfügt. Es ist kein Zitat aus dem Koran, sondern wahrscheinlich ein Gebet, das am Grab gesprochen wird. Auch die Kausalität zwischen dem Unrecht und dem Tod ist ein Indiz, daß die fremde Feder dem gelehrtesten Freund gehört, der bei meinem Besuch im letzten Frühjahr wörtlich davon sprach, daß der Streit um Tschamtaghi Großvater das Genick gebrochen habe. Äußerst irritierend ist das Wort »schuldlos«. Ich schlage vor, es im Sinne von tugendhaft oder ohne Fehl und Tadel zu verstehen, aber der Schwiegervater sagt, daß wirklich Schuld gemeint sei, also etwa in einem Rechtsfall, für ein Unglück oder bei einen Streit. Es ist mir neu, daß gegen Großvater irgendwelche Vorwürfe, Beschuldigungen oder gar eine Anklage vorlagen, und zwar offenbar solche Vorwürfe, Beschuldigungen oder gar eine Anklage, die die fremde Feder als bekannt voraussetzt. Ich würde die Mutter fragen, worauf der Eintrag auf der ersten Seite anspielt, wenn ich mich damit nicht verriete und sie fortan ihre Auskünfte zensierte. Den Schwiegervater bitte ich, ebenfalls Stillschweigen zu bewahren. Die wichtige Frage, wann Großvater die Selberlebensbeschreibung verfaßte, ob vor oder nach der Revolution, kann ich immer noch nicht beantworten, und jetzt bin ich fast schon am Ende. Soviel wird immerhin klar, daß Tschamtaghi noch nicht besetzt war. Weil Großvater die Einladung eines Enkels in der Hand hielt, der 1980 keine Kindergeburtstage mehr gefeiert haben dürfte, bin ich schon drauf und dran zu glauben, daß er die Selberlebensbeschreibung doch vor der Revolution beendete, die Erinnerung meiner Mutter also trügt. Andererseits würde Großvater nicht mit solcher Akribie seinen Anspruch auf Tschamtaghi begründen, wenn dieser nicht bereits bestritten worden wäre. Schließlich erwähnt er deutsche Freunde des heutigen Orthopäden; dessen Geburtsjahr bedacht, müßten sie Tschamtaghi eher nach der Revolution besucht haben. Obwohl Großvater sich in Details wie der Größe jedes einzelnen Wasserbeckens, der Länge des Zauns oder den Verlauf der Wasserkanäle ergeht, die dreißig Jahre später nicht mehr aussagen als zweihundert Jahre später die Wäschelisten Hölderlins, ist der Schwiegervater so gefesselt, daß er mit mir – und es ist spät geworden, gegen Mitternacht – noch das nächste Kapitel lesen möchte. Es handelt von Hadsch Mollah Schafi Choí, Gott möge seinen Standplatz erhöhen, und verlängert die Familiengeschichte bis ins Mondjahr 1210 nach der Hidschra, also bis ins achtzehnte Jahrhundert. Ich hatte es immer so verstanden, daß der Ur- oder Ururgroßvater aus dem aserbaidschanischen Choy nach Isfahan gewandert sei und stromaufwärts von Isfahan Land erworben habe. Tatsächlich ist bereits Großvaters Urgroßvater ausgewandert und meine Generation bereits die sechste in Isfahan. »Sent: 23-Dec-2008 22:13:17 lieber freud,einander sehen wenn du zurück wäre so schön,sei ohne sorge,ja es ist alles schwer. drum mögen wunder geschehen,daß ich die kranken teile bezwinge, das leben wider fassen darf, in anderer zeit kraft.der zeit, liege u schlafe ich ganz viel dess tages.das kortison macht so schlapp.ängste steigen auf u träume.phase für phase scheint alles eine bewegung zu folgen die vorgegeben u in der man sich neu entdecken muß!jetzt noch offen ob,ja wo die dritte chemo sein soll.heilkundler begleiten auch diese schritte. sonst würd ich es nicht bis hierher geschafft haben.ich lasse wider von mir hören und sende oft, still, liebe grüße an dich und deine familie. ich umarme euch« Erst nach der Lektüre bemerken der Enkel und sein Schwiegervater, daß die Seiten erneut vertauscht sind und das Leben des Hadsch Mollah Schafi Choí dem Kapitel über Tschamtaghi eigentlich vorangeht. Dann stellen sie fest, daß auch das folgende, wieder sehr lange Kapitel von Tschamtaghi handelt. Sie lesen es nicht mehr, dafür ist es zu spät geworden und der morgige Abend nicht nur der Schwiegermutter heilig, der die Brüder und Schwestern eine Einlaßkarte für den Petersdom besorgt haben. Das sind Wendungen, die in keiner Integrationsdebatte vorkommen, obwohl seit jeher nur Auswanderungsgeschichten sie so unglaublich erzeugen: Mitsamt ihrer frommen Mutter von der katholischen Familie verstoßen, weil sie einen Muslim heiratete, verdankt sie dreißig Jahre später dem muslimischen Schwiegersohn einen Platz in vorderster Reihe, die Geburt Christi im Herzen der Christenheit zu feiern. Der Schwiegervater möchte nur rasch bis nach China sehen, ob dieser Hadsch Mollah Schafi Choí etwas mit Friedrich von Bodenstedts berühmtem Mirza Schaffy zu tun hat, der ungefähr zur selben Zeit und ebenfalls in Aserbaidschan lebte. Da er sich an den Computer der Frau setzt, in dem das Kabel steckt, erwähnt der Enkel rasch die Anrufe in

München. Frohe Weihnachten hat der Enkel weder dem Bildhauer noch dem Musiker zu wünschen gewagt.

Die Nummer zehn hat die Harley-Davidsons wieder gehört, hinter denen er am Hafen von Barcelona stand. Erst fragte er sich, welcher Staatsgast wohl den Papst besuche, dann wunderte er sich, daß die italienische Polizei dem Klang der Motoren nach zu urteilen nicht Moto Gucci fährt. Fährt sie doch, stellte er fest, als zwei Polizisten die Autos von der Fahrbahn pfiffen. Drei Minuten später, in deren Verlauf sich alle Touristen, Politessen und Müllmänner nach dem Motorengeräusch umschauten, fuhren die Harley-Davidsons in Reih und Glied die Via della Conciliazione zum Petersplatz herauf. Die Vandalen können nicht sonderbarer ausgesehen haben: inmitten der Hochrenaissance zweihundert Leder- und Chromfetischisten in ihren tiefliegenden Polstern, die Vergaser so eingestellt, daß sie alle paar Sekunden Salut schossen, die Arme ausgebreitet wie Muslime beim Beten oder der Papst, wenn er auf seinen Balkon tritt. Man tut so, als umfasse man die ganze Welt, obwohl es nur ein Meter ist, höchstens ein Meter zwanzig. Kinder winkten, Eltern knipsten, nur die Fähnchen fehlten zum Staatsbesuch. Auf dem Petersplatz angekommen, bildete das Orchester röhrend einen Kreis. Eine Harley-Davidson im Leerlauf, die bis zum Anschlag aufheult, ist eine Arie, zweihundert sind Hardrock. Wäre der Papst auf die Terrasse getreten, um die Arme auszubreiten, wäre die Choreographie perfekt gewesen, doch hielt er sich wahrscheinlich am Schreibtisch die Ohren zu. Der Nummer zehn am Straßenrand war ebenfalls nicht nach Beten. Lieber hätte er sich hinter einen der Fetischisten gesetzt, als sich die Harley-Davidsons nach dem Applaus der Touristen, Politessen und Müllmänner wieder in Reih und Glied formierten, und wäre mit ihnen übers Meer gefahren. An der Poolbar hätte er den richtigen Whisky bestellt und zum Dank für das Jahr auf den Papst angestoßen. Aus Gründen der Gesundheit trank selbst Großvater welchen.

Während Hölderlin dank der Vermittlung Schillers als Hofmeister in Weimar arbeitete, floh der etwa gleichaltrige Seminarist Mollah Schafi vor der russischen Kolonialherrschaft und den beengten Verhältnissen in seiner aserbaidschanischen Heimatstadt Choy. Nicht wissend wohin, wandte er sich zunächst nach Mekka. Dort oder womöglich auf dem Rückweg begegnete er einem Hodschatoleslam aus Isfahan, dessen Namen nicht einmal der Schwiegervater vollständig entziffern kann, da

Großvater manche Buchstaben so oft korrigiert hat, daß sie unleserlich wurden: Seyyed Mohammad Bagher Schaf… Damals war der Titel des Hodschatoleslam noch wenigen, herausragenden Gelehrten der schiitischen Welt vorbehalten. Wie aus den Berichten hervorgeht, muß es jedoch mehr als nur die Empfehlung einer theologischen Autorität, sondern wirkliche Freundschaft gewesen sein, weshalb der junge Seminarist als Hadsch Mollah Schafi Choí, wie er nunmehr genannt wurde, dem Hodschatoleslam nach Isfahan folgte. Dort erlangte er selbst den Rang eines Hodschatoleslam und stand der Seyyed-Moschee vor, der gerade erbauten, größten Moschee Isfahans. Auf einer seiner Touren, denen sich zu entziehen vielleicht der Respekt, jedoch nicht seine Durchsetzungskraft erlaubte, führte mich vor Jahren der Onkel in die Moschee, um mit mir am Grab unseres Vorfahren zu beten. Damals interessierte ich mich nicht sonderlich für diese alten Geschichten. Jetzt weiß ich, wer dort liegt. Sein Ansehen oder sein Einkommen müssen immens gewesen sein, allein das Haus, das Hadsch Mollah Schafi Choí in der Darugheh-Gasse erwarb, mit einer Grundfläche von zweitausend Quadratmetern so geräumig, daß er es sich leisten konnte, einen sogenannten russischen Saal zeit seines Lebens nicht zu betreten, weil er einst vor den Russen geflohen war. Ich nehme an, daß es kein Privatpalast war, sondern zugleich das Amt, von dem aus er den Fünften seiner Anhänger verwaltete. Den Hof schmückte ein kleineres Becken von fünf mal acht Metern und den Garten ein See von etwa zwanzig Metern Durchmesser. Großvater ist nicht sicher, ob das Gebäude noch immer steht. Wie er hört, hat es die Denkmalschutzbehörde von den späteren Eigentümern übernommen oder jedenfalls als Denkmal registriert. Sieben Kinder hinterließ Hadsch Mollah Schafi Choí: die Söhne Abdolhossein, Mohsen, Hassan, Ali und Mohammad Taghi, der mein Ururgroßvater ist, sowie die Töchter Malak Soltan und Fatemeh Soltan. Bis auf den Zweig des vierten Sohns Ali, der nach Indien auswanderte, läßt sich der Stammbaum bis in die Gegenwart vollständig verfolgen, schreibt Großvater und schätzt die Zahl der Schafizadehs, der »Nachfahren des Schafi«, die heute in Isfahan leben, auf ungefähr tausend. Zum Glück verzichtet er diesmal darauf, alle Namen anzuführen. Wie es seine Art ist, betont Großvater, daß die meisten Berichte über das Leben des Hadsch Mollah Schafi Choí mündlich überliefert und daher wissenschaftlich keineswegs gesichert seien. Und überhaupt: Wer immer Hadsch Mollah Schafi Choí war, welchen Ruhm er sich erwarb – zweihundert Jahre später gebe es keinen Grund, stolz zu sein oder sich gar mit ihm zu brüsten, schließlich sei man nur für seine eigenen Werke verantwortlich, nicht für seine Herkunft.

Die Kartons verschickt, der Wagen beladen, Öl und Kühlwasser kontrolliert, zu Ehren der Mutter selbst das Obst für die morgige Reise bereits verstaut. Als vorletzte Arbeitshandlung an der Deutschen Akademie in Rom hat die Nummer zehn die Musik für die Silvesterfeier zusammengestellt, die bereits mit dem Abendessen begonnen hat. Getanzt wird sicher nicht vor elf, so daß noch ein, zwei Stunden bleiben, um den Musiker in München anzurufen und den ersten und wahrscheinlich letzten Neujahrsgruß an die ehemalige Freundin von Nummer sechs zu simsen. Außerdem muß er noch die Photos und Postkarten abnehmen, die er gegen die Gewohnheit an die Wand geklebt hat. Für den Schluß aufgehoben hat er sich die Photos und Postkarten, die er im Roman, den ich schreibe, noch unterbringen wollte, in Zeichenblockgröße die beinah schwebende Madonna der Pilger mit dem riesenhaften Jesusbaby und dem flüchtig gemalten, gleichsam unscharfen Gesicht des Betenden, das genau in der Mitte plaziert ist, als ob, als ob – ja, also ob was? Seit er zum ersten Mal vor dem Bild in Sant'Agostino stand, fragt er sich, was es bedeuten könne, daß ausgerechnet das Zentrum verschwommen ist, nicht einmal der äußerste Rand des linken Auges zu erkennen, obwohl es der Perspektive des Betrachters widerspricht. Daß die Hose des Betenden randlos in die Haut fließt, muß mit dem gleichen Geheimnis zu tun haben, für das sich die Kunstgeschichte nicht interessiert. Dafür klärt sie auf, daß Matthäus gar nicht der Junge am Ende des Tischs sei, der auf sein Geld starrt, sondern der Bärtige, der mit dem Finger angeblich auf sich selbst zeigt. Die Theorie der Berufung, die Nummer zehn dennoch an die Zeitung geschickt hat, bricht damit vollständig zusammen. Zugegeben sind die Argumente der Minderheit unter den Kunstgeschichtlern dürftig, die seine Meinung teilt. Alle biblischen Umstände und szenischen Signale sprechen für den Bärtigen, und doch hat Caravaggio das Bild bestimmt nicht zufällig so gemalt, daß beide Finger zumal für den Betrachter in San Luigi dei Francesi, der die Szene von links unten sieht, auf den Jungen am Ende des Tisches zu weisen scheinen. Offenbar führte Caravaggio die Ambivalenz oder den Irrtum bewußt herbei, den die Kunstgeschichtler aufdecken. Als nächstes legt die Nummer zehn Tizians veronesische *Assunta*, Raffaels *Transfiguration* und seine kandierte Barbusige aus dem Palazzo Barberini in die Weinkiste, danach die Großeltern väterlicherseits, einfache, gute Leute, das sieht man gleich, hilflos vor die Kamera geholt, zwei Stühle auf einem Teppich vor der schmalen Haustür aus unbehandeltem Holz, wissen nicht, wohin mit dem Blick, er hat die Schuhe noch aus, sie hat sich eigens welche angezogen, ohne Kopftuch sie, wie es in den fünfziger, sechziger Jahren kaum anders ging, beide jünger als sein Vater jetzt und die Erklärung für seinen Ehrgeiz, der durch größere Türen gehen wollte. Bereits auf dem Tisch liegt das Photo der anderen Großeltern, den Eltern seiner Mutter, die so freundlich war, den Musiker in München anzurufen, obwohl sie ihm nur einmal begegnet ist, aber tief. – Er hat geweint, sagte sie. – Er hat wirklich geweint? fragte der Sohn, der sich nicht vorstellen konnte, daß der Musiker am Telefon weint. – Nein, nicht geweint, antwortete die Mutter, aber er war sehr bedrückt, wie er selbst sagte, gerade heute so bedrückt, weil Silvester ist und die Familie verstreut, sein Vater krank, seine Schwester mit dem Baby in Berlin, seine Mutter auf dem Friedhof. Ach, dieses Lachen der Großmutter, dieses herzerwärmende Lachen, das jeden Lügen straft, der zu unseren Vätern hält, und ihre große Hand, die auf Großvaters Schulter liegt, und Großvater lächelt zufrieden, mit einem gewissen Trotz, aber zufrieden, wie er es gegen Ende seines Lebens doch gar nicht gewesen sein soll und vor der Einladung zum Kindergeburtstag doch war. Ein Photo hängt jetzt noch in der Wäschekammer, das Gruppenbild mit Turbanen, auf dem als einziger Urgroßvater lacht, dafür um so befreiter. Unten rechts der Kleine mit dem scheuen Blick, der wie früher der ältere Bruder oder heute der Neffe aussieht, ist Großvater selbst, im neunzehnten Jahrhundert, und in zweieinhalb Stunden wird es bereits 2009. Das ist auch wie Armeausbreiten. Man tut so, als sei es die ganze Zeit. »Sent: 31-Dec-2008 21:35:17 JA JA SO WÜNSCHEN WIR U SO WILL ICH MEINEN GEIST AUSSENDEN … alles liebe für Dich u Familie bis sehr bald«

Wie um mich vorzuführen, bescherte mir gleich der erste Tag eine Zeugenschaft. Ich hatte meine Stunde mit der Frühgeborenen, begeistert wie immer, wenn ich in ihr zufriedenes, waches Gesicht blicke, hatte keine Lust auf den Rhein, an dem ich in der Nacht schon spazieren war, als mir Gerhard Richters Domfenster einfiel, über das seit seiner Enthüllung in Köln diskutiert wird. An sich hatte ich der Älteren versprochen, es mit ihr anzuschauen, sobald wir zurück sind, doch war die Gelegenheit so günstig und meine Neugier zu groß. Das neue Fenster, wie immer es wäre, würde uns von nun an begleiten, noch länger als ein kostbarer Teppich. Ansonsten möchte ich zum Dom zunächst soviel nur sagen, daß mich seit der ersten Klassenfahrt nach Köln die Vorstellung erhob, zu seinen Füßen zu leben, und ich mir der Erfüllung jedesmal dankbar bewußt werde, wenn ich zu ihm aufblicke. Ich war auch nervös, obschon mir die Photos gefielen, die ich in der Zeitung gesehen hatte, mich die Abstraktheit theoretisch überzeugte und mir das Zufallsprinzip, wenn schon in Klavierkonzerten, dann erst recht für ein Gotteshaus einleuchtete. Vier Jahre lang hat Gerhard Richter Entwurf um Entwurf angefertigt, bis die zweiundsiebzig Farbtöne feststanden, die für den Dom notwendig sind. Mit Physikern hat er die Lichtstrahlen und ihre Spiegelung zu den verschiedenen Tageszeiten berechnet, mehrfach Probescheiben in die Fensteröffnung eingesetzt, von jedem Farbton zweiundsiebzig Quadrate hergestellt und mit Programmierern an der geeigneten Software getüftelt. Aber dann hat er auf einen Knopf gedrückt, die Taste eines Computers, der die zweiundsiebzig mal zweiundsiebzig Farben durch einen Zufallsgenerator anordnete. Allein, noch waren es Photos in der Zeitung und war es lediglich ein Prinzip. Wie würden die 5184 Quadrate im Domfenster aussehen? Alle Kritiken, die ich gelesen hatte – und ich las in Rom alles zum Thema, was bis nach China zu finden war –, klangen begeistert, so daß es, genau betrachtet, keine Debatte, sondern nur den Kölner Kardinal gibt, der das Fenster passender findet für eine Moschee, und alle anderen, die sich über den Kardinal aufregen oder ihn verspotten. Dabei sollten sie ihm dankbar sein, gibt er doch als einziger das Widerwort, das der Meinungsbetrieb braucht. Der weihevolle Ton in der Presse machte skeptisch. Mehr als die Huldigungen sprach für das Fenster der Einwand des Kardinals. Die Ältere fragte, ob man es nicht für die neue Moschee nehmen könne, wenn der Kardinal das Fenster partout nicht wolle, und wir dachten uns einen entsprechenden Brief der Kölner Muslime an die katholische Kirche aus. Ein neues Fenster für den Dom! Ich kriege vor Angst weiche Knie wegen dieser oder jenen Rede, die ich zu halten habe, wo Gerhard Richter vor einer Aufgabe stand, die bedeutsam ist buchstäblich für Millionen und Jahrtausende. Man sagt das so, daß man den Atem anhält, es passiert nicht oft. Als ich mit dem Kinderwagen vor dem Südquerhaus ankam, ist es mir passiert. Ich blickte hoch, nicht bloß sprach-, sondern atemlos. Das Fenster ist riesig (113 Quadratmeter, wie ich nachgelesen habe), und es leuchtet. Es ist voller Selbstbewußtsein und negiert zugleich das Menschliche. Man muß zugeben, daß der Dom vor allem Fassade ist. Der Dom ist außen. Innen, gewiß, beeindruckt er, hat Stellen, die verzaubern, Blicke, Details. Aber für ein Gesamtkunstwerk hat die Kraft nicht gereicht. Nur von außen ist er die eine und einzige Kirche, das Weltgebäude. Innen sind andere Kirchen magisch, auch in Köln. Der Dom hat nichts Göttliches, das doch etwas Leichtes, undurchdringlich Klares, damit Himmlisches wäre wie das Tadsch Mahal, die Kapelle Sant'Ivo, in die ich mich in Rom verguckte oder mancher Dorftempel auch. Der Dom ist Menschheitsleistung. Er wirkt groß eben in seinem Protz, seiner Angeberei. Er preist nicht Gott, sondern die Kölner. Ich mag das, nicht nur als Kölner. Mit dem Richter-Fenster legt das Innere nach. Vielleicht gibt es auch etwas zurück, das durch den Krieg verlorenging. Natürlich paßt es nicht zu den anderen Fenstern, zum Dom insgesamt, es strahlt die Jetztzeit aus. Nur gehört der Dom ohnehin keiner bestimmten Epoche an, weil sich in ihn alle Epochen eingeschrieben haben. Unpassend wäre gewesen, heute etwas Gestriges hinzuzufügen. Viel heller wirkt der Dom, als wir es gewohnt waren, jedenfalls das Schiff, und das erweist sich als ein großer Gewinn. Paradoxerweise ist er nicht nur moderner geworden, sondern zugleich älter, weil sich die Verbindung zu den romanischen Kirchen auftut. Der Kardinal hat recht: Mit dem Richter-Fenster ziehen die Abstraktheit, die mathematische Anordnung und sogar manche Farbprinzipien der islamischen Baukunst in den Dom ein. Mit seinen Lichteinflüssen vertreibt es das Düstere, Abgestandene, das dem Dom immer etwas von einer Abstellkammer verlieh. Plötzlich macht sich das Außen bemerkbar in seinem Wandel. Das Spiel, das Sonne und Wolken mit dem Südlicht erzeugen, ist spektakulär. Und man kann es nicht durchdringen in seiner Klarheit. Die Kölner – daß die meisten Kölner waren, hörte ich an der Sprachmelodie – stehen in Trauben davor und blicken hoch wie Somnambule. Es ist auch die Erleichterung, daß dem Dom, unserem Dom, nichts angetan worden ist als etwas Gutes. Die Operation ist geglückt, würde der Chef des Herzzentrums aufatmen. Bereits nach einem ersten Besuch unvorstellbar, daß sie etwas Figürliches eingestellt hätten, wie es der Kardinal wollte, die katholischen Märtyrer des zwanzigsten Jahrhunderts oder – nein, das muß jemand anders gefordert haben – eine Auseinandersetzung mit dem Holocaust.

Ich lege mich jetzt fest: Großvater hat die Selberlebensbeschreibung bereits in den siebziger Jahren verfaßt, genauer: 1976 oder 1977, weil 1975 Großajatollah Milani starb, bei dessen Seele Großvater um Verzeihung für seinen Übermut bittet, und 1978 die Revolution ausbrach. Auch die Mutter, die mich überhaupt erst auf die falsche Fährte geführt hatte mit ihrer Behauptung, ihn bei ihren letzten Aufenthalten in Isfahan meist am Schreibtisch angetroffen zu haben, bestätigte es vor einigen Tagen. – Aber Sie sagten doch selbst, erinnerte ich die Mutter, daß Großvater die Selberlebensbeschreibung kurz vor seinem Tod verfaßt habe, nach der Revolution, sagten Sie. Nein, das habe ich nie gesagt, widersprach die Mutter, es wäre ja auch Unsinn, weil Großvater nach der Revolution körperlich gar nicht mehr in der Lage gewesen wäre, ein Buch zu schreiben. Das ist auch wieder eine Übertreibung, nehme ich an, immerhin war er noch kräftig genug, für die Revolution zu demonstrieren und nach der Revolution in vielen Amtsstuben um Tschamtaghi zu kämpfen. Ich lege mich aufgrund des Umstands fest, daß Großvater weder die Revolution noch die Besetzung Tschamtaghis erwähnt, wo meine kostbarsten Erinnerungen an Iran spielen, die kostbarsten Erinnerungen der Brüder, wie sie sagten, der Mutter, wie sie schreibt, wahrscheinlich der gesamten Familie. Allen schien es leicht ums Herz zu werden, wenn wir in den Hof einfuhren, um den herum das Gebäude steht, und noch vor dem Ausladen auf die große Terrasse hinterm Haus traten, um die leuchtendbraunen Berge ringsum zu betrachten, den Wald, der sich in Etagen den Hügel hinabzieht, und den reißenden Fluß im Tal, der Leben spendet. Die Farben! Wenn ich etwas vor Augen habe, ist es das das Vibrieren der Farben, das Kraftstrotzen der Farben, das Geldumsichwerfen der Farben wie auf einer iranischen Hochzeit, ringsum das Braun, wie gesagt, das mit dem Blau des Himmels, dem Grün der Bäume und den weißen Kirschblüten die Palette eines Expressionisten bildete, überhaupt die Blumen inmitten der Ödnis, überall Wasser und im Sommer das Obst. Ein kleines Stück behielten wir ja, zwischen dem Haupthaus aus Ziegel und dem Verwalterhof aus Lehm einige hundert Meter, die sich seitwärts hinab zum Fluß erstreckten. Mehr als ein Garten war es für Großvater nicht mehr, obwohl es mir immer noch riesig erschien. Als er längst tot war und ich nach zwölf Jahren wieder nach Iran zurückkehrte, fuhren wir noch regelmäßig hin, ohne allerdings zu übernachten, da von dem Gebäude nicht einmal mehr der Putz übrig war, keine Fenster, keine Türen. Auch hieß es, daß Tschamtaghi nachts nicht sicher genug sei. Das Essen brachten wir mit und rollten wie früher Teppiche aus, auf denen wir aßen, quasselten und spielten, vielleicht hatte jemand auch eine Laute dabei, ein anderer die Trommel, immer noch zwanzig, fünfundzwanzig Verwandte und Freunde auf der Terrasse, obwohl die meisten Cousins und Cousinen bereits in Amerika lebten. Bald flanierten die Männer unter den Bäumen, ging die Mutter mit den Tanten auf den Hügeln ringsum spazieren, rannten die Kinder zum Fluß, sprangen wir, wenn Sommer war, von den Bäumen ins Wasser und ließen uns manchmal einen halben oder ganzen Kilometer treiben, in Badehose durch den Wald oder über die Landstraße zurück, während die Erwachsenen auf Gaskochern den Tee zubereiteten, die Kissen und Backgammonbretter aus den Wagen holten, ebenso die Wasserpfeife, falls die Großtante mitfuhr, Großvaters Schwägerin mit dem Marlene-Dietrich-Gesicht und dem Schalk im Nacken, der leider zu steif geworden war, als daß sie noch mittanzen konnte, denn immer wurde getanzt, immer, selbst in den düstersten Jahren, als niemand einen Radiorekorder mitbrachte, weil die Nachbarn, von denen manche uns nicht wohlgesinnt waren, wie ich spürte, ohne damals die Gründe zu kennen, das Komitee rufen konnte, Tanzen war verboten, laute Musik war verboten, Frauen ohne Kopftuch waren verboten, Männer und Frauen zusammen waren verboten, in Badehose auf der Landstraße zu gehen war sowieso verboten und erst recht der Wodka, den irgendwer dann doch mitgebracht hatte, da Großvater nicht mehr wachte, und ein anderer drehte sein Autoradio auf volle Lautstärke, in dem bereits die verbotene Tanzmusik lief. Ich kann kein Stück von Tschechow sehen, ohne an Tschamtaghi zu denken, mir Tschamtaghi vorzustellen, meine Familie als Tschechowsche Figuren, die erkannt haben, daß ihre Sommerfrische abgelaufen ist und sie deshalb um so gründlicher genießen, die Frühlinge und Sommer. Auch für die Studentengruppen, für die wir gegen Ende meines Studiums in Isfahan Sprachkurse organisierten, war der Ausflug der herrlichste Tag ihrer Reise, wie sie oft sagten, in ihren Berichten schrieben oder mindestens dachten, denken mußten, so herrlich fand ich es jedesmal selbst, egal wie mich ihre Ansprüche sonst zermürbten und besonders die Mentalität der Deutschen, über die sich sogar die armenischen Sandwich-Verkäufer in Dscholfa beschwerten, deren höfliche Aufforderung, nichts zu bezahlen, die Deutschen für bare Münze nahmen, so daß sie tatsächlich nichts zahlten, wie es unter allen Völkern wirklich nur Deutschen passieren kann.

Mitsamt unserer Familie waren wir dann nicht mehr zwanzig oder fünfundzwanzig, die auf den Teppichen saßen, sondern fünfzig, sechzig wie zu Großvaters Zeiten, allerdings aus aller Welt, sogar aus Japan, aus Indien, aus Israel mit amerikanischem Paß, und manchmal schmuggelte ich in das Autoradio meine Rockmusik, mit der ich am liebsten durch Isfahan fuhr, oder die Radiosendungen des einen Moderators, die ich Anfang der neunziger Jahre Woche für Woche mit den Fingern auf den Aufnahmetasten verfolgt hatte, und tanzte das eine Jahr mit dem einen Mädchen und im nächsten schon mit dem anderen, das zu meiner Frau wurde, und beides war schön, auch die Augenbrauen, die die Tanten hochzogen, waren schön. Vor Großvater hätte ich mich nicht getraut, aber wie gesagt die anderen auch nicht, Wodka zu trinken. Das beste wäre, man reißt sich los von dem, was man liebt, von Tschamtaghi, überhaupt von Isfahan, wo wir kaum jemanden noch haben, von Iran, weil dort niemand mehr eine Zukunft sieht, »man reißt sich los und hofft darauf, daß die Wunde heilt«, wie es John Coetzee im dritten seiner sogenannten (von wem?) autobiographischen Romane über die Farm seiner Großeltern schreibt, den heiligen Ort seiner Kindheitssommer. Die deutsche Übersetzung lag als Fahnendruck unaufgefordert im Briefkasten, weil ich – so bilde ich mir ein, um keinen Zufall gelten zu lassen – in einigen Absätzen über Jean Paul, die ich für die Zeitung aus dem Roman kopierte, den ich schreibe, John Coetzee erwähne. »Diese herrliche Zeit kommt nie wieder; es ist das beste, wenn man die alten Orte nicht immer wieder aufsucht und dann beim Abschied betrauert, was für immer verschwunden ist.« Sein »selbstgewähltes Exil« nennt Großvater Tschamtaghi, der im Alter so viel Zeit dort verbrachte, wie es die Geburtstage der Enkel und anderen familiäre Verpflichtungen nur eben zuließen, oft allein, wie es scheint, oder wahrscheinlicher mit der kleinwüchsigen, buckligen Baguli, die als einzige Dienerin übriggeblieben war. Dort, und nur dort scheint er noch Frieden gefunden zu haben, wie die Mutter bestätigt. Die Abschnitte, die er auf fünfzehn, zwanzig, ich zähle nach: vierundzwanzig engbedruckten Seiten aneinanderreiht, als wolle er noch den letzten Leser vertreiben, sind weniger eine Liebeserklärung denn ein Liebesbeweis. Wer immer der Adressat war, Großvater mußte beweisen, wieviel ihm das Stück Land fünfunddreißig Kilometer flußabwärts von Isfahan bedeutete, wie tief seine Wurzeln reichten, welches Glück er darin fand, es blühen zu sehen. Er selbst kann unmöglich geahnt haben, daß kurze Zeit später Tschamtaghi besetzt werden, daß kurze Zeit später er sich aufreiben, demütigen, auf den Knie fallen, betteln, heulen, schreien und dennoch den größten Teil verlieren sollte; ich hingegen, der ich in Vertretung, wenn schon nicht der allgemeinen Leserschaft, dann wenigstens der Kinder und Kindeskinder seinem Leben Beachtung schenke, ich sehe seine Zukunft voraus.

Während Kartschegan zu den Dörfern gehört, die Hadsch Mollah Schafi Choí Anfang des neunzehnten Jahrhunderts flußaufwärts von Isfahan aufkaufte, kam Tschamtaghi erst vor drei Generationen in den Besitz unserer Familie. Laut einer Urkunde, die der Gouverneur von Isfahan unterschrieb, Prinz Zell-e Soltan, und der Oberste Rechtsgelehrte jener Zeit mit einem Siegel versah, erwarb es Urgroßvater am 14. März 1901 von Scheich Firuz od-Din, bekannt als Firuz Mirza, Sohn des Zell-e Soltan. »Sent: 4-Feb-2009 9:58:43 Ja wir sehen uns in diesen tagen.mich freut die nachricht sehr doll. bin gerade wieder in der klinik.wir müssen uns dann kurzfristig suchen,denn wo ich bis dahin sein wird,das weiß ich nicht.wie schön das du schon fast hier bist.herzlichst« Gut zehn Hektar war das Grundstück groß und verfügte über eine historische Festung, drei Kilometer südlich des Dorfes Kartschegan und zweiundsiebzig Kilometer westlich von Isfahan (von wegen fünfunddreißig Kilometer, wie die Mutter schrieb, so kurz kam ihr als Kind die Fahrt mit der Kutsche vor). Wie Großvater zufällig von Abdolhossein Fachar erfuhr, dem Besitzer der Ziegelfabrik nahe der Chaladjha-Kreuzung, und sich nach weiteren Recherchen bestätigte, gehörte Tschamtaghi ursprünglich dessen Vater, der seinen Besitz jedoch von aufständischen Stämmen bedroht sah. »Sent: 4-Feb-2009 10:12:07 Ja so machen wir das lieber freud.bis dahin gute tage,schöne ereignisse ....zurück in köln langsam,das eigene tempo finden alles liebe« Deshalb verkaufte er Tschamtaghi an Firuz Mirza, der sich für die größeren Ländereien rund um das Dorf Kartschegan interessierte. Wenn damals ein Mächtiger, sei es aus dem Prinzenpalast, ein Führer der Bachtiari oder anderer Stämme einen Landstrich in Besitz nehmen wollte, kaufte er üblicherweise ein kleineres Grundstück, um daraufhin die umliegenden Dörfer in Angst und Schrecken zu versetzen, so daß die Bauern freiwillig oder unfreiwillig ihren Boden aufgaben. Entweder flohen sie oder arbeiteten auf Lohnbasis für den neuen Gutsherrn. Auch Firuz Mirza ließ seine Beamten ausschwärmen, damit sie die Bauern von Kartschegan und den umliegenden Weilern zwangen, ihren Boden billig zu verkaufen. Die Bauern jedoch, die für ihre Aufsässigkeit bekannt waren, schickten die Beamten mit blutigen Gesichtern und gebrochenen Knochen zurück nach Isfahan. Das konnte sich weder Firuz Mirza und schon gar nicht dessen Vater Zell-e Soltan gefallen lassen. Eine Einheit kaiserlicher Soldaten zog nach Kartschegan aus, um die Bauern zu verhaften, die ihrerseits mitsamt Frauen und Kindern nach Isfahan flohen, wo sie Urgroßvater um Hilfe riefen. Dieser verfügte nicht zuletzt durch die Ehe seiner Nichte mit Zell-e Soltan über einigen Einfluß im Palast (Firuz Mirza stammte aus einer der vielen anderen Ehen des Prinzen ab). Urgroßvater bat Ururgroßmutter um Vermittlung, eine redegewandte alte Dame von sehr einnehmendem Wesen, die das besondere Wohlwollen Zell-e Soltans genoß (des Schwiegersohns ihrer Tochter) und ihn überredete, die Bauern zu begnadigen. Firuz Mirza merkte, daß er keine Aussicht mehr auf den Besitz von Kartschegan hatte. An Tschamtaghi hingegen lag ihm nichts; es war damals nur ein steiniges, abschüssiges Grundstück mit einigen Mandelbäumen und Reben, auf dem außerdem ein wenig Getreide angebaut wurde. Die Pacht brachte jährlich kaum mehr als hundert Tuman ein, Peanuts für den Sohn eines kadscharischen Prinzen. Deshalb willigte Firuz Mirza in den Vorschlag seines Vaters ein, Tschamtaghi zum Preis von 1100 Tuman an Urgroßvater zu verkaufen. »Bis zu der Zeit, als es in den Besitz dieses Sklaven überging, warf Tschamtaghi nie mehr als jene hundert Tuman ab. Mithin sind die mehreren tausend Obstbäume, Schwarzpappeln, Platanen sowie modernen Gebäude, die heute dort zu sehen sind, das Resultat der Anstrengungen, die dieser Sklave unternahm, und der nicht mehr zu beziffernden Mittel, die er investierte. Es mag sein, daß sich die Mühen und Kosten finanziell nicht gerechnet haben und den jetzigen Wert dieses Grundstücks übersteigen. Gleichwohl bereue ich keine Sekunde und keinen Rial und werde ich, solange ich in den Fesseln der irdischen Existenz stecke, mich weiterhin mit all meiner Liebe und Leidenschaft um die Entwicklung und Pflege Tschamtaghis bemühen. Mein Trost und meine Hoffnung besteht darin, daß der Ertrag, den die Kultivierung von mehr als zehn Hektar Land, der Bau von zwei Kanälen und die Pflanzung von mehreren tausend Obstbäumen einbringt, nach meinem Tod den Bedürftigen zugute kommt und ein Gedächtnis bleibt diesem Vergänglichen.«

Die Tochter von Ed. Balke jr., eine sorgenerregend schmale, noch in ihrem blauen Kittel geradezu auffällig graue Dame, die sicher einen anderen, den Namen ihres vielleicht verstorbenen Mannes trägt und nicht mehr viel Zeit hat, eine Nachfolgerin oder einen Nachfolger zu finden, die oder der ebensowenig Neues am Horizont der Eisenwaren sehen wird, die heute gewiß über siebzigjährige Tochter von Ed. Balke jr. also bestätigt dem Nachbarn, der eine neue Spülbürste benötigt, daß sich die Gasse weiß Gott verändert habe. Der Nachbar meinte natürlich das Jahr, in dem er fort war, und dachte, während die Tochter von Ed. Balke jr. sich ihre Antwort überlegte, im weiteren Sinne an die neuen Bewohner der Gasse, die Türken, Bulgaren, Schwarzen, Asiaten und übrigen Siedler. Sie hingegen denkt in lebensklügeren Perioden, wenn sie nach Veränderungen gefragt wird: Also der Krieg, der sei schon ein Einschnitt gewesen. Die Theke ist dennoch vom Vorkrieg geblieben, ebenso die mechanische Kasse, das dunkle Regal und draußen das Firmenschild überm Schaufenster. Erst seit er zurück ist, geht dem Nachbar auf, wie viele Häuser Nischen in ihren Fassaden haben, in denen noch die Jungfrau wacht, überm Teehaus, über den Modelleisenbahnen und selbst überm Pornokino. Mindestens als Fassade wird Colonia hinterm Bahnhof katholisch bleiben, wenn der Weltgeist, der in Köln Stadtsanierung heißt, längst die Türken und Nutten vertrieben haben wird. Eine verdammt coole Blonde betrat den Imbiß gegenüber vom Teehaus und fragte, ob sie heute um halb neun fünf Fladenbrote abholen könne. – Ist schon notiert, meine Dame, zeigte der blonde Syrer auf seine Stirn, als ob er jemals Bestellungen entgegennehme, aber wenn die Blonde um halb neun zurückkehrt, und zufällig ist gerade das Fladenbrot ausgegangen, wird er ihr zehn ofenfrische auf die Party bringen. Nebenan in der Kneipe dann, wo auf der Welt gibt es das schon?, der Trinkspruch von Heimito von Doderer: »Nüchtern ist das Chaos, die Voraussetzungslosigkeit. Berauscht sind wir von dem, was wir festhalten wollen: und das ist zuletzt nichts als unsere eigene Berauschtheit.« Daß Birnen auf türkisch »Armut« heißen, ist dem Nachbarn ebenfalls erst bei der Rückkehr aufgegangen. Seither fragt er sich jeden Tag, wenn er an dem Obststand des türkischen Supermarkts vorbei ins Büro geht, ob er nicht ein Kilogramm Armut kaufen sollte, obwohl er Birnen nicht besonders mag, nur wegen des Namens, nur weil Namen wichtig sind, und seien sie falsch geschrieben wie das *Teppich-Paradis*, dem es so gut geht, daß seine Hammerangebote inzwischen bis in den Hauseingang des Nachbarhauses ausliegen. Seit er zurück ist, arbeitet der Nachbar endgültig im Basar. Merkwürdig nur, daß der Hausmeister nicht einschreitet, der als einziger in der Gasse deutsch ist, ohne Rheinländer zu sein, noch dazu Westfale wie der Nachbar ja auch. Mit Blick auf die junge Polin, die während des Jahres das Büro gemietet hatte, vergab der Hausmeister sein größtes Lob: unauffällig. Zu ihrer eigenen Überraschung hat die Tochter von Frau Balke jr. keine Kölschstangen vorrätig. – Das kann doch nicht sein, murmelt sie ein ums andere Mal, das kann doch nicht sein, während sie alle Schubladen des Vorkriegs ausräumt. Der Nachbar will keine Kölschstangen kaufen; die Tochter von Frau Balke jr. will nur prüfen, ob die Bürste zu 1,50 Euro, die sie ihm ans Herz legt, sich auch in schmale Gläser schmiegt. Anhand anderer, etwas breiterer Gläser kommt sie zu dem Ergebnis, daß die empfohlene Spülbürste im Fall von Kölschstangen nicht der wahre Jakob sei. Sie hat immer so katholische Ausdrücke, die der Nachbar sich leider nie aufschreibt, am lustigsten den, als sie den wiederverwendbaren Teebeutel an der gläsernen Kanne ausprobierte, deren Öffnung zu weit für die metallene Halterung des Beutels war, so daß der Beutel in die Kanne fiel. Es wäre schon gegangen, der Nachbar hätte Teebeutel und Kanne dennoch gekauft, man mußte nur die Halterung zwischen Innenrand und Deckel quetschen, dann hätte, schief zwar, der Beutel gehalten und wären die Teeblätter nicht ausgelaufen, aber als die Tochter von Ed. Balke jr. eine ihrer Kürzestexegesen hinlegte, hatte sich die Möglichkeit des Kaufs sofort erledigt: Eine Teebeutel-, Teetassenkombination, die biblischen Spott auf sich zieht, kann auch ein Nicht- oder Andersgläubiger nicht ernsthaft besitzen wollen. Was die Spülbürste betrifft, überrascht der Nachbar sie, indem er zusätzlich zur ursprünglich empfohlenen eine sogenannte Babyflaschenbürste kauft, die in eine Kölschstange dringt wie der Schwanz in die Möse, um es in der Ausdrucksweise der Romane zu sagen, wie er sie früher schrieb.

1963 rief der Schah die sogenannte Weiße Revolution aus. Für viele überraschend, griff er damit die Forderung nach einer Bodenreform auf, die bereits die Konstitutionelle Bewegung Anfang des Jahrhunderts gestellt hatte. Die Weiße Revolution sah vor, daß der Staat die Großgrundbesitzer gegen eine üppige Entschädigung weitgehend enteignete und die Bauern mit Krediten ausstattete, damit sie den Boden kaufen konnten, den sie bestellten. Damals gehörten einem Prozent der Iraner sechsundfünfzig Prozent des iranischen Bodens. Mit der Reform stellte sich der Schah gegen die gesellschaftliche Klasse, die bis dahin seine Herrschaft gesichert hatte: Zwei Drittel der Parlamentsabgeordneten waren Großgrundbesitzer; allein der mehrfache Premierminister Qawwam os-Saltaneh besaß zweihundert Dörfer, hundertfünfzig Teeplantagen und über siebzig Wohnhäuser. Es ging dem Schah und der Kennedy-Regierung, die ihn zu der Reform gedrängt hatte, gewiß auch um die Beseitigung der Armut und eine gerechtere Verteilung des Bodens, gewiß auch darum, zehn Jahre nach dem Putsch die Sympathien der Bevölkerung zu gewinnen, um die Fortdauer der Monarchie langfristig zu sichern. Zugleich sollte die Macht einzelner Feudalherren gebrochen, die Herrschaft zentralisiert und eine starke Schicht kapitalistisch produzierender Mittelbauern geschaffen werden, welche die Landwirtschaft industrialisieren, die Produktivität erhöhen und die Erzeugnisse der Agrarkonzerne kaufen würden. In der gesamten Ära von Schah Mohammad Reza Pahlewi sollte es kein ehrgeizigeres Projekt geben: Wenn die Zahl stimmt, die ich in einem der Bücher las, wurde zwei Millionen Bauern Land zugeteilt und änderte sich damit das Leben von elf Millionen Iranern – bei einer Gesamtbevölkerung von damals zwanzig, fünfundzwanzig Millionen. Auch in Tschamtaghi, obschon es winzig war im Vergleich zu den üblichen Größenverhältnissen von mehreren hundert Hektar, muß es zu Tumulten gekommen sein. Daß von Großvater selbst über die Gründe und den Ablauf der Weißen Revolution, die er aus nächster Nähe erlebte, so gut wie nichts zu erfahren ist, habe ich nicht anders erwartet. Er schreibt nicht einmal, ob er sie prinzipiell ablehnte oder den Nöten und Forderungen der Bauern Verständnis entgegenbrachte; immerhin hatte bereits die Nationale Front eine Bodenreform anvisiert, die noch radikaler ausgefallen wäre. Bei Großvater liest es sich ganz einfach: Bis zur Weißen Revolution habe er in Tschamtaghi in großer Harmonie und Freundschaft mit fünf Bauernfamilien gelebt, die mit dem Viertel des Ertrags, den er ihnen überlassen habe, gut ausgekommen seien. Wenn sie Geld brauchten, habe er es ihnen zinslos geliehen, und wenn sie krank waren, habe er sie in seinem Haus in Isfahan beherbergt und einen Arzt besorgt. Doch von einem auf den anderen Tag hätten sie sich geweigert, ihre Kredite zurückzuzahlen. Und dann habe Großvater gehört, daß sie nach Isfahan gefahren waren, um seine Enteignung zu fordern. Sie hätten behauptet, daß Tschamtaghi seit jeher von ihnen bestellt werde und daher ihnen zustehe. Vor der Kommission, die über die Enteignungen entschied, habe Großvater jedoch nachweisen können, daß er das Land selbst kultiviert hatte und die Bauern seine Angestellten waren, die er angemessen bezahlte. So eindeutig seien die Besitzverhältnisse gewesen, so unbestreitbar die Urkunden und so einfach zu belegen der Umfang seiner Investitionen, daß ihm das Schiedsgericht als einzigem Gutsherrn der Umgebung recht gegeben habe. Die Bauern selbst seien am Ende des Verfahrens einsichtig genug gewesen zu akzeptieren, daß Tschamtaghi von der Bodenreform ausgenommen wurde. Sie hätten sich sogar bei ihm entschuldigt und wieder harmonisch mit ihm zusammengelebt. Allein, wenn alles so klar war, die alte Ordnung und mit ihr der Frieden hergestellt, wieso verwendet Großvater fünfzehn oder zwanzig Jahre später so viel Energie darauf, die Rechtmäßigkeit seines Besitzes zu belegen? Als müsse er vor dem Schiedsgericht ein zweites Mal bestehen, führt er auf den nächsten Seiten alle möglichen Gründe an, warum Tschamtaghi ihm gehörte: Niemals hätten die Bauern, die vor dem Schiedsgericht seinen Besitz bestritten, die Mittel und die Ideen gehabt, das Flußufer zu befestigen, Bewässerungskanäle anzulegen, den Boden einzuebnen, Plateaus in den Hang zu graben, Teiche anzulegen, Wasserpumpen zu kaufen und die Gebäude mit modernster Ausstattung zu errichten. Um stellvertretend nur eines von Großvaters Argumenten auszuführen: Wenn die Bauern das Haupthaus gebaut hätten, wieso verfügte es dann über europäische Toiletten?

Als Großvater sein Leben beschrieb, war die Bodenreform, gut gemeint oder nicht, längst zu einem Fiasko geworden. Die Bauern vermochten die Kredite, mit denen sie den Boden gekauft hatten, nicht zurückzuzahlen; schlimmer noch, mit der Aussicht, den Ertrag zu steigern und damit die Schulden zu begleichen, schwatzten ihnen gewitzte Vertreter Maschinen und chemische Dünger auf, für die sie neue Schulden aufnahmen. Doch die neuen Höfe, die überall entstanden, waren zu klein, um eine Familie zu ernähren, geschweige denn einen Überschuß zu erwirtschaften, mit dem die Kredite zurückgezahlt werden konnten. Während die Betriebskosten von Jahr zu Jahr stiegen, sanken die Preise, weil Getreide, Reis, Zucker, Obst, Mais und andere subventionierte Erzeugnisse aus den Vereinigten Staaten den Markt überschwemmten wie heute die halbe Welt (nur daß heute die Überschüsse der Europäischen Union hinzukommen). Aus den gleichen Gründen wie heute in Indien sahen sich die meisten iranischen Kleinbauern bald schon gezwungen, ihren Boden billig an ehemalige Großgrundbesitzer, Agrarkonzerne oder Fabriken zu verkaufen, so daß die einzelnen Güter Anfang der siebziger

Jahre im Durchschnitt noch weit größer waren als vor der Bodenreform, die doch eine gerechtere Verteilung des Landes bewirken sollte. Noch dazu hatten viele der neuen Eigentümer kein Interesse, den Boden zu bewirtschaften, da sie mit den Importeuren kaum konkurrieren konnten, wenn sie nicht selbst die Importeure waren, die mit dem Ankauf ganzer Landstriche die heimische Konkurrenz aus dem Weg räumten. Sie widmeten den Boden zum Baugrund um, zerstörten ihn innerhalb weniger Jahre durch Monukulturen oder ließen ihn brachliegen. Iran, das sich bis zur Bodenreform von 1963 noch selbst versorgte, führte zehn Jahre später achtzig Prozent seiner Nahrungsmittel aus dem Ausland ein, vor allem aus den Vereinigten Staaten. »Was so schön Weiße Revolution genannt wird«, hatte als einer der ersten ein vergleichsweise junger, noch wenig bekannter Ajatollah aus Ghom gewarnt, »ist nichts anderes als ein amerikanischer Plan, der dazu erdacht wurde, unsere Landwirtschaft zu zerstören, unser ganzes Land in einen Absatzmarkt für amerikanische Lebensmittel zu verwandeln und unsere Bauern zu billigen Arbeitskräften zu machen.« Der Ajatollah hieß Ruhollah Mussawi Chomeini. Die gewaltige Landflucht, die Ende der sechziger Jahre einsetzte, schuf ein neues Proletariat, entwurzelt, größtenteils ohne jede Schulbildung, aller Illusionen beraubt, das 1978 den größten Teil der revolutionären Massen bildete. In seinem Rollstuhl schloß Großvater sich ihnen an.

Als er sein Leben beschreibt, arbeiten manchmal zwei, manchmal drei Bauern auf Lohnbasis für den Gutsherrn. Für die Obstplantagen reicht es, für ein wenig Getreideanbau, aber man könnte mehr daraus machen, wenn er Arbeiter fände, man könnte den Boden unter den Bäumen nutzen, wenn man ihn von Dornen befreite. Wasser hat es genug, aber allein schon das Grundstück zu sichern, indem nachts jemand in Tschamtaghi schläft, kostet mehr, als der Boden derzeit einbringt. Der Gutsherr ist alt, zweiundachtzig, dreiundachtzig Jahre, er kann sich nicht mehr um alles kümmern, und die Söhne haben Wichtigeres zu tun. So oft und so lang es geht, übernachtet er selbst in Tschamtaghi, als sei das Grundstück damit gesichert, sieht zu, daß die Bäume gepflegt, das Obst gepflückt, die Pistazien und Mandeln geerntet, die Äcker bestellt werden, packt mit an, obschon immer häufiger nur symbolisch, und mutet sich von Jahr zu Jahr mehr zu, als sein Körper verkraftet, obwohl es von Jahr zu Jahr weniger ist, bleibt den Winter über auf dem Hof, wenn es friert, ist allein, wenn er Hilfe brauchte, kommt nicht zur Apotheke, wenn er krank liegt.

Aufhören, das Grundstück verkaufen, kann der Gutsherr nicht, wird er nie können. Jeder Schriftsteller und jeder Künstler genieße es doch, die Früchte seiner Arbeit zu sehen, schreibt er. Jedesmal freut er sich und ist auch stolz, wenn jemand Tschamtaghi besucht, ob nun die Familie oder Fremde, ob aus Isfahan oder dem Ausland. Ja, regelmäßig kommen Ausländer, meistens Amerikaner, die für eine der Waffenfabriken, das Militär oder einen Agrarkonzern arbeiten, manchmal auch Russen, die im Metallwerk von Isfahan beschäftigt sind; zweimal brachte sein Enkel, der älteste Sohn der ältesten Tochter, junge Deutsche mit. Die Russen und Amerikaner schneien in Gruppen von acht oder zehn ein, zum Wandern, zum Angeln, zum Picknick im Schatten der Bäume. Oft bemerkt er sie gar nicht, so rücksichtsvoll verhalten sie sich, machen keinen Lärm wie die Iraner, trampeln nicht durch die Plantagen und über die Äcker. Allenfalls sieht er am Vormittag ihre Autos von der Straße auf einen der Feldwege einbiegen. Er möchte sie nicht stören, zumal Frauen darunter sind, und wer weiß, wenn sie schwimmen gehen, dann … – aber wenn er gegen Abend seine Runde dreht, ist er doch neugierig, wo sie sich hingesetzt haben, und schaut an den üblichen Plätzen nach: Fast nie wird er fündig. Gewöhnlich lassen die Ausländer kein Stück Papier liegen, keine Obstschalen, nicht einmal Zigarettenstummel. Jedesmal fragt sich der Gutsherr, wie zehn erwachsene Menschen einen ganzen Tag im Freien verbringen können, ohne die geringste Spur zu hinterlassen. Er hat auch seine zwei Bauern gefragt. Sie berichteten, daß die Ausländer – mit Sicherheit studierte, gut verdienende Leute – sich nicht einmal zu schade sind, ihre eigene Notdurft zu entsorgen. Und damit ist der Gutsherr wieder bei der Gedanken- und Gewissenlosigkeit seiner eigenen muslimischen Landsleute, den Melonenkernen auf dem Tschaharbagh, den zerstörten Parkbänken, nächtlichen Ruhestörungen und allem, was sich darin moralisch, religiös und politisch ausdrückt. Auch deshalb hat er das Exil gewählt, das ihm Tschamtaghi ist.

Wenn etwas, dürfte ich am Dienstag, dem 10. Februar 2009, um 1:12 Uhr den Rechtsstreit aus dem Jahr 1931 um die Bewässerung eines Wäldchens übergehen, obgleich selbst darin zwei, drei Hinweise sich finden, die jemand wertschätzen könnte, sagen wir ein Iranist mit dem Schwerpunkt auf moderner Sozialgeschichte: Zwei Jahre zieht sich das Verfahren bereits hin, als der Richter die Geduld mit den beiden Parteien verliert und einen Ortstermin anberaumt. Am Tag vor der Abfahrt bittet der

Kläger, ein älterer Geistlicher namens Hadsch Scheich Mehdi Nadjafi, den jungen Gutsherrn von Tschamtaghi zu sich nach Hause und fragt, ob sie sich nicht gütlich einigen könnten, ihn schrecke die lange Reise: »Sie sind doch als ein tüchtiger, gottesfürchtiger Mann bekannt, Herr Schafizadeh. Warum müssen Sie denn für Ihre Bäume das Wasser des Kanals nutzen, der durch mein Grundstück fließt?« »Der Kanal fließt überhaupt nicht durch Ihr Grundstück«, erwidert der junge Gutsherr mit sicherer Stimme: »Morgen können Sie sich selbst davon überzeugen, daß der Kanal durch mein Grundstück fließt.« Der Scheich ist verwirrt und ruft seinen Anwalt, um ihn zu fragen, ob die Behauptung stimmt. Der Anwalt gibt dem jungen Gutsherrn recht. »Und weshalb haben Sie mir das nicht gesagt?« fragt der Scheich verblüfft. »Sie wollten Herrn Schafizadeh verklagen«, antwortet der Anwalt, »also habe ich ihn verklagt. Meine Aufgabe gleicht der des Leichenwäschers: Ich frage nicht, ob der Tote in den Himmel oder in die Hölle kommt; ich wasche ihn einfach.« Die Sache mit dem Fluß lag etwas komplizierter, doch ist es inzwischen 2:04 Uhr und der Enkel müde von einem weiteren Tag, dessen Arbeitszeit mit Korrespondenzen, Telefonaten, der Vorbereitung auf den nächsten Salon und zu allem Überfluß mit einer miserablen Rede verrann, die er überarbeitete, um sich nicht zu sehr zu schämen, den Redner selbst vorgeschlagen zu haben, schaffte es nicht zum Laufen an die frische Luft, weil er die Ältere von einem Kindergeburtstag abholen mußte, wegen des kalten Regens im Feierabendverkehr quer durch die Stadt, die sich mit Baustellen bedeckt hat, als könne sie jemals wieder schön werden. Der berühmte Schriftsteller, der als Personalchef einer großen Firma arbeitete, rief 1971 nachmittags seinen Chef an, um mitzuteilen, daß er nie mehr ins Büro zurückkehren werde, und nahm dreißigjährigen Mißerfolg bis hin zum realen Hunger in Kauf, desungeachtet die Unvereinbarkeit des Schriftstellerlebens mit einer bürgerlichen Existenz nicht so sehr oder nicht nur in den täglichen Abläufen liegt, die Familie und Broterwerb erzwingen, vielmehr in der Asozialität gründet, auf die sich einläßt, wer keine Rücksicht mehr nimmt. Heute leistet er sich das Leben mit Privatkino und die Lektüre von fünfzehntausend Seiten, wenn er meint, Hamsun kennen zu müssen, bevor er mit dem Roman fortfährt, den er schreibt. Der jüngere Kollege wäre schon froh, doch erst den *Komet* lesen zu können, bevor er mit dem Leben seines Großvaters fortfährt. Aber selbst der berühmte Schriftsteller kämpft gegen Windmühlen an.

Die Manie Peter Kurzecks, eines klein geratenen, stolz gebückten Mannes mit grauen Haaren und einem Schnurrbart, der schmal geschnitten ist wie in einem amerikanischen Gangsterfilm, die Manie, seit vier oder fünf Romanen und mindestens in den nächsten sechs oder sieben Romanen über dieselben zwei, drei Monate im Herbst 1984 zu schreiben, über dieselben täglichen Gänge mit seiner Tochter, über dieselben müden Kämpfe mit seiner ehemaligen Frau, über dieselben Geldnöte, widerlegt und bestätigt den Papst, insofern auch das Belanglose durch die Wiederholung groß werden kann beziehungsweise es nichts Belangloses gibt, sondern nur mangelnde Achtung. Wenn nicht die Bemerkung des Anwalts, müßte das Geständnis des Scheichs Nadjafi doch von Belang sein, wenigstens für einen Iranisten mit dem Schwerpunkt auf moderner Sozialgeschichte. Daß ein Großgrundbesitzer sein Land noch nie mit eigenen Augen sah, scheint für die damaligen Verhältnisse typisch gewesen zu sein; zumindest war Großvater davon weniger überrascht als vom Gegenbesuch des Scheichs, der sich an der Tür weigerte, in den Salon zu gehen oder einen Tee zu trinken, bevor Großvater zusammen mit der Entschuldigung auch das Geld annahm, das der Prozeß gekostet hatte. Daß sie ihre Irrtümer zugeben, sei das Kennzeichen der Weisen, schreibt er und hofft, daß ihm das Verhalten des Scheichs eine Lehre sei. Oder wie der gepriesene Jean Paul sagt: »Der Mensch ist nie so schön, als wenn er um Verzeihung bittet.« Ja, ich als Enkel glaube sagen zu können, daß Großvater sich häufig genug für seine Fehler entschuldigte. Zehn Jahre später, 1941, kam er auf dem Rückweg nach Isfahan nachts mit seinem Motorrad von der unbefestigten Straße ab und stürzte schwer, doch erhielt ich einen Anruf von jemanden, der mich sofort treffen möchte, und wenn einem seine Geschäfte so wichtig sind, daß er nachts dafür durch halb Köln radelt, wo immer weniger Straßen befestigt sind, werde ich die Gelegenheit nicht auslassen, nach langer Zeit wieder einen mäßigen Tag an der Theke zu beenden, an der man sich lustigere Anekdoten erzählt als Großvater in seiner Selberlebensbeschreibung. Moment, eine gelingt noch am Schreibtisch: Ein Autofahrer, der ihn am Wegrand mit gebrochenen Knochen und blutverschmiertem Schädel aufliest, setzt den Gutsherrn vor dem Apostolischen Krankenhaus ab, wo ihn eine weibliche Stimme auffordert, sich morgen früh wieder einzufinden, und alles Flehen ignoriert, das Tor zu öffnen. Der Gutsherr will sich zum Avicenna-Krankenhaus schleppen, das ebenfalls in seiner Nachbarschaft am

Teheraner Tor liegt, verliert die Orientierung, die Kraft schwindet, der Schmerz so unerträglich, daß er schreien möchte, alle Menschen der Welt aufwecken, aber er wimmert nur, und niemand hört ihn, weil niemand in den Straßen ist, die noch keine Laternen haben, auch keine Orte, zu denen jemand 1941 in Isfahan um diese Uhrzeit noch gehen, fahren, reiten könnte. Wo ist er? Weshalb erkennt er die Häuser nicht wieder? Kalter Schweiß bricht ihm aus, er zittert, die Knie knicken ein, so daß er sich setzen muß, irgendwo setzen und vor Schmerz und Erschöpfung heulen. Ein paar hundert Meter entfernt von seinem Haus entfernt sitzt der Gutsherr auf dem Boden einer staubigen Gasse, den Rücken an eine Lehmwand gelehnt, und schmeckt den Rotz und die Tränen, die in seinen Mund fließen. Wie lange diese Besinnungslosigkeit anhält, wird er später nicht einmal vermuten können, die Erinnerung erst dort wieder einsetzen, als es ihm mit dem bewährten Mantra »Wir sind Gottes, und zu Ihm kehren wir zurück« auf den Lippen gelingt, einen Gedanken zu fassen. »Wenn niemand da ist, ist Gott doch da«, redet er sich ein, immer wieder, bis es zum Gebet wird: »Wenn niemand da ist, ist Gott doch da!« Dann richtet er sich auf, schaut sich um und entdeckt, daß er genau unter dem Türschild seines Hausarztes und Freundes Doktor Riahi sitzt. Die Tür öffnet sich, und jemand zieht den Gutsherrn ins Haus, er merkt nicht wer, er merkt nicht wie. Am nächsten Tag erwacht er in einem Bett und sieht die Gnädige Frau. Er braucht einige Sekunden, bis er sich orientiert hat. »Die Schmerzen sind erträglich«, beantwortet er dann ihre Frage. »Gott sei gepriesen«, stöhnt sie auf und beginnt zu schimpfen.

In einem Pulk vor einem Filmkunsttheater zu stehen ist aus verschiedenen Gründen erfreulich. Es deutet auf den Zuspruch hin, den das Kino erfährt, und damit auf den Anspruch, den es sich auch künftig leisten kann. Es berechtigt zur Vermutung, daß die Vorstellung verheißungsvoll besprochen wurde, für die man selbst sich ganz zufällig entschieden hat – nur weil man nach dem Abendessen den Block zwischen der Wohnung und dem Büro einmal in entgegengesetzter Richtung entlanglief und auf das Plakat eines Films aus oder über Indien aufmerksam wurde, wo man vor einiger Zeit selbst war. Auch läßt man sich, wenn man sich schon in eine Menge zwingt, das Publikum eines Dokumentarfilms aus Indien noch am ehesten gefallen; es ist höflich, neugierig und setzt sich zusammen aus allen Generationen (später rückt man bereitwillig einen Platz nach links oder rechts, damit kein Paar getrennt sitzen muß). Zum

Ereignis wird die Situation, wenn plötzlich die Zuschauer der vorherigen Vorstellung aus dem Kinosaal treten und durch den kleinen Vorraum auf die Straße drängen mit ihren Lichtern, dem Wind und dem unerwarteten Pulk, der sich zweiteilt wie das Meer vor Moses. Die Überraschung erfaßt beide Lager, die Heraustretenden und die Wartenden, obwohl nichts an dem Aufeinandertreffen überraschend ist: Bevor die eine Vorstellung beginnt, muß die andere zu Ende gegangen sein. Man hat nur nicht daran gedacht, die Heraustretenden, weil sie im Kino, die Wartenden, weil sie im Gespräch, in Gedanken oder im Tagtraum waren. Um so rascher löst sich die Verblüffung auf, jedenfalls auf seiten der Wartenden. Die Heraustretenden hingegen sind jedesmal neu irritiert, auf einen Schlag so viele Menschen anzutreffen, durch deren Mitte der einzige Weg zurück in die Wirklichkeit führt. Und erst die Blicke. Gleich, ob die Wartenden zuvor in ein Gespräch, in Gedanken oder einen Tagtraum vertieft waren – jetzt schauen sie in das Gesicht eines jeden, der das Kino verläßt, vielleicht daß darin die Wirkung der Vorstellung sich spiegle, für die sie gerade eine Eintrittskarte gekauft. Auch wenn vor ihrem ein anderer Film lief, liegt in den Blicken der Wartenden die Frage, ob sich der Besuch lohnen würde. Er lohnt sich bestimmt, wenn die Heraustretenden selig aussehen. Diese jedoch, aus dem Dunkel des Kinosaals herausgezerrt vor so viele Augen, die auf sie starren, schauen instinktiv zu Boden, geben sich einen möglichst neutralen Gesichtsausdruck oder nehmen ein Gespräch mit ihrer Begleitung auf, das gerade nicht mit der Bewertung des Films anhebt. Die Wartenden ziehen dennoch ihre Schlüsse. Seligkeit sieht anders aus. Den Film müssen wir uns nicht anschauen. Zum Glück sahen wir kurz danach einen anderen.

»Nach der Schilderung meines Zustands wird der verehrte Leser nachvollziehen können, welche Wirkung der Anblick jenes Türschilds auf mich hatte. Ich übertreibe nicht, wenn ich sage, daß ich Gott selbst auf dem Türschild von Doktor Riahi sah.« So bedeutend ist ihm der Vorfall, daß Großvater zum ersten und einzigen Mal eine handschriftliche Skizze in das Manuskript einfügt, auf der die Straßen am Teheraner Tor eingezeichnet und die Lage der beiden Krankenhäuser, seines eigenen Hauses sowie des Hauses von Doktor Riahi vermerkt sind, Schauplatz einer Offenbarung. Kürzlich las Großvater das Buch eines hochrangigen religiösen Gelehrten, in dem es um die Frage geht, woran Gottes Wirken zu erkennen sei. Der Gelehrte zitierte die Frage eines anderen, ebenso hochrangigen Gelehrten, ob die Erfindung des Flugzeugs die leibliche Himmelfahrt des Propheten erklären könne. Nein, antwortete der eine dem anderen Gelehrten, denn bei der Himmelfahrt habe der Prophet in äußerst kurzer Zeit eine äußerst weite Strecke zurückgelegt. So schnell könne ein Flugzeug niemals fliegen. »Beides, die Frage und die Antwort, erstaunten diesen Analphabeten sehr. Ich wunderte mich, daß zwei hochstehende und verehrungswürdige Autoritäten auf dem Gebiet der Theologie auf der Suche nach einem Beweis für die offenkundige Himmelfahrt, die sich aufgrund des Willens und der Weisheit des allmächtigen Schöpfers ereignete, die Erfindung des Flugzeugs heranzogen, dessen Flug dem Phänomen, das zur Rede steht, nicht im entferntesten ähnelt. Hier Technik, die man vielleicht bewundern, aber doch erklären kann, dort ein Wunder, das dem menschlichen Verstand niemals erklärlich sein wird, hier ein Erfinder, dort Gott – wo soll es da irgendeine Vergleichbarkeit geben? Ich wunderte mich, daß zwei hochrangige Gelehrte auf solchen Unsinn verfielen, wo sie sich doch nur hätten umschauen müssen. Um Gottes Wirken zu erkennen, hätte es genügt, das Wunder zu betrachten, das die Existenz eines einzigen Menschen bedeutet. Daß die Zunge spricht, die Ohren hören, die Augen sehen – sind das nicht noch größere, erstaunlichere Phänomene als die Himmelfahrt selbst? Bestimmt gibt es kluge Gelehrte, die die menschliche Biologie bis in ihre Feinheiten erklären können – aber wer könnte die Schöpfung selbst erklären? Wer könnte erklären, daß etwas ist und nicht nichts? Der Himmel deckt bloß die Unermeßlichkeit des Alls auf, die Erde hingegen die Unerschöpflichkeit jedes einzelnen Lebens. Und jetzt habe ich nur vom Menschen gesprochen – was ist mit der Vielfalt der Tiere, der Vielfalt der Pflanzen, der Vielfalt der Mineralien und Moleküle, die ein Blick ins Mikroskop enthüllt – ja, wenn ich eine bloße Rinde, bloße Holzkohle sich im Wasser zu jagenden, ja zu gebärenden Tieren auflösen sehe und zuletzt, wenn sich im bloßen Regentropfen allein eine Welt von fünf verschiedenen Tierarten birgt? Genügt denn das nicht, um darin eine Offenbarung zu sehen, eine Offenbarung, die jederzeit für jeden Menschen stattfindet. Muß man deswegen in den Büchern nachschauen oder sich technische Fragen stellen? Oder wie der gepriesene Scheich Saadi sagt: ›Jedes Blatt des Baumes, sieh, / Ist ein Buch der Theologie.‹ Ich fragte mich, wie es geschehen konnte, daß zwei aufgeklärte Vertreter unseres Glaubens und unserer Zeit das Offenkundige verkennen und dem Abwegigen folgen, das nur in die Dunkelheit und die Verlorenheit führt. Dann fiel mir ein, daß ich vor Jahren in einer Zeitschrift oder einem Buch gelesen hatte, daß ein weltberühmter Philosoph oder Wissenschaftler in seinem Studierzimmer schwitzte. Er rief seinen Diener herbei und befahl ihm, den Ofen vom Schreibtisch zu entfernen und mitsamt dem Rohr an anderer Stelle aufzubauen. Ohne nachzudenken fragte der Diener, der vielleicht ein ebensolcher Analphabet war wie der Verfasser dieser Zeilen, ob es nicht einfacher wäre, den Tisch vorübergehend vom Ofen wegzurücken. Dem weltberühmten Philosophen oder Wissenschaftler ging seine Gedankenlosigkeit auf, und er sah ein, daß der Mensch, egal auf welcher Stufe des Wissens und des Ruhmes er sich auch befindet, nicht vor den dümmsten Irrtümern gefeit ist. Und ich denke, daß den beiden hochstehenden Gelehrten des Islam etwas Ähnliches widerfuhr. Wahrscheinlich ist ihnen ihre kurzfristige Gedankenlosigkeit längst aufgegangen und benötigen sie nicht die Belehrungen eines Analphabeten. Andererseits ist ihr Buch immerhin gedruckt und in Umlauf gebracht worden, so daß der verquere Vergleich von der Schöpferkraft des Allmächtigen mit einer technologischen Erfindung Gott verhüte bereits Verwirrung gestiftet haben könnte. Deshalb sah es dieser Sklave als seine Pflicht an, der Irrlehre, soweit er dazu in der Lage ist, entgegenzutreten und an das Selbstverständliche zu erinnern. Sollte ich dazu nicht in der Lage gewesen oder wie so oft mir selbst die Gedankenlosigkeit unterlaufen sein, die ich den beiden hochstehenden Gelehrten also fälschlich vorgeworfen hätte, möge jemand anders mich korrigieren und mir Gnade erweisen, indem er mich belehrt.«

Kurzmitteilungen bleiben mir von Anka, lange Kurzmitteilungen. Später erfuhr ich, daß auf den Tasten des Mobiltelefons keine Zahl und kein Buchstabe mehr lesbar gewesen seien, so häufig habe sie Kurzmitteilungen getippt, immer kleine Briefe, die mitten im Wort abbrachen, weil sie für die Übertragung zu lang wurden, und mit der nächsten Kurzmitteilung wieder anfingen. Auf Orthographie und Rechtschreibung achtete sie nicht mehr, die Syntax geriet durcheinander, Sätze begannen, ohne daß der vorige aufgehört hatte. Punkt und Komma, sofern sie überhaupt vorkamen, waren um eine Stelle verrutscht: standen nicht vor, sondern nach dem Abstand zwischen zwei Wörtern, allerdings nicht so regelmäßig, daß es System gehabt hätte. Die Irritationen, Unterbrechungen und Rätsel, die ihre flüchtige

Anka Lea Sarstedt (22. März 1964 Peine; 19. Februar 2009 Berlin)

Schreibweise und die Beschränkungen des Mediums hervorriefen, entsprachen der realen Zeitnot und den physischen Behinderungen, die sie jedesmal neu und wundersam überwand. Ohne die Barrieren im Lesefluß wäre es mir wahrscheinlich zuviel Gefühl gewesen, das sie in ihre Mitteilungen legte. So nannte sie mich zwar ihren Freund, obwohl wir uns kaum kannten, aber weil sie sich in der Eile vertippte, wurde ich regelmäßig zu ihrem Freud. Im Sterben war sie schwärmerisch, wie ich es nicht gewohnt bin. Ob sie es vorher schon war, kann ich nicht sagen. Ich sandte ihr soviel Sympathie zurück, wie ich es in Kurzmitteilungen eben auszudrücken vermochte, ohne daß es einen falschen Ton annahm. Jeder nach seinem Maß, nahm ich mir vor und schien auf ihr Verständnis zu stoßen.

Bevor wir uns kennenlernten, leistete ich mir allerdings einen Fauxpas, auf den ich sonst andere aufmerksam mache. Weil Anka südländisch, genauer: orientalisch aussah, fragte ich ihren Freund, mit dem sie in der Villa Massimo lebte, woher sie stammt. Aus Deutschland, antwortete er mit der halb gespielten Entrüstung dessen, der ausgerechnet von mir eine solche Frage nicht erwartet hätte. Später erklärte mir Anka, daß sie ihren Vater nicht kenne. Sie hing an der Vorstellung, daß er ein Araber war oder besser noch ein Sepharde. Der Orient war es, über den wir auf der Terrasse eines Selbstbedienungsrestaurants am Augustus-Monument ins Gespräch fanden, Hauptsache sonnig: Fürs erste Mittagessen des Jahres unterm freien Himmel war sie gern bereit zu frieren. Wie sie mir nach einer Viertelstunde und auf dem Rückweg noch dicht gedrängt in der U-Bahn ihre widerstreitenden Gefühle aufblätterte, ihren Frieden und ihren Kummer, ihre Sorge um die Kinder, ihre Schuldgefühle auch und zugleich die beinah heilige Verpflichtung, das Leben, nur anders als bisher, auszuschöpfen, wertzuschätzen, das uns geschenkt, ihren Glauben und ihre Zweifel an sich selbst, sprach ich in einer Offenheit über die eigene Not, die sich mit keinem anderen Menschen seither ergab.

Wenn wir uns auf den Kieselsteinen zwischen unseren Haustüren trafen, nahmen wir uns jedesmal vor, unsere Bekanntschaft zu vertiefen, die unter allen Begegnungen der Villa Massimo am meisten mir versprach. Ich dachte, es hätte Zeit, doch plötzlich war sie nach einem nächtlichen Streit aus Rom abgereist. Wenig später hörte ich ebenso plötzlich, was ihr widerfahren war, ohne Vorbereitung die tödliche Diagnose. Zunächst bemühte ich mich, ihrem Freund beizustehen, der ihr nach Berlin folgte. Als Anka sich von ihm trennte, schrieb ich ihr, daß wir oft an sie dächten und in unseren Gebeten jeden Abend bei ihr seien. Das waren wir tatsächlich, ein halbes Jahr fast jeden Abend vor dem Essen. Sie möge ein Zeichen schicken, wenn ich etwas tun könne oder sie anrufen dürfe, eine SMS, und ich würde mich sofort melden. »Sent: 2-Sept-2008 13:24:34 Lieber Navid,denke nur, – seid zwei tagen versuche ich dich in der villa anzurufen u hörte nun,das ihr unterwegs wohl seid.heute kommt dein liebevoller brief u mich berührt,zu wissen in euren gebeten gehalten zu sein...bitte laßt mir einen platz dort,denn ich selbst bin nun oft so schwach für das gebet u ed fehlt mir sehr ...grüße von herzen deine familie.ich rufe heute oder morgen kurz durch ...du kannst es immer versuchen – stöhrt gar nicht ...wenn schlapp dan schlaf ich u meld mich zurück ~habe viel angst u viel so viel zu tun auch – für die töchter ...danke.danke das du mir geschrieben hast,Navid.« »Sent: 2-Sept-2008 13:28:58 Das war ein gruß von anka u nun fliegt meine telefonnummer auch mit ...jetzt leg ich mich schlafen.später meld ich mich«

Einige Tage lang erreichte ich sie nicht, und wenn sie zurückrief, lag das Handy gerade nicht in der Nähe oder war ich mit den Kindern unterwegs. »Sent: 2-Sept-2008 20:55:13 Lieber Navid,-ich versuch morgen,denn nun schlaf ich gleich wider ein ~so erschöpfend das alles.leider ~aber morgen, möge es klappen herzlichst anka« »Sent: 2-Sept-2008 21:00:11 Danke du lieber freud« »Sent: 3-Sept-2008 09:11:07 Seid ihr schon wach?liebe grüße von anka« »Sent: 10-Sept-2008 18:27:12 Sehr liebe,abend sonnenuntergan g grüße ~mit lieben grüßen an dich u deine familie, lieber Navid ~ von herzen anka« Ein, zwei, vielleicht drei Jahre hieß die Lebensdauer, die irgendwer in den Raum geworfen hatte. Von Ermächtigungen war die Rede, Patientenverfügung, Jugendamt. Sich mit ein, zwei, vielleicht drei Jahren abzufinden wäre ohne die beiden Töchter vielleicht möglich gewesen, sagte Anka, als ich sie endlich erreichte. Sie sprach von den Verletzungen, die sie anderen zugefügt hatte, von Eigensinn, den sie bereute, von Freiheit, die sie längst anders verstand. Könnte ich von Freundschaft reden, hätten wir sie an dieser Stelle geschlossen. Das Vertrauen, das unser erstes Gespräch geweckt hatte, schien unser zweites Gespräch zu besiegeln. Es war unser letztes. Obwohl wir uns noch einige Male zu erreichen versuchten, tauschten wir nur noch Kurzmitteilungen aus. In ihnen drückte sich eine achtsame, eigensinnige und freie Frau aus.

Es war nicht voraussehbar, wann eine Nachricht von Anka eintreffen würde. Manchmal schrieb sie nachts, manchmal frühmorgens, manchmal am Tag und manchmal am Abend. Manchmal antwortete sie innerhalb von Minuten, manchmal einige Tage nicht. Und doch – nein, deshalb – schien es mir während der letzten Monate in Rom, als sei ich in ständiger Verbindung mit ihr, da jeden Augenblick ein Wort von Anka in meinen Tag treten konnte. Manchmal warfen mich die Kurzmitteilungen für ein paar Stunden aus der Bahn, öfter aber setzte ich nach einem kurzen Innehalten fort, womit ich gerade beschäftigt war, ob ich nun Auto fuhr, eine Kirche besichtigte oder schrieb. Es hatte nur alles oder jedenfalls vieles in Rom eine andere Melodie, Ankas so leise wie inständige Melodie.

Ich hätte von Rom aus nach Berlin fliegen müssen, sei es nur für einen Tag, morgens hin, abends zurück, was hätte es mich schon gekostet?, mit dem Billigflieger zweihundert, zweihundertfünfzig Euro allenfalls, zwei Arbeitstage dazu. Daß mir solche Rechenhaftigkeit noch einmal unterlief, ist mir umso unbegreiflicher, als Anka in ihren Gefühlen noch gegenüber einem beinah Unbekanntem wie mir so verschwenderisch war. Selbst in den traurigsten, desolatesten Nachrichten ist die Rücksicht zu spüren, meinen und vor allem auch den Alltag unserer kleinen Familie nicht mit ihrer Verzweiflung zu beschweren. Selbst in den traurigsten, desolatesten Zuständen sandte sie immer etwas Helles mit. Zurück in Deutschland dauerte es noch sechs Wochen, bis ausgerechnet die Präsentation der Villa Massimo den Anlaß bot, sie zu besuchen. Wenn etwas, hätte ich von Anka lernen müssen, daß Freundschaft keines Anlaß bedarf. Als ich in Tegel gelandet war, schickte ich ihr wie verabredet eine Kurzmitteilung, um zu fragen, wann ich sie besuchen kann. Erst nach meiner Rede erfuhr ich, daß sie jetzt den Roman unterbrochen hatte, den ich schreibe. Oder hat sie ihn fortgesetzt nach langer Pause?

In einem Aufsatz der *Zeitschrift für ausländische Landwirtschaft*, erster Jahrgang (Oktober 1962), den ich in der Universitätsbibliothek einsehe, finde ich bestätigt, daß die wenigsten Großgrundbesitzer ihre Ländereien besuchten. Sie wurden fast immer durch einen Vogt vertreten, der den Auftrag hatte, die Gewinne abzuschöpfen und den Status quo zu bewahren. Selbst wenn die Bauern Land besessen oder sich einfach genommen hätten – das Kapital hätte ihnen gefehlt, um es zu bewirtschaften. Wer Getreide oder Obst anbaut, benötigt wegen der Trockenheit fast überall in Iran aufwendige Bewässerungsanlagen, die sich kein einzelner Bauer leisten kann, nicht einmal eine Dorfgemeinschaft. Die Großgrundbesitzer selbst waren nicht interessiert, die Landwirtschaft zu modernisieren und damit den Ertrag zu steigern, da sie fürchteten, daß die Bauern unabhängig würden, wenn sich deren Lebensverhältnisse dank höherer Einnahmen verbesserten. Aus dem gleichen Grund wandten sich die Großgrundbesitzer im Parlament, in den Ministerien oder in den Verwaltungen oftmals dagegen, den Bau ländlicher Schulen zu fördern, so daß bis zur Revolution zwei Drittel der Iraner nicht lesen und schreiben konnten. Die Landbevölkerung – Anfang der sechziger Jahre dreiundsiebzig Prozent aller Iraner – sollte dumm und mittellos gehalten werden, damit sie gar nicht erst auf die Idee kam, sich gegen die Verhältnisse aufzulehnen. Die konservative, schahtreue Geistlichkeit tat das Ihre dazu, indem sie die Verhältnisse als Schicksal deklarierte, das Gott so gewollt habe. Vor diesem Hintergrund erklärt sich der Furor, mit dem Großvater seine Investitionen aufzählt, die Produktionssteigerung darstellt, die religiösen Führer kritisiert und auf seine Bemühungen verweist, eine Dorfschule zu bauen. Gewiß wollte er sich damit von den Großgrundbesitzern wie seinem Nachbarn Hadsch Scheich Mehdi Nadjafi absetzen, die sich um ihren Boden nicht kümmerten und keine andere Erwartung hatten, als daß ihr Vogt Jahr für Jahr die gleichen Gewinne auszahlte. Allerdings waren auch die Bauern, die für Großvater arbeiteten, genaugenommen keine Pächter, sondern »Anteilsbauern«; sie bestellten das Land nicht auf eigene Rechnung, sondern wurden mit einem geringen Anteil des Rohertrags entschädigt. Entsprechend waren sie für Großvater »keine Wirtschaftspartner, sondern Hörige«, wie es in der *Zeitschrift für ausländische Landwirtschaft* heißt: »Der Grundherr ist für die Anteilsbauern der absolute Herr, gegen dessen Willkür sie faktisch keinen Rechtsschutz kennen.« Auf den Aufsatz bin ich durch eine Fußnote in Bahman Nirumands Klassiker aus den sechziger Jahren aufmerksam geworden, *Persien, Modell eines Entwicklungslandes oder die Entwicklung der Freien Welt*, der zu den unmittelbaren Auslösern der Proteste gegen den Schah gehörte und damit mittelbar der Studentenrevolte insgesamt. Ulrike Meinhof hat in ihrem berühmten Brief an den Schah ausführlich daraus zitiert. Über vierzig Jahre später liest sich das Traktat immer noch aufregend, weil es wie mit dem Seziermesser argumentiert, mit Zahlen, ökonomischen Analysen und dem Hinweis auf Interessen statt mit Rasse und Mentalität wie zuvor oder mit Kultur und Religion wie heute. Während die westliche Öffentlichkeit den Schah als Sozialrevolutionär pries, belegt Nirumand, der damals kaum älter als fünfundzwanzig, dreißig gewesen sein kann, daß die Zinsen der Kredite, die sie aufnahmen, um Boden zu kaufen, die meisten Bauern in den Ruin trieben und sich ihre Abhängigkeit eher vergrößerte. Er zeigt auf, daß die eigentlichen Nutznießer der Weißen Revolution die Großgrundbesitzer waren, die den fruchtbarsten Anteil ihres Bodens behalten durften und für den Rest mit profitversprechenden Anteilen an staatlichen Konzernen entlohnt wurden. Dadurch führte die Bodenreform direkt zu einer Privatisierung der iranischen Industrie, von der diejenige Schicht profitierte, die ohnehin alle Macht und allen Reichtum besaß. »In einem weltweiten Propagandafeldzug ließ der Schah die Kunde von diesem wohltätigen Programm in jeden Winkel der Erde verbreiten. Nichts – außer Soraya – hat im Ausland das Bild von Persien so geprägt wie die Bodenreform, mit der angeblich ein gütiger und selbstloser Schah ein ganzes Volk aus jahrhundertewährender Fron befreit. Den westlichen Regierungen kommt diese Trugbild gelegen, und sie fördern es: Euphorie erleichtert die Kollaboration mit Tyrannen. Die Presse, besonders auch die westdeutsche, prostituiert sich bedenkenlos für diese Lüge.« Auch wenn die Verhältnisse nicht mehr existieren, die Nirumand anprangert, ist die kalte Entschlossenheit, die sein Buch durchzieht, wahrscheinlich das einzige Mittel, um auch heutige Verblendungszusammenhänge zu durchbrechen: Daß ausgerechnet eine deutsche Bundeskanzlerin im Zusammenhang mit den Bootsflüchtigen auf dem Mittelmeer dieser Tage von »Flüchtlingsbekämpfung« spricht, ist in ihrem Fall vermutlich Verblendung – daß sich niemand über das Wort aufregt, der Zusammenhang. Die italienische Regierung hat beschlossen, daß kein Flüchtling mehr von Lampedusa aufs Festland kommen darf, bevor sein Asylantrag nicht bewilligt worden ist. Alle anderen – also fast alle – sollen nach Abschluß des Verfahrens in ihre Heimat zurückgeschafft werden. Das wird zur Folge haben, daß die Flüchtlinge in dem Auffanglager, das dem Gesetz nach nur für einen Aufenthalt von höchstens zweiundsiebzig Stunden vorgesehen ist, nicht mehr eine Woche, sondern über Monate den Lagerdirektor Primi, Secondi, Dolce jubeln hören und der Bürgermeister bald wieder klagt, daß die armen Schwarzen nicht sauber werden, wenn sie sich waschen. Ich kann mir nicht vorstellen, daß Großvater seine Bauern brutal oder auch nur unhöflich behandelte. Allerdings habe ich ihn erst als Greis erlebt, noch dazu mit den Augen des Kindes. Dennoch: Daß Großvater ein solcher Großgrundbesitzer war, wie ihn die Außerparlamentarische Opposition in Deutschland vor Augen hatte, würde allem widersprechen, was ich auch zwischen den Zeilen der Selberlebensbeschreibung lese und über ihn gehört habe. Richtig freilich ist – er führt es selbst zur Verteidigung an –, daß Tschamtaghi ausschließlich ihm gehörte und durch diese Akkumulation von Kapital, Boden und Wasser »die soziale und wirtschaftliche Übermacht des Grundherrn so groß (war), daß letzterer unbeschränkt schalten und walten« konnte, wie die *Zeitschrift für ausländische Landwirtschaft* feststellt, oder jedenfalls gewaltet haben könnte. Am hohen Ertragsrisiko waren seine Bauer gewiß ebenfalls beteiligt, ohne die Nutzungsrechte am bewirtschafteten Land oder ein Verfügungsrecht über die Ernte zu besitzen. Die fünfundzwanzig Prozent, die Großvater ihnen nach eigenen Angaben vom Ertrag überließ, sind nicht nur wenig; sie liegen noch unter den dreißig Prozent, die nach Angaben der *Zeitschrift für ausländische Landwirtschaft* iranischer Durchschnitt waren. Und dann zu den Krediten, die Großvater so großzügig gewährte: Die iranischen Bauern erhielten ihren Lohn erst nach Verkauf der Ernte und waren daher fast jedes Jahr gezwungen, einen Vorschuß vom Gutsherrn zu nehmen. Immerhin hielt Großvater sich an das islamische Zinsverbot. Wenn Bauern anderer Grundherren ihren Kredit einmal nicht zurückzahlen konnten, weil die Ernte schlechter als erwartet ausfiel, erhöhte sich der Betrag durch die Zinsen derart, daß auch eine gute Ernte im nächsten Jahr nicht ausreichte. So gerieten sie in eine Abhängigkeit, der zu entrinnen sie keine Chance hatten. »Der Grundherr betrachtete den Anteilseigner in Wahrheit als einen Packesel, dessen einzige Aufgabe es ist, ihm einen Profit zu verschaffen, und der, wenn anders als mit Strenge behandelt, den Grundherrn um seinen vollen Ertragsanteil betrügen will«, nimmt selbst die *Zeitschrift für ausländische Landwirtschaft* einen aufrührerischen Ton an. Die Bauern mußten nicht nur die Ernte abführen, sondern zusätzlich den Vogt sowie den Dorfgeistlichen bezahlen und waren verpflichtet, Fronarbeit und Spanndienste für den Grundherrn zu leisten. Das Durchschnittseinkommen einer Bauernfamilie betrug nach Angaben des iranischen Landwirtschaftsministeriums zwischen 46,5 und 133 Dollar – im Jahr. Ich sollte das nicht aus den Augen verlieren, wenn ich die Islamische Republik beurteile, mich über die Tyrannei ereifere, über die Zersiedelung der Landschaften jammere, die Verschandelung der Städte anprangere und mich über das Du in den Behörden beschwere, in dem sich die Umkehrung der sozialen Hierarchie ausdrückt; anders als meine Mutter sollte ich den erbärmlichen Zustand der Bauern bedenken, wahrscheinlich auch Großvaters Bauern, wenn ich von den Ausflügen nach Tschamtaghi schwärme, unseren eigenen Ausflügen und mehr noch den Ausflügen zu einer Zeit, als die Familie noch mit der Kutsche fuhr.

Wenigstens erfahre ich, was es mit Kartschegan und Berendschegan auf sich hat, den beiden Dörfern, von denen die Verwandten oft sprachen, wenn wir nach Tschamtaghi fuhren. Obwohl von der Selberlebensbeschreibung nur noch wenige Seiten bleiben und ich mich vor dem Ende beinah fürchte, so sehr habe ich mich an die Tage mit Großvater gewöhnt, fasse ich die ausgedehnten Schilderungen nur zusammen, da sich mir bei aller Liebe kein Grund erschließt, die Besitzverhältnisse zweier Weiler fünfunddreißig oder zweiundsiebzig Kilometer westlich der iranischen Provinzhauptstadt Isfahan zwischen dem neunzehnten und der Mitte des zwanzigsten Jahrhunderts, die ich nun endlich entwirrt zu haben glaube, einer wie immer definierten allgemeinen Leserschaft 2009 in Deutschland darzulegen: Kartschegan ist das Dorf am südlichen Ufer des Zayenderuds, das der Ururgroßvater Hadsch Mollah Schafi Choí kaufte, nachdem er in Isfahan zu Ansehen und Vermögen gelangt war. Mit fünftausend Seelen war es die bevölkerungsreichste Siedlung der Gegend und hatte die größten Felder, auf denen seine Anteilsbauern hauptsächlich Reis und Getreide anbauten. Als Hadsch Mollah Schafi Choí starb, wurde Kartschegan zwischen den fünf Söhnen und zwei

Töchtern aufgeteilt, die ihren Besitz wiederum an ihre Kinder vererbten. Obwohl die Parzellen immer kleiner wurden, gehörte der gesamte Boden noch bis in die fünfziger Jahre des zwanzigsten Jahrhunderts den »Nachfahren des Schafi«. Wie später sein Sohn kümmerte sich Urgroßvater mit ganzer Leidenschaft um seine Ländereien, die er um den Garten Tschamtaghi erweiterte. Sechs Monate im Jahr teilte er das einfache Leben seiner Bauern, aß mit ihnen, ging mit ihnen aufs Feld, schuftete Schulter an Schulter; nur den Koran und Rumis *Masnawi* las er täglich allein oder für seine Kinder. Da es noch keine Maschinen, keinen künstlichen Dünger, keinen Beton für die Wasserkanäle gab, waren die Einnahmen gering, dafür ebenso die Ausgaben. Wolle man die Frage beantworten, ob die Verhältnisse vor oder nach der Bodenreform besser waren, gälte es vieles abzuwägen, mahnt Großvater, der den Veränderungen also auch Gutes zugesteht, aber da es nicht das Thema des vorliegenden Manuskripts sei (ich finde schon!), das sich darauf beschränke, sein Leben zu beschreiben (eben), gehe er dazu über, die Anstrengungen aufzulisten (in der gewohnten Ausführlichkeit), die er auf seinem Anteil von Kartschegan unternahm, und dem Stück, das er sich im Nachbardorf Berendschegan hinzukaufte (daher also Berendschegan). Großvater vergißt nicht, ein weiteres Mal die harmonischen Beziehungen zu seinen Bauern zu preisen, er betont die Zinslosigkeit der Darlehen, die er ihnen gewährte, und beklagt, daß Freundschaften zerbrachen und Vertrauen sich auflöste, als die Weiße Revolution die alte Ordnung zerstörte. Obwohl Großvater vor dem Schiedsgericht gewiß beteuerte, auch die größeren Ländereien in Kartschegan und Berendschegan selbst zu bewirtschaften, erwähnt er in der Selberlebensbeschreibung nur seinen Protest, jedoch keinen Versuch, sich gegen die Enteignung zu wehren. Es muß Kraft genug gekostet haben, das kleine Tschamtaghi zu behaupten: Von dem Unglück, der Aufregung und auch körperlichen Strapazen jener Monate habe er sich nie wieder erholt. Daß Großvater nur einen geringen, gar den unfruchtbaren Teil seines Bodens verloren habe und er dafür mit Industrieaktien mehr als entschädigt worden sei, wie es sich die Außerparlamentarische Opposition in Deutschland vorstellte, deutet sich in der Selberlebensbeschreibung nirgends an.

Ulrich Peltzer, der darauf besteht, daß die Hälfte des Lebens mehr bedeutet als nur Rückenbeschwerden, seine Helden stets um die Vierzig, obwohl er seit zwanzig Jahren Romane veröffentlicht, Ulrich Peltzer politisiert die Wirklichkeit und lehrt, sie mit neuen, fragenderen Augen zu durchschreiten. Ich meine wirklich: durchschreiten. Nach der Lektüre des *Teils der Lösung* schreitet man durch die Stadt, die vertraute Umgebung mit dem Gefühl, daß alles falsch ist, ein Riesenschwindel, und der Wut darüber, daß dem Schwindel inhärent ist, niemals aufzufliegen. Schuld heute personal zu denken wird dann spätestens zur Farce, wenn man die handelnden Personen kennt. In der Eingangsszene seines Romans ist umrissen, was noch festzuhalten wäre. Peltzer beschreibt darin eine Theateraktion, mit der eine Spontigruppe auf die Überwachungskameras im Berliner SonyCenter aufmerksam macht, die müden Reaktionen vor den Monitoren, auch keine Unmenschen, den routinierten Einsatz geringer Gewalt: »Wir bringen das hier ruhig zu Ende.« Man blickt zu den Überwachungskameras hoch, legt seinen Daumen auf die Ablesegeräte, blickt in die Pupillenkontrolle, wird nervös in jeder Sicherheitsschleuse, die es bei der letzten Reise noch nicht gab, und will sich von der Beschwörung des äußeren Feindes, die einem auf Schritt und Tritt begegnet, nicht mehr von der Ungerechtigkeit ablenken lassen, die schon die Bibel als die irdische Kernfrage aufwirft – nur an wen ist sie heute zu richten? Die Roten Brigaden, um die Peltzer die Handlung spinnt, sind eine bloße Leerstelle; wie in mystischer Dichtung, die niemals Gott, sondern die Reise zu Gott beschreibt, treten sie nie auf, noch sagen sie etwas. Peltzer stellt genau diese Frage, es ist eine einzige Frage – an wen?, wenn vor den Monitoren ebenso verlorene Menschen sitzen wie vor den Objektiven, an den Schreibtischen und in den Uniformen, per se keiner schlechter als der andere. Nach der Lektüre seines Romans will man die ganze Zeit mit dem Kopf gegen die Häuserwände anrennen, um die Wirklichkeit zum Einstürzen zu bringen. Die Gasse gefiel Peltzer als ein Stück unversiegelter Realität, auf dem Weg zum Salon die neuerdings erleuchtete Marienfigur über dem Kebab-Restaurant, die Eisenwaren neben dem blonden Syrer, nach dem Salon der Trinkspruch von Heimito von Doderer: »Leben: es wird uns ein fremder Hut aufgesetzt auf einen Kopf, den wir gar nicht haben.«

Um immerhin ein Beispiel für die Tumulte zu geben, die die Weiße Revolution begleiteten, berichtet Großvater von der Anklage wegen versuchten Mordes, die ein Bauer aus Kartschegan gegen den Dorfvorsteher, einen Vogt und drei weitere Bauern erhob: Wie die Umstände waren, nahmen die Behörden die Anschuldigung ernst, obwohl die Beweise nach Ansicht Großvaters, der alle Beteiligten kannte, offensichtlich konstruiert und die Zeugen gekauft waren. Als es zur Verhandlung vor dem Gericht in Isfahan kam, die Großvater als Zuschauer verfolgte, wies der Kläger plötzlich auf ihn und schrie: »Dort sitzt der Auftraggeber!« Einige Wochen vor dem Anschlag habe der Kläger nachts an der Brücke der Dreiunddreißig Bögen in Isfahan gesessen und den Vollmond bewundert, da habe Großvater ihn angetippt und gedroht, ihn umbringen zu lassen, falls er weiter auf der Enteignung poche. Großvater konnte sich vor Zorn, Scham und Abscheu kaum beruhigen, obschon der Vorwurf nicht weiterverfolgt wurde, da der Richter neben anderen Ungereimtheiten auch noch feststellte, daß in der betreffenden Nacht Neumond gewesen war. Die Anklage gegen die übrigen fünf Verdächtigen wies er jedoch nicht ab, dazu war die Stimmung in der Gesellschaft und auch im Gerichtssaal zu feindlich gegenüber den Vertretern des alten Feudalsystems. Das Verfahren wurde an ein Militärgericht in Schiraz verwiesen, wo die Angeklagten schuldig gesprochen worden wären, wenn der Leiter der Isfahaner Gendarmerie, Oberst Farasat, dem die Zweifel keine Ruhe ließen, nicht einen verdeckten Ermittler nach Kartschegan geschickt hätte. Obschon dieser im Dorf nicht länger als eine halbe Stunde verdeckt blieb, kehrte er mit der Gewißheit zurück, daß der Bauer sich das Mordkomplott nur ausgedacht hatte, um Konkurrenten bei der Landvergabe aus dem Weg zu räumen. Die Gerichte selbst, weder in Isfahan noch in Schiraz, hatten es nicht für nötig befunden, vor Ort Erkundigungen einzuziehen oder andere Dorfbewohner als Zeugen vorzuladen, schließlich war es nur ein Streit unter Bauern. Durch die zweijährige Untersuchungshaft seelisch wie materiell ruiniert, kehrten der Dorfvorsteher, der Vogt und die drei Bauern nach Kartschegan zurück. Der Kläger, der für seine Verleumdung nicht zur Rechenschaft gezogen wurde, war in der Zwischenzeit zu dem erhofften Grundbesitz gelangt, konnte indes die Schulden nicht zurückzahlen, mußte den Besitz bald wieder verkaufen und zog mit seiner Frau und den Kindern mittellos in die Stadt, wo sich seine Spur wie die Spur von fast allen Bauern verläuft, die für die Nachfahren des Schafi gearbeitet haben. Bei den Revolutionsmärschen zehn, fünfzehn Jahre später könnten sie sich wieder begegnet sein.

Verabschiedet wurde die Weiße Revolution am 26. Januar 1963, also wenige Tage nach Großvaters Ankunft in Siegen, aber die Sorgen müssen ihn schon auf dem Flug begleitet haben. Bereits 1959 hatte der Schah eine

Bodenreform angekündigt. Auch wenn das Gesetz, das vier Jahre später in Kraft trat, bei weitem nicht so radikal ausfiel, wie es der erste Entwurf oder gar die Nationale Front vorgesehen hatte, muß das Entsetzen groß gewesen sein. In Großvaters Reisebericht steht davon nichts, und in all den Jahren, da wir am Wochenende oder in den Sommerferien nach Tschamtaghi fuhren, habe ich die benachbarten Dörfer Kartschegan und Berendschegan nie betreten. Es hieß immer nur, früher, ja früher gehörte uns das ganze Land, deinem Großvater, deinem Urgroßvater und deinem Urururgroßvater erst, ohne daß ich eine rechte Vorstellung hatte, was mit den beiden seltsam klingenden Dorfnamen gemeint war. Wenn ich im Frühjahr nach Iran fliege, werde ich also auch Kartschegan und Berendschegan besuchen, wahrscheinlich zwei Anhäufungen unverputzter Bausteine und ein Kreisverkehr mit Revolutionsdenkmal wie in fast allen anderen ehemaligen Dörfer Irans, ringsum kastanienbraunes Geröll, wo früher Reisfelder unter Wasser gestanden haben müssen. Außerdem möchte ich erfahren, was aus Tschamtaghi geworden ist und wo Mohammad Mossadegh bis zu seinem Tod unter Arrest stand. Sein Haus wird doch zu besichtigen sein, nehme ich an, oder will die Revolution selbst diese Erinnerung an ihren Ursprung tilgen? Immerhin hat sie nicht den Premierminister mit einer Briefmarke bedacht, sondern Ajatollah Kaschani, der den Putschisten zur Hand ging. Falls die Islamische Republik Mossadegh ein Museum zugesteht, könnten die Stöcke ausgestellt sein, auf die er sich stützte. Von den Streifzügen mit dem Onkel durch Isfahan erhoffe ich mir nicht viel, da außer der Moschee des Hadsch Agha Schafi Choí längst alle Stätten abgerissen worden sein dürften, an denen das Leben Großvaters spielt.

Um sich bei Oberst Farasat für seine Gewissenhaftigkeit zu bedanken, schickt ihm der alte Gutsherr eine Kiste mit Äpfeln aus Tschamtaghi nach Hause. Der Bote ist noch nicht zurückgekehrt, als der alte Gutsherr telefonisch ins Polizeirevier bestellt wird. »Warum haben Sie das getan?« fragt ihn Oberst Farasat streng. »Was getan?« fragt der alte Gutsherr verwundert zurück. »Warum haben Sie mir Äpfel geschickt?« »Das sind Äpfel aus Tschamtaghi.« »Die Äpfel können Sie meinetwegen in China gepflückt haben – wissen möchte ich, warum Sie sie mir geschickt haben.« »Als Zeichen der Anerkennung und des Danks für die Gewissenhaftigkeit Eurer Exzellenz. Mehrfach habe ich Sie eingeladen, mir die Ehre Ihres Besuchs zu erweisen. Weil ich Sie nicht weiter mit dem unverschämten Anliegen bedrängen wollte, Ihren gesegneten Fuß in meine Hundehütte zu setzen, habe ich Ihnen die Äpfel nun nach Hause bringen lassen. Ich bitte Sie, mir die Gnade zu erweisen, diesen unwürdigen Ausdruck meiner Hochachtung anzunehmen. Es sind Äpfel von allerbester Qualität, wenn ich mir das Selbstlob erlauben darf, so saftig und süß, wie Sie auch in China keine pflücken könnten.« Oberst Farasat holt sein Portemonnaie hervor und legt einige Münzen auf den Tisch: »Nehmen Sie das Geld, verehrter Herr, dann nehme ich die Äpfel.« Mag Oberst Farasat gewissenhaft sein, wie er will, das geht zu weit. Die Äpfel zu bezahlen, die ein Geschenk sind, das geht zu weit, eine solche Beleidigung ist dem alten Gutsherrn noch nicht widerfahren. Er wird es zwar nicht ausdrücklich formulieren, aber fünfzehn Jahre später in seiner Selberlebensbeschreibung den Eindruck erwecken, daß die Beschuldigung, einen Mord in Auftrag gegeben zu haben, im Vergleich zu der Schande, Geld für ein Geschenk anzunehmen, gering erscheint. Der alte Gutsherr steht auf, steckt die Münzen ein und geht, ohne sie zu zählen, ohne sich umzuschauen, ohne sich verabschiedet zu haben, aus der Tür. Einem Gegenüber ohne Gruß den Rücken zu kehren, ist ein unmißverständliches Signal, ihn niemals wiedersehen zu wollen, und wie schwer sie für den alten Gutsherr wiegt, der bekanntermaßen sehr fromm ist, erklärt sich daraus, daß man nach dem islamischen Recht sein Gebet nicht unterbrechen *darf*, wenn ein Dieb alle Teppiche aus dem Haus trägt, aber es unterbrechen *muß*, wenn jemand den Raum betritt oder verläßt, damit man ihn oder sie grüßt. Oberst Farasat merkt, was er angerichtet hat, und ruft den alten Gutsherrn zurück: »Ich habe gleich Dienstschluß, verehrter Herr, und ich bitte Sie, mich mit Ihrer Begleitung zu beehren.« Ein solches Versöhnungsangebot darf nicht ausgeschlagen werden, zumal das Sündenregister des Tages schon so voll ist. Andererseits fühlt der alte Gutsherr sich immer noch in seiner Ehre verletzt, und Oberst Farasat, der doch nur seine Unbestechlichkeit unter Beweis gestellt hat, geht es nicht anders. So sitzen sich die beiden stolzen Männer mehr als eine Stunde gegenüber, ohne ein Wort zu wechseln. Oberst Farasat kramt in seinen Unterlagen, macht sich zerstreut Notizen, ordnet die Schublade und scheint mehr mit sich selbst beschäftigt zu sein, als eine Beschäftigung zu haben; es fehlt nur, daß er zu malen anfängt wie ein Kind, das sich in der Schule langweilt. Vermutlich kann er sich nicht entscheiden, was er mit dem alten Gutsherrn anstellen soll. Ihn auf die Straße begleiten, gut – und dann? Verabschiedet er ihn vor dem Polizeigebäude, nachdem er ihn eigens zurückrief, wird der alte Gutsherr erst recht meinen, an der Nase herumgeführt worden zu sein. Lädt er ihn zu einem Tee ein, zieht Oberst Farasat den Verdacht der Begünstigung auf sich. Der alte Gutsherr seinerseits gibt sich nicht die Blöße zu fragen, wann sie aufbrechen. »Also gut«, seufzt der Oberst schließlich und erhebt sich: »Gehen wir.« Der alte Gutsherr ist weiterhin zu beleidigt, um das Wort an Oberst Farasat zu richten, und fragt daher nicht, wohin sie jetzt eigentlich gehen. Auf der Straße ruft der Oberst ein Taxi heran und hält die Tür auf, bevor er selbst einsteigt und nach der Adresse des alten Gutsherrn fragt. Der alte Gutsherr, der die höfliche Geste registriert, kann sich dennoch nicht überwinden, das Gespräch zu führen, das der Oberst auf der Rückbank des Taxis in Gang zu bringen versucht. So sitzen sie nach einer Weile wieder still nebeneinander. Als sie das Haus hinterm Teheraner Tor erreichen, zieht der alte Gutsherr fünf Rial aus der Tasche und bittet mit ruhiger, entschiedener Stimme um die Gunst, die Fahrt zahlen zu dürfen. »Sie sind wirklich ein Isfahani, wie er im Buche steht«, sagt Oberst Farasat und lächelt zum ersten Mal. Der alte Gutsherr steigt aus dem Wagen, ohne den Oberst in seine Hundehütte zu bitten, wie es die Etikette verlangen würde. Aber verabschiedet hat er sich diesmal und wird in seiner Selberlebensbeschreibung Oberst Farasat als einen der wenigen unbestechlichen, für die Gerechtigkeit kämpfenden Gendarmerieoffiziere loben, die in Isfahan dienten.

Die Mutter berichtet auf der Landstraße nach Köln, als die Familie vom siebzigsten Geburtstag des Schwiegervaters zurückkehrt, daß Großvater einmal, Ende der sechziger, Anfang der siebziger Jahre, weinend aus Tschamtaghi zurückgekehrt sei, wirklich weinend, nein, nicht wie der Musiker in München. Alle seine ehemaligen Felder, überhaupt die meisten Ländereien von Kartschegan und Berendschegan, waren verdorrt. Die Bauern, denen der Boden jetzt gehörte, hatten sich die Samen nicht mehr leisten können. Es rentierte sich nicht, weil der amerikanische Reis billiger war; noch dazu hatte kaum einer von ihnen die Kredite zurückzahlen können, und die Zinseszinsen lasteten schwer. Statt den Großgrundbesitzern oder ihren Vögten saßen ihnen nun die Banken, Wucherer, Versicherungen und Agrarkonzerne im Nacken. Der Vater, der auf dem Beifahrersitz auf die Gelegenheit gewartet hat, die Gesprächsführung zu übernehmen, wirft ein, daß die Weiße Revolution keinen anderen Zweck gehabt habe, als Iran von amerikanischen Importen abhängig zu machen, deshalb der Druck der Kennedy-Administration, den auch die Fachliteratur hervorhebt. Die Mutter, die nicht sicher ist, ob der Vater den Schah und John F. Kennedy nicht zu einseitig beurteilt, hat als Kind oft gesehen, wie die Obstkisten von Tschamtaghi, der Reis von Berendschegan und das Getreide von Kartschegan für den Export verpackt wurden. – Natürlich wurden sie exportiert! ruft der Vater plötzlich erregt, obwohl es schon weit nach Mitternacht ist und seine Stimme nicht mehr hergibt als ein Krächzen, seit er zwei Wochen lang künstlich beatmet wurde: Iran war damals die Kornkammer des Orients! Selbst aus dem Ausland seien Experten angereist, um das alte Bewässerungssystem zu studieren. Selbst die alten Griechen hätten das iranische Bewässerungssystem bewundert. Nur wegen des Bewässerungssystems habe das Land unter Doktor Mossadegh dem Embargo trotzen können. Der Norden und Nordosten sei ohnehin fruchtbar; das persische Kernland hingegen, im groben das gewaltige Gebiet zwischen dem Elbors im Norden, dem Golf im Süden und dem Arius im Westen, verdanke seine siebentausendjährige Zivilisation der Kunst, das Schmelzwasser in die entlegenen Ebenen zu leiten, mit dem Flußwasser die umliegenden Täler fruchtbar zu machen, mit dem knappen Regenwasser das ganze Jahr auszukommen. Und so sei auch die spezifische Schönheit der iranischen Natur in Wahrheit oft Menschenwerk, wenngleich verlorenes, vergessenes. Wahrscheinlich könne man den Anfang vom Ende des Persischen Reichs dort ansetzen, wo seine Bewohner verlernt haben, mit dem Wasser umzugehen. – In nur zehn Jahren vernichtete der Schah, was fünftausend Jahre lang dafür gesorgt hatte, daß wir uns trotz der Wüstenlage selbst ernähren konnten, schließt der Vater seine Agrargeschichte Irans. Der Sohn ist nicht überzeugt davon, daß der Schah, dessen Anstrengungen zur Alphabetisierung der Vater immerhin lobt, bewußt die Zerstörung der iranischen Landwirtschaft herbeiführte. Auch Nirumands apodiktische Urteile würde er nach der Lektüre weiterer Fachliteratur relativieren. Im Ergebnis aber, bestätigt die Mutter, wächst in Berendschegan und Kartschegan kein Reiskorn mehr. Die revolutionäre Masse, die der Schah durch seine gut- oder schlechtgemeinte, jedenfalls mißratene Bodenreform selbst in die Städte trieb, bereitete nicht nur seiner Herrschaft ein Ende; sie fegte auch weite Teile des iranischen Bürgertums aus dem Land, Familien wie ihre, in denen es sich von selbst verstand, die Revolution zu unterstützen.

Schaut man sich um, wer den Staat heute regiert, fragt nach den Biographien der höheren Beamten, Diplomaten, Minister, Generäle, Wirtschaftsführer, Universitätspräsidenten oder den Leitern der staatlichen oder staatsnahen Medien, sind es zu einem sehr hohen Anteil die Kinder oder Kindeskinder jener Bauern, die ihr Glück Ende der sechziger oder im Laufe der siebziger Jahre in den Städten suchten. – Und wie sehen heute Berendschegan und Kartschegan aus? fragt der Sohn, als die Familie bereits von der Severinsbrücke aus mit dem üblichen Seufzer die Silhouette mit dem Dom betrachtet, die Köln wenigstens nachts zur Schönheit macht. – Nicht wiederzuerkennen, antwortet die Mutter: Es sind richtige Städte geworden, Kartschegan hat sogar ein Kino, stell dir das mal vor, ein Kino in Kartschegan. – Was immer man gegen die Revolution sagen will, sie hat den einfachen Leuten eine Würde verliehen, sagt der Vater, sie hat Strom und Schulen in die Dörfer gebracht. Obwohl er die Mißstände am besten kennt, fällt ihm als weit und breit einzigem der großen Familie in solchen Diskussionen immer noch ein ausgleichendes Wort über die Revolution ein, über das sie dann regelmäßig streiten. Daß Kartschegan und Berendschegan Städte geworden seien, liege doch nur an der Bevölkerungsexplosion, die das Regime mutwillig herbeigeführt habe, will der Sohn dem Vater schon wie üblich etwas entgegenhalten; doch dann fragt er lieber die Frau, die mit der Mutter und der Älteren auf der Rückbank sitzt, wie das Lied ging, daß der Frauenchor gesungen hat. Es war ein merkwürdiger, anrührender Geburtstag, von solcher Normalität, wie man es sich ungewöhnlicher nicht vorstellen kann. Das deutsche Dorf schien mitsamt aller Helgas und Karl-Heinzens vollständig im katholischen Gemeindesaal versammelt zu sein, dazu der Frauenchor der Schwiegermutter, die seit ihrem Besuch der päpstlichen Mitternachtsmesse zwei, drei Plätze in die Mitte gerückt ist. Natürlich wurden selbstverfaßte Gedichte rezitiert, Lebensweisheiten von Albert Schweitzer vorgetragen und ein Sketch aufgeführt, der nicht einmal durch Unbeholfenheit zu retten war. Und dann waren da, etwa zu einem Drittel, die iranischen Gäste, ältere Männer in eleganten Anzügen und ihre brillantbehängten Gattinnen, die auf die persische Popmusik der siebziger Jahre warteten. Der Sohn fragt sich, wessen Erstaunen größer war: das Erstaunen der deutschen Dorfbewohner, denen aufging, wie fremd die Welt ist, aus der ihr Nachbar stammt, oder der bürgerlichen Exilanten, denen aufging, wie weit es sie von ihren Ursprüngen fortgetrieben hat, daß sie den

Geburtstag ihres Freundes in einem Gemeindehaus der katholischen Kirche feierten, Neonröhren und grauer Estrich, gelb die Tapete, an der Jesus Christus zwischen rotblaugelben Papiergirlanden hing. – Stell dir vor, das wäre eine Moschee gewesen, wunderte sich der Vater. – Und stellen Sie sich vor, die Moschee hätte einem Christen offengestanden, seinen Geburtstag zu feiern, fügte der Sohn hinzu. Die Frau und die Schwägerin präsentierten Photos und führten Tonbandaufnahmen der Verwandten und Freunde vor, die sie in den letzten Wochen angerufen hatten: der vierjährige Junge in Schwarzweiß auf dem Schoß des aserbaidschanischen Großgrundbesitzers, dazu die Stimme der achtzigjährigen Schwester, die von den Bubenstreichen berichtet, auf aseri, versteht sich, so daß es ein Perser war, der nach einer Übersetzung rief, was alle Helgas und Karl-Heinzens urkomisch fanden; das Iran der siebziger Jahre, in das die Familie mitsamt katholischer Omi zog, Iranerinnen in Busineß-Kostümen, Iraner in Schlaghosen, junge Leute auf Super-8-Filmen, die in Teheran auf Boney M. tanzen, aber der Omi hatten sie eingebleut, daß die Frauen drei Meter hinter den Männern laufen würden, wie die Schwiegermutter sich in ihrem O-Ton erinnerte, und als sie nach Deutschland zurückkehrten, mußten sie die Omi trösten, die sich in Iran wohler gefühlt als je unter Deutschen, und die schreiende, strampelnde Tochter ins Flugzeug zerren, die Kinderbilder der Frau, eine kleine Kaiserin!, seine Stimme, die ihre Trauung in Isfahan schildert, von der sie den Eltern nichts gesagt hatten, damit sie fünfzehn Jahre später über ihre Unverfrorenheit lachen können. Als die Ältere unter Bravorufen der Iraner und der Dorfbewohner – was Gott alles will! – Goethes »Talismane« rezitierte, das die Gesamtlehre des Islam genauer, eleganter, anziehender zusammenfaßt als je ein islamisches Gedicht, wurde der Sohn gleichzeitig auf die Palliativstation und ins Perinatalzentrum geschleudert: »Im Atemholen sind zweierlei Gnaden / Die Luft einziehen, sich ihrer entladen. / Jenes bedrängt, dieses erfrischt; / So wunderbar ist das Leben gemischt. / Du danke Gott, wenn er dich preßt, / Und dank ihm, wenn er dich wieder entläßt.« Der Sohn hörte dem Chor älterer Damen zu, die vor kurzem, ein paar Jahre ist es nur her, noch fröhliche Mädchen waren wie die Schwiegermutter auf den Photos, und verfing sich in der Melancholie, die im Saal lag. Niemand schien es recht fassen zu können: Mit dem Jubilar, der vor kurzem, ein paar Jahre ist es nur her, in Teheran auf Boney M. tanzte oder mit dem kleinen Mädchen an der Hand durchs deutsche Dorf spazierte, waren auch die Gäste alt geworden, mochte der Chor noch so laut im Wald pfeifen, daß siebzig doch kein Alter sei und man selbst so jung, wie man sich fühlt. Und doch gab es entsprechend dem Wesen der Melancholie nichts an dem Gesicht zu beklagen, das jeder im Spiegel der anderen Gesichter sah. – Welches Lied? fragt die Frau. – Dieses Chorlied am Schluß, als auch die Iraner mitsangen. – Ach, das meinst du, weiß die Frau sofort, welches Lied der Sohn meint, und singt es auf der Nordsüdfahrt vor, während alle anderen im Auto mitsummen: »Wer nie weint und nie trauert, / der weiß auch nichts vom Glück. / Wer nur sucht, was ewig dauert, / versäumt den Augenblick. / Wer nie nimmt, kann auch nicht geben, / und wer ein Leben lang / immer Angst hat vor dem Sterben, / fängt nie zu leben an.« Als das Auto schon vor der Wohnung steht, erfährt der Sohn, daß die Ländereien von Berendschegan gar nicht mehr Großvater gehörten, als der Schah die Weiße Revolution ausrief. Die Ältere ist inzwischen eingeschlafen, so daß keine Eile mehr ist. Großvater hatte Berendschegan schon Jahre zuvor an seine drei Töchter überschrieben, ausschließlich an die Töchter, damit sie niemals von ihrem Ehemann abhängig würden. Als er 1986 starb, fand die Mutter nicht einen Rial in seiner Hosentasche, auf der Bank schon gar nichts. – Hätten wir gewußt, wie arm er war, wir hätten ihm doch helfen können, sagt der Vater. – Er hätte ohnehin nichts angenommen, ist die Mutter überzeugt. Und der Sohn hatte sich gewundert, daß nicht umgekehrt Großvater die Eltern unterstützte, die mittellos in Deutschland anfingen, und es auf den Stolz des Vaters geschoben. Seit der Enteignung lebte Großvater nur noch von den Einnahmen, die er auf den verbliebenen zehn Hektar erwirtschaftete. Als er nach der Revolution auch noch von Tschamtaghi vertrieben wurde, fielen auch diese Einkünfte weg. – Und seine Rente? fragt der Sohn. Sei nicht hoch gewesen, sei immer weniger wert gewesen und habe Großvater bis zu seinem Lebensende vollständig, ohne je zu murren, der Großmutter überlassen, die den Haushalt führte, erklärt die Mutter. – Das heißt, er konnte sich nicht einmal ein neues Hemd, nicht einmal ein neues Buch leisten? – Ich weiß es nicht, antwortet die Mutter müde oder traurig. – Nach der Bodenreform ist er nie mehr auf die Beine gekommen, sagt der Vater, der den Schah und John F. Kennedy neben allen anderen Verbrechen auch für die Depression seines Schwiegervaters verantwortlich macht. Die Mutter schrieb, daß bereits der Putsch von 1953 Großvater aller Lebensgeister beraubt habe. Sein gelehrtester Freund datierte den Genickbruch, wie er es ausdrückte, erst auf die Islamische Revolution von 1979. – Die sind schön, diese alten deutschen Weisen, bemerkt der Sohn, als er neben der Frau im Bett liegt: schön melancholisch. – Was meinst du? fragt die Frau. – Dieses Lied, das alle mitsangen, wer nie weint und nie trauert. – Das war Nana Mouskouri. Haben sich die Iraner gewünscht.

Wie eine Operation sieht es aus, eine Operation am offenen Herzen. Ringsum, dreißig, vierzig Meter entfernt hinter den Häuserzeilen, scheint die Stadt unversehrt, sofern Unversehrtheit ein Ausdruck wäre für dieses wohl unansehnlichste Stück des Zentrums, das der Kölner sonst nur auf dem Weg von der Fußgängerzone in die Südstadt eilig durchquert. Hinter der Absperrung geht er durch eine Zwischenzone, in der die Gebäude noch stehen, aber verlassen sind, bevor er an eine gewaltige Schutthalde tritt, über die sich in zehn, fünfzehn Meter Höhe ein Dach aus Wellblech spannt, gehalten von einer Konstruktion aus Eisenröhren, wie man sie kleiner bei Stadienkonzerten sieht. Aus den Kraterwänden schweben Zwischendecken in der Luft, Stützpfeiler wie abgerissene Adern, Zementblöcke. Auf dem Schuttberg selbst liegt noch die schwarze Plastikfolie, als sei es ein Werk von Christo. Nur die Stellen sind offen, an denen die Helfer gerade arbeiten. Je nachdem, ob von der Feuerwehr, dem Technischen Hilfswerk, dem Abrißunternehmen oder der »Höhenrettung«, die nicht aus Theologen besteht, wie der Name vermuten läßt, tragen die Helfer unterschiedliche Schutzanzüge: schwarz-gelb, blau, orange oder rot. Auch die Helme, mit denen sie inmitten der Kraterlandschaft endgültig wie Astronauten aussehen, haben unterschiedliche Farben. Kräne und Bagger stehen ihnen zur Verfügung, aber die eigentliche Operation geschieht mit bloßen Händen. Der Ablauf ist immer der gleiche: An drei Stellen des Trümmerbergs stehen Feuerwehrleute auf dem Schutt selbst oder auf einer hydraulischen Hebebühne und tragen Stein für Stein ab. Stoßen sie auf ein Schriftstück, das besonders alt oder wertvoll erscheint, halten sie es triumphierend in die Höhe. Aber jedes noch so unscheinbare Blatt, jedes Photo, jeder Schnipsel, den sie den Trümmern entwinden, unterschiedslos das Kostbare aus Jahrhunderten, die Zettel auf den Schreibtischen und die Inhalte der Abfallkörbe, wird in einen weißen Pappkarton gelegt und den Archivaren überreicht, die am Grubenrand warten. Stunden dauert es so, bis eine Fläche von wenigen Quadratmetern freigegeben ist. Dann fährt ein Bagger heran, hebt mit einer gewaltigen

Kneifzange die größeren Betonteile hoch und legt sie in der Grube ab, wo die Feuerwehr das Geröll ein zweites Mal nach was auch immer durchsucht. Anschließend fährt wieder der Bagger heran und lädt den Schutt in einen Container. Die letzte Sichtung findet in Porz statt, wo die Trümmer flächig abgelegt werden, wie der Brandamtsrat es nennt. Erst jetzt beginnt die Tüftelei der Archivare und Restauratoren, die sich bemühen, die häufig durchnäßten, losen oder zerrissenen Blätter zu säubern, zu ordnen und wiederherzustellen. Einige der wertvollsten Stücke sind bereits gerettet, etwa Handschriften von Albertus Magnus oder Schreinsbücher, in denen vom zwölften Jahrhundert an festgehalten ist, wer in Köln welchen Grund besaß. Nicht verraten wird, was auf den Schreibtischen oder in den Abfallkörben der Mitarbeiter lag, die um ihr nacktes Leben rannten, als am 3. März 2009 das Historische Archiv der Stadt zu beben begann, und deshalb alles unter sich fallen ließen: der Selbstmordgedanke eines Archivars, der Tagebucheintrag einer Sekretärin, die Liebesbeichte des Direktors? Dem Kölner, der nichts anderes mehr als Abfall zu produzieren schien, öffneten just die Gebrauchszettel, Alltagszeugnisse und Aufzählungen die Tür zu Hölderlin. So skrupulös, wie sie vorgehen, werden die mehr als hundert Helfer mindestens ein Jahr benötigen, bis die Trümmer beiseite geräumt sind. Allein von der Berufsfeuerwehr wäre ein so langwieriger und aufwendiger Einsatz nicht zu leisten. So sind jeden Tag auch Dutzende von ehrenamtlichen Kräften im Einsatz, Studenten der Fachhochschule für Restauration, die freiwillige Feuerwehr, Vertreter fremder Archive. Und das alles für alte Schriftstücke? – Natürlich waren der Druck und die emotionale Belastung größer, als es noch um die Rettung von Menschen ging, erinnert der Brandamtsrat an die zwei Toten und sucht ein paar Sekunden nach dem richtigen Worten, um den Wert zu erklären, den man so leicht ideell nennt: Hier liegt das Gedächtnis Kölns begraben. Jedem einzelnen Feuerwehrmann stehe mehr oder weniger klar das Ziel vor Augen, daß spätere Generationen einmal sagen werden: Gut, daß sie sich damals soviel Mühe gegeben haben, es zu bewahren. Welche Anteile des Bestands, der nebeneinandergelegt dreißig Kilometer ergäbe, am Ende gerettet werden können, mag hier niemand vorauszusagen. Relativ gut scheint es um die Sammlungen aus den oberen Etagen zu stehen, aus denen neben einzelnen Blättern und Büchern immer wieder ganze Kisten geborgen werden. Weiter unten hingegen könnten sich die Dokumente buchstäblich in Wasser aufgelöst haben. Die Archivare, die die Funde der

Feuerwehr auf verschiedene Abfallcontainer verteilen, kennen die Bestände genau und wissen daher, wie sich die Chancen verteilen: Während sie für die privaten Nachlässe aus der sechsten Etage hoffen dürfen, benötigen sie für die hunderttausend Karten oder die fünfzigtausend Plakate aus der zweiten Etage schon ein Wunder. Weil das Gebäude zur Nordseite hin eingestürzt ist, sieht es auf der Südseite besser aus. Weil es kurz nach dem Einsturz des Archivs geregnet hat, haben sich die Aussichten verschlechtert. Weil die Einsturzstelle jetzt überdacht ist, kann in Ruhe gesucht werden. Als würde er ein Baby im Arm halten, trägt ein Feuerwehrmann ein ungewöhnlich großes und dickes Buch in einem Einband aus vergilbtem Leder aus der Grube. Alle umstehenden Helfer, die Höhenrettung und auch die Arbeiter des Abrißunternehmens treten an den Container, um die reichgeschmückten, mit Blumendekorationen verzierten Blätter zu betrachten: »Das große Stamm- und Wappenbuch der freien Reich Statt Köllen, In welchen sich befinden die Stamm-Taffelen und Wappen deren vornehmsten Familien, so in selbiger geboren und sich noch befinden, so wohl Adel als unAdel, so an selbigen Patritiis geheyrathet. Der Nachwelt zum Nutzen und Nachricht aus vielen alten Schriften und Archiviis mit unermütheter Arbeit und Fleiß zusammen getragen durch Ioann Gabriel von der Ketten der Collegiat Kirchen S. Georgii in Köllen Canonicus.« Anschließend geht einer der Archivare mit dem Buch zum Zaun und zeigt es den etwa zwanzig Schaulustigen. Keiner von ihnen dürfte sich je für eine Kölner Familiengeschichte des fünfzehnten bis achtzehnten Jahrhunderts interessiert haben, wer wann geboren, wann gestorben, wer sich mit wem vermählt. Für jeden anderen auf der Baustelle außer dem Archivar selbst, der auf Anhieb einige Stichwörter zur Familie von der Ketten nennt, sind es nur Namen. Und doch scheint sich jeder mit ihm zu freuen, daß sie erhalten geblieben sind. Warum ist das so? Für die Schaulustigen mag es die Freude über einen gelungenen Schnappschuß sein; für die Helfer muß es mehr sein, auch wenn sie es auf Nachfrage nicht konkreter benennen können als der Brandamtsleiter. Es liegt im Wesen des Ideellen, daß es nicht auf einen Begriff gebracht werden kann. Die Archivare und Restauratoren zählen ohnehin keine Überstunden; seit dem Einsturz hatten sie keinen freien Tag, nicht einmal einen halben. Aber auch die Mitglieder der freiwilligen Feuerwehren und des Technischen Hilfswerks verbringen ihre Freizeit damit, mittelalterliche Handschriften, Nachlässe von Künstlern und abgelaufene Verträge zu suchen, die unter den Trümmern liegen, weil andere nicht sorgfältig genug ihrer Arbeit nachgegangen sind oder Geld sparen wollten, um mehr zu verdienen. Der Einsturz des Archivs ist ein Sinnbild für die Verfaßtheit des heiligen Kölns und seinen Umgang mit dem überreichen kulturellen Erbe. Über Jahrzehnte hinweg sind Verwaltungsämter nach Partei und Proporz besetzt, Ausschreibungen unterlaufen, Aufträge nicht korrekt vergeben worden. Mehrfach mußten ganze Riegen von führenden Politikern wegen Korruptionsvorwürfen zurücktreten. Wie wenig der Stadt die Kultur und damit auch die Vergangenheit wert ist, erweist sich Jahr für Jahr an ihrem Haushalt. Das Kölner Archiv ist nicht aufgrund der Achtlosigkeit dieses oder jenen Ingenieurs, Beamten oder Aufsichtsrats eingestürzt. Über lange Zeit hinweg mußten viele Nachlässigkeiten zusammenkommen, die jede für sich unscheinbar wirken mögen wie Grabungen unter der Erde, damit sich am Ende ein solches, spektakuläres Desaster ereignet. – Aber schaut euch auch was von Köln an, empfiehlt der Brandamtsleiter zwei jungen Münchnern, die sich in voller Montur zum Einsatz melden. Das werden sie, denkt der Kölner: Näher könnten sie dem Herzen unserer Stadt leider nicht kommen.

Ob es dem ehrenwerten Oberst Farasat gutgeht, der längst von Isfahan in eine andere Stadt versetzt worden ist, fragt sich Großvater, ob der Oberst gesund ist, ob er noch lebt, ob er immer noch Oberst ist oder inzwischen befördert? Großvater hofft es für ihn. Ob sie sich noch einmal begegnen, vielleicht doch einen Tee zusammen trinken, plaudern? So Gott will. »Und schließlich: Wird er jemals lesen, was ich hier aufschreibe?« Nein, Großvater, bestimmt nicht. Damit die allgemeine Leserschaft das Verhalten von Oberst Farasat vor dem Hintergrund der Zeit würdigt, gibt Großvater ein Beispiel, was er sonst mit iranischen Beamten und Offizieren erlebte: Als die Autos noch nicht bis Tschamtaghi fuhren, ließ er sich oft von einem Fahrer am Donnerstag abend nach Baghbadaran fahren, wo immer das nun wieder sein mag. Dort übernachtete er bei einem Bekannten und ritt im Morgengrauen auf dem Esel nach Tschamtaghi, sah den Tag über nach seinen Feldern, sprach mit den Bauern und kehrte Samstag in der Morgendämmerung zurück nach Baghbadaran, um rechtzeitig zum Dienstbeginn zurück in Isfahan zu sein. Einmal allerdings wartete der Fahrer nicht wie verabredet am Dorfeingang. Großvater, der doch die Nationalbank aufschließen mußte, rannte durchs Dorf, das nicht so groß gewesen sein kann, wie es sich in der Selberlebensbeschreibung liest, höchstens zwei, drei ungepflasterte Straßen, nehme ich an, sah in alle Höfe hinein, schreckte alle Hühner auf – aber nirgends ein Auto. Er klingelte den Bekannten aus dem Schlaf, der längst Bescheid wußte und noch aufgeregter zu sein schien als Großvater selbst: Eine Delegation aus Offizieren, Beamten und dem Landrat hatte in Baghbadaran übernachtet. Sie hatten den Auftrag, in den Dörfern Wehrdienstpflichtige zu registrieren. Tatsächlich erpreßten sie die Bauern, ihre Ersparnisse auszuhändigen, damit deren Söhne nicht zur Armee mußten. Der Landrat, der die Erpressungsgelder verwahrte, war in der Nacht mit Großvaters Auto geflohen. Großvater sieht es dem Landrat, den Offizieren und Beamten beinah nach: »Jemanden zu bestechen oder sich bestechen zu lassen wird in unserem muslimischen Land als vollkommen normal angesehen, so normal wie eine staatliche Abgabe, wie eine Gebühr in der Bank, aber leider nicht mehr wie die Armensteuer. Ungewöhnlich sind die Staatsdiener, die sich korrekt verhalten wie Oberst Farasat, der einen Ermittler nach Kartschegan schickte, damit niemand unschuldig verurteilt würde. Die Korruption ist uns längst in Fleisch und Blut übergegangen, so daß sie von Generation zu Generation vererbt wird. Ja, wie eine Erbsünde ist die Korruption. Wie wir sie von unseren Vätern übernommen haben, werden unsere Kinder sie Gott verhüte von uns übernehmen. Ich komme auf den Begriff der Erbsünde, weil mir gerade einfiel, was der verstorbene Doktor Jordan in seiner einfachen, direkten Sprache, wie sie den amerikanischen Priestern zu eigen war, einmal in der Predigt sagte, möge seine Seele froh sein: ›Der ehrwürdige Adam hat gesündigt, und wir als seiner Kinder können nicht leben, ohne ebenfalls zu sündigen.‹ Mitten in die betroffene Stille, die auf den Bänken herrschte, rief der Schüler Kazemzadeh, der erst einige Tage zuvor vom Theologischen Seminar auf die Amerikanische Schule gewechselt war und noch nicht die Gepflogenheiten in einer Kirche kannte: ›Aber Herr Doktor, irgendwann muß diese Erbschaft doch einmal aufgebraucht sein!‹« Weil in der Selberlebensbeschreibung keine Anführungsstriche stehen, ist nicht ganz klar, ob die folgenden Sätze noch ein Zitat des Schüler Kazemzadehs sind oder Großvaters eigene Worte: »Adam selbst mag zu Recht bestraft worden sein. Aber weshalb läßt Gott der Erbarmer und Barmherzige nicht von uns Kindern Adams ab? Ist es denn mit Seiner Gerechtigkeit vereinbar, daß eine Schuld nicht nur vom Schuldigen gebüßt wird, sondern bis zur Auferstehung von Milliarden und Abermilliarden Menschen, die für den

Sündenfall gar nicht verantwortlich sind?« Doch, es ist Großvater selbst, der diese Frage stellt, denn im letzten Satz des Abschnitts bemerkt er: »Lieber Leser, wenn Ihnen meine Fragen überflüssig und meine Argumente schwach erscheinen, halten Sie sich bitte an die Erklärungen, die der verehrte Verfasser der Serie ›Die Bedrängnisse des Stellvertreters‹ [also des Menschen] in der Zeitschrift *Yaghmâ* gab, und seien Sie so gütig, mir zu verzeihen, daß ich mich in meiner Stümperhaftigkeit als dessen Schüler versuchte.« Den nächsten Abschnitt habe ich noch nicht gelesen, aber in der ersten Zeile taucht der Name Ajatollah Chomeinis auf. Also muß es um die Revolution gehen und erstreckt sich die Selberlebensbeschreibung Großvaters vielleicht doch bis in die Islamische Republik, wie ich es auch aus dramaturgischen Gründen hoffte, seit sein Leben zum Roman im Roman wurde, den ich schreibe. In den Fragen, die ich für alles andere als überflüssig, und den Argumenten, die ich für alles andere als schwach halte, so daß ich nicht in der Serie »Die Bedrängnisse des Stellvertreters« nachzusehen brauche, klingt jedenfalls schon die Häresie heraus, die seinem gelehrtesten Freund im Ohr geblieben ist.

Von Großajatollah Ruhollah Mussawi Chomeini, wie man ihn korrekt nennen müßte, nicht nur Ajatollah, wie der Westen den Titel abkürzt, aber schon gar nicht Imam, als den ihn die Islamische Republik heiligt, obwohl sie weiß, daß die Anrede den zwölf göttlich inspirierten Nachfolgern des Propheten vorbehalten ist, niemandem sonst auf Erden bis zur Wiederkehr des Mahdi, wie Großvater und überhaupt alle Frommen unter meinen Verwandten bitter betonten, wenn im Staatsfernsehen vom Imam die Rede war – von Großajatollah Chomeini habe ich außer den Fernsehbildern unseren Besuch im Pariser Vorort Neauphle-le-Château in Erinnerung, kurz vor oder nach Neujahr 1979. Ich war gerade elf geworden, hatte Weihnachtsferien und eiferte zum letzten Mal dem Vater nach, der lange und laute Reden auf allen Familien- und Freundesrunden hielt, Briefe an die Siegener Lokalpresse schickte, Broschüren über den Folterapparat des Schahs an die Kunden seines Teppichgeschäfts verteilte, von denen er viele deswegen verlor, sich mit Nachbarn anlegte, die Zweifel anmeldeten oder ihn verhöhnten, wie ich von deren Kindern erfuhr, und deswegen nur Imperialisten sein konnten. Meine älteren Brüder und meine Mutter, die mit nach Paris fuhren, waren zurückhaltender, wenn mich die Erinnerung nicht täuscht, aber dennoch für die Revolution, natürlich, weil meiner Erinnerung nach alle für die Revolution waren, selbst Großvater zunächst. Erst Monate später erfuhr ich von der Möglichkeit, die Revolution ablehnen zu können, da hatte ich meinen Kinderglauben noch längst nicht verloren. Bis heute ist es mir peinlich, daß ich nach der Rückkehr aus Paris ein Photo von Chomeini an die Wand heftete, Großajatollah Chomeini zwischen den Tierpostern oder vielleicht schon zwischen den Kunstdrucken von Dalí; ich weiß nicht mehr, wann genau der Surrealismus die Naturwelt ablöste. Ein Freund, der mich gerade dieser Tage nach vielen Jahren anrief, weil er Vater geworden ist, zielte einmal mit einem Ball oder einem Pfeil auf Großajatollah Chomeini und sollte sich noch lange darüber lustig machen, wie sehr ich mich darüber aufregte. Mein Ärger über seinen Wurf wurde später von der Scham verdrängt, Großajatollah Chomeini einmal verehrt zu haben, wenn auch als Kind und für kurze Zeit, nach der Rückkehr aus Neauphle-le-Château. Den drei Brüdern ist das nicht passiert. Der spätere Orthopäde meditierte im Louvre mit geschlossenen Augen auf einem Stuhl, statt sich wenigstens die Mona Lisa anzuschauen, weil die äußeren Bilder nur Schein sind, der spätere Internist konzedierte lediglich, daß Chomeinis Erscheinung ihn beeindruckt habe, und der spätere Augenarzt fuhr lieber mit seiner neuen Freundin in die Skiferien, als Weltgeschichte zu erleben. Erst sah ich Großajatollah Chomeini inmitten eines Pulks von Iranern die Straßenseite wechseln, dann auf dem Teppich sitzen, in einem ansonsten kahlen Zimmer, vor und neben ihm die Menschen auf Knien. Ich nehme an, daß auch ich ihm die Hand schütteln durfte, da alle Besucher zu ihm geführt wurden, wenngleich ich mich nicht daran erinnere; geküßt habe ich Chomeinis Hand mit Sicherheit nicht, da ich das nicht vergessen hätte. Einen Parka trug ich, den grünen Bundeswehrparka, den damals viele elfjährige Jungen in Siegen trugen, das Hemd grundsätzlich über der Hose, immer ein Kaugummi im Mund, *HubbleBum*, das um die Jahreswende 1979 in Deutschland alle Kinder aßen, das Haus hatte einen Innenhof, und die Straße sah ganz anders aus, als ich mir Paris vorgestellt hatte, eher wie Nordteheran, eine Wohngegend fast ohne Verkehr und mit hohen Bäumen, Laub auf den Bürgersteigen, ältere Einfamilienhäuser. Der Revolutionsführer hatte nichts Unfreundliches wie in den Fernsehaufnahmen, schien eher entrückt zu sein, einer anderen Gegenwart zugehörig, schon wie er aussah, groß gewachsen, mit schwarzem Umhang, Turban, dem langen weißen Bart und tiefen Augenhöhlen. Ich bin gar nicht sicher, ob ich jemals zuvor einen Ajatollah aus solcher Nähe gesehen hatte, bestimmt keinen Großajatollah, und dann war es gleich Chomeini. Nie wieder habe ich einen Menschen getroffen, der ein so starkes und deswegen unangestrengtes Selbstbewußtsein ausstrahlte. Dieser Mann ruhte in sich – wenn ich im nachhinein meinen stärksten Eindruck benenne, war es dieser –, ruhte in sich, wie ein Berg ruht oder ein großer Fels. Aber nur im nachhinein machte ich mir klar, daß eben seine Sicherheit die Skrupellosigkeit ermöglichte, mit der Chomeini log, wenn es seiner Sache diente, oder Hunderte, Tausende hinrichten ließ, wenn sie seiner Sache nicht mehr dienten, enge Vertraute darunter, Familienangehörige. Als ihm 1977 die Nachricht von der Ermordung seines ältesten Sohns überbracht wurde, zeigte er keinerlei Regung, sondern murmelte nur den Koranvers »Wir sind Gottes, und zum Ihm kehren wir zurück«. Chomeini bemerkte die Bestürzung in den Gesichtern der Umstehenden, denen seine Reaktion beziehungsweise das Ausbleiben jedweder Reaktion die Sprache verschlagen hatte, und fragte: »Und was gibt's sonst Neues?« Dann diese Szene, die in keiner Biographie fehlt, am 1. Februar 1979 im Flugzeug nach Teheran, wo ihn fünfzehn Jahre nach seiner Ausweisung Millionen Menschen als unumstrittenen Führer einer der großen Revolutionen der modernen Geschichte auf den Straßen erwarteten: Ein deutscher Reporter beugte sich zu ihm und fragte erwartungsvoll, was er in diesem historischen Moment empfinde. Der Führer antwortete: »Nichts.« Der gleiche Großajatollah Chomeini, der drei Jahre nach der Rückkehr bereits den Vertrauten hinrichten ließ, der im Flugzeug neben ihm sitzen durfte, blieb in Neauphle-le-Château einmal so lange im Bad, daß sich seine Frau und die übrigen Angehörigen Sorgen machten. Als sich die Tür nach zwanzig oder fünfundzwanzig Minuten schließlich öffnete, sagte der sechsundsiebzigjährige Führer der Islamischen Revolution, daß er das Klo geputzt habe: »Die Menschen, die die Toilette benutzen, sind meine Gäste. Es ist meine Pflicht, dazu beizutragen, daß sie sauber bleibt.« Hitler, Lenin oder Mao haben in ihrer Jugend vieles gesagt oder getan, was die Hagiographen später retuschieren, wenn nicht ignorieren mußten. Bei Großajatollah Chomeini finde ich selbst in den kritischsten Biographien keine Aussetzer, keine Umwege, keine Spinnereien. Er war nicht immer der gleiche, hatte in jüngeren Jahren ein flammendes Temperament, und doch lief alles auf den zu, der er werden sollte, ein Naturereignis von einem Menschen, das zu beherrschen oder auch nur vorauszusehen keinem *think tank* der Welt gelang. Mit der Autorität desjenigen, der sicher sein kann, daß noch die Mäuse gebannt lauschen, sprach er mit geradezu unverschämt leiser Stimme, nuschelte, legte zwischen den Satzteilen endlose Pausen ein, als zweifelte er bis zum Ende daran, ob die Zuhörer es überhaupt wert seien, sich die Mühe einer Ansprache zu machen, schaute die Zuhörer nie an und bemühte die Hände kaum je zu einer Geste. Nein, ich weiß nicht mehr, was er bei unserem Besuch sagte, aber ich kannte seine Ansprachen von den Kassetten, die der Vater im Auto hörte und vom persischen Dienst der BBC, der ständig zu Hause lief; sie waren trotz der vielen arabischen Floskeln, die seine Rede altertümlich und vor allem für jemanden wie mich beinah exotisch klingen ließen, viel leichter zu verstehen als die Kassetten der anderen Vordenker, die ebenfalls Floskeln verwandten, aber französische. Chomeini sprach so einfach, daß selbst ein elfjähriger Junge, der sein ganzes Leben in Deutschland verbracht hatte, ihm folgen konnte und also das ganze Land. Er allein war in der Lage, mit einem Wort Millionen Menschen auf die Straße zu rufen, er allein brachte sie dazu, sich unbewaffnet den Panzern entgegenzustellen, sich den Maschinengewehrsalven aus den Hubschraubern auszusetzen, er allein hatte die Autorität, einen Streik auszurufen, der fast ein Jahr lang dauerte, in allen Branchen, in allen Städten Irans. Er allein brachte die Menschen später dazu, Tausende und Abertausende Kinder darunter, auf die irakischen Minenfelder zu rennen, um den iranischen Panzern den Weg freizuräumen. Gewöhnlich bin ich skeptisch, wenn Geschichte auf das Wirken einzelner Personen reduziert wird, und natürlich haben bei der Islamischen Revolution, die als bürgerliche Bewegung begann, als Revolte von Studenten, Intellektuellen, Künstlern, Professoren, Lehrern, Ingenieuren, Ärzten, Feministinnen, natürlich haben auch viele andere Faktoren und Führer eine Rolle gespielt. Dennoch wage ich die Behauptung, daß Iran noch immer eine Monarchie wäre, hätte der Schah den Mut besessen, Chomeini 1964 hinzurichten, wie er es erwog, statt ihn zu verbannen. Ein Aufstand war angesichts der zunehmenden Selbstherrlichkeit, Brutalität und Zügellosigkeit der Monarchie unausweichlich, aber die stärkste Militärmacht des Nahen Ostens mit dem ruchlosesten Geheimdienst und einer Weltmacht als Schutzpatron hätte der Opposition standgehalten oder wäre mit den Reformen durchgekommen, zu denen der Schah am Schluß bereit war, wenn Chomeini nicht gegen alle Versuche staatlicher Emissäre, ausländischer Minister und am Ende selbst seiner engsten Umgebung, ihn zu einem Kompromiß zu bewegen, der dem Land viel Tote erspart hätte, wenn der Revolutionsführer nicht scheinbar gegen alle Vernunft den einen Satz wieder und wieder gesagt hätte: Der Schah muß gehen. Selbst ich habe seine Stimme noch im Ohr: *Schâh bâyad berawad.* Viele Jahre später erst, Chomeini war schon lange tot, habe ich ihn im iranischen Fernsehen an irgendeinem Jahrestag erstmals wieder reden gehört und war als einziger völlig gebannt. Die anderen hörten seine Reden ja an vielen Jahrestagen wieder und unterbrachen nicht ihre Unterhaltung. – Seid doch mal leise, rief ich den Verwandten zu, die meine Schrullen gewohnt waren. Ich meinte zu entdecken, daß ein Geheimnis seiner Wirkung ebendarin bestand, sich buchstäblich einen Teufel um Wirkung zu scheren – als wäre ihm alles andere, alle Augen auf Erden bis zu einem fast schon pathologischen Grad gleichgültig. Inzwischen habe ich viel über ihn gelesen, um das nächste Kapitel in Großvaters Selberlebensbeschreibung besser einzuordnen, und bin mir nicht mehr so sicher, ob Großajatollah Chomeini den Eindruck, an alles, nur nicht an Wirkung zu denken, nicht sehr gezielt hervorrief. Wir glaubten es ihm, als er 1978 in unser Leben trat, in das Leben der Eltern, der Brüder, der Familie in Iran. Großvater, der über die Verbannung Chomeinis im Jahr 1964 schreibt, hatte einen völlig anderen Führer vor Augen.

Der Putzfrau ist in der Ukraine das Haus abgebrannt, in dem sie die neunjährige Tochter zurückließ. Elektrik, sagte die Putzfrau, keine Feuerdienst, alles alles kaputt. Ohne Heizung, Strom und Wasser überwintern Tochter und Großeltern in dem einzigen Zimmer, das noch ein Dach hat. Alles alles Geld, das die Putzfrau und ihr Mann in Deutschland verdient haben: pfutsch mit ukrainischem Akzent, das U spitz und langgezogen wie eine Rutschbahn mit Buckel. Ich weiter putzen, sagte sie, nicht mehr sprechen, sonst ich muß wieder weinen, dabei weinte sie längst. Nächste Woche fliegt sie zurück nach Czernowitz, wo im Mai die Akademie für Sprache und Dichtung tagt. So überrascht sie war, daß ihr Arbeitgeber mit einer Abordnung deutscher Dichter in ihre Heimatstadt fliegt, so überrascht war er, daß Czernowitz die Heimat seiner Putzfrau ist. – Du mich mit Kollegen besuchen, lud sie gleich die gesamte Akademie unter das verbliebene Dach ein.

Bis Anfang der sechziger Jahre des vergangenen Jahrhunderts trat Ruhollah Mussawi Chomeini nur selten an die Öffentlichkeit. Als er noch ein Hodschatoleslam war, traf er sich regelmäßig mit Ajatollah Kaschani, der Mossadegh zunächst unterstützte und später den Mob organisierte, der den Anschein eines Volksaufstands hervorrief. Chomeini sympathisierte mit den *Fedâyin-e Eslam*, den »Kämpfern des Islam«, die bereits in den vierziger Jahren einen Islamischen Staat herbeibomben wollten und am Tag nach dem CIA-Putsch eine Erklärung abgaben, die keine Hagiographie des Führers erwähnt: »Gestern erbebte Teheran unter den mannhaften Füßen der Soldaten der muslimischen und antikolonialen Armee. Mossadegh, dieses alte blutsaufende Ungeheuer, hat unter den zerstörerischen Schlägen der Muslime kapituliert und ist zurückgetreten. Alle Regierungsgebäude wurden von den Muslimen und der islamischen Armee eingenommen.« Zugleich verhielt sich Hodschatoleslam Chomeini loyal gegenüber Großajatollah Borudscherdi, der als *Mardscha-e taqlid* oder »Quelle der Nachahmung« den Islam von der Politik fernhielt und sich mit der Monarchie arrangierte. Chomeini respektierte Borudscherdi, der sein eigener Lehrer war, und die Rangordnung innerhalb des Klerus. Daß er der »Quelle der Nachahmung« nicht widersprach, scheint aber auch strategische Gründe gehabt zu haben: Damit sein Wort Gewicht hatte, mußte Chomeini sich zuerst einen Ruf als Gelehrter und hervorragender Kenner der Überlieferung, Rhetorik und Jurisprudenz erwerben. Wer sich mit Weltlichem wie der Politik abgab, galt rasch als ein Hansdampf in allen Gassen, der Geistlichkeit bestenfalls nützlich als Vertreter in Teheran, aber zu oberflächlich, um in Ghom ernst genommen zu werden. Die wenigen Male, die er sich überhaupt politisch äußerte, lassen keinen Zweifel, daß Chomeini den Säkularismus der Nationalen Front ablehnte und für einen kämpferischen Islam eintrat, der das soziale Leben bis in die Gesetzgebung bestimmt. Kurioserweise rief er, der später später gegen die Bahais hetzte, seine Hörer 1944 dazu auf, sich deren Engagement zum Vorbild zu nehmen. Selbst aktiv wurde Chomeini jedoch erst nach der Ankündigung der Bodenreform Anfang der sechziger Jahre, als auch Borudscherdi und andere Großajatollahs aus Sorge um die unzähligen Ländereien, die im Besitz religiöser Stiftungen waren, ihre Zurückhaltung aufgaben. Der Schah hielt seine Herrschaft für gefestigt genug, um nicht mehr auf die Duldung durch die schiitische Orthodoxie angewiesen zu sein, und wollte sich nach dem Vorbild seines Vaters als entschlossener Modernisierer präsentieren. Eine Fahrt nach Ghom nutzte er für eine offene Demütigung. Hatte der Schah der

»Quelle der Nachahmung« bis dahin stets die Aufwartung gemacht, damit der gesamten Geistlichkeit Tribut gezollt, mußte sich Borudscherdi diesmal aus dem Haus begeben. Schon todkrank und kaum in der Lage, auf eigenen Beinen zu stehen, wurde er unter Schmerzen in eine Pferdekutsche gehoben, die ihn zur Feiziye, dem Schrein der Fatima, im Zentrum von Ghom brachte. Dort wartete er eine Stunde lang. Als der Schah endlich eintraf, hatte er zwar keine Reitstiefel an wie fünfundzwanzig Jahre zuvor sein Vater und schlug auch nicht mit der Peitsche um sich. Es reichte, daß zwei Soldaten den Großajatollah ungefragt unter den Armen packten, damit er sich erhob. Das hatte es noch nie gegeben, nicht unter den Kadscharen, nicht unter Reza Schah: Die »Quelle der Nachahmung«, die nicht wußte, wie ihr geschah, mußte aufstehen, um den Schah zu begrüßen. Und derselbe Schah, der so oft Borudscherdis Hände geküßt hatte, sagte nicht einmal guten Tag, sondern fragte ohne jede Anrede, ohne Höflichkeitsfloskel in der Teheraner Umgangssprache, wie es dem Scheich denn so gehe. Kurze Zeit später, am 30. März 1961, starb Großajatollah Borudscherdi. Chomeini genoß zwar wegen seiner Intelligenz, seiner Ernsthaftigkeit und umfassenden Bildung hohes Ansehen in Ghom, war aber gerade erst Ajatollah geworden und mit achtundfünfzig Jahren zu jung, um für die Nachfolge in Frage zu kommen. Er wartete ab, ob sich einer der Großajatollahs als »Quelle der Nachahmung« durchsetzen würde, Seyyed Mohammad Hadi Milani etwa oder Seyyed Kazem Schariat-Madari. Als sich abzeichnete, daß das Amt verwaist blieb, bereitete Chomeini die Kampagne vor, die ihm die Meinungsführerschaft in Ghom einbrachte. Auch wenn er die Monarchie noch nicht offen ablehnte, war sein Ziel damals schon ein islamischer Staat unter Führung eines Geistlichen, also doch vermutlich ihm selbst. Ob persönlicher Ehrgeiz mit hineinspielte? Nach allem, was ich gelesen habe, bin ich nicht mehr so sicher. Vielleicht machte genau dies seine Macht aus, daß es ihm nicht um seine eigene Macht ging.

Früher als andere Theologen erkannte Ajatollah Chomeini, daß die Bodenreform zu populär war, um die breite Bevölkerung für den Protest zu gewinnen, und nahm zwei andere Reformen des Schahs zum Anlaß, die politische Bühne zu betreten: das Frauenwahlrecht und die Zulassung nichtmuslimischer Kandidaten zu den Gemeindewahlen. Viele Männer waren gern bereit zu glauben, daß es Ketzerei sei, Frauen und Andersgläubigen die gleichen Rechte zu gewähren wie ihnen. Daß diese

Rechte nur zeremoniell waren, da Wahlen unter dem Schah nichts bedeuteten, minderte die Entrüstung nicht. »Der Sohn des Reza Schah hat sich zur Zerstörung des Islam in Iran entschlossen«, erklärte Chomeini dem Schah den Krieg: »Ich werde dagegen kämpfen, solange Blut durch meine Adern fließt.« Schon der Ton muß die Hörer elektrisiert haben. Nicht einmal Doktor Mossadegh hatte den Schah so direkt attackiert, geschweige denn einer der sehr ehrwürdigen und noch vorsichtigeren Großajatollahs aus Ghom. Und Ajatollah Chomeini beließ es nicht bei Worten. Mit großem Geschick sammelte er fähige Aktivisten um sich und baute ein Netzwerk auf, das seine Ansichten in alle Städten verbreitete und bei Bedarf rasch Menschen mobilisierte. Zentral für seine Schlagkraft war die Unterstützung vieler gut organisierter Gilden im finanzkräftigen und zugleich konservativen, antisozialistischen, antisäkularen Milieu der Basare. In seinen eigenen Predigten und Ansprachen kannte Ajatollah Chomeini keine Kompromisse. Wenn er jedoch andere Großajatollahs in Ghom dazu bringen wollte, seine Protesterklärungen und Briefe zu unterzeichnen, nahm er sich zurück und willigte ein, den Ton zu mildern. Er wollte nicht recht haben; er wollte recht behalten. Die säkulare Opposition, durch die Inhaftierung ihrer Führer schon benommen genug, blickte ratlos auf diesen ungewöhnlichen Religionsgelehrten. Sie sah seinen furchtlosen Widerstand, ohne seine rückschrittlichen Ansichten zu übersehen. Sie war ebenso vehement gegen den Schah, aber aus anderen Gründen. Unter den religiös orientierten Iranern und den Theologiestudenten hingegen wuchs die Begeisterung für Ajatollah Chomeini so sehr, daß er es allmählich wagen konnte, die Großajatollahs für ihre Passivität zu kritisieren. »Diese Herrschaften scheinen nicht bereit zu sein zum Kampf. Schariatmadari etwa sagt: ›Wenn wir zu weit gehen, stellen sie einen Polizisten vor unsere Tür.‹ Was kann ich mit diesem Herrn anfangen, der sagt, daß ein Polizist vor der Tür uns entehrt und beleidigt. Ich antwortete ihm, daß der Weg des Gefängnisses, der Folter und des Martyriums der richtige Weg ist. Aber er fürchtet sich, beleidigt zu werden.« Ajatollah Chomeini kämpfte nicht nur gegen den Schah oder die Amerikaner. Mindestens so wichtig war ihm der Kampf gegen die eigene Geistlichkeit. Und mindestens so groß, wenn nicht größer war sein Abscheu: »Niemand hat so sehr unter dummen, reaktionären Mullahs gelitten wie Euer alter Vater«, sollte Chomeini kurz vor seinem Tod in einem Brief klagen: »Fremdsprachen zu lernen war Ketzerei,

Philosophie galt als Sünde, Mystik wurde verboten. Einmal trank mein Sohn Mostafa in der Feiziye aus einem Krug. Nur weil ich Philosophie lehrte, galt mein Sohn als rituell unrein, so daß man das restliche Wasser wegschüttete und das Gefäß reinigte, bevor ein anderer daraus trinken durfte. Hätte sich diese Entwicklung fortgesetzt, wäre dem Klerus und den Theologischen Hochschulen zweifellos dasselbe Schicksal widerfahren wie der christlichen Kirche im Mittelalter.« Chomeini konnte für Großvater kein Vorbild sein. Dieser kämpferische Ajatollah folgte nicht den nationalen und demokratischen Idealen Großajatollah Milanis, verkörperte nicht den aufgeklärten Glauben des Fernsehpredigers Hossein Ali Rasched, dem Großvater seine Selberlebensbeschreibung widmen sollte, und hatte nichts von der Milde seines mystischen Führers Pir Arbab. Aber Großvater konnte Ajatollah Chomeini auch nicht einfach als reaktionär abtun. Als reaktionär galten in bürgerlichen Familien wie unseren ebenjene Herrschaften, für die Fremdsprachen Ketzerei, Philosophie Sünde und Mystik verboten war, weltfremde Greise, die sich in juristischen Haarspaltereien ergingen, in Details der jeweils vorgeschriebenen Reinigungsart und jeweils vorgeschriebenen Reinigungsdauer nach Stuhlgang, Wasserlassen, Menstruation, Samenerguß, Berührung von Ungläubigen, Berührung von Gegenständen, die von Ungläubigen berührt wurden, Berührung von Gläubigen, die ihrerseits Ungläubige oder Gegenstände berührt haben, die von Ungläubigen berührt wurden, und so weiter. Daß Ajatollah Chomeini mit jahrhundertealten Gepflogenheiten brach und mit seinem Fundamentalismus in vielerlei Hinsicht ein Modernist war, auch das gehört zum verwirrenden Bild, das sich Großvater 1963 bot.

Am Morgen des 23. Januar 1963, als meine Großeltern gerade in Frankfurt gelandet waren, schlossen die Händler im Teheraner Basar ohne jede Vorankündigung ihre Geschäfte, marschierten zu den Häusern prominenter Ajatollahs und verlangten von ihnen, gegen den Schah zu protestieren. Chomeinis Anhänger hatten die Aktion so perfekt vorbereitet, daß alle Geschäfte schon geschlossen waren, als die ersten Polizeieinheiten eintrafen. Nachdem die Ajatollahs zwei Stunden lang telefonisch berieten, erklärten sie sich notgedrungen bereit, einen dreitägigen Streikaufruf zu unterschreiben. Der Konflikt zwischen Krone und Turban brach aus, den Ajatollah Chomeini herbeigeführt hatte. Der Schah beschimpfte die Geistlichkeit in nie gehörten Worten als eine »dumme und reaktionäre Bande, deren Gehirne sich seit tausend Jahren nicht entwikkelt haben«, und ließ Dutzende von Theologen verhaften. Als Ajatollah Chomeini daraufhin zum passiven Widerstand aufrief, hatten die Großajatollahs kaum eine andere Wahl als zuzustimmen. Der Name Chomeinis wurde in allen Moscheen geraunt, sein Poster hing in unzähligen Geschäften, der Klang seiner Stimme wurde allmählich vertraut. »Wenn diese verkommenen, widerlichen Elemente mit ihren reaktionären Freunden nicht aus ihrem Schlaf der Ignoranz erwachen, wird die Faust der Gerechtigkeit wie ein Blitz in ihre Gesichter schießen, egal welche Gewänder sie anhaben, und ihr schmutziges, beschämendes Leben beenden«, drohte der Schah in Teheran. »Bleibt standhaft und widersteht«, mahnte der Ajatollah in Ghom: »Fürchtet nicht diese verrotteten und rostigen Bajonette, sie werden bald zerbrechen.« Noch hatte Schah Mohammad Reza Pahlewi alle Macht, doch mit seinen Reden traf er zuverlässig den falschen Ton. Wenn er hätte entschlossen wirken müssen, blieb er zögerlich, und wenn er anschließend den Fehler ausbügeln wollte, verlor er gleich die Fassung. Ausgebildet in der Schweiz, sprach er zwar perfekt Französisch und Englisch, beherrschte das literarische Persisch indes nur mäßig und geriet bei seinen Reden ins Stocken, sobald er vom Manuskript absah, etwa weil er seine Wut nicht mehr beherrschte oder eine Pointe landen wollte. Chomeini hingegen war ein charismatischer Führer und nutzte damals noch alle Register der Rhetorik, die er in der theologischen Ausbildung über viele Jahre gelernt hatte. Emotionen zeigte er durchaus, allerdings nicht, weil sie ihn wie den Schah übermannten, sondern um sie kalkuliert einzusetzen und geschickt zwischen Zorn, Trauer, Sanftmut oder Beharrlichkeit zu changieren. Der Schah wußte sich nicht anders zu helfen als ein weiteres Mal mit Gewalt. In Ghom stürmten die Sicherheitskräfte den überfüllten Schrein, weil sie eine Protestkundgebung befürchteten, mehrere Menschen starben, Geistliche darunter. Ajatollah Chomeini selbst galt als akut lebensbedroht, ohne sich darum zu scheren. Er ging soweit, das alte Prinzip der *taqiya* außer Kraft zu setzen, das den Schiiten bei Todesgefahr erlaubt, ihre Gesinnung zu verbergen. Einer der vielen Geschichten zufolge, die auch Großvater gehört haben muß, weil sie im ganzen Land kursierten, schickte der Schah dem Ajatollah eine Botschaft, um ihn zu einem Kompromiß zu bewegen, andernfalls werde er die Stiefel seines Vaters anziehen, nach Ghom kommen und dem Ajatollah ins Gesicht treten. »Die Stiefel deines Vaters sind dir viel zu groß«, soll Chomeini geantwortet haben. Belegt ist, daß der Schah eine Delegation von hoftreuen Geistlichen nach Ghom sandte, um in Verhandlungen zu treten. Der Schah solle sich nicht auf seine Pistolen, Gewehre und Panzer verlassen, beschied Ajatollah Chomeini der Gesandtschaft und hob einen Stift in die Höhe: »Mit dieser Feder werde ich die Knochen jedes einzelnen seiner Soldaten zertrümmern.«

An Aschura, dem Höhepunkt der zehntägigen Trauer um den Imam Hossein, der 1963 auf den 3. Juni fiel, bereitete sich Ajatollah Chomeini in seinem Haus für eine Predigt in der Feiziye vor, als ein Geheimdienstoffizier vorstellig wurde: »Seine Majestät der Schah hat mich geschickt, um Sie darüber zu informieren, daß unsere Einheiten instruiert sind, den Schrein anzuzünden, und sehr viel Blut fließen wird, sollten Sie daran festhalten, heute eine Predigt zu halten.« Ohne jede Regung erwiderte Chomeini: »Wir werden ebenfalls unsere Einheiten instruieren, damit sie den Abgesandten Ihrer Majestät eine Lektion erteilen.« Als der Schah von dieser Antwort erfuhr, schickte er in aller Eile einen Vertreter der Armee, den erfahrenen General Mobasser, der dem Ajatollah erst befahl, ihn dann aufforderte, schließlich bat und am Ende anbettelte, nicht in die Feiziye zu gehen und ein Blutbad zu verhindern – vergeblich: »Wenn ich nicht ginge, wäre ich nicht Chomeini.« »Dann halten Sie sich doch um Gottes willen wenigstens mit direkten Attacken auf Seine Majestät zurück.« Ajatollah Chomeini sah, in welchem Gewissenskonflikt General Mobasser stand, der ihm nicht unsympathisch zu sein schien, und schwieg einige Momente. »Wir werden sehen«, murmelte er dann. Um vier Uhr nachmittags brach der Ajatollah wie geplant auf. General Mobasser gestand später, nach dem Besuch bei Chomeini eine Beruhigungstablette nach der anderen geschluckt zu haben, um die Aufregung auszuhalten. Der Moscheekomplex faßte die Menge nicht, aber Chomeinis Ordner hatten Lautsprecher auf den umliegenden Plätzen aufgestellt. Der Strom wurde abgestellt, aber Chomeinis Ordner hatten Batterien unter dem Rednerpult versteckt. Provokateure hatten sich unter die Zuhörer gemischt, aber Chomeinis Ordner waren darauf vorbereitet und ihnen an Zahl weit überlegen. »Vor dreizehnhundert Jahren zog Hossein in die Schlacht von Kerbela, um den Glauben zu verteidigen«, begann der Ajatollah seine Predigt und zitierte den dritten Imam: »Wenn die Religion Mohammeds nicht wieder in Kraft gesetzt werden kann außer mit meinem Blut, sollen mich die Schwerter zerfetzen.« Die bloße Erwähnung des Namens Hossein brachte die Menge zum Weinen. Schon mit diesen ersten Sätzen wähnte sie sich auf dem Schlachtfeld von Kerbela, mit Ajatollah Chomeini als Kämpfer für den Islam und dem Schah als dem Despoten Yazid. »Sie erbärmlicher, armseliger Mensch«, rief der Ajatollah dem Schah zu, »fünfundvierzig Jahre Ihres Lebens sind vergangen. Ist es nicht Zeit, ein wenig nachzudenken und die Lektion aus den Erfahrungen Ihres Vaters zu lernen? Was wissen Sie denn, ob sich die Verhältnisse nicht ändern und diejenigen, die sich heute als Ihre Freunde bezeichnen, nicht von Ihnen abwenden werden? Denn es sind nicht Ihre Freunde, es sind Freunde des Dollars. Sie haben keinen Glauben, sie kennen keine Treue. Sie haben alle Verantwortung auf Ihre Schultern gelegt. Oh, Sie armseliger Mensch!« Nicht nur Chomeinis Ordner, auch die Agenten des Geheimdienstes schrieben jedes Wort mit. Im Abstand von einigen Minuten verließ einer von ihnen die Moschee, um General Mobasser die Mitschrift zu reichen, dem der Blutdruck wieder derart in die Höhe schoß, daß er einen Soldaten zur Apotheke schickte, um weitere Beruhigungstabletten zu besorgen: Es war die beleidigendste Rede, die je ein Iraner über einen Schah gehalten hatte. Dennoch weigerte sich General Mobasser, die Erstürmung der Feiziye zu befehlen, obwohl ihn seine Offiziere bedrängten. Überzeugt davon, daß Chomeini schließlich einlenken oder wenigstens die offene Provokation unterlassen würde, hatte er keine explizite Anweisung des Schahs eingeholt, was andernfalls zu tun sei. Jetzt rief der General lieber nicht im Palast an. Es war Aschura, der Höhepunkt der Trauerzeit um Imam Hossein. Hätte die Armee ausgerechnet an diesem Tag den Schrein der Fatima gestürmt, wäre der Schah endgültig zum Kalifen Yazid geworden, zum Mörder Imam Hosseins.

Ajatollah Chomeini triumphierte. Seine Ansprache verbreitete sich wie ein Lauffeuer im ganzen Land, und jeder, der sie weitererzählte, fügte einen Satz hinzu, der noch unglaublicher schien. Am nächsten Morgen, dem 4. Juni 1963, die Großeltern hörten davon anderntags in Siegen, marschierten in Teheran hunderttausend Menschen in Richtung des Ferdousi-Platzes, um gegen den Schah zu demonstrieren. »Tod dem Diktator!« riefen sie, und: »Gott schütze dich, Chomeini!« Gegen Abend rang sich der Schah zu dem Befehl durch, die Demonstration gewaltsam aufzulösen. Hunderte wurden festgenommen. In der Nacht zum 5. Juni fuhr der Leiter des Teheraner Geheimdienstes, Oberst Moulawi, nach Ghom, um Ajatollah Chomeini zu verhaften. »Dieses widerwärtige Individuum, dessen Name ich erst erwähne, wenn ich den Befehl gebe, seine Ohren abzuschneiden«, hatte der Ajatollah zuvor über Moulawi gesagt. Jetzt war er wieder die Ruhe in Person. »Steh auf, Mostafa«, weckte er seinen Sohn mit sanfter Stimme, als die Soldaten sich vor der Tür versammelten: »Es sieht aus, als seien sie gekommen.« Die Soldaten stürmten ins Haus und schlugen mit Knüppeln auf die Bediensteten ein. Halbbekleidet, das Obergewand unterm Arm, trat der Ajatollah aus seinem Zimmer und rief mit lauter Stimme: »Ich bin Ruhollah Chomeini! Warum mißhandelt ihr diese armen Menschen? Was ist das für ein barbarisches Benehmen? Ich bin Ruhollah Chomeini! Schämt ihr euch nicht? Ihr hättet wie anständige Menschen einfach sagen können, ›Chomeini, komm!‹, und ich wäre gekommen.« Die Soldaten in ihren Schutzwesten und unter ihren Helmen waren von der Erscheinung Chomeinis im Nachthemd und seiner herrischen Stimme so überrascht und eingeschüchtert, daß sie von den Bediensteten abließen und einer nach dem anderen anfingen, sich bei ihm zu entschuldigen. Höflich geleiteten sie ihn dann zu einem schwarzen VW Käfer, wie ihn der Geheimdienst oft für Verhaftungen nutzte, um kein Aufsehen zu erregen. »Ich sah, daß meine Mitfahrer sehr verängstigt waren«, erzählte Chomeini später über die Fahrt nach Teheran: »Deshalb erinnerte ich sie daran, daß ich es bin, der verhaftet wird, nicht sie, und fragte, vor wem sie soviel Angst hätten.« Etwa zur gleichen Zeit rief der Chef des Geheimdienstes, General Nassiri, bei General Mobasser an, der sich immer noch nicht beruhigt hatte. »Wo stecken Sie?« fragte Nassiri ihn. »Ich bin krank«, antwortete Mobasser. »Das ist ja ein hübscher Zeitpunkt, krankzufeiern«, wunderte sich Nassiri, worauf Mobasser wieder in Panik geriet: »Was ist passiert?« fragte er. Eine wütende Menge hatte bereits die Polizeistation von Ghom gestürmt. Auch in Teheran war für den Morgen mit schweren Krawallen zu rechnen. Die Regierung verhängte das Kriegsrecht.

Wie ich den Block zwischen Wohnung und Büro wieder in entgegengesetzter Richtung entlanglief, sah ich im Schaukasten des Filmkunsttheaters, daß in zwanzig Minuten eine Filmreihe eröffnet würde, in der bis Juni erstmals das gesamte dokumentarische Spätwerk von Werner Herzog zu sehen ist. Ich kann nicht fortfahren, als ob nichts wäre, wenn in zwanzig Minuten ein Film von Werner Herzog beginnt, den ich noch nicht kenne. Andererseits hatte ich so viele Tage darüber geklagt, keinen

Abend mehr im Büro zu verbringen, daß es eine Farce gewesen wäre, die Gelegenheit ungenutzt zu lassen und statt dessen ins Kino zu gehen. Der Zeitungsausschnitt im Schaukasten schätzte den Film, der gleich gezeigt würde, im Vergleich zu den anderen Werken der Reihe gering. Das Tikket bereits gekauft, erwog ich immer noch, mit dem Roman fortzufahren, den ich schreibe. Um die sechs Euro, die ich dem Filmkunsttheater geschenkt hätte, wäre es nicht schade gewesen. Ich blieb, weil so wenige Menschen vor dem Kino standen, eine Schande für Köln, und selbst ein schlechter Film von Werner Herzog immer noch ein Film von Werner Herzog ist, nicht so eine Neue Deutsche Filmhochschule wie in Saal 1, der vollbesetzt war, *Nichts als Gespenster* nach Judith Hermann, glaube ich, läuft seit Wochen, obwohl schon das Plakat nichts als Geplapper verspricht, angezogene Junggebliebene am Strand, deren Namen nicht interessieren. Allerdings hatte ich auch Angst. Werner Herzog ist seit Schultagen ein Idol, für meinen Weg bedeutender sogar als Fassbinder. Ich mochte auch das Buch sehr, das er über den Fußmarsch zur kranken Lotte Eisner geschrieben hat, *Vom Gehen im Eis*, hatte es vor vielleicht zwei Jahrzehnten zufällig im Ramsch entdeckt, niemand sprach darüber. Vorvorigen Herbst ist es neu erschienen und erhielt das Lob, das es damals verdient hätte. Die letzten Jahre hatte ich nicht mehr viel von Herzog gehört, las hier und dort von einer Oper, die er inszenierte, oder Berichte von Filmfestivals im Ausland, manchmal Hymnen, oft Achselzucken, auch Verrisse. Einen Verleih finden seine Filme in Deutschland nur noch selten, klagte der Eröffnungsredner. Ja, es gab für die sieben Zuschauer, die wir schließlich waren, eine Ansprache, eine instruktive Einführung, die es nicht nötig hatte, begeistert zu tun, weil ohnehin begeistert ist, wer die erste Werkschau überhaupt des dokumentarischen Spätwerks zustande bringt oder sich am Samstag abend für einen Dokumentarfilm von Werner Herzog im englischen Original ohne Untertitel entscheidet. Die Enttäuschung, mit einer Botschaft, die einem selbst wesentlich ist, vor nur sieben Zuhörern zu stehen, kenne ich nur zu gut. Um so dankbarer war ich, daß der Kurator der Reihe, der zugleich ihr Organisator und Geldbeschaffer ist, die Botschaft dennoch verkündete, als wären alle Reihen voll. Zugleich machte sich die Angst wieder in mir breit, weil ich mir nicht vorstellen konnte, daß Herzog mir soviel sagt wie früher; vielleicht daß es einen zulässigen Grund gehabt hätte, warum wir nur zu siebt waren. Seit der Enttäuschung mit *Cobra Verde*, in dem er seine eigenen Gebote trivialisiert, hatte ich keinen Spielfilm von ihm gesehen. Es schmerzt, wenn die Propheten nur noch besessen tun. Das ist bei mir nie ein Vorwurf; die Dankbarkeit herrscht immer vor, selbst bei einem Selbstgefälligen wie Günter Grass, in dem ich nicht mehr den rotzigen Autor der *Hundejahre* zu sehen vermag, in der Rockmusik beinah bei allen, wenn sie sich nur nicht für Konzernfeiern oder die Benennung von Automodellen hergeben. Es ist die Trauer, daß auch Idole vergehen oder wir keine Verbindung mehr haben, keine *alâqeh*, wie das persische Wort für die Liebe heißt, das Großonkel Mohammad Ali benutzte, als Urgroßvater starb, wie Glieder einer Kette, damit sie besser hält. Wäre ich nur ein Zuschauer und nicht Parteigänger, wünschte ich mir, sie stürben früh oder verstummten, spielten Golf, was immer noch besser ist, als seinen Namen für ein Auto herzugeben, oder retteten Afrika. *Grizzly Man*, der Film, den ich schließlich sah, ist eine Bombe. Es ist in jedem Detail ein Werk von Werner Herzog, er hat alles, die Peinlichkeit der Selbstüberhöhung, welche in Wahrheit die Selbstverleugnung dessen ist, der nicht davor zurückschreckt, sich auszustellen, den Kinski und die autistischen Züge auch der anderen Darsteller, die religiöse Weltsicht ohne Gott, die brennende Liebe zur Natur und die nüchterne Einschätzung ihrer Gewalt, und doch ist er ganz anders als alles, was ich von Herzog kannte, ist *Grizzly Man* ein Werk, das jetzt geschieht und alles aufnimmt, was seither geschah. Nach drei Minuten meinte ich bereits begriffen zu haben, warum er nur noch oder vorwiegend Bericht erstattet. Eine Geschichte mit Schauspielstars und jungen Talenten, mit Helden und Geliebten, Entwicklung, Spannung, Auflösung und Ende, mit Dialogen, die so tun als ob, wäre in dem Stadium, das Herzog erreicht hat, *nichts als Geplänkel.* Es ist das Leben selbst, auf das er so genau zu schauen gelernt hat, daß es zum Zeichen wird. Er hat keine Zeit zu verlieren mit großen Sets, Finanzierungsakrobatik, Handlungskonstruktionen, Überlegungen, was gehen könnte und was nicht, überhaupt damit, Leute zu überzeugen, Produzenten, Kritiker oder die Kölner, die zur Eröffnung seiner Werkschau nur zu siebt erschienen sind. Nicht daß er nichts mehr zu erzählen hätte – nur hat seine Welt gerade zu viele Geschichten, um sich welche ausdenken zu können. *Grizzly Man* ist die Geschichte eines Bärenforschers in Alaska, der mitsamt der Freundin vom Objekt seiner Forschung getötet wird, im Wortsinn verschlungen. Der Film besteht größtenteils aus den Videos, die der Bärenforscher aufgenommen hat, oft mit dem Stativ oder mit ausgestreckter Hand, so daß der Bärenforscher in die eigene Kamera spricht. Dazwischen liegen Aufnahmen Herzogs von früheren oder anderen Geliebten des Bärenforschers, dessen Eltern in Florida, dem Piloten, der den Kadaver entdeckte, oder dem Arzt, der die Autopsie vornahm, jeder einzelne Gesprächspartner ein Gletscher von einem Charakter, weil Herzog sich auf den Boden zu legen vermag, jedes einzelne Gespräch so notwendig wie die Glieder der Indizienkette in einem Kriminalfilm. Allein schon dieses tiefe Amerikanisch, das so knarrt wie die Tür zu einem Saloon, klingt im Wechsel mit dem englischsprachigen Bayrisch Herzogs wie Urgesang. Dessen Erklärungen zur Biographie des Bärenforschers oder den Umständen der Videoaufnahmen sind ebenso wie die Fragen in den Interviews so betont sachlich, als konzentriere er sich wie in einer Englischprüfung nur darauf, die Sätze richtig zu bilden – um so gewaltiger die Wirkung, wenn Herzog sich plötzlich in den Kommentar hineinnimmt oder von vorne zu sehen ist. Einmal zum Beispiel, als der Bärenforscher vor dem Stativ ausflippt, im Selbstmonolog auf dreckigste Weise die Ranger beschimpft, bis er nur noch *fuck fuck fuck* schreit, übertönt Herzog die noch schlimmeren Schimpfwörter, indem er die Arbeit der staatlichen Naturschützer verteidigt und in einem Nebensatz daran erinnert, solche Ausraster eines Hauptdarstellers aus seiner früheren Filmarbeit zu kennen. Ein andermal, als der Bärenforscher enthusiastisch verkündet, daß die Natur in sich harmonisch sei, hört man Herzog mit dem bayrischen Akzent: »I see things differently«, und dann spricht Herzog von dem Chaos und der Brutalität, die er in der Natur am Werk sieht. Oder die letzten Aufnahmen: Als der Bär ins Zelt dringt, gelingt es dem Forscher noch, die Kamera einzuschalten, jedoch nicht mehr, die Sichtblende vom Objektiv zu nehmen, so daß von seinem und dem Tod der Freundin nur ein Tondokument existiert. Herzog spielt das Band nicht ab, weil er mit allen Mystikern weiß, daß nur die Reise zu Gott geschildert werden kann. Von der Reise in Gott und damit von der Vernichtung selbst zu sprechen, ist möglich allein im Gleichnis beziehungsweise in der Überlieferung: Es wird gesagt, daß gesagt wird, daß gesagt wird, daß. Die letzten Rufe, Schreie und Geräusche im Leben des Bärenforschers werden vom Gerichtsmediziner nacherzählt und damit in einen weiteren Konjunktiv gesetzt. Herzog sieht man später, wie er über Kopfhörer das Band abhört, plötzlich abbricht, den Kopfhörer herunterreißt, »stop it!« schreit, »please stop it!«, und der Angehörigen, die es ihm vorgespielt hat, in dem bayrischen Akzent befiehlt: »Never never listen to this! You should destroy it. Please destroy it!« Wenn ich mich richtig an die Szene erinnere, sieht man nur den Rücken von Herzog, sonst nur die Angehörige, es ist ein Dialog, der nicht ausgedacht sein kann, Sekunden der größtmöglichen Nähe und Mitmenschlichkeit, die nicht möglich wären ohne ehrliches Erbarmen, und zugleich mitgefilmt werden, mitgefilmt werden sollten, verwendet ohne Skrupel. Niemals wird Herzogs Kommentar sentimental oder esoterisch, und doch manifestiert sich in jeder Sekunde sein Gespür für die Realität jenseits der Realität, ist die Hingabe des Forschers an und schließlich sein Einswerden mit den Bären ein Gleichnis der mystischen Erfahrung. »Ich könnte für diese Tiere sterben«, wiederholt der Bärenforscher so, daß es wie eine Sehnsucht klingt. Nur Herzog konnte in ihm den heiligen Narren der religiösen Traditionen entdecken und auf beidem gleichzeitig beharren, dem Heiligen und dem Närrischen, dem Wahren, das zugleich das Falscheste ist, und umgekehrt (die Freundin, die wegen ihm sterben mußte, nicht für den Bären). Er zeigt den Bärenforscher als jemanden, der eine Grenze übertreten und sie damit markiert hat. Darin ist es auch ein Film über ihn, über Werner Herzog selbst: Zutiefst lehnt er die Anmaßung ab, die er zutiefst versteht. Ich glaube, er ist auch deshalb bei sich, weil durch die Videos des Bärenforschers das Dilettantische und Unfertige, das seine Filme bei allem Größenwahn und Perfektionismus immer hatten, nicht mehr kaschiert wird. Meisterhaft im professionellen Sinn ist nicht das Material, wie könnte es auch anders als amateurhaft sein, Videos von einem selbst mit der Handkamera, sondern die minimalen Eingriffe zu seiner Fügung, der Gerichtsmediziner zum Beispiel, der in voller Montur am leeren Seziertisch spricht und deshalb wie Nosferatu wirkt, oder das Lied, das der Pilot offenbar über Kopfhörer hört und mitsingt, während er die Angehörigen zum See fliegt, an dem der Bärenforscher die Sommer verbrachte. Herzog spielt das Lied ein, während der Pilot es murmelt, ohne daß es ganz synchron wird, ein kleiner Kunstgriff, der die Realität innerhalb des Cockpits verrückt und die Stimmung des Films so verwandelt, daß es einem als das Natürlichste der Welt erscheint, wenn die Angehörigen kurz danach die Asche des Forschers dort verstreuen, wo ihn der Bär getötet hat. Anders als dem Bärenforscher ist ihm als Künstler das *baghâ fi l-fanâ* beschieden, das »Bleiben im Entwerden«, wie die Sufis den noch schwerer zu erreichenden, den höchsten Zustand nach der Ekstase nennen.

Zehn Monate später, am 7. April 1964, kehrte Ajatollah Chomeini nach Ghom zurück, ohne eine einzige Bedingung akzeptiert zu haben, die ihm nacheinander Verhörbeamte, Staatssekretäre, Armeegeneräle und sogar Minister für die Freilassung gestellt hatten: um Entschuldigung zu bitten oder sich aus der Politik zurückzuziehen, oder jedenfalls den Ton zu mäßigen, oder wenigstens die direkten Attacken auf den Schah zu unterlassen, oder wenn schon Kritik, dann bitte ohne den Schah persönlich zu beleidigen. Vor Chomeinis Haus stand die halbe Stadt Schlange, um den Unbeugsamen zu besuchen oder hinter ihm zu beten. Auch säkulare Oppositionspolitiker reihten sich ein, Gläubige aus dem ganzen Land, namhafte Wissenschaftler, Journalisten, die nie einen Religionsgelehrten ernst genommen hatten, und die Riege der Großajatollahs, denen sein politischer Aktivismus suspekt blieb. Um ihn nicht mehr zu provozieren, beschloß die Regierung, Ajatollah Chomeini von nun an besonders respektvoll zu behandeln. Nur einen Tag nach seiner Entlassung aus dem Gefängnis reiste der Innenminister nach Ghom, um die Grüße des gesamten Kabinetts zu übermitteln. Als er mit seiner Wagenkolonne in die armselige Gasse einbog, in der Ajatollah Chomeini wohnte, gab er Anweisung, sie umgehend zu asphaltieren und mit Straßenlaternen auszustatten. Es nützte nichts. Das einzige, was der Ajatollah änderte, waren die Inhalte seiner Kritik, die Schärfe blieb sich gleich. Er hatte erkannt, daß sein Widerstand gegen das Frauenwahlrecht und die Landreform, seine religiöse Rhetorik, in der von Ketzerei statt von Diktatur die Rede war, vom Willen Gottes statt von Menschenrechten, zu viele Gruppen abschreckte, die ebenfalls gegen den Schah agitierten. Deshalb sprach Chomeini nach seiner Freilassung vor allem über die politische und ökonomische Abhängigkeit Irans, über Arbeitslosigkeit, Korruption, Gesundheitsversorgung und Bildung. Daß sich die Großajatollahs immer vernehmlicher räusperten, nahm er in Kauf. In den Moscheen und im Basar war seine Anhängerschaft groß genug geworden, um nicht mehr auf ihr Wohlwollen angewiesen zu sein. Nun galt es, ein nationaler Führer zu werden, den Platz einzunehmen, der seit dem Sturz Mohammad Mossadeghs verwaist war. Die Gelegenheit, die Zustimmung auch des Bürgertums, der Arbeiter und der Intellektuellen zu gewinnen, bot sich im Herbst 1964, als die Regierung dem Drängen Washingtons nachgab und das sogenannte Kapitulationsgesetz vorbereitete, das Zehntausenden amerikanischer Militärberater mitsamt ihren Familien Immunität gewährte. »Von jetzt an können sie uns nicht mehr reaktionär nennen«, freute sich Ajatollah Chomeini, als ihm der Gesetzesentwurf zugespielt wurde: »Von jetzt an kämpfen wir gegen Amerika. Alle Freiheitsbewegungen der Welt werden uns unterstützen. Wir müssen dieses Gesetz als Waffe verwenden, um die Regierung anzugreifen, so daß die gesamte Nation merkt, daß dieser Schah nichts anderes ist als ein amerikanischer Agent.« Die Predigt, die Chomeini wenig später hielt – ohne Manuskript, versteht sich, denn wer in Ghom ausgebildet ist, braucht keine Gedächtnisstütze –, gehört zu den Glanzstücken politischer Rhetorik im zwanzigsten Jahrhundert. Seine Ansprachen, die ich als Kind im Auto des Vaters und als Erwachsener bei den Verwandten hörte, richteten sich an ein Publikum, das ihn bereits verehrte. Hingegen am Morgen des 27. Oktober 1964, dem Geburtstag der Prophetentochter Fatima, sprach er auch zu Menschen, die es nicht für möglich hielten, jemals einen Ajatollah zu verehren. Und das Verblüffende ist: Es gelang ihm nicht, indem er wie in den Monaten zuvor seine Rhetorik säkularisierte, sondern den Widerstand wieder islamisierte. Bereits mit dem ersten Satz spielte er auf der Klaviatur jener kollektiven Affekte, die bei fast allen Iranern, ob religiös oder nicht, auf Zuruf, auf ein bloßes Signal hin, allein durch die Nennung der Namen in der entsprechenden Tonlage zum Ausbruch gebracht werden können: der Trauer um den Mord an Hossein, der Zorn auf Yazid, die Reue, den dritten Imam bei der Schlacht von Kerbela im Stich gelassen zu haben, und die Entschlossenheit, diese historische Urschuld wiedergutzumachen, dem Weg des Imams zu folgen, und sei es bis zur eigenen Aufopferung, gegen einen neuen Kalifen, in einem neuen Kerbela.

Viele Zuhörer wissen noch gar nichts von dem Gesetz, weil die Zeitungen nicht darüber berichten dürfen, und sind überrascht, als Ajatollah Chomeini seine Ansprache mit dem Koranvers beginnt, der nur an Trauertagen gesprochen wird, nicht an Fatimas Geburtstag: »Wir sind Gottes, und zu Ihm kehren wir zurück.« Ein Raunen geht durch die Menge, die sich im Hof seines Hauses und in der frisch asphaltierten Gasse drängt. Der Name Hossein muß gar nicht fallen, um die Zuhörer in eine Zeitmaschine zu setzen und den aktuellen politischen in einen mythischen und religiösen Konflikt zu verwandeln. »Ich kann den Kummer nicht ausdrücken, den ich im Herzen habe. Mein Herz ist beengt. Seit dem Tag, als ich von den jüngsten Entwicklungen hörte, habe ich so gut wie nicht geschlafen. Ich bin zutiefst beunruhigt, mein Herz ist beengt.« Die kurzen, wie abgehackten Sätze, die in einer persischen Rede eigentlich ungeschickt wirken, bestätigen rhythmisch die Aussage, mit beengtem Herzen, also fast ohne Atem zu sprechen. In der Unbeholfenheit des Redners drückt sich die Not der Umstände aus. »Mit bekümmertem Herzen zähle ich die Tage, bis der Tod mich erlöst. Iran hat keine Feste mehr zum Feiern. Sie haben unsere Feste in Trauer verwandelt. Sie haben uns verkauft, sie haben unsere Unabhängigkeit verkauft. Und dennoch haben sie die Stadt erleuchtet und tanzen sie. Wenn ich an ihrer Stelle wäre, würde ich all diese Lichter verbieten. Ich würde befehlen, daß im Basar und auf allen Häusern schwarze Flaggen gehißt, daß überall schwarze Planen aufgehängt werden. Unsere Würde ist mit Füßen getreten, die Würde Irans ist zerstört worden! Die Würde der iranischen Armee ist mit Füßen getreten worden!« Die Zuhörer müssen nur das Wort Iran gegen das Wort Islam austauschen: Der Imam ist ermordet worden, in Damaskus herrscht ein Ketzer als Kalif, die alten Eliten Mekkas, gegen die der Prophet gekämpft hatte, stellen ihren Triumph mit ausgelassenen Festen zur Schau. Aber was ist geschehen? Welches Unglück? Gemäß dem rhetorischen Mittel der unheilvollen Andeutungen und immer wieder hinausgezögerten Auflösung, auf das der Roman, den ich schreibe, bereits im Zusammenhang mit Hölderlin und dem Koran hinwies, erklärt es Chomeini erst, als die Spannung bereits zum Zerreißen ist: »Im Parlament wurde ein Gesetz eingebracht, mit dem wir der Konvention von Wien beitreten, und eine Bestimmung wurde hinzugefügt, nach der sämtliche amerikanische Militärberater zusammen mit ihren Familien, ihren Technikern, ihren Angestellten und Bediensteten, kurz: alle, die in irgendeiner Weise mit ihnen in Verbindung stehen, Immunität genießen für jedes Verbrechen, jede Ordnungswidrigkeit und jede Straftat, die sie in Iran möglicherweise begehen. Wenn ein amerikanischer Diener oder sagen wir ein amerikanischer Koch mitten im Basar eure ›Quelle der Nachahmung‹ ermordet oder sie zu Tode trampelt oder sie überfährt, hat die iranische Polizei kein Recht, den Diener oder den Koch festzunehmen. Die Akte muß zu unseren Herren nach Amerika geschickt werden, die allein entscheiden dürfen, was mit dem amerikanischen Diener oder Koch geschieht.« Chomeini informiert dann mit betonter Sachlichkeit, wie die Regierung das Gesetz ohne Vorankündigung ins Parlament einbrachte und ohne Beratung verabschieden ließ, stellt die Umstände also in vermeintlicher Objektivität und großer Ruhe dar, damit die Schußfolgerung um so schockierender wirkt, zumal seine Stimme von einem auf den anderen Satz schrill wird wie eine Alarmglocke: »Das iranische Volk ist damit weniger wert als ein amerikanischer Hund! Wenn ein Iraner einen Hund tritt, der einem Amerikaner gehört, wird er angeklagt. Selbst wenn der Schah einen Hund tritt, der einem Amerikaner gehört, wird er angeklagt. Aber wenn ein amerikanischer Diener oder ein amerikanischer Koch den Schah tritt, das Oberhaupt unserer Nation, hat niemand das Recht, dagegen einzuschreiten. Warum? Weil die Regierung einen Kredit haben will und Amerika im Gegenzug dieses Gesetz verlangt hat. Die Regierung hat unsere Unabhängigkeit verkauft, sie hat unser Land zu einer Kolonie degradiert. In den Augen der Welt sieht unsere muslimische Nation heute rückständiger aus als ein Stamm von Wilden. Und was unternehmen wir angesichts dieses Desasters? Was unternehmen unsere religiösen Gelehrten?« Alle Zuhörer wissen, daß der Imam Hossein starb, weil die religiösen Gelehrten vor dreizehnhundert Jahren nichts unternahmen. Chomeini hingegen senkt überraschend die Stimme und spricht scheinbar verständnisvoll über seine Kollegen in Ghom, die allen Grund hätten, sich vor den Gewehren des Schahs zu fürchten, bevor er eine Litanei einschiebt, die die Ohnmacht der religiösen Führer beklagt – um sich damit implizit, aber um so wirkungsvoller selbst als einen Hossein unter all den Duckmäusern in Szene zu setzen: »Wenn die religiösen Führer Einfluß hätten, würden sie nicht zulassen, daß diese Nation an dem einen Tag Sklave der Briten, an dem anderen Tag Sklave der Amerikaner wird. Wenn die religiösen Führer Einfluß hätten, würden sie nicht zulassen, daß Israel die iranische Wirtschaft übernimmt. Sie würden nicht zulassen, daß israelische Waren in Iran verkauft werden – und zwar zollfrei verkauft werden! Wenn die religiösen Führer Einfluß hätten, würden sie nicht zulassen, daß der öffentliche Haushalt mißbraucht und geplündert wird.« Wenn die religiösen Führer Einfluß hätten, würden sie nicht zulassen, daß … – Chomeini hämmert diese Formel seinen Zuhörern in acht, neun, zehn verschiedenen Varianten ein, bis auch der letzte begreift, wo das eigentliche Unglück liegt: nicht in den Untaten der Gegner, ist doch von ihnen nichts anderes zu erwarten, vielmehr in der Tatenlosigkeit der muslimischen Gelehrten; nicht im Frevel Yazids, denn Frevler gibt es immer, vielmehr in der Teilnahmslosigkeit der Gläubigen, die sich nicht gegen die Frevler erheben. Wohlgemerkt erhebt Chomeini diesen schwerwiegendsten aller Vorwürfe, ohne die Theologenkollegen offen zu attackieren. Im Gegenteil, formal ist er von ausgesuchter Höflichkeit: »Ich ehre alle religiösen Führer. Einmal mehr küsse ich die Hand aller religiösen Führer. Wenn ich in der Vergangenheit stets die Hände der religiösen Autoritäten geküßt habe, küsse ich heute auch die Hände der Seminaristen. Ich küsse die Hand jedes einfachen Ladenbesitzers.« Noch ist es nicht zu spät, noch können die Muslime die Vernichtung des Islam verhindern, indem sie aufs Schlachtfeld strömen: »Verehrte Herren, ich warne euch vor der Gefahr! Iranische Armee, ich warne dich vor der Gefahr! Iranische Politiker, ich warne euch vor der Gefahr! Iranische Kaufleute, ich warne euch vor der Gefahr! Iranische Theologen, religiöse Autoritäten, ich warne euch vor der Gefahr! Gelehrte, Studenten! Zentren der Geistlichkeit und der Lehre! Nadschaf, Ghom, Maschhad, Teheran, Schiraz, ich warne euch vor der Gefahr! Die Gefahr ist nun zum Vorschein gekommen, aber es gibt andere Dinge, die sie vor uns verheimlichen. ›Diese Angelegenheiten müssen vertraulich behandelt werden!‹ heißt es im Parlament. Was wird also noch auf uns zukommen? Was kann noch schlimmer sein als dies? Sagt mir, was kann noch schlimmer sein als Sklaverei? Was kann noch schlimmer sein als Erniedrigung? Was wollen sie noch von uns? Was planen sie? Wozu sind überhaupt all diese amerikanischen Soldaten und Militärberater hier? Wenn dieses Land nun also besetzt ist, gut – nur was soll dann all dieses Gerede von Fortschritt und Entwicklung? Wenn diese Berater uns nur dienen sollen, warum behandeln wir sie dann königlicher als unseren Schah? Wenn sie Angestellte sind, warum behandeln wir sie nicht, wie jeder Staat der Welt seine Angestellten behandelt? Wenn unser Land von den Vereinigten Staaten besetzt ist, dann sagt es uns doch offen und schmeißt uns aus diesem Land hinaus!« Und so geht es weiter, in der Abschrift, die Großvater las, mehrere Seiten lang, Strophe, Überleitung, Refrain: In sachlichem Ton erklärt Chomeini die jüngsten Entwicklung in Teheran, zitiert die Verfassung und Gesetzestexte, erwähnt kurz die Weiße Revolution, die nichts als Schall und Rauch sei, und beklagt das Elend der Landbevölkerung, den Hunger und die Armut, um mit der neuerlichen Erwähnung des amerikanischen Dieners und des amerikanischen Kochs, die mehr wert seien als die höchste staatliche oder religiöse Autorität Irans, ein weiteres Trommelfeuer gleichklingender Appelle einzuleiten: »Bei Gott, wer nicht in Protest aufschreit, ist ein Sünder! Bei Gott, wer seine Entrüstung nicht zum Ausdruck bringt, begeht eine schwere Sünde! Führer des Islam, kommt dem Islam zu Hilfe! Gelehrte von Nadschaf, kommt dem Islam zu Hilfe! Gelehrte von Ghom, kommt dem Islam zu Hilfe! Der Islam ist vernichtet! Muslime! Führer der Muslime! Präsidenten und Könige der Muslime, kommt uns zu Hilfe! Schah von Iran, rette dich selbst!«

Im Vergleich zu Doktor Mossadegh, der 1964 für Großvater und alle Anhänger der Nationalen Front nur noch eine quälende Erinnerung war, sprach Ajatollah Chomeini ungeschliffen, beinah roh. Mit seinen kurzen Sätzen, den alltäglichen Wörtern und den ständigen Wiederholungen hatte er etwas von einem Dorfprediger, der gegen den Gutsbesitzer wettert – nur daß dieser Gutsbesitzer kein Geringerer als der Schah war. Außer ein, zwei Sätzen über die Aufhebung der Geschlechtertrennung in den Schulen enthielt seine Rede nichts, was der säkularen Opposition aufstoßen konnte. Großvater, der die Koedukation vermutlich ohnehin ablehnte, war elektrisiert. Alle seine Freunde waren es. Sie hatten schon viel über Chomeini gehört, seinen Mut, seine Unbeugsamkeit, die Schärfe seiner Kritik, seine Verhaftung und seine triumphale Rückkehr nach Ghom. Zugleich hatten seine religiösen Ansichten ihnen angst gemacht. Sie lehnten den Schah ab, weil sie nach Fortschritt strebten, nach Demokratie und Unabhängigkeit, und nicht, damit Iran ins Mittelalter zurückkehrt. Als die Mitschrift der Rede am Tag danach, also am 28. Oktober 1964, in Isfahan von Hand zu Hand gereicht, von Moschee zu Moschee getragen und so auch Großvater zugetragen wurde, fragte niemand mehr, *wofür* Chomeini war, für welches Modell der Gesellschaft. Wichtig war allein, *wogegen* er war, nämlich gegen den Schah und den Ausverkauf der Nation. Selbst Kommunisten applaudierten, als sie den letzten Teil der Mitschrift lasen: »Dies ist Hochverrat! O Gott, sie haben Verrat begangen an diesem Land. O Gott, diese Regierung hat Verrat begangen am Koran. All die Parlamentarier der beiden Häuser, die ihre Zustimmung zu diesem Gesetz gegeben haben, sind Verräter! Diese alten Männer im Senat sind Verräter, die Abgeordneten im Unterhaus, die für dieses Gesetz gestimmt haben, sind Verräter! Sie sind nicht unsere Vertreter. Die ganze Welt muß erfahren, daß sie nicht Iran vertreten.« Erst jetzt, fast schon am Ende, kommt eine kurze Passage, an der säkulare Ohren hätten aufhorchen müssen, aber für Skepsis war es da schon zu spät. Im Eifer seiner Rede, wahrscheinlich selbst überwältigt von den starken Emotionen seiner Zuhörer, die zwischen Wut, Trauer, Kampfeswille und Begeisterung schwanken, läßt Ajatollah Chomeini durchblicken, daß Legitimität sich für ihn nicht vom Volk herleitet, sondern allein von Gott: »Und selbst wenn die Abgeordneten Iran verträten: Hiermit enthebe ich sie ihres Amtes! Sie sind mit diesem Augenblick ihres Amtes enthoben, und die Gesetze, die sie erlassen haben, sind mit diesem Augenblick ungültig.« Was konnte der Schah tun? Chomeini hatte ihn an seinem wundesten Punkt getroffen, seiner totalen Abhängigkeit von den Vereinigten Staaten. Jetzt waren es nicht mehr nur Ghom und der Basar, die protestierten. Selbst im Parlament, unter den Generälen, in den Ministerien regte sich Widerstand gegen das Kapitulationsgesetz. Vergeblich beteuerte der Premierminister, daß das Gesetz keine praktischen Auswirkungen habe und Immunität für ausländische Militärberater überhaupt das Gewöhnlichste der Welt sei. Es war einfach nicht zu erklären, warum ein amerikanischer Diener oder ein amerikanischer Koch in Iran mehr Rechte haben sollten als der Schah. Und dann trug das Gesetz auch noch dieses unmögliche Wort im Namen: Kapitulation. Mit der Souveränität der Nation hatte Chomeini das Thema entdeckt, mit dem er über die religiösen Kreise hinaus die Iraner für sich gewinnen und den Schah unter Druck setzen konnte. Ihn noch einmal verhaften zu lassen wäre dem Schah als Schwäche ausgelegt worden. Großvater ahnte, daß es nur zwei Möglichkeiten gab, wie der Showdown enden konnte, mit Chomeinis Hinrichtung oder seiner Verbannung. Daher war Großvater fast erleichtert, als er am 4. November 1964 in den Abendnachrichten von Radio Teheran versteckt zwischen zwei unscheinbaren Meldungen diesen einen Satz hörte: »Da das Verhalten Herrn Chomeinis und seine Agitation gegen die Interessen des Volkes sowie der Sicherheit, Souveränität und Unabhängigkeit des Landes gerichtet sind, wurde er ins Exil geschickt.« Dem Namen hat Großvater eine arabische Floskel beigefügt, die vor der Revolution für Chomeini verboten war und die er bald nach der Revolution nicht mehr für Chomeini verwandt hätte: »Möge Gott ihn ein langes Leben genießen lassen.« Mit dreißig, vierzig gebildeten, aufgeklärten Bekannten, die Großvater entgegen der heutigen Behauptungen meiner Mutter natürlich weiter regelmäßig traf, um über die politischen Entwicklungen zu diskutieren, suchte er seinen mystischen Führer auf, Ajatollah Hadsch Agha Rahim Arbab. Wie die meisten anderen Geistlichen Isfahans war der Pir aus Protest gegen die Verbannung Chomeinis seiner Moschee ferngeblieben und hatte die Gemeinschaftsgebete abgesagt. Großvater und seinen Bekannten genügte das nicht.

Auf dem Photo, das den Enkel mit freundlichen Grüßen des Kommissionspräsidenten erreicht, steht der Vertreter des deutschen Islam auch dieses Jahr links hinten am Rand, obwohl er sich den Platz gar nicht selbst aussucht. Vielmehr sind auf dem Boden der Podeste kleine Namensschilder angebracht. Wieviel Kraft es die französische Diplomatie kosten mag, ihr Staatsoberhaupt egal bei welchem Gipfeltreffen jedesmal vorne in der Mitte zu plazieren, welche Zugeständnisse sie dafür den Polen oder Spaniern auf anderen Gebieten machen müssen, die sich doch für ebenso großartige Nationen halten und mindestens so wert, im Mittelpunkt zu stehen? Daß die Deutschen hingegen zur Buße für ihre frühere Herrschsucht freiwillig zur Seite rücken, ist fast so sympathisch wie ihre Unlust, Kriege zu führen, bei denen man sterben könnte. Für so historisch erschien dem deutschen Islam das Photo, daß er einer verdutzten Assistentin des Kommissionspräsidenten noch rasch seinen Rucksack reichte, um nicht als einziger auf dem Gipfel etwas in der Hand zu halten. Schon während der Konferenz hatte der deutsche Islam sich zu spät gemeldet, nämlich mit zwei Sekunden Verzögerung, so sehr war er von den synchron hochgestreckten Zeigefingern der neunundzwanzig anderen religiösen Führer Europas fasziniert, als der Präsident um ihre Beiträge bat. Erst beim sogenannten Arbeitsessen, das nichts anderes war als die Fortsetzung der zweiminütigen Beiträge der religiösen Führer zu Tisch, von denen keiner die Länge eines Wortes zum Freitag, Samstag oder Sonntag unterbot, war auch der deutsche Islam endlich an die Reihe gekommen und hatte seine Redezeit für den Hinweis auf Jonas und die Flüchtlinge in den heiligen Schriften genutzt, auf Maria, Josef und das Jesuskind, auf Moses und Mohammad, deren Geschichten nicht einer fernen Vergangenheit angehörten, sondern jetzt stattfänden, in diesem Augenblick, da die religiösen und politischen Führer Europas beim Mittagessen an die Menschenwürde appellierten. Der Kommissionspräsident war über die Abwechslung, die der Furor des deutschen Islam in die Worte zum Freitag, Samstag oder Sonntag brachte, offenbar so sehr erfreut, daß er auf der Pressekonferenz die zehn- bis fünfzehntausend Toten, die »in den letzten Jahren« vor Gibraltar ertrunken seien, in zehn- bis fünfzehntausend Tote »im letzten Jahr« verwandelte, während der deutsche Islam schon von der Bühne abtrat, um rechtzeitig für die Gutenachtgeschichte der Älteren und das Gutenachtlied der Frühgeborenen zurück in Köln zu sein. Allein, wo war die Assistentin des Kommissionspräsidenten mit dem Rucksack? Auch die Bundeskanzlerin zeigte sich ebenso besorgt wie betroffen von den täglichen Flüchtlingstragödien im Mittelmeer, ohne sich mit der Frage aufzuhalten, wer daran schuld sei, wenn nicht diejenigen, die sich die Bekämpfung der Flüchtlinge wörtlich auf die Fahnen geschrieben haben. Daß die Flüchtlingsfrage das Topthema des Treffens mit den religiösen Führern Europas gewesen sei, wie die europäische Presse anderntags berichtete, hätte mit Blick auf die heiligen Schriften durchaus nahegelegen; in Wirklichkeit war es einfach so, daß die anderen neunundzwanzig Worte über die Menschenwürde, die jüdisch um die Klage über den Antisemitismus, muslimisch um die Klage über die Islamophobie und christlich um die Klage über den Verlust christlicher Identität erweitert worden waren, sich kaum zu einem Gesprächsergebnis zusammenfassen ließen – wie auch, wenn gar kein Gespräch stattgefunden hatte? Nur die Frage nach der Verantwortung stellte auch die europäische Presse nicht – als ob Gott die Kriegsschiffe aussendet, um die Flüchtlinge abzuwehren. Vielleicht tut er es, vielleicht liegt die Verantwortung bei Gott und nicht oder nicht nur bei den Führern auf Erden, schließlich stand sogar in dem Brief, der »im ansonsten leeren, mit aufgeweichtem Brot etc. angefülltem Boot« lag, zwar mehrfach, daß Gott gnädig und barmherzig sei, aber eben auch Herrscher über Himmel und Erde. Endlich entdeckte der deutsche Islam die Assistentin mit dem Rucksack: mitten unter den mitschreibenden Journalisten. Als er die Treppe zum Parkett hinabstieg und sich in der vollbesetzten sechsten Reihe an der europäischen Presse vorbei zur übrigens sehr hübschen Assistentin des Kommissionspräsidenten durchschlängelte, um sie tuschelnd um den Rucksack zu bitten, spürte er die irritierten Blicke sowohl der politischen als auch der religiösen Führer Europas im Rücken, die den deutschen Islam für einen Schürzenjäger halten mußten. Rasch noch den Regenmantel aus der VIP-Lounge unterm Arm geklemmt, und ab mit der Limousine zum Bahnhof. Im Zug bemerkte er, daß er den Mantel des französischen Judentums mitgenommen hatte. Nein, bestimmt wird der deutsche Islam nie mehr zu einem Gipfeltreffen eingeladen. Und wenn doch, wird er seine Kündigung als Vertreter einreichen. Mit Büchern und gottgefälliger Lebensführung wird er dem Erbe seines Großvaters gerechter als mit öffentlichen Posen.

Der pensionierte stellvertretende Direktor der Nationalbank in Isfahan sitzt auf dem Teppich, auf dem er so oft den spirituellen Weisungen gefolgt ist, und hört seinen Bekannten zu, die erregt auf Pir Arbab einreden. Manchmal schüttelt der Pir entgeistert den Kopf, manchmal nickt er, gelegentlich murmelt er etwas in seinen weißen Bart, aber nur einmal so deutlich, daß der Pensionär die Worte versteht: »Wer Gott mit dem Licht des Glaubens sucht, gleicht jemandem, der die Sonne mit dem Licht der Sterne sucht.« Daß es sich dabei um einen Satz des Mystikers Halladsch handelt und was er bedeutet, wird dem Pensionär erst Jahre später aufgehen. Jeder seiner Bekannten hat eine andere Vorstellung, wie Pir Arbab auf die Verbannung Ajatollah Chomeinis zu reagieren habe, die eine Beleidigung der gesamten iranischen Nation sei. Der eine schlägt vor, daß der Pir in den Basar geht, seinen Turban auf den Boden schleudert und öffentlich erklärt, so lange barhäuptig zu bleiben, bis Chomeini seinen Fuß wieder auf iranischen Boden setzt. Der andere fleht den Pir um die Erlaubnis an, als Märtyrer zu sterben, und zetert, als der Pir sich gegen Gewalt ausspricht. Ein dritter fordert den Pir auf, selbst als Märtyrer zu sterben, und fragt polemisch, warum sich denn wohl alle zwölf Imame der Schia für den Islam und die Muslime geopfert hätten, wenn der Tod als Märtyrer so verwerflich sei. Ein vierter macht sich schon lustig, daß die Anleitung, die den religiösen Führern aufgetragen, sich wohl nur auf den Gang zur Toilette beschränke. So laut er kann, schreit ein fünfter den Pir an, daß er und die anderen Gelehrten eine Schande für den Islam seien. Ein sechster fragt, was aus dem Islam geworden wäre, wenn die Imame sich genauso ängstlich verhalten hätten wie der Pir. Ein siebter klärt den Pir darüber auf, daß die Regierung sich nur freuen könne über so fügsame Geistliche, die genau dem Bild entsprächen, das Ajatollah Chomeini in seiner historischen Rede gezeichnet. Ein achter wirft dem Pir vor, persönlich für diesen schwarzen Tag verantwortlich zu sein, den die Muslime gerade erlebten. Was glaubst du denn, wechselt ein neunter brüllend zum Du, was glaubst du denn, du Greis, wieviel Jahre du noch zu leben hast, daß dir deine Unversehrtheit teurer ist als das Schicksal des Islam. Hast du denn überhaupt keinen Mumm mehr in den Knochen? Wieso erhebst du dich nicht endlich? Der Pensionär wird fünfzehn Jahre später noch weitere Stimmen aufführen, nicht alle dreißig oder vierzig, aber alle in diesem Ton. Es sind aufgeklärte Leute, Intellektuelle, die Pir Arbab vorwerfen, den Islam zu verraten. Die einzigen, die ihn als ihren mystischen Führer betrachten, sind der Pensionär und ein Herr Ketabi, der mit dem Mann meiner Tante verwandt ist oder nicht. Der Pensionär wird fünfzehn Jahre später nicht darauf eingehen, wie er sich selbst verhält, ob er den Pir verteidigt oder in höflicheren Worten ihn ebenfalls kritisiert. Unterstützung sucht der Pir jedenfalls nicht bei ihm: »Meine Herren«, ruft Pir Arbab verzweifelt, »vielleicht möchte Herr Ketabi etwas sagen, der meine Beweggründe sicher versteht und dem alten Prinzip zustimmen wird, daß die Geistlichkeit sich von der Politik fernhält.« »Keineswegs«, antwortet Herr Ketabi scharf, »stimme ich dem Prinzip zu: Im Gegenteil, ich halte es für unzulässig, in der jetzigen Situation zu schweigen.« Ausgerechnet in diesem Moment, da die Bekannten Herrn Ketabi hochleben lassen, der sich gegen seinen eigenen Pir gestellt hat, betritt ein Mullah den Raum. Es ist der Mitarbeiter eines anderen Isfahaner Ajatollahs, der mit Pir Arbab besprechen soll, wie lang die Gemeinschaftsgebete noch ausgesetzt werden. »Ich werde heute abend wieder in meine Moschee gehen«, sagt Pir Arbab dem Mullah leise. »Der Kerl wird heute abend wieder in seine Moschee gehen«, ruft einer der Bekannten, der nahe genug sitzt, um die Antwort des Pirs zu verstehen. Sofort erhebt sich wieder wütender Protest. »Ja, ich werde wieder in die Moschee gehen«, erklärt Pir Arbab, diesmal mit kräftiger Stimme: »Ich erachte es nicht als sinnvoll, die Moscheen leerstehen zu lassen. Vielleicht ist es genau das, was die Regierung erreichen will: daß die Moscheen für immer geschlossen bleiben und die Menschen sich nicht mehr zum Gemeinschaftsgebet versammeln. Meine Herren, auch wenn es Ihnen nicht paßt, ist es meine Pflicht, in die Moschee zu gehen und das Gebet abzuhalten.«

Die Flüche und Verwünschungen, die Pir Arbab für seine Ankündigung erntete, das Gemeinschaftsgebet wiederaufzunehmen, klingen Großvater fünfzehn Jahre später noch im Ohr. Er schäme sich, sie zu zitieren, schreibt er, so häßlich und unverschämt seien sie gewesen. Es genüge, wenn er die Reaktion des Pirs schildere: Eine solche Panik ergriff den heiligen Mann, der sonst die Ruhe selbst war, daß er seine Ankündigung widerrufen wollte. Aber es war zu spät, die zwei Bekannten Großvaters, die aus dem Haus rannten, holten den Mitarbeiter des anderen Ajatollahs nicht mehr ein. Die Versammlung löste sich auf; nur zwei oder drei der Besucher verabschiedeten sich von Pir Arbab, die übrigen warfen ihm nur einen verächtlichen Blick zu oder nicht einmal das. Bekümmert, erschrocken, erstaunt blieb der Pir zurück. Auch Großvater muß sich vom Teppich erhoben haben; wenn er als einziger sitzen geblieben wäre, hätte er es gewiß erwähnt. Sosehr er den Pir verehrte, so viel er ihm verdankte, konnte er sich nicht überwinden, zu den mystischen Sitzungen zurückzukehren, seinen ebenso gütigen wie lebensklugen Weisungen zu lauschen, mit ihm zu meditieren, hinter ihm zu beten. Vergeblich wollte Großvater sich einreden, daß sein Verstand und sein Wissen nicht ausreichten, um zu begreifen, warum Pir Arbab sich geweigert hatte, gegen die Verbannung Ajatollah Chomeinis zu protestieren. Sein eigener Führer, so schien es ihm, war einer von jenen reaktionären, weltabgewandten Gelehrten, die Chomeini zu Recht kritisiert hatte. Einige Zeit später machte ein befreundeter Derwisch Großvater schwere Vorwürfe, sich vom Pir und überhaupt von den Moscheen abgewandt zu haben. Damals wies Großvater das Ansinnen des Derwischs zurück, wieder zum Gemeinschaftsgebet zu gehen, »mit absoluter Überzeugung«, wie Großvater schreibt, und in so scharfem Ton, daß er zu seiner eigenen Schande die Grenze zur Unhöflichkeit überschritten habe. Zu der Zeit, als er sein Leben beschrieb, über achtzig Jahre ist er inzwischen, besucht er längst wieder regelmäßig die Moschee, was seine jüngste Tochter lieber nicht erwähnt sähe. Er ist schon lange nicht mehr sicher, ob seine damalige, »absolute Überzeugung« richtig war, und würde viel dafür gegeben, sich bei dem Derwisch und erst recht bei seinem Pir zu entschuldigen, dem Ajatollah Hadsch Agha Rahim Arbab. Sie sind tot, viele Jahre schon, mögen ihre Seelen froh sein. Es ist noch vor der Revolution, für die er im Rollstuhl demonstrieren wird. Es wird noch viele Anlässe geben, dem Derwisch und erst recht dem Pir Abbitte zu leisten.

Eine einzige Episode habe ich in der Bibliothek der Kölner Orientalistik gefunden, in der Ajatollah Chomeini einen anderen, ungewohnten Eindruck macht. Um ihn von der Öffentlichkeit abzuschirmen, verständigten sich die türkischen und iranischen Sicherheitsdienste, Chomeini in der Familie eines jungen Geheimdienstoffiziers in Bursa unterzubringen. Dessen Frau erfuhr zuvor nur, daß ein großer iranischer Führer, der in der Türkei im Exil lebe, eine Zeitlang bei ihnen wohnen würde. Sie stellte sich unter einem Oppositionellen jemanden vor, der besonders fortschrittlich war, und wollte ihn so ehrenvoll wie möglich empfangen. Sie ließ das Haus putzen, richtete ein Gästezimmer ein, kaufte eigens neue Bettwäsche, bereitete ein aufwendiges Gericht zu, ging zum Friseur und zog ihr bestes Kleid an. Um so überraschter war sie, als ein großgewachsener älterer Mann mit grauem Bart, tiefliegenden dunklen

Augen, einem knöchellangen Gewand, das sie zuerst für ein Nachthemd hielt, und einem schwarzen Turban in ihr Haus trat. Chomeini wirkte bedrückt, schaute sich nicht um und redete nicht mit den türkischen und iranischen Beamten, die ihn begleiteten. Dann aber fiel sein Blick auf die Hausherrin. Er sah sie schockiert an, zog wütend die buschigen Augenbrauen in die Höhe und fing an zu brüllen. »Was hat er?« fragte die Frau des jungen Geheimdienstoffiziers. »Er sagt, daß er keine Frau im Haus duldet«, übersetzte der iranische Beamte: »Er verlangt, daß die unverschleierte Frau auf der Stelle das Haus verläßt.« »Ich bin keine Angestellte!« empörte sich die Frau des jungen Geheimdienstoffiziers: »Sagen Sie ihm, daß er die Hausherrin vor sich hat. Und sagen Sie ihm, daß ich keineswegs vorhabe, mich aus den eigenen vier Wänden vertreiben zu lassen.« Es waren nicht nur Lebensentwürfe, es waren Kulturen, ja Epochen, die aufeinanderprallten, hier die junge, bürgerliche, laizistische Familie in der Türkei, dort der strenge, von seiner Mission durchdrungene schiitische Würdenträger aus Ghom. Sei es, um ihrem Gatten einen Eklat zu ersparen, sei es aus Respekt vor dem Alter, dem religiösen Amt und dem Ruf des Gastes als »hoher Führer«, verließ die Frau des jungen Geheimdienstoffiziers nach ihrer Volte den Raum und kehrte mit einem Tuch auf dem Kopf wieder. Chomeini schien das Entgegenkommen zu würdigen und warf ihr einen wohlwollenden Blick zu. Einige Zeit später rief sie zum Abendessen. Die Kinder traten aus ihren Zimmern und setzten sich zu den Erwachsenen. Die Familie und die Beamten warteten darauf, daß Chomeini die Tafel eröffnete. Chomeini jedoch starrte regungslos zur Wand. »Betet er?« fragten sich die Familie und die Beamten tuschelnd. Nichts geschah. Plötzlich zeigte Chomeini wütend auf die zwölfjährige Tochter, die ihre Haare offen trug, und schrie *giz, giz*. Er beherrschte ein paar Worte Türkisch, darunter *kiz*, »Mädchen«, das er allerdings falsch aussprach. Zu Tode erschrocken stand das Mädchen auf und rannte heulend aus dem Zimmer. Weil es sich weigerte, an den Tisch zurückzukehren, aß es mit seiner Mutter an diesem und den nächsten Abenden in der Küche. Bis hierhin entspricht das Verhalten Chomeinis in all seiner Unerbittlichkeit noch dem Bild, das er von sich entwarf. Als jedoch die iranischen Offiziere aus Bursa abreisten und Chomeini allein bei der Familie zurückblieb, lösten sich die schroffen Züge von einem auf den anderen Abend auf. Wieder weigerte er sich, das Essen anzurühren, und starrte auf die Wand, aber als der junge Geheimdienstoffizier nach dem Grund fragte, erklärte Chomeini nun, daß er so lange nicht essen würde, bis die Damen des Hauses sich an den Tisch setzten. Bald schon hatten sich der Gast und die Familie aneinander gewöhnt. Die Frau des jungen Geheimdienstoffiziers bedeckte ihre Haare weiterhin mit einem Kopftuch, wenn sie bei Tisch saßen, aber ihre Tochter lief umher wie sie es gewohnt war, und brachte ihre Freundinnen mit nach Hause, die ihre Haare ebenfalls offen trugen. Manchmal stellte sich Chomeini in die Küche, um persische Gerichte zu kochen, und wenn aus Iran Süßigkeiten eintrafen, verteilte er sie an die Kinder, die den seltsamen Alten zu mögen begannen. In seinem ganzen Leben war Ajatollah Chomeini, wie er selbst gestand, weder für eine Frau aufgestanden, noch hatte er eine fremde Frau angesehen, aber wenn die Frau des jungen Geheimdienstoffiziers ins Zimmer trat, erhob er sich von seinem Platz, schaute ihr von Woche zu Woche freundlicher in die Augen und hielt mit ihr, als er genug Türkisch gelernt hatte, immer öfter ein Schwätzchen. Als er nach drei Monaten in eine eigene Wohnung umzog, hatte er sich an seine Gastgeber so sehr gewöhnt, daß er weiter bei ihnen ein und aus ging. Wenn sie einkauften oder Ausflüge unternahmen, nahmen sie ihn mit, als gehörte er zur Familie. Er ging sogar schwimmen, an einem öffentlichen Strand, obschon er tunlichst vermied, sich nach den Frauen in ihren Badeanzügen umzusehen. Ajatollah Chomeini, der anschließend in Nadschaf im Laufe von zehn Jahren nicht ein einziges Mal am Euphrat spazierengehen sollte, der zwei Häuserblöcke entfernt floß, und in Neauphle-le-Château nicht ein einziges Mal das Schloß Versailles besichtigen sollte, das ein paar Minuten Gehweg von seinem Haus entfernt lag, Ajatollah Chomeini band sich ein großes Handtuch um und folgte der Familie des jungen Geheimdienstoffiziers ins Marmarameer, auch der Frau und der Tochter in ihren Badeanzügen. Ein knappes Jahr lebte er abgeschirmt in Bursa, bis er die Erlaubnis erhielt, sich in Nadschaf niederzulassen, dem schiitischen Lehrzentrum Iraks. Das ist auch so eine Szene, die sich kein Iraner vorstellen kann: Chomeini allein in den Geschäften beim Kauf von Abschiedsgeschenken. In der Flughafenhalle überraschte er die Familie des jungen Geheimdienstoffiziers ein letztes Mal: Er fing heftig an zu weinen. Auch seinen Gastgebern war so wehmütig ums Herz, daß ihre Augen feucht wurden. Man könnte meinen, die Episode sei nur eine der üblichen *homestories* aus dem Leben eines Führers. Interessant wird sie vor allem dadurch, daß er selbst nie darüber gesprochen hat und auch seine offiziellen Biographien die Episode verschweigen. Erst der Geheimdienstoffizier und seine Frau gaben 1987 in einem Interview Auskunft über das Jahr mit Ajatollah Chomeini in Bursa. Ein Mensch, der nicht mit der Wimper zuckt, als er von der Ermordung seines Sohnes erfährt, und Tausende hinrichten läßt, ist beängstigend genug. Unmenschlich erscheint er, nachdem auch er sich als Mensch erwiesen hat.

Da die Wirkung des Opiats nachgelassen hat, kann der Romanschreiber sich aufrichten und den Laptop auf die Beine legen, um zu notieren, wie die Frau auf die ersten vierzig Seiten der lesbaren Fassung reagierte, die er wie zu einem Laborexperiment im geschützten Raum (die Ehe glücklich wie lange nicht) verabreichte. Lange sollte er sich allerdings nicht gegen das Bettgitter lehnen, sonst muß er vorm Einschlafen noch mehr Rauschmittel nehmen. Ein Gift anderer Art wird ihm drahtlos eingeführt. Im Büro hat er nach der Rückkehr aus Rom auch die Telefonleitung gekappt, um wenigstens einen Ort zu haben, an dem er nicht bis nach China verbunden ist. Andere Schlüsse aus dem uroonkologischen Befund des letzten Jahres: daß er hin und wieder durchatmet, wenn es am hektischsten ist, sich freiwillig eine Viertelstunde vor der Zeit am Bahnsteig oder in der Abflughalle einfindet, vor einer Lesung niemanden trifft, sondern einen Fluß entlangläuft. Daß er sein Leben geändert hat, wie es die Philosophen unter den Ratgebern verlangen, darf er also nicht für sich in Anspruch nehmen. Als werde ihm die Kündigung um die Ohren geschlagen, erreichte ihn am persischen Neujahr auch noch ein Anruf, daß er in Vertretung des deutschen Islam einen Preis erhalten soll. Das Preisgeld entspricht etwa fünfzehn Lesungen oder fünf Vorträgen, fünfzehn oder fünf Tage ohne Schreibtisch, ohne Gutenachtgeschichte für die Ältere, ohne Wiegenlied für die Frühgeborene, ohne rechtmäßigen Sex. Die Frau sprach länger über die ästhetischen Mängel als über ihre eigenen Gefühle. Ohne es in der Härte auszusprechen, findet sie die Gedächtnisse der Toten langweilig, fragt sich, wieso sich jemand für Georg Elwert oder die Wehmut interessieren sollte, mit der sich der Romanschreiber an István Eörsi erinnert. Überhaupt sind es ihr zu viele Tote – aber doch nur am Anfang! – oder folgen sie zu schnell aufeinander – ab Seite hundert zu langsam! –, ohne daß sich erkläre, warum sie ihn beschäftigen. Wenn überhaupt etwas, hält sie die Zwischenstücke für passabel, also durchaus die Beschreibung ihrer Krise, die sie aus anderen Gründen unmöglich findet. Jaja, sie sieht schon den

Triumph, den es für ihre Liebe bedeutet, daß er ihr die Seiten zu lesen gab, doch den Romanschreiber keineswegs als den Geplagten, als den er sich darstellt, ohne Anteil an ihrem Zerwürfnis, das Jahre zurückreicht, unschuldig an ihrer Krankheit, an ihrem Zusammenbruch, zermürbt aus den Gründen, die in jedem Handbuch für Betroffene nachzulesen sind, gleichzeitig aufopfernd für seine Tochter und trotz nachlassender Gefühle stets ein Halt für seine Frau. Der Romanschreiber vergesse ihre Wunden zu erwähnen, deute nicht einmal an, was vor der Intensivstation war. Vollkommen rätselhaft erscheint ihr im Rückblick, daß er innerhalb weniger Wochen sich abwechselnd trennen und ein zweites Kind haben wollte. Das stimmt, nur wird er den Kinderwunsch noch streichen und statt dessen den Zwiespalt verschärfen, sich um die Frau kümmern zu müssen, mit der er keine Zukunft mehr erwartet. Er schlug ihr vor, die eigene Version aufzuschreiben, sich seinetwegen zu erbrechen, wie er es nannte, es müsse ja keine Kunst sein. Auch dem Roman, den ich schreibe, täte es gut, fiele die Eigendarstellung der Protagonistin, die sie ist, möglichst gegensätzlich, sogar rabiat aus. Für eine Veröffentlichung, die ihm, Stand heute, 21. März 2009, 1:35 Uhr, wieder illusionär erscheint, müßte er auch die Motive und Menschen aussortieren, die zu nichts führen, und die übrigen besser verteilen. Der Fußballverein taucht fast nie auf und wäre auch zu billig, die Kneipe nur selten, das Theater ausschließlich im Zusammenhang mit Claudia Fenner, dafür werden die Gegenwartsautoren Gäste, also zum Prinzip. Viel früher müßte Großvater eingeführt sein, auf den der Roman zuläuft, den ich schreibe. Zu dessen Frömmigkeit fügt sich die Vertretung des deutschen Islam, die er daher in ein grelleres Licht rücken müßte. Um die Rockmusik zu behalten, wie es sich als Kontrapunkt zur deutschen Literatur und iranischen Lebensbeschreibung anbietet, müßte sie häufiger gehört werden. Um 1:43 Uhr fängt der Romanschreiber, der immer wacher wird, schon einmal mit *YouTube* an: Die zur Probe hochgeladenen Songs sind mit einer einzigen, unbeweglichen Billigkamera oder eher einem Handy aufgenommen, in das Neil Young aus kurzer Entfernung hineinschaut wie in eine Kloschüssel. Als Mikrophon hält er einen Apfel vor den Mund, in den er zwischen den Strophen beißt, so daß er das Mikrophon am Ende des Liedes aufgegessen hat, wo sonst Gott den Gottsucher, die Geliebte den Geliebten und der Bär den Bärenforscher verzehrt. Zum V-Effekt, der für den Roman, den ich schreibe, genauso zwingend ist wie der Apfel gerade auf *YouTube*, das Konjunktiv in Hagiographien oder das Textblatt in den Händen der Passionsspieler, selbst wenn sie den Text auswendig beherrschen, genügte es schon, von der ersten in die dritte Person zu wechseln, wie Jean Paul es während der *Unsichtbaren Loge* vorgibt: »Ich will es nur heraussagen, daß ich selber der Pate und diese neue Person bin; aber es wird meiner Bescheidenheit mehr zustatten kommen, wenn ich mich in einem Sektor, wo ich so viel zu meinem Lobe vorbringen muß, aus der ersten Person in die dritte umsetze und bloß sage Pate, nicht ich.« Daß in der Kunst jedwede Unmittelbarkeit die Verfremdung zwingend voraussetzt, bringt den Romanschreiber dazu, den wichtigen Hinweis nachzutragen, den der katholische Freund in seinem Brief aus Rom gibt: »Du schreibst, daß die Zelebranten des alten Ritus nicht firm waren und sich die einzelnen Handlungen zeigen lassen mußten. Das stimmt zwar, bezog sich aber meist auf Akte, die nur ein Kenner bemerkt. Das demonstrative unübersehbare Zeigen, das dir aufgefallen ist, gehört dagegen zum Ritus: Es soll offensichtlich sein, daß die Zelebranten nichts aus eigenem Willen tun, daß die Hierarchen nur ›willenlose‹ Instrumente des Ritus sind. Aus demselben Grund ist ihnen verboten, die Gebete, die sie tausendmal gebetet haben, auswendig zu sprechen, sie müssen immer ablesen und zwar halblaut, mit sich bewegenden Lippen – der Ritus mißtraut dem Denken, er bevorzugt das Tun.« Neil Young hat auch Proben bis nach China verstreut, das Lied bricht ab, Gespräche zwischen den Musikern, die nicht zu verstehen sind, jemand läuft durchs Bild, ein Techniker mit einem Sandwich, zwei Möbelpacker kehren nicht wieder, wie es im Roman, den ich schreibe, ebenfalls Menschen geben sollte, die durch einen Absatz laufen ohne Wiederkehr und diese groß angekündigte Verwandlung vielleicht ein großer Quatsch wäre. Er schreibe wie ein spazierender Hund, klagten schließlich auch Jean Pauls Kritiker, ohne daß Jean Paul selbst wohl widersprochen hätte, und selbst viele Verehrer Jean Pauls räumten die handwerkliche Schwächen seiner Romane ein, die Kuriositäten im Aufbau, die mangelnde Dichte, die fehlende Stichhaltigkeit der Motive und deren kunstlose Verschlingung, zumal Jean Paul selbst immer wieder den Eindruck weckt oder es sogar offen ausspricht, daß seine Romane der Überfülle seiner Einfälle und Gesichte nur eine notdürftige Form geben, und das ist noch viel im Vergleich zum Hölderlin der Frankfurter Ausgabe. Die Songs sind von einer Monotonie, Ungeschliffenheit und Beliebigkeit, als sei ihm alles so gleich wie einem Weisen oder Einfältigen. Aus den Kommentaren unter dem Video ist zu erfahren, daß viele Fans Neil Young von der Veröffentlichung abzubringen versuchen und sich sogar regelrechte Initiativen gebildet haben, um das Album zu verhindern. Das ist noch die Steigerung zur Klage wegen unkommerziellen Verhaltens, die seine Plattenfirma in den achtziger Jahren gegen ihn einlegte, und bringt den Romanschreiber um 3:09 Uhr dazu, dem Agenten endlich zu antworten, daß bis hin zu den Namenlisten alles zusammen erst den Roman ergibt, den ich schreibe. »Dien' im Orkus, wem es gefällt! wir, welche die stille Liebe bildete, wir suchen zu Göttern die Bahn.«

– Wo geht es nach Ahmadabad? fragt der Fahrer vier junge Männer, die an einer Kreuzung zweier schnurgerader Landstraßen warten, obwohl weit und breit kein anderes Auto zu sehen ist. So unangenehm ist dem Regime die Erinnerung, daß nicht einmal das Dorf beschildert werden darf. – Zu Doktor Mossadegh? fragt einer der Männer zurück. – Ja, sagt der Fahrer. – Möge seine Seele froh sein, rufen die Männer im Chor und zeigen die Richtung. Die Besucher schauen sich um: In dieser windigen Öde also, nutzbar nur dort, wo sie aufwendig bewässert wird, stand der gestürzte Premierminister die letzten Jahre seines Lebens unter Arrest, hier lebte er mit seinem Personal, den Bauern seines Dorfes und den hundertfünfzig Bewachern, hier durften ihn einmal die Woche seine Frau und die Kinder besuchen, hier liegt er begraben, und der Enkel hatte gedacht, daß wenigstens die Natur Mossadegh kein Gegner mehr gewesen wäre. Hier schrieb der gestürzte Premierminister seinem Sohn am 9. Februar 1962: »Die Einsamkeit quält mich. Den Sommer verbrachte ich meist außerhalb des Gebäudes und wechselte ein paar Worte mit jedem, der vorbeikam. Aber im Winter, wenn es kalt ist, bleibe ich im Zimmer und geht es sehr schlecht. Ich konnte auch niemanden finden, der vertrauenswürdig ist und mit dem ich reden kann. Um die Wahrheit zu sagen, möchte ich nicht mehr leben.« Das Grundstück ist leicht zu erkennen, da als einziges im Dorf noch mit Lehm ummauert. Den Schlüssel habe der ehemalige Koch, ruft eine Frau im Tschador von der anderen Straßenseite, als die Besucher an das Eisentor klopfen: erste rechts, zweite links. Der Koch ist ein schlanker, großgewachsener Mann mit schneeweißem Haar, Schnurrbart und Bartstoppeln, zerknittertem Hemd und einer staubigen Hose, die er mit einem Seil um den Bauch gebunden hat. Sein Vater war einer der Bauern, die der gestürzte Premierminister gebeten hatte, seine Leiche zu waschen, er selbst der Koch, der die Linsen zubereitete, die der gestürzte Premierminister als letztes aß. Jetzt ist es genug, sagte Mossadegh, als der Teller leer war, und starb am nächsten Tag. – Es soll keines geben, beantwortet der Koch die Frage nach dem Ortsschild, das fehlt. – Dieser Mann, bestätigt er das Schweigen der Besucher, hat alles für seine Nation geopfert, sein Vermögen, seine Gesundheit, seine Freiheit, sogar seine Tochter, die bei dem Putsch vor Sorge und Aufregung verrückt wurde, sogar sein eigenes Kind, das in die Irrenanstalt gebracht werden mußte, nicht einmal Gehalt hat dieser Mann als Premierminister angenommen, nicht einmal einen Dienstwagen wollte er haben, nicht einmal Benzingeld für seinen eigenen Pontiac, selbst das Essen für die hundertfünfzig Soldaten, die ihn bewachten, hat er selbst bezahlt, damit er der Nation keine Unkosten bereitet – nun schauen Sie, was die Nation ihm gibt: nicht einmal ein Klingelschild. Nicht einmal der Ort darf ein Schild haben. Selbst seine Nachbarn werden sechzig Jahre nach seinem Tod noch bestraft. Als sein Sohn, der zugleich sein Arzt war, ihm eröffnete, daß seine Krankheit nur in Europa behandelt werden könne und der Schah einer Ausreise bereits zugestimmt habe, auch das Visum bereitliege, verweigerte sich Doktor Mossadegh. Er ziehe es vor zu sterben, als durch eine Behandlung im Ausland die iranische Ärzteschaft zu beleidigen. Auch das eigene Land habe tüchtige Ärzte. So gesetzestreu war Doktor Mossadegh, berichtet der Koch, daß er bei seinen Spaziergängen im Garten darauf achtete, nicht einen Schritt über die Grenze seines Grundstücks zu setzen, selbst wo die Mauer ein paar Meter jenseits verlief. – Man schämt sich, wenn man all das erzählt, sagt der Koch, man schämt sich, Iraner zu sein. Mehrfach ist er nach den Besuchern ausgefragt und aufgefordert worden, keine weiteren mehr ins Haus zu lassen. – Ich habe das Brot dieses Mannes gegessen, sagt der Koch: Solange ich den Schlüssel besitze, werde ich jeden in sein Haus lassen, der an seinem Grab ein Gebet sprechen möchte. Der Besitzer des kleinen Ladens gegenüber, der dasselbe Brot gegessen hat, verdient seinen Unterhalt heute damit, die Nummernschilder der Autos zu notieren, die vor dem Haus parken. Als sich einer der Dorfbewohner, der wie alle Dorfbewohner damals zugleich Mossadeghs Angestellter war, einmal darüber beschwerte, von einem der beiden Geheimdienstagenten, einem Herr Schahidi, geschlagen worden zu sein, stellte der gestürzte Premierminister Herrn Schahidi im Wohnzimmer zur Rede. Der Bauer sei drogensüchtig und schade der öffentlichen Moral, verteidigte sich Herr Schahidi. Der Koch, der zusammen mit anderen Bediensteten durch die angelehnte Tür spähte, berichtet, daß Doktor Mossadegh den Griff seines Gehstocks um den Hals des Agenten legte und ihn kreuz und quer durch das Wohnzimmer zog. – Ich weiß selbst, daß der Bauer Opium raucht, aber das ist nicht Ihre Angelegenheit, schrie Doktor Mossadegh: Sie sind hier ausschließlich zu *meiner* Bewachung. – Ich habe einen Fehler begangen, ich habe einen Fehler begangen, wimmerte Herr Schahidi. Obwohl er schwor, nie wieder einen Bauer zu behelligen, gab sich der gestürzte Premierminister, der auch als Greis, Gefangener und Demokrat noch ein Herrscher war, nicht zufrieden: Gib den Agenten kein Essen mehr, wies er den Koch an. Eine Woche lang mußten Herr Schahidi und sein Kollege, Herr Yussofchani, in die weit entfernte Stadt fahren, um sich Nahrungsmittel zu besorgen, die sie selbst zubereiteten, oder bei den Soldaten schnorren, bis Doktor Mossadegh den Bann wieder aufhob. Aus dem ganzen Land schlugen sich die Kranken, die mittellos waren, nach Ahmadabad durch, weil sie darauf vertrauen konnten, daß Doktor Mossadegh ihnen ein wenig Geld und eine Behandlung in dem Teheraner Krankenhaus besorgen würde, das seine Mutter gestiftet hatte. – Ich habe Ihnen nur das berichtet, was ich mit eigenen Augen gesehen habe, sagt der Koch, bevor er die Besucher zu dem Haus führt. Auf dem Grundstück stehen Bäume, die Mossadegh selbst gepflanzt haben dürfte. Ein befahrbarer Kieselweg führt zu dem zweistöckigen roten Ziegelhaus mit dem unüblich gewordenen Spitzdach, das nicht mehr als vier Zimmer, eine Terrasse und einen Balkon hat, ebenso schlicht wie schön. Als die Islamische Republik es während ihres kurzen Frühlings erlaubte, baute Mossadeghs Enkel, der als einziger Nachfahre noch in Iran lebt, einen Anbau, der als Museum dient. Auch Abfalleimer aus Plastik wie in deutschen Parkanlagen stehen entlang des Kieselwegs, und das Haus, von dem heute wieder niemand erfahren soll, wurde unter Denkmalschutz gestellt. Hinter einer Glasscheibe ist der türkise Pontiac zu sehen, in dem der Premierminister aus Teheran raste, wenn er wieder mitten in einer Sitzung seinen Rücktritt erklärt hatte. Die Fensterläden und Türen seines Hauses, fällt der Älteren auf, haben exakt die gleiche Farbe wie das Auto. Der gestürzte Premierminister ist unter dem Wohnzimmer begraben, einem kahlen Raum mit einem farbenfrohen Teppich auf schmucklosen Kachelfliesen. Nicht einmal als Leiche durfte er Ahmadabad verlassen. An den Wänden hängen eingerahmt Dokumente, Zitate und Photos,

Doktor Mossadegh vor Gericht mit Stock bei seiner Verteidigungsrede, die zur Anklage wurde, Doktor Mossadegh mit Stock von hinten beim Spaziergang, Doktor Mossadegh mit Stock erschöpft auf dem Boden, in der Mitte der Grabstein, der von einem bestickten Tuch bedeckt ist, darauf der Koran, Blumen und Kerzen. Nacheinander legen die Besucher eine Hand aufs Grab und beten für die Seele Doktor Mossadeghs, auch der Fahrer. Im Auto erstaunt die Ältere alle mit der Frage, warum Iran Amerika bis heute vorwirft, Mossadegh gestürzt zu haben, wenn nicht einmal sein Dorf ausgeschildert sein darf. – Nicht die Freiheit hat 1979 gesiegt, zitiert der Fahrer Mehdi Bazargan, den ersten Premierminister nach der Islamischen Revolution und letzten Politiker, dem Großvater noch vertraute, nicht die Freiheit, sondern nur ein Schah mit Turban. Ein Romanschreiber könnte sich die List der Geschichte nicht perfider ausdenken: Während Bazargan aus Protest gegen die Besetzung der amerikanischen Botschaft zurücktrat, triumphierte mit Chomeini ein Anhänger jenes Geistlichen, der am 19. August 1953 für die Amerikaner das Geld an den Mob verteilt hatte. Entsprechend trägt der Boulevard unweit von Großvaters altem Haus am Teheraner Tor, der nach der Revolution zunächst Mossadegh-Straße hieß, längst den Namen Ajatollah Kaschanis. Entsprechend wird das Photo Mohammad Mossadeghs in die Höhe gehalten, wo immer heute Menschen in Iran für die Freiheit zu demonstrieren wagen. – Und der Stock? fragte der Enkel den Koch, können Sie sich an einen Stock aus Ebenholz erinnern, schwarz und mit feinsten Kuppen versehen, die in vollendeter Kunstfertigkeit mit hauchdünnen, geschwungenen Nagel aus Gold befestigt waren? – Kann sein, sagte der Koch, daß so ein Stock im Museum ausgestellt ist, aber leider besitze ich dafür nicht den Schlüssel.

Anders als Kartschegan, wo es heute ein Kino geben soll, ist Scheich Wali ein Dorf geblieben, Lehmhäuser, Schafe, Ziegen, Hühner, die Gassen nur für Eselkarren. Die unbefestigte Straße, die als einzige für Autos befahrbar ist, endet ohne Wendemöglichkeit an einem Bahndamm, auf dem der letzte Zug unter Reza Schah gefahren zu sein scheint. Ein Esel müht sich, den Karren durch die Pfützen zu ziehen, die der nächtliche Schnee hinterlassen hat. Auch er ein Esel, rutscht der Freund von Nasrin Azarba aus, als er den Fuß aus dem Auto setzt, und legt sich rücklings in den Schlamm, so daß ihn nichts mehr von dem Bauern unterscheidet, der den Karren anschiebt. Beim Auto angelangt, kichert der Bauer mit den übrigen Besuchern über den Freund, der sein Anliegen so ernst wie noch möglich erklärt. Entgegen der Befürchtung des Freundes, für einen Eindringling gehalten zu werden, der ihnen den Boden rauben will, ruft der Bauer sogleich seine Nachbarn herbei, um zu helfen. Wie Großvater entschied sich auch Nasrin Azarbas Vater 1963, den größeren Teil seinen Anteilsbauern zu überlassen, um den Rest behalten zu dürfen, statt alles an den Staat zu verkaufen. Wie Großvater verbrachte er im Jahr viele Monate auf seinem Gut, während die Familie in der Stadt wohnte. Wie Großvaters Familie nach Tschamtaghi kamen die Kinder und Enkel in den Ferien oder an den Wochenenden nach Scheich Wali. Die alten Bauern erinnern sich, als sei es erst gestern gewesen: Die eine Tochter besaß ein Pferd, auf dem sie oft durchs Dorf ritt, die andere einen Mann aus dem Land der Franken. Die Landschaft ist so hinreißend, wie Nasrin Azarba auf dem Sterbebett verhieß, die Gärten und Obstplantagen zu Füßen der Besucher, die mit den Bauern auf den Bahndamm gestiegen sind, Pfirsiche, Aprikosen, Äpfel und Pflaumen, bis in den Horizont der vielfarbige See, hinter ihnen die grünen Hänge und schneebedeckten Gipfel. – Ich bin nicht in die Stadt ausgewandert, sagt einer der Bauern, weil mein verstorbener Vater mich im Traum warnte, daß nicht einmal das Paradies so schön sei. – Dieser Boden hier ist so fruchtbar, erklärt ein anderer, warum er im Dorf blieb, den können Sie mit Asphalt versiegeln, dann wirft der immer noch Obst ab. Die beiden Kinder soll der Freund herzlich grüßen, wenn er ins Land der Franken zurückkehrt, ebenso natürlich den Mann, bei dessen Erwähnung die Bauern kichernd den Bauchumfang andeuten: Und was für ein lustiges Persisch er sprach. Nein, seit zwanzig, dreißig Jahren war niemand mehr in Scheich Wali. Der Bildhauer nahm an, das Grundstück, das Nasrin Azarba den Töchtern des Freundes vererbte, sei von den Bauern übernommen worden, als die Familie nach der Revolution das Land verließ. Tatsächlich hat es der Staat enteignet und darauf ein Erholungsheim für Lehrer und Jugendliche der Freiwilligenmiliz errichtet. Der Freund hatte ohnehin nicht die Absicht, Besitzansprüche zu stellen, aber damit ist klar, daß es auch völlig aussichtslos wäre. Die Islamische Republik Iran ist kein Staat, gegen den ein Bürger vor Gericht recht behalten könnte, selbst wenn sie ihm in vier Instanzen recht gäbe wie Großvater. Für dreihunderttausend Tuman den Quadratmeter sei bereits guter Boden zu kaufen, falls die Besucher wirklich interessiert seien, für drei Millionen ein Haus mit Garten. Abgesehen von der Wirtschaftskrise sind die Preise auch deshalb rückläufig, weil die neuen Staudämme den Wasserspiegel gesenkt haben. Zwischen dem früheren Ufer, an dem die Bäume stehen, und dem See liegt nun hundert, zweihundert Meter breit Morast, im Sommer trockene Erde. Je nach Blickwinkel sieht es aus, als würde im Paradies Tagebau betrieben. Die Ältere, die sich wohl so etwas wie das Ferienhaus in Spanien vorgestellt hat, blickt demonstrativ gelangweilt in den Himmel, die Frühgeborene will den Bahndamm hinabrutschen. Ob es früher besser war, als sie noch für den Gutsherrn arbeiteten, oder heute, da ihnen der Boden gehört, fragt der Freund die älteren Bauern. – Meinetwegen kann Ihnen die ganze Welt gehören, mein Herr, antwortet einer, wenn es hier nur wäre wie früher. Ein anderer führt die Besucher zum Heim der Freiwilligenmiliz. Am Ende der Einfahrt erschreckt sie ein Betonverschlag, der mit seinen Gittern vor den kleinen Fenstern eher wie ein Gefängnis aussieht als Erholung zu verheißen. Die üblichen Parolen am Eingang, an den Wänden, in Schaukästen und auf Stellwänden, Krone des Martyriums und Umsonst zu sterben, lieb' ich nicht. Der Hausmeister spielte als Kind mit dem Musiker Fußball auf der Wiese, als es hier noch Wiesen gab und nicht nur Betonplatten sowie ein steinübersätes Feld mit zwei Toren, auf dem jedes Spiel zur Büßerprozession geriete. – Richten Sie ihm aus, bittet der Hausmeister und schreibt seine Nummern auf, Festnetz- und Mobiltelefon, daß ich auf den Boden seiner Mutter aufgepaßt habe, so gut es ging. Der Musiker bedankt sich umgehend für die Kurzmitteilung des Freundes nach München: noch ein Ort, an dem sein Platz tatsächlich leer ist. Ein wenig abseits, wo ringsum der Garten gewesen sein muß, steht noch das alte Steinhaus mit der überdachten Terrasse im ersten Geschoß, von der Nasrin Azarba als Kind beinah in den See hüpfen konnte. Heutzutage übernachten im Steinhaus die Gruppenleiter, an der Wand die Revolutionsführer, im Wohnzimmer nichts als weiße Plastikstühle, in der Küche grünes Plastikgeschirr, ein maschinengewebter Teppich fürs Gebet. Die Besucher gehen zum ehemaligen Ufer, um für die Seele Nasrin Azarbas zu beten. Es ist zu kalt und der See durch den Morast ohnehin unerreichbar, um die Töchter zu baden, wie sie es der Frau auftrug. Wie das Dorf früher hieß und weshalb, vergißt der Freund zu fragen.

Noch während der Begrüßung in Isfahan hält die Mutter dem Sohn das getippte Manuskript hin, siebzig neue Seiten, die ihr Leben bis zur ersten Liebe beschreiben. Für die doppelten oder vertauschten Absätze macht sie die Heirat der jungen Waisen verantwortlich, die sich also nicht an den Rat hielt, mit dem geschenkten Computer zunächst eine Existenz aufzubauen. Wenn sie gleich bei ihrem ersten Auftrag so viele Fehler macht, wird sie es als Sekretärin nie zu etwas bringen, habe sie mit der Waisen geschimpft. Doppelte oder vertauschte Absätze können das Lesen bereichern, warb der Sohn um Nachsicht. Nach dem Abschnitt über Mossadeghs Sturz blendet die Mutter unvermittelt die Gegenwart dazwischen, für die sie wieder den Sohn anspricht: »Mein lieber Navid!« Während er im Roman, den ich schreibe, den Streit mit der Mutter schilderte, am, Moment, er schaut nach, am Montag, dem 11. Juli 2008, um 10:57 Uhr, berichtete sie in ihrer Selberlebensbeschreibung, wie sie in Iran von seiner Operation erfahren hatte, er unter, sie auf der Terrasse des Ferienhauses, so nah waren sie sich und fern. »Fliegen Sie in Ruhe nach Köln«, sagt der ältere Bruder in ihrer Selberlebensbeschreibung, nein, nichts Beunruhigendes, keine Sorge, nur eine Zyste oder ein Knorpel, der entfernt werden müsse, auf persisch fiele ihm das richtige Wort nicht ein. Nächste Woche sei der Jüngste schon wieder zu Hause. »Was ist mit ihm?« ist das erste, was die Mutter den anderen Bruder fragt, der die Eltern am Flughafen erwartet. – »Lassen Sie uns erst einmal nach Hause fahren«, antwortet der andere Bruder, »dann erkläre ich es in Ruhe. Es ist nichts Schlimmes.« Zu Hause versetzt sie das Wort Krebs in Panik, obwohl der Bruder die neunzig Prozent, bei denen der Jüngste vor dem Befund noch liegt, als praktisch hundert ausgibt. Auch der Älteste ist mit seiner Frau eingetroffen, der Psychologin. Mitsamt dem Vater, dessen Fachgebiet die Radiologie war, fast eine Belegschaft, trichtern sie am Donnerstag, dem 1. Mai 2008, der Mutter ein, daß der Jüngste so kurz nach der Operation keinem hysterischen Weinen und Brustschlagen ausgesetzt werden dürfe. Am Sonntag, dem 12. April 2009, ist es um 11:48 Uhr iranischer Zeit keine zwei Stunden her, daß der Jüngste mit Frau und Töchtern in Isfahan eintraf, die Mutter am Einkaufen, die Ältere mit den Nachbarjungen beim Fußball, der Vater im Schlafzimmer, die Frau mit der Frühgeborenen beim Auspacken, Wickeln, Baden oder Schlafen, als alles wieder da ist, nein, nicht: *wieder*, denn die ganze Krankheit über hatte er keine Angst verspürt. Mochte er unter den Umständen leiden, den Schmerzen und den Hormonen nach der Operation, der Übelkeit und der Erschöpfung während der Chemotherapie, war die Ruhe, die er ausgestrahlt zu haben scheint, dennoch echt oder jedenfalls so echt gespielt, daß er selbst daran glaubte. Aber wie er nun im Wohnzimmer der Eltern in Isfahan liest, daß die Mutter ins Krankenzimmer trat, in dem er halb delirierte, wie er liest, daß sie erfolglos gegen ihre Tränen kämpfte, wie er liest, daß er sie endlich bemerkte und anzulächeln versuche, wie er liest, daß er murmelte, ja, es tue schon ein bißchen weh, aber keine Sorge, praktisch hundert Prozent, obwohl er noch bei neunzig lag, er sei nur so müde, immer noch müde, da der Jüngste genau diese Szene ihrer Selberlebensbeschreibung liest, sich als den Protagonisten der Mutter, weint er zum ersten Mal seit seiner Krankheit, weint vor Erleichterung und Dank. Unauffällig wischt er sich die Tränen weg, weil die Mutter vom Einkaufen zurückgekehrt ist, und sagt nur, daß er bereits angefangen habe zu lesen. Soweit der Sohn es auf Anhieb sieht, taucht Großvater in ihrer Selberlebensbeschreibung leider nicht mehr auf.

Der Vater besteht darauf, daß ein Abstecher nach Tschamtaghi überflüssig sei, ein Stück Land, das seit dreißig Jahren brachliege, alle Bäume gefällt, sehe auch nicht anders aus als hier, versichert er und weist in die Geröllwüste. Die ganze Gegend sei nicht mehr wiederzuerkennen, dreht er die alte Leier, was idyllisches Dorf gewesen, heute schmutzige Kleinstadt, was einsame Landstraße, heute Autobahn. Der Cousin warnt regelrecht: Sie müßten damit rechnen, beschimpft oder sogar verprügelt zu werden, auch vor den Hunden müsse man sich vorsehen. Das Grundstück könnte die Familie ohnehin nicht betreten, es wenn überhaupt vom Berg aus betrachten. Der Sohn gibt es auf, die Familie zu dem Abstecher überreden zu wollen, und leiht sich vom Cousin die Kopfhörer aus, um sich nicht länger anhören zu müssen, daß von Großvaters Lebenswerk nur ein gefährliches Stück Land übrig ist. Ohnehin wäre der Sohn fast mit Frau und Kindern in Isfahan geblieben, weil auf beiden Rückbänken des Minibusses die Sitzgurte fehlten, die sein Vater mit dem Fahrer ausgehandelt hatte, einem Bekannten, versteht sich, und das Angebot fürs Wochenende der Hammer. Die Ältere will aussteigen, um die Schafe zu streicheln, die die Straße blockieren. Dafür müßte der Sohn seine Allmacht zuklappen, die Kopfhörer abnehmen, die Kabel entwirren, aufstehen und den Notsitz umklappen – nein! ruft er, bleib sitzen, schau dir die Schafe vom Fenster aus an. – Das ist gemein! schreit die Ältere. Ausnahmsweise kommt dem Sohn die Diplomatie seiner Mutter zu Hilfe: Wo sie hinführen, gäbe es tausend Schafherden, Schafherden überall,

Schafherden, so viel die Ältere wolle. Heute morgen hätten sich Mutter und Sohn noch beinahe gestritten, als sie ungelogen siebenmal vorschlug, auf der Fahrt die Frühgeborene in den Arm zu nehmen wie alle Iraner, nach Tschamtaghi seien sie schließlich auch zu zwölft auf dem Pick-up gefahren. – Hättest du den Minibus doch selbst besorgt! kommentierte der Vater das ostentative Stirnrunzeln des Sohns, der die fehlenden Sitzgurte bemerkte. – Wollte ich doch! erwiderte der Sohn: Wie oft habe ich angeboten, mich selbst um den Minibus zu kümmern, da legte der Vater sich beleidigt ins Bett und behauptete, nicht mitfahren zu können wegen seines Alters und des offenen Herzens. Jetzt ist es gut, jetzt ist es so gut, wie es gar nicht vorgesehen war, draußen die Geröllwüste nur deshalb so eintönig, damit in den Tälern und an den Hängen das Grün noch glühender leuchtet, vor ihnen die schneebedeckten Berge, der Kindersitz mit Koffergurten befestigt, die Großfamilie wie früher auf dem Wochenendausflug, wenn auch nie mehr nach Tschamtaghi. Melodie ist nicht wichtig, Gesang ist nicht wichtig, Text ist nicht wichtig, Tempo war einmal wichtig, schon vor dem Gehirnaneurysma nur der Klang, Schlagzeug, Baß, zwei elektrische Gitarren. Man müßte es wie ein Video im Standbild hören können; ein Moment, der dauerte, wäre die Essenz der Rockgeschichte, die der Cousin auf seinem Telefon gespeichert hat. Der Minibus hält, jetzt wollen alle aussteigen, Widerworte zwecklos, ein Fluß, der Lebenspendende Fluß doch wohl, ein Teehaus und so Gott will eine Wasserpfeife. In seinem Teehaus unter der Brücke der dreiunddreißig Bögen kann der Sohn keine mehr rauchen, weil die Stadtverwaltung zuletzt auch dieses Vergnügen verboten hat.

Die Selberlebensbeschreibung der Mutter kehrt nach dem Zwischenspiel in der Uroonkologie nochmals zum Putsch von 1953 zurück. Nachmittags brachte der Großonkel die Zeitungen mit nach Hause, auf die sich alle stürzten. Noch beängstigender waren die Gerüchte, die in der Familie, in der Schule und unter den Freunden der beiden Onkel erzählt wurden. Heute ist wieder ein Minister verhaftet worden, ein Parlamentsabgeordneter, ein Arbeiterführer, ein Student, ein Bekannter. Dann die Titelseite mit dem Photo von Mossadeghs Außenminister Doktor Fatemi, das Gesicht von der Folter gezeichnet, die Kleidung zerrissen, die Haare geschoren, dann die Titelseite mit dem Photo, wie Doktor Fatemi zum Galgen geführt wird und die andere Titelseite mit dem Photo, wie Doktor Fatemi mit verdrehtem Kopf am Galgen hängt. Die Familie hatte

Angst, daß auch Großvater verhaftet würde, der jedoch nur einige Zeit später die Nationalbank verließ. Ob seine Rente deshalb so niedrig ausfiel? Den Amerikanern, die bald nach der Rückkehr des Schahs in die Neubausiedlungen Isfahans einzogen, schrieb man die schlimmsten Verfehlungen zu, Trinkgelage, Sexparties, Vergewaltigungen, Mädchenraub. Einige Zeit später riefen die Berichte und Photos von Mossadeghs Gerichtsverhandlungen lautes Wehklagen im Haus am Teheraner Tor hervor. Großvater schloß sich wieder in sein Zimmer ein und war tagelang nicht zu sehen. An einem anderen Tag hörte die Mutter Großvater hinter der Tür laut schimpfen. Kurz darauf stürzte sein Cousin Reza Rastegar aus dem Zimmer, der Mitte der fünfziger Jahre bereits zu den *Eminent Persians* gehörte, und verließ grußlos das Haus. Am Abend erfuhr die Mutter, daß Doktor Rastegar vorgeschlagen hatte, die Tante dem Schah vorzustellen, der nach der Scheidung von Soraya eine Braut suchte. – Führ doch deine eigene Tochter am Hof vor! hatte Großvater gebrüllt: In meiner Familie heiratet eine Frau keinen Schah.

Am Freitag, dem 17. April 2009, läuft im deutschen Fernsehen um 23:34 Uhr iranischer Zeit der letzte Film, in dem Anka Lea Sarstedt spielte. Gerade spricht sie mit dem Kommissar über ihren vermißten Sohn, der Aladin heißt, wie es sich deutsche Drehbuchautoren eben für Araber so ausdenken. Jetzt weint sie, auch der Kommissar wirkt betroffen. Die Handlung ist der ehemaligen Nummer zehn zu verworren, um sie zu begreifen, während er in Isfahan *Schmelzles Reise nach Flätz* zu lesen versucht, um Opfer des Tsunami geht es und um Luftgitarristen. Jetzt nimmt sich der Hauptkommissar mit seiner Kollegin ein Hotelzimmer. Jetzt schlafen sie miteinander. Jetzt ein Brandanschlag. Jetzt eine verkohlte Leiche. Jetzt ein anderer nackter Mann unter der Dusche. Jetzt eine Kneipe in München. 23:53 Uhr. 21:23 Uhr. Nach dem letzten Film, in dem Anka Lea Sarstedt spielte, wird das Nachrichtenjournal des deutschen Fernsehens den iranischen Präsidenten zeigen, der seinem Land ein weiteres Mal vor den Vereinten Nationen Schande bereitet hat. Wenigstens sind viele, wenn nicht die meisten Delegierten aus dem Plenum marschiert, als der Präsident wieder mit dem Holocaust anfing und wer von den Seiten der Geschichte getilgt werde. Weil das iranische Staatsfernsehen nicht mit dem Auszug der meisten Delegierten gerechnet hatte, übertrug es die Rede des Präsidenten nicht einige Sekunden zeitversetzt wie die Spiele der Fußballnationalmannschaft, bei denen es unbotmäßiges Verhalten des Publikums gegebenenfalls zensiert. So konnte jeder Iraner live mit ansehen, wie sein Land siebenundfünfzig Jahre nach Mossadeghs glänzendem Auftritt vor den Vereinten Nationen dasteht: als ein Paria. Einer von achtzig Millionen Iranern wartet in Isfahan auf Anka Lea Sarstedt, deren Rolle so groß ist, daß ihr Name im Vorspann gezeigt wurde. Jean Paul beginnt *Schmelzles Reise nach Flätz* mit der Entschuldigung, daß der Setzer zwei verschiedene Manuskripte aus Versehen für zusammengehörig gehalten und untereinander gesetzt habe. Sie sind durch eine Linie getrennt wie in John Coetzees *Tagebuch eines schlechten Jahres*, das aus einer Folge von Essays und zwei Erzählungen besteht. Durch einen einzigen Kniff, der Teilung des Satzbildes ähnlich wie in mittelalterlichen Bibel- oder Korankommentaren in drei parallel verlaufende Texte, verwandelt Coetzee eine einfache, sehr kurze und geradeheraus erzählte Geschichte in ein Spiegelgebilde, das mehr Brechungen, Blickwinkel, Zufälligkeiten und Illusionen birgt als jeder Blog. Bei Jean Pauls unterem Text geriet zusätzlich die Reihenfolge der Abschnitte durcheinander, so daß die Zufälligkeit, mit der sich zwischen den beiden Manuskripten ein Zusammenhang gibt, ein weiteres Mal potenziert ist. Seit zwanzig Jahren habe er gesonnen, wie er eine Geschichte und ihre Abschweifungen so anordnet, daß sie gleichzeitig stattfinden, nun sei es ihm durch die Unachtsamkeit des Setzers gelungen: »Am Ende sollte ich mich eigentlich fast darüber erfreuen.« Jetzt erfährt die Frau, auf die die ehemalige Nummer zehn in Isfahan gewartet, daß Aladin erfroren ist, und weint wieder. Jetzt ist der Kommissar betroffen. Jetzt zwingt das Drehbuch mit seinen Luftgitarristen, kurz den Kanal zu wechseln. Auf *Voice of America*, das persischsprachig bei allen Verwandten läuft, spricht der Studentenführer, der 1999 auf dem Titelbild des *Economist* das blutgetränkte Hemd seines Kommilitonen hochhielt, über den Auftritt des Präsidenten, der im Sommer wiedergewählt wird, weil kaum jemand zur Wahl geht. Volk und Herrschaft scheinen sich miteinander abzufinden, nachdem sie Jahre genug versucht haben, sich gegenseitig zu verändern. Am Flughafen der immerhin drittgrößten Stadt des Landes gibt es keine einzige Zeitung mehr zu kaufen, so wenig Leser finden die Nachrichten. Als seien es zwei verschiedene Manuskripte, die der Setzer aus Versehen für zusammengehörig gehalten und untereinander gesetzt hat, rühmt sich der Kulturminister im Haupttext damit, daß er mehr Bücher verboten und Moscheen renoviert habe als alle seine Vorgänger, werden unter dem Vorwand, daß sie Orte der Promiskuität seien, überall im Land Derwischklöster dem Erdboden gleichgemacht, in denen Männer und Frauen gemeinsam beten, und gibt es in Isfahan keine Wasserpfeifen mehr zu rauchen, damit die Geschlechter erst recht nicht in der Öffentlichkeit beieinander verweilen; unterhalb der Linie tragen die Frauen auf den Skipisten, wo die Reichen unter sich sind, nicht einmal mehr Kopftücher und senden sogenannte »legale Auslandsstationen«, die in Wirklichkeit von Teheran aus senden und sich mit der Werbung iranischer Staatskonzerne finanzieren, amateurhafte Imitate der Schund- und Popstationen aus Los Angeles mit den gleichen Frisuren und Kleidern, nur daß die Moderatorinnen der Form halber ein Tuch über den Hinterkopf gelegt haben. Die Hüften schwingen sie genauso und plappern gutgelaunt den Schwachsinn aus Los Angeles nach. Anka Lea Sarstedt wirkt von Isfahan aus betrachtet so fern wie die Eltern, die in der Selberlebensbeschreibung der Mutter als zwei junge Leute auftreten. Besonders der Vater ist ein anderer, stürmisch bis zur Unverfrorenheit, eigensinnig im Extrem, großspurig und dabei so charmant, daß er die Wut, die er regelmäßig in der Mutter hervorruft, stets wieder besänftigt. Die Tischgespräche, Gasthofsberichte und das Schnarchen eines Bettnachbarn, der die Nachtruhe stört, sind in zweihundert Jahren nicht relevanter geworden, auch jene Gedanken nur noch selten Blitzlichter, die Jean Paul unterhalb des Haupttextes ausbreitet. Vielleicht ist dem Leser *Schmelzles Reise nach Flätz* auch nur zu verworren, weil er in Isfahan den letzten Film zu sehen versucht, in dem Anka Lea Sarstedt spielte.

Als er längst keine Bauern mehr beschäftigte, blieb Großvater manchmal über Monate in Tschamtaghi, selbst im Winter. Abgesehen von seiner Scheu vor Menschen und der Gesellschaft, aus der Abscheu geworden sein mochte, wie die Mutter schreibt, hatte sein Beharren einen praktischen Grund: Er fürchtete, daß die Bauern in seiner Abwesenheit auch sein letztes Stück Land besetzen würden, das Plateau zwischen dem Neubau und der Lehmfestung sowie unterhalb des Hangs die ersten zwei-, dreihundert Meter des Flußufers. An den Wochenenden besuchte ihn Großmutter mit den beiden Dienstmädchen, dem buckligen Waisenkind Baguli und der alten Mah Soltan, brachte Vorräte mit und kochte für den Rest der Woche vor. Oder blieb Mah Soltan bei Großvater? Die Mutter vermag es nicht mehr zu sagen, während sie und der Sohn auf der sechsspurigen Autobahn an Hochhaussilhouetten vorbeifahren, die mit

Slogans wie *Welcome to the Coastal City of the Zayanderud* werben; sie weiß nur, daß sie einmal, aus Deutschland eingetroffen, Großmutter und das Personal nach Tschamtaghi begleitete. Etwas war dazwischen gekommen, Großmutter erkältet gewesen oder vielleicht Mah Soltan, jedenfalls hatte sie ihn am Wochenende oder sogar an den beiden Wochenenden zuvor nicht besucht und Großvater länger als üblich niemanden gehabt, der ihn versorgte. Er lag röchelnd in einer Ecke seines Zimmers, neben sich auf dem Teppich eine Tüte Brot und ein Wasserkanister, in einer anderen Ecke ein Eimer vertrockneter Joghurt. Weil er krank oder einfach nur zu schwach geworden war, um das Haus zu verlassen, hatte er seit drei Tagen nichts anderes gegessen als Brot, das er ins Wasser tunkte, damit seine Zähne es zu kauen vermochten. Der Fahrer findet den Weg nach Tschamtaghi nur mit Mühe, da die Mutter nichts wiedererkennt. Erst als sie sich an einer Tankstelle, deren Zapfsäulen achtundfünfzig Jahre nach der Nationalisierung des Erdöls chinesisch beschriftet sind, zur Nebenstraße durchfragen, werden die Ortsschilder allmählich vertraut. In Baghbadoran, wo Großvater bei einem Bekannten übernachtete, damit er im Morgengrauen auf dem Esel nach Tschamtaghi ritt, gibt es heute Pizzerien, Immobilienmakler und einen Freizeitpark mit Karussell, Riesenrad und Autoscooter. Danach sind Mutter und Sohn endlich zurück in der Landschaft, mit der seit *Schmelzles Reise nach Flätz* sieben Generationen der Familie die heitersten und aufregendsten Kindheitserinnerungen verbinden, einem Grün, das deshalb so satt ist, weil ringsum die Berge so hungrig nach Farben. Der Melonenhändler am Wegrand weiß auf Anhieb, hinter dem wievielten Hügel Tschamtaghi liegt. Der Name existiert also noch, freuen sich Mutter und Sohn, und offenbar nicht nur der Name: *Wali Tschamtaghi bâ hendunast,* singt ihnen der Händler hinterher: Nach Tschamtaghi niemals ohne Melonen.

Vom vierten Hügel aus entdecken sie Großvaters Grundstück, das auf den ersten Blick ganz anders aussieht, als sie dachten, nämlich genauso wie früher. Das Dorf ist natürlich größer und zieht sich den Hang hinauf bis zur Straße, hat ein Ortsschild und den Graffitis nach zwei konkurrierende Rap-Bands, neu auch die Ferienvillen auf den umliegenden Hügeln, doch Tschamtaghi selbst, der Garten, scheint noch in der ursprünglichen Größe erhalten zu sein, die Lehmmauer und ebenso die Bäume dahinter. Niemand öffnet das Eisentor, das ebenfalls das alte ist. Der Cousin in Isfahan hat sie so eindrücklich vor den aggressiven Bauern gewarnt, daß Mutter und Sohn tatsächlich etwas beklommen ist, als sie die leere Dorfgasse hinaufgehen, die Häuser billig gebaut, die Mauern aus Porenbeton meist unverputzt, aber als die Mutter einen Mechaniker anspricht, den der Sohn unter einem Auto entdeckt hat, will der sie gleich zum Tee einladen. Ja, er kennt den ehemaligen Gutsherrn, möge seine Seele froh sein, und sind Sie nicht dessen Tochter? Gern trinke sie einen Tee, sagt die Mutter, zunächst jedoch möchte sie ihrem Sohn, der Schriftsteller sei im Land der Franken, das Paradies ihrer Kindheit zeigen, sofern die Möglichkeit bestehe. – Und wie die Möglichkeit besteht! erstaunt der Automechaniker Mutter und Sohn und zieht das Rollgitter seiner Garage herunter. Durch ein Loch in der Mauer gelangen sie in den Hof. Von dem Haus, das die Mutter immer noch den Neubau nennt, sind die Grundmauern, Teile des Dachs und die Terrasse übrig. Wenngleich der Fluß nicht mehr so breit ist, weil die neuen Staudämme, sinnvoll oder nicht, den alten Kreislauf des Wassers endgültig zerstört haben, überwältigt die Aussicht auf das vielfarbige Tal und ringsherum die braunen Berge noch immer. Ach ja, die Brise, immer herrschte auf der Terrasse eine Brise, selbst im Sommer konnte es kaum zu heiß werden. Wie zwei alt gewordene Alices kehren Mutter und Sohn noch einmal in ihr Wunderland zurück, achten kaum darauf, daß niemand mehr das Gras schneidet, die Trampelpfade an vielen Stellen zugewachsen sind und die Sträucher so sehr wuchern, daß der Automechaniker ihnen hier und dort den Weg mit einem Ast bahnen muß. Was sie sehen: daß die Bäume auf dem oberen Plateau noch Früchte tragen, alte Bäume, Großvaters Bäume, Aprikosen, Zitronen, Äpfel, Granatäpfel, Walnüsse, Birnen, Pflaumen. Und was für Früchte! lobt der Automechaniker, als gehörten die Bäume noch Mutter und Sohn. Die alten Picknickplätze, die alten Badebuchten, die alten Kanäle und Wasserbecken, das große Bassin, das sie als Swimmingpool nutzten, die alte Festung aus Lehm, in der früher der Verwalter mit seiner Familie wohnte und vor dem Neubau Großvater mit dem ganzen Dorf. Wo die Schafe waren, wo die Hühner und wo der Esel. Wo das Kühlhaus und wo die Bienenstöcke, vor denen sich die Mutter in acht nehmen mußte. Die Böschung, hinter welcher der Sohn mit dem Gewehr des Verwalters auf Singvögel zielte und erblaßte, als einer vom Himmel fiel. Die Festung aus Lehm, die Hadsch Mollah Schafi Choí vor zweihundert Jahren errichtete, ist zur Hälfte eingestürzt, der Hof eine Müllkippe, und an den lauschigsten Stellen des Gartens liegen nicht nur

Melonenkerne, sondern Abfälle, wie sie früher nicht einmal iranische Ausflügler hinterlassen hätten, Pizzakartons, Spritzen, Kondome. Gefällt worden sind die Platanen am Ufer und daneben der Wald aus schnellwüchsigem Weichholz, mit dem Großvater eine kleine Holzindustrie betrieb. – Einmal, sagt der Automechaniker, entdeckte ich Ihren Großvater, als er die Zweige abzusägen versuchte. Ich war ja noch jung, und er hatte nicht mehr die Kraft, nicht einmal mehr die Sehkraft, deshalb half ich ihm. Ich hatte Angst, daß er sich einen Finger abschneidet, und bat ihn, mich zu rufen, wenn er das nächste Mal etwas zum Sägen hatte. Er rief mich nie, aber Gott sei gepriesen habe ich ihn auch nicht mehr mit der Holzsäge gesehen. Der Teil des Grundstücks, den die Bauern besetzt hielten, beginnt dort, wo das Gestrüpp nicht mehr zu durchdringen ist. – Sie ließen den Boden verkümmern, damit Ihr Großvater endlich resigniert, erklärt der Automechaniker, als sei der Sohn zu jung, um sich zu erinnern. Sein Vater sei auch ein Bauer gewesen, aber keiner von denen, die zum Gebet stets hinter die Lehmmauer gingen, weil es auf besetztem Land nicht gültig gewesen wäre – Ihrem Großvater ist mehr Unrecht geschehen, als ein gerechter Gott zulassen dürfte, sagt der Automechaniker zum Sohn und bringt die Mutter zum Weinen. Als Großvater niemanden mehr gefunden habe, der für ihn arbeitete, und auch der Vater des Automechanikers sich nicht getraut, der immer gut behandelt worden sei, hätten die Armen der ganzen Gegend noch an das Eisentor geklopft. – Wieso haben Sie diese Leute nicht vertrieben? fragt der Automechaniker die Mutter: Vor Gericht haben Sie doch gewonnen. – Siebenmal haben wir vor Gericht gewonnen, übertreibt die Mutter wie gewöhnlich, siebenmal, aber ihr Vater sei schon zu alt gewesen, der eine Bruder bei einem Autounfall gestorben, der andere den Bauern nicht gewachsen, und die drei Schwestern hätten sich nicht einigen können. – Dann hätten sie es Ihren Kindern überlassen können, beharrt der Automechaniker. – Wir haben den letzten Wunsch meines Papas nicht erfüllt, gibt die Mutter zu: Er wollte, daß Tschamtaghi erhalten bleibt und nach seinem Tod die Armen der Gegend ernährt. – Einen solchen Ort verkauft man doch nicht, schüttelt der Automechaniker noch immer den Kopf. – Aber was hätten wir denn tun können? fragt die Mutter. Den größten Teil des Grundstücks habe die Familie nicht mehr betreten können, und selbst der kleine Rest sei so unsicher gewesen, daß sie sich nur bei Tageslicht und in Gruppen dort aufgehalten hätten. Das Haus sei auch schon geplündert gewesen, selbst die Heizkörper aus den Wänden gerissen. Als sich ein Käufer auftat, der am Ufer Ferienvillen bauen wollte, hätten die Geschwister deshalb nicht lang gezögert. Der Sohn möchte den Zaubertrick erfahren, mit dem der neue Eigentümer die Bauern vertrieb. – Ganz einfach, antwortet der Automechaniker: Er schenkte der Polizeiwache in Baghbadoran einen Toyota Van. Daraufhin seien mehrere Einheiten einschließlich eines Frauenkommandos angerückt und hätten nach zweitägiger Belagerung die Festung gestürmt, in der sich die Bauern mit ihren Familien verschanzt. – Und wo sind die Bauern jetzt? fragt der Sohn. – Haben eine solche Tracht Prügel erhalten, daß sie sich in zwanzig Jahren nicht mehr in die Nähe Tschamtaghis wagen. – Und die Villen? – Dürfen nicht gebaut werden, lacht sich der Automechaniker ins Fäustchen, weil die neue Regierung per Gesetz verboten hat, landwirtschaftlich genutzte Flußufer zu besiedeln. Solange der neue Eigentümer noch um eine Ausnahmegenehmigung kämpfe, habe er einen Arbeiter angestellt, der das Obst pflückt, die Pumpe ölt und die Kanäle säubert. So viel sei gar nicht zu tun, damit der Boden etwas abwirft; man müsse nur das Flußwasser ins oberste Becken pumpen, dann fließe es von selbst den Hang hinab. – Wir haben es also, fragt der Sohn sicherheitshalber nach, ausgerechnet diesem Präsidenten zu verdanken, den Gott im Juni von den Seiten der Geschichte tilgen möge, daß Tschamtaghi noch existiert? – Ja, so kann man es sehen, antwortet der Automechaniker, der allerdings eine Niederlage des Präsidenten bei den Wahlen für ausgeschlossen hält. – Kaufen Sie Tschamtaghi zurück! rät er der Mutter, der neue Besitzer suche händeringend nach einem Käufer, ein solches Stück Land gäbe es in ganz Iran kein zweites Mal, und kein Jahr, dann sähe es aus wie früher. – Ich bin doch schon über siebzig, gibt die Mutter zu bedenken, und alle meine Kinder und Enkel im Land der Franken.

Auf der Fahrt zu den nächsten Tälern erwägen Mutter und Sohn dennoch den Preis, bei dem sie noch ein Geschäft machen würden. – Aber was willst du mit zwanzig Hektar Boden in Iran? fragt die Mutter. – Es sind nur zehn Hektar, sagt der Sohn und bringt die Brüder ins Spiel, die als Ärzte vermögend genug seien und ihren Kindern vielleicht eine Brücke bauen wollten, wer wisse denn, ob es im Land der Franken immer so sicher bleibe oder in Iran so unfrei. Ein Kino finden Mutter und Sohn weder in Kartschegan noch in Berendschegan, nur ein paar Geschäfte und Hinweise auf weitere Rap-Bands, alle Reisfelder ringsum verdorrt, dafür die Schule, die Großvater also doch gebaut hat – ja, wußtest du das denn nicht?, fragt die Mutter – obwohl er in der Selberlebensbeschreibung wie gewöhnlich nur das Scheitern des Vorhabens erwähnt. Allerdings ist sie nicht mehr nach Hadsch Mollah Schafi Choí benannt, sondern wie alle Schulen, Erholungsheime und selbst Freizeitparks mit Karussell, Riesenrad und Autoscooter nach dem Tod fürs Vaterland, als habe sich die Islamische Revolution an der deutschen Romantik berauscht: »Und zähle nicht die Toten! Dir ist, / Liebes! nicht Einer zu viel gefallen.« Zurück in Baghbadoran, leisten sich die Besucher noch einen Kebab, ohne daß die Mutter allzu entschieden auf ihren Kühlschrank verweist, der zum Bersten voll sei und sie bald zu Hause. Sie sei glücklich, sagt sie, während sie in der Frühlingssonne neben dem Grill auf den Kebab warten, wirklich glücklich, diesen Tag noch erlebt zu haben: Das verdanke ich dir. »Und vor der Türe des Hauses / Sitzt Mutter und Kind, / Und schauet den Frieden / Und wenige scheinen zu sterben, / Es hält ein Ahnen die Seele, / Vom goldnen Lichte gesendet, / Hält ein Versprechen die Ältesten auf.«

Fünf Kilometer vor der Abfahrt zum Flughafen von Teheran nickt der Fahrer ein. Der Fahrgast bemerkt es erst an dem Knattern, als der Reifen die linke Straßenmarkierung berührt, die Gott sei gepriesen auch auf iranischen Autobahnen präpariert ist, und sieht die gesenkten Wimpern. – Achtung! schreit der Fahrgast, der das Lieblingsmotiv der deutschen Romantik *Nichtsahnend ging ich aus dem Haus, als plötzlich …* lieber nicht auf sein Leben angewendet sehen will, Achtung!, und reißt das Lenkrad herum. – Sie sind heute meine letzte Fahrt, entschuldigt sich der Fahrer, als ob das ein plausibler Grund wäre zu sterben.

Die ältere Tochter des Nachbarn pochte auf einen neuen Schreibtisch, weil der Stuhl und der Tisch zu klein geworden seien, die sie zur Einschulung erhalten hatte. Daß ihr die Einrichtung auch ästhetisch nicht mehr angemessen schien für eine Gymnasiastin, zu bunt und zu kindlich, vollzog der Nachbar nach, ließ er offiziell jedoch nicht gelten, da sie alle halbe Jahre eine neue Einrichtung fordern könnte, wäre das Geschmacksargument einmal etabliert. Wenn ihr etwas nicht gefällt, soll sie es sich zu Geburtstag, Weihnachten oder Nouruz wünschen; alle anderen Anschaffungen müssen sich funktional rechtfertigen wie der Roman, den ich schreibe, vor dem Agenten (in einer Minute die Handlung?, in zwei Worten die Zielgruppe?, drei Argumente für die Vertreter?, in vier Sätzen, was beim Leser hängenbleiben wird?). Seltsamerweise bestand die Freude der Älteren auf die neuen Möbel zu einem guten Teil darin, sie im schwedischen Kaufhaus zu besorgen, was funktional allemal gerechtfertigt war, weil weit und breit kein anderes Möbelgeschäft Tisch und Stuhl für hundert oder hundertzwanzig Euro anbietet, genau gesagt für 118 Euro, denn soviel kostete die Kombination, die sie sich im Katalog ausgesucht hatte. Den bekannten, oft genug herausposaunten, seit dem letzten Einkauf in Rom in Marmor gemeißelten Vorsatz des Nachbarn, nie wieder einen Lebenstag auf der Runde zwischen Schreibtischstühlen, unauffindbarer Kundentoilette und verlorenem Einkaufswagen zu verschwenden (zuzüglich der Tage für den Aufbau), mußte sie erst gar nicht brechen, da sie keck verkünden konnte, mit ihrer älteren Cousine zu fahren, die ihre neue Wohnung einrichtet. Daß der Nachbar seine Ältere trotz dieser Ausgangslage davon abbringen konnte, den Tisch billig zu kaufen, seinetwegen den Stuhl, seinetwegen die Tischbeine, aber stell dir nicht so eine Tischplatte aus Sperrholz mit Buchenfurnier ins Zimmer, lag nur am Schreiner, der die schöne Tischplatte im Büro angefertigt habe: Allein schon dessen Werkstatt wie in alten Filmen! Außerdem singe er beim Sprechen. Wie der Nachbar das meine, fragte die Ältere. Der Schreiner spreche ein besonders langsames, ein besonders weiches Rheinisch, verhieß der Nachbar. Und was, wenn die Tischplatte mitsamt Böcken und Stuhl mehr kosten würde als 118 Euro, wollte sie noch wissen. Lohne sich das wegen der Qualität, zerstreute er ihr letztes Bedenken und ist kurz darauf erleichtert, die Nummer im aktuellen Telefonbuch zu finden, denn vor drei Jahren war der Schreiner bereits achtundsiebzig und gerade erst aus dem Krankenhaus entlassen. Theoretisch kann es auch der Junior sein, der den alten Schreiner bei der Lieferung der Schreibtischplatte begleitete, allerdings deutet der Vorname auf eine Taufe vor dem Krieg hin. Als der Vater am Donnerstag, dem 30. April 2009, anruft, meldet sich um 10:08 Uhr der Anrufbeantworter mit dem erwarteten Familiennamen des Schreiners. Der Vorname indes ist ein anderer, eindeutig erst nach dem Krieg geläufig geworden. Der Nachbar legt auf, um keine Minute später doch eine Nachricht zu hinterlassen. Obschon in der Ansage weder von einer Schreinerei noch von Öffnungszeiten die Rede ist, malt er sich aus, daß der Schreiner, dem schon der Einbau des Kühlschranks zu anstrengend gewesen war, sich nun endlich zur Ruhe gesetzt und den Betrieb dem Junior übergeben habe. Als der Nachbar auf den

Anrufbeantworter spricht, daß er eine Tischplatte benötige, eine weitere Tischplatte, unterbricht ihn die Stimme, die nicht rheinisch spricht: Nein, die Schreinerei existiere nicht mehr, sagt der Junior im Tonfall dessen, der die Auskunft schon oft geben mußte. – Und Ihr Vater? – Ist verstorben, teilt der Junior mit und schweigt. Daß er das genaue Datum hinzufügt, kontrastiert seltsam mit der Sachlichkeit oder auch Emotionslosigkeit der Stimme. – Das tut mir leid, stottert der Nachbar und berichtet, als der Junior immer noch schweigt, daß er den Senior zwar nicht gut gekannt, aber auf Anhieb gemocht habe und mit der Tischplatte sehr zufrieden sei. Weil der Junior immer noch nichts sagt, fragt der Nachbar nach der Schreinerei. – Für immer geschlossen, antwortet der Junior. Der Nachbar wird der Älteren heute abend sagen, sie könne die Tischplatte billig kaufen. Um dem Schreiner einen Namen zu geben, haben die Eindrücke doch nicht genügt.

Spielt der bisherige Titel auf die Toten an, um die es von der ersten Seite an geht, und ein wenig auf Baso Matsu, nennt der Romanschreiber den Roman, den ich schreibe, immer öfter auch *Das Leben seines Großvaters*, obwohl er an einen Großvater gar nicht dachte, als er begann. In der Urschrift taucht der Großvater gar erst auf Seite 743 auf, aber in der lesbaren Fassung verlegt er den Auftritt des Großvaters nach vorn, nicht sehr weit nach vorn, nur gerade so weit, daß auch diejenigen nicht zu früh aufhören zu lesen, die sich in einem Roman für die Handlung interessieren. Jean Paul braucht in manchen Romanen, die er schrieb, ebenfalls sehr lang, bevor die Handlung einsetzt; in den *Biographischen Belustigungen* etwa beginnt die annoncierte Geschichte, da ist das Buch schon zur Hälfte vorbei. Und die Vorreden erst! Es dürfte keinen Romanschreiber geben, der seinen Romanen so viele Vorreden vorangestellt hat wie Jean Paul, etwa im *Siebenkäs* die Vorrede der ersten, die Vorrede der zweiten, die Vorrede der dritten Auflage, die Vorrede des ersten Teils, die Vorrede des zweiten Teils und, nein, der dritte Teil fängt tatsächlich ohne Vorrede an: »Es hat mich oft verdrüßlich gemacht, daß ich jeder Vorrede, die ich schreibe, ein Buch anhängen muß.« Im *Komet* stellt der Romanschreiber nach Drucklegung erschrocken fest, daß der erste von zwei Bänden nur aus Vorkapiteln und deren »ernsten Ausschweifungen für Leserinnen« besteht. »Eine sehr verdrießliche Sache für mich, da mir so manches Wink-Reden wäre zu ersparen gewesen, hätte ich den Abdruck der Vorkapitel vorher in Händen gehabt. Auch wird die Leserin leider den ganzen Tempel des Werks nach der Stiftshütte beurteilen. Von der andern Seite aber kommt mir, so viel seh' ich wohl ein, der Zufall des vollmachenden und zweibändigen Abdrucks besser zustatten als die feinsten Maßregeln, die ich selber nur hätte nehmen können, damit die Leserin nicht aus historischem Hunger die Vorkapitel überhüpfe; denn den ganzen ersten Band, den sie vom Bücherverleiher holen läßt, kann sie nicht überspringen, sondern sie muß ihn für ihr Geld so lange lesen, bis sie den zweiten bekommen. – Und so ist alles gut.«

Ein letztes Mal fährt Großvater allein nach Teheran und fühlt sich so verloren wie auf seiner ersten Reise. Der Linienbus der Firma TBT rast auf der vierspurigen Schnellstraße durch die Vorstädte Isfahans, die einmal Gärten waren. Zwischen den Fabriken, Lagerhallen und Siedlungen aus Spanplatten, Wellblech und Plastikfolien sind noch die Reste des Lehmdorfs zu erkennen, in dem die Kutsche die erste Rast einlegte, aber nicht mehr die Karawanserei, auf deren Dach ihm Mister Allanson die Zeit im komischen persischen Akzent vertrieb. Nicht einmal die Gesteinswüste, die der Bus bald erreicht, ist dieselbe geblieben. Äußerlich unverändert, hat sie die Gewalt eingebüßt, die Großvater noch gegenwärtig ist. Nicht mehr sind die Reisenden weit und breit die einzigen Lebewesen, nicht mehr Hitze und Kälte ausgesetzt, nicht mehr im Delirium vor Erschöpfung, Schmerz und dem unaufhörlichen Rütteln, das jeden Schlaf auf Minuten begrenzte. Wie die Einöde an dem Bus ziehen an Großvater die Fahrten vorüber, die ihn nach Teheran führten, das Kind, das die Amerikanische Schule besuchen wird, der junge Mann, der aus der Enge Isfahans, des elterlichen Hauses ausbricht, der Zöllner, der unerlaubt seine Dienststelle am Persischen Golf verließ, der Beamte mit seiner frisch vermählten Frau, der stellvertretende Bankdirektor der Nationalbank in Isfahan, der sich ein Herz gefaßt hat, den korrupten Vorgesetzten anzuzeigen, der gescheiterte Kandidat der Nationalen Front mit dem Stock, den er dem Premierminister überreichen soll, der Vater, der seine Tochter im Land der Franken besuchen wird, der Pensionär, der seinen mystischen Führer im Stich läßt. Jetzt ist er nur noch ein Großvater: gichtige Gelenke, problematische Prostata, heikler Harndrang, müde des Lebens, das nichts mehr von ihm und von dem er nichts mehr will. Sein Glaube legt ihm auf, dankbar zu sein, dankbar für die Gnädige Frau an seiner Seite, die Kinder, Kindeskinder und so viele andere Zeichen göttlicher Barmherzigkeit. Er dankt seinem Schöpfer, ja, doch wie kann er dankbar für die Despotie sein, die im Land herrscht, und die Ausländer, die es wie eh und je ausbeuten, wie sich abfinden mit dem jämmerlichen Bild, das seine Religion abgibt, und der Unsittlichkeit, die sich ausbreitet, wie sich beruhigen über den blinden Eifer, mit dem seine Landsleute die Franken imitieren, und die Verachtung, die sie ihren eigenen Sitten und Geboten entgegenbringen. Selbst in seiner eigenen Familie, im eigenen Haus belächeln sie ihn, weil er am Gemeinschaftsgebet in der Moschee teilnimmt und weder Rommé noch Backgammon mitspielt. Und dann der Niedergang des Bodens, den zu bestellen ihm aufgetragen war, die enteigneten Dörfer, deren Felder nun eins nach dem anderen vertrocknen, und das kleine Tschamtaghi, das er zwar retten konnte, aber keines seiner Kinder bewahren wird, wenn Gott ihn endlich aus den Fesseln der irdischen Existenz befreit, keines seiner Kinder überhaupt interessiert. Großvater schaut sich im Bus um: lauter junge, fröhliche, laut schnatternde Menschen, die mit der Welt erst angefangen haben. Auch sie werden an ihr verzweifeln. Oder nicht einmal das: Sie finden sich ab. Wie nach der Konstitutionellen Revolution wird es auch nach Mossadeghs Nationaler Front wahrscheinlich fünfzig Jahre dauern, bis das Volk sich wieder erhebt. Mitte der siebziger Jahre scheint der Schah das Land fester im Griff zu haben denn je. Nicht nur die Führer, auch unzählige Anhänger der Opposition sitzen in den Gefängnissen ein, aus denen Berichte unvorstellbarer Folter dringen, oder leben verstreut im Exil. Der SAVAK kontrolliert jeden Zipfel des Landes; selbst in den eigenen vier Wänden sollte Großvater besser nicht schlecht über die Monarchie reden, die gerade mit frevelhaftem Pomp ihr zweitausendfünfjähriges Bestehen zelebriert hat, während zwei Drittel der Dörfer ohne Strom und fließend Wasser sind, die einstmals so blühende Landwirtschaft zugrunde geht und die Slums rund um die Städte täglich anwachsen. Hossein ist ermordet, Yazid läßt sich feiern, die Muslime schauen zu. Man muß schon näher an der Gesellschaft sein als Großvater oder die ausländischen Experten, um Mitte der siebziger Jahre die Schwingung des Bebens zu spüren, das bald das Unterste zuoberst kehren wird.

Wie siebzig Jahren zuvor der Anblick des Franken auf der Vorderbank, die man Loge nannte, lenkt eine merkwürdige Erscheinung in der ersten Sitzreihe Großvater von den trüben Gedanken ab. Es ist ein Mullah, der sich so weit nach vorn beugt, daß der schwarze Turban des Prophetengeschlechts halb zwischen den Knien steckt. Wer ist das nur? fragt sich Großvater, der die meisten Mullahs in Isfahan kennt. Und warum krümmt er sich so, als habe er etwas auf dem Boden verloren? Der Jugendliche mit Frauenfrisur, der neben dem Mullah sitzt, hält so weit Abstand, daß sein Po halb im Gang schwebt, und zieht eine Miene, als würde sein Sitznachbar stinken. Die Freunde und Freundinnen des Jugendlichen, die sich auf den umliegenden Plätzen lümmeln, finden das urkomisch. Als der Mullah sich kurz aufrichtet, um seine Haltung zu verändern, erblickt Großvater das Gesicht: Das ist doch Ajatollah Hadsch Agha Seyyed Morteza, bekannt als Hadsch Agha Mirza Dehkordi, der Freitagsprediger von Isfahan, den es in eine so ungebührliche Gesellschaft verschlagen hat. Um den Freitagsprediger, diesen berühmten und ehrwürdigen Gelehrten, aus seiner mißlichen Lage zu befreien, steht Großvater auf und bietet dem Jugendlichen mit Frauenfrisur an, die Plätze zu tauschen. Der willigt erfreut ein, nur seine Freunde und Freundinnen, die sich über die ungleichen Sitznachbarn gern weiter amüsieren würden, protestieren scherzhaft. Großvater setzt sich neben Hadsch Agha Mirza Dehkordi, wünscht einen guten Tag und versucht ihn mit teilnahmsvollen Worten über die Impertinenz der Jugend zu trösten, über die man sich nicht zu sehr grämen soll. Der Freitagsprediger von Isfahan gibt wortlos zu erkennen, daß es nicht die jungen Leute sind, die ihn am meisten stören, sondern die Popmusik, die bis zum Anschlag aufgedreht ist. »Das läßt sich doch leicht ändern«, sagt Großvater, legt seine Hand auf die Schulter des Fahrers und bittet höflich, das Radio ein wenig leiser zu stellen. »Mit größtem Vergnügen«, antwortet der Fahrer und schaltet das Radio aus. Sofort regt sich im Bus Protest. »Was soll das?« rufen die Jugendlichen und jungen Leute, »stellen Sie das Radio wieder an!« Sosehr ihm ein Auftritt widerstrebt, meint Großvater, eine Erklärung abgeben zu müssen, da schließlich er es ist, der den Fahrer gebeten hat, die Musik leiser zu stellen. So steht Großvater noch einmal auf, um eine Ansprache zu halten, obschon nur in einem Linienbus der Firma TBT, aber mit genauso weichen Knien wie als geschaßter Kandidat der Nationalen Front: »Im Namen Gottes, des Erbarmers, des Barmherzigen. Verehrte Mitbürger und Mitbürgerinnen, liebe Fahrgäste! Wir sind doch alle Muslime. Deshalb sollten wir ein wenig Rücksicht nehmen auf diesen hochstehenden Gelehrten, der ein Nachfahre des Propheten ist und in unserer schönen Stadt Isfahan das Freitagsgebet leitet, Hochwürden Ajatollah Hadsch Agha Seyyed Morteza, den Sie als Hadsch Agha Mirza

Dehkordi alle kennen werden, und unser Verhalten ein wenig anpassen. So gut ich das Bedürfnis der Jugend nach Zerstreuung verstehe, habe ich mir erlaubt, aus Respekt vor den …« Mitten im Satz unterbricht ihn eine junge Frau, zwanzig, zweiundzwanzig Jahre höchstens. Bekleidet mit einer hautengen amerikanischen Hose, wie sie seit einigen Jahren Mode ist, und einem halbärmeligen Hemd mit so vielen offenen Knöpfen, daß die beiden alten Herren gleichzeitig den Blick abwenden, hat sie sich neben Großvater aufgestellt, den sie um einen Kopf überragt, und verlangt keck eine Abstimmung: Wer Musik hören möchte, soll bitte die Hand heben! In allen oder so gut wie allen Sitzreihen, soweit Großvater es übersieht, werden die Finger nach oben gestreckt, untermalt von Johlen und Bravorufen. Mit der jungen Frau, die den Busfahrer anweist, das Radio wieder anzustellen, endet Großvaters Selberlebensbeschreibung, die mit der Auflehnung seines frommen Vaters gegen die Mullahs begann. »Als ich in dem Bus stand, blieb mir nichts anderes übrig, als mich wieder zu setzen und den Rest der Fahrt neben dem armen Hadsch Agha Mirza Dehkordi zu schweigen, der sich nach vorn beugte und die Ohren zuhielt, aber an dieser Stelle möchte ich den verehrten Leser fragen, egal, welchen Glaubens er ist und auch wenn er wie die Mehrheit der Reisenden abgestimmt hätte oder ihr Verhalten für richtig erachtet: Angenommen, in dem Bus hätten ausschließlich oder auch nur zur Hälfte Christen oder Juden gesessen, und einer ihrer religiösen Führer wäre mit ihnen gefahren – wären sie so unhöflich mit ihm umgegangen, hätte sich auch nur einer der Reisenden eine solche Frechheit erlaubt? Lieber Leser, lassen Sie mich selbst die Antwort geben, denn sie ist eindeutig: Nein, niemals würden Christen oder Juden ihre religiösen Führer so respektlos behandeln. Und da wir nun einmal die sind, die wir sind: Wäre es nicht ehrlicher, wenn wir gar nicht mehr so täten, als seien wir Muslime? Wenn wir den Islam einfach ablegten wie ein Kleidungsstück, das außer Mode geraten ist? Wenn wir unsere Tugendhaftigkeit, unsere Sitten, unsere Menschlichkeit ablegten? Soviel Kenntnis habe ich von anderen Ländern erwerben können, daß ich nicht glaube, daß ein anderes Volk seine überlieferten Grundsätze und heiligen Werte so grob mißachtet, ja verhöhnt wie wir. Egoismus und Selbstgefälligkeit in einem solchen Maß sind die Merkmale und Besonderheiten einer Nation, die aus ihrer zweitausendfünfhundertjährigen Geschichte nichts gelernt hat, außer mit ihrer Vergangenheit zu prahlen, hohle Phrasen zu dreschen und sich anderen Nationen und Religionen überlegen zu fühlen, die hinsichtlich ihrer Moralität in Wahrheit weit über uns stehen. Die bittere Wahrheit ist: So tief sind wir gefallen, verehrter Leser, daß Rettung nur noch von Gott ist.« Großvater wird noch einmal, wenngleich nicht als Wortführer, für etwas kämpfen, sich noch einmal begeistern und ausgerechnet an eine islamische Revolution glauben, obwohl er doch in Isfahan jeden Mullah kennt, und sich den kurzen Rest seines Lebens für seine Leichtgläubigkeit schämen.

Ein anderer Muslim saß auch in der Runde. In der Mittagspause des Workshops über die Welt (für die der andere zugewiesen war) und das Heilige (sein eigener Bereich) checkten sie anhand einiger Stichwörter ab, daß sie die gegenwärtigen Debatten ähnlich bewerten. So primitiv ist es geworden, daß man entweder dafür oder dagegen ist, für oder gegen – ja, was eigentlich? Für oder gegen sie, wie beim Fußballturnier, so blöd. Der Enkel betet, nicht weil, sondern obwohl er damit eine Mitgliedschaft zu erkennen gibt. Der Austausch der Kodewörter, die den eigenen Standpunkt signalisieren – für oder gegen –, war nur Geplänkel. Nahegekommen sind sich die beiden erst, als der Enkel eine Mitarbeiterin des Instituts nach einem Raum fragte, in den er sich kurz zurückziehen könne. Wozu? fragte sie selbstverständlich. Die Antwort kostete immer noch Überwindung, obwohl er als Sprecher des Heiligen mit Verständnis rechnen durfte für eine Eskapade wie das Gebet. Ethnologisch mag es spannend sein, seinen Glauben als Muslim öffentlich zu praktizieren, ohne auszusehen wie auf den Titelblättern der Nachrichtenmagazine, ohne Löcher in den Strümpfen und schlechtsitzender Hose über dem breiten Arsch, doch interessiert ihn das Thema nicht und mißtraut er überhaupt der ethnologischen Erfahrung. Der Enkel macht Erfahrungen, die er verwertet, nicht Erfahrungen, um sie zu verwerten. Zudem hat er sich nie vorgenommen, das Gebet konsequent oder für immer oder auch nur längere Zeit einzuhalten. Es bleibt eine freie Entscheidung, seine Pflicht zu tun. Aber um aufhören zu können, muß er angefangen haben. Der andere Muslim überraschte ihn mit der Frage, ob er den Enkel begleiten könne, und gestand auf dem Weg zur Toilette, daß er sich ebenfalls ziert, unter Deutschen zu beten. Die Vorbehalte sind klar: In einem areligiösen Kontext strahlt es nun einmal etwas Dogmatisches aus, eine Strenge – das kann der Enkel gut nachvollziehen –, die den Betrachter einengt. Gewissermaßen ist dieser durch den Anblick gezwungen mitzubeten. Deshalb wartet er mit dem Gebet nach Möglichkeit, bis er zu Hause ist, und breitet seinen Teppich etwa nicht am Rande eines Fußballturniers aus. So wunderbar die Erfahrung ist, durch das Gebet an einer Gemeinschaft teilzuhaben, so sehr möchte man den Eindruck vermeiden, sich aus einer anderen Gemeinschaft auszuschließen, sich gegen sie zu wenden. Nicht immer vermeiden kann der Enkel, sich einige der Gedanken zu machen, die den Betrachtern durch den Kopf gehen könnten beim Anblick eines betenden Muslim. Man ist sich all der Vorbehalte selbst am genauesten bewußt, gerade erst die Meldung, daß in Iran eine Frau gesteinigt werden soll. Was soll einer, der nicht selbst betet, schon denken beim Anblick eines Muslim, der sich vor Gott niederwirft? Selbst im Gespräch wäre es unmöglich, einem Menschen ohne religiöse Schwingung zu erklären, was es mit dem Gebet auf sich hat und aus welchen abgelegenen Quellen sich die Zugehörigkeit speist, die man dann doch speziell zum Islam hat, zu Mohammad und seinen Nachfahren, zu Abraham und seinen Nachfahren. Wo soll man anfangen, wenn der andere nichts vom Sufismus ahnt, die Namen Ibn Arabi oder Sohrawardi nie gehört hat und vom Koran nur die Zitate aus dem Fernsehen kennt? Wie verständlich machen, daß der Glaube an Gott nichts anderes ist als die Formel, an keinen anderen Gott zu glauben? Außerdem stößt man auf praktische Schwierigkeiten, von denen keine unüberwindbar ist, die aber den Akt des Betens mit allen möglichen Nebensächlichkeiten aufblähen. Man muß zum Beispiel nach einem leeren Raum fragen oder vollzieht am Waschbecken einer öffentlichen Toilette eine rituelle Reinigung, dieser ganze Vorgang, das Ausziehen der Schuhe, das Waschen der Füße, dann wieder in die Schuhe hineinschlüpfen, möglichst ohne mit den Füßen aufzutreten, das alles ist kurios, wenn hinter einem ein Wissenschaftlicher Mitarbeiter steht. Nicht daß es schlimm wäre, das nicht, aber der Enkel merkt, daß er Situationen, in denen sein Glaube zur Demonstration gerät, nach Möglichkeit vermeidet selbst wenn es, wie in diesem Fall mit einem anderen Muslim, sofort eine andere, innigere Gemeinschaft herstellt, die nach dem Gebet anhält, ohne daß es angesprochen würde, vielleicht so wie Schwule, die unter Heteros ebenfalls etwas teilen, ohne deswegen ein Paar sein zu müssen, oder doch anders, weniger faßbar, so bildet der Enkel sich ein. Das gemeinsame Muslimsein ist dabei nur ein Aspekt. Mehr noch ist es der Vorgang des Betens an sich – daß man für den Lobpreis Gottes seinen Tag unterbricht, das hat innerhalb kultureller Eliten Westeuropas Anfang des einundzwanzigsten Jahrhunderts etwas – nein, nicht einmal etwas Anstößiges, etwas vollständig Fremdes, das aber die Fremden untereinander, gleich welcher Religion, wiederum verbindet. In öffentlichen Gebäuden oder überhaupt in der Nachbarschaft brauchte der Enkel keine Moscheen oder Kirchen; für die paar Gläubigen reichte ein gemeinsamer Andachtsraum aus, neutral gehalten oder seinetwegen christlich. Die Brüder und Schwestern störten sich schon 1963 nicht am Anblick.

Dem Redakteur, der ihn fragte, ob er einen Artikel zu einer Beilage beisteuern würde, die dem Abfall gewidmet sei, antwortete der Romanschreiber, daß er seit zwei, drei Jahren nichts anderes täte, als selbigen zu produzieren, und sich daher als Experte betrachte. Die Texte, die er von ihm publiziert habe, seien alles andere als Abfall, schrieb der Redakteur zurück. Doch, doch, das sind sie, wollte der Romanschreiber schon erwidern, aber hob sich die Erklärung für den Artikel auf, den er aus dem Roman kopieren wird, den ich schreibe: Im Sommer 2006 geriet er in Umstände, die das Arbeiten, wie er es gewohnt war – man geht in sein Büro, schließt die Tür hinter sich und schreibt oder liest am Tag mindestens acht Stunden, meist mehr –, unmöglich machten. Weder war er seelisch dazu in der Lage, noch hatte er überhaupt Zeit. Termine, die nicht er festlegte, zerstückelten seine Tage. Gleichwohl hatte er die Vorstellung eines Gedächtnisses, das er verrichten wollte, aber weil er nicht wußte, woraus die Handlung bestünde, begann er zu notieren, was immer ihn in dem Augenblick abhielt, in dem er seinen Laptop aufklappte und die Datei öffnete. Selten geschah das am Schreibtisch, häufiger in Krankenhausfluren, Wartezimmern, auf dem Schulhof, in Zügen, in Flugzeugen oder während er telefonierte. Ja, manchmal machte er sich Notizen, während er einem Radiosender live ein Interview gab, protokollierte heimlich private Gespräche oder schrieb Listen von Namen ab, die ihm nichts sagten. Er war überhaupt fast nie mehr ohne Computer unterwegs und wünschte sich zum vierzigsten Geburtstag eigens ein besonders kleines und leichtes Gerät, das in jede Tasche paßt. Auch wenn er die pathologischen Züge nicht verkannte (tatsächlich war es eine Therapie, für die er sonst einen Psychiater gebraucht hätte), nahm er seine Sucht als eine Entlastung wahr. Die pathetischen Ausdrücke, mit denen der Romanschreiber selbst das Gefühl bezeichnete, hat er in der lesbaren Fassung gestrichen. Zuteil wurde es ihm, da er sich zum ersten Mal seit den Tagebüchern des Heranwachsenden, der sie in der Schublade einschloß, nicht an einen Leser wandte. Er verweigerte sich nicht nur einer späteren

Veröffentlichung, sondern hintertrieb sie regelrecht, indem er mit Vorliebe Indiskretionen und Peinlichkeiten aufnahm, die bei Bekanntgabe sein bürgerliches Leben ruinieren sollten. Zwar sind die Enthüllungen weit harmloser, als es ihm selbst vorkam, bergen seine Existenz und seine Seele offenbar auch keine tieferen Abgründe als Existenz und Seele anderer gewöhnlicher Menschen, und würde er im Falle einer Veröffentlichung allenfalls die eine oder andere Unterlassungsklage riskieren, die auszufechten ihm selbst vollkommen lächerlich erschiene – doch zunächst half ihm das Konstrukt der Publikumsverweigerung, sich von dem Anspruch der Verwertbarkeit zu lösen, den er zunehmend als zwanghaft empfand. Zwischen 1999 und 2007 veröffentlichte der Romanschreiber beinah zwei Bücher pro Jahr, zugegeben Essays und Aufsatzsammlungen darunter, aber dafür zusätzlich unzählige Artikel, Reden und Vorworte, stieß Projekte an, eilte immer wieder für Wochen besinnungslos von Podium zu Podium, unternahm lange Reisen, forschte, lehrte und führte außerdem ein sogenanntes Privatleben, das seine regelmäßigen Krisen und Grenzerfahrungen barg. Daß er dennoch so viele Veröffentlichungen vorzuweisen hat, weist auf einen Utilitarismus hin, an dem die Eitelkeit noch das literarisch Unbedenklichste ist. Erst als die äußeren Umstände noch das Mindestmaß an Kontinuität und Konzentration zunichte machten, das für sein Schreiben zwingend gewesen war, befreite er sich, und sei es mit Hilfe der Prämisse, daß er nur Abfall produziere, vom Leser. Nur so gelang es ihm, tatsächlich zu beginnen: indem er sich den Gedanken an ein Ergebnis, an eine Form oder Gattung, damit eine Ordnung verbat. Wie er sich dem hingab, was ihm die Tage brachten, entstanden die Bruchstücke eines Romans im Roman, der nicht beabsichtigt und als solcher äußerlich nicht unterscheidbar war von dem übrigen Abfall, gleichwohl er die Möglichkeit bald nicht mehr ausschloß, ihn später einmal herauszutrennen und gesondert herauszubringen. Ohne das Illusorische seiner Prämisse also länger zu leugnen, hielt er an ihr fest, da sich ihm scheinbar eine Möglichkeit aufgetan hatte, die Wirklichkeit angemessener zum Ausdruck zu bringen als wie bisher in Texten mit Anfang und Ende, innerer Logik und fortlaufender Handlung, dramaturgischen Eingriffen und stilistischer Kohärenz. Er meinte, zufällig dem Zufallsprinzip auf die Spur gekommen zu sein, das für jede religiöse und künstlerische Weltanschauung notwendig ist, um es bestreiten zu können. Im Rückblick hätte nicht einmal ein Gefühl der Vollendung ihn beruhigen dürfen, gesteht sich der Romanschreiber ein, da er meistens von dem Roman begeistert ist und begeistert sein muß, den er beginnt, und die Zweifel grundsätzlich erst, dafür um so quälender wiederkehren, sobald er sich das erste Mal von außen erkennt. Weil die finanziellen Schwierigkeiten zunahmen, kopierte er einzelne Absätze, die in sich relativ homogen waren, in eigene Dateien, bearbeitete sie geringfügig und schickte sie ebenjenem Redakteur, der nun so freundlich um einen Artikel über den Abfall gebeten hat. Es waren Alltagsszenen, Reisebeschreibungen, Reflexionen über Filme oder Gemälde, auch Leseeindrücke und Beobachtungen politischen Geschehens, also durchweg Texte, die nicht zum Roman im Roman gehörten, der allmählich Kontur annahm, sondern zu den Notizen, die der Romanschreiber sich weiterhin wahllos machte. Zu seiner Überraschung wurden sie als Feuilletons oder Kolumnen gern genommen, so daß eine gewisse Nachfrage entstand. Nun brachte ihm das, was er ohne Intention verfaßt und auch sprachlich den Gestus des Niederen, des Alltäglichen, des Hinweggesprochenen hatte, nicht nur Geld ein – immer häufiger schrieb er Absätze wie diesen in den Roman, die sich nicht zufällig zur Veröffentlichung eigneten, sondern umgekehrt durch den Redakteur angeregt oder direkt in Auftrag gegeben worden waren. Sozusagen wurde der Romanschreiber zum professionellen Abfallerzeuger. Das ging so weit, daß er zwischenzeitlich der Hybris verfiel, er könne, ja müsse das, was so roh als unmittelbarer Ausdruck innerer Regungen entstand, häufig auch im Rausch, in Zuständen übergroßer Müdigkeit oder Eile, als Ganzes veröffentlichen. Er dachte tatsächlich eine Zeitlang, daß die Wirkung der Einzelstücke, die ihm der Reaktion des Redakteurs nach objektiv vorzuliegen schien, sich potenzieren würde, wenn sie in dem unbeabsichtigten Zusammenhang zu sehen wären, den das Leben darstellt. Das ist ein Trugschluß, wie er längst weiß, ohne freilich zu wissen, welchem Trugschluß er damit wieder unterliegt. »Einfach etwas entstehen zu lassen, darum kann es sich ja eigentlich nicht handeln«, sagte Joseph Beuys. »Denn daß Menschen etwas aus sich heraussetzen, dieser Vorgang muß ja angeschaut werden, so daß ich sage: Gut, es ist etwas aus mir herausgekommen, aber hat es nun auch schon Qualität? Jetzt fängt dann natürlich an, daß ich nicht sagen kann, Kunst ist einfach ein Prozeß, der kommt irgendwie heraus, ist also, ich will einmal sagen etwas Erbrochenes.« So ist auch der Romanschreiber in der festen Absicht, ihn verwerten zu wollen, wenn jemand ihn druckt, an den Anfang des Romans zurückgekehrt, den ich schreibe, und wendet jedes Wort um. Vieles streicht er, noch mehr ersetzt er, schiebt Absätze hin und her, prüft die Motive auf ihre Ergiebigkeit, entwickelt sogar im Rahmen des Möglichen Abläufe und Spannungsbögen, wenn schon nicht Handlungen, tastet nach einer Form, die die Alltagsdiktion der Urschrift aufhebt, ohne sie unkenntlich zu machen, weicht von der Wirklichkeit ab, wo immer es der Literatur nützt, dramatisiert bestimmte Ereignisse, läßt Situationen aus oder faßt Absätze neu, wo sie andere Menschen als ihn selbst entblößten, liest sich die Absätze laut vor, achtet auf Melodie und Rhythmus, kurz: betreibt sein übliches utilitaristisches Geschäft. In dem Tempo, das er im Augenblick hat, braucht er für das Erstellen einer lesbaren Fassung mehr Zeit als für das Schreiben selbst. Sein Verleger hat ihn schon aufgegeben, sein Agent drängt, fürs erste den Roman im Roman zu veröffentlichen, und verspricht einen lukrativen Vorschuß.

Im letzten Absatz der letzten Seite, wo ich nur ein Dankwort oder ein Gebet vermutet hatte, beschreibt Großvater eine weitere Busfahrt, allerdings von Teheran zurück, kurz nach dem Putsch gegen Mossadegh: Froh über die Gelegenheit, die Sprache zu üben, unterhält sich der stellvertretende Direktor der Nationalbank in Isfahan mit einer jungen Engländerin, Miss Ising oder so ähnlich (*â-y-z-n-g*), die als Lehrerin im christlichen Stadtteil Djolfa arbeitet und von einem mehrmonatigen Heimaturlaub zurückkehrt. Als er ihr sagt, daß er seinen Sohn zum Studium nach England schicken möchte, zeichnet sie ein düsteres Bild ihres Landes: Die Gesellschaft sei infolge des langen Kriegs zerrissen, die Regierung infam, die Propaganda für den Schah abscheulich, die Aversion gegen Fremde und speziell Iraner unerträglich – nein, der stellvertretende Bankdirektor möge es seinem Sohn bitte nicht antun, ihn ausgerechnet nach England zu schicken, so unangenehm ihr als Engländerin der Rat sei, schließlich liebe sie ihr Land. So beeindruckt der stellvertretende Bankdirektor von ihrer Offenheit ist, erscheint ihm die Kritik übertrieben, die Miss Ising oder so ähnlich an England übt. Zwei Tage nach seiner Ankunft bittet er deshalb um eine Audienz beim protestantischen Bischof von Isfahan, den er als aufrechten Mann kennengelernt hat. Der Bischof ist bestürzt über die Aussagen von Miss Ising oder so ähnlich. Er habe Beunruhigendes gelesen, aber daß es um die englische Gesellschaft so schlimm stehe, erschrecke ihn zutiefst. Allerdings liege sein letzter Heimatbesuch einige Jahre zurück, so daß er nicht zu beurteilen vermöge, ob die Schilderung nicht zu einseitig sei. Deshalb werde er seine Freunde in England um eine Einschätzung bitten. Einige Wochen später ruft das Sekretariat der protestantischen Kirche in der Nationalbank an und lädt den stellvertretenden Direktor ein, den Bischof noch einmal zu besuchen. Als der stellvertretende Bankdirektor eintrifft, schüttelt ihm der Bischof traurig die Hand. Ja, seine Freunde hätten geantwortet, und ja, alles, was Miss Ising oder so ähnlich berichtet, entspräche leider der Wahrheit. Die Stimmung zu Hause sei hysterisch und die Arroganz abstoßend; nicht nur, daß man sich wegen des Putsches nicht schäme, nein, seine Landsleute seien sogar stolz darauf, und die Presse stelle die Iraner als ein Volk von Barbaren und Fanatikern dar. So schwer es ihm fiele, müsse er einräumen, daß es zur Zeit offenbar nicht ratsam sei, junge Iraner zum Studium ins Vereinigte Königreich zu schicken. Großvater ist das seltene Kunststück gelungen, als Iraner hundertsiebenundsiebzig und zwei Drittel engbedruckte Seiten über seine und damit Irans Geschichte zu schreiben, ohne jemals die Schuld für die Misere auf ausländische Mächte zu schieben. Zuerst dachte ich, auf der letzten, auf Seite 178 würde es im unteren Drittel anders, dann lese ich weiter und stelle fest, daß Großvater den Absatz keineswegs hinzugefügt hat, um schließlich doch den Imperialismus verantwortlich zu machen. Nein, Großvater rechtfertigt mit dem Hinweis auf Miss Ising oder so ähnlich im unteren Drittel der letzten Seite die Kritik an der eigenen Kultur, die sich von der ersten Seite an durch seine Selberlebensbeschreibung zieht: Er sei stolz darauf, niemals Kontakte zu offiziellen ausländischen Stellen gehabt zu haben, so daß seine Erfahrungen mit den Franken sich auf die Bekanntschaft mit gewöhnlichen Bürgern und vor allem auch Vertretern der Kirche beschränkten. Die letzte Episode habe er hinzugefügt, um zu zeigen, wie hoch im Land der Franken die Selbstkritik geschätzt werde und wie sehr sich jedenfalls gewöhnliche Bürger und Kirchenvertreter um Aufrichtigkeit bemühten, selbst wo es den eigenen Interessen schade und den Nationalstolz verletze. Daß sie sich daran ein Beispiel nähmen, wünsche er den Iranern und allen Muslimen, denen Gott der Allmächtige in Sure 4,135 aufgetragen habe: »O ihr, die ihr glaubt, bleibt fest in der Gerechtigkeit, so ihr Zeugnis ablegt zu Gott, und sei es auch wider euch selber oder eure Eltern und Verwandten, mag einer arm sein oder reich, denn Gott ist nahe beiden.« Großvater, ich finde schon, daß Ihr Leben von Interesse für eine allgemeine Leserschaft ist, und werde es Ihrem gelehrtesten

Freund, Ihrer ältesten Tochter und noch den Busreisenden der Verkehrsbetriebe Westfalen-Süd sagen.

Daß eine Notiz über eine italienische Jesusdarstellung des frühen siebzehnten Jahrhunderts vierhundert Jahre später zum Gegenstand einer Debatte in Deutschland wird, deretwegen am Montag, dem 18. Mai 2009, um 10:56 Uhr zwei Fernsehkameras neben dem *Teppich-Paradis* postiert sind, wie ihm soeben der Hausmeister unter die Nase rieb, hätte sich ein Romanschreiber nicht ausdenken dürfen. Ein Einfall wäre es gewesen, eine schlechte, da allzu konstruierte Wende: Der Enkel eines Isfahani, der 1963 von der europäischen Zivilisation, der Toleranz und der Freiheit so beeindruckt war, daß er einem der höchststehenden Geistlichen der damaligen schiitischen Welt vorschlug, die Bildungsreise nach Europa zu einer religiösen Pflicht zu erklären wie die Pilgerfahrt nach Mekka, eines Iraners, der an kaum einer Kirche in Frankreich vorbeilief, ohne ihre Architektur, ihre Kunstwerke zu betrachten, bis er sogar das schulmedizinisch belegte Stendhal-Symptom aufwies, eines Muslim, der häufig genug seinen Teppich, den er zusammengerollt stets mit sich trug, neben den Kirchenbänken ausbreitete, um nach dem Gebet mit den keineswegs erschrockenen oder gar ärgerlichen Pfarrern oder Nonnen zu plaudern – dessen in Deutschland geborener Enkel, der die Nerven seiner eigenen Familie strapazierte, weil er in Italien genauso selten an einer Kirche vorbeilief, ohne ihre Architektur, ihre Kunstwerke zu betrachten, und zwar keinen Gebetsteppich ausrollte, doch häufig genug auf der Kirchenbank betete und mit herzensguten Mönchen und Nonnen plauderte, dieser Enkel wird von einem Führer der katholischen und einem Führer der evangelischen Kirche beschuldigt, das Christentum geschmäht zu haben, wo er selbst meinte, dem Kreuz oder zumindest einer bestimmten Darstellung der Kreuzigung tiefer gehuldigt zu haben, als sich sonst jemand in einem deutschen Feuilleton traut oder es auch nur mit einem modernen Verstand für vereinbar hält; er wird zum Protagonisten eines Konflikts, der es zwei Tage lang und morgen womöglich wieder auf die Titelseite der Zeitung bringt, die ein Schuft gelegentlich aus dem Hauseingang klaut. Aber die Pointe: nein, ist nicht der Skandal, die Aberkennung des Preises, der dem Enkel als Vertreter des Islam verliehen werden sollte, die Pointe ist, daß sich in der Reaktion der Öffentlichkeit, in den beißenden Zeitungskommentaren, den Stellungnahmen aus allen Parteien bis hoch zum Parlamentspräsidenten, den Protesten aus der

Kirche selbst und Dutzenden beschämter Zuschriften, die ihn seither erreichen – daß sich in der Solidarität mit einem Angehörigen der Minderheit ebenjene europäische oder in diesem Fall deutsche Zivilisation beweist, der Großvater in seiner Selberlebensbeschreibung also zu Recht ein Denkmal gesetzt hat. Stellen Sie sich vor, sagte der Romanschreiber wieder dem Vater, stellen Sie sich vor, in Iran hätte es ein Armenier oder, schlimmer noch, ein Bahai gewagt, seine Ablehnung der Aschura auch nur anzudeuten, an einem Kranwagen hätte man ihn gehängt und keine Zeitung widersprochen (um einen Einwand von vornherein auszuschließen, schilderte er den hypothetischen Fall besonders dramatisch). Und als sei das nicht Verwicklung genug, als wolle der Roman, den ich schreibe, das Moment der Absichtslosigkeit noch rot markieren, hat der Enkel den Absatz nur deshalb um die inkriminierte Ab- und Hinwendung zum Kreuz erweitert, weil er für den vorgesehenen Artikel zu kurz geraten war. Tatsächlich bezog sich die Passage auf das Kreuz des Bildhauers in München, das in seiner schlichten Anwendung des Muqarnas die Huldigung rechtfertigt, und schlug der Enkel sie für die Zeitung nur *copy & paste* Reni zu, um rasch die leeren Zeilen zu füllen. Hätte der Redakteur das Bild größer gedruckt, noch eine Filmrezension auf der Seite gequetscht oder eine Anzeige plaziert, müßte der Hausmeister keine Auffälligkeit beklagen. Dennoch folgt, was nur Zufall war, der Logik der Literatur, insofern es der Auftrag des Romanschreibers ist, sich kollektiven Zugehörigkeiten gerade zu entziehen, sie in Frage zu stellen, sie zu verwerfen. Auch wo ihre Motive religiös sind, ist Literatur niemals repräsentativer Ausdruck einer bestimmten Glaubensgemeinschaft, sondern notwendig Zeugnis eines einzelnen, der sich im Glauben oder Unglauben, im Zweifel oder in der Erkenntnis mit transzendenten Erfahrungen, Texten und Traditionen auseinandersetzt – selten zur Zufriedenheit derjenigen, die qua Ausbildung und Amt diese Religion vertreten. Die drei Christus-Hymnen Hölderlins oder Jean Pauls Rede des toten Christus vom Weltgebäude herab, daß kein Gott sei, um nur die nächstliegenden Beispiele anzuführen, sind Dichtungen, die von theologischen Fragestellungen durchdrungen sind und zugleich keinem tradierten Bild von Jesus entsprechen, ja sogar unter theologischen Gesichtspunkten höchst problematisch erscheinen. Sie sind Dichtungen gerade insofern, als sie sich nicht mit einer bestimmten Lehre, einer bestimmten Gemeinschaft identifizieren lassen. Der Romanschreiber hingegen ist für den Preis nicht allein für sein Werk nominiert worden, sondern als Repräsentant einer Religion. Daß er dafür in die Öffentlichkeit gezerrt wird und der Hausmeister mit ihm schimpft, dient im Roman, den ich schreibe, seiner Buße und Belehrung. Die einzige Gemeinschaft, welcher der Romanschreiber angehört, ist weder Nation noch Konfession. Es ist die deutsche Literatur. Und sein Fußballverein natürlich.

Natürlich – wir konnten doch nicht ahnen, wir hatten doch schon längst entschieden, wer hätte denn für möglich gehalten – habe die Wahl nicht das geringste mit der Aberkennung des Preises zu tun, versichert am Freitag, dem 22. Mai 2009, um 10:02 Uhr der Germanist, dessen Einladung gestern eintraf, im Sommersemester 2010 als fünfzigster nach Ingeborg Bachmann die Frankfurter Poetikvorlesung zu halten: Das ist nur ein Zufall. – Natürlich, murmelt der Poetologe ungläubig in den Hörer und kündigt mehr zum Scherz an, daß er dann wohl über den Zufall sprechen müsse. – Über den Zufall? fragt der Germanist. – Warum nicht über den Zufall? fragt der Poetologe zurück, der die Berufung ausgeschlagen hätte, wenn der Germanist einen Grund, einen anderen Grund genannt hätte für die Koinzidenz. Ans Pult, ans authentische Pult von Theodor W. Adorno, wie ihn der Einladungsbrief einschüchterte, möchte er nicht treten, nur weil ihn ein Führer der katholischen und ein Führer der evangelischen Kirche zum Christenfeind ausgerufen haben. – Interessant, sagt der Germanist und fügt nach einigen Sekunden hinzu: Über den Zufall hat in fünfzig Vorlesungen noch niemand gesprochen, glaube ich. – Dann wird es ja Zeit, freut sich der Poetologe, bereits einen Titel zu haben, als er um 10:07 Uhr auflegt. Oder vielleicht besser: von Ab- und Zufällen? Nein, nein, das Pult von Theodor W. Adorno ist kein Ort, um witzig sein zu wollen, das Heilige durchaus, der und die Heilige auch, aber kein Heiligtum. Also nur über den Zufall, jetzt gilt's, obwohl ausgerechnet Adorno dem Begriff mißtraute. Wenn der Poetologe den Hörsaal betritt, wird er als erstes zum Pult schauen: Ob es wirklich das Pult, das authentische Pult Adornos ist? Er hätte einiges zu Adornos verstreuten Bemerkungen über den Zufall zu sagen, allein, für eine Entgegnung ausgerechnet am Pult, auf dem womöglich Adornos Manuskripte oder auch nur seine Zettel mit Stichwörtern lagen, ist die Ehrfurcht zu groß. Im Roman, den ich schreibe, hat jeder Tote einen Ort, an dem nur Gutes über ihn gesagt wird, wie erst eine Quelle der Nachahmung, die Adorno für den Poetologen geblieben ist. Möge seine Seele froh sein.

Daß er über Jean Paul und Hölderlin sprechen muß, stand fest, noch bevor er sich für den Haupttitel entschied, mit dem er schon wieder hadert. Eigentlich müßte der Poetologe zunächst über Hölderlin sprechen und dann erst über Jean Paul, weil er im Roman, den ich schreibe, zunächst Hölderlin liest und erst sehr viel später Jean Paul. Indes hat er in seinem Brief vom 9. Juni 2009 an die Universität Frankfurt, ohne es zu bedenken, im Untertitel der Vorlesung zuerst Jean Paul genannt, weil sich klanglich dadurch ein Ausströmen von den beiden einsilbigen Namen *Jean* und *Paul* über das dreisilbige *Hölderlin* zur längsten Einheit ergab, *und der Roman, den ich schreibe*. Der Germanist in Frankfurt würde keinen Einspruch erheben, allenfalls sich über die Sophisterei wundern, wenn der Poetologe die Reihenfolge in einem zweiten Brief an die Universität Frankfurt schon am 10. Juni 2009 umkehrte. Was ihn daran hindert, mit Hölderlin zu beginnen, ist eben seine Poetik, die den Roman, den ich schreibe, stets anhält, dem zu folgen, was sich von selbst ergibt. Während er den letzen Satz schreibt, den er für das Pult Adornos bestimmt wiederverwerten wird, weil er alle seine Abfälle so oft verwertet wie möglich – den Besuch in San Lorenzo in Lucina allerdings einmal zuviel –, also am Mittwoch, dem 10. Juni 2009, um 22:08 Uhr im Büro, das wieder eine Wohnung zu werden droht, und dann wieder während des Sommersemesters 2010, denkt er, daß *Der Roman, den ich schreibe* vielleicht selbst der bestmögliche Titel sei für den Roman, den ich schreibe, so wie das Essen, das ich esse, den Schlaf, den ich schlafe, oder die Frau, die ich liebe. Nein, letztere hätte Baso Matsu wohl kaum als Beispiel für die Lehre des Zen-Buddhismus angeführt, doch ist ein Roman keine Religion und Poetik keine Theologie. Der Poetologe wollte keinen Roman schreiben ohne Frau, die geliebt wird, und überhaupt sind nur wenige Dinge in dem Roman heilig, den ich schreibe. Nicht einmal Hölderlin ist darin heilig, sondern wird bekanntlich auch einmal an die Wand geschmissen, was immer dazu in Frankfurt die Germanisten sagen werden. Nicht einmal die Toten werden geheiligt, nur an bestimmten Orten.

Warum Jean Paul? Noch einmal der Reihe nach, schließlich ist es mehr als drei Jahre und noch in der lesbaren Fassung mehr als tausend Seiten her: Wie die meisten Seelenreisen begann auch der Roman, den ich schreibe, in einer Situation von subjektiv höchster, wenngleich in diesem Fall gewöhnlichster Not, die Liebe am Boden, die Frau und so weiter. Um einen Ort zu haben wie eine Höhle, nahm er sich freilich sehr nahe gelegen ein Büro, das eine Wohnung zu werden versprach. Ein Schreiner, der mit achtundsiebzig Jahren so alt war wie der Vater des Romanschreibers, fertigte eine Schreibtischplatte an und war so freundlich, vom Baumarkt zwei Malerböcke mitzubringen, auf die sie die Platte am 8. Juni 2006 legten. Von Jean Paul war hier noch keine Rede. Einige Zeit später, genau gesagt am 3. April 2007 in der Urschrift oder am 16. August 2006 in der lesbaren Fassung, mußte der Romanschreiber einen neuen Platz für seinen Bürocontainer suchen, weil an der Wand, wo der Container bisher stand, weitere Regale angebracht werden sollten, um auch die Bücher unterzubringen, die im Keller gelagert, seit er viele, viele Jahre zuvor mit der Frau zusammengezogen war, die er auch drei Jahre später noch liebt. Mit Hilfe des Studenten, der ihm gelegentlich aushilft, hob der Romanschreiber die Tischplatte hoch und tauschte einen der beiden Malerböcke gegen den Container aus. Da ein Container nicht die Höhe eines Malerbocks hat – wie viele Zentimeter der Unterschied beträgt, werden Sie großgeschrieben doch wohl nicht im Baumarkt überprüft haben –, war die Platte allerdings schief. Mit der Dünndruckausgabe von Jean Pauls Werken, die so viele Jahren schon im Karton gelegen hatte, daß der Romanschreiber überrascht war, sie zu besitzen, stellte er die Balance her und beeindruckte mit seinem genialen Einfall den Studenten, der mit Hilfe der Wasserwaage bestätigte, daß ein gewöhnlicher Bürocontainer zusammen mit dem ersten Band der Dünndruckausgabe von Jean Pauls Werken exakt die Höhe eines Malertischbocks hat. Während der Student das Regal anbrachte, holte der Romanschreiber die fünf anderen Bände von Jean Pauls Dünndruckausgabe aus dem Karton. Dabei stach ihm ein Titel ins Auge, *Selberlebensbeschreibung*, so daß er unweigerlich darin zu blättern begann. Nicht noch ein Hölderlin, stöhnte der Romanschreiber und stellte Jean Paul ins Regal, das der Student inzwischen angebracht hatte. Als der Romanschreiber eine je nach Fassung variierende Anzahl von Seiten und Tagen später durch die Kölner Innenstadt lief, um seiner älteren Tochter ein Handy zu kaufen, entdeckte er im Schaufenster eines Möbelgeschäfts Designer-Tischbeine, die um siebzig Prozent reduziert waren. Da der Kinderwagen seiner jüngeren Tochter, die zwischenzeitlich auf der Tischplatte gezeugt und drei Monate zu früh geboren wurde, eine Möglichkeit bot, den Einkauf zu transportieren, kaufte er die Tischbeine, die nach Aussage des Verkäufers kinderleicht anzuschrauben sein sollte, so daß er diesmal nicht den Studenten rufen würde. Als er im

Büro, das immer noch eine Wohnung werden kann, die Tischplatte des alten Schreiners allein hochhob, holte er sich, nein, keinen Hexenschuß, sondern kam auf dem Bürocontainer der erste Band von Jean Pauls Dünndruckausgabe zum Vorschein, der die Höhendifferenz zum Malerbock ausgeglichen hatte. Wie zur Buße für die unwürdige Behandlung eines berühmten Dichters, der das Gewicht zwar nicht der ganzen, aber doch seiner Welt in Gestalt des Computers, der gerade gelesenen Bücher und bei einer Gelegenheit seiner Frau getragen hatte wie die ärmsten Engel den Thron Gottes, zugleich aus Vernunftgründen der Art, daß man Jean Paul doch kennen müsse, fing der Romanschreiber diesmal auf Seite eins an zu lesen, während die Tischplatte des Schreiners, dem Gott kein langes Leben mehr schenken sollte, noch auf dem Teppich lag, und wurde nach einigen Seiten so süchtig, daß er im Sommersemester 2010 die Frankfurter Poetikvorlesung so Gott will über Jean Paul halten wird. Daß das Anschrauben der Tischbeine dem Romanschreiber zwischenzeitlich den Verstand raubte, versteht sich in dem Roman, den ich schreibe, von selbst. War das wirklich so? Nein, schon durch die einfache Rekapitulation erscheint der Vorgang doch arg konstruiert, und jetzt war nicht einmal von all den anderen Zufällen die Rede, etwa von der Lektüre Philip Roths, der Kurzmitteilung des Schwippschwagers, der Verabredung zum Kino, in deren spezifischer Folge die Frau des Romanschreibers Sämtliche Werke, Briefe und Dokumente Hölderlins von der Tischplatte wischte. Nicht nur Theodor W. Adorno, auch der Prophet Mohammad hat, wenngleich in simpleren Worten, etwas gegen eine Poetik vorgebracht, die allzu blind dem folgt, was sich von selbst ergibt. Der Prophet also sagte: Vertraue auf Gott, aber binde dein Kamel an. Die Designer-Tischfüße waren wirklich zu siebzig Prozent reduziert, aber unter der Tischplatte lag James Joyces *Finnegans Wake*, das angesichts der Anlage des Romans zu sinnfällig schien, um als Zufall zu bestehen, und vor allem nicht der deutschen Literatur angehört, deren Aneignung mir für den Romanschreiber besser zupaß kam, der das Leben seines iranischen Großvaters schließlich in deutscher Sprache beschreibt, so daß ich mich noch unwissender stellte, als ich war, und Joyce durch Jean Paul als Stütze für die Schreibtischplatte des alten Schreiners ersetzte, den es nun wirklich gab, geben mußte, da er inzwischen tot ist. »›Das schönste Beet‹ – sagt' ich – ›ist in diesem Eden das, daß mein Werk kein Roman ist: die Kunstrichter ließen sonst fünf solche Personen auf einmal wie uns nimmermehr ins Bad, sie würden vorschützen, es wäre nicht wahrscheinlich, daß wir kämen und uns in einem solchen Himmel zusammenfänden. Aber so hab' ich das wahre Glück, daß ich eine bloße Lebensbeschreibung setze und daß ich und die andern sämtlich wirklich existieren, auch außer meinem Kopfe.‹« Wieder der Reihe nach: Ein Romanschreiber, der an einigen Stellen Jean Paul genannt wird, behauptet, daß der Roman kein Roman sei und die darin auftretenden Personen sämtlich wirklich existierten, auch außer seinem Kopfe. Und sein Argument ist, daß ein Roman auf Wahrscheinlichkeiten beruhe, also einer Ordnung, die Unwahrscheinlichkeiten nur in dem Maße zuließe, daß sie nicht als Regel erschienen. Hingegen in der Wirklichkeit geschähen so viele Zufälle, daß es in einem Roman für unwahrscheinlich gehalten würde und also ausgeschlossen sei. In dem Roman, den ich schreibe, behauptet der Romanschreiber, der an einigen Stellen Navid Kermani genannt wird, daß der Roman kein Roman sei und Jean Paul wirklich unter seiner Tischplatte gelegen habe, auch außer seinem Kopfe. Und sein Argument ist, daß ein Roman auf Wahrscheinlichkeiten beruhe, also einer Ordnung, die Unwahrscheinlichkeiten nur in dem Maße zuließe, daß sie nicht als Regel erschienen. Hingegen in der Wirklichkeit geschähen so viele Zufälle, daß es in einem Roman für unwahrscheinlich gehalten würde und also ausgeschlossen sei. Dieser Logik nach hätte unter meiner Schreibtischplatte doch nicht *Finnegans Wake* gelegen, sondern wirklich Jean Paul, und ich – also ich, nicht der Romanschreiber, der an einigen Stellen Navid Kermani genannt wird –, ich hätte nur behauptet, daß *Finnegans Wake* unter meiner Schreibtischplatte gelegen habe, damit Sie denken, es sei ja nur ein Roman, und sich nicht zu sehr über den Zufall wundern, daß unter der Schreibtischplatte, auf dem ich den Roman zu schreiben begann, ausgerechnet Jean Paul lag, der im weiteren Verlauf eine so große Rolle spielt, daß der Romanschreiber und ich ihn sogar im Titel der Frankfurter Poetikvorlesung erwähnen – erwähnen müssen! –, die im Sinne Thomas Manns zum Roman des Romans gehört, den ich schreibe. Und dreht man die Schraube meiner Romanmanufaktur noch eine Drehung weiter, sind Sie großgeschrieben, wenn leider nicht die Leser und Leserinnen, weil Sie zu spät sind, dann so Gott will die Hörer und Hörerinnen in Frankfurt, zugleich sie kleingeschrieben, also andere Figuren des Romans, den ich schreibe. Und das schönste Beet ist: Niemanden, nicht einmal mich selbst interessiert mehr, was wirklich unter meinem Schreibtisch lag, wichtig ist nur das Buch, das im Roman, den ich schreibe, unter der Schreibtischplatte lag. Was immer in der Wirklichkeit geschieht, ob ich am Pult von Theodor W. Adorno eine überzeugende Poetikvorlesung halte, ob die Hörer und Hörerinnen mir gebannt zuhören oder auffällig laut tuscheln, wird spätestens einen Tag, ein Jahr, eine Generation oder meinetwegen zweihundert Jahre später, um einen so bedeutenden Menschen wie Jean Paul zu nehmen, vollkommen gleichgültig sein. Hingegen in den Romanen, die Jean Paul schrieb, kann selbst die geringfügigste Entwicklung eine Bedeutung, ja eine Notwendigkeit für seine Leser haben und sogar nach zweihundert Jahren und in zweihundert Jahren noch zu den höchsten Verwicklungen führen. Wirklich sind in dem Roman, den ich schreibe, nur die Toten, alles andere »nur« ideal, die Anführungszeichen deshalb, weil für Hölderlin nur das Ideale wirklich war.

Warum Hölderlin? Weil der Romanschreiber am 8. Juni 2006 durch einen Zufall, der nicht plausibler ist als die Schreibtischplatte des verstorbenen Schreiners, auf eine herabgesetzte Gesamtausgabe von Hölderlin stieß, zwölf Bände für 49,99 Euro zuzüglich Versandkosten, und ein solches Schnäppchen als Wink begriff, es noch einmal mit dem *Hyperion* zu versuchen.

Warum Jean Paul *und* Hölderlin?

Der Fahrer ist nicht einmal wählen gegangen. Ob er dennoch etwas von den Demonstrationen mitbekommen habe. – Mein Herr, sagt er, ich hätte mich schon zu Hause einsperren und mit niemandem reden dürfen, um nichts von den Demonstrationen zu bemerken. Und die Gründe, Hintergründe? Der Fahrer versorgt den Berichterstatter mit Details und dementiert Gerüchte. Nein, die Antikrawallkommandos bestünden nicht aus Ausländern. Ja, es gebe genug Iraner, die unter Umständen, die der Staat herbeiführen könne, bereit seien, ihre eigene Mutter niederzuknüppeln. Er selbst war lange Jahre Soldat. Die Anforderungen einer militärischen Laufbahn seien komplex. Einen großen, athletischen Körper zu haben genüge nicht. Man müsse sich mit vielem auskennen, umfassend trainiert und klug genug sein, um auch in den Situationen richtig zu reagieren, die man nicht simulieren könne. Aber eine Aufgabe gebe es, für die man als Soldat lediglich einen großen, athletischen Körper benötige und möglichst wenig Verstand. Die Antikrawallkommandos würden genau danach ausgewählt: Größe und Dummheit, und so indoktriniert, daß sie in den Situationen gerade nicht nachdenken, die man nicht simulieren kann.

Im Ingenieurbüro der Cousine ist um halb vier Dienstschluß, damit alle Angestellten an der Demonstration teilnehmen können. Bis Viertel nach vier ist man allerdings mit dem Fußballspiel beschäftigt, Tor für Iran, Jubel. Die Namen der Spieler, die das grüne Armbändchen der Demokratiebewegung tragen, drehen eine Runde nach der anderen durch die Großraumbüros. Dann der Ausgleich: Wenn Saudi-Arabien und Nordkorea heute nacht unentschieden spielen, hat Iran nicht einmal die Relegationsspiele für die Qualifikation erreicht, aber jetzt schnell zum Protestmarsch, der keine zehn Minuten entfernt bereits begonnen hat. Da die ersten Toten zu beklagen und alle Demonstrationen untersagt sind, marschieren die Menschen schweigend auf der Revolutionsstraße, rufen keine Slogans, führen keine Plakate oder Fahnen mit sich. Selbst von der Hochstraße aus, die auf *YouTube* später dutzendfach zu sehen sein wird, überblickt der Berichterstatter weder den Anfang noch das Ende des Zuges. Die meisten halten ein Din A4 großes Blatt mit einem Spruch oder dem Photo eines Erschlagenen in die Höhe, das sie selbst ausgedruckt haben. Favorit sind sarkastische Anspielungen auf die Behauptung des Präsidenten, daß in Teheran nur einige Hooligans unterwegs seien wie nach einem verlorenen Fußballmatch. Auf den Berichterstatter hat noch nie eine Masse so individuell gewirkt, jeder formuliert den Protest auf eigene Weise. Nicht einmal Ordner sind ausgewiesen, nur hier und dort steht jemand auf der Leitplanke und verkündet eine Nachricht, die sich wie Lauffeuer ausbreitet. Morgen um zwei vor den Vereinten Nationen. Nein, morgen um vier auf dem Freiheitsplatz. Streckt alle die Hände hoch! Vor Einbruch der Dunkelheit bitte auflösen. Es ist nicht klar, ob die Ordner sich spontan auf die Leitplanke gestellt haben oder einer Organisation angehören, die ansonsten unsichtbar bleibt. Seit deren Zentralen zerstört wurden, sitzen die Führer der Opposition, die noch nicht verhaftet worden sind, zu Hause und telefonieren. Einer taucht ohne Ankündigung, die zu gefährlich wäre, auf der Demonstration auf, aber hat nur ein Megaphon, um sich verständlich zu machen. Das Handy ist nur vormittags zu gebrauchen, Kurzmitteilungen gar nicht möglich, das Internet so langsam geworden, daß es mit Glück noch für E-Mails taugt. Fernsehsendungen und Feuilletondebatten im Westen ranken sich um den Mythos der ersten politischen Massenbewegung, die mittels Facebook, Twitter,

SMS und Google Groups kommuniziert; tatsächlich ist die Bewegung auf Mund-zu-Mund-Propaganda zurückgeworfen. Die Demonstranten sind peinlich genau darauf bedacht, den Antikrawallkommandos, die hinter diesem oder jenem Häuserblock bereitstehen mögen, keinen Vorwand zum Einsatz zu liefern. An den großen Kreuzungen bleiben sie bei Rot stehen, damit die Autos passieren können. Wenn es grün wird, beeilen sie sich, um die entstandene Lücke schnell zu schließen. Hundert Meter weiter fordert ein Ordner sie auf, wieder langsam zu gehen, damit die hinteren aufschließen können. Da alle politischen Forderungen lebensgefährlich geworden sind, konzentriert sich die Demokratiebewegung darauf, die Einhaltung des Gesetzes zu fordern, was die größte Provokation zu sein scheint. Überhaupt ist es kurios zu sehen, wie die Opposition dem Regime die Symbole geklaut hat. Während die Anhänger des Präsidenten nationalistisch mit der Landesfahne wedeln, um ihr religiöses Image abzulegen, tragen die Demonstranten, die nicht mehr in einer Theokratie leben wollen, das islamische Grün: jeder auf seine Weise als Schal, als Kopftuch, als Armband oder Schnur zwischen den Fingern. Die grünen Stirnbänder kannte man von den Freiwilligen, die im Krieg gegen den Irak auf die Minenfelder liefen, oder von der libanesischen Hisbollah. Jetzt werden sie zu ultramodischen Frisuren getragen und passen gut zu den schmalen Koteletten, die sich quer über die Wangen ziehen. Jeden Abend um zehn rufen Menschen in der ganzen Stadt »Gott ist größer« von den Dächern und Balkonen, selbst der Zoroastrier, der den Berichterstatter später nach Hause fährt: Soweit hat uns die Islamische Republik gebracht, schimpft er, daß wir vor Verzweiflung *Allâho akbar* rufen wie Muslime. Daß Gott größer ist, übertrifft dabei jede Parole an Gehalt: größer als ihr, die ihr euch wie Götter aufführt. Gegen alle Vernunft schauen sich der Berichterstatter und sein Cousin nachts noch das Fußballspiel an, das einen Sieger haben muß, damit Iran sich für die Weltmeisterschaft qualifiziert. Wie im Flipper schießen die Saudis den Ball vor den Strafraum der Nordkoreaner, wo er zufällig von Bein zu Bein kreiselt und in die eigene Hälfte zurückkullert. Weil beide Gegner sich dem Wettbewerb verweigert haben, bestraft der Schiedsrichter den Berichterstatter und seinen Cousin mit acht Minuten Nachspielzeit.

Wenn er nicht telefoniert, geht der Mentor zwischen den Reihen auf und ab und schaut aufgeregt in die Gesichter: Der Beginn der Reformbewegung fiel Mitte der neunziger Jahre mit der Rückkehr des Berichterstatters nach Iran zusammen. Zurück in Deutschland, mußte er jedesmal Prügel für die These einstecken, daß dem Regime eine Opposition von innen erwächst. Sie sind jetzt beinahe Veteranen. Daß Leute wie sie zusammengefunden haben, steht für den Weg, den die Gesellschaft gegangen ist. Wenn sie sich zum Einkaufen das grüne Stirnband um den Tschador binde, erzählt die Tochter des Mentors, zeigten die Kinder der Reichen aus den Vans mit dem Finger auf sie und hupten vor Verwunderung, daß sie für die gleiche Sache demonstrieren. Anders als zu Beginn der Proteste, als drei Millionen Menschen aus allen Altersgruppen rings um den Freiheitsplatz zusammenkamen, sind es vor allem jüngere Leute, die sich noch auf die Straßen trauen, Schüler und Studenten natürlich, aber auch Angestellte, Stewardessen in Uniform, Mädchen im Tschador wie die Tochter des Mentors, überhaupt viele Frauen, mehr als die Hälfte, beileibe nicht nur die Jugend des wohlhabenden Nordteherans, vielmehr scheint die gesamte iranische Studentenschaft vertreten, hört der Berichterstatter aus den Gesprächen heraus, besonders viele Studenten aus der Provinz, die in Wohnheimen wohnen und nun Zeit zum Demonstrieren haben, weil alle Prüfungen abgesagt wurden. Der Riß verläuft nicht zwischen den Bürgern und den Habenichtsen, zwischen Stadt- und Landbevölkerung, zwischen dem Norden und dem Süden der Stadt, eher zwischen den Generationen, vielleicht noch den Schulabschlüssen. Viele der Demonstranten sind die Kinder derjenigen, die ihr Leben für einen islamischen Staat zu geben bereit waren und auch am vergangenen Freitag wie selbstverständlich den Kandidaten des Führers wählten. Die höheren Schulen und Universitäten, die die Kinder besuchen, haben die Eltern mit ihrer Revolution erkämpft.

Das Reisejournal von Robert Payne, das noch von der letzten Reise im Koffer lag, beginnt mit einem Loblied auf Teheran, dessen Berechtigung sich heute nur noch erahnen läßt: die wenigen Altbauten, die noch erhalten sind, die hohen Bäume links und rechts an allen Straßen, die Kanäle und Bäche mitten in der Stadt, im Hintergrund das Elbors-Gebirge mit dem bläulichweißen Kegel des Damawand, den man ohne Smog sähe – Teheran muß einmal eine bezaubernde Stadt gewesen sein, war es noch Anfang der fünfziger Jahre, als Großvater im Taxi zu Doktor Mossadegh in die Kach-Straße fuhr, »zivilisiert, zeitlos, gar nicht fremdartig«, wie Payne sich wundert, »seine Platanen, seine flinken kleinen englischen Taxis, seine französischen Tageszeitungen, das Rokoko-Parlamentsgebäude und die gelben Weine. Und dann die Schönheit der Bevölkerung – denn jeder einzelne ist schön, mit großen Augen und mutwilligem Mund. ... Es lag etwas ganz Märchenhaftes über dieser Landschaft von klaren, bläulichweißen Steilhängen, von Chennar-überschatteten Straßen und gelben Ebenen, der geschäftigen, dunkelhäutigen Bevölkerung und dem ›lieblichen Duft vorbeiziehender, wundervoller Wohlgerüche‹, von Gewürzen und heißem Leder und dunklen Wasserläufen und sonnenwarmen Erdbeeren. Den ganzen Tag dauerte das Märchen.« Bei allem Wohlmeinen, das Payne in anderen iranischen Städten gar nicht aufbringt, wäre es heute objektiv unmöglich, von Spaziergängen in Teheran zu schwärmen, von der lieblichen Luft, von der Herzlichkeit aller Menschen, dem modernen Flair. Unter allen häßlichen Plätzen Teherans nimmt der Kanonenhausplatz, an dem Großvater aus der Kutsche stieg, einen besonderen Rang ein, überragt von dem himmelhohen Rechteck aus schmutzigem Beton, in dem das Fernmeldeamt untergebracht ist. Wer hier wohnt oder seinen Laden hat, einst das prächtige Zentrum Teherans, später Vergnügungsmeile und heute Arme-Leute-Gegend, mag es für realistisch halten, daß der Kandidat des Revolutionsführers bei den Präsidentschaftswahlen zwei Drittel der Stimmen erhielt.

Der junge Mobilfunkhändler, der trotz des Protestzugs vor dem Schaufenster rasch eine iranische SIM-Karte verkauft, zeigt spöttisch den Vogel, als der Berichterstatter ihn fragt, warum er nicht auf die Straße geht. Der Präsident imponiere ihm, sagt der Mobilfunkhändler, seine Furchtlosigkeit, sein Patriotismus und vor allem, daß er einer von ihnen sei und gegen die Bonzen der Islamischen Republik kämpfe. Mit der Religion habe er es persönlich weniger, interessiere sich für Fußball und Filme. An den Wänden hängen Poster amerikanischer Actionhelden, in den Haaren glänzt Gel. Auf den Einwand, daß der Präsident Kritiker verhaften ließe, erwidert er trocken: Das tun sie doch alle. Und die Zensur? Es erscheinen überhaupt keine Romane! – Mein Herr, ich lese keine Romane, in den Zeitungen steht sowieso nichts. Holocaust? – Ich habe keine Ahnung, was stimmt und was nicht stimmt, aber der Präsident hat doch nur eine Frage gestellt. Wirtschaftlich hielten sich die Vor- und Nachteile die Waage: Was die Familie an direkten Zahlungen oder Coupons erhalte, werde von der Inflation aufgefressen, räumt der Mobilfunkhändler ein. Es ist keine blinde Gefolgschaft: Er denkt, man solle dem Präsidenten wie seinen Vorgängern eine zweite Amtszeit einräumen, damit er aus seinen Fehlern lernt, die Inflation in den Griff bekommt und nicht alle gegen sich aufbringt. – Viel Spaß beim Demonstrieren, ruft er dem Berichterstatter noch nach, der sich wieder in den Zug einreiht. – Ich will mir nur ein Bild machen, ruft der Berichterstatter zurück und stöhnt erst jetzt über das Wetter, obwohl es an den vorherigen Tagen genauso heiß war, in der Sonne fast vierzig Grad.

Am fünften Nachmittag in Folge auf der Straße scheint auch das Adrenalin der Demonstranten verbraucht, das die Überraschung über die eigene Stärke und der Schrecken über die Opfer erzeugt haben. Indem das Regime den Widerstand zu ignorieren behauptet und sich weiterer spektakulärer Übergriffe enthält, nicht einmal Verkehrspolizisten vorbeischickt, aber gleichzeitig alle Berichte unter Androhung von Gefängnisstrafen untersagt, rutschen die Proteste in den internationalen Nachrichten nach hinten. Die Informationsblockade funktioniert: Nicht nur sind sich die täglichen Schweigemärsche in der dürftigen Optik der Handybilder zu ähnlich; die Aufnahmen dringen zu spät, zu verstreut ins Ausland, um die Abendjournale rechtzeitig zu erreichen. Man muß demnach nur das Internet je nach Tagesgeschehen verlangsamen, das Mobilfunknetz abschalten, keine Journalistenvisa mehr erteilen, und alle Berichte unter Strafe stellen, schon ist der Stecker aus der Globalisierung gezogen. Als lebte er noch im Zeitalter vor der Telegraphie, wird auch der Berichterstatter, der dank seines iranischen Passes noch ins Land geschlüpft ist, erst nach Deutschland zurückkehren müssen, um seine Nachrichten zu überbringen. Für morgen hat der Revolutionsführer angekündigt, die Freitagspredigt zu halten. Weil die Zeichen, die er diese Woche gab, mal in die eine, mal in die andere Richtung deuteten, kreisen die Gespräche um die bange Frage, ob der Führer sich zu einem Kompromiß durchringt oder das Zeichen zum Sturm geben wird.

Ausgerechnet wegen ihres Mobiltelefons gelangen Tausende nicht auf den Campus. Aus Sorge vor einem Anschlag soll man sie in einem der vier Busse abgeben, die vor dem Eingang stehen, doch sind es trotz aller Mahnungen, sie nicht mitzubringen, so viele, daß sich vor den Bussen große Trauben von Menschen gebildet haben, die ihr Telefon einem der Ordner ans Busfenster reichen wollen. Der Berichterstatter, dessen Bekleidung, Brille und Bewegungen ihn als Bourgeois ausweisen, nutzt seinen Bonus als Gast, um sich durchzuschlängeln, und erreicht nach einer halben Stunde tatsächlich das Busfenster, gerade als die numerierten Zettel ausgehen. Seit drei Tagen erst, dafür um so kräftiger, trommelt das Staatsfernsehen, werben die Zeitungen, organisieren die Verbände, verabreden sich Sportvereine, werden Soldaten, Milizen und Staatsangestellte mobilisiert für den historischen Tag, an dem Führer und Volk »ihren Eid erneuern«. Die Demonstration gelingt eindrucksvoll, zeigt der Augenschein und werden am Abend die Bilder aus den Hubschraubern bestätigen. Dreimal hat der Berichterstatter das Teheraner Freitagsgebet zuvor besucht und an einem müden Ritual teilgenommen, bei dem einige zehntausend Funktionäre, Soldaten und letzte Getreue die Revolution pflichtgemäß hochleben ließen und auf Zuruf die üblichen Todeswünsche skandierten, Tod Amerika, Tod Israel, Tod den Feinden der Herrschaft des Rechtsgelehrten, Tod den Schlechtverschleierten, den Krawattenträgern oder was gerade anstand. Schwenkte die Kamera weg, sanken die Fäuste, als wären sie mit einem Seilzug verbunden. Heute jedoch ist nicht nur die riesige Halle gefüllt, nicht nur der Campus der Universität Teheran, sondern sind es noch die umliegenden Straße und Plätze. Den Gesichtern ist die freudige Erwartung von Fußballfans anzusehen, deren Mannschaft vor einem historischen Sieg steht. Wer sich noch keinen Platz auf dem Bürgersteig gesichert hat, beeilt sich bei der rituellen Waschung, für die Wasserwagen bereitstehen, als mache es einen Unterschied aus, ob man die Predigt einen oder zwei Straßenzüge entfernt verfolgt, die Männer unrasiert oder mit Bart, Plastikpantoffel oder Schuhe mit runtergeklappten Fersen, damit die Füße bequemer rausschlüpfen. Die Mode der Frauen variiert nur danach, ob sie sich den schwarzen Tschador vor die Nase halten, unter dem schwarzen Tschador zusätzlich ein schwarzes Kopftuch tragen oder beides. Das Durchschnittsalter dürfte dreißig Jahre über dem der Schweigenden liegen: Wer hierher kommt, verteidigt die Revolution, für die er einst gekämpft, für die er in den Krieg gezogen, verteidigt die gefallenen Söhne oder Brüder, verteidigt seine eigene Biographie. Für die Funktionäre, an ihren einförmigen Anzügen, Bärten, Brillen und Frisuren sofort zu erkennen, mag auch Materielles auf dem Spiel stehen; den älteren Männern, die weder reich geworden sind noch durch einen Regierungswechsel zu verarmen drohen, geht es um die geistigen Werte, die der Revolutionsführer stets beschwört, weil der Westen sie vor zweihundert Jahren verloren habe. Ihnen hat die islamische Revolution Würde verliehen, das Selbstbewußtsein, sich vor niemandem mehr zu ducken. Ihre Kinder allerdings fehlen.

Vielleicht sind sie unpolitisch wie der Mobilfunkhändler, denen der Präsident nur imponiert; genauso könnten sie zu den Studenten gehören, die gegen ihn revoltieren. Als das Programm mit einem Einpeitscher beginnt, der zehn Minuten lang die üblichen Parolen variiert, ist der Berichterstatter der einzige, der nicht die Faust hebt. Auch wenn ihn niemand zu beachten scheint, ist es beängstigend genug, in einer Menge von sagen wir mal einer Million zu stehen und als sagen wir mal einziger nicht mitzuschreien. Der Koranrezitator, der auf den Einpeitscher folgt, gibt dem Berichterstatter Gelegenheit, sich leise mit seinem Nachbarn zu unterhalten. In gütigem Ton erklärt ihm der alte Herr, zu welch unfaßbaren Lügen sich die Schweigenden verstiegen haben, um den überragenden Wahlsieger zu diskreditieren. Akzeptiert man die Grundvoraussetzung, daß bei der Auszählung alles mit rechten Dingen zuging, klingt alles Weitere so logisch wie in jeder Verschwörungstheorie. Später wird der Führer sogar die ermordeten Studenten als Märtyrer beweinen, erschlagen von Konterrevolutionären in gestohlenen Uniformen. Die Niedertracht dieser Feinde gehe so weit, daß sie Führer-Parolen gerufen hätten. Nach dem Gebetssänger tritt erst ein Knabenchor mit vaterländischen Weisen auf, dann ein Elegiensänger im traditionellen Stil, dessen Verse allerdings nicht das Drama des Imams Hossein beweinen, sondern die heutige Auseinandersetzung zum Drama Hosseins stilisieren. Nie wieder wird ein Imam gegen die Übermacht der Feinde verlieren, weil ihn die Gläubigen nie wieder im Stich lassen werden, ein Freudengesang eigentlich, dennoch weinen ringsum die alten Herren wie auf Knopfdruck: Die Passion Hosseins und die Hinterlist der Briten, Amerikaner, Zionisten und Heuchler sind den Zuhörern in allen historischen Stadien bis in die Gegenwart so vertraut, daß Anspielungen genügen. Als die Männer gefühlig genug geworden sind, tritt der Führer auf, der 1963 neben Großvater gebetet haben könnte. Dem dialektischen Verlauf seiner Argumente und der Subtilität der Zwischentöne merkt man die lange Ausbildung an; die schiitischen Seminare sind die einzigen Lehrzentren der Welt, deren Unterrichtsplan seit dem Mittelalter ohne Unterbrechung bis heute auf dem aristotelischen Kanon von Rhetorik, Grammatik und Logik beruht. Im wirkungsvollen Kontrast zu den Vorrednern und der Dramatik des Ausnahmezustands, in dem sich die Nation befindet, beginnt der Führer mit der Ruhe dessen, der weiß, daß die Hörer an seinen Lippen hängen. Die Zuhörer redet er so direkt und mit warmer Stimme an wie ein väterlicher Freund, beinah wie vorhin der Nachbar, der dem Berichterstatter die Weltkonspiration darlegte. Wie jeder gute Rhetoriker hält der Führer sie im unklaren, worauf er hinauswill, zeigt Verständnis auch für die andere Seite, präsentiert sich als unparteiischer Richter, damit das Urteil um so wirkungsvoller ist, zu dem er nach der spannungsvoll gedehnten Exposition ansetzt. Er hat sich entschieden: für die Zuhörer und gegen die Schweigenden. Die Männer ringsum brauchen keinen Einpeitscher mehr, damit sie alle paar Minuten Tod! schreien, Tod Amerika, Israel, den Heuchlern und so weiter. Selbst das Glaubensbekenntnis, das an manchen Stellen gefordert ist, ergänzen sie um das Arsenal der Todeswünsche. Zum Finale wird der Führer plötzlich ganz still und vermag eben dadurch die Gefühle noch einmal anzuheizen, die den Siedepunkt doch schon längst erreicht haben. Diese Zurücknahme, das Senken der Stimme auf dem Höhepunkt, um einen weiteren Höhepunkt zu erreichen, ist brillant, der Berichterstatter kann es nicht anders sagen. Der Führer spricht seinen Vorgänger an, als spräche Imam Hossein zum Propheten: »Oh unser Herr, oh unser Vormund!« Dem Weinen nach zu schließen, ahnen alle Zuhörer, was folgt: »Was ich tun mußte, habe ich getan; was ich sagen mußte, habe ich gesagt.« Imam Hossein zieht in die Schlacht von Kerbela: »Ich habe ein wertloses Leben.« Auch der Nachbar schluchzt ob dieser Demut laut auf. »Ich habe einen geschädigten Körper«, steigert der Führer das Mitleid der Umstehenden ins Hysterische, in dem er auf seinen Arm anspielt, der seit einem Bombenattentat gelähmt ist. »Ein wenig Ehre habe ich, die ich Ihnen verdanke. Mehr besitze ich nicht und werde es auf dem Wege dieses Islams und der Revolution opfern. Was ich besitze, gehört Ihnen. O unser Herr, o unser Vormund! Verrichten Sie Bittgebete für uns! Sie sind unser Oberhaupt, Sie sind Oberhaupt dieses Landes, Sie sind Oberhaupt dieser Revolution; Sie sind unsere Stütze. Mit Macht werden wir diesen Weg fortschreiten. Unterstützen Sie uns mit Ihren Bittgebeten und Mahnungen auf diesem Weg.« Dann rezitiert der Führer die Sure 110, »Wann Hilf' von Gott kommt und der Sieg«, bevor er schließt: »Friede sei mit euch, die Barmherzigkeit Gottes und Sein Segen.« Manche der älteren Herren kreischen regelrecht und zittern am ganzen Leib, auch der Nachbar. Sie haben gehört, was sie hören wollten und seit Jahren nicht mehr so klar, so simpel, so aggressiv klang: die Welt als Kampf von Gut und Böse, von wir gegen sie. Nach dem Gebet ziehen viele skandierend durch die Straßen, die einen in diese, die anderen in jene Richtung, erkennbar spontan, aber noch viele Häuserblöcke entfernt angetrieben von dem Einpeitscher, der wieder ans Mikrophon getreten ist. Wer von heute an öffentlich schweigt, lehnt sich nicht mehr gegen die Regierung, sondern gegen den Führer auf: In der Lesart der heutigen Islamischen Republik bedeutet dies einen »Krieg gegen Gott« und ist es ein todeswürdiges Verbrechen. Leider scheinen die Romane von Albert Camus das einzige zu sein, was der Revolutionsführer von der Offenheit des Großajatollahs Seyyed Mohammad Hadi Milani bewahrt hat, der auch Großvaters Quelle der Nachahmung war.

Die Studenten und Journalisten, mit denen der Berichterstatter am Morgen noch sprach, sind abends nicht mehr zu erreichen, genausowenig die Familie des jungen Mannes, der unter den böswillig geheuchelten Führerrufen im Studentenwohnheim erschlagen wurde. Stand Freitag, der 19. Juni 2008, sind fünfhundert Wortführer der Opposition verhaftet, die Schweigenden nicht mitgerechnet. Um so überraschter ist der Berichterstatter, als abends der frühere Innenminister zurückruft, ein Geistlicher im Range eines Hodschatoleslams, der Jahre im Gefängnis saß und unter allen Reformpolitikern der einzige ist mit unbestrittener *credibility* außerhalb der eigenen Bewegung. – Wie ist Ihre Prognose? möchte der Innenminister zunächst wissen, der den Berichterstatter im fensterlosen Versammlungsraum seines Hauses empfängt. Der Berichterstatter vermutet, daß die Demonstranten einen offenen Kampf nur verlieren könnten, nicht allein wegen der Übermacht der anderen Seite, ihren organisatorischen und propagandistischen Vorteilen, ihren Waffen und der Bereitschaft, sie einzusetzen: Die beim Freitagsgebet hätten ihre Geschichte zu verlieren und seien daher zu allem bereit; hingegen die Schweigenden opferten sich in der Mehrheit nicht mehr für ein politisches Ziel, eine Ideologie oder einen Führer auf, was eigentlich ein Fortschritt sei. Und selbst wenn morgen die Studenten auf die Straße gingen, die der Geschichte ihre Zukunft entgegenstellten, stünden ihnen doch nicht die Bürger zur Seite, die Arbeiter, der Basar. Der frühere Innenminister ist optimistischer: Wer sagt denn, daß die Drohung wahr gemacht wird? Wer so aggressiv spreche und sich ohne erkennbaren Grund so eindeutig positioniere, habe entweder Panik oder wolle einschüchtern. Wie er höre, seien die Revolutionswächter keineswegs einmütig in ihrer Bereitschaft zur Gewalt. Kämen morgen um vier genügend Demonstranten zum Revolutionsplatz, woran er glaubt, habe das Regime verloren. Erteile es den Schießbefehl, gerieten spätestens die Trauerfeiern zum offenen Aufstand. Hielte sich das Regime zurück, erwiese sich die Drohung des Führers als leer. Ob er nicht mit seiner Verhaftung rechne, fragt der Berichterstatter noch. – Die Tasche ist schon gepackt, lacht der frühere Innenminister.

Vom Ferdousi-Platz an, der gut zwei Kilometer entfernt liegt, ist die Stadt besetztes Land: Entlang der Bürgersteine stehen alle fünf Meter Polizisten mit Helm, Knüppel und Schild, außerdem Agenten des Geheimdienstes, die in Iran alles sind, nur nicht geheim. Einsatzleiter sind an den Walkie-Talkies zu erkennen. Über die Revolutionsstraße verteilt und in allen Nebenstraßen warten auf Lastwagen oder in Minibussen die Freiwilligenmilizen und Antikrawallkommandos. Tragen die Freiwilligenmilizen außer Weste, Helm und Knüppel ihre Straßenkleidung, wirken die Antikrawallkommandos mit ihrem Ganzkörperschutz aus schwarzem Plastik wie ein Insektenschwarm. Auf der Straße ziehen abwechselnd die Mopeds der Milizen und die Geländemotorräder der Kommandos vorbei, auf denen jeweils zwei Männer sitzen, einer am Lenker, der andere mit Knüppel. Manche Beifahrer halten einen Holzbalken in Händen. Noch nicht zu erkennen sind die sogenannten Zivilgekleideten, die am meisten gefürchtet werden, weil sie nicht erst das Fürchten lehren, sondern sofort zuschlagen. Die Geschäfte sind geöffnet, auf der Straße der übliche Verkehr. Je näher der Berichterstatter dem Revolutionsplatz kommt, desto jünger werden allerdings die Fußgänger. – Die Polizisten nicht ansehen, flüstert ein junger Mann mit Rucksack, weil der Berichterstatter offenbar zu neugierig wirkt: Gehen Sie ganz normal weiter. So beklommen beiden zumute ist, müssen sie dennoch lächeln, als sie feststellen, daß sie den gleichen Vornamen tragen. Am Samstag, dem 20. Juni 2009, erreicht der Berichterstatter um 15:15 Uhr den Revolutionsplatz, der so groß und unwirtlich ist wie so viele Plätze Teherans, dreispuriger Kreisverkehr und in der Mitte eine Baustelle mit Schuttberg, ringsherum mehrstöckige Bauten aus rohem Beton mit kleinen Läden im Erdgeschoß, verdreckte Schaufenster. Aus den Autos blicken erschrockene Fahrer auf ein Militärlager: Wasserwerfer, Busse und Geländemotorräder mit weiteren Kommandos und Milizen auch am Straßenrand und weiterhin Polizisten alle zwei Meter auf dem Bürgersteig. Bleibt ein Fußgänger stehen, fordert ihn ein Agent des Geheimdienstes barsch zum

Weitergehen auf. Während die Freiwilligenmilizen so tun, als stünden sie immer hier, gehen die jungen Leute rein zufällig am Revolutionsplatz vorbei. Straßen und Geschäfte sollen geöffnet bleiben, nicht einmal das Mobilfunknetz ist abgeschaltet. Nur die Kunden fehlen, und die Verkäufer stehen nicht hinter ihren Theken, sondern bang vor ihren Läden. Um die Zeit bis 16 Uhr zu überbrücken, ohne sich vom Revolutionsplatz zu entfernen, wechselt der Berichterstatter mehrfach die Straßenseite, um niemandem aufzufallen, trinkt in kleinen Schlucken einen frisch gepreßten Granatapfelsaft und läßt sich in einem Schreibwarenladen alle Zeit der Welt, einen Kugelschreiber auszusuchen. Anschließend nutzt er eine Autopanne, um sich eilfertig anzubieten, beim Anschieben zu helfen. – Verschwindet! ruft der Kommandeur eines Antikrawallkommandos. – Wollen wir doch, versichert der Autofahrer. Nach zwei Minuten wird es dem Kommandeur zu bunt und weist er vier seiner Männer an, den Wagen vom Revolutionsplatz zu rollen.

Der Berichterstatter erwartet nicht mehr viel. Selbst die Cousine ist den ersten Tag zu Hause geblieben, wie fast alle in ihrem Großraumbüro: Es reicht, daß sie auf einem Video des Geheimdienstes identifiziert wird, um nicht nur ihre eigene Existenz, sondern die Zukunft ihrer beiden Kinder zu ruinieren, deren Schulabschluß, deren Aussicht auf einen Studienplatz. Wer von den Demonstranten überhaupt kommt, wird tun, als sei er nur ein Fußgänger und allenfalls mehrfach den Platz kreuzen. Als der Berichterstatter jedoch um Punkt 16 Uhr mit einer Wasserflasche aus einem Lebensmittelgeschäft tritt, strömen die Menschen aus mehreren Straßen auf den Platz und gehen in einer Schlange, die nicht mehr aufhören will, auf dem schmalen Bürgersteig schweigend in Richtung Freiheitsplatz, zwanzig, dreißig Jahre alt die meisten, wahrscheinlich Studenten, aber auch Geschäftsleute mit Aktenkoffer, Professoren oder Intellektuelle mit grauem Kinnbart, ältere Frauen im schwarzen Tschador, überhaupt so viele Frauen wie an allen Tagen, ohne selbstbedruckte Blätter diesmal. Die ersten machen das V-Zeichen, dann wagen es nach und nach die anderen, bis alle Hände in den Himmel zeigen. An den Helmen ist jetzt das Visier heruntergezogen. Dem Berichterstatter wird bewußt, daß er womöglich der einzige Fremde ist, der einzige Zeuge: jedenfalls hat er auch heute keinen Ausländer erkannt, Kameras schon gar nicht. Heute abend wird er nach Deutschland fliegen, beschließt er, und den Onkel nicht mehr in Isfahan besuchen, von dem er sich das letzte Mal nicht verabschieden konnte, von dem er sich damit wahrscheinlich nie mehr verabschieden wird, es sei denn, das Regime stürzt. Zu seiner Verblüffung hat das Handy noch Empfang. Der Berichterstatter geht zurück in den Lebensmittelladen, um bei der Reporterin anzurufen, deren Mutter gestorben ist. Innerhalb von fünfzehn Sekunden begreift die Reporterin, daß sie den Berichterstatter morgen abend vor die sagen wir zehn Millionen Deutschen bringen muß, dann bricht das Telefonat ab und ist die Leitung tot. Der Berichterstatter verabschiedet sich vom Lebensmittelhändler, der nichts zum Telefonat in deutscher Sprache gesagt hat, und folgt dem Schweigemarsch vom gegenüberliegenden Bürgersteig aus, von wo er besser sieht. Eine Motorradstaffel fährt heran. Zwei der Motorräder biegen auf den schmalen Bürgersteig: Die Fahrer geben Gas, die Beifahrer schlagen mit den Knüppeln oder Holzlatten auf die Menschen, die sich an die Häuserwand drängen oder in den Graben springen, der Straße und Bürgersteig trennt. Schreie, Kreischen, empörte wie flehende Rufe. Von vorn rückt ein weiteres Antikrawallkommando an und sorgt für einen Stau. Die Demonstranten fliehen in alle Richtungen, suchen Schutz zwischen den Autos, rennen in die Seitenstraßen oder zwischen den Autos hindurch, springen über die beiden Zäune, die die Busspur in der Mitte abtrennen, und erreichen den gegenüberliegenden Bürgersteig, die Knüppel hinterher. Ohne zu begreifen, was er tut, sprintet der Berichterstatter in einer Gruppe von vielleicht fünfhundert Menschen um die nächste Ecke. Weil von vorn schon das nächste Kommando auf sie wartet, verteilen sie sich an der ersten Kreuzung links und rechts in den Gassen. Aus den nächsten Seitenstraßen reihen sich weitere Demonstranten in den Zug. Bald sind es schon wieder mehrere tausend, die mit dem V-Zeichen parallel zur Hauptstraße laufen. Selbst wenn der Berichterstatter wollte, könnte er kein Unbeteiligter mehr sein, hinter ihnen die Knüppel, vor ihnen hilf uns Gott. Plötzlich brennen die Augen und meint er zu ersticken, wieder Rufe, Kreischen, als sich neben ihnen eine Tür öffnet. Zehn, zwölf anderen Demonstranten hinterher, hechtet er in den Hof eines zweistöckigen Hauses und findet sich in einem Hausflur wieder. Die Greisin im bunten Tschador, die aufgeregt zwischen ihnen umhergeht, dürfte die Hausherrin sein. Wir brauchen Feuer! schreit einer, so leise er kann. Ein anderer: Kein Wasser an die Augen, kein Wasser! Die Greisin bringt einen Stapel alter Zeitungen, die sie auf dem Steinboden ihres Flurs anzündet. Jeder steckt ein Blatt ins Feuer und hält es sich vor die Augen. Auf dem Boden sitzt ein Mädchen und weint hysterisch, jemand anders hält den Kopf aus der angelehnten Tür und übergibt sich. Der Rauch hilft: Bis auf das Mädchen, das weiter weint, beruhigen sich alle; anschließend beruhigen alle das Mädchen. Jemand hilft der Greisin, die Asche wegzukehren, die anderen gehen auf den Hof, wo sich andere Demonstranten ausruhen, oder zurück auf die leere Straße – nur in welche Richtung? Sie sollen sich Richtung Freiheitsplatz halten, weiß jemand, also gehen sie nach rechts und der Berichterstatter hinterher, schon weil die Chance, den Knüppeln zu entgehen, in der Gruppe größer ist, da man in verschiedene Richtungen fliehen kann. In einer Querstraße reihen sie sich in einen größeren Zug von Demonstranten, der auf die Revolutionsstraße zusteuert.

Als er zum zweiten Mal durch eine Tür flieht, die sich unverhofft öffnet, meint der Berichterstatter bereits, genug gesehen zu haben: einen Zivilgekleideten, der im Vorübergehen einem Mann mit voller Wucht auf den Nacken knüppelt, den Mann, der sich auf dem Boden krümmt und brüllt, seine Freunde, die ihn weinend wegziehen. Ein Auto, das an einer Kreuzung stehenbleibt, weil dort Steine fliegen; ein Milizionär brüllt den Fahrer an weiterzufahren. Der Fahrer, erkennbar verwirrt, signalisiert mit den Händen, daß er nicht weiß, in welche Richtung, schon zertrümmert der Knüppel die Scheibe des Fahrersitzes. Blutüberströmte Gesichter, Barrikaden aus brennenden Mülltonnen, eine Frau mittleren Alters, ob Anwohnerin oder Regimegegnerin, die kreischend, zitternd, heulend auf dem Bürgersteig steht, während vor und zurück alle Menschen an ihr vorbeisprinten. Immer wieder öffnen sich die Türen der Anwohner und die Gitter der Läden für Flüchtende, obwohl das Viertel keineswegs bürgerlich ist, ziemlich weit im Süden der Stadt. Es sind zu viele Demonstranten, die sich auf zu viele Straßen verteilen und immer wieder neu formieren, als daß die Sicherheitskräfte die Lage unter Kontrolle bringen können, zumal die Gegenwehr immer wütender wird. Die jungen Männer werfen Steine, wo sie welche finden, springen auf fahrende Motorräder und setzen sie in Brand, ebenso einen Omnibus der Freiwilligenmiliz. Viele der Polizisten wollen sich erkennbar heraushalten, kümmern sich hier und dort um verletzte Demonstranten, raten anderen, in welcher Richtung Flucht am ehesten möglich ist. Die Milizen sind oft überfordert und wissen nicht, wie sie auf eine Überzahl von Demonstranten reagieren sollen, während die Antikrawallkommandos den Protest am effektivsten ersticken. Brutaler sind nur die Zivilgekleideten, die sich gezielt auf einzelne Demonstranten stürzen. Wie die meisten Demonstranten, Passanten, Autofahrer irrt der Berichterstatter zwischen den Fronten umher, die sich ständig verschieben. Längst will er sich nur noch in Sicherheit bringen, als sich zum dritten Mal eine Tür im letzten Moment öffnet, ein Rollgitter diesmal, um genau zu sein, das Rollgitter eines schmalen Sanitärgeschäfts in einer sechsspurigen Straße, auf der eine Einheit der Freiwilligenmiliz heranrückt, etwa hundert Mann mit Helmen, Schildern, Knüppeln und Schutzwesten über der Zivilkleidung. Der Sanitärhändler, ein kleiner, leicht gebückter Mann mit grauen Haaren und weißem Schnurrbart, zieht das Gitter hinter vier Menschen herab, die sich nicht kennen, drei Männer und eine Frau unterschiedlichen Alters. Hektisch stellen sie sich einander vor, obwohl keine Eile ist, da sie für unbestimmte Zeit ein paar Quadratmeter teilen wie einen Aufzug, der steckengeblieben ist, einer Ingenieur, der andere Student, sie Lehrerin, der vierte eigentlich nur Berichterstatter. Aus dem Ausland? fragt die Lehrerin, als sei das allein schon eine gute Nachricht. – Wir müssen uns verstecken! ruft der Ingenieur: Wenn die Miliz uns entdeckt, wird sie den Laden anzünden. Aber die Miliz erreicht den Laden nicht. Viele der Demonstranten haben sich umgedreht und bewerfen die Milizionäre mit Steinen. Wieder werden Müllcontainer auf die Straße gerollt und angezündet. Auch aus anderen Richtungen fliegen Steine, keine zwei Meter von ihnen entfernt beteiligen sich zwei ältere, glattrasierte Herren am Kampf, auf der anderen Straßenseite Frauen. Manche der Milizionäre wollen weiter vorrücken und werfen ihrerseits mit Steinen, andere weichen zurück. Durch das Rollgitter sieht der Berichterstatter, daß die Milizionäre untereinander diskutieren, er sieht den Anführer schreien, als plötzlich die Demonstranten »Gott ist größer!« rufen und nach vorne stürmen. Der Jubel, der ausbricht, weil die Freiwilligenmiliz davonrennt, währt keine fünf Minuten, dann rückt schon ein Antikrawallkommando an. Der Sanitärhändler schließt die Glastür und nimmt den Ingenieur, den Studenten, die Lehrerin und den Berichterstatter mit in sein Lager. Von dort aus hören sie Schüsse, Schreie, Sirenen. Weitere fünf Minuten später ist es wie auf Knopfdruck still. Als der Sanitärhändler ihnen die Glastür öffnet und das Rollgitter hochfährt, betreten der Ingenieur, der Student, die Lehrerin und der Berichterstatter ein verlassenes Schlachtfeld, Rauchschwaden, der Boden übersät mit Steinen und den Glassplittern der Autos, hier und dort Feuer. Aus den benachbarten und gegenüberliegenden Häusern kommen zu viele Menschen zum Vorschein, als daß sie alle Anwohner sein könnten, und reiben sich die Augen. In der Luft liegt noch der Geruch des Tränengases.

Zwei Stunden dauert es, bis der Berichterstatter eine Lücke findet, um das Gebiet zu verlassen, in dem es wie Krieg aussieht, noch mal so lang der Rückweg in den Norden, weil die Straßen an vielen Stellen blockiert sind. Die Arbeiter der U-Bahn, die neben der Stadtautobahn gebaut wird, stehen auf ihren mehrstöckigen Wohncontainern und machen das Siegeszeichen der grünen Bewegung, als im Hubschrauber die Staatsmacht über ihnen kreist, ebenso die meisten Autofahrer, die unten im Stau stekken. Auch weit entfernt vom eigentlichen Schauplatz der Demonstration kommt es zu Auseinandersetzungen. Als es jungen Leuten gelingt, eine Einheit der Freiwilligenmiliz mitten auf der Stadtautobahn in die Flucht zu schlagen, hupen die Autofahrer, manche steigen aus und tanzen, von den umliegenden Häuserdächern und der Fußgängerbrücke, auf die der Berichterstatter gestiegen ist, rufen die Menschen »Tod dem Diktator!«. Dann fährt die Motorradstafel eines Antikrawallkommandos heran. Die Demonstranten fliehen über die Leitplanke, einzelne finden Zuflucht in Autos. Der Berichterstatter hört jemanden rufen: Alle hupen!, schon setzt wieder das Hupkonzert ein. An sämtlichen Straßenkreuzungen sind Milizionäre postiert, im Norden selbst Männer mit weißen Bärten, schmächtige Jungen, nicht älter als fünfzehn. Die Rufe, daß Gott größer sei, sind an diesem Abend lauter und dauern länger.

Er beklagt sich nicht. Es ist seine eigene Tölpelei und immer noch leichter zu ertragen als jeder Knüppelschlag, der ihn gestern hätte treffen können, wenn nicht Schlimmeres. Es ist so töricht, daß es wahr sein muß: Heil von der Demonstration zurückgekehrt, noch nicht vom Geheimdienst behelligt, der seitdem die Videos auswertet, mit einem Bein schon im Taxi, das ihn zum Flughafen bringen sollte, fragte die Frau des Cousins, die den Koffer des Berichterstatters packte, wo eigentlich sein Paß sei. Zu dritt kehrten sie in der Wohnung das Unterste zuoberst. In den diversen Fundbüros, dem Fundbüro der Stadt, dem Fundbüro der Polizei, dem Fundbüro des Flughafens, hob kurz nach Mitternacht natürlich niemand ab. Am Flughafen klapperten sie alle Taxizentralen, zwei Büros der Polizei, die Auskunft und den Zoll ab. Der Berichterstatter vermutete, den Paß bei dem Fahrer verloren zu haben, der ihm das Anforderungsprofil des Soldatenberufs erklärt hatte, wußte allerdings weder dessen Namen noch den des Taxiunternehmens. Dienstpläne existieren nicht, teilte man ihnen mit, nicht einmal ein Verzeichnis der Fahrer. Ein Zollbeamter bestätigte, daß man grundsätzlich nur mit dem Paß ausreisen dürfe, mit dem man eingereist sei. Bei Paßverlust schreibe das Gesetz eine Wartefrist von sechs Monaten vor, bis man einen neuen beantragen dürfe. Gegen halb fünf kehrten der Berichterstatter und sein Cousin in den Norden Teherans zurück. Der Berichterstatter sitzt in der Falle, ohne daß man den iranischen Behörden einen Vorwurf machen kann, die nichts anderes tun müssen, als sich streng ans Gesetz zu halten, um den Berichterstatter aus dem Verkehr zu ziehen. Nach Ablauf der sechs Monate wird er dann auf das Wohlwollen genau jenes Beamten angewiesen sein, der gerade nicht zu sprechen ist. Natürlich darf er solange nicht berichten, was er sah, schließlich würde er sich strafbar machen. In der deutschen Botschaft erfährt er abhörsicher, daß das Außenministerium bereits das Szenario durchgespielt hat, ihn mit gefälschtem Diplomatenpaß aus dem Land zu schmuggeln: zu riskant. Abgesehen von allem anderen, der Frau, die sich vor Sorgen verzehrt, und den Eltern, die bisher nicht einmal wissen, daß er nach Teheran geflogen ist, der Vorstellung, der Älteren, die gestern nacht schon herzzerreißend weinte, sagen zu müssen, daß er auch heute nacht nicht zurückfliegen wird, sondern bis auf weiteres gar nicht, der Frühgeborenen, in deren Alter die Veränderungen noch so schnell sind, daß das Auge sie sieht, ist es dem Berichterstatter auch schrecklich peinlich, so viele Menschen und die deutsche Diplomatie auf so törichte, einmalig bescheuerte Weise in die Bredouille gebracht zu haben. Klar ist, zu wem er gehört, auf wen allein er sich verlassen, mit wem er offen reden kann, den Deutschen, die ihn trotz des iranischen Passes als einen der ihren betrachten, wie ihn die Botschaft beruhigt: Mit Ihrem Bericht dienen Sie unserer Öffentlichkeit. Und hoffentlich den Menschen hier, fügt der Berichterstatter kleinlaut hinzu. Allein in seinem eigenen Bekanntenkreis, der in Teheran nicht besonders groß ist, sind acht Demonstranten gestern abend nicht nach Hause zurückgekehrt. Weder die Polizei weiß etwas über sie, noch waren sie bisher in einem der Krankenhäuser zu finden. Die staatliche Nachrichtenagentur spricht von dreizehn Toten, Gerüchte von ganz anderen Zahlen. In der Stadt schien es ruhig zu sein, während der Berichterstatter vom Fundbüro zur Botschaft, von der Paßbehörde noch einmal zum Flughafen, vom Flughafen noch einmal zur Botschaft fuhr, an allen größeren Plätzen Polizei, Antikrawallkommandos oder Freiwilligenmilizen. Es herrschte auch Verwirrung, wo überhaupt eine Demonstration stattfinden könnte, unterschiedliche Orte machten die Runde und wurden widerrufen, sicher auch vom Geheimdienst gestreut, um Verwirrung zu stiften, das Mobilfunknetz den ganzen Tag abgeschaltet, das Internet funktioniert nicht, die Satellitensender nicht zu empfangen. Die Verhaftungswelle setzt sich fort, reicht immer tiefer in den Staat und immer höher in der Hierarchie. Von den drei Journalisten, die der Berichterstatter im Büro seines Mentors traf, sind zwei vom Geheimdienst abgeholt worden. Das Staatsfernsehen führt geständige Spione vor, nennt die Getöteten Terroristen und beschuldigt den Westen, den Aufstand geschürt und bezahlt zu haben. Einzelne Reformer melden sich wütend zu Wort, auch der höchststehende Großajatollah aus Ghom; ein zweiter meldet resigniert, daß er sich melden würde, hätte es noch Sinn. In der Paßbehörde, wo für zwölf Millionen Teheraner drei Schalter geöffnet sind, so daß sich die Antragsteller bis zur Straße hinaus ballen, hatte selbst die Beamtin Mitleid. Ja, sie habe auch Kinder und ahne, wie ihm zumute sei. Auch dies ein Wimpernschlag nur: ein Reisepaß, der aus einem Sakko rutscht und damit zwar kein Leben – oder vielleicht doch? –, aber mindestens das nächste Jahr auf den Kopf stellt.

Er hatte Gott vorher schon mehrfach angefleht, insofern wäre es Suggestion zu glauben, daß er gerade diesmal erhört worden sei, oder den Vorgang mit der Erweckung zu vergleichen, die Großvater in einer streichholzschachtelgroßen Kiste erwartete. Von der kurzen Nacht ruhte der Enkel sich auf dem Bett des kleinen Gästezimmers aus, dessen einziges Fenster zu einem Luftkorridor geht, in dem die Klimaanlagen gespenstischer pochten als in Sure 101. Während er deprimiert von der Aussicht, die nächsten Monate in Teheran von Amt zu Amt laufen zu müssen, per Bauchatmung in den Schlaf sank, ergab er sich gleichzeitig in den Willen eines anderen: Wenn Hilfe ist, dann nur noch von Gott. Wie gesagt, er hatte in der Nacht bereits mehrfach gebetet, morgens und mittags zu den vorgesehenen Zeiten erneut, aber erst nach dem Besuch in der Paßbehörde die Hoffnung aufgegeben, die Kinder dieses Jahr wiederzusehen. Das Telefon klingelte in dem Augenblick, als er körperlich zu spüren meinte, daß er etwas losließ, ein kleiner Ruck, wie man sich auf dem Boot vom Ufer abstößt oder vom Fensterbrett springt. Der Fahrer, der etwas vom Militär versteht, hatte den Paß gefunden und richtig kombiniert, wo in Teheran der Berichterstatter seine Nummer hinterlassen würde. Kein Wunder, daß der Fahrer nicht im Antikrawallkommando gelandet ist.

Im Flugzeug staunt der Berichterstatter über den euphorischen Ton der internationalen Kommentare, die die Demonstranten hochleben lassen. Das mag nett gemeint sein, aber verkennt, daß die Opposition gegen diesen gewaltigen und gewaltbereiten Sicherheitsapparat keine Chance hat. Noch sind nicht einmal die Revolutionsgarden zum Einsatz gekommen. Montag, 22. Juni 2009, 5:12 Uhr Teheraner Zeit, egal wie früh im Land der Franken: »Mir war, wie einem, der im Rauch ersticken will, und Türen und Fenster einstößt, um sich hinauszuhelfen, so dürstet ich nach Luft und Freiheit.« Wenn es gelänge – aber wie? –, noch einmal Hunderttausende oder Millionen auf die Straße zu bringen wie vor der Predigt des Führers, könnte es in Teheran und Ghom auch hinter den Kulissen zu einer Revolte kommen. Wenn nicht, herrscht in Iran nicht mehr der Rechtsgelehrte, sondern herrschen Knüppel, Wasserwerfer und Schießgewehre; wenn nicht, wird der Berichterstatter seinen Onkel nicht wiedersehen.

Mehr Zeit zum Nachdenken als Großvater im Taxi hat der Enkel seit seiner Rückkehr nicht gehabt, als er zwei Tage beziehungsweise sechsundfünfzig Jahre später in einem Fahrstuhl hinauffährt, um statt eines Stocks Nachrichten zu überbringen. Als sich die Schiebetür öffnet, erwartet ihn exakt einen Handschlag entfernt, als sei die Stelle auf dem bläulichen Teppichboden markiert, die Bundeskanzlerin: Glücklich das Land, das keine Helden mehr braucht. Vier Vorzimmer hatte sich der Enkel vorgestellt und trifft eine Frau, an der ihm sofort gefällt, daß sie nicht hierherzugehören scheint. Der Routine, einen Fremden zu begrüßen, meint er noch immer etwas Unsicheres, Ungelenkes anzusehen. Er selbst hat auch keine Ahnung, wohin er in der Tennishalle gehen soll, die er fälschlich für ihr Büro hält, und so stehen sich die Bundeskanzlerin und der Enkel vor dem Aufzug zwei Sekunden zu lang, als daß ihnen die Verlegenheit unbemerkt bleiben könnte, mit herunterhängenden Armen schweigend gegenüber. Wo sie wohl noch eben mit den Gedanken war, würde er gern fragen und erzählen, an wen er im Fahrstuhl dachte. Gerade als er erleichtert das Frühstück auf dem Konferenztisch entdeckt, auf das er zusteuern könnte, fällt ihr ein, daß Besucher gewöhnlich aus dem großen Fenster auf Berlin schauen. Nachdem sie das Panorama erledigt haben, setzen sie sich an den Konferenztisch. Daß es der Bundeskanzlerin an Charisma vollständig gebricht, vor allem aber: daß sie es nicht künstlich herzustellen sucht, macht ihr Charisma aus, das den Enkel gegen alle Vorsätze, sich nicht blenden zu lassen von Bekenntnissen zu Freiheit und Menschenwürde, dann doch entwaffnet. Eine Sekretärin betritt den Raum und schenkt ihm Kaffee ein. Als sie die Tür schon wieder hinter sich geschlossen hat, bemerkt die Bundeskanzlerin verdutzt, daß ihre Tasse leer geblieben ist. Im ersten Augenblick will sie die Sekretärin zurückrufen, bricht dann in der ersten Silbe ab, um die Kaffeekanne selbst vom anderen Tischende zu holen. Da der Enkel näher an der Kanne ist, kommt er ihr zuvor und schenkt den Kaffee ein. Beide haben keine Zeit für Rituale, nämlich nur eine Stunde: Ich nehme mir schon Milch, danke, kein Zucker. Viele Amtsträger hat der Enkel als Berichterstatter erlebt, in vielen Staaten; manche Züge gleichen sich bis in die Rathäuser hinab und sind offenbar doch vermeidbar, stellt er überrascht fest. Der Aufmerksamkeit, die die Bundeskanzlerin ihm schenkt, fehlt jegliche Besserwisserei, alles Joviale, jedes Mir braucht keiner zu erzählen, wie die Welt ist. Als sei sie die Schülerin, er ihr Lehrer, nein: Trainer, macht sie sich Notizen, fragt nach, wenn sie etwas nicht versteht, und gesteht Wissenslücken, die anderen peinlich wären. Den Namen Mossadegh zum Beispiel hat sie offenbar nie zuvor gehört, aber als der Enkel an Leipzig und Bautzen erinnert, glaubt er zu sehen, was sich vor ihren Augen abspielt. Jetzt redet sie auch, aber nicht, um den Enkel zu belehren oder sich zu erklären. Sie will nur sichergehen, alles richtig verstanden zu verhaben. Ja, genau, bestätigt der Enkel. Ihre anschließende Frage, was sie tun und besser nicht tun soll, um den Iranern zu helfen, wirkt so unmittelbar, daß er ihr die Empathie trotz ihres Beifalls für die Kriege im Irak, in Gaza und gegen die Bootsflüchtlinge abnimmt. Er kündigt neun Empfehlungen an, die er auf einem Zettel vorbereitet habe, drei davon für den amerikanischen Präsidenten, zu dem sie in drei Stunden fliegt. Noch fünfundzwanzig Minuten, sie liegen gut in der Zeit. Nunmehr wie zwei Klassenkameraden, die eine gemeinsame Arbeit einreichen müssen, achten sie darauf, bis zum Ende der Stunde alle Aufgaben erledigt zu haben. Selbst den Großvater bringt der Enkel in die Weltpolitik ein: Der amerikanische Präsident, empfiehlt er als Punkt acht, möge sich zum Putsch von 1953 bekennen, mit dem sich das Regime gerade wieder täglich rechtfertigt, und erklären, daß die Vereinigten Staaten aus der Geschichte gelernt hätten und 2009 nicht wieder auf der Seite der Unterdrücker stünden. Und dann möge der Präsident fragen, warum in ganz Teheran keine einzige Straße nach Doktor Mossadegh benannt sei. Diesmal läßt sich die Bundeskanzlerin den Namen mitsamt Vornamen buchstabieren. – Doktor Mossadegh genügt. Für den Roman, den ich schreibe, wäre es besser, wenn der Enkel eine irgendwie schillernde Persönlichkeit angetroffen hätte, aber nicht unbedingt besser für Deutschland. Sie scheint mit dem heutigen Frühstück ebenfalls zufrieden zu sein, die frechen, abschätzigen Halbsätze über diesen und jenen Amtskollegen fallen jetzt ohne Vorsicht. Auch das Stöhnen über ein Regierungsmitglied geschieht *off the records*, ohne daß sie darauf hingewiesen hätte. Punkt neun vor der Fahrstuhltür reicht ihre Zeit noch für einen Witz über den Preis, der dem Enkel aberkannt worden ist. Da muß er mit einer, tja: seiner Regierungschefin lachen. Das war nun also die maximale Wirkung, auf die ein Romanschreiber, ein Berichterstatter, der Enkel eines Großvaters aus Isfahan im freien Westen hoffen darf: die eine oder andere Formulierung in einer der Pressekonferenzen der nächsten Tage könnte er beeinflußt haben, vielleicht nur die Erwähnung Leipzigs und Bautzens bewirkt. Daß die Vereinigten Staaten aus der Geschichte gelernt haben, hätte sich vielleicht Großvater eingebildet. In Wirklichkeit weist kein Schild nach Ahmadabad.

Warum also Jean Paul *und* Hölderlin? Beide wurden nicht weit voneinander entfernt, nur durch ein paar Jahre getrennt, in protestantischen Pfarrhäusern geboren, beiden starb der Vater früh, beide waren für das Kirchenamt vorgesehen, studierten zunächst Theologie, waren und mehr noch: wurden auf je verschiedene Weise dezidiert christliche Dichter, beide verfaßten ihre bedeutendsten Werke und hatten zu Lebzeiten ihre größte Bekanntschaft im selben Jahrzehnt vor und nach der Wende zum neunzehnten Jahrhundert, beide bezogen sich auf Herder und Fichte, beide besuchten Goethe und Schiller, die sich über beide abfällig äußerten, immer wieder hätten sich ihre Wege beinahe gekreuzt, in Frankfurt, in Jena, in Heidelberg oder schon früh im fränkischen Waltershausen, wo Hölderlin bis 1795 als Hofmeister der Familie Charlotte von Kalbs arbeitete, die wiederum 1796 zur Förderin und Freundin Jean Pauls wurde; und noch ihre Wiederentdeckung geschah zur selben Zeit Anfang des zwanzigsten Jahrhunderts im selben Kreis um Stefan George – man könnte es

Zufall nennen, daß sie sich offenbar nie begegneten, oder bezeichnend, daß sich keiner von beiden, soweit ich sehe, je über den anderen äußerte.

Daß er in der Arbeit an einer lesbaren Fassung den Pragmatismus in Liebesdingen erreicht hat, den er in der Urschrift nach dem 16. Januar 2007 von Herzen teilte und am 16. Juli 2009 nicht mehr aushält, soll den Romanschreiber wohl verhöhnen, der Hölderlin nicht glaubte. Um 9:40 Uhr kündigt er bei der Abfahrt in München erstmals im Roman an, damit es geschrieben steht, daß er sich heute oder vielleicht besser morgen, wenn er die Ältere ins Ferienlager gefahren hat, von der Frau trennt oder nicht trennt, nichts Endgültiges, Melodramatisches verkündet, doch wenigstens ausspricht, daß er die Ehe, wie sie geworden, nicht fortsetzen möchte, weil ihm ein Rest von Leidenschaft, von sei es auch nur in Lektüren entstandenen Vorstellungen romantischer Liebe und Achtung der Schöpfung gegenüber, die wir genießen, für die wir dankbar sein sollen, weil ein Rest von Selbstachtung auch es unmöglich macht, eine Frau als seine zu betrachten, deren Pragmatismus selbst Jean Paul alle Argumente aus der Hand geschlagen hätte. So ernsthaft er die Alternativen erwägt, am Ende steht die niederschmetternde Einsicht, daß nicht einmal die – und sei es nur vorläufige, aber ihrer Ernsthaftigkeit willen auf jeden Fall allseits zu verkündende – Trennung, die er heute oder vielleicht besser morgen aussprechen wird, zu einer nennenswerten Reaktion führen wird, weder zum Widerstand noch zur Wut. Sie wird es genauso leidenschaftslos hinnehmen wie wenn er erklärte, sie zu lieben, was ebenfalls stimmt. »Soll es werden auch mir, wie den Tausenden, die in den Tagen / Ihres Frühlings doch auch ahndend und liebend gelebt, / Aber am trunkenen Tag von den rächenden Parzen ergriffen, / Ohne Klag' und Gesang heimlich hinuntergeführt / Dort im allzunüchternen Reich, dort büßen im Dunkeln, / Wo bei trügerischem Schein irres Gewimmel sich treibt, / Wo die langsame Zeit bei Frost und Dürre sie zählen, / Nur in Seufzern der Mensch noch die Unsterblichen preist?« Gestern abend telefonierte er mit der Frau in strömendem Regen vor dem chinesischen Turm des Englischen Gartens, auf dem eine Blaskapelle spielte, und horchte fünfundvierzig Minuten vergeblich nach einem Grund, weshalb seine Resignation verfrüht sein könnte. Hinter ihm warteten zweihundert Gelehrte, die auch über Liebesdinge mehr gelernt haben dürften, unter dem Vordach des Restaurants auf den Einlaß zu einem Festessen. Während ein Gang nach dem anderen serviert wurde, schmorte er im Liebeskummer wie ein Jugendlicher und brannte im Schuldgefühl als Vater. Stünde das Wort Scheidung nicht schon geschrieben, würde er es morgen vielleicht nicht aussprechen. So aber wird er tun, wozu ihm selbst Karl Otto Hondrich riete, der am 16. Januar 2007 starb. Während der Romanschreiber für die Erstellung einer lesbaren Fassung noch einmal den Stapel mit Hondrichs Aufsätzen, Besprechungen und Büchern durchgeht, schüttelt er manchmal den Kopf und nickt bei der Antwort ebenso spontan wie heftig, die Hondrich auf die Frage einer Zeitung gab, ob es der eigenen Beziehung eigentlich helfe, die Liebe soziologisch einordnen zu können? »Nein. In den entscheidenden Dingen hilft es nicht.« 10:43 Uhr.

Daß die Mutter nichts auf Chronologie gibt, stellte der Sohn bereits bei der kursorischen Lektüre der siebzig neuen Seiten fest. Nach dem Sturz Mossadeghs kommt ihr nicht nur der Besuch in der Uroonkologie in den Sinn, sondern in derselben Abschweifung noch alles mögliche, was der Sohn in Isfahan überging, ausführlich die Waise, die ihre Notizen abtippte, und daß die meisten gutausgebildeten jungen Leute wie der Inhaber des Kopiergeschäfts das Land verlassen wollten. Auf der Fahrt zum Flughafen verwickelte sie »gegen die Anordnung meines Mannes«, wie sie spottet, den Taxifahrer wie gewöhnlich in eine Diskussion über Politik, die unverschämtesten Witze auf die Oberen von Staat und Religion, die man sich in Iran bei jeder Gelegenheit erzählt, überhaupt das übliche Orchester selbst von Alltagsunterhaltungen aus Anspielungen, Höflichkeitsfloskeln, Derbheiten, Anzüglichkeiten und bei allem Respekt, den Großvater freilich vermißte, den Ulk mit den Älteren; obligatorisch die Kritik an den Zuständen, allen Zuständen. Zuerst freute sich die Mutter, wie großzügig, wie sauber, wie ordentlich der neue Flughafen sei, fast wie im Ausland, bis sie auf der Toilette wieder die Islamischen Republik betrat, deren Gäste nach Ankunft und vor Abreise durch gelbliches Wasser tapsen müßten, um ihre Notdurft zu verrichten. »Die Knappheit und der Zustand öffentlicher Toiletten und das Desinteresse der Verantwortlichen für die elementaren Bedürfnisse der Menschen gehört zu den Ärgernissen, mit denen jeder Mensch konfrontiert ist, der in Iran lebt«, klagt sie und berichtet, wie sie am Tag vor ihrem Abflug in der Gegend rund um den Revolutionsplatz, wo sie für ihren Sohn nach Büchern über Seyyed Zia Tabatabaí suchte, dringend aufs Klo mußte. Egal, wen sie fragte, niemand konnte helfen, weil niemand im Zentrum von Teheran je von einer öffentlichen Toilette gehört hatte. Schließlich verwies jemand sie zu einer Moschee, die sie nach vielen Verirrungen erreichte, nur um die Türen verschlossen vorzufinden, denn wer geht noch werktags beten in Teheran? Ungleich weniger Gläubige als in Rom, wo es selbst in San Lorenzo di Lucina werktags mindestens sechs oder sieben sind. Als Großvater täglich die Moschee besuchte, nahmen am Gemeinschaftsgebet immerhin noch die Arbeiter und Bauern teil, die 1979 den Staat mit der Folge übernahmen, daß nicht einmal mehr der brandneue Großflughafen über saubere Toiletten verfügt. »Was ich dann tat und wie ich mich vom Druck befreite – dem natürlichen Bedürfnis jedes Menschen zu jeder Zeit an jedem Ort –, das sollte besser unerwähnt bleiben.« Von der Verrichtung der Notdurft in Teheran, was für ein Übergang!, springt die Mutter in die Urologie der Universitätsklinik Köln, wo dem Sohn soeben ein Hoden entfernt worden ist. Immerhin hat sie seinen Rat beherzigt und stellt Iran, auch das Iran ihrer Kindheit und Vorfahren, nicht mehr als ein Paradies dar. Mit Hilfe der Selberlebensbeschreibung, die ihre Cousine fünfundachtzigjährig in Vancouver verfaßt hat und der Sohn, versprochen!, nicht mehr in den Roman flechten wird, den ich schreibe, geht sie ausführlich auf die Verfolgungen ein, denen der Bahai-Zweig der Familie an der Wende zum neunzehnen Jahrhundert ausgesetzt war – zwei Verwandte wurden geköpft, einer starb an den Folgen der Haft –, erzählt von ihrer selbstbewußten Großmutter mütterlicherseits, die sich von ihrem Mann trennte und stolz darauf war, von niemandem abhängig zu sein, schildert die Nöte und Unfreiheit der Mädchen ihrer eigenen Generation, auch die Nachstellungen, nicht selten Übergriffe der männlichen Umgebung, ohne daß sie mit ihren Eltern darüber zu reden wagten, und anderes mehr, alles erwähnenswert, erstaunlich emanzipatorisch – ihre Kritik an der arrangierten Ehe hat sie den Söhnen wohlweislich verheimlicht, als sie von der Tochter dieses oder jenen iranischen Arztes schwärmte, schau sie doch wenigstens einmal an –, alles fünfzig oder, wenn man die Selberlebensbeschreibung ihrer Cousine aus Vancouver hinzunimmt, hundert Jahre später mindestens für die Familie relevant, wahrscheinlich für eine iranische, eventuell auch für die allgemeine Leserschaft, würde jemand es bearbeiten; Rhythmus hat es und dramatische Situationen, die Panik der Tante etwa, die als Kind fürchtete, ihre Unschuld verloren zu haben, nachdem ihr der kahle, knochige Koch Mohammad Hassan einen Kuß zu geben versucht hatte, die Affäre der schönen Großtante, der Cousin oder Großonkel, der seinen kleinen

Sohn abends als Alibi mitnahm und ihn die ganze Nacht im Auto, das er von außen abgeschlossen hatte, vor der Tür der Geliebten warten ließ, solche Geschichten, die Großvater natürlich verschweigt. Hier und dort müßte man nachhaken, auch die guten Passagen etwas straffen, allein, es fällt nicht in die Zuständigkeit des Sohns, nicht jetzt, nicht diesen Sommer, da er eine lesbare Fassung des Romans zu erstellen versucht, den ich schreibe, und nebenher in der Germanistik forscht, was Jean Paul und Hölderlin verbindet (bis jetzt nicht viel, erschrickt der Sohn mit Blick auf seinen Auftritt als Poetologe). Um auf andere Worte zu kommen als den Schluß seiner Liebe, könnte der Sohn allenfalls die Geschichte der kleinen Sakineh von Seite 53 übersetzen, in der Großvater, selten genug, wenigstens am Rande auftaucht. Hingegen von der Großmutter ist genau zu erfahren, wie sie aussah und redete, wie sie die Abläufe im Haus reglementierte, mit Mohammad Hassan gleichzeitig schimpfte und scherzte, wie sie auf der Terrasse mit ausgestreckten Beinen gegen die Wand gelehnt ihre Zigaretten rauchte, nämlich so wie bis heute die Mutter. Großvater baute lediglich unter Herrn Steyr oder Stier die Vertretung der Nationalbank in Isfahan auf. Ja, das ist gut, damit verbringt der Sohn die nächste Stunde, ohne auf die Uhr zu schauen, vielleicht ist er danach müde genug, um den 30. Juli 2009 frühzeitig zu beenden: mit Sakineh, die Großmutter in einem der Dörfer rund um Kartschegan auflas, fünf oder sechs Jahre alt, schwächlich, mager, der Vater verstorben. »Gnä' Frau, nimm dies Mädchen bei dir auf«, flehte Sakinehs Mutter sie an: »Der Mann, den ich für sie gefunden habe, will sie nun doch nicht, bin ohne Rat. Gott schenk dir ein langes Leben, gnä' Frau, Gott bewahr dir deine Kinder.« Sakineh wuchs im Haus der Großeltern auf: »Ihre Wangen rundeten sich, ihre Haut färbte sich, die Lippen röteten sich, auf ihrem Kopf, den Großmutter wegen der Läuse wie üblich kahlrasiert hatte, wuchsen volle schwarze Locken. Sie war ein Mädchen voller Energie und Lebensfreude, immer gut für einen Scherz, für einen Streich. Mama schnatterte mit ihr wie mit einer Freundin, und wie eine ältere Schwester liebten wir Schwestern sie und spielten mit ihr jeden Tag. Elf, zwölf Jahre war sie inzwischen, als eines Tages Sakinehs Mutter im Hof stand: ›Wollt' meine Tochter zurück, gnä' Frau, hab 'nen guten Gatten für sie gefunden.‹ Ein guter Gatte, das wußten selbst wir Kinder, bedeutete einen guten Preis und sonst gar nichts. Gleich, was Mama ihr entgegenhielt – ›Frau, laß die Finger von diesem Mädchen, ihr Mund riecht noch nach Milch‹ –, Sakinehs Mutter hörte und hörte nicht. Papa kehrte nachmittags aus der Bank zurück und redete nun ebenfalls auf Sakinehs Mutter ein – vergebens: Nach einer Nacht voll Tränen nahm die Mutter Sakineh mit aufs Dorf. Den ganzen Tag über saßen wir betrübt und sorgenvoll auf der Veranda. Wir vermißten Sakinehs Lachen, Sakinehs Scherze, Sakinehs Streiche. Keine Woche war vergangen, als wir Papa im Zimmer am Hoftor, wo er die Bauern empfing, laut sein ›Gott steh mir bei!‹ rufen hörten, ›Gott steh mir bei und vergib mir meine Sünden!‹ Bald eilte Mama ins Zimmer, und wir sahen durchs Fenster, wie sie mit den flachen Händen auf ihren Kopf schlug, immer wieder auf den Kopf. ›Mögest du nichts Gutes mehr sehen, Frau!‹ schrie Mama: ›Mögest du verbrennen, Frau! Was hast du getan, was hast du mit deiner Tochter getan?‹ Entsetzen ergriff uns. Mama schlich totenbleich an uns vorbei ins Haus zurück. ›Es ist nichts, es ist nichts‹, murmelte sie, als wir ihr hinterherliefen: ›Geht spielen.‹ Jahre später erst weihte uns Mah Soltan ein. Noch in der Nacht, als sie aus der Stadt kam, hatte der Kerl sie bestiegen. Am nächsten Morgen öffnete man die Tür: Da lag Sakineh nackt auf dem Laken voller Blut, tot, und neben ihr schnarchend der Kerl. Als man ihn weckte, beteuerte er, nichts gemerkt zu haben. ›Gott verfluche ihn‹, seufzte Mah Soltan. So endete die Geschichte von Sakinehs kurzem Leben. Wir weinten um sie, wie wir um eine Katze geweint hätten, die vor unseren Augen vom Nachbarhund in Fetzen gerissen wird. Mehr war es auch nicht. Niemand von uns hatte etwas für sie getan, außer ein paar Tränen zu vergießen.« Daß die Frau, der in Iran die Steinigung droht, den gleichen Namen trägt wie Sakineh und wie die göttliche Ruhe in der Santissima Trinità dei Monti, sei wenigstens erwähnt. Niemand von uns tut etwas für sie, außer ein paar Tränen zu vergießen.

Nur eine Stelle in der *Vorschule der Ästhetik* ist mir aufgefallen, in der sich der eine auf den anderen beziehen könnte, und die könnte despektierlicher kaum sein, wenn nämlich Jean Paul von den Dichterzwergen spricht, die ihre Kleinheit hinter der Höhe ihres Stoffs verstecken, »da große Gegenstände schon sogar in der Wirklichkeit den Zuschauer poetisch anregen – daher Jünglinge gern mit Italien, Griechenland, Ermordungen, Helden, Unsterblichkeit, fürchterlichem Jammer und dergleichen anfangen, wie Schauspieler mit Tyrannen«. Ob damit auch Hölderlin gemeint ist oder nicht, so bestätigt jedenfalls ein Brief der gemeinsamen Gönnerin Charlotte von Kalb vom 28. Januar 1806 Jean Pauls

Desinteresse: »Ich las vor einigen Tage die Briefe von Hölderlin wieder, die drei, so ich mir aufbewahrte. Einst gab ich sie Ihnen zu lesen, Sie haben sie nicht geachtet, wie ich meine.« Warum sollte ich auch, wird sich Jean Paul gedacht haben, könnten seine eigene Sprache, Motivwelt und Poetik kaum unterschiedlicher, ja gegensätzlicher sein. Dort Hölderlin, für den die Begeisterung nicht bloß ein notwendiger Zustand des Dichtens im Sinne Platons, sondern zum Gegenstand der Dichtung selbst wird, zu ihrem gleichsam substanzlosen Wesen. »O Begeisterung! so finden / Wir in dir ein selig Grab, / Tief in deine Woge schwinden, / Still frohlockend, wir hinab, / Bis der Hore Ruf wir hören, / Und mit neuem Stolz erwacht, / Wie die Sterne, wiederkehren / In des Lebens kurze Nacht.« Hier Jean Paul, dem eine solcher Enthusiasmus als Selbstzweck vollkommen leer erscheinen muß, da er gerade zu der Zeit, als ihn der Brief Charlotte von Kalbs erreicht, in der *Vorschule zur Ästhetik* die Besonnenheit als erste Eigenschaft des Genies hervorhebt: »Keine Hand kann den poetischen, lyrischen Pinsel fest halten und führen, in welcher der Fieberpuls der Leidenschaft schlägt.« Was Charlotte von Kalb weiter über Hölderlin schreibt, dürfte Jean Paul daher allenfalls menschlich angerührt haben: »Dieser Mann ist jetzo wütend wahnsinnig; dennoch hat sein Geist eine Höhe erstiegen, die nur ein Seher, ein von Gott belebter haben kann.«

Auf Seite 68 ihrer Selberlebensbeschreibung spricht die Mutter wieder den Sohn an, immer noch Spanien 2008, drei Uhr nachts am 4. Juli, und schildert aus ihrer Perspektive den Streit, der sie zu dem Wutschrei provozierte, nur die Bedienstete zu sein, die *kolfat*: »Ja, Navid, heute abend hast du aus Versehen mein Herz in Brand gesetzt, so daß die Flammen des Grams und des Vorwurfs, die ich die ganze Zeit bedeckt zu halten versucht hatte, aus meinem Mund loderten. Ich sprach aus, ich sprach aus, alles sprach ich aus.« Ach nein, das mag er sich nicht schon wieder anhören und schon gar nicht übersetzen, mit Großvater hat es ohnehin nichts zu tun, dessen Leben dem Roman genügt, den ich schreibe. Lieber forscht er weiter, was Jean Paul und Hölderlin im Roman verbindet, den ich schreibe. Obwohl Jean Paul es nicht einmal beabsichtigt zu haben scheint, liest sich seine *Vorschule* wie ein Gegenprogramm zur Dramen- und Dichtungstheorie, die Hölderlin im *Allgemeinen Grund* zum Empedokles entwickelt. Ist etwa für Jean Paul Dichtkunst wie alles Göttliche im Menschen »an Zeit und Ort gekettet und muß [sie] immer ein Zimmermanns-Sohn und ein Jude werden«, so wählt der Dichter für Hölderlin »eine andere Welt, fremde Begebenheiten, fremde Karaktere«, um in den »künstlichen fremden Stoffe« seine »Totalempfindung« hineinzutragen. Aber mit dieser Empfindung ist ja kein Zahnschmerz gemeint, wie es bei Jean Paul geschehen kann, eine Unpäßlichkeit, eine unangenehme Rezension oder einfach nur Schlechtwetter, das sich als Stimmung oder ausdrücklich als schlechte Laune in das jeweilige Kapitel überträgt. Nicht einmal das eigene Herzweh ist bei Hölderlin gemeint. Bis zur Selbstverleugnung, der Negation des empirischen Ichs, die sich den üblichen psychologischen Rückschlüssen vom Werk auf den Autor widersetzt, bemüht sich Hölderlin, das Drama des eigenen Lebens aus der Dichtung auszuscheiden, es gleichsam poetisch in Luft aufzulösen und allenfalls atmosphärisch in seine mythische Gegenwelt aufsteigen zu lassen, während für Jean Paul stets die Wirklichkeit »der Despot und unfehlbare Papst des Glaubens« bleibt. Wo Hölderlin Liebe, Sünde, Unsterblichkeit *beschwört*, da *beschreibt* Jean Paul bis in die Nervenspannungen, Hautirritationen, Herzschläge und den Duft der Schweißausbrüche, wie es sich anfühlt zu lieben, zu fehlen und sich vor dem Tod zu fürchten. Unterhalten sich bei Hölderlin die Menschen wie in einem philosophischen Passionsspiel, seufzt Jean Paul, daß jedermann bei Gelegenheit ein ordentliches Gespräch mit Nebenmenschen zu führen imstande und gleichwohl nichts seltener sei »als ein Schriftsteller, der einen lebendigen Dialog schreiben kann«. Ein lebendiger Dialog im Sinne Jean Pauls wäre für Hölderlin das Gegenteil von Dichtung, die gerade nicht lebendig im Sinne von alltäglich, lebensnah sein soll. Er sieht im Genie ein Wunder der Reinheit und stilisiert den idealen Dichter zum göttlichen Medium, das fast ohne eigenes Zutun, wie ein Kind handelt. Zwar wirken im Dichter auch Not und Zucht, wie es in der Rhein-Hymne heißt, also der Leidensdruck des Empirischen und die angelernten Fähigkeiten, aber das eigentliche Wesen der Genialität liegt in der Naturhaftigkeit: »Ein Rätsel ist Reinentsprungenes. Auch / Der Gesang kaum darf es enthüllen. Denn / Wie du anfingst, wirst du bleiben, / So viel auch wirket die Not, / Und die Zucht, das meiste nämlich / Vermag die Geburt, / Und der Lichtstrahl, der / Dem Neugebornen begegnet.«

Erst im Drama ihrer ersten Liebe, das zu erzählen die Mutter sich also tatsächlich getraut hat – bravo! –, spielt Großvater wieder eine Rolle, wenngleich erst am Schluß: Obwohl die Großeltern strikt gegen die

Verbindung sind und der ältere Onkel die Mutter beschimpft und einmal sogar ohrfeigt, als er sie mit ihm antrifft, ruft der Geliebte ständig zu Hause an, um die Herzen der Familie zu erweichen. Auch seine Eltern bitten um die Hand der Mutter und schalten Vermittler ein, gemeinsame Bekannte, die sich um die Zustimmung der Großeltern bemühen. Als die Bekannten unverrichteter Dinge wieder gegangen sind, versucht Großvater vergeblich, die Stimmung mit einer Geschichte aus dem *Masnawi* aufzuhellen: »Ein Gemüsehändler war in eine Frau verliebt und schickte Botschaft durch die Dienerin der Dame: ›Ich bin so und ich bin so, ich liebe, ich bin entflammt, ich finde keinen Frieden, mir ging es gestern so und so, letzte Nacht passierte mir dies und jenes ...‹, und trug lange Erzählungen vor. Die Dienerin kam zu der Dame und sagte: ›Der Gemüsehändler läßt dich grüßen und sagt: ›Komm, damit wir das eine tun!‹ ›So kalt?‹ fragte die Dame. ›Nein, er hat lange geredet‹, antwortete die Dienerin, ›aber der Sinn war ebendies.‹« Der Geliebte, der ihr Mitschüler ist, gibt nicht auf: Als das Abitur ansteht, schickt er der Mutter eine Botschaft, sie solle, um ihre Zeit nicht mit Arabischlernen zu verschwenden, ein leeres Blatt abgeben; er würde einen zweiten Fragebogen ausfüllen und ihren Namen darauf schreiben: »Ich Idiotin hatte keine Ahnung, daß er bereits zweimal durch die Arabischprüfung gefallen war. Ich hatte von nichts Ahnung und dachte überhaupt nicht nach, sondern tat in Trance alles, was er von mir wollte. Die Prüfung stellte sich als einfach heraus, ich beantwortete alle Fragen und gab mein Blatt dennoch wie vereinbart ab, ohne meinen Namen darauf zu setzen. Eine Woche später kam Papa später als gewöhnlich nach Hause. Auch wenn er nichts sagte, genügte sein zorniger Blick, damit mein Blut gefror. Ich fühlte mich schuldig, ohne auch nur zu vermuten, worin meine Schuld bestand. Gesenkten Blicks schlich ich in mein Zimmer und wartete. Nichts war zu hören; ich spürte nur den Kummer, der sich auf das Haus gelegt hatte – aber weshalb? Weil mein jüngerer Bruder zum Studium ins Land der Franken geflogen war? Mahmud wohnte doch gestern auch schon nicht mehr bei uns. Weil Doktor Mossadegh der Prozeß gemacht wurde? Beim Abendessen wurde kaum ein Wort gesprochen, früh gingen wir schlafen. Draußen war es noch dunkel, als mich eine Stimme weckte. Papa stand an meinem Bett. ›Zieh dich an‹, sagte er ernst: ›Wir müssen gehen.‹ ›Wohin?‹ fragte ich, ohne eine Antwort zu erhalten. Eilig kleidete ich mich an und trat aus dem Zimmer. Vor dem Haus wartete bereits die Kutsche. Wir stiegen auf, und Papa nannte dem Fahrer die Adresse des Onkel Oberstleutnants. Auf dem ganzen Weg wechselte er kein einziges Wort mit mir. Als wir abgestiegen waren, klopfte Papa gegen das Tor, ein Diener öffnete uns, und ich folgte ihnen durch den Park zum Haus, in dem kein Licht brannte. Vor Angst hatte ich Magenkrämpfe und zitterte ich am ganzen Leib. Papa führte mich in ein Zimmer, setzte sich auf einen Stuhl und wies auf den Stuhl neben sich. Dann führte er die Hand in seine Jackentasche, zog zwei Blätter hervor, faltete sie auf und hielt sie mir hin: der Arabischtest. Das Blatt, auf dem kein Name stand, hatte ich selbst ausgefüllt. ›Achtzehn Punkte‹, hieß es darunter in Rot, achtzehn von zwanzig möglichen Punkten, ›sehr gut‹ also und doch: ›Nicht bestanden wegen Täuschungsversuch.‹ Das andere Blatt, auf dem oben mein Name stand, hatte mein Geliebter ausgefüllt: ›Acht Punkte. Nicht bestanden.‹ Papa war kreidebleich. Mit tiefen Furchen unter den Augen und eingefallenen Wangen sah er mich traurig an. Ich blickte zu Boden und fing wieder zu zittern an; unversehens beugte ich meinen Kopf auf die Knie, raufte mir die Haare und heulte wie ein kleines Mädchen. Weder Papa sagte ein Wort noch ich, nur mein Schluchzen war zu hören. Schließlich stand Papa auf und ging im Zimmer auf und ab, immer noch schweigend, verfolgt von meinen ängstlichen, schuldbewußten Blicken. Dann setzte er sich wieder, nahm meinen Kopf zwischen seine Hände und trocknete mit einem Taschentuch meine Tränen. Er schaute mir in die Augen, seine Lippen bebten. Was er noch sagte – ich weiß es nicht mehr. Ich erinnere mich nur daran, daß er zu sprechen begann. Und an seine letzten Worte habe ich mich immer erinnert: ›Wenn du ihn weiterhin heiraten willst – gut, du bist frei. Aber solange ich atme, werde ich nicht zulassen, daß mein Kind die Tochter eine solchen Lumps wird. Komm, töte mich, wenn du unbedingt willst, ich lege mich schlafen, und du tötest mich. Nimm dir ein Messer und töte mich, dann bist du endlich frei und ich auch.‹ Dann richtete er mich auf, nahm wieder mein Gesicht zwischen seine Hände, küßte meine Stirn und sagte: ›Ich habe nichts mehr zu sagen. Komm, laß uns nach Hause fahren.‹« Zwar ist der Part Großvaters damit erzählt, doch das Ende der Geschichte so tränenselig, daß ein Romanschreiber unmöglich abbrechen kann: »Bis zum Mittag weinte ich allein in meinem Zimmer. Nur einen Wunsch hatte ich noch, einen einzigen Wunsch: Ich wollte meinen Geliebten ein letztes Mal sehen und fragen, warum er das getan hatte. Ich habe ihn auch gesehen. An einer einsamen Stelle am Ufer des Zayanderuds trafen wir uns. Ich hatte Mohammad Hassan mitgenommen, der in einiger Entfernung Pistazienschalen in den Fluß spuckte. Kein Wort kam mir über die Lippen. Ich weinte nur und weinte. Und mein Geliebter weinte auch und sagte ebenfalls kein Wort. Ich weiß nicht, wie lang wir zusammen weinten, vielleicht eine halbe Stunde, vielleicht mehr, vielleicht weniger. Als die Tränen versiegten, holte er eine Kiste aus seiner Jackentasche und öffnete sie. ›Schau‹, sagte er, ›das sind die Edelsteine meiner Mutter. Mit diesen Edelsteinen können wir überall hingehen. Wir können ins Ausland gehen, in welches Land wir auch wollen. Ich habe Möglichkeiten dort, weißt du, Verbindungen. Du mußt nur ein Wort sagen: das Wort ja.‹ Da stand ich auf, rief Mohammad Hassan und ging, ohne mich von meinem Geliebten zu verabschieden.« Einige Wochen später, die Mutter bereitete sich gerade auf die restlichen Abiturprüfungen vor, holte sie zur Entspannung einen Stapel von Boulevardzeitschriften hervor, den sie vor Großvater versteckt hielt. Wie sie in den Zeitschriften blätterte, entdeckte sie, daß die großartigen Liebesbriefe, die sie von ihrem Liebhaber erhalten, Wort für Wort aus dem Fortsetzungsroman von Djawad Fazel abgeschrieben waren, nicht einmal aus abgelegenen poetischen Quellen, vielmehr der populärsten Schundlektüre jener Zeit. »Alles war Lüge gewesen. Mit einer Handvoll Lügen hatte mein Liebhaber mich verwirrt und in Trance versetzt.« Die Mutter gesteht selbst, daß mein Vater keinen einfachen Stand hatte, als er in ihr Leben trat. An Liebe, war sie überzeugt, an Liebe würde sie nie wieder glauben.

Das Paradox besteht aber nun darin, daß ausgerechnet Hölderlin, der die Dichtung von sich und seiner Umwelt so weit wegrückt, wie es nur je ein deutscher Dichter vermochte, sich fremde Schauplätze sucht, mythische Motive bevorzugt und auch sprachlich wie auf Stelzen geht, die wachsen und wachsen, daß ausgerechnet Hölderlin mit seinen sehr irdischen Zweifeln, Liebesnöten, Depressionen, Sehnsüchten und wirtschaftlichen Existenzängsten in seiner Dichtung von Jahr zu Jahr sichtbarer wird. Wie sich die Zettelsuche vor Suzette Gontards Frankfurter Fenster, die kurze Erfüllung in Bad Driburg oder ihr Briefwechsel, wenngleich wundersam verwandelt, aufgehoben in Hegels dreifachem Sinne im *Hyperion* wiederfinden, hat der Roman, den ich schreibe, bereits anzudeuten versucht. Aber auch die späten Hymnen, Elegien und Nachtgesänge, die mir wie den meisten Lesern so viel reicher, originärer und tiefgründiger als das Frühwerk erscheinen, sind bis in die Melodie, bis in die syntaktische Verschlungenheit der Satzeinheiten, bis in den nach vorn eilenden, dann wieder stockenden, wie entlang einer Klippe sich hangelnden Rhythmus erfüllt von der Wirklichkeit, von Hölderlins realen Erfahrungen, etwa im »Patmos« das ungeheure Bild, das er von den Gewaltmärschen allein quer durch die Schweiz mitgebracht hat, das wirklich erlebte Bild der Berge und ihrer Bewohner, das ihm zu einem Bild aller Schicksalsgewalt und aller Menschen gerät: »Finsteren wohnen / Die Adler und furchtlos gehen / Die Söhne der Alpen über den Abgrund weg / Auf leichtgebauten Brücken. / Drum, da gehäuft sind rings / Die Gipfel der Zeit, und die Liebsten / Nah wohnen, ermattend auf / Getrenntesten Bergen, / So gib unschuldig Wasser, / O Fittige gib uns, / treuesten Sinns / Hinüberzugehen und wiederzukehren.« Ein Gebet ist das, ein Gebet wie jenes allein in der Auvergne, von dem er nach der Ankunft in Bordeaux der Mutter schrieb, gesprochen von dem, der den Halt verloren und sich der Gnade anvertraut, die am Abgrund so realistisch erscheint wie ein Adler, der den Fallenden auffängt und nach Hause bringt. »Auf den gefürchteten überschneiten Höhen der Auvergne, in Sturm und Wildnis, in eiskalter Nacht und die geladene Pistole neben mir im rauhen Bette, – da hab' ich auch ein Gebet gebetet, das bis jetzt das beste war in meinem Leben und das ich nie vergessen werde. Ich bin erhalten – danken Sie mit mir!« Und umgekehrt Jean Pauls fortlaufende Selberlebensbeschreibung, die alles, aber auch wirklich alles mögliche enthüllt, nur kaum etwas oder jedenfalls nichts Zuverlässiges über Jean Paul: Niemals habe ich einen Schriftsteller gelesen, der seinen Namen in erster oder dritter Person so oft in seinen eigenen Romanen erwähnt, der seine Umwelt in diesem oder jenem datierten Augenblick so ausführlich beschreibt, auf Ereignisse seiner unmittelbaren Gegenwart eingeht, wirkliche Personen auftreten läßt und sein Schreiben ständig reflektiert – und sich gerade in der Entblößung so konsequent abschirmt wie Jean Paul. Der deutsche Schriftsteller, dessen Werk dem Leben am nächsten steht, ist darin selbst am fernsten. Die Biographien Jean Pauls tragen anders als die Wäschelisten Hölderlins, die die Frankfurter Ausgabe zusammenträgt, nur Äußerlichkeiten zum Verständnis bei. Manchmal wirkt Jean Paul auf mich wie ein Alleinunterhalter, der immerfort redet, brillant redet, witzig redet, klug redet, mich an die Wand redet, um nichts – nein!, nicht nichts zu sagen, das ist natürlich Unsinn – um durch

Budenzauber vom Wesentlichen abzulenken, das auch bei ihm oft genug das Grauenvolle ist. Er ist geistreich, unglaublich gebildet, beschlagen auf allen Gebieten, charmant, eloquent, aber je länger er mich begleitet, desto mehr glaube ich an das, was er verbirgt. Ja, wie ein Exhibitionist wirkt er manchmal auf mich, der nur deshalb frech die Scham entblößt, damit niemand auf seine traurigen Augen achtet. Aufregend wäre das Manische – als ob er nicht aufhören könnte zu glänzen, selbst wenn das Publikum längst nach Hause gegangen oder nie zur Vorstellung gekommen sein sollte, hier noch eine Pirouette um das eigene Ich, wenn Jean Paul im *Quintus Fixlein* über einen Jean Paul schreibt, der sich als Quintus Fixlein ausgibt, den wiederum Jean Paul erdichtet hat, dort noch einmal ein Doppelachter, wenn Jean Paul im *Siebenkäs* einen Romanschreiber, der nicht Jean Paul heißt, über einen Romanschreiber namens Jean Paul sagen läßt: »Jean Paul, der die Geschichte schon vorgestern wußte und also die kühlende Methode ebensolange vor mir gebraucht hatte, will an meiner Stelle die Gemäldeausstellung unserer insularischen Blumenstücke besorgen und ein Nachschreiben anschließen. Recht! Denn ich könnt' es heute wahrlich nicht.«

»Man möchte gar nicht mehr nach Hause kommen, weil dort Briefe liegen könnten wie Deiner. Es hat mich enttäuscht und schwer verwundet, daß Du Dich nie mehr bei gemeldet hast, Dich am Telefon verleugnen ließt, nach Köln und Rom kamst, ohne anzurufen. Ich meinte ja zu wissen, was es bedeutet; daß Dein Schweigen nicht persönlich gemeint war, Du vermutlich die Absicht hattest zurückzurufen, aber es jedesmal vergaßt, weil Dich der Roman nicht mehr interessierte, den ich schrieb. Wie mit einer Geliebten, die nicht einmal Lebwohl gewünscht, schloß ich ab, sagte jedem, der es nicht wissen wollte, daß meine Bücher künftig anderswo erschienen, und wartete auf die Gelegenheit, es Dir zu sagen, ohne daß daraus ein Brief oder ein Anruf würde, denn schreiben oder anrufen wollte ich nicht mehr, solange meine früheren Nachrichten unbeantwortet blieben. / Gerade in den letzten Wochen mußte ich oft an Dich denken, weil ich bei der Arbeit an einer Fassung, die auch andere als Du lesen könnten, zu Absätzen gelangt bin, in denen Du vorkommst, Deine ersten Lektüren, die mir Mut machten, Deine Empfehlung, die Stelle in Berlin anzunehmen, weil sich meine Bücher nicht verkaufen. Ich hatte schon beinah vergessen und jedenfalls nach Kräften verdrängt, wie nah Du mir standst, wie sehr ich Dir vertraute. Als Romanschreiber warst du für mich der eine einzige Verleger und wirst es bleiben. / Ich bin stolz, in der Zeitung meinen Namen unter den Autoren zu finden, an die Du glaubst. Alles werde ich daransetzen, daß es wieder stimmt.«

Was schließlich die Leser betrifft, von den zeitgenössischen bis zu den heutigen, den Gelehrten und Laien, haben sie Hölderlin und Jean Paul, soweit ich sehe, kaum je in einen Zusammenhang gebracht, verglichen oder im Titel einer Studie gemeinsam angeführt. Die Leser haben ja recht, die zeitgenössischen und die heutigen, die Gelehrten und die Laien – was Jean Paul und Hölderlin gemeinsam, sind Orte, Daten, Bekannte, Förderer und Verächter. Gewiß könnte man die eine oder andre Verbindung in ihrem Werk aufzeigen, aber in der Summe ginge es nicht über das hinaus, was an zwei beliebigen Dichtern derselben Zeit, Sprache, Konfession und Herkunft an der einen oder anderen Stelle immer an Vergleichbarem zu finden sein wird. Es bliebe zufällig. Ich bin es, für den Jean Paul und Hölderlin notwendig verbunden sind, da ich sie zur selben Zeit, aus derselben Not, mit derselben Ahnungslosigkeit las. Ich bin die Verbindung, die der Germanistik nicht standhalten wird und so willkürlich gesetzt ist, wie es Jean Paul in der *Vorschule* Gott zuschreibt und dem Romanschreiber erlaubt, damit jede Entwicklung eine höhere Verwicklung sei. Hölderlin sagt: »Alles kommt also darauf an, daß das Ich nicht bloß mit seiner subjectiven Natur, von der es nicht abstrahiren kann ohne sich aufzuheben, in Wechselwirkung bleibe, sondern daß es sich mit Freiheit ein Objekt wähle, von dem es, wenn es will, abstrahieren kann, um von diesem durchaus angemessen bestimmt zu werden und es zu bestimmen.« Jean Paul sagt etwas völlig anderes: »Kein Mensch in der Welt gewinnt durch eine Selbstbiographie; sie also zu schreiben, ist Demut.« Ich bin Gott, sagen die Mystiker beide. Was sie, was ich, was sowohl Jean Paul als auch Hölderlin meinen könnten, was überhaupt in dem Satz »Ich bin Gott« auf die Literatur übertragen mit Gott gemeint sein könnte, das wird sich der Poetologe begreiflich machen müssen, bevor er am Pult von Theodor W. Adorno über den Roman spricht, den ich schreibe.

Aus der Radiologie, wo er alle drei Monate danke einatmet, danke nicht mehr atmet, danke weiteratmet, will der Romanschreiber am Dienstag, dem 6. Oktober 2009, um 8:13 Uhr das Wirtschaftsmagazin klauen, dessen Titelgeschichte das neue Ehe- und Familienrecht behandelt – »Sie glauben, das neue Scheidungsrecht betrifft sie nicht?« – und Hinweise nicht nur finanzieller Art enthält – »Sie denken, der Richter weiß, was gut für

Ihre Kinder ist?« –, die er nicht alle abtippen kann, während er sich darauf konzentriert, auf nüchternen Magen die zwei Liter Kontrastmittel zu trinken, ohne zu erbrechen. Daß er sich von einem auf den anderen Absatz vom Vergessengeglaubten in einen Umworbenen verwandelt, ist für den Romanschreiber selbst die wundersamste Wendung des Romans, den ich schreibe, ob es ihm auch niemand abnehmen wird und selbst die Agentin die Verkäuflichkeit plötzlich immer schon vorausgesehen haben will. Er ist zu sehr mit dem Kontrastmittel beschäftigt, das jeden Augenblick aus der Speiseröhre schießen könnte, um in den diversen Dateien, auf die der Roman inzwischen aufgeteilt ist, den ich schreibe, die Seite zu suchen, aber irgendwo oder vielleicht mehrmals mokierte er sich über die Bekenntnisse der Erfolgreichen, sich während der Arbeit mit Selbstzweifeln geplagt zu haben; ihm schien das billig, wenn die Zweifel unterdessen ausgeräumt sind, und nun wird er bei der Bearbeitung der Urschrift irgendwo oder vielleicht mehrmals auf die Zweifel stoßen, 2007 und am quälendsten 2008, die er bei zu vielen Wiederholungen in der lesbaren Fassung streicht oder an anderer Stelle dramatisiert, während der Agent weiter vorn in der Urschrift, die die Echtzeit abbildet, bereits um den Vorschuß feilscht. Vor Ehrfurcht wurde ihm beinahe schlecht, als er in Frankfurt vor dem Haus ausstieg, in dem alle Bücher verlegt werden, fast alle, die ihn erzogen. Er sah die Schaukästen im Eingang und malte sich sein eigenes Gesicht zwischen den Porträts aus – herrje, wie soll einem Romanschreiber denn nicht beklommen zumute sein, der den bedeutendsten Verlag Deutschlands im Bewußtsein betritt, dazugehören zu dürfen, wenn er nur unterschriebe? Und mögen alle sagen und die Zeitungen gerade diesen Herbst wieder schreiben, daß der Verlag nicht mehr der alte sei – der Romanschreiber saß auf dem Stuhl, dem authentischen Stuhl, auf dem Theodor W. Adorno seine Vertragsverhandlungen führte. Alle raten zu dem Verleger in München, der mehr von Büchern verstünde als jeder andere in Deutschland – allein, da waren die Briefe des jungen Peter Handke, die der Romanschreiber im Frankfurter Keller durchblättern durfte, und der alte Jaguar, in dem Samuel Beckett zum Bahnhof gefahren wurde, da war die Vorstellung, ja, daß in fünfzig Jahren ein anderer Romanschreiber im selben Keller auf einen Briefwechsel mit ihm stößt. Nicht mehr jede Mahnung, jeder Seufzer über eine Rezension werde aufbewahrt, sagte der Archivar, E-Mails nur ausgedruckt, wenn ihnen historischer Wert zukomme. Abgesehen davon zieht der Verlag nach Berlin um, wo Theodor W. Adorno nicht Platz nahm und Samuel Beckett nicht zum Bahnhof gefahren wurde. Nur der späte Peter Handke wird dort sein, hingegen der Jaguar versteigert und das Archiv ans Land Baden-Württemberg verkauft, das erst recht nicht an jeder Mahnung, jedem Seufzer interessiert sein wird, wie schon der Herausgeber der Frankfurter Hölderlin-Ausgabe erfahren mußte. Andererseits versprach die Verlegerin, als Frau der Frau des Romanschreibers zu erklären, warum der Roman, den ich schreibe, eine große Liebeserklärung sei. Ihr würde es gelingen, das spürt der Romanschreiber und hofft zugleich, daß die Frau es von selbst sehen wird, deren Mann er nicht mehr sein wird, wenn alles seinen besprochenen Gang geht. Am meisten fürchte er apropos das Wort des Musikers in München, der sich von niemandem etwas erklären lassen wird. Der Musiker wird die Notwendigkeit sehen, daß jemand Zeugnis ablegt, oder den Romanschreiber verfluchen, der das Offenbarte für eigene Zwecke verwertet. Es sind nicht meine Zwecke, würde der Romanschreiber beteuern. Was tut er, wenn der Musiker Einspruch erhebt? Zwar ist der Romanschreiber allein im Flur der Radiologie, doch sorgt er sich, daß eine Videokamera ihn dabei beobachtet, wie er das Wirtschaftsmagazin in den schwarzen Rucksack steckt. So unauffällig wie der iranische Geheimdienst schiebt er das Wirtschaftsmagazin unter den Laptop, um beides zusammen zu verstauen, wenn er das Kontrastmittel getrunken hat. Den Diebstahl rechtfertigt er vor sich selbst damit, daß in dieser Woche kein anderer Patient ein so dringliches Interesse am Titelthema haben wird – »Sie meinen, Ihr Partner bleibt auch nach der Trennung fair?« – und die Arzthelferin ihm die Zeitschrift sofort aushändigen würde, schilderte er ihr den Grund. Er möchte sie nur nicht unnötig behelligen. O Gott, er glaubt, sich gleich übergeben zu müssen, und

Wer zu Gott kommen will, muß mit dem *Ich* beginnen, das nicht nur in dem Roman, den ich schreibe, sondern in so vielen anderen Romanen der Gegenwart vom Subjekt zum Objekt wird. Wie Jean Paul redet auch John Coetzee, dessen *Tagebuch eines schlechten Jahres* der Romanschreiber deshalb bereits ins Spiel brachte, in seinen Romanen immer wieder über einen John Coetzee in dritter Person. Eine noch merkwürdigere *Selberlebensbeschreibung* hat Coetzee in *Summertime* vorgelegt: Menschen, vor allem Frauen, die ihm viel bedeuteten, reden über John Coetzee, der verstorben sei. Das Bild, das sie entwerfen, ist so unvorteilhaft, daß mir aufgeht, wieviel Rücksicht der Roman, den ich schreibe, also doch nahm, nicht vor den Lesern, das nicht, jedenfalls nicht anfangs, da der Romanschreiber *sie* kleingeschrieben ausgesperrt hatte und auf *Sie* großgeschrieben nun wirklich nicht hoffen durfte, was immer eine solche Behauptung in einem Roman wiegt, Rücksicht vielmehr auf sich selbst, indem er sich angesichts niederer Beschäftigungen, banaler Gedanken und billiger Zweifel zwar als schwächlich, aber bei weitem nicht in seiner ganzen Erbärmlichkeit zu sehen bereit war, die durch eine grundsätzliche, metaphysisch bedingte Erbärmlichkeit aller Menschen noch gesteigert würde, da er in dem Fall nicht einmal negativ eine Besonderheit reklamieren könnte. Zur Entlastung vermag er nur das nachlassende Interesse an sich selbst anführen, womöglich seinem mittleren Alter geschuldet, das ihn vom Selbsterlebten fort zum Leben seines Großvaters führte und paradoxerweise eben dadurch zum Ich. Wenn ich es im Wirrwarr der verschiedenen Fassungen nicht versehentlich gestrichen habe, wies ich relativ am Anfang bereits darauf hin, daß er, der sonst nur Enkel, Sohn, Vater, Mann, Leser, Liebhaber, Nachbar, Handlungsreisender oder Freund, regelmäßig Berichterstatter, dann wieder Orientalist, ein Jahr lang die Nummer zehn, an einigen Stellen Navid Kermani und seit kurzem auch Poetologe genannt wird, in Ausnahmefällen in die erste Person wechselt: Wenn jemand stirbt, sagt der Romanschreiber *ich*. Und wenn er liest, sagt er ebenfalls *ich*. Die zweite Ausnahme hätte ich allerdings allgemeiner formulieren müssen, da er nicht nur als Leser in der ersten Person spricht, sondern wann immer er sich in einem ästhetischen oder religiösen Erleben verliert, also auch in einem Konzert oder vor einem Gemälde, in einer Kirche oder im stillen Gebet. Nun gibt es eine dritte Ausnahme, die ich überging, um Sie großgeschrieben nicht mehr zu verwirren als Jean Paul seine Leser, eine Ausnahme, die sich im Laufe des Romans, den ich schreibe, so häuft, daß sie beinahe zur Regel wird: Auch wenn er das Leben seines Großvaters beschreibt, wechselt der Romanschreiber in die erste Person. Wichtig wird eine andere, eine ihm beinah fremde Person, ungefähr 1894 in einem anderen Land geboren, ebendort 1986 gestorben. Daß es das Leben *seines* Großvaters bleibt, nicht etwa das Leben *meines* Großvaters, obwohl der Romanschreiber als Enkel in erster Person spricht, ist ein Hinweis darauf, daß das Ich in der Literatur auch und erst recht dort ein *Er* ist, wo es Ich sagt. Nur dort, wo es auf das Ich nicht mehr oder noch nicht wieder ankommt, erlaubt sich der Romanschreiber den Pragmatismus zu sagen: Ich.

Coetzee, der eine Generation älter ist als ich, gibt sich bereits Rechenschaft, ebenso István Eörsi und auf seine Weise Großvater, der eine Selberlebensbeschreibung verfaßte, die niemand drucken wollte; was Coetzee, Eörsi, Großvater an Haaren übrig: grau, die Haut rissig, was unter der Haut erst recht Anlaß zum Kummer, ihre Augen so trübe wie meine so Gott will als Romanschreiber noch werden. Als er etwa in meinem Alter war, wollte auch John Coetzee, so schreibt John Coetzee in *Summertime* über einen John Coetzee, statt über sich selbst mit den Toten sprechen, »die sonst ins ewige Schweigen gestoßen werden«. Vielleicht spricht man erst über und nur noch mit sich selbst, wenn man selbst zu einem Toten wird. Daß nur bleibet, was stiften die Dichter, wurde mir bei Coetzee in der unmittelbaren Bedeutung anschaulich, die Jean Paul meint, als er in seiner eigenen *Selberlebensbeschreibung* ein Weihnachtsfest ausläßt. »Pauls Weihnachtsfest selber zu beschreiben, erlassen mir wohl gern alle die Zuhörer, welchen in Pauls Werken Gemälde davon, die ich am wenigsten übertreffen kann, zu Händen gekommen.« Großvater war kein Dichter und hat mit seinem Buch nichts gestiftet. Sosehr er sich um Aufrichtigkeit bemüht – womöglich weil er sich zu sehr um Aufrichtigkeit bemüht oder um die Aufrichtigkeit eines ehemaligen Bankdirektors –, bliebe von ihm schon eine Generation unter meiner nichts, nicht einmal der Name, da sein Landgut nicht mehr der Familie gehört, die ohnedies fast vollständig ausgewandert ist, seine Schule nach dem Tod fürs Vaterland umbenannt wurde und in Isfahan allenfalls noch das eine oder andere Belegschaftsphoto im Archiv oder auf den Fluren der Iranischen Nationalbank an ihn erinnert, oder nein, nicht auf den Fluren, weil darauf die Frauen ohne Kopftuch zu sehen sind, nur im Archiv. John Coetzee hingegen ist unter allen Romanschreibern der Gegenwart einer der größten. Nie im Leben erinnern sich die Menschen, die ihm einmal viel bedeuteten, wie sie sich in *Summertime* erinnern, so anschaulich, so durchdringend kalt und detailreich bis hin zur Sorte des Tees, den sie Mitte der siebziger Jahre für den damals noch völlig unbekannten, ungelenken und unsympathischen John Coetzee gekauft, »sehr englisch, aber nicht sehr angenehm, ich fragte mich, was wir mit dem Rest der Pakkung machen sollten«, wie auch der Roman, den ich schreibe, das Leben eines Großvaters ausmalt, wo sonst nur Aktenzeichen und Namenlisten von ihm blieben. Als Leser will ich nicht einmal wissen, ob es diese Menschen, Julia Frankl, Margot Jonker, Adriana Nascimento, Martin J., Sophie Denoël, die im Roman einem John Coetzee viel bedeuteten, ob es sie in John Coetzees Leben wirklich gab. So wirklich, wie John Coetzee sie und damit sich schuf und es zumal Jean Paul in seinen Selberlebensbeschreibungen gelingt, können Gottes Geschöpfe gar nicht sein oder doch sein, indes nicht sich offenbaren. Wenn ich also nach Jean Paul *und* Hölderlin frage, frage ich auch: Warum John Coetzee, warum John Berger und István Eörsi, warum Wolfgang Hilbig, Rolf Dieter Brinkmann, Peter Kurzeck, Elfriede Jelinek, Ingo Schulze, Ruth Schweikert und Arnold Stadler, um nur diejenigen Selberlebensbeschreibungen anzuführen, lesenswert oder nicht, die der Roman bisher erwähnt, den ich schreibe, warum gerade in diesen Jahren so viele Romanschreiber, die von sich in der dritten Person sprechen? Ich habe keine Ahnung und würde, um die Häufung zu bestreiten, lieber auf Ingeborg Bachmann verweisen, die in der allerersten Poetikvorlesung, die in Frankfurt nach dem Krieg gehalten wurde, Beispiele aus allen Jahrzehnten besprach, in denen ein Autor sein Ich vorführt, ausgestattet oder nicht ausgestattet mit seinem eigenen Namen und allen seinen Daten, Henry Miller und Céline, Tolstoi und Dostojewski, Svevo und Proust. Und angenommen, meine Ich-Bezogenheit, insofern sie zugleich, wie Ingeborg Bachmann betonte, eine Ich-Kaschierung ist, wäre tatsächlich nur ein Zeitphänomen, wie die Rezensenten stöhnen werden, dann folgte der Roman, den ich schreibe, erst recht allen möglichen anderen Moden, Blog- und Tagebuchliteratur ja auch, dazu ein veritables Krebsbuch, überhaupt das Thema des Sterbens, Mutterbuch, Familienepos, Migrationsliteratur und der Mut zu dilettieren, der nun wirklich ein Trend geworden ist. Caravaggio ist auch jüngst von Arnold Stadler und Martin Walser für die deutsche Literatur entdeckt worden, überhaupt Rom, ich ahne es schon, bitte bitte bitte kein weiteres Stipendiatenbuch aus der Deutschen Akademie, wo ich, raten Sie's, im Atelier Nummer neun wohnte und Navid Kermani nebenan. Mögen sich die Rezensenten über mich erheben, wie sie wollen, habe ich selbst doch nun einmal nicht als tausendster deutscher Dichter, sondern zum ersten Mal in Rom gelebt. Und einmal von Rom abgesehen, das nur eine Episode ist, kommt mir wie jedem Narr das, was mich umtreibt, naturgemäß wie das Natürlichste der Welt vor. Zumal als Romanschreiber muß ich die Objektivierung des eigenen Ichs als konstitutiv nicht nur für die Literatur, sondern als konstitutiv für die menschliche Sprache erleben, die notwendig propositional ist, genau gesagt: in frühestem Alter propositional *wird.* Daß ich von mir als Romanschreiber, Enkel, Sohn, Vater, Mann, Leser, Freund, Nachbar, Liebhaber, Berichterstatter, Orientalist, Handlungsreisender, Nummer zehn, Navid Kermani oder Poetologen spreche, kann für mich selbst niemals nur Ausdruck meiner Zeit sein, wie immer es sich von außen darstellt. Die Verfremdung stellt sich mir viel simpler als ein grundsätzliches Verfahren der Literatur dar oder genauer: als ein Versuch, die Bewußtwerdung des Kindes nachzuahmen. In seiner *Selberlebensbeschreibung* erinnert sich Jean Paul, da er zurück in die erste Person wechselt: »Nie vergeß ich die noch keinem Menschen erzählte Erscheinung in mir, wo ich bei der Geburt meines Selbstbewußtseins stand, von der ich Ort und Zeit anzugeben weiß. An einem Vormittag stand ich als ein sehr junges Kind unter der Haustüre und sah links nach der Holzlege, als auf einmal das innere Gesicht, ›ich bin ein Ich‹ wie ein Blitzstrahl vom Himmel vor mich fuhr und seitdem leuchtend stehen blieb: da hatte mein Ich zum ersten Male sich selber gesehen und auf ewig.« Das ist ein Beginn, bei jedem Kinde, nur daß andere Kinder den Moment nicht wie eine Offenbarung erleben oder vielleicht erleben, aber vergessen. Es ist wahrscheinlich in der Regel auch mehr ein Übergang, wenn meine Beobachtung als Vater mich nicht täuscht: Von der dritten in die erste Person zu wechseln, wenn ein Kind von sich spricht, geschieht im Alter von zwei, drei Jahren nicht in einem einzelnen Moment, sondern tastend, versuchsweise, fragend, bis es feststeht: Ich bin ein Ich. Das Kind hat nicht mehr nur Empfindungen und Wünsche. Es weiß sie damit als seine eigenen Empfindungen und Wünsche. Daß das Ich die Welt konstituiert, ist also nicht hohe Philosophie, sondern frühkindliche Erfahrung. Sie geschieht in jedem Leben, bei jedem Menschen, wiewohl es geistesgeschichtlich gewiß nicht zufällig die Zeit von Jean Paul und Hölderlin ist, die Wende zum neunzehnten Jahrhundert, an der Selbstbezüglichkeit und Selbstreflexion zum Ausgangspunkt von Literatur und Philosophie werden, man denke nur an Kants Betrachtung des eigenen Vermögens, an Schlegels frühromantische Poetik der unendlichen Selbstreflexion, an Rousseaus Vorwurf des Narzißmus generell an alle Dichter und Philosophen und schließlich an den Idealismus, der nicht seinem Erfahrungsgehalt, wohl aber seiner Denkstruktur nach ein mystisches Projekt ist: Was immer sich reflektiert, muß aus sich herausgehen und damit sich verlieren, um sich zu finden, damit die unvermeidliche Spaltung der Selbstbewußtseins in Objekt und Subjekt. Und Jean Paul und

Hölderlin stehen ja nicht einfach an der Wende zum achtzehnten Jahrhundert, sondern wurden beide durch Kant geprägt und durch Fichte in helle Aufregung versetzt, ohne sich mit dem Idealismus zu beruhigen, der um sie herum zum Trend wurde. Auch wenn andere Kinder als Jean Paul es kaum so bewußt erleben, bedeutet die Entdeckung, daß Ich ein Ich ist, eine gewaltige Erhöhung der eigenen Person, die von sich nicht mehr wie von allen anderen spricht. Schon sprachlich nimmt sich das Ich als Mittelpunkt der Welt wahr, wie das Hölderlin achtzehnjährig in den Versen zum Ausdruck brachte, die der Leser nur ideengeschichtlich für bemerkenswert hielt. »O dich zu denken, die du aus Gottes Hand / Erhaben über tausend Geschöpfe giengst, / In deiner Klarheit, dich zu denken, / Wenn du dich zu Gott erhebst, o Seele! / … / So singt ihn nach, ihr Menschengeschlechte! nach / Myriaden Seelen singet den Jubel nach – / Ich glaube meinem Gott, und schau in / Himmelsentzükungen meine Größe.« Tatsächlich sind sie mehr: Hölderlins früheste Verse sind auch als poetischer Ausdruck jener Bewußtwerdung zu hören, die jedem Menschen geschieht. Ich bin ein Ich.

Für den Geschmack des neuen Verlegers, dessen Vorschuß dreißig Lesungen oder zehn Vorträge mehr wert ist als die Begeisterung, auf dem gleichen Stuhl wie Theodor W. Adorno zu sitzen, hat der Romanschreiber die Nebensächlichkeiten noch nicht entschieden genug gekürzt. Aber gerade die Nebensächlichkeiten sind doch das Hauptwerk, wehrt sich der Romanschreiber. Die Zeitangaben, die am Anfang so penetrant sind, möchte der neue Verleger hingegen auch später öfter lesen, damit der Roman, den ich schreibe, der Faktizität konsequent auf der Spur bleibt, wie der neue Verleger es ausdrückt. Daß er das so was von saudumm findet, denkt sich der Romanschreiber nur und verteidigt sich statt dessen im Duktus eines Glaubenssatzes, der Nachfragen so Gott will ausschließt: Das einzige Faktum ist bei mir der Tod! Der fortlaufende Wechsel zwischen erster und dritter Person überzeugt den neuen Verleger noch nicht, zumal ihn die vielen verschiedenen Namen für den Romanschreiber verwirren. Dieser fängt gar nicht erst an zu erklären, warum die Verfremdung notwendig ist wie der Konjunktiv in Hagiographien und die Textblätter im Passionsspiel, selbst wenn die Darsteller den Text auswendig beherrschen; er behauptet nur, daß der Wechsel der grammatischen Personen, von diesem zu jenem Namen ihm helfe, die Absätze zu handhaben, als seien sie nicht von ihm: zu erfinden, zu verschieben, zu ersetzen, zu streichen, zu retuschieren und auszusondern. Das stimmt, leuchtet dem neuen Verleger die Loslösung von der Faktizität ein, der er vier Minuten zuvor noch konsequent auf der Spur bleiben wollte: Man wisse jetzt nicht mehr, was wahr, was falsch ist, und es werde auch egal. Ja, ganz egal, nickt der Romanschreiber eifrig. Wie ernst er die Hinweise des neuen Verlegers nimmt, scheint er auch mit den Notizen zu demonstrieren, die er am Konferenztisch direkt in seinen Laptop eingibt, während der neue Verleger wie ein Feldherr durch das kanzleramtsgroße Büro schreitet, jedes Buch eine Armee, jeder Verlagskatalog ein Schlachtplan, und immer von diesem Riesenknödel spricht, was für ein Riesenknödel, als ginge es wie in allen Kriegen nur ums Fressen. Daß der Romanschreiber das Gespräch auf Seite 3775 der Urschrift festhält, ahnt nicht einmal der Verleger, der mehr von Büchern verstehen soll als jeder andere in Deutschland. Unsicher sind beide über die Affäre mit der Direktrice. Während der neue Verleger rät, die Direktrice zu behalten, von der er sich wohl noch allerhand erwartet, tendiert der Romanschreiber in Kenntnis ihrer Zukunft dazu, die Direktrice in der öffentlichen Fassung zu streichen, obwohl es seiner Poetik entspräche, gerade die Rohrkrepierer zu dokumentieren. Auch er ein Feldherr, nur leider nicht in Liebesdingen, deutet er dem neuen Verleger die Konzession noch nicht an: Wenn er die Direktrice erst im Laufe des Lektorats nach heftiger Gegenwehr wehklagend räumt – hätte ich doch bloß in Frankfurt unterschrieben! –, wird er andere Stellungen leichter halten können. Der neue Verleger spekuliert bereits über den Ladenpreis, den Umfang: was für ein Riesenknödel!, einen griffigeren Titel, als er im Vertrag steht, und die günstigste Erscheinungswoche. Daß sich die Veröffentlichung je nachdem, was noch *In Frieden* geschieht, verschieben kann, auf 2011, 2012 oder wann auch immer, erwähnt der Romanschreiber jetzt besser nicht, schließlich ist die Unterschrift unter den Vertrag noch kaum getrocknet, der den Herbst 2010 vorsieht. – Geliebts dem Himmel, lügt der Romanschreiber statt dessen mit Jean Paul, um vor dem neuen Verleger nicht Gott ins Spiel zu bringen, geliebts dem Himmel, daß bis dahin niemand stirbt, werde ich die lesbare Fassung rechtzeitig zur Poetikvorlesung abgeschlossen haben. – Warum zur Poetikvorlesung? fragt der neue Verleger. – Um den Schluß wieder in Echtzeit zu schreiben, erklärt der Romanschreiber. Poetologisch ist der Roman, den ich schreibe, erst zu Ende, wenn der Romanschreiber selbst stirbt, aber auch faktisch erst nach

Drucklegung. – Noch das Satzbild, die Gestaltung des Umschlags und die Fahnen wollen Sie also ins Buch selbst aufnehmen? malt sich der neue Verleger den Vorgang aus und blickt zur Bücherwand, als frage er sich, ob es so einen Roman schon mal gab. Am liebsten möchte der Romanschreiber lose Blätter eingelegt haben. Der neue Verleger kommt an den Konferenztisch und blickt ernst zum Romanschreiber, der auf der anderen Tischseite abwechselnd tippt und zum neuen Verleger heraufschaut. So einen Roman schreibe man nur einmal im Leben, murmelt der neue Verleger und verspricht – Achtung, die Uhrzeit, um der Faktizität gerade an dieser Stelle konsequent auf der Spur zu bleiben – verspricht am Montag, dem 9. November 2009, um 12:47 Uhr: Ich bring Sie ganz groß raus, lieber Navid Kermani! In der Vorschau Platz eins, übersetzt der Romanschreiber rasch im Stillen, Fernsehauftritte und Werbeständer in den Auslagen der Buchhandelsketten. Soweit ist er also schon, bei den üblichen Phantastereien, die ihn bisher *nach* jedem Roman allzu nüchtern hinterließen. Andererseits bleibt er hier *im* Roman und ist im Idealen alles möglich.

Bei dem Verlag in Frankfurt hat sich der Romanschreib#er so überschwenglich für das Interesse bedankt, daß er hoffen darf, im selben Jahresordner wie der späte Peter Handke vertreten zu sein.

Ein weiteres Paradox besteht darin – und Selbsterkenntnis ist bekanntlich ihrer Struktur nach paradoxal –, daß ich mich sprachlich zum Mittelpunkt der gesamten Welt erklären muß, um überhaupt begreifen zu können, daß alle anderen Menschen genauso »Ich« sagen und die Welt sozusagen viele Mittelpunkte hat. Mit dem Selbstbewußtsein wird sich das Kind zugleich bewußt, daß jeder Mensch, der »Ich« sagt, auf sich selbst Bezug nimmt. Es versteht, daß »Ich« nicht das gleiche wie ein Name ist und sie nicht auf dieselbe Weise verwendet werden. Wer »Ich« zu sagen lernt, entdeckt zugleich, daß die Welt aus anderen Ichs besteht, denn gäbe es nur mich, hätte das Wort keine Bedeutung. Das Ich, das sich mit dem Bewußtsein seiner selbst auch anderer Ichs bewußt wird, beginnt damit bereits, die eigene Wichtigkeit zu relativieren, bis in höherem Alter der schon sprichwörtliche Anblick des bestirnten Himmels am Ende von Kants *Kritik der praktischen Vernunft* »gleichsam meine Wichtigkeit vernichtet«. Oder mit Jean Paul: »Wenn ihr wüßtet, wie wenig ich nach Jean Paul Friedrich Richter frage; ein unbedeutender Wicht; aber ich wohne darin, im Wicht.« Was in den Versen des achtzehnjährigen Hölderlin nach pubertärer Aufklärung oder wie ein betrunkener Fichte klingt, hat tiefere Wurzeln, die bis zu Spinoza, der christlichen Mystik und der Kabbala reichen, um nur jene Traditionslinien zu nennen, mit denen Hölderlin sich in der Bibliothek des Tübinger Stifts beschäftigte. Eben hier, in dieser Folge: Bewußtsein, Relativierung und Auflösung der Subjektivität, liegt für mich und meinetwegen nur für mich, nur in meiner Zeit, Not und Ahnungslosigkeit die Verbindung zwischen Jean Paul und Hölderlin: Aus einem Namen wird ein Ich – nicht einmal der Name wird vom Ich bleiben. Und so treffen sich Hölderlin und Jean Paul, die so unterschiedlich sind, als seien sie zwei Dichter verschiedener Epochen, Sprachen, Kulturen, so treffen sie sich wie zwei elliptische Kurven, die sich zum Kreis schließen: nicht die Welt stellen sie dar, sondern das Ich, das Welt ist, literaturgeschichtlich begriffen das alte Motiv der Seelenreise durch Himmel (bei Hölderlin) oder Erde (bei Jean Paul) zu sich selbst.

Wenn ich am Pult von Theodor W. Adorno nicht wieder mit dem Sufismus anfangen soll, an den der Orientalist beim Motiv der Seelenreise sofort denkt, wird es dem Poetologen vielleicht gelingen, den Gang der Erkenntnis, der sich über vierzig Tage oder vierzig Jahre, einen Roman oder ein Gesamtwerk, einen einzigen Traum oder ein ganzes Leben erstrecken kann, mit Jean Pauls Begriff des Romantischen näher zu bestimmen, um vor den Germanisten wenigstens seine Scham zu bedecken wie Adam und Eva nach dem Biß, der ihnen nicht zustand. Weder Jean Paul noch Hölderlin werden üblicherweise der deutschen Romantik im engeren Sinne zugerechnet, obwohl sie mit ihr zweifellos korrespondierten. Von Schlegel, Brentano und Novalis waren sie beide gleichermaßen entfernt, wenn auch in gegensätzlichen Richtungen. Nimmt man jedoch den sehr viel weiter gefaßten Begriff des Romantischen aus der *Vorschule der Ästhetik* als Hinwendung zu oder auch nur bloßes Ahnen, Sehnen nach einer anderen Wirklichkeit als der von Raum und Zeit, sind nicht nur Jean Paul und Hölderlin, nicht nur Shakespeare, Cervantes, Goethes Faust oder die Liebesgeschichte der 185. bis 210. Nacht der arabischen Märchen, die in der *Vorschule* als Beispiel angeführt werden, dann sind von Büchner und Kleist bis Kafka und Heimito von Doderer beinah alle Romantiker, wegen denen die deutsche unter allen Literaturen der Moderne für mich am höchsten steht. »Täglich geh ich heraus, und such ein anderes immer«, beginnt »Menons Klagen um Diotima« geradezu leitmotivisch für Hölderlins Werk und zugleich für das Wesen des Romantischen im Sinne

Jean Pauls als »das wogende Aussummen einer Saite oder Glocke [...], in welchem die Tonwoge wie in immer ferneren Weiten verschwimmt und endlich sich verliert in uns selber und, obwohl außen schon still, noch immer lautet«. An Gott, Engel oder die Unsterblichkeit mag man glauben oder nicht. Geboren worden zu sein und zu sterben jedoch sind die beiden Phänomene, die aus Raum und Zeit hinausführen und zugleich in Raum und Zeit geschehen. Sie sind die beiden Phänomene, die mit absoluter Gewißheit geschehen und von denen wir mit absoluter Gewißheit nie auf Erden erfahren, wie sie waren oder sein werden. Sie sind das Hilfsverb zwischen Ich und Gott, einmal Präteritum, einmal Futur. Was vor und nach dem Leben ist, können nur die Ungeborenen und die Toten wissen – falls etwas vor und nach dem Leben ist. Nicht einmal mit *der* Gewißheit können sich die Lebenden beruhigen, daß nichts war, nichts sein wird und somit – spätestens im Angesicht des bestirnten Himmels – bei aller Aufregung auch nichts ist. Was Jean Paul romantisch nennt, gründet im, man könnte sogar sagen: ist der Schrecken, den Hölderlin wahrscheinlich konkreter als jeder anderer Dichter seiner Zeit erlebte. »Doch uns ist gegeben, / Auf keiner Stätte zu ruhen, / Es schwinden, es fallen / Die leidenden Menschen / Blindlings von einer / Stunde zur andern, / Wie Wasser von Klippe / Zu Klippe geworfen, / Jahrelang ins Ungewisse hinab.«

Der Hodschatoleslam, der die Präsidentschaftswahl auch ohne Manipulationen verloren hätte, wurde nach seinem Interview mit einer amerikanischen Zeitung inmitten einer Menschenmenge von zivil gekleideten, bärtigen Männern an beiden Armen gepackt und zu einem Boot geführt, einem kleinen Fischerkahn aus Holz und ohne Verdeck, der unten am Ufer wartete. Ihm und dem mutmaßlichen Sieger der Wahl war in den Wochen zuvor immer wieder angedroht worden, vor Gericht gestellt oder sogar hingerichtet zu werden, sollten sie sich weiter weigern, das amtliche Ergebnis anzuerkennen und die Aufrufe zum Widerstand zu unterlassen, die hier und dort ins Internet gelangen. Der Berichterstatter fragte sich, wie das Interview zustande gekommen war, da ausländische Medien weiterhin nicht vor Ort berichten und schon gar nicht in Kontakt mit der Opposition treten dürfen; er vermutete, daß der Hodschatoleslam die Antworten per Mail oder am Telefon gegeben hatte. Der Satz, daß er bereit sei, für die Freiheit ins Gefängnis zu gehen oder zu sterben, und sei es ohne jede Aussicht auf Erfolg, nur um zu zeigen, daß auch

Geistliche gegen die Tyrannei, erst recht die religiöse Tyrannei, aufbegehren, ist ähnlich schon fünfmal in dem Roman gefallen, den ich schreibe, wenn ich im Wirrwarr der verschiedenen Fassungen niemanden übersehe, Mohammad Mossadegh, in gewisser Weise Ajatollah Chomeini 1963, Akbar Mohammadi, Madjid Kawussifar, der Traditionalist im Leichengewand auf *YouTube*. Sechsmal, fällt mir ein: als Vorwurf gegen Großvaters mystischen Lehrer, den Ajatollah Hadsch Agha Rahim Arbab. Den Elegien auch der säkularen Helden liegt in Iran das Martyrium Imam Hosseins zugrunde, der bei Kerbela 680 in eine Schlacht gegen das vieltausendköpfige Heer des Kalifen Yazid zog, begleitet nur von zweiundsiebzig Gefährten, die, obwohl aus dem Treueschwur entlassen, es ebenfalls vorzogen zu sterben, weil sie lebten, als zu leben, weil sie nie gelebt. Der Hodschatoleslam, der immer etwas zu aufgeregt ist und bei den Wahlkampfduellen daher schlecht abschnitt – merkwürdig, sind die Mullahs doch gewöhnlich die besseren Rhetoriker –, der Hodschatoleslam, der dem Parlament vorstand in den Jahren der Massenhinrichtungen, als auch der Cousin des Berichterstatters im Gefängnis mit dem Tode rechnete –, der Hodschatoleslam, der damals Geld unterschlagen haben soll – eine Intrige, beteuert er bis heute –, ist nach den gefälschten Wahlen trotz des übermenschlichen Drucks, der vielen Verhaftungen und wütenden Drohungen genausowenig zurückgewichen wie der mutmaßliche Sieger, hat mit seinem famosen Mut den Berichterstatter und alle übrigen Skeptiker eines Besseren belehrt und sich damit ungeachtet seiner kontroversen Vergangenheit eine Seite in der Heldensage gesichert. Der Berichterstatter hatte gleich nach der Veröffentlichung des Interviews befürchtet, daß auch die Geschichte dieses Hodschatoleslam zur Elegie würde, aber was wirklich geschah, ist kein trauriger Gesang, sondern ein Horrorfilm. Der Führer persönlich, der vor Zorn über das Interview gebebt haben soll, ordnete an, daß der Hodschatoleslam für immer zu verschwinden habe. Er meinte damit nicht, daß der Hodschatoleslam verhaftet, vor Gericht gestellt und zu lebenslanger Haft oder zum Tod verurteilt werde. Der Hodschatoleslam solle augenblicklich »verschwinden«, so der Führer, *nâ padid beschawad* – wie und wohin, überließ der Führer seinem Apparat. Gewöhnlich entführt der Geheimdienst in solchen Fällen, mordet und legt die Leiche gern mit einer Wodkaflasche in der Hand aus, als würde jemand glauben können, der Aufrührer habe sich zu Tode gesoffen; ist Abschreckung nicht das Ziel oder Herabwürdigung nicht nötig, besteht die Option, die Leichen von einem Helikopter aus in den Großen Salzsee zu werfen, wie es bereits der SAVAK praktizierte. Aus welchem Grund auch immer ließ sich der Geheimdienst für den Hodschatoleslam etwas Besonderes einfallen. Auf dem Holzboot wurde er in eine gewölbeartige Höhle unterhalb der Stadt gefahren und tief im Innern des Elbrus an einem winzigen Kieselstrand ausgesetzt, auf den von irgendwoher ein sehr fahles Licht fiel. Dort verhungerte er, Wasser gab es ja genug, während das Leben in Teheran zur Normalität zurückfand und die Menschen, enttäuscht zwar, wieder ihren Beschäftigungen nachgingen. Den Schlüssel des Eisengitters, das die Öffnung zu der Höhlenkammer versperrte, verwahrte ein älterer, feister Wächter mit ungepflegtem Bart, der unweit der Anlegestelle, wo der Hodschatoleslam ins Boot gesetzt wurde, mit einem Gehilfen wohnte, einem offenbar debilen, seltsamerweise glattrasierten Mann von vielleicht vierzig Jahren, der die Wohnung niemals allein verließ. Aus welchem Grund auch immer war der Berichterstatter anwesend, als der Wächter seinem Gehilfen eröffnete, daß der Hodschatoleslam nun definitiv tot sei und sie ihn verscharren müßten. Warum ließen sie die Leiche nicht einfach am Kieselstrand liegen? Zuerst beobachtete der Berichterstatter die Szene im Wohnungsflur und war nackt, wie er es, aus welchem Grund auch immer, oft in seinen Alpträumen ist. Der Gehilfe, der keine rechte Lust, nein: offenbar Angst hatte oder sich ekelte, mit dem Boot in die Höhle zu fahren, um die Leiche des Hodschatoleslam zu bergen, die vermodert oder nur noch ein Skelett sein mochte, wer weiß denn schon, wieviel Zeit vergangen war?, der Gehilfe war selbst am ganzen Körper mit Eiterbeulen bedeckt, von denen manche sogar tropften, so ekelerregend sah das aus, als er immer näher trat, weshalb der Berichterstatter schrie, der nicht wollte, daß der Gehilfe ihn berührt, der immer näher trat, langsam immer näher trat, vielleicht weil der Gehilfe die Panik genoß, ohne dem Berichterstatter eigentlich etwas antun zu wollen, immer näher trät, bis er genau vor dem Berichterstatter stand, seitlich, und sich mit dem Wärter darüber unterhielt, wann genau sie in die Höhle fahren und wo sie die Leiche begraben. Der Wärter erwog auch, die Leiche zu verbrennen, womit sein Gehilfe sich sehr einverstanden zeigte. Offenbar stand der Berichterstatter mit dem Rücken zu einer Wand, jedenfalls konnte er sich nicht rühren, auch nicht zur Seite, vielleicht weil er angebunden war. Als das linke Handgelenk des Gehilfen, von dem

Eiter tropfte, zufällig oder nicht, an das Geschlecht des Berichterstatters stieß, erwachte, nein, wollte dieser erwachen, um den Traum aufzuschreiben, der für Iraner recht gewöhnlich sein dürfte dieser Tage, konnte indes die Augen nicht öffnen, nicht sich umschauen, nicht das Licht einschalten, obwohl er genau wußte, daß neben der Matratze des Büros, das eine Wohnung geworden ist, eine Leselampe steht, so daß er jetzt vom Lichtschalter träumte, an den seine Finger nicht reichten. In der Fassung, die er für eine allgemeine Leserschaft erstellt, hat der Berichterstatter gerade die Herzoperation des Vaters erreicht und liest ganze Absätze und Passagen über den Wert der Familie, an die er nun selbst die Axt gesetzt. Während er sich von der Frau trennt, weil er den Enthusiasmus nicht für den Rest des Lebens abschreiben will, erinnert er sich bei der Bearbeitung der Urschrift, was sie mit- und gegeneinander durchgestanden haben, die Wochenenden, an denen er sie mit der Älteren in St. Margarete besuchte, wie sie sich quälten, aneinander abnutzten und dann doch wieder nahekamen, auch enthusiastisch im oder außerhalb des Betts, wie sie später im Badezimmer lag und er auf den Notarzt wartete, wir ham's, wie sie seinen Vater umsorgte, mit dem Vater und der Frühgeborenen in den Baumarkt fuhr, damit er mit der Älteren nach Griechenland fliegen konnte, so lang ist's her und nur zwei Jahre, so reich die Zeit. Von Klumpen gemeinsamen Bluts schrieb er in der Urschrift und »will sich die Familie nie mehr von dahergelaufenen Psychotherapeuten denunzieren lassen wie vor Jahren, als die Behandlung damit endete, daß die Frau aus der Wohnung zog«. Er will die Auswirkungen Hölderlins auf seine Psyche nicht überbewerten, aber als Impuls spielte die Lektüre neben der Krankheit und der Midlife-Crisis, als die es die Frau vor anderen schon abtat, mit in die Entscheidung, Stopp zu rufen, aus und vorbei. Jedenfalls übernahm Hölderlin die Rolle, die vor Jahren der Psychotherapeut für die Frau spielte, und stiftete ihn an, entgegen der Schwerkraft von Sachzwängen, Vernunfterwägungen, Mutlosigkeit das Leben neu zu beginnen, das sie ebenfalls krank gemacht, dabei alles ganz pragmatisch, sachlich im Ton, kein Streit vor den Kindern und nichts überstürzen: Nach der juristischen Erstberatung, die bereits erfolgte, noch einige Sitzungen Paartherapie als letzte Maßnahme, die Ehe wiederzubeleben, wenngleich nicht um jeden Preis, nie mehr um jeden Preis, die Einleitung des Scheidungsverfahrens und die Auflösung der gemeinsamen Wohnung erst nach Abschluß der Poetikvorlesung, wofür sie Verständnis hat, so daß die Liebe spätestens im nächsten Sommer zu Grabe getragen wäre, wie er es allseits verkündet hat, auch den Eltern, die vor Entsetzen buchstäblich die Hände überm Kopf zusammenschlugen. Täglich in den Staub geworfen wird er von seinen Schutzbefohlenen, vor allem der Älteren, auf deren Seele er mit seiner Axt, er merkt es, ebenfalls einschlägt, so daß er sich in anderen Alpträumen nicht bedroht, sondern wie ein Amokläufer vorkommt. »Aber hätten sie sich jetzt nicht«, schrieb er in der Urschrift am Montag, dem 23. Juli 2007, über die Ehe der Eltern, »wären sie beide längst tot oder vereinsamt und funktionierte auch der Verbund der vier Brüder nicht, die dann Scheidungskinder wären, was im Individualismus offenbar niemals ein Hinderungsgrund sein darf, weil es andere Individuen sind und die größte unter allen Sünden das Opfer.« Die Geständnisse, die das iranische Staatsfernsehen seit Wochen ausstrahlt, schüchtern vielleicht deshalb noch ein wenig mehr ein als in anderen Systemen, weil die Bereitschaft zum Martyrium tausendvierhundert Jahre eingeübt worden ist. Um Gnade zu betteln, die Gefährten zu verleumden, dem Tyrannen zu huldigen, ist nicht vorgesehen als Muster. Aber was, wenn sie dem Imam Hossein gesagt hätten, daß sie weder ihn noch seine zweiundsiebzig freiwilligen Gefährten martern, sondern seine Tochter vergewaltigen, seinem Sohn die Fingernägel ausreißen, seine Frau vergiften würden? Ein Sicherheitsapparat hat tausend Möglichkeiten, mehr Mut zu verlangen, als selbst Petrus aufgebracht hätte, der Fels. Was hätte Jesus getan, wenn statt seiner die Mutter gekreuzigt worden wäre – etwa nicht wie jeder Sohn um Gnade gewinselt oder immer noch wie ein Gott gesagt, wer Vater oder Mutter mehr liebt als mich, der ist meiner nicht wert? Und wer Sohn oder Tochter mehr liebt als mich, der ist meiner nicht wert. Mehdi Bazargan, dem Großvater am Schluß als einzigem Politiker noch vertraute, haben sie das wörtlich gesagt: Wir quälen deine Söhne so lange, bis dein Herz bricht, und mit dem höchststehenden Gelehrten der schiitischen Welt das gleiche getan, der dennoch als einziger unter den Großajatollahs Ghoms auch jetzt noch sein Wort erhebt. Ähnlich werden sie dem Politiker gedroht haben, der vor nicht einmal fünf Jahren Irans Vizepräsident war und nun im Pyjama und mit Plastikpantoffeln einem jungen, glattrasierten Moderator mit breiten Hosenträgern überm weißen Hemd nach dem Vorbild amerikanischer *late nights* alle Verbrechen beichtete, den Umsturzplan, die Bezahlung, die niederen Motive, und zwar in einem so plaudernden Ton, wie es in der Schreckgeschichte des

Totalitarismus wohl beispiellos ist, die ganz hohe Verhörkunst, ausgerechnet den kämpferischen, wortgewandten, von seinen Ideen beseelten Vizepräsidenten in einen Talksessel des Staatsfernsehens zu zwingen, auf dem er locker vom Hocker alles verwirft, wofür er – besser zu sterben – sein Leben lang gestanden hatte.

»Enjoy your stay on board« wünscht der Kapitän am Montag, dem 7. Dezember 2009, was die Ältere offenbar tut, die ihren Kopf zum Schlafen auf die Lehne gelegt hat, so daß der Handlungsreisende auf die Gefahr, den Abend im Delirium zu verbringen, zum Schreiben die rechte Schulter anheben und zum Erinnern mit dem linken Unterarm den Rand des Notizblocks unter den Laptop drücken muß, der ungefähr eine halbe Stunde vorgeht beziehungsweise eine halbe Stunde der Kairiner Zeit nach. Er muß am Pool einen Zug und damit die Quittung erhalten haben, in Kairo fünf Sterne zu wohnen statt im Wohnzimmer des Kommilitonen aus dem Orientalistikstudium, der die Christdemokratie seit neuestem in Kairo vertritt. Vor zwanzig Jahren hatte der Handlungsreisende den Kommilitonen abgeholt, einen zu hochgeschossenen Jungen, die blonden Haare damals schon schütter, unbedarft und zugleich mutig, hatte nie viel Geld, kaufte stets beim Discounter ein, drückte beim Poker immer den Einsatz und hielt den Handlungsreisenden schon als Studenten für einen linken Snob, der im Teehaus die Preise verdirbt. 2:23 Stunden verbleibende Flugzeit, die Batterie bei 82 Prozent, die Ältere bereits wieder aufrecht und von ihrem Sitznachbar versorgt, der Backgammon lernt und damit ihre Meinung bestätigt, daß kein Volk freundlicher sei als die alten Ägypter. Unter den sagen wir sechzig Stunden, die ein Wochenende in Kairo bietet, um sie in 2:18 Stunden oder mit 79 Prozent festzuhalten, entscheidet der Handlungsreisende sich nicht für die Nacht im Teehaus, wie der neue Verleger wahrscheinlich empföhle, sondern für den Nachmittag im *HyperOne*, wo der Kommilitone aus dem Orientalistikstudium und dessen Frau nach Schnäppchen für die Wohnungseinrichtung suchten. – Das sieht doch hier wie überall aus, wunderte sich die Ältere darüber, daß der Handlungsreisende sich Notizen machte. – Eben weil es aussieht wie überall, mache ich mir Notizen, antwortete der Handlungsreisende. – Und was hast du gerade notiert? – Daß man ein Auto besitzen muß, um hier einkaufen zu können. Wie die anderen Malls, die rund um Kairo entstehen, liegt auch *HyperOne* an einer achtspurigen Ausfallstraße, auf die sich keiner der Eselskarren traut, die im Zentrum noch zum Stadtbild gehören. Die ziemlich schäbigen Modelle auf dem Parkplatz zeigen an, daß es oft das erste Auto ist. Das ist von außen die eine Besonderheit, die andere die futuristische Moschee, die an den quadratischen Komplex angegliedert ist. In Amerika fangen sie an, die Malls mit Kirchen auszustatten, in Indien mit Tempeln, auch dieser Unterschied hebt sich auf, genauso wie die Autos, die gewiß nach und nach schicker werden. Einkaufstempel trifft es wie nirgends: Hier ist Erlösung, der Eintritt in die Welt hinter dem Fernsehbildschirm. Vor der Mall steht haushoch die Skulptur eines Einkaufswagens. Fast alle Frauen sind tief verschleiert, viele Männer tragen Bart. Auf dem Parkplatz werben Leuchttafeln für alkoholfreies Bier. Die südamerikanische Fahrstuhlmusik wird für den Gebetsruf unterbrochen. Die neue Religion der kleinbürgerlichen Weltmitte ist variabel genug, die von innen beleuchtete Litfaßsäule mit den jeweiligen Offenbarungen auszustatten, davor zwei Regale für Erbauliches in der Landeskultur, das auf die Läuterung des einzelnen ausgerichtet ist, an den es sich in Du-Form wendet. Politik ist des Teufels, der die gesellschaftlichen Verhältnisse antastet. In Ägypten ist ein vierzigjähriger Absolvent der Betriebswirtschaft der Star unter den Predigern, weißes Hemd mit Krawatte, kein Sakko, Schnurrbart, Typ ägyptischer Schwiegersohn, immer lächelnd auf den Photos, die wie ein Logo die Buchcover in Millionenauflage zieren. Ich werfe das billigste der Bücher in den Einkaufswagen, 3,75 Pfund, knapp fünfzig Cent, »Der Gottesdienst des Denkens«, das auf 75 Seiten *mir*, also dem jeweiligen Leser, die Schöpfung seit ihrem Beginn erklärt. Mit der Evolution hat es die islamische Frömmigkeit leichter, weil der Koran Details vermeidet, mit dem »Wir schufen Dich aus einem Klumpen Blut« aus Sure 96 sogar Urknalltheorien zuläßt. Die meisten anderen Titel des studierten Betriebswirts zielen auf Persönlichkeitsbildung, ob »Der Charakter des Gläubigen« oder »Die Geduld und der Geschmack«. Stellen andere Büchertische in Ägypten jeden amerikanischen Soldaten als Kreuzzügler und jeden ertrunkenen Flüchtling vor Gibraltar als muslimischen Märtyrer dar, ist im *HyperOne* Kulturkampf Mangelware; nichts über die Bosheit des Westens, keine Konversionsgeschichten à la *Meine Flucht aus den Klauen der Kinderschänder*, *Achtmal vergewaltigt in Berlin* oder *Diskriminiert – die Leidensgeschichte einer europäischen Muslima.* Eher wird das Friedfertige des Islam herausgestellt, *Die Wahrheit über die »Kriege« des Propheten.* Im Regal vor dem Religiösen die internationalen Ratgeber, *Der Weg zum Glück*,

Wie Sie Ihren Konkurrenten schlagen, *Professionalität im Büro*, ein Regal dahinter Computer, der Laser Printer für umgerechnet nur sechzig Euro, auf der Litfaßsäule neben den Koranen Koch- und Haushaltsbücher wie *Heather Luke's Gardinen*, ebenso aus dem Englischen übersetzt wie die Ratgeber. Das Regal für Literatur hingegen besteht ausschließlich aus englischsprachigen Thrillern. Einen Exoten wie Nagib Machfus sucht man hier vergebens. Dafür kehrt im Regal daneben *Tausendundeine Nacht* in der Version von Walt Disney nach Arabien zurück. Waren es früher die Ferienanlagen der westlichen Touristen, die überall gleich aussahen, sind es heute immer mehr Lebensräume auch der Einheimischen. Im *HyperOne* kaufe ich den Blick in die Zukunft ein. Abgesehen von lokalen Einsprengseln wie den Datteln sind nicht nur die Lebensmittel die gleichen, sondern größtenteils sogar die Lebensmittelmarken. Die Espressobar, die italienische Schuhboutique, die Mobiltelefongeschäfte, die Pizzeria, die amerikanische Eiscreme, die schwedischen Möbel, den deutschen Discounter, die fünf Fastfood-Restaurants, das Möbelstudio mit Sofas von *Ligne Roset*, die Baseballmützen und gelben Polo-T-Shirts der Angestellten, die automatisierten Kassen (wie in den Vereinigten Staaten ist die Arbeitskraft so billig, daß jemand beim Eintüten hilft) und ebenso die Banken vermeiden konsequent alle Anzeichen des Lokalen, aber während des Karikaturenstreits haben sie anstelle des dänischen Feta-Käses Korane in die Kühlregale gestellt. Ach, wenn Amerika wüßte, wie erfolgreich es ist, wie sehr es geliebt wird, würde es vielleicht weniger Kriege anzetteln. In der Sonderverkaufsstelle am Eingang stehen Tannenbäume aus Plastik zum Verkauf, weißbefleckt mit Watte, außerdem Weihnachtsschmuck, Lichterketten. Nur der Santa Claus fehlt. Womöglich, weil er mit seinem weißen Bart zu sehr einem Mullah ähnelt. Verbleibende Flugzeit 1:04, aber die Batterie nur noch bei 27 Prozent, gerade noch genug, um wenigstens den Absatz abzurunden, wenn schon nicht den Roman, den ich schreibe: Das Hotel, in das der Kommilitone den Handlungsreisenden quartierte, hatten sie vor zwanzig Jahren nur betreten, um nach dem Geldwechseln einen Blick in den Garten und auf die Frauen zu werfen. Jetzt wurde der eine von Praktikanten, Mitarbeiterinnen und arabischen Kollegen umringt, während der andere die Rolle als europäischer Intellektueller zu spielen versuchte. Natürlich waren sie noch die beiden Jungen von früher, das bestätigten sie sich gegenseitig im Hotelzimmer, als der Kommilitone dem Handlungsreisenden eine Krawatte umband, und auf der Konferenz durch schelmische Blicke, nur daß der Kommilitone nach dem Podiumsgespräch keine Zeit hatte, in der Mittagspause auszubüxen, um Koschari zu essen, das Alltagsgericht der armen Ägypter aus Nudeln, Sauce, Linsen und getrockneten Zwiebeln, das er damals immer vorgeschlagen hatte, wenn der Kühlschrank leer war. An der neuen, gutbesuchten Neueröffnung ging der Handlungsreisende weiter zu ihrem alten Stammrestaurant, in dem niemand saß. Er überlegte noch zurückzukehren, entschied sich dann als Anhänger Adornos für das Alte in Kairo, nur damit ihm die verbrannten Zwiebeln noch am Abend schwer im Magen lagen.

Daß Geburt und Tod Passagen sind, die aus der Endlichkeit hinausweisen, das haben wohl alle Autoren gesehen, die der deutschen Romantik im engeren Sinne der Germanistik zugerechnet werden – »Geboren werden und Sterben sind solche Punkte, bei deren Wahrnehmung es uns nicht entgehen kann, wie unser eigenes Ich überall vom Unendlichen umgeben ist«, sagt es Schleiermacher in der dritten Rede über die Religion. Allerdings spricht die Literatur seltener über das Ich, das Gott war, und enthält auch der Roman, den ich schreibe, mit der Frühgeburt nur eine einzige Passage, die *ins* Endliche führt und damit leichter zu bezeugen ist als der Tod. Manchmal, egal, was rings um ihn in der Wohnung, in der Stadt, auf der Welt sonst gerade geschieht, manchmal betritt der Vater frühmorgens sein Schlafzimmer, war vielleicht zwischendurch nur Zähneputzen oder Kaffeeholen oder Frühstückmachen für die Ältere, müde und tapsig, und ist verblüfft, im positivsten Sinn geschockt, mitten auf dem großen Bett ein kleines Mädchen vorzufinden, ein zweites, in seinem Fall sogar, um die Passage in die Endlichkeit auszuleuchten: frühgeborenes Kind, das immer schon wach ist, neugierig auf den morgendlichen Verkehr im Schlafzimmer, zufrieden und fröhlich, und ist dann auch zufrieden und fröhlich, sofort rundum fröhlich, herausgerissen aus dem Zähneputzen, Kaffeeholen, Frühstückmachen, wegen dem er drei Minuten vergessen hatte, warum er mehr als nur zufrieden, warum er dankbar sein sollte und es augenblicklich ist, herausgerissen ins Leben.

Zwei Tanten sind bereits aus Amerika eingeflogen, die Mutter aus Deutschland leicht angeschubst von ihrem Sohn, weil sie Furcht hatte, dem vierzigtägigen Trauerritual nicht gewachsen zu sein. Beinah wie eine Deutsche redete sie davon, es lieber mit sich allein auszuhandeln. Der Sohn, der in Deutschland aufwuchs, erinnerte sie an das Primat der

Aufopferung in den Letzten Dingen. Es zähle jetzt nicht, wie anstrengend die Reise und wie deprimierend der Aufenthalt, vielmehr der Onkel, dem nicht beigestanden zu haben sie bis an ihr Lebensende bereuen würde. – Er merkt es doch nicht einmal mehr, verteidigte sich die Mutter am Abend noch schwach und war am Morgen froh, wie sie zugab, als der Sohn sie zum Flughafen fuhr. Erstmals in ihrem Leben checkte sie nach Teheran ein, ohne wegen Übergepäcks verhandeln zu müssen. Wäre der Tod nicht Erlösung für ihn? fragte einer der Verwandten den Arzt auf der Intensivstation eines iranischen Krankenhauses, das man sich, ruft die Mutter am Telefon noch einmal ins Gedächtnis, nicht so sauber, gut ausgestattet und ordentlich wie eine Intensivstation in Deutschland vorzustellen hat: Ohne eigene Krankenschwester, ohne eigene Bettwäsche, ohne eigene Medikamente, ohne eigene Putzkraft krepierst du hier einfach. Zum Glück hat die Familie beste Kontakte, kennt jemanden, der jemanden kennt, außerdem verdankt sich die Dialysestation einer Spende Großmutters, was die Mutter nicht wußte, sah das Schild am Eingang, als sie den Onkel besuchte, Großmutter hatte es ihr gegenüber nie erwähnt, und jetzt rang der Onkel wegen Nierenversagens mit dem Tod oder hatte bereits verloren, wäre es nicht Erlösung?, aber der Arzt, der als jüngerer Kollege den Onkel gut kannte, der wie alle in der Familie Mediziner ist, war?, wenngleich als einziger und trotz des Studienplatzes in Amerika und des Geldes, das Großvater durch den Verkauf eines Hauses besorgt hatte, in Iran ausgebildet – der behandelnde Arzt sagte, daß er niemanden sterben lassen dürfe, der wie auch immer überleben könne und dessen Angehörige, so müßte man hinzufügen, über gute Kontakte und genügend Geld verfügen, um eine eigene Krankenschwester, eigene Bettwäsche, eigene Medikamente und eigene Putzkraft zu besorgen, weil andere Patienten iranischer Krankenhäuser sehr wohl sterben, die überleben könnten. Inzwischen ist der Onkel wieder bei Bewußtsein und dankt oder dankt nicht Großmutter, wenn vier Stunden lang alles Blut heraus- und wieder hineingepumpt wurde, Urin- und Verwesungsgeruch, schließlich ist das Gerät schon seit Jahrzehnten im Betrieb. Auf der Dialysestation wird der Mutter jedesmal übel, die sagt, daß es dem Onkel gutgehe, Gott sei gepriesen das Schlimmste überstanden, wenngleich sie auf Nachfrage einräumt, wie relativ gut und schlimm in Isfahan seien, und daß der Onkel, wenn er nicht schlafe, ständig wimmere, endlich sterben zu wollen, das sei doch kein Leben, auch am 16. Dezember

2009 um 16:33 Uhr iranischer Zeit schläft oder wimmert, während der Sohn um 14:03 deutscher Zeit nach Berlin fährt, ohne sich bereits Gedanken über die Podiumsdiskussion am Abend zum »Nutzen und Nachteil der Religionen« gemacht zu haben, denen es doch um alles, aber nicht um Nutzen geht. Beim Wetter fragt auch niemand, ob es ihm nützt, vom Nutzen und Nachteil des Wetters, und bei mancher Frau kann man nachweislich sagen, daß sie einem schadet und man ohne sie besser zurechtkäme, nur sage das mal einem Verliebten, es wäre Ökonomie, nicht Liebe, sprich ihm vom Nutzen und Nachteil der (Fanny) Stella, vom Nutzen und Nachteil des Biers kann man sprechen, vom Nutzen und Nachteil sagen wir des Regens, wobei die Frage hier schon müßig wird, nicht erst beim Nutzen und Nachteil des Wetters, denn selbst wenn man feststellte, daß der Regen nützt oder schadet oder welche Menge Regen nützlich, welche schädlich wäre, könnte man ihn nicht bestellen oder abbestellen, wie man auch an Gott nicht glauben muß, um dennoch dem Schicksal ausgesetzt zu sein. Der Herr, der im Abteil gegenübersitzt, steigt in Hannover aus, wo der Zug in einer Viertelstunde eintreffen wird, so daß der Sohn nicht in den Speisewagen geht, um sich zu überlegen, was er am Abend zum Nutzen und Nachteil der Religionen vortragen könnte, da sonst sein Gepäck unbeaufsichtigt wäre, sondern noch einiges von dem aufliest, was in der Eile liegenblieb. Um aus dem Text zu springen wie der Gemalte aus dem Bild, müssen Real- und Romanzeit erst wieder synchron werden, schon weil der Roman, den ich schreibe – selbst die Gattung steht schwarz auf weiß im Vertrag –, nun offenkundig mit seiner Veröffentlichung aufhören wird, poetologisch ein Happy-End nach dem Modell amerikanischer Filme, wie amerikanische Filme oft gar nicht mehr sind. Inzwischen ist der Herr in Hannover ausgestiegen und hat der Sohn einen Petersilieneintopf ins Abteil bestellt. So taub und blind er sich zu stellen versucht, war die Hoffnung vergebens, daß möglichst wenig auf Erden geschieht und schon gar niemand stirbt, damit er die lesbare Fassung möglichst schnell erstellt; für die Poetikvorlesung muß er ja dankbar sein, aber jetzt auch noch die Scheidung, die er weder auf Erden noch im Roman gebrauchen kann, den ich schreibe, schließlich beginnen Himmelsreisen in der Literatur zwar ebenfalls mit der Not, aber enden mit Erlösung. Wenn überhaupt etwas, sollte der Sohn den Salon fortführen, den er auf der ersten Seite begann, so viele Gegenwartsautoren, deren Auftritt dem Roman entgeht, den ich schreibe, nach Peter Kurzeck etwa der schroffe Yitzhak Laor, der das israelisch-jüdische Motiv fortsetzen würde, das der Romanschreiber allerdings in der lesbaren Fassung bereits stark reduziert hat, auch das Motiv der Loyalität, immerhin las Laor das Gedicht an die Soldaten im Osten vor, in dem Brecht den brauchbaren Patriotismus bis hin zur Selbstvernichtung ausdekliniert, damit andere Gesellschaften gewarnt seien. Wenn der Romanschreiber vielleicht einmal lügen wird, die Konstruktion im voraus übersehen zu haben, log Laor, dessen Roman ungleich komplizierter gebaut ist, nichts geplant zu haben, wiewohl es schon Großvater für abwegig gehalten hatte, die Schöpfung ohne Schöpfer zu denken. Erst recht müßte der Roman, den ich schreibe, nach Siegen zurückkehren, wo der Sohn dem christdemokratischen Bürgermeister wieder begegnete, dem die Mutter schon wegen seiner gepflegten Erscheinung den Vorzug gibt: Der Bürgermeister, der aus dem Roman, den ich schreibe, eine despektierliche Bemerkung über Siegen in der Zeitung gelesen hatte, führte den Sohn zwei Stunden lang durch die Stadt, um ihn mit der Begeisterung darüber anzustecken, wieviel sich zum Guten verändert habe. Nebenher erwähnte der Bürgermeister, daß am Wochenende zuvor tausendfünfhundert Menschen *für* die Verlängerung der Autobahn demonstriert hätten, doch schafft der Sohn es nicht einmal, dieses winzige Motiv der Siegener Stadtautobahn, geschweige denn einen ganzen Erzählstrang zu Ende zu bringen, weil sich in Wolfsburg ein Paar ins Abteil gesetzt hat, das sich pausenlos über Platzzahlen, 2011 und Herrn Krämer unterhält, den man nicht anlügen dürfe, wenn er jetzt überweist. Daß Renate überarbeitet ist, erfährt der Sohn ebenfalls. Auf der Rückfahrt fährt er lieber mit Jean Paul, Hölderlin oder Seite 524 der lesbaren Fassung fort, da früher oder später im Leben alle Erzählstränge abbrechen. Schon gar nichts ist aus der Sendereihe geworden, die er auf der ersten Seite des Romans einführte, den ich schreibe, schon gar nichts aus dem Heiligen als Tuwort. In Urschrift ist es gerade am 19. Oktober 2007, 7:31 Uhr auf dem indischen Handy mit der kaschmirischen SIM-Karte, dessen Uhr ziemlich genau sein müßte. Wie schön, daß ihm der Bootsherr eine Kanne mit süßem Jasmintee bringt.

Häufiger steht das Hilfsverb zwischen ich und Gott im Futur und beschäftigt sich Literatur mit dem Tod, dem der Roman, den ich schreibe, den Titel verdankt, der im Vertrag steht. »Der Geist stieg in sich und seine Nacht und sah Geister. Da aber die Endlichkeit nur an Körpern haftet und da in Geistern alles unendlich ist oder ungeendigt: so blühte in der

Poesie das Reich des Unendlichen über der Brandstätte der Endlichkeit auf.« Präzise sind hier die beiden Pole in Jean Pauls Werk und vielleicht auch Hölderlins oder sogar aller Dichtung benannt, die als romantisch im weitgefaßten Sinne der *Vorschule* gelten könnte: Weist der Geist, der in sich und seine Nacht stieg, auf die Selbstvergegenwärtigung hin, die Jean Paul als so einschneidend erfuhr – »Ich bin ein Ich« –, wird mit der »Brandstätte der Endlichkeit« der Beweggrund seiner Dichtung als einer metaphysischen Revolte deutlich wie in der Rede des toten Christus: »Zufall, weißt du selber, wenn du mit Orkanen durch das Sternen-Schneegestöber schreitest und eine Sonne um die andere auswehest, und wenn der funkelnde Tau der Gestirne ausblinkt, indem du vorübergehest? – Wie ist jeder so allein in der weiten Leichgruft des Alles! Ich bin nur neben mir – O Vater! o Vater! wo ist deine unendluche Brust, daß ich an ihr ruhe? – Ach wenn jedes Ich sein eigner Vater und Schöpfer ist, warum kann es nicht auch sein eigner Würgengel sein?« Wer »ich« zu sagen lernt, lernt, sich wichtig zu nehmen. Das ist nicht selbstverständlich. Die Verhaltensforschung bestätigt die Erfahrung aller Eltern, daß neben dem physischen Wohlergehen nichts notwendiger für ein Baby ist als die Erfahrung, geliebt zu werden. Um sich wichtig nehmen zu können, muß das Baby von anderen zunächst wichtig genommen werden, als gäbe es keinen Gott außer ihm. Daß alle anderen sich genauso wichtig nehmen, wie das Kind bald merkt, relativiert die eigene Bedeutung, aber negiert sie noch nicht – dann eben jeder ein Gott. Einschneidend ist vielmehr die Erfahrung der Ohnmacht, zunächst angesichts der Eltern, die das Kind zu erziehen beginnen, der Mitmenschen, der physischen Umgebung, später angesichts des Zufalls, dem der stärkste Wille nicht beikommt, und fundamental angesichts des Todes, der die Zukunft des Menschen nicht mehr nur bestimmt, sondern ein für allemal beendet. So zwingend es für den Menschen ist zu lernen, daß er ein Ich ist, so schwer fällt es ihm, sich damit abzufinden, daß er keines mehr sein wird. Jean Paul findet sich nicht ab. Keine andere Poetik schreibt der Dichtung so explizit die Aufgabe zu, das Ich, jedes Ich, über seine Vernichtung hinaus zu behaupten wie *Die Vorschule der Ästhetik*: »Gibt es denn nicht Nachrichten, welche uns nur auf Dichter-Flügeln kommen können; gibt es nicht eine Natur, welche nur dann ist, wenn der Mensch nicht ist, und die er antizipiert? Wenn z. B. der Sterbende schon in jene finstere Wüste allein hingelegt ist, um welche die Lebendigen ferne, am Horizont, wie tiefe Wölkchen, wie eingesunkne Lichter stehen, und er in der Wüste einsam lebt und stirbt: dann erfahren wir nichts von seinen letzten Gedanken und Erscheinungen – Aber die Poesie zieht wie ein weißer Strahl in die tiefe Wüste, und wir sehen in die letzte Stunde des Einsamen hinein.«

Hossein Ali Montazeri (1922 Nadjafabad; 19. Dezember 2009 Ghom)

Großajatollah Hossein Ali Montazeri hatte sich von einem seiner Söhne die neueste Satire von Ebrahim Nabawi ausdrucken lassen. Die Nationalbank oder das Finanzministerium hatte wohl angekündigt, neue Banknoten mit höheren Beträgen auszugeben, damit die Iraner die Scheine nicht mehr bündelweise mit sich tragen müssen, wenn sie nur Obst einkaufen gehen oder Milch. Nabawi, dessen jüngster, traurigster Coup es ist, auf einem Video das Schaugeständnis des früheren Vizepräsidenten zu zeigen, noch bevor der im Häftlingspyjama tatsächlich im Fernsehen auftrat, Nabawi hatte alternative Geldnoten mit den Köpfen der herrschenden Geistlichkeit und sarkastischen Sprüchen entworfen.

Meine Frau und ich saßen als einzige Laien in einem Rechteck von Geistlichen, das sich vor dem Schreibtisch Montazeris in Ghom gebildet hatte, unter ihnen zwei der mutigsten Aufklärer der mittleren Generation, beides seine Schüler, daneben alte, sehr ehrwürdig wirkende Ajatollahs, die ich nicht erkannte. Um genau zu sein, saßen wir erst allein mit Montazeri (davon später mehr), als nach und nach die Kollegen und Schüler auf den Stühlen Platz nahmen, die an drei der vier weißgetünchten, schmucklosen Wände aneinandergereiht waren. Zu erleben, wie Mullahs untereinander reden, zumal über die politischen Zustände und die Kollegen in der Staatsführung, diese Symphonie aus Zwischentönen, Höflichkeitsabstufungen, Andeutungen der Anerkennung oder des Spotts, gestischen Signalen wie dem sehr bedeutsamen Hochziehen der Augenbrauen in einem bestimmten Moment oder dem wortlosen, ausdruckslosen Kopfschütteln wie in Zeitlupe, ist spannender als Hollywood, doch davon in einem anderen Buch, denn Montazeri selbst, der neben Großajatollah Sistani im Irak als höchste theologische Autorität der schiitischen Welt galt, gab dem Gespräch sehr bald eine frappierende Wendung, die alle Zwischentöne erübrigte: Haben Sie schon den neuen Nabawi gesehen? fragte er in die ernste Runde, worauf die Kollegen und Schüler nickten oder bejahend grummelten. Es genügte, daß einer der Gäste – vielleicht waren wir zwei es aus Deutschland – die Satire noch nicht kannte, damit der greise Großajatollah sie zum besten gab: Den neuen Nabawi müssen Sie gesehen haben.

Leider habe ich die Satire nicht im Internet gefunden und kann mir daher nicht mehr in die Erinnerung zurückrufen, was an den Banknoten oder deren Kommentierung so witzig war. Ich weiß nur, daß der greise, ungebrochene, unter dem Schah gefolterte, von Chomeini als Nachfolger abgesetzte, eben erst aus dem Hausarrest befreite Montazeri, früher Lehrer und später Dorn im Auge der heutigen Staatstheologen, die fast alle in seinem Seminar saßen, ich weiß nur und werde nie vergessen, wie der Großajatollah aus der Zeitungssatire eine Show machte, bei der sich die ehrwürdigen Kollegen, die mutigen Schüler und wir zwei viel jüngeren Laien aus Deutschland vor Lachen buchstäblich kringelten. Er hatte sich jede Note auf ein einzelnes, DIN A4 großes Blatt drucken lassen, und wie *late night* die Unterhalter im Fernsehen, die auch immer hinter einem großen Schreibtisch sitzen, kündigte er eine Pointe nach der anderen an, den machttrunkenen Revolutionsführer, seinen windigen Rivalen, den zaudernden Reformer und noch einige andere, und nach jeder Ankündigung tat er für eine Kunstpause so, als müsse er das Blatt im Stapel noch suchen, bevor er mit einer letzten, bissigen Bemerkung die Banknote hervorholte und triumphierend in die Höhe hielt.

Man muß sich vor Augen halten, daß Montazeri anders als die Unterhalter im Fernsehen, die meist hochgewachsen und elegant gekleidet sind, von äußerst kleiner Statur war und eine Pyjamahose zum weißen Stehkragenhemd trug, dazu eine viel zu große Kunststoffbrille und auf dem Kopf die schlichte Kappe des Mekkapilgers – den Turban hatten ihm seine früheren

Schüler verboten –, man muß sich das verschmitzte, aber auch sanftmütige, erkennbar bäuerliche Gesicht mit der nach außen gekehrten Unterlippe vorstellen, über das in Iran so viele Witze kursierten, als er noch designierter Revolutionsführer gewesen, man muß die helle, krächzende Stimme im Ohr haben und den mir so vertrauten Singsang des Dialekts aus der Gegend von Isfahan mit seinen hochgezogenen Endsilben, der selbst ernsten Bemerkungen etwas Keckes verleiht, als seien sie so ernst auch wieder nicht gemeint – und was erst, wenn man in diesem Singsang Späße treibt –, man muß sich den Schrecken der Revolution in ihrem sechsundzwanzigsten Jahr vergegenwärtigen, alle kritischen Zeitungen verboten, schon wieder Hunderte Oppositionelle verhaftet, die Hoffnungen auf Reformen begraben, die Staatsgewalt mit Polizisten und Geheimdienstagenten auch rund um Montazeris Haus postiert, man muß sich bewußtmachen, bei wem und wo wir uns befanden, in der heiligen Stadt Ghom, in der Islamischen Republik Iran, bei keinem anderen als dem verfemten, widerständigen Großajatollah Hossein Ali Montazeri, um zu begreifen, warum Prusten, Kichern, Gelächtersalven, Schenkelklopfen, Klatschen und seufzendes Atemholen den Raum erfüllten. Ebrahim Nabawis Satire war bestimmt lustig, Montazeris Komödiantik bühnenreif – aber die Unbeschwertheit des Augenblicks verdankte sich auch der Schwere des historischen und dem Bewußtsein des religiösen Moments: Die draußen haben Macht nur in dieser Welt, haben Macht nur eine bestimmte Zeit. Gott ist größer.

Zwei Abende zappte ich wie benommen zwischen den persischsprachigen Fernsehsendern der BBC und von *Voice of America* hin und her, ohne mir recht klarmachen zu können, worin für mich persönlich die Bedeutung dieses Mannes lag, der doch nicht in dem Sinne meine »Quelle der Nachahmung« war, daß ich seine theologischen Anweisungen strikt befolgt hätte. Auf BBC sahen wir Abdollah Nuri, den abgesetzten Innenminister, der auf die Frage, wie groß der Verlust sei, hemmungslos zu weinen anfing. Das verstand ich. Bei *Voice of America* war ein Herr Borgheí zu Gast, selbst Sohn eines Großajatollahs, ein schon älterer Herr mit dem Kinnbart der religiösen Intellektuellen, der mich plötzlich aufmerken ließ, indem er genau das aussprach, was ich für mich persönlich, den in Deutschland geborenen Sohn frommer iranischer Auswanderer, als wahr empfand. Herr Borgheí redete anders als Abdollah Nuri in völliger Regungslosigkeit, saß auf seinem Bürostuhl, die Hände auf dem Schoß gefaltet, ohne sie auch nur einmal zu heben, keine Mimik, fast keine Betonungen. In meinen eigenen Worten ausgedrückt, sagte er, daß die Geschichte sich manchmal so füge, daß sie einem einzelnen die Last von vielen aufbürdet, die Last eines Volks oder einer Religion. Montazeri sei die Aufgabe zugekommen, in einer Epoche, in welcher der Islam und zumal die Schia unvorstellbar tief gesunken seien, unter einer schiitisch-islamischen Herrschaft, die an Grausamkeit, Zynismus und Korruption jede gewöhnliche Diktatur übertreffe, Großajatollah Montazeri sei die Aufgabe zugekommen – und zwar die längste Zeit in völliger Isolation –, in seiner Person zu verkörpern und damit unzähligen anderen Menschen das Bewußtsein zu bewahren, daß der schiitische Islam eine Religion der Freiheit, der Barmherzigkeit und der Gerechtigkeit sei.

Es muß so sein, daß sich die Menschen etwas Heiliges vom Islam bewahrt haben, dachte ich, als ich auf *Voice of America* tags darauf die vielen Hunderttausend oder Millionen sah, die trotz aller Schikanen, Straßensperren und Gefahren für Leib und Leben nach Ghom aufgebrochen waren, um einem Geistlichen das letzte Geleit zu geben, wo doch die Geistlichkeit als verhaßt gilt. Auf BBC konnte ich den Stau auf der Autobahn, die endlosen Schlangen in den Einfallsstraßen, die Menschenmassen auf den Straßen nicht sehen, weil es dem iranischen Staat gelang – unter Aufbietung von wieviel Geld, Technik und Intellekt? – am Abend des Begräbnisses die Satellitenfrequenz zu stören. Die politische Demonstration, zu der die Trauerfeier geriet, hätte unter den gegenwärtigen Umständen, angesichts dieser massiven Repression kein säkularer Führer zustande gebracht.

Aber es ist auch für mich ganz persönlich so: Warum habe ich Montazeri besucht und in Deutschland so oft von ihm gesprochen, seine Fatwas in Zeitungen unterzubringen versucht und Politiker wie Diplomaten auf ihn aufmerksam gemacht? Das hatte einen berechtigten Grund in seiner politischen und theologischen Relevanz für die Entwicklungen in Iran. Zugleich war er, ohne daß ich es mir klarmachte, für mich als einzelner der Zeuge, daß nicht nur Irrtum sei, was ich als Kind von der Religion wahrgenommen, gespürt, gelehrt bekommen und etwas später auch gelernt hatte.

Es war ja nicht nur, was er sagte – daß er gegen die Tyrannei wetterte und dem Revolutionsführer persönlich die Legitimation absprach, daß er den Bau der Atombombe verdammte, ungeachtet ihres Glaubens allen Bürgern Irans und ausdrücklich auch den Bahais die gleichen Rechte zusprach, die Besetzung der amerikanischen Botschaft bereute, jedwede Gewalt gegen Zivilisten verurteilte, gleich von wem, gegen wen sie ausgeübt wird. Es war, wer all das sagte: Nicht ein junger Aufrührer, sondern der höchststehende schiitische Theologe unserer Zeit, in klassischer Philosophie geschult, belesen auch in zeitgenössischer englischer Literatur und Wissenschaft, der unbestritten bedeutendste Interpret der *Kunst der Beredsamkeit* von Imam Ali, der nach dem Koran wichtigsten Quelle der schiitischen Theologie. Herr Borgheí sagte in *Voice of America*, daß vielleicht nie wieder einem schiitischen Geistlichen dieser Rang zuteil werden würde, weil mit seinem Tod nicht nur ein Leben, sondern eine Epoche zu Ende gehe.

Es ist bekannt, daß auch Großajatollah Montazeri Fehler beging und zahllose Grausamkeiten geschahen, als er noch zweiter Mann im Staat war. Er hat die Doktrin der *Welayat-e Faqih* ausgearbeitet, der »Herrschaft des Rechtsgelehrten«, sich vehementer als andere für den Export der Revolution eingesetzt und keineswegs sofort das Wort erhoben, als in den Gefängnissen die Massenhinrichtungen, Folterungen und Vergewaltigungen begannen. Doch gibt es vermutlich keinen politischen oder religiösen Führer unserer Zeit, der so konsequent eigene Irrtümer eingestand und den Preis für ihre Revision zahlte – bis hin zum biographisch bittersten Eingeständnis, daß er kein zweites Mal für eine islamische Revolution kämpfen würde. So hat er Fehler begangen, ja, aber an dem einen Grundsatz stets festgehalten: Der Erhalt des Systems rechtfertigt nicht alles. Besser das System geht unter, als daß die Gerechtigkeit untergeht. Das ist ein sehr alter Grundsatz politischen Denkens im Islam, bereits von Nezam ol-Molk im elften Jahrhundert formuliert und noch dringlicher für die Schia, die neben dem Monotheismus, dem Prophetentum, dem Jenseits und dem Imamat die Gerechtigkeit Gottes zu einem der fünf Prinzipien erhebt, an die jeder Schiit glauben muß. Der Vorrang der Gerechtigkeit vor dem System ist auch der Kern von Montazeris Konflikt mit seinem Freund und engsten Weggefährten, dem Großajatollah Chomeini, der genausogut über die Repression und Brutalität des Staatsapparats informiert gewesen sein muß – und sei es nur durch die Brandbriefe, die Montazeri ihm schrieb. »Möge Gott mir verzeihen«, sagte Chomeini, als Montazeri bei ihrer letzten Begegnung am 19. Januar 1989 schon aufgestanden war, um das Zimmer zu verlassen. Zuvor hatte Chomeini sich wieder eine halbe Stunde lang schweigend die Vorwürfe Montazeris angehört. »Möge Gott mir den Tod bringen«, fügte Chomeini an, als sei der erste Wunsch selbst für Gott nicht zu erfüllen.

Chomeini ordnete alles, ausdrücklich auch die Gebote des Korans und also erst recht alle individuellen Belange und eigenen Interessen dem Ziel unter, die als göttlich angesehene, nach tausendvierhundert Jahren des Verrats an der prophetischen Familie endlich errichtete Ordnung zu bewahren, koste es dem Land, koste es den Menschen, koste es Chomeinis eigenen Angehörigen, Weggefährten und ihn selbst, was es wolle. Die Frage, warum Gott in Seiner Gerechtigkeit von einem einzelnen etwas verlangen kann, was dessen Gerechtigkeitsempfinden radikal widerspricht, hielt Chomeini in der Nachfolge Abrahams für unergründlich. Für Montazeri hingegen konnte eine Ordnung, die die Gerechtigkeit preisgibt und ihren Erhalt nur Knüppel und Schießgewehren verdankt, gar nicht heilig sein.

Über meinen Besuch im Jahr 2000, als Montazeri noch unter Hausarrest stand – konkret: in zwei Räumen eingesperrt war – und ich vom Wohnzimmer aus über eine Freisprechanlage mit ihm sprach, berichtete ich ausführlich in der *Revolution der Kinder*. Dort habe ich auch den Brief abgedruckt, den Montazeri mir nach Deutschland schickte, um ihn in der *Frankfurter Allgemeinen* zu veröffentlichen, ein ebenso trauriger wie entschlossener Appell, übrigens auch außergewöhnlich elegant formuliert. Dann besuchte ich ihn 2005 wieder, als der Arrest endlich aufgehoben war, fand aber nicht viel zu berichten, weil schon bald seine Kollegen und Schüler ins Zimmer traten und er dem Gespräch die Wendung gab, die ich unmöglich für einen Artikel verwenden durfte.

Ein Lebenslauf wie Montazeris, der für die Freiheit so viel erleiden, im Triumph so hoch steigen und als Gerechter so tief fallen konnte, um als Verleugneter zum Helden zu werden, ist in Westeuropa seit sechzig, siebzig Jahren nicht mehr möglich – oder noch länger, weil die Herrschaft des Terrors seit der Neuzeit nirgends so lang währte. In Iran währt sie, in unterschiedlicher Intensität und von kurzen Phasen des Aufbruchs und der Freiheit unterbrochen, nun schon hundert Jahre, und davor war es nicht besser. Ohne andere Heldenepen und Martyrien deswegen geringer zu schätzen, ist ein Lebenslauf wie Montazeris wohl auch nur möglich in einer Kultur, die die Selbstopferung auf so extreme Weise zelebriert. Und doch war ausgerechnet Montazeri, Gelehrter, Held und Zeuge, von ergreifender Menschlichkeit – und damit meine ich einmal nicht das Menschsein in seinen edelsten Ausprägungen, sondern meine ich den Menschen im alltäglichen Sinne als ein Gegenüber, das einen wahrnimmt und sich selbst nicht so wichtig, ein Fragender ohne jede Attitüde, der auch gering scheinende Besucher ungeachtet des denkbar höchsten Unterschieds im Rang, in der Bildung und der Lebenserfahrung von gleich zu gleich anspricht, ein Gelehrter, der Humor hat, Selbstironie und nicht auf alles eine Antwort.

Als er noch designierter Nachfolger Chomeinis war, gehörte es zum Repertoire eines jeden geselligen Beisammenseins in bürgerlichen Kreisen, einen Witz über Montazeri zu reißen, seinen Dialekt aus der Gegend von Isfahan zu parodieren, der für andere Iraner so hinterwäldlerisch wirkt wie Sächsisch für Westdeutsche, über die Schlichtheit und den umgangssprachlichen Duktus seiner Reden zu lachen, sein rundes Gesicht mit der starken Unterlippe, den Pausbäckchen und den buschigen Augenbrauen zu verulken. Von einem auf den anderen Tag verstummten alle Scherze, als Chomeini wenige Monate vor seinem Tod, den er sich bei ihrer letzten Begegnung wünschte, Montazeri vom Nachfolger zur Unperson erklärte. BBC oder *Voice of America* strahlte ein Interview aus, das ein iranischer Journalist vor zwei Jahren mit Montazeri geführt hatte. Ob denn die Witze, die in den achtziger Jahren über ihn kursierten, auch ihm zu Ohren gekommen seien, fragte der Journalist. Gewiß, erwiderte Großajatollah Hossein Ali Montazeri und grinste.

Franz Lehr
(7. Dezember 1949
Haßfurt am Main;
25. Dezember 2009
Berlin)

Wäre ich Franz Lehr nicht auf einer Party wiederbegegnet, auf der ich mich so verloren wie auf fast allen Parties seit zwanzig Jahren fühlte, diesmal gar noch in Berlin und mit Gästen zur einen Hälfte aus der Theaterwelt, in der ich am unsichersten bin, weil ich so lange so gern dazugehört hätte, zur anderen Hälfte noch unbekannter als unbekannt, weil ein guter Freund seinen Geburtstag zusammen mit einer anderen Vierzigjährigen feierte, deren Bekanntenkette noch einmal ganz woanders hinführte, ohne daß ich an dem Abend herausgefunden hätte wohin und wer dieser andere Vierzigjährige überhaupt war – hätte nicht zufällig Franz Lehr beobachtet, wie ich ratlos durch die Reihen ging, um mir einen Platz für den unerwartet festlichen Abend zu suchen – mit blütenweißen Tischdecken, silbernen Kerzenständern darauf, Kellnern sowie der Ankündigung eines Menüs –, die Tische alle belegt, niemand, der mich auf die einzelnen leeren Stühle einlud, da mich kaum jemand kannte und ich zu stolz war, mich in irgendwelche Bekanntenketten zu zwingen, die zu nichts führen – hätte Franz Lehr mich nicht von weitem zu sich gewunken, wo ein Platz frei war oder er einen freien Platz neben sich schuf, indem er andere aufzurücken bat, ich hätte ihm keinen Platz auf meinem Friedhof anbieten dürfen.

Das ist seltsam. Ich kenne Franz schon so viele Jahre, wir sind uns so oft begegnet, haben zusammengearbeitet, als er die Kostüme für eine Inszenierung am Theater an der Ruhr entwarf, an der ich mitwirkte, und doch ist mir, nachdem ich von seinem Tod erfahren hatte, keine andere Situation außer dem vierzigsten Geburtstag des gemeinsamen Freundes eingefallen, die ich als Nähe reklamieren konnte. Wahrscheinlich ist auch Wunschdenken dabei, weil er zu mir stets freundlich war wie zu allen und ich dachte – und er vielleicht ebenfalls dachte –, daß Freundschaft schon noch erwüchse und es bislang nur an Gelegenheiten fehlte oder es nur die üblichen Theatergelegenheiten waren, die zu Scheinfreundschaften anstiften. Nur zu spielen, als sei man befreundet, dazu achtete ich Franz zu sehr, und daß er selbst auch nicht die theaterüblichen Anstalten machte, vertrauter zu tun, als wir waren, obwohl seine Umgänglichkeit sonst so gut in den Betrieb paßte, mehrte nur meine Sympathie. Obwohl ich mir vorgenommen hatte, bei Trauerfällen niemals mehr Gründe vorzuschieben, bin ich nicht zur Beerdigung gefahren, denn sein Tod war kein Trauerfall für mich, das wäre gelogen, dachte ich, es war traurig, es war ungerecht, es war ein Verlust fürs deutsche Theater, aber ich niemand, der sich zu seinen Nächsten zählen durfte oder auch nur behaupten, er habe etwas Wesentliches, etwas »Erwähnbares«, wie Großvater gesagt hätte, über Franz Lehr erfahren.

Natürlich könnte ich etwas zu seinen Kostümen schreiben – seine Bühnenbilder habe ich nicht recht vor Augen –, nur wäre es, wenn ich nicht den gemeinsamen Freund oder andere Theaterleute nach dem Spezifischen von Franz' Arbeit fragen würde, weniger, als ein beliebiger Kritiker zusammentrüge, da ich in Theatervorstellungen zuwenig auf das Unbelebte achte und auch selten eine begründete Meinung habe, warum Kostüme gelungen oder nicht gelungen sind. Diese Ignoranz macht mich nicht stolz, sondern gehört eher zu den Gründen, warum ich es nicht ans Theater geschafft habe. Allein schon, daß ich wie der Theaterpöbel Kostüme für etwas Äußerliches halte, disqualifiziert mich wahrscheinlich für den Beruf des Regisseurs und hätte Franz aufgebracht, auch gegen mich aufgebracht, nehme ich an, da er seinen Beruf so ernst nahm, wie es sein muß, um so gut zu sein, wie es alle von ihm sagen, die ich im Theater kenne. Ich möchte nicht einmal auf die famosen Kostüme eingehen, die er für unsere eigene Inszenierung entwarf, operettenhaft auf ideale Weise, indem sie von den Schauspielern allen Mut zur Häßlichkeit einforderten, zur großen, peinlichen, verzweifelten Geste, und doch schwindelte ich, würde ich behaupten, sie hätten mich so tangiert wie meinetwegen das Konzert von Nikki Sudden im Kölner *Blue Shell* etwas hinterließ, den ich noch viel weniger kannte als Franz Lehr.

Eher hat sich mir die Milde seiner Ausstrahlung eingeprägt, seine zugetanen, interessierten, immer liebenswürdigen und uns Jüngeren gegenüber fürsorglichen Blicke, die herzlichen Umarmungen, auch wenn sich für meinen Geschmack die Körper im Theaterbetrieb zu schnell berühren. Ich glaube schon, daß die Zärtlichkeit, mit der Franz auch mir gelegentlich über die Schulter fuhr oder mich am Oberarm hielt, mit seiner Homosexualität zu tun hatte, die ich bei niemand anders in meiner Umgebung, jedenfalls vor etwa fünfzehn Jahren, als wir uns in Mülheim kennenlernten, von Anfang an als so selbstverständlich empfand, doch war es eine, wie soll ich sagen?, eine Generalzärtlichkeit zu allen Menschen, Gegenständen und der Welt als solcher. Zu Frauen schien er auf die gleiche Weise sanft zu sein oder noch unbefangener. Mir waren seine Berührungen niemals unangenehm, und das will bei meiner kulturellen Vorprägung etwas heißen und der Aversion gegen voreilige Umarmungen, die ich im Theaterbetrieb herausbildete. Franz war unbedingt loyal, das weiß ich noch, vor allem gegen den gemeinsamen Freund, der nach Jahren als Regieassistent am Theater an der Ruhr zum ersten Mal inszenieren durfte und viel mehr unter Druck stand als ich, der ich Gast war und mich gegen Ende der Proben auf die Dramaturgie zurückzog. Das Theaterdirektorium mit Roberto Ciulli, als dessen fester Kostümbildner Franz damals arbeitete, schien nahezulegen und beinah zu erwarten, daß er sich von uns distanziert oder sich über uns erhebt, als die Proben nicht so liefen wie von uns ausgedacht und genau die Probleme und Schwächen auftraten wie vom Direktorium prophezeit. Aus unserer Sicht bestand nie Anlaß zur Sorge, daß Franz uns in den Rücken fiel. Er vermittelte, indem er zugleich nach Lösungen suchte und beruhigte, aber es war vollkommen klar, daß er auf unserer Seite stand, weil er diese Produktion nun einmal mit uns Jüngeren begonnen hatte, nicht mit der Theaterdirektion, und die Krise auch seine Krise war.

Nur bezog diese Fürsorge sich wie gesagt eher auf den gemeinsamen Freund; ich habe sie mehr beobachtet, als gemeint zu sein. Allerdings führt mich Franz' Fürsorge zurück zur Party etwa fünfzehn Jahre nach unserer Zusammenarbeit in Mülheim. Daß er aufstand, um mich von weitem zu sich zu winken, als er mich ratlos durch die Reihen gehen sah, ist vielleicht gar nicht so bemerkenswert und täten andere genauso, die einen Platz frei haben für einen Bekannten. Aber bei niemand anders hätte ich spontan und so stark den Eindruck gehabt, daß die Geste charakteristisch für ihn war. Niemand anders, und das ist für mein Leben dann doch zwingend »erwähnbar«, niemand anders hätte meine Verlorenheit über so viele Tischreihen hinweg bemerkt.

Dank Franz verlief die Party glimpflich, wie die meisten Parties inzwischen, da von diesem Augenblick an die Mechanismen wieder griffen, die mich halbwegs vor der Einsamkeit schützen, die mich fast immer überfällt, wenn ich unter Menschen bin, die fröhlich sein wollen. Es saßen einige nette Leute am Tisch, unter anderem Franz' Lebensgefährte, die Schwester unseres gemeinsamen Freundes und neben mir ein Dramatiker, mit dem ich mich recht angeregt über etwas unterhielt, das nichts mit Theater zu tun hatte, genau, jetzt fällt es mir wieder ein, über die Fußballnationalmannschaft der deutschen Schriftsteller, welcher der Dramatiker angehörte, was nun wirklich blöd genug ist, um sich die Köpfe heißzureden.

Ein fröhlicher Abend wurde es nicht. Im Bewußtsein und mehr noch im Unterbewußtsein befand ich mich in einer anderen, tragischen Welt, weil ich in der Woche zuvor erst aus Afghanistan zurückgekehrt war und es Nasrin immer schlechter ging. Später am Abend traf ich nach langer Zeit wieder eine befreundete Schauspielerin, die mir niedergedrückt berichtete, daß sie vor kurzem ihr Kind im fünften Monat tot auf die Welt gebracht hatte. Danach hatte ich endgültig genug von Small talks, so daß ich zu den ersten Gästen gehörte, die die Party verließen, zumal die Musik, die der DJ auflegte, keinen Ausweg auf die Tanzfläche bot. Außerdem hatte mir Franz ausführlich von seiner Krebskrankheit erzählt. Damals klang die Erkrankung nicht dramatisch oder schien das Drama fast vorbei, Franz erst ein paar

Tage zuvor aus der Klinik entlassen, Prostatakrebs mit mehr als den üblichen Begleiterscheinungen, entwürdigend, schmerzvoll und langwierig. So lange keinen Sex zu haben, klagte Franz und lachte dabei nicht, da für ihn, der Zärtlichkeit so ernst nahm, nichts daran komisch war. Franz sagte auch, daß er immer noch Angst habe zu sterben, obwohl er eigentlich keine Angst mehr haben müsse, da die Heilung nach medizinischem Ermessen feststehe. Deshalb fragte ich danach auch nicht mehr bei ihm selbst nach, sondern erkundigte mich nur ein-, zweimal bei dem gemeinsamen Freund, ob es Franz wieder gutgehe. Er wurde geheilt, wenngleich nach weiteren, mühseligen Behandlungen. Daß er an einem anderen Krebs erkrankte, bekam ich nicht mit und leider sein Urologe auch nicht, sonst wäre Franz womöglich noch am Leben. Er selbst war immer schon aufmerksamer gewesen als andere.

Silvester in der Kneipe ein Satz von Heimito von Doderer, der nun wirklich kein Trinkspruch mehr ist: »Die Treue ist der längere oder kürzere, mitunter fast wehmütige Nachhall der Liebe.«

In der neuen Folge ihrer Selberlebensbeschreibung, die die Mutter aus Isfahan gemailt hat, taucht Großvater gleich zu Beginn auf, als sie gemeinsam die Großtante in Teheran besuchen. Ohne ihn einzuweihen, fragt sich die Mutter zur Universität durch und meldet sich für die Aufnahmeprüfung im Fach Literaturwissenschaft an, die sie kurz darauf besteht. Erst mit dem Aufnahmebescheid in der Hand weiht sie Großvater ein: »Ich kann ja bei der Tante wohnen.« Auch wenn Großvater zunächst nicht widerspricht, besteht kein Zweifel, daß er das Glück einer jeden Frau in der Ehe, der Mutterschaft und im Haushalt sieht. »Es dauerte einige Tage, bis er mich zu überreden begann, mit ihm nach Isfahan zurückzukehren, aber die Tränen, die ich, wie meine Mutter zu sagen pflegte, mit einem Lidschlag aus den Wimpern schütten konnte, brachen ihm das Herz. Um mich wieder fröhlich zu sehen, willigte er ein, mich bei meiner lieben Tante zurückzulassen.« Nachdem die Mutter von der Welt berichtet, die sich ihr in Teheran öffnet – im Hörsaal sitzt sie neben jungen Männern, als ob nichts dabei wäre, und darf sich in den Pausen und sogar in Cafés mit ihnen unterhalten, ohne daß sich jemand wundert –, folgt noch einmal der Zornausbruch Großvaters, den die Mutter bereits im Zusammenhang mit dem Sturz Mossadeghs schilderte: Daß Reza Rastegar Großvater vorschlägt, die Tante dem Schah vorzustellen, führt der Mutter ins Bewußtsein, daß sie als älteste Tochter nun bald einen der Freier erhören müsse, die mit ihren Anrufen und Blumen die Großeltern weiter in den Wahnsinn treiben. Bevor sie nicht verheiratet ist, so will es die Sitte, dürfen die Schwestern nicht heiraten, die die Vorbehalte der Mutter gegen Männer keineswegs teilen. Folglich setzt auf der dritten der zwanzig neugetippten Seiten, die die Mutter als Probe in Auftrag gab, um über die weitere Zusammenarbeit mit der jungen Waisen zu entscheiden, die Bekanntschaft mit dem Vater ein. Großvater wird in der Datei nicht mehr erwähnt, soweit ich es beim ersten Durchblättern sehe, und die Mutter wird *In Frieden* erst genannt, wenn sie tot ist, möge Gott ihr ein langes Leben schenken. Abgesehen davon hat der Sohn anderes, Dringenderes zu tun, er muß mit der lesbaren Fassung des Romans fortfahren, den ich schreibe, um vielleicht doch noch die Gegenwart einzuholen, bevor er im Sommersemester 2010 ans Pult von Theodor W. Adorno tritt. Andererseits wird dem Sohn in den anderthalb Stunden, die am Donnerstag, dem 7. Januar 2010, nach dem Mittagessen mit der Älteren noch bleiben, bevor er die Frühgeborene vom Kindergarten abholt, ohnehin nichts Rechtes mehr gelingen, außer daß er vielleicht der Verlegerwunschfaktizität konsequent auf der Spur bleibt, 14:22 Uhr auf dem Computer, 14:20 Uhr auf dem Handy, aber gewiß nicht die Konzentration, die er dafür benötigt, die Urschrift in etwas Lesbares zu verwandeln. Unter dem Vorwand, daß Großvater als Vater der Braut in die Bekanntschaft der Eltern involviert ist, erlaubt sich der Sohn daher, wenigstens den Beginn der neuen Folge zu übersetzen, soweit es ihm in nicht mehr ganz anderthalb Stunden gelingt: »Wenn Mama mir die Photos, Briefe und Zeugnisse der Kandidaten vorlegte, hatte ich immer dieselbe Antwort: ›Ich will keinen Mann, und wenn Sie unbedingt einen wollen, dann suchen Sie ihn doch selbst aus. Aber sollte ich es nicht mit ihm aushalten, bringe ich mich um.‹ Nachdem ich die Drohung ausgesprochen und die Tränen aus den Wimpern geschüttelt hatte, rannte ich in mein Zimmer. Einige Tage später sah ich von der Halle aus, wie Mama sich im Salon mit einem Mann unterhielt. ›Ein Freier!‹ feixte Mah Soltan, die mit einem Tablett Tee an mir vorbeiging. Ich lief in den Hof, um aus dem Fenster in den Salon zu stibitzen. Er war zwar nur von hinten zu sehen, aber das reichte mir schon: Sein Hinterkopf war kahl! Wer immer es sein mochte, ich fand ihn scheußlich. Überhaupt hatte mich niemand gefragt und ich zum Thema nichts weiter zu sagen. Als er den Salon verließ, erkannte ich, daß es sich um einen Freund meines Bruders handelte, einen Studenten der Medizin, der bereits in einer Praxis arbeitete. Mit Mama war ich schon einige Male dort zur Behandlung gewesen und hatte sogar ein paar Worte mit ihm gewechselt; er trug immer ein Lächeln im Gesicht und war auch sehr höflich. Er mochte ein guter Arzt werden – mein Ehemann würde so ein Glatzkopf bestimmt nicht.«

»Ein paar Tage später mußte meine Schwester für eine Operation ins Krankenhaus. Als Mama und ich einmal an ihrem Bett saßen, trat plötzlich er ins Zimmer, einen Blumenstrauß in der Hand und im Gesicht wieder sein Lächeln. Ohne mich zu fragen, schob Mama ihm einen Stuhl zu, aber statt sich nach dem Befinden meiner Schwester zu erkundigen, fragte er ständig, wie es mir gehe, was ich treibe, was meine Vorlieben seien. Meine Antworten fielen so knapp aus und meine Blicke waren so abweisend, daß es an Unhöflichkeit nicht nur grenzte. – ›Ach was, Sie studieren?‹ fragte er. Daß ich an der Universität Teheran im Fach Literaturwissenschaft eingeschrieben war, hatte Mama ihm offenbar tunlichst verschwiegen. ›So eine junge Frau wie Sie muß doch heiraten und eine Familie gründen.‹ Ich warf Mama einen triumphierenden Blick zu: Sehen Sie, was für ein Esel der ist? ›Also nein, ich finde, ein Studium paßt nun überhaupt nicht zu Ihnen‹, redete er sich um Kopf und Kragen: ›Viel besser kann ich Sie mir als liebevolle Mutter vorstellen. Bestimmt haben Sie bei Ihrer zauberhaften Frau Mama auch schon zu kochen gelernt.‹ Das war der Gipfel! So ein rückständiger, unhöflicher, unverschämter Kerl! Ich beugte mich zu Mama und zischte laut genug, damit er es hören konnte, daß er kein Recht habe, sich in mein Leben einzumischen. ›Und wer hat ihn überhaupt hierherbestellt?‹ Weil Mama mir nur besänftigend zunickte, drehte ich mich zu ihm hin: ›Haben Sie Dank für Ihren Besuch, und bitte grüßen Sie Ihre Eltern.‹«

»Einige Wochen vergingen, in denen Mama ihn nicht erwähnte, bis ich sie eines Morgens mit den Vorbereitungen für eine festliche Geselligkeit beschäftigt sah. Mißtrauisch fragte ich Mah Soltan, wen Mama eingeladen habe. ›Ja, weißt du das nicht?‹ lachte Mah Soltan und feixte wieder: ›Nur ein paar Freier.‹ ›Schon wieder‹, stöhnte ich. Gegen Abend schlich ich mich aus dem Haus und lief zum Haus meiner Oma. Durch den Hintereingang trat ich unbemerkt ein, öffnete leise eine der Türen und legte mich hinter einem Bett auf dem Boden. Es dauerte keine halbe Stunde, da kniete meine Tante auf dem Bett, Papas ältere Schwester, blickte zu mir herunter und bedeckte mich mit einem Redeschwall: ›Kindchen, niemand wird dich zwingen, Kindchen, sie werden schon nicht beißen, Kindchen, es sind nur ein paar Freier mit ihren Müttern, sie schauen dich an, du schaust sie an, und wenn du einen willst: herzlichen Glückwunsch, Kindchen, und wenn du nicht willst, auch gut und auf Wiedersehen, sie gehen ihres Weges und du wirst so Gott will dein Glück ebenfalls finden, Kindchen, aber jetzt steh auf und schüttle dir erst einmal den Staub ab, was machst du denn für Sachen: Wenn dich jemand hier auf dem Boden liegend sieht, Kindchen. Ich verspreche dir, daß die Männer schon nicht beißen werden.‹ Ich zog das rote Kleid an, das meine Tante mitgebracht hatte, kämmte mir die Haare und begleitete sie zurück zu unserem Haus. Im Salon sah ich zunächst nur fremde ältere Frauen. Wo sind denn die ganzen Freier? fragte ich mich, da trat plötzlich er ins Zimmer oder sprang von seinem Stuhl, ich weiß es nicht, ich hatte ihn vorher nicht bemerkt und war um so erschrockener, als er geradewegs auf mich zulief, sich neben mich setzte mit seinem ewigen Lächeln und auch noch meine Hand ergriff. Und was tat er? Zu Stein erstarrt beobachtete ich, wie er einen Ring an meinen Finger steckte. Ich war absolut unfähig, irgend etwas zu sagen oder zu tun, so schockiert war ich. Dann trat Mama zu uns mit einem weiteren Ring in der Hand, den sie an seinen Finger steckte. Alle klatschten, trillerten mit dem Mund und schrien ›Herzlichen Glückwunsch‹ und ›Hoch sollen sie leben, hoch, hoch hoch‹. Nur ich blieb auf meinem Stuhl sitzen und sagte den ganzen Abend kein Wort, bis er mitsamt den Frauen wieder verschwunden war.«

Onkel Ahmad griff mir immer an die Eier. Ohne Vorankündigung, ohne vorher etwas anzudeuten, oft noch vor der oder während der Begrüßung rief er plötzlich *dom-borideh*, »beschnittener Schwanz«, was haste denn da?, haste überhaupt was?, und griff zwischen meine Beine. Wenn ich die Hände einmal nicht rechtzeitig vors Geschlecht riß, drückte er mir die Hoden erbarmungslos zusammen und hatte einen Heidenspaß, mich vor Schmerz aufschreien zu hören, wobei ich auf jeden Fall schrie, *dâydjun*, »Onkelchen«, lassen Sie das!, *dâydjun*, das tut weh!, *dâydjun*, Sie werden sich nie ändern. Selbst als ich erwachsen war, hielt er an der Angewohnheit fest und überraschte mich zum Beispiel einmal auf der Fahrt nach Tschamtaghi, indem er während des Gesprächs die rechte Hand blitzartig vom Lenkrad in meinen Schoß führte, *dom-borideh*, was haste denn da?, haste überhaupt was? Auf

Ahmad Shafizadeh (25. Februar 1927 Isfahan; 14. Januar 2010, ebendort)

dem Rücksitz schrien diesmal auch zwei Cousinen und eine Tante mit, weil der Wagen von der Spur kam, aber da lachte Onkel Ahmad schon wieder polternd und gurrte, daß es ja wie in alten Zeiten sei, wie in alten Zeiten so gut und ich immer noch ohne Schwanz.

Onkel Ahmad griff mir nie heimlich an die Eier, im Gegenteil, meine Scham steigerte sein Vergnügen, so daß er keine Hemmungen hatte, die Hand auch auszufahren, wenn wir uns auf der Straße trafen oder bei einer Geselligkeit. Noch in den letzten Jahren tat er das, wenngleich er die Eier nicht mehr zu fassen kriegte, weil seine Bewegungen nicht mehr schnell genug waren, so daß es mehr und mehr zum Zitat wurde, weißt du noch, *dom-borideh*, wie du immer aufschriest? Was haste denn da, haste da überhaupt was? Erst bei den letzten zwei Besuchen versuchte er nicht mehr, mir an die Eier zu greifen. Ich vermißte es.

Überhaupt war Onkel Ahmads Herzlichkeit eher robust. Selbst meine ältere Tochter hat das noch erfahren, weil er auch sie gern in die Wange kniff und bei seinen Küssen beinah ihren Kopf zu verschlingen schien, weshalb sie ihm bei den Begrüßungen aus dem Weg zu gehen versuchte, was natürlich nicht gelang, weil er sie unbedingt küssen wollte und auf den Kniff in die Wange ebensowenig verzichtete, obwohl ich ihn bat, es doch zu lassen, *dâydjun*, lassen Sie das!, *dâydjun*, das tut weh!, *dâydjun*, Sie werden sich nie ändern, und auch seine Frau mahnte, das Kind nicht zu erschrecken, aber er lächelte nur, als sprächen wir eine Sprache, die er nicht versteht.

Wahrscheinlich verstand Onkel Ahmad wirklich nicht, denn meine Tochter mochte ihn ungeachtet seiner Robustheit, wie ihn alle Kinder mochten, saß auf seinem Schoß, ging an seiner Hand in den Innenhof zu den Katzen, spielte später mit ihm Backgammon und ließ sich während jeden Aufenthalts mindestens einmal zum Reiten am Lebenspendenden Fluß oder zur Droschkenfahrt auf dem Schah-Platz mitnehmen. Man mußte nur auf der Hut vor seinen Attacken sein, für gewöhnlich nur bei der Begrüßung, dann kam man als Kind gut mit ihm aus. Meine Tochter jedenfalls ging immer gern zu Onkel Ahmad, und ich fuhr bei dem Familienausflug nach Tschamtaghi nicht zufällig in seinem Auto und auch nicht aus Höflichkeit, sondern weil ich ihn liebte.

Daß ich mich bei Geselligkeiten oft neben ihn setzte, tat Onkel Ahmad erkennbar gut. Obwohl er Großvater äußerlich so sehr glich, ja, wie ein großgewachsener, in die Länge gezogener und sehr kräftiger Großvater aussah, hätte sein Stand in der Familie kaum verschiedener sein können, auch nachdem er zum Ältesten geworden war. Bei einer Geselligkeit während meines letzten Besuchs, die er bis dahin wieder mit dem Gesichtsausdruck verfolgt hatte, als sprächen die anderen eine fremde Sprache, wollte Onkel Ahmad etwas sagen. – Kinder, hört mal zu, rief er mit durchaus lauter Stimme, ohne daß jemand ihm Beachtung schenkte oder wenn, dann nur einer seiner drei Schwager, mit dem sich daraufhin ein paar Minuten lang ein Zwiegespräch ergab, bevor Onkel Ahmad wieder still wurde. Jeder wußte und am besten seine drei jüngeren Schwestern, daß die Abendunterhaltung für zehn bis zwanzig Minuten unterbrochen sein würde, sobald Onkel Ahmad das Wort an sich riß, um wahrscheinlich das Buch zu referieren, das er gerade las und besonders ich unbedingt lesen solle, der doch diese Dinge studiere; den Titel mußte ich mir in meiner persischen Kinderschrift gleich notieren, meistens ein Buch über iranische Geschichte, sonst über Saadi oder Hafis. Schließlich setzte sich Onkel Ahmad doch durch, auch die Schwager hatten geholfen, alle anderen Gespräche verebbten, während er mit seiner rauchigen, bis zum Schluß kräftigen Stimme den Monolog begann. Daß er unter den weltgewandten Verwandten als einziger im Isfahaner Singsang mit den hellen Satzenden redete, verstärkte noch den Eindruck des Bäuerlichen, des Kernigen, des Ungeschlachten, den schon seine Statur hervorrief, die großen Hände, die breite Stirn, die runden Wangen wie Großvater, die dicken Lippen (das Photo oben zeigt ihn schon stark geschwächt).

Soviel Respekt vor dem Älteren mußte dann doch sein, daß Onkel Ahmad, wenn er einmal das Wort führte, nicht einfach unterbrochen werden konnte, so daß sich alle darauf einrichteten, die nächsten zehn oder fünfzehn Minuten das Buch referiert zu bekommen, das er gerade las. Ich fand das nicht so schlimm, weil die Bücher mich oft sogar interessierten und ich es Onkel Ahmad gönnte, daß ihm wenigstens einmal am Abend alle zuhörten. Auch die Schwager blickten mild, die sich schon immer gut ihm verstanden hatten. Nur seine drei Schwestern, die Ungeduldigen, als Kinder schon Vorlauten, hielt es kaum auf dem Stuhl. Sie warfen sich Blicke zu, schüttelten den Kopf und gaben einen Stoßseufzer nach dem anderen von sich. Aber gut, dachte ich, sie hören zu, selbst sie lassen Onkel Ahmad einmal ausreden, vielleicht wird es diesmal interessant.

Nach nicht einmal zwei Minuten stand meine Tante plötzlich auf und fing an, sich flüsternd von allen zu verabschieden, während Onkel Ahmad weiter den Inhalt seines Buchs vortrug, sie müsse dringend nach Hause, ein Anruf der Kinder aus Amerika, aber psst, sie wolle das Gespräch nicht unterbrechen, bleibt sitzen! und hielt den Zeigefinger der linken Hand vor den Mund, während sie mit der rechten Hand in die Runde winkte, als bliebe bei einer iranischen Geselligkeit Iran tatsächlich jemand sitzen, wenn ein Gast sich verabschiedet, noch dazu die Tante. Natürlich sprangen alle Verwandten auf und flüsterten ihr die Grüße zu, die sie den Kindern in Amerika ausrichten möge, während Onkel Ahmad zunächst noch weiter das Buch referierte, jaja, bestell ich, grüß du auch, und was machst du eigentlich morgen? fragte meine Mutter, ohne noch zu flüstern, worauf meine Tante in normaler Stimme antwortete, daß sie morgen bei den Soundsos eingeladen sei, ob meine Mutter sie begleite, nein, nein, erwiderte meine Mutter, morgen müsse sie und so weiter. Nur noch die Schwager hörten Onkel Ahmad zu, die aber schließlich auch aufstehen mußten, um sich von der Tante zu verabschieden beziehungsweise sie nach Hause zu begleiten, so daß am Ende Onkel Ahmad als einziger sitzen blieb, still und mit diesem tatsächlich etwas tumben Gesichtsausdruck, als sprächen die anderen wieder diese fremde Sprache.

Schon als Kind fügte er sich nicht in die Familie ein wie die anderen. Wenn sich meine Mutter richtig erinnert – sie ist nicht sicher, weil sie selbst nicht dabei war, und weiß auch nicht mehr den Grund –, verpaßte Großvater ihm einmal sogar eine Ohrfeige, obwohl schon Urgroßvater die Prügelstrafe ablehnte, aber Onkel Ahmad muß als Kind auch besonders ungestüm gewesen sein, so keck, wie er noch mit über achtzig war, so anzüglich seine

Witze. Später widersetzte sich Onkel Ahmad allen Empfehlungen, im Ausland zu studieren, schlug den Studienplatz in Amerika aus, den Großvater heimlich besorgt hatte, dazu das Geld für Reise und Aufenthalt. Lieber hing Onkel Ahmad mit seinen Freunden in Isfahan herum, als sich um die Zukunft zu sorgen, stellte vermutlich jungen Frauen nach, ohne an Heirat zu denken, verkehrte in Milieus, vor denen Großvater nur warnen konnte, gab nichts auf die Mahnungen der Älteren, wie er überhaupt ein unglaublicher Dickkopf war, in allem das Gegenteil seines strebsamen, feinsinnigen und eleganten Bruders Mahmud, der Anfang der achtziger Jahre bei einem Autounfall starb. Irgendwie fing Onkel Ahmad doch an, in Teheran Medizin zu studieren, hatte sich den Studienplatz besorgt, ohne Großvater etwas davon zu sagen. Zum Glück hat Onkel Ahmad nicht auf Großvater gehört, sonst hätte er an der Universität Teheran nicht den Kommilitonen kennengelernt und meinen Großeltern empfohlen, der mein Vater werden sollte.

Onkel Ahmad machte als Mediziner nicht im Ausland Karriere wie die Schwager. Er kehrte nach Isfahan zurück, wo die Patienten seine borstige Art entweder schätzten oder wegen seines guten Herzens hinnahmen, denn über mangelnde Arbeit konnte sich Onkel Ahmad nie beklagen. An seiner Haustür hing bis zuletzt das Schild, das ihn nicht nur als Allgemeinarzt auswies, Sprechzeiten nach Vereinbarung, sondern überdies als Psychologen, was wir immer sehr komisch fanden, diese Vorstellung: Onkel Ahmad als Therapeut in einer psychologischen Sitzung. Dabei hatte er einen guten Draht zu den sogenannten einfachen Leuten, redete in ihrem Singsang, teilte ihre religiösen Sitten, besuchte die Moschee, empfing oft Besuch von älteren Herren, die ihrer ganzen Erscheinung nach nicht in unsere bürgerliche Familie paßten und von seiner Frau gar nicht erst nicht in den Salon geführt wurden, sondern ihren Tee und die Süßigkeiten auf den schlichten Möbeln des kleinen Wohnzimmers entgegennahmen, wo auch der Fernseher steht.

Onkel Ahmad liebte es, vom alten Isfahan zu berichten, weshalb es uns beiden nie an Gesprächsstoff mangelte. Seit er mich einmal in die Moschee des Ahnherrn aus Aserbaidschan und zu anderen Orten der Familiengeschichte geführt hatte, sprach er jedesmal davon, daß wir wieder einmal in die Stadt fahren müßten, so viel noch zu zeigen. Aus dem Schrank holte er gern einen prächtigen Rahmen mit dem Photo von Isfahans Herrscher Prinz Zell-e Soltan hervor und versäumte nie, auf den Diamantgürtel hinzuweisen, der jede Nacht um einen Edelstein ärmer wurde, weil sich die jeweilige Frau oder Konkubine und also auch unsere Ururgroßmutter aus dem Gürtel bediente, sobald Zell-e Soltan schlief, bis er eines Morgens nur noch einen ordinären Ledergürtel besaß.

Als ältester Sohn hatte Onkel Ahmad unter allen Geschwistern die engste Verbindung zu Tschamtaghi, kannte die Bauern so gut wie die Getreidesorten, kümmerte sich nach Großvaters Tod um die Ernte, die der Rest des Gartens noch hergab, die Mandeln, Pistazien, Pfirsiche, Aprikosen, Quitten und Kirschen, trug oft Nüsse aus Tschamtaghi in der Sakkotasche mit sich herum oder brachte meiner Mutter eine Kiste Obst nach Hause. Seinen Anteil am Grundstück überließ er seinem Sohn, der sich als wortgewandter Jurist besser eignete und die Kraft hatte, sich mit den Behörden, den feindlich gesinnten Bauern und dem betrügerischen Verwalter herumzuschlagen, die Gerichtsverfahren durchzustehen und diesmal sogar zu gewinnen. Nur die Kraft, Großvaters Erbe beziehungsweise das kleine Stück, das vom Erbe und damit von Großvater geblieben war, allein wieder zum Blühen zu bringen, die hatte auch Onkel Ahmads Sohn nicht. Der Garten wurde an einen Investor verkauft, der am Fluß Ferienvillen bauen wollte. Niemand traute sich, den endgültigen Verlust Tschamtaghis Onkel Ahmad mitzuteilen, der Großvater also nicht nur äußerlich ähnlich war.

»Nachts konnte ich nicht einschlafen. Ich weinte und weinte. Auch wenn ich ihn nicht ausgesucht hatte, mußte ich zugeben, daß er jung war, gut anzusehen und sein Lachen eigentlich auch süß. Von einer Glatze konnte keine Rede sein, am Hinterkopf hatte es nur eine winzige lichte Stelle. Dennoch fühlte ich mich wie vernichtet, mein Herz schien vor Wut zu explodieren, alle Träume, alle Hoffnungen, alles, was ich mir für meine Zukunft vorgenommen hatte – bevor es begonnen hatte, war das Leben schon zu Ende. Weder kannte ich ihn, noch hatte ich die geringste Ahnung, was mich an seiner Seite erwarten würde oder vielmehr: in seinem Haus, vor seinem Herd, in seinem Bett, mit seinen Kindern. Nur die eine Szene stand mir vor Augen, als er sich im Krankenzimmer meiner Schwester wie ein Gott aufgeführt hatte, der nach Belieben in das Leben einer nichtsnutzigen Sklavin eingreift. Meine Bedürfnisse, meine Wünsche, meine Pläne, das hatte er deutlich genug gezeigt, waren ihm vollkommen gleichgültig. Ich weinte und weinte, das Bettuch weinte ich naß um die Hoffnungen meiner Jugend, laut aufschluchzend weinte ich um mein Leben, das so früh schon vertan schien. Plötzlich spürte ich eine Hand an der Schulter. Ich drehte mich um und sah Mama, die sich ins Mükkennetz beugte: ›Warum weinst du, mein Kind? Wenn du wirklich nicht willst, sagen wir ihm gleich morgen früh ab.‹ Neben ihr erschien Papas kugelrunder Kopf im Mückenzelt und sogleich sein Taschentuch, mit dem er die Tränen aus meinem Gesicht wischte. Mein älterer Bruder trat ins Zimmer, eine nach der anderen die Bediensteten, zuerst Mah Soltan, dann Habibeh Soltan, Djahan und schließlich der Koch Mohammad Hassan, ebenso meine beiden Schwestern. Die gesamte Familie stand ums Mückennetz wie um einen gläsernen Sarg, und ich weinte und weinte, ich weinte so heftig, daß meine Schwestern ebenfalls zu weinen anfingen, dann meine Mutter, die Bediensteten und sogar Mohammad Hassan. Auch Papa tupfte sich mit dem Taschentuch nun selbst die Augen ab, nahm mich ganz fest in seinen Arm und wischte mir mit seinen Händen wieder die Tränen aus dem Gesicht. Obschon er nichts sagte, merkte ich, wie bekümmert er war und daß er nicht weniger Angst hatte als ich. Es war, als ob ein Ast vom dicken Stamm seines Lebens abgesägt würde, ja, als ob er ihn selbst absägen müsse. Ich war das erste seiner Kinder, das in ein fremdes Haus geschickt würde, in das Haus eines Mannes. Weder hatte er Erfahrung mit so etwas, noch war er sicher, ob er das Richtige tat. Er konnte nur Gott vertrauen, dem Allmächtigen und Barmherzigen, daß sein Kind im unruhigen Meer des Lebens, in das er es werfen würde, zu schwimmen vermöchte. Aber warf er mich an der richtigen Stelle, zum richtigen Zeitpunkt, auf die richtige Weise? Sosehr er mich mit Worten zu beruhigen versuchte, so offenkundig lag auf seiner Stimme die Furcht, seinem Kind etwas anzutun, das niemals mehr gutzumachen wäre. Und so drückte er mich fest an seine Brust, als wollte er mich nie mehr loslassen.«

Mit dem neuen Verleger, dem *In Frieden* zu gravitätisch klingt, hat sich der Romanschreiber auf einen neuen Titel geeinigt, der für den Marktplatz geeigneter scheint: *Das Leben seines Großvaters.* Eigentlich wollte der neue Verleger den Roman, den ich schreibe, *Das Leben meines Großvaters* nennen, doch blieb der Romanschreiber – der Menschenbeifall sei ihm so was von egal – knallhart bei der dritten Person.

»Vom Tumult ebenfalls wach geworden, trat meine Tante ans Mükkennetz, Papas ältere Schwester: ›Was ist denn los?‹ deckte sie mit ihrem Redeschwall diesmal die heulende Versammlung zu: ›Ist das hier ein Begräbnis oder eine Hochzeitsgesellschaft? Schämt euch, Kinder. Als ich den Lärm hörte, nahm ich an, ihr würdet Gott danken und feiern, statt dessen klagt ihr hier um den ermordeten Imam Hossein oder was? Hoch soll die Braut leben, dreimal hoch so Gott will, hoch hoch hoch und herzlichen Glückwunsch gefälligst.‹ Sie fing zu lachen an, ihr Gesicht strahlte, ›hoch hoch hoch!‹, und dann trällerte sie mit hoher Stimme, wie es die Frauen auf den Hochzeiten tun, ›hoch hoch hoch!‹, lachte, trällerte, schlug rhythmisch auf den Bauch und sang zwischen den Trällern das Hochzeitslied, ›hoch hoch hoch!‹, mit dem sie trällernd und singend und rhythmisch auf den Bauch schlagend aus dem Zimmer marschierte, meine Schwestern und die Bediensteten hinterher, der kahle, knochige Mohammad Hassan mit einem Stuhl in der Hand, den er als Trommel benutzte, alle tanzend, alle klatschend, alle trällernd in ihren Nachthemden, Mohammad Hassan nur mit Unterhose und Unterhemd bekleidet, sogar Papa, mein kleiner großer Papa, den ich noch nie tanzen gesehen hatte, klopfte mit der flachen Hand auf seinen Pyjama und schwenkte ungelenk die Hüften. Und ich weiß nicht wie und warum, wer mich geholt hatte oder ob ich selbst aus dem Mückennetz getreten war, plötzlich stand ich ebenfalls im Hof und bewegte mich zaghaft im Rhythmus. Nur Mama, die sonst auf jeder Tanzfläche die erste war, nur Mama, die den Bräutigam ausgesucht hatte und also die größte Verantwortung trug, saß im Schneidersitz auf der Veranda und warf mir milde Blicke zu.« Daß die Mutter mittanzte, hat der Sohn von sich aus hinzugefügt. Sie selbst erwähnt nicht, wie sie reagierte, als die Familie mitsamt den Bediensteten zum Feiern in den Hof marschierte. Der Leser möchte doch wissen, wo sie bei der Szene war, sagte sich der Sohn, und sie wird schon nicht allein im Mückennetz zurückgelassen worden sein, sonst hätte sie nicht Großvaters Hüftschwung bezeugt. Aber literarisch ist es wahrscheinlich klüger, ihren Standort offenzulassen; auch wirkt der Schluß des Kapitels jetzt zu versöhnlich. Ihre Kritik an der arrangierten Ehe, die Kritik generell an der Benachteiligung und Unfreiheit der Frauen im Iran ihrer Jugend, die der Sohn selbst einforderte, wird relativiert, wenn sie im Hof tanzt, so zaghaft auch immer. Übrigens nahm ich immer an, daß Großvater den Bräutigam ausgeguckt hatte, dessen Familie einem niedrigeren Stand angehörte, dafür als besonders fromm galt. Daß der Vater Großmutters Wahl war, erklärt um so besser den Zorn der Mutter in Siegen.

Zuerst sollte der Roman, den ich schreibe, *Totenbuch* heißen, dann *Hauptwerk*, weil er statt der Toten zunächst nur Nebensächlichkeiten enthielt, dann *In Frieden*, wie es im Vertrag steht, und zuletzt *Das Leben seines Großvaters*. – Bloß nicht wieder die Familiengeschichte eines Migranten, stöhnt am Telefon der Redakteur, dem der Romanschreiber verkündet hat, wie der Roman heißen wird, den ich schreibe. – Aber es ist nicht das Leben *meines* Großvaters, sondern das Leben *seines* Großvaters, versucht der Romanschreiber den neuen Titel zu verteidigen. – Und wenn es das Leben Ihres Gartenzwergs wäre, ich kann diese Migrationsliteratur nicht mehr lesen, die rauf und runter mit Preisen bedacht wird. – Migrationsliteratur? – Migrationsliteratur, bestätigt der Redakteur, welcher Mode er den Roman eines Einwanderersohns zuordnen würde, der *Das Leben seines Großvaters* heißt. O Gott, denkt der Romanschreiber, der bei dem Roman, den ich schreibe, an alles dachte, an Jean Paul, an Hölderlin, seinetwegen an Idealismuskritik, aber nicht an Integrationsromantik.

»Zwei Tage später – ich war gerade erst aufgestanden und wir frühstückten in Mamas Zimmer – klingelte es. Mah Soltan stand auf, um das Tor zu öffnen – und wer winkte kurz darauf vom Hof aus lächelnd durchs Fenster: er. Sein Besuch zu dieser Tageszeit und noch dazu unangemeldet war so unerwartet, ungewöhnlich und wider die Sitte, daß jeder den anderen sprachlos ansah. Ich sprang auf und rannte wie eine Maus, die vor der Katze ins nächstbeste Loch flieht, in Mamas Schlafzimmer, wo ich mich wieder hinterm Bett verkroch. Und wer trat kurz darauf ins Zimmer? Nicht etwa meine Tante, viel schlimmer, ich hörte es schon an den Schritten – kurz darauf kniete er auf der Matratze und beugte sich schmunzelnd zu mir herunter: ›Was machen Sie denn hier, junge Dame?‹ Dann griff er mir sanft unter die Arme, um mich aufzurichten. Die Maus war zwischen die Pfoten der Katze geraten. ›Heute abend gehen wir picknicken, junge Dame‹, kündigte er an, als seien wir gestern abend angeln gewesen und vorgestern schwimmen: ›Ich hole Sie vor der Abenddämmerung ab.‹ Dann lachte er, als sei mir ein hinreißender Scherz geglückt, obwohl mir kein einziges Wort über die Lippen gekommen war, und schwang sich vom Bett. Als ich ein paar Minuten später verwirrt, verdutzt und vor allem peinlich berührt aus dem Zimmer trat, saßen alle rund um das Tuch und schienen in ihr Frühstück vertieft zu sein. Nur Mama erzählte meiner Tante, daß der junge Herr Doktor vier Anstellungen gleichzeitig habe, obwohl er offiziell noch Student ist, vier!, und er arbeite mit den amerikanischen Ärzten zusammen, den Amerikanern!, und jeden Morgen fahre er zusammen mit einer Handvoll anderer junger

Ärzte in einem echten Jeep Modell vier, Modell vier!, nach Doulatabad, wo er eine seiner vier Anstellungen habe, vier Anstellungen!, und abends kehre er nach Isfahan zurück, um in seiner Praxis zu arbeiten, die hervorragend laufe, hervorragend!, wie sie sich mit eigenen Augen überzeugt habe, mit eigenen Augen! ›Der junge Herr Doktor kann meinetwegen der Leibarzt des amerikanischen Präsidenten sein‹, warf von der anderen Seite des Teppichs Papa halb spöttisch, halb ärgerlich ein, ›aber daß er jetzt schon mit meiner Tochter ausgeht, kann er sich aus dem Kopf schlagen, Gnädige Frau. Erst wird sich vermählt, dann mag er in Gottes Namen mit seinem Jeep Modell vier vorfahren.‹ ›Er will doch nicht mit ihr ausgehen, Herr‹, pustete Mama die Bedenken Papas vom Teppich: ›Erstens fahren die anderen Kinder mit, und zweitens will er sich nur kurz bei der Hadschiyeh Esmat Chanoum vorstellen.‹ Die Hadschiyeh Esmat Chanoum war Papas Mutter, der unter allen Mitgliedern der Familie der höchste Respekt gebührte. ›Was soll schon dabei sein, das gehört sich doch so.‹«

Daß der Roman, den ich schreibe, ständig mitbedenkt, wie er geschrieben ist, hat zur Folge, daß das, was der Romanschreiber am 11. Mai 2010 und den vier darauffolgenden Dienstagen in Frankfurt vortragen wird, anders als bei seinen fünfzig Vorgängern und Vorgängerinnen nicht gesondert als kleine Broschüre oder als Taschenbuch erscheint. Die Vorlesung *ist* der Roman, den ich schreibe. Wer sie nachlesen wollte, müßte warten, bis der Roman erscheint, den ich schreibe, und sich dann durch tausend oder noch mehr Seiten mühen, auf denen sich seine Poetik hier und dort verteilt. Im Leben wägt man das eigene Tun schließlich auch nicht nur einmal oder an bestimmten Tagen. Man wägt das eigene Tun immer wieder und oft bei den unpassendsten Gelegenheiten. Der Romanschreiber dachte zum Beispiel über den Roman nach, den ich schreibe, während er die Frau umarmte, die er liebt, obwohl er mit seinen Gedanken nur bei ihr sein sollte, nur wann ist man schon, wenn man kein Zen-Meister ist, mit seinen Gedanken nur bei *einer* Person oder Handlung, ißt *nur*, wenn man ißt, trinkt *nur*, wenn man trinkt. Auch wenn der Romanschreiber ans Pult von Theodor W. Adorno tritt, wird er vielleicht gar nicht oder nicht ausschließlich bei seiner Poetik sein, sondern schweifen seine Gedanken – das ist jetzt rein hypothetisch, da er diesen Satz der Vorlesung ja bereits am 12. März 2010 schreibt und nicht wissen kann, woran er denken wird, wenn er den Satz am 11. Mai vorträgt –, sondern schweifen seine Gedanken zum Beispiel, weil ich sie bereits erwähnte, zu der Frau, die er umarmte, während er über den Roman nachdachte, den ich schreibe. Das Beispiel ist natürlich keineswegs hypothetisch, wie nichts in dem Roman hypothetisch ist, den ich schreibe, da er am 11. Mai in Frankfurt sehr wohl an die Frau denken wird, die er umarmte, während er über den Roman nachdachte, da sie in diesem Absatz der Vorlesung erwähnt ist, den ich am 12. März schreibe. Und weil auch Gott gern an Schrauben dreht, hat sich die Liebesnot, die der Roman schildert, nicht zuletzt dadurch vertieft, daß der Romanschreiber an den Roman dachte, in dem er die Liebesnot schildert, während er die Frau umarmte, die er noch immer liebt. »Nur tut es meiner ganzen Biographie Schaden«, hat auch Jean Paul zu spät erkannt, »daß die Personen, die ich hier in Handlung setzte, zugleich mich in Handlung setzen und daß der Geschichten- oder Protokollschreiber selbst unter den Helden und Parteien gehört. Ich wäre vielleicht auch unparteiischer, wenn ich diese Geschichte ein paar Jahrzehnte oder Jahrhunderte nach ihrer Geburt aufsetzte, wie die, die künftig aus mir schöpfen werden, tun müssen.«

»Aufgetakelt, wie Mama es angeordnet hatte, warteten wir drei Schwestern am Nachmittag darauf, daß er in seinem Jeep Modell vier vorfuhr. Als es hupte, eilten wir aufgeregt vors Tor, allein, da war kein Jeep Modell vier, da war überhaupt niemand – oder doch: Aus dem offenen Fenster eines klapprigen Gefährts von anno dazumal, das mehr Ähnlichkeiten mit einem Fiaker als mit einem Automobil aufwies, winkte uns eine Hand fröhlich zu: seine Hand. Wir stiegen ein, und das Gefährt setzte sich poch poch in Bewegung. Zwischendurch knallte es, dann schauten uns die Passanten erschrocken an. Als ich wenigstens das Fenster schließen wollte, stellte ich fest, daß das Gefährt überhaupt keine Fenster hatte. Da saßen wir nun zu dritt auf der Rückbank einer Pferdekutsche mit Motorantrieb, drei junge Mädchen, hübsch, aufgetakelt, ohne Kopftuch, auf die alle Fußgänger starrten, wenn der Motor wieder knallte, aber er saß grinsend vor Stolz hinterm Steuer, als würde er uns im Cadillac über die Champs-Élysées kutschieren. Am Lebenspendenen Fluß entlang polterten wir aus der Stadt, immer wieder aufgeschreckt durch das Hupen der Autos hinter uns, die zum Überholmanöver ansetzten. Hinter dem Hain, der als ›Liebesbusch‹ verrufen war, bog er vom Weg ab und fuhr poch poch zwischen den Gebüschen ans Ufer. ›Dort ist es am schönsten‹, rief er mit der Inbrunst eines Welteroberers und wies auf eine kleine bewaldete Insel, die durch ein schmales Stück Wasser vom Ufer getrennt war. Geradewegs fuhr er darauf los, gab am Ufer einmal Vollgas, daß vor Schreck die Vögel von den Bäumen fielen, und setzte durchs Wasser auf die andere Seite über, wo wir endlich aussteigen durften. Ohne auch nur eine Sekunde sein dämliches Lächeln abzulegen, holte er aus dem Kofferraum einen Teppich, den Korb mit dem Essen und einen Gaskocher. Während er das Picknick vorbereitete, standen wir schweigend nebeneinander und beobachteten ihn. Erst als alles angerichtet war, auch vier Eier geschält und die Gurken gesalzen, forderte er uns strahlend auf, uns zu setzen. Wir schlüpften aus unseren Schühchen, setzten uns im Schneidersitz auf die Decke und bedienten uns, zögernd zunächst, doch dann kam der Appetit tatsächlich beim Essen, wie Mama immer sagte. Wir unterhielten uns auch, über dies und das, nichts Besonderes, nur daß wir uns nicht mehr so gehemmt fühlten. Ja, eigentlich war das Picknick ganz nett und die Insel wirklich idyllisch.«

Vielleicht sollte ich die Idee aufgreifen, die dem Poetologen während des vorletzten Absatzes kam, und den Roman, den ich schreibe, einfach *Der Roman, den ich schreibe* nennen, so wie das Essen, das ich esse, das Getränk, das ich trinke, oder die Frau, die ich liebe; dann wäre ich wenigstens im Titel dicht an der Poetik, die er am Pult von Theodor W. Adorno postulieren wird, und hätte überdies den Zen-Meister Baso Matsu gewürdigt.

»Keine halbe Stunde war vergangen, als es bereits dunkelte, so daß wir uns auf den Rückweg machen wollten. Wieder standen wir drei Schwestern nebeneinander und beobachteten schweigend, wie er das Essen in den Korb legte, den Gasofen auseinanderbaute und den Teppich zusammenrollte. Als alles im Kofferraum verstaut war, stiegen wir ein. Er startete den Motor, rüttelte an der Gangschaltung und drückte ein ums andere Mal aufs Gaspedal, doch das Gefährt bewegte sich keinen Meter. Offenbar rastete der Rückwärtsgang nicht ein. Wenden konnte er auch nicht, dazu war die Insel zu klein oder standen die Bäume zu dicht. Vor Ärger biß er sich auf die Lippen, seine Augen blickten ratlos umher, und auf der Stirn bildeten sich Schweißperlen. Was er auch versuchte, der Wagen ließ sich nicht rückwärts bewegen, und vorwärts ging es ebensowenig. Auch sein Lächeln war jetzt endlich verschwunden. Schließlich schaltete er den Motor ab und stieg aus. Wir drei Schwestern taten es ihm nach, zitternd vor Angst. Es war totenstill und fast dunkel geworden. Wohin wir auch blickten, sahen wir nur Bäume, Sträucher und Wasser. Da standen wir nun neben seiner Klapperkiste, die nicht einmal ihm selbst gehörte, wie er später, sehr viel später zugeben sollte, drei junge Mädchen, hübsch, aufgetakelt und ohne Kopftuch, allein mit einem Mann an gottverlassenem Ort, ringsum die Dunkelheit, fern der Stadt und nah einer Gegend, die als »Liebesgebüsch‹ verrufen war, ein Treffpunkt der Hehler, Dirnen und Zuhälter, ja, der Diebe und Mörder, so hatten wir gehört. Wehe, wenn uns die Hehler, Dirnen und Zuhälter hier entdeckten, dann würden sie uns verlachen, beschimpfen, verprügeln oder Gott verhüte noch Schlimmeres antun, um von Dieben und Mördern gar nicht erst zu reden, die hinter jedem Gebüsch lauern konnten. Und angenommen, wir hätten Glück, eine Polizeistreife läse uns auf und brächte uns nach Hause, womöglich in einem Polizeiauto wie drei Strafgefangene – was für ein Skandal! Die Nachbarn würden sich das Maul zerreißen, und am nächsten Tag wüßte ganz Isfahan, daß die drei Töchter des frommen Herrn Schafizadeh nachts aufgetakelt im Liebesgebüsch mit einem Mann aufgegriffen wurden.«

Der Romanschreiber ist, das dürfte hinreichend deutlich geworden sein, sehr glücklich über den Vertrag mit einem Verlag, da er aus Gründen, die er *Ihnen* großgeschrieben, also den Leserinnen und Lesern des Romans, den ich schreibe, nicht mehr erklären muß, und *ihnen* kleingeschrieben, den Hörern und Hörerinnen der Vorlesung, besser verschweigen wird, lange nicht damit rechnen durfte, daß jemand den Roman liest, den ich schreibe, geschweige denn veröffentlicht. Selbst die Frau, die in dem Roman geliebt wird, hat bislang nur den Anfang gelesen, weil der Romanschreiber sich vor ihrer Reaktion fürchtet. Ich werde ihr die restlichen tausend oder noch mehr Seiten zu lesen geben, bevor der Roman veröffentlicht wird, den ich schreibe, und ihre Reaktion schildern, so fürchterlich sie ausfällt. *Der Romanschreiber* hofft, daß die Frau, die er liebt, den Roman, den ich schreibe, als Liebeserklärung versteht, aber *ich* hoffe auf eine fürchterliche Reaktion, nein: genauer: ich hoffe ebenfalls auf ihr Verständnis, aber werde ihre Reaktion womöglich fürchterlicher ausmalen, als sie sein wird, wenn es sich als Spannungselement besser in den Roman fügen würde, den ich schreibe.

»Egal – etwas mußte geschehen, er selbst schien das auch einzusehen. Und was tat er? So laut er konnte, schrie er um Hilfe! Herrgott, wenn wir entdeckt würden? Aber niemand war zu hören, weder Hehler, Dirnen und Zuhälter noch Diebe, Mörder oder die Polizei. Nur der Hall antwortete ihm und die Krähen. Wir drei Schwestern standen immer noch zähneklappernd nebeneinander und beobachteten ihn sprachlos. Seine verzweifelten Blicke waren nicht dazu angetan, uns zu beruhigen. Als habe Gott ihm eine Eingebung gewährt, zog er sich Schuhe und Socken aus, krempelte die Hose übers Knie, stellte sich vor die Motorhaube und fing an, das Gefährt nach hinten zu schieben. Sofort schlüpften wir ebenfalls aus unseren Schühchen, streiften die Strumpfhosen ab, krempelten die Röcke hoch und packten mit an. Langsam bewegte sich das Gefährt, nahm am abfallenden Ufer etwas Fahrt auf, so daß wir den Schwung ausnutzen wollten, um es mit einem Ruck durch das Wasser zu schieben. Doch mitten in der Mulde blieb es stehen. Keuchend lehnten wir uns auf der Motorhaube, die Beine bis über die Knie im Wasser. Wie auf ein Zeichen fingen wir panisch an, mit vereinten Kräften gegen das Gefährt zu drücken, es bewegte sich, ja, es bewegte sich, jeder schob noch einmal so fest, bewegte es sich wirklich?, Gott sei gepriesen: ja, es bewegte sich, es bewegte sich einen, dann noch einen Meter, und wirklich rollte das Gefährt ans Ufer. Daß wir bis über die Hüfte klitschnaß geworden waren und uns der Schweiß aus dem Gesicht triefte, war gleichgültig: Hauptsache, der Wagen würde anspringen, Hauptsache, wir kehrten heim. Er setzte sich hinters Steuer, drehte den Zündschlüssel, der Motor jaulte auf, es knallte mehrmals, dann wurde es wieder still, ein neuer Versuch und noch einer – und der Motor lief. Welche Erleichterung, welche Glücksgefühle uns überkamen, bedarf keiner Worte. Jubelnd sprangen wir auf die Rückbank und krempelten, während er schon losfuhr, die Röcke herunter, zogen die Strumpfhosen an, schlüpften in die Schühchen und fühlten uns, als habe Gott uns soeben ein neues Leben geschenkt.«

»Nach etwa einer halben Stunde erreichten wir poch poch die Stadt. Sosehr wir uns auf unser Zuhause freuten, wich die Erleichterung über unsere Rettung allmählich der Sorge, was Papa sagen würde, wenn wir so spät und in diesem Zustand einträfen. Allein, das Gefährt bewegte sich gar nicht nach Hause, sondern poch poch auf die Altstadt zu. ›Bringen Sie uns denn nicht zurück?‹ traute ich mich endlich, etwas zu sagen. ›Nein, junge Dame, Ihre Mutter hat angeordnet, daß wir die Hadschiyeh Esmat Chanoum besuchen, also besuchen wir sie auch.‹ ›Um diese Uhrzeit?‹ ›Lange müssen wir ja nicht bleiben.‹ Was immer wir drei Schwestern sagten, welche Argumente wir auch vorbrachten, so flehend wir ihn baten, er war nicht von seinem Vorhaben abzubringen, uns zu dieser

Uhrzeit und in diesem Zustand, naßgeschwitzt und klitschnaß bis über die Hüfte, noch zu unserer Großmutter zu bringen. ›Ihre Mutter hat angeordnet, daß wir die Hadschiyeh Esmat Chanoum besuchen, also besuchen wir sie auch.‹ Als er das ›Neue Viertel‹ erreichte, das gar nicht mehr neu war, sondern Arme-Leute-Gegend inzwischen, warnte ich ihn, daß die Gassen und Gäßchen zu eng und verwinkelt seien, um sie mit dem Auto zu befahren; es müsse nur einmal Gegenverkehr geben, schon stecke man fest. Als ob er auf mich gehört hätte, damals oder zu irgendeinem späteren Zeitpunkt unseres gemeinsamen Lebens: Zum einen Ohr rein, zum anderen Ohr raus bog er ins erstbeste Gäßchen ein, in dem uns nach der dritten Ecke prompt ein Auto entgegenkam. Wie von der Tarantel gestochen drückte der andere Fahrer, der nicht verstand, warum wir nicht zurücksetzen konnten, dauernd auf die Hupe, so daß nach und nach immer mehr Menschen in das Gäßchen strömten, um zu schauen, was los war, alles Angehörige der unteren Klassen, Arbeiter, Händler, Handwerksgehilfen, rückständig, religiös, konservativ. Sie starrten uns durch die nichtvorhandenen Fenster an: ein Mann mit drei hübschen, aufgetakelten Mädchen ohne Kopftuch in einem Gefährt von anno dazumal. Es waren abschätzige, ja beleidigende Blicke. Hätten sie geahnt, daß wir geradewegs aus dem ›Liebesgebüsch‹ kamen … Nur er, er hatte wieder sein Lächeln aufgesetzt und schien sogar stolz zu sein, drei so schnieke Mäuschen auf der Rückbank zu haben. Und den Fiaker muß er tatsächlich für einen Cadillac gehalten haben und das ›Neue Viertel‹ für die Champs-Élysées. Er hatte sich in den Kopf gesetzt, Mamas Anordnung zu befolgen, und tat es auch, wie er in unserem gemeinsamen Leben alles tun sollte, was er sich in den Kopf setzte, und brachte es uns auch mehr als einmal an den Rand des völligen Ruins und darüber hinaus. Ich saß auf der Rückbank und er hinterm Steuer.«

Als der Urlauber damit droht, wieder abzureisen, weil die Discomusik am Pool die gesamte Region beschallt, beschwichtigt die Managerin nicht lange, sondern holt einen Lageplan hervor und zeigt auf die beiden Reihen, die auf der Skizze links unten abgebildet sind, schätzungsweise zweihundert Meter weiter entfernt vom Pool, aber die Krücken sind kein Argument für die Verhandlung, schließlich ist die Managerin beim besten Willen nicht für das Foul verantwortlich, mit dem er aus dem Fußballturnier getreten wurde, obwohl es im Roman, den ich schreibe, schon mal einen Beinbruch gab und auch der Urlauber gern auf die Wiederholung verzichtete. Links unten, erläutert die Managerin, stehen die Bungalows Apollo, die für sechs Personen ausgestattet seien. Der Bungalow Poseidon, den der Urlauber *super last minute* gebucht hat, verfüge über ein Zimmer weniger. Und der Aufpreis? fragt der Urlauber nach. Ohne Aufpreis, antwortet die Managerin, die nicht die Dringlichkeit erahnt, sich im Bungalow verständigen zu können. Als der Urlauber mit seiner Familie Apollo bezieht, findet er die Musik noch immer unerträglich, so daß er bei der Rezeption anruft. In der hintersten Reihe ist noch ein Bungalow frei, allerdings noch nicht gereinigt. Um vier können sie umziehen. Bis dahin? Bis dahin sollen sie das jetzige Zimmer benutzen, auch die Handtücher und das Bad. Die Managerin sieht zu, daß der Bademeister die Musik leiser dreht. Ab Montag, wenn die einheimischen Gäste abgereist sind, wird es ruhig. Gastfreundschaft: Die Ferienanlage ist neu im Katalog des deutschen Reiseveranstalters, dessen Urlauber daher Priorität genießen. – Do you need a doctor? Nein, aber ein Fahrrad wäre gut, um an den Pool zu gelangen. So wird auch er, wenn er schon keinen Aufpreis zahlt, wenigstens zum Unterhaltungsprogramm beitragen, das den Einheimischen so wichtig ist.

Ausgerechnet in dem Fragment, das er unmittelbar vor seinem Tod verfaßte, in dem Roman *Selina oder über die Unsterblichkeit der Seele* hat Jean Paul sich dann doch dem Tod als einer Fügung ergeben. Und Fügung hin oder her, verdanke ich es dem gewöhnlichsten aller Zufälle, daß ich diesen letzten Impuls, auf den meine gesamte Poetik zuläuft, daß ich überhaupt den letzten Band meiner Dünndruckausgabe mitsamt der *Vorschule der Ästhetik* rechtzeitig vor der Poetikvorlesung lese. Ich – da der Romanschreiber ohnehin nicht fünf Vorlesungen lang von sich als Poetologen reden kann, geschweige denn jedesmal auch vom Enkel, Sohn, Mann, Freund, Nachbar, Handlungsreisenden, Berichterstatter, Orientalisten, der Nummer zehn oder Navid Kermani, bleibt er für den Schluß seiner Poetik beim Ich, wie der Mensch selbst im Koran manchmal der Einfachheit halber in erster Person spricht, auch wenn es strenggenommen ein Zitat bleibt – ich verdanke die Lektüre nämlich der Verspätung eines Flugzeugs. Seit die Frau in einer anderen Stadt arbeitet, verbringe ich buchstäblich jeden freien Augenblick und vor allem die kinderlosen Wochenenden am Schreibtisch, um trotz der vielen Stunden, die mir als alleinerziehender Vater während der Woche fehlen, mit der Verwandlung des Romans voranzukommen, den ich schreibe. Konnte ich für die Urschrift die Struktur eines Lebens, das aus den Fugen geraten war, in den Roman übertragen, benötige ich für die lesbare Fassung nichts dringender als Konzentration, wie Jean Paul gelehrt hat: »Entwirf bei Wein, exekutiere bei Kaffee.« Es ist, bevor mich die Poetikvorlesung wöchentlich einmal in eine andere Stadt und vor so viele Menschen katapultieren wird, ein ruhiges, fast mönchisches Leben, fast zölibatär obendrein, die Wege zwischen Schule und Krabbelgruppe, Wohnung und Büro, Einkaufen und Großeltern zwar zahlreich, aber kurz und immer dieselben, Aufregungen allein diejenigen der Kinder, am größten eine Grippe der Frühgeborenen mit Arztbesuch, kein Kino, kein Konzert, keine Kneipe, keine Freunde, leider keine Reisen, dafür keinen Verkaufsstand mehr auf dem Meinungsbasar, der Radius schon wegen eines gebrochenen Beins – die Nummer zehn im Fußball sollte der Poetologe vielleicht ebenfalls erwähnen – nicht größer als ein Klostergarten. Die nicht von mir festgelegten Termine, die meine Tage zerstückeln, sind ohne Arg, das ist das Schöne, das ich täglich und tief empfinde, keine Besuchszeiten und Angehörigenseminare mehr, keine bedeutenden Konferenzen und aufgeregten Debatten, dafür Judoturniere der Älteren oder Gott sei gepriesen bald schon der dritte Geburtstag der Frühgeborenen, und alle werden dasein. Dazwischen kommen nur die Toten, im Februar erst wieder eine Mitteilung des Vermieters im Briefkasten des Büros, der bedauerte, daß der Hausmeister seine Aufgabe erfüllt und sich um die Häuser verdient gemacht habe, kein persönliches Wort, vielleicht aus der Einsicht, daß das Persönlichste in einem Brief an alle zur Floskel geriete, vielleicht weil der Vermieter über den Hausmeister auch nicht mehr Persönliches zu sagen hatte als wir. Schon wieder jemand tot, dachte ich, möge seine Seele froh, aber innerhalb weniger Wochen der fünfte, wobei ich die Nachricht vom Tod des alten Schreiners in der lesbaren Fassung nach vorn verlegen werde, sonst stürben 2009 zu wenige Menschen, macht doch erst der Tod den Roman lebendig, den ich schreibe. Daß ich dem Hausmeister keinen Namen gab, war, wenn ich mit mir ins Gericht gehe, vielleicht auch meinem Unwillen geschuldet, zum fünften Mal innerhalb weniger Wochen das Tagwerk zu unterbrechen, das einmal als Abfall begonnen hatte und nun bis hin zum Erscheinungstermin und dem Spitzenplatz im Katalog, den sich der Agent im Vertrag zusichern ließ, auf ein Produkt zielt, für das sich der Verlag im selben Vertrag die Gattung *Roman* zusichern ließ, um den Vorschuß wieder einzuspielen. So häufig habe ich den Hausmeister gesehen, in den letzten Jahren wahrscheinlich häufiger als die eigene Frau und die Kinder, immer im Hof, auf den ich vom Schreibtisch aus blicke, daß es möglich gewesen wäre, ein paar Spuren zu sichern, wiewohl von unseren Gesprächen über den Kühlschrank oder die anderntags defekte Klospülung, in denen meine obligate Frage nach dem Befinden ihn jedesmal zu verwundern schien, beim besten Willen nichts zurückblieb, eher schon von den Beobachtungen vom Schreibtisch aus, vorbei am Bildschirm des Computers. Einen Menschen mehrmals am Tag zu beobachten, erzeugt auch eine Art Nähe, unweigerlich seinen Gang zu verfolgen, wenn er im Hof Ausschau hielt, ob alles seine Ordnung hat, die Mülltonnen an ihren ordnungsgemäßen Platz rollte oder mit den Kunden des türkischen Supermarkts schimpfte, die ihre Autos nie ordentlich parken, und doch auf seine ruppige Weise kollegial, keineswegs mißmutig gegenüber den Türken, die ihm zuliebe das übergroße Schild anbrachten, daß Parken nur während des Einkaufs und nie länger als dreißig Minuten erlaubt sei. Der Nachfolger des Hausmeisters wird dankbar sein, nicht jedem alles von neuem erklären zu müssen, wie auch ich manchmal nach Lesungen gern auf ein übergroßes Schild verwiese. Ich beruhigte mich damit, daß ich dem Hausmeister nach den Maßstäben meines Totenbuchs, die sich im Laufe des Romans, den ich schreibe, herausgebildet hatten, beim besten Willen nicht nahe genug gekommen war, um Zeugnis ablegen zu können. Wenn Sichtweite genügte, wäre ich nur noch mit dem Tod beschäftigt. Ich hatte mir in den Kopf gesetzt, die lesbare Fassung abzuschließen, bevor die Poetikvorlesung beginnt, doch war der Plan auch wegen der vielen Toten vollkommen aussichtslos geworden und es schon deshalb die reine Idiotie, daß ich mit der Familie, die so selten noch versammelt ist, nicht über Ostern verreisen wollte, weil, ja warum eigentlich?, ach nur weil ich mir einen hübschen Anfangssatz für die Vorlesung ausgedacht hatte, der *gleichzeitig* im Roman geschrieben würde. »In dem Roman, den ich schreibe, hält jemand, der oft Romanschreiber, sonst Sohn, Vater, Mann, Freund, Nachbar oder Handlungsreisender, hin und wieder Enkel, regelmäßig Berichterstatter, dann wieder Orientalist, ein Jahr lang die Nummer zehn und an einigen Stellen Navid Kermani genannt wird, am Dienstag, dem 11. Mai 2010, eine Poetikvorlesung in Frankfurt.« Wie jeder, der »ich« zu sagen lernt, möchte auch ich, daß alles Künftige gerade so sei, wie ich es möchte, und bin vielleicht deshalb Romanschreiber geworden, um wenigstens zwischen zwei Buchdeckeln alles bestimmen zu können beziehungsweise auf den 23,5 mal 17,5 mal 1,8 Zentimetern meines Laptops, der in jede Tasche paßt, um meine Allmacht stets mit mir zu tragen. Wie jeder, der »ich« sagt, erfuhr auch ich an der Unbeständigkeit, Unvorhersehbarkeit und Zufälligkeit der Dinge die eigene Ohnmacht, die mich von mir erlösen könnte, achtete ich nur auf sie. »Aber der Mensch – verwöhnt an sein Ich – hebt aus den beiden unermeßlichen Zeiträumen sich das Räumliche seines Lebens heraus und stellt es als eine hohe Insel in das unendliche Zeitmeer und mißt von ihr aus die Unendlichkeit. Jeder glaubt, zugleich mit ihm müsse das All auslaufen, fortlaufen und anlanden; und er sei der Mittelpunkt eines unendlichen Kreises, der lauter Mittelpunkte umgibt.« Es ist der Zufall, der dem Ich seinen Hochmut austreibt. Es kann planen, wie es will, Monumente anlegen für die Ewigkeit, Reichtümer, Raumfahrten oder Romane – nicht einmal mit der Wimper muß Gott zucken, damit alles auf den Haufen geworfen wird, und wer nicht an Gott glaubt, dem mag eine Wimper ins Auge geraten, wie es meinem Vater auf der Fahrt nach Isfahan Anfang der sechziger Jahre in Österreich geschah, so daß sein Auto gegen einen Baum fuhr, und ein paar Tage später schlägt er die Augen im Krankenhaus auf, und zwei seiner drei Söhne sind auf der Intensivstation und seine Frau hätte genausogut tot sein können, ein Wimpernschlag nur, und der Jüngste wäre nie geboren. Wenn sein Arbeitskollege Mirza Aziz Anfang der zwanziger Jahre in der vergessenen Hafenstadt Bandar Lengeh am Persischen Golf nicht die Streichholzschachtel mit dem Schmuck von Madame Carlier wiedergefunden hätte, der Frau des belgischen Zolldirektors, wäre Großvater unehrenhaft aus dem Dienst der iranischen Zollbehörde entlassen, vielleicht sogar verhaftet worden und nie und nimmer später Bankdirektor in Isfahan geworden, hätte er seinen Kindern nie und nimmer die Ausbildung ermöglicht, von der noch seine fünfzehn Enkel profitieren, die in alle Welt verstreut sind. »Was machen Menschen in so einer Situation, die nicht an Gott glauben?« fragt er in seiner Selberlebensbeschreibung: »Zu wem nehmen sie Zuflucht?« Deshalb heben mystische Reisen stets mit der größten Verzweiflung an, einer existentiellen Krise und der größten Unsicherheit, weil dem Ich erst seine Grenzen aufgezeigt werden müssen, bevor es von sich läßt. Die absolute Grenze und damit die umfassendste Erfahrung der Kontingenz bildet zweifellos der Tod, der dem Roman, den ich schreibe, deshalb die unvorhersehbare Struktur gibt, der Tod, insofern die Ohnmacht nicht nur das Wie betrifft, sondern das Sein selbst: »Der Tod ist der eigentliche Maschinenmeister der Erde«, heißt es in Jean Pauls *Selberlebensbeschreibung*. »Er nimmt einen Menschen wie eine Ziffer aus der Zahlenreihe vorn, mitten, oder hinten heraus und siehe, die ganze Reihe rückt in eine andere Geltung zusammen.« Aber es muß nicht der Tod sein, der einem alle Absichten aus der Hand schlägt wie ein volles Tablett. Eine Verspätung von anderthalb Stunden genügt. Sie genügt, wenn ein Friedenskuß erst einen halben Tag zurückliegt, sie genügt, um vom Flughafen in die Wohnung zu rasen, Kulturbeutel, T-Shirts, Sandalen, Badehose in den Koffer zu werfen und mit dem gebrochenen Bein ins Büro zu humpeln, wo ich auf die Schnelle zum letzten Band der Dünndruckausgabe von Jean Paul griff, den ich gar nicht mehr zu Ende lesen wollte, weil die späten Romane mich bis dahin enttäuscht hatten wie von den Germanisten vorausgesagt, und nahm ein Taxi zurück zum Flughafen, wo die Frau trotz Ferienbeginn einen Platz im ausgebuchten Flugzeug sichern konnte, weil ein anderer Passagier aus Zufällen, die einen eigenen Roman ergäben, zu spät am Gate erschien. Als ich packte, hatte ich noch keine Ahnung, ob in der Maschine ein Platz frei würde, und war gerade in meiner Willenlosigkeit so fröhlich.

Recht überlegt, sieht so der Himmel aus: ein Holzdach in der Größe eines Fußballplatzes, Neonleuchten so grell, daß kein Schatten sich behauptet, der Boden und die brusthohen Wände aus ungestrichenem Beton. An den Wänden endlose Reihen von Brot, Vorspeisen aller Farben, Auberginen, eingelegtes Gemüse, Wurst und Käse, Pasteten, Oliven, Salat mit Saucen, französisch, amerikanisch, sowie Essig und Öl fürs eigene Dressing, Pizza, Pasta mit und ohne Meeresfrüchte, in Tomaten- oder Sahnesauce, Risotto, gegrilltem Fisch oder Fleisch, als Beilage Kartoffeln, Bohnen und Spinat, für den Nachtisch Obst, Torte, Schokoladencreme, Eis. Mitten im Raum Tische mit leeren Karaffen, darüber Hähne, aus denen Wasser und Wein fließen, Wasser mit und ohne Kohlensäure, Weißwein und Rotwein. Dosen mit Bier, Fruchtsäfte und Coca-Cola liegen im Kühlfach. Ein Automat zaubert per Knopfdruck Kaffee in sieben Variationen hervor, überdies Teewasser, Kakao und warme Milch. Die Kahlheit der Speisehalle, die einzig für die wenigen Deutschen im Mißverhältnis zu dem gehobenen Standard der Ferienanlage steht, macht deutlich, daß es hier nur ums Fressen geht, um die möglichst effektive Bereitstellung möglichst vieler verschiedener, möglichst frisch zubereiteter Speisen. Keine Ablenkung am Ende der Nahrungskette. Kein Dekor. Pure Effizienz. Die Kellner sind beinah unsichtbar. Ihre Aufgabe beschränkt sich darauf, die Essensplatten auszutauschen und die halbvollen Teller abzuräumen, ohne daß die Urlauber wechseln. Außerdem kontrollieren sie diskret die Armbänder, die anzeigen, ob die Urlauber Halb- oder Vollpension gebucht haben. Weil legale Arbeit auch in Südeuropa nicht mehr billig ist, wurde die Essenszufuhr weitgehend automatisiert. Die Obszönität ist unverstellter als sagen wir in einem ägyptischen Ferienresort, wo man mit seinem Bediensteten rasch ein Vertrauensverhältnis entwickelt, das über den Gegensatz von Reichtum und Armut hinwegtäuscht, über Herrschaft und Knechtschaft. Wie im Paradies von den Trauben bedient sich hier jeder selbst. Die Assoziation kam dem Urlauber wegen der Halle. Sie sieht wie die Sammellager der Flüchtlinge aus, die an den Rändern Europas aus den Flüssen steigen, aus den Containern kriechen, lebend an die Küsten spülen, warum nicht auch an den Strand ihrer Ferienanlage. Boden, Wände, Dach, Größe der Container sind dieselben. Die Reihen bestehen allerdings aus Betten und ziehen sich mitten durch den Raum. Schon den Abwasch erledigen zu dürfen wäre der Himmel für die Männer und Frauen, die in Tanger oder vor Ceuta auf das nächste Himmelfahrtskommando warten. Das sagt der Urlauber nicht nur so. Das sagten sie ihm. Gelegentliche Wartezeiten sind unvermeidlich, wenn der Masse keine Massenware vorgesetzt werden soll. Wann immer aus der Küche eine neue Platte gebracht wird, beschleunigen einige der Urlauber den Schritt. Nirgends steht, daß man im Paradies glücklich ist. Es ist nur alles da.

Zwei Flugstunden von Köln entfernt saubere Strände zu finden, an denen sie im Laufe eines Tages zwei Menschen sehen, davor ein Meer, im April warm genug zum langen Baden. Und es ist nicht Albanien. Der Reiseführer rät von der Gegend ab, für die sich die Frau aus bloß klimatischen Gründen entschieden hat, früher Sumpf, heute Campingplätze, die Autos im Sommer stoßstangendicht, den Rest des Jahres entvölkert, die wenigen Küstendörfer je ein Wurf häßlicher Häuser. Wenn die Saison noch nicht begonnen hat: nichts, also genau das Richtige. Die Frühgeborene backt im Sand Kuchen, er betrachtet den Horizont, beide wie verzaubert. Später – wieviel später?, kein Zeitgefühl mehr – überredet die Ältere ihn, noch ein letztes Mal in die Wellen zu springen, wo er einbeinig die hundert, hundertfünfzig Meter zwischen den Bojen hin und her schwimmt. Auf dem Rückweg treffen sie die Frau, die mit ihm Urlaubsszenen einer Ehe aufführt. Oft genug hat er geprobt, auf Durchzug zu schalten. Zwei glückliche Kinder und vor dir das Meer sind allein schon ein Hauptgewinn. Was sie tun: zwingen in die Bürgerlichkeit, geregelter Alltag, am Wochenende gern einen Ausflug mit Einkehr und Waffeln, für den Notfall eine Ferienanlage aus dem Katalog, um *super last minute* die Ehe zu retten. Die Frau wär's zufrieden, die Versöhnung dennoch zu besiegeln, mag sie auch nach den Debakeln aller vorherigen Friedensschlüsse jede Andeutung vermeiden und nur darauf warten, daß er das Gegenteil ausspricht. Ich wußte doch, daß das kommt, wäre ihr erster Satz, der zugleich den Gegenangriff einleiten würde. Die Ältere ist alt genug, um die Trennung nicht als das Absolute wahrzunehmen, das für uns kaum noch existiert, aber bei der Frühgeborenen hört er auf die unausgesprochenen Bedenken der Frau, die sich zu ihrer Bequemlichkeit fügen, die sie ausgesprochen leugnet. Er sieht sich auf den Versorger reduziert, nein, auf den Hausmann, seit sie in einer anderen Stadt arbeitet, was dem entschwundenen Mahdi bestimmt nicht gefällt. Zerknirscht zu sein verbietet sich bei seiner eigenen Nüchternheit, die die ihre verursacht haben wird, nach den Stürmen, die niemand zurücksehnt, nun die Ebbe, die auch nicht besser ist. Die Eheleute wissen, was sie aneinander hatten und nicht mehr zu erwarten war. Wären sie zu zweit, segelte längst jeder auf einem anderen Meer – allein, die Kinder. Manchmal möchte er an Hölderlin glauben, sich aber nicht zu fühlen, sei der Tod. Dann lacht die Frühgeborene ihn an, die nicht mehr braucht zum Zufriedensein als die Abwesenheit von Schmerz, Müdigkeit und Hunger, oder backt die Ältere nach selbst ausgetüfteltem Rezept aus trockenem und feuchtem Sand (acht Schichten), das sie ihm kopfschüttelnd beibringt, nachdem er einen ihrer Kuchen fallen ließ – und er bleibt doch lieber beim Schulmeister Wuz, dem Doktor Katzenberger oder dem Armenadvokat Siebenkäs. Bei Jean Paul erweisen sich selbst die *Biographischen Belustigungen*, die anheben, eine Romanze zu erzählen inklusive Flucht nach Schottland, als Abrechnung mit der romantischen Liebe, in welcher der Romanschreiber für Geschlechtertrennung plädiert und die Gleichgültigkeit unter Eheleuten mit ihrem immerwährenden »Beisammenwohnen, Beisammenspeisen usw.« erklärt: »Daher gibt man sich beim Altare die Hände zum Zeichen des Streits, wie in England die Leute sie erst einander schütteln, ehe sie sich damit boxen; und das Umarmen ist vielleicht aus Italien entlehnt, wo die Umarmung der Duellanten unter die 200 Bedingungen gehört, unter denen sie sich schlagen dürfen; wird die Ehe geschieden, so ists auch meistens um die Gleichgültigkeit der Eheleute getan, und man muß sie oft zum zweiten Mal kopulieren, um sie wieder auseinanderzubringen.«

In der lesbaren Fassung des Romans, den ich schreibe, werde ich tun, als hätte ich die *Vorschule zur Ästhetik* früher gelesen, um hier und dort Jean Pauls eigene Erläuterungen zu übernehmen, wo meine eigenen zu nichts führen. In Frankfurt können noch fünfzig weitere Poetologen berufen werden, ohne daß jemand eine Poetik vorlegt, die so intelligent, detailliert und amüsant *l'action qui fait* des eigenen Werks erklärt – worin zugleich eine Enttäuschung liegt, weil die Urteile des Lesers vorweggenommen, Geheimnisse offenbar und auch jene Postulate erkennbar werden, die Jean Pauls Romane nicht oder nicht überall einlösen. Seit ich mich auf die Vorlesung vorbereite, kenne ich das Problem: Ich habe keine Ahnung, wie ich all das, was ich in meiner Poetik postuliere, je in dem Roman einlösen könnte, den ich schreibe, und befürchte, daß ich nach der Bearbeitung sofort mit der Bearbeitung der Bearbeitung beginnen müßte, um zwischen Wille und Werk wenigstens einen Minimalzusammenhang herzustellen und die Enttäuschung über das Ungenügen der Exekution noch irgendwie zu begrenzen, so daß ich den Erscheinungstermin, der im Vertrag steht, endgültig nicht einhalten werde. Fürs erste beruhige ich mich damit, daß nicht einmal Jean Paul, der seine Romane näher an seine Poetik führte, als es mir je gelingen wird, seine Postulate einzuhalten vermochte, nicht einmal er. Seine Witze beispielsweise, die Jean Paul mit der womöglich ausführlichsten Humortheorie deutscher Sprache begründet, fand ich von Band zu Band weniger lustig. Erst als ich während der unverhofften Osterferien Jean Pauls *Selberlebensbeschreibung* im sechsten Band der Dünndruckausgabe las, blitzte wieder die Anarchie der früheren Werke auf, deren Anlage wohlkalkuliert ist, wie ich zuvor aus der *Vorschule* erfahren hatte. Manche Situationen sind so famos erzählt, wie bereits im *Siebenkäs* auch in der *Selberlebensbeschreibung* die ersten Küsse, daß es mir am Pool, Anlage hin oder her, die Schuhe beziehungsweise Badelatschen auszog, die Romananlage, meine ich, aber die Ferienanlage auch. Das wäre auch wieder so eine billige Pointe, wie ich als einziger unter Deutschen deutsche Literatur lese, wofür ich mir noch das beifällige Nicken der Nachbarliege einhandele, die den französischen Schauspieler ebenfalls schätzt. Die Hingabe des Barbaren an die imperiale Zivilisation, da die Zivilisierten sich wie Barbaren *all inclusive* buchstäblich alles erlauben, ist ein wiederkehrender Topos vieler Kulturgeschichten und als Einfall auch im Roman, den ich schreibe, schon hundertmal vorgebracht worden, weil es zu Großvaters Aufbrüchen so gut paßt. Rechtzeitig vor der Poetikvorlesung brenn ich ihn hier »absichtlich wie einen Ehrenkanonenschuß zum 101ten Male ab, bloß damit ich mich durch den Abdruck außer Stand setze, einen durch den Preßbengel schon an die ganze Welt herumgereichten Bonmot-Bonbon von neuem aufzutragen«. Aber nicht von der *Selberlebensbeschreibung*, sondern von Jean Pauls letztem Roman *Selina* wollte ich berichten, auf den meine Poetik zuläuft, sofern ich mit der Vorlesung rechtzeitig fertig werde. Obwohl Fragment geblieben und vom *Kindler* wie alle anderen Titel des letzten Bandes ignoriert, gelang Jean Paul kurz vor seinem Tod mit *Selina* noch der Roman, der seine lebenslangen Gedanken übers Sterben zusammenführt, mehr noch: in Einklang bringt, die Ängste und Hoffnungen, Visionen und Alpträume, Verwirrungen und Einsichten, gerade indem er wie die Bibel ihre Unvereinbarkeit bewahrt. »Der große Augenblick des Todes. Es muß verwundern, daß jeder, so alltäglich auch das Leben ist, am Ende seiner Wochentäglichkeit etwas erlebt, was über den Kreis aller Geschichten und der Erde und der Erfahrung hinausgeht, das Sterben, ein neuer unfaßlicher Zustand; und brächt er Vernichtung, so blieb' er doch beides.« Für Jean Paul warf der unfaßliche Zustand lebenslang die wichtigste der Fragen auf, weil am Tod sich das Leben entscheidet, sich jenseitig noch alles erklärt oder die Endlichkeit alles als Zufall erweist, aber erst jetzt, kurz vorm eigenen Tod scheint Jean Paul hinzunehmen, keine oder zu viele Antworten zu finden und morgen eine andere als gestern. Der Roman ist von einer tiefen Ruhe, ja Heiterkeit selbst dort, wo er das Gräßlichste ausspricht, ob für den einen die Vorstellung der Vernichtung oder für den anderen die Vorstellung, ewig leben zu müssen; kein Einvernehmen, keine Schlüsse, nur der Frieden dessen, der sich nach lebenslangem Ringen mit der Ratlosigkeit versöhnt. Wem alles aus der Hand geschlagen wurde, der muß nichts mehr tragen. Wie zur Erklärung, warum der Roman federleicht wirkt, obwohl er ausschließlich vom Sterben handelt und weder Leid noch Vernichtung beschönigt, sagt Jean Paul: »Unser Leben verdankt den dürftigen Schein seiner Länge bloß dem Umstande, daß wir in die gegenwärtige Zeit die vergangne hineinrechnen; aber es kriecht zum spitzen Augenblick ein, wenn man es neben die unermeßliche Zukunft stellt, die mit einem breiten Strom auf uns zufließt, von dem aber jeder Tropfe versiegt, der uns berührt; ein Leben zwischen den beiden zusammenstoßenden Ewigkeits-Meeren, die einander weder vergrößern, noch verkleinern können.« Das ist Jean Pauls Anblick des bestirnten Himmels, das Erleben der eigenen Nichtigkeit als Erlösung. Nicht zum Rückzug führt es, nicht zur Passivität oder Depression, vielmehr zu einer nachgerade taoistischen Daseinszugewandtheit. »Es ist, als hätten die Menschen gar nicht den Mut, sich recht lebhaft als unsterblich zu denken; sonst genössen sie einen andern Himmel auf Erden als sie haben, nämlich den echten – die Umarmung von lauter Geliebten, die ewig an ihrem Herzen bleiben und wachsen – die leichtere Ertragung der Erdenwunden, die sich wie an Göttern ohne Toten schließen – das frohe Anschauen des Alters und des Todes, als des Abendrotes und des Mondscheins des nächsten Morgenlichts.«

– Welcher Tag ist heute? ruft die Ältere ins Schlafzimmer hinein, die ihr Frühstück gegessen hat. Heute, antwortet die Frühgeborene.

Nun wird es vielleicht niemanden in Jean Pauls Umkreis gegeben haben, der die eigene Empfehlung, den Himmel auf Erden zu genießen oder die Erdenwunden leichter zu ertragen, eklatanter mißachtete als er selbst. Er arbeitete wie ein Besessener an seinen Büchern, deren Gesamtausgabe, obwohl längst schrankfüllend, auch nach zweihundert Jahren noch nicht vollständig ist, und wenn er nicht an seinen Büchern arbeitete, notierte er sich seine Einfälle auf einem eigens besonders kleinen und leichten Block, der in jede Tasche paßte, um seine Allmacht stets mit sich zu tragen, und wenn er nichts notierte, ordnete er seine Zettel, die gedruckt weitere vierzigtausend Seiten ergäben, und wenn er nicht mit dem Ordnen beschäftigt war, las er, und wenn er las, ärgerte er sich, wenn ein Buch ihm zu gut gefiel, weil er es dann sofort zu Ende lesen wollte, so daß es ihn von der Arbeit an seinen eigenen Büchern abhielt. Selbst das Trinken, das Jean Paul so exzessiv betrieb, daß es zur Attraktion für den Kulturtourismus wurde und Besucher nur deshalb nach Bayreuth kamen, um eine Berühmtheit lallen und torkeln zu sehen, selbst das Trinken diente nicht dem eigenen Wohlgefallen, sondern setzte Jean Paul in exakten, wenngleich außerordentlich hohen Dosen als Mittel ein, damit sich in bestimmten Schreibphasen die Zirkulation des Blutes und des Geistes genau so weit beschleunigte, daß die Feder eben noch mithielt.

Nicht den Göttern verdankte Jean Paul seinen Enthusiasmus, sondern Schnaps und Bier, und zahlte mit dem Ruin seines Körpers: »Die Nüchternheit des Morgens ist nur eine negative Trunkenheit.« Weil die großen Städte ihm zu viele Ablenkungen boten, kehrte er in das fränkische Nest zurück, das er bis an sein Lebensende verachtete – »Bayreuth hat den Fehler, daß zu viele Bayreuther darin wohnen« –, ertrug seine Frau – »Wenn sie eine Gans isset, bleibt doch immer eine übrig« – und richtete sich in dem Haus-, Ehe- und Pantoffelleben ein, das die wenigsten Störungen bot: »Man darf nicht wünschen, eine andere Frau geheirathet zu haben, wenn die Kinder der jetzigen gesund und trefflich sind.« Ich frage mich, wann Jean Paul eigentlich die Landschaften betrachtete, die er so herrlich beschrieb, wann die großen und kleinen Dramen oder auch nur die Langeweile erlebte, denen er einen so präzisen Ausdruck gab. Seine Begegnungen mit Frauen gerieten bei weitem nicht so stürmisch wie die Affären Hölderlins, der weltfremd oder nicht als junger Mann ein Herz nach dem anderen brach. Selbst die Erziehung der eigenen Kinder, die ihm unter den wenigen Freuden des täglichen Lebens noch die größte bereitete, verwertete Jean Paul beruflich, indem er mit *Levana* sogleich ein monumentales Handbuch zur Pädagogik verfaßte. Ich selbst schreibe seit vier Jahren einen Roman, der nichts anderes tut, als meine Gegenwart gegen die Zeit zu imprägnieren und wenn schon nicht die, wenigstens eine untergesunkene Welt aus dem Meerboden der Vergessenheit heraufzuholen, um es mit dem Satz zu sagen, der auf der letzten Seite von *Selina* steht. »Aber ist das Erinnern und Heraufholen untergesunkner Zeiten aus dem Meerboden der Vergessenheit nicht ein Beweis, daß es gleichsam noch ein ätherisches zweites Gehirn gibt, das bloß vom schweren drückenden des Tags befreit zu sein braucht, damit es den feinern ätherischen Anregungen des Geistes folgsam sich bequeme?« Mag sein, nur praktisch hat das ständige Erinnern und Heraufholen zur Folge, daß ich vom Dasein, das so wertvoll sei, nichts mehr habe außer Kindererziehung und Schreibtisch, auch heute nicht, Samstag, der 1. Mai 2010, der bisher wärmste Tag des Jahres nach dem längsten Winter meiner Generation, alle Welt draußen, die Kinder versorgt, nur ich sitze seit morgens um acht über Büchern gebeugt am Schreibtisch, an dem ich gestern bis zwei und in den vergangenen Monaten und mehr oder weniger seit Jahren, ja seit zwanzig Jahren, wenn ich genau überlege, immer saß, wenn die Umstände es zuließen oder ich nicht auf Reisen war, aber auf Reisen schreibe ich fast noch mehr. Manchmal frage ich mich, wenn ich so am Schreibtisch sitze: Was denken die über mich, die mich vom Haus gegenüber immer am gleichen Platz sehen, wachen morgens auf und sehen mich, verbringen alle Tag zu Hause und sehen mich, kommen nachmittags von der Arbeit und sehen mich, treten wie die Alte vom Erdgeschoß rechts alle paar Wochen kurz auf den Balkon und sehen mich, auch jetzt wieder, jetzt Samstag, der 1. Mai 2010, 10:59 Uhr, da ich diesen Satz schreibe, die junge Nachbarin mit langen schwarzen Haaren hinter den weißen Gardinen, obwohl junge Frauen in den Innenstädten sonst nie mehr Gardinen vor ihren Fenstern haben, die junge Nachbarin, die ich auf ihrem Balkon nur sehe, wenn sie Wäsche auf den Ständer hängt, den sie in diesem Augenblick, 11:01 Uhr, zusammenklappt, mindestens vier-, fünfmal die Woche hängt sie Wäsche auf, das muß man sich vorstellen, obwohl sie allein lebt, nur einmal habe ich auf ihrem Balkon einen Mann gesehen, der sie später auf dem Hof mit kleiner Digitalkamera photographierte, genau unter meinem Schreibtisch zog sie sich die Bluse aus und posierte mit einem Büstenhalter so altmodisch wie ihre Gardinen, auch das muß man sich vorstellen, was schon vor meinem Schreibtisch alles passiert, vergangene Woche bestimmt schon das fünfte oder sechste Mal, daß sie Wäsche auf den Ständer hing, ich sollte mir Striche machen, aber sie vielleicht auch, sie wird vielleicht auch Striche machen, ist der immer noch an seinem Platz?, was macht der da bloß?, was ist das für einer?, zumal sie nicht wissen kann, daß die Wohnung nur mein Büro ist und ich darin tatsächlich nichts anderes tue, als am Schreibtisch zu sitzen, gelegentlich im Lesesessel einzudösen oder auf der Matratze zu übernachten, wenn die Kinder bei der Frau sind, damit ich am nächsten Tag früher beginne. Was würde die junge Nachbarin im Haus gegenüber denken, wenn sie durch welche Zufälle auch immer sich am 11. Mai oder einem der darauffolgenden Dienstage in den Hörsaal HZ1 der Goethe-Universität Frankfurt verirrte. Würde sie dann einen Sinn darin erkennen, warum ich trotz des guten Wetters jetzt am Schreibtisch und überhaupt in der Wohnung gegenüber immer am Schreibtisch sitze, wenn ich nicht im Lesesessel eindöse, würde Sie die Notwendigkeit einsehen? »Hallo, Frau Nachbarin«, würde ich am liebsten in den Hörsaal rufen, »wenn Sie zufällig da sind, dann sagen Sie es mir bitte.« Es ist ja mehr als nur Hybris, es ist vielleicht schon ein Fall für den Therapeuten, wenn man über Jahre so viele Stunden am Tag ausschließlich mit sich selbst beschäftigt ist, nur aus sich selbst schöpft, nur mit sich selbst spricht, nur auf den eigenen Bildschirm starrt, auf dem man sich immer nur selbst liest. Und darin soll die Welt sein? Ja, das ist mehr als nur Hybris, von den gegenüberliegenden Balkonen aus betrachtet ist vielleicht schon Selbstvergötterung dabei, nur ich selbst, ich nehme es natürlich ganz anders wahr und interessiere mich gar nicht für mich, sondern schreibe nur auf, was vor und hinter meinen Augen an mir vorüberzieht, und die Anmaßung, die ich zugebe, liegt nicht darin, daß ich mich selbst betrachte, das tue ich bestimmt nicht oder nur in schlechten Momenten, denn wenn schon Jean Paul sich für einen Wicht hält, was kann ich dann wohl sein?, ein Wichtelchen oder, um es auf die persische Weise zu sagen, der ich nicht einmal der Hund in der Gasse Jean Pauls bin, die Anmaßung liegt darin, daß … – »Die Hunde sind die Nachtigallen der Dörfer« – herrje, dann eben: dann eben nicht der Hund, sondern der ich nicht einmal die Laus im Fell des Hundes in der Gasse Jean Pauls bin, die Anmaßung lie… – »Eine Laus hat mehr Ahnen als ein Elefant.« Kann Jean Paul mich nicht einmal einen Gedanken zu Ende bringen lassen? Ich frage mich, wie man nur mit einem Roman vorankommen will, wenn man nebenher Jean Paul liest. Wo war ich noch stehengeblieben? Ach ja: Wenn Jean Paul schon ein Wicht ist, was kann ich dann wohl sein? Ein Hund, eine Laus … die Anmaßung liegt darin, daß ich von mir aus – aber von wo sonst? –, nur von mir aus am Schreibtisch vor dem Computer und vielen Büchern eine ganze Welt sehe, daß ausgerechnet von mir aus die ganze Welt betrachtet werden soll. Die Welt wäre genauso vollständig von jedem anderem Ich aus zu betrachten, das glaube ich ganz fest, nur daß die wenigsten Bericht erstatten. »Als ob die Wahrheit aus dem Leben eines solchen Mannes etwas anderes sein könnte, als daß der Autor ein Philister gewesen!« sagte Goethe zu Eckermann über Jean Pauls postume Sammlung *Die Wahrheit aus Jean Paul's Leben.* Daß sein äußeres Leben in der fränkischen Provinz philisterhafte Züge trug, hätte wahrscheinlich nicht einmal Jean Paul selbst bestritten, nur wäre es ihm selbst nicht der Rede wert und ist es niemals Gegenstand seiner Betrachtung gewesen: »Mein Leben kann nur ich beschreiben, weil ich das Innere gebe; das von Göthe hätte ein Nebenherläufer beobachten und also mittheilen können.« Goethe schrieb *sein* Leben auf, Jean Paul eines, in dem alles Leben sich fand. »Das *Ich* gilt, aber nicht *mein* Ich.« Die Weltzugewandtheit, die Jean Paul seinen Lesern empfahl, praktizierte er selbst nur am Schreibtisch. In seinen Zettelkästen und Romanen versenkte er sich in der Natur und den Menschen, vergaß sich im Schreiben wie Musiker in der Improvisation oder Mystiker im Tanz, verhedderte sich in seinen Motivketten und Extrazeilen, begeisterte sich an seinen Metaphern, aus denen sich immer weitere ergaben, verlief sich wie wir als Kinder in Tschamtaghi in seinen Romanen, in denen sich das Erhabenste und Alltäglichste auf ein und derselben Seite ereignet, wie schließlich im Leben auch alles gleichzeitig ist. Ganze Absätze lang gab er sich dem Inventar einer Gaststätte oder der Physiognomie einer Nase hin, nicht einmal das Niesen schien ihm zu geringfügig, um dessen »Kunst und Notwendigkeit« noch ausführlich zu würdigen: »Kein Mensch hat es noch in Druk bemerkt, daß es ein Vergnügen ist, zu niesen.« Jean Paul hat als erster Dichter auch auf das Niesen geachtet, hätte auch für das Niesen den Erzählfaden genauso wie eine Vorlesung unterbrochen.

– Ich meinte doch nicht für andere, sagt der Musiker in München, dem der Freund aus Köln am Montag, dem 3. Mai 2010, um 10:38 Uhr angekündigt hat, ihm vielleicht im Laufe des Sommers, vielleicht auch erst später eine lesbare Fassung des Romans zu geben, den ich schreibe: Ich meinte, daß du Zeuge bist, damit ich selbst glaube und später glauben würde, was geschah. Als Nasrin Azarba schon gestorben war, hatte der Freund angedeutet, sich Notizen zu machen, sich immer Notizen zu machen, aber wie genau er es formuliert hatte, wußte er nicht, und sprach es seitdem nicht mehr an, nur dem Bildhauer gegenüber, der ebensowenig vorauszusagen wußte, wie der Musiker reagieren würde, und nicht gewillt war, dem Freund die Sorgen zu nehmen. Der Musiker ist wahrscheinlich der einzige Mensch, dem der Freund zugestehen würde zu sagen: Das darfst du nicht, das ist nicht dein Buch. – Ich meinte doch nicht, daß du anderen bezeugen sollst, was geschah, ruft der Musiker in den Hörer, mir solltest du ein Zeuge sein, mir!, und erzählt, warum er eine Fremde auf die Palliativstation mitgenommen habe, eine freundlich blickende, lebensklug scheinende Frau, die vor einer Bushaltestelle stand. – Setzen Sie sich bitte, habe der Musiker gesagt und ihr dann mit heller Stimme alles Gute über seine Mutter gesagt, weil er sicher war, daß die Mutter es hörte. So viel war das Gute, daß der Musiker noch lange nicht zu Ende war, als die Fremde in Tränen ausbrach und von Heulkrämpfen geschüttelt wurde, sie, die Nasrin Azarba überhaupt nicht kannte. Am gleichen Tag benetzte eine Krankenschwester Nasrins Azarbas Brust mit Rosenwasser.

Als sie mit dem Tuch auch seine Brust benetzte – Navid, ich schwör's, die Schwester war dabei –, seufzte Nasrin Azarba laut auf. Die Schwester verließ das Zimmer. – Was ich sagen werde, kündigt der Musiker an, habe ich noch nie einem Menschen gesagt und darfst du nie jemandem sagen. Der Freund weiß sofort, was er hören wird, und unterbricht den Musiker, der tatsächlich von den letzten Atemzügen seiner Mutter zu sprechen beginnt. Der Freund will nicht aus Höflichkeit lügen und so tun, als habe der Musiker es ihm noch nicht erzählt. Er will auch nicht, daß der Musiker meint, der Freund habe die letzten Atemzüge nachträglich in den Roman eingefügt, den ich schreibe. Wenn der Musiker im Laufe des Sommers oder vielleicht auch später nicht möchte, daß jemand von ihrer Passage erfährt, die aus der Endlichkeit hinausweist, muß der Freund den Absatz streichen, dessen Berechtigung außerhalb der Literatur läge. – Vielleicht ist es gut, daß es einen Zeugen gab, sagt der Musiker. Niemand hätte sonst gewußt, daß ein Sohn 2008 in München schwieg, damit seine Mutter in Frieden stirbt. Der Musiker selbst gebraucht diese Worte: in Frieden, ohne den Titel des Romans zu kennen, den ich schreibe. – Du fährst an die Wand, hast du mich im Krankenhaus gewarnt, weißt du noch? Ja, der Freund weiß noch, daß der Musiker sich im eigenen Krieg befand. – Ich würde es nicht Krieg nennen, meint der Musiker, der von der Chemotherapie direkt zur Palliativstation fuhr. Ob ihm nicht wohl sei, fragte der Taxifahrer. Er, der Taxifahrer, sei ein neutraler Beobachter, antwortete der Musiker: Aller Wahrscheinlichkeit nach würden sie beide sich kein zweites Mal begegnen, deshalb sage er ihm und nur ihm, dem Taxifahrer, wie es um ihn, den Musiker, stehe: Er sei unheilbar erkrankt, komme direkt von der Chemotherapie und fahre zur Mutter, die nichts von seiner Krankheit erfahren dürfe, da sie im Sterben liege. – Weißt du, was der Taxifahrer gesagt hat? fragt der Musiker: Er hat gesagt, daß sich Menschen in so einer Lage in ein Auto setzen und mit hundertachtzig gegen die Wand fahren. Er hat die gleichen Worte gebraucht wie du. Aber ich bin nicht gegen die Wand gefahren. Bis hierhin habe ich überlebt. – Und deine Mutter ist in Frieden gestorben. Niemand hat es erfahren, und das in diesem Dorf München, wo jeder jeden kennt, nicht einmal sein Vater, nicht einmal seine Schwester, nicht einmal, als der Musiker keine Haare mehr hatte. Erst am Tag nach Nasrin Azarbas Tod sagte er dem Bildhauer und der Sängerin, daß er sich die Haare nicht deshalb rasiert habe, weil Glatzen in Mode gekommen seien.

Wenn schon die früheren Werke mit ihren tausend Abschweifungen jeden Gattungsbegriff sprengen, ist *Selina* erst recht nicht als Roman im üblichen Sinne zu fassen; der Romanschreiber beginnt im ersten Kapitel mit einer Handlung, die er bald wieder vergißt, um das vorletzte Kapitel mit dem Geständnis zu beginnen, daß er die Handlung »ziemlich lange« aus den Augen verloren habe. Nicht einmal versucht es Jean Paul in *Selina* mehr mit dem Humor, den er in der *Vorschule* selbst postulierte, weder Witz noch Situationskomik, keine überdrehte, sondern gar keine Romanmanufaktur, statt dessen ineinander verschlungene oder sich ablösende Gedankenketten in der simplen Form des platonischen Gesprächs. Theologische Spekulationen über die Seele wechseln sich mit neurologischen Darstellungen des Bewußtseins ab, Zweifel und Glaube stehen unverbunden nebeneinander, geäußert manchmal von ein und derselben Person wie von der sterbenden Mutter, die eine Stimme hört: »Das Siechbett ist kein Siegbett, mit dem Tod ist alles aus, auch der Tod und das Nichts und Alles und das Nichts.« »Jawohl«, sagt die Mutter und faltet die Hände ein letztes Mal zum Gebet: »Nun muß ich nach dem Scheiden von allen meinen Geliebten, noch vom Allergeliebtesten den bittersten Abschied nehmen, von dir, mein Gott! So nimm denn meinen letzten Dank; mein Herz liebt dich bis es steht.« Meine Dünndruckausgabe ist voller Striche und Klebezettel, noch viele Stellen könnte ich zitieren, die jene tiefe Religiosität anzeigen, die Gott nicht mehr braucht. Oft wird der frömmste Gedanke vom ketzerischsten hergeleitet, die Notwendigkeit höheren Sinns mit dem Offenkundigen der Willkür begründet: »Gott ist voll Liebe, aber die Welt ist voll Schmerz; und er sieht ihn zucken von Erdgürtel zu Erdgürtel, von Jahrtausend zu Jahrtausend. Ich habe es mir zuweilen ausgemalt, es aber nicht lange ausgehalten, welche ungeheure Welthölle voll Menschenqualen in jedem Augenblicke vor dem Alliebenden aufgetan ist, wenn er auf einmal alle die Schlachtfelder der Erde mit ihren zerstückten Menschen überschaut – und alle die Kranken- und Sterbezimmer voll Gestöhn und Erblassen und Händeringen – und die Folterkammern, worin verrenkt wird – und die angezündeten Städte und alle die Selbstmörder hintereinander mit den unsäglichen Qualen, die sie in den Tod treiben – – Nein, das menschliche Auge kann nicht mit hinblicken; es muß über den Erdball hinausschauen, damit es wieder seine Wunde stille, wenn es sieht, daß nach allen scharfen Schlägen des Schicksals nicht ein auf immer zerschmetternder der letzte ist. Oder hielte eine

Seele den Gedanken aus, daß das Opferbeil, nachdem dessen Schneide eine Ader nach der andern im unschuldigen Leben geöffnet, in der letzten Minute die stumpfe breite Seite vorkehre zum Todes-Schlage auf ewig?« Während ein Rittmeister diesen Gedanken äußert, wird ein ungestalter, vieleckiger Kasten an den Versammelten vorübergetragen. Erst auf Nachfrage erfahren sie, daß es der Sarg der gichtbrüchigen Pfarrfrau ist, deren physische Qual der Roman zuvor allen als Skandal entgegenhielt, die das Leben zur Fügung verklären. Die Glieder der Verstorbenen hat »der Schmerz zu einem verworrenen Knäuel und Klumpen, für welchen gar keine Form als das Grab sich fand, zusammengewunden«. Aber wenn schon Gott so viel Ungerechtigkeit und Leid zuläßt, ist es am Menschen, auf Gerechtigkeit zu bestehen – zu vernichten die Vorstellung, vernichtet zu werden, wie es einmal heißt. Jean Pauls Bejahung ist ein Aufstand: Sein Roman hält Gott die Treue sogar gegen Gott. Als die Trauergemeinde mit dem verwinkelten Sarg vorübergezogen ist, nimmt der Ich-Erzähler das Gespräch wieder auf: »Und der, vor welchem die Millionen Paradiese durch die zahllosen Welten hin liegen, sollte keines aufmachen für ein jahrelang gequältes Wesen, das schuldlos auf dem gemeinschaftlichen Paradiese vertrieben außen an dessen Schwelle verschmachten und verdorren mußte?« Die Frömmigkeit hier und die Häresie dort schließen sich in Jean Pauls letztem Roman zu jener häretischen Frömmigkeit Hiobs zusammen, die für mich auch die Frömmigkeit des Gekreuzigten wäre: Niemand ist sich Gott so sicher, als wer von Ihm verlassen. »In Untersuchungen und Fragen über die Welt hinaus ist alles kühn und das Glauben noch kecker als Zweifeln.« Obwohl auch *Selina* eine Reihe solche Grauensbilder enthält wie den Sarg, der nicht mehr auf einen menschlichen Körper schließen läßt, und der Romanschreiber alt geworden dem Weltenlauf kein menschliches Leid vergibt, drückt sich über alle Einwände hinweg ein Seelenfrieden aus wie im Gebet der sterbenden Mutter. Als Christ bestreitet, als Dichter besiegt Jean Paul den Zufall, indem er sich ihm ergibt. Als Christ hält Jean Paul daran fest: »Denn ohne einen Gott gibt's für den Menschen weder Zweck noch Ziel, noch Hoffnung, nur eine zitternde Zukunft, ein ewiges Bangen vor jeder Dunkelheit und überall ein feindliches Chaos unter jedem Kunstgarten des Zufalls. Aber mit einer Gottheit ist alles wohltuend geordnet und überall und in allen Abgründen Weisheit.« Als Dichter schafft Jean Paul eine Welt, in der es weder Zweck noch Ziel, noch Hoffnung gibt, nur eine zitternde Zukunft, ein ewiges Bangen vor jeder Dunkelheit und überall ein feindliches Chaos unter jedem Kunstgarten des Zufalls. In der Wirklichkeit hätte Jean Paul im Regal bleiben können, bis ich aus dem Büro wieder ausziehe. In dem Roman, den ich schreibe, war Jean Paul damit aufgetreten und mußte er noch eine Bedeutung erhalten. Aus der *Vorschule zur Ästhetik*, die ich erst zur Vorbereitung auf die Frankfurter Poetikvorlesung lese, der Romanschreiber aber schon früher, zitierte ich bereits Jean Pauls Mahnung, daß im Roman keine »Gegenwart ohne Kerne und Knospen der Zukunft zeigen« darf: »Jede Entwicklung muß eine höhere Verwicklung sein. – Zum festern Schürzen des Knotens mögen so viele neue Personen und Maschinengötter, als wollen, herbeilaufen und Hand anlegen; aber die Auflösung kann nur alten einheimischen anvertraut werden.« Gewiß ist Jean Paul als Romanschreiber seinen auch spontanen Einfällen, Erlebnissen und Gesichten gefolgt, sind seine Abschweifungen tatsächlich Abschweifungen und nicht von vornherein geplante Handlungsunterbrechungen. Er schlief, wenn er müde war, und aß, wenn er hungerte. Wenn ein Ereignis, ein Gedanke oder auch nur eine Unpäßlichkeit ihn ablenkte, dann erlaubte es die Form seines Romans, ebendieses Ereignis, den Gedanken oder auch nur die Unpäßlichkeit zu schildern. Als Romanschreiber vertraut Jean Paul also Gott. Daß er dennoch sein Kamel anbindet, das hat der Germanist Herman Meyer bereits 1963 bis in die Komposita einzelner Metaphern nachgewiesen. Hinter dem, was dem Leser wahllos erscheint, stehen präzise Entscheidungen. Wie genau gefügt gerade das Ungefügte ist, läßt sich anhand der Entstehungsgeschichte seiner Romane illustrieren. So ist die berühmte Verlesung des Testaments am Anfang der *Flegeljahre*, die viele Leser verwirrt, weil sie zuerst so prominent plaziert ist, im weiteren Verlauf jedoch über weite Strecken keine Rolle mehr spielt, ein sehr später Zusatz, der Jean Paul offenbar dazu diente, der Handlung den Anschein zu geben, auf ein Ziel gerichtet zu sein. In einen Zusammenhang mit allen oder auch nur den wesentlichen Vorgängen des Romans wollte Jean Paul das Motiv nicht bringen – kein Wunder, wenn ich vergeblich nach Zusammenhängen suchte. Jean Paul selbst macht sich über diese Verwirrung sogar lustig, wenn er einmal bedauert, daß der Leser die sechste Klausel des Testaments, die die neun Verpflichtungen des Erbens enthält, nicht auswendig beherrscht, weil auf dieser Klausel »doch gerade die Pfeiler des Gebäudes stehen«. Indem sich der Roman als unvollendet deklariert, spielt er mit der Möglichkeit, daß die Testamentsbedingungen in der Fortsetzung die Rolle spielen, die ihnen der Einleitung nach zukämen. Mindestens die früheren, noch ganz anarchischen, das Hier und Jetzt bis hin zum Glockenschlag der Turmuhr aufnehmenden Romane, *Die Unsichtbare Loge*, *Hesperus*, *Flegeljahre*, *Siebenkäs* oder *Das Leben des Quintus Fixlein*, beschreiben diese Welt nicht einfach in ihrer Unordnung, bilden sie nicht ab – sie *sind* das Paradox eines »Kunstgartens des Zufalls«, indem sie höchst willentlich vom eigenen Wollen lassen. Wo sich in den Romanen von selbst eine Ordnung ergibt, sind sie Offenbarung. In den Konzerten von Neil Young sind am meisten Übung, die größte Geduld und die günstigsten Umstände nötig, damit er im Verlauf der Improvisation so außer sich gerät, daß er sich auf der Bühne verläuft wie Jean Paul in seinen Romanen, zwischen den Lautsprecherboxen umherirrt, hinter einem Kasten verschwindet, einem Verstärkerkasten wohl, mit geschlossenen Augen wiederauftaucht, über ein Kabel stolpert und mitsamt der Gitarre wie vom Blitz getroffen stürzt, als habe sich sein Herr dem Berge gezeiget. Man sieht nur den Rücken Werner Herzogs, sonst nur die Angehörige des aufgefressenen Bärenforschers, es ist ein Dialog, der nicht ausgedacht sein kann, Sekunden der größtmöglichen Nähe und Mitmenschlichkeit, die nicht möglich wären ohne ehrliches Erbarmen, und zugleich mitgefilmt werden, mitgefilmt werden sollten, verwendet ohne Skrupel. Vier Jahre lang hat Gerhard Richter Entwurf um Entwurf angefertigt, bis die zweiundsiebzig Farbtöne feststanden, die für den Dom notwendig sind. Mit Physikern hat er die Lichtstrahlen und ihre Spiegelung zu den verschiedenen Tageszeiten berechnet, mehrfach Probescheiben in die Fensteröffnung eingesetzt, von jedem Farbton zweiundsiebzig Quadrate hergestellt und mit Programmierern an der geeigneten Software getüftelt. Aber dann hat er auf einen Knopf gedrückt, die Taste eines Computers, der die zweiundsiebzig mal zweiundsiebzig Farben durch einen Zufallsgenerator anordnete. Was der Genieästhetik Gott war, ist heute diese Taste.

Das Teehaus, in dem er vor zwanzig Jahren der jüngste Stammgast war, hatte sich erweitert, ohne Schaden genommen zu haben. Genau gesagt waren nur einige zusätzliche Plastikstühle in die enge Passage zwischen zwei verrußten Kolonialhäusern gestellt worden, aber an diesem Ort ist selbst bloßes Stühlerücken eine Kulturrevolution. Da der natürliche Geschmackssinn vor drei, vier Jahrzehnten verkümmert zu sein scheint, bedeutet Fortschritt in Kairo meist mit Adorno, Fortschritt zu verhindern. Bestimmt tauchen ab ein, zwei Uhr die müdesten Nutten Kairos auf, für eine letzte Cola oder einen ersten Kunden, während Umm Kulthum wie jede Nacht von »jenen Tagen« singt. Der Zauber des Teehauses genauso wie weltweit aller Gaststätten, die den Namen verdienen, besteht darin, daß nichts aufeinander abgestimmt ist und gerade wegen des Zufalls alles stimmt, die Einrichtung und das Dekor, die bei der Gründung schon abgenutzt gewesen sein müssen, das freundliche Personal, das dennoch zuviel berechnet, die kunstvollsten arabischen Orchester aus den quälendsten Lautsprechern, die Männer, die bei ihren Karten- und Brettspielen zu kleinen Jungen werden, die Frauen, die ebenfalls so tun, als seien sie noch jung, und vor allem das Lachen, das laute, glucksende, polternde, quiekende, heisere, schadenfrohe, selbstironische, diebische, verschmitzte, gutmütige, verzeihende Lachen, das man in Kairo öfter als in jeder anderen Stadt hört und nirgends in Kairo öfter als an einem Abend im Teehaus, glücklicherweise immer noch hört, muß ich schreiben, denn vor jeder Rückkehr fürchte ich, daß die Fee, die alles fügt, verschwunden sein könnte. Ein Eintrag in einem Reiseführer könnte genügen oder der Verbotsruf von einem der neuen Zeloten in den Zeitungen, die sich auf etwas besinnen, was niemals existierte, gehört doch zur Tradition in Kairo nicht der Puritanismus, aber die Prostitution. Unmöglich, daß eine Symphonie wie das Teehaus heute noch komponiert werden könnte. Es ist ja nicht komponiert worden, es war einfach da, ein Relikt schon an seinem ersten Tag. Für die Tochter, die mit ihrem Geburtstagsgeschenk ein Photo machen wollte, stellten sich sämtliche Gäste mitsamt dem Personal und den umliegenden Ladenbesitzern in Pose. Anschließend machte der Wirt das Photo von Vater und Tochter, wegen dem allein sich die zwanzigjährige Reise gelohnt hätte.

Tiefgründiger als in Jean Pauls *Vorschule der Ästhetik*, die manchmal zu gut über alles Bescheid weiß, ist in Hölderlins mehr suchender als wegweisender Poetik das Göttliche als das bezeichnet, was mit Formulierungen wie dem taoistischen »Tun des Nichtstun« alle mystischen Traditionen kennen. »Herr gib mir nichts, als was du willst«, sagt Meister Eckhart etwas Ähnliches christlich, oder bereits Johannes der Täufer: »Er muß wachsen, ich aber muß abnehmen« (Johannes 3,30). Zum Zufall säkularisiert, muß auch heute andrer Wille geschehen, soll Literatur über das hinausgehen, was ein einzelner sieht. Jean Paul gibt Definitionen, benennt Schulen, analysiert Stile, theoretisiert den Humor, seziert kurze Passagen aus eigenen und fremden Texten, lehrt den besseren Gebrauch der Sprache, und alles ist schlüssig, ist hilfreich und noch heutigen Schreibwerkstätten aufgetragen. Er polemisiert wieder und wieder gegen die »Ich-Sucht« der zeitgenössischen Literatur, »das Denken, Dichten und Tun der ausgeleerten Selbstlinge«, und verfaßt mit dem *Titan* einen eigenen Roman gegen den Geniekult, in welchem er Fichtes reinem Ich das kümmerliche Ich eines realen Fichteaners entgegenhält. Aber wenn Jean Paul bezeichnet, wo in seinen Romanen, die noch häufiger von und über Jean Paul sprechen als heute John Coetzee von und über sich, das eigene Ich aufhört, geraten die Formulierungen in der *Vorschule* so schwärmerisch, wie sie der eigenen Besonnenheitslehre nach nicht sein dürften. Vom Unbewußten spricht er, das im Dichter das Mächtigste sei, und von dem »überirdischen Engel des inneren Lebens, diesen Todesengel des Weltlichen im Menschen«. Ich wage eine These, die mir die Germanisten wahrscheinlich um die Ohren schlagen werden, indem sie mir dieses oder jenes Traktat vorhalten, das Jean Paul sehr wohl kannte, schätzte, begeisterte: Deshalb spricht Jean Paul nur psychologisch vom Unbewußten, an anderer Stelle so unscharf von Instinkt oder poetisch von Engeln, weil ihm bei aller Belesenheit die christlichen Mystiker fremd geblieben sind, die im Deutschen lange zuvor die Begriffe für den Prozeß geprägt hatten, der Subjektivität durch ihre Negation errettet. Hingegen Hölderlin übertrug mit dem Idealismus die dialektische Bewegung des Ichs aus der christlichen Mystik in die Poetik und blieb dabei in seinem religiösen Empfinden weit mehr als seine Mitschüler Hegel und Schelling von der Innerlichkeit des Pietismus geprägt. Das Vokabular von Entwerden, Entblößung, Reinheit und Leersein, das Großvater freitags bei Pir Arbab in Isfahan hörte und jeden Abend in Rumis *Masnawi* las, kannte Hölderlin aus den Liedern der eigenen Kirche: »Eigen Können, eigen Haben / Eigen Dichten jederzeit / Bleibe ganz in mir vergraben, / Weg, hinweg all Eigenheit!« Auch so erklärt sich, nicht nur mit den Griechen, daß die Fähigkeit der »Totalerfahrung«, die für Hölderlin das Genie ausmacht, nicht primär etwas Schöpferisches, Produktives ist, wie es der Geniekult predigte. Und bleibt die Aufgabe eigenen Wollens in den Kirchenliedern und pietistischen Traktaten noch unspezifisch, wird sie in den Schriften der Mystiker dezidiert auf den literarischen Akt bezogen. »Denn der Geist ging hindurch als ein Blitz«, heißt es bei Jakob Böhme, den Hölderlin nachgewiesenermaßen in der Bibliothek des Tübinger Stifts studierte: »Ich fieng an zu schreiben wie ein Knabe in der Schule, und schrieb also in meiner Erkenntniß und eiferigem Trieb immerhin fort und allein für mich selber … als wäre es ein Werck, das mir aufgelegt wäre, daß ichs treiben müste. Ich empfand mächtig des neu-angezündeten Licht-Geistes Willen: Aber meine Seele war vor und in ihm, als ein unverständig Kind; Sie ging also in den Rosen-Garten ihrer Mutter, und that als ein Knecht in Gehorsam; und mir ward gegeben, alles auf magische Art aufs Papier zu entwerfen.« Wie alle Gebildeten kannte Hölderlin Vorstellungen der Gottbesessenheit auch von den Griechen, mehr noch: waren antike Bezeichnungen des Dichters als *secundus deus* oder *alter deus* bereits Gemeinplätze geworden. Bei Hölderlin indes ist der Dichter radikal auf die Wahrnehmung reduziert, er tritt nicht als autonomer Autor auf, seine Texte gehören strenggenommen nicht ihm selbst, er ist lediglich Empfangender, man könnte auch sagen: ist bloßer Berichterstatter. Es klang kokett, als Herta Müller bei der Nachricht des Nobelpreises stammelte, nicht sie, sondern ihre Bücher seien ausgezeichnet worden, aber jeder ernsthafte Autor wird intuitiv gespürt haben, was sie meinte, nein: warum ausgerechnet dies ihre ersten Worte waren. In Hölderlins berühmtem Fragment »Wie wenn am Feiertage …« heißt es: »Doch uns gebührt es, unter Gottes Gewittern, / Ihr Dichter! mit entblößtem Haupte zu stehen / Des Vaters Strahl, ihn selbst, mit eigner Hand / Zu fassen und dem Volk ins Lied / Gehüllt die himmlische Gabe zu reichen. / Denn sind nur reinen Herzens, / Wie Kinder, wir, sind schuldlos unsere Hände, / Des Vaters Strahl, der reine, versengt es nicht / Und tieferschüttert, die Leiden der Stärkeren / Mitleidend, bleibt in den hochherstürzenden Stürmen / Des Gottes, wenn er nahet, das Herz doch fest.« Zwar gebührt es den Dichtern, unter Gottes Gewitter zu stehen, denen Hölderlin mithin prophetenhafte Züge verleiht, doch wohlgemerkt mit entblößtem Haupte, wie Kinder, reinen Herzens und mitleidend. Alle vier Vorstellungen drücken die völlige Hingabe, das Aufgeben jeder Eigenheit, das Absehen auch von allem Erlernten aus, überdies kreuzestheologisch den Nachvollzug des Leids. Unter Beibehaltung ihrer Begriffe faßt Hölderlin ästhetisch, was die christlich-mystische Tradition mit der Entblößung der Seele, ihrer Entwerdung in Gott und der Passion meint, deutet die religiöse Hingabe in die radikale Offenheit, also Willenlosigkeit des Dichters um. Die Ambivalenz dieses Vorgangs hebt Hölderlin schon in den nächsten Zeilen warnend hervor, mit denen das Gedicht abbricht: »Weh mir! wenn von / Weh mir! // Und sag ich gleich, / Ich sei genaht, die Himmlischen zu schauen / Sie selbst, sie werfen mich tief unter die Lebenden / Den falschen Priester, ins Dunkel, daß ich / Das warnende Lied den Gelehrigen singe. / Dort«. Die mystische Vereinigung, die in den poetischen Prozeß übertragen als Notwendigkeit erlebt wird – das Gedicht, der Roman schreibt sich selbst –, die Vereinigung ist aufgehoben, sobald sie ausgesprochen, auf das Gedicht, den Roman übertragen: sobald die Notwendigkeit erklärt wird. Entmythologisiert man Hölderlins Poetik, wäre sein Begriff von Autorenschaft und Werkcharakter moderner und zumal zukünftiger Literatur, die nicht mehr selbstverständlich einem Individuum zuzuordnen sein wird und ihre materielle Gestalt als Papier zwischen Buchdeckeln verliert, sogar angemessener als jene Autonomie der Schöpferischen, die sich heute in der zunehmenden Personalisierung selbst der seriösen Literaturkritik ausdrückt. In Hysterien wie in Deutschland zuletzt um die junge Helene Hegemann und die zwei Seiten, die sie abschrieb, bewahrt sich in den Feuilletons die Subjektvergötterung der Genieästhetik als ihre Karikatur.

Am Mittwoch, dem 5. Mai 2010, war ein Leser aus Norddeutschland zu Besuch, bei dem der Romanschreiber vor drei, vier oder fünf Jahren übernachtet hatte, ohne es im Roman zu erwähnen, den ich schreibe. Es hätte zwar in einem der Nachbardörfer auch ein Hotel gegeben, aber der Veranstalter, der mit dem Leser oder dessen Frau verwandt ist, hatte gesagt, daß es auf ihrem Bauernhof bequemer sei. Ihr jüngerer Sohn, vier, fünf Jahre alt, hatte eigens eine große iranische Flagge und einen Wimpel angefertigt, der Leser den Lieblingswhisky des Romanschreibers besorgt und seine Frau am nächsten Morgen einen Sack Kartoffeln und selbstgemachten Apfelsaft mit auf den Weg nach Köln gegeben. Auf dem Dorf, das schreibt auch Großvater irgendwo, hat jeder zusätzliche Mensch Bedeutung. Später hatte der Romanschreiber durch eine Mail erfahren, daß der jüngere Sohn an Leukämie erkrankt war, und ein Kinderbuch in den Norden geschickt. Wieder später hatte er durch einen Brief von der Heilung erfahren. Am Mittwoch, dem 5. Mai 2010, erfuhr er, daß der Sohn in der Klinik nur in der ersten Nacht vom Tod gesprochen hatte, als im Nebenbett ein anderes Kind im Endstadium lag. Der Leser ging auf den Zustand des anderen Kindes nicht näher ein, wie er den Krankenbericht überhaupt kurz faßte. Deutlich genug wurde, wie gespenstisch es für den jüngeren Sohn des Lesers gewesen war, ein Krankenzimmer wie der Eingang zur Hölle, so kam es dem Romanschreiber vor, der selbst zwei Kinder hat, dunkel, dann das Stöhnen oder die Schreie aus dem Nebenbett, dem Sohn vertraut nur sein Vater, der selbst um Fassung gerungen haben wird. Wenn der Romanschreiber es nicht falsch verstand, hatte die Familie des Lesers erst an dem Tag von der Krankheit erfahren. Der Arzt war bleich geworden bei dem Befund und hatte den jüngeren Sohn auf der Stelle in die Klinik eingewiesen. In der Nacht habe der Sohn gefragt, ob er jetzt sterben werde wie der Junge im Nebenbett. Seitdem habe er nur noch von der Heilung gesprochen, alle Chemotherapien über, bis er recht bekam. Auch jetzt habe er einen gleichsam professionellen Umgang mit den Tabletten, die er noch immer jeden Tag schlucken müsse, mächtige, übergroße Tabletten, viel zu dick für seinen dünnen Hals. Als der Leser ihm angekündigt habe, in Köln den Romanschreiber zu treffen, der bei ihnen zu Besuch gewesen war, habe der jüngere Sohn sich an jedes Detail erinnern können, zuoberst die iranische Fahne. Ob der Romanschreiber sie noch besitze, habe der Sohn den Leser zu fragen gebeten. Aus Scham log der Romanschreiber, der glaubte, sie seiner älteren Tochter geschenkt zu haben, daß die iranische Fahne in der Wohnung über der Garderobe hänge. Tatsächlich erinnerte sich die Ältere am Abend an die iranische Fahne und den Jungen aus Norddeutschland, jedoch nicht, wo die Fahne geblieben. An die Kartoffeln und den Apfelsaft konnte die Ältere sich ebenfalls erinnern, der Romanschreiber hingegen zunächst nur an die Kartoffeln, schon weil der Leser ihm am Mittwoch, dem 5. Mai 2010, weitere zehn Kilo, einen gewaltigen Sack ins Büro schleppte, dazu eine hausgemachte Wurst aus Lammfleisch, sozusagen eine muslimische Extrawurst. Und dennoch bedankte der Leser sich für das bißchen Zeit, das der Romanschreiber ihm widmete, den Tee und das Bakhlava, aber der Romanschreiber hatte so viel zu tun, es ging wirklich nicht anders, er hätte nicht gewußt wie, da in sechs Tagen seine Vorlesung über den Zufall beginnt, für die noch so viel zu tun. Erst eine halbe, dann eine, schließlich anderthalb Stunden nahm sich der Romanschreiber für den Leser aus Norddeutschland, ohne zu stöhnen. Wie unterschiedlich der Begriff von Zeit ist, je nachdem, ob man auf dem Land oder in der Stadt wohnt. Wenn der Romanschreiber im Bergischen Land war, hatte er nach dem dritten Tag auch plötzlich Zeit, gleich wieviel noch zu tun. Die Stadt, dachte er wieder, ist eine einzige Verschwendung. Er hätte den

Leser in die Wohnung einladen sollen, ein festliches Abendessen wäre das mindeste gewesen als Dank, aber es ging einfach nicht, das Einkaufen, das Kochen, die Stunden am Eßtisch, und ehrlich gesagt hatte der Romanschreiber auch nicht mehr so genau gewußt, wie liebenswürdig der Leser aus Norddeutschland ist, er und ebenso seine Frau, die leider nicht nach Köln kommen konnte, weil sie vor kurzem ihr drittes Kind zur Welt gebracht hat, und natürlich die beiden anderen Söhne. Möge Gott ihre Güte vergelten.

Mit Blick auf das Pult, an dem ich in fünf Tagen stehen werde, gestatte ich mir am Donnerstag, dem 6. Mai 2010, um 20:30 Uhr, da die Frühgeborene schläft und die Ältere ihre Hausaufgaben macht, wenigstens einmal in dem Roman, den ich schreibe, Theodor W. Adorno zu zitieren, von dem auch heute und zukünftig zu lernen ist, daß das Objektive, das sich in Kunstwerken vermittelt, nicht mit seinem Gegenteil verwechselt wird: dem psychologischen Vorstellungsschatz des Künstlers. »Der ist ein Element des Rohmaterials, im Kunstwerk eingeschmolzen. Weit eher sind die in den Kunstwerken latenten und im Augenblick durchbrechenden Prozesse, ihre innere Historizität, die sedimentierte auswendige Geschichte. Die Verbindlichkeit ihrer Objektivation sowohl wie die Erfahrungen, aus denen sie leben, sind kollektiv. Die Sprache der Kunstwerke ist wie eine jegliche vom kollektiven Unterstrom konstituiert, zumal die solcher, die vom Kulturcliché als einsam, in dem elfenbeinernen Turm vermauert subsumiert werden; ihre kollektive Substanz spricht aus ihrem Bildcharakter selbst, nicht aus dem, was sie im direkten Hinblick auf Kollektive, wie die Phrase lautet, aussagen möchte. Die spezifisch künstlerische Leistung ist es, ihre übergreifende Verbindlichkeit nicht durch Thematik oder Wirkungszusammenhang zu erschleichen, sondern durch Versenkung in ihre tragenden Erfahrungen, monadologisch, vorzustellen, was jenseits der Monade ist. Das Resultat des Werks ist ebenso die Bahn, die es zu seiner imago durchmißt, wie diese als Ziel; es ist statisch und dynamisch in eins. Subjektive Erfahrung bringt Bilder ein, die nicht Bilder von etwas sind, und gerade sie sind kollektive Wesens; so und nicht anders wird Kunst zur Erfahrung vermittelt. Kraft solchen Erfahrungsgehalts, nicht erst durch Fixierung oder Formung im üblichen Verstande weichen die Kunstwerke von der empirischen Realität ab; Empirie durch empirische Deformation. Das ist ihre Affinität zum Traum, so weit sie auch ihre Formgesetzlichkeit den Träumen entrückt. Das besagt nicht weniger, als daß das subjektive Moment der Kunstwerke von ihrem Ansichsein vermittelt sei. Seine latente Kollektivität befreit das monadologische Kunstwerk von der Zufälligkeit seiner Individuation.« Für die Vorlesung muß ich das Zitat kürzen, sonst wird es zur Digression und verliert man den Faden, es sei denn, die Idee kommt mir gerade, es sei denn, in der fünften und letzten Vorlesung, ohne vorher den Namen zu nennen, erklingt aus den Lautsprechern Adornos wirkliche Stimme. Die *Ästhetische Theorie* ist ein Buch, aber vielleicht weiß der Germanist, wenn er schon über dessen Pult verfügt, in welcher Aufnahme Adorno etwas sagt, das mit Hölderlins Fragment »Wie wenn am Feiertage …« korrespondiert. Ich nähme auch einen Gedanken über den Zufall, dem Adorno als Beliebigkeit mißtraute und als Absichtslosigkeit manchmal verteidigte. Nicht sollte Kunst »absichtsvoll Zufälliges fiktiv sich einverleiben, um dadurch ihre subjektiven Vermittlungen zu depotenzieren«, lautet die Stelle in der *Ästhetischen Theorie*, die ich so oder so ähnlich als O-Ton finden müßte und hier schon einmal zitiere, obschon ich den Faden damit endgültig verliere: »Eher läßt sie« – also die Kunst und auf jeden Fall Hölderlin – »dem Zufall Gerechtigkeit widerfahren durch jenes Tasten im Dunklen der Bahn ihrer Notwendigkeit. Je treuer sie ihr folgt, desto weniger ist sie durchsichtig.« Hölderlins Tasten nachspürend, trägt die Frankfurter Ausgabe aus verschiedenen Blättern zahlreiche Varianten für den Schluß von »Wie wenn am Feiertage …« zusammen, die Neufassungen, Korrekturen und Zusätze oft neben oder zwischen anderen Gedichten geschrieben, die ihre Neufassungen und Zusätze wiederum auf anderen Blättern, die wiederum … und so weiter, bis sie nicht einmal für den Herausgeber lesbar sind, der sich noch im zwanzigsten und letzten Band immer weiter korrigiert, die Ausgabe um immer neue Funde oder vielleicht auch Vermutungen ergänzt, wo dieses und jenes hinzugehören, was dieses und jenes heißen könnte. »Weh mir!« heißt es in allen Varianten, aber dann, anders als vorhin zitiert, zum Beispiel auch: »Wenn von / selbstgeschlagener Wunde das Herz mir blutet, und tiefverloren / der Frieden ist u. freibescheidenes Genügen / und die Unruh', und der Mangel mich treibt zum / Überflusse des Göttertisches, wenn rings um mich …« Abgesehen davon, daß Hölderlin mit »selbstgeschlagener Wunde«, dem »blutendem Herz« »tiefverlorenem Frieden« und »freibescheidenem Genügen« die Metaphorik der Passionsmystik aufnimmt, variieren die Verse ein Hauptmotiv aus dem *Tod des Empedokles*: die Überhöhung des Dichters zum Gott, die zugleich als die Anmaßung des modernen, sich autonom wähnenden Menschen verstanden werden mag. Wo Hölderlin im ersten Entwurf des *Empedokles* schreibt, daß »der trunkne Mann / Vor allem Volk sich einen Gott genannt«, kommentiert Hölderlin dies am Rand des Manuskripts ausdrücklich als »Übermuth des Genies«. Wer hier schon Ich-Dämmerung wähnt und ein aufgeklärtes Bild des Künstlers, verkennt Hölderlins Horizonte. Bereits wenige Szenen später stellt sich heraus, daß die Schuld des Empedokles keineswegs in der Anmaßung liegt, Gott zu sein, denn innerhalb der Logik des Dramas und mit Blick auf die theoretischen Schriften auch innerhalb Hölderlins eigener Theo-Poetik war Empedokles Gott, so wie auch der Mystiker Halladsch im zehnten Jahrhundert nach sufischer Lehre recht hatte, als er auf dem Marktplatz von Bagdad rief: Ich bin Gott. Schuldig wurden sie, indem sie aussprachen, was sich nur zeigen, aber nicht erklärt werden darf. »Wir schleudern den Ernst der Wahrheit aufs Eitle«, heißt es in Sure 21,18, »Treffens ins Hirn, da schwindet's; / Euch aber Weh wenn ihrs beschreibt.« Schuldig wurde Empedokles außerdem, indem er sich absolut setzte, statt das Absolute in sich zu sehen, also in allem: »Ich allein / War Gott und sprachs im frechen Stolz heraus.« Die »Totalerfahrung«, die Hölderlin in seinen Homburger Aufsätzen meint, ist also gerade nicht der Titanismus, der heute hier und dort wieder aufflackert. Vielmehr gründet die künstlerische Arbeit im passiven Moment der »Empfindung«. Damit sind nicht die subjektiven Gefühle gemeint, die als Antrieb und Rohmaterial in den ästhetischen Prozeß eingehen können, sondern die Offenheit für die Eigengesetzlichkeit der dichterischen Gegenstände, die ekstatisch bis zur völligen Selbstentäußerung reichen kann, nicht zufällig analog zu der in Mystik und Pietismus angestrebten Entäußerung der Seele, zugleich der Auslöschung vordergründiger Subjektivität, die auch Jean Paul als »Ich-Sucht« ablehnt. Jemand fragte Halladsch: »Was ist Liebe?« Halladsch antwortete: »Du wirst es heute und morgen und übermorgen sehen.« Und an diesem Tage hackten sie ihm die Hände und Füße ab, am nächsten Tag hängten sie ihn, und am dritten Tag gaben sie seine Asche dem Wind. Bis in die allegorische Struktur des Dramas, bis in die zentralen Bilder, bis in die Verachtung der institutionalisierten Religion und ihrer Vertreter – »Hinweg! ich kann vor mir den Mann nicht sehn, / Der Heiliges wie ein Gewerbe treibt« –, bis in den Gegensatz zwischen dem schmutzig Wirklichen und dem sauber Korrekten, wirkt der *Tod des Em-*

pedokles wie ein sufisches Lehrgedicht, wenn freilich Hölderlin vom Sufismus nicht viel wissen konnte, nichts wissen mußte, weil es die Motivwelt aller mystischen Traditionen ist, die in vielen Sprachen und von vielen Ausgangspunkten, mit und ohne Gottesbegriff, als passive oder schöpferische Erfahrung auf das zielen, was die Nonne in Nuren Bergeh ethisch als Ergebung in Gottes Willen so schlicht wie ergreifend beschrieb. Christlich spielt das Moment in alle Entwürfe des Idealismus bis in die *Negative Dialetik* Adornos hinein. Es gab – ein kurzes Stück der Fäden –, es gab unter den Sufis alchimistische Zirkel oder Orden, die sich als Jünger des Empedokles bezeichneten. Hölderlin schöpft also tatsächlich aus derselben Quelle wie Sohrawardi oder Halladsch, die ihre physische Vernichtung als Fest begingen: »Tötet mich, o meine Freunde, / denn im Tod nur ist mein Leben, / und mein Leben ist im Sterben, / und mein Sterben ist im Leben.« Das ist auch das Thema von Hölderlins Drama, bereits im Titel hervorgehoben: sein Tod, aber nicht als Ende, sondern als Auflösung, nachdem die ursprüngliche Identität zerbrach. Empedokles bringt sich ja nicht einfach um: Er stürzt sich in einen Vulkan, vereint sich mit Gott als der Natur und gewinnt eben in der Vernichtung – ästhetisch: im Verstummen – die Einheit in letzter Konsequenz als Ewiges zurück: »Es gibt kein Ich außer mir«, wie Schihabuddin Sohrawardi im zwölften Jahrhundert das islamische Glaubensbekenntnis umformuliert. Hölderlins Drama bezeichnet bis heute gültig den Vulkanrand, an dem Dichtung vom Ich spricht, ob John Coetzee, John Berger oder István Eörsi, ob Wolfgang Hilbig, Rolf Dieter Brinkmann, Peter Kurzeck, Elfriede Jelinek, Ingo Schulze, Ruth Schweikert, Arnold Stadler und Navid Kermani, um nur diejenigen Selberlebensbeschreibungen unserer Jahre anzuführen, lesenswert oder nicht, die der Roman, den ich schreibe, bisher erwähnt. »Er lebt? ja wohl! er lebt! er geht / Im weiten Felde Nacht und Tag. Sein Dach / Sind Wetterwolken und der Boden ist / Sein Lager. Winde krausen ihm das Haar / Und Regen träuft mit seinen Tränen ihm / Vom Angesicht, und seine Kleider trocknet / Am heißen Mittag ihm die Sonne wieder, / Wenn er im schattenlosen Sande geht. / Gewohnte Pfade sucht er nicht; im Fels / Bei denen, die von Beute sich ernähren, / Die fremd, wie er, und allverdächtig sind, / Da kehrt er ein, die wissen nichts vom Fluch, / Die reichen ihm von ihrer rohen Speise, / Daß er zur Wanderung die Glieder stärkt. / So lebt er! weh! und das ist nicht gewiß!«

Unter den vielen Erlebnissen, die der Musiker am Samstag, dem 9. Mai 2010, um 20:45 Uhr anführt, ist ein interessantes, daß gerade Nahestehende am hilflosesten sind. Hilfe kommt, ja, durchaus, aber von verblüffender Seite. Der Herr, der das Treppenhaus des Musikers putzte, wußte und tat mehr als die, von denen der Musiker gemeint hatte, es erwarten zu dürfen. Einer nach dem anderen meldete sich nicht mehr, und die wenigen, die blieben oder sich neu fanden, sterben auch noch, gerade erst wieder jemand, gleiches Alter, genau die gleiche Krankheit, und gleichzeitig meldet sich ein andrer wochenlang nicht, bis jemand dem Musiker mitteilt, daß jener einen Autounfall hatte, wußtest du das nicht?, und schon wieder ein Grab, von der Fortdauer der physischen Schmerzen, der Schwäche wie Blei in den Gliedern, den allergischen Reaktionen gar nicht zu sprechen. Nachbeben nennt der Musiker das. Der Freund aus Köln kann sich schon vorstellen, warum sich viele nicht mehr meldeten, so eine Geschichte wie die des Musikers, die keine Besserung verspricht, bietet keinen Trost, um den es Tröstenden doch selbst geht. – Mit so etwas kehrt man nicht einfach zurück, meint der Musiker. – Du warst zu nahe dran. – Aber es ist auch befreiend zu begreifen, fährt der Musiker fort, daß das Gute nicht vergolten wird. – Nicht auf Erden vergolten wird, beharrt der Freund. – Komm mir nicht mit diesem Geschäft, weist ihn der Musiker zurecht. Als wolle er selbst die Stille vertreiben, die sein Tadel bewirkt hat, wiederholt der Musiker nach dreißig oder sechzig Sekunden, daß es wirklich befreiend sei, die Welt *bi-wafâ* zu sehen, wie er es auf persisch ausdrückt, ohne Treue. Treu zu bleiben, sei dann die eigene Entscheidung. – Das macht auch glücklich, Navid. Die Platte, die den Tod seiner Mutter und die eigene Passage bezeugt, ist nicht fertig geworden. Er hat sie dennoch dem Verlag geschickt, als er einsah, daß sie ihm nie gelingen würde, zwanzig Minuten, die er nie wieder hören wolle. Vielleicht ist sie gut, aber nur er selbst weiß, wieviel besser sie sein müßte.

Am dichtesten an das mystische Erleben hat Hölderlin den künstlerischen Prozeß in einem Aufsatz herangeführt, dessen Titel von Meister Eckhart oder Baso Matsu stammen könnte: *Das Werden im Vergehen*: Der »sichere unaufhaltsame, kühne Act« besteht darin, daß »jeder Punkt in seiner Auflösung und Herstellung mit dem Totalgefühl der Auflösung und Herstellung unendlich verflochtner ist, und alles sich in Schmerz und Freude, in Streit und Frieden, in Bewegung und Ruhe, und Gestalt und Ungestalt unendlicher durchdringt, berühret, und angeht und so ein himmlisches Feuer statt irdischem wirkt.« Auflösung und Herstellung, Schmerz und Freude, Streit und Friede, Bewegung und Ruhe, Gestalt und Ungestalt, himmlisches statt irdisches Feuer – wahrscheinlich fände ich in dem Derwischorden, dem Großvater angehörte, und den Dichtungen, die er abends las, für jedes einzelne dieser Begriffspaare eine wörtliche Entsprechung. Ich fände sie wahrscheinlich überall, wo Mystiker die sichere, unaufhaltsame und kühne Erfahrung in Worte gefaßt haben, vom eigenen Ich zurückzutreten, um darin das Allgemeine zu finden, sich ohne Intention in der Anschauung zu verlieren. Das *Ich* gilt, aber nicht *mein* Ich. Was Jean Paul empfand und Hölderlin besser beschrieb, ist nicht bloß ihr individueller, es ist ein allgemeiner oder idealer Moment innerhalb des poetischen Prozesses: ein einzelner zu sein und doch das Ganze in sich zu tragen, nichts zu werden und dadurch Gott. »Mein Innerstes schaut ohne mein Herz«, wie Halladsch sagt. Genug! In zwei Tagen muß ich die erste Poetikvorlesung halten und habe als Orientalist schon viel zu lang auf Analogien verwiesen, müßte spätestens jetzt differenzieren, zwischen den mystischen Traditionen selbst, die sich erheblich voneinander unterscheiden, ob nun Taoismus, Zen, Sufismus, Kabbala oder deutsche Innerlichkeit, ja innerhalb ein und derselben Tradition so vielfältig sind, und dann natürlich noch deutlicher zwischen dem mystischen Erleben und der ästhetischen Produktion. Wenn schon, würde auch keineswegs der Sufismus naheliegen, um ihn mit der Literatur in Beziehung zu setzen, noch weniger die christliche Mystik. Deutlichere Entsprechungen fänden sich in den Texten des Zen-Buddhismus, insofern sie stets auf die Praxis weisen, nicht zuletzt die künstlerische. Daß unter allen deutschsprachigen Schriftstellern des zwanzigsten Jahrhunderts gerade Heimito von Doderer die Kunst des Bogenschießens beherrschte – und das populäre Buch des Japanologen Eugen Herrigel kannte –, findet man in seinen Romanen bestätigt, die so unübersichtlich, haarsträubend konstruiert und überreich an Eindrücken sind wie die Romane Jean Pauls, wo sie sich selber schreiben. In den späten Fragmenten, die Hölderlin wieder und wieder bearbeitete, spürt man beim Vortrag körperlich, wie etwas anderes, absichtslos Entstandenes in die Verse eindringt. Man spürt es an den rhythmischen Sprüngen, den syntaktischen Zumutungen, den dauernden Rissen innerhalb einer einzigen Gedankenkette, der Auflösung linearer Zusammenhänge logischer und psychologischer Art, der Verselbständigung der Bilder, die wie von selbst in die eine und andere Richtung sich entwickeln. Insofern er Literatur und eben nicht mystische Praxis ist, verwandelt sich der Text nicht Gott oder einer etwaigen höheren Ordnung an, wie sie der Zen-Meister spüren mag, wenn die Bogensehne ohne sein Zutun, ohne daß er es gewollt hätte, seinen Daumen durchschneidet. Literatur verwandelt sich der Welt an. »Und nimmer ist dir / Verborgen das Lächeln des Herrschers / Bei Tage, wenn / Es fieberhaft und angekettet das Lebendige scheinet oder auch / Bei Nacht, wenn alles gemischt / Ist ordnungslos und wiederkehrt / Uralte Verwirrung.« Unvollständigkeit, Unübersichtlichkeit, Unfaßbarkeit ist Jean Pauls Romanen daher genauso inhärent wie Hölderlins Gedichten, und inhärent ist gerade den bedeutendsten Werken, daß der Autor selbst sie als unvollkommen, unzureichend, unabgeschlossen wahrnimmt. Insofern sie dem Unendlichen eine materielle Gestalt geben, müssen sie endlich sein: Noch so viel mehr, so viel besser wäre es zu sagen, wie Hölderlin es empfunden zu haben schien, wenn man in der Frankfurter Ausgabe verfolgt, wie sich die einzelnen Gedichte und Gedichtfetzen auf den Blättern, die er ohne Unterlaß beschrieb, geradezu bildlich miteinander verschlingen, so daß auch der Herausgeber oft nur vermuten kann, welche Zeile zu welchem Text gehört. Hölderlin selbst wird es manchmal nicht mehr gewußt und schon gar nicht damit gerechnet haben, daß zweihundert Jahre später Germanisten, als sei ihr eigentliches Fachgebiet die Archäologie, Buchstabe für Buchstabe sichern, um die Bedeutung, manchmal auch nur den Wortlaut zu begreifen. »Denn ich schrieb nur meinen Sinn, wie ichs in der Tieffe verstund«, hatte er bei Jakob Böhme wahrscheinlich ebenfalls gelesen: »und machte darüber keine Erklärung, denn ich vermeinte nicht, daß es solte gelesen werden, ich wolts für mich behalten: sonst so ich gewust hätte, daß es sollte gelesen werden, so wollte ich klarer geschrieben haben.« In diesem Sinne haben die Schriftarten, Siglen und kreuz und quer verlaufenden Buchstabenreihen der Frankfurter Ausgabe selbst ein Objektives, da sie an dem Moment des Ungenügens über die einzelnen Wörter hinaus teilhaben lassen, wie es keine Leseausgabe tut. Jedes Werk auf Erden ist eine »geborne Ruine«, als die Jean Paul *Die unsichtbare Loge* mir zum Trost bezeichnet, daß auch ich niemals zum Ende kommen werde mit dem Roman, den ich schreibe, aber bis Dienstag mit meiner Poetik. Jeder Traum ist ein Bruchstück und darin realistischer als die Ordnung unserer eigenen Kunstgärten: »Findet auf diesem (von uns Erdball genannten) *organischen Kügelchen*, das mehr *begraset* als *beblümet* ist, die wenigen Blumen im Nebel, der um sie hängt – seid mit euren elysischen Träumen zufrieden und begehret ihre Erfüllung (d. h. Verknöcherung) nicht; denn *auf der Erde ist ein erfüllter Traum bloß ein wiederholter.*« Es gehört zum Wesen der Romane, die Jean Paul schrieb, daß sie unabgeschlossen scheinen, ihre Handlung ins Offene und Unbestimmte ausklingt. Auch der Roman, den ich schreibe, wird, so oft sein Erscheinungstermin noch verschoben werden mag, endlich abbrechen müssen, damit der Vertrag sich erfüllt, weil sonst alles immer sich weiter fortentwickelt wie der Bürocontainer, der am 16. August 2008 um 10:35 Uhr wegen des neuen Regals von der Wand wegrücken mußte und sich bis in die Poetikvorlesung verwickelt, die der Romanschreiber oder ich übermorgen um 18:15 Uhr an dem Pult, an dem Theodor W. Adorno stand oder nicht stand, über Jean Paul halten werde, der unter der Schreibtischplatte des toten Schreiners lag oder nicht lag. Mögen ihre Seelen froh sein.

Seit er im Büro alle Leitungen gekappt hat, sitzt der Nachbar regelmäßig im Internetcafé, das wie alle Internetcafés des Viertels kein Café ist, sondern ein Ladenlokal mit weißen Bodenkacheln, Computern auf quadratischen Tischen aus furniertem Sperrholz, durch Sichtblenden voneinander getrennt, manchmal einem Kühlschrank mit Getränken und Kabinen für Ferngespräche, so daß ein Wirrwarr von Sprachen herrscht, Iran neunzehn Cent, Türkei neun, Bangladesch vierundzwanzig, und denkt sich die Dramen nicht mehr aus, sondern sieht auf dem Nachbarbildschirm vielleicht eine Mutter in Lateinamerika trotz Sichtblende weinen oder eine Hochzeit anbahnen, und irgendwo in Asien ruft jemand schweißgebadet *insurance, insurance.* Vorhin zum Beispiel, als er die Vorlesung an die Zeitung mailen wollte, beugte sich ein junger Schwarzer herüber, achtzehn, neunzehn Jahre alt höchstens, und fragte in gebrochenem Deutsch, ob der Nachbar einmal auf einen Brief schauen könne, mit dem er beim Ausländeramt eine Ermäßigungskarte für öffentliche Einrichtungen beantrage. – Moment, sagte der Nachbar, ich muß erst was abschicken. Der Nachbar mußte auch zum Zug, weil er um 18 Uhr ans Pult von Theodor W. Adorno treten sollte, aber eher vermasselte er seine Poetik, als gerade heute einem Fremden nicht zu helfen, dessen Geschichte nicht einer fernen Vergangenheit angehört. Wahrscheinlich stehen deshalb oft Leute vor dem Café, Schwarze oder

Araber, Türken, Asiaten und immer Osteuropäer, die eine Zigarette rauchen, weil sie auf den Zeitpunkt warten, den sie mit den Verwandten für das Telefonat vereinbart haben, oder auf den Verwandten, der sagen wir in Sansibar ans Telefon gerufen wird wie Großvater um das Jahr 1917 in Saweh, worauf er den bemerkenswerten Agha Seyyed Abolhassan Tabnejad verließ: Mohammad, komm ins Postamt, schnell, du hast einen Anruf, beeil dich! Nicht einmal das Französisch klingt im Internetcafé wie eine europäische Sprache, westeuropäische, muß der Nachbar schreiben, denn Serbisch oder Albanisch oder was die Blonde in ihr Headset rief, ist natürlich auch europäisch. Der Hausmeister sagte, daß das ganze Viertel in der Hand von Bulgaren sei, einer richtigen Mafia. Das *Teppich-Paradis* auch? Das ist die Wirklichkeit, denkt der Nachbar jedesmal im Internetcafé, dieser Wirrwarr, diese Gerüche, was ist das? Schweiß, Wüste, die Karpaten?, die Schwarzen in ihren Trainingsklamotten, Albaner immer in Leder, dann die Blonde mit der rosa Bluse, eine Ukrainerin, nimmt er an, alles Zwangsprostituierte oder Putzfrauen, sagte der Hausmeister, der den Wirrwarr für die Wirklichkeit hielt und nicht, was die im Fernsehen verkünden. Die wollen uns nicht bekriegen, sagte der Hausmeister, die sind sich nicht mal untereinander einig und wir sind denen schon vollkommen egal, schien er den Nachbar nicht denen zuzuschlagen, die interessieren sich nicht für Talkshows, die interessieren sich nicht einmal fürs Wetter, die haben ihre eigenen Satelliten. Jeder interessiert sich fürs Wetter, wandte der Nachbar ein. Was wollen diese Chinesen denn schon mit dem Wetter? fragte der Hausmeister und dachte vielleicht, ohne es auszusprechen, daß von den Schwarzen, Arabern und Bulgaren auch keiner je in den Park geht oder wenn, dann zum Biertrinken auf die Bank mit dem Rücken zur Kreuzung, wo die Autos oft sechsspurig stehen, zum Scheißen ins Gebüsch oder für eine schnelle Nummer. Die werden uns einfach beiseite schieben, dachte der Hausmeister wieder laut, nicht durch Kriege, nein, die sind nicht aggressiv, die Türken recht betrachtet keine schlechteren Menschen, niemand habe ihn je im Viertel bedroht, nein, die werden uns mit ihrer Toleranz beiseite schieben, Toleranz?, ja, Toleranz, Sie haben richtig gehört, und unsere Trägheit, die sind mit allem einverstanden, nehmen alles, wie es ist, während wir noch meinen, die Wahl zu haben, oder nicht beiseite schieben, einfacher noch, die werden uns zusammenpressen, von unten, von oben, von links und von rechts, breitete der Hausmeister die Arme zwischen Fußmatten in Hammer Optik aus und führte sie wieder zusammen, durch ihre schiere bewegliche Masse, die jede Ritze ausfüllt, die Gasse, die Hauptstraße, die Parallelstraße, die sind nur der Anfang, bis nur noch ein Strich von uns übrigbleibt oder nur noch ein Name, da hilft keine Raketenabwehr, so schnell können wir gar nicht schauen, nur ist der Laden nicht mehr viel wert, wie sie bald merken werden, ist erst von den Türken, jetzt von den Bulgaren geplündert, und dann ziehen sie vielleicht weiter nach Norwegen oder in die Vereinigten Arabischen Emirate oder am wahrscheinlichsten nach China, worin unsere einzige Chance liegt, falls wir bis dahin noch kein Strich sind oder so arm, mit ihnen ziehen zu müssen, den Bulgaren hinterher. Köln 100 Yuan, 30 Dirham, 2 Kronen. Eigentlich, dachte der Nachbar, ist es ein gutes Gefühl, selbst zweihundert Meter von zu Hause so fremd zu sein, so irrelevant für den Albaner neben ihm in der Lederjacke, die Frau mit der rosa Bluse, daß er recht betrachtet am 11. Mai 2010 ganz entspannt um 17:14 Uhr aus dem Zug steigen kann, Flughafen Frankfurt schon passiert. Einen so exquisit formulierten Brief eines Flüchtlings hat die Kölner Stadtverwaltung noch nie erhalten. Vielleicht verdankt ihn der junge Schwarze dem Zufall, vielleicht einem Führer der katholischen und einem Führer der evangelischen Kirche.

Die Beziehung zum Vater, die auf Seite 115 eingesetzt hat, scheint sich einschließlich der ersten, abenteuerlichen Zeit in Deutschland mit Einschüben hier und dort über die gesamte Lieferung zu erstrecken, hundertsechzig neue Seiten, die die junge Waise aus Isfahan gemailt hat, damit der Sohn sie der Mutter ausdruckt. Soweit er es beim Durchblättern schon sieht, hat die Mutter nicht allgemein ihre Lebensbeschreibung, sondern, ohne es wahrscheinlich selbst beabsichtigt zu haben, einen großen Eheroman verfaßt, ergreifend vielleicht auch für andere als den Sohn, der unmöglich noch die Geschichte seiner Eltern erzählen kann. Das ist, das wird ein eigenes Buch, die ersten Küsse, die erste, noch heimliche Nacht, die Hochzeit, die erste Wohnung, der Alltag auf dem Dorf, in dem der Vater während des Studiums nebenher als Arzt arbeitete, dann die Zeit allein, als der Vater nach Deutschland geflogen war, und wie sie ihm allein mit zwei Kindern später nachreiste, als junges iranisches Paar im Deutschland der späten fünfziger Jahre, das alles mit den Augen des Mädchens geschildert, das nicht von einem muslimischen Tyrannenvater, sondern in der aufgeklärtesten, liebevollsten Umgebung dennoch zur Ehe gezwungen wird, mit den Augen der Braut, die von ihrem Platz aus auf die Hochzeitsgesellschaft blickt, ohne an dem Fest teilzunehmen, mit den Augen der Frau, der Mutter, der Auswanderin – wahrscheinlich sind im Zuge der vorletzten oder vorvorletzten Mode viele solche Geschichten in Deutschland erschienen, der Sohn kennt sich auf dem Gebiet nicht aus, wahrscheinlich haben vor ihm bereits zwanzig andere Einwandererkinder ihre Mütter befragt, deren Antworten bestimmt alle lesenswert geworden sind oder mindestens brauchbar als soziologisches Material. In dem Roman, den ich schreibe, hat die Mutter selbst literarisches Talent, wie der Sohn ihr auch sagen möchte, wenn er sie in Spanien besucht, obschon sie dann gleich wieder von Bestseller und diesem Verlag in Frankfurt sprechen wird, der Isabel Allende veröffentlicht, überraschende Gefühle, tiefgreifende, auch soziale Konflikte, Abwehr und erotische Momente, Ambivalenzen, Unsicherheiten, Bedrängtheit und Revolte, Emanzipation und, ja, eine große Liebe, gleichwohl mit andauerndem Streit und Hadern bis heute. Es ist nicht Isabel Allende und doch mehr, als der Sohn seiner Mutter zugetraut, die ihr Studium der Literaturwissenschaft im ersten Semester abbrach, um die restlichen sechzig Jahre seither als Gattin, Mutter und Hausfrau zu leben, wie es Großvater für sie vorgesehen hatte und der Vater nicht anders erwartete. Das Manuskript, zu dem der Sohn sie anstiftete, bleibt eine Aufgabe für später, einverstanden, zu erfüllen von ihm oder einem, den er vermittelt. Die Autorin bleibt sie selbst. Andererseits muß der Sohn die Zeit zwischen den Vorlesungen ja doch irgendwie überbrücken, wenn der Roman, den ich schreibe, nicht auch noch den Kommentar kommentieren soll, und scheint Großvaters Anteil überschaubar zu sein: Nur bei den Verhandlungen übers Brautgeld und den Ehevertrag, die eine Woche nach dem Picknick anstehen, scheint er eine tragende Rolle zu spielen, soweit ich beim Durchblättern schon sehe. Nicht einmal der Besuch in Siegen, den Großvater so lang ausbreitet, ist der Mutter ein Kapitel wert. Gut, für sie war es vermutlich nur ein Besuch von vielen, das Gästezimmer später fast immer von Verwandten oder iranischen Geschäftspartnern des Vaters belegt.

Wie es üblich ist, treffen sich die Männer beider Familie im Hause der Braut: hier die großbürgerlichen, weltlich ausgerichteten Angehörigen der Mutter, Ärzte, Armeeoffiziere, Naturwissenschaftler oder Direktoren, dort die Verwandtschaft des Vaters aus der Altstadt, Händler, kleine

Beamte und zum Entsetzen von Großmutters Brüdern zwei leibhaftige Mullahs mit Turban, Gewand und langem Bart. Nur Großvater ist nicht überrascht, der hinter dem älteren der beiden Geistlichen häufig schon betete, einem angesehenen Ajatollah, der die Konstitutionelle Revolution in Isfahan unterstützte und auf der Seite Doktor Mossadeghs stand. Von den Frauen darf nur die Großtante mit in den Salon, Großvaters ältere Schwester; alle anderen, mitsamt der Mutter, der Tanten, der Bediensteten, lauschen hinter der Tür, wie die Männer ihrer Verwandtschaft vom Bräutigam das Recht der Braut einfordern, sich jederzeit und ohne Angabe von Gründen scheiden zu lassen, im Fall einer Scheidung außerdem monatliche Unterhaltszahlungen in der Höhe eines vollständigen Arztgehalts, das Sorgerecht für die Kinder und anderes mehr. Plötzlich wird die Tür aufgerissen und marschiert Großvater wütenden Gesichts in die Halle. »Gnädige Frau!«, herrscht er Großmutter an: »Bitten Sie Ihre Herren Brüder aus dem Salon und teilen Sie ihnen mit, daß meine Tochter in der Tradition der Prophetentochter heiraten wird, zu den gleichen Bedingungen, die der Prophet für seine Tochter ausgehandelt hat, nicht besseren und nicht schlechteren.« Dann senkt er den Kopf und stampft mit seinem »Gott steh mir bei und vergib mir meine Sünden« in der Halle auf und ab. Kurz darauf erscheint die Großtante in der Tür und redet auf Großvater ein, er solle sich nicht aufregen, sondern sich im Hof entspannen und Großmutters Brüder einmal machen lassen. Sei es nicht ohnehin Zeit für das Gebet der Abenddämmerung? Noch bevor die Abenddämmerung hereinbricht, entscheidet der Vater gegen den Rat seiner eigenen Verwandtschaft, sämtliche Klauseln im Ehevertrag zu akzeptieren, die Großmutters Brüder für den Fall einer Scheidung verlangen: »Seien Sie versichert, daß meine Frau niemals den Wunsch haben wird, sich scheiden zu lassen.«

Von der zweitägigen Hochzeit – vierhundert Gäste im Hause der Braut, die den Nachbarn den Schlaf rauben – ist mit Blick auf Großvater nur zu berichten, daß die ach so religiösen Freunde des Vaters sich heimlich Schnaps über die Mauer reichen, und zwar nicht zwei, drei Flaschen, sondern kistenweise, wie sich am nächsten Morgen beim Aufräumen herausstellen wird. Der Festredner aus Vaters Verwandtschaft ist so betrunken, daß man ihn mit Gewalt von der Bühne zerren muß, und der Koch Mohammad Hassan verursacht gegen Ende der Feier einen Aufruhr, als die Tanten ihn bewußtlos auf dem Boden der Halle vorfinden, vergeblich an ihm rütteln und panisch schreien, er sei tot: Tatsächlich hat er sich nur ins Koma gesoffen. »Wehe, der Herr erfährt davon!« weist Großmutter alle Umstehenden an, vor Großvater absolutes Stillschweigen zu bewahren, und läßt es sich nicht nehmen, Mohammad Hassan einen Eimer Wasser nach dem anderen über den Kopf zu schütten, bis er wach genug ist, sich ihre Flüche anzuhören. Im Rückblick meint die Mutter, daß Großvater unmöglich entgangen sein könne, warum die jungen Männer die ganze Zeit mit Wassergläsern in der Hand herumliefen, die Stimmung so ausgelassen war und der Festredner immer weiter vor sich hin lallte, als die Gäste schon längst versuchten, ihn mit Pfiffen von der Bühne zu vertreiben. »Ich vermute, Papa ließ sich nur nichts anmerken, weil er sich nicht zum Richter berufen fühlte, der andere öffentlich verurteilt und tadelt.« Ach, komm, wie sich die Eltern das Jawort geben, das trägt der Sohn noch rasch in den Roman ein, den ich schreibe, 23:19 Uhr am Sonntag, dem 23. Mai 2010, die zweite Vorlesung bereits ausgedruckt, schließlich war Großvater bei der Hochzeit dabei und ist morgen noch ein Tag, um den Vortrag zu üben, dessen elend paradoxale Satzstrukturen Jean Pauls Muster nachahmen. Obwohl, das Jawort kann der Sohn noch übergehen, da sitzt die Mutter nach dem Besuch des Badehauses und nach Stunden der Maniküre, des Frisierens, des Anziehens und des Schminkens im weißen Hochzeitskleid auf einem Stuhl, ringsum nur Frauen, von denen sie die meisten nicht einmal kennt, und hört, wie der Mullah nebenan im Herrenzimmer Gebete spricht, den Koran rezitiert, den Ehevertrag vorliest, die arabische Vermählungsformel spricht und schließlich den Bräutigam fragt, ob er die mit Namen, Namen des Vaters und Nummer des Personalausweises vorgestellte Braut heiraten will? »Ja«, sagt der Vater nach einem kurzen, merkwürdigen Zögern, weil er den arabischen Namen der Mutter zum ersten Mal hört – er kennt bis jetzt nur den persischen Rufnamen, den Großmutter ihr gab. Dann wird die Mutter von der Stimme aus dem Nebenzimmer gefragt, ob sie den mit Namen, Namen des Vaters und Nummer des Personalausweises vorgestellten Bräutigam heiraten will. Einen Augenblick ist sie still, dann hört sie das Tuscheln der Frauen, die um sie stehen: »Sag nein!« »Wie bitte?« flüstert die Mutter verwirrt. »Du mußt nein sagen.« »Nein«, ruft die Mutter unsicher. Die Stimme aus dem Nebenzimmer nennt ein zweites Mal den Namen des Bräutigams, den Namen seines Vaters sowie die Nummer seines Personalausweises und wiederholt die Frage. Die Mutter blickt fragend in die Runde. »Sag nein!« fispern die Frauen und versuchen, ihr Kichern zu unterdrücken. »Nein!« ruft die Mutter wieder. Die Stimme aus dem Nebenzimmer nennt ein drittes Mal den Namen, den Namen des Vaters sowie die Nummer des Personalausweises und wiederholt die Frage. »Jetzt sag: Mit Erlaubnis meiner Eltern, ja.« »Mit Erlaubnis meiner Eltern, ja.« Ohrenbetäubend ist das Lachen, der Jubel, das Trällern, das bei dem Jawort der Mutter einsetzt; Gold- und Silbermünzen werden in die Luft geworfen, weißkandierte Reiskörner und Mandelstücke regnen auf die Mutter herab, jede umarmt sie, jede will sie küssen, das Orchester spielt im Hof bereits den Hochzeitstanz, so daß im dichten Gedränge die ersten Hüften kreisen und bald ein komplettes Tohuwabohu herrscht, als sich die Tür öffnet und der Vater erkennbar verwirrt im Frauenzimmer steht. Er schaut sich suchend um, bis er die Mutter entdeckt, und schlängelt sich durch die tanzenden, trällernden und singenden Frauen. »Als er vor mir stand, schaute er mich erst prüfend an, bevor die Anspannung, die ich mir nicht erklären konnte, sich löste und er vor Glück strahlte. Sein ganzer Körper schien zu lachen, seine Augen glänzten, seine Lippen zitterten, seine Armen ruderten umher, als wollte er etwas sagen oder laut schreien, aber er fiel nur auf die Knie, nahm mein Gesicht in seine Hände und wollte mich küssen. ›Brüderchen, doch nicht vor allen Leuten‹, rissen ihn seine Schwestern zurück: ›Beherrsch dich!‹ Eilig improvisierten sie mit einigen Tschadors, die sie um uns herum und über unsere Köpfe hielten, ein kleines Zelt. Mein Gesicht noch immer zwischen seinen Händen, zögerte er keinen Augenblick länger und küßte mich aufgeregt, küßte mich wieder und wieder, wollte gar nicht mehr aufhören, mich zu küssen, so daß eine seiner Schwestern von oben durch den Tschador zischte: ›Brüderchen, es reicht!‹ Als die Schwestern ihre Hände sinken ließen, griff er nach den Tüchern, zog sie wieder über unseren Köpfen zusammen und küßte mich weiter. Ich hörte, wie um uns herum ›Herzlichen Glückwunsch‹ gerufen wurde und ›Hoch sollen sie leben, hoch hoch hoch‹, ich hörte das Trällern und Klatschen der Frauen, ich spürte, wie eine oder mehrere Hände an den Tschadors zerrten, die er fest über unseren Köpfen hielt, um mir immer weitere Küsse zu geben. ›Ich liebe dich!‹ flüsterte oder vielmehr, es war ja so laut, brüllte er mir ins Ohr. Als seine Schwestern es offenbar aufgegeben hatten, die Tschadors von unseren Köpfen zu ziehen, gestand er, daß er bei der Zeremonie vor Angst fast gestorben wäre. ›Warum denn das?‹ fragte ich. ›Ich hatte diesen arabischen Namen doch nie gehört‹, erklärte er, ›und auf einmal überfiel mich die Panik, daß ich mit eurem Dienstmädchen verheiratet würde. Ich wollte schon aufstehen und laut rufen, daß ich aber dich heiraten will und nicht das Dienstmädchen. Zum Glück las mein Onkel meine Gedanken und legte seine Hand auf meine Schulter. Er flüsterte mir ins Ohr, daß ich keine Angst haben solle, im Hause des frommen Herrn Schafizadeh werde niemand betrogen.«

Wie der Vater jeden Tag nach der Arbeit das Haus der Großeltern mit seinem Lachen und seinen Geschichten erfüllt, wie er die Mutter vor der ganzen Familie mit Küssen bedeckt, obwohl die Tradition nicht einmal Händchenhalten gestattet, bevor sie unter einem Dach wohnen und die Ehe vollzogen ist, wie er endlich aus der Tür bugsiert wird und mit Hilfe Mohammad Hassans über die Mauer zurück in den Hof klettert, wie er sich in ihr Zimmer schleicht und unter der Bettdecke wartet, während sie nichtsahnend ihre Zähne putzt, die erste, herzrasende, dabei noch keusche Nacht der Eltern und Großmutter, die den Vater am nächsten Morgen zum Frühstück ruft, als der in der Annahme, unbemerkt geblieben zu sein, gerade durchs Fenster verschwinden will, wie der Vater beichtet, sich das Brautgeld vollständig von seinem Onkel geborgt zu haben, selbst der Hochzeitsanzug geliehen gewesen sei und er keineswegs über Vermögen verfüge, um ihnen ein Haus zu kaufen, in das sie einziehen könnten, aber er verdiene ja bei den Amerikanern gutes Geld, das mit dem Haus werde so Gott will schon klappen, wie er kurz darauf kündigt, weil er nicht länger für die Amerikaner arbeiten will, die Doktor Mossadegh gestürzt haben, und aufs Land zieht, wo er in einem Umkreis von fünfzig kaum befahrbaren Kilometern der einzige Arzt ist, obwohl noch Student, wie die Mutter sich bereit erklärt, ihn wenigstens zu besuchen, und nach der Ankunft erfährt, daß der nächste Bus erst in sieben Tagen nach Isfahan zurückfährt, und da steht sie mit ihrem Handtäschchen auf der staubigen Dorfgasse, keine Spur vom Vater, der mit seinem Fahrrad bis zum Abend unterwegs ist, um Kranke zu behandeln, umringt von glotzenden Bauern, die zum ersten Mal eine junge Frau aus der Stadt sehen, eine Frau ohne Kopftuch und mit einem Rock bekleidet, der nur bis zu den Knien reicht, in der Hand ein Täschchen, und jemand zeigt ihr das Lehmzimmer, in dem der Vater wohnt, kein Strom, kein Glas in den Fenstern, kein fließend Wasser, wie die Eltern in der ersten Nacht die Ehe auf einer schmalen Krankenliege vollziehen, soviel Angst hatte die Mutter davor, aber es ist wunderschön, wie der Vater sich am nächsten Morgen übernächtigt wieder aufs Fahrrad setzt und sie, die noch nie einen Besen in der Hand hielt, die Lehmhütte fegt, sie, die das Landleben nur aus der Perspektive des Herrenhauses kannte, sich den Bauern als neue Nachbarin vorstellt, sie, die noch nie hinter einem Herd stand, Gemüse schneidet, auf dem Gaskocher kocht, sich Teller und Besteck ausleiht, den Teppich ausklopft, um darauf das Abendessen so gut es geht anzurichten, wie er verschwitzt und strahlend in die Lehmhütte tritt und gar nicht mehr aufhören kann, ihr küssend für alles zu danken, wie er sich dann doch auf den Teppich setzt und sie stolz das Reisgericht serviert, wie beide mit großem Appetit die Löffel zum Mund führen und den Reis wieder ausspucken müssen, weil die Körner hart wie Stein sind, wie er zu lachen anfängt, prustend zu lachen, und sie ansteckt, nein, das führt der Sohn jetzt nicht mehr im einzelnen aus, das würde zu weit führen in dem Roman, den ich schreibe. Nur soviel am Samstag, dem 29. Mai 2010, um 21:45 Uhr, weil die vierte Poetikvorlesung nur noch Korrektur gelesen und geübt werden muß: Jeden Morgen radelt der Vater los und belegt die Mutter einen Intensivkurs in Lebenspraxis, jeden Nachmittag kehrt er verschwitzt, aber strahlend zurück in das Lehmzimmer und richtet sie so gut es geht das Essen an. Jeden Abend beschwört er seine Liebe und schüttelt sie die Münzen aus seiner Jackentasche, die er während des Tages verdient hat, um sie zu zählen und bis heute im Haus das Geld zu verwahren. Natürlich freut sie sich auf den Bus, der sie nach sieben Tagen zurück nach Isfahan bringen wird, freut sich auf ihre Familie, auf ein warmes Bad, ein frisch gemachtes Bett, saubere Wäsche, das Essen von Mohammad Hassan und wieder bedient zu werden. Leider regnet es in Strömen, der Bus schafft den Anstieg nicht und muß umkehren, so daß die Mutter eine weitere Woche im Dorf verbringt. »Als wir in der darauffolgenden Woche endlich in den Bus einsteigen wollten, kam eine Gruppe aufgeregter Bauern und Bäuerinnen mit dem Dorfvorsteher an der Spitze die Dorfstraße hinuntergeeilt: ›Herr Doktor, Herr Doktor!‹ Einer der Bauern trug einen Jungen auf den Armen, dessen Gesicht blau angelaufen war und der in kurzen Abständen hustete. ›Was ist passiert?‹ schrie mein Mann. Eine Tablette steckte in der Luftröhre fest. Die Bauern weinten und flehten den hochstehenden Herrn Doktor an, den Jungen zu retten, aber meinem Mann stand das Entsetzen selbst ins Gesicht geschrieben. Er war Mitte Zwanzig, hatte sein Studium noch nicht beendet und noch nie einen

Fall von Leben und Tod behandelt. Er schüttelte den Jungen, versuchte, die Tablette aus der Luftröhre zu pressen, und steckte ihm den Finger in den Hals, damit er sich übergab – nichts half. ›Es gibt nur ein Mittel‹ rief er schweißgebadet: ›Ich muß den Kehlkopf aufschneiden!‹ ›Was müssen Sie?‹ stammelte der Vater des Jungen entgeistert. ›Ich weiß nicht, ob der Junge es überlebt, ich weiß nur, daß er sonst gleich ersticken wird. Hat jemand ein scharfes Messer? Schnell!‹ Als einer der Bauern ein Jagdmesser aus dem Gürtel zieht, fiel die Mutter des Jungen in Ohnmacht. Alle anderen schauten sprachlos zu, wie mein Mann das Jagdmesser rasch mit Alkohol wusch und mit einem Feuerzeug desinfizierte. Dann setzte er es über der Kehle des Jungen an, der inzwischen das Bewußtsein verloren hatte, zog mit der anderen Hand die Haut auseinander und öffnete die Luftröhre durch einen kleinen Schnitt. Die Tablette sprang heraus. Auf die Wunde preßte mein Mann ein Tuch, das sich rot verfärbte, und beatmete gleichzeitig den Jungen von Mund zu Mund. Nach einer Zeit, die schier endlos schien – die einen standen erstarrt, die anderen laut betend im Kreis –, fing der Junge endlich an, selbständig zu atmen. Als er kurz darauf die Augen öffnete, war niemand im Dorf, der nicht weinte. Die Eltern fielen auf die Knie und küßten abwechselnd den Jungen und meinen Mann. Freudentränen bedeckten ihre jungen, aber durch Arbeit, Entbehrung und Sonne wie gegerbten Gesichter. ›Mögest du immer neben deinem Mann aufwachen‹, riefen sie mir zu, ›möget ihr zusammen alt werden, möge Gott eure Kinder schützen.‹« Die Mutter verbringt eine Woche in Isfahan. Bei ihrer Ankunft wird sie von den Verwandten und Bediensteten freudig umarmt, doch weder Großvater noch Großmutter fragt, wo sie eigentlich gewesen ist und was sie erlebt hat. Es interessiert nicht, es gehört einem anderen Leben an, einem anderen Haus. »Es war, als ob ich von Flitterwochen am Meer zurückgekehrt wäre, mit Koffern voller neuer Kleider und Geschenken.« Mit dem nächsten Bus kehrt sie zurück und verbringt die meisten Wochen auf dem Dorf, bis sie schwanger wird und der Vater sagt, daß sie besser nach Isfahan zurückkehre. Wie die Eltern ohne Strom, ohne Glas in den Fenstern, ohne fließend Wasser die einträchtigsten Monate ihrer Ehe verbringen, er als radelnder Landarzt, sie im Intensivkurs für Lebenspraxis, wird das Buch erzählen, auf dessen Umschlag der Name der Mutter steht.

– Nein, nicht der Tod der Nächsten, widerspricht am Telefon der Musiker in München, nur der eigene Tod: Selbst der Verlust von Nahestehenden habe ihn im Glauben belassen, daß auf den Friedhöfen nur Platz sei für andere Menschen. Sein Verstand habe um die Sterblichkeit natürlich gewußt – aber was heiße das schon: der Verstand? Sei nicht der Verstand eher ein Schutz vor der Erkenntnis, ein sinnvoller Schutz oft? Bewußt sei ihm die eigene Vergänglichkeit – wie Großvater verwendet der Musiker am Mittwoch, dem 2. Juni 2010, um 10:18 Uhr den mystischen Begriff: *fanâ*, den die Fachliteratur mit dem Eckartschen »Entwerden« übersetzt –, bewußt sei ihm die eigene Vergänglichkeit erst geworden, als er seine Zerbrechlichkeit gefühlt habe, so konkret gefühlt wie ein heißes Eisen. Das könne einem niemand vorleben. Es geschehe, wie wenn man im Vorübergehen seinen Mantel an einen Kleiderhaken wirft. Was sich als erstes entlarve, wenn man den eigenen Tod riecht – ja richtig, der Tod habe einen Geruch, was auch immer da faule –, das erste, was sich entlarve, sei das Bewußtsein des Ichs, sei der Name, sei das Numernschild, mit dem man eben ein paar Kilometer gefahren sei, sei die Furcht, die Schilder zu verwechseln oder ohne Nummer auskommen zu müssen. Von selbst erwachse daraus die Frage, was denn da bitte bleibt. Selbst seine Mutter sei ihm keine Lektion gewesen, die Vergänglichkeit anzunehmen. Was man nicht lernen könne: Erst wenn du die Vergänglichkeit begreifst, begreifst du auch das Dauern (*baghâ*), den Tod als Boten des Lebens. »Und daß wir jetzt schlafen in unsern Krankenhäusern, dies zeugt vom nahen gesunden Erwachen«, fährt Hölderlin fort, der auf der Schreibtischplatte liegt: »Dann, dann erst sind wir, dann ist das Element der Geister gefunden!« Das sei auch ein Geschenk, spricht wieder der Musiker, das zu erleben und zurückzukehren. Er habe allein in seinem kleinen Zimmer gelegen, kaum jemand habe von seinem Zustand gewußt, und habe den Tod gerochen. Man sage doch, daß die letzte Frage die sei: Wer bin ich? Seine letzte Frage sei gewesen: Was bin ich? Von welcher Wesenheit? Seine letzte Frage sei gewesen, ob Ich ein Ich sei. »Ich will einmal sterben wie ein Mensch«, wünschen sich bei Jean Paul nichts sehnlicher die Engel.

Am 11. September 1825, da er einen Verleger fragt, wieviel er für eine Gesamtausgabe zahlen würde, berichtet Jean Paul nebenher: »Meine *Selina* wächset indeß [...] zur Reife gar auf. 300 Quartseiten sind schon *ganz* geschrieben.« Anfang Oktober bricht die Todeskrankheit aus, »Brustwassersucht«, innerhalb von Tagen magert Jean Paul ab, am Unterleib und an den Füßen bilden sich Geschwülste. Die Angehörigen ahnen nichts Gutes, der Arzt blickt bedrückt. Am 21. Oktober gibt Jean Paul die Zusage für die Gesamtausgabe, sechzig Bände in einer Auflage von fünftausend Exemplaren für 35 000 Taler Honorar. Wie sein Zustand ist, beinah schon ganz erblindet, muß Jean Paul wissen, daß ihm die Ausgabe niemals gelingen wird, und beginnt dennoch mit der Arbeit, die bis heute niemandem gelungen ist. Wenige Tage später erblindet er vollends. Als erkläre er, warum der Roman federleicht wirkt, obwohl er wieder, sogar ausschließlich vom Tod handelt und nichts am Leben und Sterben beschönigt, sagt in *Selina* der Ich-Erzähler: »Selig ist, wer ich wie jetzo – nicht wie ich sonst, als ich noch die Ferne der Geisterwelt in umgekehrter Täuschung der Luftspieglung erblickte und das lebendige erquickende Wasserreich für Wüstensand ansah – sich seine Welt ganz mit der zweiten organisch verbunden und durchdrungen hat: die Wüste des Lebens zeigt ihm über den heißen Sandkörnern des Tags die kühlenden Sterne größer und blitzender jede Nacht.« Der allerletzte Text, den Jean Paul verfaßt, wohl Ende Oktober oder Anfang November 1825, ist ein Vorwort zu seinem ersten, Fragment gebliebenen Roman für die geplante Gesamtausgabe. So oft er es angekündigt habe, könne er das Fragment der *Unsichtbaren Loge* doch nicht vollenden, weil dreißig Jahre später »die vorigen Begebenheiten, Verwicklungen und Empfindungen« nicht »des Fortsetzens wert« erschienen, und zwar prinzipiell nicht. »Welches Leben in der Welt sehen wir denn nicht unterbrochen? Und wenn wir uns beklagen, daß ein unvollendet gebliebener Roman gar nicht berichtet, was aus Kunzens zweiter Liebschaft und Elsens Verzweiflung darüber geworden, und wie sich Hans aus den Klauen des Landrichters und Faust aus den Klauen des Mephistopheles gerettet hat – so tröste man sich damit, daß der Mensch rund herum in seiner Gegenwart nichts sieht als Knoten.« Die letzten überlieferten Worte, bevor Jean Paul am 14. November 1825 gegen 20 Uhr stirbt: »Wir wollen's gehen lassen.« »Ich werde sein; ich frage nicht, was ich werde«, heißt es im *Hyperion*. Vielleicht kann man den Tod aus einer Haltung akzeptieren, die angesichts Gottes, des Universums oder der Übermacht des Zufalls das eigene Wollen aufgibt. Beinah zur selben Zeit, als Jean Paul im Sterben liegt, wohl im Oktober 1825, nicht weit entfernt schreibt Hölderlin aus seinem Tübinger Turm an die Mutter: »Da mich die Vorhersehung hat so weit kommen lassen, so hoffe ich, daß ich mein Leben vielleicht ohne Gefahren und gänzliche Zweifel fortseze.« Die Absätze, die in der zweiten Lebenshälfte Hölderlins entstehen, da alle Welt ihn für verrückt hielt, reißen mit, wo die Sprache aus dem Ruder läuft: »Es ist eine Behaup- / tung der Menschen, / daß Vortrefflich- / keit des innern Men- / schen eine interessan- / te Behauptung wäre. Es ist / der Überzeugung gemäß, / daß Geistigkeit / menschlicher Inner- / heit der Einrichtung / der Welt tauglich / wäre.« Genauso wie die Aphorismen grenzen die Gedichte an Nonsens. »Sommer« heißen sie oder »Winter«, manchmal auch »Frühling« oder »Der Mensch«, und meist beginnen die Verse gleichsam im Greisenschritt mit »Es« oder mit »Wenn«: Es kommt der neue Tag aus fernen Höhn herunter, Wenn aus dem Leben kann ein Mensch sich finden. Ich denke, ich verstehe, bevor ich mich frage, was eigentlich gesagt worden ist, außer daß die Berge grünen oder die Tage vorbeigehen mit sanfter Lüfte Rauschen. Ich lese das Gedicht wieder und habe noch mehr Fragen. Also lese ich es ein drittes Mal, und erst allmählich geht mir auf, daß die Sätze gar keinen Sinn ergeben, jedenfalls keinen gewöhnlichen. Wie aus einem Automaten ausgespuckt wirken sie, wenige poetische Bilder und Satzvarianten in zunächst beliebig scheinenden Konstellationen, ja, wie von Gerhard Richters Zufallsgenerator erschaffen. Vielleicht weil nicht er dichtet, sondern von wem auch immer gedichtet wird, nennt er sich zum Schluß Skardanelli oder Buonarotti und beschimpft jeden, der ihn mit seinem richtigen Namen anredet: »Wenn aus sich lebt der Mensch und wenn sein Rest sich zeiget, / So ist's, als wenn ein Tag sich Tagen unterscheidet, / Daß ausgezeichnet sich der Mensch zum Reste neiget, / Von der Natur getrennt und unbeneidet.« Zur Lyrik des einst gepriesenen Schillers verhalten sich die Klapphornverse, in denen sich austauschbare Bilder unscharf aneinanderreihen, wie eine Aufnahme mit dem Handy zu einem amerikanischen Film, wie amerikanische Filme oft gar nicht mehr sind. Gerade in ihrem Wegwerfcharakter werden die Gedichte wirklich. Die Zettel sind kein Abfall, wie die Germanistik nachwies, indem sie bei einzelnen Gedichten Wort für Wort und alle Klangfolgen so mikroskopisch genau analysierte wie Archäologen eine Steintafel. »Die Aussicht« etwa, das Gedicht aus Hölderlins letzten Lebenstagen Anfang Juni 1843, folgt bis in den glanzevozierenden Stamm der Zeitwörter der Poetik vom *Werden im Vergehen.* »Daß die Natur ergänzt das Bild der Zeiten, / Daß die verweilt, sie schnell vorübergleiten, / Ist aus Vollkommenheit, des Himmels Höhe glänzet / Den Menschen dann, wie Bäume Blüt umkränzet.« Und über der Wüste des Lebens leuchten Verse, wie sie ein kluges Kind gedichtet haben könnte – Ich bin ein Ich –, daß über die Weltsicht des Lebensmüden, aller Lebensmüden verfügt: »Das Angenehme dieser Welt habe ich genossen, / Die Jugendstunden sind, wie lang! wie lang! verflossen, / April und Mai und Julius sind ferne / Ich bin nichts mehr; ich lebe nicht mehr gerne!« Ich bin ich, staunt das Kind. Ich bin nichts, fanden Jean Paul und Hölderlin Frieden als Dichter. Sie sind Gott, stürzt der Poetologe zu Boden, der gleichwie seinen eigenen Roman schreiben muß.

Ich laufe jeden Tag durch mein Viertel hinterm Bahnhof. Ich höre hier etwas Arabisches, dort Polnisch, links etwas, was nach Balkan klingt, Türkisch sowieso, vereinzelt Persisch, das mich aufhorchen läßt, Französisch von Afrikanern, asiatische Sprachen, auch Deutsch, gesprochen in den unterschiedlichsten Färbungen und Qualitäten, von Blonden ebenso wie von Orientalen, Schwarzen oder Gelben. Das ist nicht immer nur angenehm, die Penner, die vielen schwarzen Kunstlederjacken (vielleicht auch aus echtem Leder, was weiß ich denn), o Gott die goldenen Vorderzähne der schwarzhaarigen Frauen, die lange bunte Röcke und ein Baby im Tuch tragen, die zweiten und dritten Kinder an der Hand und vorneweg, die Jugendlichen, die herumlungern, die Drogenabhängigen und die mit einem Hau, die ihr Wohnheim »Unter Krahnenbäumen« haben, wie die Straßen in meinem Viertel wirklich heißen, dazwischen einige Muslime mit verdächtig langen Bärten. Nicht nur hinterm Kölner Bahnhof breitet sich diese Wirklichkeit aus. Wahrscheinlich in allen großen Städten Europas findet man die Mischung aus türkischen Gemüseläden, chinesischen Lebensmitteln, die iranischen Spezialitäten beim Händler, der vor der Revolution Regisseur beim iranischen Staatsfernsehen war, die traditionellen und Selbstbedienungsbäckereien, die Aneinanderreihung von Handyshops und Internetcafés, Iran neunzehn Cent, Türkei neun, Bangladesch vierundzwanzig, die Billighotels, Sexshops, Brautmoden, die Szenekneipen und Tee- oder Kaffeehäuser für Türken, Albaner, Afrikaner, Türken mit und ohne Alkohol, die schicken und die schäbigen Restaurants, Thaimassageläden, Wettbüros mit und ohne Alkohol, zwischen In- und Export das eine oder andere Uraltgeschäft für Haushaltswaren oder Stempel, an der Hauptstraße das Flüchtlingshaus mit Roma, die die Glassscheiben abmontiert haben, um Satellitenschüsseln in die offenen Fenster zu stellen, und auf dem Mittelstreifen eben jenes Fahrrad verkaufen, das man seit vier Wochen vermißt, dazwischen im Winter immer wieder ein Stoßtrupp blau- oder rotuniformierter älterer Herren mit Spitzhut und Degen, eine Schar von Indianern oder eine Horde halbnackter Hunnen – Karnevalsgesellschaften. Von was leben die Händler, die in ihren überdimensionierten Läden alle die gleichen zwanzig Batterien für einen Euro fünfzig anbieten? Bestimmt nicht von den Batterien, wenn gleichzeitig die alten, gutbesuchten Fachgeschäfte eines nach dem anderen die steigenden Mieten nicht mehr bezahlen können. Die Völkerverständigung findet am Anfang und Ende des Viertels statt bei Humba und Täterä an vier langen Theken, an denen die erprobtesten Nutten Kölns bei immer offenen Fenstern mit dicken Deutschen genauso wie mit trunkenen Türken singen. Das sind die neuen Zentren, hinterm Kölner Bahnhof weit weniger aggressiv als anderswo, nein, oft sogar idyllisch übers Sagbare und hier Gesagte hinaus. Sie sind nichts weniger als rein. Sie haben mit der Geschichte des Ortes nichts zu tun, doch radieren sie die Geschichte auch nicht aus, schon gar nicht die zweitausendjährige von Köln. Als wollten sie den Namen Colonia auf seine wörtliche Bedeutung zurückführen, sind sie wie Kolonien von Fremden, aber von vielen unterschiedlichen Fremden, die sich auch gegenseitig fremd sind, wie sie in den Internetcafés zwischen zwei Sichtblenden sitzen oder in Gruppen vor den Callshops stehen. Oft denke ich, ob sie wohl ebenfalls nahe Tanger ins Boot gestiegen sind, nachts unterhalb einer Böschung, nur daß ihr Boot weder untergegangen ist noch abgefangen wurde – lauter Erfolgsgeschichten also, auch wenn sie immer noch zu fünft ein Zimmer teilen und Angst haben vor der Polizei? Iran neunzehn Cent, Türkei neun, Bangladesch vierundzwanzig. Das sind keine Randgesellschaften. Sie wabern aus von der Mitte der Stadt. Die Ränder sind es, die noch den Anschein der Gleichartigkeit wecken. Dort ist die Stadt aufgeteilt nach Einkommen. In der Mitte ist alles übereinandergestürzt. Ich gehe durch das Viertel, ich höre hier etwas Arabisches, dort Polnisch, links eine Sprache, die nach dem Balkan klingt, Türkisch sowieso, vereinzelt Persisch, das mich aufhorchen läßt, sonst Französisch von Afrikanern, Asiatisch, Deutsch in den unterschiedlichsten Färbungen und Qualitäten. Ich verstehe die Hälfte nicht, wirklich die Hälfte. Und von der Hälfte, die ich verstehe, versteh ich meist nur die Hälfte, weil es schon wieder hinterm Fenster oder der Ladentür verschwunden ist, schlecht artikuliert oder zu weit entfernt, ich zu schnell vorbei oder die anderen zu schnell vorbei an mir. Ich führe die Sätze selbst zu Ende oder denke mir ihren Anfang, ich stelle mir Geschichten vor, die nicht in Deutz oder im Zweiten Weltkrieg spielen, sondern in chinesischen Provinzstädten, an nigerianischen Universitäten, in Booten, Containern und Abflughallen, in denen das Herz rast.

Jetzt erst, da er die Lektüre Jean Pauls und Hölderlins auf fünf Vorlesungen kondensiert hat, meint der Poetologe zu übersehen, was der Roman, den ich schreibe, wirklich leisten müßte, um seinem Anspruch gerecht zu werden. Als er am Abend des 8. Juni 2010 zunehmend schlechtgelaunt die Gratulationen entgegennahm, überlegte er und deutete es dem neuen Verleger sogar an, nur die Poetik zu veröffentlichen. Vielleicht mußte er diesen weiten Weg gehen, um eine Vorlesung zu halten, wie sie so konzis, so spannend, so vieldeutig seit Jahren keiner mehr in Frankfurt vortrug, wenn der Poetologe den Germanisten glauben darf, aber Lob glaubt der Poetologe grundsätzlich. Jean Paul und Hölderlin einmal beiseite geschoben, stimmt wohl, daß sich die meisten Dichter als Poetologen unterbieten, wie ihm die Germanisten auf der Abschlußfeier erklärten: Die meisten wollten am Pult Fachgelehrte werden oder Poeten bleiben. Der Poetologe hatte den gleichen Eindruck gewonnen, als er zur Vorbereitung die Vorlesungen einiger Vorgänger las. Nicht einmal Ingeborg Bachmann oder Wolfgang Hilbig halten ihrem eigenen Werk stand. Andere plaudern aus, was ihnen bei der Arbeit alles durch den Kopf geht, teilen ihre Meinung zum Weltgeschehen mit, berichten von ihren Schreibgewohnheiten oder nutzen die Aufmerksamkeit, um private Rechnungen mit Kritikern oder Verlagen anzustellen. Die Germanisten sagten es nicht explizit, vielleicht denken sie es nicht einmal, die in den ersten Reihen stets wohlwollend nickten, aber der Poetologe befürchtet, selbst der Sonderfall eines Romanschreibers zu sein, der sich als Poetologe überbietet. Oder, schlug er dem neuen Verleger auf der Abschlußfeier vor, oder wir fügen den Gattungsbegriff und einige narrative Elemente hinzu, Tod und Geburt am besten, dann wäre es ein Roman, der *Poetikvorlesung* heißt oder vielleicht nur *Poetik*, wenn das Wort Vorlesung abschrecken würde, und der ganze Abfall käme in den Eimer, in den er von Anfang gehört hätte, aber nicht gehört hat, damit der Poetologe sich am Pult behauptete, an dem Theodor W. Adorno natürlich nie im Leben gestanden hatte, wie der Germanist beteuerte, der die Formulierung im Einladungsbrief nur im übertragenen Sinn gemeint haben will, und einige Hörer dem Poetologen sogar schrieben, nicht nur HZ1 hochmodern, sondern der gesamte Campus erst gerade eröffnet, so daß Adorno nicht einmal seinen gesegneten Fuß drauf gesetzt. Vertrag hin oder her, wird immer reicher sein, was die Zuhörer sich unter dem Roman vorstellen, den ich schreibe, als was die Leser je in Händen halten, und poetologisch wäre es die beste Pointe, wenn es den Roman überhaupt nicht gäbe, über den der Poetologe fünf Vorlesungen lang so verheißungsvoll sprach. Aber es gibt ihn nun einmal, inzwischen ... besser nicht mehr die Seiten zählen, es deprimiert jedesmal, sich vorzustellen, daß alles umsonst war oder nur für ein Bändchen mit einer weiteren Poetikvorlesung gereicht hat, dessen Auflage geringer sein würde, wie der neue Verleger hinzuweisen sich beeilte, als die Seitenzahl des Romans, den ich schreibe. Noch bevor er eine lesbare Fassung erstellt hat, kann es nur noch darum gehen, in einer weiteren Bearbeitung die Enttäuschung zu mildern, so gut es noch gelingt, oder sich tatsächlich dazu durchzuringen, den Roman nie zu veröffentlichen, den ich schreibe, wie es anfangs beabsichtigt war, aber doch nie so gemeint. Wenn wenigstens der berühmte Schriftsteller einen Wink gäbe. Eitel genug ist der Poetologe, wie gesagt, um sich an ein paar höflichen Floskeln aufzurichten, aber nicht so eitel, um je wieder zu glauben, der berühmte Schriftsteller interessiere sich ausgerechnet für ihn.

In der Kneipe rasen die Freunde vor Begeisterung. Im Vergleich klinge selbst Vinyl wie ein Transistorradio, sagen sie und machen verzückte Gesichter. Es sei, als stünden sie im Studio, als seien sie Ohrenzeuge der Aufnahme selbst, der initialen Fügung, die für sie einer Offenbarung gleichkommt, da mit irdischen Mächten allein nicht zu erklären. Und dann erst die Extras, die die zehn Blu-rays böten, weil sie hundertmal so viel Daten speichern könnten wie ordinäre CDs, siebzig Gigabyte im Vergleich zu lächerlichen siebenhundert Megabyte, um genau zu sein wie die Freunde: Super-8-Schnipsel, Neil Young im Plattenladen oder an der Tankstelle, selbstverständlich sensationelle Aufnahmen legendärer Konzerte, ob Woodstock oder vor zwanzig Leuten im Hinterzimmer einer Kneipe, fünfzehn Minuten des letzten Springfield-Gigs, Riverboat! 1969 (nicht Canterbury 68!, verstehst du? 69! Riverboat!, wo immer Riverboat sein mag), Kindheitsphotos, Gebrauchsgegenstände, die für die Freunde längst Ikonen sind, *Journey through the Past* mitsamt der Werbetrailer, alle Liedtexte natürlich, handgeschrieben, Unmengen Links, da heutzutage jeder vierundzwanzig Stunden täglich bis China verbunden ist, entsprechend die Aussicht auf regelmäßige Aktualisierungen und Erweiterungen, die Postkarte, die er der Mutter und die er dem Papa schickte, Radiogespräche, Fernsehgespräche, Selbstgespräche – und alles polyfunktional, sagen die Freunde und meinen damit, daß man »Broken Arrow« hören kann, während man ein Interview mit Neil Young liest, in dem er über »Broken Arrow« spricht, Photos betrachtet, auf denen er »Broken Arrow« spielt, oder sich über Rezensionen wundert, die seinerzeit zu »Broken Arrow« erschienen. Man kann aber auch »Broken Arrow« hören, während man sich durch alle möglichen anderen Texte, Bilder und Videos hangelt, so daß sich, stelle ich mir vor, ungeahnte Zusammenhänge, unerwartete Assoziationen und zufällige Kongruenzen ergeben wie in jeder Offenbarung, ob Bibel, Rumi oder Joyce, die man auf einer beliebigen Seite aufschlägt, um jedesmal ein neues Buch zu finden. Mehrere tausend verschiedene Audio-, Bild- und Videodateien wollen die Freunde gezählt haben, und dabei hat Neil Young nur den ersten von insgesamt fünf Teilen veröffentlicht, auf die sein Archiv angelegt ist, genau gesagt die Dokumente der Jahre 1963 bis 1972. Der Künstler als sein eigener Editor und Nachlaßverwalter – ich glaube nicht, daß es einen Fall von vergleichbarem Perfektionismus je gab. Viele sammeln ja, was sie sich nie wieder anschauen werden, Familienphotos, Schulzeugnisse, Urlaubsvideos, die Resultate ihrer Arbeit. Hier hat einer gesammelt, der gewußt haben muß, daß es angeschaut wird. Es ist, als hätte Hölderlin schon an die verschiedenen Editionsschulen gedacht, die zweihundert Jahre nach ihm über seine Hinterlassenschaft streiten, während er die Listen seiner Wäsche erstellte oder das gleiche Gedicht in sechs Variationen schrieb. Hätte es im neunzehnten Jahrhundert bereits Blu-ray gegeben, hätte sich die Philologie als die Priesterdisziplin der Geisteswissenschaft erübrigt. Wie der Protestantismus jeden Gläubigen befähigt, die Bibel eigenständig zu verstehen, würde jeder Leser oder Hörer seine eigene Werkausgabe erstellen. Ist dieser unvermittelte Zugriff auf die Quellen nicht erst recht ein Betrug? frage ich mich und höre den Freunden längst nicht mehr zu. Ist es am Künstler selbst, festzulegen, welche Zeugnisse bleiben und welche verschwinden? Und angenommen, er würde ohne Ansehen alle Varianten und Dokumente vorlegen, was nach Mega und Giga den nächsten Datensuperlativ bedeutete – grenzt es nicht an Idolatrie, sich dafür zu interessieren? Die Freunde würden mir den Rücken zukehren, stellte ich ihnen solche Frage. Für »taub, blind und stumm« würden sie mich halten, wie es in Sure 2,18 über die Ungläubigen heißt, unfähig, das Offenkundige zu erkennen, aber es stimmt, es stimmt auch und vielleicht erst nach einem Leben mit Neil Young: Die erste Wäscheliste studiere ich gern, die zweite halte ich für eine Kuriosität, die dritte werfe ich in den Papierkorb zurück, aus dem sie der Herausgeber hervorgeholt hat. Nein, ich glaube nicht daran, daß jede Fassung wert ist, aufbewahrt zu werden. Abgesehen davon, brauche ich mir kein Blu-ray-Gerät anzuschaffen, da ich nicht einmal mehr Zugang zum Internet habe. Die Plattenfirma, die ich anrief, verschickt keine CDs als Rezensionsexemplar und lieferte statt dessen zehn DVDs, die zwar das Bildmaterial enthalten, aber die neue Freiheit auf die Alternative reduzieren, entweder das eine zu hören oder das andere zu sehen. Ich schob sie in meinen Laptop, dessen Lautsprecher tatsächlich wie ein Transistorradio klingen, und starrte auf den Bildschirm, der weniger Zusammenhänge, Assoziationen und Kongruenzen bot als ein guter Roman. Hört man Musik, sieht man einen Plattenspieler; liest man den Liedtext, fehlt die Musik. Ohnehin ist der beste Ort, Neil Young zu hören, das Auto, wie Neil Young sicher zugäbe, dessen neue Platte ausschließlich von seinem Lincoln Continental handelt, den er auf Elektrobetrieb umgerüstet hat. So radelte ich Samstag nachmittag in die Stadt, kaufte für 139 Euro, die die Zeitung mir hoffentlich erstatten wird, rund zehn Stunden Musik ohne Photos, Videos, Texte oder Postkarten und verbrachte den Muttertag glücklich auf der Autobahn. Aus der Bewertung, die die Zeitung von mir erwartet, fallen zwei der acht CDs eigentlich heraus, weil sie vorab erschienen und sogar im Roman erwähnt sind, den ich schreibe, nämlich die grandiosen Konzerte 1970 im *Fillmore East* und 1971 in der *Massey Hall.* Der größte Teil des Materials besteht aus bereits veröffentlichten Stücken in anderen Aufnahmen, häufig nur in neuer Abmischung. Bleiben neunundzwanzig unbekannte Lieder, die vor allem auf der ersten CD zu finden sind und die Bemühungen des Heranwachsenden dokumentieren. Musikalisch interessant werden die frühen Jahre erst durch die kreative Explosion Ende 68, die vielleicht wirklich nicht mit irdischen Mächten allein zu erklären ist, da kaum etwas an den frühesten Aufnahmen auf seine spätere Originalität hindeutet, den frappanten Eigensinn und das herausragende Sensorium für Melodien, tiefgründige, manchmal geradezu altersweise Texte und den Wechsel von bizarr weinerlichen und fieberhaft krachschlagenden Kompositionen. Selbst die Stücke, die er vor 68 erstmals einspielte, werden erst in den Aufnahmen seit 68 richtig gut. Hört man bis dahin vor allem seine Vorbilder, hört man seither nur Neil Young selbst – mit allem, was die anderen abstößt, uns begeistert und jedenfalls zu einer Entscheidung zwingt: die Fistelstimme, die Gitarrengewitter, das Hohelied der Depression. So paradox es klingt: Das Überraschende an der ersten Folge des Archivs ist, daß sie so wenig Überraschungen birgt. Neil Young habe ich stets als Verfechter des Rohen, Unabgeschlossenen, Improvisierten gerühmt. Vergleicht man jedoch die unterschiedlichen Versionen der gleichen Stücke, sind die Unterschiede vergleichsweise gering. Die Unmittelbarkeit, die Neil Young musikalisch erzeugt, dieser Eindruck, daß jedes Stück nur einmal so klingen konnte und schon die bloße Wiederholung es grundlegend verändern muß, ist höchst artifiziell, wie das Archiv beweist. Und beinah durchgängig sind die Aufnahmen, die es auf eine Platte schafften, schräger, kapriziöser, enervierender als die Aufnahmen, die Neil Young beiseite legte. Noch das Peinlichste, Jammervollste, musikalisch Beschränkteste erweist sich als gewollt. Kann sich also, wer keine Philologie betreiben möchte, den Kauf des Archivs sparen, wenn kaum eine der Neuveröffentlichungen an die bereits erschienenen Interpretationen reicht? Nein! rufen nicht nur die Freunde. Wie bei Caravaggios restaurierter Ursula eine Hand auftaucht, die in keinem Katalog zu sehen, sind auch in den zuvor bereits veröffentlichten Stücken wesentliche Nuancen oder gar eigene Instrumente zu entdecken, wo vorher nur ein Rauschen oder Summen war, hier eine Mundharmonika, dort ein Baßlauf in seiner ganzen Monotonie. Übertroffen werden die neu aufbereiteten Stücke nur von den Livemitschnitten, vorab erschienen oder nicht, auf denen jedes Stück wirklich nur einmal so klingen konnte und schon die bloße Wiederholung es grundlegend veränderte. Die beiden Konzerte, die ich bereits kannte, hob ich mir für die neunte und zehnte Stunde auf der Autobahn auf. In *Fillmore East* sang er 1970 erstmals die Lieder, die er später auf *Harvest* veröffentlichte und seither nicht mehr singen kann, ohne daß Tausende mitgrölen. Die Unsicherheit, die Neugier, auch der Stolz, mit denen er sie 1970 vorstellte, geben selbst einem Gassenhauer wie »Heart of Gold« etwas Fragiles, eine Zartheit, die sich nur dort einstellen konnte und damals. Ein Jahr später spielt er sich in der *Massey Hall* mit *Crazy Horse* in jene Ekstase, wie sie sonst Mystikern vorbehalten ist oder Propheten: Nie geht es um einen Höhepunkt, wie gewöhnlich in der Kunst als einer Selbstäußerung; als religiöse Form ist ihr Wesen die Wiederholung, die einen aus sich heraussträgt. Aber im Gegensatz zu den Freunden würde ich selbstredend nicht von einer Offenbarung sprechen, nur von der unverhofften Gnade, die vertraute Musik zu hören, als wohnte ich der initialen Fügung bei. Den Strafzettel reiche ich dann auch bei der Zeitung ein. Schon bei Moses hat es geblitzt.

Er soll den Musiker Musiker nennen und nicht wie bisher. Nichts leichter als das: Mit Hilfe des Suchbefehls braucht der Romanschreiber, Moment … keine zwei Minuten. Sonst hat der Bildhauer keine Ratschläge, sein Wohlwollen beinah beschämend, las die ersten Seiten und das Stück über István Eörsi mit seiner schönen, knurrenden Stimme und so langsam, daß es wie zelebriert wirkte, obwohl es nur sein normales Sprechtempo war. Daß er unsicher ist, versteht sich, zugleich neugierig auf alles Weitere, sieht wohl die Konstellation, die der Romanschreiber sich nicht ausgesucht hat, sowie die Notwendigkeit für den Roman, den ich schreibe.

Es gibt nicht viele Menschen, merke ich nach dem Tod von Nasr Hamid Abu Zaid, von denen wir sicher sagen können, daß unser Leben ohne sie grundlegend anders verlaufen wäre. Die meisten, um die wir trauern, waren schon immer da oder haben bestimmte Lebensabschnitte geprägt, wir verbinden mit ihnen unseren eigenen Alltag oder einschneidende Erlebnisse. Vielleicht haben sie, ohne es zu ahnen, zufällig eine Weiche gestellt, die unser Zug kurz darauf passierte. Abu Zaid hat mich auf ein Gleis gesetzt. Mit Anfang Zwanzig studierte ich in Kairo Arabisch und begann zu ahnen, was es mit dem Koran auf sich hat, oder für den Anfang nur zu begreifen, was es mit dem Koran nicht auf sich hat – daß er nicht ein Buch ist oder nicht nur, das man aufschlägt und liest, um Wegweisung zu finden, nachvollziehbare Geschichten oder jedenfalls brauchbare Informationen.

Neben unserer Wohnung am tumultuarischen Opernplatz mitten in der Mitte der Stadt lag eine Moschee, deren mannsgroßer Lautsprecher an meinem Balkon angebracht war. Die Moschee hatte einen Sänger, der oft und vor allem jeden Morgen vor dem Frühgebet, also praktisch nachts, vor Sonnenaufgang, lange den Koran vortrug. Anfangs wachte ich noch jedesmal auf, ärgerte mich oder nahm mir vor, das Zimmer zu wechseln, aber nach und nach ging der Koran in meinen Träumen auf und bereitete mir im Dämmerzustand zwischen Schlafen und Erwachen ein, ja, so muß ich es nennen, ein paradiesisches Erleben, so friedlich und entrückt wie auf Wolken. Die Moschee hatte einen Prediger, der täglich in höchster Tonlage und furchterregender Dramatik aus demselben Lautsprecher kreischte. Alles,

Nasr Hamid Abu Zaid (10. Juli 1943 Quhafa; 5. Juli 2010 Kairo)

was mir am Islam Unbehagen oder gar Abscheu bereitet, Aggressionen und die Reduzierung allen Lebens auf richtig und falsch, erlaubt und verboten, himmel- oder höllenwärts, verbinde ich mit dieser Stimme, wegen der ich bis zum Ende des Studienjahres in Kairo dennoch mit meinem Zimmer haderte.

Abu Zaid erklärte mir beides, den Gesang und das Geschrei und wie sie zusammenhängen. Anfang der neunziger Jahre kursierte sein Buch *Der Begriff des Textes* unter religiös interessierten Intellektuellen als literaturwissenschaftliche Grundlegung einer aufgeklärten Koranwissenschaft. Ich sah es auf dem Nachttisch meiner damaligen Freundin und begann noch in ihrem Bett darin zu lesen, ohne daß ich bereits Arabisch verstand. Mit dem Buch von Abu Zaid, durch das ich mich Seite um Seite arbeitete, lernte ich es, lernte es so gut, daß ich gegen Ende des Studienjahres wagte, ihn um ein Interview zu bitten. Ich betrat erstmals den Campus der altehrwürdigen Kairo-Universität mit ihren riesigen Palmen und gelblichen Gebäuden, denen man trotz der Überfüllung, des bröckelnden Putzes und der Verwahrlosung, in die sich das Land ergeben zu haben schien, noch den Enthusiasmus und die Neugier einer Gründerzeit anmerkte, den Aufbruch Arabiens in die Moderne, und fragte mich durch die Korridore und Dozentenbüros, bis ich ihn unter anderen, älteren Kollegen sofort erkannte, einen kleinen, damals noch nicht ganz so dicken, glattrasierten Mann mit großer Hornbrille und kurzen krausen Haaren, hoher Stirn und breitem Mund, unter den Kairiner

Bildungsbürgern eine ländliche Erscheinung, wie ich vermutete und bald bestätigt bekam, aufgewachsen auf dem unterägyptischen Dorf, Halbwaise, mit sieben Jahren den Koran auswendig und so weiter, ein noch viel weiterer Weg als meiner an die Kairo-Universität.

Ich hatte ein Aufnahmegerät dabei, ohne Idee, wer an einem Interview mit einem Korangelehrten interessiert sein könnte, den im Westen nicht einmal die Korangelehrten kennen, vielleicht nur als Vorwand oder um mich wichtig zu machen, und stellte es auf einen langen Tisch, einen Besprechungstisch, glaube ich, der das Durchgangszimmer mit seinen kahlen beigegrauen, natürlich abgeblätterten Wänden voller Flecken fast ausfüllte, so daß die Stühle aus dunkelgrauem Eisenrohr mit Sitzpolster aus Plastik auf der einen Seite des Tisches aufeinandergestapelt worden waren, damit man überhaupt durchkam. Ich weiß nicht mehr, ob jemand durchkam, während ich Abu Zaid interviewte, es ist so lange her, ziemlich genau die Hälfte meines Lebens, ich weiß nur noch, daß das Zimmer anfangs voll war und ich mich fragte, wie man sich hier in Ruhe unterhalten könne, und dann war es ganz leer, nur Abu Zaid und ich saßen gedrängt zwischen der abgeblätterten Wand und dem Besprechungstisch auf zwei Stühlen einander zugewandt. Es war offensichtlich, daß ihm meine Fragen gefielen; der Koran als ästhetisches Ereignis ist ägyptischen Intellektuellen, denen Religion nur Religion ist und nicht mehr die Melodie ihres Alltags, keineswegs geläufig, oder die Religion ist nur Religion und alle Melodien des Teufels, damit die gesamte Tradition. Sehr weit voneinander entfernt, aus den denkbar unterschiedlichsten Blickwinkeln hatten wir beide das gleiche gespürt – er vor mir und hatte es auch schon literaturwissenschaftlich benannt: Gott ist schön. Und sehr weit voneinander entfernt, aus den denkbar unterschiedlichsten Blickwinkeln fürchteten wir den Vormarsch der Zeloten – er vor mir und wurde auch schon von ihnen ins Visier genommen.

Als ich nach Deutschland zurückkehrte, hatte ich das Thema gefunden, das mich die nächsten Jahre in Beschlag nehmen sollte wie seither keine Arbeit, weil seither alle Arbeiten in der Beglückung und Bedrängung der Kleinfamilie geschrieben wurden. Zugleich war ich mit meinem Studium versöhnt. Vor Kairo und noch für lange Zeit wollte ich immer ans Theater und bin in die Orientalistik eher wie in eine Fron gestoßen worden. Mit der Moschee im Ohr und Abu Zaid als Augenöffner begriff ich, welche Aufgabe ich und nur ich in der Orientalistik zu verrichten hatte, der das Fachgebiet mit den Augen des Theatergängers betreten. Nur mir unter allen und zumal allen deutschen Orientalisten, so kam es mir in, wie sich herausstellen sollte, erstaunlich geringer Verstiegenheit vor, nur mir fiel auf, daß der Koran gehört, erlebt und genossen werden wollte, wie es nebenan die Moscheegänger taten und ringsum die Taxifahrer, Händler und Handwerker, die ich fragte, warum sie das Wort Gottes in den Rekorder geschoben hätten und nicht irgendeine Musik. Nicht weil die Botschaft so bedeutend und die Lehren so erbaulich – weil der Koran so schön sei, antworteten sie stets.

Er hingegen, ausgerechnet er, wurde zu einem der muslimischen Verfolgten, die es auf die Titelseite der *New York Times* bringen, unser Interview, das niemand interessiert hatte, zu einem Objekt der Begierde. Er hätte vor Gericht nur das Glaubensbekenntnis aufsagen müssen, die Anwälte drängten ihn dazu, zwei Halbsätze, dann hätte sich der Tatbestand der Apostasie erledigt. Abu Zaid weigerte sich, die Apostasie als Tatbestand anzuerkennen. An der Universität Bonn gründeten wir ein Unterstützungskomitee mit Prominenz und Veranstaltungen, auf denen wir erklärten, warum Abu Zaid nicht als Salman Rushdie tauge, der natürlich auch nicht umgebracht werden dürfe, aber doch ein ganz anderer Fall sei. Abu Zaids Fall zeige, schrieb ich in meinem ersten großen Artikel fürs überregionale Feuilleton, daß der Konflikt der Kulturen mitten durch den Islam verlaufe. Das klingt etwas banal, war 1993 in Deutschland jedoch durchaus eine Neuigkeit und trug ich mit solcher Verve vor, daß ich fortfahren durfte mit Artikeln, aus denen sich bis hin zum ersten Buchvertrag noch alles mögliche ergab. Selbst an meiner Ehe hat Abu Zaid Anteil, erinnerte meine Frau mich jetzt am Telefon: Unsere Augen trafen sich im Hauptseminar, während ich das Referat über seine Hermeneutik hielt. Mit deutlich weniger Verve brachte ich es dennoch zu Ende. Abu Zaid zu unterstützen wurde unser gemeinsames Projekt, das erste von vielen, in denen unsere Wohnung eine Rufzentrale war.

Ich sah Abu Zaid am Kölner Bahnhof wieder und zeigte ihm als erstes den Dom. So eine große Kirche, und er war so klein geblieben, wegen Kummer oder einer Drüsenkrankheit noch dicker geworden, stand davor staunend wie einer aus dem unterägyptischen Dorf, nicht wie ein Korangelehrter. Wir trafen uns erst zum zweiten Mal und waren schon auf dem Weg zu uns nach Hause so vertraut wie Vater und Sohn, Meister und Schüler. Die Treppen zu unserer Wohnung schaffte er nur ächzend, aber er schaffte sie. Auf den Veranstaltungen – besonders wenn Muslime im Publikum saßen, die ihre Toleranz dadurch unter Beweis stellten, daß sie ihn nicht umbringen wollten – erlebte ich ihn kämpferisch und manchmal zornig. Jenseits der Podien war er dankbar für die Zuneigung, die bis hin zu unseren Eltern, Nachbarn und Kommilitonen alle spontan ihm entgegenbrachten, und sehr genügsam, mischte die Soßen der persischen Reisgerichte, wie es sich nicht gehörte, und aß, wenn es schnell gehen mußte, auch die Penne Gorgonzola bis zum letzten Bissen auf, die ihm unmöglich schmecken konnte. Wenn wir einen Staatsvertreter besuchten oder er Interviews gab, hielt ich mich eben so weit im Hintergrund auf, daß ich dennoch immer für ihn da war. Ohne ernannt oder gewählt zu sein, war ich der Vorsitzende, Sprecher und Generalsekretär des Unterstützungskomitees Nasr Abu Zaid, meine erste öffentliche Funktion und vielleicht meine wichtigste bis heute.

Ich achtete seine Gelehrsamkeit, bewunderte seinen Mut, aber vor allem vertraute ich ihm, vertraute auf sein reines Herz, ohne jemals in der zweiten Hälfte meines bisherigen Lebens auch nur eine Sekunde an seiner Lauterkeit zweifeln zu müssen, wie es sonst im Leben doch immer Sekunden gibt, in denen selbst die Liebsten Zweifel wecken. Daß auch er mir vertraute, wie einem Sohn, so sagte er, trug ich mit mir wie ein Siegel, nicht ganz unnütz geworden zu sein. Unsere Geschichte war ja erst am Anfang, meine erste Tochter noch lange nicht geboren, seine Frau, eine Frau Professor, wie er gern betonte, vorerst nur ein Name, die beiden noch nicht im holländischen Exil, wo wir sie jedes Jahr mindestens einmal besuchen wollten. Auch das Buch stand noch aus, das ein Kapitel über unsere Geschichte enthält, Stand 1998: drei, vier Tage lang befragten Chérifa Magdi und ich ihn im Arbeitszimmer unserer Wohnung, das wir zum Konferenzraum und Gästeapartment umgebaut hatten. Meine Tochter war eben erst auf die Welt gekommen und lag während der Aufnahmen oft bäuchlings auf meinen Oberschenkeln. Daß Neil Young bei Dreimonatskolik hilft, auch das konnte der Korangelehrte Nasr Hamid Abu Zaid bezeugen.

Er und seine Frau hätten es so viel einfacher haben können, hätte er sich nur wie andere mit den Zuständen arrangiert, mit den beiden Professorengehältern wenigstens ein Mittelklasseauto und eine Ferienwohnung am Mittelmeer oder mit einer Zweitstelle in einem der Emirate locker Limousine und gleich die Villa. Statt dessen fuhren sie im Kleinwagen täglich aus der Trabantenstadt anderthalb Stunden nach Kairo, seine Frau am Steuer plötzlich panisch, weil sie so schlank war und er so dick. Was tue ich? schrie sie, wenn jemand auf dich schießt, ich kann mich vor dich werfen, aber mein Körper bedeckt von deinem nur einen Schlitz. Andererseits bist du so dick, daß die Kugel in deinem Fett steckenbleiben könnte. Dann lachten sie, erzählte Abu Zaid im umgebauten Arbeitszimmer, und Chérifa und ich lachten mit, und ebenso meine Frau, die wir beim Abendessen mit den anrührendsten Geschichten unterhielten.

Er, der als Kind bereits den Koran auswendig beherrscht, später die Mutaziliten, die Mystiker, die großen Rhetoriker und die Poesie des Korans erforscht hatte, er wußte besser als alle, die ihn verfolgten, verteidigten oder im Westen vereinnahmten, was am Islam war, und hielt fest, als die Zeloten im Namen desselben Islam zu seiner Ermordung aufriefen, ihn und seine Frau vor Gericht durch drei Instanzen zwangsscheiden ließen und schließlich aus dem Land vertrieben. Mir schien, daß er nicht einmal haderte. Ohne meine Frage recht zu verstehen, antwortete er: Als ihm der Boden unter den Füßen weggezogen worden sei, habe er Halt doch gerade im Glauben gefunden. Nein, mit seiner Religion haderte er nicht, aber mit dem Land, das er liebte, wie jemand es vielleicht nur lieben kann, der im Dorf mit der Koranschule begann, in der Provinzstadt das Gymnasium besuchte, in die Hauptstadt zog, um als ältester Sohn die Geschwister zu ernähren und es als Professor bis an die altehrwürdige Kairo-Universität brachte, der sein Land also von oben bis unten kannte und sich immer als dessen Diener begriff. Die Religion, das waren die Schriften, der Prophet und die Heiligen, die nichts dafür konnten, was in ihrem Namen geschah. Das Land hingegen, das waren seine Mitmenschen und Kollegen, die sich mit Verhältnissen abfanden, in denen einer den anderen verketzerte, nicht irgendwelche Terroristen, nein, Anwälte und höhere Staatsbeamte, die das Scheidungsverfahren anstrengten, die namhaftesten Publizisten, die ihn zum Feind des Islam ausriefen, ohne auch nur ein Buch von ihm gelesen zu haben, Professoren der Azhar-Universität, die öffentlich seine Hinrichtung verlangten, eine Herrschaft, die sich gleichzeitig mit den Islamisten und den Amerikanern zu arrangieren versteht, nur nicht mit den Menschenrechten. Tief empfand er, daß sein Land ihm Unrecht getan hatte, und wollte, wie er im Arbeitszimmer sagte, nicht einmal als Leiche zurückkehren, ohne rehabilitiert worden zu sein, wie und durch wen auch immer.

Vor ein paar Wochen meldete sich nach Jahren wieder Chérifa Magdi auf dem Anrufbeantworter und bat um einen Rückruf. Bereits in Turnschuhen und kurzer Hose, wollte ich aus der Wohnung nur meinen Schläger abholen, um Tennis zu spielen, als ich die Nachricht abhörte. Die böse Ahnung, wegen der ich schon mit dem Schläger in der Hand zurückrief, bestätigte sich. Abu Zaid war nach Ägypten zurückgekehrt, nicht als Leiche, aber bewußtlos infolge einer Gehirnhautentzündung, die er sich in Indonesien zugezogen hatte. Weil ich nicht wußte wohin, ging ich dennoch Tennis spielen und verlor zweimal 0:6. Ich hätte hinfliegen sollen, aber seine Frau sagte, daß wegen der Art der Entzündung niemand anders ihn auf der Intensivstation besuchen dürfe, nicht einmal die Geschwister. Ich hätte dennoch hinfliegen sollen, um mich eben so weit im Hintergrund aufzuhalten, daß ich immer für ihn dagewesen wäre.

Das letzte Mal besuchten wir einander – wie beschämend festzustellen, daß es so lang schon her ist, obwohl Holland von Köln so nah – Weihnachten 2006, das wir bei der deutschen Schwiegermutter feierten, mit Braten und Tannenbaum und allem, was sich gehört. Seine Frau war in Kairo, wo sie ihre Vorlesungen wiederaufgenommen hatte, damit sie nicht ebenfalls ihre Rentenansprüche verliert. Außerdem, so betonte er gern, war seine Frau ganz unabhängig von ihm Professorin und sollte es bleiben. Wie so oft war er seit Wochen ganz allein gewesen in Holland, in irgendeiner Vorstadt von Leiden, wo er ohne Rentenanspruch lehrte, in einer kleiner Wohnung mit niederländischem Mobiliar und nach Jahrzehnten in der tumultuarischsten aller Städte endlich wieder so beschaulich wie einst in dem unterägyptischen Dorf, wie er mir seine Einsamkeit schönredete, und hatte nicht lang gezögert, als ich ihn nach Köln einlud. Das ist mein letztes Bild von Nasr Hamid Abu Zaid: Der Korangelehrte auf dem Sofa vor dem Weihnachtsbaum meiner deutschen Schwiegermutter, dankbar lächelnd.

Und der Gesang und das Geschrei und wie sie zusammenhängen? Dafür gibt es ja die Bücher, die des Meisters, des Schülers und das eine, das sie gemeinsam schrieben.

Donnerstag, 8. Juli 2010, 21:23 Uhr auf dem Laptop und ebenso auf dem Handy, 21:26 Uhr und 21:25 Uhr inzwischen, weil sich nichts bewegt außer der Zeit. 21:27 Uhr und 21:26 Uhr. Welche Uhr wohl richtiger geht? 21:28 Uhr und 21:27, und jetzt … 21:28 Uhr, da ist die Uhr des Laptops schon auf 21:29 Uhr gerückt. Es kann nur ein Augenblick sein oder um genau zu sein zwei, drei Sekunden, in denen beide Uhren die gleiche Zeit anzeigen, jetzt etwa ist es auf der einen 21:31 Uhr, auf der anderen 21:30 Uhr. Beim nächsten Minutenwechsel achtet er darauf, wie lang es dau… 21:31 Uhr auf dem Handy und schon, das hat nicht mal eine Sekunde gedauert, 21:32 Uhr auf dem Laptop. … 21:56 Uhr und 21:55 Uhr, nachdem die Ältere anrief und ihn eine Viertelstunde mit dem Einkauf malträtierte, den er ihr für Köln versprochen habe, und in Florenz gebe es bestimmt nicht das gleiche Geschäft, klagte sie, obwohl es in Florenz exakt die gleichen Geschäfte gibt wie in allen Einkaufszonen des Imperiums, versicherte er, selbst in Kairo, hast du's vergessen?, solche Themen, der Geburtstag der Klassenkameradin in der Kletterlandschaft, die ihn immerhin eine Viertelstunde lang davon abhielten, die Uhren zu vergleichen. Als Hausherrin eine Einsiedlerin aus Berlin mit hennagefärbten Haaren, die sich alle drei Tage einmal zeigt, Grubenklo auf der Terrasse, das die tief herabhängenden Zweige eines mächtigen Maronibaums verdecken, Campingdusche und ein Plastiksack, den man einige Stunden in die Sonne hängen muß, wenn man warmes Wasser will, achthundert Meter zum nächsten Haus, wo er abends um acht Ziegenmilch holt, zwei Kilometer zum nächsten Dorf, neun Kilometer zum nächsten Lokal, in dem er als einziger die Spiele der Weltmeisterschaft noch verfolgt, weil Italien für den Sieg büßt, den es vor vier Jahren stahl – nur ein Augenblick vergangen auch seitdem oder ein Roman –, wohingegen diesmal Deutschland in den Strafraum florettierte wie bisher nur bei der Europameisterschaft 72, die zwei Jahre vor seiner Zeit lag und deshalb zum fundierenden Mythos seiner nationalen Nüchternheit: Wenn sie nur dribbelten wie damals mit wehenden Haaren um das Kapital, hielte er durchaus zu … Erstmals in seinem Leben (aber es schaute ihm ja auch niemand zu) schrie er Tor!, Tor für Deutschland!, so sehr begeisterten ihn die höflichen Zwanzigjährigen, jeder ein eigener Charakter. Der Keckste grüßte im Triumph seine Omis und den Opa, weil das »jetzt auch mal Zeit« sei, ein Opa offenbar schon tot, der frühere Schnösel warf sich in jeden Ball und das junge Genie unterbrach vor dem entscheidenden Spiel das Training, um in einer Moschee für einen Verwandten zu beten, der gestorben war, ebenfalls die Omi oder der Opa, nehme ich an, aber seine Freundin ist ein Photomodell. 22:42 Uhr, 22:41 Uhr. Obwohl das Ticket bereits gebucht ist, fliegt er morgen nicht zur Trauerfeier nach Kairo, weil er es wie die Deutschen allein mit sich aushandeln will, ganz allein, Grubenklo auf der Terrasse, das die tief herabhängenden Zweige eines mächtigen Maronibaums verdecken, Campingdusche und ein Plastiksack, den man einige Stunden in die Sonne hängen muß, wenn man warmes Wasser will, achthundert Meter zum nächsten Haus, wo er abends um acht Ziegenmilch holt, zwei Kilometer zum nächsten Dorf, neun Kilometer zum nächsten Lokal, aber drahtlos bis nach China, so daß er jeden Furz einer blonden Impertinenz riecht, einer Sängerin, Schauspielerin, oder hat sie, er schaut nach, ja, sie hat etwas mit einer Hotelkette zu tun. Zum Begräbnis wäre er geflogen, für das es zu spät war, weil Nasr Hamid Abu Zaid noch am Montag in sein unterägyptisches Dorf gebracht und nachmittags begraben wurde, aber nicht für eine ägyptische Trauerfeier, sagte Navid Kermani sich, man sitzt stundenlang im Zelt vor einer Moschee, Männer und Frauen getrennt, und trinkt ungesüßten Mokka, mehr ist es nicht und er am Ende gegen alle Bekenntnisse nicht willens, dafür drei Stunden nach Rom zu fahren, nach Kairo zu fliegen, nächsten Dienstag zurück, Donnerstag wieder nach Rom und zurück, um die Familie abzuholen, und alles in allem genau die Woche zu verlieren, die der Tod ihm von den Ferien der Frau übrigließ, wenn überhaupt, aber immerhin ist der Anfang gemacht und wird es bald guttun, wieder zu schreiben, was auch immer, Hauptsache, die Helligkeit vertreiben, wie es in der Urschrift noch pathetisch hieß, wo in der lesbaren Fassung einfach nur Zeitvertreib steht. Man muß machen, was für einen selbst gut ist, bestärkte die Hausherrin ihn mit dem Argument ihrer Generation, die verbliebene Zeit für den Roman zu nutzen, den ich schreibe, statt eine Trauerfeier zu besuchen, wo jeder sich nur blicken lassen wolle. Zwei Katzen hat sie, die gerade in die Scheune so groß wie die Ateliers der Deutschen Akademie schleichen. Inzwischen hat die Mutter ihre Selberlebensbeschreibung abgeschlossen, die er noch auf Nachrichten über Großvater durchkämmen wird, um nicht auf sich selbst zurückgeworfen zu sein, während der neue Verleger die zweitausend Seiten liest, auf die der Romanschreiber die Urschrift eingestrichen hat. Außerdem wird der Romanschreiber Florenz und andere Stationen der italienischen Reise nachtragen, von denen ihn 2008 zunächst der Tennisball in der Unterhose, dann der Muskel rechts neben dem Brustwirbel abhielt, und steht im Ferienhaus der Eltern das Geständnis aus, ein Buch über das Leben seines Großvaters zu schreiben. Daß jemand sich für ihr Leben interessieren könne, hofft die Mutter nicht mehr, seit der Sohn sie ins deutsche Verlagswesen einführte. – Aber die Enkel! jammerte sie, als er ihr die Kosten einer eigenen Übersetzung vorrechnete. – So Gott will, tröstete er sie, wird einer gut genug Persisch lernen, und dann geht es weiter. Sie will das Manuskript, das Gold ist im Vergleich zu Großvaters Protokoll, nur noch kopieren lassen, für jeden Sohn einmal und für die Schwestern allenfalls. Wie deprimierend die Reise nach Kairo wird und wie viele Tage sie kostet, zählt nicht. Allein, Nasr Hamid Abu Zaid ruht bereits in Frieden, legte Navid Kermani es sich zurecht, es ist nur eine ägyptische Trauerfeier, man sitzt stundenlang im Zelt, und mehr geholfen wäre der Witwe, stünde er in zwei Monaten bei ihrer Ankunft in Amsterdam am Flughafen, damit sie die Wohnung nicht allein betritt, die ihr Mann vor zwei Monaten verließ, um für eine Konferenz nach Indonesien zu fliegen, im Kühlschrank die ranzig gewordene Butter, im Korb die getragene Wäsche, auf dem Schreibtisch die Zettel, lieber eine Woche wirklich zu Diensten (länger auch?), als sich in Kairo blicken zu lassen. Bis nach China ist zu sehen, daß der Roman, den ich schreibe, die Szenen aus *Grizzly Man* aus der Erinnerung des unvorbereiteten Kinogängers ganz falsch wiedergibt und man keineswegs sieht, wie Werner Herzog über Kopfhörer das Band abhört, abbricht, »stop it!« schreit, »please stop it!«, und der Angehörigen des Bärenforschers, die es ihm vorgespielt hat, in dem bayrischen Akzent sagt: »Never never listen to this! You should destroy it. Please destroy it!«, wie man auch die Wohnung besser zerstören sollte, als daß eine Witwe sie allein betritt. Aber auch im Domfenster kommen die zweiundsiebzig Farben keineswegs gleich häufig vor, sondern einzelne Töne minimal öfter. Überdies hat Gerhard Richter nicht die gesamte Fläche einheitlich überzogen, sondern an wenigen Stellen Wiederholungen und Spiegelungen erzeugt. Und im Maßwerkbereich merkte er, daß die Geometrie des Steines zu berücksichtigen war. Nicht einmal Gerhard Richter hat sich allein auf Gott verlassen, als er auf die Taste des Zufallsgenerators drückte. – Betet für mich, daß ich mich abfinden werde, sagte die Witwe, nachdem Navid Kermani am Telefon gebeichtet hatte, morgen nicht nach Kairo zu fliegen: Ich denke immer, er ist nur verreist. 23:25 Uhr und 23:24 Uhr. Allein ist mit dem Tod schon gar nicht zu verhandeln, merkt der Sohn, als den ihn Nasr Hamid Abu Zaid schließlich auch bezeichnet hat.

Für ein paar Minuten verwandelt sich das Gespräch auf der Terrasse des Ferienhauses zu einem, in dem gesagt wird, was noch gesagt werden muß, damit es nicht wieder die Umstände erzwingen und verhindern – die Eltern beide um die Achtzig –, als er der Mutter erklärt, daß sie eine Liebesgeschichte geschrieben habe, die Geschichte einer großen, schwierigen Liebe. – Meinst du? – Ja, das meine ich. – Vielleicht hast du recht, sagt sie, ohne daß der Vater etwas sagt, vielleicht ist es so, vielleicht aus der Ehe eine große Liebe geworden, obschon so schwierig, mit deinem Vater zu leben: wenn jemand wüßte. Früher sagte sie stets: wenn ihr wüßtet; seit einiger Zeit, wieviel Zeit?: wenn jemand wüßte, als sei sie nicht nur von den Söhnen unverstanden, sondern allein auf der Welt vor Gott. – Ist Ihnen das eigentlich bewußt, Papa? Der Vater scheint über die Antwort nachzudenken. – Haben Sie Mamas Erinnerungen überhaupt gelesen? – Natürlich hat er sie gelesen, nimmt die Mutter die Antwort des Vaters vorweg: Jedesmal habe sie die beschriebenen Blätter auf dem Tisch liegenlassen, wenn sie spazieren oder einkaufen gegangen sei, und jedesmal habe er sie vollständig gelesen gehabt, wenn sie nach Hause zurückkehrte. – Woher wollen Sie das wissen? – Weil dein Papa Einwände erhob, wo etwas ihm nicht paßte. Dann hat der Vater also gegen die Geschichte der ersten Liebe keine Einwände erhoben, geht dem Sohn durch den Kopf. – Wenn jemand wüßte, nimmt die Mutter den Faden wieder auf, der sich durch jede ihrer Bilanzen zieht, selbst die Bilanz einer Geselligkeit, die sie drei Tage lang vorbereitete, eines Städtetrips, den die Söhne ihr zum Geburtstag schenkten, oder einer Theateraufführung, in welche der Jüngste sie schickte, wie erst die Bilanz ihres Lebens: In meinen Erinnerungen habe ich nur über unsere ersten Jahre geschrieben, aber danach … – Ich habe ihr gesagt, wo sie besser nicht fortfährt, wirft der Vater schelmisch ein. Die Mutter freut sich, natürlich freut sie sich, daß der Sohn ihre Selberlebensbeschreibung vor dem Vater, der Frau und der Älteren noch einmal ausdrücklich lobt, und schimpft dann doch nur wieder, als wolle sie ablenken, auf die Lektorin, die der Sohn ihr in Teheran vermittelte, und das herausgeschmissene Geld. Nichts getan habe die Lektorin (deine Lektorin), das Manuskript Wort für Wort belassen, wie es war, und nur Tippfehler hinzugetan, sechs Seiten mit Tippfehlern, die die Mutter aufgelistet nach Teheran geschickt haben will, damit die Lektorin (deine Lektorin) sie korrigiert, danach wird sie (nur weil es deine Lektorin ist) ihr Geld dennoch erhalten, aber wenn jemand wüßte. – Kein Vergleich zu Großvaters oder eigentlich Opas Memoiren, wie der Sohn ihn auf persisch nennt: *Bâbâdjundjun*, »Vaterseelchenseelchen«, mit dem doppelten Diminutiv, was der Sohn ungern zu drei Buchstaben staucht, so daß er im Deutschen beim Großvater bleibt, sollte er in der öffentlichung Fassung nicht doch die originalsprachigen Anreden übernehmen, wie es in der Migrationsliteratur vermutlich üblicher ist, *Bâba*, *Mâmân*, *Bâbâdjundjun*: Ihre Erinnerungen sind ungleich besser geschrieben, Mama. – Ja, mein Papa hatte einen sehr trockenen Stil, gibt sie dem Sohn recht, aber wenn mein Papa einen Raum betrat, wurden selbst die Vögel still, auch größere Runden, dreißig, vierzig Gäste einer Geselligkeit, die ihm an den Lippen hingen, so viel hatte er erlebt, nimm nur die Kriegsschiffe im Persischen Golf, und so viel gelernt, Arabisch, Französisch, Englisch, den Koran, praktisch auswendig den *Rosengarten* und weite Teile des *Masnawi.* Ohne daß die Mutter darauf reagiert, erwähnt die Ältere, daß der Sohn etwas mit Großvaters Selberlebensbeschreibung anstelle.

An den Schritten ist zu hören, daß es der Vater ist, der am Mittwoch, dem 21. Juli 2010, um 8:51 Uhr mit dreiundachtzig die Treppe zur Dachwohnung steigt. Rasch versteckt der Sohn die Selberlebensbeschreibung der Mutter unter der Tischdecke, wahrscheinlich zu spät, der Vater muß die Blätter sehen, als er außer mit den dreiundachtzig auch noch mit der Leiter in der Tür steht, um den kaputten Ventilator im Bad zu reparieren. Der Sohn fragt sich, was er schreiben soll, solange der Vater im Bad zu tun hat, also jeden Augenblick ins Zimmer treten kann, da ist der Vater bereits mit dem kaputten Ventilator in der Hand, der kaum größer als eine Handfläche ist – kein Wunder, daß es im Bad der Dachwohnung immer etwas muffelt –, wieder die Treppe hinab. Der Vater war mal ein Stürmer, ein echter Mittelstürmer, wie 2010 bei der Weltmeisterschaft keiner mehr spielte, um vielleicht zum letzten Mal vom Fußball zu sprechen (2014 muß der Roman, den ich schreibe, doch endlich zu Ende sein), immer lauernd, den Blick nur auf Ball oder Tor gerichtet, nie auf seine Mitspieler, die sich an den Kopf fassen, Defensivarbeit null, Mannschaftsdienlichkeit null, aber wenn er trifft, jubeln alle wie noch die Enkel und wer weiß wie viele weitere Generationen über das Haus, das er vor fünfundzwanzig Jahren in Spanien gegen alle Einwände baute, zahl erst mal die Schulden in Siegen ab, zeterte die Mutter wahrscheinlich, wenn jemand wüßte, die Söhne 1975 bis auf den Jüngsten schon zu alt, um die Ferien mit den Eltern zu verbringen, Papa, wir haben uns einen Bulli besorgt, noch zwei Monate TÜV, doch der Vater hielt aufs Tor, links und rechts die Mitspieler besser postiert, hielt aufs Tor und versenkte die Kugel volley unter die Latte, so daß erst die Enkel und wer weiß wie viele weitere Generationen jubeln über die Nummer neun der Familie. Der ältere Bruder schlug den Brüdern vor, ihren Anteil abzukaufen, damit sie später nicht streiten, wenn auch noch die Schwägerinnen und Enkel hineinreden, und sich niemand mehr kümmert, weil jeder etwas anderes will, so daß am Ende das Tschamtaghi des Vaters abgestoßen werden muß; die anderen stimmten zu, über den Preis wäre bei so viel gutem Willem rasch Einvernehmen erzielt worden, aber ausgerechnet der Jüngste, der das Geld am besten brauchen könnte, weigert sich zur Freude der Vaters, weigert sich der Kinder und wer weiß wie viele weiterer Generationen wegen. Freitag geht er mit dem Vater zum Notar, der dreiundachtzig ist und seine Angelegenheiten selbst regeln möchte, im Herzen immer noch ein Mittelstürmer, klingelt sechzig Jahre zuvor nach der Rückkehr in die Stadt am Haus der Großeltern lächelnd, als sei nichts gewesen, als habe er nicht auf dem Dorf die Mutter überlistet, eine Woche zu bleiben, und zur zweiten Woche zwang sie der Regen, eine Frau ohne Kopftuch und mit einem Rock bekleidet, der nur bis zu den Knien reicht, kein Strom, kein Glas in den Fenstern, kein fließend Wasser, grüßt und küßt die Familie und jeden Bediensteten einzeln, alle freuen sich, die Onkel, die Tanten und am meisten Großmutter, die er am meisten umgarnt, selbst Großvater, der seit dem Sturz Doktor Mossadeghs doch nur noch depressiv gewesen sei, steckt die Lebensfreude und Energie dieses jungen Mannes an, der schon als Student vier Tätigkeiten gleichzeitig ausübt beziehungsweise nur noch drei, das müsse man verstehen, meint Großvater, daß der Vater nicht mehr für die Amerikaner arbeiten wolle, die schließlich Doktor Mossadegh gestürzt hätten. »Ich konnte es nicht fassen, daß jemand so blasiert herumstolzieren konnte wie dieser mein Mann, so von sich selbst überzeugt und ignorant gegenüber allen anderen Bedürfnissen, Wahrnehmungen und der Wirklichkeit selbst. Erlauben Sie!, wollte ich immerfort rufen, erlauben Sie Papa!, erlauben Sie Mama!, der junge Herr Doktor, den ihr für mich ausgesucht habt, hat mich nicht von Flitterwochen am Meer zurückgebracht, mit Koffern voller neuer Kleider und in den Händen Souvenirs, sondern aus einer verdreckten Lehmhütte. Ich kam gegen seine Wirklichkeit nicht an, nicht damals, nicht heute. Widerstrebend putzte ich mich heraus, wie Mama es von mir wollte, und verließ an seinem Arm das Haus, um seine Eltern zu besuchen. An der Straße stand ein blitzblanker moosgrüner Landrover. Er schlenderte betont lässig zum Wagen, zog einen Schlüssel aus der Hosentasche und hielt ihn triumphierend hoch. Dann öffnete er die Tür, sprang mit einem Satz hinters Lenkrad und lachte mich aus dem offenen Fenster an: ›Steig ein, junge Dame!‹ ›Wem gehört der Wagen?‹ fragte ich verwirrt. ›Dir.‹ ›Wem?‹ ›Dir.‹ Ich stand immer noch ratlos vor unserem Tor und regte mich nicht. ›Steig endlich ein, dann erzähle ich dir alles.‹ Ich setzte mich auf den Beifahrersitz und fragte ein weiteres

Mal, wem der Wagen gehört. ›Dir!‹ ›Hör doch mal auf damit und sag's endlich.‹ ›Wie oft soll ich's noch sagen? Dir!‹ Das konnte ich unmöglich glauben. Wie sollte das gehen, ein vernünftiger Mensch, der Student ist, der frisch verheiratet ist, der verschuldet ist, der ohne Not seine Arbeit bei den Amerikanern gekündigt hat und für ein paar Tuman und einige Eier als Aushilfsarzt auf dem Dorf schuftet, wie konnte der sich zu einer solchen Verrücktheit, einer solchen Großtuerei versteigen? Ein blitzblanker Landrover! Selbst Onkel Oberstleutnant fuhr den nur auf der Arbeit. ›Du hast noch nicht einmal deinen Hochzeitsanzug abbezahlt‹, schimpfte ich los, ›das gesamte Brautgeld ist auf Pump, der Schmuck, die goldenen Kerzenständer, alles geliehen, und da kommst du mir jetzt mit einem Landrover vorgefahren?‹ Ich zitterte vor Wut auf diesen immerfort lächelnden Aufschneider und weil ich so enttäuscht war von dem Nest, in das meine Eltern mich abgelegt hatten: ›Du hast nicht einmal ein ordentliches Bett, in dem wir schlafen könnten, geschweige denn ein Haus für mich, alles an dir ist erstunken und erlogen, und dann wagst du es, mit einem Landrover vorzufahren? Wo soll er uns denn hinfahren, dieser Landrover, wenn wir nicht einmal eine Adresse haben? Willst du ihn vor unserer Lehmhütte parken oder was?‹ ›Junge Dame!, sagte er ruhig: ›Sorge dich doch nicht. Ich habe ihn auf Raten gekauft, tausend Tuman pro Monat. Ich muß nur etwas mehr arbeiten, dann wird es schon und so Gott will alles andere ebensogut.‹«

Die Eltern fahren zum Haus der Großeltern väterlicherseits. Es liegt an der Kreuzung, das nach dem Urgroßvater Kermani benannt ist, dem Obersten Rechtsgelehrten Isfahans und Gegner Zell-e Soltans, keinen Steinwurf vom Schah-Platz entfernt und also im Herzen der Altstadt, ein großes, einst wohlhabendes Haus zwar mit Bäumen im Innenhof und einem großen Wasserbassin, aber in jedem der vier Flügel ein Zweig der Großfamilie und die Gegend von armen Leuten bevölkert, rückständig, religiös, konservativ. In einem der Zimmer bringt der Vater die schwangere Mutter unter, die sechzig Jahre später durchaus mit Hochachtung von den Verwandten des Vaters schreiben wird, vor allem den Großeltern, gütigen, gottesfürchtigen, stets auf Ausgleich bedachten Menschen, und zugleich wie fremd und unsicher sie sich gefühlt habe, der Vater fast nie da, weil auf Arbeit, um den Landrover abzuzahlen, ihr fortwährend übel, übergibt sich mehrfach am Tag und hat gegen alle möglichen Speisen eine Aversion, die sie nicht zuzugeben traut, muß sich an die Sitten erst gewöhnen, alles herzliche, um sie bemühte Leute, wie sie nochmals beteuern wird, aber die Mutter in einem Zimmer ohne Intimsphäre, der Innenhof belebt wie ein Marktplatz, die einzigen Bücher im Haus der Koran und theologische Kompendien, kein Gedichtband, kein Roman, auf der Straße die Frauen im Tschador und, wie der Mutter einfallen wird, als der Sohn von seinem Grubenklo nahe Florenz berichtet, kein modernes Wasserklosett, sondern wie im neunzehnten Jahrhundert direkt über den Abwasserkanal hingehockt, die Schwestern des Vaters morgens zu viert eine halbe oder ganze Stunde in der Hocke am Plaudern, hock dich doch auch zu uns, aber sie muß nur kotzen, wohin nur?, und schon liegt das Erbrochene im Hof und ein Mann, den sie kaum kennt, irgendein Schwippschwager oder Großonkel beugt sich zu ihr: Kann ich Ihnen helfen? Lassen Sie mich doch alle in Ruhe, will sie schreien und flüstert nur: Danke, es geht schon. Die Mutter wird durchaus mit Hochachtung von den Verwandten des Vaters schreiben, vor allem von den Großeltern – laß die Wäsche besser liegen, rät ihre Schwiegermutter freundlich, wenn dein Mann sieht, daß du sie anfaßt, mußt du die Wäsche bis an dein Lebensende waschen –, aber zugleich festhalten, daß alle Konflikte der Ehe hier ihren Anfang genommen hätten und bis heute nicht gelöst seien, das Unverstandenfühlen, der soziale Unterschied, die widerstreitenden Vorstellungen vom Leben, damals auch seine nimmersatten sexuellen Gelüste, wie die Mutter offen bekennen wird, und daß der Vater ihre Wirklichkeit nicht anerkennen will oder kann: Es wird schon, so Gott will. Nein, nichts wird mehr mit ihrem Leben, denkt sie, schon vorbei ihr Leben, und sie nur ein paar Wochen gelebt.

Der Kauf des ersten Hauses vollzieht sich nach dem Muster des Autokaufs – sorge dich nicht, es ist doch in Raten –, nur daß er diesmal zur Vorführung die Großmutter mitnimmt, seine Schwiegermutter, die ihn weiterhin für den idealen Ehemann hält, höflich, immer gutgelaunt und so strebsam. – Das ist aber ein schickes Haus, lobt sie und fragt, wieviel es kostet. – Lassen Sie das Geld meine Sorge sein, liebe Mutter, ich wollte nur sichergehen, daß es Ihnen gefällt. »Ich stand wie erstarrt daneben und verfolgte ungläubig die Unterhaltung. Ich konnte mir einfach nicht vorstellen, wie dieser Mann auf solche Gedanken kam, jetzt auch noch ein Hauskauf, als ob er nicht schon genug Schulden hätte für einen Studenten, der eine schwangere Frau hat und überdies seine Eltern versorgt, doch er lachte nur und schwatzte mit Mama, als rieselte das Geld bar aus seinen Ohren.« Das Haus wird gekauft und sofort zum bevorzugten Versammlungsort seiner erweiterten Verwandtschaft, die begeistert ist über die gutbürgerliche Nachbarschaft, die modernen Zimmer und all die Annehmlichkeiten bis hin zum Wasserklosett. Einmal – nur weil hier Großvater ins Spiel kommen wird, hat der Sohn den Abschnitt bis hierhin erzählt – wirft die Mutter sich einen bunten Tschador über, flieht aus dem Haus voll von seinen Verwandten, von denen sie wie gesagt nur mit Hochachtung schreiben wird, besonders von den Großeltern, aber ununterbrochen wünscht sich eine junge Frau, die hochschwanger ist, dauernd erbricht und sich Liebe wie im Fortsetzungsroman von Djawad Fazel vorgestellt hat, ununterbrochen wünscht sie sich keinen Marktplatz im Haus und keinen Durchgang im Zimmer. Einmal flieht sie mitten während der allabendlichen Geselligkeit seiner erweiterten Verwandtschaft, von der sie mit Hochachtung und so weiter, läuft heulend vor Wut und so schnell es ihr kugelrunder Bauch erlaubt quer durch Isfahan zum Haus ihrer Eltern: »Auf dem Weg legte ich mir die Worte einzeln zurecht, die meine schlimme Lage hinreichend deutlich beschrieben, überlegte mir genau, was ich sage und was ich besser nicht sage, und probte im Geist meinen Vortrag. So vorbereitet trat ich ins Haus meiner Eltern und hatte noch nicht richtig guten Tag gesagt, da sahen sie mir bereits an, wie es um mich stand. Mama reichte mir still ein Glas mit Kirschensirup, und Papa verließ, ohne auch nur eine Frage gestellt zu haben, den Raum. Ich hatte noch das Glas Sirup in der Hand, als er schon zurückkehrte und mich schweigend ansah. Er wartete, bis ich zu Ende getrunken hatte, und forderte mich auf, ihm zu folgen. Vor dem Tor war die Droschke vorgefahren. Ich wagte nicht, Papa anzusprechen. Er stieg auf, reichte mir seine vertraute Hand und nannte dem Kutscher meine neue Adresse. Auf der Fahrt sprachen wir nicht über das, was mich bedrückte, sondern nur über dieses und jenes. Allerdings hielt er während der ganzen langen Fahrt durch die Stadt meine Hand und streichelte sie zärtlich. Als die Droschke vor dem Haus anhielt, sagte er ruhig: ›Du mußt lernen, selbst mit deinem Mann fertig zu werden. Egal, wie oft und worüber ihr streitet, ihr müßt es untereinander klären.‹ Dann stieg er ab, klingelte am Tor und fuhr sofort davon, als es sich öffnete.«

Es ist auch eine gute Zeit, nachdem die Mutter im Salon, der zum Kreißsaal hergerichtet worden ist, halb delirierend vor Schmerz Gott und die Hebamme angefleht hat, sie lieber sterben zu lassen, oft eine gute Zeit, wenngleich nicht sofort nach der Geburt, denn sofort umringen sie nicht nur alle vier glückseligen Großeltern, sondern dazu so viele andere Verwandte, die sich klatschend und Gott sei gepriesen und Herzlichen Glückwunsch dreimal hoch ins Zimmer drängen. Jedenfalls für die Angehörigen des Vaters, von denen die Mutter ansonsten und so weiter, scheint nur eines zu zählen: Es ist ein Junge, Gott sei gepriesen und Herzlichen Glückwunsch und dreimal hoch ein Junge. Daß der spätere Orthopäde nicht recht wie ein menschliches Wesen aussieht, der Kopf wie im Spiegelkabinett in die Länge gezogen, das Gesicht dunkelblau angelaufen, die Lippen aufgebläht, die Augen vollständig von den Schwellungen bedeckt, scheint niemand zu bemerken außer der Mutter, auf deren Brust er liegt. – Das hat nichts zu bedeuten, versichert Großmutter, als sie das Entsetzen ihrer Tochter bemerkt, das ist nur von der Geburt und gibt sich nach ein paar Tagen. Hauptsache, es ist gesund, Gott sei gepriesen, stöhnt endlich auch die Mutter erleichtert, da stehen ringsherum nicht mehr die strahlenden, klatschenden Verwandten, sondern gaffende Schülerinnen in blauen Uniformen. – Was wollen die hier? fragt die Mutter mit letzter Kraft und erfährt erst Tage später, daß der Vater jubelnd wie ein Fußballer auf die Straße gestürmt war, wo er bei allen Nachbarn klingelte, alle Passanten küßte und allen Auto-, Fahrrad-, Droschkenfahrern verkündete, daß er Vater geworden sei. Verzückt rannte er in einen Pulk von Schülerinnen, die aus dem benachbarten Gymnasium Behescht Aín kamen, nahm zwei Schülerinnen an die Hand und forderte alle anderen auf, ihm zu folgen, bei ihm zu Hause würden sie mehr lernen als im Biologieunterricht: So ein schönes Baby habt ihr noch nie gesehen! Es ist auch eine gute Zeit, wird die Mutter bekräftigen, die Abende in den Wäldern am Lebenspendenden Fluß mit Freunden und Geschwistern, mit Cousins und Cousinen, mit dem singenden Herrn Yurazadi und dem Rotwein, den Herr Kiayanpur bei den Armeniern in Djolfa besorgt hat, jedes Wochenende mit Mann und Maus ein Picknick oder die Ausflüge nach Schiraz und bis hin zum Kaspischen Meer, damals wahre Expeditionen auf unbefestigten Pisten, die Babys mitgerechnet fünfzehn, sechzehn junge Leute im und auf dem Landrover des Vaters, wird die Mutter wieder übertreiben, und wenn der Kühlwassertank leck ist und das Trinkwasser alle, drehen sich alle Frauen kichernd zur Wüste und pinkeln die Männer einer nach dem anderen in den dampfenden Kühler: Meiner ist zu dick, der paßt nicht in die Öffnung, schaut mal her, Mädchen, seiner ist soooo klein, und *dom-borideh*, »beschnittener Schwanz«, was haste denn da?, haste da überhaupt was?, laß mal sehen und greift zwischen die Beine. Seit Stunden kein anderes Auto auf der einzigen Piste, ringsum nichts als Ödnis und etwas wie Pannendienst in Iran noch fünfzig Jahre später unbekannt, halten sich alle den Bauch vor Lachen. Im schlimmsten aller Fälle, an die sie denken, können sie immer noch den Rotwein aus Djolfa in den Kühler schütten. Es war auch eine gute Zeit, die Schwarzweißphotos aus den Alben der Eltern hatte der Sohn immer vor Augen, auf denen junge Leute lachen, tanzen oder picknicken, die Frauen eine schöner als die andere in Sommerkleidern, die Männer in Bundfaltenhose und halbärmligem Hemd oder elegant im Leinenanzug, glattrasiert, versteht sich, und die Haare oft glänzend und nach hinten gekämmt wie in amerikanischen Filmen, dachte der Sohn immer, wenn er in den Alben blätterte, und was für eine gute Zeit die fünfziger Jahre trotz allem, was Großvater deprimierte, für Iran oder mindestens für Isfahan, mindestens für junge Leute des Standes, dem die Eltern angehörten, gewesen sein müssen, das Tradierte noch lebendig genug, daß man sich nicht fragte, wer man sei, die Moderne noch wie eine Abenteuerexpedition. Und wirklich, bestätigt die Selberlebensbeschreibung der Mutter, es war eine gute Zeit, eine gute Zeit auch mit dem Vater – »Das Leben zeigte mir sein freundliches Gesicht« –, in der sich ihre Konflikte gleichwohl fortsetzten und vertieften, nur daß sie nicht mehr bei Großvater Zuflucht suchte, als sie der nimmersatten Gelüste wegen kurz nach der Geburt des späteren Orthopäden schon wieder schwanger war. Wie sie auf der Suche nach einem Arzt oder Quacksalber, der ihr das Kind abtreiben würde, durch Isfahan irrt, unterm ungewohnten Tschador, damit niemand sie erkennt, wie sie eine Französin findet, die erforderliche Zustimmung des Ehemanns fälscht, zweitausend Tuman von ihrem eigenen Konto bei der Nationalbank abhebt, ohne daß Großvater es bemerkt, und sich im Gästezimmer einer fremden Wohnung zwischen den Beinen herumfuchteln läßt, ist lesenswert nicht nur als soziologisches Material. Allein, es betrifft nicht das Leben Großvaters, der nie davon erfuhr, und nebenbei bemerkt auch nicht das Leben des späteren Internisten, der vierzehn Monate nach dem späteren Orthopäden dennoch zur Welt kam – eine leichte Geburt, wie Mutter sich nach über fünfzig Jahren noch wundert. Dieses eine Mal ärgerte sie sich nicht über das herausgeschmissene Geld.

Immerhin findet der berühmte Schriftsteller auch positive Worte: »Meine Bewunderung Deiner Arbeitskraft ist grenzenlos.« Er habe im Alter des jüngeren Kollegen zwar auch geschuftet, »aber erstens nicht so viel«, und zweitens habe ihm seine Frau sämtliche Pflichten des Haushalts und der Familie abgenommen, er habe arbeiten können wie ein Junggeselle: »Ich sehe Dich in einem wahren Schaffensrausch, und das ist ein Zustand, in dem jede Stimme von außen, die nicht vor allem ›Weiter, weiter!‹ ruft, unnütz ist und kaum wahrgenommen wird.« Der berühmte Schriftsteller lobt durchaus die Passagen über Jean Paul – »großartig«, schreibt der berühmte Schriftsteller, »es dürfte in den letzten Jahrzehnten wenig so Erhellendes zu ihm gegeben haben«, und erhellt dann selbst Jean Pauls Vorläufer und Bezüge, Hamann und Sterne, als müsse er im Gestus eines Germanisten, wie Germanisten oft gar nicht mehr sind, die Begeisterung des jüngeren Kollegen literarhistorisch relativieren. Wer, wenn nicht ein Schriftsteller, ein berühmter Schriftsteller, müßte wissen, daß jede Verzauberung die erste ist, mag sie Hunderttausenden anderer Lesern schon geschehen sein? Auf die Belehrung folgt der erste, noch aus dem Handgelenk gezückte Hieb, den der berühmte Schriftsteller dem jüngeren Kollegen versetzt, indem er betont, daß Jean Pauls »Alles-Sagen« mit der größten Verschwiegenheit einhergehe. Den Zugang zu Hölderlin findet der berühmte Schriftsteller dann wieder gescheit, der junge Kollege mache die Frankfurter Ausgabe »erst richtig fruchtbar in der Einbettung dieses einzigartigen Lebens in die Alltäglichkeit, wenngleich das Rätsel dieses Werks sich dadurch noch mehr verdichtet«. Das klingt doch ganz anständig, will sich der jüngere Kollege schon beruhigen, da legt der berühmte Schriftsteller erst richtig los, sein nächster Einwand kaum abzuwehren, wiewohl der jüngere Kollege doch das grauenhafte Ende von Halladsch, von Empedokles, auch von Hölderlin eindringlich genug geschildert und die eigene Farce bis hin zum Grubenklo danebengestellt zu haben meint: »Ich weiß nicht, ob das Erlebnis der Mystiker – ›Ich bin Gott‹ – nicht vielleicht doch etwas zu widerstandslos geschildert ist – wie ausgebrannt das menschliche Gefäß sein muß, daß es nicht nur fähig ist, ausschließlich Gott zu enthalten, sondern sich selbst überhaupt nicht mehr wahrnehmen kann – das grausame irdische Schicksal, das vielen solcher Mystiker beschieden war, ist ja nicht einfach der Bosheit orthodoxer Intoleranz zu verdanken, sondern eigentlich die notwendige und damit auch gerechte Konsequenz einer solchen radikalen Trennung von der eigenen Geschöpflichkeit. Hoffentlich werden die Bildungsspießer, die zu 95 Prozent die sogenannte Leserschaft bilden, dies ›Ich bin Gott‹ nicht zu behaglich finden und sich über den Schock der Religion beruhigen können – ›Ach so, der Gott, von dem er spricht, ist er selber oder Herr Hölderlin etc.‹« Die Passagen über den Großvater, damit einen Großteil des Romans, den ich schreibe, liest der berühmte Schriftsteller mit Spannung und freut sich jedesmal darauf – als ob fünfundneunzig Prozent der Leserschaft die Hymne auf das Land der Franken nicht zu behaglich fänden und sich nicht gern über Migrationsliteratur beruhigten. Was so Gott will stimmen wird und ein wirkliches Geschenk wäre, formuliert der Satz, der in dem Brief des berühmten Schriftstellers folgt: »Vielleicht ist dies ein Buch, in dem sich jeder das heraussucht, mit dem er etwas anfangen kann – dem neutestamentlichen Hausvater vergleichbar, der ›Alles und Neues‹ aus seiner Truhe hervorholt.« Dann aber kommt's, und der schöne Satz stellt sich nur als Einleitung zum strengen Tadel heraus, fast als Fluch, der den jüngeren Kollegen wieder taumeln läßt. Und dennoch nimmt der jüngere Kollege das Wort des berühmten Schriftstellers dankbar auf, weil die Wahrheit, die sich in der Schmähung ausdrückt, nicht mehr die des älteren Kollegen ist, sondern des Freundes, des Bruders, des Vaters: »Ich bin nicht, das sage ich Dir offen, bei den Passagen verweilt, die Dein häusliches Leben schildern [es ist nicht *mein* häusliches Leben! ärgert sich der jüngere Kollege über die Gedankenlosigkeit selbst bei einem so berühmten Schriftsteller]. Ich finde, daß Du die Wahrheitskraft der Peinlichkeit überschätzt – Deine großen Vorbilder Hölderlin und Jean Paul haben das nicht getan. Schon bei der Stelle mit dem Uringeschmack der Ehefrau auf der Zunge [nach dreiundfünfzig Seiten also!, staunt der jüngere Kollege] hätte ich, wenn Du es nicht geschrieben hättest, bei jedem anderen aufgehört zu lesen. Milliarden Menschen sind verheiratet – über das Eheleben dürfte es auf Erden wenig Illusionen geben [wenn das Argument zählte, hätten Philip Roth, Rolf Dieter Brinkmann, John Coetzee und Wolfgang Hilbig, um nicht wieder mit István Eörsi anzufangen, kein Buch schreiben, Ingmar Bergman seinen Film nicht drehen dürfen]. Scham ist für mich kein Zeichen von Verklemmtheit, sondern eine menschenfreundliche Eigenschaft, die Menschen mit dem zu verschonen, was sie ohnehin wissen, aber nicht ändern können [Literatur ist nicht menschenfreundlich!, um des Menschen willen darf sie es nicht sein, und schon gar nicht, nie!, sich abfinden] – das Beschweigen muß nicht nur Verlogenheit und Heuchelei, es kann auch Takt und Diskretion sein [wie man im Land der Maschinen auch taktvoll zu sterben und diskret zu klagen versteht]. Und dem Zelebrieren des Ekelhaften und Grausamen steht dazu heute kein Hindernis entgegen, der Literaturspießer hat's gern mit haut-goût – wenn Dich bestimmte Leute für ›deinen Mut‹ loben werden, verstehst du vielleicht besser, was ich meine [wahrscheinlich]. Es klingt übrigens naiv – was Du ja wahrlich nicht bist –, Deinen Roman immerfort gegen einen ›konventionell‹ geschriebenen Roman abzusetzen – die Literaturwissenschaftler könnten Dir vorrechnen, in welchen Konventionen Du Dich bewegst, Du selbst machst ja da den Anfang, seltsamerweise erwähnst Du die Bekenntnisliteratur zwischen Augustinus und Rousseau nicht [doch wohl aus dem gleichen Grund, aus dem der jüngere Kollege nicht auf Hamann und Sterne eingeht], die großen Paten der ›Alles-Sager‹. Aber Konfessionen macht schließlich jeder Schriftsteller – gerade, wenn er keine machen will.« Danach folgen wieder versöhnlichere Sätze: Wenigstens habe der jüngere Kollege selbst die Überhöhung des eigenen Ichs als Gefahr benannt, der ein Schriftsteller dann aber auch – was der junge Kollege also offenbar versäumt hat – ausweichen müsse, um dem Leser nicht zur Last zu fallen. »Das ist der Widerspruch: Wir müssen in der Literatur von uns selbst sprechen, weil wir für anderes keine Autorität haben, aber der Leser muß davon abgelenkt werden, man mag es nur in kleinen Dosen.« Das genau ist der, ist einer der Glaubenssätze, die den jüngeren Kollegen vom berühmten Schriftsteller trennen: Er denkt nicht an Sie, Sie großgeschrieben, oder, genauer: Er denkt an Sie nicht als eine allgemeine Leserschaft, vielmehr als einen Freund, als eine Mutter, als eine Frau, als einen Unbekannten, den oder die er nicht abzulenken oder mit kleinen Dosen vergnügen muß, wenn sie ihm schon die Zeit vertreiben; er denkt an den Leser als ein Du. – Und warum soll der Leser sich ausgerechnet für den Roman interessieren, den du schreibst, wenn er oder sie nicht dein Freund, deine Mutter oder deine Frau ist? würde der berühmte Schriftsteller jetzt vielleicht fragen. – Ich weiß es nicht, würde der jüngere Kollege antworten, es wundert mich ja auch – ich habe wirklich nicht daran geglaubt und kann mir die Spannung, wenn es denn tatsächlich eine gibt – aber es muß die Spannung ja geben, sonst würde daraus kein Buch mit Umschlag und allem –, ich kann es mir nur so erklären, daß in dem Roman, den ich schreibe, jedes Du zum sie werden könnte, sie kleingeschrieben und Plural – jedes Du Teil eines sie bleibt, nicht nur weil's einem Himmel beliebt. »Ich sehe, während ich schreibe, daß ich Dir bei diesem Buche gar nicht hätte helfen können«, fährt der berühmte Schriftsteller fort, »und bin sicher, daß Du auch keinem möglichen Rat gefolgt wärst. Du mußt schließlich bei diesem Buch Deiner inneren Stimme folgen – es wird ein ...«, nein, nicht weiter. Hier bricht der jüngere Kollege das Zitat ab, für dessen Vorfahren Scham durchaus kein Zeichen von Verklemmtheit war, sondern eine menschenfreundliche Eigenschaft und das Beschweigen auch Takt und Diskretion.

Noch ein Autokauf, mag er ebensowenig zur Sache tun, er ist nur so lustig, deshalb unter allen Geschichten der Ehe in Isfahan hoch und heilig nur noch diese, bevor Großvater auf Seite 175 doch wieder auftritt: »Vom Scheitel bis zur Sohle vor Freude flimmernd«, wie die Mutter schreiben wird, fordert der Vater sie auf, mit vors Tor zu kommen. Alsbald heißt es wieder, wem gehört der Wagen?, dir!, mir?, dir! ›hör doch mal auf damit und sag's endlich‹ wie oft soll ich's noch sagen?, ein rotblitzendes Cabriolet diesmal, das nun wirklich aus Hollywood vorgefahren zu sein scheint. Die Mutter hält das Auto im ersten Augenblick für ein Schiff, acht Meter lang, wie der Vater stolz verkündet, aber nur zwei Sitze für eine vierköpfige Familie, wie der Mutter sofort auffällt, das kann sie unmöglich glauben, wie soll das gehen?, und schimpft los, daß das Haus noch lange nicht abbezahlt und die gesamte Einrichtung auf Pump sei, die Möbel, die Teppiche, sogar das Kinderbett geliehen, und da komme der Vater auch noch mit einem roten Schiff angerauscht, acht Meter lang und zweisitzig? – Es wird schon, so Gott will. Diesmal weigert sich die Mutter einzusteigen, so wütend ist sie auf den Großkotz von Gatten, der vom Scheitel bis zur Sohle flimmert, aber im Schädel kein Fünkchen Vernunft hat. Am späten Abend hört sie, daß das Eisentor scheppernd aufgeht und das Cabriolet in den Hof fährt, ein ums andere Mal vor und zurück, Drehung nach links, Drehung nach rechts, der Vater angestrengt hinterm Steuer, wie die Mutter von der Terrasse aus beobachtet. Gleich wie er es dreht, hängt das Heck zur Gasse hinaus. Nicht einmal längs hat der Hof die Länge von acht Metern, und längs steht das Wasserbecken im Weg. Der Vater muß zurücksetzen, was mühsam genug ist, und das Cabriolet auf der Gasse parken, nur hat es kein Dach. – Wie, fragt die Mutter, es hat kein Dach? – Es hat eben kein Dach. – Es muß doch ein Dach haben! – Nein, ein Dach war nicht dabei. – Und jetzt? Aus Sorge, jemand könne das Cabriolet stehlen, den Lack zerkratzen oder sich nur aus Spaß hinters Steuer setzen, verbringt der Vater die Nacht auf einem der beiden Sitze. – Fürs Parken laß ich mir noch etwas einfallen, grummelt er beim Frühstück: Es wird schon, so Gott will. Gegen Abend hört die Mutter, daß das Eisentor scheppernd aufgeht, und tritt auf die Terrasse. – Was hast du mit dem Schiff gemacht? fragt die Mutter, als der Vater aus dem Landrover ausgestiegen ist. – Wieder verkauft, antwortet der Vater: Auf dem Weg zum Krankenhaus sah ich den Chef der Gesundheitsbehörde, der zu Fuß unterwegs war, und wollte ihn mitnehmen. Da habe ich mich geschämt, daß der Chef der Gesundheitsbehörde zu Fuß geht, während ich als Student ein acht Meter langes Cabriolet fahre. Ein Fünkchen Vernunft hat der Vater also doch.

Die Geschichte der ersten Liebe hat noch einen Epilog, sieht der Sohn gerade, den er wenigstens angerissen haben sollte, bevor er zur Auswanderung gelangt und damit zurück zu Großvater. Der spätere Orthopäde und der spätere Internist beim Dienstmädchen, auf das die Mutter angewiesen ist, weil sie dem Rat ihrer Schwiegermutter folgend die Wäsche nicht anrührt, bummelt sie im blauen Kleid, das ihr unter allen das liebste ist, gutgelaunt durch Isfahan und entdeckt vor einem Schaufenster ihren früheren Geliebten. Er bebt, er will sie ansprechen, die Lippen öffnen sich, da dreht die Mutter sich um und flieht aus Sorge, seine leuchtendschwarzen Augen und die Worte wie aus dem Fortsetzungsroman von Djawad Fazel könnten sie noch einmal verzaubern. Zu Hause schließt sie zitternd die Tür hinter sich und nimmt ihre zwei Söhne in den Arm. Vom Dach aus entdeckt sie, daß der frühere Geliebte ihr bis in die Gasse gefolgt ist. Sie fürchtet, daß er ihr Herz hören könnte, so laut klopft es in ihrer Brust. Keine Stunde später, viel früher als während der Woche üblich, steht der Vater im Zimmer. »Zorn, Haß und Eifersucht blitzten aus seinen Augen. Er nahm mir das Kind aus dem Arm und trug es aus dem Zimmer. Dann kehrte er zurück und zerriß mein blaues Kleid in Fetzen. Anschließend zerrte er mir das schöne weiße Hemd vom Leib, das ich vom Bummeln noch trug, und zerriß es ebenfalls. Als dürfe er nicht mich beschimpfen, als sei nur die schöne Kleidung an allem schuld, trampelte er wie ein Wahnsinniger auf den Stoffetzen und belegte sie mit tausend Flüchen. Zitternd vor Angst hockte ich auf dem Bett, die Arme um die Knie geschlungen, ohne zu wissen, wie mir geschah und was mir noch geschehen würde. Er jedoch beruhigte sich und fing an zu weinen. Er küßte mich von Kopf bis Fuß und schwor, daß er mir mit seinen eigenen Händen ein noch schöneres Kleid, ein noch feineres Hemd nähen würde. An dem Tag ist er nicht mehr zur Arbeit gefahren. Wir blieben mit den beiden Kindern bis zum späten Abend im Zimmer, wir küßten uns, wir streichelten uns, wir weinten miteinander. Bis heute frage ich mich, wie er von der Begegnung erfahren hatte, die nicht länger als ein paar Sekunden gedauert, aber weder habe ich ihn je danach gefragt, noch hat er im Laufe unserer weit über fünfzigjährigen Ehe je von meinem ersten Geliebten gesprochen.« Die Selberlebensbeschreibung der Mutter hat der Vater gelesen und an dieser Stelle offenbar keine Einwände erhoben.

Treffender Titel, meint der neue Verleger über den *Roman, den ich schreibe*, nur daß die meisten Leser am Roman interessiert sein werden und nicht, wie er geschrieben. *Das Leben seines Großvaters* möchte der neue Verleger nicht jetzt schon verwerfen, der sich unter der toskanischen Sommerlaube des Romanschreibers etwas Prächtigeres vorgestellt zu haben scheint als Campingdusche und einen Plastiksack, den man einige Stunden in die Sonne hängen muß, wenn man warmes Wasser will, nennt den Vorbehalt des Redakteurs elitär, läßt auch nicht am Gattungsbegriff Roman rütteln, der ja auch stimmt, und will alles ganz schnell haben, Erscheinen nun allerspätestens Herbst 2011, weil *In Frieden*, wie der Roman, den ich schreibe, seinetwegen heißen soll, ein Herbstbuch sei, schreitet mit gerade operierter Hüfte schief wie ein versehrter Feldherr durch den verwilderten Garten und entwirft für den Riesenknödel, wie er den Roman wieder nennt, den ich schreibe – warum nicht *Der Riesenknödel* als Titel? – eine Gefechtsanordnung, wie man die Armeen der handelsüblichen Bücher besiege. Zum Beispiel könne man die ersten zehntausend Exemplare, überlegt der neue Verleger und streckt querstehend den Arm zur Decke, so daß der Romanschreiber an die Anordnung der vier Personen zu einem Kreuz auf Caravaggios *Martyrium Petri* denken muß, zum Beispiel könne man die ersten zehntausend als Sonderausgabe mit bedrucktem Deckel statt Umschlag und farbigem Seitenrand herstellen lassen, was aufwendiger sei, als der Romanschreiber sich vorstelle, aber gleich nach Erscheinen zuverlässig die Leser aus ihren Stellungen hervorlocke, die sich wegen der Limitierung mit drei, vier zusätzlichen Exemplaren eindeckten, und wenn *Der Riesenknödel* erst einmal das Etikett trage, gut verkäuflich zu sein, läge er überall aus. Darum ginge es, das sei das erste Gefecht, das den entscheidenden Feldvorteil verschaffen könne, vergessen Sie das Fernsehen, vergessen Sie das Feuilleton, nein, daß der Riesenknödel in der mecklenburgischen Kleinstadtbuchhandlung genauso wie in den Buchhandelsketten gestapelt ausliege, denn dann frage sich jeder warum und wolle wissen, was dran ist. Der neue Verleger einigt sich mit dem Romanschreiber auf hundert Seiten, die mit grobem Gerät Woche für Woche bearbeitet würden, so daß die öffentliche Fassung etwa zum Jahreswechsel erstellt sei, für deren Feinschliff noch zwei Monate blieben, dann Korrektur und spätestens Anfang, allerspätestens Mitte März 2011 in den Satz, um rechtzeitig zur Vertreterkonferenz vorzuliegen, wenn auch der Vertreter aus Mecklenburg-Vorpommern begeistert werden müsse. Und das Papier!, nicht zuletzt an das Papier müßten sie denken und mindestens ein halbes Jahr im voraus bestellen, welches am schönsten aussehe, sich am besten anfühle und zugleich wenig wiege.

Der Vater läßt die Mutter mit meinen beiden Brüdern in Isfahan zurück, um seinen Abschluß im Land der Franken zu erwerben. »Er hatte sich in den Kopf gesetzt, egal um welchen Preis und unter welcher Gefahr, es weiter zu bringen und erfolgreicher zu werden als alle anderen in seiner Umgebung. Was ihm für das Vorhaben zur Verfügung stand, war nichts als seine jugendliche Kraft, ein scharfer Verstand, unbedingter Fleiß, überbordender Ehrgeiz und ein halbes Medizinstudium. Was auf ihm lastete, war nicht nur die Verantwortung für eine vierköpfige Familie, sondern als einziger Sohn unter fünf Geschwistern außerdem die Versorgung seiner Eltern.« In Deutschland, so hat der Vater von Onkel Mahmud gehört, seinem Schwager, sei jeder willkommen, der mit anpacke, das Land wiederaufzubauen. Deutschland? fragt der Vater. Ja, Deutschland! schreibt Onkel Mahmud zurück, die Deutschen trügen die Nase nicht so hoch wie Franzosen oder Engländer, und ihre Ordnung sei einmalig. Aber Hitler? Ach, von Hitler rede niemand mehr, in Deutschland gebe es nur noch eine Ideologie, und die heiße: Arbeit, Arbeit, Arbeit. Der Vater hat Iran bis dahin nie verlassen, spricht keine andere Sprache als Persisch, kennt keinen Menschen im Land der Franken außer Onkel Mahmud, der in Aachen Maschinenbau studiert, während der Zulassungsbescheid, den Onkel Mahmud besorgt, auf eine Stadt namens Erlangen ausgestellt ist, die auf der Landkarte erst einmal gefunden werden will, und wie spricht man Erlangen überhaupt aus? Um seine Liebsten nachzuholen und weiter den Unterhalt seiner Eltern in

Isfahan zu bestreiten, wird er sich möglichst schnell eine Arbeit besorgen müssen – nur wie, wenn er die Sprache nicht spricht, nicht einmal Englisch, und nebenher Medizin studieren soll? Keine zehn Tage sind seit seiner Abreise vergangen – mit dem Bus, wohlgemerkt, in Teheran und Istanbul umsteigen, weil das Geld für ein Flugticket nicht reichte, von München aus weiter mit dem Zug –, als der erste Brief in Isfahan eintrifft, fünfzehn Seiten, den er noch während der Fahrt schrieb, ohne auch nur mit einem Wort von der Fahrt zu berichten. Statt dessen klagt er sein Herzweh: Auf fünfzehn Seiten tötet ihn die Sehnsucht nach ihren Augen eines Rehs, dürstet er nach ihrem Mund einer Lilie, verzehrt ihn das Begehren nach ihrem Leib einer Gazelle, peinigt ihn das Verlangen nach … und so weiter. Zwei Tage später trifft der nächste, noch längere Brief in Isfahan ein, der nicht darüber Auskunft gibt, wie er sich in München erst zum Bahnhof, dann durch die zugige Unterführung mit den vielen eiligen Menschen zum richtigen Gleis durchschlug, wieviel Nerven ihn das Umsteigen in Nürnberg kostete, wohin er sich nach der Ankunft abends am gottverlassenen Bahnhof von Erlangen mit dem schweren Koffer in der Hand wandte, ob er sich am Fahrkartenschalter per Handzeichen die Richtung zur Universität zeigen ließ oder Gott sei gepriesen der Bahnhofsmission in die Arme lief, was er aß und wo er die erste Nacht verbrachte, wie er zum Akademischen Auslandsamt fand und mit welchen Gebärden er sich dort verständigte, dafür noch Gefühligeres als im ersten Brief über Reh, Lilie, Gazelle und so weiter. Und wieder zwei Tage später ein dritter Brief, wieder zwanzig Seiten (wie die Mutter übertreiben wird) und des gleichen Inhalts. Die Mutter wird sich fünfzig Jahre später in ihrer Selberlebensbeschreibung nicht mehr erinnern, der wievielte Brief es ist, der zufällig Großvater in die Hände gerät. Sie wird nur bis an ihr Lebensende vor Augen haben, wie Großvater mit den vielen Blättern in den Händen die Halle auf und ab geht. Zwischen seinen Gott steh mir und vergib mir meine Sünden! poltert er, ob denn der junge Herr Doktor nach Europa gefahren sei, um etwas zu lernen oder um Liebesepisteln zu verfassen, so schwülstige obendrein. Das sei jetzt schon der soundsoundvielte Brief innerhalb weniger Tage, und sollten die übrigen genausolang sein, müsse man ja wohl annehmen, daß es mit dem vielgepriesenen Ehrgeiz des jungen Herr Doktor nicht so weit her ist: Wann, Gnädige Frau, studiert Ihr junger Herr Doktor Schwiegersohn, und wann besorgt er sich eine Arbeit?

»lieber navid, es tut mir leid dir mitteilen zu müssen daß ich nicht so recht weiß ob ich dies jetzt gebrauchen kann ... warum schreibst du über uns? wer soll das lesen? was soll das? / wenn ich deine durchaus subtil gelungenen schnappschüsse betrachte will ich jedesmal sagen warte da war noch dies und das ... und auch so hat es sich angefühlt ... und das hab ich dir noch gar nicht erzählt ... da fiel noch dieses und jenes wort ... und auch jene geste sprach für sich ... ich schäme mich, soweit gegangen zu sein ... was sollst du machen außer diese momentaufnahmen zu nutzen nach deinem bestem wissen und gewissen, gut, aber ich lebe in dem film und gebe zu nichts davon zu begreifen, wie du weißt hab ich es sehr bald aufgegeben, diesen *dard ru dard* [Schmerz über Schmerz] verstehen zu wollen ... was tat mehr weh? ... verlust, damoklesschwert, körperliches leid, wo sind sie nur alle hin? wo ist sie gerade? ach so, ja, musizieren kann ich jetzt auch nicht mehr ... gut gut, ist schon gut, tag für tag ... ratloses staunen war es was mich gehalten hat ... das schweigen mit dem man beschenkt wird ... auch dies ein geschenk: diese tiefe verletzbarkeit zu erkennen ... um es auch selbst ausgeprochen zu haben: mein persönliches schweigen war nur damit meine mutter als mutter in frieden gehen kann ... punkt ... können wir endlich damit aufhören? nimm deine blöden schnappschüsse sofern wir uns einig sind daß die vielschichtigkeit solcher prozesse nicht mitteilbar ist, geschweige denn all die schönheit: *befarmâ* [bitte schön], *hamineh ke hast* [es ist, was ist] und *hamineh ke hastim* [wir sind, was wir sind], aber erlaube mir vorher eine stimme sprechen zu lassen die dir kein anderer leser schenken wird, dazu tu ich als ob wir uns nicht kennen würden, ein fremder spricht zu einem fremden ... halt dich fest ... ... Sehr geehrter Herr Berichterstatter, gestatten sie ... bitte erstatten sie mir unseren schmerz zurück ... gestatten sie uns nicht so tun zu müssen als ob wir berichtbar sind ... schicken sie mir unseren schmerz samt dem photo meiner mutter schnellstmöglichst zurück, ich übernehme gerne die unkosten ... wir haben nichts in ihrem was auch immer kabinett verloren ... gestatten sie mir diesen blick nicht in armselige buchstaben gefaßt sehen zu wollen ... (ihre shakira oder wie auch immer diese ruhe heißt war da, ja, gezwickt hab ich mich aber auch oft genug um zu glauben was da abgeht, die fremdwörter machen es auch nicht besser ...), übrigens, an jenem gründonnerstag flogen noch 3 weitere menschen von diesen wunderbaren jenseitsflughafen ... über die sie gott sei dank nicht schreiben dürfen, die vier kerzen die vor den türen brannten sagten mehr aus als ihr gesamter roman … ja und in ihrem *âh* daß nach einem *al* verlangte bündelte sie viel *goftani nist* [es ist unaussprechlich], das *gheyr-e ghâbel-e zekr* [nicht erwähnbar] ihres verehrten großvaters, herr berichterstatter … ich spreche ungefragt auch für all die anderen die sie in ihrem roman benutzen, als seien sie leblos … und wenn ein anderer berichterstatter sich angesprochen fühlt soll er sich unbedingt angeschrieen wissen … in euer gewissen trommeln wir euch … da war noch soviel mehr … sovielvielmehr / schreiben sie das *gheyr-e ghâbel-e zekr* ihres verehrten großvaters über jedes kapitel ihres buches, nach jedem namen den sie tippen oder machen sie *gheyr-e ghâbel-e zekr* zu ihrem gebet, das wäre mal was neues … / es grüßt sie ›der musiker‹ (wie sich das schon anhört, wie musisches gymnasium, eine krankheit oder heulsuse) den marsch blas ich ihnen einen orientalischen abmarsch auf ihre migrationsgeschichte / so jetzt kennen wir uns wieder … / was es allein legitimieren würde mir eine rolle zuzuweisen … wart', ich trink ein glas wasser um runterzufahren … gut, was es einzig legitimieren würde ist, daß du ein freund warst … reinen herzens, wie du von hölderlin zitierst … was auch immer damit gemeint ist … du beherrschtest die kunst schlichten daseins … das was den meisten menschen so schwer fällt … warst weder schulterklopfer noch mitleider … auch wenn ich mich frage, ob ausgerechnet das nun, der roman, den du geschrieben hast, ob man so etwas noch freundschaft nennen kann … aber damit mußt du leben, Navid.«

Obwohl die Mutter seit der Abreise des Vaters meist bei den Eltern übernachtet, ist nichts weiter über Großvater zu erfahren, vielleicht weil er die meiste Zeit in Tschamtaghi verbringt, wie sie in einem Halbsatz erwähnt; statt dessen wieder viel über Großmutter, in deren minutiös geregelten Alltag die Mutter sich als verheiratete Frau mit zwei kleinen Kindern nicht mehr einfindet, wann, von wem und wie genau der Tee zubereitet wird (nur von Großmutter selbst), wann die Familie zu Abend ißt (Punkt elf) und wann zu Mittag (wenn Großmutter gerade Hunger hat), was nachweislich die beste Vorbeugung gegen nachweislich alle Krankheiten ist (Wassermelonensaft, und zwar ausschließlich von Melonen, die sie selbst im Basar bei Händlern nur ihres Vertrauens eingekauft hat, gegen Magenbeschwerden außerdem Glanz-Rauke vor dem Frühstück), ihre Aversion gegen Arztbesuche und ihre fortwährend vorgetragene Behauptung, mehr von Medizin zu verstehen als alle Mediziner, und mag der junge Herr Doktor Schwiegersohn auch als Professor aus dem Land der Franken zurückkehren, dazu der Lärm, den der spätere Orthopäde und der spätere Internist ins Haus bringen. Ein ums andere Mal stören sie die heilige Mittagsruhe der Großmutter. Auch zermürben die Diskussionen über moderne Pädagogik, an der die Mutter sich zu orientierten bemüht, da Großmutter mehr von Pädagogik zu verstehen meint als alle Pädagogen. Schließlich vermißt die Mutter die Ausflüge im Landrover, die Geselligkeit unter Gleichaltrigen, die Stimme von Herrn Yurazadi und den Rotwein von Herrn Kiayanpur. Und ja, ihren Mann, meinen Vater, den vermißt sie wohl auch. Wenn Großvater je erführe, daß seine Tochter und der junge Herr Doktor aus der Theologenfamilie ihre freie Zeit bei Wein und Gesang verbrachten, wo ihn schon weit geringere Verfehlungen in Rage versetzen: »Eines Abends wollte ich mit meinen Schwestern und Cousinen nach langer Zeit wieder ins Kino gehen. Nachdem ich die Kinder gefüttert, gewickelt und schlafen gelegt hatte, verließ ich freudig das Haus. Gleich nach der Vorstellung kehrten wir nach Hause zurück und suchten quatschend und kichernd unseren Weg durch den Hof, als mit einem Mal Papas wütende Flüche aus dem Gebäude drangen. Und das war nur der Anfang! Auf der Terrasse erwartete er uns mit Steinen in der Hand, die er weiß Gott wie in der Dunkelheit gesammelt hatte. Noch nie im Leben hatte ich Papa derart aufgebracht gesehen, das runde Gesicht rot angelaufen, die Augen wie Blitze, sein ganzer Körper am Zittern. Er drohte uns und warf sogar zwei Steine in unsere Richtung, nicht so, daß sie uns treffen sollten, aber nah genug, daß wir uns hinter Bäumen in Sicherheit brachten. Wir fürchteten uns, und zugleich hörte ich, wie meine beiden Schwestern zu kichern anfingen, und konnte mich auch nicht mehr beherrschen, als ich Papa vor Wut auf der Terrasse auf und ab hüpfen sah in Pyjamahose und mit diesen Steinen in der Hand, die er nach uns warf, wohl wissend, daß wir uns längst in Sicherheit gebracht hatten. Von Mama erfuhren wir später, daß Papa vom Heulen der Kinder wach geworden war. Niemand war zu Hause gewesen, Mama einkaufen, die Dienstmädchen alle außer Haus und wir Kinder im Kino. Allein hatte er die Kinder aus ihren Betten geholt und sie beruhigt, bis Mama zurückgekehrt war und sie wieder zu Bett gebracht hatte. ›Du blödes Mädchen!‹ schrie er in den Hof, ›du nichtsnutzige Gans! Wie konnte Gott dir nur Kinder anvertrauen? Kinder zu haben setzt Würde voraus, Anstand und Schicklichkeit. Jawohl, Schicklichkeit, du hörst richtig, du dumme Pute! Du hast wohl nicht mehr alle Tassen im Schrank, dir einen dummen, nichtsnutzigen Film anzuschauen, während deine beiden Kinder allein zu Hause sind. Eine Frau, deren Mann verreist ist, hat nicht das Recht, ins Kino zu gehen, hat nicht das Recht, Spaß zu haben, hat nicht das Recht, abends die Kinder allein zu lassen. Eine Mutter, deren Mann nicht da ist, hat nur ein Kino, und das sind ihre Kinder, von wegen jede Nacht kichernd und lärmend durch die Straßen ziehen, ins Kino ziehen, zu Freunden ziehen, ich will gar nicht wissen wohin ziehen.‹ Mit Hilfe seines Gott steh mir bei und vergib mir meine Sünden, mit dem er die Terrasse murmelnd auf und ab ging, beruhigte er sich nach ein paar Minuten endlich. Ich sah, daß er den Tränen nah war, oder vielleicht weinte er auch schon. ›Verzeiht mir‹, rief er uns zu und schlurfte mit gesenktem Kopf ins Haus.«

Zwei, drei Jahre, veranschlagen die Eltern, wird es dauern, bis der Vater sein Studium abschließt und als Assistenzarzt soviel Geld verdient, daß er die Familie ins Land der Franken holen kann. Keine vier Wochen dauert es, da fleht er die Mutter im Brief an, das Haus mitsamt der gesamten Einrichtung zu verkaufen und von dem Geld so bald als möglich nach Deutschland zu fliegen, er hielte es ohne Reh, Gazelle, Lilie und dergleichen nicht mehr aus. Wovon sollen wir leben? schreibt die Mutter zurück: Und wo wohnen? Und kannst du überhaupt schon die Sprache? Der Vater schwärmt von der Zivilisation der Deutschen, ihrer Sittlichkeit, ihrer Höflichkeit, ihrer Pünktlichkeit, ihrem Gerechtigkeitssinn, ihrem Fortschritt, der Vater erklärt, was Herrschaft des Gesetzes bedeutet, er schildert die Sauberkeit der Straßen, er beschreibt die mehrgeschossigen Häuser mit den modernen Wohnungen, die Abwässer unterirdisch, alle Bürger versichert, Studenten und Gastarbeiter dringend gesucht, Mediziner zumal auf Händen getragen, die Krankenhäuser tipptopp, die Schulen kostenlos, und für die Kleinen habe es eigene Kindergärten, die es den Müttern ermöglichten, ihren eigenen Interessen nachzugehen: Vielleicht kannst du wieder studieren! – Aber es ist Winter, wendet die Mutter ein, und der Winter in Deutschland so kalt, hat mein Bruder gewarnt: Soll ich nicht wenigstens bis zum Frühling warten? Ach was, schreibt der Vater, in Deutschland seien sogar die Äcker und Plantagen überdacht, und die Straßen verfügten über Bodenheizungen, so daß sie immer befahrbar blieben, wie also erst die Häuser. – Die Straßen sind beheizt? – Ja, und die Städte außer mit den legendären Autobahnen auch mit lautlosen Expreßzügen verbunden, in denen die Deutschen von weichen Polstersesseln aus die weiße Landschaft genössen: Den Winter siehst du nur, du spürst ihn nicht, und jeder Zug verfügt über ein Restaurant mit weißen Tischdecken, das mußt du dir vorstellen, fahrende Restaurants! – Und Arbeit, Wohnung, Sprache? – Es wird schon, so Gott will. Unter normalen Umständen würde sie fragen, wie das gehen solle, zu viert ohne Einkommen, ohne Sprache, ohne Wohnung in Deutschland (wenn es wenigstens Frankreich wäre, ächzt Großmutter bei jedem Brief, den der Postbote ins Haus bringt, Paris!), die Mutter würde schimpfen wie sie über den Landrover geschimpft hat, über das neue Haus und das rote Cabriolet, zumal Onkel Mahmud am Telefon vorrechnet, daß eine vierköpfige Familie zum Leben mindestens zweitausend Mark benötige, im Monat!, und alle anderen Bekannten im Land der Franken, bei denen Großvater anruft, ebenso dringend warnen, die Mutter ziehen zu lassen, solange der Vater nicht das Studium abgeschlossen hat – und schon gar nicht im Winter nach Deutschland. Es ist die Aussicht, noch die nächsten zwei, drei Jahre bei ihren geliebten Eltern wohnen zu müssen, weswegen sie diesmal ihrem Mann zu folgen bereit ist: Verkauf alles und setz dich ins erstbeste Flugzeug, schreibt der Vater, Ketabi besorgt dir in Teheran das Ticket.

»Eine der bittersten und schmerzvollsten Erinnerungen meines Lebens sind die letzten Tage in Isfahan, als ich Zeugin der Tränen, des Kummers, der Verzweiflung, der Seufzer und der Wehklagen von Papa und Mama war. Manchmal weinte ich mit ihnen, manchmal weinte ich allein, damit sie mich nicht sahen, und am heftigsten weinte ich an der Bushaltestelle, als Mama vor Jammer aufschrie, während ich unterm Koran herging, den Papa Rotz und Wasser heulend in die Höhe hielt. Jemand riß mich und die Kinder aus ihren Armen und führte mich zum Bus, weil der Fahrer schon mehrmals gehupt hatte. Der Bus fuhr ab, und ich drückte mit der einen Hand mein Baby an die Brust und beruhigte mit der anderen Hand den Jungen, der ebenfalls heulte, obwohl er noch nicht verstehen konnte, warum alle so traurig waren. Ich umarmte ihn ganz fest und streichelte sein Haar, während das Baby an der Brust einschlief. Kurz bevor wir Murtsche Chorad erreichten, wo die Busse nach Teheran die erste Rast einlegten, sah ich von meinem Platz direkt hinterm Fahrer ein Taxi, das uns überholte und in einiger Entfernung vor uns stehenblieb. Dann stieg eine kleine, gebeugte, kummervolle Gestalt aus dem Taxi und stellte sich mit ausgebreiteten Händen auf die Straße, so daß der Bus ebenfalls halten mußte: Papa! Mit dem Ärmel seines grauen Mantels strich er sich die Tränen aus dem Gesicht. Bevor ich ihn mit dem schlafenden Baby in den Händen erreichte, war der Junge schon aus dem Bus gesprungen und in seine Arme gerannt. Zu viert hielten wir uns fest und weinten und weinten. Einer nach dem anderen versammelten sich die Mitreisenden um uns und schauten uns ratlos zu. Ich weiß nicht, wie lang wir so auf der staubigen, einsamen Straße standen. Irgendwann erkundigten sich die Mitreisenden, warum wir so weinten und wohin die Reise gehe, und irgendwann fing der Fahrer an zu hupen. Einige Mitreisende umringten Papa und redeten beruhigend auf ihn ein. Jemand nahm den Jungen sanft aus seinen Armen und trug ihn zum Bus. Ein anderer legte seinen Arm um meine Schultern und führte mich mit dem Baby ebenfalls zurück an meinen Platz. Der Bus fuhr ab, und zurück blieb mein über alles geliebter, unvergleichlicher Papa heulend am Straßenrand mitten in der unabsehlichen wimmernden Wüste.«

In dem Roman, den ich schreibe, könnte er aus dem offenen Fenster der ehemaligen Scheune ebensogut eine große iranische Decke im Schatten eines Baumes und darauf die Frau den Roman lesen sehen, den ich schreibe. Neben ihr verkaufte die Frühgeborene Birnen, Äpfel, Käse und was ein Kaufladen sonst alles bietet. Zur Postkarte würde die Aussicht durch den Bach und die Kühe, die auf der anderen Seite des Baches grasen, die Wälder, die sich hinter den Wiesen erheben, und zwei Esel am Rand, die der Nachbar zum Rasenmähen gebracht hat. Auf dem dritten Esel wäre die Ältere mit den Bauernkindern ausgeritten wie der Mann als Kind in Tschamtaghi. Außer dem Bach hörte er das Vogelgezwitscher und gelegentlich den Wind, so daß er keine Postkarte sähe, sondern einen amerikanischen Film, wie amerikanische Filme oft gar nicht mehr sind, zum Ende eines Künstlermelodrams das Idyll mit Familie. Die Aussicht ist am Mittwoch, dem 9. August 2010, um 13:52 Uhr dieselbe, nur daß niemand vor dem Fenster zu sehen ist außer den Kühen und dafür allen drei Esel, er auch keinen Sandkasten gebaut hat, die Scheidung eingeleitet in beiderseitigem Einverständnis, die finanziellen Angelegenheiten zwar nur in groben Zügen, gleichwohl selten harmonisch geklärt, das gemeinsame Sorgerecht selbstverständlich, Auszug der Frau zum Ende des Monats. – Gut, du hast es als Therapie gebraucht, wird sie gedacht haben, als sie in Spanien den Roman zu lesen begann, den ich schreibe, als

Therapie, um mit allem möglichen fertig zu werden, womit er so bestimmt nicht fertig werde: aber so stelle man doch niemanden bloß. Auf den Spuren dieser, wie hieß sie noch?, dieser Ruth Schweikert gehe er über Leichen, gut, nicht über Leichen, natürlich nicht, oder in gewisser Weise doch, sogar über Leichen und wie erst über die eigene Frau. Wie sie oder überhaupt ein Nächster ihm je wieder vertrauen könne, fragt er sich selbst und bildet sich ein, über ein Mittel zu verfügen, das heilt: Er müsse nur mit dem rechten Daumen auf die linke Maustaste klicken und den Ordner in den Abfallkorb ziehen wie manch Gottesfürchtiger seinen Sohn. Auch wenn die Dateien auf dem USB-Stick gespeichert sind, verstünde sie den Fingerzeig, zu welchem Opfer er bereit wäre, es vielleicht gar nicht wollen, aber anerkennen und erweichen im Sinne von weich werden, nicht schwach. Sie ist doch nicht allzu nüchtern, wie jede Frau an der Seite eines Mannes geworden wäre, der vier Jahre lang auf einen Bildschirm starrt, ohne je sie daran teilhaben zu lassen, der davor schon so kalt gewesen, bis sie zum Fall für die Intensivmedizin geworden war, und endlich liest sie den Roman, den ich schreibe, in der Hoffnung, daß er ihr irgend etwas sage, die letzten vier Jahre und davor die Intensivstation irgend rechtfertige, wenn schon nicht erkläre, und findet jedes Wort über sie gefroren – nur die Frau nennt er sie, nicht meine, immer nur: die Frau, wie ein Stück Vieh, das nicht einmal einem selbst gehört –, sondern hat ihres Frühlings doch auch ahndend und liebend gelebt. – Wenigstens ist es ein schöner Ort, sich zu trennen, seufzte er Freitag vor acht Tagen unweit Florenz, als die Kinder noch schliefen, in der Nacht zuvor aus Spanien eingetroffen, achtzehn Stunden wegen Stau, die wütenden Blikke verhuscht, damit die Kinder nichts merken, die natürlich alles gemerkt haben, auch die Frühgeborene, um die sich die Ältere rührend kümmerte, geflüsterte Krisengipfel an Autobahnraststätten und Änderungen des Bestimmungsorts im Navigator, erst Provence, wo er *last minute* ein Romantikhotel gebucht hatte, damit die Reise doch noch zum Urlaub gerate, dann direkt Köln, weil keine Romantik mehr zu erwarten und das Geld fürs Hotel also herausgeschmissen war, dann doch vor Lyon abgebogen und zum weiß nicht wievielten Mal in zwei Jahren Goethe nach über die Alpen, um das Gepäck der Frau und der Kinder abzuholen. Nach Köln brauchten sie am nächsten Tag nur fünfzehn Stunden, weil keiner von beiden am Bestimmungsort mehr rüttelte, keine geflüsterten Gipfel mehr nötig. Nur der Stau blieb sich gleich. Zu allem Überfluß ist auch noch das Büro zwischenvermietet, um sich einen ganzen Sommer nahe Florenz zu leisten, so daß er sich um drei Uhr früh das Gästebett machen mußte. – Wie eine Amputation ohne Narkose kommt es mir vor, sagte er der Frau Samstag vor acht Tagen morgens im Badezimmer, wobei das Bewußtsein gar nicht vollständig war, der Schmerz schon, der war seiner, aber unscharf, als hätte er die Brille nicht aufgesetzt, sah er jemandem zu, der oft Romanschreiber, sonst Sohn, Vater, Mann, Freund, Nachbar oder Handlungsreisender, hin und wieder Enkel, regelmäßig Berichterstatter, dann wieder Orientalist, ein Jahr lang die Nummer zehn, an einigen Stellen Navid Kermani und zuletzt Poetologe genannt wurde. Ich bin es, ich bin es doch selbst, sagte er sich immer wieder und überzeugte sich von seinem Namen, als er Sonntag vor acht Tagen dem Anwalt mailte, und Montag vor acht Tagen rief der Anwalt morgens selbst an, auch geschieden, es ist eine fürchterliche Sache, im Männerton: muß man nicht drum herum reden, sehr schmerzlich, dabei waren seine Kinder schon erwachsen, und Ihre?, meine elf und drei und das Schmerzlichste an der … an der Sache. Vom niederschmetternden Eindruck, vor Gott versagt zu haben, der ihm mit der Geburt der Kinder die Aufgabe übertrug, sie zu behüten, sagte der Mann dem Anwalt nichts. Daß Gott auf seine Kinder ebensowenig achtgibt, würde den Mann nicht von seiner Schuld erlösen. Die Ältere weiß es noch nicht, das heißt: weiß es schon, aber noch nicht, daß endgültig alles vorbei ist, genausowenig die Eltern, iranische Eltern, beide um die achtzig, in ihren großen, über die Welt verstreuten Familien niemand je geschieden. – Warte damit, bis ich gestorben bin, hatte der Vater schon letzten Sommer gebeten, aber selbst die Brüder sehen ein Jahr nachdem das Wort Scheidung zum ersten Mal fiel, keine andere Therapie, Mediziner immerhin, die Leib und Seele betrachteten während ihrer und dann seiner Krankheit. – Wenn ich Ihnen einen Rat geben darf, sagte der Anwalt mit Blick auf das beiderseitige Einverständnis, kostbar genug: Ziehen Sie's durch, so schnell Sie können, deshalb die Eile und Entschlossenheit, aber so eilig doch auch nicht, dachte der Mann, als die Frau Dienstag vor acht Tagen morgens erklärte, eine überteuerte Wohnung gefunden zu haben, die zweieinhalb Monatsmieten Courtage kostet. Sie hatte sofort unterschrieben. Wenigstens die Trennung scheint uns gut zu gelingen, sagte sie, als sie sich Dienstag vor acht Tagen abends wieder im Wohnungsflur begegneten. Am einfachsten wäre es, die Güter ebenfalls zum 1. September zu trennen, schlug die Anlageberaterin letzten Mittwoch vor, getrennte Konten also, die Ausgaben für die Kinder kalkuliert, die Wohnung abzüglich des laufenden Kredits der Frau ausbezahlt. – Über alle anderen Lebenden rede ich genauso distanziert, *die* Mutter, *der* Bruder, *der* Freund wandte er Mittwoch abend ein, nachdem sie der Kinder zuliebe fürs Essen Familie gespielt hatten, und argumentierte mit der kühlenden Methode, die erst das Brennen erzeuge dort, wo es bis hin zu Nasr Hamid Abu Zaid darauf ankäme, mit dem ihre Liebe begann und nun also endet, und zwar nicht ungefähr, eine zufällige Koinzidenz, sondern präzise: Als er vom Tennis zurückradelte, geriet er in jene Beklemmung, die mal mehr, mal weniger beherrschend bis heute, bis jetzt, 16:29 Uhr, andauert. Im denkbar ungünstigsten Moment, nach Wochen ohne viel Worte und Monaten ohne Berührung, hielt er ihr in Spanien die lesbare Fassung hin zweitausend Seiten, als sei nun alles egal. Immerhin gestand sie zu, daß das Kapitel über Nasr Hamid Abu Zaid wunderschön sei. Daß er über die Kinder sehr wohl sehr zärtlich schreibe, konnte der Mann nicht bestreiten, und auch über deine Mutter oft, sagte die Frau: Nur ich muß wohl erst tot sein, damit du etwas Nettes über mich sagst. – Herrgott! rief der Mann, es ist doch ein Roman, den ich schreibe, nicht etwa die Wirklich… und wie es die Wirklichkeit sei, wird sie gedacht haben, als sie die poetologische Debatte mit einer wegwerfenden Geste beendete, ein Abschied wie Sterben, entriß sich, machte eine Bewegung mit der Hand, gleichsam als »alles sei aus«, und nahm ihre Flucht an der Anhöhe hinunter. Der Mann wurd' ihr nach einiger Zeit, »ohne es zu wissen, vom Stachelrad des Schmerzes nachgestoßen, und der von Blutschrauben taub gequetschte innere Mensch fühlte jetzo die Abnahme seines Gliedes nicht«. Es ist mehr, es ist kein Tod, es ist Bewußtsein des je eigenen Tods – »und die gebückten, stillen Leichname gingen langsam und allein dem wachsenden Scheideweg weiter in die Nacht«, damit ein weiteres Lebendigbegrabensein, wie es erst Gustav, dann Otto in der *Unsichtbaren Loge*, Viktor im *Hesperus* und Siebenkäs zuvor bereits erlebte: »Sie waren einander gegenüber, wie zwei Geister über ihren Leichen.« Um den Nachmieter fürs Büro, das keine Wohnung mehr wird, aber aus unerwartetem Grund, kümmert sich der Student, ohne die Stunden berechnen zu wollen. Nachdem die Frau ihren Anwalt Donnerstag ebenfalls mit der Scheidung betraute, reiste der Mann Freitag schon wieder Goethe nach, um weitere Begegnungen im

Bad oder Flur zu vermeiden. Wenn er ihr den Roman, den ich schreibe, nicht ausgedruckt hätte, würden sie sich später dennoch trennen, sagt er sich immer, aber nicht zum 1. September. Ach Gott, wie glücklich hätten sie miteinander werden müssen, damit sie seine damaligen Zweifel aushält. Im Roman, den ich schreibe, hätte noch am Freitag morgen alles eine Wendung nehmen können, er hätte sie einfach nehmen und küssen können, während die Kinder schliefen, statt über Poetik zu reden wie die ganze Zeit, oder vielleicht wäre es der Anblick der schlafenden Kinder gewesen, ein Mißgeschick im Bad oder kurz vor der Abfahrt eine Hiobsbotschaft, ja, eine Hiobsbotschaft, die alles über den Haufen wirft und diesmal zum Guten, stets das Böse will, der Tod also, der sie poetologisch konsequent dazu gebracht hätte, sich zu umarmen, und wie sie sich in den Armen gelegen die ersten, rasch wild werdenden Küsse, ich dich auch so sehr, worauf er sie zu fragen gewagt oder ohne Nachdenken gefragt hätte, wie lang sie brauche, um ihre und die Sachen der Kinder zu packen, und drei Stunden später hätte die Familie im Auto gesessen, das sie mit oder ohne Stau zurück nach Italien gebracht. »›In zwei Körpern stehen wie auf zwei Hügeln getrennt alle liebende Seelen der Erde, eine Wüste liegt zwischen ihnen wie zwischen Sonnensystemen, sie sehen einander herübersprechen durch ferne Zeichen, sie hören endlich die Stimmen über die Hügel herüber – aber sie berühren sich nie, und jede umschlingt nur ihren Gedanken. – Und doch zerstäubt diese arme Liebe wie ein alter Leichnam, wenn sie gezeigt wird; und ihre Flamme zerflattert wie eine Begräbnislampe, wenn sie aufgeschlossen wird.‹ / Sind wir denn alle nicht glücklich? – Bejah' es nicht! – Ach der Mensch, der schon von der Kindheit an nach einer unbekannten Seele rief, die mit seiner eignen in einem Herzen aufwuchs – die in alle Träume seiner Jahre kam und darin von weitem schimmerte und nach dem Erwachen seine Tränen erregte – die im Frühling ihm Nachtigallen schickte, damit er an sie denke und sich nach ihr sehne – die in jeder weichen Stunde seine Seele besuchte mit so viel Tugend, mit so viel Liebe, daß er so gern all' sein Blut in seinem Herzen wie in einer Opferschale der Geliebten hingegeben hätte – die aber ach nirgends erschien, nur ihr Bild in jeder schönen Gestalt zusandte, aber ihr Herz ewig entrückte –– endlich, o plötzlich, o selig schlägt ihr Herz an seinem Herzen, und die zwei Seelen umfassen sich auf immer –– er kann es nicht mehr sagen, aber wir können's: dieser ist doch glücklich und geliebt …« Neben allen anderen

Einwänden könnte sie im Roman, den ich schreibe, die Sorge umtreiben, daß er auf keinem Podium mehr auftreten kann, wenn er sich als so geldgierig und zynisch zeichnet wie in der lesbaren Fassung, seine bürgerliche Existenz ruiniert und sogar die Freunde ihm zürnen werden, die Witwe von Karl Otto Hondrich vor allem und erst recht die Familie von Nasrin Azarba, weil er sich darin ruchloser darstellt, als er sich in Wirklichkeit gefühlt. – So berechnend bist du doch gar nicht! riefe sie immer wieder und zählte auf, wofür er sich ohne Nutzen, Ansehen und Honorar einsetze. – Es war notwendig, die Ambivalenz des Vorgangs darzustellen, würde er im Roman erklären, den ich schreibe, egal, wie stark ich selbst die Ambivalenz spürte: Wie in den Sekunden der größtmöglichen Nähe und Mitmenschlichkeit, die nicht möglich wären ohne ehrliches Erbarmen, und zugleich mitgefilmt werden, mitgefilmt werden sollten, verwendet ohne Skrupel, ist ein Berichterstatter, der den Krieg nur ablehnt, literarisch nicht so ergiebig wie einer, der zugleich dankbar ist für jedes Gemetzel. – Aber die Leute werden denken, daß du es bist. – »Licht meiner Augen«, würde er antworten, wenn auch in anderen Worten, die Werke sind niemals unabhängig von den Absichten zu betrachten, mit denen sie verrichtet werden. Wenn jemand etwas mit guter Absicht tut und nichts anderes möchte, als seinen Nächsten zu dienen und Gott zu erfreuen, können die anderen Menschen denken, was sie wollen, es wird das Wesen seiner Tat nicht verändern. Es ist nicht wichtig, was sie sehen, sondern was Gott sieht. – Und sie werden denken, daß du mich so gesehen hast. – Denkst du es? – Nicht mehr. Niemand ist am Mittwoch, dem 9. August 2010, um 19:31 Uhr vor dem Fenster außer den Kühen und allen drei Eseln. Den Tod kann er nicht nach Bedarf einfügen, alles im Roman, den ich schreibe, bis auf den Tod. »Und immer / Ins Ungebundene gehet eine Sehnsucht. Vieles aber ist / Zu behalten. Und not die Treue.«

Es folgt der schwindelnde Flug mit den beiden schreienden Brüdern, der wegen Schneesturms nach Istanbul umgeleitet wird, das Wiedersehen in Amsterdam und die Wahrheit über die Bodenheizung. – Schau mal, sagt der Vater, als die Mutter sich bibbernd nach den beheizten Straßen erkundigt, von denen er im Brief schrieb, schau mal dort, und weist auf den Dampf, der aus einem Gully steigt. Die Mutter hält die Hand in den Dampf, dessen Gestank nur die erste von vielen Enttäuschungen bereitet, die zweite todmüde bei der Ankunft in Erlangen das Zimmer ohne

Bad hinter einem Lebensmittelladen, das anzumieten der Vater Hausmeisterdienste übernommen hat bis hin zum Putzen. – Wir machen's zusammen, gelobt er der Mutter. Als sei es im deutschen Winter zu Eissäulen erstarrt, verharrt das ältere Ehepaar, dem der Laden gehört, wort- und reglos, als die Mutter die Hand zur Begrüßung über die Theke ausstreckt und »Guten Tag« aufsagt, wie während der Fahrt vom Vater gelernt. Bis nach Deutschland verbunden ist der Sohn über fünfzig Jahre später drahtlos mit der Debatte, ob Muslime dümmer sind, wie die Zeitungskästen fragen, deren Folgerung drei Viertel der Deutschen zustimmen, daß die muslimische Einwanderung ein Minusgeschäft gewesen sei. Minusgeschäft, seufzt der Vater am Telefon, der 1963 so penetrant Deutschland lobte und dabei so offenkundig übertrieb, wie es wahrscheinlich nicht einmal den patriotischsten Deutschen eingefallen wäre. Ihr Deutschen könnt mich alle mal kreuzweise, denkt der Sohn, dessen Vater auf der Straße vor dem Hochhaus in Erlangen von Krankenhausvertretern abgepaßt wurde, die aus dem Auto sprangen, um Arbeitsverträge hinzuhalten, wirklich wahr, damit er bloß nicht zurückkehrt, und der Professor sprach von der moralischen Pflicht, Deutschland mit aufzubauen, da der Vater hier nun studiert habe, so waren die Verhältnisse, sagt sich der Vater jeden Abend, wenn er ungläubig die Talkshows verfolgt, wie er dem Sohn am Telefon gesteht: Hättet ihr uns doch vor fünfzig Jahren schon klargemacht, daß wir nicht gewollt sind, daß es ein Fehler ist, mein Leben ein Fehler und ich ein Idiot, sagt der Vater dem Sohn, der trotz des Kredits, den er ab dem 1. September allein abbezahlen muß, alle Anfragen abwimmelt, die ihn noch unter den tief herabhängenden Zweigen eines mächtigen Marronibaums erreichen. Die Vermieter sind keine Unholde, nur mit anderen Sitten und selbst unsicher, da noch nie zuvor Mohammedanern begegnet, laden die Eltern zur Adventsfeier ein, auf der die Mutter den Glühwein für warmen Traubensaft hält, sonderbar gewürzt nur, vom Stuhl kippt und vom Vater etwas angestrengt lächelnd aus der Tür, durch den Laden bis ins Bett getragen wird, wo sie die Augen eines Rehs erst am nächsten Morgen wieder aufschlägt. Merkwürdig, diese Mohammedaner, werden die Vermieter gedacht haben. Als die Eltern sich ein Zimmer ohne Putzen und Hausmeisterei leisten können, fragt die Vermieterin beim Auszug die Mutter, ob sie etwa Lebensmittel eingesteckt habe, die ihr nicht gehören. Im Zorn reißt der Vater die drei Koffer auf, die die Eltern besitzen, und verstreut alle Habseligkeiten auf dem Boden des Ladens, in dem sich auch mehrere Kunden aufhalten. – Meine Frau wollte doch nur sichergehen, versucht ihn der Vermieter zu beruhigen: Als Sie einzogen, habe ich ohnehin alle Waren numeriert. Putzen müssen die Eltern im neuen Zuhause dennoch die Treppen eines Gott steh mir bei Hochhauses, obwohl nichts davon im Vertrag steht, aber sonst hole ich die Polizei. Im Haus der Großeltern in Isfahan rief die Mutter ein Dienstmädchen ans Bett, wenn sie nachts durstig war. Daneben die ersten Glücksmomente, die das Heimweh freilich nicht aufwiegen und auch nicht die Wut auf den Vater, der sie mit seinen täglichen Briefen ins Land der Franken gelockt, ohne Einkommen, ohne Sprache, ohne Wohnung und mitten im Winter: im Frühling, der freilich zwei Monate später als in Isfahan beginnt, die Blumenbeete und Spielplätze in den Parkanlagen, die Freiheiten als Frau und daß alles so ordentlich ist, so geregelt und sauber, die ersten Bekanntschaften, bald sogar Freundschaften mit Deutschen, die recht betrachtet keine schlechteren Menschen sind. Jeder einzelnen der Begegnungen gebührte ein Absatz im Roman, den ich schreibe, der Kommilitone des Vaters etwa, der eigens die Mutter besucht, um sie zu überreden, die schlafenden Kinder für ein paar Stunden allein zu lassen. So herzlich ist die Party trotz Sprachbarriere, daß die Eltern den letzten Zug verpassen und die Freundin des Kommilitonen, die später als Ärztin nach Afrika ziehen wird, die Mutter auf dem Gepäckträger acht Kilometer zurück in die Stadt radelt. Den persisch transkribierten Namen des berühmten Professors, der für Arbeiten im Labor zweihundert Euro monatlich aus der eigenen Tasche zahlt, um einem mohammedanischen Studenten über die Runden zu helfen, könnte ich bestimmt in medizinischen Bibliotheken überprüfen. Die Alte, die jeden Vormittag auf der Parkbank sitzt, bis die Mutter sich einfach mal neben sie setzt und von da an jeden Tag zur selben Zeit, heißt Frau Gollwitzer, wenn ich die persischen Buchstaben richtig lese. Nach zwei Wochen beginnt Frau Gollwitzer vom Dritten Reich zu erzählen, das erst dreizehn Jahre vorbei ist und bereits so lange Geschichte, beginnt mit dem enteigneten Geschäft ihres Mannes in Berlin und fährt fort mit allem, was bis hin zum Lagertod des Mannes folgte, später Flucht, Bomben, Hunger, so kurz ist es her. Auf den Fahrten zwischen Italien, Spanien und Deutschland überdeckte auf ungefähr anderthalbtausend der grob geschätzt fünftausend Kilometer eine Hörspielbearbeitung des *Echolots* das Schweigen auf den Vordersitzen mit O-Tönen vom Ende des Weltkriegs, angesichts deren das Ende zwischen den Vordersitzen sowieso läppisch erschien, aber auch die Stunde Null der Eltern, die in den Erzählungen der Mutter und jetzt wieder in ihrer Selberlebensbeschreibung stets etwas Episches hatte, weil sich Wohlstandskinder wie der Sohn das Wagnis nicht mehr vorstellen könnten. – Mit zwei kleinen Kindern im Hinterzimmer eines Lebensmittelgeschäfts, das sie putzten, fingen meine Eltern in Deutschland an, kläfft der Sohn den Redakteur der Talkshow an, der ihn schon fürs Minarettverbot buchen wollte, und zählt die Doktortitel aller vier Söhne auf: ein Orthopäde, ein Internist, ein Augenarzt und der Jüngste Mitglied der Deutschen Akademien Rom und für Sprache und Dichtung, wenn Sie's genau wissen wollen. – Deshalb möchte ich doch gerade Sie in der Sendung haben, erklärt der Redakteur: als positives Beispiel. Leck mich am Arsch, murmelt der Sohn unterm Maronibaum und schmeißt das Handy in die Grube, um nicht auch noch mit Großvaters Reise zu prahlen: hundert Euro für ein neues ist die Erleichterung allemal wert. »Ist es nicht das Selbstverständliche, daß man dort weggeht, wo man so gehaßt wird (Zionismus oder Volksgefühl ist dafür gar nicht nötig)? Das Heldentum, das darin besteht, doch zu bleiben, ist jenes der Schaben, die auch nicht aus dem Badezimmer auszurotten sind.« Die ganze Zeit fragte er sich, ob er die Absätze über Kafka, die ziemlich weit am Anfang stehen, nicht doch streichen solle, der Roman so schon zu lang, den ich schreibe, Jean Paul und Hölderlin Zeugen genug und Kafka nicht weitergeführt. Als müsse die Mutter für die Trübsal büßen, die der Sohn hinterm Lenkrad blies, dachte er beim Hören der O-Töne vom Ende des Weltkriegs, daß ihre Auswanderung so dramatisch nun auch wieder nicht gewesen sei, sondern eine Butterfahrt im Vergleich zu dem, was die meisten Deutschen dreizehn Jahre zuvor erlebt hätten, wie erst im Vergleich zum Zeugnis, das Frau Gollwitzer auf der Parkbank abgelegt. Die Mutter solle mal nicht soviel Aufhebens machen. Unterbewußt legte der Sohn sich nur eine weitere Begründung zurecht, warum ihre Selberlebensbeschreibung dem Roman, den ich schreibe, nur sofern angehört, als sie von Großvaters Leben erzählt. Dabei müßte der Sohn wenigstens die übrigen Momente der Not, Erniedrigung, Angst und Enttäuschung anführen, die hinter den Eltern lagen, als die Großeltern in Frankfurt landeten, aber Großmutter enttäuscht war, wie ärmlich alles, eng wie in einem Gefängnis. Es bereitet ihm schon Mühe genug, vor dem Bildschirm sitzen zu bleiben, weil ihn die eigene Not,

Erniedrigung, Angst und Enttäuschung jetzt erst so übermannt, wie er es auf den ersten Seiten des Romans, den ich schreibe, nur behauptete, um dem Motiv der Seelenreise zu genügen, denn im Sommer vor vier Jahren konnte, nein mußte er wenigstens noch schreiben, wohingegen diesen Sommer ihm zwischen diesem und dem vorigen Absatz zwei Wochen lang keine Zeile gelang, obwohl die Frau gesund ist und die Trennung für den 1. September 2010 gegen zweieinhalb Monatsmieten Courtage vertraglich vereinbart, sie die gemeinsamen Kinder bis dahin allein versorgt, die Selbstzweifel mit der Aussicht auf Platz eins in der Vorschau, Fernsehauftritte und Werbeständer in den Auslagen der Buchhandelsketten, die der neue Verleger ihm versprach, längst nicht so tief greifen, wie es während der Poetikvorlesung schien, er nahe Florenz keine Lohnarbeiten annehmen muß und nur solche Termine die Tage zerstückeln, die Gott festlegt. War schon seine Not die allergewöhnlichste, scheint auch die Auflösung nichts weniger als Frieden zu bringen. Statt sich in Gott zu verlieren, wie es das Motiv verlangt, verliert er nur die Frau, die er liebt.

»Es sind überhaupt, Verehrtester, in unserer Biographie so manche Anstößigkeiten gegen den laufenden Geschmack – vom Titel an bis zu den Überschriften der meisten Kapitel –, daß man ihn wohl mehr zu versöhnen als zu erbittern suchen muß. … Unsere Biographie soll doch, der Sache, der Kunst, der Schicklichkeit und dem Testamente gemäß, mehr zu einem historischen Roman als zu einem nackten Lebenslauf ausschlagen; so daß uns nichts Verdrüßlicheres begegnen könnte, als wenn man wirklich merkte, alles sei wahr. Aber alle diese Noten stören die Verehrung nicht, womit ich ewig etc. / Kuhnold« »Vor dem Erraten der wahren Namen unserer Geschichte dürfen wir, Hr. Bürgermeister, uns nicht ängstigen, da bisher für keine von allen Städten, die ich in meinen vielen Romanen abkonterfeiet habe, der Büschingische Name ausgespähet wurde, ungeachtet ich in einigen davon selber wohnte, sogar z.B. in Haelwebeemcebe und Efgeerenengeha. … Wahrlich Sie, verehrlicher Stadtrat, sind glücklich und erfahren nichts von den Vater- und Mutterbeschwerungen erträglicher Autoren. Sie als Menschen stehen sämtlich unter dem herrlichen Satze des Grundes, und der Freiheit dazu, und alles, was Sie nur machen oder sehen, bekommen Sie sogleich schon motiviert –– Aber Dichter haben oft die größten Wirkungen recht gut fertig vor sich liegen, können aber mit allem Herumlaufen keine Ursachen dazu auftreiben, keine Väter zu den Jungfernkindern. Wie ihnen dann Kritiker mitspielen, die weniger mit als von kritischem Schweiße – der hier die Krankheit, nicht die Krisis ist – ihr Brot verdienen, wissen der Himmel und ich am besten. / Der ich verharre etc. etc. / J. P. F. R.«

Um etwas anderes zu tun, als auf den Laptop zu starren, verfällt der Romanschreiber auf die Idee, einfach die erste Seite des Romans nachzuahmen, den ich schreibe, und beginnt damit, daß es Dienstag ist, der 24. August 2010, 14:11 Uhr auf seiner Allmacht, die etwa eine Minute vorgeht, also 14:10 Uhr ungefähr oder, da er diesen Satz noch schreibt, doch schon 14:11 Uhr. Jetzt müßte er festhalten – oder spinnt er? –, was er gerade in diesem Augenblick tut, und wundert sich, daß er im zweiten Satz des Romans, den ich schreibe, sofort zur letzten, für ihn relevanten Tätigkeit überging. Ach, richtig: Daß er nicht mehr nur auf den Bildschirm starrt, sondern auf der Tastatur tippt, ergibt sich von selbst, fällt ihm ein, so daß er fortfährt, vorhin, genau gesagt: bevor er den Laptop aufklappte, einen Salat mit Ziegenkäse zu Mittag gegessen zu haben, während er drahtlos das letzte Interview mit François Truffaut verfolgte: »I was thinking of films like – no, I don't want to give negative examples. I'm not a critic anymore. Suffice it to say that I was thinking of films where you could put the following in the opening credits: ›Any resemblance to real life is purely coincidental.‹ These are films where everything is false.« Das Interview – ach, was François Truffaut im letzten Interview außerdem sagte, würde schon zu weit führen, zu einem Thema, einem bereits eingeführten Motiv vielleicht und also für den Romanschreiber weiter weg als die eigene Wohnung, in der die Frau gerade Kisten packen dürfte, die Kinder bei den Großeltern, um ihnen den Anblick zu ersparen. Lieber fährt er fort, was als nächstes ansteht, ob nun in einer halben Stunde das Heilige wie auf der ersten Seite des Romans, den ich schreibe, oder überhaupt noch am heutigen Tag, allein, da hat er schon das Problem, da steckt er schon fest, da müßte er seine Allmacht schon wieder zuklappen, weil überhaupt nichts ansteht und auch der Salat mit Ziegenkäse nur als relevant im animalischen Sinne gebucht werden durfte. Keine einzige Kirche hat er in den zwei Monaten besucht und schon gar nicht Florenz, schafft es nur achthundert Meter zum nächsten Haus, wo er abends um acht Ziegenmilch holt, zum Einkaufen zwei Kilometer zum nächsten Dorf und während der Weltmeisterschaft neun Kilometer zum nächsten Lokal. Die Tage verbringt er, wenn er sich nicht vergebens bemüht, mit der öffentlichen Fassung zu beginnen, indem er das Set aus Wiesen, Kühen, Bäumen, Eseln, Bach und Wäldern betrachtet, auf dem leider nicht gedreht wird, auf dem Mountainbike jung zu bleiben versucht, das ebenfalls ins Auto gepaßt hat, Romane liest, die sich an Hölderlin und Jean Paul messen müssen, oder sagen wir *Cecile37* idealere Orgasmen auf dem Gras bereitet, als er es in Wirklichkeit je vermöchte. *Cecile37* erwähnt er, um an *FrAndrea33* anzuknüpfen, die auf der zweiten Seite des Romans folgt, den ich schreibe, aber hier folgt nichts mehr, merkt der Romanschreiber selbst, nahe Florenz ist alles zu Ende, morgen nach Köln, wo er die Kinder in den Arm nimmt, ohne über Nacht zu bleiben, da das Büro, das er ab dem 1. September nicht mehr benötigt, noch bis zum 1. September vermietet ist, deshalb schon abends weiter nach Leiden, wo er selbstredend keine Woche bleibt, zurück nach Köln, um der Frau beim Gott steh mir bei Auszug auch noch zu helfen, wenn schon die Ehe mißlang, und dann rasch die dritte und endgültig öffentliche Fassung zu erstellen, damit der Roman, den ich schreibe, endlich erscheinen und auch bei ihm selbst, wenn schon nicht in Vergessenheit geraten wie bei der allgemeinen Leserschaft, dann doch endlich aus dem Bewußtsein verschwinden kann, jeden Tag ein bißchen mehr, vielleicht daß im nächsten Roman wieder alle Ähnlichkeiten zum wirklichen Leben rein zufällig sind. Die Stellen, an denen sich die Frau am meisten stört, wird er entgegen all seiner heroischen Stilisierungen als Künstler streichen, damit sie mit dem Anwalt gar nicht erst drohen muß, nicht etwa aus Scham auch die Chatprotokolle und entwürdigendsten Szenen, so gut sie der Aufläge täten, aber Hauptsache, keine weiteren Komplikationen außer den Toten, denen *dormit in pace* nachzurufen seine Aufgabe war und bleiben wird über jedweden Erscheinungstermin hinaus, alle übrigen Absätze hingegen Abfall, wie früh schon der allgemeinen Leserschaft zugerufen, die an historischen Schilderungen interessiert ist. Auch sich selbst wird er in etwas sanfteres Licht rücken, wo von andrer Seite Ungemach droht. Den Ordner mit dem Cursor in den Korb zu ziehen würde nichts heilen, wie er sich drei Absätze zuvor einbildete, statt dessen den Vorschuß kosten, auf den er nach dem 1. September angewiesen sein wird, um für die Kinder wenigstens die Wohnung zu halten, wenn schon kein Büro mehr für sich. Die Poetik dürfte seinetwegen auch gesondert erscheinen, brächte der Verlag sie gebunden im Hauptprogramm, so daß es sich lohnte, ebenso die Reportagen, die Kunstbetrachtungen, die so viel Wirbel erzeugten, oder gleich ein Stipendiatenbuch aus Rom wie hundert andere Nummern vor ihm. Das Leben des Großvaters herauszutrennen, dem er nie gerecht werden wird, ist Gott sei gepriesen nicht mehr nötig, da bis hin zu den Namenslisten alle Absätze verkauft sind, so daß es fortan um die Zweit- und Drittverwertungen des Romans geht, den ich schreibe.

– Du atmest so tief? – Ach, nur wegen der Erkältung. – Und wegen allem anderem. – Und wegen allem anderen (seufzt). – Da war der Seufzer-Kobold. – Der was? – Kennst du die Geschichte vom Seufzer-Kobold nicht? – Nein. – Ich habe sie von Nasrin gelernt. Wie ich alles von Nasrin gelernt habe. Jedesmal wenn man seufzt, erscheint der Kobold. Das heißt, genau gesagt *ist* der Seufzer der Kobold, und der fragt einen, was man sich wünscht, und allein die Frage macht es etwas leichter. Das ist der Seufzer-Kobold.

Auf der Fahrt nach Köln hörte er eine amerikanische Sängerin nachts im Kulturradio eine Geschichte aus den *Vögeln* von Aristophanes erzählen, die ich nachlesen würde, wenn der Band mit den antiken Komödien nicht aus Zufällen, die einen eigenen Roman ergäben, noch im Keller des Büros läge, für das er einen Nachmieter sucht. So kann ich Aristophanes' Geschichte nur wiedergeben, wie sie seiner Erinnerung nach die Sängerin auf englisch wiedergab: Lange vor der Zeit, als die Welt nur aus Raum bestand, aus Sphäre, wie die Sängerin sagte, *sphere*, lange vor der Zeit lebte eine Lurchenfamilie, die dann wohl die ersten Lebewesen gewesen wären, Lurche, davon sprach die Sängerin, glaube ich, oder … ich schlage im Wörterbuch nach … nein, Lurch heißt auf englisch *amphibian*, wohingegen *lure*, das Wort, das ich im Ohr habe, *lure* … bedeutet Köder und kann die Sängerin also nicht gesagt haben. Vielleicht meinte sie Lungenfische, also diese Fische, die auch Lurchfische genannt werden, wie ich beim Nachschlagen des Wortes »Lurch« erfahre … aber nein, der Lungenfisch heißt auf englisch *lungfish* und ist definitiv nicht das Wort, das die Sängerin verwendete. Lange vor der Zeit – ich kann mich nicht erinnern, daß sie eine derartige Formulierung benutzte, aber es liegt nahe –, lange vor der Zeit lebte ein Paar oder eine Kleinfamilie von Kleinstlebewesen, schreibe ich einfach mal, Amöben vielleicht, winzige Fische oder stupsige Würmer, womit ich womöglich doch wieder bei den *lure* wäre, Ködern, lange vor der Zeit lebten die ersten Lebewesen, eine kleine Familie, sie lebten glücklich im Raum, lange vor der Zeit, der unendlichen Sphäre. Nichts gab es, nicht Wasser, nicht Land, keine Fragen, keinen Kummer. Nach langer Zeit, die vor der Zeit nicht zu bemessen gewesen sein wird, ereignete sich etwas, das erste Mal, das sich überhaupt etwas ereignete in ihrem Leben: Jemand starb, der Vater. Die Familie von Amöben, Amphibien oder Würmern fragte sich, was sie mit dem Vater tun solle. Es gab nichts, wo Amöben, Amphibien oder Würmer den Vater hinlegen, hinstellen, geschweige denn begraben, versenken, aufbewahren oder verstecken konnten. Es gab nur den bloßen Raum, *the sphere*, wie die Sängerin mit Sicherheit sagte. Aber der Vater mußte irgendwohin. Die Hinterbliebenen schauten sich betroffen an. Da nahm der Sohn den Vater auf den Rücken und trug ihn mit sich fortan, die Amöbe die Amöbe, die Amphibie die Amphibie oder der Wurm den Wurm. Und die Zeit begann.

»Denn wir alle wissen's doch im innersten Gemüte«, verlacht der Trinkspruch den Romanschreiber, der Verlegern noch immer ihre Versprechen abnimmt, »daß jene, die's zu was gebracht haben und aus denen was geworden ist, allermeist zu den schlechthin Widerlichsten gehören, damit's endlich einmal ganz klipp und klar gesagt ist.«

Zwei Mädchen, vierzehn, fünfzehn Jahre alt, möchten telefonieren. Draußen spielt eine Blaskapelle, was man vielleicht schwungvoll nennt. Gäbe es einen Text, käme darin Paloma vor oder Margerita oder am Strand von. Die beiden Telefone sind besetzt. 12:59 Uhr auf der Allmacht, also früher, Sonntag, 19. September 2010. Noch ein Mann, Italiener, vermutet er, die dichten grauen Haare entlang des Scheitels elegant zurückgekämmt, betritt den Wohnwagen, von dem aus man zehn Minuten kostenlos telefonieren darf und anschließend mit mir ins Gespräch kommen soll, der live bloggt: soziale Kunstinstallation, der Künstler ein Spanier, die Galeristin aus München, das Geld von der Europäischen Union. Eine Deutsche, die in Kassel angerufen hat, verläßt die Kabine. Die Galeristin ist mit dem Standort vor dem Porzer Rathaus unzufrieden. Sie hatten wohl einen Platz gedacht, wo es auch mal knallt zwischen den Kulturen, so was wie Chorweiler oder hinterm Bahnhof. Die Stadtverwaltung dachte an ihr interkulturelles Bürgerfest im Kölner Vorort. Ich selbst bin nicht unglücklich, weniger kommunizieren zu müssen, als ich erwartet hatte, fühle ich mich doch mit Kommunikation prinzipiell überfordert. Eine Frau, Lehrerin wohl, die als ehrenamtliche Helferin des

Vereins für die Städtepartnerschaft Köln–Barcelona vor dem Wohnwagen die Flyer des Projekts verteilt, redet auf mich ein, daß meine iranischen Landsleute so gern schreiben würden, das fände sie so toll, das müsse ihnen im Blut liegen – wie ich mir das erkläre? Ich irritiere sie nicht mit dem Hinweis auf die Sprache, in der meine Bücher geschrieben sind. Endlich, der erste Angehörige der Zielgruppe, ein Ausländer, Italiener?, Grieche?, tritt aus der Telefonkabine und kreuzt auf der Landkarte, na was?, na was? Rom, Athen?, Regensburg an. Die Galeristin schaut konsterniert. Eine Dokumentarfilmerin filmt, wie ich in der Sitzecke bis nach China verkünde, daß ich von einer Dokumentarfilmerin gefilmt werde. ... Die Erfolgsgeschichte einer Familie aus Weißrußland, Kontingentflüchtlinge. Dumme Leute hat es überall, sagt der Vater, als ich ihn auf Probleme anspreche, Anfeindungen. Die Mutter betont, daß der Sohn noch andere Sprachen als Deutsch und Russisch beherrsche, Französisch und Spanisch. Nun gut, sagt der Sohn, mit dem Spanischen, das sei nicht so großartig, bei zwei Stunden die Woche ab der Oberstufe. Nach dem Abitur will er Mathematik studieren. Die Tochter wird nach den Ferien eingeschult. Die rosa Sonnenbrille hat sie nicht erst auf dem Bürgerfest gekauft. Die Mutter, eine ausgebildete Musiklehrerin, geht putzen, wenn der Romanschreiber das richtig verstanden hat. Sie nuschelte plötzlich, wie verschämt. Lieber erwähnt sie, daß ihr Mann das Fliegen vermißt. In Weißrußland hat er als Flugzeugingenieur gearbeitet. Heute ist er Manager, sagt er. Die Firma verkauft deutsche Werkzeuge in alle Welt. Ich merke, daß es mir schwerfällt, in der Sitzecke eines Wohnwagens ein Gespräch mit Unbekannten einzufädeln, während ich von drei Menschen und einer Kamera beobachtet werde. Ich hätte auch keine Lust, mich mit mir zu unterhalten. Das Telefonat ist schließlich kostenlos, wie es die Helfer vom Verein für die Städtepartnerschaft Köln–Barcelona draußen stets betonen. Manche Passanten schauen lieber selbst nach, ob nicht doch etwas Kleingedrucktes auf den Flyern steht, bevor sie den Wohnwagen betreten, in dem es stickig geworden ist. Eine junge Verschleierte, seit drei Jahren in Deutschland, hat in Marokko einen Deutschen geheiratet, also einen Marokkaner, der in Deutschland geboren wurde. Seine Familie stammt aus ihrer Kleinstadt im Kleinen Atlas-Gebirge. Ja, es war freiwillig, sagt sie auf Nachfrage, sie fand ihn sympathisch, und er war aus Deutschland. Kurz nachdem sie zu ihm nach Aachen zog, setzte er sie vor die Tür. Die rituelle Formel dreimal aufgesagt, fertig war die Scheidung. Der Rest: Papierkram. Bei uns hast du als Frau keine Rechte. Jetzt schlägt sie sich als Putzfrau durch. Bei ihrem ersten Job, noch in Aachen, stellte der Chef die Bedingung, daß sie das Kopftuch ablegt. Sie tat es. Ich muß doch Geld verdienen. In Marokko hat sie Betriebswirtschaft studiert. Jetzt in Köln darf sie mit Kopftuch putzen. Deutsche kennt sie keine. Ich kann doch kein Deutsch, dabei spricht sie für die drei Jahre ganz prima. Manchmal wird sie auf der Straße beschimpft. Wie ihr Deutschland gefalle? Schon während ich sie formuliere, bemerke ich, wie blöd die Frage klingt nach allem, was sie vorgetragen hat. Was für einen Eindruck sie habe, korrigiere ich mich, also von der Stadt, der Art und Weise, wie die Menschen in Deutschland leben. Ich brauche eine Wohnung, ein Zimmer. Jetzt wohnt sie im Zimmer einer Freundin. Ob sie zurück will? Als geschiedene Frau in Marokko, wissen Sie, da gilt man nicht viel. Als geschiedene Frau hat sie noch weniger als keine Rechte, gebe ich ihr in Gedanken recht. Am Ende, nach zwanzig Minuten, dreißig Minuten, sagt sie: Und jetzt? Jetzt habe ich mein ganzes Leid auf deinem Tisch ausgebreitet. Und lacht ihre Freundin an. Ich sage, sie solle mich anrufen, wenn sie in Not ist, statt der Polizei zum Beispiel, wenn sie die Polizei nicht anrufen möchte. 14:13 Uhr, also früher. Vom Volksfest weht türkischer Pop durch die Fenster. … Die zweite Erfolgsgeschichte im dritten Gespräch: zwei Polinnen, Mutter und Tochter. Die Tochter arbeitet als Sozialpädagogin in einem Behindertenheim. Die Mutter freut sich, die Tochter und ihren deutschen Schwiegersohn gelegentlich zu besuchen, schade nur, daß sie noch keine Enkel hat. Gestern feierten Mutter und Tochter gemeinsam Geburtstag. Wie? Ja, wir sind am selben Tag geboren, kichert die Tochter, und die Mutter kichert mit, obwohl ihr die letzten Sätze noch gar nicht übersetzt worden sind. Sie haben das Phantasialand besucht, zu dritt, also Mutter, Tochter, Schwiegersohn. Mit Enkeln wäre es dort natürlich noch schöner gewesen. Im Billigflug ist man schnell hier oder dort, Köln – Warschau, dann zwei Stunden mit dem Auto nach Lublin. Daß auch das Telefonieren billig geworden ist, die Stunde im Internetcafé einen Euro einschließlich Headset, wie die Mutter hinzufügt, scheint der Galeristin den Tag zu verderben. Schlimmer noch: Obwohl auch in Porz viele Ausländer wohnen, liegt die Arbeitslosenquote im Wohnwagen bis jetzt bei null Prozent. Ihre Kinder sollen später unbedingt Polnisch lernen, das wolle auch ihr deutscher Mann, versichert die Tochter. Jetzt, da sie mit der Mutter die letzten Jahre an sich vorüberziehen läßt, ihren damaligen Freund, den sie zwei Tage vor Silvester ohne Anmeldung ihren Eltern präsentierte, das Glück, in Deutschland nach dem Praktikum gleich als Sozialarbeiterin übernommen worden zu sein, letzte Woche die Rheinfahrt nach Linz, da lachen sie fortwährend und stecken mich an. Zwei indische Informatiker, die für drei Monate bei der Autofabrik in Niehl eine Weiterbildung machen, schwärmen auf englisch vom Umweltbewußtsein der Deutschen. Das wird das erste sein, was sie ihren Leuten in Indien sagen werden: Die Ressourcen sind endlich. Was immer du von der Natur nimmst, fordert sie zurück. Weil sie ein Monatsticket der Deutschen Bahn besitzen, fahren sie jedes Wochenende durch die Gegend. Ich empfehle ihnen, für den Weg zurück die Fähre zu nehmen. Der Mutter aus Polen hat es schließlich auch gefallen. Die Galeristin bittet um Entschuldigung, daß nicht so viele Menschen in den Wohnwagen treten. Außerdem hatten sie mir wohl mehr Dramen bieten wollen. Schon richtig, daß Dramen ergiebiger sind. Draußen haben die Serben zu tanzen begonnen. 15:07 Uhr, also früher. Jetzt ist schon länger keiner mehr vorbeigekommen, bestimmt zwanzig Minuten, also keiner, der hinreichend exotisch ist. Ein älterer Mann telefoniert gerade mit der Ukraine, der sich dreimal bestätigen ließ, daß es keine Bedingungen gibt. Nein, ich verkaufe keine Waschmaschine. Ein älterer Türke mit Schirmmütze und buschigem Schnurrbart ist stolz, daß er exakt aus Troja stammt. Eine Kölnerin erreicht niemanden in Griechenland. Ein türkisches Ehepaar wirkt so heimisch, daß es gar nicht erst zum Gespräch mit mir gewinkt wird. Mir gefällt die Normalität, die schließlich Frieden bedeutet, auch wenn ich am meisten an die junge Frau mit dem Kopftuch denke. Sie sprach ein schönes, französisch klingendes Deutsch, bei dem die Traurigkeit noch im Tonfall liegt. Ich würde mich freuen, wenn sie anriefe und wir uns ohne Kamera unterhielten. Teheran hebt nicht ab. Endlich kann ich meine Herkunft einbringen, für die ich schließlich bezahlt werde: Es ist doch schön, Menschen für ein paar Minuten glücklich zu machen, sagt eine Iranerin über die Installation. Ob sie glücklich sei mit ihrem Leben? Man muß es doch. Natürlich ist es besser bei der Familie, aber der Sohn hat in Deutschland mehr Möglichkeiten, die Ausbildung vor allem. Er ist im ersten Schuljahr und kann sich nicht an Iran erinnern. Sie bleiben sitzen, damit der Sohn in Ruhe die Pizza aufißt, die er im Karton mitgebracht hat. Ihr Mann fährt Taxi. Hier in Porz gibt es weniger Hartz IV, meint auch sie – warum der Wohnwagen nicht in Kalk stünde? *Chodâ hâfez, chodâ hâfez.* Gott beschütze Sie, Sie auch. So peinlich es mir ist, frage ich die Galeristin, ob sie mir etwas Geld leihen könne fürs Essen, da ich mein Portemonnaie vergessen habe. Sie erfreut mich mit acht Euro Tagesgeld, für das ich nur das Formular unterschreiben muß. Bis gleich dann, nein, Moment, der Mann mit Bart und weißem Leinenanzug über dem Trikot der griechischen Nationalmannschaft, könnte etwas hergeben, kein Drama, das nicht, eher sieht er aus, als steckten seine Hosentaschen voller Kuriositäten. ... Gestern bin ich auf der Fahrradtour mit der Älteren auch an einem Bürgerfest vorbeigefahren, dem Bürgerfest des Ortsverbands Flittersdorf der Christdemokratischen Partei Deutschlands kurz vor der Grenze zu Leverkusen, wo man die nächste Großstadt zweihundert Kilometer entfernt vermutet, da waren die gleichen Deutschen bei Schlagermusik, Bratwurst, Kölsch. Jetzt drängen sie sich auf dem Rathausplatz von Porz genauso dicht, nur daß sie viel zu lauten türkischen Pop hören und Tzatziki, Börek oder den kurdischen Vorspeisenteller zu vier Euro essen. Das Kölsch ist geblieben, auch die deutsche Christdemokratie vertreten mit einem Eisstand, die Kugel fünfzig Cent. Die Jugoslawen bringen uns eine Pappschale Ćevapčići in den Wohnwagen, die besser schmecken als die Souflaki, von denen ich eben drei statt zwei aß, weil nach Ansicht des Verkäufers ein Spieß so kurz war, daß er mir einen weiteren schenkte, außerdem drei Scheiben Toastbrot. Mir schienen alle drei Spieße gleich lang zu sein. Die Ćevapčići sind trotzdem leckerer. Eine Kinderärztin aus Kirgisien ist ebenfalls zufrieden, und wie erst, wenn sie das Examen besteht, mit dem sie wieder in ihrem Beruf arbeiten kann. In Kirgisien wurde es für die Russen schwierig. Viel Feindschaft, deutet sie an, und ich nicke, als sei ich Experte auf dem Gebiet der Nationalitätenkonflikte in Zentralasien. Eine Deutsche wählt vergeblich eine Nummer in Hurghada – eine Urlaubsbekanntschaft, Verwandte oder Freunde, die in den Ferien sind, der Hotelmanager, der so nett war? Für Viertel vor sechs kündigt jemand einen Anruf nach Australien an. Um 16:20 Uhr auf meiner Allmacht schlafen die Australier noch. Der Wohnwagen füllt sich. Ein pensionierter Berufssoldat im roten Hemd mit weißen Punkten, 1937 geboren, der Krieg: Junge, Junge, wird von seiner polnischen Freundin begleitet, die er vor Jahren kennengelernt hat, als er mit seiner Frau den Hof seiner verstobenen Mutter in Ostschlesien besuchte. Sie luden die Polin nach

Köln ein. Vor sechs Jahren starb seine Frau an Krebs. Jetzt ist auch Liebe dabei, und die Polin nickt, ja, sie strahlt geradezu. Seine Tochter ist in Amerika mit einem Iraner verheiratet, dessen Duldung in Deutschland auslief. Mit sieben Tage die Woche Bügeln fing er in Atlanta an, weil in Iran – die Hand fährt zum Hals: Kopf ab. Papa, ich liebe ihn, hat sie zum Abschied gerufen. Jetzt haben sie zwei wunderschöne Kinder, wie die Polin bestätigt, das Blut, wie der pensionierte Berufssoldat anmerkt, ein wahrer Fruchtcocktail, Junge, Junge. ... 16:43 Uhr auf dem Handy, also tatsächlich. Jetzt war schon länger niemand mehr im Wohnwagen, außer der Galeristin, der Dokumentarfilmerin und den Helfern von der Städtepartnerschaft Köln–Barcelona, die sich alle sorgen, daß ich zu wenige und zu alltägliche Geschichten gehört habe – kein Bürgerkriegstrauma! Keine *boat people*! Um Viertel vor sechs kommen die Anrufer für Australien, tröstet mich die Galeristin – können Sie so lange bleiben? Der Dokumentarfilmerin erläutere ich im Interview, das sie mit mir führt, meinen Unwillen, an Kunstprojekten teilzunehmen, für die man sich durch nichts als seinen ausländischen Namen qualifiziert. Aber wir hatten auch deutsche Schriftsteller, betont sie. Ich erwidere, daß sie einen solchen gerade interviewe. Die Telefonzellen sind so leer, daß ich beschließe, sie mit einem Anruf beim Korrespondenten in Amman zu trösten. Danach werde ich zu Kaffee und Kuchen aufs Bürgerfest gehen, wo die deutsche Christdemokratie viele Argumente gefunden haben sollte, gegen Ausländer zu sein. Ich jedenfalls kann überhaupt nicht begreifen, warum das türkisch-jugoslawisch-kurdische Gedudel so gräßlich laut gestellt werden muß. ... Kaffee und Kuchen sind ausverkauft, weshalb ich die Christdemokratie mit exakt einem Euro subventionierte, die Betriebskosten des Eisstands nicht berücksichtigt. Ohne Kostüme werden griechische Volkstänze erst richtig unansehnlich. Dabei ist das Fest so gut gemeint und auch, auf seine gänzlich unspektakuläre Weise, gut gelungen – besser jedenfalls als heute die soziale Kunstinstallation, die in den Durchsagen des DJ und des Bezirksbürgermeisters schon gar nicht mehr erwähnt wird –, daß ich natürlich überhaupt nichts schrecklich finde, sondern mich über die Friedfertigkeit freue, die dem Nachmittag zwischen Rhein und Bezirksrathaus zugrunde liegt, noch dazu bei einem halben Monatslohn für einen Text, den ich hiermit schon veröffentlicht habe. Den Korrespondenten habe ich auf Recherchereise im Irak erwischt. Das wäre jetzt mal eine dramatische Geschichte: Hallo Bagdad, hier Köln. Statt dessen reden wir über die Familien. 17:57 Uhr auf dem Laptop. Die Dokumentarfilmerin hat eingepackt. Da niemand mehr kommt, wird niemand böse sein, wenn ich gehe. Gott schütze Sie, Sie auch.

Am Mittwoch, dem 15. Dezember 2010, ist es zwei Minuten zu früh, als ein weißbärtiger, stämmiger Richter, der unter dem schwarzen Talar eine Jeans trägt, die Eheleute und ihre Anwälte mit ins Verhandlungszimmer nimmt, das kleiner ist als das frühere Büro des Mannes, Linoleumboden, fünf Tische angeordnet zu einem offenen Rechteck, aus dem elften Stock die Aussicht auf den Kölner Dom, an der Querwand eine Stuhlreihe für Besucher, obschon die Sitzung nicht öffentlich ist, wie der Richter als erstes verkündet, nachdem er am Mitteltisch Platz genommen und den Stapel Unterlagen vor sich abgelegt hat. Dann öffnet er eine Kladde, murmelt eine Begrüßung und ruft nach der Nennung der Geschäftsnummer und der Familiensache, wie eine gescheiterte Ehe vor Gericht offenbar und eigentlich ja richtig, nur so nüchtern heißt, eine Minute zu früh die Frau und ihren Anwalt, anschließend den Mann und seinen Anwalt auf. – Die beiden Eheleute weisen sich durch Vorlage ihres Personalausweises aus, murmelt der Richter und schaut in die Runde, worauf ihm die Anwälte die Personalausweise reichen. Er schaut sich die Ausweise kurz an und wendet sich dann an die Frau: Sie stellen also den Scheidungsantrag aus der Antragsschrift vom 8. November 2010, nicht wahr? – Ja, antwortet die Frau pünktlich um 11 Uhr. Während er mit dem Kugelschreiber die Zeilen eines offenbar vorformulierten Protokolls entlangfährt, liest der Richter vor: Die Antragstellerin stellt den Scheidungsantrag aus der Antragsschrift vom 8. November 2010, Blatt zwei der Anlage. Dann wendet er sich dem Mann zu: Sie stimmen der Scheidung zu, richtig? – Richtig, antwortet der Mann um 11:01 Uhr und blickt fragend zur Frau, die aber keine Regung zeigt. – Der Antragsgegner, liest der Richter wieder aus dem vorformulierten Protokoll vor, stimmt der Scheidung zu. Dann kündigt der Richter an, die Eheleute zur Frage des Trennungszeitpunkts und der Zerrüttung der Ehe anzuhören. – Sie leben seit November 2009 getrennt, richtig? wendet er sich zunächst an die Frau. – Ja, antwortet die Frau. – Und Sie möchten geschieden werden? – Ja, ich möchte geschieden werden. – Die Antragstellerin, liest der Richter wieder vor, die Antragstellerin erklärt: Wir leben seit November 2009 getrennt, und ich möchte geschieden werden. Dann wendet der Richter sich dem Mann zu: Treffen die Angaben Ihrer Frau zum Trennungszeitpunkt zu? – Ja, antwortet der Mann um 11:02 Uhr, obwohl die Frau erst am 1. September 2010 ausgezogen ist. – Und Sie möchten ebenfalls geschieden werden, nicht wahr? – Ja, lügt der Mann ein weiteres Mal. – Der Antragsgegner, liest der Richter wieder vor, der Antragsteller erklärt: Die Angaben meiner Frau zum Trennungszeitpunkt treffen zu, und ich möchte ebenfalls geschieden werden. Dann wendet der Richter sich an beide Eheleute: Und Sie verzichten beide auf den Versorgungsausgleich, richtig? – Ja, antworten die Eheleute um 11:03 Uhr in so seltsamem Einklang, daß der Mann auf den Lippen der Frau ein Lächeln angedeutet zu sehen meint. – Bezüglich des Versorgungsausgleichs, liest der Richter wieder vor, nehmen die Beteiligten Bezug auf den Notarvertrag, in dem der Ausschluß eines Versorgungsausgleichs vereinbart wurde. Noch einmal wendet sich der Richter an beide Eheleute und liest nun den Beschluß des Kölner Amtsgerichtes vor, wonach die mit Namen der Eheleute, Datum der Eheschließung, Ort des Standesamtes und Registriernummer vorgestellte Ehe geschieden werde, ein Versorgungsausgleich nicht stattfinde und die Kosten des Verfahrens gegeneinander aufgehoben würden, was immer das heißt. Als Grund gibt der Richter an, daß nach Überzeugung des Gerichts die Ehe gescheitert sei, nachdem beide Eheleute übereinstimmend und glaubhaft erklärt hätten, seit November 2009 getrennt zu leben, ihre Ehe für gescheitert zu halten und die eheliche Lebensgemeinschaft nicht fortsetzen zu wollen. Nach Erklärungen zum Versorgungsausgleich, zur Rechtsbehelfsbelehrung, dem Verfahrenswert und den Gerichtskosten, die so schnell vorgetragen sind, daß der Mann sich keine Stichpunkte mehr zu notieren vermag, erklärt der Richter die Sitzung um 11:06 Uhr für beendet. Einen Atemzug lang stellt sich der Mann vor, wie er das Fenster öffnet, auf einen Stuhl steigt und in den Himmel springt, immer besser ein schöner Tod, denn solch ein schläfrig Leben, wie das unsre nun ist, als ihm schon die Töchter einfallen, die achtzigjährigen Eltern und die Fertigstellung des Romans, den ich schreibe. Ohnehin haben die Fenster im elften Stock des Kölner Amtsgerichts keinen Griff. Der Mann scheint nicht der erste zu sein, den der Wechsel zwischen erster und dritter Person, diesem zu jenem Namen verwirrt und wie schnell alles vorbei ist. Nichtsahnend ging ich aus dem Haus.

Mohammad Mehriar (1918 Isfahan; 11. März 2011 ebendort)

Wie vor so vielen anderen Kapiteln wurde mir klar, wie wenig ich eigentlich von dem Verstorbenen weiß, der mir so vertraut schien, nur daß er mit Reza Rastegar zur ersten Generation iranischer Auslandsstudenten gehörte, nach der Rückkehr aus Europa zunächst als Lehrer arbeitete, später als Professor an der Universität lehrte, Englisch und Arabisch fließend sprach, geschichtswissenschaftliche Bücher verfaßte oder übersetzte, vor allem zur Geschichte Isfahans, von ehrwürdigen Geistlichen ebenso oft um Rat gefragt wurde wie von jungen Dichtern, unter allen Freunden Großvaters der gelehrteste war. Und das, was ich wußte, hatte ich bereits in *Deinem Namen* aufgeschrieben oder 1995 in einer Reportage über Isfahan, einer meiner ersten Reisen als Berichterstatter überhaupt. Du mußt mit Herrn Mehriar sprechen, rieten damals alle, Herr Mehriar ist eine Bibliothek, Herr Mehriar ist unser Gedächtnis, und als ich mit ihm gesprochen hatte, machte ich daraus ein einziges, langes Zitat, so anschaulich konnte er erzählen.

Als wir vor siebzig Jahren auf den Berg im Süden der Stadt stiegen, sahen wir, wie die schönen Haine die Stadt wie ein Ring umfaßten und wie in der Mitte der Lebenspendende Fluß gleich einer silbernen Schnur gespannt war. Nicht umsonst nannte jeder, der nach Isfahan kam, es die Stadt des Türkis. Ja, genau das war es. Diese grünen Haine rund um Isfahan, und alle Häuser waren groß und hatten in ihren Gärten viele Bäume, und inmitten der braunen Gebäude strahlten die blauen Kacheln der Moscheekuppeln. Schon aus der Ferne nahm

Isfahan die Herzen aller für sich ein. Ich erinnere mich, als ich Schüler in der Theologischen Hochschule war, daß uns der Gesang der Nachtigallen nachts nicht schlafen ließ. Das klingt jetzt wie ein Märchen, aber das war wirklich so: Die Nachtigallen haben so herrlich und hell gesungen, daß wir einfach nicht einschlafen konnten. Gewöhnlich hatte jedes Haus ein großes Wasserbassin, und auf jeder Seite des Hauses lag ein Garten. Über uns leuchtete der Himmel vor Sternen so hell, das haben Sie nicht mehr erlebt. Das war eine hinreißende, eine herzbetörende Atmosphäre. Die Leidenschaft der Isfahanis für Wasser und Pflanzen ist unbeschreiblich. Sie war es, die das schöne, überall grüne Isfahan entstehen ließ, mit seinen Bäumen und seinen Wasserläufen, egal, wo man hinblickte. Besonders erinnere ich mich an die Zeit der Quitten. Manchmal, wenn wir aus Kaladun oder Nurbin kamen, machte uns der Duft der Quitten trunken. Sie denken, ich erzähle hier wieder Märchen, aber das war so: wirklich trunken wie Wein. Heute stehen auf all diesen Feldern Fabriken. Heute ist die Luft von Isfahan alles andere als rein und betörend.

Die Besonderheit von Isfahan bestand darin, daß die alte Zivilisation alle Bereiche des Lebens durchwirkte, die Wasserversorgung ebenso wie die Kochkunst, den Umgang mit dem Feuer ebenso wie die Heizungsanlagen, die Gartenkunst nicht weniger als die Architektur. Wer die Augen öffnete, konnte sehen, wie diese Blutader ihrer uralten Geschichte die Köpfe, Herzen und Hände der Isfahanis versorgte. Heute stehen Sie vor einem großen Gebäude wie der Schah-Moschee oder der Scheich Lotfollah-Moschee. Sie wundern sich zu recht, wie Menschen so etwas schaffen konnten. Aber ist Ihnen bewußt, daß jene Architekten, die sie entworfen, und jene Maurer, die sie gebaut haben, auf dem Boden einer alten Zivilisation standen? Diese Vergangenheit war es, die die Ideen in ihren Köpfen überhaupt entstehen ließ, damit sie die Kuppeln in dieser Form, ohne technische Hilfsmittel und ohne Wissenschaft im modernen Sinn, errichten konnten. Ihr Wissen reichte wahrscheinlich zurück zu jenen persischen Stämmen, die ihre Zelte kuppelförmig errichteten.

Einer der Fehler des früheren Schahs war, daß er Zwang und Gewalt gebrauchte, um die moderne Zivilisation durchzusetzen. Der Boden der alten Zivilisation ist der Stadt entzogen worden, und es wird sehr lange dauern, bis die Menschen die neue Zivilisation so verinnerlicht haben, daß sie Gebäude mit der gleichen Schöpferkraft wie früher errichten. Wieviel Mühe machte man sich früher mit den Verzierungen und der Funktionalität einer einzigen Holztür, der Dauerhaftigkeit und dem Verlauf einer einzelnen Wasserleitung, welch handwerkliches Geschick und künstlerische Kreativität kamen da zum Ausdruck! Das haben Sie nicht mehr gesehen, denn das jetzige Isfahan ist westlich geworden; die Rohre sind aus Beton, die Türen aus Eisen.

Ja, das Symbol der importierten westlichen Zivilisation sind Eisenträger und Eisentüren. Das ist nicht mehr die alte Isfahaner Kunst, als man noch die schönen Holztüren mit ihren Schwüngen und Ornamenten zimmerte. Das ist nicht mehr die präzise und weitblickende Architektur, die sich die Mühe macht, eine schöne, nein: die vollkommene Kuppel zu bauen. Heute ziehen sie vier Pfeiler hoch, die sie mit Industrieziegeln auffüllen, darüber werfen sie ein Eisengerüst, und das soll dann eine Schule sein oder mit Runddach eine Moschee. Keines dieser neuen Gebäude hat ›character‹, wie die Franken sagen. Wenn ich dann manchmal zu Besuch in einem dieser alten Häuser bin, labe ich mich förmlich an diesem Anblick. Ich will dann gar nicht mehr gehen. Das nimmt mich sehr mit. In den alten Palästen ist es ebenso, auf dem Schah-Platz, im Basar von Isfahan. In der Stadt ist ja kaum noch etwas übrig von diesen herzerfrischenden Orten. Das meiste ist vernichtet worden. Isfahan hat seine Vergangenheit vernichtet.

In den Notizen, die ich mir während unseres Gesprächs machte – ach, seine Stimme: schon vor fünfzehn Jahren hell krächzend, daß man selbst über seinen Abgesang lächeln mußte, und so viele Pausen zwischen den Worten, so viel Zeit, wo Zeit nicht mehr zählt –, in meinen Notizen von damals habe ich noch einige andere Hinweise gefunden, die für *Deinen Namen* zu gebrauchen gewesen wären, insofern sie Großvaters Lebensbeschreibung ergänzen. »1923 habe ich zum ersten Mal einen westlichen Anzug getragen«, erinnert sich Herr Mehriar etwa und fährt fort, über die Durchsetzung des Schleierverbots zu sprechen, die 1936 bei vielen Isfahanis Angst, Ablehnung und Wut erzeugt habe und bis heute traumatisch wirke: »Es hätte nichts dagegen gesprochen, den evolutionären Gang der Dinge abzuwarten. Wären sie frei gewesen, hätten immer mehr Frauen mit der Zeit das Kopftuch abgelegt. Aber der frühere Schah konnte das Wort ›Freiheit‹ nicht denken, nicht einmal richtig aussprechen konnte er es, ganz zu schweigen davon, den Menschen eine freie Wahl zu lassen.«

Sicher, das kann man so oder so ähnlich auch in Geschichtsbüchern lesen. Kostbarer ist das, was ich nicht mehr anhand meiner Notizen zu rekonstruieren vermag, etwa eine Einlassung über das frühere Obst, also auch Großvaters und Urgroßvaters und sogar Ururgroßvaters Obst, wie sensationell im Wortsinn es geschmeckt habe, die Pfirsiche, Aprikosen, Quitten, Äpfel, Gurken, Melonen und Kirschen. Ich weiß noch, daß er mir das Spezifische des jeweiligen Aromas zu erklären versuchte – wie genau schmeckte denn früher die Quitte, die Aprikose? –, doch scheinen mir die Unterschiede damals nicht wichtig genug gewesen zu sein, da ich sie gar nicht erst mitschrieb. Auch zur alten Kunst der Wasserversorgung, über die Herr Mehriar ausführlich sprach, habe ich mir nur den einen Satz notiert, daß die alte Zivilisation die Isfahanis gelehrt habe, das Wasser aus tiefsten Quellen zu schöpfen und über weite Flächen und sogar die Hügel hinauf zu verteilen. Andere Stichworte auf meinem Notizblock, die leider nicht ausgeführt sind und damit für jemanden wie mich mutwillig vernichtet: Kochen, Feuer, Heizungen, Brot, Dialekt, Kunst sowie der Himmel über Isfahan.

Während er *Deinen Namen* schrieb, hatte Navid Kermani Angst vor jedem neuen Kapitel, und zwar nicht die Angst des Schriftstellers, schließlich lebt der Roman, den ich schreibe, von den Toten, so pervers das auch klingt oder wohl nicht nur klingt, sondern die Angst des Menschen vor dem, was selbst gläubige Menschen so schwer als göttlichen Ratschluß annehmen können, obwohl auch ungläubige Menschen das Prinzip einsehen, das dem Ratschluß zugrunde läge. Daß er als Romanschreiber und als Navid Kermani nicht derselbe ist, ist ihm in dieser Deutlichkeit überhaupt erst durch *Deinen Namen* bewußt geworden. Anders als der Romanschreiber hat Navid Kermani auch gelernt, daß er nicht über Leichen gehen möchte, um an den flapsigen Ausdruck zu erinnern, der zweimal fiel, vielmehr dem Leben den Vorzug über die Kunst gibt, dem Jetzt, soweit es ihm eben zuteil wird, über die Ewigkeit, soweit sie einem Roman zuteil werden könnte, den ich schreibe. Er will nicht, daß etwas gut ist für einen Roman, wenn es schlecht ist auf Erden. Mehr noch als seine Eitelkeit, seine Ungeduld, endlich wieder ein Buch vorzulegen, ein richtiges Buch mit Umschlag und allem, oder der professionelle Ehrgeiz, einen Erscheinungstermin einzuhalten, war es diese menschliche, vielleicht menschlichste Angst – oder fürchten sich denn Tiere nicht nur vor ihrem eigenen Tod? –, deretwegen er sich für die Ausarbeitung der öffentlichen Fassung Woche für Woche ein Pensum auferlegte, das ihm zu den Rückenschmerzen, der Migräne und der Schlaflosigkeit wie zum Hohn auch noch die Sehnenscheidenentzündung an der rechten Hand einbrachte, die in der alten katholischen Erziehung als Ausweis und Strafe der Selbstbefriedigung gilt. Nicht nach links, nicht nach rechts hat er geschaut, sich taub gestellt in allen Debatten und sogar die Revolution auf dem Tahrir-Platz verpaßt, die Großvater eines Besseren belehrte – wie glücklich wäre Großvater über seinen Irrtum gewesen. Jetzt die Atomkatastrophe in Fukoshima, da die Welt Abend für Abend in den Sondersendungen hört, daß eine solche Verkettung unglücklicher Zufälle unmöglich voraussehbar war – wie hätte der Romanschreiber das nicht in Bezug zu Jean Paul setzen wollen, der in der Wirklichkeit so viele Zufälle wirken sah, daß es in einem Roman für unwahrscheinlich gehalten würde und also ausgeschlossen sei, die Atombetreiber und -lobbyisten als Genieästheten, die besser einmal die *Vorschule* studiert hätten als immer nur ihre eigenen Tabellen? Und wenn einer in der deutschen Literatur, dann bezeugte Hölderlin, daß der Mensch höheren, für ihn willkürlichen Gewalten ausgesetzt ist, die er niemals beherrschen noch gegenwärtigen kann, jeder von uns so hilflos wie Abend für Abend der japanische Regierungssprecher. Der Romanschreiber wollte nichts mehr berichten, nichts mehr sehen, zum Lesen kam er auch kaum noch mehr; er wollte nur so schnell wie möglich fertig werden mit *Deinem Namen*, der Veröffentlichung jedenfalls, alles weitere wie die Deutschen nur noch mit sich selbst ausmachen. Inständig hoffte er, niemandem mehr einen Namen zu geben, so Gott will nicht den Eltern, die doch sehen sollen, was aus Großvaters Flaschenpost wurde, aber auch sonst keinem Menschen, hatte wie gesagt Angst, weil das Gedächtnis nichts einfacher macht, wie der Romanschreiber angenommen hatte, nicht befreit, keine Katharsis bewirkt, sondern eher umgekehrt den Staub aufwirbelt jedesmal, nur wenn eines der Photos auf dem Bildschirm auftaucht und bald erst, wenn *Dein Name* gedruckt wird, an die Buchhandlungen ausgeliefert und an die Rezensenten verschickt, wenn er vor fremden Menschen daraus vorliest: Dann wird der Roman bewertet, den ich schreibe. Der Romanschreiber hingegen sieht nur, jedesmal wenn er das Buch mit Umschlag und allem in Händen halten wird, sieht nur, wer nicht mehr da ist. Er wollte das Buch nicht aufschlagen und noch einen Namen mehr sehen, obwohl das unwahrscheinlich erschien, so lang wie sich eine Veröffentlichung naturgemäß hinzieht, und am unwahrscheinlichsten von der ersten Seite an, daß Mohammad Mehriar nicht genannt würde, der schon fast hundert Jahre gelebt. Und ausgerechnet vor drei Tagen, am persischen Neujahr 1390, als der Romanschreiber nachmittags die letzte Korrektur des Lektors eingearbeitet hatte, am ersten Abend überhaupt nach sechs Monaten oder genaugenommen beinah fünf Jahren, an dem nichts mehr zu tun war, außer sich vielleicht um die Photos zu kümmern oder die einen oder anderen Lebensdaten zu ermitteln, aber damit wollte er dann nicht gleich den ersten Abend verbringen, teilte der Bruder am Telefon mit, daß Herr Mehriar gestorben sei. Und der Bruder sagte auch, als Navid Kermani nichts sagte, daß der Romanschreiber das ja noch für den Roman verwenden könne, den ich schreibe. Wörtlich: verwenden. Und die Ältere, die Navid Kermani die Bestürzung ansah, als er auflegte, und fragte, was los sei, die Ältere, der Navid Kermani sagte, daß jemand in Iran gestorben sei, wer?, kennst du nicht, ein sehr alter Herr, die Ältere fragte, ob der jetzt ebenfalls vorkommen wird. Ja, antwortete der Romanschreiber, Herr Mehriar wird nun auch: vorkommen. Und wie teuflisch es sich in die Poetik fügt. Immer mahnte der Lektor, der Roman, den ich schreibe, solle am Schluß nach Isfahan zurückkehren, und immer dachte der Romanschreiber, na ja gut, wenn es sich ergibt, sonst eben nicht, wer ist er, daß er Bögen beherrscht, wenn wir doch alle höheren Gewalten ausgesetzt sind. Und nun stirbt auf den mutmaßlich letzten Seiten Großvaters gelehrtester Freund und mit ihm zugleich das Isfahan, das Großvater leider nicht beschrieb. Und obwohl der Romanschreiber von der ersten Seite an damit rechnen mußte und bei Anrufen in Isfahan oft bang fragte, wie es Herrn Mehriar gehe – noch schlechter, hörte Navid Kermani, zuletzt schien er nur noch aus Knochen zu bestehen –, war der Romanschreiber natürlich überhaupt nicht vorbereitet, hatte sich nicht einmal die Daten besorgt, nicht einmal ein Photo zur Hand.

Seine Allmacht auf den Oberschenkeln wie vor ihm so viele andere deutsche Dichter in New York ihren Notizblock, sitzt der Einwanderer am Nordufer des Kennedy Reservoir im Central Park und fragt sich, welche deutschen Romane auch diesen nördlichen Blick auf die Skyline schon eingefangen haben; der See mit der Fontäne und den Joggern davor, ringsherum das Grün noch verblüffender als in Isfahan und über den Bäumen das Menschenwerk so gewaltig, wie vormals von den Schiffen aus gesehen. 20:01 auf der Uhr, die noch nicht umgestellt ist, der 14. April 2011, die lebensmüde Batterie trotz Energiesparmodus, der von der Schrift kaum etwas erkennen läßt, nach ein paar Zeilen nur noch auf 79 Prozent beziehungsweise einer Dauer von 1:29, aber morgen geht er einen Computer kaufen, weil die in Amerika billiger sind. Als Kompensation für die losen Blätter, die er doch nicht allen Ernstes ins Buch einlegen könne, hat der neue Verleger bei seinem Besuch in Köln zehn zusätzliche Seiten bewilligt, umgerechnet 24 000 Anschläge, die erst mit dem dritten Fahnenlauf gesetzt werden. Am Ende überzeugt hat ihn die Aussicht auf die tagespolitische Wendung zum Schluß – der Enkel, der die Hymne seines Großvaters auf das Land der Franken gesungen, verzweifelt selbst über den Niedergang des europäischen Projektes, die Selbstdemontage der politischen Gemeinschaft, die Kumpanei der Staatsführer mit Tyrannen, die Unmenschlichkeit an den Grenzen und das wachsende Ressentiment. Als die Anfeindungen im Laufe des Jahres 2010 seinen Alltag immer häufiger beschweren, zieht er, weil zu Hause – Köln ist zu Hause, murmelte der Auswanderer, der auf einem Karton Bettwäsche kauerte – zu Hause in Isfahan Knüppel, Wasserwerfer und Schießgewehre herrschen, weiter nach Westen, wo schon für Mohammad Mossadegh das Sehnsuchtsland lag. In Amerika gelandet, treibt indes schon der Zollbeamte alle Illusionen von Egalität aus, der den Einwanderer aus der Reihe winkt, um ihn zu seiner Herkunft zu vernehmen. Die Reise, so empfahl der neue Verleger, solle der Auswanderer analog zum ersten Aufbruch seines Großvaters mit der Kutsche nach Teheran schildern und sich zum Beispiel – sei ja nur eine Idee – das Upgrade auf die *Business Class* leisten, die Ankunft, wie's sich für einen deutschen Schriftsteller gehört, in New York, dann sich einrichten im neuen Leben, der Alltag, der neue Schreibtisch, nicht die Waschmaschine vergessen und zum wehmütigen Finale der Migrationsgeschichte die *reunion* mit den anderen vierzehn Enkeln des Schafi. Das ist genial!, rief der neue Verleger, während er an den Kartons des Auswanderers vorbeischritt wie an Gräbern: wie *Dein Name* das Verrinnen der Zeit nachahmt. Jeder Satz nähme einem anderen den Platz, jede Beschreibung verhindere eine andere mögliche Beschreibung, und wenn der Auswanderer auch nur Datum und Uhrzeit erwähne, seien wieder fünfzig Anschläge weniger übrig, bis nur noch zehn Seiten blieben, fünf, zwei, eine, eine halbe Seite, zehn Zeilen, neun, acht, sieben, sechs fünf vier dreizweieins. Als der Auswanderer sieben Tage später die Koffer aus dem Haus trug, war nichts an dem Aufbruch analog, keine weinenden Begleiter noch Fragen der Nachbarn, wohin die Reise geht, die Holzklasse ungleich bequemer als die Loge Anfang des zwanzigsten Jahrhunderts zwischen Isfahan und Teheran, an der Paßkontrolle nur das obligatorische Screening der Finger und Augen, das jeden gleich macht, und keine zwei Stunden später öffnete er schon das Hotelzimmer im angesagten Viertel, das er sich für die ersten Tage leistet, um wieder deutscher Schriftsteller zu sein, Wasserflasche im Kühlschrank und Obstkorb auf dem Schreibtisch. Der Einwanderer hat Europa auch keineswegs wegen der Selbstverständlichkeit verlassen, daß man dort weggeht, wo man so gehaßt wird, sein Heldentum wenn überhaupt jenes der Schaben, die nicht aus dem Badezimmer auszurotten sind: Er muß nicht zu Deutschland gehören, um in Deutschland zu leben, wäre auch als Fremder zurechtgekommen, solange Europa seinen Mindeststandard hält, Sattwerden, Schlafstatt, Kleidung, keine Schläge, keine groben Worte, für den Notfall einen Arzt und sogar eine Psychologin, und überhaupt wäre zu fragen, ob sich das republikanische Ideal der Gleichheit nicht als gefährlicher erwiesen hat als die eingestandene Hierarchie früherer Imperien, der Habsburger oder Osmanen. Am Ende ist immer jemand anders und der Status der Duldung kommoder, als der Dorn im Auge der universellen Aufklärung zu sein. Nein, es waren nicht die Zeitungskästen, die triumphierten, weshalb er Europa verließ, sondern »kindische Gründe, die zu erwähnen sich verbietet«, wie Großvater über seinen Schulabbruch schrieb, *gheir-e ghabel-e zekr*, ertrug es nicht mehr, mit der ehemaligen Frau wie mit einer Fremden zu verkehren, nicht die Blicke der Kinder bei jeder Übergabe, ertrug nicht die Vorstellung, mit *Deinem Namen* auf Handlungsreise zu gehen und keinen weiteren Karneval in Köln. Als Aschermittwoch die Zusage aus weiß Gott nicht New York eintraf, zögerte er keine Minute, für dies Amt die Kunst aufzuopfern, besser man reißt sich los und hofft darauf, daß die Wunde heilt. Allein, womit füllt er den Platz, wenn nichts an New York von allgemeinem Interesse ist, wozu nutzt der Einwanderer die ... Moment ... die 18737 Anschläge, wenn nichts weiter als die gewöhnlichste Sehnsucht nach den Kindern ihn bedrängt, die auch nicht größer sein kann als das Heimweh Großvaters an der Amerikanischen Schule oder der Eltern im Land der Franken. Wegwerfen will er die Seiten nun auch nicht, auf denen er noch Leser hat. Steht in der Urschrift ein Absatz, den er aus dem Meerboden der Vergessenheit heraufholen sollte, aus der Affäre mit der Direktrice vielleicht? Dringlicher ist die Feststellung, daß der Titel *Dein Name* nicht von ihm stammt und er bis in die letzte Runde für den *Roman, den ich schreibe* gekämpft hat. – Wollen Sie nun groß raus kommen, lieber Navid Kermani? stellte sich der neue Verleger vor dem Auswanderer auf, dessen Karton etwas nachgab, und fing damit an, wirklich wahr, daß man ein Restaurant doch auch nicht betrete, weil man sich fürs Kochen interessiert, sondern für Knödel. Meinetwegen das Wort *Name*, willigte der Auswanderer sofort ein, dem Menschenbeifall so was von egal ist, aber bitte nicht *Dein Name*, allenfalls *Ihr Name*, weil er die Leser doch gar nicht kenne, besser noch *Sein Name*, um ein Signal der Verfremdung wie in Hagiographien oder Passionsspielen zu geben. Da der neue Verleger die leere Wand betrachtete, als frage er sich wieder, ob es so etwas schon mal gab, fügte der Auswanderer hinzu, daß *nâmeh* im Persischen »Buch« bedeute, *Sein Name* also auch als »Buch des Seins« zu verstehen sei. – Ist das nicht genial? blickte er zum neuen Verleger auf, der jedoch wieder von der Faktizität sprach, die jeden Leser – sagen Sie doch gleich »Kunden«, rief der Auswanderer dazwischen – in seiner Kreatürlichkeit als ein Du anspreche. – Haben Sie nachts in Rom nicht die unverstellte Ansicht gegeben, wie wenig Ihr Schicksal schon für Ihren Nachbarn zählt? legte der neue Verleger die Hand auf die Schulter des Auswanderers, der noch tiefer in den Karton sackte: *Dein Name* erweist den Unterschied, ob ich jetzt oder in fünfzig Jahren sterbe. Manche glauben auch, Gott existiere nur, damit sie erschaffen wurden, spottete in Gedanken der Auswanderer und setzte sich auf einen Karton, der mit Büchern gefüllt war. Abgesehen davon, fuhr der neue Verleger fort und schritt wieder die Reihen ab, wäre es unsinnig, einen Titel zu verwenden, dessen Doppeldeutigkeit nur Orientalisten verstünden. 27 Prozent nur noch, 26 Minuten. Vernünftig wäre es, der Einwanderer sparte sich die 16270 verbliebenen Anschläge auf für den Fall, daß vor dem dritten Fahnenlauf noch jemand stirbt. 21:11

Uhr mitteleuropäischer Zeit. Mit 21 Minuten beziehungsweise zehn Prozent, die die Batterie Strom hat, nutzt er dennoch die Gelegenheit, rasch die Errata aufzulisten, die das Gespräch mit der jüngeren der beiden Tanten ergab, so unwichtig sie nach so vielen Jahrzehnten in einer anderen Sprache erscheinen: Großonkel Mohammad Ali hat im Teheraner Hotelzimmer doch keinen Selbstmord begangen, versicherte die Tante, und lieferte die Version eines gewöhnlichen Todes, für den eine Zeile zu verwenden jedoch siebzig Jahre später nun wirklich nicht lohnt. Der Doktor und Ingenieur Rastegar war nicht Großvaters Cousin, sondern sein Neffe. Nicht die Tante, sondern der Doktor und Ingenieur Rastegar hat die Selberlebensbeschreibung Großvaters abtippen und fünf himmelblaue Exemplare anfertigen lassen. Großvater hat die Selberlebensbeschreibung vor der Revolution begonnen und nach der Revolution beendet. Was danach war, gehört nicht mehr dem Roman an, den ich schreibe, ob die Tante auch auf der Straße zu weinen anfing, als sie dem Einwanderer die letzten Jahre mit Großvater schilderte, seinen Alltag mit Großmutter, die ihn liebte, aber nicht verstand, ihn versorgte, aber ihm kaum je einmal zuhörte, das Essen auf einem Tablett servierte, aber selbst mit der kleinwüchsigen Dienerin Baguli in der Küche aß. Eines nur: Wenn Großmutter mit dem Ruf ›Herr, hier ist Ihr Essen!‹ das Frühstück, das Mittag- oder Abendessen in die Eingangshalle brachte, wo Großvater die meiste Zeit des Tages beschäftigungslos saß, weil die Finger nicht zum Schreiben und die Augen nicht für die gesegneten Bücher mehr taugten, sein Sohn verunglückt, seine Töchter und Enkel ausgewandert, das Land geraubt, die Freunde fast alle gestorben, mit Gott oft lautstark im Hader, dessen Gebote er dennoch befolgte, dann küßte er – die Tante hat es drei-, viermal mit eigenen Augen gesehen – dann küßte er, dessen Vater schon den Handkuß abgelehnt hatte, seiner Frau die Hand. Als die Tante nach Amerika fliegen wollte, wo ihre Kinder so lang schon ohne Mutter gewesen, sagte Großvater, der Tante ist es zur Lebensmelodie geworden, daß er sie vielleicht mehr brauche als die Kinder. Der Akku ist fast leer, warnt ein Hinweis links unten auf dem Bildschirm und kündigt an, daß sich die Allmacht in den Ruhezustand schaltet. Großmutter berichtete, daß Großvater nach der Abreise der Tante, des jüngsten seiner Kinder, nichts mehr essen wollte. Er hat auf seinem Willen beharrt. Zwei Wochen später war er tot.

Der Isfahani hat nicht daran gedacht, daß die Computer in Amerika andere Tastaturen haben. Eine Allmacht mit deutscher Tastatur zu bestellen, dauert vier Wochen und kostet genauso viel wie in Deutschland.

Solange niemand stirbt, kann der Sohn nachtragen, daß die Selberlebensbeschreibung der Mutter in Iran als Buch erscheint, mit Umschlag und allem. Bevor er Deutschland verließ, hat sich keine Gelegenheit ergeben oder er keine Gelegenheit gesucht, die Eltern in den Roman einzuweihen, den ich schreibe, die Verwendung ihrer Erinnerungen zu beichten und endlich auch zu fragen, wie Großvater starb. Wenn ein Mensch, wird eine Mutter verzeihen.

Jener John Coetzee hatte keine Kinder, dem John Coetzee in den Mund legt, daß es das Beste sei, »wenn man die alten Orte nicht immer wieder aufsucht.« So häufig, wie der Vater nach Köln fliegt, kann er bald von seinem Meilenkonto leben. Noch 12 921 oder, die Zählung berücksichtigt: 12 858 Anschläge.

Am Dienstag, dem 3. Mai 2011, gratuliert der berühmte Schriftsteller um 19:21 Uhr deutscher Zeit zu der welthistorischen Wendung auf den letzten Seiten des Romans, den ich schreibe. Den Einwand, daß Osama bin Laden als politische Figur längst tot war, zu Grabe getragen auf dem Tahrir-Platz, weil sich dort niemand für ihn interessierte, ließe der berühmte Schriftsteller in einem Feuilleton gelten, aber doch nicht in dem Roman, den ich schreibe: Es geht um die Bedeutung nur für dich, ob du jemandem »wohlverdient« nachrufst, »verstorben«, »ruht« oder wie im frühesten Christentum üblich »schläft in Frieden«: *dormit in pace.* Wenn einer im Westen, dann kannst *du* etwas anderes schreiben, als was heute überall steht. Es stimmt, daß den jüngeren Kollegen das Arabisch betörte, das Osama bin Laden sprach. Nach den Kriterien, die sich ergeben haben, den Grad, Meter, Liter, Gramm, Bytes oder Protonen, müßte der jüngere Kollege auch dieses Zeugnis ablegen, wenn selbst einer wie Nikki Sudden, einer wie Akbar Mohammadi oder Raul Hilberg bedacht wurde, doch will der jüngere Kollege mit den letzten … Moment … 11 752 Anschlägen nicht ausgerechnet an Osama bin Laden denken und das letzte Kapitel nicht nach einem Mörder benennen, der sich auf Gott berief: Meine Geschichte endet mit Mohammad Mehriar, wendet sich der jüngere Kollege zum Himmel.

Da 11 519 Anschläge mehr als genug wären für ein weiteres Kapitel, erwähnt er den Brief, den Großvater Anfang der achtziger Jahre nach Amerika sandte: Er bete täglich zu sterben, bevor ihm die Islamische Republik auch noch Gott raubt. Den Brief suchte der Cousin in New York vergeblich. Falls er ihn doch noch findet, wird er ihn scannen und rechtzeitig für den Roman mailen, den ich schreibe.

»Wie du die Kreatürlichkeit betonst und nicht das heroische, den eigenen Tod, das Grauen vor diesem schlechthin ›antiutopischen Faktum‹, das ist wichtig«, mailt am Donnerstag, dem 19. Mai 2011, um 16:20 Uhr mitteleuropäischer Zeit der Freund aus der Kneipe, der mit auf dem Konzert in Lyon war, »und auch solche Notizen wie etwa über Hondrich, den ich aus Frankfurt kannte, als er noch jung war, sind schön und gräßlich. Aber, wenn du mich fragst, die Todessehnsucht, die du nur im Zusammenhang mit Hölderlins ›Liebestod‹ angedeutet hast [aber doch auch mit Jean Pauls Christus: Ach wenn jedes Ich sein eigner Vater und Schöpfer ist, warum kann es nicht auch sein eigner Würgengel sein?], hätte vielleicht stärker beleuchtet werden können. Denn es ist nicht nur das Sterben etwas Fürchterliches, sondern auch das Leben. Und insofern ist der Tod immer auch etwas, was man wünschen kann. Die exzentrische Bahn, die Hölderlin in irgendeiner Hyperionvorrede beschreibt, die unser Leben ausmacht, verläuft zwischen den Polen Ich (Ich bin alles und die Welt ist Nichts) und Welt (Die Welt ist alles und ich bin nichts). Das ist zwar abstrakt, aber auf Erfahrung beziehbar. Nach dem Satz aus der metrischen Fassung, den du zitierst, ›Am Tage da die schöne Welt für uns begann / Begann für uns die Dürftigkeit des Lebens‹, beschreibt er, dass unser Leben zum einen nichts anderes ist als zu versuchen diese Dürftigkeit wieder wegzukriegen und die ursprüngliche Einheit den ›ungetrübten Äther‹ wieder zu finden und paradoxerweise gleichzeitig, die Dürftigkeit zu erhalten, weil ohne sie (ohne Widerstand von aussen) kein Leben mit Bewußtsein (Fühlen und Wissen) möglich ist. / Die Sehnsucht nach Problemlosigkeit nach einem Ende der Dürftigkeit, dass alles gut wird treibt uns an, obwohl wir ahnen, ja wissen, dass wirklich alle Probleme erst im Tod weg sind. Und diese Ahnung bringt uns im Gegenzug zu unsern permanenten Befreiungs- und Problembeseitigungsversuchen, zu der Einsicht, dass ›in uns auch wieder etwas, das die Fesseln (die Dürftigkeit) gern behält‹ ist. Die von Wagner ästhetisch kompensierte Sehnsucht nach dem Nichts legt auch schon bei Hölderlin einen Link zu Buddha. / Mir fällt da noch der Prinz von Homburg ein, der in seiner vermeintlich letzten Stunde ans Jenseits denkt: ›Zwar eine Sonne scheint dort auch, so heißt es, und über buntere Felder noch als hier. Nur schade, dass das Auge modert, das die Herrlichkeit erblicken soll.‹ / Hier irgendwo liegt der zentrale Selbstwiderspruch. Unsere Aktivitäten gehen in Richtung Einheit, Harmonie, Widerspruchslosigkeit; wenn wir das wirklich erreichen, sind wir aber tot. Das ist allgemeinplätzig die Tragik des Lebens. Hier ist jedenfalls ein nur im Tod sich auflösender Selbstwiderspruch in unserm Dasein. Und über diese Ambivalenz (die vielleicht vor Hondrichs Zeiten eine Selbstverständlichkeit war), die Hölderlin kannte und wir von Neil Young, hätte ich gern mehr von dir gelesen. Die ›Sehnsucht ins Ungebundene‹ kann ich nur als Todessehnsucht auffassen, der Hölderlin dann immer sofort eine Notwendigkeit entgegensetzt: ›Und vieles auf den Schultern wie eine Last von Scheitern ist zu behalten und Not die Treue.‹ Natürlich ist das ein theoretischer Hymnus, aber man kann ihn auf das Ehedilemma konkret und untrivial beziehen. / Mir fällt noch ein Spruch ein, diesmal nicht aus der Kneipe, sondern der Theaterkantine: Alles hat immer ein happy end, und wenn es einmal kein happy end hat, dann ist es eben noch nicht zu Ende. / Ich füge die Stelle bei, die mir konstitutionstheoretisch und poetisch so bedeutend scheint, die Schiller, ich schätze aus Neid, gestrichen haben wollte, ich kann mir kaum vorstellen, dass wir da nicht schon mal drüber geredet haben, natürlich ist das abstrakt, aber ich glaube es ist in jedem Satz auf ›tägliche Verrichtungen‹ beziehbar (vielleicht eine nichts präjudizierende dramaturgische Weltformel, naja): Jetzt muß ich aber schlafen, danke dass ich die Fahnen lesen durfte! / Hölderlin Hyperion (aus der Metrischen Fassung Jena 1795) / ›Am Tage, da die schöne Welt für uns begann, / Begann für uns die Dürftigkeit / des Lebens u. wir tauschten das Bewußtsein / für unsere Reinigkeit und Freiheit ein. – / Der reine leidensfreie Geist befaßt / Sich mit dem Stoffe nicht, ist aber auch / sich keines Dings u. seiner nicht bewußt. / Für ihn ist keine Welt, denn außer ihm / Ist nichts. – Doch, was ich sag‹, ist nur Gedanke. – / Nun fühlen wir die Schranken unsers Wesens / Und die gehemmte Kraft sträubt ungeduldig / Sich gegen ihre Fesseln, und es sehnt der Geist / Zum ungetrübten Aether sich zurük / Doch ist in uns auch wieder etwas, das / Die Fesseln gern behält, denn würd in uns / Das Göttliche von keinem Widerstande / Beschränkt – wir fühlten uns und andre nicht. / Sich aber nicht zu fühlen, ist der Tod, / Von nichts zu wissen, und vernichtet seyn / Ist Eins für uns. – Wie sollten wir den Trieb / Unendlich fortzuschreiten, uns zu läutern, / Uns zu veredlen, zu befrein, verläugnen? / Das wäre thierisch, Doch wir sollten auch / Des Triebs, beschränkt zu werden, zu empfangen, / Nicht stolz uns überheben, denn es wäre / Nicht menschlich, und wir tödteten uns selbst. / Den Widerstreit der Triebe, deren keiner / Entbehrlich ist, vereinigt die Liebe.‹«

»Wir würden alle den Tod schöner finden, wenn er unsere Hülle nur entseelte, nicht zerlegte«, fand auch Jean Paul, der den Vorgang des Sterbens häufiger und realistischer als je ein deutscher Dichter schilderte, um zwei Seiten später zu beharren: »Aber der Tod wirft den tauben Körper und die dicke Erde weit von uns, und wir stehen frei und hell in der lichten Welt unsers Herzens und unsers Glauben und unserer Liebe.«

Am Mittwoch, dem 25. Mai 2011, hat er um 18:15 Uhr Mountain Standard Time endlich die Allmacht mit deutscher Tastatur und zwölfstündigem Akku in Händen, aber nur noch 5531 Anschläge zur Verfügung.

Der Vater habe Valium verabreicht, als Großvater am 1. März 1985 aufschrie, erfährt der Sohn unterm Headset, und die Mutter das Nachthemd aufgeknöpft, das von einer auf die andere Sekunde von Schweiß getränkt war. Die ältere der beiden Tanten habe in ihrer Hilflosigkeit Großvater gefragt, ob sie ihn massieren solle. Als er nickte, habe sie seinen Oberkörper aufgerichtet und seine Schultern massiert. Von einer weiteren Sekunde auf die nächste hätten sie alle drei gesehen, also die Mutter, der Vater und die Tante, die um das Bett standen, wie die Zehen weiß wurden, dann die Füße. Alle drei hätten sie sich angeschaut und dann wieder ungläubig auf die Beine, an denen das Weiß hochgekrochen sei, als würde Großvater in Milch getaucht, horizontal, auch der Bauch weiß und gleichzeitig die Hände, sein Körper habe gezittert und sie alle drei auch, die Brust und gleichzeitig die Oberarme, danach den Hals hoch zum Gesicht und dann, das glaubst du nicht, Navid, das wird dir kein Leser glauben, aber frag deinen Vater, der während der ganzen Zeit den Koran rezitierte, und fährt zwischen zwei Heulkrämpfen fort, daß Großvater, im ganzen Gesicht weiß geworden wie die strahlende Sonne, sie alle drei angelächelt habe, also die Mutter, den Vater und die Tante. Sie hätten mit eigenen Augen gesehen, wie der Geist den Körper verließ, während die Pupillen sich einige Male verdrehten – Papas Pupillen, schluchzt die Mutter, jede eine Himmelskugel –, bevor sie starr wurden. Die Tante habe Großvater zurück aufs Kissen gelegt und seine Lider geschlossen. So ist das geschehen, bestätigt der Vater, der den Hörer in die

Hand nimmt und sich das Leben auch seiner Vorfahren beschrieben gewünscht hätte, des Urgroßvaters vor allem, der Oberster Rechtsgelehrter Isfahans war und Widersacher des Tyrannen Zell-e Soltan. – Aber ich hatte ja nichts in Händen, entschuldigt sich der Sohn. – Hast du schon gehört, was sie gestern mit der armen Haleh Chanoum gemacht haben? wechselt der Vater lieber das Thema und meint die Tochter des mutigen Ezzatollah Sahabi, der vor drei Tagen über achtzigjährig in Teheran starb, sie Frauenrechtlerin und er Gefährte des Premierministers Mehdi Bazargan, des letzten Politikers, dem Großvater vertraute. – Natürlich, alle sprechen davon, antwortet der Sohn, der jeden Tag das persische Programm der BBC sieht. Um am Begräbnis ihres Vaters teilzunehmen, durfte Haleh Sahabi für einen Tag das Gefängnis verlassen, in dem sie seit der Niederschlagung der Proteste vor zwei Jahren einsaß. Am Grab wurde sie tätlich von Milizionären angegriffen und starb. – Wein' nicht, sagt der Vater, als er den Sohn unterm Headset Luft holen hört: Schau, was auf der Welt los ist, wie sie überall töten. Es sind eben zwei Zeugen mehr vor Gott dem Gerechten. Bitte schick ein Beileidstelegramm in unserem Namen.

»Noch zwei winzige, wirklich letzte Änderungen, die notwendig werden durch die Lektüre meines Bruders, des ›Orthopäden‹, der nun auch alles gelesen hat und mit allem einverstanden ist außer mit zwei Wörtern: / – auf Seite 183, Mitte: sollte es nicht ›vermutet‹, sondern ›erklärt der ältere Bruder‹ heißen (Medizinerstolz) / – auf Seite 378 sollte in der fünften Zeile des 2. Absatzes das Wort ›ausgerechnet‹ gestrichen werden. / Gibt es schon einen neuen Zeitplan? / Vielen Dank und beste Grüße aus Tulsa«

»Wir kümmern uns um alles, auch um Ihren Bruder. Zeitplan siehe Anhang, bitte nicht mehr dran rütteln. Dank & Gruß aus München«

In Los Angeles, wo Doktor Jordan begraben liegt, steht der Enkel am Samstag, dem 11. Juni 2011, um 10:15 Uhr vor dem verschlossenen Tor der Presbyterianischen Kirche. Er geht um das Gebäude aus Ziegeln, das wie ein rotgekleidetes Mädchen zwischen grauen Erwachsenen steht, rüttelt vergeblich an mehreren Türen, läuft über den leeren Parkplatz an der Rückseite, läßt den Kindergarten der Kirche links liegen und findet schließlich hinter einer Glastür einen blau uniformierten Wachmann, den er klopfend heranwinkt. Durch den Spalt, den der Wachmann öffnet, fragt der Enkel, ob der Pastor zu sprechen sei. Offenbar sind sein Tonfall oder sein Blick dringlich genug, damit der Wachmann sich gar nicht erst nach dem Anliegen erkundigt, um den Enkel eintreten zu lassen und den Pastor herbeizurufen, der sich die atemlos vorgetragene Lebensbeschreibung Großvaters geduldig anhört und erst räuspert, als der Enkel auch noch die akademischen Titel der nachfolgenden Generationen aufzulisten beginnt. Zum Schluß bedankt sich der Enkel für alles, was ein Presbyterianer für Iran, für die Nachfahren des Schafi und ihn ganz persönlich getan habe: Was aus uns wurde, verdanken wir einem Mitbruder Ihrer Kirche. Den Namen von Großvaters Schuldirektor hat der Pastor noch nie gehört, findet es aber erstaunlich, wie Samen, die jener auf einer anderen Erde gepflanzt, hundert Jahre später auf diesem Teil der Erde ungeahnte Blüten hervorbringen, und kann gar nicht glauben, daß die zweitgrößte Straße Teherans nach Doktor Samuel Jordan benannt ist. Leider hat er nicht viel Zeit, um zwölf Uhr die Konfirmanden, morgen Pfingsten: Danke für die frohe Botschaft. Noch 526.

Die Setzerin erinnert daran, daß jeder Absatzwechsel umgerechnet sechzig Anschläge kostet.

Bildnachweise

S. 16 Foto: Birgit Kleber
S. 22 Foto: Klaus Lefebvre
S. 29 Foto: Herzog August Bibliothek Wolfenbüttel
S. 36 Foto: Karola Elwert-Kretschmer
S. 41 Foto: privat
S. 51 © Wissenschaftskolleg Berlin, 2001
S. 58 Rechtevermerk: picture-alliance / Berliner Zeitung, Fotograf: Ponizak Paulus, © Berlin Picture, Gate, Caption: 30.03.2000, Berlin / Kreuzberg
S. 66 Fotograf unbekannt
S. 75 Foto: privat
S. 198 Foto: Marcus Kaufhold
S. 261 Foto: Stefan Moses
S. 380 Foto: Wolfgang Weihs, © dpa - Fotoreport
S. 386 Foto: Alireza Sotakbar
S. 548 Foto: Birgit Hupfeld
S. 690 REUTERS/Jim Hollander
S. 933 Foto: Urs Cordua
S. 1083 Newsha Tavakolian/Polaris/laif
S. 1089 Foto: Caroline Otteni
S. 1097 Foto: privat
S. 1163 Foto: Arnaud Mooij; Bereitstellung durch die Universiteit voor Humanistiek, Utrecht
S. 1214 Foto: privat

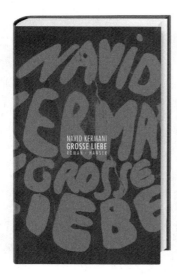